红楼梦

与顺治皇帝的爱情故事（二）

张国星 ○ 等编

辽海出版社

目 录

导　读		……………………………………………	1
序		……………………………………………………	3
例　言		……………………………………………	5
第一回	甄士隐梦幻识通灵	贾雨村风尘怀闺秀…………	7
第二回	贾夫人仙逝扬州城	冷子兴演说荣国府…………	24
第三回	托内兄如海荐西宾	接外孙贾母怜孤女…………	36
第四回	薄命女偏逢薄命郎	葫芦僧判断葫芦案…………	52
第五回	贾宝玉神游太虚境	警幻仙曲演红楼梦…………	62
第六回	贾宝玉初试云雨情	刘老老一进荣国府…………	83
第七回	送宫花贾琏戏熙凤	赴家宴宝玉会秦钟…………	105
第八回	贾宝玉奇缘识金锁	薛宝钗巧合认通灵…………	122
第九回	训劣子李贵承申饬	嗔顽童茗烟闹书房…………	136
第十回	金寡妇贪利权受辱	张太医论病细穷源…………	145
第十一回	庆寿辰宁府排家宴	见熙凤贾瑞起淫心…………	153
第十二回	王熙凤毒设相思局	贾天祥正照风月鉴…………	163
第十三回	秦可卿死封龙禁尉	王熙凤协理宁国府…………	172
第十四回	林如海捐馆扬州城	贾宝玉路谒北静王…………	182
第十五回	王熙凤弄权铁槛寺	秦鲸卿得趣馒头庵…………	191
第十六回	贾元春才选凤藻宫	秦鲸卿夭逝黄泉路…………	200
第十七回	大观园试才题对额	荣国府归省庆元宵…………	215
第十八回	皇恩重元妃省父母	天伦乐宝玉逞才藻…………	229
第十九回	情切切良宵花解语	意绵绵静日玉生香…………	243
第二十回	王熙凤正言弹妒意	林黛玉俏语谑娇音…………	259

第二十一回	贤袭人娇嗔箴宝玉	俏平儿软语救贾琏	268
第二十二回	听曲文宝玉悟禅机	制灯谜贾政悲谶语	278
第二十三回	西厢记妙词通戏语	牡丹亭艳曲警芳心	290
第二十四回	醉金刚轻财尚义侠	痴儿女遗帕惹相思	299
第二十五回	魇魔法叔嫂逢五鬼	通灵玉蒙蔽遇双真	311
第二十六回	蜂腰桥设言传心事	潇湘馆春困发幽情	323
第二十七回	滴翠亭宝钗戏彩蝶	埋香冢黛玉泣残红	335
第二十八回	蒋玉函情赠茜香罗	薛宝钗羞笼红麝串	345
第二十九回	享福人福深还祷福	多情女情重愈斟情	361
第三十回	宝钗借扇机带双敲	椿龄画蔷痴及局外	374
第三十一回	撕扇子作千金一笑	因麒麟伏白首双星	385
第三十二回	诉肺腑心迷活宝玉	含耻辱情烈死金钏	396
第三十三回	手足耽耽小动唇舌	不肖种种大受笞挞	405
第三十四回	情中情因情感妹妹	错里错以错劝哥哥	413
第三十五回	白玉钏亲尝莲叶羹	黄金莺巧结梅花络	424
第三十六回	绣鸳鸯梦兆绛云轩	识分定情悟梨香院	437
第三十七回	秋爽斋偶结海棠社	蘅芜院夜拟菊花题	448
第三十八回	林潇湘魁夺菊花诗	薛蘅芜讽和螃蟹咏	462
第三十九回	村老老是信口开河	情哥哥偏寻根究底	473
第四十回	史太君两宴大观园	金鸳鸯三宣牙牌令	483
第四十一回	贾宝玉品茶栊翠庵	刘老老醉卧怡红院	496
第四十二回	蘅芜君兰言解疑癖	潇湘子雅谑补余音	507
第四十三回	闲取乐偶攒金庆寿	不了情暂撮土为香	518
第四十四回	变生不测凤姐泼醋	喜出望外平儿理妆	528
第四十五回	金兰契互剖金兰语	风雨夕闷制风雨词	539
第四十六回	尴尬人难免尴尬事	鸳鸯女誓绝鸳鸯偶	551
第四十七回	呆霸王调情遭苦打	冷郎君惧祸走他乡	563
第四十八回	滥情人情误思游艺	慕雅女雅集苦吟诗	574
第四十九回	琉璃世界白雪红梅	脂粉香娃割腥啖膻	586
第五十回	芦雪亭争联即景诗	暖香坞雅制春灯谜	598

目　录

第五十一回	薛小妹新编怀古诗	胡庸医乱用虎狼药	616
第五十二回	俏平儿情掩虾须镯	勇晴雯病补雀金裘	627
第五十三回	宁国府除夕祭宗祠	荣国府元宵开夜宴	640
第五十四回	史太君破陈腐旧套	王熙凤效戏彩斑衣	651
第五十五回	辱亲女愚妾争闲气	欺幼主刁奴蓄险心	664
第五十六回	敏探春兴利除宿弊	贤宝钗小惠全大体	676
第五十七回	慧紫鹃情词试莽玉	慈姨妈爱语慰痴颦	688
第五十八回	杏子阴假凤泣虚凰	茜纱窗真情揆痴理	703
第五十九回	荇叶渚边嗔莺叱燕	绛云轩里召将飞符	713
第六十回	茉莉粉替去蔷薇硝	玫瑰露引出茯苓霜	721
第六十一回	投鼠忌器宝玉瞒赃	判冤决狱平儿行权	732
第六十二回	憨湘云醉眠芍药茵	呆香菱情解石榴裙	742
第六十三回	寿怡红群芳开夜宴	死金丹独艳理亲丧	760
第六十四回	幽淑女悲题五美吟	浪荡子情贻九龙佩	775
第六十五回	贾二舍偷娶尤二姨	尤三姐思嫁柳二郎	789
第六十六回	情小妹痴情归地府	冷二郎心冷入空门	800
第六十七回	见土仪颦卿思故里	闻秘事凤姐讯家童	808
第六十八回	苦尤娘赚入大观园	酸凤姐大闹宁国府	821
第六十九回	弄小巧用借剑杀人	觉大限吞生金自逝	833
第七十回	林黛玉重建桃花社	史湘云偶填柳絮词	843
第七十一回	嫌隙人有心生嫌隙	鸳鸯女无意遇鸳鸯	853
第七十二回	王熙凤恃强羞说病	来旺妇倚势霸成亲	865
第七十三回	痴丫头误拾绣春囊	懦小姐不问累金凤	876
第七十四回	惑奸谗抄检大观园	避嫌隙杜绝宁国府	886
第七十五回	开夜宴异兆发悲音	赏中秋新词得佳谶	902
第七十六回	凸碧堂品笛感凄清	凹晶馆联诗悲寂寞	914
第七十七回	俏丫鬟抱屈夭风流	美优伶斩情归水月	926
第七十八回	老学士闲征姽婳词	痴公子杜撰芙蓉诔	940
第七十九回	薛文起悔娶河东吼	贾迎春误嫁中山狼	954
第八十回	美香菱屈受贪夫棒	王道士胡诌妒妇方	962

第八十一回	占旺相四美钓游鱼	奉严词两番入家塾	972
第八十二回	老学究讲义警顽心	病潇湘痴魂惊恶梦	982
第八十三回	省宫闱贾元妃染恙	闹闺阃薛宝钗吞声	994
第八十四回	试文字宝玉始提亲	探惊风贾环重结怨	1006
第八十五回	贾存周报升郎中任	薛文起复惹放流刑	1017
第八十六回	受私贿老官翻案牍	寄闲情淑女解琴书	1029
第八十七回	感秋声抚琴悲往事	坐禅寂走火入邪魔	1039
第八十八回	博庭欢宝玉赞孤儿	正家法贾珍鞭悍仆	1049
第八十九回	人亡物在公子填词	蛇影杯弓颦卿绝粒	1061
第九十回	失棉衣贫女耐嗷嘈	送果品小郎惊叵测	1070
第九十一回	纵淫心宝蟾工设计	布疑阵宝玉妄谈禅	1080
第九十二回	评女传巧姐慕贤良	玩母珠贾政参聚散	1089
第九十三回	甄家仆投靠贾家门	水月庵掀翻风月案	1100
第九十四回	宴海棠贾母赏花妖	失通灵宝玉知奇祸	1111
第九十五回	因讹成实元妃薨逝	以假混真宝玉疯癫	1124
第九十六回	瞒消息凤姐设奇谋	泄机关颦儿迷本性	1134
第九十七回	林黛玉焚稿断痴情	薛宝钗出闺成大礼	1144
第九十八回	苦绛珠魂归离恨天	病神瑛泪洒相思地	1158
第九十九回	守官箴恶奴同破例	阅邸报老舅自担惊	1167
第一百回	破好事香菱结深怨	悲远嫁宝玉感离情	1176
第一百一回	大观园月夜感幽魂	散花寺神签占异兆	1185
第一百二回	宁国府骨肉病灾祲	大观园符水驱妖孽	1197
第一百三回	施毒计金桂自焚身	昧真禅雨村空遇旧	1205
第一百四回	醉金刚小鳅生大浪	痴公子余痛触前情	1216
第一百五回	锦衣军查抄宁国府	骢马使弹劾平安州	1225
第一百六回	王熙凤致祸抱羞惭	史太君祷天消祸患	1234
第一百七回	散余资贾母明大义	复世职政老沐天恩	1243
第一百八回	强欢笑蘅芜庆生辰	死缠绵潇湘闻鬼哭	1252
第一百九回	候芳魂五儿承错爱	还孽债迎女返真元	1262
第一百一十回	史太君寿终归地府	王凤姐力绌失人心	1275

目 录

第一百十一回	鸳鸯女殉主登太虚	狗彘奴欺天招伙盗	1286
第一百十二回	活冤孽妙尼遭大劫	死雠仇赵妾赴冥曹	1297
第一百十三回	忏宿冤凤姐托村妪	释旧恨情婢感痴郎	1307
第一百十四回	王熙凤历劫返金陵	甄应嘉蒙恩还玉阙	1317
第一百十五回	惑偏私惜春矢素志	证同类宝玉失相知	1325
第一百十六回	得通灵幻境悟仙缘	送慈柩故乡全孝道	1335
第一百十七回	阻超凡佳人双护玉	欣聚党恶子独承家	1346
第一百十八回	挟微嫌舅兄欺弱女	警谜语妻妾谏痴人	1357
第一百十九回	中乡魁宝玉却尘缘	沐皇恩贾家延世泽	1368
第一百二十回	甄士隐详说太虚情	贾雨村归结石头记	1382

王梦阮、沈瓶庵的《红楼梦索隐》…………………………… 郭豫适 1395

导　读

　　1914年，《中华小说界》发表了《红楼梦索隐提要》，随即在社会上引起了强烈反响。1916年9月，上海中华书局又将全书正式出版印行。此后一版再版，很快便重印十三次之多。该书赖以立论的基础是两大传说：一是所谓清初四大疑案之一的顺治出家的传说；二是秦淮名妓董小宛入宫为妃并改姓董鄂氏的传说。学术著作，以传闻为立足点本来就是不科学的，更何况根本就经不住史料的检验。1921年，胡适在《红楼梦考证》中引用孟森的《董小宛考》一文，对王、沈的谬说作了彻底反驳："董小宛生于明天启四年甲子，故清世祖生时，小宛已十五岁了；顺治元年，世祖方七岁，而清世祖那时还是一个十四岁的小孩子。小宛比清世祖长一倍，断无入宫邀宠之理。"

　　后来，孟森又撰写了《世祖出家事考实》一文，以翔实的史料，彻底戳穿了顺治出家的妄说。孟森指出：据《玉林国师年谱》等史料记载，清世祖因患豆疾，崩殂于顺治十八年正月初七日。《红楼梦索隐》所谓"世祖临宇十八年，实未崩殂，因所眷董鄂妃卒，悼伤过甚，遁迹五台不返，卒以成佛"云云，纯属毫无根据的臆测之言。至于吴梅村《清凉山赞佛》诗中"千里草"三字所切之"董"，乃是指顺治皇帝的贵妃董鄂氏。董鄂氏系内大臣鄂硕之女，十八岁入宫，顺治十三年八月册封为贤妃，同年十二月晋升为贵妃，深受清世祖宠爱。但这个董鄂妃，与那个早在顺治八年正月就已病逝的秦淮名妓董小宛，绝对扯不上任何关系。

　　索隐派观点的荒谬并不仅仅由于立论基础的薄弱，更重要的还在于其索隐方法的非科学性。概括起来，王、沈所用索隐手法大致有以下

《红楼梦》与顺治皇帝的爱情故事

几种。

一、将历史人物与小说中的人物形象一一对号。用他们的话说，就是某某影射某某。如说贾宝玉影射清世祖，林黛玉影射董鄂妃即秦淮名妓董小宛，薛宝钗影射秦淮八艳之一的吴三桂妾陈圆圆等。

二、在论证某个小说人物形象影射某个历史人物时，又发明了所谓的"分写"（分为）法。例如，王、沈认定林黛玉影射秦淮名妓董小宛，但因"小宛事迹甚多，又为两嫁之妇，断非黛玉一人所能写尽"，故作者又以薛宝钗、薛宝琴、秦可卿、妙玉、晴雯、袭人等"六人分写之"，且"以一人写其一事"。

三、与"分写"说既相通又相反的，便是所谓的"合写"说，亦即几个历史人物的事迹"合写"在一个小说人物形象身上。例如，王、沈认为薛宝钗有时影射秦淮名妓董小宛，有时又影射吴三桂的爱妾陈圆圆，"亦有时写刘三秀"。这就是说，薛宝钗这一人物形象，是历史人物董小宛、陈圆圆、刘三秀等三个人的"合写"。

四、利用数字或词义的"关合"，论证某某即某某的"化分"。如说："世祖自肇祖以来为第七代，宝玉便言'一子成佛，七祖升天'，又恰中第七名举人；世祖谥章，宝玉便谥文妙，文、章两字可暗射也。"

五、利用"拆字法"这一索隐派的惯技，论证某个小说人物形象影射某一个历史人物。如说："小宛书名，每去玉旁，故黛玉命名，特去宛旁，专名玉，平分各半之意也"等等。

茅盾在《关于曹雪芹》中曾经指出："王、沈二氏之索隐穿凿附会，愈出愈奇。然而最不能自圆其说者，为一人兼影二人乃甚三人。"由于索隐方法的非科学性，无论王、沈二人罗列多少所谓的"关合"之处，其观点也是难以成立的。

序

玉溪《药转》之什，旷世未得解人；渔洋《秋柳》之词，当代已多聚讼。大抵文人感事，隐语为多；君子忧时，变风将作。是以子长良史，寄情于《货殖》《游侠》之中；庄生寓言，见义于《秋水》《南华》之外。古有作者，夐乎尚矣。

若夫传奇纪异，谊不附于通人；因事成书，体自屈于小说。而实则企载朝野，为外史之别裁；实录见闻，非稗官之正体。如世所传《红楼梦》一书者，其古今之杰作乎！

大抵此书改作，在乾嘉之盛时；所纪篇章，多顺康之逸事。特以二三女子，亲见亲闻；两代盛衰，可歌可泣。江山敝屣，其事为古今未有之奇谭；闺阁风尘，其人亦两间难得之尤物。听其湮没，则忍俊不禁；振笔直书，则立言未敢。于是托之演义，杂以闲情，假宝黛以况其人，因荣宁以书其事。将无作有，本云满纸荒唐；推实入虚，难得一门风雅。而且万方玉食，公子反作闲人；千古美人，知己最难如愿。坠欢可拾，如闻儿女之喁喁；长恨难填，永见山川之寂寂。绘声绘影，入妙入微。当其始也，门荫方浓，年华正富，无猜两小，有约三生。斗草焚香，大好无愁之岁月；谈诗赌酒，愿居不老之天荒。无如美景不长，良辰难再。及其继也，彩云易散，飘零快绿之花；缺月难圆，掩泣潇湘之竹。遂使读者男痴女怨，暮哭朝啼。把卷如亲，恍入群花之座；掩书致想，难胜剩粉之悲。是以飞走有年，流传几遍。举绛瑛之迹，则闻者眉开；述钗黛之名，则谈者口艳。通都学子，拾来千百遗闻；闺闼蛾眉，赔却几多泪债。

然而勘情易误，求事难真，但观百美之新图，岂识一朝之别录？在

《红楼梦》与顺治皇帝的爱情故事

作者引人入胜,设谜不宜,良有苦心,诚非得已。彼盖以冲冠一怒,为兴衰种族之由;乔木三迁,亦巾帼离奇之迹。于是,推原过始,痛包胥之哭秦庭;指斥祸胎,恨褒姒之燃夏燧。酸辛无限,笔墨羞陈,此一因也。又以倾国在人,悟空唯色。缘一情之未泯,薄万乘而不为。彼重色三郎,尚死马前妃子;多情汉武,徒怀帐里夫人。孰能举念全灰,掉头不顾?悲生悯死,成释迦帝子之功;削发披缁,去开国君王之号。奇情骇世,尊讳难书,此又一因也。是以变幻离奇,烘托点染,托言闺闼,为情史之专书;假设门楣,若盛朝之名阀。

其实事非一姓,人异诸姜。放眼波涛,俱是秦淮烟水;伤心城市,忽成异代衣冠。故欲吐有必茹之情,每隐有弥宣之妙。葫芦火化,本无闷人终古之心;假语津迷,自有抵岸回头之日。

不佞谬参正谛,剖集遗闻,由假悟真,信太上以忘情为贵;即隐求事,知酸泪非作者之痴。遂敢洞抉藩篱,大弄笔墨。钩沈索隐,矜考据于经生;得象忘言,作功臣于说部。为知为罪,全俟后人;见浅见深,仍由读者。自笑好为多事,直痴人说梦之流;何妨强作解人,寻顽石点头之趣。悼红若在,义或庶几。

岁在癸丑嘉平月,悟真道人识于沪上

例　言

一《红楼梦》书中所隐之事，细为抽绎，皆有可寻。故为"索隐"一书，逐段将真事指出，以免埋没作者之用心，而开后来阅者之门径。

一全书大旨，隐寓清开国初一朝史事。故先为提要一卷，以发其凡。

一诸家评《红楼》者，有护花主人、大某山民各种，批窍导窾，固已无义不搜。然其人用心，大抵不免为作者故设之假人假语所囿。落实既谬，超悟亦非。于书中所指何事何人，全不领悟；真知既乏，即对于假人假语，亦不免自为好恶，妄断是非。故是书流行几二百年，而评本无一佳构。下走不敏，却于是书融会有年，因敢逐节加评，以见书中无一妄发之语，无一架空之事。即偶尔闲情点缀，亦自关合映带，点睛伏脉，与寻常小说演义者不同。以注经之法注《红楼》，敢云后来居上。

一诸家评本，懵然妄断，虽难切合，然其用心处亦自不可没。故本书特择其语不离宗，于书中笔法语意有道着处者，选存一二，借以广益集思。本评加"索隐"二字于前，以示区别。余则采某家者，则书其标题首二字，如大某山民则曰"大某评"，护花主人则曰"护花评"之类，以存其名而标其异。众僧说法，或得参解上乘。

一本评于事实考证未精。参详未确者，概弗妄列。有异闻、有歧说、为疑义，并著而出之，亦注经考史法也。

一事无可考者，闻亦评论其文，敷陈其意，于全书大小结构点醒其事：湘云眠药祸是与宝玉和会，为袭人撞见，故含羞向人。如此之类，亦自具只眼，然非作者本意所注重，故不必好为刻深。

看《红楼》须与《吴梅村集》参看，为其多纪旧闻也。

看《红楼》又当与《王渔洋集》参看，其作证处亦不少。

《红楼梦》与顺治皇帝的爱情故事

不看《板桥杂记》不可读《红楼》;不知诸人来历,从何说起,直梦中梦。

不熟清初掌故,不可读《红楼》,不知当时大事,何能看得亲切。

书中所隐之事、所隐之人,有为故老所不传,载记所不道者,索隐亦无能为役。然为存一代史事,故为苦心穿插,逐卷证明,其斗榫交关,均已一一吻合。神龙固难见尾,而全豹实露一斑。以例推之,余蕴亦复有限,后来者更加搜访,似不难完全证出,成为有价值之历史专书,千万世仅有之奇闻,数百年不宜之雅谜。彼虽善隐,我却索而得之,宣而出之,以赠后人,亦大快事。譬之松之纪异陈志,谊何让焉。若以裴索隐于龙门,则吾岂敢!

第一回 甄士隐梦幻识通灵 贾雨村风尘怀闺秀

此开卷第一回也。〔**索隐**〕开卷第一回，人人翻书便得，望目可知，作者何必津津道出此七字？初看似觉呆气，不知此七字正有百折之心，万钧之力。如演剧开场之拍板、平话开场之警木，使人心思开目一齐注射，然后作者无限感伤义蕴，乃可用影射笔墨，短简文词，一一曲为传出，并非恐人不知首尾，演此无谓闲文。大抵此书虽是野史稗官，作者却是通人才子。经史百家无所不读，故于著书体例研究颇精。此七字来源，直从《孝经》"开宗明义章第一"七字中化出，是叫人着意考求本书来历的意思。一部大文此为开始，必作者精神结聚处。由此悉心探索，其义蕴自心会神通。况此段虽是开卷第一回，而所说皆作书人之心曲，并与第一回正文无涉。可见作者意有所指，不便明言，故隐约其词，聊当一篇自叙，叫人自读自悟。其不以自叙名篇，必混于书内者，义有所隐也。既隐而复标此七字者，有意警人使悟，明其为开端之自叙也。赵高指鹿为马，欲殿上人皆言马也。而人果皆言马，殿上人何其慧也！"痴者埋镪防人窃发，特标其上曰："此地并未埋银三十两"；人果觉而抉去之，抉藏人何其敏也！此段明明非第一回，而偏说是第一回，用心之狡有若赵高，用笔之痴有如镪主，欲人善觉善抉。而传之二百余年，竟无一人发其覆者，何其智之出殿上人与抉藏人下也！不佞今为指出，作者有知，灵爽当为一慰，可付转轮以去。欧阳永叔云："吉光片羽，终不可没。"其信然乎！作者自云，〔**索隐**〕此四字尤须重看。是自承为自叙，非代石头立言也。此段直至后文贾语村云云，皆是作书人口气，并与石头无涉，如八股文之破承，全是自家说话，故标明"作者自云"四字。下一段乃移到石头身上，插入石头口气，如八股文之起讲，方是书归正

《红楼梦》与顺治皇帝的爱情故事

传。序自为序,书自为书,划然分清,全不牵混。然粗看并无分别,特地加此四字,非是画蛇添足,实是画龙点睛。若以今新闻纸之例例之,当用特别加大出号铅字排印而出;或仿市肆广告之例,特加"注意""注意"等字于上方,俾阅者深入脑筋,不可没灭,方不负作者本意。曾历过一番梦幻之后,〔索隐〕梦幻是身经国变,饱阅兴亡,亲见诸人之来历结果,旁观有悟,有如梦醒,故云"梦幻之后",非身在红楼中打过盹来也。故将真事隐去,而借"通灵"说此《石头记》一书也,故曰"甄士隐"云云。〔索隐〕明说真事隐去,是书中全有所指可知。明说借"通灵"说此书,是"通灵"不过借喻,并非实有,且并非"通灵"自说可知。但书中所记何人何事?〔索隐〕此句最须着眼,是天下后世,人人所欲问、所应问者。作者故设一笑,逗醒众人,以见所记果有实人实事,语在个中,呼之欲出。天下后世,善男信女,凡爱读《红楼》者,读至此间,情神皆为一振,无不当三薰三沐、凝神屏息、叠肩耸耳以敬听下文。自己又云:〔索隐〕方在落题,忽又一笔抬远,答非所问,如黄河之水天上来,作者何狡猾乃尔!大抵文人弄笔,凡有奇情幽怨,类不能直泄无余。《太史公自序》一篇,每每欲吐复茹;周、秦以后诸子,说到深隐处,每用"诗曰""书云"等字了结上文,皆是善用此法,与作者一鼻孔出气。作者多读古书,故能变化不测。其词若曰不啻若自其口出;其状大似王顾左右而言他。风尘碌碌,一事无成,忽念及当日所有之女子,一一细考较去,觉其行止识见皆出我之上。我堂堂须眉,诚不若彼裙钗,我实愧则有余,悔又无益,大无可如何之日也。〔索隐〕言当日所有之女子,是非书时其人皆已证果可知。言一一细考较去,是诸女子毁誉之间,煞费斟酌可知。此下数语,皆归美诸女之词,亦引起牢骚之意。以书中语意窥测,此书当是明季遗老仕清而又自悔者所为。书中熟于明季国闻,及清初宫闱隐事,必前后均筮仕京朝者乃能得之详而言之切。不然,作一小说,那便讲到"愧""悔"等字?况书中言事,多与梅村之诗相出入,是又必以文名被召,与梅村同时相知,而牢骚境遇又相等者,如芝麓、牧斋一辈人,故书中专记诸人闺阃中事。当清初风教未同,种族界隔,诸人欲隐不能,仕又自悔,凡所闻见,怅触于怀,或纪以诗,或记以书,大都皆隐约其词,为憔悴伤心之作。当

第一回 甄士隐梦幻识通灵 贾雨村风尘怀闺秀

日所有女子，所指均不出秦淮画舫中人，如小宛，如圆圆，如如是，如横波，其人虽风尘下贱之身，而归结皆殊荣奇遇。且圆圆劝三桂复明；小宛不忘故夫，挹郁而卒，当时志在为后，亦或别有用心，故死甚暗昧；横波、如是，固长日以不仕清劝龚、钱两公者，所谓妾劝郎死郎不死者是也。其人身世虽不见许于正人，而一一为之详细考较，行止识见，诚戡出诸君子之上。书中特加"细考较去"四字，大有用意。是诸女子固蒙西子之不洁，而于当日种族兴亡，却皆有所关系，视诸君子之汶汶改节者有差，故诸君子自命不如，徒生愧悔，真无可奈何之日也。当此日，欲将已往所赖天恩祖德，锦衣纨袴之时，饫甘餍肥之日，背父母教育之恩，负师友规训之德，以致今日一技无成，半生潦倒之罪，编述一集，以告天下，知我之负罪固多，然闺阁中历历有人，万不可因我之不肖，自护己短，一并使其泯灭也。〔索隐〕看此一段，《红楼》底本当又是冒辟疆所为，故熟于小宛之性情行事。言"天恩祖德"的，是辟疆家世；言"锦衣纨袴"的，是辟疆身分；言闺阁有人，不可因其不肖一并泯灭，是此闺阁中人与作者煞有关系。作者不为表发，人将无知其事而传之者，故云一并泯灭。非辟疆悲恋小宛之深，又知其为己而死，何能言之如此亲切，如此沉痛？且辟疆与梅村、芝麓、牧斋诸人皆忘年交，诗酒相逐；舍梅村外，闺人又皆一时秦淮名妓，通家往还，知之甚悉。故书中并为横波、如是诸人立传，所谓"历历有人"也。此意揣之词，然而不中不远。故当此蓬牖茅椽，绳床瓦灶，未足妨我襟怀；况对着晨风夕月，阶柳庭花，更觉润人笔墨。我虽不学无文，又何妨用假语村言敷衍出来，亦可使闺阁昭传，复可破一时之闷，醒同人之目，不亦宜乎！故曰"贾雨村"云云。〔索隐〕不说不敢明言，偏说文词不足，亦是一曲笔。意在昭传闺阁，又重言之，可见当日诸女子之奇，与作者不能忘情之笃。以俚语村言衍出，正为可以曲畅旁通，淋漓尽致。作者用意，一在能隐，一在能详，非身亲者不能是，亦不为是也。是即非辟疆自作，亦必其契友所为，决非一时草茅文字。更于书中间用"梦""幻"等字，却是此书本旨，兼寓提醒阅者之意。〔索隐〕用"梦""幻"等字为书本旨，是书本非梦，托之梦耳；明言"提醒阅者之意"，是不欲阅者视为梦也。其以为运广长舌，为众生说法者，毋乃痴甚。

《红楼梦》与顺治皇帝的爱情故事

看官，你道此书从何而起？说来虽近荒唐，细玩深有趣味。却说那女娲氏炼石补天之时，于大荒山无稽崖，炼成高十二丈、四方二十四丈大的顽石三万六千五百零一块，那娲皇只用了三万六千五百块，单单剩下一块未用，弃在青埂峰下。〔索隐〕作者多读古书，沾染汉人积习，故好以四时十二月二十四气，周天三百六十五度等说解释名物。然用之小说中，说来如此庄重，亦是得未曾有。谁知此石自经煅炼之后，灵性已通，自去自来，可大可小。因见众石俱得补天，独自己无才，不得入选，〔索隐〕"不得入选"四字，已伏后妃远脉。遂自怨自艾，日夜悲哀。

一日，正当嗟悼之际，俄见一僧一道远远而来，生得骨相不凡，丰神迥异。来到青埂峰下，席地坐谈，见着这块鲜莹明洁的石头，且又缩成扇坠一般，甚属可爱。那僧托于掌上，笑道："形体倒也是个灵物了，只是没有实在好处，得再镌上几个字，使人人见了便知你是件奇物，然后携你到那昌明隆盛之邦，〔索隐〕是开国时代。诗礼簪缨之族，〔索隐〕是帝王家世。花柳繁华之地，〔索隐〕是六朝金粉。温柔富贵之乡，〔索隐〕是九重春色。以上所言，皆针对小琬，是宝玉所宝者之出处，非宝玉本身来历也，须看得真。又香扇坠，是喻人姬妾之娇小者，书中言缩如扇坠，正取此义。去走一遭。"石头听了大喜，因问："不知可镌何字，携到何方？望乞明示。"那僧笑道："你且莫问，日后自然明白。"说毕便袖了，同那道人飘然而去，竟不知投向何方。

又不知过了几世几劫，因有个空空道人，〔索隐〕以僧道开始，是归重出家之义。茫渺不足，继以空空，极言无是公而已。访道求仙，从这大荒山无稽崖青埂峰下经过，忽见一块大石，上面字迹分明，编述历历。空空道人乃从头一看，原来是无才补天，幻形入世，被那茫茫大士渺渺真人携入红尘，引登彼岸的一块顽石。上面叙着坠落之乡、投胎之处，以及家庭琐事、闺阁闲情、诗词谜语，倒还全备。只是朝代年纪失落无考。〔索隐〕书中处处均明说满清，而开首偏言朝代无考，全是反逼。若真无考，转可假汉、唐名目矣。读者须勿为所混。后面又有一偈云：

无才可去补苍天，〔索隐〕小琬或有补天之志耶？抑以不得正位乾

第一回　甄士隐梦幻识通灵　贾雨村风尘怀闺秀

坤为缺憾耶？枉入红尘若许年。〔索隐〕此句亦似兼讥情僧之不理国政，故加一"枉"字。十九年耶？三十余年耶？惜不写出。此系身前身后事，〔索隐〕一生结果已定，其事历历可考，故不忍泯灭。倩谁寄去作奇传？〔索隐〕结明以小说传奇自隐的意思。

　　空空道人看了一回，晓得这石头有些来历，〔索隐〕人自不凡。遂向石头说道："石兄，你这一段故事，据你自己说来，有些趣味，故镌写在此，意欲问世传奇。据我看来：第一件，无朝代年纪可考；〔索隐〕又重言申明，狡甚。第二件，并无大贤大忠理朝廷、治风俗的善政，〔索隐〕说到朝廷，偏又先说"大贤大忠"，避去君上一面，其实意正在彼不在此。其中只不过几个异样女子，或情或痴，或小才，或微善，我纵然抄去，也算不得一种奇书。"〔索隐〕诸女子才色自皆不凡，然究亦未尝作出些须事业，不过富贵温柔二场欢梦，故以"小才""微善"称之。可见前段所言行止识见，亦无非虚名，并无实在的好处。故书中美刺并存，不少假借。石头果然答道："我师何必太痴！我想，历来野史的朝代，无非借假'汉''唐'的名色，莫如我这石头所记，不借此套，只按自己的事体情理，反倒新鲜别致。况且，那野史中或讪谤君相，或贬人妻女，〔索隐〕险笔。一开口便说"讪谤君相""贬人妻女"，作者曾否避之，抑正借以自承，殊难捉摸。然作者感事特深，言婉而讽，与直书秽乱者，体自不同，仍是独辟蹊径。奸淫凶恶，不可胜数。更有一种风月笔墨，其淫秽污臭，最易坏人子弟。至于才子佳人等书，则又开口'文君'，满篇'子建'，干部一腔，千人一面，且终不能不涉淫滥。在作者不过要写出自己的两首情诗艳赋来，故假捏出男女二人名姓，又必旁添一小人拨乱其间，如戏中小丑一般。更可厌者，'之乎者也'，非理即文，大不近情，自相矛盾。〔索隐〕小说家一齐低首。竟不如我半世亲见亲闻的这几个女子，〔索隐〕女子闺阁字样，一段中叠见，至此凡五。作者有所不能忘，所惟恐阅者之或忘，故一再叮咛如此。与后人追写及向壁虚造者，确乎不同。虽不敢说强似前代书中所有之人，但观其事迹原委，亦可消愁破闷。至于几首歪诗，亦可以喷饭下酒。其间离合悲欢、兴衰际遇，俱是按迹循踪，不敢稍加穿凿，至失其真。只愿世人当那醉余睡醒之时，或避事消愁之际，把此一玩，不但洗了旧套，换新

《红楼梦》与顺治皇帝的爱情故事

眼目,却也省了些寿命筋力,不比那谋虚逐妄。我师意为如何?"〔**索隐**〕此一小段中,首言只按自己的事体情理,次言亲见亲闻,又次言俱按迹循踪不敢稍加穿凿,末言不比那谋虚逐妄。接连四笔,写出是实人实事,而且亲见亲闻,珍珍重重、切切实实,可见书中所说,全是当日确有之事,作者全无附会。读者以小说体裁,误为演义,以梦幻、茫渺等字,误为子虚,大失作者谆谆告谕之意。据此段所说,实似辟疆所为。

空空道人听如此说,思忖半晌,将这《石头记》再检阅一遍,因见上面大旨不过谈情,亦只实录其事,〔**索隐**〕四字有力。并无伤时淫秽之病,〔**索隐**〕全是伤时淫秽,惟不明言耳。方从头至尾抄写回来,问世传奇。从此空空道人因空见色,由色生情,传情入色,自色悟空,遂改名情僧;改《石头记》为《情僧录》。〔**索隐**〕地有石头始,人以情僧终,故先名彼而后名此,一部《情僧录》演"色""空"两字而已。东鲁孔梅溪题曰《风月宝鉴》。〔**索隐**〕以鉴名者,大都(如《千秋金鉴》《资治通鉴》之类甚多)皆进御之书。言情僧后,继以此名,可见为帝王而作。作者依次点明,皆有深意。后〔**索隐**〕此一"后"字,阅百余年。因曹雪芹于悼红轩中,披阅十载,增删五次,纂成目录,分出章回,又题曰《金陵十二钗》,〔**索隐**〕明言"披阅十年,增删五次",是非由雪芹手创可知。雪芹成书,当在嘉庆以后。设当时无此传本,于国初见闻,业已茫渺,将有欲托无从者。雪芹通人,必知为何人所创,乃肯为之尽力,特作者不露,故改者亦不肯露耳。《风月宝鉴》之后,又名《金陵十二钗》,仍归结到石头城去,恐人忘其为秦淮诸妓而发也。并题一绝。即此便是《石头记》的缘起。诗云:

满纸荒唐言,〔**索隐**〕假语。一把辛酸泪。〔**索隐**〕真事。都云作者痴,〔**索隐**〕原非说梦,人固不知。谁解其中味?〔**索隐**〕"黄绢幼妇",终有解时。

《石头记》缘起说明,正不知那石头上记着何人何事,〔**索隐**〕归入假语。看官请听。

按那石头上书云:当日地陷东南,〔**索隐**〕又从盘古说起,作者有意弄笔,然亦是先明缺憾之意。这东南有个姑苏城,城中阊门,最是红尘中一二等富贵风流之地。这阊门外有个十里街,〔**索隐**〕言事理也。

第一回　甄士隐梦幻识通灵　贾雨村风尘怀闺秀

街内有个仁清巷，〔索隐〕言人情也。巷内有个古庙，〔索隐〕舍事理，抛人情，专专入庙，是作书大旨。因地方狭窄，人皆呼作葫芦庙。〔索隐〕又将事理、人情一齐装入闷葫芦，请君入瓮，从此始矣。庙旁住着一家乡宦，姓甄名费，字士隐。〔索隐〕费，废也。言真事隐去，便成废也。嫡妻封氏，〔索隐〕封藏在内，亦隐之义。性情贤淑，深明礼义。家中虽不甚富贵，然本地也推他为望族了。因这甄士隐秉性恬淡，不以功名为念，每日只以观花种竹、酌酒吟诗为乐，倒是神仙一流人物。〔索隐〕无志功名，有心仙佛，真事归结于此，故全书亦发端于此。只是一件不足，年过半百，膝下无儿，只有一女，乳名英莲，〔索隐〕英莲，犹言应怜也。英莲即香菱。书中写香菱，大半为圆圆写照，言其所配非偶，人所应怜耳。年方三岁。

一日，炎夏无事，士隐于书房闲坐，手倦抛书，伏几盹睡，不觉蒙眬中走至一处，不辨是何地方。〔索隐〕真事果然隐去，渐入迷离梦境矣。忽见那厢来了一僧一道，且行且谈。只听道人问道："你携了此物，意欲何往？"那僧笑道："你放心，如今现有一段风流公案，正该了结。这一干风流冤家尚未投胎入世，趁此机会，就将此物夹带于中，使他去经历经历。"〔索隐〕风流公案、风流冤家，是其事其人之评确断。那道人道："原来近日风流冤家又将造劫历世，但不知起于何处，落于何方？"那僧道："此事说来好笑，只因西方灵河岸上。三生石畔，〔索隐〕"灵河岸""三生石"，皆是有缘不遇的故事，信手拈来，都成妙谛。有绛珠草一株。〔索隐〕绛珠反喻绿珠；草，千里草也，暗指董妃。那时，这个石头因娲皇未用，却也落得逍遥自在，各处去游玩。一日来到警幻仙子处，那仙子知他有些来历，因留他在赤霞宫居住，〔索隐〕清世祖降生，宫中红光绕室，经久不灭，故曰赤霞宫。就名他为赤霞宫神瑛侍者。〔索隐〕神，圣神；瑛，英武。圣神英武，皆开国君王气象。他却常在灵河岸上行走，看见这株仙草可爱，遂日以甘露灌溉。〔索隐〕君恩比之雨露。这绛珠草始得久延岁月。后来，既受天地精华，复得甘露滋养，遂脱了草木之胎，得换人形，仅仅修成女体，终日游于离恨天外，饥餐秘情果，渴饮灌愁水。〔索隐〕"秘情果""灌愁水"，皆隽语，亦状妃子一生情态。只因尚未酬报灌溉之德，故甚至五内郁结着一段缠绵不

《红楼梦》与顺治皇帝的爱情故事

尽之意,常说:'自己受了他雨露之惠,我并无此水还,他若下世为人,我也同去走一遭,但把我一生所有的眼泪还他,也还得过了。'〔索隐〕还泪之说甚奇甚颖,以妃子之遇,尚何可悲?长日宫中,以泪洗面,岂新恩不足,抑旧爱难忘乎?可令人思。因此一事,就幻出多少风流冤家,都要下凡造历幻缘;那绛珠仙草也在其中。今日这石头复还原处,你我何不将他仍带到警幻仙子案前,给他挂了号,同这些情鬼〔索隐〕"情鬼"二字甚确甚趣。下凡,一了此案。"那道人道:"果是好笑!从来不闻有还泪之说。趁此你我何不也下世度脱几个,岂不是一场功德。"那僧道:"正合吾意。你且同我到警幻仙子宫中,将这蠢物交割清楚,待这一干风流孽鬼下世,你我再去。如今有一半落尘,犹未全集。"道人道:"既如此,便随你去来。"〔索隐〕已一半落尘,隐指陈、董诸女子,年俱长于情僧。

却说甄士隐俱听得明白,遂不禁上前施礼,笑问道:"二位仙师请了。"那僧道也忙答礼相问。士隐因说道:"适闻仙师所谈因果,实是人世罕闻者。但弟子愚拙,不能洞悉明白,若能大开痴顽,备细一闻,弟子洗耳谛听,稍能警醒,亦可免沉沦之苦。"二仙笑道:"此乃玄机,不可预泄者。到那时只要不忘了我两人,便可跳出火坑矣。"士隐听了,不便再问,因笑道:"玄机固不可泄,但适云蠢物,不知为何?或可得见否?"那僧说:"若问此物,倒有一面之缘。"〔索隐〕有一面缘,是亲见的证据,作者必当日秦淮曾与琬娘相识者。说着,取出递与士隐。士隐接了看时,原来是块鲜明美玉,上面字迹分明,镌着"通灵宝玉"四字,后面还有几行小字。正欲细看时,那僧便说。"已到幻境。"〔索隐〕梦境愈入愈深。便强从手中夺了去,与道人竟过一大石牌坊。上面大书四字,乃是"太虚幻境";两边又有一副对联,道:

假作真时真亦假,

无为有处有还无。〔索隐〕真假有无,是言书中所指之事,故作迷离,非超悟语。

甄士隐意欲也跟了过去,方举步时,〔索隐〕真事自不能入幻。忽听一

第一回　甄士隐梦幻识通灵　贾雨村风尘怀闺秀

声霹雳，若山崩地裂。士隐大叫一声，定睛看时，但见烈日炎炎，芭蕉冉冉，梦中之事便忘了一半。又见奶姆抱了英莲走来。士隐见女儿越发生得粉装玉琢，乖觉可喜，便伸手接来抱在怀中，逗他玩耍；一面又带至街前看那过会的热闹。方欲进来时，只见从那边来了一僧一道。那僧癞头跣足，那道跛足蓬头，疯疯颠颠，挥霍而至。及到了他门前，看见士隐抱着英莲，那僧便大哭起来，又向士隐道："施主，你把这有命无运、累及爹娘之物抱在怀中作甚？"〔索隐〕书中凡说香菱，皆暗指三桂。三桂开藩建号，可谓有命；覆国亡家，可谓无运；因冲冠一怒，致父母骈诛，可谓累及爹娘之物。见者大哭，非徒为吴氏戚，亦为朱明痛也。明讥暗讽，斥之深矣。作者偏以属之香菱（香菱亦何尝累及爹娘），可见祸因爱姬而作。用笔精深刻露，全从史迁得来。梅村诗云："全家白骨成灰土，一代红颜照汗青。"与此书意旨相出入。士隐听了，知是疯话，〔索隐〕何尝是疯话，然却故意作出疯颠一类模样，故士隐不悟，而读者亦不悟。也不睬他。那僧还说："舍我罢，舍我罢！"士隐不耐烦，便抱女儿转身欲进去。那僧乃指着他大笑，念了四句言词，道是：

惯养娇生笑你痴，〔索隐〕指三桂宫中奢泰情形。
菱花空对雪澌澌。〔索隐〕菱花，镜也。镜取圆圆之意，故隐指圆圆。三桂势如冰山，故以雪为喻，言易化也。且三桂字曰长白，白有雪之意，故凡言雪者，皆指三桂。"空对"二字，具有深意。言圆虽赞助桂，不能从终，易化耳。
好防佳节元宵后，〔索隐〕三桂当康熙十七年戊午八月中秋之夕，方与圆圆辈临轩玩月，忽闻其婿大将胡国柱降清，气噎仆地遽绝，书中以"佳节元宵"喻。"佳节"，中秋也。
便是烟消火灭时。〔索隐〕"烟消火灭"，言其死之遽与败之速也。

士隐听得明白，心下犹豫，意欲问他来历，只听道人说道："你我不必同路，就此分手，各干营生去罢。三劫后，我在北邙山等你，〔索隐〕佛家言十年一小劫，三劫则三十年也。陈、董死时，年皆三四十以外，故云

《红楼梦》与顺治皇帝的爱情故事

三劫。会齐了,同往太虚幻境销号。"那僧道:"最妙,最妙!"说毕,二人一去,再不见个踪影了。士隐心中此时自忖,这两人必有来历,很该问他一问,如今后悔却已晚了。

这士隐正痴想,忽见隔壁葫芦庙内寄居的一个穷儒,姓贾名化,表字时飞,〔索隐〕贾化,犹言假话。时飞,犹言实非也。别号雨村的,〔索隐〕捏"假语村言"之中两字为别号,相言其本,非设词而已。走了来。这贾雨村原是湖州人氏,〔索隐〕言之不足而重言之。湖州,犹言胡诌也。也是诗书仕宦之族。因他生于末世,〔索隐〕"末世",言明季也。生于"诗书仕宦之族",可见此善说假语之作书人,必是明时乔木,故疑辟疆。父母祖宗根基已尽,人口衰丧,只剩得他一身一口,在家乡无益,因进京求取功名,再整基业。自前岁来此,又淹蹇住了,暂寄庙内安身,〔索隐〕一片假语,将人装入闷葫芦矣。每日卖文作字为生,故士隐常与他交接。〔索隐〕真事假话,互相往来,全书结构如此。

当下雨村见了士隐,忙施礼陪笑道:"老先生倚门伫望,敢是街市上有什么新闻?"〔索隐〕旧时以不经见之事为新闻,与后传说新闻对照,可见此书为传新闻而作。士隐笑道:"非也。适因小女啼哭,引他出来作耍,正是无聊的很。贾兄来得正好,请入小斋,彼此俱可消此永昼。"说着,便令人送女儿进去,自携了雨村来至书房中。小童献茶。方谈得三五句话,忽家人飞报:"严老爷来拜。"〔索隐〕严,延也,将真事延之他所,好让假话开场。士隐慌的忙起身谢道:"恕诳驾之罪,且请略坐,弟即来奉陪。"雨村亦起身让道:"老先生请便,晚生乃常造之客,稍候何妨!"说着,士隐已出前厅去了。

这里雨村且翻弄书籍解闷,忽听得窗外有女子嗽声。〔索隐〕注意。雨村遂起身往外一看,原来是一个丫鬟在那里掐花。〔索隐〕"掐花"二字有来历。生得仪容不俗,眉目清秀,虽无十分姿色,却也有动人之处。雨村已不觉看得呆了。那甄家丫鬟掐了花,方欲走时,猛抬头见窗内有人,敝巾旧服,虽是贫窘,然生得腰圆背厚,面阔口方,更兼剑眉星眼,直鼻方腮。〔索隐〕英雄气概。这丫鬟忙转身回避,心下自想:"这人生的这样雄壮,却又这样褴褛,想他定是我家主人常说的什么贾雨村了。每有意帮助周济他,只是没甚机会。我家并无这样贫窘亲友,想一定就

第一回　甄士隐梦幻识通灵　贾雨村风尘怀闺秀

是此人了。怪道又说他必非久困之人。"如此想，不免又回头一两次。〔索隐〕此一段全从梅村《圆圆曲》"白皙通侯最少年，拣取花枝屡回顾"数语中化出，言因掐花回顾得意而已。雨村见他回了头，便以为这女子有意于他，便狂喜不禁，自谓此女子必是个巨眼英豪，〔索隐〕圆圆于田畹席上一见三桂，疑是当时豪杰，便欲以身相许。三桂既为登徒好色之流，亦有红拂知音之感，故因圆圆一顾，必欲得之，亦总算奇缘奇遇。书中于"巨眼英豪"上加"自谓"二字，又加"必是个"三字，是虽以巨眼许圆圆，而语含轻薄，殆不以英雄许三桂也。风尘中之知己。〔索隐〕以陆次云《圆圆传》考之，圆圆自请纳身于吴，诚为三桂风尘知己。一时小童进来，雨村打听得前面留饭，不可久待，遂从夹道中自便门出去了。士隐待客既散，知雨村已去，便也不去再邀。

一日到了中秋佳节，〔索隐〕伏三桂死期。士隐家宴已毕，又另具一席于书房，自己步月至庙中来邀雨村。原来雨村自那日见了甄家之婢，曾回顾他两次，〔索隐〕又说"回顾"，可见所重在此。自谓是个知己，便时刻放在心上。今又正值中秋，不免对月有怀，因而口占五言一律云：

　　未卜三生愿，频添一段愁。
　　闷来时敛额，行去几回眸。
　　自顾风前影，谁堪月下俦？
　　蟾光如有意，先上玉人头。〔索隐〕"蟾光"等字，仍取义
　　圆圆。

雨村吟罢，因又思及平生抱负，苦未逢时，乃又搔首对天长叹，复高吟一联云：

　　玉在椟中求善价，
　　钗于奁内待时飞。〔索隐〕引起钗黛二人，暗指小琬、圆
　　圆等风尘待价之时。一部历史，从头说起。

恰值士隐走来听见，笑道："雨村兄真抱负不凡也！"雨村忙笑道："不

敢。不过偶吟前人之句,何期过誉如此。"因问:"老先生何兴至此?"士隐笑道:"今夜中秋,俗谓团圆之节,〔索隐〕又点圆字。想尊兄旅寄僧房,不无寂寥之感,故特具小酌,邀兄到敝斋一饮,不知可纳芹意否?"雨村听了,并不推辞,便笑道:"既蒙谬爱,何敢拂此盛情!"说着,便同了士隐复过这边书院中来。

须臾茶毕,早已设下杯盘。那美酒佳肴,自不必说。二人归坐,先是款斟慢饮,渐次谈至兴浓,不觉飞觥献斝起来。当时街坊上家家箫管,户户笙歌。当头一轮明月,飞彩凝辉。二人愈添豪兴,酒到杯干。雨村此时已有七八分酒意,狂兴不禁,乃对月寓怀,口占一绝云:

时逢三五便团圆,满把清光护玉栏。

天上一轮才捧出,人间万姓仰头看。〔索隐〕全诗说月、说圆、说中秋,皆指三桂,皆指圆圆。当初列爵滇南时,何尝无万姓仰头之势,特月盈则缺,虽沐清光(清指清朝),玉独能久护耶?

士隐听了大叫:"妙极!弟每谓兄必非久居人下者,今所吟之句,飞腾之兆已见,不日可接履于云霄之上了。可贺,可贺!"乃亲斟一斗为贺。雨村饮干,忽叹道:"非晚生酒后狂言,若论时尚之学,晚生也或可去充数挂名,只是如今行囊路费一概无措,神京路远,非赖卖字撰文即能到得。"士隐不待说完,便道:"兄何不早言?弟已久有此意,但每遇兄时,并未谈及,故未敢唐突。今既如此,弟虽不才,义利二字却还识得。且喜明岁正当大比,只宜作速入都;春闱一捷,方不负兄之所学。其盘费余事,弟自代为处置,亦不枉兄之谬识矣。"当下即命小童进去速封五十两白银,并两套冬衣。又云:"十九日乃黄道之期,兄可即买舟北上。待雄飞高举,明冬再晤,岂非大快之事!"雨村收了银、衣,不过略谢一语,并不介意,仍是吃酒谈笑。那天已交三鼓,二人方散。

士隐送雨村去后,回房一觉,直至红日三竿方醒。因忆昨夜之事,意欲写荐书两封,与雨村带至都中去,使雨村投谒个仕宦之家,为寄身之地。因使人过去请时,那家人回来说:"和尚说贾爷今日五鼓已进京去

第一回　甄士隐梦幻识通灵　贾雨村风尘怀闺秀

了，也曾留下话与和尚转达老爷，说读书人不在黄道黑道，总以事理为要，不及面辞了。"士隐听了，也只得罢了。〔索隐〕此一段士隐待雨村情形，仿佛董香光优遇三桂景况。三桂本武举出身，故雨村为孝廉。书中借题抒写，处处可通。

真是闲处光阴易过，倏忽又是元宵佳节。士隐令家人霍启，〔索隐〕霍启者，祸起也。圆圆为之祸水（无圆圆则三桂不降清灭李兼灭明矣，是种族之祸所由起），若当时不落勾栏，情事或易，故必以此仆失英莲为起祸之人。抱了英莲去看社火花灯。半夜中，霍启因要小解，便将英莲放在一家门槛上坐着。他小解完了来抱时，那有英莲的踪影？急得霍启直寻半夜，至天明不见。那霍启也不敢回来见主人，便逃往他乡去了。

那士隐夫妇见女儿一夜不归，便知有些不妙，再使几个人去找寻，回来皆云影响全无。〔索隐〕以圆圆才质，当出良家。当幼小时，或由看灯走失，为窃者鬻入青楼，故本姓邢，随养母改姓陈氏，作者必知其审，故志原起。夫妇二人半世只生此女，一旦失去，何等烦恼！因此昼夜啼哭，几乎不顾性命。看看一月，士隐已先得疾，夫人封氏也因思女构病，日日请医问卜。

不想这日三月十五，〔索隐〕甲申之交，三月十九日自成破京师，明社遂屋。此言三月十五隐隐指此，亦借用三月十五陪衬八月十五，为三桂卒于中秋作张本也。处处均有关合。葫芦庙中炸供，那和尚不小心，油锅火逸，便烧着窗纸。南方人家俱用竹篱木壁，也是劫数应当如此，于是接二连三，牵五挂四，将一条街烧得如火焰山一般。彼时虽有军民来救，那火已成了势了，如何救得下，直烧了一夜方息，也不知烧了多少人家。只可怜甄家在隔壁，早已成了一堆瓦砾场了，只有夫妇并几个家人的性命不曾伤，急得士隐惟跌足长叹而已。与妻子商议，且到田庄上去住，偏值近年水旱不收，盗贼蜂起，官兵剿捕，田庄上又难以安身。〔索隐〕是写离乱景况。只得将田地都折变了，携了妻子与两个丫鬟，投他岳丈家去。

他岳丈名唤封肃，本贯大如州人氏，虽是务农，家中却还殷实。今见女婿这等狼狈而来，心中便有些不乐。幸而士隐还有折变田产的银子在身边，拿出来托他随便置买些房地，以为后日衣食之计；那封肃便半

《红楼梦》与顺治皇帝的爱情故事

用半赚的略与他些薄田破屋。

士隐乃读书之人,不惯生理稼穑等事,勉强支持了一二年,越发穷了。封肃见面时便说些现成话,且人前人后又怨他不善过活,只一味好吃懒做。士隐知投人不着,心中未免悔恨,再兼上年惊吓、急忿怨痛已伤,暮年之人,贫病交攻,竟渐渐的弄出那下世的光景来。〔**索隐**〕当时遗老大都如此情形。可巧这日拄了拐杖挣到那街前散散心时,忽见那边来了一个跛足道人,疯狂落拓,麻鞋鹑衣,口内念着几句词道:

　　世人都晓神仙好,只有功名忘不了。古今将相在何方?荒冢一堆草没了。

　　世人都晓神仙好,只有金银忘不了。终身只恨聚无多,及到多时眼闭了。

　　世人都晓神仙好,只有娇妻忘不了。君生日日说恩情,君死又随人去了。

　　世人都晓神仙好,只有儿孙忘不了。痴心父母古来多,孝顺子孙谁见了?〔**索隐**〕功名莫加于天子,金银莫富于王家,妻妾莫盛于宫闱,子孙莫蕃于宗室(清世祖有子八人),得其一抛舍已难,况兼其四!而情僧独能得大解脱,抛离一切,悍然不顾以去,实为人情所未有。此歌借众人以况情僧之难能,亦借情僧以誉常人之迷恋,机巧灵变,意到笔随,全为帝王出家者作来龙伏脉。

士隐听了,便迎上来道:"你满口说些什么?只听见些'好了''好了'。"那道人笑道:"你果听见'好了'二字,还算你明白呢。可知世上万般,好便是了,了便是好;若不了便不好,若要好须是了。我这歌儿便名《好了歌》。"士隐本是有夙慧的,一闻此言,心中早已彻悟,因笑道:"且住,待我将你这《好了歌》注解出来何如?"道人笑道:"你就请解。"士隐乃说道:

　　陋室空堂,当年笏满床。〔**索隐**〕明时朝见用笏,国变后,

第一回　甄士隐梦幻识通灵　贾雨村风尘怀闺秀

故日当年，衰草枯杨，曾为歌舞场。〔索隐〕金陵城破后，应有此慨。宜与《桃花扇传奇》中所载【哀江南】一曲同看，此解纯从曲中得来。蛛丝儿结满雕梁，绿纱今又糊在莲窗上。〔索隐〕又是一朝盛况。说什么脂正浓，粉正香，如何两鬓又成霜？昨日黄土陇头堆白骨，今宵红绡帐里卧鸳鸯。〔索隐〕美人、黄土之感，君王朝暮之欢，世情恒有。反照情僧。金满箱，银满箱，转瞬乞丐人皆谤。〔索隐〕中山王后人，国变后，乃至代人受杖，以谋一饱。作者有慨言之。正叹他人命不长，那知自己归来丧！训有方，保不定日后作强梁；择膏粱，谁承望流落在烟花巷！〔索隐〕陈、董一辈人均括在内。因嫌纱帽小，致使锁枷扛。〔索隐〕清初满员往往枷示，作者殆有不堪之意。昨怜破袄寒，今嫌紫蟒长。乱烘烘，你方唱罢我登场，反认他乡是故乡。〔索隐〕为诸二臣作一棒喝。甚荒唐，到头来都是为他人作嫁衣裳。〔索隐〕为诸二臣加一案断，皆感伤种族之祸。

那疯跛道人听了，拍掌大笑道："解得切，解得切！"士隐便说一声"走罢"，将道人肩上褡裢抢了过来背上，竟不回家，同了疯道人飘飘而去。

当下哄动街坊众人，当作一件新闻传说。〔索隐〕寻常绅士出家尚传说新闻，况是天子！故应特记。封氏闻知此信，哭到死去活来，只得与父亲商议，遣人各处寻访。那讨音信？无奈何，只得依靠着他父母度日。幸而身边还有两个旧日的丫鬟服侍，主仆三人，日夜做些针线，帮着父亲用度。那封肃虽然每日抱怨，也无可奈何了。

这日，那甄家的大丫鬟在门前买线，〔索隐〕红丝系足。忽听得街上喝道之声，众人都说："新太爷到任了。"丫鬟隐在门内看时，只见军牢快手一对一对过去，俄而大轿内抬着一个乌帽猩袍的官府过去。丫鬟倒发个怔，自思："这官好面善，倒像在那里见过的？"于是进入房中，也就丢过不在心上。至晚间，正待歇息之时，忽听一片声打的门响，许多人乱嚷，说："本县太爷的差人来传人问话。"封肃听了，吓得目瞪口呆。不知有何祸事，且听下回分解。

《红楼梦》与顺治皇帝的爱情故事

〔索隐〕本回应分为五大段：

自"开卷第一回"句起，至"贾雨村云云"句止，为第一段。是言作书的大义，纯为自序。

自"更于篇中间用梦幻等字"句起，至"便是《石头记》的缘起"句止，并诗为第二段。是言本书的作法，近乎义例。

自"《石头记》缘起既明"句起，至"随你去来"句止，为第三段。是说宝玉黛玉二人生前的来历，正是为情僧、小琬写照，以见其仙来仙去，若有缘若无缘，正非寻常伉俪，笼罩全书。

自"却说士隐俱听得明白"句起，至"也只得罢了"句止，为第四段。插入士隐家世，是揭明圆圆的来历。圆圆本吴门名妓，梅村诗有"家本姑苏浣花里"之句，其为苏人可知。故书从姑苏说起，全书以小琬、圆圆为主要，一关帝王之去就，一关种族之兴衰。故开卷专从二人来源入手，余则夹带而已。

自"真是闲处光阴容易过"句起，至尾止，为第五段。专说士隐出家，为情僧伏一远脉。

此第一回之大较也。本回并不冗长，而将作书来由，与全书要键，亦均一一写出。中间并叙述甄、贾往还琐事，借以映带陈、吴初见情形。而联语诗词录出不少，从从容容，毫不吃力。若易他手，此一部大文，不知将如何装修开市门面，安能似此古雅清切！不善读者，往往谓《红梦》以士隐始，以士隐终，中间过于忽略，不如直从贾府说起，不必借重外人，反觉痛快。此不思之论也。知本书全是史法，铺叙国变前董、陈诸人来历，断不能遽入正文，况此后大观园中，仍不过绛珠、英莲化身分布。明其本旨，实一气呵成也。况作者于夹叙夹议中，业已涵盖不少，吐弃不少，视寻常人笔墨所省多矣。得慧眼人，当知非妄。

〔护花评〕《石头记》者，缘宁、荣二府在石头城内也。按：此二语虽作者命名，不因荣、宁而起，然能知《石头记》为记石

第一回　甄士隐梦幻识通灵　贾雨村风尘怀闺秀

头城事，已是解人。以下谓悼红轩即怡红故址，便入魔障万重，不可救药。

又谓葫芦有二义：一谓实录其事，并非捏造，所谓依样葫芦，此解甚颖。又一义，谓演为小说，供人胡芦一笑，则失之远矣。《红楼》可哭，那得可笑。

又甄士隐向跛道人说"走罢"，即不回家，一直伏一百十九回宝玉之一走。此评见地不差

〔**大某评**〕还泪之说甚奇，然天下之情，至不可解处，即还泪亦不足以极其缠绵固结之情也。书中林黛玉自是可人，泪一日不还，黛玉尚在，泪既枯，黛玉亦物化矣。此评尚隽。

又卷首士隐出家，卷末宝玉出家，却是全部书底面，盖前后对照。此评亦见得到。

第二回　贾夫人仙逝扬州城
　　　　冷子兴演说荣国府

　　却说封肃听见公差传唤，忙出来陪笑启问。那些人只嚷："快请出甄爷来！"封肃忙陪笑道："小人姓封，并不姓甄；只有当日小婿姓甄，今已出家一二年了，不知可是问他？"那些公人道："我们也不知什么真假，既是你的女婿，便带了你去面禀太爷便了。"大家把封肃推拥而去，封家各各惊慌，不知何事。至二更时分封肃方回来。众人忙问端的。"原来新任太爷姓贾名化，本湖州人氏，曾与女婿旧交。因在我家门首看见娇杏丫头买线，只说女婿移住此间，所以来传。我将缘故回明，那太爷感伤叹息了一回，又问外孙女儿。我说看灯丢了。太爷说不妨，待我差人去务必寻回来。说了一回话，临走又送我二两银子"。甄家娘子听了，不觉感伤。一夜无话。

　　次日早有雨村遣人送了两封银子、四匹锦缎，答谢甄家娘子。又一封密书与封肃，托他向甄家娘子要那娇杏作二房。封肃喜得眉开眼笑，巴不得去奉承太爷，便在女儿前一力撺掇，当夜用一乘小轿便把娇杏送进衙内去了。雨村欢喜，自不必言，又封百金赠与封肃，又送甄家娘子许多礼物，令其且自过活，以待访寻女儿下落。

　　却说娇杏那丫鬟便是当年回顾雨村的，因偶然一顾，便弄出这段奇缘，也是意想不到之事。谁知他命运两济，不承望自到那雨村身边，只一年，便生一子；又半载，雨村嫡配忽染疾下世，雨村便将他扶作正室夫人。正是：

　　　　偶因一回顾，便为人上人。〔索隐〕此第一段，全为圆圆
　　作影子。圆圆一顾三桂，遂为平西王妃，后且俨然嫔御，不得

第二回　贾夫人仙逝扬州城　冷子兴演说荣国府

不谓之侥幸（娇杏犹言侥幸，见提要），亦不得不谓之人上人。钮氏《觚剩》云："圆圆皈依上将，匹合大藩，回忆当年牵萝幽谷，挟瑟勾栏时，岂复思有此日？是以鹤市蓬塘，采香旧侣，艳此奇逢，咸有咳唾九天之羡。"梅村《圆圆曲》云："传来消息满江乡，乌桕红经十度霜。教曲妓师怜尚在，浣纱女伴忆同行。旧巢共是衔泥燕，飞上枝头变凤凰。长向尊前悲老大，有人夫婿拟侯王。"可见圆圆遭遇之隆，旧侣人人歆羡。燕泥变凤、夫婿侯王、人上人之说，绝非指寻常富贵而言。小琬赠后封妃，其际遇又非圆圆可比。书中着意异样诸女子，万不料风尘下贱，有此奇逢，故开卷先以娇杏演之。此侥幸直千古未有之侥幸也，虽指圆圆，而小琬亦一丘之貉。大如言大愚也，封肃吝薄，可谓大愚。雨村牧大愚州。其热中亦自愚甚，然作者正借贾话以愚后人，是为本义。

原来雨村在那年士隐赠银之后，他于十六日便起身赴京。大比之期，十分得意，中了进士，选入外班。今已升了本县太爷，虽才干优长，未免贪酷，且恃才侮上，那官员皆侧目而视。不上一年，便被上司参了一本，说他"性情狡猾，擅改礼仪；外沽清正之名，暗结虎狼之势，使地方多事，民命不堪"等语。〔索隐〕是田文镜一辈人考语。龙颜大怒，即批革职。部文一到，本府各官无不喜悦。

那雨村虽十分惭恨，面上全无一点怨色，仍是嘻笑自若。〔索隐〕亦是文镜一辈人作用。交代过公事，将历年所积宦囊并家属人等，送至原籍安顿妥当，却自己担风袖月，游览天下胜迹。那日偶又游至维扬地方，〔索隐〕插入如皋。闻得今年盐政点得是林如海。这林如海姓林名海，表字如海，乃是前科的探花，〔索隐〕辟疆父名起宗，崇祯时进士。今已升兰台寺大夫，本贯姑苏人氏，今钦点为巡盐御史，〔索隐〕起宗以副宪督漕江上，本书以兰台影副宪，以盐政影漕督，是本义，兼摄盐官二字是余义。到任未久。

原来，这林如海之祖曾袭过列侯，今到如海，业经五世。起初只袭三世，因当今隆恩盛德，额外加恩，至如海之父又袭了一代。至如海，

《红楼梦》与顺治皇帝的爱情故事

便从科甲出身。虽系世禄之家，却是书香之族。〔索隐〕冒氏世代通显，而好学能文，等于书中所说林氏。可惜这林家支庶不盛，人丁有限，虽有几门，却与如海俱是堂族，没甚亲支嫡派的。今如海年已四十，只有一个三岁之子，又于去岁亡了。虽有几房姬妾，奈命中无子，亦无可如何之事。只嫡妻贾氏生得一女，〔索隐〕将说黛玉，便先插入贾氏，可见黛玉之名，全由于假托。年方五岁，乳名黛玉。〔索隐〕五岁便能读书，可见小琬之慧。夫妻爱之如掌上明珠，见他生得聪明俊秀，也欲使他识几个字，不过假充养子之意，聊解膝下荒凉之叹。

且说雨村在旅店偶感风寒，愈后又因盘费不继，正欲得一居停之所，以为息肩之地。偶遇两个旧友，认得新盐政，知他正要请一西席教训女儿，遂将雨村荐进衙门去。〔索隐〕一篇假话送到黛玉身旁矣。这女学生年纪幼小，身体又弱，工课不限多寡，其余不过两个伴读丫鬟，故雨村十分省力，正好养病。看看又是一载有余，不料女学生之母贾氏夫人一病而亡。女学生侍奉汤药，守丧尽礼，过于哀恸！素本怯弱，因此旧症复发，有好些时不曾上学。

雨村闲居无事，每当风日晴和，饭后便出来闲步。这一日偶至郊外，意欲赏鉴那村野风光。信步至一山环水漩，茂林修竹之处，隐隐有座庙宇。门巷倾颓，墙垣朽败，有额题曰"智通寺"。〔索隐〕此书虽演假话，却有真事，惟智者能通。门旁又有一副皮破的对联，云：

身后有余忘缩手，
眼前无路想回头。〔索隐〕为一般热中人说法，均是出家的张本，亦言一片假话，说得人眼前无路，不知所向而已。

雨村看了，因想道："这两句文虽甚浅，其意则深。也曾游过些名山大刹，倒不曾见过这话头，其中想必有个翻过筋斗来的，〔索隐〕阅尽兴亡，勘明因果，确确乎翻过筋斗来。也未可知。何不进去一访？"走入看时，只有一个龙钟老僧在那里煮饭。〔索隐〕当是黄粱。雨村见了，却不在意。及至问他两句话，那老僧既聋且昏，又齿落舌钝，所答非所问。雨村不耐烦，仍退出来，意欲到那村肆中沽饮三杯，以助野趣。

第二回　贾夫人仙逝扬州城　冷子兴演说荣国府

于是款步行来，刚入肆门，只见座上吃酒之客，有一人起身大笑接了出来，口内说："奇遇，奇遇！"〔索隐〕一部书全着重在"奇遇"二字。雨村忙看时，此人是都中古董行中贸易，姓冷号子兴的。〔索隐〕都，指北京也。都中谓人离奇曰古董。清初入关时，人见满人举动，不免离奇，故或以古董诮之。冷子兴，犹言满人兴盛也。说见提要。旧日在都相识，雨村最赞这冷子兴，是个有作为大本领的人，〔索隐〕此句专指睿王而言，提兵扫寇诚有作为，开国建都诚大本领。这子兴又借雨村斯文之名，〔索隐〕睿王武略胜而不文，而好汲引名士，故借重范文程、冯铨、洪承畴一辈人。此亦暗讽。故二人最相投契。雨村忙亦笑问："老兄何日到此，弟竟不知。今日偶遇，真奇缘也！"子兴道："去年岁底到家，今因还要入都，从此顺路找个敝友，说一句话。承他之情，留我多住两日，我也无甚紧事，且盘桓两日，待月半时也就起身了。今日敝友有事，我因闲步至此，不期这样巧遇。"一面说，一面让雨村同席坐了，另整上酒肴来，二人闲谈慢饮，叙些别后之事。

雨村因问："近日都中可有新闻没有？"子兴道："倒没有什么新闻，倒是老先生的贵同宗家出了一件小小的异事。"〔索隐〕重在新闻识事。雨村笑道："弟族中无人在都，何谈及此？"子兴笑道："你们同姓，岂非一族？"〔索隐〕是同族？是异族？笔致迷离，语言含蓄。雨村问："是谁家？"子兴笑道："荣国贾府中，可也不玷辱了老先生的门楣。"雨村道："原来是他家！若论起来，寒族人丁却不少，自东汉贾复以来，支派繁盛，各省皆有，谁能逐细考查？若论荣国一支，却是同谱。但他那等荣耀，我们不便去认他，故越发生疏了。"〔索隐〕满洲地方在汉为玄菟、乐浪等郡，本是同文之国，后乃沦为异域。书中从汉说起，故为一家。贾复者，言其来源复杂也。子兴叹道："老先生休如此说。如今的这荣宁二府，也都萧索了，〔索隐〕满人开国，正兴盛时，偏说萧索，虽是有意含混，然亦见建都北京以后，沈阳故阙便觉萧条。不比先时的光景。"雨村道："当日荣宁两宅，人口也极多，如何便萧索了？"冷子兴道："正是，说来也话长。"雨村道："去岁我到金陵，〔索隐〕是说奉天，不是真说金陵。明人旧京在金陵，故曰应天府。清人旧京在沈阳，故曰盛京，亦曰奉天府。作者有意影射，不可不知。因欲游览六朝遗迹，

《红楼梦》与顺治皇帝的爱情故事

那日进了石头城,〔索隐〕点出"石头城"三字,以见《石头记》之所由始。偏借说奉天时说出,恐人悟到秦淮耳。从他老宅门〔索隐〕是说盛京故宫。前经过。街东是宁国府,街西是荣国府,一宅相连,竟将大半条街占了。大门外虽冷落无人,隔着围墙一望,里面厅殿楼阁也还都峥嵘轩峻,就是后边一带花园里树木山石,也都还有苍蔚温润之气,那里像个衰败之家?〔索隐〕盛京故宫,规模不甚宏廓,仅并数宅为之,故曰二宅相连;阒其无人,故曰冷落气象;本非衰败,故曰那像衰败之家?从贾(话)〔化〕口中演来,无适非假,故反笔为多。或谓此段言明人故宫,故有衰败之说,亦颇近理。子兴笑道:"亏你是进士出身,原来不通!〔索隐〕有意骂进士不通。古人有言,'百足之虫,死而不僵'。如今虽说不似先年那样兴盛,较之平常仕宦之家,到底气象不同。〔索隐〕帝王家与仕宦家比,自然不同。如今生齿日繁,事务日盛,主仆上下,安富尊荣者尽多,运筹谋画者无一,其日用排场费用又不能将就省俭。如今外面的架子虽未甚倒,内囊却也尽上来了。〔索隐〕可见开国时一味恬嬉,诸事废弛,帑藏匮乏的光景。说宏光亦通。这也是小事,更有一件大事。谁知这样钟鸣鼎食之家,翰墨诗书之族,如今的儿孙,一代不如一代了。"〔索隐〕指情僧好色逊位而言。那及五祖一宗时之英武。

雨村听说,也道:"这样诗礼之家,岂有不善教育之理?别门不知,只说这荣宁两宅,是最教子有方的。"子兴叹道:"正说的是这两门呢!待我告诉你:当日宁国公、荣国公是一母同胞弟兄两个。宁公居长,生了四个儿子。宁国公死后,长子贾代化〔索隐〕此指清太宗文皇帝也。太宗名皇太极,书中取太极两仪生四象之义,故为二昆四子,隐含太宗之名在内,巧不可阶。贾代化者,假代话也,与雨村名一义。袭了官,也养了两个儿子,长名敷,八九岁上死了;只剩了一个次子贾敬,袭了官,如今一味好道,只爱烧丹炼汞,余者一概不在他心上。〔索隐〕长名敷,次名敬,隐合福晋二字;满洲谓妃为福晋也。太宗元妃孝端皇后好佛,先孝庄后而卒,肃王豪格当为其所出,与世祖同源异派,故别为一支。幸而早年留下一子,名唤贾珍,〔索隐〕珍,甄也。睿王纳肃王之妃,作者以陈思感甄拟之,故名为珍。珍,指肃王豪格也。因他父亲一

第二回　贾夫人仙逝扬州城　冷子兴演说荣国府

心想作神仙，〔索隐〕满人佞佛甚挚，妇女尤甚，故宫中亦然。点一笑先为情僧伏脉。把官倒让他袭了。他父亲又不肯回原籍来，只在都中城外，和那些道士们胡羼。这位珍爷也倒生了一个儿子，今年才十六岁，名叫贾蓉。〔索隐〕蓉，隐之意，此对可卿之帷薄而言，讥小琬也。如今敬老爷是一概不管，这珍爷那里肯读书，只一味高乐不了，把那宁国府竟翻过来了，也没有敢来管他的人。〔索隐〕可见当时豪格之豪纵。再说荣府你听：方才所说异事，就出在这里。〔索隐〕一部大文因此作起，先连点"异事"二字，再说情僧，实有奇文共赏之意。自荣公死后，长子贾代善〔索隐〕人世代嬗而已，亦礼王名。袭了官，娶的是金陵世家史侯的小姐为妻。〔索隐〕博尔济锦氏满洲世族，清初后妃多出于此。生了两个儿子，长名贾赦，次名贾政。〔索隐〕点明"摄政"二字。如今代善早已去世，太夫人尚在。长子贾赦袭了官，为人平静中和，也不管家务。次子贾政，自幼酷喜读书，为人端方正直。祖父钟爱，原要他以科甲出身的，〔索隐〕本有立睿王一说。不料代善临终时遗本一上，皇上因恤先臣，即时令长子袭官外，问还有儿子，立刻引见，遂又额外赐了这政老爷一个主事之职，〔索隐〕太宗遗命，郑王、睿王辅致，后睿王独擅，郑王无权，故云赦老不理家务，睿王综理万几，故曰"主事之职"。主事，犹令言主任也。事出先朝遗命，故曰"遗本一上"。此叙清开国之先，大概规模，着字无多，而端委并具。赦老指郑王，不以亲远论，以职权论也。令其人部学习，如今现已升了员外郎。〔索隐〕前数语指关外时事，此言升员外郎，是已奉命专征在外矣，故曰升员外郎。这政老爷的夫人王氏，头胎生的儿子，名唤贾珠，〔索隐〕珠言诸人也，太宗有子十一人，多不寿，故命曰诸。十四岁进学，不到二十岁就娶了妻，生了子，一病就死了。第二胎生了一位小姐，生在大年初一就奇了；〔索隐〕世祖正月晦日生，此移为朔，亦暗点之意。不想次年又生了一位公子，说也更奇，一落胞胎，嘴里便衔下一块五彩晶莹的玉来，还有许多字迹。你道是新闻异事不是！"〔索隐〕衔玉而生，暗指红光照室、神龙绕衣诸瑞而言。玉则专指小琬。五彩晶莹，见玉之美；许多字迹，见事之奇；衔之口中，见爱之专（俗语口衔虑化之意）。又说，"新闻异事"，凡三见矣。

《红楼梦》与顺治皇帝的爱情故事

雨村笑道："果然奇异！〔索隐〕又说"奇异"，凡四见矣，可见作书人诡奇志怪之旨。只怕这人的来历不小。"〔索隐〕开国之主，来历自然不小。世祖诗云："我本西方一佛子"，可见生有自来。子兴冷笑道：〔索隐〕有不满之意。"万人皆如此说，〔索隐〕人且亿兆，心理眼光当是一律。因而乃祖母爱如珍宝。那周岁时，政老爷便要试他将来的志向，便将那世上所有之物摆了无数，与他抓取。谁知他一概不取，伸手只把些脂粉钗环抓来玩弄。那政老爷便不喜欢，说他将来是酒色之徒耳。因此便不甚爱惜，独那太君还是命根一般。〔索隐〕抓周是满人俗尚，当时必有此事，惜记载中无可考。说来又奇，〔索隐〕又一"奇"字。如今长了七八岁，〔索隐〕世祖御极时方六七岁。虽然淘气异常，但聪明乖觉，百个不及他一个。说起孩子话来，也奇怪。他说：'女儿是水做的骨肉，男人是泥做的骨肉；我见了女儿便清爽，见了男子便觉臭浊逼人。'你道好笑不好笑？将来色鬼无疑了。"〔索隐〕反照上回"色鬼"二字。雨村岸然厉色，忙止道："非也！可惜你们不知道这人来历，大约政老前辈也错以淫魔色鬼看待了。若非多读书识字，加以致知格物之功，悟道参玄之力者，不能知也。"〔索隐〕排斥众论，独辟玄机，可称格致大家，可称情僧知己。

子兴见他说得这样重大，〔索隐〕事本重大。忙请教其故。雨村道："天地生人，除大仁大恶，余者皆无大异。若大仁者，则应运而生；大恶者，则应劫而生。运生世治，劫生世危。〔索隐〕名论。尧、舜、禹、汤、文、武、周、召、孔、孟、董、晁、周、程、朱、张，皆应运而生者；〔索隐〕世祖何尝非应运而生。蚩尤、共工、桀、纣、始皇、王莽、曹操、桓温、安禄山、秦桧等，皆应劫而生者。〔索隐〕李自成、张献忠何尝非应劫而生。书中皆隐然道及。大仁者修治天下，〔索隐〕世祖似不及此。大恶者扰乱天下。〔索隐〕世祖又不至此。清明灵秀，天地之正气，仁者之所秉也；残忍乖僻，天地之邪气，恶者之所秉也。今当祚永运隆之日、太平无为之世，清明灵秀之气所秉者，上自朝廷，下至草野，比比皆是。所余之秀气，漫无所归，遂为甘露、为和气，洽然溉及四海。彼残忍乖僻之气，不能洋溢于光天化日之下，遂凝结充塞于深沟大壑之中，偶因风荡，或被云摧，略有摇动感发之意，一丝半缕，偶尔

第二回　贾夫人仙逝扬州城　冷子兴演说荣国府

溢出者，值灵秀之气偶过，正不容邪，邪复妒正，两不相下，如风雨雷电池中相遇，既不能消，又不能让，必致抟击掀发后始尽。故其气亦必赋人，发泄一尽始散。〔索隐〕此段议论，精微深奥，却又实情实理。前人虽庄、列亦未能痛抉此蕴。作者以清灵之笔出之，直泄苞符之秘，非读书多，积理富，足称格致大家者，安能道其只字？至风荡云摧一段，尤觉妙想入微，文情横溢。使男女〔索隐〕归到情僧、妃子。偶秉此气而生者，上则不能为仁人君子，下亦不能为大凶大恶。置之千万人之中，其聪俊灵秀之气则在千万人之上；其乖僻邪谬不近人情之态，又在千万人之下。〔索隐〕后世那得有此警辟文字。若生于公侯富贵之家，则为情痴情种；〔索隐〕此笔是主，指情僧一流人。若生于诗书清贫之族，则为逸士高人；〔索隐〕此笔是宾。纵偶生于薄祚寒门，亦断不至为走卒健仆，甘遭庸夫驱制驾驭，必为奇优名娼。〔索隐〕此笔是主中主，指妃子一流人。是作者最着意惊奇处。如前之许由、陶潜、阮籍、嵇康、刘伶、王谢二族、顾虎头、陈后主、唐明皇、宋徽宗、〔索隐〕后主、明皇、徽宗三人是主，余是宾，夹写行中，使人不觉。刘庭芝、温飞卿、米南宫、石曼卿、柳耆卿、秦少游，近日倪云林、唐伯虎、祝枝山，〔索隐〕可见为明以后事，故特加"近日"二字。再如李龟年、黄幡绰、敬新磨、卓文君、红拂、薛涛、崔莺、朝云之流，〔索隐〕文君以下五人，皆指小琬一流人，是主，余是宾。此皆易地则同之人也。"〔索隐〕此一篇议论，直欲上追孟子，故以"易地则同"作结，何等气魄，何等识见，何等文字，岂小说家所能有！作书大旨，全因勘透此层。知情僧、妃子之事，常人尊异者固非，訾议者亦未为是。律以修齐治平之正，诚有背乎亲之爱与君之尊；被以耽淫不肖之名，又大负其悟之超与情之笃，皆非皆是，无可归类。苦思力索，始知由正邪两赋而来，实亦古今有数人物，故为传奇记异，作为《红楼梦》一书。非发此一段名言，人几不知命意所在；仍借雨村道出，亦托之假语而已。

子兴道："依你说，'成则公侯败则贼'了！"〔索隐〕虽是一笔腾开，却也是正义。雨村道："正是这意。你还不知，我自革职以来，这两年遍游各省，曾遇见两个异样孩子，〔索隐〕对前异样女子说，又见男女皆正邪两赋。所以方才你一说这宝玉，我就猜着了八九，也是这一派

《红楼梦》与顺治皇帝的爱情故事

人物。不用远说，只这金陵城内，钦差金陵省体仁院总裁甄家，〔**索隐**〕是指宏光即位南京时事。"体仁"云者，言南北京遥遥相对，为情僧敌体之人，亦一代帝王也。"总裁"者，云总揽万机之意也。以清为贾，以明为甄。作者汉人，当有不忘故君之义。你可知道？"子兴道："谁人不知！这甄府就是贾府老亲，他们两家来往极亲热的。〔**索隐**〕崇祯以前，明人与建州往来无间，故云"亲热"。作者处处照应。至在下，也合他家往来非止一日了。"〔**索隐**〕此是作者特笔，非代子兴立言，可见作书人为明时世族。雨村笑道："去岁我在金陵，也曾有人荐我到甄府处馆。〔**索隐**〕一片假话，又送入福王身畔矣。我进去看其光景，谁知他家那等荣贵，却是个富而好礼之家，倒是个难得之馆。但是这个学生，虽是启蒙，却比一个举业的还劳神。说起来还可笑，他说：'必得两个女儿伴着我读书，我方能认得字，心上也明白；不然，我心里自己糊涂。'又常对着跟他小厮们说：'这女儿两个字极尊贵，极清净的，比那瑞兽珍禽、奇花异草更觉希罕尊贵呢。你们这种浊口臭舌，万万不可唐突了这两个字，最为要紧！若使要说的时候，必用净水香茶嗽了口方可；设若说错，便要凿牙穿眼的。'其暴虐顽劣，种种异常。〔**索隐**〕个个是宏光确切考语。只放了学进去，见了那些女儿们，其温厚和平，聪敏文雅，竟变了一个样子。因此他令尊也曾下死笞楚过几次，竟不能改。每打的吃疼不过时，他便姐姐、妹妹的乱叫起来。后来听得里面女儿们拿他取笑：'因何打急了只管叫姐妹？作什么，莫不叫姐妹去说情讨饶？你岂不愧煞？'他回答的最妙，他说：'急痛之时，只叫姐姐、妹妹字样，或可解疼也未可知。因叫了一声，果觉疼得好些，遂得了秘法，每痛疼之极，便连叫姐妹起来了。'你说可笑不可笑？〔**索隐**〕宏光昏暗，又非情僧之比，然好色则同，故演此一段文字。为他祖母溺爱不明，每因孙辱师责子，我所以辞了馆出来的。这等子弟，必不能守父祖基业，〔**索隐**〕宏光登极期年而国亡身死，言之有慨。从师友规劝的。只可惜他家几个好姊妹都是少有的。"〔**索隐**〕"姊妹"指宫眷而言，宏光宫中，皆一时之选，后均籍入清宫，故加"可惜"二字。

子兴道："便是贾府中现在三个也不错。政老爷之长女名元春，因贤孝才德选入宫作女史去了。〔**索隐**〕元春指圆圆。《觚賸》言："田妃擅

第二回　贾夫人仙逝扬州城　冷子兴演说荣国府

宠,两宫不协,烽火羽书相望于道,宸居为之憔悴。外戚周嘉定伯以营葬归苏,将求色艺兼绝之女,由母后进之,以纾宵旰忧,且分西宫之宠。因出重资购圆圆事,载之以北,纳于椒庭"云云。陆次云《圆圆传》亦言:"甲申春,流氛大炽,思宗宵旰忧之,废寝食。妃谋所以解帝忧者于父,宏遇进圆圆。圆圆扫眉而入,冀邀一顾,帝穆然也。"两说不同,一由周进,一由田进,未审孰是。然圆圆曾入明宫,充下陈,则确有其事也,故书中言作女史。且书中说元春,亦往往兼指田贵妃。思宗悼田情况与情僧悼董略同,故田妃亦为董妃远影。梅村《永和宫词》为田妃作,亦感于董妃而发也。二小姐乃是赦老爷姨娘所出,名迎春。三小姐政老爷庶出,名探春。四小姐乃宁府珍爷之胞妹。名惜春。〔索隐〕迎春者,言圆圆既出自成之手,三桂复迎之绛州也。《觚剩》载三桂迎圆圆,谓于玉帐结五彩楼,备翟茀之服,从以香舆,列旌旗箫鼓三十里,亲往迎迓。梅村诗亦言:"蜡炬迎来在战场",郑重言之,可见当时迎礼之盛,故曰迎春。探春者,言圆圆既失身群盗(《圆圆传》谓为自成所得,载其遗事。他书均书为贼帅刘宗敏所获,不一其说。岂宗敏掠之进于闯耶?是不可知矣),复归三桂。先说自成见舍,然后以书探三桂之意,乃得复聚。今其书词犹有传者,故曰探春。一讥三桂之昏,一讥圆圆之谲也。惜春者,谓圆圆建议,桂不能从,终致进退失据。圆圆悔而披缁,空为桂惜,故曰惜春。三春之名,隐指吴、陈始末。况迎、探皆言庶出,喻圆圆出身贱也。惜春后独出家,喻圆圆末路惨也。开卷问名,生平已定,史笔,史笔!因史老夫人极爱孙女,多跟在祖母这边一处读书,听得个个不错。"雨村道:"更妙在甄家风俗,女儿之名,亦皆从男子之名命取,〔索隐〕明季秦淮佳丽命名多奇,如董白、陈沅、卞赛、顿文之类甚多,不可枚举。用香艳字者绝少,因在江南,故曰甄家风俗。不似别家另外用这些春红、香玉等艳字。何得贾府亦落此俗套?"子兴道:"不然,只因现今大小姐是正月初一所生,故名元春,余者方从了春字。上一排的,却也是从弟兄而来的。现有对证:目今你贵东家林公之夫人,即荣府中赦政二公之胞妹,在家时名唤贾敏。〔索隐〕取梅字偏旁,说见提要。不信时,你回去细访可知。"雨村拍手笑道:"是极。我这女学生名叫黛玉,他读书凡'敏'字他皆念作密字;〔索隐〕既举讳

《红楼梦》与顺治皇帝的爱情故事

名之例,为宝玉之名作衬,又提明一"密"字,言中命名中,均有秘密不宣之隐意。写字遇着'敏'字,亦减一二笔。我心中每每疑惑,今听你说,是为此无疑矣。怪道我这女学生言语举止另是一样,不与凡女子相同。度其母不凡,故生此女。今知为荣府之外孙,又不足罕矣。可惜上月其母竟亡故了。"〔索隐〕《小琬传》言:"小琬丧母,养疴吴门,键户二旬余。"此段中两言黛玉丧母,又言旧症复发,有好些时不曾上学,均是为琬写照。子兴叹道:"老姊妹三个,这是极小的,又没了。长一辈的姊妹,一个也没了。只看这小一辈的将来的东床何如呢。"〔索隐〕看三桂结果。

雨村道:"正是。方才说政公已有了一个衔玉之子,又有长子所遗弱孙,这赦老竟无一个不成?"子兴道:"政公既有玉儿之后,其妾又生子一个,倒不知其好歹;只眼前现有二子一孙,却不知将来何如。若问那赦公,也有二子,次名贾琏,今已二十来往了。亲上做亲,娶的是政老爷夫人王氏之内侄女,今已娶了二年。这位琏爷,身上现捐的是个同知,也是不喜读书的,于世路上好机变,言谈去得,所以目今现在乃叔政老爷家住,帮着料理家务。谁知自娶了此夫人之后,倒上下无一人不称颂他夫人的,琏爷倒退了一舍之地。模样又极标致,言谈又极爽利,心机又极深细,竟是一个男人万不及一的。"〔索隐〕忽又说到贾琏、熙凤,是为豫王伏线。豫王为睿王弟,故云居次。豫王为辅政叔王,故琏捐同知。同知者,同平章事参知政事之意也。豫王与睿王同母昆季,故为王夫人内侄女。内侄女者,言以私亲见用也。辅政在摄政之下,故曰帮办家务。

雨村听了笑道:"可知我言不谬。你我方才所说的这几个人,只怕都是那正邪两赋而来,一路之人,未可知也。"〔索隐〕提出"正邪两赋""一路""而来"八字,将一时南北汉满帝王后妃,一齐断定。子兴道:"正也罢,邪也罢,只顾算别人家的帐,你也吃一杯酒才好。"雨村道:"只顾说话就多了几杯。"子兴笑道:"说着别人家的闲话,正好下酒,即多吃几杯何妨!"雨村向窗外看道:"天也晚了,仔细关了城,我们慢慢进城再谈,未为不可。"于是二人起身,算还酒钱。方欲走时,忽听得后面有人呼道:"雨村兄、恭喜了!特来报个喜信的。"雨村忙回头看

第二回　贾夫人仙逝扬州城　冷子兴演说荣国府

时，要知是谁，且听下回分解。

〔**索隐**〕本回分三大段：

自"却说"句起，至"又游至维扬地方"句止，为第一段。结明娇杏的因缘与雨村的遭际，无甚关系。

第二段自"闻得今年盐政"句起，至"不曾上学"句止，为第二段。揭明如海的家世与黛玉的来由，亦是小小过脉。

自"雨村闲居无事"句起，以至煞尾止，为第三段。此段借冷子兴口中，说出宁、荣支派，直是一部满洲源流考。而当中雨村一大段议论，微妙精奇，又似一篇先天太极说。况全书的纲领均括其中，且从冷子兴口中说来，免叙许多来历。章法楚楚，均非寻常笔墨可同。

前回说大如州，此回又说县太爷，州县混淆，似是笔误，人抵作者于此类多不经意，甚或有意乱书，以示借径。读者诵经礼佛，为证真如，不必因庙门偶尔向东，遂谓佛不在是，废然思返；庙门岂关佛旨？有如此书！

〔**护花评**〕智通寺者，言惟智者能通此书之义也。两语甚善，惜不能道其所以然。

又：冷子兴者，喻宁荣二府极热闹后必归冷落也。就书中言之，亦自可通。

又：情痴情种，是宝玉黛玉品题。是福王与世祖的分别，不是宝黛的品题。

第三回 托内兄如海荐西宾
　　　　　接外孙贾母恤孤女

　　却说雨村忙回头看时，不是别人，乃是当日同僚，一案参革的张如圭。〔索隐〕张如圭，言将于归也。他系此地人，革后家居，〔索隐〕革后，言鼎革后也。今打听得都中奏准起复旧员之信，〔索隐〕清初也征遗逸，故曰"起复旧员"。他便四下里寻情找门路。忽遇见雨村，故忙道喜。二人见了礼，张如圭便将此信告知雨村。雨村欢喜，忙忙叙了两句，各自别去回家。

　　冷子兴听得此言，即忙献计，令雨村央求林如海，转向都中去央烦贾政。雨村领其意而别，回至馆中，忙寻邸报，看真确了，次日面谋之如海。如海道："天缘凑巧。因贱荆去世，都中家岳母念及小女无人依傍，前已遣了男女船只来接，因小女未曾大痊，故尚未行。此刻正思送女进京，因向蒙教诲之恩，未经酬报，遇此机会，岂有不尽心图报之理！弟已预筹之，修下荐书一封，托内兄务为周全，方可稍尽弟之鄙诚。即有所费，弟于内兄信中注明，不劳吾兄多虑。"雨村一面打恭，谢不释口，一面又问："不知令亲大人现居何职？只怕晚生草率，不敢进谒。"如海笑道："若论舍亲，与尊兄犹系一家，乃荣公之孙。大内兄现袭一等将军之职，名赦，字恩侯。二内兄名政，字存周，现任工部员外郎；其为人谦恭厚道，大有祖父遗风，非膏粱轻薄之流，故弟致书烦托。否则，不但有污尊兄清操，即弟亦不屑为矣。"雨村听了，心下方信了昨日子兴之言，于是又谢了林如海。如海又说："择了出月初二日，小女入都，吾兄即同路而往，岂不两便？"雨村唯唯听命，心中十分得意。如海遂打点礼物，并饯行之事，雨村一一领了。

　　那女学生原不忍弃父而去，无奈他外祖母必欲其往，〔索隐〕是小

第三回　托内兄如海荐西宾　接外孙贾母恤孤女

婉强别辟疆时惨状。"必欲其往"四字着眼。且兼如海说："汝父年已半百，再无续室之意，且汝多病，年又甚小，上无亲母教养，下无姊妹扶持，今去依傍外祖母及舅氏姊妹，正好减我内顾之忧，如何不去？"黛玉听了，方洒泪拜别，随奶娘及荣府中几个老妇登舟而去。雨村另有一只船，带两个小童，依附黛玉而行。〔索隐〕一帆风顺，将假话送入都门矣！

一日到京都，雨村先整了衣冠，带了小童，拿了宗侄的名帖，至荣府门上投了。彼时贾政已看了妹丈之书，即忙请入相会。见雨村相貌魁伟，言谈不俗，——且这贾政最喜的是读书人，礼贤下士，拯溺扶危，〔索隐〕摄政初入关时，好引用文臣名士，故云。大有祖风，〔索隐〕清太祖、太宗均注意文臣，故以计降洪文襄诸人，不厌烦赜。况又系妹丈致意，因此优待雨村更又不同，——便极力帮助。题奏之日，谋了一个复职。不上两月，便选了金陵应天府。辞了贾政，择日到任去了。不在话下。〔索隐〕州县起复，何能遽选知府，不过写清初用官之滥，情面之多。

且说黛玉自那日弃舟登岸时，便有荣府打发轿子并拉行李车辆伺候。这林黛玉常听得母亲说他外祖母家与别家不同，〔索隐〕官闱自然不同。他近日所见的这几个三等的仆妇，〔索隐〕所谓满洲太太之流。穿吃用度已是不凡，何况今至其家？多要步步留心，时时在意，不要多说一句话，不可多行一步路，恐被人耻笑了去。自上了轿，进了城，从纱窗中瞧了一瞧，其街市之繁华，人烟之茂盛，自与别处不同。〔索隐〕京师自然不同。又行了半日，忽见街北蹲着两个大石狮子，三间兽头大门，〔索隐〕禁苑内均朱门铜兽。门前列坐着十来个华冠丽服之人。〔索隐〕两翼入旗侍卫人等，每门十余人，王大臣入，则持刀起立而喝。正门不开，只东西两角门有人出入。〔索隐〕惟帝后得启中门。正门之上有一匾，匾上大书"敕造宁国府"五个大字。黛玉想道："这是外祖的长房了。"又往西不远，照样也是三间大门，方是荣国府。却不进正门，只由西角门而进。〔索隐〕又点一笔，纯是入官实况。轿子抬着走了一箭之远，将转弯时，便歇了轿。后面的婆子也都下来了，另换了四个衣帽周全、十七八岁的小厮上来，抬着轿子，众婆子步下跟随，〔索隐〕东华、

《红楼梦》与顺治皇帝的爱情故事

西华门以内便为紫禁城,外臣不得入。妇人入宫,须乘穿朝椅(式如山舆),以外廷人役二人肩之。汉大臣赏骑马者,亦多乘此,余俱步行。至一垂花门前落下。〔**索隐**〕似指慈宁宫,非乾清门。乾清居中,慈宁偏左,故曰转弯。贾母不居正房,正指慈宁方位。不知者,甚无疑政老之不孝,与贾母之贪幽也。众小厮又退了出去,〔**索隐**〕外人例不得入宫门,门以内皆中官矣。众婆子上前打起轿帘,扶黛玉下了轿。

林黛玉扶着婆子手,进了垂花门。两边是超手游廊,正中是穿堂,当地放着一个紫檀架子大理石屏风。转过屏风,小小三间厅房,厅后便是正房大院。正面五间上房,皆是雕梁画栋;两边穿山游廊、厢房,挂着各色鹦鹉、画眉等雀鸟。台阶上坐着几个穿红着绿的丫头,〔**索隐**〕是个眷女嫔常在答应之流。清例,凡嫔御不奉召不得入室,皆坐檐下以待呼唤,虽皇后对于太后亦然。一见他们来了,都笑迎上来,说道:"刚才老太太还念呢,可巧就来了。"于是三四人争着打帘子,一面听得人说:"林姑娘来了。"

黛玉方进房,只见两个人扶着一位须发如银的老母迎上来。黛玉知是外祖母了,正欲下拜,早被外祖母抱住搂入怀中,"心肝儿肉"叫着大哭起来。当下,侍立之人无不下泪。黛玉也哭个不休。众人慢慢劝解住了,黛玉方拜见了外祖母。当下贾母一一指与黛玉:"这是你大舅母,这是二舅母,这是你先珠大哥的媳妇珠大嫂。"黛玉一一拜见。贾母道:"请姑娘们来,今日远客初来,可以不必上学去。"众人答应了一声,便去了两个。

不一时,只见三个奶妈并五六个丫鬟,拥着三位姑娘来了。第一个,肌肤微丰,身材合中,腮凝新荔,鼻腻鹅脂,温柔沉默,观之可亲。第二个,削肩细腰,长挑身材,鸭蛋脸儿,俊眼修眉,顾盼神飞,文彩精华,见之忘俗。第三个,身量未足,形容尚小。其钗环裙袄,三人皆是一样的妆束。〔**索隐**〕本指一人。黛玉忙起身迎上来见礼,互相厮认。归了坐位,丫鬟送上茶来,不过叙些黛玉之母如何得病、如何请医服药、如何送死发丧。不免贾母又伤感起来,因说:"我这些女儿,所疼者独有你母,今一旦先我而逝,不得见一面,教我怎不伤心!"说着携了黛玉的手又哭起来。家人忙相劝慰,方略略止住。

第三回　托内兄如海荐西宾　接外孙贾母恤孤女

众人见黛玉年貌虽小，其举止言谈不俗，身体面庞虽怯弱不胜衣，却有一段风流态度，便知他有不足之症。〔索隐〕小琬多病，《传》与《忆语》中均及之，《传》并言："以劳瘵病卒"，故曰"不足之症"。因问："常服何药？如何不治好了？"黛玉道："我自来如此，从会吃饭时，便吃药到如今了，经过多少名医，总未见效。那一年我才三岁，记得来了一个癞头和尚，说要化我去出家，我父母固是不从。他又说：'既舍不得他，但只怕他的病一生也不能好的；若要好时，除非从此以后总不许见哭声。除父母之外，凡有外亲，一概不见，方可平安了此一生。'这和尚疯疯颠颠，说了这些不经之谈，也没人理他。〔索隐〕小琬被掳，必有威党绳其美于军府者。故《小琬传》中言："辟疆在盐官，履危几死，姬不以身先，则欲以身后。宁使兵得我则释君，君其问我于泉府耳。中间智计百出，保全实多"云云。此小琬北行之明证，又可见军府之必欲得琬，非仓卒掠以北行者。书中言不见外亲一语，当指辟疆避兵盐官时之投非其人而言。然借以兆宝、黛终身，适相符合。所谓："美人细意熨贴平，裁缝灭尽针线迹"者是也。如今还是吃人参养荣丸。"〔索隐〕以小琬荏弱，固应服此。然参为辽产，作者特拈此名，亦以见身属辽人，处养尊荣之意，与后天王补心丹一例。贾母道："这正好，我这里正配丸药呢，叫他们多配一料就是了。"

一语未休，只听得后院中有笑声说："我来迟了，不曾迎接远客！"〔索隐〕神来之笔。黛玉想忖道："这些人，个个皆是敛声屏气如此，〔索隐〕官闱静肃气象。这来者是谁，这样放诞无礼？"〔索隐〕清初，豫王最为跋扈，骄蹇不奉法度。以睿王弟故，屡有犯，皆仅罚锾。作书人处处照顾，均是史笔。心下想时，只见一群媳妇丫鬟拥着一个丽人从后房进来。这个人打扮与姑娘不同，彩绣辉煌，恍若神妃仙子。头上戴着金丝八宝钻珠髻，绾着朝阳五凤挂珠钗，项上戴着赤金盘螭缨络圈，身上穿着缕金百蝶花大红云缎窄褙袄，〔索隐〕《江南见闻录》载：豫王入城时，穿红锦箭衣。大红，红也；云缎，锦也；窄褙袄，箭衣也。时明衣尚博，满衣尚约。初见甚异，故《见闻录》特记之，作者亦特言之，无一闲笔。外罩五彩刻丝石青银鼠褂，下着翡翠撒花洋绉裙。一双丹凤三角眼，两弯柳叶掉稍眉，〔索隐〕足见其威。身量苗条，体格风骚，粉

《红楼梦》与顺治皇帝的爱情故事

面含春威不露，丹唇未启笑先闻。黛玉连忙起身接见，贾母笑道："你不认得他，他是我们这里有名的一个泼辣货，南京所谓'辣子'，你只叫他'凤辣子'就是了。"〔**索隐**〕豫王嗜杀，故有嘉定三屠、扬州十日之事。的是辣手，应有此称。黛玉正不知以何称呼，众姊妹都忙告诉黛玉道"这是琏嫂子。"黛玉虽不曾识面，听见他母亲说过，大舅贾赦之子贾琏，娶的即是二舅母王氏之内侄女，自幼假充男儿教养的，学名叫做王熙凤。〔**索隐**〕开国名王，熙朝之凤，命名之义，亦美亦讥。黛玉忙陪笑见礼，以嫂呼之。

这熙凤携着黛玉的手，上下细细打量了一番，便仍送至贾母身边坐下，〔**索隐**〕细心。因笑道："天下真有这样标致人物，我今日才算见了。〔**索隐**〕是豫王得小琬时，心中眼中的史况。况且这通身的气派，竟不像老祖宗〔**索隐**〕满洲人呼母曰奶奶，祖母曰太太，家长年老亦通称曰老祖宗，小儿或但呼老祖，宫中称太后皆称老祖宗，看近人所著《清季宫闱秘史》可知。贾母，指孝庄皇太后，即此益见。的外孙女儿，竟是个嫡亲的孙女，怨不得老祖宗天天口头心头一刻不忘！只可怜我这妹妹这样命苦，怎么姑妈偏就去世了。"说着便用手帕拭泪。〔**索隐**〕假慈悲，那得一副急泪？贾母笑道："我才好了，你倒来招我！你妹妹远路才来，身子又弱，也才劝住了，快休再提前话！"这熙凤听了，忙转悲为喜，道："正是呢！我一见了妹妹，一心都在他身上，又是喜欢，又是伤心，竟忘记了老祖宗，该打！该打！"又忙携黛玉之手问："妹妹几岁了？可也上过学？现吃什么药？在这里不要想家。要什么吃的、什么玩的，只要告诉我；丫头老婆们不好，也只管告诉我。"一面又问婆子们："林姑娘的行李东西可搬进来了？带了几个人来？你们赶早打扫两间下房，让他们去歇歇。"

说话时，已摆了茶果上来，熙凤亲为捧茶捧果。又见二舅母问他："月钱放完了不曾？"熙凤道："月钱也放完了。〔**索隐**〕事事关照，是管家娘的口吻，是辅政王的身分。月钱指八旗月粮，亦兼指宫中月例。刚才带了人到后楼上找缎子，找了半日，也没见昨日太太说的那样，想是太太记错了？"王夫人道："有没有什么要紧？"因又说道："该随手拿出两个来，给你这妹妹裁衣裳。等晚上想着，再教人去拿罢。"熙凤道：

第三回　托内兄如海荐西宾　接外孙贾母恤孤女

"倒是我先料着了,知道妹妹这两日到的,我已预备下了,等太太回去过了目好送来。"王夫人一笑,点头不语。

当下茶果已撤,贾母命两个老嬷嬷,带了黛玉去见两个舅舅去。维时贾赦之妻邢氏忙起身笑回道:"我带了外孙女过去,到底便宜些。"贾母笑道:"正是呢。你也去罢,不必过来了。"〔索隐〕官例须奉明谕方能退休,不然仍须伺于廊外。那邢夫人答应了,遂带了黛玉与王夫人作辞。〔索隐〕典礼秩然。大家送至穿堂垂花门前,早有众小厮拉过一辆翠幄青油车来。邢夫人携了黛玉坐上,众婆娘们放下车帘,方命小厮们抬起,拉至宽处,方驾上驯骡。〔索隐〕京师显宦家多如此,满人尤严肃。门狭者,往往以人曳辕倒置门内,待妇女乘讫,再曳出驾骡。作书人固无处不留意也。亦出了西角门,往东过荣府正门,入一黑油大门内,〔索隐〕贾赦兼指郑王,示非宫廷殿阁,故曰黑油大门。其实藩邸亦朱门也。又睿王被罪后,奉有坟园柱用黑色之谕,于赦之大门,一书其色,亦微旨也。至仪门前方下车来。邢夫人挽了黛玉的手进入院中。黛玉度其处,必是荣府中之花园隔断过来的。进入三层仪门,果见正房厢庑游廊,悉皆小巧别致,不似那边的轩峻壮丽;且院中随处之树木山石皆好。及进入正室,早有许多盛妆丽服之姬妾丫鬟迎着。

邢夫人让黛玉坐了,一面令人到外书房中请贾赦。一时来回说:"老爷说道:'连日身上不好,见了姑娘,彼此伤心,暂且不相见。劝姑娘不要伤怀想家,跟着老太太和舅母是同家里一样。姊妹们虽拙,大家一处伴着,亦可以解些烦闷。或有委曲之处,只管说得,不要外道才是。'"黛玉忙站起身来,一一听了。再坐一刻,便告辞。邢夫人苦留吃过饭去,黛玉笑回道:"舅母爱惜赐饭,原不应辞,只是还要过去拜见二舅舅,恐迟去不恭。异日再领,望舅母容谅。"邢夫人道:"这也罢了。"遂命两个嬷嬷,用方才坐来的车子送了过去。于是黛玉告辞,邢夫人送至仪门前,又嘱咐了众人几句,眼看着车去了方回去。

一时黛玉进入荣府下了车,众嬷嬷引着便往东转弯,〔索隐〕荣府指官廷,应走乾清门之夹道,不能升阶入门,故曰"转弯"。此与慈宁均在保和殿后,前已叙入门形势,故不再叙。走过一座东西的穿堂,〔索隐〕是景运门。向南大厅之后,〔索隐〕是乾清宫。仪门内大院落,上

《红楼梦》与顺治皇帝的爱情故事

面五间大正房,〔**索隐**〕是坤宁宫。两边厢房,〔**索隐**〕是配殿。鹿顶耳门钻山,〔**索隐**〕宫廷大都缭以周廊,故多此式。四通八达,轩昂壮丽,比贾母处不同。黛玉便知这方是正内室。〔**索隐**〕是正宫。一条大甬路,直接出大门的。〔**索隐**〕前通天安、午门,后通神武、地安等门。进入堂屋抬头,迎面先见一个赤金九龙青地大匾,〔**索隐**〕宫廷匾式。匾上写着斗大三个字,是"荣禧堂";后有一行小字:"某年月日书赐荣国公贾源",又有"万几宸翰之宝"。〔**索隐**〕着眼。大紫檀雕螭案上,设着三尺来青绿古铜鼎,悬着待漏随朝墨龙大画,一边是錾金彝,一边是玻璃盒。〔**索隐**〕是宫中陈设。地下两溜十六张楠木椅子,又有一副对联,乃是乌木联牌,镶着錾银字迹,道是:

  座上珠玑昭日月,〔**索隐**〕着眼"日月"二字,是言帝王夫妇也。
  堂前黼黻焕烟霞。〔**索隐**〕着眼"烟霞"二字,是言山林结果也。

下面一行小字道是:"乡世教弟勋袭东安郡王穆莳拜手书"。〔**索隐**〕满洲肇祖名孟特。穆莳与栽同,穆莳者,言皆穆之种子苗裔也。东安王云者,言其始偏安东邮,称王末帝也。

  原来王夫人时常居坐宴息,亦不在这正室,只在东边的三间耳房内。〔**索隐**〕历代帝后均不居正宫,多旁居于养心殿等处。宫内东廊西狭,让地为西苑,故书中多言偏东,均是指实,全非意造。于是老嬷嬷〔**索隐**〕宫中亦有女仆、亦称女官,皆内务府三旗妇女充之,呼曰"嬷嬷",亦曰"啊(平声歌韵)妈"(若阿读仄声,则满人呼父之称矣)。引黛玉进东房门来。临窗大炕上铺着猩红洋毯,正面设着大红金线蟒引枕,秋香色〔**索隐**〕黄色也,非常人可用。金线蟒大条褥。两边设一对梅花式洋漆小几,左边几上文王鼎、匙箸香盒;右边几上汝窑美人觚,内插着时鲜花卉,并茗碗茶具等物。地下四面一溜四张椅子上都搭着银红撒花椅搭,底下四副脚踏。两边又有一对高几,几上茗碗瓶花俱备。其余陈设,不必细说。〔**索隐**〕陈设一如满宫形式,读《宫闱秘史》自知。老

第三回　托内兄如海荐西宾　接外孙贾母恤孤女

嬷嬷让黛玉上炕坐,〔**索隐**〕是伺候召见的光景。炕沿上却也有两个锦褥对设。黛玉度其位次,便不上炕,只就东边椅上坐了。本房的丫鬟忙捧上茶来,黛玉一面吃了茶,打量这些丫鬟们妆饰衣裙,举止行动,果与别家不同。

茶未吃了,只见一个穿红绫袄、青缎掐牙背心的一个丫鬟走来,笑道:"太太说,请林姑娘到那边坐罢。"老嬷嬷听了,于是又引黛玉出来,到了东廊三间小正房内。〔**索隐**〕是叫起的状况,加以"引"字,以见为引对之制。清宫叫起,阉人呼带;带亦引之义也。正面炕上〔**索隐**〕满人尚炕,故数言之。横设一张炕桌,上面堆着书籍茶具;靠东壁面西,设着半旧的青缎靠背引枕。王夫人却坐在西边下首,亦是半旧青缎靠背坐褥,见黛玉来了,便往东让。黛玉心中料这定是贾政之位,因见挨炕一溜三张椅子上,也搭着半旧的弹花椅袱,黛玉便向椅上坐了。王夫人再三让他上炕,他方挨王夫人坐了。王夫人乃说:"你舅舅今日斋戒去了,〔**索隐**〕国初时斋戒尚整齐。至中叶以后,则惟帝入斋宫,各部院虽有斋室,从无下榻其间,略戒荤酒者,此可见是清初气象。再见罢。只是有一句话嘱咐你。三个姊妹倒是极好,以后一处念书认字,学针线,或偶一玩笑,都有个尽让的。但我最不放心的却有一件:我有一个孽根祸胎,是家里的混世魔王,〔**索隐**〕得天下而不居,可谓混世魔王。又:京师后山魔王之谚,即指世祖。今日因庙里还愿去,尚未回来,晚间你看见便知道了。你以后只不要睬他,你这些姊妹,都不敢沾惹他的。"黛玉素闻母亲说过,有个内侄,乃衔玉而生,顽劣异常,不喜读书,最喜在内帏厮混,外祖母又溺爱,无人敢管。今见王夫人所说,便知是这位表兄,一面陪笑道:"舅母所说的,可是衔玉而生的这位表兄?在家时,记得母亲常说这位哥哥,比我大一岁,〔**索隐**〕反笔。"小名就叫宝玉。性虽憨顽,说待姊妹们极好的;况我来了,自然和姊妹同一处,兄弟们自另院别室,岂有得沾惹之理?"王夫人笑道:"你不知道原故:他与别人不同,自幼因老太太疼爱,原系同姊妹一处娇养惯的。若姊妹们不理他,他倒还安静些;若一日姊妹们和他多说了一句话,他心上一喜,便生出许多事来,所以嘱咐你莫睬他。他嘴里一时甜言蜜语,〔**索隐**〕以后相许,不可谓不甜,不可谓不蜜。一时有天无日,疯疯傻傻,

《红楼梦》与顺治皇帝的爱情故事

只休信他。"〔索隐〕果办不到,故不可信,书中预伏一笔,正不止为宝、黛作谶。上文另院别室数言,亦反示清初宫廷之羼杂。

黛玉一一的都答应着。忽见一个丫鬟来说:"老太太那里传晚饭了。"王夫人忙携了黛玉,从后房门由后廊往西。出了角门是一条南北甬道。南边是倒座三间,小小抱厦厅,北边立着一个粉油大影壁,后有一半大门,小小一所房室。王夫人笑指向黛玉道:"这是你凤姐姐的屋子。回来你好向这里找他去,少什么东西,只管和他说就是了。"这院门上,也有几个才总角的小厮,都垂手侍立。〔索隐〕中官。

王夫人遂携黛玉穿过一个东西穿堂,便是贾母的后院了。〔索隐〕慈宁本在极东,故须穿过一重宫廷方到。于是进入后房门,已有多人在此伺候,见王夫人来了,方案设桌椅。贾珠之妻李氏捧饭,熙凤安箸,王夫人进羹。贾母正面榻上独坐,两旁四张空椅,熙凤忙拉黛玉在左边第一张椅子上坐下。黛玉十分推让,贾母笑道:"你舅母和嫂子们左右不在这里吃饭。〔索隐〕清制太后皆独席。你是客,原该如此坐的。"黛玉方告坐了。贾母命王夫人也坐了,迎春姊妹三个告了坐方上来。迎春坐右手第一,探春左手第二,惜春右手第二。旁边丫鬟执着拂尘、漱盂、手帕;李、凤二人立于案旁劝让;外间伺候之媳妇、丫鬟虽多,却连一声咳嗽不闻。〔索隐〕规制井井,可与《宫闱秘史》参看。饭毕,各各有丫鬟用小茶盘捧上茶来。当日林家教女以惜福养身,每饭后必过片时方吃茶,不伤脾胃。今黛玉见了这里许多规制,不似家中,亦只得随和着些,接了茶,又有人捧过漱盂来。黛玉也漱了口,又浣手毕,然后又捧上茶来——这方是吃的茶。〔索隐〕宫中饭后用茶漱口,《秘史》中亦尝言及。

贾母便说:"你们去罢,让我们自在说话儿。"王夫人听了,忙起身说了两句闲话,方引李、凤二人去了。贾母因问黛玉:"念何书?"黛玉道:"刚念了四书。"黛玉又问:"姊妹们读何书?"贾母道:"读什么书,不过认几个字罢了。"

一语未了,只听外面一阵脚步响,丫鬟进来报道:"宝玉来了。"黛玉心中想,这个宝玉不知是怎生个惫懒人物!〔索隐〕上文说记得母亲常说这位哥哥,此处心中想这个宝玉不知怎生人物,是与《小琬传》

第三回　托内兄如海荐西宾　接外孙贾母恤孤女

中,闻人说冒子则亦胸次贮之,两言反复相映。及至进来,原来一个青年公子。头上戴着束发嵌宝紫金冠,齐眉勒着二龙抢珠金抹额,一件二色金百蝶穿花大红箭袖,束着五彩丝攒花结长穗宫绦,外罩石青起花八团倭缎排穗褂,登着青缎粉底小朝靴;面若中秋之月,色如春晓之花,鬓若刀裁,眉如墨画,鼻如悬胆,眼似秋波,虽怒时而似笑,即瞋视而有情;项上金螭缨络,又有一根五彩丝绦系着一块美玉。黛玉一见,便吃一大惊,心中想道:"好生奇怪,倒像在那里见过的,何等眼熟!"〔**索隐**〕《小琬传》言:"一日姬方醉卧,闻冒子在门,扶出相见于曲栏花下。主宾双玉有光,已而回目瞠视,不发一言。辟疆心等,谓此入眼第一,可系红丝。而琬君则内语曰:'吾静观之,得其神趣,此殆吾委心塌地处也。'即欲自归,一恐太遽,遂如梦值"云云。书中此段,即由《传》脱胎,专写"遂如梦值"四字的心理。又回顾上文神瑛、绛珠的旧案,笔致深婉,妙想入微。只见〔**索隐**〕是黛玉眼中看出。这宝玉向贾母请了安,〔**索隐**〕是满洲宫廷习尚,几宗室见尊长,必屈双膝至地,谓之双腰安,臣下谓之跪安,与打千不同,与满洲寻常请安亦不同。贾母便命:"去见你娘来。"即转身去了。一回再来时,已换了冠服。头上周围一转的短发,结成小辫,红丝结束,共攒至顶中胎发,总编一根大辫,黑亮如漆,〔**索隐**〕清世祖有发瑞,顶发独高,故此言攒至顶中胎发,特加"胎"字,见生而有异也。从顶至梢,一串四颗大珠,用金八宝坠脚。〔**索隐**〕世祖始定御用冠服之制,冠用东珠为顶,镂金为座。书中特言大珠金坠,大珠即东珠,金坠犹言金座,皆在下之义也,是特笔关照世祖,非滥写宝哥装饰。上文箭袖宫绦穗褂朝靴,亦暗指满清御用服色,然不必定为世祖,此乃按实。身上穿着银红撒花半旧大袄,仍旧带着项圈、宝玉、寄名锁、护身符等物。〔**索隐**〕满人重佛,童年往往如此。下面半露松花撒花绫裤,锦边弹墨袜,厚底大红鞋。越显得面如傅粉,唇若施脂,转盼多情,语言若笑。天然一段风韵,全在眉梢;平生万种情思,悉堆眼角。看其外貌,最是极好,却难知其底细。后有人作《西江月》二词,批宝玉极确。其词曰:

无故寻愁觅恨,有时似傻如狂。纵然生得好皮囊,腹内原

《红楼梦》与顺治皇帝的爱情故事

来草莽。潦倒不通庶务,愚顽怕读文章。行为偏僻性乖张,那管世人诽谤!〔**索隐**〕此首是言情僧性与人殊。

富贵不知乐业,〔**索隐**〕此句着眼。贫穷难耐凄凉。〔**索隐**〕陪笔。可怜辜负好韶光,〔**索隐**〕出家时年仅二十有四。于国〔**索隐**〕着眼。于家〔**索隐**〕陪笔。无望。天下无能第一,古今不肖无双。寄言纨袴与膏粱,莫效此儿形状。〔**索隐**〕此首是不满情僧所为。

却说贾母笑道:"外客未见就脱了衣裳!还不去见你妹妹!"宝玉早已看见了一个姊妹,便料定是林姑妈之女,忙来作揖。相见毕归坐,细看形容,与众不同。两弯似蹙非蹙笼烟眉,一双似喜非喜含情目。态生两靥之愁,娇袭一身之病。泪光点点,娇喘微微。闲静似娇花照水,行动疑弱柳扶风。心较比干多一窍,病如西子胜三分。〔**索隐**〕"病"字两见,态度的是南人。宝玉看罢,笑道:"这姊妹我曾见过的!"〔**索隐**〕佛家谓之夙因。

贾母笑道:"可又是胡说,你何曾见过他?"宝玉笑道:"虽然未曾见过他,然看着面善,心里倒像是旧相认识,恍若远别重逢的一般。"〔**索隐**〕《小琬传》言:"琬初值冒子,故欢旧戚,两意融洽,莫能举似。"书中说宝、黛初见时胸中情况,实从《小琬传》"故欢旧戚"数语中脱胎,妙在照顾上文,自完首尾。贾母笑道:"好,好!若如此更相和睦了。"〔**索隐**〕又照应"两意融洽"一语。《传》又载:小琬正告辟疆曰:'物未有孤产而无耦者,如顿牟之草(绛珠草之所由来)、磁石(大荒山通灵玉之所由来)之铁,气有潜感,数亦有冥会'"云云。此一段文字,皆敷陈小琬言中之意,推之《红楼》全部,宝、黛形影,全不出顿牟、磁石两言。

宝玉便走向黛玉身边坐下,又细细打量一番,因问:"妹妹可曾读书?"黛玉道:"不曾读书,只上了一年学,些须认得几个字。"宝玉又道:"妹妹尊名?"黛玉便说了名。宝玉又道:"表字?"黛玉道:"无字。"宝玉笑道:"我送妹妹一字,莫若'颦颦'二字极妙。"探春便道:"何处出典?"宝玉道:"《古今人物通考》上说:'西方有石名黛,可代

第三回　托内兄如海荐西宾　接外孙贾母恤孤女

画眉之墨。'〔索隐〕初见赠字，便欲画眉。通考古今人物，便知画眉为何如人，为何如事。此作者微旨，示宝、黛人本同衾也。"西方有石"，即西方佛子之意。"颦颦"二字，隐含吴宫故事，亦状其人，皆为点醒后人，知二人为君王妃子。其实，黛非西方之石，典亦不出《通考》之书。随意写来，借资印证，岂如今小说家专以数典见长者所可比并哉！又梅村《清凉山赞佛诗》云："王母携双成（董也），翠盖云中来。汉主坐法宫，一见光徘徊。结以同心盒，授以九子钗"之数言者，是志汉主、双成相遇之结。一见光徘徊，其欣讶可想，的是宝玉初见黛玉时情况。况这妹妹眉尖若蹙，用取这两个字岂不甚美？"探春笑道："只恐又是杜撰。"宝玉笑道："除四书杜撰的太多，偏是我杜撰不成！"〔索隐〕点明杜撰，益令人思。又问黛玉："可有玉没有？"〔索隐〕此人人所当问者，书中时时以通灵美玉暗指小琬，然小琬多作小宛，实无玉之迹象可寻，恐读者好生别论，故设一难。众人都不解。〔索隐〕众人诚不解玉之何指。黛玉便忖度着，因他有玉，故问我有无，因答道："我没有。那玉亦是个罕物，岂能人人皆有？"宝玉听了，登时发作起狂病来，摘下那玉就狠命摔去，骂道"什么罕物！人的高低不识，还说灵不灵呢！〔索隐〕小琬应愧此数言。我也不要这劳什子！"吓的地下众人一拥争去拾玉。贾母急的搂了宝玉道："孽障！你生气，要打骂人容易，〔索隐〕是阿地位，是何家教。何苦摔那命根子！"〔索隐〕真拿这玉当命根子。宝玉满面泪痕，泣道："家里姐姐妹妹都没有，单我有，我说没趣；如今来了这个神仙似的妹妹，也没有，可知这不是个好东西。"贾母忙哄他道："这妹妹原有玉来的，因你的姑妈去世时舍不得你妹妹，无法可处，遂将他的玉带了去。一则全殉葬之礼，尽你妹妹之孝心；二则你姑妈之灵，亦可权作见了你妹妹之意，因此他只说没有玉，也是不便自己夸张之意。你如今怎比得他。还不好生慎重带上，仔细你娘知道了！"说着便向丫鬟手中接来，亲与他带上。宝玉听如此说，想一想也就不生别论了。〔索隐〕此一段是一篇《答客难》。答明有玉，可知小琬初本作琬，后乃省去玉旁，专书作宛，借贾母口中圆谎露出"原有玉来"四字。作者心细如发。

当下奶娘来问黛玉房舍，贾母便说："将宝玉挪出来，同我在套间暖阁里，把你林姑娘暂安置碧纱橱里。过了残冬，春天再与他们收拾房屋，另作一番安置罢。"〔索隐〕故撇一笔，是文家欲擒先纵法。宝玉道："好祖宗，我就在碧纱橱外床上很妥当，何必又出来闹你老祖宗不得安静？"贾母想了一回，说："也罢了。〔索隐〕《西厢记》："今宵同会碧纱橱"，是双栖的绮语，作者即采此语以入书，以示为钿盒定情之始。评者每欲考定时令，以冬用纱橱为作者之误，毋乃痴甚。每人一个奶娘并一个丫头照管，余者外间上夜听唤。"一面早有熙凤命人送了一顶藕合色花帐，〔索隐〕"藕合"，皆匹配之意。作者于此段中处处点明是夫妇，至再至三，却无一句违碍，不害其为影郎画宠，直是神笔。并锦被缎褥之类。黛玉只带了两个人来，一个是自己的奶娘王嬷嬷，〔索隐〕乳母姓王，将琬定偏旁凑足，可见原来有玉。一个是十岁的小丫头名唤雪雁。〔索隐〕北地双飞之意，又点一笔。贾母见雪雁甚小，一团孩气，〔索隐〕小琬入宫时，情僧不过十龄以外，应有一团孩气。王嬷嬷又极老，〔索隐〕此处言王嬷嬷，王应读本字，不作玉字看，须与秦可卿事参合根究，便知作者本意。须念小琬北来时，豫王将何献耶！此极可思。料黛玉皆不遂心，〔索隐〕或少或老，安能称意？日还泪债，有由然也。将自己身边一个二等丫头名唤鹦哥的，〔索隐〕唐人诗："含情欲说宫中事，鹦鹉前头不敢言。"作者此段设种种权词，无非欲说宫中之事。然而惊寒欲唤，不敢直言，故造境设情，浪费许多笔墨，于段末标出"鹦哥"二字。揆之唐人诗意，可知其人何指，其吾事何居！"鹦哥"之名，仅见于此，后不复见。殆已化为望帝春心耶？故紫鹃之名继之而起，是一是二，可勿拘拘。与了黛玉。亦如迎春等一般，每人除自幼乳母外，另有四个教引嬷嬷；除贴身掌管钗钏盥沐两个丫头外，另有四五个洒扫房屋、来往使役的小丫鬟。〔索隐〕是贵妃宫制。当下王嬷嬷与鹦哥陪侍黛玉，在碧纱橱内；宝玉之乳母李嬷嬷〔索隐〕世祖乳母有李嘉氏，康熙中封佑圣夫人，叶黑勒氏封佐圣夫人，又朴氏封奉圣夫人。李嬷嬷，即指李嘉氏诸人也。并大丫头名唤袭人者，〔索隐〕袭人用拆字法，则龙衣人也。素女入橱，龙衣伴主，其事已大可见。陪侍在、外大床上。

原来这袭人亦是贾母之婢，本名珍珠，〔索隐〕隐用绿珠故事。又梅村《题小琬诗》云："珍珠无价玉无瑕"，又《古意》诗云："珍珠十

第三回　托内兄如海荐西宾　接外孙贾母恤孤女

斛买琵琶",皆指小琬,言本他人掌上珠也。贾母在溺爱宝玉,生恐宝玉之婢不中任使,素知袭人心地纯良,遂与宝玉。宝玉因知他本姓花,〔索隐〕花冠凤袄,的是官妆。又曾见前人诗句有"花气袭人知昼暖"之句,遂回明贾母,即更名袭人。〔索隐〕作者恐人遽悟,故又自家圆谎。这袭人有些痴处,服侍贾母时,心中眼中只有一个贾母,今跟了宝玉,心中眼中又只有一个宝玉。〔索隐〕襄王一会,从此情深,心中目中岂尚有三吾水绘耶! 马贵与云:汉宫虫叶,于昭为异,于宣为祥,两爱一身,冷炎遽异,可为情僧贺,亦可为公子悲矣。只因宝玉性情乖僻,每每规谏,宝玉不听,心中着实忧郁。〔索隐〕御制《董妃行传》中备言妃之善谏。是晚,宝玉、李嬷已睡了,他见里面黛玉、鹦哥犹未安歇,他自卸了妆,悄悄的进来,笑问:"姑娘怎么还不安歇?"黛玉忙笑让:"姐姐请坐。"袭人在炕沿上坐了。鹦哥笑道:"林姑娘在这里伤心,自己淌眼抹泪哩。〔索隐〕梅村诗云:"争传婺女嫁天孙,才过银河拭泪痕。"书中特着数言,以见渡河初泪,偿债从此发轫矣。说今儿才来了,就惹出你家哥儿的疾,倘或摔坏了那玉,岂不是因我之过? 所以伤心。我好容易劝好了。"袭人道:"姑娘,快休如此,将来只怕比这更奇怪的笑话儿还有呢! 若为他这种行状,你多心伤感,只怕你还伤感不了呢,快别多心!"〔索隐〕着眼"笑话""还有"四字,惜事秘年远,不可尽闻,"伤感不了"一言,亦为小琬终身写照。黛玉道:"姐姐们说的我记着就是了。"及叙了一回,方才安歇。

次早起来,省过贾母,因往王夫人处来。正值王夫人与熙凤在一处拆金陵来的书信,又有王夫人之兄嫂处遣来的两个媳妇儿来说话的。虽黛玉不知原委,探春等却晓得是议论金陵城中居住的薛家姨母之子、表兄薛蟠,倚财仗势,打死人命,现在应天府案下审理。舅舅王子腾得了信,遣人来告诉这边,意欲唤取进京之意。〔索隐〕豫王南下,杀人过多,威势过重,睿王亲故,多以为言,王亦知其不可,乃于顺治二年七月召还京师,以贝勒勒克德浑为平南大将军,同固山额真叶臣往江南代之。此段即专书此事,故以二王(原注:王夫人、熙凤)当之。

未知后事如何,且看下回解。

《红楼梦》与顺治皇帝的爱情故事

〔**索隐**〕此回共分四段：

自首句起，至"不在话下"句止，为第一段。是说黛玉入都，小琬北行之始。以雨村作伴，可见有热中人撮合其间。中间带出赦、政名字性情，亦可见彼美初来，投止何地，与十三回参看，当有会心。

自"且说黛玉自那日弃舟登岸时"句起，至"不过认几个字"句止，为第二段。专说宫廷宏制，与帝室常仪，为小琬入宫之特证。中间带出熙凤的骄专，是以大营包小营。

自"一语未了"句起，至"方才安歇"句止，为第三段。此段专用迷离恍惚之笔，叙述小琬一生概略。初见宝玉时光景，的是与辟疆相觏之情况。授居赐婢，又时是入宫获宠之始基。中有老小均不遂心一言，更可见小琬初来，颇艰于择人而事。此中情事隐秘，不敢妄用管蠡。段末更如鹦哥、袭人，一则为旁衬益明，一则为后来开径，心思微细，笔法灵通。全如渊明琴趣，不劳弦上之音。又如海上仙山，瞻之在前，即之已渺。一篇雅谜，打破殊难。而按实则字字皆真，语语有据。昔人诗云："细语人不闻，松风吹解带。"此段意境，仿佛似之。

自"次早起来"句起，至段末止，为第四段。由黛玉眼中看出王夫人、熙凤内亲党护之事，笔致连带，至而情事截然，下启上承，远山无尽。

〔**护花评**〕贾雨村至京得缺到任，几句撇开，即细叙黛玉正文，得随起随落之法。

又：黛玉开口说病说癞头和尚。说不要见哭声，说不要见外亲等语，已逗明一生因缘结果。

又：王熙凤出来又用一副笔墨，细细描画其风流能干有权，阴薄气象，已活脱纸上，真是写生妙手。王夫人对黛玉说宝玉娇养疯傻样子，已将日后同黛玉情况隐隐伏出。

又：黛玉初见宝玉便吃一惊，想着像在那里见过，宝玉亦如此说，宿缘已见。铺叙宝玉装束面貌，更觉动人，却先心中想道："不知是怎样惫懒人物"，反挑一句，文笔曲折生动。

第三回　托内兄如海荐西宾　接外孙贾母恤孤女

又：宝玉一见黛玉便摔玉哭泣，黛玉亦因摔玉夜间淌泪，此时之两泪，是一生眼泪根源。以上教评，均灵醒可诵。

〔**大某评**〕点袭人之名，特用一个"者"字，作者之微意也。若他人出场，并无此倒。此评亦详人所略。

第四回 薄命女偏逢薄命郎
葫芦僧判断葫芦案

却说黛玉同姐妹们至王夫人处，见王夫人与兄嫂处的来使计议家务，又说姨母家遭人命官司等语，〔索隐〕引入薛蟠，是言明季戚畹、田宏遇等骄横实况，并述圆圆入都的原始（《觚剩》谓圆圆为周所进，似不然），与第三回末一段所说，虽同一事，而前回重在小琬，故段末以召豫王还京作结，此回重在圆圆，故以周、田强夺入京作引，派别流分，清可鉴底。因见王夫人事情冗杂，姐妹们遂出来至寡嫂李氏房中来了。

原来这李氏即贾珠之妻。珠虽夭亡，幸存一子，取名贾兰，〔索隐〕忽又引入李纨身上，是为写刘老老入府张本。李纨反况昆山刘媐，趁豫王入京时，急急补出来历，亦史家补传定法。兰，王者香也。刘媐生子袭封亲王，殊荣极贵，以一中年孀妇得之，诚为异事，故书中特命纨子为兰，以示为王者之意。《公羊》开始便讲母以子贵，此段中书名特例，其公羊家言耶。贾珠限于玉旁，无可取喻，仅言明亡后媐遘奇遇，故命曰珠。珠之半为朱，指朱明也。言已夭亡，可知为南都既下以后事耳。今方五岁，已入学攻书。这李氏亦系金陵名宦之女，父名李守中，〔索隐〕李守节而终，刘则异是。曾为国子祭酒，〔索隐〕《过墟志》言：虞山刘氏，世业儒，家虽落，名楣也。俗称学究为老祭酒，故云。族中男女，无不读诗书者。至李守中继续以来，便谓女子无才便是德，故生了便不十分认真读书，只不过将些《女四书》《列女传》读读，认得几个字罢了，记得前朝这几个贤女便了。〔索隐〕《过墟志》言："三秀（刘媐名）慧而艳，六岁母死，父教之读，过目辄了。捉笔作楷，秀逸独绝。"《志》言父教秀读，而书中偏言父不重读，处处均用反笔。却以纺绩女红为要，因取名为李纨，字宫裁。〔索隐〕纨有反正二义。以字音

第四回　薄命女偏逢薄命郎　葫芦僧判断葫芦案

论，纨者完也。李纨白首完贞，应有完人之目，名之曰纨，盖志善也，在书中为正笔，在本事为反笔。以字义论，纨文绮也。刘媠矢志不屈，乃为文绮所动，卒至玉玷不完，名之曰纨，盖志丑也，在本事为正笔，在书中为反笔。是书论人有正写，有反写。即刘媠一事，以刘老老正写，以李纨反写。即李纨一人，以生子正写，以命名反写，变换不穷，神奇莫测。因此这李纨虽青春丧偶，且居处于膏粱锦绣之中，竟如槁木死灰一般，一概不问不闻，〔索隐〕《过墟志》载刘才敏心细，平日筹画无不中。其夫黄亮功死后，持家御侮，尤布置井井。此书言一概"不问不闻"，又是反笔。且槁木死灰，亦有时复燃，更为反之又反。惟知侍亲教子，外则陪伴小姑等针黹诵读而已。〔索隐〕刘媠在黄固无子，亦无小姑，亦是反笔。今黛玉虽客居于此，〔索隐〕又引回黛玉身上，明为附传之法。自有这几个姑嫂相伴，除老父之外，余者也就无庸虑及了。〔索隐〕如皋岂竟忘耶！

如今且说贾雨村〔索隐〕假话又复开场。授了应天府，一到任就有件人命官司详至案下。乃是两家争买一婢，各不相让，以致殴伤人命。彼时雨村即拘原告之人来审。那原告道："被殴死者，乃小人之主人。因那日买了一个丫头，不想系拐子拐来卖的。这拐子自己得了我家的银子，我家小主原说第三日方是好日子，再接入门。这拐子又悄悄的卖了与薛家，〔索隐〕指周、田诸戚畹。以《明史》考之，周仅碌碌，田则骄纵不遵法度，好佚游轻侠，园亭歌伎甲都下，此事似田所为。被我们知道了，去找拿卖主，夺取丫头。无奈薛家系金陵一霸，倚财仗势，众豪奴将我小主人竟打死了。凶手主仆皆已逃走无踪迹了，只剩了几个局外之人。小人告了一年的状，竟无人作主，求太老爷拘拿凶犯，以扶善良，存没感激天恩不尽。"〔索隐〕想见当时戚畹之横。雨村听了大怒道："岂有这等事？打死了人竟白白走了，拿不来的！"发签差公人立刻将凶犯家族拿来拷问。只见案旁立着一个门子，使眼色不令他发签，〔索隐〕想见当时胥役之猾。雨村心下狐疑，只得停了手。退堂至密室，令从人退去，只留此门子一人服侍。门子忙上前请安，笑问："老爷一向加官进禄，八九年来，就忘了我了？"雨村道："却十分面善，一时想不起来。"门子笑道："贵人多忘事，把出身之地竟忘了，不记得当年葫芦庙里之事

《红楼梦》与顺治皇帝的爱情故事

么?"〔**索隐**〕雨村本葫芦出身,应以糊涂将事。雨村大惊,方忆起往事。

原来这门子本是葫芦庙里一个小沙弥,因被火之后,无处安身,想这件生意倒还轻省,耐不得寺院凄凉景况,遂趁年纪尚轻,蓄了发,充当门子。雨村那里料得是他。便忙携手笑道:"原来是故人!"因令坐了好谈。这门子不敢坐。雨村笑道:"贫贱之交不可忘也。此系私室,但坐何妨。"这门子方告了坐,斜签着坐了。

雨村道:"方才何故不令发签?"这门子道:"老爷荣任到此,难道就没抄一张本省的护官符来不成?"〔**索隐**〕想见当时官吏之巧。雨村忙问:"何为护官符?"门子道:"如今凡作地方官者,皆有一个私单,上面写的是本省最有权势,极富贵的大乡绅名姓,各省皆然。倘若不知,一时触犯了这样的人家,不但官爵,只怕连性命也难保呢!所以叫做护官符。方才所说的这薛家,老爷如何惹得他?他这件官司,并无难断之处。从前的官府都因碍着情分脸面,所以如此。"一面说,一面从顺袋中取出一张抄的护官符来,递与雨村。看时,上面皆是本地大族名宦之家的谚俗口碑,云:

贾不假,白玉为堂金作马;阿房宫,三百里,住不下金陵一个史;东海缺少白玉床,龙王来请金陵王;丰年好大雪,珍珠如土金如铁。〔**索隐**〕词语隽丽,类古歌谣。此四家隐指崇祯时外戚周、袁、田三家。玉堂金马,三家所同。阿房一联,指周但具甲第之盛。东海一联,指袁尚有推解之风。丰年一联,指田独尚挥霍之习。

雨村尚未看完,忽闻传点报:"王老爷来拜。"雨村忙具衣冠出去迎接,有顿饭工夫方回来。问这门子,门子道:"这四家皆连络有亲,一损俱损,一荣俱荣,扶持遮饰,皆有照应的。〔**索隐**〕想见当时党援之盛。今告打死人之薛,就是丰年大雪之薛。也不单靠这王家,他的世交亲友,在都在外者本亦不少,〔**索隐**〕田亦世族,本陕西人,流寓扬州,后入京师者,故曰"在都在外"。老爷如今拿谁去?"雨村听如此说,便笑问

第四回　薄命女偏逢薄命郎　葫芦僧判断葫芦案

门子道:"如你这样说来,却怎么了结此案?你大约也深知这凶犯躲的方向了!"

门子笑道:"不瞒老爷说,不但这凶犯躲的方向我知道,并这拐卖的人,我也知道,死鬼买主也深知道。待我细说与老爷听。这个被打死的,乃是一个小乡绅之子,名唤冯渊。〔索隐〕冤孽相逢之意。父母俱亡,又无兄弟,守着这薄产度日;年纪十八九岁,酷爱男风,不甚好女色。这也是前生冤孽,可巧遇见这拐子卖丫头,他便一眼看上了这丫头,立意买来作妾,设意不近男色,也不再娶第二个了,所以郑重其事,必待三日后方进门。谁知这拐子又偷卖与薛家,〔索隐〕《圆圆传》云:"三桂慕其名,赍千金往聘之,已先为田宏遇所得。"千金往聘,必预有通情撮合者,当是定而未娶。田宏遇倚势豪夺,捷足强登,亦可想见。书中言三日之待,正让人先鞭之地,此处专写传中一"先"字。陈其年《妇人集》谓圆圆为武安侯劫置别室。此段又专写一"劫"字。他意欲卷了两家的银子而逃,谁知又走不脱,两家拿住,打了个半死;都不肯收银,各要领人。那薛公子岂肯让人的?便喝令下人动手,将冯公子打了个稀烂,抬回去三日竟死了。这薛公子原早择了日子要上京去的,既打了冯公子,夺了丫头,他便如没事人一般,只管带了家眷走他的路,〔索隐〕梅村《圆圆曲》云:"横塘双桨去如飞,何处豪家强载归",即此情事。并非为此而逃。这人命些些小事,自有他弟兄奴仆在此料理。〔索隐〕想见当时法纪之坏。这且别说。老爷可知这被卖之丫头是谁?"雨村道:"我如何得知?"门子冷笑道:"这人还是老爷的大恩人呢!他就是葫芦庙旁住的甄老爷的女儿,小名英莲的。"〔索隐〕圆圆字琬芬,故香菱、英莲、秋菱等名,均从花卉芳芬中化出。雨村骇然道:"原来就是他!闻得他自五岁被人拐去,却如今才卖呢?"

门子道:"这种拐子,单拐的是幼女,养至十二三岁,带至他乡转卖。当日这英莲,我们天天哄他玩耍,极相熟的。所以隔了七八年,虽模样出脱得齐整,然大段未改,所以认得他。但他眉心中,原有米粒大的一点胭脂痣,〔索隐〕痣者,圆圆之意。疑圆圆貌或有此。从胎里带来的。偏生这拐子又租了我的房舍居住,那日拐子不在家,我也曾问他。他说是被拐子打怕了的,万不敢说,只说拐子是他亲爹,因无钱还债故

《红楼梦》与顺治皇帝的爱情故事

卖的。我哄他再四，他又哭了，只说：'我原不记得小时之事。'这无可疑了。那日冯公子相见了，兑了银子，因拐子醉了，英莲自叹道：'我今日罪孽可满了。'后又听见冯公子三日后才令过门，他又转有忧愁之态。我又不忍，等拐子出去，又叫妻子去解释：他这冯公子必待好日期来接，可知必不以丫鬟相待。况他是个绝风流人品，家里颇过得，素性又最厌恶堂客，今竟破价买你，后事不言可知。只耐得三两日，何必忧闷！他听如此说，方略解些，自谓从此得所。谁料天下竟有不如意事，第二日他偏又卖了与薛家！若卖与第二家还好，这薛公子的混名，人称他'呆霸王'，最是天下第一个弄性尚气的人，〔索隐〕梅村诗《永和官词》云："外家官拜金吾尉，平生游侠多轻利。缚客因催博进钱，当筵便杀弹筝伎。"词咏田妃，可见宏遇当时弄性尚气至于此极，无怪有呆霸王之称。而且使钱如土。〔索隐〕轻利之谓。这打了个落花流水，生拖死拽，把个英莲拖去，如今也不知死活。这冯公子空喜一场，一念未遂，反花了钱，送了命，岂不可叹！"

雨村听了亦叹道："这也是他们的孽障遭遇，亦非偶然。不然，这冯渊如何偏只看上了这英莲？这英莲受了拐子这几年折磨，才得了个头路，且又是个多情的，若果聚合了，倒是件美事，偏又生出这段事来。这薛家纵比冯家富贵，想其为人，自然姬妾众多，淫佚无度，〔索隐〕声伎甲天下之谓。未必及冯渊定情于一人。这正为梦幻情缘，恰遇见一对薄命儿女。〔索隐〕又映到僧妃身上，梅村《圆圆曲》云："此际岂知非薄命，此时惟有泪沾衣。"书中此段全写此两句。且不要议论他人，只目今这官司如何剖断才好？"门子笑道："老爷当年何其明决，今日何以反成个没主意的人了？小的闻得老爷补升此任，系贾府、王府之力。此薛蟠即贾府之亲，老爷何不顺水行舟，做个人情，将此案了结，日后也好去见贾王二公的。"雨村道："你说的何尝不是。但事关人命，蒙皇上隆恩起复委用，正竭力图报之时，岂可因私枉法？是实不忍为的。"门子听了冷笑道："老爷说的何尝不是！但如今世上是行不去的。岂不闻古人有言：'大丈夫相时而动'，又曰：'趋吉避凶者为君子'。依老爷说，不但不能报效朝廷，亦且自身不保，还要三思为妥。"

雨村低了头，半日方说："依你怎么样呢？"门子道："小人已想了

第四回　薄命女偏逢薄命郎　葫芦僧判断葫芦案

个极好的主意在此。老爷明日坐堂，只管虚张声势，动文书发签拿人。凶犯自然是拿不来的，原告固是不依，自然将薛家族人及奴仆人等拿几个来拷问。小的在暗中调停，令他们报个暴病身亡，合族中及地方上共递一张保呈。老爷只说善能扶鸾请仙，堂上设了乩坛，令军民人等只管来看。老爷只说乩仙批了，'死者冯渊与薛蟠原系宿孽，今狭路相逢，原因了结。今薛蟠已得了无名之病，被冯魂追索而死。其祸皆由拐子而起，除将拐子按法处治外，余不略及'等语。小人暗中嘱拐子令其实招，众人见乩仙批语与拐子相符，自然不疑了。薛家有的是钱，老爷断一千也可，五百也可，与了冯家作烧埋之费。那冯家也无甚要紧的人，不过为的是钱，有了银子，也就无话了。〔索隐〕小沙弥乃练达世情如此。全书中有僧而俗者，有俗而僧者，智愚贤不肖，何如此种种！老爷细想此计如何？"雨村笑道："不妥不妥，等我再斟酌斟酌，或可压服口声也罢了。"

　　二人计议已定，至次日坐堂，勾取一干有名人犯。雨村详加审问，果见冯家人口稀少，不过藉此欲得些烧埋之银，薛家仗势倚情，偏不相让，故致颠倒未决。雨村便徇情枉法，胡乱判断了此案。冯家得了许多烧埋银子，也就无甚话说了。雨村便疾忙修书二封，与贾政并京营节度使王子腾——不过说"令甥之事已完，不必过虑"之言——寄去。此事皆由葫芦庙内沙弥新门子所为，〔索隐〕中间忽如此一笔，大书特书，书地、书爵、书职，而不书名，以史家书法考之，当是一绝大关系；以全书论，其重要本在新门阀中之小沙弥，特以葫芦冈人，姓名不著；以本回论，其重要全在公门中之善知识。糊涂了事，民命何堪？作者慨明季吏治不修，至以门子参谋，扶乩断狱。天下变乱，安得不亡！郑重书之，殆有伤心无限者。雨村又恐他对人说出当日贫贱时事来，因此心中大不乐意，后来到底寻了他一个不是，远远的充发了才罢。〔索隐〕役谲官更谲，作法自毙，其沙弥之谓乎！

　　当下言不着雨村。〔索隐〕假话撒开。且说那买了英莲打死冯渊的那薛公子，亦系金陵人氏，本是书香继世之家。只是如今这薛公子幼年丧父，寡母又怜他是个独根孤种，〔索隐〕薛蟠又指三桂，以孤独陪衬"三"字，以根种烘托"桂"字。未免溺爱纵容些，遂至老大无成。且

《红楼梦》与顺治皇帝的爱情故事

家中有百万之富，现领着内帑银粮，〔索隐〕外戚恩俸。采办杂料。〔索隐〕《明史·田妃传》言："妃宫中供设，皆自江南辇致。故曰"采办杂料"。这薛公子学名薛蟠，表字文起，性情奢侈，言语傲慢，虽也上过学，不过略识几个字，〔索隐〕《妇人集》言侯武人也。故曰"略识几个字"，又三桂以武举起家，故反衬曰"文起"。终日惟有斗鸡走马，游山玩景而已。虽是皇商，〔索隐〕犹言皇亲。一应经纪世事全然不知，不过赖祖上旧日情分，户部挂个虚名，支领钱粮，其余事体，自有伙计老家人等措办。寡母王氏，乃现任京营节度使王子腾之妹，与荣国府贾政的夫人王氏，是一母所生的姊妹，〔索隐〕吴克善与睿王为内亲，两面说得。今年方四十上下，只有薛蟠一子。还有一女，比薛蟠小两岁，乳名宝钗，〔索隐〕钗，差也。言婚姻差错，非所宝爱，隐指世祖元后科尔沁王吴克善女也。后被幽废，梅村诗所谓："金屋有人空老大，任他无事拭啼痕"者是也。生得肌骨莹润，举止娴雅。当时他父亲在日，极爱此女，令其读书识字，较之乃兄，竟高十倍。自父亲死后，见哥哥不能安慰母心，他便不以书字为念，只留心针黹家计等事，好为母亲分忧代劳。近因今上崇尚诗礼，征采才能，降不世之隆恩，除聘选妃嫔外，〔索隐〕有意撇开实事正义。在世宦名家之女，皆得报名达部，以备选择，为公主郡主入学陪侍，充为才人赞善之职。

自薛蟠父亲死后，各省中所有的买卖、承局、总管、伙计人等，见薛蟠年轻，不谙诸事，便趁势拐骗起来。京都几处生意，渐亦销耗。薛蟠素闻得都中乃第一繁华之地，正思一游，便趁此机会，一来送妹待选，〔索隐〕吴克善于顺治二年送女入京，久乃成礼，故曰待选。二来望亲，三来亲自入都，销算旧帐，再计新支，其实只为游览上国风光之意。因此早已检点下行装细软，以及馈送亲友各色土物人情等类。正择日起身，不想偏遇了那拐子卖了英莲。薛蟠见英莲生得不俗，立意买了，又遇冯家来夺，因恃强喝令手下豪奴，将冯渊打死。他便将家中事务，一一嘱托了族中人，并几个老家人，他便带了母妹等，竟自起身长行去了。人命官司，他却视为儿戏，自谓花上几个臭钱，没有不了的。

在路不计其日，那日已将入都，又闻得母舅王子腾，〔索隐〕王子指睿王，腾言上升也。吴克善到京时，睿王已死。升了九省统制，〔索

第四回　薄命女偏逢薄命郎　葫芦僧判断葫芦案

隐〕时十八省皆入清版图，折半言之，故曰"九省统制"。奉旨出都查边。〔索隐〕睿王死于喀喇屯，故曰查边。薛蟠心中暗喜道："我正愁进京去有母舅管辖，不能任意挥霍。如今升出去，可知天从人愿。"因和母亲商议道："咱们京中虽有几处房舍，只是这十年来没人居住，那看守的人未免偷着租赁与人，须得先着人去打扫收拾才好。"他母亲道："何必如此招摇。咱们这进京去，原是先拜望亲友，或是在你舅舅处，或是你姨爹家，他们家的房舍极是宽敞的，咱们且住下再慢慢的着人去收拾，岂不消停些。"薛蟠道："如今舅舅正升了外省去，家里自然忙乱起身。咱们这回子反一窝一拖的奔了去，岂不没眼色些。"他母亲道："你舅舅虽升了去，还有你姨娘家。况这几年来，你舅舅、姨娘两处，每每带信捎书接咱们来。如今既来了，你舅舅虽忙着起身，你贾家姨娘，未必不苦留我们。咱们且忙忙的收拾房子，岂不是使人见怪？你的意思我却知道，守着舅舅、姨母住着，未免拘紧了你，不如各住，好任意施为。你既如此，你自去挑所宅了去住，我和你姨娘姊妹们别了这几年，却要厮守几日。我带了你妹妹去投你姨娘家去，你道好不好？"薛蟠见母亲如此说，情知扭不过的，只得吩咐人夫，一路奔荣国府而来。

那时王夫人知薛蟠官司一事，亏贾雨村就中维持了，才放了心；又见哥哥升了边缺，正愁少了娘家的亲戚来往，略加寂寞。过了几日，忽家人报："姨太太带了哥儿、姐儿合家进京，在门外下车了。"喜的王夫人忙带了人接出大厅来，将薛姨妈等接了进去。姊妹们暮年相见，悲喜交集，自不必说。叙了一番契阔，又引着拜见贾母，将人情土物各种酬献了，合家俱厮见过，又治席接风。薛蟠拜见过贾政、贾琏，又引着见了贾赦、贾珍等。贾政便使人来对王夫人说："姨太太已有了春秋，外甥年轻不知庶务，在外住着恐怕又要生事，咱们东南角上梨香院一所〔索隐〕梨香院，梨园也。故女伶居之，圆圆亦女伶出身，因栖于此。按唐时梨园教坊，与今优倡有别，皆肺附官中，次于嫔御，故得与官中往还。十来间白空闲着，叫人打扫了，请姨太太和姐儿、哥儿住了甚好。"王夫人原要留住，贾母也就遣人来说："请姨太太就在这里住下，大家亲密些。"薛姨妈正欲同居一处，方可拘紧些；若另住在外，恐薛蟠纵性惹祸，遂忙道谢应允。又私与王夫人说明："一应日费供给，一概免却，方

《红楼梦》与顺治皇帝的爱情故事

是处常之法。"王夫人知他家不难于此,遂亦从其愿。从此后,薛家母子就在梨香院中住了。

原来这梨香院乃当日荣公暮年养静之所,小小巧巧,约有十余间房舍,前厅后舍俱全;另有一门通街,薛蟠家人就走此门出入;西南又有一角门,通一夹道,出了夹道,便是王夫人正房的东院了。〔索隐〕似指今禁城内三所地方,为前代养静之所。每日或饭后,或晚间,薛姨妈便过来或与贾母闲谈,或与王夫人相叙。宝钗日与黛玉、迎春姊妹等一处,或看书下棋,或做针黹,倒也十分乐意。只是薛蟠,起初原不欲在贾府中居住,生恐姨父管束,不得自在;无奈母亲执意在此,且贾宅中又十分殷勤苦留,只得暂且住下;一面使人打扫出自家的房屋,再移居过去。谁知自此间住了不上一月,贾宅族中凡有的子侄,已认熟了一半。都是那些纨袴气习,莫不喜与他来往。今日会酒,明日观花,甚至聚赌嫖娼,无所不至,引诱的薛蟠比当日更坏了十倍。虽说贾政训子有方,治家有法,一则族大人多照管不到;二则现在房长乃是贾珍,彼乃宁府长孙,又现袭职,凡族中事都是他掌管;三则公私冗杂,且素性潇洒,不以俗事为要,每公暇之时,不过看书着棋而已。况这梨香院相隔两层房舍,又有街门别开,任意可以出入,这些子弟们〔索隐〕点出"子弟"二字,以见其为梨园。可以放意畅怀的。因此遂将这移居之念,渐渐打灭了。未知日后如何,且看下回分解。

〔**索隐**〕此回共分四段:

自首句起,至"余者也就无庸虑及了"句止,为第一段。归结黛玉,引出李纨,是一小小过脉。

自"如今且说贾雨村授了应天府"句起,至"当下言不着雨村"句止,为第二段,是专言圆圆为豪家强购入京时事。中间带出门子指授雨村一层,是写明季官方之坏,但以逢迎豪贵为事。葫芦僧判断,葫芦云者,言糊涂人用糊涂法了此糊涂公案而已。《西厢记》所谓醐鲁醒是也。

自"且说那买了英莲"句起,至"比当日更坏十倍"句止,为第三段,是叙述薛氏来原,处处影罩田畹,并兼影三桂。

第四回　薄命女偏逢薄命郎　葫芦僧判断葫芦案

叙香菱正好引出宝钗，说宝钗不肯放空，以送入选一层，影出世祖元后之事。面面俱到，可谓一发五豝。

自"虽说贾政训子有方"句起，至末句止，为第四段，专为补出"梨香院"三字之本义。费许多笔墨，引出"子弟"二字，以凑足"梨园子弟"四字之意，以见为女伶所居，恐人不知指圆圆耳。

统本回观之，专重在圆圆入京，与上一回小琬入京，两相对照，为全书纲领。薛姨妈为宝钗母，意有两用。尝闻世祖废后，原因以吴克善女为睿王所聘定，且系其私亲，故意不惬。此段特特标明薛姨妈与王夫人姊妹，正为证明私亲。是以薛姨妈代科尔沁王福晋也，此笔是陪。又圆圆之养母陈媪，抚圆圆极慈，圆圆亦终身孝养之（见《觚剩》），书中言钗分忧代劳，且终身不别。正是报养假母之意。是以薛姨妈代秦淮陈媪也，此笔是正。恐人不悟，乃居之以梨香院；仍恐人不悟，乃标出"子弟"二字以实之；仍恐人不悟，后乃以此院专住女戏子，是明示栖此地者为女伶耳。圆圆本女伶，以香菱代之，以宝钗兼写。宝钗夺黛玉之位，因得为后，故带出科藩送女一事，为后来张本。书中仅言送选，并不言果入选否，一若已有成议也者，正为科藩写照也。八面灵通，作者真神乎其技。

〔**护花评**〕薛宝钗是主，英莲是宾，却先叙英莲，后叙宝钗，是因宾及主法。全书中宝钗自重于香菱，然此段应以香菱为主，盖借说圆圆入京时强买情事，如移到宝钗身上，便说不去。

第五回　贾宝玉神游太虚境
　　　　警幻仙曲演红楼梦

　　第四回中既将薛家母子在荣府中寄居等事略已表明，此回则暂不能写矣。如今且说林黛玉自在荣府，一来贾母万般怜爱，寝食起居，一如宝玉，而迎春、惜春、探春三个孙女倒且靠后。便是宝玉和黛玉二人之亲密友爱处，亦较别个不同。日则同行同坐，夜则同止同息，〔**索隐**〕是何情况！真是言和意顺，似漆如胶。〔**索隐**〕是何譬喻！正是新承恩泽时也。不想如今忽然来了一个宝钗，年纪虽大不多，然品格端方，容貌美丽，人谓黛玉所不及。而宝钗行为豁达，随分从时，不比黛玉孤高自许，目无下尘，故深得下人之心，〔**索隐**〕自古奸雄觊觎非分者，大抵皆从笼络下人入手。写宝钗深险，黛玉孤高，当情僧时，董妃之不得为后，殆忌之者多，而博尔济锦氏又以内亲善笼络，故一得一失耳。便是那些小丫头们，亦多与宝钗玩笑。〔**索隐**〕为三十回中宝钗指小丫头说我和谁玩一语伏线，可见宝钗之多伪。因此黛玉心中便有些不忿之意，宝钗却浑然不觉。〔**索隐**〕所谓外宽而内深，岂真不觉者！的是奸雄手段。

　　那宝玉亦在孩提之间，〔**索隐**〕着眼"孩提"二字，清世祖初生第一阿哥时，年仅十四龄耳。况自天性所察，一片愚拙偏僻，视姊妹兄弟皆出一意，并无亲疏远近之别。如今与黛玉同处贾母房中坐卧，故略比别个姊妹熟惯些。既熟惯，则更觉亲密；既亲密，则不免有求全之毁、不虞之隙。这日不知为何，他二人言语有些不合起来。黛玉又在房中独自垂泪，宝玉又自悔言语冒撞，前去俯就，那黛玉方渐渐回转来。〔**索隐**〕可见僧妃居常情状。

　　因东边宁府花园内梅花盛开，〔**索隐**〕说小琬事，往往以"梅"字

第五回　贾宝玉神游太虚境　警幻仙曲演红楼梦

点睛。贾珍之妻尤氏乃治酒具,请贾母、邢夫人、王夫人等赏花。是日先带了贾蓉夫妻二人来面请,贾母等于早饭后过来,就在会芳园游玩。〔**索隐**〕园名"会芳",会聚群芳也。亦初会幽芳之意。先茶后酒,不过是宁荣二府眷属家宴,并无别样新文趣事可记。〔**索隐**〕作者注意本不在此。

一时宝玉倦怠欲睡中觉,〔**索隐**〕引入正文。贾母命人好生陪着,歇息一回再来。贾蓉之妻秦氏,〔**索隐**〕秦指秦淮,亦情之同音字也。便忙笑道:"我们这里有给宝叔叔收拾下的屋子,老祖宗放心,只管交与我就是了。"亲向宝玉的奶娘丫鬟等道:"嬷嬷、姐姐们,请宝叔随我这里来。"贾母素知秦氏是极妥当的人,生得袅娜纤巧,〔**索隐**〕小琬模样。行事又温柔和平,〔**索隐**〕小琬品格。是重孙媳妇中第一个得意之人,〔**索隐**〕小琬宠眷。见他去安置宝玉,自是安稳的。

当下秦氏引了一簇人来至上房内间,宝玉抬头看,见是一幅画贴在上面。人物固是好,其故事乃是"燃藜图",他心中便有不快。又有一副对联,写道是:

世事洞明皆学问,
人情练达即文章。

及看了这两句,纵然室宇精美,铺陈华丽,亦断断不肯在这里了,忙说:"快出去!快出去!"〔**索隐**〕情僧乖僻,亦何至此!秦氏听了笑道:"这里还不好住,那里去呢?不然往我屋里去罢。"宝玉点头微笑。〔**索隐**〕意态可思。有一嬷嬷说道:"那里有个叔叔往侄儿媳妇房里睡觉的礼?"〔**索隐**〕危哉情僧,以睿、豫为叔,以小琬为妃。秦氏笑道:"嗳哟!不怕他恼,他能多大了,就忌讳这些么!上月你没有看见我那个兄弟来了,虽然和宝叔同年,两个人若同站立在一处,只怕那一个还高些呢。"〔**索隐**〕用烘托之笔,知妃子长于情僧者多矣。又引出秦钟,妙极。宝玉道:"我怎么没有见过他?你带他来我瞧瞧。"众人笑道:"隔着二三十里,那里带去?见的日子有呢。"说着,大家来至秦氏房中。

刚至房中,便有一股细细的甜香袭人,〔**索隐**〕《影梅庵忆语》云:

《红楼梦》与顺治皇帝的爱情故事

"两人如在蕊珠宫众香深处。"小琬盖善制香者也。宝玉便觉得眼饧骨软,〔索隐〕形容之笔至隽。连说:"好香!"入房向壁上看时,有唐伯虎画的"海棠春睡图",两边有宋学士秦太虚写的一副对联:

嫩寒锁梦因春冷,
芳气袭人是酒香。

案上设着武则天当日镜室中设的宝镜,一边摆着赵飞燕立着舞的金盘,盘内盛着安禄山掷过伤了太真乳的木瓜,上面设着寿阳公主于含章殿下卧的宝榻,悬的是同昌公主制的连珠帐。〔索隐〕镜也,盘也,木瓜也,宝榻也,连珠帐也,而属于武后、飞燕、太真、寿阳、同昌,何一非宫闱故实,可知所指。宝玉含笑道:"这里好!"秦氏笑道:"我这屋子大约神仙也可以住得的。"〔索隐〕指僧而言,又引出警幻,妙极。皆双关之笔。说着亲自展开了西施浣过的纱衾,移了红娘抱过的鸳枕。〔索隐〕抱衾与裯,其境地可想。于是众奶姆服侍宝玉卧好了,款款散去,只留下袭人、秋纹、晴雯、麝月四个丫鬟为伴。秦氏便吩咐小丫鬟们:"好生在檐下看着猫儿打架。"〔索隐〕何不说狗儿打架?殆隐含某老禅师叫春诗意。

那宝玉才合上眼,便恍恍惚惚的睡去,犹似秦氏在前,〔索隐〕甘与子同梦,其境地更可想。遂悠悠荡荡,随了秦氏,〔索隐〕双宿双飞。至一所在。但见朱栏玉砌,绿树清溪,真是人迹不逢,飞尘罕到。宝玉在梦中欢喜,想道:"这个去处有趣,我就在这里过一生,虽然失了家也愿意,〔索隐〕是情天耶,是佛地耶?清凉高处,可了一生。强如天天被父母先生刻责。"正胡思之间,听见山后有人作歌曰:

春梦随云撒,飞花逐水流;
寄言众儿女,何必觅闲愁。

宝玉听了,是女儿的声气。歌音未息,早有那边走出一个丽人来,蹁跹袅娜,与凡人不同。〔索隐〕凡者,常也。情僧日常所见多北来人,忽觑

第五回　贾宝玉神游太虚境　警幻仙曲演红楼梦

吴侬，自然惊艳，故曰"与凡人不同"。警幻亦小琬影子也。有赋为证：

　　方离柳坞，乍出花房。但行处，鸟惊庭树；将到时，影度回廊。仙袂乍飘兮，闻兰麝之馥郁；荷衣欲动兮，听环佩之铿锵。靥笑春桃兮，云堆翠髻；唇绽樱颗兮，榴齿含香。盼纤腰之楚楚兮，风回雪舞；耀珠翠之辉煌兮，鸭绿鹅黄。出没花间兮，宜嗔宜喜；徘徊池上兮，若飞若扬。蛾眉颦笑兮，将言而未语；莲步乍移兮，欲止而欲行。羡彼之良质兮，冰清玉润；慕彼之华服兮，闪烁文章；爱彼之容貌兮，香温玉篆；美彼之态度兮，凤翥龙翔。其素若何？春梅绽雪；其洁若何？秋蕙披霜；其静若何？松生空谷；其艳若何？霞映澄塘；其文若河？龙游曲沼；其神若何？月射寒江。应惭西子，实愧王嫱。奇矣哉！生于孰地？来自何方？信矣乎！瑶池不二，紫府无双，果何人哉？若斯之美也！〔索隐〕通篇套《洛神》，大有陈思感甄之意。作者好以古来宫闱秽事作衬，全为启悟后人，赋中曰"鸭绿"，指地也；曰"鹅黄"，指衣也；曰"西子"、曰"王嫱"，指人与位也；曰"羡"、曰"慕"、曰"爱"、曰"美"，指相眷之深情也；曰"生于孰地"、曰"来自何方"，指其来无端，兵间所得也。皆有用意，并非空摹警幻之美。

宝玉见是一个仙姑，喜的忙来作揖，笑问道："神仙姐姐，不知从那里来？〔索隐〕是过去事。如今要往那里去？〔索隐〕是未来事。我也不知这里是何处，〔索隐〕眼前境地，是现在事。之数语均带禅机。望乞携带携带。"那仙姑道："吾居离恨天之上，〔索隐〕情僧。灌愁海之中，〔索隐〕妃子。乃放春山遣香洞，〔索隐〕三吾水绘。太虚幻境警幻仙姑是也。司人间之风情月债，掌人世之女怨男痴。因近来风流冤孽缠绵于此，〔索隐〕"近来"二字，可见是作书人亲见亲闻，又可见是当时一桩风流孽案。是以前来访察机会，布散相思。〔索隐〕何尝是"警"，直是引！不是"警幻仙姑"，直是散相思的五瘟使矣。今日与尔相逢，亦非偶然。〔索隐〕孽缘。此离吾境不远，〔索隐〕仙境佛境一念可至，故曰

《红楼梦》与顺治皇帝的爱情故事

不远。与后一百十八回宝玉所谓"说远就远,说近就近"两言相映。别无他物,仅有自采香茗一盏,亲酿美酒一瓮,〔索隐〕《小琬传》言,食谱茶经,无不精晓。此两句亦借警幻正点,素练魔舞,〔索隐〕魔王部下,故曰"魔舞"。魔字甚新。歌姬数人,新填《红楼梦》〔索隐〕点名。仙曲十二支,可试随我一游否?"

宝玉听了喜跃非常,便忘了秦氏在何处,竟随了仙姑至一所在。有石牌横建,上书"太虚幻境"四大字,两边一副对联,乃是:

假作真时真亦假,

无为有处有还无。〔索隐〕此书全是真真假假,有有无无,不可捉摸。

转过牌坊,便是一座宫门,上横书四个大字,道是:"孽海情天"。又有一副对联,大书道:

厚地高天,堪叹古今情不尽;

痴男怨女,可怜风月债难酬。

宝玉看了,心下自思道:"原来如此!但不知何为古今之情?何为风月之债?从今倒要领略领略。"〔索隐〕情僧方幼,教猱升木为王发轫者,其董妃乎?孟子言人少则慕少艾,而情僧则反是。宝玉只顾如此一想,不料早把些邪魔招入膏肓了。当下随了仙姑进入二层门内,只见两边配殿皆有匾额对联,一时看不尽许多,惟见几处写着的是"痴情司""结怨司""朝啼司""暮哭司""春感司""愁悲司"。看了,因向仙姑道:"敢烦仙姑引我到那各司中游玩游玩,不知可使得么?"仙姑道:"此中各司,贮的是普天之下所有的女子过去未来的簿册,尔凡眼尘躯,〔索隐〕看书人皆凡眼尘躯,故不能知其究竟。未便先知的。"宝玉听了,那里肯依,复央之再三。警幻便看这司的匾说:"也罢,就在此司内略随喜随喜罢。"宝玉喜不能胜,抬头看这司的匾上,乃是"薄命司"三字,〔索隐〕贵至宫妃,命不为薄,然究以不得正位而死,故可云然。两边

第五回　贾宝玉神游太虚境　警幻仙曲演红楼梦

写着对联云：

春恨秋悲皆自惹，〔**索隐**〕"自惹"二字可伤。
花容月貌为谁妍？〔**索隐**〕"为谁"二字可畏。

宝玉看了，便加感叹。〔**索隐**〕应伤薄命。进入门中，只见有十数个大橱，皆用封条封着。看那封条上皆有各省字样，宝玉一心只拣自己的家乡封条看。只见那边橱上封条大书"金陵十二钗正册"，〔**索隐**〕书中正主脑，实只二钗，余俱附带。宝玉因问："何为'金陵十二钗正册'？"警幻道："即贵省中十二冠首女子之册，故为正册。"宝玉道："常听人说金陵极大，怎么只十二个女子？如今单我们家里，上上下下，就有几百个女孩儿。"警幻微笑道："贵省女子固多，不过择其紧要者录之。〔**索隐**〕专录紧要，是书中大旨。两边二橱，则又次之，余者庸常之辈，则无册可录矣。"

宝玉再看下首，一橱上写着"金陵十二钗副册"，又一橱上写着"金陵十二钗又副册"。宝玉便伸手先将又副册橱门开了，拿出一本册来。揭开看时，只见这册首页上画的既非人物，亦非山水，不过是水墨瀚染，满纸乌云浊雾而已。后有几行字迹，写道是：

霁月难逢，〔**索隐**〕不圆。彩云易散。〔**索隐**〕早死。心比天高，〔**索隐**〕志在为后，不为不高。身为下贱，〔**索隐**〕出身是伎，不为不贱。风流灵巧招人怨。寿夭多因诽谤生，〔**索隐**〕以情僧之所欲封，竟不能得，则当时宫中一般议论可知。多情公子空牵念。〔**索隐**〕此"公子"二字是指情僧，言妃死而公子悼亡不已也。此首说晴雯，是说小琬结果时事。多情公子，因之出家，全书注重在此，故列第一，不然何必又从副册始哉！

宝玉看了，又见后面画着一簇鲜花，一床破席，也有几句言词道：〔**索隐**〕破席亦有意致。

《红楼梦》与顺治皇帝的爱情故事

　　枉自温柔和顺，〔**索隐**〕性情非不温柔，然而枉矣，着意"枉"字。空云似桂如兰；〔**索隐**〕气质非不芳芬，然而空矣，着意"空"字。枉与空，皆大不满意之词。堪羡优伶有福，〔**索隐**〕"优伶"，明指玉函，暗指情僧。剧场中凡年少帝王，均用旦贴充扮，多读传奇者自如，是书以传奇为例（前云遣谁记去作奇传，其意可见），故以优伶为比，义例精严，绝非孟浪。谁知公子无缘。〔**索隐**〕此"公子"二字，乃指冒公子，辟疆为明季四公子之一，旧有此称，亦非妄赠。此首说袭人，是说小琬被掠时事。生平高自期许，而节乃不终，有福无缘，悲欢异主，云"空"、云"枉"，讥之深矣。开章二首，一为小琬命遇悲，一为小琬节操惜，全部《红楼》大旨，均括其中。故以又副开端，仅仅二人而止。其诗全视书中所指之事为序，无等级名次之可言。若不求其事之所以然，则诗曲中挂漏既多，又无伦次，不几疑为阙文史耶！岂知先后重轻间，自有深意，明其本事，一以贯之矣。

宝玉看了不解，遂掷下这个，去开了副册橱门，拿起一本册来。揭开看时，只见画着一枝桂花，〔**索隐**〕三桂。下面有一池沼，〔**索隐**〕昆明。其中水涸泥干，〔**索隐**〕滇事已败。莲枯藕败。〔**索隐**〕圆圆不知所终。后面书云：

　　根并荷花一茎香，〔**索隐**〕圆圆名沅，沅芷湘兰，皆莲荷一类，故云。平生遭际实堪伤；〔**索隐**〕遭际本奇。自从两地生孤木，〔**索隐**〕两地，两土也；孤木，木旁也；凑一桂字。致使芳魂返故乡。〔**索隐**〕言死于桂所者，其实不知所终，以后文妙玉证之，殆未必果以魂返。此首说圆圆。

宝玉看了又不解，又去取正册看。只见头一页上面画着两株枯木，木上悬着一围玉带，又有一堆雪，雪下一股金钗，也有四句诗道：

第五回　贾宝玉神游太虚境　警幻仙曲演红楼梦

　　可叹停机德，谁怜咏絮才。
　　玉带林中挂，金簪雪里埋。〔**索隐**〕此句不过空点钗黛二字。了无意绪，聊以备名应景而已，在作者当自视为凑数之文。

宝玉看了仍不解，待要问时，知他必不肯泄漏天机，待要丢下，又不舍。遂往后看时，只见画着一张弓，〔**索隐**〕弓，宫也。弓上挂着一香橼，〔**索隐**〕橼，圆也。也有一首歌词云：

　　二十年来辨是非，〔**索隐**〕三桂于顺治十五年戊戌入滇，至康熙十七年丁巳而死，恰二十年。"辨是非"云者，圆圆颇知审顺逆也。榴花开处照宫闱。〔**索隐**〕三桂以癸丑五月建号，故曰"榴花开处"；俨然妃后，故曰"宫闱"。三春怎及初春景，〔**索隐**〕初开藩时，何等盛旺！惜不能保其终，故有三春、初春之别，字面亦切元春。虎兔相逢〔**索隐**〕圆圆后三桂而死，若以诗"虎兔"二字之意考之，当在丙寅二月，则后，三桂死已八年矣。其然乎否乎，已不可考。一说"虎"指三桂，"兔"指中秋之月，而言三桂于中秋望月时死，故云。大梦归。〔**索隐**〕指死与败也。

后面又画着两人放风筝，〔**索隐**〕筝，争也。言三桂据地而争也。一片大海，〔**索隐**〕滇池也。一只大船，〔**索隐**〕船，舟也。三桂建号曰周，取其音也。船中有一女子掩面泣涕之状，也有四句诗云：

　　才自清明志自高，生于末世运偏消。清明〔**索隐**〕三桂于乙酉春率师西发。涕送江边望，〔**索隐**〕"江""海"等字，均陪滇字。千里东风一梦遥。
　　〔**索隐**〕云南万里，故以"千里"喻其遥；"东风"言吹舟西去也。此首仍指圆圆。

后面又画几缕飞云，一湾逝水。其词曰：

《红楼梦》与顺治皇帝的爱情故事

富贵又何为,襁褓之间父母违。〔**索隐**〕圆圆依假母长成。转眼吊斜晖,湘江水逝楚云飞。〔**索隐**〕此首亦借湘云指圆圆,借圆圆指三桂。三桂建号湖南,未久即败入成都,故曰"湘江水逝楚云飞",皆吊三桂之意也。前首"榴花"言其时,此首"湘楚"言其地。

后而又画着一块美玉,落在污泥之中。其断语云:

欲洁何曾洁,云空未必空。

可怜金玉质,终陷淖泥中。〔**索隐**〕此首亦指圆圆,言其下场时也。《觚剩》言圆圆幼从陈姓,本出于邢,府中皆称邢太太。居久之,延陵潜蓄异谋,邢窥其微,以齿长请为女道士,霞冠星帔,日以药炉经卷自随。延陵训练之暇,每至其处,清谈竟晷而还。癸丑岁延陵造逆,丁巳病殁,戊午滇南平。籍其家,舞衫歌扇,稚蕙娇莺,联轸接軫,俱入禁掖。邢之名氏,独不见于籍。其玄机之禅化耶,其红线之仙隐耶,其盼盼之终于燕子楼耶,是不可知。据此所言,是圆圆下场不甚可考,而他书亦言不知所终,殆为诸将所得而去。以诗意及书中妙玉事证之,作书人当知其飘堕矣。

后面忽画一恶狼,追扑一美女,有欲啖之意。其书云:

子系中山狼,得志便猖狂。

金闺花柳质,一载赴黄梁。〔**索隐**〕此首借迎春喻圆圆,追写在都为自成所得时事。亦似言三桂缢杀永历并太后事。

后面便是一所古庙,里面有一美人在内看经独坐。其判云:

勘破三春景不长,缁衣顿改昔年妆。

第五回　贾宝玉神游太虚境　警幻仙曲演红楼梦

可怜绣户侯门女，独卧青灯古佛旁。〔**索隐**〕此首借惜春以喻圆圆，追写其矢志出家时事。

后面便是一片冰山，〔**索隐**〕言睿王不久即败也。上有一只雌凤。其判云：

凡鸟偏从末世来，〔**索隐**〕明之末世。都知爱慕此生才。一从二令〔**索隐**〕冷字。三人木，〔**索隐**〕来字。言北方苦寒之族来居中国也。又言由北京来定江南也。哭向金陵事更哀。〔**索隐**〕言下江南时惨状，可哀可哭。关合熙凤，即是咏叹豫王。

后面又是一座荒村野店，〔**索隐**〕指虞山大桥村也。有一美人在那里边纺绩。其判曰：

势败休云贵，家亡莫论亲。〔**索隐**〕此言黄亮功死后遇乱，刘孺适丁其艰。偶因济刘氏，〔**索隐**〕孺抚其兄仲之子七多年，分家财与之，乃适为所卖。巧得遇恩人。〔**索隐**〕巧，七；巧指刘七也。言孺虽为七恩养之人，而七之报之也惨。又反言虽济刘氏以财，而反为七所卖，恩仇颠倒，适巧相值。此借巧姐以喻刘孺被掠前事。大观园中本无巧姐，可论列者尚多，而太虚册中乃独取巧姐者，盖为传刘孺，非泛传众美也。

诗后又画一盆茂兰，旁有一位凤冠〔**索隐**〕刘孺因得凤冠乃贬节，故作书人特注重焉。霞帔的美人，也有判云：

桃李春风结子完，〔**索隐**〕孺归豫王，未久即生一子，故曰结子。到头谁似一盆兰。〔**索隐**〕孺所生子承袭王爵，故有到头谁似之美。如冰〔**索隐**〕言冰操。水好〔**索隐**〕言鱼水之好，一守一嫁之别。空相妒，〔**索隐**〕言以刘孺与李纨较，耻

《红楼梦》与顺治皇帝的爱情故事

独为小人者,或反妒人之能守。枉与他人作笑谈。〔索隐〕富贵几时,徒贻笑柄。

诗后又画一座高楼,上有一美人悬梁自尽。〔索隐〕小琬果不得其死耶?抑其妹耶?二者必居其一。其判云:

情天情海幻情深,情既相逢必主淫。

漫言不肖皆荣出,〔索隐〕荣禧堂,政之所居,盖指摄政。又睿王名多尔衮,王府后为缎匹库,取荣于华衮之意,故以荣指睿王。造衅开端实在宁。〔索隐〕慈宁宫,太后所居,盖指孝庄。此首借可卿以统论其事,言一朝秽史,千古奇闻,固由荣之不善其身,然升淫乱之端,启后来之衅(情僧隐忍待发者久矣,故睿王死即革爵)者,实慈宁也。此指宫廷之祸而言。一说荣指三桂,言清人入关,固由于三桂之请师,而追溯祸原,端实由于江宁有圆圆而始。宁指秦淮诸地,是祸水之来源也。此指种族之祸而言。二说均有可能。册中诗共十四章,所咏仅董、陈、刘三人,为其人均遭遇过奇,亦与当世大有关系,故特传之。其他碌碌不足数矣。

宝玉还欲看时,那仙姑知他天分高明,性情颖慧,恐泄漏天机,〔索隐〕作者玄机亦防泄漏。便掩了卷册,笑向宝玉道:"且随我去游玩奇景,何必在此打这闷葫芦!"〔索隐〕点出"闷葫芦"三字,可知作者好用葫芦之意。宝玉恍恍惚惚,不觉弃了卷册,又随了警幻来至后面。但见朱帘绣幕,画栋雕檐,说不尽的光摇朱户金铺地,雪照琼楼玉作宫。更见仙花馥郁,异草芬芳,真好个所在。又听警幻笑道:"你们快出来迎接贵客!"〔索隐〕似鸨儿唤妓。一言未了,只见房中走出几个仙子来,皆是荷袂蹁跹,羽衣飘舞,娇若春花,媚如秋月。一见了宝玉,都怨谤警幻道:"我们不知系何贵客,忙的接出来。姐姐曾说,今日今时,必有个绛珠〔索隐〕"绛",红也:"珠",光也。世祖感红光之异而生,董与同宫而居,故曰绛珠宫,与赤霞一义。妹子的生魂前来游玩,〔索隐〕伏后

第五回　贾宝玉神游太虚境　警幻仙曲演红楼梦

魂归离恨一笔。故我等久待，何故引了这浊物，污染这清净女儿之境！"〔索隐〕曰"浊"、曰"污"，可见秦淮女儿均有西子不洁之憾，而东邮礼教未兴，所为杂沓，亦作书人所最心悼者也。

宝玉听如此说，便吓得欲退不能，果觉自形污秽不堪。〔索隐〕满人初入关时，大都壮伟有余，秀洁不足，当亦妃子泪渍之一端。警幻忙携住宝玉的手，向众姊妹笑道："你等不知原委。今日原欲往荣府去接绛珠，适从宁府经过；偶遇荣宁二公之灵，嘱吾云：'吾家自国朝定鼎以来，功名奕世，富贵流传，已历百年，奈运终数尽，不可挽回。我等之子孙虽多，竟无可以继业者。惟嫡孙宝玉一人，秉性乖张，性情怪谲，虽聪明灵慧，略可望成，无奈吾家运数合终，恐无人规引入正。幸仙姑偶来，可望先以情欲声色等事警其痴顽，或得使彼跳出迷人圈子，入于正路，亦吾兄弟之幸矣。'如此嘱吾，故发慈心，引彼至此。先以彼家中上中下〔索隐〕董上，刘中，陈最下，恰止三人。以分际言，不以品节论也。三等女子之终身册籍，令彼熟玩，尚未觉悟，故引彼再到此处，令其历饮馔声色之幻，或冀将来一悟，未可知也。"

说毕，携了宝玉入室。但闻一缕幽香，不知所闻何物，宝玉遂不住相问。警幻冷笑道："此香尘世中所无，尔何能知？此系诸名山胜境初生异卉之精，合各种宝林株树之油所制，名为群芳髓。"〔索隐〕从小琬所制蓬莱香中化去，故曰名山异卉。宝玉听了，自是羡慕不已。大家入座，小鬟捧上茶来。宝玉自觉清香味美，迥非常品，因又问何名。警幻道："此茶出在放春山遣香洞，又以仙花灵叶上所带宿露而烹。此茶名曰千红一窟。"〔索隐〕埋香之意。言万紫千红同归一穴。宝玉听了，点头称赏。因看房内瑶琴宝鼎，古画新诗，无所不有，更喜窗下亦有唾绒，衾间时渍粉污。〔索隐〕残脂剩粉，针线犹存，是悼亡时情况。忽插此二句，为照董妃之死。壁上亦有一副对联云：

幽微灵秀地，〔索隐〕指五台而言。梅村《清凉赞佛诗》云："此中蓄灵异。"

无可奈何天。〔索隐〕指情僧而言。《赞佛诗》又云："官家未解菜，对案不能食。"又云："南望仓舒坟，掩面添凄恻。"

《红楼梦》与顺治皇帝的爱情故事

又云:"苦无不死方,得令昭阳起。"皆无可奈何实况也。

宝玉看毕,无不羡慕,因又请问众仙姑姓名。一名痴梦仙姑,一名钟情大士,一名引愁金女,一名度恨菩提,各各道号不一。少刻,有小鬟来调桌安椅,摆设酒馔。真是琼浆满乏玻璃盏,玉液浓斟琥珀杯,更不用再说此馔之盛。宝玉因此酒香冽异常,又不禁相问。警幻道:"此酒乃以百花之蕤、万木之汁,加以麟髓之醅、凤乳之曲酿成,因名为万艳同杯。"〔索隐〕杯,抔也。亦美人黄土之意。宝玉称赏不迭。

饮酒间,又有十二个舞女上来,请问演何调曲。警幻道:"就将新制《红楼梦》十二支演上来。"舞女们答应了,便轻敲檀板,款按银筝。听他歌道是:"开辟鸿蒙……"方歌了一回,警幻道:"此曲不比尘世中所填传奇之曲,必有生旦净末之别,又有南北九宫之调。此或咏叹一人,或感怀一事,〔索隐〕微露本旨。偶成一曲,即可谱入管弦,非个中人不知其中之妙。〔索隐〕解人难得。料尔亦未必深明此调,〔索隐〕作者颇以善用闷葫芦自负,一语料尽后人。若不先阅其稿,后听其曲,反成嚼蜡矣。"说毕,回头命小鬟取了《红楼梦》的原稿来,递与宝玉。宝玉接过来,一面目视其文,耳聆其歌。曰:

【红楼梦引子】开辟鸿蒙,谁为情种?〔索隐〕自古所无。都只为风月情浓,奈何天,伤怀日,寂寥时,试遣愚衷。因此上,演出这悲金悼玉〔索隐〕悼琬也。"悲金"是陪笔。的《红楼梦》。

【终身误】都道是金玉良缘,俺只念木石前盟。〔索隐〕指如皋旧爱而言。空对着山中高士晶莹雪,终不忘世外仙姝寂寞林。〔索隐〕亦说如皋。叹人间美中不足今方信,〔索隐〕如此富贵,而来路去路均不佳,可谓美中不足。纵然是齐眉举案,到底意难平。〔索隐〕虽入宫受宠多年,而未必心降意顺。二句描尽当时琬娘心事。

【枉凝眉】一个是阆苑仙葩,〔索隐〕宫中之小琬。一个是美玉无瑕。〔索隐〕如皋之小琬。若说没奇缘,今生偏又遇着

第五回　贾宝玉神游太虚境　警幻仙曲演红楼梦

他；〔**索隐**〕如皋九年，有如梦值。若说有奇缘，如何心事终虚话？〔**索隐**〕封后不成，疑谤而死，君王宠眷皆虚矣。一个枉自嗟呀，〔**索隐**〕又是说宫中，悼亡太息。一个空劳牵桂；〔**索隐**〕又是说如皋旧情难断。一个是水中月，〔**索隐**〕稍纵即逝，是如皋的惨景。一个是镜中花。〔**索隐**〕仙昙一现，是宫中的悲史。连用"一个"者六，将小琬前后情形说尽，是以思小琬之人对举，非以小琬与情僧对举。确有两人，亦非故作叠笔。想眼中能有多少泪珠儿，怎经得秋流到冬，春流到夏。〔**索隐**〕说到小琬身上。

却说宝玉听了此曲，散漫无稽，未见得好处，但其声韵凄婉，竟能消魂醉魄，因此也不问其原委，也不究其来历，〔**索隐**〕阅者通病。就暂以此释闷而已。因又看下面。道：

【恨无常】喜荣华正好，恨无常又到。〔**索隐**〕说自成破京师。眼睁睁把万事全抛，荡悠悠芳魂销耗。望家乡路远山高，故向爹娘梦里相寻告。儿命已入黄泉，天伦呵，须要退步抽身早。〔**索隐**〕此曲是言三桂以刎颈殉国，望其父母之意。

【分骨肉】一帆风雨路三千，〔**索隐**〕出关请兵。把骨肉家园齐来抛闪。〔**索隐**〕闯杀吴襄家三十余人。恐哭损残年，告爹娘休把儿悬念。自古穷通皆有定，离合岂无缘。从今分两地，各自保平安。奴去也，莫牵连。〔**索隐**〕此首是言三桂决意灭闯时事。三桂作书与父母诀，词甚严厉，内有："父不能为忠臣，儿又安能为孝子？儿与父诀。不早图贼，虽置父刀俎旁以诱三桂，不顾也"诸语。曲中以"分两地""莫牵连"等字概之，饶有诀绝气象。

【乐中悲】襁褓中父母叹双亡，〔**索隐**〕插入圆圆少孤情事。纵居那绮罗丛，谁知娇养？〔**索隐**〕青楼中人同此境地。幸生来，英豪阔大宽宏量，〔**索隐**〕圆圆才略并长，自是女中豪杰。从未将儿女私情，略萦心上。〔**索隐**〕《传》言圆圆以不得事吴为怏怏，颇悼知音之希。是其心属意英雄，绝非寻常儿女。好一似，霁月光风耀玉堂。〔**索隐**〕圆圆曾一入明宫，故云"玉堂"。梅村曲云:"薰天意气连宫掖,明眸皓齿无人惜。"此曲三句状圆圆有薰天意气之概,亦从吴诗得来。厮配得才貌仙郎,〔索隐〕志在事吴,卒成其志,若或可喜。"才貌"二字,亦从吴诗"白皙通侯"句得来。博得个地久天长,〔索隐〕两句皆有意持满,反扑有力。准折得少年时坎坷形状。〔索隐〕又逗一笔。终久是云散高唐,〔索隐〕裹王易逝。水涸湘江,〔索隐〕长沙易陷。这是尘寰中消长,数应当,何必枉悲伤!〔索隐〕此首言圆圆、三桂始末。

【世难容】气质美如兰,〔索隐〕圆圆字畹芬,故云。才华馥比仙。〔索隐〕圆圆雅善文翰。天生成孤癖人皆罕。你道是啖肉食腥膻,〔索隐〕假惺惺之意。视绮罗俗厌;却不知好高人愈妒,过洁世同嫌。可叹这青灯古殿人将老,〔索隐〕以康熙十七年计之,圆圆此时已四十以外,故曰"将老"。孤负了红粉朱楼春色阑。到头来,依旧是风尘肮脏违心愿;〔索隐〕恐为乱兵所掠,故诸书均言不知所终。好一似,无瑕白璧遭泥陷,〔索隐〕仍欲洁何曾洁之意。又何须王孙公子叹无缘。〔索隐〕圆圆负盛名,破滇时,当道岂无欲得之者,而滇府籍中,独无邢之名,非圆圆之豫谋,即诸将之隐饰。后宫花草,独少吴娃,故有王孙公子之叹。此首言圆圆之终归泥陷。

【喜冤家】中山狼,无情兽,全不念当日根由。〔索隐〕此中山狼似指孙延龄。延龄因妻孔四贞得开藩广西,后乃夺四贞,权。喜怒惟意,复降三桂;又欲反正,卒为三桂所害。四贞以旧为三桂养女,被拘入滇,云南平乃还京师。其在滇时事,不问可想。此曲殆兼指孙、吴也。延龄以丁巳年见杀,次年戊午云南平,故曰一载。芳魂之说,是托言已死,不欲言其究竟,书中类此者甚多。一味的骄奢淫荡贪欢媾,觑见那侯门艳质同蒲柳,作践的公府千金似下流。〔索隐〕说孙子亦并说吴。叹芳魂艳魄,一载荡悠悠。〔索隐〕此首言三桂之谬。

【虚花悟】将那三春看破,〔索隐〕如三桂必败,应自为计。桃红柳绿待如何?把这韶华打灭,觅那清淡天和。说什么

第五回　贾宝玉神游太虚境　警幻仙曲演红楼梦

天上夭桃盛，云中杏蕊多，到头来谁见把秋捱过？〔索隐〕由盛思衰，三桂又以秋死。词藻至佳。则见那白杨村里人呜咽，青枫林下鬼吟哦。更兼着连天衰草遮坟墓，这的是，昨贫今富人劳碌，春荣秋谢〔索隐〕又指桂说。花折磨。似这般生关死劫谁能躲？〔索隐〕圆圆出家的本意。闻说道，西方宝树唤婆娑，上结着长生果。〔索隐〕此首言圆圆之虑败遁禅。

【聪明累】机关算尽太聪明，反算了卿卿性命。生前心已碎，死后性空灵。家富人宁，总有个家亡人散各奔腾。枉费了意悬悬半世心，好一似荡悠悠三更梦。忽喇喇似大厦将倾，昏惨惨似灯将尽。呀！一场欢喜忽悲辛。叹人世，终难定。

【留余庆】留余庆，留余庆，忽遇恩人。〔索隐〕刘孺之女名珍，适同邑半塘钱氏，屡为刘七所窘，故曰忽遇恩人，反言仇也。幸娘亲，幸娘亲，积得阴功。〔索隐〕刘不私内亲，养刘七，无此一段阴功，便无此一段公案。是为阴功所累，故反言之。劝人生济困扶穷，休似俺那爱银钱忘骨肉的狠舅〔索隐〕指刘仲，名肇周。刘之嫁黄，即为仲所卖。奸兄。〔索隐〕指刘七。七谋珍不得，乃绳姑之美于李成栋，劫之而去。正是乘除加减，上有苍穹。〔索隐〕黄亮功娶陈孀而利其赀。陈以瘵亡，复娶于刘。黄奇吝多诈，卒致妻为人虏，嗣绝鬼馁，不得谓非天之报也。

【晚韶华】镜里恩情，〔索隐〕刘本强迫嫁于黄，故曰镜里恩情，言其假也。更那堪梦里功名！〔索隐〕萦心富贵，当非一日，故曰"梦里功名"。那美韶华去之何迅，〔索隐〕年已三十余矣。再休题绣帐鸳衾，〔索隐〕旧恩已断。只这戴珠冠，披凤袄，〔索隐〕《过墟志》言刘宁死不愿充下陈，满妪会意，乘间语王。王遂以金凤花冠一品命服为赐。刘手受冠服，颜色甚和。满妪言："定例，侧室有子即册封为妃，今服止一品耳，后或更有贵于此者。"至夜，'王以御赐金莲蜡炬、导刘入寝云云。是刘之改节全由珠冠凤袄误之也。故作者特以为言。也抵不了无常性命。虽说是人生莫受老来贫，〔索隐〕刘十四岁时，

《红楼梦》与顺治皇帝的爱情故事

黄亮功年四十余。黄周甲而死,则刘年至少当在三十以外,且女已生子,故书以"莫受老来贫",反言讥之。"虽说是"三字甚刻,谑而虐矣。也须要阴骘积儿孙。〔索隐〕刘生二子皆贵,又恭维一句,与上句一气。气昂昂,头戴簪缨;光灿灿,胸悬金印;威赫赫,爵禄高登;〔索隐〕写足王妃的服色气象,反扑有力。昏惨惨,黄泉路近。〔索隐〕年老何求,点醒痴迷不少。问古来将相可还存?〔索隐〕一以"将相"为比,亦是为洪、金诸人致惜也。也只是留得个虚名儿,与后人钦敬。〔索隐〕贪实利而忘虚名,独不为身后着想耶。作者又为二臣、醮妇进一软谏。此首言刘姥之贪荣败节。

【好事终】画梁春尽落香尘,擅风情,秉月貌,便是败家的根本。〔索隐〕暗指悬梁之事。箕裘〔索隐〕二字着眼。颓堕皆从敬,〔索隐〕敬有两说:一说睿王追封其妃为敬孝忠诚正宫元妃,世祖追封董贵妃为端敬皇后,二者皆用"敬"字。家法相传,不可为训,故曰"箕裘颓废",故曰"皆从敬"。一说睿王与世祖恶感之所由来,亦从端敬而始。故"箕裘颓废皆从敬","敬"字专指端敬一人。家事消亡首罪宁。〔索隐〕指慈宁也。贤母若能持正,家事之纷乱何至于此?故首罪之。宿孽总因情!〔索隐〕情,秦淮也。言因秦淮一妓而事之奇特至此,不能不谓之宿孽。此首总论睿王、太后、情僧、妃子。

【飞鸟各投林】为官的家业凋零,〔索隐〕革爵。富贵的金银散尽;〔索隐〕查抄。有恩的死里逃生,〔索隐〕冒辟疆。无情的分明报应;〔索隐〕黄亮功。欠命的命已还,欠泪的泪已尽。〔索隐〕小琬。冤冤相报岂非轻,分离聚合皆前定。欲知命短问前生,老来富贵也真侥幸。〔索隐〕刘三秀。看破的遁入空门,〔索隐〕情僧、圆圆。痴迷的枉送了性命。〔索隐〕三桂。好一似食尽鸟投林,落了片白茫茫大地真干净。〔索隐〕此首总结。

歌毕,还又歌副歌。警幻见宝玉甚无趣味,因叹:"痴儿竟尚未悟!"

第五回　贾宝玉神游太虚境　警幻仙曲演红楼梦

那宝玉忙止歌姬，不必再唱。自觉蒙眬恍惚，告醉求卧。警幻便命撤去残席，送宝玉至一香闺绣阁中。其间铺陈之盛，乃素所未见之物；更可骇者，早有一位女子在内，其鲜艳妩媚有似乎宝钗，风流袅娜则又如黛玉。〔索隐〕可见钗、黛本合指一人。正不知何意，警幻道："尘世中多少富贵人家，那些绿窗风月，绣阁烟霞，皆被淫污纨袴与那些流荡女子，悉皆玷辱。再可恨者，自古来多少轻薄浪子，皆以'好色不淫'为解，又以'情而不淫'作案，此皆饰非掩丑之语也。好色即淫，知情更淫，是以巫山之会，云雨之欢，皆由既悦其色，复恋其情所致也。吾所爱汝者，乃天下古今第一淫人也。"〔索隐〕一语断定，较二十四字之尊谥切近多矣。后主、明皇，古称好色，以情僧相譬，则好仍不专，故情僧应推古今第一。

宝玉听了，吓的忙答道："仙姑差了。我因懒于读书，家父母尚每垂训饬，岂敢再冒'淫'字？况且年纪尚幼，不知'淫'为何物。"警幻道："非也。淫虽一理，意则有别。如世之好淫者，不过悦容貌，喜歌舞，调笑无厌，云雨无时，恨不能天下之美女供我片时之趣兴，此皆皮肤滥淫之蠢物耳。如尔，则天分中生成一段痴情，吾辈推之为意淫。〔索隐〕是滥淫之反。此号非赠情僧，乃作书人自况，言全书不涉淫滥，而意境则较寻常淫书描写为深，故加"意淫"二字。若情僧，则不止意淫矣。惟'意淫'二字，可心会而不可口传，可神通而不可语达。汝今独得此二字，在闺阁中固可谓良友，然于世道中未免迂阔怪诡，百口嘲谤，万目睚眦。〔索隐〕情僧遁迹之事，虽当时禁传，而已道路纷然，至今未绝也。今既遇令祖宁荣二公，剖腹深嘱，吾不忍君独为我闺阁增光，而见弃于世道。故引子前来，醉以美酒，沁以仙茗，警以妙曲，再将吾妹一人，乳名兼美，〔索隐〕兼人之美。表字可卿者，〔索隐〕可以卿卿。许配于汝。今夕良时，即可成婚。不过令汝领略些仙阁幻境之风光尚然如此，何况尘世之情景哉！而今而后，万万解释，改悟前情，留意于孔孟之间，委身于经济之道。"说毕，便秘授以云雨之事，推宝玉入房中，将门掩上自去。那宝玉恍恍惚惚，依警幻所嘱之言，未免有儿女之事，难以尽述。

至次日，便柔情缱绻，软语温存，与可卿难解难分。因二人携手出

《红楼梦》与顺治皇帝的爱情故事

去游玩之时,忽然至一个所在,但见荆榛遍地,狼虎同行,迎面一道黑溪阻路,并无桥梁可通。正在犹豫之间,忽见警幻从后追来,说道:"快休前进,作速回头要紧!"宝玉忙止步问道:"此系何处?"警幻道:"此即迷津也。深有万丈,遥亘千里,中无舟楫可通,只有一个木筏,乃木居士掌舵,灰侍者撑篙,不受金银之谢,但遇有缘者渡之。尔今偶游至此,设如堕落其中,则深负我从前谆谆警戒之语矣。"话犹未了,只听迷津内响如雷声,有许多夜叉海鬼将宝玉拖将下去。吓得宝玉汗下如雨,一面失声喊叫:"可卿救我!"〔索隐〕迷津深入,见弃于世道也必矣。非至槁木死灰时,终难出此。吓得袭人众丫鬟忙上来搂住,叫:"宝玉不怕,我等在这里。"

却说秦氏正在房外嘱咐小丫头们好生看着猫儿狗儿打架,忽闻宝玉在梦中唤他的小名,因纳闷道:"我的小名这里从无人知道,他如何知得,在梦中叫出来?"正在不解。且听下回分解。

〔索隐〕此回共分两段:

自首句起,至"那黛玉方渐渐回转来"句止,为第一段。是段专写宝黛同居的状况,为前一回之尾声。全书层累衔接而下,皆用此法。

自"因东边宁府梅花盛开"至末句止,为第二段。是段专写宝玉梦游,看诗听曲,为大观诸人作谶。实即作者对于董、陈、刘三人的史论传赞。通部大旨,隐括其中。诗与曲大致略同,皆先董,次陈,次刘,为一定章法。作者所谓异样女子,即指此三人,余皆附庸,不甚经意。于此三人,有美有刺,而事关兴亡盛衰,故多微言婉讽,反覆并及其所事之人。若假设之宝黛诸人,无非借为傀儡,先后有无,全无次序,亦不甚切身终身。读者若但就以卜书中之人,未免味同嚼蜡,将为警幻所笑矣。诗中有不尽之言,辅之以曲。曲词婉而尽,更为显明,亦点醒阅者之意。且曲皆意造,本无牌调可言;其曲名亦因事定之,前无所仿。如言甲申之变,便名曰"恨无常";言吴襄家人之惨死,便名曰"分骨肉";言三桂湖南之败,便名曰

第五回　贾宝玉神游太虚境　警幻仙曲演红楼梦

"乐中悲"；言圆圆鄘鄩之遁，便名曰"世难容"；言三桂之纳四贞，便名曰"喜冤家"；言圆圆之料三桂，便名曰"虚花悟"。其名"留余庆"者，言刘婿之荫及子女也；其名"晚韶华"者，言三秀之老而后荣也。通篇总论，故曰"好事终"；散场同尽，故曰"飞鸟各投林"。种种命名，皆望而知其大意之所在。作者恐人不悟，处处透光，时时传响，其用心何其挚乎！

又：此回言宝玉得可卿，为知情之始，寓言情僧得妃子为好色之初。十数龄人，便因老妓破戒，又安得不为东宫藩邸罪乎！一则曰不肖荣出，开端在宁；再则曰颓废从敬，消亡在宁，其旨微矣。

〔护花评〕一回至四回，已将贾、王、史、薛亲戚家世大略叙明，黛玉、宝钗已与宝玉合并一处，入后应细叙居恒情事。然十二金钗尚未点明，若逐人另叙，文章便平芜琐碎，故以画册歌曲将各人一生因果，逐一暗暗点出，后来便都有根蒂。但又不便如贾氏宗支，可借冷子兴口中细说，所以撰出一梦，在虚无缥缈之境。梦是幻仙，笔亦仙幻。

又：宁府赏梅为入梦之由。梅者，媒也；蓉者，容也；秦者，情也。命名取氏，俱有深意。

又：众奶妈散去，袭人等四丫鬟，秦氏吩咐在檐下看猫，此时秦氏理应出去陪侍贾母及邢、王夫人，书中并不叙及，是深笔，不是漏笔。此评甚慧。

又：警幻仙一赋，不亚于《巫女》《洛神》。

又：又副册第一幅是晴雯、金钏等，二幅是袭人。副册一幅是香菱，即英莲。正册一幅是林黛玉、薛宝钗，第二幅是贾元春，第三幅是贾探春，第四幅是史湘云，第五幅是妙玉，第六幅是贾迎春，第七幅是贾惜春，第八幅是王熙凤，第九幅是巧姐，第十幅是李纨，第十一幅是秦氏，鸳鸯其替身也。十二金钗正册画止十一幅。黛玉是宝玉意中人，宝钗是宝玉镜中人，故同为一幅。文法亦不板。

《红楼梦》与顺治皇帝的爱情故事

又：茶名"千红一窟"，酒名"万艳同杯"，言目前虽有千红万艳，日后总归抔土一六。同是点化语，不是赞仙家茶酒。

又：《红楼梦》第一曲是总领；第二曲"终身误"，指薛宝钗；第三曲"枉凝眉"，指林黛玉；第四曲"恨无常"，指贾元春；第五曲"分骨肉"，指贾探春；第六曲"乐中悲"，指史湘云；第七曲"世难容"，指妙玉；第八曲"喜冤家"，指贾迎春；第九曲"虚花悟"，指贾惜春；第十曲"聪明累"，指王熙凤；第十一曲"留余庆"，指巧姐；第十二曲"晚韶华"指李纨；第十三曲"好事终"，指秦氏；第十四曲"飞鸟各投林"是总结。

又：金钗十二人，画止十一幅，曲则十四拍，亦是变动法。"意淫"二字甚新。

又：迷津难渡，只有心如槁木死灰，方免沉溺。

又：第五回自为一段，是宝玉初次幻梦，将正册十二金钗及副册又副册二三妾婢点明。全部情事具已笼罩在内，而宝玉之情窦亦从此而开，是一部书之大纲领。诸评均尚清晰。

〔大某评〕此回是大开，一百十六回是大合。此回以前之四回是缘起，一百十六回以后之四回是余波。

此评未尽是，然尚有见地，姑为存录。

第六回 贾宝玉初试云雨情
        刘老老一进荣国府

却说秦氏因听见宝玉在梦中唤他的乳名,心中自是纳闷,又不好细问。彼时宝玉迷迷惑惑,若有所失,众人忙端上桂圆汤来,喝了两口,遂起身整衣。袭人伸手与他系裤带时,刚伸手至大腿处,只觉冰冷一片沾湿,吓的忙伸出手来问:"是怎么了?"宝玉红涨了脸,把他的手一捻。袭人本是个聪明女子,年纪又比宝玉大两岁,〔索隐〕又点明大两岁。近年也渐省人事。今见宝玉如此光景,心中便觉察了一半,不觉羞得红涨了脸面,遂不敢再问,仍旧理好了衣裳。随至贾母处来,胡乱吃过晚饭,〔索隐〕"胡乱"二字有趣,心不在焉,食不知味。过这边来。袭人趁众奶娘丫鬟不在旁时,另取出一件中衣与宝玉换上。宝玉含羞央道:"好姐姐,千万别告诉别人。"袭人含羞笑问道:"你梦见什么故事了?是那里流出来的那些脏东西?"宝玉道:"一言难尽。"便把梦中之事细说与袭人知了。说至警幻所授云雨之情,羞的袭人掩面伏身而笑。宝玉亦素喜袭人柔媚娇俏,遂与袭人同领警幻所训云雨之事。〔索隐〕可卿以梦遇,袭人以身试,皆为影照小琬。袭人自知系贾母将他与了宝玉的,〔索隐〕造衅开端首罪宁,小琬入官,当是慈宁所命。今便如此,亦不为越理,遂和宝玉偷试了一番,幸无人撞见。自此宝玉视袭人更与别个不同,袭人待宝玉越发尽职。暂且别无话说。

按荣府一宅中合算起来,人口虽不多,从上至下,也有三百余口。事虽不多,一天也有一二十件,竟如乱麻一般,并没有个头绪可作纲领。正思从那一件事、那一个人写起方妙,却好忽从千里之外,〔索隐〕城乡相距安得千里,书中为指昆山,故言其远。芥豆之微,〔索隐〕乡鄙之妇,可云芥豆。小小一个人家,〔索隐〕大桥黄氏,仅佣奴子,可谓小

《红楼梦》与顺治皇帝的爱情故事

小人家。因与荣府略有些瓜葛,〔索隐〕茑萝竟附亦奇。这日正往荣府中来,因此便就这一家说起,倒还是个头绪。

原来这小小之家姓王,乃本地人。〔索隐〕不言籍贯,以"本地"二字概之,有上文"千里之外"一言,可知非五陵三辅。其祖上曾做过一个小小京官,〔索隐〕连说三个"小小",可见其出身之微。黄氏祖为陈氏奴,书中特叙及其祖,以"小小京官"为譬,意甚贱之。昔年曾与凤姐之祖王夫人之父认识,因贪王家的势利,便连了宗,〔索隐〕黄之祖名元甫者,奴于陈氏,干没多资,此亦暗影。认作侄儿。〔索隐〕奴仆必长称其家主,无平肩者,故曰认作侄儿。那时只有王夫人之大兄凤姐之父,与王夫人随在京的,知有此一门远族,余者皆不知也。目今其祖早故,只有一个儿子,名唤王成,〔索隐〕黄名亮功,此曰成者,取成功之意。因家业萧条,〔索隐〕反对暴富而言。仍搬出城外原乡中住了。〔索隐〕元甫由石浦复归昆山塘市。王成亦相继身故,有子小名狗儿,〔索隐〕言犬子耳。此下又移入直塘钱氏。娶妻刘氏,〔索隐〕即刘孀之女刘珍,嫁钱郎者。生子小名板儿,〔索隐〕板言钱也,故今铜元亦曰铜板。又生一女名青儿。〔索隐〕取青钱之意,亦暗点钱姓。又珍生三子殇其二,故曰一子。一家四口,以务农为业。因狗儿白日间又作些生计,刘氏又操井臼等事,青板姊弟两个无人看管,狗儿遂将岳母刘老老接来,〔索隐〕刘自黄死,为刘七所扰,谓婿曰:"是不可居,我将依汝。"先举什器运至直塘,三日后迁,越二日有半而难作。一处过活。

这刘老老乃是个久经世代的老寡妇,〔索隐〕三秀治家御盗,心细才长,年已半老,可谓久经世代。膝下又无子息,〔索隐〕三秀在黄不育,仅有一女。只靠两亩薄田度日。〔索隐〕黄本以农致富。如今女婿接了养活,岂不愿意?遂一心一计帮着女儿女婿过活起来。因这年秋尽冬初,天气冷将上来,家中冬事未办,狗儿未免心中烦虑,吃了几杯闷酒,在家闲寻气恼,刘氏不敢顶撞。因此刘老老看不过,乃劝道:"姑爷,你别嗔着我多嘴,咱们村庄人家,那一个不是老老成成,守着多大碗儿,吃多大的饭?你皆因年小时,托着那老的福,吃喝惯了,如今所以把持不定,有了钱就顾头不顾尾,没了钱就瞎生气,成了什么男子汉大丈夫了!如今咱们虽离城住着,终是天子脚下,〔索隐〕插入近畿乡

第六回　贾宝玉初试云雨情　刘老老一进荣国府

镇。这长安城中，遍地是钱，只可惜没人会去拿罢了，在家跳蹋也没用。"狗儿听了道："你老只会在炕头上坐着混说，难道叫我打劫不成？"刘老老说道："谁叫你打劫去呢？也到底大家想个方法儿才好，不然那银子会自己跑到咱们家里来不成？"〔索隐〕妙语。狗儿冷笑道："有法儿还等到这会子呢！我又没有收税的亲戚、做官的朋友，有什么法子可想的？便有，也只怕他们未必来理我们呢！"

刘老老道："这倒也不然。谋事在人，成事在天。咱们谋到了，靠菩萨的保佑，有些机会〔索隐〕刘生而有红气异香之瑞，自应受菩萨保佑，得遇奇缘。也未可知。我倒替你们想出一个机会来。当日你们原是和金陵王家连过宗的，二十年前，他们看承你们还好。如今是你们拉硬屎，不肯去俯就他，就疏远起来。想当初我和女儿还去过一遭。他家的二小姐〔索隐〕睿王福晋为孝庄之妹，故曰二小姐。着实爽快，会待人的，倒不拿大，如今现是荣国府贾二老爷的夫人。听得他们说，如今上了年纪，越发怜贫恤老，最爱斋僧布施。〔索隐〕满洲妇女无不佞佛，国初尤盛。如今王府虽升了边任，只怕二姑太太还认得咱们，你何不去走动走动？或者他还念旧，有些好处，亦未可知。只要他发一点好心，拔一根寒毛，比咱们的腰还壮呢！"〔索隐〕专说粗话，形容乡气。其实刘孀固秀而文者。

刘氏一旁接口道："你老说得是。你我这样嘴脸，〔索隐〕江宁房妇三百余人，王府仅选四人，其余嘴脸可想。又刘氏此言，借以反衬刘孀母女皆绝美。怎么好到他门上去，只怕他那门上人也不肯去通报，没的去打嘴现世。"〔索隐〕刘孀所为，可谓打嘴现世。特点一笔。谁知狗儿利名心重，〔索隐〕大似刘仲。听如此说，心下便有些活动起来。又听他妻子这番话，便笑接道："老老既如此说，况且当日你又见过这姑太太一次，何不你老人家明日就去走一遭，先试试风头看。"刘老老道："嗳哟！可是说的，侯门似海，〔索隐〕几生修到。我是个什么东西！他家人又不认得我，去了也是白去的。"狗儿道："不妨，我教你个法儿。你竟带了外孙小板儿，先去找陪房周瑞〔索隐〕金滕土载，故曰周瑞，指睿王而言，与睿共政者为豫，又白鱼入舟为周之瑞，以白鱼喻孀妇也。若见了他，就有些意思了。〔索隐〕果然一见倾心。这周瑞先时曾和我

《红楼梦》与顺治皇帝的爱情故事

父亲交过一桩事,我们本极好的。"〔索隐〕与钱交好,又密谑。刘老老道:"我也知道,只是许多时不走动,知道他如今是怎样?这说不得的了。你又是个男子,这样个嘴脸,自然去不得;我们姑娘年轻媳妇,也难卖头卖脚去。〔索隐〕刘之见赏于王府总管,所谓满洲太太并掌家婆二太者,先以头脸,后以纤足,故曰"卖头卖脚"。加一"卖"字,反照以"年轻"二字,可见老不知耻,听人料量。读《过墟志》自知其事。倒还是舍了我这副老脸,〔索隐〕直决痛快,骂杀三秀。去碰一碰,果然有些好处,也大家有益。"〔索隐〕隐照珍夫妇因孀得官事,谑甚。当晚计议已定。

次日天未明时,刘老老便起来梳洗了,又将板儿教了几句话。五六岁的孩子了,听见带了他进城逛去,便喜的无不应承。于是刘老老带了板儿进城。〔索隐〕刘固挟资入府者,定情之夕,即犒众四百金,故曰"带了板儿进城"。至宁荣街,来至荣府大门前石狮子旁,只见簇簇的轿马,刘老老便不敢过去,且掸掸衣服,又教板儿几句话,然后蹲在角门前。〔索隐〕下一"蹲"字,村气可想,亦微写孀初房时席棚露宿之状。只见几个挺脸凸肚,〔索隐〕清初满兵强盛,门卫应是此项人。指手画脚的人坐在大门上说东谈西的。刘老老只得挨上前去,问:"大爷们纳福。"众人打量了他一回,便问:"是那里来的?"刘老老陪笑道:"我找太太的陪房周大爷的,烦那位太爷替我请他出来。"那些人听了,都不睬他,半日方说道:"你远远的在那墙脚下等着一会子,他们家里有人就出来的。"内中有一年老的说道:"不要误了他的事,何苦耍他!"因向刘老老道:"那周大爷往南边去了,〔索隐〕豫王南下,又点一笔。他在后一带住着,〔索隐〕豫王府在西城三条胡同,地近极北,故曰后一带。他娘子却在家里。〔索隐〕豫王妃忽喇氏在京病薨。你从这边绕到后街门上找就是了。"

刘老老谢了,遂携着板儿绕至后门上。只见门上歇着些生意担子,也有卖吃食的,也有卖玩耍的物件,闹吵吵,二三十个孩子在那里厮闹。刘老老便拉住一个道:"我问哥儿一声,有个周大娘可在家么?"孩子道:"那个周大娘?我们这里周大娘有三个呢,〔索隐〕三王辅政。还有两位周奶奶,〔索隐〕睿、郑二王摄政。不知那一行当上的?"刘老老

第六回　贾宝玉初试云雨情　刘老老一进荣国府

道："他是太太的陪房。"孩子道："这个容易，你跟我来。"引着刘老老进了后院。至一院墙边指道："这就是他家。"忙又叫道："周大妈，有个老奶奶来找你呢。"周瑞家的在内忙迎了出来，问："是那位？"刘老老迎上来问了个："好呀？周嫂子！"周瑞家的认了半日，方笑道："刘老老！你好呀！你说这几年不见，我就忘了。请家里坐。"刘老老一面走，一面笑说道："你老是贵人多忘事了，那里还记得我们。"

　　说着来至房中。周瑞家的命雇的小丫头倒上茶来吃着。周瑞家的又问："板儿倒长了这么大了？"又问别后闲话，又问："刘老老今日还是路过，还是特来的？"刘老老便说："原是特来瞧瞧你嫂子，二则也请请姑太太的安。若可以领我见一见更好，若不能，便借重嫂子就致意罢了。"周瑞家的听了，便已猜着几分来意，只因他丈夫昔年争买田地一事，多得狗儿他父亲之力，〔索隐〕平定江南，伊谁之力？作者殆暗骂降臣中人。今见刘老老如此，心中难却其意，二则也要显弄自己的体面，便笑说："老老，你放心，大远的诚心诚意来了，岂有个不教你见个正佛去的？〔索隐〕与刘婿同获选者四人。王亲过目。论理，人来客至，回话却不与我相干。我们这里都是各占一样儿，我们男的只管春秋两季地租子，闲时带着小爷们出门就完了；我只管跟太太奶奶们出门的事。只因你老是太太的亲戚，又拿我当个人，投奔了我来，我竟破个例，与你通个信去。但只一件，老老有所不知，我们这里不比五年前了，如今太太不大理事，都是琏二奶奶当家了。你道这琏二奶奶是谁？就是太太的内侄女儿、当日大舅老爷的女儿，小名凤哥的。"刘老老听了纳罕，问道："原来是他？怪道呢，我当日就说他不错。这等说来，我今儿还得见了他？"周瑞家的道："这个自然的。如今有客来，都是这凤姑娘周旋接待。今儿宁可不见太太，倒要见他一面，才不枉走这一遭儿。"〔索隐〕归到豫王。刘老老道："阿弥陀佛！这全仗嫂子方便了。"周瑞家的说："老老说那里话来！俗语说的，自己方便，与人方便。不过用我一句话儿，那里费我什么事！"说着便唤小丫头，去倒厅上悄悄的打听老太太屋里摆了饭没有。小丫头去了。

　　这里二人又说了些闲话，刘老老因说："这位凤姑娘今年不过二十岁罢了，〔索隐〕豫王死时年仅三十有四。就这等有本事，当这样的家，可是难得的。"周瑞家的听了道:"我的老老,告诉不得你呢。这位凤姑娘年纪虽小,行事却比别人都大呢。如今出挑得美人一般的模样儿,少说些有一万个心眼子,再要赌口齿,十个会说的男人也说不过他呢!回来你见了就知道了。就这一件,待下人未免严了些。"〔索隐〕是豫王的评赞。说着小丫头回来说:"老太太屋里已摆完了饭,二奶奶在太太屋里呢。"周瑞家的听了,忙起身催着刘老老:"快走,这一下来他吃饭是空儿,咱们先等着去了。若迟一步,回事的人多了,就难说话。再歇了中觉,越发没了时候了。"说着一齐下了炕,整顿衣服,又教了板儿几句话,〔索隐〕三覆笔写去,似真似画,的是村人入城的实况。随着周瑞家的逶迤往贾琏的住宅来。

先至侧厅,〔索隐〕王府回事处多在侧厅。周瑞家的将刘老老安插在那里略等一等,自己先过影壁走进了院门。知凤姐未出来,先找着了凤姐的一个心腹通房大丫头名唤平儿的。〔索隐〕平儿亦写三秀,因得王位,与王并肩,故曰平儿。周瑞家的先将刘老老起初来历说明,〔索隐〕书中已暗将三秀来历叙明。又说:〔索隐〕插入进府后事。"今日大远的来请安,当日太太是常会的,今儿不可不见,所以我带了他进来。等奶奶下来,我细细回明,谅奶奶也不责我莽撞的。"平儿听了,便作了个主意:"〔索隐〕满洲太太便有挑选之权,故借平儿说作了主意。叫他们〔索隐〕"他们。"二字暗影四人入选者,不然板儿仅一附属品,"们"字难加。进来,〔索隐〕《志》言,拥四妇登舆进王府。先在这里坐着就是了。"〔索隐〕至暮,王乃命待酒。故先写等候一层。

周瑞家的方出去领了他们进来。上了正房台阶,小丫头打起了猩红毡帘。才入堂屋,只闻一阵香扑了脸来,竟不辨是何气味,身子便似在云端里一般。〔索隐〕致身青云。满屋中之物都是耀眼争光,使人头晕目眩。老老此时,点头咂嘴,念佛而已。于是引他到东边这间房里,乃是贾琏的大女儿睡觉之所。平儿站在炕沿边,打量了刘老老两眼,只得问个好,让了坐。刘老老见平儿遍身绫罗,插金戴银,花容月貌的,便当是凤姐儿了;才要称姑奶奶,只见周瑞家的说:"他是平姑娘。"又见平儿赶着周瑞家的叫他周大娘,方知不过是个有体面的丫头。于是让刘老老和板儿上了炕,平儿和周瑞家的对面坐在炕沿上。小丫头们倒上茶

第六回　贾宝玉初试云雨情　刘老老一进荣国府

来吃了。刘老老只听见咯当咯当的响声，大有似乎打罗柜筛面的一般，不免东瞧西望的。忽见堂屋中柱子上有挂着一个匣子，底下又坠着一个秤砣般一物，却不住乱晃。刘老老心中想着，这是什么东西？有煞用呢？正呆时，陡听得"当"的一声，又若金钟铜磬一般，倒吓了一跳，展眼接着又是一连八九下。〔索隐〕借自鸣钟写出入夜戌亥之间，故钟连鸣九、十响，不然，午饭之后，应十一二响矣。方欲问时，只见小丫头们一齐乱跑，说："奶奶下来了。"平儿与周瑞家的忙起身说道："老老只管坐着，等到时候我们来请你。"〔索隐〕侯召入侍，可见已有成约。说着迎出去了。

刘老老只屏声侧耳默候。只听远远有人笑声，约有一二十个妇人，衣裙悉索，渐入堂屋，往那边屋内去了。又见三两个妇人都捧着大红漆捧盒进这边来等候。听得那边说道："摆饭。"渐渐的人才散出去，只有伺候端菜几人。半日鸦雀不闻，〔索隐〕王府规模。忽见两个人抬了一张炕桌来，放在这边炕上，桌上碗盘摆列，仍是满满的鱼肉在内，不过略动了几样。〔索隐〕吃饭隐喻侍宴之意。板儿一见了，便吵了要肉吃，刘老老一巴掌打了开去。忽见周瑞家的笑嘻嘻走过来，招手儿叫他。刘老老会意，于是带着板儿下炕。至堂屋中，周瑞家的又和他咕唧了一会，方蹭到这边屋内。只见门外铜钩上悬着大红酒花软帘，南窗下是炕，炕上大红条毡。靠东边板壁，立着一个锁子锦靠背与一个引枕，铺着金心线闪缎大坐褥，旁边有银唾盒。

那凤姐家常带着紫貂〔索隐〕王者服色。昭君套，围着那攒珠勒子，穿着桃红洒花袄，石青刻丝灰鼠披风，大红洋绉银鼠皮裙，粉光脂艳，端端正正坐在那里。〔索隐〕王者气象。手内拿着小铜火箸儿拨手炉内的灰。平儿站在炕沿边捧着小小的一个填漆茶盘，盘内一个小盖钟。凤姐也不接茶，也不抬头，只管拨手炉的灰，慢慢的道："怎么还不请进来？"一面说，一面抬身要茶时，只见周瑞家的已带了两个人立在面前了，这才忙欲起身；犹未起身，满面春风的问好，又嗔周瑞家的怎么不早说。刘老老已是在地上拜了数拜，〔索隐〕言老刘初侍王之夕，向阙行九叩礼，向王三拜三叩，王以为知礼。"问姑奶奶安。"〔索隐〕是满人请安时口吻。凤姐忙说："周姐姐搀着不拜罢。我年轻不大认得，可也

《红楼梦》与顺治皇帝的爱情故事

不知是什么辈数,不敢称呼。"周瑞家的忙回道:"这就是我才回的那个老老了。"凤姐点头。刘老老已在炕沿上坐下了,板儿便躲在他背后,百端的哄他出来作揖,他死也不肯。

凤姐笑道:"亲戚们不大走动,都疏远了。知道的呢,说人家弃厌我们,不肯常来;不知道的,那起小人,还只当我们眼里没有人似的。"刘老老忙念佛道:"我们家道艰难,走不起。来了这里,没的给姑奶奶打嘴,就是管家爷们看着也不像。"凤姐笑道:"这话没的教人恶心!不过借赖着祖父虚名,作个穷官儿罢了,谁家有什么?不过是个旧日的空架子!俗语说,朝廷还有三门子穷亲呢,〔索隐〕引用恰合。何况你我!"说着,又问周瑞家的:"回了太太了没有?"周瑞家的道:"如今等奶奶的示下。"凤姐儿道:"你去瞧瞧,要是有人有事就罢;得闲呢,就回,看怎么说。"周瑞家的答应去了。

这里凤姐叫人抓些果子与板儿吃。刚问了几句闲话时,就有家下许多媳妇儿管事的来回话。平儿回了,凤姐道:"我这里陪客呢,晚上再来回。若有要紧的,你就带进来现办。"〔索隐〕"现办"二字,是部院吏胥办公名词,非过家口吻。平儿出去一会进来,说:"我问了,没什么要紧事,我就叫他们散了。"凤姐点头。只见周瑞家的回来向凤姐道:"太太说了,今日不得闲,二奶奶陪着便一样的。多谢费心想着,自来逛逛呢便罢,若有甚说的,只管告诉二奶奶,都是一样。"刘老老道:"也没甚说的,不过是来瞧瞧姑太太、姑奶奶,也是亲戚们情分。"周瑞家的便道:"没有甚说的便罢,若有话,只管回二奶奶,是和太太一样的。"一面说,一面递眼色与刘老老。刘老老会意,未语先飞红的脸,欲待不说,今日又所为何来?只得忍耻道:〔索隐〕"忍耻"二字说尽刘孺。"论理,今日初次见姑奶奶,却不该说的,只是大远的奔了你老这里来,少不得说了。"刚说到这里,只听二门上小厮们回说:"东府里小大爷进来了。"凤姐忙止道:"刘老老,不必说了。"一面便问:"你蓉大爷在那里呢?"

只听一路靴子脚响,进来了一个十七八岁的少年,面目清秀,身材俊俏,轻裘宝带,美服华冠。刘老老此时坐不是,立不是,藏莫处藏。凤姐笑道:"你只管坐着,这是我侄儿。"刘老老方扭扭捏捏在炕沿上坐了。贾蓉笑道:"我父亲打发我来求婶子,说上回老舅太太给婶子的那架

第六回　贾宝玉初试云雨情　刘老老一进荣国府

玻璃炕屏,明日请一个要紧的客,借去略摆一摆,就送过来的。"凤姐道:"迟了一日,昨儿已给了人了。"贾蓉听说,便嘻嘻的笑着在炕沿子上,下个半跪道:"姊子若不借,我父亲又说我不会说话了,又挨一顿好打呢。姊子只当可怜侄儿罢。"凤姐笑道:"也没见我们王家的东西都是好的!〔索隐〕王家东西是好的,直刺刘孀之隐。你们那里也放着那些好东西,只是看不见我的东西才罢,一见了就要想拿去。"贾蓉笑道:"只求开恩罢。"凤姐道:"碰坏一点,你可仔细你的皮!"因命平儿:"拿了楼门上钥匙,传几个妥当人来抬去。"贾蓉喜的眉开眼笑,忙说:"我亲自带了人拿去,别由他们乱碰。"说着便起身出去了。

这凤姐忽又想起一事来,便向窗外:"叫贾蓉回来。"外面几个人接声说:"请蓉大爷快回来。"贾蓉忙转回来,垂手侍立,听何指示。那凤姐只管慢慢的吃茶,出了半日神,方笑道:"罢了,你且去罢,晚饭后你来再说罢。这会子有人,我也没精神了。"贾蓉方慢慢退出。〔索隐〕老老说话间,忽插贾蓉借屏一段,又从凤姐口中道出"王家东西都是好的"一语,在文法固不平,在纪事似无取,不知此正纪实也。《志》言:"王以金凤花冠一品命服为赐,既宣命,张媪私语刘:'王今尊礼至此,宜若可从。'刘虽不言,而手受冠服,颜色甚和。满姬从屏隙中窥知其隐"云云。此段插入贾蓉,是蓉镜之意,言孀容色之和,镜中可见。玻璃是可鉴人之物,以玻璃为屏,喻由屏可窥人颜色也。刘妃之不有其躬,何莫不由屏中一窥始哉?凤姐不语出神情状,即刘孀当日受命不言情状。凤之举茶拨火,如孀之捧服弄冠,脉脉含情,神传言外。且书中先说蓉儿举止形容,并特言华冠美服,凤姐见之忘神。可见孀既慕青年,又惊华服,久已心许。故言夜以御赐金莲蜡炬,导往王寝,不复支梧。书中晚饭后再说一言,便是入夜成双之意。不用雅词迷语,直言晚饭后再说,传神传意,余味曲包。作者是何心肝,灵慧至此!

这刘老老身心方安,便说道:"我今日带了你侄儿,不为别的,只因他爹娘在家里,连吃的也没有,天气又冷了,只得带了你侄儿奔了你老来。"说着,又推板儿道:"你爹在家里怎么教你的,打发咱们来作煞事的?只顾吃果子呢!"凤姐早已明白了,听他不会说话,因笑止道:"不必说了,我知道了。"因问周瑞家的道:"这老老不知可用了早饭没有呢?"刘老老忙道:"一早就往这里来咧,那里还有吃饭的工夫咧。"凤姐忙命:"快传饭来。"一时周瑞家的传了一桌客馔来,摆在那边屋里,过来带了刘老老和板儿过去吃饭。〔索隐〕刘嬬被房,安然进食,作者所讥,故特写吃饭一段。凤姐说道:"周姐姐好生让着些儿,我不能陪了。"于是过东边房里来。

凤姐又叫过周瑞家的去道:"方才回了太太,说了些什么?"周瑞家的道:"太太说他们原不是一家,是当初他们的祖与老太爷在一处做官,因连了宗的,这几年不大走动。当时他们来了,却也从没空过的,今来瞧瞧我们,也是他的好意,不可简慢了他。便有什么话说,叫二奶奶裁度着就是了。"凤姐听了说道:"怪道既是一家子,我如何连影儿也不知道。"〔索隐〕本不是一家子,那里有影儿。

说话间,刘老老已吃完了饭,拉了板儿过来,舔唇咂嘴的道谢。凤姐笑道:"且请坐了,听我告诉你。老人家方才的意思,我也知道了。论亲戚之间,原该不待上门来就有照应才是,但如今家中事情太多,太太上了年纪,一时想不到是有的。况我接着管事,都不大知道这些亲戚们。一则外面看着虽是烈烈轰轰,不知大有大的难处,说与人也未必信呢。今你既大远的来了,又是头一次儿向我张口,怎好教你空手回去!可巧,昨儿太太给我的丫头们作衣裳的二十两银子,〔索隐〕王初赐嬬衣服一箱,金银锭各一盘,故曰作衣裳的二十两银子;二十言两盘也。还没动呢,〔索隐〕王赐物时,刘惟偃卧,俱置不省,书言"还没动",可见后来还是要动的,用笔刻虐之至。你不嫌少,且先拿了去用罢。"

那刘老老听见告艰苦,只当是没想头了,又听见给他二十两银子,喜得眉开眼笑,〔索隐〕极意形容。道:"我们也知艰难的,但俗语道,瘦死的骆驼比马还大些。凭他怎样,你老拔一根寒毛,比我们的腰还壮呢!"〔索隐〕又说村人语,特隽。周瑞家的在旁,听见他说的粗鄙,只管使眼色止他。凤姐笑而不睬,叫平儿把昨儿那包银子拿来,再拿一串钱来,都送至刘老老跟前。凤姐道:"这是二十两银子,暂且给这孩子们作件冬衣罢。改日无事只管来逛逛,方是亲戚们的意思。天也晚了,不虚留你们了,到家该问好的都问个好儿。"一面说,一面就站了起来了。〔索隐〕牌子不小。

第六回　贾宝玉初试云雨情　刘老老一进荣国府

刘老老只是千恩万谢的拿了银钱，随周瑞家的走至外厢。周瑞家的道："我的娘，你怎么见了他倒不会说了，开口就是你侄儿。我说句不怕你恼的话，便是亲侄儿也要说和软些。〔索隐〕刘之婿钱，即因王获隽，得毋待以婿礼耶，此亦暗譬。那蓉大爷才是他的侄儿呢，〔索隐〕回顾一笔，不孤。他怎么又跑出这样侄儿来了？"刘老老笑道："我的嫂子，我见了他，心眼儿爱还爱不过来，那里还说得上话儿来！"二人说着，又至周瑞家中坐了片刻，刘老老留下一块银子与周瑞家的孩子们买果子吃。周瑞家的如何放在眼里，执意不肯。刘老老感谢不尽，仍从后门去了。未知刘老老去后如何，且听下回分解。

〔索隐〕此回分两段：自首句起，至"别无话说"，是归结上文。自"按荣府一宅中"句起，至末句止，是专言刘老老入府，借喻刘三秀（即刘婿）进入王宫事。中间有奇有正，有案有断，有明讥有暗讽，有冷嘲有热骂，把一个刘婿写得隐微毕露，纤细靡遗。惟尚未言侍寝一层，但有饭后之约，正留为下回地步。

大抵本书所重，首董，次陈，次刘，故开卷二回分叙董、陈来历，三四回叙董、陈入都，五回总挈全纲。本回便叙刘来历，下回叙刘改节，与前四回同一章法。太虚诗曲中，亦无不先董，后陈，后刘，成为定例。此书用笔虽变幻不测，而章法则井然不乱，盖亦微示人以看书头绪也。不然，钗黛初来，可言正夥，何反插入闲人，作此无谓之笔墨？不知书中所重者三人，已举其二，安得不急急叙出哉。读者不审所以然，以老老为书中陪衬，若剧中之小丑，殆误之甚。岂有正文尚未叙明便着陪笔？作者岂若是之枯耶？刘婿事全见《过墟志》。近人毛对山《墨余录·婿姝奇遇》一则，即窜《过墟志》而成，原文录下，以资印证。

《墨余录·婿姝奇遇篇》明末虞山刘氏，世业儒。家虽落，名楣也。兄弟守田庐。伯曰赓虞，邑诸生，品行修饬。仲曰肇周，则狡黠嗜利，不务恒业。有妹曰三秀，慧而艳，生时母梦

《红楼梦》与顺治皇帝的爱情故事

紫气绕室，醒有异香。六岁母死，父教之读，过目辄了了，捉笔作楷，秀逸独绝。时里有黄亮功者，居任阳之大桥，素雄于财。亮更善居奇，崇祯间吴中水旱频仍，物价腾贵，藉之囤盈粜虚，家益富。亮貌温厚而中多机诈，蓄资钜万，节缩常若寒士。年逾二十，始议娶，妇则丧夫而挟重资者。父曰："嫠也，里多请婚者，何必是。"亮曰："我以车往，彼以贿迁，嫠何害？"遂娶焉。妇姓陈，善操持，勤纺织，相夫二十年，其业因之愈炽。

亮素闻三秀之美，适陈病瘵死，乃挽郁某为媒，曰："果字我，聘仪惟命，冰上人亦当厚报耳。"郁乃商之刘仲。仲曰："吾兄素迂阔，事必不谐。若能以二百金为聘，四十金酬我，我当曲为成之。"亮如命，仲遂乘间言于伯曰："妹年十四矣，凡求婚者，卜咸不合意，良缘或自有在。顷郁某求云，大桥黄氏拥资百万，宅第连云，婢仆数十辈，现以丧偶乏内助，欲为我妹议姻。弟思此事得成，妹终身可以无虑。"伯默然顷之。仲复言曰："事固有不可执者，忆我母弥留时，执妹手顾父及我兄弟言曰：'此女吾所爱，他日务嫁家之裕于我者，无与寒士。酸秀才能有几人自奋为妻孥福者！但愿其安享朝夕，不至碌碌井臼旁，我目瞑矣。'其言犹历历在耳。若今黄氏之富，罗绮盈箱，仓庾如栉，母若在必诺无疑矣。"伯顿作色曰："汝何言？我家虽贫，固儒也，岂贪富厚而以妹为贾人妻者！且彼之先，陈氏奴也。本姓王，以背主而易为黄，居昆之石浦。乃祖名元甫，复归虞家塘市。元母为某宦乳姬，宦有田三千亩在虞，以姬故委元课租。元自正牺外，复蚀其十之三，诡言农欠，积久而成小康。乃父洪，尤凶暴，尝悦一佃女，乃假佃以金，初不责偿，越三年权之，遂攫其女为妾。不久爱弛，将转鬻，女闻而缢。时某宦已死，子弟皆纨袴，不问生产，田皆分裂授他姓。洪欺宦无主，吞匿其半。自是大营宅地，居然为乡里富人。然里之衣冠士，未尝与之接也。今亮之为人，固稍敛迹，然计升斗，权子母，刻剥图利，亦足称黄之肖子。且妹年十四，彼已四十

第六回　贾宝玉初试云雨情　刘老老一进荣国府

余,年既不相若,门户又不相当,何可婚乎?"仲知言不能入,事遂寝。

无何,伯幕游山左。至维扬,见婚嫁者络绎,询其故,缘讹传朝命有中使至江浙,采民女以充掖庭耳。乃寄书于仲曰:"此信至吴,亦必惊扰。然是讹言,万不可信,误妹终身事。"仲得书喜曰:"四十金入我囊矣!"因招郁曰:"前议可成,然宜速为择吉。"遂覆书于伯曰:"兄书未至,事已遍传通国,不择人而婚嫁者,不下数百家。司里恐临期不克应命,预稽烟户,欲将妹之年貌登册,不得已仍诺黄请矣。然此番作合,非由人谋,幸勿以为弟罪。"伯得书抚膺顿足,复作书让仲,书未至而婚已成。

婚之夕,亮忽患眩晕,草草成礼。庙见时,木主无故倒地,家人咸疑不祥。逾年生一女,刘爱之甚,曰:此我掌上珍也。"因名珍珍。有时熊耳山人者,善推五行,言多奇中,适游虞山。刘延至家,使推珍命。山人曰:"是命能富贵其夫,一生无蹇运。"刘喜,乃以己造令推,山人沉吟久之,拍案大叫曰:"安所得是命而始我哉!女子坐台垣,有执政王家气象,乡村妇安得有是!"问:"命中有子否?"曰:"有二,且生而即贵。"已而推亮,则摇首道曰:"此如病膈人,馨香滋味,罗列满前,而欲啖不得。纵使腰缠十万,亦难享用一钱也。"问:"何时得子?"又摇首曰:"命中无子。"尔时举座哄然,咸笑其妄。然刘以星家言,每为嗣续虑。

有张媪者,为刘乳姬,寡而无子,依于刘。刘尝私与语曰:"痴老年半百只一女,犹兀兀然朝夕持筹握算,竟不思身后倚托者为谁也。将若何?"媪曰:"俗有先取他姓子养为己兆而引之者,往往如所愿,盍试之?"刘点首。

时刘伯兄有子三,季曰金印,始受读,温文俊雅。刘爱之,欲抚为义子,乃言于亮。并以刘才敏心细,平时为亮筹画无不中,久已奉若神明。刘即庸奴,其夫亦不敢违颜色,因曰:"诺。"乃治馔邀二刘。

《红楼梦》与顺治皇帝的爱情故事

时伯归里已五六年矣，而未尝一至黄所。刘恐其固却也，私遣张媪致书，大略言："妹非私奔，既归此家，前事宜姑舍忍。兄妹之伦，义不可绝。今谨薄具杯酌，为戚里一申款洽。念兄素怜妹，来则愈有光，不然则是张其贱也，妹亦置颜无地矣。"伯见书不得已乃偕仲往，始与亮相见。宴毕入辞，刘谓伯曰："珍将就学，苦无伴，金哥来此依我，与珍同塾可乎？"伯曰："婴孩不能离母，且徐之。"仲闻遽曰："我家七舍可来也。"刘未应，而仲即于次日携子往。初，刘之为亮谋也，以伯品谊为乡里所重，故藉以修好，即为后日门户地。仲则其素所心鄙者，其子亦凡猥不足数。而亮见伯落落难合，不如仲之易笼络，因反怂恿之，遂留焉。

七性暴戾，比长而横益甚。尝戏珍，珍怒白于刘。刘挞之，遂宿之外舍，食亦不令同席，任其去来。七乃日逐群恶少游，虎而翼矣。无何，刘字珍于直塘钱氏。钱籍娄，东徙于虞。翁年五十余，仅一子，美秀而文。尝侍其母出观竞渡，邻舫则刘与珍也。两家通问，知里居近接，乃各过船款语甚洽。钱母归语翁曰："黄氏妇固倩丽，其女则尤娴雅淑婉也。"翁遂请婚，刘亦以亲见故，遂许焉。七忽怒詈曰："父曾嘱我勿游荡，姑将以珍字我也，故抚我。今乃背约别字，将焉置我？"刘闻怒甚，邀仲呼七而痛笞之，且诘以："珍字汝何据？"七无以应。因谓仲曰："七第欲我娶妇耳，然直言亦何害，乃敢以横语突激哉！"爰以百金为七婚娶，复置庄房一所令居，且以己之奁田三十亩畀之，曰："刘产仍归刘氏，'愿汝守之。若荡废，无入我门矣！"七好博，未逾年而田屋尽售，妻无所依，自溺死。仲亦恶其无赖也，屏弗子，七遂寄身博场。

钱生则游娄庠，出赘于黄。刘爱珍及婿，一应衣服之需、盘餐之奉，倍极丰美。既弥月，生奉父命告归课举业。刘慰留不获，始饮饯焉。时七为败类，苦饥寒，常仰给于刘。一日适遇刘，七曰："珍娣，向问尔几时招婿，辄怒骂。前日衣蓝实冠方巾者谁耶？"珍不答。又曰："娣夫归矣，娣寂寞否？"珍怒，

第六回　贾宝玉初试云雨情　刘老老一进荣国府

遂入。及晚，珍于寝所觉有异，急出呼父曰："房中似有贼。"亮率仆妇持挺入，搜至床下，得一足。痛击之，贼大号。视之，七也。刘怨极，以鞲搦其股，流血盈地，缚而闭之室。厥明，仲闻而至，欲投之河。刘不可，令仲锢于家。甫一日，仲妻复阴脱之，自是七遂欲甘心于黄矣。

　　黄年及周甲，而嗜利益甚，催租索逋，事必亲历。碌碌城乡，日无刻暇。一日晨起，持簿书将至刘寝，忽扑地，家人急扶至寝处，日未中而气绝矣。亮死，刘痛哭成礼。既殓，七自外至，突入穗帐，凭棺呼爹，为号泣状。既而呼刘曰："娘取斩衰来？"刘曰："死者无子，安用衰？"七曰："我固子也。"刘厉声曰："汝自姓刘，与黄何涉！"七曰："幼而抚我，长而室我，田畴畀我，虽非亲生，亦是义子。今黄乏嗣，婿外人，能独享此乎？"刘曰："汝今何欲？"七大言欲分遗资。刘怒甚，令仆妇之有力者缚诸庭，自取白杵痛击数十，曰："此我分汝之资也！"七初出恶言，继以不胜楚，号呼求免，遂释之。七出且走且誓曰："必有以报！"刘乃集童仆，人给钲一具，戒以每日晚即持此分布四野，伺有所闻，当即相应。无何，果有盗自檐而下，刘急令媪启小门于宅后鸣钲。四处钲声齐起，盗遂惊逸。家人咸相庆。刘曰："未也。"乃更坎室之行道为阱，穴壁数处，中贮石灰末，而承以风车。数日后复有盗数十，舣舟屋后之水门。夜将半，各明火执仗，斩门而入。将及内寝，前导者遇坎即陷。余盗知有备，方仓皇间，壁穴中灰末骤飞，尽眯贼目，乃各弃械窜。烛之，落陷者七也。跣足散发，皂衣黑面，形同鬼魅。刘曰："我固知此兽所为，候天明当鸣之官。"珍曰："鸣官恐伤舅氏心，不若纵之。"刘乃驱使出。自是里中无七之迹矣。

　　刘连被惊扰，心常恐。因谓珍曰："盗犹可御，纵火奈何？我当先安死者。"即葬亮于泖湖之祖茔。事竣，谓婿曰："此不可居，我将依汝。"于是先举什器运至直塘，遣珍归，以一册付之曰："除汝房中物，余俱在此册。囊米二百余斛，每贮银二锭，须亲检收。大小衣箱六十有四，各有银若干；柜三十七，或贮银，或贮钱，皆有号可稽。汝先发，我将踵至也。"乃佣工百人，连运数日。既毕，刘复遍召乡里贫户，饫以酒肉，尽焚其积年债券，且开仓廪，人给米二斗，麦半之，棉花五斤，菽五升。众罗拜曰："夫人施恩遍及我等，将何以报？"刘曰："报何敢言，第有积粟二千余石，诸君能为我运至直塘否？"众曰："惟命。"时值岁饥，乡间富室囤谷，每为贫民攘夺，刘反得而用之，不三日而运已尽。

时刘本欲即赴直塘，视历连日不宜迁徙，三日后乃吉。越二日，夜将半而难作矣。先是明总戎李成栋既降满清，统兵南下。过辄残破，所掳妇女十余艘，为嘉定乡民所焚，死与逸各半。成栋责兵弁务掠吴姝，以偿所失。旋奉命征粤，乃嘱其弟侍母居松江，令麾下某统兵守之。某有汛卒，七党也，当七受杖而逃，即走松投卒，得近某将。因言："任阳黄氏尝党逆，家私千万，虎噬乡里。得数百人剿之，既除民害，且实军饷。"某乃令裨将率众，由刘河经昆山，至七浦塘而进。

是晚刘方与张媪封楼房，处细事，待旦而发。忽闻门外炮声轰然，响震屋瓦，李兵破扉而入。启廪廪空，搜房房洗，遍索无一物，裨将恚甚。俄见众拥刘至，注视久之，曰："赖有此，不然何以复主帅！"众以劳而无获，怒七之逛，杀七。纵火烧黄居，掠近村数十家，遂掳刘去，张媪从焉。

珍闻变惊绝，终日长号。钱翁令子赴松探耗，途次即闻成栋以粤东叛降永历，亲属被收，所掠妇女悉于南京安置，生遂邀刘仲偕往江宁。觅至一都统署，见有遵奉令条，凡逆栋所掳妇女，俱准亲人具领。钱喜甚，方欲投诉，适有武弁自内出。钱揖而告之故，弁曰："我本以吴人投旗，与汝岂无乡谊？"乃携钱手至静处，语之曰："王爷固有是令，但司其事者为墨都统，非阿堵物不可。"钱问所欲，则曰："视年貌以定多寡。美而少者，必需百金。"钱以所持不足，遂偕仲归。珍曰："诚得我母，金何足惜！"遂以千金促生复往。钱至即觅所识弁，且许

第六回　贾宝玉初试云雨情　刘老老一进荣国府

事成后别酬五十金。弁以诸妇女系掌家婆二太所管,每百两例予十金。曰:"可。"弁即取刘之年貌籍贯去,久之出谓钱曰:"无其人也。"钱皇遽曰:"余已访确,何乃无之?"弁曰:"我亦欲得尔金,岂给尔者?适据二太言,三百余人中遍询竟无有,得无误耶?"仲曰:"事已至此,果否乞查一确据,当有以报。"弁踌躇间曰:"得之矣!"疾趋入。有顷,袖一册至,谓二人曰:"此确据也。"钱阅至末页,果有黄刘氏,及从媪张氏,而朱圈标其上,旁注选入王府。如是者共有四名。弁曰:"如何?我不尔诳。"钱神呆僵立,仲亦无如何也。嗒然反寓,拟筹别策。乃不数日而刘书至。

初刘被掳至松,李母见而悦之曰:"此必宦家女,姑以母事我,行将送汝还也。"未几,成栋叛,家属皆槛送京师,一应婢仆,悉置南京,俱听本旗发遣。刘亦挂名籍中,为墨都统承管。妇女三百余,初至江宁,棚席露宿,几不欲生。越日而满洲太太至,盖王府中总管老妪也。年已七十余,发白如雪,髻簪花朵,衣履皆男子式,善汉语,滑稽多智。至则都统以下皆跪迎之。掌家婆二太上前叩首,恭引至棚。妪先作汉语曰:"诸娣妹无恐,我来作降福符官耳,特不知谁真有福者。"乃侧身入队,择当意者拽裙使行,令至别所。排列共三十余人,妪上下睇视,指曰:'彼太长,此略短,甲似肥,乙较瘦。乃去其半。令留者至前。谛视发肤掌臂,复隔衣扪其乳,十又去七,仅存其五。乃列坐待茶,殷勤问讯,审其音而耳属焉。一妇声微窳,复去之。旋起立语四妇曰:"无动,我欲一观履式。"因以指量其履,戏语曰:"无乃唐突,然不尔则不见真才耳。"徐向一妇微笑曰:"塞楞塞楞。"塞楞者,满语,盖言最好。其妇即刘是也。因顾二太作满语曰:"雅海沁兀律罕。"言渠婢令随去可也。俄拥四妇登舆进王府,刘持张媪痛哭曰:"入此万无见珍时,我亦命不久矣。"

至暮,王宴,命四妇侍酒。满妪诫之曰:"至王前宜各叩首俯伏,命起乃起,慎毋哭泣,致王怒也。"已而,三妇如所言,

《红楼梦》与顺治皇帝的爱情故事

刘独倚左柱向壁侧立,而额光煜煜,时与灯烛光相射,目泪睫晕微红,如晓花含露。王见甚异,问:"何籍?"不应。问:"年几何?"又不应。问:"有夫否?"刘忽大恸曰:"我民间寡妇,为李兵所掳,以恋恋于一女,故不遽死。今至此已矣,盍速杀我!我良家女,决不肯为奴婢!"声呖呖如娇莺啭树。俄以首触柱,硁然有声。满妪抱持之,刘且踊且号,鬓髻尽解,发长委地,光墨如漆。王怜之,命妪引去,嘱善护持,勿令悲损。妪遂引刘入己寝以安之,朝夕进参饮糜粥、糖霜果品满几案。刘勺粒不入口,坐卧惟泣。张媪忧之,私语满妪曰:"刘之悲毁,痛念其女耳。前在松江,传闻李兵复扰直塘一带,及今三旬无耗。若得通一音以慰其念,饮食或可少进之。"满妪为启于王,王曰:"速令作书,当命疾足往探耳。"妪告刘,刘乃修书寄珍。首言:"我生不辰,叠罹险难,河干一送,岂意竟为长别。"中言:"七兽肆毒,唆掳往松,方幸李母仁慈,生还有日。不料挂名眷籍,忽又送入掖庭。所以不即死者,诚欲得汝一音,以瞑我目。"又云:"直塘一带,是否亦遭焚掠,或七兽未遂所欲,致汝家为破巢之卵,亦未可知。我书得达,急盼归鸿。"末言:"茕茕嫠妇,现已密制袘衣,洁身自守。倘罹横暴,愿投清风之崖。汝尚自爱,弗我念云。"

珍接书;且读且泣,方与钱生议覆,而刘仲适至,反复阅书,作咄嗟状。谓珍曰:"汝母亦太拗矣!王非他,乃入关时从龙第一功臣也。下江宁,降宏光,平两浙,以懿亲典枢务,功高威重。但得为王婢,亦足安乐半生,何必峻拂其意?回书宜劝其遇事婉从,设使激发雷霆,恐我与若俱无噍类耳。"珍覆书始慰以无恙,后云:"母生儿亦生,母死儿亦死。"情殊依恋,而恰无激劝语。仲乃私致书,盛言王功盖寰宇,得侍为幸。又云:"妹固女中智士,小谅宜所不为,剡绎昔年熊耳山人之言,或者事有前定。"末则告以"房毁无归,婿家究是外人,难以倚托,不如自发根枝,使余等亦叨庇荫"。乃于书尾署伯名,而己附之。

第六回　贾宝玉初试云雨情　刘老老一进荣国府

先是刘知王为发书，心颇感之，已日进粥糜。及回书至，知珍无恙，色为之喜。继阅两兄书，沉吟久之，忽愠曰："此非伯兄言，乃刘二所为耳！岂四十金未满渠愿，以故又欲卖我乎？"趣张媪火之。无何，王妃忽喇氏薨京邸，讣至，设位中堂。按满清制，本旗妇女灶下者，例合哭临，在外则穿素而已。满妪语媪，媪以告刘，刘曰："业啖此间饭，曷敢不遵大典？"乃缟衣练裙而出。王适遇之于中溜，淡冶若仙飘，时目光恰两射。王曰："此非触柱求死者乎一？何亦雅素乃尔？"因语满妪，以刘骨相不凡，当善视，无与群婢为伍。自是满妪侍刘愈谨，启事辄跪。

未几，王赐刘满汉衣服各一箱。越日，又赐参十斤、东珠百颗。刘若弗闻。旋又赐首饰一篚、宫扇二柄、荷包帕各四件、金银锭各一盘。满妪跪告："此皆王爷所赐，意良重。"又曰："工赐宜叩谢。"刘惟偃卧，俱置不省。是夜，王命刘侍寝，刘乃大号曰："果也，将婢妾我也。我难妇耳，生长良家，岂有罪而输为城旦者，任彼朝朝暮暮耶？"王闻即已。满妪殊讶之，私谓张媪曰："刘自入府以来，王待之者恩礼亦已备至。无论馈食沃盥等事，俱不令值。且又赏给稠叠，实为非常异数。王尚无子，今忽喇氏薨，群婢中亦无宠幸者，而独注意于刘，此大福将至时也，乃刘尚有不豫色者何哉？"媪曰："刘此何抗，居家喜南面坐，诸婢仆屏息听指挥惟谨。今一旦欲其卑躬屈膝，辱充下陈，宜其宁死不愿也。"满妪微会意，乘间语王。王遂以金凤花冠一品命服为赐。既宣命，张媪低语刘："王今尊礼至此，宜若可从。"时刘虽仍不言，而手受冠服，颜色甚和。满妪从屏隙中窥知其隐，即宣言朝廷定例：凡正室不孕而侧室有子者，奏闻后即册立为妃。今服止一品夫人耳，或尚有贵于此者。至夜，王以御赐金莲蜡炬导刘入寝。刘顾妪谓："独忘拜谢天恩乎？"王即命移炬中堂。王中立，刘立其后之左偏，齐行九叩礼。至寝，刘徐卸冠易补服，向王三拜三叩起。王见其知大体，有淑嫔风，喜极，几无复平时威重。是夕刘侍寝。

《红楼梦》与顺治皇帝的爱情故事

次日，王赏满媪钱六十缗。媪率阖府男妇三百余叩贺刘。刘出白金四百两酹犒之，众皆感悦。有貂珰二：陈某、刘某，系故明宦者，年皆七十余矣，王以二监给刘听使令。刘乃作书，饬令赍赴虞山以慰珍曰："汝母受王恩礼，此身已不及自持矣。特念汝父生前，初无一语忤我，以故覆水之势虽成，而故剑之思弥切。今为之计，莫如访立本宗，授以半产，继宗祧而绵血食。既尽生者之心，且安死者之魄。善体我意，是诚望汝。来监乃先庙内臣，同日归旗者，须加礼款，使知汝非寒俭家儿也。东珠十颗，可为甥孙帽饰；京样手镯一副，俾汝佩之，如见我耳。"

书发，二监未至，钱生先偕刘氏伯仲赴江宁探信。适王以浙西民叛，奉旨往抚，三人得径入王府，刘见之涕泣不能发声。得刘仲慰劝，始渐破涕为欢。既而满媪奉茶至，皆跪进，称舅爷、姑爷。时刘伯犹未知改节事，见妹盛饰华服，及颐指气使处，心甚疑之。私以问仲，仲曰："妹已处于王宫，又何疑？"伯大恚，作书绝妹，拂衣竟归。仲阅书笑曰："腐儒语耳。何可令妹见。"遂火之。既而钱将告归，刘私语之曰："我欲玉成汝名。汝入京，姑勿见我。且我行踪南北，亦尚未定。为语珍，探的后，音书频寄可也。"钱遂归，仲独盘桓府中，结刘监为宗人，共处值房。

未几王自浙归，仲上谒，得司府中出纳册。俄王内召还京，途次济宁，而刘病气逆，登舆辄呕。王檄中丞召医珍视，或言湿阻，或云水土不服，各拟方进奉。刘阅未毕，即碎而谩骂，以王未解吴俗语，乃强起拥被坐，率王袖于卧所附耳曰："我病妊耳，群奴皆用利导之剂，岂欲以之杀我耶？"王闻大喜。越数日，刘体果安，乃就道。抵京陛见，回奏一二军国事后，上问王："年已四十，何尚无子？"对曰："臣在江南纳本旗妇刘，现有身。"上喜曰："男也，则亟告宗人府以闻。"未几刘果生男。上闻，赐人参果品等物，太后复赐洗儿钱百万，例册刘氏为某王妃。适遇皇太后万寿，刘遵例统率福晋等入宫庆贺。太

第六回　贾宝玉初试云雨情　刘老老一进荣国府

后见刘,问曰:"闻某王妻美,此其是乎?"又问:"年几何矣?"以刘三十有五对,太后曰:"如二十许人耳。"更问何籍及进身始末,刘以实对,曰:"不意民间乃有此妇。"翌日又赐锦缎百端、糖果八盒、黄金四十锭、玉带一围。

时朝廷新开科举,命王监阅国学录科试牍。刘得遍视诸卷,则其婿钱生与焉。钱以拔萃生入京肄业,因遵刘诫,不入见。刘乃语王曰:"顷见诸生录科卷内,有钱姓名沈堃者,我婿也。"王不语,及榜发而钱已以经魁获隽。明年复成进士选部曹,始因公诣王第。王即延入中堂,令刘出见。刘服黄锦袍,垂紫貂皮,银鼠帕首,珠额翠翘,皂靴款步,喜形于色。谓钱曰:"我思珍久,近已为之置宅七区,汝归可速挈眷来。仲兄现患消渴,恐不测,汝当偕之还。"钱遂偕行,半途仲死。护榇归,即携珍至都。刘年四十复生一子。尝为汉装,安车紫盖,女从百余,过珍寓欢宴累日。一日谓钱曰:"我昨梦处故居,簿书文券积几案,宛如黄氏盛时,觉而戚然。我前以立后嘱汝,今得之否?"钱曰:"自黄直塘市迁任阳之大桥,三世单传,别无支派。其先自虞而昆,复自昆而虞,系铲无考,故虽遍访以示求后意,竟无应者。"刘闻怅然,姑出金钱遣纪纲赴泖为黄修墓道,且拟置田供岁祀。至则墓木已刊,四壁平畴,野水横流,兆域无由别识。盖兵燹之余,已毁其墓为河道矣。仆乃封土三抔,藉以覆命。时珍已举三子,刘嘱以次甥嗣黄,俟其长成即于遗址营第奉黄祀,珍诺之。乃不二年而钱次子死,更命其季,季又殇,黄遂无嗣。刘后安富尊荣,又二十年,薨,时岁已周甲。康熙癸丑,张媪以年老南归,为述其颠末如此。

曩余客金阊,尝于残书铺中得是事稿本,前后百纸,草率多讹标面曰:"过墟志感"。首篇即载任阳事,后半类日记,而无撰人名。近阅《记载汇篇》,知曾采辑,则直目为《过墟志》,并有墅西逸叟序。然系琉璃厂排板刷以牟利者,仅赏新奇,一过即已,故其篇虽较稿本为约,而亦未遑剪裁。余以其非见闻所习也,因特芟繁就简,且别其目为《孀姝奇遇》。其间虽尽有点窜，而无失本真，将广其传。后遂镌入是录云。

〔护花评〕 接着秦氏房中之梦，便写与袭人试演，可见宝玉一生淫乱，皆从秦氏房中一睡而起。

又：头绪万端，直无从说起，借刘老老叙入，觉文情闲逸，且为巧姐结果伏线。不是闲逸之笔。

又：写刘老老在家商量，及到门上问话，周瑞家引进荣府，看见服食陈设，见王熙凤说话，活画出乡里老媪到富贵人家光景，真是写生之笔。

又：贾蓉借玻璃炕屏，何必写眉眼身材衣服冠带？作者自有深意。凤姐先假不允，贾蓉屈膝跪求，始允借给。贾蓉出去又唤转来，凤姐出神半日，笑说"罢了，晚饭后你再来再说，这会子有人"等语，神情闪烁飘荡，慧眼人必当看破。看破何事？

第七回 送宫花贾琏戏熙凤
赴家宴宝玉会秦钟

话说周瑞家的〔**索隐**〕用周瑞家的一线穿成，可见本回所说，仍是刘媪之事。周瑞家隐指满洲太太暨掌家二太一流人，专事撮合者也。送了刘老老去后，便上来回王夫人话。谁知王夫人不在上房，问丫鬟们，方知往薛姨妈那边闲话去了。周瑞家的听说，便出东角门至东院往梨香院来。刚至院门前，只见王夫人的丫鬟金钏儿，和一个才留头的小女孩儿站在台矶上玩，见周瑞家的来了，便知有话来回，因向内努嘴儿。周瑞家的轻轻掀帘进去，只见王夫人和薛姨妈长篇大套的说些家务人情等语。〔**索隐**〕归入家务人情，三秀已入个中矣。

周瑞家的不敢惊动，遂进里间来。只见薛宝钗〔**索隐**〕钗亦钏之类也。豫王赐媪首饰盈箧，其明皇钿盒金钗定情之意，故以钏引，故以钗代乎？家常打扮，头上只挽着鬐儿，坐在炕里边，伏在小炕几上，〔**索隐**〕是三秀未被召以前偃卧不起之景况。同丫鬟莺儿〔**索隐**〕伴媪者为张媪。此言莺儿，又隐含《会真记》中张生、莺莺、红娘故事，无笔不巧。正描花样子呢。〔**索隐**〕为花冠所动，心中正在打稿儿。亦刺隐之笔，妙在曲曲折折。周瑞家由府而院，由堂而室，规制井然，又恰合闺中养疴景象，作者可谓心灵手敏。见他进里来，宝钗便放下笔，转身来，满面堆笑，〔**索隐**〕浓写此四字，一以见宝钗世故之深，一以见三秀颜色之霁，真是双管齐下。"让周姐姐坐。"周瑞家的也忙陪笑问道："姑娘好？"一面炕沿上坐了，因说："这有两三天也没见姑娘到那边逛逛去，只怕是你宝玉兄弟冲撞了你不成？"〔**索隐**〕用一带笔，一以见宝玉常日之娇痴，一以见豫王初时之孟浪，全是双写。并可回映情僧，不令寂寞。宝钗笑道："那里话！只因我那种病〔**索隐**〕是"那种病"，急切

《红楼梦》与顺治皇后的爱情故事

待问。又发了两天,〔索隐〕槁木生春,死灰蕴焰,受冠之后,殆有如《西厢》所谓陡地上心头者,故说又发了两天。作书人何等轻薄,何等尖利,直可谓之意淫。妙在恰是闺人说病,故隐其词的口吻。此等处不可放过,须看他灵慧心肝。所以且静养两日。"〔索隐〕恐按不住,故加一"且"字。周瑞家的道:"正是呢。姑娘到底有什么病根儿?〔索隐〕恐是先天下得种子,故曰病根。此病根便是情种,看下半回自知。也该趁早请个大夫,〔索隐〕为三秀请医诊孕伏脉。认真医治。小小的年纪,〔索隐〕三十有五,方在壮盛之年。倒作下个病根,也不是玩的。"宝钗听说笑道:"再不要提起,为这病根,也不知请了多少大夫,吃了多少药,花了多少钱,总不见一点效验。〔索隐〕此等病岂药可医?后来还亏了一个秃头和尚,〔索隐〕和尚自是秃头,何消说得。作者意存滑稽,殆不免象形会意耶。作书人遇刘媚事,不厌过情,不惮痛詈,借以抒愤。故处处描摹尽致,至以秽亵极不堪之意拟之。"还亏了"三字,有舍此无它之概,可谓谑而虐矣。专治无名之病,〔索隐〕可见非月事之病,其病殆不能名。因请他看了,他说我这是从胎里带来的一股热毒。〔索隐〕饮食男女,人生大欲,诚由先天得来,故曰"胎里带的";欲发于火,故曰"热";郁已久,猝发遂不及自持,故曰"毒"。作者笔笔刻薄,直为刘媚作探源之论,与借妙玉走火以刺圆圆同一笔法。非好刻深,实深恶而痛绝耳。幸而我先天壮,〔索隐〕又补一笔,可见火力方炽。还不相干,若吃丸药,是不中用的。他就说了一个海上方,〔索隐〕可对曰房中术。如此闺秀,岂有乱服游僧海上方者?有意讥诮,故叠用惊词,使人觉察。又给了一包末药作引,〔索隐〕果何药耶?某未达,不敢尝。异香异气的。〔索隐〕自非当归、芍药常服之品,应有异香异气。他说发了时吃一丸就好。〔索隐〕"一丸就好"四字乃京师市井相詈惯用之名词,亦轻薄少年伎院相调之村语,作者忽采方言及此,特借游僧口中道出,视宝钗、三秀为何如人。太史公若在,当曰:词不雅驯,荐绅先生难言之。倒也奇怪,〔索隐〕人之常情,倒不奇怪。这倒效验些。"〔索隐〕自然效验,古今来不知治得多少热毒病。《西厢记》云:"还须出阵风流汗",是病前;又云:"早医可九分不快",是临症。书中此句是病后。请阅者仔细思量,当为一粲。

· 106 ·

第七回　送宫花贾琏戏熙凤　赴家宴宝玉会秦钟

周瑞家的因问道："不知是什么海上方。姑娘说了，我们也好记着，说与人知道。倘遇见这样的病，也是行好事的。"〔索隐〕《西厢记》"只可怜我为人在客"，也是望人行好的意思，当与此参看。妙在一"也"字。宝钗笑道："不问这方儿还好，若问这方，真真把人琐碎坏了。东西药料，一概都有限，易得的。只难得'可巧'二字。〔索隐〕有寡妇见鳏夫而欲嫁之，难得一鳏一寡，真是"可巧"。豫王方志在得孀时，王妃忽薨，可谓天缘，真是难得，真是"可巧"。要春天开的白牡丹花蕊心十二两。夏天开的白荷花蕊十二两，秋天的白芙蓉蕊十二两，冬天的梅蕊十二两，〔索隐〕连用"白"字，是青女素娥之意。将这四样花蕊，于次年春分这日晒干，〔索隐〕王于顺治纪元南下，次年得孀而归，故特云"次年"。和在末药一处，〔索隐〕是孟光接了梁鸿案，故曰和在一处。一齐研好。又要雨水这日的天落水十二钱。"周瑞家的忙笑道："嗳哟！这样说来，这就得三年的工夫。倘或雨水这日不下雨，可又怎么呢？"宝钗笑道："所以了，那里有这样可巧的雨？〔索隐〕若大旱之望云霓。也只好再等罢了。〔索隐〕巫山行雨，自有其时，早晚等得到。还要白露这日的露水十二钱，霜降这日的霜十二钱，小雪这日的雪十二钱，把这四样水调匀，和了龙眼大的丸子，盛在旧磁坛内，埋在花根底下。若发了病时，拿出来吃一丸，〔索隐〕又点。用十二分黄柏〔索隐〕柏舟之苦，茹之已久，故曰"十二分"。殆剥极而复，一阳将生时耶？太平闲人好用《易》讲《红楼》，全无可取，今姑以谑语学步，何如？煎汤送下。"

周瑞家的听了笑道："阿弥陀佛！真真是巧死了人！〔索隐〕若不巧极奇极，作者亦不注意记载，妙在真将王妃巧死了。等十年都未必这样巧呢。"〔索隐〕刘非妃弗为，等得几日便遇妃死，细思真是天缘奇巧，若揖让然。宝钗道："竟好，自他说了去后，一二年间。〔索隐〕王在江南时间。可巧都得了，〔索隐〕豫王倾国之思，有志竟成。好容易配成一料。〔索隐〕苦心调护，费尽折磨，乃成佳耦。"配"字着眼，"好容易"三字中，有无限曲折。如今从南带至此，〔索隐〕匹配之后，随王北上，由金陵以达京都，入宫正位，故特写一笔。现埋在梨花树下。"〔索隐〕梨花淡白，仍回映孀妹的身分。此段事特借梨香院写出，意含

《红楼梦》与顺治皇帝的爱情故事

讥讽。白中有香,言寡而获宠也。周瑞家的又道:"这药本有名字没有呢?"宝钗道:"有。这也是癞和尚说下的,叫作冷香丸。"〔索隐〕亦素娥耐冷之意。白以色言,冷以境言,均取喻孀妇。冷香与梨香同意,恐人不悟,故重言之。周瑞家的听了点头儿,因又说:"这病发了时,到底觉怎么样?"〔索隐〕问得苛细,难乎回答。宝钗道:"也不觉什么,〔索隐〕本无碍于饮食起居。只不过喘嗽些。〔索隐〕刘病气逆,故言喘嗽。至此方归入正文。前半皆描摹刘之意境,极言心许,此下乃实以身事。吃一丸也就罢了。"〔索隐〕"一丸"二字三覆,全为目录中一"戏"字作前锋,写得有力。

　　周瑞家的还要说话时,忽听王夫人问道:"谁在这里?"周瑞家的忙出去答应了,便回了刘老老之事。〔索隐〕一大段传神写意文章,用宝钗权时作代,仍归入刘老老身上,可见书中所指之事,全重在刘。略等半刻,见王夫人无话,方欲退出去。薛姨妈忽又笑道:"你且站住,我有一种东西,你带了去罢。"说着便叫香菱。帘栊响处,才和金钏儿玩的那个小丫头进来了,问:"奶奶叫我做什么?"薛姨妈道:"把那匣子里的花儿拿来。"香菱答应了,向那边捧了个小锦匣儿来。薛姨妈道:"这是宫里头作的新鲜花样,堆妙花十二支。〔索隐〕暗隐金莲蜡炬。十二支暗合娶宝钗时十二对宫灯之数,亦是点题。昨儿我想起来,白放着可惜旧了,何不给他们姊妹们戴去。昨儿要送去,偏又忘了;你今儿来得巧,〔索隐〕又一"巧"字。就带了去罢。你家的三位姑娘每位二支,下剩六支,送林姑娘二支,那四支给凤姐儿罢。"〔索隐〕归入正文。王夫人道:"留着给宝丫头戴也罢了,又想着他们。"薛姨妈道:"姨妈不知,宝丫头古怪呢,他从来不爱这些花儿粉儿的。"〔索隐〕不是兆后来之寡,是说从前之寡。妙在可以双用,总之以寡喻寡而已。

　　说着,周瑞家的拿了匣子走出房门,见金钏儿仍在那里晒日阳。〔索隐〕盛饰朝阳,冷香近热矣,拍题又紧一步。周瑞家的因问他道:"那香菱小丫头子,可就是时常说的临上京时买的,为他打人命官司的那个小丫头子?"金钏道:"可不就是他。"正说着,只见香菱笑嘻嘻的走来。周瑞家的便拉了他的手,细细的看了一回,因向金钏儿笑道:"这个模样儿,竟有些像咱们的东府里蓉大奶奶的品格。"〔索隐〕仍到可卿身上,

第七回　送宫花贾琏戏熙凤　赴家宴宝玉会秦钟

可见圆圆、小琬均南人,有相似处。金钏道:"我也是这么说呢。"周瑞家的又问香菱:"你几岁投身到这边?"又问:"你父母今在何处?今年十几岁了?本处是那里人?"香菱听问摇头说:"不记得了。"周瑞家的和金钏儿听了,倒反为叹息感伤一回。

一时,周瑞家的携花至王夫人正房后。原来近日贾母说孙女们太多,一处挤着倒不便,只留宝玉黛玉二人在这边解闷,却把迎春探春惜春三人移到王夫人这边后房三间抱厦内居住,〔索隐〕三春移居,暗指圆圆出之宫廷,纳之王邸,故有此笔。令李纨陪伴照管,如今周瑞家的故顺路先往这里来。只见几个小丫头儿都在抱厦内听呼唤默坐。迎春丫鬟司棋与探春的丫鬟侍书,〔索隐〕司棋,言参军谟;侍书,言司笔札。皆圆圆事。"抱厦内听呼唤默坐"一层,可见王府规制,亦复如此。二人正掀帘子出来,手里都捧着茶盘茶钟。周瑞家的便知他姊妹在一处坐着,也进入内房。只见迎春探春二人正在窗下围棋。〔索隐〕黑白相争,又喻西平与圆圆境地。周瑞家的将花送上,说明原故。他二人忙住了棋,都欠身道谢,命丫鬟们收了。周瑞家的答应了,因说:"四姑娘不在房里,只怕在老太太那边呢?"丫鬟们道:"在那屋里不是。"

周瑞家的听了,便往这边屋里来。只见惜春正同水月庵的小姑子智能两个一处玩笑。〔索隐〕带出智能,为秦钟地步,亦为惜春出家伏脉。仍暗指圆圆。见周瑞家的进来,惜春便问他何事,周瑞家的便将花匣打开,说明原故。惜春笑道:"我这里正和智能儿说,我明儿也剃了头同他作姑子去,可巧儿又送了花来。若剃了头,却把这花戴在那里?"〔索隐〕隽语可玩,妙在就地取材。说着,大家取笑一回,惜春命丫鬟入画来收了。〔索隐〕圆圆亦工绘事,故曰入画。

周瑞家的因问智能:"你是什么时候来的,你师父那秃歪剌那里去了?"智能道:"我们一早就来了,我师父见过太太,就往余老爷府里去了,叫我在这里等他呢。"周瑞家的又道:"十五的月例香供银子可得了没有?"智能道:"不知道。"惜春听了,便问周瑞家的:"如今各庙月例银子是谁管着?"周瑞家的道:"是余信管着。"〔索隐〕愚信,言愚人崇信也。惜春听了笑道:"就是了。他师父一来了,余信家的就赶上来和他师父咕唧了半日,想就是为这事了。"

《红楼梦》与顺治皇帝的爱情故事

　　那周瑞家的又和智能儿唠叨了一回，便往凤姐处来。〔**索隐**〕到题。穿夹道，从李纨〔**索隐**〕两带李纨，又是以一寡喻寡。后窗下，越过西花墙，出西角门，进入凤姐院中。走至堂屋，只见小丫头丰儿坐在凤姐的房门槛上，见周瑞家的来了，连忙摆手儿，〔**索隐**〕是何景象！叫他往东屋里去。周瑞家的会意，〔**索隐**〕会意者何事？刘嬷际遇，全从老妪会意得来。忙的蹑手蹑脚的往东边房里来，〔**索隐**〕是何景象！只见奶子拍着大姐儿睡觉呢。〔**索隐**〕点睡觉，却用陪笔。周瑞家的悄问奶子："姐儿睡中觉呢？也该清醒了。"奶子摇头儿。〔**索隐**〕是何景象，须会意。正问着，只听那边一阵笑声，却有贾琏的声音。〔**索隐**〕到此方坐实莲炬导行，再拜侍寝的勾当。写明调笑，方足见刘嬷此际凤病已蠲，居然破涕为笑。写明贾琏声音在内，不但示为夫妇同居之事，亦借以示事属豫王所为。痛写两言，便将一矢志之嬷姝结果，与上回宝玉、袭人之事。皆用特笔书出。作者非好以淫秽入书，实非设想及此，不足以诛刘、董之心，而悲两人之节也。接着房门响处，平儿拿着大铜盆出来，叫丰儿舀水进去。〔**索隐**〕是何景象！匆匆了过，即不复言，故《红楼》非淫书可比。

　　平儿便进这边来，一见了周瑞家的，便问："你老人家又来作什么？"〔**索隐**〕"又"字着眼，往来如冰上人。周瑞家的忙起身拿匣子与他，说送花来。平儿听了，便打开匣子拿了四支，转身去了。半刻工夫，手里拿出两支来，先叫彩明来，〔**索隐**〕刘嬷全为文彩分明所误，此又一点。吩咐他："送到那边府里，给小蓉大奶奶戴。"〔**索隐**〕加一"小"字，殆以刘嬷入港之初，尚居小星地位耶。读《红楼》，一字不可放过。次后方命周瑞家的回去道谢。

　　周瑞家的这才往贾母这边来。过了穿堂，顶头忽见他的女儿打扮着才从他婆家来。周瑞家的忙问："你这会子跑来作什么？"他女儿说："妈一向身上好？我在家里等了这半日，妈竟不出去。什么事情，这样忙的不回家？我等烦了，自己先到了老太太跟前请了安了，这会子请太太安去。妈还有什么不了的差事，手里是什么东西？"周瑞家的笑道："嗳！今儿偏生来了个刘老老，我自己多事，为他跑了半日。这会子被姨太太看见了，叫送这几支花儿与姑娘、奶奶们。这会子还没送完呢。你

第七回　送宫花贾琏戏熙凤　赴家宴宝玉会秦钟

这会子来，一定有什么事情的。"他女儿笑道："你老人家倒会猜着。实对你老人家说，你女婿因前儿多吃了几杯酒，和人分争起来。不知怎的被人放了一把邪火，说他来历不明，〔**索隐**〕豫王还京，上问王无子，王以纳本旗妇刘有身对，后生子，例得封妃。万寿入官，太后问何籍及进身始末，刘乃以实对。可见未入官之前冒称本旗妇女。豫王动与人争财货，人未必无以此相评者。作者特插此一段，正非闲笔，为存当时遗事也。告到衙门里，要递解还乡。〔**索隐**〕乡指昆山原籍，当时被评或不至此，然恐褫封。所以我来和你老人家商议商议，这个情分，求那一个可了事？"周瑞家的听了道："我就知道的！这有什么大不了的。你且家去等我，我送这林姑娘的花儿去了，就回家来。此时太太、二奶奶都不得闲儿。〔**索隐**〕太太指睿王，二奶奶指豫王；有二王何事不了。你回去等我，这有什么忙的！"他女儿听说，便回去了，还说："妈好歹快来。"周瑞家的道："是了。小人儿家没经过什么事的，就急得这样的。"说着便到黛玉房中去了。

谁知此时黛玉不在自己房里，却在宝玉房中，大家解九连环作戏。〔**索隐**〕本回中连环不断，皆写刘孀之事，故说解九连环。周瑞家的进来笑道："林姑娘，姨太太着我送花来与姑娘戴。"宝玉听说，便说："什么花？拿来与我看。"一面做便伸手接过来了。开匣看时，原来是两支宫制〔**索隐**〕"宫制"二字着眼，见是御赐。堆妙〔**索隐**〕"堆妙"二字着眼，见是锦绣罗绮。新巧的假花。〔**索隐**〕"假花"二字着眼，见是新巧的人物。亦暗指上赐蜡炬而言笼以纱灯，刻以金莲，故为堆纱假花；两炬导寝，故为二支。仍回顾上文。黛玉只就宝玉手中看了一看，便问道："还是单送我一人，还是别的姑娘们都有的？"周瑞家的道："各位都有了，这两支是姑娘的了。"黛玉冷笑道："我就知道，别人不挑剩下的也不给我。"周瑞家的听了，一声儿不言语。宝玉问道："周姐姐，你作什么到那边去了？"周瑞家的因说："太太在那里，我回话去了。姨太太就顺便叫我带来的。"宝玉道："宝姐姐在家里作什么呢？怎么这几日也不过来？"周瑞家的道："身上不大好呢。"宝玉听了，便和丫头们说："谁去瞧瞧？就说我和林姑娘打发来问姨娘、姐姐安。问姐姐是什么病，吃什么药？论理我该亲自来的，就说才从学里回来，也着了些凉，改日再亲来。"说着茜雪便答应去了。〔**索隐**〕茜雪者，遣往薛氏而已，无甚深意。仅此一用，故后不多见。一说茜红也，红鸿同音，取鸿雪因缘之意，仍照映正文。周瑞家的自去无话。

原来周瑞家的女婿，便是雨村的好友冷子兴。〔**索隐**〕冷子兴言北方满族也。仍说豫王，正当兴盛之时，故恃权逞霸。近日因卖古董，〔**索隐**〕好货者何所不要，恐即后文石呆子一类之事。和人打官司，故叫女人来讨情分。周瑞家的仗着主子的势，把这些事也不放在心上，晚间只求求凤姐儿便完了。

至掌灯时，〔**索隐**〕前言卜昼，兹卜夜。凤姐已卸了妆，〔**索隐**〕是何景象，又回顾一笔。来见王夫人，回说："今儿甄家送来的东西我已收了，咱们送他的，趁着他家有年下送鲜的船，交给他带了去了。"〔**索隐**〕甄家指福王；送来东西，不外子女玉帛。送鲜犹送俘虏也。又照应豫王下江南一笔，亦是点醒。王夫人点点头。凤姐又道："临安伯〔**索隐**〕临安，浙地，南宋建都之所，隐指潞王。又见豫王有平浙之功。老太太生日的礼，〔**索隐**〕生日恐是反说。已经打点了。太太派谁送去？"王夫人道："你瞧谁闲着，叫四个女人去就完了，〔**索隐**〕平浙者贝勒博洛、固山额真拜尹图、阿山及总兵王之仁四人。"就完了"三字有致。又来问我。"凤姐又道："今日珍大嫂子来请我明日去逛逛，明日倒没有什么事。"王夫人道："有事没事，都害不着什么。每常他来请，有我们，你自然不便。他既不请我们，单请你，可知是他诚心叫你散淡散淡。别辜负了他的心，倒该过去走走才是。"凤姐答应了。当下李纨、迎、探等姊妹们，亦各定省毕，各归房无话。

次日，凤姐梳洗了，先回王夫人毕，方来辞贾母。宝玉听了，也要逛去。凤姐只得答应着，立等换了衣裳。姐儿两个坐了车，一时进入宁府。早有贾珍之妻尤氏与贾蓉之妻秦氏婆媳两个，引了多少侍妾丫鬟等接出仪门。那尤氏一见了凤姐，必先嘲笑一阵。一手携了宝玉，同入上房来归坐。秦氏献茶毕，凤姐便说："你们请我来作什么？拿什么东西来孝敬，就献上来，我还有事呢。"尤氏、秦氏未及答应，几个媳妇先笑道："二奶奶今日不来就罢，既来了就依不得你了。"

大家正说笑着，只见贾蓉进来请安。宝玉因问："大哥哥今日不在家

第七回　送宫花贾琏戏熙凤　赴家宴宝玉会秦钟

么?"尤氏道:"今日出城请老太爷安去了。"〔索隐〕主人远出,殆写豫王死后事。又道:"可是你怪闷的坐在这里,何不出去逛逛。"〔索隐〕世祖常微服出行,故梅村诗有"而今骢马避柴车"之咏,此段当是写微行入王邸之事。秦氏笑道:"今日可巧,〔索隐〕又一"可巧",更有奇蜂在上矣。上回宝叔要见我兄弟,〔索隐〕此回秦钟,似指三秀。文章连环而下,蓄意甚深,当与四十一回参看。今儿也在这里,想在书房里,宝叔何不去瞧一瞧。"宝玉即下炕要走,尤氏便吩咐人:"小心跟着,别委曲着他,倒比不得跟着老太太过来就罢了。"凤姐道:"既这么着,何不请进这小爷来,我也见见。难道我是见不得他的?"尤氏笑道:"罢罢,可以不必见他,比不得咱们家的孩子,胡打海摔跌惯了的。人家的孩子,都是斯斯文文惯了的,不像你这泼辣货形像,倒要被你笑话死了呢。"凤姐笑道:"我不笑话就罢。"竟叫"快领去!"贾蓉道:"他生得腼腆,没见过大阵仗儿,婶子见了没得生气。"凤姐啐道:"他是哪吒我也要见一见!别放你娘的屁了,再不带来,给你一顿好嘴巴子!"贾蓉笑道:"我不敢强,就带他来。"

一会儿,果然带了一个小后生来。较宝玉略瘦些,眉清目秀,粉面朱唇,身材俊俏,举止风流,似在宝玉之上;只是怯怯羞羞,有女儿之态。〔索隐〕本是说女儿,故有此笔。与凤姐开场便说充男儿,作一反比例。腼腆含糊的〔索隐〕腼腆则可,何谓"含糊"?"含糊"二字可见作者有心含混。向凤姐作揖问好。〔索隐〕此处凤姐便是陪客。前半用周瑞家的穿插,后半用凤姐穿插,不过示前后所指一人而已,故为连环笔法。凤姐喜的先推宝玉,笑道:"比下去了。"便探身一把携了这孩子的手,就命他身旁坐下。慢慢问他年纪读书等事,方知他学名叫秦钟。早有凤姐跟的丫鬟媳妇们,看见凤姐初见秦钟,并未备得表礼来,遂忙过那边去告诉平儿。平儿素知凤姐与秦氏厚密,遂自作主意,拿了一匹尺头、两个状元及第的小金锞子,〔索隐〕也是尺头锞子,与豫王赐刘孺衣服金银对照,可谓投其所好。交付来人送过去。凤姐还说太简薄些。秦氏等谢毕。一时吃过了饭,尤氏、凤姐、秦氏等抹骨牌。不在话下。

宝玉秦钟二人随便起坐说话。那宝玉自一见秦钟人品,心中便有所失,〔索隐〕大有六宫粉黛无颜色之势。痴了半日,自己心中又起了呆意,乃自思道:"天下竟有这等的人物!如今看了,我竟成了泥猪癞狗了。〔**索隐**〕初见刘妃,便尔倾慕。可恨我为什么生在这侯门公府之家,〔**索隐**〕何止侯门公府。若也生在寒儒〔**索隐**〕诗书之族。薄宦之家,〔**索隐**〕世宦之家。此两语似指黄亮功。早得与他交接,也不枉生了一世。我虽比他尊贵,〔**索隐**〕天人之别。可知绫锦纱罗也不过裹了我这枯株朽木,美酒羊羔也不过填了我这粪窟泥沟。〔**索隐**〕数语又似针对三秀立言,故从绫锦纱罗着想。"枯株朽木",是三秀从前身分;"泥沟粪窟",是三秀以后滥评。借宝玉口中自喻喻人,作者有八面玲珑之笔。'富贵'二字〔**索隐**〕是三秀所重。不啻遭我荼毒了。"〔**索隐**〕秽乱春宫,罪难独坐。秦钟自见宝玉形容出众,举止不浮,更兼金冠绣服,〔**索隐**〕应从三秀眼中看出,着意在此。艳婢姣童,〔**索隐**〕有珠玉在前之感。"果然怨不得人人溺爱他。〔**索隐**〕"溺"字着眼,"人人"二字更须着眼。可恨我〔**索隐**〕对照前文。偏生于清寒之家,〔**索隐**〕平民之妇,故曰"清寒之家,"。其实刘本富家妻也。那能与他交接!可知'贫富'二字限人,亦世界上大不快事"。〔**索隐**〕蒲留仙云:"作一得意想,则楼台顷刻而成;作一失意想,则骸骨有时而朽"之数言者,的是秦钟此时心理。三秀萦心富贵,一至于此,作者不惮力为描写,直可谓如见肺肝。二人一样的胡思乱想。〔**索隐**〕针芥相投,当已目成心许。宝玉又问他读什么书。秦钟见问,便依实而答。〔**索隐**〕刘固知书,应以实对,特加"依实"二字,亦从三秀召对慈宁事影来。二人你言我语,十来句后,越发亲密起来。

一时摆上茶果吃着,宝玉便说:"我们两个又不吃酒,把果子摆在里间小炕上,我们那里坐去,省得闹你们。"于是二人进里间来吃茶。秦氏一面张罗与凤姐摆果酒,一面忙进来嘱宝玉道:"宝叔,你侄儿年小,倘或言语不防头,你千万看着我,不要睬他。他虽腼腆,却性子左强,不大随和些是有的。"〔**索隐**〕当倚柱求死时,自是"左强",自是"不随和",然而易发易止。"是有的"三字无限讥讽。早知今日,何必当初?宝玉笑道:"你去罢,我知道了。"〔**索隐**〕假惺惺已为所觉,复何可言。秦氏又嘱了他兄弟一回,方去陪凤姐。

一时凤姐尤氏又打发人来问宝玉:"要吃什么。外面有,只管要去。

第七回　送宫花贾琏戏熙凤　赴家宴宝玉会秦钟

"宝玉只答应着,也无心在饮食间,〔索隐〕只在男女。只问秦钟近日家务等事。秦钟因言:"业师于去岁辞馆,家父年纪老了,有疾在身,公务繁冗,因此尚未议及延师,目下不过在家温习旧课而已。再读书一事必须有一二知己为伴,〔索隐〕至此又似在王邸得一相知之才士,召入内院伴读者,岂钱郎耶?时常大家讨论才能进益。"宝玉不待说完,便道:"正是呢!我们家却有个家塾,合族中有不能延师的,便可入塾读书;亲戚子弟,可以附读。我因上年业师回家去了,现也荒废着。家父之意,亦欲暂送我去,且温习着旧书,待明年业师上来,再各自在家亦可。家祖母因说:'一则家学里子弟太多,生恐大家淘气,反不好;二则也因我病了几天,遂暂且耽搁着。'如此说来,尊翁如今也为此事悬心。今日回去,何不禀明,就在我们这敝塾中来?我亦相伴,彼此有益,岂不是好事!"秦钟笑道:"家父前日在家提起延师一事,也曾提起这里的义学倒好,原要来和这里的亲翁商议引荐,因这里又有事忙,不便为这点小事来絮聒的。宝叔果然度小侄或可磨墨涤砚,何不速速的作成?彼此不致荒废,又可以常相谈聚,又可以慰父母之心,〔索隐〕孝庄曲成之意可睹。又可以得朋友之乐,〔索隐〕世祖典学与一时文士略分言情,顾得他山之助,故曰"朋友之乐"。岂不美事?"〔索隐〕诚哉美事。宝玉道:"放心,放心!咱们回来先告诉你姐夫、姐姐和琏二嫂嫂。今日你回家就禀明令尊,我回去禀明了祖母,再无不速成之理。"

二人计议已定,那天气已是掌灯时分,出来又看他们玩了一回牌。算帐时,却又是秦氏尤氏二人输了戏酒的东道。言定后日吃这东道。

一面又吃了晚饭,因天黑了,尤氏说派两个小子送了秦相公家去。媳妇们传出去半日,秦钟告辞起身。尤氏问派谁送去,媳妇们回说:"外头派了焦大,谁知焦大醉了,又骂呢。"尤氏秦氏都道:"偏又派他作什么?那个小子派不得,偏又惹他。"凤姐道:"成日家说你太软弱了,纵得家里人这样,还了得呢!"尤氏道:"你难道不知这焦大的?连老爷都不理他的,你珍大哥也不理他。因他从小儿跟着老太爷出过三四回兵,从死人堆里把太爷背了出来,得了命。自己挨着饿,却偷了东西给主子吃;两日没水,得了半碗水给主子吃,他自己喝马溺。不过仗着这些功劳情分,有祖宗时都另眼相待,如今谁肯难为他?他自己又老了,又不

《红楼梦》与顺治皇帝的爱情故事

顾体面,一味的好酒,喝醉了无人不骂。〔索隐〕焦大隐指图赖,赖随清太宗伐明有功。太宗伐明之役,粮尽援绝,至食木叶,故清宫每年八月二十六日忌用酒肉,不设匕鬯,以念先人之劳。此段书中即写此事。赖曾事先朝,又性刚直不容人过,尝启摄政王曰:"图赖之心,亦犹效力于太宗,不避诸王贝勒公嫌怨,见有异心,不为容隐,大臣以下、牛录章京以上,亦不徇隐其过恶"等语,是"无人不骂"四字之实证。我尝说给管事的,以后不要派他差事,只当他是个死的就完了。今儿又派了他!"凤姐道:"我何尝不知这焦大?到底是你们没主意,何不远远的打发他到庄子上去就完了。"说着因问:"我们的车可齐备了?"众媳妇们说:"伺候齐了。"凤姐也起身告辞,和宝玉携手同行。尤氏等送至大厅口,见灯火辉煌,众小厮们都在丹墀侍立。

那焦大又知贾珍不在家,因趁着酒兴,先骂大总管赖二,〔索隐〕赖二指睿王,故曰大总管。赖者,赖余荫得一爵也。睿王有同母兄,故曰赖二。说他不公道,"欺软怕硬,有好差事派了别人,这样深更半夜送人就派我?没良心的忘八羔子,瞎充管家!你也不想想,焦大太爷跷起一只腿,比你的头还高些!二十年头里的焦大太爷眼里有谁?别说你们这一把子的杂种们!"正骂得兴头上,贾蓉送凤姐的车出来。众人喝他不住,贾蓉忍不得便骂了几句,"叫人捆起来,等明日酒醒了问他,还寻死不寻死"。那焦大那里有贾蓉在眼里,反大叫起来,赶着贾蓉叫:"蓉哥儿,你别在焦大跟前使主子性儿!别说你这样儿的,就是你爹,你爷爷,也不敢和焦大挺腰子呢!不是焦大一个人,你们能够作官儿,享荣华,受富贵?你祖宗九死一生挣下这个家业,到如今不报我的恩,反和我充起主子来了?不和我说别的还可,再说别的,咱们白刀子进去,红刀子出来!"凤姐在车上说与贾蓉:"还不早些打发了没王法的东西。留在家里,岂不是害?亲友知道,岂非笑话?咱们这样的人家,连个规矩都没有!"贾蓉答应:"是了。"

众人见他太撒野,只得上来了几个揪翻捆倒,拖往马圈里去。〔索隐〕顺治三年,摄政王于午门议谭泰罪,图赖厉声谓王曰:"尔何将谭泰之罪耽延三日不给。"摄政王怒谓图赖曰:"尔举动亦太妄矣!曩追流贼至庆都,分兵前进,因诸将争先,尔曾诮让于肃亲王、豫亲王、英郡

第七回　送宫花贾琏戏熙凤　赴家宴宝玉会秦钟

王,且唾于诸王之前,今又以言逼我,我不能堪!似此怒色疾声,将逞威于谁耶?予以诸王非先帝子弟乎?"语毕还府。嗣闻诸王执图赖议罪,返而言曰:"图赖虽声色过厉,然非退有后言可比,且为我效勤矢忠,无他咎也。"解其缚释之。此段事《东华录》及《图赖传》均载。其人之恃势抗上可知。书中言焦大自述勋劳,是从"效勤矢忠"四字中化出;喃喃醉詈,是从"声色过厉"四字中化出;众人上来揪翻捆倒,是从执赖议罪一段中化出,故确知为指赖。焦大益发连贾珍都说出来,乱嚷乱叫。说要"往祠堂里哭太爷去,那里承望到如今生下这些畜生来,每日偷鸡戏狗。〔索隐〕本回书即偷鸡戏狗之事,下半回尤秽不可言。爬灰的爬灰,〔索隐〕父盗子媳曰爬灰。顺治时睿王称皇父。养小叔的养小叔子,〔索隐〕解详后第十七回,不指宝玉、凤姐。贾蓉与凤姐有染,此两回中已描摹尽致,是以侄盗婶也。其影射何事,不能确知,然豫为叔王,刘妃当为叔母,宫廷燕见,或不无传疑耳。此回所说,似非下报之事。而焦大口中,却不及上烝,可见当时并无实事。我什么不知道?咱们胳膊折了往袖子里藏。"众小厮见他说出来的话有天没日的,唬得魂飞魄丧,便把他捆起来,用土和马粪满满的填了他一嘴。

凤姐和贾蓉也遥遥听得,都装作不听见。〔索隐〕又是会意,不但此两人能会意,阅者亦须因会两人之意。宝玉在车上听见,因问凤姐道:"姐姐你听,他说爬灰的爬灰,是什么?"〔索隐〕宝哥何独惊心此一句?隐憾耶?预兆耶?下一句何独不问声?入心通耶?两情默许耶?妙在于此回中写来,爬灰、盗叔全是陪笔,全是反衬,作者处处用比例断狱,阅者当知本回所指,秦钟为何如人矣。凤姐连忙喝道:"少胡说!那是醉汉嘴里胡唚。你是什么样的人,不说不听见,还倒细问!等我回了太太,仔细捶你?"吓得宝玉连忙央告:"好姐姐,我再不敢说这些话了。"凤姐哄他道:"好兄弟,这才是。等回去咱们回了太太,打发人家学里说明了,请了秦钟家学里念书去要紧。"说着,自回荣府而来。要知端的,且听下回分解。

〔索隐〕本回所说,前后皆一人,却用无数人影代,故分两大段。两大段中,前半又分无数小段,后半又分两大段。

《红楼梦》与顺治皇帝的爱情故事

自首句起,至"吃一丸就罢了"句止,为前半回中第一小段,是说宝钗病状。却迷离恍惚,不真不切,全是说荡妇思春,直从刘嬬受冠后心坎中爬出一段文字。有如宋儒责人,专求其存心之所在。刘无失身事人之意,固早已袭冠而掷之矣。作者刻意描摹,原不为过,况宝钗在书中一为作者所最贱,故此等戏笔,非钗则袭当之,亦自有一定书法。

自"周瑞家的还要说话"句起,至"便往凤姐处来"句止,为前半回中之第二小段。忽然插入三春姊妹,略带圆圆故事。在小说,穿插家庭,原无不可,然《红楼》章法严密,从无空闲突如笔墨。况本回明言为九连环书法,从上文接入,以周瑞家的一人直写到戏凤事完,并接至了讼以后,全为写刘嬬受宠前后情形。及至下半回,仍不出刘妃之事。中间忽然将三春插入,映带琬娘,殊属无理。《红楼》断不如此枯窘草率凌杂,自乱其例。细思乃知有为,盖欲腾出假设洁白之李纨,不欲加以丝毫暧昧,纯用反况,不用正写,故特以多人作伐,而独不及纨,恐人疑及。纨本射刘,本回何反不见?故一则曰移住后房令李纨陪伴照料,再则曰往凤姐处来,从李纨窗下经过。盖既置之静所,不入欢场,却又三姑六婆避不与见,可谓洁之至矣。按《红楼》书法,如非有意闪开,当周瑞家入房时,必补李纨问话一笔。今故从阙,殆明明示人以意,俾知作者存心忠厚,虽假设之嬬媵,尚不肯轻污一字,况属实人实事,岂肯冒昧讥评。惟事在则然,故以书法示例,为好为丑,人自为之,作者无容心,亦无误笔也。

自"穿夹道"句起,至"才往贾母这边来"句止,为前半回第三小段。此段揭出正文,正如《西厢记》之后候,多用盘旋之笔。一拍到题,简明叙过,不伤淫滥。读者不悟前半所说为何事,直疑本回目录以戏凤为言。而戏凤一层,在书中反若不经意,率然而止,几疑目录有误。且寻常青年夫妇,午梦同酣,亦恒有事。《红楼》非《金瓶梅》之比,何必叙述及此。不知作者本回用意,全为诛三秀之心,为洪(文襄)金(文

第七回　送宫花贾琏戏熙凤　赴家宴宝玉会秦钟

通）之流设鉴。故不能不明写三秀之迹，俾人知其从前矫枉全非本心。何以一入彀中，便成欢笑。作者处处史笔，大不满于改节诸人。故虽明詈暗嘲，审微入细，全不伤于忠厚。后此书小红之事，书龄官之事，或褒或贬，无一不从源头溯来。一字是非，千秋生死。《春秋》作而贼乱惧，作《红楼》者，殆亦隐然自命。故不惮大言炎炎，手斧钺华衮以予夺人也。噫！危乎凛矣！

自"过了穿堂"句起，至"就急得这样的"句止，为前半回中之第四小段，是专借冷子兴叙刘孀来历不明实事。孀之被揭，记传不载，然读《墨余录》中刘以实对一言，亦可见当时情况。《红楼梦》全为补诸家传记之未备，故为可贵，特须表而出之，以存史事。若事事方求证于传记，则《红楼》转可无书矣。

自"说着便到黛玉房中去了"句起，至"说着茜雪便答应去了"句止，为前半回中之第五小段。此段似纯是闲笔，然借此点出九连环章法，令人索解。又点出官制假花等字，令人识微。既不致抛荒宝黛二人，亦可引起下半回宝、钟之会。文家过渡，累累若贯珠矣。

自"周瑞家的自去无话"句起，至"晚间只求求凤姐儿便完了"句止，为前半回中之第六小段。此段回顾上文，仍用周瑞家的作骨，可谓到底不懈。

统此六小段，皆言豫王得刘孀北归时事。始则侍寝之先，蕴情已露，既为受孕张本，又为失节源头；继则入宫之后，谤议横生，既见来路不明，又见权势可畏。

自"至掌灯时"句起，至"各归房无话"句止，为前半后半两回中交关处之一小段。归结上文，折入下文，纯是八股文家截搭题之渡下法。然妙在回眸一笑，百媚横生。凤姐卸妆时情态，即刘孀卸冠时情态也。中又插入甄家临安伯等事，全为豫王下江南作衬。零金碎玉，笔笔生春。

自"次日凤姐梳洗了"句起，至"言定后日吃这东道"句

《红楼梦》与顺治皇帝的爱情故事

止,为后半回中之第一小段。此段所隐之事,有不可以笔墨陈者。臭汉脏唐,开国时何所不有?读者知其意焉可矣。要着吃东道一笔,正为第十一回张本。且书中原是尤氏请凤姐,不可因宝、钟之事将正客抛荒。略叙打牌,亦正合闺人雅集。

自"一面又吃了晚饭"句起,至末句止,为后半回中之第二小段。此段所言,专重在焦大口中道出"爬灰"两语,借以夹衬后半回所含情事。看似穿刀直入,却仍架戟凌空,两面作陪,并不犯本事一字,是作者温柔敦厚处。此等事,不欲直言也。

全书叙事之多,头绪之繁,无如本回者。然从实际思量,却是一气呵成,一丝不乱。载刘孀之事,既推阐隐情,又现身说法,仍复层层递进,直将孀之后半生全行括入。寡妇盗污之后事有不可问者矣。全回共分九段,故为九连环法,千变万化,不离其宗,可谓极叙记之能事。

〔**大某评**〕此回上半,熙凤文字与宝钗无涉也,而先叙冷香丸;下半回秦钟文字与熙凤无涉也,而重叙送表礼。乃上半以数行字了之,下半以再问答了之,令人费想。评考恐想不到。

又:贾琏、凤姐,夫妇也。上半回目录着以戏字已奇,而书中又写得暧昧蹊跷。或曰男女居室,不应以书故耳,此乃呆话。看把花分送秦氏,末后焦大一骂,则得之矣。作者既不欲明写,闲人亦不忍透评,从周瑞家的眼中、耳中写一"戏"字,旋即平儿问"又来作什么",是既带刘老老去而又来也。初试一进之案,到此方了。见地不差。

〔**护花评**〕迎春探春在一处,惜春独同小姑子玩笑,戏说剃头,直伏后来出家根苗。且为十五回凤姐弄权、秦钟得趣伏笔。

又:周家女儿为婿求情,周瑞家全不在意,凤姐之平日弄权,于斯可见。

又:凤姐以官花分送秦氏,明日秦氏婆媳又单请凤姐,中多藏笔,须以会意。会意何事?

又:凤姐带宝玉同赴宁府,引出秦钟,惹起焦大。即借焦

第七回　送宫花贾琏戏熙凤　赴家宴宝玉会秦钟

大醉骂，露出诸丑，读者勿以醉后胡骂视作无关紧要。

又：第七回专写凤姐与宁府往来亲热，为后来治丧埋根。中间带出秦钟宝玉相聚，而先写凤姐夫妇白昼宣淫，以作陪衬。又埋伏惜春出家、宝钗结局、香菱可伤等事。至于焦大醉骂、黛玉妒花，皆文入深笔。诸评均尚有慧心，惜未道出所以然。

第八回　贾宝玉奇缘识金锁
　　　　　薛宝钗巧合认通灵

　　话说宝玉和凤姐回家，见过众人，宝玉便回明贾母要约秦钟上家塾之事，自己也有个伴读的朋友，正好发奋。又着实称赞秦钟的人品行事，最使人怜爱。凤姐又在一旁帮着说："改日秦钟还来拜老祖宗呢。"〔**索隐**〕为刘老老二进荣国府伏线，即为影刘妃入官觐后一事作张本也。说得贾母喜欢起来，凤姐又趁势请贾母后日过去看戏。

　　贾母虽高年，却极有兴头。至后日，尤氏来请，遂携了王夫人、林黛玉、宝玉等过去看戏。至晌午，贾母便回来歇息了。王夫人本是好清静的，见贾母回来，也就回来了。然后凤姐坐了首席，尽欢至晚而罢。

　　却说宝玉送贾母回来，待贾母歇了中觉，意欲还去看戏，又恐搅的秦氏等人不便。因想起宝钗近日在家养病，未去亲候，意欲去望他。〔**索隐**〕又拍到宝钗，仍与上回衔接；同为刘妃之事。读者会意。若从上房后角门过去，又恐遇见别事缠扰，又恐遇他父亲，更为不妥，宁可绕远路而去。〔**索隐**〕又写微行出官的景象。当下众嬷嬷丫鬟伺候他换衣服，见他不换，仍出二门去了，众嬷嬷丫鬟只得跟随出来。还只当他去那边府中看戏，谁知到了穿堂便向东转北，绕厅后而去。〔**索隐**〕此厅后似指坤宁官，当是出神武门，绕道至东城三条胡同豫王邸也。偏顶头遇见了〔**索隐**〕加此五字，可见避人独出。门下清客相公〔**索隐**〕必内廷执事，或暗指内三院内翰林等。詹光、单聘仁。〔**索隐**〕沾光、善骗人，的是清客，的是弄臣。二人走来。一见了宝玉，便都赶上来笑着，一个抱住腰，〔**索隐**〕清初颇沿满洲旧习，以抱见为大礼，乾隆朝犹偶行之，后不复用。一个携着手，都道："我的菩萨哥儿，〔**索隐**〕清人重佛，官中近侍每呼上为佛，为菩萨。父在时呼阿哥，故有"菩萨哥儿"之称，

第八回　贾宝玉奇缘识金锁　薛宝钗巧合认通灵

亦借以影照出家之事。我说做了好梦呢，好容易遇见了你。"说着请了安，又问好。〔索隐〕政老清客，在宝玉为父执，自应宝玉先施，而此独相反者，明其为臣下见君之礼也。此请安乃双胫着地之双腿安，看后文自知。劳叨了半日，才走开。老嬷嬷叫住，因问："你二位爷是往老爷跟前来的不是？"他二人点头道："老爷在梦坡斋〔索隐〕坡，婆也。摄政开国，大都无唯麟官礼之盛心。以政老况之，虽字存周，而不能行周之道，故不梦周公而梦周婆，善作谑词，借示讥讽。小书房里歇中觉呢，不妨事的。"一面说，一面走了。说的宝玉也笑了。

　　于是转弯向北，奔梨香院来。〔索隐〕据此，又似出东华门，北穿东四牌楼而去。书中凡叙述地理方向，皆意在指实，非漫然者，故应思而明之。可巧银库房的总领名唤吴新登，〔索隐〕库房重在帐册，吴新登者，无心登也。内荒、外荒，可见上好下甚。与仓房的头目名唤戴良，〔索隐〕仓储应量入量出。戴良者，怠量也。全说当时恬嬉不事事的实况。还有几个管事的头目，共七个人，〔索隐〕当时内设衙门十三处，此言其半。从帐房里出来。〔索隐〕当是内务府。一见宝玉走来，都一齐垂手站立。独有一个买办名唤钱华，〔索隐〕钱华者，钱猾也。可见当时内府侵蚀之重。因他多日未见宝玉，忙赶来打千儿〔索隐〕打千即请请安，一足后曳，一手下垂，蹲身为之，是满人相见普通礼节。《汉书·东夷传》跪拜屈一膝，即指此礼，为满人请安之原始。请宝玉的安，宝玉忙含笑拉他起来。众人都笑道："前儿在一处，看见二爷写的斗方儿，〔索隐〕御笔福寿字，皆用斗大方纸书之，用以赐汉满大臣及内廷执事。世祖颇善大楷，故此云云。字法越发好了，多早晚赏我们儿张贴贴。"宝玉笑道："在那处看见了？"众人道："好几处都有，〔索隐〕亲笔不多见，故得者为荣。都称赞的了不得，还和我们寻呢！"〔索隐〕内廷易得。宝玉笑道："不值什么，你们说给我的小幺儿们就是了。"〔索隐〕中官尤易得，可持以易钱。一面说，一面前走。众人等他过去，方都各自散了。

　　闲言少述，且说宝玉来至梨香院中，先入薛姨妈屋里来，见薛姨妈打点针黹与丫鬟们呢。宝玉忙请了安，薛姨妈忙一把拉住他，抱入怀中，笑说："这么冷天，〔索隐〕此回暗写，全用冷字陪衬，使人喻意，此冷

《红楼梦》与顺治皇帝的爱情故事

字初见埋根。我的儿,难为你想着来。快上炕来坐着罢。"命人倒滚滚的茶来,〔索隐〕反衬冷酒。宝玉因问:"哥哥不在家?"〔索隐〕又男子出外,与上回贾珍不在家同一笔法。可见无旁坐典筹之人,可恣为乐。昔人《咏牛女诗》云:"年年一度一相见,彼此隔河何事无"。宝玉初会以至结缘,全是背牛识女,"何事无"三字,大可移赠。作者此等处皆用特笔,其心至微。薛姨妈叹道:"他是没笼头的马,天天逛不了,那里肯在家一日。"宝玉道:"姐姐可大安了?"薛姨妈道:"可是呢,你前儿又想着,打发人来瞧他。他在里间,不就你去瞧他,那里比这里暖和。你那里坐着,我收拾收拾就进来和你说话儿。"〔索隐〕老虔婆工于撮合,善于让隙,此时写薛姨妈当是《过墟志》中张媪一辈人。

宝玉听了忙下炕来,〔索隐〕"忙"字有神,可见来意所在。至里间门前,只见吊着半旧的红绸软帘。〔索隐〕一旧帘何必着意写出,不过示坞可藏春之意。既密且暖,与下文冷字反映。宝玉掀帘,一步进去,〔索隐〕"一步"二字有神,有心痒难搔,急不可待之势。先就看见宝钗坐在炕上作针线,〔索隐〕"先就""见"三字有神,可见目不他瞬,亦见室内无人。头上挽着黑漆油光的髻儿,〔索隐〕第一笔先写发何意?盖《过墟志》言刘孺发长委地,光黑如漆,受豫王之知始此,受情僧之知亦始此矣。处处映射本事,以待人悟。作者苦心。密合色绵袄,玫瑰紫二色金银鼠比肩褂,葱黄绫绵裙,一色半新不旧,看去不觉奢华。〔索隐〕孺居之服。故着此笔。唇不点而红,眉不画而翠;〔索隐〕铅华弗御,当是豫王死后情形。脸若银盆,眼如水杏。罕言寡语,人谓装愚;〔索隐〕"装愚"二字骂煞。安分随时,〔索隐〕可谓与时变通,不矜细行。自云守拙。〔索隐〕"自云"二字骂煞。宝玉一面看,一面问:"姐姐可大愈了?"宝钗抬头,只见宝玉进来,连忙起身含笑答道:"已经大好了,多谢记挂着。"说着让他在炕沿上坐了,即令莺儿倒茶来。一面又问老太太、姨娘安,又问别的姊妹们好;一面看宝玉〔索隐〕与前回刘老老看贾蓉服色、上回秦钟看宝玉服色均对照,可见刘心目中之所重。头上戴着累丝嵌宝紫金冠,额上勒着二龙捧珠金抹额,身上穿着秋香色〔索隐〕秋香色,淡黄色也,亦曰葵黄。清制:惟上服葵黄,亲王等均服杏黄,其色较深。此言秋香色,可见帝制。立蟒〔索隐〕清制:凡喜庆

第八回 贾宝玉奇缘识金锁 薛宝钗巧合认通灵

着花衣,分行龙、坐龙两种,昂首上出为行龙,蟠首在中为坐龙。龙为君象,故百官所服通称蟒袍,亦称花衣。立蟒即行龙也,行龙惟上能服,亲王以次便有别。此言"立蟒",又黄色,其人可知。白狐腋箭袖,系着五色蝴蝶鸾绦,〔**索隐**〕香能引蝶,窗惯栖莺,其意可想。项上挂着长命锁、记名符,另外有那一块落草时衔下来的宝玉。宝钗因笑说道:"成日家说你的这玉,究竟未曾细细的赏鉴,〔**索隐**〕看玉为媒。"细细"二字有味。我今儿倒要瞧瞧。"〔**索隐**〕入觳。说着便挪近前来。〔**索隐**〕是何言词,是何景象!宝玉亦凑了上去,〔**索隐**〕是何言词,是何景象!一挪一凑,一前一上,嘻嘻!妙合而凝矣。《西厢记》事皆坏在半推,《红楼梦》事却坏在一凑。莺莺处子,固当有拒有迎;三秀老孀,自是有迎无拒。作者此等笔墨,绘声绘影,余味曲包,推为意淫,允无愧色。从项上摘了下来,递在宝钗手内。宝钗托在掌上,只见大如雀卵,灿若明霞,莹润如酥,五色花纹缠护着。〔**索隐**〕珠围翠绕,那得晶莹。"酥"字甚隽。

看官们须知道,〔**索隐**〕加此六字,叫人着意寻思。这就是大荒山中青埂峰下的那块顽石幻相。〔**索隐**〕说明是幻相,可想此时此际,是何情事。不然,既看过第一回,谁不知通灵即补天遗石者!何消再说。作者全是声东击西,借物立言,不可略过。后人曾有诗嘲云:

女娲炼石已荒唐,〔**索隐**〕是一误。又向荒唐演大荒。〔**索隐**〕是再误,全说刘姥。失去幽灵真境界,〔**索隐**〕冰操已失。幻来新就臭皮囊。〔**索隐**〕玉安得有皮囊?言新欢旧爱,又幻出两人也。好知运败金无彩,〔**索隐**〕富贵何为?堪叹时乖玉不光。〔**索隐**〕瑕疵难掩。白骨如山忘姓氏,〔**索隐**〕玉安得有姓氏?书财则贾、薛二人,又安得忘姓氏?尽个中隐事,不欲明指其人。何必使白骨蒙羞,流传后也哉!无非公子与红妆。〔**索隐**〕说玉之诗偏说到公子红妆。公子红妆又有何事?全意在言外,令人作三日思。

那顽石亦曾记下他这幻相,〔**索隐**〕此处方说到通灵玉,却仍点明是幻

《红楼梦》与顺治皇帝的爱情故事

相。并癞僧所携的篆文。今亦按图画于后,但其真体最小,方从胎中小儿口中衔下。今若按其体画,恐字迹过于微细,使观者大费眼光,亦非畅事。故按其形式,无非略展放些,使观者便于灯下醉中可阅。今注明此故,方不至以胎中之儿口有多大,怎得衔此狼犺蠢大之物为谤。〔索隐〕此数语全是假话,全是幻境。偏能凿凿言之,故真假直换,人不易悟。

通灵宝玉正面图式:

  通灵宝玉
  莫失莫忘
  仙寿恒昌

通灵宝玉反面图式:

  一除邪祟
  二疗冤疾
  三知祸福

宝钗看毕,又从新翻过正面来细看,口里念道:"莫失莫忘,仙寿恒昌。"〔索隐〕"仙寿"二字点出家。念了两遍,乃回头向莺儿笑道:"你不去倒茶,也在这里发呆作什么?"〔索隐〕此处忽出莺儿,是原在室中?是后来步入?故作渺茫之笔,使人莫得而窥。使是本在室中,则当如上回描花样之例,先写一笔。此独先隐后现,当知两人挪凑之际,但能着窗外红娘,不能容榻前宫婉。事毕入房,与前平儿舀水又同一例。作者故为挑逗,又特写宝钗回头笑顾之态,均是传神会意,笔笔写生。读者呆板求之,全不解画家绘正午牡丹,全在猫睛作衬之妙矣。在这里上加一"也"字,大有文章,"发呆"下加"作什么"三字,故留语病,全可会心。莺儿嘻嘻的笑道:〔索隐〕尘世难逢开口笑,莺儿必有快然于心者,方呈此态。"我听这两句话,倒像和姑娘项圈上的两句话是一对儿。"〔索隐〕成双之意,不是未来,是现在。宝玉听了,忙笑道:"原

第八回　贾宝玉奇缘识金锁　薛宝钗巧合认通灵

来姐姐那项圈上也有八个字？我也赏鉴赏鉴。"宝钗道："你别听他的话，没有什么字。"〔索隐〕欲彰弥盖。宝玉央道：〔索隐〕是何情状？"好姐姐，你怎么瞧我的呢？"〔索隐〕是何口吻？宝钗被他缠不过，〔索隐〕是何况味？因说道："也是个人给了两句吉利话儿錾上了，所以天天带着，不然沉甸甸的有什么趣儿！"一面说，一面解了扣。〔索隐〕《西厢记》中之扣儿松。从里面大红袄上〔索隐〕好妆束。将那珠宝晶莹，黄金灿烂〔索隐〕刘好此，故特着此八字。的璎珞摘将出来。〔索隐〕《西厢记》中之带儿解。宝玉托着锁看时，果然一面四个字，两面八个字，共成两句吉谶，亦曾按式画下形像。

金锁篆文
不离不弃　芳龄永继

宝玉看了，也念了两遍。又念自己的两遍，因笑问："姐姐这八个字，倒与我的是一对儿。"〔索隐〕又作实一笔。"八个字"，是世俗纳彩用年庚的别名。莺儿笑道："是个癞头和尚送的，他说必须錾在金器上。"〔索隐〕不忘金器，故刘姥难中尚购京样手镯，句句直刺。宝钗不待他说完，便嗔他不去倒茶；〔索隐〕若憾深喜，撩人之技。一面又问宝玉从那里来。

宝玉此时与宝钗相近，〔索隐〕"相近"二字又作实一笔，亵极。只闻一阵阵香气，不知是何气味。〔索隐〕三秀生时，亦有异香之瑞。遂问："姐姐熏的是何香？我竟从未闻过这气味"。宝钗笑道："我最怕熏香，好好的衣服，熏的烟火气的。"宝玉道："既如此，是什么香？"宝钗想了一想说："是了，是我早起吃了冷香丸的香气。"〔索隐〕口香相接，更亵，却妙在无痕。宝玉笑道："什么冷香丸，这样好闻？姐姐给我一丸尝尝。"宝钗笑道："又混闹了，一个丸药也是混吃的？"〔索隐〕刘媪僵卧求死，而日进参粥。混吃药一言，为刘棒喝。

一语未了，忽听外面人说："林姑娘来了。"话犹未了，林黛玉已摇摇摆摆的来了。一见宝玉便笑道："嗳哟！我来的不巧了。"〔索隐〕反映上回"可巧"二字，惊破鸳鸯，可谓不巧。宝玉等忙起身让坐，宝钗因笑道："这话怎么说？"黛玉道："早知他来，我就不来了。"宝钗道："我不解这意。"黛玉笑道："要来时一齐来，要不来一个也不来。今儿他来，明儿我来，如此间错开了来，岂不天天有人来了。也不至太冷落，也不至太热闹。姐姐如何不解这意思？"

宝玉因见他外面罩着大红羽缎对襟褂子，因问："下雪了么？"地下婆子们说："下了这半日了。"〔**索隐**〕门外雪深一尺，而人犹不觉，何事至此？宝玉道："取了我的斗篷来。"黛玉便笑道："是不是我来了，他就该去了？"宝玉道："我何曾说要去，不过拿来预备着。"宝玉的奶姆李嬷嬷因说道："天又下雪，也要看早晚的，就在这里和姐姐妹妹一处玩玩罢。姨妈那里摆茶果儿。我叫丫头去取了斗篷来，就给小幺儿们散了罢。"宝玉应了，李嬷嬷出去命小厮们都散了。

这里薛姨妈已摆了几样细巧茶果，留他们吃茶。宝玉因夸前日在那边府里珍大嫂子的好鹅掌鸭信，薛姨妈连忙把自己糟的取来与他尝。宝玉笑道："这个须要酒方好。"薛姨妈便命人灌了上等的酒来。李嬷嬷便上来道："姨太太，酒倒罢了。"宝玉笑央道："妈妈，我只吃一杯。"李嬷嬷道："不中用，当着老太太、太太，那怕你吃一坛呢。想那日我眼错不见一会，不知是那个没调教的，只图讨你的好，给了你一口酒吃，葬送得我挨了两日的骂。姨太太不知，他性子又可恶，吃了酒更弄性。有一日老太太高兴，又尽教他吃，什么日子又不许他吃，何苦我白赔在里面。"薛姨妈笑道："老货！你只管放心吃你的去，我也不许他吃多了，便是老太太问，有我呢。"一面命小丫头来："让你奶奶去也吃杯，搪搪寒气。"那李嬷嬷听如此说，只得且和众人吃酒去。

这里宝玉又说："不必烫暖了，我只爱吃冷的。"〔**索隐**〕鱼水之后，忌服冷酒，特着此笔，以见宝哥少年，钗娘老练。将以上情事追逼而出，夕阳反照，其妙无穷。薛姨妈道："这可使不得。〔**索隐**〕此时如何使得！吃了冷酒，写字手打颤儿。"宝钗笑道："宝兄弟，亏你每日家杂学旁收的，难道就不知道酒性最热，若热吃下去，发散的就快，若冷吃下去，便凝结在内，五脏去暖他，岂不受害？〔**索隐**〕此时自然更受害，无怪母女叮咛。从此还不改了，快不要吃那冷的了。"宝玉听这话有情理，便放下冷的，令人烫来方饮。〔**索隐**〕当时神情毕肖，双方会意，声入心通。

黛玉磕着瓜子儿，只管抿着嘴笑。〔**索隐**〕当时情形，旁观者清，

第八回　贾宝玉奇缘识金锁　薛宝钗巧合认通灵

自应发笑。又衬一笔，更为明显。此时之黛玉，并无所指，不过借为旁观而已。可巧黛玉的丫鬟雪雁走来，与黛玉送小手炉。黛玉因含笑问道："是谁叫你送来的？难为他费心，那里就冷死了我。"〔索隐〕冷酒一杯，常人亦复何碍，"那里就"三字，是旁观心胸无忌畏的口吻，那解局中微意，反衬更为有力。雪雁道："紫鹃姐姐怕姑娘冷，叫我送来的。"黛玉一面接了抱在怀中，笑道："也亏你倒听他的话，我平日和你说的全当耳旁风，怎么他说了你就依的比圣旨还快些！"〔索隐〕宝哥性情，若非当时因有畏忌，恐未必遽从。又衬此笔，既借以见黛玉之含酸，亦见宝哥之失常度。"圣旨"二字，并点身分。宝玉听这话，知是黛玉借此奚落他，也无回覆之词，只嘻嘻的笑一阵罢了。〔索隐〕三人皆不言而喻，应同归一笑。果是奚落何事？阅者思之。宝钗素知黛玉是如此惯了的，也不去睬他。〔索隐〕只可无言。薛姨妈因道："你素日身子单弱，禁不得冷的，他们记挂着你倒不好！"黛玉笑道："姨妈不知道，幸亏是姨妈这里，倘或在别人家，岂不要恼的。难道看得人家连个手炉也没有，巴巴儿的从家里送个手炉来！不说丫头们太小心，还只当我素日是这等轻狂惯了呢。"〔索隐〕劝郎忌冷，也是一种轻狂，从黛玉口中揭出，更觉传神。薛姨妈道："你是个多心的，有这样想，我就没有这些心。"〔索隐〕细心人方知此中情事。

说话时，宝玉已是三杯过去了，李嬷嬷又上来拦阻。宝玉正在那心甜意洽之时，〔索隐〕"心甜意洽"。四字传神，可谓醉翁之意不在酒。又兼姐妹们说说笑笑的，那里肯不吃，〔索隐〕"又兼"二字，明是以上还有一层。只得屈意央告："好妈妈，我再吃两杯就不吃了。"李嬷嬷道："你可仔细，今儿老爷在这家，提防着问你的书！"

宝玉听了此话，便心中大不悦，慢慢的放了酒，垂了头。黛玉忙说："扫了大家的兴！舅舅若叫你，只说姨妈留着呢。这个嬷嬷，他吃了酒，又拿我们来醒脾了。"一面悄推宝玉，使他赌赌气；一面悄悄的咕哝说："别理那老货，咱们只管乐咱们的。"那李妈也素知黛玉的，因说道："林姐儿，你不要助着他了；你倒劝他，只怕他还听些。"林黛玉冷笑道："我为什么助他？我也不犯着劝他。〔索隐〕李嬷阻饮一段，全为逼出此一句来，反衬上文宝钗有为而劝，黛玉无事，故以"犯不着"为

《红楼梦》与顺治皇帝的爱情故事

言,层层点缀,作者应呕出心肝。你这妈妈太小心了,往常老太太又给他酒吃,如今在姨妈这里多吃了一口,料也不妨事。必定姨妈这里是外人,不当在这里的也未可知!"〔索隐〕"不当在这里"五字双管齐下。夏南之游,易内之饮,自属理不当为而特借以为。颦儿尖利反激之言,说来全无痕迹。此段书喻意全在酒上,文人设境,妙想如环。李嬷嬷听了,又是急,又是笑,说道:"真真这林姐儿,说出一句话来,比刀子还利害。〔索隐〕严于斧钺。我这话算什么!"宝钗也忍不住笑着把黛玉腮上一拧,说道:"真真这个颦丫头的一张嘴,叫人恨又不是,喜欢又不是。"〔索隐〕找补上文。

薛姨妈一面又说:"别怕,别怕,我的儿!来了这里,没好的你吃,别把这点子东西吓的存在心里,倒叫我不安。只管放心吃,有我呢。越发吃了晚饭去,便醉了,就跟着我睡罢。"因命:"再烫些酒来,我来陪你吃两杯,就吃饭罢。"宝玉听了,方又鼓起兴来。李嬷嬷因吩咐小丫头:"你们在这里小心着,我家去换了衣服就来。"悄悄的回姨太太:"别由他的性儿多吃了。"说着便家去了。这里虽还有两三个婆子,都是不关痛痒的,〔索隐〕扣马无人。见李嬷嬷走了,也都悄悄自寻方便去了。只剩两个小丫头,乐得讨宝玉的欢喜。幸而薛姨妈千哄万哄,只容他吃了几杯,就忙收过了。作了酸笋鸡皮汤,〔索隐〕酸,醋意;笋,损也。郝人谓嘲谑曰"损"。鸡皮言老皱也,指书中人之为徐娘也。《红楼梦》一名一物全有关合,无无意者。宝玉痛喝了几碗,〔索隐〕"痛喝"二字极趣。又吃了半碗多碧粳粥。〔索隐〕碧粳性寒,故少食。以半碗与痛喝对照,亦是反衬。

一时薛林二人也吃完了饭,又酽酽的吃了几碗茶,薛姨妈方放了心。〔索隐〕幸不中冷。雪雁等三四人也吃了饭,进来伺候。黛玉因问宝玉道:"你走不走?"宝玉也斜倦眼道:〔索隐〕是何情景?"你要走,我和你一同走。"黛玉听说,遂起身道:"咱们来了这一日,也该回去了。"说着,二人便告辞。小丫头忙捧过斗笠来,宝玉便抱头低低叫他戴。那丫头就便将这大红猩毡斗笠头他一抖,才往宝玉头上一合,宝玉便说:"罢了,罢了。好蠢东西,你也轻些儿,难道没见别人戴过?让我自己戴罢。"黛玉站在炕沿上道:"过来,我与你戴罢。"宝玉忙近前来,黛玉

第八回　贾宝玉奇缘识金锁　薛宝钗巧合认通灵

用手轻轻笼住束发冠儿,将笠沿掖在抹额之上,将那一颗核桃大的绛绒簪缨〔索隐〕此一段专为引出此四字,"绛绒簪缨"者,红绒结顶也。清制:为君上常服冠顶,亲王以下,非特赏不能戴也。扶起,颤巍巍露于笠外。〔索隐〕笠是空心露顶,扶簪外出,可见居中上蠹。是清制之冠顶,非旁簪之绒球。整理已毕,端相了一会,说道:"好了,披上斗篷罢。"宝玉听了,方接了斗篷披上。薛姨妈忙道:"跟你们的妈妈都还没来呢,且略等等。"宝玉道:"我们倒去等他们?有丫头们跟着也够了。"薛姨妈不放心,吩咐两个妇女跟着,送了他兄妹们去。

他二人道了扰,一径回至贾母房中。贾母尚未用晚饭,知是薛姨妈处来,更加欢喜。因见宝玉吃了酒,遂命他自回房中歇着,不许再出来了。命人好生看待着。忽想起跟宝玉的人来,遂问众人:"李奶子怎么不见?"众人不敢直说他家去了,只说:"才进来的,想有事又出去了。"宝玉踉跄回顾道:"他比老太太还受用呢,问他作什么!没有他,只怕我还多活两日。"〔索隐〕可见奉圣佑圣等非世祖所喜,故康熙时始封。

一面说,一面来至自己内室。只见笔墨在案,晴雯先接出来,笑道:"好,好!叫我研了墨,早起高兴,只写了三个字,丢下笔就走了,哄我等了这一天。快来给我写完了这些墨才罢!"宝玉方才想起早起的事来,因笑道:"我写的那三个字在那里呢?"晴雯笑道:"这个人可醉了!你头里过那府里去,嘱咐我贴在门斗儿上的。〔索隐〕又指御笔斗方。斗方贴门斗上,故名为斗。世祖常御书福字赐群臣,故内廷有赐福苍生之笔(笔名)。我生怕别人贴坏了,亲自爬高上梯,贴了半日,这会儿还冻得手僵呢。"宝玉道:"我倒忘了你手冷,我替你握着。"便伸手携着晴雯的手,同看门斗上新写的三个字。

一时黛玉来了,宝玉笑道:"好妹妹,你别撒谎,你看这三个字那一个好?"黛玉仰头看见是"绛芸轩"三字,〔索隐〕绛红也,芸香也。世祖感红光异香之瑞而生,故云。此时宝玉尚居贾母房内,名"绛芸轩",后移怡红院中,作书人仍以绛芸标目,可见地名皆是假设,随时可用,不必拘拘。笑道:"个个都好。怎么写得这样好法,明儿也替我写个匾。"〔索隐〕口齿尖利可爱,不言书联,独言书匾,亦意在关合赐额,以见非寻常书手。宝玉笑道:"又哄我呢。"说着又问:"袭人姐姐呢?"

《红楼梦》与顺治皇帝的爱情故事

晴雯向里间炕上努嘴,宝玉看时,只见袭人和衣睡着。宝玉笑道:"好太睡早了些。"又问晴雯道:"今儿我那边吃早饭,有一碟儿豆腐皮的包子,我想着你爱吃,和珍大嫂子说了,只说我留着晚上吃,叫人送过来的,你可曾见么?"晴雯道:"快别提了。一送来我便知道是我的,偏才吃了饭,就搁在那里。后来李奶奶来了看见说:'宝玉未必吃了,拿去给我孙子吃罢。'就叫人送了家去了。"

正说着,茜雪捧上茶来。宝玉还让林妹妹吃茶,众人笑道:"林姑娘早走了,还让呢!"〔索隐〕描摹醉态,一以见宝哥今日之乐意畅心,一以见情僧今日之不胜酒力,处处追写,全有含蓄之意。宝玉吃了半盏茶,忽又想起早晨的茶来,因问茜雪道:"早起斟了一碗枫露茶,〔索隐〕枫但经霜,安能得露?此偏名为枫露茶,可见人比晚红,恩如湛露。枫柏等字,亦指嫠妇,其人可知。又一说枫露言微出晚归,不避风露之意。我说过那茶是三四次后出色的,〔索隐〕此语谑极。一寡再寡,阅人多矣,故日三四次后。"出色。"二字是借点,是村语,茶固无此耐久者。且"出色"二字,亦极不切合,明明是作者有意取笑。这会子怎么又斟上这个茶来?"茜雪道:"我原是留着的,那会子李奶奶来了吃了去。"宝玉听了,将手中杯子顺手往地下一掷,"豁啷"一声,打个粉碎,〔索隐〕破甑不顾。泼了茜雪一裙子。〔索隐〕覆水难收。凡关合刘嬬事,均用茜雪,亦是晚红之意。又跳起来问着茜雪道:"他是你那一门子的奶奶,你们这样孝敬他?不过是我小时候吃过他几日奶罢了,如今惯的比祖宗还大。撵了出去,大家干净!"说着,立刻便要去回贾母,撵他乳母。〔索隐〕此段事必佑圣等所为,或因而得罪。惜当时遗闻,无他书可证矣。

原来袭人实未睡着,不过是故意装睡,引宝玉来怄他玩耍。〔索隐〕以睡为引,无怪古今侨隐,大抵皆先高卧山丘。且引来作何事,亦可想见,恐宝哥不胜其惫矣。先闻得说字问包子等,也还可以不必起来,后来摔了茶钟,动了气,遂连忙起来解释劝阻。早有贾母遭人来问:"是怎么了?"袭人忙道:"我才倒茶来,被雪滑倒了,失手砸了钟子。"一面又劝宝玉道:"你立意要撵他也好,我们都愿意出去,不如趁势连我们一齐撵了,我们也好,你也不愁没好的来服侍你。"宝玉听了,方无言语。

第八回　贾宝玉奇缘识金锁　薛宝钗巧合认通灵

被袭人等挟至炕上，脱了衣裳。不知宝玉口内还说些什么，只觉口齿缠绵，眉眼愈加饧涩，〔索隐〕二语传神，不但是醉态，故有"愈加"二字。忙服侍他睡下。袭人摘下那通灵宝玉来，用手帕包好，在褥子下，——次日带时，便冰不着脖子。〔索隐〕又陪衬冷字。那宝玉到枕就睡着了，彼时李嬷嬷等已进来了，听见醉了，也就不敢上前；又悄悄的打听睡了，方放心散去。

次日醒来，就有人回："那边小蓉大爷带了秦钟来拜。"宝玉忙接出去，领了拜见贾母。贾母见秦钟形容标致，举止温柔，〔索隐〕此写刘妃入宫觐见孝庄皇后事，标致温柔，岂男子考语？孝庄见刘妃问曰："某王妻美，此其是乎？"又曰："如二十许人耳。"是标致温柔之实证。堪陪宝玉读书，心中十分欢喜，便留茶留饭，又命人带去见王夫人等。众人因爱秦氏，见了秦钟是这样人品，也都欢喜，临去时都有表礼。贾母又与了一个荷包并一个金魁星，〔索隐〕孝庄赐刘妃绵缎百端，黄金四十锭，是入宫觐见后事。取文星和合之意。〔索隐〕特补"合和"二字，可见双星已渡。又嘱咐他道："你家住的远，或一时寒热不便，只管住在我这里，只和你宝叔在一处，〔索隐〕始则留茶留饭，继复留宿，并紧接一句"与宝叔一处"，可见此后往来无阻，帝榻常有客星矣。与后四十一回参看自悟。又顺治十一年奉谕停止福晋命妇入宫陪侍后妃之例，以杜嫌疑。当时之事，有难言者。别跟着那不长进的东西们学。"

秦钟一一的答应，回家禀知他父亲。他父亲秦邦业〔索隐〕秦、陈音近，登莱间读陈为秦，书中亦屡以秦喻陈。秦邦业者，言陈榜眼也。邦，榜一音；业，眼一音之转，急读则陈榜眼三字自出。陈榜眼指清初内三院大学士海盐陈之遴而言。之遴为崇祯丁丑榜眼，故云。书中言秦钟，以前均代刘孺，此后则以父子二人合况之遴，并同时大学士溧阳陈名夏等。名夏亦崇祯癸未探花，皆以鼎甲降清，而仍不终其禄，故以陈榜眼三字为谑。大抵书中所言，非再醮之妇，即失节之臣，揭丑扬羞，形容尽致。律以春秋之义不为苛也。现任营缮郎，〔索隐〕世祖为开经筵，与翰林讲明义理，以内院非日讲之地，特修文华殿，急催竣工，故有现任营缮之喻。年近七旬，夫人早亡。因当年无儿女，便向养生堂抱了一个儿子并一个女儿。〔索隐〕来历不明。谁知儿子又死了，只剩女

《红楼梦》与顺治皇帝的爱情故事

儿小名唤可儿。〔索隐〕的是可儿。长大时生得形容袅娜,性格风流,因素与贾家有些瓜葛,故结了亲。秦邦业五旬之上方得了秦钟。〔索隐〕此处秦钟指名夏之子陈掖臣。因去岁业师回南,〔索隐〕以"回南"二字插入江宁之事。在家〔索隐〕在籍也。温习旧课,正要与贾亲家商议,附往他家塾中去。可巧遇见宝玉这个机会,又知贾家塾中司塾的乃贾代儒,现今之老儒,秦钟此去,可望学业进益,从此成名,因也十分喜悦。只是宦囊羞涩,那边都是一双富贵眼睛,少了拿不出来。儿子的终身大事,说不得东摒西凑,恭恭敬敬封了二十四两贽见礼,带了秦钟到代儒家来拜见,然后听宝玉拣的好日子,一同入塾。至塾之事如何,且看下回分解。

〔索隐〕本回共分一大段,两小段。一大段中又分数小段:

自首句起,至"尽欢至晚而罢"句止,为一小段,是承上启下。

自"却说宝玉送贾母回来"句起,至"闲言少叙"句止,是一大段中之第一小段,纯用急脉缓受法。宝玉微行,偏与多人相遇;宝玉心切,多人偏缠绕不休。不但当者难耐,读者亦复难耐,而作者必夹叙此段,方觉蓄势有力。且可见宫廷人众,规制多端,潜行甚非易事。此为事前之一段。

自"且说宝玉来至梨香院中"句起,至"一语未了"句止,为一大段中之第二小段,是本回正文。用帷灯照影法,将上回心许目成之事,一一作实。虽不必如第六回中之写袭人以代小琬,第七回中之写熙凤以代刘妃,皆用现身说法,而此段微言婉喻,殷殷指点,亦正相去无多。读者留心,自然能悟。董、刘是明纳为妃,故明写。此段是幽期暗会,故暗写。房帏暧昧之事,作者不欲直言,故用此几微离合之笔以存其事,非得已也。此为事中之一段。

自"忽听外面人说林姑娘来了"句起,至"一径回至贾母房中"句止,为一大段中之第三小段。此段专以冷酒作衬,反跌中段所隐之事,一喷一醒,且笔笔传事后之神,与第七回纯

第八回　贾宝玉奇缘识金锁　薛宝钗巧合认通灵

摹事前之态者,正相对照。妙在两回两事本隐一人,故均以宝钗作代,以秦钟接替。作者章法一丝不乱,慧心人自能有悟。此为事后之近一段。

自"贾母尚未用饭"句起,至"方放心散去"句止,为一大段中之第四小段,专为叙宝玉之醉,以为中段余波,亦反衬以见其疲。并着"饧涩"等字以见其荡。此为事后之远一段。

合此四小段,皆用借宾定主法,曲绘形容,故正文反可不露一字。文家得此,谓之妙文;画家得之,亦是名画。

自"次日醒来"句起,至末句止,为一小段。引出秦钟入学。其前半是与宝钗合写刘妃一人,自"他父亲"句下,便又插入二陈,另为一事。

作者心灵手活,或虚或实,或断或连,全无定格,而写来头头是道,使人不能遽识,又不至全然不解。真笔下有神也。

〔太平评〕薛姨妈写得不堪,竟有鸨母光景。用一李嬷嬷直破之,此从《水浒传》李逵骂宋江处套出,而喻言独绝。

〔护花评〕宝玉绕路至梨香院,偏遇见清客家人。两番问安索字,固是文笔曲折,亦写尽趋奉公子情态。

又:第八回专叙金玉配合之缘,故将宝钗面貌衣饰及宝玉之妆束,又极力描写一番。

第九回　训劣子李贵承申饬
　　　　　嗔顽童茗烟闹书房

　　话说秦钟父子，专候贾家的人来送上学之信。原来宝玉急于要和秦钟相遇，遂择了后日一定上学。〔索隐〕顺治十年五月，有"将文华殿作速起造，以便讲求古训"之谕。十二年三月，又有"举行日讲，深有裨益，刻不容缓，即选满汉词臣八员，充日讲官，传谕礼部速择开讲吉日"之谕。三月加冯铨少师兼太子太师，金之俊少傅兼太子太傅，陈之遴少保兼太子太保。是月遂开日讲，书中一"急"字，赅括靡遗。打发人送了信。

　　至日一早，宝玉起来时，袭人早已把书笔文物收拾停妥，坐在床沿上发闷。〔索隐〕未免有不舍之意。见宝玉起来，只得〔索隐〕二字传神。服侍他梳洗。宝玉见他闷闷的，因问道："好姐姐，你怎么又不自在了？难道怪我上学去，丢的你们冷清了不成？"袭人笑道："这是那里的话！读书是极好的事，不然就潦倒了一辈子，终久怎么样呢？但只一件，要是念书的时节想着书，不念书的时节想着家。〔索隐〕软语中微露别有所眷之意。终别和他们一处顽闹，碰见老爷不是玩的。虽说是奋志要强，那工课宁可少些。一则贪多嚼不烂，二则身子也要保重。这就是我的意思，你则时时体谅。"袭人说一句，宝玉应一句。袭人又道："大毛衣服我也包好了，交给小子们去了。学里冷，好歹想着添换，比不得家里有人照顾。脚炉手炉也交出去的了。你可逼着他们那一起懒贼，你不说，他们乐得不动，白冻坏了你。"〔索隐〕温存周至，使人如饮醇，如挟纩，怡红艳福，几生修到。宝玉道："你放心，我出外头，自己都会调停的。你们可也别闷死在这屋里，长和林妹妹一处去玩耍才好。"说着，俱已穿戴齐备，袭人催他去见贾母、贾政、王夫人等。

第九回　训劣子李贵承申饬　嗔顽童茗烟闹书房

宝玉又嘱咐了晴雯麝月几句，方出来见贾母。贾母也未免有几句嘱咐的话。然后去见王夫人，又出来到书房中见贾政。偏生这日贾政回来早，正在书房中与相公清客们闲话。忽见宝玉进来请安，回说上学里去。贾政冷笑道："你如果再提上学两个字，连我也羞死了。依我话，你竟玩你的去是正经。仔细站脏了我的这地，靠脏了我这门。"〔索隐〕何至于此！众清客相公们都起身笑道："老世翁何必如此？今日世兄一去，二三年就可显身成名的了，断不似往年仍作小儿之态的。"〔索隐〕顺治初元，廷臣即奏请开讲，摄政以上在冲龄答之，其后屡有言者，迄未实行。至此忽急急从事，可令人思。天也将饭时，世兄竟快请罢。"说着便有两个年老的携了宝玉出去。

贾政因问："跟宝玉的是谁？"只听见外面答应了一声，早进来三四个大汉打千儿请安。贾政看时，认得宝玉奶妈之子名唤李贵的，〔索隐〕李贵指内院大学士涿州冯铨。铨曾仕明，又降李闯，后复入清。摄政时经人参揭其降闯时事，丑行彰著。曾为李氏臣，故曰李贵，讥之甚矣。因向他道："你们成日家跟他上学，〔索隐〕可见典学已久。他到底念了些什么书？倒念了些流言混语〔索隐〕市井秽词。在肚子里，学了些精致的淘气。〔索隐〕"精致的淘气"五字，匪夷所思，可见寻常房帏之乐，儿女之欢，尚是粗疏的本领，必有进而益上者。等我闲一闲，先揭了你的皮，再和那不长进的算帐！"吓的李贵忙双膝跪下，摘了帽子碰头，〔索隐〕朝廷规制，谓罪则免冠。连连答应"是"。又回说："哥儿已念到第三本《诗经》，什么'呦呦鹿鸣，荷叶浮萍'，小的不敢撒谎。"说的满座哄然大笑起来。贾政也撑不住笑了，因说道："那怕再念三十本《诗经》，也都是掩耳盗铃，哄人而已。〔索隐〕内三院之宏文院，本为教太子而设，职兼保傅。亲政后，忽以其人其地为非日讲之地，急修文华殿，以词臣八人进讲。又月必面试新翰林二人。当时一种流言或有误会，书中加"掩耳盗铃"四字，则当时人人必知其事矣。此回书以"陈榜眼"三字领起，事必与陈之遴相涉。之遴获罪不诛，徙之盛京，未久赐还。当时必有足以取悦者，大有可思。又梅村《读史偶述》第三首云："新更小篆译虫鱼，一夜横经在玉除。讶道年来亲政好，近前一卷是《尚书》。"第四首云："直庐西近御书房，插架牙签旧锦囊。燕寝不须龙

《红楼梦》与顺治皇帝的爱情故事

凤饰,天然台榭曲回廊。"第五首云:"阊门春帖点霜毫,玉尺量身赐锦袍。闻道尚牙裁制巧,路人争拥看枚皋。"第十一首云:"新语初成左右惊,一言万岁尽欢声。多应绛灌交欢久,马上先行荐陆生。"数诗皆咏世祖好学怜才之事,并有言外意也。你去请学里太爷的安,就道我说的:什么《诗经》古文,一概不用虚应故事,只是先把《四书》一齐讲明背熟,是最要紧的。"李贵忙答应"是"。见贾政无话,方退出去。

此时宝玉独站在院外,屏声静候,待他们出来,便同走了。李贵等一面掸衣服,一面说道:"哥儿可听见了不曾,先要揭我们的皮呢!人家的奴才跟主子赚些好体面,我们这些奴才白陪着挨打受骂的。从此也可怜儿些才好。"宝玉笑道:"好哥哥,你别委曲,我明儿请你。"李贵道:"小祖宗,谁敢望请!只求听一两句话就有了。"〔索隐〕此一段叙李贵受申饬,见说冯相国当时实事。讲筵以铨为首领,责在一人。当时孝庄忧心,或以训词加勉保傅,理所应有。而书中则以亲政后冯铨屡受申饬,又因与成克巩吕宫回奏保举巡按郝浴一疏,有旨切责。下王大臣议应革责,从宽降三级,故志其辱。是时陈名夏狱起,明臣降清者,人人自危。陈之遴未久逐矣,党正雅见机退矣。冯铨虽仅获微谴,而其时怵惧可想。书中特以陈事类及,并明以"承申饬"标目,无非言诸二臣之可危。虽媚骨天成,究难免祸,为之太息痛恨而已。

说着又至贾母这边。秦钟早已来了,〔索隐〕此下秦钟均指名夏之子陈掖臣。秦钟者,言陈氏种子也。贾母正和他说话呢。于是二人见过,辞了贾母。宝玉忽想起来未辞黛玉,又忙至黛玉房中来作辞。彼时黛玉在窗下对镜理妆,听宝玉说上学去,因笑道:"好,这一去可是要蟾宫折桂了。〔索隐〕此笔双指,既预兆宝哥之中举,又隐喻书房为兔窟。余桃之宠,应妨煞宫里娥眉也。我不能送你了。"〔索隐〕影照中举时黛已先卒。宝玉道:"好妹妹,等我下学再吃晚饭。那胭脂膏子,也等我来再制。"〔索隐〕一心鸿鹄,乃在于此。唠叨了半日,方抽身去了。黛玉忙又叫住了问道:"你怎么不去辞辞你宝姐姐来?"宝玉笑而不答,一径同秦钟上学去了。

原来这义学也离家不远,原系当日始祖所立,恐族中子弟有不能延师者,即入此中读书。凡族中为官者,皆有帮助银两,以为族中膏火之

第九回　训劣子李贵承申饬　嗔顽童茗烟闹书房

费。举年高有德之人为塾师。〔索隐〕此是言宗室觉罗官学的制度。宗学亦自国初始立，废学蒙古文，专课满文、汉文，曾奉旨规定。如今秦宝二人来了，一一的都互相拜见过，读起书来。自此后，二人同来同往，同起同坐，愈加亲密。兼之贾母爱惜，也常留下秦钟，一住三五天，〔索隐〕常留宿官中，又指刘妃。自己重孙一般看待。因见秦钟家中不甚宽裕，又助些衣服等物。

不上一两月工夫，秦钟在荣府里便熟惯了。宝玉终是个不能安分守礼的人，一味的随心所欲，因此发了癖性，又向秦钟悄说："咱们两个人一样的年纪，况又同窗，以后不必论叔侄，只论兄弟朋友就是了。"先是秦钟不敢当，宝玉不从，只叫他兄弟，或叫他的表字鲸卿，〔索隐〕京卿也。六部及通大都谓之大九卿，各府寺院谓之小九卿。四五品以上皆谓之京卿。此陈京卿当指陈侍郎。秦钟也只得混着乱叫起来。

原来这学中虽多是本族子弟与些亲戚家的子侄，俗语说的好，一龙九种，种种各别。未免人多了，就有龙蛇混杂，下流人物在内。自秦宝二人来了，都生的花朵儿一般的模样。又见秦钟腼腆温柔，未语先红，怯怯羞羞，有女儿之风。宝玉又是天生成惯能作小服低，赔身下气，性情体贴，话语缠绵。因此二人又这般亲厚，也怨不得那起同窗人起了嫌疑之念。〔索隐〕略分言情，便不免有形迹嫌疑之处，莫须有事，可勿追求。背地里你言我语，诟谇谣诼，布满书房内外。〔索隐〕当日或有风传。

原来薛蟠自来王夫人处住后，便知有一家学，学中广有青年子弟，偶动了龙阳之兴，因此也假说了来上学，不过是三日打鱼，两日晒网，白送些束脩礼物与贾代儒，却不曾有一些进益，只图结交些契弟。谁想这学内的小学生图了薛蟠的银钱穿吃，被他哄上手的，也不消多记。又有两个多情的小学生，亦不知是那一房的亲眷，亦未考真名姓，只因生得妩媚风流，满学中都送了他两个外号：一叫香怜，一叫玉爱。虽系都有窃慕之意，将不利于孺子之心，只是都惧薛蟠的威势，不敢来沾惹。如今秦宝二人来了，见了他两个，亦不免缱绻羡爱，亦皆知系薛蟠相知，故未敢轻举妄动。香玉二人心中，一般的留情与秦宝。因此四人心中虽有情意，只未发迹。每日一入学中，四处各坐，却八目勾留，或设言托意,或咏桑寓柳,遥以心照,却外面为避人眼目。不料偏又有几个滑贼,看出他形景来,都背后挤眉弄眼,或咳嗽扬声。这也非止一日。

可巧这日代儒有事要回家,只留下一句七言对联,令学生对了,明日再来上书。将学中之事,又命长孙贾瑞管理。〔索隐〕瑞,锐也。妙在薛蟠如今不大上学应卯了,因此秦钟趁此和香怜弄眉挤眼。二人假出小恭,走至后院说话。秦钟先问他:"家里的大人可管你交朋友不管?"

一语未了,只听见背后咳嗽了一声。二人吓的忙回顾时,原来是窗友名金荣的。〔索隐〕当指左都御史金之俊。荣者言贪荣败节也。香怜本有些性急,便羞怒相激问他道:"你咳嗽什么?难道不许我们说话不成?"金荣笑道:"许你们说话,难道不许我咳嗽不成?我只问你,有话不分明说,瞧你们这样鬼鬼祟祟的,干什么故事?我可也拿住了,还赖什么?先让我抽个头儿,咱们一声儿不言语,不然大家就翻起来。"秦香二人就急得飞红的脸,便问道:"你拿住什么了?"金荣笑道:"我现拿住了是真的。"说着又拍着手笑嚷道:"贴得好烧饼,你们都不买一个吃去?"秦钟香怜二人又气又怯,忙进来向贾瑞前告金荣,说金荣无故欺负他两个。

原来这贾瑞最是个图便宜设行止的人,每在学中以公报私,勒索子弟们请他。后又助着薛蟠横行霸道,他不但不去管约,反助纣为虐讨好儿。偏那薛蟠本是浮萍心性,今日爱东,明日爱西,近来有了新朋友,把香玉二人丢开一边。就连金荣也是当日的好友,自有了香玉二人,便见弃了金荣。近日连香玉亦已见弃,故贾瑞也无了提携帮衬之人,不怨薛蟠喜新厌故,只怨香玉二人不在薛蟠前提携了。因此贾瑞、金荣等一干人,也正醋妒他两个,今见秦香二人来告金荣,贾瑞心中便不自在起来,虽不敢叱呵秦钟,却拿着香怜作法,反说他多事,着实抢白了几句。香怜反讨了没趣,连秦钟也讪讪的各归坐位去了。

金荣越发得了意,插头咂嘴的,口内还说许多闲话。玉爱偏又听了,两个人隔座咕咕唧唧的角起口来。金荣只一口咬定说:"方才明明撞见他两个在后院里亲嘴摸屁股。"两个商议定了,一对儿论长道短之言,只顾得志乱说,却不防还有别人。

谁知早又触怒了一个人。你道这一个人是谁?原来这人名唤贾蔷,

第九回　训劣子李贵承申饬　嗔顽童茗烟闹书房

〔索隐〕蔷，强也，强锐相争，安得不哄。亦系宁府中之正派元孙。父母早亡，从小儿跟着贾珍过活，如今长了十六岁，比贾蓉生得还风流俊俏。他兄弟二人最相亲厚，常共起居。宁府中人多口杂，那些不得志的奴仆，专能造言诽谤主人，因此不知又有什么小人诟谇谣诼之辞，贾珍想亦风闻得些口声不好，自己也要避些嫌疑，如今竟分与房舍，命贾蔷搬出宁府，自己立门户过活去了。〔索隐〕顺治初，诸王养子类此者甚多。多尔博即其一。肃王诸子，睿王常召射至邸，横被邸员詈骂，可见当时凌乱无章。这贾蔷外相既美，内性又聪敏。虽然虚名来上学，亦不过虚掩耳目而已，仍是斗鸡走狗、赏花阅柳为事。上有贾珍溺爱，下有贾蓉匡助，因此族中人谁敢触逆于他？既和贾蓉最好，今见有人欺负秦钟，如何肯依？如今自己要挺身出来报不平，心中且忖度一番："金荣、贾瑞一等人，都是薛大叔的相知，我又与薛大叔相好。倘或我一出头，他们告诉了老薛，我们岂不伤和气？欲不管，如此谣言，说的大家没趣。如今何不用计制伏，又止息声口，又不伤脸面。"想毕也装出小恭去，走至后面，悄悄把跟宝玉的书童茗烟〔索隐〕名湮也，言姓名湮没不传耳。唤至身边，如此这般调拨他几句。

这茗烟乃是宝玉第一个得用的，且又年轻不谙事，如今听贾蔷说："金荣如此欺负秦钟，连你的爷宝玉都牵连在内，不给他个知道，下次越发狂纵了。"这茗烟无故就要欺压人的，如今得了这信，又有贾蔷助着，便一头进来找金荣，也不叫金相公了，只说："姓金的是什么东西！"贾蔷遂跺一跺靴子，故意整整衣服，看看日影儿，说："正时候了。"遂先向贾瑞说有事要早走一步，贾瑞不敢止他，只得随他去了。

这里茗烟走进来，便一把揪住金荣问道："我们操屁股不操，管你毧耙相干，横竖没操你爹就罢了。你是个好小子，出来动一动你茗大爷。"吓的满室中子弟都茫茫的痴望。贾瑞忙喝："茗烟，不得撒野！"金荣气黄了脸，说："反了！奴才小子都敢如此，我只和你主子说。"便夺手要去抓打宝玉。秦钟刚转出身来，听得脑后飕的一声，见一方砚瓦飞来，并不知系何人打来，却打了贾蓝贾茵〔索隐〕蓝，调也；茵，捃也。此一篇至污极秽之文，作者自丑，亦曰捃，拾当时谰语而已。的座上。这贾蓝贾茵亦系荣府的近派重孙。这贾茵少孤，其母疼爱非常，书房中与

《红楼梦》与顺治皇帝的爱情故事

贾蓝最好,所以二人同座。谁知这贾茵年纪虽小,志气最大,极是淘气不怕人的。他在位上冷眼看见金荣的朋友暗助金荣,飞砚来打茗烟,偏打错了,落在自己面前,将个磁砚水壶打个粉碎,溅了一书黑水。贾茵如何依得,便骂:"好囚攮的们,这不都动了手了么!"骂着也便抓起砚砖来,要飞打那人。贾蓝是个省事的,忙按住砚砖,极口劝道:"好兄弟,不与咱们相干。"贾茵如何忍得,见按住砚砖,他便两手抱书箧子来,照这边扔了来。终是身小力薄,却扔不到,反扔至宝玉、秦钟案上就落了下来了。只听"豁啷"一响,砸在桌上,书本纸片笔砚等物撒了一桌,又把宝玉的一碗茶也砸的碗碎茶流。那贾茵即便跳出来,要揪打那飞砚的人。金荣此时随手抓了一根毛竹大板在手。地狭人多,那里经得舞动长板,茗烟早吃了一下,乱嚷:"你们还不动手?"宝玉还有几个小厮,一名扫红,一名锄药,一名墨雨。这三个岂有不淘气的,一齐乱嚷:"小妇养的,动了兵器了!"墨雨遂掇起一根门闩,扫红、锄药手中都是马鞭子,蜂拥而上。

贾瑞急得拦一回这个,劝一回那个。谁信他的话,肆行大乱。众顽童也有帮着打太平拳助乐的,也有胆小藏过一边的,也有立在桌上拍着手乱笑,喝着声儿叫打的,登时鼎沸起来。

外边几个大仆人李贵等,听见里边作反起来,忙都进来,一齐喝住。问是何故,众声不一。这一个如此说,那一个又如彼说。李贵且喝骂了茗烟等四个一顿,撵了出去。秦钟的头早撞在金荣的板上,打去一层油皮,〔索隐〕打去油皮一层,是实事,解见下。宝玉正拿褂襟子替他揉。见喝住了众人,便命李贵收书拉马来:"我去回太爷去。我们被人欺负了,不敢说别的,守礼来告诉大爷,瑞大爷反派我们的不是,听着人家骂我们,还调唆人家打我们。茗烟见人欺负我,他岂有不为我的?他们反打伙儿打了茗烟,连秦钟的头也打破了。还在这里念书么?"李贵劝道:"哥儿不要性急,太爷既有事回家去了,这会子为这点子事去嗓他老人家,倒显的咱们没礼似的。依我的主意,那里的事情那里了结,何必惊动老人家。这都是瑞大爷的不是,太爷不在这里,你老人家就是这学里的头脑的,众人看你行事;众人有了不是,该打的打,该罚的罚,如何等闹到这步田地还不管?"贾瑞道:"我吆喝着都不听。"李贵道:"不

第九回　训劣子李贵承申饬　嗔顽童茗烟闹书房

怕你老人家恼我，素日你老人家到底有些不是，所以这些兄弟不听。就闹到太爷跟前去，连你老人家也脱不了的，还不快作主意撒开了罢。"宝玉道："撒罗什么？我必要回去的。"

秦钟哭道："有金荣在这里，我是要回去了。"宝玉道："这是为什么？难道别人家来得，咱们倒来不得的？我必回明白众人，撵了金荣去。"又问李贵："这金荣是那一房的亲友？"李贵想一想道："也不用问了，若说起那一房亲戚，更伤了弟兄们和气。"茗烟在窗外道："他是东街里璜大奶奶的侄儿，那是什么硬挣仗腰子的，也来吓我们。璜大奶奶是他姑妈。你那姑妈只会打旋磨儿给我们琏二奶奶跪着借当头，我眼里就看不起他那样主子奶奶。"李贵忙喝道："偏这小狗养的知道，有这些咀嚼！"宝玉冷笑道："我只当是谁的亲，原来是璜嫂子的侄儿。我就去问他。"说着便要走，叫茗烟进来包书。茗烟进来包书，又得意洋洋的道："爷也不用自己去见他，等我去他家，就说老太太有话问他呢，雇上一辆车子拉进去，当着老太太问他，岂不省事。"李贵忙喝道："你要死！仔细回去我好不好先捶了你，然后回老爷太太，就说宝哥全是你调唆的。我这里好容易劝哄的好了一半，你又来生了新法儿。你闹了学堂，不说变个法儿压息了才是，倒往火里奔。"茗烟方不敢做声。

此时贾瑞也生恐闹不清，自己也不干净，只得委曲着来央告秦钟，又央告宝玉。先是他二人不肯，后来宝玉说："不回去也罢了，只叫金荣赔不是便罢。"金荣先是不肯，后来经不得贾瑞也来逼他，权赔个不是。〔**索隐**〕赔礼是实事，解亦见下。李贵等只得好劝金荣说："原是你起的端，你不这样，怎得了局？"金荣强不过，只得与秦钟作了揖。宝玉还不依，定要磕头。贾瑞只要暂息此事，又悄悄的劝金荣说："俗语云，忍得一时忿，终身无恼闷。"未知金荣从也不从，且听下回分解。

〔**索隐**〕本回共分两段，即目录中之两事也。前一段影冯铨之充任师傅后，屡屡奉旨切责；后一段影议政大臣宁完我奏参陈名夏父子之事。原参谓名夏父子居乡暴恶，士民怨恨，全家避江宁国公花园。秦钟之常住两府，况此一层也。原奏又谓名夏子陈掖臣，横行江宁中。贾蔷之无人敢惹，况此一层也。又谓

《红楼梦》与顺治皇帝的爱情故事

闹至总督署,赔礼保放。茗烟之大闹,金荣之赔礼,况此一层也。又谓乞降旨将名夏之家人长班严加拷讯,不惟教子为恶之情得,并其他奸宄情形亦必吐露矣。此奏以家人长班为言,故此段书中专以茗烟并李贵、扫红、锄药、墨雨诸人为主。标目二语,已足赅括正文。其一切淫秽争斗情形,不过文人笔墨,妆点热闹。既隐名夏父子之事,似与典学无关。后人正不必以陈榜眼为师,疑及讲席也。

〔**太平评**〕此篇下半回文字,另开生面。是险境,是绝径,而能掉臂游行,毫无阻滞。穿插映带,头绪如麻中,一一随案随断。中间又横出贾珍一段奇文,龙门复生,未必见过,乃在本书不多见之笔墨。

〔**护花评**〕宝玉于女色自幼亲近,且自秦氏房中一睡,袭人试演一番,已深知其味;而于男色尚未沉溺,又有秦钟同学。后此男女二色,皆迷入骨髓唉。

又:秦者情也,秦钟者情种也。

第十回 金寡妇贪利权受辱
       张太医论病细穷源

　　话说金荣因人多势众，又兼贾瑞勒令赔了不是，给秦钟叩了头。宝玉方才不吵闹了，大家散了学。

　　金荣自己回到家中，越想越气，说："秦钟不过是贾蓉的小舅子，又不是贾家的子孙，附学读书，也不过和我一样。他因仗着宝玉同他相好，就目中无人。既是这样，就该行些正经事，也没的说。他素日又和宝玉鬼鬼祟祟的，只当人多是瞎子，看不见。今日他又去勾搭人，偏偏撞在我眼里，就是闹出事来，我还惧他什么不成！"他母亲胡氏〔索隐〕胡氏犹胡诌之义，言无其人也。听见他咕咕唧唧的，说："你又要管什么闲事？好容易我和你姑妈说了，你姑妈又千方百计的向他们西府里琏二奶奶跟着说了，你才得了这个念书的地方。若不是仗着人家，咱们家里还有力量请得起先生么？况且，人家学里茶饭都是现成的，你这二年在那里念书，家里也省好大的嚼用呢。省出来的，你又爱穿件鲜明衣服。再者，因你在那里念书，你就认得什么薛大爷了，那薛大爷一年也帮了咱们七八十两银子。你如今要闹掉了这个学房，若再要找这样一个地方，我告诉你说罢，比登天的还难呢。你给我老老实实的玩回子，睡你的觉去，好多着的呢！"于是金荣忍气吞声，不多一时，也自睡觉了。次日仍就上学去了。不在话下。

　　且说他姑妈，原聘给的是贾家玉字非的嫡派，名唤贾璜。〔索隐〕天潢一派。但其族人，那里皆能像宁荣二府的富势，原不用细说。这贾璜夫妻守着些小小的产业，又时常到宁荣二府里去请安，又会奉承凤姐儿并尤氏，所以凤姐儿、尤氏也时常资助资助他，方能如此度日。今日正遇天气晴明，又值家中无事，遂带了一个婆子，坐上车来家里走走，

《红楼梦》与顺治皇帝的爱情故事

瞧瞧寡嫂并侄儿。

闲话之际,金荣的母亲偏提起昨日贾府学房里的事,从头至尾,一五一十地向他小姑子说了。这璜大姐姐不听则已,听了怒从心上起,〔索隐〕有自恃之心,是宗室气概。说道:"这秦钟小子是贾门的亲戚,难道荣儿不是贾门的亲戚?人别要太势利了。况且都做的是什么有脸的事?就是宝玉也不犯向着他到这个田地。等我到东府,瞧瞧我们珍大奶奶,再和秦钟的奶奶说说,叫他评评这个理。"这金荣的母亲听了,急的了不得,忙说:"这都是我的快嘴,告诉了姑奶奶,求姑奶奶快别去说罢。别管他们谁是谁非,倘或闹出来,怎么在这里站得住?若站不住,家里不但不能请先生,反在他身上添出许多嚼用来呢!"

璜大奶奶说道:"那里管得许多,你等我说了,看是怎么样。"也不容他嫂子劝,一面叫老婆子瞧了车,坐了望宁府里来。到了宁府,进了东角门,下了车,进去见贾珍的妻子尤氏。未敢气高,〔索隐〕已馁一半。殷殷勤勤〔索隐〕盛气何在?叙过了寒温,说了些闲话,方问道:"今日怎么不见蓉大奶奶?"〔索隐〕折入正文,借叙小琬之病。尤氏说:"他这些日子不知怎么,经期有两个多月没有来,叫大夫瞧了,又说并不是喜。那两日到下半日就懒怠动了,话也懒怠说,眼神发眩。我叫他:'你且不必拘礼,早晚不必照例上来,你竟养养罢。就是有亲戚来,还有我呢。就有长辈怪你,等我替你告诉。'连蓉哥我都嘱咐了。我说:'你不许勒掯他,不许招他生气,〔索隐〕来意如何?叫他好生静养静养就好了。他要想什么吃,只管到我这里来取。倘或他有个好歹,你再要娶这一个媳妇儿,这么个模样儿,这么个性情儿,只怕打着灯笼也没处去找呢。'他这为人行事,那个亲戚那个长辈不喜欢他?〔索隐〕与十三回贾珍所说相印证。所以我这两日好不心烦。偏生今儿早起他兄弟来瞧他,谁知他那小孩子家,不知好歹,看见他姐姐身上不好,这些事也不当告诉他。〔索隐〕针锋相对,直是迎头一棍。就受了万分委曲,也不该当着他说。〔索隐〕此两句指金文通事而言,解见下。谁知昨日学房里打架,不知是那里附的学生,倒欺负了他,里头还有些不干不净的话,都告诉了他姐姐。婶子你是知道的,〔索隐〕转问嘻人。那媳妇虽则见了人有说有笑的,他可心细,心又多,不拘听见什么话儿,多要忖量个三

第十回　金寡妇贪利权受辱　张太医论病细穷源

日五夜才罢。这病就是从这用心太过上得来的。〔索隐〕又是说小琬病根。今儿听见有人欺负了他的兄弟,又是恼又是气。恼的是那狐朋狗友,搬是弄非,调三惑四;气的是为他兄弟不学好,不上心读书,以致如此学里吵闹。他为了这事,索性连早饭还没吃。我才到他那边安慰了他一会,又劝解了他的兄弟几句。我叫他的兄弟到那边府里找宝玉去了。我又瞧着他吃了半盏燕窝汤,我才过来的。婶子你说我心焦不心焦?〔索隐〕一席话,正是背上的芒刺,顶上的焦雷。况且今又没个好大夫,我想到他这病上,我心里如同针刺一般。你们知道有什么好大夫没有?"

金氏听了这一番话,把方才在他嫂子家的那团要向秦氏理论的盛气早吓的丢在爪洼国里去了。〔索隐〕幸未多言,多言败矣。反照金文通事。听见尤氏问他好大夫的话,连忙答道:"我们也没听见人说什么好大夫,如今听起大奶奶这个病来,定不得还是喜呢。嫂子倒别叫人混治;倘若治错了,可了不得。"尤氏道:"正是呢。"

说话之间,贾珍从外进来,见了金氏,便问尤氏道:"这不是璜大奶奶么?"金氏向前给贾珍请了安。贾珍向尤氏说:"让这大奶奶吃了饭去。"贾珍说着话,便向那屋里去了。金氏此来,原要向秦氏说秦钟欺负他侄儿的事。听见秦氏有病,连提也不敢提了。况且贾珍、尤氏又待的甚好,因转怒为喜的又说了一会子闲话,方回家去了。〔索隐〕此上一段与金文通事相类。以金寡妇提纲,以金姑妈作结,一则贪荣忘辱,一则求荣反辱,统言金氏有如此之事,讥文通耳(书中言金姓者,多指文通,与四十回参看)。康熙初年,文通予告在籍。有匿名揭帖攻其私,文通自恃先朝耆臣,率请将军总督入告,本意在根究罗织人罪,后乃奉旨严伤,惶惧而止。事见《东华录》。与金寡妇之入宁府,来势正同,虎头蛇尾,徒贻笑柄。书中于改节之臣,大抵以寡妇为喻。此段目录标题为"金寡妇"三字,而此中所叙,却重在贾大奶奶。可见作者用一心,但以目录载明实事,其书内文词便随意挥写。总之,言金氏事而已,至于贪利权受辱一层,是又指文通之另一事。一以金寡妇写其入仕之初,一以金姑妈写其晚境之辱。相传文通入清,初无降志。以孝庄皇后之善劝,动以功名,炫以利禄,乃复变计。此"受辱"二字,是指改节。"贪利",一说是指受官。若离若合之中,已将文通生平赅括尽矣。无论前一事，后一事，大抵均不值一钱。作者予夺之权，全在标目数字。若紫阳通鉴之有纲，书法全在于此。若篇中文字，转不足重轻矣。此数回中。多讥冯、陈诸人。故文通亦连类而及，虽不十分按切，而事自相类。况有标目八字，自有脉络可寻。读者详审思之，不以词害意可也。

金氏去后，贾珍方过来坐下，问尤氏道："今日他来有什么说的？"尤氏答道："倒没什么说，一进来脸上倒像有些着恼的气色似的，及至说了半天话，又提起媳妇的病，他倒渐渐的气色平静了。你又叫留他吃饭，他听见媳妇这样的病，也不好意思只管坐着，又说几句闲话去了，倒没有求什么事。〔索隐〕堂堂正正而来，偃旗息鼓而去，不知文通当日亦计及旁观齿冷否？如今且说媳妇这病，〔索隐〕一语扣题，急急要写此下一段，以为十三回伏脉。你那里寻一个好大夫给他瞧瞧要紧，可别耽误了。现今咱们家走的这群大夫，那里要得，一个个都是听着人的口气，见人怎么说，他也添几句文话儿说一遍。〔索隐〕一语道破时医秘诀。可倒殷勤的很，三四个人，一日轮流着倒有四五遍来看脉，大家商量着立个方儿，吃了也不见效，倒弄得一日三五次换衣服，坐起来见大夫，其实与病人无益。"〔索隐〕此言宫廷诊脉也。太医遇内宫有恙，每日须数人轮值，随时请诊，日必数次，每次亦数人递诊，病者不胜其劳，与寻常人家请医不同。看《清季宫闱秘史》，可得大概。书中"病人无益"一言，是论宫廷尚文之过，院方大抵皆不着痛痒，或公议一方，或分拟数方，候上裁定，直儿戏也。书中有此数语，可见为宫妃染恙，去指董妃。若王公邸第，尚无此排场也。

贾珍说："可是这孩子也糊涂，何必又脱脱换换的！倘或又着了凉，更添一层病还了得？任凭什么好衣裳，又值什么呢？孩子的身体要紧，就是一天穿一套新的，也不值什么。〔索隐〕梅村《赞佛诗》："百万何容惜"，此见其端。我正要告诉你，方才冯紫英来看我，〔索隐〕指冯铨，紫英言膺青紫也。他见我有些抑郁之色，〔索隐〕子妇有病，亦何至此？问我是怎么了。我告诉他媳妇身子不大爽快，因为不得个好太医，断不透是喜是病，又不知有妨碍无妨碍，所以我心里实在着急。冯紫英因说他有一个幼时从学的先生，姓张名友士，〔索隐〕言方将有事也，指小琬之丧。学问最渊博，更兼医理极精，且能断人的生死。今年是上

第十回　金寡妇贪利权受辱　张太医论病细穷源

京给他儿子捐官,现在他家住着呢。这样看来,或者媳妇的病该在他手里除灾也未可定。我已叫人拿我的名帖去请了。今日天晚,或未必来,明日想一定来的。且冯紫英又回家亲替我求他,务必请他来瞧的。等张先生来瞧了再说罢。"

尤氏听说,心中甚喜,因说:"后日又是太爷的寿日,到底怎么办法?"贾珍说:"我方才到了太爷那里去请安,兼请太爷来家受一受一家子的礼。太爷因说道:'我是清净惯了的,我不愿意往你们那是非场中去。你们必要说是我的生日,要叫我去受些众人的头,你莫如把我从前注的阴骘文给我叫人好好的写出来刻了,比叫我无故受众人的头不强百倍呢。〔索隐〕忽插贾敬一段,是为十三回可卿之丧,与六十三回贾敬之丧,远远伏脉,借以比较。倘或明日后日这两天,一家子要来,你就在家里好好的款待他们就是了,也不必给我送什么东西来,连你后日也不必来。你要心中不安,你今日就给我磕了头去,倘或后日你又带许多人来闹我,我必和你不依。'如此说了,后日我是再不敢去的了。且叫来升来,〔索隐〕来生作寿,今生休矣。吩咐他预备两日的筵席。"尤氏因叫了贾蓉来:"吩咐来升,照例预备两日的筵席,要丰丰富富的。你再亲自到西府里请老太太、大太太、二太太和你琏二婶子来逛逛。你父亲今日又听见一个好大夫,已打发人请去了,想明日必来。你可将他这些日子的病症,细细告诉他。"

贾蓉一一答应着出去了,正遇着方才到冯紫英家去请那先生的小子回来了,因回道:"奴才方才到了冯大爷家,拿了老爷名帖请那先生去。那先生说道:'方才这里大爷也向我说了,但是今日拜上一天的客,才回到家,此时精神实在不能支持,就是去到府上,也不能看脉,须得调息一夜,明日务必到府。'又说:'医学浅薄,本不敢当此重荐,因冯大爷和府上既已如此说了,又不得不去。你先代我回明大人就是了。大人的名帖,着实不敢当。'仍叫奴才拿回来了,哥儿替奴才回一声儿。"〔索隐〕写紫英荐医,如此真切,必当董妃病重时,州相国或有此荐。内院与上得随时燕见,此等事当恒有也。贾蓉复转身进去,回了贾珍和尤氏的话,方出来叫了来升,吩咐预备两日的筵席的话。来升听毕,自去照例料理。不在话下。

《红楼梦》与顺治皇帝的爱情故事

且说次日午间,门上人回道:"请的那张先生来了。"贾珍遂延入大厅坐下。茶毕,方开言道:"昨日承冯大爷示知老先生人品学问,又兼深通医学,小弟不胜钦敬。"张先生道:"晚生粗鄙下士,知识浅陋。昨因冯大爷示知大人家第谦恭下士,又承呼唤,敢不奉命。但毫无实学,倍增汗颜。"贾珍道:"先生不必过谦,就请先生进去看看儿妇,仰仗高明,以释下怀。"于是贾蓉同了进去。到了内堂,见了秦氏,向贾蓉说道:"这就是尊夫人了。"贾蓉道:"正是。请先生坐下,让我把贱内的病症说一说,再看脉何如?"那先生道:"依小弟意下,竟先看脉,再清教病源为是。我初造尊府,本也不知道什么,但我们冯大爷务必叫小弟过来看看,小弟所以不得不来。如今看了脉息,看小弟说得是不是,再将这些日子的病势讲一讲,大家斟酌一个方儿,可用不可用,那时大爷再定夺就是了。"贾蓉道:"先生实在高明,如今恨相见之晚。就请先生看一看脉息,可治不可治得,以使家父母放心。"于是家下媳妇们捧过大迎枕来,一面给秦氏靠着,一面拉着袖口,露出手腕来。这先生方伸手按在右手脉上,调息了至数,凝神细诊了半刻工夫,换过左手,亦复如是。诊毕了,说道:"我们外边坐罢。"

贾蓉于是同先生到外边屋里炕上坐了。一个婆子端了茶来,贾蓉道:"先生请茶。"茶毕,问道:"先生看这脉息,还治得治不得?"先生道:"看得尊夫人脉息,左寸沉数,左关沉伏,右寸细而无力,右关虚而无神。其左寸沉数者,乃心气虚而生火,左关沉伏者,乃肝家气滞血亏;右寸细而无力者,乃肺经气分太虚;右关虚而无神者,乃脾土被肝木克制。心气虚而生火者,应现今经期不调,夜间不寐;肝家气滞血亏者,应胁下痛胀,月信过期,心中发热。肺经气分太虚者,应头目不时眩晕,寅卯间必然自汗,如坐舟中;脾土被肝木克制者,必定不思饮食,精神倦怠,四肢酸软。据我看这脉,当有这些症候才对。或以这个病的为喜脉,则小弟不敢闻命矣。"〔索隐〕董妃心志抑郁,自应有此等症。况《小琬传》言以痨瘵卒,虽卒之一字,不必果真,而痨瘵之病,则植根已矣。此段亦当与刘妃参看。刘妃在途染恙,医用导利之剂,刘碎其方,附耳语豫王曰:"我病妊耳"云云。前第七回之冷香丸,即预为刘病伏线。此回董非妊而医多误为妊,与刘之实妊而误为病者,正背道而驰。

第十回　金寡妇贪利权受辱　张太医论病细穷源

书此数言，既预伏董妃之丧，又反衬上文未尽之义。一描双影，语不落空。旁边一个贴身服侍的婆子道："何尝不是这样呢？真正先生说得如神，倒不用我们说的了。如今我们家里，现有好几位太医老爷瞧着病，都不能说得这样真切。有的说道是喜，有的说道是病，这位说不相干，这位又说怕冬至前后，总没有个真着话儿。求老爷明白指示指示。"

那先生说："大奶奶这个症候，可是众位耽搁了。〔索隐〕可见太医院之误人。要在初次行经的时候就用药治起，只怕此时已全愈了。如今既是把病耽误到这地位，也是应有此灾。依我看起来，病倒尚有三分治得，吃了我这药看。若是夜间睡的着觉，那时又添了二分拿手了。据我看这脉息，大奶奶是个心性高强聪明不过的人。但聪明太过，则不如意事常有；不如意事常有，则思虑太过。〔索隐〕活画董妃心性来。此病是忧虑伤脾，肝木忒旺，经血所以不能按时而至。大奶奶从前行经的日子问一问，断不是常缩，必是常长的，是不是？"这婆子答道：可不是！从没有缩过；或是长两三日以至十日不等，都长过的。"先生听道："是的，这就是病源了。从前若服养心调气之药，何至于此！如今明显出一个水亏火旺的症来，待我用药看。"于是写了方子，递与贾蓉。

　　　　益气养荣补脾和肝汤

人参二钱　白术二钱土炒　云苓三钱　熟地四钱

归身二钱　白芍二钱　黄芪三钱　川芎一钱五分

醋柴胡八分　香附米二钱　怀山二钱炒　阿胶二钱蛤粉炒

延胡索钱半酒炒　炙甘草八分

引用建莲七粒去心　大枣二枚

贾蓉看了说："高明的很。还要请教先生，这病与性命终久有妨无妨？"先生笑道："大爷是最高明的人，病到这个地位，非一朝一夕的症候了。吃了这药，也要看医缘了。依小弟看来，今年一冬是不相干的，过了春分，就可望全愈了。"〔索隐〕董妃于顺治十七年八月十九日卒。八月十九，方交八月中气，正是秋分。此言春分，亦是声东击西，暗扣小琬死日。贾蓉是个聪明人，也不往下细问。

于是贾蓉送了先生去了，方将这药方子并脉案都给贾珍看了，说的话也都回了贾珍并尤氏了。尤氏向贾珍道："从来大夫不像他说的痛快，想必用药不错的。"贾珍道:"他原来不是混饭吃的久惯行医的人,因为冯紫英我们相好,他好容易求了他来的。有了这个人,媳妇的病或者就能好了。他那方子上有人参,就用前买的那一斤好的罢。"贾蓉听毕话,方出来叫人打药去煎给秦氏吃。不知秦氏服了此药,病势如何,且听下回分解。

〔索隐〕本回即按目录平分两段:

　　前一段分两小段:金寡妇之能忍辱为一小段,金姑妈之不敢言又为一小段。两段合况金文通前后情事。仅仅大端相似,其中语言细密,无甚关合。而掩卷思量,其情形又毕现纸上,真绝技也。

　　后一段因十三回欲铺扬小琬之丧,不能不先事埋根,故急急写出病源,并请医等事。又微露贾珍着急形状,及贾蓉淡漠形状。贾蓉为本夫,而悬心转不若乃父,故有请父母放心之言;又有不往下问之态,文章闪烁,内有含蓄一层。大抵为形容贾珍,又遥对小琬本夫冒氏子而言。地位分离,故转淡漠。笔致兼到,面面俱圆。

〔护花评〕张友士细说病源,莫止作病看,须知是插出一副色欲虚怯情状。

　　又:第十回将完结秦氏公案,故细说病源,以见是不起之症。又带出贾敬生日,引起下回。

〔大某评〕秦氏抱病,而乃翁担忧,已预为第十三回治丧伏笔。

第十一回 庆寿辰宁府排家宴
见熙凤贾瑞起淫心

话说是日贾敬的寿辰,〔索隐〕书中凡言官中事,皆假托荣府;凡言诸王公府第事,皆假托宁府。此言贾敬寿辰,不能定为睿王寿、为他王寿。当时逸事,似此琐琐不传者多矣。贾珍先将上等可吃的东西稀奇的果品装了十六大捧盒,着贾蓉带领家下人送与贾敬去,向贾蓉说道:"你留神看太爷喜欢不喜欢。你就行了礼起来,说父亲遵太爷的话,不敢前来,在家里率领合家都朝上行了礼了。"贾蓉听罢,即率领家人去了。

这里渐渐的就有人来,先是贾琏、贾蔷来,看了各处的坐位,并问:"有什么玩意儿没有?"家人答道:"我们爷算计,本来请太爷今日家来,所以并未敢预备玩意儿。前日听见太爷不来了,现叫奴才们找一班小戏儿,并一档子打十番的,〔索隐〕明季清初,颇重十番过锦诸戏,读梅村诗可知。都在园子里戏台上预备着呢。"

次后邢夫人、王夫人、凤姐儿、宝玉都来了。贾珍并尤氏接了进去。尤氏的母亲已先在这里,大家见过了,彼此让了坐。贾珍尤氏二人递了茶,因笑道:"老太太原是个老祖宗,我父亲又是个侄儿,这样年纪日子,原不敢请他老人家来。但是这时候天气又凉爽,满园的菊花盛开,〔索隐〕是九月天气。请老祖宗过来散散闷,〔索隐〕是请孝端、孝庄临邸。看看众儿孙热热闹闹的,是这个意思。谁知老祖宗又不赏脸。"凤姐儿未等王夫人开口,先说道:"老太太昨日还说要来呢,因为晚上看见宝兄弟吃桃儿,〔索隐〕秋李夭桃,是王姬下嫁的故事。他老人家又嘴馋了,吃了有大半个,五更天时候就一连起来了两次。今日早晨略觉身子倦些,因叫我回大爷,今日断不能来了。〔索隐〕孝端未至。说有好吃的要几样,还要很烂的呢。"贾珍听了笑道:"我说老祖宗是爱热闹的,

《红楼梦》与顺治皇帝的爱情故事

今日不来，必定有个缘故。这就是了。"

王夫人说："前日听见你大妹妹说蓉哥媳妇身上有些不大好，到底是怎么样？"尤氏道："他这个病得的也奇。上月中秋，〔索隐〕董妃八月中秋后三日死，故说得病在中秋。还跟着老太太玩了半夜，回家来好好的。到了二十日以后，一日比一日觉懒了，又懒得吃东西，这将近有半个多月；经期又两个月没来。"邢夫人接着说道："莫是喜罢？"正说着，外头人回道："大老爷、二老爷并一家的爷们都来了，在厅上呢。"贾珍连忙出去了。这里尤氏复说："从前大夫也有说是喜的，昨日冯紫英荐来他幼时从学过的一个先生，医道很好，瞧了说不是喜，是一个大症候。昨日开了方子吃了一剂药，今日头眩的略好些，别的仍不见大效。"凤姐儿道："我说他不是十分支持不住，今日这样日子，再也不肯不挣扎上来。"尤氏道："你是初三日在这里见他的，他强扎挣了半天，也是因你们娘儿两个好的上头，还恋恋的舍不得去。"凤姐听了眼圈儿红了一会了，方说道："天有不测风云，〔索隐〕是晴雯命名之义。人有旦夕祸福。这点年纪，倘或因这病上有个长短，人生在世，有什么趣儿？"〔索隐〕此之谓美中不足。

正说着，贾蓉进来给邢夫人、王夫人、凤姐儿都请了安，方回尤氏道："方才我给太爷送吃食去，并回说我父亲在家伺候老爷们，款待一家子的爷们，遵太爷的话，并不敢来。太爷听了甚欢喜，说：'这才是。'叫告诉父亲、母亲好生伺候太爷太太们，叫我好生伺候叔叔婶子并哥哥们。还说那阴骘文，叫他们急急刻出来，印一万张散人。我将此话都回了我父亲了。我这会子还得快出去，打发老爷们并合家爷们吃饭。"凤姐儿说："蓉哥儿，你且站着。你媳妇今日到底是怎么？"贾蓉皱着眉头说道："不好么，婶子回来瞧瞧去就知道了。"于是，贾蓉出去了。

这里尤氏向邢夫人、王夫人道："太太们在这里吃饭，还是在园子里吃去？有小戏儿，现在园子里预备着呢。"王夫人向邢夫人道："这里很好。"尤氏就吩咐媳妇婆子们："快摆饭来。"门外一齐答应了一声，都各人端各人的去了。不多时摆上了饭，尤氏让邢夫人、王夫人并他母亲都上坐了，他与凤姐儿、宝玉都侧席坐了。邢夫人、王夫人道："我们原来为给大老爷拜寿，这岂不是我们来过生日来了么？"凤姐儿说："大老

第十一回　庆寿辰宁府排家宴　见熙凤贾瑞起淫心

爷原是好养静的，已修炼成了，也算得是神仙了。太太们这么一说，就叫做心到神知了。"一句话，说得满屋里都笑起来。

尤氏的母亲、邢夫人、王夫人、凤姐儿都吃了饭，漱了口，净了手。才说要往园子里去，贾蓉进来向尤氏道："老爷们并各位叔叔、哥哥们都吃了饭了，大老爷说家里有事，二老爷是不爱听戏，又怕人闹的慌，都去了。别的一家子爷们，被琏二叔并蔷大爷都让过去听戏了。方才南安郡王、东平郡王、西宁郡王、北静郡王四家王爷，〔**索隐**〕清初吴耿诸王均封郡王，有定南、靖南、平西、平南等号，书中以安代定，以静代靖，以东代西，以北代南，其实即指此四王。四王未开藩时，均在京邸。并镇国公、〔**索隐**〕清制亲王、郡王、贝子贝勒以下，为镇国公、辅国公。牛府〔**索隐**〕每王公府内均分若干牛录，即若干佐领也。以辖旗多寡为等第。等六家，忠靖侯史府〔**索隐**〕史府指明裔也。蜀汉为中山靖王之后，此以中靖为喻，有望明复兴之意。一说指孝庄外戚，理亦或然。等八家，〔**索隐**〕清初八家公爵最贵，恩遇皆同，故有入八分公不入八分公之制。都差人持名帖送寿礼来，俱回了我父亲，先收在帐房里，礼单都上了档子了。〔**索隐**〕文卷簿籍，皆谓之档子。有黄档、红档等称。领谢的名帖，都交给各家的来人了。来人各照例赏过，都让吃了饭去了。母亲该请二位太太、老娘、婶子都过园子里去坐着罢。"尤氏道："也是才吃完了饭，就要过去了。"

凤姐儿说："我回太太，我先瞧瞧蓉哥媳妇去，我再过去罢。"王夫人道："很是。我们都要去瞧瞧，倒怕他嫌我们闹的慌。说我们问他好罢。"尤氏道："好妹妹，媳妇听你的话，你去开导开导他，〔**索隐**〕若胸无所郁，病自病耳，何用开导？然观下文可卿所言，"家人相睦"，又何所郁？作者从夹缝中作文字，故用双峰对峙法，逼出一个董妃失志的情形来。我也放心。你就快些过园子里来。"宝玉也要跟着凤姐儿去瞧秦氏，〔**索隐**〕不说宝玉探病，似乎抛题太过，故夹写此层。王夫人道："你看看就过去，那是侄儿媳妇呢。"〔**索隐**〕句中有眼。于是尤氏请了王夫人、邢夫人并他母亲都过会芳园去了。

凤姐儿、宝玉方和贾蓉到秦氏这边来，进了房门，悄悄走到里间房门。秦氏见了要站起来，凤姐儿说："快别起来，看头晕。"于是凤姐儿

《红楼梦》与顺治皇帝的爱情故事

紧行了两步,拉住了秦氏的手,说道:"我的奶奶,怎么几日不见就瘦的这样子?"于是就坐在秦氏坐的褥子上。宝玉也问了好,在对面椅子上坐了。〔索隐〕秩序井然,不露痕迹。贾蓉叫:"快倒茶,婶子和二叔在上房还未吃茶呢。"秦氏拉着凤姐儿的手,强笑道:"这都是我没福。这样人家,公公、婆婆当自家的女儿似的待。婶娘,你侄儿虽说年轻,却是他敬我,我敬他,从来没有红过脸儿。就是一家子的长辈、同辈之中,除了婶子不用说了,别人也从无不和我好的。如今得了这个病,把我那要强的心一分也没有了。公婆面前未得孝顺一天儿,就是婶娘这样疼我,我就有十分孝顺的心,如今也不能够了。我自想着未必熬得过年去。"〔索隐〕及秋而死。

宝玉正把眼瞅着那。"海棠春睡图",并那秦太虚写的"嫩寒锁梦因春冷,芳气袭人是酒香"的对联,不觉想起在这里睡晌觉时梦到太虚幻境的事来。正在出神,听得秦氏说了这些话,如万箭攒心,那眼泪不觉流下来了。〔索隐〕明是情僧应有之痛,偏要绕到梦里一层,以见为伉俪至情,并非立谈为人痛哭。凤姐儿见了,心中十分难过,但恐病人见了这个样子,反添心酸,倒不是来开导他劝解他的意思了,说:"宝玉,你忒婆婆妈妈的了,他病人不过是这样说,那里就到这田地?况且年纪又不大,略病病就好。"又回向秦氏道:"你别胡思乱想,岂不是自家添病了么!"贾蓉道:"他这病不用别的,只吃得下些饭食就不怕了。"凤姐儿道:"宝兄弟,太太叫你快些过去呢,你倒别在这里只管这么着,倒招得媳妇也心里不好过,太太那里又惦着你。"因向贾蓉说道:"你先同宝叔过去,我还略坐坐呢。"贾蓉听说,即同宝玉过会芳园去了。

这里凤姐儿又劝解了一番,又低低说了许多衷肠话儿。〔索隐〕大有隐情,外人难悉。尤氏打发人催了两三遍,〔索隐〕可见意杂言长,一时难已。均暗指董妃不得意情形。凤姐儿才向秦氏说道:"你好生养着,我再来看你罢。合该你这病要好了,所以前日遇着这个好大夫,再也是不怕的了。"秦氏笑道:"任凭他是神仙,治了病治不了命。婶子,我知道这病不过是捱日子的。"凤姐儿道:"你只管这么想,这那里能好呢?总要想开了才好。况且听得大夫说,若是不治,怕的是春天不好。咱们若是不能吃人参的人家也难说了,你公公、婆婆听见治得好,别说

156

第十一回　庆寿辰宁府排家宴　见熙凤贾瑞起淫心

一天二钱人参，就是二斤人参也吃得起。好生养着罢，我就过园子里去了。"秦氏又道："婶子，恕我不能跟过去了。闲了的时候，还求过来瞧瞧我呢。咱们娘儿们坐坐多说几句闲话儿。"凤姐儿听了，不觉眼圈儿又红了，说道："我得了闲儿，必常来看你。"于是带着跟来的婆子媳妇们并宁府的媳妇婆子们，从里面绕进园子的便门来。只见：

黄花满地，白柳横陂。小桥通若耶之溪，曲径接天台之路。〔索隐〕若耶、天台，皆遇仙之地。石中清流滴滴，篱落飘香；树头红叶翩翩，疏林如画。西风乍紧，犹听莺啼；〔索隐〕又是秋行春令，喻人之老有少心。暖日当暄，又添蛩语。遥望东南，建几处依山之榭；近观西北，结三间临水之轩。笙簧盈座，别有幽情；〔索隐〕此句更着眼，可见有闹中取静之人，别图良遇。罗绮穿林，〔索隐〕遮遮掩掩穿芳径，是幽会的情况。倍添韵致。〔索隐〕通篇皆说西风晚景，暗渡春潮，亦指寡者而言。

凤姐正看园中景致，一步步行来。正赞赏时，猛然从假山石后〔索隐〕可见平日岩岩气象非真，故曰假山石后。走出一个人来，向前对凤姐说道："请嫂子安。"凤姐儿猛一惊，将身往后一退，说道："这是瑞大爷不是？"〔索隐〕有存周，有周瑞，此处又有瑞大爷，绵连而下，合指一人。贾瑞说道："嫂子〔索隐〕重在此二字，当与焦大语参看。连我也认不得了？"〔索隐〕功高望重，安能不识。凤姐儿道："不是不认得，猛然一见，想不到是大爷在这里。"〔索隐〕寿宇方开，反寻幽径。作书人故从凤姐口中点一笔，可见当日不免人疑。贾瑞道："也是合该我与嫂子有缘，〔索隐〕以陈平自荐，其事可知。我方才偷出了席，〔索隐〕可见蓄意来此。在这里清净地方〔索隐〕是一幽字。略散一散，不想就遇见嫂子，这不是有缘么！"一面拿眼睛不住的观看凤姐。凤姐是个聪明人，见他这个光景，如何不猜八九分呢。因向贾瑞假意含笑道："怪不得你哥哥常常提你，说你好。今日见了，听你这几句话儿，就知道你是个聪明和气的人了。这会子我要到太太们那边去呢，不得合你说话，等闲了再会罢。"贾瑞道："我要到嫂子家里去请安，又怕嫂子年轻，不肯轻易见人。"凤姐又假笑道："一家骨肉，说什么年轻不年轻的话。"〔索隐〕"一家骨肉"四字，须着眼看。贾瑞听了这话，心中暗喜，因想道：

《红楼梦》与顺治皇帝的爱情故事

"再不想今日得此奇遇。"那情景越发难看了。凤姐儿说道:"你快去入席去罢,看他们拿住了罚你的酒。"贾瑞听了,身上已木了半边,慢慢的走着,一面回过头来看。凤姐儿故意的把脚儿放迟了,见他去远了,心里暗忖道:"这才是知人知面不知心呢。那里有这样禽兽的人!〔索隐〕口诛笔伐。他果如此,几时叫他死在我手里,他才知道我的手段!"〔索隐〕以美人计定国除奸,自古皆有。

于是凤姐儿方移步前来。将转过了一重山坡儿,见两三个婆子慌慌张张的走来,见凤姐儿笑道:"我们奶奶见二奶奶不来,急的了不得,叫奴才们又来请奶奶来了。"凤姐儿说:"你们奶奶就是这样急脚鬼儿似的。"凤姐儿慢慢的走着问:"戏文唱了几出了?"那婆子回道:"唱了八九出了。"〔索隐〕以其时考之,可知其久。说话之间,已到天香楼后门。〔索隐〕不但国色,且是天香。见宝玉和一群丫头小子们〔索隐〕中官宫婢人等。那里玩呢,〔索隐〕又点宝玉,可见各寻方便,均以看戏为名耳。凤姐儿道:"宝兄弟别忒淘气了。"一个丫头说道:"太太们都在楼上坐着呢。请奶奶就从这边上去罢。"

凤姐儿听了,款步提衣上了楼。尤氏已在楼梯口等着。尤氏笑道:"你们娘儿两个忒好了,见了面总舍不得来了。你明日搬来和他同住罢。〔索隐〕前之密语,后之同住,皆指董妃与刘妃相交亲睦的光景。你坐下,我先敬你一钟。"于是凤姐儿至邢夫人、王夫人前告坐。尤氏拿戏单来让凤姐儿点戏,凤姐儿说:"太太们在上,如何敢点?"邢夫人、王夫人说道:"我们和亲家太太点了好几出了,你点几出好的我们听。"凤姐儿立起身来答应了,接过戏单来从头一看,点了一出《还魂》,〔索隐〕《还魂》是《牡丹亭》故事。杜丽娘再生嫁柳梦梅,意指先奸后娶。一出《弹词》,〔索隐〕是李龟年演说天宝当年的故事,作者隐以龟年自况也。递过戏单来说:"现在唱的《双官诰》完了,〔索隐〕《双官诰》是王春娥受封的故事。作者用意在取一"双"字,言新夫故夫两重荣诰也。再唱这两出,也就是时候了。"

王夫人道:"可不是呢,也该趁早叫你哥哥嫂子歇歇。他们心里又不静。"尤氏说道:"太太们又不是常来的,娘儿们多坐一会子去才有趣,天气还早呢。"凤姐儿立起身来,望楼下一看,〔索隐〕何事注意。说:

第十一回　庆寿辰宁府排家宴　见熙凤贾瑞起淫心

"爷们都往那里去了?"旁边一个婆子道:"爷们才到凝曦轩,〔索隐〕爱日春晖之义。带了十番那里吃酒去了。"凤姐儿道:"在这里不便宜,背地里又不知干什么去了。"〔索隐〕妙在一"又"字。尤氏笑道:"那里都像你这么正经人呢。"〔索隐〕刺骨。

于是说说笑笑,点的戏都唱完了,方才撤下酒席,摆下饭来。吃毕,大家才出园子,来到上房坐下。吃了茶,才叫预备车。向尤氏的母亲告了辞,尤氏率同众姬妾并家人媳妇们送出来。贾珍率领众子侄在车旁侍立,都等候着,见了邢王二夫人说道:"二位婶子,明日还过来逛逛。"王夫人道:"罢了。我们今儿整坐了一日,也乏了,明日也要歇歇。"于是都上车去了。贾瑞犹不住拿眼看着凤姐儿。贾珍进去后,李贵才拉过马来,宝玉骑上,随了王夫人去了。这里贾珍同一家子的兄弟子侄吃过饭,方大家散去。

次日仍是众族人等闹了一日,不必细说。此后凤姐不时亲自来看秦氏,也有几日病好了些,也有几日歹些。贾珍尤氏贾蓉好不焦心。

且说贾瑞到荣府来了几次,偏都值凤姐儿往宁府去了。这年正是十一月三十日冬至,到交节的那几日,〔索隐〕又指秋分。贾母王夫人凤姐儿日日差人去看秦氏。回来的人都说这几日未见添病,也未见甚好。王夫人向贾母说:"这个症候,遇着这样节气不添病,就有指望了。"〔索隐〕书中叙秦氏不添病一层,似微露死不由病的意思。贾母说:"可是呢。好个孩子,若有个长短,岂不叫人疼死。"〔索隐〕情至语隐,指情僧。说着一阵心酸,向凤姐儿说道:"你们娘儿们好了一场,明日大初一,过了明日你再看看他去。你细细瞧瞧他的光景,倘或好些儿,你回来告诉我。那孩子素日爱吃什么,你也常叫人送些给他。"

凤姐儿一一答应了。到初二日吃了早饭,来到宁府里。看见秦氏光景,虽未添甚病,但那脸上身上的肉都瘦干了。于是和秦氏坐了半日,说了些闲话,又将这病无妨的话开导了一番。秦氏道:"好不好,春天就知了。如今现过了冬,又没怎么添症,或者好的了也未可知。婶子回老太太、太太放心罢。昨日老太太赏的那枣泥馅的山药糕我倒吃了两块,倒像克化的动似的。"凤姐儿道:"明日再给你送来。我到你婆婆那里瞧瞧,就要赶着回去回老太太话去。"秦氏道:"婶子替我请老太太、太太

《红楼梦》与顺治皇帝的爱情故事

安罢。"

凤姐儿答应着就出来了。到了尤氏上房坐下,尤氏道:"你冷眼瞧瞧媳妇子怎么样?"凤姐儿低了半日头,说道:"这个就没法儿了,你也该将一应的后事给他料理料理,冲一冲也好。"尤氏道:"我也暗暗叫人预备了,就是那件东西不得好木头,且慢慢的办着罢。"于是凤姐儿吃了茶,说了一会子话儿,说道:"我要快些回去,回老太太的话去呢。"尤氏道:"你可缓缓的说,别吓着老人家。"凤姐儿道:"我知道。"

于是凤姐就回来了。到家中,见了贾母说:"蓉哥媳妇请老太太安,给老太太磕头。说他好些了,求老祖宗放心罢。他再略好些,还给老祖宗磕头请安来呢。"贾母道:"你看他是怎么样?"凤姐儿说:"暂且无妨,精神还好呢。"贾母听了,沉吟了半日,因向凤姐说:"你换换衣服歇歇去罢。"

凤姐儿答应着出来,见过了王夫人,到了家中。平儿将烘的家常衣服给凤姐儿换了,凤姐儿方坐下,问:"家中没有什么事么?"平儿方端了茶来,递了过去,说道:"没有什么事。就是那三百两银子的利银,旺儿媳妇送进来,我收了。再有瑞大爷使人来打听奶奶在家没有,他要来请安说话。"凤姐儿听了,哼了一声,说道:"这畜生合该作死!"〔**索隐**〕又说"畜生",又说"作死",果然这畜生死不远了。看他来了怎么样。"平儿回道:"这瑞大爷是为什么只管来?"凤姐儿遂将九月里〔**索隐**〕到此方点九月;九字着重。在宁府园子里遇见他的光景,他说的话,都告诉了平儿。平儿说道:"癞蛤蟆想吃天鹅肉!没人伦的混帐东西,起这样念头,〔**索隐**〕又骂一句。叫他不得好死!"〔**索隐**〕果然客死边城。凤姐儿道:"等他来了,我自有道理。"不知贾瑞来时作何光景,且听下回分解。

〔**索隐**〕本回叙贾瑞之事与可卿之事,互相往来,约分五段:

自首句起,至"必定有个缘故,这就是了"句止,为第一段,是专说庆寿的开场,来人的热闹。不但筵琼觞羽,群季偕临,而且凤鸯鸾翔,众仙齐下。书中着意叙季秋时景,而不一露九月字样。以书例求之,又是以九字作谜,地当在九王府也

第十一回　庆寿辰宁府排家宴　见熙凤贾瑞起淫心

(睿王称九王)。

　　自"王夫人说"句起，至"必常来看你"句止，为第二段，专叙可卿之抱病日深，为后文发丧的张本。并叙凤姐与可卿之密，为日后常往的根由。凤指豫王，故兼为邸中人作代。刘妃为江南人物，与董妃一片土，不但乡里谊近，而且同况相怜。更以上回秦钟之事证之，往来宫中自不为官家所禁。此中隐事，非所能知，但必有一番衷肠话，不足为外人道矣。

　　自"于是带着跟来的婆子媳妇们"句起，至"不必细说"句止，为第三段，是叔嫂相遇言情之始，书中却不明言。相传清开国之初，贤王功高震主，宫中常以帝位为虑。因王好色，宫中又有绝美之人，故以计笼络，俾安其鼎，非心所愿，出于一时之不得已。故有凤姐胸中一篇打算。王后果不久即卒，岂非谋定后动乎？此在开创之时，本不能以常情论。周郎妙计安天下，赔了夫人又折兵。此正千古英杰所为，后人应识其大，不计其小。至乾隆朝承平日久，礼法加密。河间纪文达公等，始相与讳言其事，子孙人臣之谊，亦自不得不然。然而时事不同，正未可因中叶文胜所讳言，致没开创臣臣（有妇人焉）之伟绩。况相传洪金之改节，亦皆由宫中谋画劝导而然。然则谋国之忠，知人之明，更非寻常妇人所能及。满洲初进中国，本未可概以礼法绳。唐之太宗，何尝不给兄纳嫂，后人不以为丑，而偏致重于远塞戎衣之世，不亦颠乎？虽以清开国定位之功，全归邑姜不为过也。敢附此论以质世之治国闻谈史事者。

　　自"此后凤姐不时亲自来看秦氏"句起，至"歇歇去罢"句止，为第四段，又是说可卿之话，并写明凤姐常往看病的情形。合之尤氏搬来同往一言，再证以前之秦钟入学，后之刘老醉眠，则是外眷入宫，不但门籍通，且并常不返矣。此中微旨，读者自寻。

　　自"凤姐答应着出来"句起，至末句止，为第五段，又回顾上文贾瑞之事。作书人于胸中欲记诸人，前十回中，业已安根立脚，大致说明。

《红楼梦》与顺治皇帝的爱情故事

　　自本回起,便欲叙奇闻,新人耳目,故本回以空中楼阁,分立两人之案。一以贾瑞事为第十七、十八两回立案,一以可卿事为十三回、第十五两回立案。说来全有次序,而中间亦映带实事,并不全空,非莽汉率尔操觚,便欲以史家自命也。读《红楼》数遍,自使人心细气沉。

〔**护花评**〕单写宝玉泪下,秦氏默无一言。因贾蓉、凤姐在坐也,读者思之。

又:衷肠话必须低低说,含蓄入妙。

又:贾瑞见色蔑伦,因邪丧命,亦从宁府而起。可见一切丑事皆由宁府,谓之首罪,谁曰不宜。

又:尤氏笑说:"你娘儿两个见面,总舍不得。你明儿搬来和他同住罢。"虽是戏言,作书人却有深意。

第十二回　王熙凤毒设相思局
　　　　　　　贾天祥正照风月鉴

　　却说凤姐正与平儿说话，只见有人回说："瑞大爷来了。"〔索隐〕此回之瑞大爷，虽与上回同是一人，而所指却非一事。此回殆指洪文襄。凤姐命："请进来罢。"贾瑞见请，心中暗喜，见了凤姐，满面陪笑，连连问好。凤姐儿也假意殷勤，让坐让茶。贾瑞见凤姐如此打扮，〔索隐〕"如此打扮"，不知是何打扮，说采无根，不知即指上回所说烘的家常衣服也。瑞在宁府见凤是盛妆，此时换家常衣服，另是一种打扮。作者着意写此，亦自有为而然。盖文襄松山之役被擒，太宗震其名，特令槛送盛京，百计劝降不从，绝粒多日。太宗问降人："洪何好？有以饵之者否？"皆以好色时。太宗大喜，即伤美女数辈往，卒无效。时孝庄方为太宗妃，貌绝美，冠一时。乃效婢妆以进，遂降文襄。书中忽及改装一事，即指此也。越发酥倒，因伤了眼问道："二哥哥怎么还不回来？"凤姐道："不知什么缘故。"贾瑞笑道："别是路上有人绊住了脚，舍不得回来了？"凤姐道："可知男人家，见一个爱一个也是有的。"〔索隐〕以此测人，十人而九。文襄即为所累。贾瑞笑道："嫂子这话错了，我就不是这样。"〔索隐〕文襄初尚自持，仍是未见所欲。凤姐笑道："像你这样的人能有几个呢，十个里头也挑不出一个来！"〔索隐〕松山之败，与文襄同被执者，明巡抚邱民仰，总兵王廷臣、曹燮蛟，总兵祖大乐，兵备道张斗、姚恭、王之祯，副将江翥、饶勋、朱文德共十人，偏将以下百余人，除大乐获免外，余俱被杀，独械送文襄至盛京，拔识于囚房之中，有管仲释囚之隆遇，与群虏不同。恰是十人，故曰十个里挑不出一个来。此等笔墨，若嘲若誉，余意无穷。

　　贾瑞听了，喜的抓耳挠腮，又道："嫂子天天也闷得很。"凤姐道：

《红楼梦》与顺治皇帝的爱情故事

"正是呢。只盼个人来说话解解闷儿。"贾瑞道:"我倒天天闲着。〔**索隐**〕七十余日不死,可谓天天闲着。若天天过来替嫂子解解闷儿可好么?"凤姐笑道:"你哄我呢,你那里肯往我这里来!"贾瑞道:"我在嫂子面前,若有一句谎话,天打雷劈!只因素日闻得人说嫂子是个利害人,在你跟前一点也错不得,所以吓住了我。如今见嫂子是个有说有笑,极疼人的,我怎么不来?〔**索隐**〕太宗七大恨誓天灭明,待明臣自然利害,如何敢降?独厚于文襄,固应感激图报。一片转圜之意,由贾瑞口中道破矣。死了也情愿。"〔**索隐**〕已矢鞠躬之谊。凤姐笑道:"果然你是个明白人,比贾蓉兄弟强远了。我看他那样清秀,只当他们心里明白,谁知竟是两个糊涂东西,一点不知人心。"〔**索隐**〕"两个"指同时被擒洪、祖二人而言。"糊涂",无人心,骂得痛快。作者全是借口骂人,勿拘拘作情话看。

贾瑞听了这话,越发撞在心坎儿上。由不得又往前凑了一凑,觑着眼看凤姐的荷包,又问:"带的什么戒指?"凤姐悄悄的道:"放尊重些,别叫丫头们看见了。"贾瑞如听纶音佛语一般,〔**索隐**〕四字可见当日闻命白天,悚惶无地的光景。骂煞贾瑞,骂煞文襄。满人重佛,满洲即曼殊之转音也。蒙人有大曼殊大皇帝之称,宫中又有老佛爷之号,皆是"佛语"二字的来历。忙往后退。凤姐笑道:"你该去了。"贾瑞道:"我再坐一坐儿。好狠心的嫂子。"凤姐儿又悄悄的道:"大天白日,人来人往,你就在这里也不方便。你且去,等到晚上起了更你来,悄悄的在西边穿堂儿等我。"贾瑞听了,如得珍宝,忙问道:"你别哄我。但是那里人过得多,怎么好躲呢?"凤姐道:"你只放心,我把上夜的小厮们都放了假,两边门一关了,再没有别人来。"

贾瑞听了,喜之不尽,忙忙的告辞而去。心内以为得手,盼到晚上,果然黑地里摸入荣府,趁掩门时钻入穿室。果见黑漆漆一人未住,往贾母去的那边门未关。侧耳听着,半日不见人来。忽听"咯噔"一声,东边的门也关上了。贾瑞急的也不敢出声,只得悄悄出来,将门撼一撼,关得铁桶一般,此时要出去亦不能了。〔**索隐**〕被擒被槛,羁守多人,那能逸去,只好归降。南北俱是大墙,要跳也无可攀援。〔**索隐**〕是牢禁的景象。

第十二回　王熙凤毒设相思局　贾天祥正照风月鉴

这屋内又是过门风，空落落的，现是腊月天气，夜又长，朔风凛凛，侵肌裂骨，一夜几乎不曾冻死。〔索隐〕文襄入盛京在三月，关外尚寒，太宗曾有貂裘之赐。好容易盼到早晨，只见一个老婆子先将东门开了进来，去叫西门。贾瑞瞅他背着脸，一溜烟抱了肩跑出来。幸而天气尚早，人都未起，从后门一径跑回家去。

原来贾瑞父母早亡，只有他祖父代儒教养。那代儒素日教训最严，不许贾瑞多走一步，生怕他在外吃酒赌钱，因误学业。今忽见他一夜不归，只料定他在外〔索隐〕文襄被擒，思宗料定必死，故辍朝赐祭。非饮即赌，嫖娼宿妓，那里想到这段公案。〔索隐〕文襄子弟在京业已开丧受吊，撰状送人，真那里料到这段公案。因此气了一夜。贾瑞也捏着一把汗，少不得回来撒谎，只说"往舅舅家去的，天黑了，留我住了一夜"。代儒道："自来出门，非禀我不敢擅出，如何昨日私自出去了？据此也该打，何况是撒谎！"因此发狠揪倒，打了三四十板，还不许吃饭，命他跪在院内读文章，〔索隐〕文襄初降，跪盛京午门外请罪。定要补出十天功课来方罢。贾瑞先冻了一夜，又遭了打，且饿着肚子，跪在风地里读文章，其苦万状。

此时贾瑞邪心未改，再想不到凤姐捉弄他。过了两日，得了空，仍来找寻凤姐。凤姐故意抱怨他失信，贾瑞急的赌咒发誓。凤姐因他自投罗网，〔索隐〕已入彀中。少不得再寻别计，令他知改。〔索隐〕下一"改"字，非改悔之改，是改节之改。凤姐方令其死，又何慈恕之可言！可见作书人下字之妙，亦可见劝降之计，再试乃效。笔笔双关。故又约他道："今日晚上你别在这里了，你在我这房后小过道里那间空屋等我，可别冒撞了。"贾瑞道："果真？"凤姐道："谁来哄你。你不信就别来。"贾瑞道："来来来，死也要来！"凤姐道："这会子你先去罢。"贾瑞料定晚间必妥，此时先去了。

凤姐在这里便点兵派将，设下圈套。〔索隐〕太宗之于文襄，纯以计降。范文肃测之于始，孝庄后成之于终。"点兵派将""设下圈套"八字，足以赅括。贾瑞只盼不到晚上，偏生家里亲戚又来了，直吃了晚饭才去。那天已有掌灯时分，又等他祖父安歇，方溜进荣府。直往那夹道中屋子里来等着，热锅上蚂蚁一般。只是左等不见人影，右闻也没声响，心中害怕，不住猜疑道："别是又不来了，又冻一夜不成。"

正是胡猜，只见黑魆魆的来了一个人。贾瑞便意定是凤姐，不管皂白，等那人刚至面前，便如饿虎扑食、猫儿捕鼠的一般抱住叫道："亲嫂子，等死我了！"说着抱到屋里炕上，就亲嘴扯裤子，满口里亲爷亲娘的乱叫起来。那人只不做声。贾瑞扯了自己的裤子，硬梆梆就想顶入，忽见灯光一闪，只见贾蔷举着个蜡台照道："谁在屋里？"只见炕上那人笑道："瑞大叔要肏我呢。"

贾瑞一见，却是贾蓉，直臊得无地可入，不知怎样才好。回身就要跑脱，被贾蔷一把揪住道："别走！如今琏二婶已经告到太太跟前，说你调戏他，他暂用了脱身计哄你在那边等着。太太气死过去，因此叫我来拿你，快跟我去见太太去！"贾瑞听了，魂不附体，只说："好侄儿，你只说没有我，我明日重重谢你。"贾蔷道："放你不值什么，不知你谢我多少？况且口说无凭，写一欠契来。"贾瑞道："如何落纸呢？"贾蔷道："这也不妨，写一个赌钱输了外人帐目，借头家银若干两便罢。"贾瑞道："这也容易。"贾蔷翻身出来，纸笔现成，拿来命贾瑞写。他两个做好做歹，只写了五十两银子，画了押，贾蔷收起来，然后撕罗贾蓉。贾蓉先咬定牙不依，只说明日告诉族中的人，评评理。贾瑞急的至于叩头，贾蔷做好做歹的，也写了一张五十两欠契才罢。

贾蔷又道："如今要放你，我就担着不是。老太太那边的门早已关了，老爷正在厅上看南京来的东西，那一条路定难过去。如今只好走后门；若这一走，倘或遇见了人，连我也不好。这屋里你还藏不住，少时就来堆东西，等我寻个地方。"说毕拉着贾瑞，仍息了灯出至院外，摸着大台阶底下，说道："这窠儿里好，只蹲着，别哼一声，等我来再走。"说毕二人去了。

贾瑞此时身不由己，只得蹲在那台阶下。正要盘算，只听头顶上一声响，唿喇喇一净桶尿粪从上面直泼下来，可巧浇了他一身一头。〔**索隐**〕从此遂蒙不洁。作者恶之深，故诋之丑。

贾瑞忍不住"嗳哟"一声，忙又掩住口，不敢声张。满头满脸皆是尿屎，浑身冰冷打颤。只见贾蔷跑来叫："快走，快走。"

贾瑞方得了命，三步两步，从后门跑到家中，天已三更，只得叫开

第十二回　王熙凤毒设相思局　贾天祥正照风月鉴

了门。家人见他这般光景，问是怎么了。少不得撒谎，说天黑了，失脚掉在茅厕里了。〔索隐〕一失足成千古恨，是"失脚"二字的来历。妾身已作沾泥絮，是"掉在茅厕"四字的注解。一面却到自己房中，更衣洗濯。心下方想到凤姐玩他，因此发一回狠，再想想凤姐的模样儿标致，又恨不得一时搂在怀里。胡思乱想，一夜不曾合眼。自此虽想凤姐，只不敢往荣府去了。

贾蓉等两个常常来索银子，他又怕祖父知道。正是相思尚且难禁，况又添了债务，日间功课又紧。他二十来岁人，尚未娶亲，还来想着凤姐不得到手，未免有些"指头儿告了消乏"；更兼两回冻恼奔波，因此三五下里外夹攻，不觉就得了一病：心内发膨胀，口内无滋味，脚下如绵，眼中似漆，黑夜作烧，白日常倦，下溺遗精，咳痰带血。如此诸症，不上一年都添全了。于是不能支持，一头跌倒。合上眼还只梦魂颠倒，满口说胡话，惊怖异常。百般请医调治，诸如肉桂、附子、鳖甲、麦冬、玉竹等药，吃了有几十斤下去，也不见个动静。

倏又腊尽春回，这病更自沉重。代儒也着了忙，各处请医调治，皆不见效。因后来吃独参汤，〔索隐〕文襄绝粒多日，太宗百计诱食，皆不效。气垂绝，孝庄效婢妆，贮参汁于壶，劝少饮而后就义，以壶承唇，文襄不得已，少沾饮焉。逾时竟不死，后复进。文襄连饮，愈不死，精神加充。遂进馔，意转乃降。此言独参汤，即指此事。笔婉而达，意隐而讥，文襄见之，当有愧色。代儒如何有这力量？只得往荣府里来寻。王夫人命凤姐秤二两给他，凤姐回道："前儿新进替老太太配了药。那整的，太太又说留着送杨提督的太太配药。〔索隐〕当指祖大寿、祖大乐等而言，皆为总兵，故曰提督。为妻子完聚而降，故曰太太。"杨"字当从松山、杏山二名中化出。亦是旁敲之笔。偏偏昨儿我已着人送了去了。"王夫人道："就是咱们这边没了，你打发个人往那边你婆婆处问问，或是你珍大哥哥那里有，寻些来凑着给人家，吃好了，救人一命，也是你们的好处。"〔索隐〕虐苛。凤姐应了，也不遣人去寻，只将些渣末凑了几钱，〔索隐〕"渣沫"二字有神。孝庄本以茗进，杂参其中，故云。渣末，喻其微也。命人送去。只说"太太送来的，再也没有了"。〔索隐〕由妇人之手而来，故云"太太送来的"。一饮即起，故云再也没

《红楼梦》与顺治皇帝的爱情故事

有了。笔致极刻。然后向王夫人只说:"都寻了来,共凑了有二两送去。"

那贾瑞此时要命心急,无药不吃,只是白花钱不见效。忽然这日有个跛足道人来化斋,口称专治冤业之症。〔**索隐**〕濒危复活,真是冤业。贾瑞偏生在内听了,直着声叫喊说:"快去请进那位菩萨来救命!"一面在枕上叩首。众人只得带了那道士进来。贾瑞一把拉住,连叫:"菩萨救我!"那道士叹道:"你这病非药可医,〔**索隐**〕明与之药,恐未必吃。我有个宝贝与你,你天天看时,此命可保矣。"〔**索隐**〕天天看镜中人,自不愿死。天天看《红楼梦》如此痛诋,又恐怨不死。两面俱可讲得。说毕,从搭连中取出正反面皆可照人的镜,背上面錾着"风月宝鉴"四字,〔**索隐**〕即是全书本名,隐指此书记实之意。又以见自古英雄,大半皆败于女色,故以宝鉴命名,待人领悟。以文裏之坚忍求死,而一经美人熨贴,便尔盛气全消,此鉴照人,不知玉步改变时,应有几人低首。递与贾瑞道:"这物出自太虚元境〔**索隐**〕"元"字对"鉴"字说。空灵殿上,〔**索隐**〕须心上空灵。警幻仙子所制,专治邪思妄动之症。〔**索隐**〕文裏本拼一死,已至垂危,忽焉为情所感,遂饮啖如常,可谓邪思妄动。有济世〔**索隐**〕一代元勋。保生〔**索隐**〕不为沟渎。之功。所以带他到世上来,单与聪明俊杰、〔**索隐**〕贾瑞说不到聪明,更说不到俊杰,加此四字,是专说文裏一辈人。风流王孙。〔**索隐**〕风流王孙,又指情僧一辈人。至此以下,即以"风月宝鉴"当作本书人的代名词。言作此者,流行于世,专为一般豪杰而甘心自贬与王孙而雅好风骚者作鉴。等看照。〔**索隐**〕可见作此书全有用意,为世法戒。千万不可照正面,〔**索隐**〕是表一层。只照他的背面,〔**索隐**〕是里一层。以人言之,色是表面,空是里面。以书言之,贾语是表面,真事是里面。以洪文裏诸人言之,相君之面,不过封侯是表面;相君之背,留名千古,是里面。此两语赅括甚宏。要紧,要紧!〔**索隐**〕叮咛反覆,为后世失身失足者垂戒深矣。三日后吾来收取,管叫他好了。"话毕徜徉而去,众人苦留不往。

贾瑞接了镜子,想道:"这道士倒有意思,我何不照一照试试。"想毕,拿起风月宝鉴来,向反面一照,只见一个骷髅〔**索隐**〕见色而动者,恐一时思不及此。立在里面,吓得贾瑞连忙掩了,骂道士:"混帐,

第十二回　王熙凤毒设相思局　贾天祥正照风月鉴

如何吓我！我倒再照照正面是什么。"想着便将正面一照。只见凤姐站在里面点首儿叫他，贾瑞心中一喜，荡悠悠觉得进了镜子，与凤姐云雨一番。凤姐仍送他出来，到了床上，"嗳哟"了一声。一睁眼，镜子从新又掉过来，仍是反面，立着一个骷髅。贾瑞自觉汗津津的，底下已遗了一摊精。心中到底不足，又翻过正面来，只见凤姐还招手叫他，他又进去。如此三四次，到了这次，刚要出镜子来，只见两个人走来，拿铁锁把他套住，拉了就走。贾瑞叫道："让我拿了镜子再走。"只说这句，就再不能说话了。

旁边服侍的人，只见他先还拿着镜子照，落下来，仍睁开眼拾在手内。末后镜子掉下来，便不动了。众人上来看看，已咽了气，身子底下冰冷精湿一大摊精。这才忙着的穿衣抬床。〔索隐〕善读《红楼》者，须体会背面，勿为正面所囿，致成贾天祥之结果。

代儒夫妇哭的死去活来，大骂道士："是何妖镜！若不毁此镜，遗害世人不小。"遂命人架火来烧。〔索隐〕乾隆以后，此书将为禁本。仕宦之家教戒子女，多以为淫书，不准寓目，并有善社焚烧。均是只看正面，自误尤人，一何可哂。此一段笔墨应是雪芹增入，至妙至妙。只听空中叫道："谁叫你们瞧了正面了的！你们自己以假为真，〔索隐〕说出"真假"二字来，可见作书人一片秒词，无非假说。求其真际，正在君臣、父子、夫妇之间。读者妄动邪思，要与《金瓶梅》《肉蒲团》等书同看，是不善读之过，非作者之过。为何烧我此镜！"〔索隐〕留照千古。忽见那面镜子从空飞出。代儒出门看时，只见还是那个跛足道人喊道："谁毁风月宝鉴！"说着抢了镜子，眼看着他飘然去了。〔索隐〕此雪芹自著存书之功。当时廷尉杂烧，怀挟有禁，独能钻研鲁壁，为伏申一线之传，后世流行，飘然远矣。斯文不丧，非雪芹从焚余着力，安能至此？自合馨香报之。

当下代儒料理丧事，各处去报。三日起经，七日发引，寄灵铁槛寺，〔索隐〕纵有千金铁门槛，总须一个土馒头。铁门槛言防死之法，土馒头言坟冢也。书中用此讽一时贪名畏死之臣，亦以槛内槛外，指僧俗而言，与情僧关合。日后带回原籍。

一时贾家众人齐来吊问，荣府贾赦赠银二十两、贾政也是二十两，

《红楼梦》与顺治皇帝的爱情故事

宁府贾珍亦有二十两,其余族中人贫富不一,或一二两、三四两不等。外又有各同窗家中分资也凑了二三十两。〔索隐〕贾瑞之丧,稍稍铺叙,以见明时君臣为文襄饰终发丧之隆重。赠银数目,统合为九十两,隐括崇祯赐祭九坛之事。然末笔云二三十两,故作无定之词者,缘故赐祭第九坛时,文襄生降之信至,典礼不终,故其数在八九之间。此等处正作者极着意之笔,知其事者,必能见其用心之刻,用笔之灵。就事思量,不禁失笑。作者可谓谲谏之流矣。代儒家道虽然淡薄,得此帮助,倒也丰丰富富完了此事。〔索隐〕指文襄富贵以终其身,笔刻而谑。

谁知这年冬底,〔索隐〕小琬于崇祯壬午春丧父,故云如海冬底得病。林如海因为身染重疾,特接林黛玉回去。贾母听了,未免又加忧闷,只得忙忙打点黛玉起身。宝玉大不自在,争奈父女之情,也不好拦阻。于是贾母定要贾琏送他去,仍叫他带回来。〔索隐〕自此首卷至此,小琬之入宫获宠,大段已明。下一回中即叙其丧,首尾并完。若不别开途径,以后将无可叙。作者特用倒装之法,先用此十二回叙明诸人大概始末。故用送黛玉回南一笔腾开,又隐喻董妃回南葬父一事。再由小琬在途时事说起,以后或前或后,随意可书。若史家当之,必用"先是"二字,追溯而上。小说中有此章法,后人梦想不到。可卿黛玉本指一人。叙可卿之丧,黛玉不出场,近略;出场,又近复。故借丧父一层,将黛玉送之南下,别用金鼓开场。开是妙绪泉涌,层出不穷。又文中贾琏送去一笔,为写豫王下江南之事;仍叫带回来一笔,为写豫王得小琬之事。处处提纲挈领,盛水不漏。一应土仪盘费,不消烦絮说,自然要妥贴。作速择了日期,贾琏与林黛玉辞别了众人,带领仆从,登舟往扬州去了。〔索隐〕小琬葬父于苏。要知端的,且听下回分解。

〔索隐〕此回从上回衔接而下,而所叙却是两人两事。凤姐与平儿口中之贾瑞,为上一回之贾瑞,是指当时权贵,故用王旁之名。凤姐与蓉、蔷设计计逗之贾瑞,为本回之贾瑞,是指当时降臣,故用天祥之字。贾天祥者,言假文天祥也。标目之间,已分界限。文襄初入盛京,矢志不移,与文山之被执于元,土室作《正气歌》时,其蒙难坚贞,相差有几?惟一则发于正

第十二回　王熙凤毒设相思局　贾天祥正照风月鉴

气，一则动于邪思。正则斩柴市而不辞，邪则饮参汤而不悔。故其究也，一则以状元宰相，身被万世之名；一则以豪杰聪明，甘入二臣之传。其人同，其事同，其聪明豪杰同，其状元宰相亦同，然各为芳臭以贻后世。作书人善于此事，故字贾瑞曰天祥。天祥而假，可知从前抗节，皆非本心。无限惋惜痛恨之心，二字尽之矣。

本回共分二大段，中附两小段：

自首句起，自"失脚掉在茅厕里"句止，为一大段，是说熙凤设局以色身示人，为清初计降明臣远远设譬。

自"一面即到自己房中"句起，至"这才忙着穿衣抬床"句止，为第二大段，是说贾瑞之自动邪思，知面而不知背，全为文襄针砭"邪思"二字，是从文文山《正气歌》反面化出。"正面""背面"四字，是从《史记·淮阴侯列传》中蒯生之言中化出，全有来历。诛心照胆，使人无可推委，无可托词。

自"代儒夫妇"句起，至"完了此事"而止，为附尾之第一小段，为了结上文，并述文襄降后，明人待遇的光景。写来更觉有力，令人无地自容。中间带出烧书情形，亦自有说。相传清初叔嫂之事，成之者范文肃，主之者洪文襄。至中叶后，恨文襄所为，乃报之以二臣传。因并烧当时记载之书，此《红楼》之得遗留，全由雪芹增删之力。是此书存废，与文襄煞有关系，故类及之。

自"谁知这年冬底"句起，至末句止，为附尾之第二小段。专为安排黛玉，以避可卿之丧，并记董妃回南之事。一北一南，一生一死，一前一后，开后来无数法门。

〔太平评〕前半之妙，妙在无文字处。如"素日闻得人说"，凤姐急接言贾蓉，而贾瑞撞在心坎上。夹缝中，有许多事迹在。

〔护花评〕第二次贾瑞说死也要来，说出一个"死"字，是谶语，又是伏笔。

第十三回　秦可卿死封龙禁尉
　　　　　　王熙凤协理宁国府

　　话说凤姐自从贾琏送黛玉往扬州去后，心中实在无趣，每到晚间，不过同平儿说笑一回，就胡乱睡了。这日夜间，正和平儿拥炉倦绣，早命浓薰绣被。二人睡下，屈指算行程，该到何处。不知不觉，已交三鼓。平儿已睡熟了，凤姐方觉睡眼微蒙，恍惚只见秦氏从外走来，含笑说道："婶婶好睡，我今日回去，你也不送我一程？因娘儿们素日相好，我舍不得婶婶，故来别你一别。还有一件心愿未了，非告诉婶婶，别人未必中用。"凤姐听了，恍惚问道："有何心愿，只管托我就是了。"秦氏道："你是胭脂粉队里的英雄，连那些束带顶冠的男子，也不能过你。你如何连两句俗语也不晓得？常言'月满则亏，水满则溢'，又道是'登高必跌重'。如今我们家赫赫扬扬，已将百载，〔索隐〕自开国以至乾隆初年，将近百载。书中借一点醒，可见书成在乾隆之世。又自肇祖开国至入关，亦百年内外。义亦可通。一日乐极生悲，若应了那句'树倒猢狲散'的俗语，〔索隐〕清初人大抵以满洲为胡人，故着眼"猢狲"二字。岂不虚称了一世诗书旧族了？"〔索隐〕清初经营陪都，顾全根本，全为后嗣势败退守之计。诗书对武功，说"旧族"二字，本足以当之。凤姐听了此话，心中不快，十分敬畏，忙问道："这话虑的极是，但又何法可以永保无虞？"秦氏冷笑道："婶婶好痴也。否极泰来，荣辱自古周而复始，岂人力所能常保的？但如今能于盛时筹画下将来衰时的事业，亦可以常永保全了。即如今日诸事俱妥，只有两件未妥，若把此事如此一行，则日后可保永全了。"

　　凤姐便问："何事？"秦氏道："目今祖茔虽四时祭祀，只是无一定的钱粮；〔索隐〕福陵、昭陵均在关外，顺治时迁东京诸陵于兴京，守

第十三回　秦可卿死封龙禁尉　王熙凤协理宁国府

卫钱粮之制，尚未确定。第二，家塾虽立，无一定的供给。〔索隐〕顺治时已立八旗宗学，惟用款取之部库，并不必分梁盛之余。依我想来，如今盛时固不缺祭祀供给，但将来败落之时，此二项有何出处？莫若依我定见，趁今日富贵，将祖茔附近多置田庄房舍地亩，〔索隐〕指盛京陵产官地而言。以备祭祀供给之费，皆出自此处。将家塾亦设于此，〔索隐〕指盛京八旗官学而言。合同族中长幼，大家定了则例，日后按房掌管这一年地亩钱粮祭祀供给之事。如此周流，又无争竞，也没有典卖诸弊。便是有罪，〔索隐〕明照下文抄家，其实暗指亡国。他物可以入官，这祭祖产业，连官也不入的。〔索隐〕帝王陵寝，断无废卫入官之理。便败落下来，子孙回家读书务农，也有个退步，祭祀又可永继。若目今以为荣华不绝，不思后日，终非长策。〔索隐〕八旗子弟从龙入关，一味骄奢淫逸，全不能讲生计，国初人已汲汲虑之。眼前不日又有一件非常喜事，〔索隐〕明指元春归省，暗刺当时朝廷不经之典。真是烈火烹油，鲜花着锦之盛！〔索隐〕当时典礼之隆可想。要知道也不过是瞬息的繁华，一时的欢乐。〔索隐〕指睿王早死。万不可忘了那盛筵不散的俗语。若不早为后虑，只恐后悔无益了。"〔索隐〕可卿此一番话，似董妃临终时告世祖之言。顺治十七年十一月诏书，内有端敬皇后弥留时，谆谆以矜恤秋决为言之语。梅村诗亦有"微闻金鸡诏，亦自玉妃出"之句。可见董妃临死时，大有叮咛遗奏。陵产、宗学二事，顺治时本未完全。董妃由盛思衰，预为规画，是细心人作用。据世祖所为妃传观之，妃之贤明，其用心当能及此。且妃以八月死，世祖于九月幸昌明陵，并先数日诏示礼部，谓历代帝王陵寝守护，司员人户地亩数少，以致各陵祭品备办不敷，并亲定春秋二祭之例。观此则董妃所言，乃意在悟上，守护明陵又可知矣。因陵寝、宗学之事，借以坚清人保全明陵、明裔之心。妃之不忘故君，用心殊可敬佩。作书人以行止识见相许，诚非过誉，故特着遗闻以告后世。妃固明之功臣也。凤姐忙问："有何喜事？"〔索隐〕故作一逗。秦氏道："天机不可泄漏。〔索隐〕作者欲吐不吐，躁心人断难窥透。只是我与婶婶好了一场，临别赠你两句话，须要记着。"因念道：

　　三春去后诸芳尽，各自须寻各自门。〔索隐〕据此两言，似言吴耿

《红楼梦》与顺治皇帝的爱情故事

二藩平定之后,清室大定。南疆已无可为。有志明社诸臣,均须早自为计。与本回事无甚关涉。或谓此两言因董妃意在保全明陵、明裔,故并及之,实隐照睿、豫诸王始末。三春指睿英豫三王。三王获罪之后,诸王之权以次尽削,故有此两言。又或谓科尔沁巴图鲁王之女,选进宫中,于顺治十五年三月病殁,追封悼妃。当世祖时,宫中待年之女不一而足,死亡当亦时有,而进封者则仅此一人,可见为世祖所钟爱。妃死在三月,故曰"三春"。妃死之后,不三年而两董妃相继殁,故曰"诸芳尽"。各自寻门,一说指情僧出世也。其说亦自可通。

凤姐还欲问时,只听二门上传事云板连叩四下,正是丧音,将凤姐惊醒。人回:"东府蓉大奶奶没了。"

凤姐吓了一身冷汗,出了一回神,只得忙穿衣往王夫人处来。彼时合家皆知,无不纳闷,都有些疑心。〔索隐〕此句大有文章,是病死,是凶死?当时人人必有可疑之点,方起疑心。岂董果孕而非病耶?抑入宫见妒,有以医药死之者耶?不然娠而不育,遗自裁耶?作者于可卿之死,着笔离奇,意在不言之表。不然请医问疾,病已多时,死亦何可疑者?此必当时传闻有异词也。那长一辈的想他素日孝顺,平辈的想他素日和睦亲密,下一辈的想他素日的慈爱,以及家中仆从老小想他素日怜病惜贱、爱老慈幼之恩,莫不悲号痛哭。〔索隐〕世祖著《董妃传》,极言董妃死后,上自太后,下至宫监,莫不悲悼涕泣,既戚且哀。世祖重视妃丧,意必以人哀号之节为功过。故梅村诗云:"小臣助长号,赐衣或一袭。只愁许史辈,急泪难时得。"其言谑而讽,可以思当时事矣。

闲言少叙,却说宝玉因近日林黛玉回去,剩得自己落单,也不和人玩耍,每到晚间,便索然睡了。如今从梦中听见说秦氏死了,〔索隐〕亦必有所梦。连忙翻身爬起来,只觉心中戳了一刀似的,不觉"哇"的一声,直奔出一口血来。袭人等慌慌忙忙上来扶着,问:"是怎么样的?"又要回贾母去请大夫。宝玉道:"不用忙。不相干,这是急火攻心,血不归经。"〔索隐〕宝玉此刻之情状,当即是世祖当时之情状。前回看病,便万箭攒心;此回闻丧,更心如刀戳。非情僧恋妃至初,何能至此。宝玉在书中为旁支,在实事为丧主,故书中叙述宝玉,独用特笔。说着便爬起来,要衣服换了,来见贾母,即时要过去。袭人见他如此,心中

第十三回　秦可卿死封龙禁尉　王熙凤协理宁国府

虽放不下，又不敢拦阻，只得由他罢了。贾母见他要去，因说："才咽气的人，那里不干净；二则夜里风大，等明早再去不迟。"宝玉那里肯依。贾母命人备车，多派跟从人役，拥护前来。一直到了宁国府前，只见府门大开，两边灯火照如白昼，乱烘烘人来人往，里面哭声摇山振岳。〔**索隐**〕急泪长号，一时并作。宝玉下了车，忙忙奔至停灵之室，痛哭一番，然后见过尤氏。谁知尤氏正犯了胃痛旧症，睡在床上。〔**索隐**〕董妃之丧；孝庄因哀致疾。见《董妃传》。然后又出来见贾珍。彼时贾代儒、代脩、贾敕、贾效、贾敦、贾赦、贾政、贾琮、贾𤦲、贾珩、贾㻞、贾琛、贾琼、贾璘、贾菖、贾蔷、贾菱、贾芸、贾芹、贾蓁、贾萍、贾藻、贾蘅、贾芬、贾芳、贾蓝、贾茵、贾芝等都来了。〔**索隐**〕一少者之丧，何致惊动阖族长幼？缘董贵妃以后礼葬，故百官皆应齐集。宗室王公，更不待言。贾珍哭的泪人一般，〔**索隐**〕描摹主丧的哀况，不过为情僧写照，此中并无他人。妃死时，睿、豫诸王均已先卒。正和贾代儒等说道："合家大小、远近亲友，谁不知我这媳妇比儿子还强十倍。〔**索隐**〕以吴诗"王母携双成"之句证之，是妃必由孝庄赏拔入选。考之御制妃传种种之词，是妃必为孝庄所最钟爱。如今伸腿去了，可见这长房内绝灭无人了。"说着，又哭起来。〔**索隐**〕贾珍过甚之词，亦应妃传中盛言诸后妃之无能而设。情僧当之，大有西宫南内更无人之感。故作者有意形容。众人忙劝道："人已辞世，哭也无益，且商议如何料理要紧。"贾珍拍手道："如何料理，不过尽我所有罢了。"正说着，只见秦业秦钟并尤氏的几个眷属，尤氏姊妹也都来了。〔**索隐**〕此处之秦邦业，忽称秦业，盖指内大臣新封三等伯之鄂硕，非前之陈榜眼矣。秦钟当指贞妃，董妃妹也。故下文即写尤氏姊妹云云。既为二三姐出场地步，又见董妃有妹。若即若离，面面俱到，且移之尤氏身上，更不显痕迹，并可见官眷哭临者之多。

贾珍便命贾琼、贾琛、贾璘、贾蔷四个人去陪客。一面吩咐去请钦天监阴阳司来择日，准停灵七七四十九日，三日后开丧送讣闻。这四十九日单请一百零八僧众，在大厅上拜大悲忏，超度前亡后化鬼魂。另设一坛于天香楼上，是九十九位全真道士，打十九日解冤洗业醮，然后停灵于会芳园中。灵前另外五十众高僧、五十位高道，对坛按七作好事。

《红楼梦》与顺治皇帝的爱情故事

〔索隐〕寻常仕宦之家,唪经送圣,断不能延僧道如此之多,可见是大丧的规制。那贾敬闻得长孙媳死了,因自为早晚就要飞升,如何肯又回家染了红尘,将前功尽弃?故此并不在意,只凭贾珍料理。

且说贾珍恣意奢华,〔索隐〕世祖罪已诏曰:"端敬皇后于皇太后克尽孝道,辅佐朕躬,内政聿修,仰奉慈纶。追念贤淑,丧祭典礼,过从优厚,不能以礼制情,诸事逾滥不经,是朕之罪一也"云云。此回书全由"过从优厚""逾滥不经"八字中化出。看板时,几副杉木板皆不中意。可巧薛蟠来吊,因见贾珍寻好板,便说:"我们本店里有一副板,叫作什么樯木,〔索隐〕樯木即桅木,杉也。闽地多产,物本寻常,人多用以为殓具者,何奇之有?加以什么二字,其物非樯可知,特恐骇人听闻,被以樯之名耳。出在潢海〔索隐〕产珊瑚之地。铁网山上,〔索隐〕网珊瑚之具。作了棺木,万年不坏。这还是当年先父带来的,原系义忠亲王老千岁要的,因他坏了事,就不曾用。〔索隐〕乾隆时追谥睿王为睿忠亲王,睿义一声之转,义忠亲王,即指睿王也。睿王被革时,诏言其库贮珍宝不胜计,又言府库之财,任意靡费,可见当时,必欲以珊瑚为棺。死时世祖积憾已深,虽未明褫其罪,而其府中已知敛迹,仅私以黄袍东珠置棺内,因以获谴。其不敢擅用此棺明矣。现在还封在店里,也没有人买得起。你若是要,就来看看。"贾珍听说甚喜,即命抬来。大家看时,只见帮底皆厚八寸,纹若槟榔,〔索隐〕珊瑚有旋纹,故如槟榔。味如檀麝,〔索隐〕设词陪衬,珊瑚安得有味。以手扣之,声如金石。〔索隐〕今格致家由虫豸积成,本非木质。纹也、味也、声也,皆言之矣,何独不言其色?论者木材能遗色耶?可见珊棺之说,当时不敢明言,故隐此层,缘其色绯,木中无可掩饰之品也。大家称奇。贾珍笑问道:"价值几何?"薛蟠笑道:"拿着一千两银子,只怕没买处。什么价不价,赏他们几两银子作工钱便是了。"贾珍听说,忙谢不尽,即命解锯造成。贾政因劝道:"此物恐非常人可享。"〔索隐〕何尝是寻常人,即后妃亦安有享此者?相传惟董妃用珊棺。梅村《赞佛诗》咏妃冥器之盛云:"珊瑚高八尺",当即指此。高八尺足为棺矣。归之冥器,殆有所讳。书中以厚八寸为言,其讳不明言,亦犹梅村意耳。贾珍如何肯听?〔索隐〕当时或有,张释之南山之谏。

第十三回　秦可卿死封龙禁尉　王熙凤协理宁国府

忽又听见秦氏之丫鬟名唤瑞珠的，见秦氏死了，也触柱而亡。〔索隐〕瑞珠，大珠也，可见董妃，殉殓之侈。梅村诗所谓"瑟瑟大秦珠"也。又妃《传》中言："宫人有欲身殉者数人"，此亦暗指。此事可罕，合族多称叹。贾珍遂以孙女之礼殡殓之，一并停灵于会芳园之登仙阁。又有小丫鬟名宝珠的，〔索隐〕珍宝珠玉也。因秦氏无出，愿为义女，请任摔丧驾灵之任。〔索隐〕梅村诗："割之施精蓝，千佛庄严饰。持来付一炬，泉路谁能识。"可见当时以珠宝饰幡幢，故云"摔丧驾灵之任"。摔丧俗礼，然"摔"字中亦有持来一炬之意，深致惜也。贾珍甚喜，即时传命，从此皆呼宝珠为小姐。〔索隐〕世祖加礼于殉之宫人，故着"即时传命"四字，是哀切中行事的情状。那宝珠按未嫁女之礼，在灵前哀哀欲绝。〔索隐〕小姐善哭善装点，作者善写善嘲骂。于是合族人丁并家下诸人，都各遵旧制行事，〔索隐〕方有孝端后之大丧，故曰旧制。自不得错乱。

贾珍因想道："贾蓉不过是个黉门监，灵幡上写时不好看，便是执事也不多。"因此心下甚不自在。〔索隐〕董妃以不得封后而死，世祖既为之歉然，又以不正分定名，无以隆其丧葬，故追封焉。实作"逾滥"二字。可巧，这日正是首七第四日，早有大明宫〔索隐〕假用大名目也。掌宫内监戴权，〔索隐〕戴，代也；权，权词也。世祖追封董妃，权词奉皇太后懿。诏，其实代也。先备了祭礼遣人来，次坐了大轿，打道鸣锣，亲来上祭。贾珍忙接陪让坐，至逗蜂轩献茶。〔索隐〕逗蜂，陡封也，可见不经廷议，径下封诏。作者字字有来历。贾珍心中早打定了主意，因而趁便说贾蓉捐个前程的话。戴权会意，因笑道："想是为丧礼上风光些?"〔索隐〕世祖意固云尔。贾珍忙道："老内相所见不差。"戴权道："事倒凑巧，正有个美缺。如今三百员龙禁尉缺了两员，〔索隐〕"龙禁尉"三字甚新，明指侍卫，暗指皇后。清人内廷称后曰关防；关防者，禁之意也。又世祖三后，一废，一停笺奏，是当时缺其二矣。董妃追封为三，故曰三百员缺了两员。昨儿襄阳侯〔索隐〕指科尔沁镇国公绰尔济。的兄弟老三〔索隐〕博尔济锦氏，当时为后妃者三，故曰老三。来求我，现拿了一千五百两银子送到我家里。你知道，咱们都是老相好，不拘怎么，看着他爷爷的分上，〔索隐〕世祖绰尔济世代功臣，故封其

《红楼梦》与顺治皇帝的爱情故事

女为后。胡乱应了,〔索隐〕当时选后无甚当意者,故加以"胡乱应了"四字。后亦不惬。还剩了一个缺,准知永兴节度使冯胖子要与他孩子捐,我就没工夫应他。〔索隐〕冯胖或冯铨耶,然非外任,且未闻其女有入宫者,当别有指。永兴节度使应指当时之为盛京将军者,其人不可考矣。既是咱们的孩子要捐,快写个履历来。"〔索隐〕一席话的是阉宦口吻,且又笼罩事实,可谓极笔墨之能事。贾珍忙命人写了一张红纸履历来。上写着:"江南应天府江宁县监生贾蓉,年二十岁。曾祖原任京营节度使、世袭一等神威将军贾代化,祖丙辰科进士贾敬,父世袭三品爵威烈将军贾珍。"

戴权看了,回手递与一个贴身的小厮收了,道:"回去送与户部堂官老赵,说我拜上他,起一张五品龙禁尉的票,再给个执照,就把这履历填上,明日我来兑银子送过去。"小厮答应了。戴权告辞,贾珍款留不住,只得送出府门。临上轿,贾珍问:"银子还是我到部去兑,还是送入内相府中?"戴权道:"若到部兑,你又吃亏了。不如称准一千两银子,送到我家就完了。"贾珍感谢不尽,因说:"待服满后,亲带大小犬到府叩谢。"于是作别。

接着又听喝道之声,原来是忠靖侯的夫人来了。史湘云、王夫人、邢夫人、凤姐等刚迎入正房。又见锦乡侯、川宁侯、寿山伯〔索隐〕太平闲人谓锦川、寿山皆石名,为石头生色,数语极当。石指琬也。三家祭礼,也摆在灵前。少时,三人下轿,贾珍接上大厅。如此亲朋你来我去也不能计数。只这四十九日,宁国府街上,一条白漫漫人来人往,花簇簇官来官去。

贾珍令贾蓉次日换了吉服,领凭回来。灵前供用执事等物,俱按五品职例。灵牌疏上皆写"诰授贾门秦氏宜人之神位"。〔索隐〕顺治十七年八月廿一日,礼部奉上谕:"皇贵妃董鄂氏于八月十九日薨逝,奉圣母皇太后谕旨,妃佐理内政有年,淑德彰闻,宫闱式化,倏尔薨逝,予心深为痛悼,宜追封为皇后,以示褒崇。朕仰承慈谕,用特追封,加之谥号,谥曰:'孝敬庄和至德宣仁温惠端敬皇后'。其应行典礼,尔部详察速议具奏"云云。灵牌神疏,一律书题谥号。故书中叙得如此庄重。会芳园临街大门洞开,〔索隐〕或云董妃以从猎时卒,丧礼于南苑举行,

第十三回　秦可卿死封龙禁尉　王熙凤协理宁国府

故书中言会芳园停棺，示不在宫中也。梅村诗："从猎至上林，小队城南隈。"亦为从猎南苑之证。考之《东华录》，董妃受封时，上实在南苑。薨时上固在宫，岂传者误耶？抑妃久居南苑耶？是不可得而知矣。两边起了鼓乐厅，两班青衣按时奏乐。一对对执事，摆的刀斩斧截。〔索隐〕宫中大丧，鼓乐执事，均陈于两陛之下。有銮仪卫官员监管，按行叙立，无或凌乱，故云"刀斩斧截"，极言整齐之意。更有两面朱红销金大牌竖在门外，大书道："防护内廷紫禁道御前侍卫龙禁尉"。〔索隐〕大丧树丹旐于宫门之外，帝左后右，此言朱牌，是影射。对面高起着宣坛，僧道对坛，榜上大书："世袭宁国公冢孙妇防护内廷御前侍卫龙禁尉贾门秦氏宜人之丧。四大部洲至中之地，奉天永建太平之国，总理虚无寂静教门，僧录司正堂万虚，敬谨修斋朝天叩佛"，以及"恭请诸伽蓝揭谛、功曹等神，圣恩普锡，神威远振，四十九日消灾洗业平安水陆道场"等语，亦不及繁记。〔索隐〕此言僧道之盛。梅村诗云："黑衣诏志公（道），白马驮罗什（僧）。（梓宫奉移，以白马百对前导，上覆多罗经被。）焚香广道场（道），广坐楞伽译（僧）。资彼象教恩，轻我人王力。"数言亦志二氏助丧者盛也。

只是贾珍虽然心满意足，但里面尤氏又犯了旧症，不能料理事务，惟恐各诰命来往，亏了礼数，怕人笑话，因此心中不自在。当下正忧虑时，因宝玉在侧，便问道："事事都算妥贴了，大哥哥还愁什么？"贾珍便将里面无人的话告诉了他。〔索隐〕此一段又是叙述世祖深痛宫内无人之意，读《董妃传》可知。宝玉听说笑道："这有何难？我荐一个人与你，权理这一个月的事，管保妥当。"〔索隐〕宝玉之荐，喻出上命也。贾珍忙问："是谁？"宝玉见座间还有许多亲友，不便明言，走向贾珍耳边说了两句。贾珍听了，喜不自胜，笑道："果然妥贴，如今就去。"说着，拉了宝玉，辞了众人，便往上房里来。

可巧这日非正经日期，亲友来的少，里面不过几位近亲堂客。邢夫人、王夫人、凤姐并合族中的内眷陪坐。闻人报大爷进来了，吓的众婆娘"嗳"的一声，往后藏之不迭，独凤姐款款站了起来。

贾珍此时也有些病症在身，二则过于悲痛，因拄个拐跛了进来。〔索隐〕是杖期生光景，世祖因痛妃致疾，故辍朝五日。邢夫人等因说道：

《红楼梦》与顺治皇帝的爱情故事

"你身上不好，又连日事多，也该歇歇才是，又进来做什么？"贾珍一面挂拐，扎挣着要蹲身跪下请安道乏。邢夫人等忙叫宝玉搀住，命人拿椅子与他坐。贾珍不肯坐，因勉强陪笑道："侄儿进来有一件事要求二位婶婶并大妹妹。"邢夫人等忙问："什么事？"贾珍忙说道："婶婶自然知道，如今孙子媳妇没了，侄儿媳妇又病倒，我看里头着实不成体统，要屈尊大妹妹一个月，在这里料理料理，我就放心了。"邢夫人笑道："原来为这个。你大妹妹现在你二婶婶家，只和你二婶婶说就是了。"王夫人忙道："他一个小孩子，何曾经过这些事？倘或料理不清，反叫人笑话，倒是再烦别人好。"贾珍笑道："婶婶的意思，侄儿猜着了，是怕大妹妹劳苦了。若说料理不开，从小儿大妹妹玩笑时，就有杀伐决断。〔索隐〕此四字岂寻常妇女所能当？惟刘妃之能，或可几此。熊耳山人所谓女子坐台垣，有执政皇家气象者也。况刘之御贼，机谋万端，待刘七亦有杀伐决断，以书中之言揆之，权理官中丧仪者，必刘妃也。如今出了阁，在那府里办事，越发历练老成了。我想了这几日，除了大妹妹，再无人可求了。婶婶不看侄儿与侄儿媳妇面上，只看死的分上罢。"说着，流下泪来。

王夫人心中怕的是凤姐未经过丧事，怕他料理不起，被人见笑。'今见贾珍苦苦的说，心中已活了几分，却又眼看着凤姐出神。那凤姐素日最喜揽事，好卖弄能干，今见贾珍如此央他，心中早已允了。又见王夫人有活动之意，便向王夫人道："大哥说得如此恳切，太太就依了罢。"王夫人悄悄的问道："你可能么？"凤姐道："有什么不能？算外面的大事，已经大哥哥料理清了，不过是里面照管照管。〔索隐〕可见董妃当日揽官中大权，死后无人管理，故须择人权官，是指内政，不指外廷。故书无纪载。有以为派王大臣总理丧仪者，非是。便是我有不知的，问太太就是了。"王夫人见说得有理，便不出声。贾珍见凤姐允了，又陪笑道："也管不得许多了，横竖要求大妹妹辛苦辛苦。我这里先与大妹妹行礼，等完了事，我再到那府里谢谢。"说着，便作揖下去。凤姐连忙还礼不迭。

贾珍便命人取了宁国府对牌来，命宝玉送与凤姐，说道："妹妹要怎么就怎么样办，要什么只管拿这个去取，也不必问我。只求别存心替我

第十三回　秦可卿死封龙禁尉　王熙凤协理宁国府

省钱，要好看为上。二则也同那府里一样待人才好，不要存心怕人抱怨。只这两件外，我再没不放心的了。"凤姐不敢就接牌，只看着王夫人。王夫人道："珍哥既这么说，你就照看照看罢了。只是别自作己意，有了事打发人问你哥哥嫂子一声儿要紧。"宝玉早向贾珍手里接过对牌来，强递与凤姐了。

贾珍又问："妹妹还是住在这里，还是天天来呢？若是天天来，越发辛苦了。我这里赶着收拾出一个院落来，妹妹住过这几日倒安稳。"凤姐笑说："不用，那边也离不得我，倒是天天来的好。"贾珍说："也罢，也罢。"〔索隐〕往来两府，可见非官中本有之人。此段书大可寻味。然后又说了一回闲话，方才出去。

一时女眷散后，王夫人因问凤姐："你今儿怎么样？"凤姐道："太太只管请回去，我须先理出一个头绪来，才回去得呢。"王夫人听说，便先同邢夫人回去。不在话下。

这里凤姐来至三间一所抱厦内坐了，因想头一件是人口混杂，遗失东西；二件事无专管，临期推诿；三件需用过费，滥支冒领；四件任无大小，苦乐不均；五件家人豪纵，有脸者不能服约束，无脸者不能上进。此五件实是宁府中风俗。〔索隐〕前四件是历来官中的积弊，后一件是满人开国时的特病。不知凤姐如何处治，且听下回分解。

〔索隐〕本回全叙可卿之丧，专为董妃封后丧仪逾滥而发。前一段特记遗言，数语了过。中一段铺叙棺殓之厚，殉物之多，典礼之隆，法事之盛。又特书死封一节，以见为死后追封，非生前册命。又叙来宾之杂沓，仪仗之整齐，处处铺张，无非为"逾滥"二字作注。末一段写官中无人，丧事散漫之况，故以熙凤兼之。

本回书目，着重一"死"字、一"协"字。其中包孕无穷事迹，不可漫然读过也。

〔护花评〕秦氏死后，不写贾蓉悼亡，单写贾珍痛媳，又必觅好棺，必欲封诰，僧道荐忏，开丧送柩，盛无以加，皆是作者深文。

第十四回 林如海捐馆扬州城
　　　　　　贾宝玉路谒北静王

　　话说宁国府都总管来升〔索隐〕内廷太监有总管副总管等项名目。闻知里面委请了凤姐，因传齐同事人等，说道："如今请了西府〔索隐〕各王府向有东府、西府之称。如今醇王邸称北府是也。然亦惟府邸中人称之，外人不知也。里琏二奶奶管理内事，倘或他来支取东西，或是说话，须要小心伺候。每日大家早来晚散，宁可辛苦这一个月，过后再歇息，不要把老脸面丢了。那是个有名的烈货，脸酸心硬，一时恼了不认人的。"众人都道："有理。"又有一个笑道："论理我们里面也该得他来整治整治，都忒不像了。"

　　正说着，只见来旺媳妇〔索隐〕来升、来旺等，大约皆指投旗之奴仆而言，故加以来字也。拿了对牌来领呈文经榜纸札，票上开着数目。众人连忙让坐倒茶，一面命人按数取纸。来旺抱着，同来旺媳妇一路来至仪门，方交与来旺媳妇自己抱进去了。凤姐即命彩明定造册簿，即时传了来升媳妇，要家口花名册查看，又限明日一早传齐家人媳妇进府听差。大概点了一点数目单册，问了来升媳妇几句话，便坐车回家。

　　至次日卯正二刻，便过来了。那宁国府中婆子媳妇闻得到齐。只见凤姐与来升媳妇分派众人执事，不敢擅入，在窗外打听。只见凤姐和来升媳妇道："既托了我，我就说不得要讨你们嫌了。我可比不得你们奶奶好性儿，由着你们去。再不要说你们这府里原是这样的话，如今可要依着我行，错我半点儿，管不得谁是有脸的，谁是没脸的，一例清白处治。"说罢，便吩咐彩明念花名册，按名一个一个叫进来看视。一时看完，又吩咐道："这二十个分作两班，一班十个，每日在内单管人客来往倒茶，别事不用他们管。这二十个也分作两班，每日单管本家亲戚茶饭，

第十四回　林如海捐馆扬州城　贾宝玉路谒北静王

也不管别事。这四十个人也分作两班，单在灵前上香添油，挂幔守灵，供饭供茶，随起举哀，也不管别事。这四个人专在内茶房收管杯碟茶器，若少一件，四人分赔。这四个人单管酒饭器皿，少一件也是分赔。这八个人单管收祭礼，这八个人单管各处灯油蜡烛纸札；我总支了来，交与你八个人，然后按我的定数再往各处去分派。这三十个每日轮流各处上夜，照管门户，监察火烛，打扫地方。这下剩的按房屋分开，某人守某处，某处所有桌椅古玩起，至于痰盒、掸帚，一草一苗，或丢或坏，就问这看守之人赔补。来升家的每日揽总查看，或有偷懒的、赌钱吃酒打架拌嘴的，立刻来回我，休要徇情。经我查出，三四辈子的老脸就顾不成了。〔索隐〕太祖时投旗，至顺治时已历三世，故云三四辈子。如今都有定规，以后那一行乱了，只和那一行说话。素日跟我的人，随身都有钟表，不论大小事，皆有一定时刻。横竖你们上房里也有时辰钟，卯正二刻我来点卯，巳正吃早饭；凡有领牌回事的，在午初二刻；戌初烧过黄昏纸，我亲到各处查一遍回来，上夜的交明锁匙。第二日仍是卯正二刻过来。说不得咱们大家辛苦这几日罢，事完了，你们大爷自然赏你们的。"

说毕又吩咐按数发与茶叶、油烛、鸡毛掸子、笤帚等物，一面又搬取家伙、桌围、椅搭、坐褥、毡席、痰盒、脚踏之类，一面交发，一面提笔登记。某人管某处，某人领物件，开得十分清楚。众人领了去，也都有了投奔，不似先时只检便宜的做，剩下苦差，没个招揽。各房中也不能趁乱迷失东西，便是人来客往也都安静了，不比先时紊乱无头绪。一切偷安窃取等弊，一概都蠲了。

凤姐自己威重令行，心中十分得意。〔索隐〕加以"威重令行"四字，可见重视董妃之丧。故以全权相畀，亦见刘妃不愧"执政王家"四字。因见尤氏犯病，贾珍也过于悲哀，不大进饮食，自己每日从那府中熬了各样细粥，精美小菜，令人送来劝食。〔索隐〕刘妃之精细可想。"那府中"三字，指豫邸也。贾珍也另外吩咐，每日送上等菜到抱厦内单与凤姐。〔索隐〕情僧之爱重可想。凤姐不畏勤劳，天天按时刻过来点卯理事，独在抱厦内起坐，不与众妯娌合群。便有眷客来往，也不迎送。〔索隐〕俨然宫内之大总管。

《红楼梦》与顺治皇帝的爱情故事

这日乃五七正五日上,那应佛僧正开方破狱,传灯照亡,参问君,拘都鬼,延请地藏王,开金桥,引幢幡。那道士们正伏章申表,朝三清,叩玉帝。禅僧们行香放焰口,拜水忏。又有十二众青年尼僧,搭绣衣,靸红鞋,在灵前默诵接引诸咒,十分热闹。〔索隐〕作者色色内行,故写得如此热闹。

那凤姐知道今日客来不少,寅正便起来梳洗,及收拾完备,更衣盥手,吃了两口奶子,漱口已毕,正是卯正二刻来了。〔索隐〕写得如此详细,要见刘妃之卖弄精神,事事不落人后,有平明骑马入宫门之概。来旺媳妇率领众人伺候已久。凤姐出至厅前上了车,〔索隐〕一层。前面一对明角灯,上写"荣国府"三个大字。〔索隐〕二层。来至宁府大门首,门灯朗挂,〔索隐〕三层。两面一色蠒灯,照如白昼。〔索隐〕四层。白汪汪穿孝家人两行侍立,〔索隐〕五层。请车至正门上,小厮退出。〔索隐〕六层。众媳妇上来揭起车帘,〔索隐〕七层。凤姐下了车,〔索隐〕八层。一手扶着丰儿,〔索隐〕九层。两个媳妇执着手,把灯照着,〔索隐〕十层。簇拥凤姐进来。〔索隐〕十一层。宁府诸媳妇迎着请安,〔索隐〕十二层。凤姐款步走入会芳园中登仙阁灵前〔索隐〕十三层。一见棺木,那眼泪恰似断线之珠,滚将下来。〔索隐〕十四层。院中多少小厮,垂手侍立,伺候烧纸。〔索隐〕十五层。凤姐吩咐一声:"供茶烧纸。"〔索隐〕十六层。只听一棒锣鸣,〔索隐〕十七层。诸乐齐奏,〔索隐〕十八层。早有人端过一张大圈椅来,放在灵前。〔索隐〕十九层。凤姐坐了,放声大哭。〔索隐〕二十层。于是里外上下男女都接声嚎哭。〔索隐〕二十一层。写凤姐早起过府祭灵,不过数行笔墨,而内中夹叙二十一层事迹。初见天未明时之景象,次见宁府布置之周密,又次见府中规制之严肃,又次见贵人局度之从容,又次见灵前设备之完整,又次见奠祭礼节之次第。至末乃见王、秦二人之交好,与凤姐临事之尊倨,并见满人治丧,以多人嚎哭为贵,谓之嚎丧。有以钱佣人为之者,官廷中则宦官宫妾每日三祭,有轮班值哭者。梅村所谓"小臣助长号"者是也。一段中密层层,无缺无蔓。作书人非熟于官廷规制及贵人举动,安能道得如此井井。

一时贾珍尤氏令人劝止,凤姐方止住。来旺媳妇倒茶漱口毕,〔索

第十四回　林如海捐馆扬州城　贾宝玉路谒北静王

隐〕满清宫中均以茶漱口。第三回黛玉入府时，已点一次，兹又重点，以见为宫中之事而已。凤姐方起身别了族中诸人，自入抱厦来，按名查点。各项人数俱已到齐，只有迎送亲客上的一人未到，即令传来，那人惶恐。凤姐冷笑道："原来是你误了，你比他们有体面，所以不听我的话。"那人回道："小的天天都来的早，只有今儿来迟了一步，求奶奶饶过初次。"正说着，只见荣国府中的王兴媳妇〔索隐〕言王府中人兴盛也。来在前探头。

凤姐且不发放这人，却问王兴媳妇来作什么。王兴媳妇近前，说："领牌取线打车轿网络。"说着，将个帖儿递上去。凤姐令彩明念道："大轿两顶，小轿四顶，车四辆，共用大小络子若干根，每根用珠儿线若干斤。"凤姐听了数目相符，便命彩明登记，取荣国府对牌掷下，王兴家的去了。凤姐方欲说话，只见荣国府的四个执事人进来，都是要支取东西领牌的。凤姐问他们要了帖念过，听了一共四件，因指两件道："这个开销错了，再算清了来领。"说着将帖子掷下，那二人扫兴而去。

凤姐因见张才家的〔索隐〕张大其才也。在旁，因问："你有什么事？"张才家的忙取帖子回道："就是方才车轿围做成，领去裁缝工银若干两。"凤姐听了，取了帖子，命彩明登记。待王兴交过，得了买办的回押相符，然后与张才家的去了。一面又命念那一件，是为宝玉外书房完竣，〔索隐〕文华殿完工，在董妃死前，此不过顺带一笔。支领买纸糊裱。凤姐听了，即命收帖儿登记，待张才家的缴清再发。

凤姐便说道："明儿他也来迟了，后儿我也来迟了，将来都没有人了。本来要饶你，只是我头一次宽了，下次就难管别人了，不如开发的好。"登时放下了脸，命：'带出去，打二十板子！"众人见凤姐动怒，不敢怠慢，拉出去照数打了，进来回覆。〔索隐〕官中有刑，专笞内监婢媪人等，以竹为短杖，黄衣袭之。有掌刑太监，专司其事。凤姐又掷下宁府对牌："说与来升，革他一月银来，〔索隐〕内监人等所食钱米，谓之吃钱粮。遇事每常加罚，然其人并不恃此为活。盼咐散了罢。"众人方各自办事去了。那时被打之人，亦含羞饮泣而去。彼时荣宁两处领牌交人，往来不绝。凤姐又一一开发了。于是宁府中人才知凤姐利害，自此各兢兢业业，不敢偷安。不在话下。

《红楼梦》与顺治皇帝的爱情故事

如今且说宝玉因见人众,恐秦钟受了委曲,遂同他往凤姐处坐坐。凤姐正吃饭,见他们来了,笑道:"好长腿子,快上来罢。"宝玉道:"我们偏了。"凤姐道:"在这边外头吃的,还是那边吃的?"宝玉道:"同那些浑人吃什么,〔索隐〕董妃死后,情僧待宫中诸人皆有厌弃之意,且满族人多厚重,故曰浑人。原是那边,我还同老太太吃了来的。"〔索隐〕董妃死后,世祖侍膳慈宁宫中。说着,一面归坐。

凤姐饭毕,就有宁府一个媳妇来领牌,为支取香灯。凤姐笑道:"我算着你今儿该来取支,想是忘了。要终久忘了,自然是你包出来,都便宜了我。"那媳妇笑道:"何尝不是忘了。方才想起来,再迟一步,也领不成了。"说毕,领牌而去。

一时登记交牌,秦钟因笑道:"你们两府里都是这牌,倘别人私造一个,支了银子去,怎么?"凤姐笑道:"依你说却没王法了。"宝玉因道:"怎么咱们家没人来领牌子支东西?"凤姐道:"他们来领的时候,你还做梦呢。我且问你,你们多早晚才念夜书呢?"宝玉道:"巴不得今日就念才好。〔索隐〕又见急急与诸臣讲学。只是他们不快给收拾出书房来,〔索隐〕文华殿自兴工至竣工,为时颇久。也是没法。"凤姐笑道:"你请我一请,包管就快了。"宝玉道:"你也不中用,他们该做到那里的时候,自然有了。"凤姐道:"就是他们做,也得要东西,搁不住我不给对牌是难的。"宝玉听说,便扭向凤姐身上,立刻要牌,说:"好姐姐,给他们牌,好支东西去收拾。"凤姐道:"我乏的身上生痛,还搁的住你这揉搓。〔索隐〕句中有眼。你放心罢,今儿才领了纸裱糊去了、他们该要的,还等叫去呢?可不傻了。"宝玉不信,凤姐便叫彩明查册子与宝玉看了。

正闹着,人来回:"苏州去的昭儿来了。"〔索隐〕昭者,招也。凤姐细问供招,故用此名。凤姐急命唤进来。昭儿打千儿请安,凤姐便问:"回来做什么的?"昭儿道:"二爷打发回来的。林姑老爷是九月初三巳时没的,〔索隐〕此林姑老爷即指小琬之父,盖先卒久矣,此时特归葬耳。二爷带了林姑娘,同送林姑爷的灵柩到苏州。〔索隐〕此又似追叙小琬初归豫王之始。

大约赶年底就回来。〔索隐〕豫王于顺治二年十月班师,时届冬令,

第十四回　林如海捐馆扬州城　贾宝玉路谒北静王

故曰年底。二爷打发小的来报个信请安，讨老太太示下，还瞧瞧奶奶家里好，叫把大毛衣服带几件去。"凤姐道："你见过别人了没有？"昭儿道："都见过了。"说毕，连忙退出。凤姐向宝玉笑道："你林妹妹可在咱们家住长久了。"宝玉道："了不得，想来这几日，他不知哭的怎么样呢？"说着，蹙眉长叹。

凤姐见昭儿回来，因当着人不及细问贾琏，心中自是记挂。待要回去，奈事未了毕，少不得耐到晚上回来，复令昭儿进来，细问一路平安信息。连夜打点大毛衣服，和平儿亲自检点包裹，再细细追想所需何物，一并包裹交付昭儿。又细细吩咐昭儿："在外好生小心服侍，不要惹你二爷生气。时时劝他少吃酒，别勾引他认得混帐女人，〔索隐〕如刘妃者，当不止一人。——回来打折你的腿。"赶乱完了，天已四更。睡下不觉早又天明，忙梳洗过宁府来。

那贾珍因见发引日近，亲自坐车带了阴阳司吏往铁槛寺来踏看寄灵所在。〔索隐〕董妃之丧，世祖亲踏看殡所，故梅村诗云："高原营寝庙，近野开陵邑。南望仓舒坟，掩面添凄恻"之句，与此书相合。又一一嘱咐住持色空：〔索隐〕色即是空，为因情而僧张本。"好生预备新鲜陈设，多请名僧，以便接灵使用。"色空忙备晚斋，贾珍也无心茶饭。因天晚不及进城，竟在净室胡乱歇了一夜，次日早进城来，料理出殡之事。一面又派人先往铁槛寺，连夜另外修饬停灵之处，并厨灶等项接灵人口。〔索隐〕既按后礼，应有跪接仪注，总丧王大臣，应先往预备。

凤姐见日期有限，也预先逐细分派料理。一面又派荣府中车轿人从，跟王夫人送殡，〔索隐〕后妃福晋等送殡，统指之曰"王夫人"，亦佳。又顾自己送殡去占下处。〔索隐〕为下回馒头庵伏线。目今正值缮国公诰命亡故，王邢二夫人又去上祭送殡；西安郡王妃华诞，送寿礼；镇国公诰命生了长男，预备贺礼。〔索隐〕以上三事皆是陪衬，无所指实。又有胞兄王仁〔索隐〕亡仁也，指刘仲。连家眷回南，〔索隐〕刘妃婿钱沈埏成进士后，回南接眷。刘因仲兄病消渴，令与偕行，连眷回南，指此也。此事在顺治三年，而董妃死在十七年，特将此层叙入此间者，欲令人知此时之凤姐为刘妃而已。一面写家信，〔索隐〕致女珍之信。禀叩父母，〔索隐〕反言之。并带往之物。〔索隐〕京样手镯之类。又有

《红楼梦》与顺治皇帝的爱情故事

迎春染病,〔索隐〕迎春行次二,借之喻刘仲有疾。每日请医服药,看医生启帖、症源药案,各事冗杂,亦难尽述。〔索隐〕叙治丧,却添此数层闲文,非铺叙凤姐之忙,实点明刘妃之事。《红楼》书法,大都皆以闲笔、陪笔点睛,待人自悟。不然此等事亦不足以见才,不叙可也。又兼发引在迩,因此忙得凤姐茶饭无心,坐卧不宁。刚到了宁府,荣府的人跟着;既回到荣府,宁府的人又跟着。〔索隐〕又特点明兼两府之事,可见非宫中之人。凤姐虽然如此之忙,只因素性好胜,惟恐落人褒贬,故费尽精神,筹画得十分整齐。于是合族上下,无不称叹。

这日伴宿之夕,里面两班小戏并耍百戏的,与亲朋等伴宿。尤氏犹卧于内室,一切张罗款待独自凤姐一人周全承应。合族中虽有许多妯娌,也有羞口羞脚的,也有不惯见人的,也有惧贵怯官的,〔索隐〕读《清季宫闱秘史》可以见诸命妇初入宫者之情状。种种之类,俱不及凤姐举止大雅,言语典则。因此,也不把众人放在眼里,挥霍指示,任其所为,旁若无人。〔索隐〕顺治后妃均不及刘妃之才,故刘妃敢于专擅,况清世家法,有太后在,皇后局促如辕下驹。刘妃协理,当奉慈命,益可为所欲为矣。一夜中灯明火彩,客送官迎,那百般热闹,自不用说。至天明吉时,一般六十四名青衣请灵,前面铭旌上大书:"诰封一等宁国公冢孙妇防护内廷紫禁道御前侍卫龙禁尉享强寿贾门秦氏宜人之灵柩"。〔索隐〕官衔累累,暗訾端敬谥号之多。一应执事陈设,皆系现赶新做出来的,一色光彩夺目。〔索隐〕恣意奢侈,即梅村〔诗〕:"红颜尚焦土,百万无容惜"之意。宝珠自行未嫁女之礼,摔丧驾灵,十分哀苦。

那时官客送殡的,有镇国公牛清之孙、现袭一等伯牛继宗,理国公柳彪之孙、现袭一等子柳芳,齐国公陈翼之孙、世袭三品威镇将军陈瑞文,治国公马魁之孙、世袭三品威远将军马尚平,修国公侯晓明之孙、世袭一等子侯孝康。缮国公诰命亡故,其孙石光珠守孝不得来。这六家与荣宁二家,当日所称八公的便是。〔索隐〕清初八公,如柳指叶舒,鸟指高寒,余可类推。此皆天潢一派,此下乃异姓王公。余者更有南安郡王之孙、西宁郡王之孙,〔索隐〕指三藩之子,如吴应熊、尚之信等。忠靖侯史鼎,平原侯之孙、世袭二等男蒋子宁,定城侯之孙、世袭二等男兼京营游击谢鲲,襄阳侯之孙、世袭二等男戚建光,景田侯之孙、五

第十四回　林如海捐馆扬州城　贾宝玉路谒北静王

城兵马司裘良，余者锦乡伯公子韩奇，神武将军公子冯紫英，陈也俊，卫若兰等，诸王孙公子，不可枚数。堂客也共有十来顶大轿，三四十顶小轿，连家下大小轿车辆，不下百十余乘，连前面各式执事，陈设百耍，浩浩荡荡，一带摆三四里远。

走不多时，路上彩棚高搭，设席张筵，和音奏乐，俱是各家路祭。第一棚是东平王府的祭，第二棚是南安郡王的祭，第三棚是西宁郡王的祭，第四棚便是北静郡王的祭。〔索隐〕独提北静王一段，为点明世祖亲送妃殡。若但言宝玉，不能显明，故加此笔。原来这四王，当日惟北静王功最高，及今子孙犹袭王爵。现今北静王世荣，〔索隐〕言世享荣华也。年未弱冠，生得秀美异常，情性谦和。近闻宁国府冢孙妇告殂，因想当日彼此祖父有相与之情，同难同荣，未以异姓相视，因此不以王位自居，上日也曾探丧上祭，〔索隐〕可见非冒然送殡者。如今又设路奠，命麾下各官在此伺候。自己五鼓入朝，公事一毕，便换了素服，〔索隐〕指退朝以后。坐大轿，鸣锣张伞而来。至棚前落轿，手下各官两旁拥侍，军民人众不得喧哗。〔索隐〕是警的气象，王公那能及此。

一时只见宁府大殡浩浩荡荡，压地银山一般，从北而至。早有宁府开路传事人等报与贾珍。贾珍即命前面扎驻，同贾赦、贾政三人连忙迎来，以国礼相见。〔索隐〕明指国礼，可知为谁。顺治时因百官向亲王跪拜，曾谕禁止。世荣在轿内欠身，〔索隐〕郡王安得如此尊倨。含笑答礼，仍以世交称呼接待，并不自大。贾珍道："犬妇之丧，累蒙郡驾下临，荫生辈何以克当！"世荣笑道："世交至谊，何出此言？"遂回头命长史官主祭代奠。〔索隐〕非钦派专员，无代奠之礼，决非王公可知。贾政等一旁还礼，〔索隐〕是谕祭赐奠的仪注，不是王公寻常庆吊之礼。复亲身来谢恩。〔索隐〕"谢恩"二字更显，王公何能当此？世荣十分谦逊，因问贾政道："那一位是衔玉而诞者？久欲得一见为快，今日一定在此，何不请来。"

贾政忙退下，命宝玉更衣，领他前来谒见。那宝玉素闻得世荣是个贤王，且才貌俱全，风流跌宕，不为官俗国礼所缚，每思相会，只是父亲拘束，不克如愿。今儿反来叫他，自是欢喜。一面走，一面瞥见那世荣坐在轿内，好个仪表。不知近前又是怎样，且听下回分解。

《红楼梦》与顺治皇帝的爱情故事

〔索隐〕本回共分六段：

自首句起，至"查册子与宝玉看了"句止，为第一段，补叙上回凤姐协理宁府之实迹，心口并用，耳目兼营。想见宫中遇丧，事杂言庞的景象。又想见刘妃治事，令行禁止的全功。

自"正闲着"句起，至"忙梳洗过宁府来"句止，为第二段。插入林如海之丧，着重惟在九月初三病殁一言，必琬南归之日也。

自"那贾珍因见发引日近"句起，至"接灵人口"句止，为第三段。特叙贾珍亲自踏看殡所，为世祖写照，是过从优厚，未能以礼正情之明证。

自"凤姐见日期有限"句起，至"无不称叹"句止，为第四段。专为描写王仁、迎春以喻刘仲。因刘仲以证明为刘妃，有意点睛。不可因其草草数言，视为无端之过脉。

自"这日伴宿之夕"句起，至"便是北静王的"句止，为第五段。专叙伴宿出殡情形，并列叙当时宗室异姓诸王公姓名。大抵皆是谜语。陈也俊，系指陈之遴；卫若兰，系指魏裔介之类，不克胜举。累累书此，全为陪出北静王来。

自"原来四王"句起，至末句止，为第六段。专叙世祖亲自送丧之实况，以北静王作代，而处处却皆帝制。亦是有意点醒后人，俾知其事。

统此一回，全为记董妃之丧，惟中间苏州昭儿一层，笔致迷离，不可究诘。然果细为抽绎，必与董妃事有相连。其由扬而苏者，大抵与三吾水绘，亦必有涉。惜无记载之书，不易考证，殊怅然也。

〔护花评〕极写凤姐之勤能、丧仪之华盛，及吊祭之热闹。皆系反衬后来贾母之丧，潦草杂乱。凤姐灵前大哭，是真哭不是假哭。秦氏灵动聪敏，是凤姐知心，其情亦大略相似。惺惺惜惺惺，安得不恸。凤姐在宁府办事，夹写荣府巨细诸事，足见部署裕如，不慌不忙。然皆是有余气象。

第十五回　王熙凤弄权铁槛寺
　　　　　　秦鲸卿得趣馒头庵

　　话说宝玉举目见北静王世荣头上戴着净白簪缨银翅王帽，穿着江牙海水五爪龙白蟒袍，系着碧玉红鞓带，面如美玉，目似明星，真好秀丽人物。宝玉忙抢上来参见，世荣忙从轿内伸手挽住。见宝玉带着束发银冠，勒着双龙出海抹额，穿着白蟒箭袖，围着攒珠银带，面若春花，目如点漆。世荣笑道："名不虚传，果然如宝似玉。"问："衔的那宝贝在那里？"宝玉见问，连忙从衣内取出，递与世荣。世荣细细看了，又念了那上头的字，因问："果灵验否？"贾政忙道："虽如此说，只是未曾试过。"世荣一面极口称奇，一面理顺彩绦，亲自与宝玉带上，又携手问宝玉几岁，现读何书。宝玉一一答应。
　　世荣见他语言清朗，谈吐有致，一面又向贾政笑道："令郎真乃龙驹凤雏，非小王在世翁前唐突，将来'雏凤清于老凤声'，未可量也。"贾政陪笑道："犬子岂敢谬承金奖，赖藩郡余祯，果如所言，亦荫生辈之幸矣。"世荣又道："只是一件，令郎如此资质，想老太夫人辈自然钟爱极矣。但吾辈后生，甚不宜溺爱；溺爱则未免荒失了学业。昔小王曾蹈此辙，〔索隐〕是一是二，不可捉摸。想令郎亦未必不如是也。〔索隐〕故为离合，其实此时之北静王，即宝玉之化身。若令郎在家难以用功，不妨常到寒第。小王虽不才，却多蒙海内众名士，凡至都者，未有不垂青眼，〔索隐〕谁不愿作天子门生。是以寒第高人颇众。〔索隐〕景运门外修盖值庐，翰林轮值以备讨论，又屡开书馆，以名士掌之，高人不为不众。令郎常去谈谈会会，则学问可以日进矣。"贾政忙躬身答道："是！"
　　世荣又将腕上一串念珠〔索隐〕念珠者，念此丽姝也。卸下来递与宝玉，道："今日初会，仓猝无敬贺之物，此系圣上所赐〔索隐〕上赏

《红楼梦》与顺治皇帝的爱情故事

之物，何能赠人？标明"圣上所赐"四字，可见赠物者即圣上，是移花接木法也。蕶苓香〔索隐〕山榛隰苓，亦思西方美人之意。《红楼》好以小小名物寓情，多如此类。念珠一串，权为敬贺之礼。"宝玉连忙接了，回身奉与贾政。贾政与宝玉谢过了，于是贾赦贾政等一齐上来请回舆。〔索隐〕世祖临郊送殡，王大臣必有此请。世荣道："逝者已登仙界，碌碌你我，尘寰中人也。小王虽上叨天恩，虚邀郡袭，岂可越仙轮而进也！"〔索隐〕可见乘舆行香榇之后，亦是特笔。贾赦等见执意不从，只得告辞谢恩回来。〔索隐〕以礼考之，此时此际，号为妃父之三等卿内大臣，应谢恩而退。命手百掩乐停音，〔索隐〕尊崇避让至此，藩郡安足当之。将殡过完，方让世荣过去。不在话下。〔索隐〕作者当时必值身万头攒动之中，故得其详如此。

且说宁府送殡，一路热闹非常，刚至城门，又有贾赦贾珍等诸同寅属下各家祭棚接祭。一一的谢过，然后出城，竟奔铁槛寺大路而来。

彼时贾珍带贾蓉来到诸长辈前，让坐轿上马，因而贾赦一辈的，各自上了车轿，贾珍一辈的，也将要上马。凤姐因记挂着宝玉，怕他在郊外纵性，不服家人的话，贾政管不着宝玉，惟恐有闪失，因此命小厮来唤他，宝玉只得到他车前。凤姐笑道："你是一个尊贵人，〔索隐〕至此将途间亲临的仪注叙明，便以宝玉代至尊矣。同女孩儿一般人品，别学他们猴在马上，下来，咱们姐儿两个同车。"〔索隐〕"有女同车，颜如舜"，当时或有此事。世祖善骑，能于马上作翻腾诸式。梅村《读史偶述》第九首，所谓"侧坐翻身马上轻，言家绝技羽林惊"者是也。此云猴儿在马上，可见其控纵自如，有据鞍顾盼之乐。宝玉听说，便下了马，爬上凤姐车内，二人说笑前进。

不一时，只见那边两骑马，直奔凤姐车下马，扶车回道："这里有下处，奶奶请歇歇更衣。"凤姐命请王邢二夫人示下。那二人回说："太太们说不歇了，叫奶奶自便。"凤姐便命歇歇再走。小厮带着辕马，挤入人群，往北而来。宝玉在车，急命请秦相公。〔索隐〕插入陈掖臣，为写尼庵一段公案。那时秦钟正骑着马，随他父亲的轿。〔索隐〕当时内院诸臣，必皆扈从，特名夏前已正法，但补记其事耳。忽见宝玉的小厮跑来，请他去打尖。秦钟远看这宝玉所骑的马，搭着鞍笼，随着凤姐的车往北

第十五回　王熙凤弄权铁槛寺　秦鲸卿得趣馒头庵

而去。〔索隐〕又叙舍马而车，或当与嫔妃并辇耶。便知宝玉同凤姐一车，〔索隐〕又一笔，皆有点刺，非闲赘也。自己也带马赶出来，同入一庄门内。

那庄农人家无多房舍，妇女无处回避。那些村姑庄妇，见了凤姐、宝玉、秦钟的人品衣服，几疑天人下降。〔索隐〕本是麟凤来游。凤姐进入茅屋，先命宝玉等出去玩玩，宝玉会意，因同秦钟带了小厮们各处游玩。凡庄家动用之物，俱不曾见过的。〔索隐〕纨袴子弟，且不能知，何况天子？宝玉见之，都以为奇，不知何名何用。〔索隐〕若史家见之，必曰"勤求民隐，不引作豳风"诗，便绘作"无逸图"矣。小厮中有知道的，一一告诉了名目，并其用处。宝玉听了，因点头道："怪道古上诗上说，'谁知盘中餐，粒粒皆辛苦'，正为此也。"一面说，一面又到一间房内。见炉上有个纺车，〔索隐〕无怪清圣祖要绘"耕织图"，是不忘乃父之志。越发以为稀奇，小厮们又告以纺线织布之用，宝玉便上炕摇转作耍。

只见一个村庄丫头，约有十七八岁，走来说道："别弄坏了。"众小厮忙喝住了，宝玉也住了手，说道："我因不曾见过，所以试一试玩儿。"那丫头道："你们不曾见，我转给你瞧。"秦钟暗拉宝玉道："此卿大有意趣！"〔索隐〕意淫。宝玉推他道："再胡说，我就打了！"说着，只见那丫头纺起纱来，果然好看。忽听那边老婆子叫道："二丫头，快过来！"那丫头丢了纺车，一径去了，宝玉怅然无趣。〔索隐〕意淫。

只见凤姐打发人来，叫他两个进去。凤姐洗了手，换了衣服，问道："换不换？"宝玉道："不换也就罢了。"仆妇们端上茶食果品来，又倒上香茶来。凤姐等吃过茶，待他们收拾完备，便起身上车。外面旺儿预备赏封，赏了那庄户人家。那庄妇人等来谢赏，宝玉留心看时，并不见纺纱之女。走不多远，却见这二丫头怀里抱了个小孩子，想是他的兄弟，同着几个小女孩子说笑而来。宝玉情不自禁，〔索隐〕意淫。然身在车上，只得以目相送。〔索隐〕意淫。一时电卷风驰，回头已无踪迹了。

说笑间，〔索隐〕可见仍是同车。忽已赶上大殡。早又前面法鼓金铙，幢幡宝盖，铁槛寺僧众，已列路旁。少时到了寺中，另供佛事，重设香坛，安灵于内殿偏室之中。宝珠安排寝室为伴。外面贾珍款待一应

《红楼梦》与顺治皇帝的爱情故事

亲友,也有扰饭的,也有就告辞的,一一谢过之后,公侯伯子男一起一起的散,至未刻方散尽了。里面的堂客,皆是凤姐陪伴接待,〔索隐〕上回已叙一笔,是在家里照料,此处又叙一笔,是在庙中照料。无一漏笔。先从诰命散起,直到晌午方散完了。只有几个近亲本族,等做过三日道场后方去。

那时邢王二夫人知凤姐必不能回家,便要进城。王夫人要带宝玉回去。宝玉乍到郊外,那里肯回去,只要跟凤姐住着。王夫人只得交与凤姐而去。

原来这铁槛寺当日是宁荣二公修造的,现今还有香火地亩,以备京中老了人口在此停灵。其中内外两宅,俱是预备妥贴的,好为送灵人口寄居。不想如今后人繁盛,其中贫富不一,或情性参商,有那家艰难安分的,便住在这里了,有那有钱势尚排场的,只说这里不方便,一定另外或村庄或尼庵寻个下处,为事毕宴退之所。即今秦氏之合族中诸人,皆权在铁槛寺下榻。独凤姐嫌不方便,因遣人来和馒头庵的姑子净虚说了,让出两间房子来做下处。原来这馒头庵就是水月庵,〔索隐〕镜花也,水月也,土馒头也,皆是欢会不长,葬玉埋香之悲痛语,亦旷达语。因他庵里做得馒头好,就起了这个浑名。〔索隐〕又圆谎。离铁槛寺不远。〔索隐〕可怕可怕。铁槛方坚,土馒已近,"不远"二字,唤人冷汗。当下和尚功课已完,吃过晚茶,贾珍便命贾蓉请凤姐歇息。

凤姐见有几个妯娌陪着女亲,便辞了众人,带了宝玉秦钟往水月庵来。〔索隐〕大丧送殡,凡贵人均另备下处。行在自应预备佳地。原来秦邦业因年迈多病,不能在此,只命秦钟等待安灵罢。那秦钟只跟着凤姐宝玉。一时到了水月庵,净虚〔索隐〕虚灵不昧是余义,尽是虚假是本义。带领智善智能〔索隐〕指凤姐即是指刘妃。两个徒弟出来迎接。大家见过,凤姐等至净室更衣洗手毕。因见智能儿越发长高了,模样儿越发出色了,因说道:"你们师徒怎么这些日子也不往我们那里去?"净虚道:"可是。这几日都没工夫。因胡老爷府里产了公子,太太送了十两银子来这里,叫请几位师父念三日血盆经,忙的没个空儿,就没来请奶奶的安。"

不言老尼陪着凤姐,且说宝玉秦钟二人正在殿上玩耍,因见智能过

第十五回　王熙凤弄权铁槛寺　秦鲸卿得趣馒头庵

来,宝玉笑道:"能儿来了。"秦钟说:"理那东西作什么?"宝玉笑道:"你别弄鬼!那一日在老太太房里,一个人没有,你搂着他作什么?这会子还哄我!"秦钟笑道:"这可是没有的话。"宝玉道:"有没有也不管你们,你只叫住他,倒碗茶来我吃,就丢开手。"秦钟笑道:"这又奇了,你叫他倒去还怕他不倒,何必要我说呢?"宝玉道:"然我叫他倒的,是无情意的,不及你叫他倒的,是有情意的。"秦钟只得说道:"能儿,倒碗茶来。"那智能儿自幼在荣府走动,无人不识,常与宝玉、秦钟玩笑。如今长大了,渐知风月,便看上了秦钟人物风流,那秦钟也爱他妍媚,二人虽未上手,却已情投意合了。智能走去倒了茶来,秦钟笑道:"给我。"宝玉又叫:"给我。"智能儿抿嘴笑道:"一碗茶也争,难道我手上有蜜?"宝玉先抢得了喝着。方要问话,只见智善来叫智能去摆果碟子。一时来请他两个去吃茶果。他两个那里吃这些东西,略坐一坐,仍出来玩耍。

　　凤姐也略坐片时,便回至净室歇息,老尼相送。此时众婆娘媳妇见无事,都陆续散了,自去歇息,跟前不过几个心腹小婢。〔索隐〕南来之张媪,应在其内。老尼便趁机说道:"我有一事要到府里求太太,先请奶奶一个示下。"凤姐问:"何事?"老尼道:"阿弥陀佛!只因当日我先在长安县善才庵内〔索隐〕是指保定,非京师也。故加"当日我先在"五字,以见非本城本地。出家的时节,那时有个施主姓张,是大财主。他有个女儿,小名金哥。那年都往我庙里来进香,不想遇见长安府大爷的小舅子李衙内,一心看上,要娶金哥,打发人来求亲。不想金哥已受了原任长安守备的聘定,张家若退亲,又怕守备不依,因此说已有了人家。谁知李公子执意要娶他女儿。张家正无计策,两处为难,不料守备家一知此信,也不问青红皂白,便来作践辱骂。说一个女儿许几个人家,偏不许退定礼,就打官司告起状来。那家急了,只得着人上京来寻门路,赌气偏要退定礼。我想如今长安节度使云老爷,〔索隐〕节度使便是指巡抚。以顺治十七年后考去,保定巡抚王登联。此言云老爷,取登青云梯,联步青云之意。与府上相契,〔索隐〕此是说豫王府,不是官中。可以求太太与老爷说一声,发一封书,求云老爷和那守备说一声,不怕他不依。若是肯行,张家连倾家孝顺也都情愿。"

《红楼梦》与顺治皇帝的爱情故事

凤姐听了笑道:"这事倒不大,只是太太再不管这样的事。"老尼道:"太太不管,奶奶可以主张了。"凤姐笑道:"我也不等银子使,也不做这样的事。"净虚听了,打去妄想,半响叹道:"虽如此说,只是张家也知我来求府里。如今不管这事,张家不知道没工夫管这事,不希罕他的谢礼,倒像府里连这点子手段也没有一般。"凤姐听了这话,便发了兴头,说道:"你是素日知道我的,从来不信什么阴司地狱报应的。凭说什么事,我说要行就行。你叫他拿三千两银子来,我就替他出这口气。"老尼听了,喜之不胜,忙说:"有有,这个不难。"凤姐又道:"我比不得他们拉篷扯纤的图银子,这三千两银子不过是给打发去说的小厮们作盘缠,使他们赚几个辛苦钱。我一个钱也不要,便是三万两,我此刻还拿的出来。"〔索隐〕江南玉帛,全在其手。

老尼忙答应道:"既如此,奶奶明日就开恩也罢了"。凤姐道:"你瞧瞧我,忙得那一处少了我。既应了你,自然快快的了结。"老尼道:"这点子事,在别人跟前,不知就忙的怎么样,若是奶奶跟前,再添上些,也不够奶奶一发挥的。只是俗语说的,能者多劳。太太见奶奶大小事都妥贴,越发都推给奶奶了。奶奶也要保重贵体才是。"一路奉承奶奶,凤姐越发受用,也不顾劳乏,便攀谈起来。

谁想秦钟趁黑晚无人来寻智能,刚至后面房中,只见智能独在那里洗茶碗,秦钟便搂着亲嘴。智能急得跺足,说:"做什么?"就要叫唤。秦钟道:"好人,我已急死了,你今日再不依我,我就死在这里。"智能道:"你想怎么样?除非我出这牢坑,离了这些人才好呢。"秦钟道:"这也容易,只是远水救不得近火。"说着一口吹了灯,满屋漆黑,将智能抱到炕上,就云雨起来。那智能百般挣挫不起,又不好叫得,少不得依的。

正在得趣,只见一人进来,将他二人按住,也不出声。他二人吓得魂飞魄散,倒是那人"嗤"的一声笑了,方知是宝玉。秦钟连忙起来,抱怨道:"这算什么?"宝玉道:"你倒不依?咱们就叫喊起来。"羞得智能趁暗中跑了。宝玉拉了秦钟出来道:"你可还和我强?"秦钟笑道:"好人,你只别嚷的众人知道,你要怎样,我都依你。"宝玉笑道:"这会子也不用说,等一会睡下再细细算帐。"

第十五回　王熙凤弄权铁槛寺　秦鲸卿得趣馒头庵

一时宽衣安歇的时节，凤姐在里间，秦钟宝玉在外间，满地下皆是家下婆子打铺坐更。〔索隐〕是官中规制，女仆女婢轮值，有监者二人，谓之看灯花。皆妃嫔为之。凤姐因怕通灵玉失落，便等宝玉睡下，令人拿来搁在自己枕边。宝玉不知与秦钟算何帐目，未见真切，此系疑案，不敢纂创。〔索隐〕故提明"疑案"二字，可见当日以官家起居不慎，不免动人疑谤，其事之有无，本难确指。此处说秦钟，暗指熙凤所代之人。既纳玉枕边，又睡下算帐，皆是因乘舆远出，与外藩妇女同宿郊坰，未免人言啧啧。究竟人多目众，是否借梦巫山，外人阿从而知？况在后世不详求焉可矣。

一宿无话。次日一早，有贾母王夫人打发人来看宝玉，又命多穿两件衣服，无事宁可回去。宝玉那里肯回去，又有秦钟恋着智能，挑唆宝玉求凤姐再住一天。凤姐想了一想，丧仪大事虽妥，还有些小事未安排，可以借此再住一天：〔索隐〕可见是借名逗留。岂不又在贾珍跟前送了满情，〔索隐〕为慈宁覆命计。二则又可以完了净虚的那件事，〔索隐〕太平闲人批一"财"字，妙。三则顺了宝玉的心。〔索隐〕太平闲人批一"色"字，亦妙。因有此三益，便向宝玉道："我的事都完了，你要在这里逛，少不得越发辛苦了。明日是一定要走的了。"宝玉听说，千姐姐、万姐姐的央求，"只住一日，明日必回去的"。于是又住了一夜。〔索隐〕《东华录》载，顺治十七年十月辛卯（初五日），上幸南郊（看明是南郊非南苑，盖送董妃丧也）。甲午（初八日），上还宫，前后四日，应宿三夜。此书叙前后三日，犹从少数言之。

凤姐便命人悄悄将昨日老尼之事，说与来旺儿。旺儿心中俱已明白，急忙进城找着主文的相公，〔索隐〕主文者，治王府文书者也。假托贾琏所嘱，修书一封，连夜往长安县来。不过百里之遥，〔索隐〕可见是保定之清苑县，为直隶省首县，故曰长安，示为畿辅首治也。去京甚近，故曰百里之遥。两日来去俱已妥洽。那节度使名唤云光，久欠贾府之情，这些小事，岂有不允之理，给了回书，旺儿回来。不在话下。

凤姐等又过了一日，次日方别了老尼，着他三日后往府里去讨信。那秦钟与智能百般不忍分离，背地里多少幽期密约，〔索隐〕刘老老二进荣国府伏线，且示往来无间也。俱不用细述，只得含恨而别。凤姐又

《红楼梦》与顺治皇帝的爱情故事

到铁槛寺中照望一番，宝珠执意不肯回家，贾珍只得另派妇女相伴。〔**索隐**〕不言下落，或身殉矣。要知后事，且听下回分解。

〔**索隐**〕此回段落分歧错杂，头绪甚多，而全为送殡而起，故又一线穿成。大致约分十段，而所说却仅有四字。

自首句起，至"不在话下"句止，为第一段。仍补叙上回北静王送殡的始末。当中与宝玉谈话情形，疑即梅村诗"马上荐陆生"之事，以苓香念珠及后来造一假玉之事揆之，必才人见擢，往来翰苑值庐之中，且与小琬确有关系者。或为辟疆一类人，或为小琬、董妃入宫之始，均难确定。然必榛苓同慨，遗像难忘，则有可想见也。

自"且说宁府送殡"句起，至"回头已无踪迹了"句止，为第二段。专为叙宝凤同车并入村舍的情事。既见乘舆妄幸，又见并载非人，而且笙歌樵唱，花卉稻芒，同归斯人怀抱，可谓用情普遍，细大不捐。

自"说笑间"句起，至"只得交与凤姐而去"句止，为第三段。为众散独留的过脉。

自"原来这铁槛寺"句起，至"不言老尼陪着凤姐"句止，为第四段。专为写离众别居的原委。董妃移殡，当在彰义门外天灵寺金鱼池一带等处。梅村《读史偶述》第二十五首诗云："金鱼池上定新巢，杨柳青青已放梢。几度平津高阁上，泰坛春望记南郊。"即指其地。书中之寺与庵应在此也。

自"且说宝玉秦钟二人"句起，至"仍出来玩耍"句止，为第五段。叙述秦钟智能跃跃欲试的情形，下段方不嫌过突。

自"凤姐也略坐片时"句起，至"便攀谈起来"句止，为第六段。专叙老尼赂托凤姐干预讼事一桩公案。此事甚小，记传无闻，然当日必传之道路，故作书人拾而特记之。既见清初纲纪之不严，又见刘妃晚节之多玷。墨悲丝染，良有以也。

自"谁想秦钟趁黑晚无人"句起，至"不敢纂创"句止，为第七段。作者故用明显之笔记秦钟智能二人，复用存疑之笔，

第十五回　王熙凤弄权铁槛寺　秦鲸卿得趣馒头庵

记贾秦算帐一事。中间以凤姐与玉同枕，作一小小过脉。可见此中所记为何事矣。读《红楼》者，人人知情种为宝玉之徽称，智能为熙凤之佳谥。此段指桑说槐，意本可会。惟说宝与凤究竟意何所在，仍须掩卷思量，当自得也。

自"一宿无话"句起，至"于是又住了一夜"句止，为第八段。专说借词延住一事。史家记述，无可措词。甘泉之幸，卜夜已非；竹林之游，连宵愈险。惜长卿不在，无人谏猎回车耳。

自"凤姐便命人悄悄将昨日老尼之事"句起，至"不在话下"句止，为第九段。叙明干讼之实迹。云光当指王登联，由大理遽升巡抚，在京年久，或与诸贵邸往还。欠情之说，当不诬也。

自"凤姐等又过了一日"句起，至末句止，为第十段。收束上文，为丧事之结果。有首有尾，方不抛荒本题。当中带出宝珠不肯回家一层，又是当时实事，《董妃行传》言之甚详。清初人以殉丧为美谈，如太宗则有数臣身殉。豫王则有两福晋身殉，董妃之宫人，或亦有仿而欲为此。其情伪久暂，究竟不可知矣。

本回以明写情钟、智能二人野合为正文，意本两有所影，然与上回情种羼看，实又兼写陈名夏父子被罪实事，不仅掩映他人。宁完我参名夏奏中有："故明吏部吴时昌女奸逃执讯，名夏子陈掖臣嘱江宁各官释放为尼，因而包占"等语。书言智能为尼，又恰为陈榜眼之子包占，两相关合，处处可通。或以秦钟为指翰苑中人，受世祖赏拔者，或别一事；为此为彼，指实无从矣。

[护花评]写乡村女子纺纱等事，直伏巧姐终身。

又：净虚说倒像府里没手段，深得激将法。三姑六婆，真可畏哉。

又：来旺是凤姐鹰犬，于此回点眼。

第十六回　贾元春才选凤藻宫
　　　　　　秦鲸卿夭逝黄泉路

　　且说宝玉秦钟二人跟着凤姐自铁槛寺照应一番,坐车进城。到来见过贾母王夫人等,回到自己房中,一夜无话。

　　至次日,宝玉见收拾了外书房,〔索隐〕《东华录》顺治十四年八月甲戌谕礼部:经筵大典,理当早举,向因文华殿未建,有旨暂缓。今思稽古典学,有关治道,难以再迟,应于保和殿先行开讲。丙子,上御经筵。癸亥,复谕部:日讲之典,已于十二年四月内举行,后因文华殿未建,暂行停止。今思讲学要务,不可复迟,欲于十月内开讲。先期应于弘德殿告祭。是为二次典学之明证。约定了与秦钟读夜书。偏生那秦钟秉性最弱,因在郊外受了些风霜,又与智能儿偷期缱绻,未免失于调养,回来时便咳嗽伤风,懒怠进饮食,大有不自生之态,只在家中调养,不能上学。宝玉便扫了兴,然亦无法,只得候他病痊再议了。

　　那凤姐却已得了云光的回信,俱已妥协。老尼达知张家,果然那守备忍气吞声,退了前聘之物。谁知贪财爱势的父母,却养了一个知义多情的女儿,闻得退了前夫,另许李门,他便一条汗巾悄悄的寻了个自尽。那守备之子闻知金哥自缢,他也是个情种,遂投河而死。可怜张李二家没趣,真是人财两空。这里凤姐却安享了三千两,王夫人连一点消息也不知道。自此凤姐胆识愈壮。以后所作所为,诸如此类,不可胜数。〔索隐〕特补此层,可见刘之多行不义,一时都下必啧有烦言。今代远年湮,传其事者少矣。

　　一日正是贾政的生辰,〔索隐〕生辰一说,当是指大婚与万寿同日举行。可谓又是龙灯,又是会,又是政老母八十岁矣。宁荣二处人丁都齐集庆贺,热闹非常。忽有门吏报道:"有六宫都太监夏老爷〔索隐〕

·200·

第十六回　贾元春才选凤藻宫　秦鲸卿夭逝黄泉路

都太监即总管也。夏寓下嫁之意。特来隆旨。"贾政贾赦一干人不知何事，忙止了戏文，撤去酒席，摆香案，启中门跪接。早见都太监夏秉忠乘马而至，又有许多跟从内监的。那都太监也不曾负诏捧敕，〔索隐〕内监往来口传谕旨，恒有之事。直至正厅下马，满面笑容，走至厅上，南面而立，口内说："奉特旨，立刻宣贾政入朝，在临敬殿陛见。"说毕也不吃茶，便乘马去了。

贾政等也猜不出是何兆头，只得即忙更衣入朝。贾母等合家人，心俱惶惶不定，不住的使人飞马来往探信。有两个时辰，忽见赖大等三四个管家喘吁吁跑进仪门报喜，又说"奉老爷命，速请老太太率领太太等进宫谢恩"等语。那时贾母心神不定，在大堂廊下伫候。邢王二夫人、尤氏、李纨、凤姐、迎春姊妹，以及薛姨妈等，皆聚在一处，打听信息。贾母又唤进赖大来，细问端的。赖大察道："小的们只在临庄门外伺候，里头的消息一概不知。后来夏太监出来道喜，说咱门家的大小姐晋封为凤藻宫尚书，加封贤德妃。〔索隐〕凤藻宫尚书，仍是朱明制度，作者有意影射。然顺治十五年十一月，礼部等衙门曾云：议官闱女官名数品级，及供事宫女名数。乾清宫设夫人一位，秩一品；淑仪一人，秩二品；婉侍六人，秩三品；柔婉二十人，俱秩四品。尚宫局尚宫、司记、司言、司簿各二人。司闱四人，女史六人。尚仪局尚仪一人，司乐二人，司籍、司赞、司宾各四人，女史三人。尚服局尚服一人，司仗四人，司宝、司衣、司绵、女史各二人。尚食局尚食一人，司馔四人，司醞、司药、司供、女史各二人。尚寝局尚寝一人，司设、司灯各四人，司舆、司苑、女史各二人。尚寝局尚寝一人，司制四人，司珍、司彩、司计、女史各二人。宫正司宫正、女史各二人。俱秩六品。慈宁宫设贞容一人，秩二品；慎容二人，秩三品；勤侍无品级定数。凤藻宫尚书，一说当指乾清宫夫人而言。宫中秩一品者，仅此一人；与尚书同品，故曰尚书。"贤德妃"三字，当由"端敬皇后"四字中化出，亦映照淑仪也。后来老爷出来亦如此盼咐小的。如今又往东宫去了。〔索隐〕顺治时实有东宫之称，见册封孔有德女上谕，后不经见。速请老太太们出去谢恩。"贾母等听了方心安。一时皆喜见于面，于是都按品大妆起来。贾母率领邢王二夫人并尤氏，一共四乘大轿，鱼贯入朝。贾赦贾政亦换了朝服，带了贾蔷贾

《红楼梦》与顺治皇帝的爱情故事

蓉侍奉贾母前往。

于是宁荣两处上下内外人等，莫不欣喜，独有宝玉置若罔闻。〔索隐〕以数语考之，似又不指董妃，或指静妃，或董之仅于封妃。为不得已，故情僧有所不快于心。你道什么缘故？原来近日水月庵的智能私逃入城，来找秦钟，〔索隐〕包占实迹。不意被秦业知觉，〔索隐〕被议政大臣秦参。将智能逐去，将秦钟打了一顿，自己气的老病发了。三五日光景，呜呼哀哉了。〔索隐〕陈名夏奉旨绞决，故云"呜呼哀哉了"。秦钟本自怯弱，又带病未痊，受了笞杖，〔索隐〕当时刑讯，故云。今见老父气死，此时痛悔无及，〔索隐〕可谓祸延显考。又添了许多病症，因此宝玉心中怅怅不乐。虽有元春晋封之事，那解得他愁闷。贾母等如何谢恩，如何回家，亲友如何一庆贺，宁荣两府近日如何热闹，众人如何得意，独他一个皆视有如无，毫不介意。〔索隐〕别有所注。因此众人嘲他越发呆了。

且喜贾琏与黛玉回来，先遣人来报信，明日就可到家了。宝玉听了，方才有些喜意。细问原因，方知贾雨村亦来进京引见，〔索隐〕豫王班师，与恭顺王孔有德、怀顺王耿促明、尚善公图赖等偕归。其中无似雨村之人，当别的指。皆由王子腾累上荐本，此来候补京缺。与贾琏是同宗兄弟，〔索隐〕叙黛玉葬父归，偏又将雨村夹入，此人必有所指。此次之黛玉似指小琬阿妹董年而言，故特标"同宗兄弟"四字，遥相映射。董妃业已晋封，必因汉王重色，拔茅连茹，遂及其妹。或妃有南归葬父之事，或即令从前进妃之人，在南募致，故特地又叙雨村一笔。可见当时夤缘干进之士，罔所不为。累列荐章，盖有为也。此中详细，今已不可得闻，然脉络分明，其意可见。作者面面俱到，读者亦面面俱到可耳。又与黛玉有师徒之谊，〔索隐〕必小琬问字之师，因琬而获仕者，是当时一文芸阁也。由此致思，亦可知为何如人。故一路同伴而来。〔索隐〕伴送入京，俨然国舅。林如海已葬入祖茔了，〔索隐〕小琬厚葬其父，事所必有，与刘孀之欲廷葬其夫，同一人情所不禁也。须知书中此等处，皆无闲笔，无非纪当时所闻，特不能拘定如何写法，不定借何人何事一为流露耳。诸事停妥。贾琏此番进京，若按站而走，本该出月到家，〔索隐〕当时必驰驿而行，故有"按站"二字。因闻元春喜信，〔索

第十六回　贾元春才选凤藻宫　秦鲸卿夭逝黄泉路

隐〕董妃封诏,或在途闻命耶,抑闻太后喜诏耶?以时考之,当是后一层。遂昼夜兼程而进,〔索隐〕若是专说黛玉,以孱弱之身,当新丧之后,岂能因他人喜事如此奔波?即贾琏有事,亦不足以牵率阿颦。可知书中是说与受封有关系之人,不是呆写黛玉行程也。若果舍命奔驰,尚何成为黛玉?读者一思可得。一路俱各平安。

宝玉只问了黛玉"平安"二字,余者就不在意了。〔索隐〕当时江南初定,可问之事正多。而情僧心目中但欲得美人无恙,故书中特著"余不在意"四字,以讥其重色而轻政,是与三桂之问陈娘无恙情事若同,可谓君臣一德,古今有几。好容易〔索隐〕《西厢》后候一出,前半篇文字全作"好容易"三字,可见急待盼切之心。盼到明日午初,果报琏二爷和林姑娘进府了。见面时彼此悲喜交集,未免大哭一场;又致慰庆之词。宝玉心中忖度:黛玉越发出落的超逸了,〔索隐〕新自南归,必有一种淡雅妆饰,故加以"超逸"二字。黛玉又带了许多书籍来,〔索隐〕小琬不离书史,此行当取旧贮牙签,带归宫闱。忙着打扫卧室,安排器具,又将些纸笔等物分送与宝钗、迎春、宝玉等。宝玉又将北静王所赐鹡鸰香串珍重取出,转送黛玉。黛玉说:"什么臭男人拿过的,我不要这东西!"遂掷而不取,〔索隐〕以上叙秦钟、宝玉、北静王等事,内中均含盖有外宠情事在内。君王断袖,不知所幸何人,特叙此层,以"臭男人"三字提醒。一则见小琬之轻狂,一则见情僧之多宠。念珠之为上赏、为进献,不必拘。宝玉只得收回。暂且无话。

且说贾琏自回家见过众人,回至房中,正值凤姐事繁,无片刻闲空。见贾琏远路归来,少不得拨冗接待。少时房内无外人,便笑道:"国舅老爷大喜!国舅老爷一路的风尘辛苦。小的听见昨日的头起报马来报,说今日大驾归府,略预备了一杯水酒洗尘,不知可赐光谬领否?"〔索隐〕借闺房戏谑,写出"国舅老爷"四字,意不在元春之昆季,在专讥同行进妃者。内大臣鄂硕,冒称妃之父者,因妃封三等伯。或即往来勤护之人耶,非只国舅,直国丈矣。鄂之受封,当时不免朝野惊讶,故叙此层,无非嘲骂。贾琏笑道:"岂敢,岂敢。多承,多承。"一面平儿与众丫鬟参见毕,献茶。

贾琏遂问别后家中诸事,又谢凤姐的操持辛苦。凤姐道:"我那里管

《红楼梦》与顺治皇帝的爱情故事

得这些事来？见识又浅，口角又笨，心肠又直率，人家给个棒槌，我就认作针；脸又软，搁不住人给两句好话，心里就慈悲了。况且又没经过大事，胆子又小，太太略有些不自在，就连觉也睡不着了。我苦辞了几回，太太又不许，倒说我图受用，不肯学习，殊不知我是捏着一把汗呢。一句也不敢多说，一步也不敢妄行。你是知道的，咱们家所有的这些管家奶奶，那一个是好缠的？错一点儿，他们就笑话打趣；偏一点儿，他们就指桑说槐的抱怨。坐山看虎斗，借刀杀人，引风吹火，站干岸儿，推倒油瓶不扶，〔索隐〕都人调坎语，累累如贯珠，的是能妇人口吻。都是全挂子的武艺。况且我年纪轻，不压人，怨不得不放我在眼里。更可笑那府里蓉儿媳妇死了，珍大哥再三在太太跟前跪着讨情，只要请我帮他几日。我是再四推辞，太太做情允了，只得从命。依旧被我闹了个马仰人翻，更不成个体统了，〔索隐〕一片得意之词。至今珍大哥还抱怨后悔呢。你明儿看见了他，好歹描补描补，就说我年纪小，原没见过世面，谁叫大爷错委了他。"〔索隐〕齿真乖觉。

说着，只听外间有人说话，凤姐便问："是谁？"平儿进来回道："姨太太打发了香菱妹子来问我一句话，我已经说了，打发他回去了。"贾琏笑道："正是呢。我方才见姨妈去，和一个年轻的小媳妇子撞了个对面，生得好齐整模样。我疑惑咱家并无此人，说话时问姨妈，方知是上京买来的那小丫头，名唤香菱的。竟与薛大傻子〔索隐〕又一个好徽号。作了房里人，开了脸，越发出跳的标致了。那薛大傻子真玷辱了他。"凤姐道："哎，往苏杭走了一趟回来，也该见些世面了，还是这样眼馋肚饱的？你要爱他，不值什么，我拿平儿去换了他如何？那薛老大也是吃着碗里瞧着锅里的，这一年来的光景，他为香菱儿不能到手，和姑妈打了多少饥荒。〔索隐〕饥荒一层，又是说到田畹要圆圆的故事。梅村《圆圆曲》云："当时只受声名累，贵戚名豪竟延致。"此二句有谓指在南疆买而言的，有谓指由明宫出付时而言的。以本书之意考之，不说打官司，却说与姨妈打饥荒。可见由明宫出付时，亦是多人欲得，费多少周折，打多少饥荒！非田妃宠冠后宫，改窜名籍，宏遇亦不易得之也。那姑妈看着香菱模样儿好，还是小事，其为人行事更又比别的女孩子不同，温柔安静，差不多的主子姑娘还跟不上他，故此摆酒请客的费

第十六回　贾元春才选凤藻宫　秦鲸卿夭逝黄泉路

事，明堂正道与他做了妾。〔索隐〕此层又说到三桂要圆圆的故事上。过了没半月，〔索隐〕三桂纳圆圆未久，即奉命出关。一说未及成礼而去。梅村曲中所谓"早携娇鸟出樊笼，待得银河几时渡。恨煞军书底死催，苦留后约将人误"者是也。书中"没半月"三字，即指此时而言也。也看的没事人一大堆了。我倒心里可惜他。"

一语未了，二门上小厮传报："老爷在大书房等二爷呢。"贾琏听了，忙忙整衣出去。

这里凤姐乃问平儿："方才姑妈有什么事，巴巴儿的打发香菱来？"平儿道："那里来的香菱，是我借他撒个谎儿。奶奶你说旺儿嫂子，越发连个成算也没有。"说着，又走到凤姐身边，悄悄说道："奶奶的那利银，迟不送来，早不送来，这会子二爷在家，他偏送这个来了。幸亏我在堂屋里碰见，不然他走了来回奶奶，二爷少不得要知道。我们二爷那脾气，油锅里的钱还要捞出来花呢，知道奶奶有了体己，他还不大着胆子花么？所以我赶着接过来，叫我说了他两句。谁知奶奶偏听见了，我故此当着二爷面前，只说香菱儿来了。"凤姐听见笑道："我说呢，姑妈知道你二爷回了，忽刺巴的反打个房里人来了，原来你这蹄子闹鬼。"〔索隐〕此一段指刘妃私殖货利的情形。

说着，贾琏已进来了。凤姐命摆上酒馔来，夫妻对坐。凤姐虽善饮，却不敢任兴，只陪侍着。〔索隐〕《影梅庵忆语》言姬能饮，自入吾门，见余量不胜蕉叶，遂罢饮。每晚侍荆人数杯而已。书中借琏、凤道出此层，可见全不拘定某人指某人，不过总之以若干人写若干事而已。贾琏的乳母赵嬷嬷走来，贾琏凤姐忙让吃酒，令其上炕去。赵嬷嬷执意不肯，平儿等早于炕沿设一几，又有小脚踏，赵嬷嬷在脚踏上坐了。贾琏向桌上拣两盘肴馔与他，放在几上自吃。凤姐又道："妈妈很嚼不动那个，没的倒咯了他的牙。"因问平儿道："早起我留那一碗火腿炖肘子很烂，〔索隐〕《影梅庵忆语》言火肉久者无油，有松柏之味，风鱼久者无火肉。姬细考之食谱，四方邹厨中，一种偶异，即加访求。而又以慧巧变化为之，莫不妙异。书中因饮酒而及食肉，故亦从《忆语》中探出。正好给妈妈吃，你怎么不拿了去赶着叫他们热来。"又道："妈妈你尝一尝你儿子带来的惠泉酒。"〔索隐〕是江南之物。赵嬷嬷道："我喝呢，奶

《红楼梦》与顺治皇帝的爱情故事

奶也喝一钟怕什么，只不要过多就是了。我这会子跑了来，倒也不为酒饭，倒有一件正经事。奶奶好歹记在心里，疼顾我些罢。我们这爷只是嘴里说的好，到了跟前就忘了我们。幸亏我从小儿奶了他这么大，我也老了，有的是那两个儿子，你就另眼照看他们些，别人也不敢呲牙儿的。我还再三的求了你几遍，你答应的倒好，如今还是燥屎。这如今又从天上跑出这一件大喜事来，那里用不着人？所以倒来和奶奶说是正经。靠着我们爷，只怕我还饿死了呢。"凤姐笑道："妈妈，你的两个奶哥哥都交给我。你从小儿奶的儿子，还有什么不知他那脾气的？拿着皮痤倒往那不相干的人身上贴，可见现放着奶哥哥，那一个不比人强？你疼顾照看他们，谁敢说个不字儿，没的白便宜了外人。我这话也说错了，我们看着是外人，他却看着是内人一样呢。"〔索隐〕是说满汉界限及虏掠妇女。

说着，满屋里人都笑了，赵嬷嬷也笑个不住，又念佛道："可是屋子里跑出青天来了。若说内人外人，这些混帐缘故，我们爷是没有。不过是脸软心慈，搁不住人求两句罢了。"凤姐笑道："可不是呢，有内人的，他才慈软呢。〔索隐〕已刺豫王重色的行径。他在咱们娘儿们跟前才是刚硬呢。"〔索隐〕见了所欲便是儿女，不见便是英雄。豫王当时威猛，亦是因人而施，即刘嬷事可见。赵嬷嬷道："奶奶说的太有情了，我也乐了。〔索隐〕"有情"二字，被他揭破。再吃一杯酒。从此我们奶奶作了主，我就没有愁了。"

贾琏此时没好意思，只是讪笑道："你们别胡说了，快盛饭来吃，还要往珍大爷那边去商议事呢。"凤姐道："可是。别误了正事。刚才老爷叫你说什么？"贾琏道："就为省亲的事。"〔索隐〕点出大题目。是说谣传所谓太后下嫁的故事，以君后下临臣下之家，比于王姬归省。凤姐忙问道："省亲的事竟准了？"贾琏笑道："虽不十分准，也有八九分了。"凤姐笑道："可见当今的隆恩。历来听书看戏，古时从来未有的。"〔索隐〕真从古未有之奇闻。

赵嬷嬷又接口道："可是呢。我也老糊涂了，我听见上上下下吵嚷了这些日子，什么省亲不省亲，我也不理论他去。如今又说省亲，到底是怎么个缘故？"〔索隐〕借此一问，发明委原。贾琏道："如今当今体贴

第十六回　贾元春才选凤藻宫　秦鲸卿夭逝黄泉路

万人之心，世上至大莫如孝字，〔索隐〕一桩古今未有的奇事，却拿"孝"字来作骨。世传当时因大婚典礼，颁有恩诏誊黄，其略曰："太后盛年寡居，春花秋月，悄然不怡。朕贵为天子，以天下养，乃独能养口体而不能养志，使圣母以丧偶之故，日在愁烦抑郁之中，其何以教天下之孝。皇父摄政王现方鳏居，其身分容貌，皆为中国第一人。太后颇愿纡尊下嫁，朕仰体慈怀，敬谨遵行，一应典礼，着所司豫办"云云。此一篇文字，为当时真本，为后世传抄，不可深究。然姑就谣传看去，却是至仁纯孝，有普天无怨旷的规模。书中借赵嬷一问，发出此段议论。可知所谓归省之事为何如事矣。想来父母儿女之情，皆是一理，〔索隐〕四字不平列，言父母亦有儿女之情，可谓视于无形，听于无声，孝之至也。不在贵贱上分的。〔索隐〕汉时公主往往再醮，居室之情，岂因贵贱而异！当今自为日夜侍奉太上皇、皇太后，〔索隐〕皇父之称。尚不能略尽孝意，〔索隐〕即诏中不能养志的意思。因见宫里嫔妃才人等皆是入宫多年，抛离父母，岂有不思想之理？且父母在家思想女儿，不能一见，倘因此成疾，亦大伤天和之事。〔索隐〕以教天下之孝？故启奏上皇、太后，每月逢二六日期，准其椒房眷属入宫请候省视。于是太上皇、皇太后大喜，深赞当今至孝纯仁，体天格物。因此二位老圣人又下谕旨，说椒房眷属入宫，未免有关国体仪制，〔索隐〕径往宫中，未免有伤国体，故须别营院字，以便双栖。母女尚未能惬怀。〔索隐〕可谓体贴入微。竟大开方便之恩，〔索隐〕真是"大开方便之恩"，此七字可谓谑及。特隆谕诸椒房贵戚，除二六日入宫之恩外，〔索隐〕入宫有定期，故不能畅意惬怀。凡有重宇别院之家，可以驻跸关防者，〔索隐〕关防者，行幕也。后出则翼之而行，以资严密，故称后关防。其实凡宫中妃嫔至宫门以外，皆需此遮护，无不关防也。此言关防，是指慈宁而言。重宇别院，乃指睿王私邸。顺治八年，王大臣议睿王罪状，内有盖造府第与宫阙无异之语。十二年，因彭长庚、许尔安上疏称颂睿王功德，王大臣议罪状，内又有睿王盖造伊府及伊弟豫王与英王子劳亲第宅，糜费帑金数百万，又于海子内起建避痘处所，动用内帑，苦累官工等语。可见睿邸之大启宏规，非仅有重宇别院。书中不便明指，故浑括言之。不妨启请内廷銮舆入其私第，〔索隐〕是下嫁实况。睿王日令王公贝勒

《红楼梦》与顺治皇帝的爱情故事

候其府前，不入朝理事。可见銮舆常莅，有从此君王不早朝之乐。庶可尽骨肉私情，〔索隐〕谑语。共享天伦之这乐事。〔索隐〕可谓匹夫匹妇皆得其所。此旨下了，谁不踊跃感戴。现今周贵妃的父亲，已在家里动工了，修盖省亲的别院呢。又有吴贵妃的父母吴天祐家，也往城外踏看地方去了，〔索隐〕周，诌也；吴，无也。自古无妃嫔归省之事，安有盖造别院之人？为"诌"为"无"，极言设笔陪衬，实无其事。这岂非有八九分了？"

赵嬷嬷道："阿弥陀佛！原来如此。这样说起，咱们家也要预备接大小姐了。"贾琏道："这何用说。不然这会了忙的是什么？"凤姐笑道："果然如此，我可以见个大世面了。〔索隐〕这大世面，古今人能见者有几。可恨我小了几岁年纪，我若早生二三十年，〔索隐〕此下说南巡的古事，又自恨晚二三十年，未能赶上，可见作书在乾隆之世。但及见高宗之南巡，而未及见圣祖之南巡。如今这些老人家，也不薄我没见世面了。〔索隐〕此一段全是硬行牵入，恐是后来人补笔。说起当年太祖皇帝〔索隐〕指清圣祖仁皇帝，即康熙，此处是说康熙南巡。仿舜巡的故事，〔索隐〕舜南巡苍梧之野，不说南巡，说舜巡的事，用典恰切。比一部书还热闹。〔索隐〕南巡盛典，本有专书，故说"比一部书还热闹"。我偏没造化赶上。"赵嬷嬷道："嗳哟哟，那可是千载难逢的！那时候我才记事儿，咱们贾府正在姑苏、扬州一带，监造海船，修理海塘，只预备着接驾一次，把银子花的似像淌海水似的。〔索隐〕指扬州盐商接驾之事。说起来……"凤姐忙接道："我们王府里也预备过一次。那时我爷爷专管各国进贡朝贺的事，凡有外国人来，都是我们家养活。粤闽滇浙所有的洋船货物，都是我们家的。"〔索隐〕此作者自言也，圣祖二次南巡，即驻跸雪芹之父曹寅盐院署中。雪芹以童年召对，故有此笔。

赵嬷嬷道："那是谁不知道的！如今还有个口号儿呢，说'东海少了白玉床，龙王来请金陵王'。这说的就是奶奶府上了。如今还有现在江南的甄家，嗳哟哟，好世派！独他家接驾四次。〔索隐〕圣祖南巡四次，此言接驾四次，特明为乾隆时事。若不是我们亲眼看见，〔索隐〕点明亲见，可见作书者在乾隆四次南巡以后。告诉谁也不信。别讲银子成了土泥，凭是世上有的，没有不是堆山积海的。'罪过可惜'四个字，

第十六回　贾元春才选凤藻宫　秦鲸卿夭逝黄泉路

竟顾不得了。"〔索隐〕可见当时争妍斗靡的光景。凤姐道:"我尝听见我家太爷说,也是这样的,岂有不信的。只纳罕他家怎么就这样富贵呢?"赵嬷嬷道:"告诉奶奶一句话,也不过掌着皇帝家的银子,往皇帝身上使罢了,〔索隐〕仕宦之家固不待言,即盐商亦有所为而为,维持两淮纲引,当时非易易也。谁家有那些儿,买这个虚热闹去?"〔索隐〕夹叙夹议,不烦言而解。

正说着,王夫人又打发人来瞧凤姐吃完了饭不曾。凤姐便知有事等他,忙忙的吃了饭,漱口要走。又有二门上小厮们回:"东府里蓉蔷二位哥儿来了。"贾琏才漱了口,平儿捧着盆盥手,见他二人来了,便问:"说什么话?"凤姐因亦止步。只听贾蓉先回说:"我父亲打发我来回叔叔,老爷们已经议定了,从东边一带,借着东府里花园起,至西北,丈量了,一共三里半大,可以盖造省亲别院了。〔索隐〕依所指并借着东府花园一层,当是西苑地方。西苑亦称海子,即睿王所盖避痘所也。避痘所,当亦是讳言诡避之称。已经传人画图样去,明日就得。叔叔才回家,未免劳乏,不用过我们那边去,有话明日一早再请过去面议。"贾琏笑说:"多谢大爷费心体谅,我就从命不过去了。正经是这个主意才省事,盖造也容易。若采买别的地方去,那更费事,且倒不成体统。你回去说,这样很好。若老爷们再要改时,全仗大爷谏阻,万不可另寻地方。明日一早,我给大爷请安去,再议细话。"贾蓉忙答应几个"是"。

贾蔷又近前回说:"下姑苏请聘教习采办女孩子,〔索隐〕顺治十二年七月,给事中季开生奏:"近日臣之家人自通州来,遇吏部郎中张九征回籍,其船几被使者封去。据称奉旨往扬州买女子,恐奉使者不能仰体宸衷,借端强买。小民无知,未免惊慌,必将有嫁娶非时,骨肉析离之惨。而奸棍挟仇捏报,官牙垄利挪移诸弊,断不能无(给谏借封船说起,可见当时扬州一带强买诸弊。本回贾琏自扬而苏,亦即此类之事),乞皇上速收成命。"得旨:"前内官监具奏乾清宫告成在即,需用陈设器皿等项,合往南省买办,故令发库银遣人往买,初无买女子之事(乾清宫女官数十人,将从何取足)。太祖、太宗制度,官中从无汉女(原注:董妃何人),且朕素奉皇太后慈训,岂敢妄行!即天下太平之后,尚且不为,何况今日?朕虽不德,每思效法贤圣之主,朝夕焦劳,屡次下诏求贤。

《红楼梦》与顺治皇帝的爱情故事

上书禁勿称圣,惟恐所行有失。若买女子入宫,成何如主耶?季开生身为言官,果忠心为主,当言国家正务实事,何得以家人所闻,茫无的据之词,不行访确,辄妄捏渎奏,肆诬沽直,甚属可恶。着革职从重议罪具奏。"寻部议应杖一百折赎,流尚阳堡,从之。观给谏此疏,语语落实。世祖此诏,句句回护,可见赴南采买女子之事,本非无因。至十二年,乾清宫成,更将广搜博取,以《过墟志》及《聊斋》诸书参看。当时人家有子女者,匆匆嫁娶,恐入掖庭,其事殆不虚也。置备乐器行头等事,〔索隐〕暗指兼买陈设器皿等事。大爷派了侄儿,〔索隐〕当时奉使之人,必八旗亲贵。带领着来管家两个儿子,还有单聘仁、〔索隐〕带善骗人最妙。卜固修〔索隐〕带不顾羞更妙。两位清客相公〔索隐〕必有南人在内作线。同前往,所以命我来见叔叔。"贾琏听了,将贾蔷打量了一回,笑道:"你能够在行么?这个事虽不甚大,里头却有藏掖的。"〔索隐〕其中不实不尽处太多,卖放嫁名,何事蔑有。贾蔷笑道:"只好学习着办罢了。"

贾蓉在身旁灯影下悄拉凤姐的衣襟。〔索隐〕当又是刘妃参赞其间。以刘之深被帝眷,故睿王之狱:英王获谴,独豫王受过有限,一子袭爵,本年(顺治十二年)复封其次子案尼为贝勒,当是子以母贵,有以逢官家所好也。凤姐会意,因笑道:"你也太操心了,难道大爷比咱们还不会用人,偏你又怕他不在行了?谁都是在行的!孩子们已长的这么大了,没吃过猪肉也看见过猪跑。大爷派他去,原不过是个坐纛旗儿,难道是认真的叫他去讲价钱,会经纪呢?依我说很好。"贾琏道:"自然是这样。并不是我要驳回,少不得要替他筹算筹算。"因问:"这一项银子动那一处的?"贾蔷道:"刚才也议到这里。赖爷爷说,竟不用从京里带银子去,江南甄家还收着我们五万银子,明日写一封书信,会票我们带去,先支三万两,剩二万两存着,〔索隐〕可见发帑银之语不确,或由虞山黄氏支取,或由江宁藩库动用,均无不可。等置办彩灯花烛〔索隐〕又引回大婚之事。"彩灯花烛"四字须着眼。并各色帘帏帐幔的使用。"贾琏点头道:"这个主意好。"凤姐忙向贾蔷道:"既这样,我有两个在行妥当人,你就带他们去办。这个便宜了你呢。"贾蔷忙陪笑道:"正要和婶娘讨两个人呢,这可巧了。"因问名字,凤姐便问赵嬷嬷。

第十六回　贾元春才选凤藻宫　秦鲸卿夭逝黄泉路

彼时赵嬷嬷已听话听呆了,平儿忙笑推他,才醒悟过来,忙说:"一个叫赵天梁,一个叫赵天栋。"〔索隐〕暗指李成梁、李成栋二人。凤姐道:"可别忘了。我干我的去了。"说着便出去了。贾蓉忙跟出来,悄悄的向凤姐道:"婶娘要什么东西,吩咐了开个帐儿,给我兄弟带去,按帐置办了来。"凤姐笑道:"别放你娘的屁!我的东西还没处搁呢,希罕你们鬼鬼祟祟的。"说着一径去了。

这里贾蔷也是问贾琏:"要什么东西,顺便织来孝敬。"贾琏笑道:"你别兴头,才学着办事,倒先学会了这把戏。短了什么,少不得写信来告诉你,且不要论到这里。"说毕,打发他二人去了。接着回事的人不止三四起。贾琏乏了,便传与二门上,一应不许传报,俱待明日料理。凤姐至三更时分方下来安歇,一宿无话。

次早贾琏起来,见过贾赦贾政,便往宁国府中来,合同老管事人等,并几位世交门下清客相公,审察两府地方,绘画省亲殿宇,一面参度办事人丁。自此后备行匠役齐全,金银铜锡以及土木砖瓦之物,搬运移送不歇。先令匠役拆宁府会芳园墙垣楼阁,直接入荣府东大院中。荣府东边,所有下人一带群房,已尽拆去。当日荣宁二宅,虽有一小巷界断不通,然这小巷亦系私地,并非官道,故可以连络。会芳园本是从北墙角下引来一股活水,今亦无烦再引。其山石树木,虽不敷用,贾赦住的乃是荣府旧园,其中竹树山石,以及亭榭栏杆等物,皆可挪就前来。如此两处又甚近,凑来一处,省许多财力。纵有不敷,所添有限。全亏一个胡老名公,〔索隐〕胡字是假说。号山野子,〔索隐〕京师有善堆山子石者,外号山子石赵,当指此人。——筹画起造。

贾政不惯于俗务,只凭贾赦、贾珍、贾琏、赖大、来升、林之孝、吴新登、詹光、程日兴等几人,安插摆布,堆山凿池,起楼竖阁,种竹栽花。一应点景,又有山野子调度。下朝闲暇,不过各处看望,最要紧处,和贾赦等商议商议便罢了。贾赦只在家高卧,〔索隐〕睿王不入朝视事的光景。有芥豆之事,贾珍等或自去回明,或写节略;或有话说,便传呼贾琏、赖大等来领命。贾蓉单管打造金银器皿,贾蔷已起身往姑苏去了。贾珍、赖大等又点人丁开册籍监工等事。一笔不能写到,不过是喧阗热闹而已。暂且无话。

《红楼梦》与顺治皇帝的爱情故事

且说宝玉近因家中有这等大事，贾政不来问他的书，心中自是畅快。无奈秦钟之病，日重一日，也着实悬心，不能快乐。这天一早起来，才梳洗了，意欲回了贾母去望候秦钟，忽见茗烟在二门照壁前探头缩脑。宝玉忙出来问他："做什么？"茗烟道："秦相公不中用了。"宝玉听了吓了一跳，忙问道："我昨儿才瞧了他，还明明白白，怎么说不中用了？"茗烟道："我也不知道，刚才是他家的老头子来特告诉我的。"

宝玉听了，忙转身回明贾母。贾母吩咐派妥当人跟去，到那里尽一尽同窗之情就回来，不许多耽搁了。宝玉忙出来更衣，到外边车犹未备，急的满厅乱转。一时催促的车到，忙上了车，李贵、茗烟等跟随。来至秦家门首，悄无一人，遂蜂拥至内室，唬的秦钟的两个远房婶母并几个兄弟都藏之不迭。〔索隐〕忽然车驾临幸，出人意表，故避之不迭。

此时秦钟已发过两三次昏了，已易箦多时矣。宝玉一见，遂不禁失声。李贵忙劝道："不可不可，秦相公是弱症，未免炕上挺打的骨头不受用，所以暂且挪下来松散些。哥儿如此，岂不反添了他的病。"宝玉听了方忍住。近前，见秦钟面如白蜡，合目呼吸，展转枕上。宝玉忙叫道："鲸哥！宝玉来了！"连叫了两三声，秦钟不睬。宝玉又叫道："宝玉来了！"

那秦钟早已魂魄离身，只乘得一口悠悠余气在胸，正见许多鬼判持牌提索来捉他。那秦钟魂那里肯就去，又记念着家中无人掌着家务，又记挂着智能尚无下落，因此百般求告鬼判。无奈这些鬼判都不肯徇私，反叱咤秦钟道："亏你还是读过书的人！岂不知俗语说的，'阎王叫你三更死，谁敢留人到五更？'我们阴间上下，都是铁面无私的，不比阳间瞻情顾意，有许多的关碍处。"正闹着，那秦钟的魂魄忽听见"宝玉来了"四字，便忙又央求道："列位神差，略慈悲，让我回去和一个好朋友说一句话就来了。"众鬼道："又是什么好朋友？"秦钟道："不瞒列位，就是荣国公孙子，小名宝玉的。"都判官听了，先就唬慌起来，忙喝骂鬼使道："我说你们放了他回去走走罢，你们断不依我的话，如今等的请出个运旺时顺的人来才罢。"众鬼见都判如此，也皆忙了手脚，一面又抱怨道："你老人家先是那等雷霆火炮，原来见不得'宝玉'二字。依我们愚见，他是阳，我是阴，怕他亦无益于我们。"〔索隐〕运旺时盛莫过于

212

第十六回　贾元春才选凤藻宫　秦鲸卿夭逝黄泉路

开国帝王，本已气绝之人，因驾临复苏，真有鬼神避舍之势。写此一段，为纪其事之奇，亦视为天子客星亲视其殁。毕竟秦钟死活如何，且听下回分解。

〔**索隐**〕本回开首分三小段：第一段自首句起，至"一夜无话"句止，专结束上文。第二段自"次日"句起，至"只得候病痊再议了"句止，专为秦钟死伏线。第三段自"那凤姐却已得了云光的回信"句起，至"不可胜数"句止，专为叙明赂托官司之事，并叙若人所作所为，非止一人一事，皆纪实也。

自此以下分三大段：自"一日正是贾政的生辰"句起，至"暂且无话"句止，为第一大段。叙元春选妃的始末。众人皆欣欣向荣，独宝玉不乐，可见当时大婚，非出至尊所愿，故专以妃子之归为喜。此段夹叙黛玉，是衬出宝玉之隐愤不乐，亦可见董妃方始入宫，宫闱之间各惟其欲，盖难之矣。自"且说贾琏"句起，至"漱口要走"句止，为第二大段，专从贾琏与赵嬷嬷问答语中带出大孝人情的议论。千古异事，一代奇文，数言说尽前事。略带圆圆的身世，俾不落空。后半又说到南巡，均是满清贻人口实之事，故因类而及。自"又有二门上小厮回东府蓉蔷二位哥儿来了"句起，至"一宿无话"句止，为第三大段，是专说因大婚赴南方采办物件，并带出历年采买女子的事迹来，一箭双雕，全不呆板。

此下又分两小段：头一段自"次早贾琏起"，至"暂且无话"止，专叙起造花园，为省亲张本，亦影照睿王建盖西苑，并功高骄蹇情事。后一段自"且说宝玉近因家中有这等大事"，至末句止，又叙到宝玉看鲸卿之病，因鬼神退避一篇胡话，现出是帝王亲临，并于宝玉口中带出去非一次。当时世祖与诸翰苑朝夕讲诵，盘桓日久，自不能无笔砚之情。小臣无临其私第之仪，故微行往视。世祖常轻车简从而出，过臣下之家，如宋太祖、赵普故事，故梅村诗屡道及之。至谓"必有余桃之爱"，则非所能知矣。

《红楼梦》与顺治皇帝的爱情故事

〔**护花评**〕凤姐备酒接风戏趣话,描尽美俊口吻。其自谦处,正是自发才能。善用反挑笔法。

又:薛蟠收香菱为妾,借平儿说谎带笔叙明,既不须另起头绪,又带出凤姐放债,平儿知心情事。可谓八面玲珑。

第十七回　大观园试才题对额
　　　　　　荣国府归省庆元宵

　　话说秦钟既死，宝玉痛哭不止。李贵好容易劝解半日方住，归时还带余哀。贾母帮了几十两银子外，〔索隐〕当时必有供奉内廷之词臣，死而蒙太后颁赙者。又另备奠仪，〔索隐〕广储司给发治丧银两。宝玉去吊丧，〔索隐〕亲临莫酹。七日后，便送殡掩埋了，别无记述。〔索隐〕秦钟之事，是指世祖经筵进讲之人。世祖优礼儒臣，或不拘拘形迹；生则存问其疾，死则临奠其丧，正君臣契合之隆，不必疑以他事也。只有宝玉，日日感悼思念不已，然亦无可如何了。又不知过了几时才罢。〔索隐〕君之失臣，如鱼失水，自应有不尽之思。

　　这日贾珍等来回贾政："园内工程俱已告竣，大老爷已瞧过了。只等老爷瞧了，或有不妥之处，再行改造，好题匾额对联的。"贾政听了，沉思一会说道："这匾对倒是一件难事，论理该请贵妃赐题才是。然贵妃若不亲观其景，亦难悬拟；若待贵妃游幸时再请题，若大景致，若干亭榭，无字标题，任是花柳山水，也断不能生色。"众清客在旁笑答道：老世翁所见极是。如今我们有个主意，各处匾对，断不可少，亦断不可定。如今且按其景致，或两字、三字、四字，虚合其意，拟了来，暂且做出灯匾对联悬了。〔索隐〕当时为元宵灯火，亦为请太后亲题，不敢擅定之意。此层当是实情。待贵妃游幸时，再请定名，岂不两全。"贾政听了道："所见不差。我们今日且看看去，只管题了，若妥便用，若不妥，再将雨村请来，令他再拟。"众人笑道："老爷今日一拟定佳，何必又待雨村！"贾政笑道："你们不知，我自幼于花鸟山水题咏上就平平，如今上了年纪，且案牍劳烦，于这怡情悦性文章上更生疏了，纵拟出来，未免迂腐古板，反使花柳园亭因而减色，转没意思。"众清客道："这也无妨，我们大家看了公拟，各举所长，优则存之，劣则删之，未为不可。"贾政道："此论极是。且喜今日天气和暖，大家去逛逛。"说着起身引众人前往。

贾珍先去园中知会众人。可巧近日宝玉因思念秦钟忧伤不已，贾母常命人带他到新园中来戏耍，此时方才进去，忽见贾珍来了，向他笑道："你还不快出去，一会子老爷来了。"宝玉听了，带着奶娘小厮们，一溜烟就出园来。方转过弯，顶头撞见贾政引着众客来了。躲之不及，只得一旁站了。贾政近因闻得塾师称赞他专能对对，虽不喜读书，偏有些歪才，所以此时便命他跟入园中，〔**索隐**〕顺治七年，世祖年已十三，或有与睿王同游西苑，钦定匾额之事，今不可考。意欲试他一试。宝玉未知何意，只得随往。

刚至园门，只见贾珍带领许多执事旁边侍立。贾政道："你且把园门闭了，我们先瞧外面，再进去。"贾珍命人将门关上，贾政先秉正看门。只见正门五间，上面铜瓦泥鳅脊，那门栏窗槅俱是细雕时新花样，并无朱粉涂饰，一色水磨群墙；下面白石台阶，凿成西番莲花样，左右一望，皆雪白粉墙；下面虎皮石，随意乱砌，自成纹理，不落富丽俗套，自是欢喜。遂命开门，只见一带翠障挡在前面。众清客都道："好山，好山。"贾政道："非此一山，一进来园中所有之景悉入目中，则有何趣？"众人都道："极是。非胸中大有丘壑，焉能想到这里？"说毕，往前一望，见白石崚嶒，或如鬼怪，或似猛兽，纵横拱立。上面苔藓斑驳，或藤萝掩映，其中微露羊肠小径。贾政道："我们就此小径游去，回来由那一边出去，方可遍览。"说毕，命贾珍前导，自己扶了宝玉，逶迤走进山口。

抬头忽见山上有镜面白石一块，正是迎面留题处。贾政回头笑道："诸公请看此处，题以何名方妙？"众人听说，也有说该题"叠翠"二字的，也有说该题"锦嶂"的，又有说"赛香炉"的，又有说"小终南"的，种种名色，不止几十个。原来众客中早知贾政要试宝玉的才，故此只将些俗套来敷衍，宝玉亦知此意。贾政听了，便回头命宝玉拟来。宝玉道："尝闻古人云，'编新不如述旧，刻古终胜雕今'，况此处并非主山正景，原无可题之处，不过是探景一进步耳，莫如直书古人'曲径通幽'〔**索隐**〕如此正大题目。一入手便用此四字，作者有意嘲谤，关合

第十七回　大观园试才题对额　荣国府归省庆元宵

幽会的意思,不是当日真有此标题也。这旧句在上,倒也大方。"众人听了道:"是极,妙极!二世兄天分高,才情远,不似我们读腐了书的。"贾政笑道:"不当过奖他。他年小的人,不过以一知充十用,取笑罢了,再俟选拟。"

说着进入石洞来。只见佳木茏葱,奇花烂灼,一带清流,从花木深处泻于石隙之下。再进数步,渐向北边平坦宽豁,两边飞楼插空,雕甍绣槛,皆隐于山坳树杪之间。俯而视之,则清溪泻玉,石磴穿云,白石为栏,环抱池沼。石桥三港,兽面衔吐。桥上有亭,贾政与诸人到亭内坐了,问:"诸公以何题此?"诸人都道:"当日欧阳公《醉翁亭记》云,'有亭翼然',就名'翼然'罢。"贾政笑道:"'翼然'虽佳,但此亭压水而成,还须偏于水题为称。依我拙裁,欧阳公句,'泻于两峰之间',竟用他这一个'泻'字。"有一客道:"是极是极,竟是'泻玉'二字妙。"贾政拈须寻思,因叫宝玉也拟一个来。宝玉回道:"老爷方才所说已是,但如今追究了去,似乎欧阳公题酿泉,用'泻'字则妥,今日此泉也用'泻'字,似乎不妥。况此处即为省亲别墅,亦当依应制之体,〔索隐〕说出"应制"二字,可见前题是谑。用此等字,亦似粗俗不雅,求再拟蕴藉含蓄者。"贾政笑道:"诸公听此论何如!方才众人编新,你说不如述古;如今我们述古,你又说粗陋不妥,你且说你的。"宝玉道:"用'泻玉'二字,则不若'沁芳'二字,岂不新雅。"贾政拈须,点头不语。众人都忙迎合,称赞宝玉才情不凡。贾政道:"匾上二字容易,再作一副七言对来。"宝玉四顾一望,机上心来。乃念道:

绕堤柳借三篙翠,
隔岸花分一脉香。

贾政听了,点头微笑。众人又称赞不已。

于是出亭过池,一山一石,一花一木,莫不着意观览。忽抬头见前面一带粉垣,数楹修舍,有千百竿翠竹遮映。众人都道:"好个所在!"于是大家进入,只见进门便是曲折游廊,阶下石子漫成甬路,上面小小三间房舍,两明一暗。里面多是合着地步打的床几椅案。从里间房里,

《红楼梦》与顺治皇帝的爱情故事

又有一小门出去,却是后园。有大株梨花〔**索隐**〕含有"白"字之意在内,指董白也。并芭蕉,〔**索隐**〕合为粉白黛绿之意。绿亦言草也。又有两间小小退步。后院墙下,忽开一隙,得泉一脉,开沟仅尺许,灌入墙内,绕阶缘屋至前院盘旋竹下而出。贾政笑道:"这一处倒还好,若能月夜坐此窗下读书,也不枉虚生一世。"说着便看宝玉,吓的宝玉忙垂了头,众人忙用闲话解说。又二客说:"此处的匾该题四个字。"贾政笑问:"那四字?"一个道:"是'淇水遗风'。"〔**索隐**〕的是郑卫之风。贾政道:"俗。"又一个道:"睢园遗迹。"贾政道:"也俗。"贾珍在旁说道:"还是宝兄弟拟一个来。"

贾政道:"他未曾做先要议论人家的好歹,可见就是个轻薄人。"众客道:"议论的极是,其奈他何!"贾政忙道:"休如此纵了他。"因命他道:"今日任你狂为乱道,先说出议论来,方许你做。方才众人说的,可有使得的否?"宝玉见问,便答道:"都是不妥。"贾政冷笑道:"怎么不妥?"宝玉道:"这是第一处行幸之所,必须颂圣方可。若用四字的匾,又有古人现成的,何必再做。"贾政道:"难道'淇水'、'睢园'不是古人的?"宝玉道:"这太板了,莫若'有凤来仪'四字。"〔**索隐**〕仪是匹配之意,非威仪之意。归省何能用来仪字样,作者通人,断不误用,可见为王姬下嫁之所,故亦入门第一所在用此四字点醒,余则或切或不切,未便全露矣。众人都哄然叫妙。〔**索隐**〕不禁叫绝。贾政点头道:"可谓管窥蠡测矣。"因命:"再题一联来。"宝玉便念道:

宝鼎茶闲烟尚绿,
幽窗棋罢指犹凉。

贾政摇头道:"也未见长。"说毕,引人出来。

方欲走时,所想起一事来,问贾珍道:"这些院落屋宇并几案桌椅都算有了,还有那些帐幔帘子,并陈设玩器古董,可也都是一处一处合式配就的么?"贾珍回道:"那陈设的东西,早已添了许多,自然临期合式。陈设帐幔帘子,昨日听见琏兄弟说还不全,那原是一起工程之时,就画了各处的图样,量准尺寸,就打发人办去的,想必昨日得了一半。"

第十七回　大观园试才题对额　荣国府归省庆元宵

贾政听了，便知此事不是贾珍的首尾，便叫人去唤贾琏。一时来了，贾政问他："共有几种？尚欠几种？"贾琏见问，忙向靴桶中取出靴掖内装的一个纸摺节略来，看了一看回道："妆蟒绣堆刻丝弹墨，并各色绸绫大小幔子一百二十架，昨日得了八十架，下欠四十架；帘子二百挂，昨俱得了；外有猩猩毡帘二百挂，湘妃竹帘二百挂，金丝藤红漆竹帘二百挂，黑漆竹帘二百挂，五彩线络盘花帘二百挂，每样得了一半，〔索隐〕装潢之华丽，用物之崇闳，断非人家所有，的是官廷气象。也不过秋天都全了。椅搭桌围床裙儿套，每分一千二百件，也有了。"

一面说一面走着，忽见青山斜阻。转过山隈中，隐隐露出一带黄泥墙，墙上皆用稻茎掩护，有几百枝杏花，如喷火蒸霞一般。里面数楹茅屋，外面却是桑榆槿柘各色，树稚新条，随其曲折，编就两溜青篱。篱外白坡之下，有一土井，旁有桔槔辘轳之属。下面分畦列亩，佳蔬菜花，一望无际。〔索隐〕为刘妃自田间来而设，却也是应布之景。贾政笑道："倒是此处有些道理。虽系人力穿凿，而入目动心，未免勾引起我归农之意。我们且进去歇息歇息。"说毕方欲进去，忽见篱门外路旁有一石，亦为留题之所。众人笑道："更妙。更妙，此处若悬匾待题，则田舍家风一洗尽矣。〔索隐〕道旁没字碑贴，殆黄氏寡妇待树之贞珉耶？何为一入青云，便洗尽田家风味？作者处处讥心密语，须费参详。此间为李纨所居，故关合到刘寡妇。立此一碣，又觉许多生色。非范石湖田家之咏，不足以尽其妙。"贾政道："诸公请题。"众人云："方才世兄云，'编新不如述旧'，此处古人已道尽矣，莫若直书'杏花村'为妙。"

贾政听了笑向贾珍道："正亏提醒了我。此处都好，只是还少一个酒幌。明日竟做一个来，就依外面村庄的式样，不必华丽，用竹竿挑在树梢头。"贾珍应了，又回道："此处竟不必养别的雀鸟，只养些鹅鸭鸡之类才相称。"贾政与众人都道："妙极！"贾政又向众人道："'杏花村'固佳，只是犯了正村名，直待请名方可。"众客都道："是呀，如今虚的却是何字样好？大家想想。"宝玉却等不得了，也不等贾政的命，便说道："旧诗有云：'红杏梢头挂酒旗'，今莫若且题以'杏帘在望'四字。"〔索隐〕"杏"为黄色，"帘"旗幡之类，"在望"示非驻跸之所，仅望见黄屋耳，又关合本事。众人都道："好个'在望'，〔索隐〕点出

《红楼梦》与顺治皇帝的爱情故事

用意。又暗合杏花村的意思。"〔索隐〕有玉楼人醉杏花天之意。宝玉冷笑道:"村名若用'杏花'二字,则俗陋不堪了。又有唐人诗云:'柴门临水稻花香',何不用'稻花村'的妙!"众人听了,越发同声拍手道妙。贾政一声断喝:"无知的业障!你能知道几个古人,能记得几首旧诗,也敢在老先生前卖弄?你方才那些胡说,也不过是试你的清浊,取笑而已,你就认真了!"

说着,引众人步入茅堂里面。纸窗木榻,富贵气象一洗皆尽。贾政心中自是欢喜,却瞅宝玉道:"此处如何?"众人见问,忙悄悄的推宝玉叫他说好,宝玉不听人言,便应声道:"不及'有凤来仪'多矣。"贾政听了道:"无知的蠢物,你只知朱楼画栋、恶赖富丽为佳,那里知道这清幽气象?终是不读书之过。"宝玉忙答道:"老爷教训的固是,但古人尝云'天然',此二字不知何意?"众人见宝玉牛心,都怪他呆痴不改。今见问"天然"二字,众人忙道:"别的都明白,如何'天然'反不明白?天然者,天之自成,而非人力之所为也。"宝玉道:"可又来!此处置一田庄,分明是人力造作而成,远无邻村,近不附郭,背山山无脉,临水水无源,高无隐寺之塔,下无通商之桥,峭然孤出,似非大观;争似先处有自然之理,得自然之趣?虽种竹引泉,亦不伤穿凿。古人云'天然图画'四字,正畏非其地而强为其地,非其山而强为其山,即百般精巧,终不相宜。"〔索隐〕筑齿风堂以观稼,是帝王重农的意思。华屋中忽别开生面,半村榆柳,一带茅茨,初看自饶雅兴,然失却天然,终无深趣。作者借宝玉口中道破,可令强作雅人者扪舌而退。未及说完,贾政气的喝命:"又出去!"才出去,又喝命:"回来!"命再题一联,"若不通,一并打嘴。"宝玉只得念道:

新涨绿添浣葛处,
好云香护采芹人。

贾政听了摇头道:"更不好。"一面引人出来。

转过山坡,穿花度柳,抚石依泉,过了荼蘼架,入木香棚,越牡丹亭,度芍药圃。入蔷薇院,来到芭蕉坞。盘旋曲折,忽闻水声潺潺,出

第十七回　大观园试才题对额　荣国府归省庆元宵

于石洞，上则萝薜倒垂，下则落花浮荡。众人都道："好景，好景。"贾政道："诸公题以何名？"众人道："再不必拟了，恰恰乎是'武陵源'三字。"贾政笑道："又落实了，而且陈旧。"众人笑道："不然就用'秦人旧舍'四字也罢。"宝玉道："越发过露了。'秦人旧舍'说避乱之意，如何使得？〔索隐〕当日内廷供奉诸臣，拟题匾额，其宽泛不伦，当与清客等。莫若'蓼汀花溆'四字。"贾政听了道："更是胡说。"

于是贾政进了港洞，又问贾珍："有船无船？"贾珍道："采莲船共四只，座船一只，如今尚未造成。"〔索隐〕世祖常与内院诸臣乘龙舸以游西苑，故专补有船一笔。贾政笑道："可惜不得入了。"贾珍道："从山上盘道亦可以进去。"说毕在前导引，大家攀藤抚树过去。只见水上落花愈多，其水愈清，溶溶荡荡，曲折萦纡。池边两行垂柳，杂以桃杏，遮天蔽日，无一些尘土。忽见柳阴中又露出一个折带朱栏板桥来，渡过桥去，诸路可通。便见一所清凉瓦舍，一色水磨砖墙，清瓦花堵。那大主山所分之脉，皆穿墙而过。

贾政道："此处这一所房子无味的很。"因而走入门时，忽迎面突出插天的大玲珑山石来，四面群绕各式石块，竟把里面所有房屋，悉皆遮住。且一株花木也无，只见许多异草，或有牵藤的，或有引蔓的，或垂山巅，或穿石脚，甚至垂檐绕柱，萦砌盘阶；或如翠带飘飘，或如金绳蟠屈，或实若丹砂，或花如金桂，味香气馥，非凡花之可比。贾政不禁道："有趣。只是不大认识。"有的说："是薜荔藤萝。"贾政道："薜荔藤萝，那得有此异香？"宝玉道："果然不是。这众草中也有藤萝薜荔。那香的是杜若蘅芜。那一种大约是茝兰，这一种大约是金葛，那一种是金䔲草，这一种是玉蕗藤；红的自然是紫芸，绿的定是青芷。想来那《离骚》《文选》所有的那些异草，有叫作什么藿纳姜汇的，也有叫什么纶组紫绛的。还有什么石帆、水松、扶留等样的，见于左太冲《吴都赋》；又有叫作什么绿荑的，还有什么丹椒、蘼芜、风连，见于《蜀都赋》。如今年深岁改，人不能识，故皆像形夺名，渐渐的唤差了也是有的。"〔索隐〕美人香草，正是由《骚》经化出。未及说完，贾政喝道："谁问你来？"吓得宝玉倒退，不敢再说。

贾政因见两边俱是抄手游廊，便顺着游廊步入。只见上面五间清厦

《红楼梦》与顺治皇帝的爱情故事

连首卷棚，四面出廊，绿窗油壁，更比前清雅不同。贾政叹道："此轩中煮茶操琴，亦不必再焚香矣。此造却出意外，诸公必有佳作新题以颜其额，方不负此。"众人笑道："'兰风蕙露'贴切了。"贾政道："也只好用这四字，其联云何？"一人道："我想了一对，大家批削改政。"道是：

麝兰芳霭斜阳院，
杜若香飘明月洲。

众人道："妙则妙矣，只是'斜阳'二字不妥。"那人引古诗"蘼芜满院泣斜阳"句，〔索隐〕以宝钗喻静妃，日抱长门之怨，故采芜兴泣，怀旧情深。亦为通看，特引此句，借之点醒。梅村诗所谓"金屋有人空老大，任他无事拭啼痕"者是也。钗亦兼喻董。众人云："颓丧，颓丧。"又一人道："我也有一联，诸公评阅评阅。"念道：

三径香风飘玉蕙，
一庭明月照金兰。

贾政抬须沉吟，意欲也题一联。忽抬头见宝玉在旁不敢作声，因喝道："怎么你应说话时又不说了，还要等人请教你不成？"宝玉听了回道："此处并没有什么兰蕙、明月、洲渚之类，若这样着迹说来，就题二百联也不能完。"贾政道："谁按着你的头，叫你必定说这些字样呢？"宝玉道："如此说，这匾上莫若'蘅芷清芬'四字，对联则是：

吟成豆蔻诗犹艳，
睡足荼蘼梦也香。"〔索隐〕又引回本事。

贾政笑道："这是套的'书成蕉叶文犹绿'，不足为奇。"众人道："李太白《凤凰台》之作，全套《黄鹤楼》，只要套得妙。如今细评起来，方才这一联，竟比'书成蕉叶'尤觉幽雅活动。"贾政笑道："岂有此理！"

说着大家出来。走不多远，只见崇阁巍峨，层楼高起，面面琳宫合

第十七回　大观园试才题对额　荣国府归省庆元宵

抱，迢迢复道萦纡，脊松拂檐，玉兰绕砌，金辉兽面，彩焕螭头。贾政道："这是正殿了，只是太富丽了些。"〔索隐〕提明正殿，示非妃嫔所得有也。提明太富丽了，示当时用帑过多也。众人都道："要如此方是。虽然贵妃崇尚节俭，然今日之尊，礼仪如此，不为过也。"一面说一面走，只见正面现出一座玉石牌坊，上面龙蟠螭护，玲珑凿就。贾政道："此处书以何文？"众人道："必是'蓬莱仙境'方妙。"贾政摇头不语。

宝玉见了这个所在，心中忽有所动，寻思起来，倒像在那里见过的一般，却一时想不起那年月的事了。〔索隐〕太虚幻境与大观园是一是二，本难分晰。贾政又命他题咏。宝玉只顾细思前景，全无心于此了。众人不知其意，只当他受了这半日折磨，精神耗散，才尽词穷了，再要作难逼迫，着了急或生出事来，倒不便，遂忙都劝贾政道："罢了，明日再题罢了。"贾政心中也怕贾母不放心，遂冷笑道："你这畜生也竟有不能之时了。也罢，限你一日，明日题不来，定不饶你！这是第一要紧处所，要好生作来。"

说着，引人出来，再一观望。原来自进门至此，才游了十之五六。又值人来回，有雨村处遣人回话，贾政笑道："此数处不能游了。虽如此。到底从那一边出去，也可略观大概。"说着，引客行来。至一大桥，水如晶帘一般奔入。原来这桥便是通外河之闸，引泉而入者。贾政因问："此闸何名？"宝玉道："此乃沁芳源之正流，即名沁芳闸。"贾政道："胡说！偏不用'沁芳'二字。"

于是一路行来，或清堂，或茅舍，或堆石为垣，或编花为门，或山下得幽尼佛寺，或林中藏女道丹房，或长廊曲洞，或方夏圆亭，贾政皆不及进去，因半日未尝歇息，腿酸脚软。忽又见前面露出一所院落来，贾政道："到此可要歇息歇息了。"说道，一径引入。绕着碧桃花，穿过竹篱花障编就的月洞门，俄见粉垣环护，绿柳遮垂。贾政与众人进了门，两边尽是游廊相接。院中点衬几块山石，一边种几本芭蕉，那一边是一株西府海棠，其势若伞，丝垂金缕，葩吐丹砂。众人都道："好花，好花。海棠也有，从没见过这样好的。"贾政道："这个是叫做女儿棠，乃是外国之种。〔索隐〕睿王纳朝鲜女为妃，此亦暗点。此时此地尚不属宝玉，故着意在睿王一边，以下乃拍入宝玉，暗喻董妃。俗传出女儿国，

《红楼梦》与顺治皇帝的爱情故事

故花最繁盛,亦荒唐不经之说耳。"众客道:"毕竟此花不同;女儿之说想亦有之。"宝玉道:"大约骚人韵士以此花红若施脂,弱如扶病,〔索隐〕指董妃之善病,故特加此层。其实与花不甚贴切,然亦新雅。近乎闺阁风度,故以女儿命名。世人以讹传讹,都未免认真了。"众人都道:"领教妙解。"

一面说话,一面都在廊下榻上坐了。贾政因道:"想几个什么新鲜字来题。"一客道:"'蕉鹤'二字妙。"又一个道:"'崇光泛彩'方妙。"贾政与众人都道:"好个'崇光泛彩'。"宝玉也道妙,又说:"只是可惜了。"众人问:"如何可惜?"宝玉道:"此处蕉棠两植,其意暗蓄'红绿'二字在内。〔索隐〕意有暗蓄,恐人不知,故特借宝玉看破道出。"红绿"二字本双照情僧妃子。僧感红光之异而生,故用红字;曰"赤霞",曰"绛珠",曰"绛芸",无一非红也。妃姓董,董有千里草之称,故用"绿"字;其蘅芜一院,芳草滋多,无一非绿也。宝钗亦兼喻小琬,故所居亦以草作衬。《续博物志》:"董蓁者,婆罗门云阿苗,根似白芷。"故前题特拈"蘅芷清芬"四字,亦有为也。若说一样,遗漏一样,便不足取。"〔索隐〕但知怡红院住宝玉,而不知内有妃子,便失作者殷殷告语之意。贾政道:"依你如何?"宝玉道:"依我题'红香绿玉'四字,〔索隐〕红香,即绛芸之意;绿玉,言为董为琬也。此四字最赅括,最简显,故作意道出。方两全其美。"〔索隐〕在天比翼,在地连理,谓之两全。贾政摇头道:"不好不好。"

说着,引人进入房内。只见其中收拾的与别处不同,竟分不出间隔来的。原来四面皆是雕空玲珑木板,或流云百蝠,或岁寒三友,或山水人物,或翎毛花卉;或集锦,或博古,或万福,或万寿。〔索隐〕常人用五福百寿足矣,花样中亦带身分。各种花样,皆是名手雕镂,五彩销金嵌玉的。一槅一槅,或贮书,或设鼎,或安置笔砚,或供设瓶花,或安放盆景。其槅式样,或圆或方,或葵花蕉叶,或连环半璧,真是花团锦簇,玲珑剔透。倏尔五色纱糊,竟系小窗;倏尔彩绫轻覆,竟如幽户。且满墙皆是随依古董玩器之形抠成的槽子,如琴剑炉瓶之类,俱悬于壁,却都是与壁相平的。众人都赞道:"好精致,难为怎么做的?"

原来贾政走了进来,未到两层,便都迷了旧路。左瞧也有门可通,

第十七回　大观园试才题对额　荣国府归省庆元宵

右瞧也有窗暂隔,及到跟前,又被一架书挡住。回头又有纱窗明透,门径可行,及至门前,忽见迎面也进来一起人,与自己形相一样,却是一架玻璃镜。转过镜去,一发见门多了。〔索隐〕政老到此,目眩神迷,直与炀帝迷楼相似,亦为与四十一回伏线。贾珍笑道:"老爷随我来。从此门出去,便是后院。出了后院,倒比先近了。"引着贾政及众人转了两层纱橱,果得一门出去。院中满架蔷薇,转过花障,只见清溪前阻。众人诧异道:"水又从何而来?"贾珍遥指道:"原从那闸起,流至那洞口,从东北山坳里引到那村庄里,又开一道岔口,引至西南上,共总流到这里,仍旧合在一处,从那墙下出去。"众人听了,都道:"神妙之极!"

说着忽见大山阻路,众人都迷了路。〔索隐〕极言曲折。贾珍笑道:"随我来。"乃在前导引。众人随着由山脚下一转,便是平坦大路,豁然大门现于面前。众人都道:"有趣,有趣。搜神夺巧,至于此极!"于是大家出来。

那宝玉一心只记挂着里边姊妹们,又不见贾政吩咐,只得跟到书房。贾政忽想起来,道:"你还不去,恐老太太记念,难道你还逛不足么?"宝玉方退了出来。

至院外,便有跟贾政的小厮上来抱住说道:"今日亏了老爷喜欢,方才老太太打发人出来问了几次,我们回说老爷喜欢。若不然,老太太叫你进去了,就不得展才了。人人都说你才那些诗比众人都强,今儿得了彩头,该赏我们了。宝玉笑道:"每人一吊。"众人道:"谁没见那一吊钱?把这荷包赏了罢。"说着,一个个都上来解荷包、解扇袋。不容分说,将宝玉所佩之物尽解去。〔索隐〕满人好配带荷包、扇套、小刀、火链之类,内宦强解,是见情僧少年好弄,御下宽宏。又道:"好生送上去罢。"一个个围绕着送至贾母门前。那时贾母正等着他,见他来了。知道不曾难为他,心中自是欢喜。

少时袭人倒了茶来,见身边佩物一件不存,因笑道:"带的东西又是那起没脸的东西们解了去了?"林黛玉听说,走过来一瞧,果然一件无存,因向宝玉道:"我给你的那个荷包,也给他们了?你明儿再想我的东西可不能够了了!"说毕,生气回房,将前日宝玉嘱咐他做而未完的香袋,拿起剪子来就铰。宝玉见他生气,便忙赶过来,早已剪破了。宝玉

《红楼梦》与顺治皇帝的爱情故事

曾见过这香袋，虽未完工，却也十分精巧，〔索隐〕《传》称小琬针神曲圣，无所不通。

无故剪了，却也可气。因忙把衣解了，从里面衣襟上将所系的荷包解了下来，递与黛玉道："你瞧瞧，这是什么东西，我何曾把你的东西给人？"

林黛玉见他如此珍重，带在里面，可知是怕人拿去之意，因此又自悔莽撞剪了香袋，低着头一言不发。宝玉道："你也不用剪，我知你是懒怠给我东西，我连这荷包奉还如何？"说毕，掷向他怀中而去。黛玉越发气得哭了，拿起荷包又剪。宝玉忙回身抢住，笑道："好妹妹，饶了他罢！"黛玉将剪子一摔，拭泪说道："你不用合我好一阵，歹一阵的，要恼就撂开手。"说着，赌气上床，面向里倒下拭泪。禁不住宝玉上来妹妹长妹妹短赔不是。

前面贾母一片声找宝玉，众人回说在林姑娘房里。贾母听说，道："好，好，让他姊妹们一处玩玩罢。才他老子拘了他这半天，让开心一会子罢，只别叫他们拌嘴。"众人答应着。

黛玉被宝玉缠不过，只得起来道："你的意思不叫我安生，我就离了你。"说着往外就走。宝玉笑道："你到那里，我跟到那里。"一面仍拿荷包来带上。黛玉忙伸手抢道："你说不要，这会子又带上，我也替你怪臊的。"说着"嗤"的一声笑了。宝玉道："好妹妹，明儿替我做个香袋儿罢。"黛玉道："那也瞧我的高兴罢了。"〔索隐〕恃宠而骄，当是妃子宫中常态。

一面说，一面二人出房，到王夫人上房中去了，可巧宝钗亦在那里。此时王夫人那边热闹非常，原来贾蔷已从姑苏采买了十二个女孩子，并聘了教习，以及行头等事来了。那时薛姨妈另迁于东北上一所幽静房舍居住，将梨香院另行修理了，就令教习在此教演女戏。又另派家中旧曾学过唱的众女人们，——如今皆是皤然老妪，——着他们带领管理，就令贾蔷总理其日月出入银钱等事，以及诸凡大小所需之物件帐目。

又有林之孝来回，采访聘买得十二个小尼姑、小道姑都到了，连新做的十二分道袍也有了。外又有一个带发修行的，——本是苏州人氏，祖上也是读书仕宦之家，因自幼多病，买了许多替身皆不中用，到底这

· 226 ·

第十七回　大观园试才题对额　荣国府归省庆元宵

姑娘入了空门方才好了，所以带发修行，——今年十八岁，取名妙玉。〔索隐〕妙喻也，喻圆圆，亦喻小菀。如今父母俱已亡故，〔索隐〕邢氏夫人。身边只有两个老嬷嬷，一个小丫头服侍。文墨也极通，经典也极熟，模样也极好。因听说长安都中有观音遗迹并贝叶遗文，〔索隐〕是指四川峨嵋山，或言圆圆在此修真，故特点遗迹、遗文两事，强拉入长安县，以便与大观诸人同叙。亦是一过渡法也。去年随师父上来，〔索隐〕师父，指秦淮陈媪。现在西门外那牟尼院住着。他师父精演先天神数，于去冬圆寂了，遗言说他不宜回乡，在此静候，自有结果。〔索隐〕恐不是好结果。妙在含蓄不尽。所以未曾扶灵回去。王夫人便道："这样，我们何不接了他来？"林之孝家的回道："若接他，他说侯门公府，必以贵势压人，我再不去的。"王夫人道："他既是宦家小姐，自然要傲些。就下个请帖请他何妨。"林之孝家的答应着出去，叫书启相公写个请帖，去请妙玉。次日遣人备车轿去接。不知后来如何，且听下回分解。

〔索隐〕本回开端数语，了结上回秦钟病死（事）之事。下分一大段两小段：

自"这日贾珍等来回贾政"句起，至"宝玉方退了出来"句止，为一大段，专叙省亲别墅的景物布置。因下回专叙典礼，虽亦可带照风景，然不能将山水、树木、花草、宫室、陈设、器具、帘幕等等说得如此清楚，如此详细。故特演此段，俾人人可当卧游，益见当日奢侈情形，为睿王获罪之因。亦借以带出世祖冲龄便有才思，亲题匾额，长者弗如。又借标题之中，映照本回所隐的事实，更于怡红、潇湘、蘅芜三处，示意为僧妃起居之所。非僧妃常驻西苑，各占一宫，特因书中人居处之常，点出其人何指。《红楼》全部，均用此例，不能呆呆以离宫别馆三十六所，遂谓汉主有三十六宠妃也。开端罪宁，此其大者。

自"至院外"句起，至"那也瞧我的高兴罢了"句止，为一小段，夹叙宝黛寻常相处，忽嗔忽喜的情形。妃子之得上欢心，正不必一味温柔，其中或不无操纵迎拒之术。引人入胜，得此弥工。风尘中人,安不得神此技者,况杨华协箠,君有童心,掩袖之啼,剪发之状,其承恩当更在骊姬、玉环上也。

自"一面说"句起,至段末止,为又一小段。此段为铺写女伶、女僧、女尼,典景之热闹。观甲午年孝钦万寿,由颐和园至宫中,每数里一经棚、一戏台相间,可见满人尚佛以唪经,与梨园同重。并明示从姑苏采买而来,以见当日以南方女子为贵。又因女尼一层,引到妙玉身上,为后来叙述陈沅的事迹。合居二美,聚万里于一堂,作者真有缩地补天的能事。

〔**护花评**〕大观园工程告竣,若只请贾政一看,毫无意味。今以联匾为题,则此一看最为要紧之事,不徒为游玩起见。而各处亭台、楼榭、殿阁、山水,即可挨次细叙,不觉琐烦,非善于叙景者不能有此想。

又:宝玉不待传唤而适相撞见,省却多少闲笔。

又:借采办小尼带出妙玉,不必另起头绪,省笔最好。

〔**大某评**〕此回贾政游园,自正殿以外特详写稻香村、怡红院、潇湘馆、蘅芜院四处。可见作者重在叙董、陈、刘三人而已。

第十八回　皇恩重元妃省父母
　　　　　　天伦乐宝玉逞才藻

　　话说彼时有人回工程上等着糊东西的纱绫，请凤姐去开库找纱绫。又有人来回请凤姐开库收金银器皿。王夫人并上房丫鬟等皆不得空闲，宝钗说："咱们别在这里碍手碍脚。"说着，同宝玉等往迎春房中来。

　　王夫人日日忙乱，直到十月里才全备了。监督〔**索隐**〕惟国家管理工程得派监督提调等项名目，若王公府邸，断不能有此。足证为钦工。都交清帐目。各处古董文玩，俱已陈设齐备。采办鸟雀，自仙鹤、鹿、兔以及鸡、鹅等俱买全，交于园中各处饲养。贾蔷那边，也演出二十出杂戏来。一班小尼姑、道姑也都学会念佛经咒。于是贾政方略心安意畅。〔**索隐**〕借贾政以形容睿王之盼切。若就书中之贾政而论，但可云放心，无所谓畅意。又请贾母等至园中，色色斟酌，点缀妥当，再无些微不当之处，贾政才敢题本。本上之日，奉旨于明年正月十五日上元之日贵妃省亲。〔**索隐**〕睿王元妃于顺治六年十二月卒，睿王悼亡不乐。七年十二月王亦卒。是年正月纳肃王妃博尔济锦氏。《东华录》不书日，以《红楼》证之，殆即上元之日耶？孝庄与肃妃同为博尔济锦氏，史家窜削挪移，或有所影射规避，而不能直书，遂仅以肃妃当之耶？贾府奉了此旨，一发日夜不闲，连年亦不曾好生过的。

　　转眼元宵在迩。自正月初八就有太监出来先看方向，何处更衣、〔**索隐**〕一层。何处燕坐、〔**索隐**〕二层。何处受礼、〔**索隐**〕三层。何处开宴、〔**索隐**〕四层。何处退息。〔**索隐**〕五层。又有巡察地方总理关防太监，带了许多小太监来，各处关防挡围幕，〔**索隐**〕六层。指示贾宅人员何处出入、〔**索隐**〕七层。何处进膳〔**索隐**〕八层。何处启事，〔**索隐**〕九层。种种仪注。〔**索隐**〕内廷称后曰关防，称妃以下曰主位。以

《红楼梦》与顺治皇帝的爱情故事

上各种仪注,非主位所得僭也。又有工部官员〔**索隐**〕非帝后有大典出入,工部不预闻。并五城兵马司打扫街道,撵逐闲人。〔**索隐**〕十层。此十层文章,写出是预备大典,非寻常妃嫔与丹阐(即椒房之戚)交接之礼。妃嫔向无归宁例,无可援仿;即有之,亦断无此等仪注。作者有意铺陈,可知非呆写为元妃也。贾赦等监督工人扎花灯娴火之类,至十四日俱已停妥。

这一夜上下通不曾睡。至十四日五鼓,自贾母等有爵者,俱备按品大妆。〔**索隐**〕朝仪。大观园内帐舞蟠龙,帘飞彩凤,〔**索隐**〕龙凤对举,非无意之笔。金银焕彩,珠宝生辉,鼎焚百合之香,瓶插长春之蕊,静悄悄无一人咳嗽。〔**索隐**〕是候驾的光景,凡乘舆所至,最禁喧哗。故御殿受朝,先三响静鞭,鞭响,驾至,寂无人声矣。贾赦等在西街门外,贾母等在荣府大门外。街头巷口,用围幕挡严。正等的不耐烦,忽然一个太监骑匹马来了。〔**索隐**〕是警跸传筹之意。初来者谓之头筹。贾政接着,问其消息,太监云:"早多着哩。未初用晚膳,未正还要到宝灵宫拜佛,酉初进大明宫领宴看灯,方请旨,只怕戌初才起身呢。"凤姐听了道:"既这样,老太太与太太且请回房,等到了时候再来也未为晚。"于是,贾母等等且自便去了,园中赖凤姐照料。凤姐命执事人等带领太监们去吃酒饭,一面传人挑进蜡烛,各处点起灯来。

忽听外面马跑之声不一,有十来个太监,喘吁吁跑来拍手儿。这些太监都会意,知道是来了,〔**索隐**〕是宦官常用的手语。各按方向站立。贾赦领合族子弟在西阶门外,贾母领合族女眷在大门外迎接。半日静悄悄的,忽见两个太监骑马缓缓而行,至西街门下了马,将马赶出围幕之外,便面西站立。〔**索隐**〕驾从西来。按内廷仪注,凡前导之人,每一驻足,即应面西,不得侧身而立,亦不得直立向东,示君以背。半日又是一对,亦是如此。少时便来了十来对,〔**索隐**〕按礼,应有王公捧如意前导。方闻隐隐鼓乐之声。〔**索隐**〕乐奏升平之章。一对对龙旗凤翚,雉羽宫扇,〔**索隐**〕帝后出宫,非大典不用仪仗。又有销金提炉,焚着御香,然后一把曲柄七凤〔**索隐**〕应有九凤,作者因书中所言为妃,故减其二。金黄伞〔**索隐**〕曲柄伞,非帝后无之。过来,便是冠袍带履,又有执事太监捧着香巾、绣帕、漱盂、拂尘等物。〔**索隐**〕太后每出,则

第十八回　皇恩重元妃省父母　天伦乐宝玉逞才藻

官监仆妇婢女等，尽取其日用之物，执之以行。《清季宫闱秘史》中所谓"数十人分持一装室"者是也。妃以下安得有此，各有官监裹持数事而已。一队队过完，后面方是八个太监，〔索隐〕八人舆，亦非帝后遇大典不能乘。抬着〔索隐〕应曰捧。一顶金黄绣凤銮舆，〔索隐〕妃以下均乘车，黄舆非帝后不得乘。缓缓行来。

贾母等连忙跪下。早有太监过来扶起贾母等。那銮舆抬入大门，仪门往东一所院落，门前有太监跪请下舆更衣。于是抬入门，太监散去，只有昭容彩嫔等引元春下舆。〔索隐〕规制井井，可见宫中太监亦有回避。日常给事者，诸女职而已。然亦慈宁坤宁，方得全备，贵妃以下无此多人。只见院内各式花灯闪灼，皆系纱绫扎成，精致非常。上面有一匾灯，写着"体仁沐德"四个字。〔索隐〕体贴人情，沾沐恩泽，意在言外。元春入室更衣出，复上舆进园。只见园中香烟缭绕，花影缤纷，处处灯光相映，时时细乐声喧，说不尽这太平景象，富贵风流。〔索隐〕四字最确切，若寻常贺婴，大可用此四字作幛题。

却说贾妃〔索隐〕此处忽云贾妃，示假妃非真妃也。王之妻曰妃。在轿内看了此园内外光景，因点头叹道："太奢华过费了。"〔索隐〕用帑过多。至顺治初年，政费不足，虽肃王复爵，而不能给俸，以财匮也。忽又见太监跪请登舟。贾妃下舆登舟，只见清流一带，势若游龙，两边石栏上，皆系水晶玻璃各式风灯，点的如银光雪浪；上面柳杏诸树虽无花叶，却用各式绸绫纸绢及通草为花，粘于枝上，〔索隐〕是隋炀宫中顷刻花也。岂当时点景诸臣欺王不学，果为此耶。无怪王之未久而亡，于此已兆。每一株悬灯万盏；更兼池中荷荇凫鹭之属，亦皆系螺蚌羽毛做就的，诸灯上下争辉，〔索隐〕奢靡至此，直越阿麼，非作者亲闻亲见，断意想不到，亦写不出。真是琉璃世界，珠宝乾坤。船上又有各种盆景灯，珠帘绣幕，桂楫兰桡，自不必说。已而入一石港，港上一面匾灯，明现着"蓼汀花溆"四字。

看官听说，这"蓼汀花溆"四字，及"有凤来仪"等字，皆系上回贾政偶试宝玉之才，何至便认真用了？想贾府世代书香，自有一二名手题咏，岂似暴发之家，竟以小儿语搪塞了事呢？只缘当日这贾妃未入宫时，自幼亦系贾母教养，后来添了宝玉，贾妃乃长姊，宝玉为幼弟。贾

《红楼梦》与顺治皇帝的爱情故事

妃念母年将迈,方始得此弟,是以独爱怜之;且同侍贾母,刻未相离。那宝玉未入学之先,三四岁时,已得贾妃口传授受,教了几本书,识了数千字在腹中。虽为姊弟,有如母子。〔索隐〕放胆写出"有如母子"四字,不是补笔,是特笔。自入宫后,时时带信出来与父兄说:"千万好生扶养,不严不能成器,过严恐生不虞,且致祖母之忧。"眷念之心,刻刻不忘。前日贾政闻艺师赞他尽有才情,故于游园时聊一试之,虽非名公大笔,却是本家风味。〔索隐〕"本家风味"四字,直是刻谑。且使贾妃见之,知爱弟所为,亦不负其平日切望之意,〔索隐〕相传孝庄母教极严。因此故将宝玉所题用了。那日未题完之处,后来又补题了许多。

且说贾妃看了四字笑道:"'花溆'二字便好,何必'蓼汀'。"〔索隐〕叙述一段,有如母子的陈事后,紧接此笔,重在一"蓼"字。殆隐言废蓼莪之意也。《笑林》中所谓有限精神,更消磨于生我劬劳之后者。作者岂想及此耶?不然此等题咏,多二字少二字殊无出入。作者通人,不应浪费笔墨,故知其有意作谑也。侍座太监听了,忙下舟登岸,飞传与贾政,贾政即刻换了。

彼时舟临内岸,去舟上舆,便见琳宫绰约,桂殿巍峨,石牌坊上正现"天仙宝境"〔索隐〕指天台刘阮故事。四个大字。贾妃命换了"省亲别墅"四字,〔索隐〕用"省亲"字样,掩盖了洞里仙缘,是从伪,非从质。是作书人弄鬼,不是书中人弄才。于是进入行宫。只见庭燎烧空,香屑布地,火树琪花,金窗玉槛,说不尽帘卷虾须,毯铺鱼獭;鼎飘麝脑之香,屏列雉尾之扇。真是:

金门玉户神仙府,桂殿兰宫妃子家。

贾妃乃问:"此殿何无匾额?"随侍太监跪奏道:"此系正殿,外臣未敢擅拟。"贾妃点头不语。

礼仪太监请升座受礼,两阶乐起。二太监引贾赦贾政等于月台下排班上殿,昭容传语曰:"免。"乃退出。又引荣国太君及女眷等自东阶升月台下排班,昭容再渝曰:"免。"于是亦退。〔索隐〕秩序井然,笔亦典重。茶三献,贾妃降座。乐止,退入侧室更衣,方备省亲车驾出园。

第十八回　皇恩重元妃省父母　天伦乐宝玉逞才藻

〔索隐〕此处用笔简老，是史家叙礼之文，与寻常叙事不类。作者之浸润于班、马者深矣。

至贾母正室，欲行家礼，〔索隐〕不卒然即行家礼，先国后家，绝不鲁莽。作者必有所闻而然。不然，前无所仿，何从命笔。贾母等俱跪止之。贾妃垂泪，彼此上前厮见，一手挽贾母，一手挽王夫人。三个满心皆有许多话，俱说不出，只是呜咽对泣而已。邢夫人、李纨、王熙凤，迎春探春惜春三人，俱在旁垂泪。无言半日，贾妃方忍悲强笑，安慰贾母王夫人道："当日既送我到那不得见人的去处，好容易今日回家，娘儿们一会，不说不笑，反倒哭个不了。一会子我去了，又不知多早晚才能一见呢。"说到这句，不禁又哽咽起来。邢夫人忙上来劝解，贾母等贾妃归坐，又逐次一一见过，又不免哭泣一番。然后东西两府执事人等在外厅行礼，及媳妇丫鬟行礼毕。贾妃叹道："许多亲眷，可惜都不能见面。"

王夫人启道："现有外亲薛王氏及宝钗、黛玉在外候旨，外眷无职，不敢擅入。"贾妃即命："请来相见。"一时薛姨妈等进来，欲行国礼。命免过，上前各叙阔别。又有贵妃原带进宫的丫鬟抱琴叩见，贾母连忙扶起，命入别室款待。执事太监及彩嫔、昭容各侍从人等，宁府及贾赦那宅两处，自有人款待，只留三四个小太监答应。母女姊妹叙些久别情形，及家务私情。

又有贾政至帘外问安，贾妃于内行参等事。又向其父说道："田舍之家，齑盐布帛，得遂天伦之乐；今虽富贵，骨肉分离，终无意趣。"贾政亦含泪启道："臣草莽寒门，鸠群鸦属之中，岂意得征鸾凤之瑞，今贵人上锡天恩，下昭祖德，此皆山川日月之精奇，祖宗之远德，钟于一人，幸及政夫妇。且今上体天地好生之大德，垂古今未有之旷恩，虽肝脑涂地，岂能报于万一！惟朝乾夕惕，忠于厥职。伏愿我君万岁千秋，乃天下苍生之福也。贵妃切勿以政夫妇残年为念，更祈自加珍爱。惟勤慎肃恭以侍上，庶不负上眷顾隆恩也。"贾妃嘱以"国事宜勤，暇时保养，切勿记念。"〔索隐〕借父女问答中，稍露旷典奇恩、养身报国之意，说来处处可通。说田舍家得遂天伦之乐一层，特加"齑盐布帛"四字，岂是父女之词？"井臼糟糠"，其意可想。更以"骨肉分离，终无意趣"八字作结，更明指怨旷寡欢情事。当时喜诏，即由此立言，此固正文正

《红楼梦》与顺治皇帝的爱情故事

义也。

贾政又启:"园中所有亭台轩馆,皆系宝玉所题。如果有一二可寓目者,请即赐名为幸。"贾妃听了宝玉能题,便含笑说道:"果进益了。"贾政退出。因问:"宝玉因何不见?"贾母乃启道:"无职外男,不敢擅入。"元妃命:"引进来。"小太监引宝玉进来,先行国礼毕,命他近前,携手揽于怀内,又抚其头颈笑道:"比先长了好些。"一语未终,泪如雨下。尤氏凤姐等下来启道:"筵宴齐备,请贵妃游幸。"

元妃起身,命宝玉导引,遂同诸人步至园门前。早见灯光之中,诸般罗列。进园先从"有凤来仪""红香绿玉""杏帘在望""蘅芷清芬"等处登楼步阁,涉水缘山,眺览徘徊。一处处铺陈不一,一桩桩点缀新奇。贾妃极加奖赞,又劝"以后不可太奢了,此皆过分"。既而来至正殿,谕免礼归坐,大开筵宴。贾母等在下相陪,尤氏、李纨、凤姐等捧羹把盏。

元妃乃命笔砚伺候,亲拂罗笺,择其善者赐名。题其园之总名曰:"大观园"。〔索隐〕畅春、圆明诸园,均在后,此园当日锡名,今已无考。作者以大观名之,颇有用意。大观,宋徽宗年号也。徽宗大观中,太后刘氏以不谨闻,遂自杀。作者岂微取其意耶?正殿匾额云:"顾恩思义"。〔索隐〕即顾名思义也。特改一恩字以混人耳目,言人睹大观之名,须思大观之事也。故叙园名后紧接此笔,与前蓼汀一例。对联云:

天地启宏慈,赤子苍生同感戴;
　古今垂旷典,九州万国被恩荣。〔索隐〕古今万国所无。

联语堂皇,却毫与省亲无涉,全是言外示讥。

又改题:"有凤来仪"、赐名"潇湘馆",〔索隐〕为居黛玉故名。小琬在如皋所居曰湘中阁,是潇湘馆所本。"红香绿玉"改作"怡红快绿",〔索隐〕两意相欢,故曰怡曰快。赐名"怡红院",〔索隐〕截去一半,独以怡红命名,是为宝黛分居,故各占其一。"蘅芷清芬"赐名"蘅芜院",〔索隐〕仍以草名,并兼下山采芜之意。"杏帘在望"赐名"浣葛山庄"。〔索隐〕葛覃之诗,为后妃归宁而作,于此略顾书中正文,却仍

第十八回　皇恩重元妃省父母　天伦乐宝玉逞才藻

未久即改。

正面楼曰"大观楼",东面飞楼曰"缀锦阁",〔索隐〕是言点缀景物,亦可谓锦上添花。西面飞楼曰"含芳阁"。〔索隐〕是言涵濡芳泽,亦可谓流芳百世。两面飞楼,是仿保和殿两旁文渊阁、东阁之制。更有"蓼风轩"、〔索隐〕指父母。"藕香榭"、〔索隐〕藕指夫妇。"紫菱洲"、〔索隐〕紫菱指颜色将老。"荇叶渚"〔索隐〕荇叶指后妃所职。等名。又有四字匾额,如"梨花春雨"、〔索隐〕梨花一枝春带雨,是玉妃初幸故事。"桐剪秋风"、〔索隐〕春风桃李、秋雨梧桐,是上皇南内故事。"荻叶夜雪"〔索隐〕浔阳秋夜,枫叶荻花,是老大嫁商人故事。等名,不可胜纪。〔索隐〕命名全有深意,妙在不过用花草闲名,藏而不露。又命旧有匾联不可摘去。于是先题一绝句云:

衔山抱水建来精,多少工夫筑始成。
天上人间诸景备,芳园应锡大观名。

写毕,向诸姊妹笑道:"我素乏捷才,且不长于吟咏,姊妹们素所深知。今夜聊以塞责,不负斯景而已。异日少暇,必补撰《大观园纪》〔索隐〕当时文学侍从之班,当有记述。并《省亲颂》〔索隐〕闻当日献颂者极多。等文,以纪今日之事。〔索隐〕今夕何夕。妹等亦各拟一匾一诗,随意发挥,不可为我微才所缚。且知宝玉竟能题咏,一发可喜。此中潇湘馆、蘅芜院二处,我所极爱,〔索隐〕又说到情僧爱董妃事上,故专指此二处。次之怡红院、浣葛山庄,此四大处,必得别有章句题咏方妙。前所题之联虽佳,如今再各赋五言律一首,使我当面试过,方不负我自幼教授之苦心。"〔索隐〕是欧阳贤母,不是宪英贤姊。

宝玉只得答应了下来,自去构思。迎春探春惜春三人中,要算探春又出于姊妹之上,然自忖亦难与薛林争衡,只得勉强随众塞责而已。李纨也勉强凑成一律。

贾妃挨次看姊妹们的,写道是:

旷性怡情（匾额）〔索隐〕即前畅意之说。

《红楼梦》与顺治皇帝的爱情故事

迎春

园成景物特精奇,奉命羞题额旷怡。

谁信世间有此境,游来宁不畅神思。〔索隐〕一"羞"字,一"畅"字,微示其意。

万象争辉(匾额)〔索隐〕专切上元灯火。

探春

名园筑就势巍巍,奉命多惭学浅微。

精妙一时言不尽,果然万物有光辉。〔索隐〕无甚深意。

文章造化(匾额)〔索隐〕此篇文章瞒过天下后世,却仍一丝不走,真是巧夺天工。

惜春

山水横拖千里外,楼台高起五云中。

园开日月光辉里,景夺文章造化功。〔索隐〕日月光辉,指帝王夫妇,与第三回上房对联同意。

文采风流(匾额)〔索隐〕孝庄美而多才,或有即夕赋诗之事,作者拈此四字,殆有自愧勿如之意耶。昔人诗云:"文采风流我不如。"用之省亲旷典,毫不贴切。按之所隐之事,亦马援戒兄子勿刻鹄之意耳。

李纨

秀水明山抱复回,风流文采胜蓬莱。〔索隐〕西苑瀛台,孤悬水中,仿海上三山之式。

绿裁歌扇迷芳草,红衬湘裙舞落梅。〔索隐〕"草"字、"梅"字、歌扇、湘裙,皆暗藏小琬在内。"红""绿"字又兼藏情僧在内,为全书斗榫。

珠玉自应传盛世,〔索隐〕当时喜诏贺表赞颂讴歌,极一时之盛。作者或犹及见,今不传矣。神仙何幸下瑶台。〔索隐〕瑶台西王母所居,说归省亦说得去,意在双关。

名园一自邀游赏,〔索隐〕应制煞尾,明明应用宸游字样,偏故避去,改用"邀游"便生硬,故令人思。未许凡人到此来。〔索隐〕禁地岂凡人所能得到。

第十八回　皇恩重元妃省父母　天伦乐宝玉逞才藻

凝晖钟瑞（匾额）〔**索隐**〕泛写上元旷典。

薛宝钗

芳园筑向帝城西，〔**索隐**〕指实在西，知为西苑。华日祥云笼罩奇。

高柳喜迁莺出谷，〔**索隐**〕佳人出谷，忽迁高柳，此意可思。修篁时待凤来仪。〔**索隐**〕仍正潇湘匾额之意。

文风已著宸游夕，孝化应隆归省时。〔**索隐**〕与诏书相映。

睿藻仙才瞻仰处，自惭何敢再为辞。

世外仙源（匾额）〔**索隐**〕是避人出处之意。

林黛玉

宸游增悦豫，仙境别红尘。

借得山川秀，添来气象新。

香融金谷酒，花媚玉堂人。

何幸邀恩宠，宫车过往频。〔**索隐**〕黄幄翠华，临幸当非一次。

贾妃看毕，称赏一番，又笑道："终是薛林二妹之作与众不同，非愚姊妹所及。"

原来林黛玉安心今夜大展奇才，将众人压倒，不想贾妃只命他一匾一咏，做不好违谕多做，只胡乱做一首五言律应命罢了。

彼时宝玉尚未做完，才做了潇湘馆与蘅芜院两首，正做怡红院一首。起稿内有"绿玉春犹卷"一句，宝钗转眼瞥见，便趁众人不理论，推他道："贵人因不喜'红香绿玉'四字，才改了'怡红快绿'，你这会子偏又用'绿玉'二字，岂不是有意和他分驰了？况且'蕉叶'之典故颇多，再想一个改了罢。"宝玉见宝钗如此说，便拭汗说道："我这会子总想不起什么典故出处来。"宝钗笑道："你只把'绿玉'的'玉'字改作'蜡'字就是了。"宝玉道："'绿蜡'可有出处？"宝钗悄悄的咂嘴点头笑道："看你今夜不过如此，将来金殿对策，你大约连赵钱孙李都忘了呢。唐朝韩翃《咏芭蕉》诗头一句，'冷烛无烟绿蜡乾'都忘了么？"宝

《红楼梦》与顺治皇帝的爱情故事

玉听了,不觉洞开心意,笑道:"该死,眼前现成之句,一时竟想不到。姐姐直可谓'一字师'了。从此只叫你师傅,再不叫姐姐了。"宝钗亦悄悄的笑道:"还不快做上去,只姐姐妹妹的,谁是你姐姐?那上头穿黄袍的才是你姐姐呢。"一面说笑,因怕他耽延工夫,遂抽身走开了。

宝玉续成了此首,共有三首。此时黛玉未得展才,心上不快,因见宝玉构成太苦,走至案旁,知宝玉只少"杏帘在望"一首,因叫他抄录了前三首,却自己吟成一律,写在纸条上,掷向宝玉跟前。宝玉打开一看,觉比自己做的三首高得十倍,遂忙恭楷誊完呈上。〔**索隐**〕世祖曾因太后万寿,自制诗三十首,为序以进。此夕或亦有作。贾妃看是:

有凤来仪
秀玉初成实,堪宜待凤凰。
竿竿青欲滴,个个绿生凉。
进砌防阶水,穿帘碍鼎香。
莫摇分碎影,好梦正初长。
蘅芷清芬
蘅芜满静院,萝薜助芬芳。
软衬三春草,柔拖一缕香。
轻烟迷曲径,冷翠湿衣裳。
谁咏池塘曲,谢家幽梦长。
怡红快绿
深庭长日静,两两出婵娟。
绿蜡春犹卷,红妆夜未眠。
凭栏垂绛袖,倚石护清烟。
对立东风里,主人应解怜。
杏帘在望
杏帘招客饮,在望有山庄。
菱荇鹅儿水,桑榆燕子梁。
一畦春韭绿,十里稻花香。
盛世无饥馁,何须耕织忙。〔**索隐**〕四诗均无甚关合处,

第十八回　皇恩重元妃省父母　天伦乐宝玉逞才藻

惟好梦初长，应制自不能有此句，殆以含梦蝶栖鸾之意也。贾妃看毕，喜之不尽，说："果然进益了。"又指"杏帘"一首为四首之冠，遂将"浣葛山庄"改为"稻香村"。又命探春将方才十数首诗，另以锦笺誊出，令太监传与外厢。贾政等看了，都称颂不已。贾政又进《归省颂》。元妃又命以琼酪金脍等物赐与宝玉并贾兰。此时贾兰尚幼，未谙诸事，只不过随母依叔行礼而已。

那时贾蔷带领一班女戏子在楼下正等得不耐烦，只见一个太监飞跑下来说："做完了诗了，快拿戏目来。"贾蔷忙将戏目呈上，并十二个人的花名册子。少时点了四出戏：第一出《豪宴》，第二出《乞巧》，第三出《仙缘》，第四出《离魂》。〔索隐〕四戏取义者半，取字者半。《豪宴》言赐宴之盛，《乞巧》言定情之始，《仙缘》言恩遇之奇，《离魂》言亡身之速。贾蔷忙张罗扮演起来，一个个歌有裂石之音，舞有天魔之态。虽是装演的形容，却做尽悲欢情状。刚演完了，一太监执一金盘糕点之属进来，问："谁是龄官？"贾蔷便知是赐龄官之物，连忙接了，命龄官叩头。太监又道："贵妃有谕，说龄官极好，再做两出戏，不拘那两出就是了。"贾蔷忙答应了，因命龄官做《游园》《惊梦》二出，〔索隐〕《游园》《惊梦》为《牡丹亭》中柳梦梅与杜丽娘梦中幽会故事，书中借喻本回不但游园，且成好梦，运用自然砌合。不求本事所在，但就归省言之，便无取矣。龄官自以为此二出原非本角之戏，执意不从，定要做《相约》《相骂》二出。〔索隐〕《相约》是《金钗记》中八月中秋花园夫妇相会的故事。《相骂》是丫鬟云香催娶，与老旦相骂，詈老旦为"老不贤"云云。又有"龙位、皇位也要坐"诸语，均是本地风光。贾蔷扭他不过，只得依他做了。〔索隐〕二语中亦似有含蓄，不然人家菊部，固无自由演唱者，况贵人临观耶。

贾妃甚喜，命"莫难为了这女孩子，好生教习"。额外赏了两匹宫绸、两个荷包，并金银锞子食物之类。然后撤筵，将未到之处，复又游玩。

忽见山环佛寺，忙盥手进去焚香拜佛，又题一匾云："苦海慈航"。〔索隐〕四字刻薄，"慈"字尤妙。又额外加恩与一班优尼女道。少时，太监跪启："赐物俱齐，请验按例行赏。"乃呈上节略。贾妃从头看了无

《红楼梦》与顺治皇帝的爱情故事

语,即命照此而行。太监下来,一一发放。

原来贾母的是金玉如意各一柄、沉香拐杖一根、伽楠念珠一串、富贵长春宫绸四匹、福寿绵长宫绸四匹、紫金笔锭如意锞十锭、吉庆有余银锞十锭。邢夫人等二分,只减了如意拐杖四样。贾赦贾政等,每分御制新书二部、宝墨二匣、金银盏各二双,表礼按前。宝钗黛玉诸姊妹等每人新书一部、宝砚一方、新样格式金锭锞二对;宝玉亦同,锞二对、金银项圈二个、金锞二对。尤氏李纨凤姐等皆金银四锭、表礼四端。另有表礼二十四端、青钱一千串,是赏与贾母王夫人及各姊妹房中奶娘众丫鬟。贾琏贾珍贾环贾蓉皆表礼一端、金银锞一对。其余彩缎百匹,白银千两,御酒数瓶,是赐东西两府及园中管理工程陈设答应及司戏掌灯诸人的。外又有青钱五百串,是赐厨役优伶百戏杂行人等的。

众人谢恩已毕,执事太监启道:"时已丑正三刻,请驾回銮。"贾妃不由的满眼又滚下泪来,却又勉强笑着,拉了贾母王夫人的手不忍放。再四叮嘱:"不须牵挂,好生保养。如今天恩浩荡,一月许进内省亲一次,〔索隐〕十六回言二六日准入宫,月当有六次。此回又言一月许省亲一次,得勿误耶?不知所隐本事,出入本可自由,不拘次数,园中之会,特欢外寻欢耳。然既借省亲言之,便不能不先言有入宫省亲之例。既通门籍,原无限制。书中欲示矜严,故忽多忽少,随意挥写,极言本无定例,小说家因事造言耳。见面尽容易的,〔索隐〕此句是实话。何必过悲?倘明岁天恩仍许归省,不可如此奢华糜费了。"贾母等已哭的哽咽难言了。贾妃虽不忍别,奈皇家规矩,违错不得的,只得忍心上舆去了。〔索隐〕"忍心"二字下得有情,并双关可用尤妙。这里诸人好容易将贾母劝住,及王夫人搀扶出园去了。未知后事如何,且听下回分解。

〔索隐〕本回首尾一事,来去分明。初叙工程陈设,一一布置停妥,乃题请日期(清初用题,至同治军兴后,乃一律改题为奏),深合体制。奉旨定期后,人人格外加忙,亦是实情实况。是日预备,为临幸前之第一步。

次叙届日銮舆未至时如何景象,将至时如何景象,渐渐炉香扇羽,缓缓行来,人语喧哗,一时都寂。使读者如身临其境,

· 240 ·

第十八回　皇恩重元妃省父母　天伦乐宝玉逞才藻

注眸西望,直亦不敢轻嗽一声。是为曰候驾,为临幸前之第二步。

既而贵人莅止,更衣登舆,换舟涉水,色色仪注,一丝不漏。中间写出风灯树彩,凫藻扬辉,说不尽的繁华,描不尽的锦绣。是曰宸游,为临幸时之第一步,本回之第三步。

因游览遂及各处庭院,因庭院游及各种标题,因标题引出有如母子一段文字。苦心安插,为读者放一线光明,而铺张扬厉中,忽来追写家庭,清空笔墨,章法亦觉不板。游至正殿,登座受礼,堂皇正大,用笔亦古简不支。是曰受贺,为临幸时之第二步,本回之第四步。

行礼已毕,复行更衣,另备车驾,至贾母上房叙家人之礼,意者先御正殿,后入寝宫。所谓骨肉不分,天伦有乐者即在此耶。内官眷属,执事中官,一一在此行礼,典礼丝毫不乱,确合宫闱体制。殿上受礼,惟王公在陛,百官在阶,其宦官宫妾等人,无从厕入。作者深明掌故,故叙来层次井然。是曰入宫,亦曰入府,为临幸后之第一步,本回之第五步。

接见众人后与政老数言问答,情文并至,语语得体,而作书人却又借两人口中,微露正义。然庄言奏对,仍不溢情(非以父女作夫妇之问答,特借语气词句间,略有映带。看《红楼》不可拘拘于假设之人。若行辈,若何行事,皆代作者传意而已)。是曰归省,亦曰同宫,为临幸后之第二步,本回之第六步。

父女见后,姊弟相见,题诗献赋,礼罢言情,想见此夕筵宴之多,颂扬之众。就中夹叙宝哥拭汗,急不成章,其为实事,为设境,已不可知。而极热闹中加一二闲笔,方有情趣,亦太史公一定行文之法也。是曰赋诗,为临幸后之第三步,本回之第七步。

文事既阑,笙歌初奏,戏名中全有用意,是本书惯例,知其事者一览可知。一层一层叙述到此,方是酒阑吟罢,粉墨登场,正畅心乐意之时,亦至艳极浓之境。是曰听戏,为临幸后之第四步，本回之第八步。

听戏之后，应有一层藏而不露的文章，书中不言，便可勿劳着想。但就归省而论，时已交丑，正宫廷睡起之时。启请回舆，为时将届，于是补游佛寺，盥手进香。清世宫人见佛必拜，的是实况，又借点出"苦海慈航"四字，余味曲包，并可不冷落一班女冠优尼，亦是题中应有之义。书中虽未言唪经，而其事可想。有"额外加恩"四字，更可见贵人重佛而尚僧。是曰听经，为临幸后之第五步，本回之第九步。

将次启銮，先颁恩赏，有"按例"二字，故又可由执事太监开单，归省为创例、特恩，"按例"二字何解？可见事非归省。同外廷人人受赏，皆照留职按格颁行。即以归省言之，亦应有此嘉惠，特书中"按例"二字为异耳。是曰颁赏，为临幸将归之第一步，本回之第十步。

以下明叙回銮，依依不舍，恩礼兼至，大难为情。是曰催归，为临幸将归之第二步，本回之第十一步。

忍心登舆，回宫覆命，赫赫扬扬一桩旷古未有之大典，至此终矣。是曰回舆，为临幸毕之第三步，本回之第十二步。

三层十二步，将全事始末，礼节仪仗，景物词章，私情关例，为正为喻，为巨为细，一一详详细细，密密层层，写得丝毫不漏，真是一篇典重一文字，足能称得若大题目也。

〔护花评〕第十八回省亲是第一旷典，第一大事，故全用正笔细写。

又：补叙宝玉三四岁时曾经元妃教读，以见上回拟题联匾，是有意不是无心。

又：元妃己初见贾母王夫人，三人执手一句话说不出，只是呜咽对泣，情景真切。下文临别时，贾母等别无一言，更妙。

第十九回　情切切良宵花解语
　　　　　意绵绵静日玉生香

　　话说贾妃回宫，次日见驾谢恩，并回奏归省之事，龙颜甚悦。又发内帑彩缎金银等物，以赐贾政及各椒房等员，不必细说。

　　且说荣宁二府中连日用尽心力，真是人人力倦，各各神疲。又将园中一应陈设动用之物，收拾了两天方完。第一个凤姐，事多任重，别人或可偷闲躲静，独他是不能脱得的。二则本性要强，不肯落人褒贬，只扎挣着与无事的人一样。第一个宝玉，却是极无事，最闲暇的。偏这一早，袭人的母亲又亲来回过贾母，接袭人家去吃年茶，〔**索隐**〕小宛母早卒，父又新丧，此间所言之母，或为后母，为叔母，为假母，不可得而知，否则鄂硕家曾冒称为母者也。宫人外入私家，有干例禁，或董妃恃宠破例为之。晚间才可回来，因此宝玉只和众丫头们掷骰子，赶围棋作戏。正在房内玩得没兴头，忽见丫头们来回说："东府里珍大爷来请过去看戏放花灯。"

　　宝玉听了，便命换衣裳。才要出去时，忽又有贾妃赐出糖蒸酥酪来。〔**索隐**〕清人嗜尚。宝玉想，上次袭人喜吃此物，〔**索隐**〕小宛或能勉进，恐未必深喜。便命留与袭人了。自己回过贾母，过去看戏。谁想贾珍这边唱的是《丁郎认父》《黄伯央磊摆阴魂阵》，更有《孙行者大闹天宫》《姜太公斩将封神》等类的戏文，倏尔神鬼乱出，忽又妖魔毕露。内中扬幡过会，号佛行香，锣鼓喊叫之声远闻巷外。〔**索隐**〕宫中演剧大半鬼神之事为多，专重砌末布景，取其繁华热闹。戏台三层，神自上降，鬼自下升，离奇镗鞳，非外间所有。缘以宫廷不便演家国兴亡及男女爱恋等事，故特制此。按时应节，出目甚多，闻者耳聋，观者目眩。中叶以后，以数见不鲜，稍稍杂外间菊部矣。满街上个个都赞好热闹戏，

《红楼梦》与顺治皇帝的爱情故事

别人家断不能有的。〔索隐〕南署,即升平署教坊也,皆宦官充之,其戏文节目,外间断不能有。缘衣装景物,每剧均须特制,坊市梨园力何能及,大家蓄优者亦不敢学制,故别为一种流传。宫廷深邃,虽金繁革乱,外间亦不得闻,或夜静风多,傍宫墙略闻霓裳声响耳。作者此笔,是欲明示宫中之戏与外间不同。

宝玉既见繁华热闹到如此不堪的田地,只略坐了一坐,〔索隐〕性根不净。便走往各处闲耍。先是进内去和尤氏并丫头姬妾说笑了一回,便出二门来。尤氏等仍料他出来看戏,遂也不曾照管。贾珍、贾琏、薛蟠等只顾猜谜行令,百般作乐,纵一时不见他在坐,只道往里边去了,也不理论。至于跟宝玉的小厮们,那年纪大些的,知宝玉这一来了,必是晚间才散,因此偷空,也有会赌钱的,也有往亲友家去吃年茶的,或赌或饮,都私自散了,待晚间再来。那小些的,都钻进戏房里瞧热闹去了。

宝玉见一个人没有,因想素日这里有个小书房,内曾挂着一轴美人,极画的得神。今日这般热闹,想"那里自然无人,那美人自然是寂寞的,须得我去望慰他一回。"〔索隐〕此句是一篇之正文正义,却舍人言画,果然唤出真矣。作者凡记事,无一不用曲笔,直欲呕出心肝。想着,便往那厢来。刚到窗前,闻得房内呻吟之声,宝玉倒唬了一跳,想着敢是美人活了不成?乃大着胆舔破窗纸,向内一看——那轴美人却不曾活,却是茗烟按着一个女孩子,也干耶警幻所训之事。宝玉禁不住大叫:"了不得!"一脚踹进门去,将那两个翻开了,抖衣而颤。茗烟见宝玉忙跪下哀求。宝玉道:"青天白日,这是怎么说!珍大爷知道,你是死是活?"一面看那丫头,虽不标致,倒白净,些微亦有动人心处,〔索隐〕间淫。羞的脸红耳赤,低首无言。宝玉跺脚道:"还不快跑。"一语提醒了那丫头,飞也似的去了。宝玉又赶出去叫道:"你别怕,我是不告诉别人的。"急得茗烟在后叫:"祖宗,这是分明告诉人了!"

宝玉因问:"那丫头十几岁了?"茗烟道:"大约不过十六七岁了。"宝玉道:"连他的岁数也不问问,别的自然越发不知了,可见他白认得你了。可怜,可怜。"又问:"名字叫什么?"茗烟笑道:"若说出名字来话长,真正新鲜奇文。他说他母亲养他的时节,做了一个梦,梦得了一匹

第十九回　情切切良宵花解语　意绵绵静日玉生香

锦,上面是五色富贵不断头的卍字样,所以他的名字就叫做万儿。"〔索隐〕情僧随从,大抵皆刑余之阉宦,断无此事。苦文学侍从,虽在内廷,而规制极严,似又不能与宫人幽会。作者写此一段,当非无谓,既特意标写其名,蓄意当即在此。按此上回董妃丧父南行,意或挈其妹董年同返,先寓于外。情僧入彀后,乃纳之宫中。此事即书于宝玉往袭人家之前,大约是以童婢偷情代喻情僧外幸之事。其梦如锦,其名为万,固明明隐藏一"年"字;锦固有万年锦也。《红楼》书事,往往一回中,多人所为皆一人之事,在读者穿插融会而得之,此亦然耶。宝玉听了笑道:"真也新奇,想必他将来有些造化。"〔索隐〕一朝选在君王侧,自是造化不凡。说着,沉思一会。〔索隐〕此句无限包罗,思其命名之意耶,思其造化高耶,可见此老胸中大有事在。

　　茗烟因问:"二爷为何不看这样的好戏?"宝玉道:"看了半日,怪烦的,出来逛逛,就遇见你们了。这会子做什么呢?"茗烟微微笑道:"这会子没人知道,我悄悄的引二爷往城外逛去,一会儿再往这里来,他们就不知道了。"宝玉道:"不好。仔细花子拐去了。且是他们知道了,又闹大了,不如往近些的地方去,还可就来。"茗烟道:"就近地方,谁家可去?这却难了。"宝玉笑道:"依我的主意,咱们竟找花大姐姐去,瞧他在家做什么呢。"茗烟笑道:"好好!我忘了他家。"又道:"他们知道了,说我引着二爷胡走,要打我呢。"宝玉道:"有我呢。"茗烟听说,拉了马,二人从后门就走了。〔索隐〕梅村诗云:"一万羽林空夜值,无人搅辔谏微行。"是为世祖好微行之证。又诗云:"一自便门驰道启,穿宫走马看花来。"是为出宫有便门之证,故本回书目中,特地标题"解语花"三字,可知三郎所好,自不在凡花也。幸而袭人家不远,〔索隐〕必安置近处,以便临幸。不过一半里路程,转眼已到门前。茗烟先进去,叫袭人之兄花自芳。〔索隐〕或指鄂硕。

　　此时,袭人之母接了袭人与几个外甥女儿,〔索隐〕陪笔。几个侄女儿,〔索隐〕"几个"两字,仍是陪笔。"侄女儿"三字,方是主文。《板桥杂记》言董年秦淮绝色,与小琬姊妹行,艳冶之名,亦相颉颃。是又证年与琬仅为族从,并非同怀姊妹,故为琬母之侄女。张紫渊《悼小琬》诗中一首有云:"美人在南国,余见两双成。"又云:"寂寂皆黄

《红楼梦》与顺治皇帝的爱情故事

土，香风付管城。"是可证年之死，亦有类乎琬，其未死也明矣。本回专为写此人，其意隐约可见。正吃茶。听见外面有人叫花大哥，花自芳忙出去看时，见是他主仆两个，唬的惊疑不定，连忙抱下宝玉来，自院内嚷道："宝二爷来了！"别人听见还可，袭人听了，也不知为何，忙跑出来，迎着宝玉一把拉着问："你怎么来了？"宝玉笑道："我怪闷的，来瞧瞧你作什么呢。"袭人听了，才把心放下来，说道："你也胡闹了。可作什么来呢？"一面又问茗烟："还有谁跟来？"茗烟笑道："别人都不知，就只我们两个。"袭人听了，复又惊慌，说道："这还了得？倘或撞见了人，或是遇见了老爷，街上人挤马碰，有个闪失，也是玩得的？你们的胆子比斗还大！都是茗烟挑唆的，回去我定告诉嬷嬷们打你。"茗烟撅了嘴道："二爷骂着打着叫我引了来的，这会子推到我身上。我说别要来罢，不然我们还去罢。"花自芳忙劝道："罢了，已自来了，也不用多说了。只是草檐草舍，又窄又不干净，爷怎么坐呢？"

袭人之母也早迎了出来。袭人拉了宝玉进去，宝玉见房中三五个女孩儿，见他进来都低了头，羞脸通红。〔索隐〕与万儿颜色相映。花自芳母子两个恐怕宝玉寒冷，又让他上炕，又忙另摆果桌，又忙倒好茶。袭人笑道："你们不要白忙，我自然知道，果子也不用摆了，不敢乱给他东西吃。"一面说，一面将自己的坐褥拿了，铺在一个椅子上，宝玉坐了，用自已脚炉垫了脚，向荷包内取出两个梅花香饼儿来，又将自己的手炉掀开焚上，仍盖好放于宝玉怀内，然后将自己茶杯斟了茶送与宝玉。彼时他母兄已是忙着齐齐整整的摆上一桌子果品来，袭人见总无可吃之物，因笑道："既来没有空去的理，好歹尝一点儿，也是来我家一趟。"说着，便拈了几个松子瓤，吹去细皮，用手帕托着送与宝玉。

宝玉见袭人两眼微红，粉光融滑，因悄问袭人道："好好的哭什么？"袭人笑道："何尝哭？才迷了眼揉的。"因此便遮掩过了。因见宝玉穿着大红金蟒狐腋箭袖，外罩石青貂裘排穗褂，说道："你特为往这里来，又换新衣服，他们就不问你往那里去的？"宝玉笑道："原是珍大爷请过去看戏换的。"袭人点头，又道："坐一坐回去罢，这个地方不是你来的。"宝玉笑道："你也家去才好呢，我还替你留着好东西呢。"袭人笑道："悄悄的，叫他们听着什么意思！"〔索隐〕意淫。一面又伸手从

第十九回　情切切良宵花解语　意绵绵静日玉生香

宝玉项上来将通灵玉摘下来，向他姊妹们笑道："你们见识见识，时常说起来都当稀罕，恨不能一见，今儿可尽力瞧了再瞧。什么稀罕物儿，也不过这么个东西。"说毕递与他们传看了一遍，〔索隐〕宝玉之玉，往往为宝玉之化身。宝钗炕边、凤姐枕下，固已不言而喻。此回又令姊妹行看玩，双玉自然璧合，灵犀一点已通。远山无皴，远水无波，画家传神不在笔墨，读者须解弦外音也。仍与宝玉挂好。又命他哥哥去或雇一乘小轿，或雇一辆小车，〔索隐〕马来舆往，非仅蔽藏，亦示好梦初成，畏行多露之意。与前忌饮冷酒同一笔法。国初时京师多用小轿，后乃无之。送宝玉回去。

花自芳道："有我送去，骑马也不妨了。"〔索隐〕男子粗鲁，那及女儿体贴入微。亦是故逗一笔。袭人道："不为不妨，〔索隐〕可见不是怕倾跌，特补一笔。为的是碰见人。"〔索隐〕此亦正义之一半。花自芳忙去雇了一顶小轿来，众人也不相留，只得送宝玉出去。袭人又抓些果子与茗烟，又把些钱与他买花炮放，叫他"不可告诉人，连你也有不是"。一面说着，一直送宝玉至门前，看着上轿，放下轿帘。〔索隐〕周密。

茗烟二人牵马跟随，来至宁府街。茗烟命住轿，向花自芳道："须得我同二爷还到东府里混一混，才好过去的，不然人家就疑惑了。"〔索隐〕仍入座听戏。花自芳听了有理，忙将宝玉抱出轿来，〔索隐〕可见身材尚小。送上马去。〔索隐〕周密。宝玉笑道："倒难为你了。"于是仍进后门来，俱不在话下。

却说宝玉自出了门，房中这些丫鬟们都越发恣意的玩笑，也有赶围棋的，也有掷骰抹牌的，磕了一地的瓜子皮。〔索隐〕富贵人家，新年儿女，景象逼真。偏他奶母李嬷嬷拄拐进来请安，瞧瞧宝玉，见宝玉不在家，丫鬟们只顾玩闹，十分看不过。因叹道："自从我出去不大进来，你们越发没样儿了。别的嬷嬷越不敢说你们了。那宝玉是个丈八的灯台，照见人家，照不见自己的，只知嫌人家腌臜，这是他的屋子，由着你们糟蹋。越不成体统了。"这些丫头们，明知宝玉不讲究这些，二则李嬷嬷已是告老解事出去的了，如今管不着他们，因此只顾玩笑，并不理他。那李嬷嬷还只管问："宝玉如今一顿吃多少饭？什么时候睡觉？"丫头们

《红楼梦》与顺治皇帝的爱情故事

总胡乱答应。有的说:"好个讨厌的老货。"李嬷嬷又问道:"这盖碗里是酥酪,〔索隐〕梅村诗云:"纷纷茗酪斗如何,点就茶经定不磨。移得江南来禁地,回龙山盏拨松萝。"是宫中用盖碗盛酪的实证。怎不送与我吃?"说毕,拿起就吃。一个丫头道:"快别动,那是说了给袭人留着的。回来又惹气了,你老人家自己承认,别带累我们受气。"

李嬷嬷听了,又气又愧,便说道:"我不信他这样坏了肠子!别说我吃了一碗牛奶,就是再比这个值钱的,也是应该的。难道待袭人比我还重?难道他不想想怎么长大了?我的血变的奶吃的长这么大,如今我吃他一碗牛奶,他就生气了?我偏吃了,看他怎么样!你们看袭人不知怎样,那是我手里调理出来的毛丫头,什么阿物儿!"一面说,一面赌气将酥酪吃尽。又一丫头笑道:"他们不会说话,怨不得你老人家生气。宝玉还送东西孝敬你老人家去,岂有为这个不自在的。"李嬷嬷道:"你们也不必装狐媚子哄我,打量上次为茶撵茜雪的事,我不知道呢。〔索隐〕奉圣挟长挟劳,当不为至尊所喜,或有因茶逐宫人事,其与董妃斤斤争厚薄,亦人情之常。明儿有了不是,我来领。"说着赌气去了。

少时宝玉回来,命人去接袭人。只见晴雯躺在床上不动,宝玉因问:"敢是病了?再不然输了?"秋纹道:"他倒是赢的。谁知李老太太来了,混输了,他气的睡去了。"宝玉道:"你们别和他一般见识,由他去就是了。"

说着袭人已回,彼此相见。袭人又问宝玉何处吃饭、多早晚回来,"又代他母妹问诸同伴姊妹好。一时换衣卸妆,宝玉命取酥酪来。丫鬟们回说:"李奶奶吃了。"宝玉才要说话,袭人便忙笑说道:"原来是留的这个,多谢费心。前日我吃的时候好吃,吃过了好肚子疼,闹的吐了才好了。他吃了倒好,搁在这里白糟蹋了。我只想风干栗子吃,〔索隐〕董妃之善解上意,事多类此,读其传可知。你替我剥栗子,我去铺床。"

宝玉听了信以为真,方把酥酪丢开,取栗子来,自向灯前检剥。一面见众人不在房中,乃笑问袭人道:"今儿那个穿红的是你什么人?"〔索隐〕一篇中此是主文,故特从宝玉口中致诘,以示萦心者在此。袭人道:"那是我的两姨妹子。"〔索隐〕不说是族妹,偏说是姨妹,又是故弄狡狯,防人窥破。宝玉听了,赞叹了两声。〔索隐〕春风铜雀,情见

第十九回　情切切良宵花解语　意绵绵静日玉生香

乎词。袭人道："叹什么？我知道你心里的缘故，想是说他那里配穿红的。"〔索隐〕装傻卖乖。宝玉笑道："不是不是。那样的人不配穿红的，谁还敢穿？我因为见他实在好得很，怎么也得他在咱们家就好了。"〔索隐〕得陇望蜀，爱屋及乌，昭阳姊妹并承恩，故加一"也"字。袭人冷笑道："我一个人是奴才命罢了，难道连我的亲戚都是奴才命不成？定还要拣实在好的丫头才往你家来？"〔索隐〕不是奴才命，是娘娘命。清世家法；后妃见至尊亦称奴才。此一段是此中正文，却借袭人口中反叙。宝玉听了忙笑道："你又多心了。我说往咱们家来，必定是奴才不成？说亲戚就使不得？"袭人道："那也搬配不上。"

宝玉便不肯再说，只是剥栗子。袭人笑道："怎么不言语了，想是我才冒撞冲犯了你？明儿赌气花几两银子买他们进来就是了。"〔索隐〕此一句是通篇之主，却仍正言反叙。宝玉笑道："你说的这话，怎么叫人答言呢？我不过是赞他好，正配生在这深堂大院里，没的我们这种浊物倒生在这里。"〔索隐〕天生丽质，当以金屋贮之。袭人道："他虽没这造化，倒也是娇生惯养的，我姨父姨娘的宝贝。如今十七岁，各样的嫁妆都齐备了，明年就出嫁。"

宝玉听了"出嫁"二字，不禁又嗐两声。〔索隐〕如今是我无缘，小生薄命。正不自在，〔索隐〕多惯是冤家不自在。又听袭人叹道："只从我来才几年，姊妹们都不得在一处。如今我要回去了，他们又都去了。"宝玉听这话内有文章，不觉吃一惊，忙丢了栗子问道："怎么，你如今要回去了？"袭人道："我今儿听见我妈和哥哥商议，叫我再耐烦一年，明年他们上来，就赎我出去呢。"宝玉听了这话，越发慌了，因问："为什么要赎你？"袭人道："这话奇了。我又比不得是你们这里的家生女儿。我一家都在别处，独我一个人在这里，怎么是个了局。"宝玉道："我不叫你去也难！"袭人道："从来没有这理。便是朝廷宫里〔索隐〕特意绕到宫廷一笔，俾阅者勿忘个中本色也。也有定例，或几年一选，几年一入，没有长远留下人的理。〔索隐〕定例：女子年过廿五出宫，然曾经上幸者不与。别说你家。"

宝玉想一想，果然有理，又道："老太太不从你也难。"袭人道："为什么不放我？果然是个最难得的。或者感动了老太太、太太，必不放

《红楼梦》与顺治皇帝的爱情故事

我出去的,设或多给我家几两银子留下,然或有之。其实我也不过是个最平常的人,比我强的,多而且多。自我从小儿来,跟着老太太,先服侍了史大姑娘几年,〔**索隐**〕豫王下江南时,世祖才六七龄耳。董妃入京,必先有所止,后为孝庄所喜,或即纳之官中,或先养之外戚,不能确知。然以年岁考之,至少必五六年后方能侍上。既有服侍史大姑娘几年一说,当是在孝庄咸晼中也。内大臣鄂硕,傥亦椒房姻眷耶。如今又服侍你几年。〔**索隐**〕董年入宫,必在董妃见幸数年之后。如今我们家来赎,正是该叫去的,只怕连身价也不要,就开恩叫我去。若说为服侍得你好,不叫我去,断然没有的事。那服侍的得好,是分内应当的,不是什么奇功。我去了仍旧又有好的,不是没了我,就成不得的。"

宝玉听了这些话,竟是有去的理,无留的理,心里越发急了。因又道:"虽然如此说,我只一心要留下你,不怕老太太不和你母亲说;多多给你母亲些银子,他也不好意思接你了。"袭人道:"我妈自然不敢强,且慢说和他好说,又多给银子,就便不好和他说,一个钱也不给,安心要强留下我,他也不敢不依。但只是咱们家从没干过这倚势仗贵霸道的事。这比不得别的东西,因为喜欢,加十倍利弄了来,给你那卖的人不得吃亏,可以行得。如今无故平空留下我,于你又无益,反叫我们骨肉分离。这件事老太太断不肯行的。"〔**索隐**〕未得其新,先失其旧。未得其二,先失其一。是此中人之欲擒先纵,是作书人之暗往明来,使人三思不厌。

宝玉听了思忖半晌,〔**索隐**〕与前沉思一会相映,看他郁郁不得的情态。乃说道:"依你说来说去,是去定了?"袭人道:"去定了。"宝玉听了自思道:"谁知这样一个人,这样薄情无义呢?"乃叹道:"早知道都是要去的,我就不该弄了来。〔**索隐**〕此数语又影照后来再嫁,借以敲击辟疆。见景生情,随笔夹写。

临了剩我一个孤鬼儿。"〔**索隐**〕清凉山坐化时,何尝不是孤鬼。说着便赌气上床睡了。

原来袭人在家听见他母兄要赎他回去,他就说:"至死也不回去的。"又说:"当日原是你们没饭吃,就剩我还值几两银子,若不叫你们卖,没有个看着老子娘饿死的理。如今幸而卖到这个地方,穿吃和主子

第十九回　情切切良宵花解语　意绵绵静日玉生香

一样,又不朝打暮骂,况如今爹虽没了,你们却又整理的家成业就,复了原气。若果然还艰难,把我赎回来,再多掏摸几个钱,也还罢了。其实又不必了,这会子又赎我做什么?权当我死了,再不必起赎我的念头。"因此闹哭了一阵。

他母兄见他这般坚执,自然必不出来的了。况且原是卖倒的死契,明仗着贾宅是慈善宽厚之家,不过求一求,只怕连身价银一并赏了,还是有的事呢。二则贾府中从不曾作践下人,只有恩多威少的。且凡老少房中所有服侍的女孩子们,更比待家下众人不同,平常寒薄人家的小姐,也不能那样尊重的。因此他母子两个就死心不赎了。次后忽然宝玉去了,他二人又是那般光景,他母子二人心中更明白了,越发一块石头落了地,而且是意外之想,〔索隐〕又叙袭人母兄一段心事,借阿姊之不出,以代写阿妹之将入。"意外"二字,可见其家人荣幸之态。彼此放心,再无赎念了。

且说袭人自幼见宝玉性格异常,其淘气憨顽,自是出于众小儿之外;更有几件千奇百怪口不能言的毛病儿。〔索隐〕天生情种淫根。近来仗着祖母溺爱,父母亦不能十分严紧拘管,更觉放纵驰荡,任意恣性,最不喜正务。每欲劝谏,料不能听。〔索隐〕脱簪戒旦,自是贤后妃的行径。无怪爱之者誉之不容口,读《传》可知。今日可巧有赎身之论,故先用骗词以探其情,以压其气,然后好下箴规。〔索隐〕真是魏徵妩媚。今见宝玉默默睡去,知其情之不忍,气已馁堕。自己原不想栗子吃,只因怕为酥酪生事,又像那茜雪之茶,于是假栗子为由,混过宝玉不提就完了。〔索隐〕妃《传》中言董妃善为下人缓颊者,多类此。于是命小丫头子们将栗子拿去吃了,自己来推宝玉。只见宝玉泪痕满面,袭人便笑道:"这有什么伤心的?果然留我,我自然不出去。"宝玉见这话有因,便说道:"你倒我说,还要怎样留你?我自己也难说。"袭人笑道:"咱们素日好处自不用说,但今日你安心留我,不在这上头,我另说出三件事来,你果然依了我,就是你真心留我了,刀搁在我脖子上,我也是不出去了。"〔索隐〕靠不住。

宝玉忙笑道:"你说那几件?我都依你。好姐姐,好亲姐姐,别说三两件,就是三百件,我也依的。只求你们同看着我守着我,等我有一日

《红楼梦》与顺治皇帝的爱情故事

化成了飞灰——还不好,有形有迹,还有知识——等我化成一股轻烟,风一吹便散了的时候,〔**索隐**〕涅槃真如之理,不外一"空"。字,情僧性根中有色有空,故能发出此一段议论。《庄子》谓生也有涯,知也无涯,亦是此理。你们也管不得我,我也顾不得你们了。那时凭我去,我也凭你们爱那里去就去了。"急得袭人忙握他的嘴,说:"好,好!我正为劝你这些,更说的狠了。"宝玉忙说道:"再不说这话了。"袭人道:"这是头一件要改的。"〔**索隐**〕满洲好吉祥,宫廷尤多忌讳。宝玉道:"改了,再说你就拧嘴。还有什么?"

袭人道:"第二件,你真喜读书也罢,假喜也罢,只在老爷跟前或在别人跟前,你别只管批驳诮谤,只作出个喜读书的样子来,也叫老爷少生些气,在人前也好说嘴。他心里想着:我家世代读书,只从有了你,不承望你不但不喜读书,已经他心里又气又恼了。而且背前背后,乱说哪些混话。凡读书上进的人,你就起个字叫做'禄蠹';〔**索隐**〕朝廷所见之读书人,大概真是禄蠹。又说只除'明明德'外无书,〔**索隐**〕世祖专讲明心见性之学,故重此一语。此数事,非婢妾所能知所能道。及世祖恒言者,作者特迁笔借袭人口中一露。都是前人自己不能解圣人之书,便另出己意编纂出来的。〔**索隐**〕世祖天亶聪明,识解超悟,非常人所及,此论虽过执,然理自可通。这些话怎怨得老爷不气?不时时打你?〔**索隐**〕睿王或常有挞伯禽之举耶。观于本书三十三回及诸书所载,睿王专擅得动,均有可见。叫别人怎么想你?"宝玉笑道:"再不说了。那是我小时不知天高地厚,信口胡说,如今再不敢说了。还有什么?"

袭人道:"再不可毁僧谤道,调脂弄粉。还有更要紧的一件事,再不许吃人嘴上擦的胭脂了,与那爱红的毛病儿。"〔**索隐**〕真是奇癖,真是意淫。宝玉道:"都改都改。再有什么快说?"袭人道:"再也没有了,只是百事检点些,不任意任情的就是了。你若果然都依了,便拿八人轿也抬不出我去了。"宝玉笑道:"你这里长远了,不怕没八人轿你坐。"〔**索隐**〕以后相许。袭人冷笑道:"这我可不希罕的。有那个福气,没有那个道理,〔**索隐**〕《董妃传》言:"废后之时,本拟封妃为后,后自辞让",故云"有那福气,没有那个道理"。那福气可得也,没那道理,是得而不居也。意颇关合。纵坐了也没甚趣。"〔**索隐**〕李夫人以娼进,

第十九回　情切切良宵花解语　意绵绵静日玉生香

千古难削此名。一时遽贵，亦复何趣。

二人正说着，只见秋纹走进来说："三更天了，该睡了。方才老太太打发嬷嬷来问，我答应睡了。"宝玉命取表来看时，果然针已指到亥正。方从新盥漱，宽衣安歇。不在话下。

至次日清晨，袭人起来，便觉身体发重，头疼目胀，四肢火热。先时还扎挣的住，次后挨不住，只要睡着，因而和衣躺在炕上。宝玉忙回了贾母，传医诊视。〔索隐〕加一"传"字，便非常人延医可知。说道："不过偶感风寒，〔索隐〕董妃荏弱，偶一出宫，便受感冒。写其病为证其劳。吃一两剂药疏散疏散就好了。"开方去后，令人取药来煎好，刚服下去，命他盖上被窝漏汗。宝玉自去黛玉房中来看视。

彼时黛玉自在床上歇午，丫鬟们皆出去自便，满屋内静悄悄的。宝玉揭起绣线软帘，进入里间，只见黛玉睡在那里，忙走上来推他道："好妹妹，才吃了饭又睡觉。"将黛玉唤醒。黛玉见是宝玉，因说道："你且出去逛逛，我前儿闹了一夜，今儿还没有歇过来，浑身酸疼。"宝玉道："酸疼事小，睡出病来的事大。我替你解闷儿，混过困去就好了。"黛玉只合着眼，说道："我不困，只略歇歇儿，你且别处去闹会子再来。"宝玉推他道："我往那里去？见了别人就怪腻的。"黛玉听了，"嗤"的一声笑道："你既要在这里，那边去老老实实的坐着，咱们说话儿。"宝玉道："我也歪着。"黛玉道："你就歪着。"宝玉道："没有枕头。"黛玉道："放屁！外面不是枕头，拿一个来枕着。"宝玉出至外间看了一看，回来笑道："那个我不要，也不知是那个腌臜老婆子的。"黛玉听了，睁开眼起身，笑道："真真你就是我命中的天魔星！请枕这一个。"说着，将自己枕的推与宝玉，又起身将自己的再拿一个来枕下，二人方对面倒下。

黛玉因看见宝玉左边腮上有钮扣大小的一块血渍，便欠身凑近前来，以手抚之细看，又道："这又是谁的指甲刮破了？"宝玉侧身一面躲，一面笑道："不是刮的，只怕刚才替他们淘澄胭脂膏子，溅上了一点儿。"说着，便找手帕子来要揩拭。黛玉便用自己的帕子替他揩拭了，口内说道："你又干这些事。干也罢了，必定还带出幌子来。便是舅舅看不见，别人看见了，又当着那新鲜话儿去学舌讨好。吹到舅舅耳朵里，又

《红楼梦》与顺治皇帝的爱情故事

该大家不干净惹气。"

宝玉总未听见这些话,只闻得一股幽香,却是从黛玉袖中发出,闻之令人醉魂酥骨。〔索隐〕《梅庵忆语》:小琬善薰香,怀袖香皆手制,非肆料可比。作者故以钗黛合况之。宝玉一把便将黛玉的衣袖扯住,要瞧笼着何物。黛玉笑道:"这等时候,谁带什么香呢?"宝玉笑道:"既如此,这香是那里来的?"黛玉道:"连我也不知道,想必是柜子里头的香气,衣服上薰染的也未可知。"宝玉摇头道:"未必,这香的气味奇怪,不是那些香饼子、香球子、香袋子的香。"〔索隐〕是《梅庵忆语》所谓如风过伽楠,露沃蔷薇,热磨琥珀,酒倾犀罂之味耶?抑所谓郁勃氤氲,间有梅英半舒荷鹅梨蜜脾之气,静参鼻观者耶?不然,则所谓久蒸衾枕,和以肌香,甜艳非常,梦魂俱适者是矣。作者采芳猎艳,融荟而一之,终究不言其香之何自发。黛玉冷笑道:"难道我也有什么罗汉真人给我些奇香不成?便是得了奇香,也没有亲哥哥亲兄弟弄了花儿朵儿、霜儿雪儿替我炮制。我有的不过是那些俗香罢了。"〔索隐〕《忆语》中记冒子与董姬选才细制,诸费料量自是雅人深致。然鞶卿口语,肆制谓之俗香,同此可称为雅香,亦佳名也。书中花儿朵儿、霜儿雪儿,及亲哥哥亲兄弟等词,均记冒、董闲情,闺中精选合制之乐。不然,呆霸王之粗莽,亦于冷香何与哉。况董已入宫,香或独制,溯前知后,作者亦意想得之。

宝玉笑道:"凡我说一句,你就拉上这些。不给你个利害,也不知道。从今儿可不饶你了。"说着,翻身起来,将两只手呵了两口,便伸手向黛玉膈肢窝内两胁下乱挠。黛玉素性触痒不禁,宝玉两手伸来乱挠,便笑着喘不过气来,口里说:"宝玉,你再闹我就恼了。"宝玉方住了手,笑问道:"你还说这些不说了?"黛玉笑道:"再不敢了。"一面理鬓笑道:"我有奇香,你有暖香没有?"宝玉见问,一时解不来,因问:"什么暖香?"黛玉点头笑叹道:"蠢才蠢才。你有玉,人家就有金来配你;人家有冷香,你就没有暖香?"宝玉方听出来,笑道:"方才求饶,如今便说狠了。"说着又去伸手。黛玉忙笑道:"好哥哥,我可不敢了。"宝玉笑道:"饶便饶你,只把袖子我闻一闻。"说着,便拉了袖子笼在面上,闻个不住。黛玉便夺了手道:"这可该去了。"宝玉笑道:"要去不

第十九回　情切切良宵花解语　意绵绵静日玉生香

能，咱们斯斯文文的躺着说话儿。"说着，复又倒下，黛玉也倒下，用手帕盖上脸。

宝玉有一搭没一搭的说些鬼话，黛玉只不理他。宝玉问他几岁上京、路上见何景致古迹、扬州有何遗迹故事土俗民情？黛玉不答。宝玉只怕他睡出病来，便哄他道："嗳哟！你们扬州衙门里有一件大故事，你可知道？"黛玉见他郑重，又且正言厉色，只当是真事，因问："什么事？"宝玉见问，便忍着笑，顺口诌道："扬州有一座黛山，山上有个林子洞。"黛玉笑道："这就扯谎。自来也没有听见这山。"宝玉道："天下山水多着呢，你那里知道这些不成。等我说完了，你再批评。"黛玉道："你且说。"宝玉又诌道："林子洞里原来有一群耗子精。那一年腊月初七日，老耗子升座议事，说：'明日乃是腊八日，世上人都是熬腊八粥，如今我们洞中果品短少，须得趁此打劫些来方好。'乃拔令箭一枝，遣一能干小耗，前去打听一巡。小耗回答：'各处察访打听已毕，惟有山下庙里果米最多。'老耗问：'米有几样，果有几品？'小耗道：'米豆成仓，不可胜记；果品有五种，一红枣，二栗子，三落花生，四菱角，五香芋。'老耗听了大喜，即时点耗前去。乃拔令箭问：'谁去偷米？'一耗便接令去偷米。又拔令箭问：'谁去偷豆？'又一耗接令去偷豆。然后一一的都各领令去了，只剩香芋一种。因又拔令箭问：'谁去偷香芋？'只见一个极小极弱小耗应道：'我愿去偷香芋。'老耗并众耗见他这样，恐不谙练，又恐怯懦无力，都不准他去。小耗道：'我虽年小身弱，却是法术无边，口齿伶俐，机谋深远，此去管比他们偷得巧呢。'众耗忙问：'如何得比他们巧呢？'小耗道：'我不学他们直偷，我只摇身一变，也变成了个香芋，滚在香芋的堆里，使人看不出，听不见，却暗暗的用分身法搬运尽了，岂不比直偷硬取的巧些？'众耗听了都道：'妙却妙，只是不知怎么个变法？你去先变个我们瞧瞧。'小耗听了笑道：'这个不难，等我变来。'说毕，摇身说变，竟变了一个最标致美貌的一位小姐。众耗忙笑说：'变错了。原说变果子的，如何变出小姐来？'小耗现形笑道：'我说你们没见世面，只认得这果子是香芋，却不知盐课林老爷的小姐才是真正的香玉呢。'"〔索隐〕此一段不过为拈立"玉香"二字，然就上文看起，袭人归省感寒，此间谐谈破睡，当是情僧眷护董妃病时情

《红楼梦》与顺治皇帝的爱情故事

事。神光离合,全在读者参详。黛玉听了,翻爬起来,按着宝玉笑道:"我把你烂了嘴的!我就知道你是编我呢。"说着便拧。宝玉连忙央告:"好妹妹饶我罢,再不敢了。我因为闻见你的香气,忽然想起这个故典来。"黛玉笑道:"饶骂了人,还说是故典呢!"

一语未了,只见宝钗来了,笑问:"谁说故典?我听听。"黛玉忙让坐,笑道:"你瞧瞧还有谁!他饶骂了,还说是故典。"宝钗道:"原来是宝兄弟,怪不得他。他肚子里的故典原来多,只是可惜一件,凡该用故典之时,他偏就忘了。有今日记得的,前儿夜里的芭蕉诗就该记得,眼面前倒想不起来。〔索隐〕情憎上元应制时,或有从臣捉刀助字之事。时本童年,亦无足异。见别人冷的那样,他急得只出汗,〔索隐〕神形如绘,作者亦笔座中耶?这会子偏又有记性了。"黛玉听了笑道:"阿弥陀佛!到底是我的好姐姐。你一般也遇见对手了。可知一报还一报,不爽不错的。"

刚说到这里,只听宝玉房中一片声吵嚷起来。未知何事,且听下回分解。

〔索隐〕本回但记世祖微行入董妃家事。董妃南行,翌年同返。世祖就宫中演剧之际,偶幸及之,一后遂因缘入宫,亦奇闻奇事也。本回书其事于归省之后,前回又言黛玉因有此大典,昼夜兼程,是可见年之入宫,当在顺治七年正月以后。世传太后下嫁一事,或非无因。而睿王台沼经营,于上元之夕请慈驾临幸西苑,亦属意中之事。事在庚寅正月。袭人之病,黛玉之酸,均喻董妃陪宴侍游之惫。则其事在游幸以后,概可知矣。董妃于顺治十三年始封贵妃,意春初不过一王邸给事或内大臣养女,出入慈宁(清初,本有福晋命妇入宫陪侍之例。至顺治十一年夏四月奉谕停止。谕云:"历代以来,无命妇更番入侍之例,所以严上下之体,杜绝嫌疑也。今蒙天眷,奄有洪基,内外伦常,首当隆重。朕曾奏请圣母皇太后,将随侍皇后及王贝勒等福晋命妇,概行停止。奉皇太后懿旨,此言甚是。随我命妇,我自裁定,其皇后及王贝勒福晋贝子公夫人随侍命妇,俱着停止其

第十九回　情切切良宵花解语　意绵绵静日玉生香

随侍。王贝勒贝子父母之命妇，各该王贝勒列名具奏候旨入侍。大朝日期，大臣命妇照例上朝"云云），本无拘禁。考之十一年上谕，开国时汉装妇女出入宫禁者至多。相传自世祖因董妃出家，孝庄惩前毖后，乃颁不准缠足妇女入宫之铁券，随侍之例始一概革除。当初直不问嫌疑，尽人可以混入。未受封之始，本无定名定分，出宫归省，不为破例。琬可出则年可入，不烦言可解。或谓元春归省一段文章，即暗讥董妃出入内大臣家之事。不知妃固微服便出，且未受封，安得有此堂皇之接驾。书中于归省之后，夹带袭人归省一层，且叙明为卖断之梅香，未始无记异诧奇，一创而无不创之意。董之有家，其归当非一次。此次因叙年并及，并著其事于大典之后。以意揣之，上好下甚，情僧必有所见，乃敢放意征求。董妃细心人，亦必知不足以动慈威，始不以秦虢入宫为惧。谓归省指斥董妃，非事实也。

　　本回起首数言，为了结上回之事。自"偏这一早"句起，专提接袭人一回事，为慰望伏案。以下接叙宝玉无聊光景，适有贾珍请看戏一事。趁人众喧阗之际，乃敢放胆微行。中间提出各戏名，皆大内所有，可见为宫中演剧。否则大典未久，西苑尚在热闹场中。以下叙慰望画中人一层，偏偏遇鸳鸯野合，此为本书惯例，正文所不言，往往另撮一二小事作影。此一段既影董年之名，又特点明造化之贵，可见因慰望此美而得彼美。幽房相聚，便如茗烟万儿所为。小琬之引类呼朋，媒勾妁引，殆不得谓之无罪矣。以下叙到袭人家穿红之女，一见倾心，虽不言结果何如，而袭人之三约既从，想公子之千金不吝，同居二美，自在个中。读者就袭人先激后谏各种语气求之，又言其妹如何娇爱、如何将嫁，何一非先难后获、虔婆抬价的口吻。却又借反言道出花银子买进来一层，说得易如反掌，更可见其究竟必不出此。既蒙天眷，恐几两银子亦不必花矣。以焉叙袭人既归而病，黛玉午倦而眠，全是董妃还宫后情僧爱护情况。

　　书中标"花解语""玉生香"数字作目，上一层言妃之善解人意，下一层言妃之怀袖生香。数端大事，均已纪明。就宫

《红楼梦》与顺治皇帝的爱情故事

中闲情说起，解语花为明皇爱妃的故事，玉生香为蓝田种玉的根由。吐属风流，韵人韵事，繁华钜极之后，继以绮旎纤情。章法尤当行出色。

本回直可作一大段看，故不必细为分疏也。

〔**护花评**〕宁府演剧，倏尔神鬼乱出，忽又妖魔毕露，及扬幡过会佛号行者，一派邪乱空虚，暗照宁府行为结局。

又：卍儿与茗烟乘闲私通，可见宁府家教之疏。

又：宝玉若非厌看热闹戏，何由一人走至小书房；若非撞见茗烟与卍儿偷情，何由寻至袭人家。文章善于引线。

又：袭人不肯出贾府心事，后文补写，却先与宝玉眼中看见。看两眼圈红，问他"哭什么"为伏笔，则补写一层，便不鹘突。

又：袭人说前日吃酥酪肚痛呕吐，善于排解。

又：袭人试探宝玉，实是解语花。

又：宝玉说等我化成轻烟，被风吹散，凭你们去，直伏后来出家走散。

又：黛玉同宝玉虽是两个枕头，却是对面同睡。又看见宝玉左腮红点，凑近手抚，用帕揩拭，两人恣意戏谑，若非宝钗走来，恐有不堪问处。作者借宝钗截住，又借李嬷嬷闹走散，是以藏蓄笔作裁断。

又："花解语""玉生香"，自然巧对。

又：此回写袭人一心跟定宝玉，反照后来改嫁蒋伶。写黛玉自然有香，正照宝钗丸药生香。

第二十回 王熙凤正言弹妒意
　　　　　　 林黛玉俏语谑娇音

　　却说宝玉在林黛玉房中说耗子精，宝钗撞来，讽刺宝玉元宵不知"绿蜡"之典。三人正在房中互相讥刺取笑，那宝玉正恐黛玉饭后贪眠，一时存了食，或夜间走了困，皆非保养身体之法，〔索隐〕何等体贴，何等调护。幸而宝钗走来，大家谈笑，那林黛玉方不欲睡，自己才放了心。忽听他房中嚷起来，大家侧耳听了一听，林黛玉先笑道："这是你妈妈和袭人叫唤呢。那袭人待他也罢了，你妈妈再要认真排揎他，可见老背晦了。"〔索隐〕写妃子之不善笼络小人，多中其忌。宝玉忙欲赶过去，〔索隐〕写情僧为妃子言所动。宝钗一把扯住道："你别和你妈妈吵才是，他老糊涂了，倒要让他一步为是。"〔索隐〕写妃子之敌，专能得小人之心。

　　宝玉道："我知道了。"说毕走来，见李嬷嬷拄着拐杖在当地骂袭人："忘了本的小娼妇，〔索隐〕书中数写袭、李之事，意必奉圣以上矜宠贵妃，故寻其隙。"忘了本的小娼妇"一语，施之袭人过当，施之董妃适揭其短，的是忌者意中之所必言。妃之不得正位官中，卒以此故。书中特叙李嬷撒野，为指实也。我抬举你起来，〔索隐〕妃之入官奉圣有力，故有挟骄动争礼数。这会子我来了，你大模大样的躺在炕上，见我也不理一理，一心只想装狐媚子哄宝玉；哄得宝玉不理我，只听你们的话。你不过是几两银子买来的毛丫头，这屋里你就作耗，如何使得！好不好拉出去配一个小子，看你还妖精似的哄人不哄人！"〔索隐〕当是未封贵妃以前恒有之事。袭人先只道嬷嬷不过为他躺着生气，少不得分辩，说："病了，才出汗，蒙着头，原没看见你老人家。"后来听见他说哄宝玉，又说配小子，由不得又羞又委曲，禁不住哭起来。〔索隐〕书

《红楼梦》与顺治皇帝的爱情故事

中之袭人,何等得人心。《传》中之董妃,何等惬人望,而李嬷偏与寻衅,可见情僧宠眷过优,足动人忌。

宝玉虽听了这话,也不好怎样,少不得替他分辩:"病了吃药。"又说:"你不信,只问别的丫头们。"李嬷嬷听了这话,越发气起来了,说道:"你只护着那起狐狸,那里还认得了我?叫我问谁去?谁不帮着你呢?谁不是袭人拿下马来的?我都知道那些事。我只和你在老太太、太太跟前去讲。把你奶了这么大,到如今吃不着奶子,把我丢在一旁,〔索隐〕可见一时嫔御都俯首降心,无怪追封诏中有"宫闱式化"一语。逗着丫头们要我的强。"〔索隐〕此为中怨之恨。一面说,一面也哭起来。彼时黛玉宝钗等也走过来劝道:"妈妈,你老人家担待他们些就完了。"李嬷嬷见他二人来了,便诉委屈,将当日吃茶、茜雪出去,与昨日酥酪等事,唠唠叨叨说个不了。

可巧凤姐正在上房算了输赢帐,〔索隐〕算帐输钱不过是衬笔,此熙凤不知指何人,不外诸王福晋之恒入宫中、为太后所喜者。听得后面一片声嚷动,便知李嬷嬷老病发了,擅排宝玉的人。〔索隐〕上之卷妃,人所共晓,借端趋奉以博上欢,此为解纷之本意。专写此笔,以见后来董妃之死,下石者,仍此辈人。董妃当日之宠贵惊人,明趋暗谤良有以也。正值他今日输了钱,迁怒于人。〔索隐〕此层是陪笔,其怒亦因人而施。便连忙赶过来,拉了李嬷嬷笑道:"嬷嬷别生气,大节下,老太太刚喜欢了一日。〔索隐〕"大节下"是上元节耶?喜欢一日,是所喜果何事耶?看十八回当能确指,此亦借端补出,写事后人情。你是老人家,别人吵嚷,还要你管他们才是,难道你反不知规矩,在这里嚷起来,叫老太太生气不成?你说谁不好,我替你打他。我家烧的滚热的野鸡,快跟我来吃酒去。"一面说,一面拉着走,又叫丰儿:"替你李奶奶拿着拐棍子、擦眼的手帕子。"那李嬷嬷脚不沾地,跟了凤姐儿走了,一面还说:"我也不要这老命了,索性今儿没了规矩,闹一场子讨个没脸,强似受那娼妇的气。"〔索隐〕又点"娼妇"二字。李虽憨蠢,然既久处大家,又当诸女郎前,岂能以此言詈未嫁之女?不过作书人借指。

后面宝钗黛玉见凤姐儿这般,都拍手笑道:"亏他这一阵风来,把个老婆子撮了去。"宝玉点头叹道:"这又不知是那里的帐,只拣软的欺

第二十回　王熙凤正言弹妒意　林黛玉俏语谑娇音

负。又不知是那个姑娘得罪了，上在他帐上了。"一句未完，晴雯在旁说道："谁又不疯了，得罪他做什么？便得罪了他，就有本事承认，不犯着带累别人。"袭人一面哭，一面拉着宝玉道："为我得罪了一个老奶奶，你这会子又为我得罪这些人，这还不够我受的，还只是拉别人。"〔索隐〕宠在一身，人言何恤！此飞燕所以召千人之指也。妃子当日将毋同乎？

　　宝玉见他这般病势，又添了这些烦恼，连忙忍气吞声，安慰他仍旧睡下出汗。又见他汤热火烧，自己守着他，歪在旁边劝他，"只养着病，别想那些没要紧的事生气"。袭人冷笑道："要为这些事生气，这屋里一刻还住得了？但只是天长日久，只管如此吵闹，可叫人怎么过呢？你只顾一时，为我得罪了人，他们都记在心里，遇着坎儿，说得好说不好，听大家什么意思。"一面说，一面禁不住流泪，又怕宝玉烦恼，只得勉强忍着。一时杂使的老婆子端了一和药来，宝玉见他才有汗意，不叫他起来，便自己端着与他就枕上吃了，即令小丫鬟们铺炕。袭人道："你吃饭不吃饭，到底老太太、太太跟前坐一会子，和姑娘们玩一会子再回来，我就静静的躺一躺也好。"宝玉听说，只得依他。去了簪环，看他躺下，〔索隐〕真能细心体贴。自往上房来同贾母吃饭。

　　饭毕，贾母犹欲同那几个老管家的嬷嬷斗牌，宝玉记着袭人，便回至房中。见袭人蒙蒙睡去，自己要睡，天气尚早，彼时晴雯、绮霞、秋纹、碧痕都寻热闹，找鸳鸯、琥珀等耍戏去了。见麝月一人在外间房里灯下抹骨牌，宝玉笑道："你怎么不同他们去？"麝月道："没有钱。"宝玉道："床底下堆着那些，'还不够你输的？"麝月道："都玩去了，这屋子交给谁呢？那一个又病了，满屋里上头是灯下头是火。那些老婆子们都老天拔地服侍了一天，也该叫他歇歇。小丫头们也服侍了一天，这会子还不叫他们玩玩去？所以我在这里看着。"宝玉听了这话，公然又是一个袭人，因笑道："我在这里坐着，你放心去罢。"麝月道："你既在这里，越发不用去了，咱们两个说话玩笑岂不好？"宝玉道："咱们两个做什么呢，怪没意思的。也罢了，早晨你说头痒，这会子没什么事，我替你篦头罢。"麝月听了，便道："就是这样。"说着，将文具镜匣搬将来，卸去钗钏，打开头发。宝玉拿了篦子，替他一一梳篦。

《红楼梦》与顺治皇帝的爱情故事

只篦了三五下,见晴雯忙忙走来取钱,一见了两个,便冷笑道:"哦,交杯盏还没吃,倒上了头了!"〔索隐〕此一段似写妃子挟妹入宫后承恩之始。羊车偶幸,尚未定名,故借晴雯口中道出。宝玉笑道:"你来,我也替你篦一篦。"晴雯道:"我没这么样大福。"说着拿了钱,便摔了帘子出去了。宝玉在麝月身后,麝月对镜,二人在镜内相视。宝玉便自镜内笑道:"满屋内就只是他磨牙。"麝月听说,忙向镜中摆手,宝玉会意。忽听"嗵"一声帘子响,晴雯又跑进来,问道:"我怎么磨牙了?咱们倒得说说。"麝月笑道:"你去你的罢,何苦又来问人了。"晴雯笑道:"你又护着!你们那瞒神弄鬼的,我都知道。〔索隐〕更补实一笔,仍在虚步。等我捞回本儿来再说话。"说着一径去了。这里宝玉通了头,命麝月悄悄的服侍他睡下,不肯惊动袭人。一宿无话。

次日清晨起来,袭人已自夜间发了汗,觉得轻省些,只吃些米汤静养。宝玉放了心,因饭后走到薛姨妈这边来闲逛。

彼时正月内,学房中放年学,闺阁中忌针黹,〔索隐〕京俗:正月望前二有二日,闺人不动针刀,谓之扎龙头、扎龙眼,忘者有凶。宫中亦尚其说,常言谓之妈妈经。都是闲时,因贾环也过来玩,〔索隐〕太宗十一子,世祖次九,有弟二人,此不知何指。正遇见宝钗香菱莺儿三个人围棋作耍。〔索隐〕诸王贝勒,为帝亲子,至年十八,谓之及岁,方分外邸,未及岁者,仍随母居宫中,常日起居,有所谓阿哥,所以严内外。贾环此来,当是入正宫谒后。贾环见了也要玩,宝钗素昔看他也如宝玉,并没他意,今儿听他要玩,让他上来坐了一处玩。一磊十个钱,头一回自己赢了,心中十分欢喜。谁知后来接连输了几盘,便有些着急。赶着这盘正该自己掷骰子,若掷个七点便赢,若掷个一点亦该赢,如其掷三点就输了。因拿起骰子来,很命一掷,一个坐定了五,一个乱转。莺儿拍着手只叫,贾环便瞪着眼六七八混叫。那骰子偏生转出幺来。贾环急了,伸手抓起骰子,然后就拿钱,说:"是个六点。"莺儿便说:"分明是个幺。"宝钗见贾环急了,便瞅莺儿道:"越大越没规矩。难道爷们还赖你?还不放下钱来呢?"莺儿满心委屈,见宝钗说,不敢出声,只得放下钱来,口内嘟嚷说:"一个做爷们还赖我们这几个钱,连我也不放在眼里。前日和宝二爷玩,他输了那些,也没有着急,剩的钱还是几

第二十回　王熙凤正言弹妒意　林黛玉俏语谑娇音

个小丫头子们一抢，他一笑就罢了。"宝钗不等说完，就忙喝住了。贾环道："我拿什么比宝玉！你们怕他，都和他好，都欺负我，我不是太太养的。"说着便哭。宝钗忙劝道："好兄弟，快别说这话，人家笑话你。"又骂莺儿。

正值宝玉走来，见了这般形况，问："是怎么了？"贾环不敢做声。宝钗素知他家规矩，凡做弟的怕哥哥，〔索隐〕满人颇尚此礼，为王者弟，更不待言。却不知那宝玉是不要人怕他的。〔索隐〕世祖不尚威严，殆即《东华录》等书所称为宽仁大度者耶。他想着："兄弟一并都有父母教训，何必多事，反生疏了呢。况且我是正出，他是庶出，饶这样看待，还有人背后谈论，还禁得辖治了他。"〔索隐〕是仁是恕，有汉惠同寝、明皇大被之风。庶出一层，又见为他妃所生，与上不同母。更有个呆意思存在心里。你道是有何呆意？因他自幼姊妹丛中长大，亲姊妹有元春，叔伯的有迎春、惜春，亲戚中又有史湘云、林黛玉、薛宝钗等人，他便料定天地灵淑之气只钟于女子，男儿们不过是些渣滓浊沫而已，因此把一切男子都看成浊物，可有可无。只是父亲，伯叔兄弟之伦，因是圣人遗训，不敢违忤，只得听他几句。所以弟兄之间，不过尽其大概的情理就罢了，〔索隐〕专意绮罗，无心及此。并不想自己是男子，须要为子弟之表率。〔索隐〕内藏是身为天子，表率诸王之意。是以贾环等都不怕他，〔索隐〕其地位可怕，其性情不可怕，大非世宗待兄弟所可同语。却怕贾母，才让他三分。〔索隐〕上忌孝庄。

现今宝钗生怕宝玉教训他，倒没意思，便连忙替贾环掩饰。宝玉道："大正月里哭什么？这里不好，到别处玩去。你天天念书倒念糊涂了？譬如这件东西不好，横竖那一件好，就舍了这件取那件，难道你守着这件东西哭会子就好了不成？〔索隐〕毫无严厉训斥之语，是婉劝，是禅机，是敷衍了事，面面俱有。是当日世祖训弟情词。你原来自取乐的，倒招的自烦恼，不如快回去呢。"〔索隐〕明于劝人，暗于劝己，诸妃何尝不是取乐的。贾环听了，只得回来。〔索隐〕究竟不敢违旨。

赵姨娘见他这般，因问："是那里垫了踹窝来了？"〔索隐〕太平闲人注：踹窝，车沟也。人被屈压为垫踹窝，北人俗语也。贾环便说："同宝姐姐玩来着，莺儿期负我，赖我的钱，宝玉哥哥撵我来了。"赵姨娘啐道:"谁叫你上高台盘了,下流没脸的东西!那里玩不得,谁叫你跑了去讨没意思?"正说着,可巧凤姐在窗外过,都听在耳内,便隔窗说道:"大正月里怎么了?兄弟们小孩子家,一半点儿错了,你只教导他,说这样话做什么?凭他怎么去,还有太太老爷管他呢。就大口家啐他?他现是主子,不好,横竖有教训他的人,与你什么相干?环兄弟,出来!跟我玩去。"

贾环素日怕凤姐比怕王夫人更甚,听见叫他,忙的出来。赵姨娘也不敢出声。凤姐向贾环说道:"你也是个没性气的东西!时常说给你,要吃要喝要玩要笑,你爱同那一个姐姐妹妹哥哥嫂子玩,就同那个玩。你总不听我的话,反叫这些人教的你歪心邪意,狐媚子霸道。自己又不尊重,要往下流里走,安着坏心,还只怨人家偏你呢。输了几个钱,就这么样儿?"因问贾环:"你输了多少钱?"贾环见问,只得诺诺的说道:"输了一二百钱。"凤姐道:"亏你还是爷们!输了一二百钱就这样?"回头叫丰儿:"去取一串钱来,姑娘们都在后头玩呢,把他送了玩去。""你明儿再这样下流狐媚子,我先打了你,再叫人告诉学里,皮不揭了你的!为你这不尊重,你哥哥恨得牙痒痒,不是我拦着,窝心脚把你的肠子踢出来呢。"喝令:"去罢!"〔索隐〕嫂嫂威至此,反以形兄之不威。此段事或出诸王,或出诸福晋,已不可深考。孝庄初始,亦太宗一妃,后以子贵尊为太后。同列妃嫔,有子者相忌相畏,本在人情。前写熙凤拉李妈是媚世祖,此写熙凤斥赵妾是媚孝庄。帝王家专以位号定贵贱尊卑,其差异乃相悬如此。刘妃有统率众福晋之位望,又以能名,此事或其所为,亦殊难定。书中惜此,为环凤结恨之始亦佳。贾环诺诺的跟了丰儿,得了钱,自己和迎春等玩去。不在话下。

且说宝玉正和宝钗玩笑,〔索隐〕渐为所动。忽见人说:"史大姑娘来了。"宝玉听了,抬身就走。宝钗笑道:"等着咱们两个一齐走,瞧瞧他去。"说着下了炕,同宝玉来至贾母这边。只见史湘云大笑大说的,见了他两个忙问好厮见。正值林黛玉在旁,因问宝玉"在那里来?"宝玉便说:"在宝姐姐家来。"黛玉冷笑道:"我说呢,亏在那里绊住,不然早就飞来了。"〔索隐〕史大姑娘时常往来,当时喻孔四贞之出入官禁。黛玉酸语,意态逼真。宝玉道:"只许同你玩,替你解闷儿?不过偶然去

第二十回　王熙凤正言弹妒意　林黛玉俏语谑娇音

他那里一遭,就说这话。"〔索隐〕大有玉环妒梅妃的光景。黛玉道:"好没意思的话。去不去管我什么事!又没叫你替我解闷儿,可许你从此不理我!"说着,便赌气回房去了。〔索隐〕恃宠而骄之态。

宝玉忙跟了来问道:"好好的又生气了。就是我说错句话,你到底也还坐在那里和别人说笑一会子,又自己来纳闷。"黛玉道:"你管我呢?"宝玉笑道:"我自然不敢管你,只是你自己作践了身子呢。"〔索隐〕真能刻意温存,其多情在后主、明皇以上。黛玉道:"我作践了我的身子,我死我的,与你何干?"宝玉道:"何苦来,大正月里死了活了的。"黛玉道:"偏要说死。我这会就死,你怕死,你长命百岁的如何?"〔索隐〕梅村《赞佛诗》:"陛下万年寿,妾命如尘埃。"即此一段语气。可见董妃动好言死。宝玉笑道:"要像只管这样的闹,我还怕死呢?倒不如死了干净。"林黛玉忙道:"正是了。要是这样闹,不如死了干净。"宝玉道:"我说自家死了干净,别错听了话赖人。"正说着,宝钗走来说:"史大妹妹等你呢。"说着便推宝玉走了。〔索隐〕前之一拉,后之一推,不免特意争宠。

这里黛玉越发生气,闷向窗前流泪。没两盏茶时,宝玉仍来了。黛玉见了,越发抽抽噎噎的哭个不住。宝玉见了这样,知难挽回,打叠起千百样的款语温言来劝慰。不料自己未张口,只听黛玉先说道:"你又来作什么?死活凭我去罢了,横竖如今有人和你玩耍,比我又会念,又会作,又会写,又会说会笑,〔索隐〕似指董年,否则指静妃或四贞。又怕你生气,拉了你去,你又来作什么?"宝玉听了,忙上前悄悄的说道:"你这个明白人,难道亲不隔疏,后不僭先,〔索隐〕年初入官,册立新后与册封孔妃,均在小琬入官之后。也不知道?我虽糊涂,却明白这两句话。头一件,咱们是姑舅姊妹,宝姐姐是两姨姊妹,〔索隐〕是映照上文袭人之妹。论亲戚他比你疏。第二件,你先来,咱们两个一桌吃,一床睡,自小儿一处长大的。他是才来的,岂有个为他疏你的?"黛玉啐道:"我难道叫你疏他,我成了什么人呢了!我为的是我的心。"宝玉道:"我也为是我的心。你的心难道就知道你的心,绝不知道我的心不成?"

黛玉听了低头不语,半日说道:"你只怨人行动嗔怪了你,你再不知

《红楼梦》与顺治皇帝的爱情故事

道你自己怄人难受。就拿了今日天气比,分明今儿冷些,怎么你倒脱了青肷披风呢?"宝玉笑道:"何尝不穿着!见你一恼,我一暴燥就脱了。"〔**索隐**〕既见世祖心专意挚,又见体旺性躁,与上宝钗所说出汗相映。黛玉叹道:"回来伤了风,又该饿着吵吃的了。"〔**索隐**〕满人遇感冒以净饿为主,至今世家中多有行之者,可见宫中亦然。黛玉哭泣中仍照料周至,情僧安得无情。

二人正说着,只见湘云走来笑道:"爱哥哥,〔**索隐**〕四贞生长湘桂之间,其舌自缺,读二如爱,是湘南之音,非咬舌也。书中叙此,特见不操京音作南蛮语者,为四贞耳。林姐姐,你们天天一处玩,我好容易来了,也不理我一理儿。"黛玉笑道:"偏是咬舌子爱说话,连个二哥哥也叫不上来,只是爱哥哥的,回来赶围棋儿,又该你闹幺爱三了。"〔**索隐**〕似四贞学京音而未纯熟,故宫中人以为笑。书中指咬舌,亦是春色暗藏。宝玉笑道:"你学惯了,明儿连你还咬起来呢。"湘云道:"他再不放人一点儿,专挑人的不是。你自己便比世人好,也不犯着见一个打趣一个。〔**索隐**〕董妃自高身价,必好嘲弄其侪,亦遭忌的种子。我指出一个人来,你敢挑他儿,我就服你。"黛玉便问是谁,湘云道:"你敢挑宝姐姐的短处?就算你是个好的。"〔**索隐**〕以此揆之,此时之宝钗当指静妃,时尚为新后。黛玉听了冷笑道:"我当是谁,原来是他。我那里敢挑他呢!"宝玉不等说完,忙用话分开。〔**索隐**〕两姑之间难为妇,情僧颇难为情,故早为岔开,免令图穷匕见。

湘云笑道:"这一辈子,我自然比不上你,我只保佑着明儿得一个咬舌儿林姐夫,时时刻刻你可听爱呀厄的去。阿弥陀佛,那时才现在我眼里呢!"〔**索隐**〕此又暗指情僧,辽人语亦舌强。说的众人大笑,湘云忙回身跑了。要知端的,且听下回分解。

〔**索隐**〕本回杂凑而成,专写一"妒"字。第一段为李嬷之妒,隐喻奉圣之妒董妃。第二段为赵姨之妒,专写太宗妃之妒宝玉、妒孝庄。第三段黛妒钗,钗亦妒黛,隐喻宫中人之互相妒,而足与小琬抗宠者,惟此一人。末段插入湘云,又见四贞尚不足以敌妃,聊借恃他人以自壮。

第二十回　王熙凤正言弹妒意　林黛玉俏语谑娇音

　　一篇妒赋,从首至尾无一非暗斗蛾眉也。熙凤非正言之人,而偏有弹妒之事。当时至尊亲政,臣妾咸谄事东宫,抑弱扶强,的是小人惯技。加以"正言"二字,足见徒尚虚车。章奏劾人曰"弹",就弹字思之,或隐指冯铨等力争废后之事。后之废由于妃之妒,书中写宝钗种种争宠情况,当是中忌的根本。末复由湘云反激,当是发难的原由。不言黛玉复作何词,则武瞾藏心,骊姬夜泣,慧心不远,已不言可知矣。一时疏争废后之人,未必皆端正士。而钓名沽直,迎合慈宁之人之言,与凤姐相去有几?书中加一"弹"字,以见其事,重一妒字,以露其由。并以谑语相戏,含酸相斗,面面衬托,故知此回叙宫中争宠并及外廷建言也。不然,凤姐正言,指挟李嬷行时耶?指在赵妾窗外耶?两皆可系。事太平常,作《红楼》人岂好挥此赘墨?殆始则以见妃之不免凌其长,继则以见情僧之不能率其家。两面烘托,全神自见。在读者于言外求之也。

　　本回明分两段,实言一事,故不复代为爬梳。

〔护花评〕元妃省亲后,正月未过,无事可写,故叙婢女们赌钱,以见富贵之家新正热闹气象。

　　又:借李嬷噪骂,写袭人之能忍。借袭人之病睡,逗起麝月、晴雯,为后文伏笔。

　　又:借贾环之稚蠢,写赵姨之嫉妒,亦是伏笔。

　　又:凤姐于李嬷噪骂,用好言劝慰;于赵姨之妒忌,则用正言弹压。一是爱怜袭人,一是憎嫌赵姨。而赵姨之敢怒而不敢言,其结怨亦始于此。

　　又:借史湘云之来,写黛玉之赌气,说出倒不如死了等语,亦是伏笔。

第二十一回　贤袭人娇嗔箴宝玉
俏平儿软语救贾琏

话说史湘云跑了出来，怕林黛玉赶上，宝玉在后忙说："绊倒了，那里就赶上了。"林黛玉赶到门前，被宝玉叉手在门框上拦住，笑道："饶他这一遭儿罢。"林黛玉拉着手说道："我要饶了云儿，再不活着！"湘云见宝玉拦门，料黛玉不能出来，便立住脚笑道："好姐姐，饶我这遭儿罢。"却值宝钗来在湘云身背后，也笑道："我劝你两个看宝兄弟面上，都丢开手罢。"黛玉道："我不依！你们是一气的，都戏弄我不成！"宝玉劝道："谁敢戏弄你，你不打趣他，他焉敢说你？"

四人正难分解，有人来请吃饭，方往前边来。那天已掌灯时分，王夫人、李纨、凤姐、迎春、探春、惜春姊妹等都往贾母这边来。大家闲话了一回，各自归寝，湘云仍往黛玉房中安歇。

宝玉送他二人到房，那天已二更多时，袭人来催了几次，方回自己房中来睡。〔索隐〕写湘云新至，宝玉至贪嬉忘寝。次早，天方明时便披衣靸鞋往黛玉房中来。〔索隐〕此处之黛玉，不知指宫中何人，湘云则指四贞也。《孔有德传》云："有德阃门死难，世祖与太后悯其死于王事，止遗一女，令送入宫中，为太后养女，咸爱四贞。及四贞年十六，太后为择佳婿，四贞自陈有夫。盖有德存日，已许配偏将之子延龄矣。"又云："四贞美而才，喜出入宫掖。"据此，则四贞未嫁时恒居宫中，嫁后亦时相往来。位号和硕格格，在内必无专宫可居，故书中谓与黛玉同房，意盖本此。此段写宝玉之朝夜过从。即隐含情僧眷爱四贞之事。顺治十三年六月，礼部上谕："奉圣母皇太后谕，定南武壮王女孔氏，忠勋嫡裔，淑顺端庄，堪翊壶范，宜立为东宫王妃。尔部即照例备办仪物，候旨行册封礼"云云。世祖欲以四贞为妃，故《传》中有"为择佳婿"

第二十一回　贤袭人娇嗔箴宝玉　俏平儿软语救贾琏

之语。后四贞自陈有婿，乃诏求延龄入京赐婚，仍为夫妇，前诏作罢。梅村《仿唐人本事诗四首》皆为四贞而作。第一首所谓"聘就蛾眉未入宫，待年长罢主恩空"者是也。书中此段情形，必四贞待年之时，业已渥蒙眷睐，特册封未定，或尚无他耳。却不见紫鹃翠缕二人，〔索隐〕翠缕乃湘云之婢，含孔雀之孔字。只有他姊妹两个，尚卧在衾内。那黛玉严严密密裹着一副杏子红绫被，安稳合目而睡。那史湘云却一把青丝拖于枕畔，被只齐胸，一弯雪白膀子撂于被外，又带着两个金镯子。宝玉见了叹道："睡着还是不老实！回来风吹了，又嚷肩窝疼了。"〔索隐〕四贞才大志骄，为武人女，或染湘南坦率雄直之气，故曰湘云。一面说，一面轻轻替他盖上。〔索隐〕形迹之间，不能无情。

　　林黛玉早已醒了，觉得有人，就猜着定是宝玉。因翻身一看，果不出所料，因说道："这早晚就跑过来作什么？"宝玉说："这早晚还早呢？你起来瞧瞧。"黛玉道："你先出去，让我们起来。"宝玉出至外间，黛玉起来，叫醒湘云，二人都穿了衣裳。宝玉复又进来，坐在镜台旁边。只见紫鹃雪雁进来服侍梳洗。湘云洗了脸，翠缕便拿残水要泼。宝玉道："站着，我趁势洗了就完了，省得又过去费事。"说着，便走过来，弯腰洗了两把。紫鹃递过香皂去，宝玉道："这盆里就不少，不用搓了。"再洗了两把，便要手巾。翠缕道："还是这个毛病儿，多早晚才改呢。"

　　宝玉也不理他，忙忙的要青盐搽了牙，漱了口完毕。见湘云已梳完了头，便走过来笑道："妹妹替我梳上头。"湘云道："这可不能了。"宝玉笑道："好妹妹，你先时怎么替我梳了呢？"湘云道："如今我忘了怎么梳呢。"宝玉道："横竖我不出门，又不戴冠子勒子，不过打几根辫子就完了。"说着，又干妹妹万妹妹的央告。湘云只得扶过他的头来，一一梳篦。〔索隐〕事甚画眉，情味可想。在家不戴冠子，并不总角，只将四围短发编成小辫，往顶心归了归，〔索隐〕又指世祖理发之异。总编一根大辫，红绦结住。自发顶至辫梢，一路四颗珍珠，下面有金坠脚。湘云一面编着，一面说道："这珠子只三颗了，这一颗不是的。我记得是一样的，怎么少了一颗？"宝玉道："丢去一颗。"湘云道："必定是外头去掉下了，不防被人拣了去，倒便宜他。"黛玉旁边冷笑道："也不知是真丢，也不知是给了人镶什么戴去了。"〔索隐〕世祖多情，必常有不宝珠

《红楼梦》与顺治皇帝的爱情故事

玉,随意赠人之事,为后宫所察见,故有此笔。妙在关合宝钗,亦不露痕迹。宝玉不答,因镜台两边都是妆奁等物,顺手拿起来赏玩。不觉顺手拈了胭脂,意欲往口边送,又怕湘云说。正犹豫间,湘云在身后伸手过来,"拍"的一下,将胭脂从他手中打落,说道:"不长进的毛病儿,多早晚才改!"〔索隐〕亦是雅癖,何必改却。但南朝有井,北地无山,恐君王不宜出此耳。

一语未了,只见袭人进来,见这光景,知是梳洗过了,只得回来自己梳洗。忽见宝钗走来,因问:"宝兄弟那里去了?"袭人冷笑道:"宝兄弟那有在家的工夫?"宝钗听说,心中明白。又听袭人叹道:"姊妹和气也有个分寸礼节,也没有黑夜白日闹的。凭人怎么劝,都是耳旁风。"宝钗听了,心中暗忖道:"倒别看错了这个丫头,听他说话,倒也有些见识。"宝钗便在炕上坐下,慢慢的套问他年纪家乡等语,留神窥察其言语志量,深可敬爱。〔索隐〕结党陷人,小人惯技。是为钗、袭纳交之始。

一时宝玉来了,宝钗方出去。宝玉便问袭人道:"怎么宝姐姐和你说的这般热闹,见我进来就跑了?"问一声不答,再问时,袭人方道:"你问我么?我那里知道你们的缘故。"宝玉听了这话,见他脸上气色非往日可比,便笑道:"怎么又动了真气了?"袭人冷笑道:"我那里敢动气,只是你从今别进这屋子了,横竖有人服侍你,再不必支使我,我仍旧还服侍老太太去。"〔索隐〕此段写董妃因情憎多爱,有意纳谏。然入宫见嫉,四贞或不乐居,否则为董所尼,故不果封。一面说,一面便在炕上合眼倒下。

宝玉见了这般景况,深为骇异,禁不住赶来劝慰。那袭人只管合着眼不理。宝玉无了主意,因见麝月进来,便问道:"你姐姐怎么了?"〔索隐〕按书中之例,应说你袭人姐姐。此但言姐姐,不提名字,在书中论,可见袭、麝之亲厚。就本事论,董年本为小琬之妹,故不必提名。作者写麝月一层,特地衬出琬、年两人之事其有意指点,均在此等处也。麝月道:"我知道么?问你自己便明白了。"宝玉听了,呆了一回,自觉无趣,便起身嗳道:"不理我罢,我也睡去。"说着,便起身下炕,到自己床上睡下。

袭人听他无动静,微微的打盹,料他睡着,便起来拿一领斗篷来替

第二十一回　贤袭人娇嗔箴宝玉　俏平儿软语救贾琏

他盖上。只听"嗳"的一声，宝玉便掀过去，仍合目装睡。袭人明知其意，便点头冷笑道："你也不用生气，从此后我也只当哑了，再不说你一声何如。"宝玉禁不住起身问道："我又怎么了，你又劝我；你劝也罢了，刚才又没劝我，一进来你就不理我，赌气睡了。我还摸不着是为什么，〔索隐〕杏子含酸的真情况。这会子你又说我恼了。我何尝听见你劝我的是什么话儿。"袭人道："你心里还不明白，还等我说呢？"

正闹着，贾母遣人来叫他吃饭，方往前边来。胡乱吃了几碗饭，仍回至自己房中。只见袭人睡在外头炕上，麝月在旁抹骨牌。宝玉素知麝月与袭人亲厚，〔索隐〕又点一笔，特示为姊妹花也。一并连麝月也不理，〔索隐〕情况逼真。揭起软帘自往里间来。麝月只得跟进来，宝玉便推他出去，说："不敢惊动你们。"麝月只得笑着出来，唤两个小丫头进来。

宝玉拿一本书歪着看了半天，因要茶，抬头只见两个丫头在地上站着，一个大些的，生得十分清秀。宝玉便问："你叫什么名字？"那丫头答道："叫蕙香。"宝玉又问："是谁起的这个名字？"蕙香道："我原叫芸香，是花大姐姐改的。"宝玉道："正经该叫'晦气'罢咧，什么'蕙香'呢？"又问："你姊妹几个？"蕙香道："四个。"宝玉道："你第几个？"蕙香道："第四。"宝玉道："明日就叫四儿，不必什么蕙香兰气的。那一个配比这些花，没的玷辱了好名好姓的。"〔索隐〕小琬姓董，字青莲。董与芸均草类，莲与蕙均花类，作者恐人不知此间之袭人为代何人，故又借四儿名字上唤醒。一面说，一面命他倒了茶来吃。袭人和麝月在外间听了半日，抿嘴儿笑。

这一日宝玉也不出房门，自己闷闷的，只不过拿书解闷，或弄笔墨，也不使唤家人，只叫四儿答应。谁知这个四儿是个乖巧不过的丫头，见宝玉用他，他便变尽方法笼络宝玉。

至晚饭后，宝玉因吃了两杯酒，眼饧耳热之余，若往日则有袭人等大家喜笑有兴，今日却冷清清的一人对灯，好没兴趣。待要赶了他们去，又怕他们得了意，以后越来劝了；〔索隐〕此之谓智足以拒。若拿出作上人的模样镇吓他们，似乎无情太甚。说不得横了心，只当他们死了，横竖自家也要过的；〔索隐〕果真死了，便过不成。便权当他们死了，

《红楼梦》与顺治皇帝的爱情故事

毫无牵挂,反能怡然自悦。因命四儿剪烛烹茶,自己看了一回《南华经》。至《外篇·胠箧》一则,其文曰:

> 故绝圣弃智,大盗乃止;摘玉毁珠,小盗不起。焚符破玺,而民朴鄙;剖斗折衡,而民不争;殚残天下之圣法,而民始可与议论。擢乱六律,铄绝竽瑟,塞瞽旷之耳,而天下始人含其聪矣;灭文章,散五彩,胶离朱之目,而天下始人含其明矣。毁绝钩绳,而弃规矩,攦工倕之指,而天下始人含其巧矣。

看至此,意趣洋洋,趁着酒兴,不觉提笔续曰:

> 焚花散麝,而闺阁始人含其劝矣;戕宝钗之仙姿,毁黛玉之灵窍,丧灭情意,而闺阁之美恶始相类矣。彼含其劝,则无参商之虞矣;戕其仙姿,无爱恋之心矣;灰其灵窍,无才思之情矣。彼钗玉花麝者,皆张其罗而穴其隧,所以迷眩缠陷天下者也。〔索隐〕世祖天姿颖悟,雅尚释老,故善拟庄。

续毕,掷笔就寝。头刚着枕,便忽然睡去,一夜竟不知所之,直至天明方醒。翻身看时,只见袭人和衣睡在衾上。宝玉将昨日的事已付之度外,便推他说道:"起来好生睡着,看冻了。"

原来袭人见他无晓夜和姊妹厮闹,若真劝他,料不能改,故用柔情以警之,料他不过半日片刻,仍复好了。不想宝玉一日夜竟不回转,自己反不得主意,真一夜没好生睡。今忽见宝玉如此,料是他心回意转,便索性不睬他。宝玉见他不应,便伸手替他解衣。刚解开了钮子,被袭人将手推开,又自扣了。〔索隐〕娇态动人,情意安易丧灭。宝玉无法,只得拉他的手笑道:"你到底怎么了?"连问几声,袭人睁眼说道:"我也不怎。你睡醒了,你自过那边房里去梳洗,再迟了就赶不上了。"〔索隐〕是异言,是酸语,委婉可听。宝玉道:"我过那里去?"袭人冷笑道:"你问我,我知道吗?你爱那里去就过那里去,从今咱们两个丢开手,省得鸡争鹅斗,叫别人笑。横竖前边腻了过来,这边又有个什么四

第二十一回　贤袭人娇嗔箴宝玉　俏平儿软语救贾琏

儿五儿服侍,我们这起东西可是白玷辱了好名好姓的。"宝玉笑道:"你今儿还记得呢!"袭人道:"一百年还记着呢!比不得你,拿着我的话当耳旁风,夜里说了,早起就忘了。"

宝玉见他娇嗔满面,情不可禁,便向枕边拿起一根玉簪来,一跌两段,说道:"我再不听你说,就同这簪一样。"袭人忙的拾了簪子,说道:"大早起这是何苦来!听不听什么要紧,也值得这个样子?"宝玉道:"你那里知道我心里急。"袭人笑道:"你也知道着急么?可知我心里怎么?〔索隐〕更急。快起来洗脸去罢。"说着,二人方起来梳洗。

宝玉往上房去后,谁知黛玉走来。见宝玉不在房中,因翻弄案上书看。可巧便翻出昨儿的《庄子》来,看见宝玉所续之处,不觉又气又笑,不禁也提笔续一绝云:

无端弄笔欲何云,剿袭南华庄子文。
不悔自家无见识,却将丑语诋他人。〔索隐〕颦善吟咏,情僧亦有才思,诗与文或果有其事,特字句未必同耳。题毕,也往上房来见贾母,后往王夫人处来。

谁知凤姐之女大姐儿病了,正乱着请大夫诊脉。大夫说:"替夫人奶奶们道喜,姐儿发热,是见喜了,并非别症。"王夫人凤姐听了,忙遣人问:"可好不好?"大夫道:"症虽险,却顺,倒还不妨,预备桑虫猪尾要紧。"凤姐听了,登时忙将起来。一面打扫房屋供奉痘疹娘娘,一面传与家人忌煎炒等物,一面命平儿打点铺盖衣服,与贾琏隔房,一面又拿大红尺头与奶子丫头亲近人等裁衣。外面又扫净室,款留两位医生轮流斟酌,诊脉下药,十二日不放家去。〔索隐〕叙巧姐发痘如此慎重,乃因国初满人入关,初有痘疹,往往至命,故视之甚重。英王两福晋均死于痘,豫王亦死于痘,睿王建避痘所,复奉世祖至关外避痘,可见当日之畏视此疾。书中独言巧姐患痘,盖指豫王之病而言。病中不洁,因而短折,故叙隔房之说,尤真切也。贾琏只得搬出外书房来安歇。凤姐与平儿都随王夫人日日供奉娘娘。

那贾琏只离了凤姐便要寻事,独寝了两夜,十分难熬,只得暂将小

《红楼梦》与顺治皇帝的爱情故事

厮内清俊的选来出火。不想荣国府内有一个极不成才破烂酒头厨子,名唤多官,人见他懦弱无用,都唤他作多浑虫。〔索隐〕满人名多者最夥,豫王名多铎,两子一曰多尔博、一曰多尼。满人之名首一字,人即呼以为姓。多浑虫或即豫王之徽称,否则府中旗员有名此者也。因他父母给他娶了一个媳妇,今年方二十岁,也有几分人才,又兼生性轻薄,最喜拈花惹草。多浑虫又不理论,只是有酒有肉有钱,便诸事不管了。所以荣宁二府之人,都得入手。因这媳妇妖娆异常,轻浮无比,众人多呼他作多姑娘儿。〔索隐〕似指府中旗妇。如今贾琏在外煎熬,往日也见过这媳妇,垂涎久了,只是内惧娇妻,外惧娈童,不曾下得手。那多姑娘儿也有意于贾琏,只恨没空,今闻贾琏挪在外书房来,他便没事也要走三四趟去招惹。贾琏似饥鼠一般,少不得和心腹小厮们计议,多以金帛相许,焉有不允之理?况都和这媳妇是旧交,一说便成。

是夜多浑虫醉倒在炕,二鼓人定,贾琏便溜进来相会。一见面,早已神魂失据,也不及情谈款叙,便宽衣动作起来。谁知这媳妇有天生的奇趣,一经男子挨身,便遍体筋骨瘫软,使男子如卧绵上,更兼淫态浪言,压倒娼妓。贾琏此时恨不得浑身化在他身上。那媳妇故作浪语,在下说道:"你家女儿出花儿供着娘娘,你也该忌两日,倒为我腌脏了身子,快离了我这里罢。"贾琏一面大动,一面喘吁吁答道:"你就是娘娘,那里还有什么娘娘!"〔索隐〕俗称后妃曰娘娘,此一笔又指豫王身分。

那媳妇越浪起来,贾琏不禁丑态毕露。一时事毕,两个又盟山誓海,难舍难分。自此后遂成相契。

一日,大姐毒尽癍回,十二日后送了娘娘,合家祭天地祀祖宗,还愿焚香,庆贺放赏已毕,贾琏仍复搬进卧室。见了凤姐,正是俗语云,新婚不如远别,更有无限恩爱,自不必细说。

次日早起,凤姐往上房里去后,平儿收拾外边拿进来的铺盖,不承望枕套中抖出一绺青丝来。平儿会意,忙藏在袖内,便走至这边房内,拿出头发来向贾琏笑道:"这是什么?"贾琏一见,连忙抢上来要夺。平儿便跑,被贾琏一把揪住,按在炕上,从手中来夺。平儿笑道:"你是没良心的,我好意瞒着他来问你,你倒赌狠,等他回来,我告诉了,看你

第二十一回　贤袭人娇嗔箴宝玉　俏平儿软语救贾琏

怎么样？"贾琏听说，忙陪笑央求道："好人，你赏我罢，我再不敢赌狠了。"

一语未了，只听凤姐声音进来。贾琏听见，松了不是，抢又不是，只叫："好人，别叫他知道。"平儿才起身，凤姐已走进来，命平儿快开匣子，替太太找样子，平儿忙答应了找。凤姐见了贾琏，忽然想起来，便问平儿："前日拿出去的东西都收进来没有？"平儿道："收进来了。"凤姐道："可少什么没有？"平儿道："细细查了，并没少一件儿。"凤姐道："可多什么没有？"平儿笑道："不少就罢了，怎么还有得多出来？"凤姐又笑道："这个半月，难保干净。或者有相厚的丢下的东西，戒指、汗巾等物，亦未可定。"一席话，说的贾琏脸都黄了，在凤姐身背后只望着平儿杀鸡抹脖使眼色，求他遮盖。平儿只作看不见，因笑道："怎我的心就和奶奶一样，我就怕有这么的，留神搜了一搜，竟一点破绽也没有。奶奶不信，亲自搜一搜。"凤姐笑道："傻丫头，他便有这些东西，那里就叫我们搜着。"说着，拿了样子去了。

平儿指着鼻子摇着头儿笑道："这件事你该怎么谢我呢？"喜得贾琏眉开眼笑，跑过来搂着，"心肝、肠儿、肉儿"乱叫。平儿手里拿着头发，笑道："这是一辈子把柄儿，好就好，不好咱们就抖出这个来。"贾琏笑着央告道："你好生收着罢，千万别叫他知道。"口里说着，瞅他不提防，一把便抢过来，笑道："你拿着终是祸胎，不如我烧了就完了事了。"一面说，一面掖在靴折子内。平儿咬牙道："没良心的，过了河儿就拆桥，明儿还想我替你撒谎呢！"贾琏见他娇俏动情，便搂着求欢。平儿夺手跑了出来，急得贾琏弯着腰恨道："死促狭小娼妇儿，一定浪上人的火来，他又跑了。"平儿在窗外笑道："我浪我的，谁叫你动火？难道图你受用，叫他知道了，又见不得我呀。"贾琏道："你不用怕他，等我性子上来，把这醋罐子打个稀烂，他才认得我呢！他防我像防贼似的，只许他同男子说话，不许我和女人说话，略近些，他就疑惑；他不论小叔子、侄儿，〔索隐〕豫王为叔，与前卷八回参看。此熙凤当指刘妃。大的、小的，〔索隐〕小字尤着眼，指十数龄之童子耳。此语是作书人之点贴，非豫王口中果有此语。豫死时，至尊尚不及十二龄也。说说笑笑，就不怕我吃醋了？以后我也不许他见人！"平儿道："他醋你使得，你醋

《红楼梦》与顺治皇帝的爱情故事

他使不得。他原行的正走的正,你行动便有坏心,连我也不放心,别说他。"贾琏道:"你两个一口贼气!都是你们行的是,我凡行动都存坏心,多早晚才叫你们都死在我手里呢。"

一句未了,凤姐走过院来,因见平儿在窗外,便问道:"要说话怎么不在屋里,跑出来隔着窗子是什么意思?"贾琏在内接嘴道:"你可问他,倒像屋里有老虎吃他呢。"平儿道:"屋里一个人没有,我在他跟前作什么?"凤姐笑道:"正是没人才好呢。"平儿听说,便道:"这话是说我么?"凤姐便笑道:"不说你说谁?"平儿道:"别叫我说出好话来了。"说着也不打帘子,一径往那边去了。

凤姐自掀帘子进来,说道:"平儿丫头疯魔了,这蹄子认真要降伏起我来了,仔细你的皮要紧。"贾琏听了,倒在炕上拍手笑道:"我竟不知平儿这么利害,从此倒伏了他了。"凤姐道:"都是你兴的他,我只和你算帐就完了。"贾琏听了啐道:"你两个不睦,又拿我来垫喘儿,我躲开你们。"凤姐道:"我看你躲到那里去?"贾琏道:"我有处去。"说着就走。凤姐道:"你别走,我有话和你说呢。"不知何事,且听下回分解。

〔**索隐**〕此段之平儿,当指刘妃外之别一妃。刘以有子得为正妃,豫王死时,曾有两福晋身殉,当有如平儿其人者在内也。

〔**索隐**〕此回共分两大段:

自首句起'至"后往王夫人处来"句止,为第一大段',说宝玉湘云之状况,为世祖与四贞写照。因四贞之事,并叙及董妃纳谏之事,其事果为孔为非孔,亦不易指实。缘宫中之事,类此者正多,不必专属之四贞一人。惟四贞曾奉谕册封东宫皇妃,加一"皇"字,宠贵无比,将有立后之意。董之注意此事,亦事所必有,故作者得比事书之也。

自"谁知凤姐之女大姐儿病了"句起,至末句止,为第二大段,专叙豫王府暧昧之事。王以痘后不洁致亡,书中殆有意铺叙。并因平儿之事,以见刘妃之宠固专房,他人不敢近禁脔。名王威重,至此不行,所谓行三军,困帷簿也。

全书百二十回,篇幅长大,当时要事奇闻,有限而止,故

第二十一回　贤袭人娇嗔箴宝玉　俏平儿软语救贾琏

将闲情叙入，俾免为急管繁弦。亦正借此以见官中府中其秽乱妒嫉情形，自为一体，无非纪董、刘遗事而已。

〔护花评〕天色才明，宝玉即披衣趿鞋往黛玉房中，描出宝玉夜间虽睡在自己房中，却一心只在黛玉、湘云处。与《西厢》"梵王宫殿月轮高"句一样笔法。

又：湘云剩水残香，宝玉以为鲜洁非常，描尽"意淫"三字。

又：湘云替宝玉梳头，查看失珠一颗，暗补从前梳洗已非一次。

又：宝钗听袭人说话，有心赏识，留神探问，为后文伏笔。且暗喻宝钗端重，与湘云黛玉不同。

又：四儿才伺候宝玉，便想设法笼络，已伏将来被撵之由。

又：宝玉续《南华经》，虽是一时兴趣，却是后来勘破根苗。但此时宝玉在忽迷忽悟之时，且欲钗玉花麝自己焚散戕灭，并非自能解脱，故随即断簪立誓，仍缠绵于色魔也。

又：黛玉题诗讥诮，说不悔自家无见识，驳得极是。此即作者之意。

又：贾琏私通多儿，为后来私通鲍二妻及私娶尤二姐引子。

又：平儿搜得头发，既压服主人，又即以示恩，真是可人。

又：贾琏说不论小叔子、侄儿"说说笑笑"，却也看出破绽。平儿说"别叫我说出好话来"，是皮里阳秋。

〔大某评〕湘云跑出，黛玉赶上，宝玉拦住，宝钗劝以"看宝兄弟面上丢开手罢"，四人情况何如？好个酸醋世界。我为尔诈，尔为我虞。

第二十二回　听曲文宝玉悟禅机
　　　　　　　制灯谜贾政悲谶语

　　话说贾琏听说凤姐有话商量，因止步问是何话。凤姐道："二十一是薛妹妹的生日，〔索隐〕此薛妹妹当指世祖之继后，康熙朝所谓仁宪皇太后者是也。正月二十一日为后之千秋节。我到底怎么样？"贾琏笑道："我知道怎么样？你连多少大生日都料理过了，这会子倒没有主意了。"凤姐道："大生日是有一定的规矩，如今他这生日，大又不是，小又不是，所以和你商量。"贾琏听了，低头想了半日道："你竟糊涂了，现有比例。那林妹妹就是例，往年怎么给林妹妹做的，如今也照例给薛妹妹做就是了。"

　　凤姐听了冷笑道："我难道这个也不知道？我原也这么想定了，但昨日听见老太太说，问起大家的年纪生日来，听见薛大妹妹今年十五岁，〔索隐〕后于顺治十二年册封，其时年仅十五。虽不是整生日，也算得将笄之年了。老太太说要替他做生日，自然与往年给林妹妹的不同了。"〔索隐〕借此点出后妃之礼节不同。贾琏道："既如此，就比林妹妹的多增些。"凤姐道："我也这么想着，所以讨你的口气。我若私自添了东西，你又怪我不告诉明白你了。"贾琏笑道："罢，罢，这空头情我不领。你不盘察我就够了，我还怪你？"说着一径去了。不在话下。

　　且说史湘云住了两日，因要回去。贾母因说："过了你宝姐姐的生日，看了戏再回去。"史湘云听了，只得住下，又一面遣人回去，将自己旧日作的两件针线活计取来，为宝钗生辰之仪。

　　谁想贾母自见宝钗来了，喜他稳重和平，正值他才过第一个生辰，便自己蠲资二十两，唤了凤姐来交与他备酒戏。凤姐凑趣笑道："一个老祖宗给孩子们做生日，不拘怎样，谁还敢争又办什么酒席。既高兴要热

第二十二回　听曲文宝玉悟禅机　制灯谜贾政悲谶语

闹，就说不得自己花费几两老库里的体己，这早晚找出这霉烂的二十两银子来做东，意思还叫我们赔上。果然拿不出来也罢了，金的、银的、圆的、扁的压塌了箱子底，只是累掯我们。举眼看看，谁不是你老人家的儿女，难道将来只有宝兄弟顶你老人家上五台山不成，〔索隐〕世祖遁荒于五台，此间特地一露。且孝庄亦曾幸五台，故说来确不可易。而外面看又纯乎满洲妇女，重佛讳死，游戏尊长前之口吻。但此语却非人所恒言，都人恒言者，应曰送你老人家上西天。此换一山名，换一"顶"字，便形容出圣祖奉太皇、太后幸五台崎岖慎重的光景。真是妙人妙笔。那些东西只留与他？我们如今虽不配使，也别苦了我们。这个够酒的，够戏的？"说的满屋里都笑起来。贾母亦笑道："你们听听这嘴！我也算会说的了，怎么说不过这猴儿？〔索隐〕都人嘲笑，称小巧乖觉尖利者曰猴，大都尊长用之于卑下，童年赐此号者为多。你婆婆也不敢强嘴，你就和我'唝'啊'唝'的。"凤姐笑道："我婆婆也是一样的疼宝玉，我也没处去诉冤，倒说我强嘴。"说着又引贾母笑了一会，贾母十分喜悦。

到晚上，众人都在贾母前定省之余，大家娘儿姊妹等说笑时，贾母因问宝钗爱听何戏、爱吃何物。宝钗深知贾母年老人喜热闹戏文，爱吃甜烂之物，便总依贾母素喜者说了一遍。贾母更加欢喜。〔索隐〕仁宪之得立为后，以孝庄内亲，当亦善伺喜怒。

次日先送过衣服玩物去，王夫人、凤姐、黛玉等人皆有随分的，不须细说。至二十一日，就贾母内院中搭了家常的小巧戏台，定了一班新出小戏，昆弋两腔俱有。就在贾母上房摆了几席家宴酒席，并无一个外客，只有薛姨妈、史湘云、宝钗是客，余者皆是自己人。

这日早起，宝玉因不见林黛玉，到他房中来寻，只见黛玉歪在枕上。宝玉笑道："起来吃饭去，就开戏了。你爱听那一出？我好点。"黛玉冷笑道："你既这样说，你就特叫一班戏，拣我爱的唱与我听，这会子犯不上借着光儿问我。"〔索隐〕董妃有相形见绌之势。宝玉笑道："这有什么难的，明儿就这样行，也叫他们借着咱们的光儿。"一面说，一面拉他起来，携手出去。

吃了饭，点戏时，贾母一面先叫宝钗点。宝钗推让一遍，无法，只

《红楼梦》与顺治皇帝的爱情故事

得点了一出《西游记》。〔索隐〕五台在京之西，故曰"西游"，仍指世祖为僧之事。贾母自是欢喜，然后便命凤姐点。凤姐虽有王夫人在前，但因贾母之命，不敢违拗，且知贾母喜热闹，更喜谑笑科诨，便先点了一出，却是《刘二当衣》。〔索隐〕点明凤姐，喻刘妃当衣为谑。剧喻刘妃之善滑稽，为孝庄所喜。贾母果真又喜欢。然后命黛玉点，黛玉又让王夫人等先点。贾母道："今儿原是我特带着你们取乐，咱们只管咱们的，别理他们。我巴巴的唱戏摆酒，为他们不成？他们在这里白听白吃已经便宜了，还让他们点戏呢！"说着大家都笑。黛玉方点了一出，然后宝玉、史湘云、迎春、探春、惜春、李纨等俱各点了，按出扮演。

至上酒席时，贾母又命宝钗点。宝钗点了一出《鲁智深醉闹五台山》。〔索隐〕即《醉打山门》，仍五台之事。宝玉道："你只好点这些戏，〔索隐〕屡点均不外和尚出家之剧，借宝钗点出，借宝玉看出。再借宝玉一诘。宝钗将词句道出，无非是说五台山当和尚的结果。宝钗道："你白听了这几年戏，那里知道这出戏的好处！排场又好，词藻更好。"宝玉道："我从来怕这些热闹戏。"宝钗笑道："要说这一出热闹，还算你不知戏呢。你过来，我告诉你，这一出戏是一套《北点绛唇》，铿锵顿挫，那音律不用说是好的了，在那词藻中，有一只《寄生草》填得极妙，你何曾知道。"宝玉见说的这般好，便凑近来央告道："好姐姐，念与我听听。"宝钗便念道：

漫洒英雄泪，相离处士家。谢慈悲，剃度在莲台下。没缘法，转眼分离乍，赤条条来去无牵挂。那里讨烟蓑雨笠卷单行，一任俺芒鞋破钵随缘化。〔索隐〕此曲移到情僧身上，全说得去。故特由钗娘口中叙述一过，不然通行坊曲，何消说得。此之谓《六经》注我，随地取材。

宝玉听了，喜的拍膝摇头，称赏不已，又赞宝钗无书不知。林黛玉道："安静看戏罢，还没唱《山门》，你就《装疯》了。"〔索隐〕拍到宝玉身上尤妙。说的湘云也笑了。于是大家看戏，到晚方散。

贾母深爱那做小旦的与一个做小丑的，〔索隐〕隐喻孝庄喜爱董、刘二妃，凤姐为丑。《刘二借衣》一出，前已说明，故此处特补黛玉为小旦，同蒙慈眷。全是项庄舞剑，意在沛公。因命人带进来，细看时一发可怜儿。因问年纪，那小旦才十一岁，小丑才九岁。〔索隐〕刘入宫

第二十二回　听曲文宝玉悟禅机　制灯谜贾政悲谶语

时，年三十五，董二十七，相差八岁。此云十一并九，当是暗藏一大数。十一者三十一也，九岁者，三十九也。亦相差八岁。仁宪入宫时年十五，而董固倍之，因前说宝钗年纪，故补此一笔，借以形容董之齿长，为后不伦，特反言之。大家叹息了一回。贾母令人拿些肉果与他两个，又另赏钱两吊。凤姐笑道："这个孩子扮上活像一个人，你们再看不出？"宝钗心内也知道，只点点头不说，宝玉也点了点头，亦不敢说。史湘云便接口道："倒像林姐姐的模样。"宝玉听了，忙把湘云瞅了一眼，使个眼色。众人听了这话，留神细看，都笑起来，说："果然像得很。"〔索隐〕拍到黛玉身上，结出正义。并不言小旦唱何戏，可见此处说董，重在年纪之大小，不在戏文之离合。一时散了。

晚间湘云便命翠缕把衣包收拾了，翠缕道："忙什么？等去的那日包也不迟。"湘云道："明早就走，还在这里做什么，看人家的嘴脸。"宝玉听了这话，忙近前说道："好妹妹，你错怪了我。林妹妹是个多心的人，别人分明知道不肯说出来，也皆因怕他恼。谁知你不防头就说了出来，他岂不恼？我怕你得罪了人，所以才使眼色。你这会子恼了我，岂不辜负了我。若是别个，那怕他得罪了十个人，与我何干呢？"湘云摔手道："你那花言巧语别望着我说。我也原不如你林妹妹，别人拿他取笑都使得，只我说了就有不是。我原不配说他，他是主子小姐，我是奴才丫头，得罪了他了。"宝玉急的说道："我倒是为你为出不是来了。我要有坏心，立刻化成灰，叫万人践踏。"湘云道："大正月里，少信口胡说！这些没要紧的恶誓散语歪话，说给那些小性儿、行动爱恼人、会辖治你的人听去！别叫我啐你。"说着至贾母里间屋里，忿忿的躺着去了。

宝玉没趣，只得又来寻黛玉。谁知才进门，便被黛玉推出来，将门关上了。宝玉又不解何故，在窗外只是低声叫好妹妹，黛玉总不理他。宝玉闷闷的垂头不语。袭人早知端的，当此时再不能劝。

那宝玉只呆呆的站着。黛玉只当他回去了，却开了门。只见宝玉还站在那里，黛玉不好再闭门。宝玉因随进来，问道："凡事都有个缘故，说来人也不委屈。好好的就恼了，到底是为什么起？"黛玉冷笑道："问的我倒好，我也不知为什么。我原是给你们取笑的，拿着我比戏子给众人取笑。"宝玉道："我并没有比你，也并没有笑你，为什么恼我呢？"

《红楼梦》与顺治皇帝的爱情故事

黛玉道:"你还要比,你还要笑?你不比不笑,比人家比了笑了的还利害呢!"宝玉听说,无可分辩。

黛玉又道:"这一节还可恕,你为什么又和云儿使眼色,这安的是什么心,莫不是他和我玩就自轻自贱了?他是公侯的小姐,我们原是贫民家的丫头,〔索隐〕此段又叙董之妒孔。孔为定南王女,故曰公侯的小姐;董为冒明经妾,故曰贫民家的丫头。不然书中之黛玉,固列侯孙女也。他和我玩说,如我回了口,岂不是他白惹轻贱。你是这个主意不是?你却也是好心,只是那一个不领你的情,一般也恼了你。又拿我作情,倒说我小性儿、行动肯恼人,你又怕他得罪了我。我恼他与你何干,他得罪了我,又与你何干?"〔索隐〕剥蕉抽茧,全是女儿家使心弄性的口吻,不知作者何以能想得到,说得出。

宝玉听了,方知才与湘云私谈,他也听见了。细想自己原为怕他二人生隙,故在中间调停,不料自己反落了两处的贬谤。正与前日所看《南华经》内:"巧者劳,而智者忧,无能者无所求,疏食而遨游,泛若不系之舟。"又曰"山木自寇,源泉自盗"等句,因此越想越无趣。再细想来,如今不过这几个人,尚不能应酬妥协,将来犹欲何为?〔索隐〕不能齐家,安能治国平天下?《诗》云:"刑于寡妻,至于兄弟,以御于家邦。"寡妻,言妻少也。多妻者本不能御家邦,宜情僧之决然舍去也。想到其间,也毋庸分解,自己转身回房。林黛玉见他赌气去了,一言也不曾发,便也回思无趣,不禁自己越添了气,便说:"这一去,一辈子也别来了,也别说话。"

那宝玉不理,竟回来躺在床上,只是闷闷咄咄的。袭人深知原委,不敢就说,只得以他事来解说。因笑道:"今儿看了戏,又勾出几天戏来。宝姑娘一定要还席呢。"宝玉冷笑道:"他还不还与我什么相干?"袭人见这话不似往日口吻,因又笑道:"这是怎么说?好好的大正月里,娘儿们、姊妹们都喜喜欢欢,你又怎么这个行景了?"宝玉冷笑道:"他们娘儿们、姊姊们欢喜不欢喜,也与我无干。"袭人笑道:"他人随和,你也随和些,岂不大家彼此都喜欢。"宝玉道:"什么大家彼此,他们有大家彼此,我只是赤条条无牵挂的。"〔索隐〕又把五台山僧之事拍紧一笔,可谓现身说法。言及此句,不觉泪下。袭人见此景况,不敢再说。宝玉

第二十二回　听曲文宝玉悟禅机　制灯谜贾政悲谶语

细想这一句意味，不禁大哭起来。翻身站起来，至案边提笔，立占一偈云：

你证我证，心证意证。是无有证，斯可云证。无可云证，是立足境。

写毕，自己虽解悟，又恐人看此不解，因又填一只《寄生草》写在偈后。又念一遍，自觉心中无有挂碍，便上床睡了。

谁知黛玉见宝玉此番果断而去，假以寻袭人为由，来视动静。袭人回道："已经睡了。"黛玉听了就欲回去，袭人笑道："姑娘请站着，有一个字帖儿，瞧瞧是什么话？"便将宝玉所写的与黛玉看。黛玉看了，知宝玉为一时感忿而作，不觉可笑可叹，便向袭人道："作的是玩意儿。"说毕，便拿了回房去，与湘云同看。次日又与宝钗看，宝钗念其词曰：

无我原非你，从他不解伊。肆行无碍凭来去，茫茫着甚悲愁喜，纷纷说甚亲疏密。从前碌碌却因何，到如今，回头试想真无趣！〔索隐〕全是为出家根本。陈康祺《郎潜纪闻》载，章皇帝万几之暇，时召木陈、玉林诸禅僧，讲究宗旨。按此则世祖本通《内典》，虽此偈词，非必果几暇所为。而类此者，亦不少矣。

看毕，又看那偈语，又笑道："这个人悟了。都是我的不是，是我昨儿一只曲子惹出来的。这些道书机锋，最能移性，明儿认真，说起这些疯话，存了这个念头，岂不是从我这一只曲子起的呢？我成了个罪魁了。"说着，便撕了个粉碎，递与丫头们，叫快烧了。

黛玉笑道："不该撕了，等我问他。你们跟我来，包管叫他收了这个痴心邪话。"三人果往宝玉屋里来。黛玉先笑道："我问你：至贵者宝，至坚者玉，尔有何贵？尔有何坚？"宝玉竟不能答。二人笑道："这样愚钝，还参禅呢！"湘云也拍手笑道："宝哥哥可输了。"黛玉又道："你那偈末云：'无可云证，是立足境'，固然好了，只是据我看来，还未尽善。我还续两句在后。"因念云："无立足境，方是干净。"宝钗道："实在这方悟彻。当日南宗六祖惠能，初寻师至韶州，闻五祖宏忍在黄梅，他就充役火头僧。五祖欲求法嗣，令徒弟诸僧各出一偈。上座神秀说道：'身

《红楼梦》与顺治皇帝的爱情故事

是菩提树,心如明镜台。时时勤拂拭,莫使有尘埃。'彼时惠能在厨房碓米,听了这偈,说道:'美则美矣,了则未了。'因自念一偈曰:'菩提本无树,明镜亦非台。本来无一物,何处染尘埃。'五祖便将衣钵传他。〔索隐〕又引出一大篇出家的故事来,以小琬明慧。当日宫中或常以禅宗相切磋,故情僧入之甚深。今儿这偈语,亦同此意了。只是方才这句机锋,尚未完全了结,这便丢开手不成?"黛玉笑道:"他不能答,就算输了。这会子答上了,也不为出奇了,只是以后再不许谈禅了。连我们两个所知所能的你还不知不能呢,还去参禅呢!"

宝玉自己以为觉悟,不想忽被黛玉一问,便不能答。宝钗又比出语录来。此皆素不见他们能者。自己想了一想,"原来他们比我的知觉在先,尚未解悟,我如今何必自寻苦恼?"想毕,便笑道:"谁又参禅,不过是一时的玩话儿罢了。"说毕,四人仍复如旧。〔索隐〕直套《左传》句法,可爱。

忽然人报娘娘差人送出一个灯谜来,命他们大家去猜,猜后每人也作一个送进去。四人听说忙出来,至贾母上房。只见一个小太监,拿了一盏四角平头白纱灯,专为灯谜而制,上面已有了一个,众人都争看乱猜。小太监又下谕道:"众小姐猜着不要说出来,每人只暗暗的写了,一齐封送进去,候娘娘自验是否。"

宝钗听了,近前一看,是一首七言绝句,并无新奇。口中少不得称赞,只说难猜,故意寻思,其实早猜着了。〔索隐〕写宝钗深险,谙熟世故。宝玉黛玉湘云探春四个人也都解了,各自暗暗的写了。一并将贾环贾兰等传来,一齐各揣心机,猜了写在纸上。然后各人拈一物作成一谜,恭楷写了,挂于灯上。

太监去了,至晚出来传谕道:"前日娘娘所制,俱已猜着。惟二小姐与三爷猜的不是。小姐们作的也都猜了,不知是否?"说着,也将写的拿出来。也有猜着的,也有猜不着的。太监又将颁赐之物,送与猜着之人。每人一个宫制诗筒、一柄茶筅,独迎春贾环二人未得。迎春自以为玩笑小事,并不介意。贾环便觉得没趣,且又听太监说:"三爷所作这个不通,娘娘也没猜着,叫我带回问二爷是个什么?"众人听了,都来看他作的是什么。写道:

第二十二回　听曲文宝玉悟禅机　制灯谜贾政悲谶语

　　大哥有角只八个，二哥有角只两根。
　　大哥只在床上坐，二哥爱在梁上蹲。

众人看了，大发一笑。贾环只得告诉太监，说是："一个枕头，一个兽头。"太监记了，领茶而去。

　　贾母见元春这般有兴，自己一发喜乐，便命速作一架小巧精致围屏灯来，设于堂屋，命他姊妹们各自暗暗做了，写出来粘在屏上，然后预备下香茶细果，以及各式玩物，为猜着之贺。〔**索隐**〕顺治时，官中雅尚灯谜，故梅村《读史偶述》第三十一首云："七宝琉璃影百层，沦漪月色漾寒冰。词臣主客诗图进，御帖亲题万寿灯。"即纪官中灯谜事。贾政朝罢，见贾母高兴，况在节间，晚上也来承欢取乐。上面贾母、贾政、宝玉一席，王夫人、宝钗、黛玉、湘云又一席，迎春探春惜春三人又一席，俱在下面。地下婆子丫鬟站满，李宫裁王熙凤二人在里间又一席。

　　贾政因不见贾兰，便问："怎么不见兰哥儿？"地下女人们忙进里间问李氏。李氏起身笑着回道："他说方才老爷并没去叫他，他不肯来。"婆子回覆了贾政，众都说："天生的牛心古怪。"贾政忙遣贾环与两个婆子将贾兰唤来，贾母命他在身边坐了，抓果子与他吃，大家说笑取乐。往常间只有宝玉长谈阔论，今日贾政在这里，便唯唯而已。余者湘云虽系闺阁弱质，却索喜谈论，今日贾政在席，也自钳口禁语；黛玉本性娇懒，不肯多言；宝钗原不妄言轻动，此时亦是坦然自若。故此一席，虽是家常取乐，反见拘束。贾母亦知因贾政一人在此所致，酒过三巡，便撵贾政去歇息。

　　贾政亦知贾母之意，撵了他去，好让他姊妹兄弟们取乐。因陪笑道："今日原听见老太太这里大设春灯雅谜，故也备了彩礼酒席，特来入会，何疼孙子孙女之心，便不略赐与儿子半点？"贾母笑道："你在这里，他们都不敢说笑，没的倒叫我闷的慌。你要猜谜，我便说一个你猜；猜不着是要罚的。"贾政忙笑道："自然受罚。若猜着了，也要领赏呢。"贾母道："这个自然。"便念道：

《红楼梦》与顺治皇帝的爱情故事

    猴子身轻站树梢。打一果名。〔索隐〕反映上文树倒猢狲散之句。亦指睿王。

    贾政已知是荔枝,故意乱猜,罚了许多东西,然后方猜着了,也得了贾母的东西。然后也念一个灯谜与贾母猜。念道:

    身自端方,体自坚硬,虽不能言,有言必应。打一用物。

〔索隐〕言睿王有挟而求。

说毕,便悄悄的说与宝玉。宝玉会意,又悄悄的告诉了贾母。贾母想了一想,果然不错,便说:"是砚台。"贾政笑道:"到底是老太太,一猜就是。"回头说:"快把贺彩献上来。"地下妇女答应一声,大盘小盒一齐捧上。贾母逐件看去,都是灯节下所用所玩新巧之物,心中甚喜,遂命:"给你老爷斟酒。"宝玉执壶,迎春送酒。贾母因说:"那屏上都是他姐儿们做的,再猜一猜我听。"贾政答应,起身走至屏前,只见第一个是元妃的,写着道:

    能使妖魔胆尽摧,身如束帛气如雷;
    一声震得人方恐,回首相看已化灰。打一物。〔索隐〕
    此指圆圆。当三桂反时,朝野俱震,未几即平。

贾政道:"这是爆竹呢。"宝玉答道:"是。"贾政又看迎春的道:

    天运人功理不穷,有功无运也难逢;
    因何镇日纷纷乱,只为阴阳数不同。 打一物。

〔索隐〕亦指圆圆。有功无运,谓三桂虽有战功而无帝王之命,徒扰攘耳。

  贾政道:"是算盘。"迎春笑道:"是。"又往下看,是探春的,道:

    阶下儿童仰面时,清明妆点最堪宜;
    游丝一断浑无力,莫向东风怨别离。 打一物。〔索隐〕

第二十二回　听曲文宝玉悟禅机　制灯谜贾政悲谶语

亦指圆圆出京时事。

贾政道："好像风筝。"探春道："是。"再往下看，是黛玉的，道：

　　朝罢谁携两袖烟，琴边衾里总无缘；
　　晓筹不用鸡人报，五夜无烦侍女添。
　　焦首朝朝还暮暮，煎心日日复年年；
　　光阴荏苒须当记，风雨阴晴任变迁。　　打一物。〔索隐〕
此指董妃，全说宫冲景况，末寓早卒之意。

贾政道："这个莫非更香？"宝玉代言道："是。"贾政又看，道：

　　南面而坐，北面而朝，象忧亦忧，象喜亦喜。　　打一物。
〔**索隐**〕此指世祖，故用帝舜故事。世祖当摄政时，百事容忍曲从，大有末二句之态。此谜为政老打破尤妙。

贾政道："好，好！我猜镜子。妙极。"〔**索隐**〕果是为政老写影，果然妙极。宝玉笑回道："是。"贾政道："这一个却无名字，是谁做的？"贾母道："这个大约是宝玉做的。"贾政就不言语，往下再看宝钗的，道是：

　　有眼无珠腹内空，荷花出水喜相逢；
　　梧桐叶落纷离别，恩爱夫妻不到冬。　　打一物。〔索隐〕
此首指孝宪皇后，喻守活寡也。

贾政看完，心内自忖道："此物还倒有限，只是小小年纪，〔**索隐**〕映上文十五岁。世祖出家时，后年不逾二十。作此等言语，更觉不祥，看来皆非福寿之辈。"想到此处，愈觉烦闷，大有悲戚之状，只是垂头沉思。

贾母见贾政如此光景，想到他身体劳乏，又恐拘束了他众姊妹不得高兴玩耍，即对贾政道："你竟不必在这里了，安歇去罢，让我们再坐一会子也就散了。"贾政一闻此言，连忙答应几个"是"，又勉强劝了贾母

《红楼梦》与顺治皇帝的爱情故事

一回酒,方才退去了。回至房中,只是思索,翻来覆去,甚觉凄惋。〔**索隐**〕此段说灯谜事,又特地引出贾政,盖为写睿王也。谜语虽各切本人的结果,然合之睿王身事,亦均可通。妖魔胆摧一首,言扫平流寇也。有功无运一首,言功高而不自帝也。游丝一断一首,言出游边外而死也。光阴荏苒一首,言宫中相处忧郁情形也。南面而坐一首,言世祖尊侍睿王太后光景,北面一语,则知睿王遇朝参大典,未改臣节也。有眼无珠一首,言虽有上元之喜,然至冬而睿王薨,是不足一年也。通体关合睿,故有贾政凄惋一笔。不然与政何涉乎?

这里贾母见贾政去了,便道:"你们乐一乐罢。"一语未了,只见宝玉跑至围屏灯前,指手画脚,信口批评这一个这句不好;那个破的不恰当,如同开了锁的猴子一般。黛玉便道:"还像方才大家坐着说说笑笑,岂不斯文些儿。"凤姐自里间屋里出来,插口说道:"你这个人,就该老爷每日合你寸步不离方好。刚才我忘了,为什么不当着老爷撺掇叫你作诗谜儿?这会子不怕你不出汗呢。"〔**索隐**〕又说出汗,可见情僧七步之才,临文往往汗下。说的宝玉急了,拉着凤姐儿厮缠了一会。

贾母又与李宫裁并众姊妹等说笑一会,觉有些困倦,听了听交四鼓了,因命将食物撤去,赏与众人,起身道:"我们安歇罢。明日还是节呢,该当早起。明日晚上再玩罢。"于是众人散去。要知后事,且听下回分解。

〔**索隐**〕本回共分两段,即目中两事也。若一大部书中,若专说当时大关节目,恐不及数回而止。于宫中闲情无暇铺叙,便使读者寡乏兴趣。此书自第十八回后,即写大观园中儿女闲情,就中亦带出遗闻不少。

如此回"四人仍复如初"句上,为上一段,全写宝钗作寿一事,而其中黛玉之不怿,宝玉之解悟,皆是董妃与情僧实况。借孝宪千秋节,衬出董妃之弗如,其郁郁而死的根由,全伏于此。

自"忽然人报娘娘差人送出一个灯谜来"句下,为下一段,全写宫中尚灯谜之戏,而其中点贴,各出身分,并点贴睿

第二十二回　听曲文宝玉悟禅机　制灯谜贾政悲谶语

王之始末,全不落空。而叙述详明,委婉尽致,直可作王建花蕊宫词读也。

〔护花评〕宝钗生日,贾母独捐资办戏,已见贾母属意宝钗也。黛玉闷睡房中,必待宝玉拉起,然后出来,是暗写醋意。

又:宝钗点闹醉五台山,念出《寄生草》一曲,分明是宝玉后来避入空门样子。

又:史湘云心直口快,说出小旦像黛玉,当下并不提黛玉着恼,直至人散后,方说破。而黛玉恼湘云光景,已活现纸上,妙极。若于席间露出,则与贾母特办戏酒面上不好收入。此文章于事后追神法。

又:宝玉一偈一词,却已入悟境。不过尚有人我相,若后文六祖之偈,真是离一切诸相。

又:黛玉续偈之"无立足境,方是干净",固为超脱,而其不寿,亦于此可见。

又:宝钗引语录是不要宝玉谈禅,但以冰阻水,冰消水长,恐宝玉禅心因此更深。不特《寄生草》一曲误了宝玉,也是文章暗深一层法。

又:各人灯谜,就是各人的小照。与《红楼梦》曲遥遥相应。

又:宝钗灯谜,是竹夫入,未曾说明,是藏闪法。

第二十三回　西厢记妙词通戏语
　　　　　　牡丹亭艳曲警芳心

　　话说贾元春自那日幸大观园回宫去后,便命将那日所有的题咏,命探春依次抄录妥协,自己编次,叙其优劣,又令在大观园勒石,为千古风流雅事。〔索隐〕对归省说,只能谓之盛事,不能谓之风流雅事。兹拈此四字,殆击官官应,击商商应之意欤。因此贾政命人各处选拔精工名匠,大观园磨石镌字,〔索隐〕摄政不学无术,一对文臣献谀晋颂,丑不可言,犹复灾及南山,可谓墙茨不扫。贾珍率领贾蓉、贾萍等监工。因贾蔷又管理着文武等十二个女戏子并行头等事,不得空闲,因此又将贾菖、贾菱唤来监工。〔索隐〕当时亲贵甚多,如多罗郡王、杰书贝勒、拜尹图屯、齐尚善等,皆受封于摄政时,为睿王所役使者。此不知果何指,要不外一时宗室王公贝勒而已。一日汤蜡钉朱动起手来,这也不在话下。

　　且说那个玉皇庙并达摩庵两处,一般的十二个小沙弥,并十二个小道士,如今挪出在大观园来。贾政正想发到备庙去分住,不想后街上住的贾芹之母周氏,〔索隐〕书中凡无可指实之人,大抵不曰胡即曰周。周,诌也。正打算到贾政这边谋一个大小事件与儿子管管,也好弄些银钱使用。可巧听见这边有事,便坐车来求凤姐。凤姐因见他平日不大拿班做势的,便依允了。想了几句话,便回王夫人说:"这些小和尚道士,万不可打发到别处去。一时娘娘出来,就要应承的。倘或散了,若再用时,可又费事。依我主意,不如将他们都送到家庙铁槛寺去,月间不过派一个人拿几两银子去买柴米就是了;说声用,走去叫一声就来,一点儿不费事。"王夫人听了,便商之于贾政。贾政听了笑道:"倒是提醒了我,就是这样。"即时唤贾琏。

第二十三回　西厢记妙词通戏语　牡丹亭艳曲警芳心

贾琏正同凤姐吃饭，一闻呼唤，便放下饭便走。凤姐一把拉住笑道："你且站住，听我说话。若是别的事我不管，若是为小和尚、小道士们的那事，好歹依我这么着。"如此这般教了一套话，贾琏笑道："我不知道，你有本事你说去。"凤姐听了，把头一梗，筷子一放，腮上带笑不笑的瞅着贾琏道："你当真还是玩话儿？"〔索隐〕神情逼肖。贾琏笑道："西廊下五嫂子的儿子芸儿来求了我两三遭，要件事管管，我应了叫他等着，好容易出来这件事，你又夺去了。"凤姐儿笑道："你放心，园子东北角上，娘娘说了，还叫多多的种松柏树，〔索隐〕后文但言种树，不提所种何树，此处特地预伏一笔，知是松柏。柏是陪衬，着重在一"松"字。读者须看明牢记，与后文贯串，方知此中趣意。树底下还叫种些花草，〔索隐〕又陪一笔不单。等这件事出来，我包管叫芸儿管这工程。"贾琏道："果然这样，也倒罢了。但只一件，昨日晚上我不过是要改个样儿，你就扭手扭脚的。"〔索隐〕言谈家务中，忽涉淫谑，自是少年夫妇恒情。然作者加此，乃为陪上回琏凤之戏，所谓无往不复，无奇不耦也。作者于文章一道，肆力极深。凤姐听了，"嗤"的一声笑了，向贾琏啐了一口，低下头便吃饭。〔索隐〕传神。

贾琏一径笑着去了。〔索隐〕传神。走到前面见了贾政，果然是为小和尚的事。贾琏便依了凤姐的主意，说道："看来芹儿倒大大的出息了，这件事竟交与他去管办，横竖照在里头的规例，每月叫芹儿支领就是了。"贾政原不大理论这些小事，听贾琏如此说，便依允了。

贾琏回至房中告诉凤姐，凤姐即命人去告诉周氏。贾芹便来见贾琏夫妻，感谢不尽。凤姐又做情先支三个月的费用。他写了领字，贾琏批票画了押，登时发了对牌出去，银库上按数发出三个月的供给来。白花银三百两，贾芹随手抓了一块与掌平的人，叫他们"吃了茶罢"。于是命小厮拿了回家，与母亲商议，登时雇个脚驴自己骑，〔索隐〕是闲散宗室行径。又雇几辆车子，至荣国府角门前，唤出二十四个人来，坐上车子，一径往城外铁槛寺去了。当下无话。

如今且说贾元春在宫中编《大观园题咏》之后，忽想起那园中的景致，自从幸过之后，贾宅必定敬谨封锁，不叫人进去，岂不辜负此园。况家中现有几个能诗会赋的姊妹们，何不命他们进去居住，也不使佳人

《红楼梦》与顺治皇帝的爱情故事

落魄，花柳无颜。却又想宝玉自幼在姊妹丛中长大，不比别的兄弟，若不命他进去，又怕冷落了他，恐贾母王夫人心上不喜，须得也命他进去居住方妥。命太监夏忠到荣府下一道谕："命宝钗等在园中居住，不可封锢。命宝玉也随进去读书。"〔索隐〕世祖常驻跸西苑，往往夜半召群臣入对，或与讲官谈经，《郎潜纪闻》颇载此事。

贾政王夫人接了谕命，夏忠去后，便回明贾母，遣人进去各处收拾打扫，安设帘幔床帐。别人听了还犹自可，惟宝玉喜之不胜，正和贾母盘算要这个，要那个。忽见丫鬟来说："老爷叫宝玉。"宝玉呆了半晌，登时扫了兴，脸上转了色，便拉着贾母，扭的扭股儿糖似的，死也不敢去。〔索隐〕读《东华录》，睿王常对亲近大臣锡翰冷僧机哈世屯等讽上临幸，驾临而又议锡翰等请驾之罪，当时之跋扈不臣，喜怒惟意，亦可概见。懿亲重望，分属周公，上之敬礼而畏忌之。当视汉宣之与霍光，加倍葸矣。贾母只得安慰他道："好宝贝，你只管去，有我呢，他不敢委曲了你。况你做了这篇好文章，〔索隐〕世祖于上元之喜，必有亲制之表文，或颂赞之类，故有此笔。不然，其来也无根。想是娘娘叫你进园去住，他吩咐你几句话，不过是怕你在里头淘气。他说什么，你只好生答应着就是了。"一面安慰，一面唤了两个老嬷嬷来吩咐："好生带了宝玉去，别叫他老子唬着他。"老嬷嬷答应了。

宝玉只得前去。一步挪不了三寸，蹭到这边来。可巧贾政在王夫人房中商议事情，金钏儿、彩云、彩凤、绣鸾、绣凤等众丫头都在廊檐下站着呢，一见宝玉，都抿着嘴儿笑他。金钏一把拉着宝玉，悄悄的说道："我这嘴上是才擦的香渍的胭脂，你这会子可吃不吃了？"〔索隐〕金钏必睿王近侍，此间点逗一笔，为三十二回张本。彩云一把推开金钏，笑道："人家心里正不自在，你还要奚落他！趁这会子喜欢，快进去罢。"宝玉只得挨门进去。

原来贾政和王夫人都在里间呢。赵姨娘打起帘，宝玉挨身而入。只见贾政和王夫人对坐在炕上说话，地下一排椅子，迎春探春惜春贾环四人都坐在那里。一见他进来，惟有探春惜春和贾环站了起来。

贾政一举目，见宝玉站在跟前，神彩飘逸，秀色夺人，又看见贾环人物委琐，举止粗糙，〔索隐〕是世祖与睿王子多尔博之比较。忽又想

第二十三回　西厢记妙词通戏语　牡丹亭艳曲警芳心

起贾珠来。再看看王夫人，只有这一个亲生的儿，素爱如珍，自己的胡须将已苍白，因这几件上，把平日厌恶宝玉之心，不觉减了八九分。〔索隐〕睿王忌上之心，或因孝庄而稍杀。半晌说道："娘娘吩咐你说，日日在外边嬉游，渐次疏懒，如今禁管你同姊妹们在园里读书。你可好生用心习学，再不守分安常，你可仔细。"宝玉连连答应了几个"是"。王夫人便拉他在身边坐下，他姊弟三人依旧坐下。

王夫人摸索着宝玉的脖项说道："前儿的丸药都吃完了没有？"宝玉答应道："还有一丸。"王夫人说："明早再取十丸来，天天临睡时候，叫袭人服侍你吃了再睡。"宝玉道："自从太太吩咐了，袭人天天临睡打发我吃的。"贾政便问道："谁叫袭人？"王夫人道："是个丫头。"贾政道："丫头不拘叫个什么罢了，是谁起这样刁钻的名字？"王夫人见贾政不自在了，便替宝玉掩饰道："是老太太起的。"贾政道："老太太如何晓得这样的话，一定是宝玉。"宝玉见瞒不过，只得起身回道："因素日读书，曾记古人有句诗云：'花气袭人知昼暖'，因这丫头姓花，便随意起的。"王夫人忙向宝玉说道："你回去改了罢。老爷也不用为这些小事生气。"贾政道："其实也无妨碍，不用改。只可见宝玉不务正，专在这些浓词艳诗上做工夫。"说毕，断喝了一声："作孽的畜生，还不出去！"王夫人也忙道："去罢，去罢，怕老太太等吃饭呢。"

宝玉答应了，慢慢的退出去，向金钏儿笑着伸伸舌头，带着两个老嬷嬷一溜烟去了。〔索隐〕如鱼纵壑，如虎出柙，形态绝妙。刚回至穿堂门，只见袭人倚门而立，〔索隐〕倚门伫望者，当不止侍妾一辈人。见宝玉平安回来，堆下笑来问道："叫你做什么？"宝玉告诉："没有什么，不过怕我进园淘气，吩咐吩咐。"一面说，一面回至贾母跟前，回明原委。只见林黛玉正在那里，宝玉便问他："你住在那一处好？"黛玉正盘算这事，忽见宝玉一问，便笑道："我心里想着潇湘馆好，我爱那几竿竹子，隐着一道曲栏，比别处幽静。"宝玉听了拍手笑道："正合我的主意。我也要叫你那里去住，我就在怡红院，咱们两个又近又都清幽。"

二人正计议，就有贾政遣人来回贾母，说："二月二十二日是好日子，哥儿姐儿们好搬进去，这几日内遣人进去分派收拾。"薛宝钗住了蘅芜院，〔索隐〕凡叙述钗、黛之事，大抵均钗在前者，后先于妃也。林黛

《红楼梦》与顺治皇帝的爱情故事

玉住了潇湘馆,〔索隐〕小琬在冒氏居湘中阁,故诸家挽者,多以湘君湘娥譬之。贾迎春住了缀锦楼,探春住了秋爽书斋,惜春住蓼风轩,李氏住了稻香村,〔索隐〕李喻刘,示为农家妇也。宝玉住怡红院。〔索隐〕红与绿分,而怡红去潇湘最近,是仍分而合也。每一处添两个老嬷嬷、四个丫头,除各人奶娘亲随丫头外,另有专管收拾打扫的。〔索隐〕宫廷规制如此。

至二十二日,〔索隐〕两院宫庭相接,乘舆往还,《东华录》不书。一齐进去。登时园内花招绣带,柳拂香风,不似前番那等寂寞了。

闲言少叙,且说宝玉自进园来,心满意足,再无别样可生贪求之心,每日只和姊妹丫鬟们一处,或读书,或写字,或弹琴下棋,作画吟诗,以至描鸾刺凤、斗草簪花、低吟悄唱、拆字猜枚,无所不至,倒也十分快意。他曾有几首四时即事诗,虽不算好,却是真情真景。

《春夜即事》云:
霞绡云幄任铺陈,隔巷蛙声听未真。
枕上轻寒窗外雨,眼前春色梦中人。
盈盈烛泪因谁泣,点点花愁为我嗔。
自是小鬟娇懒惯,拥衾不耐笑言频。
《夏夜即事》云:
倦绣佳人幽梦长,金笼鹦鹉唤茶汤。
窗明麝月开宫镜,室蔼檀云品御香。
琥珀杯倾荷露滑,玻璃槛纳柳风凉。
水亭处处齐纨动,帘卷朱楼罢晚妆。
《秋夜即事》云:
绛云轩里绝喧哗,桂魄流光浸茜纱。
苔锁石纹容睡鹤,井飘桐露湿栖鸦。
抱衾婢至舒金凤,倚槛人归落翠花。
静夜不眠因酒渴,沉烟重拨索烹茶。
《冬夜即事》云:
梅魂竹梦已三更,锦罽鹴衾睡未成。

第二十三回　西厢记妙词通戏语　牡丹亭艳曲警芳心

松影一庭惟见鹤,梨花满地不闻莺。
女奴翠袖诗怀冷,公子金貂酒力轻。
却喜侍儿知试茗,扫将新雪及时烹。

〔索隐〕四诗大抵由世祖御制诗中化出。

不说宝玉闲吟,且说这儿首诗,当时有一等势利人,见是荣国府十二三岁的公子做的,〔索隐〕顺治元年世祖六岁,此为顺治七年事,恰十三岁。抄录出来,各处称颂。再有等轻薄子弟,爱上那风流妖艳之句,也写着扇头壁上,不时吟哦赏赞。〔索隐〕世祖诗词,警动一时。因此上竟有人来寻诗觅字,倩画求题的。宝玉一发得意,每日家做这些外务。〔索隐〕世祖富于偏才,一时臣下赞圣称神,当以求题求书为迎合。谁想静中生动,忽一日不自在起来,这也不好,那也不好,出来进去,只是闷闷的。园中那些女孩子,正是混沌世界,天真烂漫之时,坐卧不避,嬉笑无心,那里知宝玉此时的心事。

那宝玉心内不自在,便懒在园内,只在外头鬼混,〔索隐〕未亲政以前,日无所事,或时至外廷嬉戏。却又痴痴的。茗烟见他这样,因想与他开心,左思右想,皆是宝玉玩烦了的;只有这件,宝玉不曾看见过。想毕,便走到书坊内,把那古今小说,并那飞燕、合德、武则天、杨贵妃的外传,〔索隐〕妙在全是后妃。与那传奇歌本,买了许多来引宝玉,〔索隐〕阉官逢迎上意何所不至。国初时,宫中雅尚传奇、小说,经筵余暇,未尝不与诸文臣谈论及之。梅村《读史偶述》第三首云:"新更小篆译虫鱼,乙夜横经在玉除。无怪年来亲政好,近前一卷是《尚书》。"盖言《尚书》列前,稗官列后,掩人耳目也。又《郎潜记闻》载,给谏阿什通,顺治初翻译《大学》《中庸》《孝经》诸书,刊行之以教旗人。时稗官小说盛行,满人多翻译,给谏上言:学者宜以圣贤为期,经史为导,此外无益杂书,当屏绝云云。世祖之好阅杂书,于兹可见。宝玉一看,如得珍宝。茗烟又嘱咐道:"不可拿进园去。若叫人知道了,我就吃不了兜着走呢。"〔索隐〕袭人当是指董妃,私进杂书之宫竖,必不愿为妃所知,恐干太后之怒。宝玉那里肯不拿进园去,踌躇再四,单把那文理雅道些的,拣了几部进去,放在床上,无人时方看。那些粗俗过露的，都藏于外面书房内。

那日正当三月中浣。早饭后宝玉携了一套《会真记》走到沁芳闸桥那边桃花底下一块石上坐着，展开《会真记》，从头细看。正看到"落红成阵"，只见一阵风过，树上桃花吹下一大斗来，落得满身满书满地皆是花片。宝玉要抖将下来，恐怕脚步践踏了，只得兜了那花瓣，来至池边抖在池内。那花瓣浮在水面，飘飘荡荡，竟流出沁芳闸去了。回来只见地下还有许多花瓣，宝玉正踌躇间，只听背后有人说道："你在这里做什么？"

宝玉一回头，却是林黛玉来了，肩上担着花锄，花锄上挂着纱囊，手内拿着花帚。宝玉笑道："好好，来把这个花扫起来，撂在那水里去罢，我才撂了好些在那里呢。"林黛玉道："撂在水里不好，你看这里的水干净，只一流出去，有人家的地方，什么没有？仍旧把花糟蹋了。那畸角上，我有一个花冢，如今把他扫了，装在这绢袋里，埋在那里，日久随土化了，岂不干净。"

宝玉听了，喜不自禁，笑道："待我放下书帮你来收拾。"黛玉道："什么书？"宝玉见问，慌的藏之不迭，便说道："不过是《中庸》《大学》。"〔**索隐**〕当时所阅，当是满文新译诸书。《大学》《中庸》有阿什通译本，可以影射，故曰《大学》《中庸》。黛玉道："你又在我跟前弄鬼！趁早儿给我瞧瞧，好多着呢。"宝玉道："妹妹，若论你，我是不怕的。你看了，好歹别告诉别人。真正这是好文章，你若看了，连饭也不想吃呢。"一面说，一面递了过去。黛玉把花具放下，接书来瞧。从头看去，越看越爱，将十六出俱已看完，但觉词句警人，余香满口。虽看完了，却只管出神，心内还默默记诵。宝玉笑道："妹妹你说好不好？"林黛玉笑道："果然有趣。"

宝玉笑道："我就是个多愁多病的身，你就是那倾国倾城的貌。"林黛玉听了，不觉连腮带耳通红，登时竖起两道似蹙非蹙的眉，瞪了两只似睁非睁的眼，桃腮带怒，薄面含嗔，指着宝玉道："你这该死的胡说！好好的把这淫词艳曲弄了来，说这些混帐话来欺负我，我告诉舅舅舅母去。"说到"欺负"二字，就把眼圈儿红了，转身就走。宝玉着了忙，上前拦住道："好妹妹，千万饶我这一遭。原是我说错了，若有心欺负

第二十三回　西厢记妙词通戏语　牡丹亭艳曲警芳心

你,明儿我掉在池子里,叫个癞头鼋吃了去,变个大王八。等你明儿做了一品夫人,病老归西的时候,我往你坟上替你驮一辈子碑去。"说的林黛玉"扑嗤"的一声笑了,一面揉着眼,一面笑道:"一般吓的这个调儿,还只管胡说。呸!原来也是个银样蜡枪头。"宝玉听了笑道:"你说说你这个呢?我也告诉去。"林黛玉笑道:"你说你会过目成诵,难道我就不能一目十行么?"

宝玉一面收书,一面笑道:"正经快把花埋了罢,别提那个了。"二人便收拾落花,正才掩埋妥协,只见袭人走来说道:"那里没找到,摸在这里来。那边大老爷身上不好,〔索隐〕是指睿王有病。王本多病之躯也。姑娘们都过去请安,老太太叫打发你去呢。〔索隐〕世祖常临睿王邸第,探视王病。快回去换衣服罢。"宝玉听了,忙拿了书,别了黛玉,同袭人回房换衣不提。

这里林黛玉见宝玉去了,听见众姊妹也不在房中,自己闷闷的,正欲回房。刚走到梨香院墙角外,只听见墙内笛韵悠扬,歌声宛转,林黛玉便知是那十二个女子演习戏文。虽未留心去听,偶然两句吹到耳内,明明白白,一字不落,道:"原来是姹紫嫣红开遍,似这般都付与断井颓垣。"林黛玉听了,倒也十分感慨缠绵,便止步侧耳细听。又唱道是:"良辰美景奈何天,赏心乐事谁家院。"听了这两句,不觉点头自叹。心下自思:原来戏上也有好文章。可惜世人只知看戏,未必能领略其中的趣味。想毕又后悔不该胡想,耽误了听曲子。再听时,恰唱道:"只为你如花美眷,似水流年。"黛玉听了这两句,不觉心动神摇。又听道:"你在幽闺自怜"等句,越发如醉如痴,站立不住。便一蹲身坐在一块山子石上,细嚼"如花美眷""似水流年"八个字的滋味。〔索隐〕此八字颇合僧妃的境地,故特揭出。见僧妃日用心于小(曲词说)(说曲词)中耳。忽又想起,前日见古人诗中有:"水流花谢两无情"之句,再词中又有:"流水落花春去也,天上人间"之句。又兼方才所见《西厢记》中"花落水流红,闲愁万种"之句,都一时想起来,凑聚在一处。仔细忖度,不觉心痛神驰,眼中落泪。〔索隐〕自伤身世。

正没个开交,忽觉背后有人击他一下。及回头看时,原来是个女子,未知是谁,且听下回分解。

《红楼梦》与顺治皇帝的爱情故事

〔索隐〕本回共分五段：

自首句起，至"当下无话"句止，为第一段。是叙上元大典后之一切布置。磨石镌文，分住僧道，借以引出贾芸，并为宝玉等移居园中的起脉。

自"如今且说贾元春在宫中"句起，至"闲言少叙"句止，为第三段。是纪众人入园的原始。

自"且说宝玉自进园来"句起，至"每日家做些外务"句止，为第二段。专述宝玉在园情形，并引出世祖御制西苑即景诗四首，其词句则不同也。

自"谁想静极生动"句起，至"回房换衣"句止，为第四段。此段是本回正文，专写世祖笃嗜杂书，好看淫词艳语。中间带出黛玉葬花一段。既见琬娘之爱惜余芬，又见妃子之与花同慨。

末后一段，黛玉听曲，是因小说类及传奇，又因葬花引出落花佳句，全为薄命人写照而已。

此回亦宫中闲情逸事，间带大典余文。一年之计在春，正是灿烂初陈时景象，然作者即有盛〔败〕兴衰之感，故以落红作结。文字嫣润，全书莫逾此数回矣。

〔护花评〕金钏戏言，可见宝玉吃渠胭脂，已非一次矣。不但为后事伏笔，且为前事补笔。

又：宝玉四景诗，是后来诗会联句引子。

又：宝玉一见小说、传奇，视同珍宝；黛玉一见《西厢》，便情意缠绵。淫词艳曲，移人如此，可畏可畏。此处直伏四十二回情事。

又：花冢埋花，却是雅事，却是黛玉结果影子。

第二十四回　醉金刚轻财尚义侠
　　　　　　　痴儿女遗帕惹相思

话说林黛玉正在情思萦逗,缠绵固结之时,〔索隐〕上回之末说黛玉听曲文有感,似不过因年华易暮,触景伤情。此回开首便言情思固结,又似别有怀抱。大抵隐隐中写小琬回念如皋之事。冒、董因缘如珠联璧合,人人艳羡,可谓如花美眷。九年情好,忽尔摧离,可谓似水流年。况"水流花谢两无情"之句,亦正是天各一方的情景。"天上人间"之句,更是侯门似海、萧郎路人的况味。"花落水流红,闲愁万种",恰是琬娘此时睹物思人,渺渺予怀的时候。独坐石上,心动神驰,又是望夫化石的典故。将此数语合之琬娘心中事,一一贴实,乃知"情思萦逗,缠绵固结"八个字,确有根底。不然如专为宝黛写情,则两小输心之际,自应别采艳词丽句以逗黛玉之情思,亦必写出黛玉一段生恐有缘不遇的胸怀,方能加此八字。但泛作伤春之慨,甚无趣也。读者细为探想,当知其用意不深。忽有人从背后击了他一下,〔索隐〕背人花下,感旧忘神,故身后有人不觉。说道:"你做什么一个人在这里?"〔索隐〕可见一人坐久。

林黛玉道:"你这个……"〔索隐〕半截语有神。回头看时,不是别人,却是香菱。〔索隐〕又是个江南人物。林黛玉道:"你这个丫头,唬我一跳。你这会子打哪里来?"香菱嘻嘻的笑道:"我来寻我们姑娘的,总找不着他。你们紫鹃也找你呢,说琏二奶奶送了什么茶叶来给你的,回家去坐着吧。"一面说,一面拉着黛玉的手回潇湘馆来。果然凤姐送了两小瓶上用新茶来。林黛玉和香菱坐了,谈讲些这一个绣的好,那一个刺的精,又下一回棋,看两句书,香菱便走了。不在话下。

如今且说宝玉因被袭人找回房去。只见鸳鸯歪在床上看袭人的针线

《红楼梦》与顺治皇帝的爱情故事

呢,见宝玉来了,便说道:"你往哪里去了?老太太等着你呢;叫你过那边请大老爷安去。还不快去换了衣服走呢。"袭人便进房去取衣服。宝玉坐在床沿上,褪了鞋,等靴子穿的工夫,回头见鸳鸯穿着水红绫子袄儿、青缎子背心,束着白绉绸汗巾儿,脸向那边,低着头看针线,脖子上带着扎花领子。宝玉便把脸凑在脖项上闻那香气,不住用手摩抚。其白腻不在袭人以下,〔索隐〕一笔写两美,何等神通。此处鸳鸯又似代贞妃,故绕上袭人一笔。便挨上身去涎脸笑道:"好姐姐,把你嘴上的胭脂赏我吃了罢。"一面说,一面扭股糖似的粘在身上。鸳鸯便叫道:"袭人,你出来瞧瞧!你跟他一辈子,也不劝劝他,还是这么着。"袭人抱了衣服出来,向宝玉道:"左劝也不改,右劝也不改,你倒是怎么样?你再这么着,这个地方可也就难住了。"

一边说,一边催他穿衣服,同鸳鸯往前面来。见过贾母,出到外面,人马俱已齐备。刚欲上马,只见贾琏请安回来正下马,二人对面,彼此问了两句话。只见旁边转出一个人来:"请宝叔安。"宝玉看时,只见这人生的容长脸,长挑身材,年纪只有十八九岁,生得着实斯文清秀,倒也十分面善,只是想不起是哪一房的,叫什么名字。贾琏笑道:"你怎么发呆,连他也不认得?他是后廊上住的五嫂子的儿子芸儿。"宝玉笑道:"是了,是了,我怎么就忘了。"回问他母亲好,这会子怎么勾当。贾芸指贾琏道:"找二叔说句话。"宝玉笑道:"你倒比先越发出挑了,倒像我的儿子。"贾琏笑道:"好不害臊,人家比你大四五岁呢,就给你做儿子?"宝玉笑道:"今年十几岁?"贾芸道:"十八岁了。"原来这贾芸最伶俐乖巧的,听宝玉说像他的儿子,便笑道:"俗语说的好,'摇车儿里的爷爷,拄拐棍儿的孙子'。虽然年纪大,山高遮不住太阳。只从我父亲死了,这几年也没人照管,若宝叔不嫌侄儿蠢,认做儿子,就是侄儿的造化了。"〔索隐〕此处之贾芸,必理事三王中之一人,能于未亲政前纳身世祖,故能推倒睿王。贾琏笑道:"你听见了?认了儿子,不是好开交的。"说着就进去了。宝玉笑道:"明儿你闲了,只管来找我,别和他们鬼鬼祟祟的。这会我不得闲儿,明天你到书房里来,和你说天话儿,我带你园里玩去。"说着扳鞍上马,众小厮随往贾赦这边来。

见了贾赦,不过是偶感些风寒。先述了贾母问的话,然后自己请了

第二十四回　醉金刚轻财尚义侠　痴儿女遗帕惹相思

安。贾赦先站起来，回了贾母问的话，便唤人来，"带进哥儿去太太屋里坐着。"宝玉退出来，至后面，到上房。邢夫人见他，先站了起来，请过贾母的安，宝玉方请安。邢夫人拉他上炕坐了，方问别人。又命人倒茶，茶未吃完，只见贾琮来问宝玉好。〔索隐〕贾琮者，假宗也。睿王无子，以豫王子为子，故此处写邢夫人，是非亲出的模样。邢夫人道："那里找活猴儿去，你那奶妈子死绝了，也不收拾收拾。〔索隐〕但责成乳母，可知无生母，不是庶出是抱养。弄得你黑眉乌嘴的，那里还像个大家子读书的孩子。"

正说着，只见贾环贾兰小叔侄两个也来请安，邢夫人叫他两个在椅子上坐着。贾环见宝玉同邢夫人坐在一个坐褥上，邢夫人又百般抚索摸弄他，早已心中不自在了，坐不多时，便向贾兰使个眼色儿要走。贾兰只得依他，一同起身告辞。宝玉见他们起身，也就要一同回去。

邢夫人笑道："你且坐着，我还和你说话。"宝玉只得坐了。邢夫人向他两个道："你们回去，各人替我问各人母亲好吧。你们姑娘姊妹们都在这里呢，闹的我头昏，今儿不留你们吃饭了。"贾环等答应着便出去了。

宝玉笑道："可是姊妹们都过来了，怎么不见？"邢夫人道："他们坐了会子，都往后头不知那屋里去了。"宝玉说："大娘说有话说，不知是什么话？"邢夫人笑道："那里什么话，不过叫你等着同姊妹们吃了饭去，还有一个好玩的东西，给你带回去玩儿。"娘儿两个说着，不觉又晚饭时候。请过众位姑娘们来，调开桌椅，罗列杯盘，母女姊妹们吃毕了饭。宝玉辞别贾赦同众姊妹回来，见过贾母王夫人等，各自回房安歇。不在话下。

且说贾芸进去见了贾琏，因打听可有什么事情，贾琏告诉他说："前儿倒有一件事情出来，偏生你婶娘再三求了我，给了贾芹了。他许我说，明儿园里还有几处要栽花木的地方，等这个工程出来，一定给你就是了。"那贾芸听了，半晌说道："既是这样，我就等着罢。叔叔也不必先在婶娘跟前提我今儿来打听的话，到跟前再说也不迟。"贾琏道："提他做什么，我那里有这工夫说闲话儿呢。明日还要到兴邑去一走，必须当日赶回来方好。你先去等着，后日起更以后，你来讨信，早了我不得

《红楼梦》与顺治皇帝的爱情故事

闲。"说着,便向后面换衣服去了。贾芸出了荣国府回家,一路思量,想出一个主意来,便一径往他母舅卜世仁家来。〔**索隐**〕卜世仁,不是人也。

原来卜世仁现开香料铺,方才从铺子里回来。一见贾芸,便问:"为什么事来?"贾芸道:"有件事求舅舅帮衬,要用冰片、麝香,好歹舅舅每样赊四两给我,八月节按数送了银子来。"卜世仁冷笑道:"再休提赊欠一事。前日也是我们铺子里一个伙计替他的亲戚赊了几两银子的货,至今总未还上,因此我们大家赔上,立了合同,再不许替亲友赊欠;谁要犯了,就罚他二十两银子的东道。况且如今这个货也短,你就拿现银子到我们这小铺子里来买,也还没有这些,只好到扁儿去。〔**索隐**〕到扁儿者,京师市廛俗语,谓向同行中取货充为己有也。背地借钱借物,均可用此名词。这是一件,二则你那里有正经事,不过赊了去又是胡闹。你只管说舅舅见你一遭儿就派你一遭儿不是,你小人家很不知好歹,也要立个主意,赚几个钱,弄弄穿的吃的,我看着也欢喜。"

贾芸笑道:"舅舅说的有理,但我父亲没的时节,我年纪又小,不知事体,后来听母亲说,都还亏舅舅们与我们去出主意料理的丧事,难道舅舅是不知道的?还有一亩地两间房子在我手里花了不成?巧媳妇做不出没米的饭来,叫我怎么样来?还亏是我呢,要是别个,死皮赖脸的,三日两头儿来缠舅舅要三升麦、二升豆子的,也就没有法儿呢。"卜世仁道:"我的儿,舅舅要有还不是该的?我天天和你舅母说,只愁你没个算计。你但凡立得起来,到你大房里,就是他们爷儿们见不着,便下个气和他们的管家,或者管事的人们嬉和嬉和,也弄个事儿管管。前儿我出城去,撞见你三房里的老四,骑着大叫驴,带着四五辆车,有四五十和尚道士,往家庙里去了。他那不亏能干,就有这样的事到他了。"贾芸听了唠叨的不堪,便起身告辞。卜世仁道:"怎么急的这样?吃了饭去罢。"一句话尚未说完,只见他娘子说道:"你又糊涂了!说着没有米,这里买半斤面来下给你吃,这会子还装胖呢。留下外甥挨饿不成?"卜世仁道:"再买半斤面来添上就是了。"他娘子便叫女儿:"银姐,往对门王奶奶家去问:有钱借二三十个,明日就送来还的。"夫妇两个说话,那贾芸早说了几个"不用费事",去的无影无踪了。

第二十四回　醉金刚轻财尚义侠　痴儿女遗帕惹相思

不言卜家夫妇，且说贾芸赌气离了母舅家门，一径回来，心上正是烦恼。一边想，一边走，低着头，不想一头就碰在一个醉汉身上，把贾芸一把拉住骂道："你瞎了眼，碰起我来了？"贾芸听声音，像是熟人，仔细一看，原来是紧邻倪二。〔**索隐**〕倪二指奸民李应试，别名黄膘李三者是也。顺治初年，在京盘踞，党羽多人，交结官长，包抽货税，地方官莫敢谁何。后奉旨拿办，诸大臣具得罪。这倪二是个泼皮，专放重利债，在赌博场吃饭，专爱喝酒打架。〔**索隐**〕读顺治九年十二月拿办李三上谕，可知李三所为，与倪二正同。此时正从欠钱人家索债归来，已在醉乡。不料贾芸碰了他，就要动手。贾芸叫道："老二住手，是我冲撞了你。"倪二一听他的语音，将醉眼睁开一看，见是贾芸，忙松了手，趔趄着笑道："原来是贾二爷！这会子哪里去？"贾芸道："告诉不得你，平白的又讨了个没趣儿。"倪二道："不妨，有什么不平的事告诉我，我替你出气。这三街六巷，凭他是谁，若得罪了我醉金刚倪二〔**索隐**〕"醉金刚"三字，即从黄膘之黄字上生出。的街邻，管叫他人家离散。"

贾芸道："老二，你别生气，听我告诉你这缘故。"便把卜世仁一段事告诉了倪二。倪二听了大怒道："要不是二爷的亲戚，我便骂出来，真正气死我！也罢，你也不必愁，我这里现有几两银子，你要用只管拿去。我们好街坊，这银子是不要利钱的。"一头说，一头从搭包内掏出一包银子来。贾芸心下自思："倪二虽然是泼皮，却也因人而施，颇有义侠之名。〔**索隐**〕《西都赋》言五陵豪杰，乡里游侠之徒。可见京师地方，自古有此辈人。李三能以财贿树党，故干大法。若今日不领他这情，怕他臊了，倒恐不美，不如用了他的，改日加倍还他就是了。"因笑道："老二你是个好汉！既蒙高情，怎敢不领？回家照例写了文约送过来便了。"倪二大笑道："这不过是十五两三钱银子，你若要写文契，我就不借了。"贾芸听了，一面接银子，一面笑道："我便遵命罢了，何必着急。"倪二笑道："这才是了。天气黑了，也不让茶让酒，我还有点事情到那边去，你竟请回。我还求你带个信儿与我们家，叫他们闭门睡罢，我不回家去。倘或有事，叫我们女孩儿明儿一早到马贩子王短腿家找我。"〔**索隐**〕李三与马贩潘文学表里为奸，同日奉谕拿办正法。一面说，一面趔趄着脚儿去了。不在话下。

《红楼梦》与顺治皇帝的爱情故事

且说贾芸偶然碰了这件事,心下也十分稀罕,想那倪二果然有些意思,只是怕他一时醉中慷慨,到明日加倍要来,便怎么处?忽又想道:"不妨,等那件事成了,可也加倍还得起他。"因走到一个钱铺内,将那银子称一称,分两不错,心上越发欢喜。到家先将倪二的话捎与他娘子,方回家来。见他母亲自在炕上拈线,见他进来便问:"那里去了一天?"贾芸恐他母亲生气,便不提卜世仁的事车来,只说"在西府里等琏二叔的",问他母亲:"吃了饭不曾?"他母亲说:"吃了,还留饭在那里。"叫小丫头拿过来与他吃。那天已是掌灯时候,贾芸吃了饭,收拾安歇。一宿无话。

次日一早起来,洗了脸,便出南门大街,在香铺买了香麝,便往荣府来。打听贾琏出了门,贾芸便往后面来。到贾琏院门前,只见几个小厮拿着大高的笤帚,在那里扫院子呢。忽见周瑞家的从门里出来,叫小厮们:"先别扫,奶奶出来了。"贾芸忙上去笑道:"二婶娘那里去?"周瑞家的道:"老太太叫,想必是裁什么尺头。"正说着,只见一群人簇拥着凤姐出来了。贾芸深知凤姐是喜奉承爱排场的,忙把手逼着恭恭敬敬抢来请安。凤姐连正眼也不看,仍往前走,只问他母亲好,"怎么不来我们家逛逛?"贾芸道:"只是身上不好,倒时常记挂着婶娘,要瞧瞧,总不能来。"凤姐笑道:"可是你会撒谎,不是我提起,他就不想我了。"贾芸笑道:"侄儿不怕雷打,就敢在长辈跟前撒谎?昨日晚上还提起婶娘来!说婶娘身上生得单弱,事情又多,亏婶娘好大精神,竟料理得周周全全。要是差一点儿的,早累的不知怎么样子。"

凤姐听了,满脸是笑,不由的止了步。问道:"怎么好好的你娘儿两个在背地里嚼说起我来?"贾芸说:"有个缘故,只因我有个极好的朋友,家里有几个钱,现开香铺,因他身上捐了个通判,前月选了云南,不知那一府,连家眷一齐去。他这香铺也不开了,便把货物攒了一攒,该给人的给人,该贱发的贱发。像这个贵重的都送与亲友,所以我得了些冰片、麝香。我就和我母亲商量,贱卖了可惜,若送人也没有人家配使这些香料,因想婶娘往年间还拿大包的银子买这东西呢,别说今年贵妃宫中,就是这个端阳节所用,也一定比往常要加上十几倍,故此孝敬婶娘。"一边将一个锦匣递过去。

第二十四回　醉金刚轻财尚义侠　痴儿女遗帕惹相思

凤姐正是办端阳节的礼，须用香料，便命："丰儿，接过芸哥儿的来，送了家去，交给平儿。"因又说道："看着你这样知道好歹，怪道你叔叔常提起你来，说你好、说话明白、心里有见识。"贾芸听这话入港，〔**索隐**〕可见辅政代时大小差派非贿不成。便打进一步来，故意问道："原来叔叔也常提我的？"凤姐见问，便要告诉给他事情管的话，一想又恐被他看轻了，只说得了这点香料，便混许他管事了，因又止住，且把派他种花木工程的事都一字不提，随口说了几句淡话，便往贾母房里去了。

贾芸也不好提起，只得回来。因昨日见了宝玉，叫他到外书房等着，故此吃了饭便又进去，到贾母那边仪门外绮散斋书房里来。〔**索隐**〕绮散隐一"霞"字，仍红光之意。此书斋当指文华殿、宏德殿等处，世祖所尝临幸者。只见茗烟改名焙茗的，〔**索隐**〕茗烟用之闹书房，暗喻憨焉不灵之意。此改焙茗，不过与锄药等一例，不甚深意。并锄药两个小厮下象棋，为夺车正拌嘴呢。〔**索隐**〕的是宦竖所为。还有引泉、扫花、挑雪、伴鹤四五个，在房檐下掏小雀儿玩。〔**索隐**〕无不逼肖。贾芸进入院内，把脚一跺，说道："猴儿们淘气！我来了。"众小厮们看见了他，都才散去。

贾芸进书房内，便坐在椅子上，问："宝二爷下来没有？"焙茗道："今日总没下来。二爷说什么，我替你哨探哨探去。"说着便出去了。这里贾芸便看字画古玩，有一顿饭工夫，还不见来。再看看别的小子，都玩去了。正在烦闷，只听门前娇音嫩语的叫了一声哥哥，〔**索隐**〕官人无外至书斋之理，此不过为捏合贾芸小红二人，为写降臣的逸事。贾芸往外瞧时，只见是一个十五六岁的丫头，生的倒也十分精细干净。那丫头见了贾芸，便抽身躲了。恰值焙茗走来，见那丫头在门前，便说道："好，好，正抓不着个信儿。"贾芸见了焙茗，也就赶出来问："怎么样？"焙茗道："等了这一日，也没个人儿过来。这就是宝二爷房里的。"因说道："好姑娘，你进去带个信，就说廊上二爷来了。"

那丫头听见，方知是本家的爷们，便不似从前那等回避，下死眼把贾芸钉了两眼。听那贾芸说道："什么廊下、廊上的，你只说芸儿就是了。"半晌，那丫头冷笑道："依我说，二爷且请回去罢，明日再来。今日晚上得空儿我回一声。"焙茗道:"这是怎么说?"那丫头道:"他今儿也没睡中觉,自然吃的晚饭早。晚上又不下来,难道只是要二爷在那里等着挨饿不成?不如家去,明儿来是正经。就便回来,有人带信,不过口里答应着,他肯给带到吗?"

贾芸听这丫头的话简便俏丽,〔索隐〕貌则精细干净,言则简便俏丽,然后官十四位之号,尚在末阶,安得不抱屈。待要问他名字,因是宝玉房里的,又不便问,只得说道:"这话倒是,我明日再来。"说着便往外去了。焙茗道:"我倒茶去,二爷吃茶再去。"贾芸一面走,一面回头说:"不吃茶,我还有事呢。"口里说话,眼睛瞧那丫头。还站在那里呢。〔索隐〕目送。

那贾芸一径回来。至次日来至大门前,可巧遇见凤姐往那边去请安,才上了车,见贾芸来,便命人唤住,隔窗子笑道:"芸儿,你竟有胆子在我跟前弄鬼!怪道你送东西给我,原来你有事求我。昨日你叔叔才告诉我说你求他。"贾芸笑道:"求叔叔的事,婶娘休提,我这里正后悔呢。早知这样,我一起头就求婶娘,这会子也早完了。谁承望叔叔竟不能的。"凤姐笑道:"怪道你那里没成儿,昨日又来寻了。"贾芸道:"婶娘辜负了我的孝心,我并没有这个意思;若有这意,昨儿还不求婶娘?如今婶娘既知道了,我倒要把叔叔丢下,少不得求婶娘好歹疼我一点儿。"凤姐冷笑道:"你们要拣远路儿走,叫我也难。早告诉我一声儿,什么不成了?多大点儿事,耽误到这会子!那园子里还要种树种花,我只想不出个人来,早说不早完了。"贾芸笑道:"这样,婶娘明日就派我罢。"凤姐半晌道:"这个我看着不大好,等明年正月里的烟火灯烛那个大宗儿下来,再派你罢。"贾芸道:"好婶娘,先把这个派了我罢。果然这件办的好,再派我那件。"凤姐笑道:"你到会拉长线儿。罢了,若不是你叔叔说,我不管你的事。我不过吃了饭就过来,你到午错时候来领银子,后日就进去种花。"说着,命人驾起香车径去了。

贾芸喜不自胜,来至绮散斋,打听宝玉。谁知宝玉一早便往北静王府里去了。贾芸便呆呆的坐到晌午,打听凤姐回来,便写个领票来领对牌。至院外,命人通报了。彩明走了出来,单要了领票进去,批了银数年月,一并连对牌交与贾芸。贾芸接看,那批上批着二百两银子,心中

第二十四回　醉金刚轻财尚义侠　痴儿女遗帕惹相思

喜悦，翻身走到银库上，领了银子，回家告诉他母亲。自是母子俱喜。

次日五更，贾芸先找了倪二还了银子，又拿了五十两银子出西门，找到花儿匠方椿家里去买树。〔**索隐**〕不言买何树，盖前已言多种松柏矣。松、椿同类，此言方椿，亦是暗指，故特姓方，言相方耳。不在话下。

且说宝玉自这日见了贾芸，曾说过明日着他进来说话。这原是富贵公子的口角，那里还记在心上，因而便忘怀了。这日晚上，却从北静王府里回来，见过贾母王夫人等，回至园内，换了衣服，正要洗澡，袭人因被薛宝钗烦了去打结子，〔**索隐**〕与后文莺儿打络子对照。又见宝钗与袭人亲密，背人私语，不言可知，是小人同利为朋的行径。秋纹碧痕两个去催水，檀云又因他母亲病了，接了出去。麝月又现在家中病着。还有几个做粗活听使唤的丫头，料是叫他不着，却出去寻伙觅伴的去了。不想这一刻的工夫，只剩了宝玉在房内，偏生的宝玉要吃茶，一连叫了两三声，方见两三个老婆子走进来。宝玉见了，连忙摇手说"罢罢，不用了。"老婆子们只得退出。

宝玉见没丫头们，只得自己下来，拿了碗向茶壶去倒茶。只听背后有人说道："二爷仔细烫了手，等我来到。"一面说，一面走上来，接了碗去。宝玉倒吓了一跳，问："你在那里的，忽然来了，吓我一跳。"那丫头一面递茶，一面笑着回道："我在后院里，才从里间后院进来，难道二爷就没听见脚步响？"〔**索隐**〕有莲瓣细碎之声，红娘必是纤足，故特自表。

宝玉一面吃茶，一面仔细打量。那丫头穿着几件半新不旧的衣裳，倒是一头黑鸦鸦的好头发，挽着鬏儿，容长脸面，细巧身材，却十分俏丽甜净。〔**索隐**〕中选。宝玉便笑问道："你也是我这屋里的人么？"那丫头道："是的。"宝玉道："既是这屋里的，我怎么不认得？"那丫头听说，便冷笑一声道："不认得的也多呢，岂止我一个！〔**索隐**〕乾清女官，多至百数十人，安得人人尽识。从来我又不递茶递水，拿东拿西，眼前的一件也做不着，那里认得呢。"宝玉道："你为什么不做那眼前的事？"那丫头道："这话我也难说。只是有一句话回二爷，昨日有个什么芸儿来找二爷，我想二爷不得空儿，便叫焙茗回他，今日早起来。不想

《红楼梦》与顺治皇帝的爱情故事

二爷又往北府里去了。"

　　刚说到这句话，只见秋纹碧痕嘻嘻哈哈的笑着进来，两个人共提着一桶水，一手撩衣裳，趔趔趄趄泼泼撒撒的。那丫头便忙出去迎接。那秋纹碧痕正对抱怨，你湿了我的衣裳，那个又说你踹了我的鞋。忽见走出一个人来接水，二人看时，不是别人，原来是小红。〔索隐〕出小红二字，文法不平。二人便都诧异，将水放下，忙进房看时，并没别人，只有宝玉，便心中俱不自在，只得且预备洗澡之物。待宝玉脱了衣裳，二人便带上门出来，走到那边房内，找着小红，问他："方才在屋里作什么？"小红道："我何曾在屋里的？只因我的手帕子不见了，往后头找去，不想二爷要吃茶，叫姊姊们，一个也没有，是我进去倒了碗茶，姊姊们便来了。"秋纹兜脸啐了一口，道："没脸面的下流东西！正经叫你催水去，你说有事，倒叫我们去，你可做这个巧宗儿，一里一里的。这不上来了，我们倒跟不上你么？你也拿那镜子照照，配递茶递水不配？"〔索隐〕乾清侍御，分司定品，各有阶级，故特著此层，不然人家婢女，亦何所谓不配。碧痕道："明儿我说给他们，凡要茶要水拿东西的事，咱们都别动，只叫他去便是了。"秋纹道："这么说，还不如我们散了，单让他在这里呢。"

　　二人你一句我一句正闹着，只见有个老嬷嬷进来传凤姐的话说："明日有人带花儿匠来种树，叫你们严紧些。衣服裙子别混晒混晾的。那土山一带都拦着帏幕，可别混跑。〔索隐〕着眼"土山"二字，上言种松，此言土山一带，合凑"松山"二字。

　　秋纹便问："明日不知是谁带进匠人来监工？"那老婆子道："什么后廊上的芸哥儿。"秋纹碧痕俱不知道，只管混问别的话。那小红心内明白，知是昨日外书房所见的那人了。

　　原来这小红本姓林，小名红玉。因玉字犯了宝玉黛玉的名，便单唤他做小红。〔索隐〕此数段中之小红，专写洪文襄降满之事。文襄名承畴，而太宗时，人多称之为老洪。此处特言小红，不以名称，加一小字，反映老洪之说。原来是府中世仆，〔索隐〕洪文襄汉军旗籍。他父母〔索隐〕是老洪。现在〔索隐〕是作书时代，顺治年间也。收管各处田房事务。〔索隐〕洪经略七省，为清人改定疆域不少，按谥法"开疆拓

第二十四回　醉金刚轻财尚义侠　痴儿女遗帕惹相思

土"日裏，故曰"收管各处田房事务"。"收"字内含勘定之义，不然应曰"掌管"。这红玉年十六，〔索隐〕洪降时年已将老，此特反况。进府当差，把他派在怡红院中，倒也清幽雅静。〔索隐〕洪初在内三院当差，故曰清幽雅静。不想后来命姊妹及宝玉等进大观园居住，偏生这一所儿，又被宝玉点了。这小红虽然是个不谙事体的丫头，因他原有三分容貌，心内妄想向上攀高，每每要在宝玉面前现弄现弄。只是宝玉身边一干人，都是伶牙俐爪的，那里插得下手去？不想今日才有些消息，又遭秋纹等一场恶话，心内正灰了一半。〔索隐〕是说未降时文裏心事。只灰得一半，是以复燃，全是讥诮。视梅村《松山哀》为尤刻。正闷闷的，忽然听老嬷嬷说起贾芸来，不觉心中一动，便闷闷回房睡在床上，暗暗思量。翻来掉去，正没个抓寻，忽听窗外低低的叫道："小红，你的手帕子。〔索隐〕洪未降求死时，清太宗遣范文程往视。时洪方拂衣上尘，范谓洪必不死，不能舍一衣，安能舍性命耶？太宗极力笼络之，乃降。书中写小红动情在一手帕，暗喻老洪惜衣之事，因一帕牵两人之好，犹老洪受两朝命，其最初关键在一衣耳。我拾在这里呢。"小红听了，忙走出去看，不是别人，正是贾芸。小红不觉粉面含羞，问道："二爷在那里拾着的？"贾芸笑道："你过来，我告诉你。"一面说，一面就上来拉他。那小红转身一跑，〔索隐〕胸中恋慕，却外面躲闪，是怨女的情怀，是降臣的微隐。却被门槛绊倒。〔索隐〕打不出生死之关。要知端的，且听下回分解。

〔索隐〕本回全写贾芸小红之事，缓缓引起，绝无卤莽痕迹。

首句至"不在话下"一小段，了结上回黛玉睹物思人余绪。

以下又至"不在话下"为一段，叙宝玉探赦老病，引出途遇贾芸。

以下又至"不在话下"，叙芸寻卜世仁赊借香料不得，引倪二借银事，为后文倪二伏脉。

以下至"贾芸一径回来"为一段，叙贾芸以香料赂凤姐，趁便到宝玉书房，与小红初见。始则下死眼钉了两眼，临行却还站在那里。小红之倾心贾芸，亦是磁石引针，一遇便合。不

《红楼梦》与顺治皇帝的爱情故事

多着字,而两情相洽已如绘如描,有远山无尽之妙。

以下又至"不在话下"为一段,叙贾芸因贿得差,为入园种树的来历。为写"松山"二字,特地演出如许文词。妙在仍合当时诸王专政,明纳苞苴的实况。作书人明写一字,暗又写一事,不知其心血多几斗。

以下至"知是昨日外书房所见的那人了"为一段,叙小红思乘便进身,却为众人排挤。合之前文四儿之事,可见宫中阶级之严,把持之众,忌嫉之深。而且宝玉时到北府,又与探病同为一事,可见当时睿王尚在,全非浪笔。小红因不能在宝玉前出色,乃眷贾芸之意愈深,处处说来都有深意。

以下至末为一段,乃叙小红怀思芸儿之事,方是正面文章。自开首便欲叙此一层,而恐其突如,故曲曲折折,分为六段文章,乃将正文正义微微吐露。且仍在题前一面,尚不落实。千溪万派,皆汇于海,极空极实,极详极简,有不止于局度安详者,真太史公《魏其武安传》叙事法也。

〔护花评〕卜世仁不肯赊给贾芸香料,反衬倪二之义助,又伏一百四回情事。

又:贾芸送香料,正在端节需用之时,宜凤姐之欣然收受,可谓善于钻营者。

又:凤姐向芸儿卖情,芸儿即将贾琏撇开,真是善于逢迎者。

又:小红不见手帕,于秋纹碧痕查问时说出,不露芸儿拾得痕迹,善用藏笔法。

又:小红之属意贾芸,是秋纹碧痕讥诮奚落逼之使然,否则必专心勾引宝玉矣。

又:小红一梦,是一小《红楼梦》,妙在入梦时不先说破,读者几疑窗外真有芸儿叫他。化工之笔。

〔大某评〕小红与秋纹等年纪不相上下,而言语不敢相抗者,亦朝廷尚爵之意。

第二十五回　魇魔法叔嫂逢五鬼　通灵玉蒙蔽遇双真

话说小红心神恍惚，情思缠绵，忽蒙眬睡去。遇见贾芸要拉他，却回身一跑，被门槛绊了，一吓醒过来，方知是梦。因此翻来覆去，一夜无眠。

至次日天明，方才起来，就有几个丫头来会他去打扫房子地面，提洗面水。这小红也不梳洗，向镜中胡乱挽了一挽头发，洗了手，腰中束一条汗巾，便来打扫房屋。谁知宝玉咋儿见了他，也就留心。若要指名唤他来使用，一则怕袭人等多心，二则又不知他是何性情，因而纳闷。早晨起来，也不梳洗，只坐着出神。一时下了窗子，隔着纱屉子，向外看的真切。只见几个丫头打扫院子，都擦胭抹粉、插花带柳的，独不见昨日那一个。宝玉便趿了鞋，走出了房门，只装做看花，东瞧西望。一抬头，只见西南角上游廊下栏干旁，有一个人倚在那里，却为一株海棠花所遮，看不真切。前进一步，仔细一看，正是昨日那个丫头，在那里出神；要迎上去，又不好意思。〔索隐〕情为之动。正想着，忽见碧痕来请他洗脸，只得进去了。〔索隐〕"只得"二字，无限低徊。不在话下。

却说小红正自出神，忽见袭人招手叫他，只得走上前来。袭人笑道："我们的喷壶坏了，你到林姑娘那边借来一用。"小红便走向潇湘馆去，到翠烟桥抬头一望，只见山坡高处〔索隐〕又点"山"字。都拦着帷幕，方想起今日有匠役在此种树。原来远远的一簇人在那里掘土，贾芸正坐在山子石上监工。〔索隐〕连点"山"字。小红待要过去，又不敢过去，〔索隐〕与宝二爷之要迎上去又不好意思，同一心理。只得悄悄向潇湘馆取了喷壶而回，无精打采，自向房中倒着。众人只说他是身子不快，也不理论。

《红楼梦》与顺治皇帝的爱情故事

过了一日，原来次日是王子腾的夫人寿诞，那里还打发人来请贾母王夫人的。王夫人见贾母不去，也便不去了。倒是薛姨妈同着凤姐儿并贾家三个姊妹、宝钗、宝玉一齐都去了，至晚方回。

王夫人正过薛姨妈房里坐着，见贾环下了学，命他去抄金刚经咒讽诵。那贾环便来到王夫人炕上坐着，命人点了蜡烛，拿腔做势的抄写。一时又叫彩云倒杯茶来，一时又叫玉钏剪蜡花，又说金钏挡了灯亮儿。众丫鬟们素日厌恶他，都不答理他。只有彩霞和他合得来，倒了茶与他，因向他悄悄的道："你安分些罢，何苦讨人厌。"贾环把眼一瞅道："我也知道。你别哄我，如今你和宝玉好，不大理我，我也看出来了。"彩霞咬着牙向他头上戳了一指头，道："没良心的，狗咬吕洞宾，不识好歹！"两人正说，只见凤姐同着王夫人都过来了，王夫人便一长一短问他，今日是那几位堂客？戏文好歹，酒席如何？

不多时，宝玉也来了。见了王夫人，也规规矩矩说了几句话，便命人除去了抹额，脱了袍服，拉了靴子，便一头滚在王夫人怀里。王夫人便用手摩挲抚弄他，宝玉也扳着王夫人的脖子说长说短。王夫人道："我的儿，又吃多了酒，脸上滚热的。你还只是揉搓，一会子闹上酒来，还不在这里静静的躺一会子去呢！"说着，便叫人拿枕头。宝玉因就在王夫人身后倒下，又叫彩霞来替他拍着，宝玉便和彩霞说笑。只见彩霞淡淡的不大答理，两眼只向着贾环。宝玉便拉他的手说道："好姐姐，你也理我理儿。"一面说，一面拉他的手。彩霞夺手不肯，便说："再闹我就嚷了。"

二人正闹着，原来贾环听见了，素日原恨宝玉。今见他和彩霞玩耍，心上越发按不下这口气，因一沉思，计上心来，故作失手，将那一盏油汪汪的蜡烛向宝玉脸上只一推，〔索隐〕写贾环之祸宝玉，全是康熙朝大阿哥允禔祸废太子允礽的远影。只听宝正"嗳哟哟"的一声，满屋里人都吓一跳。连忙将地下蠢灯移过来一照只见宝玉满脸是油。王夫人又气又急，一面命人替宝玉擦洗，一面骂贾环。凤姐三步两脚上炕去，替宝玉收拾着，一面说道："老三还是这样毛脚鸡似的。我说你上不得台盘，赵姨娘平时也该教导教导他。"

一句话提醒了王夫人，遂叫过赵姨娘来骂道："养出这样黑心种子

第二十五回　魇魔法叔嫂逢五鬼　通灵玉蒙蔽遇双真

来，也不教训教训！几番儿次我都不理论，你们一发得了意了，一发上来了！"那赵姨娘只得忍气吞声，也上去帮着他们替宝玉收拾。只见宝玉左边脸上起了一溜燎炮，幸而没伤眼睛。王夫人看了又心疼，又怕贾母问时难以回答，急的又把赵姨娘骂一顿，又安慰了宝玉，一面取了败毒散来敷上。宝玉说："有些疼，还不妨事，明日老太太问，只说我自己烫的就是了。"凤姐道："便说自己烫的，也要骂人不小心，横怪有一场气的。"王夫人命人好生送了宝玉回房去。袭人等见了，都慌的了不得。

林黛玉见宝玉出了一天的门，便闷闷的；晚间打发人来问了两三遍，知道烫了，便亲自赶过来。只瞧见宝玉自己拿镜子照呢，左边脸上满满的一脸药。林黛玉只当十分烫的利害，忙近前瞧瞧，宝玉却把脸遮了，摇手叫他出去——知他索性好洁，故不要他瞧。黛玉也就罢了，但问他："疼得怎样？"宝玉道："也不很疼，养一两日就好了。"林黛玉坐了一会回去了。

次日宝玉见了贾母，虽自己承认自己烫的，贾母免不得又把跟从的人骂了一顿。

过了一日，有宝玉寄名的干娘马道婆到府里来，〔**索隐**〕马道婆是指喇嘛巴汉格隆等。嘛与马同音字也。见了宝玉，吓了一大跳，问其缘由，说是烫的，便点头叹息。一面向宝玉脸上用指道画了几画，口内唧唧囔囔的，又说诵了一回，说道："包管好了。〔**索隐**〕与后文双真持诵对照。这不过一时飞灾。"又向贾母道："老祖宗老菩萨，那里知道那佛经上说的利害。大凡王公卿相人家子弟，只一生长下来，暗地便有许多促狭鬼跟着他，得空便拧他一下，或掐他一下，或吃饭时打下他的饭碗来，或坐着推他一跤。所以往往的那些大家子孙，多有长不大的。"贾母听如此说，便问道："有什么佛法解释没有呢？"马道婆便说道："这个容易，只是多替他做些因果善事，也就罢了。再那经上还说，西方有位大光明普照菩萨，专管照耀阴暗邪祟，若有善男信女虔心供奉者，可以永保儿孙康宁，再无撞客邪祟之灾。"贾母道："倒不知怎么供奉这位菩萨？"马道婆道："也不值什么，不过除香烛供奉以外，一天多添几斤香油，点了个大海灯。这海灯便是菩萨现身法像，昼夜不敢息的。"贾母道："一天一夜也得多少油？也就做个好事。"马道婆说："这也不拘多少,随施主愿心。像我家里,就有好几处的王妃诰命供奉的。安南郡王府里太妃,他许的愿心大,一天是四十八斤油、一斤灯草,那海灯也只比缸略小些。锦乡侯的诰命次一等,一天不过二十斤油。再有几家,或十斤八斤、三斤五斤的不等,也少不得要替他点。"贾母点头思忖。马道婆道:"还有一件,若是为父母尊长的,多舍些不妨。若老祖宗为宝玉,若舍多了,怕哥儿担不起,反折了福。要舍大则七斤,少则五斤,也就是了。"贾母道:"既是这样说,便一日五斤,每月打总儿来关了去。"〔索隐〕是京师妇女恒有之事。马道婆道:"阿弥陀佛!慈悲大菩萨。"贾母又叫人来吩咐:"以后宝玉出门,拿几串钱交给他小子们,一路施舍与僧道贫苦之人。"〔索隐〕京师贵家亦恒有此事。说毕,那道婆便往各房问安闲逛去了。

一时来到赵姨娘房里。二人见过,赵姨娘命小丫头倒茶给他吃。赵姨娘正粘鞋呢,马道婆见炕上堆着些零星绸缎,因说:"我正没有鞋面子,奶奶给我些零碎绸子缎子,不拘颜色,做双鞋穿罢。"赵姨娘叹气道:"你瞧那里头,那里还有块成样的么?就有好东西,也到不了我这里。你不嫌不好,挑两块去就是了。"马道婆便挑了几块掖在怀里。

赵姨娘又问:"前日我打发人送了五百钱去,你可在药王面前上了供没有?"马道婆道:"早已替你上了供了。"赵姨娘叹口气道:"阿弥陀佛!我手里但凡从容些,也时常来上供,只是心有余而力不足。"马道婆道:"你只放心,将来熬的环哥大了,得了一官半职,那时你要做多大功德,还怕不能么?"

赵姨娘听了,笑道:"罢罢,再不提起!如今就是榜样儿,我们娘儿们跟得上这屋里那一个儿?宝玉儿还是小孩子家,长的得人意儿,大人偏疼他些,也还罢了,我只不伏这个主儿。"一面说,一面伸了两个指头。〔索隐〕允礽乃为二阿哥,此特暗指。

马道婆会意,便问道:"可是琏二奶奶?"赵姨娘吓的忙摇手,起身掀帘子一看,见无人,方回身向道婆说道:"了不得,了不得!提起这个主儿,这一分家私要不都叫他搬了娘家去,我也不是个人!"马道婆见说,便探他的口气道:"我还用你说,难道都看不出来?也亏你们心里也不理论,只凭他去倒也好。"赵姨娘道:"我的娘,不凭他去,难道谁还

第二十五回　魇魔法叔嫂逢五鬼　通灵玉蒙蔽遇双真

敢把他怎么样呢？"马道婆道："不是我说句造孽的话，你们没本事也难怪。明里不敢怎么样，暗里也算计了，还等到如今！"

赵姨娘闻听这话里有话，心内暗暗的欢喜，便说道："怎么暗里算计？我倒有这个心，只是没这样的能干人。〔索隐〕康熙之季，诸阿哥各立党徒，招致奇才异能，以为己用。你若教给我这法子，我大大的谢你。"马道婆听了这话，打拢了一处，便又故意说道："阿弥陀佛！你快休问我。我那里知道这些事，罪罪过过的。"赵姨娘道："你又来了！你是最肯济困扶危的人，难道就眼睁睁的看人家来摆布死了我们娘儿两个不成？难道还怕我不谢你么？"马道婆听如此，便笑道："若说我不忍你们娘儿两个受别人委曲还犹可，若说谢我，还想你们什么东西么？"赵姨娘听这话松动了些，便说："你这么个明白人，怎么糊涂了？果然法子灵验，把他两人绝了，这家私还怕不是我们的？〔索隐〕家私是指帝位，允禵有夺嫡自立之意。那时候你要什么不得呢？"〔索隐〕果然继统，富贵可恣所求。

马道婆听了，低头半日，说："那时节事情妥当了又无凭据，你还理我呢？"赵姨娘说："这有何难！我攒了几两体己，还有些衣服首饰，你先拿几样去，我再写个欠银文契给你，到那时我照数给你。"马道婆道："使得。"赵姨娘将两个小丫头也支开，连忙开了箱柜，将衣服首饰拿了些出来，并体己的散碎银子，又写了五十两一张欠约，递与马道婆道："你先拿去，作个供养。"

马道婆见了这些东西，又有欠字，遂不顾青红皂白，满口应承。伸手先将银子拿了，然后收了欠契，向赵姨娘要了张纸，拿剪子铰了两个纸人儿。递与赵姨娘，叫把他二人的年庚写在上面；又找了一张蓝纸，铰了五个青面鬼，叫他并在一处，拿针钉了。"我在家中作法，自有效验的"。说完，忽见王夫人的丫头进来道："奶奶可在这里，太太等你呢。"二人散了，不在话下。〔索隐〕此段写赵姨娘贿求马道婆，全为允禵等重用喇嘛侠客，许以事成厚报的事。

却说林黛玉因宝玉烫了脸不大出门，倒时常在一处说闲话儿。这日饭后，看了两篇书，又同紫鹃等作了一会针线，总闷闷不舒。一同行步出来看庭前才出的新笋，不觉出了院门。来到院中，四望无人，惟见花

《红楼梦》与顺治皇帝的爱情故事

光鸟语,信步便往怡红院来。只见几个丫头舀水,都在回廊上看画眉洗澡呢。听见房内笑声,原来是李宫裁凤姐宝钗都在这里。一见他进来,都笑道:"这不,又来了两个。"

黛玉笑道:"今儿齐全,谁下贴子请的?"凤姐道:"我前日打发人送两瓶茶叶与姑娘,可还好么?"黛玉道:"我正忘了,多谢想着。"宝玉道:"我尝了,不好,不知别人尝了怎么样?"宝钗道:"味倒好,只是没甚颜色。"凤姐道:"那是暹罗国贡的,我尝了也不觉甚好,还不如我们常吃的呢。"黛玉道:"我吃着好,不知你们的脾胃是怎么样的。"宝玉道:"你说好,把我的都拿了去吃罢。"凤姐道:"我那里还多着的呢。"黛玉道:"我叫丫头取去。"凤姐道:"不用,我打发人送来。我明日还有一事求你,一同叫人送来。"

林黛玉听了,笑道:"你们听听,这是吃了他家一点子茶叶,就使唤起人来了。"凤姐笑道:"你既吃了我家的茶,怎么还不给我们家作媳妇儿?"众人都大笑不止。黛玉红了脸,回过头去一声儿不言语。宝钗笑道:"我们二嫂子诙谐是好的。"黛玉道:"什么诙谐,不过是贫嘴贱舌的讨人厌罢了!"说着又啐了一口。凤姐儿道:"你替我家做了媳妇,少些什么?"指着宝玉道:"你瞧瞧人物儿配不上?门第儿配不上?根基家私配不上?那一点儿玷辱了你。"黛玉起身便走,宝钗叫道:"颦儿急了。还不回来呢,走了倒没意思。"说着站起来拉住。

才至房门,只见赵姨娘和周姨娘两个人都来瞧宝玉。宝玉与众人都起身让坐,独凤姐不理。宝钗正欲说话,只见王夫人房里的丫头来说:"舅太太来了,请奶奶姑娘们出去呢。"李宫裁连忙同着凤姐儿走了,赵周两人也辞了出去。宝玉道:"我不能出去,你们好歹别叫舅母进来。"又说:"林妹妹,你略站一站,与你说句话。"凤姐听了,回头向林黛玉道:"有人叫你说话呢。"便把林黛玉往后一推,和李纨一同去了。

这里宝玉拉了黛玉的手只是笑,又不说话。黛玉不觉又红了脸,挣着要走。〔索隐〕先写一段闲情,然后正文来得奇特。

宝玉道:"嗳哟,好头疼!"黛玉道:"该!阿弥陀佛。"宝玉大叫一声,将身一跳,离地有三四尺高,口内乱嚷,尽是胡话。黛玉并众丫鬟都吓慌了,忙报知王夫人与贾母。此时王子腾的夫人也在这里,都一齐

第二十五回　魇魔法叔嫂逢五鬼　通灵玉蒙蔽遇双真

来看。宝玉一发拿刀弄棍寻死觅活的，闹的天翻地覆。贾母王夫人一见，吓的抖衣乱战，儿一声，肉一声，放声大哭。于是惊动了众人，连贾赦、邢夫人、贾珍、贾政并琏、蓉、芸、芹、薛姨妈、薛蟠并周瑞家的一干人，上中下人等，并丫鬟媳妇等都来园内看视，登时乱麻一般。

　　正没个主意，只见凤姐手持一把明晃晃的刀砍进园来，见鸡杀鸡，见犬杀犬，见了人瞪着眼就要杀人。〔索隐〕康熙四十七年九月，废皇太子诏书内有"肆恶虐众，暴戾淫乱，难出诸口"等语。逾数日，又谕内大臣，"允礽行事，与人大有不同。居处失常，语言颠倒，竟类狂易之疾，似有鬼物凭之者"。逾数日，复谕大学士，"允礽官人所居撷芳殿，其地阴黯不洁，居者辄多病亡。允礽时常往来其间，致中鬼魅，不自知觉。以此观之，种种举动，皆有鬼物使然，大是异事"。逾日复召集王公百官谕曰："允礽幼时，朕亲教以读书，今忽为鬼魅所凭，蔽其本性，忽起忽坐，言动失常。时见鬼魅，不安寝处，屡迁其居。啖饭入九碗尚不知饱，饮酒二三十觥亦不见醉。匪特此也，细加讯问，更有种种骇异之事。"次年二月复谕佟国维曰："今有人因染疯狂，持刀砍人，安可不行拘执"等语。以上为允礽为鬼物所凭之明证。又谕诸王子曰："拘禁允礽时，允禔奏允礽所行卑污，大失人心。相面人张明德曾相允禵后必大贵，今欲诛允礽，不必出自皇父之手。言至此，朕为之惊异。允禔倘果与允禵杀害允礽，其时但知逞其凶恶，岂暇计及于朕躬有碍否耶？"又审相面人张明德供，内有"皇太子暴戾，若遇我当刺杀之"。又云："我有异能者十六人，当招致两人。"刑张明德谕内复有："彼有好汉可谋行刺"之语。以上种种，为允禵等欲害允礽之明证。十一月，谕领侍卫内大臣等："今允礽之疾，渐已清爽，询问前事，竟有全然不知者。"又云："我幸心内略明白，犹惧父皇闻知治罪，未至用刀刺人。如或不然，必有杀人之事矣。"是为太子疯时有执刀杀人意之明证。十月，贝勒允祉奏："臣牧马厂蒙古剌嘛巴汉格隆，自幼习医，纯为咒人之术。大阿哥知之，传伊到彼，同喇麻明佳噶卜楚、马星噶布楚时常行走。"上命将明佳葛卜楚、巴汉格隆并直郡王府护卫凑楞雅突等锁拿，交侍郎满都侍卫拉锡查审，供称："直郡王（即允禔）欲咒诅废太子，令我等用术镇压是实。"随差侍卫纳拉等掘出镇压物十余件，交显亲王等严议具奏。逾数日，谕

《红楼梦》与顺治皇帝的爱情故事

领侍卫内大臣侍卫等:"大阿哥允禔素不端,今一查其行事,厌咒亲弟及杀人之事,尽皆显露。所遣杀人之人,俱已自缢。其母惠妃亦奏称其不孝,请置之于法。"十月复谕内大臣等:"一切暗中构煽悖乱行事,俱系索额图父子(按索额图为八阿哥允禩之妻舅,允禩受制于其妻,曾见上谕)。"十月十七日,查出魇魅废皇太子之物。是日废皇太子忽似疯癫,备作异状,几至自尽。过此片刻,遂复明白。又四十八年四月上谕:"朕亦有用和尚喇嘛道士之处,并不见伊等占验,所以不为所欺。今镇魇之事发觉者如此,或和尚道士等更有镇魇之事,亦未可知。"以上种种,为允礽因咒诅魇魅致失常度之明证。书中以宝凤二人分叙其事,不露痕迹。然细为揆合,确书允礽之事无疑。近人有记南阳女侠者,内言皇太子持刀入宫,亦可与本回相印证。众人一发慌了,周瑞媳妇带着几个力大的女人上前抱住,夺了刀,抬回房中。平儿、丰儿等哭的哀天叫地,贾政也心中着忙。

当下众人七言八语,有说送祟的,有说跳神的,有荐玉皇阁张道士捉怪的,整闹了半日。祈求祷告,百般医治,并不见好。日落后王子腾夫人告辞去了。次日王子腾也来问候,接着小史侯家、邢夫人弟兄,并各亲戚,都来瞧看。也有送符水的,也有荐僧道的,也有荐医的。他叔嫂二人,一发糊涂,不省人事,身热如火,在床上乱说,到夜里更甚。因此那些婆子丫鬟不敢上前,故将他叔嫂二人都搬到王夫人的上房内,着人轮班守视。〔索隐〕叔嫂二人移至一处,明其本为一人也。允礽初于行在被执,到京安置于上驷院,命皇四子允禛、允禩看守。此中轮班看守一层,由此化出。十一月谕王公大臣云:"皇太子前因魇魅,以至本性汩没,因召至左右,加意调治,今已痊矣。"书中移至王夫人上房一层,由此化出。贾母、王夫人、邢夫人并薛姨妈寸步不离,〔索隐〕十一月谕中有:"朕尝令人护视,仍时加训诲,不离朕躬"等语。书中此层,由此谕内化出。只围着哭。此时贾赦贾政又恐哭坏了贾母,日夜熬油费火,闹了上下不安。贾赦还各处去寻觅僧道,贾政见不效验,因阻贾赦道:"儿女之数,总由天命,非人力可强。他二人之病,百般医治不效,想是天意该如此,也只好由他去了。"贾赦不理,仍是百般忙乱。

看看三日光阴,那凤姐宝玉躺在床上,连气息都微了。合家都说没

第二十五回　魇魔法叔嫂逢五鬼　通灵玉蒙蔽遇双真

了指望了，忙的将他二人的后事都治备下了。贾母、王夫人、贾琏、平儿、袭人等，更哭的死去活来。只有赵姨娘，外面假作忧愁，心中称愿。至第四日早，宝玉忽睁开眼向贾母说道："从今以后，我可不在你家了，快打发我走罢。"贾母听见这话，如同摘了心肝一般。赵姨娘在旁劝道："老太太也不必过于悲痛，哥儿已是不中用了，不如把哥儿的衣服穿好，让他早些回去，也免他受些苦。只管舍不得他，这口气不断，他在那里也受罪不安。"

这些话没说完，被贾母照脸啐了一口唾沫，骂道："烂了舌头的混帐老婆！怎么见得不中用了？你愿意他死了，有什么好处？你别作梦，他死了我只合你们要命！都是你们素日调唆着，逼他念书写字，把胆子吓破了，见了他老子就像个避猫鼠儿一样。都不是你们这起小妇调唆的？这会子逼死了他，你们就随了心了。我饶那一个？"一面哭，一面骂。

贾政在旁听见这些话，心里越发着急，忙喝退了赵姨娘，委婉劝解了一番。忽有人来回："两口棺木都做齐了。"贾母闻知，如刀刺心，一发哭着大骂，问："是谁叫做的棺材，快把做棺材的人拿来打死！"闹了个天翻地覆。

忽听见空中隐隐有木鱼声，念了一句："南无解冤解结菩萨，有那人口不利、家宅不安，中邪祟逢凶险的，我们善医治。"贾母王夫人便命人向街上找寻去，原来是一个癞和尚同一个跛道士。那和尚是什么模样？

　　　　鼻如悬胆两眉长，目似明星有宝光。
　　　　破衲芒鞋无住迹，腌臜更有一头疮。

那道人是如何模样？

　　　　一足高来一足低，浑身带水又拖泥。
　　　　相逢若问家何处，却在蓬莱弱水西。

贾政因命人请了进来，问他二人在何山修道。那僧笑道："长官不消多话，因知府上人口欠安，特来医治的。"贾政道："有两个人中了邪，不

《红楼梦》与顺治皇帝的爱情故事

知有何方可治?"那道人笑道:"你家现有希世之宝可治此病,何须开方。"贾政心中便动了,因道:"小儿生时虽带了一块玉来,上面刻着能除凶邪,然亦未见灵效。"那僧道:"长官有所不知,那宝玉原是灵的,只因为声色货利所迷,故此不灵了。你今将此宝取出来,待我持诵持诵就依旧灵了。"

贾政便向宝玉顶上取下那块玉来,递与他二人。那和尚擎在掌上,长叹一声道:"青埂峰下别来十三载矣!人世光阴迅速,尘缘未断,奈何奈何!可羡你当日那段好处呵!

　　天不拘兮地不羁,心头无喜亦无悲。
　　只因煅炼通灵后,便向人间惹是非。

可惜今日这番经历呀!

　　粉渍脂痕污宝光,房栊日夜困鸳鸯。
　　沉酣一梦终须醒,冤债偿清好散场。

念毕又摩弄了一回,说了些疯话,递与贾政道:"此物已灵,不可亵渎;悬之卧室槛上,除自己亲人外,不可令阴人冲犯。三十三日之后,包管好了。"贾政忙命人让茶,那二人已经走了,只得依然而行。

凤姐宝玉果一日好似一日的,渐渐醒来,知道饿了。〔**索隐**〕允礽自四十七年九月初三日被废,至十月十七日以然病已,首尾约四十余日。贾母王夫人才放了心,众姊妹都在外间听消息。林黛玉先念一声佛,宝钗笑而不言。惜春道:"宝姐姐笑什么?"宝钗道:"我笑如来佛比人还忙,又要度化众生;又要保佑人家病痛,都叫他速好;又要管人家的婚姻,叫他成就。你说可忙不忙?可好笑不好笑?"一时林黛玉红了脸,啐了一口道:"你们都不是好人!再不跟着好人学,只跟着凤丫头学的贫嘴。"一面说,一面掀帘子出去了。欲知端的,且听下回分解。

　　〔**索隐**〕本回首一段草草数言,归结上回小红之事,留其不尽,

第二十五回　魇魔法叔嫂逢五鬼　通灵玉蒙蔽遇双真

为下一回深写地步。

中一段叙宝玉出门，贾环抄经，用蜡油烫害宝玉，为魇魔之前导，结怨之近因。

下一段即叙赵姨之密商马道婆，是本回正文正义。赵姨娘隐指大阿哥允禔之母惠妃，并兼指八阿哥允禩之妇。大约当时谋陷太子不外此一般人。圣祖上谕中本有"惠妃请置允禔于法"之语，似允禔所为，惠妃未必闻。然不奏揭于未事以前，乃请罪于拘絷（允禔亦革爵看守，允禩革为闲散宗室）以后，是当时情事，已不闻可知矣。上谕中云："一切往来构煽，均出索额图。"索额图为允禔妻舅，允禩妻又凤以悍名。此次陷太子若成，允禔等本归心于允禩，有辅翌为太子之意。则允禩妻之主持于内，亦可概见。书中不言贾环害宝玉，反说因环成仇，偏用赵姨娘作正主脑，大约当时之事，虽诸阿哥争位，实皆谋之妇人，故曲为合传。历历言之如此，作者可谓善擒干者矣。魇魔允礽，全用喇嘛，后皆凌迟处死。嘛马同音，又喇嘛内有马星噶布楚一人，故道婆姓马。圣祖言和尚道士，亦未必无咒诅之事。和尚、喇嘛、道士，皆与道婆一类、故用道婆。皆为衬明本事，处处有意也。礽以喇嘛致疾，宝玉却以和尚道士得瘳。既关照本书茫渺两人，又隐喻和尚道士尚无其事之意，亦由圣祖上谕中反面化出也。此事在康熙朝为最大之案，故为叙及。

大约《红楼》原作仅八十回，内皆言顺治一朝之事。曹雪芹删改后，又增四十回，散见书内。因去国初世远，特就其及身亲见之事，仿原书例，仍用原书中人，一一暗为写出。故书中往往有康、雍、乾三朝遗事，四朝闻见会为一书，故为野史中之至宝。准此为例，实创一精怪法门，此创者改者功不可没处。

此回即补入四十回之一也。段末仍用钗黛等戏谑引回正文，顾盼生姿，饶有余韵，与中一段凤姐语言相映。又见宝钗之事事动心，妒不可忍，真妙文也。

《红楼梦》与顺治皇帝的爱情故事

〔**护花评**〕二十四回中,宝玉嗔说贾环,凤姐正斥赵姨,及此回中之宝玉戏彩霞,凤姐之提醒王夫人,俱为赵姨咒诅根由。怨毒之于人甚矣哉!

又:凤姐之铁槛寺弄权,是净虚尼说合。赵姨之给衣服魇魔,是为道婆作法。三姑六婆,为害不浅。

又:五鬼将作祟前,夹写凤姐戏谑一段文字;双真解释邪祟后,夹写宝钗讥笑黛玉一番说话,便觉精彩陆离。写赵姨劝贾母,暗描小人以为得计,反跌出空中木鱼声来。

又:此回实写赵姨、马婆之恶迹,为后来报应证据。且见宝玉之尘缘未断,凤姐之恶贯未盈,故双真特来解救,为一部书中结上起下之肯綮。

第二十六回　蜂腰桥设言传心事
　　　　　　潇湘馆春困发幽情

　　话说宝玉养过了三十三天之后,〔索隐〕允礽被幽四十四日。不但身体强壮,亦且连脸上疮痕平复,仍回大观园去。〔索隐〕允礽开释后居成安宫。这也不在话下。

　　且说近日宝玉病的时节,贾芸带着家丁小厮坐更看守,〔索隐〕贾芸在此处是暗指世宗并允禵等,为看守允礽者也。借此带出,归入正文,一人两用,绝妙绝妙。昼夜在这里。那小红同众丫鬟也在这里守着宝玉,彼此相见多日,都渐渐混熟了。〔索隐〕暗指撷芳殿中诸宫人,借点小红亦妙。小红见贾芸手里拿着手帕子倒像是自己从前掉的,待要问他,又不好问的。〔索隐〕大有发乎情止乎礼义之势,究是可儿。不料那和尚道士来过,用不着一切男人,贾芸仍种树去了。〔索隐〕是在土山一带种松树,此句极有关系。缘此段皆书洪文襄降清之事,其败自松山,故遥遥伏脉,以松山作来源。这件事待放下,又放不下,待要问去,又怕人猜疑。〔索隐〕连用此等文法,暗诛文襄之心。言其被擒之初,虽外示不屈,而隐微之地,实一生一死,两念交萦。正是犹豫不决,〔索隐〕加以"犹豫不决",可见文襄当日无必死之心,已为人窥破。若果一瞑不顾,骂敌不屈,必早被弃市之刑矣。神魂不定〔索隐〕太宗动以美色,文襄益难自持,故有神魂不定之说。之际,忽听窗外问道:"姐姐在屋里没有?"小红闻听,在窗眼内往外一看,原来是本院的个小丫头名叫佳蕙的。〔索隐〕佳蕙者,嘉惠也。太宗窥洪不死,必欲降之,颁赏稠叠,故曰嘉惠。纪实也。因答说:"在家里呢,你进来罢。"佳蕙听了跑进来,就坐在床上,笑道:"我好造化,〔索隐〕讥刺语,借佳蕙口中,形容而出。才在院子里洗东西,〔索隐〕隐喻文襄拂衣上尘之事。浣拂

《红楼梦》与顺治皇帝的爱情故事

皆取洁也,妙在正合粗使丫鬟的身分。宝玉叫往林姑娘那里送茶叶,〔索隐〕回映上文熙凤之戏言,传出宝玉之痴念,处处打动黛玉。花大姐姐交给我送去,可巧老太太给林姑娘送钱来,〔索隐〕太宗赐文襄金银衣物甚伙。正分给他们的丫头们呢。见我去了,林姑娘就抓了两把给我,也不知多少,〔索隐〕此中含意两层:一言太宗之赏,多至不可计数;一言文襄之意,高卧伴不经心。你替我收着。"〔索隐〕全不自为政,任人收受。便把手帕子打开。把钱倒了出来。小红就替他一五一十的数了收起。

佳蕙道:"你这一阵子心里到底觉怎么样?〔索隐〕降不降两念,究有决定否?扫题益紧依我说,你竟家去住两日,请一个大夫来瞧瞧,吃两剂药就好了。"〔索隐〕绝粒多日,非药不能挽回。小红道:"说那里的话,好好的家去做什么?"佳蕙道:"我想起来了。林姑娘生的弱,时常他吃药,你就和他要些来吃也是一样。"〔索隐〕看官须知,林姑娘药中有人参。小红道:"胡说,药也是混吃的?"〔索隐〕与前宝钗说宝玉口气一样;彼刺刘婿之求死而进药,此刺文襄之绝粒而饮参。天下安有矢死不屈之人,至临危时肯轻尝他人劝进之药者?加以"胡说"二字,又特标"混吃"二字,可见文襄当日如绝口不入,或达而后尝,便成万世之名,宁入二臣之传?惟以情不可却,径取入唇。明知则是无坚死之心,不知则适为自乱之贼。书中"药也是混吃的"六字,若进文襄而语之,一生大节关头,全败于此,恐不免闻而汗下矣。作者下语尖利惊醒,轻轻一句,直当得胡政堂《史论》数十百言。即事求之,乃知《红楼》真《春秋》之笔也。佳蕙道:〔索隐〕佳蕙又似言佳人之惠。文襄之不死,孝庄之赐也。"你这也不是个长法儿,〔索隐〕文襄于崇德七年(即明崇祯十五年)二月被擒,三月槛送盛京,五月降。中更七十余日,若果求死,则首碎于柱者久矣。惟文襄无决志,故得延长。至盛京时,乃一意终粒,粒绝则死易,故云不是长法儿。讥其有苟延之意也。是反刺语。又懒吃懒喝的,〔索隐〕是绝粒时形状。终久怎么样?"〔索隐〕死耶,降耶?必有一究竟。窥其被擒之始,则似不死;窥其绝粒之顷,则似不降。故孝庄得以乘间试之。小红道:"怕什么,还不如早些死了倒干净。"〔索隐〕早死便留洁白之名,故曰"干净"。妙在亦,是怨女口

第二十六回　蜂腰桥设言传心事　潇湘馆春困发幽情

吻，全用借口说话。能如此针针见血，真绝大神通。佳蕙道："好好的怎么说这些话！"〔索隐〕得天下共功名，何必求死？是劝降者必有之词。小红道："你那里知道我心中的事。"〔索隐〕恐早为太宗窥破矣。不然，何不惮烦至此？固知公为假惺惺也。

佳蕙点头想了一会道："可也怨不得你。这个地方，本也难站。〔索隐〕文襄内相外将，久已独当一面，岂肯屈为人下。满廷当日方草创经营，事无纪律。满人专政，文襄恐难与处。就像昨儿，老太太因宝玉病了这些日子，说服侍的人都辛苦了，如今身上好了，各处还香了愿，叫把跟着的人都按着等儿赏他们。我们算年纪小，上不去，我也不抱怨，像你怎么也不算在里头？我心里就不服。〔索隐〕借上回之事，演出满廷待遇满汉臣之殊。袭人那怕他得十分儿，〔索隐〕满廷当时颁赏以分论（分读去声），故有八分公之说。也不恼他，原该的。说句良心话，谁还能比他呢？〔索隐〕暗喻当时亲贵用事。别说他素日殷勤小心，便是不殷勤小心，也拚不得。只可气晴雯、绮霞〔索隐〕当是指刚林、范文程一流人，亦当日表表者，文襄初来，当出其下。他们这几个，都算在上等里去。仗着老子娘的脸面，众人倒捧着他去。他说可气不可气？

小红道："也不犯着气他们。俗语说的，'千里搭长棚，没有个不散的筵席'，谁守一辈子呢？〔索隐〕改节人口吻。不过三年五载，各人干各人的去了，那时谁还管谁呢。"〔索隐〕文襄初降，未始无李陵报汉之心。这两句话不觉感动了佳蕙心肠，由不得眼圈儿红了；〔索隐〕可为痛哭。又不好意思无端的哭，只得勉强笑道："你这话说的是。昨儿宝玉还说，明儿怎么样收拾房子，怎么样做衣裳，〔索隐〕文襄降后，太宗赐第宅衣服器用甚备。倒像有几百年的熬煎。"〔索隐〕果然以清臣终，虽荣遇多年，然心中未必不自针刺，故曰熬煎。小红听了，冷笑两声，方要说话，〔索隐〕妙在"冷笑"，妙在要说而又未及说。全留有余不尽。只见一个未留头丫头走进来，手里拿着些花样子并两张纸，说道："这两个花样子，叫你描出来呢。"〔索隐〕文襄心中花样，已一一描出，写小红是依样葫芦。说着，向小红掷下，回转身就跑了。小红向外问道："到底是谁的？也等不的说完就跑！谁蒸下馒头等你，你怕冷了不成？"那小丫头在窗外只说得一声："是绮大姐姐的。"小红便赌气，把那样子

《红楼梦》与顺治皇帝的爱情故事

掷在一边,向抽屉内找笔,找了半天,都是秃了的,因说道:"前儿一枝新笔放在那里了,怎么想不起来?"一面说,一面出神想了一会,方笑道:"是了。前儿晚上莺儿拿了去了。"〔索隐〕明示为借笔书写。便向佳蕙道:"你替我取了来。"佳蕙道:"花大姐姐还等着我替他拿箱子,你自取去罢。"小红道:"他等着你,你还坐着闲打牙儿。我不叫你取去,他也不等你了!坏透了的小蹄子。"说着,自己便出房来。

出了怡红院,一径往宝钗院内来。刚至沁芳亭畔,只见宝玉的奶娘李嬷嬷从那边来。小红立住,笑问道:"李奶奶,你老人家那里去了,怎么打这里来?"李嬷嬷站住,将手一拍道:〔索隐〕老妪恒态,描写逼真"你说好好的,又看上了什么云哥儿雨哥儿的,这会子逼着我叫了他来。明儿叫上房里听见,可又是不好。"小红笑道:"你老人家当真的就信着他去叫么?"李嬷嬷道:"可怎么样呢?"小红笑道:"那一个要是知好歹,就回不进来才是。"〔索隐〕既见宫廷非臣下所宜入,又见小红情切,借探芸儿之来不来,巧思妙合。李嬷嬷道:"他又不傻,为什么不进来?"小红道:"既是进来,你老人家该别同他一齐儿来,回来叫他一个人乱碰,可是不好么?"〔索隐〕其辞若憾,其实深喜。李嬷嬷道:"我有那么大工夫和他走,不过告诉了他,回来打发个小丫头子或是老婆子带进他来就完了。"说着,拄着拐一径去了。

小红听说,便站着出神,且不去取笔。〔索隐〕有心相候。不多时,只见一个小丫头跑来,见小红站在那里,便问道:"红姐姐,你在这里作什么呢?"小红抬头见是小丫头子坠儿。〔索隐〕坠,言坠节也。小红道:"那里去?"坠儿道:"叫我带进芸二爷来。"说着,一径跑了。

这里小红刚走至蜂腰桥门前,〔索隐〕前言沁芳亭,此当是沁芳桥,忽提"蜂腰桥"三字,大有可思。盖言文襄之身事两朝,其改节处仅在此蜂腰之细耳。只见那边坠儿引着贾芸来了。那贾芸一面走一面拿眼把小红一溜,那小红只装着和坠儿说话,也把眼去一溜贾芸,却好四目相对。小红不觉把脸一红,扭身往蘅芜院去了。〔索隐〕小红注意贾芸,是亦有说。芸,香草也,人参气厚味重,果有清香,与茶汤有别。文襄饮水而不辨为参,岂未觉其香味耶?"沁芳"二字意亦在此。加一"沁"字,尤见立溅齿牙,断难含混。以文襄精细乌能不辨,特心甘就饮耳。

第二十六回　蜂腰桥设言传心事　潇湘馆春困发幽情

生死懦烈之殊，全在此区区芳香之细。沁芳之亭，蜂腰之桥，皆言文裏改节之大。其至要关键，却在极微。以芸儿引动小红，见洪之为香所误而已。不在话下。

这里贾芸随着坠儿逶迤来至怡红院，坠儿先进去回明了，然后方领贾芸进去。贾芸看时，只见院内略略有几点山石，种着芭蕉，那边有两只仙鹤在松树下剔翎。一溜回廊上吊着各色笼子，各色仙禽异鸟。上面五间小小抱厦，一色雕镂新鲜花样隔扇。上悬着一个匾，四个大字，题道是"怡红快绿"。贾芸想道："怪道叫怡红院，原来匾上是这四个字。"正想着，只听里面隔着纱窗子笑说道："快进来罢，我怎么就忘了你两三个月。"

贾芸听见是宝玉的声音，连忙进入房内。抬头一看，只见金碧辉煌，文章闪烁，却看不见宝玉在那里。〔索隐〕又引到宝玉。是乾清宫的布置。宗室懿亲，亦不能到。一回头，只见左边立着一架大穿衣镜，从镜后转出两个一对儿十五六岁丫头来，说："请二爷里头屋里坐。"贾芸连正眼也不敢看，连忙答应了。又进一道碧纱橱。只见小小一张填漆床，上悬着大红销金撒花帐子。宝玉穿着家常衣服，跐着鞋，倚在床上，拿着本书，看见他进来，将书掷下，早带笑立起身来。

贾芸忙上前请了安，宝玉让坐，便在下头一张椅子坐了。宝玉笑道："只从那个月见了你，我叫你往书房里来，谁知接接连连许多事情，就把你忘了。"贾芸笑道："总是我没福，偏偏又遇着叔叔欠安。叔叔如今可大安了？"宝玉道："大好了。我倒听见说你辛苦了好几天。"贾芸道："辛苦也是该当的。叔叔大安了，也是我们一家子的造化。"说着，只见有个丫鬟端了茶来与他。

那贾芸口里和宝玉说话，眼睛却瞅那丫鬟，细挑身子，长容脸儿，穿着银红袄儿，青缎子背心，白绫细折儿裙子。那贾芸只从宝玉病了，他在里头混了两天，都把有名人口记了一半。他看见这丫鬟，知道是袭人，他在宝玉房中，比别人不同，如今端了茶来，宝玉又在旁边坐着，便忙站起来笑道："姐姐怎么替我倒起茶来？我来到叔叔这里，又不是客，让我自己倒罢了。"宝玉道："你只管坐着罢，丫头们跟前也是这样。"

《红楼梦》与顺治皇帝的爱情故事

贾芸笑道:"虽如此说,叔叔房里姐姐们,我怎么敢放肆呢?"〔**索隐**〕示为宫中有位号之人,是小琬未封前脚色。一面说,一面坐下吃茶。那宝玉便和他说些没要紧的散话,又说道谁家的戏子好,谁家的花园好,又告诉他谁家的丫头标致,谁家的酒席丰盛,又是谁家有奇货,又是谁家有异物。那贾芸口里只得顺着他说。说了一回,见宝玉有些懒懒的了,便起身告辞。宝玉也不甚留,只说"明儿闲了只管来"。仍命小丫头子坠儿送出去了。

出了怡红院,贾芸见四顾无人,便脚步慢慢的挨着些走,口里一长一短和坠儿说话。先问他:"几岁了,名字叫什么?你父母在那行上?在宝叔房里几年了?一个月多少钱?共总宝叔房内有几个女孩子?"那坠儿见问,便一桩桩的都告诉他了。贾芸又道:"刚才那个与你说话的,他可是叫小红?"坠儿笑道:"他就叫小红,你问他作什么?"贾芸道:"方才他问你什么手帕子,我倒拣了一块。"坠儿听了笑道:"他问了我好几遍。可有看见他的手帕子的,我那么大工夫管这些事。今儿他又问我,他说我替他找着了,他还谢我呢。才在蘅芜院门口说的,二爷也听见了,不是我撒谎。好二爷,你既拣了,给我罢,我看他拿什么谢我。"

原来上月贾芸进来种树之时,便拣了一块罗帕,知是这园内的人失落的,但不知是那一个人的,故不敢造次。今听见小红问坠儿,知是他的,心内不胜喜幸。又见坠儿追索,心中早得了主意,便向袖中将自己的一块取了出来,向坠儿笑道:"我给是给你,你若得了他的谢礼,可不许瞒我的。"坠儿满口里答应了,接了手帕子,送出贾芸,回来找小红。不在话下。

如今且说宝玉打发贾芸去后,意思懒懒的,歪在床上,似有朦胧之态。袭人便走上来,坐在床沿上推他;说道:"怎么又要睡觉,你闷的很,出去逛逛不好?"宝玉见说,携着他的手笑道:"我要去,只是舍不得你。"袭人笑道:"快起来罢。"一面说,一面拉了宝玉起来。宝玉道:"可往那里去呢?怪腻腻烦烦的。"袭人道:"你出去就好了,只管这么葳蕤,越发心里腻烦了。"

宝玉无精打彩,只得依他,就出了房门,在回廊上调弄了一回雀儿,出自院外,顺着沁芳溪看了一回金鱼。只见那边山坡上两只小鹿,箭也

第二十六回　蜂腰桥设言传心事　潇湘馆春困发幽情

似的跑来。宝玉不解何意，正是纳闷，只见贾兰在后面，拿着一张小弓儿，追了下来。一见宝玉在前，便站住了笑道："二叔叔在家里呢？我只当出门去了。"宝玉道："你又淘气了，好好的射他做什么？"贾兰笑道："这会子不念书，闲着做什么？所以演习演习骑射。"〔索隐〕贾兰本指豫王之子，此处却似指王子之养于宫中者，否则指肃王子寿富尔，世祖颇加思眷。满人尚骑射，世祖亦善马善弓矢。《郎潜纪闻》载，上书房壁间多有世祖习射痕。宝玉道："把牙磕了，那时候才不演呢。"说着，顺着脚一径来至一个院门前。凤尾森森，龙吟细细，却是潇湘馆。

宝玉信步走入，只见湘帘垂地，悄无人声。走至窗前。觉得一缕幽香，从碧纱窗中暗暗透出。〔索隐〕蓬莱乎？黄熟乎？必董手制之香，绝非肆料可比，故曰幽香。宝玉便脸贴在纱窗上，往里看时，耳内忽听得细细的叹了一声道："镇日家情思睡昏昏。"宝玉听了，不觉心内痒将起来。〔索隐〕意淫。再看时，只见黛玉在床上伸懒腰。〔索隐〕情态可想。宝玉在窗外笑道："为什么镇日家情思睡昏昏的？"一面说，一面掀帘子进来了。黛玉自觉忘情，不觉红了脸，拿袖子遮了脸，翻身向里装睡着了。宝玉才走上来要扳他的身子，只见黛玉的奶娘并两个婆子都跟了进来，说："妹妹睡觉呢，等醒来再请罢。"刚说着，黛玉便翻身坐了起来，说道："谁睡觉呢！"那两三个婆子见黛玉起来，便笑道："我们只当姑娘睡着了。"说着便叫紫鹃说："姑娘醒了，进来伺候。"一面说，一面都去了。

黛玉坐在床上，一面抬手整理鬓发，一面笑向宝玉道："人家睡觉，你进来做什么？"宝玉见他星眼微饧，香腮带赤，〔索隐〕是一幅"海棠春睡图"，情态更可想。不觉神魂早荡，一歪身坐在椅子上，笑道："你才说什么？"黛玉道："我没说什么？"宝玉道："给你个榧子吃呢！〔索隐〕京师受人愚弄，谓之吃榧子。盖榧实多朽败易空，言无实也。市井无赖以拇食两指相激作声，谓之打榧子，皆俗语。我都听见了。"

二人正说话，只见紫鹃进来。宝玉笑道："紫鹃，把你们的好茶倒碗我吃。"紫鹃道："那里有好的呢，要好的只好等袭人来。"黛玉道："别理他，你先给我舀水去罢。"紫鹃道："他是客，自然先倒了茶来，再舀水去。"说着，倒茶去了。宝玉笑道："好丫头，若与你多情小姐同鸳帐，

《红楼梦》与顺治皇帝的爱情故事

怎舍得叫你叠被铺床。"林黛玉登时摞下脸来，说道："二哥哥，你说什么！"宝玉笑道："我何尝说什么？"黛玉便哭道："如今新兴的，外面听了村话来，也说给我听，看了混帐书，也拿我取笑儿，我成了替爷们解闷儿的。"一面哭，一面下床来，往外就走。宝玉不知要怎样，心下慌了，连忙上来说："好妹妹，我一时该死，你别告诉去。我再敢这样说，嘴上就长个疔，烂了舌头。"正说着，只见袭人走来说道："快回去穿衣服，老爷叫你呢。"宝玉听了，不觉打了个焦雷一般，也顾不得别的，疾忙回来穿衣服。

出园来，只见焙茗在二门前等着，宝玉问道："你可知道叫我是为什么？"焙茗道："爷快出来罢，横竖是见去的，到那里就知道了。"一面说，一面催着宝玉，转过大厅，宝玉心中还是狐疑。只听墙角边一阵呵呵大笑，回头见薛蟠拍着手跳出来，笑道："要不说姨父叫你，你那里肯出来这么快！"焙茗也笑着跪下了。宝玉怔了半天，方解过来是薛蟠哄他出来。薛蟠连忙打恭作揖赔不是，又求："不要难为了小子，都是我央他去的。"宝玉也无法了，只好笑问道："你哄我也罢了，怎么说我父亲呢？我告诉姨娘去，评评这个理，可使得么！"薛蟠忙道："好兄弟，我原为求你早些出来，就忘了忌讳这句话。改日你要哄我，也说我父亲就完了。"〔索隐〕反映上回贾芸之事，见世祖为人君父，亦借见薛蟠之粗。宝玉道："嗳哟！越发该死了。"又向焙茗道："反叛肏的，还跪着做什么！"焙茗连忙叩头起来。〔索隐〕寻常人家无此礼节。

薛蟠道："要不是我也不敢惊动，只因明儿五月初三日是我的生日，〔索隐〕当是三桂生辰。谁知古董行的程日兴，他不知那里寻了来的这么粗这么长粉脆的鲜藕，这么大的西瓜，这么长这么大一个暹罗国进贡的灵柏香薰的暹罗猪鱼，〔索隐〕贡进非上赏不能得。你说这四样礼可难得不难得？〔索隐〕三桂在京时，朝廷赐寿之物。那猪鱼不过贵而难得，这藕和瓜，亏他怎么种出来的！我连忙孝敬了母亲，赶着给你们老太太姨母送了些去。如今留了些，我要自己吃，恐怕折福，左思右想，除我之外，惟你还配吃，〔索隐〕加一"配"字，对"贡"字说，须看明身分。所以特请你来。可巧唱曲儿的一个小子又来了，我同你乐一日何如？"

第二十六回　蜂腰桥设言传心事　潇湘馆春困发幽情

　　一面说，一面来至他书房里，只见詹光、程日兴、胡斯来、单聘仁等，并唱曲儿的都在这里。见他进来，请安的，问好的，都彼此见过了。吃了茶，薛蟠便命人摆酒来。说犹未了，众小厮七手八脚摆了半天，方才停当归座。宝玉果见瓜藕新异，因笑道："我的寿礼还未送来，倒先扰了。"薛蟠道："可是呢，你明儿来拜寿，打算送什么新鲜礼物？"宝玉道："我没有什么送的。若论银钱穿吃等类的东西，究竟还不是我的，惟有写一张字，或画一张画，这算是我的。"

　　薛蟠道："你提画儿我才想起来了。昨儿我看人家一本春宫儿，画的着实好。上面还有许多字，我也没细看，只看落的款，原来是什么庚黄的，真好的了不得。"宝玉听说，心下猜疑道："古今字画也都见过些，那里有个庚黄？"想了半天，不觉笑将起来，命人取过笔来，在手心里写了两个字，又问薛蟠道："你看真了是庚黄么？"薛蟠道："怎么看不真？"宝玉将手一撒，与他看道："可是这两个字罢？其实与庚黄相去不远。"众人都看时，原来是"唐寅"两个字，都笑道："想必是这两个字，大爷一时眼花了也未可知。"〔索隐〕三桂武夫，必富贵极盛之余，欲以书画自娱，故恒有古董行人奔走门下。好识别字或亦实情也。

　　薛蟠自觉没意思，笑道："谁知他是糖银果银的。"

　　正说道。小厮来回："冯大爷来了。"宝玉便知是神武将军冯唐之子冯紫英来了。〔索隐〕冯康，当指冯铨、洪承畴及李化熙一辈人。冯，冯也；紫与红相类，即洪也；康与熙可会意，均顺治初年在朝者。薛蟠等一齐都叫："快请。"说犹未了，只见冯紫英一路说笑，已进来了，众人忙起席让坐。冯紫英笑道："好呀，也不出门了，在家里高乐罢。"宝玉薛蟠都笑道："一向少会。老世伯身上康健？"紫英答道："家父倒也托庇康健，近来家母偶作了些风寒，不好了两天。"〔索隐〕李化熙曾以母病请终养。薛蟠见他面上有些青伤，便笑道："这脸上又和谁挥拳来？挂出幌子了。"冯紫英笑道："从那一遭把仇都尉的儿子打伤了，我记了，再不怄气，如何又挥拳！这个脸上是前日打围，在铁网山叫兔鹘捎了一翅膀。"宝玉道："几时的话？"紫英道："三月二十八日去的，〔索隐〕铁网山，指铁岭也。世祖常猎于边外，诸臣必皆扈驾者也。前儿也就回来了。宝玉道："怪道前月初三四儿，我在沈世兄家赴席不见你呢！我要问，不知怎么忘了。单你去了，还是老世伯也去了？"紫英道："可不是，家父去，我没法儿去罢了。难道我闲疯了，咱们几个人吃酒听唱的不乐，寻那苦恼去！这一次，大不幸之中却有大幸。"

薛蟠众人见他吃完了茶，都说道："且入席，有话慢慢的说。"冯紫英听说，便立起身来说道："论理我该陪饮几杯才是，只是今日有一件大大要紧事，回去还要见家父面回，实不敢领。"薛蟠宝玉众人那里肯依，死拉着不放。冯紫英笑道："这又奇了，你我这些年，那一回有这个道理的？果然不能遵命。若必定叫我领，拿大杯来，我领两杯就是了。"众人听说，只得罢了。薛蟠执壶，宝玉把盏，斟了两大海。那冯紫英站着，一气而尽。宝玉道："你到底把这个不幸之幸说完了再走。"冯紫英笑道："今儿说的也不尽兴，我为这个，还要特治一个东儿，请你们细细谈一谈。二则还有奉恳之处。"说着撒手就走。薛蟠道："越发说的热刺刺的丢不下。多早晚才请我们，告诉了，也免人犹豫。"冯紫英道："多则十日，少则八天。"一面说，一面出门上马去了。众人回来，依席又饮了一回方散。

宝玉回至园中，袭人正记挂着他去见贾政，不知是祸是福。只见宝玉醉醺醺回来，因问其原故，宝玉一一向他说了。袭人道："人家牵肠挂肚等着，你且高乐去！也到底打发个人来给个信儿。"宝玉道："我何尝不要送信儿，因冯世兄来了，就混忘了。"

正说着，只见宝钗走进来笑道："偏了我们新鲜东西了。"宝玉笑道："姐姐家的东西，自然先偏了我们了。"宝钗摇头道："昨儿哥哥倒特特的请我吃，我不吃，我叫他留着送与别人罢。我知道我是命小福薄，不配吃这个。"说着，丫鬟倒了茶来，吃茶说闲话儿。不在话下。

却说那林黛玉听见贾政叫了宝玉，去了一日不回来，心中替他忧虑。至晚饭后，闻得宝玉来了，心里要找他问问是怎么样了。一步步行来，见宝钗进宝玉的房内去了，自己也随后走了来。刚刚到了沁芳桥，只见各色水禽尽都在池中浴水，也认不出名色来。但见一个个文彩闪灼，好看异常，因而站住看了一回。再往怡红院来，门已闭了，黛玉即便叩门。谁知晴雯和碧痕二人正拌了嘴，没好气。忽见宝钗来了，那晴雯正把气移在宝钗身上，正在院内抱怨，说："有事没事跑了来坐着，叫我们三更

第二十六回　蜂腰桥设言传心事　潇湘馆春困发幽情

半夜的不得睡觉。"忽听又有人叫门,晴雯越发动了气,也并不问是谁,便说道:"都睡下了,明儿再来罢。"林黛玉素知丫头们的性情,他们彼此玩耍惯了,恐怕院内丫头没听见是他的声音,只当别的丫头们了,所以不开门,因而又高声说道:"是我,还不开么?"晴雯偏生还没听见,便使性子说道:"凭你是谁,二爷吩咐的,一概不许放人进来呢。"〔索隐〕晴雯矫命耶,抑果有不令人见者耶?中写宝玉与钗总是恍恍惚惚。

林黛玉听了,不觉气怔在门外。待要高声问他,逗起气来。自己又回思一番,虽说是舅母家如同自己家一样,到底是客边。如今父母双亡,无依无靠,现在他家依栖,如今认真怄气,也觉没趣。一面想,一面又滚下泪珠来了。正是回去不是,站着不是。正没主意,只听里面一阵笑语之声。〔索隐〕与上文贾琏熙凤笑声对照。细听一听,竟是宝玉宝钗二人。〔索隐〕与书琏凤事笔法皆同,大有含蓄。林黛玉心中越发动了气,左思右想,忽然想起早起的事来,"必竟是宝玉恼我告他的原故。但只我何尝告你去了,你也不打听打听,就恼我到这步田地。你今儿不叫我进来,难道明儿就不见面了?"越想越伤感起来,也不顾苍苔露冷,花径风寒,独立墙角边花阴之下,悲悲切切,呜咽起来。

原来这林黛玉秉绝世姿容,具稀世俊美,不期这一哭,那附近柳枝花朵上宿鸟栖鸦,一闻此声,俱忒楞楞飞起远避,不忍再听。〔索隐〕由沉鱼落雁中化出,妙在写哀。正是:

　　花魂点点无情绪,鸟梦痴痴何处惊。

因有一首诗道:

　　颦儿才貌世应稀,独把幽芳出绣闺。
　　呜咽一声犹未了,落花满地鸟惊飞。

那林黛玉正自啼哭,忽听"吱喽"一声,院门开处,不知是那一个出来。要知端的,且听下回分解。

《红楼梦》与顺治皇帝的爱情故事

[索隐] 本回共分五段：

首一段由宝玉之病叙及贾芸，因贾芸叙出小红，专为写洪文襄降清之事。心思微细，笔墨刻入，非沉心细审，莫得端倪。然一疏证明之，亦正毫无移易。

第二段写贾芸到宝玉房中之事，不知暗指当时亲贵何人，蒙世祖子辈蓄之，因得出入宫闱，得窥嫔御。第三段叙宝黛闲情，全借《西厢》暗逗，神情语言并隽，无怪公子倾心。

第四段写薛蟠生日前之聚会，既借以引出后文二十八回，又点明贡物赐人之事。且有唱曲人在坐，更可陪出琪官。可谓简而不漏。

末一段叙钗玉闭门夜话，致恼颦卿。此等不但宫廷，即人家姬妾多人，亦必有之事，固不必一一指实也。

此回又叙回顺治年事。《红楼》前后全无定序，读者万无以上回已言康熙朝事，遂疑此回不应说回。看《红楼》固不得呆板也。

[护花评] 佳蕙说宝玉说怎么收拾房屋，怎么做衣裳。小红冷笑，正要说话，却被小丫头打断，妙极。若再议论短长，不但与上文重复，笔亦不灵活。

又：小红回李嬷说话，一是无心，一是有意，妙极。

又：《西厢》元微之同双文，原是中表姊妹，不终所愿，与宝黛相似，引用曲文，亦非无意。

又：写薛蟠识别字，活画一个呆霸王。

又：冯紫英来而即去，正是为蒋伶伏钱。

第二十七回 滴翠亭宝钗戏彩蝶
       埋香冢黛玉泣残红

　　话说林黛玉正自悲泣，忽听院门响处，只见宝钗出来了，宝玉袭人一群人送了出来。待要上去问着宝玉，又恐当着众人问，羞了宝玉不便，因而闪过一旁，让宝钗去了，宝玉等进去关了门，方转过来，尚望着门，洒了几点泪。自觉无味，转身回来，无精打彩的卸了残妆。
　　紫鹃雪雁素日知道林黛玉的情性，无事闷坐，不是愁眉，便是长叹，且好端端的不知为了什么，常常的便自泪不干的。先时还有人解劝，谁知后来一年一月的竟常常如此，把这个样儿看惯了，也都不理论了，所以也没人去理，由他闷坐，只管睡觉去了。〔索隐〕人情如绘。那林黛玉倚着床栏杆，两手抱着膝，眼睛含着泪，好似木雕泥塑的一般，直坐到二更多天，方才睡了。〔索隐〕摩写神情，有如目睹。一宿无话。
　　至次日，乃是四月二十六日。原来这日未时交芒种节。尚古风俗，凡交芒种节的这日，都要设摆各式礼物，祭饯花神。〔索隐〕京师尚沿此俗。言芒种一过，便是夏日了，众花皆谢，花神退位，须要饯行。闺中更兴这件风俗，〔索隐〕官中雅尚此事。所以大观园中之人都早起来了。那些小孩子们或用花瓣柳枝编成轿马，或用绫锦纱罗叠成干旄旌幢的，都用彩线系了。每一颗树，每一枝花上都系了这些物事，满园里绣带飘飘，花枝招展。更兼这些人打扮的桃羞杏让，燕妒莺惭，一时也道不尽。〔索隐〕《清季官闱秘史》中所载与此相类。
　　且说宝钗、迎春、探春、惜春、李纨、凤姐等，并大姐儿、香菱、众丫鬟们，都在园内玩耍，独不见林黛玉。迎春因说道："林妹妹怎么不见，好个懒丫头，这会子还睡觉不成？"宝钗道："你们等着，等我去闹了他来。"说着，便丢了众人，一直往潇湘馆来。正走着，只见文官等十

《红楼梦》与顺治皇帝的爱情故事

二个女孩子也来了。上来问了好,说了一回闲话,宝钗回身指道:"他们都在那里呢,你们找他们去。我找林姑娘去就来。"说着,逶迤往潇湘馆来。忽然抬头见宝玉进去了,宝钗便站住,低头想了一想:"宝玉和黛玉是从小儿一处长大,他兄妹间多有不避嫌疑之处,嘲笑不忌,喜怒无常,况且黛玉素昔猜疑,好弄小性儿的。此刻自己也跟了进去,一则宝玉不便,二则黛玉嫌疑,倒是回来的妙。"想毕,抽身回来。

刚要寻别的姊妹去,忽见面前一双玉色蝴蝶,大如团扇,〔索隐〕寻常蝴蝶大不及此。太常仙蝶,色白而大,常飞入宫,书中当是指此。一上一下,迎风翩跹,十分有趣。宝钗意欲扑了来玩耍,〔索隐〕京师妇女,扑蝶获之,往往生簪于鬓,舞动久之而后毙。遂向袖中取出扇子来,〔索隐〕当时衣袖尚宽博,故能纳巾扇等物。向草地下来扑。只见那一双蝴蝶忽起忽落,来来往往,将欲过河去了。倒引的宝钗蹑手蹑脚的一直跟到池边滴翠亭上,香汗淋淋,娇喘细细。宝钗也无心扑了,刚欲回来,只听那亭里边嘁嘁喳喳有人说话。原来这亭子四面俱是游廊曲栏,盖在池中水上,〔索隐〕若西苑瀛台之制。四面雕镂槅子糊着纸。

宝钗在亭外听见说话,便煞住脚,往里细听。只听说道:"你瞧瞧这手帕子,果然是你丢的那块,你就拿着,要不是就还芸二爷去。"又有一人说话:"可不是我那块,拿来给我罢。"又听道:"你拿什么谢我呢?难道白找了来不成?"又答道:"我已经许了谢你,自然不是哄你的。"又听说道:"我找了来给你,自然谢我,但只是那拣的人,你就不谢他么?"那一个又说道:"你别胡说,他是个爷们家,拣了我们的东西,自然该还的。叫我拿什么谢他呢?"又听说道:"你不谢他,我怎么回他呢?况且他再三再四的和我说了,若没谢的,不许我给你呢。"半晌又听说道:"也罢,拿我这个给他,算谢他的罢。你要告诉别人呢?须说一个誓。"又听说道:"我要告诉人,嘴上就长一个疔,日后不得好死。"又听说道:"嗳哟!咱们只顾说话,看有人来,悄悄的在外头听见,不如把这槅子都推开了,便是人见咱们在这里,他们只当我们说玩话儿。若是到跟前,咱们也看的见,就别说了。"

宝钗外面听见这话,心中吃惊,想道:"怪道从古至今,那些奸淫狗盗的人心机都不错,〔索隐〕雄才大略的,专好用这奸淫狗盗的人。宝

第二十七回　滴翠亭宝钗戏彩蝶　埋香冢黛玉泣残红

钗一味笼络人心，至此一大闪失，然能独运机轴，推过于所欲挤之人，因而转得小人之用，其心机更出奸淫狗盗之上。这一开了，见我在这里，他们岂不腻了。况且说话的语音，大似宝玉房里红儿的言语。他素日眼空心大，是个头等刁钻古怪东西，〔索隐〕可见平日留心，引类树党。今儿我听了他的短儿，人急造反，狗急跳墙，不但生事，而且我还没趣。〔索隐〕恐不能延誉增重。如今便赶着躲了，料也躲不及，少不得要使个金蝉脱壳的法子。"〔索隐〕奸险。犹未想完，只听"咯吱"一声，宝钗便故意放重了脚步，〔索隐〕奸雄作伪，绝不示馁。笑着叫道："颦儿，我看你往那里藏？"〔索隐〕毒极恶极。一面说，一面故意往前赶。

那亭内的小红、坠儿刚一推窗，只听宝钗如此说着往前赶，两个人都吓怔了。宝钗反向他二人笑道："你们把林姑娘藏在那里了？"〔索隐〕俗所谓倒打一扒，真善作用。坠儿道："何曾见林姑娘了？"宝钗道："我才在那河边，看着林姑娘在这里蹲着弄水儿呢。"〔索隐〕惟恐不中小人所忌，故意做出窃听的形状。我要悄悄的吓他一跳，还没有走到跟前，〔索隐〕惟恐中小人所忌，故意表明不及窃听的方位。他倒看见我了；朝东一绕，就不见了。〔索隐〕迫近一层。别是藏在里头了？"〔索隐〕又迫近一层。一面说，一面故意进去寻了一寻，抽身就走，口内说道："一定是钻在山洞子里去了，遇见蛇咬一口也罢了。"〔索隐〕想得起，做得到，说得出，真是老奸伎俩。黛玉此时，倒不是蛇咬一口，却是贼咬一口入骨三分。祸根伏此。一面说一面走，心中又好笑："这件事算遮过去了，不知他二人是怎样。"

谁知小红听了宝钗的话，便信以为真，让宝钗去远，便拉坠儿道："了不得了！林姑娘蹲在这里，一定听了话去了。"坠儿听说，也半日不言语。〔索隐〕神情绝似。小红又道："这可是怎样呢？"坠儿道："便听见了，管谁筋疼，各人干各人的就完了。"小红道："若是宝姑娘听见，倒还罢了，林姑娘嘴里又爱刻薄人，心里又细，他一听见了，倘或走露了，怎么样呢？"二人正说着，只见文官、香菱、司棋、侍书等上亭子来了，二人只得掩着这话，且和他们玩笑。

只见凤姐儿站在山坡上招手叫小红，小红连忙弃了众人，跑至凤姐前，堆着笑问："奶奶使唤做什么事？"凤姐打量了一回，见他生的干净

《红楼梦》与顺治皇帝的爱情故事

俏丽,〔索隐〕小红在贾芸眼中是精细干净,在宝玉眼中是俏丽甜净,在凤姐眼中是干净俏丽,可见是俊秀人物,有目共赏。说话知趣,笑说道:"我的丫头今儿没跟我进来,我这会子想起一件事来,要使唤人出去,不知你能干不能干?说的齐全不齐全?"小红笑道:"奶奶有什么话,只管吩咐我说去,若说的不齐全,误了奶奶的事,任凭奶奶责罚就是了。"凤姐笑道:"你是那位姑娘房里的,我使你出去,他回来找你,我好替你说。"小红道:"我是宝二爷房里的。"凤姐听了笑道:"嗳哟!原来是宝玉房里的,怪道呢。也罢了,等他问我替你说。你到我们家告诉你平姐姐,外头房里桌子上、汝窑盘子架儿底下,放着一卷银子,那是一百二十两,给绣匠的工价。等张材家的来,要当面称给他瞧了,再给他拿去。再里头床头上有一个小荷包,拿了来。"

小红听说,撤身去了。不多时回来了,只见凤姐不在这山坡上了,因见司棋从山洞里出来,站着系裙子,便赶来问道:"姐姐,不知道二奶奶往那里去了?"司棋道:"没理论。"小红听了,回身又往四下里一看,只见那边探春宝钗在池边看鱼。小红上来陪笑道:"姑娘们可知道二奶奶刚才那里去了?"探春道:"往你大奶奶院里找去。"

小红听了,再往稻香村来,顶头只见晴雯、绮霞、碧痕、秋纹、麝月、侍书、入画、莺儿等一群人来了。晴雯一见小红便说道:"你只是疯罢!院子里花儿也不浇,雀儿也不喂,茶炉子也不弄,就在外头逛。"小红道:"昨儿二爷说了,'今儿不用浇花,过一日浇一回罢'。我喂雀儿的时候,姐姐还睡觉呢。"碧痕道:"茶炉子呢?"小红道:"今日不该我的班儿,有茶没茶休问我。"绮霞道:"你听听他的嘴,你们别说了,让他逛罢。"小红道:"你们再问问我逛了没逛?二奶奶才使唤我说话取东西去的。"说着,将荷包举给他们看,方没言语了。

大家走开,晴雯冷笑道:"怪道呢,原来爬上高枝儿去了,把我们不放在眼里了。不知说了一句话半句话,名儿姓儿知道了不曾,就把他兴头的这个样。这一遭儿半遭儿的,算不得什么,过了后儿还得听呵。有本事,从今出了这园子,长长远远的在高枝儿上才算得。"〔索隐〕掉换一中等丫头,大观园中不足书之事,而书中特意注重,且事前蓄势者,为以小红之更事两主况老洪之身入两朝也。一面说着去了。

第二十七回　滴翠亭宝钗戏彩蝶　埋香冢黛玉泣残红

　　这里小红听说，不便分说，只得忍着气来找凤姐儿。到了李氏房中，果见凤姐儿在这里和李氏说话儿呢。小红上来回道："平姐姐说，奶奶刚出来了，他就把银子收起来了。才张材家的来取，当面称了给他拿去了。"说着将荷包递了上去，又道："平姐姐叫我来回奶奶，才旺儿进来讨奶奶的示下，好往那家子去的，平姐姐就把那话按着奶奶的主意，打发他去了。"凤姐笑道："他怎么按我的主意打发去了？"小红道："平姐姐说，我们奶奶问这里奶奶好。因我们二爷不在家，赴兴邑去了，〔索隐〕兴邑是说王兴京。虽然迟了两天，只管请奶奶放心。等五奶奶好些，我们奶奶还会了五奶奶来瞧奶奶呢。五奶奶前儿打发人来说，舅奶奶带了信来了，问奶奶好，还要和这里姑奶奶寻两丸延年神验万金丹。若有了，奶奶打发人来，只管送在我们奶奶这里；明儿有人去，就顺路给那边舅奶奶带去的。"〔索隐〕层层套搭，直一时爬梳不清，而小红心地明白，口齿伶俐，居然一丝不走讹，元元本本，殚见洽闻，无怪凤姐赏识，必欲得之。此事一在隐指当时诸王公贵人，皆婚姻连属，内眷往来秘密，乞情放债，无所不为；一在隐指文裏学问文才，并时无两。故太宗闻声相慕，必欲生致劝降，期为所用。

　　话未说完，李氏道："嗳呀呀！这话我就不懂了，什么奶奶爷爷的一大堆。"凤姐笑道："怨不得你不懂，这是四五门子的话呢。"说着又向小红笑道："好孩子，难为你说的齐全，不像他们扭扭捏捏，蚊子似的。嫂子不知道，如今除了我随手使的这几个丫头老婆子之外，我就怕和别人说话他们必定把一句说话，拉长了作两三截儿，咬文嚼字，拿着腔儿，哼哼唧唧的，急的我冒火。他们那里知道。先是我们平儿也是这么着，我就问着他，难道必定装蚊子哼哼就是美人了？"〔索隐〕此可见从前闺阁风气。若晚近，则妇女粗横，恐凤姐见之，不复作此语矣。

　　说着大家也都笑了。李纨又笑道："都像你泼辣货才好？"

　　凤姐道："这一个丫头就好。方才两遭，说话虽不多，听那口角，就很剪断。"说着，又向小红笑道："明儿你服侍我去罢，我认你做女儿；我一调理，你就出息了。"小红听了"扑嗤"一笑。凤姐道："你怎么笑？你说我年轻，比你能大几岁，就做你的妈了？你做春梦呢！你打听打听，这些人比你大的，赶着我叫妈，我还不理他呢，今儿抬举了你

《红楼梦》与顺治皇帝的爱情故事

了!"小红笑道:"我不是笑这个,我笑奶奶错认了辈数儿了。我妈是奶奶的女儿,这会子又认我做女儿。"凤姐道:"谁是你妈?"李宫裁笑道:"你原来不认的他,他是林之孝的女儿。"凤姐听了十分诧异,因说道:"哦,原来是他的丫头!"又笑道:"林之孝两口子,都是锥子扎不出一声儿来的,我成日家说他们倒是配就了的一对夫妻。'一个天聋,一个地哑,那里承望着出这么个伶俐丫头来。你十几岁了?"小红道:"十七岁了。"又问名字,小红道:"原叫红玉的,因为重了宝二爷,如今只叫小红了。"

凤姐听说,将眉一皱,把头一回,说道:"讨人嫌的很,得了玉的便宜似的,你也玉,我也玉。"〔索隐〕是凤姐爽利口吻,又反嘲清人之得琬不是便宜。因说:"嫂子不知道,我和他妈说,赖大家的如今事多,也不知府里谁是谁,你替我好好的挑两个丫头我使,他一般的答应着,他总不挑,倒把他这女孩子送了别处去。难道跟我必定不好?"李纨笑道:"你可是又多心了。他进来在先,你说在后,怎么怨着他妈。"凤姐说道:"你这么着,明儿我同宝玉说,叫他再要人,叫这丫头跟我去。可不知本人愿意不愿意?"小红笑道:"愿意不愿意,我们也不敢说,只是跟着奶奶,我们学些眉高眼低,出入上下大小的事儿,也得见识见识。"刚说着,只见王夫人的丫头来请,凤姐便辞了李宫裁去了,小红回怡红院去。不在话下。

如今且说林黛玉因夜间失寐,次日起来迟了。闻得众姊妹都在园中做饯花会,恐人笑他痴懒,连忙梳了出来。刚到了院中,只见宝玉进门来了,便笑道:"好妹妹,你昨儿可告了我了不曾?我悬了一夜心。"黛玉便回头叫紫鹃道:"把屋子收拾了,下一扇纱屉,看那大燕子回来。〔索隐〕雅人深致慈悲肠。把帘子放了下来,拿狮子倚住。〔索隐〕官中悬竹帘时,均用木刻饰金蹲狮二具,置帘下左右,防风动绳入,则移之帘角,阻其摇动。烧了香,就把炉罩上。"一面说,一面又往外走。

宝玉见他这样,还认作是昨日晌午的事,那知晚间的这件公案,还打恭作揖的。林黛玉正眼也不看,各自出了院门,一直找别的姊妹去了。宝玉心中纳闷,自己猜疑:"看起这样光景来,不像是为昨儿的事。但只昨日我回来得晚了,又没有见他,再没有冲撞了他的去处了。"一面想,

第二十七回　滴翠亭宝钗戏彩蝶　埋香冢黛玉泣残红

一面由不得随后追了来。

只见宝钗探春正在那边看鹤舞，〔索隐〕幸非羊公之鹤。见黛玉来了，三个一同站着说话儿。又见宝玉来了，探春便笑道："宝哥哥身上好？我整整的三天没见你了。"宝玉笑道："妹妹身上好。我前儿还在大嫂子跟前问你的。"探春道："宝哥哥你往这里来，我和你说话。"宝玉听说，便跟了他，离了钗玉两个，到了一棵石榴树下。探春因说道："这几天老爷可曾叫你？"宝玉笑道："没有叫。"探春道："我昨儿恍惚听见说老爷叫你出去的。"宝玉笑道："那想是别人听错了，并没叫的。"

探春又笑道："这几个月，我又攒下有十来吊钱了，你还拿了去，明儿出门逛去的时候，或是好字画，好轻巧玩意儿，替我带些来。"宝玉道："我怎么逛去，城里城外，大廊大庙的逛，也没见个新奇精致东西，总不过是那些金玉铜磁器，没处撂的古董，再就是绸缎吃食衣服了。"探春道："谁要这些！怎么像你上回买的那柳枝儿编的小篮子，真竹子根挖的香盒儿，胶泥垛的风炉儿，这就好了，我喜欢的什么似的。谁知他们都爱上了，都当宝贝似的抢了去了。"宝玉笑道："原来要这个，这不值什么，拿几百钱出来给小子们，管拉两车来。"

探春道："小厮们知道什么。你拣那朴而不俗，直而不拙的这些东西，你多多替我带了来，我还像上回的鞋，做一双你穿，比你那双还加工夫如何呢？"宝玉笑道："你提起来，我想起故事来了：那回穿着，可巧遇见了老爷。老爷就不受用，问是谁做的。我那里敢提三妹妹三个字，我就回说：'是前儿我生日，是舅母给的。'老爷听见是舅母给的，才不好说什么的。半日还说：'何苦来，虚耗人力，作践绫罗，做这样的东西。'我回来告诉了袭人，袭人说道：'这还罢了，赵姨娘气的抱怨的了不得。正经兄弟，鞋蹋拉袜蹋拉的没人看见，且做这些东西。'"

探春听说，登时沉下脸来道："你说这话糊涂到什么田地，怎么我是该做鞋的人么？环儿难道没有分例的？衣裳是衣裳，鞋袜是鞋袜，丫头老妈一屋子，怎么抱怨这些话，给谁听呢？我不过闲着没事，作一双半双，爱给那个哥哥兄弟，随我的心，谁敢管我不成？这也是他瞎气。"宝玉听了点头笑道："你不知道，他心里自然又有个想头了。"

探春听说，一发动了气，将头一扭，说道："连你也糊涂了？他那想

《红楼梦》与顺治皇帝的爱情故事

头,自然是有的,不过是那阴微鄙贱的见识。他只管这么想,我只管认得老爷太太两个人,别人我一概不管。就是姊妹兄弟跟前,谁和我好,我就和谁好。什么偏的庶的,我也不知道。论理我不该说,但他忒昏聩得不像了。还有笑话儿呢,就是上回我给你那钱,替我带那玩耍的东西。过了两天,他见了我,也是说没钱使怎么难处,我也不理他。谁知后来丫头们出去了,他就抱怨起我来,说我趱的钱为什么给你使,倒不给环儿使了。我听见这话,又好笑又好气,我就出来。往太太跟前去了。"

正说着,只见宝钗在那边笑道:"说完了来罢?显得是哥哥妹妹了,丢了别人,且说体己去,我们听一句就使不得了。"探春宝玉二人方笑着来了。〔索隐〕此段琐屑之事,为证明宝玉与异母姊妹契合,又证明探春訾议其母,颇自恼为庶出,为后文赵妾种种伏线。

宝玉因不见了林黛玉,便知他躲了别处去了,想了一想,索性迟两天,等他的气息一息再去也罢了。因低头看见许多凤仙、石榴等各色落花,锦重重的落了一地,因叹道:"这是他心里生了气,也不收拾这花儿来了,待我送了去,明儿再问着他。"说着,只见宝钗约着他们往外头去,宝玉道:"我就来。"等他二人去远,把那花兜了起来,登山渡水,过树穿花,直奔了那日同林黛玉葬桃花的去处来。

将已到了花冢,犹未转过山坡,只听山坡那边有呜咽之声;一面数落着,哭的好不伤心。宝玉心下想道:"这不知是那房里的丫头,受了委曲跑到这个地方来哭?"一面想,一面煞着脚步,听他哭道是:

花谢花飞花满天,红销香断〔索隐〕"红"字"香"字仍是用世祖旧事,扣定官中。有谁怜?游丝软系飘春榭,落絮轻沾扑绣帘。闺中女儿惜春暮,愁绪满怀无释处。手把花锄出绣帘,忍踏落花来复去。柳丝榆荚白芳菲,不管桃飘与李飞。桃李明年能再发,明年闺中知有谁?三月香巢已垒成,梁间燕子太无情。明年花发虽可啄,却不道,人去梁空巢亦倾。一年三百六十日,风刀霜剑严相逼。明媚鲜妍能几时,一朝飘泊难寻觅。花开易见落难寻,阶前愁煞葬花人。独把花锄泪暗洒,洒上空枝见血痕。杜鹃无语正黄昏,荷锄归去掩重门。青灯照壁人初睡,冷雨敲窗被未温。怪奴底事倍伤神,半为怜春半恼春。怜春忽至恼忽去,至又无言去不闻。昨宵庭外悲歌发,知是花魂与鸟魂。花魂鸟魂总难留,

第二十七回　滴翠亭宝钗戏彩蝶　埋香冢黛玉泣残红

鸟自无言花自羞。愿奴胁下生双翼，随花飞到天尽头。天尽头，何处有香丘？未得锦囊收艳骨，一抔净土掩风流。质本洁来还洁去，强如污淖陷泥沟。尔今死去侬收葬，未卜侬身何日丧？侬今葬花人笑痴，他年葬侬知是谁？试看春残花渐落，便是红颜老死时。一朝春尽红颜老，花落人亡两不知。〔索隐〕通首皆以花比人，喻董妃之未久即死。"红颜老"三字，喻妃死时，年已三十余矣。宝玉听了，不觉痴倒。要知端详，且听下回分解。

〔索隐〕本回全无实事，不过前半写宝钗之险，嫁祸黛玉，为得婚根本。可见董妃当日清超绝俗，断不能尽得官人之心。因群小腾谤造言，致失后位。而世祖继后又多方笼络，反间其间，且为孝庄内亲，故得正位。本回写小红怕黛玉闻知，却偏逢宝钗口中之黛玉，其衔恨可想。写此之后，便紧接写凤姐欲得小红而用之，此后黛玉之失婚，由凤姐主持者半。虽小红之事不多叙及，而暗中誉钗毁黛，不言可知矣。董妃宫中情形，当亦类似。其不得为后，或老洪主持其间耶？前半回写此。

后半回便写黛玉《葬花词》，句句是花落人亡之感，意殆为董妃死机，全伏于是，亦史家探源记事法也。或谓宝钗自奇缘巧合之后有身，因扑蝶堕胎，故止而不扑。小红，坠儿，其确喻也。按本书所写皆宫廷隐事，继后或曾有胎不育，事亦或然。本是宫中嫔御，其受身无足奇也。因无实证，故不注及。

〔护花评〕探春做鞋一段话，是于闲中描补赵姨之妒鄙。

〔大某评〕贾芸与小红之事，宝钗闻之；潘又安与秦司棋之事，小红见之。可知园中奸淫狗盗之辈，非一人也。余但不觉察耳。

红楼梦与顺治皇帝的爱情故事（二）

张国星◎等编

辽海出版社

第二十八回　蒋玉函情赠茜香罗
　　　　　　　　薛宝钗羞笼红麝串

　　话说林黛玉只因昨夜晴雯不开门一事，错疑在宝玉身上，次日可巧遇见饯花之期，正在一腔无明未曾发泄，又勾起伤春愁思，因把些残花落瓣去掩埋，由不得感花伤己，哭了几声，便随口念了几句。不想宝玉在山坡上听见，先不过点头感叹，次又听到"侬今葬花人笑痴，他年葬侬知是谁？……一朝春尽红颜老，花落人亡两不知"等句，不觉恸倒山坡上，怀里兜的花撒了一地。〔索隐〕不过是借花比人，因此作谶，为情僧悼亡出家张本。在书中屡见不一见，而叙述如此妍隽，如此淡雅，实非寻常小说家所能。试想林黛玉的花颜月貌，将来亦到无可寻觅之时，宁不心碎肠断？既黛玉终归无可寻觅之时，推之于他人，如宝钗、香菱、袭人等，亦可以到无可寻觅之时矣。宝钗等终归无可寻觅之时，则自己又安在哉？〔索隐〕善谈名理，全从蒙庄得来，后世如《兰亭》《感逝》诸作，均不能如此深辟。且自身尚不知何在何往，〔索隐〕暗指清凉山下。则斯处斯园斯花斯柳，又不知当属谁姓矣。〔索隐〕卜世卜年，终归于尽，情僧怀抱中全不作一世至万世之痴想。因此一而二，二而三，反覆推求了去，真不知此时此际，如何解释这段悲伤。正是：

　　　　花影不离身左右，鸟声只在耳东西。

　　那时林黛玉正自伤感，忽听山坡上也有悲声，心下想道："人人都笑我有痴病，难道还有一个痴子不成？"抬头一看，见是宝玉。黛玉便道："啐！我当是谁，原来是这个狠心短命……"刚说到"短命"二字，忙又把口掩住，长叹一声，自己抽身便走了。

《红楼梦》与顺治皇帝的爱情故事

这里宝玉悲恸了一回,见黛玉去了,便知黛玉看见他躲开了。自己也觉无味,抖抖土起来下山,寻归旧路,往怡红院来。可巧看见黛玉在前头走,连忙赶上去说道:"你且站住。我知你不理我,我只说一句话,从今以后撩开手。"林黛玉回头见是宝玉,待要不理他,听他说只说一句话,便道:"请说来。"宝玉笑道:"两句话说了,你听不听?"黛玉听说,回头就走。宝玉在身后面叹道:"既有今日,何必当初!"〔**索隐**〕此两言针对小琬,面面俱说得去:就宫中言,始必愿充下陈,后或恃宠而骄,多嗔少喜,以至于不欢而死,此言讥之是也。就如皋言,两情融洽,比翼九年,至危急时,以死自期。若或可信,乃一朝改节,顿负前盟。持此两言赠之,亦足令琬娘发颊。作者特借宝哥情急中发出,亦纵横家反激一法,可谓灵妙。

黛玉听见这话,由不得站住,回头道:"当初怎么样,今日怎么样?"宝玉道:"嗳!当初姑娘来了,那不是我陪着玩笑?凭我心爱,姑娘要就拿去;我要吃的,听见姑娘也要吃,连忙收拾的干干净净收着;等了姑娘到来;一桌子吃饭,一床儿上睡觉。丫头们想不到的,我怕姑娘生气,我替丫头都想到。我心里想着,姊妹们从小儿长大,亲也罢,热也罢,和气到了底,才见得比人好。如今谁承望姑娘人大心大,不把我放在眼睛里,倒把外四路的什么宝姐姐、凤姐姐的放在心坎上,〔**索隐**〕不是反赖耍刁,是借端表白,意深何曲,极妙。倒把我三日不理四日不见的。我又没个亲兄弟亲姊妹,虽然有两个,你难道不知道是我隔母的?我也和你是独出,〔**索隐**〕世祖兄弟十一人,姊妹行尤众。顺治朝书长公主下嫁者多矣,然与世祖均不同母,故书中特描一句。上回与探春絮语,正为此结穴而设,故所言均嫡庶出之事,无非借况世祖之为独产而已。若宝玉、则元春固在,何云独出?非作者有误,实处处发人省耳。只怕同我的心一样。谁知我是白操了这一番心,我冤无处诉。"说罢不觉滴下泪来。

那时林黛玉耳内听了这话,眼内见这形景,心内不觉灰了大半,也不觉滴下泪来,低头不语。宝玉见这般形象,遂又说道:"我也知道,我如今不好了;但只任凭着我怎么不好,万不敢在妹妹跟前有错处。便有一二分错处,你或教导我,戒我下次,或骂我几句,打我几下,我都不

第二十八回　蒋玉函情赠茜香罗　薛宝钗羞笼红麝串

灰心。谁知你总不理我，叫我摸不着头脑，少魂失魄，不知怎么样才是。我就死了，也是个屈死鬼，任凭高僧高道忏悔，也不能超脱，还得你申明了缘故，我才得托生呢。"

黛玉听了这话，不觉将昨晚的事都忘在九霄云外了，便说道："你既这么说，为什么我来了，你不叫丫头开门？"宝玉诧异道："这话从那里说起？我要是这样，立刻就死了！"黛玉啐道："大清早起，死呀活的也不忌讳。你说有呢便有，没有就没有，起什么誓呢！"宝玉道："实在没有见你去，就是宝姐姐坐了一坐就出来了。"林黛玉想了一想，笑道："是了，想必是你丫头们懒待动，丧声歪气的也是有的。"宝玉道："想必是这个原故。等我回去问了是谁，教训教训他们就好了。"黛玉道："你的那些姑娘们，也该教训教训，只是论理我不该说。今儿得罪了我的事小，倘若明儿宝姑娘来，什么贝姑娘来，也得罪了，事情岂不大了？"说着抿着嘴笑。宝玉听了，又是咬牙又是笑。

二人正说话，见丫头来请吃饭，遂都到前头来了。王夫人见了黛玉，因问道："大姑娘，你吃那鲍太医的药可好些？"林黛玉道："也不过这么着，老太太还叫我吃王大夫的药呢。"宝玉道："太太不知道，林妹妹是内症，先天生的弱，所以禁不住一点儿风寒，不过吃两剂煎药，疏散了风寒，还是吃丸药的好。"王夫人道："前儿大夫说了个丸药的名字，我也忘了。"宝玉道："那些丸药，不过叫他吃什么人参养荣丸。"王夫人道："不是。"宝玉又道："八珍益母丸，左归右归，再不就是八味地黄丸？"王夫人道："都不是，我只记得有个'金刚'两个字的。"宝玉拍手笑道："从来没听见有个什么金刚丸。若有了金刚丸，自然有菩萨散了。"说的满层里人都笑了。宝钗抿嘴笑道："想是天王补心丹？"〔**索隐**〕天王，言皇帝也；补心，言一心已为妃子摄去，不复能理他事，须为补也。与后来宝玉梦中失心事相映，均暗刺语。王夫人道："是这个名儿！如今我也糊涂了。"宝玉道："太太倒不糊涂，都是叫金刚、菩萨支使糊涂了。"〔**索隐**〕亦微照出家事。王夫人道："扯你娘的臊，又欠你老子捶你了！"宝玉笑道："我老子再不为这个捶我。"

王夫人又道："既有这个名儿，明儿就叫人买些来吃。"宝玉道："这些药都是不中用的，太太给我三百六十两银子，我替妹妹配一料丸

《红楼梦》与顺治皇帝的爱情故事

药,包管一料不完就好了。"〔索隐〕董妃多病,世祖百万不惜之时,或有以三百六十金为配丸剂之事。当时太医内府,浮开冒领,其事可知。作者特地叙出此层,必亦逸闻所在。王夫人道:"放屁,什么药就这么贵?"宝玉笑道:"当真的呢!我这个方子,比别的不同。那个药名儿也古怪,一时也说不清。只讲那头胎紫河车,人形带叶参三百六十两,四足龟,大河首乌,千年松根,伏苓胆,诸如此类的药,不算为奇。只在群药里,算那为君的药,说起来唬人一跳。〔索隐〕其朝涉之胫耶,抑贤人之心耶?妙在不说出,可令人思。前年薛大哥哥求了我一二年,我才给了他这方子。〔索隐〕内府禁方,多有外间不传者。他拿了方子去,又寻了二三年,花有上千两银子,才配成了。太太不信,只问宝姐姐。"

宝钗听说,笑着摇手儿说道:"我不知道,也没听见,你别叫姨娘问我。"王夫人笑道:"到底是宝丫头好孩子,不撒谎。"宝玉站在当地,听见如此说,一回身把手一拍,说道:"我说的倒是真话呢,倒说撒谎!"口里说着,忽一回身,只见林黛玉坐在宝钗身后抿着嘴笑,用手指头在脸上画着羞他。〔索隐〕摇手画脸,纯是家庭女儿情态。作者每写一真事,便用许多笔墨,故腾闪,故令人不觉。

凤姐因在里间房里看着人放桌子,听如此说,便走来笑道:"宝兄弟不是撒谎,这倒是有的。前日薛大哥亲自和我来寻珍珠。我问他做什么,他说配药。他还抱怨说:'不配也罢了,如今那里知道这么费事。'我问什么药,他说是宝兄弟的方子,说了多少药,我也不记得。他又说:'不然我也买几颗珍珠了,只是定要头上带过的,所以来和妹妹寻。妹妹就没散的花儿,那头上下来的也使得;过后来拣好的再给妹妹穿了来。'我没法儿,把两枝珠花现拆了给他。还要一块三尺长上用的大红纱,拿乳钵乳了面子呢。"〔索隐〕借宝玉口中说一半,又借熙凤口中说一半,卒成董妃常服之药方。

凤姐说一句,宝玉念一句佛,〔索隐〕用许多陪笔在内,说得生龙活虎,使读者转不注意于药方。作者真心比比干多一窍矣。说:"太阳在屋子里呢!正经按这方子,那珍珠、宝石定要在古坟里的,有那古时富贵人家装里的头面拿了来才好。〔索隐〕此层恐是当时所重。如今那里为这个去刨坟掘墓,所以只是活人带过的,也可以使得。"〔索隐〕此层

第二十八回　蒋玉函情赠茜香罗　薛宝钗羞笼红麝串

恐是陪笔。王夫人听了道："阿弥陀佛！"〔索隐〕京师妇女遇惊奇或称心事，开口大都此语，是满人重佛及明时阉人佞佛之流传。不当家花拉的。〔索隐〕太平闲人注：谓北人俗语，以轻慢造孽为"不当家花拉"，非也。"花拉"二字，大约是金元的旧语，有众多凌乱之意。或云碎物之声曰"花拉"，喻嘈杂也。当家是主持家务，不当家花拉，言无当家之纷乱嘈杂，喻不要紧之事也。因此凡无责成无关系，不急为不必为之事，均可通用此语。就是坟里有人家死了几百年，这会子翻尸倒骨的，作了药也不灵。"〔索隐〕世祖仁厚，未必肯为此事。然而城中广眉，四方一尺，但令人购觅，则一时宵小之徒未必不甘犯法纪、窃墓伐棺以图厚赏。当时必犯法者众，故作者特借王夫人指斥及之。

宝玉因向黛玉说道："你听见了没有，难道二姐姐也跟着我撒谎不成？"脸望着林黛玉说，却拿着眼睛瞟着宝钗。林黛玉便拉王夫人道："舅母听听，宝姐姐不替他圆谎，他只问着我。"王夫人也道："宝玉很会欺负你妹妹。"宝玉笑道："太太不知道这缘故。宝姐姐先在家里住着，那薛大哥哥的事，他也不知道，何况如今在这里头住着呢！自然是越发不知道了。林妹妹才在背后，以为是我撒谎，就羞我。"

正说着，见贾母房里的丫头找宝玉林黛玉去吃饭。林黛玉也不叫宝玉，便起身扶了那丫头走。那丫头道："等着宝二爷一块儿走。"林黛玉道："他不吃饭，不同咱们走。我先走了。"说着，便去了。宝玉道："我今儿还跟着太太吃罢。"王夫人道："罢罢，我今儿吃斋，你正经吃你的去罢。"宝玉道："我也跟着吃斋。"〔索隐〕世祖好佛，必常随孝庄斋素，故有此笔。说着，便叫那丫头："去罢！"自己跑到桌子上坐了。王夫人向宝钗等笑道："你们只管吃你们的由他去罢。"宝钗笑道："你正经去罢，吃不吃陪着林妹妹走一趟，他心里打紧的不自在呢。"〔索隐〕偏从宝钗说出，似劝实妒。宝玉道："理他呢，过一会子就好了。"

一时吃过饭，宝玉一则怕贾母记挂着，二则也记挂着黛玉，忙忙的要茶漱口。探春惜春都笑道："二哥哥，你成日家忙些什么，吃饭吃茶也是这么忙碌碌的！"宝钗笑道："你叫他快吃了，瞧瞧林妹妹去罢。叫他在这里胡闹些什么？"

宝玉吃了茶，便出来一直往西院来。可巧走到凤姐儿院前，只见凤

《红楼梦》与顺治皇帝的爱情故事

姐在门前站着，蹬着门槛子拿耳挖子剔牙，〔**索隐**〕叙凤姐均是伉爽骄泰形状。看着十来个小厮们挪花盆儿。见宝玉来了，笑道："你来的好，进来进来，替我写几个字儿。"宝玉只得跟了进来。〔**索隐**〕写宝玉总是欲急反缓。到了房里，凤姐命人取过笔砚纸来，向宝玉道："大红妆缎四十匹、蟒缎四十匹、各上用纱一百匹、金项圈四个。"宝玉道："这算什么？又不是帐，又不是礼物，怎么个写法？"凤姐儿道："你只管写上，横竖我自己明白就罢了。"〔**索隐**〕写凤姐藏头露尾之事甚多。宝玉听说，只得写了。凤姐一面收起来，一面笑道："还有句话告诉你，不知依不依。你屋里有个丫头叫小红的，我要叫了来使唤，明儿我再替你挑几个，可使得么？"〔**索隐**〕补要小红。宝玉道："我屋里的人也多得很，姐姐喜欢谁只管叫了来，何必问我。"凤姐笑道："既这么着，我就叫人带他去了。"宝玉道："只管带去。"说着便要走，凤姐道："你回来，我还有一句话呢。"〔**索隐**〕又是与贾蓉一类，均留不尽之词，令人寻味。

宝玉道："老太太叫我呢，有话等回来罢。"说着，便至贾母这边，只见都已吃完了饭。贾母因问他："跟着你娘吃了什么好的？"宝玉笑道："我倒多吃一碗饭。"因问："林姑娘在那里？"贾母道："里头屋里呢。"

宝玉进来，只见地下一个丫头吹熨斗，炕上两个丫头打粉线，黛玉弯着腰拿剪子裁什么呢。宝玉走进来笑道："哦，这是做什么呢？才吃了饭，这么控着头，一会子又头疼了。"黛玉便不理，只管裁他的。有一个丫头说道："那块绸子角儿还不好呢，再熨他一熨。"黛玉便把剪子一摞，说道："理他呢，过一会子就好了。"〔**索隐**〕针锋相对，的是可儿。

宝玉听了，自是纳闷。只见宝钗探春等也来了，和贾母说了一回话，宝钗也进来问："林妹妹做什么呢？"因见林黛玉裁剪，笑道："越发能干了，连裁剪都会了。"〔**索隐**〕小琬针神曲圣无不精晓。黛玉笑道："这也不过是撒谎哄人罢了。"宝钗笑道："我告诉你个笑话儿，刚才为那个药，我说了个不知道，宝兄弟心里不受用了。"林黛玉道："理他呢，过会子就好了。"〔**索隐**〕前一句是重宝玉，此一句是对宝钗，恰合极妙。

宝玉向宝钗道："老太太要抹骨牌，去罢。〔**索隐**〕读《宫闱秘史》

第二十八回　蒋玉函情赠茜香罗　薛宝钗羞笼红麝串

知官人常陪侍孝钦后为八仙过海之戏，可见国初孝庄亦必乐此。宝钗听说，便笑道："我是为抹骨牌才来么？"说着，便走了。林黛玉道："你倒是去罢，这里有老虎，看吃了你。"〔**索隐**〕宝玉恐黛玉不欢，故唤走宝钗，而黛玉却更着恼，然不说宝玉，却借遥与钗语，讥弹宝玉之爱护，真是灵心慧性，不知作者何以能知妇人心肠深微至此。说着又裁。宝玉见他不理，只得还陪笑说道："你也去逛逛再裁不迟。"黛玉总不理。宝玉便问丫头们："这是谁叫他裁的？"黛玉见问丫头们，便说道："凭他谁叫我裁，也不关二爷的事。"宝玉方欲说话，只见有人进来回说："外头有人请。"宝玉听了，忙撤身出来。黛玉向外头说道："阿弥陀佛！赶你回来，我死了也罢了。"

宝玉出来外面，只见焙茗说："冯大爷家请。"宝玉听了，知道是昨日的话，便说："要衣裳去。"就自己往书房里来。焙茗一直到了二门前等人。只见出来一个老婆子，焙茗上去说道："宝二爷在书房里等出门的衣裳，你老人家进去带个信儿。"那婆子道："放你娘的屁倒好，宝二爷如今在园里住着呢，〔**索隐**〕指驻西苑，常不在宫。跟他的人都在园里，你又跑了这里来带信儿？"焙茗听了笑道："骂的是，我也糊涂了。"说着，一径往东边二门前来。可巧门上小厮在甬路底下踢球，焙茗将原故说了，有个小厮跑了进去，半日才抱了一个包袱出来，递与焙茗。回到书房里，宝玉换了，命人备马，只带着焙茗、锄药、双瑞、寿儿四个小厮去了。

一径到了冯紫英门口，有人报与冯紫英，出来迎接进去。只见薛蟠已早在那里久候了，还有许多唱曲儿的小厮们，并唱小旦的蒋玉函、〔**索隐**〕出蒋玉函，说见提要。锦香院的妓女云儿，〔**索隐**〕国初有苏妓云儿，为满洲功臣妾，后夫死身殉者，或指此。大家都见过了，然后吃茶。宝玉擎茶笑道："前儿所言幸与不幸之事，我昼夜悬想，今日一闻呼唤即至。"冯紫英笑道："你们令姑表弟兄倒都心实，前日不过是我的设辞，诚心请你们一饮，恐有推托，故说下这句话；今日一邀即至，谁知都信真了。"说毕，大家一笑，然后摆上酒来。冯紫英先命唱曲儿的小厮过来让酒，然后命云儿也来敬。

那薛蟠三杯下肚，不觉忘了情，拉着云儿的手笑道："你把那体己新

《红楼梦》与顺治皇帝的爱情故事

样儿的曲子唱个我听,我吃一坛何如?"云儿听说,只得拿起琵琶来唱道:

> 两个冤家都难丢下,〔**索隐**〕指钗黛,亦情僧当日实况。想着你来,又记挂着他。〔**索隐**〕实情。两个人形容俊俏都难描画〔**索隐**〕恐有满汉之分。想昨宵,幽期私定在荼蘼架。一个偷情,一个寻拿。拿住了,三曹对案,我也无回话。〔**索隐**〕即前夜不开门的公案。

唱毕笑道:"你喝一坛子罢了。"薛蟠听说笑道:"不值一坛,再唱好的来。"宝玉笑道:"听我说来,如此滥饮,易醉而无味。我先喝一大海,发一个新令,有不遵者,连罚十大海,逐出席外与人斟酒。"冯紫英蒋玉函等都道:"有理,有理。"

宝玉拿起海来,一气饮尽,说道:"如今要说悲、愁、喜、乐四字,却要说出女儿来,还要注明这四个原故;说完了要饮门杯。酒面唱一个新鲜时样曲子,酒底要席上生风一样东西,或古诗、旧对、《四书》《五经》成语。"薛蟠未等说完,先站起来拦道:"我不来,别算我。这竟是捉弄我呢。"云儿也站起来,推他坐下,笑道:"怕什么!这还亏你天天吃酒呢,难道连我也不如?我回来还说呢。说是了,罢,不是了,不过罚上几杯,那里就醉死了你!如今一乱令,倒喝十大海下去斟酒不成?"众人都拍手道妙。薛蟠听说无法,只得坐了。听宝玉说道:

> 女儿悲,青春老大守空闺。〔**索隐**〕指静妃。梅村诗所谓"全屋有人空老大"者是也。女儿愁,悔教夫婿觅封侯。女儿喜,对镜晨妆颜色美。女儿乐,秋千架上春衫薄。

众人听了都说道:"好!"薛蟠独扬着脸摇头说:"不好,该罚。"众人问:"如何该罚?"薛蟠道:"他说的我全不懂,怎么不该罚?"云儿便拧他一把笑道:"你悄悄的想你的罢,回来说不出又该罚了。"于是拿琵琶听宝玉唱道:

第二十八回　蒋玉函情赠茜香罗　薛宝钗羞笼红麝串

滴不尽相思血泪抛红豆，开不完春柳春花满画楼；睡不稳纱窗风雨黄昏后，忘不了新愁与旧愁；咽不下玉粒金波噎满喉，照不尽菱花镜里形容瘦；展不开的眉头，挨不明的更漏。呀！恰便似，遮不住的青山隐隐，流不断的绿水悠悠。〔索隐〕通首说小琬念旧的情形。

唱完，大家齐声喝采，独薛蟠说无味。宝玉饮了门杯，便拈起一片梨来，说道："雨打梨花深闭门。"完了令。下该冯紫英，说道：

女儿喜，头胎养个双生子。女儿乐，私向花园掏蟋蟀。
女儿悲，儿夫染病在垂危。女儿愁，大风吹倒梳妆楼。

说毕，端起酒来唱道：

你是个可人，你是个多情，你是个刁钻古怪鬼灵精。你是个神仙也不灵。我说的话儿你全不信，只叫你去背地里细打听，才知道我疼你不疼。〔索隐〕通首指情僧之恩遇琬妃，琬妃之娇嗔太过。

唱完饮了门杯，说道："鸡声茅店月。"令完，下该云儿。云儿便说道："女儿悲，将来终身倚靠谁？"薛蟠笑道："我的儿，有你薛大爷在，你怕什么？"众人都道："别混他。"云儿又道："女儿愁，妈妈打骂何时休。"薛蟠道："前儿我见了你妈，还盼咐他不叫他打你呢。"众人都道："再多嘴罚酒十杯！"薛蟠连忙自己打了一个嘴巴子，说道："没耳性，再不许说了。"云儿又道："女儿喜，情郎不舍还家里。女儿乐，住了箫管弄弦索。"说完便唱道：

豆蔻花开三月三，一个虫儿往里钻。钻了半日钻不进去，爬到花儿上打秋千。肉儿小心肝，我不开了你怎么钻？

《红楼梦》与顺治皇帝的爱情故事

〔**索隐**〕艳词似无所指。

唱毕,饮了门杯,说道:"桃之夭夭。"令完,下该薛蟠。

薛蟠道:"我可要说了。女儿悲……"说了半日不见说底下的。冯紫英笑道:"悲什么?快说!"薛蟠登时急的眼睛铜铃一般便说道:"女儿悲………"又咳嗽了两声,方说道:"女儿悲,嫁的男人是乌龟。"众人听了都大笑起来。薛蟠道:"笑什么?难道我说的不是?一个女儿嫁了汉子,要做忘八,怎么不伤心呢?"众人笑的弯腰,忙说道:"你说的是。快说底下的罢。"薛蟠瞪了瞪眼又说道:"女儿愁……"说了这句,又不言语了。众人道:"怎么愁?"薛蟠道:"绣房钻出个大马猴。"众人哈哈笑道:"该罚,该罚!先还可恕,这句更不通。"说着,便要斟酒。宝玉笑道:"押韵就好。"薛蟠道:"令官都准了,你们闹什么!"众人听说方罢了。

云儿笑道:"下两句越发难说了,我替你说罢。"薛蟠道:"胡说当真我就没好的了?听我说罢。女儿喜,洞房花烛朝慵起。"众人听了,都诧异道:"这句何其太雅!"薛蟠道:"女儿乐,一根**毡**耙往里戳。"众人听了,都回头说道:"该死该死!快唱了罢。"

薛蟠便唱道:"一个蚊子哼哼哼。"众人都怔了,说道:"这是个什么曲儿?"薛蟠还唱道:"两个苍蝇嗡嗡嗡。"众人都道:"罢罢!"薛蟠道:"爱听不爱听,这是新鲜曲儿,叫做哼哼韵儿呢。〔**索隐**〕哼哼韵,哈哈腔,皆北鄙市井之歌谣,至今犹有存者。你们要懒待听,连酒底都免了,我就不唱。"众人都道:"免了罢,〔**索隐**〕叙薛蟠粗俗,无不令人发笑,妙在不多着语。倒别耽误了别人家。"于是蒋玉函说道:

> 女儿悲,丈夫一去不回归。〔**索隐**〕指出家。女儿愁,无钱去打桂花油。女儿喜,灯花并头结双蕊。女儿乐,夫唱妇随真和合。〔**索隐**〕指再嫁。

说毕唱道:

第二十八回　蒋玉函情赠茜香罗　薛宝钗羞笼红麝串

可喜你天生成百媚娇,恰便是活神仙离碧霄。度青春年正小,配凤鸾真也巧。〔索隐〕似指世祖继后。封后时年方及笄。呀!看天河正高,听谯楼鼓敲,剔银灯同入鸳帏悄。〔索隐〕无非映娶袭人之事。

唱毕,饮了门杯,笑道:"这诗词上我倒有限,幸而昨日见了一付对子,只记得这句,可巧席上还有这件东西。"说毕,便干了酒,拿起一朵木樨来,念道:"花气袭人知昼暖。"众人倒都依了,令完。

薛蟠又跳了起来喧嚷道:"了不得,了不得!该罚,该罚!这席上并没有宝贝,你怎么说起宝贝来?"蒋玉函等说道:"何曾有宝贝?"薛蟠道:"你还赖呢!你再念来。"蒋玉函只得又念了一遍。薛蟠道:"袭人可不是宝贝是什么?〔索隐〕特点袭人。你们不信只问他。"说毕,指着宝玉。宝玉没好意思起来,说:"薛大哥,你该罚多少?"薛蟠道:"该罚,该罚。"说着拿起酒来一饮而尽。冯紫英与蒋玉函等犹问他缘故,云儿便告诉了出来。〔索隐〕云儿可人;众人俱避不肯语,云儿告出甚妙。可见亦一留心宝哥家事者。蒋玉函忙起身赔罪,众人都道:"不知者不作罪。"

少刻,宝玉出席解手,蒋玉函随了出来。二人站在廊檐下,蒋玉函又赔不是。宝玉见他妩媚温柔,心中十分留恋,便紧紧的搭着他的手,叫他"闲了往我们那里去。还有一句话问你,也是你们贵班中,有一个叫琪官儿的,〔索隐〕琪,其王也,与宝玉所说者同是一人。他如今名驰天下,〔索隐〕岂有伶界大王之号耶?因暗指帝王,故曰天下驰名。可惜我独无缘一见"。蒋玉函笑道:"就是我的小名儿。"

宝玉听说,不觉欣然,跌脚笑道:"有幸,有幸!果然名不虚传。今儿初会,便怎么样呢?"想了一想,向袖中取出扇子,将一个玉块扇坠解下来递与琪官,道:"微物不堪,略表今日之谊。"琪官接了,笑道:"无功受禄,何以克当!也罢,我这里得了一件奇物,今日早起方系上,还是簇新,聊可表我一点亲热之意。"说毕,撩衣将系小衣儿一条大红汗巾子解了下来,递与宝玉,道:"这汗巾子是茜香国女国王所贡之物,〔索隐〕揭明贡物,可见身分。夏天系着,肌肤生香,不生汗渍。〔索

《红楼梦》与顺治皇帝的爱情故事

隐〕此暗指小琬游金山时,服西洋布退红轻衫。所谓薄如蝉翼,洁比雪艳者是也。昨日北静王给的,〔索隐〕辟疆得西洋布于毕时西先生,故此曰得之北静王。北静王与琪官宝玉三人实一人也。西洋布为冒子定情之物,此特移之琪官,非误用,盖言他日改嫁,即此服外国贡物之人而已。琬衣以退红为里,故曰茜香。今日才上身。若是别人,我断不肯相赠。请二爷把自己系的解下来,给我系着。"宝玉听说,喜不自禁,连忙接了,将自己一条松花汗巾解了下来,递与琪官。

二人方束好,只听一声大叫:"我可拿住了!"只见薛蟠跳了出来,拉着二人道:"放着酒不吃,两个人逃席出来干什么?快拿出来我瞧瞧。"二人都道:"没有什么。"薛蟠那里肯依,还是冯紫英出来,才解开了。于是复又归坐,饮食至晚方散。

宝玉回至园中,宽衣吃茶。袭人见扇子上的扇坠儿没了,便问他:"往那里丢了?"宝玉道:"马上丢了。"睡觉时,只见腰里一条血点似的大红汗巾子,〔索隐〕偏说大红,全不着迹。袭人便猜了八九分,因说道:"你有了好的系裤子,把那条还我罢。"宝玉听说,方想起那条汗巾子原是袭人的,不该给人才是;心里后悔,口里说不出来,只得笑道:"我赔你一条罢。"袭人听了点头叹道:"我就知道又干这此事。也不该拿我的东西给那起混帐人,也难为你心里没个算计儿。"再欲说几句,又恐恼上他的酒来,少不得也睡了。一宿无话。

至次日天明,方才醒了,只见宝玉笑道:"夜里失了盗也不晓得,你瞧瞧裤子上。"袭人低头一看,只见昨日宝玉系的那条汗巾子系在自己腰里呢,〔索隐〕与红丝系足一类。便知是宝玉夜间换了,忙一顿就解下,说道:"我不稀罕这行货子,趁早儿拿了去。"宝玉见他如此,只得委婉劝解了一回。袭人无法,只得系上——过后宝玉出去,终久解下来,掷在个空箱子里,自己又换了一条系着——宝玉并未理论。因问起:"昨日可有什么事情?"

袭人便回说:"二奶奶打发人叫了小红去了。他原要等你来的,我想什么要紧,我就做了主,打发他去了。"宝玉道:"很是。我已知道了,不必等我罢了。"袭人又道:"昨儿贵妃打发夏太监出来送了一百二十两银子,叫在清虚观〔索隐〕通是子虚设境,不必实有其事也。初一到初

第二十八回　蒋玉函情赠茜香罗　薛宝钗羞笼红麝串

三打三天平安醮，唱戏献供，叫珍大爷领着众位爷们跪香拜佛呢。还有端午儿的节礼也赏了。"说着命小丫头来，将昨日的所赐之物取了出来。只见上等宫扇两柄、红麝香珠二串、〔索隐〕红麝香珠，至今京市有售者。初出宫制，非上赏不易得也。凤尾罗二端、芙蓉簟一领。

宝玉见了喜不自胜，问："别人也都是这个？"袭人道："老太太只多着一个香玉如意、〔索隐〕官人进献颁赏，均用如意。每有大典，则市肆如意一空。一个玛瑙枕。老爷太太姨太太的，只多着一个香玉如意。你的同宝姑娘一样。〔索隐〕一说旧日《红楼》，宝钗系奉元妃之命，指婚宝玉，其说亦通。盖世祖册后，本奉孝庄之命，或受赏较异他人也。林姑娘同二姑娘三姑娘四姑娘，只单有扇子同数珠儿，别的都没有。大奶奶二奶奶他两个，是每个两匹纱、两匹罗、两个香袋儿、两个锭子药。"宝玉听了笑道："这是怎么个缘故？怎么林姑娘的倒不同我的一样，倒是宝姐姐的同我一样，别是传错了罢？"袭人道："昨儿拿出来，都是一分一分的写着签子，怎么就错了？你的是在老太太屋里的，我去拿了来了。老太太说，明儿叫你一个，五更天进去谢恩呢。"宝玉道："自然要走一趟。"说着，便叫了紫鹃来："拿了这个到你们姑娘那里去，就说是昨儿我得的，爱什么留下什么。"紫鹃答应了拿了去，不一时回来说："姑娘说了，昨儿也得了，二爷留着罢。"

宝玉听说，便令人收了。刚洗了脸出来，要往贾母那里请安去，只见林黛玉顶头来了。宝玉赶上去说道："我的东西叫你拣，你怎么不拣？"林黛玉昨日所恼宝玉的心事，早又丢开，只顾今日的事了，因说道："我没这么大福禁受，〔索隐〕暗刺小琬无正位宫中之命。比不得宝姑娘，什么金什么玉的，我们不过是个草木之人罢了。"〔索隐〕封后用金册玉宝，故有金玉之说。草木指千里草，全是暗用。宝玉听他提出"金宝"二字来，不觉心动疑猜，便说道："除去别人说什么'金'什么'玉'，我心里要有这个想头，天诛地灭，万世不得人身！"林黛玉听他这话，便知他心里动了疑，忙又笑道："好没意思，白白的说什么誓。管你什么金什么玉的呢。"宝玉道："我心里的事，也难对你说，日后自然明白。除了老太太老爷太太这三个人，第四个就是妹妹了。要有第五个人，我也起个誓……"林黛玉道："你也不用起誓，我很知道你心里有

《红楼梦》与顺治皇帝的爱情故事

妹妹,但只是见了姐姐就把妹妹忘了。"〔索隐〕妃年长,后年幼,情僧究爱后不及妃,故云。宝玉道:"那是你多心,我再不是这样的。"林黛玉道:"昨儿宝丫头不替你圆谎,为什么问着我呢?那要是我,你又不知怎么样了。"

　　正说着,只见宝钗从那边来了,二人便走开了。宝钗分明看见,只装看不见,低头过去,〔索隐〕宝钗心中目中,无非看二人动静。到了王夫人那里坐了一回,〔索隐〕句中有眼,所谓浸润肤受者是也。然后到贾母这边。只见宝玉也在这里,宝钗因往日母亲对王夫人等曾提过金锁是和尚给的,等日后有玉的结为婚姻等语,所以总远着宝玉。昨日见元春所赐的东西,独他与宝玉一样,心里越发没意思。幸亏宝玉被一个黛玉缠住,心心念念只记挂着黛玉,并不理论这事。〔索隐〕何尝不理论,行将及矣。此刻忽见宝玉笑道:"宝姐姐,我瞧瞧你那香串子。"可巧宝钗左腕上笼着一串,见宝玉问他,少不得褪了下来。

　　宝钗原生的肌肤丰泽,不容易褪下来。〔索隐〕满人丰泽者较丽,世祖继后当是环肥一流。宝玉的旁边看着雪白的臂膊,不觉动了羡慕之心,〔索隐〕意淫。暗暗想道:"这个膀子,若长在林姑娘身上,或者还得摸一摸,偏长在他身上,恨我没福。"忽然想起"金玉"一事来,再看宝钗形容,只见脸若银盆,眼同水杏,唇不点而红,眉不画而翠,比黛玉另具一种妩媚风流,不觉就呆了;〔索隐〕后之爱幸,或由见臂而始,宫廷中往往有此类传闻。或谓小琬肤白似此处所写,非是。宝钗褪下串子来递与他,也忘了接。〔索隐〕痴如木鸡,似戏剧中忘神情态。

　　宝钗见他呆了,自己倒不好意思,丢下串子。回身才要走,只见黛玉登着门槛,嘴里咬着手帕笑。宝钗道:"你又禁不得风吹,怎么又站在风口里。"黛玉笑道:"何曾不是在房里,只因听见天上一声叫,出来瞧了瞧,原来是个呆雁。"宝钗道:"呆雁在那里呢?我也瞧瞧。"黛玉道:"我才出来,他就'忒儿'一声飞了。"口里说着,将手里帕子一抛,向宝玉脸上抛来。宝玉不知,正打在眼上,"嗳哟"了一声。要知端详,且听下回分解。

　　〔索隐〕本回亦铺叙闲情,微有映带。在本事为零金碎玉,在

第二十八回　蒋玉函情赠茜香罗　薛宝钗羞笼红麝串

书中为正面中锋。言情之又，以此数回为最艳。

自首句起，至"遂都到前头来了。"句止，为第一段，归结上回葬花，并解释一宵之憾。语言恳挚，真非深于情者不能。是为黛玉第一次着恼。

自"王夫人见了黛玉"句起，至"我死了也罢了"句止，专为写宝玉的药方。试思宝玉不行医，安有药方？且说来似假似真。宝玉在母前，似不肯故作此谎。作者本意，盖欲明世祖爱护董妃之至，尚方药物，匪仅不惜其费，抑且不惮其劳。虽寻坟冢古珠一层，当时有无其事已无记载可考，然读梅村《读史偶述》第三十四首云："渭园千亩送赞筜，嫩箨青青道正长。夜半火米知走马，尚方药物待新筜。"则是方中用竹，采自远方。其眷妃之切，选药之精，几与南海荔枝相等。由此例彼，则寻珠一事必亦当日有闻，作者乃确然道出，并及丸方之价。因正文无多，全用当时小小闻见作衬，而笔端神妙，说来足令解颐，此真写圣手也。世祖尝陪斋馔，梅村诗亦有此。《读史偶述》其三十五首云："新设椒园内道场，云坛斋供自焚香。大官别有伊蒲馔，亲割鸾刀奉法王。"书中闲情映带，点缀生新，一二敌人千百矣。段中夹叙宝玉不与黛玉偕行，且与宝钗背语，为黛玉所闻，重言者再，是为黛玉第二次着恼。

自"宝玉出来外面"句起，至"不必等我罢了"句止，为第三段，专叙蒋玉函赠茜香罗事，为后来袭人再嫁伏根，内中亦映带小琬一二故事，使人知书中所不满意于袭人者，即在琬也。况情僧好色，猥亵并陈，当时或有供奉之优伶。如《梅村集》所称王郎之流得蒙天眷者，书中常写，亦必有其人可指也。

自"袭人道"句起，至柬句止，为第四段，专写宝玉移爱及钗。若专就书中而论，自奇缘识锁以后，已一往情深，岂以此时为始？然所舍本事，则识锁一段为幸豫王邸识刘妃之事，故钗以淡装。此处一段，为在宫中眷继后之事，故钗膺慈赐。人同事异，书法因而不同。读《红楼》者，须一部合看，又须各段分看；即事求之，其隐自见。段末复归入黛玉之打呆雁，

《红楼梦》与顺治皇帝的爱情故事

酸意盎然,是为第三次小小着恼。

通体四段,仍联一气,章法亦清。

〔**护花评**〕黛玉处处不放宝钗,宝钗处处留心黛玉,二人一般心事,两样做人。

又:宝钗冷香丸,是自己细说;黛玉丸方,是宝玉诓说。遥遥关照。

又:宝玉说"理他呢,过一会子就好了",却被黛玉听见,借端讥诮。可见黛玉先走,并未径走,原有心等宝玉同行。作者于后文描出前情,既省笔墨,更为得神。

又:酒令各曲,俱有情关照。惟薛蟠所说所唱,村俗可笑,酒底亦不说,描尽呆霸王粗蠢,文笔亦变换不板。

又:蒋玉函于酒令中无意说出"袭人"二字,松花汗巾,玉函先已束腰间,大红汗巾,夜间宝玉又系袭人腰里。姻缘固有前定,伏笔构思甚巧。

又:元妃节礼,宝玉与宝钗一样,不但贾母属意宝钗,即元妃亦同有此心。

又:宝玉见宝钗肌容发呆呆看,是钟情,亦是意淫。

又:黛玉咬帕暗笑,想见已在门槛上偷看多时。

又:顺手叙出凤姐要小红,前后血脉贯通。

〔**大某评**〕宝玉宝钗一样礼物,颁自椒房,只算敕赐为夫妇。

第二十九回 享福人福深还祷福
　　　　　　多情女情重愈斟情

　　话说宝玉正自发怔,不想黛玉将手帕子抛了来,正碰在眼情上,倒唬了一跳。问是谁,林黛玉摇着头儿笑道:"不敢,是我失了手。因为宝姐姐要看呆雁,我比给他看,不想失了手。"宝玉揉着眼睛,待要说什么,又不好说的。

　　一时凤姐儿来了,因说起初一日在清虚观打醮的事来,〔索隐〕清虚观疑是元妙观之隐称。白云观道士,多为王公替身,自国初即盛。约着宝钗、宝玉、黛玉等看戏去。宝钗笑道:"罢罢,怪热的,什么没看过的戏,我不去。"凤姐道:"他们那里凉快,两边又有楼。咱们要去,我头几天打发人去,把那些道士都赶出去,把楼上打扫了,挂起帘子来,一个闲人不许放进庙去才是好呢。我已经回了太太了,你们不去我自家去。这些日子也闷得很了,家里唱顿戏,我又不得舒舒服服的看?"

　　贾母听说,就笑道:"既这么着,我同你去。"凤姐听说笑道:"老祖宗也去敢是好,可就是我又不得受用了。"贾母道:"到明儿我在正面楼上,你在旁边楼上,你也不用到我这边来立规矩,可好不好?"凤姐笑道:"这就是老祖宗疼我了。"

　　贾母因向宝钗道:"你也去,连你母亲也去。长天老日的,在家里也是睡觉。"宝钗只得答应着。贾母又打发人去请了薛姨妈,顺路告诉王夫人,要带了他们姊妹去。王夫人因一则身上不好,二则预备元春有人出来,早已回了不去的,〔索隐〕撇开王夫人,以示所隐非王公福晋之事。听贾母如此说,笑道:"还是这么高兴!打发人去到园里告诉,有要逛去的,只管初一跟老太太逛去。"

　　这个话一传开了,别人都还可以,只是那些丫头们,天天不得出门

《红楼梦》与顺治皇帝的爱情故事

槛儿,〔**索隐**〕后妃尚有应行典礼,惟宫中婢女,非及年不得出宫。听了这话,谁不要去?便是各人的主子懒怠去,他也百般的撺掇了去,因此李宫裁等都说去。贾母越发心中喜欢,早已吩咐人去打扫安置,都不必细说。

单表到了初一这一日,〔**索隐**〕自五月初一以至初五,都人均谓之毒日,凡事不利,至十五犹然,百事均忌,惟宜斋禳等事,宫中尤重视之。荣国府门前车辆纷纷,人马簇簇。那底下凡执事人等,闻得是贵妃做好事,贾母亲去拈香,五月初一日乃月之首日,况是端阳节间,因此凡动用的什物,一色都是齐的,不同往日。

少时,贾母等出来。贾母坐一乘八人大轿,〔**索隐**〕非太后不乘。李氏、凤姐、薛姨妈等人一乘四人轿,〔**索隐**〕此隐指关防主位之有贵爵者。轿不言色,大抵色黄,故后有鹅黄缎子这说,疑似补笔。清制太后帝后得乘鹅黄轿,妃以下乘杏黄。杏黄色较深;鹅黄色非至尊及神佛不得用。宝钗黛玉二人共坐一辆翠盖珠璎八宝车,〔**索隐**〕黄围绿围车,亦视爵而差,此隐指主位之爵之稍次者。迎春、探春、惜春三人共坐一辆朱轮华盖车。〔**索隐**〕此隐指公主郡主之制。凡公主郡主,例得乘朱围车舆。此特就迎春姊妹言之,可知与宫嫔有别。然后贾母的丫头鸳鸯、鹦鹉、琥珀、珍珠,林黛玉的丫头紫鹃、雪雁、春纤,宝钗的丫头莺儿、文杏,迎春的丫头司棋、绣橘,探春的丫头侍书、翠墨,惜春的丫头入画、彩屏,薛姨妈的丫头同喜、同贵,外带香菱,香菱的丫头臻儿,李氏的丫头素云、碧月。凤姐儿的丫头平儿、丰儿、小红,并王夫人的两个丫头金钏、彩云,也跟了凤姐儿来。奶子抱着大姐儿另在一车上,〔**索隐**〕此一段极力铺叙宫眷婢女之多。当时慈宁、乾清两宫中人,大抵在百人以上。还有两个丫头。一共又连上各房的老嬷嬷奶娘,并跟出门的家人媳妇们,黑压压的站了一街的车。〔**索隐**〕康熙初年,竭力裁减,而乾清一宫,女侍妇媪尚有一百三十余人之多。合之他宫可知,顺治朝可知。贾母等已经坐轿去了多远,这门前尚未坐完。〔**索隐**〕此等文法,纯从太史公得来,不必摹写卤簿之如何盛,扈从之如何多,车轿之如何鳞次,而其像自呈。而近人小说,叠床架屋书之,反觉可厌。这个说我不同你在一处,那个说你压了我们奶奶的包袱,那边车上又说招了我的

·362·

第二十九回　享福人福深还祷福　多情女情重愈斟情

花儿，这边又说碰了我的扇子，咕咕呱呱，说笑不绝。〔索隐〕口吻神情逼真逼肖，的是长日闺门，不见天日之青年婢女，出门欢笑情形。雪芹阀阅之家，见之已稔，故能推想及之。近日小说家力描情态，全不合格。故（清）情真二字，最不易得。

周瑞家的走来过去的〔索隐〕既用"走来"，复用"过去"二字何意？可见本在远处，绕越而近，人多拥挤，不言自见。此等处可见文家真本领。说道："姑娘们，这是街上，〔索隐〕口气神肖，想见管家婆大言讽诮，众人败兴的情形。看人笑话。"说了两遍，方见好了。〔索隐〕或一时声低语歇，而车多人众，插坐需时，语声仍不能遽绝，确有此理。故加"说了两遍"四字，不是说诸鬟之不遵规矩，是说人多之不易照料。全写阃官出游之热闹，本罕有事也。前头的全副执事摆开，早已到了清虚观门口。〔索隐〕其长可知。帝后非遇大典，不用卤簿，而羽林之众，王公扈从之多，已足绵亘数里。宝玉骑着马，在贾母轿前，街上人都站住两边。〔索隐〕警跸驾出，行人应驱帷幕之外，此浑言之，示不能照常行走而已。

将至观前，只听钟鸣鼓响，早有张法官执香披衣，带领众道士在路旁迎接。〔索隐〕应是跪接。贾母在轿刚至山门以内，见了土地、本境城隍各位泥塑圣像，便命住轿。〔索隐〕应至佛殿降舆，孝庄敬佛，故从谦礼。全是纪实。贾珍带领各子弟上来迎接。凤姐儿知道鸳鸯等在后面，赶不上贾母，自己下了轿，忙要上来搀。〔索隐〕凤姐真能得人心。可巧有个十二三岁的小道士儿，拿着剪筒，照管剪各处蜡花，正欲得便且藏出去，不想一头撞在凤姐儿怀里。凤姐便一扬手，照脸一下，把那小孩子打了一个筋斗，骂道："小野杂种，往那里跑？"那小道士也不顾拾烛剪，爬起来往外还要跑。正值宝钗等下车，众婆娘媳妇正围随的风雨不透，但见一个小道士滚了出来，都喝声叫打。〔索隐〕非后妃用关防，无论何等贵人，俱不能禁止本庙人出入，况是幼童。全是写官嫔入庙的情景。贾母听了，忙问："是怎么了？"贾珍忙出来问，凤姐上去搀住贾母，就回说："一个小道士儿，剪烛花的，没躲出来，这会子混钻呢。"贾母听说忙道："快带了那孩子来，别唬着他。小门小户的孩子，都是娇生惯养惯了的，那里见过这个势派？倘或唬着他，倒怪可怜儿的，

《红楼梦》与顺治皇帝的爱情故事

他老子娘岂不疼的慌。"说着，便叫贾珍："去好生带了来。"贾珍只得去拉了。那孩子一手拿着烛剪，跪在地下乱颤。〔索隐〕颤是恒情，跪是特制。贾母命贾珍拉起来，叫他不要怕，问他几岁了，那孩子总说不出话来。贾母还说"可怜儿的"。又向贾珍道："珍阿哥，带他去罢，给他钱买果子吃，叫人别难为了他。"贾珍答应领他去了。

这里贾母带着众人，一层一层的瞻拜观玩。外面小厮们见贾母等进入二层山门，忽见贾珍领了一个小道士出来，叫人来带去，给他几百钱，不要难为了他。家人听说，忙上来领了下去。

贾珍站在台矶上，〔索隐〕此处之贾珍，是当日值班之御前王公，不能定为何人。因问："管家在那里？"〔索隐〕王府护卫之首领，名曰管家大臣。故贾珍呼管家，非如寻常人家以管家为尊称，用以呼他人之仆。底下站的小厮们见问，都一齐喝声说："叫管家。"登时林之孝一手整理着帽子跑了来，到贾珍跟前。贾珍道："虽说这里地方大，今儿咱们人多，你使的人，你就带了在这院里罢；使不着的，打发到那院里去。把小幺儿多挑几个，在这二层门上，同两边的角门上伺候着，要东西传话。你可知道不知道？今儿姑娘奶奶也都出来，一个闲人不许到这里来。"林之孝忙答应："晓得。"又说了几个"是"，贾珍道："去罢。"又问："怎么不见蓉儿？"

一声未了，只见贾蓉从钟楼里跑了出来。贾珍道："你瞧瞧他，我这里也没热，他倒乘凉去了。"喝命家人："啐他。"那小厮们都知道贾珍素日的性子，违拗不得，便有个小厮上来，向贾蓉脸上啐了一口。贾珍还眼向着他，那小厮便向贾蓉道："爷还不怕热，哥儿怎么先乘凉去了？"贾蓉垂着手，一声不敢说。那贾芸、贾萍、贾芹等听见了，不但他们慌了，亦且连贾琏、贾碏、贾琼等也都忙了，一个一个从墙根下慢慢的溜下来。〔索隐〕此一段确是清室亲贵中人行径。父子兄弟，外观礼貌极严，其实极宽。随驾当差，更形慎重，故贾琏亦循循执弟子礼。

贾珍又向贾蓉道："你站着做什么，还不骑了马，跑到家里告诉你娘母子去。老太太同姑娘们都来了，叫他们快来伺侯。"〔索隐〕王公福晋应来助祷。写得如此慎重，断非待寻常伯叔、祖母行之礼，全是说太后游幸。贾蓉听说，忙跑了出来，一叠连声的要马，一面抱怨道："早都不

第二十九回　享福人福深还祷福　多情女情重愈斟情

知做什么的，这会子寻趁我！"一面又骂小子："捆着手呢么，马也拉不来？"要打发小厮去，又恐怕后来对出来，说不得亲自走一趟，骑马去了。〔**索隐**〕纯是王府哥儿的行径。上文贾母称阿哥，尤见为天潢贵胄。"阿哥"二字，非皇子不得称。

　　且说贾珍方要抽身进来，只见张道士站在旁边陪笑说道："论理我不比别人，应该头里伺候，只因天气炎热，众位千金都出来了，法官不敢擅入。请爷的示，恐老太太问，或要随喜那里，我只在这里伺候罢了。"贾珍知道这张道士，虽然是当日荣国公的替身。〔**索隐**〕是指为睿王替身，荣国公即从睿王名衮字上化出。当初入关，重佛殊甚，至尊王公均有替身出家。至乾隆朝，此风未替。睿王替身，即元妙观之老神仙也。曾经先王〔**索隐**〕"先王"二字着眼，是王非皇，不得疑为太宗替身，缘太宗未尝入关也。御口亲呼为大幻仙人，〔**索隐**〕是睿王赐呼。如今现掌道录司印，又是当今封为终了真人，〔**索隐**〕是世祖亲政后加封，故用"当今"二字。现今土公藩镇都称为神仙，〔**索隐**〕其煊赫一刘，较光绪朝白云观道士势力尤大。所以不敢轻慢。二则他又常往两府里去的，凡夫人小姐都是见的。今见他如此说，便笑道："咱们自己，你又说起这话来？再多说，我把你这胡子还揪了你的呢！还不跟我进来。"那张道士呵呵大笑着，跟了贾珍进来。

　　贾珍到贾母跟前，控身陪笑说道："张爷爷进来请安。"贾母听了忙道："搀他来。"贾珍忙去搀了过来。那张道士先呵呵笑道："无量寿佛！老祖宗一向福寿康宁，众位奶奶小姐纳福。一向没到府里请安，老太太气色越发发好了。"贾母笑道："老神仙，你好？"张道士笑道："托老太太的万福，小道也还健康。别的倒罢了，只记挂着哥儿一向身上好。前日四月二十六日，我这里做遮天大王的圣诞，人也来的少，东西也很干净，我说请哥儿来逛逛，怎么说不在家？"贾母说道："果真不在家。"一面回头叫宝玉。谁知宝玉解手去了才来，忙忙上前问："张爷爷好。"张道士忙抱住问了好，又向贾母笑道："哥儿越发发福了。"贾母道："他外头好，里头弱，又搭着他老子逼着他念书，生生的把个孩子逼出病来了。"张道士道："前儿我在好几处看见哥儿写的字，做的诗，都好的了不得，怎么老爷还抱怨，说哥儿不大喜欢念书呢？依小道看来，也就罢了。"又叹道:"我看见哥儿的这个形容身段、言谈举动,怎么就同当日国公爷一个稿子!"说着,两眼流下泪来。贾母听了,也由不得满脸泪痕,〔索隐〕此时睿王已死,故替身与太君对泣,全为反衬归省所隐一段文章。说道:"正是呢。我养了这些儿子、孙子,也没一个像他爷爷的,就只这玉儿像他爷爷。"〔索隐〕忽念故夫,却从替身引出,处处是逼写。

那张道士又向贾珍道:"当日国公爷的模样儿,爷们一辈的不用说,自然没赶上,大约连大老爷二老爷也记不清楚了。"〔索隐〕陪一笔不单,又见张道士倚老自尊之态。说毕,又呵呵大笑道:〔索隐〕一副急泪,易放易收;替身之哭,本无真痛,是反衬对面之人。"前日在一个人家,看见一位小姐,今年十五岁了,生的倒也好个模样儿。我想着哥儿也该寻亲事了,若论这个小姐模样儿,聪明智慧,根基家当,倒也配的过,但不知老太太怎么样?小道也不敢造次,等请了老太太示下,才敢向人家张口呢。"贾母道:"上回有个和尚说了,这孩子命里不该早娶,等再大一大儿再定罢。你如今也随听着,不管他根基富贵,只要模样儿配的上,就来告诉我。便是那家子穷,不过给他几两银子,只是模样儿、性格儿,难得好的。"

说毕,〔索隐〕都门僧道,往来贵家,无非媒妁苞苴之事,况此间特用提亲一层。直至下回,方见结穴。只见凤姐儿笑道:"张爷爷,我们丫头的寄名符儿,你也不换去?前儿亏你还有那么大脸,打发人和我要鹅黄缎子去,〔索隐〕提明鹅黄缎子,足见是帝后恒用之品。要不给你,又恐怕你那老脸上过不去。"张道士呵呵大笑道:"你瞧,我眼花了,也没见奶奶在这里,也没道谢。寄名符早已有了,前日原想送去的,不指望娘娘来做好事,也就混忘了,还在佛前镇着,待我取来。"说着,跑到大殿上去,一时拿了一个茶盘,搭着大红蟒缎经袱子,〔索隐〕特提大红蟒缎,可见鹅黄缎非所恒用,或因为先王替身,特有表异之处。如江南和尚,因圣祖一抚,绣龙于肩,与人只一臂为礼。托出符来。大姐儿的奶子接了符。

张道士方欲抱过大姐儿来,只见凤姐笑道:"你就手里拿出来罢了,又用个盘子托着。"张道士道:"手里不干不净的,怎么拿?用盘子洁净

第二十九回　享福人福深还祷福　多情女情重愈斟情

些。"凤姐笑道："你只顾拿出盘子，倒唬我一跳，我不说你是为送符，倒像是和我们化布施来了。"众人听说，哄然一笑，连贾珍也掌不住笑了。贾母回头道："猴儿，猴儿，你不怕下拔舌地狱？"凤姐笑道："我们爷儿们不相干，他怎么常常的说我该积阴骘，迟了就短命呢？"

张道士也笑道："我拿出盘子来，一举两用，却不为化布施，倒要将哥儿的这玉请了下来，托出去给那些远道来的道友，并徒子徒孙们见识见识。"贾母道："既这么着，你老人家老天拔地的跑什么，就带他去，瞧了叫他进来，岂不省事！"张道士道："老太太不知道，看着小道是八十岁的人，托老太太的福，倒也健朗。二则外面的人多，气味难闻，况是个暑热的天，哥儿受不惯。倘或哥儿中了腌臜气味，倒值多了。"贾母听说，便令宝玉摘下通灵玉来，放在盘内。张道士兢兢业业的用蟒袱子垫着，捧了出去。

这里贾母与众人各处游玩一回，方去上楼。只见贾珍回说："张爷爷送了玉来。"刚说着，只见张道士捧了盘子，走到跟前笑道："众人托小道的福，见了哥儿的玉，实在稀罕，都没什么敬贺，这是他们各人传道的法器，都愿意为敬贺之礼。哥儿便不稀罕，只当着玩耍赏人罢。"贾母听说，向盘内看时，只见也有金璜，也有玉玦，或有事事如意，或有岁岁平安，皆是珠穿宝嵌，玉琢金镂，共有三五十件。因说道："你也胡闹。他们出家人，是那里来的，何必这样？这断不能收。"张道士笑道："这是他们一点敬意，小道也不能阻挡，老太太若不留下，岂不叫他们看着小道微薄，不像是门下出身了。"

贾母听如此说，方命人接下了。宝玉笑道："老太太，张爷爷既这么说，又推辞不得，我要这个也无用，不如叫小子捧了这个，跟着我出去散给穷人罢。"贾母笑道："这话说的是。"张道士又忙拦道："哥儿虽要行好，但这些东西，要说不甚稀罕，到底也是几件器皿。若给了乞丐，一则与他们无益，二则反倒糟蹋了这些东西。要舍给穷人，何不就散钱与他们？"宝玉听说，便命收下，"等晚间拿钱施舍罢"。说毕，张道士方才退出。

这里贾母与众人上了楼，正在前面楼上归坐。凤姐等上了东楼，众丫头等在西楼，轮流伺候。贾珍一时来回道："神前拈了戏，头一本

《红楼梦》与顺治皇帝的爱情故事

《白蛇记》。"贾母问:"《白蛇记》是什么故事?"贾珍道:"汉高祖斩蛇方起首的故事。〔索隐〕隐喻睿王开国。第二本是《满床笏》。"〔索隐〕憩喻睿王功成,一门贵盛,犹得夫妇齐眉之乐。贾母道:"这倒是第二本也还罢了,神佛要这样,也只得罢了。"又问第三本,是《南柯梦》。〔索隐〕功名富贵,霎时消灭,隐喻睿王之早死革爵。贾母听了,便不言语。〔索隐〕隐喻中孝庄之痛。贾珍退了下来,至外边预备着申表焚钱楮开戏。不在话下。

且说宝玉在楼上坐在贾母旁边,因叫个小丫头子捧着方才那一盘子贺物,将自己的玉带上,用手翻弄寻拨,一件一件挑与贾母看。贾母因看见有个点翠赤金的麒麟,〔索隐〕此两回书,全用麒麟点醒。便伸手拿起来笑道:"这件东西,好像是我见谁家的孩子也带着一个的。"〔索隐〕史家旧物,故眼熟。宝钗笑道:"史大妹妹有一个,比这个小些。"〔索隐〕'小'字大有文章,读者须牢记勿忘。贾母道:"原来是云儿有这个。"宝玉道:"他这么往我们家里去住着,我也没看见。"探春笑道:"宝姐姐有心,他不管什么,他都记得。"林黛玉冷笑道:"他在别的上头心还有限,惟有这些人带的东西上越发留心。"〔索隐〕诚然。宝钗听说,便回头装没听见。

宝玉听见史湘云有这件东西,自己便将那麒麟忙拿起来,揣在怀里。一面心里又想到怕人看见他听是史湘云有了,也就留着这件,因此手里揣着,却拿眼睛瞟人。〔索隐〕神趣俱备。只见众人倒都不理论,惟有林黛玉瞅着他点头儿,似有赞叹之意。〔索隐〕宝姑娘亦何尝不留心。宝玉不觉心里没意思起来,又掏出来向着黛玉讪笑道:"这个东西倒好玩,我替你留着,到家穿上你带。"黛玉将头一扭道:"我不稀罕。"宝玉笑道:"你既不稀罕,我少不得就拿着。"说着,又揣了起来。刚要再说,只见贾珍之妻尤氏和贾蓉新近续娶的媳妇,婆媳两个来了。见过贾母,贾母道:"你们又来什么!我不过没事来逛逛。"一句话说了,只见人报:"冯将军家有人来了。"〔索隐〕冯铨等一辈人。

原来冯紫英家听见贾府在庙里打醮,连忙预备猪羊香烛茶食之类的东西送礼。凤姐听了,忙赶过正楼来,拍手笑道:"嗳哟!我却不防这个,只说咱们娘儿们来闲逛逛,人家只当咱们大摆斋坛的,来送礼。都

第二十九回　享福人福深还祷福　多情女情重愈斟情

是老太太闹的！这又不曾预备赏封儿。"刚说了，只见冯家的管家两个婆子上楼来了。冯家两个未去，接着赵侍郎家也有礼来了。〔索隐〕顺治初年，赵布泰、赵开心诸人曾为侍郎，统言诸二臣之善逢迎，工于满族。于是接二连三，都听见贾母打醮，女眷都在庙里，凡一应远亲近友世家相与，都来送礼。

贾母才后悔起来，说："又不是什么正经斋事，我们不过闲逛逛，没的惊动人。"因此，虽看了一天戏，至下午便回来了，次日便懒得去。凤姐又说："打墙也是动土，已经动了人，今儿乐得还去逛逛。"贾母因昨日见张道士，提起宝玉说亲的事来，谁知宝玉一日心中不自在，回家来生气，嗔着张道士与他说了亲，口口声声说："从今以后，再不见张道士了。"别人也并不知为什么缘故。〔索隐〕其缘故恐似世祖不悦睿王，故用宝玉不愿见张道士作衬。二则林黛玉昨日回家，又中了暑。因此二事，贾母便执意不去了。凤姐见不去，自己带了人去，也不在话下。

且说宝玉因见林黛玉病了，心里放不下，饭也懒得吃，不时来问。黛玉又怕他有个好歹，因说道："你只管看你的戏去，在家里做什么？"宝玉因昨日张道士提亲事，心中不大受用，今听见林黛玉如此说，心里因想道："别人不知道的还可恕，连他也奚落起我来。"因此心中更比往日更烦恼加了百倍。若是别人跟前，断不能动这肝火，只是黛玉说了这话，倒又比往日别人说这话不同，由不得立刻沉下脸来，说道："我白认得了你！罢了，罢了。"林黛玉听说，便冷笑了两声道："白认得我了，那里像人家有什么配得上的呢。"宝玉听了，便向前来，直问到脸上："你这么说，是安心咒我天诛地灭！"林黛玉一时解不过这话来。宝玉又道："昨儿还为这个赌了几回咒，今儿你到底又重找一句，我便天诛地灭，你又有什么益处？"黛玉一闻此言，方想起上日的话来。今日原自己说错了，又是着急，又自羞愧，便战战兢兢的道："我要安心咒你，我也天诛地灭！何苦来，我知道昨日张道士说亲，你怕拦了你的姻缘，你心里生气，来拿我煞性子。"

原来那宝玉有一种下流痴病，况从幼时和黛玉耳鬓厮磨，心情相对，及如今稍明时事，又看了那些邪书僻传，凡远亲近友之家，所见的那些闺英闱秀，皆未有稍及林黛玉者，所以早存一段心事，只不好说出来。

《红楼梦》与顺治皇帝的爱情故事

故每每或喜或怒,变尽法子,暗中试探。那林黛玉偏生也是个有些痴病的,也每用假情试探。因你既将真心真意瞒了起来,只用假意,我也将真心真意瞒了起来,只用假意。如此两假相逢,终有一真,其间琐琐碎碎,难保不有口角之争。

即如此刻,宝玉心内想的是:"别人不知我的心还可恕,难道你就不想我的心里只有你?你不能为我解烦恼,反来以言语奚落堵噎我,可见我心里一时一刻皆有你,你心里竟没我了。"宝玉是这个意思,只口里说不出来。那林黛玉心里想着:"你心里自然有我,虽有金玉相对之说,你岂是重这邪说,不重我的?我便时常提起金玉,你只管了然无闻的,方见得是待我重,无毫发私心了。如何我只一提金玉的事,你就着急?可知你心里时时有金玉。见我一提,你又怕我多心,故意着急,安心哄我。"看来两个人原本是一个心,却多生了枝叶,反弄成两个心了。

宝玉心中又想着:"我不管怎么样都好,只要你随意,我便立刻因你死了也情愿。你知也罢,不知也罢,只由我的心,那才是你和我近,不和我远。"林黛玉心里又想着:"你只管你,你好我自好,你何必为我把自己失了?殊不知你失我也失,可见你不叫我近你,竟叫我远你了。"如此看来,却都是求近之心,反弄成疏远之意。此皆是他二人素昔所存私心,难以尽述。

如今只述他们外面的形容。那宝玉又听见他说"好姻缘"三个字,越发逆了己意,心里干噎,口里说不出话来,便赌气向头上摘下通灵玉来,咬咬牙,狠命往地下一摔,道:"什么劳什子,我砸了你就完了事了!"偏生那玉坚硬非常,摔了一下,竟文风不动。宝玉见不破,便回身找东西来砸。黛玉见他如此,早已哭起来,说道:"何苦来你摔砸那哑吧东西,有砸他的不如来砸我。"

二人闹着,紫鹃雪雁等忙解劝。后来见宝玉下死砸玉,忙上来夺,又夺不下来。见比往日闹的大了,少不得去叫袭人。袭人忙赶了来,才夺了下来。宝玉冷笑道:"我是砸我的东西,与你们什么相干?"袭人见他脸都气黄了,眼眉都变了,从来没气得这样,便拉着他的手笑道:"你和妹妹拌嘴,不犯着砸他;倘砸坏了,叫他心里脸上怎么过的去?"

林黛玉一行哭着,一行听了这话,说到自己心坎儿上来,可见宝玉

第二十九回　享福人福深还祷福　多情女情重愈斟情

连袭人不如，越发伤心大哭起来。心里一烦恼，方才吃的香薷饮解暑汤便承受不住，"哇"的一声都吐了出来。紫鹃忙上来用手帕子接住，登时一口一口的把块手帕子吐湿。雪雁忙上来捶。紫鹃道："虽然生气，姑娘到底也该保重着。才吃了药好些，这会子因和宝二爷拌嘴，又吐了出来。倘或犯了病，宝二爷怎么过的去呢？"

宝玉听了这话，说到自己心坎儿上来，可见黛玉不如一紫鹃。又见黛玉脸红头胀，一行啼哭，一行气凑，一行是泪，一行是汗，不胜怯弱。宝玉见了这般，又自己后悔"方才不该同他较量。这会子的这样光景，我又替不了他。"心里想着，也由不得滴下泪来了。

袭人见他两个哭，由不得守着宝玉也心酸起来。又摸着宝玉的手冰凉，待要劝宝玉不哭罢，一则又恐宝玉有什么委屈，闷在心里，二则又恐薄了黛玉，不如大家一哭，就丢开手了，因此也流下泪来。紫鹃一面收拾了吐的药，一面拿扇子替黛玉轻轻的扇着，见三个人都鸦雀无声，各自哭各自的，也由不得伤起心来，也拿手帕子拭泪。四个人都无言对泣。

一时袭人勉强笑向宝玉道："你不看别的，你看看这玉上穿的穗子，也不该同林姑娘拌嘴。"黛玉听了，也不顾病，赶来夺过去，顺手抓起一把剪子来就剪。袭人紫鹃刚要夺，已经剪了几段。黛玉哭道："我也是白效力，他也不稀罕，自有别人替他再穿好的去。"袭人忙接了玉，道："何苦来？这是我才多嘴的不是了。"宝玉向林黛玉道："你只管剪，横竖我不带他，也没什么。"

只顾里头闹，谁知那些老婆子们见黛玉大吐大哭，宝玉又砸玉，不知道要闹到什么田地，倘或连累了他们，一齐往前头回贾母王夫人知道，好不干连了他们。那贾母王夫人见他们忙忙的做一件正经事来告诉，也都不知有了什么大祸，便一齐进园来瞧他兄妹。急的袭人抱怨紫鹃为什么惊动了老太太、太太。紫鹃又只当是袭人去告诉的，也抱怨袭人。

那贾母王夫人进来，见宝玉也无言，林黛玉也无话。问起来又没为什么事，便将这祸移到袭人紫鹃两个人身上，说："为什么你们不小心服侍，这会子闹起来，却不管了。"因此将他二人连骂带说教训了一顿。二人都没话，只得听着。还是贾母带出宝玉去了，方才平服。〔索隐〕此

· 371 ·

《红楼梦》与顺治皇帝的爱情故事

一段文章,精微曲折,描写宝黛之情愫,并及袭紫二人之情愫,深深款款。愈入愈深,非慧心人不能知,亦非大手笔不能写。妙在是空中楼台,并与所隐无干。必多演言情之文,方能使阅者心,迷目眩,视为书中正文,不暇向底里一层索解,故能瞒过多人。

过了一日,至初三日,乃是薛蟠生日。家里摆酒唱戏,贾府诸人都去了。宝玉因得罪了黛玉,二人总未见面,心中正自后悔,无精打彩的,那里还有心肠去看戏,因而推病不去。林黛玉不过前日中了些暑溽之气,本无甚大病,听见他不去,心里想:"他是好吃酒看戏的:今日反不去,自然因为是昨儿气着了。再不然,他见我不去,他也没心肠去,只是昨儿千不该万不该,剪了那玉上的穗子,管定他再不带了,还得我穿他才带。"因而心中十分后悔。

那贾母见他两个都生了气,只说趁今儿那边去看戏,他两个见了,也就完了,不想又都不去。老人家急的抱怨说:"我这老冤家,是那世里孽障,偏生遇见这么两个不省事的小冤家,没有一天不叫我操心。真是俗语说的,不是冤家不聚头。〔索隐〕此言赠情僧妃子也可,赠辟疆小琬也可。几时我闭了眼,断了这口气,凭这两个冤家闹上天去,我眼不见心不烦,也就罢了,偏又不咽这口气。"自己抱怨着也哭了。

这话传入宝黛二人耳内,他二人竟从未听见过"不是冤家不聚头"的这句俗话,如今忽然得了这句话,好似参禅的一般,都低头细爵这句话的滋味,都不觉潸然泣下。虽不曾会面,然一个在潇湘馆临风洒泪,一个在怡红院对月长吁,却不是人居两地,情发一心么?

袭人因劝宝玉道:"千万不是,都是你的不是。往日家里小厮们和他的姊妹拌嘴,或是两口子分争,你听见了,还骂小厮们蠢,不能体贴女孩儿们的心肠。今儿你也这么着了?明儿初五,大节下你们两个再这么仇人似的,老太太越发要生气,一定弄的不安生。依我劝你,正经下个气赔个不是,大家还是照常一样。这么也好,那么也好。"宝玉听了,不知依与不依。要知端详,且听下回分解。

〔索隐〕此回专为回映十七、十八两回,写睿王死后,孝庄追念的光景。书中虽言祷福,然就清虚观替身道士设醮,未必非

第二十九回　享福人福深还祷福　多情女情重愈斟情

作冥事。睿王卒在冬间，此言夏间，或非生忌等日。至孝庄果否有游观寺庙之事，今不可考矣。此回重在此事。

下半段则演宝黛闲情，无甚关系，然在书中却是正文。此书非此数段写情，人便不欲读，故闲笔亦不可少。

〔护花评〕写凤姐打小道士，贾母安慰小道士，恃势厚道，两相对照。

又：写张道士说话举动的是一个有体面的老道，又是荣国公之替身。最妙处是说宝玉形容举动同国公一样，流下泪来一般。此老道才能不可及处。

又：张道士用盘送符，请宝玉通灵玉给众道看，中间夹写凤姐戏言，不但灵活，且即借伏凤姐短命。

又：神前拈戏，第一本《白蛇记》，汉高祖斩蛇起事，是初封国公已往之事。第二本是《满床笏》，是现在情形。三本《南柯梦》是后来结局。故贾母默然，止演第二本。

又：宝钗金锁已惹黛玉妒心，偏又弄出金麒麟及张道士说亲，黛玉安得不更妒？真是多心人偏遇刺心事。

又：黛玉说宝钗专留心人带的东西，有意尖刻。宝钗装没听见，亦非无意，只是浑含不露。

又：宝玉砸玉，黛玉吐药，宝黛袭紫四人无言对泣，描写噪闹情形，既真切，又有孩子气。

第三十回 宝钗借扇机带双敲
　　　　　椿龄画蔷痴及局外

　　话说黛玉自与宝玉口角后，也自后悔，但又无去就他之理，因此日夜闷闷，如有所失。紫鹃度其意，乃劝道："论前日之事，竟是姑娘太浮躁了些。别人不知那宝玉脾气，难道咱们也不知道的？为那玉也不是闹了一两遭了。"黛玉啐道："你倒来替人派我的不是，我怎么浮躁了？"紫鹃笑道："好好的，为什么剪了那穗子？岂不是宝玉只有三分不是，姑娘倒有七分不是？我看他素日在姑娘身上就好，皆因姑娘小性儿，常要歪派他才这么样。"

　　黛玉欲答话，只听院外叫门。紫鹃听了一听，笑道："这是宝玉的声音，想必是来赔不是来了。"黛玉听了说："不许开门。"紫鹃道："姑娘又不是了。这么热天毒日头地下，晒坏了他，如何使得呢？"口里说着，便出去开门。果然是宝玉，一面让他进来，一面笑着说道："我只当宝二爷再不上我们的门了，谁知道这会子又来了。"宝玉笑道："你们把极小的事倒说大了，好好的为什么不来？我便死了，魂也要一日来一百遭。妹妹可大好了？"紫鹃道："身上病好了，只是心里气还不大好。"宝玉笑道："我晓得有什么气。"一面说着，一面进来，只见林黛玉又在床上哭。

　　那黛玉本未曾哭，说是宝玉来，由不得伤心了，止不住滚下泪来。宝玉笑着走近床来，道："妹妹身上可大好了？"黛玉只顾拭泪，并不答应。宝玉因便挨在床沿上坐了，一面笑道："我知道你不恼我，但只是我不来，叫旁人看见倒像是咱们又拌了嘴似的。若等他们来劝咱们，那时节岂不咱们倒觉生分了，不如这会子你要打要骂，凭着你怎么样，千万别不理我。"说着，又把"好妹妹"叫了几十声。

第三十回　宝钗借扇机带双敲　椿龄画蔷痴及局外

黛玉心里原是再不理宝玉的，这会子听见宝玉说"叫别人知道咱们拌了嘴就生分了似的"这一句话，又可见得比别人原亲近。因又掌不住便哭道："你也不用来哄我，从今以后，不敢亲近二爷，权当我去了。"宝玉听了笑道："你往那里去呢？"黛玉道："我回家去。"宝玉笑道："我跟了去。"黛玉道："我死了呢。"宝玉道："你死了我做和尚。"黛玉一闻此言，登时把脸放下来问道："想是你要死了，胡说的是什么！你家倒有几个亲姊姊亲妹妹呢，明日都死了，你几个身子去做和尚？明日我倒把这话告诉人去评评。"宝玉自知这话说造次了，后悔不来，登时脸上红涨，低了头不敢啃一声，幸而屋里没人。黛玉两眼直瞪瞪的瞅了他半天，气的"嗳"了一声，说不出话来。见宝玉逼得脸上紫涨，便咬着牙，用指头狠命的在他额上戳了一下，"哼"了一声，咬着牙说道："你这……"刚说了两个字，便又叹了一口气，仍拿起手帕子来擦眼泪。

宝玉心里原有无限心事，又兼说错了话，正自后悔，又见黛玉戳他一下，要说也说不出来，自叹自泣，因此也有所感，不觉滚下泪来。要用帕子揩拭，不想又忘了带来，便用衫袖去擦。黛玉虽然哭着，却一眼看见了他穿着簇新藕合纱衫，竟去拭泪，便一面自己拭着泪，一面回身将枕上搭的一方绡帕拿起来，向宝玉怀里一摔，一语不发，仍掩面而泣。宝玉见他摔了帕子来，忙接住拭了泪。又挨近前些，伸手挽了黛玉一双手笑道："我的五脏都碎了，你还只是哭。走罢，我同你往老太太跟前去。"黛玉将手摔道："谁同你拉拉扯扯的！一天大似一天，还这么涎皮赖脸的，连个道理也不知道。"

一句话没说完，只听嚷道："好了。"宝黛两个不防，都唬了一跳。回头看时，只见凤姐儿跑了进来，笑道："老太太在那里怨天怨地，只叫我来瞧瞧你们好了没有，我说不用瞧，过不了三天他们自己就好了。老太太骂我，说我懒。来了，果然应了我的话。也没见你们两个，有些什么可拌的，三日好了，两日恼了，越大越成了孩子了！有这会子拉着手哭的，昨儿为什么反成了乌眼鸡呢？还不跟我走？到老太太跟前，叫老人家也放些心。"说着拉了黛玉就走。黛玉回头叫丫头们，一个也没有。凤姐道："又叫他们做什么？有我服侍呢。"一面说，一面拉了就走。宝玉在后面跟着出了园门。

《红楼梦》与顺治皇帝的爱情故事

到了贾母跟前,凤姐笑道:"我说他们不用人费心,自己就会好的。老祖宗不信,一定叫我去说和。及至我到那里说和,谁知两个人倒在一处对赔不是,对笑对说的,倒像黄鹰抓住鸡子的脚,两个都扣了环了,那里还要人去!"说的满屋里都笑起来。

此时宝钗正在这里,那黛玉一言不发,挨着贾母坐下。宝玉没甚说的,便向宝钗笑道:"大哥哥好日子,偏生我又不好了,没别的礼送,连个头也不去磕。大哥哥不知我病,倒像我懒,推故不去呢。倘或明儿闲了,姐姐替我分辩分辩。"宝钗笑道:"这也多事。你便要去,也不敢惊动,何况身上不好。弟兄们终日一处,要存这个心,倒生分了。"宝玉又笑道:"姐姐知道体谅我就好了。"又道:"姐姐怎么不看戏去?"宝钗道:"我怕热,看了两出热得很;要走,客又不散,我少不得推身上不好,就来了。"

宝玉听说,自己由不得脸上没意思,只得又搭讪笑道:"怪不得他们拿姐姐比杨贵妃,原也体胖怯热。"〔索隐〕借口说出"体胖怯热"四字,可见世祖继后必厚重一流。与董妃相较,一南一北,一纤一秾,君心自舍环而取燕,故董死而世祖遁荒矣。此等处皆是特笔,并明以杨贵妃作比,是叫醒处。至此下叙宝钗之怒,则因"贵妃"二字,非常人可拟,故有意腾开。作者记事记言,如苍鹰击兔,一击便远,读者须注定眼光,看他处处落实,却处处躲闪。宝钗听说,不由的大怒,又不好怎样,回思了一回,脸红起来,便冷笑两声说道:"我倒像杨贵妃,只是没一个好哥哥好兄弟可以做得杨国忠的!"

二人正说着,可巧小丫头靓儿因不见了扇子,和宝钗笑道:"必是姑娘藏了我的,好姑娘,赏我罢。"宝钗指他道:"你要仔细,我和谁来玩过,你来疑我?和你素日嘻皮笑脸的那些姑娘们,你该问他们去。"说的靓儿跑了。宝玉自知又把话说造次了,当着许多人,更比方才在黛玉跟前更不好意思,便急回身,又同别人搭讪去了。

黛玉听见宝玉奚落宝钗,心中着实得意,才要搭言,也趁势取个笑,不想靓儿因找扇子,宝钗又发了两句话,他便改口说道:"姐姐,你听了两出什么戏?"宝钗因见黛玉面上有得意之态,一定是听了宝玉方才奚落之言,遂了他的心愿。忽又见问他这话,便笑道:"我看的是李逵骂了宋

第三十回　宝钗借扇机带双敲　椿龄画蔷痴及局外

江，后来又赔不是。"黛玉便笑道："姐姐通今博古，色色都知道，怎么连这一出戏的名儿也不知道，就说了这么一串？这个叫《负荆请罪》。"宝钗笑道："原来这叫《负荆请罪》！你们通今博古，才知道'负荆请罪'，我不知什么是'负荆请罪'。"〔索隐〕世祖非董妃不欢，偶有谴责，或加抚慰。书可当有可指实之事，今不传矣。后文宝玉踢袭人一脚，疑与得罪黛玉本是一事，作者故分写之。或董妃恃宠，世祖激怒时，偶伤以足，旋悔之耶。事无可证，以书中之例求之，可得八九。一句话未说了，宝玉黛玉二人心里有病，听了这话，早把脸羞红了。凤姐这些上虽不通，但只看他三人形景，便知其意，也笑问道："这么大热天，谁还吃生姜呢？"众人不解其意，便说道："没有吃生姜的。"凤姐故意用手摸着腮，诧异道："既没人吃生姜，怎么这样辣辣的。"宝玉黛玉二人听见这话，越发不好意思了。宝钗再欲说话，见宝玉十分羞愧，形景改变，也就不好再说，只得一笑收住。别人总未解得他四个人的言语，因此付之一笑。

一时宝钗凤姐去了，黛玉便向宝玉道："你也试着比我利害的人了。谁都像我心拙口夯的，由着人说呢。"宝玉正因宝钗多心，自己没趣，又见黛玉来问他，越发没好气起来。待要说两句，又恐黛玉多心，说不得，忍着气，无精打彩，一直出来。〔索隐〕伏动气之根。

谁知目今盛暑之际，又当早饭已过，各处主仆人等，多半都因日长神倦。宝玉背着手到一处，一处鸦雀无声。从贾母这里出来，往西边走过了穿堂，便是凤姐的院落。到他院门前，只见院门掩着，知道凤姐素日的规矩，每到天热，午间必要歇一个时辰的，进去不便，遂进角门来。到王夫人上房内，只见几个丫头手里拿着针线却打盹儿，王夫人在里间凉榻上睡着，金钏儿坐在旁边捶腿，也乜斜着眼乱恍。

宝玉轻轻的走到跟前，把他耳上带的坠子一摘。金钏儿睁眼见是宝玉，宝玉便悄悄笑道："就困的这么着？"金钏抿嘴一笑，摆手令他出去，仍合上眼。宝玉见了他，就有些恋恋不舍的，悄悄的探头瞧瞧王夫人合着眼，便自己向身边荷包里带的香雪润津丹，〔索隐〕色名甜艳。掏了一丸出来便向金钏儿口里一送。金钏儿并不睁眼，只管噙了。〔索隐〕情态动人。宝玉上来便拉着手，悄悄的笑道："我和太太讨你，咱

《红楼梦》与顺治皇帝的爱情故事

们在一处罢。"金钏儿不答。宝玉又道:"不然等太太醒来我就讨。"

金钏儿睁开眼,将宝玉一推笑道:"你忙什么?金簪儿掉在井里,有你的只是有你的。〔索隐〕此俗语也,簪入井则有泥。泥你同音,故借以相譬,京人所谓调坎也。金钏此语,实为后跳井之兆。连这句俗语,难道也不明白。我告诉了你个巧方儿,你往东小院子里拿环哥儿和彩云去。"〔索隐〕此段当又是叙康熙朝太子允礽之事。太子被废,实以有骊姬之戏,为圣祖所知,故于行在幽系,不及到京而发。后颇悔之,乃复立之为太子;复立未久,故恶复萌,故终于幽废。当时圣祖有"暴戾淫乱,难出诸口"之谕。又谕满洲各官曰:"朕历览书史,时深儆戒,从不令外间妇女出入宫掖,亦不令姣好少年随侍左右,守身至洁,毫无瑕玷。今皇太子所行若此,朕实不胜愤懑"等语。可见太子所犯以淫乱之罪为多,有"难出诸口"一言。又可见世传上戏宫嫔之说,不尽无据。近日有人《记南阳女侠》一则,颇载此事。而《清秘史》则以此事系之高宗,且谓妃为太后所缢死,转世为和珅,其是一是二,无从辨析。书中金钏令宝玉捉贾环,则是兄弟之祸所由始。以后三十三回考之,宝玉之被笞,由于贾环说金钏事。可见此段所书,仍允礽之事。盖允禔辈日伺其隙,以告圣祖,故致被废。书中特绕贾环一笔,正为示例,盖谓与上回五鬼之事,同一人焉而已。宝玉笑道:"凭他怎么去罢,我只守着你。"只见王夫人翻身起来,照金钏儿脸上就打了一个嘴巴子,指着骂道:"下作小娼妇!好好爷们,都叫你们教坏了!"宝玉见王夫人起来,早一溜烟去了。

这里,金钏儿半边脸火热,不敢言语。登时众丫头听见王夫人醒了,都忙进来。王夫人便叫:"玉钏儿,把你妈叫上来,带出你姐姐去!"金钏儿听见,忙跪下哭道:"我再不敢了。太太要打要骂,只管发落,别叫我出去,就是天恩了。我跟了太太十来年,这会子撵了出去,我还见人不见人呢。"王夫人固然是个宽仁慈厚的人,从来不曾打过丫头们,今忽见金钏儿行此无耻之事,此乃平生所最恨者,故气忿不过,打了一下,骂了几句。虽金钏儿苦求,亦不肯收留,到底唤了金钏儿之母白老媳妇来领了去。〔索隐〕白老媳妇,当是正白旗下妇女。官中所用之婢,太抵皆下三旗充之,正白其一也。那金钏儿含羞忍辱的出去,不在话下。

第三十回　宝钗借扇机带双敲　椿龄画蔷痴及局外

且说宝玉见王夫人醒了,自己没趣,忙进大观园来。只见赤日当天,树阴合地,满耳蝉声,静无人语。刚到了蔷薇架,只听有人哽噎之声。宝玉心中疑惑,便站住细听,果然架下那边有人。此时正是五月,那蔷薇花叶茂盛之际,宝玉悄悄的隔着篱笆洞儿一看,只见一个女孩,蹲在花下,手里拿着根事头的簪子,在地上抠土,一面悄悄的流泪呢。

宝玉心中想道:"难道这也是个痴丫头?又像颦儿来葬花不成?"因又自笑道:"若真也葬花,可谓东施效颦,不但不为新特,且更可厌了。"想毕,便要叫那女子,说:"你不用跟着林姑娘学了。"话未出口,幸而再看时,这女孩子面生,不是个侍儿,倒像是那十二个学戏的女孩子之内一个,却辨不出他是生旦净丑那一个脚色来。宝玉忙忙把舌头一伸,将口掩住,自己想道:"幸而不曾造次,上两回皆因造次了,颦儿也生气,宝儿也多心。如今再得罪了他们,越发没意思了。"又认不得这是谁,留神细看,只见这女孩子眉蹙春山,眼颦秋水,面薄腰纤,袅袅停停,大有黛玉之态。宝玉早又不忍弃他而去,只管痴看。只见他虽然用金簪画地,并不是掘土埋花,竟是向土上画字。

宝玉用跟随着簪子的起落,一起到底,一画一点一钩的一数,十八笔。自己又在手心里用指头按着他方才的规矩,写了一想,原来就是个蔷薇花的"蔷"字。宝玉想道:"必定是他也要做诗填词。〔索隐〕以下隐范承谟画壁记事。在疑笔中点出"作诗填词"四字,正是所隐的正文。这会子见了这花,因有所感,或者偶成了两句,一时兴至恐忘,在地下画着推敲,也未可知。且看他底下再写什么。"一面想,一面又看。只见那女孩子还在这里画呢;画来画去,还是个"蔷"字,再看还是个"蔷"字。

里面的原是早已痴了,画完一个"蔷",又画一个"蔷",已经画了有几十个。〔索隐〕三年中著诗文不少,有稿行世。外面的不觉也看痴了,两个眼睛珠儿只管随着簪子动,心里却想:"这女孩子一定有什么话说不出的大心事,这么个形景。外面他既是这个形景,心里不知怎么熬煎呢?〔索隐〕承谟自序云:"约计七百余日之中,着旧日衣帽,时历寒暑,重未更换。虮虱蚊蝇恣其攒噬,蓬垢疾病任其缠绵,粥食半杯便可终日。"又云:"喷血切齿,丑言痛诋,求死不得"云云,均是熬煎实况。书中借言情中,仅仅着此两语,以道其实,余俱无痕。看他模样儿这般单薄,心里那里还搁的住熬煎。可恨我不能替你分些过来。"

伏中阴晴不定,片云可以致雨。忽一阵凉风过来,飒飒的落下雨来。宝玉看那女子头上滴下水来,纱衣裳登时湿了。宝玉想道:"这是下雨了,他这个身子如何禁得骤雨一激。"因此禁不住便说道:"不用写了,你看下大雨,身上都湿了。"

那女孩子听说,倒唬了一跳,抬头一看,只见花外一个人,叫他不要写,下大雨了。一则宝玉脸面俊秀,二则花叶繁茂,上下俱被枝叶隐着,刚露着半边脸。那女孩子只当是个丫头,再不想是宝玉,因笑道:"多谢姐姐提醒了我。难道姐姐在外头有什么遮雨的?"一句提醒了宝玉,"嗳哟"了一声,才觉得浑身冰凉,低头看看,自己身上也都湿了,说:"不好了。"一气跑回怡红院去了。心里却还记挂着那女孩子没处避雨。〔**索隐**〕此一段设境,极清妍绵渺之思,笔下亦饶掩映迷离之趣。女儿之情,至此观止。而宝玉之有触即发,可谓大无不包。所说虽是一段罗绮风流,内中却隐指一坚贞节烈凛凛丈夫之事。盖蔷,墙也。故后文"欣聚党"段中,特谑称贾蔷为假墙,盖作者取义本在墙字。康熙十三年三月,耿精忠将反,邀福建总督范承谟计事,闭诸土室,绝粒八日不死。至十五年九月精忠降,惧公暴其罪,逼令就缢以灭口。公在械所,冠御赐冠,衣辞母时衣,每朔望奉时宪书一帙,北面再拜。间为诗文,以桴灰画壁中,即世所传"画壁遗稿"者是也。公《自序》曰:"余居重垣回壁中,骂未已,继之以诗文。左右不敢具笔砚,乃烧桴存煤画字墙上,其讽刺太毒者,左右旋即涂去。前后仅存若干篇,并为文以序大略"云云。书中以画壁为千古芳烈之迹,不肯不书,故仍用本例委婉设境,以女儿闲情借端写出,与后文情僧梨香院参看,可知其重在不改节也。

原来明日是端阳节,那文官等十二个女孩子都放了学,进园来各处玩耍。可巧小生宝官、正旦玉官两个女孩子正在怡红院和袭人玩笑,被雨阻住。大家把沟堵了,水积在院内,把些绿头鸭、花鹨鹚、彩鸳鸯,捉的捉赶的赶,缝了翅膀放在院内玩耍,将院门关了。袭人等都在游廊上嘻笑。〔**索隐**〕作书人每段一境,便饶兴趣。画蔷一段,着想已奇,此

第三十回　宝钗借扇机带双敲　椿龄画蔷痴及局外

段永嬉，尤极闺房儿女之乐事，安得不令人贪看。

宝玉见关着门，便用手扣门。里面诸人只顾笑，那里听见？叫了半日，拍得门上响，方才听见了。料着宝玉这会子再不回来的，袭人笑道："谁这会子叫门，没人开去。"宝玉道："是我。"麝月道："是宝姑娘的声音。"晴雯道："胡说，宝姑娘这会子做什么来？"袭人道："让我隔着门缝儿瞧瞧，可开就开，别叫他淋着回去"说着，便顺着游廊到门前往外一瞧，只见宝玉淋得雨打鸡一般。袭人见了，又是着忙，又是可笑，忙开了门，笑的弯腰拍手道："那里知是爷回来了，你怎么大雨里跑了来？"

宝玉一肚子没好气，满心里要把开门的踢几脚，方开了门，并看不真是谁，还只当是那些小丫头们，便抬腿踢在肋上，〔索隐〕此事疑即前"负荆请罪"之事。作者特分写于黛袭两人，便不着迹。袭人"嗳哟"了一声。宝玉还道："下流东西们！我素日担待你们得了意，一点儿也不怕，越发拿我取笑儿了。"口里说着，低头见是袭人哭了，方知踢错了，忙笑道："嗳哟！是你来了，踢在那里？"袭人从来不曾受过一句大话的，今忽见了宝玉生气，踢他一下，又当着许多人，又是羞，又是气，又是疼，真一时置身无地。待要怎么样，料着宝玉未必是安心踢他，少不得忍着说道："没有踢着，还不换衣裳去。"

宝玉一面进房来解衣，一面笑道："我长了这么大，今日是头一遭儿生气打人，不想偏生遇见了你。"袭人一面忍痛换衣裳，一面笑道："我是个起头儿的人，也不论事之大小好歹，自然也该从我起。但只是别说打了我，明日顺手也打起别人来。"宝玉道："我才也不是安心。"袭人道："谁说是安心呢。素日开门关门，都是那起小丫头们的事。他们是憨皮惯了，早已恨得人牙痒痒。他们也没个怕惧，原打量是他们，踢了下子，唬唬也好。刚才是我淘气，不叫开门的。"

说着，那雨已住了。宝官玉官也早去了。袭人只觉肋上疼得心里发恼，晚饭也不曾吃。至晚洗澡时，脱了衣服，只见肋上青了碗大一块，自己倒唬了一跳，又不好声张。一时睡下，梦中作痛，由不得"嗳哟"之声，从睡中哼出。

宝玉虽说不是安心，因见袭人懒懒的，也不安稳，夜间闻得"嗳

《红楼梦》与顺治皇帝的爱情故事

哟",便知踢重了。自己下床来,悄悄的秉灯来照。刚到床前,只见袭人嗽了两声,吐出一口痰来,"嗳哟"一声。睁眼见了宝玉,倒唬一跳,道:"做什么?"宝玉道:"你梦里嗳哟,必定踢重了,我瞧瞧。"袭人道:"我头上发晕,嗓子里又腥又甜,你倒照一照地下看。"宝玉听说,果然持灯向地下一照,只见一口鲜血在地。〔索隐〕恐是实事,故至尊追悔,问医请罪,与上回配药事宜亦相连。书中好用倒装写法。宝玉慌了,只说了不得了。袭人见了,也就心冷了半截。要知端的,且听下回分解。

〔索隐〕此回书共分四段,而所说只三事,盖首一段与末一段实一事也。

首段自"话说黛玉"句起,至"无精打彩一直出来"句止,全叙宝玉赔礼之事。宝玉向黛玉赔礼数见不鲜,人情之常,亦何足异?而书中此段特意注重,先从袭人口中劝其下气,又从紫鹃口中疑其上门,中间又从凤姐口中言其对赔不是,末后复从宝钗口中讥其"负荆请罪"。小小一事,而写得如此密密层层,虚虚实实,有来原有去委,有正击有旁敲,若甚以此事为可异可记也者。由今思之,殆世祖偶斥董妃,甚或有足踢之事。见妃吐血,乃大惶恐,加意抚慰,有类负荆。三郎之去玉环,有待献发而解;崇祯之疏田侍,必待周后转圜。从无长门之怨未深,轮台之悔遽现,怨艾引过,有如此者。此作者所以借黛玉一书,而以袭人被伤事补其原委也。首尾同叙一事,书中此例颇多。融会而贯通之,掌上螺纹,丝发可见。又标目之首一句曰"宝钗借扇机带双敲"之意,不但宝钗云然,作者亦隐以自表。宝钗注重"嬉皮笑脸"一语,书中殆或借以敲世祖临下之不庄。平时威重不行,女子小人,近而逊者绝少;一旦有怨,遽以体制临之,恐雷霆不终,和风已被。请罪之说,实一贯也。

第二段"谁知目今盛暑之际"句起,至"不在话下"句止,安插金钏一段,为后三十三回挨打蓄势。世祖宫中,未闻

第三十回　宝钗借扇机带双敲　椿龄画蔷痴及局外

有此。故知为书允初之事。阋墙之变，积衅所成，此一端也。

第三段自"且说宝玉见王夫人醒了"句起，至"没处避雨"句止，专为写画蔷一事，不用墙壁之墙，而推想及于蔷薇花，真是慧心不远。左画右画，无非言墙壁俱满之意，龄官伶女，未必专择蔷薇架下，触字而写意中人之名。不过作者设言，使人可混忘于不觉，万不疑"蔷"即"墙"字，画蔷即画壁也，而一为揭破，然后三十六回龄官意无他属之概，乃觉有根；况熬煎一言，痴儿女缱绻春怀，亦言不及此；并且龄官之名，屡见椿龄之说，何来读者不求其所以然？几疑标目有误，不知此正点醒处也。椿、松皆坚节耐久之物，而世人又好以椿比父龄，严也："椿龄"二字，是说高年之叟，范忠贞《画壁序》中自称为螺山髦翁，可见画墙时年已老矣。著椿龄则是说一幡然老父可知。不然，十二女伶中，大半以草头命名，而龄官独否，且龄亦非命名单用恒见之字，其隐以传意，煞费苦心矣。此书借标目点题者不一而足，如三十一回与此回其最著者，"痴及局外"一说，亦非但指宝玉，盖忠贞被执，家人宾客殉者甚多。就缢后幕客无锡嵇承仁、会稽王龙光、华亭沈天成、从弟承谱，及亲属家丁隶卒五十三人，并有一守卒谋出忠贞，事泄被磔。《画壁自序》云："从前罹难时，署中宾客亲友及家人辈，俱一一被执，皆忠义自励，视死如归，身未邀一命之荣，口未沾升斗之禄，感予区区之意，尚能念君父、重名节，以身殉孤臣，即健儿奔走之徒，巾帼臧获之细，皆知寸心不二，临难不移，闻者得无愧乎"云云。因忠贞一身，群知感义身殉，此"痴及局外"之说也，着语大有斟酌，非漫然者。第四段自"原来明日是端阳节"句起，至末句止，是说袭人被踢吐血之事，此非寻常嗔恼，必有其事，隐乎其中，标目不言，疑已寓双敲之内。本事或有心泄怒，而书中则写以误伤；好不重复。不然，又须向袭姐负荆，便嫌叠床架屋矣，宝钗发话，由靓儿寻扇而始，"靓"字殊无意旨，而书中此等处，断无空过者，细思"靓"，乃是"青见"二字合成，段末言袭踢处青了碗大

《红楼梦》与顺治皇帝的爱情故事

一块,是首尾一事,于兹益信上回药中用珍珠是治伤之剂。图穷匕见,细为回头追湖,全自脉络分明。

〔**护花评**〕宝玉向黛玉说:"你死了我做和尚。"是以谶语作伏笔。

又:黛玉一面哭,一面又将手帕摔给宝玉拭泪,并不发一语,描画妒愈深,而情更深;

又:宝钗怒而能忍,借靓儿寻扇发话,又借戏文诮宝黛,其涵养灵巧,固高于黛玉,而尖利亦复不让;

又:金钏说:"金簪落在井里。"亦是以谶语伏笔;

又:女伶龄官于蔷薇架边画"蔷"字,真是睹物怀人,又为三十六回伏笔;

又:宝玉淋雨,袭人被踢,俱是意外事。引出后文金钏投井,宝玉受责等意外事来;

又:袭人一口鲜血,引起后文宝玉遍身是血;

又:袭人忍痛不怨,真是可人。

〔**大某评**〕龄官画得出神,宝玉看得出神;活写两个情痴,跃然纸上;作者一枝笔,真能绘影绘声,窃恐龙眠虎头,亦未易臻此妙境。

第三十一回　撕扇子作千金一笑
　　　　　　　因麒麟伏白首双星

　　话说袭人见了自己吐的鲜在地，也就冷了半截，想着往日常听人言："少年吐血，年月不保，纵然命长，终是废人了。"想起此言，不觉将素日想着后来争荣夸耀之心尽皆灰了，〔索隐〕争荣夸耀，是针对小琬之志在为后。眼中不觉的滴下泪来。宝玉见他哭了，也不觉心酸起来。因问道："你心里觉得怎么样？"袭人勉强笑道："好好的，觉怎么呢？"宝玉的意思即刻便要叫人烫黄酒，要山羊血黎洞丸来，袭人扯住他的手笑道："你这一闹不打紧，闹起多少人来，倒抱怨我轻狂，分明人不知道，倒闹得人知道了，你也不好，我也不好，正经你明日打发小子问问王太医去，弄点子药吃吃就好了，人不知鬼不觉的可不了？"宝玉听了有理，也只得罢了，向案上斟了茶来，给袭人漱了口，袭人知宝玉心内也不安稳的，待要不叫他服侍，他又不依，二则定要惊动别人，不如由他去罢，因此倚在榻上由宝玉去服侍。〔索隐〕特绕出此笔，以见情僧平时甘为闺门执役，况因一怒致疾，必更加意殷勤。一交五更，〔索隐〕寻常人家，此时尚不兴，惟官内例至寅初必起。宝玉顾不得梳洗，忙穿衣出来，将王济仁叫来，〔索隐〕言无济于人也。亲自确问，〔索隐〕外医不能见上，世祖或因董妃咯血，有亲询外医之事，故特演此层。

　　王济仁问其原故，不过是伤损，便说了个丸药的名字，怎么服，怎么敷，宝玉记了，回园来依方调治，不在话下。

　　这日正是端阳佳节，蒲艾簪门，虎符系背，〔索隐〕京师遇端午，人家必于门上插蒲艾，小儿女则簪艾于顶，并制各种杂具，如虎、如蝙蝠，不一其类，簪之帐幕之间，其灵巧者能以寸绡制蛇蝎、虾蟆、壁虎等物，纤不盈指，谓之"五毒"。因一至夏，百虫尽出，恐小儿被噬，预

《红楼梦》与顺治皇帝的爱情故事

为厌胜以制之也,更有绢制判官,朱袍仗剑,神采奕奕,均以朱线穿系,悬小儿襟上,以避虫豸,宫中亦雅尚此习,阅《宫闱秘史》可知。午间王夫人治了酒席,请薛家母女等赏午,〔**索隐**〕是日应备雄黄酒,众人分饮以避毒。并有以矾石、大蒜、雄黄等物遍洒墙根室隅,且涂小儿额上及各官窍者,均驱毒虫之意也。宝玉见宝钗淡淡的,也不和他说话,自知是昨日的原故;王夫人见宝玉没精打彩,也只当是昨日金钏儿之事,他没好意思的,越发不理他;林黛玉见宝玉懒懒的,只当是他因为得罪了宝钗的原故,心中不自在,形容也就懒懒的;凤姐昨日晚间王夫人就告诉了他宝玉金钏的事,知道王夫人不自在,自己如何敢说笑,也就随着王夫人的气色行事,更觉淡淡的;迎春姊妹见众人无意思,也都无意思了,因此大家坐了一坐就散了。林黛玉天性喜散不喜聚,〔**索隐**〕《传》言小琬恶嚣,《板桥杂记》言董白性爱闲静,遇深林远涧,片石孤云,则恋恋不忍舍去,至男女杂坐,歌吹喧阗,则心厌色沮,意弗屑也,是喜散不喜聚的确证。他想得也有一个道理,他说,"人有聚就有散,聚时喜欢,到散时岂不冷清?既冷清则生伤感,所以不如倒是不聚的好。比如那花开时令人爱慕,谢时则增惆怅;所以倒是不开的好"。故此人以为欢喜时,他反以为悲。宝玉的情性只愿常聚,生怕一时散了。〔**索隐**〕世祖性情喜聚,其于宫闱中不可得知,若眷遇臣下则久而弥笃。顺治十三年二月,谕大学士车克等曰:"君臣之谊,终始相维,尔等今后毋再以引年请归为念,尔等受朕殊恩,岂忍违朕?即朕亦何忍使尔等告归?如决于引退,即忍于忘君乎。"又谕金之俊曰:"朕于尔等亦不忍离尔,尔独何心而欲离朕?即使衰老致仕,亦宜颐养京师,常趋阙廷;使君臣得时时相见,以慰迟暮,不亦善乎?"是愿聚怕散的确证。那花只愿常开,生怕一时谢了。〔**索隐**〕梅村《赞佛诗》:"长恐乘风去,舍我归蓬莱。"即是此意。只到筵散花谢,虽有万种悲伤,也就无可如何了,因此,今日之筵大家无兴散了,林黛玉倒不觉得,倒是宝玉心中闷闷不乐,回至自己房中长吁短叹。偏生晴雯上来换衣服,不防又把扇子失了手跌在地上,将骨子跌折,〔**索隐**〕粗婢失手折扇恒有之事,若晴雯之细,当是偶然,然故记此,必与董妃受赐之事有所关涉,或前此脱辐之占,因折扇口角始耶?层层倒叠书之,有张骞倒溯河源之势。宝玉因叹道:"蠢

第三十一回　撕扇子作千金一笑　因麒麟伏白首双星

才，蠢才！将来怎么样？明日你自己当家立业，难道也是这么顾前不顾后的？"晴雯冷笑道："二爷近来气大的很，行动就给脸子瞧，前日连袭人都打了，今日又来寻我们的不是，要踢要打凭爷去，就是跌了扇子，也是平常事体，先时连那么样的玻璃缸、玛瑙碗不知弄坏了多少，也没见个大气儿，这会一把扇子就这么着急了，何苦来！嫌我们就打发了我们，再挑好的使。好离好散的倒不好？"宝玉听了这些话，气的浑身乱战，因此说道："你不要忙，将来有散的日子！"袭人在那边早已听见，忙赶过来向宝玉道："好好的，又怎么了？可是我说的，一时我不到，就有事故儿。"晴雯听了冷笑道："姐姐既会说，就该早来，也省了爷生气，自古以来，就是你一个人服侍爷的，我们原没服侍过，因为你服侍的好，昨日才挨窝心脚，我们不会服侍的，明日还不知是个什么罪呢！"袭人听了这话，又是恼，又是愧；待要说几句话，又见宝玉已经气的黄了脸，少不得自己忍了性子，推晴雯道："好妹妹，你出去逛逛，原是我们的不是。"晴雯听了他说"我们"二字，自然是他和宝玉了，不觉又添了醋意，〔索隐〕此段以袭人代宝钗，以晴雯代黛玉；晴与黛皆指琬，钗与袭皆指琬敌也。自剪穗之日，黛即因嫉致恼，或当日情僧眷顾继后之初，妃子不免有此作用，此间特着"醋意"二字，更可见妇人量狭，既心有所嫉，即不免言语乖违，情僧怒至以足伤之，必骄宠过甚所致。溯其源始，或因一二小事启争执之端，书中分三段写来，仍无非负荆请罪之一事，然或系之袭，或系之黛，用三人作代，且又倒叙，读考便无从捉摸矣。冷笑几声道："我倒不知道你们是谁，别叫我替你们害臊了！便是你们鬼鬼祟祟干的那事，也瞒不过我去，那里就称起'我们'来了，那明公正道连个姑娘还没挣上去呢，也不过和我似的，那里就称上'我们'了！"袭人羞的脸紫涨起来，想一想，原是自己把话说错了。〔索隐〕必当时均未受封，故着此层。宝玉一面说道："你们气不忿，我明日偏抬举他。"〔索隐〕果逐鹿得之，受册昭阳，小琬安得不死！袭人忙拉了宝玉的手道："他是一个糊涂人，你和他分证什么，况且你素日又是有担待的，比这大的过去了多少，今日是怎么了？"〔索隐〕情僧平时无威，偶尔用威，亦非无当。晴雯冷笑道："我原是糊涂人，那里配和你说话！我不过奴才罢咧。"〔索隐〕后妃见上及太后，皆称奴才，满语曰

《红楼梦》与顺治皇帝的爱情故事

阿哈。袭人听说道:"姑娘到底是和我拌嘴呢,是和二爷拌嘴呢?要是心里恼我,你只和我说,不犯着当着二爷吵,要是恼二爷,不该这么吵的万人知道,我才不过为了事进来,劝开了好大家保重,姑娘倒寻上我的晦气,又不像是恼我,又不像是恼二爷,夹枪带棒,终久是个什么主意?我就不说,让你说去。"说着便往外走。

宝玉向晴雯道:"你也不用生气,我也猜着你的心事了,我回太太去,你也大了,打发你出去可好不好?"晴雯听了这话,不觉又伤心起来,含泪说道:"我为什么出去?要嫌我,变着法儿打发我去也不能够的。"宝玉道:"我何曾经地这样吵闹?一定是你要出去了,不如回太太去,打发你罢。"说着,站起来就要走。袭人忙回身拦住,笑道:"往那里走?"宝玉道:"回太太去。"袭人笑道:"好没意思!认真的去回,你也不怕臊了他?便是他认真要去,也等把这气平下去了,等无事中说话儿回了太太也不迟,这会子急急的当一件正经事去回,岂不叫太太犯疑?"宝玉道:"太太必不犯疑,我只说明是他闹着要去的。"晴雯哭道:"我多早晚闹着要去的?饶生了气,还拿话压派我,只管去回,我一头碰死了也不出这门呢。"宝玉道:"这又奇了,你又不去,你又闹些什么?我经不起这吵,不如去了倒干净。"说着一定要去回。袭人见拦不住,只得跪下了,〔索隐〕官廷有事便跪,虽皇上对于太后亦然,世族中无此礼。碧痕、秋纹、麝月等从丫鬟见吵闹得利害,都鸦雀无闻的在外头听消息,这会子听见袭人跪下央求,便一齐进来都跪下了,宝玉忙把袭人拉起来,叹了一声,在床上坐下,叫众人起去,向袭人道:"叫我怎么样才好!这个心使碎了也没人知道。"说着不觉滴下泪来,袭人见宝玉滴下泪来,自己也就哭了。晴雯在旁哭着,方欲说话,只见林黛玉进来,便出去了。林黛玉笑道:"大节下怎么好好的哭起来?难道是为争粽子争恼了不成?"宝玉和袭人"嗤"的一笑。林黛玉道:"二哥哥不告诉我,我只问你也就知道了。"一面说,一面拍着袭人的肩笑道:"好嫂子,你告诉我,必定是你们两个拌了嘴;告诉妹妹,替你们和劝和劝。"袭人推他道:"林姑娘你闹什么?我们一个丫头,姑娘只是混说。"黛玉笑道:"你说你是丫头,我只拿你当嫂子待。"〔索隐〕又借点作后。宝玉道:"你何苦来替他招骂名儿,饶这么着,还有人说闲话,还搁得住你来说这

第三十一回　撕扇子作千金一笑　因麒麟伏白首双星

话。"袭人笑道："林姑娘，你不知道我的心事，除非一口气不来死了倒也罢了。"林黛玉笑道："你死了，别人不知怎么样，我就先哭死了。"宝玉笑道："他死了，我做和尚去。"袭人笑道："你老实些罢，何苦还说这些话。"林黛玉将两个指头一伸，抿嘴笑道："做两个和尚了，我从今以后都记着你做和尚的遭数儿。"〔索隐〕做和尚也有遭数，可见是子所雅言。宝玉听了，知道是他点前日的话，自己一笑也就罢了。

一时黛玉去了，就有人来说："薛大爷请。"宝玉只得去了，原来是吃酒，不能推辞，只得终席而散，晚间回来，已带了几分酒，踉跄来至自己院内，只见院内早把乘凉的枕榻设下，榻上有个人睡着。宝玉只当是袭人，〔索隐〕明是回来赔礼，偏说误认晴雯为袭人，好把问伤疼一层牵合得上，作者能分能合，笔下神妙无穷，其实两说，本是一人一事也。一面在榻沿上坐下，一面推他问道："疼的好些么？"〔索隐〕后悔踢重，复来俯就，一化为两；负荆请罪，此为结穴，直是一化为三。只见那人翻身起来，说："何苦来，又招我！"宝玉一看，原来不是袭人，却是晴雯。宝玉将他一拉，拉在身旁坐下，笑道："你的性子越发惯娇了，早起就是跌了扇子，我不过说了那两句，你就说上那些话，你说我也罢了，袭人好意来劝你，你又拉扯上他，你自己想想该不该？"晴雯道："怪热的，拉拉扯扯做什么！叫人来看见像什么！我这身子也不配坐在这里。"宝玉笑道："你既知道不配，为什么睡着呢？"晴雯没的说，"嗤"的又笑了，说道："你不来使得，你来了就不配了，起来，让我洗澡去，袭人麝月都洗了澡，我叫了他们来。"宝玉笑道："我才又吃了好些酒，还得洗一洗，你既没有洗，拿了水来咱们两个洗。"〔索隐〕何等轻妙。晴雯摇手笑道："罢，罢，我不敢惹爷，还记得碧痕打发你洗澡，足有两三个时辰，也不知道做什么呢。我们也不好进去的，后来洗完了，进去瞧瞧，地下的水淹着床腿，连席子上都汪着水，也不知是怎么洗的，笑了几天。我也没工夫收拾水，也不用同我洗去。今日也凉快，那会子洗了，这会子可以不用，我倒舀一盆水来，你洗洗脸通通头，才鸳鸯送了好些果子来，都湃〔索隐〕音拔。夏日以水浸物使冷，都人曰湃。在那水晶缸里呢，叫他们打发你吃去。"

宝玉道："既这么着，你也不许去，只洗洗手拿果子来吃罢。"晴雯笑道:"我慌张的很,连扇子还跌折了,那里还配打发吃果子,倘或再打破盘子,还更了不得。"宝玉便笑道:"你爱打就打,这些东西原不过是供人所用,你爱这样,我爱那样;各有性情不同。比如那扇子原是扇的,你要撕着玩也可使得,只是不可生气时拿他出气;就是杯盘,原是盛东西的,你若欢喜听那一声响,就故意砸了也可以使得,只别在生气时拿他出气。这就是爱物了。"〔索隐〕可谓无理之理。晴雯听了笑道:"既这么说,你就拿扇子来把我撕,我最喜欢撕的。"宝玉听了,便笑着递与他,晴雯果然接过来,"嗤"的一声撕了两半,接着又听"嗤嗤"几声,宝玉在旁笑着说:"响的好,再撕响些!"正说着,只见麝月走过来笑道:"少作些孽罢。"宝玉赶上来,一把将他手里扇子也夺了递与晴雯,晴雯接了,也就撕作两半,二人都大笑。麝月道:"这是怎么说,拿我的东西开心儿?"宝玉道:"打开扇子匣子你拣去,是什么好东西!"麝月道:"既这么说,就把扇子都搬出来,让他尽力撕岂不好?"〔索隐〕《赞佛诗》中"百万何容惜"一语,固指端敬丧费而言。而平日宫中千金一笑之事亦可想见,此段当亦传闻之实事,故用标目。宝玉笑道:"你就搬去。"麝月道:"我可不造这样孽,他没撕折了手,叫他自己搬去。"晴雯笑着,便倚在床上说道:"我也乏了,明日再撕罢。"宝玉笑道:"古人云:'千金难买一笑',几把扇子能值几何!"一面说着,一面叫袭人,袭人才换了衣服走进来,小丫头佳蕙过来拾了破扇,大家乘凉,不消细说。

至次日午间,王夫人、薛宝钗、林黛玉众姊妹正在贾母房中坐着,就有人回:"史大姑娘来了。"一时果见史湘云带领众多丫鬟媳妇走进院来。宝钗黛玉等忙迎至阶下相见。青年姊妹间经月不见,一旦相逢,其亲密自不消说得。一时迎入房中,请安问好,都见过了,贾母因说:"天热,把外头的衣服脱脱罢。"史湘云忙起身宽衣。王夫人因而笑道:"也没见穿上这些做什么?"湘云道:"都是二婶娘叫穿的,谁愿意穿这些。"宝钗在旁笑道:"姨妈不知道,他穿衣裳还更爱穿那别人的衣裳,可记得旧年三四月里,他在这里住着,把宝兄弟的袍子穿了,靴子也穿上,额子也勒上,猛一瞧倒像是宝兄弟,就是多两个耳坠子,他站在那椅子背后,哄的老太太只是叫'宝玉,你过来,仔细那上头挂的灯穗子招下灰

第三十一回　撕扇子作千金一笑　因麒麟伏白首双星

来迷了眼'。〔**索隐**〕此段当是说孔四贞在官中常着旗服或幼小时服御衣冠以为戏。他只是笑，也不过去，后来大家忍不住笑了，老太太才笑了，说：'扮作男人好看了。'"林黛玉道："这算什么，惟有前年正月里接了他来，住了没两日下起雪来，老太太和舅母那日想是才拜了影回来，老太太的一个簇新的大红猩猩毡斗篷放在那里，谁知眼不见他就披了，又大又长，他就拿两个汗巾子拦腰系着，和丫头们在后院子扑雪人儿去，一跤跌倒沟跟前，弄了一身泥。"说着，大家都想着前情，笑了一场。宝钗笑问那周奶妈道：〔**索隐**〕《红楼》中姓周人最多，作书到随意诌篡处，便令他姓周，妙极！"周妈，你们姑娘还那么淘气不淘气了？"周奶妈也笑了，迎春笑道："淘气也罢了，我就嫌他爱说话，也没见睡在那里还是咭咭呱呱的，笑一阵，说一阵；也不知是那里来的那些谎话。"王夫人道："只怕如今好了，前日有人家来相看，眼见有婆婆家了，〔**索隐**〕指已受孙延龄家之聘。还是那么着。"贾母因问："今日还是住着，还是家去呢？"周奶妈笑道："老太太没有看见衣服都带了来了，可不住两天。"湘云道："宝玉哥哥不在家么？"宝钗道："他再不想着别人，只想宝兄弟，两个人好玩的，这可见还没改了淘气。"贾母道："如今你们大了，别提小名儿了。"刚说着，只见宝玉来了，笑道："云妹妹来了，怎么前日打发人接去你不来？"王夫人道："这里老太太说这一个，他又是提名道姓的了。"林黛玉道："你哥哥有好东西等着你呢。"湘云道："什么好东西？"宝玉笑道："你信他！几日不见，越发高了。"湘云道："袭人姐姐好么？"宝玉道："好，多谢你想着。"湘云道："我给他带了好东西来了。"说着，拿出手帕子来，挽着一个疙瘩。宝玉道："什么好的？你倒不如把前日送来的那种绛纹石的戒指儿〔**索隐**〕绛纹石亦出云南，四贞随父生长南服，故有此物。带两个给他。"湘云笑道："这是什么？"说着便打开，众人看时，果然是上次送来的那绛纹戒指，一包四个。林黛玉笑道："你们瞧瞧他这个人，前日一般的打发人给我们送来，你就把他的也带了来岂不省事？今日巴巴的自己带了来，我当又是什么新奇东西，原来还是他，真真你是个糊涂人。"史湘云笑道："你才糊涂呢！我把这理说出来，大家评一评看谁糊涂，给你们送东西，就是使来的人不用说话，拿进来一看，自然就知是送姑娘们的了。若带他们的这东西，

《红楼梦》与顺治皇帝的爱情故事

须得我告诉来人，这是那一个丫头的，那是那一个丫头的，那使来的人明白还好，设糊涂些，丫头的名字他也记不得，混闹胡说的，反连你们的东西都搅糊涂了，若是打发个女人来还罢了，偏前日又打发小子来，可怎么说丫头们的名字呢？还是我来给他们带来，岂不清楚。"说着，把四个戒指放下，说道："袭人姐姐一个，鸳鸯姐姐一个，金钏儿姐姐一个，平儿姐姐一个，这例是四个人的，难道小子们也记得这么清楚？"

众人听了都笑道："果然明白。"宝玉笑道："还是这么会说话，不让人。"林黛玉听了，冷笑道："他不会说话，就配带金麒麟了？"一面说着，便起身走了，幸而诸人都不曾听见，只有薛宝钗抿嘴一笑，宝玉听见了，倒自己后悔又说错了话，忽见宝钗一笑，由不得也一笑。宝钗见宝玉笑了，忙起身走开，找了黛玉说笑去了。〔索隐〕世祖废后后可望得封者，继后与董妃并东官皇妃孔氏三人而已，撒此间特写三人相忌之恒态，妙在宝钗偏寻黛玉一处说笑，可见阳善阴忌。贾母因向湘云道："吃了茶歇一歇，瞧瞧你嫂子去，花园里也凉快，同你姐姐们去逛逛。"湘云答应了，因将三个戒指包上，歇了一歇，便起身要瞧凤姐等去，众奶娘丫头跟着，到了凤姐那里说笑了一回，出来便往大观园来，见过了李宫裁，少坐片刻，便往怡红院来找袭人，因回头说道："你们不必跟着，只管瞧你们的朋友亲戚去，留下翠缕服侍就是了。"众人听了，自去寻姑觅嫂，单剩下湘云翠缕两个。翠缕道："这荷花怎么还不开？"史湘云道："时候还没到呢。"翠缕道："这也和咱们家池子里的一样，是楼子花？"湘云道："他们这个还不如咱们的。"翠缕道："他们那边有棵石榴，接连四五枝，真是楼子上起楼子，这也难为他长。"史湘云道："花草也是同人一样，气脉充足，长的就好。"翠缕把脸一扭说道："我不信这话，若说同人一样，我怎么不见头上又长出一个头来的人？"湘云听了由不得一笑，说道："我说你不用说话，你偏好说。这叫人怎么好答言？天地间都赋阴阳二气所生，或正或邪，或奇或怪，千变万化，都是阴阳顺逆，就是一生出来人人罕见的，究竟道理还是一样。"翠缕道："这么说起来，从古至今，开天辟地，都是些阴阳了？"湘云笑道："糊涂东西，越说越放屁，什么'都是些阴阳'！况且'阴阳'两个字还只是一个字，阳尽了就成阴，阴尽了就成阳，不是阴尽了又有一个阳生出来，阳尽了

第三十一回　撕扇子作千金一笑　因麒麟伏白首双星

又有一个阴生出来。"翠缕道："这就糊涂死了我！什么是个阴阳，没形没影的，我只问姑娘，阴阳是怎么个样儿？"湘云道："这阴阳不过是个气罢了，气物赋了才成形质，譬如天是阳，地就是阴；水是阴，火就是阳；日是阳，月就是阴。"翠缕听了笑道："是了，是了，我今日可明白了，怪道人都管着日头叫'太阳'呢，算命的管着月亮叫'太阴星'，就是这个理了。"湘云道："阿弥陀佛！刚刚明白了。"翠缕道："这些东西有阴阳也罢了，难道那些蚊子、蚤蚤、蠓虫儿、花儿、草儿、瓦片儿、砖头儿也有阴阳不成？"〔索隐〕一片非非之想，全为引出此一句。湘云道："怎么没有呢？比如那一个树叶儿还分阴阳呢，那边向上朝阳的就是阳，这边伏下背阴的就是阴。"翠缕听了，点头笑道："原来这样，我可明白了，只是咱们手里的扇子，怎么是阳，怎么是阴呢？"湘云道："这边正面就是阳，那边反面就为阴。"翠缕又点头笑着，还要拿几件东西来问，因想不起什么来，猛低头看见湘云身上金麒麟挂着，便提起来笑道："姑娘，难道这个也有阴阳？"湘云道："走兽飞禽雄为阳，雌为阴，牝为阴，牡为阳；怎么没有呢！"翠缕道："这是公的还是母的呢？"湘云啐道："什么公的母的，又胡说了！"翠缕道："怎么东西都有阴阳，咱们人倒没有阴阳呢？"湘云沉了脸说道："下流东西，好生走罢！越问越说出好的来了！"翠缕道："这有什么不告诉我的呢？我也知道了，不用难我。"湘云"扑哧"的笑道："你知道什么？"翠缕道："姑娘是阳，我就是阴。"〔索隐〕有意打衬，妙在出诸翠缕之口。湘云拿着手帕子掩着嘴笑起来。〔索隐〕神情如画，当此断不能不失笑。翠缕道："说的是了，就笑的这么样儿。"〔索隐〕反跌，又衬湘云之笑不可忍。湘云道："很是，很是。"翠缕道："人家说主子为阳，奴才为阴；我连这个大道理也不懂得？"湘云笑道："你很懂得。"〔索隐〕口吻极趣。

正说着，只见蔷薇架下金晃晃的一件东西，湘云指着问道："你看那是什么？"翠缕听了，忙赶去拾起来看着，笑道："这可分出阴阳来了。"说着，先拿史湘云的麒麟瞧，史湘云要他拣的瞧，翠缕只管不放手，笑道："是件宝贝，姑娘瞧不得，这是从那里来的？好奇怪！我从来在这里没见人有这个。"湘云道："拿来我瞧瞧。"翠缕将手一撒，笑道："姑娘请看。"湘云举目一验，却是文彩辉煌的一个金麒麟，比自己佩的又大又

《红楼梦》与顺治皇帝的爱情故事

有文彩。〔索隐〕凡物雄者体伟多彩,禽与兽皆然,特着此笔,以见湘云所配史家之物为雌,宝玉所得张道士之物为雄,此是本段中之正文要义,作者有意构造而出,为反衬二十九回之事也。湘云伸手擎在掌上,只是默默不语,正自出神。〔索隐〕特着此笔,可见湘云动求牡之心,愈见其为雄,是用湘云作衬,非于湘云有他意也。忽见宝玉从那边来了,笑道:"你们两个在这日头底下做什么?怎么不找袭人去呢?"史湘云连忙将那麒麟藏起来道:"正要去呢,咱们一处走罢。"说着,大家进入怡红院来。袭人正在阶下倚槛迎风,忽见湘云来了,连忙迎下来,携手笑说一回别情,一面进来归坐,宝玉因问道:"你该早来,我得了一件好东西,专等你呢。"说着,一面在身上掏了半天,"嗳哟"了一声,便问袭人:"那个东西你收起来了么?"袭人道:"什么东西?"宝玉道:"前日得的麒麟。"袭人道:"你天天带在身上的,怎么问我?"宝玉听了,将手一拍说道:"这可丢了,往那里找去!"就要起身自己寻去。史湘云听了,方知是他遗失的,便笑问道:"你几时又有个麒麟了?"宝玉道:"前日好容易得的呢,不知多早晚丢了,我也糊涂了。"史湘云笑道:"幸而是玩的东西,还是这么慌张。"说着,将手一撒笑道:"你瞧瞧,是这个不是?"宝玉一见,由不得欢喜非常,要知欢喜的事如何,且看下回分解。

〔索隐〕本回即写目录中两事:自"大家乘凉,不消细说"句止为前一段,以下为后一段。前一段又借晴雯点明生气之原委,与袭人被踢、黛玉剪穗本同隐一事,意揣当日必董妃因上别有所眷,恐分己宠,语言神色间或与上以难堪,积不能平,因失手碎物,数言开衅,致欲上奏慈宁,逐离禁闼,并或怒时加蹴,致妃咯血,数日未经召幸,而上非妃不欢,遂有怡红对月、湘馆临风之叹,相持未久,羊车遽幸,医药亲投,抚循备至,且任碎玛瑙碗、玻璃缸、水晶盘之属,以泄妃之怒而回其笑,此事在常人为大忌,而帝王买笑,此亦寻常,昔人好闻裂帛声,董妃意或有仿匹,以如皋射雉,殆有同情,较之烽火夏台,无伤盛德矣。后一段因麒麟为张道士所赠,道士又荣国替身,湘

第三十一回　撕扇子作千金一笑　因麒麟伏白首双星

云配雌的是史家故物，一张一史，即一雄一雌，"白首双星"与上归省元宵事参看，可知作者意在迫衬，以明其事，故本段特着湘云已将聘定一层，以见"双星"之说非指湘云、宝玉。"白首"二字须要往，"老"字一方面看，不是偕老，是已老也："伏"字与"隐"字同意，读者须细意参详。

〔护花评〕宝玉要打发晴雯出来，亦是反跌后文。又：宝玉、袭人哭，黛玉走来冲散，黛玉去后，薛蟠请酒醉归；随起随落，紧凑超脱。又：宝玉又说做和尚，回顾前文。黛玉哭记遭数，哭化为笑，一灵活非常。又：借晴雯口中补写宝玉与碧痕洗澡，借宝钗黛玉口中补写湘云假扮宝玉及扑雪人儿情事；觉有善戏美女，跳跃纸上。又：写湘云分送袭人等戒指，必须亲自带来，甚有情理，但金钏此时应已逐出，不知此戒指着落于何处。又：黛玉说湘云配带金麒麟，引起后文湘云拾得金麒麟。又：湘云说"阴阳"二字，颇有意味，且暗藏消长之理。末后以翠缕主仆分阴阳截住上文，不致说破男女，尤为得体。又：蔷薇架下金麒麟必是宝玉遇雨时遗失，可想见昨日淋雨仓皇走来，误踢袭人，一夜心慌意乱，不暇检寻光景，是暗暗补写法。又：翠缕拾得麒麟，笑说分出阴阳来了，先拿湘云的麒麟瞧，不说明谁阴谁阳，含蓄得妙。又：湘云说无数人物阴阳俱是宾，只有翠缕拾起金麒麟，笑说分出阴阳句是主。

〔大某评〕黛玉对湘云道："你哥哥有好东西等着你呢。"过后离即黛玉，宝玉见了湘云，果有此说，可知黛玉之防备留心者已久。

第三十二回 诉肺腑心迷活宝玉
　　　　　　含耻辱情烈死金钏

　　话说宝玉见了麒麟，心中甚是欢喜，便伸手来拿，笑道："亏尔拣着了，你是何时拾的？"史湘云笑道："幸而是这个，明日倘或把印也丢了，难道也就罢了不成？"宝玉笑道："倒是丢了印平常，若丢了这个，我就该死了。"袭人斟了茶来与史湘云吃，一面笑道："大姑娘，我听前日你大喜呀。"〔索隐〕又补一笔，可见湘云业已受聘，"双星"之说不指湘云。史湘云红了脸吃茶，一声也不答应，袭人笑道："这会子又害臊了，你可记得十年前，咱们在西边暖阁上住着，〔索隐〕孔四贞在官抚养时，小琬初入官，或充慈宁女史，与四贞同住，故书中屡言袭人与湘云亲密，并云伺侯史大姑娘几年，当是情僧未纳妃以前事也。晚上你同我说的话儿？那会子不害臊，这会子怎么又臊了？"史湘云笑道："你还说呢，那会子咱们那么好，后来我们太太没了，我家去住了一程子，怎么就把你派了跟二哥哥，我来了，你就不像先待我了。"袭人笑道："你还说呢，先姐姐长姐姐短哄着替替你梳头洗脸，做这个弄那个，如今大了，〔索隐〕四贞至顺治十二三年，年仅十六，入宫时尚幼小。就拿出小姐的款儿来，〔索隐〕暗指封和硕格格。你既拿小姐的款，我怎么敢亲近呢？"史湘云道："阿弥陀佛，冤哉枉哉！我要这样，就立刻死了，你瞧瞧，这么大热天，我来了，必定赶来先瞧你，你不信你问缕儿，我在家时时刻刻那一回不念你几声。"

　　话犹未了，袭人和宝玉都劝道："说玩话儿你又认真了，还是这么性急。"史湘云道："你不说你的话咽人，倒说我性急。"一面说，一面打开手帕子，将戒指递与袭人，袭人感谢不已，因笑道："你前日送你姐姐们的，我已得了。今日你亲自又送了来，可见是没忘了我，只这个就试

第三十二回　诉肺腑心迷活宝玉　含耻辱情烈死金钏

出你来了,戒指儿能值多少,可见你的心真。"史湘云道:"是谁给你的?"袭人道:"是宝姑娘给我的。"湘云叹道:"我只当林姐姐送你的,原来是宝姐姐给了你,我天天在家里想着,这些姐姐们再没一个比宝姐姐好的,可惜我们不是一个娘养的,我但凡有这么个亲姐姐,就是没了父母,也没妨碍的。"〔索隐〕已被宝钗笼络,此一回专写宝钗之小善小信。说着眼圈儿就红了。宝玉道:"罢,罢,罢!不用提起这话了。"史湘云道:"提这话便怎么?我知道你的心,恐怕你的林妹妹听见,又嗔我赞了宝姐姐了,可是为这个不是?"袭人在旁"嗤"的一声说道:"云姑娘,你如今大了,越发心直口快了。"宝玉笑道:"我说你们这几个人难说话,果然不错。"史湘云笑道:"好哥哥,你不必说话叫我恶心,只会在我跟前说话,见了你林妹妹,又不知怎么好了。"袭人道:"且别说玩话,正有一件事要求你呢。"史湘云便问什么事,袭人道:"有一双鞋,抠了垫心了,〔索隐〕昔时谓之洋镶鞋。我这两日身上不好,不得做,〔索隐〕受踢致疾,暗补甚妙。你可有工夫替我做做?"史湘云道:"这又奇了,你家放着那些巧人不算,还有什么针钱上的,裁剪上的,怎么叫我做起来?你的活计叫人做,谁好意思不做呢。"袭人笑道:"你又糊涂了,你难道不知道,我们这屋里的针线,是不要那些针线上的人做的。"〔索隐〕满洲人最讲活计,随身配带之五件,世家子弟均以针线相竞,况属至尊,至晚近此风日替矣。史湘云听了,便知是宝玉的鞋,〔索隐〕暗指满人男女之履无殊,故非提明不能辨为御用。因笑道:"既这么说,我就替你做做罢,只是一件,你的我才做,别人的我可不能。"袭人笑道:"又来难我了,我是个什么人,就敢烦你做鞋子,实告诉你,可不是我的,你别管是谁的,横竖我领情就是了。"史湘云道:"论理,你的东西也不知烦我做了多少,今日我倒做的原故,你必定也知道。"袭人道:"我倒也不知道。"史湘云冷笑道:"前日我听见把我做的扇套儿拿着和人家比,赌气又铰了,我早就听见了,你还瞒我,这会子又叫我做,我倒成了你们奴才了。"宝玉忙笑道:"前日的那事,本不知是你做的。"袭人也笑道:"他本不知是你做的,是我哄他的话,说是新近外头有个会做活的,做得绝出奇的花儿,我叫他们拿了一扇套儿试试看好不好,他就信了,拿出去给这个瞧那个看的,不知怎么又惹恼了那一位,铰了两

《红楼梦》与顺治皇帝的爱情故事

段,回来他还叫赶着做去,我才说了是你做的,他后悔的什么似的。"史湘云道:"这越发奇了,林姑娘也犯不上生气,他既会剪,就叫他做。"袭人道:"他可做呢,饶这么着,老太太还怕他劳碌着了,大夫又说好生静养才好,谁肯还烦他做呢?旧年好一年的工夫,做了个香袋儿,今半年来还没见拿针线呢。"

正说着,有人来回说:"兴隆街的大爷来了,老爷叫二爷出去会。"宝玉听了,便知贾雨村来了,心中好不自在,袭人忙去拿衣服,宝玉一面登着靴子,一面抱怨道:"有老爷和他坐着就罢了,回回定要见我。"史湘云一边摇着扇子,笑道:"自然你能会宾接客,老爷才叫你出去呢。"宝玉道:"那里是老爷,都是他自己要请我见的。"湘云笑道:"主雅客来勤,自然你有些警动他的好处,他才要会你。"宝玉道:"罢,罢,我也不称雅,我乃俗中又俗的一个俗人,并不愿同这些人往来。"湘云笑道:"还是这个情性改不了,如今大了,你就不愿读书去考举人进士的,也该常会会这些为官作宰的,谈谈讲讲那些仕途经济的学问,也好将来应酬庶务,日后也有个朋友,没见你成年家只在我们队里搅些什么!"〔索隐〕世祖亲政后,尚不时召见内院诸臣,至后世乃日早朝循例一见,大朝御门诸典161废,非枢臣无由得接天颜矣。宝玉听了道:"姑娘请别的姊妹屋里坐坐,我这里仔细腌臜了你知经济学问的人。"袭人道:"姑娘快别说这话,上回也是宝姑娘说过一回,他也不管人脸上过得去过不去,他就'咳'了一声,拿起脚来走了,这里宝姑娘的话也没说完,见他走了,登时羞得脸通红,说又不是,不说又不是;幸而是宝姑娘,那要是林姑娘,不知又闹得怎么样呢,提起这些话来,宝姑娘叫人敬重,〔索隐〕又笼络住了一个。自己过了一会子去了。我倒过不去,只当他恼了,谁知过后还是照旧一样,真真是有涵养,心地宽大的,谁知这一个反倒同他生分了。那林姑娘见他赌气不理他,后来不知赔多少不是呢。"宝玉道:"林姑娘如其说过这些混帐话,我早和他生分了。"袭人和湘云都点头笑道:"这原是混帐话。"

原来林黛玉知道史湘云在这里,宝玉一定又赶来说麒麟的原故,因心下忖度着,近日宝玉弄来的外传野史,多半才子佳人都因小巧玩物上撮合,或有鸳鸯,或有凤凰,或玉环金佩,或鲛帕鸾绦,皆由小物而遂

第三十二回　诉肺腑心迷活宝玉　含耻辱情烈死金钏

终身之愿,今忽见宝玉亦有麒麟,便恐借此生隙,同史湘云也做出那些风流佳事来。〔索隐〕孔妃待年官中,将封皇妃,本有为后之望。因而悄悄走来,见机行事,以察二人之意,不意刚走来,正听见史湘云说经济一事,宝玉又说:"林妹妹不说这样混帐话,若说这话,我也同他生分了。"不觉又惊又喜,又悲又叹。所喜者,果然自己眼力不错,素日认他是个知己;所惊者,他在人前一片私心称扬于我,其亲热厚密,竟不避嫌疑。所叹者,你既为我知己,自然我亦可为你知己;既你我是为知己,则又何必有金玉之论;既有金玉之论,也该你我有之,而又何必来一宝钗呢!所悲者,父母早逝,虽有铭心刻骨之言,无人为我主张,况近日每觉神思恍惚,病已渐成,医者更云气弱血亏,恐致劳怯之症,我虽为你知己,但恐不能久待;你纵为我知己,奈我薄命何!〔索隐〕情文相生,缠绵备至。想到此间,不觉滚下泪来,待进去相见,自觉无味,便一面拭泪,一面抽身回去了。

　　这里宝玉忙忙的穿了衣裳出来,忽见林黛玉在前面慢慢的走,若有拭泪之状,便忙赶上来,笑道:"妹妹往那里去?怎么又哭了?又是谁得罪了你?"林黛玉回头见是宝玉,便勉强笑道:"好好的,我何曾哭了?"宝玉笑道:"你瞧瞧,眼睛上的泪珠儿未干,还撒谎呢。"一面说,一面禁不住抬起手来替他拭泪,林黛玉忙向后退了几步,说道:"你又要死了!做什么这般动手动脚的!"宝玉笑道:"说话忘了情,不觉的就动了手,也就顾不得死活。"林黛玉道:"死了倒不值什么,只是丢下了什么金,又是什么麒麟,可怎么好呢?"一句话又把宝玉说急了,赶上来问道:"你还说这话,到底是咒我,还是气我呢?"林黛玉见问,方想起前日的事来,遂自悔自己又说造次了,忙笑道:"我原说错了,这有什么,筋都叠暴起来,急得一脸汗。"〔索隐〕情僧性急多汗,此处可见。一面说,一面禁不住近前伸手替他拭面上的汗。〔索隐〕禁人而自为之,所谓发于不自知,感于不得已。宝玉瞅了半天,方说道:"你放心。"林黛玉听了,怔了半天,说道:"我有什么不放心?我不明白这话,你倒说说,怎么放心不放心?"宝玉叹了一口气,问道:"你果然不明白这话?难道我素日在你身上的心都用错了?连你的意思都体贴不着,就难怪你天天为我生气了。"林黛玉道:"果然我不明白放心不放心的话。"宝玉点头叹道："好妹妹,你别哄我,果然不明白这话,不但我素日之意白用了,且连你素日待我之意也都辜负了,你皆因都是不放心的原故,才弄了一身的病,〔**索隐**〕董之死,全死于不放心,因后位未定也,此间双点。但凡宽慰些,这病也不得一日重似一日。"林黛玉听了这话,如轰雷掣电,细细思之,竟比自己肺腑中掏出来的还觉恳切,竟有万句言语满心要说,只是半个字也不能吐,却怔怔的望着他。此时宝玉心中有万句言词,不知一时从那一句说起,却也怔怔的望着黛玉,两个人怔了半天,林黛玉只"咳"了一声,两眼不觉滚下泪来,回身便要走。宝玉忙上前拉住道："好妹妹,且略站住,我说一句话再走。"黛玉一面拭泪,一面将手推开说道："有什么可说的,你的话我都知道了。"〔**索隐**〕妙在不言而喻。口里说着,却头也不回竟自去了。

宝玉望着,只管发起呆来,原来方才出来慌忙,不曾带得扇子,袭人怕他热,忙拿了扇子赶来送与他,忽抬头见了林黛玉和他站住,一时黛玉走了,他还站着不动,因而赶上来说道："你也不带扇子去,亏我看见了,赶着送来。"宝玉出了神,见袭人和他说话,并未看出是何人来,便一把拉住说道："好妹妹,我的这心事从来也不敢说,今日我大胆说出来,死也甘心!我为你也弄了一身的病在里,又不敢告诉人,只好捱着,等你的病好了,只怕我的病才得好呢,睡梦里也忘不了你!"袭人听了,吓得惊疑不止,只叫"神天菩萨,坑死我了!"便推他道:"这是那里的话!敢是中了邪?还不快去"宝玉一时醒过来,方知是袭人送扇,宝玉羞得满脸紫涨,夺了扇子,便抽身的跑了。

这里袭人见他去了,自思方才之言,一定是因林黛玉而起,如此看来,将来难免不才之事,令人可惊可畏,想到此间,不觉的怔怔的滴下泪来,心下暗度如阿处治方免此丑祸。〔**索隐**〕构陷之机伏矣。正在疑间,忽见宝钗从那里走来,笑道:"大毒日头地下,出什么神呢"袭人见问,忙笑道:"那两个雀儿打架,倒也好玩,我就看住了。"宝钗道:宝兄弟这会子穿了衣服,忙忙的那里去了?我才看见走过去,倒要叫住问他呢,他如今说话越发没了经纬,我故此没叫他,由他过去罢。"袭人道:"老爷叫他出去。"宝钗听了,忙说道:"嗳哟!这么黄天暑热的,叫他做什么!别是想起什么来生了气,叫他出去教训一场了。"〔**索隐**〕

第三十二回　诉肺腑心迷活宝玉　含耻辱情烈死金钏

不关情处总关情，钗之护惜，更胜于黛。袭人笑道："不是这个，想是有客要会。"宝钗笑道："这个客也没意思，这么热天，不在家里凉快，还跑些什么！"袭人笑道："你可说么！"宝钗因而问道："云丫头在你们家做什么呢？"袭人笑道："才说了一会子闲话，你瞧，我前日粘的那双鞋子，明日求他做去。"宝钗听见这话，便两边回头，看无人来往，笑道："你这么个明白人，怎么一时半刻的就不会体谅人情，近来我看着云姑娘的神情，风里言风里语的，听起来，在家里一点点做不得主，他们家嫌费用大，〔索隐〕《定南王孔有德传》云："广西之再定也，上念孔后无人，孔师无主，乃封四贞和硕格格掌定南王事，遥制广西军，延龄为和硕额驸内辅政大臣。四贞美而才，自以太后养女又掌藩府事，视延龄蔑如。龄机智深狙，以太后故，貌为恭谨，以顺其意。四贞喜出入宫掖，日誉其能，由是太后亦善事之，宠赉优渥，亚于亲王。四贞不知延龄以计愚之也，谓其和顺易制，事益专决。延龄内愈不平，日思所以夺其权矣。康熙五年，四贞面奏家口众多，费用浩烦，欲就食广西，奉旨孙延龄镇守广西将军，其下应设都统一员，副都统二员，四贞遂请和硕格格仪卫以行。抵淮安，敕书封延龄特进上柱国光禄大夫，其妻孔氏为一品夫人。四贞自以不从夫贵也，今忽封一品夫人，则仍从夫，疑延龄属内院为之，夫妇遂不相能。戴良臣者，四贞包衣佐领，有才智，力荐其亲王永年为都统，而己与严朝纲副之。良臣佐格格，每事与延龄左，延龄竟不能出一令，四贞初以为尊己，唯言是听，及得志，并格格而藐之，权且渐归于下，事无大小，皆擅自题请。广西一省，唯知有都统，不知有将军，四贞乃大悔恨"云云。此段书中说湘云不能主事，嫌费用大，全写四贞之事，故为节录以证明之。竟不用那些针线上的人，差不多的东西都是他们娘儿们动手，为什么这几次他来了，他和我说话儿，见没人在眼前，他就说家里累得很，我再问他两句家常过日子的话，他就连眼圈儿都红了，口里含含糊糊待说不说的，想其形景，自然从小没了爹娘的苦，我看他，也不觉的伤心起来。"

袭人见说这话，将后一拍道："是了，是了，怪道上月我求他打十根蝴蝶儿结子，过了那些日子打发人送来，还说这是粗打的，且在别处将就使罢，要匀净的，等明日来住着再好生打罢。如今听姑娘这话，想

《红楼梦》与顺治皇帝的爱情故事

来我们求他,他不好推辞,不知他在家里怎么三更半夜的做呢,可是我也糊涂了,早知道是这样,我也不该求他的。"宝钗道:"上次他告诉我说,在家里做活做到三更天,若是替别人家做一点半点,他家的那些奶奶太太们还不受用呢。"袭人道:"偏生我们那个牛心左性的小爷,凭着小的大的活计,一概不要家里这些活计上的人做,我又弄不开这些。"宝钗笑道:"你理他呢!只管叫人做去,就是了。"袭人道:"那里哄得过他,他才是认得出来呢,说不得我只好慢慢的累去罢了。"宝钗笑道:"你不必忙,我替你做些何如?"〔索隐〕真善笼络。袭人笑道:"当真的这样,就是我的造化了,晚上我亲自过来。"

一句话未了,忽见一个老婆子忙忙走来,说道:"这是那里说起!金钏儿姑娘好好投井死了!"〔索隐〕西苑相传井中有鬼,《清季宫闱秘史》亦言之,大抵即宫人之自投于是者,或即康熙朝废太子案中事也,作书人去古较近,知之必详,故特写出。袭人听得吓了一跳,忙问"那个金钏儿?"那老婆子道:"那里还有两个金钏儿呢?就是太太屋里的,前日不知为什么撵他出去,在家里哭天哭地的,也都不理会他,谁知找不着他,才有打水的人说,那东南角上〔索隐〕井在西苑之东南方。井里打水,见一个尸首,赶着叫人打捞起来,谁知是他。他们还只管乱着要救活,那里中用了!"宝钗道:"这也奇了。"袭人听说,点头嗟叹,想素日同气之情,不觉流下泪来。宝钗听见这话,忙向王夫人处来安慰,这里袭人回去,不提。

却说宝钗来至王夫人房里,只见鸦雀无闻,独有王夫人在里问房内坐着垂泪,宝钗便不好提这事,只得一旁坐了。王夫人便问:"你从那里来?"宝钗道:"从园里来。"王夫人道:"你从园里来,可曾见你宝兄弟?"宝钗道:"才倒看见了,他穿着衣服出去了,不知那里去。"王夫人点头叹道:"你可知道一桩奇事?金钏儿忽然投井死了!"宝钗道:"怎么好好的投井?这也奇了。"王夫人道:"原是前日他把我一件东西弄坏了,我一时生气,打了一下,撵了他下去,我只说气他几天,还叫他上来,谁知他这么气性大,就投井死了,岂不是我的罪过?"宝钗笑道:"姨妈是慈善人,固然是这样想,据我看来,他并不是赌气投井,多半是下去住着,或是在井前玩,失了脚掉下去的,他在上头拘束惯了,

· 402 ·

第三十二回　诉肺腑心迷活宝玉　含耻辱情烈死金钏

这一出去，自然要到各处去玩玩逛逛，岂有这样大气性呢，总然有这样大气，也不过是个糊涂人，也不为可惜。"〔索隐〕一味为阿姨开脱罪孽，毫无仁人之心，却真善措词。王夫人点头叹道："这话虽然如此，到底我心不安。"〔索隐〕毕竟天性稍厚。宝钗笑道："姨妈也不劳关心，十分过不去，不过多赏他几两银子发送他，也就尽主仆之情了。"王夫人道："刚才我赏了五十两银子与他，原要还把你姊妹们新衣服给他装裹，谁知各丫头可巧都没有什么新做的衣服，只有你林妹妹做生日的两套，我想你林妹妹那个孩子素日是个有心的，况且他原也三灾八难的，既说了给他做生日，这会子又给人去装裹，岂不忌讳，因为这么样，我才现叫裁缝赶着做一套给他。要是别的丫头，赏他几两银子也就完了，金钏儿虽然是个丫头，素日在我跟前比我的女儿也差不多。"口里说着，不觉流下泪来。宝钗忙道："姨妈这会子又何用叫裁缝赶去，我前日倒做了两套，拿来给他岂不省事，况且他活的时候也穿过我的旧衣服，身量又相对。"〔索隐〕真能以小善中人。王夫人道："虽然这样，难道你不忌讳？"宝钗笑道："姨妈放心，我从来不计较这些。"〔索隐〕又笼络住一个，探骊得珠矣。一面说，一面起身就走，王夫人忙叫了两个人跟宝姑娘去。一时宝钗取了衣服回来，只见宝玉在王夫人旁边坐着垂泪，王夫人正在说他，因见宝钗来了，就掩住口不说了。宝钗见此景况，察言观色，早已知觉了七八分，于是将衣服交明，王夫人将金钏母亲叫来拿去了，要知后事如何，且看下回分解。

〔索隐〕本回大主脑全为写宝钗之阴险，专意笼络要人。湘云入其彀中，则政老左右有人矣，结纳要津，神不外散，故终得一跃而夺黛玉之位，宝钗真喜用手段者。自古奸雄同出一辙，然过后思量，究无味也。写宝钗事，虽不知于所隐本事有无关合，然两人逐鹿，此之得即彼之失，董妃不得为后当即由此，两军相抗，哀者胜矣。钗黛相较，黛之地优，钗之地逊；惟优故骄，惟骄故败；惟逊敌力，惟力故成。潇湘虽日拭啼痕，殆仍以不哀致殒耶？此亦可衡世事矣。开首说湘云一段，少带四贞成事，着意在湘云誉宝钗一层；袭人誉宝钗又一层，惟宝哥

《红楼梦》与顺治皇帝的爱情故事

明斥其非,故愈足以为黛树敌而坚群小之团结,黛之祸全始此矣。中间一段说宝黛情况。目录中"诉肺腑"三字是说宝玉,不是说黛玉,黛玉对宝玉固无多言。"诉肺腑"云者,宝玉将底里之词误传于他人之耳,以至群小构衅,死我湘妃。自古机事不密则害成,此不独应咎宝,并应咎黛也。袭人方在裁夺,钗娘适来,不尽之词全在下回,绛云轩密叙,与上文袭人亲到梨香院寻宝钗同一笔法,妙在全不说明,帷幄运筹不言可想,官中结党以抑董妃,情状自在个中。末一段叙金钏跳井,既为宝玉挨打张本,又特见宝钗之借事市恩,闻变即来,取衣复至,中间一片言语全为王夫人开脱,种种如人意处,正所谓小人善伺人喜怒也。一得一失,不待出闺成礼固已了然,自来执魁柄者,不可以喜怒去取人,以致后来之不可收拾,有是哉。

〔**护花评**〕借袭人向湘云道喜,补叙十年前情事,想见两小同处,无话不说,灵活可爱。又:借袭人央湘云做鞋,补写黛玉剪扇袋,不露痕迹一些。又:史湘云劝宝玉留心经济学问,即顺手借袭人口中说宝钗亦曾劝过,又赞宝钗有涵养;既补前事,又远伏后来宝钗劝谏一节。又:黛玉窃听湘云等说话,若竟进门相见,便费唇舌;即暗自惊喜悲欢,抽身走回,既省烦笔,又引出彼此诉说一层。又:宝玉因黛玉竟去,出神呆想,引起下回感叹金钏,撞见贾政。又:湘云摇扇,袭人送扇;是撕扇余波。

又:湘云心事委曲借宝钗口中叙出,即将做鞋一层脱卸,简静灵动。又:宝玉发呆,让袭人为黛玉,袭人恐难免不才之事,暗想如何处治,伏三十四回向王夫人一番说话。

第三十三回 手足耽耽小动唇舌
　　　　　　　不肖种种大受笞挞

　　却说王夫人唤上他母亲来，拿几件簪环当面赏与，又吩咐请几个僧人念经超度他，他母亲磕头谢了出去。原来宝玉会过雨村回来，听见金钏儿含羞自尽，心早已五内摧伤，进来又被王夫人数说教训了一番，也无可回说，看见宝钗进来，方得便走出，茫然不知何往，背着手低着头，一面感叹，一面慢慢的信步来至厅上。刚转过屏门，不想对面来了一人正往里走，可巧撞了一个满怀，只听那人喝一声"站住！"宝玉吓了一跳，抬头看时，不是别人，却是父亲，〔索隐〕此段之贾政指清圣祖。早不觉倒抽了一口气，只得垂手一旁站住了。贾政道："好端端的，你垂头丧气嗐些什么？方才雨村来了要见你，那半天才出来。既出来了，全无一点慷慨挥洒的谈吐，仍是葳葳蕤蕤的，我看你脸上一团私欲愁闷气色，这会子又咳声叹气，你那些还不足，还不自在？无故这样，却是为何？"宝玉素日虽然口角伶俐，只是此时一心总为金钏儿感伤，恨不得此时也身亡命殒，跟了金钏儿去，〔索隐〕皇太子允礽有调戏宫婢致婢投井之事，故康熙四十七年九月废太子诏书内有"暴虐滔淫，过端弥著"之语，又有"暴戾淫乱，难出诸口"之谕。又云："恣行乖戾，无所不至，今朕赧于启齿"云云，皆指允礽之淫恶，事涉宫闱暧昧，故圣祖不忍道破，而故老尚有能言其事者，今人《记南阳女侠》一则亦道及之。如今见他父亲说这些话，究竟不曾听见，只是怔怔的站着。

　　贾政见他惶悚，应对不似往日，原本无气的，这一来倒生了三分气，方欲说话，忽有回事人来回："忠顺亲王府里有人来，要见老爷。"贾政听了心下疑惑，暗暗思忖道：素日并不与忠顺府来往，为什么今日打发人来？"一面想，一面命"快请厅上坐。"急忙进内更衣，出来接见时，

《红楼梦》与顺治皇帝的爱情故事

却是忠顺府长史官,一面彼此见了礼,归坐献茶,未及叙谈,那长史官先就说道:"下官此来,并非擅造潭府,皆因奉命而来,有一件事相求,看王爷面上,敢望老先生做主,不但王爷知情,且连下官辈亦感谢不尽。"贾政听了这话,找不着头脑,忙陪笑起身问道:"大人既奉王命而来,不知有何见谕,望大人宣明,学生好遵命承办。"那长史官冷笑道:"也不必承办,只用老先生一句话就完了,我们府里有一个做小旦的琪官,一向好好在府,如今竟三五日不见回去,各处去找,又摸不着他的道路,因此各处察访。这一城内,十停人倒有八停人都说,他近日和衔玉的那位令郎相与甚厚,下官辈听了,尊府不比别家,可以擅来索取,因此启明王爷,王爷亦说:'若说别的戏子呢,一百个也罢了,只是这琪官随机应答,谨慎老成,甚合我老人家的心境,断断少不得此人。'求老先生转达令郎,请将琪官放回,一则可慰王爷谆谆奉恳之意,二则下官辈可免操劳求觅。"说毕,忙打了一躬。贾政听了这话,又惊又气,即命唤宝玉出来,宝玉也不知是何缘故,忙忙赶到。贾政便问:"该死的奴才!你在家不读书也罢了,怎么做出这些无法无天的事来!那琪官现是忠顺王爷驾前承奉的人,你是何等草莽,无故引逗他出来,如今祸及于我。"宝玉听了吓了一跳,忙问道:"实在不知此事,究竟'琪官'两字不知为何物,况更加以'引逗'二字!"说着便哭。贾政未及开言,只见那长史官冷笑道:"公子也不必隐饰,或藏在家,或知其下落,早说了出来,我们也少受些辛苦,岂不念公子之德?"宝玉连说:"实在不知,恐有讹传,也未见得。"那长史官冷笑两声道:"现有证据,必定当着老大人说了出来,公子岂不吃亏?既说不知此人,那红汗巾子怎得到了公子腰里?"宝玉听了这话,不觉轰了魂魄,目瞪口呆,心下自思:这话他如何得知!他既连这样机密事都知道了,大约别的瞒他不过,不如打发他去了,免得再说出别的事来。因说道:"大人既知底细,如何连他置买房舍这样大事倒不晓得了?听得说他如今在东郊离城二十里有个什么紫檀堡,〔**索隐**〕玉以紫檀为函,意在关合小琬,与本段无干,不过借以言允礽在近郊蓄优之事。他在那里置了几亩田地几间房舍,想是在那里也未可知。"那长史官听了笑道:"这样说,一定是在那里,我且去找一回,若有了便罢,若没有,还要来请教。"说着,便忙忙的告辞走了。

第三十三回　手足耽耽小动唇舌　不肖种种大受笞挞

贾政此时气得目瞪口呆，一面送那官员，一面回头命宝玉："不许动！回来有话问你！"〔**索隐**〕圣祖因废允礽，曾宣谕向不令姣好少年侍侧，颇致憪于太子所为，是其被废原因中颇涉蓄优伶好男宠之事，概可想见。一直送那官员去了，才回身，忽见贾环带着小厮一阵乱跑，贾政喝命小厮"给我快打！"〔**索隐**〕允礽之废，皆大阿哥允祂等日事谗构所致，此段之贾环即指允祂、允禩等。圣祖因废太子事，曾命诸皇子痛挞允礽。贾环见了他父亲大怒，吓得骨软筋酥，忙低头站住。贾政便问："你跑什么？带着你的那些人都不管你，不知往那里去，由你野马一般！"喝叫："跟上学的人呢？"贾环见他父亲甚怒，便乘机说道："方才原不曾跑，只因从那井边一过，那井里淹死了一个丫头。我看人头这样大，身子这样粗，泡得实在可怕，所以才赶着跑了过来。"贾政听了惊疑，问道："好端端的，谁去跳井？我家从无这样事情，自祖宗以来，皆是宽柔待下，大约我近年于家务疏懒，自然执事人操克夺之权，致使弄出这暴殒轻生的祸患，若是外人知道，祖宗的颜面何在！"喝令叫贾琏、赖大来。

小厮们答应了一声，方欲去叫，贾环忙上前拉住贾政袍襟，贴膝跪下道："父亲不用生气，此事除太太房里的人，别人一点也不知道，我听见我母亲说……"说到这句，便回头四顾一看，贾政知其意，将眼色一丢，小厮们明白，都往两边后面退去。贾环便悄悄说道："我母亲告诉我说，宝玉哥哥前日在太太房里，拉着太太的丫头金钏儿强奸不遂，打了一顿，金钏儿便赌气投井死了。"〔**索隐**〕允禩等（才）〔谗〕间允礽于圣祖之前，非止一日一事。圣祖戒谕诸皇子，谕中亦有"允禩奏允礽所行卑污，大失人心，今欲诛允礽，不必出自皇父之手，言至此，朕为之惊异"等语，此为圣祖悟允禩等奸诈之始。其寻常密奏允礽过恶者不知凡几，即宫人羞愤自尽一事，必亦允禩等为上言之，故令允禩拘守允礽，其戏婢事当在行在，故立即拘絷，宫人投井事则似在宫中，故宫中相传井有女鬼，其详不可得而知矣。此段写贾环之进谗，并写其回头四顾之状，无非欲描出背人私构之状而已。话未说完，把个贾政气得面如金纸，大喝："拿宝玉来！"一面说，一面便往书房去，喝道："今日再有人来劝我，我把这冠带家私一应就交与他与宝玉过去！我免不得做个罪人，

《红楼梦》与顺治皇帝的爱情故事

把这几根烦恼鬓毛剃去，寻个干净去处自了，免得上辱先人下生逆子之罪。"〔**索隐**〕圣祖废允礽诏谕，屡以祖宗宏业为言，故有此笔。众门客仆从见贾政这个形景，便知又是为宝玉了，一个个咬指吐舌，连忙退出，贾政喘吁吁直挺挺的坐在椅子上，满面泪痕，一叠连声："拿宝玉！拿大棍！拿绳捆上！把门都关上！有人传信到里头去，立刻打死！"众小厮们只得齐声答应着，有几个来找宝玉。那宝玉听见贾政吩咐他"不许动"，早知凶多吉少，那里知道贾环又添了许多的话，正在厅上旋转，怎得个人来往里头通信，偏生没个人来，连焙茗也不知在那里，正盼望时，只见一个老嬷嬷出来。宝玉如得了珍宝，便赶上拉住他说道："快进去告诉：老爷要打死我呢，快去，快去！要紧！"宝玉一则急了，说话不明白；二则老婆子偏生又是耳聋，不曾听见是什么话，把"要紧"二字只听做"跳井"二字，便笑道："跳井让他跳去，二爷怕什么？"宝玉见是个聋子，便着急道："你出去叫我的小厮来罢。"那婆子道："有什么不了的事？老早的完了，又赏了银子，怎么不了事呢？"〔**索隐**〕紧急中加此一段闲散文字，是作者文章能处，亦借此妪口中形容官家赏银了事，儿戏人命的景况，并可逗紧下文，蓄势有力。宝玉急得手脚正没抓寻处，只见贾政的小厮走来，逼着他出去了，贾政一见眼都红了，也不暇问他在外流荡优伶，表赠私物，〔**索隐**〕允礽罪案之一，在家荒疏学业，〔**索隐**〕允礽罪案之二。上曾亲教允礽读书。并令大学士张英教之，又令熊赐履教以性理读书，淫逼母婢。只喝令："堵起嘴来，着实打死！"小厮们不敢违，只得将宝玉按在凳上，举起大板打了十来下，宝玉自知不能讨饶，只是呜呜的哭。贾政还嫌打的轻，一脚踢开掌板的，自己夺过板子来，狠命的又打了十几下。宝玉生来未经过这样苦楚，起先觉得打的疼，不过乱嚷乱哭，后来渐渐气弱声嘶，哽咽不出，众门客见打的不像了，赶着上来恳求夺劝，贾政那里肯听，说道："你们问问他干的勾当可饶不可饶！素日皆是你们这些人把他酿坏了，到这步田地，〔**索隐**〕因废太子案，斩决遣戍多人，并查抄允礽乳母之夫、内务府总管凌普家产。还来解劝。〔**索隐**〕九月丁丑，上因废皇太子，诏诸王、大臣、侍卫、文武官员等齐集行宫前，命允礽跪，上垂涕谕群臣，群臣均无异词。明日酿到弑父弑君，〔**索隐**〕诸阿哥各植党徒，互相刺杀，互相逸构，

· 408 ·

第三十三回　手足耽耽小动唇舌　不肖种种大受笞挞

圣祖谕诸臣："有可异者，伊每夜逼布城裂缝，向内窥视，从前索额图助伊，朕知其情处死，今允礽欲为索额图复仇，结成党羽，令朕关卜今日被鸩，明日遇害，昼夜戒慎不宁"云云，弑父弑君即暗指此。你们才不劝不成！"众人听这话不好听，知道气急了，忙乱着觅人进去给信，王夫人不敢先回贾母，只得忙穿衣出来，也不顾有人没人，忙忙扶了一个丫头，赶往书房中来，慌得众门客小厮避之不及，贾政方要再打，一见王夫人进来，更加火上添油，那板子越下去的又狠又快，按宝玉的两个小厮忙松手走开，宝玉早已动弹不得了。

贾政还欲打时，早被王夫人抱住板子，贾政道："罢了，罢了！今日必定要气死我了！"〔索隐〕上废太子日，痛哭扑地。王夫人哭道："宝玉虽然该打，老爷也要保重，且炎暑天气，老太太身上又不大好，打死宝玉事小，倘或老太太一时不自在了，岂不事大！"贾政冷笑道："倒休提这话，我养了这个小孽障，我已不孝。平日教训一番，又有众人护持他，不如趁今日结果了他的狗命，以绝将来之患！"说着，便要绳来勒死。王夫人连忙抱住哭道："老爷虽然应当管教儿子，也要看夫妻分上，我如今已五十岁的人，只有这个孽障，必定苦苦的以他为法，我也不敢深劝，今日越发要他死了，岂不是有意绝我。既要勒死他，快拿绳先勒死我，再勒死他，我们娘儿们不如一同死了，在阴司里也得个倚靠。"说毕，抱住宝玉放声大哭。贾政听了此话，不觉长叹一声，向椅子上坐下，泪如雨下。〔索隐〕上自废皇太子后，无日不流涕。王夫人抱着宝玉，只见他面白气弱，底下穿着一条绿纱小衣，一片皆是血渍，禁不住解下汗巾去，由腿看至臀胫，或青或紫，或整或破，竟无一点好处，不觉失声大哭起"苦命的儿"来，因哭出"苦命的儿"来，又想起贾珠来，便即叫着贾珠哭道："若有你活着，便死一百个我也不管了。"此时里面的人闻得王夫人出来，那李宫裁王熙凤与迎春姊妹早已出来了，王夫人哭着贾珠的名字，别人还可，惟有李宫裁禁不住也放声哭了。贾政听了，那泪更似走珠一般滚了下来。正没开交处，忽听丫鬟来说："老太太来了。"一句话未了，只听窗外颤巍巍的声气说道："先打死我，再打死他，岂不干净了！"贾政听他母亲来了，又急又痛，连忙迎出来，只见贾母扶着丫头，摇头喘气的走来，贾政上前躬身陪笑说道："大暑热天，母亲有何生气，自己走来？有话只叫儿子进去吩咐。"贾母听了，便止步喘息，一面厉声道："你原来和我说话！我倒有话吩咐，只是我一生没养个好儿子，却叫我和谁说去！"贾政听了这话不像，忙跪下含泪说道："为儿的教训儿子，也为的是光宗耀祖，母亲这话，我做儿的如何当的起？"贾母听说，便啐了一口说道："我说了一句，你就禁不起，你那样下死手的板子，难道宝玉就禁得起了？你说教训儿子是光宗耀祖，当日你父亲是怎么样教训你来！"说着也不觉滚下泪来。贾政又陪笑迎："母亲也不必伤感，皆是做儿子的一时性急，从此以后再不打他了。"贾母便冷笑几声说道："你也不必和我赌气，你的儿子，自然你要打就打，想来你也厌烦我们娘儿们，不如我们早离了你，大家干净！"说着便命人去看轿，"我和你太太宝玉立刻回南京去！"家下人只得答应着。贾母又叫王夫人道："你也不必哭了，如今宝玉年纪小，你疼他，他将来长大为官作宦的，也未必想着你是他母亲了，你如今倒不用疼他，只怕将来还少生一口气呢。"贾政听说，忙叩头说道："母亲如此说，儿子无立足之地了。"贾母冷笑道："你分明使我无立足之地，你反说起你来！〔索隐〕一段假文字，情真理挚，口吻逼真，却与废太子事无涉，惟废太子时上有皇太后，允礽又为皇后所出，上特重之，故特演贾母王夫人一般，亦题中应有之义也。只是我们回去了，你心里干净，看有谁来不许你打。"一面说，一面只命快打点行李车辆轿马回去，贾政直挺挺跪着叩头认罪。

　　贾母一面说，一面来看宝玉，只见今日这顿打不比往日，又是心疼，又是生气，也抱着哭个不了，王夫人与凤姐等劝解了一会，方渐渐的止住。早有丫鬟媳妇等上来要搀宝玉，凤姐便骂："糊涂东西，也不张开眼瞧瞧，这个样儿如何搀着走得？还不快进去把那藤屉子春凳抬出来呢。"众人听了连忙进去，果然抬出春凳来，将宝玉抬放凳上，随着贾母王夫人等进去，送至贾母房中。彼时贾政见贾母怒气未消，不敢自便，也跟了进来，看看宝玉，果然打重了；再看看王夫人，一声"肉"一声"儿"的哭道："你替珠儿早死了，留着珠儿，也免你父亲生气，我也不白操这半世的心了，这会子你倘或有个好歹，丢下我，叫我靠那一个！"数落一场，又哭"不争气的儿"。贾政听了，也就灰心，自己不该下毒手打到如此地步。〔索隐〕圣祖之废太子，固由允礽丛过已多，然亦由

第三十三回　手足耽耽小动唇舌　不肖种种大受笞挞

允禩、允禵等构陷。允禩母为惠妃，允祀母上屡称为贱族，不知何人，当是赵姨娘一流人物，此次宝玉被责，全由环哥暗唆，与允禩等行事相类。上废太子后，终日郁结，后见允禩等大言杀允礽不必由皇父之手，上因惧成悟，并查得魇魅太子诸物，知为允禩等所害，乃大悔恨，因佟国维等保允禵为太子，乃收系允禩，召见允礽，后遂有复位太子之事，此段言政老自悔，亦是隐喻圣祖不安情状。先劝贾母，贾母含泪说道："儿子不好，原是要管的，不该打到这个分儿，你不出去，还在这里做什么！难道于心不足，还要眼看着他死了才去不成！"贾政听说，方退了出来。

此时薛姨妈同宝钗、香菱、袭人、史湘云等也都在这里。袭人满心委屈，只不好十分使出来，见众人围着，灌水的灌水，打扇的打扇，自己插不下手去，即便走出来到二门前，命小厮们找了焙茗来细问："方才好端端的，为什么事打起来？""你也不早来透个信儿！"焙茗急的说："偏生我没在跟前，打到中间我才听见了，忙打听原故，却是为琪官同金钏姐姐的事。"袭人道："老爷怎么知道的？"焙茗道："那琪官的事，多半是薛大爷素昔吃醋，没法儿出气，不知在外头挑唆了谁来，在老爷跟前下的火；那金钏儿的事大约是三爷说的，我也是听见跟老爷的人说。"袭人听了这两件事都对景，心中也就信了七八分，然后回来，只见众人都替宝玉疗治，调停完备，贾母命："好生抬到他房中去。"众人一声答应，七手八脚忙把宝玉送入怡红院内自己床上卧好，又乱了半日，众人渐渐散去，袭人方进来经心服侍。要知端的，且听下回分解。

〔**索隐**〕本回从首至尾均写康熙时废太子一事，与第二十五回参看。圣祖多子，立太子后不惬人望，又兄弟间各分党类，互相倾陷。允禩与允禵固结，冀易太子以自立，太子亦结徒自保，与禩等相攻。世传黄天霸一流人及诸杂说中所记剑仙侠客，均此时之人之事。康熙四十七年九月上谕，有"允禩之人见杀于人，及因罪充发者亦复不少"等语。又谕内大臣等曰："张明德于皇太子未废以前谋欲行刺，势将渐及朕躬，据彼言有飞贼十六人，已招致在此，但好汉俱经皇上收录，若于其中不得一二人，断不能成事"云云。是可见不但允礽、允禩分立门户，

《红楼梦》与顺治皇帝的爱情故事

备致有死党,圣祖当日防闲亦不免招纳敢死之士以为之备,真古今希有事也。此段当为曹雪芹补本四十回之一,故谈康熙朝事,标目以"手足耽耽""不肖种种"为言,实合当时允礽等实况。允礽被废时,圣祖谓十八阿哥患病,从皆为忧,伊系亲兄,毫无友爱之意,可见当时诸阿哥全不相顾。圣祖有子三十五人,分党相仇,上几为之不能安处。至雍正朝,允礽已早自杀,允禩、允禟俱获重谴,致改名猪狗以辱之,兄弟之祸,至是极矣。"手足耽耽"四字赅括已尽。"小动唇舌"无非言私谗密构之状,事有不止以唇舌拨弄者,惟被废则究由此始,故云然也。"笞挞"一说,诸书不载,然当时圣祖之怒,致拔佩刀将诛允禔,并令诸阿哥挞之,则允礽被废见拘,未必不领重责。作者去古年近,当有所闻,故特书之,然书挞亦所以代废立之事。书中宝玉得过,无言废之理,亦无拘禁之理,故只可以笞挞为言也。

书中写老妈妈聋状。写宾客惧状,写王夫人哭状、史太君怒状、贾政恚状悔状、贾环詈状谗状、茗烟打听状、袭人关切根究状,无一不丝丝入扣,若见若闻,古今有数文字。

〔护花评〕宝玉情迷出神,无心接待雨村,于贾政口中补出,妙,妙!

又:琪官置买庄房,已伏后来娶袭人事。又:蒋琪官在东郊二十里紫檀堡地方置买田房,王府中尚且不知,宝玉何以独知其细?暗写宝玉与琪官情好甚密,不时往来,甚至紫檀堡庄上,宝玉亦曾到过,亦未可知。又:贾政大怒,是听贾环之言,金钏儿之死是主,蒋琪官之事是宾。又:夹叙聋妪一段,文情曲折可爱。又:马婆魇魔,衅起生彩霞,宝玉几死于鬼;贾环搬舌,祸由死金钏,宝玉几死于打。其实皆赵姨所致,是后来结果案据。又:宝玉抬回贾母房中,人人俱到,独黛玉不来,是在潇湘馆痛哭,不好意思走来,所以下回说眼眼肿得桃儿一般,其痛更甚于别人,是暗描,不是漏笔。又:焙茗向袭人所说贾环是实,薛蟠是虚,故甩猜疑之笔,为后薛蟠剖辩地步。

第三十四回　情中情因情感妹妹
　　　　　　　错里错以错劝哥哥

　　话说袭人见贾母王夫人等去后,便走来宝玉身边坐下,含泪问他:"怎么就打到这步田地?"宝玉叹气说道:"不过为那些事情,问他做什么?只是下半截疼得很,你瞧瞧打坏了那里?"袭人听说,便轻轻的伸手进去,将中衣脱下,略动一动,宝玉便咬着牙叫"嗳哟",袭人连忙住手,如此三四次才褪下来了,袭人看时,只见腿上半腿青紫,都有四指阔的伤痕高了起来。袭人咬着牙说道:"我的娘,怎么下这般的狠手!你但凡听我一句话,也不到这步田地,幸而没动筋骨,倘或打出个残疾来,可叫人怎么样呢!"正说着,只见丫鬟们说:"宝姑娘来了。"袭人听了,知道穿不及中衣,便拿了一床夹纱被替宝玉盖了,只见宝钗手里托着一丸药走进来,向袭人说道:"晚上把这药用酒研开,替他敷上,把那淤血的热毒散开,可以就好了。"说毕,递与袭人,又问:"这会子可好些?"宝玉一面道谢,说:"好些了。"又让坐。宝钗见他睁开眼说话,不像先时,心中也宽慰好些,〔索隐〕可见关怀之切。便点头叹道:"早听人一句话,也不至有今日,〔索隐〕与袭人一鼻孔出气。别说老太太、太太心疼,就是我们看着,心里也有……"〔索隐〕情见乎词,不及检点。刚说半句,又忙咽住,自悔说话太急了,不觉红了脸低下头来。〔索隐〕意态动人。宝玉听得这话如此亲切稠密,大有深意,忽见他又咽住不往下说,红了脸低下头,只管弄衣带,那一种娇羞怯怯,竟难以言语形容,越觉心中感动,将疼痛早已丢在九霄云外去了,想道:"我不过挨了几下打,他们一个个就有这些怜苦之态,令人可亲可敬,假若我一时竟遭殃横死,他们还不知是何等悲感呢!既是他们这样,我便一时死了,得他们如此,一生事业纵然尽付东流,亦无足叹惜矣。"〔索隐〕不重江山重

《红楼梦》与顺治皇帝的爱情故事

美人之意。正想着，只听宝钗问袭人道："怎么好好的动了气，就打起来了？"袭人便把焙茗的话说出来了，宝玉原来还不知贾环的话，见袭人说出方才知道，因又拉上薛蟠，惟恐宝钗多心，忙又止住袭人道："薛大哥从来不这样的，你们别混猜度。"宝钗听说，便知宝玉是怕他多心，用话拦袭人，因心中暗暗想道："打得这个形象，疼还顾不过来，还这样细心，怕得罪了人。〔索隐〕两心默喻，情障益深，故有后文终夜之泣。你既这样用心，何不在外头大事上做工夫，老爷也欢喜了，也不致吃这样亏；你虽然怕我存心，所以拦袭人的话，难道我就不知我哥哥素日恣心纵欲，毫无防范的那种心性，〔索隐〕知兄莫若妹，已伏怨怼之根。当日为一个秦钟还闹的天翻地覆，〔索隐〕补描一影。如今比先又加利害了。"想毕，因说道："你们也不必怨这个，怨那个，据我想，到底宝兄弟素日肯和那些人来往，老爷才生气，就是我哥哥说话不防头，一时说出宝兄弟来，也不是有心挑唆：一则也是本来的实话，二则他原不理论这些防嫌小事；袭姑娘从小儿只见过宝兄弟这样细心人，你何尝见过我哥哥那天不怕地不怕，心里有什么口里说什么的人呢。"〔索隐〕一味安宝玉之心，可谓情之至者。

袭人因说出薛蟠来，见宝玉拦他的话，早已明白自己说造次了，恐宝钗没意思，听宝钗如此说，更觉羞愧无言。宝玉又听宝钗这番活，一半是堂皇正大，一半去己的疑心了，更觉比先心动神移，〔索隐〕已入彀中。方欲说话时，只见宝钗起身说道："明日再来看你，好生养着罢，方才我拿了药来交给袭人，晚上敷上管就好了。"说着便走出门。袭人赶着送出院外，说："姑娘倒费心了，改日宝二爷好了，亲自来谢。"宝钗回头笑道："有什么谢处，你只劝他好生静养，别胡思乱想的就好，〔索隐〕伤痛与胡思乱想何干？可见钗娘已知宝哥为己动情，故着此语，已透相喻相怜之意，使宝玉愈入愈深，全是笼络手段，以钗娘大雅，何此段屡露马脚？又可见小人作伪，终不免人之视己，如见肺肝。要想什么吃的、玩的，悄悄的往我那里去取了，不必惊动老太太、太太众人，倘或吹到老爷耳朵里，虽然彼时不怎么样，将来对景，终是要吃亏的。"〔索隐〕照映下文"私相传递"四字，一面自宝玉私赠黛玉，一面自宝钗笼络宝玉。宝钗处处堂皇正大，大半假公济私，讥弹人处往往自蹈，

第三十四回　情中情因情感妹妹　错里错以错劝哥哥

作者于钗好用深文。说着去了。

袭人抽身回来，心内着实感激宝钗，进来见宝玉沉思默默，〔索隐〕不言宝玉此时胸中作何思念，却着此四字，可见在钗娘情网中茧缚而不能出。似睡非睡的模样，因而退出房外栉沐。宝玉默默的躺在床上，无奈臀上作痛，如针挑刀挖，更热如火炙，略辗转时，禁不住"嗳哟"之声，那时天色将晚，因见袭人去了，却有两三个丫鬟伺候，此时并无呼唤之事，因说道："等叫时再来。"众人听了，也都退出。这里宝玉昏昏默默，只见蒋玉函走了进来，诉说忠顺府拿他之事；一时又是金钏儿进来哭说为他投井之情；宝玉半梦半醒，都不在意。忽又觉有人推他，恍恍惚惚听得有人悲切之声，宝玉从梦中惊醒，睁眼一看，不是别人，却是林黛玉，犹恐是梦，忙又将身子欠起来，向脸上细细一认，只见他两个眼睛肿得桃儿一般，〔索隐〕颦儿率性而行，处处皆真，反衬钗之善假。满面泪光，不是黛玉，却是那个？宝玉还欲看时，怎奈下半截疼痛难禁，支持不住，便"嗳哟"一声，仍旧倒了，叹了一声说道："你又做什么来？虽然太阳落下去，那地下的余热未散，走来倘又受了暑呢？我虽然捱了打，并不觉疼痛，我这个样儿是装出来哄他们，好在外头布散与老爷听，其实是假的，你不可信真。"〔索隐〕宝钗设词以安宝玉之心；宝玉又设词以安黛玉之心，可见宝玉意中原只有黛玉，而宝钗苦心孤诣，偏欲以小善小信擅移其爱，岂知天下事凡出于勉强者，均不能持久，卒归于败，古今攘攘者何钗之多也！此时林黛玉虽不是嚎啕大哭，然越是这等无声之泣，气噎喉堵，更觉利害。〔索隐〕是情之真挚处，自又比宝钗之情加密一层。此段全写钗黛诚伪之分及宝玉与钗黛用情深浅之别，妙在不加褒贬，实处处右黛而左钗：一写径情而出之情形，而并不伤雅；一写多端掩饰之举动，而不免露痕。此中消息解人自解。听了宝玉这番话，心中虽有万句言词，只是不能说得，半日，方抽抽噎噎的说道："你从此可都改了罢！"〔索隐〕诚挚之言，一语胜人千百。宝玉听说，便长叹一声道："你放心，别说这样话，我便为这些人死了，也是甘心情愿的。"

一句话未了，只闻院外人说："二奶奶来了。"林黛玉便知是凤姐来了，连忙立起身来说道："我从后院子里去罢，回来再来。"宝玉一把拉

《红楼梦》与顺治皇帝的爱情故事

住道:"这又奇了,好好的怎么怕起他来。"林黛玉急得跺脚,悄悄的说道:"你瞧瞧我的眼睛,又该他们取笑开心了。"宝玉听说,赶忙的放了手,黛玉三步两步转过床后。〔**索隐**〕回避众人,正是与宝玉真挚,较为郎憔悴却羞郎之句更深一层。刚出了后院,凤姐从前头已进来了,问宝玉:"可好些了?想什么吃,叫人往我那里去取。"接着薛姨妈又来了,一时贾母又打发了人来。至掌灯时分,宝玉只喝了两口汤,便昏昏沉沉的睡去。接着,周瑞媳妇、吴新登媳妇、郑好时媳妇〔**索隐**〕言正好时耳。这几个有年纪长往来的,听见宝玉捱了打,也都进来,袭人忙迎出来,悄悄的笑道:"婶娘们略来迟了一步,二爷睡着了。"说着,一面带他们到那边房里坐了,倒茶与他们吃,几个媳妇子都悄悄坐了一回,向袭人说:"等二爷醒了,你替我们说罢。"袭人答应了,送他们出去,刚要回来,只见王夫人使个婆子来,口称:"太太叫一个跟二爷的人呢。"袭人见说,想了一想,便回身悄悄的告诉晴雯、麝月、秋纹等说:"太太叫人,你们好生在房里,我去了就来。"说毕,同那婆子一径出了园子,来至上房。

王夫人坐在凉榻上摇着芭蕉扇子,见他来了,说道:"你不管叫个谁来也罢了,又丢下来,谁服侍他呢?"袭人见说,连忙陪笑说道:"二爷才睡安稳了,那四五个丫头如今也好了,都会服侍二爷了,太太请放心,恐怕太太有什么话吩咐,打发他们来,一时听不明白,倒耽误事了。"王夫人道:"也没有甚话,只问问这会疼的怎么样?"袭人道:"宝姑娘送来的药,我给二爷敷上了,先疼的躺不稳,这会子倒睡沉了,可见好些。"王夫人又问:"吃了什么没有?"袭人道:"老太太给的一碗汤,喝了两口,只嚷干渴,要吃酸梅汤,我想酸梅是个收敛东西,刚才捱打,又不许叫喊,自然急的热毒热血未免存在心里,倘或吃下这个去激在心里,更弄出大病来,可怎么样,因此我劝了半天才没吃,只拿那糖腌的玫瑰膏子和了,吃了小半盏,嫌吃絮了不香甜。"王夫人道:"嗳哟,你何不早来和我说,前日有人送了几瓶子香露来,原要给他一点子的,我怕胡糟蹋了,就没给,既是他嫌那玫瑰膏子絮烦,把这个拿两瓶子去,一碗水里只用挑得一茶匙,就香的了不得呢。"说着,即忙就唤彩云来,"把前日的那几瓶香露拿了来"。袭人道:"只拿两瓶来罢,多也白糟蹋,

第三十四回　情中情因情感妹妹　错里错以错劝哥哥

等不够再来取也是一样。"

彩云听了，去了半日，果然拿了两瓶来，付与袭人，袭人看时，只见两个玻璃小瓶，却有三寸大小，上面螺蛳银盖，鹅黄签上写着"木樨清露"，那一个写着"玫瑰清露"。袭人笑道："好尊贵东西！这么个小瓶儿，能有多少？"王夫人道："那是进上的，你没看见鹅黄签子？〔索隐〕本回是一篇空灵笔墨，无非证明钗黛二人得失之原，恐抛荒所隐正文，故用贴鹅黄签子贡品稍一点缀，是作者细密处，不然此等物书中常见，何必写得如此慎重？况袭人亦日常见惯者，亦何故加叹异？可知作者全有用心，并非故作闲笔。你好生替他收着，别糟蹋了。"袭人答应着，方要走时，王夫人又叫："站住，我想起一句话来问你。"袭人忙又回来。王夫人见房内无人，便问道："我恍惚听见宝玉今日捱打，是环儿在老爷跟前说了什么话，你可曾听见这个话没有？你要听见，告诉我，我也不吵出来叫人知道是你说的。"袭人道："我倒没听见这话，为二爷霸占住戏子，人家来和老爷要，为这个打的。"王夫人摇头说道："也为这个，还有别的缘故。"袭人道："别的缘故实在不知道了，我今日大胆在太太跟前说句不知好歹话，论理……"说了半截，忙又咽住。王夫人道："你只管说。"袭人道："太太别生气，我就说了。"王夫人道："我有什么生气的，你只管说来。"袭人道："论理，我们二爷也得老爷教训教训，若老爷再不管，不知将来做出什么事来呢。"王夫人一闻此言，便合掌念声"阿弥陀佛"，由不得赶着袭人叫了一声"我的儿，亏了你也明白，这话和我的心一样，我何曾不知管儿子，先时你珠大爷在，我是怎么样管他，难道我如今倒不知管儿子了？只是有个原故：如今我想，我已经五十岁的人了，通共剩了他一个，他又长得单弱，况且老太太宝贝似的，若管紧了他，倘或再有好歹，或是老太太气坏了，那时上下不安，岂不倒坏了？所以就纵坏了他。我常常辨着口儿说一阵，劝一阵，哭一阵，彼时他好过，后来还是不相干，端的吃了亏才罢。设若打坏了，将来我靠谁呢！"说着，由不得滚下泪来。

袭人见王夫人这般悲感，自己也不觉伤了心，陪着落泪，又道："二爷是太太养的，太太岂不心疼，便是我们做下人的服侍一场，大家落个平安，也算是造化了，要这样起来，连平安都不能了，那一日那一时我

《红楼梦》与顺治皇帝的爱情故事

不劝二爷,只是再劝不醒。偏生那些人又肯亲近他,也怨不得他这样,总是我们劝的倒不好了。今日太太提起这话来,我还记挂着一件事,每要来回太太,讨太太个主意,〔索隐〕一篇话已足动王夫人之心,故敢直揭胸中欲言之隐,自古小人谗间,大抵皆假正论以行其奸。俟其言已入,然后乃由浅及深,畅发其旨,使人入而不觉。此处袭人反叩数语,正是纵横家的能事。只是我怕太太疑心,不但我的话白说了,且连葬身之地都没了。"〔索隐〕自古善谗者,必使人不悟为谗,疾其爱己,欧阳文忠《五代史宦官论》一篇言之悉矣。袭人此处恐王夫人疑其谗妒,故作不敢言之状,煞是老奸手段,将王夫人夹入五里雾中,安能复有所见?况迎其意而投之,未有不为之动者矣,钗黛得失全伏于此。王夫人听了这话内中有因,忙问道:"我的儿,你只管说,近来我因听见众人背前面后都夸你,我只说你不过在宝玉身上留心,或是诸人跟前和气这些小意思,谁知你方才和我说的话全是大道理,正合我的心事,你有什么只管说什么,只别叫别人知道就是了。"袭人道:"我也没什么别的说,我只想着讨太太一个示下,怎么变个法儿,以后还叫二爷搬出园外来住就好了。"

王夫人听了,吃一大惊,忙拉了袭人的手问道:"宝玉难道和谁作了怪不成?"袭人连忙回道:"太太别多心,并没有这话,这不过是我的小见识,如今二爷也大了,里头姑娘们也大了,况且林姑娘宝姑娘又是两姨姑表姊妹,虽说是姊妹们,到底是男女之分,日夜一处起坐不方便,由不得叫人悬心,便是外人看着也不像大家子的体统。俗语说的好,'没事常思有事',世上多少没头脑的事,多半因为无心中人做出,有心人看见当做有心事,反说坏了,只是预先不防着,断然不好。二爷素日性格,太太是知道的,他又偏好在我们队里闹,倘或不防,前后错了一点半点,不论真假,人多口杂,那起小人的嘴有什么避讳,心顺了,说的比菩萨还好;心不顺,就编的连畜生不如。〔索隐〕人情大抵皆然,顺治时一般给役之人传扬圣德者,尤不外此两说。二爷将来倘或有人说好,不过大家直过;设若叫人哼出一声不是来,我们不用说,粉身碎骨,罪有万重,都是平常小事,但二爷后来一生的声名品行岂不完了!二则太太也难见老爷。俗语又说'君子防未然',不如这会子防避的为是。太太事

第三十四回　情中情因情感妹妹　错里错以错劝哥哥

情多，一时固然想不到，我们想不到则可，既想到了，若不回明太太，罪越重了。近来我为这事日夜悬心，又不好说与人，惟有灯知道罢了。"〔索隐〕一篇大道理，真是句句得体，字字有根；闻者安得不动？但出诸袭姑娘之口，恐怕是有诸己而后非诸人，全是肆妒，并非持正。小人论事，往往以己不足论专论他人。"悬心"一说，恐人之夺宠而已，岂有他哉！王夫人听了这话，如雷轰电掣的一般，正触了金钏儿之事，心下越发感爱袭人不尽，忙笑道："我的儿，你竟有这个心胸，想得这样周全！我何曾又不想到这里，只是这几次有事就忘了，你今日这一番话提醒了我，难为你成全我娘儿两个声名体面，〔索隐〕董妃为后，与孝庄母子声名体面或有微瑕，当时必有持正论以尼之者，故书中特写出此一句。真真我竟不知道你这样好。〔索隐〕果然自好！不好宝哥何能偷试？罢了，你且去，我自有道理，只是还有一句话：你今既说了这样的话，我就把他交给你了，好歹留心，保全了他，就是保全我，我自然不辜负你。"

袭人连连答应着去了。回来正值宝玉睡醒，袭人回明香露之事，宝玉喜不自禁，即令调来吃，果然香妙非常。因心下记挂着黛玉，满心里要打发人去，只是怕袭人，便设一法，先使袭人往宝钗那里去借书。袭人去了，宝玉便令晴雯来吩咐道："你到林姑娘那里看看做什么呢，他要问我，只说我好了。"晴雯道："白眉赤眼儿的，做什么去呢？到底说句话儿，也像一件事。"宝玉道："没有什么可说的。"晴雯道："若不然，或是送件东西，或是取件东西，不然我去了怎么样搭讪呢？"宝玉想了一想，便伸手拿了两条手帕子撩与晴雯，笑道："也罢，就说我叫你送这个给他去了。"晴雯道："这又奇了，他要这半新不旧的两条手帕子？他又要恼了，说你打趣他。"宝玉笑道："你放心，他自然知道。"〔索隐〕心心相印，非外人所能知。

晴雯听了，只得拿了帕子往潇湘馆来，只看春纤正在栏杆上晾手帕子，见他进来，忙摇手儿说："睡下了。"晴雯走进来，满屋漆黑，并未点灯。〔索隐〕恐双目为人所见，且又暗中掉泪，全可思量。黛玉已睡在床上，问是谁，晴雯忙答道："晴雯。"黛玉道："做什么？"晴雯道："二爷送帕子来给姑娘。"黛玉听了，心中发闷，暗想：做什么送手帕子

《红楼梦》与顺治皇帝的爱情故事

来给我？因问道："这帕子是谁送他的？必定是好的，一叫他留着送别人去罢，我这会不用这个。"晴雯笑道："不是新的，是家常旧的。"林黛玉听了，越发闷住，细心搜求，一时方大悟过来，连忙说："放下去罢。"晴雯只得放了，抽身回来，一路盘算，不解何意。

这林黛玉体贴出手帕子的意思来，不觉神魂驰荡：宝玉这番苦心，能领会我这番苦意，又令我可喜；我这番苦意不知将来如何，又令我可悲；忽然好好的送两块帕子来，若不是领我深意，单看了这帕子，又令我可笑；再想私相传递，我又可惧；我自己每每好哭，想来也无味，又令我可愧。〔索隐〕又将黛玉心事演出五层，层层加密，全非莽汉所能知，加入此段文章，专为见宝与黛是用情已久，入心已深，钗不过一时强猎而已。如此左思右想，一时五内沸然，由不得余意缠绵，便命掌灯，也想不起嫌疑避讳等事，研墨蘸笔，便向两块旧帕上写道：

其一
眼空蓄泪泪空垂，暗洒闲抛却为谁？
尺幅鲛绡劳惠赠，叫人焉得不伤悲！
其二
抛珠滚玉只偷潸，镇日无心镇日闲。
枕上袖边难拂拭，任他点点与斑斑。
其三
彩线难收面上珠，湘江旧迹已模糊。
窗前亦有千竿竹，不识香痕渍也无？

林黛玉还要往下写时，觉得浑身火热，面上作烧。走至镜台揭起锦袱一照，只见腮上通红，真合压倒桃花，却不知病由此深。一时方上床睡去，犹拿着帕子思索，不在话下。

却说袭人来见宝钗，谁知宝钗不在园内，往他母亲那里去了，袭人不便空手回来，等至二更，宝钗方回。原来宝钗素知薛蟠情性，心中已有一半疑薛蟠挑唆了人来告宝玉的，谁知又听袭人说出来，越发信了，究竟袭人是焙茗说的，那焙茗也是私心窥度，并未据实。大家都是一半

第三十四回　情中情因情感妹妹　错里错以错劝哥哥

猜度，一半据实，竟认准是他说的。

薛蟠因素日有这个名声，其实这一次却不是他干的，被人生生的一口咬死是他，有口难分，这日正从外头吃了酒回来，见过母亲，只见宝钗在这里，说了几句闲话，因问："听见宝兄弟吃了亏，是为什么？"薛姨妈正为这个不自在，见他问时，便咬着牙道："不知好歹的冤家，都是你闹的，你还有脸来问！"〔**索隐**〕可见宝钗已有先入之言。薛蟠见说，便怔了，忙问道："我何尝闹什么？"薛姨妈道："你还装腔呢！人人都知道是你说的，还赖呢。"薛蟠道："人人说我杀了人，也就信了么？"薛姨妈道："连你妹妹都知道是你说，难道他也赖你不成？〔**索隐**〕补一笔更实，全可见钗之爱护怨艾，不明写更佳。宝钗忙劝道："妈妈和哥哥且别叫喊，消消停停的，就有个青红皂白了。"向薛蟠道："是你说的也罢，不是你说的也罢；事情也过去了，不必较正，倒把小事弄大了，我只劝你从此以后少在外头胡闹，少管别人的事。天天一处大家胡逛，你是个不防头的人，过后没事就罢了，倘或有事，不是你干的，人人都要疑惑说是你干的，不用别人，我先就疑惑你。"

薛蟠本是个心直口快的人，见不得这样藏头露尾的事；又是宝钗劝他不要逛去，他母亲又说他犯舌，宝玉之打是他治的，早已急得乱跳，赌神发誓的分辩。又骂众人："谁这样编派我？我把那囚攮的牙敲了！分明是为打了宝玉，没的献勤儿，拿我做幌子，〔**索隐**〕是诚有之。难道宝玉是天王？〔**索隐**〕又关照身分。他父亲打了他一顿，一家子定要闹几天。那一回为他不好，姨父打了两下子，过后老太太不知怎么知道了，说是珍大哥治的，好好的叫了去骂了一顿，今日越发拉上我了！既拉上，我也不怕，索性进去把宝玉打死了，我替他偿命，大家干净！"一面嚷，一面找起一根门闩来就跑。〔**索隐**〕此一段似指允礽被拘后，允禔、允禩等意欲加杀一层，借薛蟠影出，仍为侧重宝钗之爱玉而怨蟠。慌得薛姨妈抓住骂道："作死的孽障，你打谁去？你先打我来！"薛蟠的眼急的铜铃一般，嚷道："何苦来！又不叫我去，又好好的赖我，将来宝玉活一日，我耽一日的口舌，不如大家死了清净。"宝钗忙也上前劝道："你忍耐些儿罢，妈妈急的这个样儿，你不说来劝，你倒反闹得这样，别说是妈妈，便是旁人来劝你，也为你好，倒把你的性子劝上来了。"薛蟠道：

《红楼梦》与顺治皇帝的爱情故事

"你这会子又这话，都是你说的！"宝钗道："你只怨我说，再不怨你那顾前不顾后的形景。"薛蟠道："你这会怨我顾前不顾后，你怎么不怨宝玉在外头招风惹草的呢，别说别的，只拿前日琪官儿的事比给你们听：那琪官儿我们见了十来次，他并未和我说一句亲热话，怎么前日见了他，连姓名还不知，就把汗巾子给与他？难道这也是我说的不成？"薛姨妈和宝钗急的说道："还提这个！可不是为这个打他呢，可见是你说的了。"薛蟠道："真真的气死人了！赖我说的我不恼，我只为一个宝玉就闹得这样天翻地覆的。"宝钗道："谁闹？你先持刀动杖的闹起来，倒说是别人闹。"

薛蟠见宝钗说的话句句有理，难以驳正，比母亲的话反难回答，因此便要设法拿话堵回他去，就无人敢拦自己的话了。也因正在气头上，未曾想话之轻重，便道："好妹妹，你不用和我闹，我早知道你的心了，从前妈妈和我说，你这金要拣有玉的才可配，你留了心，见宝玉有那捞什子，你自然如今行动护着他。"〔**索隐**〕直刺其隐。话未说了，把个宝钗气怔了，拉着薛姨妈哭道："妈妈你听，哥哥说的是什么话！"薛蟠见妹妹哭了，便知自己冒撞，便赌气走到自己房里安歇，不提。

宝钗满心委屈气忿，待要怎样，又怕他母亲不安，少不得含泪别了母亲，各自回来，到了房里整哭了一夜。〔**索隐**〕此一语分明是知心，何至为终夜之哭，盖借端抒悲耳。书中故写此笔，全不说明，好从下文黛玉口中揭破，非黛玉之轻薄，实作者之狡猾。次日一早起来，也无心梳洗，胡乱整理，便出来瞧母亲，可巧遇见黛玉独在花影之下，问他那里去，宝钗因说："家去。"口里说着，便只管走。黛玉见他无精打彩的去了，又见眼上好似有哭泣之状，大非往日可比，便在后面笑道："姐姐也自己保重些儿，就是哭出两缸眼泪来，也医不好棒疮！"〔**索隐**〕黛玉口齿尖利，往往不能忍俊，是失人心处，书中写此亦见董妃聪慧，必好嘲人，为失位的根本。不知宝钗如何对答，且听下回分解。

〔**索隐**〕此一回全无实事，不过既写允礽被拘一事，不能仍牵入书中正文，若将挨打一层抛开，太形单弱；若重写宝玉如何负痛，众人如何慎重，又太质实，且与所隐本事不易打通。作

第三十四回　情中情因情感妹妹　错里错以错劝哥哥

者聪明，特开此回与下一回两段途径，专借宝玉在家养伤时，形容宝玉与黛玉之情愫，并形容宝钗笼络宝玉之手段，为得位失位张本：一率真，一作伪；一无心流露，处处同心；一有意矜庄，时时露缝。自来与人家国者，若少存攘取希冀之心，必人家有一祸端，奸雄乃得一进步。无董、郭之祸，阿瞒之事不成；无哀平之丧，新莽之基不固；因宝玉被打，于是袭人乃得间进言，宝钗乃得间希宠。一"间"字不知成全古今多少有心人。

作者由斯着想，走笔成书，意微甚矣。先借宝钗以形出黛玉之无心，又借王夫人形出袭人之排异；更借薛蟠以形出宝钗之挟私。昔人诗云："周公恐惧流言日，王莽谦恭下士时。若使当年身早死，一生真伪为谁知？"作者正于不能知之时方可以知之想，意虚而实，笔曲而隐，有此回文字，遂可将黛玉失志的根本打通，并将上回说康熙朝事仍倒卷回头，复说顺治朝董妃失位时事，丝毫不露形迹，作者一支笔真无缝天衣也。是为雪芹补本四十回之三，其迹可见。

〔**护花评**〕宝钗劝宝玉说："早听人一句话，也不至有今日。"又说："你这样细心，何不在大事上做工夫，"理正而言直。黛玉劝宝玉，只说："你从此可都改了罢。"言婉而情深，亦迥然各别。

又：借王夫人问贾环话，引出袭人一番说话。袭人固善于乘机，文笔亦不鹘突。贾环搬舌，袭人讳而不言，省却无数是非。

又：黛玉与宝玉处处不避嫌疑，密语私言；宝钗与宝玉往往正言相劝，毫无亵狎。二人举动不同，钟情无异。袭人虽心钦宝钗，而于防闲之处，仍相并提及，不分轻重，立言得体。

〔**大某评**〕袭人欲宝玉搬出园外住，却是先说林姑娘，次说宝姑娘，一倒置而轩轾已分，正是妙处不在多也。

又：前揭袭人之隐者有李妈妈，今揭宝钗之隐者有薛蟠，前后相映成文。

第三十五回　白玉钏亲尝莲叶羹
　　　　　　　黄金莺巧结梅花络

　　话说宝钗分明听见林黛玉刻薄他，因记挂着母亲、哥哥，并不回头，一径去了。

　　这里林黛玉还是立于花阴之下，远远的却向怡红院内望着。只见李宫裁、迎春、探春、惜春并各项人等都向怡红院内去过之后，一起一起的散尽了，只不见凤姐儿来，心内自己盘算道："如何他不来看宝玉？便是有事缠住了，他必定也是要来打个花胡哨，〔索隐〕花胡哨者，献勤之意也。清初，上每岁行围，有人扮鹿吹哨引鹿，谓之哨鹿。好在上前发声，实不见鹿者，谓之打花胡哨。后乃为普通见好之词。太平闲人注：谓樱虎之怒。不甚可解。讨老太太、太太的好儿。今儿这早晚不来，必有缘故。"一面猜疑，一面抬头再看时，只见花花簇簇一群人又向怡红院内来了。定晴看时，只见贾母搭着凤姐儿的手，后头邢夫人王夫人跟着，周姨娘并丫头媳妇等人都进院去。

　　黛玉看了不觉点头，想起有父母的好处来，早又泪珠满面。少顷，只见宝钗、薛姨妈等也进去。忽见紫鹃从背后走来，说道："姑娘吃药去罢，开水又冷了。"黛玉道："你到底要怎么样，只是催？我吃不吃，与你什么相干？"紫鹃笑道："咳嗽的才好了些，又不吃药了。如今虽是五月里，天气热，到底要该小心些。大清早起来，在这个潮地方站立半日，也该回去歇息歇息了。"一句话提醒了黛玉，方觉得有点腿酸，呆了半日，方慢慢的扶着紫鹃回潇湘馆来。

　　一进院门，只见满地下竹影参差，苔痕浓淡，不觉又想起《西厢记》中所云"幽僻处可有人行，点苍苔白露泠泠"二句来。〔索隐〕回映《西厢记》不单。因暗暗的叹道："双文虽然命薄，尚有孀母弱弟，

第三十五回　白玉钏亲尝莲叶羹　黄金莺巧结梅花络

今我黛玉之薄命，一并连孀母弱弟俱无。"想到这里，欲滴下泪来。不防廊上的鹦哥见黛玉来了，"嘎"的一声扑了下来，倒吓了一跳，因说道："你作死呢，又扇了我一头灰。"那鹦哥又飞上架去，便叫"雪雁，快掀帘子，姑娘来了"。黛玉便止住步，以手叩架道："添了食水不曾？"那鹦哥长叹一声，竟大似黛玉素日吁叹音韵，接着念道："侬今葬花人笑痴，他年葬侬知是谁？"黛玉紫鹃听了都笑起来。紫鹃笑道："都是姑娘素日念的，难为他怎么记了。"黛玉便将架摘下来，另挂在月洞窗外的钩上，于是进了屋子，在月洞窗内坐了。吃毕药，只见竹影映入纱窗，满屋内阴阴翠润，几簟生凉。黛玉无可释闷，便隔着纱窗调逗鹦鹉作戏，又将素日所喜的诗词也教与他念。这且不在话下。

且说宝钗来至家中，只见母亲正是梳洗呢。一见他来了，便说道："你大清早起跑来做什么？"宝钗道："我看看妈妈身上好不好。昨儿我去了，不知他可又过来闹了没有？"一面说，一面在他母亲身旁坐了，由不得哭将起来。薛姨妈见他哭，自己掌不住，也就哭了一场。一面又劝道："我的儿，你别委屈了，你等我处分那薛蟠。你要有个好歹，我指望那一个来！"

薛蟠在外听见，连忙跑了过来，对着宝钗左一个揖，右一个揖，只说："好妹妹，恕我这次罢！原是我昨儿吃了酒，回来路上撞客着了，来家未醒，不知胡说了什么，连自己也不知道，怨不得你生气。"

宝钗原是掩面哭的，听如此说，由不得又好笑了，遂抬头向地上啐了一口，说道："你不用做这些像生儿，我知道你的心里多嫌我们娘两个，你是变着法儿叫我们离了你就心净了。"薛蟠听说，连忙笑道："妹妹这从那里说起？妹妹从来不是这样多心说歪话的人。"薛姨妈忙又接着道："你只会听见你妹妹的歪话，难道昨儿晚上你说的那话就该的不成？当真是你发昏了！"薛蟠道："妈妈也不必生气，妹妹也不必烦恼，从今以后我再不同他们一处吃酒闲逛如何？"宝钗笑道："这才明白过来了。"薛姨妈道："你要有个横劲，那龙也下蛋了。"薛蟠道："我若再和他们一处逛，妹妹听见了，只管叫妹妹叫我畜生、不是人，如何？何苦来，为我一个叫娘儿两个天天操心。妈妈为我生气还犹可恕，若只管叫妹妹为我操心，我更不是人。如今父亲没了，我不能多孝顺妈妈，多疼妹妹，

《红楼梦》与顺治皇帝的爱情故事

反叫娘母子生气妹妹烦恼,连个畜生不如了。"口里说着,眼睛禁不住也滚下泪来。

薛姨妈本不哭了,听他一说又吊起伤心来。宝钗勉强笑道:"你闹够了,这会子又招着妈妈哭起来。"薛蟠听了,忙收了泪,笑道:"我何曾招妈妈哭起来?罢,罢,罢,丢下这事莫提了。叫香菱来倒茶妹妹吃。"宝钗道:"我也不吃茶,等妈妈洗了手,我们就进去了。"薛蟠道:"妹妹的项圈我瞧瞧,只怕该炸一炸去了。"宝钗道:"黄澄澄的又炸他作什么。"薛蟠又道:"妹妹如今也该添些衣服了。要什么颜色花样,告诉我。"宝钗道:"连那些衣服还没穿遍了,又做什么?"一时薛姨妈换了衣服,拉着宝钗进去,薛蟠方出去了。〔索隐〕找补上文,方有结局。

这里薛姨妈和宝钗进园来看宝玉,到了怡红院中,只见抱厦里外回廊上许多丫头老妈站着,便知贾母等都在这里。母女两个进来,大家见过了,只见宝玉睡在榻上。薛姨妈问他可好些,宝玉忙欠身答应着"好些"。又问他:"想什么只管告诉我。"宝玉笑道:"我想起来,自然和姨妈要去的。"王夫人又问:"你想什么吃?回来好给你送来的。"宝玉笑道:"也倒不想吃什么,倒是那一回做的小荷叶儿小莲蓬儿的汤还好些。"

凤姐一旁笑道:"听听,口味不算高贵,只是太磨牙了。巴巴的想这个吃了。"贾母便一叠连声的叫做去。凤姐儿笑道:"老祖宗别急,我想想这模子是谁收着呢。"因回头吩咐个婆子问管厨房的去要。那婆子去了半日,来回说:"管厨房的说,四副汤模子都缴上来了。"凤姐儿听说,又想了一想,记得也交上来了,就记不得交给谁了,多半在茶房里。又叫人去问管茶房的,也不曾收。次后还是管金银器的送来了。

薛姨妈先接过来瞧瞧,原来是个小盒子,里面装着四付银模子,都有一尺多长,一寸见方,上面錾着有豆子大小,也有菊花的,也有梅花的,也有莲蓬的,也有菱角的,共有三四十样,打的十分精巧。因笑向贾母王夫人道:"你们府上也都想绝了,吃碗汤还有这些样子。若不说出来,我见了这个也认不得这是做什么用的。"凤姐也不等人说完,便笑道:"姑妈那里晓得,这是去年备膳,他们想的法儿。〔索隐〕是圣祖南巡时,曹寅迎銮备膳所创,可见当时之华靡。不知弄些什么面印出来,

第三十五回　白玉钏亲尝莲叶羹　黄金莺巧结梅花络

借点新荷叶的清香，全仗着好汤，究竟没意思，谁家常吃他呢。那一回呈样的做了一次，他今儿怎么想起来了。"说着接了过来，递与个妇人，吩咐厨房里立刻拿几只鸡，另又添了东西，做出十碗汤来。

王夫人道："要这些做什么？"凤姐儿笑道："有个缘故：这一宗东西家常不大吃，今儿宝兄弟提起来了，单做给他吃，老太太、姑妈、太太都不吃，似乎不好。不如借势儿弄些大家吃，，托赖着连我也尝个新儿。"贾母听见笑道："猴儿，把你乖的！拿着宫中的钱做人情。"说的大家笑了。凤姐也忙笑道："不相干。这个小东道我还做得起。"便回头吩咐妇人："说给厨房里，只管好生添补着做了，在我帐上领银子。"婆子答应着去了。

宝钗一旁笑道："我来了这么多年，留神看起来，二嫂子凭他怎么巧，再巧不过老太太去。"贾母听说，便答道："我的儿，我如今老了，那里还巧什么。当日我像凤姐儿这么大年纪，比他还来的呢。他如今虽说不如我们，也就算好了，比你姨娘强多了。你姨娘可怜见的，不大说话，和木头似的，在公婆跟前就不大献好儿。凤姐儿嘴乖，怎么怨得人疼他。"宝玉笑道："若这么说，不大说话的就不疼了？"贾母道："不大说话的又有不大说话的可疼之处，嘴乖的也有一宗可嫌的，倒不如不说的好。"

宝玉笑道："这就是了。我说大嫂子倒不大说话呢，老太太也是和凤姐姐一样看待。若说单是会说话的可疼，这些姊妹里头也只凤姐姐和林妹妹可疼了。"贾母道："提起姊妹们，不是我当着姨太太的面奉承，千真万真，从我们家里四个女孩儿算起，都不如宝丫头。"薛姨妈听说忙笑道："这话老太太说偏了。"王夫人忙又笑道："老太太时常背地里和我说宝丫头好，这倒不是说假话。"〔**索隐**〕上回王夫人对袭人说："我听见众人背前面后都夸你。"此宝钗等所布之阵也。此回又言老太太背地里说宝丫头好，此固由宝钗平时又善买好，亦由小红、熙凤、鸳鸯等暗中有一番说词，故抑黛而扬钗，故能得贾母欢，为黛玉失败根本。王夫人处本是内亲，又有袭人为之布阵，可谓八面埋伏，安能不如愿以偿。作者写此笔，全为隐隐传神，可见宝钗手腕之灵活。重闻消息已通，此时惟专心笼络宝玉而已。宝玉勾着贾母，原为赞林黛玉，不想反赞起宝钗来,倒也意出望外,便看着宝钗一笑。宝钗早扭过头去和袭人说话去了。

忽有人来请吃饭,贾母方立起身来,命宝玉"好生养着罢"。把丫头们嘱咐了一回,方扶着凤姐儿,让着薛姨妈,大家出房去了。犹问汤好了不曾,又问薛姨妈等:"想什么吃,只管告诉我,我有本事叫凤丫头弄出来咱们吃。"薛姨妈道:"老太太也会怄他的,时常弄了东西孝敬,究竟又吃不多。"凤姐儿笑道:"姑妈你倒别这样说,我们老祖宗只是嫌人肉酸,若不嫌人肉酸,早已把我还吃了呢。"

一句话没说了,引的贾母众人都哈哈的笑起来,宝玉在房里也忍不住笑。袭人笑道:"真真的二奶奶的嘴怕死人!"宝玉伸手拉着袭人笑道:"你站了这半日,可乏了?"一面说,一面拉他身旁坐下去了。袭人笑道:"可是又忘了。趁宝姑娘在院子内,你和他说,烦他们的莺儿来打上几根绦子。"宝玉笑道:"亏你提起来。"说着,便仰头向窗外道:"宝姐姐,吃过饭叫莺儿来,烦他打几根绦子,可得闲么?"宝钗听见,回头道:"怎么不得闲儿,一会叫他来就是了。"贾母等尚未听真,都止步问。宝钗说明了,贾母便说道:"好孩子,你叫他替你兄弟打几根。你要人使,我那里闲的丫头多着呢,你喜欢谁,只管叫来使唤。"薛姨妈宝钗等都笑道:"只管叫他来做就是了,有什么使唤的去处。他天天也是闲着淘气。"

大家说着往前正走,忽见湘云、平儿、香菱等在山石边掐凤仙花呢,〔索隐〕湘云从前每来便往潇湘馆,后被收入宝钗处肘腋之下,故住蘅芜院。此间言与香菱掐花,以见与薛氏之亲密,若往常早入潇湘馆寻黛玉去矣。全是不言而喻。见了他们走来,都迎上来。少顷出至园外,王夫人恐贾母乏了,便欲让至上房内坐。贾母也觉的腿酸,便点头依允。王夫人便命丫头忙先去铺设坐位。那时赵姨娘推病,只有周姨娘与那婆娘丫头们忙着打帘子,拿靠背,铺褥子。贾母扶着凤姐儿进来,与薛姨妈分宾主坐了。薛宝钗史湘云坐在下面。王夫人亲捧了茶来奉与贾母,李宫裁捧与薛姨妈。贾母向王夫人道:"让他们小妯娌服侍,你在那里坐了,好说话儿。"

王夫人方向一张小机上坐下了,便吩咐凤姐儿道:"老太太的饭放在这里,添了东西来。"凤姐儿答应出去,便命人至贾母那边告诉,那边的

第三十五回　白玉钏亲尝莲叶羹　黄金莺巧结梅花络

婆娘们忙往外传了，丫头们忙都赶过来。王夫人便命请姑娘们去。请了半天，只有探春惜春两个来了；迎春身上不耐烦，不吃饭；林黛玉是不消说，十顿饭只好吃五顿，众人也不着意了。

少顷饭至，众人调放了桌子。凤姐儿用手巾裹了一把牙箸站在地下，笑道："老祖宗和姑妈不用让，还听我说说就是了。"贾母笑向薛姨妈道："我们就是这样。"薛姨妈笑着应了。于是凤姐放下四双箸：上面两双是贾母薛姨妈，两边是宝钗湘云的。王夫人李宫裁等都站在下面看着放菜。〔索隐〕规矩一丝不走。凤姐先忙着要干净家伙来，替宝玉拣菜。〔索隐〕真善献勤讨好。"先忙着"三字有神。

少顷，荷叶汤来，贾母看过了。王夫人回头见玉钏儿在那里，便命玉钏与宝玉送去。〔索隐〕金钏死后，宝玉当已屡见玉钏，特未及抚慰耳，故演此下一段，为金钏死后应有之义。凤姐道："他一个拿不去。"可巧莺儿和同喜儿都来了。宝钗知道他们已吃了饭，便向莺儿道："宝二爷正叫你去打绦子，你们两个一同去罢。"〔索隐〕又是一对金玉，故下文特补点"金"字。

莺儿答应着，同玉钏儿出来。莺儿道："这么怪热的，怎么端了去？"玉钏笑道："你放心，我自有道理。"说着，便命一个婆子来，将汤饭等类放在一个捧盒内，命他端了跟着，他两个却空着手走。一直到了怡红院门口，玉钏儿方接了过来，同莺儿进入房中。袭人麝月秋纹三个人正和宝玉玩笑呢，见他两个来了，都忙起来，笑道："你们两个怎么来，碰巧一齐来了。"一面说，一面接了下来。玉钏便向一张小杌上坐了，莺儿不敢坐下。袭人便忙端了个脚踏来，莺儿还不敢坐。

宝玉见莺儿来了，却倒十分欢喜；见了玉钏儿，便想起他姐姐金钏儿来，又是伤心，又是惭愧，便把莺儿丢下，且和玉钏儿说话了。袭人见把莺儿不理，恐莺儿没好意思的，又见莺儿不肯坐，便拉莺儿出来，到外边房里去吃茶说话去了。

这里麝月等预备了碗箸来伺候吃饭。宝玉只是不肯吃，便问玉钏儿："你母亲身上可好？"玉钏儿满脸怒色，正眼也不看宝玉，半日方说了一个"好"字。宝玉便觉没趣，半日只得又陪笑问道："谁叫你替我送来的？"玉钏儿道："不过是奶奶太太们。"宝玉见他还是哭丧着脸，便知他是为金钏儿的缘故；待要虚心下气的哄他，又见人多，不好下气的，因而便寻方法将人都支出去，然后又陪笑问长问短。那玉钏儿先虽不欲理他，只管见宝玉一些性气也没有，凭他怎样丧谤，还是温存和气，自己倒不好意思的了，脸上方有三分喜色。

　　宝玉便笑求他："好姐姐，你把那汤端来我尝尝。"玉钏儿道："我从来不会喂人东西，等他们来了再吃。"宝玉笑道："我不是要你喂我。我因为走不动，你递给我吃了，你好赶早回去交代了，你好吃饭的。我只管耽误了时候，你岂不饿坏了？你要懒待动，我少不得忍了疼下去取来。"说着便要下床来，扎挣起来，禁不住"嗳哟"之声。玉钏儿见他这般，忍耐不住起身说道："躺下去罢！那世里造下了孽，这会子现世现报。叫我那一个眼睛看得上！"一面说，一面"扑嗤"一声又笑了，端过汤来。宝玉笑道："好姐姐，你要生气只管在这里生罢，见了老太太、太太可放和气些，若还这样，你就要挨骂了。"玉钏道："吃罢，吃罢！不用和我甜嘴蜜舌的，我不信这样话。"说着，催宝玉喝了两口汤。宝玉故意说不好吃，玉钏儿道："阿弥陀佛！这还不好吃，什么好吃呢？"宝玉道："一点味儿也没有，你不信，尝一尝就知道了。"玉钏儿果真赌气尝了一尝。〔索隐〕这才是孟光接了梁鸿案，比后文宝之讥黛尤见真确。宝玉笑道："这可好吃了。"

　　玉钏儿听说，方解过他的意思来，原是宝玉哄他吃了一口，便说道："你既说不好吃，这会子说好吃也给你吃了。"宝玉只管陪笑央求要吃，玉钏儿又不给他，一面又叫人打发吃饭。

　　丫头方进来时，忽有人来回话说："傅二爷家的两个嬷嬷来请安，来见二爷。"宝玉听说，便知是通判傅试家〔索隐〕傅试不知何指。然以本书之例例之，前云贾琏为同知，辅政之谓也，此言通判，必亦相类。且"判"乃批判之词，内三院主批答票签、参知政事，是"通判"二字之义。故知其人必内院大学士也。傅，太傅也。国初太傅无多，以"试"字合之，"试""言"旁加"式"；言，文言也；式，程式也。以猜谜之法猜之，其太傅范文程乎？文程，辽东土著，仗剑从龙入汉军旗，为开国文臣第一。其时于皇室颇有傅试对贾府气象，的嬷嬷来了。那傅试原是贾政的门生，〔索隐〕范文肃受睿王知遇，故云。原来都赖贾家的名

第三十五回　白玉钏亲尝莲叶羹　黄金莺巧结梅花络

声得意，贾政也着实看待，与别个门生不同，他那里常遣人来走动。宝玉素昔最厌勇男蠢妇的，今日却如何又命这两个婆子进来？其中原来有个原故：只因那宝玉闻得傅试有个妹子，名唤秋芳，〔索隐〕或谓傅秋芳指中山徐氏女宏光，时名在选中，将立为后。江南既下，军府驱之北行，梅村听卞玉京弹琴歌，全述此事。秋芳以才貌著，人主有意纳之，与中山女事微类，然不甚同意者。文肃入旗，见世祖废后，意在纳妹掖庭，为他日田魏贵盛之地乎？世远无传，就书绎意而已。也是个琼闺秀玉，常人传说才貌俱佳，虽未目睹，然遐思遥爱之心十分诚敬，不命他们进来，恐薄了傅秋芳，〔索隐〕意淫。因此连命让进来。

那傅试原是爆发的，因傅秋芳有几分姿色，聪明过人，那傅试安心仗着妹子要与豪门贵族结亲，不肯轻易许人。〔索隐〕有待选之意。所以耽误到如今，傅秋芳已二十三岁，尚未许人。怎奈那些豪门贵族又嫌他本是穷酸，〔索隐〕文肃以诸生投旗。根基浅薄，不肯求配。〔索隐〕汉军不合选后之例，然宫中女侍固多有之。世宗母魏佳氏即汉军内务府旗也。内府旗多为汉，而称姓名则从满，多不胜指。那傅试与贾家亲密，也自有一段心事。

今日遣来的两个婆子偏生是极无知识的，闻得宝玉要见，进来只刚问了好，说了没两句话。那玉钏儿见生人来，也不和宝玉厮闹了，手里端着汤，却只顾听。宝玉又只顾和婆子说话，一面吃饭，伸手去要汤。两个人的眼睛都看着人，不想猛伸手，便将碗撞翻，将汤泼了宝玉手上。玉钏儿倒不曾烫着，吓了一跳，忙笑道："这是怎么了！"慌的丫头们忙上来接碗。宝玉自己烫了手倒不觉的，只管问玉钏儿："烫了那里了？疼不疼？"玉钏儿和众人都笑了。玉钏儿道："你自己烫了，只管问我。"宝玉听了，方觉自己烫。众人上来连忙收拾，宝玉也不吃饭了，洗手吃茶，又和那两个婆子说了两句话。然后两个婆子告辞去了，晴雯等送至桥边方回。

那两个婆子见没人了，一行走，一行谈论。这一个笑道："怪道有人说他们家宝玉是像貌好里头糊涂，中看不中吃的，果然竟有些呆气的。他自己烫了手，倒问别人疼不疼，这可不是呆子？"那一个又笑道："我前一回来，听见他家里许多人抱怨，千真万真的有些呆气。大雨淋的水

《红楼梦》与顺治皇帝的爱情故事

鸡似的,他反告诉别人'下雨了,快避雨去罢'。你说可笑不可笑?时常没人在跟前,就自哭自笑;看见燕子,就和燕子说话;河内看见鱼,就和鱼说话;见了明星月亮,他便不是长吁短叹的,就是咕咕哝哝的。且一点刚性也没有,连那毛丫头的气都受到了。爱惜起东西来,连个线头都是好的;糟蹋起来,那怕值千值万的都不管好歹了。"〔索隐〕此上各词,当是世祖遗闻,故特借傅氏女仆口中道出。当时外廷眷属均可入宫,此类传闻,当不少也。两个人一面说,一面走出园回去。不在话下。

且说袭人见人去了,便携了莺儿过来,问宝玉打什么络子。宝玉笑向莺儿道:"才只顾说话,就忘了你。烦你来不为别的,也替我打几根络子。"莺儿道:"装什么的络子?"宝玉见问,便笑道:"不管装什么的,你都每样打几个罢。"莺儿拍手笑道:"这还了得?要这样,十年也打不完了。"宝玉笑道:"好姐姐,你闲着也没事,都替我打了罢。"袭人笑道:"那里一时都打得完,如今先拣要紧的打两个罢。"莺儿道:"什么要紧,不过是扇子、香坠儿、汗巾子。"宝玉道:"汗巾子就好。"莺儿道:"汗巾子是什么颜色?"宝玉道:"大红的。"莺儿道:"大红的要黑络子才好看,或是石青的才压得住颜色。"宝玉道:"松花色配什么?"莺儿道:"松花色配桃红。"宝玉道:"这才姣艳。再要雅淡之中带些姣艳。"莺儿道:"葱绿柳黄我是最爱的。"宝玉道:"也罢了,也打一条桃红,再打一条葱绿。"莺儿道:"什么花样的?"宝玉道:"也有几样花样?"莺儿道:"一炷香、朝天凳、象眼块、方胜、连环、梅花、柳叶。"宝玉道:"前儿你替三姑娘打的那花样是什么?"莺儿道:"是攒心梅花。"宝玉道:"就是那样好。"一面说,一面袭人刚拿了线来,窗外婆子们说:"姑娘们的饭都有了。"宝玉道:"你们吃饭去,快吃了来罢。"袭人笑道:"有客在这里,我们怎好去的。"莺儿一面理线,一面笑道:"这话又打那里说,正经快吃了饭来。"袭人等听说方去了,只留下两个小丫头呼唤。

宝玉一面看莺儿打络子,一面说闲话,因问他:"十几岁了?"莺儿手里打着,一面答话:"十六岁了。"宝玉道:"你本姓什么?"莺儿道:"姓黄。"宝玉笑道:"这个名字倒对了,果然是个黄莺儿。"莺儿笑道:"我的名字本来是两个字,叫个金莺。姑娘嫌拗口,就单叫莺儿,〔索

第三十五回　白玉钏亲尝莲叶羹　黄金莺巧结梅花络

隐〕宝钗慎重"金"字，故不肯轻以为名，恐世间别有刘秀应谶也。此处特为补出"金"字，与玉钏之"玉"字作对，又见宝钗之处处用心。如今就叫开了。"〔索隐〕黄莺儿，莺簧也，言巧言如簧，善代宝钗笼络宝玉。宝玉道："宝姐姐也算疼你了，到明日玉姐姐出嫁，少不得是你跟去了。"莺儿抿嘴一笑。宝玉笑道："我常常和袭人说，明儿不知那一个有福的消受你们主仆两个呢。"〔索隐〕意在言外。莺儿笑道："你还不知我们姑娘有几样世上人都没有的好处呢，模样儿还在其次。"〔索隐〕植党延誉，奸雄图事必由之径。莺儿真不负委任。宝玉见莺儿姣腔婉转，〔索隐〕点明巧言如簧。语笑如痴，〔索隐〕与上文言宝钗装愚同看。"如痴"之"如"字，是说假痴，与装愚一类，可谓强将手下无弱兵。早已不胜其情了，〔索隐〕可谓博爱，可谓意淫，不是爱屋及乌，却是得陇望蜀。那堪更提起宝钗来。〔索隐〕愈入愈深，情不自禁。便问道："他好处在那里，好姐姐，告诉我听。"莺儿道："我告诉你，你可不许又告诉他去。"〔索隐〕有何密语，借莺儿炫示？妙在不尽其词。宝玉笑道："这个自然的。"

正说着，只听见外头说道："怎么这样静悄悄的?"二人回头看时，不是别人，正是宝钗来了。〔索隐〕因莺儿先至，特来查探动静，可见冀幸之心不能自按一刻。特说"静悄悄"一层，又可见宝钗在外窃听已久，莺儿之言均为所闻，全是悬饵设媒人的行径，意在察视效力深浅，以为后计。宝玉忙让坐。宝钗坐了，因问莺儿"打什么呢?"一面问，一面向他手里去看，才打了半截。宝钗笑道："这有什么趣儿，倒不如打个络子把玉络上呢。"〔索隐〕一语破的，钗娘心事全在笼络宝玉，故书中特加此言以揭其心。并见宝玉业已上套。一句话提醒了宝玉，〔索隐〕并提醒看书人。便拍手笑道："倒是姐姐说得是，我就忘了。只是配什么颜色才好?"宝钗道："若用杂色断然使不得，用大红又犯了色，黄的又不起眼，黑的又太暗。等我想个法儿——把那金线拿来，〔索隐〕点明以金络玉。配着黑珠儿，线一根一根的拈上，打成络子，这才好看。"

宝玉听说，喜之不尽，一叠连声就叫袭人来取金线。正值袭人端了两碗菜走进来，告诉宝玉道："今儿奇怪，刚才太太打发人替我送了两碗菜来。"宝玉笑道："必定是今儿菜多，送给你们大家吃的。"袭人道：

《红楼梦》与顺治皇帝的爱情故事

"不是,指名给我来,还不叫我过去磕头。你看,这可是奇了。"宝钗道:"给你的你就去吃,这有什么猜疑的。"袭人道:"从来没有的事,倒叫我不好意思的。"宝钗抿嘴一笑,说道:"这就不好意思了?明儿还有比这个更叫你不好意思的呢。"〔索隐〕可见已先得消息。党势日增,党见日固。袭人听说话内有因,素知宝钗不是轻嘴薄舌奚落人的,自己想起上日王夫人的意思来,便再不提。将菜与宝玉看了,说:"洗了手来拿线。"说毕,便一直出去了。吃过饭,洗了手,进来拿金线与莺儿打络子。此时宝钗早被薛蟠遣人来请出去了。〔索隐〕薛蟠从不请宝钗,自说金玉因缘后忽请宝钗,必有一番作用。书中均暗示宝钗无处不用手段,以求达目的。

这里宝玉正看着打络子,忽见邢夫人那边遣了两个丫头,送了两样果子来与他吃,问他"可走得了么?若走得动,叫哥儿明日过去散散心,太太着实记挂着呢"。宝玉忙道:"若走得了,必定过来请太太的安了。今疼的比先好些,请太太放心罢。"一面叫他两个坐下,一面又叫秋纹来,把才那果子拿一半送与林姑娘去。〔索隐〕何不及钗?可见于宝钗仍是浮慕,情惟在黛。秋纹答应了,刚欲去时,只听黛玉在院内说话,宝玉忙叫"快请"。要知端的,且看下回分解。

〔索隐〕此一回与上回同意,全是宝玉挨打后养伤时事。上回是用旁面写法,重在钗、黛之哭,更重在钗、蟠之哄。然去挨打时近,故不便从宝玉一方面着语,即着语亦不过从痛楚医治着想,与上文五鬼之事、后文紫鹃之事犯重,故腾开专写宝钗。既写宝钗,闪过最近一层,便须收入宝玉正文,方不致嫌落寞,故此回全说宝玉正面。正面文章无多,不过热闹时诸人如何看视,清闲时晴、袭等如何情话而已,与全部正文消息隔绝,故作者写宝玉正面,仍注重宝钗笼络一局,为全部书钗得黛失之关键。

此回起首煞尾即叙黛玉。黛之与宝纯任自然,以情胜不以礼胜,故黛玉至怡红院或未至而去,或过门不入,意至辄来,闻声已去,不似宝钗之有心,既见好于贾母诸人,又闲中可处

第三十五回　白玉钏亲尝莲叶羹　黄金莺巧结梅花络

处设法以动宝玉之情而夺黛玉之爱。作书人苦心穿插,笔之关合映带,其浓淡平险之间虽不明示抑扬,而抑扬备至。

　　开首写黛玉一段,若宝钗当此,必先乘众人未入时蹈暇先往;黛玉因触己痛,望望然去之,其不善打花胡哨也至矣。段中特点"打花胡哨"一语,可见黛玉心中亦明知贾母等以问视之频数为多情尽礼,而身偏不入,其不见喜于贾母而失败也宜哉。满人有病,好以人之探问频简为功过。世祖太后病,后疏视问,致停笺奏,可见当时打花胡哨之人必多,故书中亦隐隐暗指。书中是黛玉说凤姐打花胡哨,作书人却借凤姐以形容宝钗之打花胡哨。一饭前后黛之不入者二,钗之入者亦二,冷暖大分,得失已定。且叙黛玉闲情逸致,调弄鹦鹉,钗娘此时方以为得机遇,岂暇为之?此书中暗为抑扬者一也。

　　叙黛玉一段后,又叙薛蟠赔礼一段,宝钗转圜甚速,可见昨日之哭并非以阿兄之言为非。此书中暗为抑扬者二也。

　　叙薛蟠一段后,又叙宝钗急急随母入怡红,全不因阿哥之言少有避忌。借此段中引出玉钏一事,全为金玉同行,为宝钗作衬,内夹叙莲叶羹一事。又因此回离正文正义大远,故有因病中尝新引出南巡故事一小段,借以点缀,俾不致抛荒所隐本事。尝羹之中又引出傅试家一事,全为写世祖废后后,人人有逐鹿之心,故宝钗用力甚至,饭后复来,一言便在络玉,一腔心事一语揭穿。此书中暗为抑扬者三也。

　　玉加络矣,金线得其用矣,而花样却仍是攒心梅;梅指小琬,即指黛玉,可见宝玉之心仍为梅所络,宝钗空自劳劳耳。标目以"巧结梅花络"为题,可见络者虽巧,仍不能出梅花之外,故不云金丝络而云梅花络。此书中暗为抑扬者四也。

　　宝钗去后,邢夫人亦遣人来问,足见因贾母之爱,无人不格外用情于宝玉,虽以绝不关切之邢夫人且然,他人可想。独黛玉在院内说话,请时已去,其无机心可知。论者疑此间脱节,正不知作者用意。此书中暗为抑扬者五也。

　　况宝玉见人送果子,独记挂黛玉,则金线之为用不如梅花多矣。两两相形，虽目前得失钗娘似胜，而久之一僧一死，寡守无聊，是情之一字终不可强也。作书人为宝钗惜，或即为世祖之继后悲耶？空中楼阁，演出一大段文章，其着意无非为"巧言笼络"四字作注，故为揭其旨如此。此回亦补本，可揣而知。

〔**护花评**〕鹦鹉念诗，独念哭花二句，可见黛玉无日不念哭花诗。又先引《西厢》二句以衬哭花诗，文章既前后映照，而黛玉之痴情亦描写透澈。

又：宝玉想赞黛玉，贾母偏赞宝钗，便见贾母久已属意宝钗。

又：玉钏、金莺亦是关照金玉良缘。

又：莺儿正欲说宝钗好处，却被宝钗走来冲断，藏蓄大有意味。

又：莺儿正打梅花络，宝钗忽叫打玉络，又用金线配搭，金与玉已相贴不离。

又：黛玉线穗已经剪断，宝。钗线络从此结成。

第三十六回　绣鸳鸯梦兆绛云轩
　　　　　　　识分定情悟梨香院

　　却说贾母自王夫人处回来，见宝玉一日好一日，心中自是欢喜。因怕将来贾政又叫他，遂命人将贾政的亲随小厮头儿唤来，吩咐他："以后倘有会人待客诸样的事，你老爷要叫宝玉，你不用上来回话，就回他说：我说一则打重了，要着实将养几个月才走得；二则他的星宿不利，祭了星，不见外人，过了八月才许出二门。"〔索隐〕京师妇女迷信者恒有此等举动。满清官廷尤重星命神道等事，世祖未亲政前孝庄或有此举，以避睿王。那小厮头儿〔索隐〕总管太监，故曰头儿。听了，领命而去。贾母又命李嬷嬷袭人等来，将此话说与宝玉，使他放心。
　　那宝玉素日本就懒与士大夫诸男人接谈，又最厌峨冠礼服贺吊往还等事，今日得了这句话，越发的得了意。不但将亲戚朋友一概杜绝了，而且连家庭中晨昏定省一发都随他的便了。〔索隐〕未亲政前一切均有睿王代摄，虽祭则寡人或亦可免。日日只在园中游玩坐卧，不过每日一清早以贾母王夫人处走走就回来了，〔索隐〕每晨必在慈宁。却每日甘心为诸丫头充役，竟也得十分消闲日月。或如宝钗辈有时见机劝导，〔索隐〕此指继后而言，或有戒旦脱簪之谏，为上所不喜，故几至再废。书中特以宝钗当之，是俨然妻道自任矣。反生起气来了，说："好好的一个清净洁白女子，也学的沽名钓誉，入了国贼禄蠹之流。这总是前人无故生事，立意造言，原为引导后世的须眉浊物，〔索隐〕意新词颖，概尽举世富贵利达之人。世祖不喜谏臣，当时必有此论。不想我生不幸，亦且琼闺绣阁中亦染此风，真真有负天地钟灵毓秀之德！"〔索隐〕议论奇辟，虽不能律以《中庸》，而精理名言自非识见超达不能及此。众人见他如此疯癫，也不向他说正经话了。独有林黛玉自幼不曾劝他去立身扬

《红楼梦》与顺治皇帝的爱情故事

名,所以深敬黛玉。〔索隐〕董妃清超一流,自不为庸常之论。

闲言少说。如今且说凤姐自见金钏儿死后,忽见几家仆人常来孝敬他些东西,又不时的来请安奉承,自己倒生了疑惑,不知何意。这日又见人来孝敬他东西,因晚间无人时笑问平儿。平儿冷笑道:"奶奶连这个都想不起来了?我猜他们的女儿都必是太太房里的丫头,如今太太有四个大的,一个月一两银子分例,下剩的都是一个月只几百钱。如今金钏儿死了,必定他们要弄这一两银子的巧宗儿呢。"凤姐听了笑道:"是了,是了。倒是你提醒了。我看来这起人也太不知足,钱也赚够,苦事情又摊不着,弄个丫头搪塞身子就罢了,又要想这个。也罢了,他们几家的钱也不能容易化到我跟前,这是他们自寻的,送什么来,我就收什么,横竖我有主意。"凤姐儿安下这个心,所以只管耽延着,等那些人把东西送足了,然后乘空方回王夫人。〔索隐〕此指营谋官缺而言,特以丫鬟为比耳。若真月俸一两之缺,众人何必汲汲?即馈献亦复有限,又岂凤姐所深喜哉?贪人败类一言描尽。

这日午间,薛姨妈母女两个与林黛玉等正在王夫人房里大家吃西瓜,凤姐儿得便回王夫人道:"自从金钏儿姐姐死了,太太跟前少着一个人了。太太或看准了那个丫头,就吩咐了,下月好发放月钱。"王夫人听了,想了一想道:"依我说,什么是例,必定四个五个的?够使就罢了。竟可以免了罢。"凤姐笑道:"论理,太太说的也是。只是原是旧例,别人屋里还有两个哩,太太倒不按例了?况且省下一两银子也有限的。"

王夫人听了,又想一想道:"也罢,这个分例只管关了来,不用补人,就把这一两银子给他妹妹玉钏儿罢。他姐姐服侍我一场,没个好结果,剩下他妹妹跟着我,吃个双分子也不为过。"凤姐答应着,回头望着玉钏儿笑道:"大喜,大喜。"玉钏儿过来磕了头。〔索隐〕是慈宁女官升转得食双俸,故云大喜。清廷凡有恩命,必叩首无算,宫闱中时时有之,虽一话一言且然,颁赏授职更无论矣。

王夫人又问道:"如今赵姨娘周姨娘的月例多少?"凤姐道:"那是定例,每人二两。赵姨娘有环兄弟的二两,共是四两,另外四串钱。"王夫人道:"月月可都按数给他们?"凤姐见问得奇,忙道:"怎么不按数给?"王夫人道:"前儿恍惚听见有人抱怨,说短了一串钱,〔索隐〕官

第三十六回　绣鸳鸯梦兆绛云轩　识分定情悟梨香院

中除后妃诸位时得召幸者,额俸不致短缺外,其余均经内务府境扣,十不得八,怨声孔多。是什么缘故?"凤姐忙笑道:"姨娘们的丫头,月例原是人各一吊钱。从旧年他们外头商议的,〔索隐〕必户部与内务府协议。姨娘们丫头每位分例减半,〔索隐〕顺治时度支竭蹶,官俸亦仅五成。

人各五百钱,每位两个丫头,所以短了一吊钱。这也抱怨不着我,我倒乐得给呢,他们外头又扣着,我难道添上不成?这个事我不过是接手的,怎么来,怎么去,由不得我做主。我倒说了两三回,仍旧添上这两分的为是。他们说只有这个数,叫我难再说了。如今我手里每月连日子都不错给他们呢。先时在外头关,那个月不打饥荒,何曾顺顺溜溜的得过一遭儿。"〔索隐〕是言户部关领之难与内务府支拨之难。若系人家帐房,何能擅代作主?并何致如此疲玩?

王夫人听说,就停了半响,又问:"老太太屋里几个一两的?"凤姐道:"八个。如今只有七个,那一个是袭人。"王夫人道:"这就是了。你宝兄弟也并没有一两的丫头,袭人还算老太太房里的人。"凤姐笑道:"袭人还是老太太的人,不过给了宝兄弟使。他这一两银子还在老太太的丫头分例上领。如今说因为袭人是宝玉的人,裁了这一两银子,断乎使不得。若说再添一个人给老太太,这个还可以裁他的。若不裁他的,须得环兄弟屋里也添上一个才公道均匀了。就是晴雯麝月等七个大丫头,每月人各月钱一吊;佳蕙等八个小丫头们,每月人各月钱五百。还是老太太的话,别人如何恼得气得呢。"

薛姨妈笑道:"只听凤丫头的嘴,倒像倒了核桃车子似的!只听他的帐也清楚,理也公道。"凤姐笑道:"姑妈,难道说我错了不成?"薛姨妈笑道:"说的何尝错,只是你慢些说岂不省力?"〔索隐〕想见滔滔滚滚,层出不穷之状。此处之凤姐,似指女官中之首领,如乾清宫夫人淑仪、慈宁宫贞容之类。

凤姐才要笑,忙又忍住了,听王夫人示下。〔索隐〕有典有则,将凤姐一副机便神形全行画出。王夫人想了半日,向凤姐道:"明儿挑一个丫头送去老太太使唤,补袭人,把袭人的一分裁了。把我每月的月例二十两银子里,拿出二两银子一吊钱来给袭人去。以后凡事有赵姨娘周姨娘的，也有袭人的，只是袭人的这一分都从我的分例上匀出来，不必动官中的就是了。"

凤姐一一答应了，笑推薛姨妈道："姑妈听见了，我素日说的话如何？今儿果然应了我的话。"薛姨妈道："早就该如此。模样儿自然不用说的，他的那一种行事大方，说话见人和气里头带着刚硬要强，这个实在难得。"〔索隐〕袭人之得位，虽不由薛姨先容，然赞助之词几于无美不备，直有所谓柔顺而贞者，固党之见存也。王夫人含泪说道："你们那里知道袭人那孩子的好处，比我的宝玉强十倍。宝玉果然是有造化的，能够得他长长远远的服侍一辈子，也就罢了。"〔索隐〕预伏改嫁之根。此一段又似追叙董妃入宫受命之初事。"长远"二字伏早死，也是情僧造化不佳处。凤姐道："既这么样，就开了脸，明放他在屋里岂不好？"王夫人道："这不好。一则年轻；二则老爷也不许；三则宝玉见袭人是他丫头，纵有放纵的事，倒能听他的劝。如今做了跟前人，那袭人该劝的也不敢十分劝他了。如今且浑着，等再过两三年再说。"〔索隐〕董妃入宫有年，至顺治十三年始封贵妃，意者初在慈宁，后入乾清，尚无位号，遇废后事，求封不得，乃封贵妃。书中言浑着过两三年，境地恰合。

说毕，凤姐见无事，便转身出来。刚至廊檐下，只见有几个执事的媳妇子正等他回事呢，见他出来，都笑道："奶奶，今儿回什么事，说了这半天？可不要热着。"凤姐把袖子挽了几挽，站着那角门的槛子，笑道："这里过堂风倒凉快，吹一吹再走。"〔索隐〕是爽利骄贵人态度。又告诉众人道："你们说我回了这半日的话，太太把二百年的事都想起来问我，难道我不说罢？"又冷笑道："我从今以后倒要干几件刻薄事了。抱怨给太太听，我也不怕。糊涂油蒙了心、烂了舌头、不得好死的下作东西们，别做娘的春梦了！明儿一箍脑子扣的日子还有呢。如今裁了丫头的钱，就抱怨了咱们，也不想一想自己配使三个丫头！"一面骂，一面方走了，自去挑人回贾母话去。不在话下。

却说薛姨妈等这里吃毕西瓜，又说一回闲话，方各自散去。宝钗与黛玉等回至园中，宝钗因约黛玉往藕香榭去，黛玉因说立刻要洗澡，便各自散了。宝钗独自行出，顺路进了怡红院，意欲寻宝玉去谈讲以解午倦。〔索隐〕何来之频！不想一入院中，鸦雀无闻，一并连两只仙鹤在

第三十六回　绣鸳鸯梦兆绛云轩　识分定情悟梨香院

芭蕉下都睡着了。宝钗便顺着游廊来至房中,只见外间床上横三竖四,都是丫头们睡着了。转过十锦格子,来至宝玉房内。宝玉在床上睡着了,袭人坐在身旁,手里做针线,旁边放着一柄白犀麈。

宝钗走近前来,悄悄的笑道:"你也过于小心了,这个屋里还有苍蝇蚊子,还拿蝇刷子赶什么?"袭人不防,猛抬头见是宝钗,忙放下针线,起身悄悄笑道:"姑娘来了,我倒不防吓了一跳。姑娘不知道,虽然没有苍蝇蚊子,谁知有一种小虫子,从这纱眼里钻进来,人也看不见,只睡着了,咬一口,就像蚂蚁叮的。"宝钗道:"怨不得。这屋子后头又近水,又都是香花儿,这屋子里头又香。这种虫子都是花心里长的,闻香就扑。"说着,一面就瞧他手里的针线,原来是个白绫红里的兜肚,上面绣着鸳鸯戏莲的花样,红莲绿叶,五色鸳鸯。宝钗道:"嗳哟,好鲜亮活计!这是谁的,也值得费这么大工夫?"袭人向床上努嘴儿。宝钗笑道:"这么大了,还带这个?"袭人笑道:"他原是不带,所以特特做好了,叫他看见由不得不带。如今天热,睡觉都不留神,哄他带上了,便是夜里总盖不严些儿,也就罢了。你说这一个就用了工夫,还没看见他身上带的那一个。"宝钗笑道:"也亏你耐烦。"袭人道:"今儿做的工夫大了,脖子低的怪酸的。"又笑道:"好姑娘,你略坐一坐,我出去走走就来。"说着就走了。

宝钗只顾看着活计,便不留心,一蹲身,刚刚的地坐在袭人方才坐的那个所在,〔索隐〕俨然妾妇。因又见那个活计实在可爱,不由的拿起针来就替他作。〔索隐〕"不由的"三字甚妙,可见忘神。

不想林黛玉因遇见史湘云约他来与袭人道喜,二人来至院中,见静悄悄的,湘云便转身到厢房里去先找袭人。林黛玉却来至窗外,隔着窗纱往里一看,只见宝玉穿着银红纱衫子,随便睡着在床上,宝钗坐在身旁做针线,旁边放着蝇刷子。林黛玉见了这个景儿,连忙把身子一藏,手握着嘴不敢笑出来,招手儿叫湘云。湘云一见他这般光景,只当有什么新闻,忙也来一看。也要笑时,〔索隐〕形象实令人发笑。忽然想起宝钗素日待他厚道,便忙掩住口。知道黛玉口不让人,怕他取笑,便忙拉过他来道:"走罢。我想起袭人来,他说午间要到池子里去洗衣裳,想必去了,咱们那里找他去。"黛玉心下明白,冷笑了两声,只得随他去

《红楼梦》与顺治皇帝的爱情故事

了。〔索隐〕云儿可人，善代钗娘拾遗补阙，不枉笼络之殷殷。

这里宝钗只刚做了两三个花瓣，忽见宝玉在梦中喊骂说："和尚道士的话如何信得？什么是金玉姻缘？我偏说是木石姻缘！"薛宝钗听了这话，不觉怔了。〔索隐〕刺心。忽见袭人走进来，笑道："还没有醒呢？"宝钗摇头。袭人又笑道："我才碰见林姑娘史大姑娘，他们可曾进来？"宝钗道："没见他们进来。"因向袭人笑道："他们没告诉你什么？"袭人红了脸笑道："总不过是他们那些玩话，有什么正经说的。"宝钗笑道："今儿他们说的可不是玩话，我正要告诉你呢，你又忙忙的出去了。"〔索隐〕湘黛是取笑作耍，宝钗是报信市恩，事同而行径心境大不类。一句话未完，只见凤姐打发人来叫袭人。宝钗笑道："就是为那话了。"袭人只得唤起两个丫头来，一同宝钗出怡红院，自往凤姐这里来。果然是告诉他这话，又叫他与王夫人磕头，且不必去见贾母，倒把袭人不好意思的。见过王夫人急忙回来，宝玉已醒了，问起缘故，袭人且含糊答应，至夜间人静，袭人方告诉了。

宝玉喜不自禁，又向他笑道："我可看你回家去不去？那一回往家里走了一趟，回来就说你哥哥要要赎你，又说在这里没着落，终久算什么，说那些无情无认的生分的话吓我。从今以后，我可看谁来敢叫你去。"袭人听了，一便冷笑道："你倒别这么说。从此以后我是太太的人了，我要走连你也不必告诉，只回了太太便走。"〔索隐〕伏后改嫁。语虽戏谐，坚贞者必不出此语。宝玉笑道："就便算我不好，你回了太太竟去了，叫别人听见说我不好，你去了你也没意思。"袭人笑道："有什么没意思的，难道强盗贼我也跟着罢。〔索隐〕所差有限。再不然，还有一个死呢。人活一百岁，横竖要死，这一口气不在，听不见看不见就罢了。"〔索隐〕千古艰难惟一死。此言恐不易践，故在袭姑娘口中却是第二层文章。宝玉听见这话，便忙握他的嘴，说道："罢，罢，罢，不用你说这些话了。"袭人深知宝玉性情古怪，听见奉承吉利语又厌虚而不实，听了这些尽情实话又生悲感，〔索隐〕宝哥确是通人。便悔自己冒撞了，连忙笑着用话截开，只拣那宝玉素日喜欢的春风秋月，再谈及粉淡脂红，然后谈以女儿如何好。不觉又谈到女儿死，袭人忙掩住口。

宝玉听至浓快处，见他不说了，便笑道："人谁不死，只要死的好。

第三十六回　绣鸳鸯梦兆绛云轩　识分定情悟梨香院

那些须眉浊物,只知道文死谏武死战这二死,是大丈夫死名死节,究竟何如不死的好。必定有昏君他方谏,他只顾他邀名,猛拚一死,将来置君于何地;必定有刀兵他方战,他只顾图汗马之名,猛拚一死,将来弃国于何地?所以这皆非正死。"袭人道:"忠臣良将,皆出于不得已他才死。"宝玉道:"那武将不过仗血气之勇,疏谋少略,他自己无能,送了性命,这难道也是不得已?那文官更不比武官了,他念两句书记在心里,若朝廷少有瑕疵,他就胡乱弹谏,只顾他邀忠烈之名,浊气一涌,即时拚死,这难道也是不得已?还要知道,那朝廷是受命于天,他非圣人,那天也断断不把这万机与他了。可知他那些死的都是沽名,并不知大义。〔索隐〕世祖时言官受申饬者甚多,大抵以钓名沽直为训,并有置君何地之语。此段即由各谕旨中化出。偏重死谏一层,故于死战着笔甚轻,原是作者陪笔。比如我此去若果有造化,该死于时的,如今趁你们在,我就死了,再能够你们哭我的眼泪流成大河,把我的尸首漂起来,送到那鸦雀不到幽僻之处,随风化了夫,自此再不要托生为人,就是我死的得时了。"〔索隐〕奇想天开,然亦人生奇福,非意淫者不能发此精论。袭人忽见说出这些疯话来,忙说困了,不理他。那宝玉方合眼睡着,次日也就丢开了。

一日,宝玉因各处游的烦腻,更想起《牡丹亭》曲子来,自己看了两遍,犹不惬怀。因闻得梨香院的十二个女孩儿中有小旦龄官,〔索隐〕补足第三十回之义。"龄""林"一音,又兼以影照黛玉。最是唱的好,因着意出角门来找时,只见宝官玉官都在院中,见宝玉来了,都笑让坐。宝玉因问:"龄官在那里?"都告诉他说:"在他房里呢。"

宝玉忙至他房内,只见龄官独自倒在枕上,见他进来,闻风不动。〔索隐〕是范忠贞在土室时见耿藩人气象。宝玉在身旁坐下,又素昔与别的女孩子玩惯了的,只当龄官也同别人一样,因近前来陪笑,央他起来唱"袅情丝"一套。不想龄官见他坐下,忙抬起来躲避,正色说道:"嗓子哑了。前儿娘娘传进我们去,我还没有唱呢。"宝玉见他坐正了,再一细看,就是那日蔷薇花下画"蔷"字那一个。又见如此景况,从来未经过这番被人弃厌,自己便讪讪的红了脸皮,只得出来了。宝官等不解何故,因问其所以,宝玉便说了出来。宝官便说道:"只略等一

《红楼梦》与顺治皇帝的爱情故事

等,蔷二爷来了,他叫他唱,是必唱的。"宝玉听了,心下纳闷,因问:"蔷哥儿那里去了?"宝官道:"才出去了,一定就是龄官要什么,他去变弄去了。"

宝玉听了,以为奇特。少站片时,果见贾蔷从外头来了,手里提着个雀儿笼子,上面扎着小戏台,并一个雀儿,兴兴头头往里来找龄官;见了宝玉,只得站住。宝玉问他:"是个什么雀儿,会衔旗串戏?"贾蔷笑道:"是个玉顶金头。"宝玉道:"多少钱买的?"贾蔷道:"一两八钱银子。"一面说,一面让宝玉坐,自己往龄官房里来。

宝玉此刻把听曲子的心都没了,且要看他和龄官是怎么样。只见贾蔷进去笑道:"你来瞧这个玩意儿。"龄官起身问是什么,贾蔷道:"买了雀儿你玩,省得天天闷的没个开心的。我先玩个你看。"便拿些谷子,哄的那个雀儿果然在那戏台上乱串,衔鬼脸旗帜。众女孩子都道有趣,独龄官冷笑了两声,赌气仍睡着去了。贾蔷还只管陪笑,问他好不好。龄官道:"你们家把好好的人弄了来,关在这牢坑里,〔索隐〕指忠贞被幽情事。学这个劳什子还不算,你这会儿又弄个雀儿来,也偏生会干这个。你分明弄了他来打趣形容我们,还问我好不好!"贾蔷听了,不觉忙起来,连忙赌神发誓,又道:"今儿我那里的脂油蒙了心,费了一二两银子买他来,原说解闷,就没有想到这上头。罢罢,放了生,免得灾病了。"说着,果然拿那雀儿放了,一顿便将笼子拆了。龄官还说:"那雀儿虽不如人,也有个老雀儿在窝里,你拿了他来弄这个劳什子也忍得!今儿我咳出两口血来,太太打发人来找你,叫你请大夫来细细问,你且弄这个来取笑儿。偏是我这没人管的没人理的,又偏病。"贾蔷听说,连忙说道:"昨儿晚上我问了大夫,他说不相干,吃两剂药后儿再瞧。谁知今儿又吐了。这会子就请他去。"说着,便要请去。龄官又叫:"站住,这会子大毒日头下,你赌气去请了来我也不瞧。"贾蔷听如此说,只得又站住。

宝玉见了这般景况,不觉痴了,这才领会过画"蔷"深意。自己站不住,便抽身走了。贾蔷一心都在龄官身上,也不顾送人,倒是别的女孩子送了出来。

那宝玉一心裁夺盘算,痴痴的回至怡红院中,正值林黛玉和袭人说

第三十六回　绣鸳鸯梦兆绛云轩　识分定情悟梨香院

话儿坐着呢。宝玉一进来，就和袭人长叹，说道："我昨儿晚上的话竟说错了，怪道老爷说我是'管窥蠡测'。昨夜说你们的眼泪单葬我，这就错了，我竟不能全得了。从此后只是各人得各人的眼泪罢了。"袭人只道昨夜不过是些玩话，已经忘了，不想宝玉又提起来，便笑道："你可真真有些疯了！"宝玉默默不对，自此深悟人生情缘，各有分定，〔索隐〕发论更新，并非空话，意指忠贞之不改节，全与洪金诸臣行径不类。天下之大贤不肖，同生并育，即一世之间，贞烈与屈降异轨，若尽如洪金诸人，则世有新主人皆从服，尚何有节义之可言？自见忠贞所为，乃知人臣各事其主，各死其事，此中自有分定，未可以为后世遂无完人也。目中"识分定"一言即为第三十回画"蔷"下一断语。段中特着"管窥蠡测"四字，是言本书所陈大抵皆降臣醮妇，然未可执一而论。昨说眼泪单葬我，今知各人得各人，全为明世有忠贞其人，但各为其一国一君，不能改颜他事。乃知天理人事全有定名定分，成事昭然，绝无可通融牵强之理。词面是说女儿之情，内藏臣子忠孝大节，语意高浑，界画分明，读者善观其通，斯无负作者春秋褒贬之大义。只是每每暗伤"不知将来葬我洒泪者为谁"。〔索隐〕引回情僧本身境地，预伏妃子先死，亦与《葬花词》对照。

且说林黛玉当下见了宝玉如此形象，便知是又从那里着了魔来，也不便多问，因说道："我才在舅母跟前听见，明儿是薛姨妈的生日，说叫我顺便来问你出去不出去。你打发人前头说一声去。"宝玉道："上回连大老爷的生日我也没去，这会子我又去，倘或碰见了人呢？我一概都不去，这么怪热的，又穿衣裳。我不去姨妈也未必恼我。"袭人忙道："这什么话？他比不得大老爷。这里又住的近，又是亲戚，你不去岂不叫他思量？你怕热，只清早起来到那里磕个头，吃钟茶再来，岂不好看。"宝玉尚未说话，黛玉便先笑道："你看着人家赶蚊子的分上，也该去走走。"宝玉不解，忙问："怎么赶蚊子？"袭人便将昨日睡觉无人作伴，宝姑娘坐了一坐的话说了出来。宝玉听了，忙说："不该。我怎么睡着了，就亵渎了他。"一面又说："明日必去。"〔索隐〕一闻狎状，转圜极速，亦是意淫之一端。

正说着，忽见史湘云穿得齐齐整整走来，辞说家里打发人来接他。

《红楼梦》与顺治皇帝的爱情故事

宝玉黛玉听说,忙站起来让坐。史湘云也不坐,宝黛两个只得送他至前面。那史湘云只得眼泪汪汪的,见有他家人在跟前,又不敢十分委屈。少时宝钗赶来,愈觉缱绻难舍。还是宝钗心内明白,他家人若回去告诉了他婶娘,待他家去又恐怕受气,因此倒催他去了。众人送至二门前,宝玉还要往外送他,倒是史湘云拦住了。一时回身又叫宝玉到跟前,悄悄的嘱咐道:"便是老太太想不起我来,你时常提着,好等老太太打发人来接我去。"宝玉连连答应了。眼看着他上车去了,大家方才进来。要知端的,且看下回分解。

〔**索隐**〕本回全是凭空结撰,共分六段:

自首句起,至"闲言少叙"句止,为第一段,专说宝玉之不出门,一味在园中疏散,为《红楼》全书中正好光阴。中带"须眉浊物"等词,为第四段死谏一层作来龙伏脉。

自"如今且说凤姐自见金钏儿死后"句起,至"回贾母话去,不在话下"句止,为第二段。由金钏月例引出袭人月例,为为妾张本,并为宝钗作衬,见党类并进,黛玉之地已危矣。中带王熙凤一片言词,又借以影照清初官中多减俸实状。

自"却说薛姨妈等这里吃西瓜"句起,至"次日也就丢开了"句止,为第三段。叙宝钗之以妻道自任,见景忘情,不免为黛玉所笑。湘云已入腕下,故能代为弥缝,更以见钗之植党多,而黛玉成孤立。且此数回中,无不叙宝钗到怡红,而黛玉独否,得失利钝判然,智愚贤不肖亦判然矣。鸳鸯梦兆,实金玉因缘的佳信,然宝玉梦中所说,乃在彼而不在此,宜乎钗娘一怔。标目七字,正谓非佳兆,非谓为鸳鸯和谐之兆也。段中夹叙死谏死战一层,是指实世祖批答各言官之事,随处关合,所谓语不离宗。

自"一日,宝玉因各处游玩的腻烦"句起,至"不知将来葬我洒泪者为谁"句止,为第四段。叙龄官专意贾蔷,决不分情于宝玉,暗结第三十回范忠贞画壁之事,隐示人臣大节本不可逾。以忠贞视各降臣,相去天壤,斯世亦大有人在,作者亦

第三十六回　绣鸳鸯梦兆绛云轩　识分定情悟梨香院

为之壮气，故以"识分定"三字标目，言天职天常固理如是也。本回上一目专映照后来后位之得失，下一目专归结上文守节之艰难，事大不同，而穿插一气。且中间复多有关照，词意俱新，煞是绝大本领。

自"且说林黛玉当下见了宝玉如此形象"句起，至"一面又说明日必去"句止，为第五段。仍回映绣鸳鸯一事，既见宝玉之易为动，见黛玉之无机心，若宝钗当之，必不令他人通此情窦矣。

自"正说着"句起，至末句止，为第六段。叙湘云归家中，为下回诗社张本，均本回之余波，其大端惟中间三段而已。

〔**护花评**〕贾母若不吩咐小使，过了八月方许宝玉出二门，则此四五月中宝玉在园中诸事无从细叙。此文章开展法。

又：借众人想要金钏月钱，引出王夫人厚待袭人，与周赵二姨一样，接榫自然。凤姐说环兄弟该添一个了，是反挑笔。

又：借宝玉梦中说出木石因缘，直伏后来出走情事。

又：宝钗告诉袭人的话，是在同出怡红院一面走一面说的。书中藏而不露，妙极。

又：龄官一层，固是宣明三十回中画字之意，实是为黛玉陪衬；雀儿串戏，是鹦鹉念诗陪衬。

又：湘云忽然回去，引起不入海棠社；临行悄嘱宝玉，引起同拟菊花题。两番诗会便不合掌。

〔**大某评**〕前段写分例银，是花姑娘分未定而名已定也。此段写梦中语，是薛姑娘名未正而分已定也。吾盖为颦儿晴姐叹焉。

又：小红之于芸儿，一味以柔胜；椿龄之于蔷儿，一味以刚胜。小红不得志宝哥，然后有芸儿；龄官既得志蔷儿，又安有宝哥也。

第三十七回 秋爽斋偶结海棠社
蘅芜院夜拟菊花题

话说史湘云回家后,宝玉等仍不过在园中嬉游吟咏不提。且说贾政自元妃归省之后,居官更加勤慎,以期仰答皇恩。皇上见他人品端方,风声清肃,虽非科第出身,却是书香世代,因将他点了学差,〔索隐〕指睿王躬与考试之事。也无非是选拔真才之意。这贾政只得奉了旨,择于八月二十日起身。〔索隐〕指睿王累次巡边阅武之事,合文武两事为一。是日拜别过宗祠及贾母起身而去。宝玉等如何送行,以及贾政出差外面诸事,不及细说。

单表宝玉自贾政起身之后,每日在园中任意纵性游荡,真把光阴虚度,岁月空添。这日甚觉无聊,便往贾母王夫人处混了一混,仍旧进园来了。刚换了衣服,只见翠墨进来,手里拿着一副花笺送与他。宝玉因道:"可是我忘了,要瞧瞧三妹妹去的,可好些了?你偏走来。"翠墨道:"姑娘好了,今儿也不吃药了,不过是着一点凉儿。"宝玉听说,便展开花笺看时,上面写道:

妹探谨启

二兄文几:前夕新霁,月色如洗,因惜清景难逢,不忍就卧,漏已三转,犹徘徊桐槛之下,竟为风露所欺,致获采薪之患。昨亲劳抚嘱已,复遣侍儿问切,兼以鲜荔〔索隐〕北京何来鲜荔,指北方贡品而已,为陕西黄柑之类,顺治亲政后,曾谕停止。书中言鲜荔,是用杨太真故事,使人知此时之探春亦影一宫中人耳。并鲁公墨迹见赐,抑何惠爱之深耶!今因伏几处默,忽思历来古人处名攻利敌之场,犹置北山滴水之区,远

第三十七回　秋爽斋偶结海棠社　蘅芜院夜拟菊花题

招近揖,投辖攀辕,务结二三同志盘桓其中,或竖词坛,或开吟社,虽一时之偶兴,每成千古之佳谈。妹虽不才,幸叨陪泉石之间,兼慕薛林雅调。风亭月榭,惜未宴及诗人;帘杏溪桃,或可醉飞吟盏。孰谓雄才莲社,独许须眉;不叫雅会东山,让余脂粉耶!若蒙踏雪而来,敢请扫花以俟。谨启。

宝玉看了,不觉喜的拍手笑道:"倒是三妹妹高雅,我如今就去商议。"一面说,一面就走,翠墨跟在后面。刚到了沁芳亭,只见园中后门上值日的婆子手里拿着一个字帖儿走来,见了宝玉,便迎上去,口内说道:"芸哥儿请安,在后门等着呢,这是叫我送来的。"宝玉拆开看时,上写道:

不肖男芸恭请
父亲大人万福金安。男思自蒙
天恩,认于膝下,日夜思一孝顺,竟无可孝顺之处。前因买办花草,上托大人洪福,竟认得许多花儿匠,并认得许多名园。前因忽见有白海棠一种,不可多得。故变尽方法,只弄得两盆。大人若视男是亲生一般,便留下赏玩。因天气暑热,恐园中姑娘们不便,故不敢面见。
奉书恭启,并叩
台安。
男芸跪书。一笑。
〔索隐〕清时折件,均书"跪奏""跑封"字样。此指亲贵诸王中之贡单。

宝玉看了,笑问道:"独他来了,还有什么人?"婆子道:"还有两盆花儿。"宝玉道:"你出去说,我知道了,难得他想着。你便把花儿送到我屋里去就是了。"一面说,一面同翠墨往秋爽斋来,只见宝钗、黛玉、迎春、惜春已都在那里了。

众人见他进来,都大笑说:"又来了一个。"探春笑道:"我不算俗,

《红楼梦》与顺治皇帝的爱情故事

偶然起了个念头,写了几个帖儿试一试,谁知一招皆到。"宝玉笑道:"可惜迟了,早该起个社的。"黛玉说道:"此时还不算迟,也没什么可惜。但是你们只管起社,可别管我,我是不敢的。"迎春笑道:"你不敢谁还敢呢?"宝玉道:"这是一件正经大事,大家鼓舞起来,不要你谦我让的。各有主意只管说出来,大家评论。宝姐姐也出个主意,林妹妹也说句话儿。"

宝钗道:"你忙什么,人还不全呢。"一语未了,李纨也来了,进门笑道:"雅的很呀!要起诗社,我自举我掌坛。前儿春天我原有这个意思的,我想了一想,我又不会做诗,瞎闹些什么,因而也忘了,就没有说。既是三妹妹高兴,我就帮你作兴起来。"

黛玉道:"既然定要起诗社,咱们就是诗翁了,先把这些姐妹叔嫂的字样改了才不俗。"李纨道:"极是,何不起个别号,彼此称呼倒雅。我是定了'稻香老农',〔**索隐**〕南方多稻,刘媪南人,为自农家归,故曰稻香老农。再无人占的。"探春笑道:"我就是秋爽居士罢。"宝玉道:"居士、主人到底不确,又累赘。这里梧桐芭蕉尽有,或指桐蕉起个倒好。"探春道:"有了,我是喜芭蕉的,就称'蕉下客'罢。"众人都道别致有趣。黛玉笑道:"你们快牵了他去,炖了鹿脯子来吃酒。"众人不解。黛玉笑道:"庄子云'蕉叶覆鹿',他自称'蕉下客',可不是一只鹿么?〔**索隐**〕隐一"梦"字。快做了鹿脯来。"众人听了都笑起来。探春因笑道:"你别忙使巧话来骂人,我已替你想了个极当的美号了。"又向众人道:"当日娥皇女英洒泪在竹上成斑,故今斑竹又名湘妃竹。如今他住的是潇湘馆,他又爱哭,将来他那竹子想来也是要变成斑竹的。以后都叫他做'潇湘妃子'就完了。"〔**索隐**〕小琬在如皋住湘中阁,又游金山时,人惊江妃踏波而上,又封贵妃。故曰'潇湘妃子',全为关合小琬也。大家听说,都拍手叫妙。林黛玉低了头也不言语。

李纨笑道:"我替薛大妹妹也早已想了个好的,也只三个字。"众人忙问是什么。李纨道:"我是封他为'蘅芜君',〔**索隐**〕影一"草"字。蕫为千里草也,亦屈原《九歌》中湘君荔萝等意,撮合为一,仍指小琬。一说为草之君,指继后,亦通。不知你们以为何如?"探春道:"这个封号极好。"〔**索隐**〕明提封号,从"妃"字生出。

第三十七回　秋爽斋偶结海棠社　蘅芜院夜拟菊花题

宝玉道："我呢？你们也替我想一个。"宝钗笑道："你的号早有了，'无事忙'〔索隐〕"无事忙"三字，是白杨无风自响之称，以赠情僧，既见其终日之扰扰，又暗喻枯杨生华、老妇士夫之义，亦对琬而言也。三字恰当得很。"李纨道："你还是你的旧号'绛洞花主，就是了。"〔索隐〕绛洞仍绛云怡红之义，由红光之瑞生出。宝玉笑道："小时候干的营生，还提他做什么。"探春道："你的号多得很，又起什么。我们爱叫你什么，你就答应着就是了。"宝钗道："还得我送你个号罢。有最俗韵一个号，却于你最当。天下难得的是富贵，〔索隐〕人主之尊，可谓富贵已极。又难得的是闲散，〔索隐〕睿王摄政时，上只一味闲散。这两样最不能兼有，不想你兼有了，就叫你'富贵闲人'也罢了。"〔索隐〕与."潇湘妃子'四字作对，又切情僧身分。宝玉笑道："当不起，当不起！倒是随你们混叫去罢。"黛玉道："混叫如何使得？你既住怡红院，索性叫'怡红公子'不好？"众人道："也好。"

李纨道："二姑娘四姑娘起个什么？"迎春道："我们又不会诗，白起个号做什么？"探春道："虽如此，也起个才是。"宝钗道："他住的是紫菱洲，就叫他'菱洲'，四丫头在藕香树，就叫他'藕榭'〔索隐〕圆圆字畹芬。畹，地名也；芬，花草类也。菱藕皆花草之类，洲榭皆地居之名，影圆圆也。就完了。"

李纨道："就是这样好。但序齿我大，你们都要依我的主意，管教说了大家合意。我们七个人起社，我和二姑娘四姑娘都不会做诗，须得让出我们三个人去。我们三个人各分一件事。"探春笑道："已有了号，还只管这样称呼，不如不有了。以后错了，也要立个罚约才好。"李纨道："立了社，再定罚约。我那里地方大，竟在我那里作社。我虽不能做诗，这些诗人竟不厌俗，容我做个东道主人，我自然也清雅起来了。于是要推我做社长；我一个社长自然不够，必要再请两位副社长，就请菱洲藕榭二位学究来，一位出题限韵，一位誊录监场。亦不可拘定了我们三个不做，若遇见容易些的题目韵脚，我们也随便做一首；你们四个却是要限定的。若如此便起，若不依我，我也不敢附骥了。"

迎春惜春本性懒于诗词，又有薛林在前，听了这话便深合己意，二人皆说"是极"。探春等也知此意，见他二人悦服，也不好强，只得依了。'因笑道："这话罢了，只是自想好笑，好好的我起了个主意，反叫

《红楼梦》与顺治皇帝的爱情故事

你们三个来管起我来了。"宝玉道:"既这样,咱们就往稻香村去。"李纨道:"都是你忙!今日不过商议了,等我再请。"宝钗道:"也要议定几日一会才好。"探春道:"若只管会的多,又没趣了。一月之中,只可两三次。"宝钗道:"一月只要两次就够了。拟定日期,风雨无阻。除这两日外,倘有高兴的,他情愿加一社的,或请到他那里去,或附就了来,亦可使得,岂不活泼有趣。"众人都道:"这个主意最好。"

探春道:"这原系我起的主意,须得先做个东道主,方不负我这高兴。"李纨道:"既这样说,明日你先开一社如何?"探春道:"明日不如今日,就是此刻好。你就出题,菱洲限韵,藕榭监场。"迎春道:"依我说,也不必随一人出题限韵,竟是拈阄公道。"李纨道:"方才我来时,看见他们抬进两盆白海棠来,倒是好花。你们何不就咏起他来?"〔**索隐**〕咏白海棠,全是从嫠妇着想,关合诸人之来历。迎春道:"花还未赏,倒先做诗?"宝钗道:"不过是白海棠,又何必定要见了才做。古人诗赋也不过都是寄兴寓情耳。若等见了做,如今也没这些诗了。"

迎春道:"既如此,待我限韵。"说着,走到书架前抽出一本诗来,随手一揭,这首诗竟是一首七言律。递与众人看了,都说做七言律。迎春掩了诗,又向一个小丫头道:"你随口说一个字来。"那丫头正倚门立着,便说了个"门"字。迎春笑道:"就是门字韵,'十三元'了。这头一个韵要'门'字。"说着,又要了韵牌匣子过来,抽出"十三元"一屉,又命那小丫头随手拿四块。那丫头便拿了"盆""魂""痕""昏"四块来。宝玉道:"这'盆''门'两个字不大好做呢!"

侍书一样预备下四分纸笔,便都悄然各自思索起来。独黛玉或抚弄梧桐,或看秋色,或又和丫鬟们嘲笑。迎春又命丫鬟点了一支"梦甜香"。〔**索隐**〕正香梦沉酣之际,是书中正好光阴也。只有三寸来长,有灯草粗细,以其易烬,〔**索隐**〕箭激光阴,霎时梦冷,如云易烬。故以此为限,〔**索隐**〕香之三寸,比人之三年。小琬受封后仅三年即死,前提"封号"二字,故加此一笔。如香烬未成,便要受罚。

一时探春便先有了,自己提笔写出,又改抹了一回,递与迎春。因问宝钗:"蘅芜君,你可有了?"宝钗道:"有却有了,只是不好。"宝玉背着手,在回廊上踱来踱去,因向黛玉说道:"你听,他们都有了。"黛玉道:"你别管我。"宝玉见宝钗已誊写出来,因说道:"了不得!香只

第三十七回　秋爽斋偶结海棠社　蘅芜院夜拟菊花题

剩了一寸了，我才有了四句。"又向黛玉道："香要完了，只管蹲在那潮地下做什么？"黛玉也不理。宝玉道："我可顾不得你了，好歹也写出来罢。"说着也走在案前写了。

李纨道："我们要看诗了，若看完了还不交卷是必罚的。"宝玉道："稻香老农虽不善作，却善看，又最公道，你就评阅优劣，我们都服的。"众人都道："自然。"于是先看探春的。稿上写道：

咏白海棠
斜阳寒草带重门，苔翠盈铺雨后盆。
玉是精神难比洁，雪为肌骨易销魂。
芳心一点娇无力，倩影三更月有痕。
莫谓缟仙能羽化，多情伴我咏黄昏。〔**索隐**〕以缟仙为伴，是董妃俦侣可知，不能定为宫中何人。

大家看了，称赏一回。又看宝钗的。道：

珍重芳姿昼掩门，自携手瓮灌苔盆。
胭脂写出秋阶影，冰雪招来露砌魂。
淡极始知花更艳，愁多焉得玉无痕。
欲偿白帝宜清洁，不语婷婷日又昏。〔**索隐**〕以偿白帝为言，是元后口气。故书中特推第一，盖隐指其位在董上也。

李纨笑道："到底是蘅芜君。"说着又看宝玉的，道：

秋容浅淡映重门，七节攒成雪满盆。
出浴太真冰作影，捧心西子玉为魂。
晓风不散愁千点，宿雨还添泪一痕。
独倚画栏如有意，清砧怨笛送黄昏。

大家看了，宝玉说探春的好，李纨终要推宝钗这诗有身分，因又催黛玉。黛玉道："你们都有了？"说着提笔一挥而就，掷与众人。李纨等看他

《红楼梦》与顺治皇帝的爱情故事

写道:

> 半卷湘帘半掩门,碾冰为土玉为盆。

看了这句,宝玉先喝起采来,只说"从何处想来!"又看下面道:

> 偷来梨蕊三分白,〔索隐〕"白",董妃名也。"梨梨"离也。"偷"字亦隐含劫夺之意。
> 借得梅花一缕魂。〔索隐〕梅花,影梅庵也。"借"字言非本有。"魂"字喻早折也。

众人看了也都不禁叫好,说:"果然比别人又是一样心肠。"又看下面道:

> 月窟仙人缝缟袂,秋闺怨女拭啼痕。〔索隐〕"怨女"指妃心事。语句学梅村咏妃各诗。
> 娇羞默默同谁诉,倦倚西风夜已昏。〔索隐〕全是有所思而不见的意思,指琬之不忘如皋也。

众人看了,都道是这首为上。李纨道:"若论风流别致,自是这首;若论含蓄浑厚,终让蘅芜。"探春道:"这评的有理,潇湘妃子当居第二。"〔索隐〕清制:后居首,皇贵妃第二,贵妃三,妃四,贵嫔五,嫔六,贵人七,以位言也。顺治时无皇贵妃,故贵妃当居第二。李纨道:"怡红公子是压尾,你服不服?"宝玉道:"我的那首原不好,这评论最公。"又笑道:"只是蘅潇二首还要斟酌。"李纨道:"原是依我评论,不与你们相干,再有多说者必罚。"宝玉听说,只得罢了。

李纨道:"从此后我定于每月初二、十六这两日开社,出题限韵都要依我。这其间你们有高兴的,只管另择日子补开,那怕一个月每天都开社,我也不管。只是到了初二、十六这两日,是必往我那里去。"宝玉道:"到底要起个社名才是。"探春道:"俗了又不好,诌新了,刁钻古怪也不好。可巧才是海棠诗开端,就叫海棠诗社罢。"〔索隐〕秋爽斋与内廷斋名相似。世祖当年或曾与内院诸臣结社赋诗,董妃或亦在宫同制,社或以海棠命名,今均不可考矣。虽然俗些,因真有此事,也就不碍了。"〔索隐〕特提真有此事,可见是当时真事,若书中诸人,则固言明

第三十七回　秋爽斋偶结海棠社　蘅芜院夜拟菊花题

未见海棠,可见此所谓真事,是点醒为顺治时实事。说毕,大家又商议了一回,略用些酒果,方各自散去。也有回家的,也有往贾母王夫人处去的。当下无话。

且说袭人因见宝玉看了字帖儿便慌慌张张同翠墨去了,也不知何事。后来又见后门上婆子送了两盆海棠花来。袭人问那里来的,婆子们便将前番缘故说了一遍。袭人听说,便命他们摆好,让他们在下房里坐了,自己走到房内称了六钱银子封好,又拿了三百钱走来,都递与那两个婆子道:"这银子赏那抬花儿的小子们,这个钱你们打酒喝罢。"

那婆子们站起来,眉开眼笑,千恩万谢的不肯受,见袭人执意不收,方领了。袭人又道:"后门上外头可有该班的小子们?"婆子忙答应道:"天天有四个,原预备里面差使的。姑娘有什么差使,我们吩咐去。"袭人笑道:"我有什么差使?今儿宝二爷要打发人到小侯爷家与史大姑娘送东西去,可巧你们来了,顺便出去叫后门上小子们雇辆车来。回来你们就往这里拿钱,不用叫他们往前头混碰去。"婆子答应着去了。

袭人回至房中,拿碟子盛东西与史湘云送去,却见槅子上碟槽空着。因回头见晴雯、秋纹、麝月等,都在一处做针黹,袭人问道:"这一个缠丝白玛瑙碟子那里去了?"众人见问,你看我我看你,都想不起来。半日,晴雯笑道:"给三姑娘送荔枝去的,还没送来呢。"袭人道:"家常送东西的家伙多,巴巴的拿这个去。"晴雯道:"我何尝不是这样说。这个碟子配上鲜荔枝才好看。我送去,三姑娘见了也说好,连碟子放着,就没带来。〔索隐〕又特再言鲜荔,引起插瓶之桂花。你再瞧,那槅子尽上头的一对联珠瓶还没收来呢。"

秋纹笑道:"提起这瓶来,我又想起笑话来了。我们宝二爷的孝心一动,也孝敬到二十分。〔索隐〕世祖侍孝庄圣孝极至,此段所叙亦实事。那日见园里桂花,折了两枝,原是自己要插瓶的,忽然想起来说,这是自己园里才新开的鲜花儿,不敢自己先玩,巴巴的把那一对瓶拿下来,亲自灌水插好了,叫个人拿着,亲自送一瓶进老太太,又进一瓶与太太。〔索隐〕臣下致物于君上曰进,帝后之献太后亦然。清宫中称献物曰进奉。此"进"字是指世祖进献孝庄,非常人家所可用之字也。谁知他孝心一动,连跟的人都得了福了。可巧那日是我拿去的。老太太见了这样,喜的无可不可,见人就说:'到底是宝玉孝顺我,连一枝花儿也想的到。

《红楼梦》与顺治皇帝的爱情故事

别人还只抱怨我疼他。'你们知道，老太太素日不大同我说话，有些不入他老人家的眼，那日竟叫人拿几百钱给我，说我可怜见的，生得单弱。这可是再想不到的福气。几百钱原是小事，难得这个脸面。及至到了太太那里，太太正和二奶奶赵姨奶奶好些人翻箱子，找太太当日年轻的颜色衣裳，不知要给那一个。一见了，连衣裳也不找了，且看花儿。又有二奶奶在旁边凑趣儿，夸宝二爷又是怎样孝敬，又是怎样知好歹，有的没的说了两车话。当着众人，太太脸上又增了光，堵了众人的嘴。太太越发喜欢了，现成的衣裳就赏了我两件。衣裳也是小事，年年横竖也得，却不像这个彩头。"

晴雯笑道："呸！好没见世面的小蹄子！那是把好的给了人，挑剩下的才给你，你还充有脸呢。"秋纹道："凭他给谁剩的，到底是太太的恩典。"晴雯道："要是我，我就不要。若是别人剩的给我也罢了，一样这屋里的人，难道谁又比谁高贵些，把好的给他，剩的才给我？宁可不要，冲撞了太太，我也不受这口软气。"

秋纹忙问道："给这屋里谁的？我因为前日病了几天，家去了，不知是给谁的。好姐姐，你告诉我知道。"晴雯道："我告诉了你，难道你这会退还太太去不成？"秋纹笑道："胡说。我自听了欢喜欢喜。那怕给这屋里的狗剩下的，我只领太太的恩典，也不去管别的事。"众人听了都笑道："骂得巧，可不是给了那西洋花点子哈巴儿了。"〔索隐〕世祖以时鲜花卉进献孝庄，孝庄喜而犒来使，亦人情必有之事。此言老太太、太太，皆喻慈宁也。京师人好蓄金铃小犬，足短而毛丰者，谓之哈巴狗。袭人笑道："你们这起烂了嘴的！得了空就拿我取笑打牙儿。一个个不知怎么死呢！"秋纹笑道："原来姐姐得了，我实在不知一道。我赔个不是罢。"

袭人笑道："少轻狂罢。你们谁取了碟子来是正经。"麝月道："那瓶也该得空收来。老太太屋里还罢了，太太屋里人多手杂。别人还可以，赵姨奶奶一伙的人见是这屋里的东西，又该使黑心弄坏了才罢。太太也不大管这些事，不如早些收了来是正经。"晴雯听说，便掷下针黹道："这话倒是，等我取去。"秋纹道："还是我去取罢。你取你的碟子去。"晴雯道："我偏取一遭儿去。是巧宗儿你们都得了，难道不许我得一遭儿？"麝月笑道："统共秋丫头得了一遭儿衣裳，那里今儿又巧，你也遇

第三十七回　秋爽斋偶结海棠社　蘅芜院夜拟菊花题

见找衣裳不成？"晴雯冷笑道："虽碰不见衣裳，或者太太看见我勤谨，一个月也把太太的公费里分出二两银子来给我，也定不得。"说着，又笑道："你们别和我装神弄鬼的，什么事我不知道。"一面说，一面往外跑了。秋纹也同他出来，自去探春那里取了碟子来来。

袭人打点齐备东西，叫过本处的一个老宋嬷嬷来，向他说道："你先好生梳洗了，换了出门的衣裳来，如今打发你与史大姑娘送东西去。"宋嬷嬷道："姑娘只管交给我，有话说与我，我收拾了就好一顺去。"袭人听说，便端过两个小撮丝盒子来。先揭开一个，里面装的是红菱鸡头两样鲜果，又揭那一个，是一碟子桂花糖蒸的新栗粉糕。又说道："这都是今年咱们这园里新结的果子，宝二爷送来与姑娘尝尝。再前日姑娘说这玛瑙碟子好多姑娘就留下玩罢。这绢包儿里头是姑娘上日叫我做的活计，姑娘别嫌粗糙，将就着用罢。替我们请安，替二爷问好就是了。"

宋嬷嬷道："宝二爷不知还有什么说的，姑娘再问问去，回来别又说忘了。"袭人因问秋纹："方才可是在三姑娘那里么？"秋纹道："他们都在那里商议起什么诗社呢，又都做诗。想来没话，你只管去罢。"宋嬷嬷听了，便拿东西出去穿戴了。袭人又嘱咐他们："从后门出去，有小子和车等着呢。"宋嬷嬷去了。不在话下。〔索隐〕叙送湘云礼物一段，陪衬进献桂花，方觉不单。又可见宫中与亲戚勋贵家时以馈遗相往还。京师内城常有着长衫戴官帽，肩挑朱盒上覆龙袱，或四或二、或一人或两人，即宫中赐物之脚夫也。

一时宝玉回来，先忙着看了一回海棠，至房内告诉袭人起诗社的事。袭人也把打发宋嬷嬷与史湘云送东西去的话告诉了宝玉。宝玉听了，拍手道："偏忘了他。我自觉心里有件事，只是想不起来，亏你提起来，正要请他去。这诗社里若少了他，还有个什么意思。"袭人劝道："什么要紧，不过玩意儿。他比不得你们自在，家里又作不得主儿。告诉他，他要来，又由不得他；若不来，又牵肠挂肚的，叫他不受用。"宝玉道："不妨事，我问老太太打发人接他去。"

正说着，宋嬷嬷已经回来，道生受，与袭人道乏，又说："问二爷做什么呢，我说和姑娘们起什么诗社做诗呢。史姑娘道，他们做诗也不告诉他去，急的了不得。"宝玉听了转身便往贾母处来，立逼着叫人接去。贾母因说："今儿天晚了，明日一早去。"宝玉只得罢了，回来闷闷的。

《红楼梦》与顺治皇帝的爱情故事

次日一早,便又往贾母处来催逼人接去。直至午后,史湘云才来了,宝玉方放了心;见面时就把始末原由告诉他,又要与他诗看。李纨等因说道:"且别给他看,先说与他韵脚。他后来的,先罚他和了诗。若好,便请入社;若不好,还要罚他一个东道再说。"湘云笑道:"你们忘了请我,我还要罚你们呢。就拿韵来,我虽不能,只得勉强出丑。容我入社,扫地焚香我也情愿。"众人见他这般有趣,越发喜欢,都埋怨昨日怎么忘了他,遂忙告诉他诗韵。

史湘云一心兴头,等不得推敲删改,一面只管和人说着话,心内早已和成,即用随便的纸笔录出,先笑说道:"我却依韵和了两首,好歹我都不知,不过应命而已。"说着递与众人。众人道:"我们四首也算想绝了,再一首也不能了。你倒弄了两首,那里有许多话说,必要重了我们的。"一面说,一面看时,只见两首诗写道:

咏白海棠和原韵
神仙昨日降都门,种得蓝田玉一盆。
自是霜娥偏耐冷,非关倩女欲离魂〔**索隐**〕按切早寡,指四贞。
秋阴捧出何方雪,雨渍添来隔宿痕。
却喜诗人吟不倦,岂令寂寞度朝昏。
其 二
蘅芷阶通薜荔门,也宜墙角也宜盆。
花因喜洁难寻偶,〔**索隐**〕四贞获封东宫皇妃,不愿就封,乃请归故夫。人为悲秋易断魂。
玉烛滴干风里泪,晶帘界破月中痕。
幽情欲向嫦娥诉,无奈虚廊月色昏。

众人看一句,惊讶一句。看到了,赞到了,都说:"这个不枉做了海棠诗,真该要起海棠社了。"史湘云道:"明日先罚我的东道,就让我先邀一社可使得?"众人道:"这更妙了。"因又将昨日的诗与他评论了一回。

至晚,宝钗将湘云邀往蘅芜院去安歇。湘云灯下计议如何设东拟题。宝钗听他说了半日,皆不妥当,因向他说道:"既开社,便要作东。虽然

第三十七回　秋爽斋偶结海棠社　蘅芜院夜拟菊花题

是个玩意儿,也要瞻前顾后,又要自己便宜,又要不得罪了人,然后方大家有趣。你家里你又做不得主,一个月通共那几吊钱,你还不够使。这会子又赶这没要紧的事,你婶娘听见了,一发抱怨你了。况且你就都拿出来,做这个东也不够,难道为这个家去要不成?还是和这里要呢?"一席话提醒了湘云,倒踌躇起来。宝钗道:"这个我已经有个主意。我们当铺里有一个伙计,他家田里出的好螃蟹,前儿送了几个来。现在这里的人,从老太太起连上房里的人,有多一半都是爱吃螃蟹的。前日姨娘还说要请老太太在园里赏桂花吃螃蟹,因为有事还没有请。你如今且把诗社别提起,只普通一请。等他们散了,咱们有多少诗做不得的。我和我哥哥说,要他几篓极肥极大的螃蟹来,再往铺子里取上几坛好酒来,再备四五桌果碟,岂不又省事又大家热闹了?"

湘云听了,心中自是感服,极赞想的周到。宝钗又笑道:"我是一片真心为你的话。你千万别多心,想着我小看了你,咱们两个就白好了。你若不多心,我就好叫他们办去。"湘云忙笑道:"好姐姐,你这样说,倒多心待我了。我凭他怎么糊涂,连个好歹也不知,还成个人么?我若不把姐姐当亲姐姐一样看待,上回那些家常烦难事也不肯尽情告诉你了。"宝钗听说,便唤一个婆子来:"出去和大爷说,照前日的大螃蟹要几篓来,明日饭后请老太太姨娘赏桂花。你让大爷好歹别忘了,我今儿已请下众人了。"那婆子出去说明,回来无话。

这里宝钗又向湘云道:"诗题也不要过于新巧了。你看古人中那里有那些刁钻古怪的题目和那极险的韵?若题目过于新巧,韵过于险,再不得好诗,终是小家子气。诗固然怕说熟话,亦不可过于求生,只要头一件主意清新,措词就不俗了。究竟这也算不得什么,还是纺绩针黹是你我的本分。一时闲了,倒是于身心有益的书看几章是正经。"

湘云只答应着,因笑道:"我如今心里想着,昨日做了海棠诗,我如今要做个菊花诗何如?宝钗道:"菊花倒也合景,只是前人太多了。"湘云道:"我也是如此想着,恐怕落套。"宝钗想了一想,说道:"有了,如今以菊花为宾,以人为主,竟拟出几个题目来,都要两个字。一个虚字,一个实字;实字就用'菊'字,虚字便用通用得的。如此又是咏菊又是赋事,前人也没很做,也不能落套。赋景咏物两关着,又新鲜又大方。"湘云笑道:"这却很好。只是不知用何等虚字才好。你先想一个我

《红楼梦》与顺治皇帝的爱情故事

听听。"宝钗想了想,笑道:"《菊梦》就好。"湘云笑道:"果然好。我也有一个。《菊影》可使得?"宝钗道:"也罢了。只是有人做过。若题目多,这个也搭的上。我又有了一个。"湘云道:"快说出来。"宝钗道:"《问菊》如何?"湘云拍案叫妙,因接说道:"我也有了。《访菊》何如?"宝钗也赞有趣,因说道:"爽性拟出十个来,写上再来。"

说着,二人研墨蘸笔,湘云便写,宝钗便念,一时凑了十个。湘云看了一遍,又笑道:"十个还不成幅,爽性凑成十二个便全了,也如人家的字画册页一样。"宝钗听说,又想了两个,一共凑成十二个,说道:"既这样,一发编出他个次序先后来。"湘云道:"如此更好,竟弄成个菊谱了。"宝钗道:"起首是《忆菊》;忆了不得,故访,第二是《访菊》;访之既得,便种,第三是《种菊》;种既盛开,故相对而赏,第四是《对菊》;相对而兴有余,故折来供瓶为玩,第五是《供菊》;既供而不吟,亦觉菊无采色,第六便是《咏菊》;既入词章,不可以不供笔墨,第七便是《画菊》;既为画菊,如是碌碌,究竟不知有何妙处,不禁有所问,第八便是《问菊》;菊如可解语,使人狂喜不禁,第九是《簪菊》;如此人事虽尽,犹有菊之可咏者,《菊影》《菊梦》二首续在第十第十一;末卷便以《残菊》总收前题之感。这便是三秋的妙景妙事都有了。"〔索隐〕总影照收场不好。

湘云依言将题录出,又看了一回,又问:"该限何韵?"宝钗道:"我生平最不喜限韵,分明有好诗,何苦为韵所缚。咱们别学那小家派,只出题不拘韵。原为大家偶得了好句取乐,并不为以此难人。"湘云道:"这话很是。这样大家的诗还进一层。但只咱们五个人,这十二个题目,难道每人做十二首不成?"宝钗道:"那也太难人了。将这题目誊好,都要七言律诗,明日贴在墙上。他们看了,谁能那一个就做那一个。有力量者十二首都做;不能的一首也可。高才捷足者为尊。若十二首已全,便不许他赶着又做,罚他便完了。"湘云道:"这也罢了。"二人商议妥贴,方才安寝。要知后事如何,且听下回分解。

〔索隐〕本回亦闲中笔墨。《红楼》原本专重叙事,乾隆朝将为禁本,雪芹乃以鲜艳笔墨添插四十回于中,大半说大观园中赏心乐事者为多,使人见而爱不忍释,又可盖却原书美刺之痕,

第三十七回　秋爽斋偶结海棠社　蘅芜院夜拟菊花题

比赋之迹，《红楼》遂以闲情逸致获存，较君家老祖妣班氏大家之续《汉书》功尤伟也。此回亦闲情之一，无甚深意，亦无甚隐藏之事，然关照世祖处亦自不少。

因无大段可指处，故不为逐段分诠，以省笔墨。

〔护花评〕八月将终，贾母所限宝玉出门之期已近，乃贾政又奉差远出，宝玉更可任意游荡，以便叙及结社等事。文章生波再展法。

又：探春才起意结社，贾芸适送白海棠，借此立名，便不着迹。

又：探春笔札甚雅，芸儿字极俗，映衬好看。

又：宝玉别号却有三个，又听人混叫，活变不板。

又：未见海棠诗，先拟诗社题，与后文菊花题不用实字用虚字，俱是文章避实法。

又：各人海棠诗俱暗写各人性情遭际，而黛玉更觉显露。

又：借送果品引出史湘云，又借寻玛瑙碟子引出送桂花，为下文赏桂伏笔。

又：王夫人给袭人碗菜月钱是明写，给衣服在众丫头口中说出是暗写，一样事两样写法，方不雷同。

又：湘云补诗两首，第一首是宝钗影子，第二首是黛玉影子。

又：海棠是初起小社，连湘云补作只有六首，菊花是续起大社，故有十二首。

又：海棠结社已伏九十四回之花妖。

又：宝钗想出赏桂吃蟹，代湘云作东，遍请一家，文章开拓变换，既照应宝玉送桂花，又引起下回借蟹讥讽一层。

第三十八回　林潇湘魁夺菊花诗
　　　　　　　薛蘅芜讽和螃蟹咏

　　话说宝钗湘云计议已定，一宿无话。湘云次日便请贾母等赏桂花。贾母等都说道："倒是他有兴头。须要扰他这雅兴。"至午，贾母带了王夫人凤姐兼请薛姨妈等进园来。贾母因问："那一处好？"王夫人道："凭老太太爱在那一处，就在那一处。"凤姐道："藕香榭已经摆下了，那山坡下两棵桂花开的又好，河里水又碧清，坐在河当中亭子上岂不敞亮，看着水，眼也清亮。"

　　贾母听了，说："这话很是。"说着，引了众人往藕香榭来。原来这藕香榭盖在池中，四面有窗，左右有回廊，亦是跨水接峰，后面又有曲折桥。〔索隐〕大致似西苑之瀛台。众人上了竹桥，凤姐忙上来搀着贾母，口里说道："老祖宗只管迈步大走。不相干，这竹子桥规矩是咯吱咯吱的。"〔索隐〕隽语。

　　一时进入榭中，只见栏杆外另放着两张竹案，一个上面设着杯箸酒具，一个上头设着茶筅茶具各色盏碟。那边有两三个丫头煽风炉煎茶，这一边另外几个丫头也煽风炉烫酒呢。贾母忙笑问："这茶想必很好，且是地方东西都干净。"湘云笑道："这是宝姐姐帮着我预备的。"贾母道："我说这个孩子细致，凡事想的妥当。"一面说，一面又看见柱上挂的黑漆嵌蚌的对子，命湘云念道：

　　　　芙蓉影破归兰桨，
　　　　菱藕香深泻竹桥。

　　贾母听了，又抬头看匾，因回头向薛姨妈道："我先小时，家里也有这么

第三十八回　林潇湘魁夺菊花诗　薛蘅芜讽和螃蟹咏

一个亭子，叫做什么'枕霞阁'。〔索隐〕是说盛京官苑。我那时也只像他姊妹们这么大年纪，同姊妹们天天玩去。那日谁知我失了脚掉下去，几乎要淹死，好容易救了上来，到底被那木钉碰破了头。如今这鬓角上那指头顶大一块窝儿就是那碰破的。众人都怕经了水，又怕冒了风，都说了不得了，谁知竟好了。"〔索隐〕当时孝庄额有此伤，故演此一段以实之。凤姐不等人说，先笑道："那时要活不得，如今这么大福可叫谁享呢！可知老祖宗从小儿的福寿就不小，神差鬼使碰出那个窝儿来，好盛福寿的。寿星老儿头上原是一个窝儿，因为万福万寿盛满了，所以倒凸高出些来了。"〔索隐〕巧喻。

未及说完，贾母与众人都笑软了。贾母笑道："这猴儿！惯的了不得了，只管拿我取笑儿起来，恨的我撕你那油嘴！"凤姐道："回来吃螃蟹，恐积了冷在心里，老祖宗笑一笑开心，一高兴多吃两个就无妨了。"贾母笑道："明日叫你日夜跟着我，我倒常笑笑觉得开心，不许回家去。"〔索隐〕贾母语意更隽。少年夫妇安肯辜负香衾？妙在庄语不露。满洲人好调谑，大半高年尊长此种口吻最多，好以少年夫妇为戏。汉人闺阃中则不恒有。王夫人笑道："老太太因为欢喜他，才惯得这样。还这样说，他明日越发无理了。"贾母笑道："我喜欢他这样，况且他又真不是那不知高低的孩子。家常没人，娘儿们原该这样，横竖礼体不错就罢了，没的倒叫他们神鬼似的做什么。"〔索隐〕宫廷规制之严，等于殿陛，惟可随时以口旨宣免之。

说着，一齐进入亭子。献过茶，凤姐忙着安放杯箸。上面一桌，贾母、薛姨妈、宝钗、黛玉、宝玉；东边一桌，史湘云、王夫人、迎春、探春、惜春；西边靠门一小桌，李纨和凤姐虚设坐位，二人皆不敢坐；〔索隐〕官中统于一尊，他人无得坐者。此姑以李王二人曲笔隐喻，实则并虚设之座而无之。只在贾母王夫人两桌上伺候。〔索隐〕满洲新妇最苦，进侍茶膳，等于仆妇。虽数龄卑幼之女，得令坐受尊长之服侍。盖满俗重女，为有后妃资格也。宫廷中虽异此，而视妇如奴则加甚焉。凤姐吩咐："螃蟹不可多拿来，仍旧放在蒸笼内。拿十个来，吃了再拿。"一面又要水洗了手，站要贾母跟前剥蟹肉。头次让薛姨妈，薛姨妈道："我自己剥着吃香甜，不用人让。"凤姐便奉与贾母。二次的便与宝玉，又说："把酒烫得滚热的拿来，"又命小丫头们去取菊花叶儿桂花蕊熏的绿豆面子，预备洗手。

史湘云陪着吃了一个，便下座来让人，又命人盛两盘子与赵姨娘送去。又见凤姐走来道："你不惯张罗，你吃你的去，我先替你张罗，等散了我再吃。"湘云不肯，又命人在那边廊上摆了两席，让鸳鸯、琥珀、彩霞、彩云、平儿去坐。鸳鸯因向凤姐笑道："二奶奶在这里伺候，我可吃去了。"凤姐儿道："你们只管去，都交给我就是了。"说着，史湘云仍入了席。

凤姐和李纨也胡乱应个景儿，凤姐仍旧下来张罗。一时出至廊上，鸳鸯等正吃得高兴，见他来了，鸳鸯等站起来道："奶奶又出来做什么？让我们也受用一会子。"凤姐笑道："鸳鸯丫头越发坏了，我替你当差，倒不领情，还抱怨我！还不快斟一钟酒来我喝呢。"〔**索隐**〕官眷与官婢职事相等，可以相兼，读《宫闱秘史》可知。鸳鸯笑着，忙斟了一杯酒，送至凤姐唇边，凤姐一挺脖子吃了。琥珀彩霞二人也斟上一杯，送至凤姐唇边，那凤姐也吃了。平儿早剔了一壳子黄送来，凤姐道："多倒些姜醋。"一面也吃了，笑道："你们坐着吃罢，我可去了。"

鸳鸯笑道："好没脸，吃我们的东西。"凤姐儿笑道："你少和我作怪！你知道你琏二爷爱上了你，要和老太太讨了你做小老婆呢。"〔**索隐**〕伏后邢夫人之讨。又见鸳鸯平日似有情于琏，凤姐方敢为此戏以悦之。《红楼》佳处全在夹缝无字处作文章，真神笔也。鸳鸯红了脸，啐道："这也是做奶奶说出来的说！我不拿腥手抹你一脸算不得。"说着，赶来就要抹。凤姐儿道："好姐姐，饶我这一遭儿罢。"琥珀笑道："鸳丫头要去了，平丫头还饶他？你们看看他，没有吃了两个螃蟹倒喝了一碟子醋呢。"〔**索隐**〕即景生情，妙人妙语。

平儿手里正剥了个满黄螃蟹，听如此奚落他，便拿着螃蟹照琥珀脸上来抹，口内笑骂"我把你这嚼舌根的小蹄子！"琥珀也笑着往旁边一躲，平儿使空了，往前一撞，正恰恰的抹在凤姐腮上。凤姐正和鸳鸯嘲笑，不防吓了一跳，"嗳哟"了一声。众人掌不住都哈哈大笑起来。〔**索隐**〕妙人妙事，亦快人快事。

凤姐也禁不住笑骂道："死娼妇！吃花了眼，混抹你娘么？"平儿忙

第三十八回　林潇湘魁夺菊花诗　薛蘅芜讽和螃蟹咏

赶过来替他擦了,亲自去端水。鸳鸯道:"阿弥陀佛!这才是现报呢。"〔**索隐**〕意中语说出方圆满。

贾母那边听见,一叠连声问:"见了什么了,这样乐?告诉我们也笑笑。"鸳鸯等忙高声笑回道:"二奶奶来抢螃蟹吃,平儿恼了,抹了他主子一脸螃蟹黄子。主子奴才打架呢。"贾母和王夫人等听了也笑起来。贾母笑道:"你们看他可怜见儿的,那小腿子脐子给他吃点子也完了。"鸳鸯等笑着答应了,高声的说道:"这满桌子的腿子,二奶奶只管吃就是了。"〔**索隐**〕官廷妾婢专意取笑,以博老人欢。其事非灵慧有宠者不能为,亦不欲为,为之或转得过。书中特写凤姐与鸳鸯两人深得满宫情状。凤姐洗了脸走来,又服侍贾母等吃了一回。

黛玉弱,不敢多吃,只吃了一点夹子肉就下来了。贾母一时也不吃了,大家方散,都洗了手,也有看花的,也有弄水看鱼的,游玩了一回。王夫人因问贾母说:"这里风大,才又吃了螃蟹,老太太还是回房去歇歇罢了。若高兴,明日再来逛逛。"贾母听了,笑道:"正是呢。我怕你们高兴,我走了,又怕扫了你们的兴。既这么说,你们就都去罢。"回头嘱咐湘云:"别让你宝哥哥林姐姐多吃了。"湘云答应着。〔**索隐**〕次重。又嘱咐湘云宝钗二人说:"你们两个也别多吃。那东西虽好吃,吃多了肚子疼。"〔**索隐**〕次重。

二人忙应着送出园外,仍旧回来,命将残席收拾了另摆。宝玉道:"也不用摆,你们且做诗。把那大团圆桌子放在当中,酒菜都放着。也不必拘定坐位,有爱吃的去吃,大家散坐岂不便宜。"宝钗道:"这话是极。"湘云道:"虽如此说,还有别人。"因又命另摆一桌,拣了热螃蟹来,请袭人、紫鹃、司棋、侍书、入画、莺儿、翠墨等一处共坐。山坡桂树底下铺了两条花毯,命支应的婆子并小丫头等也都坐了,只管随意吃喝,等使唤再来。

湘云便取了诗题,用针绾在墙上。众人看了都说:"新奇,只怕做不出来。"湘云又把不限韵的缘故说了一番。宝玉道:"这才是正理,我也是不喜限韵。"林黛玉因不大吃酒,又不吃螃蟹,自命人掇了一个绣墩倚栏坐着,拿着钓竿钓鱼。宝钗手里拿着一枝桂花玩了一回,俯在窗槛上掐了桂蕊掷在水面,引的游鱼浮上来唼喋。〔**索隐**〕是小琬避嚣状态。

《红楼梦》与顺治皇帝的爱情故事

妙在情意双新,好一幅太液观鱼的画幅。湘云出一回神,〔索隐〕不忘作诗。又让一回袭人,〔索隐〕写湘云必以袭人承之。又招呼山坡下的众人〔索隐〕不忘作主。全,妙。只管放量吃。探春和李纨惜春正立在垂柳阴中看鸥鹭。〔索隐〕是雅人一方面,妙。

迎春又独在花阴下拿着花针儿穿茉莉花。〔索隐〕是闺人本色,亦妙。宝玉又看了一回黛玉钓鱼,一回又俯在宝钗旁边说笑两句,一回又看袭人等吃螃蟹,自己也陪他吃两口酒。袭人又剥一壳肉给他吃。〔索隐〕用宝玉总收一笔,尤妙。

黛玉放下钓竿,走至坐间,拿起那乌银梅花自斟壶来,拣了一个小小的海棠冻石蕉叶杯。丫头看见,知他要饮酒,忙着走上来斟。黛玉道:"你们只管吃去,让我自己斟才有趣儿。"说着便斟了半盏,看时却是黄酒。因说道:"我吃了一点子螃蟹,觉得心里微疼,须得热热的吃口烧酒。"宝玉忙接道:"有烧酒。"便命将那合欢花浸的酒烫一壶来。黛玉也只吃了一口便放下了。

宝钗也走过来,另拿了一只杯来,也饮了一口放下,便蘸笔至墙上把头一个《忆菊》勾了,底下又赘一个"蘅"字。宝玉忙道:"好姐姐,第二个我已有了四句了,你让我做罢。"宝钗笑道:"我好容易有了一首,你就忙的这样。"黛玉也不说话,接过笔来也把第八个《问菊》勾了,接着把第十一个《菊梦》也勾了,也赘上一个"潇"字。宝玉也拿起笔来,将第二个《访菊》也勾了,也赘上一个"怡"字。探春起来看着道:"竟没人作《簪菊》,让我作。"又指着宝玉笑道:"才宣过,总不许带出闺阁字样来,你可要留神。"说着,只见湘云走来,将第四第五《对菊》《供菊》一连两个都勾了,也赘上一个"湘"字。

探春道:"你也该起个号。"湘云笑道:"我们家里如今虽有几处轩馆,我又不住着,借了来也没趣。"宝钗笑道:"方才老太太说,你们家里也有一个水亭叫做'枕霞阁',难道不是你的?如今虽没了,你到底是旧主人。"众人都道有理。宝玉不待湘云动手,便代将"湘"字抹了,改了一个"霞"字。

没有顿饭工夫,十二题已全,各自誊出来,都交与迎春,另拿了一张雪浪笺过来,一并誊写出来;某人作的底下赘明某人的号。李纨等从

第三十八回　林潇湘魁夺菊花诗　薛蘅芜讽和螃蟹咏

头看道：

忆　菊　蘅芜君
怅望西风抱闷思，蓼红苇白断肠时。
空篱旧圃秋无迹，冷月清霜梦有知。
念念心随归雁远，寥寥坐听晚砧迟。〔**索隐**〕是思妇独居深念的口吻。
谁怜我为黄花瘦，慰语重阳会有期。〔**索隐**〕五台驾幸，相见有时，是暗隐世祖继后。

访　菊　怡红公子
闲趁霜晴试一游，酒杯药盏莫淹留。
霜前月下谁家种，槛外篱边何处秋。
蜡屐远来情得得，冷吟不尽兴悠悠。
黄花若解怜诗客，休负今朝挂杖头。〔**索隐**〕梅村《赞佛》："戒言秣我马，遨游凌八极。"与此诗同意，均隐指世祖遁荒。

种　菊　怡红公子
携锄秋圃自移来，篱畔庭前处处栽。
昨夜不期经雨活，今朝犹喜带霜开。
冷吟秋色诗千首，醉酹寒香酒一杯。
泉溉泥封勤护惜，好和井径绝尘埃。〔**索隐**〕是言爱护贵妃的光景，亦梅村诗中"护置琉璃屏，立在文石阶"之意。

对　菊　枕霞旧友
别圃携来贵比金，〔**索隐**〕四贞来自云南。
一丛浅淡一丛深。
萧疏篱畔科头坐，清冷香中抱膝吟。
数去更无君傲世，看来惟有我知音。
秋光荏苒休孤负，相对原宜惜寸阴。〔**索隐**〕四贞疏傲不乐为妃，仅得数年相对耳。诗亦暗指此意。

供　菊　枕霞旧友

《红楼梦》与顺治皇帝的爱情故事

弹琴酌酒喜堪俦,几案婷婷点缀幽。

隔座香分三径露,抛书人对一枝秋。

霜清纸帐来新梦,圃冷斜阳忆旧游。〔**索隐**〕斜阳冷畏圃,殆指湘南各地,为一四贞旧游之所。

傲世也应同气味,〔**索隐**〕四贞将门女,故笃意嫁延龄。此句意似在此。春风桃李未淹留。〔**索隐**〕居京师未久,而开藩西粤。

咏　菊　潇湘妃子

无赖诗魔昏晓侵,绕篱欹石自沉音。

毫端蕴秀临霜写,口角噙香对月吟。

满纸自怜题素怨,片言谁解诉秋心?〔**索隐**〕有思妇登楼,望夫化石之意。

一从陶令平章后,千古高风说到今。〔**索隐**〕陶令高隐之流,暗喻辟疆之入清不仕。

画　菊　蘅芜君

诗余戏笔不知狂,岂是丹青费较量?

聚叶泼成千点墨,攒花染出几痕霜。

淡浓神会风前影,跳脱秋生腕底香。

莫认东篱闲采掇,粘屏聊以慰重阳。〔**索隐**〕"粘屏"二字,隐用御屏上书名故事,是中帝五之选者。此诗末二语微露正位昭阳之意。又加"聊"字"慰"字,言望夫不见,仅以位号自慰而已。

问　菊　潇湘妃子

欲讯秋情众莫知,喃喃负手叩东篱。

孤标傲世偕谁隐,〔**索隐**〕蛰居湘阁,已成陈梦。

一样花开为底迟?〔**索隐**〕齿长入宫,有似黄花晚节;年岁与至尊非偶,故不得后,殆不免有美人迟暮之感耶

圃冷庭霜何寂寞,雁归〔**索隐**〕北雁南归。蛩病〔**索隐**〕蛩蛩距虚,相离辄病,均指故夫。可相思?

莫言举世无谈者,解语何妨话片时。〔**索隐**〕琬娘吴语,

第三十八回　林潇湘魁夺菊花诗　薛蘅芜讽和螃蟹咏

官中解人应少。

簪　菊　蕉下客

瓶供篱栽日日忙，折来休认镜中妆。

长安公子因花癖，〔索隐〕指三桂。

彭泽先生是酒狂。

短鬓冷沾三径露，葛巾香染九秋霜。〔索隐〕指圆圆晚隐。

高情不入诗人眼，拍手凭他笑路旁。〔索隐〕笑骂由他之意。

菊　影　枕霞旧友

秋光叠叠复重重，潜度偷移三径中。〔索隐〕官廷深远，不可臆度。

窗隔疏灯描远近，篱筛破月锁玲珑。

寒芳留照魂应驻，霜印传神梦也空。

珍重暗香踏碎处，凭谁醉眼认蒙陇。

菊　梦　潇湘妃子

篱畔秋酣一觉清，和云伴月不分明。

登仙非慕庄生蝶，〔索隐〕昔人比入京为登仙，言妃子志不在荣利也。惜旧还寻陶令盟。〔索隐〕小琬别辟疆时，以死自矢，其早死殆践盟也。仍用陶令，与前首自成一例。

睡去依依随雁断，惊回故故恼蛩鸣。

醒时幽怨同谁诉，衰草寒烟无限情。

残　菊　蕉下客

露凝霜重渐倾欹，宴赏才过小雪时。

蒂有余香金淡泊，枝无全叶翠离披。〔索隐〕风尘沦落，安有完甄？况陷贼耶？全指圆圆。

半床落月蛩声切，万里寒云雁阵迟。〔索隐〕明明说云南万里。

明岁秋分知再会，暂时分手莫相思。〔索隐〕隐喻陷贼后，得与三桂再合。

《红楼梦》与顺治皇帝的爱情故事

众人看一首,赞一首,彼此称扬不绝。李纨笑道:"等我从公评来。通篇看来,各人有各人的警句。今日公评:《咏菊》第一,《问菊》第二,《菊梦》第三。题目新,诗也新,立意更新了,只得要推潇湘妃子为魁了。然后《簪菊》《对菊》《供菊》《画菊》《忆菊》次之。"宝玉听说,喜的拍手叫道:"极是,极公。"黛玉道:"我那个也不好,到底伤于纤巧些。"李纨道:"巧的却好,不露堆砌生硬。"黛玉道:"据我看来,头一句好的是'圃冷斜阳忆旧游',这句背面敷粉:'抛书人对一枝秋'已经妙绝,将供菊说完,没处再说,故翻回来,想到未折未供之先,意思深远。"李纨笑道:"固如此说,你的'口角噙香'一句也敌得过了。"探春又道:"到底要算蘅芜君沉着,'秋无迹'、'梦有知'把个忆字竟烘染出来了。"那宝钗笑道:"你的'短鬓冷沾','葛巾香染',也就把簪菊形容得一个缝儿也没了。"湘云笑道:"'偕谁隐'、'为底迟',真真把个菊花问得无言可对。"李纨笑道:"你那'科头坐'、'抱膝吟',竟一时也舍不得别开,菊花有知,也必腻烦了。"说的大家都笑了。

宝玉笑道:"我又落第。难道'谁家种'、'何处秋'、'蜡屐远来'、'冷吟不尽',都不是访不成?'昨夜雨'、'今朝霜',都不是种不成?但恨敌不上'口角噙香对月吟'、'清冷香中抱膝吟'、'短鬓'、'葛巾'、'金淡泊'、'翠离披'、'秋无迹'、'梦有知,这几句罢了。"又道:"明日闲了,我一个做出十二首来。"李纨道:"你的也好,只是不及这几句新巧就是了。"

大家又评了一回,复又要了热螃蟹来,就在大圆桌上吃了一回。宝玉笑道:"今日持螯赏桂,亦不可无诗。我已吟成,谁还敢做?"说着,便忙洗了手,提笔写出。众人看道:

> 持螯更喜桂阴凉,泼醋擂姜兴欲狂。
> 饕餮王孙应有酒,横行公子竟无肠。
> 脐间积冷馋忘忌,指上沾腥洗尚香。
> 原为世人美口腹,坡仙曾笑一生忙。

黛玉笑道:"这种诗一时要一百首也有。"宝玉笑道:"你这会子才力已

第三十八回　林潇湘魁夺菊花诗　薛蘅芜讽和螃蟹咏

尽，不说不能做了，还褒贬人。"黛玉听了，并不答言，略一仰首微吟，提起笔来一挥，已有了一首。众人看道：

　　铁甲长戈死未忘，堆盘色相喜先尝。
　　螯封嫩玉双双满，壳凸红脂块块香。
　　多肉更怜卿八足，助情谁劝我千觞？
　　对斯侍品酬佳节，桂拂清香菊带霜。

宝玉看了正喝彩，黛玉便一把撕了，命人烧去，因笑道："我做的不及你的，我烧了他。你那个很好，比方才菊花诗还好，你留着他给人看。"宝钗笑道："我已勉强了一首，未必好，写出来取笑儿罢。"说着拿出来大家看时，写道：

　　桂霭桐阴坐举觞，长安涎口盼重阳。
　　眼前道路无经纬，皮里春秋空黑黄。

看到这里，从人不禁叫绝。宝玉道："骂得痛快！我的诗也该烧了。"看底下道：

　　酒未涤腥还用菊，性防积冷定须姜。
　　于今落釜成何益，月浦空余禾黍香。

众人看毕，都说："这是食蟹绝唱！这小题目，原要寓大意思才是大才，只是讽刺世人太毒了。"说着，只见平儿复进园来。不知做什么，且看下回分解。

〔索隐〕本回亦补本四十回之一，专叙园中清兴、诸人雅集之乐。又因小琬爱菊，故以菊字命题。《影梅庵忆语》云："秋来犹耽晚菊，即去秋病中，客贻我剪桃红，花繁而厚，叶碧如染，浓条婀娜，枝枝具云罨风斜之态。姬扶病三月，犹半梳洗，见之甚爱,遂留榻右。每晚高烧翠蜡,以白团回六曲围三面,设小座于花间。位置菊影,极其参横妙丽。始以身入,人在菊中,菊与人俱在影中。回视屏上,顾余曰:菊之意态尽矣,其如人瘦何?至今思之,淡秀如画。"此一段为诸题所本,所谓《对菊》《供菊》《菊影》《画菊》皆由此出,余则推想及之。兼影诸人身世,亦极妙。清隽笔墨中间带贾母、凤姐、鸳鸯笑语,方见是家庭韵事。雅不离俗,益见为雅;伧奴唱三两语打油歌,便自谓绝尘去俗,那足语此。

　　螃蟹诗是一衬,无甚深意,故不及。

〔护花评〕湘云无别号,若俟题诗时增起,未免生砌,于贾母口中说出枕霞阁,后文即取为号,便觉自然,真一笔不苟。

　　又:叙吃蟹情事,细密周到,又活动不板。

　　又:凤姐与鸳鸯戏言:琏二爷要讨你做小老婆,暗伏四十六回事。

　　又:合欢酒惟钗黛二人各饮一口,映照有情。

　　又:菊花诗十二首与《红楼梦》曲遥遥相照,俱有各人身分。《红楼梦》十二曲外,有首尾两曲作起结;《菊花诗》十二首外,有《咏蟹》三首作余音,亦遥遥照应。

〔大某评〕一日可得百首,一笔抹倒打油辈。袁简斋曰:"诗到能迟才是才。学者毋自托于八叉七步,以自鸣得意。"

第三十九回 村老老是信口开河
　　　　　　　情哥哥偏寻根究底

　　话说众人见平儿来了,都说:"你们奶奶做什么呢,怎么不来了?"平儿笑道:"他那里得空儿来。因为说没有好生吃得,又不得来,所以叫我来问还有没有,叫我要几个拿了家去吃罢。"湘云道:"有,多着呢。"忙命人拿盒子装了十个极大的。平儿道:"多拿几个团脐的。"众人又拉平儿坐,平儿不肯。李纨拉着他笑道:"偏要你坐。"拉着他身旁坐下,端了一杯酒送到他嘴边,平儿忙喝了一口就要走。李纨道:"偏不许你去。显见得你只有凤丫头,就不听我的话了。"说着,又命嬷嬷们:"先送了盒子去,就说我留下平儿了。"

　　那婆子一时拿了盒子回来说:"二奶奶说,叫奶奶和姑娘们别笑话要嘴吃。这个盒子里,方才舅太太那里送来的菱粉糕和鸡油卷儿,给奶奶姑娘们吃的。"又向平儿道:"说使唤你来,你就贪住玩不去了。劝你少喝一钟儿罢。"平儿笑道:"多喝了又把我怎么样?"一面说,一面只管喝,〔索隐〕平儿之与凤姐,非是恃宠而骄,实是知己知彼,故能无间。其心机又在凤姐以上。又吃螃蟹。李纨揽着他,笑道:"可惜这么个好体面模样儿,命却平常,只落得屋里使唤。不知道的人,谁不拿你当做奶奶太太看。"〔索隐〕应后扶正。

　　平儿一面和宝钗湘云等吃喝着,一面回头笑道:"奶奶别这样,摸得我怪痒痒的。"〔索隐〕闺人情态口吻,不知从何处得来,如此描摩入细。李纨道:"嗳哟!这硬的是什么?"平儿道:"是钥匙。"李纨道:"有什么要紧的东西怕人偷了去,却带在身上。我成日家和人说笑,有个唐僧取经,就有个白马来驮着他;刘智远打天下,就有个瓜精来送盔甲;有个凤丫头就有个你。你就是你奶奶的一把总钥匙,还要这钥匙做什

《红楼梦》与顺治皇帝的爱情故事

么?"〔索隐〕名言精理,想见三秀之精干;平儿亦刘妃影子也。平儿笑道:"奶奶吃了酒,又拿我来打趣着取笑儿了。"

宝钗笑道:"这倒是真话。我们没事评论起来,你们这几个都是百个里挑不出一个来的,妙在各人有各人的好处。"〔索隐〕此一句总评,是统南来佳丽而言。借宝钗口中道出,却心似与袭人争颜面。李纨道:"大小都有个天理。比如老太太屋里,要没那个鸳鸯,如何使得?从太太起,那一个敢驳老太太的回,他现敢驳回。偏老太太只听他一个人的话。老太太的那些穿带的,别人记不得,他都记得,要不是他经管着,不知叫人诓骗了多少女呢。那孩子心也公道,虽然这样,倒常替人说好话儿,还倒不倚势欺人的。"〔索隐〕引出鸳鸯一段评语。惜春笑道:"老太太昨日还说呢,他比我们还强呢。"平儿道:"那原是个好的,我们那里比得上他。"宝玉道:"太太屋里的彩霞,是个老实人。"探春道:"可不是,外头老实,心里有数儿。太太是那么佛爷似的,事情上不留心,他都知道;凡一应事都是他提着太太行。连老爷在家出外去的一应大小事,他都知道;太太忘了,他背后告诉太太。"〔索隐〕又引出彩霞一段评语。

李纨道:"那也罢了。"指着宝玉道:"这一个小爷屋里要不是袭人,你们度量到个什么田地!〔索隐〕引到袭人,却是不虞之誉。凤丫头就是个楚霸王,〔索隐〕刘智远、楚霸王,均隐喻豫王之开疆拓土。也得两只膀子好举千斤鼎。他不是这丫头,他就得这么周到了!"〔索隐〕仍回到平儿,本回原专写刘妃之事。平儿道:"先时赔了四个丫头来,〔索隐〕与刘妃同选者四人。死的死,去的去,只剩下我一个孤鬼儿了。"李纨道:"你倒是有造化的,〔索隐〕有王妃福命。凤丫头也是有造化的。想当初珠大爷在日,何曾也没两个人。你们看我还是那容不下人的?天天只见他两个不自在,所以那珠大爷一没了,趁年轻我都打发了。若有一个好的守得住,我到底有个膀臂了。"说着,不觉眼圈儿红了。〔索隐〕李纨亦反映刘妃。豫王死后有两妃请殉,此段当指其事,而变殉为遣耳。众人都道:"这又何必伤心。不如散了倒好。"说着便都洗了手,大家约着往贾母王夫人处问安。众婆子丫头打扫亭子,收洗杯盘。袭人便和平儿一同往前去。

第三十九回　村老老是信口开河　情哥哥偏寻根究底

袭人因让平儿到房里坐坐，再吃一钟茶。平儿回说："不吃茶了，再来罢。"一面说，一面便要出去。袭人又叫住问道："这个月的月钱，连老太太、太太还没放呢，是为什么呢？"平儿见问，忙转身至袭人跟前，又见左近无人，悄悄说道："你快别问，横竖迟两天就放了。"袭人笑道："这是为什么，吓的你这个样儿？"平儿悄声告诉他："这个月的月钱，我们奶奶早已支了，放给人使呢。等别处的利钱收了来，凑齐了才放呢。因为是你，我才告诉，你可不许告诉一个人去。"袭人笑道："他难道还短钱使，还没个足厌？何苦还操这心。"平儿笑道："何尝不是呢。他这几年只拿着这一项银子，翻出有几百来了。他的公费月例又使不着，十两八两零碎攒了又放出去。只他这体己利钱，一年不到，有上千银子呢。"袭人笑道："拿着我们的钱，你们主子奴才赚利钱，哄的我们呆等。"平儿道："你又说没良心的话。你难道还少钱使？"袭人道："我虽不少，只是我也没地方使去，就只预备我们那一个。"平儿道："你倘若有要紧事用银钱使时，我那里还有几两银子，你先拿来使，明日我扣下你的就是了。"袭人道："此时也用不着，怕一时要用起来不够了，我打发人取去就是了。"〔索隐〕一段话隐见刘董之亲厚，又见内府之营私周利，豫邸之好货贪财。官中月俸每逾期不发，即以此故。然亦因人而施，故平儿说袭人不短钱使，得近至尊者例，得如期支领，且无平色之差别。官中老妃旧嫔穷至鬻十指为活，殊可悯也。

平儿答应着，一径出了园门。只见凤姐那边打发人来找平儿说："奶奶有事等你。"平儿道："有什么事，这么要紧？我为大奶奶拉扯住说话儿，我又不逃了，这么连三接四的叫人来找。"〔索隐〕以有事为荣，其词若憾，实乃深喜。那丫头说道："你去不去由你，犯不上恼我。你自己敢与奶奶说去！"平儿啐了一口，急忙走来。

只见凤姐儿不在房里，忽见上回来打抽丰的那刘老老和板儿又来了，〔索隐〕引到正文。坐在那边屋里，还有张材家的周瑞家的陪着，又有两三个丫头在地下倒口袋里的枣子倭瓜并些野菜。众人见他进来，都忙站起来。刘老老因上次来过，知道平儿的身分，忙跳下地来，问："姑娘好。"又说："家里都问好。早要来请姑奶奶的安，看姑娘来的，因为庄家忙。好容易今年多打了两担粮食，瓜果菜蔬也丰盛；这是头一起摘下

《红楼梦》与顺治皇帝的爱情故事

来的,并没敢卖呢,留的尖儿孝敬姑奶奶姑娘们尝尝。姑娘门天天山珍海味的也吃腻了,吃个野菜儿,也算我们的穷心。"

平儿忙道:"多谢费心。"又让坐,自己坐了。又让张婶子周大娘坐,又命小丫头倒茶去。周瑞张材两家的因笑道:"姑娘今日脸上有些春色,眼睛圈儿都红了。"平儿笑道:"可不是。我原是吃的,大奶奶和姑娘们只是拉着死灌,不得已喝了两钟,脸就红了。"张材家的笑道:"我们想着要吃呢,没人请我。明日再有人请姑娘,可带了我去罢。"〔索隐〕一种暗奉承,可见平儿权势。说着,大家都笑了。

周瑞家的道:"早起我就看见那螃蟹了,一斤只好秤两三个。这么两三大篓,想是有七八十斤呢。"张材家的道:"若是上上下下只怕还不够。"平儿道:"那里都吃,不过都是有名儿的吃两个子。那些散众,也有摸着的,也有摸不着的。"〔索隐〕可见内廷人多。刘老老道:"这样螃蟹,今年就值五分一斤。十斤五钱,五五二两五,三五一十五,再搭上酒菜,一共倒有二十多两银子。〔索隐〕极形容村俗气。阿弥陀佛!这一顿的钱够我们庄家人过一年的了。"

平儿因问:"想是见过奶奶了?"刘老老道:"见过了,叫我们等着呢。"说着又往窗外看天气,说道:"天好早晚了,我们也去罢,别出不得城才是饥荒呢。"周瑞家的道:"这话倒是,我替你瞧瞧去。"说着一径去了。半日方来,笑道:"可是你老的福来了,竟投了这两个人的缘了。"〔索隐〕明指熙凤贾母,暗指豫王孝庄。平儿等问怎么样,周瑞家的笑道:"二奶奶在老太太跟前呢。我原是悄悄的告诉二奶奶,刘老老要家去呢,怕晚了赶不出城去。二奶奶说:'大远的,难为他担了些东西来,晚了就住一夜明日再去。'这可不是投上二奶奶的缘了?这也罢了,偏生老太太又听见了,问刘老老是谁。二奶奶便回明白了。老太太又说:'我正想个积古的老人家说话儿,请了来我见一见。'这可不是想不到的投上缘了?"说着,催刘老老下来前去。刘老老道:"我这生像儿怎好见的,好嫂子,你就说我去了罢。"平儿忙道:"你快去罢,不相干的。我们老太太最是惜老怜贫的,比不得那个狂三诈四的那些人。想是你怯生,我和周大娘送你去。"说着同周瑞家的引了刘老老往贾母这边来。

二门口该班小厮们见平儿出来,都站了起来,〔索隐〕此回极表平

第三十九回　村老老是信口开河　情哥哥偏寻根究底

儿身分者，为与刘老老合况一人，一言其由田间来，恐人过疑乡气，故又以平儿之威重补救之。俾人知为孝庄所宠眷，常往来宫中，门尉皆为起敬，非寻常诰命入宫者可比也。平刘偕行方能完全写刘妃入宫的实况，作者分传妙法不可思议。有两个又跑上来，赶着平儿叫"姑娘'。平儿问道："又说什么？"那小厮笑道："这会子也好早晚了，我妈病着，等我去请大夫。好姑娘，我讨半日假可使得？"平儿道："你们倒好，都商议定了，一天一个告假，又不回奶奶，只和我胡缠。前日住儿去了？二爷偏生叫不着，我应起来了，还说我做了情，你今日又来了！"周瑞家的道："当真他妈病了，姑娘也替他应着，放了他罢。"平儿道："明日一早来听着，我还要使你呢。再睡的日头晒着屁股再来！你这一去，带个信儿给旺儿，就说奶奶的话，问着他那剩的利钱，明日若不交来，奶奶不要了，爽性送他使罢。"那小厮欢天喜地答应去了。〔索隐〕平儿权势可畏。

平儿等来至贾母房中，彼时大观园中姊妹们都在贾母前承奉。刘老老进去，只见满屋里珠围翠绕，花枝招展的，并不知都系何人。只见一张榻上独歪着一位老婆婆，身后坐着一个纱罗裹的美人一般的个丫鬟在那里捶腿，凤姐儿站着正说笑。刘老老便知是贾母了，忙上来陪着笑，福了几福，口里说："请老寿星安。"贾母亦忙欠身问好，又命周瑞家的端过椅子来坐着。那板儿仍是怯人，不知问候。

贾母道："老亲家，你今年多大年纪了？"刘老老忙起身答道："我今年七十五岁了。"〔索隐〕孝庄问刘妃年岁，以三十五对，此故加多。贾母向众人道："这么大年纪了，还这么硬朗；比我大好几岁呢。〔索隐〕顺治初年，孝庄不过三十左右人，故此云云。我要到这么年纪，还不知怎么动不得呢。"刘老老笑道："我们生来是受苦的人，老太太生来是享福的，若我们也这样，那些庄家活计也没人做了。"贾母道："眼睛牙齿都还好？"刘老老道："都还好，就是今年左边的槽牙活动了。"贾母道："我老了，都不中用了，眼也花，耳也聋，记性也没了。你们这些老亲戚，我都记不得了。亲戚们来了，我怕人笑我，我都不会，不过嚼得动的吃两口，睡一觉，闷了时和这些孙子孙女儿玩笑一回就完了。"刘老老笑道："这正是老太太的福了。我们想这么着不能。"贾母道："什么福,不过是老废物罢了。"说的大家都笑了。

贾母又笑道:"我才听见凤哥儿说,你带好些瓜果来,我叫他快些收拾去了,我正想个地里现结的瓜儿菜儿吃;外头买的,不像你们田地里的好吃。"刘老老笑道:"这是野意儿,不过吃的新鲜。依我们倒想鱼肉吃,只是吃不起。"贾母又道:"今日,既认着了亲,别空空的就去。不嫌我里,就住一两天再去。〔索隐〕刘妃常宿宫中,此回又明点。我们也有个园子,〔索隐〕即西苑三海也。园子里头也有果子,你明日也尝尝,带些家去,也算是看亲戚一趟。"

凤姐见贾母喜欢,也忙留道:"我们这里虽不比你们的场院大,〔索隐〕专以村气逗趣,作者有意刻薄。空屋子还有两间。你住两天,把你们那里的新闻故事儿说些与我们老太太听听。"贾母笑道:"凤丫头别拿他取笑儿。他是屯里人,〔索隐〕屯指屯旗也。近畿一带,贫者一身投旗,富者带产投旗,免人欺压,谓之屯旗,亦曰屯住。各王府多有此项人。国初颇为贫民之害,故每设理事通判以治之。老实,那里搁得住你打趣。"说着,又命人去先抓果子与板儿吃。板儿见人多了,又不敢吃。贾母又命拿些钱给他,叫小幺儿们带他外头玩去。刘老老吃了茶,便把乡村中所见所闻的事说与贾母听,贾母越发得了趣味。

正说着,凤姐儿便命人请刘老老吃晚饭。贾母又将自己的菜拣了几样,命人送过去与刘老老吃。凤姐知道合了贾母的心,吃了饭便又打发过来。鸳鸯忙命老婆子带了刘老老去洗了澡,自己去挑了两件随常的衣服,命给刘老老换上。那刘老老那里见过这般行事,忙换了衣裳出来,再在贾母榻前又搜寻些话出来说。彼时宝玉姊妹们也都在这里坐着,他们何曾听见过这些话,自觉比那些瞽目先生说的书还好听。〔索隐〕生长富贵人,安知田间事。

那刘老老虽是个村野人,却生来有些见识,〔索隐〕三秀不凡,使人有芝草无根、醴泉无源之慕。况且年纪老了,世情上经历过的,见头一个贾母高兴,第二件这些哥儿姊儿们都爱听,便没话也编出些话来讲。因说道:"我们村庄上种地种菜,每年每日,春夏秋冬,风里雨里,那里有个坐着的空儿,天天都是在那地头上做歇马凉亭,〔索隐〕真隽语!真善运用!什么奇奇怪怪的事不见呢。就像去年冬天,接连下了几天雪,

第三十九回　村老老是信口开河　情哥哥偏寻根究底

地下压了三四尺深。我那日起得早，还没出房门，只见外头柴草响。我想着必定有人偷柴草来了。我爬着窗眼儿一瞧，却不是我们村庄上的人。"贾母道："必定是过路的客人们冷了，见现成柴，抽些烤火去也是有的。"刘老老笑道："也并不是客人，所以说来奇怪。老寿星〔索隐〕官中称年高位尊者为老佛爷、老寿星，均不外长生延寿的谀词，与千岁万岁万万岁同义。当个什么人？原来是一个十七八岁极标致的一个小姑娘，梳着溜油光的头，穿着大红袄儿，白绫裙儿……"

刚说到这里，忽听外面人吵嚷起来，又说："不相干的，别唬着老太太。"贾母等听了，忙问怎么了。丫鬟回说："南院马棚子里走了水了，〔索隐〕上驷院在乾清门外之东南方，与会典馆相近，故曰南院。顺治初，当有上驷院火灾之事，或即在刘妃入官时也，故特兼写。不相干，已经救下了。"贾母最胆小的，听了这话，忙起身扶了人出至廊上来瞧，只见东南上火光犹亮。〔索隐〕特点东南。贾母吓得口内念佛，又忙命人去火神跟前烧香。王夫人等忙都过来请安，又回说："已经救下去了，老太太请进房去罢。"贾母足足的看火光息了，方领众人进来。

宝玉且忙问刘老老："那女孩儿大雪地里做什么抽柴草？倘或冻出病来呢？"贾母道："都是才说抽柴草惹出火来了，你还问呢。别说这个了，再说别的罢。"宝玉听说，心里虽不乐，也只得罢了。

刘老老便又想了一遍，说道："我们庄子东边庄子上，有个老奶奶，今年九十多岁了。他天天吃斋念佛，谁知感动了观音菩萨，夜里来托梦说：'你原该绝后的，因你这样虔心，如今奏了玉皇，给你个孙子。'原来这老奶奶只有一个儿子，这儿子也只一个儿子，好容易养到十七八岁上死了，〔索隐〕影照钱氏次子继黄亮功为孙者，未成丁而夭。哭得什么似的。落后果然又养了一个，〔索隐〕钱氏第三子仍继黄氏。今年才十三四岁，生得粉团儿一般，聪明伶俐非常。〔索隐〕恐亦不寿，黄嗣斩矣。可见这些神佛是有的。"这一席话暗合了贾母王夫人的心事，连王夫人也都听住了。〔索隐〕满洲妇女信佛至坚，阿弥、菩萨等类名词常不去口。

宝玉心中只记持着抽柴的〔索隐〕疑指黄珍。故事，因闷得心中筹画。探春因问他，"昨日扰了史大妹妹，咱们回去商议着邀一社，又还了

《红楼梦》与顺治皇帝的爱情故事

席,也请老太太赏菊花,何如?"宝玉笑道:"老太太说了,还要摆酒还史妹妹的席,叫咱们做陪呢。等吃了老太太的,咱们再请不迟。"探春道:"越往前去越冷了,老太太未必高兴。"宝玉道:"老太太又喜欢下雨下雪的。不如咱们等下头场雪,请老太太赏雪岂不好?咱们雪下吟诗,也更有趣了。"林黛玉忙笑道:"咱们雪下吟诗?依我说,还不如弄一捆柴火,雪下抽柴,还更有趣儿呢。"〔索隐〕尖利可爱。说着,宝钗等都笑了。〔索隐〕独以宝钗出名,可见胸中亦有一段不快活。与黛同意,被黛说破,先得我心,故先众人而笑。此等处作者均有余意,不可放过。莽汉必说宝钗是客,故得题名。宝玉瞅了他一眼,〔索隐〕中病。也不答话。

一时散了,背地里宝玉到底拉了刘老老,细问那女孩儿是谁。刘老老只得编了告诉他道:"那原是我们庄北沿、地埂子上有一个小祠堂里供的,不是神佛,当先有个什么老爷。"说着又想名姓。宝玉道:"不拘什么名姓,你不必想了,只说原故就是了。"刘老老道:"这老爷没有儿子,只有一位小姐名叫若玉。〔索隐〕珍娘或有此字,否则以珠比玉,亦暗指也。小姐知书识字,老爷太太爱如珍宝。〔索隐〕秀爱如掌珍,故名曰珍。可惜这若玉小姐生到十七岁,一病死了。"〔索隐〕十七嫁钱郎,拟之为死,好扯到亮功茔墓一边,为下文遣人访寻地步。宝玉听了,跌足叹息,又问后来怎么样。刘老老道:"因为老爷太太思念不尽,便盖了这祠堂,塑了这若玉小姐的像,派了人烧香拨火。如今日久年深的,人也没了,庙也烂了,那像也成了精。"

宝玉忙道:"不是成精,这样规矩人是虽死不死的。"刘老老道:"阿弥陀佛!原来如此。不是哥儿说,我们都当他成精。他时常变了人出来各村庄店道上闲逛。我才说抽柴火的就是他了。我们村庄上的人还商议着要打了这塑像平了庙呢。"宝玉忙道:"快别如此,若平了庙,罪过不小。"刘老老道:"幸亏哥儿告诉我,我明日回去拦住他们就是了。"宝玉道:"我们老太太、太太都是善人,就是合家大小,也都好善喜舍,最爱修庙塑神的。〔索隐〕京师庙宇大半均历代后妃阉宦所营建。我明日做一个疏头,替你化些布施。你做香头,攒了钱把这庙修盖,再装塑了泥像,每月给你香火钱烧香岂不好?"刘老老道:"若这样时,我托那

第三十九回　村老老是信口开河　情哥哥偏寻根究底

小姐的福,也有几个钱使了。"〔**索隐**〕指那小姐嫁钱氏。宝玉又问他地名庄名,来往远近,坐落何方。刘老老便顺口诌了出来。

宝玉信以为真,回至房中,盘算了一夜。次日一早,便出来给了焙茗几百钱,按着刘老老说的方向地名,着焙茗去先踏看明白,回来再作主意。那焙茗去后,宝玉左等也不来,右等也不来,急得热锅上蚂蚁一般。好容易等到日落,方见焙茗兴兴头头的走进来。宝玉忙问:"可找着了?"焙茗笑道:"你听得不明白,叫我好找。那地名坐落不似爷说的一样,所以找了一日,找到东北上田埂子上才有一个破庙。"宝玉听说,喜得眉开眼笑,忙说道:"刘老老有年纪的人,一时错记也是有的。你且说你见的。"焙茗道:"那庙门却倒也朝南开,也是稀破的。我找的正没好气,一见这个,我说'可好了',连忙进去一看泥胎,吓的我又跑出来了,活似真的一般。"宝玉喜的笑道:"他能变化人了,自然有些生气。"焙茗拍手道:"那里是什么女孩儿,竟是一位青脸红发的瘟神爷。"〔**索隐**〕京师谓人命运低者曰遭瘟,故作者谓亮功为瘟神。此一段暗写刘妃因梦故居,特地遣人回南寻觅亮功坟墓,将为立后,竟以离乱日久,封树无存,不可得而返,与焙茗之空忙一日情事正类。惟妃之遣人是否重以上命,则不可知。此段设词,由宝玉发端,其事已不可考。

宝玉听了,啐了一口,骂道:"真是一个无用的杀才!这点子事也干不来。"焙茗道:"爷不知看了什么书,或听了谁的混话,把这件没头脑的事派我去,怎么说我没用呢?"宝玉见他急了,忙抚慰他道:"你别急,改日再找去。若是他哄我们呢,自然没了;若竟是有的,你也积了阴骘,我必重重赏你。"说着,二门上小厮来说:"老太太房里姑娘们在二门口找二爷呢。"不知找他有何言语,且听下回分解。

〔**索隐**〕本回自首至尾专叙刘三秀入官谒后,并寻黄亮功墓及立女珍之次子为嗣,次殇复立其三等事。始则以李纨、平儿开端,继则以一村妪敷衍到底,奇情怪语,村态俚词,一一活现纸上。而怡红之闻色即动,钗黛之见意已酸,不着意中已无不各露身手。文章至此可谓观止蔑加矣!

雪下抽柴一事,当暗指刘七之扰阿珍。

《红楼梦》与顺治皇帝的爱情故事

〔**护花评**〕宝玉提起彩霞老实，探春说他心里有数，即用李纨说："那也罢了"撇开，接入赞袭人，褒贬意在言外。借平儿口中夹叙凤姐假公济私，放债牟利，不是闲笔，是暗暗补笔。

又：刘老老才说女儿抽柴，即用马棚火起截住，妙极！若向贾母细说，万一贾母信以为真，遣人寻庙，其事难于收拾。今将贾母撇开，却入宝玉细问，方易于了结诳话。

又：宝玉说等下头场雪请老太太赏雪，伏五十回事。黛玉说不如弄捆柴雪下去抽，不但揣知刘老老胡诌，且已知宝玉心事，写出聪慧过人处。

又：刘老老说若玉小姐十七岁病死，虽是胡诌，却是黛玉一衬。

又：焙茗寻美人庙，偏遇见瘟神像，暗中点醒痴人，是先后此书中美人俱变为夜叉海鬼、牛头马面陪衬。

又：刘老老于此回投机入局，为后来巧姐避难根由。

〔**大某评**〕查黛玉于己酉年入荣府时，年方十一岁。次年为壬子，却是十四岁。其死在乙卯年，适十七岁也。刘老老所说若玉小姐，却与黛玉暗射。

第四十回　史太君两宴大观园
　　　　　　　金鸳鸯三宣牙牌令

　　话说宝玉听了，忙进来看时，只见琥珀站在屏风跟前说："快去罢，立等你说话呢。"宝玉来至上房，只见贾母正和王夫人众姊妹商议给史湘云还席。宝玉因说："我有个主意。既没有外客，吃的东西也别定了样数，谁素日爱吃的，拣样儿做几样。也不要按桌席，每人跟前摆一张高几，各人爱吃的东西一两样，再一个十锦攒心盒子，自斟壶，岂不别致？"〔索隐〕满席皆人各一馔，谓之怀碗。贾母听了说："很是！"即命人传与厨房："明日就拣我们爱吃的东西做了，按着人数，再装了盒子来。早饭也摆在园里吃。"商议之间早又掌灯，一夕无话。

　　次日清晨起来，可喜这日天气清明。李纨清晨起来，看着老婆子丫头们扫那些落叶，并擦抹桌椅，预备茶酒器皿。只见丰儿带了刘老老板儿进来，说："大奶奶倒忙的紧。"李纨笑道："我说你昨儿去不成，只要忙着去。"刘老老笑道："老太太留下我，叫我也热闹一天去。"丰儿拿了几把大小钥匙，说道："我们奶奶说了，外头的高几恐不够使，不如开了楼把那收的拿下来使一天罢。奶奶原该亲自来的，因和太太说话呢，请大奶奶开了，带着人搬罢。"李纨便命素云接了钥匙，又命婆子出去把二门上小厮叫几个来。李氏站在大观楼下往上看着，命人上去开了缀锦阁，一张一张的往下抬。小厮老婆子丫头一齐动手，抬了二十多张下来。

　　李纨道："好生着，别慌慌张张鬼赶着似的，仔细碰了牙子。"又回头向刘老老笑道："老老也上去瞧瞧？"刘老老听说，巴不得一声儿，拉了板儿登梯上去。进里面，只见乌压压的堆着些围屏、桌椅、大小花灯之类，〔索隐〕保和殿旁楼闻均藏国初大婚时仪仗器物。虽不大认得，只见五彩炫耀，各有奇妙。念了几声佛，便下来了。然后锁上门，一齐

《红楼梦》与顺治皇帝的爱情故事

才下来。李纨道:"恐怕老太太高兴,越发把船上划子、篙桨、遮阳幔子都搬了下来预备着。"〔索隐〕西苑可为水嬉。顺治八年,世祖于端午日曾与内院诸臣乘舠游幸,终日而罢。诸臣入西苑者可赏乘船,中叶以后之制也。众人答应,又复开了门,色色的搬了下来。命小厮传架娘们到船坞里撑出两只船来。

正乱着,只见贾母已带了一群人进来。李纨忙迎上去,笑道:"老太太高兴,倒进来了。我只当还没梳头呢,才掐了菊花要送去。"一面说,一面碧月早已捧过一个大荷叶式的翡翠盘子来,里面养着各色折枝菊花。贾母便拣了一朵大红的簪于鬓上。〔索隐〕满洲尚红,若汉人老妇断不贵此娇娆。因回头看见了刘老老,忙笑道:"过来带花儿。"一语未完,凤姐儿便拉过刘老老来,笑道:"让我打扮你。"说着,把一盘子花横三竖四的插了一头,贾母和众人笑个不住。刘老老笑道:"我这头也不知修了什么福,今儿这样体面起来。"众人笑道:"你还不拔下来摔到他脸上呢,把你打扮的成了老妖精了!"〔索隐〕"尘世难逢开口笑,菊花须插满头归。"可为老老咏之。刘老老笑道:"我虽老了,年轻时也风流,爱个花粉儿的,今儿老风流才好。"〔索隐〕暗讥三秀。

说话间,已来至沁芳亭子上。丫鬟们抱了一个大锦褥子来,铺在栏杆榻板上。贾母倚栏坐下,命刘老老也坐在旁边,因问他:"这园子好不好?"刘老老念佛说道:"我们乡下人到了年下,都上城来买画儿贴。时常闲了,大家都说,怎么得也到画儿上逛逛。想着那个画儿也不过是假的,那里有这个真地方。谁知我今日进这园里一瞧,比那画儿还强十倍。怎么得有人也照着这园子画一张,我带了家去,给他们见见,死了也得好处。"贾母听说,指着惜春笑道:"你瞧我这个小孙女儿,他就会画。明儿叫他画一张如何?"刘老老听了,喜的忙跑过来,拉着惜春笑道:"我的姑娘,你这么大年纪儿,又这么个好模样儿,还有这个能干,别是个神仙托生的罢?"〔索隐〕此处之惜春似指小琬。琬工绘事,辟疆称其善作小丛寒树,笔墨楚楚。

贾母少歇一回,自己领着刘老老都见识见识。先到了潇湘馆。一进门,只见两边翠竹夹路,土地下苍苔布满,中间羊肠一条石子漫的路。刘老老让出路来与贾母众人走,自己却走土地。琥珀拉他道:"老老,你

第四十回　史太君两宴大观园　金鸳鸯三宣牙牌令

上来走,仔细青苔滑倒了。"刘老老道:"不相干的,我们走熟了的,姑娘们只管走罢。可惜你们的绣鞋别沾了泥。"他只顾上头和人说话,不防底下果踏滑了,"拍哒"一交跌倒。〔索隐〕黛玉读《西厢》,喜"幽僻处少人行,点苍苔自露泠泠"二句,潇湘馆中便有此景。此段亦兼写刘妃纤趾,意在言外,详见提要。众人都拍手呵呵的笑。贾母笑骂道:"小蹄子们,还不搀起来,只站着笑!"说话时,刘老老已爬起来,自己也笑着说道:"才说嘴就打嘴。"贾母问他:"可扭腰不曾?叫丫头们捶一捶。"刘老老道:"那里说的,我这么娇嫩了。那一天不跌两下子,都要捶起来,还了得呢。"

紫鹃早已打起湘帘,贾母等进来坐下。黛玉亲自用小茶盘捧了一盖碗茶来奉与贾母。王夫人道:"我们不吃茶,姑娘不用倒了。"林黛玉听说,便命丫头把自己窗下常坐的一张椅子挪到下手,请王夫人坐了。刘老老因见窗下案上设着笔砚,又见书架上磊着满满的书,便问道:"这必定是那位哥儿的书房了。"〔索隐〕《忆语》所谓等身之书周旋座者是也。是小琬实况。贾母笑指黛玉道:"这是我这外孙女儿的屋子。"刘老老留神打量了林黛玉一番,方笑道:"这那里像个小姐的绣房,竟比那上等的书房还好。"〔索隐〕董妃宫中陈设雅洁可想。

贾母因问:"宝玉怎么不见?"众丫头们答说:"在池子里船上呢。"贾母道:"谁又预备下船了?"李纨忙回说:"才开楼拿的。我恐怕老太太高兴,就预备下了。"贾母听说方欲说话时,有人回说:"姨太太来了。"贾母等刚站起来,只见薛姨妈早进来了,一面归坐,笑道:"今儿老太太高兴,这早晚就来了。"贾母笑道:"我才说来迟了的要罚他,不想姨太太就来迟了。"

说笑一回,贾母因见窗上纱颜色旧了,便和王夫人说道:"这个纱新糊上好看,过了后就不翠了。这个院子里头又没有桃杏树,这竹子已是绿的,再拿这绿纱糊上反不配。我记得咱们先有四五样颜色糊窗的纱呢,明儿给他把这窗上的换了。"凤姐儿忙道:"昨儿我开库房,看见大板箱里还有好几匹银红蝉翼纱,也有各样折枝花样的,也有流云蝙蝠花样的,也有百蝶穿花的,颜色又鲜,纱又轻软,我竟没有见过这样的。拿了两匹出来,做两床绵纱被,想来一定是好的。"贾母听了笑道:"呸,人人

《红楼梦》与顺治皇帝的爱情故事

都说你没有不经过不见过的,连这个纱还不认得呢!明儿还说嘴?"薛姨妈等都笑说:"凭他怎么经过见过,如何敢比老太太呢。老太太何不教导了他,连我们也听听。"凤姐儿也笑说:"好祖宗,教给我罢。"

贾母笑向薛姨妈众人道:"那个纱比你们年纪还大呢。怪不得他认做蝉翼纱,原也有些像;不知道的都认做蝉翼纱,正经名字叫'软烟罗,'"〔索隐〕指辟疆所得之西洋布,所谓薄如蝉纱,洁比茜艳者是也。以退红为里,故说茜纱。凤姐儿道:"这个名儿也好听。只是我这么大了,纱罗也见过几百样,从没听见过这个名儿。"贾母笑道:"你能活了多大,见过几样东西,就说嘴来了?那个软烟罗只有四样颜色:一样雨过天青,一样秋香色,一样松绿的,一样就是银红的。若是做了帐子,糊了窗屉,远远的看着就是烟雾一样,所以叫做'软烟罗'。那银红的又叫做'霞影纱'。如今上用的府纱也没有这样软厚绵密的了。"薛姨妈笑道:"别说凤丫头没见,连我也没听见过。"

凤姐儿一面说话,早命人取了一匹来了。贾母说:"可不是这个!先时原不过是糊窗屉,后来我们拿这个做被做帐子,试试也竟好。明日就找出几匹来,拿银红的替他糊窗子。"凤姐答应着。众人看了,都称赞不已。刘老老也觑着眼看,口里不住的念佛,说道:"我们想做件衣裳也不能,拿着糊窗子,岂不可惜!"贾母道:"倒是做衣裳不好看。"凤姐忙把自己身上穿的一件大红棉纱袄的底襟子拉出来,向贾母薛姨妈道:"看我的这袄儿。"贾母薛姨妈都说:"这也是上好的了,倒是如今内造上用的,竟比不上这个。"凤姐儿道:"这个薄片子,还说是内造上用呢,竟连这个官用的也比不上了。"〔索隐〕内造上用,又指身分。贾母道:"再找一找,只怕还有。若有时却拿出来,送这刘亲家两匹;有雨过天青的,我做一个帐子挂,下剩的配上里子,做些夹背心子给丫头们穿,白收着霉坏了。"凤姐儿忙答应了,仍命人送去。

贾母便笑道:"这屋里窄,再往别处逛去罢。"刘老老笑道:"人人都说大家住大房。昨儿见了老太太正房,配上大箱大柜大桌子大床,果然威武。那柜子比我们一间房子还大还高。怪道后院子里有个梯子。我想又不上屋晒东西,预备这梯子做什么?后来我想起来,定是为开顶柜取放东西,离了那梯子,怎么得上去呢。〔索隐〕满人居室皆植橱柜,

第四十回　史太君两宴大观园　金鸳鸯三宣牙牌令

楠木铜饰，以坚大者为良，宫中亦尚此。如今见了这小屋子，更比大的越发齐整了。满屋里东西都只好看，都不知叫什么，我越看越舍不得离了这里。"凤姐道："还有好的呢，我都带你去瞧瞧。"说着，一径离了潇湘馆。

远远望见池中一群人在那里撑船。贾母道："他们既备下船，咱们就坐一回。"说着，向紫菱洲蓼溆一带走来。来至池前，只见几个婆子手里都捧着一色捏丝戗金五色大盒子走来。凤姐忙问王夫人早饭在那里摆。〔索隐〕官中传膳无定所，以黄捧盒置馔，往来输送，皆内监为之。王夫人道："问老太太在那里，就在那里罢了。"贾母听说，便回头说："你三妹妹那里好。你就带了人摆去，我们从这里坐了船去。"

凤姐儿听说，便回身同了李纨、探春、鸳鸯、〔索隐〕鸳鸯之权势似孝庄宫监中之获宠者，此回专写此事。琥珀带着端饭的人，抄着近路到了秋爽斋，就在晓翠堂上调开桌案。鸳鸯笑道："天天咱们说外头老爷们吃酒吃饭有一个凑趣儿的，拿他取笑儿。咱们今儿也得一个女清客了。"李纨是个厚道人，听了不解。凤姐儿却知说的是刘老老了，也笑说道："咱们今儿就拿他取个笑儿。"二人便如此这般商议。李纨笑劝道："你们一点好事也不做，又不是小孩儿，还这么淘气，仔细老太太说。"鸳鸯笑道："很不与大奶奶相干，有我呢。"〔索隐〕看权势身分。

正说着，只见贾母等来了，各自随便坐下。先有丫鬟端过两盘茶来，大家吃毕。凤姐手里拿着西洋布手巾，裹着一把乌木三镶银箸，按席摆下。贾母因说："把一张小楠木桌子抬过来，让刘亲家挨着我这边坐。"众人听说，忙抬了过来。凤姐一面递眼色与鸳鸯，鸳鸯便忙拉刘老老出去，悄悄的嘱咐了刘老老一席话，又说："这是我们家的规矩，若错了我们就笑话呢。"

调停已毕，然后归坐。薛姨妈是吃过饭来的，不吃，只坐在一边吃茶。贾母带着宝玉、湘云、黛玉、宝钗一桌，王夫人带着迎春姊妹三人一桌，刘老老挨着贾母一桌。贾母素日吃饭，皆有小丫鬟在旁边拿着那漱盂麈尾巾帕之物。如今鸳鸯是不当这差的了，今日偏接过这麈尾拂着。丫鬟们知他要撮弄刘老老，便躲开让他。鸳鸯一面侍立，一面递眼色。刘老老道："姑娘放心。"〔索隐〕解人。

《红楼梦》与顺治皇帝的爱情故事

那刘老老入了坐,拿起箸来,沉甸甸的不伏手。原是凤姐和鸳鸯商议定了,单拿了一双老年四楞象牙镶金的筷子与刘老老。刘老老见了,说道:"这叉把子〔索隐〕叉把是农具,老老故为谐语也。太平闲人谓北方呼箸之称。错矣,错矣。比我那里铁叉还沉,那里拿的动他。"说的众人都笑起来。

只见一个媳妇端了一个盒子站在当地,一个丫鬟上来揭去盒盖,里面盛着两碗菜。李纨端了一碗放在贾母桌上。凤姐偏拣了一碗鸽子蛋放在刘老老桌上。贾母这边说声"请",刘老老便站起身来,高声说道:"老刘,老刘,食量大如牛,吃个老母猪,不抬头。"自己却鼓着腮帮子不语。众人先还发怔,后来一听,上上下下都哈哈大笑起来。湘云掌不住,一口茶都喷了出来;林黛玉笑岔了气,伏着桌子只叫"嗳哟";宝玉滚到贾母怀里;贾母笑的搂着宝玉叫"心肝";王夫人笑的用手指着凤姐儿,却说不出话来;薛姨妈也掌不住,口里的茶喷了探春一裙子;探春手里的茶碗都合在迎春身上;惜春离了坐位,拉着他的奶母叫揉一揉肠子。地下无一个不弯腰屈背,也有躲出去蹲着笑去的,也有忍着笑上来替他姐妹换衣裳的,独有凤姐鸳鸯二人掌着,还只管让刘老老。

刘老老拿起箸来,只觉不听使。又道:"这鸡儿也俊,下的这蛋也小巧,怪俊的。我且得一个儿。"众人方住了笑,听见这话又笑起来。贾母笑的眼泪出来?只忍不住,琥珀在后捶着。贾母笑道:"这定是凤丫头促狭鬼儿闹的,快别信他的话了。"

那刘老老正夸鸡蛋小巧,凤姐儿笑道:"一两银子一个呢,你快尝尝罢,冷了就不好吃了。"刘老老便伸筷子要夹,那里夹得起来,满碗里闹一阵,好容易撮起一个来,才伸着脖子要吃,偏又滑下来滚在地下,忙收下筷子要亲自去拾,早有地下的人拾了出去了。刘老老叹道:"一两银子,也没听见个响声儿就没了。"〔索隐〕极形容鄙野村俗之状

众人已没心吃饭,都看他取笑。贾母又说:"谁这会子又把那个筷子拿了出来,又不请客摆大筵席。都是凤丫头支使的,还不换了呢!"地下的人原不曾预备这牙箸,本是凤姐同鸳鸯拿了来的,听如此说,忙收了过去,也照样换上一双乌木镶银的。刘老老道:"去了金的,又是银的,到底不及俺们那个伏手。"凤姐儿道:"菜里若有毒,这银子下去就试出

第四十回　史太君两宴大观园　金鸳鸯三宣牙牌令

来了。"刘老老道:"这个菜里有毒,我们那些都成了砒霜了。那怕毒死也要吃尽了。"〔索隐〕谑极。贾母见他如此有趣,吃的又香甜,把自己的菜也都端过来与他吃。又命一个老嬷嬷来,将各样的菜给板儿夹在碗上。

一时吃毕,贾母等都往探春卧室中去闲话。这里收拾残桌,又放了一桌。刘老老看着李纨与凤姐儿对坐着吃饭,叹道:"别的罢了,我只爱你们家这行事。怪道说'礼出大家'。"凤姐儿忙笑道:"你可别多心,刚才不过大家取乐儿。"一言未了,鸳鸯也进来笑道:"老老别恼,我给你老人家赔个不是。"刘老老笑道:"姑娘说那里话,咱们哄着老太太开个心儿,可有什么恼的。你先嘱咐我,我就明白了,不过大家取个笑儿。我要心里恼,也就不说了。"鸳鸯便骂人"为什么不倒茶给老老吃"。〔索隐〕看权势身分。刘老老忙道:"刚才那嫂子倒了茶来,我吃过了。姑娘也该用饭了。"凤姐儿便拉鸳鸯坐下道:"你和我们吃罢,省的回来又闹。"鸳鸯便坐下了。婆子们添上碗筷来,三人吃毕。

刘老老笑道:"我看你们这些人都只吃这一点儿就完了,亏你们也不饿。怪道凤儿都吹的倒。"鸳鸯便问:"今儿剩的菜不少,都那里去了?"〔索隐〕看权势身分。婆子们道:"都还没散,在这里等着一齐散与他们吃。"鸳鸯道:"他们吃不了这些,挑两碗给二奶奶屋里平儿送去。"凤姐道:"他早吃了饭了,不用给他。"鸳鸯道:"他吃不了,喂你的猫。"〔索隐〕看权势身分。婆子听了,忙拣了两样拿盒子送去。鸳鸯道:"素云那里去了?"李纨道:"他们都在这里一处吃,又找他做什么。"鸳鸯道:"这就罢了。"凤姐道:"袭人不在这里,你倒是叫人送两样给他去。"鸳鸯听说,便命人也送两样去。〔索隐〕大抵官中膳罢,其余馔皆官眷主持,阅《清季官闱秘史》可知。鸳鸯又问婆子们:"回来吃酒的攒盒可装上了?"〔索隐〕照料饮膳,官眷应尽之职。婆子道:"想必还得一会子。"鸳鸯道:"催着快些儿。"〔索隐〕此处是言职分,不是权势。婆子答应了。

凤姐等来至探春房中,只见他娘儿们正说笑。探春素喜阔朗,这三间屋子并不曾隔断。当地放着一张花梨大理石大案,案上磊着各种名人法帖,并数十方宝砚、各色笔筒,笔海内插的笔如树林一般。那一边设

《红楼梦》与顺治皇帝的爱情故事

着斗大的一个汝窑花囊,插着满满的一囊水晶球的白菊。西墙上当中挂着一大幅米襄阳《烟雨图》,左右挂着一副对联,乃是颜鲁公墨迹,〔**索隐**〕两言颜平原书,皆属之探春,盖三桂武夫在都颇好书画古玩,尤好颜公墨宝,或与圆圆同赏,故云然也。其联云:

烟霞闲骨格,
泉石野生涯。

案上设着大鼎。左边紫檀架上放着一个大官窑的大盘,盘内盛着数十个娇黄玲珑大佛手。右边洋漆架上悬着一个比目磬,挂着小槌。

那板儿略熟了些,便要摘那槌子来击,丫鬟们忙拦住他。他又要拿佛手吃,探春拣了一个与他说:"玩罢,吃不得的。"东边便设着卧榻,拔步床上悬着葱绿双绣花卉草虫的纱帐。板儿又跑来看,说"这是蝈蝈,这是蚱蜢"。刘老老忙打了一个巴掌道:"下作黄子,没干没净的乱闹。倒叫你进来瞧瞧,就上了脸了。"打的板儿哭起来,众人忙劝解方罢。

贾母因隔着纱窗往后院内看了一回,因说:"后廊檐下的梧桐也好了,只是细些"。正说话,忽一阵风过,隐隐听鼓乐之声。贾母问:"是谁家娶亲呢?这里临街倒近。"王夫人等笑回道:"街上的那里听得见?这是咱们的那十来个女孩子们演习吹打呢。"贾母便笑道:"既他们演,何不叫他们进来演习。他们也逛一逛,咱们可又乐了。"凤姐听说,忙命人出去叫来。又一面吩咐摆上条桌,铺上红毡子。

贾母道:"就铺排在藕香榭的水亭子上,借着水音更好听。回来咱们就在缀锦阁底下吃酒,又宽阔,又听得近。"众人都说那里好。贾母向薛姨妈笑道:"咱们走罢。他们姊妹们都不喜欢人来,生怕腌臜了屋子。咱们别没眼色,正经坐一回子船喝酒去。"说着,大家起身便走,探春笑道:"这是那里的话,求着老太太姨太太来坐坐还不能呢?"贾母笑道:"我的这三丫头却好,只有两个主儿可恶。回来吃醉了,咱们偏往他们屋里闹去。"说着,众人都笑了,一齐出来。

走不多远,已到了荇叶渚,那姑苏选来的几个驾娘早把两只棠木舫撑来。众人扶了贾母、王夫人、薛姨妈、刘老老、鸳鸯、玉钏儿上了这

第四十回　史太君两宴大观园　金鸳鸯三宣牙牌令

一只船,落后李纨也跟上去。凤姐也上去,立在船头上,也要撑船。贾母在舱内道:"这不是玩的,虽不是河里,也有好深的。你快给我进来。"凤姐笑道:"怕什么!老祖宗你只管放心。"说着便一篙点开。到了池当中,船小人多,凤姐只觉乱晃,忙把篙子递与驾娘,方蹲下去。

然后迎春姊妹等并宝玉上了那只船,随着跟来。其余老妈众丫头俱沿河随行。宝玉道:"这些破荷叶可虐,怎么还不叫人来拔去。"宝钗笑道:"今年这几日,何曾饶了这园子闲了一闲,天天逛,那里还有叫人来收拾的工夫。"林黛玉道:"我最不喜欢李义山的诗,只喜他这一句:'留得残荷听雨声。'偏你们又不留着残荷了。"〔索隐〕忽着雅笔,文境一舒,又不令宝黛钗寂寞,妙,妙!宝玉道:"果然好句,以后咱们别叫拔去了。"说着已到了花溆的滩港之下,觉得阴森透骨,两岸上衰草残菱,更助秋兴。

贾母因见岸上的清厦旷朗,便问:"这是薛姑娘的屋子不是?"众人道:"是。"贾母忙命拢岸,顺着云步石梯上去。一同进了蘅芜院,只觉异香扑鼻,那些奇草仙藤愈冷愈苍翠,都结了实,似珊瑚豆子一般,〔索隐〕是相思子。累垂可爱。及进了房屋,雪洞一般,一色的玩器全无,案上只有一个土定瓶,中供着数枝菊花,并两部书、茶杯而已。床上只吊着素纱帐幔,衾褥也十分朴素。〔索隐〕寨兆。

贾母叹道:"这孩子太老实了。你没有陈设,何妨和你姨娘要些。我也不理论,也没想到,你们的东西自然在家里没带了来。"说着,命鸳鸯去取些古董来。又嗔着凤姐儿:"为什么不送些玩器来与你妹妹,这样小器。"王夫人凤姐等都笑回说:"他自己不要的,我们原送了来,都退回去了。"薛姨妈也笑说道:"他在家里也不大弄这些东西的。"贾母摇头道:"使不得。虽然他省事,倘来一个亲戚,看着不像;二则年轻的姑娘们,房里这样素净,也忌讳。我们这老婆子越发该住马圈去了。你们听那些书上戏上说的小姐们的绣房,精致的还了得呢。他们姊妹们虽不敢比那些小姐们,也不要很离了格儿。有现成的东西,为什么不摆?若很爱素净,少几样倒使得。我最会收拾屋子的,如今老了,没这闲心了。他们姊妹们也还学着收拾的好,只怕俗气,有好东西摆坏了。我看他们还不俗。如今让我替你收拾,包管又大方又素净。我的体己两件,收到

《红楼梦》与顺治皇帝的爱情故事

如今,没给宝玉见过,若经了他的眼,也没了。"说着,叫过鸳鸯来吩咐道:"你把那石头盆景儿和那架纱照屏,还有个墨烟冻石鼎,这三样摆在这案上就够了。再把那水墨字画白绫帐子拿来,〔索隐〕仍是一派清素,大反满人尚吉祥之旨。把这帐子也换了。"

鸳鸯答应着,笑道:"这些东西都搁在东楼上的不知那个箱子里,还得慢慢找去,明儿再拿去也罢了。"贾母道:"明日后日都使得,只别忘了。"说着,坐了一回方出来,一径来至缀锦阁下。文官等上来请过安,因问"演习何曲"。贾母道:"只拣你们熟的演习几套罢。"文官等下来,往藕香榭去。不提。

这里凤姐儿也带着人摆设齐整,上面左右两张榻,榻上都铺着锦裀蓉簟;每一榻前两张雕漆几,也有海棠式的,也有梅花式的,也有荷叶式的,也有葵花式的,也有方的,也有圆的,其式不一。一个上面放着炉瓶一分、攒盒一个。上面二榻四几,是贾母薛姨妈,下面一椅两几是王夫人的,余都是一椅一几。东边刘老老,刘老老之下便是王夫人。西边便是史湘云,第二便是宝钗,第三便是黛玉,第四迎春、探春、惜春挨次下去,宝玉在末。李纨凤姐二人之几设于三层槛内、二层纱橱之外。攒盒式样,亦随几之式样。每人一把乌银洋錾自斟壶,一个十锦珐琅杯。

大家坐定,贾母先笑道:"咱们先吃两杯,今日也行一个令才有意思。"薛姨妈笑说道:"老太太自然有好酒令,我们如何会呢,安心要我们醉了。我们都多吃两杯就有了。"贾母笑道:"姨太太今儿也过谦起来,想是厌我老了。"薛姨妈笑道:"不是谦,是怕行不上来倒是笑话了。"王夫人忙笑道:"便说不上来,只多吃了一杯酒,醉了睡觉去,还有谁笑话咱们不成。"薛姨妈点头笑道:"依令。老太太到底吃一杯令酒才是。"贾母笑道:"这个自然。"说着便吃了一杯。

凤姐儿忙走至当地笑道:"既行令,还叫鸳鸯姐姐来行更好。"众人都知贾母所行之令必得鸳鸯提着,故听了这话,都说"很是"。凤姐便拉了鸳鸯过来。王夫人笑道:"既在令内,没有站着的理。"回头命小丫头子:"端一张椅子,放在你二位奶奶的席上。"鸳鸯也半推半就,谢了坐,便坐下,也吃了一钟酒,笑道:"酒令大如军令,不论尊卑,惟我是主。违了我的话,是要受罚的。"王夫人等都笑道:"一定如此,快些

第四十回　史太君两宴大观园　金鸳鸯三宣牙牌令

说。"鸳鸯未开口，刘老老便下席摆手道："别这样捉弄人，我家去了。"众人都笑道："这却使不得。"鸳鸯喝令小丫头子们："拉上席去！"小丫头子们也笑着，果然拉入席中。刘老老只叫"饶了我罢！"鸳鸯道："再多言的罚一壶。"刘老老方住了。

鸳鸯道："如今我说骨牌副儿，从老太太起，顺领下去，至刘老老止。比如我说牌副儿，将这三张牌拆开，先说头一张，次说第二张，说完了，合成这一副儿的名字。无论诗词歌赋，成语俗语，一比上一句，都要合韵。错了的罚一杯。"众人笑道："这个令好，就说出来。"

鸳鸯道："有了一副了。左边是张'天'。"贾母道："头上有青天。"众人道："好。"鸳鸯道："当中是个'五合六'。"贾母道："六桥梅花香彻骨。"鸳鸯道："剩了一张'六合幺'。"贾母道："一轮红日出云霄。"鸳鸯道："凑成便是个'蓬头鬼'。"贾母道："这鬼抱住钟馗腿。"说完，大家笑着喝彩。贾母饮了一杯。

鸳鸯又道："又有一副了。左边是个'大长五'。"薛姨妈道："梅花朵朵风前舞。"鸳鸯道："右边是个'大五长'。"薛姨妈道："十月梅花岭上香。"鸳鸯道："当中'二五'是杂七。"薛姨妈道："织女牛郎会七夕。"〔索隐〕暗兆金玉因缘未久而别。鸳鸯道："凑成'二郎游五岳'。"薛姨妈道："世人不及神仙乐。"〔索隐〕暗兆出家。说完，大家称赏，饮了酒。

鸳鸯又道："有了一副了。左边'长幺'两点明。"湘云道："双悬日月照乾坤。"〔索隐〕暗指封皇妃。鸳鸯道："右边'长幺'两点明。"湘云道："闲花落地听无声。"鸳鸯道："中间还得'幺四'来。"湘云道："日边红杏倚云栽。"〔索隐〕指常近至尊。鸳鸯道："凑成一个'樱桃熟'。"湘云道："御园却被鸟衔出。"〔索隐〕指出宫下嫁，全说四贞。说完饮了一杯。

鸳鸯道："有了一副了。左边是'长三'。"宝钗道："双双燕子语梁间。"〔索隐〕指金玉成双。鸳鸯道："右边是'三长'。"宝钗道："水荇牵风翠带长。"鸳鸯道："当中'三六'九点在。"宝钗道："三山半落青天外。"〔索隐〕指五台远适。鸳鸯道："凑成'铁锁练弧舟'。"宝钗道："处处风波处处愁。"〔索隐〕是思妇口吻。说完饮毕。

《红楼梦》与顺治皇帝的爱情故事

鸳鸯又道:"左边一个'天'。"黛玉道:"良辰美景奈何天。"宝钗听了,回头看着他;黛玉只顾怕罚,也不理论。鸳鸯道:"中间'锦屏,颜色俏'。"黛玉道:"纱窗也没有红娘报。"〔索隐〕情绪。鸳鸯道:"剩了'二六'八点齐。"黛玉道:"双瞻御座引朝仪。"〔索隐〕身分。鸳鸯道:"凑成'篮子'好采花。"黛玉道:"仙杖香挑芍药花。"〔索隐〕韵致。说完,饮了一口。

鸳鸯道:"左边'四五'成花九。"迎春道:"桃花带雨浓。"众人笑道:"该罚!错了韵,而且又不像。"迎春笑着饮了一口。原是凤姐和鸳鸯都要听刘老老的笑话,故意都命说错,都罚了。至王夫人,鸳鸯代说了一个,下便该刘老老。刘老老道:"我们庄家闲了,也常会几个人弄这个,但不如这么说的好听。少不得我也试一试。"众人都笑道:"容易说的,你只管说,不相干。"

鸳鸯道:"左边'大四'是个人。"刘老老听,想了半日,说道:"是个庄家人罢。"〔索隐〕一篇文字全从此一句生意,专由三秀来自田间着想而故重之。众人哄堂笑了。贾母笑道:"说的好,就是这样说。"刘老老也笑道:"我们庄家人,不过是现成的本色,〔索隐〕本色一见。众位姑娘姐姐别笑。"鸳鸯道:"中间'三四,绿配红'。"刘老老道:"大火烧了毛毛虫。"众人笑道:"这是有的,还说你的本色。"〔索隐〕本色再见,有意轻薄,出色。鸳鸯笑道:"右边'幺四'真好看。"刘老老道:"一个萝卜一头蒜。"众人又笑了。鸳鸯笑道:"凑成便是一枝花。"刘老老两只手比着,就说道:"花儿落了结个大倭瓜。"〔索隐〕亦刘妃生子之喻,又是本色。众人又大笑起来。要知席间再有何话,且听下回分解。

〔索隐〕本回全叙刘老老入席,为下回醉眠张本,隐指刘妃入宫宴饮之事。须着眼处一在看他排场规矩是宫廷,不是仕宦;二在看他器物陈设是举一隅,不是单夸数处;三在看他权势职分是各宫有各宫首领,不是内府不得而越俎。故凤姐反退后听鸳鸯分派,其总意则在形容老老乡气俚鄙而已。

太君前因诗社一宴,今又一宴,标目称两宴本合。若鸳鸯

第四十回　史太君两宴大观园　金鸳鸯三宣牙牌令

则仅一宣令,论人则六,论词则四,独"三"字无根。作者表面外言鸳鸯常行此令,故以"三"统之。若其里面则暗指金文通事。鸳鸯忽言金姓,即为指此。文通在国初掌文诰制度,相传满汉之间文通多所保全,载在令甲,三宣之令盖指此也。今人常言满人附汉十不从之说,谓即文通主之,故作者特记,以目予之也。

此回视鸳鸯特重,因由其职权所在,亦作者故为抬高,盖褒贬丝毫不爽也。

〔护花评〕两宴大观园,三宣牙牌令,是园中极盛之事。特特将铺设戏玩侈说一番,反衬日后之冷落离散。

又:惜春画图于刘老老闲话中逗起,在有意无意之间,笔有斟酌。

又:刘老老走路一跌,可见说话不可太满,行事须防失足,虽系闲文,却是借景醒人。

又:凤姐与鸳鸯戏弄刘老老,贾母笑骂促狭鬼,虽是戏言,却是两人早死谶语。

又:宝钗听黛玉说出《牡丹亭》曲,固见其钟情处,回头一看,妙在黛玉不留意,又说出《西厢》一句,伏四十二回规劝一层。

又:黛玉说《牡丹》《西厢》,固见其钟情处;宝钗说"处处风波处处愁",亦见其遭际处。

又:迎春错韵受罚,其余俱故意说错,惟王夫人鸳鸯代说,却不明说牌色诗句,即接换刘老老之笑话,既省笔墨,又变动不板。

〔大某评〕挨次行令,至第六迎春之下,不及探春惜春宝玉三人者,并非作者漏笔,只看及王夫人上用一"至"字,便知其为省文也。且有说错都罚一句,明明探惜宝三人乃暗点耳。

第四十一回　贾宝玉品茶栊翠庵
　　　　　　　刘老老醉卧怡红院

　　话说刘老老两只手比着说道："花儿落了结个大倭瓜。"众人听了哄堂大笑起来。于是吃过门杯，因又斗趣，笑道："今儿实说罢，我的手脚儿粗，又吃了酒，仔细失手打了这磁杯。有木头的杯取个来，我便失了手，掉地下也无碍。"众人听了，又笑起来。凤姐儿听如此说，便忙笑道："果真要木头的，我就取了来。可有一句话先说下：这木头的可比不得磁的，他都是一套，〔索隐〕套杯，清初始有，谓之宫僚雅集杯。见《渔洋山人笔记》各书。定要吃遍一套方使得。"刘老老听了，心下掂掇道："我方才不过是趣话取笑儿，谁知他果真竟有。我时常在乡绅大家也赴过席，金杯银杯倒都也见过，从没有见木头杯的。哦，是了，想必是小孩子们使的木碗儿，不过诓我多吃两碗。别管他，横竖这酒蜜水儿似的，多喝点子也无妨。"想毕，便说："取来再商量。"

　　凤姐乃命丰儿："前面里间书架子上有十个竹根套杯取来。"丰儿听了，才要去取，鸳鸯笑道："我知道你那十个杯还小。况且你才说木头的，这会子又拿了竹根的来，倒不好看。不如把我们那里的黄杨根子整刓的十个大套杯拿来，灌他十下子。"凤姐儿笑道："更好了。"

　　鸳鸯果命人取来。刘老老一看，又惊又喜。惊的是一连十个，挨次大小分下来，那大的足足的似个小盆子，〔索隐〕黄杨整刓者能有盆大，不多得之物也。不言罕贵而自罕贵，书中用笔皆类此。极小的还比手里的杯子两个大；喜的是雕镂奇绝，一色山水树木人物，并有草字以及图印。因忙说道："拿了那小的来就是了。"凤姐儿笑道："这个杯，没有这大量的，所以没人敢使他。老老既要，好容易找出来，必定要挨次吃一遍才使得。"刘老老吓得忙道："这个不敢。好姑奶奶，饶了我罢。"

第四十一回　贾宝玉品茶栊翠庵　刘老老醉卧怡红院

贾母、薛姨妈、王夫人知道他有年纪的人，禁不起，忙笑道："说是说，笑是笑，不可多吃了，只吃这头一杯罢。"刘老老道："阿弥陀佛！我还是小杯吃罢。把这大杯收着，我带了家去慢慢的吃罢。"说的众人又笑起来。

鸳鸯无法，只得命人满斟了一大杯，刘老老两手捧着呷。贾母薛姨奶都道："慢些，不要呛了。"薛姨妈又命凤姐儿布个菜。凤姐儿笑道："老老要吃什么，说出名儿来，我夹了喂你。"刘老老道："我知道什么名儿，样样都是好的。"贾母笑道："把茄鲞夹些喂他。"凤姐儿听说，依言夹些茄鲞送入刘老老口中，因笑道："你们天天吃茄子，也尝尝我们这茄子弄的来可口不可口。"刘老老笑道："别哄我了，茄子有了这个味儿了，我们也不用种粮食，只种茄子了。"众人笑道："真是茄子，我们再不哄你。"刘老老诧异道："真是茄子？我白吃了半日。姑奶奶再喂我些，这一口细嚼嚼。"凤姐儿果又夹了些放入他口内。

刘老老细嚼了半日，笑道："虽有一点茄子香，只是还不像是茄子。告诉我是个什么法子弄的，我也弄着吃去。"凤姐儿笑道："这也不难。你把才下来的茄子把皮刨了，只要净肉，切成碎钉子，用鸡油炸了，再用鸡肉脯子合香菌、新笋、蘑菇、五香豆腐干子、各色干果子，都切成钉儿，拿鸡汤煨干，将香油一收，外加糟油一拌，盛在磁罐子里封严，要吃时拿出来，用炒的鸡瓜子一拌就是了。"

刘老老听了，摇头吐舌说："我的佛祖！须得十来只鸡来配他，怪道这个味儿！"〔索隐〕形容有致。一面笑，一面慢慢的吃完酒，还只管细玩那杯子。凤姐儿笑道："还是不足兴，再吃一杯罢。"刘老老忙道："了不得，那就醉死了。我因为爱这样儿好看，亏他怎么做来。"鸳鸯笑道："酒吃完了，到底这杯子是什么木头的？"刘老老笑道："怨不得姑娘不认得，你们住这金门绣户的，如何认得木头？我们成日家和树林子做街坊，困了枕着他睡，乏了靠着他坐，荒年饿了还吃他，眼睛里天天见他，耳朵里天天听他，嘴儿里天天说他，所以好歹真假，我是认得的。让我认一认。"一面说，一面细细端详了半日，道："你们这样人家断没有那贱东西，那容易得的木头，你们也不收。着了。我掂着这么体沉，断乎不是杨木，一定是黄松做的！"众人听了，哄堂大笑起来。

《红楼梦》与顺治皇帝的爱情故事

只见一个婆子走来请问贾母,说:"姑娘们都到了藕香榭,请示下,就演罢还是再等一回子?"贾母忙笑道:"可是,倒忘了他们。就叫他们演罢。"那婆子答应去了。不一时,只听得箫管悠扬,笙笛并发。正值风清气爽之时,那乐声穿林度水而来,〔索隐〕隽。自然使人神怡心旷。宝玉先禁不住,拿起壶来斟了一杯,一口饮尽。复又斟上,才要饮,只见王夫人也要饮,命人换暖酒,宝玉连忙将自己的杯捧了过来,送到王夫人口边,王夫人便就他手内吃了两口。一时暖酒来了,宝玉仍旧归坐。

王夫人提了暖壶下席来,众人都出了席,薛姨妈也站起来,贾母忙命李、凤二人接过壶来:"让你姑妈坐了,大家才便。"王夫人见如此说,方将壶递与凤姐儿,自己归坐。贾母笑道:"大家吃上两杯,今日着实有趣。"说着,擎杯让薛姨妈,又向湘云宝钗道:"你姐妹两个也吃一杯。你林妹妹不大会吃,也别饶他。"说着,自己也干了。湘云、宝钗、黛玉也都吃了。

当下刘老老听见这般音乐,且又有了酒,越发喜的手舞足蹈起来。宝玉因下席过来向黛玉笑道:"你瞧刘老老的样子。"黛玉笑道:"当日圣乐一奏,百兽率舞,如今才一牛耳。"〔索隐〕俏。众姐妹都笑了。

须臾乐止,薛姨妈笑道:"大家的酒也都有了,且出去散散再坐罢。"贾母也正要散散,于是大家出席,都随着贾母游玩。贾母因要带着刘老老散闷,遂携了刘老老至山前树下盘桓了半晌,又说与他这是什么树,这是什么石,这是什么花。刘老老一一领会,又向贾母道:"谁知城里不但人尊贵,连雀儿也是尊贵的。偏这雀儿到了你们这里,他了变俊了,也会说话了。"众人不解,因问:"什么雀儿变俊了,会说话?"刘老老道:"那廊上金架子上站的绿毛红嘴是鹦哥,我是认得的。那笼子里的黑老鸹子又长出凤头来,也会说话呢。"众人听了,又都笑将起来。

一时丫头们来请用点心,贾母道:"吃了两杯酒,倒也不饿。也罢,就拿了这里来,大家随便吃些罢。"丫头听说,便去抬了两张几来,又端了两个小捧盒。揭开看时,每个盒内两样:这盒内是两样蒸食,一样是藕粉桂花糖糕,一样是松瓤鹅油卷;那盒内是两样炸的,一样是只有一寸来大的小饺儿。贾母因问:"什么馅子?"婆子们忙回是螃蟹的。贾母听了,皱眉说道:"这会子油腻腻的,谁吃这个!"又看那一样,是

第四十一回　贾宝玉品茶栊翠庵　刘老老醉卧怡红院

奶油炸的各色小面果子，也不喜欢。因让薛姨妈吃，薛姨妈只拣了一块糕；贾母拣了一个卷子，只尝一尝，剩的半个递与丫头了。

刘老老因见那小面果子都玲珑剔透，各色各样，又拣了一朵牡丹花样的笑道："我们乡里最巧的姐儿们，包他些家去给他们做花样子去倒好。"众人都笑了。贾母笑道："家去我送你一磁坛子。你先趁热吃这个罢。"别人不过拣各人爱吃的拣了一两样就算了，刘老老原不曾吃过这些东西，且都做的小巧，不显堆垛的，他和板儿每样吃了些，就去了半盘子。剩的，凤姐又命攒了两盘并一个攒盒，与文官等吃去。

忽见奶母抱了大姐儿来，大家哄他玩了一会。那大姐儿因抱着一个大柚子玩，忽见板儿抱着一个拂手，大姐儿便要。丫鬟哄他取去，大姐儿等不得，便哭了。众人忙把柚子给了板儿，将佛手哄过来与了他才罢。那板儿因玩了半日佛手，此刻又两手抓着些果子吃，又忽见这个柚子又香又圆，更觉好玩，且当球踢着玩去，也就不要佛手了。〔索隐〕忽写巧姐与板儿一段事故，固是文中穿插法，然亦示巧姐为刘氏女，板儿为钱氏子，两相近来，后来又兆同居。

当下贾母等吃过了茶，又带了刘老老至栊翠庵来。妙玉忙接了进去。众人至院中，见花木繁盛，贾母笑道："到底是他们修行人，没事常常修理，比别处越发好看。"一面说，一面便往东禅堂来。妙玉笑往里让，贾母道："我们才多吃了酒肉，你这里头有菩萨，冲了罪过。〔索隐〕细。我们这里坐坐，把你的好茶拿来，我们吃一杯就去了。"

宝玉留神看他是怎么行事。〔索隐〕独宝玉留神，仍是由意淫中转出的念头，与书末妙玉作一远引。只见妙玉亲自捧了一个海棠花式雕漆填金云龙献寿的小茶盘，里面放一个成窑五彩小盖钟，〔索隐〕梅村诗《读史偶述》第二十首云："故国满前君莫问，凄凉酒盏斗成窑。"可见国初官中竟尚成化时物。又二十首云：回龙小盏拨松萝。"可见官中所尚以五彩云龙花样为贵，皆当时实况，不可略过也。又书中屡言捏丝戗金盒，即吴诗中所谓厂盒，明时果园厂所制，《帝京景物略》详载其式，国初多用。梅村所谓"宣炉厂盒内香烧"者是也。因类并及，补注于此。捧与贾母。〔索隐〕绝无不事王侯之概。宝玉云何！

贾母道："我不吃六安茶。"妙玉笑说："这是老君眉。"〔索隐〕志

《红楼梦》与顺治皇帝的爱情故事

此一笔,足见妙玉之平日留心,雅善承奉。宝玉云何。贾母接了,又问是什么水。妙玉道:"这是旧年蠲的雨水。"贾母便吃了半盏,笑看递与刘老老,说:"你尝尝这个茶。"刘老老便一口吃尽,笑道:"好是好,就是淡些,再放浓些便好了。"贾母众人都笑起来。然后众人都是一色的官窑脱胎填白盖碗。

那妙玉便把宝钗黛玉的衣襟一拉,二人随他出去。宝玉悄悄的随后跟了来,只见妙玉让他二人在耳房内。宝钗便坐在榻上,黛玉便坐在妙玉的蒲团上,妙玉自向风炉上煽滚了水,另泡了一壶茶。宝玉便走了进来,笑道:"偏你们吃体己茶呢!"二人都笑道:"巧你又赶了来撤茶吃。这里并没你吃的。"

妙玉刚要去取杯,只见道婆收了上面茶锺来。妙玉忙命:"将那成窑的茶杯别收了,搁在外头去罢。"宝玉会意,知为刘老老吃了,他嫌腌臜不要了。又见妙玉另拿出两只杯来。一个旁边有一耳,上镌着"瓠爮斝"兰个隶字,后有一行小真字是"王恺珍玩",又有"宋元丰五年四月眉山苏轼见于秘府"一行小字。妙玉斟了一斝递与宝钗。那一只形似钵而小,也有三个垂珠篆字,镌着"点犀䀉"。妙玉斟了一䀉与黛玉。仍将前番自己常日吃茶的那只绿玉斗拿来斟与宝玉。〔索隐〕志此一笔,尤诋妙玉之深。寻常一未经用之盏,经老老一啜,便弃而不复顾;宝玉男子,反以已所常用者共之,独不虑口泽及人乎?写妙玉处处是假惺惺,见所欲则忘其洁矣。可丑可丑。宝玉笑道:〔索隐〕笑得好,窥其微矣。可谓乐然后笑。"常言'世法平等,他两个就用那样古玩奇珍,我就是个俗器了?"〔索隐〕此一层常屡思不得其解,以意淫之人,遇绝美之色,承相爱之雅,叨共斟之荣,自当怡然受之,惕然惟恐失之。宝哥方留神察看时,安能不觉?然忽尔舍用情之深、留心之细,求用物之贵,此在常人所不肯出,况属精神,当必无之事也。而作者特书此笔,何居?盖尝思之重思之,宝哥盖正以用情之深,见妙玉之忘情造次,故诘一语,词若有憾,以代妙玉在钗黛前掩盖也。宝哥常日来此,用此杯者必不止一次,当已早领其意,故妙玉一切性气均能体之细而知之深。今当钗黛之前,二人之心细,遇妙之矫矫不群,必先宝玉而留神察看,若见其率与宝玉共斟,设若含酸微笑,则妙公无地自容矣。宝玉处处留心,如妙玉

· 500 ·

第四十一回　贾宝玉品茶栊翠庵　刘老老醉卧怡红院

之独厚于己,欲为掩盖,故反以尊客之礼自居,若以不得平等为憾者,当时四人之意均微会矣。一则平两美之酸,一则掩妙人之率;既掩妙人之率,可见两美之尊,面面俱到,百节全灵,宝哥真天下第一有情人,亦第一有心人,更是第一慧捷机变人,吾真自笑莽汉矣。观后文之舍盏不收,更可见此时之孟光,若遽接梁鸿之案,钗黛尖刻,断无不退有后言者?宝玉爱玉,为之弥缝者甚微,且措词雅善,中其窍要;妙亦解人,故不以为忤而应声立撤。平时不言之亲爱,一扫而空。读《红楼》至此,真胸中三日作辘轳转,不知世间善男信女能识此者有几,用情能至此而又仅止于此者又有几,吾不禁谓宝妙皆天人也!妙玉道:"这是俗器?不是我说狂话,只怕你家里未必找的出这么一个俗器来呢!"宝玉笑道:"俗语说'随乡入乡',到了你这里,自然把这金玉珠宝一概贬为俗器了。"〔索隐〕真善词令。

妙玉听如此说,十分欢喜,遂又寻出一只九曲十环一百二十节蟠虬整雕竹根的一个大䀉出来,笑道:"就剩了这一个,你可吃的了这一海?"宝玉喜的忙道:"吃的了。"妙玉笑道:"你虽吃的了,也没这些茶你糟蹋。岂不闻'一杯为品,二杯即是解渴的蠢物,三杯便是饮驴了'。你吃这一海更成什么?"说的宝钗、黛玉、宝玉都笑了。妙玉执壶向海内斟了一杯,宝玉细细吃了,果觉清淳无比,赏赞不绝。妙玉正色道:"你这遭吃茶是托他两个的福,独你来了,我是不能给你吃的。"〔索隐〕阳尊钗黛,又见宝玉固尝独来。宝玉笑道:"我深知道,我也不领你的情,只谢他二人便了。"妙玉听了,方说:"这话明白。"

黛玉因问:"这也是旧年的雨水么?"妙玉冷笑道:"你这么个人,竟是大俗人,连水也尝不出来?这是五年前我在玄墓蟠香寺住着,收的梅花上的雪,统共得了那一鬼脸青的花瓮一瓮,总舍不得吃,埋在地下,今年夏天才开了。我只吃过一回,这是第二回了。你怎么尝不出来?隔年蠲的雨水那有这样清淳,如何吃得。"黛玉知他天性怪僻,不好多话,亦不好多坐,吃过茶,便约着宝钗走了出来。

宝玉和妙玉陪笑道:"那杯虽然腌臜了,白撂了岂不可惜?依我说,不如就给了那贫婆子罢。他卖了也可以度日。你道使得么?"妙玉听了,想了一想,点头说道:"这也罢了。幸而那杯子是我没吃过的,若是我吃过的，我就砸碎了也不能给他。〔索隐〕可见口泽之自贵，更衬出前一层之造次忘情来。你要给他，我也不管，你交给他快拿了去罢。"宝玉道："自然如此。你那里和他说话去，越发连你都腌臜了。〔索隐〕何至于此？丑极！只交与我就是了。"

妙玉便命人拿来递与宝玉。宝玉接了，又道："等我们出去了，我叫几个小幺儿来河里打几桶水来洗地如何？"〔索隐〕更丑。妙玉笑道："这更好了。只是你嘱咐他们，抬了水只搁在出门外头墙根下，别进门来。"〔索隐〕何消说得，直卖轻狂耳。石隐之流揭楮于壁，大书曰："某地高隐某人之室，闲人免进。"颇与此同。宝玉道："这是自然的。"说着，便袖着那杯，递与贾母房中小丫头子拿着，说："明日刘老老家去，给他带去罢。"交代明白，贾母已经出来要回去。妙玉亦不甚留，送出山门，回身便将门闭了。不在话下。〔索隐〕叙妙玉一段，处处见其矫揉造作，抬得愈高，逼得愈紧，后来骂得越重。书中写袭人妙玉，均此笔法。

且说贾母因觉身子乏倦，便命王夫人和迎春姊妹陪了薛姨妈去吃酒，自己便往稻香村来歇息。凤姐忙命人将小竹椅抬来，贾母坐上，两个婆子抬起，凤姐李纨和众丫头婆子围随去了，不在话下。

这里薛姨妈也就辞出。王夫人打发文官等出去，将攒盒散与众丫头们吃去，自己便也乘空歇着，随便歪在方才贾母坐的榻上，命一个小丫头放下帘子来，又命捶着腿，吩咐他："老太太那里有信，你就叫我。"说着也歪着睡着了。

宝玉湘云等看着丫头们将攒盒搁在山石上，也有坐在山石上的，也有坐在草地下的，也有靠着树的，也有傍着水的，那也十分热闹。一时又见鸳鸯来了，要带着刘老老逛，〔索隐〕趣。众人也都跟着取笑。〔索隐〕趣。

一时来至"省亲别墅"的牌坊底下，刘老老道："阿呀，这里还有大庙呢！"〔索隐〕趣。说着，便爬下叩头。〔索隐〕趣。明知更趣。众人笑弯了腰。刘老老道："笑什么？这牌坊上字我都认得。我们那里这样的庙宇最多，都是这样的牌坊，那字就是庙的名字。"众人笑道："你认得这是什么庙？"刘老老便抬头指那字道："这不是'玉皇宝殿'四字？"

第四十一回　贾宝玉品茶栊翠庵　刘老老醉卧怡红院

〔索隐〕不说他名,单说"玉皇宝殿"四字,可见此省亲别墅本是殿阁,为至尊所居,故曰玉皇。借老老口中又点体制。众人笑的拍手打掌,还要拿他取笑。刘老老觉得腹内一阵乱响,忙的拉着一个丫头,要了两张纸就解衣。〔索隐〕何至于此?极力形容。众人又是笑,又忙喝他"这里使不得!"忙命一个婆子带了东北角上去了。那婆子指与他地方,便乐得走开去歇息。

那刘老老因吃了些酒,他脾胃不与黄酒相宜,且吃了许多油腻饮食,发渴多吃了几碗茶,不免痛泻起来,蹲了半日方完。及出厕来,酒被风吹,且年迈之人,蹲了半天,忽一起身,只觉得眼花头晕,辨不出路径。四顾一望,皆是树木山石楼台房舍,却不知那一处是往那一路去的,只得顺着一条石子路慢慢的走来。

及至到了房舍跟前,又找不着门,再找了半日,忽见一带竹篱,刘老老心中自忖道:"这里也有扁豆架子?"一面想,一面顺着花障走了来。得了一个月洞门进去,只见迎面一带水池,只有七八尺宽,石头砌岸,里面碧波清水流往那边去了。上面有一块白石横架在上面。刘老老便踱过石去,顺着石子甬路走去,转了两个弯子,只见有个房门。于是进了房门,便见迎面一个女孩儿,满面含笑迎出来。刘老老忙笑道:"姑娘们把我丢下了,叫我碰头碰到这里来。"说了,只觉那女孩儿不答。刘老老便赶来拉他的手,"咕咚"一声,便撞到板壁上,把头碰的生疼。细瞧了一瞧,原来是一幅画儿。刘老老自忖道:"原来画儿有这样凸出来的。"一面想,一面看,一面又用手摸去,却是一色平的,点头叹了两声。

一转身方得了一个小门,门上挂着葱绿散花软帘。刘老老掀帘进去,抬头一看,只见四面墙壁玲珑剔透,琴剑瓶炉皆贴在墙上,锦笼纱罩金彩珠光,连地上铺的砖皆是碧绿凿花,竟越发把眼花了。找门出去,那里有门?左一架书,右一架琴。刚从屏后得了一个门,只见一个老婆子也从外面迎了他进来。刘老老诧异,心中恍惚想道:"莫非是他亲家母?"因连忙问道:"你想是见我这几日没家去,亏你找我来。那位姑娘带着进来的?"又见他戴着满头花,刘老老笑道:"你好没见世面,见这园里的花好,你就没死活戴了一头。"说着,那老婆子只见笑,也不答

《红楼梦》与顺治皇帝的爱情故事

言。便心中忽然想起:"常听富贵人家有一种穿衣镜,这别是我在镜子里头吗?"想毕伸手一摸,再细细看,可不是四面雕空紫檀板壁将这镜子嵌在中间。因说:"这已经拦住,如何走出去呢?"

一面说,一面只管用手摸。这镜子原是西洋机括,可以开合。不意刘老老乱摸之间,其力巧合,便撞开了消息,掩过镜子,露出门来。〔索隐〕此一段笔墨又妍丽,又新奇,又细密,全为写出老老是无心撞入,其实用心不在此。刘老老又惊又喜,遂走出来,忽见有一副最精致的床帐。他此刻带了七八分的酒,又走乏了,便一屁股坐在床上,只说歇歇,不承望身不由己,便前仰后合的矇眬着两眼,一歪身就睡熟在床上。

且说众人等他不见,板儿没了他老老,急的哭了。众人都笑道:"别是掉在茅厕里了,快叫人去瞧瞧。"因命两个婆子们去找,回来说没有。众人各处搜寻不见。袭人掂掇道:"一定他醉了迷了路,顺着这一条路往我们后院子里去了。若进了花障子到后房门进去,虽然碰头,还有小丫头们知道;若不进花障子去,再往西南上去,若绕出去还好,若绕不出去,可够他绕一会子好的。我且瞧瞧去。"一面说着,一面回来;进了怡红院便叫人,谁知那几个在房里的小丫头已偷空玩去了。

袭人一直进了房门,转过集锦橱子,就听的鼾齁如雷。忙进来,只闻见酒屁臭气〔索隐〕刘妃肌香,特反笔掩盖,俾人失笑。满屋,一瞧只见刘老老扎手舞脚的仰卧在床上。〔索隐〕妙在一仰,从《三国演义》中仰翻落马"仰"字中化出,惜少圣叹一批。作书无限意蕴全结于此。仰盖地载之象,其事可知,段末详揭,此姑不载。袭人这一惊不小,慌忙的赶上来将他没死没活的推醒。

那刘老老惊醒,睁眼见袭人,连忙爬起来道:"姑娘,我该死了!我失错,并没弄腌臜了床。"一面说,一面用手去掸。袭人恐惊动了人,被宝玉知道了,〔索隐〕又是反笔,又是掩盖之笔。只向他摇手,不叫他说话。忙将大鼎内贮了三四把百合香,仍用罩子罩上。所喜不曾呕吐,忙悄悄的笑道:"不相干,有我呢。你随我出来。"

刘老老答应着跟了袭人,出至小丫头子们房中,命他坐下,向他道:"你说醉倒在山子石上打了个盹儿。"刘老老答应是。又与他两碗茶吃,方觉酒醒了,因问道:"这是那个小姐的绣房,这样精致?我就像到了天

第四十一回　贾宝玉品茶栊翠庵　刘老老醉卧怡红院

宫里的一样。"〔索隐〕真是天宫，特点一笔，一殿一宫，由外而内，秩序分明。袭人微微笑道："这个么，是宝二爷的卧室。"〔索隐〕当指乾清。那老老吓的不敢做声。袭人带他从前面出去，见了众人，只说他在草地下睡着了，带了他来的。众人都不理会，也就罢了。

一时贾母醒了，就在稻香村摆晚饭。贾母因觉懒懒的，也没吃饭，便坐了竹椅小敞轿，〔索隐〕是宫中常用者，看《宫闱秘史》，可知矣。回至房中歇息，命凤姐儿等去吃饭。他姊妹方复进园来。未知后事如何，且听下回分解。

〔索隐〕本回两大段，即标目中两事也。

栊翠庵品茶一段，为饭后闲情之点缀，借以写妙玉之娇情，妙讽入微，全在言外。此处之妙玉，以意求之，殆写小琬。小琬善制茗，张《传》称其曲谱茶经无不精晓。又《影梅庵忆语》云："姬嗜茶，与余同性。又同嗜界片，每岁半塘顾子，兼择最精者缄寄，具有片甲蝉翼之异。文火细烟，小鼎长泉，必手自炊涤。余每诵左思《娇女诗》'吹嘘对鼎𫓧'之句，姬为解颐，至'沸乳看蟹目鱼鳞，传瓷选月魂云魄'，尤为精绝。每花前月下，静试对尝，碧沉香泛，真如木兰霑露，瑶草临波，备极卢陆之致。东坡云：'分无玉碗捧蛾眉。'余一生清福，九年占尽，九年折尽矣。"是一段为品茶栊翠庵之所本。栊翠庵即湘阁、梅庵之意也。下一段刘媪醉卧怡红，以本书后文考之，秦钟常宿宁府，尤氏嘱凤姐搬来一处住，皆虚写刘妃入宫住宿之事。此处实写，故以"醉"字掩之，又以"仰"字形容，御榻或见客星，此无从考实者矣。

〔护花评〕根杯引出黄杨杯，文情曲折。

又：若无黄杨大套杯，刘老老何至醉卧宝玉床？若非刘老老腹泻，何由走至怡红院？一路叙来，有情有景。

又：宝玉等听曲饮酒，是刘老老醉后余波。

又：刘老老极村俗，妙玉极僻洁，两两相形，觉村俗却在人情之内，僻洁反在人情之外；宁为老老，毋为妙玉。

又：妙玉拉宝钗黛玉衣襟，心中非无宝玉，只是不好拉耳。若心中无宝玉，因何刘老老吃的茶杯便嫌肮脏不要，自己常吃的绿玉斗便斟茶与宝玉；又寻出竹根大海来。且肯将成窑茶杯给与宝玉？听他转给刘老老？是作者皮里阳秋，不可不知。

又：妙玉向宝玉说："你独来，我不肯给你吃。"是假撇清语，转觉欲盖弥彰。

又：妙玉出家人，何以有许多古玩茶器？五年前又在元墓住，形迹殊属可疑。

又：刘老老误入怡红院一段文章，有疑鬼疑神之笔。又照应凤姐代插满头花，想见席中醉态，真可发笑。

又：大姐来园中，引出后文送祟取名情事。

第四十二回 蘅芜君兰言解疑癖
　　　　　　潇湘子雅谑补余音

　　话说他姊妹复进园来，吃过饭，大家散出，都无别话。

　　且说刘老老带着板儿，先来见凤姐儿，说："明日一早定要家去了。虽然住了两三天，日子却不多，把古往今来没见过的，没吃过的，没听见的，都经验了。难得老太太和姑奶奶并那些小姐们，连各房里的姑娘们，都这样怜贫惜老照看我。我这一回去没别的报答，惟有请些高香天天给你们念佛，保佑你们长命百岁的，就算我的心了。"

　　凤姐笑道："你别喜欢。都是为你，老太太也被风吹病了，睡着不舒服；我们大姐儿也着了凉，在那里发热呢。"刘老老听了，忙叹道："老太太有年纪的，不惯十分劳乏的。"凤姐儿道："从来没像昨儿高兴。往常也进园子逛去，不过到一两处坐坐就来了。昨儿因为你在这里，要叫都逛逛，一个园子倒走了多半个。大姐儿因为我找你去，太太递了一块糕给他，谁知风地里吃了，就发热起来。"刘老老道："大姐儿只怕不大进园子；生地方儿，小人儿家原不该去。比不得我们的孩子，会走了，那个坟圈子里不跑去。一则风扑了也是有的，二则只怕他身上干净，眼睛又净，或是遇见什么神了。依我说，给他瞧瞧祟书本子，仔细撞客着。"

　　一语提醒了凤姐儿，便叫平儿拿出《玉匣记》来，着彩明来念。彩明翻了一回念道："八月二十五日病者，正西方得遇花神。身沉不思饮食。用白钱七张，向正西四十步送之，大吉。"凤姐儿笑道："果然不错，园子里头可不是花神！只怕是老太太也遇见了。"一面命人请两分纸钱来，着两个人来，一个与贾母送祟，一个与大姐儿送祟。果见大姐儿安稳睡了。

《红楼梦》与顺治皇帝的爱情故事

凤姐儿笑道:"到底是你们有年纪的经历的多。我这大姐儿时常要病,也不知是什么缘故。"刘老老道:"这也有的。富贵人家养的孩子都娇嫩,自然禁不得一些儿委屈;再他小人儿家,过于尊贵了也禁不起。以后姑奶奶倒少疼他些就好了。"凤姐儿道:"这也有理。我想起来,他还没个名字,你就给他起个名字,借借你的寿;二则你们是庄家人,不怕你恼,到底贫苦些,你贫苦人起个名字,只怕压的住他。"刘老老听说,便想了一想,笑道:"不知他是几时生的?"凤姐儿道:"正是生的日子不好呢,可巧是七月初七日。"刘老老忙笑道:"这个正好,就叫做巧姐儿好。这个叫做'以毒攻毒,以火攻火'的法子。姑奶奶定依我这名字,必然长命百岁。日后大了,各人成家立业,或一时有不遂心的事,必然遇难成祥,逢凶化吉,都从这'巧'字儿来。"〔索隐〕刘孀命名,其女名取珍爱之意,故曰珍。此段远映。

凤姐儿听了,自是欢喜,忙谢道:"只保佑他应了你的话就好了。"说着叫平儿来吩咐道:"明儿咱们有事,恐怕不得闲儿。你这空儿闲着,把送老老的东西打点了,他明儿一早就好走得便宜了。"刘老老道:"不敢多破费了。已经糟蹋了几日,又拿着走,越觉心里不安起来。"凤姐儿道:"也没有什么,不过随常的东西。好也罢,歹也罢,带了去,你们街坊邻舍看着也热闹些,也是上城一次。"说着,只见平儿走来说:"老老过这边瞧瞧。"

刘老老忙跟了平儿到那边屋里,只见堆着半炕东西。平儿一一的拿与他瞧着,又说道:"这是昨日你要的青纱一匹,奶奶另外送你一个实地月白纱做里子。这是两个茧绸,做袄儿裙子都好。这包袱里是两匹绸子,年下做件衣衫穿。这是一盒各样内造点心,也有你吃过的,也有没吃过的,拿去摆碟子请客,比你们买的强些。这两条口袋是你昨日装瓜果子的,如今这一个里头装了两斗御田粳米,熬粥是难得的;这一个里是园子里的果子和各样干果子。这一包是八两银子。这都是我们奶奶的。这两包每包五十两,共是一百两,是太太给的,〔索隐〕喻太后赐金。叫你拿去,或者做个小本买卖,或者置几亩田,以后再别求亲靠友了。"说着又悄悄笑道:"这两件袄儿和两条裙子,还有四块包头、一包绒线,这是我送老老的。那衣裳虽是旧的,我也没大很穿,你要嫌弃,我就不敢

第四十二回　蘅芜君兰言解疑癖　潇湘子雅谑补余音

说了。"

平儿说一样，刘老老就念一句佛，已经念了几千佛了。又见平儿也送他这些东西，又如此谦逊，忙笑说道："姑娘说那里话！这样好东西我还嫌弃？我便有银子，没处买这样的去呢。只是我怪臊的，收了又不好，不收又辜负了姑娘的心。"平儿笑道："休说外话，咱们都是自己，我才这样。你放心收了罢，我还和你要东西呢。到年下，你只把你们晒的那个灰条菜干子和豇豆、扁豆、茄子、葫芦条儿各样干菜带些来，我们这里上上下下都爱吃。这个就算了，别的一概不要，别枉费了心。"刘老老千恩万谢的答应了。平儿道："你只管睡你的去。我替你收拾妥当了就放在这里，明儿一早打发小厮们雇辆车装上，不用你费一点心的。"

刘老老越发感激不尽，过来又千恩万谢的辞了凤姐儿，过贾母这边睡了一夜。〔索隐〕刘妃应宿慈宁左近。次早梳洗了就要告辞。因贾母欠安，众人都过来请安，出去传请大夫。一时婆子回："大夫来了。"老嬷嬷请贾母进幔子去坐。贾母道："我也老了，那里养不出那阿物儿来，还怕他不成？不要放幔子，就这样瞧罢。"众婆子听了，便拿过一张小桌子来，放下一个小枕头，便命人请。

一时只见贾珍、贾琏、贾蓉三个人将王太医领来。王太医不敢走甬路，只走旁阶。跟着贾珍到了台阶上，早有两个婆子在两边打起帘子，两个婆子在前引导进去，又见宝玉迎了出来。只见贾母穿着青绉绸一斗珠的羊皮褂子，端坐在榻上。两旁边四个未留头的小丫头都拿着蝇拂漱盂等物，又有五六个老嬷嬷雁翅排在两旁，〔索隐〕何等气象！何等尊贵！一"端"字尤见是太后身分。碧纱橱后隐隐约约有许多穿红着绿戴宝插金的人。〔索隐〕后妃宫眷咸在。王太医便不敢抬头，忙上来请了安。贾母见他穿着六品服色，便知是御医了，〔索隐〕特点是御医。含笑问："供奉好？"因问贾珍："这位供奉贵姓？"贾珍等忙回"姓王"。贾母笑道："当日太医院正堂有个王君效，好脉息。"王太医忙躬身低头，含笑回说："那是晚生家叔祖。"贾母听了笑道："原来这样。也算是世交了。"一面说，一面慢慢的伸手放在小枕头上。嬷嬷端着一张小椅子，放在小桌前面，略偏些，王太医便屈一膝坐下。〔索隐〕应跪诊。故此特言屈一膝诊脉，谓之请脉。歪着头〔索隐〕有神。诊了半日，又诊了那只手,忙欠身低头退出。贾母笑说:"劳动了。珍儿让出去好生看茶。"〔索隐〕御医进诊应由内务府带领出入,故加贾珍一笔。

贾珍贾琏等忙答应了几个"是",复领王太医到外书房中。王太医说:"太夫人并无别症,偶感一点风寒,究竟不用吃药,不过略清淡些,常暖着一点儿,就好了。如今写个方子在这里,若老人家爱吃,便按方煎一剂吃,若懒怠吃,也就罢了。"说着,吃茶写了方子。刚要告辞,只见奶子抱了大姐儿出来,笑说:"王老爷也瞧瞧我们姐儿。"王太医听说忙起身,就奶子怀中,左手托着大姐儿的手,右手诊了一诊,又摸了一摸头,又叫伸出舌头来瞧瞧,笑道:"我说着姐儿又骂我了,只是要清清净净的饿两顿就好了。不必吃煎药,我送丸药来,临睡时用姜汤研开吃下去就是了。"说毕告辞而去。贾珍等拿了药方来,回明贾母原故,将药方放在案上出去,不在话下。

这里王夫人和李纨、凤姐儿、宝钗姊妹等见大夫出去,方从橱后出来。王夫人略坐一坐,也回房去了。刘老老见无事,方上来和贾母告辞。贾母说:"闲了再来。"又命鸳鸯来:"好生打发刘老老出去。我身上不好,不能送你。"刘老老道了谢,又作辞,方同鸳鸯出来。到了下房,鸳鸯指炕上一个包袱说道:"这是老太太几件衣裳,都是往年间生日节下众人孝敬的,老太太从不穿人家做的,收着也可惜,却是一次也没穿过的。昨日叫我拿出两套儿送你带去,或送人或自己家里穿罢,别见笑。这盒子是你要的面果子。〔索隐〕实指太后赐糖果八盒。这包儿里是你前儿说的药,梅花点舌丹也有;紫金锭也有,活络丹也有,催生保命丹也有;每一样是一张方子包着,〔索隐〕喻太后赐衣赐药。官廷颁赏暑药为最普通之赏,此为特恩。总包在里头了。这是两个荷包,带着玩罢。"说着便抽开两个系子,掏出两个笔锭如意的锞子来〔索隐〕喻太后赐金四十锭。与他瞧,又笑道:"荷包拿去,这个留下给我罢。"

刘老老已喜出望外,早又念了几千佛,听鸳鸯说,便说道:"姑娘只管留下罢了。"鸳鸯见他信以为真,笑着仍与他装上,说道:"哄你玩呢,我有好些呢,留着年下给小孩子们罢。"说着,只见一个小丫头拿了个成窑钟子来递与刘老老,说:"这是宝二爷给你的。"〔索隐〕时尚成窑,乾清或颁赐刘妃,事当有也。刘老老道:"这是那里说起!我那一世

第四十二回　蘅芜君兰言解疑癖　潇湘子雅谑补余音

修来的，今儿这样。"说着便接了过来。

鸳鸯道："前儿我叫你洗澡，换的衣裳是我的，你不嫌弃，我还有几件，也送你罢。"刘老老又忙道谢。鸳鸯果然又拿出几件来与他包好。刘老老又要到园中辞谢宝玉和众姊妹王夫人等去。鸳鸯道："不用去了。他们这会子也不见人，回来我替你说罢。闲了再来。"又命一个老婆子，吩咐他："二门上叫两个小厮来，帮着老老拿了东西送去。"婆子答应了，又和刘老老到了凤姐儿那边一并拿了东西，在角门上命小厮们搬了出去，直送刘老老上车去了。不在话下。

且说宝钗等吃过早饭，又往贾母处问安，回园至分路之处，宝钗便叫黛玉道："颦儿，跟我来，有一句话问你。"黛玉便同了宝钗，来至蘅芜院中。进了房，宝钗便坐了，笑道："你跪下，我要审你。"黛玉不解何故，因笑道："你瞧宝丫头疯了！审问我什么？"宝钗冷笑道："好个千金小姐！好个不出闺门的女孩儿！满嘴里说的是什么？你只实说便罢。"黛玉不解，只管发笑，心里也不免疑惑起来，口里只说："我曾说什么？你不过要捏我的错儿罢了。你倒说出来我听听。"宝钗笑道："你还装憨儿？昨儿行酒令你说的是什么！我竟不知是那里来的。"黛玉一想，方想起昨儿失于检点，把那《牡丹亭》《西厢记》说了两句，不觉红了脸，便上来搂着宝钗笑道："好姐姐，原是我不知道随口说的。你教给我，再不说了。"宝钗笑道："我也不知道，听你说的怪生的，所以请教你。"黛玉道："好姐姐，你别说与别人，我以后再不说了。"

宝钗见他羞脸飞红，满口央告，便不肯再往下追问，因拉他坐下吃茶，款款的告诉他道："你当我是谁，〔索隐〕是老奸，是巨猾，前世冤孽，一语足见自负。我也是个淘气的。从小儿七八岁上也够个人缠的。我们家也算是个读书人家，祖父手里也极爱藏书，先时人口多，姊妹兄弟也在一处，都怕看正经书。弟兄们也有爱诗的，也有爱词的，诸如这些"西厢""琵琶记"以及"元人百种"，无所不有。他们背着我们偷看，我们也背着他们偷看。后来大人知道了，打的打，骂的骂，烧的烧，丢开了。〔索隐〕清初官廷中亦雅尚小说，自经阿什坦之奏，稍从严禁，此殆隐指。所以咱们女孩儿家不认字的倒好。男人们读书不明理，尚且不如不读书的好，何况你我。连做诗写字等事，这也不是你我分内之事，

《红楼梦》与顺治皇帝的爱情故事

〔**索隐**〕指董妃能诗。究竟也不是男人分内之事。〔**索隐**〕指世祖好诗。男人们读书明理，辅国治民，这更好了。〔**索隐**〕全对世祖说。只是如今并听不见有这样的人，读了书倒更坏了。〔**索隐**〕指一时朝士。这并不是书误了他，可惜他把书糟蹋了。所以竟不如耕种买卖，倒没有什么大害处。至于你我，只该做些针线纺织的事才是，偏又认得几个字；既认得了字，不过拣那正经书看看也罢了，最怕见那些杂书，移了性情，就不可救了。"〔**索隐**〕只怕天性中带得奸诈，虽不识字，亦不可救。

一席话，说的黛玉垂头吃茶，心下暗服，只有答应"是"的一字。忽见素云进来说："我们奶奶请二位姑娘商议要紧的事呢。二姑娘、三姑娘、四姑娘、史姑娘、宝二爷都等着呢。"宝钗道："又是什么事？"黛玉道："咱们到了那里就知道了。"说着便和宝钗往稻香村来，果见众人都在那里。

李纨见了他两个，笑道："社还没起，就有脱滑儿的了，四丫头要告一年的假呢。"黛玉笑道："都是老太太昨儿一句话，又叫他画什么园子图儿，惹得他乐得告假了。"探春笑道："也别怪老太太，都是刘老老一句话。"黛玉忙笑接道："可是呢，都是他的一句话。他是那一门子的老老，直叫他做'母蝗虫，就是了。"〔**索隐**〕新颖。说着大家都笑起来。宝钗笑道："世上的话，到了凤丫头嘴里也就尽了。幸而凤丫头不认得字，不大通，不过一概是市俗取笑。更有颦儿这促狭嘴，他用'春秋，的法子，将世俗的粗话，撮其要，删其繁，再加润色比方出来，一句是一句。'母蝗虫'三字，把昨儿那些形景都现出来了，亏他想的倒也快。"众人听了都笑道："你这一注解，也就不在他两个以下了。"

李纨道："我就请你们大家商议，给他多少日子的假。我给了他一个月的假，他嫌少，你们怎么说？"黛玉道："论理一年也不多。这园子盖才盖了一年，如今要画，自然得一年的工夫呢。又要研墨，又要蘸笔，又要铺纸，又要着颜色，又要……"刚说到这里，黛玉也自掌不住笑道："又要照着这样儿慢慢的画，可不得一年的工夫！"众人听了，都拍手笑个不住。宝钗道："有趣！最妙落后一句是'慢慢的画'。他可不画去，怎么就有了呢？所以昨儿那些笑话儿虽然可笑，回想是没味的。你们细想？颦儿这几句话虽没什么，回想却有滋味。我倒笑的动不得了。"

第四十二回 蘅芜君兰言解疑癖 潇湘子雅谑补余音

惜春道："都是宝姐姐赞的他越发逞强得意，这会子拿我又取笑儿。"黛玉忙拉他笑道："我且问你，还是单画这园子呢，还是连我们众人都画在上头呢？"惜春道："原是只画这园子的，昨儿老太太又说，单画园子成个房样子了，叫连人都画上，就像'行乐'似的才好。我又不会这工细楼台，又不会画人物，又不好驳回，正为这个为难呢。"黛玉道："人物还容易。你草虫上不能？"李纨道："你又说不通的话去，这个上头那里又用的着草虫？或者翎毛倒要点缀一两样。"黛玉笑道："别的草虫不画罢了，昨儿'母蝗虫，不画上，岂不缺了典？"众人听了，又都笑起来。黛玉一面笑的两手捧着胸口，一面说道："你快画罢，我连题跋都有了，起了名字，就叫做《携蝗大嚼图》。"〔索隐〕新颖。

众人听了，越发哄然大笑的前仰后合。只听"咕咚"一声响，不知什么倒了，急忙看，原来是史湘云伏在椅子背儿上，那椅子原不曾放稳，被他全身伏着背子大笑，他又不妨，两下里错了榫，向东一歪，连人带椅子都歪倒了，幸有板壁挡着，不曾落地。众人一见，越发笑个不住。〔索隐〕描摩尽致。宝玉忙赶上去扶住了起来，〔索隐〕不说嬷嬷丫鬟闻声而集，但说宝玉忙赶上去扶住，可见宝玉之情切意动。方渐渐止了笑。

宝玉和黛玉使个眼色儿。黛玉会意，便走至里间将镜袱揭起照了照，只见两鬓略松了些，忙开了李纨的妆奁，拿出抿子来，对镜抿了两抿，仍旧收拾好了方出来。〔索隐〕可见平日之情况，都是意淫的作用。指着李纨道："这是叫你带着我们做针线教道理呢，你反招了我们来大玩大笑的。"〔索隐〕自是可儿语。李纨笑道："你们听他这刁话。他领着头儿闹，引着人笑了，倒赖我的不是。真真恨的我只保佑你明儿得一个厉害婆婆，再得几个千刁万恶的大姑子小姑子，试试你那会子还这么刁不刁了。"

黛玉早红了脸，拉着宝钗说："咱们放他一年的假罢。"〔索隐〕黛玉一生大约惟此时最活泼泼地，其娇憨慧雅之态可掬。宝钗道："我有一句公道话，你们听听。藕丫头虽会画，不过是几笔写意。如今画这园子，非离了肚子里头有些丘壑的如何成画？这园子却是像画儿一般，山石树木，楼台房屋，远近疏密，也不多，也不少，恰恰的是这样。你若照样儿往纸上一画，是必不能讨好的。这要看纸的地步远近，该多该少，分

《红楼梦》与顺治皇帝的爱情故事

主分宾,该添的要添,该藏该减的要藏要减,该露的要露。这一起了稿子,再端详斟酌,方成一幅图画。第二件,这些楼台房舍,必是要界划的。一点儿不留神,栏杆也歪了,柱子也塌了,门窗也倒竖过来,阶砌也离了缝,甚至桌子挤到墙里头去,花盆儿放在帘子上来,岂不倒成了一张笑话儿了。第三,要安插人物,也要有疏密,有高低。衣褶裙带,指手足步,最是要紧;一笔不细,不是肿了手就是肿了脚,染脸撕发倒是小事。依我看来竟难的很。如今一年的假也太多,一月的假也太少,竟给他半年的假,再派了宝兄弟帮着他。并不是为宝兄弟知道教着他画,那就更误了事;为的是有不知道的,或难安插的,宝兄弟好拿出来问问那会画的相公,也就容易了。"〔**索隐**〕此回写黛玉处处是天真,宝钗处处是充能,品地上差别了。

宝玉听了,先喜的说:"这话极是。詹子亮的工细楼台就极好,程日兴的美人是绝技,如今就问他们去。"宝钗道:"我说你是无事忙,说了一声,你就问他去。也等着商议定了再去。如今且说拿什么画?,? 宝玉道:"家里有雪浪纸,又大又托墨。"宝钗冷笑道:"我说你不中用。那雪浪纸写字画写意画儿,或是会山水的画南宋山水,托墨,禁得皴染。拿了画这个,又不托色,又难烘,画也不好,纸也可惜。我教给你一个法子。原先盖这园子,就有一张细致图样,虽是画工描的,那地步方向是不错的。你和太太要了出来,也比着那纸大小,和凤丫头要一块重绢,交给外边相公们,叫他照着这园样删补着立了稿子,添了人物就是了。就配这些青绿颜色并泥金泥银,也得他们配去。你们也得另弄一个风炉子,预备化胶、出胶、洗笔。还得一个粉油大案,铺上毡子。你们那些碟子也不全,笔也不全,都从新再弄一分儿才好。"

惜春道:"我何曾有这些画器?不过随手的笔画画罢了。就是颜色,只有赭石、花青、藤黄、胭脂这四样。再有,不过是两支着色的笔就完了。"宝钗道:"你何不早说?这些东西我却还有,只是你用不着,给你也白放着。如今我且替你放着,等你用着这个的时候我送你些,也只可留着画扇子,若画这大幅的也就可惜了。今儿替你开个单子,照着单子和老太太要去,你们也未必知道的全。我说着,宝兄弟写。"

宝玉早已预备下笔砚了,原怕记不清楚,要写了记着,听宝钗如此

第四十二回　蘅芜君兰言解疑癖　潇湘子雅谑补余音

说，喜的提起笔来静听。宝钗说道："头号排笔四支、二号排笔四支、三号排笔四支、大染四支、中染四支、小染四支、大南蟹爪十支、小蟹爪十支、须眉十支、大着色二十支、小着色二十支、开面十支、柳条二十支、箭头珠四两、南赭四两、石黄四两、石青四两、石绿四两、藤黄四两、花青八两、铅粉四匣、胭脂十帖、大赤飞金二百帖、青金二百帖、广匀胶四两、净矾四两。矾绢的胶矾在外。别管他们，只把绢交出去叫他们矾去。这些颜色，咱们淘澄飞漂着，又玩了，又使了，包你一辈子都够使了。再要顶细绢箩四个、粗箩两个、掸笔四支、大小乳钵四个、大粗碗二十个、五寸碟子十个、三寸粗白碟子二十个、风炉两个、沙锅大小四个。新磁缸两口、新水桶四只、一尺长白布口袋四个、柽炭二十斤、柳木炭一二斤、三屉木箱一个、实地纱一丈、生姜二两、酱半斤。"

黛玉忙笑道："铁锅一口、铁铲一个。"〔索隐〕妙人妙语。

宝钗道："这做什么？"黛玉道："你要生姜和酱这些作料，我替你要铁锅来，好炒颜料吃呵。"〔索隐〕绝倒。众人都笑起来。宝钗笑道："颦儿，你知道什么？那颜色碟子保不住不上火烤；不拿姜汁子和酱预先抹在底子上烤过，一经了火是要炸的。"众人听说，都道："原来如此。"

黛玉又看一回单子，笑着拉探春悄悄的道："你瞧瞧？画个画儿。又要起这些水缸箱子来。想必糊涂了，把他的嫁妆单子也写上了。"〔索隐〕妙语天成。探春听了，笑个不住，说道："宝姐姐，你还不拧他的嘴？你问问他编排你的话。"宝钗笑道："不用问，狗嘴里还有象牙不成！"一面说，一面走上来，把黛玉按在炕上，便要拧他的脸。黛玉笑着忙央告道："好姐姐，饶了我罢！颦儿年纪小，只知说，不知道轻重，做姐姐的教导我。姐姐不饶我，我还求谁去呢？"众人不知话内有因，都笑道："说的好可怜儿的，连我们也软了，饶了他罢。"宝钗原是和他玩的，忽听他又拉扯上前番说他胡看杂书的话，便不好再和他闹了，放他起来。黛玉笑道："到底是姐姐，要是我，再不饶人的。"〔索隐〕的是可儿语。

宝钗笑指他道："怪不得老太太疼你，众人爱你，今儿我也怪疼你的了。过来，我替你把头发拢拢罢。"黛玉果然转过身来，宝钗用手拢上去。宝玉在旁看着，只觉更好，不觉后悔不该令他抿上鬓去，也该留着，

《红楼梦》与顺治皇帝的爱情故事

此时叫他替他抿上去。〔索隐〕意淫、博爱两相夹击而出,真妙想入微。正自胡想,只见宝钗说道:"写完了,明儿回老太太去。若家里有的就罢,若没有的,就拿些钱去买了来,我帮着你们配。"宝玉忙收了单子。

大家又说了一回闲话,至晚饭后又往贾母处来请安。贾母原没有大病,不过是劳乏了,兼着了些凉,温和了一日,又吃了一两剂药发散了发散,至晚也就好了。不知次日又有何话,且看下回分解。

〔索隐〕此回亦雪芹补本之一,专令阅者畅意,故接续上回由俗谑生出雅谑,亦意在与原作争胜也。开首说贾母巧姐之病、老老之去,内中夹带刘媪命名故事,并太医请脉规矩,将人物、地位指实,便不抛荒题旨。以下任笔书写,借绘画生出无限风趣,读《红楼》者至此爱不忍释者,十人而九。此雪芹最着意处,亦最得力处也。原本标目意在醒人,大抵取与真事有关合者。补本标目意在掩饰,大抵均取与真事无关合者,即如此段。

自首句起,至"直送刘老老上车去了"句止,为前一大段,已占本回十分之五。论命题、书目自应与下半回平分其义,乃觉不空。而作者意在以下半回悦人,上半回虽隐真事,视为过脉点缀,不甚经意,故上下两目均专侧重在下半回,俾读者注意于雅谑兰言,便觉以上叙事是上回之余波煞尾,可不留心。

真事愈隐而愈微,假语愈读而愈趣,不知不觉遂入雪芹彀下。视《红楼》为小儿女言情谱乐之书,万不思及贾母之端坐为至尊,御医之屈膝为跪诊,虽明指宫廷之事,而轻略翻过,绝无人打此闷葫芦者。所以经有清二百余年,此书至今存未经燔禁,雪芹保障之力也。后人读《红楼》而有憾,群起续貂,不悟雪芹插补之无痕,乃欲平空翻案,另出一部文字,大抵均不自量,徒形其丑,岂知近百数十年读《红楼梦》已有补本在内耶?人生无不死法,只有延年法,雪芹就盛时插补,直延年法矣,何其智哉!

〔护花评〕大姐送祟灵验,引出刘老老取名。

又:刘老老取名巧姐,既补出巧姐生日,又说逢凶化吉,

第四十二回　蘅芜君兰言解疑癖　潇湘子雅谑补余音

遇难成祥，直伏一百十八回中事。平儿要乡间干菜不是闲话，是为刘老老好不时往来地步。

又：刘老老此次进荣府，衣服银两满载而归，是伏后老老家中藉此宽裕，可以藏留巧姐地步，不是呆写荣府念旧乐施。

〔大某评〕书中有"八月二十五日病者"一句，乃大姐儿发热之日也。惟查前文三十七回，贾政于八月二十日起身之后，宝玉"每日在园中任意纵性游荡"，此两句内已藏下一月时候。试读"光阴虚度，岁月空添"八字，便可知其为省文。盖自七月二十至八月二十均已包括在内也。探春起海棠社，贾芸送白海棠，二十一日事也。接史湘云来贾府，二十二日事也。三十八回湘云请贾母等赏桂花，吃螃蟹，作菊花诗；三十九回刘老老来贾府，二十三日事也。宝玉着焙茗寻美女庙，二十四日事也。四十回贾母给湘云还席，秋爽斋早饭，藕香榭演戏，缀锦阁行令，四十一回栊翠庵品茶，怡红院醉卧，二十五日事也。入四十二回。刘老老对凤姐说明日家去，提起大姐儿发热，送祟，取名字，又将送给刘老老之物与他瞧，二十六日事也。贾母请王太医看病，刘老老回家以后情事，二十七日事也。只此数日之间，而文法离奇百出，使读者如入山阴道上，真有应接不暇，步步入胜之妙。

又：此回仍是壬子年八月事。

第四十三回 闲取乐偶攒金庆寿
不了情暂撮土为香

　　话说王夫人因见贾母那日在大观园不过着了些风寒,不是什么大病,请医生吃了两剂药也就好了,命凤姐来,盼咐他预备给贾政带送东西〔索隐〕偶提贾政不冷落。正商议着,只见贾母打发人来叫,王夫人忙引着凤姐儿过来。王夫人又请问:"这会子可又觉大安些?"贾母道:"今日可大好了。方才你们送来野鸡崽子汤,我尝了一尝,倒有味儿,又吃了两块肉,心里很受用。"王夫人笑道:"这是凤丫头孝敬老太太的。算他的孝心,不枉了老太太素日疼他。"贾母点头笑道:"也难为他想着。若是还有生的,再炸上两块,盐浸浸的,吃粥有味儿。那汤虽好,就只不对稀饭。"凤姐听了,连忙答应,命人去厨房传话。

　　这里贾母又向王夫人笑道:"我打发人找你来,不为别的。初二日是凤丫头的生日,上两年我原想着替他做生日,偏到跟前又有大事,就混过去了。今年人又齐全,料着又没事,咱们大家好乐一日。"王夫人笑道:"我也想着呢。既是老太太高兴,何不就商议定了?"贾母笑道:"想我往年不拘谁做生日,都是各自送各自的礼,这个也俗了,也觉太生分似的。今儿我出个新法子,又不生分,又可取乐。"王夫人忙道:"老太太怎么想着好,就是怎么样行。"贾母笑道:"我想着咱们也学那小家子,大家凑分子,〔索隐〕所谓罗汉请观音。多少尽着这钱去办,你道好不好?"王夫人道:"这个很好,但不知怎么凑法?"

　　贾母听说,一发高兴起来,忙遣人去请薛姨妈邢夫人等,又叫请姑娘们并宝玉;那府里贾珍的媳妇并赖大家的,及有些头脸管事的媳妇也都叫了来。〔索隐〕是宫廷恒事,亦是满洲阀阅家恒态。

　　众丫鬟婆子见贾母十分高兴也都高兴,忙忙的各自分头去请的请,

第四十三回　闲取乐偶攒金庆寿　不了情暂撮土为香

传的传。没顿饭的工夫，老的少的，上的下的，乌压压挤了一屋子。〔索隐〕好热闹。只薛姨妈和贾母对坐，邢夫人王夫人只坐在房门前两张椅子上，宝钗姊妹等五六个人坐在炕上，宝玉坐在贾母怀前，底下满满的站了一地。贾母忙命拿几张小杌子来，给赖大母亲等几个高年有体面的嬷嬷坐了。〔索隐〕阀阅家有此制度，宫廷则无之。贾府风俗，年高服侍过父母的家人，比年轻的主子还有体面，〔索隐〕是满洲风俗。所以尤氏凤姐儿等只管地下站着，那赖大的母亲等三四老嬷嬷告了罪，都坐在小杌子上了。

贾母笑着把方才一席话说与众人听了。众人谁不凑这趣儿？再也有和凤姐儿好，情愿这样的；也有畏惧凤姐儿，巴不得奉承的；况且都是拿得出来的，所以一闻此言，都欣然应诺。

贾母先道："我出二十两。"薛姨妈笑道："我随着老太太，也是二十两。"邢夫人王夫人笑道："我们不敢和老太太并肩，自然矮一等，每人十六两罢了。"尤氏李纨也笑道："我们自然又矮一等，每人十二两罢。"贾母忙和李纨道："你寡妇失业的，那里还拉你出这个钱，我替你出了罢。"凤姐忙笑道："老太太别高兴，且算一算帐再揽事。老太太身上已有两分呢，这会子又替大嫂子出了十二两，说着高兴，一会子回想又心疼了。过后儿又说'都是为凤丫头化了钱'，使个巧法子，哄着我拿出三四倍子来暗里补上，我还做梦呢。"〔索隐〕确是当场现成话，不知从何得索。说的众人都笑了。

贾母笑道："依你怎么样呢？"凤姐笑道："生日没到，我这会子已经折受的不受用了。我一个钱也不出，惊动这些人实在不安，不如大嫂子这分我替他出了罢。我到那一日多吃些东西，就享了福了。"邢夫人等听了都说"很是"，贾母方允了。

凤姐儿又笑道："我还有一句话呢。我想老祖宗自己二十两，又有林妹妹宝兄弟的两分子。姨妈自己二十两，又有宝妹妹的一分子，这倒也公道。只是二位太太每位十六两，自己又少，又不替人出，这些不公道，老祖宗吃了亏了。"贾母听了，呵呵大笑道："到底是我的凤丫头，向着我，这说的很是！要不是你，我叫他们又哄了去了。"凤姐笑道："老祖宗只把他哥儿两个交给两位太太，一位占一个罢，派每位替出一分就是了。"贾母忙说道:"这很公道,就是这样!"

赖大的母亲忙站起来笑道:"这可反了!我替二位太太生气。在那边是儿子媳妇,在这边是内侄女儿,倒不向着婆婆姑姑,倒向着别人。〔索隐〕赖媪所说不过是凑趣之话,代凤姐揭出心目中亦有老太太,并无二位太太之情味来,无非讨贾母之欢,示凤姐之孝,并非真怪凤姐偏袒,若真讥偏袒,只能退有后言,岂能对众明说。太平散人谓语有刺,是不但不善谈《红楼》,并不通人情世故矣。这儿媳妇倒成了陌路人,内侄女儿竟成了外侄女儿了。"说的贾母与众人都大笑起来了。

赖大母因又问道:"少奶奶们十二两,我们自然也该矮一等了。"贾母听说,道:"这使不得。你们虽该矮一等,我知道你们这几个都是财主,位虽低些,钱却比他们多的。你们和他们一例才使得。"众嬷嬷听了,连忙答应。贾母又道:"姑娘们不过应个景儿,每人照一个月的月例就是了。"又回头叫鸳鸯来,"你们也凑几个人,商议凑了来"。

鸳鸯答应着,去不多时,带了平儿、袭人、彩霞等还有几个丫头来,也有二两的,也有一两的。贾母因问平儿:"你难道不替你主子做生日,还入在这里头?"平儿笑道:"我那个私自另外的有了,这是公中的,也该出一分。"〔索隐〕贾母之分一半,当场取笑,当场应之事,却暗影下回泼醋,无笔墨痕。贾母笑道:"这才是个好孩子。"〔索隐〕此处体面,亦伏下卷传语慰问。凤姐又笑道:"上下都全了。还有二位姨奶奶,出不出也问一声儿。尽到他们是理,不然,他们只当小看了他们了。"贾母听说,忙说:"可是呢,怎么倒忘了他们!只怕他们不得闲儿,叫一个丫头问问去。"说着,早有丫头去了。半日回来说道:"每位也出二两。"贾母喜道:"拿笔砚来算明,共计多少。"

尤氏因悄骂凤姐道:"我把你这没足够的小蹄子!这么些婆婆婶子来凑银子给你做生日,你还不足,又拉上两个苦瓠子〔索隐〕京师俗语,指人之穷苦孤弱者。做什么?"〔索隐〕尤氏话近慈近骄。凤姐也悄笑道:"你少胡说,一会子离了这里,我才和你算帐!他们两个为什么苦呢?有了钱也是白填还别人,不如拘了来咱们乐。"〔索隐〕凤姐话近刻近达,并可见满人妾媵之愚而苦。

说着,早已合算了,共凑了一百五十两有余。贾母道:"一天戏酒用

第四十三回　闲取乐偶攒金庆寿　不了情暂撮土为香

不了。"尤氏道："既不请客，酒席又不多，两三日的用度都够了。头等，戏不用钱，省在这上头。"贾母道："凤丫头说那一班好，就传那一班。"凤姐道："咱们家的班子都听熟了，倒是化几个钱叫一班来听听罢。"〔索隐〕京俗谓之传差。贾母道："这件事我交给珍哥媳妇了，越发叫凤丫头别操一点心，受用一日才算。"尤氏答应着。又说了一回话，都知贾母乏了，才渐渐的散出来。

尤氏等送出邢夫人王夫人二人散去，他往凤姐房里来，商议怎么办生日的话。凤姐儿道："你不用问我，你只看老太太的眼色行事就完了。"尤氏笑道："你这阿物儿，也忒行了大运了！"我当有什么事叫我们去，原来单为这个。出了钱不算，还要我操心，你怎么谢我？"凤姐笑道："别扯臊！我又没叫你来，谢你什么？你怕操心，你这会子就回老太太去，再派一个就是了。"尤氏笑道："你瞧他兴的这个样儿！我劝你收着些儿好，太满了就出来了。"〔索隐〕凤姐果满而溢。二人又说了一回方散。

次日将银子送到宁国府来，尤氏方才起来梳洗，因问是谁送过来的。丫头们回说："林妈。"尤氏便命叫了他来。丫头们走至下房，叫了林之孝家的过来。尤氏命他脚踏上坐下，一面忙着梳洗，一面问他："这一包银子共多少？"林之孝家的回说："这是我们底下人的银子，凑了先送过来。老太太和太太们的还没有呢。"

正说着，丫头们回说："那府里太太和姨太太打发人送分子来了。"尤氏笑骂道："小蹄子！专会记得这些没要紧的话。昨儿不过老太太一时高兴，故意的要学那小家子凑分子，你们就记得，到了你们嘴里当正经的说。〔索隐〕尤氏总有富贵骄人气。还不快接了进来，好生待茶，再打发他们去。"丫头们笑着，忙接银子进来，一共两封，连宝钗黛玉的都有了。尤氏问："还少谁的？"林之孝家的道："还少老太太、太太、姑娘们，我们底下姑娘们的。"尤氏道："还有你们大奶奶的呢？"林之孝家的道："奶奶过去，这银子都从二奶奶手里发，一共都有了。"

说着，尤氏梳洗了，命人伺候车辆，一时来至荣府，先来见凤姐。只见凤姐已将银子封好，正要送去。尤氏问："都齐了么？"凤姐笑道："都有了，快拿去罢，丢了我不管。"尤氏笑道："我有些儿不信，倒是

《红楼梦》与顺治皇帝的爱情故事

当面点一点。"说着果然按数一点，只没有李纨的一分。尤氏笑道："我说你闹鬼呢！怎么你大嫂子的没有？"凤姐笑道："那么些还不够？便短一分儿也罢了，等不够了我再找给你。"〔索隐〕凤姐是真小气。

尤氏道："昨儿你在人跟前做人，今儿又来和我赖，这个倒不依你。我只和老太太要去。"凤姐笑道："我看你利害。明儿有了事，我也丁是丁卯是卯的，你也别抱怨。"尤氏笑道："你一股儿不给也罢，不看你素日孝敬我，我本来依你么？"说着，把平儿的一分子拿了出来，说道："平儿，来。把你的收了去，等不够了，我替你添上。"〔索隐〕尤氏是假大方。平儿会意，〔索隐〕会意者，知钱多用不完，故凤不肯出，尤不必入也。此等处须看真切，方知府中凑集之多，而色色本有，用途却少，确是海内第一家气象，非闲笔也。笑说道："奶奶先使着，若剩了下来再赏我一样。"尤氏笑道："只许你主子作弊，就不许我做情儿？"平儿只得收了。尤氏笑道："我看你主子这么细致，弄这些钱那里使去！使不了，明儿带了棺材里使去。"〔索隐〕全是谑语，全是实话，全是不祥之兆。

一面说着，一面又往贾母处来。先请了安，大概说了几句话，便走到鸳鸯房中和鸳鸯商议，只听鸳鸯的主意行事，〔索隐〕足见鸳鸯能得太君之心。尤氏可谓办事得诀，宫廷太后有所差办，往往当其事者探旨于总管太监，与此正同。可以讨贾母欢喜。〔索隐〕阉宦伺入主喜怒，百僚又伺阉宦喜怒以窥探人主，国事鲜不败矣。古今国家均确有是情。二人妥议停当，尤氏临走时，也把鸳鸯的二两银子还他，说："这还使不了呢。"〔索隐〕实话。说着，一径出来，又至王夫人跟前说了一回话。因王夫人进了佛堂，把彩云的一分也还了他。凤姐儿不在跟前，一时把周赵二人的也还了他，〔索隐〕都人所谓卖好行善，与卖好有别，与行善又有别，意在公私之间。两个还不敢收。尤氏道："你们可怜的，那里有这些闲钱？凤丫头便知道了，有我应着呢。"二人听说，千恩万谢的收了。〔索隐〕苦匏子实况。

转眼已是九月初二日，园中人都打听得尤氏办得十分热闹，不但有戏，连耍百戏〔索隐〕京师最尚，谓之变戏法。并说书的女先儿〔索隐〕专唱南城等调，京师多有。全有，都打点着取乐玩耍。李纨又向众

第四十三回　闲取乐偶攒金庆寿　不了情暂撮土为香

姊妹道："今儿是正经社日，可别忘了。〔索隐〕点一笔，见宝玉于生日社日，两俱无心。宝玉也不来，想必他只图热闹，把清雅就丢了。"〔索隐〕提宝玉不到，即用衬笔。说着，便命丫头："去瞧做什么呢，快请了来。"丫头去了半日，回说："花大姐姐说，今儿一早就出门去了。"众人听了都诧异，说："再没有出门之理。这丫头糊涂，不知说话。"因又命翠墨去。一时翠墨回来说："可不真出门了。说有个朋友死了，出去探丧去了。"探春道："断然没有的事！凭他什么，再没有今日出门之理。你叫袭人来，我问他。"刚说着，只见袭人走来。〔索隐〕袭姑娘亦正摸头不着，故来备问。李纨等都说道："今儿凭他有什么事，也不该出门。头一件，你二奶奶的生日，老太太都这么高兴，两府上下众人来凑热闹，他倒走了？第二件，又是头一社的正日子，他也不告假，就私自去了？"袭人叹道："昨儿晚上就说了，今儿一早有要紧的事到北静王府里去，就赶回来的。劝他不要去，他必不依。今儿一早起来，又要素衣裳穿，想必是北静王府里要紧姬妾没了，〔索隐〕可见金钏是指王府姬妾。此事或指允礽，或指高宗，或世祖，有吊奠睿王姬妾之事，不可深考。专提九月初二生日，是必有指实之人。也未可知。"李纨等道："若果如此，也该去走走，只是也该回来了。"说着，大家又商议："咱们只管做诗，等他来罚他。"刚说着，只见贾母已打发人来请，便都往前头去了。袭人回明宝玉的事，贾母不乐，便命人接去。

原来宝玉心里有件心事，于头一日就吩咐焙茗："明日一早出门，备两匹马在后门内等着，不要别一个跟着。说给李贵，我往北府里去了。〔索隐〕梅村诗："七载金滕归掌握，百僚车马会南城。"睿邸似不当称北府。倘或有人找，叫他拦住不用找，只说北府里留下了，横竖就来的。"焙茗也摸不着头脑，只得依着说了。今儿一早，果然备了两匹马在后园门等着。

天亮了，只见宝玉遍体纯素，从角门出来，一语不发跨上马，一弯腰，顺着街就赶下去了。〔索隐〕梅村诗："但看骑上即神龙。"即指世祖之善骑。焙茗也只得跨上马，加鞭赶上，在后面忙问："往那里去？"宝玉道："这条路是往那里去的？"焙茗道："这是出北门的大道。出去了冷清清没有可玩的。"宝玉听说，点头道："正要冷清清的地方好。"

《红楼梦》与顺治皇帝的爱情故事

说着,越发加了两鞭。那马早已转了两个弯子,出了城门。〔**索隐**〕当是出得胜门。

焙茗越发不得主意,只得紧紧的跟着。一气跑了七八里路出来,人烟渐渐稀少,宝玉方勒住马,回头问焙茗道:"这里可有卖香的?"焙茗道:"香倒有,不知是那一样?"宝玉想道:"别的香不好,须得檀、芸、降三样。"焙茗笑道:"这三样可难得。"宝玉为难,焙茗见他为难,因问道:"要香做什么使?我见二爷时常带的小荷包有散香,何不找一找。"一句提醒了宝玉,便回手衣襟上挂着个荷包摸了一摸,竟有两星沉速,心内欢喜:只是不恭些。再想自己亲身带的,倒比买的又好些。于是又问炉炭,焙茗道:"这可罢了。荒郊野外那里有?既用这些何不早说,带了来岂不便宜?"宝玉道:"糊涂东西!若可带了来,又不这样没命的跑了。"

焙茗想了半日,笑道:"我得了个主意,不知二爷心下如何?我想来,二爷不止用这个呢,只怕还要用别的。这也不是事。如今我们就往前再走二里地,就是水仙庵了。"宝玉听了忙问:"水仙庵〔**索隐**〕针对跳井。就在这里?更好了,我们就去。"说着,就加鞭前行,一面回头问焙茗道:"这水仙庵的姑子常往咱们家去,这一去到那里和他借香炉使使,他自然是肯的。"焙茗道:"莫说是咱们家的香火,就是平日不认识的庙里和他借,他也不敢驳回。只是一件,我尝见二爷最厌这水仙庵的,如何今儿又这样喜欢了?"宝玉道:"我素日最恨俗人不知原故,混供神混盖庙,这都是当日有钱的老公们和那些有钱的愚妇们听见有个神,就盖起庙来供着,也不知他神是何人,因听些野史小说,便信真了。比如这水仙庵里面因供的是洛神,〔**索隐**〕水鬼便说洛神,真善用典。故名水仙庵,殊不知古来并没有个洛神,那原是曹子建的谎话,〔**索隐**〕子建感甄,与宝玉调戏父婢略同,故又特加此一笔,皆在关合事实,不是凭空发论。京师也无洛神像,并无水仙庵,借用而已。谁知这起愚人就塑了像供着。今儿却合我的心事,故借他一用。"

说着早已来至门前,那老姑子见宝玉来了,事出意外,竟像天上掉下个活龙来的一般,〔**索隐**〕龙君像天上九天阊阖也。特点一笔,见是至尊微行。忙上来问好,命老道来接马。宝玉进去,也不拜洛神像,却

第四十三回　闲取乐偶攒金庆寿　不了情暂撮土为香

只管赏鉴。虽是泥塑的，却真有"翩若惊鸿，婉若游龙"之态，"荷出绿波，日映朝霞"之姿。〔索隐〕借神像点出意中人之美，散泪下沾襟。宝玉不觉滴下泪来。

　　老姑子献了茶，宝玉因和他借香炉烧香。那姑子去了半日，连香供纸马都预备了来。宝玉说道："一概不用。"命焙茗捧着炉出至后园中，拣一块干净地方儿，竟拣不出。焙茗道："那井台上如何？"宝玉点头，一齐来至井台上，将炉放下。

　　焙茗站过一旁，宝玉掏出香来焚上，含泪施了半礼，回身命收了去。焙茗答应，且不收，忙爬下磕了几个头，口内说道："我焙茗跟二爷几年，这几年二爷的心事我没有不知道的，只有今儿这一祭祀没有告诉我，也不敢问。只是受祭的阴魂虽不知姓名，想来自然是那人间有一，天上无双的，极聪明极清雅的一位姐姐妹妹了。知二爷心事不能出口，让我代祝：〔索隐〕焙茗代祝，全从《西厢记》莺莺烧香，红娘代祷化出。作《红楼》人最重《西厢》《水浒》，往往取法。加此一段又似指高宗之事，详见见后。你若有灵有圣，我们二爷这样想着你，你也时常来望候望候二爷，未尝不可。你在阴间保佑二爷来生也变个女孩儿，和你们一处玩耍，岂不两下里都自趣了？"〔索隐〕奇文，妙文。含蓄无尽。黙仆亦实足悦人。说毕，又磕了几个头才爬起来。

　　宝玉听他没说完，便掌不住笑了，因踢他道："休胡说，防人听见笑话。"焙茗起来收过香炉，和宝玉走着，因道："我已经合姑子说了，二爷还没用饭，叫他收拾了些东西，二爷勉强吃些。我知道今儿里头大摆宴席，热闹非常，二爷为此才躲了来的。横竖在这里清净一天，也就尽礼了。若不吃东西，断使不得。"宝玉道："戏酒既不吃，这随便的吃些何妨？"

　　焙茗道："这才是。还有一说，咱们来了，必有人不放心。若没有人不放心，便晚些进城何妨？若有人不放心，二爷须得进城回家去才是。第一老太太、太太也放了心，第二礼也尽了，不过如此。就是家去了看戏吃酒，也并不是爷有意，原不过陪着父母尽孝道。若单为了这个，不顾老太太、太太悬心，就是方才那受祭的阴魂也不安稳。二爷想我这话如何？"宝玉笑道："你的意思我猜着了。你想着，只你一个跟了我出

《红楼梦》与顺治皇帝的爱情故事

来，回来你怕担不是，所以拿这大题目来劝我。我才来了，不过为尽个礼，再去吃酒看戏，并没说一日不进城。这已完了心愿了，赶着进城，大家放心，岂不两尽其道。"焙茗道："这更好。"说着二人来至禅堂，果然那姑子收拾一桌素菜。宝玉胡乱吃些，焙茗也吃了。

二人便上马仍回旧路。焙茗在后面只嘱咐："二爷好生骑着，这马总没大骑，手提紧着些。"〔索隐〕应有尽有。一面说着，早已进了城；仍从后门进去，忙忙来至怡红院中。袭人等都不在房中，只有几个老婆子看屋子，见他来了，都喜的眉开眼笑道："阿弥陀佛，可来了！没把花姑娘急疯了呢！"〔索隐〕不是怕担不起，是怕有闪失，可见心中眼中只有宝玉，情何其挚！又见宝玉偶出，便如此重，岂是常人。上头正坐席呢，二爷快去罢。"宝玉听说，忙将素衣脱了，自己找了颜色吉服换上，便问道："都在什么地方坐席呢？"老婆子们回道："在新盖的大花厅上呢。"

宝玉听了，一径往花厅上来，耳内早隐隐闻得箫管歌吹之声。刚到穿堂那边，只见玉钏儿独坐在廊檐下垂泪，〔索隐〕有去年今日之感。一见宝玉来了，便长叹了一口气，咂着嘴儿说道："嗳，凤凰来了。〔索隐〕一肚皮不自在。快进去罢，再一会子不来，可就都反了。"〔索隐〕妙语！足见其重。"疯"字"反"字形容尽致，妙在全从旁人口中道出，可省无数笔墨。作者的是文章妙手。宝玉陪笑道："你猜我往那里去了？"〔索隐〕玉姐早已会意，故垂泪，经问益恼，故只管拭泪。妙在不言中。玉钏儿把身一扭，也不理他，只管拭泪。宝玉只得〔索隐〕实不合。玉钏未得抚慰一番，故用"只得"二字。怏怏的进去了。到了花厅上，见了贾母王夫人等，众人真如得了凤凰一般。〔索隐〕一语收束，反面说未来时之惊慌失措。

贾母先问道："你往那里去了，这早晚才来？还不给你姐姐行礼去呢。"因笑着又向凤姐儿道："你兄弟不知好歹，就有要紧的事，怎么也不说一声儿就私自跑了，这还了得！明儿再这样，等你老子回家，必告诉他打你！"凤姐儿笑着道："行礼倒是小事，宝兄弟明儿断不可不言语一声儿，也不传人跟着就出去。街上车马多，头一件叫人不放心。再也不像咱们这样人家出门的规矩。"〔索隐〕应警跸而出。

这里贾母又骂跟的人为什么都听他的话，说往那里去就去了，也不

第四十三回　闲取乐偶攒金庆寿　不了情暂撮土为香

回一声儿。一面又问他到底是往那里去了，可吃了些什么没有，吓着了没有。宝玉只回说："北静王的一个爱妾没了，今日给他道恼去。我见他哭的那样，不好撇下他就回来；所以多等了一会子。"贾母道："以后再私自出门，不先告诉我，一定叫你老子打你！"宝玉连忙答应着。贾母又要打跟的人，众人又劝道："老太太也不必生气，他已经答应不敢了，况且回来又没事，大家该放心乐一会子了。"贾母先不放心，自然着急发狠，今见宝玉回来，喜且有余，那里还恨他，也就不提；〔索隐〕确是溺爱的实况。还怕他不受用，或者别处没吃饭，路上着了惊恐，反又百般的哄他。〔索隐〕无微不入，是加一倍写法。袭人早已过来服侍。〔索隐〕可以不"疯"了。此处万不能略过袭人，见其心更较余人切，均是反逼后文之改嫁。大家仍旧看戏。当日演的是《荆钗记》，〔索隐〕专为《男祭》一出。盖望江而祭，与祭井中人切合。贾母薛姨妈等都看的心酸泪落，也有笑的，也有恨的，也有骂的。〔索隐〕不指蔡状元，指跳井之事。要知端的，且看下回分解。

〔索隐〕本回亦补本之一。熙凤之寿不知何指，水仙庵之祭似仍指允礽之事。然诸事大半无考。相传高宗为阿哥时，曾因与宫妃相戏致伤面部，太后廉得其情，竟赐妃死。高宗有所不忍，当祝而志之，遂转世为和珅之说。此段似当指此，惟世远难征矣。以下回证之，宜同为高宗之事，皆雪芹手笔也。

〔护花评〕攒金庆寿，一见贾母之宠爱凤姐；一见凤姐之权压众人，不独变换故套。

又：写众人分金多少，乃尤氏给还各人公分，俱有分寸。

又：凤姐生日，偏值金钏生忌；贾母攒金取乐，偏有宝玉撮土焚香；寿筵未设，宝玉先着素衣；戏席未终，贾琏忽持利剑，且尤氏口中说出钱带棺材里去，玉钏叹气、独自暗中拭泪，种种不祥俱于热闹见兆。

第四十四回 变生不测凤姐泼醋
喜出望外平儿理妆

话说众人看演《荆钗记》，宝玉和姊妹一处坐着。林黛玉因看到《男祭》这出上，便和宝钗说道："这王十朋也不通的很，不管在那里祭一祭罢了，必定跑到江边上来做什么！俗语说，'睹物思人'，天底下水总归一源，不拘那里的水舀一碗看着哭去，也就尽情了。"〔索隐〕酸语，亦通论。宝钗不答。〔索隐〕会意，故不答。宝玉回头要热酒敬凤姐。

原来贾母今日不比往日，定要叫凤姐痛乐一日。本自己懒怠坐席，只在里间屋里榻上歪着和薛姨妈看戏，随心爱吃的拣儿样放在小几上，随意吃着说话儿；将自己两桌席面赏那没有席面的大小丫头并那听差的妇人等，命他们在窗外廊檐下也只管坐着随意吃喝，不必拘礼。王夫人和邢夫人在地下高桌上坐着，外面几席是他们姊妹们坐。贾母不时盼咐尤氏等："让凤丫头坐上面，你们好生替我待东，难为他一年到头辛苦。"尤氏答应了，又笑回道："他是坐不惯首席，坐在上头横不是竖不是的，酒也不肯吃。"贾母听了笑道："你不会，等我亲自让他去！"凤姐儿忙也进来，笑说："老祖宗别信他们的话，我吃了好几钟了。"贾母笑着命尤氏："快拉他出去，按在椅子上，你们都轮流敬他。他再不吃，我当真的就亲去了。"

尤氏听说，忙笑着又拉他出来坐下，命人拿了台盏斟了酒，笑道："一年到头难为你孝顺老太太，太太和我。我今儿没什么疼你的，亲自斟酒，我的乖乖，你在我手里喝一口罢。"凤姐儿笑道："你要安心孝敬我，跪下就喝。"尤氏笑道："说的你不知是谁！我告诉你说罢，好容易今儿这一遭，过了后儿，知道还得像今儿这样的不得了？趁着尽力灌两

第四十四回　变生不测凤姐泼醋　喜出望外平儿理妆

钟子罢。"凤姐儿见推不过,只得喝了两钟。接着众姊妹也来,凤姐只得每人的喝了一口。赖大嬷嬷见贾母尚且这等高兴,少不得来凑趣儿,领着些嬷嬷们也来敬酒。凤姐儿也难推脱,只得喝了两口。鸳鸯等也都来敬,凤姐儿真不能了,忙央告道:"好姐姐们,饶了我罢,我明儿再喝罢。"鸳鸯笑道:"真个的,我们是没脸的了?就是我们在太太跟前,太太还赏个脸儿呢。往常倒有些体面,今儿当着这些人,倒做起主子的款儿来了。我原不该来,不喝我们就走。"说着,真个回去了。凤姐儿忙拉住笑道:"好姐姐,我喝就是了。"说着拿过酒来,满满的斟了一杯喝干。鸳鸯方笑了散去,然后又入席。

　　凤姐儿自觉酒沉了,心里突突的望上撞,要往家去歇歇,〔索隐〕不过为凤姐中酒埋根,却写得如此热闹周密,当日情形活现纸上。虽为凤姐作寿,其实人人心目中是承贾母之欢,此等处亦不言自见。真是写生圣手!只见那耍百戏的上来,便和尤氏说:"预备赏钱,我要洗洗脸去。"尤氏点头。凤姐儿觑人不防,便出了席,往房门后檐下走来。平儿留心,也忙跟了来,凤姐便扶着他。才至穿廊下,只见他房里的一个小丫头子正在那里站着,见他两个来了,回身就跑。

　　凤姐便疑心,忙叫。那丫头先只装听不见,无奈后面连声儿叫,也只得回来。凤姐儿越发起了疑心,忙和平儿进了穿廊,叫那小丫头子也进来,把格扇开了。凤姐坐在小院子的台阶上,命那小丫头跪了,喝命平儿:"叫两个门上小厮来,拿绳子鞭子,把眼睛里没主子的小蹄子打烂了!"那小丫头子已经唬的魂飞魄散,哭着只管碰头求饶。凤姐儿道:"我又不是鬼,你见了我,不识规矩站着,怎么倒往前跑?"小丫头子哭道:"我原没看见奶奶来。我又记挂着房里没人,所以跑了。"凤姐儿道:"房里既没人,谁叫你出来的?你便没看见,我和平儿在后头拉着嗓子叫了你十来声,越叫越跑;离的又不远,你聋了不成?你还和我强嘴。"说着,便扬手一掌打在脸上,打得那丫头子一栽,这边脸上又一下,登时小丫头子两腮紫涨起来。平儿忙劝:"奶奶仔细手疼。"凤姐便说:"你再打着问他跑什么?他再不说,把嘴撕烂了他的!"

　　那小丫头子先还强嘴,后来听见凤姐儿要烧了红烙铁来烙嘴,方哭道:"二爷在家里,打发我来在这里瞧着奶奶的,若见奶奶散了,先叫我送信去的。不承望奶奶这会子就来。"凤姐儿见话中有文章,便又问道:"叫你瞧我做什么?难道怕我家去不成?必有别的缘故,快告诉我,我从此以后疼你。你若不细说,立刻拿刀子来割你的肉。"说着,回手向头上拔下一根簪子来,向那丫头嘴上乱戳。唬的丫头一行躲,一行哭求道:"我告诉奶奶,可别说我说的。"平儿一旁劝,一面催他,叫他快说。丫头便说道:"二爷也是才来,来了就开箱子,拿了两块银子,还有两支簪子、两匹缎子,叫我悄悄的送与鲍二的老婆去,〔索隐〕鲍二者鸨儿也,鸨儿家的老婆自然娼妓。作者真善作隐语。叫他进来。〔索隐〕贾琏欲通一仆妇,何处不可为者,如多姑娘已有成例,岂必引入卧室,为行险之计?此在书中直是一无理之作。然不知作者正欲因此无理以示,盖隐寓高宗南巡时之招妓诱酒也。俗呼招妓为叫局,故重在一"叫"字。他收拾了东西就往咱们家里来了。二爷叫我瞧着二奶奶,底下的事我就不知道了。"

凤姐听了,已气得浑身发软,忙立起身来一径来家。刚至院门,只见有一个小丫头在门前探头儿,一见了凤姐,也缩头就跑,凤姐儿提着名字喝住。那丫头本来伶俐,见躲不过了,越发的跑了出来,笑道:"我正要告诉奶奶去呢,可巧奶奶来了。"凤姐道:"告诉我什么?"那丫头便说二爷在家这般如此,将方才的话也说了一遍。凤姐啐道:"你早做什么了?这会子我看见你了,你来推干净儿!"说着,扬手一下打的那丫头一个趔趄,便蹑着脚儿走了。

凤姐来至窗前,往里听时,只听里头说笑道:"多早晚你那阎王老婆〔索隐〕意在双关,明言凤姐之悍妒,暗指王者之匹嫡。死了就好了。"贾琏道:"他死,再娶一个也是这样,又怎么样呢?"那妇人道:"他死了,你倒是把平儿扶了正,只怕还好些。"〔索隐〕当指高宗断后。贾琏道:"如今连平儿他也不叫我沾一沾了。平儿也是一肚子委屈不敢说。我命里怎么就该犯了'夜叉星'。"〔索隐〕明指悍妒,暗指水死。

凤姐听了,气的浑身乱战,又听他们都赞平儿,便疑平儿素日背地里自然也有怨语了,那酒越发涌上来了,也并不忖度,回头把平儿先打两下,一脚踢开了门进去,也不容分说,抓着鲍二家的撕打一顿。又怕贾琏走出去,便堵着门站着骂道:"好淫妇!你偷主子汉子,还要治死主

第四十四回　变生不测凤姐泼醋　喜出望外平儿理妆

子老婆！平儿，过来！你们娼妇们一条藤儿，多嫌着我，外面儿你哄我！"说着又把平儿打了几下。打的平儿有冤无处诉，只气得干哭，骂道："你们做这些没脸的事，好好的又拉上我做什么！"说着也把鲍二家的撕打起来。

贾琏因吃多了酒，进来高兴，未曾做的机密，一见凤姐来了，已没了主意，又见平儿也闹起来，把酒也气上来了。凤姐儿打鲍二家的，他已又气又愧，只不好说的，今见平儿也打，便上来踢骂道："好娼妇，你也动手打人！"平儿气怯，忙住了手，哭道："你们背地里说话，为什么拉我呢？"凤姐见平儿怕贾琏，越发气了，又赶上来打着平儿，偏叫他打鲍二家的。平儿急了，便跑出来找刀子要寻死。〔索隐〕此处以平儿与凤姐二人，合写孝贤皇后一人。外面众婆子丫头忙拦住解劝。

这里凤姐见平儿寻死去，便一头撞在贾琏怀里，叫道："你们一条藤儿害我，被我听见，倒都唬起我来。你也勒死我罢！"贾琏气的墙上拔出剑来，说道："不用寻死，我也急了，一齐杀了，〔索隐〕高宗怒摔孝贤之发而以足蹴之，实无拔剑之事，此甚言设譬而已。我偿了命，大家干净！"

正闹的不开交，只见尤氏等一群人来了，说道："这是怎么说，才好好的，就闹起来？"贾琏见了人，越发"倚酒三分醉"，逞起威风来，故意要杀凤姐儿。凤姐儿见人来了，便不似先前那般泼了，丢下众人，便哭着往贾母那边跑。〔索隐〕后奔太后之舟。

此时戏已散了，〔索隐〕喻诸妓窜退。凤姐跑到贾母跟前，爬在贾母怀里，只说："老祖宗救我！琏二爷要杀我呢！"贾母、邢夫人、王夫人等忙问怎么了。凤姐儿哭道："我才家去换衣裳，不防琏二爷在家和人说话，我只当是有客来了，吓的我不敢进去。在窗户外头听了一听，原来是鲍二家的媳妇，商议说我利害，要拿毒药给我吃了治死我，把平儿扶了正。我原生了气，又不敢和他吵，原打了平儿两下，问他为什么害我。他躁了，就要杀我。"贾母听了，都信以为真，说："这还了得！快拿了那下流种子来！"

一语未完，只见贾琏拿着剑赶来，后面许多人跟着。贾琏明仗着贾母素昔疼他们，连母亲婶母也无碍，故逞强闹了来。邢夫人、王夫人见

《红楼梦》与顺治皇帝的爱情故事

了,气的忙拦住,骂道:"这下流东西!你越发反了!老太太在这里呢!"贾琏乜斜着眼,道:"都是老太太惯的他,他才这样,连我也骂起来了!"邢夫人气的夺下剑来,只管喝他"快出去"!那贾琏撒娇撒痴,涎言涎语的还只管乱说。贾母气的说道:"我知道你不把我们放在眼里,叫人把他老子叫来,看他去不去!"贾琏听见这话,方趔趄着脚儿出去了,赌气也不往家去,便往外书房来。

这里邢夫人、王夫人也说凤姐。贾母道:"什么要紧的事!小孩子们年轻,馋嘴猫儿似的,那里保得定不这么着。从小儿是人都打这么过的。〔索隐〕东方一圣人,西方一圣人,此心此理同耶?可以测天下人矣。都是我的不是,叫你多吃了两口酒,又吃起醋来了。"〔索隐〕孝贤意在谏上,上以为妒而殴之。

说的众人都笑了。贾母又道:"你放心,明儿我叫他来替你赔不是。你今儿别过去,臊着他!"〔索隐〕高宗当众前羞激致怒,故加一"臊"字。因又骂:"平儿那蹄子,素日我倒看他好,怎么暗地里这么坏!"尤氏等笑道:"平儿没有不是,是凤姐拿着人家出气。两口子不好对打,都拿着平儿煞性子。平儿委屈的什么似的,老太太还骂人家?"贾母道:"原来这样,我说那孩子倒不像那狐媚魇倒的。既这么着,可怜见的,白受他的气。"因叫琥珀来:"你去告诉平儿,就说我的话:我知道他的委屈,明儿我叫他主子来替他赔不是。今儿是他主子的好日子,不许他胡闹。"

原来平儿早被李纨拉入大观园去了。平儿哭的哽咽难言,宝钗劝道:"你是个明白人,你们奶奶素日何等待你,今儿不过他多吃了一口酒。他可不拿你出气,难道拿别人出气不成?别人又笑话他是假的了。"正说着,只见琥珀走来,说了贾母的话。平儿自觉面上有了光辉,方才渐渐的好了,也不往前头来。宝钗等歇息了一回,方来看贾母凤姐。

宝玉便让了平儿到怡红院中来,袭人忙接着,笑道:"我先原要让你的,只因大奶奶和姑娘们都让你,我就不好让你了。"平儿也陪笑说"多谢"。因又说道:"好好的从那里说起,无缘无故白受了一场气。"袭人笑道:"二奶奶素日待你好,这不过一时气急了。"平儿道:"二奶奶倒没说的,只是那娼妇〔索隐〕"娼妇"二字切贴。治的我,他又偏拿

第四十四回　变生不测凤姐泼醋　喜出望外平儿理妆

我凑趣儿。还有，我们那糊涂爷倒打我。"〔索隐〕孝贤痛心在此。说着便又委屈，禁不住泪流下来。宝玉忙劝道："好姐姐，别伤心，我替他两个赔个不是罢。"平儿笑道："与你什么相干？"宝玉笑道："我们兄弟姊妹都一样，我替他赔个不是也是应该的。"又道："可惜这新衣裳也沾了。这里有你花妹妹的衣裳，何不换了下来，拿些烧酒喷了熨一熨。把头也另梳一梳。"一面说，一面吩咐小丫头子们舀洗脸水烧熨斗来。

平儿素昔只闻人说宝玉专能和女孩儿接交；宝玉素日因平儿是贾琏的爱妾，又是凤姐的心腹，故不肯和他厮近，因不能尽心，也常为恨事。平儿如今见他这般，心中也暗暗的掂掇，果然话不虚传，色色想的周到。〔索隐〕此处之平儿，又说到刘妃。又见袭人特特的开了箱子，拿出两件不大穿的衣裳，忙来洗了脸。宝玉一旁笑劝道："姐姐还该擦上些脂粉，不然倒像和凤姐姐赌气了似的。况且又是他的好日子，而且老太太又打发了人来安慰你。"

平儿听了有理，便去找粉，只不见粉。宝玉忙走至妆台前，将一个宣窑磁盒揭开，〔索隐〕梅村诗："剔红香盒豆青盆。"即指当时官邸中均好用明时故物也。里面盛着一排十根玉簪花棒儿，拈了一根递与平儿，又说道："这不是铅粉，这是紫茉莉花种研碎了，对上料制的。"平儿倒在掌上看时，果见轻白红香，四样俱美，扑在面上也容易匀净，且能润泽，不像别的粉涩滞。然后看见胭脂也不是一张，却是一个小小的白玉盒子里面，盛着一盒如玫瑰膏子一样。宝玉笑道："那市上卖的胭脂不干净，颜色也薄。这是上好的胭脂拧出汁子来，淘澄净了，配了花露蒸成的。只要那簪子挑一点儿抹在唇上就够了；用一点水化开抹在手心里，就够拍脸的了。"

平儿依言妆扮，果见鲜艳异常，且又甜香满颊。〔索隐〕四字绝艳。宝玉又将盆内开的一枝并头秋蕙〔索隐〕秋蕙喻徐娘之半老，并头示海燕之双栖，此段点实处惟此四字。用竹剪刀剪了下来，与他簪在鬓上。〔索隐〕亲为插鬓耶？事甚画眉矣。忽见李纨〔索隐〕此处之平儿喻一寡妇，故又易李纨粘成一片，作者全有用心。打发丫头来唤他，方忙忙的去了。

宝玉因自来从未在平儿前尽过心，且平儿又是个极聪明极清俊的上

《红楼梦》与顺治皇帝的爱情故事

等女孩儿,比不得那些俗拙蠢物,深为恨怨。今日是金钏儿生日,故一日不乐。不想落后闹出这件事来,竟得在平儿前稍尽片心,也算今生意中不想之乐。因歪在床上,心内怡然自得。忽又思及贾琏惟知以淫乐悦己,并不知作养脂粉。又思平儿并无父母兄弟姊妹,独自一人,供应贾琏夫妇二人。贾琏之俗,凤姐之威,他竟能周旋妥贴,今儿还遭荼毒,也就薄命的很了。想到此间,便又伤感起来。复又起身,见方才的衣服上喷的酒已半干,便拿烫斗烫了叠好;见他的手帕子忘去,上面尤有泪痕,又搁在盆中洗了晾上。又喜又悲,闷了一回,也往稻香村来,说一回闲话,掌灯后方散。平儿就在李纨处歇了一夜,凤姐儿只跟着贾母睡。

贾琏晚间归房,冷清清的,又不好去叫,只得胡乱睡了一夜。次日醒了,想昨日之事,大没意思,后悔不来。〔索隐〕又说回前事,以琏之悔喻高宗之悔。邢夫人记挂着昨日贾琏醉了,忙一早过来,叫了贾琏过贾母这边来。贾琏只得忍愧前来,在贾母面前跪下。

贾母问他:"怎么了?"贾琏忙陪笑说:"昨儿原是吃了酒,惊了老太太驾,今儿来领罪。"贾母啐道:"下流东西!灌了黄汤,不说安分守己的挺尸去,倒打起老婆来了!凤丫头成日家说嘴,霸王似的一个人,昨儿唬的可怜。要不是我,你要伤了他的命,这会子怎么样?"贾琏一肚子的委屈,不敢分辩,只认不是。贾母又道:"凤丫头和平儿还不是个美人胎子?你还不足,成日家偷鸡摸狗,腥的臭的,都拉了你屋里去。〔索隐〕秽及御舟,自古罕有。为这起娼妇〔索隐〕"起"字可见非一人。打老婆,〔索隐〕孝贤为高宗匹嫡,何忍动手?又打屋里的人,你还亏是大家的公子出身,〔索隐〕阿哥出身,可谓大家。活打了嘴了!〔索隐〕一时传笑。你若眼睛里有我,〔索隐〕南巡时实奉皇太后同行。你起来,我饶了你,乖乖的替你媳妇赔个不是儿,拉了他家去,我就喜欢了。要不然,你只管出去,我也不敢受你的跪。"

贾琏听如此说,又见凤姐儿站在那边,也不盛妆,哭的眼睛肿着,也不施脂粉,黄黄脸儿,〔索隐〕微喻水死之像。比往常更觉可怜可爱。〔索隐〕高宗谕旨,自谓优俪凤谐。想着:"不如赔了不是,〔索隐〕孝贤之丧,极贵隆礼,百官薙发治罪者多人,盖康熙以前无此重例也。彼此也好了,又讨老太太的喜欢。"想毕,便笑道:"老太太的话,我不敢

第四十四回　变生不测凤姐泼醋　喜出望外平儿理妆

不依，只是越发纵了他了。"贾母笑道："胡说！我知道他最有礼的，再不会冲撞人。他日后得罪了你，我自然也做主，叫你降伏就是了。"贾琏听说，便爬起来，与凤姐儿作了一个揖，笑道："原是我的不是，二奶奶别生气了。"满屋里人都笑了。贾母笑道："凤丫头不许恼了；再恼我就恼了。"说着，又命人去叫了平儿来，命凤姐儿和贾琏安慰平儿。贾琏见了平儿，越发顾不得了——所谓"妻不如妾"，听贾母一说，便赶上来说道："姑娘昨日受了屈了，都是我的不是。奶奶得罪了你，也是因我而起，我赔了不是不算外，还替你奶奶赔个不是。"说着，也作了一个揖。引的贾母笑了，凤姐儿也笑了。

贾母又命凤姐来安慰平儿。平儿忙上来给凤姐磕头，说："奶奶的千秋，我惹了奶奶生气，是我该死。"凤姐儿正自愧悔昨日酒吃多了，不念素日之情，浮躁起来，听了旁人话，无故给平儿没脸。今反见他如此，又是惭愧，又是心酸，忙一把拉起来，落下泪来。平儿道："我服侍了奶奶这么几年，也没弹我一指甲，就是昨儿打我，我也不怨奶奶，都是那娼妇治的，怨不得奶奶生气。"说着，也滴下泪来。贾母便命人将他三人送回房去，"有一个再提此话，即刻来回我；我不管是谁，拿拐棍子给他一顿！"

三个人从新给贾母、邢王二位夫人磕了头。老嬷嬷答应了，送他三人回去。〔索隐〕高宗因孝贤之丧，自住水次，遣两亲王候太后缓程回京，故曰送三人回去。至房中，凤姐儿见无人，方说道："我怎么像个阎王，又像夜叉？那娼妇咒我死，你也帮着咒我。千日不好，也有一日好，可怜我熬的连个混帐女人也不如了。〔索隐〕二十二年之忼俪，位正中官之皇后，因妓被责，故恚而投水，此均暗讽。我还有什么脸来过这日子？"〔索隐〕孝贤亦以身为国母，于妓前被执，致愤极轻生。说着，又哭了。贾琏道："你还不足？你细想想，昨儿谁的不是多？今儿当着人还是我跪了一跪，又赔不是，你也争足了光了。〔索隐〕饰终典礼，不为不风光。这会子还劳叨，难道你还叫我替你跪下才罢？太要足了强也不是好事。"说的凤姐无言可对，平儿"嗤"的一声又笑了。贾琏也笑道："可好了？真真的我也没法了。"

正说着，只见一个媳妇来回说："鲍二媳妇吊死了。"〔索隐〕隐喻

《红楼梦》与顺治皇帝的爱情故事

孝贤之凶死。贾琏凤姐儿都吃了一惊。凤姐忙收了怯色,反喝道:"死了罢了,有什么大惊小怪的!"一时,只见林之孝家的进来悄回凤姐道:"鲍二媳妇吊死了,他娘家的亲戚要告呢。"凤姐儿冷笑道:"这倒好了,我正想要打官司呢。"林之孝家的道:"我才和众人劝了他们,又威吓了一阵,又许了他几个钱,也就依了。"凤姐儿道:"我没一个钱!有钱也不给,只管叫他告去。也不许劝他,也不用威吓他,只管让他告去。他告不成,我还问他个'以尸讹诈'呢。"林之孝家的正在为难,见贾琏和他使眼色儿,心下明白,便出来等着。贾琏道:"我出去瞧瞧,看是怎么样。"凤姐儿道:"不许给他钱!"

贾琏一径出来,和林之孝商议,着人去做好做歹,许了二百两发送才罢。〔**索隐**〕亦指厚治丧礼,读高宗《东华录》叠次上谕便知。贾琏生恐有变,又命人去同王子腾说了,将衙役仵作人等叫几名来,帮着办丧事。那些人见了如此,总要复辨亦不敢辨,只得忍气吞声罢了。〔**索隐**〕都中颇有此俗,有略和人命之事,必以在官人役出场,以息后患,作者亦从《水辩》中之何九叔化出。贾琏又命林之孝将那二百银子入在流年帐内,分别添补开消过去。又体己给鲍二些银两,安慰他说:"另日再挑个好媳妇给你。"鲍二又有体面,又有银子,有何不依,便仍然奉承贾琏。不在话下。

里面凤姐心中虽不安,面上只管佯不理论,因房中无人,便拉平儿笑道:"我昨日多喝了一口酒,你别埋怨;打了那里?让我瞧瞧。"平儿道:"也没打重。"只听得说奶奶姑娘都进来了。要知后来端的,且看下回分解。

〔**索隐**〕此补本之一,专记高宗南巡之事也。乾隆十三年三月,高宗东巡山东,登泰山,谒孔陵,礼毕还京师,途次德州。孝贤皇后于十三日乙未夜亥刻骤崩。高宗驻水次七日,命庄亲王等奉太后御舟回,水程缓行先归。上于行在即召宣天下,回京为后发丧,厥后屡颁诏谕,丧礼特隆,并亲为挽诗,即以诗中孝贤为谥。发丧诏内,仅微感寒疾,是无重恙,可知其所以然者。传者谓高宗在德州舟次招妓诱酒,后从他舟来,见之大怒,

第四十四回　变生不测凤姐泼醋　喜出望外平儿理妆

语涉刺讽。高宗嗔其妒，径摔发而以足蹴之。后不胜忿，急奔太后舟，夜赴水死。书中此段专纪此事也。事在三月十三日，重三为九，故书九月初二也。为后讳故，不便明言。又上适欢宴，故日凤姐生日也；后无他疾，因忿轻生，故云"变生不测"也；启衅之由，由于高宗之所谓妒，故曰"凤姐泼醋"也。种种撲后事全斗榫，故知为补之一。

近人为清秘史，载此事者颇多，惜皆言之不详，而大致已可概见。以作者所闻，高宗因后水死，故留水次七日，啐经超度。太后畏鬼，故请太后先归。前一回之撮土为香，所谓"水仙"，所谓"洛神"，意亦隐指此事。本回开首即以《男祭》一出作引，亦暗指高宗之徘徊河上，而不忍遽去也。醉而相殴，醒复大悔，其情事逼真，一揭自现。高宗故隆孝贤之丧，与世祖故优端敬之礼，祖孙继武，事有同情。盖端敬、孝贤皆不得其死；满人信神尚鬼，以致人凶死为孽，往往不惜费以二氏超度之。两帝所为，固由伉俪之情深，亦由世俗之见重。雪芹属词此事，煞费苦心，直有驾原本而上者，绝无丝毫有所不足。此所以无缝天衣，历百余年，人人不知《汉书》出两人手也。

中带平儿一段，又回映刘妃之事，亦是本段应有笔墨，妙在全不落空。妃已寡，不应理妆，偶为悦己者容，故可谓"喜出望外"。一标目已神气勃勃，篇中文字更安得不佳！此真令人低首，先生在上，莫读文矣。

〔护花评〕《荆钗·男祭》必到江边，与宝玉焚香寻至井上暗相关照。黛玉口中说出，宝钗不答，想见两人意中俱默晓宝玉心事。

又：尤氏说：好容易今儿这一遭，过后知道还得不得。是以谶语作伏笔。

又：贾琏拔剑要杀凤姐，与二十一回对平儿说"将来都死在我手里"句，遥遥照应。

又：鲍二妻吊死，与金钏投井，一是气忿，一是羞忿，身分各别。

《红楼梦》与顺治皇帝的爱情故事

又：平儿理妆一节，于极气恼时夹写极怜爱，有忽然狂风暴雨，忽然风和花媚之景。

又：贾琏与凤姐反目，必得贾母作主，贾琏方好伏礼赔罪，此一定之法人人想得到，至写得委婉曲折，情景宛一然，非俗笔可及。

又：鲍二依旧奉承贾琏，伏后来伺候尤二姐及分赃事情。

〔大某评〕贾氏虐婢，相习成风。手嘴被戮，吁天无辜，不料凤姐头上之簪，晴雯枕边之一丈青，皆是香闺刑具。

又：宝玉服侍委屈人，色色周匝，厥后以并头兰替他簪鬓，则一片光明，无障无碍，猥云得意外之乐，吾知其久在意中。

第四十五回　金兰契互剖金兰语
　　　　　　　风雨夕闷制风雨词

　　话说凤姐儿正抚恤平儿，忽见众姊妹进来，忙坐了。平儿斟上茶来，凤姐儿笑道："今儿来的这些人，倒像下贴子请了来的。"探春先笑道："我们有两件事：一件是我的，一件是四妹妹的，还夹着老太太的话。"凤姐儿笑道："有什么事，这么要紧？"探春笑道："我们起了诗社，头一社就不齐全。众人脸软，所以就乱了例了。我想必得你去做个监社御史，铁面无私才好。再，四妹妹为画园子，用的东西这般那般不全，回了老太太，老太太说：'只怕后头楼底下还有当年剩下的，找一找。若有呢，拿出来，若没有，叫人买去。'"凤姐儿笑道："我又不会做什么'湿'的'干'的，要我吃东西去不成？"探春道："你虽不会做，也不要你做。你只监察着我们里头有偷安怠惰的，该怎么样罚他就是了。"凤姐儿笑道："你们别哄我，我猜着了，那里是请我做监察御史！分明是叫我做个进钱的铜商。你们弄什么社，必是要轮流做东道的，你们的钱不够化，想出这个法子来勾了我去，好和我要钱。可是这个主意？"〔索隐〕足见清初黩货情形。清制，京官最称清苦，每历数年，则召外官入觐。上至王公大臣，下逮部属司员，皆有苞苴之敬，以联络声气，互通情款。若靳而不纳，则留滞京邸，不得回任者有之；借端挑剔，因而除调者亦有之。此种陋俗，即在开国之初，谅已不免。作者借调侃之笔，抒沉痛之词，曲而能达，婉而多讽，禹鼎已铸，秦犀毕照矣。

　　说的众人都笑道："你却猜着了。"李纨笑道："真真你是个水晶心肝玻璃人儿。"〔索隐〕作者自道也。凤姐儿笑道："亏你是个大嫂子呢！姑娘们原叫你带着念书学规矩针线，俱要教导他们的，这会子起诗社，能用几个钱，你就不管了？老太太、太太罢了，原是老封君。你一个月

《红楼梦》与顺治皇帝的爱情故事

十两银子的月钱，比我们多两倍子。老太太、太太还说你寡妇失业的，可怜不够用，又有个小子，足足的又添了十两银子，和老太太、太太平等，又给你园子里的地，各人取租子，年终分年例，你又是上上分儿。〔索隐〕此指斥满洲王公而言。当时，八旗宗室既有年俸月给，又有地租口粮，优待已极，而鄙吝贪黩之辈，犹日事封殖，多财厚亡，言之可痛。你娘儿们、主子奴才共总没有十个人，吃的穿的仍旧是大众的。通共算起来，也有四五百银子。这会子你就每年拿出一二百两来陪他们玩玩，能有几年呢？他们明儿出了阁，难道还要你赔不成？〔索隐〕此必当时有以设立官学等事借端婪索者，阅年已久，无从深考。这会子你怕化钱，挑唆他们来闹我，我乐得去吃一个河涸海干，我还不知道呢？"

李纨笑道："你们听听，我说了一句，他就说了两车无赖的话。真真泥腿市俗，专会打死算盘，分斤剥两的。你这个东西，亏了还托生在诗书仕宦人家做小姐！现在既已出了嫁，还是这么着。若生在贫寒小门小户人家，做了小子丫头，还不知怎么下作呢！天下人都被你算计了去！昨儿还打平儿，亏你伸得出手来！那黄汤难道灌着了狗肚子里去了？气的我只要替平儿打抱不平呢。〔索隐〕督抚参刻属员，非不义严词正，反求诸己，抱愧滋多。此回所云"打抱不平"者，必有所指。忖度了半日，好容易'狗长尾巴尖儿'的好日子，又怕老太太心里不受用，因此没来，究竟气还不平。你今儿倒招我来了！给平儿拾鞋还不要呢，你们两个很该换一个过儿才是。"说的众人都笑了。

凤姐忙笑道："哦！我知道了，竟不是为诗为画来找我，竟是为平儿报仇来了。我竟不知道平儿有你这一位仗腰子的人，可知就有鬼拉着我的手，我也不敢打他了。平姑娘，过来，我当着你大奶奶、姑娘们替你赔个不是，担待我酒后无德罢。"说着，众人都笑了。

李纨笑问平儿道："如何？我说必要给你争争气才罢。"平儿笑道："虽如此，奶奶们取笑，我可禁不起呢。"李纨道："什么禁的起禁不起，有我呢。快拿钥匙叫你主子开门找东西去罢！"凤姐儿笑道："好嫂子，你且同他们回园子里去。才要把这米帐合他们算一算，那边大太太又打发人来叫，又不知有什么话说，须得过去走一走。还有你们年下添补的衣服，打点给人做去呢。"李纨笑道："这些事情我都不管，你只把我的

第四十五回　金兰契互剖金兰语　风雨夕闷制风雨词

事完了，我好歇着去，省得这些姑娘小姐闹我。"凤姐忙笑道："好嫂子，赏我一点空儿，你是最疼我的，怎么今儿为平儿就不疼我了？往常你还劝我说，事情虽多，也该保全身子，检点着偷空儿歇歇，你今儿倒反逼起我的命来了。况且，误了别人年下的衣裳无碍，他姐儿们的若误了，却是你的责任！老太太岂不怪你不管闲事，连一句现成的话也不说？我宁可自己落不是，也不敢累你呀！"〔索隐〕妙语如珠，的是可儿。

李纨笑道："你们听听，说的好不好？把他会说话的！我且问你，这诗社到底管不管？"凤姐儿笑道："这是什么话！我不入社花几个钱，我不成了大观园的反叛了么，还想在这里吃饭不成？明日一早就到任，下马拜了印，先放下五十两银子，给你们慢慢的做会社东道。过后几天，我又不作诗作文，只不过是个俗人罢了。'监察'也罢，不'监察'也罢，有了钱了，愁着你们还要撺出我来！"〔索隐〕东挑西剔，营营扰扰，不过欲多得钱耳。凤姐一语破的，淋漓痛快。说的众人又都笑起来。

凤姐儿道："这会子我开了楼房，凡有这些东西，叫人搬出来你们看，若使得，留着使，若少什么，照你们单子，我叫人替你们买去就是了。画绢我就裁出来，那图样没有在太太眼前，还在那边珍大爷那里。说给你们，省了太太那边碰钉子去。我去打发人取了来，一并叫人连绢交给相公们矾去，如何？"李纨点头笑道："这难为你，果然这样还罢了。既如此，你们家去罢，等着他不送了去，再来闹他。"〔索隐〕送来便罢，不送来再来闹他。清季政以贿成，明目张胆为之，其所由来者远矣。说着，便带了他姊妹们就走。

凤姐儿道："这些事再没别人，都是宝玉生出来的。"〔索隐〕上行下效，罪有所归，所谓世祖章皇帝者，殆亦寡人有疾，寡人好货欤？李纨听了，忙回身笑道："正是为宝玉来，反忘了他。头一社是他误了，我们脸软，你说该怎么罚他？"凤姐儿想了一想，说道："没有别的法子，只叫他把你们各个屋子里的地罚他扫一遍才好。"众人都笑道："这话不差。"

说着才要回去，只见一个小丫头扶了赖嬷嬷进来。凤姐儿等忙站起来，笑道："大娘坐下。"又都向他道喜。赖嬷嬷向炕沿上坐了，笑道："我也喜，主子们也喜。若不是主子们的恩典，我这喜从何来？昨儿奶奶

《红楼梦》与顺治皇帝的爱情故事

又打发彩哥赏东西，我孙子在门上朝上磕了头了。"〔索隐〕满清旧习，有所谓包衣旗者，为各王公邸中厮养，虽夤缘出仕，官至尚侍督抚，对于旧主仍须随班执役，非奉有特恩抬旗，不得削除奴籍。包衣旗员视抬旗为最难得之恩典，此段所指殆即此类。李纨笑道："多早晚上任去？"赖嬷嬷叹道："我那里管他们，由他们去罢！前儿在家里给我磕头，我没好话，我说：哥儿，别说你是官了，横行霸道的！你今年活了三十岁，虽然是人家奴才，一落娘胎胞，主子恩典放你出来，上托着主子的洪福，下托着你老子娘，也是公子哥儿似的读书写字，也是丫头老婆奶子捧凤凰似的。长了这么大，你那里知道那'奴才'两字是怎么写！〔索隐〕骂得痛快。只知道享福，也不知道你爷爷和你老子受的那苦恼，熬了两三辈子，好容易挣出你这个东西。从小儿三灾八难，花的银子照样也打出你这个银人儿来了。〔索隐〕贵家豪族暴殄天物情形，历历如绘。到二十岁上，又蒙主子的恩典，许你捐了前程在身上。你看那正根正苗忍饥饿的要多少？你一个奴才秧子，仔细折了福！如今乐了十年，不知怎么弄神弄鬼，求了主子，〔索隐〕蝇营狗苟，开国时已如此。又选了出来。县官虽小，事情却大，为那一州的官，就是那一方的父母。你不安分守己，尽忠报国，孝敬主子，只怕天也不容你！"

李纨凤姐儿都笑道："你也多虑，我们看他也就好。先那几年，还进来了两次，这有好几年没有了；年下生日，只见他的名字就罢了。前儿给老太太、太太磕头来，在老太太那院里，见他又穿新官的服色，到越发的威武了，比先时也胖了。他这一得了官，正该你乐呢，反倒愁起这些来！他不好，还有他的父母呢，你只受用你的就完了。闲时坐个轿子进来，和老太太斗斗牌说说话儿，谁好意思的委屈了你。家去一般也是楼房厦厅，谁不敬你？自然也是老封君似的了。"〔索隐〕仕途庞杂，薰莸同器，烂羊都尉充斥朝堂，自"赖嬷嬷向炕沿上坐了，笑道：'我也喜，主子们也喜'"以下洋洋数百言，自画供招，穷形尽相，作者殆有慨于中，而始借题发抒，成此一段极淋漓要沉痛文字。说部欤？野史欤？明眼人必能辨之。

平儿掇上茶来，赖嬷嬷忙起来道："姑娘，不管叫那孩子倒来罢了，又生受你。"说着，一面吃茶，一面又道："奶奶不知道，这小孩子们全

第四十五回　金兰契互剖金兰语　风雨夕闷制风雨词

要管的严。饶这么严，他们还偷空儿闹个乱子来，叫大人操心。知道的，说小孩子们淘气；不知道的，人家就说仗着财势欺人，连主子名声也不好。〔索隐〕朝廷用人失当，则人心涣散，臣下畔离。当时三藩之乱，明季遗臣之拥戴，其布告文檄必有指斥朝廷，引为口舌者，于书中所言隐约而可见。恨的我没法子，常把他老子叫了来骂一顿，才好些。"因又指宝玉道："不怕你嫌我，如今老爷不过这么管你一管，老太太就护在头里。当日老爷小时讨你爷爷打，谁没看见的。老爷小时，何曾像你这天不怕地不怕的呢？〔索隐〕章皇帝六岁登极，宫中府中凌乱错杂，而皇太后既下嫁摄政王，多尔衮叔父亦不闻有辅成王、挞伯禽之举。"天不怕地不怕"之说，盖纪实也。还有那边大老爷，虽然淘气，也没像你这扎窝子的样儿，也是天天打。还有东府里你珍大哥哥的爷爷，那才是火上浇油的性子，说声恼了，什么儿子，竟是审贼！如今我眼里看着，耳朵里听着，那珍大爷管儿子，倒也像当日老祖宗的规矩，只是着三不着两的。他自己也不管一管自己，这些兄弟侄儿怎么怨的不怕他？你心里明白，喜欢我说；不明白，嘴里不好意思，心里不知怎么骂我呢？"

说着，只见赖大家的来了，接着周瑞家的、张材家的都进来回事情。凤姐儿笑道："媳妇来接婆婆来了。"赖大家的笑道："不是接他老人家来的，倒是打听打听奶奶姑娘们赏脸不赏脸？"赖嬷嬷听了笑道："可是我糊涂了，正经说的话俱不说，但说陈谷子烂芝麻的。因为我们小子选了出来，众亲朋要给他贺喜，少不得家里摆个酒。我想，摆一日酒请这个不请那个，也不是。又想了一想，托主子的洪福，想不到的这么荣耀光彩，就倾了家，我也愿意的。因此吩咐了他老子，连摆三日酒：头一日在我们破花园子里摆几席酒，一台戏，请老太太、太太们、奶奶姑娘们去散一日闷；外头大厅上一台戏，几席酒，请老爷们、爷们增增光；第二日再请亲友；第三日再把我们两府里的伴儿请一请。热闹三天，也是托着主子的洪福一场，光辉光辉。"〔索隐〕分三日宴请，第一日官廷，第二日寅像，第三日亲友，的是京旗贵族气派。

李纨、姐儿都笑道："多早晚的日子？我们必去，只怕老太太高兴要去，也说不定。"赖大家的忙道："择的日子是十四，只看我们奶奶的老脸罢了。"凤姐儿笑道："别人我不知道，我是一定去的。先说下，我可没有贺礼,也不知道放赏的,吃了就走,可别笑话。"赖大家的笑道:"奶奶说那里话?奶奶一喜欢,要赏我们三二万银子,就有了。"〔索隐〕非宫中不能有此豪举。虽戏言,亦是实情。赖嬷嬷笑道:"我才去请老太太,老太太也说去,可算我这脸还好。"说毕,叮嘱了一回,方起身要走,因看见周瑞家的,便想起一事来,因说道:"可是还有一句话问奶奶,这周嫂子的儿子犯了什么不是,撵了他不用?"凤姐儿听了,笑道:"正是,我要告诉你媳妇儿呢,事情多,也忘了。赖嫂子,回去说给你老头子,两府里不许收留他儿子,叫他各人去罢。"〔索隐〕旗俗,凡犯事者,由宗人府革去档册,谓这销档。此当指旗籍销档者而言。

赖大家的只得答应着。周瑞家的忙跪下央求,赖嬷嬷忙道:"什么事?说给我评评。"凤姐儿道:"前儿我的生日,里头还没吃酒,他小子先醉了。老娘那边送了礼来,他不在外头张罗,倒坐着骂人,礼也不送进来。两个女人进来了,他才带领小幺儿们往里抬。小幺儿们倒好好的,他拿的一盒子倒失了手,撒了一院子馒头。人去了,我打发彩明去说他,他倒骂了彩明一顿。〔索隐〕所犯之事,因送礼而起,本极琐屑,何至撵逐?其为内府征求贡品,骨鲠之臣,上疏抗谏,触犯时忌,天威不测,臣罪当诛,如是而已。

这样无法无天的忘八羔子,还不撵了,做什么!"赖嬷嬷道:"我当什么事情,原来为这个。奶奶听我说,他有不是,打他骂他,使他改过就是了,撵了出去,断乎使不得。他又比不得是咱家的家生子儿,他现是太太的陪房。〔索隐〕或系汉军旗随豫王等投诚立功者。奶奶只顾撵了他,太太脸上不好看。依我说,奶奶教导他几板子,以戒下次,仍旧留着才是。不看他娘,也看太太。"凤姐儿听了,便向赖大家的说道:"既这样,明儿叫了他来,打他四十棍,以后不许他吃酒。"赖大家的答应了。周瑞家的才磕头起来,又要与赖嬷嬷磕头,赖大家的拉着方罢。然后他三人去了,李纨等也就回园中来。

至晚,果然凤姐命人找了许多旧收的画具出来,送至园中。宝钗等选了一回,各色东西,可用的只有一半,将那一半开了单,与凤姐儿去照样置买,不必细说。

一日,外面矾了绢,起了稿子进来。宝玉每日便在惜春那边帮忙。

第四十五回　金兰契互剖金兰语　风雨夕闷制风雨词

探春、李纨、迎春、宝钗等也都往那里来闲坐，一则观画，二则便于会面。

宝钗因见天气凉爽，夜复渐长，遂至母亲房中商议，打点些针线来。日间至贾母处王夫人处两次省候，不免又承色陪坐；闲时园中姊妹处也要不时闲话一回，故日间不大得闲，每夜灯下女工，必至三更方寝。

黛玉每岁至春分秋分之后，必犯旧疾；今秋又遇贾母高兴，多游玩了两次，未免过劳了神，近日又咳嗽起来，觉得比往常又重，所以总不出门，只在自己房中将养。有时闷了，又盼个姐妹来说些闲话排遣，及至宝钗等来望候他，说不得三五句话，又厌烦了。众人都体谅他病中，且素日形体娇弱，禁不得一些委屈，所以，他接待不周，礼数疏忽，也都不责他。

这日，宝钗来望他，因说起这病症来。宝钗道："这里走的几个太医，虽都还好，只是你吃他们的药，总不见效，不如再请一个高手的人来瞧一瞧，治好了岂不好？每年是闹一春一夏，又不老又不小，成什么？也不是个常法儿。"〔索隐〕董妃善病，且常以不得正位中宫，心存抑郁，章皇宠眷甚笃，必有重縻金帛，广征名医之举。娥眉见嫉，訾议繁兴，妃亦不安于中，郁郁处此，书中，"又不老又不小，成个什么"数语，恰为写照。黛玉道："不中用，我知道我的病是不能好的了。且别说病，只论好的时候，我是怎么个形景儿，就可知了。"宝钗点头道："可正是这话。古人说'食谷得生'，你素日吃的竟不能添养精神气血，也不是好事。"黛玉叹道："'生死有命，富贵在天'，也不是人力可强求的。今年比往年反觉又重了些似的。"

说话之间，已咳嗽了两三次。宝钗道："昨儿我看你那药方上，人参、肉桂觉得太多了。虽说益气补神，也不宜太热。依我说，先以平肝养胃为要，肝火一平，不能克土，胃气无病，饮食就可以养人了。每日早起，拿上等燕窝一两，冰糖五钱，用银吊子熬出粥来，若吃惯了比药还强，最是滋阴补气的。"黛玉叹道："你素日待人，固然是极好的，然我最是个多心的人，只当你有心藏奸。从前日你说看杂书不好，又劝我那些好话，竟大感激你。往日竟是我错了，实在误到如今。细细算来，我母亲去世的时候，又无姊妹兄弟，我长了今年十五岁，〔索隐〕董妃

《红楼梦》与顺治皇帝的爱情故事

此时当已三十,此云十五,恰隐半数。竟无一个人像你前日的话教导我,怪不得云丫头说你好。我往日见他赞你,我还不受用,昨儿我亲自经过,才知道了。比如说了那个,我再不轻放过你的,你竟不介意,反劝我那些话,可知我竟自误了。若不是前日看出来,今日这话,再不对你说。你方才叫我吃燕窝粥的话,虽然燕窝易得,但只我因身子不好了,每年犯了这疾,也没什么要紧的去处。请大夫熬药,人参、肉桂,已闹了个天翻地覆了,这会子我又兴出斯文来,熬什么燕窝粥,老太太、太太、凤姐姐这三个人更没话说,那些底下老婆丫头们,未免嫌我太多事了。你看这里这些人,因见老太太多疼了宝玉和凤姐姐两个,他们尚虎视耽耽,背地里言三语四的,何况于我?况我又不是正经主子,原是无依无靠,投奔了来的,他们已经多嫌着我呢。如今我还不知进退,何苦叫他们咒我?〔**索隐**〕妃以汉族女子只身入宫,本成孤立之势,幸为圣心所眷注,孝庄所矜宠,得委蛇俯仰于其间,而一傅众咻,青蝇白棘,朝夕接触,毕竟难堪。

宝钗道:"这样说,我也是和你一样。"黛玉道:"你如何比我?你又有母亲,又有哥哥,这里又有买卖地土,家里又仍旧有房有地。你不过亲戚的情分,白住在这里,一应大小事情,又不沾他们一文半个,要走就走了。我是一无所有,吃穿用度,一草一木,皆是和他们家的姑娘一样,那起小人岂有不多嫌的?"宝钗笑道:"将来也不过多费得一副嫁妆罢了。〔**索隐**〕此处之宝钗,当影继后博尔济锦氏。妃固擅宠继后,以手术笼络之,而青梅颗颗,酸意终存。一分"嫁妆"之说,遂于无意中不期流露。如今也愁不到那里。"

黛玉听了,不觉红了脸,笑道:"人家才拿你当个正经人,把心里烦恼告诉你听,你反拿我取笑儿。"宝钗笑道:"虽是取笑儿,却也是真话。你放心,我在这里一日,我与你消遣一日。你有什么委屈烦恼,只管告诉我,我能解的,自然替你解。我虽有个哥哥,〔**索隐**〕继后有一姊,嫁为肃王妃。你也是知道的,只有个母亲,比你略强些。咱们可算同病相怜。你也是个明白人,何必作'司马牛之叹'?你才说的也是,多一事不如少一事。我明日家去,和妈妈说了,只怕燕窝我们家里还有,与你送几两,每日叫丫头们就熬了,又便宜,又不惊师动众的。"黛玉忙

第四十五回　金兰契互剖金兰语　风雨夕闷制风雨词

笑道:"东西是小,难得你多情如此。"宝钗道:"这有什么放在嘴里的!只愁我在人跟前,失于应候罢了。这会子只怕你烦了,我且去了。"黛玉道:"晚上再来和我说句话儿。"宝钗答应着便去了。不在话下。

这里黛玉吃了两口稀粥,仍歪在床上,不想,日未落时天就变了,淅淅沥沥下起雨来。秋霖脉脉,阴晴不定,那天渐渐的黄昏,且阴的沉黑,兼着那雨滴竹梢,更觉凄凉。知宝钗不能来,便在灯下,随便拿了一本书,却是《乐府杂稿》,有《秋闺怨》《别离怨》等词。黛玉不觉心有所感,亦不禁发于章句,遂成《代别离》一首,拟《春江花月夜》之格,乃名其词曰《秋窗风雨夕》。〔索隐〕寓团扇秋风之意。词曰:

　　秋花惨淡秋草黄,耿耿秋灯秋夜长。
　　已觉秋窗秋不尽,那堪风雨助凄凉!
　　助秋风雨来何速?惊破秋窗秋梦续。
　　抱得秋情不忍眠,自向秋屏挑泪烛。
　　泪烛摇摇燕短檠,牵愁照眼动离情。
　　谁家秋院无风入,何处秋窗无雨声?
　　罗衾不奈秋风力,残漏声催秋雨急。
　　连宵脉脉复飕飕,灯前似伴离人泣。
　　寒烟小院转萧条,疏竹虚窗时滴沥。
　　不知风雨几时休?已叫泪洒窗纱湿。〔索隐〕篇中"秋风"字叠见,长门之怨耶?弃妇之吟耶?妃虽宠擅专房,而君恩难恃,忧心悄悄,情见乎词。

吟罢搁笔,方欲安寝,丫鬟报说:"宝二爷来了。"

一语未尽,只见宝玉头上戴着大箬笠,身上披着蓑衣。黛玉不觉笑道:"那里来的这么个渔翁?"宝玉忙问:"今儿好些?吃药没有?今儿一日吃了多少饭?"一面说,一面摘了笠,脱了蓑,忙一手举起灯来,一手遮着灯儿,向黛玉脸上照了一照,觑着瞧了一瞧,笑道:"今儿气色好了些。"黛玉看他脱了蓑衣,里面只穿半旧红绫短袄,系着绿汗巾子,膝上露出绿绸洒花裤子,底下是掐金满绣的绵纱袜子,趿着蝴蝶落花鞋。

《红楼梦》与顺治皇帝的爱情故事

黛玉问道:"上头怕雨,底下这鞋袜子是不怕雨的?倒也干净。"宝玉笑道:"我这一套是全的。有一双棠木屐,才穿了来,脱在廊檐下了。"

黛玉又看那蓑衣斗笠,不是寻常市卖的,十分细致轻巧,因说道:"是什么草编的?怪道穿上不像那刺猬似的。"宝玉道:"这三样都是北静王送的。他闲常下雨时,在家里也是这样。你喜欢这个,我也弄一套来送你。别的都罢了,惟有这斗笠有趣,上头这顶儿是活的,冬天下雪戴上帽子,就把竹心子抽了去,拿下顶子来,只剩了这个圈子。下雪时,男女都带得,我送你一顶,冬天下雪戴。"林黛玉笑道:"我不要他。戴上那个,成个画儿上画的和戏上扮的渔婆儿了。"〔**索隐**〕宝黛情况本系兄妹,而非夫妇,然于前回凤姐口中忽现"相敬如宾"字,此处复现"渔翁""渔婆"字,迅雷一闪,龙爪俨然,此是作者故漏消息,用笔狡狯处。及说了出来,方想起来这话恰与方才说宝玉的话相连了,后悔不迭,羞的脸飞红,伏在桌上,嗽个不住。

宝玉却不留心,因见案上有诗,遂拿起来看了一遍,又不觉叫好。黛玉听了,忙起来夺在手内,灯上烧了。宝玉笑道:"我已记熟了。"黛玉道:"我要歇了,你请去罢,明日再来。"宝玉听了,回手向怀内掏出一个核桃大的金表来,瞧了一瞧,那针已指到戌末亥初之间,忙又揣了,说道:"原该歇了,又搅的你劳了半日神。"说着,披蓑戴笠出去了,又翻身进来,问道:"你想什么吃?你告诉我,我明儿一早回老太太,岂不比老婆子们说的明白?"黛玉笑道:"等我夜里想着了,明日一早告诉你。你听,雨越下紧了,快去罢,可有人跟没有?"两个婆子答应:"有人,外面掌着伞点着灯笼儿。"黛玉笑道:"这个天点灯笼?"宝玉道:"不相干,是羊角的,不怕雨。"

黛玉听说,回手向书架上把个玻璃绣球灯拿了下来,命点一枝小蜡来,递与宝玉,道:"这个又比那个亮,正是雨里点的。"宝玉道:"我也有这么一个,怕他们失脚滑倒了打破了,所以没点来。"黛玉道:"跌了灯值钱呢,是跌了人值钱?你又穿不惯木屐子,那灯笼命他们前头点着。这个又轻巧又亮,原是雨里自己拿着的,你自己手里拿着这个,岂不好?明儿再送来。就失了手也有限的,怎么忽然又变出这'剖腹藏珠'的脾气来?"〔**索隐**〕忽而千金一笑,不嫌其豪;忽而剖腹藏珠,犹

第四十五回　金兰契互剖金兰语　风雨夕闷制风雨词

虞不固。在少不更事之章皇,却有此种行径。宝玉听了,随过来接了。前头两个婆子打着伞,拿着羊角灯,后头还有两个小丫鬟打着伞。宝玉便将这个灯递与一个小丫头提着,宝玉扶着他的肩,一径去了。

就有蘅芜院一个婆子,也打着伞提着灯,送了一大包燕窝来,还有一包子洁粉梅片雪花洋糖,说:"这比买的强。我们姑娘说,姑娘先吃着,完了再送来。"黛玉回说:"费心。"命他外头坐了吃茶。婆子笑道:"不吃茶了,我还有事呢。"黛玉笑道:"我也知道你们忙。如今天又凉,夜又长,越发该会个夜局,痛赌两场了。"婆子笑道:"不瞒姑娘说,今年我大沾光儿了。横竖每夜有几个上夜的人,误了更也不好,不如会个夜局,又坐了更,又解了闷。今儿又是我的头家,如今园门关了,就该上场儿了。"〔索隐〕宫廷内鱼龙混杂,聚赌轰饮,肆无顾忌,纲纪之废弛,秩序之紊乱,有不堪为外人道者,闲闲中逗出,足见一斑。黛玉听了笑道:"难为你,误了你的发财,冒雨送来。"命人给他几百钱,打些酒吃,避避雨气。那婆子笑道:"又破费姑娘赏酒吃。"说着,磕了一个头,外面接了钱,打伞去了。紫鹃收起燕窝,然后移灯下帘,服侍黛玉睡下。

黛玉自在枕上感念宝钗,一时又羡他有母有兄,一回又想宝玉素昔和睦,终有嫌疑;又听见窗外竹梢蕉叶之上,雨声渐沥,清寒透幕,不觉又滴下泪来。直到四更,方渐渐的睡熟了。暂且无话。要知端的,且看下回分解。

〔索隐〕此回专写当时琐事,帷灯匣剑,隐现分明。全回中约可分为三段:

自"凤姐正在抚恤平儿"起,至"这话不差"止,为第一段。盖隐刺宗室王公多财厚亡者。清起满洲入主中夏,一时,八旗子弟等于丰沛故人,计口授粮,走马圈地,终年不治生计,而衣租食税绝无不给之虞。满汉阶级极不平等,实当时定制中第一失策。而参预密勿如金之俊、洪承畴辈,亦不得辞其咎。作者满肚牢骚,特于凤姐口中借端发泄,如讥如讽,亦庄亦谐。

自"说着才要回去"起,至"李纨也就回园中来"止,为第二段。隐刺朝政失纲,仕途混杂,厮养残役,辇金都下,亦复忝膺名器,滥握铜符。此种龌龊情形当日必确有其事,然历年已久,必欲指人以实之,则转类于刻舟求剑矣。

自"至晚,果然凤姐命人找了许多旧收的画具出来",至本回完毕,为第三段。隐刺宫廷内争妍斗宠,交相妒嫉情形。女无美恶,入宫见嫉,况董妃,以闲花野草,偶然入侍,貌既倾国,宠又专房,荏苒数年,骎骎乎有正位掖庭之势。继后共事一夫,势难两立,遂乃心怀叵测,阳加调护,阴肆摧残。以妃素性浑厚,受其笼络,有不倾肝披鬲引为密友者乎?厝火积薪,变生肘腋,妃之境遇可危,妃之遭际又可哀矣。

〔护花评〕图画需用物件,应接四十二回写。因凤姐生日闹事,搁起多日,今借和事之后,夹带叙入替平儿抱不平等语,前后文气仍打成一片,无断续痕迹,又带说监社一层作陪衬,更不单弱。

又:凤姐口中带出邢夫人来叫,引起下回贾赦要鸳鸯事。

又:叙赖大得官请酒,不但引起薛蟠被柳湘莲痛打,及伏探春整顿大观园,且见荣府声势,奴子俱为正印,又反照后来贾政借银之事。

又:借赖嬷嬷口中训说宝玉一番,暗补宁荣两府昔旧家教之严,以形此时之放纵。

又:补写周端子于凤姐生日酒醉无礼一层,为是日闹事余波,且见凤姐生辰内外上下,俱不安静。

又:值宿人等开场聚赌,为惹事根由,妙于无意中带出。

〔大某评〕从嬷嬷口中详述贾府恩德,正为后来政老借银图赖一层。

又:此回仍是壬子年九月间事。

第四十六回　尴尬人难免尴尬事
　　　　　　　鸳鸯女誓绝鸳鸯偶

　　话说林黛玉直到四更将阑，方渐渐的睡去。暂且无话。

　　如今且说凤姐儿因见邢夫人叫他，不知何事，忙另穿戴了一番，坐车过来。邢夫人将房内人遣出，悄向凤姐儿道："叫你来，不为别的，有一件为难的事，老爷托我，我不得主意，先和你商议。老爷因看上了老太太屋里的鸳鸯，要他在房里，叫我和老太太讨去。我想，这倒是平常有的事，就是怕老太太不给。〔索隐〕南都时，田仰开府江南，闻秦淮名妓李香君名，遣人关说，欲列之为妾媵，此回专写其事。以开府之尊，而下纳一妓，自是极平常的事，其意方谓平康下妓一闻此信，方欢幸之不遑，如《西厢记》中所云：秀才们闻道请，似得了将军令，决无稍加抵抗之理。所鳃鳃过虑者，彼抚育之老鸨方视为钱树子，不肯遽然舍弃，稍属为难耳。你可有法子办这件事么？"

　　凤姐儿听了，忙道："依我说，竟别碰这个钉子去。老太太离了鸳鸯，饭也吃不下去的，那里就舍得了？况且，平日说起闲话来，老太太常说：老爷如今上了年纪，做什么左一个小老婆右一个小老婆放在屋里，耽误了人家。放着身子不保养，官儿也不好生做去，成日和小老婆吃酒。〔索隐〕可见田开府当日姬媵众多，恣情声色，荒弃政务。太太听听，很欢喜咱们老爷么？这会子回避还恐回避不及，反倒拿草根儿戳老虎的鼻子眼儿去了！太太别恼，我是不敢去的。明放着不中用，而且反招出没意思来。老爷如今上了年纪，行事不免有点儿背晦，太太劝劝才是。比不得年轻，做这些事无碍。如今兄弟、侄儿、儿子、孙子一大群，还这么斗起来，怎么见人呢？"

　　邢夫人冷笑道："大家子三房四妾的也多，偏咱们就使不得？我劝了也未必依。就是老太太心爱的丫头,这么胡子苍白了又做了官的一个大儿子,要了做房里人,也未必好驳回的。我叫了你来,不过商议商议,你先派上了一篇的不是。也有叫你去的理?自然是我说去。你倒说我不劝,你还是不知道那性子的?劝不成,先和我恼了。"〔索隐〕田开府当日必将此事属之亲近幕府,幕府又属其属员为之。此回之凤姐,疑即《桃花扇》中之杨龙友。

凤姐儿知道邢夫人禀性愚弱,只知承顺贾赦以自保,次则婪取财货为自得;家中一应大小事务,俱由贾赦摆布。凡出入银钱事,一经他手,便克扣异常,以贾赦浪费为名,"须得我就中俭省,方可偿补。"儿女奴仆,一人不靠,一言不听的。〔索隐〕将邢夫人平日持家做人性情,于夹缝中曲曲写出,此是《石头记》笔墨长处。如今又听邢夫人如此的话,便知他又弄左性,劝也不中用,连忙陪笑说道:"太太这话说得极是。我能活了多大,知道什么轻重?想来父母跟前,别说一个丫头,就是那么大的一个活宝贝,不给老爷给谁?背地里的话那里信得?我竟是个呆子!拿着二爷说起,或有日得了不是,老爷太太恨得那样,恨不得立刻拿来一下子打死;及至见了面,也罢了,依旧拿着老爷太太心爱的东西赏他。如今老太太待老爷,自然也是那样子。依我说,老太太今儿喜欢,要讨今儿就讨去。我先过去哄着老太太,等太太过去了,我搭讪着走开,把屋子里的人我也带开,太太好和老太太说。给了更好,不给也没妨碍,众人也不得知道。"

邢夫人见他这般说,便又喜欢起来。又告诉他道:"我的主意,先不和老太太说。老太太说不给,这事便死了。我心里想着,先悄悄的和鸳鸯说。他虽害臊,我细细的告诉了他,他要是不言语,就妥了。那时再和老太太说,老太太虽不依,搁不住他愿意。常言'人去不中留',自然这就妥了。"

凤姐儿笑道:"到底是太太有智谋,这是千妥万妥。别说是鸳鸯,凭他是谁,那一个不想巴高望上,不想出头的?放着半个主子不做,倒愿意做丫头!将来配个小子就完了呢。"邢夫人笑道:"正是这个话了。别说鸳鸯,就是那些执事的大丫头,谁不愿这样呢!你先过去,别露一点风声,我吃了早饭就过来。"

第四十六回　尴尬人难免尴尬事　鸳鸯女誓绝鸳鸯偶

凤姐儿暗想：鸳鸯素昔是个极有心胸识见的丫头，虽如此说，保不住他愿意不愿意。〔索隐〕秦淮当日最多佳丽，香君性格严冷高傲，尤其中之佼佼者，龙友当已知之。我先过去了，太太后过去，若他依了，便没得话说；倘或不依，太太是多疑的人，只怕疑我走了风声，使他拿腔作势的。那时太太又见应了我的话，羞恼变成怒，拿我出气起来，倒没意思。不如同着一齐过去了，他依也罢，不依也罢，就疑不到我身上了。想毕，因笑道："才我临来，舅母那边送了两笼子鹌鹑，我吩咐他们炸了，原要赶太太早饭上送过来的。我才进大门时，见小子们抬车，说太太的车拔了缝，拿去收拾去了。不如这会子坐了我的车，一齐过去倒好。"

邢夫人听了，便命人来换衣服。凤姐忙着服侍了一回，娘儿两个坐车过来。凤姐儿又说道："太太过老太太那里去，我若跟了去，老太太若问起我过来做什么的，倒不好。不如太太先去，我脱了衣裳再来。"邢夫人听了有理，便自往贾母处来，和贾母说了一回闲话，便出来假托往王夫人房里去。从后房门出去，打鸳鸯的卧房门前过，只见鸳鸯正坐在那里做针线，见了邢夫人，站起来。邢夫人笑道："做什么呢？我看看，你做的花儿越发好了。"一面说，一面便进来，接他手内的针线看了一看，只管赞好，放下针线，又浑身打量。〔索隐〕活画出蜂媒蝶使进门游说一种甜蜜急迫情状。只见他穿着半新的藕色绫袄，青缎掐牙背心，下面水绿裙子，蜂腰削肩，鹅蛋脸，乌油头发，高高的鼻子，两边腮上微微的几点雀瘢。

鸳鸯见这般看他，自己倒不好意思起来，心里便觉诧异。因笑问道："太太这会子不早不晚的，过来做什么？"邢夫人使个眼色儿，跟的人退出，邢夫人便坐下，拉着鸳鸯的手笑道："我特来给你道喜来的。"〔索隐〕世间作媒人者，入手第一句必是此语，作者真体会入微。鸳鸯听了，心中已猜着三分，不觉红了脸，低了头不发一言一。听邢夫人道："你知道老爷跟前竟没有个可靠的人，心里要再买一个，又怕那些牙子家出来的不干不净，也不知道毛病儿，买个来家，三日两日，又弄鬼掉猴的，因满府里要挑一个家生女儿，又没个好的：不是模样儿不好，就是性子不好；有了这个好处，没了那个好处。因此常冷眼选了半年，这些女孩

《红楼梦》与顺治皇帝的爱情故事

子里头,就只你是个尖儿,〔**索隐**〕香君在秦淮,不愧"尖儿"之称,虽恭维语,亦实在语。模样儿,行事做人,温柔可靠,一概是齐全的,意思想和老太太讨了你去,收在屋里。你不比外头新买新讨的,你这一进去了,就开了脸,就封你作姨娘,〔**索隐**〕姨娘而日封,足见开府之尊严,龌龊儿口吻,如是,如是。又体面又尊贵,你又是个要强的人,俗语说的,'金子还是金子换',谁知竟被老爷看中了你。如今这一来,可遂了素日心高志大的愿了,又堵一堵那些嫌你的人的嘴。〔**索隐**〕香君惯以冷眼向人,一时寻芳猎艳之客颇起非议。跟了我回老太太去。"说着,拉了他的手就要走。鸳鸯红了脸,夺手不行,邢夫人知他害臊,便又说道:"这有什么臊处?你又不用说话,只跟着我就是了。"鸳鸯只低头不动身。邢夫人见他这般,便又说道:"难道你还不愿意不成?若果然不愿意,可真是个傻丫头了,放着主子奶奶不做,倒愿意做丫头!三年两年,不过配上了个小子,还是奴才。你跟我们去,你知道我的性子又好,不是那不容人的人。老爷待你们又好,过一年半载,生个一男一女,你就和我并肩了。家里的人你要使唤谁,谁还不动?现成主子不去做,错过了机会,后悔就迟了。"

鸳鸯只管低头,仍是不语。邢夫人又道:"你这么个爽快人,怎么又这样积黏起来?有什么不称心之处,只管说与我,我管保你遂心如意就是了。"鸳鸯仍不语。〔**索隐**〕几次不语,写来极有步骤,神气宛然。邢夫人又笑道:"想必你有老子娘,你自己不肯说话,怕臊,你等他们问你呢,这也是理,让我问他们去,叫他们来问你,有话只管告诉他们。"说毕,便往凤姐儿房中来。凤姐儿早换了衣服,因房里无人,便将此话告诉了平儿,平儿也摇头笑道:"据我看来,未必妥当。平常我们背着人说起话来,听他那主意,未必是肯的,也只说着看罢了。"〔**索隐**〕香君之志趣,平日姊妹行中如寇白门、卞玉京、柳如是辈必已稔知,故此处平儿有此语。凤姐儿道:"太太必来这屋里商议,依了还可,若是不依,白讨个没趣儿,当着他们,岂不脸上不好看?你说给他们炸些鹌鹑,再有什么配几样,预备吃饭。你且别处逛逛去,估量着走了你再来。"平儿听说,照样传与婆子们,便逍遥自在的园子里来。

这里鸳鸯见邢夫人去了,必到凤姐房里商议去了,"必定有人来问我

第四十六回　尴尬人难免尴尬事　鸳鸯女誓绝鸳鸯偶

的,不如躲了这里"。因找了琥珀道:"老太太要问我,只说我病了,没吃早饭,往园子里逛逛就来。"琥珀答应了,鸳鸯也往园子里来,各处游玩,不想正遇见平儿。平儿见无人,便笑道:"新姨娘来了!"鸳鸯听了,便红了脸,说道:"怪道你们串通一气来算计我!等着我和你主子闹去就是了。"平儿见鸳鸯满脸恼意,自悔失言,便拉到枫树底下,坐在一块石上,越发把方才凤姐过去回来所有的形景言词始末原由告诉了他。鸳鸯红了脸,向平儿冷笑道:"只是咱们好,比如袭人、琥珀、素云、紫鹃、彩霞、玉钏、麝月、翠墨,跟了史姑娘去的翠缕,死了的可人和金钏,去了的茜雪,连上你我,这十来个人,〔索隐〕秦淮阿房,虽丽姝栉比,而能与香君情投意合称手帕交者,盖不过十来个人耳。从小儿什么话儿不说?什么事儿不做?这如今因都大了,各自干各自的去了。然我心里仍是照旧,有话有事,并不瞒你们,这话我先放在你心里,且别和二奶奶说:别说大老爷要我做小老婆,就是太太这会子死了,他三媒六聘的要我去做大老婆,我也不能去。"

平儿方欲说话,只听山石背后哈哈的笑道:"好个没脸的丫头,亏你不怕牙碜。"二人听了,不觉吃了一惊,忙起身向山后找寻,不是别个,却是袭人,笑着走了出来,问:"什么事情?告诉我。"说着,三人坐在石上,平儿又把方才的话说与袭人,袭人听了说道:"这话论理不该我们说,这个大老爷真真太好色了,略平头整脸的他就不能放手了。"平儿道:"你既不愿意,我教你个法儿。"鸳鸯道:"什么法儿?"平儿笑道:"你只和老太太说,就说已经给了琏二爷了,大老爷就不好要了。"鸳鸯啐道:"什么东西!你还说呢!前儿你主子不是这么混说,谁知应到今儿了。"袭人笑道:"他两个都不愿意,依我说,就和老太太说,叫老太太就说把你已经许了宝二爷了,〔索隐〕香君之绝田仰,报侯生也,此处之宝二爷即侯朝宗影子。大老爷也就死了心了。"鸳鸯又是气,又是臊,又是急,骂道:"两个坏蹄子,再不得好死的!人家有为难的事,拿着你们当做正经人,告诉你们与我排解排解,饶不管,你们倒替换着取笑儿。你们自以为都有了结果了,将来都是作姨娘的,据我看来,天底下的事未必都那么遂心如意的,你们且以着些儿罢,别忒乐过了头儿!"

二人见他急了,忙陪笑道:"好姐姐,别多心,咱们从小儿都是亲姊

《红楼梦》与顺治皇帝的爱情故事

妹一般,不过无人处偶然取个笑儿,你的主意告诉我们知道,也好放心。"鸳鸯道:"什么主意!我只不去就完了。"〔索隐〕斩钉嚼铁之谈,洁玉坚冰之性。平儿摇头道:"你不去未必得干休,大老爷的性子你是知道的,虽然你是老太太房里的人,此刻不敢把你怎么样,难道你跟老太太一辈子不成?也要出去的,那时落了他的手,倒不好了。"鸳鸯冷笑道:"老太太在一日,我一日不离这里;若是老太太归西去了,他横竖还有三年的孝呢,没有娘才死了他先弄小老婆!等过了三年,知道又是怎么个光景儿呢,〔索隐〕故宫禾黍,时局日非,而南渡君臣处燕巢危幕、鱼游沸釜之际,犹复征歌选色,一味荒淫,旦夕偷安,置家国存亡于不顾。语云:夕阳虽好,其如红不多时。局外旁观固已燎如观火矣。那时再说,总到了至急为难,我剪了头发做姑子去,不然,还有一死。一辈子不嫁男人,又怎么样?乐得干净呢。"

平儿袭人笑道:"真个这蹄子没了脸,越发信口儿都说出来了。"鸳鸯道:"事到如此,臊一回子怎么样!你们不信,慢慢的看着就是了。太太才说了,找我老子娘去,我看他南京找去!"平儿道:"你的父母都在南京看房子,没上来,终久也寻的着。现在还有你哥哥嫂子在这里,可惜你是这里的家生女儿,不如我们两个只单在这里。"鸳鸯道:"家生女儿怎么样?'牛不吃水强按头'?我不愿意,难道杀我的老子娘不成?"正说着,只见他嫂子从那里走来。袭人道:"他们当时找不着你的爹娘,一定和你嫂子说了。"鸳鸯道:"这个娼妇专管是个'六国贩骆驼的',听了这话,他那肯不奉承去的!"〔索隐〕奴颜婢膝,阿谀取容,士大夫且然,何责乎龟鸨!说话之间,已来到跟前,他嫂子笑道:"那里没有找到,姑娘跑到这里来!你跟了我来,我和你说话。"平儿袭人都忙让坐,他嫂子只说:"姑娘们请坐,找我们姑娘说句话。"袭人平儿都装不知道,笑说:"因甚这么忙?我们这里猜谜儿呢,等猜了这个再去。"鸳鸯道:"什么话?你说罢。"他嫂子笑道:"你跟我来,到那边告诉你,横竖有好话儿。"〔索隐〕神情口吻,跃跃欲生。鸳鸯道:"可是太太和你说的那话?"他嫂子笑道:"姑娘既知道,还奈何我!快来,我细细的告诉你,可是天大的喜事。"

鸳鸯听说,立起身来,照他嫂子脸上下死劲啐了一口,指着骂道:

第四十六回　尴尬人难免尴尬事　鸳鸯女誓绝鸳鸯偶

"你快夹着你那屁嘴离了这里,好多着呢!什么'好话?'又是什么'喜事?'怪道成日家羡慕人家的女儿做了小老婆,一家子都仗着他横行霸道的,一家子都成了小老婆了!〔索隐〕岂但一家子,全天下都如此了。利口锯笔,骂尽世人。看的眼热了,也把我送到火坑里去,我若得脸呢,你们外头横行霸道,自己就封了自己是舅爷;〔索隐〕小老婆而日封,则舅爷安得不日封?以"舅爷"二字之尊,私必不得已,乃至于自己封自己。则凡被封为舅爷者,其荣幸可知;不得自封为舅爷者,其懊丧又可知。我若不得脸败了时,你们把忘八脖子一缩,生死由我去。〔索隐〕小老婆得脸,则舅爷腰躯一挺;小老婆不得脸,则舅爷脖子一缩。腰躯一挺,而舅爷成立;脖子一缩,而舅爷消灭。舅爷之与小老婆,固相维相系者也。然小老婆生死难保,舅爷则来去自由。宜作舅爷者趾高气扬,而作小老婆者犹不免迟回却顾也。昔人诗云:"妻妾欢娱童仆饱,始知官职为他人。"作官然,作小老婆亦莫不然。吁!可慨矣。一面骂,一面哭,平儿袭人拦着劝他。

他嫂子脸上下不来,因说道:"愿意不愿意,你也好说,不犯着拉三扯四的,俗语说的好,'当着矮人,别说矮话'。姑娘骂我,我不敢还言,这二位姑娘并没惹着你,小老婆长小老婆短,人家一脸上怎么过的去?"袭人、平儿忙道:"你倒别说这话,他也并不是说我们,你倒别拉三扯四的,你听见哪位太太、太爷们封了我们做小老婆?况且我们两个也没有爹娘哥哥兄弟在这门子里仗着我们横行霸道的,他骂的人自由他骂去,我们犯不着多心。"鸳鸯道:"他见我骂了他,他臊了,没的盖脸,又拿话调唆你们两个,幸亏你们两个明白。原是我急了,也没分别出来,他就挑出这个空儿来。"他嫂子自觉没趣,赌气去了。鸳鸯气的还骂,平儿袭人劝。他一回,方罢了。平儿因问袭人道:"你在那里藏着做什么?我们竟没有看见你。"袭人道:"我因为往四姑娘房里看我们宝二爷去的,谁知迟了一步,说是家去了,我疑惑怎么没遇见呢,想要往林姑娘处找去,及遇见他的人说也没去。我这里疑惑是出园子去了,可巧你从那里来了,我一闪,你也没看见,后来他又来了,我从这树后头走到山子石后,我却见你两个说话来了,谁知你们四个眼睛没见我。"

一语未了,又听身后笑道:"四个眼睛没见你,你们六个眼睛还没见

《红楼梦》与顺治皇帝的爱情故事

我呢!"三人吓了一跳,回身一看,不是别人,正是宝玉。袭人先笑道:"叫我好找,你在那里来的?"宝玉笑道:"我从四妹妹那里出来,迎头看见你走来了,我就知道是找我去的,我就藏了起来哄你,看你扬着头过去了,进了院子又出来了,逢人就问,我在那里好笑,只等到我跟前吓你一跳的,后来见你也藏藏躲躲的,我就知道也是要哄人了。我探头往前看一看,却是他两个,所以我就绕到你身后,你出来,我就躲在你躲的那里了。"平儿笑道:"咱们再往后找找去罢,只怕还找出两个人来也未可知。"宝玉笑道:"这可再没有了。"鸳鸯已知这话俱被宝玉听了,只伏在石头上装睡,宝玉推他笑道:"这石头上冷,咱们回房里去睡,岂不好?"说着拉起鸳鸯来,又忙让平儿来吃茶,和袭人都劝鸳鸯走,鸳鸯方立起身来,四人竟往怡红院来。宝玉将方才的话俱已听见,心中着实替鸳鸯不快,只默默的歪在床上,〔索隐〕香君与侯生初无婚姻之约,侯生离金陵后,闻田爷事,必有隐然不快者,此处写得恰恰分寸。任他三人在外间说笑。

那边邢夫人因问凤姐儿鸳鸯的父亲,凤姐因说:"他爹的名字叫金彩,两口子都在南京看房子,不大上来;他哥哥文翔,现在是老太太的买办。他嫂子也是老太太那边浆洗上的头儿。"邢夫人便命人叫了他嫂子金文翔媳妇来,细细说与他。金家媳妇自是喜欢,兴兴头头去找鸳鸯,指望一说必妥,不想被鸳鸯抢白了一顿,又被袭人平儿说了几句,羞恼回来,便对邢夫人说:"不中用,他骂了我一场。"因凤姐儿在旁,不敢提平儿,说:"袭人也帮着抢白我,说了我许多不知好歹的话,回不得主子的。太太和老爷商议再买罢,谅那小蹄子也没有这么大福,我们也没有这么大造化。"邢夫人听了说道:"又与袭人什么相干?他们如何知道的?"又问:"还有谁在跟前?"金家的道:"还有平姑娘。"凤姐儿忙道:"你应该拿嘴巴子打他回来!我一出了门儿,他就逛去了,回家来连一个影儿也摸不着他!他必定也帮说什么来着。"金家的道:"平姑娘没在跟前,远远的看着倒像是他,可也不真切,不过是我自忖度。"凤姐便命人去:"快找了他来,告诉我回来了,太太也在这里,叫他来帮个忙儿。"丰儿忙上来回道:"林姑娘打发了人下请字儿请了三四次,他才去了,奶奶一进门我就叫他去的,林姑娘说:'告诉奶奶,我烦他有事呢。'"凤

第四十六回　尴尬人难免尴尬事　鸳鸯女誓绝鸳鸯偶

姐儿听了方罢，故意的还说："天天烦他，有什么事情！"

邢夫人无计，吃了饭回家，晚间告诉了贾赦。贾赦想了一想，即刻叫贾琏来说："南京的房子还有人看着，不止一家，即刻叫上金彩来。"贾琏回道："上次南京信来，金彩已经得了痰迷心窍，那边连棺材银子都赏了，不知如今是死是活，即使活着，人事不知，叫来无用，他老婆子又是个聋子。"贾赦听了，喝了一声，又骂："混帐没天理的囚囊的，偏你这么知道，还不离了我这里！"吓的贾琏退出。一时又叫传金文翔，贾琏在外书房伺候着，又不敢家去，又不敢见他父亲，只得听着。

一时金文翔来了，小幺儿们直带入二门里去，隔了四五顿饭的工夫，才出来去了。〔索隐〕浑合得妙，此等处足见笔法。贾琏暂且不敢打听，隔了一会，又打听贾赦睡了，方才过来，至晚间凤姐儿告诉他，方才明白。

且说鸳鸯一夜没睡，至次日，他哥哥回贾母接他家去逛逛，贾母允了，叫他家去，鸳鸯意欲不去，只怕贾母疑心，只得勉强出来。他哥哥只得将贾赦的话说与他，又许他怎么体面，又怎么当家做姨娘。鸳鸯只咬定牙不愿意，他哥哥无法，少不得回去回覆了贾赦，贾赦怒起来，因说道："我说与你，叫你女人向他说去，就说我的话：'自古嫦娥爱少年'，他必定嫌我老了，大约他恋着少爷们，多半是看上了宝玉，〔索隐〕侯李关系，当时必有传扬于外者。只怕也有琏儿，若有此心，叫他早早歇了，我要他不来，以后谁敢收他？这是一件。第二件，想着老太太疼他，将来外边聘个正头夫妻去，叫他细想，凭他嫁到了谁家，也难出我的手心。〔索隐〕开府势焰横绝一时。除非他死了，或是终身不嫁男人，我就服了他！若不然时，叫他趁早回心转意，有多少好处。"贾赦说一句，金文翔应一声"是"。贾赦道："你别哄我，明儿我还打发你太太过去问鸳鸯，你们说了他不依，便没你们的不是；若问他，他再依了，仔细你们的脑袋！"金文翔忙应了又应，退出回家，也等不得告诉他女人转说，竟自己对面说了这话，把个鸳鸯气的无话可回，想了一想，便说道："我便愿意去，须得你们带了我回声老太太去。"他哥嫂只当他回想过来，都喜之不尽，他嫂子即刻带了他上来见贾母。

可巧王夫人、薛姨妈、李纨、凤姐儿、宝钗等姊妹并外头的几个执

《红楼梦》与顺治皇帝的爱情故事

事有头脸的媳妇,都在贾母跟前凑趣儿呢,鸳鸯看见,忙拉了他嫂子,到贾母跟前跪下,一面哭,一面说,把邢夫人怎么来说,园子里嫂子又如何说,今儿他哥哥又如何说,"因为不依,方才大老爷越发说我恋着宝玉,不然要等着往外聘,凭我到天上,这一辈子也跳不出他的手心去,终久要报仇。我是横了心的,当着众人在这里,我这一辈子别说是'宝玉',便是'宝金'、'宝银'、'宝天王'、'宝皇帝',横竖不嫁人就完了!就是老太太逼着,我一刀子抹死了,也不能从命!服侍老太太归了西,我也不跟着我老子娘哥哥去,或是寻死,或是剪了头发当姑子去!若说我不是真心,暂且拿话支吾,这不是天地鬼神,日头月亮照着,嗓子里头长疔!"原来这鸳鸯一进来时,便袖内带了一把剪子,一面说着,一面回手打开头发就剪,众婆子丫鬟看见,忙来拉住,已剪下半绺来了。〔索隐〕血溅桃花扇,至此段画龙点睛,揭明本旨。众人看时,幸而他的头发极多,剪的不透,连忙替他挽上。

贾母听了,气的浑身打战,口内只说:"我通共剩了这么一个可靠的人,他们还要来算计!"因见王夫人在旁,便向王夫人道:"你们原来都是哄我的!外头孝顺,暗地里盘算我;有好东西也来要;有好人也来要,剩了这个毛丫头,见我待他好了,你们自然气不过,弄开了他,好摆弄我!"王夫人忙站起来,不敢还一言;薛姨妈见连王夫人怪上,反不好劝的了;李纨一听见鸳鸯这话,早带了姊妹们出去。探春有心的人,想王夫人虽有委屈,如何敢辩;薛姨妈现是亲姊妹,自然也不好辩;宝钗也不便为姨母辩;李纨、凤姐、宝玉一发不敢辩;这正是用着女孩儿之时,迎春老实,惜春小;因此窗外听了一听,便走进来陪笑向贾母道:"这事与太太什么相干?老太太想一想,也有大伯子的事,小婶子如何知道?"

话未说完,贾母笑道:"可是我老糊涂了!姨太太别笑话我,你这个姐姐他极孝顺我,不像我那大太太一味怕老爷,婆婆跟前不过应景儿。可是我委屈了他。"薛姨妈只答应"是",又说:"老太太偏心,多疼小儿了媳妇,也是有的。"贾母道:"不偏心!"因又说:"宝玉,我错怪了你娘,你怎么也不提我,看着你娘受委屈?"宝玉笑道:"我偏着母亲说大爷大娘不成?通共一个不是,我母亲要不认,却推谁去?我倒要认是我的不是,老太太又不信。"贾母笑道:"这也有理,你快给你娘跪下

第四十六回　尴尬人难免尴尬事　鸳鸯女誓绝鸳鸯偶

你说太太别委屈了，老太太有年纪了，看着宝玉罢。"宝玉听了，忙走过来，便跪下要说，王夫人忙笑着拉他起来，说："快起来，断乎使不得，难道替老太太给我赔不是不成？"宝玉听说，忙站起来。贾母又笑道："凤姐儿也不提我。"凤姐笑道："我倒不派老太太的不是，老太太倒寻上我了。"贾母听了，与众人都笑道："这可奇了，倒要听听这不是。"凤姐儿道："谁叫老太太会调理人，调理得水葱儿似的，怎么怨人不要？我幸亏是孙子媳妇，我若是孙子，我早要了，还等到这会子呢。"贾母笑道："这倒是我的不是了？"凤姐笑道："自然是老太太的不是了。"贾母笑道："这样，我也不要了，你带了去罢！"凤姐儿道："等着修了这辈子，来生托生男人，我再要罢。"贾母笑道："你带了去，给琏儿放在屋里，看你那没脸的公公还要不要了！"凤姐儿道："琏儿不配，就只配我和平儿这一对烧糊了的卷子，和他混罢。"说的众人都笑起来了。丫头回说："大太太来了。"王夫人忙迎了出去，要知端的，再听下回分解。

〔索隐〕此回专写秦淮名妓李香君之事，香君却开府田仰之聘，破面流血，血污素笺，杨龙友就血染处点缀而成桃花，绮思巧合，一时传为韵事，厥后云亭山人遂有《桃花扇传奇》之作。书中以鸳鸯隐李香君，而以王熙凤隐杨龙友，龙凤巧合。盖龙友初时亦曾为田仰作说客，厥后知难而退，转以结纳于香君，与凤姐之见风使帆，脱身事外者正复相似。全回共分四大节：自开首起，至"我脱了衣裳再来"止，凤姐借辞设计，以谢绝邢夫人之纠缠，为第一节；自"邢夫人听了有理"起，至"便往凤姐儿房中来"止，邢夫人一再游说，鸳鸯一再不语，为第二节；自"凤姐儿早换了衣服"起，至"连忙替他挽上"止，鸳鸯与平儿袭人辈私相计议，及后回明贾母，矢志不从，为第三节。按《李姬传》：香君侠而慧，略知书，能辨别士大夫贤否。雪苑侯生应试来金陵，与姬相识，后生下第，姬置酒桃叶渡，歌《琵琶词》以送之。当时钿合依依，香囊叩叩，虽赋定情之什，未谐凤卜之歌。洎乎开府挟势相要，重金置聘，姬虽失坚贞之节，难施决绝之词，宛转芳心为郎憔悴。盖姬之却田仰与鸳鸯之绝贾赦，其心迹既类似，而处境之困难亦复相同，以截发影破面，遂成天然妙文矣。自"贾母听了"起，至本回完毕，为第四节，以辨别何人不是，点缀成趣，作为本回之余波。凡长江之河，一泻千里之后必有一二支流曲港穿插，疏泄之以杀其势。江上峰青，余音袅袅，此文章之化境也。《石头记》一书，于此等处见笔法，亦于此等处见力量。

〔护花评〕此回贾赦要鸳鸯，为一百十一回鸳鸯自缢之根由，虽是写一件事，及夹写邢夫人愚懦，王凤姐使乖。

又：鸳鸯向平儿袭人说做姑子还有一死的话，姑子是宾，一死是主；伏后来殉主情事。

又：鸳鸯正生气时，又间叙平儿袭人互相取笑，不但文有生趣，且见鸳鸯胸中已早认定一"死"字。

又：贾赦向金文翔一番说话，全是倚势霸道，俱在鸳鸯逆料之中，此贾母一故，鸳鸯所以必死也。

又：探春劝贾母，开脱王夫人，凤姐派贾母不是；一个劝得有理，一个派得有趣，真是善于劝解者。

〔大某评〕此回仍是壬子年九月间事。

第四十七回　呆霸王调情遭苦打
　　　　　　　冷郎君惧祸走他乡

　　话说王夫人听见邢夫人来了，连忙迎了出去，邢夫人犹不知贾母已知鸳鸯之事，正还欲来打听信息，进了院门，早有几个婆子悄悄的回了他，他才知道。待要回去，里面已知，又见王夫人接了出来，少不得进来，先与贾母请安，贾母一声儿不言语，自己也觉得愧悔。凤姐儿早指一事回避了，鸳鸯也是回房去生气；薛姨妈王夫人等恐碍着邢夫人的脸面，也都渐渐退了；邢夫人且不敢出去。贾母见无人，方说道："我听见你替你老爷说媒来了，你倒也三从四德，只是这贤惠也太过了！你们如今也是孙子儿子满眼了，你还怕他使性子，我闻得你还由着你老爷的那性儿闹。"邢夫人满面通红，回道："我劝过几次不依，老太太还有什么不知道的呢，我也是不得已儿。"

　　贾母道："他逼着你杀人，你也杀去？如今你也想想，你兄弟媳妇本来老实，又生的多病多痛，上上下下那不是他操心？你一个媳妇虽然帮着，也是天天丢下耙儿弄扫帚。凡百事情，我如今自己减了，他们两个就有些不到去处，有鸳鸯那孩子，还心细些，我的事情他不想着一点子，该要的，他就要了来，该添什么，他就趁空儿告诉他们添了；〔索隐〕香君慧俊婉转，调笑无双，人名之为"香扇坠"。余澹心有赠香君诗曰："生小倾城是李香，怀中婀娜袖中藏。何缘十二巫峰女，梦里偏来见楚王。"是其玲珑剔透，惹人怜爱，恰与书中所写之鸳鸯相称。鸳鸯再不这样，他娘儿两个，里头外头，大的小的，那里有忽略一件半件，我如今反倒自己操心去不成？还是天天盘算和他们要东要西去？我这屋里有的没有的，剩了他一个，年纪也大些，我凡做事的脾气性格儿他还知道些。他二则也还投主子的缘法，他也并不指着我和那位太太要衣裳去，

《红楼梦》与顺治皇帝的爱情故事

又和那位太太要银子去；所以这几年一应事情，他说什么，从你小婶和你媳妇起，至家下大大小小，没有不信的，所以不单我得靠，连你小婶媳妇也都省心。我有了这么个人，便是媳妇、孙子媳妇想不到的，我也不得缺了，也没气可生了；这会子他去了，你们又弄了什么人来我使？即使就弄他么一个真珠的人来，不会说话也无用。〔索隐〕极意为，香君烘托，始知古来称美人为玉人者，犹属皮相之词，未能充类至义之尽也。我正要打发人和你老爷说去，他要什么人，我这里有钱，叫他只管一万八千的买去就是，要这个丫头不能，留下他服侍我几年，就比他日夜服侍我尽了孝的一般。你来的也巧，就去说，更妥当了。"说毕，命人来"请了姨太太及姑娘们来，才高兴说着话儿，怎么又都散了！丫头忙答应找去了。众人赶忙的又来，只有薛姨妈向那丫头道："我才来了，又做什么去？你就说我睡了。"那丫头道："好亲亲的姨太太，姨祖宗！我们老太太生气呢，你老人家不去，没个开交了，只当疼我们罢！你老人家怕走，我背了你老人家去。"薛姨妈笑道："小鬼头儿，你怕些什么？不过骂几句就完了。"说着，只得和这小丫头子走来。

贾母忙让坐，又笑道："咱们斗牌罢，姨太太的牌也生，咱们一处坐着，别叫凤姐儿混了我们去。"薛姨妈笑道："正是呢，老太太替我看着些儿。就是咱们娘儿四个斗呢，还是添一两个人呢？"王夫人笑道："可不只四个人。"凤姐儿道："再添一个人热闹些。"贾母道："叫鸳鸯来，叫他在这下手里坐着，姨太太的眼花了，咱们两个的牌都叫他看着些儿。"凤姐笑了一声，向探春道："你们知书识字的，倒不学算命！"探春道："这又奇了，这会子你不打点精神赢了老太太几个钱，又想算命。"凤姐儿道："我正要算算今儿该输多少，我还想赢呢！你瞧瞧，场儿没上，左右都埋伏下了。"〔索隐〕官中之事大之如用人行政，小之如起居周旋，无不以机械变诈之手段互相倾轧，"场儿没上，左右都埋伏下了"二语，真乃燃犀烛怪之笔。说得贾母薛姨妈都笑起来。

一时鸳鸯来了，便坐在贾母下手，鸳鸯之下便是凤姐儿。铺下红毡，洗牌告么，五人起牌。斗了一回，鸳鸯见贾母的牌已十成，只等一张二饼，便递了暗号儿与凤姐儿，凤姐儿正该发牌，便故意蹉跎了半晌，笑道："我这一张牌，定在姨妈手里扣着呢，我若不发这一张牌，再顶不下

第四十七回　呆霸王调情遭苦打　冷郎君惧祸走他乡

来的。"薛姨妈道："我手里并没有你的牌。"凤姐儿道："我回来是要查的。"薛姨妈道："你只管查，你且发下来，我瞧瞧是张什么。"凤姐儿便送在薛姨妈跟前，薛姨妈一看是个二饼，便笑道："我倒不稀罕他，只怕老太太满了。"凤姐听了，忙笑道："我发错了。"贾母笑的已掷下牌来，说："你敢拿回去！谁叫你错的不成？"凤姐儿道："可是我要算一算命呢，这是自己发的，也怨不得人了。"贾母笑道："可是你自己打着你那嘴，问着你自己才是。"又向薛姨妈笑道："我不是小气爱赢钱，原是个彩头儿。"薛姨妈笑道："我们可不是这样想，那里有那样糊涂人说老太太爱钱呢？"凤姐儿正数着钱，听了这话，忙又把钱穿上了，向众人笑道："够了我的了，竟不为赢钱，单为赢彩头儿；我到底小器，输了就数钱，快收起来罢。"贾母规矩是鸳鸯代洗牌的，因和薛姨妈说笑，不见鸳鸯动手，贾母道："你怎么恼了，连牌也不替人洗。"鸳鸯拿起牌来，笑道："奶奶不给钱。"贾母道："他不给钱，那是他交运了。"便命小丫头子："把他那一吊钱都拿过来。"小丫头子真就拿了，搁在贾母旁边，凤姐儿忙笑道："赏我罢，照数儿给就是了。"薛姨妈笑道："果然凤姐儿小器，不过玩儿罢了。"

　　凤姐儿听说，便站起来，拉住薛姨妈，回头指着贾母素日放钱的一个木箱子笑道："姨妈瞧瞧，那个里头不知玩了我多少去了，这一吊钱玩不了半个时辰，那里头的钱就招手儿叫他了，只等把这一吊也叫进去了，牌也不用斗了，老祖宗气也平了，又有正经事差我办去了。"〔索隐〕文皇后在当时颇有骄奢淫佚、贪财黩货之诮，世祖先意承志以天下养，亦有纯孝之称。此处借凤姐以影世祖斗牌输钱，盖等于斑衣戏彩也。话未说完，引的贾母众人笑个不止。

　　正说着，偏平儿怕钱不够，又送了一吊来，凤姐儿道："不用放在我跟前，也放在老太太的那一处罢，一齐叫进去倒省事，不用做两次，叫箱子里的钱费事。"〔索隐〕谐语入神，凤姐的是可儿。贾母笑的手里的牌撒了一桌子，推着鸳鸯，叫"快撕他的嘴！"平儿依言放下钱，也笑了一回，方回来。至院门前遇见贾琏，问道："太太在那里呢？老爷叫我请过去呢。"平儿忙笑道："在老太太跟前站了这半日，还没动呢，趁早儿丢开手罢，老太太生了半日气，这会子亏二奶奶凑了半日的趣儿，才

《红楼梦》与顺治皇帝的爱情故事

略好了些。"贾琏道:"我过去只说讨老太太示下,十四往赖大家去不去,好预备轿子的。又请了太太,又凑了趣儿;岂不好?"平儿笑道:"依我说,你竟别过去罢,合家子连太太宝玉都有了不是,这会子你又填限去了。"贾琏道:"已经完了,难道还找补不成?况且与我又无干;〔索隐〕老子想讨小老婆,自然与儿子绝不相干,然而老子寻开心,儿子惹晦气矣。儿子虽惹晦气,幸得媳妇犹能凑趣儿。二则老爷亲自吩咐我请太太的,这会子我打发了人去,倘或知道了,正没好气呢,指着这个拿我出气罢。"说着就走。平儿见他说的有理,也便跟了过去。

贾琏到了堂屋里,便把脚步放轻了,往里间探头,只见邢夫人站在那里。凤姐儿眼尖,先瞧见了,便使眼色儿不命他进来,又使眼色与邢夫人,邢夫人不便说走;只得倒了一碗茶来,放在贾母跟前,贾母一回身,贾琏不防,便没躲过。贾母便问:"外头是谁?倒像个小子一伸头的似的。"凤姐儿忙起身说:"我也恍惚看见有一个人影儿。"一面说,一面起身出来。贾琏忙进去,陪笑道:"打听老太太十四可出门?好预备轿子。"贾母道:"既这么样,怎么不进来?又做鬼做神的。"贾琏陪笑道:"见老太太玩牌,不敢惊动,不过叫媳妇出来问问。"贾母道:"就忙到这一时,等他家去,你问他多少问不得?那一遭儿你这么小心来着!又不知是来做耳报神的,也不知是来做探子的,鬼鬼祟祟,倒吓我一跳,什么好下流种子!你媳妇和我玩牌呢,还有半日的空儿,你家去再和那赵二家的商量治你媳妇去罢。"〔索隐〕豫亲王多铎平定江南,于顺治二年十月还京。其未还京以前,宫中颇有结党谗构之者,然多铎为文皇后所宠眷,众口嚣嚣,终若蜉蝣之撼柱,无损毫末。此处以赵二家的、鲍二家的穿插成文,实隐点其事。

说着,众人都笑了。鸳鸯笑道:"鲍二家的,老祖宗又拉上赵二家的去。"贾母也笑道:"可是,我那里记得什么抱着背着呢,提起这些年事来,不由我不生气!我进了这门子做重孙媳妇起,到如今我也有个重孙子媳妇了,连头带尾五十四年,凭着大惊大险千奇百怪的事,也经了些,〔索隐〕章皇幼冲,皇太后虽未垂帘,而军国要政大半由掖庭主持,诚所谓大惊大险千奇百怪的事,一概都经历过的。从没经过这些事,还不离了我这里呢!"贾琏一声儿不敢说,忙退了出来。平儿在窗外站着悄悄

第四十七回　呆霸王调情遭苦打　冷郎君惧祸走他乡

笑道："我说你不听，到底碰在网里了。"正说着，只见邢夫人也出来，贾琏道："都是老爷闹的，如今都搁在我和太太身上。"邢夫人道："我把你这没孝心的种子！人家还替老子死呢，白说了几句，你就抱怨天抱怨地了，你还不好好的呢，这几日生气，仔细他捶你。"贾琏道："太太快过去罢，叫我来请了好半日了。"说着，同他母亲出来过那边去。

邢夫人将方才的话只略说了几句，贾赦无法，又且含愧，自此便告了病，且不敢见贾母，只打发邢夫人及贾琏每日过去请安。只得又各处遣人购求寻觅，终久费了八百两银子买了一个十七岁女孩子来，名唤嫣红，〔索隐〕嫣，淹也，红即朱，为朱明淹灭之意。书中凡命名处皆有用意。收在屋里，不在话下。

这里斗了半日牌，吃晚饭才罢，此一二日间无话。

转眼到了十四，黑早，赖大的媳妇又进来请。贾母高兴，便带了王夫人、薛姨妈及宝玉姊妹等，至赖大花园中坐了半日。那花园虽不及大观园，却也十分齐整宽阔，泉石树木，楼台亭轩；也有好几处动人的。外面大厅上，薛蟠、贾珍、贾琏、贾蓉并几个近族的都来了，那赖大家的也请了几个现任的长官并几个大家子弟作陪。因其中有个柳湘莲，薛蟠自上次会过了一次，已念念不忘，又打听他最喜串戏，且都串的是生旦风月戏文，不免错会了意，误认他做了风月子弟，正要与他相交，恨没有个引进，这日可巧遇见，乐得无可不可。且贾珍等也慕他的名，酒盖住了脸，就求他串了两出戏，下来，移席和他一处坐着，问长问短，说东说西。

那柳湘莲原系世家子弟，读书不成，父母早丧；素性爽侠，不拘细事。酷好耍抢舞剑，赌博吃酒，以及眠花卧柳，吹笛弹筝，无所不为。因他年纪又轻，生得又美，不知他身分的人，都误认作优伶一类。〔索隐〕柳湘莲本为宝玉影子，以湘莲之冷，反射宝玉之热；湘莲之不轻用情，以射宝玉之到处钟情。故此回所写之湘莲，仍为世祖替身，与宝玉一而二，二而一者也。世祖年轻貌美，其在宫中时驰马试剑，赏花斗酒；雅与无愁天子、打鼓三郎相似。作者意有不满，特于闲闲着笔中谓"不知他身分的人，都误认作优伶一类"，盖隐讽之也。那赖大之子赖尚荣与他素昔交好，故今日请来作陪，不想酒后别人犹可，独薛蟠又犯了旧病，

《红楼梦》与顺治皇帝的爱情故事

心中早已不快,得便意欲走开完事。无奈赖尚荣又说:"方才宝二爷又嘱咐我,才一进门虽见了,只是人多不好说话,叫我嘱咐你散的时候别走,他还有话说呢。你既一定要走,等我叫出他来,你两个见了再走,与我无干。"说着,便命小厮们倒里头找一个老婆子,悄悄告诉:"请出宝二爷来"。那个小厮去了没一杯茶时,果见宝玉出来了。赖尚荣向宝玉笑道:"好叔叔,把他交给你,我张罗人去了。"说着已经去了。宝玉便拉了柳湘莲到厅侧书房坐下,问他这几日可到秦钟的坟上去么,湘莲道:"怎么不去?前日我们几个放鹰去,离他坟上还有二里。我想今年夏天雨水勤,恐怕他的坟站不住。我背着众人,走到那里去瞧了一瞧,略又动了一点子,回家来就便弄了几百钱,第二日一早出去,雇了两个人收拾好了。"宝玉说:"怪道呢,上月我们大观园的池子里头结了莲蓬,我摘了十个,叫焙茗出去到坟上供他去,回来我也问他可被雨冲坏了没有,他说不但没冲,更比上回新了些。我想着,必是这几个朋友新收拾了。我只恨我天天圈在家里,一点儿做不得主,行动就有人知道,不是这个拦就是那个劝的,能说不能行,虽然有钱,又不由我使。"〔索隐〕左史记言,右史记动,凡生长天家者皆有这等感既。可见此书实有所指,非泛写公子哥儿行径也。

柳湘莲道:"这个事也用不着你操心,外头有我,你只心里有了就是了。眼前十月初一日,我已经打点下上坟的花消,你知道我一贫如洗,家里是没有积聚的,纵有几个钱来,随手就光的,不如趁空儿留下这一分,省的到了跟前拮据了。"宝玉道:"我也正为这个要打发焙茗找你,你又不大在家,知道你天天萍踪浪迹,没个一定的去处。"柳湘莲道:"你也不用找我,这个事也不过各尽其道。眼前我还要出门去走走,外头逛逛,三年五载再回来。"

宝玉听了,忙问:"这是为何?"柳湘莲冷笑道:"我的心事,等到跟前你自然知道。我如今要别过了。"宝玉道:"好容易会着,晚上同散岂不好?"湘莲道:"你那令姨表兄还是那样,再坐着未免有事,不如我回避了倒好。"宝玉想一想,说道:"既是这么样,倒是回避了为是。只是你要果真远行,必须先告诉我一声,千万别悄悄的去了。"说着,便滴下泪来。柳湘莲说道:"自然要辞你去,你只休和别人说就是了。"说着

第四十七回　呆霸王调情遭苦打　冷郎君惧祸走他乡

就站起来要走，又道："你就进去罢，不必送我。"一面说，一面出了书房，刚至大门前，早遇见薛蟠在那里乱叫："谁放了小柳儿走了！"柳湘莲听了，火星乱迸，恨不得一拳打死。复思酒后挥拳，又碍着赖尚荣的脸面，只得忍了一忍。薛蟠忽见他走出来，如得了珍宝，忙跄跟着走上去一把拉住，笑道："我的兄弟，你往那里去了？"湘莲道："走走就来。"薛蟠笑道："你一去，都没了兴头了，好歹坐一坐，就算疼我了。凭你什么要紧的事，交给哥哥，只别忙，你有这个哥哥，你要做官发财都容易。"〔索隐〕丑极。当时宗室王公颠顸混浊，疑有此等口吻，作者盖深恶之。

湘莲见他如此不堪，心中又恨又愧，早生一计，拉到他僻净处，笑道："你真心和我好，还是假心和我好呢？"薛蟠听见这话，喜得心痒难搔，乜斜着眼笑道："好兄弟，你怎么问起我这样话来？我要是假心，立刻死在眼前！"湘莲道："既如此，这里不便，等坐一坐，我先走，你随后出来，跟到我下处，咱们索性吃一夜酒。我那里还有两个绝好的孩子，从没出门的，你可连一个跟的人也不用带，到了那里，服侍人都是现成的。"

薛蟠听如此说，喜的酒醒了一半，说："果然如此？"湘莲笑道："如何？人拿真心待你，你倒不信了！"薛蟠忙笑道："我又不是呆子，怎么有个不信的呢！既如此，我又不认得，你先去了，我在那里找你？"湘莲道："我这下处在北门外头，你可舍得家，城外住一夜去？"薛蟠道："有了你，我还要家做什么！"湘莲道："既如此，我在北门外头桥上等你，咱们席上且吃酒去，你看我走了之后你再走，他们就不留神了。"薛蟠听了，连忙答应道："是。"二人复又入席，饮了一回。那薛蟠一发难熬，只拿眼看湘莲，心内越想越乐，左一壶右一壶，并不用人让，自己便吃了又吃，不觉的有八九分了。

湘莲便起身出来，觑人不防出至门外，命小厮杏奴："先家去罢，我到城外就来。"说毕，已跨马直出北门，桥上等候薛蟠。一顿饭的工夫，只见薛骑着一匹大马，远远的赶了来，张着嘴，瞪着眼，头似拨浪鼓一般不住左右乱瞧，〔索隐〕呆霸王之"呆"字，刻划到二十分。及至从湘莲马前过去，只顾往远处瞧，不曾留心近处，湘莲又笑又恨他，便也

《红楼梦》与顺治皇帝的爱情故事

撒马随后跟来。薛蟠往前看时，渐渐人烟稀少，便又圈马回来，再不想一回头见了湘莲，如获奇珍，忙笑道："我说你是个再不失信的。"湘莲笑道："快往前走，仔细人看见跟了来，就不好了。"说着，先就撒马前去，薛蟠也就紧紧跟来。湘莲见前面人烟已稀，且有一带苇塘，便下马，将马拴在树上，向薛蟠笑道："你下来，咱们先设个誓，日后要变了心，告诉人去的，便应誓。"薛蟠笑道："这话有理。"连忙下了马，也拴在树上，便跪下说道："我要日久变心，告诉人去的，天诛地灭！"一言未了，只听"镗"的一声，背后好似铁锤砸下来，只觉得一阵黑，满眼金星乱迸，身不由已，便倒下来，湘莲走上来瞧瞧，知道他是个不惯捱打的，只使了三分气力，向他脸上拍了几下，登时便开了果子铺。薛蟠先还要扎挣起来，又被湘莲用脚尖点了一点，仍旧跌倒，口内说道："原来是两家情愿，你不依，只管好说，为什么哄出我来打我？"一面说，一面乱骂。湘莲道："我把你这瞎了眼的，你认认柳大爷是谁！你不说哀求，你还伤我！我打死你也无益，只给你个利害罢。"说着，便取了马鞭过来，从背后至脚胫，打了三四十下。

薛蟠的酒早已醒了大半，不觉得疼痛难禁，不禁有"嗳哟"之声。湘莲冷笑道："也只如此！我只当你是不怕打的。"一面说，一面又把薛蟠的左腿拉起来，向苇中淖泥处拉了几步，滚的满身泥水，又问道："你可认得我了？"薛蟠不应，只伏着哼哼。湘莲又掷下鞭子，用拳头向他身上擂了几下，薛蟠便乱滚乱叫，说："肋条折了，我知道你是正经人，因为我错听了旁人的话了。"〔索隐〕始而乱骂，继而"嗳哟"，终乃哀求，写来层次井然。湘莲道："不用拉旁人，只说现在的。"薛蟠道："现在也没什么说的，不过你是个正经人，我错了。"湘莲道："还要说软些才饶你。"薛蟠哼哼的道："好兄弟。"湘莲又一拳，薛蟠"嗳哟"了一声，便道："好哥哥。"湘莲又连两拳，〔索隐〕不许其称兄弟、哥哥，彼自为金枝玉叶者，直土粪之不若。薛蟠"嗳哟"叫道："好老爷，饶了我这没眼睛的瞎子罢！从今以后，我敬你怕你了。"

湘莲道："你把那水吃两口。"薛蟠一面听了，一面皱眉道："这水实在肮脏，怎么吃得下去！"湘莲举拳就打，薛蟠忙道："我吃，我吃。"说着，只得俯头向苇根下吃了一口，犹未咽下去，只听"哇"的一声，

第四十七回　呆霸王调情遭苦打　冷郎君惧祸走他乡

把方才吃的东西都吐了出来。湘莲道："好肮脏东西，你快吃完了饶你。"薛蟠听了，叩头不迭说："好歹积阴功饶我罢！〔索隐〕"呆"字、"苦"字，一路写来，极笔酣墨舞之致。这至死不能吃的。"湘莲道："这样气息，倒熏坏了我。"说着丢下薛蟠，便牵马认镫去了。

这里薛蟠见他已去，方放下心来，懊悔自己不该误认了人。待要扎挣起来，无奈遍体疼痛难禁。

谁知贾珍等席上忽不见了他两个，各处找寻不见。有人说："恍惚出北门去了。"薛蟠的小厮素日是惧他的，他吩咐了不许跟去，谁敢找去？后来还是贾珍不放心，命贾蓉带着小厮们寻踪问迹的直找出北门，下桥二里多路，忽见苇抗旁边薛蟠的马拴在那里，众人都道："好了！有马必有人。"一齐来至马前，只听苇中有人呻吟，大家忙走来一看，只见薛蟠的衣衫零碎，面目肿破，没头没脸，遍身内外，滚的似个泥母猪一般。〔索隐〕薛蟠自居为霸王，而作者乃演之为母猪，屏之四夷不与同中国之意。贾蓉心中已猜着八九了，忙下马命人搀了起来，笑道："薛大叔天天调情，今日调到苇子坑里，必定是龙王爷也爱上你风流，要你招驸马去，你就碰到龙犄角上了。"〔索隐〕此回之薛蟠，当系王公贝勒出入官掖，遇美调情之一段故实。至其所属意者，适为天厨珍品，非下界餐烟火人所得染指，冒昧尝试，遂致大受挫辱，堂堂龙种变为泥猪。此处特用"龙王""龙骑角"字样以揭穿之，盖画龙点睛之笔。

薛蟠羞的没地缝儿钻进去，那里爬的上马去？贾蓉命人赶到关厢里雇了一乘小桥子，薛蟠坐了，一齐进城。贾蓉还要抬往赖家去赴席，薛蟠百般苦苦央及他不用告诉人，贾蓉方依允了，让他各自回家。贾蓉仍往赖家回覆贾珍，并说方才的形景，贾珍也知湘莲所打，也笑道："他须得吃个亏才好。"至晚散了，便来问候，薛蟠自在卧房将养，推病不见。

贾母等回来各自归家时，薛姨妈与宝钗见香菱哭的眼睛肿了，问起原故，忙来瞧薛蟠时，脸上身上虽见伤痕，并未伤筋动骨。薛姨妈又是心疼，又是发狠；骂一回薛蟠，又骂一回柳湘莲；意欲告诉王夫人，遣人寻拿柳湘莲，宝钗忙劝道："这不是什么大事，不过他们一处吃酒，酒后反脸常情。谁醉了，多挨几下子打，也是有的。况且咱们家的无法无天，人所共知，妈妈不过是心疼的原故。要出气也容易，等三五天哥哥

《红楼梦》与顺治皇帝的爱情故事

好了出得去的时候,那边珍大爷琏二爷这干人也未必白丢开了,自然备了东道,叫了那个人来,当着众人替哥哥赔不是认罪就是了。如今妈妈先当做大事告诉众人,倒显的妈妈偏心溺爱,纵容他生事招人,今儿偶然吃了一次亏,妈妈就这样兴师动众,倚着亲戚之势欺压常人。"〔**索隐**〕钗娘一席话婉转得体,文字亦借此收束。薛姨妈听了道:"我的儿,到底是你想得到,我一时气糊涂了。"宝钗笑道:"这才好呢,他又不怕妈妈,又不听人劝;一天纵似一天,吃过了两三个亏,他也罢了。"薛蟠睡在炕上痛骂湘莲,又命小厮去拆他的房子,打死他,和他打官司。薛姨妈喝住小厮们,只说柳湘莲一时酒后放肆,如今酒醒,后悔不及,惧罪逃走了。薛蟠听见如此说了,要知端的,且听下回分解。

〔**索隐**〕此回共分两大段:

自开首起,至"收在屋里,不在话下"止,为前半段。以贾母责邢夫人之柔懦无用,赞鸳鸯之精细得力,结束前事,而以斗牌互谑一层为收拾上文之余波,譬之夏日万木阴森,雷雨交作之后,必有暮霭横空,余霞散彩以为雨余之煊染,而于是远山排闼,青翠欲滴;晚花含笑,婀娜迎人;成一幅天然图画矣,文章之道亦复如是。书中于叙一正事之后必缀小文一段,以疏散其机势,深得龙门叙事笔法,而宫中之轶闻琐事,遗金碎玉,亦得于无意中连带出之。如此回斗牌一段,看来自是行文余兴,然文皇后之多财黩货,章皇帝之曲意承欢;以及豫王远征,忌者之乘间逸构,一一曲绘。而在文字上,且可回应四十四回作一关照,文心之周密无微不至。有笔如此,可谓炉锤在手,变化因心矣。

自"这里斗了半日牌"起,至本回完毕,为后半段,为本回调情遭打之正文。呆霸王之懵懂,冷郎君之爽辣,信手写来,曲而能达,意必当时诸王中确有此一桩趣史,惜年湮代远,无从指以实之耳。

〔**护花评**〕贾母若不斗牌,邢夫人如何回去?众人如何又来?是文章借景脱卸法。又借凤姐戏谑了结鸳鸯一案。

第四十七回　呆霸王调情遭苦打　冷郎君惧祸走他乡

又：赖大家一席，不但探春异日兴利除弊，派人管园于此起念，且薛蟠受打，及湘莲救薛蟠、尤三姐自刎等事，皆因此席而起。

又：柳湘莲同秦钟相好，宝玉莲蓬，是借景补写。

又：湘莲向宝玉说眼前就要出门，想见此时湘莲心中已早有算计薛蟠之念。

又：薛蟠要同湘莲打官司，薛姨妈要告知荣府，若无宝钗劝住，不能了结，借此撒开，不但有随起随落之妙，且为后文湘莲救薛蟠地步。

〔**大某评**〕湘莲之诱薛蟠，与凤姐之诱贾瑞同一机杼，而又有别：瑞识凤姐而不自量，若蟠则全不识人，罔之生也，幸而免。

又：此回是九月十四日赖大家吃酒事。

第四十八回　滥情人情误思游艺
　　　　　　慕雅女雅集苦吟诗

话说薛蟠听见如此说了,气方渐平,三五日后,疼痛虽愈,伤痕未平,只装病在家,愧见亲友。

转眼已到十月,因有各铺面伙计内有算年帐要回家的,少不得家内治酒饯行,内有一个张德辉,自幼在薛蟠当铺内揽总,家内也有了二三千金的过活,今岁也要回家,明春方来。因说起"今年纸札香扇短少,明年必是贵的,明年先打发大小儿上来当铺里照管照管,赶端阳前我顺路就贩些纸札香扇来卖。除去关税化消外,亦可以剩得几倍利息"。薛蟠听了,心下忖度:如今我捱了打,正难见人,想着要躲避一年半载,又没处去躲;大大装病,也不是事。况且我长了这么大,文不文武不武,虽说做买卖,究竟戥子算盘从没拿过,地土风俗、远近道路又不知道,〔索隐〕世祖诞生以后,长日匿处深宫,生长于保傅之手,逍遥于脂粉之丛,几于人情世故一物不知。晋惠帝"何不食肉糜"一语,为千古帝王笑柄,世祖早岁盖亦似之。第三回《西江月》词曰:"无故寻愁觅恨,有时似傻似狂,纵然生得好皮囊,腹内原来草莽",正讥之也。第五回室中联曰:"世事洞明皆学问,人情练达即文章",反讽之也。不如也打点几个本钱,和张德辉逛一年来,赚钱也罢,不赚钱也罢;且躲躲羞去。二则逛逛山水也是好的。心内主意已定,至酒席散后,便和气平心与张德辉说知,命他等一二日一同前往。晚间薛蟠告诉他母亲,薛姨妈听了虽是欢喜,但又恐他在外生事,化了本钱倒是末事,因此不命他去,只说:"你好歹守着我,我还能放心些,况且也不用这买卖,等不着这几百银子用。"薛蟠主意已定,那里肯依,只说:"天天又说我不知世务,这个也不知,那个也不学;如今我发狠把那些没要紧的都断了,如今要成

第四十八回　滥情人情误思游艺　慕雅女雅集苦吟诗

人立业，学习买卖，又不准我了，叫我怎么样呢？我又不是个丫头，把我关在家里，何日是个了手？〔索隐〕此为世祖决意亲政之影子。况且那张德辉又是个有年纪的，咱们和他是世交，我同他怎么有错？我就有一时半刻的不好的去处，他自然说我劝我。就是东西贵贱行情，他是知道的，自然色色问他，何等顺利，〔索隐〕此回之张德辉，当指范文程、洪承畴一辈而言，当时创制显庸，规模布置，均出于洪、范诸人之手。世祖亦以为老成硕辅，倚畀方殷，如武乡侯所云：宫中府中，事无巨细，一以谘之。乃薛大郎此行盛气而出，铩羽而返，张德辉之有负委托，即诸臣之不善匡弼。作者明著于此，以正洪、范等人之罪案，笔严铁钺，字挟风霜。倒不叫我去。过两日我不告诉家里，私自打点走了，明年发了财回来，才知道我呢。"〔索隐〕于文章正面是活描薛蟠当时之口吻，于文章隐面实暗射世祖后日之私遁。文心狡狯，不可方物。说毕，赌气睡觉去了。

薛姨妈听他如此说，因和宝钗商议。宝钗笑道："哥哥果然要经历正事，倒也罢了，只是他在家里说着好听，到了外头旧病复发，难拘束他了。但也愁不得许多，他若是真改了，是他一生的福；若不改，妈妈也不能又有别的法子，一半尽人力，一半听天罢了。这么大人了，若只管怕他不知世路，出不得门，干不得事，今年关在家里，明年还是这个样儿。他既说的名正言顺，妈妈就打量着丢了一千八百银子，竟交与他试一试，〔索隐〕竟以天下为孤注矣。横竖有伙计帮着他，也未必好意思哄骗他的。〔索隐〕有好哄骗之机会，而洪、范诸人不能；处好哄骗之地步，而洪、范诸人不敢。自谓腰金带玉，遭际从龙，谁知云散风收，依然功狗。呜呼！谓之何哉，可以鉴矣！二则他出去了，左右没了助兴的人，又没有倚仗的人，到了外头，谁还怕谁？有了时吃，没了时饿着，举眼无靠。他见了这样，只怕比在家里省了事也未可知。"薛姨妈听了，思忖半晌道："倒是你说的是，化两个钱，叫他学些乖来也值。"商议已定，一宿无话。至次日，薛姨妈命人请了张德辉来，在书房中命薛蟠款待酒饭，自己在后廊下，隔着窗子，千言万语嘱托张德辉照管照管。张德辉满口应承，〔索隐〕一则千言嘱托，一则满口应承；到头来终归偾事，亦复何补？吃过饭告辞，又回说："十四日是上好出行日期，〔索

《红楼梦》与顺治皇帝的爱情故事

隐〕特点十四日,寓盈虚消长之意。大世兄即刻打点行李,雇下骡子,十四日一早就长行了。"薛蟠喜之不尽,将此话告诉薛姨妈,薛姨妈便和宝钗香菱并两个年老的嬷嬷连日打点行装,派下薛蟠之奶公老苍头一名,当年谙事旧仆二名,外有薛蟠随身常使小厮二名,主仆一共六人,〔索隐〕有老苍头,有谙事旧仆,有随身常使小厮,一寻常出行,何必如此铺张扬厉?足见其为亲政大典,特简宰执重臣,以匡扶幼主也。雇了三辆大车,单拉行李使物,又雇了四个长行骡子。薛蟠自骑一匹家内养的铁青大走骡,外备一匹坐马。诸事完毕,薛姨妈宝钗等连夜劝戒之言,自不必备说。

至十三日,薛蟠先去辞了他母舅,然后过来辞了贾宅诸人。贾珍等未免又有饯行之说,也不必细述,至十四日一早,薛姨妈宝钗等直同薛蟠出了仪门,母女两个四只眼看他去了,方回来。

薛姨妈上京带来的家人不过四五个,并两三个老嬷嬷小丫头,今跟了薛蟠一去,外面只剩了一两个男子,因此薛姨妈即日到书房,将一应陈设玩器并帘帐等物尽行搬了进来收好,命两个跟去男子之妻一并也进来睡觉,又命香菱将他屋里也收拾严紧,"将门锁了,晚间和我去睡"。宝钗道:"妈妈既有这些人作伴,不如叫菱姐姐和我做伴去,我们园里又空,夜长了,我每夜做活,越多一个人岂不越好。"薛姨妈笑道:"正是我忘了,原该叫他同你去才是。我前日还合你哥哥说,文杏又小,道三不着两的,莺儿一个人不够服侍的,还要买一个丫头来你使。"宝钗道:"买的不知底的,倘或走了眼,花了钱事小,没的淘气。倒是慢慢打听着,有知道来历的,买个还罢了。"一面说,一面命香菱收拾了衾褥妆奁,命一个老嬷嬷并臻儿送至蘅芜院去,然后宝钗和香菱才同回园中来。〔索隐〕香菱本为圆圆影子,此处随宝钗至大观园,即三桂于田畹席上,以细马驮圆圆去之一段故事。

香菱向宝钗道:"我原要和太太说的,大爷去了,我和姑娘做伴去,我又恐怕太太多心,说我贪着园里来玩,谁知你竟说了。"宝钗笑道:"我知道你心里羡慕这园子不是一日两日的了,〔索隐〕吴三桂初慕圆圆名,赍千金往聘,已先为田畹所得,圆圆以不得事吴甚为怏怏。其后寇逼,圆圆乃说田畹纳交三桂,酒次出见,遽从吴去。盖圆圆心钦三桂神

第四十八回　滥情人情误思游艺　慕雅女雅集苦吟诗

武，必欲委身事之，巨眼识英雄，与红拂之奔卫公相似。此处云"我知道你心里羡慕这园子不是一日两日的了"，作者固已放笔明写，不复丝毫躲闪矣。只是没个空儿，就每日来一回，慌慌张张的，也没趣儿。所以趁着机会，越发住上一年，我也多个做伴的，你也遂了你的心。"香菱笑道："好姑娘，趁着这个工夫，你教给我做诗罢。"宝钗笑道："我说你'得陇望蜀'呢，〔索隐〕圆圆身归田畹，心系三桂，的是"得陇望蜀"。我劝你且缓一缓，今儿头一日进来，先出园东角门，从老太太起，各处各人你都瞧瞧，问候一声儿，也不必特意告诉他们搬进园来。若有提起因由儿的，你只带口说我带了你进来做伴儿就完了。回来进了园，再到各姑娘房里走走。"

香菱应着，才要走时，只见平儿忙忙的走来，香菱忙问了好，平儿只得陪笑相问。宝钗因向平儿笑道："我今儿把他带了来做伴儿，正要回你奶奶一声儿。"平儿笑道："姑娘说的是那里的话？我竟没话答言了。"宝钗道："这才是正理，店房有个主人，庙里有个住持，〔索隐〕三桂即席命圆圆拜辞畹，畹爽然而无如何，真是宿店不问主人，入庙不问住持矣。虽不是大事，到底告诉一声，就是园里坐更上夜的人知道添了他两个，也好关门候户的了，你回去就告诉一声罢，我不打发人去说了。"平儿答应着，因又向香菱道："你既来了，也不拜一拜街坊邻舍去？"宝钗笑道："我正叫他去呢。"平儿道："你且不必往我们家去，二爷病了在家里呢。"香菱答应着去了，先从贾母处来，不在话下。

且说平儿见香菱去了，便拉宝钗悄说道："姑娘可听见我们的新文了？"〔索隐〕因一女子之故，而关系及于种族兴亡，不可谓非绝大的新文。宝钗道："我没听见新文，因连日打发我哥哥出门，所以你们这里的事，一概不知道，连姊妹们这两日没见。"平儿笑道："老爷把二爷打了个动不得，难道姑娘就没听见？"宝钗道："早起恍惚听见了一句，也信不真。我也正要瞧你奶奶去呢，不想你来，又是为了什么打他？"

平儿咬牙骂道："都是那什么贾雨村，半路途中那里来的饿不死的野杂种！认了不到十年，〔索隐〕三桂擢自行间，出膺阃寄，前后固不及十年。此处以"饿不死的野杂种"詈之，引狼入室，丧心卖国，率土臣民无不椎心泣血也。生了多少事出来！今年春天，老爷不知在那个地方

《红楼梦》与顺治皇帝的爱情故事

看见几把旧扇子,回家来看家里所有收着的这些好扇子都不中用了,立刻叫人各处搜求。谁知就有个不知死的冤家,混号儿人叫他做石呆子,〔**索隐**〕以身殉国,死守勿去,思宗原可称为呆子。穷的连饭也没的吃,偏他家就有二十把旧扇子,死也不肯拿出大门来。二爷好容易烦了多少情,见了这个人,说之再三,他把二爷请了到他家里坐着,拿出这扇子来略瞧了一瞧。据二爷说,原是不能再得的,全是湘妃、棕竹、麋鹿、玉竹的,〔**索隐**〕锦绣山河。皆是古人写画真迹,〔**索隐**〕黄农遗青。回来告诉了老爷,便叫买他的,要多少银子给他多少。偏那石呆子说:'我饿死冻死,一千银子一把我也不卖!'老爷没法了,天天骂二爷没能为。已经许他五百银子,先兑银子后拿扇子,他只是不卖,只说:'要扇子,先要我的命!'姑娘想想,这有什么法子?谁知那雨村没天理的〔**索隐**〕痛骂三桂,一泄胸中郁积。听见了,便设了法子,讹他拖欠官银,拿了他到衙门里去,说所欠官银,变卖家产赔补,把这扇子抄了来,做了官价送了来。那石呆子如今不知是死是活。老爷问着二爷说:'人家怎么弄了来了?'二爷只说了一句:'为这点子小事,弄的人家倾家败产,也不算什么能为!'〔**索隐**〕三桂入关后,声势赫奕,当时必有羡其得意者。至片石一战,吴军以一当十,所至披靡,尤有能兵之称,然借外力以御强寇,弄得宗社为墟,全家被戮,聚九州之铁铸此大错,果"算什么能为"乎?作者于此盖深恶而痛绝之。老爷听了就生了气,说二爷拿话堵老爷,因此这是第一件大事。这几日还有几件小的,我也记不清,所以都凑在一处,就打起来了。也没拉倒用板子棍子,就站着,不知他拿了什么棍打了一顿,脸上打破了两处。〔**索隐**〕睿王蹑自成之后入据北京,论功行赏。其时八旗将领,有因助战不力者黜罚有差,被谴之员心不能平,遂发混打一顿之语。一说隐讥三桂之为人行事杀不可恕,故云"脸上打破两处",明其无面目复见故国父老也。我们听见姨太太这里有一种药,敷棒疮的,姑娘寻一丸给我呢。"宝钗听了,'忙命莺儿去找了两丸来与平儿。宝钗道:"既这样,你去替我问候罢,我就不去了。"平儿向宝钗答应着去了。不在话下。

且说香菱见了众人之后,吃过晚饭,宝钗等都往贾母处去了,自己便往潇湘馆中来。此时黛玉已好了大半了,见香菱也进园来住,自是欢

第四十八回　滥情人情误思游艺　慕雅女雅集苦吟诗

喜。香菱因笑道："我这一进来了，你得空儿，好歹教给我作诗，就是我的造化了。"黛玉笑道："既要学作诗，你就拜我为师，我虽不通，大略也还教的起你。"香菱笑道："果然这样，我就拜你为师，你可不许腻烦的。"黛玉道："什么难事，也值得去学！不过是起承转合，当中承转是两副对子，平声的对仄声，〔索隐〕圆圆本玉峰歌妓，声艺甲一时，顾止能奏吴，而不能作秦声。为自成奏歌，时有貌甚佳，音不可耐之诮。此处借论诗平仄以隐点其事。虚的对实的，实的对虚的。若是果有了奇句，连平仄虚实不对都使得的。"

香菱笑道："怪道我常弄本旧诗偷空儿看一两首，也有对的极工的，也有不对的；又听见说'一三五不论，二四六分明'，看古人的诗上亦有顺的，亦有二四六上错了的；所以天天疑惑。如今听你一说，原来这些规矩竟是没事的，只要词句新奇为上。"〔索隐〕只要貌美。黛玉道："正是这个道理，词句究竟还是末事，第一是立意要紧。〔索隐〕即第一是立身要紧。若意趣真了，连词句不用修饰，自是好的，这叫做'不以词害意'。"〔索隐〕妇女首重名节，若大节有亏，虽百瑜不掩一瑕，正为圆圆痛下针砭之语。香菱笑道："我只爱陆放翁诗，'重帘不卷留香久，古砚微凹聚墨多'，说的真切有趣！"〔索隐〕以"留香久""聚墨多"状圆圆之为人，谑而虐矣。黛玉道："断不可看这样的诗。你们因不知诗，所以见了这浅近的就爱；一入了这个格局，再学不出来的。你只听我说，你若真心要学，我这里有《王摩诘全集》，你且把他的五言律一百首细细揣摩透熟了，然后再读一百二十首老杜的七言律，次之再把李青莲的七言绝句读一二百首，肚子里先有了这三个人做了底子，〔索隐〕《诗》三百首开宗明义只曰：思无邪。以此三字作根柢，自然立脚得定。然后再把陶渊明、应、刘、谢、阮、庾、鲍等人的一看，你又是这样一个极聪明伶俐的人，不用一年工夫，不愁不是诗翁了！"香菱听了，笑道："既这样，好姑娘，你就把这诗给我拿出来，我带回去，夜里念几首也是好的。"黛玉听说，便命紫鹃将王右丞的五言律拿来，递与香菱，道："你只看有红圈的，都是我选的，〔索隐〕有红圈的方入选，作者微旨。有一首念一首，不明白的问你姑娘，或者遇见我，我讲与你就是了。"

《红楼梦》与顺治皇帝的爱情故事

香菱拿了诗，回至蘅芜院中，诸事不管，只向灯下一首一首的读起来，宝钗连催他数次睡觉，他也不睡，宝钗见他这般苦心，只得随他去了。

一日，黛玉方梳洗完了，只见香菱笑吟吟的送了书来，又要换杜律，黛玉笑道："共记得多少首？"香菱笑道："凡红圈选的我尽读了。"黛玉道："可领略了些没有？"香菱笑道："我倒领略了些，只不知是不是，说与你听听。"黛玉笑道："正要讲究讨论，方能长进，你且说来我听听。"香菱笑道："据我看来，诗的好处，有口里说不出来的意思，想去却是逼真的；有似乎无理的，想去竟是有理有情的。"黛玉笑道："这话有了些意思，但不知你从何处见得？"香菱笑道："我看他《塞上》一首，内一联云：'大漠孤烟直，长河落日圆。'〔索隐〕明点"圆"字。想来烟如何直？日自然是圆的：这'直'字似无理，'圆'字似太俗；〔索隐〕此五字是本回主旨，放胆揭穿，就文法评之是为点缀。然既以'圆'字似太俗"句明露消息，而复以"'直'字似无理"句为之陪衬，遮遮掩掩，若明若灭；文笔狡狯至此，固许天下后世之慧心人读，万不许天下后世之粗心人读也。合上书一想，倒像是见了这景的。若说再找两个字换这两个，竟再找不出两个字来。再还有'日落江湖白，潮来天地青'：这'白'、'青'两个字也是无理。想来，必得这两个字才形容的尽，念在嘴里倒像有几千斤重的一个橄榄似的。还有'渡头余落日，〔索隐〕三引诗句而三言落日，盖以明室就亡寄其感慨，决非泛然征引。墟里上孤烟'：这'余'字和'上'字，难为他怎么想来！我们那年上京来，那日下晚便挽住船，岸上又没有人，只有几棵树，远远的几家人家作晚饭，那个烟竟是青碧连云。谁知我昨儿晚上看了这两句，倒像我又到了那个地方去了。"正说着，宝玉和探春来了，都入座听他讲诗。宝玉笑道："既是这样，也不用看诗，会心处不在远，听你说了这两句，可知'三昧'你也得了。"黛玉笑道："你说他这'上孤烟'好，你还不知他这一句还是套了前人的来。我给你这一句瞧瞧，更比这个淡而现成。"说着便把陶渊明的"暧暧远人村，依依墟里烟"翻了出来，递与香菱。香菱瞧了，点头叹赏，笑道："原来'上'字是从'依依'两个字上化出来的。"宝玉大笑道："你已得了，不用再讲，若再讲倒学离了。你就

第四十八回　滥情人情误思游艺　慕雅女雅集苦吟诗

做起来，必是好的。"

探春笑道："明儿我补一个柬来，请你入社。"香菱笑道："姑娘何苦打趣我，我不过是心里羡慕，才学这个玩罢了。"探春黛玉都笑道："谁不是玩？难道我们是认真做诗么？若说我们真个做诗，出了这园子，把人的牙还笑掉了呢。"宝玉道："这也算自暴自弃了，前日我在外头和相公们商量画儿，他们听见咱们起诗社，求我把稿子给他们瞧瞧，我就写了几首给他们看看，谁不是真心叹服？他们抄了刻去了。"探春黛玉忙问道："这是真的么？"宝玉笑道："说谎的是那架上鹦鹉。"黛玉探春听说，都道："你真真胡闹！且别说都不成诗，便成诗，我们的笔墨也不该传到外头去。"宝玉笑道："这怕什么！古来闺阁笔墨不要传出去，如今也没人知道了。"说着，只见惜春打发了入画来请宝玉，宝玉方去了。香菱又逼着换出杜律，又央黛玉探春二人："出个题目，让我诌去；诌了来，替我改正。"黛玉道："昨夜的月最好，〔索隐〕此回专写圆圆之事，已于书中明白点出，恐人不悟，复以咏月诗揭之。月者，亦寓"圆"字之意。我正要诌一首，未诌成，你就做一首来，十四寒的韵，由你爱用那几个字去。"

香菱听了，喜的拿着诗回来，又苦思一回做两句诗，又舍不得杜诗；又读两首。如此茶饭无心，坐卧不定。宝钗道："何苦自寻烦恼，都是颦儿引的你，〔索隐〕圆圆一生，谓为田畹所玉成可，谓为田畹所坑害亦可。我和他算帐去，你本来呆头呆脑的，再添上这个，越发弄成个呆子了。"香菱笑道："好姑娘，别混我。"一面说，一面做了一首，先与宝钗看，宝钗看了笑道："这个不好，不是这个做法。你别怕臊，只管拿了给他瞧去，看他是怎么说。"香菱听了，便拿了诗找黛玉。黛玉看时，只见写道是：

月到中天夜色寒，清光皎皎影团团。〔索隐〕以"团团"二字代圆圆，明甚。读此而犹不知书中所指者，直可谓之伧父。诗人助兴常思玩，〔索隐〕明圆圆虽具此才色，不过为贵戚名豪所玩赏耳。野客添愁不忍观。〔索隐〕以一身而系兴亡之局，野人遗老以怀故主者，必以圆圆为不祥之物，不忍谈其艳迹。

《红楼梦》与顺治皇帝的爱情故事

梅村诗:"妻子岂应关大计,英雄无奈是多情。"言外寓几许苍凉感喟。翡翠楼边悬玉镜,珍珠帘外挂冰盘。〔**索隐**〕悬之翡翠楼边,挂之珍珠帘外;极写三桂得圆后爱昵珍护之象。良宵何用烧银烛,晴彩辉煌映画栏。〔**索隐**〕即梅村诗所谓无边春色来天地。

黛玉笑道:"意思却有,只是措词不雅,皆因你看的诗少,被他缚住了。把这首诗丢开,再做一首,放开胆子只管去做。"香菱听了,默默的回来,越发连房也不进去,只在池边树下,或坐在山石上出神,或蹲在地下抠地;来往的人都诧异。李纨、宝钗、探春、宝玉等听见此言,都远远的站在山坡上瞧着他笑。只见他皱一回眉,又自己含笑一回。〔**索隐**〕上云"茶饭无心,坐卧不定";此云"皱一回眉,又自己含笑一回"。盖写圆圆进说田畹踌躇定计时之态度。宝钗笑道:"这个人定是疯了!昨夜啯啯哝哝直闹到五更才睡了,没一顿饭的工夫天就亮了,我就听见他起来了,忙忙碌碌梳了头就找颦儿去了。一回来了,呆了一日,做了一首又不好,自然这会子另做呢。"宝玉笑道:"这正是'地灵人杰',老天生人再不虚赋情性的。我们成日叹说,可惜他这么个人竟俗了,谁知到底有今日,可见天地至公。"宝钗听了笑道:"你能够像他这苦心就好了,学什么有个不成的。"宝玉不答。

只见香菱兴兴头头的又往黛玉那边来了,探春笑道:"咱们跟了去,看他有些意思没有。"说着,一齐都往潇湘馆来,只见黛玉正拿着诗和他讲究。众人因问黛玉做的如何,黛玉道:"自然算难为他了,只是还不好,这一首过于穿凿了,还得另作。"众人因要诗看时,只见做道是:

非银非水映窗寒,试看晴空护玉盘。
淡淡梅花香欲染,丝丝柳带露初干。
只疑残粉涂金砌,恍若轻霜抹玉阑。
梦醒西楼人绝迹,余容犹可隔帘看。〔**索隐**〕此是三桂于田畹席上初见圆圆,一时倾倒情状。《圆圆传》:"一雅妆者导诸美而前,三桂不觉神志移荡,遽命解戎装易轻裘,顾谓畹曰:'此非所谓圆圆耶?洵倾城矣!公得毋朝夕拥之乎?'畹逊谢,

第四十八回　滥情人情误思游艺　慕雅女雅集苦吟诗

不知所答，遂畅饮为乐。

宝钗笑道："不像吟月了，月字底下添一个'色'字倒还使得，你看句句是月色。这也罢了，原是诗从胡说来，再迟几天就好了。"

香菱自为这首诗妙绝，听如此说，自己又扫了兴，不肯丢开手，便要思索起来。因见他姊妹们说笑，便自己走至阶下竹前，挖心搜胆的，耳不旁听，目不别视。一时探春隔窗笑说道："菱姑娘，你闲闲罢。"香菱怔怔答道："'闲'字是十五删的，错了韵了。"众人听了，不觉大笑起来。宝钗道："可真诗魔了，都是颦儿引的他！"黛玉笑道："圣人说，'诲人不倦'，他又来问我，我岂有不说的理。"李纨笑道："咱们拉了他往四姑娘房里去，引他瞧瞧画儿，叫他醒一醒才好。"

说着，真个出来拉他过藕香榭，至暖香坞中。惜春正乏倦，在床上歪着睡午觉，画稿立在壁间，用纱罩着。众人唤醒了惜春，揭纱看时，十停方有了三停。见画上有几个美人，因指香菱道："凡会做诗的都画在上头，〔**索隐**〕《石头记》第一回云："半世亲见亲闻的几个异样女子。"又云："闺阁中大有人在，万不可使其泯灭。"故凡南都佳丽于明季有关系者，无不一一搜集，载之于书。你快学罢。"说着，玩笑了一回，各自散去。香菱满心中正是想诗，至晚间对灯出了一回神，至三更以后上床躺下，两眼睁睁，直到五更方才蒙胧睡去了。一时天亮，宝钗醒了，听了一听，他安稳睡了，心下想：他翻腾了一夜，不知可做成了？这会子乏了，且别叫他。正想着，只见香菱从梦中笑道："可是有了，难道这一首还不好？"〔**索隐**〕圆圆以结纳三桂保护身家之说说田畹，其心早有所属；然其彷徨定计，委婉进词，亦复煞费斟酌。书中以月诗之一做再做形容其困难情状，确合。宝钗听着，又是可叹，又是可笑；连忙唤醒了他，问他："得了什么？你这诚心都通了仙了，学不成诗，弄出病来呢。"一面说，一面梳洗了，会同姊妹往贾母处来。

原来香菱苦志学诗，精血诚聚，日间不能做出，忽于梦中得了八句，梳洗已毕，便忙写出来，到沁芳亭，只见李纨与众姊妹方从王夫人处回来，宝钗正告诉他们说他梦中做诗说梦话，众人正笑，抬头见他来了，便都争着要诗看。要知端的，且看下回分解。

《红楼梦》与顺治皇帝的爱情故事

〔索隐〕此回共分三段：

自开首起，至"看他去了，方回来"句止，为第一段。即回目上"滥情人情误思游艺"句之正文，亦即前一回调情遭打之余波。究其命意，实乃讥刺章皇童昏，菽麦不辨；执御执射，一艺难名。当其亲政之初，虽慈母垂帘，叮咛付托；老臣负康，矢谒忠贞；卒不能格君心之非，具回天之力。结果所至，乃致以逝妃夭逝，削发逊荒，声色沉迷，辟千古帝王未有之奇局。书中以薛蟠作喻，游艺而去，惹祸而归，情节正复相同，而"呆霸王"三字亦确有着落。

自"薛姨妈上京带来的家人"句起，至"不在话下"句止，为第二段。叙香菱入园，带叙贾琏挨打，在书中为过渡，在作者之意则痛恨三桂引狼入室，自覆宗邦；胸中愤懑不平之气借此倾吐一二。凡遗闻轶事，正文所不及叙者，于夹缝中随笔补写，此是太史公笔法，班孟坚前后《汉》尚略得衣钵，以外则余子碌碌非所知矣。

自"且说香菱见了众人之后"句起，至本回完毕，为第三段，为回目上"慕雅女雅集苦吟诗"之正文，实则圆圆本传。圆圆心慕三桂英武，以不得委身为憾。寇氛逼毂辅，圆圆乘机说田畹，宛转曲折，求达目的，自以为巨眼识英雄，得人而事矣。以小小儿女私情，酿出掀天揭地之大波折，究其起点，则碧玉小家女，嫁得汝南王，一点向慕虚荣之心，实阶之厉。作者以"慕雅女"三字诘题，可谓得其精髓。又于论诗一段中揭出"'圆'字似太俗"句，明点题旨，金针暗渡，线迹分明。至咏月题而以十四寒为韵，见其在将圆未圆之际眠思梦想，一再推敲，赚人妙计安排果定，中天月色自此长圆。不即不离，表里俱到；项庄舞剑，宜僚弄丸，以方此文，允无愧色。

〔护花评〕薛蟠出门写得行李辉煌，是遇盗之由，所谓慢藏诲盗也。

又：香菱系薛蟠之妾，未便住大观园。然是甄士隐之女，

第四十八回　滥情人情误思游艺　慕雅女雅集苦吟诗

十二金钗之副，必须聚集一处。今借薛蟠出门搬进园中与宝钗作伴，绝无牵强痕迹，即顺写学诗，以便拉入诗社。

又：晴雯撕扇是恃宠撒娇，雨村讹扇是倚势害良，而晴雯之被逐，贾赦之获罪，皆种于此。扇子虽小，可以扇风，可以扇焰，其为祸颇大。

又：贾赦打贾琏，在平儿口中补出，固省笔墨，但若特地说来，殊不得体，故以要棒疮药为由。

〔**大某评**〕石呆子一段小文字，看之似乎闲文，及至后来抄没，即此事亦在罪案中，方知无意中埋伏之妙。此等处最容易草草读过，以负作者之苦心也。

又：此回入壬子年冬十月间事。

第四十九回　琉璃世界白雪红梅
　　　　　　　脂粉香娃割腥啖膻

　　话说香菱见众人正说笑，他便迎上去笑道："你们看这首诗，若使得，我便还学；若还不好，我就死了这做诗的心了。"〔索隐〕计若不成，只得死心塌地随田畹终其身。说着，把诗递与黛玉及众人看时，只见写道是：

　　　　精华欲掩料应难，影自娟娟魄自寒。
　　　　一片砧敲千里白，半轮鸡唱五更残。
　　　　绿蓑江上秋闻笛，红袖楼头夜倚阑。
　　　　博得嫦娥应自问，何缘不使永团圆！〔索隐〕此诗隐寓圆圆之结局。平西在滇，隐蓄异志，圆圆屡谏不从，且内宠既多，爱情衰歇；圆遂披缁礼佛，以女冠自隐。

　　众人看了笑道："这首不但好，而且新巧有意趣，可知俗语说'世上无难事，只怕有心人'。社里一定请你了。"香菱听了心下不信，料着是他们哄自己的话，还只管问黛玉、宝钗等。

　　正说之间，只见几个小丫头并老婆子忙忙的走来，都笑道："来了好些姑娘奶奶们，我们都不认得，奶奶姑娘们快认亲去。"李纨笑道："这是那里的话？你到底说明白了是谁的亲戚？"那婆子丫头都笑道："奶奶的两位妹子都来了。还有一位姑娘，说是薛大姑娘的妹子，〔索隐〕汉人入官者，有小琬之妹董年，孀妇刘三秀；孔有德之女孔四贞，明裔长平公主。还有一位爷，说是薛大爷的兄弟。我这会子请姨太太去呢，奶奶和姑娘们先上去罢。"说着，一径去了。宝钗笑道："我们薛蝌和他妹

第四十九回　琉璃世界白雪红梅　脂粉香娃割腥啖膻

子来了不成？"李纨笑道："或是我婶娘又上京来了？怎么他们都凑在一处？这可是奇事。"

大家来至王夫人上房，只见黑压压的一地，又有邢夫人的嫂子带了女儿岫烟进京来投邢夫人的，可巧凤姐之兄王仁也正进京，两亲家一处搭帮来了。走至半路泊船时，遇见李纨寡婶带着两个女儿——长名李纹，次名李绮——也上京，大家叙起来又是亲戚，因此三家一路同行。后有薛蟠之从弟薛蝌，因当时父亲在京时已将胞妹薛宝琴许配都中梅翰林之子为媳，〔索隐〕此处之宝琴系隐孔四贞，四贞在宫中，太后欲为指婚，四贞以父在日业经许配辞。在欲进京发嫁，闻得王仁进京，他也随后带了妹子赶来，所以今日会齐了来访投各人亲戚。

于是大家见礼叙过，贾母王夫人都欢喜非常。贾母因笑道："怪道昨日晚上灯花爆了又爆，结了又结，原来应到今日。"一面叙些家常，收了带来礼物，一面命留酒饭。凤姐儿自不必说，忙上加忙的；李纨宝钗自然和婶母姊妹叙离别之情。黛玉见了，先是欢喜，后想起众人都有亲眷，独自己孤单无倚，不免又去垂泪。〔索隐〕小琬身世与众不同，当年三吾水绘雪藕调冰，极一时文采风流之盛；侯门深入，陌路萧郎。追念前欢，怆然雪涕。宝玉深知其情，十分劝慰了一番方罢。〔索隐〕情僧于此极难措词，惟有曲尽温存而已。然后宝玉忙忙来至怡红院中，向袭人、麝月、晴雯笑道："你还不快看看去！谁知宝姐姐的亲哥哥是那个样子，他这叔伯兄弟形容举止另是个样子，倒像是宝姐姐同胞的兄弟似的。更奇在你们成日家只说宝姐姐是绝色的人物，你们如今瞧见他这妹子，还有大嫂子的两个妹子，我竟形容不出来了。老天，老天；你有多少灵华灵秀，生出这些人上之人来！可知我井底之蛙，成日家自说现在的这几个人是有一无二的；谁知不必远寻，就是本地风光，一个赛似一个，如今我又长了一层学问了，〔索隐〕世祖生长塞外，耳目所接触无非八旗粉黛北地胭脂，入关以后，骤睹南中佳丽，恍如天女散花，仪态万方；不可逼视，宜其神惊舌挢，膜拜下风。中岁悼亡，遂致以身殉情，遁迹台山，散屣万乘而不惜。除了这几个，难道还有几个不成？"一面说，一面自笑。袭人见他又有些魔意，便不肯去瞧。

晴雯等早去瞧了一遍回来，带笑向袭人说道："你快瞧瞧去！大太太

《红楼梦》与顺治皇帝的爱情故事

一个侄女儿，宝姑娘一个妹妹，大奶奶两个妹妹，倒像一把子四根水葱儿。"〔**索隐**〕以水葱儿喻美人，奇想趣语。

一语未了，只见探春也笑着进来找宝玉，问说："咱们诗社可兴旺了。"宝玉笑道："正是呢，这是一高兴起诗社，鬼使神差来了这些人。但只一件，不知他们可学过做诗不曾？"探春道："我才都问了问，虽是他们自谦，看其光景没有不会的。便是不会也没难处，你看香菱就知道了。"晴雯笑道："他们里头薛大姑娘的妹妹更好，三姑娘看着怎么样？"探春道："果然的，据我看来，连他姐姐并这些人总不及他。"袭人听了，又是诧异，又笑道："这也奇了，还从那里再寻好的去呢？我倒要瞧瞧去。"探春道："老太太一见了，喜欢的无可不可的，已经逼着咱们太太认了干女孩儿了。老太太要养活，刚才已经定了。"宝玉喜的忙问："这话可真么？"探春道："我几时说过诳！"又笑道："老太太有了这个好孙女儿，就忘了你这孙子了。"宝玉笑道："这到不妨，原该多疼女孩儿些是正理，明儿十六，咱们可该起社了。"探春道："林丫头刚起来了，二姐姐又病了；终是七上八下的。"宝玉想："二姐姐又不大做诗，没有他又何妨！"

探春道："索性等几天，等他们新来的混熟了，咱们邀上他们岂不好？这会子大嫂子宝姐姐心里自然没有诗兴的，况且湘云没来，颦儿才好了，人都不合式，不如等着云丫头来了，这几个新的也熟了；颦儿也大好了，大嫂子和宝姐姐心也闲了；香菱诗也长进了，如此邀一满社岂不好？咱们两个如今且往老太太那里去听听，除宝姐姐的妹妹不算外，他一定是在咱们家住家了的；倘或那三个要不在咱们这里住，咱们央告着老太太留下他们也在园子里住了，〔**索隐**〕豫王在江南肆意淫掠，南中妇女稍有姿色者辄被掠北去，二年十月还京时，所携必伙。当日必有人献策，批选尤者入宫，以备掖庭承奉之事。咱们岂不多添几个人，越发有趣了。"宝玉听了，喜的眉开眼笑，忙说道："倒是你明白，我终久是个糊涂心肠，空喜欢了一会子，却想不到这上头。〔**索隐**〕章皇冲龄，未解渔色，侍臣辈固位希宠，导以荒淫。作者特加"想不到这上头"一语，以著其罪案。说着，兄妹两个一齐向贾母来处，果然王夫人已认了薛宝琴做干女儿，〔**索隐**〕四贞自有德殉难后，太后养之宫中，备极矜

第四十九回　琉璃世界白雪红梅　脂粉香娃割腥啖膻

宠,位视和硕格格。贾母欢喜非常,不命往园中住,晚间跟着贾母一处安寝,薛蝌自向薛蟠书房中住下了。贾母和邢夫人说:"你侄女儿也不必家去了,园里住几天,逛逛再去。"

邢夫人兄嫂家中原艰难,这一上京,原仗的是邢夫人与他们治房舍,帮盘缠;听如此说,岂不愿意!邢夫人便将邢岫烟交与凤姐儿,凤姐儿算着园中姊妹多,性情不一,且又不便另设一处,莫若送到迎春一处去,倘日后邢岫烟有些不遂意的事,总然邢夫人知道了,与自己无干。从此后,除邢岫烟家去住的日期不算,若是大观园住到一个月上,凤姐儿亦照迎春分例送一分与岫烟。凤姐儿冷眼掂掇:岫烟心性行为,竟不像邢夫人及他的父母一样,却是极温厚可疼的人,〔索隐〕此回专写孔四贞,故凡如薛宝琴、邢岫烟、史湘云皆暂借为四贞影子。《石头记》文笔极活动,如何影射,初不呆板拘执;或以此扮彼,或以彼演此;或数人合扮一人、或一人分扮数人;或先演其后半节,再演其前半节;或但用之此一场,即不复问其下一场;所以,若大一部书能表里俱圆,头头是道也。四贞以孤露之身托迹宫闱,处境与岫烟极相似,若非事上接下谦和得体,不能久安也。因此凤姐儿反怜他家贫命苦,比别的姊妹多疼他些,邢夫人倒不大理论了。〔索隐〕四贞偕其庶母同时入宫,故此处借邢夫人为喻。贾母王夫人等因素喜李纨贤慧,且年轻守节,令人敬服,今见他寡婶来了,便不肯叫他外头去住。那婶母虽十分不肯,无奈贾母执意不从,只得带着李纹、李绮在稻香村住下了。

当下安插已定,谁知忠靖侯史鼎又迁委了外省大员,不日要带家眷去上任,贾母因舍不得湘云,便留下他了,接到家中,原要命凤姐儿另设一处与他住,史湘云执意不肯,只要和宝钗一处住,因此也就罢了。

此时大观园中比先又热闹了多少,〔索隐〕妃嫔众多,较入关以前体制情形迥不相同了。李纨为首,余者迎春、探春、惜春、宝钗、黛玉、湘云、李纹、李绮、宝琴、邢岫烟,再添上凤姐儿和宝玉,一共十三人,〔索隐〕总结一笔,为承上起下之枢纽。叙起年庚,除李纨纪最长,凤姐次之,余者不过十五六七岁,皆大半同年异月,连他们自己也不能记清谁长谁幼,并贾母王夫人及家中婆子丫头也不能细细分清,不过是"姊""妹""兄""弟"四个字随便乱叫。

《红楼梦》与顺治皇帝的爱情故事

　　如今香菱正满心满意只想做诗,又不敢十分啰唣宝钗,可巧来了个史湘云,那史湘云极爱说话的,那里禁得香菱又请教他谈诗,越发高兴,没昼没夜的高谈阔论起来。宝钗因笑道:"我实在聒噪的受不得了,一个女孩儿家,只管拿着诗做正经事讲起来,叫有学问幻人听了,反笑话说不守本分。一个香菱没闹清,又添上你这个话口袋子;满口里说的是什么:怎么是杜工部之沉郁,韦苏州之淡雅;又怎么是温八叉之绮靡,李义山之隐僻。痴痴癫癫,那里还像两个女儿家呢!"〔**索隐**〕四贞善骑射,性英爽;有丈夫气。康熙四年奉谕开藩广西,延龄虽尚主,一切受制于四贞,不能自主,颇郁郁不自得,此处以湘云况之,神情亦合。说得香菱湘云二人都笑起来。

　　正说着,只见宝琴来了,披着一领斗篷,金翠辉煌,不知何物。宝钗忙问:"这是那里的?"宝琴笑道:"因下雪珠儿,老太太找了这一件给我的。"香菱上来瞧道:"怪道这么好看,原来是孔雀毛织的。"湘云笑道:"那里是孔雀毛,就是野鸭子头上的毛做的,〔**索隐**〕孔雀徒炫文彩,野鸭终非家凫,讥之也。可见老太太疼你了,这么样疼宝玉,也没给他穿。"宝钗笑道:"真真俗语说的,'各人有各人缘法'。我也再想不到他这会子来,即来了,又有老太太这么疼他。"湘云道:"你除了在老太太跟前,就在园里来,这两处只管玩笑吃喝;到了太太屋里,若太太在屋里,只管和太太说笑,多坐一回无妨;若太太不在屋里,你别进去,那屋里人多心坏,都是耍咱们的。"〔**索隐**〕此指世祖废后所居之坤宁宫而言,四贞在宫颇有册封之说,地处嫌疑,废后相待或有令之难堪处。说的宝钗、宝琴、香菱、莺儿等都笑了。宝钗笑道:"说你没心却有心,虽然有心,到底嘴太直了。我们这琴儿,今儿你竟认他做亲姊妹罢。"湘云又瞧着宝琴笑道:"这一件衣裳也只配他穿,别人穿了实在不配。"〔**索隐**〕官中汉人虽多,而封郡主者止四贞一人。

　　正说着,只见琥珀走来笑道:"老太太说了,叫宝姑娘别管紧了琴姑娘,他还小呢;让他爱怎么样就由他怎么样,他要什么东西只管要,别多心。"宝钗忙起身答应了,又推宝琴笑道:"你也不知是那里来的这般福气!你倒去罢,仔细我们委屈了你,我就不信我那些儿不如你。"说话之间,宝玉黛玉进来了,宝钗犹自嘲笑。湘云因笑道:"宝姐姐,你这话

第四十九回　琉璃世界白雪红梅　脂粉香娃割腥啖膻

虽是玩，却有人真心是这样想呢。"琥珀笑道："真心恼的再没别人，就只是他。"口里说，手指着宝玉。宝钗、湘云都笑道："他倒不是这样人。"琥珀又笑道："不是他，就是他。"说着又指黛玉，湘云便不作声。宝钗笑道："更不是了，我的妹妹和他的妹妹一样，他喜欢的比我还甚呢，那里还恼？你信云儿混说，他的那嘴有什么正经。"宝玉素昔深知黛玉有些小性儿，尚不知近日黛玉和宝钗之事，正恐贾母疼宝琴他心中不自在，今见湘云如此说了，宝钗又如此答，再审度黛玉声色亦不似往日，果然与宝钗之说相符，心中甚是不解。因想：他两个素日不是这样的，如今看来竟更比他人好了十倍。一时又见黛玉赶着宝琴叫妹妹，并不提名道姓，直似亲姊妹一般。〔索隐〕董妃当日必与四贞深相结纳，盖彼此同以汉人寄居宫闱，身世感触，宜有惺惺互惜之意。那宝琴年轻心热，且本性聪敏，自幼读书识字，今在贾府住了两日，大概人物已知。又见众姊妹都不是那轻薄脂粉，且又和姐姐皆和气，故也不肯怠慢。其中又见林黛玉是个出类拔萃的，便更与黛玉亲敬异常，宝玉看着只是暗暗的纳罕。

一时宝钗姊妹往薛姨妈房内去后，湘云往贾母处来；林黛玉回房歇着，宝玉便找了黛玉来，笑道："我虽看了《西厢记》，也曾有明白的几句，说了取笑，你还曾恼过。如今想来，竟有一句不解，我念出来你讲讲我听。"黛玉听见，便知有文章，因笑道："你念出来我听听。"宝玉笑道："那《闹简》上有一句说的最好，'是几时孟光接了梁鸿案？'那几个字不过是现成的典，难为他'是几时'三个虚字问的有趣、是几时接了？你说说我听听。"黛玉听了，禁不住也笑起来，因笑道："这原问的好，他也问的好，你也问的好。"宝玉道："先时你只疑我，如今你也没的说了。"黛玉笑道："谁知他竟真是个好人，我往日只当他藏奸。"因把说错了酒令，宝钗怎样说他，连送燕窝病中所谈之事，细细的告诉宝玉，宝玉方知原故，因笑道："我说呢，正纳闷'是几时孟光接了梁鸿案'，原来是从'小孩儿家口没遮拦'上就接了案了。"〔索隐〕董妃入宫，正在桃李华之候。世祖绮年玉貌，情窦初开，当时我我卿卿，为云为雨，虽非教猱升木，或者移尊就月。书中既以可卿、袭人影写于前，复以"从'小孩儿家口没遮拦'上就接了案"句揭载于此；如《西厢

《红楼梦》与顺治皇帝的爱情故事

记》之《拷红》,明正厥罪。

黛玉因又说起宝琴来,想起自己没有姊妹,不免又哭了。宝玉忙劝道:"这又自寻烦恼了,你瞧瞧,今年比旧年越发瘦了,你还不保养。每天好好的,你必是自寻烦恼,哭一会子,才算完了这一天的事。"黛玉拭泪道:"近来我自觉心酸,眼泪却像比旧年少了些的,心里只管酸痛,眼泪却不多。"宝玉道:"这是你哭惯了心里疑惑,岂有眼泪会少的!"正说着,只见他屋里的小丫头子送了猩猩毡斗篷来,又说:"大奶奶才打发人来说,下了雪,要商议明日请人做诗呢。"一语未了,只见李纨的丫头走来请黛玉,宝玉便邀着黛玉同往稻香村来。黛玉换上掐金挖云红香羊皮小靴,罩了一件大红羽绉面白狐狸皮的鹤氅,系一条青金闪绿双环四合如意绦,上罩上雪帽。二人一齐踏雪行来,只见众姊妹都在那里,都是一色大红猩猩毡与羽毛缎斗篷,独李纨穿一件哆啰呢对襟褂子,薛宝钗穿一件莲青斗纹锦上添花洋线番靶丝的鹤氅,邢岫烟仍是家常旧衣,并没避雨之衣。

一时史湘云来了,穿着贾母与他的一件貂鼠脑袋面子大毛黑灰鼠里子、里外发烧大褂子,头上戴着一顶挖云鹅黄片金里大红猩猩毡昭君套,又围着大貂鼠风领。黛玉先笑道:"你们瞧瞧,孙行者来了,〔索隐〕取行者大闹天宫之意。四贞在宫初有册妃之说,后又下册封东宫皇妃之旨,而卒嫁孙延龄开藩广西以去。其间情事暧昧曲折,以意度之,必曾大起风潮,喧传宫禁。他一般的拿着雪褂子,故意装出个小骚达子样儿来。"〔索隐〕清初入关,异言异服,人皆以"骚达子"呼之。湘云笑道:"你们瞧我里头打扮的。"一面说,一面脱了褂子,只见他里头穿着一件半新的靠色三镶领袖、秋香色盘金五色绣龙窄限小袖掩襟银鼠短袄,里面短短的一件水红妆缎狐嵌褶子,腰里紧紧束着一条蝴蝶结子长穗五色宫绦,脚下也穿着鹿皮小靴,越显得蜂腰猿背,鹤势螂形。〔索隐〕当时诸奇女子以冰清玉洁之身,月妒花羞之貌,一一委身胡虏,降志相从;甚且斗媚争妍,互相倾轧,以不得执箕帚、奉巾栉为憾。作者有隐痛于心,故于回目上大书特书曰:"脂粉香娃割腥啖膻"。此处形容各人服式曰猩猩毡斗篷,曰香羊皮小靴;曰白狐狸皮鹤氅;曰番靶丝鹤氅,曰貂鼠脑袋面子黑灰鼠里子里外发烧大褂子,曰挖云鹅黄片金里大红猩猩毡昭君

第四十九回　琉璃世界白雪红梅　脂粉香娃割腥啖膻

套；曰大貂鼠风领，曰五色绣龙银鼠短袄；曰狐嵌褶子，曰蝴蝶结子长穗宫绦；曰鹿皮小靴，不外于禽类兽类者，亦居夷狄则夷狄之之意，犹以为未足。而于形容美人之姿势，乃甚其辞曰："蜂腰猿背，鹤势螂形。"嘻！苟无所为而言，何必唐突西施，一至于是！众人都笑道："偏他只爱打扮成个小子的样儿，原比他打扮女儿更俏丽了些。"湘云笑道："快商议做诗！我听听是谁的东家？"李纨道："我的主意，想来昨日的正日已经过了，再等正日又太远，可巧又下雪，不如咱们大家凑个社，又给他们接风，又可以做诗；你们意思怎么样？宝玉先道："这话很是，只是今日晚了，若到明日，晴了又无趣。"众人都道："这雪未必晴，纵晴了，这一夜下的也够赏了。"李纨道："我这里虽然好，又不如芦雪亭好。我已经打发人弄地炕去了，咱们大家拥炉做诗，老太太想来未必高兴，况且咱们小玩意儿，单给凤丫头个信儿就是了。你们每人一两银子就够了，送到我这里来。"指着香菱、宝琴、李纹、李绮、岫烟，"五个不算外，咱们里头二丫头病了不算，四丫头告了假也不算，你们四分子送了来，我包管五六两银子也尽够了"。宝玉等一齐应诺。因又拟题限韵，李纨笑道："我心里早已定了，等到了明日临期，横竖知道。"说毕，大家又闲话了一回，方往贾母来。本日无话。

到了次日一早，宝玉因心里记挂着这事，一夜没好生得睡，天亮了就爬起来。掀起帐子一看，虽然门窗尚掩，只见窗上光辉夺目，心内早踌躇起来，埋怨定是晴了，日光已出，一面忙起来揭起窗屉，从玻璃窗内往外一看，原来不是日光，竟是一夜雪，下的将有一尺多厚，天上仍是搓棉扯絮一般。

宝玉此时欢喜非常，忙唤起人来，盥漱已毕，只穿一件茄色哆啰呢狐狸皮袄，罩一件海龙小鹰膀褂子；束了腰，披上玉针蓑；戴了金藤笠，登上沙棠屐，忙忙的往芦雪亭来。出了院门，四顾一望，并无二色，远远的是乔松疏竹，自己却似装在玻璃盆内一般。于是走至山坡之下，顺着山脚刚转过去，已闻得一股寒香扑鼻，回头一看，却是妙玉那边栊翠庵中有十数株红梅如胭脂一般，映着雪色，分外显得精神，〔**索隐**〕小琬于众美中自有亭亭独秀之概，故此处以梅况之，梅即影梅庵也。好不有趣！宝玉便立住，细细的赏玩了一回方走，只见蜂腰板桥上一个人打

《红楼梦》与顺治皇帝的爱情故事

着伞走来,是李纨打发了请凤姐儿去的人。宝玉来至芦雪亭,只见丫头婆子还在那里扫雪开径。原来这芦雪亭盖在一个傍山临水河滩之上,一带几间,茅檐土壁,横篱竹牖;推窗便可垂钓,四面皆是芦苇掩覆;一条去径迤逦穿芦渡苇过去,便是藕香榭的竹桥了。众丫头婆子见他披蓑戴笠而来,〔索隐〕讥之深矣。都笑道:"我们才说正少一个渔翁,如今果然全了,〔索隐〕以情僧为渔翁,寓鹬蚌相争,渔翁得利之意。姑娘们吃了饭才来呢,你也太性急了。"宝玉听了,只得回来,刚至沁芳亭,见探春正从秋爽斋出来,围着大红猩猩毡的斗篷,戴着观音兜;扶着个小丫头,后面一个妇人打着一把青绸油伞。宝玉知道他往贾母处去,遂立在亭边,等他来到,二人一同出园前去,宝琴正在里间房内梳洗更衣。

一时众姊妹来齐,宝玉只嚷饿了,连连催饭,好容易等到摆上饭时,一样菜是牛乳蒸羊羔。贾母便说:"这是我们有年纪人的菜,没见天日的东西,可惜你们小孩子吃不得。今儿另外有新鲜鹿肉,你们等着吃罢。"众人答应了,宝玉却等不得,只拿茶泡了一碗饭,就着野鸡爪子,〔索隐〕牛乳蒸羊羔,鲜鹿肉;野鸡爪子;一派腥膻,映带上文,以见吃的着的无一非没见天日的东西。忙忙的爬拉完了。贾母道:"我知道你们今儿又有事情,连饭也不顾吃。"便叫"留着鹿肉与他晚上吃罢"。凤姐儿忙说:"还有呢,吃残了的倒罢了。"〔索隐〕讥董妃耶?讥情僧耶?不堪极矣。史湘云便和宝玉计较道:"有新鹿肉,不如咱们要一块,自己拿到园里弄着,又吃又玩。"〔索隐〕语中有刺。宝玉听了,真和凤姐要了一块,命婆子送入园去。

一时大家散后,进园齐往芦雪亭来,听李纨出题限韵,独不见湘云宝玉二人。黛玉道:"他两个再到不得一处,若到了一处,生出多少故事来。"〔索隐〕四贞本有册妃之说,恐与情僧亦复不干不净。这会子一定算计那块鹿肉去了。"正说着,只见李婶娘也走来看热闹,因问李纨道:"怎么那一个带玉的哥儿和那一个挂金麒麟的姐儿,那样干净清秀,又不少吃的,他两个在那里商议着要吃生肉呢,说的有来有去的,我只不信肉也生吃得的。"众人听了,都笑道:"了不得,快拿他两个来。"黛玉笑道:"这可就是云丫头闹的,我的卦再不错。"

李纨即忙出来找着他两个说道:"你们两个要吃生的,我送你们到老

第四十九回　琉璃世界白雪红梅　脂粉香娃割腥啖膻

太太那里吃去，〔**索隐**〕以老太太压之，其实小琬之被纳，安知非孝庄所许？第五回书中所谓"漫言不肖皆荣出，造衅开端实在宁"也。那怕一只生鹿撑病了，不与我相干，这么大雪，怪冷的，快替我做诗去罢。"宝玉忙笑道："没有的事，我们烧着吃呢。"李纨道："这还罢了。"只见老婆子们拿了铁炉、铁叉、铁丝蒙来，李纨道："仔细割了手，不许哭！"说着，方进去了。

那边凤姐打发了平儿回复不能来，为发放年例正忙，湘云见了平儿，那里肯放。平儿也是个好玩的，素日跟着凤姐儿无所不至，见如此有趣，乐得玩笑，因而褪去手上的镯子，三个人围着火，平儿便要先烧三块吃。那边宝钗、黛玉平素看惯了，不以为异；宝琴等及李婶娘深为罕事。探春与李纨等已议定了题韵。探春等道："你们闻闻，香气这里都闻见了，我也吃去。"说着，也找了他们来，李纨也随来说："客已齐了，你们还吃不够？"湘云一面吃，又一面说道："我吃这个方爱吃酒，吃了酒才有诗；若不是这鹿肉，今儿断不能做诗。"说着，只见宝琴披着凫靥裘站在那里笑。湘云笑道："傻子，你来尝尝。"宝琴笑道："怪肮脏的。"〔**索隐**〕微词。宝钗笑道："你尝尝去，好吃的很呢。〔**索隐**〕微词。你林姐姐弱，吃了不消化，不然他也爱吃。"〔**索隐**〕微词。宝琴听了，便过去吃了一块，果然好吃，〔**索隐**〕微词。便也吃起来。一时凤姐儿打发小丫头来叫平儿，平儿说："史姑娘拉着我呢，你先去罢。"小丫头去了。一时只见凤姐儿也披了斗篷走来，笑道："吃这样好东西，也不告诉我！"说着也凑在一处吃起来。〔**索隐**〕微词。黛玉笑道："那里找这一群化子去！罢了，罢了，今日芦雪亭遭劫，生生被云丫头作践了，我为芦雪亭一大哭！"〔**索隐**〕乾清宫遭劫，当为乾清宫一大哭。湘云冷笑："你知道什么！'是真名士自风流'〔**索隐**〕不愧为风流天子。你们都是假清高，最可厌的，我们这会子腥的膻的大吃大嚼，回来却是锦心绣口。"〔**索隐**〕此是作者调侃语，以见天下后世所传为尊严神武之天子，窥其内容则皆淫靡龌龊，不足为外人道。宝钗笑道："你回来若做的不好了，把那肉掏出来，就把这雪压芦苇子摁上些，以完此劫。"

说着，吃毕，洗了一回手，平儿带镯子时却少了一个，左右前后乱找了一番，踪迹全无。〔**索隐**〕淫盗相连。众人都诧异，凤姐儿笑道：

《红楼梦》与顺治皇帝的爱情故事

"我知道这镯子的去向,你们只管做诗去,我们也不用找,只管前头去,不出三日包管就有了。"说着又问:"你们今儿做什么诗?老太太说了,离年又近了,正月里还该做些灯谜儿大家玩笑。"

众人听了,都笑道:"可是呢,倒忘了,如今赶着做几个好的,预备着正月里玩。"说着,一齐来至地炕屋内,只见杯盘果菜俱已摆齐了,墙上已贴出诗题、韵脚、格式来了,宝玉湘云二人忙看时,只见题目是"即景联句,五言排律一首,限二萧韵",〔索隐〕清虽隆盛,而实自世祖荒淫以后,已渐种萧索之概。后面尚未列次序。李纨道:"我不大会做诗,我只起三句罢,然后谁先得了谁先联。"宝钗道:"到底分个次序。"要知端的,且看下回分解。

〔索隐〕此回以诗社为纬,一气到底,而细加体会,全回仍可分为四段:

自开首起,至"还只管问黛玉宝钗等"句止,为第一段,将上回咏月诗作一小小结束;

自"正说之间",起,至"四个字随便乱叫"句止,为第二段,群贤毕集,诗社极盛时代,借此作一总结,振起下文,是得力于《史》《汉》文字,不可混乱读过;

自"如今香菱正满心满意"起,至"岂有眼泪会少的"句止,为第三段,为中间过渡之文,顺写钗黛纳交,及绛珠还泪,一处处映带,骨节灵通,作者才大心细,虽似不作意处,仍无一闲笔赘句;

自"正说着"起,至本回完毕,为第四段。乃系本回正文,作者主旨已于回目中"脂粉香娃割腥啖膻"八字全行点出,此处不过认定题目,极力渲染,故凡服色饮食无一非腥膻之品。南都粉黛,天朝佳丽;结队成群,争以媚夷为得计;作者有隐痛焉。犹恐凡夫俗子不谙其命意所在,乃于篇末大声疾呼曰:"芦雪亭遭劫,我为芦雪亭一大哭!"呜呼!江山依旧,风景全非;岘首登临,新亭雪涕。知我者谓我心忧,不知我者谓我何求?虽然彼鲐背黄耇,且摇头摆尾,以新朝景命为荣,

第四十九回　琉璃世界白雪红梅　脂粉香娃割腥啖膻

于妇人女子何责？此则弦外之音，在善读者以意逆志，斯得之耳。

〔护花评〕 第三首月诗固好，然一片砧声，五更残月，及秋江独夜，团圞不永等句，不但为香菱结果影子，且是黛玉、宝钗小照。

又：薛、李、邢、王四家亲戚路遇齐来，省却许多笔墨。若逐家分起各叙，头绪既繁，文亦冗杂，是文章并叠类叙法。

又：琥珀戏玩，反挑宝琴已有婿家，又借此写出黛玉与宝钗相得情况。

又：宝玉借《西厢》问黛玉，又借《西厢》解语，灵巧恰合，又照应前文。

又：各人装束各有好看，惟邢岫烟仍是家常衣服更为好看，又伏下文凤姐送衣、宝钗赎当等事。

又：宝玉吃饭慌忙，贾母已知有事，下回冒雪而来方不突兀。

又：平儿失镯，伏晴雯撵坠儿事。

〔大某评〕 不料吃螃蟹之后，又得此一段吃鹿肉妙文。吃螃蟹写得十分飞扬，吃鹿肉又写得十分闲雅；真是才子之文。

又：此回入壬子年冬时事。

第五十回　芦雪亭争联即景诗
　　　　　　暖香坞雅制春灯谜

　　话说薛宝钗道："到底分个次序，让我写出来。"说着，便令众人拈阄为序，起首拈是李氏，然后按次各名开出。凤姐儿道："既这样说，我也说一句在上头。"众人都笑起来了，说："这样更妙了。"宝钗将稻香老农之上补了一个"凤"字，李纨又将题目讲与他听。

　　凤姐儿想了半日，笑道："你们别笑话我，我只有了一句粗话，可是五个字的，下剩的我就不知道了。"众人都笑道："越是粗话越好，你说了就只管干正事去罢。"凤姐儿笑道："想下雪必刮北风，昨夜听见一夜的北风，我有一句，这一句就是'一夜北风紧'，使得使不得我就不管了。"众人听说，都相视笑道："这句虽粗，不见底下的，这正是会作诗的起法。不但好，而且留了写不尽的多少地步与后人。就是这句为首，稻香老农快写上续下去。"凤姐和李婶娘平儿又吃了两杯酒，自去了。这里李纨便写了：

　　一夜北风紧，〔**索隐**〕本回回目标明日"即景诗"，而回末复以怀古诗作结，见其为怆怀国家、即事志慨之作。开首第一句为"一夜北风紧"五字，警报迭传，寇氛甚恶；自太宗以七大恨誓师伐明，而边疆从此多事矣。

自己联道：

　　开门雪尚飘。入泥怜洁白，

第五十回　芦雪亭争联即景诗　暖香坞雅制春灯谜

香菱道：

　　匝地惜琼瑶。〔**索隐**〕排出匝地，喻其军容之盛。
　　有意荣枯草，

探春道：

　　无心饰萎苗。价高村酿熟，

李绮道：

　　年稔府粱饶。〔**索隐**〕千仓万廪，喻其粮饷之足。
　　葭动灰飞管，

李纹道：

　　阳回斗转杓。寒山已失翠，〔**索隐**〕松山之败，明已失其险要。

岫烟道：

　　冻浦不生潮。易挂疏枝柳，

湘云道：

　　难堆破叶蕉。麝煤融宝鼎，

宝琴道：

　　绮袖笼金貂。〔**索隐**〕寇祸日逼，庭臣之酣歌恒舞如故。
　　光夺窗前镜，

· 599 ·

《红楼梦》与顺治皇帝的爱情故事

黛玉道：

香粘壁上椒。〔**索隐**〕椒房外戚如周，田辈，无丝毫爱国心。斜风仍故故，

宝玉道：

清梦转聊聊。〔**索隐**〕翔风破户，绮梦未醒。
何处梅花笛？

宝钗道：

谁家碧玉箫？〔**索隐**〕三桂奉命专征，意气甚盛；乃自夺取圆圆后，留滞不行，严诏促之，始赴前敌。以"何处""谁家"讽刺之，笔意冷酷。
鳌愁坤轴陷，〔**索隐**〕咏雪即景诗，断无用"鳌愁坤轴陷"之句，其为意有所指可知。

李纨笑道："我替你们看热酒去罢。"宝钗命宝琴续联，只见湘云起来道：

龙斗阵云销。野岸回孤棹，

宝琴也联道：

吟鞭指灞桥。〔**索隐**〕自成西遁，清兵直指燕京矣。
赐裘怜抚戍，

湘云那里肯让人，且别人也不如他敏捷，都看他扬眉挺身的说道：

加絮念征徭。〔**索隐**〕从征将士，封赏有差。

第五十回　芦雪亭争联即景诗　暖香坞雅制春灯谜

　　拗垤审夷险，

宝钗连声赞好，也便联道：

　　枝柯怕动摇，〔**索隐**〕殷顽蠢动，邦基未固。
　　皑皑轻趁步，

黛玉忙联道：

　　剪剪舞随腰。苦茗成新赏，

一面说，一面推宝玉，命他联。宝玉正看宝钗、宝琴、黛玉三人共战湘云，十分有趣，那里还顾得联诗？今见黛玉推他，方联道：

　　孤松订久要。〔**索隐**〕三藩封建，金书铁券；似乎与国
　　同休。
　　泥鸿从印迹，

宝琴接着联道：

　　林斧或闻樵。伏象千峰凸，

湘云忙联道：

　　盘蛇一径遥。花缘经冷结，

宝钗与众人又都赞好。探春联道：

　　色岂畏霜凋。〔**索隐**〕大难削平，四方一统；自以为帝王
　　万世之业。

《红楼梦》与顺治皇帝的爱情故事

　　深院惊寒雀,

湘云正渴了,忙忙的吃茶,已被岫烟接着联道:

　　空山泣老鸮。阶墀随上下,

湘云忙丢了茶杯联道:

　　池水任浮漂。〔**索隐**〕此四句状前朝宗室遗老逃亡窜匿之象。
　　照耀临清晓,

黛玉忙联道:

　　缤纷入永宵。诚忘三尺冷,

湘云忙笑联道:

　　瑞释九重焦。〔**索隐**〕河清龙见,粉饰承平。
　　僵卧谁相问?

宝琴也忙笑联道:

　　狂游客喜招。〔**索隐**〕此二句讥其不恤民隐,而惟知征歌选色,以自佚乐;即工部诗所谓:"朱门酒肉臭,路有冻死骨"也。

　　天机断缟带,〔**索隐**〕风流天子,略分言情。
　　湘云又忙道:

第五十回　芦雪亭争联即景诗　暖香坞雅制春灯谜

　　海市失鲛绡。〔索隐〕一舸西施，载与俱去；虞山如皋，虽百计访求，而已珠沉碧海矣。

林黛玉不容他道出，接着便道：

　　寂寞封台榭，〔索隐〕大桥甲第，水绘楼台；蛛网尘封，黯然无色。

湘云忙联道：

　　清贫怀箪瓢。〔索隐〕反刺刘董之萦情富贵，不复眷怀故剑。

宝琴也不容情，也忙道：

　　烹茶水渐沸，

湘云见这般，自为得趣，又是笑，又忙联道：

　　煮酒叶难烧。

黛玉也笑道：

　　没帚山僧扫，

宝琴也笑道：

　　埋琴稚子挑。

湘云笑弯了腰，忙念了一句，众人问道："到底说的是什么？"湘云道：

《红楼梦》与顺治皇帝的爱情故事

  石楼闲睡鹤,

黛玉笑得握着胸口,高声喊道:

  锦罽暖亲猫。

宝琴也忙笑道:

  月窟翻银浪,

湘云忙联道:

  霞城隐赤标。

黛玉忙笑道:

  沁梅香可嚼,

宝钗笑称"好句",也忙联道:

  林竹醉堪调。

宝琴也忙道:

  或湿鸳鸯带,

湘云忙联道:

  时凝翡翠翘。〔**索隐**〕以上十余句是一幅宫中行乐图,叠

第五十回　芦雪亭争联即景诗　暖香坞雅制春灯谜

用"亲猫""睡鹤""月窟""霞城"等字,以形其秽亵。

黛玉又忙道:

　　无风仍脉脉,

宝琴又忙笑联道:

　　不雨亦潇潇。

湘云伏着已笑软了。众人看他三人对抢,也都不顾作诗,看着也只是笑。黛玉还推他往下联,又道:"你也有才尽力穷之时,我听听还有什么舌头嚼了!"湘云只伏在宝钗怀里笑个不住,宝钗推他起来:"你有本事,把'二萧'的韵全用完了,我才服你。"湘云起身笑道:"我也不是做诗,竟是抢命呢。"众人笑道:"倒是你自己说罢。"探春早已料定没有自己联的了,便早写出来,因说:"还没收住呢。"李纹听了,接过来便联了一句道:

　　欲志今朝乐,

李绮收了一句道:

　　凭诗祝舜尧。〔**索隐**〕点眼,以明此诗之作是击壤之歌,
　　非谢庄《雪赋》。

李纨道:"够了,够了;虽没做完了韵,腾挪的字若生扭了,倒不好了。"〔**索隐**〕虽未穷形尽相,而以余味曲包;过于显豁,必致生扭,此作者自道甘苦语,亦点醒后人语。说着,大家来细细评论一回,独湘云的多,都笑道:"这都是那块鹿肉的功劳。"李纨笑道:"逐句评去却还一气,只是宝玉又落了第了。宝玉笑道:"我原不会联句,只好担待我罢。"李

《红楼梦》与顺治皇帝的爱情故事

纨笑道:"也没有社社担待的,又说韵险了,又整误了;又不会联句,今日必罚你。我才看见栊翠庵的红梅有趣,我要折一枝来插瓶,可厌妙玉为人,我不理他。如今罚你取一枝来插着玩儿。"众人都道:"这罚的又雅又有趣。"

宝玉也乐为,答应着就要走。湘云、黛玉一齐说道:"外头冷得很,你且吃杯热酒再去。"于是湘云早执起壶来,黛玉递了一个大杯,满斟了一杯。湘云笑道:"你吃了我们这酒,要取不来,加倍罚你。"宝玉忙吃了一杯,冒雪而去。

李纨命人好好跟着,黛玉忙拦说:"不必,有了人反不得了。"〔**索隐**〕微行访艳,自无车骑相随之理。李纨点头道是,一面命丫鬟将一个美女耸肩瓶拿来,贮了水准备插梅,〔**索隐**〕预营金屋以备藏娇。世祖好微行,多外宠;当时游龙戏凤,载宝而归;或有出于宫中赌胜,一显身手之举。趣闻艳事,传诸道路,作者躬逢其盛,那得不珥笔簪毫,为帝王本纪放一异彩。因笑道:"回来该吟红梅了。"湘云忙道:"我先作一首。"宝钗笑道:"今日断不容你再作了,你都抢了去,别人都闲着了,没趣。回来罚宝玉,他说不会联句,如今就叫他自己作去。"黛玉笑道:"这话很是。我还有主意,方才联句不够,莫若拣那联很少的人作红梅诗。"宝钗笑道:"这话是极。方才邢李三位屈才,且又是客,琴儿和颦儿、云儿他们抢了许多,我们一概都别作,只他们三人作才是。"李纨因说:"绮儿也不大会作,还是让琴妹妹罢。"宝钗只得依允,又道:"就用'红梅花'三个字作韵,每人一首七言律:邢大妹妹作'红'字,你们李大妹妹作'梅'字,琴儿作'花'字。"李纨道:"饶过宝玉去,我不服。"湘云忙道:"有个好题目命他作。"众人问何题,湘云道:"命他就作'访妙玉乞红梅',岂不有趣?",众人听了,都说有趣。一语未了,只见宝玉笑欣欣擎了一枝红梅进来,众丫鬟忙已接过,插入瓶内,众人都过来赏玩,宝玉笑道:"你们如今赏罢,也不知费了我多少精神呢。"〔**索隐**〕语妙双关,是作者故弄狡狯,明透消息。

说着,探春早又递过一钟暖酒来,众丫鬟上来接了蓑笠掸雪,各人房中丫鬟都添送衣服来,袭人也遣人送了半旧的狐腋褂来。李纨命人将那蒸的大芋头〔**索隐**〕糕点名目极多,独取"大芋头"三字,是何用

第五十回　芦雪亭争联即景诗　暖香坞雅制春灯谜

意？意者，二五之精，妙合而凝；一索得男，龙头崭露。盛了一盘，又将朱橘、黄橙、橄榄等物盛了两盘，命人带与袭人去。〔索隐〕喜果彩蛋，宫中当日犹沿外间俗尚。

湘云且告诉宝玉方才的诗题，又催宝玉快作，宝玉道："好姐姐、好妹妹，让我们自己用韵罢，别限韵了。"众人都说："随你作去罢。"

一面说一面大家看梅花。原来这一枝梅花只有二尺来高，旁有一枝纵横而出，约有二三尺长。其间小枝分歧，或如蟠螭；或如僵蚓，或孤削如笔，或密聚如林；真乃花吐胭脂，香欺兰蕙，〔索隐〕极意形容美人之美，是一篇《洛神赋》。各各称赏。谁知岫烟、李纹、宝琴三人都已吟成，各自写了出来。众人便依"红梅花"三字之序看去，写道：

赋得红梅花（得"红"字）　　邢岫烟

〔索隐〕书中凡言及梅事皆隐指董妃，此特标明为"红梅"，以明别有所指。辟疆《忆语》谓："姬酷爱梅，然秾艳肥红则非其所赏。"以是知红梅之非董妃，意者帝之所眷另有一人，或即妃之妹董年，故同一梅花而以红白区别之。

桃未芳菲杏未红，冲寒先喜笑东风。

魂飞庾岭春难辨，霞隔罗浮梦未通。

绿萼添妆融宝炬，缟仙扶醉跨残虹。

看来岂是寻常色，浓淡由他冰雪中。

赋得红梅花（得"梅"字）　　李　纹

白梅懒赋赋红梅，〔索隐〕明言不赋白梅，以见其非指董妃。

逞艳光迎醉眼开。

冻脸有痕皆是血，酸心无限亦成灰。

误吞丹药移真骨，偷下瑶池脱旧胎。

江北江南春灿烂，寄言蜂蝶漫疑猜。

赋得红梅花（得"花"字）　薛宝琴

疏是枝条艳是花，春妆儿女竞奢华。

闲庭曲槛无余雪，流水空山有落霞。

《红楼梦》与顺治皇帝的爱情故事

> 幽梦冷随红袖笛,游仙香泛绛河槎。
>
> 前身定是瑶台种,无复相疑色相差。〔**索隐**〕三首酷似催妆诗,而宝玉所赋则定情诗也。

众人看了,都笑着称赞了一回,又指末一首更好。宝玉见宝琴年纪最小,才又敏捷,黛玉、湘云二人斟了一小杯酒,齐贺宝琴。宝钗笑道:"三首各有好处,你们两个天天捉弄厌了我,如今又捉弄他来了。"李纨又问宝玉:"你可有了?"宝玉忙说:"我倒有了,才一看见这三首,又吓忘了;等我再想。"湘云听说,便拿了一枝铜火箸击着手炉,笑道:"我击了,若鼓绝不成,是要罚的。"宝玉笑道:"我已有了。"黛玉提起笔来,笑道:"你念,我写。"湘云便击了一下,笑道:"一鼓绝。"宝玉笑道:"有了,你写罢。"众人听他念道:

> 酒未开尊句未裁,

黛玉写了,摇头笑道:"起得平平。"湘云又道:"快着!"宝玉笑道:

> 寻春问腊到蓬莱。

黛玉、湘云都点头笑道:"有些意思了。"宝玉又道:

> 不求大士瓶中露,为乞嫦娥槛外梅。〔**索隐**〕以其时考之,董年当亦齿长于情僧,已嫁而寡,故以嫦娥为喻。

黛玉写了,摇头说:"小巧而已。"湘云将手炉又敲了一下,宝玉笑道:

> 入世冷挑红雪去,离尘香割紫云来。
>
> 槎枒谁惜诗肩瘦,衣上犹沾佛院苔。〔**索隐**〕年于孀居后,或亦长斋礼佛耶?

第五十回　芦雪亭争联即景诗　暖香坞雅制春灯谜

黛玉写毕，湘云大家才评论时，只见几个丫鬟跑进来道："老太太来了。"众人忙迎出来。大家又笑道："怎么这等高兴？"说着，远远见贾母围了大斗篷，戴着灰鼠暖兜，坐着小竹轿，打着青绸油伞，鸳鸯、琥珀等五六个丫鬟，每人都是打着伞，拥轿而来。李纨等忙往上迎，贾母命人止住道："只站在那里就是了。"来至跟前，贾母笑道："我瞒着你太太和凤丫头来了，大雪地下我坐着这个无妨，没的叫他娘儿们踏雪。"众人忙一面上前接斗篷，搀扶着，一面答应着。贾母来至室中，先笑道："好俊梅花！"〔索隐〕入宫待选，当亦见赏于太后。你们也会乐，我也不饶你们。"说着，李纨早命人拿了一个大狼皮褥子来铺在当中，贾母坐了，因笑道："你们只管照旧玩笑吃喝，我因为天短了，不敢睡中觉，抹了一会牌，想起你们来了。我也来凑个趣儿。"李纨早又捧过手炉来，探春另拿了一副杯箸来，亲自斟了暖酒，奉与贾母。贾母便饮了一口，问那个盘里是什么东西，众人忙捧了过来，回说是糟鹌鹑。〔索隐〕鹌鹑好斗，糟则有铩羽之意。贾母说："这倒罢了，撕一点子腿儿来。"李纨忙答应了，要水洗手，亲自来撕，贾母说："你们仍旧坐下说笑，我听着才喜欢。"又命李纨："你也只管坐下，就如同我没来的一样才好，不然我就走了。"众人听了，方才依次坐下，只李纨坐到尽下边。

贾母因问："你们作什么玩呢？"众人便说："做诗呢。"贾母道："有做诗的，不如做些灯谜儿，大家正月里好玩。"众人答应，说笑了一回，贾母便说："这里潮湿，你们别久坐，仔细着了凉。倒是你四妹妹那里暖和，我们到那里瞧瞧他的画儿，赶年可能有了不能。"众人笑道："那里能年下就有了，只怕明年端阳才有呢。"〔索隐〕太平闲人评：见画中人不能交泰，只为一炉而已。故一复五月才有，颇中窾要。贾母道："这还了得！他竟比盖这园子还费工夫了。"说着，仍坐了竹椅轿子，大家围随，过了藕香榭，穿入一条夹道多东西两边皆是过街门，门楼上里外都嵌着石头匾。如今进的是西门，向外的匾上凿着"穿云"二字，向里的凿着"度月"两字。〔索隐〕"穿云"者，为云为雨也；"度月"者，待月迎风也。《石头记》于小小命名处皆有用意。来至堂中，进了向南的正门，贾母下了轿，惜春已接了出来。从里面游廊过去，便是惜春卧房，门斗上有"暖香坞"三字。〔索隐〕坞可藏春，既香复暖，无

《红楼梦》与顺治皇帝的爱情故事

愁天子可以终老是乡矣。早有几个人打起猩红毡帘,已是温香拂脸。

大家进入房中,贾母并不归坐,便问惜春画在那里,惜春因笑回:"天气寒冷了,胶性皆凝涩不润,画了恐不好看,故此收起来了。"贾母笑道:"我年下就要了,你别托懒儿,快拿出来给我快画。"

一语未了,忽见凤姐儿披着紫羯绒褂,笑嘻嘻来了,口内说道:"老祖宗今儿也不告诉人,私自就来了,要我好找。"贾母见他来了,心中喜欢,道:"我怕你们冷着了,所以不许人告诉你们去,你真是个鬼灵精儿,到底找了我来。论礼,孝敬也不在这上头。"凤姐儿笑道:"我那里是孝敬的心找了来?我因为到了老祖宗那里,鸦没雀静的,问小丫头子们,他又不肯叫我找到园里来,我正疑惑,忽然又来了两三个姑子,我心里才明白了。那姑子必是来送年疏,或要年例、香例银子,老祖宗年下的事也多,一定是躲债来了。我赶忙问了那姑子,果然不错,我连忙把年例给了他们去了。如今来回老祖宗,债主儿已去了,不用躲着了;已预备下稀嫩的野鸡,请用晚饭去罢,再迟一回就老了。"他一行说,众人一行笑。凤姐儿也不等贾母说话,便命人抬过轿来。贾母笑着,挽了凤姐儿的手,仍上了轿,带着众人,说笑出了夹道东门,一看四面粉妆银砌,忽见宝琴披着凫靥裘站在山坡背后遥看,身后一个丫鬟抱着一瓶红梅。众人都笑道:"怪道少了两个,他却在那里等着,也弄梅花去了。"〔**索隐**〕四贞必与董年相处最得,世祖周旋其际,尹邢不避蜚语忽生。贾母喜的忙笑道:"你们瞧,这雪坡儿上配上他这个人物儿,又是这件衣裳,后头又是这梅花,像个什么?"众人都笑道:"就像老太太房里挂的仇十洲画的'艳雪图'。"贾母摇头笑道:"那画的那里有这件衣裳?人也不能这样好!"一语未了,只见宝琴身后又转出一个穿大红猩猩毡的人来,贾母道:"那又是那个女孩儿?"众人笑道:"我们都在这里,那是宝玉。"贾母笑道:"我的眼越发花了。"说话之间,来至跟前,可不是宝玉和宝琴两个。宝玉笑问宝钗、黛玉等道:"我才又到了栊翠庵。妙玉竟每人送你们一枝梅花,我已经打发人送去了。"众人都笑道:"多谢你费心。"

说话之间,已出了园门,来至贾母房中,吃毕饭,大家又说笑了一回。忽见薛姨妈也来了,说:"好大雪,一日也没过来望候老太太,今日

第五十回　芦雪亭争联即景诗　暖香坞雅制春灯谜

老太太倒不高兴？正该赏雪才是。"贾母笑道："何曾不高兴了，我找了他们姊妹去玩了一会子。"薛姨妈笑道："昨日晚上，我原想着今日要和我们姨太太借一日园子，摆两桌粗酒，请老太太赏雪的，又见老太太安息的早，我闻得宝儿说，老太太心上不爽快，因此今日也不敢惊动。早知如此，我竟该请了才是呢。"贾母笑道："这才是十月，是头场雪，往后下雪的日子多着呢，再破费姨太太不迟。"薛姨妈笑道：果然如此，算我的孝心虔了。"

凤姐儿笑道："姨妈仔细忘了，如今现称五十两银子来，交给我收着，一下雪，我就预备下酒，姨妈也不用操心，也不得忘了。"贾母笑道："既这么说，姨太太给他五十两银子收着，我和他每人分二十五两；到下雪的日子，我装心里不快，混过去了，姨太太更不用操心，我和凤丫头倒得实惠。"凤姐将手一拍，笑道："妙极了，这和我的主意一样。"众人都笑了，贾母笑道："呸！没脸的，就顺着竿子爬上来了！你不说姨太太是客，在咱们家受屈，我们该请姨太太才是，那里有破费姨太太的理！不这样说呢，还有脸先要五十两银子，真不害臊！"凤姐笑道："我们老祖宗最是有眼色的，试一试，姨妈若松呢，拿出五十两来，就和我分；这会子估量着不中用了，翻过来拿我做法子，说出这些大方话来。如今我也不和姨妈要银子了，我竟替姨妈出银子治了酒，请老祖宗吃了；我另外再封五十两银子孝敬老祖宗，算是罚我个包揽闲事，这可好不好？"〔索隐〕一段戏谑，玲珑剔透。自高会赋诗以来，文笔稍嫌板重，故插入此段以疏宕其气，卓荦为杰，纤徐为妍；兼而有之，极行文之能事。话未说完，众人已笑倒在炕上。贾母因又说及宝琴下雪折梅比画儿上还好，又细问他的年庚八字并家内景况。薛姨妈度其意思，大约要与他求配。薛姨妈心中因也遂意，只是已许配梅家了，因贾母尚未明说，自己也不好拟定，遂半吐半露，〔索隐〕四贞入宫后，太后欲为指婚，四贞自陈早岁许婚状，乃为之求得孙氏子而判合焉。此处明写其事，在四贞以闺秀腼腆陈述，宜有半吐半露之状。若宝琴之入贾府，许配在先，无所用其隐藏，且下文姨妈口中明言许了梅翰林之子，并未"半吐半露"。陡下此四字，颇觉支离，此作者苦心透露机括处，读者勿轻易滑过。告诉贾母道："可惜了这孩子没福，前年他父亲就没了，他从小儿见的世面倒多，跟他父亲四山五岳都走遍了。他父亲好乐的，各处因有买卖，带了家眷，这一省逛一年，明年又到那一省逛半年；所以天下十停走了有五六停了。〔索隐〕四贞幼随其父有德转战湖湘关陇，经历处自必不少，书中所言与其身分极合。那年在这里，把他许了梅翰林的儿子，偏第二年他父亲就辞世了，如今他母亲又是痰症。"凤姐儿也不等说完，便嗐声跺脚说道："偏不巧，我正要做个媒呢，又已经许了人家。"贾母笑道："你要给谁说媒？"凤姐儿笑道："老祖宗别管，心里看准了他们两个是一对，如今已许了人，说也无益，不如不说罢了。"贾母也知凤姐儿之意，听见已有人家，也就不提了。〔索隐〕足见册妃之说非尽谣传。大家又闲话了一回方散，一宿无话。

次日雪晴。饭后，贾母又嘱咐惜春："不管冷暖，你只画去；赶到年下，十分不能便罢了。第一要紧把昨日琴儿和丫头梅花，照样一笔别错，快快添上。"惜春听了，虽是为难的事，只得应了。一时众人都来看他如何画，惜春只是出神，李纨因笑向众人道："让他自己想去，咱们且说话儿，昨儿老太太只叫做灯谜儿，回到家和绮儿、纹儿睡不着，我就编了两个'四书'的；他两个每人也编了两个。"

众人听了，都笑道："这倒该做的，先说了，我们猜猜。"李纨笑道："'观音未有世家传'，打'四书'一句。"湘云接着就说道："在止于至善。"宝钗笑道："你也想一想'世家传'三个字的意思再猜。"李纨笑道："再想。"黛玉笑道："我猜罢，可是'虽善无征'。"〔索隐〕喻太后之下嫁。所谓"在止于至善""虽善无征"，极寓讥刺之意。众人都笑道："这句是了。"李纨又说："'一池青草草何名？'"〔索隐〕满洲初入中原，沿其腥膻之旧俗，不知礼教为何物；故以"一池青草"讥之。湘云又忙道："这一定是'蒲芦也'，再不是不成？"李纨笑道："这难为你猜。纹儿的是'水向石边流出冷'，打一古人名。"探春笑着问道："可是山涛？"李纨道："是。"李纨又道："绮儿是个'萤'字，打一个字。"众人猜了半日，宝琴道："这个意思却深，不知可是花草的'花'字。"李绮笑道："恰是了。"众人道："萤与花何干？"黛玉笑道："妙的很！萤可不是草化的。"〔索隐〕此与上文"一池青草"同意。众人会意，都笑了，说："好！"

第五十回　芦雪亭争联即景诗　暖香坞雅制春灯谜

宝钗道："这些虽好，不合老太太的意，不如做些浅近的物儿，大家雅俗共赏才好。"众人都道："也要做些浅近的俗物才是。"〔索隐〕草包俗物，无非詈人之词。湘云想了一想，笑道："我编了一支《点绛唇》，却真是个俗物，你们猜猜。"说着，便念道：

溪壑分离，红尘游戏，真何趣？名利犹虚，后事终难提。

众人都不解，想了半日，也有猜是和尚的，也有猜是道士的；也有猜是偶戏人的。宝玉笑了半日，道："都不是，我猜着了，必定是耍的猴儿。"〔索隐〕以耍的猴儿隐刺世祖，故此处必以宝玉猜得。曰红尘游戏，曰名利犹虚；曰后事难提；句句贴切，俨然章皇帝小传。湘云笑道："正是这个了。"众人道："前头都好，末后一句怎么样解？"湘云道："那一个耍的猴儿不是剁了尾巴去的？"〔索隐〕以世祖之削发五台为"剁了尾巴去的"，抑何酷虐！众人听了，都笑起来，说："偏他编个谜儿也是刁钻古怪的。"李纨道："昨日姨妈说，琴妹妹见得世面多，走的道路也多，你正该编谜儿；况且你的诗又好，为什么不编几个儿我们猜一猜？"宝琴听了，点头含笑，自去寻思。宝钗也有一个，念道：

镂檀锲梓一层层，岂系良工堆砌成？
虽是半天风雨过，何曾闻得梵铃声！

众人猜时，宝玉也有个念道：

天上人间两渺茫，琅玕节过谨提防。
鸾音鹤信须凝睇，好把唏嘘答上苍。

黛玉也有了一个，念道：

騄駬何劳缚紫绳？驰城逐堑势狰狞。
主人指示风云动，鳌背三山独立名。〔索隐〕三诗皆寓遁迹逊荒之意，故不揭穿何物，示人以不能明点也。

《红楼梦》与顺治皇帝的爱情故事

探春也有了一个,方欲念时,宝琴走来笑道:"从小儿所走的地方的古迹不少,我如今拣了十个地方古迹,做了十首怀古诗,诗虽粗鄙,却怀往事;又暗隐俗物十件,姐姐们请猜一猜。"众人听了,都说:"这倒巧,何不写出来大家一看?"要知端的,且看下回分解。

〔索隐〕此回衔接上回,专为诗社芦雪亭联句、暖香坞制谜,为社中极盛时代;就事纪事,自宜有一篇正当文字。全回虽一气贯注,而大略可分作四段:

自开首起,至"倒不好了"句止,为第一段:以雪诗寓怀古伤今之意,包孕史事,若即若离;在新朝言之是一首《武成颂》,在故国言之是一首《哀江南赋》也。

自"说着,大家来细细评论一回"起,至"衣上犹沾佛院苔,"句止,为第二段:以访玉乞梅作微行猎艳之小影,此中寄托,阅者当能会意。然于栊翠庵数次往返,偏偏空中飞渡只字不提,远山无皱,远水不波;画家传神正在不着痕迹处。

自"黛玉写毕"起,至"也就不提了"句止,为第三段:插入贾母凤姐之一番雅谑,正如锣鼓喧天、神出鬼没之际,忽间以趣剧小曲,令人头目一清,意趣盎然。

自"大家又闲话了一会"起,至本回完毕,为第四段:结束本章,逗起下回,为当然之过渡。至全回中忽隐董年,忽射四贞;忽刺孝庄;骤观之,似乎凌猎无序,实由作者胸有全牛,目无余子;如刘四骂座,语语着实,字字藏棱也。

〔护花评〕李纨厌妙玉为人,毕竟是正经人;黛玉拦住宝玉不要跟人,毕竟是慧心人。四十一回中妙玉说宝玉若独是一个来,不给茶吃;何以红梅花宝玉一人去,偏又能折来?且又去第二次分送各人一枝,可见妙玉心中爱宝玉殊甚,前说不给茶吃是假撇清,此番分送红梅亦是假掩饰。

又:妙玉送宝钗、黛玉梅花,两人不谢妙玉,转谢宝玉费心,文人深笔。

又:贾母至园中,不但引出注意宝琴,添入画图;及薛姨

第五十回　芦雪亭争联即景诗　暖香坞雅制春灯谜

妈说破宝琴已许字梅家等说话，且为做灯谜接榫。

又：各灯谜或猜着或不猜着，变换不板。

〔**大某评**〕即景联句，凤姐也与，岂即葱化为韭，亦蓬在麻中不扶自直云尔。

又：宝琴穿着凫靥裘，站在山坡边；身后转出人来，相偎相倚，在不离不即间。

又：此回仍是壬子冬时事。

第五十一回　薛小妹新编怀古诗
　　　　　　　胡庸医乱用虎狼药

话说众人闻得宝琴对素昔所经过各省内古迹为题，做了十首怀古绝句，内隐十物；皆说这自然新巧。都争着看时，只见写道是：

赤壁怀古〔索隐〕松山大捷为得志中原之始，是怀古之第一步。
　　赤壁沉埋水不流，徒留名姓载空舟。
　　喧阗一炬悲风冷，无限英魂在内游。
　　交趾怀古〔索隐〕入燕定鼎，为大功告成之日，是怀古之第二步。
　　铜柱金城振纪纲，声传海外播戎羌。
　　马援自是功劳大，铁笛无烦说子房。
　　钟山怀古〔索隐〕平定江南，福王远窜；是怀古之第三步。
　　名利何曾伴汝身，无端被诏出凡尘。
　　牵连大抵难休绝，莫怨他人嘲笑频。
　　淮阴怀古〔索隐〕三藩殄灭，功独不终；是怀古之第四步。
　　壮士须防恶犬欺，三齐位定盖棺时。
　　寄言世俗休轻鄙，一饭之恩死也知。
　　广陵怀古〔索隐〕四方一统，天子无愁；是怀古之第五步。
　　蝉噪鸦栖转眼过，隋堤风景近如何？
　　只缘占尽风流号，惹得纷纷口舌多。
　　桃叶渡怀古〔索隐〕闲花剩柳，徒入上阳，是怀古之第六步。

第五十一回　薛小妹新编怀古诗　胡庸医乱用虎狼药

衰草残花映浅池，桃枝桃叶总分离。
六朝梁栋多如许，小照空悬壁上题。
青冢怀古〔**索隐**〕文姬出塞，黯然神伤，是怀古之第七步。
黑水茫茫咽不流，冰弦拨尽曲中愁。
汉家制度诚堪叹，樗栎应惭万古羞。
马嵬怀古〔**索隐**〕美人黄土，金粉飘零；是怀古之第八步。
寂寞脂痕积汗光，温柔一旦付东洋。
只因遗得风流迹，此日衣衾尚有香。
蒲东寺怀古〔**索隐**〕贱骨难医，入宫争宠，是怀古之第九步。
小红骨贱一身轻，私掖偷携强撮成。
虽被夫人时吊起，已经勾引彼同行。
梅花观怀古〔**索隐**〕尹邢避面，秦虢同车；是怀古之第十步。
不在梅边在柳边，个中谁拾画婵娟。
团圆莫忆春香到，一别西风又一年。

众人看了，都称奇妙。宝钗先说道："前八首都是史鉴上有据的，后二首却无考；我们也不大懂得，不如另做两首为是。"〔**索隐**〕以作者胸罗锦绣，博通经史，岂其于十首怀古诗不能援笔挥洒，一气贯注，必凑以杂剧两种，首尾不符，令人有江郎才尽之疑耶？所以如此者，盖有深意寓乎其间，以见此书虽撮拾史事，而出之以小说传奇之体。其文若隐若现，其事或假或真；惝恍迷离，不可捉摸。黛玉忙拦道："这宝姐姐也忒'胶柱鼓瑟'，矫揉造作了。两首虽于史鉴上无考，咱们虽不曾看这些外传，不知底里，难道咱们连两本戏也没见过不成？那三岁的孩子也知道，何况咱们？"探春便道："这话正是了。"

李纨又道："况且他原走到这个地方的。这两件事虽无考，古往今来，以讹传讹，好事者竟故意的弄出这古迹来以愚人。比如，那年上京的时节，便是关夫子的坟倒见了三四处。关夫子一生事业，皆是有据的，如何又有许多的坟？自然是后来人敬爱他身前为人，只怕从这敬爱上穿

《红楼梦》与顺治皇帝的爱情故事

凿出来,也是有的。及至看那《广舆记》上,不止关夫子的坟多,自古来有名望的人,那坟就不少,无考的古迹更多。如今这两首诗虽无考,凡说书唱戏,甚至于求的签上都有;老少男女,俗语口头,人人皆知皆说的,况且又并不是看了《西厢记》《牡丹亭》的词曲,怕看了邪书了。这也无妨,只管留着。"〔索隐〕此一段纯是作书人自道衷曲。宝钗听说,方罢了。大家猜了一回,皆不是的。〔索隐〕书成百余年,留传千万本,普天下后世读者均不审其命意所在,辜负作者一片深心,可慨可慨!

冬日天短,不觉又是吃晚饭时候,一齐往前头来吃晚饭。因有人回王夫人说:"袭人的哥哥花自芳在外头回进来说,他母亲病重了,想他女孩儿。他来求恩典,接袭人家去走走。"〔索隐〕董妃曾因父殁回南葬亲,其事在顺治十三年以后。王夫人听了,便说:"人家母女一场,岂有不许他去的!"一面就叫了凤姐来告诉了,命他酌量办理。

凤姐儿答应了。回至房中,便命周瑞家的去告诉袭人原故,吩咐周瑞家的:"再将跟着出门的媳妇传一个,你们两个人,再带两个小丫头儿跟了袭人去。分头派四个有年纪跟车的。要一辆大车,你们带着坐;一辆小车,给丫头们坐。"周瑞家的答应了,才要去,凤姐又道:"那袭人是个省事的,你告诉说我的话:叫他穿几件颜色好衣裳,大大的包一包袱衣裳拿着,包袱也要好好的,手炉也拿好的。临走时,叫他先到这里来我瞧。"周瑞家的答应去了。

半日,果见袭人穿戴了,两个丫头与周瑞家的拿着手炉与衣包。凤姐看袭人头上戴着几枝金钗珠钏,倒也华丽;又看身上,穿着桃红百花刻丝银鼠袄,葱绿盘金彩绣绵裙,外面穿着青缎灰鼠褂。凤姐笑道:"这三件衣裳都是太太的,赏了你倒是好的;但这件褂子太素了些,如今穿着也冷,你该穿一件大毛的。"袭人笑道:"太太就给了这灰鼠的,还有一件银鼠的,说赶年下再给大毛的呢。"凤姐笑道:"我倒有一件大毛的,我嫌风毛儿出不好了,正要改去。也罢,先给你穿去罢。〔索隐〕三秀、小琬均为南人,入宫后必深想结纳,易衣而着,可见当日交谊之密。等年下太太给你做的时节,我再改罢。只当你还我的一样。"众人都笑道:"奶奶惯会说这话。成年家大手大脚的,替太太背地里不知赔垫了多少东西,真真赔的是说不出来的,那里又和太太算去?偏这会子又说这

第五十一回　薛小妹新编怀古诗　胡庸医乱用虎狼药

小气话,取笑儿来了。"凤姐儿笑道:"太太那里想得到这些?究竟这又不是正经事,再不照管,也是大家的体面,说不得我自己吃些亏。把众人打扮体统了,宁可我得个好名儿也罢了。一个一个'烧糊了的卷子'似的,人先笑话我,说我当家,倒把人弄出化子来了。"众人听了,都叹说:"谁似奶奶这样圣明!在上体贴太太,在下又疼顾下人。"

一面说,一面只见凤姐命平儿将昨日那件石青刻丝八团天马皮褂子拿出来,与了袭人。又看包袱,只得一个弹墨花绫水红绸里子夹包袱,里面只见包着两件半旧绵袄与皮褂子。凤姐又命平儿把一个玉色绸里的哆啰呢包袱拿出来,又命包上一件雪褂子。平儿走去拿了出来,一件是半旧大红猩猩毡的,一件是半旧大红羽缎的。袭人道:"一件就当不起了。"平儿笑道:"你拿这猩猩毡的,把这件顺手带出来,叫人给邢大姑娘送去。昨儿那么大雪,人人都穿着不是猩猩毡就是羽缎的,十来件大红衣裳映着大雪,好不齐整。只有他穿着那几件旧衣服,越发显的拱肩缩背,好不可怜见的。如今把这件给他罢。"凤姐笑道:"我的东西,他私自就要给人。我一个还花不够,再添上你提着,更好了!"众人笑道:"这都是奶奶素日孝敬太太,疼爱下人。若是奶奶素日是小气的,只以东西为事,不顾下人的,姑娘那里敢这样。"凤姐笑道:"所以,知道我的心的,也就是他还知三分罢了。"

说着,又嘱咐袭人道:"你妈要好了就罢;要不中用了,只管住下,打发人来回我,我再另打发人来给你送铺盖去。可别使他们的铺盖和梳头的家伙。"〔索隐〕的是妃嫔外出之气派。又吩咐周瑞家的道:"你们自然是知道这里的规矩的,也不用我吩咐了。"周瑞家的答应:"都知道。我们这去到那里,总叫他们的人回避。若住下,必是另要一两间内房。"〔索隐〕居然关防,可以知其所指矣。说着跟了袭人出去,又吩咐小厮预备灯笼,遂坐车往花自芳家来。不在话下。

这里,凤姐又将怡红院的嬷嬷唤了两个来,吩咐道:"袭人只怕不来家了,你们素日知道那个大丫头知好歹,派出来在宝玉屋里上夜。你们也好生照管着,别由着宝玉胡闹!"两个嬷嬷答应着去了。一时来回说:"派了晴雯和麝月在屋里,我们四个人原是轮流着带管上夜的。"凤姐听了点头,又说道:"晚上催他早睡,早晨催他早起。"嬷嬷们答应了,自

《红楼梦》与顺治皇帝的爱情故事

回园去。一时,果有周瑞家的带了信回凤姐说:"袭人之母业已停床,不能回来。"凤姐回明了王夫人,一面着人往大观园去取他的铺盖妆奁。

宝玉看着晴雯、麝月皆卸罢残妆,脱换过裙袄,晴雯只在熏笼上围坐。麝月笑道:"你今儿别装小姐了,我劝你也动一动儿。"晴雯道:"等你们都去净了,我再动不迟。有你们一日,我且受用一日。"麝月笑道:"好姐姐,我铺床,你把那穿衣镜的套子放下来,上头的划子划上,你的身量比我高些。"说着,便去与宝玉铺床。晴雯"嗐"了一声,笑道:"人家才坐暖和了,你就来闹。"〔索隐〕太平评:微词。

此时宝玉正坐着纳闷,想袭人之母不知是死是活,忽听见晴雯如此说,便自己起身出去,放下镜套,划上消息,进来笑道:"你们暖和罢,我都弄完了。"晴雯笑道:"终久暖和不成,〔索隐〕太平评:微词。我又想起了汤婆子还没拿来呢。"麝月道:"这难为你想着。他素日又不要汤壶,咱们那熏笼上又暖和,比不得那屋里炕冷,今儿可以不用。"宝玉笑道:"你们两个都在那上头睡了,我这外边没个人,我怪怕的,一夜也睡不着。"晴雯道:"我是在这里睡的。麝月,你叫他往外边睡去。"

说话之间,天已一更,麝月早已放下帘幔,移灯炷香,服侍宝玉卧下,二人方睡。晴雯自在熏笼上,麝月便在暖阁外边。至三更以后,宝玉睡梦之中便叫袭人,叫了两声无人答应,自己醒了,方想起袭人不在家,自己也好笑起了。〔索隐〕太平评:微词。三微词评得妙。晴雯已醒,因唤麝月道:"连我都醒了,他守在旁边还不知道,真是挺死尸呢!"麝月翻身打个呵欠,笑道:"他叫袭人,与我什么相干!"〔索隐〕官娥斗宠,口角如生。

因问:"做什么?"宝玉说要吃茶,麝月忙起来,单穿着红绸小绵袄儿。宝玉道:"披了我的皮袄再去,仔细冷着。"麝月听说,回手便把宝玉披着起来的一件貂颏满襟暖袄披上,下去向盆内洗洗手,先倒了一钟温水,拿了大漱盂,宝玉漱了口;然后才向茶桶上取了茶碗,先用水温过了,向暖壶中倒了半碗茶,递与宝玉吃了;自己也漱了一漱,吃了半碗。晴雯笑道:"好妹妹,也赏我一口儿罢。"麝月笑道:"越发上脸儿了!"晴雯道:"好妹妹,明儿晚上你别动,我服侍你一夜如何?"麝月听说,只得也服侍他漱了口,倒了半碗茶与他吃了。

第五十一回　薛小妹新编怀古诗　胡庸医乱用虎狼药

麝月笑道："你们两个别睡,说着话儿,我出去走走回来。"晴雯笑道："外头有个鬼等着呢!"宝玉道："外头自然有大月亮的,我们说着话,你只管去。"一面说,一面便嗽了两声。麝月便开了后房门,揭起毡帘一看,果然好月色。晴雯等他出去,便欲吓他玩耍。仗着素日比人气壮,不畏寒冷,也不披衣,只穿着小袄,便蹑手蹑脚的下了熏笼,随后出来。宝玉劝道："罢呀,冻着不是玩的。"晴雯只摆手,随后出了房门。只见月光如水,忽然一阵微风,只觉侵肌透骨,不禁毛骨悚然。心下自思道："怪道人说热身子不可被风吹,这一冷果然利害。"一面正要吓他,只听宝玉在内高声说道："晴雯出来了!"晴雯忙回身进来,笑道："那里就吓死了他了?偏你惯会这么蝎蝎螫螫老婆子样儿!"

宝玉笑道："倒不为吓坏了他,头一件,你冻着也不好;二则,他不防不免一喊,倘或惊醒了别人,不说咱们是玩意儿,倒反说袭人才去了一夜,你们就见神见鬼的。你来,把我这边的被掖一掖罢。"晴雯听说,便上来掖了掖,伸手进去就渥一渥。宝玉笑道："好冷手!我说看冻着。"一面又见晴雯两腮如胭脂一般,用手摸了一摸,也觉冰冷。宝玉道："快进被来渥渥罢。"

一语未了,只听得"咯"的一声门响,麝月慌慌张张的笑着进来,说着笑道："吓我一跳!好的黑影子里,山子石后头,只见一个人蹲着。我才要叫喊,原来是那个大锦鸡,见了人一飞,飞到亮处来我才见了。若冒冒失失一嚷,倒闹起人来。"一面说,一面洗手,又笑道说："晴雯出去了,我怎么没见?一定是要吓我去了。"宝玉笑道："这不是他,不是这里渥着么?"〔索隐〕以上一段文字,细腻香艳,如仇十洲工笔仕女。要若不喊得快,可是吓了一跳。"晴雯笑道："也不用我吓去,这小蹄子已经自惊自怪的了。"一面说,一面仍回自己房中去。麝月道："你就这么'跑解马'的打扮儿,伶伶俐俐的出去了不成?"宝玉笑道："可不就是这么出去了。"麝月道："你死不捡好日子!"〔索隐〕董妃病殁,系顺页治十七年八月,世祖正在南苑秋狩。你出去白站一站儿,把皮不冻破了你的!"说着,又将火盆上的铜罩揭起,拿灰锹重将热炭埋了一埋,拈上两块速香放上,仍旧罩了,至屏后重剔亮了灯,方才睡下。

晴雯因方才一冷,如今又一暖,不觉打了两个喷嚏。宝玉叹道："如何?到底伤了风了。"麝月笑道:"他早起就说不受用,一日也没吃碗正经饭。他这会子倒不保养着些,还要捉弄人。明儿病了,叫他自作自受的。"宝玉问道:"头上可热?"晴雯嗽了两声,说道:"不相干,那里这么娇嫩起来了。"说着,只听外间房内槅上的自鸣钟"当当"的两声,外间值宿的嬷嬷嗽了两声,因说道:"姑娘们睡罢,明儿再说笑罢。"宝玉方悄悄的笑道:"咱们别说话了,看又惹他们说话。"说着,大家方睡了。

　　至次日起来,晴雯果觉有些鼻塞声重,懒怠动弹。宝玉道:"快不要声张!太太知道了,又叫你搬了家去养息。家里纵好,到底冷些,不如在这里。你就在里间屋里躺着,我叫人请了大夫,悄悄的从后门进来瞧瞧就是了。"〔索隐〕宫娥染恙,私召外医,想亦当时佚闻之一。晴雯道:"虽如此说,你到底要告诉大奶奶一声儿,不然,一时大夫来了,人问起来,怎么说呢?"宝玉听了有理,便唤一个老嬷嬷来,吩咐道:"你回大奶奶去,就说晴雯只着了些冷,不是什么大病。袭人又不在家,他若家去养病,这里更没有人了。传一个大夫,悄悄的从后门进来瞧瞧,别回太太去。"

　　老嬷嬷去了半日,来回说:"大奶奶知道了,说两剂药好了便罢,若不好时,还是家去的为是。如今时气不好,沾染了别人事小,姑娘的身子要紧。"晴雯睡在暖阁里,只管咳嗽,听了这话,气的说道:"我那里就害瘟病了,生怕招了人!我离了这里,看你们这一辈子都别头痛脑热的。"说着,便真要起来。宝玉忙按他,笑道:"别生气,这原是他的责任,生恐太太知道了说他,不过白说一句。你素昔又爱生气,如今肝火自然又盛了。"

　　正说时,人回大夫来了。宝玉便走过来,避在书架后面。只见两三个后门口的老婆子带了一个太医进来。这里的丫头都回避了,有三四个老嬷嬷放下暖阁上的大红绣幔,晴雯从幔中单伸出手去。〔索隐〕的是宫掖内请脉之气派。那太医见这只手上有两根指甲,足有二三寸长,尚有凤仙花染的通红的痕迹,便回过头来。有一个老嬷嬷忙拿了一块手帕掩了。那太医方诊了一回脉,起身到外间,向嬷嬷们说道:"小姐的症是外感内滞,近日时气不好,竟算是个小伤寒。幸亏是小姐素日饮食有限,

第五十一回　薛小妹新编怀古诗　胡庸医乱用虎狼药

风寒也不大，不过是气血原弱，偶然沾染了些，吃两剂药疏散疏散就好了。"说着，便又随婆子们出去。彼时，李纨已遣人知会过后门上的人及各处丫鬟回避。太医只见了园中景致，并不曾见女子。

一时出了园门，就在守园门韵小厮们的班房内坐了，〔索隐〕王大臣值班处。开了药方。老嬷嬷道："老爷且别去，我们小爷啰嗦，恐怕还有话问。"那太医忙道："方才不是小姐，是位爷不成？那屋子竟是绣房，又是放下幔子来瞧的，如何是位爷呢？"老嬷嬷笑道："我的老爷，怪道小子才说今儿请了一位新太医来了，真不知我们家的事。那屋子是我们小哥儿的，那人是屋里的丫头，倒是个大姐，那里是小姐的绣房？小姐病了，你那么容易就进去了？"〔索隐〕可见后病请脉，关防较密，体制较崇。说着，拿了药方进去了。

宝玉看时，上面有紫苏、桔梗、防风、荆芥等药，后面又有枳实、麻黄。宝玉道："该死，该死！他拿着女孩儿们也像我们一样治，如何使得！凭他有什么内滞，这枳实、麻黄如何禁得。谁请了来的？快打发他去罢！再请一个熟的来罢。"老嬷嬷道："用药好不好，我们不知道。如今再叫小厮去请王太医去倒容易，只是这个大夫又不是告诉总管房请的，这马钱是要给他的。"宝玉道："给他多少？"婆子道："少了不好看，也得一两银子，才是我们这样门户的礼。"宝玉道："王太医来了给他多少？"婆子笑道："王太医和张太医每常来了，也并没个给钱的，不过每年四节一打躉儿送礼，〔索隐〕御医自有俸给。那是一定的年例。这个新来了一次，须得给他一两银子。"

宝玉听说，便命麝月去取银子。麝月道："还不知花大姐姐搁在那里呢？"宝玉道："常见他在那小螺甸柜子里拿钱，我和你找去。"说着，二人来至袭人堆东西的房内，开了螺甸柜子，上一格都是些笔墨、扇子、香饼、各色荷包、汗巾等类的东西；下一格却有几串钱。于是开了抽屉，才看见一个小筐箩内放着几块银子，倒也有一杆戥子。麝月便拿了一块银，提起戥子来问宝玉："那是一两的星么？"宝玉笑道："你问的我有趣儿，你倒成了是才来的了。"麝月也笑了，又要去问人，宝玉道："拣那大的给他一块就是了。又不做帮买卖，算这些做什么！"

麝月听了，便放下戥子，拣了一块，掂了一掂，笑道："这一块只怕

《红楼梦》与顺治皇帝的爱情故事

是一两了。宁可多了些,别少了,叫那穷小子笑话,不说咱们不认得戥子,倒说咱们有心小气似的。"婆子站在门口笑道:"那是五两的锭子,夹了半个,这一块至少还有二两呢!这会子又没夹剪,姑娘收了这块,拣一块小些的。"麝月早关了柜子出来,笑道:"谁又找去!多些你拿了去完了。"〔索隐〕描写宦官官妾不识世务的行径。宝玉道:"你只快叫焙茗,再请大夫去就是了。"婆子接了银子,自去料理。

一时,焙茗果请了王太医来,先诊了脉,后说病症,也与前相仿,只是方子上果没有枳实、麻黄等药,倒有当归、陈皮、白芍等药,那分两较先又减了些。宝玉喜道:"这才是女孩儿们的药,虽疏散,也不可太过。旧年我病了,却是伤寒,内里饮食停滞,他瞧了,还说我禁不起麻黄、石膏、枳实等虎狼药。我和你们就如秋天芸儿送我的那才开的白海棠似的,我经不起的药,你们如何经得起?比如人家坟里的大杨树,看着枝叶茂盛,却是空心子的。"麝月笑道:"野坟里只有杨树,难道就没有松柏不成?最讨人嫌的是杨树,那么大树,只一点儿叶子,没一点风儿他也是乱响。你偏要比他,你也太下流了。"宝玉笑道:"松柏不敢比,连孔夫子都说'岁寒然后知松柏之后凋呢',可知这两件东西高雅,不害臊的才拿他混比呢。"〔索隐〕情僧质美而无与为善,以致陷溺日深。

说着,只见老婆子取了药来。宝玉命把煎药的银锅子找了出来,就命在火盆上煎。晴雯因说:"正经给他们茶房里煎去,弄的这屋里药气,如何使得?"宝玉道:"药气比一切花香还香得雅呢。神仙采药烧药,再者高人逸士采药治药,最妙的一件东西。我正想这屋里各色都齐了,就只少药香,如今恰全了。"一面说,一面早命人煨上。又嘱咐麝月打点些东西,叫个老嬷嬷去看袭人,劝他少哭。一一妥当,方过前边来贾母王夫人处问安吃饭。

正值凤姐儿和贾母王夫人商议,说:"天又短又冷,不如以后大嫂子带着姑娘们在园子里吃饭,等天暖和了,再来回的跑也不妨。"王夫人笑道:"这也是好主意。刮风下雪倒便宜,吃东西受了冷气不好的;空心走来,一肚子冷气,压上些东西也不好。〔索隐〕世祖早岁历经侍膳于慈宁宫,后以距离较远,起居不便,遂建分膳之议。不如园子后门里头的

第五十一回　薛小妹新编怀古诗　胡庸医乱用虎狼药

五间大房子，横竖有女人们上夜的，挑两个厨子女人在那里，单给他姊妹弄饭。新鲜菜疏是有分例的，在总管房里支了去，或要钱，要东西，那些野鸡、獐、狍各样野味，分些给他们就是了。"贾母道："我也正想着呢，就怕又添厨房多事些。"凤姐道："并不多事。一样的分例，这里添了，那里减了。就便多费些事，小姑娘们受了冷气，别人还可，第一林妹妹如何禁得住？就连宝玉兄弟也禁不住，况兼众位姑娘都不是结实身子。"凤姐说毕，未知贾母何言，且听下回分解。

〔索隐〕此回亦雪芹补本之一。前后两小段，中间一大段：

自开首起至"皆不是的"句止，为前一小段。承上回制谜而下，由乾嘉之世回溯开国时事，故标其名曰怀古，曰新编。八首皆出于正史，而最后两首忽殿以《西厢》《牡丹亭》，故留罅隙，藉此发出自己一段议论，点醒后人。若曰："吾书之作，虽托体于传奇小说，而实追踪于涑水龙门。"读者按迹以循，无难得其梗概，此为雪芹先生有意泄漏春光处。

自"今日天短"句起至"如今恰全了"句止，为中间一大段。袭人出官，晴雯患病，写得缠绵悱恻，旖旎风光，全部言情。书中正当出色文字，妙在手挥目送，表里俱到，所谓玉磬声声彻，金铃个个圆也。

自"一面说"句起至本回完毕，为后一小段，引起下文。

〔护花评〕袭人母死，引起后文许多丧事，又为晴雯、麝月亲近宝玉之由，及晴雯得病之根。

又：太医诊脉，看见晴雯手上两根指甲长二三寸，预为七十七回晴雯临危时咬下赠宝玉伏线。

又：麝月取银给医生一节，描写纨绔公子不知物力，及平日一切俱系袭人料理，亦是补写暗描法。

〔大某评〕袭人一个丫头，但一出门写得如许体面，跟随者六人，坐者大车，妆身者盛服，而又上得太太之欢心，下承奶奶之恩典，比寻常服役者不同，作者取以书特之，以著微词也。

又：自袭人以外，竟无一个见知于凤姐，吾为晴、麝等一

《红楼梦》与顺治皇帝的爱情故事

叹。且见平日袭人之巴结二奶奶者独勤。宝玉于睡觉中便叫袭人,可知平素衾裯一夜未曾离过者。

又:此回仍是壬子年冬事。

第五十二回　俏平儿情掩虾须镯
　　　　　　　勇晴雯病补雀金裘

　　话说贾母道："正是这样好。上次我要说这话，我见你们太事多，如今又添出些事来，你们固然不敢抱怨，未免想着我只顾疼这些小孙子孙女儿们，就不体贴你们这当家人了。你既这么样说出来，便好了。"因此时薛姨妈、李婶娘都在坐，邢夫人及尤氏等也都过来请安，还未过去，贾母因向王夫人等说道："今日我才说这话，素日我不说，一则怕逗了凤丫头的脸，二则众人不服。今日你们都在这里，都是经过妯娌姑嫂的，还有他这样想得到的没有？"薛姨妈、李婶娘、尤氏齐笑道："真个少有。别人不过礼上面子情儿，实在他是真疼小姑子小叔子。就是老太太跟前，也是真孝顺。"

　　贾母点头叹道："我虽疼他，我又怕他太伶俐了，也不是好事。"凤姐儿忙笑道："这话老祖宗说差了。世人都说太伶俐聪明，怕活不长。世人都说，世人都信，独老祖宗不当说，不当信。〔索隐〕拍马屁拍到如此，真是圆转如意，攸往咸宜的了。凤姐可算是马屁学的老祖宗。老祖宗只有伶俐聪明过我十倍的，怎么如今这样福寿双全的？只怕我明儿还胜老祖宗一倍呢！我活一千岁后，等老祖宗归了西，我才死呢。"贾母笑道："众人都死了，单剩咱们两个老妖精，有什么意思。"〔索隐〕三秀与孝庄皆系暮年再醮，不顾廉耻，女界之妖。作者深恶痛绝，特借贾母口中说出"两个老妖精"，自画供招，胜于他人丑诋。说的众人都笑了。

　　宝玉因记挂着晴雯等事，便先回园里来。到了屋中，药香满室，一人不见，只有晴雯独卧于炕上，脸上烧的飞红，又摸了一摸，只觉烫手，一忙又向炉上将手烘暖。〔索隐〕情僧于用情处所无不细意熨贴，作者亦才大心细，一丝不苟，妙事妙文，并有千古。伸进被去摸了一摸，身

《红楼梦》与顺治皇帝的爱情故事

上也是火热,因说道:"别人去了也罢,麝月、秋纹也这样无情,各自去了!"晴雯道:"秋纹是我撺了他去吃饭的,麝月是方才平儿来找他出去了。两个人鬼鬼祟祟的不知说什么,必是说我病了不出去。"宝玉道:"平儿不是那样人。况且,他并不知你病特来瞧你的病,这也是人情乖觉取和儿的常事。便不出去,有不是,与他何干?你们素日又好,断不肯为这无干的事伤和气。"晴雯道:"这话也是,只是疑他为什么忽然又瞒起我来。"宝玉笑道:"等我从后门出去,到那窗根下听听他说些什么,来告诉你。"说着,果从后门出去,至窗下潜听。

麝月悄问道:"你怎么就得了的?"平儿道:"那日彼时洗手时不见了,〔索隐〕手镯不失于平时,而独失于割腥啖膻之后,以见上行下效,淫秽之风有所自启。此作者深文刻笔,勿轻易略过。二奶奶不许嘈嚷,出了园子,即刻就传给园里各处的妈妈们小心访查。我们只疑惑邢姑娘的丫头,本来又穷,只怕小孩子家没见过,拿了去也未可知。〔索隐〕四贞以外人托身宫禁,遭疑见谤自所不免。再不料定是你们那里的。幸而二奶奶没有在屋里,你们那里的宋妈来了,拿着这支镯子,说是小丫头坠儿偷了来的被他看见,来回二奶奶的。我赶忙接了镯子,想了一想:宝玉是偏在你们身上留心用意、争胜要强的,那一年有一个良儿偷玉。〔索隐〕补笔。一偷玉一窃金,隐寓窃玉偷香之意。良儿者,良家儿也。偷玉者为良儿,偷镯者为坠儿,顾名思意,其意自显。此必宫中当日有私孕堕胎之事发现于外,秽德彰闻,人言藉藉。刚冷了这二年,闲时还常有人提起来趁愿,这会子又跑出一个偷金子的来了,而且更偷到街坊家去了。〔索隐〕坠儿之所欢,当为王公外戚。故云偷到街坊家去。偏是他这样,偏是他的人打嘴。所以我倒忙叮嘱宋妈,千万别告诉宝玉,只当没有这事,总别和一个人提起。第二件,老太太、太太听了生气。三则袭人和你们也不好看。所以我回二奶奶,只说:'我往大奶奶那里去,谁知镯子褪了口,丢在草根底下,前儿雪深了没看见。今儿雪化尽了,黄澄澄的映着日头,还在那里呢,我就拾了起来。'二奶奶也就信了。所以我来告诉你们,你们以后防着他些,别使唤他到别处去。等袭人回来,你们商议者,变个法子打发出去就完了。"麝月道:"这小娼妇!〔索隐〕明詈之为娼妇。也见过些东西,怎么这样眼浅。"平儿道:

第五十二回　俏平儿情掩虾须镯　勇晴雯病补雀金裘

"究竟这镯子能多重,原是二奶奶的,说这叫做'虾须镯',倒是这颗珠子重了。〔**索隐**〕以喻珠胎暗结,文心深曲。晴雯那蹄子是块爆炭,要告诉了他,他是忍不住的。一时气上来,或打或骂,依旧嚷出来,所以单告诉你留心就是了。"说着,便作辞而去。

宝玉听了,又喜又气又叹。喜的是平儿竟能体贴自己的心;〔**索隐**〕暗点"情"字。气的是坠儿小窃;叹的是坠儿那样伶俐,做出这丑事了。因而回至房中,把平儿之话,一长一短告诉了晴雯,又说:"他说你是个要强的,如今病了,听了这话越发要添病的,等好了再告诉你。"晴雯听了,果然气的蛾眉倒蹙,凤眼圆睁,即时就叫坠儿。宝玉忙劝道:"这一喊出来,岂不孤负了平儿待你我的心呢。不如领他这个情,〔**索隐**〕明点"情"字。过后打发他出去就完了。"晴雯道:"虽如此说,只是这气如何忍得住!"宝玉道:"这有什么气的?你只养病就是了。"

晴雯服了药,至晚间又服了二和,夜间虽有些汗,还未见效,仍是发烧头疼,鼻塞声重。次日,王太医又来诊视,另加减汤剂。虽然稍减了烧,仍是头疼。宝玉便命麝月:"取鼻烟来,给他闻些,痛打几个喷嚏就通快了。"麝月果真去取了一个金镶双金星玻璃小扁盒儿来,递与宝玉。宝玉便揭开盒盖,里面是个西洋珐琅的黄发赤身女子,两肋又有肉翅,里面盛着些真正上等洋烟。晴雯只顾看画儿,宝玉道:"闻些,走了气就不好了。"晴雯听说,忙用指甲挑些嗅入鼻中,不见怎么,便又多多挑了些嗅入。忽觉鼻中一股酸辣透入囟门,接连打了五六个喷嚏,眼泪鼻涕登时齐流。晴雯忙收了盒子,笑道:"了不得,辣!快拿纸来!"早有小丫头子递过一叠儿细纸,晴雯便一张一张的拿来揩鼻子。宝玉笑问:"如何?"晴雯笑道:"果然通快些,只是太阳还疼。"宝玉笑道:"越发尽用西洋药治一治,〔**索隐**〕董妃贵宠,当其清恙未瘥,情僧百般调治,护花心切,或有征召西医之举。只怕就好了。"说着,便命麝月:"往二奶奶要去,就说我说的:姐姐那里常有那西洋贴头疼的膏子药,叫做'依弗哪',〔**索隐**〕西法初入中国,士大夫心理类皆不以为然,名之曰依弗哪,示其不可依也。打寻一点儿。"

麝月答应,去了半日,果然拿了半节来。便去找了一块红缎子角儿,铰了两块指顶大的圆式,将那药烘炀了,用簪挺摊上。晴雯自拿着一面

《红楼梦》与顺治皇帝的爱情故事

靶儿镜子，贴在两太阳上。麝月笑道："病的蓬头鬼一样，如今贴了这个，倒俏皮了。二奶奶贴惯了，倒不大显。"〔索隐〕医或由豫王而进。说毕，又向宝玉道："二奶奶说明日是舅老爷的生日，太太说了，叫你去呢。明儿穿什么衣裳？今儿晚上好打点齐备了，省的明儿早上费手。"宝玉道："什么顺手就是什么罢了，一年闹生日也闹不清。"〔索隐〕清初王公大臣赐寿之风最盛。说着，便起身出房，往惜春房中去看画儿。

刚到院门外边，忽见宝琴小丫头名小螺的从那边过去，宝玉忙赶上问："那里去？"小螺笑道："我们二位姑娘都在林姑娘那里呢，我如今也往那里去。"宝玉听了，转步也便同他往潇湘馆来。不但宝钗妹妹在此，且连邢岫烟也在那里，四人围坐在熏笼上叙家常。紫鹃倒坐在暖阁里，隔窗做针线。一见他来，都笑说："又来了一个！没了你的坐处了。"宝玉笑道："好一幅'冬闺集艳图'！〔索隐〕冬闺集艳，亦即隋炀迷楼。可惜我迟来了一步。横竖这屋子比各屋子暖，这椅子坐着并不冷。"说着，便坐在黛玉常坐的搭着灰鼠椅搭的一张椅上。因见暖阁之中有一玉石条盆，里面攒三聚五栽着一盆单瓣水仙，宝玉便极口赞道："好花！这屋子越暖，这花香的越浓。怎么昨儿没见？"黛玉笑道："这是你家的大总管〔索隐〕太监领班向称总管。如近今李莲英，群呼之为李总管。赖大奶奶送薛二姑娘的，两盆水仙，两盆腊梅。他送了我一盆水仙，送了云丫头一盆腊梅。〔索隐〕总管时有贡献，读《慈禧外纪》及《清季宫闱秘史》可见一斑。我原不要的，又恐孤负了他的心。你若要，我转送你如何？"宝玉道："我屋里却有两盆，只是不及这个。琴妹妹送你的，如何又转送人，这个断断使不得。"黛玉道："我一日药罐子不离火，我竟是药陪着呢，那里还搁的住花香来熏？越发弱了。况且，这屋子里一股药香，反把这花香搅坏了。不如你抬了去，这花儿倒清净了，没什么杂味来搅他。"宝玉笑道："我屋里今儿也有个病人煎药呢，你怎么知道的？"黛玉笑道："这说奇了，我原是无心话，谁知你屋里的事？你不早来听古记儿，这会子来了，自惊自怪的。"

宝玉笑道："咱们明儿下一社又有题目了，就咏水仙腊梅。"黛玉听了，笑道："罢！罢！再不敢做诗了，做一回，罚一回，没有怪羞的。"说着，便两手握起脸来。宝玉笑道："何苦来！又打趣我做什么。我还不

第五十二回　俏平儿情掩虾须镯　勇晴雯病补雀金裘

怕臊呢，你倒握起脸来了。"宝钗因笑道："下次我邀一社，四个诗题，四个词题，每人四首诗，四首词。头一个诗题《咏太极图》，限一先的韵，五言排律，要把一先的韵都用尽了，一个不许剩。"

宝琴笑道："这一说，可知是姐姐不是真心起社了，这分明是难人。若论起来，也强扭出来的，不过颠来倒去弄些《易经》上的话生填，究竟有何趣味。我八岁的时节，跟我父亲到西海沿上买洋货，谁知个真真国的女孩子，年十五岁，那脸面就和那西洋画上的美人一样，也披着黄头发，打着联垂，满头带着都是玛瑙、珊瑚、猫儿眼、祖母绿；身上穿着金丝织的锁子甲，洋锦袄袖；带着倭刀，也是镶金嵌宝的，实在画儿上也没他那么好看。有人说他通中国诗书，会讲五经，能做诗填词，因此我父亲央烦了一位通官，烦他写了一张字，就写他做的诗。"众人都称奇道异。宝玉忙笑道："好妹妹，你拿出来我们瞧瞧。"宝琴笑道："在南京收着呢，此时那里去取？"宝玉听了，大失所望，便说："没福得见这世面。"黛玉笑拉宝琴道："你别哄我们。我知道你这一来，你的这些东西未必放在家里，自然都是要带上来的，这会子又撒谎说没带来。你们虽信，我是不信的。"宝琴便红了脸，低头微笑不答。

宝钗笑道："偏这颦儿惯说这些语，你就伶俐的太过了。"黛玉笑道："带了来，就给我们见识见识也罢了。"宝钗笑道："箱子笼子一大堆，还没理清，知道在那个里头呢？等过日收拾清了，找出来大家再看就是了。"又向宝琴道："你若记得，何不念念我们听听？"宝琴答道："记得他做的五言律一首，若论外国的女子，也就难为他了。"宝钗道："你且别念，等我把云儿叫了来，也叫他听听。"说着便叫小螺来，吩咐道："你到我那里去，就说我们这里有一个外国的美人来了，〔索隐〕西妇入觐，或清初已有此风，其为汤若望、南怀仁辈之眷属耶？抑入官就诊之女医士耶？是一是二末由考证。总之，汉皇重色名闻海外，鬈发碧眼之流，联袂偕来，集艳一堂，熙朝盛事。做的好诗，请你这'诗疯子'来瞧去，再把我们'诗呆子'也带来。"小螺笑着去了。

半日，只听湘云笑问："那一个外国的美人来了？"一头说，一头走，和香菱来了。众人笑道："人未见形，先已闻声。"宝琴等让位坐，遂把方才的话重诉了一遍。湘云笑道："快念来听听。"宝琴因念道：

《红楼梦》与顺治皇帝的爱情故事

> 昨夜朱楼梦，今宵水国吟。
> 岛云蒸大海，岚气接丛林。
> 月本无今古，情缘自浅深。
> 汉南春历历，焉得不关心。

众人听了都道："难为他，竟比我们中国人还强。"〔**索隐**〕海外女子能作吾国五言律诗，此与近年赫德之子某工八股文者，可称珠联璧合，后先辉映。

一语未了，只见麝月走来说："太太打发了人来，告诉二爷明儿一早往舅舅那里去，就说太太身上不大好，不得亲身来。"宝玉忙站起来，答应道："是。"因问宝钗宝琴："你们二位可去？"宝钗道："我们不去，昨儿单送了礼去了。"大家说了一回方散。

宝玉因让诸姊妹先行，自己在后面。黛玉便又叫住他，问道："袭人到底多早晚回来？"宝玉道："自然等送了殡才来呢。"黛玉还有话说，又不能出口，出了一回神，便说道："你去罢。"宝玉也觉心里有许多话，多只是口里不知要说什么，想了一想，也笑道："明儿再说罢。"〔**索隐**〕卿卿我我，相喻于无言之表，董妃宠冠六宫，盖可想见。一面下台阶，低头正欲迈步，复又忙回身问道："如今夜越发长了，你一夜咳嗽几次？醒几遍？"黛玉道："昨儿夜里好了，只嗽了两遍，却只睡了四更一个更次，就再不能睡了。"宝玉又笑道："正是有句要紧的话，这会子才想起来。"一面说，一面便挨近身来，悄悄道："我想宝姐姐送你的燕窝……"

一语未了，只见赵姨娘走进来瞧黛玉，问："姑娘这几天可好了？"黛玉便知他从探春处来，从门前过，顺路的人情。忙陪笑让坐，"难得姨娘想着，怪冷的，亲自走来"，又忙命倒茶，一面又使眼色与宝玉。〔**索隐**〕含情欲说宫中事，鹦鹉前头不敢言。写来情景逼肖。宝玉会意，便走了出来。

正值吃晚饭时，见了王夫人，又嘱咐他早去。宝玉回来，看晴雯吃了药。此夕宝玉便不命晴雯搬出暖阁来，自己便在晴雯外边，又命将熏

第五十二回　俏平儿情掩虾须镯　勇晴雯病补雀金裘

笼抬至暖阁前,麝月便在熏笼上睡。一宿无话。

　　至次日,天未明晴雯便叫醒麝月道:"你也该醒了,只是睡不够!〔索隐〕太平闲人此处评云:"话中有话。你出去叫人给他预备茶水,我叫醒他就是了。"麝月忙披衣起来,道:"咱们叫他起来,穿好衣裳,抬过这火箱去,再叫他们进来。老妈妈们已经说过,不叫他在这屋里,怕过了病气。如今他们见咱们挤在一处,又该唠叨了。"晴雯道:"我也是这么说。"二人才叫时,宝玉已醒了,忙起身披衣。麝月先叫进小丫头子来,收拾妥了,才命秋纹等进来,一同服侍宝玉梳洗毕。麝月道:"天又阴阴的,只怕有雪,穿一套毡子的罢。"宝玉点头,即时换了衣裳。小丫头便用小茶盘捧了一盖碗建莲红枣汤来,宝玉喝了两口。麝月又捧过一小碟法制紫姜来,宝玉嚼了一块。又嘱咐了晴雯一回,便往贾母处来。

　　贾母犹未起来,知道宝玉出门,便开了房门,命宝玉进去。宝玉见贾母身后,宝琴面向里睡着未醒。〔索隐〕太平闲人此处评云:为睡不着者说法。两评皆深文周内,吾所不取。贾母见宝玉身上穿着荔枝色哆啰呢的箭袖,大红猩猩毡盘金彩绣石青妆缎沿边的排穗褂。贾母道:"下雪了么?"宝玉道:"天阴着,还没下呢。"贾母便命鸳鸯来:"把昨儿那一件孔雀毛的氅衣给他罢。"鸳鸯答应走去,果取了一件来。宝玉看时,金翠辉煌,碧彩闪灼,又不似宝琴所披之凫靥裘。只听贾母笑道:"这叫做'雀金泥',这是俄罗斯国拿孔雀毛拈了线织的。前儿那件野鸭子的给了你小妹妹,这件给你罢。"〔索隐〕四贞蒙慈眷极深,册妃一说其事在传疑传信之间,观此处分赐衣饰,俨有笄珈敌体之意。宝玉磕了一个头,便披在身上。贾母笑道:"你先给你娘瞧瞧去再去。"

　　宝玉答应了便出来,只见鸳鸯站在地下揉眼睛。因自那日鸳鸯发誓绝婚之后,也总不合宝玉说话。宝玉正自日夜不安,此时见他又回避,宝玉便上来,笑道:"好姐姐,你瞧瞧,我穿着这个好不好?"鸳鸯一撒手,便进贾母房中来了。宝玉只得到了王夫人房中,与王夫人看了,然后又回至园中,与晴雯、麝月看过,来因覆贾母说:"太太看了,只说可惜了的,叫我仔细穿,别糟蹋了。"贾母道:"就剩了这一件,你糟蹋了也再没了。这会子特给你做这个也是没有的事。"说着又嘱咐:"不许多吃酒,早些回来。"宝玉应了几个"是"。

《红楼梦》与顺治皇帝的爱情故事

　　老嬷嬷跟至厅上，只见宝玉的乳兄李贵和王荣、张若锦、赵亦华、钱启、周瑞六个人，带着焙茗、伴鹤、锄药、扫红四个小厮，〔索隐〕御前侍卫、内侍卫之类。背着衣包，拿着坐褥，笼着一匹雕鞍彩辔的白马，早已伺候多时了。老嬷嬷又嘱咐他们些话，六个人忙应了几个"是"，忙捧鞍坠镫。宝玉慢慢的上了马，李贵和王荣笼着嚼环，钱启、周瑞二人在前引路，张若锦、赵亦华在两边紧贴宝玉身后。〔索隐〕六飞外出，仪卫俨然。宝玉在马上笑道："周哥、钱哥，咱们打这角门走罢，省了到老爷的书房门口又下来。"〔索隐〕当时有皇父摄政王之称，过其邸第，礼宜下马，着此一段，以见非寻常仕宦家之体制。周瑞侧身笑道："老爷不在书房里，天天锁着，爷可以不用下来罢了。"〔索隐〕摄政王自建避痘山庄后，在别墅之日多，故此处云"天天锁着"，以见摄政之盘游废事，亦见保傅非人，不能导君以正。宝玉笑道："虽锁着，也要下来的。"钱启、李贵都笑道："爷说的是。便托懒不下来，倘或遇见赖大爷、林二爷，虽不好说爷，也要劝两句。所有的不是都派在我们身上，又说我们不教给爷礼了。"周瑞、钱启便一直往角门来。

　　正说话时，顶头见赖大进来。宝玉忙笼住马，意欲下来，赖大忙上来抱住腿。宝玉便在镫上站起来，笑着携手说了几句话。接着又见个小厮带着二三十人拿着扫帚畚箕进来，见了宝玉，都顺墙垂手立住，独为首的小厮打了个千儿，说"请爷安"。宝玉不知名姓，只微笑点点头儿。〔索隐〕此为巡城御史之流。御驾过时，例应俯伏道侧，报名接驾，匆匆一唱，正如晨风过耳，不辨谁何。马已过去，那人方带人去了。于是出了角门，外有李贵等六人的小厮并几个马夫，早预备下十来匹马专候。一出角门，李贵等各上马前引，一阵烟去了。〔索隐〕一路写御驾经行时排场规矩，历历如绘，以见警跸清尘，典礼至为隆重。否则一公子哥儿出门，何必费如许笔墨。不在话下。

　　这里晴雯吃了药，仍不见病退，急的乱骂大夫，说："只会骗人的钱，一剂好药也不给人吃。"麝月笑劝他道："你太性急了。俗语说：'病来如山倒，病去如抽丝'又不是老君仙丹，那有这样灵药！你只静养几天，自然好了。你越急越着手。"〔索隐〕晴雯与麝月秉性不同：一则刀斩斧劈，除恶务尽；一则优柔寡断，养痈贻患。借论病一段映射下

第五十二回　俏平儿情掩虾须镯　勇晴雯病补雀金裘

文撑逐坠儿事，亦自空灵有致。晴雯又骂小丫头子们："那里攒沙去了！瞧我病了，都大着胆子走了。明儿我好了，一个一个的才揭了你们的皮呢！"吓的小丫头子定儿忙进来问："姑娘做什么？"晴雯道："别人都死了，就剩了你不成？"说着，只见坠儿也蹭了进来。晴雯道："你瞧瞧这小蹄子，不问他还不来呢。这里又放月钱了，又散果子了，你该跪在头里了。你往前些，我是老虎吃了你！"坠儿只得往前凑了几步。晴雯便冷不防欠身一把将他的手抓住，向枕边拿起一丈青，向他手上乱戳，口内骂道："要这爪子做什么？拈不得针，拿不动线，只会贪嘴吃。眼皮子又浅，爪子又轻，打嘴现世的，不如戳烂了！"坠儿疼的乱喊，麝月忙拉开，按着晴雯躺下，道："你才出了汗，又作死。等你好了，要打多少打不得？这会子闹什么！"

晴雯便命人叫宋嬷嬷进来，说道："宝二爷才告诉了我，叫我告诉你们，坠儿很懒，宝二爷当面使他，他拨嘴儿不动，连袭人使他，他也背地骂他。今儿务必打发他出去，明儿宝二爷亲自回太太就是了。"宋嬷嬷听了，心下便知镯子事发，因笑道："虽如此说，也等花姑娘回来知道了，再打发他。"晴雯说："宝二爷今儿千叮嘱万叮嘱的，什么'花姑娘''草姑娘'的，我们自然有道理。你只依我的话，快叫他家的人来领他出去。"麝月道："这也罢了！早也是去，晚也是去，早带了去早清净一日。"

宋嬷嬷听了，只得出去唤了他母亲来，打点了他的东西，又见了晴雯等，说道："姑娘们怎么了，你侄女儿不好，你们教导他，怎么撑出去？也到底给我们留个脸儿。"晴雯道："这话只等宝玉来问他，与我们无干。"那媳妇冷笑道："我有胆子问他去！他那件事不是听姑娘们的调停？他总依的，姑娘们不依，也未必中用。比如方才说话，虽背地里，姑娘就直叫他的名字。在姑娘们就使得，在我们就成了野人了。"

晴雯听说，越发急红了脸，说道："我叫了他的名字了！你在老太太、太太跟前告我去，说我野，也撑我出去！"麝月道："嫂子，你只管带了人出去，有话再说。这个地方岂有你叫喊讲理的？你见谁和我们讲过理？别说嫂子你，就是赖大奶奶、林大娘，也得担待我们三分。便是叫名字，从小儿直到如今，都是老太太吩咐过的，你们也知道的，恐怕

《红楼梦》与顺治皇帝的爱情故事

难养活,巴巴的写了他的小名儿,各处贴着叫万人叫去,为的是好养活。连挑水挑粪花子都叫得,何况我们!〔索隐〕世祖御名为福临,二字独不在敬避之列。宝玉之影射何人,显然可见。连昨儿林大娘叫了一声'爷',老太太还说呢,此是一件。二则,我们这些人常回老太太、太太的话去,可不叫着名回话,难道也称'爷'?那一日不把'宝玉'两字叫二百遍,偏嫂子又来挑这个了!过一日嫂子闲了,在老太太、太太跟前,听听我们当着面儿叫他就知道了。嫂子原也不得在老太太、太太跟前当些体统差使,成年家只在三门外头混,怪不得不知道我们里头的规矩。〔索隐〕一波一折,舌端有剑。这里不是嫂子久站的,再一会,不用我们说话,就有人来问你了。有什么分证的话,且带了他去,你回了林大娘,叫他来找二爷说话。家里上千的人,他也跑来,我也跑来,我们认人问姓还认不清呢!"说着,便叫小丫头子:"拿了擦地的巾来擦地!"

那媳妇听了,无言可对,亦不敢久站,赌气带了坠儿就走。宋嬷嬷忙道:"怪道你这嫂子不知规矩,你女儿在屋里一场,临去时,也给姑娘们磕个头。没有别的谢礼,他们也不稀罕,不过嗑个头,尽心罢咧。怎么说走就走?"坠儿听了,只得翻身进来,给他两个磕头,又找秋纹等,他们也并不睬他。那媳妇唉声叹气,口不敢言,抱恨而去。

晴雯方才又闪了风,着了气,反觉更不好了,翻腾至掌灯,刚安静了些。只见宝玉回来,进门就嗐声顿足。麝月忙问原故,宝玉道:"今儿老太太欢欢喜喜的给了这件褂子,谁知不防后襟上烧了一块,幸而天晚了,老太太、太太都不理论。"一面脱下来。麝月看时,果然有指头大的烧眼,说:"这必定是手炉里的火迸上了。这不值什么,赶着叫人悄悄拿出去,叫个能干织补匠人织上就是了。"说着便用包袱包了,叫了一个嬷嬷送出去,说:"赶天亮就有才好。千万别给老太太、太太知道。"

婆子去了半日,仍旧拿回来,说:"不但织补匠能干裁缝绣匠,并做女工的问了,都不认得这是什么,都不敢揽。"麝月道:"这怎么样呢!明儿不穿也罢了。"宝玉道:"明儿是正日子,老太太、太太说了,还叫穿过这个去呢。偏头一日就烧了,岂不扫兴!"

晴雯听了半日,忍不住翻身说道:"拿来我瞧瞧罢。没福气穿就罢了。"〔索隐〕诗云:"衮则有阙,维仲山甫补之。"此回补裘,实隐寓补

第五十二回　俏平儿情掩虾须镯　勇晴雯病补雀金裘

袭之义,详见本回总评。故又逗出"没福气"三字,以证其意有所指。说着,麝月便递与晴雯,移过灯来细瞧了一瞧,说道:"这是孔雀金线的,如今咱们也拿孔雀金线,就像界线似的界密了,只怕还可混得过去。"麝月笑道:"孔雀线现成的,但这里除你,还有谁会界线?"晴雯道:"说不得,我挣命罢了。

宝玉忙道:"这如何使得!才好了些,如何做得生活。"晴雯道:"不用你蝎蝎螫螫的,我自知道。"一面说,一面坐起来,挽了一挽头发,披了衣裳,只觉头重身轻,满眼金星乱迸,实实掌不住,待不做,又怕宝玉着急,少不得狠命咬牙挣着。便命麝月只帮着拈线。晴雯先拿了一根,比一比,笑道:"这虽不很像,若补上,也不很显。"宝玉道:"这就很好,那里又找俄罗斯国的裁缝去?"晴雯先将里子拆开,用茶杯口大小一个竹弓钉绷的背面,再将破口四边用金刀刮的散松松的,然后用针缝了两条,分出经纬,亦如界线之法,先界出地子来,〔索隐〕曰分出经纬,曰界出地子,必具补天手段,方能使金瓯无缺。后依本纹来回织补。补两针,又看看,织补不上三五针,便伏在枕上歇一会。

宝玉在旁,一时又问:"吃些滚水不吃?"一时又命:"歇一歇。"一时又拿一件灰鼠斗篷替他披在背上,一时又拿个枕头与他靠着。急的晴雯央道:"小祖宗,你只管睡罢。再熬上半夜,明儿眼睛抠搂了,那可怎么好!"宝玉见他着急,只得胡乱睡下,仍睡不着。

一时只听自鸣钟已敲了四下,刚刚补完,又用小牙刷慢慢的剔出绒毛来。麝月道:"这就好了,若不留心,再看不出的。"宝玉忙要瞧瞧,笑说:"真真一样了!"晴雯已嗽了几阵,好容易补完了,说了一声:"补虽补了,到底不像,我再也不能了!"〔索隐〕神情口吻,一丝不走,看似平淡无奇文字,然使普天下才子掩去原文,另易数语,虽呕尽心血,恐不能如此恰到好处。《石头记》一书,所以为空前绝后之作。"嗳哟"了一声,便身不由主倒下了。要知端的,且看下回分解。

〔索隐〕此回虽分写两事,然实一气衔接而下,脉络贯通,文笔更艳丽婀娜,在全书中,亦是刻意经营文字。开国之初,百凡草创,宫中佚闻尤多。此回所隐两事,在当时必已传播人口,

《红楼梦》与顺治皇帝的爱情故事

鼓钟于宫,声闻于外,无所用其隐饰,故遂放胆抒写,如天宝宫人争说开元遗事也。

上半回重在"情掩"二字,虾须镯之称号,既极刻薄,犹恐后人不悟,乃以坠儿为名,点出题旨。群阴冱寒,兰艾并集,此种秽乱宫禁之举动,何代蔑有?特以情僧倡导于上,风行草偃,不免变本加厉。

下半回重在"病补"二字。按:小琬性明敏,博通诗史,张公亮《传》中曾有"智计百出、保全实多"之语。自邀宸眷,宫闱静好,或亦参与密谋,于当日重要国计,多所裨补。世祖自制《董鄂妃传》,盛称妃德,治丧诏书内,复有端敬皇后弥留时谆谆以矜恤秋决为言。吴梅村《读史偶述》云:"微闻金鸡诏,亦自玉妃出。"聚各方面考之,妃之匡辅圣德,确而有征。周初十乱,太任居一,诚熙朝之盛事,而历史之美谈,导扬懿嫔,固秉笔者之所有事也。

〔护花评〕 鼻烟壶是西洋珐琅的,黄发赤身女子,引起后文西洋诗女,真是一笔不肯鹘突。

又:写宝玉出门,仆从簇拥,众人请安,反衬后来衰败出家光景。

又:坠儿被撵,引出后来晴雯、司棋等被撵情事。

又:写晴雯撵坠儿说话,气骄志满,是反挑后来自己亦被逐出。

又:宝玉若不告诉坠儿偷镯,何至晴雯病中生气?宝玉若不烧破雀毛裘,何至晴雯病上加病?晴雯之死,实由宝玉,所谓爱之,适以害之也。

又:第四十五回至五十二回一大段,应分五小段:四十五回为一段,写黛玉之多病,宝钗之多情;四十六回为一段,写贾赦之渔色,鸳鸯之烈性;四十七、八回为一段,叙薛蟠之出门,香菱之进园;四十九回至五十一回上半回为一段,写园中闺秀之多,诗社之盛;五十一回下半回至五十二回为一段,写晴雯之气病重。

第五十二回 俏平儿情掩虾须镯 勇晴雯病补雀金裘

〔**大某评**〕宝玉见了黛玉,不知要说什么,大家多散,二人心绪如麻,各格格不能吐,盖凡能吐者,俱非情之至也。

又:晴雯决让撵坠儿,而宋嬷云:"等花姑娘回来。"则逢彼之怒,愈缓愈紧,是以坠儿必不能少留矣。

又:描写晴、麝二人铮铮辩论,不但不听见者想所不到,即听见者亦笔所难达。何物雪芹,具此狡狯!

又:烧破雀毛裘,晴雯说宝玉没福气穿,此岂婢女对主人之言乎?可知其平日纵容娇养者惯矣。

又:此回乃是壬子年冬时事。

第五十三回　宁国府除夕祭宗祠
　　　　　　　荣国府元宵开夜宴

　　话说宝玉见晴雯将雀毛裘补完，已使得力尽神危，忙命小丫头来替他捶着，彼此捶打了一会，歇下没一顿饭的工夫，天已大亮，且不出门，只叫快请大夫，一时王太医来诊了脉，疑惑说道："昨日已好了些，今日如何反虚浮微缩起来？敢是吃多了饭食？不然就是劳了神思，外感却倒轻了，这汗后失了调养，非同小可！"一面说，一面出去开了药方进来。

　　宝玉来看时，已将疏散驱邪诸药减去，倒添了茯苓、地黄、当归等益神养血之剂。宝玉一面忙命人煎去，一面叹说："这怎么处？倘或有个好歹，都是我的罪孽！"晴雯睡在枕上，嗐道："好二爷，你干你的去罢，那里就得了痨病儿呢！"宝玉无奈，只得去了。至下半天，说身上不好就回来了。

　　晴雯此症虽重，幸亏他素昔是个使力不使心的，再者，素昔饮食清淡，饥饱无伤。这贾宅中的秘法，无论上下，只一略有些伤风咳嗽多总以净饿为主，〔索隐〕北人至今犹守此法，谚语谓之宫中方。次则服药调养。故于前一日病时，就饿了两三日，又谨慎服药调养，如今虽劳碌了些，又加倍培养了几日，便渐渐的好了。近日园中姐妹皆各在房中吃饭，炊爨饮食甚便，宝玉自能要汤要羹调停，不必细说。

　　袭人送母殡后业已回来，麝月便将坠儿一事并晴雯撵逐出去也曾回过宝玉等语，一一的告诉袭人。袭人也没说别的，只说太性急了。

　　只因李纨亦因时气感冒，邢夫人正害火眼，迎春、岫烟皆过去朝夕侍药。李纨之兄又接了李婶娘、李纹、李绮家去住几日，宝玉又见袭人常常思母含悲，晴雯又未又愈，因此诗社一事，皆未有人作兴，便空了几社。〔索隐〕一一收束，在他人必露手忙脚乱之状，而此则一气包举，

第五十三回　宁国府除夕祭宗祠　荣国府元宵开夜宴

舒展自如，何等力量！当下已是腊月，离年日近，王夫人与凤姐儿治办年事。王子腾升了九省都检点，〔索隐〕暗指九门提督。贾雨村补受了大司马，协理军机参赞朝政。不提。

且说贾珍那边开了宗祠，着人打扫，收拾供器，请神主，又打扫上房，以备悬供遗真影像。此时荣、宁二府内外上下，皆是忙忙碌碌。这日宁府中尤氏正起来同贾蓉之妻打点送贾母这边的针线礼物，正值丫头捧了一茶盘押岁锞子进来，〔索隐〕荷包、锞子，均为宫中颁赏之品。回说："兴儿回奶奶，前儿那一包碎金子，共是一百五十三两六钱七分，里头成色不等，总倾了二百二十个锞子。"说着递上去。尤氏看了一看，只见也有梅花式的，也有海棠式的，也有笔锭如意的，也有八宝联春的。尤氏命："收拾起来，就叫兴儿将银锞子快快交了进来。"丫鬟答应去了。

一时贾珍进来吃饭，贾蓉之妻回避了。〔索隐〕满州旧俗，翁姑进膳儿媳旁侍，捧巾栉盥漱诸具，隐与古礼相合。此处特言回避者，反射贾蓉前妻秦氏。夹缝中正有文字。贾珍因问尤氏："咱们春祭的恩赏可领了不曾？"尤氏道："今儿我打发蓉儿关去了。"贾珍道："咱们家虽不等这几两银子使，多少是皇上天恩，早关了来，可以给那边老太太送过去。置办祖宗的供，上领皇上的恩，下托祖宗的福，咱们那怕用一万银子供祖宗，到底不如这个有体面，又是沾恩赐福。除咱们这样一二家之外，那些世袭穷官儿家，若不仗着这银子，拿什么上供过年？真正皇恩浩荡，想得周到。"尤氏道："正是这话。"

二人正说着，只见人回："哥儿来了。"贾珍便命叫他进来。只见贾蓉捧了一个小黄布口袋进来。贾珍道："怎么去了这一日？"贾蓉陪笑回说："今儿不在礼部关领了，又在光禄寺库上，因又到了光禄寺才领下来了。光禄寺官儿们都说问父亲好，多日不见，都着实想念。"贾珍笑道："他们那里是想我！我又到了年下了，不是想我的东西，就是想我的戏酒了。"一面说，一面瞧那黄布口袋，上有封条，就是"皇恩永远"四个大字，那一边又有礼部祠祭司的印记，一行小字道是"宁国公贾演、荣国公贾源恩赐永远春祭赏共二分，净折银若干两，某年月日龙禁尉候补侍卫贾蓉当堂领讫，值年寺丞某人"，下面一个朱笔花押。

贾珍看了，吃过饭，盥洗毕，换了靴帽，命贾蓉捧着银子跟了来，

《红楼梦》与顺治皇帝的爱情故事

回过贾母、王夫人,又至这边回过贾赦、邢夫人,方回家去,取出银子,命将口袋向宗祠大炉内焚了。又命贾蓉道:"你去问问你那边二婶娘,正月里请吃年酒的日子拟了没有?〔**索隐**〕清制,每逢岁首,赐王公大臣吃肉、听戏于太和、保和诸殿。若拟定了,叫书房里明白开了单子来,咱们再请时,就不能重复了。旧年不留神,重了几家人家,不说咱们不留心,倒像两宅商议定了送虚情怕费事的一样。"贾蓉忙答应去了。

一时,拿了请人吃年酒的日期单子来了。贾珍看了,命交与赖升去看了,请人别重了这单上的日子。因在厅上看着小厮们抬围屏,擦抹几案金银供器。只见小厮手里拿着一个禀帖并一篇帐目,回说:"黑山村乌庄头来了。"〔**索隐**〕此当指西藏喇嘛之进贡者。喇嘛崇奉红、黄二教,故以黑山村乌庄头暗相映射。

贾珍道:"这个老砍头的!今儿才来。"贾蓉接过禀帖和帐目,忙展开捧着,贾珍倒背着两手,向贾蓉手内看去,那红禀帖上写着:"门下庄头乌进孝叩请爷、奶奶万福金安,并公子、小姐金安。新春大喜大福,荣贵平安,加官进禄,万事如意。"贾珍笑道:"庄家人有些意思。"贾蓉也忙笑道:"别看文法,只取个吉利儿罢。"一面忙展开单子看时,只见上面写着:

"大鹿三十只,獐子五十只,狍子五十只,暹猪二十个,汤猪二十个,龙猪二十个,野猪二十个,家腊猪二十个,野羊二十个,青羊二十个,家汤羊二十个,家风羊二十个,鲟鳇鱼二百个,各色杂鱼二百斤,活鸡、鸭、鹅各二百只,风鸡、鸭、鹅二百只,野鸡、鸭、猫各二百对,熊掌二十对,鹿筋二十斤,海参五十斤,鹿舌五十条,牛舌五十条,蛏干二十斤,榛、松、桃、杏瓤各二口袋,大对虾五十对,干虾二百斤,银霜炭上等选用一千斤,中等二千斤,柴炭三万斤,御田胭脂米二担,碧糯五十斛,白糯五十斛,粉粳五十斛,杂色粱谷各五十斛,下用常米一千担,各色干菜一车,外卖粱谷、牲口各项折银二千五百两。外门下孝敬哥儿玩意儿:活鹿两对,白兔四对,黑兔四对,活锦鸡两对,西洋鸭两对。"

第五十三回　宁国府除夕祭宗祠　荣国府元宵开夜宴

贾珍看完，说："带他进来。"一时，只见乌进孝进来，只在院内磕头请安。贾珍命人拉起他来，笑说："你还硬朗？"乌进孝笑道："不瞒爷说，小的们走惯了，〔索隐〕一年一度入贡，故云走惯。不来也闷的慌。他们可不是都愿意来见见天子脚下世面！他们到底年轻，怕路上有闪失，再过几年就可以放心了。"贾珍道："你走了几日？"乌进孝道："回爷的话，今年雪大，外头都是四五尺深的雪，前日忽然一暖一化，路上竟难走得很，〔索隐〕天山葱岭一带，地多积雪。耽搁了几日。虽走了一个月零两日，日子有限，怕爷心焦，可不赶着来了！"

贾珍道："我说呢，怎么今儿才来ｊ我才看那单子上，今年你这老货又来打擂台来了！〔索隐〕清世待遇外藩，视为外府朝廷，既多诛求，部院亦肆婪索，以致威信渐落，叛服不常。乌进孝忙进前两步，回道："回爷说，今年年成实在不好。从三月下雨，接连着直到八月，竟没有一连晴过五六日。九月一场碗来大的雹子，方近二三百里地方，连人带房并牲口粮食，打伤了上千上万的，所以才这样，小的并不敢撒谎。"

贾珍皱眉道："我算定你至少也有五千银子来，这够做什么的！如今你们一共只剩了八九个庄子，〔索隐〕西藏、回部、内外蒙、朝鲜、安南、琉球、暹罗，统计其时藩服，盖有八九处。

今年倒有两处报了旱潦，你们又打擂台，真真是叫别过年了！"乌进孝道："爷的这地方还算好呢，我兄弟离我那里只有一百多里，竟又大差了。他现管着那府八处庄地，比爷这边多着几倍，今年也是这些东西，不过二三千两银子，也是有饥荒打呢。"贾珍道："如何呢？我这边倒可，已没什么外项大事，不过是一年的费用。我若受用些就费些，我受些委曲就省些。再者，年例送人请人，我把脸皮厚些也就完了。比不得那府里，这几年添了许多化钱的事，一定不可免是要化的，却又不添银子产业。这一二年里赔了许多，不和你们要，找谁去？"乌进孝笑道："那府里如今虽添了事，有去有来，'娘娘和万岁爷岂不赏么？'"

贾珍听了，笑向贾蓉等道："你们听听，他说的可笑不可笑！"贾蓉等忙笑道："你们山坳海沿子上的人，那里知道这道理？娘娘难道把皇上的库给我们不成！他心里纵有这心，也不能作主。岂有不赏之理？按时

《红楼梦》与顺治皇帝的爱情故事

按节不过是些彩缎古董玩意儿。就是赏，也不过一百两金子，才值一千多两银子，够什么？这二年那一年不赔出几千银子来！头一年省亲，连盖花园子，你算算那一注化了多少，就知道了。再二年再省一回亲，只怕就精穷了。"〔索隐〕此为康、乾时屡下江南说法。贾珍笑道："所以他们庄客老实人，外明不知里暗的事，黄柏木作了磬槌子——外头体面里头苦。"

贾蓉又说又笑，向贾珍道："果真那府里穷了。前儿我听见二婶娘和鸳鸯悄悄商议，要偷老太太的东西去当银子呢。"〔索隐〕其时部库告匮，议拨内帑以继之。贾珍笑道："那又是凤姑娘的鬼，那里就穷到如此？他必定是见去路大了，实在赔得狠了，不知又要省那一项的钱，先设出这法子来使人知道，说穷到如此了。我心里却有个算盘，还不至此田地！"〔索隐〕亦当时执政大臣弄权盗帑之实况。说着，便命人带了乌进孝出去，好生待他。不在话下。

这里贾珍吩咐将方才各物留出供祖宗的来，将各样取了些，命贾蓉送过荣府里去。然后自己留了家中所用的，余者派出等第，一分一分的堆在月台底下，命人将族中子侄唤来分与他们。〔索隐〕八分公辅国公贝子贝勒固山额驸等，例有年赏。接着荣国府也送了许多供祖之物及与贾珍之物。贾珍看着收拾完备供器，跐着鞋，披着一件猞猁狲大皮袄，命人在厅柱下石阶上太阳中铺了一个大狼皮褥子，负喧闲看各子弟们来领取年物。

因见贾芹亦来领物，贾珍叫他过来，说道："你做什么也来了？谁叫你来的？"贾芹垂手回说："听见大爷这里叫我们领东西，我没等人去就来了。"贾珍道："我这东西，原是给你那些闲着无事没进益的叔叔兄弟们的。那二年你闲着，我也给过你的。你如今在那府里管事，家庙里管和尚、道士们，一月又有你的分例，外有和尚等的分例银钱都从你手里过，你还来取这个来，太也贪了！你自己瞧瞧，你穿的可像个手里使钱办事的？先前你说没进益，如今又怎么了？比先倒不像了。"

贾芹道："我家里原人口多，费用大。"贾珍冷笑道："你又支吾我。你在家庙里干的事，打量我不知么？你到了那里自然是爷了，没人敢抗违你。你手里又有了钱，离着我们又远，你就为王称霸起来，夜夜招聚

第五十三回　宁国府除夕祭宗祠　荣国府元宵开夜宴

匪类赌钱，养老婆小子。〔索隐〕不肖宗室，骄奢游惰，恰有如斯行径。这会子化得这个形像，你还敢领东西来？领不成东西，领一顿驮水棍去才罢！等过了年，我和你二叔说，叫你回来。"贾芹红了脸，不敢答言。

人回："北府王爷送了对联、荷包来。"贾珍听说，忙命贾蓉："出去款待，只说我不在家！"贾蓉去了。这里贾珍撵走贾芹，看着领完东西，回房与尤氏吃毕晚饭，一宿无话。至次日更忙，不必细说。

已到了腊月二十九日了，各色齐备，两府中都换了门神、对联、挂牌、新油的桃符，焕然一新。宁国府从大门、仪门、大厅、暖阁、内厅、内三门、内仪门并内塞门，直到正堂，一路正门大开。两边阶下，一色朱红大高烛，点的两条金龙一般。

次日，由贾母有封诰者，皆按品级着朝服，先坐八人大轿，带领众人进宫朝贺行，礼领宴毕回来，便到宁府暖阁下轿。诸子弟有未随入朝者，皆在宁府门前排班伺候，然后引入宗祠。

且说宝琴是初次进贾祠观看，〔索隐〕祭宗祠，无外人参与之礼。此处独言宝琴者，因四贞初有册封东官王妃之谕，届在本姓、异姓之间。书中于筋节处皆极注意，不肯落一闲笔。铺叙及私家祀典无谓已极，且又须挽出外姓之宝琴进祠观看，以使曲曲写出，何苦着力如此？足证所纪者为天家大祀，济济百官，俱在趋跄执事之列也。一面细细留神打量这宗祠，原来宁府西边另一个院子，黑油栅栏内五间大门，上面悬一匾，写着是"贾氏宗祠"四个字，一旁书"特晋爵太傅前翰林掌院事王希献书"。〔索隐〕希献者，熙朝文献也。两边有一副长联，写道：

肝脑涂地，兆姓赖保育之恩；功名贯天，百代仰蒸尝之盛。

也是王太傅所书。进入院中，白石甬路，两边皆是苍松翠柏。月台上设着古铜鼎彝等器。抱厦前面悬一块九龙金匾，写着是："星辉辅弼"四个字，乃先皇御笔。两边一副对联，写道是：

勋业有光昭日月，功名无间及儿孙。

《红楼梦》与顺治皇帝的爱情故事

也是御笔。五间正殿前悬一块闹龙填青匾,写着是:"慎终追远"四个字。旁边一副对联,写道是:

> 已后儿孙承福德,
> 至今黎庶念荣宁。

俱是御笔。里边灯烛辉煌,锦帐绣幕,虽列着些神主,却看不真。

只见贾府人分了昭穆,排班立定:贾敬主祭,贾赦陪祭,贾珍献爵,贾琏、贾琮献帛,宝玉捧香,贾菖、贾菱展拜垫,守焚池。青衣乐奏,三献爵,兴拜毕,焚帛奠酒,礼毕,乐止,退出。

众人围随贾母至正堂上,影前锦帐高挂,彩屏张护,香烛辉煌。上面正房中悬着荣、宁二祖遗像,皆是披蟒腰玉。两边还有几轴列祖遗像。贾荇、贾芷等从内仪门挨次列站,直到正堂廊下。槛外方是贾敬、贾赦,槛内是各女眷。众家人小厮皆在仪门之外。每一道菜至,传至仪门,贾荇、贾芷等便接了,按次传至阶下贾敬手中。贾蓉系长房子孙,独他随女眷在槛里。每贾敬捧菜至,传于贾蓉,贾蓉便传于他媳妇,又传于凤姐、尤氏诸人,直传供桌前,方传于王夫人。王夫人传与贾母,贾母方捧放在桌上。邢夫人在供桌之西,东向立,同贾母供放。直至将菜饭汤点酒茶传完,贾蓉方退出去,归入贾片阶位之首。当时凡从文旁之名者,贾敬为首;下则从玉者,贾珍为首;再下从草头者,贾蓉为首;左昭右穆,男东女西;俟贾母拈香下拜,众人方一齐跪下,将五间大厅,三间抱厦,内外廊檐,阶上阶下两丹墀内,花团锦簇,塞的无一些空地,鸦雀无闻。只听铿锵叮当,金铃玉佩微微摇曳之声,并起跪靴履飒沓之响。一时礼毕,贾敬、贾赦等便忙退出,至荣府专候与贾母行礼。

尤氏上房地下铺满红毡,当地放着象鼻三足泥鳅流金金珐琅大火盆,正面炕上铺着新猩红毡,设着大红彩绣云龙捧寿的靠背引枕坐褥,另外有黑狐皮的袱子搭在上面,大白狐皮坐褥,请贾母上去坐了。两边又铺皮褥,让贾母一辈的两三个妯娌坐了。这边横头排插之后小炕上也铺了皮褥,让邢夫人等坐了。地下两面相对十二张雕漆椅上,都是一色灰鼠椅搭小褥,每一张椅下一个大铜脚炉,让宝琴等姊妹坐。尤氏用茶盘亲

第五十三回　宁国府除夕祭宗祠　荣国府元宵开夜宴

捧茶与贾母，贾蓉媳妇捧与众老祖母，然后尤氏又捧与邢夫人等，贾蓉媳妇又捧与众姊妹。凤姐、李纨等只在地下伺候。茶毕，邢夫人等便先起身来侍贾母吃茶。〔索隐〕叙祭祀，便俨然是祭祀，叙朝驾，便俨然是朝贺，一丝不走，此等处，足见真实力量。

贾母与年老妯娌们闲话了两三句，便命看轿，凤姐儿忙上去搀起来。尤氏笑回说："已经预备下老太太的晚饭。每年都不肯赏些体面，用过晚饭再过去，果然我们就不济凤丫头不成？"凤姐儿搀着贾母笑道："老祖宗走罢，咱们家去吃罢，别理他。"贾母笑道："你这边供着祖宗，忙得什么似的，那里还搁得住我闹？况且我每年不吃，你们也要送去的。不如还送了来，我吃不了留着明儿再吃，岂不多吃些？"〔索隐〕每于一段典重文字后，必着小小趣语，以疏宕文气，作者惯用此法。说得众人都笑了，又吩咐他："好生派妥当人夜里坐着看香火，不是大意得的。"尤氏答应了。一面走出来至暖阁前，尤氏等闪过屏风，小厮们才领轿夫请了轿出大门。尤氏亦随邢夫人等同至荣府。

这里轿出大门，这一条街上，东一边设立着宁国公的仪仗执事乐器，把一条街都塞满了，来往行人皆屏退不从此过。一时来至荣府，也是大门正门一直开到里头。如今便不在暖阁下轿了。过了大厅，转弯向西，至贾母这边正厅上下轿。众人围随同至贾母正室之中，亦是锦裀绣屏，焕然一新。当地火盆内焚着松柏香、百合草。贾母归了坐，老嬷嬷来回："老太太们来行礼。"贾母忙起身要迎，只见两三个老妯娌已进来了。大家挽手笑了一回，让了一回。茶罢回去，贾母只送至内仪门便回来，归了正坐。

贾敬、贾赦等领了诸子弟进来。贾母笑道："一年家难为你们，不行礼罢。"〔索隐〕两句只十一字，极平淡无奇，而神情口吻，跃然纸上，更易不得，所谓成如容易却艰辛。一面男一起，女一起，一起一起俱行过了礼。左右设下交椅，然后又按长幼挨次归坐受礼。两府男女小厮、丫鬟，亦按差级上中下行礼毕，然后散了押岁钱，并荷包、金银锞等物，摆上合欢宴来。男东女西归坐，献屠苏酒、合欢汤、吉祥果、如意糕毕，贾母起身进内间更衣，众人方各散出。

那晚各处佛堂灶王前焚香上供，王夫人正房院内设着天地纸马香供，

《红楼梦》与顺治皇帝的爱情故事

大观园正门上挑着角灯,两旁高照,各处皆有路灯。上下人等打扮的花团锦簇,一夜人声杂沓,笑语喧阗,爆竹炮火,络绎不绝。

至次日五鼓,贾母等人按品大妆,摆全副执事进宫朝贺,兼祝元春千秋。领宴回来,又至宁府祭过列祖,方回来受礼毕,便换衣歇息。所有贺节来的亲友,一概不会,只和薛姨妈、李婶娘二人说话取便,或同宝玉、宝钗等姊妹赶围棋抹牌作戏。王夫人与凤姐天天忙着请人吃年酒,那边厅上与院内皆是戏酒,亲友络绎不绝,一连忙了七八日才完了。早又元宵将近,宁、荣二府皆张灯结彩。十一日,是贾赦请贾母宴,次日贾珍又请贾母,王夫人和凤姐儿也连日被人请去吃年酒,不能胜记。

至十五这一晚上,贾母便在大花厅上命摆几席酒,定一班小戏,满挂各色花灯,带领荣、宁二府各子侄孙男孙媳等家宴。贾敬素不饮酒茹荤,因此不去请他,十七日祀祖已完,他便出城修养,就是这几日在家,只静室默处,一概无闻。〔**索隐**〕此处贾敬,当是隐刺摄政,见其蔑弃礼教,自外天伦。不在话下。

贾赦领了贾母之赏,告辞而去。贾母知他在此不便,也随他去了。贾赦到家中与众门客赏灯吃酒,笙歌聒耳,锦绣盈眸,其取乐与这里不同。〔**索隐**〕贾赦或指豫王,亦属自外天伦之列。

这里贾母花厅之上摆了十来席,每席旁边设一几,几上设炉瓶三事,焚着御赐百合宫香,又有八寸来长四五寸宽二三寸高点缀着山石的小盆景,俱是新鲜花卉。又有小洋漆茶盘,放着旧窑十锦小茶杯。又有紫檀雕嵌的大纱透绣花草诗字的璎珞。各色旧窑小瓶中都点缀着"岁寒三友""玉堂富贵"等鲜花。上面两席是李婶娘、薛姨妈坐。东边单设一席,乃是雕夔龙护屏矮足短榻,靠背引枕皮褥俱全。榻上设一个轻巧洋漆描金小几,几上放着茶碗、漱盂、洋巾之类,又有一个眼镜匣子。

贾母歪在榻上,与众人说笑一回,又取眼镜向戏台上照一回,又说:"恕我老了,骨头疼,容我放肆些,歪着相陪罢。"〔**索隐**〕曰放肆,曰歪着,句'中有刺庄老而无耻,作者所深恶,故特下此冷酷之笔。又命琥珀坐在榻上,拿着美人拳捶腿。榻下并不摆席面,只一张高几,设着高架璎珞花瓶香炉等物。外另设一小高桌,摆着杯箸。旁边一席,命宝琴、湘云、黛玉、宝玉四人坐着。每馔果菜来,先捧与贾母看,喜则

第五十三回　宁国府除夕祭宗祠　荣国府元宵开夜宴

留在小桌上尝一尝，仍撤了放在席上，只算他四人跟着贾母坐。下面方是邢夫人、王夫人之位，下边便是尤氏、李纨、凤姐、贾蓉之妻。西边便是宝钗、李纹、李绮、岫烟、迎春姊妹等。

两边大梁上，挂着联三聚五玻璃彩穗灯。每席前竖着倒垂荷叶一柄，柄上有彩烛插着。这荷叶乃是洋錾珐琅活信，可以扭转向外，将灯彩逼住，照着看戏，分外真切。窗格门户一齐摘下，全挂彩穗各种宫灯。廊檐内外及两边游廊罩棚，将羊角、玻璃、戳纱、料丝、或绣、或画、或绢、或纸诸灯挂满。廊上几席，便是贾珍、贾琏、贾环、贾琮、贾蓉、贾芹、贾菖、贾菱等。

贾母也曾差人去请众族中男女，奈他们有年老的懒于热闹；有家内没有人，又有疾病淹留，欲来竟不能来；有一等妒富愧贫不肯来的；更有憎畏凤姐之为人赌气不来的；更有羞手羞脚，不惯见人，不敢来的，〔索隐〕福晋命妇，入侍者多慑于天威，嫩踏羞缩，读《清季官闱秘史》，可见一斑。因此族中虽多，女眷来者，不过贾兰之母娄氏带了贾兰来，〔索隐〕隐射"褴缕"二字，为一起闲散宗室写照。男人只有贾芹、贾芸、贾菖、贾菱四个现在凤姐麾下办事的来了。当下人虽不全，在家庭小宴也算热闹的了。

当下又有林之孝之妻带了六个媳妇，抬了三张炕桌，每一张上搭着一条红毡，放着选净一般大新出局的铜钱，用大红绳串穿着，每二人搭一张，共三张。林之孝家的叫将那两张摆至薛姨妈、李婶娘席下，将一张送至贾母榻下。贾母便说："放在当地罢。"这媳妇素知规矩，放下桌子，一并将钱都打开，将红绳抽去，堆在桌上。此时正唱《西楼·楼会》，这出将终，于叔夜赌气去了，那文豹便发科诨道："你赌气去了，恰好今日正月十五，荣国府中老祖宗家宴，待我骑了这马，赶进去讨些果子吃是要紧的。"说毕；引得贾母等都笑了。〔索隐〕供奉御伶率以滑稽便给上邀宸眷，然亦有因此得罪者。

薛姨妈等都说："好个鬼头孩子！可怜见的。"凤姐便说："这孩子才九岁了。"贾母笑说："难为他说得巧。"说了一个"赏"字，早有三个媳妇已经手下预备下小笸箩，听见一个"赏"字，走上去将桌上散堆钱每人撮了一笸箩，走出来向戏台说："老祖宗、姨太太、亲家太太赏文

《红楼梦》与顺治皇帝的爱情故事

豹买果子吃的!"说毕向台一撒,只听豁琅琅满台的钱响。贾珍、贾琏已命小厮们抬大筐箩的钱预备。未知怎生赏去,且听下回分解。

〔**索隐**〕此回亦雪芹补本之一。除夕祭祀,元宵开宴,皆特纪朝仪之作。若大典礼,写来秩序井然,情景宛然,令读者如身临其境,此由力量气魄,足以副之,与前书之秦氏治丧、元妃归省,为三篇典重文字。

全回共分一小段两大段:自"话说宝玉"起,至"便空了几社"止为一小段,结束上文;自"当下已是腊月"起,至"一宿无话"句止为前一大段,写回目之上半;自"至次日更忙"起,至本回完毕为后一大段,写回目之下半。其中实联络一气,两段仍不啻一段也。

清自康、乾以前休养生息,物力丰阜,至五师屡出,江南频幸,用财之途日广,生财之道日蹙,于是帑藏告匮,国本动摇。雪芹生当其世,目击心惟,不免有取之锱铢,用之泥沙之慨,郁积于胸,必欲一吐为快。此回特借庄田收入,以见荣、宁二府由盛而衰,渐露竭蹶之象。在书中亦是绝大关键,一发两犯,中边俱澈,故虽陆续增补,不嫌貂续之讥。

〔**护花评**〕荣、宁二国公名讳,借恩赏祭祀银补出,恰好。

又:庄头送年物银两,是反照将来之查抄。

又:借庄头问答,写出荣府费用浩繁,入不敷出,伏后来亏乏。

又:宗祠联匾殿宇及行礼等事,若竟直叙,则作书者并非贾氏宗支,不在与祭之列,何由得知其细?便为识者所笑。今借宝琴留神细看,一一补叙,文笔即有根柢。

〔**大某评**〕叙写布置席面,井井有条,从中插入贾母一段,遂使化板为活。

又:此回自壬子年底入癸丑年正月时事。

第五十四回　史太君破陈腐旧套　王熙凤效戏彩斑衣

却说贾珍、贾琏暗暗预备下大筐箩的钱,听见贾母说:"赏",命小厮们快撒钱。只听满台钱响,贾母大悦。二人遂起身,小厮们忙将一把新暖银壶捧来,递与贾琏手内,随着贾珍趋至里面。贾珍先到李婶娘席上,躬身取下杯来,回身,贾琏忙斟了一盏;然后便至薛姨妈席上,也斟了。二人忙起身笑说:"二位爷请坐着罢了,何必多礼。"于是除邢、王二夫人,满席都离了席,也俱垂手旁侍。贾珍等至贾母榻前,因榻矮,二人便屈膝跪了。贾珍在前捧杯,贾琏在后捧壶。虽只二人捧酒,那贾琮弟兄等,却也是排班按序,一溜随着他二人进来,见他二人跪下,都一溜跪下。宝玉也忙跪下,〔索隐〕是排班朝贺之仪注,非寻常家宴所宜有。湘云悄推他笑道:"你这会子又帮着跪下做什么?有这样,你也去斟一巡酒,岂不好?"宝玉悄笑道:"再等一会再斟去。"说着,等他二人斟完起来,又与王、邢夫人斟过了。贾珍笑说:"妹妹们怎么样呢?"贾母等都说道:"你们去罢,他们倒便宜些。"说了,贾珍等方退出。

当下天未二鼓,戏演的是《八义观灯》八出。正在热闹之际,宝玉因下席往外走,贾母问:"往那里去?外头炮仗利害,仔细天上掉下火纸来烧着。"宝玉笑回说:"不往远去,只出去就来。"贾母命婆子们好生跟着,于是宝玉出来,只有麝月、秋纹几个小丫头跟着。贾母因说:"袭人怎么不见?他如今也有些拿大了,单支使小女孩儿出来。"王夫人忙起身笑回道:"他妈前日没了,因有亲孝,不便前头来。"贾母点头,又笑道:"跟主子却讲不起这孝与不孝。若是他还跟我,难道这会子也不在这里?这些竟成了例了!"〔索隐〕满俗,丁忧本不开缺,入关以后,汉人之任职者,辄以回籍守制为请,当时或有猜疑,以为薄于忠爱,行之既

《红楼梦》与顺治皇帝的爱情故事

久，乃成定例。凤姐儿忙过来笑回道："今晚便没孝，那园子里头也须得看着，灯烛花爆最是担险的。这里一唱戏，园子里的，谁不来偷瞧瞧？他还细心，各处照看。况且这一散后宝兄弟回去睡觉，各色都是齐全的。若他再来了，众人又不经心，散了回去，铺盖也是冷的，茶水也不齐全，便各色都不便宜，所以我叫他不用来。老祖宗要叫他来，我就叫他就是了。

贾母听了这话，忙说："你这话很是，比我想得周到。快别叫他了。但只他妈几时没了？我怎么不知道？"凤姐儿笑道："前儿袭人去亲自回老太太的，怎么倒忘了？"贾母想了想，笑道："想起来了。我的记性竟平常了。"众人都笑说："老太太那里记得这些事！"贾母因又叹道："我想着他从小儿服侍我一场，又服侍了云儿，末后给了个魔王，〔索隐〕喻小琬之初为妓，后嫁辟疆，终乃入宫。"魔王"二字，亦暗点世祖，诚王中之魔也。与他魔了这好几年。他又不是咱们家根生土长的奴才，〔索隐〕以见董妃之实非旗籍。没受过咱们什么大恩典。他娘没了，我想着要给他几两银子发送他娘，也就忘了。"凤姐儿道："前儿太太赏了他四十两银子就是了。"〔索隐〕董妃父殁后，曾蒙颁帑治丧。

贾母听说，点头道："这还罢了。正好前儿鸳鸯的娘也死了，我想他老子娘都在南边，我也没叫他家去守孝。如今他两个都有孝，何不叫他二人一处作伴去？"又命婆子拿些果子菜馔点心之类，与他二人吃去。琥珀笑道："还等这会子，他早就去了。"说着大家又吃酒看戏。

且说宝玉一径来至园中，众婆子见他回房，便不跟去，只坐门在园门里茶房内烤火，和管茶的女人偷空饮酒斗牌。宝玉至院中，虽是灯光灿烂，却无人声。麝月道："他们都睡了不成？咱们悄悄进去吓他们一跳。"于是大家蹑足潜踪进了镜壁一看，只见袭人和一个人对歪在地炕上，那一头有三两个老嬷嬷打盹。宝玉只当他两个睡着了，才要进去，忽听鸳鸯叹了一声，说道："天下事可知难定！论你单身在这里，父母在外头，每年他们东去西来，没个定准，想来你是再不能送终的了，偏生今年就死在这里，你倒出去送了终。"袭人道："正是。我也想不到能够看着父母殡殓。回了太太，又赏了四十两银子，这倒也算养我们一场，我也不敢妄想了。"

第五十四回　史太君破陈腐旧套　王熙凤效戏彩斑衣

宝玉听了，忙转身悄向麝月笑道："谁知他也来了。我这一进去，他又赌气走了，不如咱们回去罢，让他两个清清净净的说一回。袭人正一个闷着，幸他来得好。"说着，仍悄悄出来。

宝玉便走过山石之后去站着撩衣，麝月、秋纹皆站住背过脸去，口内笑说："蹲下再解小衣，仔细风吹了肚子。"后面两个小丫头知是小解，忙先出去茶房内预备水去了。

这里宝玉刚过来，只见两个媳妇迎面来了，又问是谁，秋纹道："宝玉在这里呢，大呼小叫，仔细吓着罢。"那媳妇们忙笑道："我们不知，大节下来惹祸了。姑娘们可连日辛苦了！"说着，已到跟前。麝月等问："手里拿着什么？"媳妇道："是送给金、花二姑娘的。"〔索隐〕叙小解一段迷离惝恍，其中大有文字。且第七回标目曰"送宫花贾琏戏熙凤"，此，处又云"送给金、花二姑娘的"，映带成趣，其有意耶？其无意耶？麝月又笑道："外头唱的是《八义》，没唱《混元盒》，那里又跑出'金花娘娘'来了？"宝玉命："揭起我来瞧瞧。"秋纹、麝月忙上去将两个盒子揭开。两个媳妇忙蹲下身子，宝玉看了两个盒内都是席上所有的上等果品茶点，点了一点头就走。麝月等忙胡乱盖了盒盖，跟上来。宝玉笑道："这两个女人倒和气，会说话，他们天天乏了，倒说你们连日辛苦，倒不是那矜功自伐的。"麝月道："这两个就好，那不知理的是太不知理。"〔索隐〕迎面来者，明明只有两个媳妇，而麝月口中偏有这两个那两个之说，未知所指。岂以"连日辛苦"一语，适触忌讳，遂悻悻然见于辞色耶？宝玉道："你们是明白人，担待他们是粗莽可怜的人就完了。"〔索隐〕"粗莽可怜"四字，下得突兀，极可体味。

一面说，一面就走出了那园门。几个婆子虽吃酒斗牌，却不住出来打探，见宝玉出来，也都跟上。到了花厅后廊上，只见那两个小丫头一个捧着个小盆，又一个搭着手巾，〔索隐〕若即若离，与送宫花一回文字恰相映射。又拿着瓯子小壶儿在那里久等。秋纹先忙伸手向盆内试了试，说道："你越大越粗心了！那里弄得这冷水？"〔索隐〕极可体味。小丫头笑道："姑娘你瞧瞧这个天，我怕水冷，倒的是滚水，这还冷了。"正说着，可巧见一个老婆子提着一壶滚水走来。小丫头便说："好奶奶，过来给我倒上些。"那婆子道："姐姐，这是老太太泡茶的，劝你

《红楼梦》与顺治皇帝的爱情故事

走去舀来罢,那里就走大了脚呢!"秋纹道:"凭你是谁的,你不给,我管把老太太的茶吊子倒了洗手。"那婆子回头见了秋纹,忙提起壶来倒了些。秋纹道:"够了。你这么大年纪也没见识,谁不知是老太太的!要不着的就敢要了?"婆子笑道:"我眼花了,没认出这姑娘来。"宝玉洗了手,那小丫头子拿小壶儿倒了一瓯子在他手内,宝玉漱了口。秋纹、麝月也趁热水洗了一回,〔索隐〕极可体味。跟进宝玉来。

宝玉便要了一壶暖酒,也从李婶娘斟起,他二人也笑让坐。贾母便说:"他小人家儿,让他斟去,大家倒要干过这杯。"说着,便自己干了。邢、王二夫人也忙干了。薛姨妈、李婶娘也只得干了。贾母又命宝玉道:"你连姐姐妹妹的一齐斟上,不许乱斟,都要叫他干了。"宝玉听说,答应着一一按次斟上了。至黛玉前,偏他不饮,拿起杯来放在宝玉唇边,宝玉一气饮干。黛玉笑说:"多谢。"宝玉替他斟上一杯。凤姐儿便笑道:"宝玉,别吃冷酒,!〔索隐〕凤姐精灵鬼怪,当已识得宝二爷顷间举动,故以隐语规之。不然,黛玉心眼最多,凤姐何至忽然挑战?而黛玉亦何至甘心忍受?仔细手颤,明儿写不得字,拉不得弓。"宝玉道:"没有吃冷酒。"凤姐儿笑道:"我知道没有,不过白嘱咐你。"〔索隐〕太平闲人评谓:薛姨妈、宝钗曾同劝宝玉别吃冷酒,今用凤姐劝之,直是群攻黛玉。隔靴搔痒之谈,未窥真谛。然后宝玉将里面斟完,只除贾蓉之妻是命丫鬟们斟的。〔索隐〕五十三回贾珍进来吃饭,贾蓉之妻回避。本回宝玉斟酒,独贾蓉之妻系命丫鬟们代斟。家庭之间,守礼法、避嫌疑如此,反射前妻秦氏之圆融得人,不恶而恶。复出至廊下,又与贾珍等斟了。坐了一回,方进来仍归旧坐。

一时上汤之后,又接着献元宵。贾母便命将戏暂歇:"小孩子们可怜见的,也给他们些滚汤热菜的吃了再唱。"又命将各样果子元宵等物拿些与他们吃。

一时歇了戏,便有婆子带了两个门下常走的女先儿进来,放了两张杌子在那一边,贾母命他们坐了,将弦子琵琶递过去。贾母便问李、薛二人听什么书,他二人都回说:"不拘什么都好。"贾母便问:"近来可又添些什么新书?"两个女先儿回说:"倒有一段新书,是残唐五代的故事。"〔索隐〕此回仍入太后下嫁摄政王之事,太后下嫁,可称历代以来

第五十四回　史太君破陈腐旧套　王熙凤效戏彩斑衣

最大新闻。其云残唐五代者,外人呼中国为唐人,"五"与"胡"谐音,残灭唐人,而胡入代也。贾母问是何名,女先儿回说:"这叫做《凤求鸾》。"〔索隐〕"凤求鸾"三字点题,亦显豁亦刻毒。贾母道:"这个名字倒好,不知因什么起的?你先说大概,若好再说。"女儿道:"这书上乃是说残唐之时,有一位乡绅,本是金陵人氏,名唤王忠,曾做两朝宰辅。如今告老还家,膝下只有一位公子,名唤王熙凤。"〔索隐〕王熙凤者,王戏凤也。孝庄改节,当系名王佻达,解佩相要,慈恩高厚,不忍为投梭之拒,使因失望而抑郁。观"凤求鸾""王熙凤"之名,其意可见,不然尽可随手捏造一名,何必犯凤姐尊讳?而女先儿给事权门,亦何至卤莽至是?

众人听了,笑将起来,贾母笑道:"这不重了我们凤丫头了?"媳妇忙上去推他说:"是二奶奶的名字,少混说!"贾母道:"你只管说罢。"女先儿忙笑着站起来,说:"我们该死了,不知是奶奶的讳。"凤姐儿笑道:"怕什么?你说罢,重名重姓多着呢。"女先儿又说道:"那年王老爷打发了王公子上京赶考,那日遇了大雨,到了一个庄子上避雨。谁知这庄上也有个乡绅,姓李,与王老爷是世交,便留下这公子住在书房里。这李乡绅膝下无儿,只有一位千金小姐。这小姐芳名叫做雏鸾,琴棋书画无所不通。"

贾母忙道:"怪道叫做《凤求鸾》!〔索隐〕我亦云:怪道叫做"凤求鸾"!不用说了,我已经猜着了,自然是王熙凤要求这雏鸾小姐为妻了。"女先儿笑道:"老祖宗原来听过这回书。"众人都道:"老太太什么没听见过?就是没听见了,也猜着了。"

贾母笑道:"这些书就是一套子,总不过是佳人才子,最没趣儿。把人家女儿说的这么坏,还说是佳人!编得连影儿也没有了。开口都是乡绅门第,父亲不是尚书就是宰相,一个小姐必是爱如珍宝。这小姐必是通文知礼,无所不晓,竟是绝代佳人。只见了一个清俊男人,不管是亲是友,想起他的终身大事来,父母也忘了,书也忘了。鬼不成鬼,贼不成贼,那一点像个佳人?就是满腹文章,做出这样事来。也算不得是佳人了!"〔索隐〕我当云:廉耻也忘了,名分也忘了,鬼不成鬼,贼不成贼,那一点像太后?就是满腹经纶,做出这样事来,也算不得是太后了。

《红楼梦》与顺治皇帝的爱情故事

比如一个男人家,满腹的文章,去做贼,那王法就看他是个才子,不入贼情一案了不成?〔索隐〕此为谦益、梅村辈说法。不能因他是个才子,遂不入二臣传也。作者满肚牢骚,借此发泄。可知那编书的自己堵自己的嘴!再者,既说是世宦书香大家小姐都知礼读书,连夫人都知书识礼,就是告老还家,自然这样大家人口多,奶妈、丫鬟服侍小姐的人也不少,怎么这些书上,凡有这样的事,就只小姐和紧跟的一个丫头?你们自想想,那些都是管做什么的,可是前言不答后语不是?"

众人听了,都笑说:"老太太这一说,是谎都批出来了。"贾母笑道:"有个原故:编这样书的人,有一等妒人家富贵的,或者有求不遂心,所以编出来糟蹋人家。再有一等人,他自己看了这些书看邪了,想着得一个佳人才好,所以编出来取乐儿。何尝他知道那世宦读书家的道理!别说那书上那些世宦诗礼大家,如今眼下就拿着咱们这中等人家说起,也没他样的事!〔索隐〕就是下等百姓家,也没那样的事,而王家偏有之,怪极,怪极!别叫他诌掉了下巴颏子罢。所以我们从不许说这些书,连丫头们也不懂这些话。这几年我老了,他们姊妹们住的远,我偶然闷了,说几句听听,他们一来,就忙着止住了。"李、薛二人都笑说道:"这正是大家子的规矩,连我们家也没有这些杂话叫孩子们听见。"

凤姐儿走上来斟酒,笑道:"罢,罢!酒冷了,老祖宗吃一口润润嗓子再掰谎。这一回就叫做《掰谎记》,就出在本朝本地本年本月本日本时,〔索隐〕下嫁一节,清人自知其丑,讳而不言。至康、乾之朝,已难指实,有疑为谣传者,特辟而辟之,以明其非谎。且云:出在本朝本地本年本月本日本时,大书特书,董狐之笔。老祖宗一张口难说两家话,花开两朵,各表一枝,是真是谎且不表,再整观灯看戏的人。〔索隐〕是真是谎且不表,再说别事,所谓莫问许事,且食蛤蜊,是羯鼓解秽之意。老祖宗,且让这二位亲戚吃杯酒看了两出戏,再从逐朝话言辨起如何?"一面说,一面斟酒,一面笑,未说完,众人俱已笑倒了。两个女先儿也笑个不住,都说:"奶奶好刚口。奶奶要一说书,真连我们吃饭的地方都没了。"薛姨妈笑道:"你少兴头些,外头有人,比不得往常。"凤姐儿笑道:"外头只有一位珍大哥哥,我们还是论哥哥、妹妹,从小儿一处淘气了这么大。这几年因做了亲,我如今立了多少规矩了!便不是从

第五十四回　史太君破陈腐旧套　王熙凤效戏彩斑衣

小儿兄妹,只论大伯子、小婶儿,那二十四孝上'斑衣戏彩',他们不能来'戏彩'引老祖宗笑一笑,我这里好容易引得老祖宗笑一笑,多吃点东西,大家喜欢,都该谢我才是,难道反笑我不成?"〔索隐〕"斑衣戏彩",即喜诏中养志之意,以见世祖虽称纯孝,而逢亲之恶,适足成其为愚孝而已。

贾母笑道:"可是!这两日我竟没有痛痛的笑一场,倒是亏他才一路就笑的我这里痛快了些,我再吃盅酒。"吃着酒,又命宝玉:"来敬你姐姐一杯。"凤姐儿笑道:"不用他敬,我讨老祖宗的寿罢。"说着,便将贾母的杯拿起来,将半盏剩酒吃了,将杯递与丫鬟,另将温水浸的杯换一个上来。于是各席上的都撤去,另将温水浸着的代换,斟了新酒上来,然后归坐。

女先儿回说:"老祖宗不听这书,或者弹一套曲子听听罢。"贾母道:"你们两个对一套《将军令》罢。"二人听说,忙合弦按调拨弄起来。贾母因问:"天有几更了?"众婆子忙回说:"三更了。"贾母道:"怪道寒浸浸起来。"早有众人丫鬟拿了添换的衣裳送来。王夫人起身陪笑说道:"老太太不如搬进暖阁里地炕上倒也罢了。这二位亲戚也不是外人,我们陪着他就是了。"贾母听说笑道:"既这样说,不如大家都搬进去,岂不暖和?"王夫人道:"恐里头坐不下。"贾母道:"我有道理。如今也不用这些桌子,只用两三张并起来,大家坐在一处挤着,又亲热,又暖和。"众人都道:"这才有趣儿。"

说着,便起了席。众媳妇忙撤去残席,里面直顺并了三张大桌,又添换了果馔摆好。贾母便说:"都别拘礼,听我分派,你们就坐才好。"说着便让薛、李正面上坐,自己西向坐了,叫宝琴、黛玉湘云三人皆紧依左右坐下,向宝玉说:"你挨着你太太。"于是邢大人、王大人之中夹着宝玉,宝钗等姊妹在西边,挨次下去,便是娄氏带着贾蓝,尤氏、李纨夹着贾兰,下面横头便是贾蓉之妻。贾母便说:"珍阿哥带着你兄弟们去罢,我也就睡了。"

贾珍等忙答应,又都进来听吩咐。贾母道:"快去罢!不用进来,才坐了,又都起来,你快歇着罢,明儿还有大事呢。"〔索隐〕是何大事?作者故用闪烁之笔。贾珍忙答应了,又笑道:"留下蓉儿斟酒才是。"贾

《红楼梦》与顺治皇帝的爱情故事

母笑道:"正是,忘了他。"贾珍应了一个"是",便转身带领贾琏等出来。二人自是欢喜,便命人将贾琮、贾璜各自送回家去,便约了贾琏去追欢买笑。不在话下。

这里贾母笑道:"我正想着虽然这些人取乐,必得重孙一对双全的在席上才好,蓉儿这可全了。蓉儿和你媳妇坐在一处,倒也团圆了。"〔**索隐**〕以重孙媳妇之团圆,反射太上皇、皇太后之团圆,以文为戏,狡狯至不可思议。

因有家人媳妇呈上戏单。贾母笑道:"我们娘儿们正说得兴头,又要叫嚷起来。况且那孩子们熬夜怪冷的,也罢,且叫他们歇歇,把咱们的女孩子们叫他来,就在这台上唱两出罢,也给他们瞧瞧。"媳妇子们听了,答应出来,忙的一面着人往大观园去传人,一面二门口去传小厮们伺候。小厮们忙至戏房将班中所有大人一概带出,只留下小孩子们。

一时梨香院的教习带了文官等十二人,从游廊角门出来。婆子们抱着几个软包,因不及抬箱,料着贾母爱听的三五出戏的彩衣包了来。婆子们带了文官等进去见过,只垂手站着。贾母笑道:"大正月里,你师父也不放你们出来逛逛。你们如今唱什么?才刚八出《八义》闹的我头疼,咱们清淡些好。你瞧瞧,薛姨太太与李亲家太太都是有戏的人家,不知听过多少好戏的。这些姑娘们都比咱们家的姑娘见过好戏,听过好曲子。如今这小戏子又是那有名玩戏的人家的班子,虽是小孩子,却比大班子还强。咱们好歹别落了褒贬,少不得弄个新样儿的!叫芳官唱一出《寻梦》,〔**索隐**〕虫飞薨薨,甘与子同梦。只用箫和笙笛,余者一概不用。"文官笑道:"老祖宗说的是,我们的戏,自然不能入姨太太和亲家太太、姑娘们的眼,不过听我们一个发脱口齿,再听个喉咙罢了。"贾母笑道:"正是这话了。"

李婶娘、薛姨妈喜的笑道:"好个灵透孩子,你也跟着老太太打趣我们。"贾母笑道:"我们这原是随便的玩意儿,又不出去做买卖,所以竟不大合时。"说着,又叫葵官:"唱一出《惠明下书》,〔**索隐**〕《惠明下书》,为张、莺撮合之第一功臣,此处唱《寻梦》《下书》两出,极有意思。也不用抹脸。只用这两出叫他们二位太太听个疏意儿罢了。若省了一点儿力,我可不依。"文官等听了出来,忙去扮演上台,先是《寻

第五十四回　史太君破陈腐旧套　王熙凤效戏彩斑衣

梦》，次是《下书》。众人鸦雀无闻。

薛姨妈笑道："实在戏也看过几百班，从没见过只用箫管的。"贾母道："也有，只是像方才《西楼·楚江晴》一只，多有小生吹箫合的。这合大套的实在少，这也在人讲究罢了。不算什么出奇。"指湘云道："我像他这么大的时候儿，他爷爷有一班小戏，偏有一个弹琴的凑了《西厢记》的《听琴》，《玉簪记》的《琴挑》，《续琵琶》的《胡笳十八拍》，〔索隐〕《听琴》是张、莺调情之始，《琴挑》是相如、文君淫奔之始，《胡笳十八拍》则文姬再嫁也，若非有所寓意，何至凑集一处？竟成了真的了，比这个更如何？"众人都道："这更难得了。"贾母于是叫过媳妇们来，吩咐文官等叫他们吹弹一套《灯月圆》。〔索隐〕再找补一句，于是乎人月双圆矣。媳妇们领命而去。

当下贾蓉夫妻二人捧酒一巡，凤姐儿因贾母十分高兴，便笑道："趁着女先儿们在这里，不如咱们传梅，行一套'春喜上眉梢'的令如何？"〔索隐〕再找补一句，于是乎"春喜上眉梢"矣。《西厢记》所谓"春意透酥胸""春色横眉黛"也。贾母笑道："这是个好令，正对时景。"忙命人取了一面黑漆铜钉花腔令鼓来，与女先儿们击着，席上取了一枝红梅。贾母笑道："若到了谁手里住了鼓，吃一杯，也要说些什么才好。"凤姐儿笑道："依我说，谁像老祖宗要什么有什么呢？我们这不会的，岂不没意思！依我说，也要雅俗共赏，不如谁住了谁说个笑话儿罢。"众人听了，都知道他素日善说笑话，最是肚内有无限新鲜趣令。今儿如此说，不但在席的诸人欢喜，连地下服侍的老小人等无不欢喜。那小丫头子们都忙去找姐姐唤妹妹的告诉他们："快来听，二奶奶又说笑话儿了。"众丫头子们便挤了一屋子。

于是戏完乐罢，贾母将些汤点细果与文官等吃去，便命响鼓，那女先儿们都是惯熟的，或紧或慢，或如残漏之滴，或如迸豆之急，或如惊马之驰，或如疾电之光，忽然咽住鼓声，那梅方递至贾母手中，〔索隐〕太君先喜，是此篇主脑。鼓声恰住。

大家哈哈大笑，贾蓉忙上来斟了一杯。众人都笑道："自然老太太先喜了，我们才托赖些喜。"〔索隐〕一丘之貉，讥之深矣。贾母笑道："这酒也罢了，只是这笑话儿倒有些难说。"众人道："老太太的比凤姑娘说得还好,赏一个我们也笑一笑。"贾母笑道:"并没有新鲜的招笑儿,少不得老脸厚皮的〔索隐〕"老脸厚皮"之语,用太君自道,恶极。说一个罢。"因说道:

一家子养了十个儿子,娶了十房媳妇儿。惟有第十房媳妇儿聪明伶俐,心巧嘴乖,公婆最疼,成日家说那九个不孝顺。这九个媳妇儿委屈,便商议说:'咱们九个心里孝顺,只是那小蹄子倒嘴巧,所以公公、婆婆只说他好,这委屈向谁诉去?'有主意的说道:'咱们明儿到阎王庙去烧香,和阎王爷说去,问他一问,叫我们托生为人,怎么单单给那小蹄子儿一张乖嘴,我们都入了笨嘴里头。'那八个听了都欢喜,说这个主意不错。第二日,便都往阎王庙里来烧香,九个都在供桌底下睡着了。九个魂专等阎王驾到,左等不来,右等也不到。正着急,只见孙行者驾着筋斗云来了,看见九个魂便要拿金箍棒打来,吓得九个魂忙跪下央求。孙行者问起原故来,九个人忙细细的告诉了他。孙行者听了,把脚一跺,叹了一口气道:'这原故幸亏遇见我,等这阎王来了,他也不得知道。'九个人听了,就求说:'大圣发个慈悲,我们就好了。'孙行者笑道:'却也不难。那日你们妯娌十个托生时,可巧我到阎王那里去,因为撒了一泡尿在地下,你那个小婶儿便吃了。〔索隐〕赋而比也。你们如今要伶俐嘴乖,有的是尿,再撒泡你们吃就是了。'"说毕,大家都笑起来。

凤姐儿笑道:"好的呀,幸而我们都是穷嘴笨腮的,不然也就吃了猴儿尿了。"尤氏、娄氏都笑向李纨道:"咱们这里头谁是吃过猴儿尿的,别装没事人儿。"〔索隐〕项庄舞剑,意在沛公。薛姨妈笑道:"笑话儿?对景就发笑。"

说着,又击起鼓来。小丫头子们只要听凤姐儿的笑话,便悄悄的和女先儿说明,以咳嗽为记。须臾传至两遍,刚到了凤姐儿手里,小丫头子们故意咳嗽,女先儿便住了。众人齐笑道:"这可拿住他了!快吃了酒,说一个好的罢,别太闹人笑得肠子疼。"

凤姐儿想一想,笑道:"一家子也是过正月节,合家赏灯吃酒,真真的热闹非常。祖婆婆、太婆婆、媳妇、孙子媳妇、重孙子媳妇、亲孙子媳妇、侄孙子、重孙子、灰孙子、滴沥搭拉的孙子、孙女儿、外孙女儿、姨表孙女儿、姑表孙女儿,……阿呀呀,真好热闹!"众人听他说着,已

第五十四回　史太君破陈腐旧套　王熙凤效戏彩斑衣

经笑了，都说："听这数贫嘴的，又不知要编派那一个呢！"尤氏笑道："你要招我，我可撕你的嘴！"凤姐儿起身拍手笑道："人家这里费力，你们紧着混，我就不说了。"贾母笑道："你说你的，底下怎么样？"凤姐儿想了一想，笑道："底下就团圆的坐了一屋子，吃了一夜酒就散了。〔索隐〕以喻下文所隐之事，不过是一屋子团圆而已。

众人见他正言厉声的说了，也都再无别话，怔怔的还等往下说，只觉他冰冷无味的就住了。

湘云看了他半日，凤姐儿笑道："再说一个过正月节的。几个人拿着房子大的炮仗往城外放去，引了上万的人跟着瞧去。有一个性急的人等不得，便偷着拿香点着。只听见'扑嗤'的一声，众人哄然一笑都散了。这抬炮仗的抱怨卖炮仗的捍的不结实，没等放就散了。"湘云道："难道本人没听见？"凤姐儿道："本人原是个聋子。"〔索隐〕中蒂之羞，播及全国，而本人恬不知耻，只得以聋子解嘲。

众人听说，想一回，不觉失声都大笑起来。又想着先前那一个没完的，问他道："先那一个到底怎么样？也该说完了。"凤姐儿将桌子一拍，道："好罗嗦！到了第二日是十六日，年也完了，节也完了，我看人忙着收东西还闹不清，那里还知道底下事了？"众人听说，复又笑起来。

凤姐儿笑道："外头已经四更多了，依我说，老祖宗也乏了，咱们也该'聋子放炮仗——散了'罢。"尤氏等用手帕握着嘴，笑得前仰后合，指他说道："这东西真会耍贫嘴。"贾母笑道："真真这凤丫头越发贫嘴了。"一面说，一面吩咐道："他提起炮仗来，咱们也把烟火放了解解酒。"

贾蓉听了，忙出去带着小厮们就在院子内安下屏架，将烟火设吊齐备。这烟火俱系各处进贡之物，〔索隐〕非天家，那得有此？虽不甚大，却极精致，各色故事俱全，夹着各色花炮。林黛玉禀气虚弱，不禁劈拍之声，贾母便搂他在怀内。薛姨妈便搂湘云，湘云笑道："我不怕。"宝钗笑道："他专爱自己放大炮仗，还怕这个呢！"王夫人便将宝玉搂入怀内。凤姐儿笑道"我们没人疼的。"尤氏笑道："有我呢，我搂着你。你这会子又撒娇儿了，听见放炮仗，就像吃了蜜蜂儿屎的，今儿又轻狂了。"〔索隐〕吃猴儿尿不足，继之以吃蜜蜂屎，以见轻狂之极。祢衡击

《红楼梦》与顺治皇帝的爱情故事

鼓,无此淋漓。凤姐儿笑道:"等散了,咱们园子里放去,我比小厮们还放得好呢。"

说话之间,外面一色色的放了又放,又有许多满天星、九龙入云、平地一声雷、飞天十响之类的零星小炮仗。放罢,然后又命小戏子打了一回"莲花落",〔索隐〕孝庄再醮,不久仍寡,故以"莲花落"收场。撒得满台的钱,那些孩子们满台的抢钱取乐。

上汤时,贾母说:"夜长,不觉得有些饿了。"凤姐忙回说:"有预备的鸭子肉粥。"贾母道:"我吃清淡的罢。"凤姐儿忙道:"也有枣儿熬的粳米粥,预备太太们吃斋的。"〔索隐〕吃斋与开荤反射,取作一笑。贾母说:"倒是这个还罢了。"说着,已命撤去残席,内外另设各种精致小菜。大家随意吃了些,用过漱口茶,方散。

十七日一早,又过宁府行礼。伺候掩了祠门,收过影像,方回来,这日便是薛姨妈家请吃年酒。贾母连日觉得身上乏了,坐了半日回来了。自十八日以后,亲友来请或来赴席的,贾母一概不会,有王夫人、邢夫人、凤姐三人料理。连宝玉只除王子腾家去了,余者亦皆不去,只说是贾母留下解闷。闲言不提,当下元宵已过,要知端的,且听下回分解。

〔索隐〕此篇为皇太后下嫁摄政王之一篇正文。妇人从一而终,本是迂腐套语,皇皇国母,高出群伦,礼岂为我辈设耶?回目中特揭其旨曰:"史太君破陈腐旧套,王熙凤效戏彩斑衣"。刺其母兼及其子。盖孝庄老而无耻,固足贻万世之羞;而世祖不知几谏,破纲常蔑礼教,犹复美词掩说,自托于养志之义,曾是以为孝,吾不知于二十四孝中果居何等!"破陈腐旧套"者如此,"效戏彩斑衣"者又如此,以不狂为狂,作者所以不能已于言也。

书中点睛之处曰"凤求鸾",曰"王熙凤""曰寻梦",曰"惠明下书",曰"听琴",曰"琴挑",曰"胡笳十八拍",曰"灯月圆",曰"春喜上眉梢",无一不暗合巧切。书中着力之处曰,"鬼不成鬼,贼不成贼,那一点像个佳人";曰"做出这样事来,也算不得佳人";曰"叫做《辨诬记》,就出在本朝本

第五十四回　史太君破陈腐旧套　王熙凤效戏彩斑衣

地本年本月本日本时。曰贾母寿高兴,曰老太太先喜,曰老脸厚皮的,曰吃猴儿尿,曰本人原是个聋子,曰蜜蜂屎,曰今儿又轻狂。无一不明嘲热讽,可算得放开手眼,倾吐胸膈,以写此千古奇闻异事,喜笑怒骂,淋漓酣畅之极。

全回共分两大段:自开首起,至"仍旧归坐"而止为前一段。借点缀闲文,顺便隐射各事,如袭人之蒙恩眷,宝玉之多外宠是也。自"一时上汤"之后起,至本回完毕,为全回正文,回目虽标分两事,其实联络一气,仍止一事。

大某山民评此回,谓为归重一孝字,似已得其筋节,惜未知所指为何事,则立言仍无根据也。

〔**护花评**〕女先儿说王熙凤故事,直伏一百一回散花寺神签。《寻梦》《下书》,偏是《西厢》《牡丹》,一是黛玉病死之根由,一是黛玉婚阻之模样。

又:《听琴》《琴挑》《胡笳十八拍》俱与黛玉有关照。

又:凤姐不说完笑话,说"那知道底下的事",接着便散,虽是文章变换法,即是暗伏以后丧败诸事。

又:宴罢打"莲花落",亦非吉兆。

〔**大某评**〕此回入正传之第五年癸丑元宵事。

第五十五回　辱亲女愚妾争闲气
　　　　　　欺幼主刁奴蓄险心

且说荣府中刚将年事忙过，凤姐儿因年内年外操劳太过，一时不及检点，便小月了〔**索隐**〕此回入邢夫人事。邢夫人才而慧，侍平西入滇，于军国大计、官府要政，多所赞助，故以探春协理家政喻之。小为阴月，又阴象，以见妇人用事之意。不能理事，天天两三个太医用药。凤姐儿自恃强壮，虽不出门，然筹画计算，想起什么事来，便命平儿去回王夫人，任人谏劝，他只不听。王夫人便觉失了膀臂，一人能有多少精神？凡有了大事，便自己主张，将家常琐碎之事，一应都暂令李纨协理。

李纨本是个尚德不尚才的，未免逞纵了下人。王夫人便命探春合同李纨裁处，只说过了一月，凤姐将息好了，仍交与他。谁知凤姐禀赋气血不足，兼年幼不知保养，平生争强斗智，心力更亏，故虽系小月，竟着实亏虚下来。一月之后，又添了下红之症。他虽不肯说出来，众人看他面目黄瘦，便知失于调养。王夫人只令他好生服药调养，不令他操心。他自己怕成了大症，遗笑于人，便想偷空调养，恨不得一时复旧如常。谁知服药调养，直到三月间，才渐渐的起复过来，下红也渐渐止了。此是后话，不提。

如今且说王夫人见他如此，探春与李纨暂难谢事，园中人多，又恐失于照管，特请了宝钗来，托他各处小心，因嘱咐他："老婆子们不中用，得空儿吃酒斗牌。白日里睡觉，夜里斗牌，我都知道的。〔**索隐**〕滇中府邸，骄奢淫佚，达于极点。其属下横行不法，习以为常，不可究诘。凤丫头在外头，他们还有个怕惧，如今他们又该取便了。好孩子，你还是个妥当人，你兄弟、姊妹们又小，我又没工夫，你替我辛苦两天，照

第五十五回　辱亲女愚妾争闲气　欺幼主刁奴蓄险心

看照看。凡有想不到的事，你来告诉我，别等老太太问出来，我没话回。那些人不好了，你只管说。他们不听，你来回我。别弄出大事来才好。"宝钗听说，只得得答应了。

时届季春，黛玉又犯了咳嗽。湘云亦因时气所感，亦卧病于蘅芜院，一天医药不断。探春同李纨相住间隔，二人近日同事，不比往年，来往回话的人亦甚不便，故二人议定：每日早晨，皆到园门口南边的三间小花厅上去会齐办事，吃过早饭，于午正方回。

这三间厅原系预备省亲之时，众执事太监起坐之处，〔索隐〕阴象。故省亲以后也用不着了，每日只有婆子们上夜。〔索隐〕阴象。如今天已和暖，不用十分修饰，只不过略略的陈设了，便可他二人起坐。这厅上也有一处匾，题着"体仁谕德"四字，家下俗呼皆只叫"议事厅儿"。〔索隐〕寻常第宅，决不至有议事厅。省亲别墅，可不当有议事厅，此处云家中俗呼，殊觉牵强，不过借此点醒题旨而已。如今他二人每日卯正至此，午正方散。凡一应执事的媳妇等，来往回话者，络绎不绝。

众人先听见李纨独办，各各心中暗喜，以为李纨素日是个厚道多恩无罚的，自然比凤姐好搪塞。便添了一个探春，也都想着不过是个未出闺阁的年轻小姐，且素日也最平和恬淡，因此都不在意，比凤姐儿前便懈怠了许多。只三四日后，几件事过手，渐觉探春精细处不让凤姐，只不过是言语安静，性情和顺而已。〔索隐〕的是圆圆之为人。

可巧连日有王公侯伯世袭官员十几处，皆系荣、宁非亲即世交之家，或有升迁，或有黜降，或有婚丧红白等事，王夫人贺吊迎送，应酬不暇，〔索隐〕其时滇黔一带，文武百官，俱受平西节制。前边更无人照管。他二人便一日皆在厅上起坐。宝钗便一日在上房监察，至王夫人回方散。每于夜间针线暇时，临寝之先，坐了轿，带领园中上夜人等各处巡察一次。他三人如此一理，更觉比凤姐儿当权时倒更谨慎了些。因而里外下人都暗中抱怨说："刚刚的倒了一个'巡海夜叉'，又添了三个'镇山太岁'，〔索隐〕阴象。越发连夜里偷着吃酒玩的工夫都没了。"

这日，王夫人正是往锦乡侯府去赴席，李纨与探春早已梳洗，伺候出门去后，回至厅上坐了。刚吃茶时，只见吴新登的媳妇进来回说："赵姨娘的兄弟赵国基昨日出了事，已回过老太太，太太说知道了，叫回姑

《红楼梦》与顺治皇帝的爱情故事

娘来。"说毕,便垂手旁侍,再不言语。彼时来回话者不少,都打听他二人办事如何:若办得妥当,大家则安个畏惧之心;若少有嫌隙不当之外,不但不畏服,一出二门,还说出多少笑话来取笑。吴新登的媳妇心中已有主意,若是凤姐前,他便早已献勤说出许多主意,又查出许多旧例来任凤姐拣择施行。如今他藐视李纨老实,探春是年轻的姑娘,所以只说出这一句话来,试他二人有何主见。

探春便问李纨,李纨想了一想,便道:"前日袭人的妈死了,听见说赏银四十两。这也赏他四十两罢了。"吴新登的媳妇听了,忙答应了个"是",接了对牌就走。探春道:"你且回来。"吴新登家的只得回来。探春道:"你且别支银子。我且问你:那几年老太太屋里的几位老姨奶奶,也有家里的,也有外头的,有两个分别。家里的若死了人是赏多少,外头的死了人是赏多少,你且说两个我们听听。"

一问,吴新登家的便都忘了,忙陪笑回说道:"这也不是什么大事,赏多赏少谁还敢争不成?"探春笑道:"这话胡闹!依我说,赏一百倒好。若不按理,别说他们笑话,明儿也难见你二奶奶。"吴新登家的笑道:"既这么说,我查旧帐去,此时却记不得。"探春笑道:"你办事办老了的,还不记得,倒来难我们。你素日回你二奶奶也现查么?若有这道理,凤姐姐还不算利害,也就算是宽厚了。还不快找了来我瞧瞧!再迟一日,不说你们粗心,倒像我们没主意了。"吴新登家的满面通红,忙转身出来,众媳妇们都伸舌头。这里又回别事。

一时,吴家的取了旧帐来。探春看时,两个家里的皆赏过二十四两,两个外头的皆赏过四十两。外还有两个外头的,一个赏过一百两,一个赏过六十两。这两笔底下皆有原故:一个是隔省迁父母之柩,外赏六十两;一个是现买葬地,外赏二十两。〔**索隐**〕平西镇守滇中,久蓄异志,既拥关市榷税盐井矿山之利,不惜金钱网罗羽翼。凡其时文武官之铨选到滇者,辄阴遣私人诱令鬻身王府,领身价银为其效用,多者数万,少亦万余,视其才能之高下为等差。《庭闻录》曾载一则云:南昌刘昆官云南同知,初到省,平西令其婿吴国柱投谒,乘间道意,袖出冯某卖身契一纸,刘检视之,中云:立卖身文书楚雄府知府冯姓,本籍浙江临海县,今同母某氏,卖到平西王藩下,当日得受身价银一万七千两。媒人

第五十五回　辱亲女愚妾争闲气　欺幼主刁奴蓄险心

吴国柱，卖身人冯某云云。此云赏银多少，成例不一，殆即暗写此事。探春便递与李纨看了。探春便说："给他二十两银子。把这帐留下我们细看。"吴新登家的去了。

忽见赵姨娘进来，李纨、探春忙让坐。赵姨娘开口便说道："这屋里的人都踹下我的头去还罢了！姑娘你也想一想，该替我出气才是。"一面说，一面便眼泪鼻涕哭起来。探春忙道："姨娘这话说谁？我竟不懂。谁踹姨娘的头？说出来我替姨娘出气。"赵姨娘道："姑娘现踹我，我告诉谁去！"探春听说，忙站起来说道："我并不敢。"李纨也忙站起来劝。赵姨娘道："你们请坐下，听我说。我这屋里熬油似的熬了这么大年纪，又有你兄弟，这会子连袭人都不如了，我还有什么脸面？连你也没脸！"

探春笑道："原来为这个。我说我并不敢犯法违礼。"一面便坐了，拿帐翻与赵姨娘瞧，又念与他听，又说道："这是祖宗手里旧规矩，人人都依着，偏我改了不成？这也不但袭人，将来环儿收了外头的，自然也是同袭人一样。这原不是什么争大争小的事，讲不到有脸没脸的话上。他是太太的奴才，我是按着旧规矩办。说办的好，领祖宗的恩典、太太的恩典；若说办的不好，那是他糊涂不知福，也只好凭他抱怨去。太太连房子赏了人，我有什么有脸之处？一文不赏，我也没什么没脸之处。依我说，太太不在家，姨娘安静些养神罢了，何苦只要操心！太太满心疼我，因姨娘每每生事，几次寒心。〔索隐〕圆圆暮年，于五华山披缁礼佛，或以闺房争宠，杌陧不安，迫而出此欤？我但凡是个男人，可以出得去，我必早走了，立一番事业，那时自有我一番道理。偏我是女孩儿家，一句多话也没我乱说的。太太满心里都知道。如今因看重我，才叫我照管家务，还没有做一件好事，姨娘倒先来作践我。倘或太太知道了，怕我为难不叫我管，那才正经没脸呢。连姨娘真也没脸了！"一面说，一面不禁滚下泪来。

赵姨娘没了别话答对，便说道："太太疼你，你越发拉扯拉扯我们。你只顾讨太太的疼，就把我们忘了。"探春道："我怎么忘了？叫我怎么拉扯？这也问他们各人，那一个主子不疼出力得用的人？那一个好人用人拉扯的？"李纨在旁只管劝说："姨娘别生气。也怨不得姑娘，他满心里要拉扯，口里怎么说的出来？"探春忙道："这大嫂子也糊涂了！我拉

《红楼梦》与顺治皇帝的爱情故事

扯谁？谁家姑娘们拉扯奴才了？他们的好歹你们该知道，与我什么相干！"

赵姨娘气得问道："谁叫你拉扯别人去了？你不当家，我也不来问你。你如今现在说一是一，说二是二。如今你舅舅死了，你多给了二三十两银子，难道太太就不依你？分明太太是好太太，都是你们尖酸克薄，可惜太太有恩无处使。姑娘放心，这也使不着你的银子。明日等出了阁，我还想你额外照看赵家呢。如今没有长翎毛儿，就忘了根本，只拣高枝儿飞去了！"

探春没听完，已气得脸白气噎，抽抽咽咽的一面哭，一面问道："谁是我舅舅？我舅舅年下才升了九省检点，那里又跑出一个舅舅来？我倒素昔按礼尊敬，越发敬出这些亲戚来了！既这么说，每日环儿出去，为什么赵国基又站起来？又跟他上学？为什么不拿出舅舅的款来？何苦来，谁不知道我是姨娘养的！必要过两三个月寻出由头来，彻底的翻腾一阵，怕人不知道，故意表白表白。〔索隐〕梅村诗："教曲妓师怜尚在，浣纱女伴忆同行。旧巢共是衔泥燕，飞上枝头变凤凰。"味其语意，大约圆圆入滇，必有妒其贵盛，而翻腾玉峰武功旧事，以讥刺之者，故书中著此一段。也不知道是谁给谁没脸！幸亏我还明白，但凡糊涂不知礼的，早急了。"

李纨急得只管劝，赵姨娘只管还唠叨。忽听有人说："二奶奶打发平姑娘说话来了。"赵姨娘听说，方把嘴止住。只见平儿走来，赵姨娘忙陪笑让坐，又忙问："你奶奶好些？我正要瞧去，就只没得空儿。"李纨见平儿进来，因问他来做什么。平儿笑道："奶奶说，赵姨奶奶的兄弟没了，恐怕奶奶和姑娘不知有旧例，若照常例，只得二十两。如今请姑娘裁度着，再添些也使得。"探春早拭去泪痕，忙说道："又好好的添什么？谁又是二十四个月养的？不然也是出兵放马背着主人逃出命来过的人不成？你主子真个倒巧！叫我开了例，他做好人，拿着太太不心疼的钱，乐得做人情。你告诉他，我不敢添减，混出主意。他添他施恩，等他好了出来，爱怎么添怎么添。"平儿一来时已明白了对半，今听这话，越发会意，见探春有怒色，便不敢以往日喜乐之时相待，只一边垂手默侍。

第五十五回　辱亲女愚妾争闲气　欺幼主刁奴蓄险心

时值宝钗也从上房中来，探春等忙起身让坐。未及开言，又有一个媳妇进来回事。因探春才哭了，便有三四个小丫鬟捧了脸盆、巾帕、靶镜等物来。此时探春因盘膝坐在矮板榻上，那捧盆丫鬟走至跟前，便双膝跪下，高捧脸盆。那两个丫鬟，也都在旁，屈膝捧着巾帕并靶镜脂粉之饰。平儿见侍书不在这里，便忙上来与探春挽袖卸镯，又接过一条大手巾来，将探春面前衣襟掩了。探春方伸手向脸盆中盥沐。〔索隐〕雍容华贵，与圆圆身分恰称。媳妇便回道："奶奶，姑娘，家学里支环爷和兰哥儿一年的公费。"平儿先道："你忙什么？你睁着眼看见姑娘洗脸，你不出去伺候着，倒先说话来！二奶奶跟前，你也这样没眼色来着？姑娘虽恩宽，我去回了二奶奶，只说你们眼里都没姑娘，你们都吃了亏，可别怨我。"吓得那个媳妇忙陪笑道："我粗心了。"一面说，一面忙退出去。

探春一面匀脸，一面向平儿冷笑道："你迟了一步，没见还有可笑的；连吴姐姐这么个办老了事的，也不查清楚了，就来混我们。幸亏我们问他，他竟有脸说忘了。我说他回二奶奶事，也忘了再找去？我料着你主子未必有耐性儿等他去找。"平儿笑道："他有这么一次，包管腿上的筋早折了两根。姑娘别信他们。那是他们瞧着大奶奶是个菩萨，姑娘又是腼腆小姐，固然是托懒来混。"说着，又向门外说："你们只管撒野，等奶奶大安了，咱们再说。"

门外的众媳妇都笑道，"姑娘，你是个最明白的人。俗语说，'一人作罪一人当'，我们并不欺蔽主子。如今主子是娇客，若认真惹恼了，死无葬身之地。"平儿冷笑道："你们明白就好了。"又陪笑向探春道："姑娘知道二奶奶本来事多，那里照看得这些？保不住不忽略。俗语说，'旁观者清'，这几年姑娘冷眼看着，或有该添该减的去处二奶奶没行到，姑娘竟一添减，头一件与太太有益，第二件也不枉姑娘待我们奶奶的情义了。"〔索隐〕此处之凤姐，系暗隐吴三桂。

话未说完，宝钗、李纨皆笑道："好丫头，真怨不得凤丫头偏疼你！本来无可添减之事，如今听你一说，倒要找出两件来斟酌斟酌，不辜负你这话。"探春笑道："我一肚子气，正要拿他奶奶出气去，偏他碰了来，说了这些话，叫我也没了主意了。"一面说，一面叫进方才那媳妇来

《红楼梦》与顺治皇帝的爱情故事

问:"环爷和兰哥家学里这一年的银子,是做那一项用的?"那媳妇便回说:"一年学里吃点心或者买纸笔,每位有八两银子的使用。"探春道:"凡爷们的使用,都是各屋里支月钱的。环哥的是姨娘领二两,宝玉的是老太太屋里袭人领二两,兰哥儿是大奶奶屋里领。怎么学里每人多这八两?原来上学去的是为这八两银子!〔索隐〕大家世族尚不免此,无怪后来之入书院肆业者,无非图他几两膏火银也。从今日起,把这一项蠲了。平儿,回去告诉你奶奶,说我的话,把这条须免了。"平儿笑道:"早就该免。旧年奶奶原说要免的,因年下忙就忘了。"那个媳妇只得答应着去了,就有大观园中媳妇捧了饭盒子来。

侍书、素云早已抬过一张小饭桌来,平儿也忙着上菜。探春笑道:"你说完了话干你的去罢,在这里又忙什么。"平儿笑道:"我原没事的。二奶奶打发了我来,一则说话,二则恐这里人不方便,原是叫我帮着妹妹们服侍奶奶、姑娘的。"探春因问:"宝姑娘的怎么不端来一处吃?"丫鬟们听说,忙出至檐外命媳妇们去说:"宝姑娘如今在厅上一处吃,叫他们把饭送了这里来。"探春听说,便高声说道:"你别混支使人!那都是办大事的管家娘子们,你们支使他要饭要茶的,连个高低都不知道!平儿这里站着,叫他叫去。"

平儿忙答应了一声出来。那些媳妇们都悄悄拉住笑道:"那里用姑娘去叫?我们已有人去叫了。"一面说,一面用手帕掸石矶上说:"姑娘站了半天乏了,这太阳地里且歇歇。"平儿便坐下。又有茶房里的两个婆子拿了个坐褥铺下,说:"石头冷,这是极干净的,姑娘将就坐了一坐儿罢。"平儿忙陪笑道:"多谢。"一个又捧了一碗精致新茶出来,也悄悄笑道:"这不是我们常用的茶,原是伺候姑娘们的,姑娘且润一润罢。"平儿忙欠身接了,因指众媳妇悄悄说道:"你们太闹得不像了。他是个姑娘家,不肯发威动怒,这是他尊重,你们就藐视欺负他。果然招他动了大气,不过说他一个粗糙就完了,你们就现吃不了的亏。他撒个娇,太太也得让他一二分,二奶奶也不敢怎么样。你们就这么大胆子小看他,可是鸡蛋往石头上碰。"

众人都忙道:"我们何尝敢大胆子?都是赵姨娘闹的。"平儿也悄悄的道:"罢了,好奶奶们。'墙倒众人推',那赵姨奶奶原有些颠倒,着

第五十五回　辱亲女愚妾争闲气　欺幼主刁奴蓄险心

三不着两，有了事都说赖他。你们素日那眼里没人，心术利害，我这几年难道还不知道？二奶奶若是略差一点儿的，早被你们这些奶奶们治倒了。饶这么着，得一点空儿，还要难他一难，好几次没落了你们的口声。众人都道他利害，你们都怕他，惟我知道他心里也就不算不怕你们的。前日我们还议论到这里，再不能依头顺尾，必有两场气生。那三姑娘虽是个姑娘，你们都横看了他。二奶奶在这些大姑子、小姑子里头，也就只单怕他五分。你们这会子倒不把他放在眼里了。"

正说着，只见秋纹走来。众媳妇忙赶着问好，又说："姑娘且歇一歇，里头摆饭吃。等撤下饭桌子来，再回话去。"秋纹笑道："我比不得你们，我那里等得？"说着便直要上厅去。平儿忙叫他回来。秋纹回头见了平儿，笑道："你又在这里充什么外围子的防护？"一面回身便坐在平儿褥上。平儿悄问："回什么？"秋纹道："问一问宝玉的月钱、我们的月钱多早晚才领？"平儿道："这什么大事！你快回去告诉袭人，说我的话，凭有什么事今日都别回。若回一件，管驳一件；回一百件，管驳一百件。"秋纹听了，忙问："这是为什么？"平儿与众媳妇等都忙告诉他原故，又说："正要找几处利害事与有体面的人来开例作法子，镇压与众人作榜样呢。何苦你们先来碰在这钉子上？你这一去说了，他们若拿你们也作一二件榜样，又碍着老太太、太太；若不拿你们做一二件，人家又说偏一个向一个，仗着老太太、太太威势的就怕，不敢惹，且拿着软的做鼻子头。你听听看，二奶奶的事也还要驳两年，才压得众人口声呢。"秋纹听了，伸了伸舌头笑道："幸而平姐姐在这里，没得臊一鼻子灰；趁早知会他们去。"说着，便起身走了。

接着宝钗的饭至，平儿忙进来服侍。那时赵姨娘已去，三人在板床上吃饭。宝钗面南，探春面西，李纨面东。众媳妇皆在廊下静候，里头只有他们紧跟常侍的丫鬟伺候，别人一概不敢擅入。这些媳妇们都悄悄议论说："大家省事罢，别安着没良心的主意。连吴大娘才都讨了没意思，咱们又是什么有脸的？"他们一边悄议，等饭完回事。只觉里面鸦雀无闻，并不闻箸碗之响。

一时，只见一个丫头将帘拢高揭，又两个将桌抬出来。茶房内有三个丫鬟捧着三个沐盆儿，见饭桌已撤，三人便进去了。一回又捧出沐盆

《红楼梦》与顺治皇帝的爱情故事

并漱盂来,方有侍书素云莺儿三个人,每人用茶盘捧了三盖碗茶进去。一时等他三人出来,侍书命小丫头子:"好生伺候着,我们吃饭来换你们,可又别偷坐着去。"众媳妇们方慢慢的安分回事,不敢如先前轻慢疏忽了。

探春气方渐平,因向平儿道:"我有一件大事,早要和你奶奶商议,如今可巧想起来。你吃了饭快来,宝姑娘是在这里,咱们四个人商议了,再细细的问你奶奶可行可止。"平儿答应回去。

凤姐因问为何去这半日,平儿便笑着将方才的原故细细说与他听了。凤姐儿笑道:"好,好,好,好个三姑娘!我说不错。只可惜他命薄,没托生在太太肚里。"〔索隐〕圆圆出身歌妓,虽贵为王妃,终不免乌鸦变凤之诮。平儿笑道:"奶奶也说糊涂话了。他便不是太太养的,难道谁敢小看他,不与别的一样看待么?"凤姐叹道:"你那里知道,虽然庶出一样,女儿却比不得男人;将来攀亲时,如今有一种轻狂人,先要打听姑娘是正出是庶出,多有为庶出不要的。殊不知别说庶出,便是我们的丫头,比人家小姐还强呢。将来不知那个没造化的为挑庶正误了事呢,也不知那个有造化的不挑庶正的得了去。"

说着,又向平儿笑道:"你知道,我这几年生了多少省俭的法子,一家子大约也没个背地里不恨我的。我如今骑上老虎背了。虽然看破些,无奈一时也难宽放;二则家里出去的多,进来的少。凡百大小事儿仍是照着老祖宗手里的规矩,却一年进的产业又不及先时多了。省俭了,外人又笑话,老太太、太太也受委屈,家下也抱怨克薄;若不趁早儿料理省俭之计,再几年就都赔尽了。"

平儿道:"可不是这话!将来还有三四位姑娘,还有两三个小爷们,一位老太太,这几件大事未完呢。"凤姐儿笑道:"我也虑到这里。倒也够了:宝玉和林妹妹他两个一娶一嫁,可以使不着官中钱,老太太自有体己拿出来。二姑娘是大老爷那边的,也不算。剩下三四两个,满破着每人化上一万银子。环哥娶妾有限,化上三千两银子;若不够,那里省一点子就够了。老太太的事出来,一应都是全了的,不过零星杂项使费些,满破三五千两。如今再省俭些,陆续就够了。只怕如今平空再生出一两件事来,可就了不得了。〔索隐〕三桂早有叛清之志,军事费用平

第五十五回　辱亲女愚妾争闲气　欺幼主刁奴蓄险心

时已预为筹及，作者微露其机于此。咱们且别虑后事，你且吃了饭，快听他们商议什么。这正碰了我的机会，我正愁没个臂膀。虽有个宝玉，他又不是这里头的货，总收伏了他也不中用。大奶奶是个佛爷，也不中用。二姑娘更不中用，亦且不是这屋里的人。四姑娘小呢。兰小子与环儿更是个燎毛的小冻猫子，只等有势灶火炕让他钻去罢。真真一个娘肚子里跑出这样天悬地隔的两个人来。我想到那里就不服。再者林丫头宝姑娘他两个人正好，偏又都是亲戚，不好管咱们家务事。况且一个是美人灯儿，风吹吹就坏了；一个是拿定了主意，'不干己事不张口，一问摇头三不知'，也难十分去问他。〔索隐〕滇中邸第看似人材济济，而派别各分。有为中央心腹者，有为寄食客卿者，更有闒冗委琐不堪任使者。平西举事之先，必尝统筹全局，一一评议及之。倒只剩了三姑娘一个，心里嘴里都也来得，又是咱们家的正人，太太又疼他，虽然面上淡淡的，皆因是赵姨娘那老东西闹的，心里却是和宝玉一样呢。比不得环儿，实在令人难疼，要依我的性子早撵出去了。如今他既有这主意，正该和他协同，大家做个臂膀，我也不孤不独了。按正礼，天理良心上论，咱们有他这个人帮着，咱们也省些心，与太太的事也有益。若按私心藏奸上论，我也太行毒了，也该抽身退步。回头看看，再要穷追苦克，人恨极了，他们笑里藏刀，咱们两个才四个眼睛两个心，一时不防，倒弄坏了。趁着紧溜之中，他出头一料理，众人就把往日咱们的恨暂可解了。还有一件，我虽知你极明白，恐怕你心里挽不过来，如今嘱咐你：他虽是姑娘家，心里却事事明白，不过是言语谨慎；他又比我知书识字，更利害一层了。如今俗语说，'擒贼必先擒王'，他如今要作法开端，一定是先拿我开端，倘或他驳我的事，你可别分辩，你只越恭敬，越说驳的是才好。千万别想着怕我没脸，和他一强就不好了。"

平儿不等说完，便笑道："你太把人看糊涂了。我才已经行在先了，这会子才嘱咐我。"凤姐儿笑道："我是恐怕你心里眼里只有了我，一概没有他人之故，不得不嘱咐。既已行在先，更比我明白了。这不是，你又急了，满嘴里的'你'呀'我'呀起来了？"平儿道："偏说'你!'你不依，这不是嘴巴子，再打一顿。难道这脸上还没尝过的不成！"凤姐儿笑道："你这小蹄子儿，要掂多少过儿才罢！你看我病的这个样儿，还

《红楼梦》与顺治皇帝的爱情故事

来怄我呢。过来坐下,横竖没人来,咱们一处吃饭是正经。

说着,丰儿等三四个小丫头进来放小炕桌。凤姐只吃燕窝粥,两碟子精致小菜,每日分例菜已暂减去。丰儿便将平儿的四样分例菜端至桌上,与平儿盛了饭来。平儿屈一膝于炕沿之上,半身犹立于炕下,陪着凤姐儿吃了饭,服侍漱口毕,吩咐了丰儿些话,方往探春处来,只见院中寂静,人已散出。要知端的,且听下回分解。

〔索隐〕此回亦圆圆正传之一。专写其入滇以后,襄助平西擘画大计。以女子而具英雄概略,非凡流所可企及。至其事迹,当参观苍弁山樵之《吴逆取亡录》、刘健之《庭闻录》、钮玉樵之《觚剩》,以及近人林纾之《劫外昙花》等书,然陆次云《圆圆传》谓:三桂之蓄异志,作谦恭,阴结天下士,多出于同梦之谋,而《觚剩》则谓延陵潜蓄异谋,邢窥其微,以齿长请为女道士,霞冠星帔,日以药炉经卷自随。延陵训练之暇,每至其处,清谈竟晷而还。《圆圆传》谓:跋扈艳妻,同归歼灭。似圆圆同殉此难。而《觚剩》则谓戊午滇南,平籍其家,舞衫歌扇、稚蕙娇莺,联轸接轸,俱入禁掖。邢之名氏犹不见于籍。《劫外昙花》亦谓邢夫人筑宫礼佛,有先机之明;昆明劫灰,一株独秀。数说互异,当俟好古者之考证。然《圆圆传》于"艳妻"上加以"跋扈"二字之微称,则非长斋绣佛,不预军国事者可知矣。

全回共分四段:自开首起至"连夜里偷着吃酒的工夫都没了"句止为前一段,虚虚笼起。自"这日王夫人"句起至"只一边垂手默侍"句止为第二段,系"愚妾争闲气"之正文。自"时值宝钗也从上房中来"句起至"不敢如先前轻慢疏忽了"句止为第三段,系"刁奴蓄险心"之正文。自"探春气方渐平"句至本回完毕为后一段,结束上文,兼写凤姐之狡猾及贾府之衰落情形。结构极完整。

〔太平评〕一切坏事必从不孝不忠起。故此回上半演不孝,下半演不忠。而因题遣人,因人命意,都在似是而非之介,令

第五十五回　辱亲女愚妾争闲气　欺幼主刁奴蓄险心

人不觉。

〔**护花评**〕借赵国基死后给赏，补明赵姨娘出身，不露痕迹。探春查旧例，先写李纨照袭人例赏银四十两作衬，既见探春之能，又挑起赵姨娘之忿。写探春才能见识超出诸姊妹之上，已暗伏将来远嫁，绝无依恋，必能相夫理家。中间夹写平儿灵细及凤姐心事，不但引起下回兴利除弊等事，且暗描凤姐之平日苛刻利害。此回虽专写探春之才，而家人之先欺后畏，李纨之忠厚老实，宝钗之不肯多言，平儿之乖巧恃爱，及凤姐之深心筹度，众丫头之见怒小心，无不一一如画。

〔**大某评**〕此回入癸丑三月间事。因卷中有"时届季春"一说也。

第五十六回　敏探春兴利除宿弊 贤宝钗小惠全大体

话说平儿陪着凤姐儿吃了饭，服侍盥漱毕，方往探春处来。只见院中寂静，只有丫鬟婆子诸内壶近人在窗外听候。平儿进入厅中，他姊妹姑嫂三人正议论些家务，说的便是年内赖大家请吃酒他家花园中事故。见他来了，探春便命他脚踏上坐了，因说道："我想的事不为别的，只想着我们一月所用的头油脂粉，又是二两的事。我想，我们一月已有了二两月钱，丫头们又另有月钱，可不是又同刚才学里的八两一样，重重叠叠？这事虽小，钱有限，看起来也不妥当。你奶奶怎么就没想到这个？"

平儿笑道："这有个原故。姑娘们所用的这些东西，自然该有分例。每月每处买办买了，令女人们交送我们收管，不过预备姑娘们使用就罢了，没有个我们天天各人拿着钱找人买这些去的。所以外头买办总领了去，按月使女人按房交与我们。至于姑娘们每月的这二两，原不是为买这些的，为的是一时当家的奶奶太太或不在家，或不得闲，姑娘们偶然要个钱使，省得找人去。这不过是恐怕姑娘们受委屈意思。如今我冷眼看着各房里，我们的姊妹都是现拿钱买这些东西的，竟有了一半了。我就疑惑不是买办脱了空，就是买的不是正经货。"

探春李纨都笑道："你也留心看出来了。脱空是没有的，只是迟些日子；催急了，不知那里找些来，不过是个名儿，其实使不得，依然还得现买。就用二两银子，另叫别人的奶妈子的弟兄儿子买来，方才使得。若使官中的人去，依然是那一样的。不知他们是什么法子。"〔索隐〕影官中人结党把持、牢不可破之状，虽有能者无所为力。

平儿便笑道："买办买的是那样，别人买了好的来，买办的也不依他，又说他使坏心要夺他的买办了。所以他们宁可得罪了里头，不肯得罪了外头办事的。若是姑娘们使了奶妈子们，他们也说不敢说闲话了。"

第五十六回　敏探春兴利除宿弊　贤宝钗小惠全大体

探春道:"因此我心里不自在。饶费两起儿钱,东西又白丢一半,不如竟把买办的这一项每月蠲了为是。此是第一件事。第二件,年里往赖大家去,你也去的,你看他那小园子比咱们这个如何?"平儿笑道:"还没有咱们这一半大,树木花草也少多着呢。"〔索隐〕以赖大家的园隐比耿、尚二藩。盖耿靖南分封福建,尚平南分封广东,其藩地皆不及平西之广。探春道:"我因和他们家的女孩说闲话儿,他说这园子除他们带的花儿、吃得笋菜鱼虾,一年还有人包了去,年终足有二百两银子剩。〔索隐〕当日邢夫人献替之际,或藉口于耿、尚二藩整理得当,收入较丰,以比例的观念、遂设种种计画,为兴利除弊之举。从那日我才知道,一个破荷叶、一根枯草根子,都是值钱的。"

宝钗笑道:"真真膏粱纨袴之谈。你们虽是千金,原不知道这些事,但只你们也都念过书识过字的,竟没看见过朱夫子有一篇《不自弃文》么?"探春笑道:"虽也看过,不过是勉人自励,虚比浮词,那里都真有的?"宝钗道:"朱子都有了虚比浮词了?那句句都是有的。你才办了两天事,就利欲熏心,把朱子都看虚浮了,你再出去见了些利弊大事,越发连孔子也都看虚了呢!"探春笑道:"你这样一个通人,竟没看见《姬子》书?当日《姬子》有云:'登利禄之场,处运筹之界,非尧舜之词,背孔孟之道。'"宝钗笑道:"底下的一句呢?"探春道:"如今断章取意;念出底下一句,我自己骂我自己不成?"宝钗道:"天下没有不可用的东西;既可用,便值钱。难为你是个聪明人,这大节目正事竟没经历?"李纨笑道:"叫人家来了,又不说正事,你们且对讲学问。"宝钗道:"学问中便是正事。若不拿学问提着,便都流入市俗去了。"

三人取笑了一回,便仍谈正事。探春又接说道:"咱们这个园子只算比他们的多一半,加一倍算起来,一年就有四百银子的利息。若此时也出脱生发银子,自然小器,不是咱们这样人家的事。若派出两个一定的人来,既有许多值钱之物,一味任人作践也似乎暴殄天物,不如在园子里所有的老妈妈中,拣出几个本分老成能知园圃的,派他们收拾料理,也不必要他们交租纳税,只问他们一年可以孝敬些什么,一则园子有专定之人修理,花木自然一年好似一年的,也不用临时忙乱;二则也不致作践,白辜负了东西;三则老妈妈们也可借此小补,不枉年日在园中辛苦;四则亦可以省了这些花儿匠、山子匠并打扫人等的工费。将此有余

《红楼梦》与顺治皇帝的爱情故事

以补不足,未为不可。"〔索隐〕四层议论周密透辟,此本回回目所以加一"敏"字。而《觚賸》中所称为"才而慧"者也。

宝钗正在地下看壁上的字画,听如此说,便点头笑道:"善哉,三年之内无饥馑矣!"〔索隐〕史称三桂据桂王五华山旧宫为藩府,置藩庄七百顷;通使达赖喇嘛,广市西藩、蒙古名马,重敛土司金币,开矿榷盐,厚自封殖。此等鸿规大举,或出于闱内阴谋。三桂以封殖既固,异志益坚。陆次云作传时,故遂据此以为圆圆罪状欤?李纨道:"好主意!果然这么行,太太必欢喜。省钱事小,园子有人打扫,专司其职,又许他去卖钱;使之以权,动之以利,再无不尽职的了。"平儿道:"这件事须得姑娘说出来。我们奶奶虽有此心,未必好出口。此刻姑娘们在园里住着,不能多弄些玩意儿陪衬,反叫人去监管修理,图省钱,这话断不好出口。"

宝钗忙走过来摸着他的脸,笑道:"你张开嘴,我瞧瞧你的牙齿舌头是什么做的?从早起来到这会子,你说了这些话。一套一个样子,也不奉承三姑娘,也不说你们奶奶才短想不到;三姑娘说一套话出来,你就有一套话回奉,总是三姑娘想得到的,你们奶奶也想到了,只是必有个不可办的原故。这会子又是因姑娘们住的园子,不好因省钱令人去监管。你们想想这话,若果真交与人弄钱去的,那人自然是一枝花也不许掐,一个果子也不许动了,姑娘们分中自然是不敢讲究,天天和小姑娘们就吵不清。他这远愁近虑,不亢不卑,他们奶奶便不是和咱们好,听他这一番话,也必要自愧的变好了。"

探春笑道:"我早起一肚子气。听他来了,忽然想起他主子来。素日当家使出来的好撒野的人,我见了他更生气了。谁知他来了,避猫鼠儿似的站了半日,怪可怜的,接着又说了那些话,不说他主子待我好,倒说'不枉姑娘待我们奶奶素日的情意了'。这一句话,不但没了气,我倒愧了,又伤起心来。我细想,我一个女孩儿家,自己还闹得没人疼没人顾的,我那里还有好处去待人?"口内说到这里,不免又流下泪来。

李纨等见他说得恳切,又想他素日赵姨娘每生诽谤,在王夫人跟前亦为赵姨娘所累,亦都不免流下泪来。都忙劝他:"趁今日清净,大家商议两件兴利剔弊的事情,也不枉太太委托一场,又提这没要紧的事做什么!"平儿忙道:"我已明白了。姑娘竟说谁好,竟一派人就完了。"探

第五十六回　敏探春兴利除宿弊　贤宝钗小惠全大体

春道:"虽如此说,也须得回你奶奶一声。我们这里搜剔小利,已经不当;皆因你奶奶是个明白人,我才这样行;若是糊涂多歪多妒的,我也不肯,倒像抓他的乖一般了。岂可不商议了行的。"平儿笑道:"既这样,我去告诉一声儿。"说着,去了半日方回来,笑道:"我说是白走一趟,这样好事,奶奶岂有不依的?"〔索隐〕三桂当日,殆亦愿安承教,邢夫人一无掣肘,故能所改革。

探春听了,便和李纨命人将园中所有婆子的名单要来。大家参度,大概定了几个人。又将他们一齐传来,李纨大概告诉与他们。众人听了,无不愿意。也有说:"那片竹子单交给我,一年工夫,明年又是一片。除了家里吃的笋,一年还可交些钱粮。"这一个说:"那一片稻地田交给我,一年这些玩的大小雀鸟的粮食不必动官中钱粮,我还可以交钱粮。"〔索隐〕掊克聚敛之臣一时蜂起。

探春才要说话,人回:"大夫来了,进园瞧史姑娘去。"众婆子只得去领大夫。平儿忙说:"单你们,有一百个也不成个体统,难道没有两个管事的头脑带进大夫来?"回事的那人说:"有吴大娘和单大娘,他两个在西南角上聚锦门等着呢。"平儿听说方罢了。

众婆子去后,探春问宝钗如何。宝钗笑答道:"勤于始者怠于终,善其辞者嗜其利。"探春听了点头称赞,便向册上指出几个来与他三人看。平儿忙去取笔砚来。他三人说道:"这一个老祝妈是个妥当的,况他老头子和他儿子代代都是管打扫竹子,如今竟把这所有的竹子交与他。这一个老田妈本是种庄家的,稻香村一带凡有菜蔬稻稗之类,虽是玩意儿,不必认真大治大耕,也须得他去,再细细按时加些植养,岂不更好?"探春又笑道:"可惜蘅芜院和怡红院这两处大地方,竟没有出息之物。"

李纨忙笑道:"蘅芜院里更利害!如今香料铺并大市大庙卖的各处香料香草儿,都不是这些东西?算起来比别的利息更大!怡红院别说别的,单只说春夏天二季玫瑰花,共下多少花朵?还有一带篱笆上蔷薇、月季、宝相、金银花、藤花,这儿色的草花干了,卖到茶叶铺药铺去,也值好些钱。"探春笑道:"原来如此。只是弄花草的没有在行的人。"平儿忙笑道:"跟宝姑娘的莺儿他妈就是会弄这个的,上回他还采了些,晒干了编成花蓝葫芦给我玩呢,姑娘倒忘了不成?"

宝钗笑道:"我才赞你,你倒来捉弄我了!"三人都诧异,问道:

《红楼梦》与顺治皇帝的爱情故事

"这是为何?"宝钗道:"断断使不得!你们这里多少得用的人,一个个闲着没事办,这会子我又弄个人来,叫那起人连我也看小了。我倒替你们想出一个人来,怡红院有个老叶妈,〔索隐〕老祝老田老叶之名,随手凑拨,以见其意有所寄,表面文字不足重轻。他就是焙茗的娘。那是个诚实老人家,他又合我们莺儿妈极好。不如把这事交与叶妈;他有不知的,不必咱们说给他,就找莺儿的娘去商议了。那怕叶妈全不管,竟交与那一个,这是他们私情,若有人说闲话,也就怨不到咱们身上。如此一行,你们办得又至公,于事又甚妥。"李纨平儿都道:"是极!"探春笑道:"虽如此,只怕他们见利忘义呢。"〔索隐〕三桂手下除王屏藩、马宝数将外,余皆见利忘义、首鼠两端,故终于败灭。平儿笑道:"不相干。前日莺儿还认了叶妈做干娘,请吃饭吃酒,两家和厚得很呢。"探春听了,方罢了。又共斟酌出几人来,俱是他四人素昔冷眼取中的,用笔圈出。

一时婆子们来回大夫已去,将药方送上去。三人看了,一面遣人送出外边去取药,监派调服,一面探春与李纨明示诸人:某人管某处,"按四季除家中定例用多少外,余者仍凭你们采取了去取利,年终算帐"。探春笑道:"我又想起一件事:若年终算帐归钱时,自然归到帐房,仍是上头又添一层管主,还在他们手心里,又剥一层皮。这如今我们兴出这事来,派了你们,已是跨过他们的头去了;心里有气,只说不出来。你们年终去归帐,他还不捉弄你们等什么?再者,这一年间管什么的,主子有一全分,他们就得半分。这是每常的旧规,人所共知的。如今这园子是我的新创,竟别入他们的手,每年归帐竟归到里头来才好。"

宝钗笑道:"依我说,里头也不用归帐。这个多了那个少了,倒多了事。不如问他们谁领这一分的,他就揽一宗事去。不过是园里的人动用。我替你们算出来了,有限的几宗事,不过是头油、胭脂、香、纸,每一位姑娘几个丫头,都是有定例的;再者,各处笤帚、簸箕、掸子并大小禽鸟、鹿、兔吃的粮食。不过这几样,都是他们包了去,不用帐房去领钱。你算算,就省下多少来?"平儿笑道:"这几宗虽小,一年统共算了,也省得下四百两银子。"

宝钗笑道:"却又来,一年四百,二年八百两,打租的房子也能多买几间,薄沙地也可添几亩了。〔索隐〕继长增高,所以能置藩庄七百余

第五十六回　敏探春兴利除宿弊　贤宝钗小惠全大体

项。虽然还有敷余，但他们既辛辛苦苦一年，也要叫他们剩些，贴补自家。虽是兴利节用为纲，然亦不可太啬。总再省上二三百银子，失了大体统也不像。所以如此一行，外头帐房里一年少出四五百银子，也不觉得很艰啬了。他们里头却也得些小补。这些没营生的妈妈们也宽裕了，园子里花木也可以每年滋长繁盛，如此你们也得了可使之物。这庶几不失大体。若一味要省时，那里不搜寻出几个钱来？凡有些余利的，一概入了官中，那里外怨声载道，那不失了你们这样人家的大体？如今这园里几十个老妈妈们，若只给了这个，那剩的也必抱怨不公。我才说的，他们只供给这个几样，也未免太宽裕了。一年竟除这个之外，他每人不论有余无余，只叫他拿出若干吊钱来，大家凑齐，单散与这些园中的妈妈们。〔索隐〕入下半回正文，然细味回目数字，仍是美中带贬。他们虽不料理这些，却日夜也自在园中照管，当差之人，关门闭户，起早睡晚，大雨大雪，姑娘们出入，抬轿子，撑船，拉冰床，一应粗重活计，都是他们的差使。一年在园里辛苦到头，这园内既有出息，也是分内该沾带些的。还有一句至小的话，越发说破了：你们只管了自己宽裕，不分与他们些，他们虽不敢明怨，心里却都不服，只用假公济私的多摘你们几个果子，多掐几枝花儿，你们有冤还没处诉呢。他们也沾带些利息，你们有照顾不到的，他们就替你们照顾了。"

众婆子听了这个议论，又去了帐房受辖制，又不与凤姐儿去算帐，一年不过多拿出若干吊钱来，各欢喜异常，都齐声说："愿意！强如出去被他们揉搓着，还得拿出钱来呢。"那不得管地的听了每年终无故得钱，也都喜欢起来，口内说："他们辛苦收拾，是该剩些钱贴补的。我们怎么好'稳吃三注'呢？"

宝钗笑道："妈妈们也别推辞了，这原是分内应当的。你们只要日夜辛苦些，别躲懒纵放人吃酒赌钱就是了。不然，我也不该管这事。你们也知道，我姨娘亲口嘱托我三五回，说大奶奶如今又不得闲，别的姑娘又小，托我照看照看。我若不依，分明是叫姨娘操心。我们太太又多病，家务也忙。我原是个闲人，便是街坊邻居也要帮个忙的，何况是姨娘托我。讲不起众人嫌我。倘或我只顾沽名钓誉的，那时酒醉赌输了，生出事来，我怎么见姨娘？你们那时后悔也迟了，就连你们素昔的老脸也丢却了。这些姑娘小姐们，这么一所大花园，一都是你们照管，皆因看得

《红楼梦》与顺治皇帝的爱情故事

你们是三四代的老妈妈,最是循规蹈矩,原该大家齐心,顾些体统。你们反纵放别人任意吃酒赌博,姨娘听见了,教训一场犹可,倘若被那几个管家娘子听见了,他们也不用回姨娘,竟教导你们一场,你们这年老的反受了小的教训。虽是他们是管家,管得着你们,何如自己存些体统?他们如何得来作践呢。所以,我如今替你们想出这个额外的进益来,也为的是大家齐心把这园里周全得谨谨慎慎的,使那些有权执事的看见这般严肃谨慎,且不用他们操心,他们心里岂不敬服?也不枉替他们筹画些进益了。你们去细细想想这话。"众人都欢喜说:"姑娘说得很是!从此姑娘奶奶只管放心,姑娘奶奶这样疼顾我们,我们再要不体上情,天地也不容了!"〔索隐〕平西盛时,西选官遍天下,投身藩下者尤夥。意必有施行小惠、收拾人心之政策。而其主动,又出于帷幄运筹,为一时所盛传者。惜诸家记载多所忌讳,以致轶事不传。

刚说着,只见林之孝家的进来说:"江南甄府里家眷昨日到京,〔索隐〕书中以贾宝玉喻清帝,甄宝玉喻明季诸王,所谓"假作真时真亦假"者,其义在此。又作者当系明季遗老,私衷眷眷,尚冀故国之复兴,故卒以真属之彼而假属之此,有鲁连义不帝秦之意。此处所云江南甄家,非指福王,即鲁王、唐王也。今日进宫朝贺,此刻先遣人来送礼请安。"〔索隐〕曰进宫朝贺,曰送礼请安,即纳降被俘之意。明季稗史中载,胜国季年有人戏书一柬曰:谨具大明江山一座,奉申敬贺。愚弟某某顿首拜。作者殆本此义以寓愤惋。说着,便将礼单送上去。探春接了,看道是上用的妆缎蟒缎十二匹、上用杂色缎十二匹、上用名色纱十二匹、上用宫绸十二匹、官用各色缎纱绫二十四匹。〔索隐〕土地、人民、子女、玉帛,既多且旨。李纨探春看过,说:"用上等封儿赏他。"因又命人去回了贾母。

贾母命人叫李纨、探春、宝钗等都过来,将礼物看了。李纨收过一边,吩咐内库上人说:"等太太回来看看再收。"贾母因说:"这甄家又不与别家相同,上等封儿赏男人,只怕转眼又打发女人来请安,预备下尺头。"一语未了,果然人回:"甄府四个女人来请安。"贾母听了,忙命人带进来。

那四个人都是四十往上年纪,穿带之物皆比主子不大差别。请安问好毕,贾母便命拿了四个脚踏来。他四人谢了坐,等着宝钗坐了,方都

第五十六回　敏探春兴利除宿弊　贤宝钗小惠全大体

坐下。贾母便问："多早晚进京的？"四人忙起身回说："昨儿进的京。今儿太太带了姑娘进宫请安去了，所以叫女人们来请安，问候姑娘们。"贾母笑问道："这些年没进京，也不想到就来。"四人也都笑回道："正是。今年奉旨唤进京的。"贾母问道："家眷都来了？"四人回说："老太太和哥儿、两位小姐并别位太太都没来，就只太太带了三姑娘来了。"〔索隐〕福王出降，唐王、桂王被执，惟鲁王窜死。此云有来有不来，关合却好。贾母道："有人家没有？"四人道："还没有呢。"贾母笑道："你们大姑娘和二姑娘这两家，都和我们家真好。"四人笑道："正是。每年姑娘们有信回来，说全亏府上照看。"贾母笑道："什么照看，原是世交，又是老亲，〔索隐〕满洲自太祖太宗以来，国势顿强，俨有与明敌体之意，此处自附于世交老亲，照应后辈，倨态如揭。观太宗《致袁崇焕议和书》可见一斑。原应当的。你们二姑娘更好，不自尊大，所以我们才走的亲密。"四人笑道："这是老太太过谦了。"

贾母又问："你这哥儿也跟着你们老太太？"四人回说："也跟着老太太呢。"贾母道："几岁了？"又问："上学不曾？"四人笑说："今年十三岁。因长得齐整，老太太很疼。自幼淘气异常，天天逃学，老爷太太也不便十分管教。"贾母笑道："也不成了我们家的了！〔索隐〕世祖为神武开国之君，明季诸王则为荒淫无道亡国之主，然究其人格，正复不相上下。成则为王，败则为贼，古往今来宁有正论！作者一力推翻，爽辣之至。你这哥儿叫什么名字？"四人道："因老太太当作宝贝一样，他又生的白，老太太便叫作宝玉。"〔索隐〕"宝玉"二字，隐寓至尊极贵之义。书中所谓"宝天王""宝皇帝"也。贾母笑向李纨道："偏也叫个宝玉！"〔索隐〕有不许他僭称尊号之意。李纨等忙欠身笑道："从古至今，同时隔代重名的很多。"四人也笑道："起了这小名儿之后，我们上下都疑惑，不知那位亲友家也倒是曾有一个的。〔索隐〕隐约其词，所指云何，不烦言而自见。只是这十年来没进京来，都记不真了。"贾母笑道："那就是我的孙子。人来。"众媳妇丫头答应了一声，走近几步。贾母笑道："园里把咱们的宝玉叫了来，给这四个管家娘子瞧瞧，比他们的宝玉何如？"〔索隐〕俨然自命为真主矣。

众媳妇听了。忙去了。半刻围了宝玉进来。四人一见，忙起身笑道："吓了我们一跳。若是我们不进府来，倘若别处遇见，还只当我们的宝玉

《红楼梦》与顺治皇帝的爱情故事

后赶着也进了京呢！"一面说，一面都上来拉他的手，问长问短。宝玉也笑问个好。贾母笑道："比你们的长得如何？"李纨等笑道："四位妈妈才一说，可知是模样儿相仿了。"贾母笑道："那有这样巧事？大家子孩子们，再养得娇嫩，除了脸上有残疾十分丑的，大概看去都是一样齐整。这也没有什么怪处。"四人笑道："如今看来，模样是一样。据老太太说，淘气也一样。我们看来，这位哥儿性情却比我们的好些。"贾母忙问："怎见得？"四人笑道："方才我们拉哥儿的手说话便知道了。若是我们那一个，只说我们糊涂；慢说拉手，他的东西我们略动一动也不敢。所使唤的人都是女孩子们。"

四人未说完，李纨姊妹等禁不住都失声笑出来。贾母也笑道："我们这会子也打发人去见了你们宝玉，若拉他的手，他也自然勉强忍耐着。不知你我这样人家的孩子，凭他们有什么刁钻古怪的毛病，见了外人，必是要还出正经礼数来的。〔索隐〕自古帝王，无非娇揉造作，以假面具向人。若他不还正经礼数，也断不容他刁钻去了。就是大人溺爱的，也因为他一则生的人意儿，二则见人礼数竟比大人行出来的更不错，使人见了可爱可怜，背地里所以才纵得一点子。若他一味只管没里没外，不与大人争光，凭他生得怎样，也是该打死的。"四人听了都笑道："老太太这话正是。虽然我们宝玉淘气古怪，有时见了客，规矩礼数比大人还有趣。所以无人见了不爱，只说为什么还打他。殊不知他在家里无法无天，大人想不到的话偏会说，想不到的事偏会行，所以老爷太太恨的无法。就是任性，也是小孩子的常情；胡乱化费；也是公子哥儿的常情；怕上学，也是小孩子的常情；都还治得过来。第一天生下来这一种刁钻古怪的脾气，如何使得。"

一语未了，人回："太太回来了。"王夫人进来问过安，他四人请了安，大概说了两句，贾母便命歇歇去罢。王夫人亲捧过茶，方退出去。四人告辞了贾母，便往王夫人处来，说了一会子家务，打发他们回去，不必细说。

这里贾母喜得逢人便告诉，也有一个宝玉，也都一般行景。众人都想着天下的世宦大家，同名的这也很多，祖母溺爱孙子也是常事，不是什么罕事，皆不介意。独宝玉是个迂阔呆公子的心性，自为是那四人承悦贾母之词。后至园中去看湘云病去，史湘云因说他："你放心闹罢，先

第五十六回　敏探春兴利除宿弊　贤宝钗小惠全大体

还'单丝不成线，独木不成林'，如今有了个对子，闹急了，再打狠了，你好逃走了，南京找那一个去？"〔索隐〕此是反喻。起初以谓普天之下，惟我独尊，可以任性妄行，今则两雄对峙，宜力自检点，以求优胜。宝玉道："那里的诓话你也信了，偏又有宝玉了？"湘云道："怎么列国有个蔺相如，汉朝又有个司马相如呢？"宝玉笑道："这也罢了。偏又模样儿也一样？这是没有的事！"湘云道："怎么匡人看见孔子，只当是阳货呢？"宝玉笑道："孔子阳货虽同貌，却不同名；蔺与司马虽同名，而又不同貌；偏我和他就两样俱同不成？"湘云没了话答对，因笑道："你只会胡搅，我也不和你分证。有也罢，没也罢，与我无干。"说着便睡下了。

宝玉心中便又疑惑起来，若说必无，也似必有；若说必有，又并无目睹。心中闷闷，回至房中榻上默默盘算，不觉昏昏睡去，竟到一座花园之内。〔索隐〕贾宝玉梦入甄府，甄宝玉真入贾府。真入者，被俘国亡事实如此也；梦入者，姑作是想，取快一时也。证之于书，则怡红院者，乐朱氏之盛也；悼红轩者，悯朱氏之亡也；钗黛竞婚，明清争国也；钗胜黛，清灭明也；贾珠先死，朱氏已亡也；王夫人说到贾珠眼圈一红，悼红之意，亦即哀明之义也。以是知作者必为明季遗老，故宫禾黍，感慨系之。宝玉诧异道："除了我们大观园，竟又有这一个园子？"正疑惑间，忽从那边来了几个女孩，都是丫鬟。宝玉又诧异道："除了鸳鸯、袭人、平儿之外，也竟还有这一干人？"〔索隐〕史可法、张煌言辈功业气节，视范文程、洪承畴辈为何如？莫谓秦无人，吾谋适不用耳。只见那些丫鬟笑道："宝玉怎么跑到这里来？"宝玉只当是说他，忙来陪笑说道："因我偶步到此，不知是那位世交的花园，姐姐们带我逛逛。"众丫鬟都笑道："原来不是咱们家的宝玉。他生得也还干净，嘴儿也倒乖觉。"〔索隐〕刻薄。宝玉听了，忙道："姐姐们，这里也竟还有个宝玉？"丫鬟们忙道："宝玉二字，我们家是奉老太太、太太之命，为保佑他延年消灾，我们叫他，他听见喜欢。你是那里远方来的小厮，也乱叫起来。仔细你的臭肉，不打烂了你的！"又一个丫鬟笑道："咱们快走罢，别叫宝玉看见，又说同这臭小子说了话，把咱们熏臭了。"〔索隐〕乘人于危，窥窃神器者，自以为天与人归，万方悦服，庸讵知殿顽心目中直夷之于鼠窃狗偷，遍体腥膻，趋避恐后。说着，一径去了。

《红楼梦》与顺治皇帝的爱情故事

宝玉纳闷道:"从来没有人如此茶毒我,他们如何竟这样的?莫不真也有我这样一个人不成?"一面想,一面顺步走到了一所院内。宝玉诧异道:"除了怡红院,也竟还有这么一个院落!"忽上了台阶,进入屋内,只见榻上有一个人卧着。那边有几个女儿做针钱,或有嬉笑玩耍的。只见榻上那个少年叹了一声,丫鬟笑问道:"宝玉,你不睡又叹什么?想必为你妹妹病了,你又胡愁乱恨呢。"宝玉听了,心下也便吃惊。只见榻上少年说道:"我听见老太太说,长安都中也有个宝玉,和我一样的性情,我只不信。我才做了一个梦儿,竟梦中到了都中一个花园子里头,遇见几个姐姐,都叫我臭小厮,不理我。〔索隐〕桀犬吠尧,各为其主。好容易找到他房里,偏他睡觉。空有皮囊,真性不知往那里去了。"〔索隐〕尽情痛诋,即第三回《西江月》词中"纵然生得好皮囊,腹内原来草莽"是也。宝玉听说,忙说道:"我因找宝玉来到这里。原来你就是宝玉!"榻上的忙下来拉住笑道:"原来你就是宝玉?这可不是梦里了?"宝玉道:"这如何是梦?真而又真的。"一语未了,只见人来说:"老爷叫宝玉。"吓得二人皆慌了。一个宝玉就走,一个便忙叫:"宝玉快回来,宝玉快回来!"

袭人在旁听他梦中自唤,忙推醒他,笑问道:"宝玉在那里?"此时宝玉虽醒,神意尚恍惚,因向门外指说:"才去了不远。"袭人笑道:"那是你梦迷了。你揉眼细瞧,是镜子里照的你的影儿。"〔索隐〕来轸方遒,殷鉴不远,陛下此语,点醒痴儿。宝玉向前瞧了一瞧,原是那嵌的大镜对面相照,自己也笑了。早有丫鬟捧过漱盂茶卤来,漱了口。麝月道:"怪道老太太常嘱咐说:'小人儿屋里不可多有镜子。小人魂不全,有镜子照多了,睡觉惊恐做胡梦。'如今倒在大镜子那里安了一张床,有时放下镜套还好;往前去,天热困倦,那里想得到放他,比如方才就忘了。自然先躺下照着影儿来玩着,一时合上眼,自然是胡梦颠倒的,不然如何叫起自己的名字来呢?不如明日搬进床来是正经。"一语未了,只见王夫人遣人来叫宝玉,不知有何说话,且听下回分解。

〔索隐〕此回共分两大段。自开首起至"天地也不容了"句止为前一大段,是回目中正文。自"刚说着"句起至本回完毕为后一大段,则于回目外另起波澜,揭明全书极大宗旨,至后半

第五十六回　敏探春兴利除宿弊　贤宝钗小惠全大体

回独联缀于此,亦移置别处者,蛛丝马迹亦自有意味可寻。

　　盖明自思宗殉国以后,而南都,而浙闽,而滇黔,虽旋起旋灭,然一线苟延,天祚未斩。至台湾克复,三藩殄灭,满清大一统之势始完全告成,明季遗黎恢复旧国之心始完全绝望矣。故以甄府之送礼贾府一段附于本回之后,意谓平西盛时极力经营,享鱼盐铜铁之利,联土司蒙藏之欢,声势骎骎,大可有为;顾以手下诸将未能协力同心,支拄数年,卒归失败。篇中"见利忘义"句乃筋节透露处,不可忽过。甄府入京送礼,示明社全墟,神器有属。然又缀以贾宝玉之一梦,历虚空之幻境,受甄府婢仆之诃责,聊以快心。虽然无此事,不能不有此想。过屠门大嚼,睡梦中杀贼,明知灵渺,而遍体郁积为之一舒。结笔复以"照的你的影儿"作刻毒语,以诅咒之。作者眷眷故国,肠回百折,热血喷尽矣。

〔**护花评**〕探春有才,宝钗有识,中间夹叙学问一段,是作者指示经济必须根柢学问中来,方能兴利除弊,不失大体。

　　又:年终算帐不归帐房,借此写出帐房之积弊。

　　又:此回下半段专写两个宝玉,与上半探春兴利,宝钗得体绝不相属。而一回标题却只说探春宝钗,此作者因下半段颇有关系,不便标题,另有一片深心不可不知。〔**索隐**〕极有见地。

〔**大某评**〕贾宝玉梦见甄宝玉一段文字,可知天下事有假必有真。假者只一,可向实处用笔,真者无穷,须于空中会意。恐以贾滋天下之疑,遂以甄坚天下之信。命意措词,俱极惨淡经营。

　　又:此回仍是癸丑年季春事。

第五十七回　慧紫鹃情词试莽玉　慈姨妈爱语慰痴颦

话说宝玉听王夫人唤他，忙至前边来，原来是王夫人要带他拜甄夫人去。宝玉自是欢喜，忙去换衣服，跟了王夫人到那里。见其家形景，自与荣宁不甚差别，或有一二稍盛者。〔索隐〕宫中气象，自然不甚差别。惟历年较久，礼制当较为完备，故云："或有一二稍盛者。"不然，贾府靡丽极矣，甄府胡又过之？细问，果有一宝玉。甄夫人留席，竟一日方回。宝玉不信。因晚间回家来，王夫人又盼咐预备上等的席面，定名班大戏，请过甄夫人母女。后二日，他母女便不作辞，回任去了。〔索隐〕彼此往来，并无失礼，何以甄府母女之去并不作辞，微意可思。无话。

这日宝玉因见湘云渐愈，然后去看黛玉。正值黛玉才歇午觉，宝玉不敢惊动，因紫鹃正在回廊上手里作针线，便上来问他："昨日夜里咳嗽的可好了？"紫鹃道："好些了。"宝玉笑道："阿弥陀佛！宁可好了罢。"〔索隐〕满洲宫闱信仰藏僧甚挚，每遇危险之事，必口诵佛号为祷，沿及末季，此风尤甚。紫鹃笑道："你也念起佛来？真是新闻！"〔索隐〕帝王权力与佛相等，而亦稽首慈云，故可诧异。宝玉笑道："所谓'病急乱投医了。'"一面说，一面见他穿着弹墨绫薄绵袄，外面只穿着青缎夹背心，宝玉便伸手向他身上抹了一抹，说道："穿这样单薄，还在风口里坐着，时气又不好，不再病了，越发难了。"紫鹃便说道："从此咱们只可说话，别动手动脚的。一年大二年小的，叫人看着不尊重。打紧的那起混帐行子们背地里说你，你总不留心，还只管和小时一般行为，如何使得？姑娘常常盼咐我们，不叫和你说笑。你近来瞧他远着你还恐远不及呢。"说着便起身，携了针线进别的房里去了。

第五十七回　慧紫鹃情词试莽玉　慈姨妈爱语慰痴颦

宝玉见了他这般景况，心中像浇了一盆冷水一般，只瞧着竹子发了一回呆。因祝妈正在那里挖土种竹，扫竹叶子，顿觉一时魂魄失守，随便坐在一块山石上出神，不觉滴下泪来。直呆了一顿饭工夫，千思万想，总不知如何是可。偶值雪雁从王夫人房中取了人参来，从此经过，忽扭头看见桃花树下石上一人手托着腮颊正出神呢，不是别人，却是宝玉。雪雁疑惑道："怪冷的，他一个人在这里作什么？春天凡有残疾的人肯犯病，敢是他也犯了呆病了？"一边想，一边便走过来，蹲下笑道："你在这里作什么呢？"宝玉忽见了雪雁，便说道："你又做什么来找我？你难道不是女儿？他既防嫌，不许你们理我，你又来寻我，倘被人看见，岂不又生口舌？你快家去罢了。"雪雁听了，只当是他又受了黛玉的委曲，只得回至房中。

黛玉未醒，将人参交与紫鹃。紫鹃因问他："太太作什么呢？"雪雁道："也歇中觉呢，所以等了这半日。姐姐你听笑话儿，我因等太太的工夫，和玉钏儿姐姐坐在下房里说话儿，谁知赵姨奶奶招手儿叫我。我只当有什么话说，原来他和太太告了假，出去给他兄弟伴宿坐夜，明日送殡去，跟他的小丫头子小吉祥儿〔索隐〕太平评云：所谓小人吉，极确。盖此等处虽无甚深意，亦借写官掖之内为女子小人丛集之地。没衣裳，要借我的月白绫子袄儿。我想他们一般也有两件子的，往这地方去恐怕弄坏了，自己的舍不得穿，故此借别人的。借我的弄坏了也是小事，只是我想，他素日有什么好处到咱们跟前？所以我说了：'我的衣裳簪环都是姑娘叫紫鹃姐姐收着呢。如今先得去告诉他，还得回姑娘，费多少事，别误了你老人家出门，不如再转借罢。'"紫鹃笑道："你这个小东西儿倒也巧！你不借给他，你往我和姑娘身上推，叫人怨不着你。你这会子就去么，还是等明日一早才去呢？"雪雁道："这会子就去的，只怕此时已去了。"紫鹃点头。雪雁道："姑娘还没醒呢？是谁给了宝玉气受，坐在那里哭呢。"紫鹃听了，忙问在那里。雪雁道："在沁芳亭后头桃花底下呢。"

紫鹃听说，忙放下针线，又嘱咐雪雁好生听叫，若问我，答应我就来。"说着，便出了潇湘馆，一径来寻宝来。走至宝玉跟前，含笑说道："我不过说了那两句话，为的是大家好，你就一气跑了这风地里来哭，弄

《红楼梦》与顺治皇帝的爱情故事

出病来还了得?"宝玉忙笑道:"谁赌气了?我因为听你说得有理,我想你们既这样说,自然别人也是这样说,将来渐渐的都不理我了,我所以想到这里自己伤起心来了。"紫鹃也便挨他坐着。

宝玉笑道:"方才对面说话你尚走开,这会子如何又来挨我坐着?"紫鹃道:"你都忘了?〔索隐〕所答非所问,妙甚。此处本难答,答而不能丝丝入扣,不如不答。此正文家之腾挪法。几日前你们姊妹两个正说话,赵姨娘一头走了进来——我才听见他不在家,所以我来问你。正是前日你和他才说了一句'燕窝'就歇住了,总没提起,我正想着问你。"宝玉道:"也没什么要紧。不过我想着宝姐姐也是客中,既吃燕窝,又不可间断,若只管和他要,也太托实。虽不便和老太太要,我已经在老太太跟前略露了风声,只怕老太太和凤姐姐说了。我告诉他的,竟没有诉完。如今我听见一日给你们一两燕窝,这也就完了。"紫鹃道:"原来是你说了,这又多谢你费心。我们正疑惑,老太太怎么忽然想起来叫人每一日送一两燕窝来呢?这就是了。"宝玉笑道:"这要天天吃惯了,吃上二三年就好了。"紫鹃道:"在这里吃惯了,明年家去,那里有这闲钱吃这个?"

宝玉听了,吃了一惊,忙问:"谁家去?"紫鹃道:"妹妹回苏州去。"宝玉笑道:"你又说白话!苏州虽是原籍,因没了姑母,无人照看,才就了来的。明年回去找谁?可见你扯谎。"紫鹃冷笑道:"你太看小了人。你们贾家独是大族人口多的?除了你家,别人只得一父一母,房族中真个再无人了不成?我们姑娘来时,原是老太太心疼他年小,虽有叔伯,不如亲父母,故此接来住几年。大了该出阁时,自然要送还林家的。终不成林家女儿在你贾家一世不成?林家虽贫到没饭吃,也是世代书香人家,断不肯将他家的人丢与亲戚冷落耻笑。所以早则明年春天,迟则秋天,这里总不送去,林家亦必有人来接的。前日夜里姑娘和我说了,叫我告诉你,将从前小时玩的东西,有他送你的,叫你都打点出来还他。他也将你送他的打点在那里呢。"

宝玉听了,便如头顶上响了一个焦雷一般。紫鹃看他怎么回答,等了半天,见他只不作声。才要再问,只见晴雯找来说:"老太太叫你呢,谁知在这里。"紫鹃笑道:"在这里问姑娘的病症,我告诉了他半日,他

第五十七回　慧紫鹃情词试莽玉　慈姨妈爱语慰痴颦

只不信。你倒拉他去罢。"说着，自己便走回房去了。

晴雯见他呆呆的，一头热汗，满脸紫涨，忙拉他的手，一直到怡红院中。袭人见了这般，慌起来了，只说时气所感，热身被风扑了。无奈宝玉发热事犹小可，更觉两个眼珠儿直直的起来，口角边津液流出，皆不知觉。给他个枕头，他便睡下；扶他起来，他便坐着；倒了茶饭来，他便吃茶。众人见了这样，一时忙乱起来，又不敢造次去回贾母，先便差人去请李嬷嬷来。

一时李嬷嬷来了，看了半日，问他几句话也无回答，用手向他脉上摸了膜，嘴唇人中上着力掐了两下，掐得指印如许来深，竟也不觉疼。李嬷嬷只说了一声："可了不得了！""呀"的一声便搂头放声大哭起来。〔索隐〕写李嬷嬷一段绘影绘声。盖奉圣夫人为满洲老妪，其愚劣行径正复类此。急得袭人急拉他说："你老人家瞧瞧如何，且告诉我们去回老太太、太太去，你老人家怎么先哭起来？"李嬷嬷捶床捣枕说："这可不中用了！我白操了一世的心了！"袭人因他年老多知，所以请他来看，如今见他这般一说，却信以为实，也哭起来了。

晴雯便告诉袭人，方才如此这般。袭人听了，便忙到潇湘馆来，见紫鹃正服侍黛玉吃药，也顾不得什么，便走上来问紫鹃道："你才和我们宝玉说了些什么话？你瞧瞧他去，你回老太太去，我也不管了！"说着，便坐在椅上。黛玉忽见袭人满面急怒，又有泪痕，举止大变，更不免也着了忙，因问怎么了。袭人定了一回，哭道："不知紫鹃姑奶奶说了些什么话，〔索隐〕于"紫鹃"之下加以"姑奶奶"三字，而气急败坏口吻便跃然纸上。若云"不知紫鹃姐姐说了些什么话"，直觉平弱无味，能最与俗手之区别如此。那个呆子眼也直了，手脚也冷了，话也不说了，李妈妈掐着也不疼了，已死了大半个了！连妈妈都说不中用了，那里放声大哭。只怕这会子都死了！"〔索隐〕七"了"字衔接而下，神气逼真，此种文字所谓成如容易却艰辛。

黛玉听此言，李妈妈乃久经老妪，说不中用了，可知必不中用。"哇"的一声，将所服之药一口呕出，抖肠搜肺，炙胃扇肝的哑声大嗽了几阵，一时面红发乱，目肿筋浮，喘的抬不起头来。紫鹃忙上来捶背。黛玉伏枕喘息了半响，推紫鹃道："你不用捶，你拿绳子来勒死我是正

《红楼梦》与顺治皇帝的爱情故事

经!"〔索隐〕除此一语,无确当者,作者真体会入微。紫鹃哭道:"我并没说什么,不过是说了几句玩话,他就认真了。"袭人道:"你还不知道他?那傻子每每玩话认了真。"黛玉道:"你说了什么话,趁早儿去解说,他只怕就醒过来了。"紫鹃听说,忙下床,同袭人到了怡红院。

谁知贾母王夫人等已都在那里了。贾母一见了紫鹃,便眼内出火,骂道:"你这小蹄子,和他说了什么?"紫鹃忙道:"并没敢说什么,不过说几句玩话。"谁知宝玉见了紫鹃,一方"阿呀"了一声,哭出来了。众人一见,都放了心来。贾母便拉住紫鹃,只当他得罪了宝玉,所以拉紫鹃命他陪罪。谁知宝玉一把拉住紫鹃,死也不放,说:"要去连我带了去!"〔索隐〕伏后遁迹五台之根。

众人不解,细问起来,方知紫鹃说"要回苏州去"一句玩话引出来的。贾母流泪道:"我当有什么要紧大事,原来是这句玩话!"又向紫鹃道:"你这孩子素日是个伶俐聪明的,你又知道他有个呆根子,平白的哄他做什么?"薛姨妈劝道:"宝玉本来心实,可巧林姑娘又是从小儿来的,他姊妹两个一处长的这么大,比别的姊妹更不同。这会子热刺刺的说一个去,别说他是个实心的傻孩子,便是冷心肠的大人也要伤心。这并不是什么大病,老太太和姨太太只管万安,吃一两剂药就好了。"

正说着,人回林之孝家的单大家的都来瞧哥儿了。贾母道:"难为他们想着,叫他们来瞧瞧。"宝玉听了一个"林"字,便满床闹起来,说:"了不得了,林家的人接他们来了,快打出去罢!"贾母听了,也忙说:"打出去罢。"又忙安慰说:"那不是林家的人。林家的人都死绝了,没人来接他的,你只放心罢。"宝玉哭道:"凭他是谁,除了林妹妹,都不许姓林的!"贾母道:"没姓林的来,凡姓林的都打出去了。"一面吩咐众人:"以后别叫林之孝家的进园来,你们也别说'林'字。孩子们,你们听了我这一句话罢!"众人忙答应,又不敢笑。

一时宝玉又一眼看见了十锦柄子上陈设的一只金西洋自行船,便指着乱说:"那不是接他们来的船来了,湾在那里呢?"贾母忙命拿下来。袭人忙拿下来,宝玉伸手要,袭人递过去,宝玉便掖在被中,笑道:"这可去不成了!"一面说,一面死拉着紫鹃不放。

一时人回大夫来了,贾母忙命快进来。王夫人、薛姨妈、宝钗等暂

第五十七回　慧紫鹃情词试莽玉　慈姨妈爱语慰痴颦

避入里间，贾母便端坐在宝玉身旁。王太医进来见许多的人，忙上去请了贾母的安，拿了宝玉的手诊了一回，那紫鹃少不得低了头。王太医也不解何意，起身说道："世兄这症乃是急痛迷心。古人曾云：'痰迷有别。有血气亏柔，饮食不能熔化痰迷者；有怒恼中痰急而迷者；有急痛壅塞者。'此亦痰迷之症，系急痛所致，不过一时壅蔽，较诸痰迷似轻。"贾母道："你只说怕不怕，谁同你背药书呢！"王太医忙躬身笑道："不妨，不妨。"贾母道："果真不妨？"王太医道："实在不妨，都在晚生身上。"贾母道："既如此，请到外面坐，开药方。若吃好了，我另外预备好谢礼，叫他亲自捧了送去磕头；若耽误了，我打发人去拆了太医院的大堂！"〔索隐〕太医院大堂为皇家衙署，岂平常人所能拆者？明指宫禁之事。作者于极不经意处往往透露消息，后人粗心，自不体会耳。王太医只躬身陪笑说："不敢，不敢。"他原听了说另具上等谢礼命宝玉去磕头，故满口说"不敢"，竟未听见贾母后来说拆太医院之戏语，犹说"不敢"，〔索隐〕太医院御医何至为外人折辱如此。贾母与众人反倒笑了。

一时按方煎药，药来服下，果觉比先安静。无奈宝玉只不肯放紫鹃，只说他去了便是要回苏州去的。贾母王夫人无法，只得命紫鹃守着他，另将琥珀去侍黛玉，黛玉不时遣雪雁来探消息。

这晚间宝玉稍安，贾母王夫人等方回去了。一夜还遣人来问信几次。李奶妈带宋妈等几个年老人用心看守，紫鹃、袭人、晴雯等日夜相伴。有时宝玉睡去，必从梦中惊醒，不是哭了说黛玉已去，便是说有人来接。每一惊时，必得紫鹃安慰一番方罢。彼时贾母又命将祛邪守灵丹及开窍通神散各样上方秘制诸药，按方饮服。次日又服了王太医药，渐次好了起来。宝玉心下明白，因恐紫鹃回去，倒故意作出佯狂之态。紫鹃自那日也着实后悔，如今日夜辛苦，并没有怨意。袭人等皆心安神定，因向紫鹃笑道："都是你闹的，还得你来治。也没见我们这呆子，听了风就是雨，往后怎么好？"暂且按下。

且说此时湘云之症已愈，天天过来瞧看，见宝玉明白了，便将他病中狂态形容与他瞧，引得宝玉自己伏枕而笑。原来他起先那样竟是不知的，如今听人说还不信。无人时紫鹃在侧，宝玉又拉他的手问道："你为

《红楼梦》与顺治皇帝的爱情故事

什么吓我?"紫鹃道:"不过是哄你玩的,你就认真。"宝玉道:"你说得那样有情有理,如何是玩话呢?"紫鹃笑道:"那些玩话都是我编的。林家实没了人口,总有也是极远的,族中也都不在苏州住,各省流寓不定。纵有人来接,老太太也必不放去的。"宝玉道:"便老太太放去,我也不依。"紫鹃笑道:"果真的不依?只怕是口里的话。你如今也大了,连亲也定下了,过二三年再娶了亲,你眼睛里还有谁呢?"

宝玉听了,又惊问:"谁定了亲?定了谁?"紫鹃笑道:"年里我就听见老太太说,要定了琴姑娘呢。〔索隐〕仍挽入孔四贞,以四贞当日确有册封东宫王妃之谕。不然那么疼他?"宝玉笑道:"人人只说我傻,你比我更傻!不过是句玩话,他已经许给梅翰林家了。果然定下了他,我还是这个形景么?先时我发誓赌咒砸这劳什子,你都不知道么?我病的刚刚的这几日才好了,你又来怄我。"一面说,一面咬牙切齿的又说道:"我只愿这会子立刻就死了,把心迸出来你们瞧见了,然后连皮带骨一概都化成一股灰,再化成一股烟,一阵大风吹得四面八方都登时散了,〔索隐〕即佛经涅槃寂灭之意。这才好!"一面说,一面又滚下泪来。

紫鹃忙上来握他的嘴,替他擦眼泪,又忙笑解释道:"你不用着急。这原是我心里着急,故来试你。"宝玉听了,更又诧异,问道:"你又着什么急?"紫鹃笑道:"你知道,我并不是林家的人,我也和袭人鸳鸯是一伙的。偏把我给了林姑娘使,偏生他又和我极好,比他苏州带来的还好十倍,一时一刻我们两个离不开。我如今心里却愁,他倘或要去了,我必要跟了他去的。我是合家在这里,我若不去,辜负了我们素日的情长;若去,又弃了本家。所以我疑惑,故说出这诓话来问你,谁知你就傻闹起来。"宝玉笑道:"原来是你愁这个,所以你是傻。从此后再别愁了。我告诉你一句打迭儿的话:活着,咱们一处活着;不活着,咱们一处化灰化烟,如何?"〔索隐〕悼亡遁迹,散屣万乘之意,已于此时基之。紫鹃听了,心下暗暗筹画。忽有人回:"环爷兰哥儿问候。"宝玉道:"就说难为他们,我才睡了,不必进来。"婆子答应去了。

紫鹃笑道:"你也好了,该放我回去瞧瞧我们那一个去了。"宝玉道:"正是这话。我昨夜就要叫你去的,偏又忘了。我已经大好了,你就去罢。"紫鹃听说,方打叠铺盖妆奁之类。宝玉笑道:"我看见你文具里

第五十七回　慧紫鹃情词试莽玉　慈姨妈爱语慰痴颦

头有两三面镜子，你把那面小菱花的给我留下罢。我搁在枕头旁边睡着好照，明日出门带着也轻巧。"紫鹃听说，只得与他留下；先命人将东西送过去，然后别了众人，自回潇湘馆来。

林黛玉近日闻得宝玉如此形景，未免又添些病症，多哭几场。今见紫鹃来了，问其原故，已知大愈，仍遣琥珀去服侍贾母。夜间人静后，紫鹃已宽衣卧下之时，悄向黛玉笑道："宝玉的心倒实，听见咱们去就那样起来。"黛玉不答。紫鹃停了半晌，自言自语的说道："一动不如一静。我们这里就算好人家，别的都容易，最难得的是从小儿一处长大，脾气情性都彼此知道的了。"黛玉啐道："你这几天还不乏？趁这会子不歇一歇，还嚼什么蛆！"紫鹃笑道："这不是白嚼咀，我倒是一片真心为姑娘。替你愁了这几年了，无父母无兄弟，谁是知冷知热的人？趁早儿老太太还明白硬朗的时节，作定了大事要紧。俗语说：'老健春寒秋后热'，倘或老太太一时有个好歹，那时虽也完事，只怕耽误了时光，还不得趁心如意呢。公子王孙虽多，那　个不是三房五妾，今日朝东，明日朝西？要一个天仙来，也不过三夜五夜，也就丢在脖子后头了。〔索隐〕公子王孙尚然如此，而况帝王三千佳丽环列后宫，羊车望幸，永巷空悲，有不得见者三十六载乎！甚至怜新弃旧反目成仇的。若娘家有人有势的还好些，若姑娘这样的人，有老太太一日还好，一日若没了老太太，也只是恐人去欺负罢了。所以说，拿主意要紧。姑娘是个明白人，岂不闻俗语说的：'万两黄金容易得，知心一个也难求。'"

黛玉听了，便说道："这丫头今日可疯了！怎么去了几日，忽然变了一个人？我明日必回老太太退回你去，我不敢要你了。"紫鹃笑道："我说的是好话，不过叫你心里留神，并没叫你去为非作歹，何苦回老太太？叫我吃了亏，又有什么好处？"说着，竟自已睡了。黛玉听了这话，口内虽如此说，心内未尝不伤感，待他睡了，便直哭了一夜，至天明方打了一个盹儿。次日勉强盥漱了，吃了些燕窝粥，便有贾母等亲来看视了，又嘱咐了许多话。

目今是薛姨妈的生日，自贾母起，诸人皆有祝贺之礼。黛玉亦只得备了两色针线送去。〔索隐〕曰"只得"，曰"两色"，大有勉强之意，反振下半回，倍觉有力。是日也定了一本小戏请贾母与王夫人等，独有

《红楼梦》与顺治皇帝的爱情故事

宝玉与黛玉二人不曾去得。至晚散时,贾母等顺路又瞧了他二人一遍,方回房去。次日,薛姨妈家又命薛蝌陪诸伙计吃了一天酒,连忙了三四天方才完结。

因薛姨妈看见邢岫烟生得端雅稳重,且家道贫寒,是个荆钗布裙的女儿,便欲说与薛蟠为妻;因薛蟠素昔行止浮奢,又恐糟蹋了人家女儿。正在踌躇之际,忽想起薛蝌未娶,看他二人恰是一对天生地设的夫妻,〔索隐〕岫烟之许婚薛蝌,或云指鄂水黄媛介事。媛介字皆令,家甚贫,依柳夫人如是绛云楼以居,卖文为活,后归杨世功,伉俪綦笃。因谋之于凤姐儿。凤姐儿笑道:"姑妈素知我们太太有些左性的,这事等我慢谋。"因贾母去瞧凤姐儿时,凤姐儿便和贾母说道:"姨妈有一件事求老祖宗,只是不好启齿的。"贾母忙问何事,凤姐便将求亲一事说了。贾母笑道:"这有什么不好启齿!这是极好的好事。等我和你婆婆说了,怕他不依!"因回房来,即刻就命人来请了邢夫人过来,硬作保山。

邢夫人想了一想,薛家根基不错,且现今大富,薛蝌生得又好,且贾母又作保山,将计就计便应了。贾母十分喜欢,忙命人请了薛姨妈来。二人见了,自然有许多谦辞。邢夫人即刻命人去告诉邢忠夫妇。他夫妇原是来此投靠邢夫人的,如何不依,早极口的说妙极。

贾母笑道:"我最爱管闲事,今日又管成了一件事,不知得多少谢媒钱?"薛姨妈笑道:"这是自然的。总抬了整万银子来,只怕不稀罕。但只一件,老太太既是作媒,还得一位主亲才好。"贾母笑道:"别的没有,我们家折腿烂手的人还有两个。"说着,便命人去叫过尤氏婆媳二人来。贾母告诉他原故,彼此忙都道喜。贾母吩咐道:"我们家里规矩你是尽知的,从没有两亲家争礼争面的。如今你算替我在当中料理,不可太省,也不可太费,把他两家的事周全了回我。"〔索隐〕此处之贾母暗隐柳夫人。皆令之归杨也,一切婚礼奁具俱柳夫人主之。尤氏忙答应了。薛姨妈喜之不尽,回家命写了请帖补送过宁府。尤氏深知邢夫人性情,本不欲管,无奈贾母亲自嘱咐,只得应了,惟忖度邢夫人之意行事。薛姨妈是个无可无不可的人,倒还易说。这且不在话下。

如今薛姨妈既定了邢岫烟为媳,合宅皆知。邢夫人本欲接出岫烟去住,贾母因说:"这又何妨。两个孩子又不能见面,就是姨太太和他一个

第五十七回　慧紫鹃情词试莽玉　慈姨妈爱语慰痴颦

大姑子、一个小姑子,又何妨?况且都是女孩儿,正好亲近些呢。"邢夫人方罢。

那薛蝌岫烟二人前次途中曾有一面之遇,大约二人心中皆如意。只是那岫烟未免比先时拘泥了些,不好与宝钗姊妹共处闲谈;又兼湘云是个爱取笑的,更觉不好意思。幸他是个知书达礼的,〔索隐〕明点知书达礼,以见皆令之娴於笔墨。梅村诗:"鹿门独有卖文钱",亦咏皆令之作。虽是女儿,还不是那种佯羞诈愧一味轻薄造作之辈。

宝钗自那日见他起,想他家业贫寒,二则别人的父母皆是年高有德之人,独他的父母偏是酒糟透了的人,于女儿分中平常;邢夫人也不过是脸面之情,亦非真心疼爱;且岫烟为人雅重,迎春是个老实人,连他自己尚未照管齐全,如何能管到他身上?凡闺阁中家常一应需用之物,或有亏乏,无人照管,他又不与人张口,宝钗倒暗中每相体贴接济,也不敢与邢夫人知道,也恐怕是多心闲话之故。如今却是众人意料之外奇缘,作成这门亲事。岫烟心中先取中宝钗,〔索隐〕世功有妹静仪,亦贤淑工诗,与皆令为文字交。有时仍与宝钗闲话,宝钗仍以姊妹相呼。

这日宝钗因来瞧黛玉,恰值岫烟也来瞧黛玉,二人在半路相遇。宝钗含笑唤他到跟前,二人同走至一块石壁后,宝钗笑问他:"这天还冷的很,你怎么倒全换了夹的了?"岫烟见问,低头不答。宝钗便知道又有了原故,因又笑问道:"必定是这个月的月钱又没得。凤丫头如今也这样没心没计了。"岫烟道:"他倒想着不错日子给的,因姑妈打发人和我说道,一个月用不了二两银子,叫我省一两给爹妈送出去,要使什么,横竖有二姐姐的东西,能搭着些搭着就使了。姐姐想,二姐姐是个老实人,不大留心,我使他的东西,他虽不说什么,他那些妈妈丫头那一个是省事的,那一个是嘴里不尖的?我虽在那屋里,却不敢很使唤他们,过三天五天,我倒得拿些钱出来给他们打酒买点心吃才好。因此一月二两银子还不够使,如今又了了一两,前日我悄悄的把绵衣服叫人当了几吊钱盘缠。"〔索隐〕以上云云,无非形容皆令家况之贫寒。

宝钗听了,愁叹道:"偏梅家又合家在任上,后年才进来。若是在这里,琴儿过去了,好再商议你这事,离了这里就完了。如今不完了他妹妹的事,也断不敢先娶亲的。如今倒是一件难事。再迟两年,我又怕你

《红楼梦》与顺治皇帝的爱情故事

熬煎出病来。等我和妈妈再商议。"宝钗又指他裙上一个碧玉佩问道:"这是谁给你的?"岫烟道:"这是三姐姐给的。"宝钗点头道:"他见人人皆有,独你一个没有,怕人笑话,故此送一个。这是他聪明精细之处。"岫烟又问:"姐姐此时那里去?"宝钗道:"我到潇湘馆去。你且回去把那当票子叫丫头送来,我那里悄悄的取出来,晚上再悄悄的送给你去,早晚好穿,不然风闪着还了得。但不知当在那里了?"岫烟道:"叫做什么'恒舒',是鼓楼西大街的。"宝钗笑道:"这闹在一家去了。伙计们倘或知道了,好说'人没过来,衣裳先到了'。"〔索隐〕雅谑趣语。岫烟听说,便知是他家的本钱,也不答,红了脸一笑,二人走开。

宝钗就往潇湘馆来。恰正值他母亲也来瞧黛玉,正说闲话呢。宝钗笑道:"妈妈多早晚来的?我竟不知道。"薛姨妈道:"我这几日忙,总没来瞧瞧宝玉和他。所以今日瞧他两人,都也好了。"黛玉忙让宝钗坐了,因向宝钗道:"天下的事,真是人想不到的。拿着姨母和大舅母说起,怎么又作一门亲家。"薛姨妈道:"我的儿,你们女孩儿家那里知道?自古道,'千里姻缘一线牵'。管姻缘的有一位月下老人,预先注定,暗里只用一根红丝把这两个人的脚绊住,凭你两家那怕隔着海国呢,若有姻缘的,终久有机会作了夫妇。这一件事却是出人意料之外。凭父母本人都愿意了,或是年年在一处,以为是定了的亲事,若是月下老人不用红丝拴着,再不能到一处。〔索隐〕世祖之与小琬,一则旗汉异籍,二则南北睽隔,三则少长悬殊,且小琬又系有夫之妇,而竟珠联璧合,海誓山盟,演出一番空前绝后的举动,留传人口,岂非咄咄奇事!有缘无缘两说,一影世祖,一影辟疆。比如你妹妹两个的婚姻,此刻也不知在眼前,也不知在山南海北呢。"

宝钗道:"惟有妈妈说话就拉上我们。"一面说,一面伏在母亲怀里笑说:"咱们走罢。"黛玉就笑道:"你瞧,这么大了,离了姨妈他就是个最老道的,见了姨妈他就撒娇儿。"薛姨妈将手摩弄着宝钗,向黛玉叹道:"你这姐姐就和凤哥儿在老太太跟前一样,有了正经事就有话和他商量,没有了事,幸亏他开我的心。我见了他这样,有多少愁不散的!"黛玉听说,流泪叹道:"他偏在这里这样,分明是气我没娘的人,故意来形容我。"宝钗笑道:"妈妈你瞧他这轻狂样儿,倒说我撒娇儿。"薛姨妈

第五十七回　慧紫鹃情词试莽玉　慈姨妈爱语慰痴颦

道："也怨不得他伤心,可怜没父母,到底没个亲人。"又摩着黛玉笑道："好孩子,别哭。你见我疼你姐姐你伤心,你知我心里更疼你呢。你姐姐虽没父亲,到底有我,有亲哥哥,这就比你强了。我每每和你姐姐说,心里很疼你,只是外头不好带出来的。你这里人多嘴杂,说好话的人少,说歹话的人多,不说你无依靠,为人做人可配人疼,只说我们看太太疼你,我们也伏上水去了。"〔索隐〕小琬之不得为后,官中当日或有貌为亲厚,设计以倾陷之者,薛姨妈盖暗指其人。

　　黛玉笑道："姨妈既这么说,我明日就认姨妈做娘；姨妈若是弃嫌,便是假意疼我。"薛姨妈道："你不厌我,就认了。"宝钗忙道："认不得的。"黛玉道："怎么认不得?"宝钗笑道："我且问你,我哥哥还没定亲事,为什么反将邢妹妹先说与我兄弟了,是什么道理?"黛玉道："他不在家,或是属相生日不对,所以先说与兄弟了。"宝钗笑道："不是这样。我哥哥已经相准了,只等来家就放定,也不必提出人来,我说你认不得,叫你细想去。"说着,便和他母亲挤眼儿发笑。

　　黛玉听了,便一头伏在姨薛姨妈身上说道："姨妈不打他我不依!"薛姨妈搂着他笑道："你别信你姐姐的话,他是和你玩呢。"宝钗笑道："真个妈妈明日和老太太求了聘作媳妇,岂不比外头寻的好?"黛玉便拢上来要抓他,口内笑说："你越发疯了!"薛姨妈忙笑劝,用手分开方罢。又向宝钗道："连邢姑娘也还怕你哥哥糟蹋了他,所以给你兄弟,别说这孩子。我断不肯给他。前日老太太要把你妹妹说给宝玉,偏生又有了人家,不然倒是门子好亲事。前日我说定了邢姑娘,老太太还取笑说：'我原要说他的人,谁知他的人没到手,倒被他说了我们一个去了。'虽是玩话,细想来倒也有些意思。我想宝琴虽有了人家,我虽无人可给,难道一句话也不说? 我想你宝兄弟,老太太那样疼他,他又生得那样,若要外头说去,老太太断不中意。不如把你林妹妹定与他,岂不四角俱全?"〔索隐〕一折辱之,一刺探之,母女合谋,而小琬遂堕入玄中矣。

　　黛玉先还怔怔的听,后来见说到自己身上,便啐了宝钗一口,红了脸,拉着宝钗笑道："我只打你! 为什么招出姨妈这些老没正经的话来?"宝钗笑道："这可奇了! 妈妈说你,为什么打我?"紫鹃忙跑来笑道："姨太太既有这主意,为什么不和太太说去?"〔索隐〕太平评谓:

《红楼梦》与顺治皇帝的爱情故事

一语破的,乃李逵骂宋江。吾亦谓姨妈奸诈,紫鹃实已窥其隐,故敢冒险直入,而回目所以以一"慧"字与之。薛姨妈笑道:"这孩子!急什么?想必催着姑娘出了阁,你也要早些寻一个小女婿儿去了?"紫鹃也红了脸,笑道:"姨太太真个倚老卖老的"说着,便转身去了。黛玉先骂:"又与你这蹄子什么相干?"后来见了这样,也笑道:"阿弥陀佛!该,该,该!也臊了一鼻子灰去了。"薛姨妈母女及婆子丫鬟都笑起来。

一语未了,忽见湘云走来,手里拿着一张当票,口内笑道:"这是什么帐篇子?"黛玉瞧了,不认得,地下婆子都笑道:"这可是一件好东西,这个乖不是白教的。"宝钗忙一把接了看时,正是岫烟才说的当票子,忙折了起来。薛姨妈忙说:"那必是那个妈妈的当票了失落了,回来急得他们找。那里得的?"湘云道:"什么是当票子?"众人都笑道:"真真是个呆子,连当票子也不知道。"薛姨妈叹道:"怨不得他,真真是侯门千金,〔**索隐**〕惟其是侯门千金,乃可愚而弄之,暗结上文。而且又小,那里知道这个?那里去看这个?便是家下人有这个,他如何得见?别笑他是呆子,若给你们家的姑娘看了,也都成了呆子。"众婆子笑道:"林姑娘方才也不认得,别说姑娘们。就如宝玉倒是外头常走出去的,只怕也还没见过呢。"薛姨妈忙将原故讲明。

湘云、黛玉二人听了,方笑道:"这人也太会想钱了。姨妈家当铺也有这个不成?"众人笑道:"这又呆了。'天下老鸹一般黑',岂有两样的?"薛姨妈因又问是那里拾的,湘云方欲说时,宝钗忙说:"是一张死了没用的,不知是那年勾了帐的,香菱拿着哄他们玩的。"薛姨妈听了此话是真,也就不问了。一时人来回:"那府里大奶奶过来请姨太太说话呢。"薛姨妈起身去了。

这里屋内无人时,宝钗方问湘云何处拾的。湘云笑道:"我见你令弟媳的丫头篆儿悄悄的递与莺儿。莺儿便随手夹在书里,只当我没看见。我等他们出去了,我偷着看,竟不认得。知道你们都在这里,所以拿来大家认认。"黛玉忙问:"怎么,他也当衣裳不成?既当了,怎么又给你?"

宝钗见问,不好隐瞒他两个,便将方才之事都告诉了他二人。黛玉便道:"兔死狐悲,物伤其类。"不免也要感叹起来了。史湘云听了,便

第五十七回　慧紫鹃情词试莽玉　慈姨妈爱语慰痴颦

动了气说:"等我问着二姐姐去! 我骂那起老婆子丫头一顿,给你们出气何如?"说着,便要走出去。宝钗忙一把拉住,笑道"你又发疯了,还不给我坐下呢!黛玉笑道:"你要是个男人,出去打一个抱不平儿。你又充什么荆轲、聂政,真真好笑!"湘云道:"既不叫问他去,明日也可把他接到咱们院里一处住去,岂不是好?"宝钗笑道:"明日再商量。"说着,人报:"三姑娘四姑娘来了。"三人听说,忙掩了口不提此事。要知端详,且听下回分解。

〔**索隐**〕此回所写之事,以紫鹃一气联络到底,可作为紫鹃正传。相传豫王南下,小琬于兵乱中被掳,辟疆痛不欲生,千方百计访求消息。后以入宫被宠,其事渐露。辟疆奔走四方,以重金觅昆仑奴入都伺隙,卒因宫禁森严,屡举不遂。然谣传渐逼,世祖中心惴惴,虑失重宝,而小琬眷怀故剑之心,亦如离披春草,枯绝复苏。此回中不许提及"林"字,掖住自行船等,实即暗写其事。至小琬晚年,以不得正位为后郁郁而死,当日宫中必有离间愚弄之者,或云即继后博尔济锦氏之母,其事隐秘,莫可考证。书中以薛姨妈隐射之,就地位情势衡度,或者近是。

回目中标题重在"慧""莽""慈""痴"四字。紫鹃之一再试探,正言诳语,相继而进,"慧"字已十分透澈。宝哥之"莽",亦彰彰自明。惟姨妈之设计笼络,貌厚心险,锡以"慈"字嘉名,实是暗中反刺黛玉认贼作父,可谓痴呆已极。作者恐人不悟其旨,特羼入岫烟当票一段,写出孰乖孰呆,应照上文,如桶脱底。

篇末又以"荆轲、聂政"打抱不平暗作红绿隐娘之替代,使慧心人读书得间者自能体会有得。"含情欲说宫中事,鹦鹉前头不敢言",此种将吐复茹,若藏若露之文字,不知执笔握管时费尽几许心血。而百数十年间,千百万读《红楼梦》人无一知其究竟,泄其义蕴者。壁中《尚书》必待伏生发见,数有固然欤?

《红楼梦》与顺治皇帝的爱情故事

全回分一小段、两大段：自开首起至"回任去了，无话"句止，为前回之余波。自"这日宝玉"句起至"又嘱咐了许多话"句止为前一大段，上半回之正文。自"目今是薛姨娘的生日"句起至本回完毕，为后一大段，下半回之正文。

〔太平评〕此回上半回曰"慧"，真慧也。明察宝玉心事，而惜其无主意不留神，而游移一无定，因生出一试。下半回曰"慈"，假慈也。经一试而病几死，知宝黛之必不可分。闻贾母"你放心，不许人说'林'字"之言，知宝黛之必有主者使必不分。钗情急，薛之情同急矣。不杀黛玉，更有何术乎？于是生出一慰；慰之正所以杀之也。殊不知也是呆子，也是上当。《索隐》此评灵光四射，笔曲而达。

〔护花评〕紫鹃正言拒宝玉，使宝玉发呆；诓言试宝玉，致宝玉痰迷。由浅入深，文有层次。

又：借紫鹃问话，补出贾母每日送燕窝，了结前文，一线不漏。又即借吃燕窝，说起明年回去，绝无有心痕迹，真是天衣无缝。

又：紫鹃自言自语，恰是黛玉心事，不便自己说，故借紫鹃代说，如画正午牡丹，无从落笔，借猫眼一丝画出。夹叙邢岫烟姻事，旁衬黛玉之婚姻无就。

又：宝钗替邢岫烟赎当，不但写宝钗之贤，且见迎春之愚呆，众人之势利，邢夫人之薄情，探春之明细，及富贵之不知穷苦。一件极没要紧事，写出无数人情物理。

〔大某评〕紫鹃身上一抹，低声嘱其尊重，凝睇相看，身已半许。宝玉发一回怔，不是不省，正见弗肯莽撞耳。

又：典号"恒舒"，于归之时财已不舒矣。邢岫烟真是贫星照命。

又：此回写宝黛二人之情，纯乎从紫鹃一人身上结撰而出；而紫鹃之真心事主，亦刻露到十分。即以此回为紫鹃作传，亦无不可者。

又：此回仍是癸丑年春季事。

红楼梦与顺治皇帝的爱情故事(三)

张国星◎等编

辽海出版社

《红楼梦》与顺治皇帝的爱情故事

需饮馔铺设之物,所以也甚操劳。

当下荣宁两处主人既如此不暇,并两处执事人等或有人跟随入朝的,或有朝外照理下处事务的,又有先踩踏下处的,也都各各忙乱。因此两处下人无了正经头绪,也都偷安,或乘隙结党,与暂权执事者窃弄威福。荣府只留得赖大并几个管家照管外务。这赖大手下常用几个人已去,虽另委人,都是些生的,只觉不顺手。且他们无知,或赚骗无节,或呈告无据,或荐举无因,种种不善,在在生事,〔索隐〕明写宫中御驾外出,阉寺弄权之象。仕宦家婢仆掀波作浪,不能有此大手笔。也难备述。

又见各官宦家,凡养优伶男女者,一概蠲免遣发,尤氏等便议定,待王夫人回家回明,也欲遣发十二个女孩子。〔索隐〕因国丧而遣散女乐。亦当然之举。又说:"这些人原是买的,如今虽不学唱,尽可留着使唤,只令其教习们自去也罢了。"王夫人因说:"这学戏的倒比不得使唤的,他们也是好人家的女儿,因无能卖了做这事,装丑弄鬼的几年。如今有这机会,不如给他们几两银子盘费,各自去罢。当日祖宗手里都是有这例的。咱们如今损阴坏德,而且还小器。如今虽有几个老的还在,那是他们各有原故,不肯回去的,所以才留下使唤,大了配了我们家里小厮们了。"尤氏道:"如今我们也去问他十二个,有愿意回去的,就带了信儿叫他父母亲来自领回去,给他们几两银子盘缠方妥。倘若不叫上他的亲人来,只怕有混帐人冒名领出去又转卖了,岂不辜负了这恩典。〔索隐〕清沿明制,以放遣宫女为天家一种特恩。或入宫已满十年,或年逾二十四岁以上,由其家族领回择配,然奉行不善,致生冒名捏领,扣留转卖之弊,泽不下逮,此处故揭言之。若有不愿意回去的,就留下。"王夫人笑道:"这话妥当。"

尤氏等遣人告诉凤姐儿。一面说与总理房中,每教习给银八两,令其自便。凡梨香院一应物件,查清记册收明,派人上夜。将十二个女孩子叫他当面细问,倒有一多半不愿意回家的:也说父母虽有,他只以卖我们姊妹为事,这一去还被他卖了;也有父母已亡,或被叔伯兄弟所卖的;也有说无人可投的;也有说恋恩不舍的。所愿去者止有三人。

王夫人听了,只得留下。将愿去者三人皆令其干娘领回家去,单等他亲父母来领;将不愿去者分散在园中使唤。贾母便留下文官自使,〔索

第五十八回 杏子阴假凤泣虚凰
　　　　　　　茜纱窗真情揆痴理

　　话说他三人因见探春等进来,忙将此话按住不提。探春等问候过,大家说笑了一回方散。

　　谁知上回所表的那位老太妃已薨,〔索隐〕老太妃者,当系太宗之妃,世祖之庶母。凡诰命等皆入朝随班按爵守制。敕谕天下:"凡有爵之家,一年内不得筵宴音乐,庶民皆三月不得婚姻。"贾母婆媳祖孙等俱每日入朝随祭,至未正以后方回。在大偏宫,〔索隐〕宫无以大偏名者,藉示为妃嫔之丧。二十一日后,方请灵入先陵,地名孝慈县。这陵离都来往得十来日之功,如今请灵至此,还要停放数日,方入地宫,故得一月光景。宁府贾珍夫妻二人,也少不得是要去的。两府无人,因此大家计议,家中无主,便报了尤氏产育,将他腾挪出来,协理荣宁两处事件。

　　因托了薛姨妈在园内照管他姊妹丫鬟,薛姨妈只得也挪进园来。因宝钗处有湘云香菱;李纨处目今李婶母虽去,然有时亦来往,三五日不定,贾母又将宝琴送与他去照管;迎春处有岫烟;探春因家务冗杂,且不时有赵姨娘与贾环来嘈聒,甚不方便;惜春处房屋狭小,况贾母又千叮咛万嘱咐托他照管林黛玉,薛姨妈素性也最怜爱他的,今既巧遇这事,便挪至潇湘馆来和黛玉同房,〔索隐〕继后博尔济锦氏之母或奉宣召入宫照料,曾与董鄂妃同起居。一应药饵饮食十分经心。黛玉感戴不尽,以后便亦如宝钗之称呼,连宝钗前亦直以姐姐呼之,宝琴前直以妹妹呼之,俨似同胞共出,较诸人更似亲切。贾母见如此,也十分喜悦放心。

　　薛姨妈只不过照管他姊妹,禁约的丫鬟辈,一应家中大小事务也不肯多口。尤氏虽天天过来,也不过应名点卯,亦不肯乱作威福;且他家内上下也只剩他一人料理,再者每日还要照管贾母王夫人的下处一应所

第五十八回　杏子阴假凤泣虚凰　茜纱窗真情揆痴理

隐〗书中以史太君隐孝庄文皇后。"文"与"史"为一义，其例可通。犹恐读者不瘍，故于分配女伶之际而曰："留下文官自使"，金针暗渡，线迹分明。将正旦芳官指与宝玉，将小旦蕊官送了宝钗，将小生藕官指与了黛玉，〖索隐〗藕者，偶也。此回注重在假凤泣虚凰，故以藕官分给黛玉为一影子。文心静细，虚实兼列。将大花面葵官送了湘云，将小花面豆官送了宝琴，将老外艾官与了探春，尤氏便讨了老旦茄官去。当下各得其所，就如倦鸟出笼，每日园中游戏。众人皆知他们不能针黹，不惯使用，皆不大责备。其中或有一二个知事的，愁将来无应时之技，亦将本技丢开，便学起针黹纺绩女工诸务。

一日正是朝中大祭，贾母等五更便去了，下处用些点心小食，然后入朝，早膳已毕，方退至下处歇息。用过早饭，略歇片刻，复入朝侍中晚二祭，方出至下处歇息，用过晚饭方回家。可巧这下处乃是一个大官的家庙，乃比丘尼梵修，房舍极多极净。东西二院，荣府便赁了东院，北静王府便赁了西院。太妃王妃每日晏息，见贾母等在东院，彼此同出同入，都有照应。外面诸事，不消细述。

且说大观园内因贾母王夫人天天不在家内，又送灵去一月方回，各丫鬟婆子皆有闲空，多在园内游玩。更又将梨香院内服侍的众婆子一概撤回，便散在园内听使，更觉园内人多了几十个。因文官等一干人或心性高傲，或倚势陵下，或拣衣挑食，或口角锋芒，大概不安分守己者多。因此众婆子含怨，只是口中不敢与他们分争。如今散了学，大家趁了愿，也有丢开手的，也有心地狭窄犹怀旧怨韵，因将众人皆分在各房名下，不敢来厮侵。

可巧这日乃是清明之日，贾琏已备下年例祭祝，带领贾环、贾琮、贾兰三人去往铁槛寺祭柩烧纸。宁府贾蓉也同族中人各处祭祀前往。因宝玉病未大愈，故不曾去得。饭后发倦，袭人因说："天气甚好，你且出去逛逛，省得丢下粥碗就睡，存在心里。"宝玉听说，只得拄了一支杖，跐着鞋，走出院来。因近日将院子分与众婆子料理，各司各业，皆在忙时，也有修竹的，也有剥树的，也有栽花的，也有种豆的，池中间又有驾娘们行着船夹泥的种藕的。湘云、香菱、宝琴与些丫鬟等都坐在山石上，瞧他们取乐。宝玉也慢慢行来。湘云见了他来，忙笑说："快把这船

《红楼梦》与顺治皇帝的爱情故事

打出去,他们是接林妹妹的。"众人都笑起来。宝玉红了脸,也笑道:"人家的病,谁是故意的,你也形容着取笑儿?"湘云笑道:"病也比人家另一样,〔**索隐**〕王曰:寡人有疾,寡人好色。原招笑儿,反说起人来。"说着,宝玉便也坐下,看着众人忙乱了一回。湘云因说:"这里有风,石头上又冷,坐坐去罢。"

宝玉也正要去瞧黛玉,起身拄杖辞了他们,从沁芳桥堤上一带走来。只见柳垂金线,桃吐丹霞,山石之后,一株大杏树花已全落,叶稠阴翠,上面已结了豆子大小的许多小杏。〔**索隐**〕春女多感,秋士善悲,触景伤神,此《影梅庵忆语》之所由作也。宝玉因想道:"才病了几天,竟把杏花辜负了!不觉倒'绿叶成阴子满枝'了。"因此仰望杏子不舍。又想起邢岫烟已择了夫婿一事,虽说男女大事不可不行,但未免又少了一个好女儿。不过二年,便也要"绿叶成阴子满枝"了。再几日,这杏树子落枝空;再几年,岫烟也不免乌发如银,红颜似槁了。因此不免伤心,只管对杏叹息。正想叹时,忽有一个雀儿飞来,落于枝上乱啼。宝玉又发了呆性,心下想道:"这雀儿必定是杏花正开时他曾来过,今见无花空有了叶,故也乱啼。这声韵想是啼哭之声,〔**索隐**〕闲间逗起下文"哭冥"一节,如画家布景烘云托月,神采倍觉生动。可恨公冶长不在眼前,不能问他。但不知明年再发时,这个雀儿可还记得飞到这里来与杏花一会不能?"〔**索隐**〕设想奇绝,文笔至此作一停顿,有万木无声待雨来之势。

正胡思间,忽见一股火光从山石那边发出,将雀儿惊飞。宝玉吃了一惊,又听外边有人喊道:"藕官,你要死,怎么弄些纸钱进来烧?我回奶奶们去,仔细你的肉!"宝玉听了,益发疑惑起来。忙转过山石看时,只见藕官满面泪痕,蹲在那里,手内还拿着火煤,守着些纸钱灰作悲。〔**索隐**〕入"假凤泣虚凰"一段,不落一平笔,不着一呆语,比如《货殖》《平准》《游侠》诸篇,为司马迁自己得意文字。宝玉忙问道:"你与谁烧纸钱?快不要在这里烧。你或是为父母兄弟,你告诉我名姓,外头去叫小厮们打了包袱写上名姓去烧。"

藕官见了宝玉,只不做一声。宝玉数问不答,忽见一个婆子恶狠狠的走来拉藕官,口内说道:"我已经回了奶奶们,奶奶们气得了不得。"

第五十八回　杏子阴假凤泣虚凰　茜纱窗真情揆痴理

藕官听了，终是孩气，怕辱没了没脸，便不肯去。婆子道："我说你们别太兴头过余了，如今还比得你们在外头乱闹呢？这是尺寸地方儿。"指着宝玉道："连我们的爷还守规矩呢，〔索隐〕小人偶尔得势，便忘其所以，言出无状，描写愚蠢老妪入木三分。你是什么阿物儿，跑来胡闹。怕也不中用，跟我快走罢！"宝玉忙道："并没烧纸钱，原是林妹妹叫他烧那烂字纸的。你没看真，反错告了他。"

藕官正没了主意，见了宝玉，也正添了畏惧，忽听他反替遮掩，心中转忧成喜，也便硬着口说道："你看真是纸钱儿么？我烧的是林姑娘写坏的字纸！"〔索隐〕小琬后来身世恰有素丝墨染之悲，故特用林姑娘写坏的字纸为言，意存讽刺。那婆子便弯腰向纸灰中拣出不曾化尽的遗纸在手内，说道："你还嘴硬，有证又有凭，只和你厅上讲去！"说着，拉了袖子，拽着要走。宝玉忙拉藕官，又用拄杖隔开那婆子的手，说道："你只管拿了回去。实告诉你，我昨夜作了一梦，梦见杏花神向我要一挂白钱，不可叫本房人烧，另叫生人替烧，我的病就好得快了。所以我请了白钱，巴巴的烦他来替我烧了，我今日才能起来。偏你又看见了，这会子又不好了，都是你冲了！还要告他去？藕官，你只管见他们去，就依着这话说。"

藕官听了，越得主意，反拉着要走。那婆子忙丢下纸钱，陪笑央告宝玉说道："我原不知道，若回太太，我这人岂不完了？"宝玉道："你也不许再回，我便不说。"婆子道："我已经回了，原叫我带他，只好说他被林姑娘叫去了。"宝玉点头应允，婆子自去。

这里宝玉细问藕官："为谁烧纸？必非父母兄弟，定有私自的情理。"藕官因方才护庇之情，心中感激，知他是自己一流人物，〔索隐〕"假凤泣虚凰"之说，本为辟疆、小琬作喻，详见本回总评。此处藕官自系辟疆替身，其云是自己一流人物者，世祖虽托生为帝王，而爱妃一死，不惜遁迹荒山，以神器殉爱情，风流天子千秋无两，便厕迹儒林，与三吴水绘之流雍容裘马选色征歌，未必不把臂言欢，引为个中知己也。况再难隐瞒，便含泪说道："我这事，除了你屋里的芳官合宝姑娘的蕊官，并没第三个人知道。今日忽然被你撞见，这意思少不得也告诉了你，只不许再对一人言讲。"又哭道："我也不便和你面说，你只回去背人悄

《红楼梦》与顺治皇帝的爱情故事

悄问芳官就知道了。"说毕,怏怏而去。〔索隐〕偏不直说,以便蹴起以下波澜。文心如江流九转。

宝玉听了,心下纳闷,只得踱到潇湘馆,瞧黛玉越发瘦得可怜,问起来,比往日大好了些。黛玉见他也比先大瘦了,想起往日之事,不免流下泪来,些微谈了一谈,便催宝玉去歇息调养。

宝玉只得回来,因记挂着要问芳官原委,偏有湘云、香菱来了,正和袭人芳官一处说笑,不好叫他,恐人又盘诘,只得耐着。一时芳官又跟了他干娘去洗头;他干娘偏又先叫他亲女儿洗过,才叫芳官洗。〔索隐〕又作停顿,舒徐为妍。芳官见了这般,便说他偏心,"把你女儿的剩水给我洗。我一个月的月钱都是你拿着,沾我的光不算,反倒给我残东剩西么"。他干娘羞恼变成怒,便骂道:"不识抬举的东西!怪不得人人都说戏子没一个好缠的。凭你什么好的,入了这一行,都学坏了。这一点子小崽子,也挑幺挑六,咸嘴淡舌,咬群的骡子似的!"〔索隐〕琐琐碎碎,恰肖恶媪口吻。娘儿两个吵起来。袭人忙打发人去说:"少胡闹,瞧着老太太不在家,一个个连句安静话也都不说了。"晴雯因说:"这是芳官不省事,不知狂的什么,也不过是会两出戏,倒像杀了贼王,擒过反叛来的。"袭人道:"一个巴掌拍不响,老的也太不公些,小的也太可恶些。"宝玉道:"怨不得芳官。自古说:'物不平则鸣',他失亲少眷的,在这里没人照看,赚了他的钱,又作践他,如何怪得?"〔索隐〕各人所说皆言之有故,持之成理,而神气又一丝不走,此为写生能手。又向袭人说:"他到底一月多少钱?以后不如你收了过来照管他,岂不省事?"袭人道:"我要照看他,那里不照看了,又要他那几个钱才照看他?没的讨人骂去了。"

说着,便起身至那屋里取了一瓶花露油、鸡蛋、香皂、头绳之类,叫了一个婆子来送给芳官去,叫他另要水自洗,不要吵闹了。他干娘越发羞愧了,说芳官"没良心,只说我克扣你的钱。"便向他身上拍了几下,芳官便哭起来。宝玉便走出来,袭人忙劝:"做什么?我去说他。"晴雯忙先过来,指他干娘说道:"你这么大年纪,太不懂事。你不给他好好的洗,我们才给他东西,你自己不臊,还有脸打他?他要是还在学里学艺,你也敢打他不成!"那婆子便说:"一日叫娘,终身是母。他排揎

第五十八回　杏子阴假凤泣虚凰　茜纱窗真情揆痴理

我,我就打得!"袭人唤麝月道:"我不会和人拌嘴,晴雯性太急,你快过去震吓他两句。"

麝月听了,忙过来说道:"你且别闹。我且问你,别说我们这一处,你看满园子里,谁在主子屋里教导过女儿的?就是你的亲女儿,既经分了房,有了主子,自有主子打骂,再者大些的姑娘姐姐们也可以打得骂得,谁许你老子娘又半中间管起闲事来了?都这样管,又要叫他们跟着我们学什么?越老越没了规矩!你见前日坠儿的妈来吵,你如今也来跟他学。你们放心,因连日这个病那个病,再老太太又不得闲,所以我也没有去回。等两日咱们痛回一回,大家把这威风杀一杀才好呢!况宝玉才好了些,连我们也不敢说话,你反打得人神号鬼哭的。上头出了几日门,你们就无法无天的,眼珠子里就没了人了;再两天你们就该打我们了。他也不要你这干娘,怕粪草埋了他不成?"

宝玉恨得拿拄杖打着门槛子说道:"这些老婆子都是铁心石肠似的,真是大奇事,不能照看,反倒折挫他们,地久天长,如何是好?"晴雯道:"什么'如何是好'都撵了出去,不要这些中看不中吃的!"〔索隐〕以上一大篇文字如急管繁弦,吴俞楚些,曲终三日,余音绕梁。

那婆子羞愧难当,一言不发。那芳官身穿着海棠红的小绵袄,底下绿绸洒花夹裤,敞着裤腿,一头乌油似的头发披在脑后,哭得泪人一般。麝月笑道:"把个莺莺小姐反弄成才拷打完的红娘了!〔索隐〕以趣语收束。这会子又不装扮了,还是这么着。"晴雯因走过去拉了他,替他洗净了发,用手巾绞干,松松的挽了一个慵装髻,命他穿了衣服过这边来。

接着司内厨的婆子来问:"晚饭有了,可送不送?"小丫头听了,进来问袭人。袭人笑道:"方才胡吵了一阵,也没留心听得几下钟了。"晴雯道:"这劳什子又不知怎么了,又得去收拾。"说着,拿过表来瞧了一瞧,说道:"再略等半钟茶的工夫就是了。"小丫头去了。麝月笑道:"提起淘气来,芳官也该打两下儿。昨日是他摆弄了那坠子,半日就坏了。"说话之间,便将食具打点现成。

一时小丫头儿捧了盒子进来站住,晴雯、麝月揭开看时,还是这四样小菜。晴雯笑道:"已经好了,还不给两样清淡菜吃。这稀饭咸菜闹到多早晚?"一面摆好,一面又看那盒中,却有一碗火腿鲜笋汤,忙端了放

《红楼梦》与顺治皇帝的爱情故事

在宝玉跟前。宝玉便就桌上呷了一口,说道:"好汤!"众人都笑道:"菩萨,能几日没见荤腥儿,馋得这样起来!"一面说,一面端起来轻轻用口吹着。因见芳官在侧,便递与芳官,说道:"你也学些服侍,别一味傻玩傻睡。口儿轻着些,别吹上唾沫星儿。"芳官依言,果吹了几口甚妥。

他干娘也端饭在门外伺候,向里忙跑进来笑道:"他不老成,仔细打了碗,让我吹罢。"一面说,一面就接。晴雯忙喊道:"快出去!你让他打了碗,也轮不到你吹。你什么空儿跑到里面儿来了?"一面又骂小丫头们:"瞎了眼的,他不知道,你们也该说给他!"小丫头们都说:"我们撵他不出去,说他又不信。如今带累我们受气,这是何苦呢?你可信了?我们到的地方儿有你到的一半儿,那一半儿是你到不去的呢。何况又跑到我们到不去的地方还不算,又去伸手动嘴的了。"一面说,一面推他出去。阶下几个等空盒家伙的婆子见他出来,都笑道:"嫂子也没有用镜子照一照,就进去了。"羞得那婆子又恨又气,只得忍耐下去了。

芳官吹了几口,宝玉笑道:"你尝尝好了没有?"芳官当是玩话,只是笑着看袭人等。袭人道:"你就尝一口何妨?"晴雯笑道:"你瞧我尝。"说着便呷一口。芳官见如此,他便尝了一口,说:"好了。"〔**索隐**〕吹汤是春云一展,尝汤是春云再展,文情妍媚,不露丝毫竭蹶之形。递与宝玉呷了半碗,吃了几片笋,又吃了半碗粥就罢了。众人便收出去。小丫头捧沐盆漱盥毕,袭人等去吃饭。宝玉使个眼色与芳官,芳官本来伶俐,又学了几年戏,何事不知?便装肚子疼,不吃饭了。袭人道:"既不吃,在屋里做伴儿,把粥留下,你饿了再吃。"说着去了。

宝玉将方才见藕官,如何诓言庇护,如何藕官叫我问你,细纽的告诉一遍,又问他祭的果系何人。芳官听了,眼圈儿一红,又叹一口气道:"这事说来,藕官儿也是胡闹。"〔**索隐**〕虚冒一笔,得神得势,是急脉缓受法。宝玉忙问如何。芳官道:"他祭的就是死了的药官儿。"宝玉道:"他们两个也算朋友,也是应当的"。芳官道:"那里又是什么朋友呢?那都是傻想头。〔**索隐**〕堂堂大丈夫不能庇护一床头人,仅于鸿飞鹄去后痴心凭吊,亦何益哉?以"傻想头"三字罪辟疆,言外有无穷寄托。他是小生,药官是小旦,往常时他们扮作两口儿,每日唱戏的时,

第五十八回　杏子阴假凤泣虚凰　茜纱窗真情揆痴理

候都装着那么亲热，一来一去两个人就装糊涂了，倒像真的一样儿，后来两个竟是你疼我我爱你。药官儿一死，他就哭的死去活来的，到如今不忘，所以每节烧纸。后来补了蕊官，我们见他也是那样，就问他为什么得了新的就把旧的忘了，〔索隐〕辟疆晚年再娶，作者援《春秋》责备贤者之意，于双方俱有微词。他说：'不是忘了，比如人家男人死了女人，也有再娶的，只是不把死的丢过不提，就是有情分了。'你说他是傻不是呢？"

宝玉听了这呆话，独合了他的呆性，不觉又喜又悲，又称奇道绝，拉着芳官嘱咐道："既如此说，我有一句话嘱咐你，须得你告诉他，以后断不可烧纸。逢时按节只备一炉香，一心虔诚，就能感应了。我那案上也只设着一个炉，我有心事，不论日期，时常焚香。随便新水新茶也供一盏，或有鲜花鲜果，甚至荤腥素菜都可，只在敬心，不在虚名。〔索隐〕此论固然，然仕人之心已随沙吒利而俱去，名既不存，心亦不附。哀哀冒子，天实为之，谓之何哉！以后快命他不可再烧纸。"芳官听了，便答应着。一时吃过粥，便有人回："老太太回来了。"要知端的，且看下回分解。

〔索隐〕此回标目"假凤虚凰"四字极可玩味，盖自琬君被掳失踪，辟疆眷念故剑，恻恻寡欢。碧落黄泉，既穷鸿都搜求之术；搴帏揽锦，弥增奉倩形影之悲。疑其生也，则钗钿半股，消息久湮；疑其死也，则罗袜一钩，埋香何处？于是岁时伏腊，纸钱一挂，清泪双行，以春蚕未死之心，为为位长空之祭，事之固有，情所不禁。作者以玲珑剔透之心，驱宛转如意之笔，记迷离惝恍之事，成哀感顽艳之文，所谓人奇事奇而文亦奇也。水绘数年，俨如昙花一现；侯门深入，从此萧郎陌路。旧尘影事遗迹如烟，曰"假凤虚凰"，皮之不存，毛将安附？顾以假者与彼，而以真者属此，一予一夺之际，其有隐讽乎？

　　全回共分四段：自"话说"句起至"也难备述"句止，以太妃薨逝之故，而荣宁二府举室前往送丧，为第一段。自"又见各官宦家"句起至"不消细述"句止，以国丧期年之故，而

《红楼梦》与顺治皇帝的爱情故事

于是议遣女伶,派分各处,为第二段。自"且说大观园内"句起至"怏怏而去"句止,以女伶分散之故,而于是藕官树下焚钱,独自垂泪,为第三段。自"宝玉听了"句起至本回完毕,以私祭可疑之故,而于是宝玉转辗设法探询芳官,为第四段。实皆层累而下,衔接一气,四段如一段也。

前半设想奇幻,如夏云起于天半,后半波澜叠起,如匡庐九曲,愈转愈引人入胜。其叙藕官私祭一层,始终不用一直笔;描写各人口吻神气身分累黍不爽,尤为神乎其技。此在全部书中亦作者矜心作意,极美满淋漓之文字,读者须焚香煮茗,屏人息念,甜吟密咏,以领略其旨趣。

〔**太平评**〕此回幻中弄幻,影外生影,兴会淋漓文字也。而总着重在黛玉一人,不惟虚凰痴理,立意特奇,即说雀儿说杏树,无非不可思议。

〔**护花评**〕湘云打出船去趣语,可谓善谑,又照应上回。

又:宝玉拄杖行去,是病后初愈光景,且即借以隔开婆子手并打着门槛之用,更为细密。

又:芳官与干娘拌嘴,衬起下文嗔莺叱燕事。

〔**大某评**〕晴雯教芳官吹汤,嘱其轻着,勿吹上唾沫,岂知宝玉馋痨,每爱女儿唾沫,晴雯似杀风景,要亦就中更有深意耶?

第五十九回　苕叶渚边嗔莺叱燕
　　　　　　绛云轩里召将飞符

　　话说宝玉闻得贾母等回来，随多添了一件衣服，挂了杖前边来，都见过了。贾母等因每日辛苦，都要早些歇息，一宿无话。次日五鼓，又往朝中去。

　　离送灵日不远，鸳鸯、琥珀、翡翠、玻璃四人都忙着打点贾母之物，玉钏、彩云、彩霞皆打点王夫人之物，当面查点与跟随的管事媳妇们。跟随的一共大小六个丫鬟、十个老婆媳妇子，男人不算。连日收拾驮轿器械。鸳鸯与玉钏儿皆不随去，只看屋子。一面先几日预备帐幔铺陈之物，先有四五个媳妇并几个男子领了出来，坐了几辆车绕道先至下处，铺陈安插等候。

　　临日，贾母带着贾蓉媳妇坐一乘驮轿，王夫人在后亦坐一乘驮轿，贾珍骑马率领众家丁卫护。又有几辆大车与婆子丫头等坐，并放些随换的衣包等件。是日薛姨妈、尤氏率领诸人直送至大门外方回。贾琏恐路上不便，一面打发他父母起身，赶上了贾母王夫人驮轿，自己也随后带领家丁押后跟来。

　　荣府内赖大添派人丁上夜，将两处厅院都关了，一应出入人等皆走西边小角门。日落时，便令关了仪门，不放人出入。园中前后东西角门亦皆关锁，只留王夫人大房之后常系他姊妹出入之门、东边通薛姨妈的角门。这两门因在里院，不必关锁。里面鸳鸯和玉钏儿也将上房关了，自领丫鬟婆子下房去歇。每日林之孝家的带领十来个老婆子上夜，穿堂内又添了许多小厮打更，已安插得十分妥当。〔索隐〕总结一笔，反振起以下数回情事。

《红楼梦》与顺治皇帝的爱情故事

　　一日清晓，宝钗春困已醒，搴帷下榻，微觉轻寒，及启户视之，见院中土润苔青，原来五更时落了几点微雨。〔**索隐**〕此处必由宝钗领起者，因宝钗本影继后博尔济锦氏，车驾外出，宫中之事自以继后负其责任，《春秋》之义如此。于是唤起湘云等人来，一面梳洗。湘云因说两腮作痒，恐又犯了杏斑癣，因问宝钗要些蔷薇硝擦。〔**索隐**〕湘云亦影长平公主。思宗殉国时，公主一臂被断，每居阴雨辄作酸痛，故以两腮作痒及犯杏斑癣等暗相影射。宝钗道："前日剩的都给了妹子了。"因说："颦儿配了许多，我正欲要他些来，因今年竟没发痒，就忘了。"因命莺儿去取些来。莺儿应了才去时，蕊官便说："我同你去，顺便瞧瞧藕官。"〔**索隐**〕回顾上文，令痴理一段不寂寞。说着，一径同莺儿出了蘅芜院。"

　　二人你言我语，一面行走，一面说笑，不觉到了杏叶渚，顺着柳堤走来。因见叶才点碧，丝若垂金，莺儿便笑道："你会拿这柳条子编东西不会？"蕊官笑道："编什么东西？"莺儿道："什么编不得？玩的使的都可。等我摘些下来，带着这叶子编一个花篮，探了各色花儿放在里头，才是好玩呢。"说着，且不去取硝，就伸手采了许多嫩条，命蕊官拿着。他却一行走一行编花篮，随路见花便采一二枝，编出一个玲珑过梁的篮子。枝上自有本来翠叶满布，将花放上，却也别致有趣。喜得蕊官笑说："好姐姐，给了我罢。"莺儿道："这一个咱们送林姑娘，〔**索隐**〕编之义为编，编之声为贬；结络以结宝玉，编柳以编黛玉。小琬之不得为后，博尔济锦之得以继选，意当日侍婢中必有为之密谋定计者，莺儿即其人欤？回来咱们再多采些，编几个大家玩。"说着，来至潇湘馆中。

　　黛玉也正晨妆，见了这篮子，便笑道："这个新鲜花篮是谁编的？"莺儿说："我编了送与林姑娘玩的。"黛玉接了笑道："怪道人人赞你的手巧！〔**索隐**〕一编一结，具见手段。这玩意儿却也别致。"一面瞧了，一面便叫紫鹃挂在那里。莺儿又问候薛姨妈，方和黛玉要硝。黛玉忙命紫鹃去包了一包，递与莺儿。黛玉又说道："我好了，今日要出去逛逛。你回去说与姐姐，不用过来问候妈了，也不敢劳他过来，我梳了头，同妈都往你那里去吃饭，大家热闹些。"

第五十九回　柳叶渚边嗔莺叱燕　绛云轩里召将飞符

莺儿答应了出去，便到紫鹃房中找蕊官。只见蕊官却与藕官二人正说得高兴，不能相舍，莺儿便笑说："姑娘也去呢，藕官先同去等着岂不是好？"紫鹃听见如此说，便也说着："这话倒是，他这里淘气的可厌。"一面说，一面便将黛玉的匙箸用了一块洋布包了，交与藕官道："你先带了这个去，也算一趟差了。"〔索隐〕点明为官中之事。

藕官接了，笑嘻嘻同他二人出去，一径顺着柳堤走来。莺儿便又采些柳条，索性坐在山石上编起来，又命蕊官先送了硝去再来。他二人只顾爱看他编，那里舍得去？莺儿只管催说："你们再不去，我也不编了。"藕官便说："同你去了再快回来。"二人方去了。

这里莺儿正编，只见何妈的女儿春燕走来，笑问："姐姐编什么呢？"正说着，蕊官藕官也到了。春燕便问藕官道："前日你到底烧了什么纸？"〔索隐〕又回顾上文，令虚凰一段亦不寂寞。被我姨妈看见了，要告你没告成，倒被宝玉赖了他好些不是，气得他一五一十告诉我妈。你们在外头二三年了，积了些什么仇恨，如今还不解开？"藕官冷笑道："有什么仇恨？他们不知足，反怨我们了。在外头这两年，不知赚了我们多少东西。你说说可有的没的？"

春燕笑道："他是我的姨妈，也不好向着外人反说他的。怨不得宝玉说：'女孩儿未出嫁，是颗无价宝珠；出了嫁，不知怎么就变出许多不好的毛病儿来；再老了，更不是珠子，竟是鱼眼睛了。分明一个人，怎么变出三样来？'这话虽是混帐话，想起来真不错。别人不知道，只说我妈和姨妈，他老姐儿两介，如今越老了越把钱看得真了。先是老姐儿两个在家抱怨没个差使进益，幸亏有了这园子，把我挑进来，可巧把我分到怡红院。家里省了我一个人的费用不算外，每月还有四五百钱的余剩，这也还说不够。后来老姐儿两个都派到梨香院去照看他们，藕官认了我姨妈，芳官认了我妈，这几年着实宽绰了。如今搬进来也算丢开手了，还只无厌。你说好笑不好笑？接着我妈和芳官又吵了一场，又要给宝玉吹汤，讨个没趣儿。幸亏园里的人多，没人记得清楚谁是谁的亲故，若有人记得我们一家子，叫人家看着什么意思呢？你这会子又跑了来弄这个，这一带地方上的东西都是我姑妈管着，他一得了这地，每日起早睡

《红楼梦》与顺治皇帝的爱情故事

晚,自己辛苦了还不算,每日逼着我们来照看,生怕有人糟蹋,〔索隐〕清初入关,八旗有功之人得于畿辅五百里内走马圈地,置庄户以管领之。当时各豪族王公贪鄙狠戾,或有如书中所纪之情形。我又怕误了我的差使。如今我们进来了,老姑嫂两个照看得谨谨慎慎,一根草也不许人乱动,你还掐这些好花儿,又折的他嫩树枝子?他们即刻就来,仔细他们抱怨。"

莺儿道:"别人折掐使不得,独我使得。自从分了地基之后,各房里每日皆有分例的,不用算,单算花草玩意儿,谁管什么,每日谁就把各房里姑娘丫头带的,必要各色送些折枝去,另有插瓶的。惟有我们姑娘说了:'一概不用送,等要什么再和你要。'究竟总没要过一次。我今便掐些,他们也不好意思说的。"

一言未了,他姑妈果然拄了拐杖前来。莺儿春燕等忙让坐。那姑妈见采了许多嫩枝,又见藕官等采了许多鲜花,心里便不受用;看着莺儿编弄,又不好说什么,便对春燕道:"我叫你来照看照看,你就贪着玩不去了。倘或叫起你来,你又说我使了你,拿我作隐身草儿,你来乐。"春燕道:"你老人家又使我,又怕,这会子反说我。难道把我劈分瓣子不成?"莺儿笑道:"姑妈,你别信小燕儿的话。这都是他摘下来,烦我给他编,我撺他也不去。"春燕笑道:"你可少玩儿,你只顾玩,他老人家就认真的。"

那婆子本是愚笨之辈,兼之年迈昏聩,惟利是命,〔索隐〕"年迈昏聩,惟利是命"八字点题。一概情面不管。正心疼肝断,无计可施,听莺儿如此说,便倚老卖老,拿起拄杖向春燕身上击了几下,骂道:"小蹄子!我说着你,你还和我强嘴儿呢。你妈恨得牙痒痒,要撕你的肉吃呢,你还和我梆子似的。"打得春燕又愧又急,因哭道:"莺儿姐姐玩话,你就认真打我。我妈为什么恨我?又没烧糊了洗脸水,有什么不是!"

莺儿本是玩话,忽见姑妈认真动了气,忙上前拉住笑道:"我才是玩话,你老人家打他,这不是臊我了么?"那姑妈道:"姑娘,你别管我们的事;难道为姑娘这里,不许我们管孩子不成?"莺儿听这般蠢话,便赌气红了脸,撒了手冷笑道:"你要管,那一刻管不得,偏我说了一句玩话

第五十九回　荇叶渚边嗔莺叱燕　绛云轩里召将飞符

就管他了？我看你管去！"说着便坐下，仍编柳篮子。

偏又春燕的娘出来找他，说道："你不来舀水，在那里做什么？"他姑妈便接声儿道："你来瞧瞧，你女孩儿连我也不服了，在这里排揎我呢！"那婆子一面走过来说："姑奶奶，又怎么了？我们丫头眼里没娘罢了，连姑妈也没了不成？"莺儿见他娘来了，只得又说原故。他姑妈那里容人说话，便将石上的花柳与他娘瞧道："你瞧瞧，你女孩儿这么大孩子玩的。他领着人糟蹋我，我怎么说人？"

他娘也正为芳官之气未平，又恨春燕不遂他的心，便走上来打了个耳刮子，骂道："小娼妇！你能上了几年台盘？你也跟着那起轻薄浪小妇学。怎么就管不得你们了？干的我管不得，你是我自己生出来的，难道也不敢管你不成！〔索隐〕此隐指旗汉之分。清制汉人词讼归地方官审理，八旗将军都统仅得管辖所在之旗民。此云"干的我管不得，你是我自己生出来的，难道也不敢管你不成"。又云"跟着那起轻薄浪小妇学"，盖因不得逞于汉人，怨而诅咒之词。既是你们这起蹄子到得去的地方我到不去，你就死在那里伺候，又跑出来浪汉子！"一面又拿起柳条子来，直送到他脸上，问道："这叫做什么？这编的是你娘的什么！"莺儿忙道："那是我们编的，你别指桑骂槐的。"那婆子深妒袭人晴雯一干人，早知道凡房中大些的丫鬟都比他们有些体统权势，凡见了这一干人，心中又畏又让，未免又气又恨，亦且迁怒于众，复又看见了藕官又是他姐姐的冤家，四处凑成一股怨气。

那春燕啼哭着往怡红院去了。他娘又恐问他为何哭，怕他又说出来，又要受晴雯等的气，不免赶着来喊道："你回来！我告诉你再去。"春燕那里肯回来，急得他娘赶了去要拉他。春燕回头看见，便也向前飞跑。他娘只顾赶他，不防脚下被青苔滑倒，引得莺儿三个人反都笑了。莺儿赌气将花柳皆掷于河中，自回房去。这里把个婆子心疼的只念佛，又骂："促狭小蹄子！糟蹋了花儿，雷也是要劈的！"自己且掐花与各房送去。

却说春燕一直跑入院中，顶头遇见袭人往黛玉处问安去。春燕便一把抱住袭人说："姑娘救我！我娘又打我呢。"袭人见他娘来了，不免生气，便说道："三日两头儿打了干的打亲的，这是卖弄你女孩儿多，还是

《红楼梦》与顺治皇帝的爱情故事

认真不知王法?"这婆子来了几日,见袭人不言不语是好性儿的,便说道:"姑娘你不知道,别管我们闲事。都是你们纵的,还管什么?"〔索隐〕或有以当时临民之官多姑息轻纵为言者。说着,便又赶着打。袭人气得转身进来。见麝月正在海棠下晾手巾,听得如此喊闹,便说:"姐姐别管,看他怎样!"一面使眼色与春燕,春燕便会意,直奔了宝玉去。众人都笑说:"这可是从来没有的事,今儿都闹出来了。"

麝月向婆子道:"你再略杀一杀气儿,难道这些人的脸面,和你讨一个情还讨不出来不成?"那婆子见他女儿奔到宝玉身边去,又见宝玉拉了春燕的手说:"你别怕,有我呢。"〔索隐〕宝玉安慰春燕,从婆子眼中写出弥觉其妙。春燕一行哭,一行将方才莺儿等事都说出来。宝玉越发急起来,道:"你只在这里闹也罢了,怎么连亲戚也都得罪起来?"麝月又向婆子及众人道:"怨不得这嫂子说我们管不着他们的事,我们虽无知,错管了,如今请出一个管得着的人来管一管,嫂子就心服口服,也知道规矩了。"便回头命小丫头子:"去把平儿给我叫来!平儿不得闲,就把林大娘叫了来。"

那小丫头儿应了便走。众媳妇上来笑说:"嫂子,快求姑娘们叫回那孩子来罢。平姑娘来了,可就不好了。"那婆子说道:"凭是那个姑娘来了,也要评个理!没有见过娘管女孩儿大家管着娘的。"众人笑道:"你当是那个平姑娘?是二奶奶屋里头的平儿姑娘!他有情,说你两句;他一翻脸,嫂子你吃不了兜着走!"〔索隐〕旗人犯罪,归宗人府处置者,不过革挡圈禁,桀骜之辈有所恃而不恐;若发交刑部治罪,则王法无私,真是所谓'吃不了兜着走'矣。法曹贵在持平,故知"平儿"二字之意义。

说着,只见那个小丫头回来说:"平姑娘正有事呢,问我做什么,我告诉了他,他说:'既这样,且撵他出去。告诉林大娘在角门打四十板子就是了。'"那婆子听见如此说了,吓得泪流满面,央告袭人等说:"好容易我进来了,况且我是寡妇家,没有坏心,一心在里头服待姑娘们。我这一去,不知苦到什么地步。"袭人见他如此说,又心软了,便说:"你既要在这里,又不守规矩,又不听话,又乱打人。那里要你这个不晓

第五十九回　茜叶渚边嗔莺叱燕　绛云轩里召将飞符

事的人来，天天斗口齿，也叫人笑话。"晴雯道："理他呢，打发他去了正经。那里那么大工夫和他对嘴对舌的。"那婆子又央众人道："我虽错了，姑娘们吩咐了，以后改过。姑娘们那不是行好积德。"一面又央告春燕："原是为打你起的，饶没打成你，我如今反受了罪。好孩子，你好歹替我求求罢。"宝玉见如此可怜，便命留下，不许再闹，再闹一定打了撵出去。"那婆子一一谢过下去。

只见平儿走来，问系何事。袭人等忙说："已完了，不必再提。"平儿笑道："'得饶人处且饶人'，得将就的就省些事罢。但只听见各屋大小人等都作起反来了，一处不了又一处，叫我不知管那一处是。"〔索隐〕包孕不少，且虚虚笼起下文。袭人笑道："我只说我们这里反了，原来还有几处。"平儿笑道："这算什么事。这三四日的工夫，一共大小出了八九件呢，比这里的还大，可气可笑。"不知平儿说出何事，且看下回分解。

〔索隐〕自此回起，至六十一回止，合成为一大回。其主要之旨无非记官车远幸，阉寺乘间窃权，鸡鸣狗盗，作奸犯科之事不一而作。清庭初创，礼制未备，而武成告庙之后，骄奢淫佚，旧日家法尤复荡然，宜乎有此现象于贾府。本事则伏由盛而衰，获谴查抄之渐。或亦雪芹补本也。

本回按部就班，自然结构，约略言其段落：则自开首起至"已安插得十分妥当"句止，为前一小段，总挈下数回文字。自"于是唤起湘云等人来"句起至"且掐花与各房送去"句止，为上半回正文。自"却说春燕"句起至"一一谢过下去"句止，为下半回正文。自"只见平儿走来"句起至本回完毕，为后一小段，结束过渡，一定步骤。

〔护花评〕贾母等送灵，一切跟随人等，及看守门户，写得详细周到。随后即写园中婆子与莺、燕吵闹，平儿又说三四日工夫出了八九件事，所谓外寇未兴，内患已萌。若认作叙事闲笔，辜负作者苦心。《索隐》、护花此评，眼光渐渐放大矣。袭人见婆子央求，即便心软，平儿说"得饶人处且饶人"，两人慈厚存心，所以结果不同。晴雯偏说打发出去。心狠结怨，岂知后来婆子未逐，自己却遭撵逐。此等处俱是反伏后文，且梨园女子妇概行遣去，亦即于此埋根。

〔**大某评**〕从莺儿口中写出宝钗平日不爱花艳光景，与前贾母到宝钗房中嫌其太喜素净，一同闲中点缀，为后来宝钗守寡作影子。

又：此回仍是壬子年春间事。

第六十回 茉莉粉替去蔷薇硝
玫瑰露引出茯苓霜

话说袭人因问平儿："何事这等忙乱？"平儿笑道："都是世人想不到的，说来也好笑，等过几日告诉你，如今没头绪呢，且也不得闲儿。"一语未了，只见李纨的丫鬟来了，说："平姐姐可在这里，奶奶等你，你怎么不去了？"平儿忙转身出来，口内笑说："来了，来了。"袭人等笑道："他奶奶病了，他又成了香饽饽了，都抢不到手。"〔索隐〕遥射六十二回与宝哥对拜一席事。宝哥之言曰：想起上日，平儿也是意外想不到的。其中关系自可默会。平儿为贾琏侍妾，贾琏实指豫王，或暗射刘三秀，或豫王之另一妃，不能指实，亦不必指实也。平儿去了不提。

这里宝玉便叫春燕："你跟了你妈去，到宝姑娘房里给莺儿句好话儿听听，也不可白得罪了他。"春燕答应了，和他妈出去。宝玉又隔窗说道："不可当着宝姑娘说，仔细反叫莺儿受教导。"

娘儿两个应了出来，一边走着，一面说闲话儿。春燕因向他娘道："我素日劝你老人家，再不信，何苦闹出没趣来才罢。"他娘笑道："小蹄子，你走罢。俗语说：'不经一事，不长一智。'我如今知道了，你又该来支问着我了。"春燕笑道："妈，你若好生安分守己，在这屋里长久了，自有许多好处。我且告诉你几句话：宝玉常说，这屋里的人，无论家里外头的，一应我们这些人，他都要回太太全放出去，与本人父母自便呢。"〔索隐〕情僧固笃于情者，有一夫不获时予之辜之怀抱。放遣宫女之论，或于圣衷暇豫时偶道之。你且说这一件可好不好？"他娘听说，喜的忙问："这话果真？"春燕道："谁可扯谎做什么？"婆子听了，便念佛不绝。

当下来至蘅芜院中，正值宝钗、黛玉、薛姨妈等吃饭。莺儿自去泡茶，春燕便和他妈一径到莺儿前，陪笑道："方才言语冒撞，姑娘莫嗔莫怪，特来赔罪。"莺儿也笑了，让他坐，又倒茶。他娘儿两个说有事，便作辞回来。忽见蕊官赶出叫："妈妈姐姐，略站一站。"一面走上，递了一个纸包儿与他们，说是蔷薇硝，带与芳官去擦脸。春燕笑道："你们也太小器了！还怕那里没这个给他，巴巴儿的又弄一包给他去？"蕊官道："他是他的，我送的是我送的。姐姐千万带回去罢。"春燕只得接了。娘儿两个回来，正值贾环、贾琮二人来问候宝玉，也才进去。春燕便向他娘说："只我进去罢，你老人家不用去。"他娘听了，自此百依百随的，不敢倔强了。

春燕进来，宝玉知道回复了，便先点头。春燕知意，便不再说一语，略站了一站，便转身出来，使眼色与芳官。芳官出来，春燕方悄悄的说与他蕊官之事，并与了他硝。宝玉并无与环、琮可谈之语，因笑问芳官手里是什么。芳官便忙递与宝玉瞧，又说是擦春癣的蔷薇硝。宝玉笑道："难为他想得到。"贾环听了，便伸着头瞧了一瞧，又闻得一股清香，便弯腰向靴统内拿出一张纸来托着，笑道："好哥哥，给我一半儿。"宝玉只得要给他。芳官心中因是蕊官之赠，不肯给别人，连忙拦住，笑说道："别动这个，我另拿些来。"宝玉会意，忙笑道：〔索隐〕一路俱是挤眉弄眼，若就本回加评，当罾之为贼眉贼眼。"且包上拿去。"

芳官接了这个，自去收好，便从奁中去寻自己常使的。启奁看时，盒内已空，心中疑惑，早上还剩了些，如何就没了？因问人时，都说不知。麝月便说："这会子且忙着问这个，不过是这屋里人一时短了使了。你不管拿些什么给他们，那里看得出来？快打发他们去了，咱们好吃饭。"芳官听说，便将些茉莉粉包了一包拿来。贾环见了，喜得就伸手来接。芳官便忙向炕上一掷。贾环见了，也只得向炕上拾了多揣在怀内，方作辞而去。

原来贾政不在家，且王夫人等又不在家，贾环连日也便装病逃学。如今得了硝，兴兴头头来找彩云。正值彩云和赵姨娘闲谈，贾环笑嘻嘻向彩云道："我也得了一包好的，送你擦脸。你常说，蔷薇硝擦癣，比外头买的银硝强。〔索隐〕明言外头，则其为官中之事可知。你看看是这个不是？"彩云打开一看，"嗤"的一笑，说道："你是和谁要来的？"贾

第六十回　茉莉粉替去蔷薇硝　玫瑰露引出茯苓霜

环便将方才之事说了一遍。彩云笑道："这是他们哄你乡老儿呢！〔**索隐**〕天家子弟长年伏处官中，至有不辨菽麦者，以"乡老儿"讥之恰合。这不是硝，这是茉莉粉。"贾环看了一看，果见比先的带些红色，闻闻也是喷香，因笑道："这是好的，硝粉一样，留着擦罢，横竖比外头买的高便好。"彩云只得收了。

赵姨娘便说："有好的给你？谁叫你要去了，怎么怨他们耍你！依我，拿了去照脸摔给他去，趁着这会子撞尸的撞尸去了，挺床的挺床，吵一场儿，大家065心净，也算是报报仇。莫不成两个月之后，还找出这个碴儿来问你不成？就问你，你也有话说。宝玉是哥哥，不敢冲撞他罢了，难道他屋里的猫儿狗儿，也不敢去问问？"〔**索隐**〕明言御驾不敢冲撞，若宫娥妃嫔之属，岂能受其陵侮。贾环听了，便低了头。

彩云忙说："这又是何苦来？不管怎样，忍耐些罢了。"赵姨娘道："你也别管：横竖与你无干。趁着抓住了理，骂那些浪娼妇们一顿也是好的。"又指贾环道："呸！这下流没刚性的，也只好受这些毛丫头的气。平日我说你一句儿，或无心中错拿了一件东西给你，你会扭头暴筋瞪着眼攧摔娘。这会子被那起毛崽子耍弄，倒就罢了。你明日还想这些家里人怕你呢？你没有什么本事，我也替你恨！"〔**索隐**〕清室嫡庶之分最严，而且上天下泽名义所在，诸王慑于至尊之威严，蛰居藩邸，举动不敢自由，铤而走险，遂至阴谋篡夺，酿成怪象，康熙一朝其尤甚焉者也。

贾环听了，不免又愧又急，又不敢去，只摔手说道："你这么会说，你又不敢，支使了我去闹。他们倘或往学里告去，我挨了打，你敢自不疼的！遭遭调唆我去闹出事来，我挨了打骂，你一般也低了头，这会子又调唆我和毛丫头们去闹。你不怕三姐姐，你敢去，我就服你！"一句话戳了他娘的肺，便说道："我肠子里爬出来的，我再怕了，这屋里越发有得活了！"一面说，一面拿了那包子，便飞也似的往园中去了。彩云死劝不住，只得躲入别房。贾环便也躲出仪门，自去玩耍。

赵姨娘直进园子，正是一头火，顶头遇见藕官的干娘夏婆子走来。瞧见赵姨娘气得眼红面青的走来，因问："姨奶奶那里去？"赵姨娘拍着手道："你瞧瞧，这屋里连三日两日进来唱戏的小粉头们，都三般两样掂人的分量放小菜儿了。若是别一个，我还不恼，若叫这些小娼妇捉弄了，

《红楼梦》与顺治皇帝的爱情故事

还成了什么了!"夏婆子听了,正中己怀,忙问因什么事。赵姨娘遂将以粉作硝、轻侮贾环之事说了一回。

夏婆子道:"我的奶奶,你今日才知道?这算什么事,连昨日这个地方他们私自烧纸钱,宝玉还拦在头里。人家还没拿进个什么儿来,就说使不得,不干不净的东西忌讳,这烧纸倒不忌讳?你想一想,这屋里除了太太,谁还大似你?你自己掌不起;但凡掌的起来,谁还不怕你老人家?如今我想,趁这几个小粉头儿都不是正经货,就得罪他们也有限的,快把这两件事抓着理扎个筏子,我帮着你作证儿,你老人家把威风也抖一抖,以后也好争别的。就是奶奶姑娘们,也不好为那些小粉头子说你老人家的不是。"〔索隐〕此段虽非正文,而描写宫中秽乱,小人煽荡情形,亦复淋漓尽致,颊上添毫。赵姨娘听了这话,越发有理,便说:"烧纸的事我不知道,你细细告诉我。"夏婆子便将前事一一的说了,又说:"你只管说去,倘或闹起来,还有我们帮着你呢。"赵姨娘听了,越发得了意,仗着胆子便一径到了怡红院中。

可巧宝玉往黛玉那里去了,芳官正与袭人等吃饭,见赵姨娘来了,忙都起身让坐,问:"姨奶奶有什么事,这等忙?"赵姨娘也不答话,走上来便将粉照芳官脸上摔来,手指着芳官骂道:"小娼妇养的!你是我们家银子钱买了来学戏的,不过娼妇粉头之流,我家里下三等奴才也比你高贵些!你都会看人下菜碟儿。"〔索隐〕"放小菜儿""下菜碟儿",俱都中罾人之词,犹外间言做手脚也。宝玉要给东西,你拦在头里,莫不是要了你的了?拿这个哄他,你只当他不认得呢!好不好,他们是手足,都是一样的主子,那里有你小看他的!"芳官那里禁得住这话,一行哭,一行便说:"没了硝我才把这个给他的。若说没了,又怕不信,难道这不是好的?我便学戏,也没往外头唱去。我一个女孩儿家,知道什么粉头面头的?姨奶奶犯不着来骂我,我又不是姨奶奶家买的。梅香拜把子——都是奴才罢咧!这是何苦来呢!!"袭人忙拉他道:"休胡说!"赵姨娘气得发怔,便上来打了两个耳刮子。袭人等忙上来拉劝,道:"姨奶奶不要和他小孩子一般见识,等我们说他。"

芳官捱了两下打,那里肯依,便打滚撒泼的哭闹起来。口内便说:"你打的着我么?你照照你那模样儿再动手!我叫你打了去,也不用活着

第六十回　茉莉粉替去蔷薇硝　玫瑰露引出茯苓霜

了!"撞在他怀内叫他打。众人一面劝,一面拉。晴雯悄拉袭人道:"不要管他们,让他们闹去,看怎么开交!如今乱世为王了,什么你也来打,我也来打,都这样起来还了得呢!"

外面跟赵姨娘来的一干人听见如此,心中各各趁愿,都念佛,说:"也有今日!"又有那一干怀怨的老婆子见打了芳官,也都趁愿。

当下藕官、蕊官等正在一处玩,湘云的大花面葵官,宝琴的豆官,两个听见此信,忙找着他两个说:"芳官被人欺侮,咱们也没趣儿,须得大家破着大闹一场,方争的过气来。"四人终是小孩子心性,只顾他们情分上义愤,便不顾别的,一齐跑入怡红院中。豆官先就照着赵姨娘撞了一头,几乎不曾将赵姨娘撞了一跤。那三个也便走上来放声大哭,手撕头撞,把个赵姨娘裹住。晴雯等一面笑,一面假意去拉。急得袭人拉起这个,又跑了那个,口内只说:"你们要死啊!有委屈只管好说,这样没道理还了得了!"赵姨娘反没了主意,只好乱骂。蕊官、藕官两个一边一个,抱住左右手;葵官、豆官前后头顶住,只说:"你打死我们四个就罢!"芳官直挺挺躺在地下,哭得死过去。

正没开交,谁知晴雯早遣春燕回了探春。当下尤氏李纨探春三人带着平儿与众媳妇走将来,忙把四个喝住。问起原故来,赵姨娘气得瞪着眼粗了筋,一五一十说个不清。尤李两个不答言,只喝禁他四人。探春便叹气说道:"这是什么大事,姨娘太肯动气了。我正有一句话要请姨娘商议,怪道丫头们说不知在那里,原来在这里生气呢。姨娘快同我来。"尤氏李纨却说道:"请姨娘到厅上来,咱们商量。"

赵姨娘无法,只得同他三人出来,口内犹说长说短。探春便说:"那些小丫头子们原是玩意儿,喜欢呢,和他说说笑笑;不喜欢可以不理他就是了。他不好时,如同猫儿狗儿抓咬了一下子,可恕就恕,不恕时也只该叫管家媳妇们说给他去责罚,何苦自不尊重,大吆小喝,也失了体统。你瞧周姨娘,怎么没人欺他,他也不寻人去。我劝姨娘且回房去杀杀性儿,别听那说瞎话的混帐人挑唆,惹人笑话,自己呆,白给人家做弄。心里有十二分的气,也忍耐这几天,等太太回来自然料理。"一席话说得赵姨娘闭口无言,只得回房去了。

这里探春气得和李纨尤氏道:"这么大年纪,行出来的事总不叫人敬

《红楼梦》与顺治皇帝的爱情故事

服。这是什么意思,也值得吵一吵,并不留体统,耳朵又软,心里又没算计。这又是那起没脸面的奴才们挑唆的,作弄出个呆人替他们出气。"越想越气,因命人查是谁挑唆的。媳妇们只得答应着,出来相视而笑。都说是"大海里那里捞针去?"只得将赵姨娘的人并园中人唤来盘诘,都说不知道。众人也无法,只得回探春:"一时难查,慢慢的访。凡有口舌不妥的,一总来回了责罚。"

探春气渐渐平服方罢。可巧艾官便悄悄的向探春说:"都是夏妈素甘和这芳官不对,每每的造出些事来。前日赖藕官烧纸,幸亏是宝二爷自己应了,他才没话。今日我与姑娘送手帕去,看见他和姨奶奶在下处说了半天,喊喊喳喳的,见了我来才走开了。"探春听了,虽知情弊,亦料定他们皆一党,本皆淘气异常,便只答应,也不肯据此为证。

谁知夏婆的外孙女儿小蝉儿〔索隐〕蝉当夏令,踞树乱吟,加一"小"字尤耐寻味。作者于"夏妈"二字下点逗得此,可谓涉笔成趣。便是探春处当差的;时常与房中丫鬟们买东西,众女儿皆待他好。这日饭后,探春正上厅理事,翠墨在家看屋子,因命小蝉出去叫小幺儿买糕去。小蝉便笑说:"我才扫了个大院子,腰腿很疼的,你叫别的人去罢。"翠墨笑说:"我又叫谁去?你趁早儿去,我告诉你一句好话,你到后门顺路告诉你老娘,防着些儿。"说着,便将艾官告他老娘的话告诉了他。小蝉听说,忙接了钱,道:"这个小蹄子也要捉弄人?等我告诉去。"说着,便起身出来。至后门边,只见厨房内此刻手闲之时,都坐在台阶上说床话儿,夏婆亦在其内。小蝉便命一个婆子出去买糕。他且一行骂一行说,将方才的话告诉了夏婆子。夏婆子听了,又气又怕,便欲去找艾官问他,又要往探春前去诉冤。小蝉忙拦住道:"你老人家去怎样说呢?这话怎样知道的?可又去讨不是了。说给你老人家防着就是了,那里忙在一时儿。"

正说着,只见芳官走来,把着院门,笑向厨房中柳家媳妇说道:"柳婶子,宝二爷说了的,晚饭素菜要一样凉凉的酸酸的东西,只不要放下香油弄腻了。"柳家的笑道:"知道。今儿怎么又打发你来告诉这么句要紧的话呢。你不嫌肮脏,进来逛逛。"

芳官才进来,忽有一个婆子手里托了一碟子糕来。芳官戏说:"谁买

第六十回　茉莉粉替去蔷薇硝　玫瑰露引出茯苓霜

的热糕？我先尝一块儿。"小蝉一手接了道："这是人家买的。你们还希罕这个？"柳家的见了，忙笑道："芳姑娘，你爱吃这个？我这里有才买下给你姐姐吃的，他没有吃，还收在那里，干干净净没动的。"说着，便拿了一碗子出来，递与芳官，又说："你等我替你炖口好茶来。"一面进去，现通开火炖茶。芳官便拿着那糕，举到小蝉脸上说："谁希罕吃你那糕，这个不是糕不成？我不过说着玩罢了，你给我磕头，我还不吃呢。"说着，便把手内的糕掐了一块，掷着逗雀儿玩，口内笑说道："柳婶子，你别心疼，我回来买二斤给你。"〔**索隐**〕写搬是非老婆子，便俨然一老婆子在眼前，写斗口舌小孩子，便俨然一小孩子在眼前。文人之笔可爱亦复可畏。小蝉气得怔怔的，瞅着说道："雷公老爷也有眼的，怎么不打这作孽的人！"众人都说道："姑娘们罢了，天天见了就淘气。"有几个伶透的，见了他们拌起嘴来，又怕生事，都拿起脚来各自走开。当下小蝉也不敢十分说话，一面自言着去了。

　　这里柳家的见人散了，忙出来和芳官说："前日那话说了没有？"芳官道："说了。等一两天再提这事。偏那赵不死的又和我闹了一场。前日那玫瑰露姐姐吃了没有，他到底可好些？"柳家的道："可不都吃了。他爱得什么似的，又不好合你再要。"芳官道："不值什么。等我再要些来给他就是了。"原来这柳家的有个女儿。今年才十六岁，虽是厨役之女，却生得人物与平、袭、鸳、紫相类，因他排行第五，便叫他五儿。因素有弱疾，故没得差使。近因柳家的见宝玉房中丫鬟差轻人多，且又闻得宝玉将来都要放他们，故如今要送到那里去应名。正无路头，可巧这柳家的是梨香院的差使，他最小意殷勤，服侍得芳官一干人别的干娘还好。芳官等待他们也极好，如今便和芳官说了，央芳官去与宝玉说。宝玉虽是依允，只是近日病着，又有事，尚未得说。

　　前言少述，且说当下芳官回至怡红院中，回覆了宝玉。这里宝玉正为赵姨娘吵闹心中不悦，说又不是，不说又不是，只等吵完了，打听着探春劝了他去后，方又劝了芳官一阵，因使他到厨房说话去。今见他回来，又说还要些玫瑰露与柳五儿吃去。宝玉忙道："有着呢。我又不大吃，你都给他吃去罢。"说着，命袭人取了出来，见瓶中也不多，遂连瓶与了芳官。

《红楼梦》与顺治皇帝的爱情故事

芳官便自携了瓶与他去。正值柳家的带进他女儿来散闷,在那边畸角子一带地方逛了一回,便回到厨房内,在吃茶歇脚儿。见芳官拿了一个五寸来高的小玻璃瓶来,迎亮照着,里面有半瓶胭脂一般的汁子,还当是宝玉吃的西洋葡萄酒。母女两个忙说:"快拿旋子烫流了水,你且坐下。"芳官笑道:"就剩了这些,连瓶子给你罢。"五儿听了,方知是玫瑰露,忙接了,又谢芳官,因说道:"今日好些,进去逛逛。这后边一带也没什么意思,不过是些大石头大树和房子后墙,正经好景致也没看见。"芳官道:"你为什么不往前去?"柳家的道:"我没叫他往前去。姑娘们也不认得他,倘有不对眼的人看见了,又是一番口舌。明日托你携带他有了房头儿,怕没人带着逛么?只怕逛腻了的日子还有呢。"芳官听了笑道:"怕什么,有我呢。"柳家的忙道:"阿呀呀,我的姑娘!我们的头皮儿薄,比不得你们。"说着,又倒了茶来。芳官那里吃这茶,只漱了一口便走了。〔索隐〕月盈则亏,日盈则昃,写芳官骄倨已达极点。柳家的道:"我这里占着手呢,五丫头送送。"

五儿便送出来,因见无人,又拉着芳官说道:"我的话到底说了没有?"芳官笑道:"难道哄你不成?我听见屋里正经还少两个人的窝儿,并没补上。一个是小红的,琏二奶奶要了去还没给人来;一个是坠儿的,也没补。如今要你一个也不算过分。皆因平儿每每和袭人说,凡有动人动钱的事,得挨的且挨一日。如今三姑娘正要拿人作筏子呢,连他屋里的事都驳了两三件,如今正要寻我们屋里的事没寻着,何苦来往网里钻去。倘或说些话驳了,那时候老了,倒难再回转。且等冷一冷,老太太、太太心闲了,凭是天大的事先和老的儿一说,没有不成的。"〔索隐〕归罪孝庄之意深切著明。第五回所谓"箕裘颓堕皆从敬,家事消亡首罪宁。"敬者,董贵妃殁后追封端敬皇后;宁者,指慈宁宫,孝庄所居也。五儿道:"虽如此说,我却性儿急,等不得了。〔索隐〕五儿亦董妃小影,董妃急于为后,有迫不待之势,希望未达,遂致郁抑自戕。趁如今挑上了,头宗给我妈争口气,也不枉养我一场;二宗我添了月钱,家里又从容些;三宗我开开心,只怕这病就好了。一便是请大夫吃药,也省了家里的钱。"芳官说:"你的话我都知道了,你只管放心。"说毕,芳官自去了。

第六十回　茉莉粉替去蔷薇硝　玫瑰露引出茯苓霜

单表五儿回来，与他娘深谢芳官之情。他娘因说："再不承望得了这些东西。虽然是个尊贵物儿，却是多吃了也动热。竟把这个倒些送个人去，也是大情。"五儿问："送谁？"他娘道："送你姑舅兄弟一点儿，他那热病，也想这些东西吃。〔索隐〕既云多吃又动热，又云他那热病，也想这些东西吃，一语之间自相矛盾。盖以钱槐看上五儿，妄思得耦，五儿谋侍宝玉，一意攀高，皆胸中热念大炽，把持不住，以致掀动风波。故此处特借一"热"字为之影逗。我倒半盏给他去。"五儿听了，半日没言语，随他妈倒了半盏去，将剩的连瓶便放在家伙厨内。

五儿冷笑道："依我说，竟不给他也罢了。倘或有人盘问起来，倒又是一场是非。"他娘道："那里怕起这些来，还了得，我们辛辛苦苦的，里头赚些东西，也是应当的。难道是作贼偷的不成？"说着不听，一径去了。直至外边他哥哥家中，他侄儿正躺着，一见这个，他哥哥嫂子侄儿无不欢喜。现从井上取凉水，吃了一碗，心中爽快，头目清凉。〔索隐〕诸人皆苦热中，急当得一服清凉散以药之。剩的半盏，用纸盖着放在桌上。

可巧又有家中几个小厮同他侄儿素日相好的伴儿，走来看他的病。内中有一个叫做钱槐，是赵姨娘之内亲。他父母现在库上管帐，他本身又派跟贾环上学。〔索隐〕内务府大臣兼毓庆宫行走，势焰熏灼，咄咄逼人。因他手头宽裕，尚未娶亲，素日看上柳家的五儿标致，一心和父母说了娶他为妻，也曾央中，保媒人再四求告。柳家父母却也情愿，争奈五儿执意不从，虽未明言，却也中止，他父母未敢应允；近日又想往园内去，越发将此事丢开，只等三五年后放出时，自向外边择婿了。钱槐家中人见如此，也就罢了。争奈钱槐不得五儿，心中又气又愧，发恨定要弄娶成配，方了此愿。今日也同人来看望柳氏的侄儿，不期柳家的在内。

柳家的见一群人来了，内中有钱槐，便推说不得闲，起身走了。他哥哥嫂子忙说："妈妈怎么不吃茶就走？倒难为姑妈记挂着。"柳家的因笑道："只怕里面传饭，再闲了出来瞧侄儿罢。"他嫂子因向抽屉内取了一个纸包儿出来，拿在手内送了柳家的出来，至墙角边递与柳家的，又笑道："这是你哥哥昨日在门上该班儿，谁知这五日的班儿一个外财没

《红楼梦》与顺治皇帝的爱情故事

发,只有昨日有广东的管儿来拜,送了上头两小篓子茯苓霜。余外给了门上人一篓作门礼,〔索隐〕凡入贡品物,内监权贵处必另备一分为孝敬,由来旧矣。你哥哥分了这些。昨儿晚上我打开看了看,怪俊雪白的。说拿人乳和了,每日早起吃一钟,最补人的;没人乳就用牛乳;再不得,就是白滚水也好。我们想着,正是外甥女儿吃得的。上半天原打发小丫头儿送了家去,他说锁着门,连外甥女儿也进去了。本来我要瞧瞧他去,给他带了去的,又想着主子们不在家,各处严紧,我又没什么差使,跑什么。况且这两日风闻得里头家反宅乱的,倘或沾带了倒值多了。〔索隐〕处处映射下文。姑妈来得正好,亲自带去罢。"

柳氏道了生受,作别回来。刚走到角门前,只见一个小幺儿笑道:"你老人家那里去了?里头三次两次叫人传呢,叫我们三四个人各处都找到了!你老人家从那里来了?这条路又不是家去的路,我倒要疑心起来了。"那柳家的笑道:"你小猴儿崽子!你也合我胡说起来了。回来问你。"要知端的,下回分解。

〔索隐〕此回当与六十一回连合,写宫中戈矛纷起,奸盗丛生,种种之怪现状。上回末尾平儿口中曾云一共出了八九件,为浑括之辞。此则就其所浑括者补叙一二,疑非原本所有,或亦雪芹先生后来插入。

按清室中惟康熙末年诸子争立,兄弟阋墙,一时纷扰黑暗情形,与书中所叙极相类。天家内幕本非外人所能窥其真相,而变生骨肉尤复讳莫如深。并世秉笔之士,怵于禁网,不敢以文字贾祸,记载极鲜。雪芹生当乾隆中叶,历时未远,或有白发宫人慨谈天宝者,遗闻轶事,耳熟能详,遂借迷离惝恍之辞,留水月镜花之影,使后之读者临文默想,已得大凡,固不必指事以证之,求人以实之也。

本回段落照例发放,无甚奇异。自开首起至"便作辞回来"句止,为结束上文。自"忽见蕊官赶出"句起至"一面咕哝着去了"句止,为上半回标目正文。自"这里柳家的见人散了",句起至本回完毕,为下半回标目正文。

第六十回　茉莉粉替去蔷薇硝　玫瑰露引出茯苓霜

〔**护花评**〕此回同下回就平儿所说三四日内出了八九件事中补叙两三件，因与赵姨、探春、平儿、司棋、彩云等俱有干系，是以摘出补写。此外与园内上房无干者，略而不叙，是文章剪裁法。

又：探春查谁人挑唆，必不可少，但若竟查出来便难处分，随手抹杀，省却无数枝节。又偏有翠墨告知小蝉，小蝉转告夏婆一层，以为积怨地步。用笔最细。写芳官之无知恃宠，真画出小孩气象。

又：六十回当与六十一回并作一气看，才事事俱有根由。

〔**大某评**〕差轻人多，则人浮于事矣。宝玉房中尚如此，合府可知矣。

又：此回仍是癸丑年春时事。

第六十一回　投鼠忌器宝玉瞒赃
　　　　　　　判冤决狱平儿行权

话说那柳家的听了这小幺儿一席话，笑道："好猴儿崽子，你亲婶子找野老儿去了，你岂不多得一个叔叔，有什么疑的？不要讨我把你头上的桠子盖揪下来！还不开门让我进去么。"小厮且不推门，且拉着笑道："好婶子，你这一进去，好歹偷几个杏儿出来赏我吃。我这里老等；你若忘了，日后半夜三更打酒买油的，我不给你老人家开门，也不答应你，随你干叫去。"〔索隐〕内监对于入值员司留难需索，恰有此种行径。柳氏啐道："发了昏的！今年还比往年？把这些东西都分给了众妈妈了。一个个的不像抓破了他的，人打树底下一过，两眼就像那馋鸡似的，还动他的果子？可是你舅母姨娘两三个亲戚都管着，怎不和他们要去，倒和我要去？这可是'仓老鼠向老鸹去借粮'，守着的没有，飞着的倒有。"小厮笑道："哎呀呀！没有罢了，说上这些闲话。我看你老人家从今以后就用不着我了。就是姐姐有了好地方，将来呼唤我们的日子多着呢，只要我们多答应他些就有了。"〔索隐〕可见官娥内监必互相勾结。柳氏听了笑道："你这个小猴儿精又捣鬼了，你姐姐有什么好地方了？"那小厮笑道："不用哄我了，早已知道了！单是你们有内纤，难道我们就没有内纤不成？〔索隐〕刺探消息，必藉内纤。看是随意问答，小作波澜，而宫中鬼蜮情形，跃然纸上。是善用旁敲侧击之法。《红楼》妙文，胎息《史》《汉》。我虽在这里听差，里头却也有两个姐姐，成个体统的，什么事瞒了我们！"

正说着，只听门内又有老婆子向外叫："小猴儿，快传你柳婶子去罢，再不来可就误了！"柳家的听了，不顾和小厮们说话，忙推门进去，笑说："不必忙，我来了。"一面来至厨房。虽有几个同伴的人，他们都

第六十一回　投鼠忌器宝玉瞒赃　判冤决狱平儿行权

不敢自专，单等他来调停分派。〔索隐〕所云柳婶子，当系其时之内务府总管。一面问众人："五丫头那里去了？"众人都道："才往茶房里找他们姊妹去了。"

柳家的听了，便将茯苓霜搁起，且按着房头分派菜馔。忽见迎春房里小丫头莲花儿〔索隐〕取名莲花儿者，因其层层驳诘，有舌灿莲花之妙。走来道："司棋姐姐说：要碗鸡蛋，炖得嫩嫩的。"柳家的道："就是这一样儿尊贵。不知怎么今年鸡蛋少得很，十个钱一个还买不出来。昨日上头给亲戚家送粥米去，四五个买办出去，好容易才凑了二千个来，我那里找去？你说给他，改日吃罢。"莲花儿道："前日要吃豆腐，你弄了些馊的，叫他说了我一顿，今日要鸡蛋又没有！什么好东西，我就不信连鸡蛋都没有了，不要叫我翻出来！"一面说，一面真个走来，揭起菜箱一看，只见里面果有十来个鸡蛋。说道："这不是！你就这么利害？吃的是主子分给我们的分例，你为什么心疼，又不是你下的蛋，怕人吃了。"

柳家的忙丢了手里的活计，便上来说道："你少满嘴里浑沦，你妈才下蛋呢！通共留下这几个，预备菜上的浇头。姑娘们不要，还不肯做上去呢；预备遇急儿的。你们吃了，倘或一声要起来，没有好的，连鸡蛋都没了？你们深宅大院，水来伸手，饭来张口，只知鸡蛋是平常物件，那里知道外头买卖的行市呢？〔索隐〕谁知盘中餐，粒粒皆辛苦。别说这个，有一年连草根子还没有的日子还有呢！我劝他们，细米白饭，每日肥鸡大鸭子，将就些儿也罢了。吃腻了肠子，天天又闹起故事来了，鸡蛋豆腐，又是什么面筋、酱萝卜炸儿，敢自倒换口味。只是我又不是答应你们的，一处要一样就是十来样，我倒不要伺候头层主子，只预备你们二层主子了。"〔索隐〕看他一片强词，偏自说得振振有理，可谓一来一往，旗鼓相当。

莲花儿听了，便红了脸喊道："谁天天要你什么来？你说上这两车子话！叫你来，不是为便宜却为什么？前日春燕来，说晴雯姐姐要吃芦蒿，你怎么忙的还问肉炒鸡炒？春燕说荤的因不好，才另叫你炒个面筋儿，少搁油才好。你忙得倒说自己发昏，赶着洗手炒了，狗颠屁股儿似的亲捧了去。〔索隐〕形容刻毒，令人不堪。然历来巧宦，苞苴献纳，运用之

《红楼梦》与顺治皇帝的爱情故事

妙,在乎寸心。若必人人而悦之,博施济众,尧舜犹病也。今日反倒拿我作筏子,说我给众人听。"

柳家的忙道:"阿弥陀佛!这些人眼见的:不要说前日一次,就从旧年以来,凡各房里偶然间,不论姑娘姐儿们要添一样半样,谁不是先拿了钱来另买别添?有的没的,名声好听?算着连姑娘们带你姐儿们四五十人,一日也要两只鸡、两只鸭子、十来斤肉,一吊钱的菜蔬,你们算算够做什么的?连本项两顿饭还撑持不住,还搁得住这个点这样,那个点那样?买来的又不吃,又要别的去。既这样,不如回了太太,多添些分例,也像大厨房里预备老太太的饭,把天下所有的菜蔬用水牌写了,天天转着吃。〔索隐〕世家大族纵穷奢极欲,亦不能有此魄力,其为御膳房可知。作者每于细微处露筋节表示读者,人自不察耳。到一个月现算倒好。前日三姑娘和宝姑娘偶然商量了要吃油盐炒菜芽儿来,现打发个姐儿拿着五百钱给我,我倒笑起来了,说:'二位姑娘就是大肚子弥勒佛,也吃不了五百钱的。这二三十个钱的事还备得起。'赶着我送回钱去,到底不收,说赏我打酒吃,又说:'如今厨房在里头,保不住屋里的人不去叨登。一盐一酱那不是钱买的?你不给又不好,给了你又没得赔。你拿着这个钱,权当还了他们素日叨登的东西窝儿。'这就是明白体下的姑娘,我们心里只替他念佛。没得赵姨奶奶听了又气又忿,反说太便宜了我,隔不了十天,也打发个小丫头子来寻这样寻那样,我倒好笑起来。你们竟成了例,不是这个就是那个,我那里有这些赔的?"〔索隐〕有褒有贬,字字生棱,描尽当时执政者欺弱怕强、能谄能骄之一种手段。

正乱时,只见司棋又打发人来催莲花儿,说他:"死在这里吗?怎么就不回去?"莲花儿赌气回来,便添了一篇话告诉了司棋。司棋听了,不免心头起火。此刻伺候迎春饭罢,带了小丫头们走来,见了许多人正吃饭;见他来得势头不好,都忙起身陪笑让坐。司棋便喝命小丫头儿:"动手!凡箱柜所有的菜蔬,只管丢出去喂狗,大家赚不成!"小丫头儿们巴不得一声,七手八脚抢上去一顿乱翻乱掷。慌得众人一面拉劝,一面央告司棋道:"姑娘不要误听了小孩子的话,柳嫂子有八个头,也不敢得罪姑娘。说鸡蛋难买是真,我们才也说他不知好歹。凭是什么东西,也少不得变法儿去。他已经悟过来了,连忙蒸上了,姑娘不信,瞧那火上。

第六十一回　投鼠忌器宝玉瞒赃　判冤决狱平儿行权

司棋被众人一顿好言语，方将气劝得渐平了。小丫头儿们也没得摔完东西便拉开了。司棋连说带骂闹了一回，方被众人劝去。柳家的只好摔碗丢盘自己唠叨了一回，蒸了一碗鸡蛋；令人送去，司棋全泼了地下。那人回来也不敢说，恐又生事。

柳家的打发他女儿呷了一回汤，吃了半碗粥，又将茯苓霜一节说了。五儿听罢，便心下要分些赠芳官，遂用纸另包了一半，趁黄昏人稀之时，自己花遮柳隐的来找芳官。且喜无人盘问，一径到了怡红院门首，不好进去，只在一簇玫瑰花前站立，远远的望着。有一盏茶时候，可巧春燕出来，忙上前叫住。春燕不知是那一个，到跟前方看真切，因问做什么。五儿笑道："你叫出芳官来，我和他说话。"春燕悄笑道："姐姐太性急了，横竖等十来日就来了，只管找他做什么？方才使了他往前头去了，你且等他一等。不然有什么话告诉我，等我告诉他。恐怕你等不得，只怕关了园门。"五儿便将茯苓霜递与春燕，又说这是茯苓霜，如何吃，如何补益，"我得了些送他的，转烦你递与他就是了。"说毕，便走回来。

正走蓼溆一带，忽迎见林之孝家的带着几个婆子走来，五儿藏躲不及，只得上来问好。林家的问道："我听见你病了，怎么跑到这里来？"〔索隐〕内廷门禁虽严，而都市少年私入游览者时有所闻。顾一经发觉，即拿交刑部或九门都督严刑审讯。以身试法，甚无取也。相传自乾清门以内，每门皆聚苏拉多人，遇有入者，辄禽唇高吸，必须视若无睹，直趋而过。形色一涉惊惶，立即盘诘。五儿之入园，遮遮掩掩，若前若却，宜其不免于难也。五儿陪笑说道："因这两日好些，跟我妈进来散散闷。才因我妈使我到怡红院送家伙去。"林之孝家的说道："这话岔了。方才我见你妈出去，我才关门。既是你妈使了你去，他如何不告诉我说你在这里呢？竟出去让我关门，是何主意？可是你撒谎。"五儿听了，没话回答，只说："原是我妈一早叫我取去的，我忘了，挨到这时我才想起来了。只怕我妈错认我先去了，所以没和大娘说得。"

林之孝家的听他词钝意虚，又因近日玉钏儿说那边正房内失落了东西，几个丫头对赖，没主儿，心下便起了疑。可巧小蝉、莲花儿并几个媳妇子走来，见了这事，便说道："林奶奶倒要审审他。这两日他往这里头跑得不像，鬼鬼祟祟的，不知干些什么事？"小蝉又道："正是。昨日

《红楼梦》与顺治皇帝的爱情故事

玉钏姐姐说，太太耳房里的柜子开了，少了好些零碎东西。琏二奶奶打发平姑娘和玉钏姐姐要些玫瑰露，谁知也少了罐子。若不是寻露，还不知道呢！"

莲花儿笑道："这我没听见，今日我倒看见一个露瓶子。"林之孝家的正因这事没主儿，每日凤姐儿使平儿催逼他，一听此言，忙问在那里。莲花儿便说："在他们厨房里呢。"林之孝家的听了，忙命打了灯笼，带着众人来寻。五儿急得便说："那原是宝二爷屋里的芳官给我的。"林之孝家的便说："不管你方官圆官，〔索隐〕狼虎之势，方者且将揉之使圆，其本来之为方为圆自然不管。现有赃证，我只呈报了，凭你主子前辩去！"一面说，一面进入厨房。莲花儿带着，取出露瓶。恐还偷有别物，又细细搜了一遍，又得了一包茯苓霜，一并拿了，带了五儿来回李纨与探春。

那时李纨正因兰儿病了，不理事务，只命去见探春。探春已归房，人回进去，丫鬟们都在院内纳凉，探春在内盥沐。只有侍书回进去，半日出来说："姑娘知道了，叫你们找平儿回二奶奶去。"林之孝家的只得领出来。到凤姐那边，先找着平儿，进去回了凤姐。凤姐方才睡下，听见此事，便吩咐："将他娘打四十板子，撵出去，永不许进二门。把五儿打了四十板子，立刻交给庄子上，或卖或配人。"平儿听了，出来依言吩咐了林之孝家的。

五儿吓得哭哭啼啼，给平儿跪着，细诉芳官之事。平儿道："这也不难，等明日问了芳官便知真假。但这茯苓霜前日人送了来，还等老太太、太太回来看了才敢打动，这不该偷了去。"五儿见问，忙又将他舅舅送的一节说了出来。平儿听了笑道："这样说，你竟是个平白无辜之人，拿你来顶缸的。此时天晚，奶奶才进了药歇下，不便为这点子小事去唠叨。如今且将他交给上夜的人看守一夜，等明日我回了奶奶再作道理。"林之孝家的不敢违拗，只得带了出来，交与上夜的媳妇们看守，自己便去了。

这里五儿被人软禁起来，一步不敢多走。又兼众媳妇也有劝他说不该做这没行止的事；也有抱怨说："正经更还坐不上来，又弄个贼来给我们看守，倘或眼不见寻了死或逃走了，都是我们的不是。"又有素日一干与柳家不睦的人，见了这般，十分趁愿，都来奚落嘲戏他。这五儿心内

第六十一回　投鼠忌器宝玉瞒赃　判冤决狱平儿行权

又气又委屈，竟无处可诉。且本来怯弱有病，这一夜思茶无茶，思水无水，思睡无衾枕，呜呜咽咽直哭了一夜。谁知和他母女不和的那些人，巴不得一时就撵他出门去，生恐次日有变，大家先起了个清早，都悄悄的来买转平儿，送了些东西，一面又奉承他办事简断，一面又讲述他母亲素日许多不好处。〔索隐〕描写入细，魑魅魍魉一齐摄入镜中。

平儿一一的都应着，打发他们去了，却悄悄的来访袭人，问他可果真芳官给他玫瑰露了。袭人便说："露却是给了芳官，芳官转给何人我却不知。"袭人于是又问芳官。芳官听了，吓了一跳，忙应是自己送他的。芳官便又告诉了宝玉，宝玉也慌了，说："露虽有了，若勾起茯苓霜来，他自然也实供。若听见了是他舅舅门上得的，他舅舅又有了不是，岂不是人家的好意反被咱们陷害了？"因忙和平儿计议："露的事虽完，然这霜也是有不是的。好姐姐，你只叫他说也是芳官给他的就完了。"

平儿笑道："虽如此，只是他昨晚已经同人说是他舅舅给的了，如何又说你给的？况且那边所丢之霜正没主儿，如今有赃证的白放了，又去找谁？谁还肯认？众人也未必心服。"晴雯走来笑道："太太那边的露再无别人，分明是彩云偷了给环哥儿去了，你们可瞎乱说。"

平儿笑道："谁不知这个原故？但今玉钏儿急得哭，悄悄问着他，他若应了，玉钏儿也罢了，大家也就混着不问了。难道我们好意兜揽这事不成！可恨彩云不但不应，他还挤玉钏儿，说他偷了去。两个人窝里炮，〔索隐〕"窝里炮"三字为两回中之主旨。无非写宫廷幽邃，奸宄丛生。先吵得合府皆知，我们如何装没事人？少不得要查的。殊不知告失盗的就是贼，又没赃证，怎么说他？"宝玉道："也罢，这件事我也应起来，就说是我吓他们玩的，悄悄的偷了太太的来了。两件事都完了。"

袭人道："也倒是一件阴骘事，保全人的贼名儿。只是太太听见，又说你小孩子气，像不知好歹了。"平儿笑道："这倒是小事。如今便从赵姨娘屋里头起了赃来也容易，我只怕又伤着一个好人的体面。别人都不要管，只这一个人，岂不又生气？我可怜的是他，不肯为打老鼠伤了玉瓶。"〔索隐〕隐寓金枝玉叶之义。说着，把三个指头一伸。

袭人等听说，便知他说的是探春。大家都忙说："可是这话，竟是我们这里应了起来的为是。"平儿又笑道："也须得把彩云和玉钏儿两个孽

· 737 ·

《红楼梦》与顺治皇帝的爱情故事

障叫了来,问准了他方好。不然,他们得了意,不说为这个,倒像我没有本事,问不出来,就是这里完事,他们以后越发的偷、不管的不管了。"袭人等笑道:"正是,也要你留个地步。"

平儿便命一个人叫了他两个来,说道:"不用慌,贼已有了。"玉钏儿先问:"贼在那里?"平儿道:"现在二奶奶屋里呢。问他什么应什么。我心里明白,知道不是他偷的,可怜他害怕都承认了。这里宝二爷不过意,要替他认一半。我待要说出来,但只是这做贼的,素日又是和我好的一个姐妹,窝主却是平常,里面又伤了一个好人的体面,因此为难,少不是央求宝二爷应了,大家无事。如今反要问你们两个,还是怎样?若从此以后大家小心存体面,这便求宝二爷应了;若不然,我就回了二奶奶,不要冤屈了人。"〔索隐〕哄吓撞骗,的是能捕快手段,不知作者何处得来。彩云听了,不觉红了脸,一时羞恶之心感发,便说道:"姐姐放心,也不要冤屈好人。我说了怕伤体面。偷东西原是赵姨奶奶央告我再三,我拿了些与环哥是情真。连太太在家我们还拿过,各人去送人去,是常有的。我原说吵过两天就罢了,如今既冤屈了好人,我心也不忍。姐姐竟带了我回奶奶去,一概应了完事。"

众人听了这话,一个个都诧异他竟这样有肝胆。宝玉忙笑道:"彩云姐姐果然是个正经人。〔索隐〕以正经人许彩云,迹近嘲谑。然平心论事,以不愿冤屈好人之故,挺身自承,视含沙射影、设计倾陷者,究不失为三代之直。宫中秽乱以及群小啸聚情形,言外自见。如今也不用你应,我只说我悄悄的偷的吓你们玩,如今闹出事来,我原该承认。我只求姐姐们以后省些事,大家就好了。"彩云道:"我干的事为什么叫你应?死活我该去受。"平儿袭人忙道:"不是这样说。你一应了,未免又叨登出赵姨奶奶来,那时三姑娘听了,岂不又生气?竟不如宝二爷应了,大家无事,且除这几个人,皆不得知道,这样何等的干净。但只以后千万大家小心些就是了。要拿什么,好歹等太太到家,那怕连房子给了人,我们就没干系了。"〔索隐〕意谓以天下让了人,亦与我们没干系。彩云听了,低头想了一想方依允。

于是大家商议妥贴,平儿带了他两个并芳官来至上夜房中,叫了五儿,将茯苓霜一节也悄悄的教他说系芳官所赠,五儿感谢不尽。平儿带

第六十一回　投鼠忌器宝玉瞒赃　判冤决狱平儿行权

他们来至自己这边，已见林之孝家的带领了几个媳妇押解着柳家的等够多时。林之孝家的又向平儿说："今日一早押了他来，恐园里没人伺候姑娘们饭，我暂且将秦显的女人派了去伺候姑娘们的饭了。"〔索隐〕内务府一缺为最膏腴之地，旗下王公群思染指，乘间谋干，直有迫不及待之势。平儿道："秦显的女人是谁？我不大相熟。"林之孝家的道："他是园里南角子上夜的，白日里没什么事，所以姑娘不大认识。高高儿的孤拐，大大的眼睛，最干净爽利的。"玉钏儿道："是了。姐姐，你怎么忘了？他是跟二姑娘的司棋的婶子。司棋的父亲虽是大老爷那边的人，他这叔叔却是咱们这边的。"〔索隐〕当日派代者必系散旗而非宗室旗。玩此语自见其为何人，惜已无从考证。

平儿听了方想起来，笑道："哦，你早说是他，我就明白了。"又笑道："也太派急了些。如今这事八下里水落石出了，连前日太太屋里丢的也有了主儿。是宝玉那日过来和这两个孽障不知道要什么的，偏这两个孽障怄他玩，说太太不在家不敢拿。宝玉便瞧他两个不提防时节，自己进去拿了些什么出来。这两个孽障不知道，就吓慌了。如今宝玉听见带累了别人，方细细的告诉了我，拿出东西来我瞧，一件不差。那茯苓霜也是宝玉外头得了的，也曾赏过许多人。不独园内人有，连妈妈丫鬟们讨出去给亲戚们吃，又转送人。袭人也曾给过芳官一流的人。他们私情各自来往，也是常事。前日那两篓还摆在议事厅上，好好的原封没动，怎么就混赖起人来？等我回了奶奶再说。"说毕，抽身进了卧房，将此事照前言回了凤姐儿一遍。

凤姐儿道："虽如此说，但宝玉为人不管青红皂白爱兜揽事情。别人再求求他去，他又搁不住人两句好话，给他个炭篓子戴上，什么事他不应承？咱们若信了，将来若大事也如此，如何治人？还要细细的追求才是。依我的主意，把太太屋里的丫头都拿来，虽不便擅加拷打，只叫他们垫着磁瓦子跪在太阳地下，茶饭也不要给他们吃；一日不说跪一日，便是铁打的，一日也管招了。"〔索隐〕此处之凤姐当系和珅一流人，心毒手辣，以办事敏决见赏于圣主者，故其口吻如此。又道："'苍蝇不抱没缝儿的鸡蛋。'虽然这柳家的没偷，到底有些影儿人才说他。虽不加贼刑，也革出不用，朝廷原有违误的，〔索隐〕明点朝廷二字。到底不算

· 739 ·

《红楼梦》与顺治皇帝的爱情故事

委屈了他。"

平儿道:"何苦来操这心!'得放手时须放手,什么大不了的事,乐得施恩呢。依我说,总在这屋里操上一百分心,终久是回那边屋里去的,没的结些小人仇恨,使人含恨抱怨。况且自己又三灾八难的,好容易怀了一个哥儿,到了六七个月还掉了,焉知不是素日操劳太过,气恼伤着的。如今趁早儿见一半不见一半的也倒罢了。"〔索隐〕谓虽竭尽心力要结主知,终久必有归结之日。多举厚怨,徒自速戾,一旦事机变易,灾祸及身,悔莫能逮。揆其所述,颇与珅事为近,故知所指为珅。卒之珅不能用,专擅如旧,上下侧目。世宗嗣位未一月,首谋诛珅,幕府识见固高于当局一筹也。一席话说得凤姐倒笑了,说道:"随你们罢,没的怄气。"平儿笑道:"这还是正经话!"说毕,转身出来,一一发放。要知端的,下回分解。

〔索隐〕此回与上回合看,上回为因,此回为果,有因必有果也。康熙时,圣驾屡驻跸海淀,宫内无主,阉寺辈招朋树党,夤缘为奸。此编所记当系情节重大、昭昭耳目之一二端。其中牵涉尤为关于天潢玉牒者,故标目以"投鼠忌器"揭之。不然,就原书论,赵姨娘之甘冒不韪,几于众恶所归,前后数十回放笔抒写,曾不为之稍留余地。即探春之当面折辱,如五十五回所言,亦绝无生母恩义存诸胸曲,何独于茯苓霜一节略有关系,便存顾忌耶?作者故示罅隙,并不欲绝对瞒煞后人;而后人遗神取貌,卒为作者瞒住,则不善读书之过也。

本回分三小段两正段:自"话说"起,至"什么事瞒了我们"句止为一小段,是上回之余波。自"正说着"句起,至"恐又生事"句止为前一正段。自"柳家的打发他女儿"句起至"也是芳官给他的就完了"句止为后一正段。自"平儿笑道"句起至"五儿感谢不尽"句止为一小段,自"平儿带他们来"句起至本回完毕又为一小段,均是本回之余波。

盖自上文种种波折,至宝玉揽认以后,本可就此完结,因恐文趣索然,特添出彩云挺身认罪一层,又添出凤姐蓄意追求

第六十一回　投鼠忌器宝玉瞒赃　判冤决狱平儿行权

一层，以为文章渲染，而于事实亦愈觉周密无缺。此由才力有余，故能举重若轻，得心应手。

或谓此数回为康熙间诸王夺嫡，骨肉相残种种险怪黑暗之事写照，义亦可通。

〔护花评〕假蔷薇硝，赵姨娘干动真气；真玫瑰露，贾宝玉甘冒假赃。

又：暗换茉莉粉，芳官赚赵姨娘两下嘴巴；私送茯苓霜，五儿赔芳官一宵眼泪。

又：指鹿为马，芳官调换粉硝；以李代桃，宝玉认偷霜露。

又：司棋逞性，不但伏后文败事之根，且以见迎春素日不知约束下人。

又：柳五儿事，若李纨办理，必不能明白；若探春究问，又多有干碍；非平儿不可。但平儿何能作主？故借凤姐已经吩咐发落，五儿才得跪诉冤枉，平儿始访问袭人，宝玉方肯代认。层层脱御，不露痕迹。

第六十二回　憨湘云醉眠芍药茵　呆香菱情解石榴裙

话说平儿出来吩咐林之孝家的道："大事化为小事，小事化为没事，方是兴旺之家。若是一点子小事，便扬铃打鼓乱掀腾起来，不成道理。〔**索隐**〕借此收束，即不痴不聋不作阿家翁之意。然藏垢纳污之事亦由此语实阶之厉。大某评此段附以"正训"二字，窃未敢赞同。如今将他母女带回，照旧去当差，将秦显家的仍旧遣回，再不必提此事，只是每日小心巡察要紧。"说毕，起身走了。柳家的母女忙向上叩头，林家的就带回园中。回了李纨、探春，二人都说"知道了，宁可无事，很好"。司棋等人空兴头了一阵。

那秦显家的好容易等了这个空儿钻了来，只兴头了半天。在厨房内正望接收家伙、米粮、煤炭等物，又查出许多亏空来，说："粳米短了两担，常用米又多支了一个月的，炭也缺着额数。"一面又打点送林之孝的礼，悄悄的备了一篓炭、一担粳米，在外边就遣人送到林家去了。又打点送帐户儿的礼，又备几样菜蔬请几位同事的人，说："我来了，全仗你们列伴扶持，自今以后都是一家人了。我有照顾不到的，好歹大家照顾些。"〔**索隐**〕写钻营得来者手忙脚乱、得意颠狂情形，跃然纸上。作者岂亦个中人耶？何知之深而言之确也。正乱着，忽有人来说："你看完了这一顿早饭就出去罢。柳嫂子原无事，如今还交与他管了。"秦显家的听了，轰去了魂魄，垂头丧气，登时掩旗息鼓，卷包而去。送人之物白白丢了许多，自己倒要折变了赔补亏空。连司棋都气了个直眉瞪睛，无计挽回，只得罢了。

赵姨娘正因彩云私赠了许多东西，被玉钏儿吵出，生恐查问出来，每日捏着一把汗，偷偷的打听信儿。忽见彩云来告诉道："都是宝玉应

第六十二回　憨湘云醉眠芍药茵　呆香菱情解石榴裙

了，从此无事。"赵姨娘方把心放下来。谁知贾环听如此说，便起了疑心，将彩云凡私赠之物都拿了出来，照着彩云面上摔了来，说："你这两面三刀的东西！我不稀罕。你不和宝玉好，他如何肯替你应？你既有担当，给了我，原该不与一个人知道；如今你既然告诉了他，我再要这个也没直趣儿！"彩云见如此，急得发咒赌誓，至于哭了。百般解说，贾环执意不信，说："不看你素日，我索性去告诉二嫂子，就说你偷来给我，我不敢要。你细想去罢！"说毕，摔手出去了。急的赵姨娘骂："没造化的种子，这是怎么说！"气得彩云哭了个泪干肠断。赵姨娘百般的安慰他："好孩子，他辜负了你的心，我横竖看得真。我收起来，过两日他自然回转过来了"。说着，便要收东西。彩云赌气一顿卷包起来，趁人不见，来至园中都弃在河内多，顺水沉的沉漂的漂。自己却气得夜间在被内暗哭了一夜。〔索隐〕补贾环、彩云一段，看是寻常文字，然细腻熨贴，丝丝入扣。此是《红楼梦》特长。

　　当下又值宝玉生日已到。原来宝琴也是这日，二人相同。王夫人不在家，也不曾像往年热闹。只有张道士送了四样礼，换的寄名符儿。还有几处僧尼庙的和尚、姑子送了供尖儿并寿星、纸马、疏头，并本宫星官、值年太岁、周岁换的锁儿。家中常走的男女先日来上寿。王子腾那边，仍是一套衣服、一双鞋袜、一百寿桃、一百束上用银线挂面。薛姨妈处减一半。其余家中，尤氏仍是一双鞋袜，凤姐儿是一个宫制四面和合荷包，里面装一个金寿星，一件波斯国的玩器。〔索隐〕叙寿礼一段笔墨闪烁，在有意无意之间。如云有意，则薛姨妈处减一半句，衣服鞋袜万无减半之理；如云无意，则凤姐所送为和合荷包内装金寿星一件，波斯国玩器一件，"和合"二字已可注意，"玩器"二字更可注意，是故弄狡狯处。各庙中遣人去放堂舍钱。又另有宝琴之礼，不能备述。姊妹中皆随便，或有一扇的，或有一字的，或有一画的，或有一诗的，聊为应景儿而已。

　　这日宝日清晨起来，梳洗已毕，冠带起来至前厅院中，已有李贵等四个人在那里设下天地香烛。宝玉炷了香，行了礼，奠茶焚纸后，便至宁府中宗祠祖先堂两处。行毕了礼，出去月台上，又朝上遥拜过贾母、贾政、王夫人等。一顺到尤氏上房，行过礼，坐了一回方回荣府。先至

《红楼梦》与顺治皇帝的爱情故事

薛姨妈处，再三拉着，然后又见过薛蝌，让一回方进园来。晴雯、麝月二人跟随，小丫头夹着毡子，从李氏起，一一挨着比自己长的房中到过。复出二门，至四个奶妈家让了一回方进来。虽众人要行礼，也不曾受。回至房中，袭人等都来，只说一声就是了。王夫人有言，不令年轻人受礼，恐折了福寿，故此皆不叩头。

一时贾环、贾兰来了，袭人连忙拉住，坐了一坐便去了。宝玉笑道："走乏了。"便歪在床上。方吃了半盏茶，只听外头咭咭呱呱一群丫头笑了进来。原来是翠墨、小螺、翠缕、入画、邢岫烟的丫头篆儿，〔索隐〕独于篆儿上加以邢岫烟的丫头句，以别于官中原有各人。并奶子抱着巧姐儿，彩鸾、绣凤八九个人，都抱着红毡子笑着进来，说："拜寿的挤破了门了，快拿面来我们吃。"刚进来时，探春、湘云、宝琴、岫烟、惜春也都来了。宝玉忙迎出来，笑说："不敢起动！快预备好茶。"请入房中，不免推让一回，大家归坐。

袭人等捧过茶来，才吃了一口，平儿也打扮得花枝招展的来了。宝玉忙迎出来，笑说："我方才到凤姐姐门上，回进去，说不能见我。我又打发人进去让姐姐的。"平儿笑道："我正打发你姐姐梳头，不得出来回你。后来听见又说让我，我那里禁当得起，所以特给二爷来叩头。"宝玉笑道："我也禁当不起。"袭人早在外门安了坐，让他坐。平儿便拜下去，宝玉作揖不迭；平儿便跪下去，〔索隐〕此处单写平儿，曰"打扮得花枝招展"，曰"便拜下去"，曰"便跪下去"。闭目冥想，有绘声绘影之妙。

宝玉也忙还跪下。袭人连忙搀起来，又拜了一拜，宝玉又还了一揖。

袭人笑推宝玉："你再作揖。"宝玉道："已经完了，怎么又作揖？"袭人笑道："这是他来给你拜寿。今日也是他的生日，你也该给他拜寿。"宝玉喜得忙作揖，笑道："原来今日也是姐姐的好日子。"平儿赶着也还了礼。

湘云拉宝琴岫烟道："你们四个人对拜寿，直拜一天才是。"探春忙问："原来邢妹妹也是今日？我怎么就忘了！"忙命丫头："去告诉二奶奶，赶着补一分礼，与琴姑娘的一样，送到二姑娘屋里去。"〔索隐〕岫烟之影黄皆令，前文已言之。皆令家贫，初依柳夫人以居，后以才学应

第六十二回　憨湘云醉眠芍药茵　呆香菱情解石榴裙

征，入宫为侍史。日暮修竹，落落寡合。皆令亦洁身自好，不随粥粥者为进退，出污泥而不染，比于宁荣二府之石狮子。书中每以闲笔写其孤高寒俭之状，盖深与之也。丫头答应着去了。岫烟见湘云直口说出来，少不得要到各房去让让。

探春笑道："倒有些意思。一年十二个月，月月有几个生日。人多了便这等巧，也有三个一日的，两个一日的。大年初一也不白过，大姐姐占了去；怨不得他福大，生日比别人就占先。又是太祖太爷的生日冥寿。过了灯节，就是老太太和宝姐姐，他们娘儿两个遇的巧。三月初一是太太的，初九是琏二哥哥。二月没人。"袭人道："二月十二日是林姑娘，怎么没人？只不是咱们家的人。"探春笑道："你看我这个记性儿！"宝玉笑指袭人道："他和林妹妹是一日，他所以记得。"探春笑道："原来你两个倒是一日，〔索隐〕袭人黛玉皆是董鄂妃小影。每年连头也不给我们磕一个。平儿的生日，我们也不知道，这也是才知道的。"平儿笑道："我们不是牌儿名上的人，生日也没拜寿的福，又没受礼的职分，可吵闹什么？可不悄悄儿的就过去罢了。今日他又偏吵出来了，等姑娘回房，我再行礼去罢。"探春笑道："也不敢惊动。只是今日倒要替你做个生日，我心里才过得去。"宝玉、湘云等一齐都说："很是"。探春便吩咐了丫头："去告诉他奶奶，说我们大家说了，今日一天不放平儿出去，〔索隐〕为官外命妇入内纵乐之一证。我们也大家凑了分子做生日呢。"

丫头笑着去了，半日回来道："二奶奶说了，多谢姑娘们给他脸。不知做生日给他些什么吃，只别忘了二奶奶，就不来絮聒他了。"众人都笑了。探春因说道："可巧今日里头厨房不预备饭，一应下面弄菜都是外头收拾，咱们就凑了钱，叫柳家的来领了去，只在咱们里头收拾倒好。"众人都说："很好。"

探春一面遣人去请李纨、宝钗、黛玉，一面遣人去传柳家的进来，吩咐他内厨房中快收拾两桌酒席。柳家的不知何意，因说："外厨房中预备了。"探春笑道："你原来不知道，今日是平姑娘的好日子，外头预备是上头的，这如今我们私下又凑了分子，单为平姑娘预备的两桌请他。你只管拣新巧的菜蔬预备了来，开了帐，我那里领钱。"柳家的笑道："今日又是平姑娘的千秋，我们竟不知道。"说着，便向平儿叩头，慌得

《红楼梦》与顺治皇帝的爱情故事

平儿拉起他来。柳家的忙去预备酒席。

这里探春又邀了宝玉同到厅上去吃面,等到李纨、宝钗一齐来全,又遣人去请薛姨妈与黛玉。因天气和暖,黛玉之疾渐愈,故也来了,花团锦簇,挤了一厅的人。

谁知薛蝌又送了巾扇香皂四色寿礼与宝玉,宝玉于是过去陪他吃面。两家皆办了寿酒,互相酬送,彼此同领。至午间,宝玉又陪薛蝌吃了两杯酒。宝钗带了宝琴过来,与薛蝌行礼。把盏毕,宝钗因嘱咐薛蝌:"家里的酒也不用送到那边去,这虚套竟收了。你只请伙计们吃罢,我们和宝兄弟进去,还要待人去呢,也不能陪你了。"薛蝌忙说:"姐姐兄弟只管请,只怕伙计们也就好来了。"宝玉忙又告过罪,方同他姊妹回来。

一进角门,宝钗便命婆子将门锁上,把钥匙要了自己拿着。宝玉忙说:"这一道门何必关,又没多的人走,况且姨妈、姐姐、妹妹都在里头,倘或要家去取什么,岂不费事?"宝钗笑道:"小心没过逾的。你们那边这几日七事八事,竟没有我们那边的人,可知是这门关得有功效了。若是开着,保不住那起人图顺脚,走近路从这里走,拦谁是好?不如锁了,连妈妈和我也禁着些,大家别走,纵有了事,就赖不着这边的人了。"

宝玉笑道:"原来姐姐也知道我们那边近日丢了东西?"宝钗笑道:"你只知道玫瑰露和茯苓霜两件,乃因人而及物,若不是里头有人,你是连这两件还不知道呢。殊不知还有几件比这两件大的呢。若以后叩登不出来,是大家的造化;若叩登出来了,不知里头连累多少人呢?你也是不管事的人,我才告诉你。平儿是个明白人,我前日也告诉了他,皆因他奶奶不在外头,所以使他明白了。若不犯出来,大家落得丢开手;若犯出来,他心里已有了稿儿,自有头绪,就冤屈不着别人了。〔索隐〕继后博尔济锦氏待字闺中日,即以明敏有才,善持家政见称。章皇后被废,氏以戚属关系往来禁掖,于官中诸事尤所留心。为人亦圆融无忤,上下交誉,遂得继续被选。此由宝钗影射恰好。你只听我说,以后留神小心就是了。这话也不可告诉第二个人。"

说着,来到沁芳亭边,只见袭人、香菱、侍书、晴雯、麝月、芳官、蕊官、藕官十来个人,都在那里看鱼玩呢。见他们来了,都说:"芍药栏

第六十二回　憨湘云醉眠芍药茵　呆香菱情解石榴裙

里预备下了，快去上席罢。"宝钗等遂携了他们，同至芍药栏中红香圃三间小敞厅内。连尤氏已请过来了，诸人都在那里，只没平儿。

原来平儿出去，有赖、林诸家送了礼来，连三接四，上中下三等家人拜寿送礼的不少。平儿忙着打发赏钱道谢，一面又色色的问明了凤姐儿，不过留下几样，也有不受的，也有受了即刻赏与人的。忙了一回，又直等凤姐儿吃过面，方换了衣裳往园里来。

刚进了园，就有几个丫鬟来找他，一同到了红香圃中。只见筵开玳瑁。褥设芙蓉。众人都笑说："寿星全了。"上面四座定要让他们四个人坐，四人皆不肯。薛姨妈说："我老天拔地，不合你们的群儿，我倒拘的慌，不如我到厅上随便躺躺去倒好。我又吃不下什么去，又不大吃酒，这里让他们倒便宜。"尤氏等执意不从。宝钗道："这也罢了，倒是让妈妈在厅上歪着自如些，有爱吃的送些过去，倒自在了。且前头没人，在那里又可照看了。"探春笑道："既这样，恭敬不如从命。"因大家送到理事厅上，眼看着命小丫头们铺了一个锦褥并靠背引枕之类，又嘱咐："好生给姨太太捶腿，要茶要水别推三拉四的。回来送了东西来，姨太太吃了赏你们吃，只别离了这里"。小丫头子们都答应了。

探春等方回来。终久让宝琴、岫烟二人在上，平儿面西坐，宝玉面东坐。探春又接了鸳鸯来，二人并肩对面相陪。西边一桌，宝钗、黛玉、湘云、迎春、惜春依序，一面又拉了香菱玉钏儿二人打横。三桌上，尤氏、李纨，又拉了袭人、彩云陪坐。四桌上，便是紫鹃、莺儿、晴雯、小螺、司棋等人围坐。

当下探春等还要把盏，宝琴等四人都说"这一闹一日也坐不成了"，方才罢了。两个女先儿要弹祠上寿，众人都说："我们没人要听那些野话，你厅上去说给姨太太解闷儿去罢。"〔索隐〕然则姨太太爱听那些野话矣！奇极怪极。一面又将各色吃食拣了，命人送与薛姨妈去。

宝玉便说："雅坐无趣，须要行令才好。"众人中有的说行这个令好，又有那个说行那个令才好。黛玉道："依我说，拿了笔砚将各色令都写了，拈成阄儿，咱们抓出那个来就是那个。"众人都道"妙极"，即命拿了一副笔砚花笺。香菱近日学了诗，又天天学写字，见了笔砚便巴不得，连忙起来说："我写。"众人想了一回，共得十来个。念着，香菱一

《红楼梦》与顺治皇帝的爱情故事

一写了,搓成阄儿,掷在一个瓶中。

探春便命平儿拈。平儿向内搅了一搅,用箸夹了一个出来。打开一看,上写着:"射覆"二字。〔索隐〕头一个令为"射覆",且尊之为令祖宗,以见书中之事本有所覆,射着射不着视读者心思之灵拙如何。宝钗笑道:"把个令祖宗拈出来了!'射覆'从古有的,如今失了传,这是后纂的,比一切的令都难。这里头倒有一半是不会的,不如毁了,另拈一个雅俗共赏的。"探春笑道:"既拈了出来,如何再毁?如今再拈一个,若是雅俗共赏的,便叫他们行去,咱们行这一个。"说着,又叫袭人拈了一个,却是"拇战"。史湘云笑着说:"这个简断爽利,合了我的脾气,我不行这个'射覆',没得垂头丧气闷人,我只猜拳去了。"探春道:"惟有他乱令。宝姐姐,快罚他一钟。"宝钗不容分说,便灌了湘云一杯。

探春道:"我吃一杯,我是令官,也不用宣,只听我分派。取了令骰、令盆来,从琴妹妹掷起,挨着掷下去,对了点的二人射覆。"宝琴一掷是个三,岫烟宝玉等皆掷的不对,直到香菱方掷了个三。宝琴笑道:"只好室内生春,〔索隐〕此回所记皆"室内生春"之事,故以四字点醒之。若说到外头去,可太没头绪了。"探春道:"自然。三次不中者罚一杯,你覆他射。"

宝琴想了一想,说了个"老"字。香菱原生于这令,一时想不到,满室满席都不见有与"老"字相连的成话。湘云先听了,便也乱看,忽见门斗上贴着"红香圃"三个字,便知宝琴覆的是"吾不如老圃"的"圃"字。见香菱射不着,众人击鼓又催,便悄悄的拉香菱,教他说"药"字。黛玉偏看见了,说:"快罚他,又在那里传递呢!"闹得众人都知道了,忙又罚了一杯,恨得湘云拿筷子敲黛玉的手。

于是罚了香菱一杯。下则宝钗和探春对了点子,探春便覆了一"人"字,宝钗笑道:"这个'人'字泛得很。"探春笑道:"添一个字,两覆一射也不泛了。"说着,便又说了一个"窗"字。宝钗一想,因见席上有鸡,便知他是用"鸡窗""鸡人"二典了,因射了一个"埘"字,探春知他射着,用了"鸡栖于埘"的典。〔索隐〕鸡字典故极多,何必取此一句?此谓语妙双关,又谓之室内生春。二人一笑,各饮一口门杯。

第六十二回　憨湘云醉眠芍药茵　呆香菱情解石榴裙

湘云等不得，早和宝玉"三""五"乱叫，猜起拳来。那边尤氏和鸳鸯隔着席，也"七""八"乱叫，猜起拳来。平儿袭人也作了一对，叮叮当当只听得腕上镯子响。一时湘云赢了宝玉，袭人赢了平儿，二人限酒底酒面，湘云便说："酒面要一句古文，一句旧诗，一名骨牌名，一句曲牌名，还要一句时宪书上有的话，共总成一句话。酒底要关人事的果菜名。"

众人听了都说："惟有他的令比人唠叨，倒也有些意思。"便催宝玉快说。宝玉笑道："谁说过这个，也等想一想儿。"黛玉便道："你多吃一钟，我替你说。"宝玉真个吃了酒，听黛玉说道：

落霞与孤鹜齐飞，风急江天过雁哀，却是一枝折脚雁，叫得人九回肠，这是鸿雁来宾。〔索隐〕此令关合小琬身世，被掳北上，钿合中分。却是一枝折脚雁，声声哀怨，那得不令人九回肠。

说得大家笑了。众人道："这一串子倒有些意思。"黛玉又拈一个榛瓤，说酒底道：

榛子非关隔院砧，何来万户捣衣声？〔索隐〕万家砧杵，远念征夫，取此为况。是杜少陵《鄜州月》一首对面写照法。

令完。鸳鸯袭人等皆说的是一句俗语，都带一个"寿"字，不须多赘。

大家轮流乱了一阵，这上面湘云又和宝琴对了手，李纨和岫烟对了点子。李纨便覆了一个"瓢"字，岫烟便射了一个"绿"字，二人会意，各饮了一口。湘云的拳却输了，请酒面酒底。宝琴笑道："请君入瓮。"〔索隐〕与"鸡栖于埘"同一用意。诗云："善戏谑兮，不为虐兮。"大家笑起来，说："这个典用得当。"湘云便说道：

奔腾澎湃，江间波浪兼天涌，须要铁索缆孤舟，既遇着一江风，不宜出行。〔索隐〕隐切四贞。四贞随延龄于广西，滇

《红楼梦》与顺治皇帝的爱情故事

> 乱起后,为平西所幽禁,故云"不宜出行"。

说的众人都笑了,说:"好个谄断了肠子的!怪道他出这个令,故意惹人笑。"又催他快说酒底儿。湘云吃了酒,夹了一块鸭肉,呷口酒,忽见碗内有半个鸭头,遂夹了出来吃脑子。众人催他"别只顾吃,你到底快说了"。湘云便用箸子举着说道:

> 这鸭头不是那丫头,头上那有桂花油。〔索隐〕"桂花油"三字关合三桂。玩此句语意,岂四贞被拘后曾为三桂所侮辱耶?

众人越发笑起来,引得晴雯小螺等一干人都走过来说:"云姑娘会开心儿,拿着我们取笑儿,快罚一杯才罢!怎见得我们就该擦桂花油的?倒得每人给一瓶子桂花油擦擦!"

黛玉笑道:"他倒有心给你们一瓶子油,又怕讹误着打窃盗官司。"众人不理论,宝玉却明白,忙低了头。彩云心里有病,不觉红了脸。宝钗忙暗暗的觑了黛玉一眼。黛玉自悔失言,原是打趣宝玉的,就忘了趣了彩云了,自悔不及,忙一顿的行令猜拳岔开了。

底下宝玉可巧和宝钗对了点子,〔索隐〕上文对点子者甚多,而宝玉与钗独云"可巧",以见钗之与玉确为配偶也。宝钗便覆了一个"宝"字,〔索隐〕覆之翼之,戋戋之玉,固已视为怀中物矣。宝玉想了一想,便知是宝钗作戏,指着自己的通灵玉说的,便笑道:"姐姐拿我作雅谑,我却射着了。说出来姐姐别恼,就是姐姐的讳'钗'字就是了。"众人道:"怎么解?"宝玉道:"他说'宝',底下自然是'玉'字了。我射'钗'字,旧诗曾有'敲断玉钗红烛冷',〔索隐〕谋事在人,成事在天。故虽赋得宝之歌,终有断钗之恨。岂不射着了?"

湘云说道:"这用时事却使不得,两个人都该罚。"香菱道:"不止时事,这也是有出处的。"湘云道:"'宝玉'二字并无出处,不过是春联上或有之,诗书记载并无,算不得。"香菱道:"前日我读岑嘉州五言律,见有一句说'此乡多宝玉',怎么你倒忘了?后来又读李义山七言绝句,又有一句'宝钗无日不生尘'。我还笑说,他两个名字却原来在

第六十二回　憨湘云醉眠芍药茵　呆香菱情解石榴裙

唐诗上呢。"众人笑道："这可问住了，快罚一杯。"湘云无话，只得饮了。

大家又该对点猜拳。这些人因贾母、王夫人不在家，没了管束，便任意取乐，呼三喝四，喊七叫八，满厅中红飞翠舞，玉动珠摇，真是十分热闹。玩了一回，大家方起席散了。却忽然不见了湘云，只当他外头自便就来，〔索隐〕与人方便，自己方便。此"方便"二字之出处。谁知越等越没了影子。使人各处去找，那里找得着。

接着，林之孝家的同着几个老婆子来，一则恐有正事听唤，二则恐丫鬟们年轻，趁王夫人不在家，不服探春等约束，恣意痛饮，失了体统，故来请问有事无事。探春见他们来了，便知其意，忙笑道："你们又不放心，来查我们来了。我们并没有多吃酒，不过是大家玩笑，将酒作引子，妈妈们别耽心。"李纨尤氏都也笑道："你们歇着去罢，我们也不敢叫他们多吃了。"林之孝家的等人笑说："我们知道，连老太太让姑娘们吃酒姑娘们还不肯吃呢，何况太太们不在家，自然玩罢了。我们怕有事，来打听打听。二则天长了，姑娘们玩一回子，还该点补些小食儿。素日又不大吃杂项东西，如今吃一两杯酒，若不多吃些东西，怕受伤。"探春笑道："妈妈说的是，我们也正要吃呢。"回头命取点心来。两旁丫鬟们齐声答应了，忙去传点心。探春又笑道："你们歇着去，或是姨妈那里说话儿去。我们即刻打发人送酒你们吃去。"林之孝家的等人笑回"不敢领了"，又站了一回，方退了出来。平儿摸着脸笑道："我的脸都热了，也不好意思的见他们。〔索隐〕独写平儿脸热，与上文对跪对拜事照应，中有微词。依我说竟收了罢，别惹他们再来，倒没意思了。"探春笑道："不相干，横竖咱们不认真吃酒就是了。"

正说着，只见一个小丫头笑嘻嘻的走来说："姑娘们快瞧，云姑娘吃醉了图凉快，在山子后头一块青石板凳上睡着了。"众人听说，都笑道："快别声张。"说着都走来看时，果见湘云卧于山石僻处一个石凳上，业经香梦沉酣。四面芍药花飞了一身，满头脸衣襟上皆是红香散乱。手中的扇子在地下，也半被落花埋了，一群蜜蜂蝴蝶闹嚷嚷的围着。又用鲛帕包了一包芍药花瓣枕着。众人看了，又是爱又是笑，忙上来推唤挽扶。湘云口内犹作睡语说酒令，自言自语说："泉香酒洌，玉盏盛来琥珀光，

《红楼梦》与顺治皇帝的爱情故事

直饮到梅梢月上,醉扶归,却为宜会亲友。"〔索隐〕四贞接养在宫,虽频邀恩眷,而独居私念,终不能忘情于少小许婚之延龄。曰"醉扶归"者,有思归之意也;曰"宜会亲友"者,有欲会而不得会之隐憾也。众人笑推他说道:"快醒醒儿,吃饭去,这潮凳上要睡出病来的。"湘云慢启秋波,见了众人,又低头看了一看自己,方知是醉了。原是纳凉避静的,不觉因多罚了两杯酒,娇弱不胜,便睡着了,心中反觉自愧。〔索隐〕愧于何有?早有小丫头端了一盆洗脸水,一个捧着镜奁,众人等着他。便在石凳上重新匀了脸,拢了鬓,连忙起身,同着来至红香圃中,又吃了两盏浓茶。探春忙命将醒酒石拿来给他衔在口内,〔索隐〕衔石在口,有不可告人之隐矣。一时又命他吃了些酸汤,方才觉得好了些。

当下又选了几样果菜与凤姐儿送去,凤姐儿也送了几样来。宝钗等吃过点心,大家也有坐的,也有立的,也有往外观花的,也有倚栏看鱼的,各自取便,说笑不一。探春便和宝琴下棋,宝钗、岫烟观局。林黛玉和宝玉在一簇花下唧唧哝哝,不知说些什么。

只见林之孝家的和一群女人,带了一个媳妇进来。那媳妇愁眉泪眼,也不敢进厅来,到阶下便朝上跪下叩头。探春因一块棋受敌,算来算去总得了两个眼,便折了官着儿,〔索隐〕穿花蛱蝶深深见,点水蜻蜓款款飞。虽范我驰驱,终朝十获。然官家体统荡焉无存矣。以着棋设喻,真是绝妙好处。两眼只瞧着棋盘,一只手伸在盒内,只管抓棋子作想;林之孝家的站了半天,因回头要茶时才看见,问:"什么事?"林之孝家的便指那媳妇道:"这是四姑娘屋里小丫头彩儿的娘,现是园内伺候的人。嘴很不好,才是我听见了问着他,他说的话也不敢回姑娘,〔索隐〕接写此一段,蹊跷暧昧,意在言外。竟要撵出去才是。"探春道:"怎么不回大奶奶?"林之孝家的道:"方才大奶奶往厅上姨太太处去,顶头看见,我已回明白了,叫:回姑娘来。"探春道:"怎么不回二奶奶?"平儿道:"不必去回了,我回去说一声就是了。既这么着,就撵他出去,等太太回来再回,请姑娘定夺。"探春点头,仍又下棋。这里林之孝家的带了那人出去。不提。

黛玉和宝玉二人站在花下,遥遥盼望。黛玉便说道:"你家三丫头倒是个乖人,虽然叫了他管些事,倒也一步不肯多走。差不多的人就早作

第六十二回　憨湘云醉眠芍药茵　呆香菱情解石榴裙

起威福来了。"宝玉道："你不知道呢，你病着时，他干了几件事。这园子也分了人管，如今多掐一根草也不能了。又蠲了几件事，单拿着我和凤姐姐做筏子。最是心里有算计的人，岂止乖呢！"黛玉道："要这样才好，咱们也太费了。我虽不管事，心里每常闲了，替他们一算，出的多进的少。如今若不省俭，必致后手不接。"宝玉笑道："凭他怎么后手不接，也不短了咱们四个人的。"〔索隐〕四个人之说，含糊无着落。此亦当日世祖随意行幸，内嬖孔多之一证。黛玉听了，转身就往厅上寻宝钗说笑去了。

宝玉正欲走时，只见袭人走来，手内捧着一个小连环洋漆茶盘，里面可式放着两钟新茶，因问："他往那里去了？我见你两个半日没吃茶，巴巴的倒了两钟来，他又走了。"宝玉道："那不是他，你给他送去。"说着，自拿了一钟。袭人便送了那钟去；偏和宝钗在一处，只得一钟茶，便说："那位喝时那位先接了，我再倒去。"宝钗笑道："我倒不喝，只要一口漱漱就是了。"说着，先拿起来喝了一口，剩下半杯，递在黛玉手内。袭人笑道："我再倒去。"黛玉笑道："你知道我这病，大夫不许多喝茶，这半钟尽够了。难为你想得到。"说毕饮干，将杯放下。〔索隐〕偏是宝钗先喝，而黛玉沾其余沥。是亦为董妃继后写照处。

袭人又来接宝玉的，宝玉因问："这半日不见芳官，他在那里呢？"袭人回顾一瞧说："才在这里几个人斗草玩，这会子不见了。"宝玉听说，便忙回至房中，果见芳官面向里睡在床上。宝玉推他道："这快别睡觉，咱们外头玩去，一会子好吃饭。"芳官道："你们吃酒不理我，叫我闷了半日，可不来睡觉罢了。"宝玉拉了他起来，笑道："咱们晚上家里再吃，回来我叫袭人姐姐带了你桌上吃饭何如？"芳官道："藕官、蕊官都不上去，单我在那里也不好。我也吃不惯那面条子，早起也没好生吃。刚才饿了，我已告诉了柳婶子，先给我做一碗汤，盛半碗粳米饭送来，我这里吃了就完事。若是晚上吃酒，不许叫人管着我，我要尽力吃够了才罢。我先在家里，吃二三斤好惠泉酒泥，如今学了这劳什子，他们说怕坏嗓子，这几年也没闻见，趁今日我可是要开斋了。"〔索隐〕"开斋"二字亦复涉笔成趣。宝玉道："这个容易。"

说着，只见柳家的果遣人送了一个盒子来。春燕拦着，揭开看时，

《红楼梦》与顺治皇帝的爱情故事

里面是一碗虾丸鸡皮汤,又是一碗酒酿清蒸鸭子,一碟腌的胭脂鹅脯,还有一碟四个奶油松瓤卷酥并一大碗热腾腾、碧莹莹绿畦香稻粳米饭。春燕放在案上,走来安小菜碗箸,过来拨了一碗饭。芳官便说:"油腻腻的,谁吃这些东西?"只将汤泡饭吃了一碗,拣了两块腌鹅,就不吃了。宝玉闻着,倒觉比往常之味又胜些似的,遂吃了一个卷酥,又命春燕也拨了半碗饭,泡汤一吃,十分香甜可口。〔索隐〕"虾丸鸡皮汤""胭脂鹅脯""奶油松瓤卷酥""香甜可口"等字,均随笔点缀,文不落寞。春燕和芳官都笑了。

吃毕,春燕便将剩的要交回,宝玉道:"你吃了罢,若不够再要些来。"春燕道:"不用要,这就够了。方才麝月姐姐拿了两盘子点心给我们吃了,我再吃了这个尽够了,不用再吃了。"说着,便站在桌旁一顿吃了。又留下两个卷酥,说:"这个留着给我妈吃。晚上要吃酒,给我两碗酒吃就是了。"宝玉笑道:"你也爱吃酒?等着咱们晚上痛饮一阵。你袭人姐姐和晴雯姐姐的量也好,也要吃,只是每日不好意思,趁今日大家开斋。还有一件事想着嘱咐你,竟忘了,此刻才想起来。以后芳官全要你照看他,他或有不到处,你提他。袭人照顾不过这些人来。"春燕道:"我都知道,不用你操心。但只五儿的事怎么样?"宝玉道:"你和柳家的说去,明日直叫他进来罢,等我告诉他们一声就完了。"芳官听了笑道:"这倒是正经事。"春燕又叫两个小丫头进来,服侍洗手倒茶,自己收了家伙交与婆子,也洗手,便去找柳家的。不在话下。

宝玉便出来,仍往红香圃寻众姊妹,芳官在后拿着巾扇。刚出了院门,只见袭人、晴雯二人携手回来。宝玉问:"你们做什么?"袭人道:"摆下饭了,等你吃饭呢。"宝玉便笑着将方才吃饭的一节告诉了他两个。袭人笑道:"我说你是猫儿食。虽然如此,也该上去陪他们,多少应个景儿。"晴雯用手指戳在芳官额上说道:"你就是狐媚子!什么空儿跑了去吃饭,两个怎么约下了,也不告诉我们一声儿。"〔索隐〕尹邢互嫉,固一定之理。但仅吃得一顿饭,何至说得如此不堪?作者意有所寓,故不惜以淋漓酣畅出之。袭人笑道:"不过是误打误撞的遇见,说约下可是没有的事。"晴雯道:"既这么着,要我们无用。明日我们都走了,让芳官一个人就够使。"袭人笑道:"我们都去了使得,你却去不得。"晴

第六十二回　憨湘云醉眠芍药茵　呆香菱情解石榴裙

雯道:"惟有我是第一个要去,又懒又夯,性子又不好,又没用。"袭人笑道:"倘或那孔雀褂子襟再烧了窟窿,你去了,谁可会补呢?你倒别和我拿三搬四的,我烦你做个什么,你就懒得横针不拈竖线不动。一般也不是我的私活烦你,你道不是他的你就都不肯做,怎么我去了几天,你病的七死八活,一夜连命也不顾给他做了出来,这又是什么原故?你到底说话呀!怎么装憨儿和我笑,那也当不了什么。"晴雯笑着啐了一口。大家说着来至厅上。薛姨妈也来了,依序坐下吃饭。宝玉只用茶泡了半碗饭,应景而已。

一时吃毕,大家吃茶闲话,又随便玩笑。外面小螺和香菱、芳官、蕊官、藕官、豆官等四五个人,满园玩了一回,大家采了些花草来,围着坐在花草堆中斗草。这一个说:"我有观音柳。"那一个说:"我有罗汉松。"那一个又说:"我有君子竹。"这一个又说:"我有美人蕉。"这个又说:"我有星星翠。"那个又说:"我有月月红。"这个又说:"我有'牡丹亭'上的牡丹花。"那个又说:"我有'琵琶记'里的枇杷果。"豆官便说:"我有姊妹花。"众人没了,香菱便说:"我有夫妻蕙。"豆官道:"从没听见有个夫妻蕙。"香菱道:"一个剪儿一个花儿叫做兰,一个剪儿几个花儿叫做蕙;上下结花的为兄弟蕙,并头结花的为夫妻蕙。我这枝并头的,怎么不是夫妻蕙?"豆官没得说了,便起身笑道:"依你说,若是这两枝一大一小,就是老子儿子蕙了?若是两枝背面开的,就是仇人蕙了?你汉子去了大半年,你想他了,便拉扯着蕙上也有夫妻了,好不害羞!"香菱听了,红了脸,忙要起身拧他,笑骂道:"我把你这个烂了嘴的小蹄子!满口里放屁胡说!"豆官见他要站起来,怎肯容他,便连忙伏身将他压住,回头笑着央告蕊官等:"来帮着我拧他这张嘴!"两个人滚在地下。众人拍手笑道:"了不得了!那是一洼子水,可惜弄坏了他的新裙子。"豆官回头看了一看,果见旁边有一汪积雨,香菱的半条裙子都污湿了,自己不好意思,忙夺手跑了。众人笑个不住,怕香菱拿他们出气,也都笑着一哄而散。

香菱起身低头一瞧,见那裙上犹滴滴点点流下绿水来。〔索隐〕是何情景?此裙之污,虽湔西江之水不能濯也。正恨骂不绝,可巧宝玉见他们斗草,也寻了些草花来凑戏。忽见众人跑了,只剩了香菱一个低头

《红楼梦》与顺治皇帝的爱情故事

弄裙,因问:"怎么散了?"香菱便说:"我有一枝夫妻蕙,他们不知道,反说我诌,因此闹起来,把我的新裙子也糟蹋了。"宝玉笑道:"你有夫妻蕙,我这里倒有一枝并蒂菱。"〔**索隐**〕本有正名定分之夫妻,而乃于拖泥带水中别求并蒂,于嗟菱兮,难为情兮。口内说着,手里真个拈着一枝并蒂菱花,又拈了那枝夫妻蕙在手内。

香菱道:"什么夫妻不夫妻,并蒂不并蒂,你瞧瞧这裙子!"宝玉便低头一瞧,"阿呀"了一声,说:"怎么就拉在泥里了?可惜这石榴红绫最不禁染。"〔**索隐**〕所谓一失足成千古恨,再回头已百年身。香菱道:"这是前日琴姑娘带了来的,姑娘做了一条,我做了一条,今日才上身。"宝玉跌足叹道:"若你们家,一日糟蹋这么一件也不值什么,〔**索隐**〕后宫佳丽粉黛三千,以帝王之尊,即日幸一姬亦岂为过分?惜乎其为客星上犯帝座,以致垂象见戒耳。只是头一件,既系琴姑娘带来的,你和宝姐姐每人才一件,他的尚好,你的先弄坏了,岂不孤负他的心?二则姨妈老人家嘴碎,饶这么样,我还听见常说你们不知过日子,只会糟蹋东西,不知惜福呢。这叫姨妈看见了,又说个不清。"香菱听了这话,却碰在心坎儿上,反倒喜欢起来,因笑道:"就是这话。我虽有几件新裙子,都不合这一样;若有一样的,赶着换了,也就好了。过后再说。"宝玉道:"你快休动,只站着方好。不然连小衣膝裤鞋面都要弄上泥水了。我有主意,袭人上月做了一条,和这个一模一样的,他因有孝,如今也不穿,竟送了你换下这个来如何?"香菱笑着摇头说:"不好。倘或他们听见了倒不好。"宝玉道:"这怕什么?等他孝满了,他爱什么难道不许你送他别的不成?你若这样,不是你素日为人了!况且不是瞒人的事,只管告诉宝姐姐也可,只不过怕姨妈老人家生气罢了。"香菱想了一想有理,点头笑道:"就是这样罢了,别辜负了你的心。等着你,千万叫他亲自送来才好。"

宝玉听了,喜欢非常,〔**索隐**〕曰"他们听见了倒不好",曰"别辜负了你的心",曰"喜欢非常",一路写来,皆用闪烁之笔。答应了,忙忙的回来。一壁低头心下暗想:"可惜这么一个人,没父母,连自己本姓也忘了,被人拐出来,偏又卖与这个霸王。"因又想起上日平儿也是意外想不到的,今日更是意外之意外的事了。一面胡思乱想来至房中,拉了

第六十二回　憨湘云醉眠芍药茵　呆香菱情解石榴裙

袭人细细告诉了他缘故。

香菱之为人，无人不怜爱的。袭人又本是个手中撒漫的，况与香菱相好，一闻此言，忙就开箱取了出来折好，随了宝玉来寻香菱，见他还站在那里等呢。袭人笑道："我说你太淘气了，总要淘出个故事来才罢。"香菱红了脸笑道："多谢姐姐了，谁知那起促狭鬼使的黑心。"说着，接了裙子展开一看，果然合自己的一样。又叫宝玉背过脸去，自己向内解下来，将这条系上。袭人道："把这肮脏了的交与我拿回去，收拾了给你送来；你若拿回去，看见了又是要问的。"香菱道："好姐姐，你拿去不拘给那个妹妹罢，我有了这个，不要他了。"〔索隐〕得新弃旧，明正香菱之罪案。袭人道："你倒大方得很！"香菱忙又拜了两拜，道谢袭人。一面袭人拿了那条泥污了的裙子就走。

香菱见宝玉蹲在地下，将方才夫妻蕙与并蒂菱用树枝儿挖了一个坑，先抓些落花来铺垫了，将这菱蕙安放上，又将些落花来掩了，方撮土掩埋平伏。香菱拉他的手笑道："这又叫做什么？怪道人人说你惯会鬼鬼祟祟使人肉麻呢。〔索隐〕"鬼鬼祟祟使人肉麻"，的是世祖一生行状，宜乎水绘名姬、直塘孀妇无不神摇魄夺倾心至死。你瞧瞧你这手，弄得泥污苔滑的，还不快洗去。"宝玉笑着方起身走了去洗手，香菱也自走开。

二人已走了数步，香菱复转身回来叫住宝玉。宝玉不知有何话说，扎煞着两只泥手，笑嘻嘻的转来问："作什么？"香菱红了脸只管笑，嘴里却要说什么又说不出口来。因那边他的小丫头臻儿走来说："二姑娘等你说话呢。"香菱脸又一红，〔索隐〕平儿脸热，香菱脸红，双峰对峙。方向宝玉道："裙子的事可别和你哥哥说就完了。"说毕即转身走了。宝玉笑道："我可不疯了，往虎口里探头儿去呢！"说着也回去了。不知端详，下回分解。

〔索隐〕此一幅深宫行乐图也。顺治亲政之始，海内粗定，臣多诡遇，君有童心。金屋贮娇，结绮阁而临璧月；玉杯荒宴，斟浊酒以劝长星。斗鸭开栏，鸣鸡置埭，弹棋蹴鞠，自号风流。脂井粉田，别多佳境。长门较猎，金张则挟弹相随；素面朝天，秦虢则褰裳入侍。其中秽迹，盖有难言。作者去古未遥，腥闻早饫,遂以惝恍迷离之笔,抒陆离光怪之词。

此回所最着筋节者为平儿、香菱。书中谓平儿"也是意外想不到的",香菱"更是意外之意外的事",味其语意,殆于三十六宫春色之外,别有佳遇,神怡心畅,幸福无边。平儿必为豫王肃王之妃,香菱则王公外戚命妇。

开国之初,外臣眷属出入掖庭本无拘禁。至顺治十一年四月,始奉谕云:"历代以来,无命妇更番入侍之例,所以严上下之体,杜绝嫌疑也。今蒙天眷,奄有洪基,内外伦常,首当隆重。朕曾奏请圣母皇太后,将随侍皇后及王贝勒等福晋命妇概行停止。奉皇太后懿旨:此言甚是。随我命妇,我自裁定。其皇后及王贝勒福晋贝子公夫人随侍命妇,俱着停止其随侍。各该王贝勒列名具奏,候旨入侍。大朝日期,大臣命妇照例上朝"云云。闲花小草方以得沾天家雨露为幸,此既赠芍采兰,彼自移舟泊岸,所谓"一年一度一相见,彼此隔河何事无"也。厥后私语渐闻,人言可畏,乃下明令停止,作盗铃掩耳之谋。

本回以宝玉生日群花祝寿为主,一番佳话是否适出于万寿无疆之日,固不可知,然必宫中大典礼。蟠桃赴会,因而鸡犬俱仙。臭汉脏唐,一部廿四史大都如此,更何必于满蒙部落初入神州者独加苛责耶?

全回文字,惟开首起至"暗哭了一夜"止,为结束上文之笔。余则一气到底,不必强分段落也。

〔护花评〕一部书中庆寿不少,宝玉生日自不可缺。但一例铺叙,便是印板文字。今夹叙平儿、宝琴、岫烟同日诞生,文法既变换不板,又省却另叙三人生辰。

又:宝琴、岫烟、平儿生日实补;太祖〔太祖太爷〕冥寿,王夫人、贾琏、袭人是虚补,笔法不同。

又:黛玉、湘云所说酒令俱是两人小照,莫作闲文看过。宝钗、宝玉对点射覆,俱以名互戏,有心有缘,意在言外。又借香菱口中点出命名典故,玲珑细巧。

又:香菱石榴裙因争夫妻蕙而湿,因遇并蒂菱而解,妙有

第六十二回　憨湘云醉眠芍药茵　呆香菱情解石榴裙

意味。

〔**大某评**〕宝玉一生日，而先叙道士和尚尼姑所送之礼，则宝玉之结局可知，此作者之微意也。

又：香菱换裙时有人在侧，伴叫宝玉背过脸去；及袭人既走即来拉手，以后脸红脉脉，至半晌方云裙子的事。其媟昵之痕，西江不能濯也。

又：此回仍是癸丑年夏时事。

第六十三回 寿怡红群芳开夜宴
死金丹独艳理亲丧

话说宝玉回至房中洗手,因与袭人商议,"晚间吃酒,大家取乐,不可拘泥。如今吃什么好,早说给他们备办去"。

袭人笑道:"你放心,我和晴雯、麝月、秋纹四个人每人五钱银子,共是二两,芳官、碧痕、春燕四儿四个人每人三钱银子,他们有假的不算,共是三两二钱银子,早已交给了柳嫂子,预备四十碟果子。我和平儿说了,已经抬了一坛好绍兴酒藏在那边了。我们八个人单替你做生日。"宝玉听了,喜的忙说:"他们是那里的钱,不该叫他们出才是。"

晴雯道:"他们没钱,难道我们是有钱的?这原是各人的心,那怕他偷的呢,只管领他的情就是了。"〔**索隐**〕万海朝宗,群花拱艳,来者不拒,方是王者大一统之义。必欲寻根究底,则偷寒送暖,此中黑幕固未可揭以示人也。

宝玉听了笑道:"你说的是。"袭人笑道:"你这个人,一天不挨他两句硬话村你,你再过不去。"晴雯笑道:"你如今也学坏了,专会调三窝四。"说着大家都笑了。宝玉说:"关了院门罢"。袭人笑道:"怪不得人说你是'无事忙',这会子关了门,人倒疑惑起来,索性再等一等。"

宝玉点头,因说:"我出去走走,四儿舀水去,春燕一个跟我来罢。"说着走至外边。因见无人,便问五儿之事。春燕道:"我才告诉了柳嫂子,他倒喜欢得很。只是五儿那夜受了委屈烦恼,回去又气病了,那里得来?只等好了罢。"宝玉听了,未免后悔长叹,因又问:"这事袭人知道不知道?"春燕道:"我没告诉,不知芳官可说了不曾?"宝玉道:"我却没告诉过他。也罢,等我告诉他就是了。"说毕复走进来,故意洗手。

第六十三回　寿怡红群芳开夜宴　死金丹独艳理亲丧

已是掌灯时分,听得院门前有一群人进来。大家隔窗悄视,果见林之孝家的和几个管事的女人走来,前头一人提着大灯笼。晴雯悄笑道:"他们查上夜的人来了,这一出去,咱们就好关门了。"只见怡红院凡上夜的人都迎了出去,林之孝家的看了不少,又吩咐:"别耍钱吃酒,放倒头睡到大天亮,我听见是不依的。"众人都笑道:"那里有这么大胆子的人!"

林之孝家的又问:"宝二爷睡下了没有?"众人都回不知道。袭人忙推宝玉,宝玉趿了鞋便迎出来,笑道:"我还没睡呢,妈妈进来歇歇。"又叫袭人倒茶来。林之孝家的忙进来,笑道:"还没睡么?如今日长夜短了,该早些睡。明日起迟了,人家笑话不是个读书上学的公子了,倒像那起挑脚汉了。"说毕又笑。

宝玉忙笑道:"妈妈说得是。我每日都睡得早,妈妈每日进来可都是我不知道的,已经睡了。今日因吃了面,怕停食,所以多玩一回。"林之孝家的又向袭人等说:"该泡些普洱茶吃。"袭人、晴雯二人忙说:"泡了一茶缸子女儿茶,〔索隐〕"女儿茶"三字点逗得神,以见风流天子所嗜固在此不在彼。亦以喻深宫保傅虽以正心诚意之语日相启沃,不敌阉寺辈之逢迎将顺投其所好之易为力,所谓一日曝之十日寒之也。已经吃过两碗了。大娘也尝一碗,都是现成的。"

说着,晴雯便倒了来。林之孝家的站起接了,又笑道:"这些时,我听见二爷嘴里都换了字眼,赶着这几位大姑娘们竟叫起名字来。虽然在这层里,到底是老太太、太太的人,〔索隐〕顺治时,在位者多太祖太宗手内之开国元勋。还该嘴里尊重些才是。若一时半刻偶然叫一声使得,若只管顺口叫起来,怕以后兄弟侄儿照样,便惹人笑话这家子的人眼里没有长辈。"宝玉笑道:"妈妈说得是。我不过是一时半刻的偶然叫一句是有的。"

袭人晴雯都笑道:"这可别委屈了他,直到如今,他可姐姐没离了嘴,不过玩的时候叫一声半声名字。若当着人,却是和先一样。"林之孝家的笑道:"这才好呢,这才是读书知礼的。越自己谦逊,越尊重。别说是三五代的陈人,现从老太太、太太屋里拨过来的,便是老太太、太太屋里的猫儿狗儿,轻易也伤不得他。这才是受过调教的公子行事。"说毕

《红楼梦》与顺治皇帝的爱情故事

吃了茶,便说:"请安歇罢,我们走了。"宝玉还说再歇歇,那林之孝家的已带了众人又查别处去了。

这里晴雯等忙命关了门,进来笑说:"这位奶奶,那里吃了一杯来了,唠三叨四的,又排揎了我们一顿去了。"麝月笑道:"他也不是好意的?少不得也要常提着些儿,也提防着怕走了大折儿的意思。"说着,一面摆上酒果。

袭人道:"不用高桌,咱们把那张花梨圆炕桌子放在炕上坐,又宽绰又便宜。"说着,大家果然抬来。麝月和四儿那边去搬果子,用两个大茶盘做四五次方搬运了来。两个老婆子蹲在外面火盆上炖酒。

宝玉道:"天气热,咱们都脱了大衣裳才好。"众人笑道:"你要脱你脱,我们还要轮流安席呢。"宝玉笑道:"这一安席就要到五更天了。知道我最怕这些俗套,在外人跟前不得已的,这会子还怄我就不好了。"众人听了,都说:"依你。"于是先不上坐,且忙着卸妆宽衣。

一时将正妆卸去,头上只随便挽着髻儿,身上皆是长裙短袄。宝玉只穿着大红棉纱小袄儿,下面绿绫弹墨夹裤散着裤脚,系着一条汗巾,靠着一个各色玫瑰芍药花瓣装的玉色夹纱新枕头,和芳官两个先猜拳。当时芳官满口嚷热,只穿着一件玉色红青驼绒三色缎子镶的水田小夹袄,束着一条柳绿汗巾,底下是水红洒花夹裤,也散着裤脚。头上齐额编着一圈小辫,总归至顶心结一根粗辫,拖在脑后。右耳根内塞着米粒大小的一个小玉塞子,左耳上单一个白果大小的硬红镶金大坠子,越显得面如满月犹白,眼似秋水还清。引得众人笑道:"他两个倒像一对双生的弟兄。"

袭人等一一斟上酒来,说:"且等一等再猜拳,虽不安席,在我们每人手里吃一口罢了。"于是袭人为先,端在唇上吃了一口,其余依次下去;一一吃过,大家方团圆坐了。春燕四儿因炕沿坐不下,便端了两张椅子近炕放下。那四十个碟子,皆是一色白彩定窑的,不过只有小茶碟大,里面不过是山南海北、干鲜水陆的酒馔果菜。

宝玉因说:"咱们也该行个令才好。"袭人道:"斯文些才好,别大呼小叫叫人听见。二则我们不识字,可不要那些文的。"麝月笑道:"拿骰子咱们抢红罢。"宝玉道:"没趣,不好。咱们占花名儿好。"〔索隐〕

第六十三回　寿怡红群芳开夜宴　死金丹独艳理亲丧

《红楼梦》每于服饰起居各项名称上透露筋节。因其所寄托者，一念惟恐人知，一念又惟恐人不知，欲吐复茹，若即复离，费尽心苗意叶，构成此一座虚无缥缈之楼台，结成此一种剔透玲珑之笔墨。故虽雍乾之世，禁纲严密，拉杂摧烧，而历劫尚存，流传几遍。如上回行令则曰"射覆"，曰"室内生春"；此回则曰"抢红"，曰"占花名儿曰；无不绮思巧合，中边俱澈。公才独占九斗，那得不俯首掷笔。晴雯道："正是，早已想弄这个玩意儿。"袭人道："这个玩意虽好，人少了没趣。"春燕笑道："依我说，咱们竟悄悄的把宝姑娘、云姑娘、林姑娘请了来，玩一回子，到二更天再睡不迟。"袭人道："又开门阖户的闹，倘或遇见巡夜的问。"宝玉道："怕什么！咱们三姑娘也吃酒，再请他一声才好。还有琴姑娘。"众人都道："琴姑娘罢了，他在大奶奶房里，叨登的大发了。"宝玉道："怕什么，你们就快请去。"春燕四儿都巴不得一声，二人忙命开门，分头去请。

晴雯麝月袭人三人又说："他两个去请，只怕宝黛两个不肯来，须得我们请去，死活拉他来。"于是袭人晴雯忙又命老婆子打个灯笼，二人同去。果然宝钗说夜深了，黛玉说身上不好，他二人再三央求，"好歹给我们一点体面，略坐坐再来"。众人听了却也欢喜。因想不请李纨，倘或被他知道了倒不好，便命翠墨同了春燕也再三的请了李纨与宝琴。二人会齐，先后都到了怡红院中。袭人又死活拉了香菱来。炕上又拼了一张桌子，方坐开了。

宝玉忙说："林妹妹怕冷，过这边靠板壁坐。"又拿了个靠背垫着些。袭人等都端了椅了，在炕沿下陪着。黛玉却离桌远远的靠着靠背，因笑向宝钗、李纨、探春等道："你们日日说人家夜饮聚赌，今日我们自己也如此，以后怎么说人。"〔索隐〕只许州官放火，不许百姓点灯。董妃慧心人，而亦忘之乎？李纨笑道："有何妨碍？一年之中，不过生日节下如此，并没夜夜如此，这倒也不怕。"

说着，晴雯拿了一个竹雕的签筒来，里面装着象牙花名签子，摇了一摇，放在当中。又取个骰子来，盛在盒内，摇了一摇；揭开一看，里面是六点，数至宝钗。宝钗便笑道："我先抓。不知抓出个什么来。"说着，将筒摇了一摇，伸手掣出一签。大家一看，只见签上画着一枝牡丹，

《红楼梦》与顺治皇帝的爱情故事

题着"艳冠群芳",四字。〔索隐〕牡丹花王,以明其所指者为博尔济锦继后也。下面又有镌的小字———一句唐诗,道是:

> 任是无情也动人。〔索隐〕以妃没而逊荒,其于中宫爱情之薄可知。玩此句辞意,当日继后之册立,或有种种原因迫之使然,非帝本意也。

又注着:"在席共贺一杯,此为群芳之冠,随意命人,不拘诗词雅谑或新曲一支为贺"。

众人都笑道:"巧得很,你也原配牡丹花。"说着大家共贺了一杯。宝钗吃过,便笑道:"芳官唱一只我们听罢。"芳官道:"既这样,大家吃了门杯好听。"于是大家吃酒,芳官便唱"寿筵开处风光好"。众人都道:"快打回去!这会子很不用你来上寿,拣你极好的唱来。"芳官只得细细的唱了一只《赏花时》:"翠凤毛翎扎帚叉,闲踏天门扫落花……"〔索隐〕才赏花便扫花,亦喻继后之薄命。才罢。

宝玉却只管拿着那签,口内还颠来倒去念"任是无情也动人",听了这曲子,眼看着芳官不语。湘云忙一手夺了,拿与宝钗。宝钗又掷了一个十六点,数到探春。探春笑道:"还不知得个什么。"伸手掣了一根出来,自己一瞧,便掷在桌上,红了脸笑道:"这里头不该行这令,这原是外头男人们行的令,许多混话在上头。"众人不解,袭人等忙拾了起来,众人看上面是一枝杏花,那红字写着"瑶池仙品"四字。诗云:

日边红杏倚云栽。

注云:"得此签者必得贵婿。大家须恭贺一杯,共同饮一杯。"

众人笑说道:"我们说是什么呢!这签原是闺阁中取笑的;除了这两三根有这话的,并无杂话,这又何妨。我们家已有了皇妃,难道你也是皇妃不成?〔索隐〕此处探春当是影董年者。年因姊贵,牵率入侍,瑶池仙种,雨露同沾。其地位在若明若昧之间,故云:"我们家已有皇妃,难道你也是皇妃不成?"讥年即所以讥琬也。大喜,大喜!"大家来敬,探春那里肯饮,却被史湘云、香菱、李纨等三四个人强死强活灌了一钟才罢。探春只命蠲了这个再行别的,众人断不肯依。湘云拿着他的手,

第六十三回　寿怡红群芳开夜宴　死金丹独艳理亲丧

强掷了个十九点出来，便该李氏掣。

李氏摇了一摇，掣出一根来一看，笑道："好极。你们瞧瞧这行字，竟有些意思。"众人瞧那签上，画着一枝老梅，是写着"霜晓寒姿"四字。那一面旧诗是：

竹篱茅舍自甘心。注云："自饮一杯，下家掷骰。"李纨笑道："真有趣，你们掷去罢。我只自吃一杯，不问一你们的废兴。"〔索隐〕不知有汉，何论魏晋。此为明季遗老闭户著书者说法。说着便吃酒，将骰过与黛玉。黛玉一掷是十八点，便该湘云掣。

湘云笑着，揎拳掳袖的伸手掣了一根出来。大家看时，一面画着一枝海棠，题着"香梦沉酣"四字。那面诗道是：

只恐夜深花睡去。

黛玉笑道："'夜深'二字须改'石凉'两个字。"众人便知他打趣白日间湘云醉眠的事，都笑了。湘云笑指那自行船与黛玉看，又说："快坐上那船，家去罢，别多说了！"众人都笑了，因看注云："既云'香梦沉酣'，掣此签者不便饮酒，只令上下两家各饮一杯。"湘云拍手笑道："阿弥陀佛，真真好签"恰好黛玉是上家，宝玉是下家，二人斟了两杯只得要饮。宝玉先饮了半杯，瞧人不见，递与芳官。芳官即便端起来，一仰脖喝了。黛玉只管和人说话，将酒全折在漱盂内了。

湘云便抓起骰子来一掷个九点。数去该麝月。麝月便掣了一根出来，大家看时，这面是一枝荼蘼花，题着"韶华盛极"四字，那边写着一句旧持，道是：

开到荼蘼花事了。注云："在席各饮三杯送春。"麝月问怎么讲，宝玉皱眉，忙将签藏了，说："咱们且吃酒。"说着大家吃了三口，以充三杯之数。麝月一掷个十点，该香菱。香菱便掣了一根并蒂花，题着"联春绕瑞"。那面写着一句旧诗，道是：

连理枝头花正开。

注云："共贺掣者三杯，大家陪饮一杯。"香菱便又掷了个六点，该黛玉。

黛玉默默的想道："不知还有什么好的，被我掣着方好。"一面伸手取了一根。只见上面画着一支芙蓉花，题着"风露清愁"四字。那面一

《红楼梦》与顺治皇帝的爱情故事

句旧诗,道是:

> 莫怨东风当自嗟。〔**索隐**〕小琬之不得被选为后,虽由宫中倾轧,而扎根寒微,名节又多可议。明珠见弃,此其主因。君恩已重,妾命自薄,谓之何哉!

注云:"自饮一杯,牡丹陪饮一杯。"众人笑道:"这个好极。除了他,别人不配做芙蓉。"黛玉也自笑了。于是饮了酒,便掷了个二十点,该着袭人。袭人便伸手取了一枝出来,却是一枝桃花,题着"武陵别景"四字。那一面写着旧诗,道是:

桃红又是一年春。

注云"杏花陪一盏,坐中同庚者陪一盏,同姓者陪一盏。"众人笑道:"这一回热闹有趣。"

大家算来,香菱晴雯宝钗三人皆与他同庚,黛玉与他同辰,只无同姓者。芳官忙道:"我也姓花,我也陪他一钟。"于是大家斟了酒,黛玉因向探春笑道:"命中该招贵婿的,你是杏花,快吃了,我们好吃。"探春笑道:"这是什么话,大嫂子顺手给他一巴掌。"李纨笑道:"人家不得贵婿反捱打,我也不忍得。"众人都笑了。

袭人才要掷,只听有人叫门。老婆子忙出去问时,原来是薛姨妈打发人来接黛玉的。众人因问几更了,人回二更以后了,钟打过十一下了。宝玉犹不信,要过表来瞧了一瞧,已是子初二刻十分了。黛玉便起身说:"我可撑不住了,回去还要吃药呢。"众人道:"也都该散了。"袭人宝玉等还要留着众人,李纨探春等都说:"夜太深了不像,这已是破格了。"袭人道:"既如此,每位再吃一杯再走。"说着,晴雯等已都斟满了酒,每人吃了,都命点灯。袭人等都送过沁芳亭河那边方回来。

关了门,大家复又行起令来。袭人等又用大钟斟了几钟,用盘子拣了各样果菜与底下的老妈妈们吃。彼此有了三分酒,便猜拳赢唱小曲儿。那天已四更时分,老妈妈们一面明吃一面暗偷,酒缸已罄。众人听了,方收拾盥漱睡觉。

芳官吃得两腮胭脂一般,眉梢眼角添了许多丰韵,身子动不得,便

第六十三回　寿怡红群芳开夜宴　死金丹独艳理亲丧

睡在袭人身上说："姐姐，我心跳得很。"袭人笑道："谁叫你尽力灌呢！"春燕四儿也熬不得早睡了，晴雯还只管叫。宝玉道："不用叫了，咱们且胡乱歇一歇。"自己便枕了那红香枕，身子一歪就睡着了。袭人见芳官醉得很，恐闹他唾酒，只得轻轻起来，就将芳官扶在宝玉之侧，由他睡了。自己却在对面榻上倒下。大家黑甜一觉，不知所之。

及至天明，袭人睁眼一看，只见天色晶明，忙说："可迟了！"向对面床上瞧了一瞧，只见芳官头枕着炕沿上，睡犹未醒，连忙起来叫他。宝玉已翻身醒了，笑道："可迟了。"因又推芳官起来。那芳官坐起来，犹发怔揉眼睛。袭人笑道："不害羞，你吃醉了，怎么也不拣地方儿，乱挺下了？"芳官听了，瞧一瞧，方知是和宝玉同榻，忙笑的下地来说："我怎么吃得不知道了："宝玉笑道："我竟也不知道了。若知道，给你脸上抹些黑墨。"

说着丫头进来伺候梳洗。宝玉笑道："昨儿有扰，今日晚上我还席。"袭人笑道："罢罢罢，今日可别闹了，再闹就有人说话了。"〔索隐〕嬖幸近侍虽曰导主于荒淫，亦自恐廷臣之议其后。宝玉道："怕什么！不过才两次罢了。咱们也算会吃酒的了，那一坛子酒怎么就吃光了，正是有趣，偏又没了。"袭人笑道："原要这样才有趣，必致兴尽了，反无后味。昨日都好上来了，晴雯连臊也忘了，我记得他还唱了一个曲儿。"四儿笑道："姐姐忘了，连姐姐还唱了一个呢。在席的谁没唱过？"众人听了，俱红了脸，用两手握着笑个不住。

忽见平儿笑嘻嘻的走来，说："我亲自来请昨日在席之人，今日我还东，短一个也使不得。"众人忙让坐吃茶。晴雯笑道："可惜昨夜没他。"平儿忙问："你们夜里做什么来？"袭人便说："告诉不得你，昨日夜里热闹非常，连往日老太太、太太带着众人玩，也不及昨日这一玩。一坛酒我们都鼓捣光了，一个个吃得把臊都丢了，又都唱起来。四更多天，才横三竖四的打了一个盹儿。"平儿笑道："好呀！和我要了酒来，也不请我，还说着给我听气我！"晴雯道："今日他还席，必自来请你的，等着罢。"平儿笑问道："他是谁，谁是他？"晴雯听了，把脸飞红了，赶着打，笑说道："偏你这耳朵尖听得真！"平儿笑道："呸！不害臊的丫头。这会子有事不和你说，我干事去了。回来再打发人请，一个不到，我是打上门来的。"宝玉等忙留,他已经去了。

　　这里宝玉梳洗了正吃茶,忽然一眼看见砚台底下压着一张纸,因说道:"你们这么随便混压东西也不好。"袭人晴雯等忙问:"又是怎么了,谁又有了不是了?"宝玉指道:"砚台下是什么?一定又是那位的样子忘记收的。"晴雯忙启砚拿了出来,却是一张字贴儿。递与宝玉看时,原来是一张粉红笺纸,上面写着"槛外人妙玉恭肃遥叩芳辰"。

　　宝玉看毕,直跳了起来,忙问:"是谁接了来的?也不告诉。"袭人晴雯等见了这般,不知当是那个要紧的人来的帖子,忙一齐问:"昨日谁接下了这个帖子?"四儿忙飞跑进来笑说:"昨日妙玉并没亲来,只打发个妈妈送来。我就搁在这里,谁知一顿酒吃的就忘了。"众人听了道:"我当是谁。大惊小怪!这也不值得。"宝玉忙命:"快拿纸来。"当下拿了纸,研了墨,看他下着"槛外人"三字,自己竟不知回帖回个什么字样才相敌。只管提笔出神,半天仍没主意。因又想,若问宝钗去,他必又批评怪诞,不如问黛玉去。想罢,袖了贴儿,径来寻黛玉。

　　刚过了沁芳亭,忽见岫烟颤颤巍巍的迎面走来。宝玉忙问:"姐姐那里去?"岫烟笑道:"我找妙玉说话。"宝玉听了诧异,说道:"他为人孤癖,不合时宜,万人不入他的目,原来他推重姐姐,竟知姐姐不是我们一流俗人。"岫烟笑道:"他也未必真心重我,但我和他做过十年的邻居,只一墙之隔。他在蟠香寺修炼,我家原贫素,赁房居住,就赁了他的庙里房子,住了十年,无事到他庙里去作伴;我所认得的字,都是承他所授。我和他又是贫贱之交,又有半师之分。因我们投亲去了,闻得他因不合时宜,权势不容,竟投到这里来。如今又天缘凑合,我们得遇,旧情竟未改易,承他青目,更胜当日。"

　　宝玉听了,恍如听了焦雷一般,喜得笑道:"怪道姐姐举止言谈超然如野鹤闲云,原本有来历。我正因他的一件事为难,要请教别人去。如今遇见姐姐,真是天缘凑合,求姐姐指教。"说着便将拜帖取与岫烟看。岫烟笑道:"他这脾气竟不能改,竟是生成这等放诞诡僻了。从来没见拜帖上写别号的,这可是俗语说的,'僧不僧俗不俗,女不女男不男',成个什么理数。"宝玉听说,忙笑道:"姐姐不知道,他原不在这些人中算,他原是世人意外之人,因取了我是个些微有知识的,方给我这帖子。

第六十三回　寿怡红群芳开夜宴　死金丹独艳理亲丧

我因不知回什么字样才好，竟没了主意，正要去问林妹妹，可巧遇见了姐姐。"

岫烟听了宝玉这话，且只管用眼上下细细打量了半日，方笑道："怪道俗语说的'闻名不如见面'，又怪不得妙玉竟下这帖子给你，又怪不得上年竟给你那些梅花。既连他这样，少不得我告诉你原故。〔索隐〕一段话蹊跷之至。岂如岫烟之高洁者，当日亦炫于纷华，此中几不克自主耶？他常说'古人中自汉晋五代唐宋以来皆无好诗'，只有两句好，说道'纵有千年铁门槛，终须一个土馒头'，所以他自称'槛外之人'。又常赞文是庄子的好，故又或称为'畸人'。他若帖子上是自称'畸人'的，你就还他个'世人'。畸人者，他自称是畸零之人；你谦自己乃世人扰扰之人，他便喜了。如今他自称'槛外之人'，是自谓蹈于铁槛之外了；故你如今只下'槛内人'，便合了他的心了。"

宝玉听了，如醍醐灌顶，"啊呀"了一声，方笑道："怪道我们家庙说是'铁槛寺'呢，原来有这一说！姐姐先请，让我去写回帖。"岫烟听了，便自往栊翠庵来。宝玉回房写了帖子，上面只写"槛内人宝玉熏沐谨拜"几字，亲自拿了到栊翠庵，只隔门缝儿投进去，便回来了。

因饭后平儿还席，说红香圃太热，便在榆荫堂中摆了几席新酒佳肴。可喜尤氏又带了佩凤偕鸾二妾过来游玩。这二姜亦是青年娇憨女子，不常过来的，今既入了这园，再遇见湘云、香菱、芳、蕊一干女子，所谓"方以类聚，物以群分"二语不错，只见他们说笑不了，也不管尤氏在那里，只凭丫鬟们去服役，且同众人一一的游玩。

闲言少述，且说当下众人都在榆荫堂中，以酒为名，大家玩笑。命女先儿击鼓，平儿采了一枝芍药，大家约二十来人，传花为令，〔索隐〕亦犹抢红、占花名儿之意。热闹了一回。因人回说："甄家有两个女人送东西来了。"探春和李纨尤氏三人出去议事厅相见，这里众人且出来散一散。佩凤偕鸾两个去打秋千玩耍，宝玉便说："你两个上去，让我送。"慌的佩凤说："罢了，别替我们闹乱子。"〔索隐〕秋千架双美朝天，元真观一灵归位。借闹乱子语疾速递入下文，有烟水苍茫一帆飞渡之妙。

忽见东府中几个人，慌慌张张的跑来说："老爷宾天了！"众人听了，吓了一大跳，忙说："好好的并无疾病，怎么就没了？"家人说：

《红楼梦》与顺治皇帝的爱情故事

"老爷天天修炼,定是功成圆满,升仙去了。"尤氏一闻此言,又见贾珍父子并贾琏等皆不在家,一时竟没个着己的男子来,未免慌了。只得忙卸了妆饰,命人先到元真观将所有的道士都锁了起来,等大爷来家审问。一面忙忙坐车,带了赖升一干老家人媳妇出城。又请太医看视,到底系何病症。

大夫们见人已死,无人诊脉,且素知贾敬导气之术总属虚诞,更至参星礼斗,守庚申,服灵砂等,妄作虚为,过于劳神费力,反因此伤了性命的。〔索隐〕此指豫王之殁。明社之亡,豫王之力为多。率师南下,残暴恣睢,为南中士夫所切齿。作者抱黍离之痛,隐悼红之义,特于其病殁时痛加诋毁,一泄胸头恶愤。曰:"妄作虚为,过于劳神费力,反因此伤了性命"。所以诮之者至矣。如今虽死,腹中坚硬似铁,面皮嘴唇烧得紫绛皱裂。〔索隐〕不得其死,以示与众弃之之义。便向媳妇回说:"系道教中吞金服砂,烧胀而殁。"众道士慌的回道:"原是秘制的丹砂吃坏了事。小道们也曾劝说'功夫未到,且服不得',〔索隐〕数未至而时未可,作者拳拳故国之意溢于言外。不承望老爷于今夜守庚申里,悄悄的服了下去,便升仙去了。这是虔心得道,已出苦海,脱去臭皮囊了。"

尤氏也不便听,只命锁着,等贾珍来发放,且命人飞马报信。一面看视,里面窄狭不能停放,横竖也不能进城的,忙装裹好了,用软轿抬至铁槛寺来停放。掐指算来,至早也得半月的工夫贾珍方能来到。目今天气炎热,实不能相待,遂自行主持,命天文生择了日期入殓。寿木早年已经备下寄在此庵的,甚是便宜。三日后便破孝开吊,一面且做起道场来。

因那边荣府中凤姐儿出不来,李纨又照顾姊妹,宝玉不识事体,只得将外头事务暂托几个家中二等管事人。贾䃟、贾珖、贾珩、贾㻞、贾菖、贾菱等各有执事,尤氏不能回家,便将他继母接来在宁府看家。这继母只得将两个未出嫁的女孩儿带来,一同住着才放心。

且说贾珍闻了此信,急忙告假,并贾蓉是有职人员,礼部见当今隆敦孝弟,不敢自专,具本请旨。原来天子极是仁孝过天的,〔索隐〕皇叔之丧,礼宜以哀毁郑重出之,"仁孝过天"四字恰好关合。且更隆重

第六十三回　寿怡红群芳开夜宴　死金丹独艳理亲丧

功臣之裔，一见此本，便诏问贾敬何职。礼部代奏："系进士出身，祖职已荫其子贾珍。贾敬因年迈多疾，常静养于都城之外元真观。今因疾殁于观中，其子珍、其孙蓉，现因国丧随驾在此，故乞假归殓。"天子听了，忙下额外恩旨曰："贾敬虽无功于国，念彼祖父之忠，追赐五品之职。令其子孙扶柩由北下门入都，恩赐私第殡殓，任子孙尽丧礼毕扶柩回籍外，着光禄寺按上例赐祭。朝中由王公以下准其祭吊。钦此。"此旨一下，不但贾府中人谢恩，连朝中所有大臣皆嵩呼称颂不绝。〔索隐〕一臣下之丧颁给恩恤事极寻常，与天子何与？而乃曰："朝中所有大臣皆嵩呼称颂不绝"，不伦不类极矣！作者才高班马，岂肯漫不经心着此荒唐怪异之笔。后人能于此等罅缝中寻觅意旨，则失之不远矣。

贾珍父子星夜驰回，半路中又见贾𫟎贾珖二人领家丁飞驰而来，看见贾珍，一齐滚鞍下马请安。贾珍忙问"做什么？"贾𫟎回说："嫂子恐哥哥和侄儿来了，老太太路上无人，叫我们两个护送老太太的。"贾珍听了，赞声不绝。又问家中如何料理，贾𫟎等便将如何拿了道士，如何搬至家庙，怕家内无人接了亲家母和两个姨奶奶在上房住着。贾蓉当下也下了马，听见两个姨娘来了，喜得笑容满面。〔索隐〕不堪！贾珍忙说了几声"妥当"，加鞭便走，店也不投，连夜换马飞驰。

一日，至了都门，先奔入铁槛寺。那天已是四更天气，坐更的闻知，忙喝起众人来。贾珍下了马，和贾蓉放声大哭，从大门外便跪爬进来，至棺前稽颡泣血，直哭到天亮，喉咙多哭哑了方住。尤氏等都一齐见过。贾珍父子忙按礼换了凶服在棺前俯伏。无奈自要理事，竟不能目不视物、耳不闻声，少不得减了些悲戚，好指挥众人。因将恩旨备述给众亲友听了，一面先打发贾蓉家中来料理停灵之事。

贾蓉巴不得一声儿，便先骑马跑来到家，忙命前厅收桌椅、下桶扇、挂孝幔子，门前起鼓手棚、牌楼等事。又忙着进来看外祖母、两个姨娘。原来尤老安人年高喜睡，常常歪着，他二姨娘三姨娘都和丫头们做活计，见他来了都道烦恼。

贾蓉且嘻嘻的望他二姨娘笑道："二姨娘，你又来了，我父亲正想你呢。"尤二姐红了脸骂道："好蓉小子，我过两日不骂你几句，你就过不得了，越发连个体统都没了！还亏你是大家公子哥儿，每日念书学礼的，

《红楼梦》与顺治皇帝的爱情故事

越发连那小家子的也跟不上。"说着顺手拿起一个熨斗来兜头就打,吓得贾蓉抱着头滚到怀里告饶。〔索隐〕不堪!尤三姐便转过脸去,说道:"等姐姐来家再告诉他。"

贾蓉忙笑着跪在炕上求饶,因又和他二姨娘抢砂仁吃。那二姐儿嚼了一嘴渣子,吐了他一脸。贾蓉用舌头都舔着吃了。〔索隐〕不堪!不堪!众丫头看不过,都笑道:"热孝在身上,老娘才睡了觉,他两个虽小,到底是姨娘家。你太眼里没有奶奶了,回来告诉爷,你吃不了兜着走。"贾蓉撇下他姨娘,便抱着那丫头亲嘴,说:"我的心肝,你说得是。咱们馋他们两个。"〔索隐〕不堪!不堪!一路写来荒唐恶浊,不堪入目。急欲得渔阳三挝以解此秽。丫头们忙推他,恨得骂:"短命鬼!你一般有老婆丫头,只和我们闹。知道的说是玩,不知道的人,再遇见那样脏心烂肺的、爱多管闲事嚼舌头的人,吵嚷到那府里,背地嚼舌,说咱们这边混帐"。

贾蓉笑道:"各房另户,谁管谁的事?都够使的了!从古至今,连汉朝和唐朝人还说脏唐臭汉,何况咱们这宗人家。谁家没风流事?别叫我说出来。连那边大老爷这么利害,琏二叔还和那小姨娘不干净呢。凤姐子那样刚强,瑞大叔还想他的帐。那一件瞒了我!"贾蓉只管信口开河胡言乱道,三姐儿沉了脸,早下炕进里间屋里叫醒尤老娘。

这里贾蓉见他老娘醒了,忙去请安问好,又说:"老祖宗劳心,又难为两姨娘受委屈,我们爷儿们感激不尽。惟有等事完了,我们合家大小登门叩头去。"尤老安人点头道:"我的儿,倒是你会说话。亲戚原是该的。"又问:"你父亲好?几时得了信赶到的?"贾蓉笑道:"刚才赶到的,先打发我瞧你老人家来了。好歹求你老人家事完了再去。"说着又和他二姨娘挤眼儿。尤二姐便悄悄咬牙骂道:"很会嚼舌头的猴儿崽子,留下我们给你爹做妈不成!"〔索隐〕蓉小子固不堪,而尤二姐亦狂荡已甚。物腐虫生,固有由也。

贾蓉又与尤老娘道:"放心罢,我父亲每日为两位姨娘操心,要寻两个有根基、又富贵、又年轻、又俏皮的两位姨父,好聘嫁这二位姨娘。这几年总没拣着,可巧前日路上才相准了一个。"尤老娘只当是真话,忙问是谁家的。尤二姐丢了活计,一头笑一头赶着打,道:"妈妈别信这混

第六十三回　寿怡红群芳开夜宴　死金丹独艳理亲丧

帐孩子的话。"三姐儿道："蓉儿，你说是说，别只管嘴里那么不清不浑的。"

说着，人来回话道："事已完了，请哥儿出去看了，回爷的话去呢。"那贾蓉方笑嘻嘻的出来。不知如何，且看下回分解。

〔索隐〕此回仍接写上文深宫荒淫之事，淋漓酣畅，千红万紫，几于一网尽之。虽平时冷僻如岫烟、高洁如妙玉，亦都濡染纷华，寸衷摇摇，不克自主，显露弹鹦欲炙之色。余子碌碌，更何足言。

下半回挽入豫王之死，于是刘妃三秀一段风流公案蝉嫣而下。岂当日孟光接了梁鸿案，果在贤王初逝、名花无主之际乘间而入耶？揆之情事似相符合。而以贾蓉二姐相影射，下丞其上，地位亦恰相同。蓉儿固有染指于鼎之心，二姐亦有移樽待月之意，两罪之正两耻之。盖刘妃之于世祖年长以倍，苟无佻佻达可乘之隙，亦何敢有觊觎非凡之思。作者寓意深微，持论平恕，真不愧董狐史笔。至其接续于此回后者，连类而及，以著世祖淫秽之罪。九重深邃其事乃无奇不有，亦焦大口中所说荣宁两府只有石狮子是干净之意。

全回共分两大段两小段：自开首起至"怕走了大折儿的意思"为一小段。自"说着，一面摆上酒果"起至"已经去了"为一大段，系夜宴之正文。自"这里宝玉梳洗了"起至"便回来了"止，为一小段，自"因饭后平儿还席"起，至本回完毕为一大段，系理丧之正文。前一小段写林之孝家的查夜情形，后一小段写妙玉宝玉往还答拜情形，皆于正文之前蹴起小波澜，渲染衬托，灵光四射。行文应得如此方不枯寂，而局势亦极整饬自然。

〔护花评〕叙林家查夜一层，与日间查看一层两两对照，笔法周密。

又：别人生日妙玉不贺，独贺宝玉芳辰，其意何居，其情可知。是文章暗描法。

《红楼梦》与顺治皇帝的爱情故事

又：凤姐生日闹出鲍妻自缢,平儿答席忽有贾敬暴亡,且尤二姐尤三姐亦于是时引出,宁府不祥,种种已兆。

〔**大某评**〕象牙签上所有之字各藏意义,预为他日之兆。

又：此回仍是癸丑年夏间事。

第六十四回 幽淑女悲题五美吟
　　　　　　　浪荡子情贻九龙佩

　　话说贾蓉见家中诸事已妥,连忙赶至寺中回明贾珍。于是连夜分派各项执事人役,并预备一切应用幡杠等物。择于初四日卯时请灵柩进城,一面使人知会诸位亲友。是日,丧仪焜耀,宾客如云,自铁槛寺至宁府,夹路看的何止数万人。内中有嗟叹的,也有羡慕的,又有一等半瓶醋的读书人说是"丧礼与其奢易莫若俭戚"的,一路纷纷议论不一。〔索隐〕豫王生平,在开国为元勋,在胜朝为大厉,观念不同,恩怨亦异。盖棺入土之际,宜其议论纷然莫宗一是也。至未申时方到,将灵柩停放正堂之内。供奠举哀已毕,亲友渐次散回,只剩族中人分理迎宾送客等事。近亲只有邢舅太爷相伴未去。

　　贾珍贾蓉此时为礼法所拘,不免在灵旁藉草枕块,寝苫居丧,人散后,仍乘空寻他小姨子们厮混。宝玉亦每日在宁府穿孝,于晚人散,方回园里。凤姐身体未愈,虽不能时常在此,或遇开坛诵经亲友上祭之日,亦勉强过来相帮尤氏料理。

　　一日供毕早饭,因此时天气尚长,贾珍等连日劳倦,不免在灵旁假寐。宝玉见无客至,遂欲回家看视黛玉,因先回至怡红院中。进入门来,只见院中寂静无人,有几个老婆子与小丫头们在回廊下取便乘凉,也有睡卧的,也有坐着打盹的,宝玉也不去惊动。只有四儿看见,连忙上前来打帘子。将掀起时,只见芳官自内带笑跑出,几乎与宝玉撞个满怀,一见宝玉方含笑站着,说道:"你怎么来了?你快与我拦住晴雯,他要打我呢。"一语未了,只听得屋内嘻哩哗喇的乱响,不知是何物撒了一地。随后晴雯起来骂道:"我看你这小蹄子往那里去!输了不叫打,宝玉不在家,我看你有谁来救你!"宝玉连忙带笑拦住道:"你妹子小,不知怎

《红楼梦》与顺治皇帝的爱情故事

得罪了你,看我的分上饶他罢。"

晴雯也不想宝玉此时回来,乍一见不觉好笑,遂笑说道:"芳官竟是个狐狸精变的,〔索隐〕花妖木怪丛集宫中,岂止芳官一个。竟是会拘神遣将的符咒也没有这样快。"又笑道:"就是你真请了神来,我也不怕!"遂夺手仍要捉拿。芳官早已藏在宝玉身后。宝玉遂一手拉了晴雯,一手携了芳官,早入屋内。看时,只见西边炕上麝月、秋纹、碧痕、春燕等正在那里抓子儿赢瓜子儿呢。却是芳官输与晴雯,芳官不肯叫打,跑了出去。晴雯因赶芳官,将怀内的子儿撒了一地。〔索隐〕董妃之死本在产后,或娠而不育,或育而不秀,厌情可伤。晴雯亦董妃小影,故云"子儿撒了一地"。凡当时秘闻佚事均于无意中露之,正非闲笔。

宝玉欢喜道:"如此长天,我不在家正恐你们寂寞,吃了饭睡觉睡出病来,大家寻件事玩笑消遣甚好。"因不见袭人,又问。道:"你袭人姐姐呢?"晴雯道:"袭人么,'越发道学了'独自个在屋里面壁呢。这好一会我们没进去,不知他作什么呢,一些声气也听不见。你快瞧瞧去罢,或者此时参悟了也未可定。"

宝玉听说,一面笑一面走至里间。只见袭人坐在近窗床上,手中拿着一根灰色绦子,正在那里打结子呢。〔索隐〕董妃则坠子,继后则于此时正打结子,两两对照,或当时事实也。见宝玉进来,连忙立起笑道:"晴雯这东西编派我什么呢?我因要赶着打完了这结子,没工夫和他们瞎闹,因哄他道:'你们玩去罢,趁着二爷不在家,我要在这里静坐一坐,养一养神。'他就编派了我这些混话,什么'面壁了''参禅了'的,等一会我不撕他那嘴!"宝玉笑着挨近袭人坐下,瞧他打结子,问道:"这么长天,你也该歇息歇息,或和他们玩笑,何不瞧瞧林妹妹去也好。怪热的,打这个那里使?"袭人道:"我见你带的扇套还是那年东府里蓉大奶奶的事情上作的。那个青东西,除族中或亲友家夏天有丧事方带得着,一年遇着带一两遭,平常又不犯做。如今那府里有事,这是要过去天天带的,所以我赶着另作一个。等我打完了结子,给你换下那旧的来。〔索隐〕得新弃旧,隐定世祖罪案。回应前文,乃文法上之余事。灵光四射,虚实兼到,作者之才何止高人一倍。你虽然不计究这个,若叫老太太回来看见,又该说我们躲懒,连你的穿带之物都不经心了。"宝玉笑道:

第六十四回　幽淑女悲题五美吟　浪荡子情贻九龙佩

"这真难为你想的到，只是也不可过于赶，热着了倒是大事。"

说着，芳官早托了一杯凉水内新湃的茶来。因宝玉素昔秉赋柔脆，虽暑月不敢用冰，只以新汲井水将茶连壶浸在盆内，不时更换，取其凉意而已。宝玉就芳官手内吃了半盏，遂向袭人道："我来时已吩咐了焙茗，若珍大哥那边有要紧的客来时，叫他即刻送信；若无要紧的事，我就不过去了。"说毕，遂出了房门，又回头向碧痕等道："如有事，往林姑娘处来找我。"于是一径往潇湘馆来看黛玉。

将过了沁芳桥，只见雪雁领着两个老婆子，手中都拿着菱藕瓜果之类。宝玉忙问雪雁道："你们姑娘从来不吃这些凉东西的，拿这些瓜果何用？不是要请那位姑娘奶奶么？"雪雁笑道："我告诉你，可不许对姑娘说去。"宝玉点头应允。雪雁便命两个婆子："先将瓜果送去交与紫鹃姐姐，他要问我，你就说我做什么呢，就来。"那婆子答应着去了。雪雁方说道："我们姑娘这两日方觉身上好些了。今日饭后，三姑娘来会着要瞧二奶奶去，姑娘也没去。又不知想起了什么来，自己哭了一回，提笔写了好些不知是诗是词。叫我传瓜果去时，又听叫紫鹃将屋内摆着的小琴桌上的陈设搬下来，将桌子搬在外间当地，又叫将那龙文鼎放在桌上，等瓜果来时听用。若说是请人呢，不犯先忙着把个炉摆出来；若说点香呢，我们姑娘素日屋内除摆新鲜瓜果木瓜之类，又不大喜熏衣服。就是点香，亦当点在常坐卧之处。难道是老婆子们把屋子熏臭了，要拿香熏熏不成？究竟连我也不知何故。"说毕，便连忙去了。

宝玉这里不由的低头心内细想道："据雪雁说来，必有原故。若是同那一位姊妹们闲坐，不必如此先设馔具。或者是姑爷姑妈的忌辰？但我记得每年到此日期，老太太都吩咐另外整理肴馔，送去林妹妹私祭，此时已过。大约必是七月因为瓜果之节，家家都上秋季的坟，林妹妹有感于心，所以在私室自己奠祭，取《礼记》"春秋荐其时食"之意，也未可定。〔索隐〕望远神伤，董妃心中实抱难言之隐痛。盖自三吾水绘，才子佳人缱绻九年，分飞两地。在身承天眷之际，玉阶金陛欢乐未央，情随境迁，或亦付之前尘一梦。一旦羊车罢幸，寂寞长门，宛转寸心未尝不陡忆旧欢，自悲身世。第一回中云"愧则有余，悔又无益，大无可如何之日"，其琬娘此时之情绪矣。洁治瓜果，遥望长空，默默无言中不

《红楼梦》与顺治皇帝的爱情故事

知蕴得热泪几许?但我此刻走去,见他伤感,必极力劝解,又怕他烦恼郁结于心;若竟不去,又恐他过于伤感,无人劝止。两件皆足致疾。莫若先到凤姐姐处一看,在彼稍坐即回。如若见林妹妹伤感,再设法劝解,既不至使其过悲,哀痛稍申,方不致抑郁致病。"想毕,遂出了园门,一径到凤姐处来。

正有许多执事婆子们回事毕,纷纷散去。凤姐儿正倚着门和平儿说话呢,一见了宝玉笑道:"你回来了么?我才吩咐了林之孝家的,叫他使人告诉跟你的小厮,若没什么事,趁便请你回来歇息歇息。再者那里人多,你那里禁得住那些气味。不想恰好你倒来了。"宝玉笑道:"多谢姐姐记挂。我也因今日没事,又见姐姐这两日没往那府里去,不知身上可大愈否?所以回来看视看视。"凤姐道:"左右也不过是这样,三日好两日不好的。老太太、太太不在家,这些大娘们,唉!那一个是安分的?每日不是打架就拌嘴,连赌博偷盗的事情都闹出两三件来了。虽说有三姑娘帮着办理,他又是个没出阁的姑娘,也有叫他知道得的,也有往他说不得的事,她只好勉强撑着罢了。总不得心静一会儿。别说想病好,求其不添也就罢了。"宝玉道:"姐姐虽如此说,姐姐还要保重身体,少操些心才是。"〔索隐〕凤姐有南边辣子之称,知其为豫王影子。王下江南恣意杀戮,民怨甚深,晚岁以懿亲资格入为辅政王,军国重计多所匡赞,以多操些心刺之,奥人之咒隐然言外。说毕,又说了些闲话,别了凤姐,一直往园中走来。

进了潇湘馆院门看时,只见炉袅残烟,奠余玉醴,紫鹃正看着人往里收桌子、搬陈设呢。宝玉便知已经祭奠完了,走入屋内,只见黛玉面向里歪着,病体恹恹,大有不胜之态。紫鹃连忙说道:"宝二爷来了。"黛玉方慢慢的起来,含笑让坐。宝玉道:"妹妹这两天可大好些了?气色倒觉静些,只是为何又伤心了?"黛玉道:"可是你没的说了,好好的我多早晚又伤心了?"

〔索隐〕其事固难言,彼既佯作糊涂,此亦强为欢笑。宝玉笑道:"妹妹脸上现有泪痕,如何还哄我呢?只是我想妹妹素日本来多病,凡事当各自宽解,不可过作无益之悲。若作践坏了身子,使我……"说到这里,觉得以下的话有些难说,连忙咽住。只因他虽说和黛玉一处长大,

第六十四回　幽淑女悲题五美吟　浪荡子情贻九龙佩

情投意合，又愿同生死，却只是心中领会，从来未曾当面说出。况兼黛玉多心，每每说话造次，得罪了他。今日原为的是来劝解，不想把话又说造次了，接不下去，心中一急，又怕黛玉恼他。又想一想自己的心，实在的是为好，因而转念为悲，早已滚下泪来。黛玉起先原恼宝玉说话不论轻重，如今见此光景，心有所感，本来素昔爱哭，此时亦不免无言对泣。

却说紫鹃端了茶来，打量二人又为何事口角，因说道："姑娘身上才好些，宝二爷又来怄气了，到底是怎么样？"宝玉一面拭泪笑道："谁敢怄妹妹来？"一面搭讪着起来闲步，只见砚台底下微露一纸角，不禁伸手拿起。黛玉忙要起身来夺，已被宝玉揣在怀内，笑央道："好妹妹，赏我看看罢。"黛黛玉道："不管什么，来了就混翻！"

一语未了，只见宝钗走来，笑道："宝兄弟要看什么？"宝玉因未见上面是何言词，又不知黛玉心中如何，未敢造次回答，却望着黛玉笑。黛玉一面让宝钗坐，一面笑说道："我曾见古史中有才色的女子，终身遭际令人可欣可羡可悲可叹者甚多，今日饭后无事，因欲择出数人胡乱凑几句诗以寄感慨，可巧探丫头来会我瞧凤姐姐去，我也身上懒懒的没同他去。才将做了五首，一时困倦起来，搁在那里，不想二爷来了，就瞧见了。其实给他看也倒没什么，但只嫌他是不是的写给人看去。"宝玉忙道："我多早晚给人看去呢？昨日那把扇子，原是我爱那几首白海棠的诗，所以我自己用小楷写了，不过为的是拿在手中看着便易。我岂不知闺阁中诗词字迹是轻易往外传诵不得的？自从你说了，我总不拿出园子去。"

宝钗道："林妹妹这虑的也是。你既写在扇子上，偶然忘记了，拿在书房里去被相公们看见了，岂有不问是谁做的呢？倘或传扬开了，反为不美。自古道'女子无才便是德'，总以贞静为主，〔索隐〕贞节二字点眼。女工还是第二件。其余诗词不过是闲中游戏，原可以会可以不会。咱们这样人家的姑娘，倒不要这些才华的名誉。"因又笑向黛玉道："拿出来给我看看无妨，只不叫宝兄弟拿出去就是了。"黛玉笑道："既如此说，连你也可以不必看了。"又指着宝玉笑道："你早已收了去了。"宝玉听了，方自怀内取出，凑至宝钗身旁一同细看。只见写道：

《红楼梦》与顺治皇帝的爱情故事

西　施
一代倾城逐浪花，吴宫空自忆儿家。
效颦莫笑东村女，头白溪边尚浣纱。〔索隐〕以夫差之强不能庇一妇人。

虞　姬
肠断乌骓夜啸风，虞兮幽恨对重瞳。
黥彭甘受他年醢，饮剑何如楚帐中。〔索隐〕以项羽之英雄不能庇一妇人。

明　妃
绝艳惊人出汉宫，红颜命薄古今同。
君王纵使轻颜色，予夺权何畀画工。〔索隐〕以汉帝之盛力不能庇一妇人。

绿　珠
瓦砾明珠一例抛，何曾石尉重娇娆。
都缘顽福前生造，更有同归慰寂寥。〔索隐〕以石崇之豪富不能庇一妇人。

红　拂
长剑雄谈态自殊，美人巨眼识穷途。
尸居余气杨公幕，岂得羁縻女丈夫？〔索隐〕统观五诗，董妃此日自怨自艾之意昭然若揭。第一首推重东施，正以自愧；第二首以不能饮剑楚帐为恨；第三首致慨于红颜薄命；第四首石尉不重妖娆，为当前之感悔；第五首以尸居余气之杨公况世祖，有振脱樊笼之意。董妃当抑郁无聊之际，托想于昆仑奴，或亦有逝将去汝之思耶？

宝玉看了，赞不绝口，又说道："妹妹这诗恰好只做了五首，何不就命曰《五美吟》。"于是不容分说，便提笔写在后面。宝钗亦说道："做诗不论何题，只要善翻古人之意。若要随人脚踪走去，纵使字句精工，已落第二义，竟算不得好诗。即如前人所咏昭君之诗甚多，有悲挽昭君的，有

第六十四回　幽淑女悲题五美吟　浪荡子情贻九龙佩

怨恨延寿的，又有讥汉帝不能使画工图貌贤臣而画美人的，纷纷不一。后来王荆公复有'意态由来画不成，当时枉杀毛延寿'，永叔有'耳目所见尚如此，万里安能制夷狄'，二诗俱能各出己见，不与人同。今日林妹妹这五首诗，亦可谓命意新奇，别开生面了。"

仍欲往下说时，只见有人回道："琏二爷回来了。适才外间传说，往东府里去了好一会了，想必就回来的。"宝玉听了，连忙起身，迎至大门以内等待。恰好贾琏自外下马进来，于是宝玉先迎着贾琏跪下，口中给贾母王夫人等请了安，又给贾琏请了安。二人携手走了进来，只见李纨、凤姐、宝钗、黛玉、迎、探、惜等早在中堂等候，一一相见已毕。因听贾琏说道："老太太明日一早到家；一路身体甚好。今日先打发我来回家看视，明日五更仍要出城迎接。"说毕，众人又问了些路途的景况。因贾琏是远路跋涉，遂大家别过，让贾琏回房歇息。一宿晚景不必细述。

至次日饭时前后，果见贾母王夫人等到来。众人接见已毕，略坐了一坐，吃了一杯茶，便领了王夫人等人过宁府中来。只听见里面哭声震天，却是贾赦贾琏送贾母到家，即过这边来了。当下贾母进入里面，早有贾赦贾琏率领族中人哭着迎了出来。他父子一边一个挽了贾母，走至灵前，又有贾珍贾蓉跪着扑入贾母怀中痛哭。贾母暮年人，见此光景，亦搂了珍蓉等痛哭不已，贾赦贾琏在旁苦劝，方略略止住。又转至灵右，见了尤氏婆媳，不免又相持大哭一场。哭毕，众人方上前一一请安问好。

贾珍因贾母才回家来未得歇息，坐在此间看着未免要伤心，遂再三的劝，贾母不得已方回来了。果然年迈的人禁不住风霜伤感，至夜间便觉头闷心酸，鼻塞声重。连忙请了医生来诊脉下药，足足的忙乱了半夜一日。幸而发散的快，未曾传经，至三更天些须发了点汗，脉静身凉，大家力放了心。至次日仍服药调理。

又过了数日，乃贾敬送殡之期，贾母犹未大愈，遂留宝玉在家侍奉。凤姐因未曾甚好，亦未去。其余贾赦、贾琏、邢夫人、王夫人等率领家人仆妇，都送至铁槛寺，至晚方回。贾珍尤氏并贾蓉仍在寺中守灵，等过百日后，方扶柩回籍。家中仍托尤老娘并二姐儿三姐儿照管。

却说贾琏素日既闻尤氏姊妹之名，恨无缘得见，近因贾敬停灵在家，每日与二姐儿三姐儿相认已熟，不禁动了垂涎之意。况知与贾珍贾蓉等

《红楼梦》与顺治皇帝的爱情故事

素有聚麀之诮,因而乘机百般撩拨,眉目传情。那三姐儿却只是淡淡相对,只有二姐儿也十分有意,但只是眼目众多,无从下手。贾琏又怕贾珍吃醋,不敢轻动,只好二人心领神会而已。

此时出殡以后,贾珍家下人少,除尤老娘带领二姐儿三姐儿并几个粗使的丫鬟老婆子在正室居住外,其余婢妾都随在寺中。外面仆妇不过晚间巡更,日间看守门户,白日无事,亦不进里面去。所以贾琏便欲趁此时下手,遂托相伴贾珍为名,亦在寺中住宿。又时常借着替贾珍料理家务,不时至宁府中来勾搭二姐儿。

一日,有小管家俞禄来回贾珍道:"前者所用棚杠孝布并请杠人青衣,共使银一千一百十两,除给五百两外,仍欠六百零十两。昨日两处买卖人俱来催讨,奴才特来讨爷的示下。"贾珍道:"你且向库上去领就是了,这又何必来回我。"俞禄道:"昨日已曾上库上去领,但只是老爷宾天以后,各处支领甚多,所剩还要预备百日道场及庙中用度,此时竟不能发给。所以奴才今日特来回爷,或者爷内库里暂且发给,或者挪借何项,盼咐了奴才好办。"贾珍笑道:"你还当是先呢,有银子放着不使?你无论那里借了给他罢。"俞禄笑回道:"若说一二百,奴才还可巴结;这五六百,奴才一时那里办得来?"贾珍想了一回,向贾蓉道:"你问你娘去,昨日出殡以后,有江南甄家送来打祭银五百两,未曾交到库上去,〔索隐〕重在"江南甄家"四字,此必攻克明季诸王后,所得钱粮财贿径归内库收储。当日政费浮滥,户部不足供给,遂拨此款以济之也。家里再找找,凑齐了给他去罢。"

贾蓉答应了,连忙过这边来回了尤氏,复转来回他父亲道:"昨日那项银子已使了二百两,下剩的三百两令人送至家中,交与老娘收了。"贾珍道:"既然如此,你就带了他去,向你老娘要了出来,交给他。再也瞧瞧家中有事无事,问你两个姨娘好。下剩的俞禄先借了添上罢。"

贾蓉与俞禄答应了,方欲退出,只见贾琏走了进来;俞禄忙上前请了安。贾琏便问何事,贾珍一一告诉了。贾琏心中想道:"趁此机会正可至宁府寻二姐儿。"一面遂说道:"这有多大事,何必向人借去?昨日我方得了一项银子还没有使呢,莫若给他添上,岂不省事。"贾珍道:"如此甚好。你就盼咐了蓉儿,一并令他取去。"贾琏忙道:"这必得我亲身

第六十四回　幽淑女悲题五美吟　浪荡子情赠九龙佩

取去。再我这几日没回家了，还要给老太太、老爷、太太们请请安去。到大哥那边查查家人们有无生事，再也给亲家太太请请安。"贾珍笑道："只是又劳动你，我心里倒不安。"贾琏也笑道："自家兄弟，这有何妨呢？"贾珍又吩咐贾蓉道："你跟了你叔叔去，也到那边给老太太、老爷、太太们请安，说我和你娘都请安；打听打听老太太身上可大安了，还服药呢没有？"贾蓉一一答应了，跟着贾琏出来，带了几个小厮，骑上马一同进城。

在路叔侄闲话，贾琏有心，便提到尤二姐，因夸说如何标致，如何做人好，举止大方，言语温柔，无一处不令人可敬可爱。"人人都说你婶子好，据我看那里及你二姨儿一零儿呢！"贾蓉揣知其意，便笑道："叔叔既这么爱他，我给叔叔作媒，说了做二房如何？"贾琏笑道："你这是玩话还是正经话？"贾蓉道："我说的是当真的话。"贾琏又笑道："敢自好！只是怕你婶子不依，再也怕你老娘不愿意。况且我听见说，你二姨儿已有人家了。"贾蓉道："这都无妨。我二姨儿三姨儿都不是我老爷养的，原是我老娘带了来的。听见说我老娘在那一家时，就把我二姨儿许给皇粮庄头张家，指腹为婚。后来张家遭了官司败落了，我老娘又自那家嫁了出来，如今这十数年两家音信不通。我老娘时常抱怨，要与他家退婚。我父亲也要将姨儿转配，只等有了好人家。不过令人找着张家，给他十几两银子，写上一张退婚的字儿。想张家穷极了的人，见了银子，有什么不依的？再他也知道咱们这样的人家，也不怕他不依。〔索隐〕无非恃天家之势，豪劫强娶而已。又是叔叔这样人。说了做二房，我管保我老娘和我父亲都愿意。倒只是婶子那里却难。"

贾琏听到这里，心花都开了，那里还有什么话说，只是一味呆笑而已。贾蓉又想了一想，笑道："叔叔若有胆量，依我的主意，管保无妨，不过多化几个钱。"贾琏忙道："好孩子，你有什么主意？只管说给我听听。"贾蓉道："叔叔回家一点声色也别露，等我回明了我父亲，向我老娘说妥，然后在咱们府后方近左右买上一所房子及应用家伙，再拨两窝子家人过去服侍。择了日子，人不知鬼不觉娶了过去，嘱咐家人不许走漏风声。婶子在里面住着，深宅大院那里就得知道了。叔叔两下里住着，过个一年半载，即或闹出来，不过挨上老爷一顿骂。叔叔只说婶子总不

《红楼梦》与顺治皇帝的爱情故事

生育,原是为子嗣起见,所以私自在外面作成此事。就是婶子,见生米做成熟饭,也只得罢了。再求一求老太太,没有不完的事。

自古道,"欲令智昏"。贾琏只顾贪图二姐美色,听了贾蓉一篇话,遂以为计出万全,将现今身上有服,并停妻再娶,严父妒妻种种不妥之处皆置之度外了。却不知贾蓉亦非好意,素日因同他姨娘有情,只因贾珍在内不能畅意。如今若是贾琏娶了,少不得在外居住,趁贾琏不在时好去鬼混之意。贾琏那里想及此,遂向贾蓉致谢道:"好侄儿,你果然能一说成了,我买两个绝色的丫头谢你。"

说着,已至宁府门首。贾蓉说道:"叔叔进去向我老娘要出银子来,就交给俞禄罢。我先给老太太请安去。"贾琏含笑点头道:"老太太跟前别说我和你一同来的。"贾蓉道:"知道。"又附耳向贾琏道:"今日要遇见二姨儿可别性急了,闹出事来往后倒难办了。"贾琏笑道:"少胡说!你快去罢,我在这里等你。"于是贾蓉自去给贾母请安。

贾琏进入宁府,早有家人头儿率领家人等请安,一路围随至厅上。贾琏一一的问了些话,不过塞责而已,便命家人散去,独自往里面走来。原来贾琏贾珍素日亲密,又是弟兄,本无可避忌之人,自来是不等通报的。于是走至上房,早有廊下伺候的老婆子打起帘子,让贾琏进去。

贾琏进入房中一看,只见南边炕上只有尤二姐带着两个丫鬟一处做活,却不见尤老娘与三姐儿。贾琏忙上前问好相见,尤二姐含笑让坐,便靠东边排插儿坐下。贾琏仍将上首让与二姐儿,说了几句见面情儿,便笑问道:"亲家太太合三妹妹那里去了,怎么不见?"尤二姐笑道:"才有事往后头去了,也就来的。"此时伺候的丫鬟因倒茶去,无人在跟前,'贾琏不住的拿眼瞟着二姐儿。二姐儿低了头,只含笑不理。贾琏又不敢造次动手动脚,因见二姐儿手中拿着一条拴着荷包的绢子摆弄,便搭讪着往腰里摸了摸,说道:"槟榔荷包也忘记了带了来,妹妹有槟榔赏我一口吃。"二姐道:"槟榔倒有,就只是我的槟榔从来不给人吃。"贾琏便笑着欲近身来拿。二姐儿怕有人来看见不雅,便连忙一笑掷了过来。贾琏接在手中,都倒了出来,拣了半块吃剩下的拿在口中吃了,又将剩下的都揣了起来。刚要拿荷包亲身送过去,只见两个丫鬟倒了茶来。贾琏一面接了茶吃茶,一面暗将自己带的一个汉玉九龙佩。〔索隐〕取名

第六十四回　幽淑女悲题五美吟　浪荡子情赠九龙佩

九龙佩，以见为天家龙种。虽事属何人不可深考，而大致不离乎此。解了下来，拴在手绢上，趁丫鬟回头时仍掷了过去。二姐儿亦不去拿，只装看不见，坐着吃茶。

只听后面一阵帘子响，却是尤老娘、三姐儿带着两个小丫头自后面走来。贾琏送目与二姐儿，令其拾取，这尤二姐亦只是不理。贾琏不知二姐儿何意，甚是着急，只得迎上来与尤老娘、三姐儿相见。一面又回头看二姐儿时，只见二姐儿笑着没事人似的，再又看一看绢子，已不知那里去了，贾琏方放了心。

于是大家归坐后，叙了些闲话。贾琏说道："大嫂子说，前日有一包银子交给亲家太太收起来了，今日因要还人，大哥令我来取，再也看看家里有事无事。"尤老娘听了，连忙使二姐儿拿钥匙去取银子。这里贾琏又说道："我也要给亲家太太请请安，瞧瞧二位妹妹。亲家太太脸面倒好，只是二位妹妹在我们家里受委屈。"尤老娘笑道："咱们都是至亲骨肉，说那里的话；在家里也是住着，在这里也是住着。不瞒二爷说，我们家里自从先夫去世，家计也着实艰难了，全亏了这里姑爷帮助。如今姑爷家里有了这样大事，我们不能别的出力，白看一看家，还有什么委屈了的呢？"

正说着，二姐儿已取了银子来，交与尤老娘，尤老娘便递与贾琏。贾琏叫一个小丫头叫了一个老婆子来，吩咐他道："你把这个交给俞禄，叫他拿过那边去等我。"老婆子答应了出去。

只听得院内是贾蓉的声音说话，须臾进来，给尤老娘姨娘请了安，又向贾琏笑道："刚才老爷还问叔叔呢，说是有什么事情要使唤。原是使人到庙里去叫，我回老爷说叔叔就来。老爷还吩咐我，路上遇着叔叔叫快去呢。"

贾琏听了忙要起身，又听贾蓉和他老娘说道："那一次我和老太太说的，我父亲要给二姨说的姨父，就和我这叔叔的面貌身量差不多儿。老太太说好不好？"一面说着，又悄悄的用手指着贾琏和他二姨儿歪嘴。二姐倒不好意思说什么，只见三姐似笑非笑似恼非恼的骂道："坏透了的小猴儿崽子，没了你娘的说了。多早晚我才撕他那嘴呢！"

贾蓉早笑着跑了出来，贾琏也笑着辞了出来。走至厅上，又吩咐了

《红楼梦》与顺治皇帝的爱情故事

家人们不可要钱吃酒等语。又悄悄的央贾蓉回去急速和他父亲说。一面便带了俞禄过来,将银子添足,交给他拿去;一面给贾赦请安,又给贾母去请安。不提。

却说贾蓉见俞禄跟了贾琏去取银子,自己无事,便仍回至里面和他两个姨娘嘲戏一回方起身。至晚到寺,见了贾珍,回道:"银子已经交给俞禄了。老太太已大愈了,如今已经不服药了。"说毕,又趁便将路上贾琏要娶尤二姐做二房之意说了。又说如何在外面置房子住,不使凤姐知道,"此时总不过为的是子嗣艰难起见。况且是二姨娘自己见过的,亲上做亲比别处不知道的人家说了来的好。所以二叔再三央我对父亲说。"只不说是他自己的主意。

贾珍想了想,笑道:"其实倒也罢了。只不知你二姨娘心中愿意不愿意?明日你先去和你老娘商量,叫你老娘问准了你二姨娘,再作定夺。"于是又教了贾蓉一遍话,便走过来,将此事告诉了尤氏。尤氏却知此事不妥,因而极力劝止。无奈贾珍主意已定,素日又是顺从惯了的,况且他与二姐儿本非一母,不便深管,因而也只得由他们闹去了。

至次日一早,果然贾蓉复进城来见他老娘,将他父亲之意说了。又添上许多话,说贾琏做人如何好,目今凤姐身子有病,已是不能好的了,暂且买了房子在外面住着,过个一年半载,只等凤姐一死便接了二姨儿进去做正室。又说他父亲此时如何聘,贾琏那边如何娶,如何接了你老人家养老,往后三姨儿也是那边应了替聘。说得天花乱坠,〔索隐〕近世为媒妁者信口开河,移花接木,不知坑陷了几多女儿,结成了若干怨偶。不图蓉儿小子乃亦擅此绝技。不由得尤老娘不肯。况且素日全亏贾珍周济,此时又是贾珍作主替聘,而且妆奁不用自己置买,贾琏又是青年公子,强胜张家,遂忙过来与二姐儿商议。二姐儿又是水性人儿,在先已与姐夫不妥,又常怨恨当时错许张华,致使后来终身失所。今日贾琏有情,况是姐夫将他聘嫁,有何不肯?也便点头依允。当下回覆了,贾蓉回了他父亲。

次日命人请了贾琏到寺中来,贾珍当面告诉了他尤老娘应允之事。贾琏自是喜出望外,感谢贾珍贾蓉父子不尽。于是二人商量着,'使人看房了,打首饰,给二姐儿置买妆奁及新房中应用床帐等物。不过几日,

第六十四回　幽淑女悲题五美吟　浪荡子情赠九龙佩

早将诸事办妥。已于宁荣街后二里就近小花枝巷内买定一所房子,共二十余间。又买了两个小丫鬟。只是府里家人不敢擅动,外头买人又怕不知心腹走漏了风声,忽然想起家人鲍二来。〔索隐〕如入鲍鱼之肆矣。巷名为小花枝,仆人则鲍二夫妇,触手成春。当初因和他女人偷情,被凤姐儿打闹了一阵,含羞吊死了,贾琏给了一百银子,叫他另娶一个。那鲍二向来却就合厨子多浑虫的媳妇多姑娘有一手儿,后来多浑虫酒痨死了,这多姑娘儿见鲍二手里从容了,便嫁了鲍二。况且这多姑娘儿原也合贾琏好的。此时都搬出外头住着。贾琏一时想起来,便叫了他两口儿到新房子里来,预备二姐儿过来时服侍。那鲍二两口子听见这头巧宗儿,如何不来呢?

再说张华之祖,原当皇粮庄头,后来死去。至张华父亲时,仍充此役。因与尤老娘前夫相好,所以强将张华与尤二姐指腹为婚。后来不料遭了官司,败落了家产,弄得衣食不周,那里还娶得起媳妇呢。尤老娘又自那家嫁了出来,两家有十数年音信不通。今被贾府家人唤至,逼他与二姐儿退婚,心中虽不愿意,无奈惧怕贾珍等势焰,不敢不依,只得写了一张退婚文约。尤老娘与了二十两银子,两家退亲不提。

这里贾琏等见诸事已妥,遂择了初三黄道吉日,以便迎娶二姐儿过门。下回分解。

〔索隐〕此回共分五段:自开首起,至"倒是大事"止为第一段,自"说着"起,至"别开生面了"止为第二段,皆上半回回目之文字。自"仍欲往下说时"起,至"不时至宁府中来勾搭二姐"止为第三段;自"一日有小管家俞禄"起,至"又给贾母去请安不提"止为第四段;自"却说贾蓉"起至本回完毕为第五段;皆下半回回目之文字。

上半回重在黛玉之遥祭。盖董妃之因乱离丧失,辗转入宫,初非本意。然君恩深重,宠冠六宫,携手并肩两情美满之际,几已等萧郎于陌路,化旧迹为云烟。洎乎邢尹斗媚宠眷稍替,前尘往事一一怅触胸头,中夜徘徊,未尝不愧悔当年,低徊故剑。其望空设祭者,怨艾之情蕴于中也;秉笔长吟者,怨艾之情发乎外也。良心未死，晚节自惭，而又奔走随人，强为欢笑，内外煎烁，此妃之所以不永年也欤？

  第一段插入晴雯袭人一节，看似无关，实则为设祭之发源。盖董妃既怀孕不育，而博尔济锦继后新承雨露，正位中宫，咄咄逼人，不免有团扇秋风之恨。因恨生感，因感生悔，理之固然，势有必至也。书中言晴雯子儿坠地，袭人正打结子，却按极大关节，勿作闲文忽略读过。

  下半回凡分三段：第一段为勾搭之发起，第二段为勾搭之着手，第三段为勾搭之结果。书中事实无甚关系。不过以贾蓉穿插其际，为世祖上烝刘妃之影射，绝刘妃即以绝豫王。怨毒之深，遂不惜笔墨极情描写，以为快心之举。若曰：彼荼毒吾江南子女，而一朝身死之后，其妻孥亦不克自保，何为也哉！

  一说二姐事指肃王妃博尔济锦氏而言。王与摄政不睦，遂被幽系，竟纳其妃。妃与摄政妃本姊妹行，故曰二妃。二姐之夫张华为凤姐所陷系狱，与系肃王事相类。肃名豪格，"豪""华"义亦相通。附志于此，以俟考证。

〔护花评〕上半回写淑女悲吟，下半回写荡子调情，是两扇反对文字。

  又：袭人独留心扇缘，与晴雯等迥异，宝钗独说贞静为主，亦与黛玉等不同，的是贤妻好妾。

  又：私娶尤二姐，说合筹画俱是贾蓉主见，真是祸首罪魁。写尤二姐善于偷情，是暗补聚麀情事。

〔大某评〕撩云拨雨惯家首推贾蓉，其眉头眼下愁露油光。

  又：此回已入癸丑年之秋。

第六十五回　贾二舍偷娶尤二姨　尤三姐思嫁柳二郎

　　话说贾琏、贾珍、贾蓉等三人商议，事事妥贴。至初二日，先将尤老娘和三姐儿送入新房。尤老娘看了一看，虽不似贾蓉口内之言，倒也十分齐备，母女二人已算趁了心愿。鲍二两口子见了，如一盆火儿，赶着尤老娘一口一声叫老娘，又或是老太太；赶着三姐儿叫三姨儿，或是姨娘。至次日五更天，一乘素轿将二姐儿抬来。各色香烛纸马并铺盖以及酒饭，早已预备得十分妥当。一时贾琏素服坐了小轿来了，拜了天地，焚了纸马。那尤老娘见了二姐儿身上头上焕然一新，不似在家模样，十分得意；搀入洞房。是夜贾琏同他颠鸾倒凤，百般恩爱，不消细说。

　　那贾琏越看越爱，越瞧越喜，不知要怎么奉承这二姐儿才过得去，乃命鲍二等人不许提三说二，直以奶奶称之，自己也称奶奶，竟将凤姐一笔勾倒。有时回家，只说在东府有事，凤姐因知他和贾珍好，有事相商，也不疑心。家下人虽多，都也不管这些事；便有那游手好闲专打听小事的人，都去奉承贾琏，乘机讨些便宜，谁肯去露风。

　　于是贾琏深感贾珍不尽。贾琏一月出十五两银子。做天天的供给。若不来时，他母女三人一处吃饭；若贾琏来，他夫妻二人一处吃，他母女便回房自吃。贾琏又将自己积年所有的体己一并搬来，与二姐儿收着，又将凤姐儿素日为人行事，枕边衾里尽情告诉他了，只等一死便接他进去。二姐儿听了，自然是愿意的了。当下十来个人倒也过起日子来，十分丰足。〔索隐〕总结一笔十分酣畅，入后方徐徐渡入下文，开阖反正，实尽文家能事。

　　眼见已是两月光景。这日贾珍在铁槛寺做完佛事，晚间回家时，与他姊妹久别，竟要去探望探望，先命小厮去打听贾琏在与不在。小厮回来说不在那时,贾珍欢喜,将家人一概先遣回去,只留两个心腹小童牵马。〔索隐〕趣笔渲染。一时到了新房子里,已是掌灯时候,悄悄进去。两个小厮将马拴在园内,自往下房去听候。

贾珍进来,屋里才点灯,先看过尤氏母女,然后二姐儿出来相见。贾珍见了二姐儿,满面的笑容,一面吃茶,一面笑说:"我做的保山如何?若错过了,打着灯笼还没处寻!过日你姐姐还备礼来瞧瞧你们呢。"

说话之间,二姐儿已命人预备下酒馔。关起门来都是一家人,原无避讳。那鲍二来请安,贾珍便道:"你原是个有良心的,所以二爷叫你来服侍,日后自有大用你之处,不可在外头吃酒生事,我自然赏你。倘或这里短了什么,你二爷事多,那里人杂,你只管来回我。我们弟兄不比别人。"〔索隐〕"我们弟兄不比别人"二语,即用贾珍自述,譬如罪人自画供招,笔意冷酷。鲍二答应道:"小的知道。若小的不尽心,除非不要这脑袋了。"贾珍笑着点头道:"要你知道就好。"

当下四人一处吃酒。二姐儿此时恐怕贾琏一时走来,彼此不雅,吃了两钟酒,便推故往那边去了。贾珍此时也无可奈何,只得看着二姐儿自去。剩下尤老娘同三姐儿相陪。那三姐儿虽向来也和贾珍偶有戏言,但不似他姐姐那样随和儿,所以贾珍虽有垂涎之意,却也不肯造次了,致讨没趣。况且尤老娘在旁边陪着,贾珍也不好意思太露轻薄。

却说跟的两个小厮都在厨下和鲍二饮酒,那鲍二的女人多姑娘儿上灶。忽见两个丫头也去了来,嘲笑要吃酒,鲍二因说:"姐儿们不在上头服侍,也偷着来了,一时叫起来没人又是事。"他女人骂道:"糊涂浑呛了的忘八,你撞丧那黄汤罢。撞丧醉了,夹着你那脑袋挺你的尸去。叫不叫与你什么相干?一应有我承当呢,风啊雨的,横竖淋不到你头上来。"〔索隐〕声口逼肖,此等处兼综《水浒》之长。

这鲍二原因妻子之力,在贾琏前十分有脸。近日他女人越发和二姐儿跟前殷勤服侍,他便自己除赚钱吃酒之外,一概不管,〔索隐〕此处急插入鲍二一段,盖痛詈内大臣鄂硕者。鄂硕逢君之恶,不惜冒为妃父进女入官,苟图富贵,其顽钝无耻之状与鲍二如出一辙。想当时腥闻远播,众口交恶,而鄂硕觍然自以为荣,恃威作福,廉耻扫地。作者故以詈鲍二者詈之。春秋之笔严于斧钺矣!一听他女人吩咐,百依百随,且

第六十五回　贾二舍偷娶尤二姨　尤三姐思嫁柳二郎

　　吃够了便去睡觉。这里鲍二女人陪着这丫鬟小厮吃酒，又和那几个小厮们打牙油嘴儿的玩笑，讨他们的好，准备在贾珍前讨好儿。

　　四人正吃得高兴，忽听见扣门的声儿。鲍二的女人忙出来开门看时，见是贾琏下马，问有事无事，鲍二女人便悄悄的告诉他道："大爷在这里西院里呢。"贾琏听了，便至卧房。见尤二姐和两个小丫头在房中，见他来了，脸上却有些讪讪的。贾琏反推不知，只命："快拿酒来，咱们吃两杯好睡觉。我今日乏了。"二姐儿忙忙陪笑接衣捧茶，问长问短；贾琏喜的心痒难受。一时鲍二的女人端上酒来，二人对饮，两个小丫头在地下服侍。

　　贾琏心腹小童隆儿拴马去，瞧见有了一匹马，细瞧一瞧，知是贾珍的，心下会意，也来厨下。只见喜儿寿儿两个正在那里坐着吃酒，见他来了也都会意，笑道："你这会子来得巧。我们因赶不上爷的马，恐怕犯夜，往这里来借个地方儿睡一夜。"隆儿便笑道："我是二爷使我送月银来的，交给了奶奶，我也不回去了。"鲍二的女人便道："咱们这里有的是炕，为什么不大家睡呢？"喜儿便说："我们吃多了，你来吃一钟。"

　　隆儿才坐下端起酒来，忽听马棚内闹将起来。原来二马同槽不能相容，互蹶蹄起来。〔索隐〕天然妙喻。论度量之大则马不如人，论界限之严则人不如马。隆儿等慌得忙放下酒杯出来喝马，好容易喝住，另拴好了进来。鲍二的女人笑道："你三人就在这里罢，茶也现成了，我可去了。"说着带门出去。这里喜儿吃了几杯，已是楞子眼了。隆儿寿儿关了门，回头见喜儿直挺挺的仰卧炕上，二人便推他道："好兄弟，起来好生睡，只顾你一个人舒服，我们就苦了。"那喜儿便说道"咱们今儿可要公公道道贴一炉子烧饼了。"隆儿寿儿见他醉了，不便多说，只得吹了灯将就卧下。

　　尤二姐听见马闹，心下着实不安，只管用言语混乱贾琏。那贾琏吃了几杯，春兴发作，便命收了酒菜，掩门宽衣。尤二姐只穿着大红小袄，散挽乌云，满脸春色，比白日更增了颜色。贾琏搂着他笑道："人人都说我们那夜叉婆齐整，如今我看来，给你拾鞋也不要。"二姐儿道："我虽标致，却无品行，看来到底是不标致的好。"贾琏忙说："如何说这话？我都不懂。"尤二姐滴泪说道："你们拿我作糊涂人待，什么事我不知道？我如今和你作了两个月夫妻，日子虽浅，我也知你不是糊涂人。我生是你的人，死是你的鬼，如今既做了夫妻，终身我靠你，岂敢瞒藏一字？我算是有倚有靠了，将来我妹子却如何结果？据我看来，这个形景恐非长策，要作久长之计方可。"

贾琏听了笑道："你且放心，我不是那拈酸吃醋的人。你前头的事，我都知道了，你不必惊慌。如今你跟了我来，大哥跟前自然倒要拘起形迹来了。依我的主意，不如叫三姨儿也合大哥成了好事，彼此两无拘束，索性大家作个通家之好。你的意思怎么样？"尤二姐一面拭泪，一面说道："虽然你有这个好意，头一件，三妹妹脾气不好；第二件，也怕大爷脸上下不来。"贾琏道："这个无妨。我这会子就过去，索性破了例。"说着走了，便至西院中来。

只见窗内灯烛辉煌，贾琏便推门进去，说："大爷在这里么？兄弟来请安。"贾珍听是贾琏的声音，倒吓了一跳，见贾琏进来，不觉羞惭满面。尤老娘也觉不好意思。贾琏笑道："何必做如此景象？咱们弟兄从前是如何样来？大哥为我操心，我今日粉身碎骨感激不尽；大哥若多心，我倒不安了。从此以后，还求大哥照常方好，不然兄弟宁可绝后，再不敢到此处来了。"说着便要跪下。慌得贾珍连忙搀起，只说："兄弟怎么说？我无不领命。"贾琏忙命人："拿酒来，我和大哥吃两杯"。因又笑嘻嘻向三姐儿道："三妹妹为什么不合大哥吃个双钟儿？我也敬一杯，给大哥三妹妹道喜。"

三姐儿听了这话，就跳起来站在炕上，指着贾琏冷笑道："你不用和我花马吊嘴的，咱们'清水下杂面，你吃我看'，'提着影戏人子上场儿，好歹别戳破这层纸儿'。你别糊涂油蒙了心，打量我们不知道你府上的事么！这会子化了几个臭钱，你们哥儿两个拿着我们姊妹两个权当粉头来取乐儿，你们就打错了算盘了！我们知道你那老婆太难缠，如今把我姐姐拐了来做了二房。'偷来的锣鼓儿打不得'。我也要会会那凤奶奶去，看他是几个脑袋几只手？若大家好，取和儿便罢，倘或有一点叫人过不去，我有本事先把你两个的牛黄狗宝掏出来，再和那泼妇拚了这条命！吃酒怕什么？咱们就吃！"说着，自己拿起壶来斟了一杯，自己先吃了半杯，揪过贾琏来就灌，说："我倒不曾和你哥哥吃过，今日倒要和你

第六十五回　贾二舍偷娶尤二姨　尤三姐思嫁柳二郎

吃一吃，咱们也亲近亲近。"〔索隐〕一路写来，自有一种阴森鬼魅之象。得三姐一段发挥，如夏日蕴热，汗流气促，震雷一响，清风洒然。吓得贾琏酒都醒了。贾珍也不承望尤三姐这等拉的下脸来。弟兄两个本是风流场中耍惯的，不想今日反被这个闺女一席话说得不能答言。

尤三姐看了这样，越发一叠声又叫："将姊姊请来。要乐咱们四个大家一处乐！俗语说的，'便宜不过当家'，你们是哥哥兄弟，我们是姊姊妹妹，又不是外人，只管上来！"尤二姐反不好意思起来。贾珍得便就要溜，尤三姐那里肯放。贾珍此时反后悔，不承望他是这种人，与贾琏反不好轻薄起来。

这尤三姐索性卸了妆饰，脱了大衣服，松松的挽个髻儿，身上只穿着大红袄儿，半掩半开，故意露出葱绿抹胸，一痕雪脯；底下绿裤红鞋鲜艳夺目。忽起忽坐，忽喜忽嗔，没半刻斯文，两个坠子就和打秋千一般。灯光之下，越显得柳眉笼翠，檀口含丹；本是一双秋水眼，再吃了几杯酒，越发横波入鬓，转盼流光。真把那珍琏二人弄的欲近不敢，欲远不舍，迷离恍惚，落魄垂涎。再加方才一席话，直将二人禁住，弟兄两个竟全然无一点儿能为，别说调情斗口，竟连一句响亮话都没了。尤三姐自己高谈阔论，任意挥霍，村俗流言，洒落一阵，由着性儿拿他弟兄二人嘲笑取乐。一时他的酒足兴尽，更不容他弟兄多坐，竟撵了出去，自己关门睡着了。〔索隐〕妙人妙事，痛快之至。

自此后，或略有丫鬟婆子不到之处，便将贾珍、贾琏、贾蓉三个厉言痛骂，说他爷儿三个诓谝寡妇孤女。贾珍回去之后，也不敢轻易再来。那三姐儿有时高兴，又命小厮来找，及至到了这里，也只好随他的，便干瞅着罢了。

看官听道：这尤三姐天生脾气和人异样诡僻，只因他的模样儿风流标致，他又偏爱打扮的出色，另式另样做出许多万人不及的风情体态来。那些男人们，别说贾珍贾琏这样风流公子，便是一班老到人，铁石心肠，看见了这般光景，也要动心的。及至到他跟前，他那一种轻狂豪爽、目中无人的光景，早又把人的一团高兴逼住，不敢动手动脚。所以贾珍向来和二姐儿无所不至，渐渐的厌了，却一心注定在三姐儿身上，便把二姐儿乐得让给贾琏，自己却合三姐儿捏合，偏那三姐一般合他玩笑，别

《红楼梦》与顺治皇帝的爱情故事

有一种令人不敢招惹的光景。他母亲和二姐儿也曾十分相劝,他反说:"姊姊糊涂,咱们金玉一般的人,白叫这两个现世宝沾污了去也算无能。〔索隐〕明季佳丽如小琬三秀辈闻此,得无愧死?而且他家现放养个极利害的女人,如今瞒着自然是好的,倘或一日他知道了,岂肯干休?势必有一场大闹,你二人不知谁生谁死。这如何便当作安身乐业的去处?"他母女听了他这话,料着难劝,也只得罢了。

尤三姐天天挑拣穿吃,打了银的又要金的,有了珠子又要宝石。吃着肥鹅又宰肥鸭,或不趁心,连桌一推;衣裳不如意,不论绫缎新整便用剪刀剪碎,撕一条骂一句。究竟贾珍等何曾随意了一日,反化了许多昧心钱。〔索隐〕又作一小小结束。

贾琏来了,只在二姐房内,心中也渐渐的悔上来了。无奈二姐儿倒是个多情人,以为贾琏是终身之主了,凡事倒还知疼着热。若论温柔和顺,却较着凤姐还有些体度;就论起那标致来以及言谈行事,也不减于凤姐。但已经失了脚,有了一个"淫"字,凭他什么好处也不算了。偏这贾琏又说谁人无错,知过必改就好,故不提已往之淫,只取现今之善,便如胶似漆,一心一计誓同生死,那里还有凤平二人在意了。

二姐在枕边衾内也常劝贾琏道:"你和珍大爷商议商议,拣个相熟的把三丫头聘了罢。留着他不是常法子,终久要生事故。"贾琏道:"前日我也曾回大哥的,他只是舍不得。我还说'就是块肥羊肉,无奈烫得慌;玫瑰花儿可爱,刺多扎手。咱们未必降得住,正经拣个人聘了罢'。他只意意思思的就丢开手了,你叫我有什么法儿?"二姐儿道:"你放心。咱们明日先劝三丫头,他肯了,让他自己闹去;闹的无法,少不得聘他。"贾琏听了说:"这话极是。"

至次日,二姐儿另备了酒,贾琏也不出门,至午间,特请他妹妹过来,与他母亲上坐。尤三姐便知其意,刚斟上酒,也不用他姊姊开口,便先滴泪说道:"姊姊今日请我,自然有一番大道理要说,但只我也不是糊涂人,也不用絮絮叨叨的。从前的事情我已尽知,说也无益。既如今姊姊也得了好处安身,妈妈也有了安身之处,我也要自寻归结去方是正礼。但终身大事,一生至一死,非同儿戏。向来人家看着咱们娘儿们微息,都安着不知什么心!我所以破着没脸,人家才不敢欺侮。这如今要

第六十五回　贾二舍偷娶尤二姨　尤三姐思嫁柳二郎

办正事,不是我女孩儿家没羞耻,必得我拣一个素日可心如意的人方跟他。若凭你们拣择,虽是有钱有势的,我心里进不去,白过了这一世。"
〔索隐〕生平阅西文小说数百种,不甚惬意,以为其气魄材力究不如吾国之小说之雄厚。旧小说之窠白为吾人所訾议者,初则私订终身,落难受困,其后团圆归娶,千篇一律。不知西方小说亦犯此病,一般普通著述多以袭爵得产为归宿。所谓唯之与阿相去几何也。至侦探一种,尤乏意味。前半五花八门布设种种疑阵,然其目的主要决不在此,可以一揣而得。且彼国侦探,神通虽广,而易衣改装决非三五小时不办,何以能于一眨眼、一刹那之际另易一人,使彼此觌面不相识?此如吾国《西游》《封神》诸书,遇无可挽回处则以观音大士、通天教主等了之,为同一情理所无之事。所差强人意者两种,一为理想小说,一为言情小说。理想小说思想之微妙高深,此是彼国科学发明已久,非吾所能方驾。言情小说彼能深透一层,不拘拘于形骸离合,爱情固结,但使吾所欢爱者得所愉快,虽分离不以为苦,虽死别不以为恨。盖爱情为心性上事,非形迹上事,似得"情"字之真际,比吾国相思离魂之说更较真洁。今阅《红楼梦》至此,有"心里进不去,白过了这一世"之语,似亦能窥见此旨,惜无人引而伸之阐而明之耳。贾琏笑道:"这也容易。凭你说是谁就是谁,一应彩礼都有我们置办,母亲也不用操心。"三姐儿道:"姊姊横竖知道,不用我说。"

贾琏笑问二姐儿:"是谁"二姐儿一时想不起来。贾琏料定必是此人无移了,便拍手笑道:"我知道这人。果然好眼力!"二姐儿笑道:"是谁?"贾琏笑道:"别人他如何进得眼?一定是宝玉!"二姐儿与尤老娘听了,也以为必然是宝玉了。三姐儿便啐了一口道:"我们有姊妹十个,也嫁你弟兄十个不成?难道除了你家,天下就没有好男人了不成!"
〔索隐〕当时秦淮佳丽罗致官掖,而且叠遣员役至江南采访秀女,万方玉帛奉之一人,可谓天下名山僧占多矣!三姐此语当面戳辱,痛快之至。
众人听了都诧异:"除了他还有那一个?"三姐儿道:"别只在跟前想,姊姊只在五年前想就是了。"

正说着,忽见贾琏的心腹小厮兴儿走来请贾琏,说:"老爷那边紧等着叫爷呢。小的答应往舅老爷那边去了,小的连忙来接。"贾琏又忙问:

《红楼梦》与顺治皇帝的爱情故事

"昨日家里问我来着么?"兴儿道:"小的回奶奶,爷在家庙里同珍大爷商议做百日的事,只怕不能来。"贾琏忙叫拉马,隆儿跟随去了,留下兴儿答应了。

尤二姐便要了两碟菜来,命拿大杯斟了酒,就命兴儿在炕沿下站着吃,一长一短向他说话儿。问道:"家里奶奶多大年纪?怎么个利害的样子?老太太多大年纪?姑娘几个?"各样家常等话。

兴儿笑嘻嘻的,在炕沿下一头吃,一头将荣府之事备细告诉他母女,又说:"我是二门上该班的人。我们共是两班,一班四个,共是八个人。有几个是奶奶的心腹,有几个是爷的心腹。奶奶的心腹我们不敢惹,爷的心腹奶奶却敢惹。提起来我们奶奶的事,告诉不得奶奶。他心里歹毒,口里尖快,我们二爷也算是个好的,那里见得他。倒是跟前平姑娘为人很好,虽然和奶奶一气,他倒背着奶奶常作些好事。小的们有了不是,奶奶是容不过的,只求求他去就完了。如今合家大小除了老太太、太太两个,没有不恨他的,只不过面子情儿怕他。皆因他一时看的人都不及他,〔索隐〕豫王功高震主,其跋扈专制情形,确有如上所述者。只一味哄着老太太、太太两个人喜欢。他说一是一,说二是二,没人敢拦他。又恨不得把银子钱省了下来堆成山,好叫老太太、太太说他会过日子。但不知苦了下人,他讨好儿。或有好事,他就不等别人去说,他先抓尖儿;或有不好的事,或他自己错了,他便一缩头推到别人身上来,他还在旁边拨火儿。如今连他正经婆婆太太都嫌了他,说他'雀儿拣着旺处飞,黑母鸡一窝儿,自家的事不管,倒替人家去瞎张罗!'若不是老太太在里头,早叫过他去了。"

尤二姐笑道:"你背着他这等说他,将来你又不知怎么样说我呢。我又差他一层儿,越发有的说了。"兴儿忙跪下说道:"奶奶,要这样说,小的不怕雷劈么?但凡小的要有造化,起先娶奶奶时若得了这样的人,小的们也少挨些打骂,也少提心吊胆的。如今跟爷的几个人,谁不是面个前背后称扬奶奶盛德怜下。我们商量着叫二爷要出来,情愿来伺候奶奶呢。"

尤二姐笑道:"你这小滑贼儿!还不起来,说句玩话儿就吓得这个样?你们做什么往这里来,我还要找了你奶奶去呢。"兴儿连忙摇手道:

第六十五回　贾二舍偷娶尤二姨　尤三姐思嫁柳二郎

"奶奶千万不要去。我告诉奶奶，一辈子别见她才好。嘴甜心苦，两面三刀；上头笑着，脚底下就使绊子；明是一盆火，暗是一把刀，都占全了。只怕三姨儿的这张嘴还说不过他呢！奶奶这样斯文良善人，那里是他的对手？"

尤氏笑道："我只以礼待他，他敢怎么样我？"兴儿道："不是小的吃了酒放肆胡说，奶奶便用着礼让，他看见奶奶比他标致，又比他得人心儿，他就肯善罢干休了？人家是醋罐子，他是醋缸、醋瓮！凡丫头们，二爷多看一眼，他有本事当着爷打个烂羊头似的。虽然平姑娘在屋里，大约一年间两个有一次在一处，他还要嘴里掂十来个过儿呢。气的平姑娘性子上来，哭闹一阵，说：'又不是我自己寻来的，你逼着我，我原不愿意，又说我反了。这会子又这样。'他一般的也罢了，倒央告平姑娘。"

尤二姐笑道，"可是撒谎？这样一个夜叉，怎么反怕屋里的人呢？"〔索隐〕豫王晚年受制于弟辈。兴儿道："就是俗语说的，'三人抬不过一个理字去'了。这平姑娘原是他自幼儿的丫头，陪了过来；一共四个，死的嫁的，只剩下一个心腹，收了屋里。一则显他的贤良，二则又遂爷的心。那平姑娘又是个正经人，从不会挑三窝四的，倒一味忠心赤胆服侍他，所以才容下了。"

尤二姐笑道："原来如此。但只我听见你们还有一位寡妇奶奶和几位姑娘，他这样利害，这些人如何依他？"兴儿拍手笑道："原来奶奶不知道我们家这位寡妇奶奶第一个善德人，不管事的，只教姑娘们看书写字，针线道理，这是他的事情。前日因为他病了，这大奶奶暂管了几日事，总是按着老例儿行，不像他那么多事逞才的。我们大姑娘不用说是好的了。二姑娘混名儿叫二木头。三姑娘的混名儿叫玫瑰花儿，又红又香，无人不爱，只是有刺戳手，可惜不是太太养的，'老鸹窝里出凤凰'。四姑娘小，正经是珍大爷的亲妹子，太太抱过来的，养了这么大；也是一位不管事的。奶奶不知道，我们家的姑娘们不算外，还有两位姑娘，真是天下少有。一位是我们姑太太的女孩儿，姓林；一位是姨太太的女孩儿，姓薛。这两位姑娘都是美人儿一样，又都知书识字的，或出门上车，或园子里遇见，我们连气儿也不敢出。"〔索隐〕巾帼扬威，能令须眉短气。

《红楼梦》与顺治皇帝的爱情故事

尤二姐笑道："你们家规矩大，小孩子进得去，遇见姑娘们原该远远的藏躲着，敢出什么气儿呢！"兴儿摇手道："不是那么不敢出气儿，是怕这气儿大了吹倒了林姑娘；气儿暖了又吹化了薛姑娘。"说得满屋里都笑了。要知尤三姐要嫁何人，下回分解。

〔索隐〕自六十三回起至六十九回止，皆叙尤氏姊妹事，为一大段落。一偷娶，一思嫁，皆不得结果。情场变局，无非为世祖董妃作暗中影射。此文家旁敲侧击腾挪转变之法，否则正面文章一二十回可了，何能洋洋洒洒成此一部百万余言之瑰奇浓艳文字。董妃当日之死，或云以不得为后愤懑致疾；或云以蜚语传播忧郁自戕；或云以感念故夫临产遽殒。虽年湮代远，情实难知，而其不得其死则确也。二姐之夭亡是董妃正影，二郎之情薄是世祖反照。或云尤三姐者指继后博尔济锦氏言之，后年最幼，故云三姐。虽宫中正位如愿以偿，而世祖铁石心肠决然舍去，其掉头不顾情形，恰有如柳氏子之薄幸者。

此回共分五段：自开首起至"眼见已是两月光景"止为第一段，为偷娶正文，极力摇曳渡入后事，乃益觉精采得势。自"这日贾珍在铁槛寺"起至"将就卧下"止为第二段，插入鲍二兴儿等旁面点缀，疏散文气。自"尤二姐听见马闹"起至"干瞅着罢了"为第三段，中间过渡，渐入三姐正传，有声有色，跃跃欲生。自"看官听道"起至"五年前想就是了"止为第四段，忽然截住，文家急脉缓受之法。自"正说着"起至本回完毕为第五段，横云过岭，忽尔被风引回。

文笔如常山蛇，首尾纠结；又如宜僚弄丸，圆转如志，高下随心。读者细加体会，胜读《过秦论》数首矣！

〔太平评〕上半回一"偷"字，就事言，钗袭以次诸人无不收拾；下半回一"思"字，就心言，黛晴以次诸人无不收拾。一部姻缘都到此总束矣，而无非一钗一黛两场恶梦而已。重重复复令人不觉，方津津然指之曰：此尤家事，此贾家事，此林家薛家事，可惜一百二十回大观都作帐簿看过了。

第六十五回　贾二舍偷娶尤二姨　尤三姐思嫁柳二郎

〔**护花评**〕二舍偷娶，三姐思嫁，细味"偷"字"思"字，便知不能始终两全。

又：写尤三姐倜傥不羁，英气逼人，为后来刚烈饮剑描神；叙王凤姐阴险刁刻，人多怀怨，为异时尤二姐受骗吞金伏笔。

又：尤三姐心许柳湘莲，若一问便说，率直无味。今止说"五年前想"，又即截住，留为下回尤二姐夜间盘问。如正要探胜寻幽，忽被白云遮断，文势曲折纡徐。

〔**大某评**〕贾琏娶尤二姐一节，或云其所有体己当在凤姐处，如何肯听其搬出来？我谓贾琏之体己并凤姐有所不知者。于何知之？于凤姐之体己，如馒头庵之三千两，贾琏不知也。凤姐于贾琏如此，贾琏于凤姐可知。况平日打饥荒时，夫妇间之你推我推非一端耶。今举而与尤二姐收之，则凤姐真一笔勾倒矣！

又：前自贾珍入小花枝巷后读起，只觉得黑魆魆一片烟尘，满纸阴气，正不知天日光照何处世界也。及读尤三姐一段文字，其议论做作，顿觉大地光明。

又：此回仍是癸丑年秋间事。

第六十六回 情小妹痴情归地府
冷二郎心冷入空门

话说兴儿说怕吹倒了林姑娘,吹化了薛姑娘,大家都笑了。那鲍二家的打他一下子,笑道:"原有些真,到了你嘴里,越发没了捆儿了。你倒不像跟二爷的人,这些话倒像是宝玉的人。"

尤二姐才要又问,忽见尤三姐笑问道:"可是你们家那宝玉,除了上学,他做些什么?"兴儿笑道:"三姨儿别问他,说起来三姨儿也未必信。他长了这么大,独他没有上过正经学。我们家从祖宗直到二爷,谁不是学里的师老爷严严的管着念书,偏他不爱念书,是老太太的宝贝。老爷先还管,如今也不敢管了。成天家疯疯癫癫的,说话人也不懂,干的事人也不知。〔索隐〕所谓圣德高深。外头人人看着好清俊模样儿,心里自然是聪明,谁知里头更糊涂,见了人一句话也没有。所有的好处,虽没上过学,倒难为他认得几个字,〔索隐〕所谓天亶聪明。每日又不习文,又不学武,又怕见人,〔索隐〕世祖自亲政以前,俱生长于深宫保傅之手。只爱在丫头群儿里闹。再者也没过刚气儿,有一遭见了我们,喜欢时没上没下,大家乱玩一阵;不喜欢各自走了,他也不理人。我们坐着卧着见了他,也不理他,他也不责备。因此没人怕他,只管随便,都过的去。"〔索隐〕是世祖一篇小传。综其临宇十八年,始为摄政辅政时代,成王幼小,周公辅康临朝;亲政以后,一切创制因革皆出于前朝遗老洪承畴、金之俊辈之擘画,世祖但拱手受成而已,陈荒犀灯色特别佳话流传至今外,荡荡乎民无能名。

尤三姐笑道:"主子宽了,你们又这样,严了,又抱怨,可知你们难缠!"尤二姐道:"我们看他倒好,原来这样。可惜了儿的一个好胎子。"〔索隐〕一代开国神武圣明之主,而究其内行,不过如此,岂不可惜!

第六十六回　情小妹痴情归地府　冷二郎心冷入空门

尤三姐道："姐姐信他胡说？咱们也是见过他一面两面的，行事言谈吃喝原有些女儿气的，自然是天天只在里头惯了的。若说糊涂，那些儿糊涂？姐姐记得穿孝时，咱们同在一处，那日正是和尚们进来绕棺，咱们都在那里站着，他只站在头里挡着人。人说他不知礼，又没眼色。过后他即悄悄的告诉咱们说：'姐姐们不知道，我并不是没眼色，想和尚们的那样肮脏，只恐怕气味熏了姐姐们。'接着他吃茶，姐姐又要茶，那个老婆子就拿了他的碗去倒，他赶忙说：'我吃肮脏了的，另洗了再斟来。'这两件上，我冷眼看去，原来他在女孩儿跟前不管什么都过的去，只不大合外人的式，所以他们不知道。"

尤二姐听说笑道："依你说，你两个已是情投意合了，竟把你许了他岂不好？"三姐见有兴儿，不便说话，只低了头吃瓜子儿。〔索隐〕三姐冰心侠骨亦为之微动，至尊之光荣如此，无怪历来英杰千方百计必欲一登此座以为快。兴儿笑道："若论模样儿行为，倒是一对儿好人。只是他已经有了人了，只是没有露形儿，将来准是林姑娘定了的。〔索隐〕此位已有专属了，奉劝诸公勿更痴心妄想。因林姑娘多病，二则都还小，所以还没办呢。再过三二年，老太太便一开言，那是再无不准的了。"

大家正说话，只见隆儿又来了，说，"老爷有事，是件机密大事，要遣二爷到平安州去；不过三五日就起身，来回得十五六天的工夫。今日不能来了，请老奶奶早和二姨儿定了那件事，明日爷来好做定夺。"说着带了兴儿也回去了。这里尤二姐命掩了门早睡下了，盘问他妹子一夜。

至次日午后，贾琏方来了。尤二姐因劝他道："既有正事，何必忙忙又来？千万别为我误事。"贾琏道："也没什么事，只是偏偏的又出来了一件远差，出了月儿就起身，得半月工夫才来。"尤二姐道："既如此，你只管放心前去，这里一应不用你记挂。三妹妹他从不会朝更暮改的，他已择定了人，你只管依他就是了。"贾琏忙问："是谁？"尤二姐笑道："这人此刻不在这里，不知多早晚才来。也难为他的眼力。他自己说了：这人一年不来他等一年，十年不来等十年；若这人死了再不来了，他情愿剃了头当姑子去，吃长斋念佛，再不嫁人。"贾琏问："到底是谁，这样动他的心？"二姐儿笑道："说来话长。五年前我们老娘家做生日，妈妈和我们到那里与老娘拜寿，他家请了一起玩戏的人，也都是好人家子

《红楼梦》与顺治皇帝的爱情故事

弟,里头有个妆小生的,叫做柳湘莲,如今要是他才嫁。旧年闻得这人惹下祸逃走了,不知回来了不曾?"贾琏听了道:"怪道呢!我说是个什么人,原来是他!果然眼力不错。你不知道那柳老二,那样一个标致人,最是冷面冷心的,差不多的人,他都无情无义。他最和宝玉合的来。〔**索隐**〕湘莲之与宝玉本是一而二、二而一者;宝玉之心热,湘莲之心冷,适相反射。至因感受激刺而出家为僧,则彼此相同。去年因打了薛呆子,他不好意思见我们的,不知那里去了,一向没来。听见有人说来了,不知是真是假,一问宝玉的小厮们就知道了。倘或不来时,他是萍踪浪迹,知道几年才来,岂不白耽搁了?"尤二姐道:"我们这三丫头说的出来干的出来,他怎样说只依他便了。"

二人正说之间,只见尤三姐走来说道:"姐夫,你也不知道我们是什么人!今日合你说罢:你只放心,我们不是那心口两样的人,说什么是什么。若有了姓柳的来,我便嫁他。从今日起,我吃斋念佛,只服侍母亲,等来了嫁他去;若一百年不来,我自己修行去了。"说着将头上一根玉簪拔下来敲作两段,说:"一句不真,就合这簪子一样!"说着回房去了。真个竟非礼不动、非礼不言起来。〔**索隐**〕湘莲与宝玉既互相反射,三姐与董妃亦遥遥对照,写三姐之激烈正以愧董妃也。

贾琏没了法,只得和二姐商议了一回家务,复回家与凤姐商议起身之事。一面着人问焙茗,焙茗说:"竟不知道,大约没来呢;来了必是我知道的。"一面又问他的街坊,也说没来。贾琏只得回覆了二姐儿。至起身之日已近,前两天便说起身,却又往二姐儿这边来住两夜,从这里再悄悄的长行。果见三姐儿竟像又换了一个人的似的,又见二姐儿持家勤慎,自是不消记挂。

是日一早出城,竟奔平安州大道。晓行夜住,渴饮饥餐。方走了三日,那日正走之间,顶头来了一群驮子,内中一伙主仆、十来匹马。走的近了,一看时,不是别人,就是薛蟠和柳湘莲来了。贾琏深为奇怪,忙拍马迎了上来。大家一齐相见,说些别话寒温,便入一酒店歇下,共叙谈叙谈。

贾琏因笑道:"闹过之后,我们忙着请你两个和解,谁知柳二弟踪迹全无。怎么你们两个今日倒在一处了?"薛蟠笑道:"天下竟有这样奇

第六十六回　情小妹痴情归地府　冷二郎心冷入空门

事。我同伙计贩了货物，自春天起身往京里走，一路平安。谁知前日到了平安州地面，遇见一伙强盗，已将东西劫去。不想柳二爷从那边来了，方把贼人赶散，夺回货物，还救了我们的性命。我谢他又不受，所以我们结拜了生死弟兄，如今一路进京。从此后我们是亲弟兄一般。到前面岔口上分路，他就分路往南二百里，有他一个姑妈，他去望候望候。我先进京去安置了我的事。然后给他寻一所房子，寻一门好亲事，大家过起来。"

贾琏听了道："原来如此。倒好，只是我们白悬了几日心。"因又说道："方才说起给柳二弟做亲，我正有一门好亲事，堪配二弟。"说着便将自己娶尤氏，如今又要发嫁小姨子一节说了出来，只不说尤三姐自择之语。又嘱薛蟠且不可告诉家里，等生了儿子，自然是知道的。

薛蟠听了大喜，说："早该如此！这都是舍表妹之过。"湘莲忙笑道："你又忘情了。还不住口？"薛蟠忙止住不语，便说："既是这等，这门亲事定要做的。"湘莲道："我本有愿，定要一个绝色的女子。如今既是贵昆仲高谊，顾不得许多了，任凭定夺，我无不从命。"〔索隐〕婚姻为毕生大事，湘莲又硁硁自好者，此处一闻人言则纳聘，日后一闻人言又退聘，似无卤莽若此之理。以是知其非书中正文，不过藉为映衬而已。贾琏笑道："如今口说无凭，等柳二弟一见，便知我这内娣的品貌是古今有一无二的。"湘莲听了大喜多说："既如此说，等弟探过姑母，不过月中就进京的，那时再定如何？"贾琏笑道："你我一言为定。只是我信不过柳二弟，你是萍踪浪迹，倘然去了不来，岂不误了人家一辈子的大事？须得留一个定礼。"湘莲道："大丈夫岂有失信之理！小弟素系寒贫，况且客中，那里能有定礼？"薛蟠道："我这里现成，就备一分，二哥带去。"贾琏道："也不用金银珠宝，须是柳二弟亲身自有的东西，不论贵贱，不过带去取信耳。"湘莲道："既如此说，弟无别物，囊中还有一把鸳鸯剑，乃弟家中传代之宝，弟也不敢擅用，只是随身收藏着，二哥就请拿去为定。弟纵系水流花落之性，亦断不舍此剑。"说毕，大家又饮了几杯，方各自上马作别起程去了。

且说贾琏一日到了平安州，见了节度，完了公事，因又嘱咐他十月前后务要再来一次，贾琏领命。次日连忙取路回家，先到尤二姐那边。

《红楼梦》与顺治皇帝的爱情故事

且说二姐儿操持家务十分谨肃,每日关门闭户,一点外事不问。那三姐儿果是个斩钉截铁之人,每日侍奉母亲之余,只和姐姐一处作些活计,虽贾珍趁贾琏不在家,也来鬼混了两次,无奈二姐儿只不兜揽,推故不见。那三姐儿的脾气贾珍早早已领过教的,那里还敢招惹他去,所以踪迹一发疏阔了。

却说这日贾琏进门,看见二姐儿三姐儿这般景况,喜之下尽,深念二姐儿之德。大家叙些寒温,贾琏就将路遇柳湘莲一事说了一回,又将鸳鸯剑取出递与三姐儿。三姐儿看时,上面龙吞夔护,珠宝晶莹,及至拿出来看时,里面却是两把合体的;一把上面凿一"鸳"字,一把上面凿一"鸯"字,冷飕飕明亮亮,如两痕秋水一般。三姐儿喜出望外,连忙收了,挂在自己绣房床上,每日望着剑,自喜终身有靠。〔索隐〕继后藉母族之力正位中宫,未尝不踌躇满志,自喜终身有靠。故以尤三姐为暗影博尔济锦氏,义亦可通。

贾琏住了两天,回去覆了父命,回家合宅相见。那时凤姐已大愈,出来理事行走了。贾琏又将此事告诉了贾珍。贾珍因近日又搭上了新相知,二则正恼他姊妹们无情,把这事丢过了,全不在心上,任凭贾琏裁夺;只怕贾琏独力不能,少不得又给他几十两银子。贾琏拿来交与二姐儿预备妆奁。

谁知八月内湘莲方进了京,先来拜见薛姨妈多又要见薛蟠,方知薛蟠不惯风霜、不服水土,一进京时便病倒在家,请医调治。听见湘莲来了,请入卧室相见。薛姨妈也不念旧事,只感救命之恩,母子们十分称谢。又说起亲事一节,凡一应东西皆置办妥当,只等择日。柳湘莲也感激不尽。

次日,又来见宝玉,二人相会,如鱼得水。湘莲因问贾琏偷娶二房之事,宝玉笑道:"我听焙茗说,我却未见,我也不敢多管。我又听见焙茗说,琏二哥哥着实问你,不知有何话说?"湘莲就将路上所有之事一概告诉宝玉。宝玉笑道:"大喜,大喜!难得这个标致人,果然是个古今绝色,堪配你之为人。"湘莲道:"既是这样,他那少了人物,如何只想到我?况且我又素日不甚和他相厚,也关切不至于此。路上忙忙的就那样再三要求定下,难道女家反赶着男家不成?我自己疑虑起来,后悔不该

第六十六回　情小妹痴情归地府　冷二郎心冷入空门

留下这剑作定。所以后来想起你来，可以细细问了底里才好。"宝玉道："你原是个精细人，如何既许了定礼又疑惑起来？你原说只要一个绝色的，如今既得了个绝色的便罢了，何必再疑？"湘莲道："你既不知他来历，如何又知是绝色？"宝玉道："他是珍大嫂子的继母带来的两位妹子，我在那里和他们混了一个月，怎么不知？'真真一对尤物，他又姓尤。"〔索隐〕宝玉前后数言均闪烁模棱，足以死三姐矣！

湘莲听了跌足道："这事不好，断乎做不得！你们东府里除了那两个石头狮子干净罢了。"宝玉听说红了脸。湘莲自惭失言，连忙作揖道："我该死胡说。你好歹告诉我，他品行如何？"宝玉笑道："你既深知，又来问我做什么？连我也未必干净了！"〔索隐〕湘莲情急已见乎词，此答更不该，显然唐突。该与宝二爷生平殊不相称。湘莲笑道："原是我自己一时忘情，好歹别多心。"宝玉笑道："何必再提，这倒似有心了。"湘莲作揖告辞出来，心中想着，若找薛蟠，一则他病着，二则他又浮躁，不如去要回定礼。主意已定，便一径来找贾琏。

贾琏正在新房中，闻湘莲来了，喜之不尽，忙迎出来，让到内室与尤老娘相见。湘莲只作揖称老伯母，自称晚生，贾琏听了诧异。吃茶之间，湘莲便说："客中偶然忙促，谁知家姑母于四月订了弟妇，使弟无言可回。若从了二哥，背了姑母，似不合理。若系金帛之定，弟不敢索取，但此剑系祖父所遗，请仍赐回为幸。"贾琏听了心中自是不自在，便道："二弟，这话你说错了。定者，定也。原怕返悔，所以为定。岂有婚姻之事出入随意的，这个断乎使不得！"湘莲笑道："如此说，弟愿领责领罚，然此事断不敢从命。"贾琏还要饶舌，湘莲便起身说："请兄外座一叙，此处不便。"

那尤三姐在房明明听见，好容易等了他来，今忽见反悔，便知他在贾府中听了什么话来，把自己也当作淫奔无耻之流，不屑为妻。今若容他出去和贾琏说退亲，料那贾琏不但无法可处，就是争辩起来，自己也无趣味。一听贾琏要同他出去，连忙摘下剑来，将一股雌锋隐在肘后，出来便说："你们也不必出去再议，还你的定礼。"〔索隐〕淋漓悲慨，极好题目，而此处只轻描淡写，随意出之，有殊不欲战之概。岂真江郎才尽耶？细加探讨，益知其为旁面文字。一面泪如雨下，左手将剑并鞘

《红楼梦》与顺治皇帝的爱情故事

送与湘莲,右手回肘只往项上一横。〔**索隐**〕所惜小琬于兵燹被掳之际游移观望,欠此一死,以视三姐有愧多多。语云:"人孰不死,死有轻于鸿毛重于泰山者。"必待入官见嫉,末路无聊,不得已而始引决等死耳。而先后迟速之际,判若天渊。"周公泣涕流言日,王莽谦恭下士时;若使当时身便死,一生真伪有谁知。"每诵此诗,窃为小琬感叹不置。可怜:

揉碎桃花红满地,玉山倾倒再难扶。

当下吓的众人急救不迭。尤老娘一面号哭,一面大骂湘莲。贾琏揪住湘莲,命人捆了送官。

二姐忙止泪,反劝贾琏:"人家并没威逼他,是他自寻短见。你便送他到官又有何益,反觉生事出丑,不如放他去罢。"贾琏此时也没有主意,便放了手,命湘莲快去。湘莲反不动身,拉下手绢拭泪道"我并不知是这等刚烈人,真真可敬!是我没福消受。"大哭一场,等买了棺木,眼看着入殓,又抚棺大哭一场,方告辞而去。

出门正无所之,昏昏默默自想方才之事:原来这样标致,人又这等刚烈,自悔不及。信步行来,也不自知了。正走之间,足听得隐隐一阵环佩之声,尤三姐从那边来了,一手捧着鸳鸯剑,一手捧着一卷册子,向湘莲哭道:"妾痴情待君五年,不期君果冷心冷面,〔**索隐**〕为世祖说固是反射,为辟疆冒氏子说亦是反射,文笔玲珑剔透。妾以死报此痴情。妾今奉警幻仙姑之命,前往太虚幻境,修注案中所有一干情鬼。妾不忍相别,故来一会,从此再不能相见矣!"说毕,又向湘莲洒了几点眼泪,便要告辞而行。湘莲不舍,忙欲上来拉住问时,那尤三姐一摔手,〔**索隐**〕薄情郎安得不摔手!便自去了。

这里柳湘莲放声大哭,不觉自梦中哭醒,似梦非梦,睁眼看时,竟是一座破庙,旁坐着一个瘸腿道士捕虱。湘莲便起身楷首相问:"此系何方?仙师何号?"道士笑道:"连我不知道此系何方,我系何人,不过暂来歇足而已。"柳湘莲听了,冷然如寒冰侵骨,掣出那股雄剑来,将万根烦恼丝一挥而尽,便随那道士不知往那里去了。〔**索隐**〕五台山欤?天台欤?传说纷纷,卒成疑案。要知端的,且看下回分解。

第六十六回　情小妹痴情归地府　冷二郎心冷入空门

〔**索隐**〕此回为尤三姐正传，极力煊染尤三姐即极办讥刺董小琬处，双峰对峙，物无遁形。曰"我们不是那心口两样的人"，曰"三姐儿果是个斩钉截铁之人"，语语反射，有手挥五弦目送飞鸿之妙。二郎之冷亦以形世祖之热，然只是书中旁衬文字，故于下聘之时既极苟简，自刎之际亦寥寥数言，随起随落。文家本许借宾定主，不许喧宾夺主，即是此理。

本回分一小段一大段：自开首起至"那是再无不准的了"止为一小段，评论宝玉之为人立竿取影。就文体言之似属旁枝，就文意求之实为正柱。谋篇布局，详略先后，均露惨淡经营之迹。自"大家正说话"起至本回完毕为一大段，回目上下两句本是一事，故亦直接写下，无段落之可分。

〔**护花评**〕尤三姐思嫁柳湘莲，若自己向贾琏说，到底不成体统。今从尤二姐口中说出便不着迹，又暗补夜间姊妹密谈心话。详略明暗，文笔细致。

又：甄士隐柳湘莲出家，俱是宝玉出家引子。

又：柳湘莲掣出雄剑挥断万根烦恼丝，此三句大有意味。烦恼丝无影无形，与头发绝不相干，剑锋虽利岂能一挥即断？读者试掩卷细思，是否果真出家，抑何别样结局？自有妙文在内。

〔**大某评**〕此回仍是癸丑年秋间事。

第六十七回　见土仪颦卿思故里
　　　　　　　闻秘事凤姐讯家童

　　话说尤三姐自尽之后，尤老娘合二姐儿、贾珍、贾琏等俱不胜悲恸，自不必说，忙令人盛殓，送往城外埋葬。柳湘莲见尤三姐身亡，痴情眷恋，却被道人数句冷言打破迷关，跟随疯道人飘然而去，不知何往。暂且不表。

　　且说薛姨妈闻知湘莲已说定了尤三姐为妻，心中甚喜，正是高高兴兴要打算替他买房子治家伙，择吉迎娶，以报他救命之恩。忽有家中小厮说道："三姐儿自尽了。"被小丫头们听见，告知薛姨妈。薛姨妈不知为何，心甚叹息。正在猜疑，宝钗从园里过来，薛姨妈便对宝钗说道："我的儿，你听见了没有？你珍大嫂子的妹妹三姑娘，他不是已经许定给你哥哥的义弟柳湘莲了么，不知为什么自刎了。那柳湘莲也不知往那里去了。真正奇怪的事，叫人意想不到。"

　　宝钗听了并不在意，便说道："俗语说的好，'天有不测风云，人有旦夕祸福'。这也是他们前生命定。前日妈妈为他救了哥哥，商量着替他料理，如今已经死的死了走的走了，依我说，只好由他罢了，妈妈也不必为他们伤感了。倒是自从哥哥打江南回来了一二十日，贩了来的货物想来也该发完了。那同伴去的伙计们辛辛苦苦的往来几个月了，妈妈合哥哥商议商议，也该请一请，酬谢酬谢才是，别叫人家看着无理似的。"

　　母女正说话间，见薛蟠自外而入，眼中尚有泪痕。一进门来，便向他母亲拍手说道："妈妈可知道柳二哥尤三姐的事么？"薛姨妈道："我才听见说，正在这里合你妹妹说这件公案呢。"薛蟠道："妈妈可听见说柳湘莲跟着一个道士出了家了么？"薛姨妈道："这越发奇了。怎么柳相公那样一个年轻的聪明人，一时糊涂就跟着道士去了呢？我想，你们好

第六十七回　见土仪颦卿思故里　闻秘事凤姐讯家童

了一场,他又无父母兄弟,只身一人在此,你该各处找找他才是。靠那道士能往那里远去,左不过是在这方近左右的庙里寺里罢了。"薛蟠道:"何尝不是呢。我一听见这个信儿,就连忙带了小厮们在各处寻找,连一个影儿也没有。又去问人,都说没看见。"

薛姨妈道:"你既找寻过没有,也算把你作朋友的心尽了。〔索隐〕康熙时,屡奉太后巡幸五台,南下江浙,实系暗访世祖踪迹。求之不得,则人子之心已尽。当圣衷怃然退思之际,必有举此说从旁慰劝者。焉知他这一出家,不是得了好处去呢。〔索隐〕成佛作祖证果而去,清初人言之凿凿。只是你如今也该张罗张罗买卖,二则把你自己娶媳妇应办的事情倒早些料理。咱们家没人,俗语说的,'夯雀儿先飞',省得临时丢三落四的不齐全,令人笑话。再者你妹妹才说,你也回家半个多月了,想货物也该发完了,同你去的伙计们,也该摆桌酒给他们酬劳才是。人家陪着你走了二三千里的路程,受了四五个月的辛苦,况且在路上又替你担了多少的惊怕重任。"薛蟠听说,便道:"妈妈说的很是。倒是妹妹想的周到。我也这样想着,只因这些日子为各处发货,闹的脑袋都大了。又为柳二哥的事忙了这几日,反倒落了一个空,白张罗了一会子,倒把正经事都误了。要不然,定了明儿后儿,下帖儿请罢。"薛姨妈道:"由你办去罢。"

话犹未了,外面小厮进来回说:"总管的张大爷差人送了两箱子东西来,说这是爷各自买的,不在货帐里面。本要早送来,因货物箱子压着没得拿,昨儿货物发完了,所以今日才送来了。"一面说,一面又见两个小厮搬进了两个夹板夹的大棕箱。

薛蟠一见说:"阿呀!可是我怎么就糊涂到这步田地了!特特的给妈合妹妹带来的东西都忘了,没拿了家里来,还是伙计送了来了。"宝钗说:"亏你说!还是特特的带来的才放了一二十天,若不是特特的带来,大约要放到年底下才送来呢!我看你也诸事太不留心了。"薛蟠笑道:"想是在路上叫人把魂吓掉了,还没归窍呢。"

说着大家笑了一回,便向小丫头说:"出去告诉小厮们,东西收下,叫他们回去罢。"薛姨妈同宝钗因问:"到底是什么东西,这样捆着绑着的?"薛蟠便命叫两个小厮进来,解了绳子,去了夹板,开了锁看时,这

《红楼梦》与顺治皇帝的爱情故事

一箱都是绸缎绫锦洋货等家常应用之物。薛蟠笑着道:"那一箱是给妹妹带的。"亲自来开。母女二人看时,却是些笔墨纸砚、各色笺纸、香袋香珠、扇子扇坠、花粉胭脂等物;外有虎丘带来的自行人、酒令儿、水银灌的打筋斗小小子、沙子灯、一出一出的泥人儿的戏,用青纱罩的匣子装着;又有在虎丘山上泥捏的薛蟠的小像,与薛蟠毫不相差。〔**索隐**〕世祖逊荒后,嗣皇思念不已,塑像五台山,杂之五百尊者之列。每次驻跸,辄就像前致祭,以伸孝思。宝钗见了,别的都不理论,倒是薛蟠的小像,拿着细细看了一看,又看看他哥哥,不禁笑起来了。因叫莺儿带着几个老婆子将这些东西连箱子送到园里去,又和母亲哥哥说了一回闲话儿,才回园里去了。这里薛姨妈将箱子里的东西取出,一分一分的打点清楚,叫同喜送给贾母并王夫人等处。不提。

且说宝钗到了自己房中,将那些玩意儿一件一件的过了目,除了自己留用之外,一分一分配合妥当,也有送笔墨纸砚的,也有送香袋扇子香坠的,也有送脂粉头油的,有单送玩意儿的。只有黛玉的比别人不同,且又加厚一倍。一一打点完毕,使莺儿同着一个老婆子跟着送往各处。

这边姊妹诸人都收了东西,赏赐来使,说见面再谢。惟有林黛玉看见他家乡之物,反自触物伤情,〔**索隐**〕此处复折回董妃一边追叙前事。因原书系借题发挥,随处映带,不能以前后章节相绳。想起父母双亡,又无兄弟,寄居亲戚家中,那里有人也给我带些土物。想到这里,不觉的又伤起心来了。紫鹃深知黛玉心肠,但也不敢说破,只在一旁劝道:"姑娘的身子多病,早晚服药,这两日看着比那些日子略好些。虽说精神长了一点儿,还算不得十分大好。今儿宝姑娘送来的这些东西,可见宝姑娘素日看得姑娘很重,姑娘看着该喜欢才是,为什么反倒伤起心来?这不是宝姑娘送东西来,倒叫姑娘烦恼了不成?就是宝姑娘听见,反觉脸上不好看。再者,这里老太太们为姑娘的病体,千方百计请好大夫配药诊治,也为是姑娘的病好。这如今才好些,又这样哭哭啼啼,岂不是自己糟蹋了自己身子,叫老太太看着添了愁烦了么?况且姑娘这病,原是素日忧虑过度伤了气血,姑娘的千金贵体也别自己看轻了。"

紫鹃正在这里劝解,只听见小丫头子在院内说:"宝二爷来了。"紫鹃忙说:"请二爷进来罢。"只见宝玉进房来了。黛玉让坐毕,宝玉见黛

第六十七回　见土仪颦卿思故里　闻秘事凤姐讯家童

玉泪痕满面，便问："妹妹，又是谁气着你了？"黛玉勉强笑道："谁生什么气！"旁边紫鹃将嘴向床后桌上一努，宝玉会意，往那里一瞧，见堆着许多东西，就知道是宝钗送来的，便取笑说道："那里这些东西，不是妹妹要开杂货铺么？"黛玉也不答言。紫鹃笑着道："二爷还提东西呢，因宝姑娘送了些东西来，姑娘一看就伤起心来了。我正在这里劝解，恰好二爷来的很巧，替我们劝劝。"

宝玉明知黛玉是这个缘故，却也不敢提头儿，只得笑说道："你们姑娘的缘故想来不为别的，必是宝姑娘送来的东西少，所以生气伤心。妹妹你放心，等我明年叫人往江南去，与你多多的带两船来，省得你拭眼抹泪。"黛玉听了这些话，也知宝玉是为自己开心，也不好推也不好任，因说道："我任凭怎么没见世面，也到不了这步田地，因送的东西少就生气伤心。我又不是两三岁的小孩子，你也忒把人看得小器了。我有我的缘故，你那里知道。"说着眼泪又流下来了。

宝玉忙走到床前，挨着黛玉坐下，将那些东西一件一件拿，起来摆弄着细瞧，故意问这是什么，叫什么名字？那是什么做的，这样齐整？这是什么，要他做什么使用？又说这一件可以摆在面前，又说那一件可以放在条桌上当古董儿倒好呢，一味的将些没要紧的话来厮混。〔索隐〕小鸟双飞，大鹏折翼，人孰无情，谁能遣此。董妃虽渥承恩眷，而小遇挫折，辄慨念身世潸然出涕，一种幽怨悔艾之意流露于不知不觉之间。世祖慧心人，自己潜窥其隐，慰之不可，听之不忍，惟有香温玉软婉譬曲喻，博素心人之回眸一笑耳。揣测情状，怡红之待遇妃子庶几近之。

黛玉见宝玉如此，自己心里倒过不去，便说："你不用在这里混搅了，咱们到宝姐姐那边去罢。"宝玉巴不得黛玉出去散散闷，解了悲痛，便道："宝姐姐送咱们东西，咱们原该谢谢去。"黛玉道："自家姊妹，这倒不必。只是到他那边，薛大哥回来了，必然告诉他些南边的古迹儿，我去听听，只当回了家乡一趟的。"〔索隐〕梅村诗云："墓门深更阻侯门。"义山诗云："他生未卜此生休。"说着眼圈儿又红了。宝玉便站着等他，黛玉只得同他出来往宝钗那里去了。

且说薛蟠听了母亲之言，急下了请帖，办了酒席。次日，请了四位伙计，俱已到齐，不免说些贩卖帐目发货之事。不一时上席让坐，薛蟠

《红楼梦》与顺治皇帝的爱情故事

挨次斟了酒。薛姨妈又使人出来致意。大家喝着酒说闲话儿,内中一个道:"今日这席上短了两个好朋友。"众人齐问:"是谁?"那人道:"还有谁?就是贾府上的琏二爷和大爷的盟弟柳二爷。"大家果然都想起来,问着薛蟠道:"怎么不请琏二爷合柳二爷来?"薛蟠闻言把眉一皱,叹口气道:"琏二爷又往平安州去了,头两天就起了身的。那柳二爷竟别提起,真是天下第一件奇事。什么是柳二爷,如今不知那里作柳道爷去了。"众人都诧异道:"这是怎么说?"薛蟠便把湘莲前后事体说了一遍。众人听了越发骇异,因说道:"怪不得前日我们在店里,仿仿佛佛也听见人吵着说,有一个道士三言两语把一个人度了去了,又说一阵风刮了去了。只不知是谁。我们正发货,那里有闲工夫打听这个事去?到如今还似信不信的,谁知就是柳二爷呢。早知是他,我们大家也该劝劝他才是。任他怎么着,也不叫他去。"内中一个道:"别是这么着罢?"众人问怎么样,那人道:"柳二爷那样个伶俐人,未必是真跟了道士去的。他原会些武艺,又有力量,或看破那道士的妖术邪法,特意跟他去,在背地摆布他也未可知。"薛蟠道:"果然如此倒也罢了。世上这些妖言惑众的人,怎么没人治他一下子?"众人道:"那时难道你知道了也没找寻他去?"薛蟠道:"城里城外那里没有找到?不怕你们笑话,我找不着他还哭了一场呢。"言毕,只是长吁短叹?无精打彩的,不像往日高兴。众伙计见他这样光景,自然不便久坐,不过随便吃了几杯酒,吃了饭,大家散了。

且说宝玉同着黛玉到宝钗处来。宝玉见了宝钗,便说道:"大哥哥辛辛苦苦带了东西来,姐姐留着用罢,又送我们。"宝钗笑道:"原不是什么好东西,不过是远路带来的土物儿,大家看着新鲜些就是了。"黛玉道:"这些东西我们小时候倒不理会,如今看见,真是新鲜物儿了。"

〔索隐〕姬初从侯生于金焦最高处缟衣绛袂同观竞渡,千万人步拥,谓系江妃携偶踏波而上征。即其偕隐水给同时,焚鹊脑名香,煮尤井佳苕,评花邀月,柔情如水,倡随之乐自谓虽南面王莫与易。彩云易散,好梦不常,曾日月之几何,而江山不可复识也。当时视等寻常,过后思量,一一皆伤心之资料。况郎自痴情,妾偏薄幸,切身隐痛更复难言,妃之不永年也宜矣。宝钗因笑道:"妹妹知道,这就是俗语说的'物离乡

第六十七回　见土仪颦卿思故里　闻秘事凤姐讯家童

贵',其实可算什么呢?"宝玉听了这话正对了黛玉方才的心事,连忙拿话岔道:"明年好歹大哥哥再去时,替我们多带些来。"黛玉瞅了他一眼,便道:"你要你只管说,不必拉扯上人。姐姐你瞧,宝哥哥不是给姐姐来道谢,竟又要定下明年的东西来了。"说的宝钗宝玉都笑了。

三个人又闲话了一回,因提起黛玉的病来。宝钗劝了一回,因说道:"妹妹若觉着身子不爽快,倒要自己勉强支持着出来,各处走走逛逛,散散心,比在屋里闷坐着到底好些。我那两日不是觉着发懒,浑身发热,只是要歪着,也因为时气不好怕病,因此寻些事情自己混着。这两日才觉着好些了。"黛玉道:"姐姐说的何尝不是,我也是这样想着呢。"大家又坐了一会子方散。宝玉仍把黛玉送至潇湘馆门首,才各自回去了。

且说赵姨娘因见宝钗送了贾环些东西,心中甚是喜欢,想道:"怨不得别人都说那宝丫头好,会做人,很大方,如今看起来果然不错。他哥哥能带了多少东西来,他挨门儿送到,并不遗漏一处,也不露出谁薄谁厚,连我们这样没时运的他都想到了。若是那林丫头,他把我们娘儿们正眼也不瞧,那里还肯送我们东西。"〔索隐〕董妃心高气傲,结怨于群小,宜其以失望而死。

一面想,一面把那些东西翻来覆去的摆弄瞧看一回。忽然想到宝钗系王夫人的亲戚,为何不到王夫人跟前卖个好儿呢?自己便蝎蝎螫螫的拿着东西走至王夫人房中,站在旁边,陪笑说道:"这是宝姑娘刚才给环哥儿的。难为宝姑娘这样年轻的人,想得这么周到。真是大户人家的姑娘,又展样又大方,怎么叫人不敬服呢。怪不得老太太和太太成日家都夸他疼他。我也不敢自专就收起来,特拿来给太太瞧瞧,太太也喜欢喜欢。"王夫人听了,早知道来意了,又见他说的不伦不类,也不便不理他,说道:"你只管收了去给环哥玩罢。"赵姨娘来时兴兴头头,谁知抹了一鼻子灰,满心生气又不敢露出来,只得讪讪的出来了。到了自己房中,将东西丢在一边,嘴里唧唧哝哝自言自语道:"这个又算了个什么儿呢!"〔索隐〕为不明风色而专好趋炎附势者痛下针砭。一面坐着独自生了一回闷气。

却说莺儿带着老婆子们送东西回来,回覆了宝钗,将众人道谢的话并赏赐的银钱都回完了,那老婆子便出去了。莺儿走近前来一步,挨着

《红楼梦》与顺治皇帝的爱情故事

宝钗悄悄的说道:"刚才我到琏二奶奶那边,看见二奶奶一脸的怒气。我送下东西出来时,悄悄的问小红,说刚才二奶奶从老太太房里回来,不似往日欢天喜地的,叫了平儿去,唧唧哝哝的不知说了些什么。看那个光景倒像有什么大事的似的。姑娘没听见那边老太太有什么事?"宝钗听了也自纳闷,想不出凤姐是为什么有气,便道:"各人家有各人的事,咱们那里管得。你去倒茶来罢。"莺儿于是出来自去倒茶。不提。

且说宝玉送了黛玉回来,想着黛玉的孤苦,不免也替他伤感起来。因要将这话告诉袭人,进来时却只有麝月秋纹在房中,因问:"你袭人姐姐那里去了?"麝月道:"左不过在这几个院里,那里就丢了他?一时不见就这样找!"宝玉笑着道:"不是怕丢了他。因我方才到林姑娘那边,见林姑娘又正伤心呢。问起来却是为宝姐姐送了他东西,他看见是他家乡的土物,不免对景伤情。我要告诉你袭人姐姐,叫他闲时过去劝劝。"

正说着,晴雯进来了,因问宝玉道:"你回来了?你又要叫劝谁?"宝玉将方才的话说了一遍。晴雯道:"袭人姐姐才出去,听见他说要到琏二奶奶那边去。保不住还到林姑娘那里。"宝玉听了便不言语。秋纹倒了茶来,宝玉漱了一口递给小丫头子,心中着实不自在,就随便歪在床上。

却说袭人因宝玉出门,自己作一回活计,忽想起凤姐身上不好,这几日也没有过去看看,况闻贾琏出门,正好大家说说话儿,便告诉晴雯:"好生在屋里,别都出去了,叫宝玉回来抓不着人"。晴雯道:"阿呀,这屋里单你一个人记挂着他,我们都是白闲着混饭吃的?"

袭人笑着,也不答言就走了。刚来到沁芳桥畔,那时正是夏末秋初,池中莲藕新残相间,红绿离披,袭人走着,沿堤看玩了一回。猛抬头,看见那边葡萄架底下有人拿着掸子在那里掸什么呢,走到跟前却是老祝妈。那老婆子见了袭人,便笑嘻嘻的迎上来,说道:"姑娘怎么今日得工夫出来逛逛?"袭人道:"可不是!我要到琏二奶奶家瞧瞧去。你在那里做什么呢?"那婆子道:"我在这里赶蜜蜂儿。今年三伏里雨水少,这果子树上都有虫子,把果子吃得流星儿似的掉了好些下来。姑娘还不知道呢,这马蜂最可恶的,一球儿上只咬破三两个儿,那破的水滴到好的上头,连这一球儿都是要烂的。姑娘你瞧,咱们说话的时儿没赶,就落下许多了。"袭人道:"你就是不住手的赶,也赶不了许多,你倒是告诉买

第六十七回　见土仪颦卿思故里　闻秘事凤姐讯家童

办，叫他多多做些小冷布口袋儿，一球儿套上一个，又透风又不糟蹋。"

婆子笑道："倒是姑娘说的是。我今年才管上，那里知道这个巧法儿呢。"因又笑着说道："今年果子虽糟蹋了些，味儿倒好，不信摘一个姑娘尝尝。"袭人正色道："这那里使得？不但没熟吃不得，就是熟了，上头还没有供鲜，咱们倒先吃了？你是府里使老了的，难道连这个规矩都不晓得？"〔索隐〕此亦步武赵姨娘之后尘者，可发一笑。老祝忙笑道："姑娘说得是。我见姑娘很喜欢，我才敢这么说，可就把规矩忘了。我可是老糊涂了！"袭人道："这也没有什么。只是你们有年纪的老奶奶们，别先领着头儿这样着就好了。"说着遂一径出了园门，来到凤姐这边。

一到院里，只听凤姐说道："天理良心，我在这屋里熬的越发成了贼了！"袭人听见这话，知道有原故了，又不好回来又不好进去，遂把脚步放重些，隔着窗子问道："平姐姐可在家里么？"平儿忙答应着迎出来。袭人便问："二奶奶也在家里么，身上可大安了？"说着已走了进来。

凤姐装着在床上歪着，见了袭人进来，也笑着站起来道："好些了，叫你念着。怎么这几日不过我们这边坐坐？"袭人道："奶奶身上欠安，本该天天过来请安才是。但只怕奶奶身上不爽快，倒要静静儿的歇歇儿，我们来了倒吵的奶奶烦。"凤姐笑道："烦是没的话。倒是宝兄弟屋里虽然人多，也就靠着你一个照看他，也实在的离不开。我常听见平儿告诉我，说你背地里还念着我，常常问我，这就是你尽心了。"一面说着，叫平儿拿了张杌子放在床旁边，让袭人坐下。丰儿端进茶来，袭人欠身道："妹妹坐着罢。"

一面说闲话儿，只见一个小丫头子在外间屋里悄悄的和平儿说："旺儿来了，在二门上伺候着呢。"又听见平儿也悄悄的道："知道了。叫他先去，回来再来，别在门口儿站着。"袭人知他们有事，又说了两句话便起身要走。凤姐道："闲来坐坐，说说话儿我倒开心。"〔索隐〕插入袭人一段是急脉缓受法。善作文者，无一直笔、平笔。因命平儿："送送你妹妹。"平儿答应着送出来。只见两三个小丫头子都在那里屏声息气齐齐的伺候着。袭人不知何事，便自去了。

却说平儿送出袭人，进来回道："旺儿才来了，因袭人在这里，我叫他先到外头等等儿，这会子还是立刻叫他呢，还是等着？请奶奶的示下。"凤姐道:"叫他来。"平儿忙叫小丫头去传旺儿进来。这里凤姐又问平儿:"你到底是怎听见说的?"平儿道:"就是头里那小丫头子的话。他说他在二门里头,听见外头两个小厮说:'这个新二奶奶比咱们旧二奶奶还俊呢,脾气儿也好。'不知是旺儿是谁,吆喝了两个一顿,说:'什么新奶奶旧奶奶的!还不快悄悄儿的呢,叫里头知道了,把你的舌头还割了呢。'"

平儿正说着,只见一个小丫头进来回道:"旺儿在外头伺候着呢。"凤姐听了,冷笑了一声说:"叫他进来。"那小丫头出来说:"奶奶叫呢。"旺儿连忙答应着进来。旺儿请了安,在外间门口垂手侍立。凤姐儿道:"你过来,我问你话。"旺儿才走到里间门旁站着。凤姐儿道:"你二爷在外头弄了人,你知道不知道?"旺儿又打着千儿回道:"奴才天天在二门上听差事,如何能知道二爷外头的事呢?"凤姐冷笑道:"你自然不知道。你要知道,你怎么拦人呢?"旺儿见这话,知道刚才的话已经走了风了,料着瞒不过,便又跪回道:"奴才实在不知。就是头里兴儿和喜儿两个人在那里混说,奴才吆喝了他们两句。内中深情底里奴才不知道,不敢妄回。求奶奶问兴儿,他是长跟二爷出门的。"凤姐儿听了,下死劲啐了一口,骂道:"你们这一起没良心的混帐忘八崽子,都是一条藤儿!打量我不知道么?先去给我把兴儿那个忘八崽子叫了来,你也不许走。问明白了他,回来再问你。好,好,好,这才是我使出来的好人呢!"那旺儿只得连声答应几个是,叩了个头爬起来出去,去叫兴儿。

却说兴儿正在帐房儿里和小厮们玩呢,听见说二奶奶叫,先吓了一跳,却也想不到是这件事发作了,连忙跟着旺儿进来。旺儿先进去,回说:"兴儿来了。"凤姐儿厉声道:"叫他!〔索隐〕第一次云"叫他来"。第二次云"叫他进来"。第三次云"叫他。"!口吻神情跃然纸上。此如京戏中《空城计》一出,三次"再探",各次有各次的口吻,各次的神情,惟名伶谭叫天儿能曲尽其妙。凡手为之,索然无生气矣。那兴儿听见这个声音儿,早已没了主意了,只得壮着胆子进来。凤姐儿一见,便说:"好小子啊!你和你爷办的好事啊,你只实说罢!"

兴儿一闻此言,又看见凤姐儿气色及两边丫头们的光景,早吓软了,不觉跪下只是叩头。凤姐儿道:"论起这事来,我也听见说不与你相干。

第六十七回　见土仪颦卿思故里　闻秘事凤姐讯家童

但只你不早来回我知道，这就是你的不是了。你要实说了我还饶你，再有一字虚言，你先摸摸你脖子上几个脑袋瓜子！"兴儿战战兢兢的朝上叩头道："奶奶问的是什么事奴才同爷办坏了？"凤姐听了，一腔火都发作起来，喝命："打嘴巴！"旺儿过来才要打时，凤姐骂道："什么糊涂忘八崽子！叫他自己打，用你打么？一会子你再各人打你那嘴巴子还不迟呢。"那兴儿真个自己左右开弓打了自己十几个嘴巴。凤姐儿喝声站住，问道："你二爷外头娶了什么新奶奶旧奶奶的事，你大概不知道么？"

兴儿见说出这件事来，越发着慌，连忙把帽子抓下来，在砖地上咕咚咕咚碰的头山响，口里说道："只求奶奶超生，奴才再不敢撒一个字儿的诓。"凤姐道："快说！"兴儿直蹶蹶的跪起来回道："这事头里奴才也不知道。就是这一天，东府里大老爷送了殡，俞禄往珍大爷庙里去领银子，二爷同着蓉哥儿到了东府里，道儿上爷儿两个说起珍大奶奶那边的二位姨奶奶来，二爷夸他好，蓉哥儿哄着二爷，说把二姨奶奶说给二爷。"凤姐听到这里，使劲啐道："呸，没脸的忘八蛋！他是你那一门子的姨奶奶？"兴儿忙又磕头说："奴才该死！"往上瞅着，不敢言语。

凤姐儿道："完了么？怎么不说了？"兴儿方才又回道："奶奶恕奴才，奴才才敢回。"凤姐啐道："放你妈的屁！这还什么恕不恕了。你好生给我往下说，好多着呢！"兴儿又回道："二爷听见这个话就喜欢了。后来奴才也不知道怎么就弄真了。"凤姐微微冷笑道："这个自然么，你可那里知道呢！你知道的只怕都烦了呢。是了，说底下的罢！"兴儿回道："后来就是蓉哥儿给二爷找了房子。"凤姐忙问道："如今房子在那里？"兴儿道："就在府后头。"凤姐儿道："哦？"〔索隐〕上文之三次叫他，此处之一"呸"一"哦"字，俱传神之笔。回头瞧着平儿道："咱们都是死人么？你听听！"平儿也不敢作声。

兴儿又回道："珍大爷那边给了张家不知多少银子，那张家就不问了。"凤姐道："这里头怎么又拉扯上什么张家李家来呢？"兴儿回道："奶奶不知道，这二奶奶……"刚说到这里，又自己打了个嘴巴，把凤姐儿倒怄笑了。两边的丫头也都抿嘴儿笑。兴儿想了想，说道："那珍大奶奶的妹子……"凤姐儿接着道："怎么样？快说呀！"兴儿道："那珍大奶奶的妹子原来从小儿有人家的，姓张，叫什么张华，如今穷的只好讨饭。珍大爷许子他银子,他就退了亲了。"

凤姐儿听到这里,点了点头儿,回头便望丫头们说道:〔索隐〕先只瞅着平儿,次便望着丫头们,体贴入微,一丝不走。"你们都听见了?小忘八崽子,头里他还说他不知道呢!"兴儿又回道:"后来二爷才叫人裱糊子房子娶过来了。"凤姐道:"打那里娶过来的?"兴儿回道:"就在他老娘家抬过来的。"凤姐道:"好,罢了。"又问:"没人送亲么?"兴儿道:"就是蓉哥儿,还有几个丫头老婆子们,没别人。"凤姐道:"你大奶奶没来么?"兴儿道:"过了两天,大奶奶才拿了些东西来瞧的。"

凤姐儿笑了一笑,回头向平儿道:"怪道那两天二爷称赞大奶奶不离嘴呢!"掉过脸来又问兴儿:"谁服侍呢?自然是你了?"兴儿赶着叩头不言语。凤姐又问:"前头那些日子,说给那府里办事,想来办的是这个了?"兴儿回道:"也有办事的时候,也有往新房子里去的时候。"凤姐又问道:"谁和他住着呢?"兴儿道:"他母亲和他妹子。昨儿他妹子各人抹了脖子了。"

凤姐道:"这又为什么?"兴儿随将柳湘莲的事说了一遍。〔索隐〕详略得宜。凤姐道:"这个人还算造化高,省了当出名的忘八!"因又问道:"没了别的事了么?"兴儿道:"别的事奴才不知道。奴才刚才说的字字皆实,没一事虚假,奶奶问出来只管打死奴才,奴才也无怨的。"

凤姐低了一回头,便又说着兴儿道:"你这个猴儿崽子就该打死!这有什么瞒着我的?你想着瞒了我,就在你那糊涂爷跟前讨了好儿了,你新奶奶好疼你?我不看你刚才还有点怕惧儿不敢撒谎,我把你的腿不给你打折了呢!"说着喝声:"起去!"兴儿叩了个头才爬起来,退到外间门口,不敢就走。凤姐道:"过来,我还有话呢。"兴儿赶忙垂手敬听。凤姐道:"你忙什么,新奶奶等着赏你什么呢?"兴儿也不敢抬头。凤姐道:"你从今日不许过去。我什么时候叫你,你什么时候到。迟一步儿,你试试!出去罢。"兴儿忙答应几个是,退出门来。凤姐又叫道:"兴儿!"兴儿赶忙答应回来。凤姐道:"快出去告诉你二爷去,是不是啊?"兴儿回道:"奴才不敢。"凤姐道:"你出去提一个字儿,提防你的皮!"〔索隐〕两番唤转,余波荡漾,不露些微竭蹶之态,是何力量!

兴儿连忙答应着才出去了。凤姐又叫:"旺儿呢?"旺儿连忙答应着

第六十七回　见土仪颦卿思故里　闻秘事凤姐讯家童

过来。凤姐把眼直瞪瞪的瞧了两三句话的工夫，才说道："好，旺儿，很好，去罢！外头有人提一个字儿，全在你身上。"旺儿答应着也出去了。

凤姐便叫倒茶。小丫头子们会意，都出去了。这里凤姐才和平儿说："你都听见了？这才好呢！"平儿也不敢答言，只好陪笑儿。凤姐越想越气，歪在枕上只是出神。忽然眉头一皱，计上心来，便叫："平儿，来！"平儿连忙答应过来。凤姐道："我想这件事竟该这么着才好，也不必等你二爷回来再商议了。"未知凤姐如何办理，下回分解。

〔索隐〕此回由上文递嬗而下，写三姐贞洁，原以反刺董妃。故接写见物思乡，明董妃晚年愧悔。千古艰难惟一死，伤心岂独息夫人。反复推阐，长言咏叹，实包恨与惜两重意思，为小琬一生定评。史家之笔，明而允，严而恕。

全回分两大段一小段：自开首起至"才各自回去了"止为前一大段，为上半回正文。自"且说赵姨娘"起至"便自去了"止为一小段，承上起下，如文家之过渡法。自"却说平儿送出袭人进来"起至本回完毕为后一大段，亦下半回正文。以文字论，其精警出色处全在于此。盖自偷娶消息发现，凤姐追讯家童，势如渴骥奔泉，轰雷酿雨，文笔乃以细腻闲雅出之，逐层追摄，节次节骤丝毫不漏，能将凤姐及兴儿旺儿之神态曲曲传出，跃然纸上。如绘水者能绘水之影，绘火者能绘火之声，神乎其技，不得不令人拍案叫绝。

后半回万不可忽略读过，当一气读之以取其全神，逐字逐句读之以领其波折。

〔太平评〕下半回写凤姐，真是生龙活虎，通身解数，令人笑，令人恐，令人喜，令人惜。其余诸人亦各穷形尽相，令人如目见耳闻，为书中不易得文字。

〔护花评〕上回尤三姐公案已经了结，尤二姐如何结局自当接叙。但竟接连直写，文情便少波折。此回却先叙薛蟠酬客，次写宝钗送物及黛玉思乡，徐徐接入凤姐闻风。纡回曲折，引人入胜。

《红楼梦》与顺治皇帝的爱情故事

又：叙薛蟠酬客，宝钗送物，不但文情曲折，且借薛姨妈口中逗起薛蟠娶亲，借莺儿口中引起凤姐闻风，远针近线，丝丝入扣。

〔**大某评**〕此回仍是癸丑年秋间事。

第六十八回 苦尤娘赚入大观园
酸凤姐大闹宁国府

话说贾琏起身去后，偏值平安节度巡边在外，约一个月方回。贾琏未得确信，只得住在下处等候。及至回来相见将事办妥，回程已是将近两个月的限了。

谁知凤姐早已心下算定，只待贾琏前脚走了，回来便传各色匠役收拾东厢房三间，依照自己正室一样装饰铺陈。至十四日便回明贾母王夫人，说十五日一早要到姑子庙进香去。只带了平儿丰儿周瑞媳妇旺儿媳妇四人，未曾上车，便将原故告诉了众人。又吩咐众男人，素衣素盖，一径前来。

兴儿引路，一直到了门前扣门。鲍二家的开门，兴儿笑道："快回二奶奶去，大奶奶来了。"鲍二家的听了这句，顶梁骨走了真魂，忙飞跑进去报与尤二姐。尤二姐虽也一惊，但已来了，只得以礼相见。于是忙整理衣服迎了出来。

至门前，凤姐方下车进来。尤二姐一看，只见头上都是素白银器，身上月白缎子袄，青缎子掐银线的褂子，白绫素裙。眉弯柳叶，高吊两梢；目横丹凤，神凝三角。俏丽若三春之桃，清素若九秋之菊。〔索隐〕数句亦为豫王写照。王之仪表，威胜于文，眉棱眼角间自然流露一种肃杀气象。周瑞旺儿二女人搀进院来。尤二姐陪笑忙迎上来拜见，开口便叫姐姐，说："今日实在不知姐姐下降，不曾远接，求姐姐宽恕。"说着便拜下去。凤姐忙陪笑还礼不迭，赶着拉了二姐儿的手同入房中。

凤姐上坐，尤二姐忙命丫头拿褥子，便行礼，说："妹子年轻，一从到了这里，诸事都是家母和家姐商议主张。今日有幸相会，若姐姐不弃微寒，凡事求姐姐的指教。情愿倾心吐胆，只服侍姐姐。"说着便行下

《红楼梦》与顺治皇帝的爱情故事

礼去。

凤姐忙下坐还礼,口内忙说:"皆因我也年轻,向来总是妇人的见识,一味的只劝二爷保重,别在外边眠花宿柳,恐怕叫太爷太太耽心。这都是你我的痴心,谁知二爷倒错会了我的意。若是外头包占人家姐妹,瞒着家里也罢了,如今娶了妹妹作二房,这样正经大事,也是人家大礼,却不曾合我说。我也劝过二爷早办这件事,果然生个一男半女,连我后来都有靠。不想二爷反以我为那等妒忌不堪的人,私自办了,真真叫我有冤没处诉!我的这个心惟有天地可表。头十天头里,我就风闻着知道了,只怕二爷又错想了,遂不敢先说。目今可巧二爷走了,所以我亲自过来拜见,还求妹妹体谅我的苦心,起动大驾,搬到家中。你我姊妹同居同处,彼此合心合意的谏劝二爷,谨慎事务,保养身子,这才是大礼呢。要是妹妹在外头,我在里头,妹妹自想想,我心里怎么过的去呢?再者叫外人听着,不但我的名声不好听,就是妹妹的名儿也不雅。况且二爷的名声更是要紧的,倒是谈论咱们姊妹们还是小事。至于那起下人小厮之言,未免见我素昔持家太严,背地里加减些话也是常情。妹妹想,自古说的,'当家人恶水缸',我要真有不容人的地方儿,上头三层公婆,当中有好几位姐姐妹妹妯娌们,怎么容得我到今儿?就是今儿二爷私娶妹妹在外头住着,我自然不愿意见妹妹,我如何还肯来呢?拿着我们平儿说起,我还劝着二爷收他呢。这都是天地神佛不忍我叫这些小人们糟蹋,所以才叫我知道了。我如今来求妹妹进去和我一样儿,住的使的穿的带的,你我总是一样儿。妹妹这样伶透人若肯真心帮我,我也得个膀臂。不但那起小人堵了他们的嘴;就是二爷回来一见,他也从今后悔我并不是那种吃醋调歪的人,你我二人更加和气。所以妹妹还是我的大恩人呢。要是妹妹不合我去,我也愿意搬出来陪着妹妹住。只求妹妹在二爷跟前替我好言,方便方便,留我个站脚的地方儿,只叫我服侍妹妹梳头洗脸,我也是愿意的。"说着,便呜呜咽咽哭将起来。尤二姐见了这般,也不免滴下泪来。

二人对见了礼,分序坐下。平儿忙也上来要见礼。尤二姐见他打扮不凡,举止品貌不俗,料定是平儿,连忙亲身搀住,只叫:"妹子快别这么着,你我是一样的人。"凤姐儿忙也起身笑道:"折死他了!妹妹只管

第六十八回　苦尤娘赚入大观园　酸凤姐大闹宁国府

受礼，他原是咱们的丫头，以后快别如此。"说着又命周瑞家的从包袱里取出四匹上色尺头、四对金珠簪环为拜见礼，尤二姐忙拜受了。二人吃茶，对诉已往之事。凤姐口内全是自怨自错："怨不得别人，如今只求妹妹疼我。"〔索隐〕极意写一"赚"字，笔酣墨舞，神完气足。

尤二姐见了这般，便认做他是个极好的人，小人不遂心诽谤主子亦是常理，故倾心吐胆叙了一回，竟把凤姐认为知己。又见周瑞家等媳妇在旁边称扬凤姐素日许多善政，"只是吃亏心太痴了，反惹人怨。"又说："已经预备了房屋，奶奶进去一看便知。"尤氏心中早已要进去同住方好，今又见如此，岂有不允之理？便说："原该跟了姐姐去，只是这里怎么样？"凤姐儿道："这有何难！妹妹的箱笼细软只管着小厮搬了进去。这些粗夯货要他无用，还叫人看着，妹妹说谁妥当就叫谁在这里。"尤二姐忙说："今日既遇见姐姐，这一进去，凡事只凭姐姐料理。我也来的日子浅，也不曾当过家，事不明白，如何敢作主？这几件箱柜拿进去罢。我也没有什么东西，那也不过是二爷的。"

凤姐听了，便命周瑞家的记清，好生看管着抬到东厢房去。于是催着尤二姐急忙穿戴了，二人携手上车，又同坐一处。〔索隐〕自入门以至出门未提及尤老娘一字，下回贾琏事毕回来，亦云只有一个看房的老头子，究竟老娘如何安插，绝无影响。此则书中漏笔，不能为之讳也。又悄悄的告诉他："我们家的规矩大。这事老太太，太太一概不知，倘或知道二爷孝中娶你，管把他打死了。如今且别见老太太、太太。我们有一个花园子，极大，姊妹们住着，容易没人去的。你这一去且在园里住两天，等我设个法子回明白了，那时再见方妥。"尤二姐道："任凭姐姐裁处。"那些跟车的小厮们皆是预先说明的，如今不进大门，只奔后门来。

下了车，赶散众人。凤姐便带了尤氏进了大观园的后门，来到李纨处相见了。彼时大观园中十停人已有九停人知道了，今忽见凤姐带了进来，引动众人来看问。尤二姐一一见过。众人见他标致和悦，无不称扬。凤姐一一的吩咐了众人："都不许在外走了风声，若老太太、太太知道，我先叫你们死！"园中婆子丫头都素惧凤姐的，又系贾琏国孝家孝中所行之事，知道关系非常，都不管这事。

《红楼梦》与顺治皇帝的爱情故事

凤姐悄悄的求李纨收养几日,"等回明了,我们自然过去的。"李纨见凤姐那边已收拾房屋,况在服中不好张扬,自是正理,只得收下权住。凤姐又便去将他的丫头一概退出,又将自己的一个丫头送他使唤。暗暗吩咐他园中媳妇们:"好生照管着他。若有走失逃亡,一概和你们算帐!"〔索隐〕当面延为座上客,背后则视作阶下囚,死二姐之心已决于定计时矣。自己又去暗中行事,不提。

且说合家之人都暗暗的纳罕道:"看他如何这等贤惠起来了?"〔索隐〕反跌一。那尤二姐得了这个所在,又见园中姊妹各各相好,倒也安心乐业的自为得所。〔索隐〕反跌二。谁知三日之后,丫头善姐便有些不服使唤起来。尤二姐因说:"没了头油了,你去回一声大奶奶拿些过来。"善姐儿便道:"二奶奶,你怎么不知好歹没眼色?我们奶奶天天承应了老太太,又要承应这边太太,那边太太。这些姑娘妯娌们,上下几百男女,天天起来都等他的话。一日少说大事也有一二十件,小事还有三五十件。外头的从娘娘算起,以及王公侯伯家多少人情,家里又有这些亲友的调度。银子上千钱上万,一日都从他一个手、一个心、一个嘴里调度。〔索隐〕江南数千里山河,数百万人民子女,皆豫王一手收拾之。厥功甚伟。那里为这点子小事去烦琐他?我劝你耐着些儿罢!咱们又不是明媒正娶来的,这是他亘古少有一个贤良人才,这样待你,若差些儿的人,听见了这话吵闹起来,把你丢在外,死不死活不活,你又敢怎么样呢?"一席话说的尤氏垂了头。因为有这一说,少不得将就些罢了。那善姐渐渐的连饭也懒端来与他吃,或早一顿晚一顿,所拿来的东西皆是剩的。尤二姐说过二次,他反瞪着眼叫唤起来。尤二姐又怕人笑他不安本分,少不得忍着。

隔上五日八日见凤姐一面,那凤姐却是和容悦色,满嘴里好妹妹不离口,又说:"倘有下人不到之处,你降不住他们,只管告诉我,我打他们。"又骂丫头媳妇道:"我深知你们软的欺、硬的怕,背着我的眼还怕谁?倘或二奶奶告诉我一个不字,我要你们的命!"二姐见他这般好心,"既有他,我又何必多事?下人不知好歹是常情,我若告了他们受了委屈,反叫人说我不贤良。"因此反替他们遮掩。〔索隐〕由"赚"字折入

第六十八回　苦尤娘赚入大观园　酸凤姐大闹宁国府

"苦"字。

　　凤姐一面使旺儿在外打听，这尤二姐的底细皆已深知。果然已有了婆家的，女婿现在才十九岁，成日在外赌博不理世业，家私化尽，父母撑他出来，现在赌钱场存身。父亲得了尤婆子二十两银子退了亲的，这女婿尚不知道。原来这小伙子名叫张华。凤姐儿都一一尽知原委，便封了二十两银子与旺儿，悄悄命他："将张华勾来养活，看他写一张状子，只要向有司衙门中告去。就告琏二爷国孝家孝的里头，背旨瞒亲仗财依势，强逼退亲，停妻再娶"。

　　这张华也深知利害，先不敢造次。旺儿回了凤姐，凤姐气的骂道："真是他娘的话！怨不得俗语说'癞狗扶不上墙'的。你细细说给他，就告我们家谋反也没事的。〔索隐〕王平定江南，功高震主。自以为懿亲硕辅，带砺山河，子孙永保矣。庸知身逝以后遽遭谴戾，爵禄不终。兔死狗烹，固不仅疏远之臣有此感慨。不过是借他一闹，大家没脸。若告大了，我这里自然能够平服的。"〔索隐〕亦云能发能收，操之自我，顾后患之来，迥不如其所逆料。世之任性妄为者尚其鉴之。旺儿领命，只得细说与张华。凤姐又吩咐旺儿："他若告了你，你就和他对词去。如此如此，我自有道理。"旺儿听了有他做主，便又命张华状子上添上自己，说："你只告我旺儿过付，一应调唆二爷做的。"

　　张华便得了主意，和旺儿商定了，写了一张状子，次日便往都察院处喊了冤。察院坐堂，看状子是告贾琏的事，上面有家人旺儿一人，只得遣人去贾府传旺儿来对词。青衣不敢擅入，只命人带信。那旺儿正等着此事，不用人带信，早在这条街上等候。见了青衣反迎上去，笑道："起动众位弟兄。必是兄弟的事犯了，说不得，快来套上。"众青衣不敢，只说："好哥哥，你去罢，别闹了。"

　　于是来至堂前跪下。察院命将状子与他看，旺儿故意看了一遍，叩头说道："这事小的尽知的，主人实有此事。但这张华素与小的有仇，故意拉小的在内。其中还有人，求老爷再问。"张华叩头道："虽还有人，小的不敢告他，所以只告他下人。"旺儿故意的说："糊涂东西，还不快说出来！这是朝廷公堂上，凭是主子也要说出来。"张华便说出贾蓉来。

《红楼梦》与顺治皇帝的爱情故事

都察院听了无法,只得去传贾蓉。

凤姐又差了庆儿暗中打听告了起来,便忙将王信唤来,告诉他此事。命他托察院只要虚张声势惊吓而已,又拿了三百银子与他去打点。是夜王信到了察院私宅安了根子。那察院深知原委,收了赃银。次日回堂,只说张华无赖,因拖欠了贾府银两,妄捏虚词诬赖良人。都察院素与王子腾相好,王信也只到家说了一声,况是贾府之人,巴不得了事,便也不提此事,且都收下,只传贾蓉对词。〔索隐〕连用数"只"字,而官场鬼蜮、婪赃枉法伎俩已刻画净尽。

且说贾蓉等正忙着贾琏之事,忽有人来报信,说有人告你们如此如此,这般这般,快作道理。贾蓉慌忙来回贾珍。贾珍道:"我都早防着这一着,倒难为他这样大胆子。"即刻封了二百银子,着人去打点察院,又命家人去对词。正商议间,又报:"西府二奶奶来了。"〔索隐〕由"苦"字递入"闹"字。贾珍听了这话,倒吃了一惊,忙要同贾蓉藏躲。不想凤姐已经进来了,说:"好大哥哥,带着兄弟们干的好事!"贾蓉忙请安,凤姐拉了他就进来。贾珍还笑说:"好生伺候你婶娘,吩咐他们杀牲口备饭。"〔索隐〕北京土谚以鸡为牲口。说了,忙命备马躲往别处去了。

这里凤姐带着贾蓉走来上房,尤氏也迎了出来,见凤姐气色不善,忙说:"什么事情这样忙?"凤姐照脸一口唾沫,啐道:"你尤家的丫头没人要了,偷着只往贾家送!难道贾家的人都是好的,普天下死绝了男人了?你就愿意给,也要三媒六证大家说明成了体统才是。你瘘迷了心,脂油蒙了窍,国孝家孝两重在身,就把个人送来了!这会子被人告我们,连官场中都知道我利害吃醋。如今指名提我,要休我!我到了你家干错了什么不是,你这等害我?或是老太太、太太有了话在你心里,使你们做这圈套要挤我出去?如今咱们两个一同去见官,分证明白。回来咱们公同请了合族中人,大家觌面说个明白。给我休书,我就走。"

一面说一面大哭,〔索隐〕"闹"字一步。拉着尤氏只要去见官。急的贾蓉跪在地下叩头,只求婶娘息怒。凤姐一面又骂贾蓉:"天打雷霹、五鬼分尸的没良心的种子!不知天有多高,地有多厚,成日家调三窝四,

第六十八回　苦尤娘赚入大观园　酸凤姐大闹宁国府

干出这些没脸面没王法败家破业的营生。你死了的娘阴灵儿也不容你，祖宗也不容你，还敢来劝我！"一面骂着扬手就打，吓得贾蓉忙叩头说道："婶娘别动气！只求婶娘别看这一时，侄儿千日的不好，还有一日的好。实在婶娘气不平，何用婶娘打，让我自己打，婶娘只别生气。"说着，就自己举手左右开弓自己打了一顿嘴巴子，又自己问着自己说："以后可还再顾三不顾四的不了？以后还单听叔叔的话不听婶娘的话不了？婶娘是怎么样待你，你这样没天理没良心的！"〔索隐〕大臣获罪：奉旨申斥者长跪听宣；奉旨拷问者自报罪状，如奴才该死，辜负天恩，叩求从严治罪等语累累不绝。作者熟悉朝廷仪制，故能言之亲切如此。众人又要劝又要笑，又不敢笑。〔索隐〕官家事似乎尊严，又似乎儿戏。写来逼真。

凤姐儿滚到尤氏怀里，号天恸地大放悲声，只说："给你兄弟娶亲我不恼，为什么使他违旨背亲，将混帐名儿给我背着？咱们只去见官，省得捕快皂隶来拿。再者，咱们过去只见了老太太、太太和众族人等，大家公议了，我既不贤良，又不容丈夫买妾，只给我一张休书我即刻就走。你妹妹我也亲身接了来家，生怕老太太、太太生气也不敢回，现在三茶六饭金奴银婢的住在园内。我这里赶着收拾房子，和我一样的，只等老太太知道了。原说下接过来大家安分守己的，我也不提旧事了，谁知又是有了人家的。不知你们干的什么事！我一概又不知道。如今告我，我昨日急了，总然我出去见官也丢的是你贾家的脸，少不得偷把太太的五百两银子去打点。如今把我的人还锁在那里。"说了又哭，哭了又骂，后来又放声大哭起祖宗爷娘来，又要撞头寻死。〔索隐〕"闹"字二步。把个尤氏揉搓成一个团儿，衣服上全是眼泪鼻涕，并无别话，只骂贾蓉："混帐种子，和你老子做的好事！我当初就说使不得"。

凤姐儿听说这话，哭着指着尤氏的脸问道："你发昏了？你的嘴里难道有茄子塞着？不就是他们给你嚼子衔上了？为什么你不来告诉我去？你若告诉了我，这会子不平安了，怎么得惊官动府闹到这步田地？你这会子还怨他们。自古说'妻贤夫少祸，表壮不如里壮'，你但凡是个好的，他们怎敢闹出这些事来？〔索隐〕此数语吾还以质之凤姐。你又没

《红楼梦》与顺治皇帝的爱情故事

才干,又没口齿,锯了嘴子的葫芦,就只会一味瞎小心,应贤良的名儿!"说着啐了几口。〔**索隐**〕申斥者例得由太监啐其面,且啐且詈。清光绪末年,某尚书与某侍郎互讦,奉旨申斥。侍郎于得信以后贿内监银五百两,数语即起;尚书长跪至三时之久。内监口出秽语,叱辱百端,尚书愤极,归后即一病不起。此事至今人多言之。尤氏贾蓉二人大约一系奉旨申斥,一系奉旨拷问。尤氏也哭道:"何曾不是这样。你不信问问跟的人,我何曾不劝呢,也要他们听!叫我怎么样呢?怨不得妹妹生气,我只好听着罢了!"

众姬妾丫头媳妇等已是黑压压跪了一地,陪笑求说:"二奶奶最圣明的。虽是我们奶奶的不是,奶奶也作践够了。当着奴才们,奶奶们素日何等的好来,如今还求奶奶给留点脸儿。"说着捧上茶来,凤姐也摔了。

一回止了哭,挽头发,又喝骂贾蓉:"出去请你父亲来,我对面问他。问亲大爷的孝才五七,侄儿娶亲,这个礼我竟不知道,我问问也好学着,日后教导你们!"贾蓉只跪着叩头,说:"这事原不与父亲相干,都是侄儿一时吃了屎,调唆着叔叔做的,我父亲也并不知道。婶娘若闹起来了,侄儿也是个死,只求婶娘责罚侄儿,侄儿谨领。这官司还求婶娘料理,侄儿竟不能干这大事。婶娘是何等样人,岂不知俗语说的,'胳膊折了在袖子里',侄儿糊涂死了,既做了不肖的事,就和那猫儿狗儿一般,少不得还要婶娘费心费力,将外头的事压住了才好。只当婶娘有这个不肖的儿子,就惹了祸,少不得委屈还要疼他呢。"〔**索隐**〕一番说话如棉里针,有挟而求则其气不馁。至撇开贾珍,身当其冲,又有善则归亲、过则归己之义。上一层言之是家庭贤子,下一层言之亦是交涉能员,具此美才那得不膺异数。凤姐之特垂青眼,岂曰无因。说着又叩头不绝。

凤姐儿见了贾蓉这般,心里早软了,只是碍着众人面前又难改过口来,因叹了一口气,一面拉起来,一面拭泪,向尤氏道:"嫂子也别恼我,我是年轻不知事的人,一听见有人告诉了,把我吓昏了,不知方才怎么得罪了嫂子。可是蓉儿说的'胳膊折了往袖子里藏',少不得嫂子要体谅我,还得嫂子在哥哥跟前替说,先把这官司按下去才好。"尤氏贾蓉一齐都说:"婶娘放心,横竖一点儿连累不着叔叔。婶娘方才说用过了

第六十八回　苦尤娘赚入大观园　酸凤姐大闹宁国府

五百两银子，少不得我们娘儿们打点五百两银子，与婶娘送过去好补上。不然岂有叫婶娘又添上亏空的？越发我们该死了。"〔索隐〕财色并重，惟蓉儿能窥见症结。但还有一件，老太太、太太们跟前婶娘还要周全方便，别提这些话方好。"

凤姐又冷笑道："你们饶压着我的头干了事，这会子反哄着我替你们周全。我就是个傻子，也傻不到如此！嫂子的兄弟是我的什么人？嫂子既怕他绝了后，我难道不更比嫂子更怕绝后？嫂子的妹子就合我的妹子一样。我一听见这话，连夜喜欢的连觉也睡不成，赶着传人收拾了屋子，就要接进来同住。倒是奴才小人的见识，他们倒说：'奶奶太性急，若是我们的主意，先回了老太太、太太看是怎么样，再收拾房子去接也不迟。'我听了这话，叫我要打要骂的才不言语了。谁知偏不称我的意，偏偏打的嘴，半空里又跑出一个张华来告了一状。我听见了，吓的两夜没合眼儿，又不敢声张，只得求人去打听这张华是什么人，这样大胆。打听了两日，谁知是个无赖的化子。小子们说：'原是二奶奶许了他的，他如今急了，冻死饿死也是个死，现在有这个理他抓住，总然死了，死的倒比冻死饿死还值些。怎么怨他的告呢？这事原是爷做的太急了，国孝一层罪，家孝一层罪，背着父母私娶一层罪，停妻再娶一层罪。俗语说，'拚着一身剐，敢把皇帝拉下马'。他穷疯了的人，什么事做不出来！况且他又拿着这满理，不告等请不成？'嫂子说，我就是个韩信张良，听了这话也把智谋吓回去了。你兄弟又不在家，又没个人商量，少不得拿钱去垫补；谁知越使钱越叫人拿住刀靶儿，越发来讹。我是耗子尾巴上长疮，多少脓血儿？所以又急又气，少不得来找嫂子。"〔索隐〕大雨倾盆之后，渐次云开雾敛，剩一丝廉纤微雨点缀晚晴。

尤氏贾蓉不等说完，都说："不必操心，自然要料理的。"贾蓉又道："那张华不过是穷急，故舍了命才告。咱们如今想了一个法儿，竟许他些银子，只叫他应个妄告不实之罪，咱们替他打点完了官司。他出来时，再给他些银子就完了。"凤姐儿啐着嘴儿笑道："难为你想！怨不得你顾一不顾二的做出这些事来，原来你竟是这样个糊涂东西，我往日看错了你了。若你说的这话，他暂且依了，且打出官司来，又得了银子，眼前自然了事。这些人既是无赖的小人，银子到手三天五天就光了，他又来找事讹诈。再要叨登起来，咱们虽不怕，终久耽心。搁不住他说既没毛病为什么反给他银子。"〔**索隐**〕贿嘱张华本为吃砒药虎之计，凤姐明知之而故蹈之，亦自恃其才，以为操纵收发靡不由我。而其后事变之来卒出于意料之外。行险侥幸，断不可恃，为天下无数奸雄人说法。

贾蓉原是个明白人，听如此说，便笑道："我还有个主意，'来是是非人，去是是非者'，这事还得我了才好。如今我竟问张华个主意，或是他定要人，或是他愿意了事得钱再娶。他若说一定要人，少不得我去劝我二姨娘，叫他出来仍嫁他去。若说要钱，我们这里少不得给他。"凤姐儿忙道："虽如此说，我断舍不得你姨娘出去，我也断不肯使他出去。他若出去了，咱们家的脸在那里呢？依我说，只宁可多给钱为是。"贾蓉深知凤姐儿口虽如此，心却是巴不得只要本人出来，他却做贤良人。如今怎么说只好怎么依。

凤姐儿欢喜了，又说："外头好处了，家里终久怎么样？你也同我过去回明了老太太、太太才是。"尤氏又慌了，拉凤姐儿讨主意，如何撒谎才好。凤姐冷笑道："既没这本事，谁叫你干这样事？这会子这个腔儿，我又看不上。待要不出个主意，我又是个心慈面软的人，凭人撮弄我，我还是一片傻心肠儿。说不得让我应起来。如今你们只别露面，我只领了你妹妹去给老太太、太太们叩头，只说原系你妹妹，我看上了很好。正因我不大生长，原说买两个人放在屋里的，今既见了你妹妹很好，而且又是亲上做亲的，我愿意娶来做二房。皆因家中父母姊妹亲近一概死了，日子又难，不能度日，若等百日之后，无奈无家无业，实在难等。就算我的主意接了进来，已经厢房收拾了出来暂且住着，等满了孝再圆房儿。仗着我这不害臊的脸死活赖去，有了不是也寻不着你们了。你们娘儿两个想想，可使得？"

尤氏贾蓉一齐笑道："到底是婶娘宽洪大量，足智多谋。等事妥了，少不得我们娘儿们过去拜谢。"凤姐儿道："罢呀！还说什么拜谢不拜谢。"又指着贾蓉道："今日我才知道你了！"说着把脸却一红，眼圈儿也红了，似有多少委屈的光景。贾蓉忙陪笑道："罢了！婶娘少不得饶恕

第六十八回　苦尤娘赚入大观园　酸凤姐大闹宁国府

我这一次。"说着忙又跪下。凤姐儿扭过脸去不理他，贾蓉才笑着起来了。

这里尤氏忙命丫头们舀水取妆奁，服侍凤姐儿梳洗了。赶忙又命预备晚饭。凤姐儿执意要回去，尤氏拦着道："今日二婶子要这么走了，我们什么脸还过那边去呢？"贾蓉旁边笑着劝道："好婶娘，亲婶娘！以后蓉儿要不真心孝顺你老人家，天打雷劈！"凤姐瞅了他一眼，啐道："谁信你这……"说到这里又咽住了。〔索隐〕隐约吞吐，神情欲活，洵有目共赏之处。然只是作者余技。一面老婆子丫头们摆上酒菜来，尤氏亲自递酒布菜。贾蓉又跪着敬了一钟酒。凤姐便合尤氏吃了饭。丫头们递了漱口茶，又捧上茶来。凤姐吃了两口，便起身回去。贾蓉亲身送过来才回去了。

且说凤姐进园中将此事告诉尤二姐。又说我怎么操心，又怎么打听，须得如此如此，方保得众人无罪。少不得咱们按着这个法儿来才好。不知凤姐又变出什么法儿来，且听下回分解。

〔索隐〕此回亦由上文递嬗而下写二娘事，无可阐发。惟回目二句为作者着意所在。小琬入官，得新忘旧，在其向慕虚荣之初念，未尝不自庆得所。然邢尹争宠，险象环生，此中初非乐土。二姐之迁入曰"赚"，曰"苦"，是其正比例也。熙凤贾琏本皆豫王代表，宁国府'即江宁府之变名，当日威焰逼人，挟大兵之力，诛求搜括，驿骑所及鸡犬为之不宁，顾以大闹。史家之职秉笔直书，无所用其曲讳。

本回一气到底，以凤姐为剧中正脚，前段对付二姐，后段对付尤氏贾蓉，机谋权变，目空一切。豫王之雄才当之，允无愧色。尤氏、二姐本在公等碌碌之列。蓉儿小有才，足与对仗一二十合，然亦地位使然，故能羁縻之，使不敢迟。书中写此，虚实俱到，神态逼真。

〔太平评〕上半回一"赚"字，正币重言甘其诱我也，及其言甘者其心苦。二语演义而有认有推，有以认为推，以推为认,而或诱或制,令二姐必入元中。仍十分出色文字。

〔护花评〕 借凤姐口中说"就告我们家谋反也没事的",又叙王信打点,察院得赃,以见荣府此时财势熏天,反跌后来之衰落。

又:哭骂后忽指着贾蓉道,今日才知道你了,脸上眼圈儿都红;及贾蓉跪下,凤姐扭过脸去;贾蓉说以后不真心孝,顺天打雷劈,凤姐盼了一眼,啐说谁信你这,又咽住不说。此一段文字隐隐约约,暗藏无限情事。如金鼓震天时忽有莺啼燕语,又如一片黑云中微露金龙麟爪,文人之笔莫可端倪。

〔大某评〕 此回仍是癸丑年秋间事。

第六十九回 弄小巧用借剑杀人
　　　　　　觉大限吞生金自逝

　　话说尤二姐听了,又感谢不尽,只得跟了他来。尤氏那边怎好不过来的,少不得也过来跟着凤姐去回方是大礼。凤姐笑道:"你只别说话,等我去说。"尤氏道:"这个自然。但有了不是,往你身上推就是了。"说着大家先至贾母房中。

　　正值贾母和园中姊妹们说笑解闷,忽见凤姐带了一个标致小媳妇进来,忙觑着眼瞧道:"这是谁家的孩子,好可怜见儿的!"凤姐上来笑道,"老祖宗倒细细的看着,好不好?"说着,忙拉二姐儿道:"这是太婆婆,快叩头。"二姐忙行了大礼,展拜起来。又指着众姊妹道:这是某人某人,"你先认了,太太瞧过了再见礼"。二姐儿听了,一一又从新故意的问过,垂头站在旁边。

　　贾母上下瞧了一遍,因又笑问:"你姓什么?今年十几岁了?"凤姐忙又笑道:"老祖宗且别问,只说比我俊不俊。"贾母又带上了眼镜,命鸳鸯琥珀"把那孩子拉过来,我瞧瞧肉皮儿。"众人都抿着嘴儿笑着推他上去。贾母细瞧了一遍,又命琥珀:"拿出他的手来我瞧瞧。"贾母瞧毕,一摘下眼镜来,笑说道:"竟是个齐全孩子,〔索隐〕此段复影射董妃由豫王携回初进宫掖时情景。《墨余录·嬬姝奇遇篇》王府总管相择诸妇女时上下睨视,太长略短似肥较瘦者先去其半;谛视发肤掌臂,隔衣扪乳,如是者十又去七;审音属耳,一妇声微窳,复去之。此处即由此段化出,以见入宫被选,其难其慎。我看比你还俊些呢。"

　　凤姐听说,笑着忙跪下,将尤氏那边所编之话一五一十细细的说了一遍。"少不得老祖宗发慈心,先许他进来住,一年后再圆房"。贾母听了道:"这有什么不是。既你这样贤良,很好。只是一年后方可圆得

《红楼梦》与顺治皇帝的爱情故事

房。"凤姐听了,叩头起来,又求贾母:"着两个女人一同带去见太太们,说是老祖宗的主意。"贾母依允,遂使二人带去见了邢夫人等。〔索隐〕论理王先于邢,独以邢夫人领衔者义取谐声,明其为诲淫纵欲之事也。王夫人正因他风声不雅,深为忧虑,见他今行此事,岂有不乐之理。于是尤二姐自此见了天日,搬到厢房居住。

凤姐一面使人暗暗调唆张华,只叫他要原妻。这里还有许多陪送外,还给他银子安家过活。张华原无胆无心告贾家的,后来又见贾蓉打发了人对词,那人原说的:"张华先退了亲,我们原是亲戚,接到家里住着是真,并无强娶之说。皆因张华拖欠我们的债务,追索不给,方诬赖小的主儿。"那个察院都和贾王两处有瓜葛,况又受了贿,只说张华无赖,以穷讹诈,状子也不收,打了一顿赶出来。庆儿在外替张华打点,也没打重。又调唆张华,说道:"亲原是你家定的,你只要亲事,官必还断给你。"于是又告。王信那边又透了消息与察院,察院便批:张华借欠贾宅之银,令其限内按数交还;其所定之亲,仍令其有力时娶回。又传了他父亲来当堂批准。他父亲亦系庆儿说明,乐得人财两进,便去贾家领人。

凤姐一时吓的来回贾母,说如此这般,都是珍大嫂子干事不明,那家并没退准,惹人告了,如此官断。贾母听了,忙唤尤氏过来,说他做事不妥,"既你妹子从小与人指腹为婚,又没退断,使人告了。这是什么事?"尤氏听了,只得说:"他连银子都收了,怎么没准?"凤姐在旁说:"张华的口供上现说没见银子,也没见人去。他老子又说:'原是亲家说过一次,并没应准。亲家死了,你们就接进去做二房。'如此没有对证话,只好由他去混说。幸而琏二爷不在家,不曾圆房,这还无妨。只是人已来了,怎么送回去?岂不伤脸?"〔索隐〕一推一挽,词令虽工,而肺肝如见。贾母道:"又没圆房,没的强占人家有夫之人,声名也不好,不如送给他去。那里寻不出好人来?"尤二姐听了,又回贾母道:"我母亲实于某年某月某日给了他二十两银子退准的。他因穷急了告,又翻了口。我姐姐原没错办。"贾母听了便道:"可见刁民难惹。既这样,凤丫头去料理料理。"

凤姐听了无法,只得应着回来,只命人去找贾蓉。贾蓉深知凤姐之意,若要使张华领回,成何体统,便回了贾珍,暗暗遣人去说张华:"你

第六十九回　弄小巧用借剑杀人　觉大限吞生金自逝

如今既有许多银子，何必定要原人？若只管执定主意，岂不怕爷们一怒，寻出一个由头，你死无葬身之地？你有了银子，回家去什么好人寻不出来？你若走呢，还赏你些路费"。张华听了，心中想了一想，这倒是好主意。和父母商议已定，约共也得了有百金，父子次日起了五更，便回原籍去了。

贾蓉打听得真了，来回了贾母凤姐，说："张华父子妄告不实，惧罪逃走，官府亦知此情，也不追究，大事完毕。"〔索隐〕细阅篇中，前云"方成大礼"，此又云"大事完毕"，词句之间颇露郑重之意。岂当日小琬被掳，辗转入宫，冒氏子探闻踪迹后，曾有一番周折耶？代远年湮，末由深考。凤姐听了，心中一想："若必定着张华带回二姐儿去，未免贾琏回来再化几个钱包占住，不怕张华不依。还是二姐儿不去，自己拉绊着还妥当，且再作道理。只是张华此去不知何往，倘或他再将此事告诉了别人，或日后再寻出这由头来翻案，岂不是自己害了自己？原先不该如此将刀靶与外人去的。"因此悔之不迭。复又想了一个主意出来，悄命旺儿遣人寻着了他，或讹他做贼，和他打官司，将他治死，或暗使人算计，务将张华治死方剪草除根，保住自己的名誉。

旺儿领命出来，回家细想："人已走了完事，何必如此大做！人命关天非同儿戏，我且哄过他去再作道理。"因此在外躲了几日，回来告诉凤姐，只说张华因有几两银子在身上，逃去第三日，在京口地界五更天已被截路打闷棍的打死了。他老子吓死在店房，在那里验尸掩埋。凤姐听了不言，说："你要撒诳，我再使人打听出来敲你的牙！"自此方丢过不究。〔索隐〕狠毒者终遇诈骗，天理循环。凤姐和尤二姐和美非常，竟比亲姊妹还胜几倍。

那贾琏一日事毕回来，先到了新屋中，已经静悄悄的关锁，只有一个看房子的老头儿。贾琏问起原故，老头儿细说原委，贾琏只在镫中跺足。少不得来见贾赦与邢夫人，将所完之事回明。贾赦十分欢喜，说他中用，赏了他一百两银子。又将房中一个十七岁的丫鬟名唤秋桐赏他为妾。贾琏叩头领去，喜之不尽。见了贾母合家众人，回来见了凤姐，未免脸上有些愧色。谁知凤姐反不似往日容颜，同尤二姐一同出来，叙了寒温。

《红楼梦》与顺治皇帝的爱情故事

贾琏将秋桐之事说了，未免脸上有些得意骄矜之色。凤姐听了，忙命两个媳妇坐车在那边接了来。心中一刺未除，又平空添了一刺，说不得且吞声忍气，将好颜面换出来遮饰。一面又命摆酒接风，一面带了秋桐来见贾母与王夫人等。〔索隐〕尤二姐之事，贾母叮嘱必一年后方可圆房，秋桐事独默无一言，漏笔耶抑别有寓意耶？贾琏心中也暗暗的纳罕。

且说凤姐在家，外面待尤二姐自不必说的，只是心中又怀别意。无人处只合尤二姐说："妹妹的声名很不好听，连老太太、太太们都知道了，说妹妹在家做女孩儿就不干净，又和姐夫往来，'可见没人要的你拣了来，还不休了再寻好的'。我听见这话，气的什么儿似的。后来打听是谁说的，又察不出来。这日久天长，这些奴才们跟前怎么说嘴，我反弄了鱼头来拆。"说了两遍，自己已气病了，茶饭也不吃。除了平儿，众丫头媳妇无不言三语四，指桑说槐，暗相讥刺。

且说秋桐自以为系贾赦之赐，无人僭他的，连凤姐平儿皆不放在眼里，岂容那先奸后娶没汉子要的妇女？凤姐听了暗乐，自从装病，便不同尤二姐吃饭，每日只命人端了菜饭到他房中去吃。那菜饭都系不堪之物，平儿看不过，自拿了钱出来弄菜与他吃，或是有时只说和他园中去玩，在园中厨内另做了汤水与他吃，也无人敢回凤姐。只有秋桐撞见了，便去掉舌告诉凤姐，说："奶奶名声尽是平儿弄坏了的！这样好菜好饭浪着不吃，却往园里去偷吃。"凤姐听了，骂平儿道："人家养猫拿耗子，我的猫只倒咬鸡！"平儿不敢多说，自此也要远着了。又暗恨秋桐。

园中姊妹一干人暗为二姐耽心，虽都不敢多言，却也可怜。每当无人处说起话来，尤二姐拭眼抹泪，又不敢抱怨凤姐儿，因无一点坏形。

贾琏来家时，见了凤姐贤良，也便不留心。况素昔见贾赦姬妾丫鬟最多，贾琏每怀不轨之心，只未敢下手。今日天缘凑巧，竟把秋桐赏他，真是对烈火干柴，如胶投漆，燕尔新婚，连日那里拆得开？贾琏在二姐身上之心也渐渐淡了，只有秋桐一人是命。

凤姐儿虽恨秋桐，且喜借他先可发脱二姐，用"借刀杀人"之法"坐山观虎斗"。等秋桐杀了尤二姐，自己再杀秋桐。主意一定，没人处常又私劝秋桐道："你年轻不知事。他现是二房奶奶，你爷心坎儿上的

· 836 ·

第六十九回　弄小巧用借剑杀人　觉大限吞生金自逝

人，我还让他三分，你去硬碰他，岂不是自寻其死？"那秋桐听了这话，越发恼了，天天大口乱骂，说："奶奶是软弱人，那等贤惠我却做不来！奶奶把素日的威风怎么都没了？奶奶宽洪大量，我却眼里揉不下沙子去，让我和这娼妇做一回他才知道呢！"凤姐儿在屋里，只装不敢出声儿。气得尤二姐在房里哭泣，连饭也不吃，又不敢告诉贾琏。次日贾母见他眼睛红红的肿了，问他又不敢说。

秋桐正是抓乖卖俏之时，他便悄悄的告诉贾母王夫人等说："他专会作死，好好的成天丧声叹气，背地里咒二奶奶和我早死了，好和二爷一心一计的过。"贾母听了便说："人太生娇俏了，可知心就嫉妒了。凤丫头倒好意待他，他倒这样争风吃醋，可知是个贱骨头。"因此，渐次便不大喜欢。众人见贾母不喜，不免又往上践踏起来，弄得这尤二姐要死不能，要生不得。还是亏了平儿，时常背着凤姐与他排解。

那尤二姐原是花为肠肚、雪作肌肤的人，如何经得这般折磨？不过受了一月的暗气，便怏怏得了一病，四肢懒动，茶饭不进，渐次黄瘦下去。夜来合上眼，只见他妹妹手捧鸳鸯宝剑前来说："姐姐，你为人一生心痴意软，〔索隐〕"心痴意软"四字责备二姐固俯首无词，责备小琬亦俯首无辞。岂特如此，即责天下后世之委贽新朝列名二臣者，当亦复俯首无辞。呜呼！无贵无贱，无强无弱，无富无贫，无愚无知，凡秉生为人者，不可无一点刚肠烈志以自别于禽兽。终吃了这亏。休信那妒妇花言巧语，外作贤良，内藏奸猾，他发狠定要弄你一死方罢。若妹子在世，断不肯令你进来，就是进来，亦不容他这样。此亦系理数应然，只因你前生淫奔不才，使人家丧伦败行，故有此报。〔索隐〕辟疆多情，琬君薄幸，一反历来成局。在茧丝自缚，陌路萧郎，一缕痴心，未始不始终曲谅。而亲邻故旧知其事者，悠悠之口，汶汶之身，恐亦难逃公论也。重泉之下如何相见？琬君临终时当发此一重感慨。你速依我，将此剑斩了那妒妇，一同归至警幻案下听其发落。〔索隐〕果琬君当日能效博浪之锥，奋身一击，则忍辱报仇，大节凛然，岂非千古美谈，一时快事！不然你只白白的丧命，且无人怜惜。"尤二姐哭道："妹妹，我一生品行既亏，今日之报既系当然，何必又生杀戮之冤？"三姐儿听了，长叹而去。〔索隐〕既不能令，又不受命，是绝物也，能无长叹？

《红楼梦》与顺治皇帝的爱情故事

尤二姐惊醒，却是一梦。等贾琏来看时，因无人在侧，便哭着告贾琏说："我这病不能好了。我来了半年，腹中已有身孕，但不能预知男女。倘老天可怜，生了下来还可；若不然，我的命还不能保，何况于他。"贾琏亦哭道："你只放心，我请名人来医治。"于是出去即刻请医生。

谁知王太医此时也病了，亦谋干了军前效力，回来好讨荫封的。〔索隐〕随笔一带，皆露仕途混浊政治颠倒之意。作者愤世已甚，笔诛口伐，不肯给毫放松。小厮们走去，便仍旧请了那年给晴雯看病的太医胡君荣来诊视了，说是经水不调，全要大补。贾琏便道："已是三月庚信不行，又常呕酸，恐是胎气。"胡君荣听了，复又命老婆子请出手来，再看了半日，说："若论胎气，肝脉自应洪大。然木盛则生火，经水不调亦皆因肝木所致。医生要大胆，须得请奶奶将金面略露一露，医生观看气色方敢下药。"贾琏无法，只得命将帐子掀起一缝，尤二姐露出脸来。胡君荣一见，早已魂飞天外，那里还能辨气色？一时掩了帐子，贾琏陪他出来，问是如何。胡太医道："不是胎气，只是瘀血凝结。如今只以下瘀通经要紧。"于是写了一方，作辞而去。

贾琏令人送了药礼，抓了药来，调服下去。只半夜光景，尤二姐腹痛不止，谁知竟将一个已成形的男胎打了下来。〔索隐〕堕胎事亦是董妃小影。于是血行不止，二姐就昏迷过去。贾琏闻知，大骂胡君荣。一面遣人再去请医调治，一面命人去找胡君荣。胡君荣听了，早已卷包逃去。这里太医便说："本来血气亏弱，受胎以来想是着了些气恼，郁结于中。这位先生误用虎狼之剂，如今大人元气十伤八九，一时难保就愈。煎丸二药并行，还要一些闲话闲事不问，庶可望好。"说毕而去，也开了个煎药方子并调元散郁的丸药方子去了。急的贾琏便查谁请的姓胡的来。一时查出，便打了个半死。

凤姐比贾琏更急十倍，只说："咱们命中无了，好容易有了一个，遇见这样没本事的大夫来。"于是天地前烧香礼拜，自己通诚祷告说："我情愿有病，只求尤氏妹妹身体大愈，再得怀胎生一男子。我愿吃长斋念佛。"贾琏众人见了无不称赞。

贾琏与秋桐在一处，凤姐又做汤做水的着人送与二姐，又叫人出去

第六十九回　弄小巧用借剑杀人　觉大限吞生金自逝

算命占卦。偏算命的回来又说："系属鸡的阴人冲犯了。"大家算将起来，只有秋桐一人属鸡，说他冲的。秋桐见贾琏请医调治，打人骂狗，为尤二姐十分尽心，他心中早浸了一缸醋在内了。今又听见如此说他冲了，凤姐儿又劝他，说他暂且别处躲几日再来。秋桐便气得哭骂道："理那起饿不死的杂种混嚼舌根，我和他'井水不犯河水'，怎么就冲了他！好个爱八哥儿，在外头什么人不见，偏来了就冲了？〔索隐〕董妃出身如此，自不能杜绝人言。我还要问问他呢，到底是那里来的孩子？他不过哄我们那个棉花耳朵的爷罢了；总有孩子，也不知张姓王姓的！奶奶希罕那杂种羔子，我不喜欢。谁不会养？一年半载养一个，倒还是一点搀杂没有的呢！"众人又要笑，又不敢笑。

可巧邢夫人过来请安，秋桐便告诉邢夫人道："二爷二奶奶要撵我回去，我没了安身之处，太太好歹开恩。"邢夫人听说，便数落了凤姐儿一阵，又骂贾琏："不知好歹的种子，凭他怎样，是你父亲给的；为个外来的撵他，连老子都没了！"说着赌气去了。秋桐更又得意，越发走到窗户根底下大闹起来。尤二姐听了，不免又添烦恼。晚间贾琏在秋桐房中歇了，凤姐已睡，平儿过尤二姐那边来劝慰了一番。尤二姐哭诉了一回，平儿又嘱咐了几句，夜已深了，方去安息。

这里尤二姐心中自想："病势已成，日无所养，反有所伤，料定必不能好。况胎已经打下，无甚悬心，何必受这些零气，不如一死倒还干净。常听见人说，生金子可以坠死，岂不比上吊自刎又干净。"想毕硬撑起来，打开箱子找出一块生金，也不知多重。哭了一回，外边将近五更天气，那二姐咬牙狠命便吞入口中，几次直脖方咽了下去。于是赶忙将衣服首饰穿戴齐整，上炕躺下。当下人不知鬼不觉。

到第二日早晨，丫鬟媳妇们见他不叫人，乐得自己梳洗。凤姐秋桐都上去了。平儿看不过，说丫头们："就这等没人心的，打着骂着使也罢了！一个病人也不知可怜可怜。他虽好性儿，你们也该拿出个样儿来，别太过逾了，墙倒众人推。"丫鬟听了，急推房门进来看时，却穿戴的齐齐整整死在炕上，于是方吓慌了，喊叫起来。平儿进来瞧见，不禁大哭。众人虽素昔惧怕凤姐，然想尤二姐实在温和怜下，如今死去，谁不伤心落泪，只不敢与凤姐看见。

《红楼梦》与顺治皇帝的爱情故事

  当下合宅皆知。贾琏进来，搂尸大哭不止。凤姐也假意哭道："狠心的妹妹，你怎么丢下我去了，孤负了我的心！"尤氏贾蓉等也都来哭了一场，劝住贾琏。贾琏便回王夫人，讨了梨香院，停放五日，搬到铁槛寺去。王夫人依允。贾琏忙命人去往梨香院收拾停灵。将二姐儿抬上去，用衾单盖了，八个小厮和八个媳妇围随抬往梨香院来。那里已请下天文生，择定明日寅时入殓大吉，五日出不得，七日方可。贾琏道："竟是七日。因家叔家兄皆在外，小丧不敢久停。"天文生应诺，写了殃榜而去。宝玉一早过来陪哭一场。众族人也都来了。

  贾琏忙进去找凤姐，要银子治办丧礼。凤姐儿见抬了出去，推有病，回老太太、太太说："我病着，忌三房，不许我去，我因此也不出来穿孝。"且往大观园中来，绕过群山至北界墙根下，往外听了一言半语回来，又回贾母道如此这般口贾母道："信他胡说，谁家痨病死的孩子不烧了，也认真开丧破土起来！既是二房一场，也是夫妻情分，停五七日抬出来，或一烧或乱葬岗上埋了完事。"〔索隐〕贾母为此言殊失宁府身分。其实以二姐之薄葬多反射董妃逝后追封端敬皇后，丧礼逾滥种种举动。凤姐笑道："可是这话，我又不敢劝他。"

  正说着，丫鬟来请凤姐道："二爷在家等着奶奶拿银子呢。"凤姐儿只得来了，便问他："什么银子？家里近日艰难，你还不知道？咱们的月例，一月赶不上一月。昨儿我把两个金项圈当了三百两，用剩了还有二十几两，你要就拿去。"说着命平儿拿了出来递与贾琏，指着贾母有话又去了。恨得贾琏无话可说，只得开了尤氏箱笼去拿自己的体己。及开了箱柜，一点无存，只有些折簪烂花并几件半新不旧的绸绢衣裳，都是尤二姐素日穿的，不禁又伤心哭了。想着他死得不分明，〔索隐〕至此才想着，可算糊涂虫。又不敢说，只得自己用个包袱一齐包了，也不用丫鬟小厮来拿，自己提着来烧。

  平儿又是伤心又好笑，连忙将二百两一包碎银偷了出来，悄递与贾琏道："你别言语才好；，你要哭，外头有多少哭不得，又跑了这里来点眼！"贾琏便说道："你说得是。"接了银子，又将一条汗巾递与平儿道："这是他家常系的，你好生替我收着，做个念心儿。"平儿只得接了自己收去。贾琏有了银子，命人买板进来连夜赶造，一面分派了人口守灵。

第六十九回　弄小巧用借剑杀人　觉大限吞生金自逝

晚上自己也不进去，只在这里伴宿。要知端的，且听下回分解。

〔索隐〕尤氏姊妹一事至此完全结束。其中凡六回，或正写或反照，或旁敲或侧击，无非为董妃渲染。以影事论，固极水月镜花之妙；以本文论，亦臻云霞荼火之观。

本回于一气抒写中分三小段落：自开首起至"自此方丢过不究"止为一小段，安顿张华，收拾二姐婚事上之镠辐。以下至"方去安息"止又为一小段，生一秋桐，酿成二姐自尽，为凤姐狠辣手段加一倍写照。此段于正事极有关会，盖董妃以息妫入楚，冒耻偷生，其吃亏之处只在"心痴意软"四字。迨后尹邢争宠，长门秋冷，虽痛自怨艾，于事何裨？作者设身处地为之区画：与其自经沟渎死等鸿毛，何如乘间屠龙侥幸一击，或成或败拚以身殉，则后之凭吊者皆将原其往迹，奉以英名。轻重相衡，霄壤迥别。而乃瑶阶金陛眷恋微恩，水绘三吾忘情故剑。受豆萁之煎炙，视为数所当然；极风雨之摧残，抑且死而不怨。何其拙也，岂不慎欤！以下至本回完毕又为一小段，写二姐将死时及既死后之惨淡，而凤姐之妒及死后，尤令人可恨亦可嗤。

〔护花评〕旺儿之说谎与平儿之慈心，皆反衬凤姐之妒恶。

又：秋桐之肆泼是凤姐之挑唆，然秋桐异时之被谴已于此日埋根。

又：胡医生误用打胎药，不过了结二姐身孕，以便速死。其实堕胎亦死，不堕胎亦死，与胡医无涉。

又：贾琏开二姐箱柜一概无存，是暗补凤姐早已搜罗情事。

又：第六十三回下半回至六十九回一大段，应分四小段：六十三下半回为一段，叙贾敬暴亡，为接尤老娘母女暂住宁府之由。六十四回、六十五上半回为一段，叙贾琏之偷娶尤二姐。六十五回下半回、六十六回为一段，叙尤三姐自刎、柳湘莲出家，了结两人因果。六十七、八、九回为一段，叙王凤姐设计阴毒，尤二姐落阱吞金，了结二姐公案。中间夹叙黛玉悲吟思

《红楼梦》与顺治皇帝的爱情故事

乡,是借作反衬引线。

〔**大某评**〕此回已入癸丑之冬,下回接入甲寅事。冬月无事,故不详写。

第七十回　林黛玉重建桃花社
　　　　　　史湘云偶填柳絮词

　　话说贾琏自在梨香院伴宿七日夜，天天僧道不断做佛事。贾母唤了他去，吩咐不许送往家庙中。贾琏无法，只得又和时觉说了，就在尤三姐之上点了一个穴，破土埋葬。那日送殡，只不过族中人与王姓夫妇、〔索隐〕《红楼》原书以缜密著称，而此处王姓夫妇一语突如其来，前后无根。岂取王氏之意耶？或与当时事实别有关会耶？尤氏婆媳而已。凤姐一应不管，只凭他自去办理。

　　又因年近岁逼，诸事烦杂不算外，又有林之孝开了一个人单子来回，共有八个二十五岁的单身小厮应该娶妻成房的，等里面有该放的丫头，〔索隐〕官中遣放官女之举定例五年一行。

　　好求指配。凤姐看了，先来问贾母和王夫人。大家商议，虽有几个应该发配的，奈各人皆有缘故。第一个鸳鸯发誓不去；自那日之后，一向未与宝玉说话，也不盛妆浓饰。众人见他志坚，也不好相强。第二个琥珀现又有病，这次不能了。〔索隐〕加此一句极无谓而极风趣。玩琥珀二字之义，岂嘲谑二王耶？彩云因近日和贾环分崩，也染了无医之症。只有凤姐儿和李纨房中粗使的大丫头发出去了，其余年纪未足，令他们外头自娶去了。

　　原来这一向因凤姐儿病了，李纨探春料理家务不得闲暇，接着过年过节许多杂事，竟将诗社搁起。如今仲春天气，虽得了工夫，争奈宝玉因柳湘莲遁迹空门，又闻得尤三姐自刎，尤二姐被凤姐逼死，又兼柳五儿自那夜监禁之后病越重了，连连接接，闲愁胡恨，一重不了一重添。弄的情色若痴，话言常乱，似染怔忡之病。慌的袭人等又不敢回贾母，只百般逗他玩笑。

《红楼梦》与顺治皇帝的爱情故事

这日清晨方醒,只听得外间屋内咭咭呱呱笑声不断。袭人因笑道:"你快出去拉拉罢,晴雯和麝月两个人按住芳官那里隔肢呢。"宝玉听了,忙披上灰鼠长袄出来。一瞧,只见他三人被褥尚未叠起,大衣也未穿。那晴雯只穿着葱绿杭绸小袄、红绸子小衣儿,披着头发骑在芳官身上。麝月是红绫抹胸,披着一身旧衣,在那里抓芳官的肋肢。芳官却仰在炕上,穿着洒花紧身儿、红裤绿袜,两脚乱蹬,笑的喘不过气来。宝玉忙笑道:"两个大的欺侮一个小的!等我来挠你们。"说着他上床来隔肢晴雯。晴雯触痒,笑的忙丢下芳官,来合宝玉对抓,芳官趁势将晴雯按倒。袭人看四人滚在一处倒好笑,因说道:"仔细冻着了可不是玩的!都穿上衣裳罢。"

忽见碧月进来说:"昨儿晚上奶奶在这里把块手绢子忘了,不知可在这里没有?"

春燕忙答道:"有。我在地下拾起来,不知是那一位的,才洗了刚晾着,还没有干呢。"碧月见他四人乱滚,因笑道:"倒是你们这里热闹,大清早起就咭咭呱呱的玩到一处。"

宝玉笑道:"你们那里人也不少,怎么不玩?"碧月道:"我们奶奶不玩,把两个姨娘和姑娘也都拘住了。如今琴姑娘跟了老太太前头去,更冷冷清清的了。两个姨娘到明年冬天也都家去了,那才更冷清呢。你瞧瞧,宝姑娘那里出去了一个香菱,就像短了多少人似的,把个云姑娘落了单了。"

正说着,见湘云又打发了翠缕来说:"请二爷快出去瞧好诗。"宝玉听了,忙梳洗出来。果见黛玉、宝钗、湘云、宝琴、探春都在那里,手里拿着一篇诗看。见他来时都笑道:"这会子还不起来?咱们的诗社散了一年,也没有一个人作兴作兴。如今正是春初时节,万物更新,正该鼓舞另立起来才好。"

湘云笑道:"头起诗社时是秋天,就不应发达的。如今却好万物逢春,咱们重新整理起这个社来,自然要有生趣儿。况这首桃花诗又好,就把海棠社改作桃花社,〔**索隐**〕注重在"桃花社"三字。岂不大妙?"宝玉听着点头说:"很好。"且忙着要看诗。众人都又说:"咱们此时就访稻香老农去,大家议定好起社。"

第七十回　林黛玉重建桃花社　史湘云偶填柳絮词

说着一齐站起来,都往稻香村来。宝玉一壁走一壁看,写着是:

桃花行

桃花帘外东风软,桃花帘内晨妆懒。

帘外桃花帘内人,人与桃花隔不远。〔索隐〕赋桃花即赋美人,语意自见。然桃花以轻薄著,借喻书中之黛玉未免唐突,借喻书外之小琬则甚确切。

东风有意揭帘栊,花欲窥人帘不卷。

桃花帘外开仍旧,帘中人比桃花瘦。

花解怜人花也愁,隔帘消息风吹透。

风透帘栊花满庭,庭前春色倍伤情。

闲苔院落门空掩,斜日栏干人自凭。〔索隐〕长门夜月,长信秋风,角枕有独旦之时,御沟无外流之叶。

凭阑人向东风泣,茜裙偷傍桃花立。

桃花桃叶乱纷纷,花绽新红叶凝碧。

树树烟封一万株,烘照楼壁红模糊。

天机烧破鸳鸯锦,春酣欲醒移珊枕。〔索隐〕回念入宫,渥承雨露,春宵苦短,好梦如烟。

侍女金盆进水来,香泉饮蘸胭脂冷。

胭脂鲜艳何相类,花之颜色人之泪。

若将人泪比桃花,泪自长流花自媚。〔索隐〕枉被人唤作桃花,而薄命之悲,花尚高于人一着。

泪眼观花泪易干,泪干春尽花憔悴。

憔悴花遮憔悴人,花飞人倦易黄昏。

一声杜宇春归尽,寂寞帘栊空月痕。

宝玉看了并不称赞,痴痴呆呆,竟要滚下泪来。又怕众人看见,忙自己拭了,因问:"你们怎么得来?"宝琴笑道:"你猜是谁做的?"宝玉笑道:"自然是潇湘子的稿子。"〔索隐〕点明作意。宝琴笑道:"现是我做的呢!"宝玉笑道:"我不信。这声调口气迥乎不像。"宝琴笑道:"所以

《红楼梦》与顺治皇帝的爱情故事

你不通。难道杜工部首首都作'丛菊两开他日泪,之句不成?〔索隐〕引用暗合。如小琬者岂非丛菊两开?一般的也有'红绽两肥梅'、'水荇牵风翠带长'等语。"宝玉笑道:"固然如此。但我知道姐姐断不许妹妹有此伤悼语句;妹妹本有此才,却也断不肯做的。比不得林妹妹曾经离丧,〔索隐〕黛玉寄居舅家,不无孤露之感,而究不得谓一之"曾经离丧",惟加之小琬身上可云的当。作此哀音。"众人听说,都笑了。

已至稻香村中,将诗与李纨看了,自不必说称赏不已。说起诗社,大家议定,明日乃三月初二日就起社,便改"海棠社"为"桃花社";黛玉为社主;明日饭后,齐集潇湘馆。因又大家拟题,黛玉便道:"大家就要桃花一百韵。"宝钗道:"使不得。古来桃花诗最多,总作了必落套,比不得你这一首古风。须得再拟。"正说着,人回:"舅太太来了,请姑娘们出去请安。"因此大家都往前头来见王子腾的夫人,陪着说话。饭毕,又陪着入园中来游玩一遍,至晚饭后掌灯方去。

次日乃是探春的寿日,元春早打发了两个小太监送了几件玩器。合家皆有寿礼,自不必细说。饭后,探春换了礼服各处行礼。黛玉笑向众人道:"我这一社开的又不巧了,偏忘了这两日是他的生日。虽不摆酒唱戏,少不得都要陪他在老太太、太太跟前玩笑一日,如何能得闲空儿?"因此改至初五。

这日众姊妹皆在房中侍早膳毕,便有贾政书信到了。宝玉请安,将请贾母的安禀拆开念与贾母听,上面不过是请安的话,说六月准进京等语。其余家信事物之帖,有贾琏和王夫人开读。众人听说六七月回京,都喜之不尽。偏生这日王子腾之女许与保宁侯之子为妻,择于五月间过门,凤姐儿又忙着张罗,常三五日不在家。这日王子腾的夫人又来接凤姐儿,一并请众甥男甥女闲乐一日。贾母王夫人命宝玉探春林黛玉宝钗四人同凤姐去。众人不敢违拗,只得回房去另妆饰了起来。五人去了一日,掌灯方回。

宝玉进入怡红院,歇了半刻,袭人便乘机见景劝他收一收心,闲时把书理一理预备着。宝玉屈指算一算说:"还早呢。"袭人道:"书还是第二件,到那时总然你有了书,你的字写的在那里呢?"宝玉笑道:"我时常也写了的好些,难道都没收着?"袭人道:"何曾没收着。你昨儿不

第七十回　林黛玉重建桃花社　史湘云偶填柳絮词

在家，我就拿出来，统共数了一数，才有五百六十几篇。这二三年的工夫难道只有这几张字不成？依我说，明日起把别的心都收了起来，天天快临几张字补上。虽不能按日都有，也要大概看得过去。"宝玉听了，忙着自己又亲检了一遍，实在搪塞不过，便说："明日为始，一天写一百字才好。"说话时大家睡下。

至次日起来梳洗了，便在窗下恭楷临帖。贾母因不见了他，只当病了，忙使人来问，宝玉方去请安，便说写字之故，因此出来迟了。贾母听说十分欢喜，就吩咐他："以后只管写字念书，不用出来也使得。你去回你太太知道。"宝玉听说，便往王夫人房中来说明。王夫人便道："临阵磨枪也不中用。有这会子着急，天天写写念念，有多少完不了的？这一赶，又赶出病来才罢。"宝玉回说不妨事。宝钗探春等都笑道："太太不用着急，书虽替不得他，字都替得的。我们每日每人临一篇给他，搪塞过这一步儿去就完了。一则老爷不生气，二则他也急不出病来。"王夫人听说，喜之不尽。

原来林黛玉闻得贾政回家，必问宝玉的功课，宝玉一向分心，到临期自然要吃亏。因自己只装不耐烦，把诗社更不提起。探春宝钗二人每日也临一篇楷书字与宝玉，宝玉自己每日也加工，或写二百三百不拘。至三月下旬，便将字又积了许多。这日正算着，再得五十篇也就搪得过了。谁知紫鹃走来，送了一卷东西。宝玉拆开看时，却是一色捶油纸上临的钟王蝇头小楷，字迹且与自己十分相类。喜的宝玉和紫鹃作了一个揖，又亲自来道谢。接着湘云宝琴二人也都临了几篇相送。凑成，虽不足功课，亦可搪塞了。〔索隐〕列朝御制诗文为南书房诸臣代拟者十居八九，而博学多能、聪明天亶之说，诸臣既靦颜昧良，日夕进谀，为之主者亦遂忘其所以，居之不疑，宁非怪事！此处特为点破，以见煌煌圣制皆宝玉书字之类，不然字由各人凑成，笔迹不一，政老非盲者，何得任人玩弄至此？宝玉放了心，于是将应读之书又温理过几次。正是天天用功，可巧近海一带海啸，又糟蹋了几处生民，地方官题本奏闻，奉旨就着贾政顺路查看赈济回来。如此算去，至七月底方回。宝玉听了，便把书字又丢过一边，仍是照旧游荡。

时值暮春之际，湘云无聊，因见柳花飘舞，便偶成一小令，调寄

《红楼梦》与顺治皇帝的爱情故事

《如梦令》。其词曰：

岂是绣绒才吐，卷起半帘香雾，纤手自拈来，空使鹃啼燕妒。且住，且住。莫使春光别去。

自己做了，心中得意，便用一纸条儿写好，与宝钗看了，又来找黛玉。

黛玉看毕笑道："好新鲜有趣儿！我却不能。"湘云说道："咱们这几社总没有填词，你明日何不起社填词，岂不新鲜些！"黛玉听了，偶然兴动，便说："这话也倒是。"湘云道："咱们趁今日天气好，为什么不就是今日？"黛玉道："也使得。"说着一面吩咐预备了几色果点，一面就打发人分头去请。这里二人便拟了柳絮为题，又限出几个调来，写了贴在壁上。

众人来看时，以柳絮为题，限各色小调。又都看了湘云的，称赏了一回。宝玉笑道："填词我倒平常，少不得也要胡诌起来。"于是大家拈阄，宝钗焚了一支梦甜香，大家思索起来。

一时黛玉有了，写完。接着宝琴也忙写出来。宝钗笑道："我已有了，瞧了你们的再看我的。"探春笑道："今儿这香怎么这样快？我才有半首。"〔索隐〕着重在半首。喻当时诸奇女子虽多享受荣华，而其后半世皆萍飘絮泊，结果难问。因又问宝玉："你可有了？"宝玉虽做了些，自己嫌不好又都抹了，要另做，回头看香已尽了。李纨等笑道："宝玉又输了！蕉丫头的呢？"探春听说，写了出来。众人看时，上面却只半首《南柯子》。写道是：

空挂纤纤缕，徒垂络络丝。也难绾系也难羁，一任东西南北各分离。

李纨笑道："这也却好，何不再续上？"宝玉见香没了，情愿认输，不肯勉强塞责，将笔搁下，来瞧这半首。见没完时，反倒动了兴，乃提笔续道：

落去君休惜，飞来我自知。莺愁蝶倦晚芳时；总是明春再见隔年期。

众人笑道："正经你分内的又不能，这却偏有了。总然好也算不得。"说着看黛玉的，是一阕《唐多令》：

纷堕百花洲，香残燕子楼。〔索隐〕以燕子楼愧小琬。一团团逐队成球。飘泊亦如人命薄，空缱绻，说风流。草木也知愁，韶华竟白头。

第七十回　林黛玉重建桃花社　史湘云偶填柳絮词

叹今生谁舍谁收？嫁与东风春不管，凭尔去，忍淹留。〔索隐〕一词极切小琬身世。一东风指世祖，春指辟疆。

众人看了俱点头感叹，说："太作悲了，好是果然好的。"因又看宝琴的《西江月》：

汉苑零星有限，隋堤点缀无穷。三春事业付东风，明月梅花一梦。几处落红庭院，谁家香雪帘栊？江南江北一般同，偏是离人恨重。

众人都笑道："到底是他的声调悲壮。'几处''谁家'两句最妙。"

宝钗笑道："终不免过于丧败。我想，柳絮原是一件轻薄无根的东西，依我的主意偏要把他说好了才不落套。所以我诌了一首来，未必合你们的意思。"众人笑道："不要太谦，自然是好的，我们赏鉴赏鉴。"因看这一阕《临江仙》。道：

白玉堂前解舞，东风卷得均匀。〔索隐〕螽斯不妒，后妃之德。

湘云先笑道："好一个'东风卷得均匀'！这一句就出人之上了。"

蜂围蝶阵乱纷纷。几曾随逝水，岂必委芳尘？

万缕千丝终不改，任他随聚随分。韶华休笑本无根，好风凭借力，送我上青云。〔索隐〕被选正位，可谓青云得路。众人拍案叫绝，都说："果然翻得好，自然这首为尊。缠绵悲戚让潇湘子；情致妩媚却是枕霞；小薛与蕉客今日落第，要受罚的。"宝琴笑道："我们自然受罚，但不知交白卷子的又怎么罚？"李纨道："不用忙，这定要重重的罚他，下次为例。"

一语未毕，只听窗外竹子上有声响，恰似窗屉子倒了一般，众人吓了一跳。丫鬟们出去瞧时，帘外丫头儿们回道："一个大蝴蝶风筝挂在竹梢上了。"众丫鬟笑道："好一个齐整风筝！不知是谁家放的断了线，咱们拿下他来。"宝玉等听了，也都出来看时，宝玉笑道："我认得这风筝。这是大老爷那院里嫣红姑娘放的，拿下来给他送过去罢。"紫鹃笑道："难道天下没有一样的风筝，单他有这个不成？二爷也太死心眼儿了！我不管，我且拿起来。"探春笑道："紫鹃也太小器了。你们一般有，这会子拾人走了的，也不嫌个忌讳。"〔索隐〕北方人以拾人风筝为晦气。宫廷崇尚忌讳，避之尤甚。黛玉笑道："可是呢，把咱们的拿出来，咱们也放放晦气。"

《红楼梦》与顺治皇帝的爱情故事

丫头们听见放风筝,巴不得一声儿,七手八脚都忙着拿出来;也有美人儿的,也有沙雁儿的。丫头们搬高墩、捆剪子股儿,一面拨起䈼子来。宝钗等立在院门前,命丫头们在院外敞地下放去。宝琴笑道:"你这个不好看,不如三姐姐的一个软翅子大凤凰好。"宝钗回头向翠墨笑道:"你去把你们的拿来也放放。"

宝玉又兴头起来,也打发个小丫头儿家去,说:"把昨日赖大娘送的那个大鱼取来。"小丫头去了半天空手回来,笑道:"晴雯姑娘昨儿放走了。"宝玉道:"我还没放一遭儿呢。"探春笑道:"横竖是给你放晦气罢了。"宝玉道:"再把大螃蟹拿来罢。"丫头去了,同了几个人扛了一个美人并䈼子来,回说:"袭姑娘说,昨儿把螃蟹给了三爷了,这一个是林大娘才送来的,放这一个罢。"宝玉细看了一回,只见这美人做的十分精致,心中欢喜,便叫放起来。

此时探春的也取了来了,丫头们在那山坡上已放起来。宝琴叫丫头放起一个大蝙蝠来,宝钗也放起个一连七个大雁来,独有宝玉的美人再放不起来。宝玉说丫头们不会放,自己放了半天,只起房高便落下来了。急得宝玉头上的汗都出来了,众人又笑。宝玉恨得掷在地下,指着风筝说道:"若不是个美人,我一顿脚跺个稀烂。"〔**索隐**〕假美人尚然护惜,真美人更将如何?君王重色,深情若揭。黛玉笑道:"那是顶线不好,拿去叫人换好了就好放了。再取一个来放罢。"

宝玉等大家都仰面看天上这几个风筝起在空中。一时风紧,众丫头都用手帕垫手。黛玉果见风力紧大,过去将䈼子一松,只听得一阵"豁喇喇"响,登时线尽,风筝随风去了。黛玉因让众人来放,众人都说:"林姑娘的病根儿都放了去了,咱们大家都放了罢。"于是丫头们拿过一把剪子来铰断了线,那风筝都飘飘摇摇的随风而去。〔**索隐**〕使圣叹得见,又将增一款曰:"如此如此,岂不快哉!"一时只有鸡蛋大,一展眼只剩了一点黑星儿,一会儿就不见了。众人仰面说道:"有趣,有趣!"〔**索隐**〕放风筝一段,因送上青云之语而触发。点染风光,便不寂寞。说着有丫头来请吃饭,大家方散。

从此宝玉的功课也不敢像先竟丢在脖子后头了,有时写写字,有时念念书,闷了也出来合姊妹们玩笑半天,或往潇湘馆去闲话一回。众姊

第七十回　林黛玉重建桃花社　史湘云偶填柳絮词

妹都知他功课亏欠，大家自去吟诗取乐，或讲习针黹之事，也不肯去扰他。便是黛玉更怕贾政回来宝玉受气，每每推睡，不大兜揽他。宝玉也只得在自己屋里随便用些功课。

展眼间已是夏末秋初，一日，贾母处两个小丫头匆匆忙忙来'叫宝玉。不知何事，下回分解。

〔索隐〕上数回以尤氏姊妹正写反照陪衬小琬，已极淋漓酣畅之致。此回急接入小琬本身，以桃花喻之，极表其不满足之意；点醒阅者，俾知以前一段大文注意在此，并非游骑无归。下半回兼及诸女身世，皆如因风柳絮飘茵堕溷，境遇极为可怜。而以四贞领衔者，因四贞早年孤露，寄养宫禁，为王妃而不果，嫁延龄而不欢。厥后孙氏叛降，幽系滇中，羁栖垂老，宜不无身世之感。所谓曾经离丧，作此哀音也。

全回分四小段：自开首起至"落了单了"止为一段，题前点缀，将一应杂事归入其中。以下至"掌灯方去"止为一段。"下次为例"止为一段。桃花社正文只寥寥数语，其下即随手扬开。可见取桃花以譬妃子，并不重在结社赋诗。然既有结社一说，亦未便戛然而止，乃以柳絮联吟，渡入湘云诸人身上。此文家避就处，亦即文家狡狯处。以下至本回完毕为一段，题后余波悠然不尽。

〔护花评〕桃花命薄，柳絮风飘，林薛二金钗遭逢暗合。而宝钗填词，有"好风借力""送上青云"之句，尚不至堕溷沾泥；若黛玉歌行，则"杜宇春归""帘栊月冷"，竟是夭亡口吻。

又："青云"二字本指仙家而言，自岑嘉州有"青云羡鸟飞"句，后人遂以讹承讹，作为功名字面。宝钗词内青云字应仍作仙家言，则与宝玉出家更相照应。〔索隐〕亦是一说。

又：此社是归结从前诗社。从此以后渐渐风流云散，胜会难逢。故桃花一社有名无实，柳絮填词偶然一聚，便接写剪放风筝飘摇星散，已有凄凉景况。

〔大某评〕宝玉以芳官年小不可被大的欺侮，袒庇私情，亦征公道。我仪图之,定为护花鸟转世。

又:此回入书中之第三年仲春,是为甲寅。又点醒六月初二日,即,递入夏末秋初。因前详写春夏,故此处从简焉。

第七十一回 嫌隙人有心生嫌隙
鸳鸯女无意遇鸳鸯

话说贾母处两个丫头匆匆忙忙来找宝玉,口里说道:"二爷快跟着我们走罢。老爷家来了。"宝玉听了又喜又悲,〔索隐〕喜则当然,悲于何有?此一字下得突兀。须知周公负扆,尚挞伯禽。摄政拥开国之勋,挟皇叔之贵,威焰咄咄已足令幼主背负芒刺。况私通国母,逼以下嫁,章皇虽童骏,而墙茨不扫,偶语或闻,未尝不泣血椎心,致憾于家庭乖桀,身丁其厄,莫可如何者也。只得忙忙换了衣服,前来请安。〔索隐〕玩"只得"二字,大有怏怏不乐之势,不仅为丑媳妇怕见公婆也。贾政正在贾母房中,连衣服未换,看见宝玉进来请安,心中自是欢喜,却又有些伤感之意。又叙了些任上的事情,贾母便说:"你也乏了,歇歇去罢。"贾政忙站起来,笑着答应了个是,又略站着说了几句话才退出来。宝玉等也都跟过来。贾政自然问问他的功课也就散了。

原来贾政回京覆命,因是学差,故不敢先到家中。珍、琏、宝玉头一天便迎出一站去接,见了,贾政先请了贾母的安,便命都回家伺候。次日面圣,诸事完毕才回家来。又蒙恩赐假一月在家歇息。因年景渐老,事重身衰,又近因在外几年,骨肉离异,今得晏然复聚,自觉喜幸不尽。一应大小事务一概亦付之度外,只是看书,闷了便与清客们下棋吃酒,或日间在里边,母子夫妻共叙天伦之乐。〔索隐〕回应天伦乐一回意存讽刺。摄政暮年倦勤国事,久不入朝,至令王公贝勒候其府邸就商机要。

因今岁八月初三日乃贾母八旬大庆,〔索隐〕按三十九回中:刘老老说我今年七十五岁,贾母说比我大好几岁。自彼时至此,以书中岁月核计之,仅有两年,似贾母寿数不得遽至八旬。此云八旬大庆者,盖顺治初年孝庄四十正庆,折半言之也。又因亲友全来,恐筵宴排设不开,

《红楼梦》与顺治皇帝的爱情故事

便早同贾赦及贾琏等商议,议定于七月二十八日起至八月初五日止,荣宁两处齐开筵宴。宁国府中单请官客,荣国府中单请堂客,大观园中收拾出缀锦阁并嘉荫堂等几处大地方来做退居。二十八日请皇亲、驸马、王公、诸王、郡主、王妃、公主、国君、太君、君夫人等,二十九日便是阁府督镇及诰命等,三十日便是诸官长及诰命并远近亲友及堂客。初一日是贾赦的家宴,初二日是贾政,初三日是贾珍贾琏,初四日是贾府中合族长幼大小共凑家宴,初五日是赖大林之孝等家下管事人等共凑一日。〔**索隐**〕的是万寿期内排日庆祝赐宴情形,私家安得有此?

自七月上旬,送寿礼者便络绎不绝。礼部奉旨:钦赐金玉如意一柄、彩缎四端、金玉杯各四件、帑银五百两。元春又命太监送出金寿星一尊、沉香拐一枝、茄楠珠一串、福寿香一盒,金锭一对、银锭四对、彩缎十二匹、玉杯四双。〔**索隐**〕当时万寿,上恭进佛三尊、万寿无疆围屏一架、万寿如意太平花一枝、龟鹤遐龄花一对、珊瑚进贡一千四百四十分、自鸣钟一架、寿山石群仙拱寿一堂、百花洋镜一架、东珠珊瑚金箔御风石等念珠一九、皮裘一九、羽缎一九、哆啰呢一九、哔叽缎一九、沉香一九、白檀一九、降香一九、云香一九、通天犀珍珠汉玉玛瑙雕漆官窑等古玩九九、宋元明书册卷九九、攒香九九、大号手帖九九、小号手帖九九、金九九、缎九九、缎九九、连鞍马六三。并令膳房粒米一万粒作万国玉粒饭及肴馔等物进献。此隐括其大概。余者自亲王驸马以及大小文武官员家凡所来往者,莫不有礼,不能胜记。堂屋内设下大桌案,铺了红毡,将凡有精细之物都摆上,请贾母过目。先一二日还高兴来瞧瞧,后来烦了,也不过目,只说:"叫凤丫头收了,改日闲了再瞧。"

至二十八日,两府中俱悬灯结彩,屏开鸾凤,褥设芙蓉,笙箫鼓乐之音通衢越巷。宁府中本日只有北静王、南安郡王、永昌驸马、乐善郡王并几位世交公侯荫袭,荣府中南安王太妃、北静王妃并世交王侯诰命。贾母等皆是按品大妆迎接,大家厮见,先请至大观园内嘉荫堂,茶毕更衣,方出至荣庆堂上拜寿入席。大家谦逊半日方才入席。上面两席是南北王妃,下面依序便是众公侯命妇。左边下手一席,陪客是锦乡侯诰命与临昌伯诰命;右边下手方是贾母主位。邢夫人王夫人带领尤氏凤姐并族中几个媳妇,两溜雁翅站在贾母身后侍立。林之孝赖大家的带领众媳

第七十一回　嫌隙人有心生嫌隙　鸳鸯女无意遇鸳鸯

妇都在竹帘外面伺候上菜上酒，周瑞家的带领几个丫鬟在围屏后伺候呼唤。凡跟来的人，早又有人款待别处去了。

一时参了场，台下一色十二个未留发的小丫头都是小厮打扮，垂手伺候。须臾，一个捧了戏单至阶下，先递与回事的媳妇。这媳妇接了，才递与林之孝家的。林之孝家的用小茶盘托上，挨身入帘来递与尤氏的侍妾佩凤。佩凤接了才奉与尤氏。尤氏托着走至上席，〔索隐〕何等尊严气象！南安太妃谦让了一回，点了一出吉庆戏文，然后又让北静王妃，也点了一出。众人又让了一回，命随便拣好的唱罢了。

少时，菜已四献，汤始一道，跟来各家的放了赏。大家便更衣复入园来，另献好茶。

南安太妃因问宝玉，贾母笑道："今日几处庙里念《保安延寿经》，他跪经去了。"又问众小姐们，贾母笑道："他们姊妹们病的病，弱的弱，见人腼腆，所以叫他们给我看屋子去了。有的是小戏子，传了一班在那边厅上，陪着他姨妈家姊妹们也看戏呢。"南安太妃笑道："既这样，叫人请来。"贾母回头命了凤姐儿："去把史薛林四位小姐带来，再只叫你三妹妹陪着来罢。"

凤姐答应了，来至贾母这边，只见他姊妹们正吃果子看戏，宝玉也才从庙里跪经回来。凤姐说了，宝钗姊妹与黛玉湘云五人来至园中，见了大众，俱请安问好。内中也有见过的，还有一两家未见过的，都齐齐夸赞不绝。其中湘云最熟，南安太妃因笑道："你在这里，听见我来了还不出来，还等请去？我明儿和你叔叔算帐！"因一手拉着探春，一手拉着宝钗，问十几岁了，又连声夸赞。因又松了他两个，又拉着黛玉宝琴，也着实细看极夸一回。又笑道："都是好的，不知叫我夸那一个的是。"早有人将备送礼物打点出几分来，金玉戒指各五个，腕香珠五串。南安太妃笑道："你姊妹们别笑话，留着赏丫头们罢。"五人忙拜谢过。北静王妃也有五样礼物，余者不必细说。

吃了茶，园中略逛了一逛，贾母等因又让入席。南安太妃便告辞说："身上不快，今日若不来实在使不得，因此恕我竟先要告别了。"贾母等听说，也不便强留，大家又让了一回，送至园门，坐轿而去。接着北静王妃略坐了一坐也就告辞了。余者也有终席的，也有不终席的。

《红楼梦》与顺治皇帝的爱情故事

贾母劳乏了一日，次日便不见人，一应都是邢夫人款侍。有那些世家子弟拜寿的，只到厅上行礼，〔索隐〕二品以下只在官门外呈递职名。贾赦、贾政、贾珍还礼，看待至宁府坐席。不在话下。

这几日，尤氏晚间也不回那府去，白日间待客，晚间陪贾母玩笑，又帮着凤姐料理出入大小的器皿以及收放礼物，晚间在园内李氏房中歇宿。这日晚间服侍过贾母晚饭后，贾母因说："你们也乏了，我也乏了，早些寻一点，吃了歇歇去，明儿还要起早呢。"尤氏答应着退了出来，到凤姐儿房里来吃饭。凤姐在楼上看着人收送来的围屏呢，只有平儿在房里与凤姐叠衣服。

尤氏想起二姐儿在时多承平儿照应，便点着头儿说道："好丫头，你这样好心人儿，难为你在这里熬！"平儿把眼圈一红，拿别的话岔过去。尤氏因笑问道："你们奶奶吃了饭儿没有？"平儿笑道："吃饭岂不请奶奶去的？"尤氏笑道："既这样，我别处找吃的去罢，饿的我受不得了。"说着就走。平儿忙笑道："奶奶请回来。这里有点心，且点补些儿，回来再吃饭。"尤氏笑道："你们忙得这样，我园里和他姊妹闹去。"一面说一面就走。平儿留不住，只得罢了。

且说尤氏一径来至园中，只见园中正门与各处角门仍未关好，犹吊着各色彩灯，因回头命小丫头叫该班的女人。那丫头走入班房中，竟没一个人影。回来回了尤氏，尤氏便命传管家的女人。这丫头应了便去，走到二门外鹿顶内，乃是管事的女人议事聚齐之所，到了这里，只有两个婆子分果菜吃。因问："那一位管事的奶奶在这里？东府里的奶奶立等一位奶奶，有话吩咐。"

这两个婆子只顾分菜果，又听见是东府里的奶奶，不大在心上，因就回说："管家奶奶们才散了。"小丫头道："既散了，你们家里传他去。"婆子道："我们只管看屋子，不管传人。姑娘要传人，再派传人的去。"小丫头听了道："阿呀，这可反了。怎么你们不传去？你哄新来的，怎么哄起我来了！素日你们不传谁传去？这会子打听了体己信儿，或是赏了那位管家奶奶的东西，你们争着狗颠屁股儿的传去了，不知谁是谁呢！琏二奶奶要传，你们可也这么回？"

这婆子一则吃了酒，二则被这丫头揭着弊病，便羞恼成怒了，因回

第七十一回　嫌隙人有心生嫌隙　鸳鸯女无意遇鸳鸯

口道："扯你的臊！我们的事，传不传不与你相干，你倒会挑揭我们！你想想你那老子娘在那边管家爷们跟前，比我们还更会溜呢。各门各户的，你有本事排揎你们那边的人去。我们这边你离着还远些呢！"丫头听了气白了脸，因说道："好好，这话说得好！"一面转身进来回话。

尤氏早进园来，因遇见了袭人宝琴湘云三人，同着地藏庵的两个姑子正说故事玩笑。尤氏因说饿了，先到怡红院，袭人装了几样荤素点心出来与尤氏吃。那小丫头子一径找了来，气狠狠的把方才话都说了出来。尤氏听了冷笑道："这是两个什么人？"那两个姑子笑推这丫头道："你这姑娘好气性大，那糊涂老嬷嬷们的话你也不该来回才是。咱们奶奶黄金之体，劳乏了几日，黄汤辣水没吃，咱们只有哄他欢喜的，说这些话做什么。"袭人也忙笑拉他出去，说："好妹子，你且出去歇歇，我打发人叫他们去。"尤氏道："你不要叫人，你去就叫这两个婆子来，到那边把他们家的凤姐叫来。"袭人笑道："我请去。"尤氏笑道："偏不要你。"两个姑子忙立起身来笑道："奶奶素日宽洪大量，今日老祖宗千秋，奶奶生气，岂不惹人议论。"宝琴湘云二人也都笑劝。尤氏道："不为老太太的千秋，我一定不依，且放着就是了。"

说话之间，袭人早又遣了一个丫头去到园门外找人，可巧遇见周瑞家的，这小丫头子就把这话告诉他了。周瑞家的虽不管事，因他素日仗着王夫人的陪房，原有些体面，心乖性猾，专惯各处献勤讨好，所以各房主人都喜欢他。他今日听了这话，忙跑入怡红院，一面飞走，一面说："可了不得！'气坏了奶奶了。〔索隐〕不知是那一位国戚，献勤邀宠神情活现。偏我不在跟前。且打他几个耳刮子，再等过了这几天算帐。

尤氏见了他，也便笑道："周姐姐，你来，有个理你说说。这早晚园门还大开着，明灯蜡烛，出入的人又杂，倘有不防的事如何使得？因此叫该班的人吹灯关门，谁知一个人牙儿也没有。"周瑞家的道："这还了得！前儿二奶奶还吩咐过的，今儿就没了人。过了这几日，必要打几个才好。"尤氏又说小丫头子的话。周瑞家的道："奶奶不要生气，等过了事，我告诉管事的打他个臭死。只问他们谁说'各门各户'的话。〔索隐〕重在此句。我已经叫他们吹灯关门呢。奶奶也别生气了。"正乱着，只见凤姐儿打发人来请吃饭。尤氏道："我也不饿了，才吃了几个饽饽，

《红楼梦》与顺治皇帝的爱情故事

请你奶奶自己吃罢。"

一时周瑞家的出去,便把方才之事回了凤姐。凤姐便命:"将那两个的名字记上,等过了这几日,捆了送到那府里,凭大嫂子开发,或是打或是开恩,随他就完了。什么大事!"周瑞家的听了,巴不得一声,素日因与这几个人不睦,出来了便命一个小厮到林之孝家去传凤姐的话,立刻叫林之孝家进来见大奶奶。一面又传人便立刻捆起这两个婆子来,交到马圈里派人看守。

林之孝家的不知什么事,忙坐车进来先见凤姐。至二门上传进话来,丫头们出来说:"奶奶才歇下了。大奶奶在园内,叫大娘见见大奶奶就是了。"林之孝家的只得进园来到稻香村,丫鬟们回进去,尤氏听了反过不去,忙唤他进来,因笑向他道:"我不过为找人找不着因问你,你既去了,也不是什么大事,谁又把你叫进来,倒要你白跑一趟。不大的事,已经撂过手了。"林之孝家的也笑回道:"二奶奶打发人传我,说奶奶有话吩咐。"尤氏道:"大约周姐姐说的。你家去歇着罢,没有什么大事。"李纨又要说原故,尤氏反拦住了。

林之孝家的见如此,只得便回身出园去。可巧遇见赵姨娘,因笑道:"阿呀呀,我的嫂子!这会子还不家去歇歇,跑什么?"林之孝家的便笑道,何曾不家去,如此这般进来了。赵姨娘便道:"这事也值一个屁!开恩呢,就不理论;心窄些儿,也不过打几下就完了。也值得叫你进来?你快歇歇去,我也不留你吃茶了。"

说毕,林之孝家的出来,到了侧门前,就有才两个婆子的女儿上来哭着求情。林之孝家的笑道:"你这孩子好糊涂,谁叫他好吃酒、混说话,惹出事来连我也不知道。二奶奶打发人捆他,连我还有不是呢,我替谁讨情去?"这两个小丫头子才七八岁,原不识事,只管啼哭求告。缠的林之孝家的没法,因说道:"糊涂东西!你放着门路不去求,却缠我来。你姐姐现给了那边大太太作陪房费大娘的儿子,〔索隐〕磕来碰去俱是一班陪房人作祟。盖陪房为赠嫁时之婢妾,援例比照,当指明末降臣入仕新朝者。喻既确切,亦极刻薄。你过去告诉你姐姐,叫亲家娘和太太一说,什么完不了的?"一语提醒了这一个,那一个还求。林之孝家的啐道:"糊涂攘的!他过去一说,自然都完了。没有单放他妈,又打你

第七十一回　嫌隙人有心生嫌隙　鸳鸯女无意遇鸳鸯

妈的理。"说毕上车去了。

这一个小丫头子果然过来告诉了他姐姐，和费婆子说了。这费婆子原是个不大安静的，便隔墙大骂一阵，便走来求邢夫人，说他亲家"与大奶奶的小丫头白斗了两句话，周瑞家的挑唆了二奶奶，现捆在马圈里，等过两日还要打呢。求太太和二奶奶说声，饶他一次罢"。邢夫人自为要鸳鸯讨了没意思，贾母冷淡了他。且前日南安太妃来，贾母又单令探春出来，自己心内早已怨忿。又有在侧一干小人心内嫉妒，挟怨凤姐，便挑唆得邢夫人着实憎恶凤姐，如今又听了如此一篇话，也不说长短。

至次日一早见过贾母，众族人到齐开戏。贾母高兴，又今日都是自己族中子侄辈，只便妆出来堂上受礼。当中独设一榻，引枕、靠背、脚踏俱全，自己歪在榻上。榻之前后左右皆是一色矮凳，宝钗、宝琴、黛玉、湘云、迎春、探春、惜春姊妹等围绕。因贾碛之母带了女儿喜鸾，贾琼之母也带了女儿四姐儿，还有几房的孙女儿，大小共有二十来个。贾母独见喜鸾、四姐儿生得来好，说话行事与众不同，心中欢喜，便叫他两个也坐在榻前。宝玉却在榻上与贾母捶腿。首席便是薛姨妈，下面两溜顺着房头辈数下去。帘外两廊都是族中男客，也依次而坐。先是那女客一起一起行礼，后是男客行礼。贾母歪在榻上，只命人说"免了罢"。然后赖大等带领众家人，从仪门直跪至大厅上，叩头礼毕。又是众家下媳妇，然后各房丫鬟，足闹了两三顿饭时。然后又抬了许多雀笼来，在那当院中放了生。贾赦等焚过天地寿星纸，方开戏饮酒。直到歇了中台，贾母方进来歇息，命他们取便，因命凤姐儿留下喜鸾、四姐儿玩两日再去。凤姐儿出来便和他母亲说，他两个母亲素日承凤姐的照顾，愿意在园内玩笑，至晚便不回去了。

邢夫人直至晚间散时，当着众人陪笑和凤姐求情道："我昨日晚上听见二奶奶生气，打发周管家的娘子捆了两个老婆子，可也不知犯了什么罪。论理我不该讨情，我想，老太太好日子，发狠的还要舍钱舍米，周贫济老，咱们先倒磨折起老人家来了？便不看我的脸，权且看老太太，暂且放宽了他们罢。"说毕上车去了。

凤姐听了这话，又当着众人，又羞又气，一时找寻不着头脑，憋得脸紫涨，回头向赖大家的等冷笑道："这是那里的话！昨日因为这里的人

《红楼梦》与顺治皇帝的爱情故事

得罪了那府的大嫂子,我怕大嫂子多心,所以尽让他发放,并不为得罪了我。这又是谁的耳报神,这么快?"

王夫人因问为什么事,凤姐儿笑将昨儿的事说了。尤氏也笑道:"连我并不知道,你原也太多事了。"凤姐儿道:"我为你脸上过不去,所以等你开发,不过是个礼。就如我在你那里有人得罪了我,你自然送了来尽我。凭他是什么好奴才,到底错不过这个礼去。这又不知谁过去没的献勤儿,这也当作一件事情去说。"王夫人道:"你太太说的是。就是珍阿哥媳妇也不是外人,也不用这些虚套。老太太的千秋要紧,放了他们为是。"说着回头便命人去放了那两个婆子。

凤姐由不得越想越气越愧,不觉得一阵心灰,落下泪来。因赌气回房哭泣,又不使人知觉。偏是贾母打发了琥珀来叫,立等说话。琥珀见了诧异道:"好好的,这是什么原故?那里立等你呢。"凤姐听了,忙擦干了泪,洗脸另施了脂粉,方同琥珀过来。

贾母因问道:"前儿这些人家送礼来的共有几家有围屏?"凤姐儿道:"共有十六家;有十二架大的,四架小的炕屏。内中只有甄家一架大屏十二扇,大红缎子刻丝《满床笏》,一面泥金《百寿图》的是头等。还有粤海将军邬家的一架玻璃的还罢了。"〔索隐〕当时祝寿之物以围屏为贵重,故第一件系佛像,第二件即系围屏。粤海将军邬家盖指三桂所贡,邬与吴同音。贾母道:"既这样,这两架别动,好生搁着,我要送人的。"凤姐儿答应了。

鸳鸯忽过来向凤姐儿脸上细瞧,引得贾母问道:"你不认得他?只管瞧什么。"鸳鸯笑道:"我看他的眼肿肿的,所以我诧异。"贾母便叫近来,也细着着。凤姐儿道:"才觉得发痒,揉肿了些。"鸳鸯笑道:"别又是受了谁的气了罢?"凤姐笑道:"谁敢给我气受?便受了气,老太太好日子我也不敢哭的。"贾母道:"正是呢。我也要吃饭,你在这里打发我吃,剩下的你和珍儿媳妇吃了。你两个在这里帮着两个师父替我拣佛豆儿,〔索隐〕放雀拣佛豆儿均满洲宫中迷信之习,历久不变。至孝钦时犹踵而行之。你们也积积寿。前儿你姊妹们和宝玉都拣了,如今也叫你们拣拣,别说我偏心。"

说话时,先摆上一桌素的来,两个姑子吃。然后摆上荤的,贾母吃

第七十一回　嫌隙人有心生嫌隙　鸳鸯女无意遇鸳鸯

毕，抬出外间。尤氏凤姐二人正吃着，贾母又叫把喜鸾、四姐儿二人叫来，跟他二人吃毕，洗了手点上香，捧上一升豆子来。两个姑子先念了佛偈，然后一个一个的拣在一个筐篮内，明日煮熟了，令人在十字街结寿缘。贾母歪着听两个姑子说些因果。

鸳鸯早已听见琥珀说凤姐哭之一事，又和平儿前打听得原故。晚间人散时，便回道："二奶奶哭为的是那边大太太当着人给二奶奶没脸。"贾母因问为什么原故，鸳鸯便将原故说了。贾母道："这才是凤丫头知礼处。难道为我的生日，由着奴才们把一族中的主子都得罪了也不管么？这是大太太素日没好气儿，不敢发作，所以今儿拿着这个作法，明是当着众人给凤姐儿没脸罢了。"正说着，只见宝琴来了，也就不说了。

贾母忽想起留下喜鸾、四姐儿，叫人吩咐园中婆子们："要和家里的姑娘们一样照应，倘有人小看了他们，我听见可不饶。"婆子答应了方要走时，鸳鸯说道："我说去罢，他们那里听他的话？"说着便一径往园里来。先到稻香村，李纨与尤氏都不在这里，问丫鬟们，都说："在三姑娘那里呢。"鸳鸯回身又来至晓翠堂，果见那园中人都在那里说笑。见他来了，都笑道："你这会子又跑到这里做什么？"又让他坐。鸳鸯笑道："不许我逛逛么？"于是把方才的话说了一遍。李纨忙起身听了，即刻就叫人把各处的头儿唤了一个来，令他们传与诸人知道。不在话下。

这里尤氏笑道："老太太也太想得到，实在我们年轻力壮的人捆上十个也赶不上。"李纨道："凤丫头仗着鬼聪明，还离脚踪儿不远。咱们是不能的了。"鸳鸯道："罢呀！还提凤丫头虎丫头呢，他的为人也可怜见儿的。虽然这几年没有在老太太、太太跟前有个错缝儿，暗里也不知得罪了多少人。总而言之，为人是难做的。若太老实了没有个机变，公婆又嫌太老实了，家里人也不怕；若有些机变，未免又治一经损一经。如今咱们家更好，新出来的这些底下字号的奶奶们，一个个心满意足，都不知要怎么样才好；少有不得意，不是背地里嚼舌根，就是挑三窝四的。我怕老太太生气，一点儿也不肯说。不然我告诉出来，大家别过太平日子。这不是我当着三姑娘说，老太太偏疼宝玉，有人背地怨言还罢了，算是偏心；如今老太太偏疼你，我听着也是不好。这可笑不可笑？"

探春笑道："糊涂人多，那里较量得许多。我说倒不如小人家，虽然

《红楼梦》与顺治皇帝的爱情故事

寒素些，倒是天天娘儿们欢天喜地大家快乐。我们这样人家，人都看着我们不如千金万金何等快乐，殊不知这里说不出来的烦难，更利害。"〔**索隐**〕官廷崇尚虚仪，虽母子夫妇之间亦有重重束缚。天趣已薄，情义自漓。近人所著《清代野记》一书，涉及官闱数段，虽言之过甚，迹近齐东，然亦足窥见一斑。生生世世勿生帝王家，千古同慨。作者借闲笔点明，看是不着意处，实是透露机括处。宝玉道："谁都像三妹妹好多心多事？我常劝你总别听那些俗语，想那些俗事，只管安富尊荣才是。比不得我们没这清福，应该混闹的。"〔**索隐**〕一日万几，早朝晏罢，身如机械，帝王之乐趣何在？世祖秉性超悟，宜有是语。亦暗伏后日逊荒地步。尤氏道："谁都像你是一心无挂碍，只知道和姊妹们玩笑，饿了吃，困了睡，再过几年不过是这样，一点后事也不虑。"宝玉笑道："我能够和姊妹们过一日是一日，死了就完了，什么后事不后事！"李纨等都笑道："这可又是胡说了！就算你是个没出息的，终老在这里，难道他姊妹们都不出门？"尤氏笑道："怨不得人都说是假长了一个胎子，究竟是个又傻又呆的。"宝玉笑道："人事莫定，谁死谁活？倘或我在今日明日今年明年死了，也算是随心一辈子了！"

众人不等说完，便说："可又疯了！别和他说话才好；若和他说话，不是呆话就是疯话了。"〔**索隐**〕醉者以不醉为醉。纷扰毕世，徒唤奈何。喜鸾因笑道："二哥哥，你别这样说，等这里姊妹们果然都出了门，横竖老太太、太太也寂寞，我来和你作伴儿。"李纨尤氏等都笑道："姑娘也别说呆话，难道你是不出门的？这话哄谁。"说得喜鸾也低了头。一当下已起更时分，大家各自归房安歇。不提。

且说鸳鸯一径回来，刚至园门前，只见角门虚掩，犹未上栓。此时园内无人来往，只有该班的房内灯光掩映，微月半天。鸳鸯又不曾有伴，也不曾提灯，独自一人，脚步又轻，所以该班的人皆不理会。偏要小解，因下了甬路，找微草处走动，行至一块湖山石后大桂树底下来。〔**索隐**〕归女登厕，北习如此，虽大家眷属亦不以为嫌。刚转至石后，只听一阵衣衫响，吓了一惊不小。定睛一看，只见是两个人在那里，见他来了，便想往树丛石后藏躲。鸳鸯眼尖，趁着半明的月色，早看见一个穿红裙子梳鬅头、高大丰壮身材的，是迎春房里司棋。鸳鸯只当他和别的女孩

第七十一回　嫌隙人有心生嫌隙　鸳鸯女无意遇鸳鸯

子也在此方便，见自己来了，故意藏躲吓着玩耍，因便笑叫道："司棋，你不快出来，吓着我，我就喊起来当贼拿了。这么大丫头，也没个黑夜白日只是玩不够！"这本是鸳鸯戏语，叫他出来。谁知他贼人胆虚，只当鸳鸯已看见他的首尾了，深恐叫喊出来使众人知觉更不好，且素日鸳鸯又和自己亲厚，不比别人，〔索隐〕此一段必是当时轶闻喧传人口者，观其与鸳鸯向来亲厚，必系妃嫔近幸一流。一对野鸳飞入禁御，藏奸纳垢，流播都下。拾而登之篇幅，亦彤史佚闻也。便从树后跑出来，一把拉住鸳鸯，便双膝跪下，只说："好姐姐，千万别嚷！"

鸳鸯反不知为的什么，忙拉他起来，问道："这是怎么说？"司棋只不言语，拿手帕拭泪，鸳鸯越发不解。再瞧了一瞧，又有个人影儿，恍惚像个小厮，心下便猜着了八九分，自己反羞的心跳耳热，又怕起来。因定了一会，忙悄问："那一个是谁？"司棋又跪下道："是我姑舅兄弟。"鸳鸯啐了一口，却羞的一句话也说不出来。司棋又回头悄叫道："你不用藏躲，姐姐已经看见了，快出来叩头。"那小厮听了，只得也从树后跑出来，叩头如捣蒜。鸳鸯忙要回身，司棋拉住苦求，哭道："我们的性命都在姐姐身上，只求姐姐超生我们罢！"鸳鸯道："你不用多说了，快叫他去罢。横竖我不告诉人就是了。你这是怎么说呢！"

一语未了，只听角门上有人说道："金姑娘已经出去了，角门上锁罢。"鸳鸯正被司棋拉住不得脱身，听见如此说，便忙着接声道："我在这里有事，且略等等儿，我就出来了。"司棋听了，只得松手让他去了。要知端的，下回分解。

〔索隐〕此回并非正文，盖撮叙当日宫闱佚闻琐事而成之者。荦荦大端已散见于前后数十回；寻常细小风波当时禁近中人传之凿凿，历年既久则亦烟消云灭，莫得端倪。天宝宫人诉说开元遗事，闻者皆点头叹息，因及身接触，不免有今昔盛衰之感也。作者连类及此，意亦犹是。且重山峻岭之后，必有村落小景点缀；繁弦忽管之后，必有笙笛余音缭绕。则体制既合，而气脉亦舒。

此回以一小段领起两大段：自开首起至"不在话下"止为

《红楼梦》与顺治皇帝的爱情故事

一小段,以下至"也就不说了"止为一大段,以下至本回完毕又为一大段。因贾母寿辰称庆,而尤氏入园照料;因尤氏入园照料,而仆人顶撞,凤姐受气;因凤姐受气,而鸳鸯前往安慰,撞破私约。层递而下,脉胳一气贯通。其叙贾母受贺一段典礼秩然,有九天阊阖、万国衣冠气象。村曲小儒无此气魄,亦无此识力也。

〔护花评〕贾母八旬大庆是极盛时事,而于南安王太妃请见姑娘们,贾母只传探春,邢夫人怀怨。又因尤氏生气,凤姐暗哭,宝玉又说人事莫定谁死谁活疯话。从此以后家运渐衰,已于极热闹时生冷淡根芽。

又:司棋偷情偏被鸳鸯撞见,后来两人俱不善终;一死于多情,一死于绝情,其实两人俱是深于情者。

又:司棋之私情败露,引出绣春囊、累金凤及搜检大观园、撵逐晴雯等事。此回叙事为下文几十回伏笔。

〔大某评〕宝玉心地明朗,而众人反以为痴呆。如此痴呆,世不多得。

又:此回已入甲寅年八月间事。

第七十二回 王熙凤恃强羞说病
              来旺妇倚势霸成亲

且说鸳鸯出了角门,脸上犹热,心内突突的乱跳,真是意外之事。因想这事非常,若说出来,奸盗相连,关系人命,还保不住带累旁人。横竖与自己无干,且藏在心内不说与人知道。回房覆了贾母的命,大家安息。不提。

且说司棋因从小儿和他姑表兄弟一处玩笑,起初时,小儿戏言,便都定下将来不娶不嫁。近年大了,彼此又出落得品貌风流,常时司棋回家时,二人眉来眼去,旧情不断,只不能入手。又彼此生怕父母不从,二人便设法彼此里外买嘱园内老婆子们留门看道,今日趁乱方从外进来,初次入港。虽未成双,〔索隐〕既云未成双,何以又曰初次入港?笔意闪烁。盖当时事涉宫闱,传说异词,莫能得其真相也。却也海誓山盟、私传表记,已有无限风情。忽被鸳鸯惊散,那小厮早穿花度柳从角门出去了。

司棋一夜不曾睡觉,又后悔起来。至次日见了鸳鸯,自是脸上一红一白,百般过不去。心内怀着鬼胎,茶饭无心,起坐恍惚。挨了两日,竟不听见有动静,方略放下了心。这日晚间,忽有个婆子来悄悄告诉道:"你兄弟竟逃走了,三四天没上家。如今打发人四处找他呢。"司棋听了,又急又气又伤心,因想道:"总然闹出来,也该死在一处。真是男人没情意,先就走了!"因此又添了一层气。次日便觉心内不快,支持不住,一头睡倒,恹恹的成了病了。

鸳鸯闻知那边走了一个小厮,园内司棋病重,要往外挪,心下料定是二人惧罪之故,"生怕我说出来",因此自己反过意不去。指着来望候司棋,支出人去,反自己赌咒发誓,与司棋说:"我若告诉一个人,立刻

《红楼梦》与顺治皇帝的爱情故事

现死现报！你只管放心养病，别白糟蹋了小命儿。"司棋一把拉住哭道："我的姐姐，咱们从小儿耳鬓厮磨，你不曾拿我当外人待，我也不敢怠慢了你。如今我虽一脚走错，你果然不告诉一个人，你就是我的亲娘一样了。从此后我活一日，是你给我一日。我的病要好了，把你立个长生牌位，我天天烧香叩头，保佑你一辈子福寿双全的，我若死了时，变驴变狗报答你；倘或咱们去了，以后遇见，我自有报答的去处。"一面说一面哭。

这一席话反把鸳鸯说的心酸，也哭起来了。因点头道："你也是自家要作死呀！我做什么管你这些事，坏你的名儿，我自去献勤儿？况且这事我也不便开口向人说。你只放心。从此养好了，可要安分守己的，再别胡行乱闹了。"司棋在枕上点首不绝。

鸳鸯又安慰了他一番方出来。因知贾琏不在家中，又因这两日凤姐儿声色怠惰了些，〔索隐〕用字极有斟酌，观此当知其所指者为何人。不似往日一样，便顺路来问候一。刚进入凤姐院中，二门上的人见是他来，便站立待他进去。鸳鸯来至堂屋，只见平儿从里头出来，见了他来，便忙上来悄声笑道："才吃了一口饭，歇了午觉了。你且这屋里略坐坐。"

鸳鸯听了，只得同平儿到东边房里来。小丫头倒了茶来，鸳鸯悄问道："你奶奶这两日是怎么了？我近来看着他懒懒的。"平儿见问，因房内无人，便叹道："他这懒懒的也不止今日了，这有一月之先便是这样的。这几日忙乱了几天，又受了此闲气，〔索隐〕政务既繁，而王公宗室中如图赖诸人不满于辅政王者，亦时有讥刺弹劾之举。从新又勾起来。这两日比先又添了些病，所以支不住，便露出马脚来了。"〔索隐〕与声色怠惰句同一双关语气。鸳鸯道："既这样，怎么不早请大夫治？"平儿叹道："我的姐姐，你还不知道他那脾气的？别说请大夫来吃药，我看不过，白问一声身上觉怎么样，他就动了气，〔索隐〕辅政刚愎之一证。反说我咒他病了。饶这样，天天还是察三访四，自己再不看破些，保养身子。"鸳鸯道："虽然如此，到底该请大夫来瞧瞧是什么病，也都好放心。"平儿叹道："说起病来，据我看他不是什么小症候。"〔索隐〕杀戮太多，民怨沸腾，一也；威权太重，盈廷侧目，二也。鸳鸯忙道："是什么病呢？"平儿见问，又往前凑了一凑，向耳边说道："只从上月行了经

· 866 ·

第七十二回　王熙凤恃强羞说病　来旺妇倚势霸成亲

之后,这一个月竟沥沥渐渐的没有止住。这可是大病不是?"

鸳鸯听了,忙答应道:"阿呀!依这么说,可不成了血山崩了么?"〔索隐〕冰山必有崩溃之日,识微虑远者早知其不终,故名王甫逝,谴责遽加。及身能保其禄位者,犹幸事耳。平儿忙啐了一口,又悄笑道:"你女孩儿家,这是怎么说!你倒会咒人的。"鸳鸯见说,不禁红了脸,又悄笑道:"究竟我也不知什么是崩不崩的,〔索隐〕再复一笔,崩字之义愈显。你倒忘了不成,先我姐姐不是害这病死了?我也不知什么病,因无心中听见妈和亲家妈说,我还纳闷,后来听见原故,才明白了一二分。"

二人正说着,只见小丫头向平儿道:"方才朱大娘又来了。我们回了他奶奶才歇午觉,他往太太上头去了。"平儿听了点头。鸳鸯问:"那一个朱大娘?"平儿道:"就是官媒婆朱嫂子。因个什么孙大人来和咱们求亲,所以他这两日天天弄个帖子来,闹的人怪烦的。"一语未了,小丫头跑来说:"二爷进来了。"

说话之间,贾琏已走至堂屋门口,平儿忙迎出来。贾琏见平儿在东屋里,便也过这间房内来。走至门前,忽见鸳鸯坐在炕上,便杀住脚,含笑道:"鸳鸯姐姐,今儿贵脚幸踏贱地。"鸳鸯只坐着笑道:〔索隐〕随笔点出鸳鸯声势,颇似清季李总管。

"来请爷奶奶的安,偏又不在家的不在家,睡觉的睡觉。"贾琏笑道:"姐姐一年到头辛苦服侍老太太,我还没看你去,那里还敢劳动来看我们?"又说:"巧得很,我才要找姐姐去。因为穿着这袍子热,先来换了夹袍子,再过去找姐姐去,不想老天爷可怜,省我走一趟。"一面说,一面在椅子上坐下。

鸳鸯因问:"又有什么话说的?"贾琏未言先笑道:〔索隐〕一倨傲,一趋奉,神情活现。"因有一件事意忘了,只怕姐姐还记得。上年老太太生日,曾有一个外路和尚来孝敬一个腊油冻的佛手,因老太太爱,就即刻拿过来摆着了。因前日老太太生日,我看古董帐,还有一笔在这帐上,却不知此时这件着落在何处。古董房里的人也回过了我两次,等我问准了好注上一笔。所以我问姐姐,如今还是老太太摆着呢,还是交到谁手里去了呢?"鸳鸯听说,便说道:"老太太摆了几日厌烦了,就给你们奶奶了，你这会子又问我来了！我连日子还记得，还是我打发了老王家的送来。你忘了？或是问你们奶奶和平儿。"

平儿正拿衣服，听见如此说，忙出来回道："交过来了，现在楼上放着呢。奶奶已经打发人去说过，他们发昏没记上，又来叨登这些没要紧的事。"贾琏听说，笑道："既然给了你奶奶，我怎么不知道，你们就昧下了？"平儿道："奶奶告诉二爷，二爷还要送人，奶奶不肯，好容易留下的。这会子自己忘了，倒说我们昧下！那是什么好东西？比那强十倍的也没昧下一遭儿，这会子就爱上那不值钱的么！"贾琏垂头含笑想了想，拍手道："我如今竟糊涂了，丢三忘四惹人抱怨，竟大不像先了。"鸳鸯笑道："也怨不得。事情又多，口舌又杂，你再吃上两钟酒，那里记得许多！"一面说，一面起身要走。

贾琏忙也立起来说道："好姐姐，略坐一坐儿，兄弟还有一事相求。"说着便骂小丫头："怎么不泡好茶来？快拿干净盖碗把昨日进上的新茶泡一碗来！"说着向鸳鸯道："这两日因老太太千秋，所有的几千两都使了。几处房租地租统在九月才得，这会子竟接不上。明儿又要送南安府里的礼，又要预备娘娘的重阳节，还有几家红白大礼，至少还要三二千两银子用，一时难去支借。俗语说的好，'求人不如求己'，说不得姐姐担个不是，暂且把老太太查不着的金银家伙偷着运出一箱子来，暂押千数两银子支腾过去；不上半月的光景，银子来了，我就赎了交还，断不能叫姐姐落不是。"

鸳鸯听了笑道："你倒会变法儿，亏你怎么想了！"贾琏笑道："不是我撒谎，若说除了姐姐，也还有人手里管得起千数两银子，只是他们为人都不如你明白有胆量。我和他们一说，反吓住了他们。所以我'宁撞金钟儿一下，不打饶钹三千'。"语未了，贾母那边小丫头忙忙走来找鸳鸯，说："老太太找姐姐。这半日我那里不找到？却在这里"。鸳鸯听说，忙的且去见贾母。

贾琏见他去了，只得回来瞧凤姐。谁知凤姐已醒了，听他和鸳鸯借当，自己不便答话，只躺在榻上。听见鸳鸯去了，贾琏进来，凤姐因问道："他可应准了？"贾琏笑道："虽未应准，却有几分成了，须得你再去和他说一说，就十分成了。"凤姐笑道："我不管这些事。倘或说准

第七十二回　王熙凤恃强羞说病　来旺妇倚势霸成亲

了，这会子说着好听，到了有钱的时节你就丢在脖子后头了，谁和你打饥荒去？倘或老太太知道了，倒把我这几年的脸面都丢了。"贾琏笑道："好人，你若说定了，我谢你，"凤姐笑道："你说谢我什么？"贾琏笑道："你说要什么就有什么。"

平儿一旁笑道："奶奶倒不要别的，刚才正说要做一件什么事，恰少一二百银子使，不如借了来，奶奶拿这么一二百银子，岂不两全其美？"凤姐笑道："幸亏提起我来，就是这样也罢了。"〔**索隐**〕只寥寥一小段，而子孙勾结奴仆偷盗长上之财，妻妾更勾结奴仆敲诈夫主之赃，鬼蜮变幻，已达极点。贾琏笑道："你们太也狠了！你们这会子别说一千两的当头，就有现银子，要三五千只怕也难不倒。我不和你们借也就罢了，这会子烦你说一句话还要个利钱，真真了不得！"凤姐听了，翻身起来说道："我三千五千不是赚得你的，如今里里外外上上下下背着嚼说我的不少了，就短了你来说了。可知没家亲引不出外鬼来，我们看看，你家什么石崇邓通？把我王家的地缝儿扫一扫，就够你们一辈子过的了。〔**索隐**〕此豫王自铺陈其功烈之词。王平定江南，所得子女玉帛盈千累万，为开国时收入之一大宗。说出来的话也不害臊！现有对证，把太太和我的嫁妆细看看，比一比，我们那一样是配不上你们的？"贾琏笑道："说句玩话就急了？这有什么这样的，我要使一二百两银子值什么？多的没有，这还能够。先拿进来，你使了再说去如何？"凤姐道："我又不等着含口垫背，忙什么呢！"贾琏道："何苦来！不犯着这样肝火盛。"

凤姐听了，又笑说道："不是我着急，你说的话戳人的心。我因为想着后日是尤二姐的周年，我们好了一场，虽不能别的，到底给他上个坟烧张纸，也是姊妹一场。他虽没个男女留下，也别要'前人洒土迷了后人的眼'才是。"贾琏半晌方道："难为你想得周全。"凤姐一语倒把贾琏说没了话，低头打算说："既是后日才用，若明日得了这个，你随便使多少就是了。"

一语未了，只见来旺媳妇走进来。凤姐便问："可成了没有？"来旺媳妇道："竟不中用。我说须得奶奶做主就成了。"贾琏便问："又是什么事？"凤姐儿见问，便说道："不是什么大事。来旺有个小子，今年十七岁了，还没娶媳妇儿，因要求太太房里的彩霞，不知太太心里怎么样。

《红楼梦》与顺治皇帝的爱情故事

前日太太见彩霞大了,二则又多病多灾的,因此开恩打发他出去了,给他老子随便自己择女婿去罢。因此来旺媳妇来求我。我想他两家也就算门当户对了,一说去自然成的,谁知他这会子来了,说不中用。"贾琏道:"这是什么大事,比彩霞好的多着呢。"来旺家的便笑道:"爷虽如此说,连他家还看不起我们,别人越发看不起我们了。好容易相看准一个媳妇儿,我只说求爷奶奶的恩典,替作成了。奶奶又说他必是肯的,我就烦了人过去试一试,谁知白讨了个没趣儿。若论那孩子倒好,据我素日合意儿试他,心里没有什么说的,倒是他老子娘两个老东西太心高了些。"

一语戳动了凤姐和贾琏。凤姐因见贾琏在此,且不做一声,只看贾琏的光景。贾琏心中有事,那里把这点事放在心里;待要不管,只是看着凤姐儿的陪房,且素日出过力的,脸上实在过不去,因说:"什么大事,只管咕咕唧唧的!你放心且去。我明日打发两个有体面的人作媒,一面说,一面带着定礼去,就说是我的主意。他十分不依,叫他来见我。"〔索隐〕豫王晚年恃势妄行,不自检束,以致外遭物议,内启猜嫌。此为逞威作福之一端。

来旺家的看着凤姐,凤姐便努嘴儿。来旺家的会意,忙爬下就给贾琏叩头谢恩。贾琏忙道:"你只管给你姑娘叩头。我虽如此说了这样行,到底也得你姑娘打发人叫他女人上来,和他说好更好些,不然太霸道了,日后你们两亲家也难走动。"凤姐忙道:"连你还这样开恩操心呢,我反倒袖手旁观不成?来旺家的,你听见了,这事说了,你也忙忙的给我完了事来。说给你男人,外头所有的帐目,一概赶今年年底收了进来,少一个钱也不依。〔索隐〕此为贪财黩货之一端。我的名声不好,再放一年都要生吃了我呢。"

来旺媳妇笑道:"奶奶也太胆小了。谁敢议论奶奶?若收了时,我也是一场痴心白使了。"凤姐道:"我真个还等钱做什么?不过为的是日用出得多进得少。这屋里有的没的,我和你姑爷一月的月钱,再连上四个丫头的月钱,通共一二十两银子,还不够三五天的使用呢。若不是我千凑万挪的,早不知过到什么破窑里去了。〔索隐〕功高自恃,有俯视一切之概。如今倒落了一个放帐的名儿。〔索隐〕豫王声名之不雅,王亦

第七十二回　王熙凤恃强羞说病　来旺妇倚势霸成亲

自知。怙恶不悛，此其所以败也。既这样，我就收了回来。我比谁不会化钱？咱们以后就坐着化，到多早晚就是多早晚。这不是样儿：前儿老太太生日，太太急了两个月，想不出法儿来，还是我提了二句，后楼上现有些没要紧的大铜锡家伙四五箱子，拿出去弄了三百银子，才把太太遮羞礼儿搪过去了。我是你们知道的，那一个金自鸣钟卖了五百六十两银子，没有半个月，大事小事没十件，白填在里头。今儿外头也短住了，不知是谁的主意搜寻上老太太了。明儿再过一年，便搜寻到头面衣服，可就好了！"

来旺媳妇笑道："那一位太太奶奶的头面衣服折变了不够过一辈子呢，只是不肯罢了。"凤姐道："不是我说没能耐的话，要像这样，我竟不能了。昨儿晚上忽然做了一个梦，说来可笑，梦见一个人，虽然面善却不知姓名，找我说，娘娘打发他来要一百匹锦。我问他是那一位娘娘，他说的又不是咱们的娘娘。我就不肯给他，他就来夺。正夺着，就醒了。"来旺家的笑道："这是奶奶日间操心，常应候宫里的事。"

一语未了，人回："夏太监打发了一个小内监来说话。"贾琏听了，忙皱眉道："又是什么话？一年他们也搬够了。"凤姐道："你藏起来，等我见他；若是小事罢了，若是大事我自有回话。"贾琏便躲入内套间去。

这里凤姐命人带进小太监来，让他椅上坐了吃茶，因问何事。那小太监便说："夏爷爷因今儿偶见一所房子，如今竟短二百两银子，打发我来问舅奶奶家里，有现成的银子暂借一二百，过一两日就送来。"凤姐儿听了笑道："说什么送来，有的是银子，只管先兑了去，改日等我们短了再借去也是一样。"小太监道："夏爷爷还说，上两回还有一千二百两银子没送来，等今年年底下，自然一齐都送了过来。"凤姐笑道："你夏爷爷好小器，这也值得放在心里！我说一句话，不怕他多心：若都这样记清了还我们，不知要还多少了！"〔索隐〕借此一段补括以前多少事迹。王自南下搜括后，以殷富著称，一般闲散宗室眈眈于旁者，千方百计以冀分肥；拒之既不能，应之又不继，此中因应煞费苦心。咸同间曾忠襄克复金陵，朝间知其所获不赀，借端诛求，一再不已，颇与豫王事相类。只怕我们没有，若有只管拿去。"

《红楼梦》与顺治皇帝的爱情故事

因叫来旺媳妇来:"出去不管那里先支二百两银子来。"来旺媳妇会意,因笑道:"我才因别处支不动,才来和奶奶支的。"凤姐道:"你们只会里头来要钱,叫你们外头弄去就不能了。"说着叫平儿:"把我那两个金项圈拿出去,暂且押四百两银子。"平儿答应了去,果然拿了一个锦盒子来。里面锦袱包着,打开时,一个金累丝攒珠的,那珍珠都有莲子大小;一个点翠嵌宝石的。两个都与宫中之物不相上下。一时拿去,果然拿了四百两银子来。凤姐命与小太监打叠一半,那一半与了来旺媳妇,命他拿去办八月中秋的节。那小太监便告辞了,凤姐命人替他拿着银子,送出大门去了。

这里贾琏出来笑道:"这一起外祟何日是了?"凤姐笑道:"刚说着,就来了一股子。"贾琏道:"昨儿周太监来,张口一千两。我略慢应了此,他不自在。将来得罪人之处不少。这会子再发三二百万的财就好了。"〔**索隐**〕前人评《红楼》者,谓书中有此一句,遂谓黛玉父殁后其家财数百万,悉为琏儿携入贾府。故此时过后思量,发为希觊。此虽略具理由,究属附会。若照鄙人之诠释,王昔下江南确曾发三二百万的财,此番口中所出之"再"字,自是根于肺腑,不知不觉随机流露。一面说,一面平儿服侍着凤姐另洗了脸更衣,往贾母处伺候晚饭。

这里贾琏出来,刚至外书房,忽见林之孝走来。贾琏因问何事。林之孝说道:"方才打听得雨村降了,却不知因何事,只怕未必真。"贾琏道:"真不真,他那官儿未必保得长,只怕将来有事。咱们宁可疏远着他好。"林之孝道:"何尝不是。只是一时难以疏远。如今东府大爷和他更好,老爷又欢喜他,时常来往,那个不知。"贾琏道:"横竖不和他谋事,也不相干。你去再打听真了,是为什么。"〔**索隐**〕盛则引而近之,衰则推而远之,官场炎凉今古同慨。

林之孝答应了,却不动身,坐在椅子上再说闲话。因又说起家道艰难,便趁势说:"人口太众了,不如拣个空日回明老太太老爷,把这些出过力的老家人用不着的,开恩放几家回去。一则他们各有营运,二则家里一年也省口粮月钱。〔**索隐**〕此为安插旗人之法,清初屡有建议遣放旗民屯垦贸易,令其自谋生计。以各种牵掣,不能实行。国弱民贫,久而不振。再者,里头的姑娘也太多。俗语说,'一时比不得一时',如今

第七十二回　王熙凤恃强羞说病　来旺妇倚势霸成亲

说不得先时的例了，少不得大家委屈些，该使八个的使六个，使四个的使两个。若各房算起来，一年也可以省得许多月米月钱。况且里头的女孩子们一半都大了，也该配人的配人，成了房岂不又滋生出人来？"贾琏道："我也这样想。只是老爷才回家来，多少大事未回，那里议到这个上头。前儿官媒拿了个庚帖来求亲，太太还说老爷才来家，每日欢天喜地的说骨肉完聚，忽然提起这事，恐老爷又伤心，所以且不叫提起。"林之孝道："这也是正理，太太想得周到。"

贾琏道："正是。提起这话，我想起一件事来。我们来旺的小子要说太太房里的彩霞，他昨儿求我。我想什么大事，不管谁去说一声儿，就说我的话。"林之孝答应了，半晌笑道："依我说，二爷竟别管这件事。来旺的那小子虽然年轻，在外吃酒赌钱，无所不至。虽说都是奴才，到底是一辈子的事。彩霞那孩子这几年我虽没见，听见说越发出挑得好了，何苦来白糟蹋他一个人。"贾琏道："他小儿子原会吃酒不成人么？这样那里还给他老婆，且给他一顿棍，锁起来，再问他老子娘。"林之孝笑道："何必在这一时？那是我错了。等他再生事，我们自然回爷处治，如今且恕他。"贾琏不语，一时林之孝出去。

晚间，凤姐已命人唤了彩霞之母来说媒。那彩霞之母满心总不愿意，见凤姐自和他说，何等体面，便心不由己的满口应了出去。凤姐又问贾琏："可说了没有？"贾琏因说："我原要说的，打听得他小儿子大不成人，故还不曾说；若果然不成人，且管教他两日再给他老婆不迟。"凤姐笑道："我们王家的人连我还不中你们的意，何况奴才呢？〔索隐〕女人率用此语以关没丈夫之口，亏作者体会得到。我已经和他娘说了，他娘已经欢天喜地，难道又叫进他来不要了不成？"贾琏道："既你说了，又何必退？明日说给他老子，好生管他就是了。"这里说话。不提。

且说彩霞因前日出去等父母择人，心中虽与贾环有旧，尚未作准。近日又见来旺每每来求亲，早闻得来旺之子吃酒赌博，而且容颜丑陋，不能如意。自此心中越发懊恼，惟恐来旺仗势作成，终身不遂，未免心中躁急。至晚间，悄命他妹子小霞进二门来找赵姨娘，问个端的。

赵姨娘素日深与彩霞好，巴不得与了贾环，方有个膀臂，不承望王夫人又放了出去。每每调唆贾环去讨，一则贾环羞口难开，二则贾环也

《红楼梦》与顺治皇帝的爱情故事

不在意,不过是个丫头,他去了自然将来还有,〔索隐〕糊涂心肝,以人品论恐亦与旺儿之子相等。遂迁延住不说,意思便丢开手。无奈赵姨娘又不舍,又见他妹子来问,是晚得空便先求了贾政。贾政说道:"且忙什么,等他们再念一二年书再放人不迟。我已经看中了两个丫头,一个与宝玉,一个给环儿。只是年纪还小,又怕他们误了念书,再等一二年再提。"

赵姨娘还要说话,只听外面一声响,不知何物,大家吃了一惊。未知如何,下回分解。

〔索隐〕此回为豫王正传,目中"恃强""倚势"四字尽之。王之晚年功既高而产亦富,自以为苞桑磐石安固不摇,庸知侧目相视者已环集于前后左右,乘间掊之以为快。王之骄横即其受病致亡之处,冷笔点醒,爽脆之至。然平心而论,王拥敌国之富,蒙震主之嫌,不自检束,自有取亡之道。而当时鲸吞蚕食之徒步步进逼,足令彼无地自全。揆之国家保护勋戚优崇耆旧之意,毋乃未得其宜。此作者弦外之音,不无感慨系之者也。

八旗宗室之择肥而噬,安于无赖者,实由穷民太多,因其为害,遂思及安插教养之法。当日或确有人建议及此,惜清室狃于积习,因循坐废。日积月累,国家既虚糜巨帑,旗民亦憔悴无生机。贫弱衰亡种因于此,此清人政策上之第一失着。作者著之于篇,殆有深意。以说部之体制而具史家之识力,夐哉尚矣。

本回以凤姐之病领起,历写其弄权怙势,无所不至。其得意之处即其致败之处,一气衔接,不必为之强分段落也。

〔护花评〕王凤姐之病,来旺儿之横,于此回逗明。迎春之嫁婿失所,凤姐之违禁放债,亦于此回引起。

又:荣府日用不敷,贾琏支持不住,为渐败渐落气象。写贾琏怕惧凤姐,胸中全无主意,描画入神。

又:彩霞钟情贾环,贾环无心彩霞,一则见彩霞见识远不如晴雯、鸳鸯、司棋、紫鹃等;一则见贾环轻薄,远不如宝玉。

第七十二回　王熙凤恃强羞说病　来旺妇倚势霸成亲

又：凤姐梦人夺锦，是被抄先兆。

又：事有做不成、话有说不完者，须用意外一事剪断。如柳絮填词，议论纷纷，则以风筝一事剪断；赵姨娘求情刺刺未休，则以窗屉一响剪断。是文章脱卸法。

〔**大某评**〕此回仍是甲寅年秋间事。

第七十三回 痴丫头误拾绣春囊
懦小姐不问累金凤

话说那赵姨娘和贾政说话，忽听外面一声响，不知何物，忙问时，原来是外间窗屉不曾扣好，滑了屈戌掉下来。〔索隐〕谋及妇人，掀波作浪，门户既毁，室家亦随之倾囊。此是作者以冷语点醒天下后世处。赵姨娘骂了丫头几句，自己带领丫头上好，方进来打发贾政安歇。不在话下。

却说怡红院中宝玉方才睡下，丫鬟们正欲各散安歇，忽听有人来敲院门。老婆子开了，见是赵姨娘房内的丫头各唤小鹊的。问他什么事，小鹊不答，直往房内来找宝玉。只见宝玉才睡下，晴雯等犹在床边坐着，大家玩笑，见他来了，都问："什么事，这时候又跑来做什么？"小鹊笑向宝玉道："我来告诉你一个信儿。方才我们奶奶咕咕唧唧在老爷前不知说了你些什么，我只听见'宝玉'二字。我来告诉你，仔细明儿老爷问你说话，着实留神。"说着回身去了。袭人命人留他吃茶，因怕关门，遂一直去了。

这里宝玉知道赵姨娘心术不端，合自己仇人似的，又不知他说些什么，听了便如孙大圣听见了紧箍咒一般，登时四肢五内一齐皆不自在起来。想来想去，别无他法，且理熟了书，预备明儿盘考，"只要书不舛错，便有他事也可搪塞"。一面想罢，忙披衣起来要读书。心中又自后悔，"这些日子只说不提了，偏又丢生，早知该天天好歹温习些的。如今打算打算肚子里现可背诵的；不过只有《学》《庸》、二《论》是背得出来。至上本《孟子》就有一半是夹生的，若凭空提一句，断不能背的，至下《孟》就有大半生的。算起五经来，因近来做诗，常把五经集些，虽不甚熟，还可塞责"。别的虽不记得，素日贾政幸未叫读的，纵不知也

第七十三回　痴丫头误拾绣春囊　懦小姐不问累金凤

还不妨。至于古文，这是那几年所读过的几篇《左传》《国策》《公羊》《穀梁》、汉、唐等文，这几年未曾读得。不过一时之兴，随看随忘，未曾下过苦功，如何记得？这是更难塞责的。更有时文八股一道，因平素深恶此道，原非圣贤之制撰，焉能阐发圣贤之奥，〔索隐〕清初登极，颇有废止八股之议。其后大学士范承谟力言疆宇初定，反侧未安，急宜循旧开科以系士心。然至康熙三年卒下废止之诏，虽不久旋复，而其为圣意所不许可知也。不过是后人饵名钓禄之阶。虽贾政当日起身选了百十篇命他读的，不过是后人的时文，偶见其中一二股内，若承起之中有做得精致，或流荡，或游戏、或悲感，稍能动性者偶尔一读，不过供一时之兴趣，毕竟何曾成篇潜心玩索。如今或温习这个，又恐明日盘究那个；若温习那个，又恐盘驳这个。一夜之功，亦不能全然温习。因此越添了焦躁。自己读书不知紧要，却累着一房丫鬟们都不能睡。袭人等在旁剪烛斟茶，那些小的都困倦起来，前仰后合。晴雯骂道："什么蹄子！一个个黑夜白日挺尸挺不够，偶然一次睡迟了些就装出这个腔调儿来了。再这样，我拿针戳你们两下子！"

话犹未了，只听外间"咕咚"一声，急忙看时，原来是一个小丫头坐着打盹，一头撞到壁上了。从梦中惊醒，却正是晴雯说话之时，他怔怔的当是晴雯打了他一下，遂哭着央说道："好姐姐，我再不敢了。"众人都发起笑来，宝玉忙劝道："饶他罢，原该叫他们睡去。你们也该替换着睡。"袭人道："小祖宗，你只顾你的罢；统共这一夜的工夫，你把心暂且用在这几本书上，等过了这一关，由你再张罗别的，也不算误了什么。"

宝玉听他说得恳切，只得又读几句。麝月斟了一杯茶来润舌，宝玉接茶吃了。因见麝月只穿着短袄解了裙子，宝玉道："夜静了，冷，到底穿一件大衣裳才是。"麝月笑指着书道："你暂且把我们忘了，且把心对着他些罢。"〔索隐〕一曝十寒，岂能有济？况即此一曝之间亦鸿鹄翔集，憧憧于心目间耶。

话犹未了，只听春燕秋纹从后房门跑进来，口内喊说："不好了，一个人从墙上跳下来了！"众人听说，忙问在那里，即喝起人来各处找寻。晴雯因见宝玉读书苦恼，劳费一夜神思，明日也未必妥当，心上正要替

· 877 ·

《红楼梦》与顺治皇帝的爱情故事

宝玉想出一个主意来好脱此难。忽然逢着这一惊，便生计向宝玉道："趁这个机会快装病，只说吓着了。"正中宝玉心怀。因而叫起上夜人等来，打着灯笼各处搜寻，并无踪迹。都说："小姑娘们想是睡花了眼出去，风摇的树枝儿，错认了人。"晴雯便道："别放屁！你们查得不严，怕耽不是，还拿这话来支吾？刚才并不是一个人见的，宝玉和我们出去有事，大家亲见的。如今宝玉吓得颜色都变了，满身发热，我如今还要上房里取安魂丸药去。太太问起来是要回明白的，难道依你说，就罢了不成？"

众人听了，吓得不敢则声，只得又各处去找。晴雯和秋纹二人果出去要药，故意闹得众人皆知宝玉着了惊，吓病了。王夫人听了，忙命人来看视给药，又吩咐各上夜人仔细搜查，又一面叫查二门外邻园墙上夜的小厮们。于是园内灯笼火把，直闹了一夜。至五更天，就传管家的细看查访。

贾母闻知宝玉被吓，细问原由，不敢再隐，只得回明。贾母道："我不料倒有此事。如今各处上夜人都不小心还是小事，只怕他们就是贼也未可知。"当下邢夫人并尤氏等都过来请安，凤姐李纨及姊妹等皆陪侍，听贾母如此说，都默无所答。独探春出位笑道："近因凤姐姐身上不好，几日园里的人比前放肆许多。先时不过是大家偷着一时半刻，或夜里坐更时，三四个人聚在一处，或掷骰或斗牌，小小的玩意，不过为熬困起见。迩来渐次放诞，竟开了赌局，甚有头家局主，或三十吊五十吊大输赢。半月前竟有争闹相打之事。"〔索隐〕宫廷森邃，本为丛垢纳污之地。开国时礼制未定，禁网疏阔，宦官宫妾肆意妄为，尤多不可究诘之事。贾母听了忙说："你既知道，为何不早回我们来？"探春道："我因想着太太事多，且连日不自在，所以没回。只告诉大嫂子和管事的人们，戒饬过几次，近日好些。"贾母忙道："你姑娘家如何知道这里头的利害。你自为赌钱常事，不过怕起争论，殊不知夜间既耍钱，就保不住不吃酒；既吃酒，就未免门户任意开锁；或买东西，其中夜静人稀，趁便藏贼引盗，何等事做不出来。况且园内你姊妹们起居所伴者皆系丫头媳妇们，贤愚混杂，贼盗事小，倘有别事，略沾带些，关系非小，这事岂可轻恕？"

探春听说，便默然归坐。凤姐虽未大愈，精神未尝稍减，今见贾母

第七十三回　痴丫头误拾绣春囊　懦小姐不问累金凤

　　如此说，便忙道："偏生我又病了。"遂回头命人连传林之孝家的等总理家事的四个媳妇到来，当着贾母申饬了一顿。贾母令即刻查了头家赌家来，有人出首者赏，隐情不告者罚。

　　林之孝家的等见贾母动怒，谁敢徇私，忙去园内传齐，又一盘查。虽然大家赖一回，终不免水落石出。查得大头家三人，小头家八人，聚赌者统共二十多人，都带来见贾母，跪在院内叩响头求饶。贾母先问大头家名姓，利钱之多少。原来这大头家，一个是林之孝家的两姨亲家，一个是园内厨房内柳家媳妇之妹，一个是迎春之乳母。这是三个为首的，余者不能多记。贾母便命将骰子纸牌一并烧毁，所有的钱入官分散与众人，将为首者每人打四十大板，撵出去，总不许再入；从者每人打二十板，革去三月月钱，拨入圊厕行内。又将林之孝家的申饬了一番。

　　林之孝家的见他的亲戚又与他打嘴，自己也觉没趣。迎春在坐，也觉没意思。黛玉、宝钗、探春等见迎春的乳母如此，也是物伤其类的意思，遂都起身笑向贾母讨情道："这个奶奶素日原不玩的，不知怎么也偶然高兴，求看二姐姐面上饶他这次罢。"贾母道："你们不知道，大约这些奶子们，一个个仗着奶过哥儿姐儿，原比别人有些体面，他们就生事比别人更可恶，专管调唆主子护短偏向。我都是经过的。况且要拿一个作法，恰好果然就遇见了一个。你们别管，我自有道理。"宝钗等听说，只得罢了。

　　一时贾母歇晌，大家散出，都知贾母生气，皆不敢回家，只得在此暂候。尤氏到凤姐儿处来闲话了一回，因他也不自在，只得园内去闲谈。邢夫人在王夫人处坐了一回，也要到园内走走。刚至园门前，只见贾母房内的小丫头儿名唤傻大姐的笑嘻嘻走来，手内拿着个花红柳绿的东西；低头瞧着只管走，不防迎头撞见邢夫人，抬头看见方才站住。邢夫人因说："这傻丫头，又得个什么爱巴物儿这样欢喜？拿来我瞧瞧。"

　　原来这傻大姐年方十四五岁，是新挑上来的，与贾母这边专做粗活。因他生得体肥面阔，两只大脚，做粗活爽利简捷，且心性愚顽，一无知识，出言可以发笑。贾母欢喜，便起名为"傻大姐"。若有错失，也不苛责他。无事时，便入园内玩耍。正往山石背后掏促织去，忽见一个五彩绣香囊，上面绣的并非花鸟等物，一面却是两个人赤条条的相抱，一面

·879·

《红楼梦》与顺治皇帝的爱情故事

是几个字。这痴丫头原不认得是春意儿,心下打量,敢是两个妖精打架?不就是两口子打架呢?左右猜解不来,正要拿去与贾母看呢,〔索隐〕国母下嫁,千古奇闻。当年所颁恩诏,且以养志为辞,堂皇冠冕表示天下,可见淫乱之风倡之自上。春秋之义,罪有所归。此处所拾之绣春囊,阖园检查一过,卒无下落,不知何自而来?然拾之者为贾母房内丫头,又云正要拿去与贾母看,此等龌龊之事偏处处粘连贾母,不嫌亵渎,其意可知。所以笑嘻嘻走回。忽见邢夫人如此说,便笑道:"太太真个说的巧,真是个爱巴物儿。太太瞧一瞧。"说着便送过去。

邢夫人接来一看,〔索隐〕此处发现必出于邢夫人者,亦顾名思义之意。吓得连忙死紧攥住,忙问:"你是那里得的?"傻大姐道:"我掏促织儿,在山子石后头拣的。"邢夫人道:"快别告诉人!这不是好东西,连你也要打死呢!因你素日是个傻丫头,以后再别提了。"这傻大姐听了,反吓得黄了脸,说:"再不敢了。"叩了头,呆呆而去。邢夫人回头看时,都是些女孩儿,不便递与他们,自己便塞在袖里。心内十分罕异,揣摩此物从何而来,且不形于声色,且到迎春房里。

迎春正因他乳母获罪,心中不自在,忽报母亲来了,遂接入。奉茶毕,邢夫人因说道:"你这么大了,你那奶妈子行此事,你也不说说他。如今别人都好好的,偏咱们的人做出这事来,什么意思?"迎春低头弄衣带,半晌答道:"我说他两次,他不听,也叫我无法儿。况且他是妈妈,只有他说我的的,没有我说他的。"〔索隐〕孝庄衰年而有淫行,世祖愤于亲戚,不能几谏,故以懦小姐讥之。此三句看似闲文,实乃全回主脑。邢夫人道:"胡说!你不好了他原该说,如今他犯了法,你就该拿出姑娘的身分来。他敢不依,你就回我去才是。如今直等外人共知,〔索隐〕岂但外人共知,竟是普天同庆。这可是什么意思!再者,放头儿,还只怕他巧语花言的和你借贷些簪环衣服作本钱,你这心活面软,未必不周济他些。若被他骗了去,我是一个钱没有的,看你明日怎么过节。"

迎春不语,只低着头。邢夫人见他这般,因冷笑道:"你是大老爷跟前的人养的,这里探丫头是二老爷跟前的人养的,出身一样。你娘比赵姨娘强十分,你也该比探丫头强才是。怎么你反不及他一半?倒是我无儿女的一生干净,也不能惹人笑话。"〔索隐〕其意若曰:倒是没有父母

第七十三回　痴丫头误拾绣春囊　懦小姐不问累金凤

的一身干净，也不能惹人笑话。

忽有人回："琏二奶奶来了。"邢夫人听了，冷笑两声，命人出去说："请他自己养病，我这里不用他伺候。"接着又有探事的小丫头来报说："老太太醒了。"邢夫人方起身往前边来。迎春送至院外方回。

绣橘因说道："如何？前儿我回姑娘，那一个攒珠累金凤竟不知那里去了。姑娘回了，竟不问一声儿。我说必是老奶奶拿去当了银子放头儿的，姑娘不信，只说司棋收着，叫问司棋。司棋虽病，心里却明白，说没有收起来，还在书架上匣内放着，预备八月十五要带呢。姑娘该叫人去问老奶奶一声。"迎春道："何用问，却自然是他拿了去摘了肩儿了。我只说他悄悄的拿了出去，不过一时半晌，仍旧悄悄的放在里头，谁知他就忘了。今日偏又闹出来，问他也无益。"绣橘道："何曾是忘记！他是试准了姑娘性格，所以才这样。如今我有个主意，走到二奶奶房里将此事回了，他或着人要，他或省事拿几吊钱去替他赎了，如何？"迎春忙道："罢罢罢，省事些好。宁可没有了，又何必生事？"绣橘道："姑娘怎这样软弱？都要省起事来，将来连姑娘还骗了去！〔索隐〕摄政当日敢于私通寡嫂，或且有不利孺子之心。世祖复懦弱不振，忍辱负垢，帝位岂可终保？其时骨鲠之臣必有以此为虑者。若就本事而论，绣橘侍婢敢以此语面诋其未出阁之小姐，实属不成说话。我竟去的是。"说着便走。迎春便不言语，只好由他。

谁知迎春的乳母之媳桂儿媳妇为他婆婆得罪，来求迎春去讨情。他们正说金凤一事，且不进去。也因素日迎春懦弱，他们都不放在心上。如今见绣橘立意去回凤姐，又看这事脱不过去，只得进来，陪笑先向绣橘说："姑娘，你别去生事。姑娘的金丝凤，原是我们老奶奶老糊涂了，输了几个钱没的捞梢，所以借去，不想今日弄出事来。虽然这样，到底主子的东西，我们不敢迟误，终久是要赎的。如今还要求姑娘看着从小儿吃奶的情分上，往老太太那边去讨一个情，救出他来才好。"迎春便说道："好嫂子，你趁早打了这妄想，要等我去说情儿，等到明年也是不中用的。方才连宝姐姐林妹妹大伙儿说情老太太还不依，何况是我一个人。我自己臊还臊不过来，〔索隐〕足见羞恶之心人皆有之。世祖遭遇天伦之变，其心中未尝不引以为耻。还去讨臊去？"绣橘便说："赎金凤一件事,说情是一件事,别要绞在一处,难道姑娘不去说情,你就不赎来不成?嫂子且取了金凤来再说。"

玉桂儿家的听见迎春如此拒绝他,绣橘的话又锋利,无可回答,一时脸上过不去,也明欺迎春素日好性,乃向绣橘发话道:"姑娘,你别太张势了。你满家子算一算,谁的妈妈奶奶不仗着主子哥儿姐儿多得些意,偏咱们就这样丁是丁卯是卯的,只许你们偷偷摸摸的哄骗了去?自从邢姑娘来了,太太吩咐一个月俭省出一两银子来与舅太太去,这里饶添了邢姑娘的使费,反少了一两银子。常时短了这个少了那个,那不是我们供给,谁又要去?不过大家将就些罢了。算到今日,少说也有三十两了。我们这一向的钱岂不白填了眼呢?"绣橘不待说完,便啐了一口道:"做什么你白填了三十两?我且和你算算帐,姑娘要了些什么东西?"

迎春听了这媳妇发邢夫人之私意,〔**索隐**〕六字注意!忙止道:"罢罢罢,不能拿了金凤来,你不必拉三扯四乱闹。我也不要那凤了。便是太太问时,我只说丢了,也妨碍不着你什么,你出去歇息歇息倒好。"一面叫绣橘倒茶来。绣橘又急又急,因说道:"姑娘虽不怕,我们是做什么的?把姑娘的东西丢了,他倒赖说姑娘使了他们的钱,这如今竟要准折过来。倘或太太问姑娘为什么使了这些钱,敢是我们就中取势?这还了得!"一行说,一行就哭了。司棋听不过,只得勉强起来,帮着绣橘问着那媳妇。迎春劝止不住,自拿了一本《太上感应篇》,去看。〔**索隐**〕何至于看《感应篇》,作者此语未免刻毒。

三人正没开交,可巧宝钗、黛玉、宝琴、探春等因恐迎春今日不自在,都约着来安慰。他们走至院中,听见几个人讲话。探春从纱窗内一看,只见迎春倚在床上看书,若有不闻之状,探春也笑了。小丫头们忙打起帘子,报道:"姑娘们来了。"迎春放下书起身。那媳妇见有人来,且又有探春在内,不劝自止了,遂趁便就走。

探春坐下,便问:"刚才谁在这里说话?倒像拌嘴似的。"迎春笑道:"没有什么,左不过他们小题大做罢了,〔**索隐**〕叔嫂私通,中冓之耻,宜乎讳莫如深。而当时廷臣竟敢明目张胆创为下嫁之说,成一代之奇羞,留千秋之笑柄,非所谓小题大做者耶?何必问他?"探春笑道:"我才听见什么'金凤',又是什么'没有钱只合我们奴才要',谁和奴

第七十三回 痴丫头误拾绣春囊 懦小姐不问累金凤

才要钱了？难道姐姐和奴才要钱不成？"司棋绣橘道："姑娘说得是了。姑娘何曾和他要什么了？"探春笑道："姐姐既没有和他要，必定是我们和他们要了不成！你叫他进来，我倒要问问他。"迎春笑道："这话又可笑。你们又无沾碍，何必如此？"〔索隐〕实做懦字。探春道："这倒不然。我和姐姐一样，姐姐的事和我一般，他说姐姐即是说我！我那边有人怨我，姐姐听见也是合怨姐姐一样。咱们是主子，自然不理论那些钱财小事，只知想起什么要什么也是有的事，但不知金累丝凤因何又夹在里头？"

那玉桂媳妇生恐绣橘等告出他来，遂忙进来用话掩饰。探春深知其意，因笑道："你们所以糊涂。如今你奶奶已得了不是，趁此求二奶奶，把方才的钱未曾散人的拿出些来赎取就完了。比不得没闹出来，大家都藏着留脸面；如今既是没了脸，趁此时总有十个罪也只一人受罚，没有砍两颗头的理！你依我说，竟是和二奶奶趁便说去，在这里大声小气如何使得？"这媳妇被探春说出真病，也无可赖了，只不敢往凤姐处出首。探春笑道："我不听见便罢，既听见，少不得替你们分解分解。"谁知探春早使了眼色与侍书，侍书出去了。

这里正说话，忽见平儿进来。宝琴拍手笑道："三姐姐敢是有驱神召将的符术！"黛玉笑道："这倒不是道家玄术，倒是用兵最精的，所谓'守如处女，出如脱兔'，出其不备的妙策。"二人取笑。宝钗便使眼色与二人，遂以别话岔开。探春见平儿来了，遂问："你奶奶可好些了？真是病糊涂了，事事都不在心上，叫我们受这样委屈。"平儿忙道："谁敢给姑娘气受？姑娘吩咐我。

那玉桂媳妇方慌了手脚，遂上来赶着平儿叫："姑娘坐下，让我说原故，姑娘请听"。平儿正色道："姑娘这里说话，也有你混叉口的理！你但凡知礼，只该在外头伺候。也有外头的媳妇们无故到姑娘房里来的？"绣橘道："你不知，我们这屋里是没礼的，〔索隐〕女真游牧之俗风化本与中土相殊，必欲以礼法绳绳，则臭汉脏唐秽史迭见，宽于此而严于彼，未为恰一当。谁爱来就来。"平儿道："都是你们不是。姑娘好性儿，你们就该打出去，然后再回太太去才是。"

桂儿媳妇见平儿出了言，红了脸方退出去。探春接着道："我且告诉

《红楼梦》与顺治皇帝的爱情故事

你,或是别人得罪了我,倒还罢了,如今这桂儿媳妇和他婆婆仗着是嬷嬷,又瞧着二姐姐好性儿,私自拿了首饰去赌钱,而且还捏造假帐逼着去讨情,和这两个丫头在卧房里大喊大叫,二姐姐竟不能辖治。所以我看不过,才请你来问一声:还是他本是天外的人不知道理?还是有谁主使他如此,先把二姐姐制伏了,然后就要治我和四姑娘么?"平儿忙陪笑道:"姑娘怎么今日说出这话来?我们奶奶如何当得起!"探春冷笑道:"俗语说的,'物伤其类','齿寒唇亡',我自然有些心惊。"平儿问迎春道:"若论此事,极好处的。但他是姑娘的奶妈,姑娘怎么样为是?"

当下迎春只合宝钗看《感应篇》故事,究竟连探春之话亦不曾闻得,忽见平儿如此说,仍笑道:"问我?我也没什么法子。他们的不是,自作自受,我也不能讨情,我也不去加责就是了。至于私自拿去的东西,送来我收下,不送来我也不要了。太太们要来问我,可以隐瞒遮饰的过去,是他的造化;若瞒不住,我也没法儿。没有个为他们反欺诳太太们的理,少不得直说。你们若说我好性儿没个决断,有好主意可以八面周全不叫太太们生气,任凭你们处治,我也不管。"〔索隐〕写至此处,回目中所著之"懦"字酣畅极矣!

众人听了,都好笑起来。黛玉笑道:"真是'虎狼屯于阶陛尚谈因果'。若是二姐姐是个男人,一家上下这些人又如何裁治他们?"迎春笑道:"正是。多少男人尚且如此,何况我呢?"〔索隐〕筋骨语不可忽过。一语未了,只听又有一人来了。不知是谁,下回分解。

〔索隐〕此回"懦小姐"三字实为世祖明正罪案,亦赵盾弑其君之意。盖满洲初非礼义文教之邦,太后寡居不贞,积习相沿,事所恒有。所异者,当时在廷诸臣诣事摄政,苟图富贵,竟敢倡为下嫁之说,颁布恩诏,举行大典,可谓丧心病狂千古未有之奇闻。太后之失德固不待言,而世祖不明几谏之义,委婉曲从,自以为承欢养志,乃适以成亲之恶。其愚固可鄙,其懦亦可怜。所言而推测之,事发之始,摄政手下之鹰犬必有一番诐词邪说挟持幼主,如玉桂儿媳妇之所为者。世祖虽明知此举之可耻,以慑于尊亲之威,俯首受命,莫赞一词。书中有曰:"他

第七十三回　痴丫头误拾绣春囊　懦小姐不问累金凤

是我的妈妈，只有他说我的，没有我说他的。"口吻地位恰恰符合。

且绣春囊何人不可拾，而必拾之于傻大姐？傻大姐何人不可属，而必属之于贾母房内，又云"正要拿去与贾母看"？唐突贾母至此，其意何居？于拾囊以后紧接懦小姐一段，其中似连而不连，似不连而连，何来此一种玲珑转变之心思，适成此一段隐约分明之文字？至描写迎春之懦，帷灯匣剑，眼光四射，犹恐后人不悟，乃于结笔云"多少男人尚且如此"，一语揭破，直如画龙点睛，破壁飞去。综前后而合观之，逐字逐句而导绎之，自有所得，知非鄙人之好为附会也。

此回分一小段一大段：自开首起至"宝玉着了惊吓病了"止为一小段，似乎赵姨进逸，宝玉装病与回目中事全不相涉，不知因宝玉受惊而始盘查园中，因盘查园中而始发现香囊金凤各事，相因而下，实为全回主脑。此就原文而言。若论所隐之事实，则睿王以叔父之尊行居摄之事，平日威棱已有令世祖懔懔不可终日之势。一旦下嫁之议起，所以含垢忍耻，唯唯将命，懦小姐之"懦"字由此发生。脉络贯通，补叙处正白必不可少。自"王夫人听了"起至本回完毕为一大段，一气到底，皆回目中应有文字。

〔护花评〕写迎春之懦弱可怜，异时之受婿折磨已先为描出；写探春之锋利可畏，下回之不受检查亦先为伏笔。

〔大某评〕迎春之懦弱性情以前并未写过，故借金凤事出力洗刷一番。以此回为迎春之正传可也。

又：此回仍是甲寅年秋间事。

第七十四回 惑奸谗抄检大观园
避嫌隙杜绝宁国府

话说平儿听迎春说了,正自好笑,忽见宝玉也来了。原来管厨房柳家媳妇的妹子也因放头开赌得了不是。因这园中有素与柳家的不好的,便又告出柳家的来,说他和妹子是伙计,赚了平分。因此凤姐要治柳家之罪。那柳家的听得此信便慌了手脚,因思素与怡红院的人最为深厚,故走来悄悄的央求晴雯芳官等人,转告诉了宝玉。宝玉因思内中迎春的嬷嬷也现有此罪,不若来约同迎春去讨情,比自己独去单为柳家的说情又更妥当,故此前来。忽见许多人在此,见他来时都问道:"你的病可好了?跑来做什么?"宝玉不便说出讨情一事,只说:"来看二姐姐。"当下众人也不在意,且说些闲话。

平儿便出去办累金凤一事。那玉柱儿媳妇紧跟在后,口内百般央求,只说:"姑娘好歹口内超生,找横竖去赎了来。"平儿笑道:"你迟也赎早也赎,既有今日,何必当初。你的意思得过就过,既是这样,我也不好意思告人;趁早取了来交与我送去,一字不提。"玉柱儿媳妇听说,方放下心来,就拜谢,又说:"姑娘自去贵干,赶晚赎了来,先回了姑娘再送去如何?"平儿道:"赶晚不来,可别怨我。"说毕,二人方分路各自散去。

平儿到房,凤姐问他:"三姑娘叫你做什么?"平儿笑道:"三姑娘怕奶奶生气,叫我劝着奶奶些,问奶奶这两天可吃些什么?"凤姐笑道:"倒是他还记挂我。刚才又出了一件事,有人来告柳二媳妇和他妹子通同开局,凡妹子所为,都是他作主。〔索隐〕继后博尔济锦氏为睿王妃之妹。继后之得册立,全由孝庄及王妃主持,暗植势力,且以窥伺圣躬,故伉俪之间爱情淡薄。端敬一逝,不惜披发入山。意当年大婚以后,怙

第七十四回　惑奸谗抄检大观园　避嫌隙杜绝宁国府

宠争妒种种举动，亦由乃姊运筹帷幄，怂恿成之。此段柳二媳妇暗指其事。我想你素日曾劝我'多一事不如省一事'，自己保养保养也是好的。我因听不进去，果然应了，先把太太得罪了，而且反赚了一场病。如今我也看破了，随他们闹去罢，横竖还有许多人呢。我白操一会子心，倒惹得万人咒骂，不如且自家养养病。就是病好了，我也会做好好先生，得乐且乐，得笑且笑，一概是非都凭他们去罢。所以我只答应知道了。"平儿笑道："奶奶果然如此，那就是我们的造化了！"

一语未了，只见贾琏进来，拍手叹气道："好好的又生事！前儿我和鸳鸯借当，那边太太怎么知道了？刚才太太叫我过去，叫我不管那里先借二百银子做八月十五节下使用。我回没处借，太太就说，'你没有钱就有地方挪移，我是和你商量，你就搪塞我，你就没地方儿！前儿一千银子的当是那里的？连老太太的东西你都有神通弄出来，这会二百银子你就这样难？亏我没和别人说去。'我想太太分明不短，何苦来要寻事奈何人。"〔索隐〕此一段事，细思之，实可失笑。天下乃有为子孙者，贿通其祖父辈之婢仆偷窃财物，以资挥霍；而为其父母者，又复暗中窥伺，挟持其短勒令分赃。阴霾鬼蜮，变幻颠倒如此，尚复成何家庭？然在孝庄时则不足怪。孝庄躬冒不韪，挟重资以下嫁，不肖子孙自然一一从旁觊觎，争思染指。月晕础润，理有固然。凤姐儿道："那日并没过外人，谁走了这个消息？"平儿听了，也细想那日有谁在此，想了半日，笑道："是了。那日说话时没人，但晚上送东西来的时节，老太太那边傻大姐儿的娘可巧来送浆洗衣服，他在下房里坐了一回子，看见一大箱子东西自然要问，必是小丫头们不知道说出来了，也未可知。"因此便唤了几个小丫头来问，那日谁告诉傻大姐的娘。众小丫头慌了，都跪下赌神发誓，说："自来也不敢多说一句话。有人凡问什么，都答应不知道，这事如何敢说？"

凤姐详情度理说："他们必不敢多说一句话，倒别委屈了他们。如今把这事靠后，且把太太打发了去要紧。宁可咱们短些，又别讨没意思"。因叫平儿："把我的金首饰再去押二百银子来，送去完事。"贾琏道："越发多押二百，咱们也要使呢。"〔索隐〕母子如此，夫妻如此，描写黑暗家庭离心离德之象，入木三分！凤姐道："很不必，我没处使。这还不知指那一项赎呢。"平儿拿了去，吩咐来旺媳妇领去。不一时拿了银子来，贾琏亲自送去。不在话下。

这里凤姐和平儿猜疑走风的人，"反叫鸳鸯受累，岂不是咱们过失？"正在胡想，人报："太太来了。"凤姐听了诧异，不知何事，随与平儿等忙迎出来。只见王夫人气色更变，只带一个贴已小丫头走来，一语不发，走至里间坐下。凤姐忙捧茶，因陪笑问道："太太今日高兴到这里逛逛？"王夫人喝令平儿出去。平儿见了这般，不知怎么了，忙应了一声，带着众小丫头一齐出去，在房门外站住，越发将房门掩了，自己坐在台阶上，所有的人一个不许进去。凤姐也着了慌，不知何事。

只见王夫人含着泪，从袖里掷出一个香袋来说："你瞧！"凤姐忙拾起一看，见是十锦春意香袋，也吓了一跳，忙问："太太从那里得来？"王夫人见问，越发泪如雨下，颤声说道："我从那里得来？我天天坐在井里，念你是个细心人，所以我才偷空儿，谁和你也和我一样。这样东西大天白日明摆在园里山石上，被老太太的丫头拾着，不亏你婆婆看见，早已送到老太太跟前去了！我且问你，这个东西如何丢在那里？"凤姐听得也变了颜色，忙问："太太怎么知道是我的？"王夫人又哭又叹道："你反问我？你想，一家子除了你们小夫小妻，余者老婆子们要这个何用？女孩子们是从那里得来？自然是那琏儿不长进下流种子那里弄来的！你们又和气，当作一件玩意儿，年轻的人儿女闺房私意是有的，你还和我赖！幸而园内上下人还不解事，尚未拾去。倘若丫头们拾着，你姊妹看见，这还了得！不然有那小丫头们拾着，出去说是园内拾的，外人知道，这性命脸面要也不要？"

凤姐听说，又急又愧，登时紫涨了面皮，便挨着炕沿双膝跪下，也含泪诉道："太太说的固然有理，我也不敢辩我并无这样东西。但其中还要求太太细想，这香袋儿是外头仿着内工绣的，带连穗子一概是市卖的东西，我虽年轻不尊重，也不肯要这样东西。〔索隐〕王夫人之坐实凤姐与凤姐之含泪自辩均为极意反照法。意以凤姐夫妇之年轻并自认为不尊重，尚不肯要这种东西；然则年长于凤姐辈等于凤姐数倍者，其颜面更安在？与上回评语参观。再者这也不是常带着的，我总然有，也只好在私处搁着，焉肯在身上常带各处逛去？况且又在园里去，个个姊妹我

第七十四回　惑奸谗抄检大观园　避嫌隙杜绝宁国府

们都要拉拉扯扯，倘或露出来，不但在姊妹前看见，就是奴才看见，我有什么意思？三则，论主子内我是年轻媳妇，算起来，奴才比我更年轻的又不止一个了，况且他们也常在园走动，焉知不是他们掉的？再者除我常在园里，还有那边太太常带过几个小姨娘来，嫣红翠云那几个人也都是年轻的人，他们更该有这个了。还有那边珍大嫂子，他也不算很老，也常带过佩凤他们来，又焉知又不是他们的？况且园内丫头太多，保不住都是正经的。或者年纪大些的知道了人事，一刻查问不到，偷了出去，或借着因由合二门上小幺儿们打牙撩嘴儿，外头得了来的也未可知。不但我没此事，就连平儿我也可下保的。〔索隐〕四面八方层层转到，凤姐的是辩才。太太请细想。"

王夫人听了这一席话很近情理，因叹道："你起来。我也知道你是大家子的姑娘出身，不至这样轻薄，不过我气激你的话。但只如今却怎么处？你婆婆才打发人封了这个给我瞧，把我气了个死。"凤姐道："太太快别生气。若被众人觉察了，保不定老太太不知道。且平心静气暗暗访察，才能得这个实在；纵然访不出，外人也不能知道。如今惟有趁着赌钱的因由革了许多人这空儿，把周瑞媳妇来旺媳妇等四五个贴近不能走话的人，安插在园里，以查赌为由。再如今他们的丫头也太多了，保不住人大心大，生事作耗，等闹出来反悔之不及。如今若无故裁革，不但姑娘们委屈烦恼，就连太太和我也过不去。不如趁此机会，以后凡年纪大些的，或有些咬牙难缠的，拿个错儿撵出去配了人。一则保得住没别事，二则也可省些用度。太太想我这话如何？"

王夫人叹道："你说的何尝不是。但从公细想，你这几个姊妹每人只有两三个丫头像人，余者竟是小鬼儿似的，如今再去了，不但我心里不忍，只怕老太太未必就依。虽然艰难，也还穷不至此。我虽没受过大荣华，比你们是强些，如今宁可我省些，别委屈了他们。你如今且叫人传周瑞家的等人进来，就吩咐他们快快暗访这事要紧。"凤姐即唤平儿进来吩咐出去。

一时周瑞家的与吴兴家的、郑华家的、来旺家的、来喜家的现在五家陪房进来。王夫人正嫌人少不能勘察，忽见邢夫人的陪房王善保家的走来，正是方才是他送香袋来的。王夫人向来看视邢夫人之得力心腹人

《红楼梦》与顺治皇帝的爱情故事

等原无二意,今见他来打听此事,便向他说:"你去回了太太,也进园来照管照管,比别人强些。"

王善保家的因素日进园去,那些丫鬟们不大趋奉他,他心里不自在,要寻他们的故事又寻不着,恰好生出这件事来,以为得了把柄。又听王夫人委托他,正碰在心坎里,道:"这个容易。不是奴才多话,论理这事该早严紧些的。太太也不大往园里去,这些女孩子们一个个倒像受了封诰似的,他们就成了千金小姐了,闹下天来谁敢哼一声儿?不然就调唆姑娘们,说欺侮了姑娘们了,谁敢担得起。"王夫人道:"这也有的常情,跟姑娘们的丫头比别的娇贵些。"

王善保家的道:"别的还罢了,太太不知,头一个是宝玉屋里的晴雯,那丫头仗着他生的模样儿比别人标致些,又生了一张巧嘴,天天打扮的像个西施样子,在人跟前能说惯道,抓尖要强。一句话不投机,他就立起两只眼睛来骂人,妖妖调调,大不成个体统"。王夫人听了这话,猛然触动往事,便问凤姐道:"上次我们跟了老太太进园逛去,有一个水蛇腰削肩膀儿、眉眼又有些像你林妹妹的,正在那里骂小丫头,我心里很看不上那狂样子。因同老太太走,我不曾说得,后来要问是谁,又偏忘了。今日一对了样儿,这丫头想必就是他了。"

凤姐道:"或论这些丫头们,共总比起来都没晴雯生得好。论举止言语,他原轻薄些,方才太太说的倒很像他。我已忘了那日的事,不敢乱说。"王善保家的便道:"不用这样,此刻不难,叫了他来,太太瞧瞧。"王夫人道:"宝玉房里常见我的只有袭人麝月,这两个笨笨的倒好。若有这个,他自然不敢来见我的。我一生最嫌这样的人,且又出来这个事。好好的宝玉,倘或叫这蹄子勾引坏了,那还了得!"因叫自己丫头过来,吩咐他道:"你去只说我有话问他,留下袭人麝月服侍宝玉不必来,有一个晴雯最伶俐,叫他即刻快来。你不许和他说什么。"

小丫头答应了,走入怡红院,正值晴雯身上不自在,睡中觉才起来,正发闷,听如此说只得随了他来。素日晴雯不敢出头,因连日不自在,并没十分妆饰,自为无碍。及到了凤姐房中,王夫人一见他钗斜鬓松,衫垂带褪,大有春睡捧心之态,而且形容面貌恰是上月的那人,不觉勾引方才的火来。王夫人便冷笑道:"好个美人儿!真像个病西施了。你天

第七十四回　惑奸谗抄检大观园　避嫌隙杜绝宁国府

天作这轻狂样儿给谁看？你干的事打量我不知道么！我且放着你，自然明儿揭你的皮。宝玉今日可好些？"

晴雯一听如此说，心内大异，便知有人暗算了他，虽然着恼，只不敢作声。他本是个聪明过顶的人，见问宝玉可好些，他便不肯以实话答应，忙跪下回道："我不大到宝玉房里去，又不常和宝玉在一处，好歹我不能知；那都是袭人合麝月两个人的事，太太问他们。"王夫人道："这就该打嘴！你难道是死人？要你们做什么？"晴雯道："我原是跟老太太的人，因老太太说园里空大人少，宝玉害怕，所以拨了我去外间屋里上夜，不过看屋子。我原回过我笨，不能服侍。老太太骂了我，'又不叫你管他的事，要伶俐的做什么？'我听了不敢不去，才去的。不过十天半月之内，宝玉叫着答应几句话，就散了。至于宝玉的饮食起居，上一层有老奶奶老妈妈们，下一层有袭人、麝月、秋纹几个人。我闲着还要做老太太屋里的针线，所以宝玉的事竟不曾留心。太太既怪，从此后我留心就是了。"〔索隐〕王夫人冷笑数语，劈空而夹，殊难捉摸；晴雯一番对答亦句句狡狯，不离不即，能肖小婉之为人。

王夫人信以为实了，忙说："阿弥陀佛！你不近宝玉是我的造化，竟不劳你费心。既是老太太给宝玉的，我明儿回了老太太再撵你。"因向王善保家的道："你们进去，好生防他几日，不许他在宝玉房里睡觉。等我回过老太太再处治他。"喝声："出去！站在这里我看不上这浪样儿。谁许你这样花红柳绿的妆扮？"晴雯只得出来。这气非同小可，一出门便拿手帕子握脸，一头走一头哭，直哭到园内去。

这里王夫人向凤姐等自怨道："这几年我越发精神短了，照顾不到，这样妖精似的东西竟没看见！只怕这样的还有，明日倒得查查。"凤姐见王夫人盛怒之际，又因王善保家的是邢夫人的耳目，常时调唆着邢夫人生事，纵有千百样言语此刻也不敢说，只低头答应着。王善保家的道："太太且请息怒，这些小事只交与奴才。如今要查这个是极容易的，等到晚上园门关了的时候，内外不通风，我们竟给他们个冷不防，带着人到各处丫头们房里搜寻。想来谁有这个，断不单有这个，自然还有别的。那时翻出别的来，自然这个也是他的了。"王夫人道："这话倒是。若不如此断乎不能明白。"因问凤姐如何，凤姐只得答应道："太太说是，就行罢了。"王夫人道："这主意很是，不然一年也查不出来。"于是大家商议已定。

至晚饭后，待贾母安寝了，宝钗等入园时，王家的便请了凤姐一同进园，喝命将角门皆上锁。便从上夜的婆子处来抄检起，不过抄检些多余攒下灯油蜡烛等物。王善保家的道："这也是赃，不许动的，等明日回过太太再动。"于是先就到怡红院中，喝命关门。

当下宝玉正因晴雯不自在，忽见这一干人来，不知为何直扑了丫头们的房门去，因迎出凤姐来，问是何故。凤姐道："丢了一件要紧的东西，因大家混赖，恐怕有丫头们偷了，所以大家都查一查去疑儿。"一面说一面坐下吃茶。王家的等搜了一回，又细问这几个箱子是谁的，都叫本人来亲自打开。袭人因见晴雯这样，必有异事，又见这番抄检，只得自己先来打开了箱子并匣子，任其搜检一番，不过平常通用之物。随放下又搜别人的，挨次都一一搜过，到晴雯的箱了，因问："是谁的，怎么不打开叫搜？"

袭人方欲代晴雯开时，只见晴雯挽着头发闯进来，"豁琅"一声将箱子掀开，两手提着底子，往地下一倒，将所有之物尽都倒出来。王善保家的也觉没趣儿，便紫涨了脸说道："姑娘你别生气，我们并非私自就来的，原是奉太太的命来搜察。你们叫翻呢！我们就翻一翻；不叫翻，我们还许回太太去呢，何用急的这个样子！"晴雯听了这话，越发火上浇油，便指着他的脸说道："你是太太打发来的，我还是老太太打发来的呢！太太那边的人我也都见过，就只没看见你这么个有头有脸大管事的奶奶！"

凤姐见晴雯说话锋利尖酸，心中甚喜，却碍着邢夫人的脸，忙喝住晴雯。那王善保家的又羞又气，刚要还言，凤姐道："妈妈，你也不必合他们一般见识，你且细细搜你的。咱们还到各处去搜呢，再迟了走了风，我可担不起。"王善保家的只得咬咬牙，且忍了这口气，细细的看了一看，也无甚私弊之物，回了凤姐要别处去。凤姐道："你可细细的查，若这一番查不出来，难回话的。"众人都道："尽都细翻了，没有什么差错东西。虽有几样男人物件，都是小孩子东西，想是宝玉的旧物，没甚关系的。"凤姐听了笑道："既然如此，咱们就走罢，再瞧别处去。"

第七十四回　惑奸谗抄检大观园　避嫌隙杜绝宁国府

说着一径出来,又向王善保家的道:"我有一句话,不知是不是。要抄检只抄检咱们家的人,薛大姑娘屋里断乎抄检不得的。"王善保家的笑道:"这个自然,岂有抄起亲戚家来的?"凤姐点头道:"我原是这意思。"一头说,一头到了潇湘馆内。黛玉已睡了,忽报这些人来,不知为甚事。才要起来,只见凤姐。已走进来,忙按住他,不叫起来,只说:"睡着罢,我们就走的"。这边且说些闲话。

那王善保家的带了众人到了丫鬟房中,也一一开箱倒笼抄检了一番。因从紫鹃房中搜出两副宝玉往常换下来的寄名符儿,一副束带上的帔带,两个荷包并扇套,套内有扇子。打开看时,皆是宝玉往日手内曾拿过的。王善保家的自为得了意,遂忙请凤姐过来验视,又说:"这些东西从那里来的?"凤姐笑道:"宝玉和他们从小儿在一处混了几年,这自然是宝玉的旧东西。况且这符儿合房子,都是老太太合太太常见的。妈妈不信,咱们只管拿了去。"王家的忙笑道:"二奶奶既知道就是了。"凤姐道:"这也不算什么希罕事,撩下再往别处去是正经。"紫鹃笑道:"直到如今,我们两下里的帐亦算不清。要问这一个,连我也忘了是那年月日的了。"

这里凤姐合王善保家的又到探春院内,谁知早有人报与探春了。探春也就猜着必有原故,所以引一出这些丑态来,遂命众丫头秉烛开门而待。一时众人来了,探春故问何事。凤姐笑道:"因丢了一件东西,连日访察不出人来,恐怕旁人赖这些女孩子们,所以大家搜一搜,使人去疑儿,倒是洗净他们的好法子。"探春笑道:"我们的丫头自然都是些贼,我就是第一个主!既如此,先来搜我的箱柜,他们所偷了来的都交给我藏着呢!"〔索隐〕如哀家梨,如并州剪,阅至此,胸中闷气为之一舒。说着便命丫鬟们把箱一齐打开,将镜奁妆盒衾袱衣包、若大若小之物一齐打开,请凤姐去抄阅。

凤姐陪笑道:"我不过是奉太太的命来,妹妹别错怪了我。"因命丫鬟们:"快快给姑娘关上!"平儿丰儿等先忙着替侍书等关的关,收的收。探春道:"我的东西倒许你们搜阅,要想搜我的丫头,这却不能。我原比众人歹毒,凡丫头所有的东西我都知道,都在我这里间收着,一针一线他们也没得收藏,要搜所以来搜我。你们不依,只管去回太太,

· 893 ·

《红楼梦》与顺治皇帝的爱情故事

只说我违背了太太,该怎么处治,我自去领。你们别忙,自然你们抄的日子有呢!〔索隐〕一路写来,只此一句是主。盖作者为明之遗老,遭遇世变,满腔悲愤欲泄无从,托之著作,以生平梦想之私?发姑快一时之论。即如南都不守,鲁桂诸王相继陷没,此为甄府被抄事实彰明之无可讳言者。然真者既被抄于前,假者亦难幸免于后(甄即真也,贾即假也)。乘人之危而取之,不义之财使其世守勿替,是天道为无知而恶人有所奖劝也。故《红楼梦》一书于荣宁二府必以查抄为结果。当甄府已抄而贾府未抄之际,一盛一衰似难比例。顾同室先以操戈,佳果业经内腐,凶终之象不待外人悬揣,即其骨肉亦自言之而自料之,以证吾所主张并非挟嫌诅咒。悼红之义(悼红者,悼朱明之亡也)其在于斯。你们今日早起不是议论甄家,自己盼着好好的抄家,果然今日真抄了。咱们也渐渐的来了,可知这样大族人家,若从外头杀来,一时是杀不死的,这可是古人说的,'百足之虫,死而不僵',必须先从家里自杀自灭起来,才能一败涂地呢!"〔索隐〕索性将所抱宗旨明白晓畅言之。吾谓作者此书含黍离麦秀之痛,非风云月露之词,益信而有征矣。说着不觉流下泪来。

凤姐只看着众媳妇们。周瑞家的便道:"既是女孩子的东西全在这里,奶奶且请到别处去罢,也让姑娘好安寝。"凤姐便起身告辞。探春道:"可细细搜明白了!若明日再来,我就不依了。"凤姐笑道:"既然丫头们的东西都在这里,就不必搜了。"探春又笑道:"你果然倒乖,连我的包袱都打开了,还说没搜。明日敢说我护着丫头们,不许你们搜了!你趁早说明,若还要搜,不妨再搜一遍。"凤姐知道探春素日与众不同的,只得陪笑道:"已经连你的东西都搜察明白了。"探春又问众人:"你们也都搜明白了没有?"周瑞家的等都陪笑道:"都明白了。"

那王善保家的本是个心内没成算的人,素日虽闻探春的名,他想众人没眼色没胆量罢了,那里一个姑娘就这样利害起来?况且又是庶出,他敢怎么着?自己又仗着是邢夫人的陪房,连王夫人尚另眼相待,何况别人!只当是探春认真单恼凤姐,与他们无干。他便要乘势作脸,因越众向前拉起探春的衣襟,故意一掀,嘻嘻的笑道:"连姑娘的身上也都搜了,果然没有什么。"凤姐见他这样,忙说:"妈妈走罢,别疯疯癫癫的。"

第七十四回　惑奸谗抄检大观园　避嫌隙杜绝宁国府

一语末了，只听"拍"的一声，王家的脸上早着了探春一巴掌。〔索隐〕探春一巴掌犹之作者一枝笔，故其所击着者必为王家的脸上。其字面极可注意。此回搜检独用王善保家的者以此。探春登时大怒，指着王家的问道："你是什么东西，敢来拉扯我的衣裳！我不过看着太太的面上，你又有几岁年纪，叫你一声妈妈，你就狗仗人势，天天作耗，在我们跟前逞脸。如今越发了不得了，你索性望我动手动脚的了！你打量我是同你们姑娘那么好性儿，由着你们欺侮，你就错了主意了。你来搜检东西我不恼你，你不该拿我取笑儿！"说着，便要亲自解钮子，拉着凤姐儿细细的搜，"省得你们叫奴才来搜我。"

凤姐平儿等都忙与探春理裙整袂，口内喝着王善保家的说："妈妈吃两口酒就疯疯癫癫起来，前儿把太太也冲撞了。快出去，别要讨脸了。"又忙劝探春，"好姑娘，别生气。他算什么，姑娘气着倒值多了。"探春冷笑道："我但凡有气，早一头撞死了！不然怎么许奴才来我身上搜贼赃呢。明儿一早，先回过老太太、太太，再过去给大娘赔礼，该怎么着我去领。"

那王善保家的讨了个没脸，赶忙躲出窗外，只说："罢了，罢了！这也是头一遭挨打。我明儿回了太太，仍回老娘家去罢。这个老命还要他做什么！"探春喝命丫鬟："你们听见他说话，还等我和他拌嘴去不成？"侍书听说，便出去说道："妈妈，你知点好歹儿，省一句儿罢：你果然回老娘家去，倒是我们的造化了，只怕你舍不得去。你去了，叫谁讨主子儿的好，调唆着考察姑娘、折磨我们呢？"凤姐笑道："好丫头！真是有其主必有其仆。"探春冷笑道："做贼的人，嘴里都有三言两语的。就只不会背地里调唆主子。"平儿忙也陪笑解劝，一面又拉了侍书进来。周瑞家的等人劝了一番。凤姐直待服侍探春睡下，方带着人往对过暖香坞来。

彼时李纨犹病在床上，他与惜春是紧邻，又与探春相近，故顺路先到这两处。因李纨才吃了药睡着，不好惊动，只到丫鬟们房中一一的搜了一遍，也没有什么东西，遂到惜春房中来。因惜春年少尚未识事，吓的不知当有什么事，故凤姐少不得安慰他。谁知竟在入画箱中寻出一大包银锞子来，约共三四十个。为察奸情，反得贼赃。又有一副玉带版子并一包男女的鞋袜等物。〔索隐〕紫鹃房中搜出寄名符儿荷包扇套是春

《红楼梦》与顺治皇帝的爱情故事

云一展;入画箱中搜出银锞鞋袜玉带版子是春云再展,以便后文折入司棋,不致直率。狮子搏兔亦用全力。凤姐也黄了脸,因问是那里来的。入画只得跪下哭诉真情道:"这是珍大爷赏我哥哥的。因我们老子娘都在南方,如今只跟着叔叔过日子。我叔叔婶子只要吃酒赌钱,我哥哥怕交给他们又化了,所以每常得了,悄悄的烦老妈妈带进来叫我收着的。"

惜春胆小,见了这个也害怕,说:"我竟不知道,这还了得!二嫂子要打他,好歹带他出去打罢,我听不惯的。"凤姐笑道:"若果真呢,也倒可恕,只是不该私自传送进来。这个可以传递,怕什么不可传递?这倒是传递人的不是了。若这话不真,倘是偷来的,你可就别想活了。"入画跪哭道:"我不敢撒谎,奶奶只管明日问我们奶奶和大爷去。若说不是赏的。就拿我和我哥哥一同打死无怨。"凤姐道:"这个自然要问的,只是真赏的也有不是。谁许你私自传送东西的?你且说是谁接应,我便饶你。下次万万不可。"

惜春道:"嫂子别饶他,这里人多,若不管了他,那些大的听见了,又不知怎么样呢。嫂子若依他,我也不依。"凤姐道:"素日我看他还使得。谁没有一个错,只这一次。二次再犯,二罪俱罚。但不知传递是谁?"惜春道:"若说传递,再无别个,必是后门上的张妈。他常和这些丫头鬼鬼祟祟的,这些丫头们也都肯照顾他。"

凤姐听说,便命人记下,将东西且交给周瑞家的暂且拿着,等明日对明再议。谁知那老张妈原和王家有亲,近因王善保家的在邢夫人跟前作了心腹人,便把亲戚和伴儿们都看不到眼里了。后来张家的气不平,斗了两次口,彼此都不说话了。如今王善保家的听见是他传递,碰在他心坎儿上,更兼刚才挨了探春的打,受了侍书的气没处发泄,听见张家的这事,因撺掇凤姐道:"这传东西的事关系甚大,想来那些东西自然也是传递进来的,奶奶倒不可不问。"凤姐儿道:"我知道,不用你说。"于是别了惜春,方往迎春房内去。

迎春已经睡着了,丫鬟们也才要睡,众人扣门,半日才开。凤姐吩咐:"不必惊动姑娘。"遂往丫鬟们房里来。因司棋是王善保家的外孙女儿,〔索隐〕司棋是王家的外孙女儿,独为箭鹄,并无深意。不过曰:侮

第七十四回　惑奸谗抄检大观园　避嫌隙杜绝宁国府

人即以自侮，查抄人者亦终为人所查抄耳。凤姐要看王家的可藏私不藏私，遂留神看他搜检。先从别人箱子起，皆无别物。及到了司棋箱中随意掏了一回，王善保家的道："也没有什么东西。"才要关箱时，周瑞家的道："这是什么话？有没有总要一样看看才公道。"说着，便伸手掣出一双男子锦袜并一双缎鞋，又有一个小包袱，打开看时，里面是一个同心如意并一个字帖儿，一总递与凤姐。凤姐因理家常久，每每看帖看帐，也颇识得几个字了。那帖是大红双喜笺，便看上面写道：

上月你来家后，父母已察觉你我之意。但姑娘未出阁，尚不能完你我之心愿。若园内可以相见，你可托张妈给一信息。若得在园内一见，倒比来家好说话。千万，千万。再：所寄香珠二串，今已查收外，特寄你香囊一个，略表我心，千万收好。弟潘又安拜具。

凤姐看罢，不怒而反乐。别人并不识字。王善保家的素日并不知道他姑表姊弟有这一节风流故事，见了这鞋袜，心内已是有些毛病，又见有一红帖，凤姐看着又笑，他便说道："必是他们写的帐目不成字，所以奶奶见笑。"

凤姐笑道："正是这个帐，竟算不过来！你是司棋的老娘，他的表弟也该姓王，怎么又姓潘呢？"王善保家的见问得奇怪，只得勉强告道："司棋的姑妈给了潘家，所以他姑表兄弟姓潘。上次逃走了的潘又安就是他。"凤姐笑道："这就是了！"因说："我念给你听听。"说着从头念了一遍，大家都吓一跳。

这王家的一心只要拿人的错儿，不想反拿住了他外孙女儿，又气又臊。周瑞家的四人听见凤姐儿念了，都吐舌头摇头儿。周瑞家的道："王大妈听见了？这是明明白白，再没得话说了。这如今怎么样呢？"王家的只恨无地缝儿可钻。凤姐只瞧着他抿着嘴儿嘻嘻的笑，向周瑞家的道："这倒也好。不用他老娘操一点心儿，鸦雀不闻就给他们弄了个好女婿来了！"周瑞家的也笑着凑趣儿。王家的无处煞气，只得打着自己的脸，骂

《红楼梦》与顺治皇帝的爱情故事

道:"老不死的娼妇,怎么造下孽了?说嘴打嘴,现世现报!"〔**索隐**〕二句是筋节处。

众人见他如此,要笑又不敢笑,也有趁愿的,也有心中感动报应不爽的。凤姐见司棋低头不语,也并无畏惧惭愧之意,倒觉可异。料此时夜深,且不必盘问,只怕他夜间自寻短志,遂唤两个婆子监守。且带了人拿了赃证回来歇息,等待明日料理。

谁知夜里下面淋血不止,次日便觉身体十分软弱起来,遂掌不住。请医诊视,开方立案,说要保重而去。老嬷嬷们拿了方子回过王夫人,不免又添一番愁闷,遂将司棋之事暂且搁起。

可巧这日尤氏来看凤姐,坐了一回,又看李纨等。忽见惜春遣人来请,尤氏到他房中,惜春便将昨夜之事细细告诉了,又命将入画的东西一概要来与尤氏过目。尤氏道:"实是你哥哥赏他哥哥的;只不该私自传送,如今官盐反成了私盐了。"因骂入画:"糊涂东西!"惜春道:"你们管教不严,反骂丫头。这些姊妹独我的丫头没脸,我如何去见人。昨儿叫凤姐姐带了他去,又不肯。今日嫂子来的恰好,快带了他去,或打或杀或卖,我一概不管。"入画听了,跪地哀求,百般苦告。尤氏和奶妈等人也都十分解说,"他不过一时糊涂,下次再不敢的。看他从小儿服侍一场"。

谁知惜春年幼,天性孤僻,任人怎说,只是咬定牙断乎不肯留着,更又说道:"不但不要入画,如今我也大了,连我也不便往你们那边去了。况且近日闻得多少议论,我若再去,连我也编派。"尤氏道:"谁敢议论什么?又有什么可议论的!姑娘是谁,我们是谁,姑娘既听见人议论我们,就该问着他才是。"惜春冷笑道:"你这话问着我倒好。我一个姑娘家,只好躲是非的,我反寻是非,成个什么人了?况且古人说的,'善恶生死,父子不能有所勖助',何况你我二人之间。我只能保住自己就够了。〔**索隐**〕举世滔滔,止有独善其身之一法。以后你们有事,好歹别累我。"

尤氏听了,又气又好笑,因向地下众人道:"怪道人人都说四姑娘年轻糊涂,我只不信。你们听这些话,无原无故,又没轻重,真真的叫人

第七十四回　惑奸谗抄检大观园　避嫌隙杜绝宁国府

寒心。"众人都劝说道："姑娘年轻，奶奶自然该吃些亏的。"惜春冷笑道："我虽年轻，这话却不年轻。你们不看书不识字，所以都是呆子，倒说我糊涂。"尤氏道："你是状元，第一个才子！我们糊涂人，不如你明白。"惜春道："据你这话就不明白，状元难道没有糊涂的？〔索隐〕皇帝为元首，状元者，状元首也。成败无常，不能以其为现时之元首，而遂颂之为神武圣明也。可知你们这些人都是世俗之见，那里眼里识得出真假，心里分得出好歹来！你们要看真人，总在最初一步的心上看起，才能明白呢。"尤氏笑道："好，才是才子，这会子又做大和尚，又讲起参悟来了。"惜春道："我也不是什么大悟，我看如今人一概也都是入画一般，没有什么大说头儿。"〔索隐〕齐固失矣，楚亦未为得也。仍是愤嫉语。尤氏道："可知你真是个心冷嘴冷的人。"惜春道："怎么我不冷？我清清白白的一个人，为什么叫你们带累坏了？"〔索隐〕有鸟兽不可与同群之意。

尤氏心内原有病，怕说这些话；听说有人议论，已是心中羞恼，只是今日惜春分上不好发作，忍耐了大半天，我今见惜春又说这话，因按捺不住，便问道："怎么就带累了你？你的丫头的不是，无故说我，我倒忍了这半日，你倒越发得了意，只管说这个话。你是千金小姐，我们以后就不敢亲近你，仔细带累了小姐的美名儿！即刻就叫人将入画带了过去！"说着便赌气起身去了。惜春道："你这一去了，若果然不来，倒也省了口舌是非，大家倒还干净。"尤氏也不答应，一径往前边去了。不知后事如何，下回分解。

〔索隐〕此回宗旨，无非作者遭遇世变致其激昂悲愤之意。甄府指故君，贾府指新朝，一真一假，予夺之意俨然。贾府之外貌烈烈轰轰，似难与甄府之已被查抄者相提并论，然其实情则奸淫掳盗，颠倒错乱，离心离德，危机暗伏，终必有国破家亡大快人心之一日。

即论园中抄检一节，自相残杀，内讧已生，岂能持久。探春一番议论慨乎言之，亦作者透露筋节处。王善保家的兴高彩

《红楼梦》与顺治皇帝的爱情故事

烈而来，垂头丧气而去，所得赃证偏在其外孙女儿处，自打自嘴巴，隐寓报施不爽、天道好还之意。为豫亲王博贝勒等一辈人痛下针砭。

下半回作者自高声价，其胸中所蕴之无限牢骚借惜春口中倾吐之。盖并世僚友晚节不坚，一一佐命新朝，弹冠自庆；或且以不入耳之言来相劝勉，作者割席绝交，避之若浼。彼自诩为明白者，实即糊涂之尤，故曰："我看如今人，……没有什么大说头"；又曰"我只能保住自己"。若就原书而论，惜春虽孤僻，何至唐突嫂氏口不择言至此？似乎横枝蔓叶，多此一段无谓文字矣。

全书恶金恶白，喜红喜木；金与白为清，红与木为明。如金哥金鸳鸯皆自缢，金钏儿投井，夏金桂服毒，尤二姐吞金，尤三姐自刎。宝钗有金锁，金钗雪里埋，冷香丸等，皆非正人。黛玉为绛芝珠草，晴雯为芙蓉神，林四娘、林如海、林之孝、林小红、菱洲、藕榭、蕉下客、柳湘莲、李纨、李妈妈、李贵、焙茗、焦大之属，皆在许可之列，其意可知。固不仅悼红，怡红之说显而易见也。

本回分三小段一大段：自开首起至"那就是我们的造化了"止为一小段，为上回之余波。自"一语未了"起至"不在话下"止又为一小段，写大观园之外强中干，衰象已见。自"这里凤姐和平儿猜疑走风的人"起至"暂且搁起"止为一大段，是抄检大观园正文。以审问凤姐、责斥晴雯发其端，以入画、紫鹃之物引其绪，然后折入司棋，不肯使一直笔。文章遂如火如荼，有声有色。自"可巧这日尤氏来看凤姐"起至本回完毕又为一小段，虽列入回目，实是余兴，诸者不可不知。

〔**护花评**〕搜检大观园是抄家预兆，杜绝宁国府是出家根由。

又：迎春一味懦弱，探春主意老辣，惜春孤介性僻，三人身分不同，可知结果均异。

又：凤姐向王善保家的说："要抄检只抄捡咱们家的人，薛

第七十四回　惑奸谗抄检大观园　避嫌隙杜绝宁国府

大姑娘屋里断乎抄检不得的?"王善保家的说:"这个自然,岂有抄起亲戚家来的。"试问林姑娘独非亲戚乎?则黛玉之受欺,不止不给月银一端,宜乎其日以泪痕洗面也。

又:侍书之说话锋利,晴雯之性情躁急,及入画之哭诉实情,司棋之并无惭惧,各人肚里各有主意。而司棋之视死如归已于此定念。

〔**大某评**〕此回仍是甲寅年秋间事,下回入中秋。

第七十五回　开夜宴异兆发悲音
　　　　　　　赏中秋新词得佳谶

　　话说尤氏从惜春处赌气出来，正欲往王夫人处去，跟从的老嬷嬷们因悄悄的道："回奶奶：且别往上房去。才有甄家的几个人来，还有些东西，不知是做什么机密事。奶奶这一去恐怕不便。"尤氏听了道："昨日听见你老爷说，看见抄报上甄家犯了罪，现今抄没家私，调取进京治罪，怎么又有人来？"〔索隐〕甄家抄没，其家私独寄之贾府，用意显然。毁其宗庙，迁其重器。涉笔至此，已洒一掬伤心之泪。老嬷嬷道："正是呢。才来了几个女人，气色不成气色，慌慌张张的，想必有什么瞒人的事。"

　　尤氏听了，便不往前去，仍往李纨这边来了。恰好太医才诊了脉去。李纨近日也觉清爽了些，拥衾倚枕坐在床上，正欲人来说些闲话。因见尤氏进来，不似方才和蔼，只呆呆的坐着，李纨因问道："你过来了？可吃些东西？只怕饿了。"命素云："瞧有什么新鲜点心拿来。"尤氏忙止道："不必，不必。你这一向病着，那里有什么新鲜东西？况且我也不饿。"李纨道："昨日人家送来的好茶面子，倒是对碗来你吃罢。"说毕便吩咐去对茶。

　　尤氏出神无语。跟来的丫头媳妇们因问："奶奶今日中晌尚未洗脸，这会子趁便可净一净好？"尤氏点头。李纨忙命素云来取自己妆奁。素云又将自己脂粉拿来，笑道："我们奶奶就少这个。奶奶不嫌肮脏，能用着些。"李纨道："我虽没有，你就该往姑娘们那里去取，怎么公然拿出你的来。幸而是他，若是别人岂不恼呢？"尤氏笑道："这又何妨。"说着，一面洗脸。丫头只弯腰捧着脸盆，李纨道："怎么这样没规矩？"那丫头赶着跪下。〔索隐〕除了宫殿以内，无论谁家不能有此礼数。往往于无

第七十五回　开夜宴异兆发悲音　赏中秋新词得佳谶

意中漏露一二消息，此作者狡狯处，亦作者惨淡经营处。尤氏笑道："我们家下大小的人只会讲外面假礼假体面，究竟做出来的事能够使的了。"〔索隐〕自戕贼之不足，更冀以自相诅咒，足见御人越货必无久享之理，用笔刻毒。李纨听如此说，便已知道昨夜的事，因笑道："你这话有因。谁做的事竟够使的了？"尤氏道："你倒问我？你敢是病着死过去了？"

　　一语未了，只见人报宝姑娘来。二人忙说快请时，宝钗已走进来。尤氏忙擦脸起身让坐，因问："怎么一个人忽然走进来，别的姊妹都不见？"宝钗道："正是，我也没有见他们。只因今日我们妈妈身上不自在，家里两个女人也都因时症未起炕，别的靠不得，我今儿要出去伴着老人家夜里作伴。要去回老太太、太太，我想又不是什么大事，且不用提，等好了我横竖进来的，所以来告诉大嫂子一声。"李纨听说，只看着尤氏笑，尤氏也看着李纨笑。

　　一时尤氏盥洗已毕，大家吃面茶。李纨因笑着向宝钗道："既这样，且打发人去请姨妈的安，问是何病。我也病着，不能亲自过来。好妹妹，你去只管去，我且打发人到你那里去看屋子。你好歹住一两天还进来，别叫我落不是。"宝钗笑道："落什么不是呢？也是人之常情，你又不曾卖放了贼。〔索隐〕探钗两人口吻逼肖，亦可谓之二难。依我的主意，也不必添人过去，竟把云丫头请了来，你和他住一两日岂不省事？"尤氏道："可是史大妹妹往那里去了？"宝钗道："我才打发他们找你们探丫头去了，叫他同到这里来，我也明白告诉他。"

　　正说着，果然报云姑娘和三姑娘来了。大家让坐已毕，宝钗便说要出去一事。探春道："很好。不但姨妈好了还来，就便好了不来也使得。"尤氏笑道："这话奇怪，怎么撑起亲戚来了？"探春冷笑道："正是呢。有别人撑的，不如我先撑。亲戚们好，也不在必要死住着才好。咱们倒是一家子亲骨肉呢，一个个不像乌眼鸡似的，恨不得你吃了我，我吃了你！〔索隐〕康熙诸子互相残贼，当时皇储未定，人人有夺嫡之心。剧盗凶僧既兼收而并蓄，巫蛊方术亦百出而不穷，同室操戈，怪象百出。一二懦弱畏事者，则急求外出以避祸。所谓尔不吃我，即我吃了你，的是一时实状。尤氏忙笑道："我今儿是那里来的晦气，偏都碰着你姊妹们气头上了。"探春道："谁叫你趁热灶火来了？"因问："谁又得罪了你呢?"因又寻思道:"凤丫头也不犯合你怄气,却是谁呢?"尤氏只含糊答应。

探春知他畏事不肯多言,因笑道:"你别装老实了。除了朝廷治罪,没有砍头的,你不必吓的这个样儿。告诉你罢,我昨日把王善保家那老婆子打了,我还顶着罪呢。不过背地里说我些闲语,难道也还打我一顿不成!"宝钗忙问因何又打他,探春悉把昨夜的事,一一都说了出来。尤氏见探春已经说了出来,便把惜春方才的事也说了出来。探春道:"这是他向来的脾气,孤介太过,我们再扭不过他的。"又告诉他们说:"今日一早不见动静,打听了凤丫头病着,就打发人四下打听王善保家的事怎么。回来告诉我说,王善保家的挨了一顿打,嗔着他多事。"尤氏李纨道:"这倒也是正理。"探春冷笑道:"这种遮人眼目儿的事谁不会作?且再瞧就是了。"尤氏李纨皆默无所答。一时丫头们来请用饭,湘云宝钗回房打点衣衫。不在话下。

尤氏辞了李纨,往贾母这边来。贾母歪在榻上,王夫人正说甄家因何获罪,如今抄没了家产来京治罪等语。贾母听了心中甚不自在,恰好见他姊妹来了,因问:"从那里来的?可知凤姐儿妯娌两个病着,今日怎么样?"尤氏等忙回道:"今日都好些。"贾母点头叹道:"咱们别管人家的事,且商议咱们八月十五赏月是正经。"〔索隐〕取八月十五者,由盈而昃之义也。康乾之际天下一统,歌舞承平,正如花事盛开,由煊烂而渐趋零落,其机已伏。梦梦者不悟,可哀也!王夫人笑道:"已预备下了,不知老太太拣那里好?只是园里恐夜晚风凉。"贾母笑道:"多穿两件衣服何妨,那里正是赏月的地方,岂可倒不去的?"

说话之间,媳妇们抬过饭桌,王夫人尤氏等忙上来放箸捧饭。贾母见自己几色菜已摆完,另有两大棒盒盛了几色菜,便是各房孝敬的旧规矩。〔索隐〕的是慈宁官传餐气派。贾母说:"我吩咐过几次蠲了罢,都不听,也只罢了。"王夫人笑道:"不过都是家常东西。今日我吃斋,没有别的。那些面筋豆腐老太太又不甚爱吃,只拣了一样椒油莼酱来。"贾母笑道:"我倒也想这个吃。"鸳鸯听说,便将碟子拿在跟前。宝琴一一的让了方归坐。贾母便命探春来同吃。探春也都让过了,便和宝琴对面坐下,侍书忙去取了碗箸。鸳鸯又指那几样菜道,"这几样看不出是什

第七十五回　开夜宴异兆发悲音　赏中秋新词得佳谶

么东西来,是大老爷孝敬的。这一碗是鸡髓笋,是外头老爷点上来的。"一面说,一面就将这碗笋送至桌上。贾母略尝了两点,便命:"将那几样着人都送回去,就说我吃了。以后不必天天送,〔索隐〕宫中旧例,偶有所进嗣后即成常供,非奉御旨不敢减撤。故相传时鲜不列膳品,恐一朝索取,反以此获谴。我想吃什么自然着人来要"。媳妇们答应着,仍送过去。不在话下。

贾母因问:"拿稀饭来吃些罢。"尤氏早捧过一碗来,说是红稻米粥。贾母接来吃了半碗,便吩咐:"将这粥送给凤姐儿吃去。"又指着这一盘果子:"独给平儿吃去。"又向尤氏道:"我吃了,你就来吃了罢。"尤氏答应着,侍贾母漱口洗手毕。贾母便下地,和王夫人说闲话行食。

尤氏告坐吃饭,贾母又命鸳鸯等来陪吃。贾母见尤氏吃的仍是白米饭,因问道:"怎么不盛我的饭?"丫头们回道:"老太太的饭完了。今日添了一位姑娘,所以短了些。"鸳鸯道:"如今都是可着头做帽子了,要一点儿富余也不能的。"〔索隐〕一派萧索气象。王夫人忙回道:"这一二年旱涝不定,田上的米都不能按数交的。这几样细米更艰难,所以都是可着吃的做。"贾母笑道:"正是'巧媳妇做不出没米儿粥'来。"众人都笑起来。鸳鸯一面回头向门外伺候媳妇们道:"既这样,你们就去把三姑娘的饭拿来添上〔索隐〕帑藏空虚,入不敷出,一时执政犹复东挪西凑,粉饰苟延。此或指当日用兵边陲,罗库储以供军饷。种种竭蹶之象,细加体味,都是有为而言。也是一样。"尤氏笑道:"我这个就够了,也不用去取。"鸳鸯道:"你够了,我不会吃的?"媳妇们听说,方忙着取去了。一时王夫人也用饭,这里尤氏直陪贾母说话取笑。

到起更的时候,贾母道:"你也过去罢。"尤氏方告辞出来。走至二门外上了车,众媳妇放下帘子来,四个小厮拉出来套上牲口,几个媳妇带着小丫头儿们先走,到那边大门口等着去了,这里送的丫头们也回来了。

尤氏在车内,因见自己门首两边狮子下放着四五辆大车,便知系来赴赌之人,向丫头银蝶儿道:"你看,坐车的是这些,骑马的又不知有几个呢。"说着进府,已到了厅上。贾蓉媳妇带了丫头媳妇,也都秉着羊角手罩接了出来。尤氏笑道:"成日家我要偷着瞧瞧他们赌钱,也没得便

《红楼梦》与顺治皇帝的爱情故事

今儿倒巧,顺便打他们窗户跟前走过去。"众媳妇答应着,提灯引路,又有一个先去悄悄的知会服侍的小厮们,不要失惊打怪。于是尤氏一行人悄悄的来至窗下,只听里面称三赞四耍笑之音虽多,又兼有恨五骂六忿怨之声亦不少。〔索隐〕揭穿语。

原来贾珍近因居丧,不得游玩,无聊之极,便生了个破闷的法子。日间以习射为由,请了几位世家弟兄及诸富贵亲友来较射,因说:"白白的只管乱射终是无益,不但不能长进,且坏了式样,必须立了罚约,赌个利物,大家才有勉力之心。"因此天香楼下箭道内立了鹄子,皆约定每日早饭后时射鹄子。贾珍不好出头,便命贾蓉做局家。这些都是少年,正是斗鸡走狗、问柳评花的一干游侠纨袴。因此大家议定,每日轮流作晚饭之主。天天宰猪割羊,屠鹅杀鸭,好似临潼斗宝的一般,都要卖弄自己家里的好厨役好烹调。

不到半月工夫,贾政等听见这般,不知就里,反说:"这才是正理。文既误了,武也当习,况在武荫之属。"遂也命宝玉、贾环、贾琮、贾兰等四人于饭后过来,跟着贾珍习射一回方许回去。〔索隐〕康乾时,每借热河秋狩为名,整队率属,经月始返,荒淫盘乐,内容至不可究诘。

贾珍志不在此,再过几日便渐次以歇肩养力为由,晚间或抹骨牌赌个酒东儿,至后渐次至钱。如今三四个月的光景,竟一日一日赌胜于射了,公然斗叶掷骰,放头开局大赌起来。家下人借此各有些利益,巴不得如此,所以竟成了局势。外人皆不知一字。

近日邢夫人的胞弟邢德全也酷好如此,所以也在其中。又有薛蟠,第一个惯喜送钱与人的,见此岂不快乐?这邢德全虽系邢夫人的胞弟,却居心行事大不相同,他只知吃酒赌钱、眠花宿柳为乐,手中滥漫使钱,待人无心,因此都叫他"傻大舅"。薛蟠早已出名的呆大爷。〔索隐〕傻大舅呆大爷两徽号,必系指当时不法之宗室。今日二人凑在一处,都爱抢快,便又会了两家在外间炕上抢快。又有几个在当地下大桌子上赶羊。里间又有一起斯文些的,抹骨牌打天九。此间服侍的小厮都是十五岁以下的孩子。此是前话。

且说尤氏潜至窗外偷看,其中有两个陪酒的小幺儿都打扮得粉妆锦饰。今日薛蟠又掷输了,正没好气,幸而后手里渐渐翻过来了,除了冲

第七十五回　开夜宴异兆发悲音　赏中秋新词得佳谶

帐的反赢了好些，心中只是兴头起来。贾珍道："且打住，吃了东西再来。"因问："那两处怎么样？"里头打天九赶老羊的未清，先摆下一桌，贾珍陪着吃。薛蟠兴头了，便搂着一个小幺儿吃酒，又命将酒去敬傻大舅。

傻大舅输家没心肠，吃了两碗便有些醉意，嗔着陪酒的小幺儿只赶赢家不理输家了，因骂道："你们这起兔子，真是些没良心的忘八羔子！天天在一处，谁的恩你们不沾？只不过这会子输了几两银子，你们就这么三六九等儿的了，难道从此以后再没有求着我的事了？"众人见他带酒，那些输家不便言语，只抿着嘴儿笑。那些赢家忙说："大舅骂的很是。这小狗攮的们都是这个风俗。"因笑道："还不给大舅太爷斟酒呢！"两个小孩子都是演就的圈套，忙都跪下奉酒，扶着傻大舅的腿，一面撒娇儿说道："你老人家别生气，看着我们两个小孩子罢。我们师父教的，不论远近厚薄，只看一时有钱的就亲近。〔索隐〕诸子各树党援，四方无赖奔走门下者，初非有感恩图报之意，不过为金钱所驱使，如蝇逐臭，如蚁附膻，侪之于娼优之列，未为刻薄。鸟兽不可与同群，有志之士惟有高飞远引，独洁其身而已。你老人家不信，回来大大的下一注赢了，就瞧瞧我们两个是什么光景儿。"说的众人都笑了。

这傻大舅掌不住也笑了。一面伸手接过酒来，一面说道："我要不看着你们两个素日怪可怜见的，我这一脚把你两个的小蛋黄子踢出来！"说着把腿一抬。两个孩子趁势儿爬起来，越发撒娇撒痴，拿着酒花绢子托了傻大舅的手，把那钟酒灌在傻大舅嘴里。傻大舅哈哈的笑着，一扬脖儿把一钟酒喝干了。因拧了那孩子的脸一下儿，笑说道："我这会子看着又怪心疼的了。"

说着忽然想起旧事来，乃拍案对贾珍说道："昨日我和你令伯母怄气，你可知道么？"贾珍道："不曾听见。"傻大舅叹道："就为钱这件东西。老贤甥，你不知我们邢家的底里。我们老太太去世时我还小呢，世事不知。他姊妹三个人只有你令伯母居长，他出阁时，把家私都带了过来了。如今你二姨儿也出了阁了，他家里也很艰窘，你三姨儿尚在家里，一应用度都是这里陪房王善保家的掌管。我就是来要几个钱，也并不是要贾府里的家私，我邢家的家私也就够我花了。无奈竟不得到手。你们就欺侮我没钱。"贾珍见他酒醉，他人听见不雅，忙用话解劝。

外面尤氏等听得十分真切，乃悄向银蝶儿等笑道："你听见了？这是北院里大太太的兄弟抱怨他呢。可见他亲兄弟还是这样，就怨不得这些人了。"〔索隐〕骨肉亲兄弟犹然内哄，宜乎四方骚动，乘机而起者之日有所闻也。因还要听时，正值赶老羊的那些人也歇住了，要酒。有一个人问道："方才是谁得罪了舅太爷？我们竟没听明白。且告诉我们评评理。"邢德全把两个陪酒的孩子不理的话说了一遍。那人接过来就说："可恼！怨不得舅太爷生气。我问你：舅太爷不过输了几个钱就罢了，并没有输掉了鸡巴，怎么你们就不理他了。"〔索隐〕王公贝勒虽家无儋石，贫窭不能自存，但使宗室之头衔存在，始终横行市井，作恶生事。必至革爵圈禁，无可藉手而后已。说着，大家都笑起来。邢德全也喷了一地饭，说："你这个东西，行不动儿就撒村捣怪的！"

尤氏在外面听了这话，悄悄的啐了一口，骂道："你听听这一起没廉耻的小挨刀的！再灌丧了黄汤，不知还诌出些什么新样儿的来呢。"一面便进去卸妆安歇。

至四更时贾珍方散，往佩凤房里去了。

次日起来，就有人回西瓜月饼都全了，只待分派送人。贾珍吩咐佩凤道："你请奶奶看着送罢，我还有别的事呢。"佩凤答应去了，回了尤氏，分派遣人送去。

一时佩凤又来问："奶奶今儿出门不出门？爷说咱们是孝家，十五过不得节，今儿晚上倒好，可以大家应个景儿。"〔索隐〕孝家过不得节，而私宴公宴歌舞自若。旗人之特性如是，作者知之最深。尤氏道："我倒不愿意出门呢。那边珠大奶奶又病了，琏二奶奶也躺下了，我再不去，越发没个人了。"佩凤道："爷说，奶奶出门好歹早些回来，叫我跟了奶奶去呢。"尤氏道："既这么样，快些吃了，我好走。"佩凤道："爷说早饭在外面吃，请奶奶自己吃罢。"尤氏问道："今日外头有谁。"佩凤道："听见外头有两个南京新来的，倒不知是谁？"说毕吃饭更衣，尤氏等仍过荣府来，至晚方回去。

果然贾珍煮了一口猪，烧了一腔羊，备了一桌菜蔬果品，在会芳园丛绿堂中，带领妻子姬妾先吃过晚饭，然后摆上酒，开怀作乐赏月。将

第七十五回　开夜宴异兆发悲音　赏中秋新词得佳谶

一更时分，真是风清月朗，银河微隐。贾珍因命佩凤等四个人也都入席，下面一溜坐下，猜枚搳拳，饮了一回。贾珍有了几分酒，高兴起来，便命取了一枝紫竹箫来，命佩凤吹箫，文花唱曲，喉清韵雅，真令人魄散魂消。唱罢复又行令。

那天将有三更时分，贾珍酒已八分。大家正添衣吃茶，换盏更酌之际，忽听那边墙下有人长叹之声。大家明明听见，都毛发竦然。贾珍忙厉声叱问："谁在那边？"连问几声，无人答应。尤氏道："必是墙外边家里人，也未可知。"贾珍道："胡说！这墙四面皆无下人的房子，况且那边又紧靠着祠堂，焉得有人？"

一语未了，只听得一阵风声，竟过墙去了。恍惚闻得祠堂内槅扇开阖之声，只觉得阴气森森，比先更觉凄惨起来。看那月色时，也淡淡的不似先前明朗，众人都觉毛发倒竖。〔索隐〕已到天怒人怨地步。贾珍酒已吓醒了一半，只比别人掌得住些，心里也十分警畏，便大没兴头。勉强又坐了一会，也就归房安歇去了。

次日一早起来，乃是十五日，带领众子侄开祠行朔望之礼。细察祠内，都仍是照旧好好的，并无怪异之迹。贾珍自以为醉后自怪，也不提此事。〔索隐〕见怪不怪，其怪自败耶？抑天怒不足畏，人言不足恤耶？礼毕，仍旧闭上门，看着锁禁起来。

贾珍夫妻至晚饭后方过荣府来，只见贾赦贾政都在贾母房里坐着说闲话儿，与贾母取笑呢。贾琏、宝玉、贾环、贾兰皆在下侍立。贾珍来了，都一一见了，说了两句话。贾珍方在挨门小杌子上告了坐，侧着身子坐下。贾母笑问道："这两日你宝兄弟的箭如何了？"贾珍忙起身笑道："大长进了。不但式样好，而且弓也长了一个劲。"贾母道："这也够了，且别贪力，仔细劳伤着。"贾珍忙答应了几个"是"。贾母又道："你昨日送来的月饼好；西瓜看着倒好，打开却也罢了。"贾珍答应："月饼是新来的一个专做点心的厨子，我试了试果然好，才敢做了孝敬来的。西瓜往年都还可以，不知今年怎么就不好了。"贾政道："大约今年雨水太勤之过。"贾母笑道："此时月亮已上来了，咱们且去上香。"说着，便起身扶着宝玉的肩，带领众人齐往园中来。

当下园子正门俱已大开，吊着羊角灯。嘉荫堂月台上焚着斗香，秉

《红楼梦》与顺治皇帝的爱情故事

着烛,陈设瓜果月饼等物。邢夫人等皆在里面久候。真是月明灯彩人气香烟,晶艳氤氲,不可形状。地下铺着拜毯锦褥,贾母盥手上香拜毕,于是大家皆拜过。贾母便说:"赏月在山上最好。"因命在那山上的大花厅上去。众人听说,就忙着在那里铺设。贾母且在嘉荫堂中吃茶少歇,说些闲话。

一时人回:"都齐备了。"贾母方扶着人上山来。王夫人等因回说:"恐石上苔滑,还是坐竹椅上去。"贾母道:"天天打扫,况且极平稳的宽路,何必不疏散疏散筋骨。"于是贾赦贾政等在前引导,又有两个老婆子秉着两把羊角手罩,鸳鸯、琥珀、尤氏等贴身搀扶,邢夫人等在后围随。从下逶迤不过百余步,到了土山峰脊上,便是这座敞厅。因在山之高脊,故名曰'凸碧山庄'。厅前平台上列下桌椅,又用一架大围屏隔做两间。凡桌椅形式皆是圆的,特取团圆之意。上面居中贾母坐下,左边贾赦、贾珍、贾琏、贾蓉,右边贾政、宝玉、贾环、贾兰,团团围坐。只坐了半桌,下面还有半桌余空。

贾母笑道:"常日倒还不觉人少,今日看来,究竟咱们的人也甚少,算不得什么。想当年过节的日子,全家男女三四十个,何等热闹!今日又这样太少,如今叫女孩儿们来坐那边罢。"于是令人向围屏后邢夫人等席上,将迎春、探春、惜春三个请过来。贾琏宝玉等一齐出坐,先尽他姊妹坐了,然后在下依次坐定。贾母便命折一枝桂花来,命一媳妇在屏后击鼓传花。若花在手中,饮酒一杯,罚说笑话一个。

于是先从贾母起,次贾赦,一一接过。鼓声两转,恰恰在贾政手中住了,只得饮酒。那众姊妹弟兄都你悄悄的扯我一下,我暗暗的又搭你一把,都冷笑,心里想着,倒要听是何笑话儿。

贾政见贾母欢喜,只得承欢。方欲说时,贾母又笑道:"若说得不笑了还要罚。"贾政笑道:"只得一个,若不说笑了也只好愿罚。"贾母道:"你就说这一个。"贾政因说道:"一家子一个人最怕老婆。"〔**索隐**〕康熙四十七年废皇太子后,诏书有云:"一切往来构煽均出索额图。"索额图为允禩妻舅,允禩妻又凤以悍名,是当日倾陷太子,允禩妻实主持于内,为怕妻之明证。只说了这一句,大家都笑了。因从没听见贾政说过,所以才笑。贾母笑道:"这必是好的。"贾政笑道:"若好,老太太先多

第七十五回　开夜宴异兆发悲音　赏中秋新词得佳谶

吃一杯。"贾母笑道："使得。"贾赦连忙捧杯，贾政执壶斟了一杯，贾赦仍旧递给贾政，贾赦旁边侍立。贾政捧上安放在贾母面前，贾母饮了一口。贾赦贾政退回本位。

于是贾政又说道："这个怕老婆的人从不敢多走一走。偏是那日是八月十五，到街上买东西，便见了几个朋友，死活拉到家里去吃酒。不想吃醉了，便在朋友家里睡着。第二日醒了，后悔不及，只得来家赔罪。他老婆正洗脚，说：'既是这样，你替我舔舔就饶你。'这男人只得给他舔，未免恶心要吐。他老婆便恼了，要打，说：'你这样轻狂！'吓得他男人忙跪下求说：'并不是奶奶的脚肮脏，只因昨晚吃多了黄酒，又吃了月饼馅子，所以今日有些作酸呢。'"说得贾母与众人都笑了。贾政忙又斟了一杯，送与贾母。贾母笑道："既这样，快叫人取烧酒来，别叫你们有媳妇的人受累。"众人又都笑起来。

于是又击鼓，便从贾政传起，可巧传到宝玉手中鼓止。宝玉因贾政在坐，早已踧踖不安，偏又在他手中，因想："说笑话倘或说得不好，又说没口才；若说好了，又说正经的不会，只惯贫嘴，更有不是。不如不说好。"乃起身辞道："我不能说笑话，求限别的罢。"贾政道："既这样，限一个'秋'字，就即景做一首诗。好便赏你；若不好，明日仔细！"贾母忙道："好好的行令，如何又做诗？"贾政陪笑道："他能的。"贾母听说："既这样，就坐。快命人取纸笔来。"贾政道："只不许用这些水、晶、冰、玉、银、彩、光、明、素等堆砌字样，要另出主见，试试你这几年情思。"

宝玉听了，碰在心坎儿下，遂立想了四句，向纸上写了，呈与贾政看。贾政看了点头不语。贾母见这般，知无甚不好，便问："怎么样？"贾政因欲贾母喜欢，便说："难为他。只是不肯念书，到底词句不雅。"贾母道："这就罢了。就该奖励，以后越发上心了。"贾政道："正是。"因回头命个老嬷嬷出去吩咐小厮们："把我海南带来的扇子取来，给两把与宝玉。"宝玉叩了一个头，仍复归坐行令。

当下贾兰见奖励宝玉，他便出席也做一首，呈与贾政看。贾政看了，喜不自胜，遂细讲与贾母听时，贾母也十分欢喜，也忙令贾赦赏他。于是大家归坐，复行起令来。

《红楼梦》与顺治皇帝的爱情故事

这次贾赦手内住了,只得吃了酒说笑话。因说道:"一家子一个儿子最孝顺。偏生母亲病了,各处求医不得,便请了一个针灸的婆子来。这婆子原不知道脉理,只说是心火,一针就好了。这儿子慌了,便问:'心见铁就死,如何针得?'婆子道:'不用针心,只针肋条就是了。'儿子道:'肋条离心远着呢,怎么就好了呢?'婆子道:'不妨事。你不知天下作父母的偏心的多着呢。'"

众人听说,都笑起来。贾母也只得吃半杯酒,半日笑道:"我也得这婆子针一针就好了。"〔索隐〕其年十一月,又谕领侍卫内大臣侍卫等:"大阿哥允禔素不端,今一查其行事,厌咒亲弟及杀人之事尽皆显露,所遣杀人之人俱已自缢,其母惠妃亦奏称其不孝,请置之于法。"是允禔之获罪,生母惠妃实助成之,为偏私溺爱之明证。贾赦听说,自知出言冒撞,贾母疑心,忙起身笑与贾母把盏,以别言解释。贾母亦不好再提,且行令。

不料这花却在贾环手里。贾环近日读书稍进,亦好外务,今见宝玉作诗受奖,他便技痒,只当着贾政不敢造次。如今可巧花在手里,便也索纸笔来立就一绝,呈与贾政。贾政看了亦觉罕异,只见词句中终带着不乐读书之意,遂不悦道:"可见是兄弟了,发言吐意总是邪派。古人中有'二难',你两个也可以称'二难'了。〔索隐〕讥诸王语。就只不是那一个'难'字,却是做难以教训之'难'字讲才好。哥哥是公然温飞卿自居,如今兄弟又自为曹唐再世了。"说得众人都笑了。

贾赦道:"拿诗来我瞧。"便连声赞好道:"这诗据我看,当是有气骨。想来咱们这样人家,原不必寒窗萤火,只要读些书,比人略明白些,可以做得官时,就跑不了一个官儿的。何必反费了工夫,反弄出书呆子来。所以我爱他这诗,竟不失咱们侯门的气概。"因回头吩咐人去取自己的许多玩物来赏赐与他,因又拍着贾环的脑袋笑道:"以后就这样做去,这世袭的前程就跑不了你袭了。"〔索隐〕太子允礽废后,群思逐鹿,而其中觊觎最甚者为允禩。上谕中亦有"此次陷太子若成,允禩等本归心于允禩,有辅翼为太子之意"等语。书中以贾环影允禩,袭世职一语明明透露机倪。不然赋诗饮酒之际哪得论及此事,赦老此言为不类矣。贾政听说,忙劝道:"不过他胡诌如此,那里就论到后事了。"

第七十五回　开夜宴异兆发悲音　赏中秋新词得佳谶

说着便斟了酒，又行了一回令。贾母便道："你们去罢。自然外头还有相公们候着，也不可轻忽了他们。况且二更多了，你们散了，再让姑娘们多乐一回子，好歇着了。"贾政等听了，方止令起身。大家公进了一杯酒，方带着子侄们出去了。要知端的，且听下回分解。

〔索隐〕此回亦雪芹补本。与第二十五回互相参观，隐写康熙诸子争位结党，骨肉相残之黑暗。而以由盛而衰为枢纽，家事颠倒至此，倾覆之征已见，虽祖宗亦为之悼叹。盈虚消长，机缄不爽，如中秋之月圆满已极，此后则日即于晦缺。回目中新词佳谶之说，骤观之似无根据，实由赦老世袭前程跑不了之语发生。然贾环袭爵，书中并无交代，其为允禩谋夺皇之影射确而有征。宝玉赋诗获奖，贾兰贾环相继出席炫能争宠，意果何在？寻译赦老之口吻，盖系当日之党于允禩一辈者。不然，如政老怕老婆一段之笑话已近秽亵，不宜出之母子之间；赦老偏心之谑，即赋性粗鲁亦不致率直至此。决知作者秉笔之时，有所寄托矣。本回分三小段一大段：自开首起至"不在话下"止一小段，找足前回。此下至"也回来了"止又一小段，补写官廷用帑侈滥，民穷财尽，内象已不可收拾，此下至"往佩凤房里去了"止又一小段，补写执政王大臣等荒淫无度，纲纪荡然。此下至本回完毕，方入回目正文。其注重处实在下半回新词佳谶一语，以前都是随意生发，不可不知。太平评无一足取，惟上半回诛不孝，下半回诛不弟两句搔着痛痒。

〔护花评〕甄府抄没，是贾府抄家引子，上回于探春口中微露一句，若不补写明白，便有疏漏。若竟细叙原委，难免冗繁，今借老嬷补说，不露痕迹。

又：宝钗不可不去，不得不去，是宝钗身分，且为园中离散之象。又借探春口中说破，妙极！

又：宝玉、贾环诗不明写出，最为得体，且文法亦见变换。

〔大某评〕此回仍是甲寅中秋事。

第七十六回　凸碧堂品笛感凄清
　　　　　　　凹晶馆联诗悲寂寞

　　话说贾赦、贾政带领贾珍等散去,不提。

　　且说贾母这里命将围屏撤去,两席并作一席。众媳妇另行擦桌整果,更杯洗箸,陈设一番。贾母等都添了衣,盥漱吃茶,方又坐下,团团围绕。

　　贾母看时,宝钗姊妹二人不在内坐,知他家去赏月。且李纨、凤姐二人又病。少了这四个人,便觉冷清了好些。贾母因笑道:"往年你老爷们不在家,咱们越发请过姨太太来,大家赏月,却十分热闹。忽一时想起你老爷来,又不免想到母子夫妻儿女不能一处,也都没兴。及至今年你老爷来了,正该大家团圆取乐,又不便请他们娘儿来说笑说笑。况且他们今年又添了两口人,也难丢了他们跑到这里来。偏又把凤丫头病了,有他一人来说说笑笑,还抵得十个人的空儿。可见天下事总难十全。"〔索隐〕此番赏月,本极团圆之事,而处处有缺陷不足之象,流露当前所谓强为欢笑也。说毕,不觉长叹一声,随命拿大杯来斟热酒。

　　王夫人笑道:"今日得母子团圆,自比往年有趣。往年娘儿们虽多,总不似今年骨肉齐全的好。"

　　贾母因笑道:"正是为此,所以我才高兴,拿大杯来吃酒。你们也换大杯才是。"

　　邢夫人等只得换上大杯。因夜深体乏,且不能胜酒,未免都有些倦意,无奈贾母兴犹未阑,只得陪饮。

　　贾母又命将毡毯铺在阶上,命将月饼、西瓜、果品等类都叫搬下去,命丫头、媳妇们也都团团围坐赏月。〔索隐〕宫中赐宴食肉,均围坐殿

第七十六回　凸碧堂品笛感凄清　凹晶馆联诗悲寂寞

隅。贾母因见月至中天,比先越发精彩可爱,因说:"如此好月,不可不闻笛。"因又命将十番上女子传来。贾母道:"音乐多了,反失雅致,只用吹笛的远远的吹起来就够了。"

说毕,刚才去吹时,只见跟邢夫人的媳妇走来向邢夫人说了两句话,贾母便问:"什么事?"邢夫人便回道:"方才大老爷出去,被石头绊了一下,歪了腿。"〔**索隐**〕仍入允礽因魇魔受病事。康熙四十七年上谕:允礽行事,与人大有不同,居处失常,语言颠倒,竟类狂易之病。又云:撷芳殿阴噎不洁,居者辄多病亡。允禔时常往来其间,致中鬼魅,不自知觉。又云:忽为鬼魅所凭,蔽其本性,忽起忽坐,言动失常。时见鬼魅,不安寝处,屡迁其居。作者以允礽受诸弟之魇魔,比之石头一绊,趣极。

贾母听了,忙命了两个婆子快看去,又命邢夫人快去。邢夫人遂告辞起身。贾母便又道:"珍哥媳妇也趁着便就家去罢,我也就睡了。"尤氏笑道:"我今日不回去了,定要和老祖宗吃一夜。"

贾母笑道:"你们小夫妻家使不得!今夜不要团圆团圆,如何为我耽搁?"尤氏红了脸笑道:"老祖宗说得我们太不堪了。我们虽是年轻,已经二十来年的夫妻,也算四十岁的人了。况且孝服未满,陪着老太太玩一夜是正理。"

贾母听说,笑道:"这话很是!我倒也忘了孝服未满。可怜你公公已死了二年多了,可是我倒忘了,该罚我一大杯。〔**索隐**〕诲淫蔑礼,处处归罪贾母。既这样,就别去,竟陪着我罢。叫蓉儿媳妇送去,就顺便回去罢。"尤氏笑说了,贾蓉媳妇答应着,送出邢夫人,一同至大门,各自上车回去。不在话下。

这里众人赏了一回桂花,又入席换暖酒来。正说着闲话,猛不防那壁厢桂花树下,呜咽悠扬,吹出笛声来。趁着这明月清风,天空地静,真令烦心顿释,万虑齐除。肃然危坐,默然相赏。听约两盏茶时,方才止住,大家称赞不已。

于是遂又斟上暖酒来,贾母笑道:"果然好听么?"众人笑道:"实在可听。我们也想不到这样,须得老太太带领着,我们也得开些心儿。"贾母道:"这还不大好,须得拣那好曲谱,越慢慢的吹来越好听。"便

《红楼梦》与顺治皇帝的爱情故事

命:"斟一大杯酒,送给吹笛之人,慢慢的吃了,再细吹一套来。"媳妇们答应了,方送去,只见方才看贾赦的两个婆子回来说:"瞧了。右脚面上白肿了好些,如今调服了药,疼的好些了,也无甚大关系。"

贾母点头叹道:"我也太操心。打紧说我偏心,〔索隐〕再点偏心。我反这样。"说着,鸳鸯拿巾兜与大斗篷来,说:"夜深了,恐露水下了,风吹了头,坐坐也该歇了。"

贾母道:"偏今儿高兴,你又来催!难道我醉了不成?偏到天亮!"因命再斟酒来。戴上兜巾,一面披了斗篷,大家陪着又饮,说些笑话。只听桂花阴里发出一缕笛音来,果然比先越发凄凉,大家都寂然而坐。夜静月明,贾母不禁伤心。众人忙陪笑发语解释,又命换酒止笛。

尤氏笑道:"我也就学了一个笑话,与老太太解解闷。"贾母勉强笑道:"这样更好,快说来我听。"

尤氏乃说道:"一家子养了四个儿子:大儿子只一个眼睛,二儿子只一个耳朵,三儿子只一个鼻子眼,四儿子倒都齐全,偏又是个哑吧。"〔索隐〕康熙诸子,皆阴险残忍,招集亡命,聚谋不轨,不知纲常名教为何物。此段笑话云:一个眼睛,一个耳朵,一个鼻子眼,一个哑吧,暗寓十不全之意,讥刺极深。其下复戛然而止,以示结局之不可问。圣祖虽圣,家事如此,亦只能以不了了之。

正说到这里,只见席上贾母已朦胧双眼,似有睡去之态。尤氏就住了口,和王夫人轻轻叫请贾母安歇。贾母便睁眼笑道:"我不困,自闭闭眼养神。你们只管说,我听着呢。"王夫人等道:"夜已深了,风露也大,请老太太安歇罢了,明日再赏。十六月色也好。"贾母道:"什么时候?"王夫人笑道:"已交四更。他们姊妹们熬不过,都去睡了。"

贾母听说,细看了一看,果然都散了,只有探春一人在此。贾母笑道:"也罢。你们也熬不惯。况且弱的弱,病的病,去的倒省心。只有三丫头可怜,尚还等着。你也去罢,我们散了。"说着,便起身吃了一口清茶,便坐竹椅小轿,两个婆子抬起,众人围随出园去了。不在话下。

这里众媳妇收拾杯盘,却少了一个细茶杯,各处寻觅不见,又问众人:"必是失手打了。撂在哪里?告诉我,拿了磁瓦去交收,是证见,不然又说偷起来了。"

第七十六回　凸碧堂品笛感凄清　凹晶馆联诗悲寂寞

众人都说:"没有打碎。只怕跟姑娘的人打了也未可知,你细想想,或问问他们去。"一语便提醒了那媳妇,笑道:"是了,那一会记得是翠缕拿着的,我去问他。"说着便找时,刚到了甬道,就遇见紫鹃、翠缕来了。

翠缕便问道:"老太太散了,可知我们姑娘往那里去了?"这媳妇道:"我来问你要一个茶钟,那里去了?你倒问我要姑娘!"翠缕笑道:"我因倒茶给姑娘吃的,展眼回头,就连姑娘也没了。"

那媳妇道:"太太才散,都睡觉去了。你不知那里玩去了,还不知道呢!"翠缕和紫鹃道:"断乎没有悄悄睡去之理,只怕在那里走了一走。如今老太太走了,赶到前边送去也未可知,我们且往前边找去。有了姑娘,自然你的茶钟也有了。你明日一早再找罢,有什么忙的!"媳妇笑道:"有了下落,就不必忙了,明儿和你要罢。"说毕,回去查收家伙。这里紫鹃和翠缕便往贾母处来。不在话下。

原来黛玉和湘云二人并未去睡。只因黛玉见贾府中许多人赏月,贾母犹叹人少,又提宝钗姊妹家去,母女弟兄自去赏月,不觉对景感怀,自去倚栏垂泪。宝玉近因晴雯病势甚重,诸务无心,只王夫人再四遣他去睡,他从此去了。

探春又因近日家事恼着,无心游玩。虽有迎春、惜春二人,偏又素日不大甚合。所以只剩湘云一人宽慰他,因说:"你是个明白人,还不自己保养!可恨宝姐姐、琴妹妹天天说亲道热,早已说今年中秋大家要一处赏月,必要起诗社,大家联句。到今日便弃了咱们,自己赏月去了,社也散了,诗也不做了。倒是他们父子叔侄纵横起来!你可知宋太祖说得好:'卧榻之侧,岂容他人酣睡?'〔索隐〕此为诸王心中之隐,特表而出之,否则用在闺阁雅集,殊觉不伦,湘云为失词矣。他们不来,咱们两个人竟联起句来,明日羞他们一羞。"

黛玉见他这般劝慰,也不肯负他的豪兴,因笑道:"你看这里这等人声嘈杂,有何诗兴?"

湘云笑道:"这山上赏月虽好,总不及近水赏月更妙。你知道,这山坡底下就是池沼,山凹里近水一个所在,就是凹晶馆。可知当日盖这园子就有学问。这山之高处,就叫凸碧;山之低洼近水处,就叫凹晶。这

《红楼梦》与顺治皇帝的爱情故事

'凸凹'二字,历来用的人最少,如今直用作轩馆之名,更觉新鲜不落窠臼。可知这两处一上一下,一明一暗,一高一矮,一山一水,竟是特因玩月而设。此处有爱那山高月小的,便往这里来;有爱那皓月清波的,便往那里去。只是这两个字面念作'洼'、'拱'二音,便说俗了,诗文中不大见用。只陆放翁用了一个'凹'字,'古砚微凹聚墨多',还有人批他俗,岂不可笑!"

黛玉道:"也不只放翁才用,古人中用者亦多。如江淹《青苔赋》、东方朔《神异经》,以至《画记》上云张僧繇画一乘寺的故事,不可胜举。只是今人不知,误作俗字用了。实和你说罢,这两个字还是我拟的呢,因那年试宝玉,宝玉拟未妥。我们拟写出来,送与大姐姐瞧了,他又带出来,命给与舅舅瞧过,所以都用了。如今咱们就往凹晶馆去。"

说着,二人同下山坡,只一转弯就是。池沼上一带竹栏相接,直通着那藕香榭的路径。只有两个婆子上夜,因知在凸碧山庄赏月,与他们无干,早已息灯睡了。黛玉、湘云见息了灯,却笑道:"倒是他们睡了好。咱们就在卷篷底下赏这水月,如何?"

二人遂在两个竹墩上坐下。只见天上一轮皓月,池中一个月影,上下争辉,如置身于晶宫鲛室之内。微风一过,粼粼然池面皱碧叠纹,真令人神气清爽。湘云笑道:"怎得这会子上船吃酒倒好!要是我家里这样,我就立刻坐船了。"黛玉道:"正是古人常说的'事若求全何所乐'。据我说,这也罢了,偏要坐船起来!"湘云笑道:"得陇望蜀,人之常情。"〔索隐〕与引宋太祖语同一用意。

正说间,只听笛韵悠扬起来。黛玉笑道:"今日老太太、太太高兴了,这笛子吹得有趣,倒是助咱们的兴趣了。咱两个都爱五言,就还是五言排律罢。"

湘云道:"限何韵?"

黛玉笑道:"咱们数这个阑干上的直棍,这头到那头为止。他是第几棍,就是第几韵。"

湘云笑道:"这倒别致!"

于是二人起身,便从头数至尽头,止十三根。湘云道:"偏又是'十三元'了。〔索隐〕圣祖遗诏,本系传位十三子,世宗改"十"为

第七十六回　凸碧堂品笛感凄清　凹晶馆联诗悲寂寞

"于",入篡大统。此事各野史多记载之,故特用十三元为点缀。这个韵可用的少,作排律,只怕牵强不能压韵呢。少不得你先起一句罢了。"黛玉笑道:"倒要试试咱们谁强谁弱,只是没有纸笔记。"湘云道:"明儿再写,只怕这一点聪明还有。"黛玉道:"我先起一句现成的俗语罢。"因念道:

三五中秋夕,

湘云想了一想道:

清游拟上元。〔索隐〕读者须知,一部《红楼梦》,其所作诗词,皆为即景寓意、透露机缄之处,深得风人"赋兴比"三字遗意,初非风云月露、漫充篇幅者。即如此诗,名为中秋赏月,实是一篇别鹄吟。孝庄下嫁后,匆匆数月,遽赋离鸾。当时寂寞空闺,或托之吟咏,以志哀思。是以入手之始,即用"清游拟上元"句点明题旨,单刀直入,开门见山,是即作者着意处。上元者,天伦叙乐之日也。

撒天箕斗灿,

林黛玉笑道:

匝地管弦繁。几处狂飞盏,

湘云笑道:"这一句'几处狂飞盏'有些意思,这倒要对的好呢。"想了一想,笑道:

谁家不启轩。轻寒风剪剪,

黛玉道:"好对!比我的却好。只是这句又说俗话了,就该加劲说去才是。"湘云笑道:"诗多韵险,也要铺陈些才是。总有好的,且留在后头。"黛玉笑道:"到后头没有好的,我看你羞不羞!"因联道:

良夜景暄暄。争饼嘲黄发,〔索隐〕老有童心,实一可嘲之事。饼而曰争,其为唾余残屑可知。

湘云笑道:"这句不好,杜撰。用俗字来难我了。"黛玉笑道:"我说你不曾见过书呢。吃饼是旧典,《唐书》《唐志》你看了再来说。"湘云道:"也难不倒,我也有了。"因联道:

分瓜笑绿媛。〔索隐〕不比绿媛有瓜可破。

香新荣玉桂,

《红楼梦》与顺治皇帝的爱情故事

　　黛玉道:"这可是实实你的杜撰了。"湘云笑道:"明日咱们对查了出来大家看看,这会子别耽搁工夫。"黛玉笑道:"虽如此,下句也不好,不犯又用'玉桂''金兰'等字样来塞责。"因联道:

　　　　色健茂金萱。〔索隐〕金萱为母徽称,加以"色健"二字,谑极!
　　　　蜡烛辉琼宴,

湘云笑道:"'金萱'二字便宜了你,省了多少力。这样现成的韵被你得了,只不犯着替他们颂圣去。况且下句你也是塞责了。"黛玉笑道:"你不说'玉桂',我难道强对个'金萱'么?再也要铺陈些富丽,方是即景之实事。"湘云只得又联道:

　　　　觥筹乱绮园。分曹尊一令,

　　黛玉笑道:"下句好,只难对些。"因想了一想,联道:
　　　　射覆听三宣。骰彩红成点,

湘云笑道:"三宣有趣,竟化俗成雅了。只是下句又说上骰子。"少不得联道:

　　　　传花鼓滥喧。晴光摇院宇,

黛玉笑道:"对得却好。下句又溜了,只管拿些风月来塞责。"湘云道:"究竟没说到月上,也要点缀点缀方不落题。"黛玉道:"且姑存之,明日再斟酌。"因联道:

　　　　素彩接乾坤。赏罚无宾主,

湘云道:"又说到他们做什么?不如说咱们。"因联道:
　　　　联吟序仲昆。构思时倚槛,

黛玉道:"这可以入上你我了。"因联道:
　　　　拟句或依门。〔索隐〕以上铺叙乐事,下乃折入悼亡。
　　　　酒尽情犹在,

湘云说道:"这时候了!"乃联道:
　　　　更残乐已谖。渐闻人语寂,

黛玉说道:"这时候可知一步难似一步了。"因联道:
　　　　空剩雪霜痕。阶露团朝菌,〔索隐〕用朝菌字,见人事之无常。
　　　　湘云道:"这一句怎么叶韵,让我想想。"因起身负手想了一想,笑

第七十六回　凸碧堂品笛感凄清　凹晶馆联诗悲寂寞

道："够了，幸而想出一个字来，不然几乎败了。"因联道：

　　庭烟敛夕楷。秋湍泻石髓，

黛玉听了，不禁也起身叫妙，说："这促狭鬼，果然留下好的，这会子方说'楷'字，亏你想得出！"湘云道："幸而昨日看《历朝文选》见了这个字，我不知何树，因要查一查。宝姐姐说不用查，这就是如今俗叫做朝开夜合花。我信不及，到底查了一查，果然不错。看来宝姐姐知道的竟多。"黛玉笑道："'楷'字用在此时更确，也还罢了。只是'秋湍'一句亏你好想。只这一句。别的都要抹倒。我少不得打起精神来对这一句，只是再不能作这一句了。"因想了一想道：

　　风叶聚云根。宝婺情孤洁，〔**索隐**〕"婺"字"孤"字注意。

湘云道："这对得也还好。只是这一句你也溜了，幸而是景中情，不单用'宝婺'来塞责。"因联道：

　　银蟾气吐吞。药催灵兔捣，

黛玉不语，点头半日，随念道：

　　人向广寒奔。〔**索隐**〕美言之，则为姮娥奔月；质言之，直是寡妇见鳏夫，而欲嫁之耳。

　　犯斗邀牛女，

湘云也望月点首，联道：

　　乘槎访帝孙。盈虚轮莫定，

黛玉道："对句不许合掌！下句推开一步，倒还是急脉缓灸法。"因又联道：

　　晦朔魄空存。壶漏声将涸，

湘云方欲接时，黛玉指池中黑影与湘云看道："你看那河里怎么像个人到黑影里去了，敢是个鬼？"湘云笑道："可是又见鬼了！我是不怕鬼的，等我打他一下。"因弯腰拾了一块小石片向那池中打去。只听打得水响，一个大圆圈将月影激荡，散而复聚者几次。只听那黑影里"嘎"的一声，却飞起一个白鹤来，直往藕香榭去了。黛玉笑道："原来是他，猛然想不到，反吓了一跳。"湘云笑道："正是这个鹤有趣，倒助了我了。"因联道：

　　窗灯焰已昏。寒塘渡鹤影，

《红楼梦》与顺治皇帝的爱情故事

林黛玉听了,又叫好又跺足,说:"了不得,这鹤真是助他有的了!这一句更比'秋湍'不同,叫我对什么才好?'影'字只一个'魂'字可对,况且'寒塘渡鹤'何等自然,何等现成,本来有景且又新鲜,我竟要搁笔了。"湘云笑道:"大家细想想就有了,不然就放着明日再联也可。"黛玉只看天,不理他,半日猛然笑道:"你不必夸嘴,我也有了。你听听。"因对道:

冷月葬诗魂。〔索隐〕"魂"字"葬"字注意。湘云拍手笑道:"果然好极,非此不能对。好个'葬诗魂'!"因又叹道:"诗固新奇,'只是太颓丧了些。你现病着,不该过于作此凄清奇谲之语。"黛玉笑道:"不如此如何压倒你?只为用工在这一句了。"

一语未了,只见阑外山石后转出一个人来,笑道:"好诗!好诗,果然太悲凉了。不必再往下做,若底下只这样去,反不显这两句了。倒弄得堆砌牵强。"二人不防,倒吓了一跳。细看时,不是别人,却是妙玉。二人皆诧异,因问:"你如何到了这里来?"妙玉笑道:"我听见你们大家赏月,又吹得好笛,我也出来玩赏这清地皓月。顺脚走到这里,忽听见你们两个吟诗,更觉清雅异常,故此就听住了。只是方才听见这一首中,有几句虽好,只是过于颓败凄楚。此亦关人之气数而有,所以我出来止住。如今老太太都已早散了,满园的人想俱睡熟了,你两个丫头还不知在那里找呢。你们也不怕冷了,快同我来,到我那里去吃杯茶,只怕就天亮了。"黛玉笑道:"谁知道就这个时候了。"

三人遂一同来至栊翠庵中。只见龛焰犹青,炉香未烬。几个老嬷嬷也都睡了,只有小丫头在蒲团上垂头打盹。妙玉唤他起来现烹茶。忽听扣门之声,丫鬟忙去开门看时,却是紫鹃翠缕与几个老嬷嬷来找他姊妹两个。进来见他们正吃茶,因都笑道:"要我们好找!一个园里走遍了,连姨太太那里都找到了。那小亭里找时,可巧那里上夜的正睡醒了。我们问他们,他们说,方才亭外头棚下两个人说话,后来又添了一个人,听见说大家往庵里去。我们就知道是这里了。"

妙玉忙命丫鬟引他们到那边去坐着歇息吃茶,自却取了笔砚纸墨出来,将方才的诗命他二人念着,遂从头写出来。黛玉见他今日十分高兴,便笑道:"从来没见你这样高兴,我也不敢唐突请教。这还可以见教否?

第七十六回　凸碧堂品笛感凄清　凹晶馆联诗悲寂寞

若不堪时，便就烧了；若或可改，即请改正改正。"妙玉笑道："也不敢妄评。只是这才有二十二韵，我意思思着你二位警句已出，再续时，倒恐后力不加；我竟要续貂，又恐有玷。"黛玉从没见妙玉做过诗，今见他高兴如此，忙说："果然如此，我们虽不好亦可以带好了。"妙玉道："如今收结到底，还归到本来面目上去。若只管丢了真情真事，且去搜奇检怪，一则失了咱们的闺阁面目，二则也与题目无涉了。"林史二人皆道极是。妙玉提笔一挥而就，递与他二人道："休要见笑。依我必须如此方翻转过来，虽前头有凄楚之句亦无甚碍了。"二人接了看时，只见他续道：

　　香篆消金鼎，冰脂腻玉盆。
　　箫增嫠妇泣，衾倩侍儿温。
　　空帐悲文凤，〔索隐〕以上数句纯系悼亡之作，直犯题意，不复隐晦矣。闲屏散彩鸳。
　　露浓苔更滑，霜重竹难扪。
　　犹步萦纡沼，还登寂寞原。
　　石奇神鬼缚，木怪虎狼蹲。
　　赑屃朝光透，罘罳晓露屯。
　　振林千树鸟，啼谷一声猿。
　　歧熟焉忘径，泉知不问源。〔索隐〕此谑再婚之词。
　　钟鸣栊翠寺，鸡唱稻香村。
　　有兴悲何极，无愁意岂烦。
　　芳情只自遣，雅趣向谁言。
　　彻旦休云倦，烹茶更细论。

后书"右中秋夜大观园即景联句三十五韵"。

黛玉湘云二人称赞不已，说："可见我们天天是舍近就远。现有这样诗人在此，却天天去纸上谈兵。"妙玉笑道："明日再润色。此时天已明了，到底也歇息歇息才是。"林史二人听说，忙起身告辞，带领丫鬟出来二妙玉送至门外，看他们去远方掩门进来。不在话下。

《红楼梦》与顺治皇帝的爱情故事

这里翠缕问史湘云道:"大奶奶那里还有人等着咱们睡去呢,如今还是那里去好?"湘云笑道:"你顺路告诉他们去,叫他们睡罢。我这一走,未免惊动病人,不如闹林姑娘去罢。"说着大家走至潇湘馆中。有一半人已睡去。二人进去,方卸妆宽衣,盥洗已毕,方上床安歇。紫鹃放下绡帐,移灯掩门出去。

谁知湘云有择席之病,虽在枕上,只是睡不着。黛玉又是个心血不足常常失眠的,今日又错过困头,自然也是睡不着。二人在枕上翻来覆去,黛玉因问道:"怎么还不睡着?"湘云微笑道:"我有个择席的病,〔索隐〕特用此语反射回顾,余味盎然。况且走了困,只好躺躺儿罢。你怎也睡不着?"黛玉叹道:"我这睡不着也并非一日了。大约一年之中只好睡十夜满足的。"〔索隐〕孝庄好合不及一年,大约团聚之期正复无几。湘云道:"你这病就怪不得了。"要知端的,下回分解。

〔索隐〕此回亦雪芹补本。接写中秋赏月,补足上回,为康熙诸王子写照。下半回以林史即景一诗,仍绕到孝庄身上。虽亦映射有致,而叙事平直,无层峦叠嶂之观,花团锦簇之妙,置之原书中,力量稍嫌薄弱矣。

自开首起至"不在话下"止为上一段,自"这里众媳妇"起至本回完毕为下一段。借收拾茶杯渡入赋诗,与尤氏四个儿子之笑话借端截住,均避重就轻,取径纤巧,为力量不足之征。即如妙玉评二人之诗过于颓丧,其所续成者宜必有堂皇华贵之句,一振全局,乃作者为题意所束缚,如"嫠妇""空帐"诸联颓丧更甚于前。不知其所谓"必须如此方翻转过来"者何在?

《红楼梦》以言情之书暗写一代政治,字严华衮,笔振风霜,表里俱澈,实为空前绝后之作。雪芹亦矫矫文豪,偶然参加一二,尚露续貂痕迹,后生小子不自审量,乃有《后红楼》《续红楼》之作,东施效颦,适增其丑,何为也哉!

〔护花评〕贾赦回家被绊,亦是将败之兆。

又:贾珍夜宴思声悲叹,贾母赏月笛音凄楚,深浅不同,其不吉之征无异。

第七十六回　凸碧堂品笛感凄清　凹晶馆联诗悲寂寞

又：寒塘鹤影引出妙玉来。

〔**大某评**〕中秋夕，凸碧堂前之笛，凹晶馆外之月，清气徐来，俗尘退屏，又换一番世界，惟湘云黛玉始能消受。然一则早夭，一则早寡，可知享清闲之福者，天忌之；奉高洁之性者，天更忌之。

第七十七回 俏丫鬟抱屈夭风流
               美优伶斩情归水月

话说王夫人见中秋已过，凤姐病也比先减了，虽未全愈，然亦可以出入行走得了，仍命大夫每日诊脉服药，又开了丸药方来配调经养荣丸。因用上等人参二两，王夫人即时翻寻了半日，只向小盒内寻了几枝簪挺粗细的。王夫人看了，嫌不好，命再找去，又找了一大包须末出来。王夫人焦躁道："用不着偏有，但用着了再找不着！成日家我叫你们查一查多归在一处，你们自不听，就随手混撩！"彩云道："想是没了，就只有这个。上次那边的太太来寻了去了。"王夫人道："没有的话！你再细找找。"彩云只得又去找寻，拿了几包药材来说："我们认不得这个，请太太自看。除了这个没有了。"

王夫人打开看时，也都忘了，不知都是什么，并没有一枝人参，因一面遣人去问凤姐有无。凤姐来说："也只有些参膏芦须。虽有几根，也不是上好的，每日还要煎药里用呢。"王夫人听了，只得向邢夫人那里问去。说："因上次没了，才往这里来寻，早已用完了。"王夫人没法，只得亲身过来请问贾母。

贾母忙命鸳鸯取出当日余的来，竟还有一大包，皆有手指头粗细不等，遂秤了二两与王夫人。王夫人出来交与周瑞家的拿去，就令小厮送与医生家去，又命将那几包不能辨的药也带了去，命医生认了各包号记上。

一时，周家的又拿了进来说："这几样都各包号上名字了。但那一包人参固然是上好的，只是年代太陈。这东西比别的大不同，凭是怎样好的，只过一百年后便自己成了灰了。如今这个虽未成灰，然已成了糟朽烂木，也没有力量的了。"〔索隐〕借物喻人，群知其义。实则专訾摄政

第七十七回　俏丫鬟抱屈夭风流　美优伶斩情归水月

已届就木之年，犹作问津之计，尸居余气，为欢几何。请太太收了这个，倒不拘粗细，多少再换些新的。"王夫人听了低头不语，半日才说："这可没法了，只好去买二两来罢。"也无心看那些，只命"都收了罢"。因问周瑞家的："你就去，说给外头人们，拣好的换二两。倘或一时老太太问你们，只说用的是老太太的，不用多说。"

周瑞家的方才要去时，宝钗因在坐，乃笑道："姨娘且住。如今外头人参都没有好的，虽有全枝，他们也必截两三段，镶嵌上芦泡须枝，搀匀了好卖；看不得粗细。我们铺子里常与参行交易，如今我去和妈妈说了，哥哥去托个伙计过去，和参行里要他二两原枝来，不妨咱们多使几两银子，也得了好的。"王夫人笑道："倒是你明白。但是还得你亲自走一趟，才能明白。"

于是，宝钗去了半日，回来说："已遣人去，赶晚就有回信的。明日一早去配也不迟。"王夫人自是喜悦，因说道："'卖油的娘子水梳头'，自来家里有的，给人多少！这会子轮到自家用，反倒各处寻去。"说毕长叹。宝钗笑道："这东西虽然值钱，总不过是药，原该济众散人才是。咱们比不得那没见世面的人家，得了这个就珍藏密敛的。"〔索隐〕宝钗声口酷似宋江，处处不脱假仁假义面目。虽掩卷闭目，亦能因其所语而别其为人。王夫人点头道："你这话也是。"

一时宝钗去后，因见无别人在室，遂唤周瑞家的问："前日园中搜检的事情可得下落？"周瑞家的是已必凤姐商议停妥，一字不隐，遂回明王夫人。王夫人吃了一惊，想到司棋系迎春丫头，乃是那边的人，只得令人去回邢氏。周瑞家的回道："前日那边太太嗔着王善保家的多事，打了几个嘴巴子，如今他也装病在家不肯出头了。况且又是他外孙女儿，自己打了嘴，他只好装个忘了，日久平服了再说，如今我们过去回时，恐怕又多心，倒像咱们多事的。不如直把司棋带过去，一并连赃证都与那边太太瞧了，不过打一顿配了人，再指个丫头来，岂不省事。如今白告诉去，那边太太再推三阻四的，又说'既这样你太太就该料理，又来说什么'了，岂不倒耽搁了？倘或那丫头瞧空儿寻了死，反不好了。如今看了两三天，都有些偷懒，倘一时不到。岂不倒弄出事来？"王夫人想了一想说："这也倒是。快办了这一件，再办咱们家的那些妖精。"

《红楼梦》与顺治皇帝的爱情故事

周瑞家的听说，会齐了那边几个媳妇，先到迎春房里回明迎春。迎春听了，含泪似有不舍之意，因前夜之事丫头们悄悄说了原故，虽数年之情难舍，但事关风化，亦无可如何了。那司棋亦曾求了迎春，实指望能救，只是迎春语言迟慢，耳软心活，是不能作主的。司棋见了这般，知不能免，因跪着哭道："姑娘狠心！哄了我这两日，如今怎样连一句话也没有？"周瑞家的说道："你还要姑娘留你不成？便留下，你也难见园里的人了。依我们的好话，快快收了这样子，倒是人不知鬼不觉的去罢。大家体面些。"

迎春手里拿着一本书正看呢，听了这话，书也不看，话也不答，只管扭着身子呆呆的坐着。周瑞家的又催道："这么大女孩儿，自己作的还不知道？把姑娘都带的不好看，你还敢紧着缠磨他？"迎春听了方发话道："你瞧入画也是几年的，怎么说去就去了？自然不止你两个，想这园里凡大的都要去呢。依我说，将来总有一散，〔索隐〕颇有希望散伙的情形。离心离德，其能久乎？不如各人去罢。"周瑞家的道："所以到底是姑娘明白。明儿还有打发的人呢，你放心罢。"司棋无法，只得含泪与姑娘叩头，和众人告别，又向迎春耳边说："好歹打听我受罪，替我说个情儿，就是主仆一场。"迎春亦含泪答应："放心。"

于是周瑞家的等人带了司棋出去，又有两个婆子将司棋所有的东西都与他拿着。走了没几步，只见后头绣橘赶来，一面也擦着泪，一面递与司棋一个绢包说："这是姑娘给你的。主仆一场，如今一旦分离，这个与你做个想念罢。"司棋接了，不觉大哭起来了，又和绣橘哭了一回。周瑞家的不耐烦，只管催促，二人只得散了。司棋因又哭告道："婶子大娘们，好歹略徇个情儿，如今且歇一歇，让我到相好姊妹跟前辞一辞，也是几年我们相好一场。"周瑞家的等人皆各有事，做这些事便是不得已了，况且又深恨他们素日大样，如今那里有工夫听他的话，因冷笑道："我劝你去罢，别拉拉扯扯了。我们还有正经事呢。谁是你一个衣包里爬出来的，辞他们做什么？你不过捱一会是一会，难道算了不成？依我说，快走罢。"一面说，一面总不住脚，直带着后角门出去。司棋无奈，又不敢再说，只得跟了出来。

可巧正值宝玉从外头进来，一见带了司棋出去，又见后面人抱着些

第七十七回　俏丫鬟抱屈夭风流　美优伶斩情归水月

东西，料着此去再不能来了。因闻得上夜之事，又晴雯的病亦因那日力加重，细问晴雯，又不说是为何。今见司棋亦走，不觉如丧魂魄，因忙拦住问道："那里去？"周瑞家的等皆知宝玉素昔行为，又恐唠叨误事，因笑道："不干你事，快念书去罢。"宝玉笑道："姐姐们且站一站，我有道理。"周瑞家的便道："太太吩咐不许少挫时刻，又有什么道理？我们只知道太太的话，管不得许多。"司棋见了宝玉，因拉住哭道："他们做不得主，好歹求求太太去。"

宝玉不禁也伤心含泪，说道："我不知你犯了什么大事，晴雯也气病着，如今你又要去了，这却怎么着好！"周瑞家的发躁，向司棋道："你如今不是副小姐，若不听说我就打得你了。别想往日有姑娘护着，任你们作耗。越说着，还不好走。如今有了小爷见面，又拉拉扯扯，成何体统！"那几个妇人不由分说，拉着司棋便出去了。

宝玉又恐他们去告舌，恨得只瞪着他们；看已走远了，方指着恨道："奇怪，奇怪，怎么这些人只一嫁了汉子，染了男人的气味，就这样混帐起来，比男人更可杀了！"守园门的婆子听了，也不禁好笑起来，因问道："这样说，凡女儿个个是好的，女人个个是坏的了？"宝玉点头道："不错，不错。"

正说着，只见几个老婆子走来忙说道："你们小心，传齐了伺候着。此刻太太亲自到园里查人呢。又吩咐快叫怡红院晴雯姑娘的哥嫂来，在这里等着领出他妹子去。"因又笑道："阿弥陀佛！今日天睁了眼，把这个祸害妖精退送了，大家清净些。"宝玉一闻得王夫人进来亲查，便料道晴雯也保不住了，早飞也似的赶了去，所以后来趁愿之话竟未听见。

宝玉及到了怡红院，只见一群人在那里，王夫人在屋里坐着，一面怒色，见宝玉也不理。晴雯四五日水米不曾沾牙，如今现在炕上拉了下来，蓬头垢面，两个女人搀架起来去了。王夫人吩咐："把他贴身的衣服撩出去，余者留下给好的丫头们穿。"又命把这里所有的丫头们都叫来，一一过目。

原来王夫人惟怕丫头们教坏了宝玉，乃从袭人起以至于极小的粗活小丫头们，个个亲自看了一遍，因问："谁是和宝玉一日的生日？"本人不敢答应，老嬷嬷指道："这一个蕙香又叫做四儿的，是同宝玉一日生日

《红楼梦》与顺治皇帝的爱情故事

的。"王夫人细看了一看，虽比不上晴雯一半，却有几分水秀。视其行止，聪明皆露在外面，且也打扮得不同。王夫人冷笑道："这也是个没廉耻的货！他背地里说的，同日生日就是夫妻。这可是你说的？打量我隔得远都不知道么！可知我身子虽不大来，我的心耳神意时时都在这里。难道我统共一个宝玉，〔索隐〕天无二日，地无二王。就白放心凭你们勾引坏了不成！"

这个四儿见王夫人说着他素日和宝玉的私语，不禁红了脸低头垂泪。王夫人即命也快把他家人叫来，领出去配人。又问"那芳官呢？"芳官只得过来。王夫人道："唱戏的女孩子自然更是狐狸精了！上次放你们，你们又不愿去，可就该安分守已才是。你就成精鼓捣起来，调唆宝玉无所不为。"芳官笑辩道："并不敢调唆什么了。"王夫人笑道："你还强嘴？连你干娘都压倒了，岂止别人！"因喝命"唤他干娘来领去，就赏他外头找个女婿罢。他的东西一概给他。吩吩上年凡有姑娘分的唱戏女孩子，一概不许留在园里，都令其各人干娘带去自行聘嫁"。一语传出，这些干娘皆感恩趁愿不尽，都约齐与王夫人叩头领去。

王夫人又满室里搜检宝玉之物，凡略有眼生之物，一概命收卷起来拿到自己房里去了。因说："这才干净，省得旁人口舌。"又吩咐袭人麝月等人，"你们小心，往后再有一点分外之事，我一概不饶！因叫人查看了，今年不宜迁搬。暂且捱过今年，明年一并给我仍旧搬出去才心净"。说毕，茶也不吃，遂带领众人又往别处去查人。按下不提。

且说宝玉只道王夫人不过来搜检搜检，无甚大事，谁知竟这样雷嗔电怒的来了。所责之事皆系平日私语，一字不爽，料必不能挽回的。虽心下恨不能一死，〔索隐〕五台出家之根。但王夫人盛怒之际，自不敢言，一直跟送王夫人到沁芳亭。王夫人命："回去好生念念那些书，仔细明儿问你。才已发下狠了。"

宝玉听如此说才回来，一路打算："谁这样犯舌？况这里事也无人知道，如何就都说着了？"一面想一面进来，只见袭人在那里垂泪。且去了第一等的人，岂不伤心，便倒在床上大哭起来。袭人知他心里别的犹可，独有晴雯是第一件大事，乃劝道："哭也不中用。你起来我告诉你，晴雯已经好了，他这一家去，倒心净养几天。你果然舍不得他，等太太气消

第七十七回 俏丫鬟抱屈夭风流 美优伶斩情归水月

了,你再求老太太,慢慢的叫进来也不难。太太不过偶然听了别人的闲言,在气头上罢了。"宝玉道:"我究竟不知晴雯犯了什么弥天大罪?"袭人道:"太太只嫌他生的太好,未免轻狂些。太太是深知这样美人似的人,心里是不能安静的,所以很嫌他了。像我们这粗粗笨笨的倒好。"宝玉道:"美人似的心里就不安静么?你那里知道,古来的美人安静的多呢。这也罢了,咱们私自玩话怎么也知道了?又没外人走风,这可奇怪了。"袭人道:"你有什么忌讳的?一时高兴,你就不管有人没人了。我也曾使过眼色,也曾递过暗号,被那人知道了,你还不觉。"宝玉道:"怎么人人的不是,太太都知道了,单不挑出你和麝月秋纹来?"〔索隐〕自古昏君庸主遭奸臣之蒙蔽,未始无觉悟之时。然其悟也如电光之一瞥,稍纵即逝。

袭人听了这话,心内一动,〔索隐〕袭人之答,心内一动;宝玉之问,亦心内一动也。问答之间遥遥对照。低头半日,无可回答,因便笑道:"正是呢。若论我们也有玩笑的去处,怎么太太竟忘了?想是还有别的事,等完了再发放我们也未可知。"〔索隐〕《易》云:作伪心劳日拙。《孟子》云:遁辞知其所穷。

宝玉笑道:"你是头一个出了名的至善至贤的人,他两个又是你陶冶教育的,焉得有什么该罚之处?只是芳官尚小,过于伶俐,未免倚强压倒了人,惹人厌。四儿是我误了他,还是那年我和你拌嘴的那日起,叫上来做细活的。众人见我待他好,未免夺了地位,也是有的,故有今日。只是晴雯也是和你们一样,从小在老太太屋里过来的,虽生得比人强,也没什么妨碍着谁的去处。就只他的性情爽利,口角锋芒,究竟也没得罪了那一介。可是你说的,想是他过于生得好了,反被这个带累了。"〔索隐〕语语刺骨,宝哥可谓大事不糊涂。说毕,复又哭起来。

袭人细揣此话,直是宝玉有疑他之意,竟不好再劝,因叹道:"天知道罢了。此时也查不出人来了,白哭一会子也无益了。"宝玉冷笑道:"原是想他自幼娇生惯养的,何尝受过一日委屈,如今是一盆才透出嫩尖的兰花送到猪圈里去一般。〔索隐〕董妃入官,亦可以此语赠之。况又是一身重病,里头一肚子闷气。他也没有亲爹热娘,只有一个醉泥鳅姑舅哥哥,〔索隐〕此指鄂硕。鄂硕冒董妃为女而进之,得邀贵幸。姑舅

《红楼梦》与顺治皇帝的爱情故事

哥哥者，名义上之哥哥也。鄂硕称父者，名义上之父也。况为醉泥鳅，则其不关痛痒可知。他这一去，那里还等得一月半月？再不能见一面两面的了！"说着越发心痛起来。

袭人笑道："可是你'自许州官放火，不许百姓点灯'。我们偶说一句妨碍的话就说不吉利，你如今好好的咒他，就该的了？"宝玉道："我不是妄口咒人，今年春天已有兆头的。"袭人忙问何兆。宝玉道："这阶下好好的一株海棠花竟无故死了半边，我就知道有坏事，果然应在他身上。"袭人听了又笑起来，道："我要不说，又掌不住，你也太婆婆妈妈的了。这样的话怎么是你读书的人说的？"宝玉叹道："你们那里知道，不但草木，凡天下有情有理的东西，也和人一样，得了知己便极有灵验的。若用大题目比，就像孔子庙前的桧树、坟前的蓍草，诸葛祠前的柏树，岳武穆坟前的松树，这都是堂堂正正大之气，千古不磨之物，世乱他就枯了，世治他就茂盛了，几千年枯了又生的几次。这不是应兆么？若是小题目比，就像杨太真沉香亭的木芍药，端正楼的相思树，王昭君坟上的长青草，难道不也有灵验？所以这海棠亦是应着人生的。"

袭人听了这篇痴话，又可笑又可叹，因笑道："真真的这话越发说上我的气来了。那晴雯是个什么东西，就费这样心思比出这些正经人来？还有一说，他纵然好，也越不过我的次序去。就是这海棠也该先来比我，也还轮不到他。想是我要死的了？"〔索隐〕丑语。宝玉听说，忙掩他的嘴，劝道："这是何苦！一个未清，你又这样起来。罢了，再别提这事，弄得去了三个又饶上一个。"袭人听说，心下暗想："若不如此，也没个了局。"

宝玉又道："我还有一句话要和你商量，不知你肯不肯？现在他的东西是'瞒上不瞒下'，悄悄的送还他去。再或有咱们当日积攒下的钱，拿些出去给他养病，也是你姊妹好了一场。"袭人听了笑道："你太把我看得忒小器又没人心了！这话还等你说？我才把他的衣裳各物已打点下了，放在那里。如今白日里人多眼杂，又恐生事，且等到晚上悄悄的叫宋妈给他拿去。我还有攒下的几吊钱也给他去。"宝玉听了，点点头儿。袭人笑道："我原是久已出名的贤人，连这一点子好名还不会买去不成？"宝玉听了他方才的话，陪笑抚慰他，怕他寒了心。晚间果遣宋妈

第七十七回　俏丫鬟抱屈夭风流　美优伶斩情归水月

送去。

宝玉将一切人稳住了，便独自得便到园子后角门，央一个老婆子带他到晴雯家去。先这婆子百般不肯，只说怕人知道，"回了太太，我还吃饭不吃饭！"无奈宝玉死活央告，又许他些钱，那个婆子方带了他去。

却说这晴雯当日是赖大买的，还有个姑舅哥哥叫做吴贵，人都叫他贵儿。〔**索隐**〕吴贵妙矣，再找补一句云"人都叫他贵儿"更妙。贵儿者，父以儿贵也。刻毒之笔不肯饶人些子。那时晴雯才得十岁，时常赖嬷嬷带进来，贾母见了喜欢，故此赖嬷嬷就孝敬了贾母。过了几年，赖大又给他姑舅哥哥娶一房媳妇。谁知贵儿一味胆小老实，那媳妇却倒伶俐，又兼有几分姿色，看着贵儿无能为，每日在家打扮的妖妖娆娆，两只眼水汪汪的，招惹的赖大家人如蝇逐臭，渐渐做出些风流勾当来。那里晴雯已在宝玉房中，他便央及了晴雯转求凤姐，合赖大家的要过来。目今两口儿就在园子后角门外居住，〔**索隐**〕鄂硕后封三等伯，其府第在东华门外砖儿胡同。伺候园中买办杂差。〔**索隐**〕影射内大臣。这晴雯一时被撵出来，住在他家，那媳妇那里有心肠照管，吃了饭便自去串门子，只剩下晴雯一人在外间屋内爬着。

宝玉命那婆子在外了望，他独掀起布帘进来，一眼就看见晴雯睡在一领芦席上，幸而被褥还是旧日铺盖的。心内不知自己怎么才好，因上来含泪伸手轻轻拍他，悄唤两声。当下晴雯又因着了风，又受了哥嫂的歹话，病上加病，嗽了一日才蒙眬睡去。忽闻有人唤他，强展双眸，一见是宝玉，又惊又喜，又悲又痛，一把死搭住他的手，哽咽了半日方说道："我只道不得见你了！"接着便嗽个不住。宝玉也只有哽咽之分。晴雯道："阿弥陀佛！你来得好，且把那茶倒半碗我吃。渴了半日，叫半个人也叫不着。"

宝玉听说，忙拭泪问茶在那里。晴雯道："在炉台上。"宝玉看时，虽有个黑煤乌嘴的吊子，也不像个茶壶。只得桌上去拿一个茶碗，未到手先闻得油膻之气。宝玉只得拿了来，先拿些水洗了两次，复用自己的绢子拭了；闻了闻还有些气味，没奈何提起壶来斟了半碗。看时，绛红的也不大像茶。晴雯扶枕道："快给我吃一口罢，这就是茶了，那里比得咱们的茶呢。"宝玉听说，先自尝了一尝，并无茶味，咸涩不堪，只得递

《红楼梦》与顺治皇帝的爱情故事

与晴雯。只见晴雯如得了甘露一般,一气都灌下去了。

宝玉看着,眼中泪直流下来,连自己的身子都不知为何物了。一面问道:"你有什么说的,趁着没人告诉我。"晴雯呜咽道:"有什么说的!不过是挨一刻是一刻,挨一日是一日。我已知横竖不过三五日的光景,我就好回去了。只是一件,我死也不甘心:我虽生得比别人好些,并没有私情勾引!怎么一口死咬定了我是个狐狸精?我今日既担了虚名,况且没了远限,不是我说一句后悔的话,早知如此,我当日……"说到这里气往上咽,便说不出来,两手已经冰冷。宝玉又痛又急又害怕,便歪在席上,一只手搭着他的手,一只手给他轻轻的捶打着,又不敢大声的叫,真真万箭钻心。两三句话时,晴雯才哭出来。宝玉拉着他的手,只觉瘦如枯柴,腕上又带着四个银镯,因哭道:"除下来,等好了再戴上去罢。"又说:"这一病,好了,又瘦好些。"晴雯拭泪,把那手用力圈回,搁在口边,狠命一咬,只听"龁"的一声,把两根葱管一般的指甲齐根咬下。拉了宝玉的手,将指甲搁在他手中,又回身硬撑着,连揪带脱,在被窝内将贴身穿着的一件旧红绫小袄儿脱下,递给宝玉。不想虚弱透了的人,那里禁得这样抖搜,早喘成一处了。

宝玉见了他这样已经会意,连忙解开外衣,将自己的袄儿褪下来盖在他身上,却把这件穿上;不及扣钮,只用外间衣服掩了。刚系腰时,只见晴雯睁眼道:"你扶起我来坐坐。"宝玉只得扶他。那里扶得起,好容易欠起半身,晴雯伸手把宝玉的袄儿往自己身上拉,宝玉连忙给他披上了,拖着胳膊伸上袖子,轻轻放倒,然后将他的指甲装在荷包里。晴雯哭道:"你去罢,这里肮脏,你那里受得。你的身子要紧。今日这一来,我就死了也不枉担了虚名。"〔索隐〕此一段为全书中出色文字,其实题目亦好。名家作文,遇到称意之题,随手一挥,便觉异样光彩。

一语未完,只见他嫂子笑嘻嘻掀起帘子来道:"好呀!你两个的话我已都听见了。"又向宝玉道:"你一个做主子的,跑到下人房里来做什么?看着我年轻长得俊,你敢莫是来调戏我么?"宝玉听见,吓得忙陪笑央及道:"好姐姐,快别大声的。他服侍我一场,我私自来瞧瞧他。"那媳妇儿点着头儿笑道:"怨不得人家都说你有情有义儿的。"便一手拉了宝玉进里间来,笑道:"你要不叫我喊这也容易,你只是依我一件事。"

第七十七回　俏丫鬟抱屈夭风流　美优伶斩情归水月

说着便自己坐在炕沿上，把宝玉拉在怀中，紧紧的将两条腿夹住。〔索隐〕明日太史亦必奏云：昨夜客星犯帝座。宝玉那里见过这个，心内早突突的跳起来了，急得满面红胀，身上乱战，又羞又愧，又怕又恼，只说："好姐姐，别闹。"那媳妇也斜了眼儿笑道："呸！成日家听见你在女孩儿们身上用工夫，怎么今儿个就发起羞来了？"宝玉红了脸笑道："姐姐撒开手，有话咱们慢慢儿的说，外头有老嬷嬷，听见什么意思呢？"那媳妇那里肯放，笑道："我早进来了，已经叫那老婆子去到园门口儿等着呢。我等什么儿似的今日才等着你了！你要不依我，我就喊起来，叫里头太太听见了，我看你怎么样！你这么个人，只这么大胆子儿？我刚才进来了好一会子，在窗下细听，屋内只你两个人，我道有些个体己话儿。这样看起来，你们两个人竟还是各不相扰儿呢。我可不能像他那么傻。"〔索隐〕意欲携蝗大嚼，饱尝异味。幸勿如刘老老醉卧怡红院大吐特吐也。说着就要动手，宝玉急的死往外拽。

正闹着，只听窗外有人问道："晴雯姐姐在这里住呢不是？"那媳妇子也吓了一跳，连忙放了宝玉。这宝玉已经吓怔了，听不出声音。外边晴雯听见他嫂子缠磨宝玉，又急又臊又气，一阵虚火上攻，早已晕过去。那媳妇连忙答应着出来看，不是别人却是柳五儿和他母亲两个，抱着一个包袱。柳家的拿着几吊钱，悄悄的问那媳妇道："这是里头袭姑娘叫拿出来给你们姑娘的，他在那屋里么？"那媳妇儿笑道："就是这个屋子。"

那柳家的领着五儿刚进门来，只见一个人影儿往屋里一闪。柳家的素知这媳妇子不妥，只打量是他的私情人。看见晴雯睡着了，连忙放下，带着五儿往外走。谁知五儿眼尖，早已见是宝玉，便问他母亲道："里头不是袭人姐姐那里悄悄儿的找宝二爷呢么？"柳家的道："阿呀！可是忘了。方才老宋妈说，见宝二爷出角门来了。门上还有人等着，要关园门呢。"因回头问那媳妇儿。那媳妇儿自己心虚，便道："宝二爷那里肯到我们这屋里来？"柳家的听说便要走，这宝玉一则怕关了门，二则怕那媳妇子进来又缠，也顾不得什么了，连忙掀了帘子出来道："柳嫂子，你等等我，一路儿去。"柳家的听了，倒吓了一大跳，说："我的爷！你怎么跑了这里来？那宝玉也不答言，一直飞走。那柳五儿道："妈，你快叫住宝二爷，不用忙忙。仔细冒冒失失被人撞见倒不好。况且才出来时，袭

《红楼梦》与顺治皇帝的爱情故事

人姐姐已经打发人留了门了。"说着,赶忙同他妈来赶宝玉。这里晴雯的嫂子干瞧着把个妙人走了。〔索隐〕吃运不佳,馋涎空流。

却说宝玉跑进角门才把心放下来,还是突突乱跳。只怕五儿关在外头,眼巴巴看见他母女也进来了。远远听见里边嬷嬷们正查人,若再迟一步就关了园门了。宝玉忙进入园中,且喜无人知道。到了自己房内,告诉袭人只说在薛姨妈家去的,也就罢了。一时铺床,袭人不得不问今日怎么睡。宝玉道:"不管怎么睡罢了。"原来这一二年间,袭人因王夫人看重了他,越发自要尊重,凡背人之处,或夜晚之间,总不与宝玉狎昵,较先小时反倒疏远了。虽无大事办理,然一应针线并宝玉及诸小丫头出入银钱衣履什物等事,也甚烦琐,且有吐血之症,故近来夜间总不与宝玉同房。宝玉夜间胆小,醒了便要唤人。因晴雯睡卧惊醒,故夜间一应茶水起坐呼唤之事,悉皆委他一人。所以宝玉外床只是睡着晴雯。

〔索隐〕接写贵儿媳妇一段,又接写临睡铺床一段,皆为担了虚名之语,高抬声价。而王夫人所锡狐狸精之名号,虽死亦不甘受。他今去了,袭人只得将自己铺盖搬来铺设床外。

宝玉发了一晚上的呆。袭人催他睡下,然后自睡。只听宝玉在枕上长吁短叹,覆去翻来,直至三更以后方渐渐安顿了。袭人方放心,就朦胧睡着。没半盏茶时,只听宝玉叫"晴雯"。袭人忙连声答应,问做什么。宝玉因要吃茶。袭人倒了茶来,宝玉乃笑道:"我近来叫惯了他,却忘了是你。"袭人笑道:"他乍来你也曾睡梦中叫我的,以后才改了。"

说着大家又睡下,宝玉又翻转了一个更次,至五更方睡去时,只见晴雯从外走来,仍是往日形景。进来向宝玉道:"你们好生过罢,我从此就别过了。"说毕翻身就走。宝玉忙叫时,又将袭人叫醒。袭人还只当他惯了口乱叫,却见宝玉哭了,说道:"晴雯死了!"袭人笑道:"这是说那里话!被人听着什么意思?"宝玉那里肯睡,恨不得一时天亮了就遣人去问信。

及天亮时,就有王夫人房里小丫头叫开前角门,传王夫人的话:"'即时叫起宝玉,快洗脸,换有衣裳快来,因今儿有人请老爷赏秋菊,〔索隐〕诔芙蓉之前先以赏菊扬开一笔。老爷因喜欢他前儿做的诗好,故此要叫他们去。'这都是太太的话。你们快告诉去,立逼他快来,老爷

第七十七回　俏丫鬟抱屈夭风流　美优伶斩情归水月

在上房里等他们吃面茶呢。环哥儿已来了。快快儿的去罢。我叫兰哥儿去了。"里面的婆子听一句应一句，一面扣着钮子一面开门。袭人听得叩门，便知有事，一面命人问时，自己已起来了。听得这话，忙催人来舀了洗脸水，催宝玉起来梳洗。他自去取衣，因思跟贾政出门，便不肯拿出十分出色的新鲜衣服来，只拣那三等成色的来。

宝玉此时已无法，只得忙忙前来。果然贾政在那里吃茶，十分喜悦。宝玉请了早安，贾环贾兰二人也都见过。贾政命坐吃茶，向环兰二人道："宝玉读书不及你两个，论题联和诗这种聪明，你们皆不及他。今日此去，未免叫你们做诗，宝玉须随便助他们两个。"

王夫人自来不曾听见这等考语，真是意外之喜。一时，候他父子去了，方欲过贾母这边来时，就有芳官等三个干娘走来。回说："芳官自前日蒙太太的恩典赏了出去，他就疯了似的，茶饭都不吃，勾引上藕官蕊官，三个人寻死觅活，只要剪了头发做尼姑去。我只当是小孩子家一时出去不惯，也是有的，不过隔两日就好了。谁知越闹越凶，打骂着也不怕。实在没法，所以来求太太，或是依他们做尼姑去，或教导他们一顿，赏给别人做女孩儿去罢，我们没这福。"王夫人听了道："胡说！那里由得他们起来，佛门也是轻易进去的么？每人打一顿给他们，看还闹不闹！"

当下因八月十五日各庙内上供去，皆有的各庙内的尼姑来送供尖，因曾留下水月庵的智通与地藏庵的圆信住下，因听得此信，就想拐两个女孩子去做活使唤，〔索隐〕然则世祖亦被五台山僧人拐去的耶？一笑。都向王夫人说："府上到底是个善人家。因太太好善，所以感应得这些小姑娘们皆如此。虽然说佛门容易难上，也要知道佛法平等，我佛立愿普度一切众生。如今两三个姑娘既然无父母，家乡又远，他们既经了这富贵，又想从小命苦，入了风流行次，将来知道终身怎么样？所以苦海回头，立意出家修修来世，也是他们的高意。太太倒不要阻了善念。"王夫人原是个善人，〔索隐〕清初宫中佞佛之风最甚，着此一笔，以见端开自上。起先听了这话，谅系小孩子不遂心的话，将来熬不得清净，反致获罪。今听了这两个拐子的话大近情理。且近日家中多故，又有邢夫人遣人过来知会，明日接迎春家去住两日，以备人家相看，且又有官媒来

《红楼梦》与顺治皇帝的爱情故事

求说探春等，心绪正烦，那里着意在这些小事。既听此言，便笑答道："你两个既这等说，你们就带了做徒弟去如何？"二姑子听了，念一声佛道："善哉，善哉！若如此，可是老人家的阴德不小。"说毕，便稽首拜谢。王夫人道："既这样，你们叫他去；若果真心，即上来当着我拜着师父去罢。"

这三个女人听了出去，果然将他三人带来。王夫人问之再三，他三人已立定主意，遂与两个姑子叩了头，又拜辞了王夫人。王夫人见他们意皆决断，知不可强了，反倒伤心可怜，忙命人来取了些东西来赏他们，又送了两个姑子些礼物。从此芳官跟了水月庵的智通，蕊官藕官二人跟了地藏庵的圆信，各自出家去了。要知后事，下回分解。

〔索隐〕此回无甚深意。晴雯之为黛玉影子，历来读者均已知之。惟插写晴雯姑舅哥哥一段，实兼詈内大臣鄂硕之无耻。清初之制，满汉不得通婚。小宛被携北上，如何而得入宫掖，如何而抑称旗女，必有一段周折为后世所不及知者。鄂硕乘时而起，赖兹裙带，忝荷恩光；负以螟蛉，俨然国丈。比不韦之奇货用意更新；较曹瞒之进姬居心尤鄙。此等衣冠败类不表而出之，何以儆来者？至写吴贵媳妇与宝哥纠缠，盖云推若辈邀恩固宠之心，虽以娇妻进献亦所不惜。玩"干瞧着把个妙人走了"一语，有无限神情在内，刻薄到何等地步。文字造孽，应入拔舌地狱，作者宁不惧乎？

责问袭人一段，见董妃之死由于不得为后；而其不得为后之故，实由宫中有人倾陷，虽世祖亦明知之。故爱姬一逝，愤而出家，锦绣河山弃如敝屣。

本回分两小段一大段：自开首起至"你这话也是"止为一小段，以下至"真是意外之喜"止为一大段，以下至本回完毕又为一小段。两小段俱是旁枝，惟中间一大段是正文。情文并茂茂当得"哀感顽艳"四字。

〔护花评〕借周瑞家口中补出邢夫人嗔王善保家多事，受责装病，以便王夫人遣逐司棋，省却无数笔墨。奸与盗俱在迎春房

第七十七回　俏丫鬟抱屈夭风流　美优伶斩情归水月

中败露，可见一味忠厚不能正率下人，所谓忠厚者即无用之别名也。

又：遣司棋逐晴雯是此回正文，其余四儿芳官等俱是陪衬。

又：晴雯来历于此时补出，而姓氏籍贯仍无着实，伏下回《芙蓉诔》中句。

又：王夫人持家严正固为正理，但未免心急偏听。金钏之投井，晴雯之屈死，司棋之殒命及芳官等之出家，皆王夫人所作之孽。是故一味严峻，实非和气致祥之道。

〔大某评〕此回仍是甲寅年秋时事。

第七十八回　老学士闲征姽婳词　痴公子杜撰芙蓉诔

话说两个尼姑领了芳官等去后，王夫人便往贾母处来。见贾母欢喜，便趁便回道："宝玉屋里有个晴雯，那个丫头也大了，而且一年之间病不离身。我常见他比别人分外淘气，也懒。〔索隐〕妃南人身弱，兼以怀新思旧，郁郁寡欢，此病之说所由来也。旗俗最重仪节，宫掖尤甚。妃素性洒脱，事上接下之间必不能周旋中肯，此懒之一说所由来也。伴嗔薄怒，浅颦低笑，北里中人凤工操纵之术，况以恃宠而娇，率性径行，罔知顾忌，此分外淘气之说所由来也。寥寥三语，已写尽董妃生平。前日又病倒了十几天，叫大夫瞧，说是女儿痨。所以我赶着叫他下去了。若养好了，也不用叫他进来，就赏他家配人去也罢了。再那几个学戏的女孩子，我也做主放了。一则他们都会戏，口里没轻没重，只会混说，女孩儿听了如何使得。二则他们唱一回子戏，白放了他们也是应该的。况丫头们也太多，若说不够使，再挑上几个来也是一样。"

贾母听了点头道："这是正理，我也想着如此。况晴雯这丫头我看他甚好，言谈针线都不及他，将来还可以给宝玉使唤的，〔索隐〕梅村诗："王母携双成，绿盖云中来。"足见妃之入宫由于孝庄所赏拔。谁知变了。"王夫人笑道："老太太挑中的人原不错，只是他命里没造化，〔索隐〕确。所以得了这个病。俗语又说，'女大十八变'，况且有本事的人未免就有些调歪。〔索隐〕确。老太太还有什么不曾经历过的？三年前我也就留心这件事，先只取中了他。我便留心看去，他色色比人强，只是不大沉重。〔索隐〕确。知大体莫若袭人第一。虽说贤妻美妾，也要性情和顺、举止沉重的更好些。袭人的模样虽比晴雯次一等，然放在房里也算得一二等的。况且行事大方，心地老实，这几年从未同着宝玉淘

第七十八回　老学士闲征姽婳词　痴公子杜撰芙蓉诔

气。凡宝玉十分胡闹的事，他只有死劝的。因此品择了二年，一点不错了，我悄悄的把他丫头的月钱止住，我的月分银子里批出二两银子来给他。不过使他自己知道，越发小心效好之意，且没有明说。一则宝玉年纪尚小，老爷知道了，又恐说耽误了书；二则宝玉自以为自己跟前的人，不敢劝他说他，反倒纵性起来。所以直到今日才回明老太太。"贾母听了笑道："原来这样。如此更好了。袭人本来从小儿不言不语，我只说是没嘴的葫芦。既是你深知，岂有大错误的？"王夫人又回今日老爷如何夸奖，如何带他们逛去，贾母听了更加喜悦。

一时只见迎春妆扮了前来告辞过去，凤姐也来请安，伺候早饭。又说笑一回，贾母歇晌，王夫人便唤了凤姐，问他丸药可曾配来。凤姐道："还不曾呢，如今还是吃汤药。太太只管放心，我已大好了。"王夫人见他精神复初，也就信了。因告诉撵逐晴雯等事，又说："宝丫头怎么私自回家去了，你们都不知道？我前儿顺路都查了一查。谁知兰小子的这一个新进来的奶子也十分的妖娆，也不喜欢他。我说与你大嫂子了，好不好叫他各自去罢。我因问你大嫂子，'宝丫头出去，难道你不知道不成？'他说是告诉了他的，过两三日，等姨妈病好了就进来。姨妈究竟没甚大病，不过是咳嗽腰疼，年年是如此的。他这去必有原故的，敢是有人得罪了他不成？那孩子心重，亲戚们住一场，得罪了人，反倒不好了。"

凤姐笑道："谁可好好的得罪着他？"王夫人道："别是宝玉有嘴无心，从来没个忌讳，高兴了信嘴胡说也是有的。"凤姐笑道："这可是太太过于操心了，若说他出去干正经事说正经话去，却像傻子；若只叫他进来在这些姊妹跟前，以至于大小的丫头跟前，最有仁让，又恐怕得罪了人，那是再不得有人恼他的。我想薛妹子此去，必为着前夜搜检众丫头原故。他自然为信不及园里的人，他又是亲戚，现也有丫头老婆子在内，我们又不好去搜检了，恐我们疑他，所以多了这个心，自己回避了，也是应该避嫌疑的。"

王夫人听了这话不错，自己遂低头一想，便命人去请了宝钗来，分晰前日的事情，以解他的疑心，又仍命他进来照旧居住。宝钗陪笑道："我原要早出去的，因姨娘有许多大事，所以不便来说。可巧前日妈妈又不好了，家中两个靠得住的女人又病，所以趁便去了。姨娘今日既知道

《红楼梦》与顺治皇帝的爱情故事

了,我正好回明,就从今日辞了,好搬东西。"王夫人凤姐都笑道:"你太固执了。正经再搬进来为是,休为没要紧的事又疏远亲戚。"

宝钗笑道:"这话说得太重了。并没为什么事要出去。我为的妈妈近来神思比先大减,而且夜晚没有得靠的人,统共只我一二人。二则如今我哥哥眼看娶嫂子,多少针线活计并家里一切动用器皿尚有未齐备的,我也须得帮着妈妈去料理。姨娘和凤姊姊都知道我们家里的事,不是我撒谎。再者自我在园里,东南上小角门子就常开着,原是为我走的。保不住出入的人图省走路也从那里走,又没个人盘查,设若从那里弄出事来,岂不两碍?而且我进园里来睡,原不是什么大事。因前几年年纪都小,且家里没事,在外头不如进来,姊妹们在一处玩笑作针线,都比在外头一人闷坐好些。如今彼此都大了,况姨娘这边历年皆遇不遂心之事,所以那园子里倘有一时照顾不到的,皆有关系,惟有少几个人就可以少操些心了。所以今日不但我决意辞去,此外还要劝姨娘,如今该减省的就减省些,也不为失了大家的体统。〔索隐〕回应"知大体"一语。康熙时谕大学士等有曰:明朝费用甚奢,兴作亦广,其宫中脂粉钱四十万两,供应银数百万两,至世祖皇帝登极,始悉除之。紫禁城内砌地砖横竖七层,一切工作俱派民间。宫女九千人,内监至十万人,饭食不能遍及,日有饿死者。今则宫中不过四五百人而已。明季宫用马口柴红螺炭以数千万斤计,全取诸昌平等州县,今此柴仅天坛焚燎用之云云。是清初宫中费用或视明季为俭约,殆系继后博尔济锦氏等倡起,故书中屡以能持大体赞之。据我看,园里这一项费用,也竟可以免的,说不得当日的话。姨娘是深知我家的,难道我家当日也是这样零落不成?"凤姐听了这篇话,便向王夫人笑道:"这话依我竟不必强他。"王夫人点头道:"我也无可回答,只好随你的便罢了。"

说话之间,只见宝玉已回来了,因说:"老爷还未散,恐天黑了,所以先叫我们回来了。"王夫人忙问:"今日可丢了丑没有?"宝玉笑道:"不但不丢丑,反拐了许多东西来。"接着,就有老婆子们从二门上小厮手内接了东西来。王夫人一看时,只见扇子三把,扇坠三个,笔墨共六匣,香珠三串,玉绦环三个。宝玉说道:"这是梅翰林送的,那是杨侍郎送的,这是李员外送的,〔索隐〕杨也,梅也,李也,均系一班草包木偶

第七十八回　老学士闲征姽婳词　痴公子杜撰芙蓉诔

无心之物。每人一份。"说着，又向怀中取出一个檀香小护身佛来说："这是庆国公单给我的。"〔索隐〕护身佛是单给，隐寓世祖后来结局。王夫人又问在席何人，做何诗词。说毕，只将宝玉一份令人拿着，同宝玉、环、兰前来见贾母。贾母看了，欢喜不尽，不免又问些话。无奈宝玉一心记着晴雯，答应完了，便说骑马颠了骨头疼。贾母便说："快回房去换了衣服，疏散疏散就好了，不许睡。"宝玉听了，便连忙进园来。

当下，麝月秋纹已带了两个丫头来等候，见宝玉辞了贾母出来，秋纹便将笔墨等物拿着，随宝玉进园来。宝玉满口里说"好热"，一面走，一面便摘冠解带，将外面的大衣服都脱下来，麝月拿着，只穿着一件松花绫子夹袄，襟内露出血点般大红裤子来。秋纹见这条裤子是晴雯针线，因叹道："真是物在人亡了！"麝月将秋纹拉了一把，笑道："这裤子配了松花色袄儿石青靴子，越显出靛青的头雪白的脸来了。"

宝玉在前只装没有听见，又走了两步，便止步道："我要走一走，这怎么好？"麝月道："大白日里怕什么，还怕丢了你不成！"〔索隐〕又射后日之私走。因命两个丫头跟着，"我们送了这些东西去再来"。宝玉道："好姐姐，等一等我再去。"麝月道："我们去了就来。两个人手里都有东西，倒像摆执事的，一个捧着文房四宝，一个捧着冠袍带履，成个什么样子！"宝玉听了，正中心怀，便让他二人去了。

他便带了两个小丫头到一块山子石后头，悄问他二人道："自我去了，你袭人姐姐打发人去瞧晴雯姐姐没有？"这一个答道："打发宋妈瞧去了。"宝玉道："回来说什么？"小丫头道："回来说晴雯姐姐直着脖子叫了一夜，今日早起就闭了眼住了口，世事不知，只有倒气的分儿了。"宝玉忙道："一夜叫的是谁？"小丫头道："一夜叫的是娘。"宝玉拭泪道："还叫谁？"小丫头说："没有听见叫别人了。"宝玉道："你糊涂，想必没有听真。"

旁边那一个小丫头最伶利，听宝玉如此说，便上来说："他真个糊涂。"又向宝玉道："不但我听得真切，我还亲自偷着看去的。"宝玉听说，忙问"怎么又亲自看去？"小丫头："我因想，晴雯姐姐素日与别人不同，待我们极好。如今他虽受了委屈出去，我们不能别的法子救他，只亲去瞧瞧，也不枉素日疼我们一场。就是人知道了，回了太太，打我

《红楼梦》与顺治皇帝的爱情故事

们一顿也是愿受的。所以我拚着一顿打,偷出去瞧了一瞧。谁知他平日为人聪明,至死不变。见我去了,便睁开眼,拉我的手问:'宝玉那里去了?'我告诉了他。他叹了一口气说:'不能见了。'我就说:'姐姐何不等一等他回来见一面?'他就笑道:'你们不知道。我不是死,如今天上少了一位花神,玉皇爷命我去管花儿。我如今在未正二刻就上任去了,〔**索隐**〕董妃于顺治十七年八月十八日病殁,确为未正。宝玉须得未正三刻才到家,〔**索隐**〕世祖方在南苑较猎,闻妃病驰回,已永诀矣。只少得一刻的工夫,不能见面。世上凡有该死的人,阎王勾取出去,是差些小鬼来捉人魂魄。若要迟延一时半刻,不过烧些纸钱,浇些浆饭,那鬼只顾抢钱去了,该死的人就可少待个工夫。我这如今是天上的神仙来召请,岂可挨得时刻!'我听了这话竟不大信,及进来到房里留神看时辰表,果然是未正二刻他咽了气,正三刻上就有人来叫我们,说你来了。"

宝玉忙道:"你不认识字,所以不知道,这原是有的。不但一花有一花神,还有总花神。但他不知做总花神去了,还是单管一样花神?"〔**索隐**〕明其不得为后也。怕正位乎内,不愧总花神之称。若妃子者,单管一花而已。这丫头听了,一时诌不来。却好这是八月时节,〔**索隐**〕点明八月。园中池上芙蓉正开。这丫头便见景生情,忙答道:"我已曾问他:'是管什么花的神,告诉我们日后也好供养的'。他说:'你只可告诉宝玉一人,除他之外,不可泄了天机。就告诉他说我就是专管芙蓉花的。'"

宝玉听了这话,不但不为怪,亦且去悲生喜。便回头来看着那芙蓉,笑道:"此花也须得这样一个人去主管。我就料定他那样的人,必有一番事业。虽然超生苦海,从此再不能相见了,免不得伤感思念。"因又想:"虽然临终未见,如今且去灵前一拜,也算尽这五六年的情意。"想毕忙至房中,正值麝月秋纹找来。宝玉又自穿戴了,只说去看黛玉,〔**索隐**〕临晴雯之丧而云去看黛玉,后文祭诔方毕,亦是黛玉出现,其意可知。遂一人出园,往前次看望之处来,意为停柩在内。谁知他哥嫂见他一咽气便回了进去,希图早些得几两发送例银。王夫人闻知,便命赏下十两银子,又命"即刻到外焚化了罢。女儿痨死的,断不可留!"他哥嫂听了这一句话,一面得银,一百雇人立刻入殓,抬往城外化人厂上去了。

第七十八回　老学士闲征姽婳词　痴公子杜撰芙蓉诔

剩的衣服簪环，约有三四百金之数，他哥嫂自收了为后日之计。二人将门锁上，一同送殡去了。

宝玉走来扑了一个空，站了半天并无别法，只得回身进入园中。及回至房中，甚觉无味，因顺路来找黛玉，不在房中。问其何往，丫鬟们回说："往宝姑娘那里去了。"宝玉又至蘅芜院中，只见寂静无人，房内搬的空空落落，不觉吃一大惊。才想起，前日仿佛听见宝钗要搬出去，只因这两日功课忙，就混忘了。这时看见如此，才知道果然搬出。怔了半天，因转念一想，不如还是和袭人厮混，再与黛玉相伴，只这两三个人，只怕还是同死同归。想毕，仍往潇湘馆来，偏黛玉还未回来。

正在不知所之，忽见王夫人的丫头进来找他，说："老爷回一来了，找你呢，又得了好题目了。快走，快走！"宝玉听了，只得跟了出来。到王夫人房中，他父亲已出去了。王夫人命人送宝玉至书房中。

彼时贾政正与幕友们谈论寻秋之胜，又说："临散时，忽谈及一事，最是千古佳谈。'风流隽逸，忠义感慨'八字皆备，倒是个好题目，大家要做一首挽词"。众幕宾听了，都请教系何等妙事。贾政乃道："当日，曾有一位王爵封曰恒王，出镇青州。〔索隐〕以下全篇，皆假饰之词，其注重只在"青州"二字。这恒王最喜女色，且公余好武，因选了许多美女日习武事，令众美女学习战攻斗阵之事。内中有个姓林行四的，姿色既佳，且武艺更精，皆呼为林四娘。恒王最得意，遂超拔林四娘统辖诸姬，又呼为姽婳将军。"众清客都称"妙极神奇！竟以'姽婳'下加'将军'二字，反更觉妩媚风流，真绝世奇文也。想这恒王也是千古第一风流人物了"。贾政笑道："这话自然如此，但更有可奇可叹之事。"众清客都惊问道："不知底下有何等奇事？"贾政道："谁知次年，便有'黄巾''赤眉'一干流贼余党复又乌合，抢掠山左一带。恒王意为犬羊之辈，不足大举，因轻骑进剿。不意贼众诡谲，两战不胜，恒王遂被贼众所戮。〔索隐〕"戮"字下得突兀，正是着意处。于是青州城内文武官员，各各皆谓'王尚不胜，你我何为？'遂将有献城之举。林四娘得闻凶信，遂聚集众女将，发令说道：'你我皆向蒙王恩，戴天履地，不能报其万一。今王既殒身国患，我意亦当殒身于王。尔等有愿随者，即同我前往；不愿者，亦早自散去。'众女将听他这样，都一齐说愿意。于是林

《红楼梦》与顺治皇帝的爱情故事

四娘带领众人连夜出城,直杀至贼营里头。众贼不防,也被斩杀了几个首贼。后来,大家见是不过几个女儿,料不能济事,遂回戈倒兵,奋力一阵,把林四娘等一个不曾留下,〔索隐〕寸草不留,快心之至。倒作成了这林四娘的一片忠义之志。后来报至都中,天子百官无不叹息。想其朝中自然又有人去剿灭,天兵一到,化为乌有,不必深论。〔索隐〕以模糊出之,见其为乌有子虚之论。只就林四娘一节,众位听了可羡不可羡?"众幕友都叹道:"实在可羡可奇,实是个妙题,原该大家挽一挽才是。"

说着,早有人取了笔砚,按贾政口中之言,稍加改易了几个字,便成了一篇短序,递与贾政看了。贾政道:"不过如此,他们那里已有原序。昨日因又奉恩旨,着察核前代以来应加褒奖而遗落未经奏请各项人等,无论僧、尼、乞丐、女妇人等,有一事可嘉,即行汇送履历至礼部,备请恩奖。所以他这原序也送往礼部去了。大家听了这新闻,所以都要作一首'姽婳词',以志其忠义。"众人听了,都又笑道:"这原该如此。只是更可羡者,本朝皆系千古未有之旷典,可谓'圣朝无阙事'了。"贾政点头道:"正是。"

说话间,宝玉、贾环、贾兰俱起身来看了题目。贾政命他三人各吊一首,谁先做成者赏,佳者额外加赏。贾环、贾兰二人,近日当着许多人皆做过几首了,胆量愈壮,今看了题目,遂自去思索。一时贾兰先有了,贾环生恐落后,也就有了。二人皆已录出,宝玉尚自出神。贾政与众人且看他二人的二首。贾兰的是一首七言绝句,写道是:

  姽婳将军林四娘,玉为肌骨铁为肠。
  捐躯自报恒王后,此日青州土尚香。

众幕宾看了,便皆大赞"小哥儿十三岁的人就如此,可知家学渊源,真不诬矣。"贾政笑道:"稚子口角,也还难为他。"又看贾环的,是首五言律,写道是:

  红粉不知愁,将军意未休。
  掩啼离绣幕,抱恨出青州。
  自谓酬王德,谁能复寇仇。

第七十八回　老学士闲征姽婳词　痴公子杜撰芙蓉诔

好题忠义墓，千古独风流。

众人道："更佳，到底大几岁年纪，立意又自不同。"贾政道："倒还不甚大错，终不恳切。"众人道："这就罢了。三爷才大不多几岁，俱在未冠之时。如此用心做去，再过几年，怕不是大阮小阮了么？"贾政笑道："过奖了。只是不肯读书的过失。"因问宝玉，众人道："二爷细心镂刻，定又是风流悲感，不同此等的了。"

宝玉笑道："这个题目似不称近体，须得古体，或歌或行长篇一首方能恳切。"众人听了，都立起身来，点头拍手道："我说他立意不同！每一题到手，必先度其体格宜与不宜，这便是老手妙法。这题目名曰'姽婳词'，且既有了序，此必是长篇歌行方合体式。或拟温八叉《击瓯歌》，或拟李长吉《会稽歌》，或拟白乐天《长恨歌》，或拟咏古词，半叙半咏，流利飘逸，始能尽妙。"贾政听说，也合了主意，遂自提笔向纸上要写。又向宝玉笑道："如此甚好，你念我写。若不好了，我搥你的肉。谁许你先大言不惭的！"宝玉只得念了一句，道：

恒王好武兼好色，〔**索隐**〕劈头一句，为恒王明定罪案。

称兵内向席卷中原，是其好武也，后宫粉黛是其好色也。

贾政写了，摇头道："粗鄙。"一幕友道："要这样方古，究竟不粗。且看他底下的。"贾政道："姑存之。"宝玉又道：

遂教美女习骑射。

秾歌艳舞不成欢，列阵挽戈为自得。

贾政写出，众人都道："只这第三句，便古朴老健，极妙！这第四句平叙，也最得体。"贾政道："休谬加奖誉，且看转的何如？"宝玉念道：

眼前不见尘沙起，将军俏影红灯里。

众人听了这两句，便都叫"妙！好个！'不见尘沙起'！又续了一句'俏影红灯里'，用字用句，皆入神化了。"宝玉道：

叱咤时闻口舌香，霜矛雪剑娇难举。

众人听了，更拍手笑道："越发画出来了。当日敢是宝公也在座，见其娇

《红楼梦》与顺治皇帝的爱情故事

而且闻其香？不然何体贴至此！"宝玉笑道："闺阁习武，任其勇悍，怎似男人？不问而可知娇怯之形了。"贾政道："还不快续，这又有你说嘴的了。"宝玉只得又想一想，念道：

  丁香结子芙蓉绦，

众人都道："转'萧'韵更妙，这才流利飘逸。而且这句子也绮丽秀媚得妙。"贾政看了道："这一句不好，已有过了'口舌香''娇难举'，何必又如此。这是力量不加，故又弄出这些堆砌货来搪塞。"宝玉笑道："长歌也须得要些词藻点缀点缀，不然便觉萧索。"贾政道："你只顾说那些，这一句底下如何转至武事呢？若再多说两句，岂不蛇足了。"宝玉道："如此，底下一句兜转煞住，想也使得。"贾政冷笑道："你有多大本领？上头说了一句大开门的散话，如今又要一句连转带煞，岂不心有余而力不足呢？"宝玉听了，垂头想了一想，说了一句道：

  不系明珠系宝刀。

忙问："这一句可还使得？"众人拍案叫绝。贾政笑道："且放着，再续。"宝玉道："使得，我便一气联下去了。若使不得，索性涂了，我再想别的意思出来，再另措辞。"贾政听了，便喝道："多话！不好了再做，再做十篇百篇，还怕辛苦了不成？"宝玉听说，只得想了一会，便念道：

  战罢夜阑心力竭，脂痕粉渍污鲛绡。

贾政道："这又是一段了，底下怎么样？"宝玉道：

  明年流寇走山东，强吞虎豹势如蜂。

众人道："好个'走'字！便见得高低了。且通首转的也不板。"宝玉又念道：

  王率天兵思剿灭，一战再战不成功。
  腥风吹折陇中麦，日照旌旗虎帐空。
  青山寂寂水澌澌，〔索隐〕青旁着水明系清字。
  正是恒王战死时。
  雨淋白骨血染草，月冷黄昏鬼守尸。

众人都道："妙极，妙极！布置叙事词藻，无不尽美。且看如何至四娘，必另有妙转奇句。"宝玉又念道：

第七十八回　老学士闲征姽嫿词　痴公子杜撰芙蓉诔

> 纷纷将士只保身，青州眼见皆灰尘。〔索隐〕与"一个不曾留下"句意同。
>
> 不期忠义明闺阁，愤起恒王得意人。

众人都道："铺叙得委婉。"贾政道："太多了，底下只怕累赘呢。"宝玉又道：

> 恒王得意数谁行，姽嫿将军林四娘。
> 号令秦姬驱赵女，秾桃艳李临疆场。
> 绣鞍有泪春愁重，铁甲无声夜气凉。
> 胜负自难先预定，誓盟生死报前王。
> 贼势猖獗不可敌，柳折花残血凝碧。
> 马践胭脂骨髓香，魂依城郭家乡隔。
> 星驰时报入京师，谁家儿女不伤悲。
> 天子惊慌愁失守，此时文武皆垂首！〔索隐〕天子惊慌，文武垂首，其下便截然而止，不及剿灭之事。诗之拙处，正系文之巧处。
> 何事文武立朝纲，不及闺中林四娘！
> 我为四娘长叹息，歌成余意尚彷徨。

念毕，众人都大赞不止，又从头看了一遍。贾政笑道："虽说几句，到底不大恳切。"因说："去罢。"三人如放了赦的一般，一齐出来，各自回房。

众人皆无别话，不过至晚安歇而已。独有宝玉一心凄楚，回头至园中，猛见池上芙蓉，想起小丫鬟说晴雯做了芙蓉之神，不觉又喜欢起来，乃看着芙蓉嗟叹了一回。忽又想起死后并未至灵前一祭，如今何不在芙蓉前一祭，岂不尽了礼。想毕，便欲行礼，忽又止道："虽如此，亦不可太草率了，须得衣冠整齐，尊仪周备，方为诚敬。"想了一想，古人云"潢污行潦，荇藻苹蘩之贱，可以羞王公，荐鬼神。"原不在物之贵贱，全在心之诚敬而已。然非自作一篇诔文，这一段凄惨酸楚，竟无处可以发泄了。因用晴雯素日所喜之冰鲛縠一幅，楷字写成，名曰《芙蓉女儿诔》，前序后歌。又备了晴雯素喜的四样吃食，于是黄昏人静之时，命那

《红楼梦》与顺治皇帝的爱情故事

小丫头捧至芙蓉前。先行礼毕,将那诔文即挂于芙蓉枝上,乃泣涕念曰:

维太平不易之元,蓉桂竞芳之月,无可奈何之日,怡红院浊玉,谨以群花之蕊、冰鲛之縠、沁芳之泉、枫露之茗,四者虽微,聊以达诚申信,乃致祭于白帝宫中抚司秋艳芙蓉女儿之前曰:

窃思女儿自临人世,迄今凡十有六载。其先之乡籍姓氏,湮沦而莫能考者久矣。而玉得于衾枕栉沐之间,栖息晏游之夕,亲昵狎亵相与共处者,仅五年八月有奇。〔索隐〕董妃于顺治十二年入宫,十七年八月病殁。以时考之,却符此数。忆女曩生之昔,其为质则金玉不足喻其贵,其为体则冰雪不足喻其洁,其为神则星日不足喻其精,其为貌则花月不足喻其色。姊娣悉慕媖娴,妪媪咸仰慧德。孰料鸠鸩恶其高,鹰鸷翻遭罦罬;薋葹妒其臭,茝兰竟被芟锄。花原自怯,岂奈狂飙?柳本多愁,何禁骤雨?偶遭蛊虿之谗,遂抱膏肓之疾。故樱唇红褪,韵吐呻吟;杏脸香枯,色陈顑颔。诼谣謑诟,出自屏帏;荆棘蓬榛,蔓延窗户。既怀幽沉于不尽,复含罔屈于无穷。高标见嫉,闺闱恨比长沙;贞烈遭危,巾帼惨于雁塞。自蓄辛酸,谁怜夭折;仙云既散,芳趾难寻。渊迷聚窟,何来却死之香;海失灵槎,不获回生之药。

眉黛烟青,昨犹我画;指环玉冷,今倩谁温!鼎炉之剩药犹存,襟泪之余痕尚渍。镜分鸾影,愁开麝月之奁;梳化龙飞,哀折檀云之齿。委金钿于草莽,拾翠盒于尘埃。楼空鳷鹊,徒悬七夕之针;带断鸳鸯,谁续五丝之缕?

况乃金天属节,白帝司时,孤衾有梦,空室无人。桐阶月暗,芳魂与倩影同消;蓉帐春残,娇喘共细腰俱绝。连天衰草,岂独兼葭;匝地悲声,无非蟋蟀。露阶晚砌,穿帘不度寒砧;雨荔秋垣,隔院希闻怨笛。芳名未泯,帘前鹦鹉犹呼;艳质将亡,槛外海棠预萎。捉迷屏后,莲瓣无声;斗草庭前,兰芳枉待。抛残绣线,银笺彩袖谁裁?折断冰丝,金斗御香未熨。

昨承严命,既趋车而远陟芳园;今犯慈威,复拄杖而遭抛孤柩。及闻蕙棺被燹,顿违共穴之情;石椁成灾,愧逮同灰之诮。尔乃西风古寺,淹滞青磷;落日荒丘,零星白骨。楸榆飒飒,蓬艾萧萧。隔雾圹以啼猿,

950

第七十八回　老学士闲征姽婳词　痴公子杜撰芙蓉诔

绕烟塍而泣鬼。岂道红绡帐里，公子情深；始信黄土垅中，女儿命薄！汝南泪血，斑斑洒向西风；梓泽余衷，默默诉凭冷月。呜呼！固鬼蜮之为灾，岂神灵之有妒。毁彼奴之口，讨岂从宽；剖悍妇之心，忿犹未释。〔索隐〕妃之死也不明，即书影证必系受继后辈之谗妒，失欢孝庄，赍恨而殁。帝既如三郎之不能庇玉环，又如汉高之不能制吕后；痛心切齿，情见乎词。在卿之尘缘虽浅，而玉之鄙意犹深。因蓄倦倦之思，不禁谆谆之问。始知上帝垂旌，花宫待诏；生侪兰蕙，死辖芙蓉。听小婢之言，似涉无稽；据浊玉之思，深为有据。何也？昔叶法善摄魂以撰碑，李长吉被诏而为记；事虽殊，其理则一也。故相物以配才，苟非其人，恶乃滥乎？始信上帝委托权衡，可谓至洽至协，庶不负其所秉赋也。因希其不昧之灵，或陟降于兹；特不揣鄙俗之词，有污慧听。乃歌而招之曰：

天何如是之苍苍兮，乘玉虬以游乎穹窿耶；地何如是之茫茫兮，驾瑶象以降乎泉壤耶。望伞盖之陆离兮，抑箕尾之光耶；列羽葆而为前导兮，卫危虚于旁耶。驱丰隆以为庇从兮，望舒月以临耶。听车轨而伊轧兮，御鸾鹥以征耶。闻馥郁而飘然兮，纫蘅杜以为佩耶。斓裙裾之烁烁兮，镂明月以为珰耶。藉葳蕤而成坛畤兮，檠连焰以烛兰膏耶。文瓟匏以为觯斝兮，洒醽醁以浮桂醑耶。瞻云气而凝盼兮，仿佛有所觇耶。俯波痕而属耳兮，恍惚有所闻耶。期汗漫而无际兮，捐弃予于尘埃耶。倩风廉之为余驱车兮，冀联辔而携归耶。余中心为之慨然兮，徒噭噭而何为耶。卿偃然而长寝兮，岂天运之变于斯耶。既窀穸且安稳兮，反其真而又奚化耶。余犹桎梏而悬附耶，〔索隐〕后日之遁迹五台，即为脱去桎梏也。灵格余以嗟来耶！来兮止兮，卿其来耶！

若夫鸿濛而居，寂静以处；虽临于兹，余亦莫睹。搴烟萝而为步障，列苍蒲而森行伍；警柳眼之贪眠，识莲心之味苦。素女约于桂岩，宓妃迎于兰渚。弄玉吹笙，寒簧击敔。征嵩岳之妃，启骊山之姥。龟呈洛浦之灵，兽作咸池之舞。潜赤水兮龙吟，集珠林兮凤翥。爱格爱诚，匪箴匪筥。发轫乎霞城，还旌乎元辅。既显微而若通，复氤氲而倏阻。离合兮烟云，空濛兮雾雨。尘霾敛兮星高，溪山丽兮月午。何心意之怦怦，若瘟瘵之栩栩。余乃欷歔怅怏，泣涕彷徨。人语兮寂历，天籁兮篔簹。

《红楼梦》与顺治皇帝的爱情故事

鸟惊散而飞,鱼唼喋以响;志哀兮是祷,成礼兮期祥。呜呼哀哉,尚飨!

读毕,遂焚帛奠茗,依依不舍。小丫头催之再四方才回身。忽听山石之后有一人笑道:"且请留步。"二人听了,不觉大惊。那小丫头回头一看,却是个人影从芙蓉花里走出来,他便大叫:"不好,有鬼。晴雯真来显魂了!"吓得宝玉也忙看时,究竟不知是人是鬼,下回分解。

〔索隐〕此回实写董妃死后,世祖哀痛逾恒,至下追封之诏,以为饰终之典。"芙蓉女儿"四字之不经,犹之"端敬皇后"四字之不称;曰"痴公子",曰"杜撰",意之所在,昭然若揭。上半回"姽婳词"只是陪衬之笔。若曰:果欲为董妃垂名,则必理一好题目(原注:阅回中"倒是个好题目"句自见),而好题目安在?则必明室重兴,清室倾覆。世祖以身殉国,董妃复以身殉君;如姽婳将军之所为者。全军皆没,一个不留,快哉人心!不必有此事,不可无此想。作者恢复故国之心至死不昧,故常设为空中楼阁,取快一时。

全回共分三段:自开首起至"只好随你便罢了"为一段,晴雯、芳官辈皆已被逐,宝钗即乘间进词博取贤名;上邀宠眷,其居心不问可知。以下至"只怕还是同死同归"为一段,彼虽刻意笼络,而宝玉所恋恋者只在此间,为后文出走伏笔。以下至本回完毕为一段,一词一诔,一虚一实;连缀而下,"杜撰"二字益显,此借宾定主法也。

或谓姽婳词系指孔四贞,四贞善骑射、有智谋,太后蓄之宫中久。其随孙延龄开藩广西也,本挟监军之意。延龄初受制于妻,郁郁不自得;后渐恣肆,以兵叛附三桂,四贞亦为所掳。消息抵京时,颇有传四贞抗战死者,故征词挽之,义亦可通。

〔护花评〕《姽婳词》是《芙蓉诔》陪衬,而姽婳将军是实事实写,芙蓉花神是虚言虚拟;宾主虚实,错综变化。

又:林四娘死得慷慨激烈,晴雯死得抑郁气闷;一则重于泰山,一则轻若鸿毛;迥不相同,则于一回书中并写,有击鼓

第七十八回 老学士闲征姽婳词 痴公子杜撰芙蓉诔

催花之妙。

又：挽姽婳将军有众客赞扬，诔芙蓉花神有黛玉窃听；文法方不单薄。

又：第七十回至七十八回一大段应分六小段：七十回为一段，写诗社之不能再盛，人将离散之机；七十一、二回为一段，叙凤姐之招怨多病，司棋之私情败露。七十三、四回为一段，叙园中奸盗有查抄之兆。七十五、六回为一段，写宁府之夜宴鬼叹，荣府之赏月凄请，为将衰之象。七十七回为一段，了结晴雯、芳官等终身。七十八回为一段写宝玉痴情，为诗社联句余音。

〔大某评〕此回仍是甲寅年秋间事。

第七十九回　薛文起悔娶河东吼
　　　　　　　贾迎春误嫁中山狼

　　话说宝玉才祭完了晴雯，只听花影中有个人声，倒吓了一跳。细看不是别人，却是黛玉，满面含笑，口内说道："好新奇的祭文！可与曹娥碑并传了。"〔索隐〕玩曹娥碑一语，岂上回所记为高庙孝贤皇后事耶？按高庙南巡，曾于德州舟次召妓侍饮，事为孝贤所闻，大加谯让，帝不能堪，乘醉踯后于水，醒后惭悔，为文以祭，并设斋醮七日襗之。详见四十二回评语。全书影射旧事，有为原书所有者，有为雪芹所补者；参互错综，先后不一。评者就眼光所及随时诠释，不能无舛谬背驰之处。惟在阅者以意逆志，神而明之，得遗音于弦外耳。宝玉听了，不觉红了脸笑答道："我想着世上这些祭文都过熟烂了，所以改个新样，原不过是我一时的玩意儿，谁知被你听见了，有什么大使不得的，何不改削改削。"

　　黛玉道："原稿在那里？倒要细细的看看。长篇大论，不知说的是什么，只听见中间两句，什么'红绡帐里，公子情深；黄土垅中，女儿命薄。'这一联意思却好，只是'红绡帐里'未免俗滥些，放着现成的真事为什么不用？"宝玉忙问："什么现成的真事？"黛玉笑道："咱们如今都系霞彩纱糊的窗格，何不说'茜纱窗下，公子多情'呢？"宝玉听了，不禁跌足笑道："好极，好极！到底是你想得出说得出，可知天下古今现成的好景好事尽多，只是我们愚人想不出来罢了。但只一件：虽然这一改新妙之极，却是你在这里住着还可以，我实不敢当。"说着，又连说"不敢当"。

　　黛玉笑道："何妨，我的窗即可为你之窗，何必如此分晰，也太生疏了。古人异姓陌路，尚然肥马轻裘敝之无憾，何况咱们？"宝玉笑道：

第七十九回　薛文起悔娶河东吼　贾迎春误嫁中山狼

"论交道，不在肥马轻裘，即黄金白璧亦不当锱铢较量，倒是这唐突闺阁上头，却万万使不得的。如今我索性将'公子'、'女儿'改去，竟算是你诔他的倒妙。况且素日你又待他甚厚，所以宁可弃了这一篇文，万不可弃这'茜纱'新句。莫若改作'茜纱窗下，小姐多情；黄土垄中，丫鬟薄命'。如此一改，虽与我不涉，我也惬怀。"黛玉笑道："他又不是我的丫鬟，何用此话？况且小姐丫鬟亦不典雅，等得紫鹃死了，我再如此说还不算迟。"宝玉听了忙笑道："这是何苦又咒他。"黛玉笑道："是你要咒的，并不是我说的。"宝玉道："我又有了，这一改可极妥当了。莫若说'茜纱窗下，我本无缘；黄土垄中，卿何薄命。'"黛玉听了，陡然变色，虽有无限狐疑，外面却不肯露出，反连忙含笑点头称妙，说："果然改得好，再不必乱改了，快去干正经事罢。刚才太太打发人叫你，说明儿一早过大舅母那边去，你二姐姐已有人家求准了，所以叫你们过去呢。"宝玉拍手道："何必如此忙？我身上也不大好，明儿还未必能去呢。"黛玉道："又来了，我劝你把脾气改改罢。一年大二年小……"一面说话，一面咳嗽起来。宝玉忙道："这里风冷，咱们只顾站着，凉了可不是玩的，快回去罢。"黛玉道："我也家去歇息了，〔**索隐**〕理当日回去，不当日家去，殆有寓意。明儿再见罢。"说着便自取路去了。宝玉只得闷闷的转步，忽想起黛玉无人随伴，忙命小丫头跟送回去。〔**索隐**〕孝贤薨后，帝留水上七日，送太后及官眷先回，殆隐约指此，不然潇湘馆近在园中，不必用其送，而上文家去一语亦嫌未当。自己到了怡红院中，果有王夫人打发嬷嬷们来，吩咐他明日一早过贾赦那边去，与方才黛玉之言相对。

原来贾赦将迎春许与孙家了。〔**索隐**〕迎春指孔四贞。四贞嫁孙延龄，"孙家"二字明点。这孙家乃是大同府人氏，祖上系是军官出身，〔**索隐**〕延龄系孙可望之子。乃当日宁荣府中之门生，算来又系世交。〔**索隐**〕清师入关，可望迎降。"门生""世交"两说比喻恰合。如今孙家只有一人在京，现袭指挥之职，〔**索隐**〕可望死后，只延龄在京，袭职之说亦恰合。此人名唤孙绍祖，生得相貌魁梧，体格健壮，弓马娴熟，应酬权变。年纪未满三十，且又家资饶富。〔**索隐**〕句句贴切延龄。现在兵部候缺提升。因未曾娶妻，贾赦见是世交子侄，且人品家当都相称

《红楼梦》与顺治皇帝的爱情故事

合,遂择为东床娇婿。亦曾回明贾母,贾母心中却不十分愿意。但想儿女之事自有天意,况且他父亲主张,何必出头多事,因此只说"知道了"三字,余不多及。贾政又深恶孙家,虽是世交,不过是他祖父当日希慕荣宁之势,有不能了结之事,强拜在门下的,〔索隐〕前朝公卿将佐投降者,虽邀一时宠用,不过权宜羁縻,隐以为利。其实有亏臣节,虽新主亦常存鄙视之心,阅清史者自知。并非诗礼名族之裔,因此倒劝谏过两次,无奈贾赦不听,也只得罢了。

宝玉却未曾会过这孙绍祖一面的,次日只得过去聊以塞责。只听见那娶亲的日子甚近,不过今年就要过门的,又见邢夫人等回贾母将迎春接出大观园去,越发扫兴,每每痴痴呆呆的不知作何消遣。又听说要陪四个丫头过去,更又跌足道:"从今后这世上又少了五个清净人了!"因此天天到紫菱洲一带地方徘徊瞻顾,见其轩窗寂寞,屏帐翛然,不过只有几个该班上夜的老妪。再看那岸上蓼花苇叶,也都觉摇摇落落似有追忆故人之态,迥非素常逞妍斗色可比。所以情不自禁,乃信口吟成一歌曰:

池塘一夜秋风冷,吹散芰荷红玉影。
蓼花菱叶不胜悲,重露繁霜压纤梗。
不闻永昼敲棋声,燕泥点点污棋枰。
古人惜别怜朋友,况我今当手足情。〔索隐〕世祖固笃于

情者,四贞出宫后,触景伤情,或不无感怀之作。

宝玉方才吟罢,忽闻背后有人笑道:"你又发什么呆呢?"宝玉回头忙看是谁,原来是香菱。宝玉忙转身笑问道:"我的姐姐,你这会子跑到这里来做什么?许多日子也不进来逛逛。"香菱拍手笑嘻嘻的说道:"我何曾不要来?如今你哥哥回来了,那里比先时自由自在的了。刚才我们太太使人找你凤姐姐去,竟没有找着,说往园子里来了。我听见这个话,我就讨了这个差进来找他;遇见他的丫头,说在稻香村呢。如今我往稻香村去,谁知又遇见了你。我还要问你,袭人姐姐这几日可好?怎么忽然把个晴雯姐姐也没了,到底是什么病?二姑娘搬出去的好快,你瞧瞧这地方,一时间就空落落的了。"宝玉只有一味答应,又让他同到怡红院去吃茶。

第七十九回　薛文起悔娶河东吼　贾迎春误嫁中山狼

香菱道:"此刻竟不能,等找着琏二奶奶,说完了正经事再来。"宝玉道:"什么正经事这般忙?"香菱道:"为你哥哥娶嫂子的事,所以要紧。"宝玉道:"正是。说的到底是那一家的?只听见吵闹了半年,今儿有说张家的好,明儿又要李家的,后儿又议论王家的。这些人家的女儿,他也不知造了什么罪,叫人家好端端的议论。"香菱道:"如今定了,可以不用拉扯别家了。"宝玉忙问道:"定了谁家的?"香菱道:"因你哥哥上次出门时,顺路到了个亲戚家去。这门亲原是老亲,且又和我们是同在户部挂名行商,也是数一数二的大门户。前日说起来时,你们两府都也知道的。合京城里,上至王侯,下至买卖人,都称他家是'桂花夏家'。"〔索隐〕桂荣于秋,今日夏家者,以寓生非其时,荣华不久也。

宝玉忙笑道:"如何又称为,'桂花夏家'?"香菱道:"本姓夏,〔索隐〕夏则夏耳,曰"本姓夏",然则今姓为何?语意不可通。盖三桂幼为监军太监高起潜义子,曾冒高姓,于无意中点明之。此种灵妙笔墨,非俗子笨伯所能梦见。非常的富贵,〔索隐〕三桂本世家,父襄中武进士,历官京营都督。三桂亦久协边疆,富有资产。其余田地不用说,单有几十顷地种着桂花。凡这长安那城里城外桂花局,俱是他家的,连宫里一应陈设盆景亦是他家供奉,因此才有这个混号。如今太爷也没了,只有老奶奶带着一个亲生的姑娘过活,也并没有哥儿弟兄,可惜他一门尽绝了后。"〔索隐〕自成山海关战败,奔还永平,杀襄于城西之范家庄,并其眷属数十口悉屠之。故此处云"一门尽绝了后"。

宝玉忙道:"咱们也别管他绝后不绝后,只是这姑娘可还好?你们大爷怎么就中意了?"香菱笑说:"一则是天缘,二来是'情人眼里出西施'。"〔索隐〕自成挟襄以招三桂,三桂本有降意,因询及陈姬,使者以实告,三桂逐勃然返旆,并遣其副将郭云龙、杨坤、孙文焕纳款于清,合清师以夹击自成。此中遇合,所谓天缘也。多尔衮中途闻三桂乞师,大喜,兼程前进。甫抵山海关,三桂突围出谒,一见倾心,欢然如故。盖三桂为边将时,清人久震其虚名,所谓"情人眼里出西施"也。又此二语与三桂圆圆在田畹席上相遇时亦有关合。当年时又通家来往,从小儿都在一处玩过。叙亲是姑舅兄妹,又没嫌疑。虽离了这几年,前儿一到他家,夏奶奶又是没儿子的,一见了你哥哥出落得这样,又是哭又是

《红楼梦》与顺治皇帝的爱情故事

笑,竟比见了儿子的还胜。又令他兄妹相见,谁知这姑娘出落得花朵似的了,在家里也读书写字,所以你哥哥当时就一心看准了。连当铺里老伙计们一群人,遭扰了人家三四日,他们还留多住几天,好容易苦辞才放回家。你哥哥一进门就咕咕唧唧求我们太太去求亲。我们太太原是见过的,又且门当户对,也依了。和这里姨太太凤姑娘商议了,打发人去一说就成了。只是娶的日子太急,所以我们忙乱得很。我也巴不得早些过来,又添了一个做诗的人了。"

宝玉冷笑道:"虽如此说,但只我倒替你担心虑后呢。"香菱道:"这是什么话?我倒不懂了。"宝玉笑道:"这有什么不懂的!只怕再有个人来,薛大哥就不肯疼你了。"香菱听了,不觉红了脸,正色道:"这是怎么说!素日咱们都是斯抬斯敬,今日忽然提起这些事来?怪不得人人都说你是个亲近不得的人!"一面说一面转身走了。

宝玉见他这样,便怅然如有所失,呆呆的站了半日,只得没精打彩还入怡红院来。一夜不曾安睡,种种不宁,次日便懒进饮食,身体发热。也因近日抄检大观园、逐司棋、别迎春、悲晴雯等羞辱、惊恐、悲凄所致,兼以风寒外感,遂致成疾,卧床不起。贾母听得如此,天天亲来看视。王夫人心中自悔,不合因晴雯过于逼责了他。心中虽如此,脸上却不露出,只吩咐众奶娘等好生服侍看守,一日两次带进医生来诊脉下药。一月之后方才渐渐的痊愈。好生保养过百日,方许动荤腥油面,方可出门行走。

这百日内院门皆不许到,只在房中玩笑。至四五十日后,就把他拘的火星乱迸,那里忍耐得住?虽百般设法,无奈贾母王夫人执意不从,也只得罢了。因此和些丫鬟们无所不至,恣意耍笑。又听得薛蟠那里又请客摆酒唱戏,热闹非常,已娶亲入门。闻得这夏小姐十分俊俏,也略通文翰,宝玉就恨不得过去一见才好。再过些时,又闻得迎春出了阁。宝玉思及当时姊妹耳鬓厮磨,从今一别,纵得相逢,必不得似先前这等亲热了,眼前又不能去一望,真令人凄惶不尽。少不得潜心忍耐,暂同这些丫鬟们厮闹释闷,幸免贾政责备、逼迫读书之难。这白日内只不曾拆毁了怡红院,和这些丫头们无法无天,凡世上所无之事都玩耍出来。如今且不消细说。

第七十九回　薛文起悔娶河东吼　贾迎春误嫁中山狼

且说香菱自那日抢白宝玉之后，自为宝玉有意唐突，从此倒要远远避他些才好。因此，以后连大观园也不轻易进来了，日日忙乱着。薛蟠娶过亲，自以为得了护身符，自己身上分去责任，到底比这样安静些；二则又知是个有才有貌的佳人，自然是典雅和平的。因此心中盼过门的日子比薛蟠还急十倍。好容易盼得一日娶过了门，他便十分殷勤小心服侍。

原来这夏小姐今年方十七岁，〔索隐〕顺治二年，三桂年三十四，求剿贼自效。此云十七者，折半言之。生得亦颇有姿色，亦颇识得几个字。若论心中的丘壑泾渭，颇步熙凤的后尘。〔索隐〕三桂在开国时功高望重，几与豫王相埒。只吃亏了一件！从小时父亲去世的早，又无同胞兄弟，寡母独守此女，娇养溺爱不啻珍宝，凡儿女一举一动他母亲皆百依百顺，因此未免酿成个盗跖的情性。自己尊若菩萨，他人秽如粪土；外具花柳之姿，内秉风雷之性。〔索隐〕三桂桀骜之性实高起潜酿成之，以假父喻寡母亦甚贴切。在家中和丫鬟们使性赌气，轻骂重打的。今日出了阁，〔索隐〕此出阁指封藩言。自以为要做当家的奶奶，比不得做女儿时腼腆温柔，须要拿出威风来才钤压得住人。况且见薛蟠气质刚硬，举止骄奢，若不趁热灶一气炮制，将来必不能自竖旗帜矣。〔索隐〕留滇以后，养兵植党，早有自竖旗帜之意，固不待撤藩令下也。又见有香菱这等一个才貌俱全的爱妾在室，越发添了宋太祖灭南唐之意。因他家多桂花，他小名就叫做金桂。他在家不许人口中带出"金桂"二字，凡有人不留心，误道了一字者，他便定要苦打重罚才罢。他因想，"桂花"二字是禁不住的，须得另换一名；想这桂花曾有广寒嫦娥之说，便将桂花改为嫦娥花，又寓自己身分如此。〔索隐〕由平西王改称都招讨大元帅。

薛蟠本是个怜新弃旧的人，且是有酒胆无饭力的，如今得了这一个妻子，正在新鲜头上，凡事未免尽让他些。那夏金桂见是这般形景，便也试着一步紧似一步。一月之中，二人气概都还相平；至两月之后，便觉薛蟠的气概渐次的低矮下去了。〔索隐〕三桂入清后恃功而骄，清廷利其能战，亦曲意优容之，日积月久致酿成积重难返之势。此段比喻确当。

《红楼梦》与顺治皇帝的爱情故事

一日,薛蟠的酒后,不知要行何事,先与金桂商议。金桂执意不从,薛蟠便忍不住发了几句话儿,赌气自行了。金桂便哭得如醉人一般,茶汤不进,装起病来。请医疗治,医生又说:"气血相逆,当进宽胸顺气之剂。"薛姨妈恨得骂了薛蟠一顿,说:"如今娶了亲,眼前抱儿子了,还是这样胡闹!人家凤凰似的,好容易养了一个女儿,比花朵儿还轻巧,原看的你是个人物,才给你做老婆。你不说收了心,安分守己,一心一计和和气气的过日子,还是这样胡闹,吃了黄汤折磨人家。这会子化钱吃药白操心!"

一席话说得薛蟠后悔不迭,反来安慰金桂。〔**索隐**〕三桂驻师绵州时,部下恣淫掠,御史郝浴桂劾其骄纵观望。清廷畏三桂,反调郝而进叙三桂功,与此可相印证。金桂见婆婆如此说,越发得了意。更装出些张致来不理薛蟠。薛蟠没了主意,惟有自叹而已。好容易十天半月之后才渐渐的哄转过金桂的心来,自此便加倍小心,气概不免又矮了半截下来。

那金桂见丈夫纛旗渐倒,婆婆良善,也就渐渐的持戈试马。先前不过挟制薛蟠,后来倚娇作媚,将及薛姨妈,后将至宝钗。宝钗久察其不轨之心,〔**索隐**〕此宝钗指米思翰明珠辈。"不轨之心"四字用得贴切。每每随机应变,暗以言语弹压其志。金桂知其不可犯,便欲寻隙;苦得无隙可乘,倒只好曲意俯就。

一日金桂无事,因和香菱闲谈,问香菱家乡父母,香菱皆答忘记。金桂便不悦,说有意欺瞒了他,因问"香菱"二字是谁起的。香菱便答道:"姑娘起的。"金桂冷笑道:"人人都说姑娘通,只这一个名字就不通!"香菱忙笑道:"奶奶若说姑娘不通,奶奶没合姑娘讲究过。说起来他的学问,连咱们姨老爷时常还夸的呢。"欲知金桂说出何话,且听下回分解。

〔**索隐**〕此回着重在回目中之一"悔"字一"误"字。清藉三桂之力以得天下,其后劳师九年、糜饷千万仅乃削平,以云悔诚可悔也。四贞本已指婚,而自云微时许配,乃为之求延龄而胖合焉。后卒牵率被祸,拘禁滇中,夫亡家破,以云误,诚哉

第七十九回　薛文起悔娶河东吼　贾迎春误嫁中山狼

误矣。两事踪迹本合，就实际言，自以吴事为纲领，而孙事为附从。若就本文言，则迎春之嫁在前，而文起之娶在后。回目颠倒书之者，从实际也。

全回分两小段一大段：自开首起至"忙命小丫头跟送回去"止为一小段，系上回之余波。以下至"况我今当手足情"止又为一小段，叙迎春之嫁，寥寥数语而将其误嫁之事迹隐入后文。以下至本回完毕为一大段，叙文起事独详，妙在正喻夹写，两尽其用。手挥五弦目送飞鸿之致，此文章之化境地。

〔护花评〕紫菱洲口吟是上回挽诔余波。

又：宝玉替香菱担忧是正射后文，香菱盼新人进门是反跌后文。

又：薛蟠娶夏金桂是娶妻不贤，迎春嫁孙绍祖是嫁夫失所，正宜作一回写。而金桂之不贤已叙一二分，迎春之失所尚未叙及，仍有次序先后。

〔大某评〕此回仍是甲寅年秋时事。

第八十回 美香菱屈受贪夫棒
王道士胡诌妒妇方

话说金桂听了，将脖项一扭，嘴唇一撇，鼻孔里"哧哧"两声，冷笑道："菱角花开谁见香来？若是菱角香了，正经那些香放在那里？可是不通之极！"香菱道："不独菱花香，就连荷叶莲蓬都是有一般清香的。但他原不是花香可比，若静日静夜或清早夜半细领略了去，那一股清香比是花都好闻呢。就连菱角、鸡头、苇叶、芦根得了风露，那一股清香也是令人心神爽快的。"金桂道："依你说，这兰花桂花倒香的不好了？"香菱说到热闹头上，忘了忌讳，便接口道："兰花桂花的香又非别的香可比……"

一句未完，金桂的丫头名唤宝蟾的，忙指着香菱的脸说道："你可要死，你怎么叫起姑娘的名字来！〔索隐〕康熙初年，三桂势极盛，朝中多有言及滇事者，即为触犯忌讳多方龃龉之。香菱猛省了，反不好意思，忙陪笑道："一时顺了嘴，奶奶别计较。"金桂笑道："这有什么？你也太小心了。但只是我想这个'香'字到底不妥，意思要换一个字，不知你服不服？"香菱笑道："奶奶说那里话，此刻连我一身一体俱是奶奶的，何得换一个名字反问我服不服，叫我如何当得起？奶奶说那一个字好就用那一个。"金桂冷笑道："你虽说得是，只怕姑娘多心。"香菱笑道："奶奶原来不知，当日买了我时，原是老太太使唤的，故此姑娘起了这个名字；后来服侍了爷，就与姑娘无涉了。如今又有了奶奶，益发不与姑娘相干。且姑娘又是极明白的人，如何恼得这些呢？"金桂道："既这样说，'香'字竟不如'秋'字妥当。菱角菱花皆生于秋，岂不比'香'字有来历么？"香菱笑道："就依奶奶这样罢。"自此后遂改了秋字，宝钗亦不在意。

第八十回　美香菱屈受贪夫棒　王道士胡诌妒妇方

只因薛蟠天性是"得陇望蜀"的，如今娶了金桂，又见金桂的丫头宝蟾有三分姿色，举止轻浮可爱，便时常要茶要水的，故意撩逗他。宝蟾虽亦解事，只怕金桂，不敢造次，且看金桂的眼色。金桂亦觉察其意，想着："正要摆布香菱，无处寻隙，如今他既看上宝蟾，我且舍出宝蟾与他，他一定就和香菱疏远了。我再乘他疏远之时摆布了香菱，那时宝蟾原是我的人，也就好处了"。打定了主意，俟机而发。

这日薛蟠晚间微醺，又命宝蟾倒茶来吃。薛蟠接碗时，故意捏他的手。宝蟾又乔装躲闪，连忙缩手。两下失误，"豁琅"一声，茶碗落地，泼了一身一地的茶。薛蟠不好意思，佯说宝蟾不好生拿着；宝蟾说"姑爷不好生接"。〔索隐〕浪子骚婢跃然纸上，体会得到，描写得出。令天下后世才子掩去此文，另作一篇，必无此恰好文字。金桂冷笑道："两个人的腔调儿都够使的了。别打量谁是傻子！"薛蟠低头微笑不语，宝蟾红了脸出去。

一时安歇之时，金桂便故意的撵薛蟠别处去睡，"省的得了馋痨似的"。薛蟠只是笑。金桂道："要做什么和我说，别偷偷摸摸的。不中用！"薛蟠听了，仗着酒盖脸，就势跪在被上，拉着金桂笑道："好姊姊，你若把宝蟾赏了我，你要怎样就怎样；你要活人脑子也弄来给你！"〔索隐〕此等处必系作者亲身历过，但凭理想，决难丝丝入扣。金桂笑道："这话好不通！你爱谁，说明了，就收在房中，省得别人看着不雅。我可要什么呢？"薛蟠得了这话，喜的称谢不尽。是夜曲尽丈夫之道，竭力奉承金桂。次日也不出门，只在家中厮闹，越发放大了胆子。

至午后，金桂故意出去，让个空儿与他二人。薛蟠便拉拉扯扯的起来。宝蟾心里也知八九分了，就半推半就，正要入港。谁知金桂是有心等候的，料着在难分之际，便叫了丫头小舍儿过来。原来这小丫头也是金桂在家从小使唤的，因他父母自小双亡无人看管，便大家叫他做小舍儿，专做些粗活。金桂如今有意独唤他来，吩咐道："你去告诉秋菱，到我房里将我的绢子取来。不必说我说的。"小舍儿听了，一径去寻着秋菱说："菱姑娘，奶奶的绢子忘记在房里了。你去取了来送上去岂不好？"

秋菱正因金桂近日每每的挫折他，不知何意，百般竭力挽回，听了这话，忙往房里来取。不防正遇着他二人推就之际，一头撞了进去，自

《红楼梦》与顺治皇帝的爱情故事

已倒羞的耳面通红,转身回避不及。薛蟠自为是过了明路的,除了金桂无人可怕,所以连门也不掩,这会秋菱撞来,故虽不十分在意。无奈宝蟾素日最是说嘴要强的,今既遇了秋菱,便恨得无地可入,忙推开薛蟠一径跑了。口内还怨恨不绝,说他强奸力逼。薛蟠好容易哄得上手,却被秋菱打散,不免一腔的兴头变做了一腔的恶意,都在秋菱身上。不容分说,赶出来啐了两口,骂道:"死娼妇!你这会子做什么来撞尸游魂?"秋菱料事不好,三步两步早跑了。

薛蟠再来找宝蟾,已无踪迹了,于是只恨得骂秋菱。至晚饭后,已吃得醺醺然。洗澡时,不防水略热了些,烫了脚,便说秋菱有意害他,他赤条精光赶着秋菱踢打了两下。秋菱虽未受过这气苦,既到了此时,也说不得了,只好自悲自怨,各自走开。

彼时金桂已暗和宝蟾说明,今夜令薛蟠在宝蟾房中去成亲,命秋菱过来陪自己安睡。先是秋菱不肯,金桂说他嫌肮脏了,再必是图安逸,怕夜里劳动服侍。又骂道:"你没见世面的主子,见一个爱一个,把我的丫头霸占了去,又不叫你来,到底是什么主意?想必是逼死我就罢了了!"薛蟠听了这话,又怕闹黄了宝蟾之事,忙又赶来骂秋菱"不识抬举,再不去就要打了。"秋菱无奈,只得抱了铺盖来。金桂命他在地下铺着睡,秋菱只得依命。刚睡下,便叫倒茶;一时又要捶腿。如是者一夜七八次,总不使其安逸稳卧片时。

那薛蟠得了宝蟾,如获珍宝,一概都置之不顾。恨得金桂暗暗的发恨道:"且叫你乐几天,等我慢慢的摆布了他,那时可别怨我!"一面隐忍,一面设计摆布秋菱。

半月光景,忽又装起病来,只说心痛难忍,四肢不能运动,疗治不效。众人都说是秋菱气的。闹了两天,忽又从金桂枕头内抖出个纸人来,上面写着金桂的年庚八字,有五根针打在心窝并肋肢骨缝等处。于是众人当作新闻先报与薛姨妈。薛姨妈先忙手忙脚的,薛蟠自然更乱起来,立刻要拷打众人。金桂道:"何必冤枉众人,大约是宝蟾的压魇法儿。"薛蟠道:"他这些时并没多空儿在你房里,何苦赖好人?"金桂冷笑道:"除了他还有谁,莫不是我自己害自己不成?虽有别人,如何敢进我的房呢?"薛蟠:"秋菱如今是天天跟着你,他自然知道,先拷问他就知

第八十回　美香菱屈受贪夫棒　王道士胡诌妒妇方

了。"金桂冷笑道:"拷问谁?谁肯认?依我说竟装个不知道,大家丢开手罢了。横竖治死了我没什么要紧,乐得再娶好的。若据良心上说,左不过是你三个多嫌我。"一面说着,一面痛哭起来。

薛蟠更被这些话激怒,顺手抓起一根门闩来,一径抢步找着秋菱,不容分说便劈头劈脸浑身打起来。一口只咬定是秋菱所施,秋菱叫屈。薛姨妈跑来禁喝道:"不问清白就打起人来了。这丫头服侍这几年,那一点不小心?他岂肯如今做这没良心的事?你且问个青红皂白再动粗卤。"

金桂听见他婆婆如此说,怕薛蟠心软意活了,便泼声丧气大哭起来,说:"这半个多月把我的宝蟾霸占了去,不容进我的房,惟有秋菱跟着我睡。我要拷问宝蟾,你又护在头里。你这会子又赌气打他去。治死我,再拣富贵精致的娶来就是了,何苦做出这些把戏来!"薛蟠听了这些话,越发着急了。

薛姨妈听了金桂句句挟制着儿子,百般恶赖的样子十分可恨,无奈儿子偏不硬气,已是被他挟制软惯了。如今又勾搭上丫头,被他说霸占了去,自己还要占温柔让夫之礼,这魔魔法法究竟不知谁做的。正是俗语说的好,"清官难断家务事",此时正是公婆难断床帏的事了。因无法,只得赌气喝薛蟠道:"不争气的孽障,狗也比你体面些!谁知你三不知的把陪房丫头也摸索上了,叫老婆说霸占了丫头,什么脸出去见人?也不知谁使的法子,也不问清就打人。我知道你是个得新弃旧的东西,白孤负了当日的心。他既不好,你也不许打,我即刻叫人牙子来卖了他,你就心净了。"说着又命秋菱:"收拾了东西跟我来。"一面叫人:"去,快叫个人牙子来,多少卖几两银子,拔去肉中刺眼中钉,大家过太平日子"。

薛蟠见母亲生了气,早已低了头。金桂听了这话,便隔着窗子往外哭道"你老人家只管卖人,不必说着一个拉着一个的。我们很是那吃醋拈酸容不得下人的不成,怎么拔去肉中刺眼中钉?是谁的刺谁的钉?但凡多嫌着他,也不肯把我的丫头也收在房里了。"薛姨妈听了,气的身战气咽,道:"这是谁家的规矩?婆婆在这里说话,媳妇隔着窗子拌嘴。亏你是旧人家的儿女,满屋里大呼小喊,说的是什么!"薛蟠急得跺脚道:"罢了,罢了!,看人家听见笑话。

《红楼梦》与顺治皇帝的爱情故事

金桂意谓一不做二不休,越发喊起来了。说:"我不怕人笑话!你的小老婆治害我,我倒怕人笑话了?再不然留下他卖了我。谁还不知道薛家有钱,行动拿钱压人,又有好亲戚挟制着别人。你不趁早施为还等什么?嫌我不好,谁叫你们瞎了眼,三求四告的跑了我们家做什么去了。"一面哭喊,一面自己拍打。薛蟠急得说又不好劝又不好,打又不好央告又不好,只是出入唉声叹气,抱怨说运气不好。〔**索隐**〕康熙十二年,三桂据滇中叛,警报至京,举朝失措。有议抚者,有议剿者,有议效汉诛晁错事以谢者,帝亦彷徨莫知所可。读"抱怨说运气不好"句,不禁失笑。

当下薛姨妈被宝钗劝进去了,只命人来卖香菱。宝钗笑道:"咱们家只知买人,并不知卖人之说。〔**索隐**〕三桂势盛时,有议割滇粤一带以畀之者,明珠力持不可。只知买人不知卖人之说,意言我国家奋有区夏,武功卓越,但闻辟地,未闻弃地也。妈妈可是气糊涂了。倘或叫人听见岂不笑话?〔**索隐**〕示人以弱,势必贻笑天下。哥哥嫂子嫌他不好,留着我使唤,我正也没人呢。"薛姨妈道:"留下他还是惹气,不如打发了他干净。"宝钗笑道:"他跟着我也是一样,横竖不叫他到前头去,从此断绝了他那里,也与卖了一样的。"香菱已早跪到薛姨妈跟前痛哭哀求,不愿出去,情愿跟姑娘,薛姨妈只得罢了。

自此,后来香菱果跟随宝钗去了,把前面路径竟自断绝。〔**索隐**〕初犹虚与委蛇,冀其悔罪投诚,至诛驸马吴应熊后,始决意致讨。虽然如此,终不免对月悲伤,挑灯自叹。虽然在薛蟠房中几年,皆因血分中有病,是以并无胎孕。今复加以气怒伤肝,内外折挫不堪,竟酿成干血之症,日渐羸瘦,饮食懒进,请医服药不效。

那时金桂又吵闹了数次。薛蟠有时仗着酒胆挺撞过两次,持棍欲打,那金桂便递身叫打;这里持刀欲杀时,便伸着脖项叫杀。薛蟠也实不能下手,只得乱了一阵罢了。如今已成习惯自然,反使金桂越长威风,〔**索隐**〕初授顺承郡王勒尔锦为宁南靖寇大将军,统师上征,继复分选劲旅赴武昌、西安、汉中、安庆、京中、兖州、太原诸要地供一调遣。旷师年余,叠战不利。三桂师逐渐进逼,平南靖南二藩受约响应,所过郡县文武各官亦望风迎降,长沙以上悉陷,吴师大盛。书中所谓越长威风者,

第八十回　美香菱屈受贪夫棒　王道士胡诌妒妇方

殆指此际。又渐次辱嗔宝蟾。

宝蟾比不得香菱，最是个烈火干柴。既和薛蟠情投意合，便把金桂放在脑后；近见金桂又作践他，他便不肯低服半点。先是一冲一撞的拌嘴，后来金桂气急，甚至于骂，再至于打。他虽不敢还手，便也撒泼打滚，寻死觅活，昼则刀剪，夜则绳索，无所不闹。

薛蟠一身难以两顾，〔索隐〕台湾郑锦、粤东耿尚二王同时并叛，虽名为分路致讨，实有兼顾不及之势。惟徘徊观望，十分闹得无法，便出门躲着。金桂不发作性气，有时欢喜，便纠聚人来斗牌掷骰行乐。又生平最喜嚼骨头，每日务要杀鸡鸭，将肉赏人吃，只单是油炸的焦骨头下酒。吃得不耐烦，便肆行侮骂，说："有别的忘八粉头乐的，我为什么不乐！"〔索隐〕三桂曾言：吾以明之天下挈而致之于摄政王，彼安享其成，曾不吾感。平原肬肬，强者得之，吾奚为而不自取耶？与此语声口恰合。薛家母女总不去理他，惟暗地里落泪。薛蟠亦无别法，惟悔恨不该娶这搅家精，都是一时没了主意。于是宁荣二府之人，上上下下无有不知，无有不叹者。

此时宝玉已过了百日，出门行走，亦曾过来见过金桂，"举止形容也不怪厉，一般是鲜花嫩柳，与众姊妹不差上下，焉得这等情性，可为奇事"。因此心中纳闷。这日与王夫人请安去，又正遇见迎春奶娘来家请安，说起孙绍祖甚属不端，"姑娘惟有背地里流眼泪，只要接了来家散荡两日"。王夫人因说："我正要这两日接他去，只是七事八事的都不遂心，所以就忘了。前日宝玉去了，回来也曾说过的。明日是个好日子，就接他去。"正说时，贾母打发人来找宝玉，说明儿一早往天齐庙还愿去。宝玉如今巴不得早处去逛逛，听见如此，喜的一夜不曾合眼。

次日一早，梳洗穿戴已毕，随了两三个老嬷嬷坐车出西城门外天齐庙烧香还愿。这庙里已于昨日预备停妥的。宝玉天性怯懦，不敢近显赫神鬼之像，是以忙忙的焚过纸马钱粮，便退至道院歇息。一时吃饭毕，众嬷嬷和李贵等陪随宝玉到各处玩耍了一回，宝玉困倦复回至净室安歇。众嬷嬷生恐他睡着了，忙请了当家的老王道士来陪他说话儿。

这老道士专在江湖上卖药，弄些海上方治病射利，庙外现挂着招牌，丸散膏药色色俱备。亦长在宁荣二府走动惯熟的，与他起了个混号，唤

《红楼梦》与顺治皇帝的爱情故事

他做"王一帖",〔索隐〕此诮顺承郡王也。王初以宗室出征,自诩知兵,以为反侧之师一战可定。乃领众数十万,先后六年(王以十三年出,十九年召还),老师糜饷,卒未收尺寸之功。幸而三桂党众离散,叛服不常,窜扰数省,徘徊岳麓,迄未逾湘而北。否则清室江山亦将断送于王一帖之手矣。言他膏药灵验,一帖病除。

当下王一帖进来。宝玉正歪在炕上想睡着,见王一帖进来,笑道:"来得好。王师父,你极会说笑话儿的,说一个与我们大家听听。"王一帖笑道:"正是呢。哥儿别睡,仔细肚子里面筋作怪。"〔索隐〕清初因三桂得天下,后亦转受三桂之扰,海内骚然,命将遣师,迄无宁岁,有食而不化之象。说着满屋里的都笑了。宝玉也笑着起身整衣。王一帖命徒弟们快泡好茶来。焙茗道:"我们爷不吃你的茶,坐在这屋里还嫌膏药气息呢。"王一帖笑道:"不当家花拉的,〔索隐〕"不当家花拉的",北语谓罪过,犹南人之念阿弥陀佛也。膏药从不拿进这屋里来的。知道二爷今日必来,三五日头里就拿香熏的了。"宝玉道:"可是呢,天天只听见你的膏药好,到底治什么病?"王一帖道:"若问我的膏药,说来话长,其中细底一言难尽。其药一百二十味,君臣相济,温凉兼用。内则调元补气,养荣卫,开胃口,宁神定魄,去寒去暑,化食化痰;外则和血脉,舒筋络,去死生新,祛风散毒。其效如神,贴过便知。"

宝玉道:"我不信一张膏药就治这些病。我且问你,倒有一种病也贴得好么?"王一帖道:"百病千灾,无不立效。如不效,二爷只管揪胡子,打我这老脸,拆我这庙,何如?只说了病源出来。"宝玉道:"你猜,若猜得着便贴得好。"王一帖听了,寻思一会笑道:"这倒难猜,只怕膏药有些不美了。"宝玉命他坐在身边。〔索隐〕隐微之疾。王一帖心动,便笑着悄悄的说道:"我可猜着了!想是二爷如今有了房中的事情,要滋助的药,可是不是?"

话犹未完,焙茗先喝道:"该死,打嘴!"宝玉犹未解,忙问:"你说什么?"焙茗道:"信他胡说!"吓得王一帖不敢再问,只说:"二爷明说了罢。"宝玉道:"我问你,可有贴女人妒病的方子没有?"〔索隐〕女人之妒则为争宠当夕,男人之妒则为并驱逐鹿,其心理相同。王一帖听了,拍手笑道:"这可罢了!不但说没有方子,就是听也没有听见过。"

第八十回　美香菱屈受贪夫棒　王道士胡诌妒妇方

宝玉笑道："这样还算不得什么。"王一帖又说道："这帖妒的膏药倒没经过，有一种汤药或者可医，只是略慢些儿，不能立刻见效的。"宝玉道："什么汤，怎么吃法？"王一帖道："这叫做'疗妒汤'。用极好的秋梨一个、二钱冰糖、一钱陈皮、水三碗，梨熟为度。每日清晨吃这一个梨，吃来吃去就好了。"宝玉道："这也不值什么，只怕未必见效。"王一帖道："一剂不效吃十剂，今日不效明日再吃，今年不效明年再吃。横竖这三味药都是顺肺开胃不伤人的，甜蜜蜜的，又止咳嗽又好吃。吃过一百岁，人横竖是要死的；死了还妒什么？那时就见效了。"〔索隐〕三桂卒至死而后已。

说着宝玉焙茗都大笑不止，骂他嚼的舌头。王一帖道："不过是闲着解午盹罢了，有什么关系。说笑了你们就值钱。告诉你们说，连膏药也是假的。我有真药，我还吃了做神仙。有真的，跑到这里来混？"

正说之间，吉时已到，请宝玉出去奠酒、焚化钱粮、散福。功课完毕，宝玉方进城回家。

那时迎春已来家好半日。孙家婆娘媳妇等人已待晚饭，打发回家去了，迎春方哭哭啼啼，在王夫人房中诉委屈。说："孙绍祖一味好色、好赌、酗酒，家中所有的媳妇丫头将及淫遍。略劝过两三次，便骂我是'醋汁子老婆养出来的'，反说老爷曾收着五千银子，不该使了他的。如今他来要了两三次不得，便指着我的脸说道，'你别和我充夫人娘子，你老子使了我五千银子，把你准折卖给我的！好不好打你一顿，撵到下房里睡去。当日有你爷爷在时，希冀上我们的富贵，赶着相与的。论理我和你父亲是一辈，如今压着我的头，晚了一辈。不该做了这门亲，倒没的叫人看着赶势利似的。'"〔索隐〕此似延龄叛附三桂后之口吻。盖明亡以后，耿孔孙吴四家俱有猎取中原之资格，臣事满洲固为降格相从，事后追悔，宜有此语。一行说，一行哭得呜呜咽咽，连王夫人并众姊妹无不泪落。

王夫人只得用言解劝，说："已竟遇见不晓事的人，可怎么样呢？想当日你叔叔也曾劝过大老爷，不叫做这门亲。大老爷执意不听，一心情愿。到底不做好了。我的儿，这也是你的命。"迎春哭道："我不信我的命就这么苦？从小儿没有娘，幸而过婶娘这边来，过了几年净心日子，

《红楼梦》与顺治皇帝的爱情故事

如今偏又是这么个结果。"〔**索隐**〕四贞从小孤露，抱养入宫，溯其身世却与迎春相类。

王夫人一面劝，一面问他随意要在那里安歇。迎春道："乍离了姊妹们，只是眠思梦想。二则还记挂着我的这屋子，还得在园里住得三五天，死也甘心了。〔**索隐**〕四贞被掳以后，不无此等感触。不知下次还可得住不得住了呢。"王夫人忙劝道："快休乱说。年轻的夫妻们斗牙斗齿也是人的常事，何必说这些丧气话？"仍命人忙忙的收拾紫菱洲房屋，命姊妹们陪伴着解释。又吩咐宝玉："不许在老太太跟前走漏一些风声。倘或老太太知道了这些事，都是你说的。"宝玉唯唯的听命。

迎春是夕仍在旧馆安歇，众姊妹丫鬟等更加亲热异常。一连住了三日，才往邢夫人那边去。先辞过贾母及王夫人，然后与众姊妹分别，各皆悲伤不舍。还是王夫人薛姨妈等安慰劝释，方止住了。过那边去，又在邢夫人处住了两日，就有孙家的人来接去。迎春虽不愿去，无奈孙绍祖之恶，勉强忍情作辞去了。邢夫人本不在意，也不问其夫妻和睦家务烦难，只面情塞责而已。要知后事，下回分解。

〔**索隐**〕此回亦三桂正传。三桂当未叛以前，廷臣如郝浴桂等颇有劾其骄横，预为抑制之说。清廷意存顾忌，转将言事之人斥革降黜以谢之。优容日久，致成尾大不掉之局。香菱之含冤受棒，意即指此。三桂既反，诸路云合响应。警信一传，朝廷张皇失措。汉人中之知兵者既不敢委心相托，而旗族王公类多阘茸，畀以专征之任，难书勘定之功。迁延数载，蔓延愈广，燎原之火几致不可扑灭。病急乱投医；王道士秋梨一方可谓谑极。后幅夹叙孙姓，事本相因，同一追悔。

全回分一大段一小段：自开首起至"无有不叹者"止为一大段，以下更为一小段。笔墨灵活，极游行自在之妙。

〔**太平评**〕此回书由赏中秋而生，用菱桂蟾三人合成一月。上半重一"贪"字；贪财固贪，贪色亦贪也。下半重一"妒"字；妒色固妒，妒财尤妒也。财色并提，为书中不可多得文字。

〔**护花评**〕王熙凤之挑唆秋桐是借剑杀人，夏金桂之甘舍宝蟾

第八十回　美香菱屈受贪夫棒　王道士胡诌妒妇方

是以新间旧。一样行为，两样心思。

又：纸人镇魇，香菱受屈，为后文砒霜毒人、金桂自害引子。

又：妇人诸病可医，惟"妒"之一字，不死不休。王道士疗妒方不是胡诌，是作者借此诙谐，说透妒病。

〔**大某评**〕此回仍是甲寅年秋间事。

第八十一回　占旺相四美钓游鱼
　　　　　　奉严词两番入家塾

　　且说迎春归去之后，邢夫人像没有这事，倒是王夫人抚养了一场，却甚是伤感，在房中自己叹息了一回。只见宝玉走来请安，看见王夫人脸上似有泪痕，也不敢坐，只在旁边站着。王夫人叫他坐下，宝玉才挨上炕来，就在王夫人身旁坐了。

　　王夫人见他呆呆的瞧着，似有欲言不言的光景，便道："你又为什么这样呆呆的？"宝玉道："并不为什么，只是昨儿听见二姊姊这种光景，我实在替他受不得。虽不敢告诉老太太，却这两夜只是睡不着。我想咱们这样人家的姑娘，那里受得这样的委屈？〔索隐〕所谓金枝玉叶，天潢贵胄。况且二姊姊是个最懦弱的人，向来不会和人拌嘴，偏偏儿的遇见这样没人心的东西，竟一点儿不知道女人的苦处！"〔索隐〕语味奇隽。说着几乎滴下泪来。

　　王夫人道："这也是没法儿的事。俗语说的，'嫁出去的女孩儿泼出去的水'，叫我能怎么样呢？"宝玉道："我昨儿夜里倒想了一个主意：咱们索性回明了老太太，把二姊姊接回来，还叫他紫菱洲住着，仍旧我们姊妹弟兄们一块儿吃一块儿玩，省得受孙家那混帐行子的气。等他来接，咱们硬不叫他去。由他接一百回，咱们留一百回，只说是老太太的主意。这样岂不好呢？"〔索隐〕宝玉一番说话，如以寻常家庭普通习惯例之，自觉其稚态可掬。然王姬下嫁，特尊挟贵，历朝对待驸马之手续，且有不止于是者。夹缝中有文字，善读者幸勿呆看。

　　王夫人听了，又好笑又好恼，说道："你又发了呆气了，混说的是什么！大凡做了女孩儿，终久是要出门去的。嫁到人家去，娘家那里顾得？也只好看他自己的命运，碰得好就好，碰得不好也就没法儿。你难道没

第八十一回　占旺相四美钓游鱼　奉严词两番入家塾

听见人说'嫁鸡随鸡，嫁狗随狗'？那里个个都像你大姊姊做娘娘呢。〔**索隐**〕足见天家自在例外，用撒笔点醒，狡猾之至。况且你二姊姊是新媳妇，孙姑爷也还是年轻的人，各人有各人的脾气，新来乍到，自然要有些扭别的。过几年大家摸着脾气儿，生儿长女以后那就好了。你断断不许在老太太跟前说起半个字，我知道了是不依的。你快些干你的去罢，不要在这里混说！"说得宝玉也不敢作声，坐了一回，无精打彩的出来了。憋着一肚子闷气无处可泄，走到园中，一径往潇湘馆来。刚进了门，便放声大哭起来。

黛玉正在梳洗才毕，见宝玉这个光景，倒吓了一跳，问："是怎么了？合谁怄了气了？"连问几声。宝玉低着头伏在桌子上，呜呜咽咽哭的说不出话来。黛玉便在椅子上怔怔的瞧着他，一会子问道："到底是别人合你怄了气了，还是我得罪了你呢？"宝玉摇手道："都不是，都不是。"黛玉道："那么着为什么这么伤起心来？"宝玉道："我只想着咱们大家越早些死的越好，活着真真没有趣儿！"黛玉听了这话，更觉惊讶道："这是什么话，你真正发了疯了不成？"

宝玉道："也并不是我发疯，我告诉你，你也不能不伤心。前儿二姊姊回来的样子和那些话，你也都听见看见了。我想人到了大的时候，为什么要嫁？嫁出去受人家这般苦楚！还记得咱们初结'海棠社'的时候，大家吟诗做东道，那时候何等热闹。如今宝姊姊家去了，连香菱也不能过来，二姊姊又出了门，丢了几个知心知意的人，都不在一处，弄得这样光景。我原打算告诉老太太接二姊姊回来，谁知太太不依，倒说我发呆混说，我又不敢言语。这不多几时，你瞧瞧园中光景已经大变了。若再过几年，又不知怎么样呢！〔**索隐**〕开国无几时，已具如此现象，其后可知。悼红轩中得意语实伤心语。故此越想不由人不心里难受起来。"黛玉听了这些言语，把头渐渐的低着下去，身子渐渐的退至炕上，一言不发，叹了口气，便向里躺下去了。

紫鹃刚拿进茶来，见他两个这样正在纳闷，只见袭人来了，进来看见宝玉，便说道："二爷在这里么？老太太那里叫呢。我估量着二爷就是在这里。"黛玉听见是袭人，便欠身起来让坐。黛玉的两个眼圈儿已经哭的通红了。宝玉看见道："妹妹，我刚才说的不过是些呆话，你也不用伤心。你要想我的话时，身子更要保重才好。你歇歇儿罢，老太太那边叫我，你看看去就来。"说着往外走了。

袭人悄问黛玉道："你两个人又为什么？"黛玉道："他为他二姊姊伤心，我是刚才眼睛发痒揉的，并不为什么。"袭人也不言语，忙跟了宝玉出来，各自散了。宝玉来到贾母那边，贾母却已经歇午，只得回到怡红院。

到了午后，宝玉睡了中觉起来，甚觉无聊，随手拿了一本书看。袭人见他看书，忙去泡茶伺候。谁知宝玉拿的那本书却是《古乐府》，随手翻来，正看见曹孟德"对酒当歌，人生几何"一首，不觉刺心。因放下这一本，又拿一本看时，却是《晋文》，翻了几页，忽然把书掩上，托着腮只管痴呆的坐着。袭人倒了茶来，见他这般光景，便道："你为什么又不看了？"宝玉也不答言，接过茶呷了一口，便放下了。袭人一时摸不着头脑来，也只管站在旁边呆呆的看着他。忽见宝玉站起来，嘴里自言自语的说道："好一个放浪形骸之外！"〔**索隐**〕六字是世祖铁案。袭人听见，又好笑又不敢问他，只得劝道："你若不爱看这些书，不如还到园里逛逛，也省得闷出毛病来。"那宝玉只管口中答应，只管出着神往外走了。

一时走到沁芳亭，但见萧疏景象，人去房空。又来至蘅芜院，更是香草依然，门窗掩闭。转过藕香榭来，远远的只见几个人在蓼溆一带栏干上靠着，有几个小丫头蹲在地下找东西。宝玉轻轻的走在假山背后听着。只听一个说道："看他游上来不游上来。"好似李纹的语音。一个笑道："好！下去了。我知道他不上来的。"这个却是探春的声音。一个又道："是了，姊姊你别动，只管等着。他横竖上来。"一个又说："上来了！"这两个却是李绮、邢岫烟的声儿。

宝玉忍不住，拾了一块小砖头儿往那水里一撩，"咕咚"一声，四个人都吓了一跳，惊讶道："这是谁这么促狭？吓了我们一跳！"宝玉笑着从山石后直跳出来，笑道："你们好乐啊！怎么不叫我一声儿？"探春道："我就知道再不是别人，必是二哥哥这样淘气。没什么说的，你好好儿的赔我们的鱼罢。刚才一个鱼上来，刚刚儿的要钓着，被你吓跑了。"宝玉笑道："你们在这里玩，竟不找我，我还要罚你们呢。"大家笑了

第八十一回　占旺相四美钓游鱼　奉严词两番入家塾

一回。

宝玉道:"咱们大家今儿钓鱼,占占谁的运气好。看谁钓得着,就是他今年的运气好;钓不着,就是他今年运气不好。咱们谁先钓?"探春便让李纹,李纹不肯。探春笑道:"这样就是我先钓。"回头向宝玉说道:"二哥哥,你再赶上了我的鱼,我可不依了。"宝玉道:"头里原是我要吓你们玩,这会子你只管钓罢。"

探春把丝绳抛下,没十来句话的工夫,就有一个杨叶窜儿吞着钩子把漂儿坠下去。探春把竿一挑,往地下一撩,却是活迸的。侍书在满地上乱抓,两手捧着放在小磁缸内,清水养着。探春把钓竿递与李纹。

李纹也把钓竿垂下,但觉丝儿一动,忙挑起来,却是个空钩子。再垂下去半晌,钓丝一动,又挑起来,还是空钩子。李纹把那钩子拿上来一瞧,原来往里钩了。李纹笑道:"怪不得钓不着。"忙叫素云把钩子敲好了,换上新虫子,上边贴好了苇片儿。垂下去一会儿,见苇片直沉下去,急忙提起来,倒是一个二寸长的鲫瓜儿。李纹笑着道:"宝哥哥钓罢。"宝玉道:"索性三妹妹合邢妹妹钓了我再钓。"岫烟却不答言。只见李绮道:"宝哥哥先钓罢。"说着水面上起了一个泡儿。探春道:"不必尽着让了。你看那鱼都在三妹妹那边呢,还是三妹妹快着钓罢。"

李绮笑着,遂按了钓钩儿,果然沉下去就钓了一个。然后岫烟也钓着了一个,〔索隐〕写钓鱼一段,细腻熨贴,活泼泼地,成如容易却艰辛。尝与友人评论小说价值,友谓,《红楼梦》固自可取,然亦不至如世俗推尊之甚,视为空前绝后之作。予曰:"信如子说,何以数百年来仅有一部《红楼梦》,而无第二之《红楼梦》出现?"友曰:"此是世人眼不为所拘束,后来虽有佳著,而其地位已为《红楼梦》所占据。即以《红楼》言《红楼》,女子之视《红楼》者,必不如男子爱之甚,此即眼光拘束之一证,未可视为定论也。"予曰:"君但择其中一节,掩去原文而令数十人照情节分拟之,但有盖过原文者,则《红楼》自不足推重,否则未可空言訾议也。"随将竿子仍旧递给探春,探春才递与宝玉。

宝玉道:"我是要做姜太公的。"便走下石矶,坐在池边钓起来,岂知那水里的鱼看见人影,都躲到别处去了。宝玉垂着竿儿等了半天,那钓丝儿动也不动。刚有一个鱼儿在水边吐沫,宝玉把竿子一晃,又吓走

《红楼梦》与顺治皇帝的爱情故事

了。急的宝玉道:"我最是个性儿急的人,他偏性儿慢,这可怎么样呢?好鱼儿,快来罢!你也成全成全我呢。"说得四人都笑了。一言未了,只见钓丝微微一动。宝玉喜得满怀,用力往上一拽,把钓竿往石上一碰折作两段,丝也振断了,钩子也不知往那里去了。众人越发笑起来。探春道:"再没见像你这样莽人。"

正说着,只见麝月慌慌张张跑来说:"二爷,老太太已醒了,叫你快去呢!"五个人都吓了一跳。探春便问麝月道:"老太太叫二爷什么事?"麝月道:"我也不知道。就只听见说是什么闹破了叫宝玉来问,还要叫琏二奶奶一块儿查问呢。"〔索隐〕上文写钓鱼不得,而紧接闹破查问,故作波澜。用笔迷离惝恍,反正皆到。吓得宝玉发了一回呆,说道:"不知又是那个丫头遭了瘟了。"探春道:"不知什么事,二哥哥你快去,有什么信儿,先叫麝月来告诉我们一声儿。"说着便同李纹、李绮、岫烟走了。

宝玉走到贾母房中,只见王夫人陪着贾母摸牌。宝玉看见无事,才把心放下了一半。贾母见他进来,便问道:"你前年那一次大病的时候,后来亏了一个疯和尚和个癞道人治好了的。那会子病里你觉得是怎么样?"宝玉想了一回道:"我记得得病的时候儿,好好的站着,倒像背地里有人把我拦头一棍,疼的眼睛前头漆黑,看见满屋子里都是些青面獠牙、拿刀举棒的恶鬼。躺在炕上,觉得脑袋上加了几个脑箍似的。以后便疼的任什么不知道了。到好的时候,又记得堂屋里一处金光,直照到我房里来,那些鬼都跑着躲避便不见了,我的头也不疼了,心上也就清楚了。"贾母告诉王夫人道:"这个样儿也就差不多了。"

说着,凤姐也进来了,见了贾母,又回身见过了王夫人,说道:"老祖宗要问我什么?"贾母道:"你前年害了邪病,你还记得怎么样?"凤姐儿答道:"我也全不记得。但觉自己身子不由自主,倒像有些鬼怪拉拉扯扯要我杀人才好,〔索隐〕豫王之下江南,恣行杀戮,而事后文过,以为非出本心,此歌功颂德者之习惯语。我江南劫数如此,无害于恢恢之王度也。有什么拿什么,见什么杀什么。自己原觉很乏,只是不能住手。"贾母道:"好的时候还记得么?"凤姐道:"好的时候好像空中有人说了几句话似的,〔索隐〕言官揭参耶?士民呼吁耶?抑或天道所不容

第八十一回　占旺相四美钓游鱼　奉严词两番入家塾

耶？冷隽可喜。却不记得说什么来着。"贾母道："这么看起来，竟是他了。他姐儿两个病中的光景，合才说的一样。这老东西竟这样坏心。宝玉枉认了他做干妈。倒是这个和尚、道人，阿弥陀佛！才是救宝玉性命的，〔索隐〕宝玉性命是和尚、道士救的。然则世祖如不逊位出家，终不得终其天年矣！只是没有报答他。"凤姐道："怎么老太太想起我们病来呢？"贾母道："你问你太太去来，我懒得说。"

王夫人道："刚才老爷进来，说起宝玉的干妈竟是个混帐东西，邪魔怪道的。如今闹破了，被锦衣府拿住送入刑部监，要问死罪的了，前几天被人告发了。那个人叫做什么潘三保，有一所房子卖与斜对过当铺里。这房子加了几倍价钱，潘三保还要加，当铺里那里还肯？潘三保更买嘱了这老东西，因他常到当铺里去，那当铺里人的内眷都与他好的。他就使了个法儿，叫人家的内人便得了邪病，家翻宅乱起来。他又去说这个病他能治，就用些神马纸钱烧献了，果然见效。他又向人家的内眷们要了十几两银子。岂知老佛爷有眼，应该败露了。这一天急要回去，掉了一个绢包儿。当铺里人拾起来一看，里头有许多纸人，还有四丸子很香的香。正诧异着呢，那老东西倒回来找这绢包儿。这里的人就把他拿住，身边一搜，搜出一个匣子，里面有象牙刻的一男一女，不穿衣服光着身子的两个魔王，还有七根朱红绣花针。立时送到锦衣府去，问出许多官员家大户太太、姑娘们的隐情事来。所以知会了营里，把他家中一抄，抄出好些泥塑的煞神，几匣子闷香。炕背后空屋子里挂着一盏七星灯，灯下许多草人，有头上戴着脑箍子的，有胸前穿着钉子的，有项上拴着锁子的。柜子里无数纸人儿，底下几篇小帐，上面记着某家验过，应找银若干。得人家油钱香分也不计其数。"

凤姐道："咱们的病一准是他！我记得咱们病后，那老妖精向赵姨娘处来过几次，要向赵姨娘讨银子，见了我便脸上变貌变色，两眼鸳鸡似的。我当初还猜疑了几遍，总不知什么原故。如今说起来，却原来都是有因的。但只我在这里当家，自然惹人恨怨，怪不得人治我。宝玉可合人有什么仇呢？忍得下这种毒手！"贾母道："焉知不因我疼宝玉不疼环儿，竟给你们种了毒了呢。"

王夫人道："这老货已经问了罪，决不好叫他来对证。没有对证，赵

《红楼梦》与顺治皇帝的爱情故事

姨娘那里肯认帐？事情又大，闹出来外面也不雅，等他自作自受，少不得要自己败露的。"贾母道："你这话说的也是，这样事没有对证也难作准。只是佛爷菩萨看的真，他们姐儿两个如今又比谁不济了呢？罢了，过去的事，凤哥儿也不必提了。今日你合你太太都在这边吃了晚饭再过去罢。"遂叫鸳鸯、琥珀等传饭。凤姐赶忙笑道："怎么老祖宗倒操起心来？"王夫人也笑了。

只见外头几个媳妇伺候，凤姐连忙告诉小丫头儿传饭："我合太太都跟着老太太吃。"正说着，只见玉钏儿走来对王夫人道："老爷要找一件什么东西，说太太伺候了老太太的饭完了自己去找一找呢。"贾母道："你去罢，保不住你老爷有要紧的事。"王夫人答应着，便留下凤姐儿伺候，自己退了出去。

回至房中，合贾政说了些闲话，把东西找了出来。贾政便问道："迎儿已经回去了，他在孙家怎么样？"王夫人道："迎丫头一肚子眼泪，说孙姑爷凶横的了不得。"因把迎春的话说了一遍。贾政叹道："我原知不是对头，无奈大老爷已说定了，叫我也没法。不过迎丫头受些委屈罢了。"王夫人道："这还是新媳妇，只指望他以后好了便好。"说着"嗤"的一笑。〔索隐〕以"嗤的一笑"领出宝玉一番说话，以述宝玉一番说话，渡入重进家塾，玲珑剔透。贾政道："笑什么？"王夫人道："我笑宝玉，今儿早起特特的到这房里来，说的都是些孩子话。"贾政道："他说什么？"王夫人把宝玉言语笑述了一遍。

贾政也就忍不住的笑，因又说道："你提宝玉，我正想起一件事。这小孩子天天放在园里也不是事。生女儿不济事还是别人家的人，生儿若不济事关系非浅。前日倒有人和我提起一位先生来，学问人品都是极好的，也是南边人。但我想南边先生性情最是和平，咱们家里的孩子个个踢天弄井，鬼聪明倒是有的，可以搪塞就搪塞过去了，胆子又大，先生再要不肯给没脸，一日哄哥儿似的，〔索隐〕说尽南书房请人丑态。没的白耽误了。所以老辈子不肯请外头的先生，只在本家择出有年纪再有点学问的请来掌家塾。如今儒老太爷虽学问也只中平，但还弹压的住这些小孩子们，不至以颠顽了事。〔索隐〕选派师傅，必择老成耆旧者，以其弹压得住耳。我想宝玉闲着总不好，不如仍旧叫他家塾中读书去

第八十一回　占旺相四美钓游鱼　奉严词两番入家塾

罢。"王夫人道："老爷说的很是。自从老爷外任去了，他又常病，竟耽搁了好几年。如今且在家学里温习温习也是好的。"贾政点头，又说些闲话。不提。

且说宝玉次日起来，梳洗已毕，早有小厮们传进话去说："老爷叫二爷说话。"宝玉忙整理衣服，来至贾政书房中，请了安站着。贾政道："你近来做些什么功课？虽有几篇字，也算不得什么。我看你近来的光景，越发比头几年散荡了，况且每每的见你推病不肯念书。如今可大好了，我还听见你天天在园子里和姊妹们玩玩笑笑，甚至和那些丫头们混闹，把自己的正经事总丢在脑袋后头。就是做得几句诗词，也并不怎么样，有什么稀罕处！比如应试选举，到底以文章为主，你这上头倒没有一点儿工夫。我可嘱咐你：自今日起，再不许做诗做对的了，单要学习八股文章。限你一年，若毫无长进，你也不用念书了，我也不愿有你这样的儿子了！"〔索隐〕俨然有废立之意。遂叫李贵来说："明儿一早，传焙茗跟了宝玉去，收拾应念的书籍，一齐拿过来我看看，一亲自送他到家学里去。"喝命宝玉："去罢！明日起早来见我。"宝玉听了，半日竟无一字可答，因回到怡红院来。

袭人正在着急听信，见说取书，倒也欢喜。独是宝玉要人即刻送信与贾母，欲叫拦阻。贾母得信，便命人叫过宝玉来，告诉他说："只管放心先去，别叫你老子生气。有什么难为你，有我呢。"宝玉没法，只得回来嘱咐了丫头们："明日早早叫我，老爷要等着送我到家学里去呢。"袭人等答应了，同麝月两个倒替着醒了一夜。

次日一早，袭人便叫醒宝玉，梳洗了换了衣服，打发小丫头儿传了焙茗在二门上伺候，拿着书籍等物。袭人又催了两遍，宝玉只得出来，过贾政书房中来，先打听"老爷过来了没有？"书房中小厮答应："方才一位清客相公请老爷回话，里边说梳洗呢，命清客相公出去候着去了。"宝玉听了，心里稍稍安顿，连忙到贾政这边来。恰好贾政着人来叫，宝玉便跟着进去。贾政不免又嘱咐几句话，带了宝玉走了车多焙茗拿着书籍，一直到家塾中来。

早有人先抢一步回代儒说："老爷来了。"代儒站起身来，贾政早已走入，向代儒请安。代儒拉着手问了好，又问："老太太近日可安么？"

《红楼梦》与顺治皇帝的爱情故事

宝玉过来也请了安。贾政站着;请代儒坐了,然后坐了。贾政道:"我今日自己送他来,因要求托一番。这孩子年纪也不小了,到底要学个成人的举业,才是终身成名之事。如今他在家中,只是和些孩子们混闹,虽懂得几句诗词,也是胡诌乱道的。就是好了,也不过是风云月露,与一生的正事毫无关涉。"〔索隐〕王者以修齐治平为学,文墨之事,但可于万几之暇偶一为之,岂效咕哔之儒孜孜章句?按:太宗世祖,屡以是诰诫诸王宗室。高宗亦谕诸子云:皇子读书,惟当讲求大义,有益立身行己。至寻常琢句,已为末务,况可效书生习气以虚名相尚乎?又云:我国家世敦淳朴,所重在国书骑射。凡我子孙,自当恪守,乌可效书愚陋习流入虚谩?设相习成风,其流失必至羽林,侍卫以脱剑学书为雅,相率入于无用。甚且改变衣冠,更易旧俗,所关匪小,不可不防其渐。着将此谕实贴上书房,俾诸皇子触目惊心勿忽。书中所言,即摘叙此意。遗闻旧制,于无意中夹入,如此类者,正复不少。

代儒道:"我看他相貌也还体面,灵性也还去得,为什么不念书只是心野贪玩?诗词一道,不是学不得的,只要发达了以后再学还不迟呢。"贾政道:"正是如此。目今只求叫他读书、讲书、作文章。倘或不听教训,还求太爷认真的管教他,才不至有名无实的白耽误了他的一世。"说毕,站起来又作了一个揖,然后说了些闲话,才辞了出去。代儒送至门首说:"老太太前替问好请安罢。"贾政答应着,自己上车去了。

代儒回身进来,看见宝玉在西南角靠窗户摆着一张花梨小桌,右边堆下两套旧书,薄薄儿的一本文章,叫焙茗将纸墨笔砚都放在抽屉里藏着。代儒道:"宝玉,我听见说你前儿有病,如今可大好了?"宝玉站起来道:"大好了。"代儒道:"如今论起来,你可也该用功了。你父亲望你成人,恳切的很,你且把从前念过的书打头儿理一遍。每日早起理书,饭后写写字,晌午讲念几遍文章就是了。"

宝玉答应了个"是",回身也坐下时,不免四面一看。见昔时金荣辈不见了几个,又添了几个小学生,都是些粗俗平常的。忽然想起秦钟来,如今没有一个做得伴、说得知心话儿的,〔索隐〕风景不殊,举目有河山之异,眷怀曩昔,怆然涕下。心上凄然不乐,却不敢作声,只有闷着看书。

第八十一回　占旺相四美钓游鱼　奉严词两番入家塾

代儒告诉宝玉道："今日头一天，早些放你家去罢。明日要讲书了。但是你又不是很愚笨的，明日我倒要你先讲一两章书我听，试试你近来的功课何如，我才晓得你到怎么个分儿上头。"说得宝玉心中乱跳。欲知明日讲解何如，且听下回分解。

〔索隐〕此回无甚注射。游鱼之占，亦如卜世三十、卜年七百之意。矶边共钓，四美轮流得彩，而独不与宝玉者，悼红之意，不以正统相畀也。下半回重入家塾，而以"奉严词"三字冠之，以见求学非出本心，意马心猿，瞬息千里，有君如此、岂能垂统万年，传之无极耶？回中"放浪形骸之外"句，是世祖一篇传赞。

自开首起至"再没见像你这样莽人"为一段，以下至"都跟着老太太吃"为一段，以下至回未又为一段。凡三段，而皆以"正说着"句递下，以迎春事贯串之，章法井然。

〔护花评〕叙宝玉到黛玉处大哭，提起海棠社及宝钗、香菱俱去，再过几年，园中不知作何光景，不如早死等说，触起黛玉心事。与前后文遥遥相应，通篇皆血脉贯通。

又：借钓鱼占兆，独宝玉脱空，钓竿折断，为将来出家预兆。

又：马道婆事败，伏赵姨娘将来鬼附自责事。

又：宝玉再入家塾学做八股，为后来中举地步。

〔大某评〕此回仍是甲寅年秋间事。

第八十二回 老学究讲义警顽心
　　　　　　病潇湘痴魂惊恶梦

　　话说宝玉下学回来,见了贾母。贾母笑道:"好了,如今野马上了笼头了。去罢,见了你老爷回来散散儿去罢。"宝玉答应着,去见贾政。贾政道:"这早晚就下了学么?师父给你定了功课没有?"宝玉道:"定了,早起理书,饭后写字,响午讲书念文章。"贾政听了点点头儿,因说:"去罢,还到老太那边陪着坐坐去。你也该学些人功道理,别一味的贪玩。晚上早些睡,天天上学早些起来,你听见了?"宝玉连忙答应几个"是",退出来,忙忙又去见王夫人,又到贾母那边打了个照面儿。

　　赶着出来,恨不得一步就走到潇湘馆才好。刚进门口,便拍着手笑道:"我依旧回来了!"猛可里倒吓了黛玉一跳。紫鹃打起帘子,宝玉进来坐了。黛玉道:"我恍惚听见你念书去了。这么早就回来了?"宝玉道:"阿呀,了不得!我今日不是被老爷叫了念书去了么?心上倒像没有和你们见面的日子了。好容易熬了一天,这会子瞧见你们,竟如死而复生的一样!真真古人说'一日三秋',这话再不错的。"黛玉道:"你上头去过了没有?"宝玉道:"都去过了。"黛玉道:"别处呢?"宝玉道:"没有去。"黛玉道:"你也该瞧瞧他们去。"宝玉道:"我这会子懒得动了,只和妹妹坐着说一会话儿罢。老爷还叫早睡早起,只好明日再瞧他们去了。"黛玉道:"你坐坐儿,可是正该歇歇儿去了。"宝玉道:"我那里是乏?只是闷得慌。这会子咱们坐着,才把闷散了,你又催起我来!"

　　黛玉微微的一笑,因叫紫鹃:"把我的龙井茶给二爷泡一碗。二爷如今念书了,比不得头里。"〔索隐〕玩其词气,此次念书,或指世祖亲政言之。宫中、府中,一日万几,似不能如前时之逍遥潜邸、恣情取乐也。紫鹃笑着答应,去拿茶叶,叫小丫头儿泡茶。宝玉接着说道:"还提什么

第八十二回　老学究讲义警顽心　病潇湘痴魂惊恶梦

念书，我最厌这些道学话！更可笑的是八股文章，拿他诓功名混饭吃也罢了，还要说代圣贤立言。好些的，不过拿些经书凑搭凑搭也罢了。更有一种可笑的，肚子里原没有什么，东拉西扯，弄的牛鬼蛇神，还自以为博奥。这那里是阐发圣贤的道理？目下老爷口口声声要我学这个，我又不敢违拗。你这会子还提念书呢！"

黛玉道："我们女孩儿家虽然不要这个，但小时跟着你们雨村先生念书也曾看过。内中也有近情近理的，也有清微淡远的。那时候虽不大懂，也觉得好，不可一概抹倒。况且你要取功名，这个也清贵些。"〔索隐〕董妃在宫，亦或乘机进谏，无如圣心固执，格格不入，只得知难而退。宝玉听到这里，觉得不甚入耳，因想："黛玉从来不是这样人，怎么也这样势欲熏心起来？"又不敢在他跟前驳回，只在鼻子眼里笑了一声。

正说着，忽听外面两个人说话，却是秋纹和紫鹃。只听秋纹道："袭人姐姐叫我到老太太那里接去，谁知却在这里。"紫鹃道："我们这里才泡了茶，索性让他吃了再去。"说着，二人一齐进来。宝玉和秋纹笑道："我就过去，又劳动你来找。"秋纹未及答言，只见紫鹃道："你快吃了茶去罢，人家都想了一天了！"〔索隐〕粉黛三千，尹邢争宠，此中情况，盖可想见。秋纹啐道："呸，好混帐丫头！"说的大家都笑了。宝玉起身才辞了出来。黛玉送到房门口儿，紫鹃在台阶下站着，宝玉出去，才回房里来。

却说宝玉回到怡红院中，进了屋子，只见袭人从里间迎出来，便问："回来了么？"秋纹应道："二爷早来了，在林姑娘那边来的。"宝玉道："今日有事没有？"袭人道："事却没有。方才太太叫鸳鸯姐姐来吩咐我们；如今老爷发狠叫你念书，如有丫鬟们再敢和你玩笑，都要照着晴雯、司棋的例办。我想，服侍你一场，赚了这些言语，也没什么趣儿。"说着便伤起心来。宝玉忙道："好姐姐，你放心。我只好生念书，太太再不说你们了。我今儿晚上还要看书，明日师父叫我讲书呢。我要使唤，横竖有麝月、秋纹呢，你歇歇去罢。"袭人道："你要真肯念书，我们服侍你也是欢喜的。"〔索隐〕此处袭人，盖代表博尔济锦继后，以见董妃之处境孤立。

宝玉听了，赶忙吃了晚饭，就叫点灯，把念过的"四书"翻出来。

《红楼梦》与顺治皇帝的爱情故事

只是从何处看起？翻了一本看去，章旨里头似乎明白，细按起来，却不很明白。看着小注，又看讲章，闹到梆子下来了，自己想道："我在诗词上觉得很容易，在这个上头竟没头脑。"便坐着呆呆的呆想，袭人道："歇歇罢，做工夫也不在这一时的。"宝玉嘴里只管胡乱答应，麝月、袭人才服侍他睡下，两个方才睡了。及至睡醒一觉，觉得宝玉炕上还是翻来覆去。袭人道："你还醒着呢么？你倒别混想了，养养神明儿好念书。"宝玉道："我也是这样想，只是睡不着。你来给我揭去一层被。"袭人道："天气不热，别揭罢。"宝玉道："我心里烦躁的很。"自把被窝褪下来。袭人忙抓起来按住，把手去他头上一摸，觉得微微有些发烧。袭人道："你别动了，有些发烧了。"宝玉道："可不是。"袭人道："这是怎么说呢！"宝玉道："不怕，是我心烦的原故。你别吵闹，省得老爷知道了，必说我装病逃学，不然，怎么病得这样巧，明儿好了，原到学里去就完事了。"袭人也觉得可怜，说道："我靠着你睡罢。"便和宝玉捶了一回脊梁，不知不觉大家都睡着了。

直到红日高升，方才起来，宝玉道："不好了！晚了！"急忙梳洗毕，问了安，就往学里来了。代儒已经变着脸说："怪不得你老爷生气，说你没出息，第二天你就懒惰。这是什么时候才来？"宝玉把昨儿发烧的话说了一遍，方过去了，原旧念书。

到了下晚，代儒道："宝玉，有一章书你来讲讲。"宝玉过来一看，却是"后生可畏"章。宝玉心上说："这还好，幸亏不是《学》《庸》。"问道："怎么讲呢？"代儒道："你把节旨句子细细儿讲来。"宝玉把这章先朗朗的念了一遍，说："这章书是圣人勉励后生，教他及时努力，不要弄到……"说到这里，抬头向代儒一瞧。〔索隐〕神气活现，句中有画。满洲最讲礼节忌讳，宫中尤甚，汉人无此精密也。代儒觉得了，笑了一笑道："你只管说，讲书是没有什么忌讳的。《礼记》上说'临文不讳'，只管说，'不要弄到'什么？"宝玉道："不要弄到老大无成。先将'可畏'二字，激发后生的志气，后把'不足畏'三字，警惕后生的将来。"说罢看着代儒。代儒道："也还罢了。串讲呢？"宝玉道："圣人说：人生少时，心思才力，样样聪明能干，实在是可怕的。那里料得定他后来的日子不像我的今日？若是悠悠忽忽到了四十岁，又到五十岁，既不能

第八十二回　老学究讲义警顽心　病潇湘痴魂惊恶梦

够发达，这种人虽是他后生时像个有用的，到了那个时候，这一辈子就没有人怕他了。"

代儒笑道："你方才节旨讲的倒清楚，只是句子里有些孩子气。'无闻'二字，不是不能发迹做官的话。'闻'是实在自己能够明理见道，就不做官也是有'闻'了。不然古圣贤有遁世不见知的，岂不是不做官的人，难道也是'无闻'么？'不足畏'是使人料得定，方与'焉知'的'知'字对针，不是'怕'的字眼。要从这里看出，方能入细。你懂得不懂得？"宝玉道："懂得了。"代儒道："还有一章，你也讲一讲。"代儒往前揭了一篇指给宝玉。宝玉看是"吾未见好德如好色者也"。

宝玉觉得这一章却有些刺心，便陪笑道："这句话没有什么讲头。"代儒道："胡说！臂如场中出了这个题目，也说没有做头么？"宝玉不得已，讲道："是圣人看见人不肯好德，见了色便好的了不得。殊不想德是性中本有的东西，人偏都不肯好他。至于那个色呢，虽也是先天中带来，无人不好的。但是德乃天理，色是人欲。人那里肯把天理好的像人欲似的？孔子虽是叹息的话，又是望人回转来的意思。并且见得人就有好德，好得总是浮浅，直要像色一样的好起来，那才是真好呢。"代儒道："这也讲的罢了。我有句话问你，你既懂得圣人的话，为什么正犯着这两件病？我虽不在家中，你们老爷也不曾告诉我，其实你的毛病我却尽知的。做一个人怎么不望长进？你这回儿正是'后生可畏'的时候，'有闻''不足畏'，全在你自己做去了。我如今限你一个月，把念过的旧书全要理清，再念一个月文章，以后要出题目叫你作文章了。如若懈怠，我是断乎不依的。自古道'成人不自在，自在不成人'，你好生记着我的话。"宝玉答应了，也只得天天按着功课干去。不提。

且说宝玉上学之后，怡红院中甚觉清净闲暇。袭人倒可做些活计，拿着针线要做个槟榔包儿，想着："如今宝玉有了功课，丫头们可也没有饥慌了。早要如此，晴雯何至弄到没有结果！"兔死狐悲，不觉滴下泪来。忽又想到："自己终身，本不是宝玉的正配，原是偏房。〔索隐〕换言之，则曰：初非嫡配，原是继配而已。宝玉的为人却还拿得住，只怕娶了一个利害的，自己便是尤二姐、香菱后身。素来看着贾母、王夫人光景及凤姐儿往往露出话来，自然是黛玉无疑了。那黛玉就是个多心人。"想到此际,脸红心热,拿着针不知戳到那里去了。便把活计放下,走到黛玉处去探探他的口气。

黛玉正在那里看书,见是袭人,欠身让坐。袭人也连忙迎上来问:"姑娘这几天身子可大好了?"黛玉道:"那里能够,不过略硬朗些。你在家里做什么呢?"袭人道:"如今宝二爷上了学,房中一点事儿没有,因此来瞧瞧姑娘,说说话儿。"说着,紫鹃拿茶来,袭人忙站起来道:"妹妹坐着罢。"因又笑道:"我前儿听见秋纹说,妹妹背地里说我们什么来着?"紫鹃也笑道:"姐姐信他的话!我说宝二爷上了学,宝姑娘又隔断了,连香菱也不过来,自然是闷的。"袭人道:"你还提香菱呢,这才苦呢!撞着这位太岁奶奶,难为他怎么过!"把手伸着两个指头道:"说起来比他还利害,连外头的脸面都不顾了。"

黛玉接着道:"他也够受了,尤二姑娘怎么死了!"袭人道:"可不是。想来都是一个人,不过名分里头差些,何苦这样毒!外面名声也不好听。"黛玉从不闻袭人背地里说人,今听此话有因,〔索隐〕千古奸雄,于利害切身之际,往往将其深闭固拒,匿不示人之衷曲,流露于不自觉。所谓观人必于其微也。以袭人平日之貌为谦谨,无微不至,而亦有伸两个指头之时,作伪心劳日拙,岂不然哉!便说道:"这也难说。但凡家庭之事,不是东风压了西风,就是西风压了东风。"袭人道:"做了旁边人,心里先怯了,那里倒敢去欺侮人呢?"〔索隐〕人有不敢也而后可以有敢。说着,只见一个婆子在院里问道:"这里是林姑娘的屋子么?那位姐姐在这里呢?"雪雁出来一看,模模糊糊认得是薛姨妈那边的人,便问道:"作什么?"婆子道:"我们姑娘打发来给这里林姑娘送东西的。"雪雁道:"略等等儿。"雪雁进来回了黛玉,黛玉便叫领他进来。

那婆子进来请了安,且不说送什么,只是觑着眼瞧黛玉。看的黛玉脸上倒不好意思起来,因问道:"宝姑娘叫你来送什么?"婆子方笑着回道:"我们姑娘叫给姑娘送了一瓶儿蜜饯荔枝来。"回头又瞧见袭人,便问道:"这位姑娘不是宝二爷房里的花姑娘么?"袭人笑道:"妈妈怎么认得我?"婆子笑道:"我们只在太太屋里看屋子,不大跟太太姑娘出门,所以姑娘们都不大认得。姑娘们碰着到我们那边去,我们都模糊记得。"说着将一个瓶儿递给雪雁,又回头看看黛玉,因笑着向袭人道:

第八十二回　老学究讲义警顽心　病潇湘痴魂惊恶梦

"怨不得我们太太说，这林姑娘和你们宝二爷是一对儿，原来真是天仙似的。"

袭人见他说话造次，连忙岔道："妈妈，你乏了，坐坐吃茶罢。"那婆子笑嘻嘻的道："我们那里忙呢，都张罗琴姑娘的事呢。姑娘还有两瓶荔枝，叫给宝二爷送去。"说着，颤颤巍巍告辞出去。

黛玉虽恼这婆子方才冒撞，但因是宝钗使来的，也不好怎么样他。等他出了屋门，才说一声道："给你们姑娘道费心。"那老婆子还只管嘴里自言自语的说："这样好模样儿，除了宝玉，什么人经受的起？"黛玉只装没听见。袭人笑道："怎么人到了老来，就是混说白道的？叫人听着又生气又好笑。"一时雪雁拿过瓶子来与黛玉看，黛玉道："我懒得吃，拿来搁起来罢。"又说了一回话，袭人才去了。

一时晚妆将卸，黛玉进了套间，猛抬头看见了荔枝瓶，不禁想起日间老婆子的一番混话，甚是刺心。当此黄昏人静，千愁万绪堆上心来。想起自己身子不牢，年纪又大了。看宝玉的光景，心里虽没别人，但是老太太、舅母又不见有半点意思，深恨父母在时，何不早定了这头婚姻？又转念一想道："倘若父母在别处定了婚姻，怎能够似宝玉这般人材心地，不如此时尚有可图。"〔索隐〕千回百转，妃子此际之心良苦。其所谓"尚有可图"者，在书中为婚姻问题，在书外为后位问题。心内一上一下，辗转缠绵，竟好像辘轳一般。叹了一回气，掉了几点泪，无情无绪和衣倒下。

不知不觉，只见小丫头走来说道："外面雨村贾老爷请姑娘。"黛玉道："我虽跟他读过书，想不比男学生，要见我做什么？况且他和舅舅往来，从未提起，我也不便见的。"因叫小丫头回覆："身上有病不能出来，与我请安道谢就是了。"小丫头道："只怕要与姑娘道喜，南京还有人来接。"说着，又见凤姐儿、邢夫人、王夫人、宝钗等都来笑道："我们一来道喜，二来送行。"黛玉慌道："你们说什么话？"凤姐道："你还装什么呆。你难道不知道林姑爷升了湖北的粮道，娶了一位继母，十分合心合意？如今想着你撂在这里不成事体，因托了贾雨村作媒，将你许了你继母的什么亲戚，还说是续弦，〔索隐〕董妃为再嫁，故此以续弦比之，玲珑剔透。所以着人到这里来接你回去，大约一到家中，就要过去的,都是你继母作主,怕的是道儿上没有照应,还叫你琏二哥哥送去。"说得黛玉一身冷汗。

黛玉又恍惚父亲果在那里做官的样子,心上急着硬说道:"没有的事,都是凤姐姐混闹!"只见邢夫人向王夫人使个眼色儿:"他还不信呢,咱们走罢。"黛玉含着泪道:"二位舅母坐坐去。"众人不言语,都冷笑而去。

黛玉此时心中干急,又说不出来,哽哽咽咽。恍惚又是和贾母在一处似的,心中想道:"此事惟求老太太,或还可救。"于是两腿跪下来,抱着贾母的腰说道:"老太太救我!我南边是死也不去的。况且有了继母,又不是我的亲娘,我是情愿跟着老太太一块儿的。"但见老太太呆着脸儿笑道:"这个不干我事。"黛玉哭道:"老太太,这是什么事呢?"老太太道:"续弦也好,〔**索隐**〕再点续弦。倒多一副妆奁。"〔**索隐**〕作者于董妃深致不满,故有此冷潮热讽之词。黛玉哭道:"我若在老太太跟前,决不使这里分外的闲钱,只求老太太救我。"贾母道:"不中用了。做了女人终是要出嫁的,你孩子家不知道,在此地终非了局。"黛玉道:"我在这里,情愿自己做个奴婢过活,自做自吃,也是愿意。只求老太太作主!"

老太太总不言语。黛玉抱着贾母的腰哭道:"老太太,你向来最是慈悲的,又最疼我的,到了紧急的时候,怎么全不管?不要说我是你的外孙女儿,是隔了一层了,我的娘是你的亲生女儿,看我娘分上,也该护庇些。"说着,撞怀里痛哭。听见贾母道:"鸳鸯。你来送姑娘出去歇歇。我倒被他闹乏了。"黛玉情知不是路了,求之无用,不如寻个自尽,站起来往外就走。深痛自己没有亲娘,便是外祖母与舅母、姊妹们平时何等的好,可见都是假的。又一想:"今日怎么独不见宝玉?"或见一面,看他还有法儿?"便见宝玉站在面前,笑嘻嘻的说:"妹妹大喜呀!"黛玉听了这一句话,越发急了,也顾不得什么了,把宝玉紧紧拉住说:"好宝玉!我今日才知道你是个无情无义的人了!"宝玉道:"我怎么无情无义?你既有了人家儿,咱们各自干各自的了。"黛玉越听越气,越没了主意,只得拉着宝玉哭道:"好哥哥,你叫我跟了谁去?"宝玉道:"你要不去,就在这里住着。你原是许了我的,你所以才到我们这里来。我待

第八十二回　老学究讲义警顽心　病潇湘痴魂惊恶梦

你是怎么样的？你也想想。"

黛玉恍惚又像果曾许过宝玉的，心内忽又转悲作喜！〔索隐〕模糊惝恍，忽即忽离，深合梦中境地。近来执笔为小说者，每喜托之于梦，径行直遂，与醒时作为无异，不合情理甚矣。此种笨伯，连梦话尚不会说，何论其他！问宝玉道："我是死活打定主意的了。你到底叫我去不去？"宝玉道："我说叫你住下，你不信我的话，你就瞧瞧我的心！"说着，就拿着一把小尖刀子往胸口上一划，只见鲜血直流。黛玉吓得魂飞魄散，忙用手握着宝玉的心窝，哭道："你怎么做出这个事来，？先来杀了我罢！"宝玉道："不怕，我拿我的心给你瞧。"还把手在划开的地方儿乱抓。黛玉又颤又哭，又怕人撞破，抱住宝玉痛哭。宝玉道："不好了！我的心没有了，活不成了！"〔索隐〕宝玉无心，此黛玉之所以死，而宝玉亦毕竟活不成。说着眼睛往上一翻，"咕咚"就倒了。黛玉拚命放声大哭。

只听见紫鹃叫道："姑娘，姑娘，怎么魇住了？快醒醒儿，脱了衣服睡罢。"黛玉一翻身，却原来是一场恶梦。喉间犹是哽咽，心上还是乱跳，枕头上已经湿透，肩背身心但觉冰冷。想了一回："父亲死得久了，与宝玉尚未放定，这是从那里说起？"又想梦中光景，无倚无靠，再真把宝玉死了，那可怎么样呢？一时痛定思痛，神魂俱乱。又哭了一回，遍身微微的出了一点儿汗，硬撑起来，把外罩大袄脱了。叫紫鹃盖好了被窝，又躺下去。翻来覆去，那里睡得着？只听得外面淅淅飒飒，又像风声，又像雨声。又停了一会子，又听得远远的吆呼声儿，却是紫鹃已在那里睡着，鼻息出入之声。自己勉强着爬起来，围着被坐了一会。觉得窗缝里透进一缕凉风来，吹得寒毛直竖，便又躺下。正要朦胧睡去，听得竹枝上不知有多少鸦雀儿的声儿，啾啾唧唧叫个不住。那窗上的纸，隔着屉子，渐渐的透进清光来。

黛玉此时已醒得双眸炯炯，一回儿咳嗽起来，连紫鹃都咳醒了。紫鹃道："姑娘，你还没睡着么？又咳嗽起来了，想是着了风了。这会儿窗户纸发青了，也待好亮起来了。歇歇儿罢，养养神，别尽着想长想短的了。"黛玉道："我何尝不要睡？只是睡不着。你睡你的罢。"说了又嗽起来。

《红楼梦》与顺治皇帝的爱情故事

紫鹃见黛玉这般光景，心中也是伤感，睡不着了。听见黛玉又嗽，连忙起来捧着痰盒。这时天已亮了。黛玉道："你不睡了么？"紫鹃笑道："天都亮了，还睡什么呢？"黛玉道："既这样，你就把痰盒儿换了罢。"紫鹃答应着，忙出来换了一个痰盒儿，将手里的这个盒儿放在桌上，开了套间门出来，仍旧带上门，放下洒花软帘，出来叫醒雪雁。开了房门，去倒那盒子时，只见满盒子痰，痰中好些血星，吓得紫鹃一跳，不觉失声道："阿呀，这还了得！"黛玉里面接着问是什么，紫鹃自知失言，连忙改说道："手里一滑，几乎失了痰盒子。"黛玉道："不是盒子里的痰有了什么？"紫鹃道："没有什么。"说着这句话时，心中一酸，那眼泪直流下来，声儿早已岔了。

黛玉因为喉间有些甜腥，早自疑惑，方才听见紫鹃在外边诧异，这会子又听见紫鹃说话声音带着悲惨的光景，心中觉了八九分，便叫紫鹃，"进来罢，外头看凉着"。紫鹃答应了一声，这一声更比头里凄惨，竟是鼻中酸楚之音。黛玉听了，凉了半截。看紫鹃推门进来时，尚拿手帕拭眼。黛玉道："大清早起，好好的为什么哭呢？"紫鹃勉强笑道："谁哭来！早起起来，眼睛里有些不舒服。姑娘今夜，大概比往常醒得时候更早么？我听见咳嗽了大半夜。"黛玉道："可不是！越要睡越睡不着。"紫鹃道："姑娘身上不大好，依我说，还得自己开解着些。身子是根本，俗语说的'留得青山在，依旧有柴烧'。况这里自老太太、太太起，那个不疼姑娘？"只这一句话，又勾起黛玉的梦来。觉得心头一撞，眼中一黑，神色俱变。

紫鹃连忙端了痰盒，雪雁捶着脊梁，半日才吐出一口痰来。痰中一缕紫血簌簌乱跳，紫鹃、雪雁脸都吓黄了。两个在旁边守着，黛玉便昏昏躺下。紫鹃看着不好，连忙努嘴儿叫雪雁叫人去。

雪雁才出了屋门，只见翠缕、翠墨两个人笑嘻嘻的走来。翠缕便道："林姑娘怎么这早晚还不出门？我们姑娘和三姑娘都在四姑娘屋里，讲究四姑娘画的那张园子景儿呢。"雪雁连忙摆手儿，翠缕、翠墨二人倒都吓了一跳，说："这是什么原故？"雪雁将方才的事一一告诉他二人。二人都吐了吐舌头儿，说："这可不是玩的！你们怎么不告诉老太太去？这还了得！你们怎么这么糊涂？"雪雁道："我这里才要去，你们就来了。"

第八十二回　老学究讲义警顽心　病潇湘痴魂惊恶梦

正说着，只听紫鹃叫道："谁在外头说话？姑娘问呢。"三个人连忙一齐进来。翠缕、翠墨见黛玉盖着被躺在床上，见了他二人便说道："谁告诉你们了？你们这样大惊小怪的。"翠墨道："我们姑娘和云姑娘才都在四姑娘屋里，讲究四姑娘画的那张园子图儿，叫我们来请姑娘来，不知姑娘身上又欠安了。"黛玉道："也不是什么大病，不过觉得身子略软些，躺躺儿就起来了。你们回去告诉三姑娘和云姑娘，饭后若无事，倒是请他们来这里坐坐罢。宝二爷没到你们那边去？"二人答道："没有。"翠墨又道："宝二爷这两天上了学了，老爷天天要查功课，那里还能像从前那么乱跑呢。"黛玉听了，默然不言。二人又略站了一回，都悄悄的退出来了。

且说探春、湘云正在惜春那边评论惜春所画大观园图，说这个多一点，那个少一点，这个太疏，那个太密。大家又议着题诗，着人去请黛玉商议。正说着，忽见翠墨、翠缕二人回来，神色匆忙。湘云便先问道："林姑娘怎么不来？"翠缕道："林姑娘昨日夜里又犯了病了，咳嗽了一夜。我们听见雪雁说，吐了一盒子痰血。"探春听了，诧异道："这话真么？"翠缕道："怎么不真！"翠墨道："我们刚才进去瞧了瞧，颜色不成颜色，说话儿的气力儿都微了。"湘云道："不好的这么着，怎么还能说话呢？"探春道："怎么你这么糊涂？不能说话不是已经……"说到这里却咽住了。惜春道："林姐姐那样一个聪明人，我看他总有些瞧不破，一点半点儿都要认真起来。天下事，那里有多少真的呢？"探春道："既这么着，咱们都过去看看。倘若病的利害，咱们好过去告诉大嫂子回老太太，传大夫进来瞧瞧，也得个主意。"湘云道："正是这样。"惜春道："姐姐们先去，我回来再过去。"

于是探春、湘云扶了个小丫头，都到潇湘馆来。进入房中，黛玉见他二人，不免又伤心起来。因又转念想起："梦中连老太太尚且如此，何况他们。况且我不请他们，他们还不来呢！"〔索隐〕湘云、探春等何至如此？人莫不怪黛玉之多疑，自戕其身。然若以董妃而论，入宫见嫉，妃嫔过从，各以假面目相见，机械倾轧，不可一日居，四顾茫茫，自求速死。作者著此书，有表里两面，读者当知此意，勿泥于一面呆看。心里虽是如此，脸上却碍不过去，只得勉强令紫鹃扶起，口中让坐。

《红楼梦》与顺治皇帝的爱情故事

　　探春、湘云都坐在床沿上，一头一个。看了黛玉这般光景，也自伤感。探春便道："姐姐，怎么身上又不舒服了？"黛玉道："也没什么紧要，只是身子软得很。"紫鹃在黛玉身后暗暗的用手指那痰盒儿。湘云到底年轻，性情又兼直爽，伸手也把痰盒拿起来看。不看则已，看了吓的惊疑不止，说："这是姐姐吐的？这还了得！"

　　初时黛玉昏昏沉沉，吐了也没细看，此时见湘云这么说，回头看时，自己早已灰了一半。探春见湘云冒失，连忙解说道："这不过是肺火上炎，带出一半点来也是常事。偏是云丫头不拘什么，就这样蝎蝎螫螫的。"湘云红了脸，自悔失言。探春见黛玉精神短少，似有烦倦之意，连忙起身说道："姐姐静静的养养罢，我们回来再瞧你。"黛玉道："累你二位记着。"探春又嘱咐紫鹃："好生留神服侍姑娘。"紫鹃答应着。探春才要走，只听外面一个人喊起来。未知是谁，下回分解。

　　〔索隐〕此回依照回目，分两大段：自开首起至"按着功课去干"止为第一段；自"且说宝玉上学之后"至本回完毕为第二段。以一话一梦，递入黛玉病状，极纡徐之致。而当日宫中倾轧，遍地戈矛，妃子以一南人，托足其间，势孤力弱，举目无亲，有不得不死之势。所难恝然者，君恩深重，金钗钿合，私语中宵，一旦抛掷，忍而与之终古。黄泉碧落，此恨绵绵。于是一寸芳心，低徊百折，不死不可，竟死不安，筹度久之，乃始咬舌皱眉，含辛茹痛。出于最后之一着，甘心自戕，以解此纷扰之结，揆情度势，夫岂得已！盖自玉环专宠而后，梅子含酸，絮阁截发，种种事变，波谲云诡，殆难殚述。特宫闱事秘，譬之仙人游戏下界，无从识其狡狯。月府霓裳不传于世，至可懊恼。然即此书而推测之，心游目迫，知夹缝中大有文字。董妃死矣，世祖僧矣！董妃苟可不死而世祖苟可不僧者，又曷为而一死一僧耶？

　　〔护花评〕代儒讲书，真是对症下药，善于教子弟者。

　　又：写黛玉梦境，恍恍忽忽，迷迷离离，的是梦中景象，真传神入妙之笔。

第八十二回 老学究讲义警顽心 病潇湘痴魂惊恶梦

又：以宝玉剖心跌倒为哭醒出梦，尤为妙绝，而宝玉是夜心痛，又与梦暗合。梦与神通，神与梦合，是耶非耶？真疑鬼疑神之笔。

〔**大某评**〕此回仍是甲寅年秋间事。

第八十三回　省宫闱贾元妃染恙
　　　　　　　闹闺阃薛宝钗吞声

　　说话探春、湘云才要走时，忽听外面一个人喊道："你这不成人的小蹄子！你是个什么东西，来这园子里头混搅！"〔索隐〕此二语明指董妃，以出身不明之女子，而来官里混搅。一般失宠官妃，蕴怒已久，戟手詈骂，竟有取瑟而歌之意。黛玉听了，大叫一声道："这里住不得了！"一手指着窗外，两眼反插上去。

　　原来黛玉住在大观园中，虽靠着贾母疼爱，然在别人身上，凡事终是寸步留心。〔索隐〕此贾母者，暗代世祖。盖妃在官中，势处孤立，惟博君王一人之宠眷，自不得不谨小慎微，着意留意。听见窗外老婆子这样骂着！在别人呢，一句是贴不上的，竟像专骂着自己的。自思一个千金小姐，只因没了爷娘，不知何人指使这老婆子来这般辱骂，那里委屈得来？因此肝肠崩裂，哭晕去了。紫鹃只是哭叫："姑娘怎么样了？快醒转来罢！"探春也叫了一回。

　　半晌黛玉回过这口气，还说不出话来，那只手向窗外指着。探春会意，开门出去，看见老婆子手中拿着拐棍，赶着一个不干不净的毛丫头道："我是为照管这园中的花果树木来到这里，你作什么事来？等我家去打你一个知道！"这丫头扭着头，把一个指头探在嘴里，瞧着老婆子笑。探春骂道："你们这些人，如今越发没了王法了！这里是你骂人的地方儿么？"老婆子见是探春，连忙陪着笑脸儿说道："刚才是我的外孙女儿，看见我来了他就跟来了。我怕他闹，所以才吆喝他回去，那里敢在这里骂人呢？"探春道："不用多说了，快给我都出去。这里林姑娘身上不大好，还不快去么？"老婆子答应了几个"是"，说着一扭身去了。那丫头也就跑了。

第八十三回　省宫闱贾元妃染恙　闹闺阃薛宝钗吞声

探春回来，看见湘云拉着黛玉的手只管哭，紫鹃一手抱着黛玉，一手给黛玉揉胸口，黛玉的眼睛方渐渐的转过来了。探春笑道："想是听见老婆子的话，你疑了心了么？"！黛玉只摇摇头儿。探春道："他是骂他外孙女儿，〔**索隐**〕连点外孙女儿，如矢之有的，并非向空虚发。我刚才也听见了。这种东西，说话再没有一点道理的，他们懂得什么避讳！"

黛玉听了点点头儿，拉着探春的手道："妹妹……"叫了一声，又不言语了。探春又道："你别心烦。我来看你，是姊妹们应该的，你又少人服侍。只要你安心肯吃药，心上把喜欢事儿想想，能够一天一天的硬朗起来，大家依旧结社做诗，岂不好呢？"湘云道："可是三姐姐说的，那么着不乐？"黛玉哽咽道："你们只顾要我喜欢，可怜我那里赶得上这日子，只怕不能够了。"探春道："你这话说的太过了。谁没个病儿灾儿的，那里就想到这里来了？你好生歇歇儿罢，我们到老太太那边，回来再看你。你要什么东西，只管叫紫鹃告诉我。"黛玉流泪道："好妹妹，你到老太太那里只说我请安，身上略有些不好，不是什么大病，也不用老太太烦心的。"探春答应道："我知道，你只管养着罢。"说着，才同湘云出去了。

这里紫鹃扶着黛玉躺在床上，地下诸事自有雪雁照料，自己只守着旁边，看着黛玉，又是心酸，又不敢哭泣。那黛玉闭着眼躺了半晌，那里睡得着。觉得园里头平日只见寂寞。如今躺在床上，偏听得风声、虫鸣声、鸟语声、人走的脚步响声，又像远远的孩子们啼哭声，一阵一阵的聒噪的烦躁起来，因叫紫鹃放下帐子来。雪雁捧了一碗燕窝汤递与紫鹃，紫鹃隔着帐子，轻轻问道："姑娘呷一口汤罢？"黛玉微微应了一声。紫鹃复将汤递给雪雁，自己上来搀扶黛玉坐起，然后接过汤来，搁在唇边试了一试，一手搂着黛玉肩背，一手端着汤送到唇边。黛玉微微睁眼，呷了两三口，便摇摇头儿不呷了。紫鹃仍将碗递给雪雁，轻轻扶黛玉睡下。

静了一时，略觉安顿。只听窗外悄悄说道："紫鹃妹妹在家么？"雪雁连忙出来，见是袭人，因悄悄说道："姐姐屋里坐着。"袭人也便悄悄问道："姑娘怎么着？"一面走，一面雪雁告诉夜间及方才之事。袭人听了这话，也吓怔了，因说道："怪道刚才翠缕到我们那边，说你们姑娘病

《红楼梦》与顺治皇帝的爱情故事

了，吓的宝二爷连忙打发我来看看是怎么样。"正着说，只见紫鹃从里间掀起帘子，望外看见袭人，点头儿叫他。袭人轻轻走过来问道："姑娘睡着了么？"紫鹃点点头儿，问道："姐姐才听见说了？"袭人也点点头儿，蹙着眉道："终久怎么样好呢？那一位昨夜也把我吓了个半死儿！"紫鹃忙问怎么了，袭人道："昨日晚上睡觉还是好好儿的，谁知半夜里一叠连声的喊起心疼来，〔索隐〕写心心相印处，入木三分。嘴里胡说白道，只说好像刀子割了去的似的。直闹到打亮梆子以后才好些了，你说吓人不吓人？今日不能上学，还要请大夫来吃药呢。"

正说着，只听黛玉在帐子里又咳嗽起来，紫鹃连忙过来捧痰盒儿接痰。黛玉微微睁眼问道："你合谁说话呢？"紫鹃道："袭人姐姐来瞧姑娘来了。"说着，袭人已走到床前。黛玉命紫鹃扶起，一手指着床，边让袭人坐下。袭人侧身坐了，连忙陪着笑劝道："姑娘倒还是躺着罢。"黛玉道："不妨，你们快别这样大惊小怪的。刚才是说谁半夜里心疼起来？"〔索隐〕固是卧病人心静，知觉分外锐敏，亦见妃子心中感恩知己，念兹在兹，无时或释也。袭人道："是宝二爷偶然魇住了，不是认真怎么样。"

黛玉会意，知道是袭人怕自己悬心的原故，又感激又伤心。因趁势问道："既是魇住了，不听见他还说什么？"袭人道："也没说什么。"黛玉点点头儿，迟了半日，叹了一声才说道："你们别告诉宝二爷说我不好，看耽搁了他的工夫，又叫老爷生气。"袭人答应了，又劝道："姑娘还是躺躺歇歇罢。"黛玉点头，命紫鹃扶着歪下。袭人不免坐在旁边又宽慰了几句，然后告辞。回到怡红院，只说黛玉身上略觉不受用，也没什么大病，宝玉才放心了。

且说探春、湘云出了潇湘馆，一路往贾母那边来。探春因嘱咐湘云说道："妹妹，回来见了老太太，别像刚才那样冒冒失失的了。"湘云点头笑道："知道了。我头里是被他吓的忘了神了。"说着已，到贾母那边，探春因提起黛玉的病来。贾母听了，自是心烦，因说道："偏是这两个主儿多病多灾的。林丫头一来二去的大了，他这个身子也要紧。我看那孩子太是个心细。"〔索隐〕黛玉为贾母所挚爱，看他渐渐渡入嫌恶一面，语气由亲而疏，由爱而厌，极有分寸。须细心体味，方知其妙。众

第八十三回　省宫闱贾元妃染恙　闹闺阃薛宝钗吞声

人也不敢答言。贾母便向鸳鸯道："你告诉他们，明儿大夫来瞧了宝玉，就叫他到林姑娘那屋里去。"鸳鸯答应着，出来告诉了婆子们，婆子们自去传话。这里探春、湘云就跟着贾母吃了晚饭，然后同回园中去。不提。

到了次日，大夫来了，瞧了宝玉，不过说饭食不调，着了点风邪儿，没大要紧，疏散疏散就好了。这里王夫人、凤姐等一面遣人拿了方子回贾母，一面使人到潇湘馆，告诉说大夫就来了。紫鹃答应了，连忙给黛玉盖好被窝，放下帐子。雪雁赶着收拾房里的东西。

一时贾琏陪着大夫进来了，便说道："这位老爷是常来的，姑娘们不用回避。"老婆子打起帘子，贾琏让着进入房中坐下。贾琏道："紫鹃姐姐，你先把姑娘的病势向王老爷说说。"王大夫道："且慢说！等我诊了脉，听我说了，看是对不对，若有不合的地方，姑娘们再告诉我。"

紫鹃便向帐中扶出黛玉的一只手来，搁在迎手上。紫鹃又把镯子连袖子轻轻的褪上，不叫压住了脉息。那王大夫诊了好一回儿，又换那只手也诊了，便同贾琏出来，到外间屋里坐下，说道："六脉皆弦，因平日郁结所致。"说着，紫鹃也出来站在里间门口。那王大夫便向紫鹃道："这病时常应得头晕，减饮食，多梦，每到五更，必醒过几次。即日间听见，不干自己的事，：也必要动气，且多疑多惧。〔索隐〕四字注意。黛玉之在贾府，疑则有之，惧于何有？此决指董妃言之也。董妃之入宫，或谓明季遗老，如钱牧斋、龚芝麓一流人，皆与其谋，实效夫差进西施之故智。百计物色，始得才色双全、智勇兼备之小琬，足以胜任愉快。当时如皋，迫于公义，只得忍痛割爱，遣之北上。荆卿入秦，白衣祖饯者夹道。风萧萧兮易水寒，壮士一去不复还。生离死别，惨痛无过于是。小琬激于意气，慷慨请行，牺牲一身，用报知己。其所定计，或谓专诸鱼藏之剑，或谓丽华衽席之斧，相机而动，期于得当以报。不谓入宫以后，宠冠六宫，剖臂盟心，诚渝金石，浸寻日久，身当其际者，百炼钢亦化为绕指柔。于是一寸芳心，低徊百折，践誓既无以处新主，背盟又何以报故夫？疑惧交攻，无可如何，乃出于自戕之一策。此钮麂触柱之意也。其遇可伤，其情可悯。以事关暧昧，数百年来讳莫如深，致此一段哀感顽艳之历史，付之水流花谢，踪迹不存。作者表而出之，为史氏一辟异闻，亦为诸人一剖心迹。其内容究竟，仍俟后之论古者搜罗考证

《红楼梦》与顺治皇帝的爱情故事

之,以得其真相之所在,斯可矣。不知者疑为性情乖诞,其实因肝阳亏损,心气衰耗,都是这个病在那里作怪。不知是否?"紫鹃点点头儿,向贾琏道:"说的很是。"王大夫道:"既这样就是了。"说毕起身,同贾琏往外书房去开方子。

小厮们早已预备下一张梅红单贴。王太医吃了茶,因提笔先写道:六脉弦迟,素由积郁。左寸无力,心气已衰。关脉独洪,肝邪偏旺。木气不能疏达,势必上侵脾土。饮食无味,甚至胜所不胜,肺金定受其殃。气不流通,凝而为痰,血随气涌,自然咳吐。理宜疏肝保肺,涵养心脾。虽有补剂,未可骤施。姑拟黑逍遥以开其先,复用归肺固金以继其后。不揣其陋,俟高明裁服。"又将七味药与引子写了。

贾琏拿来看时,问道:"血势上冲,柴胡使得么?"王大夫笑道:"二爷但知柴胡是升提之品,为吐衄所忌。岂知用鳖血拌炒,非柴胡不足宜少阳甲胆之气,以鳖血制之,使其不致升提,且能培养肝阴,制遏邪火。所以《内经》说:'通因通用,塞因塞用'。柴胡用鳖血拌炒,正是'假周勃以安刘'的法子。"〔索隐〕点明柱意,读者须知,此句是一回中之大关目。贾琏点头道:"原来是这么着,这就是了。"王大夫又道:"先请服两剂,再加减,或再换方子罢。我还有一点小事,不能久坐,容日再来请安。"说着,贾琏送了出来,说道:"舍弟的药就是那么着了?"王大夫道:"宝二爷倒没什么大病,大约再吃一剂就好了。"说着,上车而去。

这里贾琏一面叫人抓药,一面回到房中告诉凤姐黛玉的病原与大夫用的药,述了一遍。只见周瑞家的走来,回了几件没要紧的事,贾琏听到一半,便说道:"你回二奶奶罢,我还有事呢。"说着就走了。

周瑞家的回完了这件事,又说道:"我方才到林姑娘那边,看他那个病竟是不好呢。脸上一点血色也没有,摸了摸身上,只剩得一把骨头。问问他,也没有说话,只是流眼泪。回来紫鹃告诉我说:'林姑娘现在病着,要什么自己又不肯要,我打算要问二奶奶那里支用一两个月的月钱。如今吃药虽是公中的,零用也得几个钱'。我答应了他,替他来回奶奶。"凤姐低了半日头,说道:"竟这么着罢,我送他几两银子使罢,也不用告诉林姑娘。这月钱却是不好支的,一个人开了例,要是都支起来,

第八十三回　省宫闱贾元妃染恙　闹闺阃薛宝钗吞声

那如何使得呢。你不记得赵姨娘和三姑娘拌嘴了？也无非为的是月钱。况且，近来你也知道，出去的多，进来的少，总绕不过弯儿来。不知道的，还说我打算的不好，更有那一种嚼舌根的，说我搬运到娘家去了。〔索隐〕豫王当国数年，不无瘠国肥己、贪黩自私、为人所指摘者。周嫂子，你倒是那里经手的人，这个自然还知道些。"

周瑞家的道："真正委屈死人！这样大门头儿，除了奶奶这样心计儿当家罢了。别说是女人当不来，就是三头六臂的男人还撑不住呢，还说这些个混帐话！"说着，又笑了一声道："奶奶还没听见呢，外头的人还更糊涂呢。前儿周瑞回家来，说起外头的人打量着咱们府里不知怎么样有钱呢。也有说'贾府里的银库几间，金库几间，使用的家伙都是金子镶了玉石嵌着的'。〔索隐〕民间对于天家，自有此种疑义。也有说'姑娘做了王妃，自然皇上家的东西分了一半子给娘家。前儿贵妃娘娘省亲回来，我们还亲见他带了几车金银回来，〔索隐〕豫王自江南回，贝子博洛自闽浙回，所括民间财帛，当不可以数计。如此影射，文笔灵敏之至。所以家里收拾摆设的水晶宫似的。那日在庙里还愿，化了几万银子，只算得牛身上拔了一根毛罢了'。〔索隐〕此指拨帑给赈而言。又有人说'他门前的狮子，只怕还是玉石的呢。园子里还有金麒麟，叫人偷了一个去，如今剩下一个了。家里的奶奶、姑娘不用说，就是屋里使唤的姑娘们也是一点儿不动，吃酒下棋弹琴书画，横竖有服侍的人呢。单管穿罗罩纱，吃的戴的，都是人家不认得的。那些哥儿、姐儿们更不用说了，要天上的月亮，也有人去拿下来给他玩玩'。〔索隐〕王公宗室，养尊处优，颐指气使，何尝不是如此？还有歌儿呢，说是'宁国府，荣国府，金银财宝如粪土。吃不穷，穿不穷，算来……'"说到这里，猛然咽住。原来那歌儿说道是"算来总是一场空"。这周瑞家的说溜了嘴，说到这里，忽然想起这话不好，因咽住了。

凤姐儿听了，已明白必是句不好的话了，也不便追问，因说道："那都没要紧，只是这金麒麟的话从何而来？"周瑞家的笑道："就是那庙里的老道士送给宝二爷的小金麒麟儿。后来丢了几天，亏了史姑娘拾着还了他，外头就造出这些谣言来了。奶奶说这些人可笑不可笑？"凤姐道："这些话倒不是可笑，倒是可怕的。〔索隐〕知怕便佳，惜乎其所为怕

《红楼梦》与顺治皇帝的爱情故事

者,止在一时口头。

咱们一日难似一日,外面还是这样讲究。俗语儿说的'人怕出名猪怕壮',况且又是个虚名儿,终久还不知怎么样呢。"

周瑞家的道:"奶奶虑的也是。只是满城里茶坊酒铺儿以及各胡同儿都是这样说,并且不是一年了,那里握的住众人的嘴?"凤姐点点头儿,因叫平儿称了几两银子,递给周瑞家道:"你先拿去交给紫鹃,只说我给他添补买东西的。若要官中的,只管要去,别提这月钱的话。他也是个伶透人,自然明白我的话。我得了空儿,就去瞧姑娘去。"周瑞家的接了银子,答应着自去。不提。

且说贾琏走到外面,只见一个小厮迎上来回道:"大老爷叫二爷说话呢。"贾琏急忙过来,见了贾赦,贾赦道:"方才风闻宫里头传了一个太医院御医、两个吏目去看病,想来不是宫女儿下人了。这几天娘娘宫里有什么信儿没有?"贾琏道:"没有。"贾赦道:"你去问问二老爷和你珍大哥,不然还该叫人去到太医院里打听打听才是。"贾琏答应了,一面吩咐人往太医院去,一面连忙去见贾政、贾珍。贾政听了这话,因问道:"是那里来的风声?"贾琏道:"是大老爷才说的。"贾政道:"你索性和你珍大哥到里头打听打听。"贾琏道:"我已经打发人往太医院打听去了。"一面说着,一面退出来去找贾珍。只见贾珍迎面来了,贾琏忙告诉贾珍。贾珍道:"我正也为听见这话,来回大老爷、二老爷去的。"于是两个人同着来见贾政,贾政道:"如系元妃,少不得终有信的。"说着,贾赦也过来了。

到了晌午,打听的尚未回来。门上人进来回道:"有两个内相在外,要见二位老爷呢。"贾赦道:"请进来。"门上的人领了老公进来。贾赦、贾政迎至二门外,先请了娘娘的安,一面同着进来,走至厅上让了坐。老公道:"前日这里贵妃娘娘有些欠安。昨日奉过旨意,宣召亲丁四人进里头探问。许各带丫头一人,余皆不用。亲丁男人,只许在宫门外递过职名请安听信,不得擅入。准于明日辰巳时进去,申酉时出来。"贾政、贾赦等站着听了旨意,复又坐下,让老公吃茶毕,老公辞了出去。

贾政、贾赦送出大门,回来先禀贾母。贾母道:"亲丁四人,自然是我和你们两位太太了。那一个人呢?"众人也不敢答应,贾母想了想道:

第八十三回　省宫闱贾元妃染恙　闹闺阃薛宝钗吞声

"必得是凤姐儿，他诸事必有照应。你们爷儿们各自商量去罢。"贾赦、贾政答应出来，除派了贾琏、贾蓉看家外，凡文字辈至草字辈一应都去。遂吩咐家人预备四乘绿轿，十余乘大车，明儿黎明伺候。这人答应去了。

贾赦、贾政又进去回明老太太："辰巳时进去，申酉时出来，今日早些歇歇，明日好早些起来收拾进宫"贾母道："我知道，你们去罢。"赦、政等退出。这里邢夫人、王夫人、凤姐儿也都说了一会子元妃的病，又说了些闲话，才各自散了。

次日黎明，各间屋子丫头们将灯火俱已点齐，太太们各梳洗毕，爷们亦各整顿好了。一到卯初，林之孝合赖大进来，至二门口回道："轿车俱已齐备，在门外伺候着呢。"不一时，贾赦、邢夫人也过来了。大家用了早饭。凤姐先扶老太太出来，众人卫随，各带使女一人，缓缓前行，又命李贵等二人先骑马去外宫门接应，自己家眷随后。文字辈至草字辈各自登车骑马，跟着众家人一齐去了。贾琏、贾蓉在家中看家。

且说贾家的车辆轿马俱在外西垣门口歇下等着，一回儿，有两个内监出来说道："贾府省亲的太太、奶奶们，着令入宫探问。爷们内宫门外请安，不得入见。"门上人叫快扶进去。贾府中四乘轿子跟着小内监前行，贾家爷们在轿后步行跟着，令众家人在外等候。走近宫门口，只见几个老公在门上坐着，见他们来了，便站起来说道："贾府爷们至此。"贾赦、贾政便挨次立定。轿子抬至宫门口，便都出了轿。早有几个小内监引路，贾母等各有丫头扶着，步行。走至元妃寝宫，只见金璧辉煌，琉璃照耀。又有两个小宫女儿传谕道："只用请安，一概仪注都免。"贾母等谢了恩，来至床前请安毕，元妃都赐了坐。贾母等又告了坐。元妃便向贾母道："近日身上可好？"贾母扶着小丫头，颤颤巍巍站起来答应道："托娘娘洪福，起居尚健。"元妃又向邢夫人、王夫人问了好，邢、王二夫人站着回了话。元妃又问凤姐家中过的日子若何，凤姐站起来回奏道："尚可支持。"元妃道："这几年来难为你操心。"

凤姐正要站起来回奏，只见一个宫女传进许多职名，请娘娘龙目。元妃看时，就是贾赦、贾政等若干人。那元妃看了职名，眼圈儿一红，止不住流下泪来。宫女儿递过绢子，元妃一面拭泪，一面传谕道："今日稍安，令他们外面暂歇。"贾母等站起来，又谢了恩。元妃含泪道："父

《红楼梦》与顺治皇帝的爱情故事

女弟兄，反不如小家子得以常常亲近。"〔索隐〕此亦作书之微意。贾母等都忍着泪道："娘娘不用悲伤，家中已托着娘娘的福多了。"

元妃又问："宝玉近来若何？"贾母道："近来颇肯念书。因他父亲逼得严紧，如今文字也都做上来了。"元妃道："这样才好。遂命外宫赐宴。便有两个宫女儿、四个小太监引了到一座宫里，已摆得齐整，各按坐次坐了。不必细述。

一时吃完了饭，贾母带着他婆媳三人谢过宴，又耽搁了一回，看看已近酉初，不敢羁留，俱各辞了出来。元妃命宫女儿引道，送至内宫门，门外仍是四个小太监送出。贾母等依旧坐着轿子出来。贾赦接着，大伙儿一齐回去。到家，又要安排明后日进宫，仍令照应齐集。不提。

且说薛家夏金桂赶了薛蟠出去，日间拌嘴没有对头，秋菱又住在宝钗那边去了，只剩得宝蟾一人同住。既给与薛蟠作妾，宝蟾的意气又不比从前了。金桂看去更是一个对头，自己也后悔不来。一日，吃了几杯闷酒躺在炕上，便要借那宝蟾做个醒酒汤儿，因问着宝蟾道："大爷前日出门，到底是到那里去？你自然是知道的了。"宝蟾道："我那里知道？他在奶奶跟前还不说，谁知道他那些事！"金桂冷笑道："如今还有什么奶奶、太太的，都是你们的世界了！别人是惹不得的，有人护庇着，我也不敢去虎头上捉虱子。你还是我的丫头，问你一句话，你就和我摔脸儿说塞话。你既这么有势力，为什么不把我勒死了？你和秋菱，不拘谁做了奶奶，那不清净么？偏我又不死，碍着你们的道儿。"

宝蟾听了这话，那里受得住？便眼睛直直的睬着金桂道："奶奶这些闲话，只好说给别人听去，我并没合奶奶说什么。奶奶不敢惹人家，何苦来拿着我们小软儿出气呢！正经的，奶奶又装听不见，没事人的一大堆了。"说着，便哭天哭地起来。金桂越发性起，便爬下炕来要打宝蟾。宝蟾也是夏家的风气，半点儿不让。金桂将桌椅杯盏尽行打翻，那宝蟾只管喊冤叫屈，那里理会他半点儿？

岂知薛姨妈在宝钗房中听见如此吵闹，叫秋菱："你去瞧瞧，且劝劝他。"宝钗道："使不得，妈妈别叫他去。他去了岂能劝他？那更是火上浇了油了！"薛姨妈道："既这么样，我自己过去。"宝钗道："依我说，妈妈也不用去，由着他们闹去罢。这也是没法的事了。"薛姨妈道："这

第八十三回　省宫闱贾元妃染恙　闹闺阃薛宝钗吞声

那里还了得！"说着，自己扶了丫头往金桂这边来，宝钗只得也跟着过去，又嘱咐秋菱道："你在这里罢。"

母女同至金桂房门口，听见里头正还哭闹不止。薛姨妈道："你们是怎么着？又这样家翻宅乱起来，这还像个人家儿么？矮墙浅屋的，难道都不怕亲戚们听见笑话了么？"金桂屋里接声道："我倒怕人笑话呢！只是这里扫帚颠倒竖，也没有主子，也没有奴才，也没有妻，没有妾，是个混帐世界了。我们夏家门子里，没有过这样规矩，实在受不得你们家这样委屈了！"〔索隐〕掩卷想来，的是三桂当日口吻。所谓我们夏家者，即明室也。所谓没有主子、没有奴才、混帐世界者，即清初沾满洲旧俗、事多颠倒失常也。受不了这样委屈，则其蓄意思反已非一朝。

宝钗道："大嫂子，妈妈因听见闹得慌才过来的。就是问的急了些，没有分清'奶奶'、'宝蟾'两字，也没有什么。如今且先把事情说开，大家和和气气的过日子，也省的妈妈天天为咱们操心。"那薛姨妈道："是啊，先把事情说开了，你再问我的不是还不迟呢。"金桂道："好姑娘，好姑娘，你是个大贤大德的。你日后必定有个好人家，好女婿，决不像我这样守活寡，举眼无亲，叫人家骑上头来欺侮的。我是个没心眼儿的人，只求姑娘，我说话别往死里挑捡，我从小儿到如今，没有爹娘教导。再者，我们屋里老婆、汉子、大女人、小女人的事，姑娘也管不得！"

宝钗听了这话，又是羞又是气，见他母亲这样光景，又是疼不过，因忍了气说道："大嫂子，我劝你少说句儿罢。谁挑捡你？又是谁欺侮你？不要说是嫂子，就是秋菱，我也从来没有加他一点声气儿的。"金桂听了这几句话，更加拍着炕沿大哭起来说："我那里比得秋菱？连他脚底下的泥我还跟不上呢！他是来久了的，知道姑娘的心事，又会献勤儿。〔索隐〕此秋菱当指旗籍某人而言。清初待遇诸臣，满、汉界限，其不平等更甚于季世。我是新来的，又不会献勤儿，如何拿我比他？何苦来，天下有几个都是贵妃命，行点好儿罢！别修得像我嫁个糊涂行子守活寡，那就是活活儿的现世报了。"

薛姨妈听到那里，万分气不过，便站起身来道："不是我护着自己的女孩儿，他句句劝你，你却句句怄他。你有什么过不去，不要寻他，勒

《红楼梦》与顺治皇帝的爱情故事

死我倒也是稀松的!"宝钗忙劝道:"妈妈,你老人家不用动气。咱们既到这里来劝他,自己生气,倒多了层气,不如且出去,等嫂子歇歇儿再说。"因吩咐宝蟾道:"你可别再多嘴了。"跟了薛姨妈出得房来。

走过院子里,只见贾母身边的丫头同着秋菱迎面走来。薛姨妈道:"你从那里来?老太太身上可安?"那丫头道:"老太太身上好,叫来请姨太太安,还谢谢前儿的荔枝,还给琴姑娘道喜。"宝钗道:"你多早晚来的?"那丫头道:来了好一会子了。"薛姨妈料他知道,〔**索隐**〕滇中反状,至是已透露消息。红着脸说道:"这如今我们家里闹得,也不像个过日子的人家了,叫你们那边听见笑话。"丫头道:"姨太太说那里的话,谁家没个碟大碗小磕着碰着的呢?那是姨太太多心罢咧。"说着,跟了同到薛姨妈房中,略坐了一回就去了。

宝钗正嘱咐秋菱些话,只听薛姨妈忽然叫道:"左胁疼痛得很。"说着便向炕下躺下,吓得宝钗、秋菱二人手足无措。要知后事如何,下回分解。

〔**索隐**〕此回共分一大段两小段:自开首起至"答应着自去不提"为一大段,承接上回,述黛玉之病况。看是与回目无关一段闲笔,而暗中补叙绝大事实。董妃所以入宫及其所以致死之由,于医生诊脉中流露,深得虚者实之、实者虚之之笔法。"假周勃以安刘"句,尤为全文筋节,随笔带出,若有意若无意,高超之至。眼光拙钝者,那得不被其瞒过?自"且说贾琏走到外面"起,至"仍令照应齐集不提"为一小段。以下至本回完毕,又为一小段;皆依回目铺叙,而下一段尤有关系。

三桂在滇,清庭畏其声势,听其辟官置属,树权植党,不敢稍加裁抑,冀以苟安于一时,而威信日漓,愈失中央之信用,日渐月积,养成尾大不掉之势。金桂之在薛家,情势相同,实为一绝妙小影。此回述其跋扈之状,业已昭著,消息达于中央,尚无一定对付之法;所以糜烂及于七行省,割据竟至二十年。谁为为之,亦可哂矣。

〔**护花评**〕写黛玉病中所见所闻,无不触心刺耳,真有风声鹤

第八十三回　省宫闱贾元妃染恙　闹闺阃薛宝钗吞声

唳、草木皆兵境况。

又：王大夫药案，黛玉已是不起之症。临行向贾琏说"宝二爷没有什么大病"，意在言外。

又：以黛玉患病，引出元妃有恙。又：写金桂撒泼，越显出宝钗涵养。有枯枝生干、双管齐下之妙。

〔**大某评**〕此回与上回接写一时事。

第八十四回 试文字宝玉始提亲
　　　　　　　探惊风贾环重结怨

　　却说薛姨妈一时因被金桂这场气怄得肝气上逆，左胁作痛。宝钗明知是这个原故，也等不及医生来看，先叫人去买了几钱钩藤来，浓浓的煎了一碗，给他母亲吃了。又和秋菱给薛姨妈捶腿揉胸，停了一会儿，略略安顿。

　　这薛姨妈只是又悲又气，气的是金桂撒泼，悲的是宝钗有涵养，倒觉可怜。宝钗又劝了一回，不知不觉的睡了一觉，肝气也渐渐平复了。宝钗便说道："妈妈，你这种闲气不要放在心才好。过几天走得动了，乐得往那边老太太、姨妈处去说说话儿，散散闷也好。家里横竖有我和秋菱照看着，谅他不敢怎么样。"薛姨妈点点头儿道："过两日看罢了。"

　　且说元妃疾愈之后，家中俱各喜欢。过了几日，有几个老公走来，带着东西银两，宣贵妃娘娘之命，因家中省问勤劳，俱有赏赐，把物件银两一一交代清楚。贾赦、贾政等禀明了贾母，一齐谢恩毕，太监吃了茶去了。大家回到贾母房中，说笑了一回。外面老婆子传进来说："小厮们来回道，那边有人请大老爷说要紧的话呢。"贾母便向贾赦道："你去罢。"贾赦答应着退出来自去了。

　　这里贾母忽然想起，合贾政笑道："娘娘心里，却着实挂记着宝玉，前儿还特特的问他来着呢。"贾政陪笑道："只是宝玉不大肯念书，辜负了娘娘的美意。"贾母道："我倒给他上了个好儿，说他近日文章都做上来了。"贾政笑道："那里能像老太太的话呢？"贾母道："你们时常叫他出去作诗作文，难道他都没作上来么？小孩子家慢慢的教导他，可是人家说的'胖子也不是一口儿吃的'。"贾政听了这话，忙陪笑道："老太太说的是。"

第八十四回　试文字宝玉始提亲　探惊风贾环重结怨

贾母又道："提起宝玉，我还有一件事和你商量，如今他也大了，你们也该留神，看一个好女子给他定下，这也是他终身的大事。也别论远近亲戚，什么穷啊富的，只要深知那姑娘的脾性儿好，模样儿周正的就好。"贾政道："老太太吩咐的很是。但只一件，姑娘也要好，第一要他自己学好才好，不然，不稂不莠的，反觉耽误了人家的女孩儿，岂不可惜！"贾母听了这话，心里却有些不喜欢，便说道："论起来，现放着你们作父母的，那里用我去操心？但只我想，宝玉这孩子从小儿跟着我，未免多疼着一点儿，耽误了他成人的正事也是有的。只是我看他那生来的模样儿也还齐整，心性儿也还实在，未必一定是那种没出息的，必致糟蹋了人家的女孩儿。也不知是我偏心，我看着横竖比环儿略好些，〔索隐〕此回又入康熙诸子争位夺嫡事。所谓"比环儿略好些者"盖当时偏爱护短之言。不知你们看着怎么样？"

几句话说得贾政心中甚实不安，连忙陪笑道："老太太看的人也多了，既说他好有造化的，想来是不错。只是儿子望他成人，性儿太急了一点，或者竟合古人的话相反，倒是'莫知其子之美'了。"〔索隐〕此句为全回筋节，盖含有两层意义：自反面言之，则宫中诸子魔魇诅咒，倾轧构陷，手段之变幻，心术之险恶，为历来史册所仅见。膝前兰玉，分枝竞爽，得毋有美而不知；以正面言之，当日废嫡手诏，谓其有神经病，操刀杀人，为鬼魅所附，备极丑诋。其实纣之不善，不如是之甚。玩"倒是"二字，神味隽永，极言语之妙。

一句话把贾母也怄笑了，众人也都陪着笑了。贾母因说道："你这会子也有了几岁年纪，又居着官，自然越历练越老成。"说到这里，回头瞧着邢夫人合王夫人笑道："想他那年轻的时候，那一种古怪脾气，比宝玉还加一倍呢。直等娶了媳妇，才略略的懂了些人事儿。如今只抱怨宝玉，这会子我看宝玉比他还略体些人情儿呢。"〔索隐〕圣主幼冲时，其憨赖情形，亦可想见。曰娶了媳妇者，指即位以后言之也。说的邢夫人、王夫人都笑了，因说道："老太太又说起逗笑儿的话儿来了。"

说着，小丫头儿们进来告诉鸳鸯："请示老太太，晚饭伺候下了。"贾母便问：'"你们又咕咕唧唧的说什么？"鸳鸯笑着回明了。贾母道："那么着，你们也都吃饭去罢，单留凤姐儿和珍哥媳妇跟着我吃罢。"贾

《红楼梦》与顺治皇帝的爱情故事

政及邢、王二夫人都答应着,伺候摆上饭来。贾母又催了一遍,才都退出各散。

却说邢夫人自去了,贾政同王夫人进入房中。贾政因提起贾母方才的话来,说道:"老太太这样疼宝玉,毕竟要他有些实学,日后可以混得功名才好。不枉老太太疼他一场,也不至糟蹋了人家的女儿。"王夫人道:"老爷这话,自然是该当的。"贾政因着个屋里的丫头传出来,"告诉李贵:'宝玉放学回来,索性吃饭后再叫他过来,说我还要问他话呢。'"李贵答应了"是"。

至宝玉放了学,刚要过来请安,只见李贵道:"二爷先不用过去。老爷吩咐了,今日宝二爷吃了饭再过去罢,听见还有话问二爷呢。"宝玉听了这话,又是一个闷雷。只得见过贾母便回园吃饭。三口两口吃完,忙漱了口,便往贾政这边来。

贾政此时在内书房坐着,宝玉进来请了安,一旁侍立。贾政问道:"这几日我心上有事,也忘了问你。那一日你说你师父叫你讲一个月的书,就要给你开笔。如今算来将两个月了,你到底开了笔没有?"宝玉道:"才做过三次。师父说:且不必回老爷知道,等好些再回老爷知道罢,因此这两天总没敢回。"贾政道:"是什么题目?"宝玉道:"一个是'吾十有五而志于学',一个是'人不知而不愠',一个是'则归墨'三字。"〔**索隐**〕三题中,以末一题为主脑。不归杨则归墨,喻其时大势所趋,彼此不并立。贾政道:"都有稿儿么?"宝玉道:"都是作了抄出来,师父又改的。"贾政道:"你带了家来么,还是在学房里呢?"宝玉道:"在学房里。"贾政道:"叫人取了来我瞧。"宝玉连忙叫人传话与焙茗:"叫他往学房中去,我书桌子抽屉里,有一本薄薄儿竹纸本子,上面写着'窗课'两字的就是,快拿来。"

一会儿,焙茗拿来了递给宝玉,宝玉呈与贾政。贾政翻开看时,见头一篇写着题目是"吾十有五而志于学"。他原本破的是"圣人有志于学,幼而已然矣"。代儒却将"幼"字抹去,明用"十五"。贾政道:"你原本'幼'字,便扣不清题目了。'幼'字,自从小起至十六以前都是'幼'。这章书,是圣人自言学问工夫与年俱进的话,所以十五、三十、四十、五十、六十、七十俱要明点出来,才见得到了几时有这个

第八十四回　试文字宝玉始提亲　探惊风贾环重结怨

光景，到了几时又有那么个光景。师父把你'幼'字改了'十五'，便明白了好些。"看到承题，那抹去的原本云"夫不志于学，人之常也"。贾政摇头道："不但是孩子气，可见你本性不是个学者的志气。"又看后句"圣人十五而志之，不亦难乎？"说道："这更不成话了。"然后看代儒的改本云："夫人孰不学？而志于学者卒鲜。此圣人所为自信于十五时欤？"便问"改的懂得么？"宝玉答应道："懂得。"

又看第二篇，题目是"人不知而不愠"，便先看代儒的改本云："不以不知而愠者，终无改其悦乐矣。"方觑着眼看那抹去底本的，说道："你是什么'能无愠人之心，纯乎学者也'，上一句似单做了'而不愠'三个字的题目，下一句又犯了下文君子的分界。必如改笔才合题位呢。且下句找清上文，方是书理。须要细心领略。"宝玉答应着。贾政又往下看，"夫不知，未有不愠者也，而竟不然，是非由悦而乐者，曷克臻此？"原本末句"非纯学者乎。"贾政道："这也与破题同病的。这改的也罢了，不过清楚，还说得去。"

第三篇是"则归墨"，贾政看了题目，自己扬着头想了一想，因向宝玉道："你的书讲到这里了么？"宝玉道："师父说《孟子》好懂些，所以倒先讲《孟子》，前几日已讲完了。如今才讲《论语》呢。"贾政因看这个破承题倒没改。破题云："言于舍杨之外，若别无所归者焉"。贾政道："第二句倒难为你。""夫墨，非欲归者也，而墨之言已半天下矣，则舍杨之外欲不归于墨得乎？"〔索隐〕一破一承，显豁呈露。当日群谋夺嫡，虽各树党援，人人有逐鹿之思，而竞争最力者，实止允禩允禛二子。既推翻允禩，则皇位势必为允禛所据。然允禛阴谋篡袭，亦非人心所归往，特以其势力已固，无可抵抗。玩语意自见。贾政道："这是你做的么？"宝玉答应道："是。"贾政点点头儿，因说道："这也并没有什么出色之处，但初度笔者能如此，还算不离。前年我在任上时，还出过'惟士为能'这个题目。那些童生都读过前人这篇，不能自出心裁，每多抄袭。你念过没有？"宝玉道："念过。"贾政道："我要你另换个主意，不许雷同了前人。只做个破题也使得。"

宝玉只得答应着，低了头搜索枯肠。贾政背着手，也在门口站着作想。只见一个小厮往外飞走，看见贾政，连忙垂手站住。贾政侧身便问

《红楼梦》与顺治皇帝的爱情故事

道:"作什么?"小厮回道:"老太太那边姨太太来了,二奶奶传出话来叫预备饭呢。"贾政听了,也没有说。那小厮自去了。谁知宝玉自从宝钗搬回家去,十分想念,听见薛姨妈来了,只当宝钗同来,心中早已忙了,便放着胆子回道:"破题便作了一个,但不知是不是?"贾政道:"你念来我听。"宝玉念道:"天下不皆士也,能无恒产者亦仅矣。"〔索隐〕皇位则一,觊觎者纷纷。清世虽不立储,迄无法以善其后。

贾政听了,点着头道:"也还使得。以后作文,总要把界限分清,把神理想明白了,再去动笔。你来的时候,老太太知道不知道?"宝玉道:"知道的。"贾政道:"既如此,你还到老太太处去罢。"宝玉答应了个"是",只得拿捏着慢慢的退出。刚过穿廊月洞门的影屏,便一溜烟跑到老太太院门口。急得焙茗在后头赶着叫:"看跌倒了!老爷来了!"宝玉那里听得见。刚进得门来,便听见王夫人、凤姐、探春等笑语之声。

丫头们见宝玉来了,连忙打起帘子,悄悄告诉道:"姨太太在这里呢。"宝玉赶忙进来给薛姨妈请安,过来才给贾母请了晚安。贾母便问:"你今儿怎么这早晚才散学?"宝玉悉把贾政看文章并命作破题的话述了一遍。贾母笑容满面。宝玉因问众人道:"宝姐姐在那里坐着呢?"薛姨妈笑道:"你宝姐姐没过来,家里和香菱作活呢。"

宝玉听了,心中索然,又不好就走。只见说着话儿已摆上饭来了,自然是薛姨妈、贾母上坐,探春等陪坐。薛姨妈道:"宝哥儿呢?"贾母忙笑说道:"宝玉跟着我这边坐罢。"宝玉连忙回道:"头里散学时,李贵传老爷的话,叫吃了饭过去。我赶着要了一碟菜,泡茶吃了一碗饭,就过去了。老太太和姨妈、姐姐们用罢。"贾母道:"既这么着,凤丫头就过来跟着我。你太太才说他今儿吃斋,叫他们自己吃去罢。"王夫人也道:"你跟着老太太姨太太吃罢,不用等我,我吃斋呢。"于是凤姐告了坐,丫头安了杯箸,凤姐执壶斟了一巡才归坐。

大家吃着酒,贾母便问道:"可是才姨太太提香菱,我听见前儿丫头们说秋菱,不知是谁,问起来才知道是他。怎么那孩子好好的又改了名字呢?"薛姨妈满脸飞红,叹了口气道:"老太太再别提起。自从蟠儿娶了这个不知好歹的媳妇,成日家要淘气,如今闹的也不成个人家了。我也说过他几次,他牛心不听说,我也没那么大精神和他们尽着吵去,

第八十四回　试文字宝玉始提亲　探惊风贾环重结怨

只好由他们去。可不是他嫌这丫头的名儿不好改的。"贾母道:"名儿什么要紧的事呢?"薛姨妈道:"说起来我也怪臊的,其实老太太这边有什么不知道的?他那里是为这名儿不好,听见说他因为是宝丫头起的,他才有心要改。"贾母道:"这是什么原故呢?"

薛姨妈把手绢子不住的擦眼泪,未曾说,又叹了一口气道:"老太太还不知道呢!这如今媳妇儿专和宝丫头怄气。前日老太太打发人看我去,我们家里正闹呢。"贾母连忙接着问道:"可是前儿听见姨太太肝气疼,要打发人看去。后来听见说好了,所以没着人去。依我劝,姨太太竟把他们别放在心上。再者,他们也是新过门的小夫妻,过些时自然就好了。我看宝丫头性格儿温厚平和,虽然年轻,比大人还长几倍呢。前日那小丫头子回来说,我们这边还都赞叹了他一会子。都像宝丫头那样心胸儿、脾气儿,真是百里挑一的。不是我说句冒失话,若给了人家作了媳妇儿,怎么叫公婆不疼?家里上上下下的不宾服呢?"

宝玉头里已经听烦了,推故要走,及听见这话,又坐了呆呆的往下听。〔索隐〕诛心之笔。薛姨妈道:"不中用。他虽好,到底是女孩儿家。养了蟠儿这个糊涂孩子,真真叫我不放心,只怕在外头吃点子酒闹出事来。幸亏老太太这里的大爷、二爷常和他在一块儿,我还放点儿心。"宝玉听到这里便接口道:"姨妈更不用悬心。薛大哥相好的,都是些正经买卖大客人,都是有体面的,那里就闹出事来?"薛姨妈笑道:"依你这样说,我敢只不用操心了。"说话间,饭已吃完。宝玉先告辞了,晚间还要看书,便各自去了。

这里丫头们刚捧上茶来,只见琥珀走过来向贾母耳朵旁边说了几句,贾母便向凤姐儿道:"你快去罢,瞧瞧巧姐儿去罢。"凤姐听了还不知何故,大家也怔了。琥珀遂过来向凤姐道:"刚才平儿打发小丫头来回二奶奶,说巧姐儿身上不大好,请二奶奶忙着些过来才好呢。"贾母因说道:"你快去罢!姨太太也不是外人。"凤姐连忙答应,在薛姨妈跟前告了辞。又见王夫人说道:"你先过去,我就来。小孩子家魂儿还不全呢,别叫丫头们大惊小怪,屋里的猫儿、狗儿,也叫他们留点神儿。〔索隐〕仍补叙魇魔一节。尽着孩子贵气,偏有这些琐碎。"凤姐答应了,然后带了小丫头回房去了。

《红楼梦》与顺治皇帝的爱情故事

这里薛姨妈又问了一回黛玉的病。贾母道："林丫头那孩子倒罢了，只是心重些，所以身子就不大结实了。要赌这灵性儿，也合宝丫头不差什么。要赌宽厚待人里头，却不济他宝姐姐有耽待有尽让了。"薛姨妈又说了两句闲话儿，便道："老太太歇着罢。我也要到家里去看看，只剩下宝丫头和香菱了。打那么同着姨太太看看巧姐儿。"贾母道："正是。姨太太上年纪的人，看看是怎么不好，说给他们也得点主意儿。"薛姨妈便告辞，同着王夫人出来，往凤姐院里去了。

却说贾政试了宝玉一番，心里却也喜欢，走向外面和那些门客闲谈。说起方才的话来，便有新近到来最善下棋的一个王尔调名作梅的说道："据我们看来，宝二爷的学问已是大进了。"贾政道："那有进益！不过略懂得些罢了，学问两个字，早得很呢。"詹光道："这是老世翁过谦的话。不但王大兄这般说，就是我们看，宝二爷必定要高发的。"贾政笑道："这也是诸位过爱的意思。"那王尔调又道："晚生还有一句话，不揣冒昧，合老世翁商议。"贾政道："什么事？"王尔调又陪笑道："也是晚生相与的，做过南韶道的张大爷家有一位小姐，说是生得德容言工俱全，此时尚未受聘。他又没有儿子，家资巨万，但是要富贵双全的人家，女婿又要出众，才肯作亲。晚生来了两个月，瞧着宝二爷的人品学业都是必要大成的，老世翁这样门楣，还有何说？若晚生过去，包管一说就成。"贾政道："宝玉说亲却也年纪了，并且老太太常说起，但只张大老爷素来尚未深悉。"詹光道："王兄所提张家，晚生却也知道。况合大老爷那边是旧亲，老世翁一问便知。"

贾政想了一回，道："大老爷那边，不曾听得这门亲戚。"詹光道："老世翁原来不知，这张府上本原和邢舅太爷那边有亲的。"贾政听了，方知是邢太太的亲戚。坐了一回进来了，便要向王夫人说知，转问邢夫人去。谁知王夫人陪了薛姨妈到凤姐那边看巧姐儿去了。那天已经掌灯时候，薛姨妈去了，王夫人才过来了。贾政告诉了王尔调和詹光的话，又问巧姐儿怎么了。王夫人道："怕是惊风的光景。"〔索隐〕用惊风相映，照应贴切。贾政道："不甚利害么？"王夫人道："看着是搐风的来头，只还没搐出来呢。"贾政听了便不言语，各自安歇。一宿晚景不提。

却说次日邢夫人过贾母这边来请安，王夫人便提起张家的事，一面

第八十四回　试文字宝玉始提亲　探惊风贾环重结怨

回贾母,一面问邢夫人。邢夫人道:"这张家虽系老亲,但近年来久已不通音信,不知他家的姑娘是怎么样的。倒是前日孙亲家太太打发老婆子来问安,却说这张家的事,说他家有个姑娘,托孙亲家那边有对劲的提一提。听见说只这一个女孩儿,十分娇养,也识得几个字儿,见不得大阵儿,常在房中不出来的。张大老爷又说只有这一个女孩儿,不肯嫁出去,怕人家公婆严,姑娘受不起委屈,必要女婿过门赘在他家,给他料理些家事。"

贾母听到这里,不等说完便道:"这断使不得。我们宝玉别人服侍他还不够呢,倒给人家当家去!"〔索隐〕纷扰最剧烈时,御史张某曾献分藩之策,圣祖不能用。此段外赘之说所由来也。邢夫人道:"正是老太太这个话。"贾母因向王夫人道:"你回来告诉你老爷,就说我的话,这张家的亲事,是做不得的。"王夫人答应了。

贾母便问:"你们昨日看看姐儿怎么样?头里平儿来回我说很不大好,我也要过去看看呢。"邢、王二夫人道:"老太太虽疼他,他那里担得住?"贾母道:"却也不止为他,我也要走动走动,活活筋骨儿。"说着便吩咐:"你们吃饭去罢,回来同我过去。"邢、王二夫人答应着出来,各自去了。

一时吃了饭,都来陪贾母到凤姐房中。凤姐连忙出来接了进去。贾母便问巧姐儿到底怎么样,凤姐儿道:"只怕是搐风的来头。"贾母道:"这么着,还不请人赶着瞧?"凤姐道:"已经请去了。"贾母因同邢、王二夫人进房来看,只见奶子抱着,用桃红绫子小棉被儿裹着,脸皮发青,眉梢鼻翅微有动意。贾母同邢、王二夫人看了看,便出外间坐下。

正说间,只见一个小丫头回凤姐道:"老爷打发人问姐儿怎么样。"凤姐道:"替我回老爷,就说请大夫去了。一会儿开了方子就过去回老爷。"贾母忽然想起张家的事来,向王夫人道:"你该就去告诉你老爷,省得人家去说了,回来又驳回。"又问邢夫人道:"你们和张家,如今为什么不走动了?"邢夫人因又说:"论起那张家的行事,也难合咱们作亲,太啬克,没的玷辱了宝玉。"凤姐听这话,已知八九,便问道:"太太不是说宝兄弟的亲事?"邢夫人道:"可不是么。"贾母接着因把刚才的话告诉凤姐。凤姐笑道:"不是我当着老祖宗、太太们跟前说句大胆的话,现放着天配的姻缘,何用别处去找?"贾母笑问道:"在那里?"凤姐道:"一个'宝玉',一个'金锁',老太太怎么忘了?"贾母笑了一笑,因说:"昨日你姨妈在这里,你怎么倒不提?"。凤姐道:"老祖宗和太太们在前头,那里有我们小孩子家说话的地方儿?况且姨妈过来瞧老祖宗,怎么提这些个?这也得太太们过去求亲才是。"

贾母笑了,邢、王二夫人都也笑了。贾母因道:"可是我背晦了。"说着,人回:"大夫来了。"贾母便坐在外间,邢、王二夫人略避。那大夫同贾琏进来,给贾母请了安,方进房中。看了出来,站在地下躬身回贾母道:"妞儿是一半内热,一半是惊风。须用一剂发散风痰药,还要用四神散才好,因病势来得不轻,如今的牛黄都是假的,要找真牛黄方用得。"〔**索隐**〕牛黄为清心之药。诸子皆失心病狂,太子又传称有疯疾,对症发药,非牛黄不可,非真牛黄不可。贾母道了乏,那大夫同贾琏出去开了方子去了。

凤姐道:"人参家里常有,这牛黄倒怕未必有。外头买去,只是要真的才好。"王夫人道:"等我打发人到姨太太那边去找找,他家蟠儿是向与那些西客们做买卖,或者有真的也未可知。我叫人去问问。"正说话间,众姊妹都来瞧了,坐了一回,也都跟着贾母等去了。

这里煎了药给姐儿灌了下去,只是咯了一声,连药带痰都吐出来,凤姐儿略放了一点儿心。只见王夫人那边的小丫头拿着一点儿的小红纸包儿说道:"二奶奶,牛黄有了。太太说的,叫二奶奶亲自把分两对准了呢。"凤姐答应着接过来,便叫平儿:"配齐了真珠、冰片、朱砂,快熬起来。"自己用戥子按方秤了,搋在里面,等巧姐儿醒了好给他吃。只见贾环掀帘进来说:"二姐姐,你们巧姐儿怎么了?妈叫我来瞧瞧他。"〔**索隐**〕太平原评:此种口吻,令人叫绝。读《红楼》者,于极平淡处仔细玩味,便识其笔墨之妙。伧夫粗心,辜负此书不少。凤姐见了他母子便嫌,说:"好些了。你回去说,叫你们姨娘想着。"

那贾环口里答应,只管各处瞧看。看了一回,便问凤姐儿道:"你这里听得说有牛黄,不知牛黄是怎么个样儿,给我瞧瞧呢。"凤姐道:"你别在这里闹了,姐儿才好些。那牛黄都煎上了。"贾环听了,便去伸手拿那罐子瞧时,岂知措手不及,"沸"的一声,罐子倒了,火已泼灭了一

第八十四回　试文字宝玉始提亲　探惊风贾环重结怨

半。贾环见不是事，自觉没趣，连忙跑了。凤姐气的火星直爆，骂道："真真那一世的对头冤家！你何苦来！还来使促狭，从前你妈要想害我，如今又来害姐儿。我和你几辈子的仇呢！"一面骂平儿不照应。

正骂着，只见丫头来找贾环。凤姐道："你去告诉赵姨娘，说他操心也太苦了。巧姐儿死定了，不用他想着了！"〔索隐〕贾环倾泼药罐，暗射康熙末年诸子协谋允礽，必置之死地而后已，故云"巧姐儿死定了"。言外自见。平儿急忙在那里配定再熬。那丫头摸不着头脑，便悄悄问平儿道："二奶奶为什么生气？"平儿将环哥弄倒药罐子说了一遍。丫头道："怪不得他不敢回来，躲了别处去了。这环哥儿明日还不知怎么样呢。平姐姐，我替你收拾罢。"平儿说："这倒不消。幸亏牛黄还有一点，如今配好了，你去罢。"丫头道："我一准回去告诉赵姨奶奶，也省得他天天说嘴。"

丫头回去，果然告诉了赵姨娘。赵姨娘气的叫："快找环儿！"。贾环在外间房子里躲着，被丫头找了来。赵姨娘便骂道："你这个下作种子！你为什么弄泼了人家的药，招的人家咒骂。我原叫你去问一声，不用进去。你偏进去，又不就走，还要虎头上捉虱子。你看我回了老爷，打你不打！"这时赵姨娘正说着，只听贾环在外间屋子里，更说出些惊心动魄的话来。〔索隐〕此种兄弟、父子自相残贼之事，人伦之大变。以惊心动魄的话收煞，恰合。未知何言，下回分解。

〔索隐〕此回亦雪芹补文。大致以提亲为建储之意，结怨为夺嫡之意，故回中于提亲一节，插入巧姐生病之后，以见所写两事，实为一事，苦心斟酌，惟恐后人不会其意。

按：《清史》康熙十四年，立第二子允礽为太子，四十七年，以不类己而废之，幽禁咸安宫。次年复立之，五十一年仍废黜禁锢，他子亦不立。及六十一年冬，将赴南苑行猎，适疾作，回驻畅春园，暴崩，皇位遂为四子允禛所占，即世宗也。相传圣祖遗诏，本传位十四皇子。十四皇子者，允䄉也，贤明英毅，尝奉命出征准部，甚得西北人心。世宗侦得遗诏所在，私改"十"字为"第"字，或云"于"字，遂以一人入畅春园侍疾。有顷，传言驾崩。允祯出告百官，谓已奉诏册立矣。其中情事，暧昧纠纷，野中传言不一。广阅诸家纪载，自知其样。

全回共分五小段：自开首起，至"过两日看罢了"，结束上回，仍与第四段中自相呼应；以下至"才都退出各散"为第二段，评论宝玉，为试文字之起脉，而其注重之点，在引出"莫知其子之美"一句，剔醒所伏之事实；以下至"慢慢的退出"为第三段，试文字之正文，其注意在引出"则归墨"之破承文，再剔醒之；以下至"往凤姐院里去了"为第四段，入巧姐患病，兼叙提亲正文，补叙金桂撒泼。向来此书于回目两句，皆分两截描写，此独插入一处，纠互交缠，如环之转，为书中变格，亦作者特意经营处；以下至本回完毕为第五段，下半重结怨之正文，"操心太苦"数句，是点睛处。即以表面文法论，有伏笔，有应笔，有补笔，有逗起笔，有穿插笔，文心极细，为雪芹矜心作意文字。

〔护花评〕宝玉诗词、联对、灯谜俱已做过，惟八股未曾讲究，若不一试，将来中举便无根脚，故于再入家塾后，专写制艺一层。

又：以张家亲事衬出宝钗，文情曲折舒徐。

又：宝钗亲事，于巧姐病中说起，是以成亲亦在宝玉病中，作者暗以伏笔作谶兆。

又：贾环因巧姐而结怨，为将来串卖之根由。

〔大某评〕此回仍是甲寅年秋间事。

第八十五回　贾存周报升郎中任
　　　　　　薛文起复惹放流刑

　　说话赵姨娘正在屋里抱怨贾环,只听贾环在外间屋里发话道:"我不过弄倒了药罐子,泼了一点子药,那丫头又没就死了,值的他也骂我,你也骂我,赖我心坏,把我往死里糟蹋。等着我明儿还要那小丫头儿的命呢,看你们怎么着!只叫他们提防就是了!"〔索隐〕当日谋害之举,或竟扬言不讳。

　　那赵姨娘赶忙从里间出来,握住他的嘴说道:"你还只管信口胡说,还叫人家先要了我的命呢!"娘儿两个吵了一回。赵姨娘听见凤姐的话,越想越气,也不着人来安慰凤姐一声儿。过了几天,巧姐儿也好了。因此两边结怨比从前更加一层了。

　　一日,林之孝进来回道:"今日是北静郡王生日,请老爷的示下。"贾政盼咐道:"只按向年旧例办了,回大老爷知道,送去就是了。"林之孝答应了,自去办理。

　　不一时,贾赦过来同贾政商议,带了贾珍、贾琏、宝玉去与北静王拜寿。别人还不理论,惟有宝玉,素日仰慕北静王的容貌威仪,巴不得常见才好,遂连忙换了衣服,跟着来到北府。贾赦、贾政递了职名候谕。

　　不多时,里面出来了一个太监,手里掐着数珠儿,见了贾赦、贾政,笑嘻嘻的说道:"二位老爷好!"贾赦、贾政也都赶忙问好,他兄弟三人也过来问好。那太监道:"王爷叫请进去呢。"

　　于是爷儿五个,跟着那太监进入府中,过了两层门,转过一层殿去,里面方是内宫门。刚到门前,大家站住,那太监先进去回王爷去了。这里门上小太监都迎着问了好。一时那太监出来说了个"请"字,爷儿五个肃敬跟入。只见北静郡王穿着礼服,已迎到殿门廊下。贾赦、贾政先

《红楼梦》与顺治皇帝的爱情故事

上来请安,挨次便是珍、琏、宝玉请安。那北静郡王单看宝玉道:"我久不见你,很挂记你。"因又笑问道:"你那块玉儿好?"〔索隐〕宝玉口衔之玉,本指传国玺而言,其上之"莫失莫忘,仙寿恒昌"八字,即"受命于天,既寿永昌"之代文也。此回前段,接写世宗入承大统一事,北静王者,隐喻内大臣隆科多。康熙仓猝驾崩,大臣承顾命者,惟隆科多一人。隆与世宗朋比为奸,改诏拥立,隆居首功。此处以给玉暗喻授玺,故开口即问及于玉。宝玉躬着身打着一半千儿回道:"蒙王爷福庇,都好。"北静王道:"今日你来,没有什么好东西给你吃的,倒是大家说说话儿罢。"说着,几个老公打起帘子,北静王说:"请"!自己却先进去,然后贾赦等都躬着身跟进去。先是贾赦请北静王受礼,北静王也说了两句谦辞,那贾赦早已跪下,次及贾政等挨次行礼,自不必说。

那贾赦等肃敬退出。北静王吩咐太监等让在众戚旧一处好生款待,却单留宝玉在这里说话儿,又赏了坐。宝玉又叩头谢了恩,在挨门边绣墩上侧坐,说了一回读书作文诸事。北静王甚加爱惜,又赏了茶,因说道:"昨日巡抚吴大人来陛见,说起令尊翁前任学政时秉公办事,凡属生童,俱心服之至。他陛见时,万岁爷也曾问过,他也十分保举,可知是令尊翁的喜兆。"宝玉连忙站起,听毕这一段话,才回启道:"此是王爷的恩典,吴大人的盛情。"

正说着,小太监进来回道:"外面诸位大人老爷都在前殿谢王爷赏宴。"说着,呈上谢宴并请午安帖子来。北静王略看了一看仍递给小太监,笑了一笑说道:"知道了,劳动他们。"那小太监又回道:"这贾宝玉,王爷单赏的饭预备了。"北静王便命那太监带了宝玉到一所极小巧精致的院里,派人陪着吃了饭,又过来谢了恩。北静王又说了些好话儿,忽然笑说道:"我前次见你那块玉倒有趣儿,回来说了个式样,叫他们也做了一块。今日你来得正好,就给你带回去玩罢。"因命小太监取来,亲手递给宝玉。〔索隐〕宝哥衔玉而生,自有真玉,断无另赐一假玉之理。其为借隐授玺,断然无疑。宝玉接过来捧着,又谢了,然后退出。北静王又命两个小太监跟出来,才同着贾赦等回来了。贾赦便自回院里去。

这里贾政带着他三人回来见过贾母,请过了安,说了一回府里遇见的人。宝玉又回了贾政吴大人陛见保举的话。贾政道:"这吴大人本来咱

第八十五回　贾存周报升郎中任　薛文起复惹放流刑

们相好,也是我辈中人,还倒有骨气的。"又说了几句闲话儿,贾母便叫"歇着去罢!"贾政退出,珍、琏、宝玉都跟到门口。贾政道:"你们都回去陪老太太坐着去罢。"说着,便回房去。

刚坐了一坐,只见一个小丫头回道:"外面林之孝请老爷回话。"说着,递上个红单帖来,写着吴巡抚的名字。贾政知是来拜,便叫小丫头叫林之孝进来。贾政出至廊檐下,林之孝进来回道:"今日巡抚吴大人来拜,奴才回了去了。再,奴才还听见说,现今工部出了一个郎中缺,〔索隐〕明提"出缺"二字,为圣祖归天注释。外头人和部里都吵闹是老爷拟正呢。"贾政道:"瞧罢咧。"林之孝又回了几句话,才出去了。

且说珍、琏、宝玉三人回去,独有宝玉到贾母那边,一面述说北静王待他的光景,并拿出那块玉来,大家看着笑了一回。贾母因命人:"给他收起去罢,别丢了。"因问:"你那块玉好生带着罢?别闹混了。"宝玉在项上摘了下来说:"这不是我那一块玉,那里就掉了呢?比起来,两块玉差远着呢,那里混得过?我正要告诉老太太,前儿晚上我睡的时候,把玉摘下来挂在帐子里,他竟放起光来了,满帐子都是红的。"〔索隐〕明言玉放光,为世宗践祚注释。贾母说道:"又胡说了,帐子的檐子是红的,火光照着,自然红是有的。"宝玉道:"不是,那时候灯已灭了,屋里都漆黑的了,还看得见他呢?"邢、王二夫人抿着嘴笑。凤姐道:"这是喜信发动了。"〔索隐〕明点。宝玉道:"什么喜信?"贾母道:"你不懂得。今儿个闹了一天,你去歇歇儿去罢,别在这里说呆话了。"宝玉又站了一回儿,才回园中去了。

这里贾母问道:"正是。你们去看薛姨妈,说起这事没有?"王夫人道:"本来就要去看的,因凤丫头为巧姐儿病着,耽搁了两天,今日才去的。这事我们都告诉了,姨妈倒也十分愿意,只说蟠儿这时候不在家,目今他父亲没了,只得他商量商量再办。"贾母道:"这也是情理的话。既这么样,大家先别提起,等姨太太那边商量定了再说。"

不说贾母处谈论亲事。且说宝玉回到自己房中,告诉袭人道:"老太太与凤姐姐,方才说话含含糊糊,不知是什么意思。"袭人想了想,笑了一笑道:"这个我也猜不着。但只刚才说这些话时,林姑娘在跟前没有?"宝玉道:"林姑娘才病起来,这些时何曾到老太太那边去呢。"正

《红楼梦》与顺治皇帝的爱情故事

说着,只听外间屋里麝月与秋纹拌嘴。袭人道:"你两个又闹什么?"麝月道:"我们两个抹牌,他赢了我的钱,他拿了去。他输了钱,就不肯拿出来。这也罢了,他倒把我的钱都抢了去了。"宝玉笑道:"几个钱什么要紧?傻丫头,不许闹了!"说的,两个人都撅着嘴儿坐着去了。这里袭人打发宝玉睡下。不提。

却说袭人听了宝玉方才的话,也明知是给宝玉提亲的事。因恐宝玉每有痴想,这一提起,不知又招出他多少呆话来,所以故作不知,自己心上,却也是头一件关切的事。夜间躺着想了个主意,不如去见见紫鹃,看他有什么动静,自然就知道了。

次日一早,起来打发宝玉上了学,自己梳洗了,便慢慢的走到潇湘馆来。只见紫鹃正在那里掐花儿呢,见袭人进来,便笑嘻嘻的道:"姐姐屋里坐着。"袭人道:"坐着,妹妹掐花儿呢么?姑娘呢?"紫鹃道:"姑娘才梳洗完了,等着温药呢。"紫鹃一面说着,一面同袭人进来。见了黛玉正在那里拿着一本书看。袭人陪着笑道:"姑娘清晨起来就看书,我们宝二爷念书,若能像姑娘这样,岂不好了呢?"黛玉笑着把书放下。雪雁已拿着个小茶盘里托着一种药,一种水,小丫头在后面捧着痰盒漱盂进来。

原来袭人来时要探探口气,坐了一回,无处入话。又想着黛玉最是心多,探不成消息再惹着了他,倒是不好。坐了坐,搭讪着辞了出来了。将到怡红院门口,只见两个人在那里站着呢。袭人不便往前走,那一个早看见了,连忙跑过来。袭人一看,却是锄药,因问:"你作什么?"锄药道:"刚才芸二爷来了,拿了个帖儿说给咱们宝二爷瞧的,在这里候信。"袭人道:"宝二爷天天上学,你难道不知道?还候什么信呢?"锄药笑道:"我告诉他了。他叫告诉姑娘,听姑娘的信呢。"

袭人正要说话,只见那一个也慢慢的踱了过来,细看时就是贾芸,溜溜湫湫往这边来了。袭人见是贾芸,连忙向锄药道:"你告诉说知道了,回来给宝二爷瞧罢。"那贾芸原要过来和袭人说话,无非亲近之意,又不敢造次,只得慢慢踱来。相离不远,不想袭人说出这话,自己也不好再往前走,只好站在这里。袭人已掉背脸往回里去了。〔索隐〕袭人潇湘馆一行,绝无结果,不过为最后引出芸二爷一层。按:贾芸小红,

第八十五回　贾存周报升郎中任　薛文起复惹放流刑

本为一人,皆指洪文襄言之。文襄当时殷勤奔走,原以邀结主知,不料触犯嫌忌,眷宠顿衰。与此回芸儿报信事吻合。贾芸只得怏怏而回,同锄药出去了。

晚间宝玉回房,袭人便回道:"今日廊下小芸二爷来了。"〔索隐〕曰廊下,曰小芸,轻之之词,作者深不满于文襄也。小红曰小,芸二爷亦以"小"字加之,以见所指者二而一。宝玉道:"作什么?"袭人道:"他还有个帖儿呢。"宝玉道:"在那里?拿来我看看。"麝月便走去,在里间屋里书桶子上头拿了来。宝玉接过看时,上面皮儿上写着"叔父大人安禀"。宝玉道:"这孩子怎么又不认我作父亲了?"袭人道:"怎么?"宝玉道:"前年他送我白海棠时称我作'父亲大人',今日这帖子封皮上写着'叔父',可不是又不认了么?"袭人道:"他也不害臊,你也不害臊。他那么大了,倒认你这么大儿的作父亲,可不是他不害臊?你正经连个……"刚说到这里,脸一红,微微的一笑。宝玉也觉得了,便道:"这倒难讲。俗语说:'和尚无儿,孝子多着呢'。只是我看着他还伶俐得人心儿才这么着,他不愿意我还不希罕呢。"〔索隐〕芸儿无耻,至认宝玉为父,暗喻文襄之背明归清。然文襄当日,中怀利禄之私,外畏清议之及,与吴梅村、钱牧斋一流人,时时出为微词,以表见其不忘故国之意,首鼠两端,廉耻丧尽。卒之肺肝如见,为人所不希罕。堂堂丈夫,何苦如此?作者罕譬曲喻,点醒后人不少。说着,一面拆那帖儿。袭人也笑道:"那小芸二爷,也有些鬼鬼头头的,什么时候又要看人,什么时候又躲躲藏藏的,可知也是个心术不正的货。"〔索隐〕松山战败被擒,文襄矢志不屈。卒由文皇后亲现色身,以灵敏手腕降服英雄。在太宗当日,用此美人计,可谓豁达大度,而嗣后流言蜚语,不无窃窃私议者,文襄受眷不终,其隐微之故,实由于此。此处直揭"心术不正"四字,或世祖于廷臣晤对时确有此项评斥也。

宝玉只顾拆开看那字儿,也不理会袭人这些话。袭人见他看那帖儿,皱一回眉,又笑一笑儿,又摇摇头,后来光景,竟不大耐烦起来。袭人等他看完了,问道:"是什么事情?宝玉也不答言,把那帖子已经撕作几段。袭人见这般光景,也不便再问,便问宝玉:"吃了饭还看书不看?"宝玉道:"可笑芸儿这孩子,竟这样的混帐!"〔索隐〕传闻文襄曾上密

《红楼梦》与顺治皇帝的爱情故事

折,未知其中所言何事,将以邀功而反致失宠,可鄙亦可哀也。袭人见他所答非所问,便微微的笑着问道:"到底是什么事?"宝玉道:"问他做什么?咱们吃饭罢。吃了饭歇着罢,心里闹的怪烦的。"说着,叫小丫头儿点了一个火儿来,把那撕的帖儿烧了。

一时小丫头们摆上饭来。宝玉只是怔怔的坐着,袭人连哄带怄催着吃了一口儿饭,便放下了,仍是闷闷的歪在床上。一时间,忽然掉下泪来。此时袭人、麝月都摸不着头脑。麝月道:"好好儿的,这又是为什么?都是什么芸儿雨儿的,不知怎么弄了这么个浪帖子来,惹得这么样傻了的似的,哭一会子,笑一会子。要天长日久闹起闷葫芦来,可叫人怎么受呢!"说着竟伤起心来。

袭人旁边由不得要笑,便劝道:"好妹妹,你也别怄人了。他一个人就够受了,你又这么着。他那帖子上的事,难道与你相干?"麝月道:"你混说起来了!知道他帖儿上写的是什么混帐话,你混往人身上扯!要那么说,他帖儿上只怕倒与你相干呢。"〔索隐〕当时揣测,或有关于官闱中事。袭人还未答言,只听宝玉在床上"扑嗤"的一声笑了,爬起来抖衣裳说:"咱们睡觉罢,别闹了。明日我还起早念书呢。"说着,便躺下睡了。一宿无话。

次日,宝玉起来梳洗了,便往家塾里去。走出院门,忽然想起,叫焙茗略等,急忙转身回来叫:"麝月姐姐呢?"麝月答应着,出来问道:"怎么又回来了?"宝玉道:"今日芸儿要来了,告诉他别在这里闹,再闹,〔索隐〕文裏被疏出阁影子。我就回老太太和老爷去了。"麝月答应了,宝玉才转身去了。刚往外走,只见贾芸慌慌张张往里来,看见宝玉,连忙请安,说:"叔叔大喜了。"那宝玉估量着是昨日那件事,便说道:"你也太冒失了,不管人心里有事没事,只管来搅。"贾芸陪笑道:"叔叔不信,只管瞧去,人都来了,在咱们大门口呢。"宝玉越发急了,说:"这是那里的话!"正说着,只听外边一片声吵起来。贾芸道:"叔叔听,这不是?"宝玉越发心里狐疑起来。只听一个人说道:"你们这些人好没规矩,这是什么地方,你们在这里混闹!"那人答道:"谁叫老爷升了官呢,怎么不叫我们来道喜呢?别人家盼着吵还不能呢!"宝玉听了,才知道是父亲升了郎中了,人来报喜的,心中自是甚喜。连忙要走

第八十五回　贾存周报升郎中任　薛文起复惹放流刑

时，贾芸赶着说道："叔叔乐不乐？叔叔的亲事要再成了，不用说是两层喜了。"宝玉红了脸，啐了一口道："呸！没趣儿的东西，还不快走呢。"贾芸把脸红了道："这有什么的？我看你老人家就不……"〔索隐〕神来之笔。宝玉沉着脸道："就不什么？"贾芸未及说完，也不敢言语了。

宝玉连忙来到家塾中，只见代儒笑着说道："我刚才听见你老爷升了。你今日还来了么？"宝玉陪笑道："过来见了太爷，好到老爷那边去。"代儒道："今日不必来了，放你一天假罢。可不许回园子里玩去。你年纪不小了，虽不能办事，也当跟你大哥他们学学才是。"宝玉答应着回来，刚走到二门口，只见李贵走来迎着，旁边站住笑道："二爷来了么？奴才才要到学里请去。"宝玉笑道："谁说的？"李贵道："老太太才打发人到院里去找二爷，那边的姑娘们说二爷学里去了。刚才老太太打发人出来，叫奴才去给二爷告几天假，听说还要唱戏贺喜呢。二爷就来了。"

说着，宝玉自己进去。进了二门，只见满院里丫头、老婆都是笑容满面，见他来了，笑道："二爷这早晚才来，还不快进去给老太太道喜去呢。"宝玉笑着进了房门，只见黛玉挨着贾母左边坐着呢，右边是湘云。底下邢、王二夫人、探春、惜春、李纨、凤姐、李绮、邢岫烟一干姊妹都在屋里，只不见宝钗、宝琴、迎春三人。

宝玉此时喜的无话可说，忙给贾母道了喜，又给邢、王二夫人道喜，——见了众姊妹，便向黛玉笑道："妹妹身体可大好了？"黛玉也微笑道："大好了。听见说二哥哥身上也欠安，好了么？"宝玉道："可不是，我那日夜里忽然心里疼起来，这几天刚好些就上学去了，也没能过去看妹妹。"黛玉不等他说完，早扭过头和探春说话去了。

凤姐在地下站着笑道："你两个那里像天天在一处的？倒像是客一般，有这些套话，可是人说的'相敬如宾'了。"说的大家一笑。林黛玉满脸飞红，又不好说，又不好不说，迟了一回儿才说道："你懂得什么？"众人越发笑了。凤姐一时回过味来，才知道自己出言冒失。正要拿话岔时，只见宝玉忽然向着黛玉道："林妹妹，你瞧芸儿这种冒失鬼……"说了这一句方想起来，便不言语了。〔索隐〕神来之笔。招的大家又都笑起来，说："这从那里说起？"黛玉也摸不着头脑，也跟着讪讪

《红楼梦》与顺治皇帝的爱情故事

的笑。

宝玉无可搭讪,因又说道:"可是刚才我听见有人要送戏,说是几时儿?"大家都瞧着他笑。凤姐儿道:"你在外头听见,你来告诉我们。你这会子问谁呢?"宝玉得便说道:"我外头再去问问去。"贾母道:"别跑到外头去。头一件看报喜的笑话,第二件你老子今日大喜,回来碰见你,又该生气了。"宝玉答应了个"是",才出来了。

这里贾母因问凤姐谁说送戏的话,凤姐道:"说是舅太爷那边说,后儿日子好,送一班新出的小戏儿给老太太、老爷、太太贺喜。"因又笑着说道:"不但日子好,还是好日子呢。"说着这话,却瞧着黛玉笑,黛玉也微笑。王夫人因道:"可是呢,后日还是外甥女儿的好日子呢。"〔索隐〕照此书看来,董妃承恩之日,即在世祖亲政之初,故上文凤姐口中"相敬如宾"语,作者出词下笔一皆有来历,非泛然点缀。贾母想了一想,也笑道:"可见我如今老了,什么事都糊涂了。亏了有我这凤丫头,是我个'给事中'。既这么着,很好,他舅舅家给他们贺喜,你舅舅家就给你做生日,岂不好呢?"说的大家都笑起来,说道:"老祖宗说句话儿都是上篇下论的,怎么怨得有这么大福气呢!"说着,宝玉进来,听见这些话,越发乐得手舞足蹈了。〔索隐〕讥刺世祖荒淫,亦"从此君王不早朝"之意。

一时,大家都在贾母这边吃饭,其热闹自不必说。饭后,那贾政谢恩回来,给宗祠里叩了头,便来给贾母叩头,站着说了几句话,便出去拜客去了。这里接连着亲戚族中的人来来去去,闹闹攘攘,车马填门,貂蝉满座。真是:

花到正开蜂蝶闹,月逢十足海天宽。

如此两日,已是庆贺之期。这日一早,王子腾和亲戚家已送过一班戏来,就要贾母正厅前搭起行台。外头爷们都穿着公服陪侍,亲戚来贺的,约有十余桌酒。里面为着是新戏,又见贾母高兴,便将玻璃屏隔在后厦,里面也摆下酒席。上首薛姨妈一桌,是王夫人宝琴陪着,对面是老太太一桌,是邢夫人、岫烟陪着。下面尚空两桌,贾母叫他们快来。

一回儿,只见凤姐领着众丫头,都簇拥着林黛玉来了。黛玉略换了几件新鲜衣服,打扮得宛如嫦娥下界,含羞带笑的出来,〔索隐〕用

第八十五回　贾存周报升郎中任　薛文起复惹放流刑

"含羞带笑"字,的是新婚之象。见了众人。湘云、李纹、李绮都让他上首坐,黛玉只是不肯。贾母笑道:"今日你坐了罢。"薛姨妈站起来问道:"今日林姑娘也有喜事么?"贾母笑道:"是他的生日。"薛姨妈道:"咳,我倒忘了!"走过来说道:"恕我健忘,回来叫宝琴过来拜姊妹的寿。"黛玉笑说:"不敢。"大家坐了。

那黛玉留神一看,独不见宝钗,便问道:"宝姐姐可好么?为什么不过来?"薛姨妈道:"他原该来的,只因无人看家,所以不来。"黛玉红着脸微笑道:"姨妈那边又添了大嫂子,怎么倒用宝姐姐看起家来?大约是他怕人多热闹,懒待来罢。我倒怪想他的。"薛姨妈笑道:"难得你挂记他。他也常想你们姊妹们,过一天我叫他来大家叙叙。"说着,丫头们下来斟酒上菜,外面已开戏了。出场自然是一两出吉庆戏文,及至第三出,只见金童玉女,旗幡宝幢,引着一个霓裳羽衣的小旦,头上披着一条黑帕,唱了一回儿进去了。众皆不识,听见外面人说,这是新扮的《蕊珠记》里的《冥升》。小旦扮的是嫦娥,前因堕落人寰,几乎给人为配,幸亏观音点化,他就未嫁而逝,此时升引月宫。不听见曲里头唱的"人间只道风情好,那知道秋月春花容易抛,几乎不把广寒宫忘却了"。第四出是《吃糠》,第五出是达摩带着徒弟过江回去,正扮些海市蜃楼,好不热闹。〔索隐〕宫中演戏,因有种种避忌,率喜演神鬼仙怪之剧,取其热闹而无抵触。熟于禁中事者自知。

众人正在高兴时,忽见薛家的人满头汗闯进来,向薛蝌说道:"二爷快回去,并里头回明太太也请速回去,家中有要紧事!"薛蝌道:"什么事?"家人道:"家去说罢。"薛蝌也不及告辞就走了。薛姨妈见里头丫头传进话去,更吓得面如土色,即忙起身,带着宝琴别了一声,即刻上车回去了,弄得内外愕然。贾母道:"咱们这里打发人跟过去听听,到底是什么事,大家都关切的。"众人答应了个"是"。

不说贾府依旧唱戏。单说薛姨妈回去,只见有两个衙役站在二门口,几个当铺里伙计陪着,说:"太太回来,自有道理。"正说着,薛姨妈已回来了。那衙役们见跟从着许多男妇簇拥着一位老太太,便知是薛蟠之母。看见这个势派,也不敢怎么,只得垂手侍立,让薛姨妈进去了。

那薛姨妈走到厅房后面,早听见有人大哭,却是金桂。薛姨妈赶忙

《红楼梦》与顺治皇帝的爱情故事

走来,只见宝钗迎出来,满面泪痕,见了薛姨妈便道:"妈妈听了先别着急,办事要紧。"薛姨妈同着宝钗进了屋子,因为头里进门时已经走着听见家人说了,吓的战战兢兢的了,一面哭着,因问:"到底是合谁?"只见家人回道:"太太此时且不必问那些底细。凭他是谁,打死了总要偿命的,且商量怎么办才好。"薛姨妈哭着出来道:"还有什么商议?"家人道:"依小的们的主见,今夜打点银两,同着二爷赶去同大爷见了面,就在那里访一个有斟酌的刀笔先生,许他些银子,先把死罪撕掳开,回来再求贾府去上司衙门说情。还有外面的衙役,太太先拿几两银子来打发了他们。好赶着办事。"姨妈道:"你们找着那家子,许他发送银子,再给他些养济银子,原告不追,事情就缓了。"宝钗在帘内说道:"妈妈,使不得。这些事越给钱越闹的凶,倒是刚才小厮说的话是。"薛姨妈又哭道:"我也不要命了,赶到那里见他一面,同他死在一处就完了。"

宝钗急的一面劝,一面在帘子里叫人:"快同二爷办去罢。"丫头们搀进薛姨妈来。薛蟠才往外走,宝钗道:"有什么信,打发人即刻寄了来,你们只管在外头照料。"薛蟠答应着去了,这宝钗方劝薛姨妈,那里金桂趁空儿抓住秋菱,又和他嚷道:"平常你们只管夸他们家里打死了人,一点事也没有就进京来了的,如今撺掇的真打死人了。平日里只讲有钱有势有好亲戚,这时候我看着也是吓得慌手慌脚的了。大爷明儿有个好歹儿不能回来时,你们各自干你们的去了,撩下我一个人受罪!"〔索隐〕悍泼声口。亏他想得到、写得出。说着又大哭起来。

这里薛姨妈听见,越发气的发昏,宝钗急得没法。正闹着,只见贾府中王夫人早打发大丫头过来打听了。〔索隐〕大约三桂有嫌疑之举动,清廷特派要人前往探访。大丫头者,钦差大臣也。不言名字,但曰大丫头,为书中特笔,别有命意。宝钗虽心知自己是贾府的人了,一则尚未提明,二则事急之时,只得向那大丫头道:"此时事情头尾尚未明白,就只听见说我哥哥在外头打死了人,被县里拿了去了,也不知怎么定罪呢。刚才二爷才去打听去了,一半日得了准信,赶着就给那边太太送信去。你先回去道谢太太挂记着,底下我们还有多少仰仗那边爷们的地方。"〔索隐〕干练闺女声口,与上文悍泼声口对照看来,愈见其妙。那丫头答应着去了。薛姨妈和宝钗在家抓摸不着。

第八十五回　贾存周报升郎中任　薛文起复惹放流刑

过了两日，只见小厮回来，拿了一封书交给小丫头拿进来。宝钗拆开看时，书内写着："大哥人命是误伤，不是故杀。今早用蚨出名，补了一张呈纸进去，尚未批出。大哥前头口供，甚是不好，待此纸批准后，再录一堂，能够翻供得好，便可得生了。快向当铺内再取银五百两来使用。千万莫迟！并请太太放心。余事问小厮。"宝钗看了，一一念给薛姨妈听了。薛姨妈拭着眼泪说道："这么看起来，竟是死活不定了。"宝钗道："妈妈先别伤心，等着叫进小厮问明了再说。"一面打发小丫头把小厮叫进来。薛姨妈便问小厮道："你把大爷的事细说与我听听。"小厮道："我那一天晚上，听见大爷和二爷说的，把我吓糊涂了。"未知小厮说出什么话来，下回分解。

〔**索隐**〕此回上半回接写前事，以北静王赐玉，隐射隆科多授玺，补足世宗结党篡取大位之事。下半仍折入世祖时代，而以叙洪文襄事为主脑。盖亦雪芹补本之一，又为文襄小传之一。

文襄仕清后，清初一切大政典皆出其手，顾以畏一时清议，亦间从遗老政客之后，发为一种感伤故国之论，内外两歧，为人属目。洎乎世祖亲政之际，叠上秘密封奏，邀功固宠。其中所言为何，虽秘不可悉，然转以此见疏于世祖，宠眷顿衰。人遂疑其揭及"董妃踪迹，来历不明，出身猥贱，恐有不利于圣躬"云云。世祖方新歌得宝，初入温柔，暧昧疑似之言，岂能遽入？书中"撕作几段，骂为混帐"，正指此节。又恐后人不能体会，乃以袭人、麝月互相嘲笑一段继其后，玲珑剔透，良工心苦。至其鄙夷文襄，口诛笔伐过于严酷，盖雪芹盱衡往事，有感于中，借纸墨以抒泄其襟抱也。

全回分两小段一大段：自开首起，至"才回园中去了"为前一小段，以下至"好不热闹"止为一大段，以下至本回完毕为后一小段。其大段中叙事尤极灵妙，如因袭人探信而带出贾芸报信，因庆贺升任而带出黛玉生日，蝉联无迹。

太平闲人评：此回不惟在本段最重，在全部亦最重。居然能见及此，可谓有识。惜乎以下所评，又全然走入魔道耳。

《红楼梦》与顺治皇帝的爱情故事

〔**护花评**〕叙北静王生日,先向宝玉说吴巡抚保举一节,则升任郎中原有因由,文章便不鹘突。

又:玉放红光是精华外露,为走失之象,不是喜兆。写宝玉疑心,袭人有意,偏在黛玉一边,是反跌后文。

又:贾芸报信,一实一虚,即此一段闲事,文法亦不雷同。凤姐出言冒失,宝玉忽提芸儿也是冒失,妙在一明一暗,俱与黛玉心事相关。而凤姐之言黛玉明知,宝玉之话黛玉与众人俱不懂,虽都是反照黛玉之婚事不谐,却是两样文法。

又:《蕊珠记·冥升》一出,是黛玉夭亡影子,《吃糠》是宝钗暗苦影子,"达摩带徒弟过江",是宝玉出家影子。于极热闹时,忽接薛蟠打死人命,有风云不测之象。

〔**大某评**〕此回接前文,仍是甲寅年秋中事。

第八十六回　受私贿老官翻案牍
　　　　　　　寄闲情淑女解琴书

　　话说薛姨妈听了薛蟠的来书，因叫进小厮问道："你听见你大爷说到底是怎么就把人打死了呢？"小厮道："小的也没听真切。那一日大爷告诉二爷说。"说着回头看了一看，见无人〔索隐〕细。此等处最为人所忽略，而作者精密如此，所谓"才大于海，心细于发"。才说道："大爷说，自从家里闹的忒利害，大爷也没心肠了，所以要到南边置货去。这日想着约一个人同行，这人在咱们这城南二百多里住。大爷找他去了，遇见在先和大爷好的那个蒋玉函〔索隐〕起祸必由于蒋玉函者，玉函即宝玉影子，亦即世祖影子。带着些小戏子进城。大爷同他在个铺子里吃饭吃酒，因为这当槽儿的尽着拿眼瞟蒋玉函，大爷就有了气了。后来蒋玉函走了。第二天，大爷就请找的那个人吃酒，酒后想起头一天的事来，叫那当槽儿的换酒，那当槽儿的来迟了，大爷就骂起来了。那个人不服，大爷就拿起酒碗照他打去。谁知那个人也是个泼皮，便把头伸过来叫大爷打。大爷拿碗就掷他的脑袋一下，他就冒了血了，躺在地下。头里还骂，后来就不言语了。"薛姨妈道："怎么也没人劝劝么？"小厮道："这个也没听见大爷说，小的不敢妄言。"薛姨妈道："你先去歇歇罢。"小厮答应出来。

　　这里薛姨妈自来见王夫人，托王夫人转求贾政。贾政问了前后，也只好含糊应了，只说等薛蟠递了呈子，看他本县怎么批了，再作道理。

　　这里薛姨妈又在当铺里兑了银子，叫小厮赶着去了。三日果有回信。薛妈接着了，即叫小丫头告诉宝钗，连忙过来看了。只见书上写道："带去银两，做了衙门上下使费。哥哥在监，也不大吃苦，请太太放心。独是这里的人很刁，尸亲见证都不依，连哥哥请的那个朋友也帮着他们。

《红楼梦》与顺治皇帝的爱情故事

〔索隐〕三桂门下颇杂,或当时果然有此。我与李祥两个,俱系生地生人。幸找着一个好先生,许他银子,才讨个主意。说是须得拉扯着同哥哥吃酒的吴良,弄人保出他来,许他银两叫他撕掳。他若不依,便说张三是他打死,明推在异乡人身上,他吃不住,就好办了。我依着他,果然吴良出来。现在买嘱死亲见证,又做了一张呈子。前日递的,今日批来,请看呈底便知。"

因又念呈底道:"具呈人某,呈为兄遭飞祸代伸冤抑事。窃生胞兄薛蟠,本籍南京,寄寓西京。于某年月日备本往南贸易。去未数日,家奴送信回来,说遭人命。生即奔宪治,知兄误伤张姓,及至囹圄。据兄泣告,实与张姓素不相认,并无仇隙。偶因换酒口角,生兄将酒泼地,恰值张三低头拾物,一时失手,酒碗误碰囟门身死。蒙恩拘讯,兄惧受刑,承认斗殴致死。仰蒙、宪天仁慈,知有冤抑,尚未定案。生兄在禁,具案诉辩,有干例禁。生念手足,冒死代呈,伏乞宪慈恩准,提证质讯,开恩莫大。生等举家仰戴鸿仁,永永无既矣。激切上呈。"批的是:"尸场检验,证据确凿,且并未用刑。尔兄自认斗杀,招供在案。今尔远来,并非目睹,何得捏词妄控?理应治罪,姑念为兄情切,且恕。不准。"

薛姨妈听到那里,说道:"这不是救不过来了么?这怎么好呢?"宝钗道:"二哥的书还没看完,后面还有呢。"因又念道:"有要紧的问来使便知。"薛姨妈便问来人,因说道:"县里早知我们的家当充足,〔索隐〕三桂割地而王,富可敌国。查办之王大臣得此美差,那得不心生觊觎?须得在京里谋干得大情,再送一分大礼,还可以覆审从轻定案。太太此时必得快办,再迟了就怕大爷要受苦了。"

薛姨妈听了,叫小厮自去,即刻又到贾府,与王夫人说明原故,恳求贾政。贾政只肯托人与知县说情,不肯提及银物。薛姨妈恐不中用,求凤姐与贾琏说了,化上几千银子,才把知县买通。薛蝌那里也便弄通了。然后知县挂牌坐堂,传齐了一干邻保、证见、尸亲人等,监里提出薛蟠。刑房书吏均一一点各,知县便叫地保对明初供,又叫尸亲张王氏并尸叔张二问话。

张王氏哭禀道:"小的的男人是张大,南乡里住,十八年前死了。大儿子、二儿子也都死了,光留下这个死的儿子叫张三,今年二十三岁,

第八十六回　受私贿老官翻案牍　寄闲情淑女解琴书

还没有娶女人呢。为小人家里穷，没得养活，在李家店里做当槽儿的。那一天晌午，李家店里打发人来叫俺，说：'你儿子被人打死了。'我的青天老爷，小的就吓死了！跑到那里，看见我儿子头破血出的躺在地下喘气儿，问他话也说不出来，不多一会儿就死了。小人就要揪住这个小杂种拚命！"众衙役吆喝一声。〔索隐〕细。张王氏便叩头道："求青天老爷伸冤，小人就只这一个儿子了。"

知县便叫下去，又叫李家店的人问道："那张三是在你店内佣工的么？"那李二回道："不是佣工，是做当槽儿的。"〔索隐〕细。凡能手描写一人一事，必恰如分际，不肯以轻率出之，否则此段所叙，似近浮文，尽可删节。知县道："那日尸场上你说张三是薛蟠将碗掷死的，你亲眼见的么？"〔索隐〕从"亲眼见"三字上生发，知县亦是能手。李二说道："小的在柜上，听见说客房里要酒。不多一回，便听见说：'不好了，打伤了。'小的跑进去，只见张三躺在地下，也不能言语。小的便喊禀地保，一面报他母亲去了。他们到底怎样打的，实在不知道，求大老爷问那吃酒的便知道了。"知县喝道："初审口供，你是亲见的，怎么如今说没有见？"李二道："小的那日吓昏了乱说。"衙役又吆喝了一声。

知县便叫吴良问道："你是同在一处吃酒的么？薛蟠怎么打的？据实供来！"吴良道："小的那日在家，这个薛大爷叫我喝酒。他嫌酒不好要换，张三不肯。薛大爷生气，把酒将他脸上泼去，不晓得怎么样就碰在那脑袋上了。这是亲眼见的。"知县道："胡说！前日尸场上薛蟠自己认拿碗掷死的，你说你亲见，怎么今日的供不对？掌嘴！"衙役答应着要打，吴良求着说："薛蟠实没有与张三打架，酒碗失手碰在脑袋上的。求老爷问薛蟠便是恩典了。"

知县叫提薛蟠，问道："你与张三到底有什么仇隙？毕竟是如何死的？实供上来！"薛蟠道："求大老爷开恩，小的实没有打他。为他不肯换酒，故拿酒泼他，不想一时失手，酒碗误碰在他的脑袋上。〔索隐〕蟠儿笨伯，何不曰"他的脑袋误碰在酒碗上"耶？小的即忙掩他的血，那里知道再掩不住，血流多了，过了一回就死了。前日场上怕大老爷要打，所以说是拿碗掷他的。只求大老爷开恩。"

知县便喝道："好个糊涂东西！"〔索隐〕该骂。本县前日问你怎么掷

《红楼梦》与顺治皇帝的爱情故事

他的,你便供说恼他不换酒才掷的,今日又供是失手碰的。"知县假作声势要打要夹,薛蟠一口咬定。知县叫仵作将前日尸场填写伤痕据实报来。仵作禀报道:"前日验得张三尸身无伤,惟囟门有磁器伤,长一寸七分,深五分,皮开,囟门骨脆裂破三分。实系磕碰伤。"知县查对尸格相符,早知书吏改轻,也不驳诘,胡乱便叫画供。张王氏哭喊道:"青天老爷!前日听见还有多少伤,怎么今日都没有了?"知县道:"这妇人胡说,现有尸格,你不知道么?"叫尸叔张二,便问道:"你侄儿身死,你知道有几处伤?"张二忙供道:"脑袋上一伤。"〔索隐〕好个张二!'忙'字下得有声有色,包孕事实不少。文有以一字抵人千百者,此类是也。知县道:"可又来。"叫书吏将尸格给张王氏瞧去,并叫地保尸叔指明与他瞧,现有尸场亲押。证见俱供并未打架,不为斗殴。只依误伤,吩咐画供。将薛蟠监禁候详,余令原保领出,退堂。张王氏哭着乱喊,知县叫众衙役撵他出去。张二也劝张王氏道:"实在误伤,怎么赖人?现在大老爷断明,不要胡闹了!"

薛蝌在外打听明白,心内喜欢,便差人回家送信。等批详回来,便好打点赎罪,且住着等信。只听路上三三两两传说,有个贵妃薨了,皇上辍朝三日。这里离陵寝不远,知县办差垫道,一时料着不得闲。住在这里无益,不如到监告诉哥哥"安心等着,我回家去,过几日再来"。薛蟠也怕母亲痛苦,带信说:"我无事,必须咱们再使费几次,便可回家了,只是不要可惜银钱。"

薛蝌留下李祥在此照料,一径回家见了薛姨妈,陈说知县怎样徇情,怎样审断,终定了误伤。将来尸亲那里再化些银子,一准赎罪,便没事了。薛姨妈听说,暂且放心,说:"正盼你来家中照应。贾府里本该谢去,况且周贵妃薨了,他们天天进去,家里空落落的。我想着要去替姨太太那边照应照应作伴儿,只是咱家又没人。你这来的正好。"

薛蝌道:"我在外头原听见说是贾妃薨了,这么才赶回来的。我们元妃好好儿的怎么说死了?"薛姨妈道:"上年原病过一次,也就好了。这回又没听见元妃有什么病。只听见那府里头几天老太太不大受用,合上眼便看见元妃娘娘。众人都不放心,直至打听起来,又没什么事。到了大前儿晚上,老太太亲口说是'怎么元妃独自一个人到我这里?'众

第八十六回　受私贿老官翻案牍　寄闲情淑女解琴书

人只道是病中想的话，总不信。老太太又说，'你们不信，元妃还与我说是荣华易尽，须要退步抽身。'众人都说谁不想到，这是有年纪的人思前思后的心事，所以也不当件事。恰好第二天早起，里头哄传出来说娘娘病重，宣各诰命进去请安。他们就惊疑得了不得，赶着进去。他们还没有出来，我们家里已听见周贵妃薨逝了。你想外头的讹言，家里的疑心，恰碰在一处，可奇不奇！"

宝钗道："不但是外头的讹言舛错，便在家里的一听见'娘娘'两个字，也就都忙了，过后才明白。这两天那府里这些丫头婆子来说，他们早知道不是咱们家的娘娘。我说：'你们那里拿得定呢？'他说道：'前几年正月，外省荐了一个算命的，说是很准。那老太太叫人将元妃八字夹在丫头们八字里头送出去，叫他推算。他独说这正月初一日生日的那位姑娘只怕时辰错了，不然，真是个贵人，也不能在这府中。老爷和众人说，不管他错不错，照八字算去。那先生便说，甲申年正月丙寅这四个字内有伤官败财，惟申字内有正官禄马，这就是家里养不住的，也不见什么好。这日子是乙卯，初春木旺，虽是比肩，那里知道愈比愈好，就像那个好木料，愈经斫削才成大器。独喜得时上什么辛金为贵，什么巳中正官禄马独旺。这叫作飞天禄马格。又说什么日禄归时，贵重的很。天月二德坐本命，贵受椒房之宠。这位姑娘，若是时辰准了，定是一位主子娘娘。这不是算准了么！我们还记得说，可惜荣华不久，只怕遇着寅年卯月，这就是比而又比，劫而又劫，譬如好木，太要做玲珑剔透，本质就不坚了。〔索隐〕此数语是董妃确评。以周贵妃引起贾贵妃，且牵入算命一段，洋洋洒洒，其实只有此数语为主脑，是文家之腾展法。他们把这些话都忘记了，只管瞎忙。我才想起来告诉我们大奶奶，今年那里是寅年卯月呢？"

宝钗尚未说完，薛蝌急道："且不要管人家的事，既有这个神仙算命的，我想哥哥今年什么恶星照命遭这么横祸，快开八字与我给他算去，看有妨碍么。"宝钗道："他是外省来的，不知如今在京不在了。"说着，便打点薛姨妈往贾府去。

到了那里，只有李纨、探春等在家接着，便问道："大爷的事怎么样了？"薛姨妈道："等详上司才定，看来也到不了死罪了。"这才大家放

《红楼梦》与顺治皇帝的爱情故事

心。探春便道:"昨晚太太想着,说上回家里有事,全仗姨太太照应,如今自己有事,也难提了。心里只是不放心。"薛姨妈道:"我在家里也是难过。只是你大哥遭了这事,你二兄弟又办事去了,家里你姐姐一个人中什么用?况且我们媳妇儿又是个不大晓事的,所以不能脱身过来。目今那里知县正为预备周贵妃的差事,不得了结案件,所以你二兄弟回来了,我才得过来看看。"李纨便道:"请姨太太这里住几天更好。"薛姨妈点头道:"我也要在这边给你们姊妹们作作伴儿,就只你宝妹妹冷静些。"惜春道:"姨妈要念着,为什么不把宝姐姐也请来?"薛姨妈笑着说道:"使不得。"惜春道:"怎么使不得?那先怎么住着来呢?"李纨道:"你不懂的,人家家里如今有事,怎么来呢?"惜春信以为实,也不便再问。

正说着,贾母等回来,见了薛姨妈,顾不得问好,便问薛蟠的事。薛姨妈细述了一遍。宝玉在旁听见什么蒋玉函一段,当着人不问,心里打量是:"他既回了京,怎么不来瞧我?"又见宝钗也不过来,不知是怎么个原故。心内正自呆呆的想呢,恰好黛玉也来请安。宝玉稍觉喜欢,便把想宝钗来的念头打断,同着姊妹们在老太太那里吃了晚饭。大家散了,薛姨妈将就住在老太太的套间屋里。

宝玉回到自己房中,换了衣服,忽然想起蒋玉函给的汗巾,便向袭人道:"你那一年没有系的那条红汗巾子还有没有?"袭人道:"我搁着呢,问他做什么?"宝玉道:"我白问问。"袭人道:"你没有听见,薛大爷相与这些混帐人,所以闹到人命关天。你还提那些作什么?〔**索隐**〕"混帐人"三字,即用袭人自骂,刻毒极矣。他日卿卿我我、情深爱笃之际,偶一念及,未识何以为情。有这样白操心,倒不如静静儿的念念书,把这些个没要紧的事丢开了也好。"宝玉道:"我并没闹什么,偶然想起,有也罢,没也罢,我白问一声,你们就有这些话。"袭人笑道:"并不是我多话。一个人知书达理,就该往上巴结才是。就是心爱的人来了,也叫他瞧着喜欢尊敬的。"〔**索隐**〕银河一线,直泛而下,作者善用渡笔。

宝玉被袭人一提,便说:"了不得,方才我在老太太那边,看见人多,没有与林妹妹说话。他也不曾理我,散的时候他先走了,此时必在

第八十六回　受私贿老官翻案牍　寄闲情淑女解琴书

屋里，我去就来。"说着就走。袭人道："快些回来罢，这都是我提头儿，倒招起你的高兴来了。"

宝玉也不答言，低着头一径走到潇湘馆来。只见黛玉靠在桌上看书。宝玉走到跟前，笑说道："妹妹早回来了？"黛玉也笑道："你不理我，我还在那里做什么？"宝玉一面笑道："他们人多说话，我插不下嘴去，所以没有合你说话。"一面瞧着黛玉看的那本书。书上的字一个也不认得，有的像"芍"字，有的像"茫"字，有一个"大"字旁边"九"字加上一勾，中间又添个"五"字，有上头"五"字"六"字又添一个"木"字，底下又是一个"五"字。看着又奇怪又纳闷，便说："妹妹近日愈发进了，看起天书来了。"

黛玉"嗤"的一声笑道："好个念书的人，连个琴谱都没有见过！"宝玉道："琴谱怎么不知道，为什么上头的字一个也不认得？妹妹你认得么？"黛玉道："不认得瞧他做什么？"〔索隐〕小婉妙解琴理，读辟疆《忆语》自见。宝玉道："我不信，从没有听见你会抚琴。我们书房里挂着好几张，前年来了一个清客先生，叫做什么嵇好古，老爷烦他抚了一曲。他取下琴来说：'都使不得，'还说：'老先生若高兴，改日携琴来请教。'想是我们老爷也不懂，他便不来了。怎么你有本事藏着？"黛玉道："我何尝真会呢！前日身上略觉舒服，在书案上翻书，看有一套琴谱，甚是雅趣，上头讲得琴理甚通，手法也说的明白，真是古人静心养性的工夫。我在扬州，也听得讲究过，也曾学过；只是不弄了，就没有了。这果真是'三日不弹，手生荆棘'。前日看过几篇，没有曲文，只是操名，我又到处找了一本有曲文的来，看着才有意思，究竟怎么弹得好，实在也难。书上说的师旷鼓琴，能来风雷龙凤。孔圣人尚学琴于师襄，一操便知其为文王，高山流水，得遇知音。"说到这里，眼皮儿微微一动，慢慢的低下头去。

宝玉正听得高兴，便道："好妹妹，你才说的实在有趣，只是我才见上头的字都不认得，你教我几个呢。"黛玉道："不用教的，一说便可以知道的。"宝玉道："我是个糊涂人，得教我那个'大'字加一勾，中间一个'五'字的。"黛玉笑道："这'大'字'九'，字是用左手大拇指按琴上的九徽，这一勾加'五'字，是右手勾五弦，并不是一个字，乃

《红楼梦》与顺治皇帝的爱情故事

是一声,是极容易的。还有吟、揉、绰、注、撞、走、飞、推等法,是讲究手法的。"

宝玉乐得手舞足蹈的〔**索隐**〕又用"手舞足蹈",回应上文。说:"好妹妹,你既明琴理,我们何不学起来?"黛玉道:"琴者,禁也。古人制下,原以治身,涵养性情,抑其淫荡,去其奢侈。若要抚琴,必择静室高斋,或在层楼的上头,在林石的里面,或是山巅上,或是水涯上。再遇着那天地清和的时候,风清月朗,焚香静坐,心不外想,血气和平,才能与神合灵,与道合妙。所以古人说'知音难遇',若无知音,宁可独对着那清风明月,苍松怪石,野猿老鹤,抚弄一番,以寄兴趣,方为不负了这琴。还有一层,又要指法好,取音好。若必要抚琴,先须衣冠整齐,或鹤氅,或深衣,要如古人的仪表,那才能称圣人之器。然后盥了手,焚上香,方才将身就在榻边,把琴放在案上,坐在第五徽的地方儿,对着自己的当心,两手方从容弹起,这才心身俱正。还要知道轻重疾徐,卷舒自若,体态尊重方好。"宝玉道:"我们学着玩,若这么讲究起来,那就难了。"

两个人正说着,只见紫鹃进来,看见宝玉笑说道:"宝二爷,今日这样高兴!"宝玉笑道:"听见妹妹讲究的叫人顿开茅塞,所以越听越爱听。"紫鹃道:"不是这个高兴,说的是二爷到我们这边来的话。"宝玉道:"先时妹妹身上不舒服,我怕闹的他烦。再者,我又上学,因此显着就疏远了似的。"紫鹃不等说完,便道:"姑娘也是才好,二爷既这么说,坐坐也该让姑娘歇歇儿了,别叫姑娘只是讲究劳神了。"宝玉笑道:"可是我只顾爱听,也就忘了妹妹劳神了。"黛玉笑道:"这些倒也开心,也没有什么劳神的。只怕是我只管说,你只管不懂呢。"宝玉道:"横竖慢慢的自然明白了。"说着便起来道:"当真的妹妹歇歇儿罢。明儿我告诉三妹妹和四妹妹去,叫他们都学起来让我听。"〔**索隐**〕的是少年天子的口吻,故董妃有"体态尊重"及"琴者禁也"之论,借琴以谏,而无如好色性成之主终,于不悟耳。

黛玉笑道:"你也太受用了。即如大家学会了抚起来,你不懂,可不是对……"黛玉说到那里,想起心上的事,便缩住口不肯往下说了。宝玉便笑着道:"只要你们能弹,我便爱听,也不管牛不牛的了。"〔**索隐**〕

第八十六回　受私贿老官翻案牍　寄闲情淑女解琴书

呼牛呼马，一切不顾。定公诗云："设想英雄垂暮日，温柔不住住何乡？"黛玉红了脸一笑，紫鹃、雪雁也都笑了。

于是走出门来，只见秋纹带着小丫头捧着一小盆兰花来说："太太那边，有人送了四盆兰花来，因里头有事，没有空儿玩他，叫给二爷一盆、林姑娘一盆。"黛玉看时，却有几枝双朵儿的，心中忽然一动，也不知是喜是悲，便呆呆的呆看。

那宝玉此时却一心只在琴上，便说："妹妹有了兰花，就可以做《猗兰操》了。"黛玉听了，心里反不舒服。回到房中，看着花，想到"草木当春，花鲜叶茂，想我年纪尚小，便像三秋蒲柳。若是果能遂愿，或者渐渐的好来，不然，只恐似那花柳残春，怎禁得风催雨送？"想到那里，不禁又滴下泪来。紫鹃在旁，看见这般光景，却想不出原故来。方才宝玉在这里那么高兴，如今好好的看花，怎么又伤起心来？正愁着没法儿劝解，只见宝钗那边打发人来。未知何事，下回分解。

〔索隐〕此回照例铺叙，并无特别事实，故只得以笔墨见长。

前后凡分三段：自开首起，至"不要胡闹了"止为第一段，其叙翻案情形，有呈有批，有供有讯，纤悉详尽。如画家工笔山水，以实力制胜。看似容易，然非十年面壁、炉火纯青者，不能到此境地。以下至"一径走到潇湘馆来"止为第二段，第上半回折入下半回，天然过渡。以下至本回完毕为第三段，借琴立论，以明世祖实非董妃知己。

三段粗看虽皆闲文，而实各有筋节，如："县里早知我们家当充足"，是第一段之纲领，"譬如好木，太要做玲珑剔透，本质就不坚了"，是第二段之纲领，"只怕是我只管说，你只管不懂呢"，是第三段之纲领。文笔细腻，详人所略。

〔护花评〕蒋玉函久不提起，今虽聘娶袭人为时不远，因借薛蟠途遇邀同饮酒叙及，且即以当槽儿张三注视玉函，为次日薛蟠生气掷死张三根由，并宝玉闻知查问红汗巾，袭人嗔说及挑将来聘娶情事。灵活关照，真雕龙手笔。

又：周妃薨逝：是元妃影子，又补叙算命一层，为本年元

《红楼梦》与顺治皇帝的爱情故事

妃薨逝埋根。

又:"牛不牛",宝玉自说极妙。送兰花,引出《猗兰操》,又因《猗兰操》引出下回宝钗歌词、黛玉和韵,血脉一气贯注。

〔**大某评**〕此回仍是甲寅年秋间事,因下回犹点明九月节候一句也。

第八十七回　感秋声抚琴悲往事
　　　　　　　坐禅寂走火入邪魔

　　却说黛玉叫进宝钗家的女人来，问了好，呈上书子。黛玉叫他去吃茶，便将宝钗来书拆开，看时，只见上面写着："妹生辰不偶，家运多艰，姊妹伶仃，萱亲衰迈。兼之猇声狺语，旦暮无休。更遭惨祸飞灾，不啻惊风密雨。夜深辗侧，愁绪何堪？属在同心，能不为之憯恻乎？回忆海棠结社，序属清秋，对菊持螯，同盟欢洽，犹忆"孤标傲世偕谁隐，一样花开为底迟"之句，未尝不叹冷节遗芳如吾两人也。感怀触绪，聊赋四章，匪曰无故呻吟，亦长歌当哭之意耳。

　　"悲时序之递嬗兮，又属清秋。感遭家之不造兮，独处离愁。〔索隐〕此处以钗代黛，故有遭家不造之说。若薛蟠犯罪，虽亦家庭不幸，而系属兄妹，细思此语，究属不伦。北堂有萱兮，何以忘忧？无以解忧兮，我心咻咻。　　一解

　　云凭凭兮秋风酸，步中庭兮霜叶干。何去何从兮，失我故欢。〔索隐〕寡鹄孤雏，悲鸣失侣，惟黛有此景遇。"失我故欢"四字，大可玩味。静言思之兮恻肺肝。　　二解

　　惟鲔有潭兮，惟鹤有梁。麟甲潜伏兮，羽毛何长？搔首问兮茫茫。高天厚地兮，谁知余之永伤？　　三解

　　银河耿耿兮寒气侵，月色横斜兮玉漏沉。忧心炳炳兮发我哀吟，吟复吟兮寄我知音。　　四解

　　〔索隐〕一歌凄恻烦冤音哀以思。大约当日被载入宫，中分钗镜，萧郎陌路，咫尺蓬山。虽宠冠掖庭，恩承雨露，而旧情缱绻，刻骨铭心。对月临风，时挥一掬伤心之泪。于是柔肠百转，发为奇想，裁笺雁足，题叶御沟。兼通消息于人间，略慰幽情于五夜。则此一歌者，乐昌破镜

《红楼梦》与顺治皇帝的爱情故事

之铭,亦抑苏蕙回文之锦矣。

黛玉看了,不胜伤感,又想:"宝姐姐不寄与别人,单寄与我,是惺惺惜惺惺的意思。正在沉吟,只听见外面有人说道:"林姐姐在家里呢么?"黛玉一面把宝钗的书叠起,口内便答应道:"是谁?"正问着,早见几个人进来,却是探春、湘云、李纹、李绮。彼此问了好,雪雁倒上茶来,大家喝了,说些闲话。

因想起前年的菊花诗来,黛玉便道:"宝姐姐自从搬出去,来了两遭,如今索性有事也不来了,真真奇怪。我看他终久还来我们这里不来?"探春微笑道:"怎么不来?横竖要来的。〔索隐〕机锋相对。如今是他们尊嫂有些脾气,姨妈上了年纪的人,又兼有薛大哥的事,自然得宝姐姐照料一切,那里还比得先前有工夫呢?"

正说着,忽听得"豁喇喇"一片风声,吹了好些落叶打在窗纸上。停了一回儿,又透过一阵清香来。众人闻着,都说道:"这是何处来的香风?这像什么香?"黛玉道:"好像木樨香。"探春笑道:"林姐姐终不脱南边人的话,〔索隐〕点明南边人,以见思乡怀远之意。这大九月里的,那里还有桂花呢?"黛玉笑道:"原是啊,不然怎样不竟说是桂花香,只说似乎像呢?"湘云道:"三姐姐,你也别说。你可记得'十里荷花,三秋桂子'?在南边,正是晚桂开的时候了,你只没有见过罢了。等你明日到南边去的时候,你自然就知道了。"探春笑道:"我有什么事到南边去?况且这个也是我早知道的,不用你们说嘴。"李纹、李绮只抿着嘴儿笑。

黛玉道:"妹妹,这可说不齐。俗语说'人是地行仙',今日在这里,明日就不知在那里。譬如我原是南边人,怎么到了这里呢?"〔索隐〕点明无端入宫,出于平生意料之外。湘云拍着手笑道:"今儿三姐姐可叫林姐姐问住了!不但林姐姐是南边人到这里,就是我们这几个人就不同。也有本来是北边的,也有根子是南边生长在北边的,也有生长在南边到这北边的,今儿大家都凑在一处。可见人总有一个定数,大凡地和人总是各自有缘分的。"〔索隐〕当日掖庭嫔妃,身世各殊,氏籍亦异,忽然群聚一处,非所谓缘分及定数耶?众人听了都点头,探春也只是笑。

第八十七回　感秋声抚琴悲往事　坐禅寂走火入邪魔

又说了一会子闲话儿！大家散出。黛玉送到门口，大家都说："你身上才好些，别出来了，看着了风。"于是黛玉了面说着话儿，一面站在门口又与四人殷勤了几句，便看着他们出院去了。进来坐着，看看已是林鸟归山，夕阳西堕。因史湘云说起南边的话，便想着："父母若在，南边的景致：春花秋月，水秀山明，二十四桥，六朝遗迹。不少下人服侍，诸事可以任意，言语亦可不避。香车画舫，红杏青帘，惟我独尊。今日寄人篱下，纵有许多照应，自己无处不要留心。不知前身作了什么罪孽，今生这样孤凄！真是李后主说的'此间日中，只以眼泪洗面'矣。"〔**索隐**〕句句与董妃身世相合，揭明作意。而回目"悲往事"三字，亦如桶脱底。一面思想，不知不觉神往那里去了。

紫鹃走来，看见这样光景，想着必是刚才因说起南边北边的话来，一时触着黛玉的心事了，便问道："姑娘们来说了半天话，想来姑娘又劳了神了。刚才我叫雪雁告诉厨房里，给姑娘作一碗火肉白菜，加了一点虾米儿，配了点青笋紫菜。姑娘想着好么？"黛玉道："也罢了。"紫鹃道："还熬了一点江卷粥。"黛玉点点头儿，又说道："那粥该你们两个自己熬了，不用他们厨房里熬才是。"紫鹃道："我也怕厨房里弄的不干净，我们各自熬呢。就是那汤，我也告诉雪雁合柳嫂儿说了，要弄干净些。柳嫂儿说了，他打点妥当，拿到他屋里叫他们五儿瞧着炖呢。"黛玉道："我倒不是嫌人家肮脏，只是病了好些日子，不周不备，都是人家。这会子又汤儿粥儿的调度，未免惹人厌烦。"说着，眼圈儿又红了。

紫鹃道："姑娘这话也是多想。姑娘是老太太的外孙女儿，又是老太太心坎儿上的。别人求其在姑娘跟前讨好儿还不能呢，那里有抱怨的？"〔**索隐**〕阉官官妾，趋附宠妃，确有如此景象。黛玉点点头儿，因又问道："你才说的五儿，不是那日合宝二爷那边的芳官在一处的那个女孩儿？"紫鹃道："就是他。"黛玉道："不听见说要进来么？"紫鹃道："可不是，因为病了一场，后来好了，才要进来，正是晴雯他们闹出事来的时候，也就耽搁住了。"黛玉道："我看那丫头倒也还头脸儿干净。"

说着，外头婆子送了汤来。雪雁出来接时，那婆子说道："柳嫂儿叫回姑娘，这是他们五儿作的，不敢在大厨房里作，怕姑娘嫌肮脏。"雪雁答应着接了进来。黛玉在房里已听见了，吩咐雪雁告诉那老婆子，回去

《红楼梦》与顺治皇帝的爱情故事

说叫他费心。雪雁出来说了,老婆子自去。

这里雪雁将黛玉的碗箸安放在小几儿上,因问黛玉道:"还有咱们南来的五香大头菜,〔**索隐**〕连点南来的字眼,到底不懈。拌些麻油醋可好么?黛黛玉道:"也使得,只不必累赘了。"一面盛上粥来,黛玉吃了半碗,用羹匙舀了两口汤喝就放下了。两个丫头撤了下来,拭净了小几端下去,又换上一张常放的小儿。黛玉漱了口,盥了手,便道:"紫鹃,添了香了没有?"紫鹃道:"就添去。"黛玉道:"你们就把那汤合粥吃了罢,味儿还好,且是干净。待我自己添香罢。"两个人答应了,在外间自吃去了。

这里黛玉添了香,自己坐着,才要拿本书看,只听得园内的风自西边直透到东边,穿过树枝,都在那里唏嗻哗喇不住的响。一回儿,檐下的铁马也只管叮叮当当的乱响起来。

一时雪雁先吃完了进来伺候,黛玉便道:"天气冷了,我前日叫你们把那些小毛儿衣服晾晾,可曾晾过没有?"雪雁道:"都晾过了。"黛玉道:"你拿一件来披披。"雪雁走去,将一包的小毛衣服抱来,打开毡包给黛玉自拣。只见内中夹着个绢包,黛玉伸手拿起,打开看时,却是宝玉病时送来的旧手帕,自己题的诗,上面泪痕犹在,里头却包着那剪破了的香囊扇袋并宝玉通灵玉上的穗子。原来晾衣服时从箱中检出,紫鹃恐怕遗失了,遂夹在这毡包里。这黛玉不看则已,看了时,也不说穿那一件衣服,手里只拿着那两方手帕呆呆的看那旧诗。看了一回,不觉得簌簌泪下。

紫鹃刚从外间进来。只见雪雁正捧着一毡包衣裳在旁边呆立,小几上却放着剪破的香囊,两三截儿扇袋和那铰断了的穗子。〔**索隐**〕以喻破镜折钗之义。作者意在点缀柱意,遂尔回想及此,可谓灵心四射,虚实兼到。黛玉手中自拿着两方旧帕,上边写着字迹,在那里对着滴泪。正是:

失意人逢失意事,新啼痕间旧啼痕。

紫鹃见了这样,知是他触物伤情,感怀旧事,料他劝也无益,只得笑着道:"姑娘还看那些东西作什么?那都是那几年宝二爷和姑娘小时,一时好了一时恼了闹出来的笑话儿。要像如今这样斯抬斯敬,那里能把

第八十七回　感秋声抚琴悲往事　坐禅寂走火入邪魔

这些东西白糟蹋了呢?"紫鹃这话,原给黛玉开心,不料这几句话更提起黛玉初来时和宝玉的旧事来,一发珠泪连绵起来。紫鹃又劝道:"雪雁这里等着呢,姑娘披上一件罢。"那黛玉才把手帕撂下。紫鹃连忙拾起,将香袋等物包起拿开。

这黛玉方披了一件皮衣,自己闷闷的走到外间来坐下。回头看见案上宝钗的诗启尚未收好,又拿出来瞧了两遍,叹道:"境遇不同,伤心则一。不免也赋四章,翻入琴谱,可弹可歌,明日写出来寄去,以当和作。"便叫雪雁将外边桌上笔墨拿来,濡墨挥毫,赋成四叠。又将琴谱翻出,借他"猗兰""思贤"两操,合成音韵,与自己做的配齐了,然后写出,以备送与宝钗。又即叫雪雁向箱中将自己带来的短琴拿出,调上弦,又操演了指法。黛玉本是个绝顶聪明人,又在南边学过几时,虽是生手,到底一理就熟。抚了一番,夜已深了,便叫紫鹃收拾睡觉。不提。

却说宝玉这日起来梳洗了,带着焙茗正往书房中来,只见墨雨笑嘻嘻的跑来,迎头说道:"二爷今日便宜了,太爷不在书房里,都放了学了。"宝玉道:"当真的么?"墨雨道:"二爷不信,那不是三爷和兰哥儿来了。"宝玉看时,只见贾环、贾兰跟着小厮们,两个笑嘻嘻的,嘴里咭咭呱呱不知说些什么迎头来了。见了宝玉,都垂手站住。宝玉问道:"你们两个怎么就回来了?"贾环道:"今日太爷有事,说是放一天学,明儿再去呢。"

宝玉听了,方回身到贾母、贾政处去禀明了,然后回到怡红院中。袭人问道:"怎么就回来了?"宝玉告诉了他,只坐了一坐儿便往外走。袭人道:"往那里去?这样忙法!就放了学,依我说也该养养神儿了。"宝玉站住脚,低了头说道:"你的话也是。但是好容易放一天学,还不散散去?你也该可怜我些儿了。"袭人见说的可怜,笑道:"由爷去罢。"正说着,端了饭来。宝玉也没法儿,只得且吃饭,三口两口忙忙的吃完,漱了口,一留烟望黛玉房中去了。

走到门口,只见雪雁在院中晾绢子呢。宝玉因问:"姑娘吃了饭了么?"雪雁道:"早起吃了半碗粥,懒待吃饭。这时候打盹儿呢。二爷且到别处走走,回来再来罢。"宝玉只得回来。无处可去,忽然想起惜春有好几天没见,便信步走到蓼风轩来。刚到窗下,只见静悄悄寂无人声。

《红楼梦》与顺治皇帝的爱情故事

宝玉打量他也睡午觉,不便进去。才要走时,只听屋里微微一响,不知何声。宝玉忙站住再听,半日又拍的一响。宝玉还未听出,只见一个人道:"你在这里下了一个子儿,那里你不应么?"宝玉方知是下围棋,但只急切听不出这个人的语音是谁。底下方听见惜春道:"怕什么?你这么一吃,我这么一应,你又这么吃,我又这么应。还缓着一着儿呢,终久连得上。"那一个又道:"我要这么一吃呢?"惜春道:"嗳哟,还有一着'反扑'在里头呢!我倒没防备。"

宝玉听了听,那一个声音很熟,却不是他姊妹。料着惜春屋里也没外人,轻轻的掀帘进去看时,不是别人,却是那栊翠庵的槛外人妙玉。〔索隐〕郑重点出"栊翠庵的槛外人妙玉",此等处,非细体会不知其妙。这宝玉见是妙玉,不敢惊动。妙玉和惜春正在凝思之际,也没理会。宝玉却站在旁边看他两个的手段。只见妙玉低着头问惜春道:"你这畸角儿不要了么?"惜春道:"怎么不要?你那里头都死着子儿,我怕什么。"妙玉道:"且别说满话,试试看。"惜春道:"我便打了起来,看你怎么样!"妙玉却微微笑着,把边上子一接,却搭转一吃,把惜春的一个角儿都打起来了,笑着说道:"这叫做'倒脱靴势'。"〔索隐〕第一层曰"反扑",第二层曰"倒脱靴",皆借棋立说,故有谓此处妙玉为指尚可喜者。当初附三桂举兵,复又中途变计,投附清室,卒至国祚不保,自取灭亡。谓之为"走火入邪魔",意甚惜之。

惜春尚未答言,宝玉在旁情不自禁哈哈一笑,把两个人都吓了一大跳。惜春道:"你这是怎么说?进来也不言语,这么使促狭吓人。你多早晚进来的?"宝玉道:"我头里就进来了,看着你们两个争这个'畸角儿'。"说着,一面与妙玉施礼,一面又笑问道:"妙公轻易不出禅关,今日何缘下凡一走?"妙玉听了,忽然把脸一红,也不答言,低了头自看那棋。宝玉自觉造次,连忙陪笑道:"倒是出家人,比不得我们在家的俗人,头一件,心是静的。静则灵,灵则慧。"宝玉尚未说完,只见妙玉微微的把眼一抬,看了宝玉一眼,复又低下头去,那脸上的颜色渐渐的红晕起来。宝玉见他不理,只得讪讪的旁边坐了。

惜春还要下子,妙玉半日说道:"再下罢。"便起身理理衣裳,重新坐下,痴痴的问着宝玉道:"你从何处来?"宝玉巴不得问这声,好解释

第八十七回　感秋声抚琴悲往事　坐禅寂走火入邪魔

前头的话，忽又想道："或是妙玉的机锋。"转红了脸答应不出来。妙玉微微一笑，自合惜春说话。惜春也笑道："二哥哥，这什么难答的？你没的听见人家常说的'从来处来'么？这也值得把脸红了，见了生人的似的。"妙玉听了这话，想起自家，心上一动，脸上一热，必然也是红的，倒觉不好意思起来。因站起来说道："我来得久了，要回庵里去了。"惜春知妙玉为人，也不深留，送出门口。妙玉笑道："久已不来这里，弯弯曲曲，回去的路头都要迷住了。"宝玉道："这倒要我来指引指引，何如？"〔索隐〕迷途而以宝玉指引，则愈入愈歧，恐不知其所届矣。妙玉道："不敢，二爷前请。"

于是二人别了惜春，离了蓼风轩，弯弯曲曲，走近潇湘馆，忽听得叮咚之声。妙玉道："那里的琴声？"宝玉道："想必是林妹妹那里抚琴呢。"妙玉道："原来他也会这个，怎么素日不听见提起？"宝玉悉把黛玉的事述了一遍，因说："咱们去看他。"妙玉道："从古只有听琴，再没有'看琴'的。"宝玉笑道："我原说我是个俗人。"说着，二人走至潇湘馆外，在山石上坐着静听，甚觉音调清切。只听得低吟道：

"风萧萧兮秋气深，美人千里兮独沉吟。望故乡兮何处？倚栏杆兮涕沾襟。"歇了一回，听得又吟道：

"山迢迢兮水长，照轩窗兮明月光。耿不寐兮银河渺茫，罗衫怯怯兮风露凉。"又歇了一歇。妙玉道："刚才"侵"字韵是第一叠，如今"阳"字韵是第二叠了。咱们再听。"里边又吟道：

"子之遭兮不自由，予之遇兮多烦忧。之子与我兮心焉相投，思古人兮俾无尤。"

妙玉道："这又是一拍。何忧思之深也？"宝玉道："我虽不懂得，但听他的音调，也觉得过悲了。"里头又调了一回弦。妙玉道："君弦太高了，与无射律只怕不配呢。"里边又吟道：

"人生斯世兮如轻尘，天上人间兮感夙因。感夙因兮不可惙，素心何如天上月。"〔索隐〕此曲较前更沉痛，亦更明显。董妃晚年，或亦自悔当时之不能一死以谢辟疆，有愧秦淮诸姊妹，故曰："素心何如天上月。"

妙玉听了，呀然失色道："如何忽作变徵之声？音调可裂金石矣！只是太过。"宝玉道："太过便怎么？"妙玉道："恐不能持久。"正议论时，

《红楼梦》与顺治皇帝的爱情故事

听君弦"蹦"的一声断了。〔索隐〕君弦忽断，亦喻恩眷之不终。妙玉站起来连忙就走。宝玉道："怎么样？"妙玉道："日后自知，你也不必多说。"竟自走了。弄得宝玉满肚疑团，没精打彩的归至怡红院中。不表。

单说妙玉归去，早有道婆接着，掩了庵门，坐了一回，把"禅门日诵"念了一遍。吃了晚饭，点上香，拜了菩萨，命道婆自去歇着，自己的禅床靠背俱已整齐，屏息垂帘，跏趺坐下，断除妄想，趋向真如。坐到三更过后，听得屋上"咕碌碌"一片瓦响，妙玉恐有贼来，下了禅床，出到前轩，但见云影横空，月华如水。那时天气尚不很凉，独自一个凭栏站了一回，忽听房上两个猫儿一递一声厮叫。那妙玉忽想起日间宝玉之言，不觉一阵心跳耳热。自己连忙收摄心神，走进禅房床上坐了。怎奈神不守舍，一时如万马奔驰，觉得禅床便恍荡起来，身子已不在庵中。便有许多王孙公子要来娶他，又有些媒婆扯扯拽拽扶他上车，自己不肯去。一回儿又有盗贼劫他，持刀执棍的逼勒，〔索隐〕威胁势诱，以致不能自持。只得哭喊求救。

早惊醒了庵中女尼道婆等众，都拿火来照看。只见妙玉两手撒开，口中流沫。急叫醒时，只见眼睛直竖，两颧鲜红，骂道："我自有菩萨保佑，你们这些强徒敢要怎么样？"众人都吓的没了主意，都说道："我们在这里呢，快醒转来罢。"妙玉道："我要回家去，你们有什么好人？送我回去罢！"道婆道：这里就是你住的房子。"说着，又叫别的女尼忙向观音前祷告，求了签，翻开签书看时，鬼触犯了西南角上的阴人。〔索隐〕漠西南。就有一个说："是了。大观园中西南角上本来没有人住，阴气是有的。"一面弄汤弄水的在那里忙乱。

那女尼原是自南边带来的，服侍妙玉自然比别人尽心，围着妙玉坐在禅床上。妙玉回头道："你是谁？"女尼道："是我。"妙玉仔细瞧了一瞧，道："原来是你。"便抱住那女尼呜呜咽咽的哭起来，说道："你是我的妈呀，你不救我，我不得活了！"那女尼一面唤醒他，一面给他揉着。道婆倒上茶来吃了，直到天明才睡了。

女尼便打发人去请大夫来看脉，也有说是思虑伤脾的，也有说是热入血室的，也有说是邪祟触犯的，也有说是内外感冒的，终无定论。后

第八十七回　感秋声抚琴悲往事　坐禅寂走火入邪魔

请得一个大夫来看了,问:"曾打坐过没有?"道婆说道:"向来打坐的。"大夫道:"这病可是昨夜忽然来的么?"道婆道:"是。"大夫道:"这是走魔入火的原故。"众人问:"有碍没有?"大夫道:"幸亏打坐不久,魔还入得浅,可以有救。"写了降伏心火的药,吃了一剂,稍稍平复些。

外面那些游头浪子听见了,便造作许多谣言说:"这样年纪,那里忍得住?况且又是很风流的人品,很乖觉的性灵,以后不知飞在谁手里,便宜谁去呢。"过了几日,妙玉病虽略好,神思未复,终有些恍惚。

一日,惜春正坐着,彩屏忽然进来回道:"姑娘知道妙玉师父的事么?"惜春道:"他有什么事?"彩屏道:"我昨日听见邢姑娘和大奶奶那里说呢,他自从那日合姑娘下棋回去,夜间忽然中了邪,嘴里胡诌说强盗来抢他来了,到如今还没好。姑娘你说这不是奇事么?"惜春听了,默然无语。因想:"妙玉虽然洁净,毕竟尘缘未断。可惜我生在这种人家,不便出家。我若出了家时,那有邪魔缠扰,一念不生,万缘俱寂。"〔**索隐**〕韩信投齐,为楚则楚重,为汉则汉重。惟犹豫不决,乃为事之贼。时机难得而败于首鼠两端之竖子,作者盖深惜之。想到这里,蓦与神会,若有所得,便口占一偈云:"大造本无方,云何是应住?既从空中来,应向空中去。"

占毕,即命丫头焚香。自己静坐了一回,又翻开那棋谱,把孔融、王积薪等所著看了几篇。内中"荷叶包蟹势""黄莺搏兔势",都不出奇,"三十六局杀角势"一时也难会难记,独看到"八龙走马"〔**索隐**〕种种名称,皆显其与战事有关。觉得甚有意思。正在那里作想,只听见外面一个人走进院来,连叫彩屏。未知是谁,下回分解。

〔**索隐**〕此回事实,即于回目中揭出,所谓"悲往事""入邪魔"是也。

全回凡分三段:自开首起,至"收拾睡觉不提"止,为"悲往事"之正文。此下至"归至怡红院中不表"止,中间过渡,将两事挽成一起,骨节灵通,如常山之蛇,首尾接应,开后来作文家无数法门。以下至本回完毕为"入邪魔"之正文。

《红楼梦》与顺治皇帝的爱情故事

其所谓"悲往事"者,的指董妃感旧言之,而"入邪魔"一层,虽似指尚、耿诸王,然不能征实。亦有谓刺陈夫人五华宫修道事者。在要以意逆志,得其概略而已。

此回全用字面点染法,别一蹊径。

〔**护花评**〕香风是兰花,但竟说兰花,不但文情径直,且探春等四人又须大家看花,殊费闲笔墨。今以像桂花漾开,即借桂花说起南北各方人有定数,为探春南嫁伏笔,玲珑之极。

又:补叙柳五儿耽迟不进园缘故,周匝无遗。

又:黛玉和歌,翻入琴谱,若在房中独自抚吟,绝无知音听赏,有何意味?故写妙玉听琴,审音知兆,以见琴声凄断,歌词酸楚。

又:宝玉疑妙玉是机锋,不觉脸红。妙玉见宝玉脸红,亦自知脸红。一样脸红,两样心事。妙极。

又:,宝钗四歌于纸上写来,黛玉于口中吟出,又于琴中弹出,文法变换不一。

〔**大某评**〕此回仍是甲寅年深秋时事。

第八十八回   博庭欢宝玉赞孤儿
　　　　　　　正家法贾珍鞭悍仆

　　却说惜春正在那里揣摩棋谱，忽听院内有人叫彩屏，不是别人，却是鸳鸯的声儿。彩屏出去，同着鸳鸯进来。那鸳鸯却带着一个小丫头，提了一个小黄绢包儿。

　　惜春笑问道："什么事？"鸳鸯道："老太太因明年八十一岁，是个暗九。许下一场九昼夜的功德，发心要写三千六百五十零一部《金刚经》。这已发出外面人写了，但是俗说《金刚经》就像那道家的符壳，《心经》才算是符胆，〔索隐〕此是喻言。故此《金刚经》内必要插着《心经》，更有功德。老太太因《心经》是更要紧的，观自在又是女菩萨，所以要几个亲丁奶奶、姑娘们写上三百六十五部。如此又虔诚又洁净。咱们家中，除了二奶奶，头一宗他当家少有空儿，二宗他也写不上来。其余会写字的，不论写得多少，连东府珍大奶奶、姨娘们都分了去，本家里头自不用说。"

　　惜春听了点头道："别的我做不来，若要写经，我最信心的。你放下吃茶罢。"鸳鸯才将那小包儿放在桌上，同惜春坐下。彩屏倒了一钟茶来，惜春笑问道："你写不写？"鸳鸯道："姑娘又说笑话了。那几年还好，这三四年来，姑娘见我还拿了拿笔儿么？"惜春道："这却是有功德的。"

　　鸳鸯道："我也有一件事：向来服侍老太太安歇后，自己念念米佛，已经念了三年多了。我把这个米收好，等老太太做功德的时候，我将他衬在里头供佛施食，也是我一点诚心。"惜春说道："这样说来，老太太做了观音，你就是龙女了。"鸳鸯道："那里跟得上这个分儿？却是除了老太太，别的也服侍不来，不晓得前世什么缘分儿。"〔索隐〕官中佞

《红楼梦》与顺治皇帝的爱情故事

佛,宦官官妾,遂借佞佛者以佞主。神情声口,一丝不走。说着要走,叫小丫头把小绢包打开,拿出来道:"这素纸一扎,是写《心经》的。"又拿起一炷儿藏香道:"这是叫写经时点着写的。"惜春都应了。

鸳鸯遂辞了出来,同小丫头来至贾母房中,回了一遍。看见贾母、李纨打双陆,鸳鸯旁边瞧着。李纨的骰子好,掷下去把老太太的锤打下了好几个去。鸳鸯抿着嘴儿笑。

忽见宝玉进来,手中提了两个细篾丝的小笼子,笼内有几个蝈蝈儿,〔索隐〕养画眉,斗鹌鹑,为旗下浪子之普通行径,万几多暇,或亦借以自娱。色荒之后,继以禽荒,风流天子,复尔尔。说道:"我听说老太太夜里睡不着,我给老太太留下解解闷。"贾母笑道:"你别瞧着你老子不在家,你只管淘气。"

宝玉笑道:"我没有淘气。"贾母道:"你没淘气,不在学房里念书,为什么又弄这个东西呢?"宝玉道:"不是我自己弄的。今日因师父叫环儿和兰儿对对子,环儿对不来,我悄悄的告诉了他。他说了,师父喜欢,夸了他两句,他感激我的情,买了来孝敬我的。〔索隐〕宗室之所进奉,圣心之所嘉悦。我才拿了来孝敬老太太的。"贾母道:"他没有天天念书么?为什么对不上来?对不上来就叫你儒大爷爷打他的嘴巴子,看他臊不臊?你也够受了,不记得你老子在家时,一叫做诗词,吓的倒像个小鬼儿似的,这会子又说嘴了。那环儿小子更没出息,求人替做了,就变着方法儿打点人。这么点儿孩子就闹鬼闹神的,也不害臊,赶大了,还不知是个什么东西呢!"说的满屋子人都笑了。

贾母又问道:"兰小子呢,做上来了没有?这该环儿替他,他又比他小了。是不是?"宝玉笑道:"他倒没有,却是自己对的。"贾母道:"我不信,不然就也是你闹了鬼了。如今你还了得,'羊群里跑出骆驼来了'!〔索隐〕满蒙僻在西北,腥膻之俗,榛莽未辟,而竟有神武不羁之章皇帝挺生其间二遭际幸运,入主中夏,垂旒端冕,俯视一切。山岳之钟灵耶?祖宗之积累耶?时无英雄,遂使竖子成名!读"羊群里跑出骆驼"之语,为之一喟。就是你大,你又会做文章了!"宝玉笑道:"实在是他作的,师父还夸他明儿一定有大出息呢。老太太不信,就打发人叫了他来亲自试试,老太太就知道了。"贾母道:"果然这么着,我才喜

· 1050 ·

第八十八回　博庭欢宝玉赞孤儿　正家法贾珍鞭悍仆

欢。我不过怕你撒谎。既是他做的，这孩子明儿大概还有一点儿出息。"因看着李纨，又想起贾珠来，"这也不枉你大哥哥死了，你大嫂子拉扯他一场。日后也替你大哥哥顶门壮户"。说到这里，不禁流下泪来。〔索隐〕此回之兰儿，盖指圣祖仁皇帝而言。时仁皇生母早故，继母抚之。书中云云，当日或确有此一段故事。

李纨听了这话，却也动心。只是贾母已经伤心，自己连忙忍住泪，笑劝道："这是老祖宗的余德，我们托着老祖宗的福罢了。只要他应得老祖宗的话，就是我们的造化了。老祖宗看着也喜欢，怎么倒伤起心来呢？"因又回头向宝玉道："宝叔叔明儿别这么夸他，他多大孩子，知道什么？你不过是爱惜他的意思，他那里懂得？一来二去，眼大心肥，那里还能够有长进呢？"贾母道："你嫂子这也说的是。就只他还太小呢，也别很逼紧了他。小孩子胆儿小，一时逼急了弄出点子毛病来，书倒念不成，把你的工夫都白糟蹋了。"贾母说到这里，李纨却忍不住扑簌簌掉下泪来，连忙擦了。

只见贾环、贾兰也都进来给贾母请了安。贾兰又见过他母亲，然后过来在贾母旁边侍立。贾母道："我刚才听见你叔叔说，你对的好对子，师父夸赞你么。"贾兰也不言语，只管抿着嘴儿笑。鸳鸯过来说道："请示老太太，晚饭伺候下了。"贾母道："请你姨太太去罢。"琥珀接着便叫人去王夫人那边请薛姨妈。

这里宝玉、贾环退出。素云和小丫头们过来把双陆收起。李纨尚等着伺候贾母的晚饭，贾兰便跟了他母亲站着。贾母道："你们娘儿两个跟着我吃罢。"李纨答应了。一时摆上饭来，丫鬟回来禀道："太太叫回老太太，姨太太这几天浮来暂去，不能过来回老太太，今日饭后家去了。"于是贾母叫贾兰在身旁边坐下，大家吃饭。不必细述。

却说贾母刚吃完了饭，盥漱了，歪在床上说闲话儿。只见小丫头儿告诉琥珀，琥珀过来回贾母道："东府大爷请晚安来了。"贾母道："你们告诉他，知他办理家务很乏的，叫他歇着去罢，我知道了。"〔索隐〕俨然是宫门请安情形。细玩此回，贾珍必系宗室大臣新自外省差竣回京者。荣、宁虽喜尚繁文，而东府大爷何至逐日早晚请安？且全部百二十回并未提及，忽于此处插出，甚觉突兀。作者盖有意点明也。小丫头告

《红楼梦》与顺治皇帝的爱情故事

诉老婆子们，老婆子才告诉贾珍。贾珍然后退出。

到了次日，贾珍过来料理诸事。门上小厮陆续回了几件事，又一个小厮回道："庄头送果子来了。"〔**索隐**〕各行省报解丁粮杂税。贾珍道："单子呢？"那小厮连忙呈上。贾珍看时，上面写着不过是时鲜果品，还夹带菜蔬野味若干在内。贾珍看完，问："向来经管的是谁？"门上的回道："是周瑞。"〔**索隐**〕户部大臣。便叫周瑞："照帐点清，送往里头交代。等我把来帐抄下一个底子，留着好对。"又叫："告诉厨房，把下菜中添几宗给送果子的来人，照常赏饭给钱。"〔**索隐**〕解饷员照例守取文批。

周瑞答应了。一面叫人搬至凤姐儿院子里去，又把庄上的帐同果子交代明白。出去了一回儿，又进来回贾珍道："刚才来的果子，大爷曾点过数目没有？"贾珍道："我那里有工夫点这个呢？给了你帐，你照帐点就是了。"

周瑞道："小的曾点过，也没有少，也不能多出来。大爷既留下底子，再叫送果子来的人问问，他这帐是真的假的。"贾珍道："这是怎么说？不过是几个果子罢咧，有什么要紧？我又没有疑你。"说着，一只见鲍二走来叩了一个头，说道："求大爷原旧放小的在外头伺候罢。"贾珍道："你们这又是怎么着？"鲍二道："奴才在这里又说不上话来。"〔**索隐**〕都下揭参。

贾珍道："谁叫你说话？"鲍二道："何苦在这里作眼睛珠儿。"周瑞接口道："奴才在这里经管地租庄子，银钱出入每年也有三五十万来往，老爷、太太、奶奶们从没有说过话的，何况这些零星东西。若照鲍二说起来，爷们家里的田地房产都被奴才们弄完了。"贾珍想道："必是鲍二在这里拌嘴，不如叫他出去。"因向鲍二说道：快滚罢！"又告诉周瑞说："你也不用说了，你干你的事罢。"二人各自散了。

贾珍正在厢房里歇着，听见门上闹的翻江搅海。叫人去查问，回来说道："鲍二和周瑞的干儿子打架。"贾珍："周瑞的干儿子是谁？"门上的回道："他叫何三，本来是个没味儿的，天天在家里吃酒闹事，常来门下坐着。听见鲍二与周瑞拌嘴，他就插在里头。"贾珍道："这却可恶！把鲍二和那个什么何几给我一块儿捆起来！周瑞呢？"门上的回道：

第八十八回　博庭欢宝玉赞孤儿　正家法贾珍鞭悍仆

"打架时他先走了。"贾珍道："给我拿了来，这还了得么！"众人答应了。

正闹着，贾琏也回来了，贾珍便告诉了一遍。贾琏道："这还了得！"又添了人去拿周瑞。周瑞知道躲不过，也找到了。贾珍便叫都捆上。贾琏便向周瑞道："你们前头的话却也不要紧，大爷说开了，很是了。为什么外头又打架？你们打架已经使不得，又弄个野杂种什么何三来闹，你不压伏压伏他们，倒竟走了。"就把周瑞踢了几脚。贾珍道："单打周瑞不中用。"喝人命把鲍二和何三各人打了五十鞭子，撵了出去，〔索隐〕两下革职治罪。方和贾琏两个商量正事。

下人背地里便生出许多议论来：也有说贾珍护短的；也有说不会调停的；也有说他本不是好人，前儿尤家姊妹弄出许多丑事来，那鲍二不是他调停着二爷叫了来的么？这会子又嫌鲍二不济事，必是鲍二的女人服侍不到了。人多嘴杂，纷纷不一。〔索隐〕朝议纷然。

却说贾政自从在工部掌印，家人中尽有发财的。那贾芸听见了，也要插手弄一点事儿，便在外头说了几个工头，讲了成数，便买了些时新绣货，要走凤姐儿门子。

凤姐在房中听见了丫头们说："大爷、二爷都生了气，在外头对打人呢。"凤姐听了不知何故，正要叫人去问问，只见贾琏已进来了，把外面的事告诉了一遍。凤姐道："事情虽不要紧，但这风俗儿断不可长。此刻还算咱们家里正旺的时候儿，他们就敢打架。以后小辈儿们当了家，他们越发难制伏了。前年我在东府里，亲眼见过焦大吃的烂醉，躺在台阶子底下骂人，不管上上下下，一派儿的混骂。他虽是有过功劳的人，到底主子奴才的名分，也要存点儿体统才好。〔索隐〕顺康之初，一班入关元勋从龙巨室，自恃功高望重，颇有跋扈不臣之象。豫王当国时，一意整饬纪纲，朝野悚然。然亦以招怨身死，未几群起攻之，夺爵削嗣，半由于此。珍大奶奶不是我说，是个老实头，个个人都叫他养得无法无天的。如今又弄出一个什么鲍二，我还听见是你和珍大爷得用的人，为什么今儿又打他呢？"贾琏听了这话刺心，便觉讪讪的，拿话来支开，借有事说着就走了。

小红进来回道："芸二爷在外头要见奶奶。"凤姐一想："他又来做什么？"便道："叫他进来罢。"小红出来，睄着贾芸微微一笑。贾芸赶忙凑近一步问道："姑娘替我回了没有？"小红红了脸说道："我就是见二爷的事多。"贾芸道："何曾有多少事能到里头来劳动姑娘呢？就是那一年姑娘在宝二叔房里，我才和姑娘……"小红怕人撞见，不等说完，赶忙问道："那年我换给二爷的一块绢子，二爷见了没有？"那贾芸听了这句话，喜的心花俱开，才要说话，只见一个小丫头从里面出来，贾芸连忙同着小红往里走。两个人一左一右，相离不远。贾芸悄悄的道："回来我出来，还是你送出我来，我告诉你，还有笑话儿呢。"小红听了，把脸飞红，睄了贾芸一眼，〔索隐〕贾芸、小红，皆暗影洪文襄一人，洪名承畴，故以芸字照射，红洪谐声，小者，轻之之辞。本回补写文襄在内廷作奸犯科之行径。也不答言。同他到了凤姐门口，自己先进去回了，然后出来，掀起帘子点手儿，口中却故意说道："奶奶请芸二爷进来呢。"

贾芸笑了一笑，跟着他走进房来。见了凤姐儿请了安，并说："母亲叫问好。"凤姐也问了他母亲好。凤姐道："你来有什么事？"贾芸道："侄儿从前承婶娘疼爱，心上时刻想着，总过意不去。欲要孝敬婶娘，又怕婶娘多想。如今重阳时候，略备了一点儿东西，婶娘这里那一件没有？不过是侄儿一点孝心，只怕婶娘不肯赏脸。"凤姐笑道："有话坐下说。"贾芸才侧身坐了，连忙将东西捧着放在旁边桌上。

凤姐又道："你不是什么有余的人，何苦又去化钱。我又不等着使。你今日来意是怎么个想头儿？你倒是实说。"贾芸道："并没有别的想头儿，不过感婶娘的恩惠过意不去罢咧。"说着微微的笑了。凤姐道："不是这么说。你手里窄我很知道，我何苦白白儿使你的！你要我收下这个东西，须先和我说明白了。要是这么含着骨头露着肉的，我倒不收。"〔索隐〕词锋锯利。

贾芸没法儿，只得站起来，陪着笑儿说道："并不是有什么妄想。前几日听见老爷总办陵工，侄儿有几个朋友办过好些工程，极妥当的，要求婶娘在老爷跟前提一提。办得一两种，侄儿再忘不了婶娘的恩典。若是家里用得着，侄儿也能给婶娘出力。"凤姐道："若是别的，我却可以作主。至于衙门里的事，上头呢，都是堂官司员定的；底下呢，都是那些书办衙役们办的，别人只怕插不上手。连自己的家人，也不过跟着老

第八十八回　博庭欢宝玉赞孤儿　正家法贾珍鞭悍仆

爷服侍服侍。就是你二叔去，亦只是为的是各自家里的事，他也并不能搀越公事。论家事，这里是踩一头儿撬一头儿的，连珍大爷还弹压不住，你的年纪儿又轻，辈数儿又小，那里缠的清这些人呢？况且衙门里头的事，差不多儿也要完了，不过吃饭瞎跑。你在家里什么事做不得，难道没了这碗饭吃不成？〔索隐〕为小红脑后一针。文襄觍颜事敌甘作二臣，所为何来？恐亦无以自解。我这是实在话，你自己回去想想就知道了。你的情意我已经领了，把东西快拿回去，是那里弄来的，仍旧给人家送了去罢。"

正说着，只见奶妈子一大起带了巧姐儿进来。那巧姐儿身上穿得锦团花簇，手里拿着好些玩意儿，笑嘻嘻走到凤姐身边学舌。贾芸一见，便站起来，笑盈盈的赶着说道："这就是大妹妹么？你要什么好东西不要？"那巧姐儿便"哑"的一声哭了。贾芸连忙退下。凤姐道："乖乖不怕。"连忙将巧姐揽在怀里道："这是你芸大哥哥，怎么认起生来了？"贾芸道："妹妹生得好相貌，将来又是个有大造化的。"那巧姐儿回头把贾芸一瞧，又哭起来，叠连几次。贾芸看这光景坐不住，便起身告辞要走。凤姐道："你把东西带了去罢。"贾芸道："这一点子婶娘还不赏脸？"凤姐道："你不带去，我便叫人送到你家去。芸哥儿，你不要这么样。你又不是外人，我这里有机会，少不得打发人去叫你，没有事也没法儿，不在乎这些东东西西上的。"贾芸看见凤姐执意不受，贾芸复没趣，只得红着脸道："既这么着，我再找得用的东西来孝敬婶娘罢。"凤姐便叫小红拿了东西，跟着贾芸送出去。

贾芸走着，一面心中想道："人说二奶奶利害，果然利害。一点儿都不漏缝，真正斩钉截铁，〔索隐〕豫王平定江南，纯用猛烈手段，致有"嘉定三屠""扬州十日"之惨。当时民怨沸腾，诅咒之辞，溢于道路。书中以南边辣子喻之，贴切显豁。怪不得没有后世。〔索隐〕指身后获罪而言。这巧姐儿更怪，见了我，好像前世的冤家似的。真正晦气，白闹了这么一天！"

小红见贾芸没得彩头，也不高兴，拿着东西跟出来。贾芸接过来，打开包儿拣了两件，悄悄的递给小红。小红不接，嘴里说道："二爷别这么着，看奶奶知道了，大家倒不好看。"贾芸道："你好生收着罢，怕什

《红楼梦》与顺治皇帝的爱情故事

么?那里就知道了!你若不要,就是瞧不起我了。"小红微微一笑,才接过来说道:"谁要你这些东西,算什么呢?"说了这句话,把脸又飞红了。贾芸也笑道:"我也不是为东西,况且那东西也算不了什么。"说着话儿,两个已走到二门。贾芸把下剩的仍旧揣在怀里。小红催着贾芸道:"你先去罢,有什么事情只管来找我。我如今在这院里了,又不隔手。"贾芸点点头儿,说道:"二奶奶太利害,我可惜不能常来。刚才我说的话,你横竖心里明白,得了空儿再告诉你罢。"小红满脸羞红说道:"你去罢,明儿也常来走走。谁叫你和他生疏呢!"贾芸道:"知道了。"贾芸说着出了院门。这里小红站在门口,怔怔的看他去远了才回来了。

却说凤姐在房中吩咐预备晚饭,因又问道:"你们熬了粥没有?"丫头们连忙去问,回来回道:"预备了。"凤姐道:"你们把那南边来的糟东西弄一两碟来罢。"秋桐答应了,叫丫头们伺候。平儿走来笑道:"我倒忘了,今儿晌午,奶奶在上头老太太那边的时候,水月庵的师父打发人来,要向奶奶讨两瓶南小菜,〔索隐〕南中子女、玉帛,捆载而归,廷臣中闻风染指者必多。特以"南小菜"三字点染,煞有深意。还要支用几个月的月钱,说是身上不受用。我问那道婆来着,'师父怎么不受用?'他说,四五天了,前儿夜里因那些小沙弥小道士里头,有几个女孩子睡觉没有吹灯,他说了几次不听。那一夜看见他们三更以后灯还点着呢,他便叫他们吹灯,个个都睡着了,没有人答应,只得自己亲自起来给他们吹灭了。回到炕上,只见有两个人,一男一女,坐在炕上。他赶着问是谁,那里把一根绳子往他脖子上一套,他便叫起人来。众人听见,点上灯火一齐起来,已经躺在地下满口吐白沫子,幸亏救醒了。此时还不能吃东西,所以叫来寻些小菜儿的。我因奶奶不在房中,不便给他。我说:'奶奶此时没有空儿,在上头呢,回来告诉。'便打发他回去了。刚才听见说南菜,方想起来了,不然就忘了。"

凤姐听了,呆了一呆〔索隐〕王虽以懿亲辅政,威权煊赫。然群小眈眈,亦不得不审度情形,略为点染,忍痛分肥,自宜"呆了一呆"。此等处,虚实俱到,文笔可谓灵活已极。说道:"南菜不是还有呢,叫人送些去就是了。那银子过一天叫芹哥来领就是了。"又见小红进来回道:"刚才二爷差人来说是今晚城外有事,不能回来,先通知一声。"凤姐

第八十八回　博庭欢宝玉赞孤儿　正家法贾珍鞭悍仆

道："是了。"

说着，只听见小丫头从后面喘吁吁的喊着直跑到院子里来，外面平儿接着，还有几个丫头们咕咕唧唧的说话。凤姐道："你们说什么呢？"平儿道："小丫头儿有些胆怯，说鬼话。"凤姐说："那一个小丫头？进来。"问道："什么鬼话？"那丫头道："我刚才到后边去叫打杂儿的添煤，只听得三间空屋子里'哗喇哗喇'的响，我还道是猫儿耗子，又听得'唉'的一声，像个人出气儿的似的。我害怕，就跑回来了。"凤姐骂道："胡说！我这里断不兴说神说鬼，我从来不信这些个话。快滚出去罢！"那小丫头出去了。凤姐便叫彩明将一天零碎杂帐对过一遍，时已将近二更。大家又歇了一回，略说些闲话，遂叫："各人安歇去罢。"凤姐也睡下了。

将近三更，凤姐似睡不睡，觉得身上寒毛一凛。越躺着越发凛起来，〔索隐〕当日杀戮过重，怨气所积，檐帷部曲，遂有疑神疑鬼之谈。虽或假为镇定，而良心受责，内疚滋多。借凤姐如此一写，不即不离，尽在个中。因叫平儿、秋桐过来作伴，二人也不解何意。

那秋桐本来不顺凤姐，后来贾琏因尤二姐之事，不大爱惜他了，凤姐又笼络他，如今倒也安静，只是心里比平儿差多了，不过外面情儿。今见凤姐不受用，只得端上茶来。凤姐吃了一口道："难为你，睡去罢，只留平儿在这里够了。"秋桐却要献勤儿，因说道："奶奶睡不着，倒是我们两个轮流坐坐也使得。"凤姐一面说，一面睡着了。平儿、秋桐看见凤姐已睡，只听得远远的鸡叫了，他二人方都穿着衣服略躺了一躺，就天亮了，连忙起来服侍凤姐梳洗。

凤姐因夜中之事，心神恍惚不宁，只是一味要强，仍然硬撑起来。正坐着纳闷，忽听个小丫头儿在院里问道："平姑娘在屋里么？"平儿答应了一声，那小丫头掀起帘子进来，却是王夫人打发过来来找贾琏，说："外头有人回说要紧的官事，老爷已出了门，太太叫快请二爷过去呢。"凤姐听见，吓了一跳。不知何事，下回分解。

〔索隐〕此回亦书中重要文字，所隐事迹极多，零玑碎锦，散落满地。掇拾补苴之，自成一种异彩，令人目迷神眩，惊异

《红楼梦》与顺治皇帝的爱情故事

不置。

全回共分四大段，皆有寓意，试为分疏之如下：自开首起，至"不必细述"止为第一段。仁皇帝生母早殁，寄育中宫，孝庄含饴弄孙，世祖承欢养志。奖孤儿诵读之慧，即以慰高堂垂暮之心，委曲将迎，事所或有。作者熟闻中秘，珥笔纪实，初非依稀想象之词。

自"却说贾母刚吃完了饭"起，至"说着就走了"止为第二段。赋税出纳，主其事者因缘为奸，瘠公肥己。风声所播，言官交章弹劾，而刑赏失当，泾渭不分，甚至双方罢斥，以为模糊了解之地。玩"此刻还算咱们家里正旺的时候儿，他们就敢打架。以后小辈儿们当了家，他们越发难制伏了"一番说话，颇有豫王声口。且其时惟豫王能见及此，已觉庸中佼佼。

自"小红进来回道"至"才回来了"止为第三段。补写洪承畴事。承畴为清廷效力，作者深恶痛绝，故处处以轻薄嘲谑之笔出之。当日患得患失，或有结交辅政以固禄位之举。曰："你在家里，什么事做不得，难道没了这碗饭吃不成？"诛伐已到极点，小洪闻之，亦必毛骨悚然。

自"却说凤姐在房中"起，至本回完毕为第四段。因刺小洪，故连类而刺及豫王，其点筋节处，着重在"南菜"二字。心灵手敏，挥洒自如，极笔墨之能事矣。

此回上半回为回目中文字，下半为回目外文字，而回目中"博庭欢""正家法"等标题，尤可玩味。

〔护花评〕 上回叙妙玉走魔，此回即接写惜春写《心经》，以揭"心定自静，心明自慧"妙谛。

又：惜春说"老太太做了观音，鸳鸯就是龙女"，鸳鸯说"除了老太太，别的也服侍不来"，俱与将来殉主关照。

又：要写宝玉赞贾兰，先写贾环不长进作衬。

又：鲍二、何三打架受责，是后来纠盗根苗。

又：宝玉说，师父赞贾兰一定有大出息，是为贾兰中举伏笔。

第八十八回　博庭欢宝玉赞孤儿　正家法贾珍鞭悍仆

又：丫头中，小红最为不堪；小辈中，芸儿最为下作。不堪之幼婢，自然看中下作之小主。

又：写贾芸谋荐匠人，即暗描工部之弊。

又：巧姐一见贾芸便哭，伏后来串卖情事。

〔大某评〕此回仍是甲寅年深秋间事。

红楼梦与顺治皇帝的爱情故事（四）

张国星○等编

辽海出版社

第八十九回　人亡物在公子填词
　　　　　　　蛇影杯弓颦卿绝粒

　　话说凤姐正自起来纳闷，忽听见小丫头这话，又吓了一跳，连忙问道："什么官事？"小丫头道："也不知道。刚才二门上小厮进来，回老爷有要紧的官事，所以太太叫我请二爷来了。"凤姐听是工部里的事，才把心略略的放下，因说道："你回去回太太，就说二爷昨日晚上出城有事没有回来。打发人先回珍大爷去罢。"那丫头答应着去了。

　　一时贾珍过来见了部里的人，问明了，进来见了王夫人，回道："部中来报，昨日总河奏到河南一带决了河口，湮没了几府州县。又要开销国帑，修理城工，工部司官又有一番照料，所以部里特来报知老爷的。"说完退出，及贾政回家来问明。从此直到冬间，贾政天天有事，常在衙门里。宝玉的功课也渐渐的松了，只是怕贾政觉察出来，不敢不常在学房里去念书，连黛玉处也不敢常去。

　　那时已到十月中旬，宝玉起来要往学房中去。这日天气陡寒，只见袭人早已打点出一包衣服，向宝玉道："今日天气很冷，早晚宁使暖些。"说着，把衣服拿出来，给宝玉挑了一件穿，又包了一件，叫小丫头拿出交给焙茗，嘱咐道："天气凉，二爷要换时，好生预备着。"焙茗答应了，抱着毡包跟着宝玉自去。

　　宝玉到了学房中，做了自己的功课，忽听得纸窗"呼喇喇"一派风声。代儒道："天气又发冷。"把风门推开一看，只见西北上一层层的黑云渐渐往东南扑上来。焙茗走进来回宝玉道："二爷，天气冷了，再添些衣服罢。"宝玉点点头儿。只见焙茗拿进一件衣服来，宝玉不看则已，看了时神已痴了。那些小学生都巴着眼瞧，却原是晴雯所补的那件雀金裘。宝玉道："怎么拿这一件来？是谁给你的？"焙茗道："是里头姑娘们包

《红楼梦》与顺治皇帝的爱情故事

出来的。"宝玉道:"我身上不大冷,且不穿呢,包上罢。"

代儒只当宝玉可惜这件衣服,却也心里喜他知道俭省。焙茗道:"二爷穿着罢,着了凉,又是奴才的不是了。二爷只当疼奴才罢。"宝玉无奈,只得穿上,呆呆的对着书坐着。

代儒也只当他看书,不甚理会。晚间放学时,宝玉便往代儒托病告假一天,代儒本来上年纪的人,也不过伴着几个孩子解闷儿,时常也八病九痛的,乐得去一个少操一日心。〔索隐〕顺治初年,屡次简选名儒硕彦入南书房侍读,而其结果,如陈名夏辈老迈陋劣,虚行故事,于圣学实无所裨益。作者从闲中写出一花一叶,俱见天机。代儒者,怠儒也,于义为谐声。况且明知贾政事忙,贾母溺爱,便点点头儿。

宝玉一径回来,见过贾母、王夫人,也是这样说,自然没有不信的。略坐一坐,便回园中去了。见了袭人等,也不似往日有说有笑的,便和衣躺在炕上。袭人道:"晚饭预备下了,这会儿吃还是等一等儿?"宝玉道:"我不吃了,心里不舒服。你们吃去罢。"袭人道:"那么着,你也该把这件衣服换下来了,那个东西那里禁得住揉搓?"宝玉道:"不用换。"袭人道:"倒也不但是娇嫩物儿,你瞧瞧上头的针线,也不该这么糟蹋他呀!"

宝玉听了这话,正碰在他心坎儿上,叹了一口气道:"那么着,你就收起来给我包好了。我也总不穿他了。"说着,站起来脱下。袭人才过来接时,宝玉已经自己叠起。袭人道:"二爷怎么今日这样勤谨起来了?"宝玉也不答言,叠好了便问:"包袱呢?"麝月连忙递过来,让他自己包好。回头却和袭人挤着眼儿笑。〔索隐〕一腔心事,瞒不了阉宦近侍,此孔圣所以有"惟女子与小人为难养"之叹。

宝玉也不理会,自己坐着,无精打彩,猛听架上钟响,自己低头看了看,表针已指到酉初二刻了。一时小丫头点上灯来。袭人道:"你不吃饭,吃一口粥儿罢。别净饿着,看仔细饿上虚火来,那又是我们的累赘了。"宝玉摇摇头儿说:"我不大饿,强吃了倒不受用。"袭人道:"既这么着,就索性早些歇着罢。"于是袭人、麝月铺设好了,宝玉也就歇下。翻来覆去只睡不着,将及黎明,反朦胧睡去,不一顿饭时,早又醒了。

此时袭人、麝月也都起来。袭人道:"昨夜听着你翻腾到五更多,我

第八十九回　人亡物在公子填词　蛇影杯弓颦卿绝粒

也不敢问你。后来我就睡着了，不知到底你睡着了没有？"宝玉道："也睡了一睡，不知怎么就醒了。"袭人道："你没有什么不受用？"宝玉道："没有，只是心上发烦。"袭人道："今日学房里去不去？"宝玉道："我昨儿已经告了一天假了，今儿我要想园里逛一天散散心，只是怕冷。你叫他们收拾一间房子，备下一炉香，放下纸墨笔砚。你们只管干你们的，我自己静坐半天才好。别叫他们来搅我。"麝月接着道："二爷要静静儿的用工夫，谁敢来搅？"袭人道："这么着很好，也省得着了凉。自己坐坐心神也不散。"因又问："你既懒得吃饭，今日吃什么？早说好传给厨房里去。"宝玉道："还是随便罢，不必闹得大惊小怪的。倒是要几个果子放在那屋里，借点果子香。"袭人道："那个屋里好？别的都不大干净，只有晴雯起先住的那一间，因一向无人还干净，就是清冷些。"〔索隐〕此是明知意旨，故为迎合者。可喜在此，可畏亦在此！宝玉道："不妨，把火盆拿过去就是了。"袭人答应了。

正说着，只见一个小丫头端了一个茶盘儿，一个碗一双牙箸，递给麝月道："这是刚才花姑娘要的，厨房里老婆子送了来了。"麝月接了一看，却是一碗燕窝汤，便问袭人道："这是姐姐要的么？"袭人笑道："昨夜二爷没吃饭，又翻腾了一夜，想来今日早起，心里必是发空的。所以我告诉小丫头们叫厨房里作了这个来的。"袭人一面叫小丫头放桌儿，麝月打发宝玉吃了，漱了口。只见秋纹走来说道："那屋里已经收拾妥了，但等着一时炭劲过了，二爷再进去罢。"宝玉点头，只是一腔心事，懒怠说话。

一时小丫头来请，道："笔砚都安放妥当了。"宝玉道："知道了。"又一个小丫头回道："早饭得了，二爷在那里吃？"宝玉道："就拿了来罢，不必累赘了。"小丫头答应了出去。

一时端上饭来，宝玉笑了一笑，向袭人、麝月道："我心里闷得很，自己吃，只怕又吃不下去，不如你两个同我一块儿吃，或者吃得香甜，我也多吃些。"麝月笑道："这是二爷的高兴，我们可不敢。"袭人道："其实也使得，我们一处吃酒也不止今日，只是偶然替你解闷儿还使得，若认真这样，还有什么规矩体统呢？"〔索隐〕此话必出自袭人者，以见其恶之之深。《石头记》之袭人，与《水浒传》之李逵相同，但一开口，

· 1063 ·

《红楼梦》与顺治皇帝的爱情故事

即掩卷闭目，亦能想象得之。余人虽各有神情身分，俱不如二人之确切也。说着，三人坐下。宝玉在上首，袭人、麝月两个打横陪着。吃了饭，小丫头端上漱口茶，两个看着撤了下去。宝玉因端着茶默默如有所思，〔索隐〕太平此处评云：所思在茶，所思在黛也，惟恐人分看了晴、黛是两人。呆笨一等，牵强亦一等，阅之令人作恶。又坐了一坐，便问道："那屋里收拾妥了么？"麝月道："头里就回过了，这回子又问。"

宝玉略坐了一坐，便往这间屋子去，亲自点了一炷香，摆上些果品，便叫人出去，关上了门。外面袭人等都静悄悄无声。宝玉拿了一幅泥金角花的粉红笺出来，口中祝了几句，便提起笔来写道："怡红主人焚付晴姐知之：酹茗清香，庶几来飨！"

其词云："随身伴，独自意绸缪。谁料风波平地起，顿教躯命即时休。孰与话温柔？东逝水，无复向西流。想象更无怀梦草，添衣还见翠云裘。脉脉使人愁"〔索隐〕词句明显，无可解释，着重在词调所寄"望江南"三字。有谓董妃入宫，含有秘密使令重大计画，如越王献西施之举。一时遗老如钱谦益、龚鼎孳辈实主其谋，辟疆迫于大义，忍泪割爱，遣之北上。嗣后计泄见疑，董妃乃自戕以谢。词中"风波平地起""躯命即时休"两句，盖有所本。写毕，就在香上点个火焚化了。静静儿等着，直待一炷香点尽了，才开门出来。袭人道："怎么出来了？想来又闷的慌了。"

宝玉笑了一笑，假说道："我原是心里烦，才找个地方儿静坐坐儿。这会子好了，还要外头走走去呢。"说着，一径出来，到了潇湘馆中，在院里问道："林妹妹在家里么？"紫鹃接应道："是谁？"掀帘看时，笑道："原来是宝二爷。姑娘在屋里呢，请二爷到屋里坐着。"宝玉同着紫鹃走进来。黛玉却坐在里间，说道："紫鹃，请二爷屋里坐罢。"宝玉走到里间门口，看见就写的一副紫墨色呢金云龙笺的小对，上写着："绿窗明月在，青史古人空。"

宝玉看了，笑了一笑，走入门去笑问道："妹妹做什么呢？"黛玉站起来迎了两步，笑着让道："请坐。我在这里写经，只剩得两行了，等写完了再说话儿。"因叫雪雁倒茶。宝玉道："你别动，只管写。"说着，一面看见中间挂着一幅单条，上面画着一个嫦娥，带着一个侍者，又一

第八十九回 人亡物在公子填词 蛇影杯弓颦卿绝粒

个女仙,也有一个侍者,捧着一个长长儿的衣囊似的。二人身旁边略有些云护,别无点缀。全仿李龙眠白描笔意,上有"斗寒图"三字,〔索隐〕两嫦娥,指皇后及继后,一女仙指董妃,名为"斗寒图"者,系尹邢斗宠之意。用八分书写着。

宝玉道:"妹妹这幅'斗寒图',可是新挂上的?"黛玉道:"可不是!昨日他们收拾屋子,我想起来,拿出来叫他们挂上的。"宝玉道:"是什么出处?"黛玉笑道:"眼前熟得很的,还要问人!"宝玉笑道:"我一时想不起,妹妹告诉我罢。"黛玉道:"岂不闻'青女素娥俱耐冷,月中霜里斗婵娟'?"宝玉道:"是啊。这个实在新奇雅致,却好此时拿出来挂。"说着,又东瞧瞧,西走走。

雪雁泡了茶来,宝玉吃着。又等了一会子,黛玉经才写完,站起来道:"简慢了。"宝玉笑道:"妹妹还是这么客气。"但见黛玉身上穿着月白绣花小皮袄,加上银鼠坎肩,头上挽着随常云髻,簪上一枝赤金扁簪,别无花朵。腰下系着杨妃色绣花棉裙。真比如:亭亭玉树临风立,冉冉香莲带露开。〔索隐〕此二句形容千金闺秀,未免唐突,属于宫中妃嫔,则身分却称。

宝玉因问道:"妹妹这两日弹琴来着没有?"黛玉道:"两日没弹了。因为写字已经觉得手冷,那里还去弹琴?"宝玉道:"不弹也罢了。我想琴虽是清高之品,却不是好东西,从没有弹琴的弹出富贵寿考来的,只有弹出忧思怨乱来的。〔索隐〕奇而确。再者,弹琴也得心里记谱,未免费力。依我说,妹妹身子又单弱,不操这心也罢了。"黛玉抿着嘴儿笑。宝玉指着壁上道:"这张琴可就是么?何如此之短?"黛玉笑道:"这张琴不是短,因我小时学抚的时候,别的琴都够不着,因此特地做起来的。虽不是焦尾枯桐,这鹤山凤尾还配得齐整,龙池雁足高下还相宜。你看这断纹不是牛旄似的么?所以音韵也还清越。"

宝玉道:"妹妹这几天来做诗没有?"黛玉道:"自结社以后没大作。"宝玉笑道:"你别瞒我,我听见你吟的什么'不可惙,素心如何天上月',你搁在琴里,觉得音节分外的响亮。有的没有?"黛玉道:"你怎么听见了?"宝玉道:"我那一天从蓼风轩来听见的,又恐怕打断你的清韵,所以静听了一会就走了。我正要问你:前路是平韵,到末了儿忽

《红楼梦》与顺治皇帝的爱情故事

转了仄韵,是个什么意思?"黛玉道:"这是人心自然之音,做到那里就到那里,原没有一定的。"宝玉道:"原来如此。可惜我不知音,枉听了一会子。"黛玉道:"古来知音人能有几个?"

宝玉听了,又觉得出言冒失了,又怕寒了黛玉的心,坐了一坐,心里尚有许多话,却再无可讲的。黛玉因方才的话也是冲口而出,此时回想,觉得太冷淡些,也就无话。宝玉一发打量黛玉设疑,遂讪讪的站起来说道:"妹妹坐着罢,我还要到三妹妹那里瞧瞧去呢。"黛玉道:"你若见了三妹妹,替我问候一声罢。"宝玉答应着便出来了。

黛玉送至屋门口,自己回来闷闷的坐着,心里想道:"宝玉近来说话半吐半吞,忽冷忽热,也不知他是什么意思?"〔索隐〕"半吐半吞,忽冷忽热"八字,包含无数事迹。盖妃本处孤立地位,忌者既多,蜚语日至,君心遂不免动摇。辗转思量,决计出于最后之一途以谢知己,非得已也。正想着,紫鹃走来道:"姑娘经不写了,我把笔砚都收好了?"黛玉道:"不写了,收拾了罢。"说着,自己走到里间屋里床上歪着,慢慢的细想。紫鹃进来问道:"姑娘吃碗茶罢?"黛玉道:"不吃呢。我略歪歪儿,你们自己去罢。"

紫鹃答应着出来,只见雪雁一个人在那里发呆。紫鹃走到他跟前问道:"你这会子有了什么心事了么?"雪雁只顾发呆,倒被他吓了一跳,因说道:"你别闹,今日我听见了一句话,我告诉你听奇不奇,你可别言语。"说着往屋里努嘴儿。因自己先行,点着头儿叫紫鹃同他出来,到门外平台底下,悄悄儿的道:"姐姐你听见了么?宝玉定了亲了。"紫鹃听见,吓了一跳,说道:"这是那里来的话?只怕不真罢。"雪雁道:"怎么不真,别人大概都知道,就只咱们没听见。"紫鹃道:"你是那里听来的?"雪雁道:"我听见侍书说的,是个什么知府家,家资也好,人才也好。"

紫鹃正听时,只听得黛玉咳嗽了一声,似乎起来的光景。紫鹃恐怕他出来听见,并拉了雪雁摇摇手儿,往里望望不见动静,才悄悄儿的问道:"他到底怎么说来?"雪雁道:"前儿不是叫我到三姑娘那里去道谢么,三姑娘不在屋里,只有侍书在那里。大家坐着,无意中说起宝二爷的淘气来。他说宝二爷怎么好,只会玩儿,全不像大人的样子,已经说

第八十九回　人亡物在公子填词　蛇影杯弓颦卿绝粒

亲了，还是这么呆头呆脑。我问他定了没有，他说是定了，是个什么王大爷做媒的。那王大爷是东府里的亲戚，所以也不用打听，一说就成了。"紫鹃侧着头想了一想"这句话奇！"又问道："怎么家里没有人说起？"雪雁道："侍书也说的是老太太意思。若一说起，恐怕宝玉野了心，所以都不提起。侍书告诉了我，又叮嘱千万不可露风，说出来只道是我多嘴。"把手往里一指，"所以他面前也不提。今日是你问起，我不犯瞒你。"正说到这里，只听鹦鹉叫唤，学着说："姑娘回来了，快倒茶来！"倒把紫鹃、雪雁吓了一跳，回头并不见有人，便骂了鹦鹉一声。

走进屋内，只有黛玉喘吁吁的刚坐在椅子上，紫鹃搭讪着问茶问水。黛玉问道："你们两个那里去了？再叫不出一个人来。"说着便走到炕边，将身子一歪仍旧倒在炕上，往里躺下，叫把帐子撩下。紫鹃、雪雁答应出去。他两个心里疑惑方才的话只怕被他听了去了，只好大家不提。

谁知黛玉一腔心事，又窃听了紫鹃、雪雁的话，虽不很明白，已听得了七八分，如同将身撩在大海里一般。思前想后，竟应了前日梦中之谶，千愁万恨，堆上心来。左右打算，不如早些死了，免得眼见了意外的事情，〔索隐〕五字下得突兀，最可注意。盖宝、黛本未订婚，即使宝玉另娶，亦只可谓意中之事不遂，而不能谓意外之事忽发也。细玩此等措词，则谓董妃承阴谋入宫，计泄自戕者，其说亦似有依据，非画空中楼阁。那时反倒无趣。又想到自己没了爹娘的苦，自今以后把身子一天一天的糟蹋起来，一年半载，少不得身登清净。〔索隐〕自戕注脚。打定了主意，被也不盖，衣也不添，竟是合眼装睡。紫鹃和雪雁来伺候几次，不见动静，又不好叫唤。晚饭都不吃。点灯以后。紫鹃掀开帐子，见已睡着了，被窝都撩在脚后，怕他着了凉，轻轻儿拿来盖上。黛玉也不动，单等他出去，他就仍然褪下。

那紫鹃只管问雪雁："今儿的话到底是真是假？"雪雁道："怎么不真？"紫鹃道："侍书怎么知道的？"雪雁道："是小红那里听来的。"〔索隐〕又牵涉小红在内，承袭当日之品格不堪，加倍写法。紫鹃道："头里咱们说话，只怕姑娘听见了。你看刚才的神情大有原故，今日以后，咱们倒别提这件事了。"说着两个人也收拾要睡。紫鹃进来看时，只见黛玉被窝又撩下来，复又给他轻轻盖上。一宿晚景不提。

《红楼梦》与顺治皇帝的爱情故事

次日，黛玉清早起来也不叫人，独自一个呆呆的坐着。紫鹃醒来，看见黛玉已起，便惊问道："姑娘怎么这样早？"黛玉道："可不是，睡得早，所以醒得早。"紫鹃连忙起来，叫醒雪雁伺候梳洗。那黛玉对着镜子，只管呆呆的自看，看了一回，那泪珠儿断断连连早已透湿了罗帕。正是：

瘦影正临春水照，卿须怜我我怜卿。

紫鹃在旁也不敢劝，只怕把闲话勾引旧恨来。迟了好一会，黛玉才随便梳洗了，那眼中泪渍终是不干。又自坐了一会，叫紫鹃道："你把藏香点上。"紫鹃道："姑娘你睡也没睡得几时，如何点香，不是要写经？"黛玉点点头儿。紫鹃道："姑娘今日醒得太早，这会子又写经，只怕太劳神了罢。"黛玉道："不怕，早完了早好。〔索隐〕妃子至此，有必死之心矣。况且我也并不是为经，倒借着写字解解闷儿。以后你们见了我的字迹，就算见了我的面儿了。"说着那泪直流下来。紫鹃听了这话，不但不能再劝，连自己也掌不住滴下泪来。

原来，黛玉立定主意，自此以后有意糟蹋身子，茶饭无心，每日渐减下来。宝玉下学时也常抽空问候，只是黛玉虽有千万言语，自知年纪已大，又不便似小时可以柔情挑逗，所以满腔心事，只是说不出来。宝玉欲将实言安慰，又恐黛玉生嗔，反添病症。两个人见了面，只得用浮言劝慰，真真是亲极反疏了。

那黛玉虽有贾母、王夫人等怜恤，不过请医调治，只说黛玉常病，那里知他的心病？〔索隐〕"心病？二字，又可注意。紫鹃等虽知其意，也不敢说。从此一天一天的减到半月之后，肠胃日薄一日，果然粥都不能吃了。黛玉日间听见的话，都似宝玉娶亲的话，看见怡红院中的人，无论上下，也像宝玉娶亲的光景。〔索隐〕怀疑胆层怯，草木皆兵之象。薛姨妈来看，黛玉不见宝钗，越发起疑心。索性不要人来看望，也不肯吃药，只要速死。睡梦之中，常听见有人叫宝二奶奶的，一片疑心，竟成蛇影。〔索隐〕影欤？非影欤？不说煞妙。一日竟是绝粒，粥也不吃，恹恹一息，垂毙待尽。未知黛玉性命如何，且看下回分解。

〔索隐〕此回凡分三段，而其实自始至终只写得一事，则黛玉

第八十九回　人亡物在公子填词　蛇影杯弓颦卿绝粒

绝粒是也。黛玉绝粒，为董妃自戕影子。董妃未及中年，遽登叨利，宫闱深邃，传说纷歧。顾以敏锐之目光，清净之头脑，即书中语意细加体会，则以不得其死之说为近是也。秦可卿本为颦卿小影，自死封龙禁尉，评中已详及之。可卿之死，既以自缢闻，颦卿之病复由绝粒死，蛛丝马迹，隐然可寻。然以失后绝望之故，愤而出此，于情未协，则身负秘密使命之说虽骇听闻，究亦不为无因。因此而被谗，因此而见疏，因此而疑虑却顾，宛转祈死。想当日情景，董妃负不洁之名，蜚语腾播；世祖上制于文皇后，下迫于左右近侍，斩情割爱，贬入离宫，遂成永诀。凄清宫内，夜雨闻铃，往事低徊，椎心泣血。佳人难再得，冤狱莫须有。一念之差，遂致杀我妃子。愤悔交集，乃以追封厚葬，为自忏之地，遁迹逊荒，结未来之局，亦可谓笃于情、善补过者矣。

本回自开首起，至"还要外头走走去呢"止为第一段，以下至"你们自己去罢"止为第二段，以下至本回完毕为第三段。第一段之悼亡感旧是倒提笔法。第二段彼此疏远之因寥寥数语，包孕极深。第三段闻信绝粒，于所隐董妃事迹鞭辟入里，字字生棱，针针见血。而于文面金玉因缘，仍是虚虚一冒，空灵狡狯极矣。

〔护花评〕黛玉房中对联，已有人琴俱亡之感。

又：宝玉说"我不知音"，黛玉说"知音有几"，原都是无心，转念一想，彼此已似有意。宝玉尚可，黛玉已难以为情，偏又听见雪雁一番说话，其何以堪？怨生觅死，几至不可救药。文章一层紧一层。

〔大某评〕此回已入甲寅年十月中旬。

第九十回　失棉衣贫女耐嗷嘈
　　　　　　送果品小郎惊叵测

　　却说黛玉自立意自戕之后，渐渐不支，一日竟至绝粒。从前十几天内，贾母等轮流看望，他有时还有几句话，这两日索性不大言语，心里虽有时昏晕，却也有时清楚。贾母等见他这病不是无因而起，〔索隐〕诚哉其有因也！也将紫鹃、雪雁盘问过两次，两个那里敢说？便是紫鹃欲向侍书打听消息，又怕越闹越真，黛玉更死得快了，所以见了侍书，毫不提起。那雪雁是他传话弄出这样缘故来，此时恨不得长出百十个嘴来说"我没说"，自然更不敢提起。

　　到了这一天黛玉绝粒之日，紫鹃料无指望了，守着哭了一会，因出来偷向雪雁道："你进屋里来好好儿的守着他，我去回老太太、太太和二奶奶去。今日这个光景，大非往常可比了。"雪雁答应，紫鹃自去。

　　这里雪雁正在屋里伴着黛玉，见他昏昏沉沉，小孩子家那里见过这个样儿？只打量如此便是死的光景了，心中又痛又怕，恨不得紫鹃一时回来才好。正怕着，只听窗外脚步声响，雪雁知是紫鹃回来，才放下心了，连忙站起来掀着里间帘子等他。只见外面帘子响处进来了一个人，却是侍书。那侍书是探春打发来看黛玉的，见雪雁在那里掀帘子，便问道："姑娘怎么样？"雪雁点点头儿叫他进来。侍书跟进来，见紫鹃不在屋里，瞧了瞧黛玉，只剩得残喘微延，吓的惊疑不止，因问："紫鹃姐姐呢？"雪雁道："告诉上屋里去了。

　　那雪雁此时只打量黛玉心中一无所知了，又见紫鹃不在面前，因悄悄的拉了侍书的手问道："你前日告诉我说的什么王大爷给这里宝二爷说了亲，是真话么？"侍书道："怎么不真？"〔索隐〕故坐实一句，以下一笔兜转，倍见力量。所谓"将军欲以巧胜人，盘马弯弓故不发"也。雪

第九十回　失棉衣贫女耐嗷嘈　送果品小郎惊巨测

雁道："多早晚放定的？"侍书道："那里就放定了呢？那一天我告诉你的，是我听见小红说的。后来我到二奶奶那边去，二奶奶正和平姐姐说呢。说那都是门客们借着这个事讨老爷的喜欢，往后好拉拢的意思。别说老太太说不好，就是大太太愿意，说那姑娘好，那大太太眼里看的出什么人来？再者，老太太心里早有了人了，就在咱们园子里。大太太那里摸得着底呢？老太太不过因老爷的话，不得不问问罢咧。又听见二奶奶说，宝玉的事老太太总是要亲上作亲的，凭谁来说亲，横竖不中用。"

雪雁听到这里也忘了神了，因说道："这是怎么说？白白的送了我们这一位的命了！"侍书道："这是从那里说起？"雪雁道："你还不知道呢，前日都是我和紫鹃姐姐说来着，这一位听见了，就弄到这步田地了。"侍书道："你悄悄儿的说罢，看仔细他听见了。"雪雁道："人事都不醒了，瞧着罢，总不过在这一两天了。"正说着，只见紫鹃掀帘进来说道："这还了得！你们有什么还不出去说，还在这里说？索性逼死他就完了！"侍书道："我不信有这样奇事。"紫鹃道："好姐姐，不是我说，你又该恼了。你懂得什么呢？懂得也不传这些舌了！"

这里三个人正说着，只听黛玉忽然又嗽了一声。紫鹃连忙跑到炕沿前站着，侍书、雪雁也都不言语了。紫鹃弯着腰在黛玉身后轻轻问道："姑娘吃口水罢？"黛玉微微答应了一声。雪雁连忙倒了半钟白滚水，紫鹃接了托着，侍书也走近前来。紫鹃和他摇头儿不叫他说话，侍书只得咽住了，站了一回，黛玉又嗽了一声。紫鹃趁势问道："姑娘吃水呀？"黛玉又微微应了一声，那头似有欲抬之意，那里抬得起？紫鹃爬上炕去，爬在黛玉旁边，端着水试了冷热，送到唇边，扶了黛玉的头就到碗边呷了一口。紫鹃才要拿时，黛玉意思还要呷一口，紫鹃便托着那碗不动。黛玉又呷了一口，摇摇头儿不呷了，喘了一口气，仍旧躺下。半日，微微睁眼说道："刚才说话不是侍书么？"紫鹃答应道："是。"侍书尚未出去，因连忙过来问候。黛玉睁眼看了，点点头儿，又歇了一歇说道："回去问你姑娘好罢。"侍书见这番光景，只当黛玉嫌烦，只得悄悄的退出去了〔索隐〕黛玉之病，以侍书始，以侍书终。中间忽拉入小红一笔，则当日掀风作浪者，意必文裏与近侍辈辗转构成。

《红楼梦》与顺治皇帝的爱情故事

原来,那黛玉虽则病势沉重,心里却还明白。起先侍书、雪雁说话时,他也模糊听见了一半句,却只作不知,也因实无精神管理。及听了雪雁、侍书的话,才明白过前头的事情原是议而未成的,又兼侍书说是凤姐说的,老太太的主意亲上作亲,又是园中住着的,非自己而谁?因此一想,阴极阳生,心神顿觉清爽许多,所以才吃了两口水,又要想问侍书的话,恰好贾母、王夫人、李纨、凤姐听见紫鹃之言,都赶着来看。黛玉心中疑团已破,自然不似先前寻死之意了。虽身体软弱,精神短少,却也勉强答应一两句了。

凤姐因叫过紫鹃问道:"姑娘也不至这样,这是怎么说?你这样吓人!"紫鹃道:"实在头里看着不好,才敢去告诉的,回来见姑娘竟好了许多,也就怪了。"贾母笑道:"你也别怪他,他懂得什么?看见不好就言语,这倒是他明白的地方,小孩子家不嘴懒脚懒就好。"说了一回,贾母等料着无妨,也就去了。正是:

心病终须心药治,解铃还是系铃人。

不言黛玉病渐减退,且说雪雁、紫鹃背地里都念佛。雪雁向紫鹃说道:"亏他好了!只是病的奇怪,好的也奇怪。"紫鹃道:"病的不奇怪,就是好的奇怪。想来宝玉与姑娘必是姻缘,人家说的'好事多磨',又说道'是姻缘棒打不回'。这样看起来,人心天意,他们两个竟是天配的了。再者,你想那一年我说了林姑娘要回南去,把宝玉几乎急死,闹得家翻宅乱。如今一句话,又把这一个弄得死去活来。可不说的三生石上百年前结下的么?"说着,两个悄悄的抿着嘴笑了一回。

雪雁又道:"幸亏好了。咱们明儿再别说了,就是宝玉娶了别的人家儿的姑娘,我亲见在那里结亲,我也再不露一句话了。"〔索隐〕将后文情事倒载而出之,足见笔力。紫鹃笑道:"这就是了。"

不但紫鹃和雪雁在私下里讲究,就是众人也都知道黛玉的病也病得奇怪,好也好得奇怪,三三两两,唧唧哝哝议论着。不多几时,连凤姐儿也知道了,邢、王二夫人也有些疑惑,倒是贾母略猜着了八九。

那时正值邢、王二夫人、凤姐等在贾母房中说闲话,说起黛玉的病来,贾母道:"我正要告诉你们,宝玉和林丫头是从小儿在一处的,我只说小孩子们怕什么。以后时常听得林丫头忽然病忽然好,都为有了些知

第九十回　失棉衣贫女耐嗷嘈　送果品小郎惊叵测

觉了。所以我想他们若尽着搁在一块儿，毕竟不成体统。〔索隐〕谁为为之？孰令致之？"造衅开端实在宁"！吾于贾母，不能曲恕。你们怎么说？"王夫人听了便呆了一呆，只得答应道："林姑娘是个有心计儿的，至于宝玉呆头呆脑，不避嫌疑是有的，看起外面却还都是个小孩儿形像。此时若忽然或把那一个分出园外，不是倒露了什么痕迹了么？古来说的'男大须婚，女大须嫁'，老太太想倒是赶着把他们的事办办也罢了。"〔索隐〕王夫人一段议论，句句骑墙，是中立派。

贾母皱了一皱眉说道："林丫头的乖僻，虽也是他的好处，我的心里不把林丫头配他，也是为这点子。况且林丫头这样虚弱，恐不是有寿的。只有宝丫头最妥。"王夫人道："不但老太太这么想，我们也是这样。但林姑娘也得给他说了人家儿才好。不然，女孩儿家长大了，那个没有心事？倘或真与宝玉有些私心，若知宝玉定下宝丫头，那倒不成事了。"贾母道："自然先给宝玉娶了亲，然后给林丫头说人家，再没有先是外人后是自己的，况且林丫头年纪到底比宝玉小两岁。依你们这样说，倒是宝玉定亲的话不许叫他知道倒罢了。"凤姐便吩咐众丫头道："你们听见么？宝二爷定亲的话，不许混噪胡说。若有多嘴的，提防着他的皮！"〔索隐〕豫王晚年，一味谄事孝庄，凭弄威权。读此数语，知亦躬与其事者。下文凤哥儿一番委托，功效顿见。呜呼！后世之急功近名者，当知所以自处矣。

贾母又向凤姐道："凤哥儿，你如今自从身上不大好，也不大管园里的事了。我告诉你，须得经点儿心，不但这个，就像前年那些人吃酒耍钱都不是事。你还精细些，少不得多分点心儿，严紧严紧他们才好。况且我看他们也就只还服你。"凤姐答应了。娘儿们又说了一回话，方各自散了。

从此凤姐常到园中照料。一日，刚走进大观园，到了紫菱洲畔，只听见一个老婆子在那里嚷。凤姐走到跟前，那婆子才瞧见了，早垂手侍立，口里请了安。凤姐道："你在这里闹什么？"婆子道："蒙奶奶们派我在这里看守花果，我也没有差错，不料邢姑娘的丫头说我们是贼。"凤姐道："为什么呢？"婆子道："昨儿我们家的黑儿跟着我到这里玩了一回，他不知道，又往邢姑娘那边去瞧了一瞧，我就叫他回去了。今儿早起,听见他们丫头说丢了东西了。我问他丢了什么,他就问起我来了。"凤姐道:"问了你一声,也犯不着生气呀。"婆子道:"这里园子到底是奶奶家里的,并不是他们家里的。我们都是奶奶派的,贼名儿怎么敢认呢?"〔索隐〕声口如见,作者写一项像一项。

凤姐照脸啐了一口,厉声道:"你在我跟前唠唠叨叨的!你在这里照看,姑娘丢了东西你们就该问的,怎么说出这些没道理的话来?把老林叫了来,撵出他去!"丫头们答应了。

只见邢岫烟赶忙出来,迎着凤姐陪笑道:"这使不得,没有的事,事情早过去了。"〔索隐〕寄居篱下之苦,身历其境者,当洒一掬同情之泪。凤姐道:"姑娘,不是这个话。〔索隐〕太平此处评云:不是这话,以岫烟在册外出书中也。牵扯得无理,令人作三日恶。倒不讲事情,这名分上太岂有此理了!"岫烟见婆子跪在地下告饶,便忙请凤姐到里边去坐。凤姐道:"他们这种人我知道,他除了我,其余都没上没下的了。"岫烟再三替他讨饶,只说自己的丫头不好。凤姐道:"我看着邢姑娘的分上,饶这一次。"婆子才起来叩了头,又给岫烟叩了头才出去了。

这里二人让了坐。凤姐笑问道:"你丢了什么东西了?"岫烟笑道:"没有什么要紧的,是一件红小袄儿,已经旧了的。我原叫他们找,找不着就罢。这小丫头不懂事,问了那婆子一声,那婆子自然不依了。这都是小丫头糊涂不懂事,我也骂了几句。已经过去了,不必再提了。"凤姐把岫烟内外一瞧,看见虽有些皮棉衣服,已是半新不旧的,未必能暖和。他的被窝多半是薄的。至于房中桌上摆设的东西,就是老太太拿来的,却一些不动,收拾的干干净净。凤姐心上便很爱敬他,〔索隐〕清室入主中夏,为收拾人心计,征求遗逸之使,遍于道路,搜岩熏穴,敦迫上道。一二贞介之士,有迫于必不得已勉应征避者,然或中途遁迹,或抵京后称病不朝。虽恩赐稠叠,萧然物外,一丝不染。彼时王公执政,外虽懊丧,心未尝不钦其高义也。此段实写其事,惜未知所谓邢岫烟者代表何人耳。按:"岫烟"二字,深可体味。说道:"一件衣服原不要紧,这时候冷,又是贴身的,怎么就不问一声儿呢?这撒野的奴才了不得了。"

说了一回,凤姐出来,各处去坐了一坐就回去了。到了自己房中,

第九十回　失棉衣贫女耐嗷嘈　送果品小郎惊叵测

叫平儿取了一件大红洋绉的小袄儿，一件松花色绫子一抖珠儿的小皮袄，一条宝蓝盘锦镶花棉裙，一件佛青银鼠褂子，包好叫人送去。

那时岫烟被那老婆子聒噪了一场，虽有凤姐来压住，心上终是不安，想起："许多姊妹们在这里，没有一个下人得罪他的，独自我这里，他们言三话四，刚刚凤姐来碰见。"想来想去，终是没意思，又说不出来。正在吞声饮泣，看见凤姐那边的丰儿送衣服过来。岫烟一看，决不肯受。丰儿道："奶奶吩咐我，姑娘要嫌是旧衣裳，将来送新的来。"岫烟笑谢道："承奶奶的好意，只是因我丢了衣服，他就拿来，我断不敢受。你拿回去千万谢你们奶奶，承你奶奶的情，我算领了。"倒拿个荷包给了丰儿。那丰儿只得拿了去了。

不多时，又见平儿同着丰儿过来，岫烟忙迎着问了好，让了坐。平儿笑说道："我们奶奶说，姑娘特外道的了不得。"岫烟道："不是外道，实在不过意。"平儿道："奶奶说，姑娘要不收这衣裳，不是嫌太旧，就是瞧不起我们奶奶。刚才说了，我要拿回去，奶奶不依我呢。"岫烟红着脸笑谢道："这样说了，叫我不敢不收。"〔索隐〕本心是决不肯受，事实是不敢不收。玩"叫我不敢不收"句，有劫于严威之意。又让了一回茶。

平儿同丰儿回去，将到凤姐那边，碰见薛家差来的一个老婆子，接着问好。平儿便问道："你从那里来？"婆子道："那边太太、姑娘叫我来请各位太太、奶奶、姑娘们的安。我刚才在奶奶前问起姑娘来，说姑娘到园中去了。可是从邢姑娘那里来么？"平儿道："你怎么知道？"婆子道："方才听见说。真真的二奶奶和姑娘们的行事叫人感念。"〔索隐〕礼贤下士，博取盛誉。个中人之互相颂述者，方以为新朝气象，迥然不同。平儿笑了一笑道："你回来坐着罢。"婆子道："我还有事，改日再过来瞧姑娘罢。"说着走了。平儿回来回覆了凤姐。不在话下。

且说薛姨妈家中被金桂搅得翻江倒海，〔索隐〕金桂者，吴三桂也。大明江山，固被他搅得翻江倒海，大清江山，亦何尝不是如此。此一语可跨两边，然阅下文情事，"薛姨妈"三字，仍指明季诸王而言。看见婆子回来，述起岫烟的事，宝钗母女二人，不免滴下泪来。宝钗道："都为哥哥不在家，所以叫邢姑娘多吃几天苦。如今还亏凤姐姐不错，咱们

《红楼梦》与顺治皇帝的爱情故事

底下也得留心,到底是咱们家里人。"说着,只见薛蟠进来说道:"大哥哥这几年在外头相与的都是些什么人?连一个正经的也没有来,一起子都是些狐群狗党!〔索隐〕马、阮辈固不足责,海上诸将,亦复互争权利,意气用事,罔有能主持全局者。作者伤心人,国亡家破之余,追评前事,热血怼涌,故有此激烈愤慨之语。我看他们那里是不放心,不过将来探探消息儿罢了。这两天都被我赶出去了。以后吩咐了门上,不许传进这种人来。"薛姨妈道:"又是蒋玉函那些人么?"薛蟠道:"蒋玉函却倒没来,倒是别人。"

薛姨妈听了薛蟠的话,不觉又伤心起来,说道:"我虽有儿,如今就像没的了,就是上司准了,也是个废人。〔索隐〕虽有天下,亦等于无。即使危局支撑,亦不过一隅偏安之业。你虽是我侄儿,我看你还比你哥哥明白些,我这后辈子全靠你了。〔索隐〕一线之延,所关綦重。你自己从今后要学好。再者,你聘下的媳妇儿家道不比往时了,人家的女孩儿出门子不是容易,再没别的想头,只盼着女婿能干,他就有日子过了。若邢丫头也像这个东西",说着把手往里头一指道:"我也不说了。邢丫头实在是个有廉耻有心计儿的,又守得贫耐得富。〔索隐〕"有廉耻有心计""守得贫""耐得富"三句,用字皆有斟酌。只是等咱们的事情过去了,早些把你们的正经事完结了,也了我一宗心事。"薛蟠道:"琴妹妹还没有出门子,这倒是太太烦心的一件事。至于这个,可算什么呢。"大家又说了一回闲话。

薛蟠回到自己房中,吃了晚饭,想起邢岫烟住在贾府园中,终是寄人篱下,况且又穷,日用起居不想可知。况兼当初一路同来,模样儿性格儿都知道的。可知天意不均,如夏金桂这种人,偏叫他有钱,娇养得这般泼辣。邢岫烟这种人,偏叫他这样受苦。〔索隐〕一兴一废,有数存焉,那里论得天理?阎王判命的时候,不知如何判法的。想到闷来,也想吟诗,一首,写出来出出胸中的闷气。又苦自己没有工夫,只得混写道:

蛟龙失水似枯鱼,两地情怀感索居。

同在泥涂多受苦,不知何日向清虚?〔索隐〕太平原评云:

设此一诗直与凤姐"一夜北风紧"同一无味,岂必以薛蟠能诗

第九十回　失棉衣贫女耐嗷嘈　送果品小郎惊叵测

为美谈乎？抑以此等俗句，形容薛蝌之拙乎？则一诗大属可疑，能疑则悟，自得其解。以下太平所解，全入魔道。盖此诗为英雄落魄，慨然四顾，遂有揽辔澄清之志。与宋江"浔阳江楼诗"骨格略同。语极明显，无须牵拉傅会也。

写毕看了一回，意欲拿来粘在壁上，又不好意思。自己沉吟道："不要被人看见笑话。"又念了一遍道："管他呢！左右粘上自己看着解闷儿罢。"又看了一回，到底不好，拿来夹在书里。又思："自己年纪可也不小了，家中又碰见这样飞灾横祸，不如何日了局。致使幽闺弱质，弄得这般凄凉寂寞。"正在那里想时，只见宝蟾推进门来，拿着一个盒子，笑嘻嘻放在桌上。薛蝌站起来让坐，宝蟾笑着向薛蝌道："这是四碟果子一小壶儿酒，大奶奶叫给二爷送来的。"薛蝌陪笑道："大奶奶费心。但是叫小丫头们送来就完了，怎么又劳动姐姐呢？"宝蟾道："好说。自家人，〔**索隐**〕以"自家人"三字打动之，其为说降口吻，两面活泼。二爷何必说这些套话？再者，我们大爷这件事，实在叫二爷操心，大奶奶久已要亲自弄点什么儿谢二爷，又怕别人多心。二爷是知道的，咱们家里，都是言合意不合，送点子东西没要紧，倒没的惹人七嘴八舌的讲究。所以今日些微的弄了一两样果子一壶酒，叫我亲自悄悄儿的送来。"〔**索隐**〕玩其词气，无一不是说降。说着又笑，瞧了薛蝌一眼，道："明儿二爷再别说这些话，叫人听着怪不好意思的。我们不过也是底下的人，服侍得着大爷，就服侍得着二爷，这有何妨呢？"〔**索隐**〕就自己立说"服侍得着大爷，就服侍得着二爷"，舌灿于莲，语妙似珠，的是劝降能手。

薛蝌一则秉性忠厚，二则到底年轻，只是向来不见金桂和宝蟾如此相待，心中想到刚才宝蟾说为薛蟠之事也是情理，因说道："果子留下罢，这个酒儿姐姐只管拿回去。我向来酒上实在很有限，挤住了偶然吃一钟，平日无事是不能吃的。难道大奶奶和姐姐还不知道么？"宝蟾道："别的我作得主，独这一件事我可不敢应承。大奶奶的脾气儿，二爷是知道的，我拿回去，不说二爷不吃，倒要说我不尽心了。"〔**索隐**〕不说是彼不肯降，倒说是我不善劝。

薛蝌没法，只得留下。宝蟾方才要走，又到门口往外看看，回过头来向着薛蝌一笑，又用手指着里面说道："他还只怕要来亲自给你道乏呢。"薛蝌不知何意，反倒讪讪的起来，因说："姐姐替我谢谢大奶奶罢。天气寒，看凉着，再者，自己叔嫂，也不必拘这些个礼。"宝蟾也不答言，笑着走了。

薛蝌始以为金桂为薛蟠之事或者真是不过意，备此酒果给自己道乏也是有的。及见了宝蟾这种鬼鬼祟祟不尴不尬的光景，也觉了几分。却自己回心一想："他到底是嫂子的名分，那里就有别的讲究了呢？或者宝蟾不老成，自己不好意思怎么样，却指着金桂的名儿也未可知。然而到底是哥哥的屋里人，也不好。"忽又一转念，"那金桂素性为人毫无闺阁礼法，况且有时高兴，打扮得妖娆非常，自以为美，又焉知不是怀着坏心呢？不然，就是他和琴妹妹也有了什么不对的地方儿，所以设下这个毒法儿，要把我拉在浑水里，弄一个不清不白的名儿也未可知。"想到这里，索性倒怕起来。〔索隐〕焉得不怕？正在不得主意的时候，忽听窗外"扑嗤"的笑了一声，把薛蝌倒吓了一跳。未知是谁，下回分解。

〔索隐〕此回亦记当时遗闻佚事之一。全回凡分三段：第一段自开首起，至"方各自散了"止，承上文妃子患病言之。病剧复苏，固为行文添一曲折，而木石之缘不终，金玉之缘竟缔，悉已透露于此。首发此言者贾太君，以见小琬始之受恩册立，继之不得正位，主持其际者，皆孝庄一人，"造衅开端首在宁"，书中固郑重言之矣。

第二段自"从此凤姐常到园中照料"起，至"不在话下"止，为明季遗老别传。蒲轮缥帛，礼召之中兼以威迫，一二有志之士，委曲求全，勉应征避，而封金贮敕，心迹皎然。彼时王公执政，虽憎其不为我用，而私衷未尝不钦其高义，此"凤姐心上便很爱敬他"一语之所由来，惜未知其所指何人耳。

第三段自"且说薛姨妈家中"起，至本回完毕止，连类而及已被招致者，貌合神离如彼。其终始为国，追随诸王奔走山巅海澨诸贤，虽派遣重臣密使，币重言甘，诱之来归。而臣心如铁，百折不挠。明社虽倾，有臣如此，足增史册之光。作者以坐怀不乱喻之，正表其崇拜钦仰之甚。或谓此回末段所写，

第九十回　失棉衣贫女耐嗷嘈　送果品小郎惊叵测

即顺治末年遣人招降郑成功之事，玩薛蝌题诗壁上，抚诗增叹种种情景，似亦相近。

全回层折而下，一气贯通，文字亦细腻熨贴，屈曲如志，是作者经意之作。

〔**护花评**〕黛玉之夭亡，已是意中事，然竟绝粒而死，不但文情径直无味，且转觉钟情尚未至深，死亦死得糊涂。今因听讹言而觅死，又因听密语而复生，委曲缠绵，文愈曲而情愈深。且反跌后文竟娶宝钗，更为紧凑。

又：贾母欲将宝玉移出园外，既照应前文袭人对王夫人一番说话，又伏宝玉病后移出地步。吩咐宝玉定亲不要叫黛玉知道，伏后文中喜掉包、黛玉惊迷情事。

又：凤姐送衣服，是敬重岫烟，金桂送果酒，是勾引薛蝌。一正一邪，互相映衬。

〔**大某评**〕此回仍是甲寅年十月间事。

第九十一回　纵淫心宝蟾工设计
布疑阵宝玉妄谈禅

　　话说薛蝌正在狐疑，忽听窗外一笑，吓了一跳，心中想道："不是宝蟾，定是金桂。只不理他们，看他们有什么法儿！"〔索隐〕拒绝说降，只有心如槁木死灰之一法。洪文襄兵败被囚时，百喻不屈。太宗遣范文程往视，回报太宗："洪某决不死。"询其故，则曰："臣往谒之际，彼正拂拭冠上积灰。不舍一冠，讵肯舍其身乎？"后卒受孝庄之诱，拜倒金阶，委贽新主矣。"不理他们"，则他们之技自穷。惜乎文襄未达斯语。听了半日，却又寂然无声。自己也不敢吃那酒果，掩上房门，刚要脱衣，只听见窗纸上微微一响。薛蝌此时被宝蟾鬼混了一阵，心中七上八下，竟不知是如何是好。听见窗纸微响，细看时又无动静，自己反倒疑心起来，掩了怀，坐在灯前呆呆的细想，又把那果子拿了一块，翻来覆去的细看。〔索隐〕情景逼真。体物之工，粗心人百思不到。

　　猛回头，看见窗上纸湿了一块，走过来觑着眼看时，却不防外面往里一吹，把薛蝌吓了一大跳。听得"吱吱"的笑声，薛蝌连忙把灯吹灭了，屏息而卧。只听外面一个人说道："二爷为什么不吃酒吃果子就睡了？"这句话仍是宝蟾的语音，薛蝌只不作声装睡。又隔有两句话时，又听得外面似有恨声道："天下那里有这样没造化的人！"〔索隐〕一则雪窖冰天，艰艰百死；一则腰金紫玉，煊赫从龙。枯荣各殊，炎凉顿异。乃竟舍此就彼，毫不为动，岂非没造化的人？薛蝌听了是宝蟾又似是金桂的语音。才知道他们原来是这么一番意思，翻来覆去，直到五更后才睡着了。

　　刚到天明，早有人来扣门。薛蝌忙问是谁，外面也不答应。薛蝌只得起来开了门，看是宝蟾拢着头发掩着怀，穿一件片锦，边琵琶襟小紧

第九十一回　纵淫心宝蟾工设计　布疑阵宝玉妄谈禅

身，上面系一条松花绿半新的汗巾，下面并未穿裙，正露着石榴红洒花夹裤，一双新绣红鞋。原来宝蟾尚未梳洗，恐怕人见，赶早来取家伙。薛蝌见他这样打扮便走进来，心中又是一动，〔索隐〕与孝庄入劝小洪时装束极似。彼始虽寂然不动，终竟为其所动。此始虽心中微动，终竟坚持不动。相类而适相反也。只得陪笑问道："怎么这样早就起来了？"宝蟾把脸红着，并不答言，只管把果子折在一个碟子里，端着就走。

薛蝌见他这般，知是昨晚的原故，心里想道："这也罢了。倒是他们恼了，索性死了心，也省得来缠。"于是把心放下，唤人舀水洗脸。自己打算在家里静坐两天，一则养养心神，二则出去怕人找他。

原来和薛蟠好的那些人，因见薛家无人，只有薛蝌在那里办事，年纪又轻，便生许多觊觎之心。也有想插在里头做跑腿的；也有能做状子的，认得一二个书役的，要给他上下打点的；甚至又想在内趁钱的；也有造作谣言恐吓的，种种不一。〔索隐〕写尽鬼怪蛇神各为其私之行径。薛蝌见了这些人，远远躲避。又不敢面辞，恐怕激出意外之变，只好藏在家中，听候转详。不提。

且说金桂昨夜打发宝蟾送了些酒果去，探探薛蝌的消息，宝蟾回来，将薛蝌的光景一一的说了。金桂见事有些不大投机，便怕白闹一场，后被宝蟾瞧不起，欲把两三句话遮饰，改过口来，又可惜了这个人，心里倒没了主意，只怔怔的坐着。

那知宝蟾亦知薛蟠难以回家，正欲寻个头路，因怕金桂拿他，所以不敢透漏。今见金桂所为，先已开了端了，他便乐得借风使船，先弄薛蝌到手，不怕金桂不依，所以用言挑拨。见薛蝌似非无情，又不甚兜揽，一时也不敢造次。后来见薛蝌吹灯自睡，大觉扫兴。回来告诉金桂，看金桂有甚方法，再作道理。及见金桂怔怔的，似乎无技可施，他也只得陪金桂睡了。夜里那里睡得着？翻来覆去，想出一个法子来：不如明日一早起来，先去取了家伙，却自己换上一两件动人的衣服，也不梳洗，越显出一番娇媚来。只看薛蝌的神情，自己反倒装出一番恼意，索性不理他。那薛蝌若有悔心，自然移船泊岸，不愁不先到手。及至见了薛蝌，仍是昨晚这般光景，并无邪僻之意，自己只得以假为真，端了碟子回来，却故意留下酒壶，以为再来兜搭之地。

《红楼梦》与顺治皇帝的爱情故事

只见金桂问道:"你拿东西去,有人碰见么?"宝蟾道:"没有。""二爷也没问你什么?"宝蟾道:"也没有。"金桂因一夜不曾睡着,也想不出一个法子来,只得回思道:"若作此事,别人可瞒,宝蟾如何能瞒?不如我分惠于他,他自然没有不尽心的。我又不能自去,少不得要他作脚,倒不如和他商量一个稳便主意。"因带笑说道:"你看二爷到底是个怎么样的人?"宝蟾道:"倒像个糊涂人。"金桂听了,笑道:"你如何说起爷们来了?"宝蟾也笑道:"他辜负奶奶的心,我就说得他。"〔索隐〕在文为奇文,在语为妙语,除《红楼》外,惟《水浒》一书有之。金桂道:"他怎么辜负我的心,你倒得说说。"宝蟾道:"奶奶给他好东西吃,他倒不吃。〔索隐〕普天下后世才子,搜索枯肠,有能易此数语者否?不韦《吕览》,悬之国门三日,终嫌其为时太暂。这不是辜负奶奶的心么?"说着,却把眼溜着金桂一笑。

金桂道:"你别胡想!我给他送东西,为大爷的事不辞劳苦,我所以敬他。又怕人说瞎话,所以问你,你这话向我说,我不懂是什么意思。"宝蟾笑道:"奶奶别多心,我是跟奶奶的,还有两个心么?但是事情要密些,倘或声张起来,不是玩的。"

金桂也觉得脸飞红了,因说道:"你这个丫头,就不是个好货!想来你心里看上了,却拿我作筏子,是不是么?"宝蟾道:"只是奶奶那么想罢咧,我倒是替奶奶难受!奶奶要真瞧二爷好,我倒有个主意。奶奶想,那个耗子不偷油呢?他也不过怕事情不密,大家闹出乱子来不好看。依我想,奶奶且别性急,时常在他身上不周不备的去处张罗张罗。他是个小叔子,又没娶媳妇儿,奶奶就多尽点心儿,和他贴个好儿,别人也说不出什么来。过几天,他感奶奶的情,他自然要谢候奶奶。那时,奶奶再备点东西,在咱们屋里,我却帮着奶奶灌醉了他,怕跑了他?他要不应,咱们索性闹起来,就说他调戏奶奶。他害怕,他自然得顺着咱们的手儿。他再不应,他也不是人,咱们也不至白丢了脸面。奶奶想怎么样?"

金桂听了这话,两颧早已红晕了,笑骂道:"小蹄子,你倒偷过多少汉子的似的,怪不得大爷在家时离不开你!"宝蟾把嘴一努,笑说道:"罢呀,人家倒替奶奶扯纤,奶奶倒往我们说这个话咧。"〔索隐〕以上

第九十一回　纵淫心宝蟾工设计　布疑阵宝玉妄谈禅

一段，细腻熨贴，极行文之能事。从此金桂一心笼络薛蝌，倒无心混闹了，家中也少觉安静。

当日宝蟾自去取了酒壶，仍是稳稳重重一脸的正气。薛蝌偷眼看了，反倒后悔。疑心："或者是自己借想了他们，也未可知。果然如此，倒辜负了他这一番美意，保不住日后倒要和自己也闹起来，岂非自惹的呢？"过了两天，甚觉安静。薛蝌遇见宝蟾，宝蟾便低了头走了，连眼皮儿也不抬；遇见金桂，金桂却一盆火儿的赶着。薛蝌见这般光景，反倒过意不去。这且不表。

且说宝钗母女觉得金桂几天安静，待人忽亲热起来，一家子都为罕事。薛姨妈十分欢喜，想到必是薛蟠娶这媳妇时冲犯了什么，才败坏了这几年。自今闹出这样事来，亏得家里有钱，贾府出力，方才有了指望。媳妇儿忽然安静起来，或者是蟠儿转过运气来了，也未可知，于是自己心里倒以为希有之奇。

这日饭后，扶了同贵过来，〔索隐〕"同贵"二字，义取谐声。到金桂房里瞧瞧。走到院中，只听一个男人和金桂说话。同贵知机，便说道："大奶奶，老太太过来了。"说着已到门口，只见一个人影儿在房门后一躲，薛姨妈一吓，倒退了出来。金桂道："太太请里头坐。没有外人，他就是我的过继兄弟，本住在屯里，不惯见人。因没有见过太太，今日才来，还没去请太太的安。"薛姨妈道："既是舅爷，不妨见见。"

金桂叫兄弟出来，见了薛姨妈，作了一个揖，问了好。薛姨妈也问了好，坐下叙起话来，薛姨妈道："舅爷上京几时了？"那夏三道："前月我妈没有人管家，把我过继来的。前日才进京，今日来瞧瞧姐姐。"薛姨妈看那人不尴尬，于是略坐坐儿，便起身道："舅爷坐着罢。"回头向金桂道："舅爷头上没下来的，留在咱们这里吃了饭再去罢。"金桂答应着，薛姨姑自去了。

金桂见婆婆去了，便向夏三道："你坐着，今日可是过了明路的了。〔索隐〕当日成功未降，其手下必有被诱来归者，此处以夏三影之，舅爷谑之，恶极妙极。省得我们二爷查考你。我今日还叫你买些东西，只别叫众人看见。"夏三道："这个交给我就完了。你要什么，只要有钱，我就买得来。"〔索隐〕刻薄语。金桂道："且别说嘴，你买上了当，我可不收!"说着,二人又笑了一回。然后金桂陪夏三吃了晚饭,又告诉他买的东西,又嘱咐一回,夏三自去。从此夏三往来不绝。虽有个年老的门上人,知是舅爷,也不常回。从此生出无限风波,这是后话。不表。

一日,薛蟠有信寄回,薛姨妈打开叫宝钗看时,上写:"男在县里也不受苦,母亲放心。但昨日县里书办说,府里已经准详,想是我们的情到了。岂知府里详上去,道里反驳下来。亏得县里主文相公好,即刻做了回文顶上去了。道里却把知县申饬。现在道里要亲提,若一上去了,又要吃苦。必是道里没有托到,母亲见字,快快托人求道爷去。还叫兄弟快来,不然,就要解道。银子短不得,火速,火速!"薛姨妈听了,又哭了一场,自不必说。

薛蝌一面劝慰,一面说道:"事不宜迟。"薛姨妈没法,只得叫薛蝌到县照料。命人即便收拾行李,兑了银子。家人李祥,本在那里照应的,薛蝌又同了一个当铺中伙计,连夜起程。

那时手忙脚乱,虽有下人办理,宝钗又恐他们思想不到,亲来帮着,直闹至四更才歇。到底富家女子,娇养惯的,心上又急,又劳苦了一会,晚上就发烧。到了明日,汤水都吃不下。莺儿去回了薛姨妈。薛姨妈急来看时,只见宝钗满面通红,身如燔灼,话都不说。薛姨妈慌了手脚,便哭得死去活来。宝琴扶着劝薛姨妈,秋菱也泪如泉涌,只管叫着。宝钗不能说话,手也不能摇动,眼干鼻塞。叫人请医调治,渐渐苏醒回来。薛姨妈等大家略略放心。

早惊动荣、宁两府的人,先是凤姐打发人送十香返魂丹来,随后王夫人又送至宝丹来。贾母、邢、王二夫人以及尤氏等,都打发丫头来问候,却都不叫宝玉知道。一连治了七八天,终不见效。还是他自己想起冷香丸,吃了三丸,才得病好。后来宝玉也知道了,因病好了,没有瞧去。

那时薛蝌又有信回来,薛姨妈看了,怕宝钗担忧,也不叫他知道。自己来求王夫人,并述了一会子宝钗的病。薛姨妈去后,王夫人又求贾政。贾政道:"此事上头可托,底下难托,必须打点才好。"王夫人又提起宝钗的事来,因说道:"这孩子也苦了,既是我家的人了,也须早些娶了过来才是,别叫他糟蹋坏了身子。"贾政道:"我也是这么想,但是他

第九十一回　纵淫心宝蟾工设计　布疑阵宝玉妄谈禅

家忙乱，况且如今到了冬底，已经年近岁逼，不无各自要料理些家务。今冬且放了定，明春再过礼，过了老太太的生日，就定日子娶。你把这番话先告诉薛姨太太。"王夫人答应了。

到了明日，王夫人将贾政的话，向薛姨妈述了。薛姨妈想着也是。〔索隐〕是则是耳，用一"也"字，包藏无限春色。到了饭后，王夫人陪着来到贾母房中，大家让了坐。贾母道："姨太太才过来?"薛姨妈道："还是昨儿过来的。因为晚了，没得过来给老太太请安。"王夫人便把贾政昨日所说的话向贾母述了一遍，贾母甚喜。说着，宝玉进来了。贾母便问道："吃了饭了没有?"宝玉道："才打学房里回来，吃了要往学房里去，先见见老太太，又听见说姨妈来了，过来给姨妈请请安。"因问："宝姐姐可大好了?"薛姨妈笑道："好了。"原来方才大家正说着，见宝玉进来，都煞住了。宝玉坐了坐，见姨妈不似从前亲热。虽是此刻没有心情，也不犯大家都不言语。满腹猜疑，自往学中去了。

晚间回来，都见过了，便往潇湘馆来。掀帘进去，紫鹃接着，见里间屋内无人。宝玉道："姑娘往那里了?"紫鹃道："上屋里去了。知道薛姨太太过来，姑娘请安去了。二爷没有到上屋里走么?"宝玉道："我去了来的，没有见你姑娘。"紫鹃道："这也奇了。"宝玉问："姑娘到底那里去了?"紫鹃道："不定。"宝玉往外便走。

刚出屋门，只见黛玉带着雪雁冉冉而来。宝玉道："妹妹回来了。"缩身退步进来。黛玉走进里间屋内，便请宝玉里头坐。紫鹃拿一件外罩换上，然后坐下问道："你上去看见姨妈没有?"宝玉道："见过了。"黛玉道："姨妈说起我没有?"宝玉道："不但没有说起你，连见了我也不像先时亲热。今日我问起宝姐姐病来，他不过笑了一笑，并不答言。〔索隐〕上文明明云好了，此处乃云只笑了一笑，并不答言。以见宝玉谈禅，系自己走入魔道。难道怪我这两天没有去瞧他么?"黛玉笑了一笑，道："你去瞧过没有?"宝玉道："头几天不知道，这两天知道了，也没有去。"黛玉道："可不是!"宝玉道："老太太不叫我去，太太也不叫我去，老爷又不叫我去，我如何敢去? 若是像从前这扇小门走得通的时候，要我一天瞧他十趟也不难。如今把门堵了，要打前头过去，自然不便了。"黛玉道："他那里知道这个原故?"宝玉道："宝姐姐为人是最体谅

《红楼梦》与顺治皇帝的爱情故事

我的。"黛玉道:"你不要自己打错了主意。若论宝姐姐,更不体谅,又不是姨妈病,是宝姐姐病。向来在园中做诗赏花饮酒,何等热闹?如今隔开了,你看见他家里有事了,他病到那步田地,你像没事人一般,他怎么不恼呢?"宝玉道:"这样,难道宝姐姐便不和我好了不成?"黛玉道:"他和你好不好,我却不知。我也不过是照理而论。"

宝玉听了,瞪着眼呆了半晌。黛玉看见宝玉这样光景,也不睬他,只是自己叫人添了香,又翻出书来细看了一会。只见宝玉把眉一皱,把脚一跺道:"我想这个人生他做什么!天地间没有了我,倒也干净。"黛玉道:"原是有了我,便有了人。有了人,便有无数的烦恼生出来。恐怖、颠倒、梦想,更有许多缠碍。刚才我说的都是玩话,你不过是看见姨妈没精打彩,如何便疑到宝姐姐身上去?姨妈过来,原为他的官司事情心绪不宁,那里还来应酬你?都是你自己心上胡思乱想,钻入魔道里去了。"

宝玉豁然开朗,笑道:〔索隐〕忽然大彻大悟,不愧天纵。"很是,很是!你的心灵比我竟强远了。怨不得前年我生气的时候,你和我说过几句禅语,我实在对不上来。我虽丈六金身,还藉你一茎所化。"〔索隐〕章皇之耽禅悦,董妃启沃之力居多。宫廷燕婉,敷说妙旨,习久情移,遂结后果。

黛玉乘此机会说道:"我便问你一句话,你如何回答?"宝玉盘着腿,合着手,闭着眼,撅着嘴道:"讲来!"黛玉道:"宝姐姐和你好,你怎么样?宝姐姐不和你好,你怎么样?宝姐姐前儿和你好,如今不和你好,你怎么样?今儿和你好,后来不和你好,你怎么样?你和他好,他偏不和你好,你怎么样?你不和他好,他偏要和你好,你怎么样?"

宝玉呆了半晌,忽然大笑道:"任凭弱水三千,我只取一瓢饮!"黛玉道:"瓢之漂水奈何?"宝玉道:"非瓢漂水。水自流,瓢自漂耳!"黛玉道:"水止珠沉奈何?"宝玉道:"禅心已作沾泥絮,莫向东风舞鹧鸪。"〔索隐〕所谓"水止珠沉""禅心已作沾泥絮"等语,纯伏后来宠妃夭逝、弃位逃禅之举动。以虚作实,恰到好处。黛玉道:"禅门第一戒是不打诳语的。"宝玉道:"有如三宝。"黛玉低头不语。

只听见窗外老鸹"呱呱,的叫了几声,便向东南上去了。宝玉道:

第九十一回　纵淫心宝蟾工设计　布疑阵宝玉妄谈禅

"不知主何吉凶?"黛玉道:"人有吉凶事,不在鸟音中。"忽见秋纹走来说道:"请二爷回去罢。老爷叫人到园里来问过,说二爷打学里回来了没有。袭人姐姐只说已经来了。快去罢。"吓得宝玉站起身来往外忙走,黛玉也不敢相留。未知何事,下回分解。

〔**索隐**〕此回依照回目,分两大段,而以薛蟠寄信、宝钗生病为过渡之关键,天然联接,一气贯注。上半回之设计,正其罪曰"工";下半回之谈禅,声其误曰"妄"。一字褒讥,严于斧钺。

自开首起,至"这是后话。不表"止为前段。体物浏亮,有花团锦簇之观。结以夏三一层,非特于本书中购置砒霜事为伏笔,亦兼影成功神将为贝子博洛所诱率舟师十三艘降于虎门之事,似闲笔而实正笔也。

自"一日薛蟠有信寄回"起,至本回完毕止为后段。董妃性敏慧,通《内典》。当其入侍掖庭,渥承宠眷之际,蛮驱比影,尔汝忘形。兴之所至,或时借禅机隐语,寄其谑笑,日久浸润,遂移我心。厥后以国殉情,五台遁迹,宫中追维本末,娟娟此豸,实为祸源,指摘交加,历久未艾。作者当康乾时代,习闻此一种论调,为表而出之,有闻必录。姑存其说,以俟后之治国闻者之论断焉。

〔**太平评**〕上半回以蟠、桂立钗、袭等影身,曰"纵"曰"工",其病日深日甚矣。终于杀人自杀,生不如死,其祸在一巧。下半回就宝、黛本身发,一心昏愦,曰"疑"曰"妄",是为养痈贻患矣。终于杀身灭性,一死一亡,其祸在一拙。拙亦病,巧亦病,是皆不能知几,如同贵而甘受夏三之毒者也。文字则上篇以深为浅,下篇以浅为深,其妙非他小说所能,即在本书亦不数见。

〔**护花评**〕宝蟾设计教金桂勾引薛蝌,金桂才肯安静。因金桂安静,薛姨妈才到金桂房中去。因到金桂房中,才看见夏三。因夏三时常走动,将来买毒药有人。层层相因,节节贯注。

《红楼梦》与顺治皇帝的爱情故事

又：黛玉问话，层层剥茧。宝玉答语，颇有悟机。而黛玉则说到"水止珠沉"，宝玉则说到"有如三宝"，两人结局，于斯可见。此老鸦之一连几声，飞向东南去也。

〔**大某评**〕此回仍是甲寅年冬时事。

第九十二回　评女传巧姐慕贤良　玩母珠贾政参聚散

话说宝玉从潇湘馆出来，连忙问秋纹道："老爷叫我作什么？"秋纹笑道："没有叫，袭人姐姐叫我请二爷，我怕你不来，才哄你的。"宝玉听了，才把心放下，因说："你们请我也罢了，何苦来吓我！"说着，回到怡红院内。

袭人便问道："你这好半天到那里去了？"宝玉道："在林姑娘那边说薛姨妈、宝姐姐的事来，便坐住了。"袭人又问道："说些什么？"宝玉将打禅语的话述了一遍。袭人道："你们再没个计较！正经说些家常闲话儿，或讲究些诗句也是好的。怎么又说到禅语上了？又不是和尚。"〔索隐〕明露后文：以决不是做和尚之人竟至于做和尚，以确已做和尚之人而群讳其做和尚。自有和尚以来，此为最奇特之和尚，那得不特编一书以记载之。

宝玉道："你不知道，我们有我们的禅机，别人是插不下嘴去的。"袭人笑道："你们参禅参翻了，又叫我们跟着打闷葫芦来。"宝玉道："头里呢，我也年纪小，他也孩子气，所以我说了不留神的话，他就恼了。如今我也留神，他也没有恼的了。只是他近来不常过来，我又念书，偶然到一处，好像生疏了似的。"袭人道："原该这么着才是，都长了几岁年纪了，怎么好意思还像小孩子时候的样子。"宝玉点头道："我也知道，如今且不用说那个。我问你，老太太那里打发人来说什么来着没有？"袭人道："没有说什么。"宝玉道："必是老太太忘了，明日不是十一月初一么？年年老太太那里必是个老规矩，要办消寒会，齐打伙儿坐下，吃酒说笑。我今日已经在学房里告了假了，这会子没有信儿，明日可是去不去呢？若去了呢，白白的告了假；若不去，老爷知道了，又

《红楼梦》与顺治皇帝的爱情故事

说我偷懒。"袭人道:"据我说,你竟是去的是。才念的好些儿了,又想歇着。依我说,也该上紧些才好。昨日听见太太说兰哥儿念书真好,他打学房里回来还各自念书作文章,天天晚上弄到四更多天才睡。你比他大多了,又是叔叔,倘或赶不上他,又叫老太太生气。倒不如明日早起去罢。"

麝月道:"这样冷天,已经告了假又去,倒叫学房里说:既这么着,就不该告假呀。显见的是告诓假脱滑儿。依我说,落得歇一天,就是老太太忘记了,咱们这里就不消寒了么?咱们也闹个会儿不好么。"袭人道:"都是你起头儿,二爷更不肯去了。"麝月道:"我也是乐一天是一天。比不得你要好名儿,使唤一个月,再多得二两银子。"〔索隐〕博尔济锦氏貌为贤淑,以博太后欢,当时宫中必有讥之者。袭人啐道:"小蹄子,人家说正经话,你又来胡拉混扯的了。"麝月道:"我倒不是混拉扯,我是为你。"袭人道:"为我什么?"麝月道:"二爷上学去了,你又该闷闷的不言语,巴不得二爷早一刻儿回来,就有说有笑的了。这会子又假撇清,何苦呢?我都看见了。"〔索隐〕暗卜金钱防姊觉,细挑瓜络迟郎归。

袭人正要骂他,只见老太太那里打发人来,说道:"老太太说了,叫二爷明日不用上学去呢,明日请了姨太太来给他解闷。只怕姑娘们都来家里呢,史姑娘、邢姑娘、李姑娘都请了,明日来赴什么消寒会呢。"宝玉没有听完,便喜欢道:"可不是,老太太最高兴的。明日不上学,是过了明路的了。"袭人也便不言语了,丫头回去。宝玉认真念了几天书,巴不得玩这一天。又听见薛姨妈过来,想着宝姐姐自然也来,心里喜欢,便说:"快睡罢,明日早些起来。"于是一夜无话。

到了次日,果然一早到老太太那里请了安,又到贾政、王夫人那里请了安,回明了老太太今日不叫上学。贾政也没言语,便慢慢退出来。走了几步,便一溜烟跑到贾母房中。见众人都没来,只有凤姐那边的奶妈子带了巧姐儿,跟着几个小丫头,过来给老太太请了安,说:"我妈妈先叫我来请安,陪着老太太说说话儿,妈妈回来就来。"贾母笑着道:"好孩子,我一早就起来了,等他们总不来,只有你二叔叔来了。"那奶妈子便说:"姑娘,给你二叔叔请安。"宝玉也问了一声:"姐姐好?"巧

第九十二回 评女传巧姐慕贤良 玩母珠贾政参聚散

姐儿道:"我昨夜听见我妈妈说,要请二叔叔去说话。"宝玉道:"说什么呢?"巧姐儿道:"妈妈说,我跟着李妈认了几年字,不知我认得不认得了,我认给妈妈瞧,妈妈说我瞎认,不信。说我一天尽着玩,那里认得。瞧着那些字也不要紧,就是那《女孝经》也是容易念的。妈妈说我哄他,要请二叔叔得空儿的时候给我理理。"贾母听了,笑道:"好孩子,你妈妈是不认得字的,所以说你哄他。明日叫你二叔理给他瞧瞧,他就信了。"〔索隐〕看似闲文,实则讥豫王之不学无术。如是如是,虽懿亲不能为之曲讳也。

宝玉道:"你认了多少字了?"巧姐儿道:"认了三千多字,念了一本《女孝经》,半个月头里,又上了《列女传》。"宝玉道:"你念了懂得么?你要不懂,我倒是讲讲这个你听罢。"贾母道:"做叔叔的,也该讲究给侄女儿听听"宝玉道:"那文王后妃是不必说了,想来是知道的。那姜后脱簪待罪,齐国的无盐虽丑,能安邦定国,是后妃里头贤能的。若说有才的,是曹大家、班婕妤、蔡文姬、谢道韫诸人。孟光的荆钗布裙,鲍宣妻的提瓮出汲,陶侃母的截发留宾,还有画荻教子的,这是不厌贫。那苦的里头,有乐昌公主破镜重圆,苏蕙的回文感夫。那孝的是更多了,木兰代父从军,曹娥投水寻父尸首等类也多,我也说不得许多。那个曹氏的引刀割鼻,是魏国的故事。那守节的更多了,只好慢慢的讲。若是那些艳的,王嫱、西施、樊素、小蛮、绛仙等。妒的是秃妾发、怨洛神等类。卓文君、红拂是女中的豪杰。"贾母听到这里,说:"够了,不用说了。你讲的太多,他那里还记得呢。"巧姐儿道:"二叔叔才说的,也有念过的,也有没念过的。念过的,二叔叔一讲,我更知道了好些。"〔索隐〕天命八年,太祖御八角殿,训诸公主以妇道,毋陵侮其夫,恣意骄纵,违者罪之。史称戎衣载伐之年,即以愍敕闺箴修明阴教。故其时,后妃公主类皆恪循妇职,无敢恃宠而骄者。闺门雍穆,王化所基。此回特借巧姐以隐射其事,为美为刺,存而勿论可矣。

宝玉道:"那字是自然认得的了,不用再理,明儿我还上学去呢。"巧姐儿道:昨日我还听见我妈妈说,我们家的小红,头里是二叔叔那里的,我妈妈要了来,还没有补上人呢。我妈妈想着要把什么柳家的五儿补上,不知二叔叔要不要。"宝玉听了更喜欢,笑着道:"你听你妈妈的

《红楼梦》与顺治皇帝的爱情故事

话!一要补谁就补谁罢咧,又问什么要不要呢。"因又向贾母笑道:"你瞧大姐姐这个小模样儿,又有这个聪明儿,只怕将来比凤姐姐还强呢,又比他认得字。"贾母道:"女孩儿家认得字呢,也好。只是女工针黹,倒是要紧的。"巧姐儿道:"我也跟着刘妈妈学着做呢。什么扎花儿咧,拉锁子咧,虽弄不好,却也学着会做几针儿。"贾母道:"咱们这样人家,固然不仗着自己做,但只到底知道些,日后才不受人家的拿捏。"〔索隐〕康乾时屡下诏旨,谓:满洲以骑射开国,近来宗室王公颇有沾染汉人习气,吟风啸月,寻章摘句,日趋文弱,殊失立国之本旨云云。玩此段太君所言,确合当时口吻。巧姐儿答应着"是",还要宝玉解说《列女传》,见宝玉呆呆的,也不敢再说。

你道宝玉呆的是什么?只因柳五儿要进怡红院,头一次是他病了,不能进来。第二次王夫人撵了晴雯,大凡有些姿色的都不敢挑。后来又在吴贵家看晴雯去,五儿跟着他妈给晴雯送东西去,见了一面,更觉娇娜妩媚。今日亏得凤姐想着,叫他补入小红的窝儿,竟是喜出望外了,所以呆呆的想他。〔索隐〕章皇好色,出于性生,闲笔描写,寓口诛笔伐之意。

贾母等着那些人,见这时候还不来,又叫丫头去请回来。李纨同着他妹子、探春、惜春、史湘云、黛玉都来了。大家请了贾母的安,众人厮见,独有薛姨妈未到,贾母又叫请去,果然姨妈带着宝琴过来。宝玉请了安,问了好。只不见宝钗、邢岫烟二人,黛玉便问起宝姐姐为何不来,薛姨妈假说身上不好。邢岫烟知道薛姨妈在座,所以不来。宝玉虽见宝钗不来,心中纳闷,因黛玉来了,便把想宝钗的心暂且搁开。

不多时,邢、王二夫人也来了。凤姐听见婆婆们先到了,自己不好落后,只得打发平儿先来告假,说是正要过来,因身上发热,过一回儿就来。贾母道:"既是身上不好,不来也罢。咱们这时候很该吃饭了。"丫头们把火盆往后挪了一挪儿,就在贾母榻前,一溜摆下两桌,一大家序次坐下,吃了饭,依旧围炉闲谈。不须多赘。

且说凤姐因何不来?头里为着倒比邢、王二夫人迟了,不好意思,后来旺儿家的来回说:"迎姑娘那里打发人来请奶奶安,说并没有到上头,只到奶奶这里来。"凤姐听了纳闷,不知又是什么事,便叫那人进来

第九十二回　评女传巧姐慕贤良　玩母珠贾政参聚散

问:"姑娘在家好?"那人道:"有什么好的!奴才并不是姑娘打发来的,实在是司棋的母亲央我来求奶奶的。"凤姐道:"司棋已经出去了,为什么来求我?"那人道:"自从司棋出去,终日啼哭。忽然那一日他表兄来了,他母亲见了恨得什么似的,说他害了司棋,一把拉住要打,那小子不敢言语。谁知司棋听见了,急忙出来,老着脸和他母亲道:'我是为他出来的,我也恨他没良心。如今他来了,妈又打他,不如勒死了我。'他母亲骂他:'不害臊的东西,你心里要怎么样?'司棋说道:'一个女人配一个男人。我一时失足上了他的当,我就是他的人了,决不可再失身给别人的。我恨他为什么这样胆小,一人作事一人当,为什么要逃?就是他一辈子不来了,我也一辈子不嫁人的。妈要给我配人,我原拼着一死的。今日他来了,妈问他怎么样,若是他不改心,我在妈跟前叩了头,只当我死了,他到那里我跟到那里,就是讨饭吃,也是愿意的。'〔**索隐**〕一段议论,句句为辟疆、小琬对照。荒淫天子举动离奇,固不足责。而彼辟疆、小琬者,一不能死谢旧主,一不能力庇所欢,唯阿谀俯仰蒙羞忍垢。作者盖亦心薄其人,奖司棋、又安处,即贬刺辟疆、小琬处。《春秋》责备,义正词严。他妈气得了不得,便哭着骂着说:'你是我的女儿,我偏不给他,你敢怎么着?'那知道那司棋这东西糊涂,便一头撞在墙上,把脑袋撞破,鲜血直流,竟死了。他妈哭着,救不过来,便要叫那小子偿命。他表兄说道:'你们不用着急,我在外头原发了财,因想着他才回来的,心也算是真了。你们若不信,只管瞧。'说着打怀里掏出一匣子金珠首饰来,他妈妈看见了,便心软了,说:'你既有心,为什么总不言语?'他外甥道:'大凡女人都是水性扬花,我若说有钱,他便是贪图银钱了。如今他只为人,就是难得的。〔**索隐**〕司棋能不屈于银钱,而小琬不能不慑于富贵,相衡之下,有愧多矣。我把金珠给你们,我去买棺盛殓他。'那司棋的母亲接了东西,也不顾女孩儿了,便由着外甥去。那里知道他外甥叫人抬了两口棺材来,司棋的母亲看了诧异,说:'怎么棺材要两口?'他外甥笑道:'一口装不下,得两口才好。'司棋的母亲见他外甥又不哭,只当是他心疼傻了。岂知他忙着就把司棋收拾了,也不啼哭,眼错不见,把带的小刀往脖子里一勒,也就勒死了。司棋的母亲懊悔起来,倒哭的了不得。如今坊上知道了,要报官。他急了,央

《红楼梦》与顺治皇帝的爱情故事

我来求奶奶说个人情,他再过来给奶奶叩头。"凤姐听了,诧异道:"那有这样傻丫头,偏偏的就碰见这个傻小子!〔**索隐**〕狂者以不狂为狂。怪不得那一天翻出那些东西来,他心里没事人似的,敢道是这么个烈性孩子!论起来我也没这么大工夫管他这些闲事,但只你才说的叫人听着怪可怜见儿的。也罢了,你回去告诉他:我和你二爷说,打发旺儿给他料理就是了。"凤姐打发那人去了,才过贾母这边来。不提。

且说贾政这日正与詹光下大棋,通局的输赢也差不多,单为着一只角儿死活未分,在那里打结。〔**索隐**〕山河破碎,大势已去,福王、鲁王辈仅以海上一隅支住残局。故此处以"一只角儿死活未分,在那里打结"喻之,显豁醒露。门上的小厮进来,回道:"外面冯大爷要见老爷。"贾政道:"请进来。"小厮出去请了,冯紫英走进门来。贾政即忙迎着。冯紫英进来在书房中坐下,见是下棋,便道:"只管下棋,我来观局。"詹光笑道:"晚生的棋是不堪瞧的。"冯紫英道:"好说,请下罢。"贾政道:"有什么事么?"冯紫英道:"没有什么事,老伯只管下棋,我也学几着儿。"贾政向詹光道:"冯大爷是我们相好,既没有事,我们索性下完了这一局再说话儿。冯大爷在旁边瞧着。"冯紫英道:"下采不下采?"詹光道:"下采的,是不好多嘴的。"贾政道:"多嘴也不妨,他横竖输了十来两银子,终久是不拿出来的,往后只好罚他做东便了。"詹光笑道:"这倒使得。"冯紫英道:"老伯和詹公对下么?"贾政笑道:"从前对下,他输了。如今让他两个子儿,他又输了,时常还要悔几着。〔**索隐**〕卵石不敌。不叫他悔,他就急了。"詹光也笑道:"没有的事。"贾政道:"你试瞧着。"大家一面说笑,一面下完了。做起棋来,詹光还了棋头,输了七个子儿。冯紫英道:"这盘终吃亏在打结里头,老伯结少就便宜了。"〔**索隐**〕兴衰之故虽属天命,究关人事,"吃亏在打结""结少就便宜",意在言外。

贾政对冯紫英道:"有罪,有罪!咱们说话儿罢。"冯紫英道:"小侄与老伯久不见面,一来会会,二来因广西的伺知进来引见,带了四种洋货,可以做得贡的。一件是围屏,有二十四扇格子,都是紫檀雕刻,中间虽说不是玉,却是绝好硝子石,石上镂出山水人物、楼台花鸟等物,一扇上有五六十个人,都是宫妆的女子,名为'汉宫春晓',人的眉目

第九十二回　评女传巧姐慕贤良　玩母珠贾政参聚散

口鼻，以及出手衣褶，刻得又清楚、又细腻，点缀布置，都是好的。我想尊府大观园中正厅上，却可用得着。还有一个自鸣钟，有三尺多高，内有一个小童拿着时辰牌，到了什么时候，他就报什么时辰。里头也有些人在那里打十番的。这是两件重笨的，却还没有拿来。现在我带在这里两件，却有些意思儿。"就在身边拿出一个锦匣子，见几重白棉裹着。揭开了盖子，第一层是一个玻璃匣子，里头金托子大红绉绸托底，上放着一颗桂圆大的珠子，光华耀目。冯紫英道："据说这就叫做母珠。"因叫拿一个盘儿来。詹光即忙端过一个黑漆茶盘道："使得么？"冯紫英道："使得。"便又向怀里掏出一个白绢包儿，将包儿里的珠子都倒在盘里散着。把那颗母珠放在中间，将盘置于桌上。看见那些小珠子儿滴溜滴馏都滚到大珠身边来，一回儿，把这颗大珠子抬高了。别处的小珠子，一颗也不剩，都粘在大珠上。詹光道："这也奇怪。"贾政道："这是有的，所以叫做母珠，原是珠之母。"〔索隐〕珍物四件，着重只在母珠一件，阅回目自知。

冯紫英回头看着他跟来的小厮道："那个匣子呢？"那小厮赶忙捧过一个花梨木匣子来。大家打开看时，原来匣内衬着虎文锦，锦上叠着一束蓝纱。詹光道："这是什么东西？"冯紫英道："这叫做鲛绡帐。"在匣子里拿出来时，叠得长不满五寸，厚不上半寸，冯紫英一层一层的打开，到十来层，已经桌子上铺不下了。"冯紫英道："你看里头还有两折，必得高屋里去才张得下。这就是鲛丝所织，暑热天气张在堂屋里头，苍蝇蚊子一个不能进来，又轻又亮。"贾政道："不用全打开，怕叠起来倒费事。"詹光便与冯紫英一层一层折好收了。

冯紫英道："这四件东西价儿也不很贵，两万银子就卖。母珠一万，鲛绡帐五千，'汉宫春晓'与自鸣钟五千。"贾政道："那里买得起！"冯紫英道："你们是个国戚，难道宫里头用不着么？"贾政道："用的着的很多，只是那里有这些银子？等我叫人拿进去给老太太瞧瞧。"冯紫英道："很是。"

贾政便着人叫贾琏把那两件东西送到老太太那边去，并叫人请了邢、王二夫人、凤姐儿都来瞧着，又把两样东西一一试过。贾琏道："他还有两件，一件是围屏，一件是自鸣钟。共总要卖二万银子呢。"凤姐遂说

《红楼梦》与顺治皇帝的爱情故事

道："东西自然是好的，但是那里有这些闲钱？咱们又不比外任督抚要办贡。我已经想了好些年了，像咱们这种人家，必得置些不动摇的根基才好。或是祭地，或是义庄，再置些坟屋。往后子孙遇见不得意的事还是点儿底子，不致一败涂地。〔索隐〕子珠依附母珠，喻开国之初四方归往之象。然德译不深入于人心，徒恃当前之威力，补苴罅漏，华而不实，必有土崩瓦解一败涂地之日。作者冷眼旁观，无穷愤慨，借凤姐口中一泄之。我的意思是这样，不知老太太老爷太太们怎么样。若是外头老爷们要买，只管买。"贾母与众人都说："这话说的倒也是。"〔索隐〕不曰这话说的很是，而曰倒也是，活画出一种面从心违，刚愎自用的气派。

贾琏道："还了他罢，原是老爷叫我送给老太太瞧，为的是宫里好进，谁说买来搁在家里？老太太还没开口，你便说了一大些丧气语。"〔索隐〕忠言逆耳，廷臣皆不以为然。说着，便把两件东西拿了出去，告诉了贾政，说老太太不要。便与冯紫英道："这两件东西好可好，就只没银子。我替你留心，有要买的人，我便送信给你去。"冯紫英只得收拾好，坐下说些闲话，没有兴头，就要起身。贾政道："你在我这里吃了晚饭去罢。"冯紫英道："罢了，来了就叨扰老伯么。"贾政道："说那里的话。"正说着，人回："大老爷来了。"贾赦早已进来，彼此相见，叙些寒温。

不一时摆上酒来，肴馔罗列，大家吃着酒。至四五巡后，说起洋货的话，冯紫英道："这种货本是难消的，除非要像尊府这种人家还可消得，其余就难了。"贾政道："这也不见得。"贾赦道："我们家里也比不得从前了，这回儿也不过是个空门面。"

冯紫英又问：东府珍大爷可好么？我前日见他说起家常话儿来，提到他令郎续娶的媳妇，远不及头里那位秦氏奶奶了。如今后娶的，到底是那一家的？我也没有问起。贾政道："我们这个侄孙媳妇儿也是这里人家，从前做过京畿道的胡老爷的女孩儿。"紫英道："胡道长我是知道的，但是他家道上也不怎么样。也罢了，只要姑娘好就好。"

贾琏道："听得内阁里人说起贾雨村又要升了。"贾政道："这也好，不知准不准。"贾琏道："大约有意思的了。"冯紫英道："我今日从吏部里来，也听见这样说，雨村老先生是贵本家不是？"贾政道："是。"冯紫英道："是有服的，还是无服的？"贾政道："说也话长，他原籍是浙

第九十二回　评女传巧姐慕贤良　玩母珠贾政参聚散

江湖州府人，流寓到苏州，甚不得意。有个甄士隐和他相好，时常周济他，以后中了进士，得了榜下知县，便娶了甄家的丫头。如今的太太不是正配。岂知甄士隐弄到零落不堪，没有找处。雨村革了职以后，那时还与我家并未相识的，只因舍妹丈林如海林公在扬州巡盐的时候，请他在家做西席，外甥女儿是他的学生，因他有起复的信要进京来，恰好外甥女儿要上来探亲，舍妹丈就便托他照应上来的。还有一封荐书，托我吹嘘吹嘘。那时看他不错，大家常会，岂知雨村也奇，我家世袭从代字辈下来，宁荣两宅人口房舍以及起居事宜一概都明白，因此遂亲热了。〔索隐〕此必指当日汉军。旗范文程辈一流人物。以贾雨村冒附同宗比之，可谓确切。嗟嗟，彼诸人者，依附末光，遭际幸运，俨然不可一世。庸知睥睨其旁之士君子，心寒齿冷，鄙而贱之，至于无极耶？因又笑说道："几年间：门子也会钻了。由知府推升转了御史，不过几年，升了吏部侍郎，署兵部尚书，为着一件事降了三级。如今又要升了。"〔索隐〕嬉笑怒骂，渔阳三挝。

冯紫英道："人世的荣枯，仕途的得失，终属难定。"贾政道："像雨村算便宜的了。还有我们差不多的人家，就是甄家，从前一样的功勋，一样的世袭，一样的起居，我们也是时常往来。不多几年，他们进京来，差人到我这里请安，还很热闹。一回儿抄了原籍的家财，至今杳无音信，不知近况若何？〔索隐〕挽到甄家，以见缅怀敌国之意，终始不渝。心下也着实记念。看了这样，你想做官的怕不怕？"贾赦道："咱们家是再没有事的。"〔索隐〕点题处不可忽过。冯紫英道："果然，尊府是不怕的。一则里头有贵妃照应，二则故旧好亲戚多，三则你家自老太太起至于少爷们，没有一个刁钻刻薄。"贾政道："虽无刁钻刻薄，却没有德行才情的，白白的衣租食税，那里当得起！"〔索隐〕此是持平之论。清自开国以迄于亡，初无残暴过甚之主，然亦无深仁厚泽维系民心，徒尔锦衣玉食，坐揽中原。以理度之，自是承当不起。贾赦道："咱们不用说这些话，大家吃酒罢。"大家又吃了几杯，摆上饭来，吃毕，吃茶。

冯家的小厮走来，轻轻的向紫英说了一句，冯紫英便要告辞了。贾赦、贾政道："你说什么？"小厮道："外面下雪，早已下了榔子了。"贾政叫人看时，已是雪深一寸多了。贾政道："那两件东西你收拾好了

《红楼梦》与顺治皇帝的爱情故事

么?"冯紫英道:"收好了。若尊府要用,价钱还自然让些。"贾政道:"我留神就是了。"紫英道:"我再听信罢。天气冷?请罢,别送了。"贾赦、贾政便命贾琏送了出去。未知后事如何,下回分解。

〔索隐〕此回以零星琐事缀合而成,大致怅触当前,感怀故主,铜驼荆棘,泪洒新亭,一种不合时宜之胸襟,随处流露,所谓伤心人别有怀抱也。

全回分四小段:自开首起,至"于是一夜无论"止,为第一段;自"到了次日"起,至"不须多赘"止,为第二段;自"且说凤姐"起,至"才过贾母这边来不提"止,为第三段;自"且说贾政这日"起,至本回完毕为第四段。

第一段讥刺宫中妃嫔貌为贤淑,博取时誉,然人之视己,如见肺肝,矫揉造作,徒见其心劳日拙而已。

第二段衔接而下,评议列女,慨慕贤良,在当时又有所指。闺门之化,端赖阴阳合德。纵有贤后,而君王重色轻国,天空鸿鹄,一心纷驰,谓之何哉?

第三段挽到小琬、辟疆,以司棋、又安作比例,立竿取影,誉此则诋彼,义无所逃。

第四段说及甄家家道中落故宫禾黍,言外慨然。盖其时清室鼎盛盛,上下恬嬉,自谓子孙万世之业。胜朝遗老,熏心富贵,亦复联翩结队同下首阳。作者冷眼旁观,心酸泪尽,根据事理,点醒痴迷。爱惜母珠立说,参考聚散之由,并于贾政口中自述"白白的衣租食税,那里当得起"。呜呼,以暴易暴,侥幸成功,讵能久享?当头棒喝,彼兴高采烈者,或亦毛骨悚然。

〔护花评〕巧姐以侯门之女,出嫁耕织之家,如《列女传》中孟光一流人物,故借宝玉讲书为伏笔。

又:司棋之死与尤三姐激烈相似,但三姐明受柳湘莲之聘,司棋是私与潘又安相订,邪正不同。

又:柳湘莲挥剑斩情,潘又安拔刀自刎,其心亦自相同。

第九十二回　评女传巧姐慕贤良　玩母珠贾政参聚散

但柳生之去，飘忽不测。潘郎之死，明白显著。文笔迥殊。

又：贾母如一颗母珠：在则儿孙绕聚，死则家业消亡。借此一参，暗伏后文。

又：贾政说甄家被抄，是正伏后文。贾赦说"我家断无其事"，是反跌下文。

又：补叙贾雨村来历，与第二回遥遥相映。

〔**大某评**〕此回已入甲寅年十一月事。

第九十三回　甄家仆投靠贾家门　水月庵掀翻风月案

却说冯紫英去后，贾政叫门上的人来，吩咐道："今日临安伯那里来请吃酒，知道是什么事？"门上人回道："奴才曾问过，并没有什么喜庆事，不过南安王府里到了一班小戏子，都说是个名班。伯爷高兴唱两天戏，请相好的老爷们瞧瞧，热闹热闹。大约不用送礼的。"说着，贾赦过来问道："明日二老爷去不去？"贾政道："承他亲热，怎么好不去的。"说着，门上进来回道："衙门里书办来请老爷明日上衙门，有堂派的事，必得早些去。"贾政道："知道了。"说着，只见两个管屯里地租子的家人走来请了安，叩了头，旁边站着。贾政道："你们是郝家庄的？"〔索隐〕郝字偏旁为赤，寓朱明之义。两个答应了一声。贾政也不往下问，竟与贾赦各自说了一回话儿，散了，家人等秉着手灯送过贾赦去。

这里贾琏便叫那管租的人道："说你的。"那人说道："十月里的租子，奴才已经赶上来了，原是明日可到。谁知京外拿车，把车上的东西，不由分说都掀在地下。奴才告诉他说：是府里收租的车，不是买卖车。他更不管这些，奴才叫车夫只管拉着车，几个衙役就把车夫混打了一顿，硬扯了两辆车去了。〔索隐〕此指京饷被劫而言。顺治初年，国基未定，抗义之师蜂起。近畿一带，绿林豪杰啸聚徒党，屯踞险隘，四出袭击，颇有疲于奔命之势。清师失机挫衄，时有所闻，官书讳言之。此处特特揭出，以存当时真相。奴才所以先来回报，求爷打发个人，到衙门里去要了来才好。再者，也整治整治这些无法无天的差役才好。爷还不知道呢，更可怜的是那买卖车，客商的东西全不顾，掀下来赶着就走。那些赶车的，但说句话，打的头破血出的。"〔索隐〕九重深邃，但凭臣下饰

第九十三回　甄家仆投靠贾家门　水月庵掀翻风月案

词禀报，焉知外间疾苦。

贾琏听了，骂道："这个还了得！"立刻写了一个帖儿，叫家人拿去，向拿车的衙门里要车去，并车上东西若少了一件，是不依的。快叫周瑞，周瑞不在家。又叫旺儿，旺儿晌午出去了，还没有回来。贾琏道："这些忘八羔子，一个都不在家，他们终年间吃粮不管事！"〔索隐〕此必派员往剿，或托疾，或称兵力单薄，争相规避。将丑象揭破，虽稗史不愧董狐。因吩咐小厮们："快给我找去！"说着，也回到自己房里睡下。不提。

且说临安伯第二天又打发人来请，贾政告诉贾赦道："我是衙门里有事，琏儿要在家等候拿车的事情，也不能去。〔索隐〕着此一笔，以见此事之重大。倒是大老爷带宝玉应酬一天也罢了。"贾赦点头道："也使得。"贾政遣人去叫宝玉，说："今日跟大老爷到临安伯那里听戏去。"

宝玉喜欢的了不得，便换上衣服，带了焙茗、扫红、锄药三个小子出来。〔索隐〕焙茗于义为背明；锄、扫红者，锄、扫朱也。扫、锄药者，扫〔锄〕其根本也。皆指当时叛臣降将，如吴三桂、洪承畴一流人物，故以三个小子呼之，轻薄之至。见了贾赦，请了安，上了车，来到临安伯府里。门上人回进去，一会子出来说："老爷请。"于是贾赦带着宝玉走入院内，只见宾客喧阗。贾赦、宝玉见了临安伯，又与众宾客见过了礼，大家坐着说笑了一回。只见一个掌班的拿着一本戏单、一个牙笏，向上打了一个千儿，说道："求各位老爷赏戏。"先从尊位点起，换至贾赦，也点了二出。那人回头见了宝玉，便不向别处去，竟抢步上来，打个千儿道："求二爷赏两出。"

宝玉一见那人：面如傅粉，唇若涂朱，鲜润如出水芙蕖，飘扬似临风玉树。原来不是别人，就是蒋玉函。〔索隐〕书中蒋玉函本是世祖影子。玉即玺之代名词，蒋玉函即将玉舍之谐声。故玉函本传皆章皇本纪，阅者不可不知。前日听得他带了小戏子进京，也没有到自己那里，此时见了，又不好站起来，只得笑道："你多早晚来的？"蒋玉函把手在自己身子上一指，笑道："怎么二爷不知道了？"〔索隐〕身外身之意。宝玉因众人在座，也难说话，只得胡乱点了一出。

《红楼梦》与顺治皇帝的爱情故事

蒋玉函去了，便有几个议论道："此人是谁？"有的说："他向来是唱小旦的，如今不肯唱小旦。年纪也大了，就在府里掌班，头里也改过小生。〔**索隐**〕曰掌班、曰小生，皆其身分关会处。他也攒了好几个钱，家里已经有两三个铺子，只是不肯放下本业，原旧领班。"有的说："想必成了家了。"有的说："亲还没有定，他倒掌定一个主意，说是人生配偶，关系一生一世的事，不是混闹得的。不论尊卑贵贱，总要配得上他的才罢。所以到如今还并没娶亲。"宝玉暗忖度道："不知日后谁家的女孩儿嫁他，要嫁着这样的人材儿也算是不辜负了。"那时开了戏，也有昆腔，也有高腔，也有弋腔梆子腔，做得热闹。

过了晌午，便摆开桌子吃酒。又看了一回，贾赦便欲起身，临安伯过来留道："天色尚早，听见说蒋玉函还有出《占花魁》，他们顶好的首戏。"〔**索隐**〕点出《占花魁》，虚实兼到。纳董妃事，章皇一生趣史，故曰顶好的首戏。宝玉听了，巴不得贾赦不走，于是贾赦又坐了一回。果然蒋玉函扮着秦小官，服侍花魁醉后神情，把这一种怜香惜玉的意思，做得极情尽致。以后，对饮对唱，缠绵缱绻。〔**索隐**〕放笔一写，表示其命意之所在。作者苦心孤诣，成此巨制，固不欲瞒煞后人，无如代远年湮，知我意者卒鲜。索隐之作，乌能已已！

宝玉这时不看花魁，只把两只眼睛独射在秦小官身上。更加蒋玉函声音响亮，口齿清楚，按腔落板，宝玉的神魂都唱了进去了。直等这出戏进场后，更知蒋玉函极是情种，非寻常戏子可比。〔**索隐**〕俗谚所谓自称自赞。因想着《乐记》上说的是"情动于中，故形于声。声成文，谓之音"。所以知声、知音、知乐有许多讲究。声音之原，不可不察。诗词一道，但能传情，不能入骨。自后想要讲究讲究音律。宝玉想出了神，忽见贾赦起身，主人不及相留。宝玉没法，只得跟了回去。

到了家中，贾赦自回那边去了，宝玉来见贾政。贾政才下衙门，正向贾琏问起拿车之事。贾琏道："今日叫人拿帖儿去，知县不在家，他的门上说了：'这是本官不知道的，并无牌票出去拿车，都是这些混帐东西在外头撒野挤讹头。既是老爷府里的，我便立刻叫人去追办，包管明日连车连东西一并送来。如有半点差迟，再行禀过本官，重重处治。此刻

第九十三回　甄家仆投靠贾家门　水月庵掀翻风月案

本官不在家，求这里老爷看破些，可以不用本官知道更好。'"贾政道："既无官票，到底是何种样人在那里作怪？"贾琏道："老爷不知，外头都是这样。〔**索隐**〕骂尽一世。太史公所以发愤著书。想来明日必定送来的。"贾琏说完下来。宝玉上去见了贾政，问了几句，便叫他往老太太那里去。

贾琏因为昨夜叫空了家人，出来传唤，那起人多已伺候齐全。贾琏骂了一顿，叫大管家赖升："〔**索隐**〕指内大臣图赖。将各行档的花名册子拿来，你去查点查点，写一张谕帖，叫那些人知道：若有并未告假私自出去，传唤不到，贻误公事的，立刻给我打了撵出去。"赖升连忙答应了几个"是"出来盼咐了一过。

不几时，忽见有一个人，〔**索隐**〕甄家仆投靠，紧接上文。意谓当时满洲王公皆阘冗无能，不足齿数。而故国优秀人物，又复立志不坚，甘心事敌，以致为虎作伥，演成此局。作者下笔时，盖抱无穷之隐痛矣。头上戴着毡帽，身上穿着一身青布衣裳，脚下穿着一双撒鞋，走到门上，向众人作了一个揖。众人拿眼上上下下打量了他一回，〔**索隐**〕骄倨不堪。便问："是那里来的？"那人道："我自南边甄府中来的，并有家老爷手书一封，求这里的爷们呈上尊老爷。"众人听见他是甄府上来的，才站起来让他坐下，道："你乏了，且坐坐。我们给你回就是了。"门下一面进来回明贾政，呈上来书。贾政拆书看时，上写着：

　　世交夙好，气谊素敦。遥仰檐帷，不胜依切。第因菲材获谴，自分万死难偿。幸邀宽宥，待罪边隅。迄今门户凋零，家人星散。所有奴才包勇，向曾使用，虽无奇技，人尚悫实。倘使得备奔走，糊口有资，屋乌之爱，感佩无涯矣。专此奉达，余容再叙，不宣宜。〔**索隐**〕书中云："幸邀宽宥，待罪边隅。迄今门户凋零，家人星散"等语，皆能不即不离，恰到好处。

贾政看完，笑道："这里正因人多，甄家倒荐人来，又不好却的。"〔**索隐**〕太平原评：统数语于"笑道"二字中，一句一转，均有微意。评得

《红楼梦》与顺治皇帝的爱情故事

不错。吩咐门上:"叫他见我,且留他住下,因材使用便了。"

门上出去带进人来,见贾政便叩了三个头,起来道:"家老爷请老爷安。"自己又打个千儿,说:"包勇请老爷安。"贾政回问了甄老爷的好,便把他上下一瞧:但见包勇身长五尺有零,肩背宽肥,浓眉暴眼,阔额长髯,气色粗黑,垂着手站着,便问道:"你是向来在甄家的,还是住过几年的?"包勇道:"小的向在甄家的。"贾政道:"你如今为什么要出来呢?"包勇道:"小的原不肯出来,只是家爷再四叫小的出来。说是:'别处你不肯去,这里老爷家里,只当原在自己家里一样的。'所以小的来的。"贾政道:"你们老爷不该有这事情,弄到这样田地!"〔索隐〕只用贾政口中说此一语,妙甚,快甚。包勇道:"小的本不敢说,我们老爷只是太好了,一味的真心待人,反倒招出事来。"贾政道:"真心是最好的了。"包勇道:"因为太真了,人人都不喜欢,讨人厌烦是有的。"贾政笑了一笑道:"既这样,皇天自然不负他。"〔索隐〕灵均问天,天固果可恃耶?

包勇还要说时,贾政又问道:"我听见说你们家的哥儿不是也叫宝玉么?"包勇道:"是。""他还肯向上巴结么?"包勇道:"老爷若问我们哥儿,倒是一段奇事,哥儿的脾气也和我家老爷一个样子,也是一味的诚实。从小儿只管和那些姐姐们在一处玩,老爷太太狠打过几次,他只是不改。那一年太太进京的时候,哥儿大病了一场,已经死了半日,把老爷几乎的急死,装裹都预备了。幸喜后来好了,嘴里说道:走到一座牌楼,那里见了一个姑娘,领着他到了一座庙里,见了好些柜子,里头见了好些册子。又到屋里见了无数女子,说是都变了鬼怪似的,也有变做骷髅儿的。他吓急了,便哭喊起来。老爷知他醒过来了,连忙调治,渐渐的好了。老爷仍叫他在姐姐们一处玩去,他竟改了脾气了,好着时候的玩意儿,一样都不要了,惟有念书为事。就有什么人来引诱他,他也全不动心。〔索隐〕哥儿脾气与宝玉相同,然一则以兴,一则以亡,结果悬绝。天实沉醉,不关人谋之臧否。作者抱积不能平之感慨,作万有一然之理想,或者神灵默佑吾君,幡然悔悟,发愤图强,收已失之河山,作前途之未晚。盖高宗南渡,光武中兴,于吾身亲见之,虽死无憾。若

第九十三回　甄家仆投靠贾家门　水月庵掀翻风月案

就原文甄宝玉忽改前非，岂藉以羞责宝玉之顽劣？凭空插此一节，殊无道理意味之可言。如今渐渐的能够帮着老爷料理些家务了。"贾政默然想了一回道："你去歇歇罢，等这里用着你时，自然派你一个行次儿。"包勇答应着退下来，跟着这里人出去歇歇。不提。

一日，贾政早起，刚要上衙门，看见门上那些人在那里交头接耳，好像要使贾政知道的似的，又不好明回，只管咕咕唧唧的说话。贾政叫上来，问道："你们有什么事？鬼鬼祟祟的。"门上的人回道："奴才们不敢说。"贾政道："有什么事不敢说的？"门上的人道："奴才今日起来开门出去，见门上贴着一张白纸，上写着许多不成事体的事。"贾政："那里有这样的事，写的是什么？"门上的人道："是水月庵里的肮脏话。"贾政道："拿给我瞧。"门上的人道："奴才本要揭下来，谁知他贴的结实，揭不下来。只得一面抄，一面洗。刚才李德揭了一张，给奴才瞧，就是那门上贴的话。奴才们不敢隐瞒。"说着，呈上那帖儿。贾政接来看时，上面写着：

　　西贝草斤年纪轻，水月庵里管尼僧。
　　一个男人多少女，窝娼聚赌是陶情。
　　不肖子弟来办事，荣国府内出新闻。

贾政看了，气得头昏目晕，赶着叫门上的人不许声张。悄悄叫人往宁、荣两府靠近的夹道子墙壁上，再去找寻。遂即叫人去唤贾琏出来。

贾琏即忙赶至，贾政忙问道："水月庵中寄居的那些女尼女道，向来你也查考查考过没有？"贾琏道："老爷既这么说，想来芹儿必有不妥当的地方儿。"贾政叹道："你瞧瞧这个帖儿，写的是什么？"贾琏一看，道："有这样事么？"正说着，只见贾蓉走来，看着一封书子，写着"二老爷密启"。打开看时，也是无头榜一张，与门上所贴的相同。贾政道："快叫赖大带了至四辆车子，到水月庵里去，把那些女尼、女道士等一齐拉回来，不许泄漏。只说里头传唤。"赖大领命去了。

且说水月庵中小女尼女道士等，初到庵中，沙弥与道士原系老尼收

《红楼梦》与顺治皇帝的爱情故事

管,日间教他些经忏。以后元妃不用,也便习学得懒怠了。那些女尼子们年纪渐渐的大了,都也有个知觉了。更兼贾芹也是风流人物,打量芳官等出家只是小孩子性儿,便去招惹他们。那知芳官竟是真心,不能上手。便把这心肠移到女尼、女道士身上。因那小沙弥中有个名叫沁香的,和女道士中有个叫做鹤仙的,长得都甚妖娆,贾芹便和这两个人勾搭上了。〔**索隐**〕顺治十一年,宗室恒德因奸占寡婶,恣行不法,被人告讦。发交宗人府治罪,革籍圈禁。此段所指殆即其事。闲时便学些丝弦,唱个曲儿。

那时正当十月中旬,贾芹给庵中那些人领了月例银子,便想起法儿来告诉众人道:"我为你们领月钱,不能进城,只得在这里歇着,怪冷的。怎么样?我今日带些果子酒大家吃着乐一夜,好不好?"那些女孩子都高兴,便摆起桌子,连本庵的女尼也叫了来,惟有芳官不来。贾芹吃了几杯,便说道:"要行令。"沁香等道:"我们都不会,倒不如猜拳罢。谁输了吃一杯,岂不爽快?"本庵的女尼道:"这天刚过晌午,混闹混吃的不像。且先吃几钟,爱散的先散去,谁爱陪芹大爷吃,回来晚上尽量吃去,我也不管。"正说着,只见道婆急忙进来说:"快散罢,府里赖大爷来了。"众女尼忙乱收拾,便叫贾芹躲开。贾芹因多吃了几杯,便道:"我是送月钱来的,怕什么?"话犹未完,已见赖大进来,见这般样子,心里大怒,为的是贾政盼咐不许声张,只得含糊装笑道:"芹大爷也在这里呢么?"贾芹连忙站起来道:"赖大爷,你来作什么?"赖大道:"大爷在这里更好,快快叫沙弥道士收拾上车进城,宫里传呢。"贾芹等不知原故,还要细问。赖大道:"天色不早了,快快的好赶进城。"众女孩子只得一齐上车。赖大骑着大走骡押着赶进城。不提。

却说贾政知道这事,气得衙门也不能上了,独坐在内书房叹气。贾琏也不敢走开,忽见门上的进来禀道:"衙门里今夜该班是张老爷,因张老爷病了,有知会来请老爷补一班。"贾政正等赖大回来要办贾芹,时又要该班,心里纳闷,也不言语。贾琏走上去说道:"赖大是饭后出去的,水月庵离城二十来里,就赶进城,也得二更天。今日又是老爷的帮班,请老爷只管去。赖大来了叫他押着,也别声张,等明日老爷回来再发落。

第九十三回　甄家仆投靠贾家门　水月庵掀翻风月案

倘或芹儿回来，也不用说明，看他明日见了老爷怎么样说。"贾政听来有理，只得上班去了。贾琏抽空，才要回到自己房中，一面走着，心里抱怨凤姐出的主意。欲要埋怨，因他病着，只得隐忍，慢慢的走着。

且说那些下人，一人传十，传到里头，先是平儿知道，即忙告诉凤姐。凤姐因那一夜不好，恹恹的总没精神，正是挂记铁槛寺的事情，听说外头贴了匿名揭帖的一句话，吓了一跳，忙问："贴的是什么？"平儿随口答应，不留神就错说了，道："没要紧，是馒头庵里的事情。"这一吓，就吓怔了。〔索隐〕睿王曾谋杀皇太极长子豪格，夺其妻为妃。豫王亦有强纳族姑之事。当时或恐牵连举发，内不自安。即不然，亦系借端渡入，点醒罪案。一句话没说出来，急火上攻，眼前发晕，咳嗽了一阵，"哇"的一声吐出一口血来。平儿慌了，说道："水月庵里不过是女沙弥、女道士的事，奶奶着什么急？"凤姐听是水月庵，才定了定神，说道："呸！湖涂东西，到底是水月庵呢，是馒头庵？"平儿笑道："是我头里听错了是馒头庵，后来听见不是馒头庵，是水月庵。我刚才也就说溜了嘴，说成馒头庵了。"凤姐道："我就知道是水月庵，那馒头庵与我什么相干？〔索隐〕欲盖弥彰，文笔险刻。原是这水月庵是我叫芹儿管的，大约刻扣了月钱。"平儿道："我听着不像月钱的事，还有些肮脏话呢。"凤姐道："我更不管那个，你二爷那里去了？"平儿说："听见老爷生气，他不敢走开。我听见事情不好，我盼咐这些人不许声张，不知太太们知道的么？但听见说老爷叫赖大拿这些女孩子去了，且叫个人前头打听打听。奶奶现在病着，依我竟先别管他们的闲事。"正说着，只见贾琏进来，凤姐欲待问他，见贾琏一脸的怒气，暂且装作不知。

贾琏饭没吃完，旺儿来说："外头请爷呢，赖大回来了。"贾琏道："芹儿来了没有？"旺儿道："也来了。"贾琏便道："你去告诉赖大，说老爷上班儿去了，把这些个女孩子暂且收在园里，明日老爷回来，送进宫去，只叫芹儿在书房等着我。"旺儿去了。

贾芹走进书房，只见那些下人指指点点，不知说什么。看起这个样儿来，不像宫里要人，想着问人，又问不出来，正在心里疑惑，只见贾琏走出来，贾芹便请了安，垂手侍立说道："不知道娘娘宫里即刻传那些

《红楼梦》与顺治皇帝的爱情故事

孩子们做什么？叫侄儿好赶。幸喜侄儿今日送月钱去，还没有走，便同着赖大来了。二叔想来是知道的。"贾琏道："我知道什么？你才是明白的呢。"贾芹摸不着头脑儿，也不敢再问。贾琏道："你干得好事！把老爷都气坏了。"贾芹道："侄儿并没有干什么，庵里月钱是月月给的，孩子们经忏是不忘记的。"贾琏见他不知，又是平素常在一处玩笑的，〔**索隐**〕一丘之貉，骂尽满洲宗室龌龊不堪行径。后来北京混混仍以此辈为多，横行市井，无人敢撄其锋。便叹口气道："打嘴的东西，你只自己瞧去罢。"便从靴掖儿里头拿出那个揭帖来，掷与他瞧。

贾芹拾来一看，吓得面如土色，说道："这是谁干的？我并没得罪人，为什么这么坑我！我一月送钱去只走一趟，并没有这些事。若是老爷回来打着问我，侄儿便该死了。我母亲知道，更要打死。"说着，见没人在旁边，便跪下去说道："好叔叔救我一救儿罢。"说着，只管叩头，满眼流泪。

贾琏想道："老爷最恼这些，要是问准了有这些事，这场气也不小，闹出去也不好听，又长那个贴帖儿的人的志气了，将来咱们的多呢。倒不如趁着老爷上班儿，和赖大商量着，若混过去，可以就没事了，一现在没有对证。"想定主意，便说："你别瞒我，你干的鬼鬼祟祟的事，你打量我都不知道么？若要完事，就是老爷打着问你，你一口咬定没有才好。没脸的，起去罢！"

叫人去唤赖大，不多时赖大来了。贾琏便与他商量，赖大说："这芹大爷本来闹的不像了，奴才今儿到庵里的时候，他们正在里面吃酒呢，帖儿上的话是一定有的。"贾琏道："芹儿你听，赖大还赖你不成？"〔**索隐**〕赖大赖你，自是妙语。而于图赖名字亦天然关合。按：图赖为费英东子，倔强敢言。曾一日于朝堂面斥多尔衮曰："图赖自矢于天，效忠皇上，不避诸王大臣嫌怨久矣。王为诸王大臣表率，亦复同流合污。图赖不言，恐负先帝。言之，终不免于戾。今欲自新，王幸勿姑息，不我教也。"多尔衮心虽不悦，亦无如之何。

贾芹此时红涨了脸，一句也不敢言语。还是贾琏拉着赖大，央他："护庇护庇罢，只说是芹哥儿在家里找来的。你带了他去，只说没有见

第九十三回　甄家仆投靠贾家门　水月庵掀翻风月案

我。明日你求老爷，也不问那些女孩子了，竟是叫了媒人来领了去，一卖完事。果然娘娘再要的时候儿，咱们再买。"赖大想来闹也无益，且名声不好，就应了。贾琏叫贾芹："跟了赖大爷去罢，听着他教你，你就跟着他说罢。"贾芹又叩了一个头，跟着赖大出去。到了没人的地方儿，又给赖大叩头，赖大说："我的小爷，你太闹的不像了。不知得罪了谁，闹出这个乱儿，你想想谁和你不对罢！"贾芹想了一想，忽然想起一个人来，未知是谁，下回分解。

〔索隐〕全书文字，大半皆匿剑帷灯，若隐若现。此回独放手抒写，不复躲闪，有温良夫披发叫天之慨。盖抚今追往，悲来填膺，狂歌当哭，不自知其言之愤激也。标目曰："甄家仆投靠贾家门"，书中曰："你们老爷不该有这事情，弄到这步田地"，又曰："既这样，皇天自然不负他的"。一字一泪，巫峡哀猿。且以甄宝玉与贾宝玉相比，一则执迷不悟，一则晚节更新。而天之报施之者，转若相反，彼苍梦梦，抑又何言！

全回命意，在痛诋新朝之腐败。自开首起，至"各自留意"止，为前一段。纲纪废弛，盗贼横行，国门外之现象如是。

自"一日贾政早起"起，至本回完毕止，为后一段。奸淫纵恣，狐鼠同群，朝堂上之现象如是。

而以中间一段，叙甄家事为枢纽。彼此对照，感愤不平之意，跃然纸上。故吾谓此回独放手抒写，不复躲闪也。中复插入占花魁、馒头庵各节，于所隐事实时时回照，文心静细，文笔矫健，超以象外，得其环中。

〔护花评〕不法胥役之指官扰累，与不肖子弟之藉势放纵无异，故以县役抢车为贾芹闹事作陪衬。

又：甄家抄没，是贾府前车。今贾府祸事不远，故借荐包勇口中提明。

又：包勇述说甄宝玉病中梦醒，忽然改变性情，惟以念书为事，且能料理家务，贾政便默想一回。试思贾政因何默想，绝不再问。中间暗藏无限情事，读者须心领神会，勿被作者瞒过。

又：沁香、鹤仙已，被贾芹勾上，其余女尼、女道，亦俱放纵不堪。独芳官一人，涅而不缁，人固可敬可爱，文亦省却无数累笔。

又：第八十六目至九十三回一大段，应分五小段。八十六、七回为一段，写薛蟠之以贿翻案，妙玉之以色走魔，中间夹叙黛玉抚琴，引起下文。八十八回为一段，叙佳儿、悍仆，伏异时中举、纠盗之根。八十九回为一段，写宝黛痴情。九十、九十一回为一段，叙夏金桂之淫荡，邢岫烟之涵养，薛宝钗之持重。九十二、三回为一段，写巧姐幼慧，贾芹败事，中间夹叙母珠聚散、甄家抄没，引出贾府不祥诸事。

〔大某评〕此回仍是甲寅年间事。

第九十四回 宴海棠贾母赏花妖
失通灵宝玉知奇祸

却说赖大带了贾芹出去,一宿无话,静候贾政回来。单是那些女尼、女道重进园来,都喜欢的了不得,欲要到各处逛逛,明日预备进宫。不料赖大便吩咐了看园的婆子并小厮看守,惟给了些饭食,却是一步不准走开。那些女孩子摸不着头脑,只得坐着等到天亮。园里各处的丫头,虽都知道拉进女尼们来预备宫里使唤,却也不能深知原委。

到了明日早起,贾政正要下班,因堂上发下两省城工估锁册子,立刻要查核,一时不能回家,便叫人回来告诉贾琏说:"赖大回来,你务必查问明白,该如何办就如何办,不必等我。"贾琏奉命,先替芹儿喜欢,又想道:"若是办得一点影儿都没有,又恐贾政生疑,不如回明二太太,讨个主意办去。便是不合老爷的心,我也不至甚担干系。"主意定了,进内去见王夫人陈说:"昨日老爷见了揭帖生气,把芹儿和女尼、女道等都叫进府来查办。今日老爷没空问这种不成体统的事,叫我来回太太,该怎么便怎么样,我所以来请示太太:这件事如何办理?"

王夫人听了诧异道:"这是怎么说,若是芹儿这么样起来,这还成咱们家的人了么?〔索隐〕内廷与外间隔绝,所以梦梦如此。但只是这个贴帖儿的也可恶,这些话可是混嚼说得的么?你到底问了芹儿,有这件事没有呢?"贾琏道:"刚才也问过了。太太想,别说他干了没有,就是干了,一个人干了混帐事,也肯应承么?但我想芹儿也不敢行此事,知道那些女孩子娘娘一时要叫的,倘或闹出事来怎么样呢?依侄儿的主见,要问也不难,若问出来,太太怎么个办法呢?"〔索隐〕数语一擒一纵,奸滑非常。王夫人道:"那些女孩子在那里?"贾琏道:"都在园里锁着呢!"王夫人道:"姑娘们知道不知道?"贾琏道:"大约姑娘们也都知道是预备宫里头的话,外头并没提起别的来。"

王夫人道:"很是,这些东西一刻也是留不得的。头里我原要打发他们去着呢,都是你们说留着好,如今不是弄出事来了么?你竟叫赖大把那些女人带去,细细的问他本家有人没有。将文书查出,化上几十两银子,雇只船,派个妥当人送到本地,一概连文书发还了,也落得无事。若是为着一两个不好,个个都押着他们还俗,那又太造孽了。若在这里发给官媒,虽然我们不要身价,他们弄去卖钱,那里顾人的死活呢。芹儿呢,你便狠狠的说他一顿,除了祭祀喜庆,无事叫他不用到这里来。看仔细碰在老爷气头儿上,那可就吃不了兜着走了。并说与帐房儿里,把这一项钱粮档子销了。还打发个人到水月庵说老爷的谕:除了上坟烧纸,若有本家爷们到他那里去,不许接待。若再有一点不好风声,连老姑子一并撵出去。"

贾琏一一答应了,出去将王夫人的话告诉赖大说:"是太太主意,叫你这么办去,办完了告诉我去回太太,你快办去罢。回来老爷来,你也接着太太的话回去"。赖大听了,便道:"我们太太真正是个佛心,这班东西,还着人送回去!既是太太好心,不得不挑个好人。芹哥儿,竟交给二爷开发了罢。那个贴帖儿的,奴才想法儿查出来,重重的收拾他才好。"贾琏点头说:"是了。"即刻将贾芹发落。赖大也赶着把女尼等领出,按着主意办去了。

晚上,贾政回家,贾琏、赖大回明贾政。贾政本是省事的人,听了也便丢开手了。独有那些无赖之徒,听得贾府发出二十四个女孩子出来,那个不想?究竟那些人能够回家不能,未知着落,亦难虚拟。〔索隐〕此等闪烁之笔,他书时有,《红楼梦》中则不多见。竟必当时此事尚有一段趣闻,故用虚笔隐括之。

且说紫鹃因黛玉渐好,园中无事,听见女尼等预备宫内使唤,不知何事,便到贾母那边打听打听。恰遇着鸳鸯下来闲着,坐下说闲话,提起女尼的事,鸳鸯诧异道:"我并没有听见,回来问问二奶奶就知道了。"正说着,只见傅试家两个女人过来请贾母的安,鸳鸯要陪了上去。那两个女人因贾母正睡晌觉,就与鸳鸯说了一声儿回去了。紫鹃问:"这是谁家差来的?"鸳鸯道:"好讨人嫌!家里有了一个女孩儿,生得好

第九十四回　宴海棠贾母赏花妖　失通灵宝玉知奇祸

些,便献宝的似的,常常在老太太面前,夸他家姑娘长得怎么好,心地怎么好,礼貌上又能,说话儿又简捷,做活计儿手儿又巧,会写会算,尊长上头最孝敬的,就是待下人也是极和平的。来了就编这么一大套,常常说给老太太听,我听着很烦。这几个老婆子真讨人嫌,我们老太太偏爱听那些个话。老太太也罢了,还有宝玉素常见了老婆子便很厌烦的,偏见了他们的老婆子便不厌烦,你说奇不奇?前儿还来说他们姑娘现有多少人家儿来求亲,他们老爷总不肯应承,心里只要和咱们这种人家作亲才肯。一回夸奖,一回奉承,把老太太的心都说活了。"〔索隐〕续后未立以前,各王公勋爵必有夤缘进女觊觎后位者,孝庄求贤心切,四德三从,或为虚浮之词所动。

紫鹃听了一呆,便假意道:"若老太太喜欢,为什么不就给宝玉定了呢?"鸳鸯正要说出原故,听见上头说:"老太太醒了。"鸳鸯赶着上去。紫鹃只得起身出来,回到园里。一头走一头想道:"天下莫非只有一个宝玉?〔索隐〕天无二日,地无二王,暗点宝玉地位身分。你也想他,我也想他,我们家那一位越发痴心起来了。看他的那个神情儿,是一定在宝玉身上的了,三番五次的病,可不是为着这个是什么?这家里金的、银的还闹不清,若添了一个什么傅姑娘,更了不得了。〔索隐〕贵人、妃嫔稍邀宠眷者,皆思逐鹿。所谓宫中已闹不清,戈戈禁闱,那许外人问鼎!我看宝玉的心也在我们那一位的身上。听着鸳鸯的说话,竟是见一个爱一个的,这不是我们姑娘白操了心了么!"紫鹃本是想着黛玉,往下一想,连自己也不得主意了,不免掉下泪来。要想叫黛玉不用瞎操心呢,又恐怕他烦恼。若是看着他这样,又可怜见儿的。左思右想,一时烦躁起来,自己啐自己道:"你替人耽什么忧,就是林姑娘真配了宝玉,他的那性情儿也是难服侍的。宝玉性情虽好,又是贪多嚼不烂的。我倒劝人不必瞎操心,我自己才是瞎操心呢。从今以后,我尽我的心服侍姑娘,其余的事全不管。"这么一想,心里倒觉清净。

回到潇湘馆来,见黛玉独自一人坐在炕上,理从前做过的诗文词稿。抬头见紫鹃进来,便问:"你到那里去了?"紫鹃道:"我今儿瞧了瞧姐姐们去。"黛玉道:"敢是找袭人姐姐么?"紫鹃道:"我找他做什么!"黛玉一想"这话怎么顺口说了出来?"反觉不好意思,便啐道:"你找谁

《红楼梦》与顺治皇帝的爱情故事

与我什么相干!倒茶去罢。"紫鹃也心里暗笑,出来倒茶。

只听见园里的人一叠声乱闹,不知何故?一面倒茶,一面叫人去打听。回来说道:"怡红院里的海棠本来萎了几棵,也没人去浇灌他。昨日宝玉走去,瞧见枝头上好像有了骨朵儿似的,人都不信,没有理他。忽然今日开得很好的海棠花,众人诧异,都争着去看,连老太太、太太都哄动了来瞧花儿呢,所以大奶奶叫人收拾园里败叶枯枝。"这些人在那里传说,黛玉也听见了,知道老太太来,便更了衣,叫雪雁去打听:"若是老太太来了,即来告诉我。"雪雁去不多时,便跑来说:"老太太、太太好些人都来了,请姑娘就去罢。"黛玉略自照了一照镜子,掠了一掠鬓发,便扶着紫鹃到怡红院来,已见老太太坐在宝玉常卧的榻上,黛玉便说道:"请老太太安!"退后便见了邢、王二夫人,回来与李纨、探春、惜春、邢岫烟彼此问了好。只有凤姐儿因病未来。史湘云因他叔叔调任回京,接了家去。薛宝琴跟他姐姐家去住了。李家姐妹因见园内多事,李婶娘带了在家居住。所以黛玉今日见的,只有数人。

大家说笑了一回,讲究这花开得古怪。贾母道:"这花儿应在三月里开的。如今虽是十一月,因节气迟,还算十月,应着小阳春的天气,这花开,因为和暖是有的。"王夫人道:"老太太见的多,说得是,也不为奇。"邢夫人道:"我听见这花已经萎了一年。〔索隐〕世祖原配,为科尔沁部亲王吴克善之女。睿王多尔衮柄政时,视世祖如子,循旧例为之定婚。世祖稍长,耻多尔衮之所为,削封夺爵。又迁怒于吴克善女,谓其为多尔衮之亲也,不欲纳。会吴克善送女至,不得已乃于顺治八年勉立为后,然心中不悦也。故合卺之夕,意志即不协,隐谪冷宫者三载,于十年八月,显指为失德而废之。大学士冯铨、尚书胡世安、员外郎孔允樾等迭谏,不听。阅年余,而继后入宫。继后博尔济锦氏于孝庄为姑侄,继后之立,孝庄之意也。此处云:"萎了一年",指废后而言之。怎么这回不应时候儿开了?必有个原故。"李纨笑道:"老太太与太太说得都是。据我的糊涂想头,必是宝玉有喜事来了,此花先来报信。"探春虽不言语,心内想:"此花必非好兆,大凡顺者昌,逆者亡。草木知运,不时而发,必是妖孽。"只不好说出来。独有黛玉听说是喜事,心里触动,便高兴说道:"当初田家有荆树一棵,三个弟兄因分了家,那荆树便枯

第九十四回　宴海棠贾母赏花妖　失通灵宝玉知奇祸

了。后来，感动了他弟兄们，仍旧归在一处，那荆树也就荣了，可知草木也随人的。如今二哥哥认真念书，舅舅喜欢，那株树也就发了。"贾母、王夫人听了喜欢，便说："林姑娘比方得有理，很有意思。"

正说着，贾赦、贾政、贾环、贾兰都进来看花，贾赦便道："据我的主意，把他砍去，必是花妖作怪。"贾政道："见怪不怪，其怪自败。不用砍他，随他去就是了。"贾母听见，便说："谁在这里混说？人家有喜事好处，什么怪不怪的！若有好事，你们享去。若是不好，我一个人当去。你们不许混说话！"〔索隐〕继后入选，当时或有持异议者，孝庄感情，力主其事，书中已屡言之。如前于宝玉议婚，则云只有宝丫头最妥。此云"若是不好，我一个人当去。你们不许混说话！"一再标示，盖纪实也。贾政听了，不敢言语，讪讪的同贾赦等走了出来。

那贾母高兴，叫人传话到厨房里，快快预备酒席，大家赏花。叫宝玉、环儿、兰儿："各人做一首诗志喜。林姑娘病才好，不要他费心，若高兴，给你们改改。"对着李纨道："你们都陪我吃酒。"李纨答应了："是，"便笑着对探春道："都是你闹的。"探春道："饶不叫我们做诗，怎么我们闹的？"李纨道："海棠社不是你起的么，如今那棵海棠也要来入社了。"〔索隐〕探春为孔四贞，先时本有册立东宫妃之说，以致垂涎者接踵而起。海棠也要来入社，语谑而虐。大家听着，都笑了。

一时摆上酒菜，一面吃着，彼此都要讨老太太的欢喜，大家说些兴头语。宝玉上来斟了酒，便立成了四句诗，写出来念与贾母听道：

海棠何事忽摧颓，今日繁花为底开？
应是北堂增寿考，一阳旋复占先梅。

贾环也写了来，念道：

草木逢春当茁芽，海棠未发候偏差。
人间奇事知多少，冬月开花独我家。

贾兰恭楷誊正，呈与贾母，命李纨念道：

《红楼梦》与顺治皇帝的爱情故事

烟凝媚色春前萎，霜浥微红雪后开。
莫道此花知识浅，欣荣预佐合欢杯。

贾母听毕，便说："我不大懂诗，听去倒是兰儿的好，环儿做的不好。都上来吃饭罢。"

宝玉看见贾母喜欢，更是兴头，因想起晴雯死的那年海棠死的。今日海棠复荣，我们院内这些人自然都好，但是晴雯不能像花的死而复生了，顿觉转喜为悲。忽又想起前日巧姐说，凤姐要把五儿补入，或此花为他而开，也未可知，却又转悲为喜，依旧说笑。

贾母还坐了半天，然后扶了珍珠回去了，王夫人等跟着过来，只见平儿笑嘻嘻的迎上来说："我们奶奶知道老太太在这里赏花，自己不得来，叫奴才来服侍老太太、太太们，还有两匹红送给宝二爷包裹这花，当作贺礼。"袭人过来接了，呈与贾母看。贾母笑道："偏是凤丫头行出点事儿来，叫人看着又体面又新鲜，很有趣的。"袭人笑着对平儿道："回去替宝二爷给二奶奶道谢，要有喜大家喜。"贾母听了，笑道："呵呀，我还忘了呢，凤丫头虽病着，还是他想得到，送得也巧。"一面说着，众人就随着去了。平儿私与袭人道："奶奶说这花开得奇怪，叫你铰块红绸子挂挂，便应在喜事上去了。以后也不必当作奇事混说。"〔索隐〕豫王奔驰南北，富于经验，故其识办究与常人不同。袭人点头答应，送了平儿出去。不提。

且说那日宝玉本来穿着一裹圆的皮袄在家歇息，因见花开，只管出来看一回赏一回，叹一回爱一回的，心中无数悲喜离合，都弄到这株花上去了。忽然听说贾母要来，便去换了一件狐腋箭袖，罩一件元狐腿外褂，出来迎接贾母。匆匆穿换，未将通灵宝玉挂上。及至后来贾母去了，依旧换衣，袭人见宝玉脖子上没有挂着，便问："那块玉呢？"宝玉道："刚才忙乱换衣，摘下来放在炕桌上，我没有带。"袭人回看桌上，并没有玉。便向各处找寻，踪影全无，吓得袭人满身冷汗。

宝玉道："不用着急，少不得在屋里的，问他们就知道了。"袭人当作麝月等藏起吓他玩，便向麝月等笑着说道："小蹄子们。玩呢，到底有

第九十四回　宴海棠贾母赏花妖　失通灵宝玉知奇祸

个玩法。把这件东西藏在那里了？别真弄丢了，那可就大家活不成了。"麝月等都正色道："这是那里的话！玩是玩，笑是笑，这个事非同儿戏，你可别混说！你自己昏了心了！想想罢，想想放在那里了？这会子又混赖人了。"袭人见他这般光景，不像是玩话，便着急道："皇天菩萨，小祖宗，到底你摆在那里去了？"宝玉道："我记得明明放在炕桌上的，你们到底找呢。"

袭人、麝月、秋纹等也不敢叫人知道，大家偷偷儿的各处搜寻。闹了大半天，毫无影响。甚至翻箱倒笼，实在没处去找。便疑到方才这些人进来，不知谁捡了去了。袭人说道："进来的，谁不知道这玉是性命似的东西呢，谁敢捡了去呢？你们好歹先别声张'快到各处问去，若有姐妹们捡着吓我们玩呢，你们给他叩头，要了回来。若是小丫头偷了去多，问出来也不回上头，不论把什么送他换了出来一，都使得的。这可不是小事，真要丢了这个，比丢了宝二爷的命还利害呢。"〔索隐〕太平原评：是奇谈，乃正谈，人固以心为主也。一底一面，其妙不可思议云云，极为中肯，盖自来读《红楼》者，大抵为其文笔所炫，仅就迹象求之，能知底面之说，则已思过半矣。麝月、秋纹刚要外走，袭人又赶出来嘱咐道："头里在这里吃饭的，倒先别问去，找不着再惹出些风波来，更不好了。"

麝月等依言分头各处追问，人人不晓，个个惊疑。麝月等回来俱目瞪口呆，面面相窥，宝玉也吓怔了，袭人急的只是干哭。找是没处找，回又不敢回，怡红院里的人吓得个个像木雕泥塑一般。

大家正在发呆，只见各处知道的都来了。探春叫把园门关上，先命个老婆子带着两个丫头，再往各处去寻去。一面又叫告诉众人："若谁找出来，重重的赏银。"大家头宗要脱干系，二宗听见重赏，不顾命的混找了一遍，甚至于毛厕里都找到，谁知那块玉竟像绣针儿一般，找了一天，总无影响。

李纨急了，说："这件事不是玩的，我要说句无礼的话了。"众人道："什么呢？"李纨道："事情到了这里，也顾不得了。现在园里，除了宝玉都是女人，要求各位姐姐妹妹姑娘都要叫跟来的丫头脱了衣服，大家搜一搜。若没有，再叫丫头们去搜那些老婆子，并粗使的丫头。"大家说道:"这话也说的有理,现在人多手乱,鱼龙混杂。倒是这么一来,他们也洗洗清。"探春独不言语。

那些丫头们也都愿意洗净自己。先是平儿起,平儿说道:"打我先搜起。"于是各人自己解怀,李纨一气儿混搜。探春嗔着李纨道:"大嫂子,你也学那起不成材料的样子来了!那个人既偷了去,还肯藏在身上?况且,这件东西在家里是宝,到了外头,不知道的是废物,偷他做什么?我想来必是有人使促狭。"众人听说,又见环儿不在这里,昨儿是他满屋里乱跑,都疑到他身上,只是不肯说出来。探春又道:"使促狭的只有环儿,你们叫个人去悄悄的叫了他来,背地里哄着他,叫他拿出来。然后吓着他,叫他不要声张,这就完了。"大家点头称是。李纨便向平儿道:"这件事还是得你去,才弄得明白。"平儿答应,就赶着去了。

不多时,同了贾环来了。众人假意装出没事的样子,叫人倒了碗茶,放在里间屋里,众人故意搭讪走开。原叫平儿哄他,平儿便笑着向贾环道:"你二哥哥的玉丢了,你瞧见了没有?"贾环便急得紫涨了脸,瞪着眼说道:"人家丢了东西,你怎么又叫我来查问?疑我?我是犯过案的贼么?"〔索隐〕下半回文字,以审问环儿为筋节处。盖失通灵一段,系指允礽得心疾言之,允礽以太子被废。圣主下诏,屡斥其有狂疾,举动乖戾。及晚年,察知诸子结党夺嫡情状,穷治其狱。果得允禔允䄉辈诅咒魇魅事,乃复立允礽,而将允禔允䄉革爵看守,此处以贾环代禔、䄉,意极明显。平儿见这样子,倒不敢再问,便又陪笑道:"不是这么说,怕三爷要拿了去吓他们,所以白问问瞧见了没有?好叫他们找。"贾环道:"他的玉在身上,看见不看见,该问他,怎么问我?捧着他的人多着哩!〔索隐〕平时各树党援,积不相能,口吻如见。得了什么不来问我,丢了东西就来问我!"说着,起身就走。众人不好拦他。

这里宝玉倒急了,说道:"都是这个捞什子闹事!我也不要他了,你们也不用闹了。环儿一去,必是嚷得满院里都知道了,这可不是闹事了么?"袭人等急得又哭道:"小祖宗,你看这玉丢了没要紧,若是上头知道了,我们这些人就要粉身碎骨了。"〔索隐〕太子苟废,则手下依附奔走之人自必置身无地。当日惶扰情状,确有如书中所云者。说着,便号啕大哭起来。

第九十四回　宴海棠贾母赏花妖　失通灵宝玉知奇祸

众人更加伤感,明知此事掩饰不来,只得商议定了话,回来好回贾母诸人。宝玉道:"你们竟也不用商议,硬说我砸了就完了。"平儿道:"我的爷,好轻巧话儿,上头要问为什么砸的呢?他们也是个死啊,倘或要起砸破的渣儿来,那又怎么样说呢?"宝玉道:"不然便说我前日出门丢了。"众人一想,这句话倒还混得过去。但是这两天又没上学,又没往别处去。宝玉道:"怎么没有?大前儿还到南安王府里听戏去了呢,便说那日丢的。"探春道:"那也不妥,既是前儿丢的,为什么当日不来回?"

众人正在胡思乱想,要装点撒谎,只听得赵姨娘的声儿,哭着喊着走来,说:"你们丢了东西,自己不找,怎么叫人背地里拷问环儿?我把环儿带了来,索性交给你们。这一起洑上水的,该杀该剐,随你们罢!"说着,将环儿一推,说:"你是个贼,快快的招罢!"气得贾环也哭喊起来。

李纨正要劝解,丫头来说:"太太来了。"袭人等此时无地可容,宝玉等赶忙出来迎接。赵姨娘暂且也不敢作声,跟了出来。王夫人见众人都有惊惶之色,才信方才听见的话,便道:"那块玉真丢了么?"众人都不敢作声。王夫人走进屋里坐下,便叫:"袭人!"慌得袭人连忙跪下,含泪要禀。王夫人道:"你起来,快快叫人细细找去,一忙乱倒不好了。"袭人哽咽难言。

宝玉生恐袭人直告诉出来,便说道:"太太,此事不与袭人相干,是我前日到南安王府那里听戏,在路上丢了。"王夫人道:"为什么那日不找?"宝玉道:"我怕他们知道,没有告诉他们,我叫焙茗等在外头各处找过的。"王夫人道:"胡说,如今脱换衣服不是袭人他们服侍的么?大凡哥儿出门回来,手巾荷包短了,还要查问明白。何况这块玉不见了,便不问的么?"宝玉无言可答。

赵姨娘听见便得意了,忙接过口道:"外头丢了东西,也赖环儿。"话未说完,被王夫人喝道:"这里说这个,你且说那些没要紧的话!"赵姨娘便不敢言语了。还是李纨探春从实的告诉了王夫人一遍,王夫人也急得泪如雨下,索性要回明贾母,去问邢夫人那边跟来的这些人去。

凤姐病中也听见宝玉失玉,知道王夫人过来,料躲不住,便扶了丰儿来到园里。正值王夫人起身要走,凤姐娇怯怯的说:"请太太安。"宝

《红楼梦》与顺治皇帝的爱情故事

玉等过来问了凤姐好。王夫人因说道:"你也听见了么?这可不是奇事呢,刚才眼错不见就丢了,再找不着。你去想想:打从老太太那边丫头起,至你们平儿,谁的手不稳,谁的心促狭。我要回了老太太,认真的查出来才好。不然,是断了宝玉的命根子了。"凤姐回道:"咱们家人多手杂,自古说的'知人知面不知心',那里保得住谁是好的。但是一吵嚷,已经都知道了。偷玉的人若叫太太查出来,明知是死无葬身之地,他着了急,反要毁坏了灭口,那时可怎么处呢?〔索隐〕允礽初被魅魇,仅止发狂。若操之过急,或竟以邪术致之于死,亦未可知。且楚得臣情阿麼之事,竟见于康熙中叶,亦未可知。凤姐此番议论,颇似国舅隆科多。据我的糊涂想头,只说宝玉本不爱他,撩丢了也没有什么要紧。只要大家严密些,别叫老太太、老爷知道。这么说了,暗暗的派人去各处访察哄骗出来。那时玉也可得,罪名也好定,不知太太心里怎么样?"王夫人迟了半日,才说道:"你这话虽也有理,但只是老爷跟前怎么瞒得过呢?"便叫环儿过来道:"你二哥哥的玉丢了,白问了你一句,怎么你就乱闹,若是闹破了人家,把那个毁坏了,我看你活得活不得!"贾环吓得哭道:"我再不敢闹了。"赵姨娘听了,那里还敢言语。王夫人便吩咐众人道:"想来自然有没找到的地方儿,好端端的在家里,还怕飞到那里去不成?只是不许声张,限袭人三天内给我找出来,要是三天找不着,只怕也瞒不住,大家那就不用过安静日子了。"说着,便叫凤姐儿跟到邢夫人那边,商议踩缉。不提。

这里李纨等纷纷议论,便传唤看园子的一干人来,叫把园门锁上,快传林之孝家的来,悄悄儿的告诉了他,叫他吩咐:"前后门上,三天之内,不论男女下人,从里头可以走动。要出去时,一概不许放出。只说里头丢了东西,待这件东西有了着落,然后放人出去。"林之孝家的答应了"是"。因说:"前儿奴才家里也丢了一件不要紧的东西,林之孝必要明白,上街去找了一个测字的,那人叫做什么刘铁嘴,测了一个字,说的很明白,回来依旧一找便找着了。"袭人听见,便央及林家的道:"好林奶奶,出去快求林大爷替我们问问去。"那林之孝家的答应着出去了。

邢岫烟道:"若说那外头测字占卦的,是不中用的,我在南边,闻妙玉能扶乩,何不烦他问一问?〔索隐〕其时胡僧术士,纷集辇下,各树

第九十四回　宴海棠贾母赏花妖　失通灵宝玉知奇祸

门户，奉为上宾。刘铁嘴之测字，槛外人之扶乩，意必有所影射，史阙有间，惜已无从证实之。况且我听见说，这块玉原有仙机，想来问得出来。"众人都诧异道："咱们常见的，从没有听见说起。"麝月便忙问岫烟道："想来别人求他是不肯的。好姑娘，我给姑娘叩个头，姑娘就去。若问出来了，我一辈子总不忘你的恩。"说着，赶忙就要叩下头去，岫烟连忙拦住。黛玉等也都怂恿着岫烟，速往栊翠庵去。

一面林之孝家的进来说道："姑娘们大喜，林之孝测了字回来，说这玉是丢不了的，将来横竖有人送来还的。"〔索隐〕玉之失而复得，喻太子之废而复立。众人听了，也都半信半疑，惟有袭人、麝月喜欢的了不得。探春便问："测的是什么字？"林之孝家的道："他的话很多，奴才也学不上来。记的是拈了个赏人东西的'赏'字。那刘铁嘴也不问，便说：'丢失东西不是？'李纨道：这就算好。"林之孝家的道："他还说：'赏'字上头一个'小'字，底下一个'口'字，〔索隐〕"小口"俱阴象，"贝"为贼之偏旁，寓群邪贼害之意。这件东西很可嘴里放得，必是个珠子宝石。"众人听了，夸赞道："真是神仙，往下怎么说？"林之孝家的道："他说底下'贝'字拆开，不成一个'见'字，可不是不见了！因上头拆了'当'字，快叫到当铺里找去。'赏'字加一'人'字，可不是偿字！只要找着当铺就有人，有了人，可不是偿还了么？〔索隐〕偶观太平原评，于"赏人东西的'赏'字"下，则云：一部奇文，人以为供欣赏而已，而不知为罚恶之书。于"当铺找去"下，则云：当铺乃钗之当铺，其做和尚，上钗之当。于"可不是偿还了么"下，则云：偿乃填还，一部循环报复之书，以此一字结之，即《飞鸟各投林》曲中"欠命还命，欠泪还泪"之说。无不牵强离奇，令人作恶。必须请出圣叹先生，用其骂《续西厢记》的手段来狂骂之，方能称快。众人道："既这么着，就先往左近找起。横竖几个当铺，都找遍了，少不得就有了。咱们有了东西，再问人，就容易了。"李纨道："只要东西，那怕不问人都使得。林嫂子，烦你就把测字话快去告诉二奶奶，回了太太，先叫太太放心，就叫二奶奶快派人查去。"林家的答应了便走。

众人略安了一点儿神，呆呆的等岫烟回来。正呆等，只见跟宝玉的焙茗在门外招手儿，叫小丫头儿快出来，那小丫头儿赶忙的出去了。焙

《红楼梦》与顺治皇帝的爱情故事

茗便说道:"你快进去告诉我们二爷和里头太太、奶奶姑娘们,天大喜事。"那小丫头儿道:"你快说罢,怎样这么累赘!"焙茗笑着拍手道:"我告诉姑娘,姑娘进去回了,咱们两个人都得赏钱呢。你打量什么?宝二爷的那块玉呀,我得了准信来了。"未知后事如何,下回分解。

〔索隐〕是回疑是雪芹补本。上半回追论前事,下半回亲纪所见闻之事也。着重之处,全在回目二句,已将所隐事实完全点明。盖世祖之出家,由于董妃之夭逝。而董妃之夭逝,由于后位之失望。穷原竟委,则继后博尔济锦氏实为祸魁。曰花妖,曰贾母赏花妖,于众论嚣然之际,独立主持,罪有所归,正不能为若人恕也。通灵之失,自是宝哥之不幸。然加以"知奇祸"三字,细细体味,似乎不相联缀。惟允礽以谗构失欢,遂至加以狂疾之名,被废禁锢,则"失通灵宝玉知奇祸"一句,字字有着,扪之生棱。牵引入审问环儿,与圣主究出允禔兄弟阴谋倾陷事,尤相符合。心为万物之主,心失则狂。以"通灵"二字代玉,诠明心疾,兼寓改玉改步之义,可谓天然巧合。即此推求,知非不佞之强为附会矣。

本回分一小段、两大段:自开首起,至"亦难虚拟"止,为一小段,结束上回。以下至"送了平儿出去。不提"止,为前段,借花妖不祥渡入失玉。以下至本回完毕,为后段,写失玉后全家张皇之状,言在此而意在彼,虚实兼到,能事毕矣。

〔护花评〕水月庵一案,若待贾政回家问出,沁香、鹤仙等同贾芹私通情事,碍难发落。今趁贾政上班,从宽完结,省却无数累笔。且元妃将薨,留此女尼、女道,甚属无谓,早为遣去,又省后来再办,最为简净得体。

又:贾芹之胡行,已济发觉。贾赦等之造孽,亦当败露。以小事引起大事。

又:紫鹃辗转思量,忽然醒悟自啐,后来愿入空门,于此已露端倪。

又:贾赦说:"花妖作怪,不如斫去。"贾政说:"见怪不

第九十四回　宴海棠贾母赏花妖　失通灵宝玉知奇祸

怪，其怪自败。"探春知系妖孽，默无一言。凤姐属袭人挂块红绸，希翼应到喜字上去。各人身分及心事说话虽有不同，而以为不祥无异。惟贾母、王夫人黛玉、等以为宝玉喜事，所谓溺爱者不明也。

又：刘铁嘴测字，亦颇有灵机。惟"当"字、"偿"字的，是江湖一派。

又：花妖作怪、通灵走失后，从此元妃薨逝，宝玉疯癫，宁府抄没，贾母凤姐相继病亡，甚至引盗入室，串卖巧姐，种种凶事，接踵而至。此回是贾府盛极而衰一大转关处。

〔**大某评**〕此回仍是甲寅年十一月间事。

第九十五回 因讹成实元妃薨逝
　　　　　　以假混真宝玉疯癫

　　话说焙茗在门口和小丫头儿说："宝玉的玉有了。"那小丫头急忙回来告诉宝玉。众人听了，都推着宝玉出去问他，众人在廊下听着。宝玉也觉放心，便走到门口问道："你那里得了？快拿来。"焙茗道："拿是拿不来的，还得托人做保去呢。"宝玉道："你快说是怎么得的？我好叫人取去。"焙茗道："我在外头，知道林爷爷去测字，我就跟了去，我听见说在当铺里找，我没等他说完，便跑到几个当铺里去找，比给他们瞧。有一家便说有。我说给我罢，那铺子里要票子。我说当多少钱？他说三百钱的也有，五百钱的也有。前儿有一个人，拿这一块玉，当了三百钱去。今儿又有人也拿一块玉，当了五百钱去。"宝玉不等说完，便道："你快拿三百五百钱去取了来，我们挑着看是不是。"里头袭人便啐道："二爷不用理他，我小时候儿，我听见哥哥常说有些人卖那些小玉儿，没钱用便去当。想来是家家当铺里有的。"众人正在听得诧异，被袭人一说，想了一想，倒大家笑起来，说："快叫二爷进来罢。不用理那糊涂东西了，他说的那些玉想来不是正经东西。"宝玉正笑着，只见岫烟来了。

　　原来，岫烟走到栊翠庵，见了妙玉，不及闲话，便求妙玉扶乩。妙玉冷笑几声，说道："我与姑娘来往，为的是姑娘不是势利场中的人。〔索隐〕康熙季年，诸王子阴谋夺嫡，招集亡命，各树党援。一二明理自爱之士，大都洁身远引，避之若浼。今日怎么听了那里的谣言，过来缠我？况且我并不晓得什么叫扶乩。"说着，将要不理，岫烟懊悔此来，知他脾气是这么着的。一时我已说出，不好白回去，又不好与他质证他会扶乩的话。只得陪着笑，将袭人等性命关系的话说了一遍。见妙玉略有活动，便起身拜了几拜。妙玉叹道："何必为人作嫁？但是我进京以来

第九十五回　因讹成实元妃薨逝　以假混真宝玉疯癫

素无人知，今日你来破例，恐将来缠扰不休。"岫烟道："我也一时不忍，知你必是慈悲的，便是将来他人求你，愿不愿在你，谁敢相强？"妙玉笑了一笑！〔索隐〕立志不坚，殊负槛外人名义。叫道婆焚香，在箱子里找出沙盘乩架，书了符。命岫烟行礼祝告毕，起来同妙玉扶着乩，不多时，只见那仙乩疾书道：

噫！来无迹，去无踪，青埂峰下倚古松。
欲追寻，山万重，入我门来一笑逢。

书毕，停了乩。岫烟便问："请的是何仙？"妙玉道："请的是拐仙。"岫烟录了出来，请教妙玉解识。妙玉道："这个可不能，连我也不懂，你快拿去，他们的聪明人多着呢。"

岫烟只得回来，进入院中，各人都问："怎么样？"岫烟不及细说，便将所录乩语递与李纨。众姊妹及宝玉看着，都解的是：一时要找是找不着的，然而丢是丢不了的，不知几时不找便出来了。〔索隐〕允礽废而复立，出于圣祖之自行悔悟。但是青埂峰不知在那里？李纨道："这是仙机隐语，咱们家里那里跑出青埂峰来？必是谁怕查出，撩在松树的山子石底下，也未可知。独是'入我门来'这句，到底是入谁的门呢？"黛玉道："不知请的是谁？"岫烟道："拐仙。"探春说道："若是仙家的门，便难入了。"〔索隐〕此影允礽之终于不能嗣统。

袭人心里着忙，便捕风捉影的混找，没一块石底下不找到，只是没有。回到院中，宝玉也不问有无，只管傻笑。麝月着急道："小祖宗，你到底是那里丢的？说明了，我们就是受罪，也在明处啊！"宝玉笑道："我说外头丢的，你们又不依。你如今问我，我知道么？"李纨、探春道："今日从早起闹起，已到三更来的天了，你瞧瞧林妹妹，已经撑不住，各自散去了。我们也该歇歇儿，明儿再闹罢。"说着，大家散去，宝玉即便睡下。可怜袭人等，哭一回，想一回，一夜无眠。暂且不提。

且说黛玉先自回去，想起金石的旧话来，反自欢喜。心里说道："和尚道士的话，真个信不得。果真金玉有缘，宝玉如何能把这玉丢了呢。或者因我之事拆散他们的金玉，也未可知。"想了半天，更觉安心，把这

《红楼梦》与顺治皇帝的爱情故事

一天的劳乏,竟不理会,重新倒看起书来。紫鹃倒觉身倦,连催黛玉睡下。黛玉虽躺下,又想到海棠花上,说这块玉原是胎里带来的,非比寻常之物,来去自有关系。若是这花主好事呢,不该失了这玉呀,看来此花开的不祥。莫非他有不吉之事,不觉又伤起心来。又转想到喜事上头,此花又似应开,此玉又似应失,如此一悲一喜,直想到五更方睡着。〔索隐〕太子既废,其中具野心者如允禵胤祯诸人,一念患得,一念又患复失,傍徨不宁,恰类黛玉此时之心理。作者思致尖锐,借潇湘妃子立说,可谓信手拈来,都成妙谛。

次日,王夫人等早派人到当铺里去查问,凤姐暗中设法找寻。一连闹了几天,总无下落。还喜贾政、贾母未知。袭人等每日提心吊胆,宝玉也好几天不上学,只是怔怔的不言不语,没心没绪的。王夫人只知他因失玉而起,也不着意。

那一日正在纳闷,忽见贾琏进来请安,嘻嘻的笑道:"今日听得军机贾雨村打发人来告诉二老爷,说舅太爷升了内一阁大学士,奉旨来京。已定明年正月二十日宣麻,有三百里的文书去了。想舅太爷昼夜趱行,半个多月就要到了,侄儿特来回太太知道。"王夫人听说,便欢喜非常。正想娘家人少,薛姨妈家又衰败了,兄弟又在外任,照应不着。今日忽听兄弟拜相回京,王家荣耀,将来宝玉都有倚靠。〔索隐〕指国舅隆科多。隆科多以懿亲地位,阳附世宗,阴实调护理密。因此,为世宗所忌。践祚以后,藉田文镜疏参之名,遽致之法。宣布罪状有:妄拟诸葛亮奏称白帝城受命之日,即是死期已至之时。又云:仁庙升遐之日,隆科多并未在御前,乃诡称曾带匕首以防不测。获罪之故,情见乎词。而后来稗史所记,转谓世宗之获当璧,隆科多之力居多。后以恃功骄恣,为帝所诛。非情实也。便把失玉的心,又略放开些了。天天只望兄弟来京。

忽一天贾政进来,满脸泪痕,喘吁吁的说道:"你快去禀知老太太,即刻进宫,不用多人的,是你服侍进去。因娘娘忽得暴病,现在太监在外立等,他说太医院已经奏明痰厥,不能医治。"王夫人听说,便大哭起来。贾政道:"这不是哭的时候,快快去请老太太,说得宽缓些,不要吓坏了老人家。"贾政说着,出来盼咐家人伺候。王夫人收了泪,去请贾母,只说:"元妃有病,进去请安。"贾母念佛道:"怎么又病了?前番

第九十五回　因讹成实元妃薨逝　以假混真宝玉疯癫

吓得我了不得，后来又打听错了，这回情愿再错了也罢。"王夫人一面回答，一面催鸳鸯等开箱取衣饰穿戴起来。王夫人赶着回到自己房中，也穿戴好了，过来伺候。一时出厅上轿，进宫。不提。

且说元春自选了凤藻宫后，圣眷隆重，身体发福，未免举动费力，每日起居劳乏，时发痰疾。因前日侍宴回宫，偶沾寒气，勾起旧病。不料此回甚属利害，竟至痰气壅塞，四肢厥冷。一面奏明；即召太医调治，岂知汤药不进，连用通关之剂，并不见效。内宫忧虑，奏请预办后事，所以传旨命贾氏椒房进见。

贾母、王夫人遵旨进宫，见元妃痰塞口涎，不能言语。见了贾母，只有悲泣之状，却少眼泪。贾母进前请安，说些宽慰的话。少时，贾政等职名递进，宫嫔传奏，元妃目不能顾，渐渐脸色改变。内宫太监即要奏闻，恐派各妃看视，椒房姻戚未便久羁，请在外宫伺候。贾母王夫人怎忍便离，无奈国家制度，只得下来，又不敢啼哭，惟有心内悲戚。

不多时，只见太监出来，立传钦天监。贾母便知不好，尚未敢动。稍刻小太监传谕出来，说："贾娘娘薨逝。"是年甲寅年十二月十八日立春，元妃薨日是十二月十九日，已交卯年寅月，存年四十三岁。贾母含悲起身，只得出宫上轿回家。贾政等亦已得信，一路悲戚。到家中，邢夫人、李纨、凤姐、宝玉等出厅分东西迎着贾母，请了安，并贾政、王夫人请安，大家哭泣。不提。

次日早起，凡有品级的，按贵妃丧礼，进内请安哭灵。贾政又是工部，虽按照仪注办理，未免堂上又要周旋他些，同事又要请教他，所以两头更忙，非比从前太后与周妃的丧事了。但元妃并无所出，惟谥曰贤淑贵妃。此是王家制度，不必多赘。

只讲府中男女，天天进宫，忙的了不得。幸喜凤姐儿近日身子好些，还得出来照应家事，又要预备王子腾进京，接风贺喜。凤姐胞兄王仁知道叔叔入了内阁，仍带家眷来京。凤姐心内欢喜，便有些心病，有这些娘家的人来，也便撂开。所以身子倒觉比前好了些。王夫人看见凤姐照旧办事，又把担子卸了一半，又眼见兄弟来京，诸事放心，倒觉安静些。

独有宝玉原是无职之人，又不念书，代儒学里知他家内有事，也不来管他。贾政正忙，自然没有空儿查他。想来宝玉趁此机会竟可与姊妹们天天畅乐，不料他自失玉后，终日懒怠走动，说话也糊涂了。并贾母等出门回来，有人叫他去请安，便去。没人叫他，他也不动。袭人等怀着鬼胎，又不敢去招惹他，恐他生气。每天茶饭，端到面前便吃，不来，也不要。袭人看这光景，不像是有气，竟像是有病的。

袭人偷着空儿，到潇湘馆告诉紫鹃，说是二爷这么着，求姑娘给他开导开导。〔**索隐**〕用"开导"字极有斟酌，盖理密被废后，亲侍惧罪星散，即其师傅汤斌，亦不敢谏诤于仁皇帝之前。现此书之宝钗、黛玉称故不往，可知梗概。紫鹃虽即告诉黛玉，只因黛玉想着亲事上头，一定是自己了。如今见了他。反觉不好意思："若是他来呢，原是小时在一处的，也难不理他。若说我去找他，断断使不得。"所以黛玉不肯过来。

袭人又背地里去告诉探春，那知探春心里明明知道海棠开的怪异，宝玉失的更奇，接连着元妃姐姐薨逝，谅家道不祥，日日愁闷，那有心肠去劝宝玉？况兄妹们男女有别，只好过来一两次，宝玉又总是懒懒的，所以也不常来。

宝钗也知失玉，因薛姨妈那日应了宝玉的亲事，回去便告诉了宝钗。薛姨妈还说："虽是你姨妈说了，我还没有应承。说等你哥哥回来再定，你愿意不愿意？"宝钗反正色的对母亲道："妈妈这话说错了，女孩儿家的事情是父母做主的。如今我父亲没了，妈妈应该做主的。再不然，问哥哥，怎么问起我来？"所以薛姨妈更爱惜他，说："他虽是从小娇养惯的，却也生来的贞静。"因此在他面前反不提起宝玉了。宝钗自从听此一说，把"宝玉"二字自然更不提起了。如今虽然听见失了玉，心里也甚惊疑，倒不好问，只得听旁人说去，竟像不与自己相干的。只有薛姨妈打发丫头过来了好几次问信。因他自己的儿子薛蟠的事焦心，只等哥哥进京，便好为他出脱罪名。又知元妃已薨，虽然贾府忙乱，却得凤姐好了，出来理家，也把贾家的事丢开了。只苦了袭人，虽然在宝玉跟前低声下气的服侍劝慰，宝玉竟是不懂，袭人只有暗暗的着急而已。

过了几日，元妃停灵寝庙，贾母等送殡去了几天。岂知宝玉一日呆似一日，也不发烧，也不疼痛，只是吃不像吃，睡不像睡，甚至说话都无头绪。那袭人等一发慌了，回过凤姐。凤姐过来，起先道是找不着玉生气，如今看他失魂落魄的样子，只有日日请医调治，煎药吃了好几剂，

第九十五回　因讹成实元妃薨逝　以假混真宝玉疯癫

只有添病的,没有减病的。及至问他那里不舒服,宝玉也不说出来。

直至元妃事毕,贾母惦记宝玉,亲自到园看视,王夫人也随过来。袭人忙叫宝玉接去请安,宝玉虽说是有病,每日原起来行动,今日叫他接贾母去,他依然仍是请安,惟是袭人在旁扶着指教。贾母见了,便道:"我的儿,我打量你怎么病着,故此过来瞧你。今你依旧的模样儿,我的心放了好些。"王夫人也自然是宽心的,但宝玉并不回答,只管嘻嘻的笑。贾母等进屋坐下,问他的话,袭人教一句,他说一句,大不似往常,直是一个傻子似的。贾母愈看愈疑,便说:"我才进来看时,不见些什么病,如今细细一瞧,这病果然不轻,竟是神魂失散的样子。〔索隐〕允礽之狂病,因魇魅而起,故诓以"神魂失散"四字。其写宝玉病状处,似有知似无知,恰合分寸。到底因什么起的呢?"

王夫人知事难瞒,又瞧瞧袭人那可怜的样子,只得便依着宝玉先前的话,将那往临安伯府里去听戏时,丢了这块玉的话,悄悄的告诉了一遍。心里也傍徨的很,生恐贾母着急,并说:"现在着人在四下里找寻,求签问卦,都说在当铺里找,少不得找着的。"贾母听了,急的站起来,眼泪直流,说道:"这件玉如何是丢得的!你们忒不懂事了,难道老爷也是撩开手的不成?"王夫人知贾母生气,叫袭人等跪下,自己敛容低首,回说:"媳妇恐老太太着急,老爷生气,都没敢回。"贾母咳道:"这是宝玉的命根子,因丢了,所以他是这么失魂丧魄的,还了得。况且这玉,满城里都知道。谁检了去,便叫你们找出来么?叫人快快请老爷,我与他说。"

那时吓的王夫人、袭人等哀告道:"老太太这一生气,回来老爷更了不得了。现在宝玉病着,交给我们,尽命的找来就是了。"贾母道:"你们怕老爷生气,有我呢。"便叫麝月传人去请,不一时传进话来,说:"老爷谢客去了。"贾母道:"不用他也使得,你们便说我说的话,暂且也不用责罚何人。我便叫琏儿来写出赏格,悬在前日经过的地方,便说:有人检得送来者,情愿送银一万两。如有知人检得送信找得者,送银五千两。如真有了,不可吝惜银子。这么一找,少不得就找出来了。若是靠着咱们家几个人找,就找一辈子也不能得。"王夫人也不敢直言。贾母传话告诉贾琏,叫他速办去了。贾母便叫人:"将宝玉动用之物,都搬到

《红楼梦》与顺治皇帝的爱情故事

我那里去。只派袭人、秋纹跟过来,余者仍留园内看屋子。"宝玉听了,终不言语,只是傻笑。

贾母便携了宝玉起身,袭人等搀扶出园,回到自己房中,叫王夫人坐下,着人收拾里间屋内安置。〔**索隐**〕允礽以狂疾拘禁咸安宫中。便对王夫人道:"你知道我的意么?我为的园里人少,怡红院里的花树忽萎忽开,有些奇怪,头里仗着一块玉能除邪异。如今此玉丢了,生恐邪气易侵,故我带他过来,一块儿住着。这几天也不用叫他出去,大夫来就在这里瞧。"王夫人听说,便接口道:"老太太想的自然是,如今宝玉同着老太太住了,老太太的福气大,不论什么都压住了。"贾母道:"什么福气,不过我屋里干净些,经卷也多,都可以念念,定定心神,你问宝玉好不好?"

那宝玉见问,只是笑。袭人叫他说"好",宝玉也就说"好"。〔**索隐**〕"笑"字与"哭"字为对照。理密被幽后,终日哭泣。命之坐,则坐。命之起,则起,貌为痴呆。历数年,圣祖察知其无他,诸王互相倾轧,狡谋益显,乃始疑有他故,穷治其狱。王夫人见了这般光景,未免落泪。在贾母这里,不敢出声。贾母知王夫人着急,便说道:"你回去罢,这里有我调停他。晚上老爷回来,告诉他,不必来见我,不许言语就是了。"王夫人去后,贾母叫鸳鸯找些安神定魂的药,按方吃了。不提。

且说贾政当晚回家,在车内听见道儿上人说道:"人要发财也容易的很。"那个问道:"怎么儿得?"这个人又道:"今日听见荣府里丢了什么哥儿的玉了,贴着招帖儿,上头写着玉的大小、式样、颜色,说有人检了送去,就给一万两银子,送信的还给五千呢。"

贾政虽未听得如此真切,心内诧异,急忙赶回,便叫门上的人问起那事来,门上的人禀道:"奴才头里也不知道,今日晌午琏二爷传出老太太的话,叫人去贴帖儿,才知道的。"贾政便叹气道:"家道该衰,偏生养这么一个孽障;才养他的时候,满街的谣言。隔了十九年,〔**索隐**〕宝玉此时何曾有十九岁?此等处,皆作者故留罅隙,以示别有所指。略好了些。这会子又大张晓谕的找玉,成何道理!"说着,忙走进里头去问王夫人,王夫人便一五一十的告诉。贾政知是老太太的主意,又不敢违

第九十五回　因讹成实元妃薨逝　以假混真宝玉疯癫

拗,只抱怨王夫人几句,又走出来叫瞒着老太太背地里揭了这个帖儿下来。岂知早有那些游手好闲的人揭了去了。

过了些时,竟有人到荣府门上口称送玉来。家人们听见,喜欢的了不得。便说:"拿来,我给你去回。"那人便怀内掏出赏格来,指给门上人瞧道:"这不是你府上的帖子么?写明送玉来的给银一万两。〔索隐〕当时咸以重赏求医。二太爷,你们这会子瞧我穷,回来我得了银子就是个财主了。别这么待理不理的。"门上听他话头来的硬,说道:"你到底略给我瞧一瞧,我好给你去回。"那人初倒不肯,后来听人说的有理,便掏出那玉,托在掌中一扬,说:"这是不是?"众家人原是在外服役,只知有玉,也不常见,今日才看见这玉的模样儿了。急忙跑到里头,抢头报似的。

那日贾政、贾赦出门,只有贾琏在家。众人回明,贾琏还细问:"真不真?"门上人口称亲眼见过,只是不给奴才,要见主子,一手交银,一手交玉。贾琏却也喜欢,忙去禀知王夫人,即便回明贾母。把个袭人乐得合掌念佛,贾母并不改口,一叠连声:"快叫琏儿请那人到书房内坐下,将玉取来一看,即便送银。"贾琏依言请那人进来,当客待他,用好言道谢,要借这玉送到里头本人见了,谢金分厘不短。

那人只得将一个红绸子包儿送过去,贾琏打开一看,可不是那一块晶莹美玉呢!贾琏素昔原不理论,今日倒要看看。看了半日,上面的字也仿佛认得出来,什么"除邪祟"等字。〔索隐〕点明邪祟,不然琏二爷即不辨玉之究竟。至其上之"莫失莫忘,仙寿恒昌"八字,岂有不知之理?贾琏看了,喜之不胜,便叫家人伺候,忙忙的遂与贾母王夫人认去。

这会子惊动了合家的人,都等着争看。凤姐见贾琏进来,便劈手夺去,不敢先看,送到贾母手里。贾琏笑道:"你这么一点儿事,还不叫我献功呢?"贾母打开看时,只见那玉比先前昏暗了好些。一面用手擦摸,鸳鸯拿上眼镜儿来,戴着一瞧,说:"奇怪'这块玉倒是的,怎么把头里的宝色都没了呢?"〔索隐〕运退黄金减色,已废后之太子宜其如此。王夫人看了一会子,也认不出,便叫凤姐过来看,凤姐看了道:"像倒像,只是颜色不大对,不如叫宝兄弟自己一看就知道了。"袭人在旁也看

《红楼梦》与顺治皇帝的爱情故事

着未必是那一块,只是盼得的心盛,也不敢说出不像来。

凤姐于是从贾母手中接过来,同着袭人拿来给宝玉瞧,这时宝玉正睡着才醒,凤姐告诉道"你的玉有了。"宝玉正在蒙胧,接在手里也没瞧,便往地下一撩道:"你们又来哄我了。"说着,只是冷笑。凤姐连忙拾起来道:"这也奇了,怎么你没瞧就知道呢?"宝玉也不答言,只管笑。王夫人也进屋里来了,见他这样,便道:"这不用说了,他那玉原是胎里带来的一种古怪东西,自然他有道理。想来这个必是人见了帖儿,照样做的。"

大家此时恍然大悟,贾琏在外间屋里听见这话,便说道:"既不是,快拿来给我问问他去,人家这样事,他敢来鬼混?"贾母喝住道:"琏儿拿了去给他,叫他去罢。那也是穷极了的人,没法儿了,所以见我们家有这样事,他便想着赚几个钱,也是有的。如今白白的化了钱,弄了这个东西,又叫咱们认出来了。依着我不要难为他,把这玉还他。说不是我们的,赏给他几两银子。外头的人知道了,才肯有信儿就送来呢。若是难为了这一个人,就有真的,人家也不敢拿来了。"贾琏答应出去,那人还等着呢,半日不见人来,正在那里心里发虚,只见贾琏气忿忿的走出来了。未知如何,下回分解。

[**索隐**] 此回亦雪芹补本。接写理密被废之事,其着重只在回目所标"因讹成实""以假混真"八字。盖理密之得有心疾,皆由于诸王之诅咒魇魅,圣主为其所欺。施此术者,藏僧马星葛卜楚。主其谋者,允禩妻舅索额图。叠言当铺里找去者,隐寓按图以索之义。又"當"字之上半为尚,与和尚二字亦有关合。至云和尚道士的话真个信不得,则更暗中揭穿。

全回因始终一事,无段落可分。至中间忽杂出元妃薨逝一节者,因本书既有元妃入选凤藻宫,不得不作一结束,于寓意无关。试观凡涉大丧,无不郑重铺叙,独于此处贵妃之逝,轻轻带过,即可知其义之所在。康熙时,诸子阴谋夺嫡,确是一件大狱。此回全力摹写,已俱概要。如理密近侍之忧惶失措,朝中诸臣之惧祸引避,各王子之患得患失,忐忑不宁,以及方

第九十五回　因讹成实元妃薨逝　以假混真宝玉疯癫

药杂投,群邪竟进,一一穷形尽相,为之写照。看似平淡,然作者构思着笔,固已煞费经营矣。

〔护花评〕焙茗说当铺里有玉,是为假玉作引子。

又:若非王子腾进京及元妃薨逝二事耽延时日,贾母、早知失玉情事,无日不追寻嚷闹,宝玉亦必早移出园,文情过于急促。且袭人求黛玉劝导,黛玉避嫌不来;探春明知不祥,不肯常来;及薛姨妈、宝钗母女一番说话,各人心事俱无从描写,此文章开展法。

又:黛玉避嫌,亦是反跌下回。

又:做假玉图骗,反衬后文真玉送来。

〔大某评〕此回已入甲寅年十二月事。

第九十六回　瞒消息凤姐设奇谋
　　　　　　　泄机关颦儿迷本性

　　话说贾琏拿了那块假玉，忿忿走出，到了书房，那个人看见贾琏的气色不好，心里先发了虚了，连忙站起来迎着。刚要说话，只见贾琏冷笑道："好大胆，我把你这个混帐东西，这里是什么地方儿，你敢来掉鬼。"〔索隐〕点明宫禁。谋臣、食客互逞狡谋，虽系为其主，然以鬼蜮伎俩，施之于宫禁森严之地，殊属不成事体。回头便问："小厮们呢？"外头轰雷一般，几个小厮齐声答应。贾琏道："取绳子去，捆起他来！等老爷回来问明了，把他送到衙门里去。"众小厮又一齐答应："预备着呢。"嘴里虽如此，却不动身。

　　那人先是吓的手足无措，见这般势派，知道难逃公道，只得跪下给贾琏叩头，口口声声只叫："老太爷别生气，是我一时穷极无奈，才想出这个没脸的营生来。那玉是我借钱做的，我也不敢要了，只得孝敬府里的哥儿玩罢。"说毕，又连连叩头。贾琏啐道："你这个不知死活的东西，这府里希罕你的那朽不了的浪东西！"

　　正闹着，只见赖大进来，陪着笑向贾琏道："二爷别生气，靠他算做什么东西，饶了他，叫他滚出去罢。"贾琏道："实在可恶！"赖大、贾琏作好作歹，众人在外头都说道："糊涂狗攮的，还不给爷和赖大爷叩头呢，快快的滚罢，还等窝心脚呢！"那人赶忙叩了两个头，抱头鼠窜而去。〔索隐〕魇魔之事发现后，当日以牵涉太多，含糊处结，并未穷治党羽。施术之喇嘛僧亦即分别诛逐。此云抱头鼠窜而去，盖纪实也。从此街上闹动了："贾宝玉弄出'假'宝玉来了。"〔索隐〕哄传一时，或谓以上一大篇文字，皆记乾隆时伪皇孙案者。乾隆庚子南巡，回銮驻跸涿州，有僧人某率幼童接驾，云系履端王次子，以次妃妒嫉，故褓襁时

・1134・

第九十六回　瞒消息凤姐设奇谋　泄机关颦儿迷本性

将其逐出，僧人怜而收养，至今成立。初，履端亲王永城为纯皇帝第四子，出继履恭王后，其侧福晋王氏，王素钟爱。有侧室产次子，上已命名。时王随上之滦阳，而次子以痘殇告。其邸人皆言为王氏所害，上亦风闻其说，故疑童子近是。询其嫡妃伊尔根觉罗氏，则言："此子殇时，余曾抚之以哭，并非为王氏所害者。"言之凿凿。乃召童子入都鞠之。童貌端庄，坐榻上，见诸相国王，端坐不起。呼和相名曰："珅来，汝乃皇祖近臣，不可使天家骨肉有所湮没也。"诸大臣不敢置可否。侍郎保成，时为军机司员，突然近前批其颊曰："汝何处村童，为人所绐，乃敢为此灭门计乎？"童惶惧，言系树村人，刘姓，为僧人所教者。其谳乃定，斩僧于市，流童子于伊犁。雪芹亲闻其事，遂秉笔记之，以存官阃秘史。故云："因讹成实元妃薨逝""以假混真宝玉疯癫"。又云："这里是什么地方儿，你敢来掉鬼"，及"贾宝玉弄出'假'宝玉来了"等语。按：献假玉以图赏，卒被察出驱逐，其情节与伪皇孙案极类，姑存之以备一说。

且说贾政那日拜客回来，众人因为灯节底下，恐怕贾政生气，已过去的事了，便也都不肯回。只因元妃的事，忙碌了好些时，近日宝玉又病着，虽有旧例家宴，大家无兴，也无有可记之事。

到了正月十七日，王夫人正盼王子腾来京，只见凤姐进来回说："今日二爷在外听得有人传说，我们家大老爷赶着进京，离城只二百多里地，在路上没了，太太听见了没有？"王夫人吃惊道："我没有听见，老爷昨晚也没有说起，到底在那里听见的？"凤姐道："说是在枢密张老爷家听见的。"王夫人怔了半天，那眼泪早流下来了，因拭泪说道："回来再叫琏儿索性打听明白了，来告诉我。"凤姐答应去了。

王夫人不免暗里落泪，悲女哭弟，又为宝玉耽忧。如此连三接二，都是不遂意的事，那里搁得住，便有些心口疼痛起来。又加贾琏打听明白了，来说道："舅太爷是赶路劳乏，偶然感冒风寒。到了十里屯地方，延医调治，无奈这个地方没有名医，误用了药，一剂就死了。但不知家眷可到了那里没有。"王夫人听了，一阵心酸，便心口疼得坐不住，叫彩云等扶了上炕，还扎挣着叫贾琏去回了贾政："即速收拾行装，迎到那里，帮着料理完毕，即刻回来告诉我们，好叫你媳妇儿放心"。贾琏不敢

《红楼梦》与顺治皇帝的爱情故事

违拗,只得辞了贾政起身。贾政早已知道,心里很不受用,又知宝玉。失玉以后,神志昏愦,医药无效,又值王夫人心疼。

那年正值京察,工部将贾政保列一等,二月吏部带领引见,皇上念贾政勤俭谨慎,即放了江西粮道。即日谢恩,已奏明起程日期。〔**索隐**〕政老远行,隐指圣祖南巡。虽有众亲朋贺喜、贾政也无心应酬,只念家中人口不宁,又不敢耽延在家。正在无计可施,只听见贾母那边叫:"请老爷。"贾政即忙进去,看见王夫人带着病也在那里,便向贾母请了安。贾母叫他坐下,便说:"你不日就要赴任,我有多少话与你说,不知你听不听?"说着掉下泪来。贾政忙站起来说道:"老太太有话只管吩咐,儿子怎敢不遵命呢?"贾母哽咽着说道:"我今年八十一岁的人了,你又要做外任去,偏有你大哥在家,你又不能告亲老。你这一去了,我所疼的只有宝玉,偏偏的又病得糊涂,还不知道怎么样呢。我昨日叫赖升媳妇出去叫人给宝玉算算命,这先生算得好灵,说要娶了金命的人帮扶他。必要冲冲喜才好。不然,只怕保不住。我知道你不信那些话,所以叫你来商量,你的媳妇也在这里,你们两个也商量商量:还是要宝玉好呢,还是随他去呢?"贾政陪笑说道:"老太太当初疼儿子这么疼的,难道做儿子的就不疼自己的儿子不成么?只为宝玉不上进,所以时常恨他,也不过是恨铁不成钢的意思。老太太既要给他成家,这也是该当的,岂有逆着老太太不疼他的理,如今宝玉病着,儿子也是不放心。因老太太不叫他见我,所以儿子也不敢言语,我到底瞧瞧宝玉是个什么病?"

王夫人见贾政说着,也有些眼圈儿红,知道心里是疼的。〔**索隐**〕按,孝庄薨于康熙二十六年。允礽之册立在康熙十五年,不久即被废黜。其间立而复废,废而复立,孝庄犹及见之。或孝庄爱怜重孙无辜遭谴,遂乘仁庙南巡之时,极力主持,必欲将允礽复立。仁庙不敢过拂重慈之命,勉强承诺。书中娶亲冲喜,即指复储言之。玩此一段词气,神情颇合。便叫袭人扶了宝玉见了他父亲。袭人叫他来请安,他便请了个安。贾政见他脸面更瘦,目光无神,大有疯傻之状,〔**索隐**〕再点疯傻,即所谓心疾是也。便叫人扶了进去。便想到自己是望六的人了,如今又放外任,不知道几年回来。倘或这孩子果然不好,一则年老无嗣,虽说有孙子,到底隔了一层;二则老太太最是疼的,宝玉若是有差错,可不是

第九十六回　瞒消息凤姐设奇谋　泄机关颦儿迷本性

我的罪名更重了。瞧瞧王夫人一包眼泪，又想到他身上，复站起来说："老太太这么大年纪，想法儿疼孙子，做儿子的怎敢违拗？老太太主意该怎么，便怎么就是了，但只姨太太那边不知说明白了没有？"王夫人便道："姨太太是早应承的，只为蟠儿的事没有结案，所以这些时总没提起。"贾政又道："这就是第一层难处了，他哥哥在监里，妹妹怎么出嫁？况且贵妃的事，虽不禁婚嫁，宝玉应照已出嫁的姐姐有九个月的功服，此时也难娶亲。再者，我的起身日期已经奏明，不敢耽搁，这几天怎么办呢？"

贾母想了一想，说的果然不错，若是等这几件事过去，他父亲又走了。倘或这病一天重似一天怎么好？只可越些礼，办了才好。想定主意，便说道："你若给他办呢，我自然有个道理，包管都碍不着。姨太太那边，我和你媳妇亲自过去求他。蟠儿那里，我央蝌儿去告诉他。说是要救宝玉的命，诸事将就，自然应的。若说服里娶亲，当真使不得。况且宝玉病着，也不可叫他成亲。不过是冲冲喜。我们两家愿意，孩子们又有金玉的道理。婚是不用合的了。即挑了好日子，按着咱们家分儿过了礼。赶着挑个娶亲日子，一概鼓乐不用，倒按宫里的样子，用十二对提灯，一乘八人轿子，抬了来，照南边规矩拜了堂，一样坐床撒帐，可不是算娶了亲了么？宝丫头心地明白，是不用虑的。内中又有袭人，也还是个妥妥当当的孩子。再有个明白人常劝他更好，他又和宝丫头合的来。再者，姨太太曾说：'宝丫头的金锁，也有个和尚说过，只等有玉的便是婚姻。'焉知宝丫头过来，不因金锁倒招出他那块玉来？也定不得，从此一天好似一天，岂不是大家的造化？这会子只要立刻收拾屋子，铺排起来，这屋子是要你派的。一概亲友不请，也不排筵席。待宝玉好了，过了功服，然后再摆席请人。这么着，都赶的上，你也看见了他们小两口儿的事，也好放心的去。"

贾政听了，原不愿意，只是贾母做主，不敢违命，勉强陪笑说道："老太太想得极是，也很妥当。只是要盼咐家下众人，不许吵嚷得里外皆知，这要耽不是的。姨太太那边，只怕不肯。若是果真应了，也只好按着老太太的主意办去。"贾母道："姨太太那边有我呢，你去罢。"

贾政答应出来，心中好不自在。因赴任事多，部里领凭，亲友们荐人，种种应酬不绝，竟把宝玉的事听凭贾母交与王夫人凤姐儿了。〔**索隐**〕允礽之二次再储，全系孝庄及冯铨之力。惟将荣禧堂后身王夫人内屋旁边一大跨所二十余间房屋，指与宝玉，余者一概不管。贾母定了主意，叫人告诉他去，贾政只说很好。此是后话。

且说宝玉见过贾政，袭人扶回里间炕上，因贾政在外，无人敢与宝玉说话，宝玉便昏昏沉沉的睡去。贾母与贾政所说的话，宝玉一句也没有听见，袭人等却静静儿的听得明白。头里虽也听得些风声，到底影响，只不见宝钗过来，却也有些信真。今日听了这些话，心里方才水落归漕，倒也喜欢。心里想道："果然上头的眼力不错，这才配得是。我也造化，若他来了，我可以卸了好些担子。但是这一位的心里，只有一个林姑娘，幸亏他没有听见，若知道了又不知要闹到什么分儿了！"〔**索隐**〕此处林姑娘，乃暂代皇八子允禩。理密被废，诸王皆运动继选，而觊觎最甚者为允禩。曾私令大学士马奇会诸大臣保奏，圣祖恐诸臣为植恩弄权地，又素恶允禩，以为阴险有异志，斥之。袭人想到这里，转喜为悲，心想："这件事怎么好？老太太、太太那里知道他们心里的事，初时高兴，说给他知道，原想要他病好。若是他仍似前的心事，初见林姑娘，便要摔玉砸去，那怎么好？况且那年夏天在园里，把我当作林姑娘，说了好些私心话。后来因为紫鹃说了句玩话儿，便哭得死去活来。若是如今和他说要娶宝姑娘，就把林姑娘丢开，除非是他人事不知还可，若稍明白些，只怕不但不能冲喜，竟是催命！我再不把话说明，那不是一害三个人了么！"

袭人想定主意，待等贾政出去，叫秋纹照看着宝玉，便从里间出来，走到王夫人身旁，悄悄的请了王夫人，到贾母后间屋里去说话。贾母只道是宝玉有话，也不理会，还在那里打算怎么过礼，怎么娶亲。那袭人同了王夫人到了后间，便跪下哭了。王夫人不知何意，把手拉着他说："好端端的，这是怎么说？有什么委屈，起来说。"袭人说："这话奴才是不该说的，这会子因为没有法儿了。"王夫人道："你慢慢的说。"袭人道："宝玉的亲事，老太太、太太已定了宝姑娘了，自然是极好的一件事。只是奴才想着，太太看去，宝玉和宝姑娘好，还是和林姑娘好呢？"王夫人道："他两个因从小儿在一处，所以宝玉和林姑娘又好些。"袭人

第九十六回　瞒消息凤姐设奇谋　泄机关颦儿迷本性

道："不是好些。"便将宝玉素与黛玉这些光景，一一的说了，还说："这些事都是太太亲眼见的，独是夏天的话，我从没敢和别人说。"王夫人拉着袭人道："我看外面儿，已瞧出几分来了。你今儿一说，更加是了。但是刚才老爷说的话，想必都听见了，你看他的神情儿怎么样？"袭人道："如今宝玉若有人和他说话，他就笑，没人和他说话，他就睡。所以头里的话，却都没听见。"王夫人道："倒是这件事，叫人怎么样呢？"袭人道："奴才说是说了，还得太太告诉老太太，想个万全的主意才好。"王夫人便道："既这么着，你去干你的。这时候满屋子的人，暂且不用提起。等觑空儿回明老太太，再作道理。"说着，仍到贾母跟前。

贾母正在那里和凤姐儿商议，见王夫人进来，便问道："袭人丫头说什么？这么鬼鬼祟祟的。"王夫人趁问，便将宝玉的心事，细细回明贾母。贾母听了，半日没言语。〔索隐〕此必当日有人将允禩深谋积虑诉告于两宫前者，故允禩益遭厌恶。王夫人和凤姐也都不再说了。只见贾母叹道："别的事都好说，林丫头倒没有什么，若宝玉真是这样，这可叫人作了难了。"

只见凤姐想了一想，因说道："难倒不难，只是我想了个主意，不知姑妈肯不肯？"王夫人道："你有主意，只管说给老太太听，大家娘儿们商量着办罢了。"凤姐道："依我想，这件事只有一个掉包儿的法子。"贾母道："怎么掉包儿？"凤姐道："如今不管宝兄弟明白不明白，大家吵嚷起来，说是老爷做主，将林姑娘配了他了，瞧他的神情儿怎么样？要是他全不管，这个包儿也就不用掉了。若是他有些喜欢的意思，这事却要大费周折呢！"王夫人道："就算他喜欢，你怎么样办法呢？"

凤姐走到王夫人耳边如此这般的说了一遍，王夫人点了儿点头儿，笑了一笑，说道："也罢了。"贾母便问道："你娘儿两个捣鬼，到底告诉我，是怎么着呢？"凤姐恐贾母不懂，露泄机关，便也向耳边轻轻的告诉了一遍。贾母果真一时不懂，凤姐笑着又说了几句。贾母笑道："这么着也好，可就只忒苦了宝丫头了。倘或吵嚷出来，林丫头又怎么样呢？"凤姐道："这个话原只说给宝玉听，外头一概不许提起，有谁知道呢？"

正说间，丫头传进话来，说："琏二爷回来了。"王夫人恐贾母问及，使个眼色与凤姐，凤姐便出来迎着贾琏，努了个嘴儿，同到王夫人屋里等着去了。一回儿,王夫人进来,已见凤姐哭的两眼通红。贾琏请了安,将到十里屯料理王子腾的丧事的话说了一遍,便说:"有恩旨赏了内阁的职衔,谥了文勤公。命本宗扶柩回籍,着沿途地方官员照料。昨日起身同家眷回南去了,舅太太叫我回来请安问好,说如今想不到不能进京,有多少话不能说。听见我大舅子要进京,若是路上遇见了,便叫他来到咱们这里细细的说。"王夫人听毕,其悲痛自不必言。凤姐劝慰了一番:"请太太略歇,晚上来再商量宝玉的事罢。"说毕,同了贾琏回到自己房中,告诉了贾琏,叫他派人收拾新房。不提。

一日,黛玉早饭后带着紫鹃到贾母这边来,一则请安,二则也为自己散散闷。出了潇湘馆走了几步,忽然想起忘了手绢子来,因叫紫鹃回去取来。自己却慢慢的走着等他,刚走到沁芳桥那边山石背后当日同宝玉葬花之处。忽听一个人呜呜咽咽在那里哭,黛玉杀住脚听时,又听不出是谁的声音,也听不出哭着叨叨的是些什么话,心里甚是疑惑。便慢慢的走去,及到了跟前,却见一个浓眉大眼的丫头在那里哭呢。黛玉未见他时,还只疑府里这些大丫头有什么说不出的心事,所以来这里发泄发泄。及至见了这个丫头,却又好笑。因想到这种蠢货,有什么情种,自然是那屋里作粗活的丫头,受了大女子的气了。细瞧了一瞧,却不认得。

那丫头见黛玉来了,便也不敢再哭,站起来拭眼泪。黛玉问道:"你好好的为什么在这里伤心?"那丫头听了这话,又流泪道:"林姑娘,你评评这个理。他们说话,我又不知道,我就说错了一句话,我姐姐也不该就打我呀。"黛玉听了,不懂他说的是什么,因笑问道:"你姐姐是那一个?"那丫头道:"就是珍珠姐姐。"黛玉听了,才知他是贾母屋里的,因又问:"你叫什么?"那丫头道:"我叫傻大姐儿。"黛玉笑了一笑,又问:"你姐姐为什么打你?你说错了什么话?"那丫头道:"为什么呢?就是为我们宝二爷娶宝姑娘的事情。"

黛玉听了这句话,如同一个疾雷,〔索隐〕允禩联合内外以谋夺嫡,初以为运动成熟,稳如所愿,骤闻允礽复立之信,直如晴空霹雳,震骇失措。心头乱跳,略定一定神,便叫这丫头:"你跟我这里来!"那丫头跟着黛玉到那畸角儿上葬桃花的去处,那里背静。黛玉因问道:"宝二爷

第九十六回　瞒消息凤姐设奇谋　泄机关颦儿迷本性

娶宝姑娘,为什么打你呢?"傻大姐道:"我们老太太和太太、二奶奶商量了,因为我们老爷要起身,说就赶着往姨太太商量,把宝姑娘娶过来罢。头一宗给宝二爷冲什么喜,第二宗……"说到这里,又瞧着黛玉笑了一笑,才说道:"赶着办了,还要给林姑娘说婆婆家呢。"〔索隐〕建储之后,势必分封诸子,在阉寺以为乘此报喜,而不入耳之言益增忉怛。

黛玉已经听呆了。这丫头只管说道:"我又不知道他们怎么商量的,不叫人吵嚷,怕宝姑娘听见害臊。我自和宝二爷屋里的袭人姐姐说了一句:'咱们明儿更热闹了,又是宝姑娘,又是宝二奶奶,〔索隐〕允礽系皇二子。这可怎么叫呢?'林姑娘,你说我这话害着珍珠姐姐什么了呢?他走过来就打了我一个嘴巴,说我混说,不遵上头的话,要撵出我去。我知道上头为什么不叫言语呢?你们又没告诉我,就打我。"说着,又哭起来。

那黛玉此时心里竟是油儿酱儿糖儿醋儿倒在一处的一般,甜苦酸咸,竟说不上什么味儿来了。〔索隐〕画出骤然失望之况味。停了一会儿,颤巍巍的说道:"你别混说了,你再混说,叫人听见又要打你了,你去罢!"说着,自己转身要回潇湘馆,那身子竟有千百斤重的,两只脚却像踏着棉花一般,早已软了,只得一步一步慢慢的走将下来。走了半天,还没到沁芳桥畔,脚下愈加软了。走的慢,且又迷迷痴痴,信着脚从那边绕过来,更添了两箭地的路。这时刚到沁芳桥畔,却又不知不觉的顺着堤往回里走起来。

紫鹃取了绢子来,却不见黛玉。正在那里看时,只见黛玉颜色雪白,身子恍恍荡荡的,眼睛也直直的,在那里东转西转。又见一个丫头往前头走了。离的远,也看不出是那一个来,心中惊疑不定,只得赶过来轻轻的问道:"姑娘怎么又回去,是要往那里去?"黛玉也只糊涂听见见,随口答道:"我问问宝玉去。"紫鹃听了,摸不着头脑,只得搀着他到贾母这边来。

黛玉走到贾母门口,心里微觉明晰,回头看见紫鹃搀着自己,便站住了,问道:"你作什么来的?"紫鹃陪笑道:"我找了绢子来了,头里见姑娘在桥那边呢,我赶着过去问姑娘,姑娘没理会。"黛玉笑道:"我打量你来瞧宝二爷来了呢。不然,怎么往这里走呢?"紫鹃见他心里迷

《红楼梦》与顺治皇帝的爱情故事

惑,便知黛玉必是听见那丫头什么话了,惟有点头微笑而已。只是心里怕他见了宝玉,那一个已经是疯疯傻傻,这一个又这样恍恍惚惚,一时说出些不大体统的话来,那时如何是好?〔索隐〕彼此相会,或致觌面冲突。心里虽如此想,却也不敢违拗,只得搀他进来。

那黛玉却又奇怪了,这时不似先前那样软了,也不用紫鹃打帘子,自己掀起帘子进来,却是寂然无声。因贾母屋里歇中觉,丫头们也有脱滑玩去的,也有打盹儿的,也有在那里伺候老太太的。倒是袭人听见帘子响,从屋里出来一看,见是黛玉,便让道:"姑娘屋里坐罢。"黛玉笑着道:"宝二爷在家么?"袭人不知底里,刚要答言,只见紫鹃在黛玉身后和他努嘴儿,指着黛玉,又摇摇手儿,袭人不解何意,也不敢言语。黛玉却也不理会,自己走进房来,看见宝玉在那里坐着,也不起来让坐,只瞧着嘻嘻的傻笑。黛玉自己坐下,却也瞧着宝玉笑。两个人也不问好,也不说话,也无推让,只管对着脸傻笑起来。袭人看见这番光景,心里大不得主意,只是没法儿。

忽然听着黛玉说道:"宝玉,你为什么病了?"宝玉笑道:"我为林姑娘病了。"〔索隐〕点出允礽之病因允禵魇魔而起。袭人紫鹃两个吓得面目改色,连忙用言语来岔。两个却又不答言,仍旧傻笑起来。袭人见了这样,知道黛玉此时心中迷惑,不减于宝玉,因悄和紫鹃说道:"姑娘才好了,我叫秋纹妹妹同着你搀回姑娘歇歇去罢。"因回头向秋纹道:"你和紫鹃姐姐送林姑娘去罢,你可别混说话。"秋纹笑着,也不言语,便来同着紫鹃搀起黛玉。那黛玉也就站起来,瞧着宝玉只管笑,只管点头儿。紫鹃又催道:"姑娘回家去歇歇罢。"黛玉道:"可不是,我这就是回去的时候儿了。"〔索隐〕愤极,几欲出于自戕。说着,便回身笑着出来了。仍旧不用丫头们搀扶,自己却走得比往常飞快,紫鹃、秋纹后面赶忙跟着走。

黛玉出了贾母院门,只管一直走去,紫鹃连忙搀住,叫道:"姑娘往这里来。"黛玉仍是笑着,随了往潇湘馆来。离门口不远,紫鹃道:"阿弥陀佛!可到了家了。"只这一句话没说完,只见黛玉身子往前一栽,"哇"的一声,一口血直吐出来。未知性命如何,且听下回分解。

第九十六回　瞒消息凤姐设奇谋　泄机关颦儿迷本性

〔**索隐**〕此回亦雪芹补本,接写前事。按仁庙诸子以允禔为最长,非嫡出,不得立。次允礽嫡而长,立为太子。然允礽性乖戾,又受诸王构陷,仁庙以为有狂疾,废之而幽禁宫中。自是诸王益觊觎储位,各植党羽,蓄术士,结宦官,互相倾轧不已。允禩势力尤伟,要结允禔及廷臣进言保奏,仁庙因而生疑,严究其事。果得诸王令喇嘛咀咒太子,用术魇魅状。于是帝念储位不定,必为乱阶。孝庄春秋高,亦以继统未定,日夜郁郁,乘帝出巡之际,一力要求复立允礽。然允礽乖戾如故,不久仍废。此后不复议建储,群臣言者皆一再获罪。至有"朕衰老,心中愤懑,众人虚狂"之语,深用为一生憾事。病革弥留,卒遭允禛之变。烛影摇红,遂成疑案。事本诡秘,私家纪载又传说各殊,作者于此数回中乘间插叙,迷离隐约,仅存概略,初不能逐节逐项以证实之也。

　　本回共分三大段:自开首起,至"此是后话"止,叙太君乘贾政远出,逼其承诺;以下至"叫他派人收拾新房。不提"止,叙凤姐设计掉包;以下至本回完毕,叙黛玉闻传气迷,皆情景逼真,无懈可击。

〔**护花评**〕王子腾中途病故,贾存周特放粮道,一悲一喜,俱出自意。一是见六年同运将渐渐衰落,一是催宝玉成亲黛玉夭亡。

　　又:傻大姐真是招灾惹祸的种子:前拾绣囊,以致搜检诸婢,司棋晴雯因之殒命,芳官等被逐出家。今漏风声,又令黛玉气迷,遂致夭逝。傻之为祸不浅!

　　又:袭人叫秋纹同送黛玉回去,为回来报信地步。

〔**大某评**〕傻大姐天真烂漫,绝无机械,亦未尝轻出。一见而晴雯撵,再见而黛玉死。甚矣,傻之与情相悖也。

　　又:此回已入乙卯年春日事。

第九十七回　林黛玉焚稿断痴情
　　　　　　　薛宝钗出闺成大礼

　　话说黛玉到潇湘馆门口，紫鹃说了一句话，更动了心，一时吐出血来，几乎晕倒。亏了还同着秋纹，两个人搀扶着黛玉到屋里来。那时秋纹去后，紫鹃、雪雁守着，见他渐渐苏醒过来，问紫鹃道："你们守着哭什么？"紫鹃见他说话明白，倒放了心了，因说："姑娘刚才打老太太那边回来，身上觉着不大好，吓的我们没了主意，所以哭了。"黛玉笑道："我那里就能够死呢！"〔索隐〕三吾水绘，往事如潮。金阙瑶阶，新恩难恃。妃子当日直有求死不得之慨。这一句话没完，又喘成一处。

　　原来黛玉因方才听得宝玉、宝钗的事情，这本是他数年的心病，一时急怒，所以迷惑了本性。及至回来吐了这一口血，心中却渐渐的明白过来，把头里的事一字也不记得了。这会子见紫鹃哭，方模糊想起傻大姐的话来，此时反不伤心，惟求速死，以完此债。〔索隐〕有泪皆血，无心可伤，正见其愧悔已到极处。吴梅村《题董君画扇诗》第四首云："手把定情金合子，九原相见亦低头。"盖谓此也。这里紫鹃、雪雁只得守着，想要告诉人去，怕又像上次招得凤姐儿说他们失惊打怪的。

　　那知秋纹回去，神情慌遽，正值贾母睡起中觉来，看见这般光景，便问："怎么了？"秋纹吓得连忙把刚才的事回了一遍，贾母大惊说："这还了得！"连忙着人叫了王夫人、凤姐过来，告诉了他婆媳两个。凤姐道："我都嘱咐到了，这是什么人去走了风，这不更是一件难事了么！"贾母道："且别管那些，先瞧瞧去，是怎么样了？"说着，便起身带着王夫人凤姐等过来看视，见黛玉颜色如雪，并无一点血色，神气昏沉，气息微细，半日又咳嗽了一阵，丫头递了痰盒，吐出都是痰中带血的，大家都慌了。只见黛玉微微睁眼，看见贾母在他旁边，便喘吁吁的

· 1144 ·

第九十七回　林黛玉焚稿断痴情　薛宝钗出闺成大礼

说道："老太太，你白疼了我了！"〔索隐〕太平原评：一语凄然。以爱为杀，以恩为仇。始乱之，终破之。一切罪案，总入此一语，而特呼老太太以责之。极是。贾母一闻此言，十分难受，便道："好孩子，你养着罢，不怕的。"黛玉微微一笑，把眼又闭上了。〔索隐〕哭者常情，笑者不可测。

外面丫头进来回凤姐道："大夫来了。"于是大家略避。王大夫同着贾琏进来，诊了脉，说道："尚不妨事，这是郁气伤肝，肝不藏血，所以神气不定。如今要用敛阴止血的药，方可望好。"王大夫说完，同着贾琏出去开方取药去了。

贾母看黛玉神气不好，便出来告诉凤姐等道："我看这孩子的病，不是我咒他，只怕难好。你们也该替他预备预备，冲一冲或者好了，岂不是大家省心，就是怎么样，也不至临时忙乱。咱们家里这两天正有事呢。"凤姐答应了。贾母又问了紫鹃一回，到底不知是那个说的。贾母心里只是纳闷，因说："孩子们从小儿在一处儿玩，好些是有的。如今大了，懂的人事，就该要分别些，才是做女孩儿的本分，我才心里疼他。若是他心里有别，的想头，成了什么人了呢！〔索隐〕孝庄以为就董妃之身分与地位，固万不至有别的想头者也，然而不然。用"别的想头"四字涵罩一切，可谓"玉磬声声澈，金铃个个圆"。我可是白疼了他了。你们说了，我倒有些不放心。"因回到房中，又叫袭人来问。袭人仍将前日回王夫人的话，并方才黛玉的光景，述了一遍。贾母道："我方才看他却还不至糊涂，这个理我就不明白了。咱们这种人家，别的事自然没有的，这心病也是断断有不得的。林丫头若不是这个病呢，我凭着他多少钱都使得，若是这个病，不但治不好，我也没心肠了。"〔索隐〕"这个病"三字，与上文"别的想头"同一圆浑。

凤姐道："林妹妹的事，老太太倒不必挂心，横竖有他二哥哥天天同着大夫瞧看。倒是姑妈那边的事要紧，今日早起，听见说房子不差什么就妥当了。竟是老太太、太太到姑妈那边，我也跟了去商量商量。就只一件，姑妈家里有宝妹妹在那里，难以说话，不如索性请姑妈晚上过来，咱们一夜都说结了，就好办了。"〔索隐〕继后博尔济锦氏本孝庄外戚，由妃嫔正位中宫。廷臣谏阻者颇多，此处写得鬼鬼祟祟，讥宝钗即讥博尔济锦氏也。贾母、王夫人都道:"你说的是。今日晚了。明日饭后,咱们娘儿们就过去。"说着,贾母用了晚饭。凤姐同王夫人各自归房。不提。

且说次日凤姐吃了早饭过来,便要试试宝玉,走进里间,说道:"宝兄弟大喜,老爷已择了吉日,要给你娶亲了,你喜欢不喜欢?"宝玉听了,只管瞧着凤姐笑,微微的点点头儿。凤姐笑道:"给你娶林妹妹过来好不好?"宝玉却大笑起来。凤姐看着,也断不透他是明白,是糊涂,因又问道:"老爷说,你好了才给你娶林妹妹呢,若还是这么傻,便不给你娶了。"宝玉忽然正色道:"我不傻,你才傻呢!"说着,便站起来说:"我去瞧瞧林妹妹,叫他放心。"凤姐忙扶住了,说:"林妹妹早知道了,他如今要做新媳妇了,自然害羞,不肯见你的。"宝玉道:"娶过来,他到底是见我不见?"

凤姐又好笑,又着忙,心里想:"袭人的话不差,提了林妹妹,虽说仍旧说些疯话,却觉得明白些。若真明白了,将来不是林姑娘,打破了这个灯虎儿,那饥荒才难打呢。"便忍笑说道:"你好好儿的便见你,若是疯疯癫癫的,他就不见你了。"宝玉说道:"我有一个心,前儿已交给林妹妹了。他要过来,横竖给我带来,还放在我肚子里头。"凤姐听着竟是疯话,便出来对着贾母说。贾母听了,又是笑,又是疼,便说道:"我早听见了,如今且不用理他,叫袭人好好的安慰他,咱们走罢。"说着,王夫人也来了。

大家到了薛姨妈那里,只说挂记着这边事,来瞧瞧。薛姨妈感激不尽,说些薛蟠的话。喝了茶,薛姨妈才要叫人告诉宝钗,凤姐连忙拦住道:"姑妈不必告诉宝妹妹。"又向薛姨妈陪笑说道:"老太太此来,一则为瞧姑妈,二则也有句要紧的话,特请姑妈到那边商议。"薛姨妈听了点点头儿说:"是了。"于是大家又说些闲话,便回来了。

当晚薛姨妈果然过来,见过了贾母,到王夫人屋里来,不免说起王子腾来,大家落了一回泪。薛姨妈便问道:"刚才我到老太太那里,宝哥儿出来请安,还好好儿的,不过略瘦些。怎么你们说得很利害?"凤姐便道:"其实也不怎么样,只是老太太悬心。目今老爷又要起身外任去,不知几年才来。老太太的意思:头一件叫老爷为着宝兄弟,成了家也放心;

第九十七回　林黛玉焚稿断痴情　薛宝钗出闺成大礼

二则也给宝兄弟冲冲喜，借大妹妹的金锁压压邪气，只怕就好了。"

薛姨妈心里也愿意，只虑着宝钗委屈，便道："也使得，只是大家还要从长计较计较才好。"王夫人便按着凤姐的话，和薛姨妈说：只说姨太太这会子家里没人，不如把妆奁一概蠲免。明日就打发蝌儿去告诉蟠儿，一面这里过门，一面给他变法儿料理官事。"并不提宝玉的心事。又说："姨太太既作了亲，娶过来早早好一天，大家早放一天心。"正说着，只见贾母差鸳鸯过来候信，薛姨妈虽恐宝钗委屈，然也没法儿，又见这般光景，只得满口应承，〔索隐〕"应承"上加以"满口"二字，极其不堪。鸳鸯回去回了贾母，贾母也甚喜欢，又叫鸳鸯过来，求薛姨妈和宝钗说明原故，不叫他受委屈，薛姨妈也答应了。便议定凤姐夫妇作媒人，大家散了。王夫人姊妹不免又叙了半夜话儿。

次日，薛姨妈回家，将这边的话细细的告诉了宝钗，还说："我已经应承了。"宝钗始则低头不语，后来便自垂泪。薛姨妈用好言劝慰，解释了好些话。宝钗自回房内，宝琴随去解闷。薛姨妈又告诉了薛蝌，叫他明日起身："一则打听审详的事，二则告诉你哥哥一个信儿，你即便回来"。

薛蝌去了四日，便回来回覆薛姨妈道："哥哥的事，上司已经准了误杀。一过堂，就要题本了，叫咱们预备赎罪的银子。妹妹的事，说妈妈做主很好的，赶着办罢。"薛姨妈听了，一则薛蟠可以回家，二则完了宝钗的事，心里安顿了好些。便是看着宝钗心里好像不愿意似的，虽是这样，"他是女儿家，素来也是孝顺守礼的人，知我应了，他也没得说的"。便叫薛蝌办泥金庚帖："填上八字，即叫人送到琏二爷那边去，还问了过礼的日子来，你好预备。本来咱们不惊动亲友，哥哥的朋友，是你说的，都是混帐人。亲戚呢，就是贾、王二家，如今贾家是男家，王家无人在京里。史姑娘放定的事，他家没有来请咱们，咱们也不用通知。倒是把张德辉请了来，托他照料些，他上几岁年纪的人，到底懂事。"薛蝌领命，叫人送帖过去。

次日贾琏过来，见了薛姨妈请了安，便说："明日就是上好的日子，今日过来回姨太太，就是明日过礼罢，只求姨太太不要挑饬就是了。"说着，捧过通书来。薛姨妈也谦逊了几句，点头应允。贾琏赶着回去，回

《红楼梦》与顺治皇帝的爱情故事

明贾政。贾政便道:"你回老太太说,既不叫亲友们知道,诸事宁可简便些。若是东西上,请老太太瞧了就是了,不必告诉我。"贾琏答应进内,将话回明贾母。

这里王夫人叫了凤姐,命人将过礼的物件都送与贾母过目,并叫袭人告诉宝玉。那宝玉又嘻嘻的笑道:"这里送到园里,回来园里又送到这里。咱们的人送,咱们的人收,何苦来呢!"贾母、王夫人听了都喜欢道:"说他糊涂,他今日怎么这么明白呢?"鸳鸯等忍不住好笑,只得上来一件一件的点明,给贾母瞧道:"这是金项圈,这是金珠首饰,共八十件。这是妆蟒四十匹。这是各色绸缎一百二十匹。这是四季的衣服,共一百二十件。外面也没有预备洋酒,这是折洋酒的银子。"贾母看了,都说好,轻轻的与凤姐说道:"你去告诉姨太太说,不是虚礼,求姨太太等蟠儿出来慢慢的叫人给他妹妹做来就是了。那好日子的被褥,还是咱们这里代办了罢。"凤姐答应了出来,叫贾琏先过去,又叫周瑞、旺儿等,吩咐他们:"不必走大门,只从园里从前开的便门内送去,〔**索隐**〕以乔皇正大之事,写得如此暗昧,笔端疑挟鬼气。我也就过去。这门离潇湘馆还远,倘别处的人见了,嘱咐他们不用在潇湘馆里提起。"众人答应着,送礼而去。宝玉认以为真,心里大乐,精神便觉得好些,只是语言总有些疯傻。那过礼的回来,都不提名说姓,因此上下人等虽都知道,只因凤姐吩咐,都不敢走漏风声。

且说黛玉虽然服药,这病日重一日。紫鹃等在旁苦劝道:"这事情到了这个分儿,不得不说了。姑娘的心事,我们都知道。至于意外之事,是再没有的。姑娘不信,只拿宝玉的身子说起,这样大病,怎么做得亲呢? 姑娘别听瞎话,自己安心保重才好。"黛玉微笑一笑,也不答言,又咳嗽数声,吐出好些血来。紫鹃等去看,只有一息奄奄,明知劝不过来,惟有守着流泪,天天三四趟去告诉贾母。鸳鸯测度贾母近日比前疼黛玉的心差了些,所以不常来回。况贾母这几日的心都在宝钗、宝玉身上,不见黛玉的信儿,也不大提起,只请太医调治罢了。

黛玉向来病着,自贾母起直到姊妹们的下人,常来问候。今见贾府中上下人等都不过来,连一个问的人都没有,〔**索隐**〕董妃晚岁,所诞皇子既是一现昙花,所冀后位又成空中泡影,失望之极,或至性情乖僻,

第九十七回　林黛玉焚稿断痴情　薛宝钗出闺成大礼

为官中人所厌弃。即平素卵翼之孝庄，亦复一变爱憎，不加矜恤。凄凉南内，何来空谷之音？寂寞长门，久断羊车之迹。前尘影事，陡的上心，钿合金钗，不堪回首。书中描写卧病时炎凉世态，必有所本，初非故甚其词，赚天下后世无因之泪也。睁开眼，只有紫鹃一人。自料万无生理，因支持着向紫鹃说道："妹妹，你是我最知心的，虽是老太太派你服侍我这几年，我拿你就当作我的亲妹妹。"说到这里，气又接不上来。紫鹃听了，一阵心酸，早哭得说不出话来。迟了半日，黛玉又一面喘一面说道："紫鹃妹妹，我躺着不受用，你扶起我来，靠着坐坐才好。"紫鹃道："姑娘的身上不大好，起来又要抖搂着了。"黛玉听了，闭上眼不言语了。一时，又要起来，紫鹃没法，只得同雪雁把他扶起，两边用软枕靠住，自己却依在旁边。

黛玉那里坐得住，下身自觉硌的疼，狠命的撑着，叫过雪雁来道："我的诗本子。"说着又喘，雪雁料是要他前日，所理的诗稿，因找来送到黛玉跟前。黛玉点点头儿，又抬眼看那箱子，雪雁不解，只是发怔。黛玉气的两眼直瞪，又咳嗽起来，又吐了一口血。雪雁连忙回身，取了水来，黛玉漱了，吐在盂内。紫鹃用绢子给他拭了嘴，黛玉便拿那绢子指着箱子，又喘成一处，说不上来，闭了眼。紫鹃道："姑娘歪歪儿罢。"黛玉又摇摇头儿，紫鹃料是要绢子，便叫雪雁开箱，拿出一块白绫绢子来，黛玉瞧了，撩在一边，使劲说道："有字的！"紫鹃这才明白过来，要那块题诗的旧帕，只得叫雪雁拿出来递给黛玉。紫鹃劝道："姑娘歇歇罢！何苦又劳神，等好了再瞧罢。"只见黛玉接到手里，也不瞧诗，硬挣着伸出那只手来，狠命的撕那绢子。却是只有打颤的分儿，那里撕得动？紫鹃早已知他是恨宝玉，却也不敢说破，只说："姑娘何苦自己又生气！"〔索隐〕非恨宝玉，盖临死忏悔耳，语云："一失足成千古恨，再回头已百年身。"黛玉点点头儿，掖在袖里，便叫雪雁点灯。

雪雁答应，连忙点上灯来。黛玉瞧瞧又闭了眼坐着，喘了一会子，又道："笼上火盆。"紫鹃打量他冷，因说道："姑娘躺下多盖一件罢，那炭气只怕耽不住。"黛玉又摇头儿，雪雁只得笼上，搁在地下火盆架上。黛玉点头，意思叫拿到炕上来。雪雁只得端上来，出去拿那张火盆炕桌。

那黛玉却又把身子欠起，紫鹃只得两只手来扶着他，黛玉这才将方才的绢子拿在手中，瞧着那火点点头儿，往上一撩。紫鹃吓了一跳，欲要抢时，两只手却不敢动。雪雁又出去拿火盆桌子。此时那绢子已经烧着了。紫鹃劝道："姑娘，这是怎么说呢？"黛玉只作不闻，回手又把那诗稿拿起来瞧了瞧，又撩下了。紫鹃怕他又要烧，连忙将身倚住黛玉，腾出手来拿时，黛玉又早拾起撩在火上。此时紫鹃却够不着，干急。雪雁正拿进桌子来，看见黛玉一撩，不知何物，赶忙抢时，那纸沾火就着，如何能够少待？早已烘烘的着了。雪雁也顾不得烧手，从火里抓起来，撩在地下乱踏，却已烧得所余无几了。〔**索隐**〕一生污点，洗不尽，烧不了。虽所余无几，而已喧传后世。

那黛玉把眼一闭，往后一仰，几乎不曾把紫鹃压倒，紫鹃连忙叫雪雁上来，将黛玉扶着放倒，心里突突的乱跳。欲要叫人时，天又晚了。欲不叫人时，自己同着雪雁和鹦哥等几个小丫头，又怕一时有什么原故。

好容易熬了一夜。到了次日早起，觉黛玉又缓过一点儿来。饭后，忽然又嗽又吐，又紧起来。紫鹃看着不祥了，连忙将雪雁等都叫进来看守，自己却来回贾母。那知到了贾母上房，静悄悄的，只有两三个老妈妈和几个做粗活的丫头在那里看屋子呢。紫鹃因问道："老太太呢？"那些人都说："不知道。"紫鹃听这话诧异，遂到宝玉屋里去看，竟也无人。遂问屋里的丫头，也说不知。

紫鹃已知八九，但这些人怎么竟这样狠毒冷淡，又想到黛玉这几天，竟连一个人问的也没有。越想越悲，索性激起一腔闷气来，一扭身便出来了。自己想了一想："今日倒要看看宝玉是何形状，看他见了我怎么样过的去？那一年我说了一句诓话，他就急病了。今日竟公然做出这件事来！可知天下男子之心，真真是冰寒雪冷，令人切齿的。"〔**索隐**〕反衬之笔，惟其如此，而世祖章皇帝乃超然首出，开辟情界未有之奇局。一面走，一面想，早已来到怡红院。只见院门虚掩，里面却又寂静的很。紫鹃忽然想到："他要娶亲，自然是有新屋子的，但不知他这新屋子在何处？"正在那里徘徊瞻顾，看见墨雨飞跑，紫鹃便叫住他，墨雨过来笑嘻嘻的道："姐姐在这里做什么？"紫鹃道："我听见宝二爷娶亲，我要来看看热闹儿，谁知不在这里，也不知是几时？"墨雨悄悄的道："我这话

第九十七回　林黛玉焚稿断痴情　薛宝钗出闺成大礼

只告诉姐姐,你可别告诉雪雁。他们上头吩咐了,连你们都不叫,知道呢。就是今日夜里娶。那里是在这里,老爷派琏二爷另收拾了房子了。"说着,又问:"姐姐有什么事么?"紫鹃道:"没什么事,你去罢。"墨雨仍旧飞跑去了。

紫鹃自己发了一回呆,忽然想起黛玉来。这时候还不知是死是活,因两泪汪汪,咬着牙发狠道:"宝玉,我看他明儿死了,你算是躲得过不见了,你过了你那如心如意的事儿,拿什么脸来见我!"〔索隐〕呜呼,紫鹃你错了!凡世界大人物,其脸儿比平常人多儿倍,要什么便拿什么脸出来。一面哭,一面走,呜呜咽咽的自回去了。

还未到潇湘馆,只见两个小丫头在门里往外探头探脑的,一眼看见紫鹃,那一个便叫道:"那不是紫鹃姐姐来了么?"紫鹃知道不好了,连忙摆手儿不叫闹,赶忙进去看时,只见黛玉肝火上炎,两颧红赤。紫鹃觉得不妥,叫了黛玉的奶妈王奶妈来一看,他便大哭起来。这紫鹃因王奶妈有些年纪,可以仗个胆儿,谁知竟是个没主意的人,反倒把紫鹃弄得心里七上八下。忽然想起一个人来,便命小丫头急忙去请。你道是谁?原来紫鹃想起李宫裁是个孀居,今日宝玉结亲,他自然回避。况且园中诸事向系李纨料理,所以打发人去请他。

李纨正在那里给贾兰改诗,冒冒失失的见一个丫头进来回说:"大奶奶,只怕林姑娘不好了,那里都哭呢。"李纨听了,吓了一大跳。也不及问了,连忙站起身来便走,素云、碧月跟着。一头走着,一头落泪,想着姊妹在一处一场,更兼他那容貌才情,真寡二少双,惟有青女素娥可以仿佛一二。竟这样小小的年纪,就作了北邙乡女!偏偏凤姐想出一条偷梁换柱之计,自己也不好过潇湘馆来,竟未能少尽姊妹之情,真真可怜可叹。一头想着,已走到潇湘馆的门口,里面却又寂然无声。

李纨倒着起忙来,想来必是已死,都哭过了。那衣衾未知装裹妥当了没有?连忙三步两步走进屋子来。里间门口一个小丫头已经看见,便说:"大奶奶来了。"紫鹃忙外走,和李纨走了个对脸。李纨忙问:"怎么样?"紫鹃欲说话时,惟有喉中哽咽的分儿,却一字说不出,那眼泪一似断线珍珠一般,只将一只手回过去指着黛玉。李纨看了紫鹃这般光景,更觉心酸,也不再问,连忙走过来看时,那黛玉已不能言。李纨轻轻叫

《红楼梦》与顺治皇帝的爱情故事

了两声,黛玉却还微微的开眼,似有知识之状,但只眼皮嘴唇微有动意,口内尚有出入之息,却要一句话一点泪也没有了。李纨回身见紫鹃不在跟前,便问雪雁,雪雁道:"他在外头屋里呢。"李纨连忙出来,只见紫鹃在外头空床上躺着,颜色青黄,闭了眼只管流泪,那鼻涕眼泪把一个砌花锦边的褥子已湿了碗大的一片。李纨连忙唤他,那紫鹃才慢慢的睁开眼,欠起身来。李纨道:"傻丫头,这是什么时候,且只顾哭你的!林姑娘的衣衾,还不拿出来给他换上,还等多早晚呢?难道他个女孩儿家,你还叫他赤身露体,精着来光着去么?〔索隐〕惜其不能如此,赤条条来去无牵挂也。语有寄托,不然,此处忽着此四句,且出之稻香老农口中,殊觉不伦不类,不如节去。紫鹃听了这句话,一发止不住痛哭起来。李纨一面也哭,一面着急,一面拭泪,一面拍着紫鹃的肩膀道:"好孩子,你把我的心都哭乱了,快着收拾他的东西罢。再迟一会子,就了不得了。"

正闹着,外面一个人慌慌张张跑进来,倒把李纨吓了一跳。看时,却是平儿跑进来,看见这样,只是呆磕磕的发怔。李纨道:"你这会子不在那边,做什么来了?"说着,林之孝家的也进来了。平儿道:"奶奶不放心,叫来瞧瞧。既有大奶奶在这里,我们奶奶就只顾那一头儿了。"李纨点点头儿。平儿道:"我也见见林姑娘。"说着,一面往里走,一面早已流下泪来。这里李纨因和林之孝家的道:"你来的正好,快出去瞧瞧,去告诉管事的,预备林姑娘的后事,妥当了,叫他来回我,不用到那边去。"

林之孝家的答应了,还站着,李纨道:"还有什么话呢?"林之孝家的道:"刚才二奶奶和老太太商量了,那边用紫鹃姑娘使唤使唤呢。"李纨还未答言,只见紫鹃道:"林奶奶你先请罢,等着人死了,我们自然是出去的,那里用这么……"〔索隐〕董妃死后,其亲侍必不容于众,致被遣逐出宫。说到这里,却又不好说了,因又改说道:"况且我们在这里守着病人,身上也不洁净。林姑娘还有气儿呢,不时的叫我。"李纨在旁解说道:"当真这林姑娘和这丫头也是前世的缘法儿,倒是雪雁是他南边带来的,他倒不理会。惟有紫鹃,我看他两个一时也离不开。"

林之孝家的头里听了紫鹃的话,未免不受用,被李纨这番一说,却

第九十七回　林黛玉焚稿断痴情　薛宝钗出闺成大礼

也没的说。又见紫鹃哭得泪人一般，只好瞧着他微微的笑，因又说道："紫鹃姑娘这些闲话倒不要紧，只是他却说得我可怎么回老太太呢？况且这话是告诉得二奶奶的么？"正说着，平儿擦着眼泪出来道："告诉二奶奶什么事？"林之孝家的将方才的话说了一遍。平儿低了一回头，说："这么着罢，就叫雪姑娘去罢。"李纨道："他使得么？"平儿走到李纨耳边说了几句，李纨点点头儿道："既是这么着，就叫雪雁过去，也是一样的。"林之孝家的因问平儿道："雪姑娘使得么？"平儿道："使得，都是一样。"林家的道："那么姑娘就得叫雪姑娘跟了我去，我先去回了老太太和二奶奶，这可是大奶奶和姑娘的主意。回来姑娘再各自回二奶奶去。"李纨道："是了。你这么大年纪，连这么点子事还不担么？"林家的笑道："不是不担，头一宗这件事老太太和二奶奶办的，我们都不能很明白。再者又有大奶奶和平姑娘呢。"

说着，平儿已叫了雪雁出来。原来雪雁因这几日嫌他小孩子家懂得什么，便也把心冷淡了。况且听是老太太和二奶奶叫，也不敢不去，连忙收拾了头。平儿叫他换了新鲜衣服，跟着林家的去了。随后平儿又和李纨说了几句话，李纨又嘱咐平儿："打那么催着林之孝家的，叫他男人快办了来。"平儿答应着出来，转了个弯子，看见林家的带着雪雁在前头走呢，赶忙叫住道："我带了他去罢，你先告诉林大爷办林姑娘的东西去罢。奶奶那里，我替回就是了。"那林家的答应着去了。这里平儿带了雪雁到了新房里去回明了，自去办事。

却说雪雁看见这般光景，想起他家姑娘，也未免伤心，只是在贾母、凤姐跟前不敢说出，因又想道："也不知用我作什么，我且瞧瞧。宝玉成日家和我们姑娘好的蜜里调油，这时候总不见面了，也不知是真病假病。怕我姑娘不依他，假说丢了玉装出傻子样儿来，叫我们姑娘寒了心，他好娶宝姑娘的意思。我看看他去，看他见了我傻不傻？莫不成今儿还装傻么？"〔索隐〕言外是今儿有必不能装傻之时。一笑。一面想着，已溜到里间屋子门口偷偷儿的瞧。

这时宝玉虽因失玉昏愦，但只听见娶了黛玉为妻，真乃是从古至今天上人间第一件畅心满意的事了。〔索隐〕反而言之，见得爱姬夭逝，乃从古至今天上人间第一件伤心惨目的事。伏后文逊位削发。那身子顿

・1153・

《红楼梦》与顺治皇帝的爱情故事

觉健旺起来,只不过不似从前那般灵透,所以凤姐的妙计百发百中,巴不得即见黛玉,盼到今日完姻,真乐得手舞足蹈,虽有几句傻话,却与病时光景大相悬绝了。雪雁看了,又是生气,又是伤心,他那里晓得宝玉的心事?便各自走开。

这里宝玉便叫袭人快快给他装新。坐在王夫人屋里,看见凤姐尤氏忙忙碌碌,再盼不得吉时,只管问袭人道:"林妹妹打园里来,为什么费事,还不来?"袭人忍着笑道:"等好时辰就来。"又听凤姐与王夫人道:"虽然有服,外头不用鼓乐,咱们南边规矩要拜堂的,冷清清使不得。我传了家内学过音乐、管过戏子的那些女人来,吹打热闹些。"王夫人点头说:"使得。"

一时大轿从大门进来,家里细乐迎出去。十二对宫灯排着进来,倒也新鲜雅致。傧相请了新人出轿,宝玉见新人蒙着盖头,喜娘披红扶着。下首扶新人的,你道是谁?原来就是雪雁。宝玉看见雪雁,又想因何紫鹃不来,倒是他呢?又想道:"是了。雪雁原是他南边家里带来的。紫鹃仍是我们家的,自然不必带来。因此,见了雪雁,竟如见了黛玉的一般欢喜。

傧相赞礼拜了天地,请出贾母受了四拜后;请贾政夫妇登堂行礼毕,送入洞房。还有坐床撒帐等事,俱是按金陵旧事例。贾政原为贾母作主,不敢违拗,不信冲喜之说。那知今日宝玉居然像个好人一般多贾政见了,倒也喜欢。

那新人坐了床,便要揭起盖头的。凤姐早已防备,故请贾母、王夫人等进去照应。宝玉此时到底有些傻气,便走到新人跟前说道:"妹妹身上好了?好多天不见了,盖着这劳什子做什么?"欲待要揭去,反把贾母急出一身冷汗来。宝玉又转念一想道:"林妹妹是爱生气的,不可造次。"又歇了一歇,仍是按捺不住,只得上前揭了。喜娘接去盖头,雪雁走开,莺儿等上来伺候。宝玉睁眼一看,好像宝钗。心中不信,自己一手持灯,一手擦眼,一看可不是宝钗么!只见他盛妆艳服,丰肩愢体,鬟低鬓嚲,眼瞤息微,真是荷粉露垂,杏花烟润了。

宝玉发了一回怔,又见莺儿立在旁边,不见了雪雁。宝玉此时心无主意,自己反以为是梦中了,呆呆的只管站着。众人接过灯去,扶了宝

第九十七回　林黛玉焚稿断痴情　薛宝钗出闺成大礼

玉仍旧坐下，两眼直视，半语全无。贾母恐他病发，亲自扶他上床。凤姐、尤氏请了宝钗进入里间床上坐下，宝钗此时自然是低头不语。

宝玉定了一回神，见贾母王夫人坐在那边，便轻轻的叫袭人道："我是在那里呢？这不是做梦么？"袭人道："你今日好日子，什么梦不梦的混说，老爷可在外头呢！"宝玉悄悄儿的拿手指着道："坐在那里这一位美人儿是谁？"袭人握了自己的嘴，笑的说不出话来。歇了半日，才说道："是新娶的二奶奶。"〔索隐〕曰那新人，曰，"新娶的二奶奶"，灵活之至。众人也都回过头去，忍不住的笑。宝玉又道："好糊涂！你说二奶奶到底是谁？"袭人道："宝姑娘。"宝玉道："林姑娘呢？"袭人道："老爷作主娶的是宝姑娘，怎么混说起林姑娘来！"宝玉道："我刚才看见林姑娘了么，还有雪雁呢，怎么说没有？你们这都是做什么玩呢？"凤姐便走上来轻轻的说道："宝姑娘在屋里坐着呢，别混说。回来得罪了他，老太太不依的。"

宝玉听了，这会子糊涂更利害了。本来原有昏愦的病，加以今夜神出鬼没，更叫他不得主意，便也不顾别的了，口口声声只要找林妹妹去。贾母等上前安慰，无奈他只是不懂，又有宝钗在内，又不好说明。知宝玉旧病复发，也不讲明，只得满屋里点起安息香来，定住他的神魂，扶他睡下。众人鸦雀无声，停了片时，宝玉便昏沉睡去。贾母等才得略略放心，只好坐以待旦。叫凤姐去请宝钗安歇，宝钗置若罔闻，也便和衣在内暂歇。贾政在外，未知内里原由，只就方才眼见的光景想来，心下倒放宽了。恰是明日就是起程的吉日，略歇了一歇，众人贺喜送行。贾母见宝玉睡着，也回房去暂歇。

次早，贾政辞了宗祠，过来拜别贾母，禀称："不孝远离，惟愿老太太顺时颐养。儿子一到任所，即修禀请安，不必挂念。宝玉的事，已经依了老太太完结，只求老太太训诲。"贾母恐贾政在路不放心，并不将宝玉复病的话说起，只说："我有一句话，宝玉昨夜完姻，并不是同房。今日你起身，必该叫他远送才是。他因病冲喜，如今才好些，又是昨日一天劳乏，出来恐怕着了风。故此问你，你叫他送呢，我即刻去叫他。你若疼他，我就叫人带了他来你见见，叫他给你叩头就算了。"贾政道："叫他送什么，只要他从此以后认真念书，比送我还喜欢呢。"贾母听

《红楼梦》与顺治皇帝的爱情故事

了,又放了一条心,便叫贾政坐着,叫鸳鸯去如此如此,带了宝玉叫袭人跟着来。

鸳鸯去了不多一会,果然宝玉来了,仍是叫他行礼。宝玉见了父亲,神志略敛些,片时清楚,也没什么大差。贾政盼咐了几句,宝玉答应了,贾政叫人扶他回去了。自己回到王夫人房中,又切实的叫王夫人管教儿子:"断不可如前骄纵。明年乡试,务必叫他下场。"王夫人一一的听了,也没提起别的,即忙命入扶了宝钗,过来行了新妇送行之礼,也不出房。其余内眷,俱送至二门而回。贾珍等也受了一番训饬。大家举酒送行,一班子弟及晚辈亲友直送至十里长亭而别。

不言贾政起程赴任。且说宝玉回来,旧病复发,更加昏愦,连饮食也不能进了。未知性命如何,下回分解。

〔索隐〕或谓此回亦雪芹补本,接写康熙临终时,允祯窜改遗诏,袭据大位之一段佚闻。细证事实,无不相类。按:野史谓康熙晚年病笃,允祯偕剑客数人返京。先是帝已草诏,收藏密室。允祯侦知,设法盗出,潜改其中传位"十四皇子"为"于四皇子",藏于身畔,乃入宫问疾,预布心腹于宫外,有入宫门者,辄阻之。帝宣召大臣入宫,半晌无至者,蓦见允祯立前,大怒,取玉念珠投之。有顷,康熙上宾。允祯出告百官,谓奉诏册立,并举念珠为证。百官莫辨真伪,奉之登极,是为雍正。

书中黛玉之死,即康熙崩逝也。故写其临终时懊丧悔恨至于极地。又谓:贾府中上下人等都不过来,连一个问的人都没有。凤姐之设计掉包,即雍正之改诏窜位也。故写其禁阻内外,不准走漏消息。又云:偏偏凤姐想出个偷梁换柱之计,及"老爷作主娶的是宝姑娘怎么混说是林姑娘",宝钗之成大礼即雍正之即皇位也,故写其出闺时诸事苟且,偷偷摸摸,带一种阴暗之气。又云:吩咐他们不必走大门,只从园里从前开的便门内送去,及"乃是从古至今天上人间第一件畅心满意的事。"

李宫裁者,非隆科多即蒋廷锡。当日仁皇帝崩逝,亲承顾命者惟国舅隆科多一人(或云是蒋廷锡)。雪雁者,年羹尧,

第九十七回　林黛玉焚稿断痴情　薛宝钗出闺成大礼

羹尧本为皇十四子出征准回时旧部。遭际运会，甘心事敌，居于拥戴之列可鄙也。两两相证，若合符节。

何以回中评语仍主世祖、董妃立说，以致下半回事迹全然落空？则因原书注重在黛玉，黛玉之死，必有一篇哀感顽艳之文字，惊心怵目，为全部发生精采。自非雪芹后来人所能妄增，或者雪芹将原文之意融合而构成之欤？故《索隐》仍从前说，而以后说附之篇末，以俟明眼人之考证。

全回约分三段：自开首起，至"都不敢走漏风声"止，为一段；以下至"就了不得了"止，为一段；以下至本回完毕为一段。事本相因而至，文亦一气呵成。

〔护花评〕宝钗出阁成礼时，即是黛玉魂归太虚之日。若一回并叙，未免笔墨繁琐，顾此失彼，描写不尽，故分作两回。只写黛玉病危，宝玉成婚光景，至黛玉身故时，恰于下回宝钗口中说出，用补笔细叙，此文章斟酌先后，变动安闲法。

又：写薛蟠问准误杀，既反跌后来部驳，又顺势好完宝钗婚事。

又：黛玉病危，没人看问，独有紫鹃一刻不离。不但写贾母心冷，宝钗事忙，众人亦俱冷淡，可为黛玉伤心，且见紫鹃情重，为将来不睬宝玉埋根。

又：紫鹃若竟找着新房看见宝玉，便恐生出枝节。今因墨雨口说，紫鹃即便哭回，既省累笔，文更紧凑。

又：写宝玉成礼时光景，令新人殊不堪耐，与黛玉遥遥相照。

〔大某评〕此回是丁卯春日事。

第九十八回 苦绛珠魂归离恨天 病神瑛泪洒相思地

话说宝玉见了贾政，回至房中，更觉头昏脑闷，懒待动弹，连饭也没吃，便昏沉睡去。仍旧延医诊治，服药不效，索性连人也认不明白了。大家扶着他坐起来，还是像个好人。一连闷了几天，那日却是回九之期，若不过去，薛姨妈脸上过不去。若说去呢，宝玉这般光景，贾母明知是为黛玉而起，欲要告诉明白，又恐气急生变。宝钗是新媳妇，又难劝慰，必得姨妈过来才好。若不回九，姨妈嗔怪，便与王夫人凤姐商议道："我看宝玉竟是魂不守舍，起动是不怕的，用两乘小轿，叫人抬着从园里过去，应了回九的吉期。以后请姨妈过来安慰宝钗，咱们一心一计的调治宝玉，可不两全？"王夫人答应了，即刻预备。幸亏宝钗是新媳妇，宝玉是个疯傻的，由人掇弄过去了。宝钗也明知其事，心里只怨母亲办得糊涂，事已至此，不肯多言。独有薛姨妈看见宝玉这般光景，心里懊悔，〔索隐〕姨妈尚知自悔，宝钗则不惟不自悔，而反怨及母亲。深刻之笔，入木三分。只得草草完事。

到家，宝玉越加沉重，次日，连起坐都不能了。日重一日，甚至汤水不进。薛姨妈等忙了手脚，各处遍请名医，皆不识病源。只有城外破寺中住着个穷医，姓毕，别号知庵的，诊得病源是悲喜激射，冷暖失调，饮食失时，忧愤滞中，正气壅闭，此内伤外感之症。于是度量用药，至晚服了，二更后果然省些人事，便要水吃。贾母王夫人等才放了心，请了薛姨妈带了宝钗，都到贾母那里，暂且歇息。

宝玉片时清楚，自料难保，见诸人散后，房中只有袭人，因唤袭人至跟前，拉着手哭道："我问你，宝姐姐怎么来的？我记得老爷给我娶了林妹妹过来，怎么被宝姐姐赶了去了？他为什么霸占住在这里？〔索隐〕

第九十八回　苦绛珠魂归离恨天　病神瑛泪洒相思地

曰"赶了去"，曰"霸占住在这里"，怨愤已深，不留余地。盖继后之立，挟恃太后宠眷，盛气凌人，深为章皇所不喜也。我要说呢，又恐怕得罪了他。你们听见林妹妹哭得怎么样了？"

袭人不敢明说，只得说道："林姑娘病着呢。"宝玉又道："我瞧瞧他去。"说着，要起来。岂知连日饮食不进，身子那能动转？便哭道："我要死了，我有一句心里的话，只求你回明老太太，"横竖林妹妹也是要死的，我如今也不能保。两处两个病人都要死的，死了越发难张罗，不如腾一处空房子，趁早将我同林妹妹两个抬在那里，活着也好一处医治服侍，死了也好一处停放。你依我这话，不枉了几年的情分。"袭人听了这些话，便哭的哽嗓气噎。

宝钗恰好同了莺儿过来，也听见了，便说道："你放着病不保养，何苦说这些不吉利的话？老太太才安慰了些，你又生出事来。老太太一生疼你一个，如今八十多岁的人了，虽不图你的封诰，将来你成了人，老太太也看着乐一天，也不枉了老人家的苦心。太太更是不必说了，一生的心血精神，抚养了你这一个儿子，若是半途死了，太太将来怎么样呢？我虽是命薄，也不至于此。据此三件看来，你便要死，那天也不容你死的，所以你是不得死的。〔**索隐**〕死虽不得遽死，走则由我自走，此实继后所不及料。只管安稳着养个四五天后，风邪散了，太和正气一足，自然这些邪病都没有了。"

宝玉听了，竟是无言可答，半响方才嘻嘻的笑道："你是好些时不和我说话了，这会子说这些大道理的活给准听？"宝钗听了这话，便又说道："实告诉你说罢，那两日你不知人事的时候，林妹妹已亡故了。"宝玉忽然坐起来，大声诧异道："果真死了么？"宝钗道："果真死了，岂有红口白舌咒人死的呢？老太太、太太知道你兄妹和睦，你听见他死了，自然你也要死，所以不肯告诉你。"宝玉听了，不禁放声大哭，倒在床上。忽然眼前漆黑，辨不出方向，心中正是恍惚，只见眼前好像有人走来。宝玉茫然问道："借问此是何处？"那人道："此阴司泉路，你寿未终，何故至此？"宝玉道："适间有一故人已死，遂寻访至此，不觉迷途。"那人道："故人是谁？"宝玉道："姑苏林黛玉。"〔**索隐**〕姑苏林黛玉，宝玉访问不着。今则繁盛商埠，金字招牌，时见于吾人眼帘之中，

《红楼梦》与顺治皇帝的爱情故事

为之一笑。

那人冷笑道:"林黛玉生不同人,死不同鬼,无魂无魄,何处寻访?凡人魂魄聚而成形,散而为气,生前聚之,死则散焉。常人尚无可寻访,何况林黛玉呢?你快回去罢!"宝玉听了,呆了半晌道:"既云死者散也,又如何有这个阴司呢?"那人冷笑道:"那阴司说有便有,说无就无,皆为世俗溺于生死之说,设言以警世。便道上天深怒愚人。或不守分安常;或生禄未终,自行夭折;或嗜淫欲;尚气逞凶无故自殒者;特设此地狱囚其魂魄,受无边的苦,以偿生前之罪。汝寻黛玉,是无故自陷也。且黛玉已归太虚幻境,汝若有心寻访,潜心修养,自然有时相见。如不安生,即以自行夭折之罪,囚禁阴司,除父母外,欲图一见黛玉,终不能矣。"〔索隐〕此一段议论,警醒世祖,为后来敝屣天下,遁迹五台之伏脉。那人说毕,袖中取出一石,向宝玉心口掷来。宝玉听了这话,又被这石子打着心窝,吓的即欲回家,只恨迷了道路。正在踌躇,忽听那边有人唤他,回首看时,不是别人,正是贾母、王夫人、宝钗、袭人等围绕哭泣叫着,自己仍旧躺在床上。见案上红灯,窗前皓月,依然锦绣丛中,繁华世界。定神一想,原来竟是一场大梦。浑身冷汗,觉得心内清爽。〔索隐〕有此一梦,而宝玉从此醒矣。仔细一想,真正无可奈何,不过长叹数声而已。

宝钗早知黛玉已死,因贾母等不许众人告诉宝玉知道,恐添病难治。自己却深知宝玉之病,实因黛玉而起,失玉次之,故趁势说明,使其一痛决绝,神魂归一,庶可疗治。贾母、王夫人等不知宝钗的用意,深怪他造次。后来见宝玉醒了过来,方才放心。立刻到外书房请了毕大夫进来诊视,那大夫进来诊了脉,便道:"奇怪,这回脉气沉静,神安郁散,明日进调理的药,就可以望好了。"说着出去,众人各自安心散去。

袭人起初深怨宝钗,不该告诉,惟是口中不好说出。莺儿背地也说宝钗道:"姑娘忒性急了。"宝钗道:你知道什么?好歹横竖有我呢!"〔索隐〕说大道理,是奸雄之作用;用辣手段,是奸雄之胆量。那宝钗任人诽谤,并不介意,只窥察宝玉心病暗下针砭。

一日,宝玉渐觉神志安定,虽一时想起黛玉尚有糊涂。更有袭人缓缓的将老爷选定的宝姑娘为人和厚,嫌林姑娘秉性古怪,原恐早夭,老

第九十八回　苦绛珠魂归离恨天　病神瑛泪洒相思地

太太恐你不知好歹，病中着急，所以叫雪雁过来哄你的话，时常劝解。宝玉终是心酸落泪。欲待寻死，又想着梦中之言，又恐老太太、太太生气，又不能撩开。又想黛玉已死，宝钗又是第一等人物，方信金石姻缘有定，自己也解了好些。

宝钗看来不妨大事，于是自己心也安了。只在贾母王夫人等前，尽行过家庭之礼后，便设法以释宝玉之忧。宝玉虽不能时常坐起，亦常见宝钗坐在床前，禁不住生来旧病。〔索隐〕此何病也，而可以"旧"字加之？玉固无恤，钗何以堪？作者每于人不经意处，轻轻着笔，而隽永已不可思议。宝钗每以正言劝解，以"养身要紧，你我既为夫妇，岂在一时"之语安慰他。〔索隐〕此所谓知大体也。那宝玉心里虽不顺遂，无奈日里贾母、王夫人及薛姨妈等轮流相伴，夜间宝钗独去安寝。贾母又派人服侍，只得安心静养。又见宝钗举动温柔，也就渐渐的将爱慕黛玉的心肠略移在宝钗身上。〔索隐〕写宝钗笼络之术，自未出闺至成大礼后，始终不懈。以视黛玉之率性而行者，优劣既判，其结果遂有成败之分。此是后话。

却说宝玉成家的那一日，黛玉白日已经昏晕过去，却心头口中一丝微气不断，把个李纨和紫鹃哭的死去活来。到了晚间，黛玉却又缓过来了，微微睁开眼，似有要水要汤的光景。此时雪雁已去，只有紫鹃和李纨在旁，紫鹃便端了一盏桂圆汤和的梨汁，用小钥匙灌了两三匙。黛玉闭着眼，静养了一会子，觉得心里似明似暗的。此时李纨见黛玉略缓，明知是回光返照的光景，却料着还有一半天耐头，自己回到稻香村料理了一回事情。

这里黛玉睁开眼一看，只有紫鹃和奶妈并几个小丫头在那里，便一手拉了紫鹃的手，使着劲说道："我是不中用的人了。你服侍我几年，我原指望咱们两个总在一处，不想我……"说着，又喘了一会子，闭了眼歇着。紫鹃见他拉着不肯松手，自己也不敢挪动。看他的光景，比早半天好些，中当还可以回转。听了这话，又寒了半截。半天黛玉又说道："妹妹，我这里并没亲人，我的身子是干净的，你好歹叫他们送我回去。"〔索隐〕妃子临终时，一再以回南为言，此是愧对故夫，良心发现处。作者对症发药，特特声明身子干净。然则不干净者，回不得家乡矣。

《红楼梦》与顺治皇帝的爱情故事

灵光四射,圆转自如。说到这里,又闭了眼不言语了。那手却渐渐紧了,喘成一处,只是出气大,入气小,已经促疾的很了。紫鹃忙了,连忙叫人请李纨,可巧探春来了。紫鹃见了,忙悄悄的说道:"三姑娘,瞧瞧林姑娘罢。"说着,泪如雨下。

探春过来摸了摸黛玉的手,已经凉了,连目光也都散了。探春、紫鹃正哭着,叫人端水来,给黛玉擦洗。李纨赶忙进来了,三个人才见了,不及说话。刚擦着,猛听黛玉直声叫道:"宝玉,你好……"说到"好"字,便浑身冷汗,不作声了。紫鹃等急忙扶住,那汗愈多,那身子便渐渐的冷了。探春、李纨叫人乱着拢头穿衣,只见黛玉两眼一翻。呜呼!

香魂一缕随风散,愁绪三更入梦遥。

当时黛玉气绝,正是宝玉娶宝钗的这个时辰,〔索隐〕董妃之死,由于不得后位,则继后册封之日,即董妃夭逝之根。读者当以意逆志,不可泥煞句下。紫鹃等都大哭起来。李纨、探春想他素日的可疼,今日更加可怜,也便伤心痛哭。因潇湘馆离新房子甚远,所以那边并没听见。一时大家痛哭了一阵,只听见远远一阵音乐之声,侧耳一听,却又没有了。探春、李纨走出院外再听时,惟有竹梢风动,月影移墙,好不凄凉冷淡。一时叫了林之孝家的过来,将黛玉停放毕,派人看守,等明早去回凤姐。

凤姐因见贾母王夫人等忙乱,贾政起身,又为宝玉昏愦更甚,正在着急异常之时,若是又将黛玉的凶信一回,恐贾母、王夫人愁苦交加,急出病来。只得亲自到园,到了潇湘馆内,也不免哭了一场。见了李纨、探春,知道诸事齐备,便说:"很好,只是刚才你们为什么不言语?叫我着急。"探春道:"刚才送老爷,怎么说呢?"凤姐道:"还倒是你们两个可怜他些。这么着,我还得那边去招呼那个冤家呢。但是这个事好累坠,若是今日不回,使不得。若回了,恐怕老太太搁不住。"李纨道"你去见机行事,得回,再回方好。"凤姐点头,忙忙的去了。

凤姐到了宝玉那里,听见大夫说不妨事,贾母、王夫人略觉放心,凤姐便背了宝玉,缓缓的将黛玉的事回明了。贾母、王夫人听得都吓了一大跳。贾母眼泪交流,说道:"是我弄坏了他了,但只是这个丫头也忒傻气。"〔索隐〕以事理言,董妃诚不免傻气。指千金之躯,殉此不足重轻之席,当日或别有用意。张公亮传小琬云:"其致疾之由与久病之状,

第九十八回　苦绛珠魂归离恨天　病神瑛泪洒相思地

并隐微难悉。"意在言外矣。说着，便要到园里去哭他一场，又惦记着宝玉，两头难顾。王夫人等含悲共劝贾母："不必过去，"老太太身子要紧。"贾母无奈，只得叫王夫人自去，又说："你替我告诉他的阴灵，并不是我忍心不来送你，只为有个亲疏。你是我的外孙女儿，是亲的了，若与宝玉比起来，可是宝玉比你更亲些。倘宝玉有些不好，我怎么见他父亲呢？"〔索隐〕摄政当日正名定分，晋皇叔为皇父，视犹子如己子。于是为太后者，本伉俪之爱情，尽慈闱之责任，调护圣体，自当格外周匝，以慰皇父在天之灵。说着，又哭起来。

王夫人劝道："林姑娘是老太太最疼的，但只寿夭有定。如今已经死了，无可尽心，只是葬礼要上等的发送。一则可以少尽咱们的心，二则就是姑太太和外孙女儿阴灵儿也可以少安了。"贾母听到这里，越发痛哭起来。凤姐恐怕老人家伤感太过，明仗着宝玉心中不甚明白，便偷偷的使人来撒个谎儿，哄老太太道："宝玉那里找老太太呢。"贾母听见，才止住泪问道："不知又有什么缘故？"凤姐陪笑道："没什么缘故，他大约是想老太太的意思。"贾母连忙扶了珍珠儿，凤姐也跟着过来。

走至半路，正遇王夫人过来，一一回明了贾母。贾母自然又是哀痛的，只因要到宝玉那边，只得忍泪含悲的说道："既这么着，我也不过去了，由你们办罢。我看着心里也难受，只别委屈了他就是了。"王夫人、凤姐一一答应了，贾母才过宝玉这边来。

见了宝玉，因问："你做什么找我？"宝玉笑道："我昨日晚上看见林妹妹来了，他说要回南去。我想没人留得住，还得老太太给我留留他。"贾母听着，说："使得，只管放心罢！"袭人因扶宝玉躺下。

贾母出来，到宝钗这边来。那时宝钗尚未回九，所以每每见了人倒有些含羞之意。〔索隐〕"倒"字与上文"旧"字同一用意。这一天见贾母满面泪痕，递了茶，贾母叫他坐下，宝钗侧身陪着坐了，才问道："听得林妹妹病了，不知他可好些了？"贾母听了这话，那眼泪止不住流下来，因说道："我的儿，我告诉你，你可别告诉宝玉。都是因你林妹妹，才叫你受了多少委屈！你如今作了媳妇，我才告诉你，这如今你林妹妹没了两三天了，就是娶你的那个时辰死的。"〔索隐〕覆点一句，郑重之至。如今宝玉这一番病，还是为着这个。你们先都在园子里，自然也都

《红楼梦》与顺治皇帝的爱情故事

是明白的。"宝钗把脸飞红了,〔索隐〕曲笔。想到黛玉之死,又不免落下泪来。〔索隐〕理当用"禁不住",而偏用"又不免",亦是曲笔。贾母又说了一回话,去了。

自此宝钗千回万转,想了一个主意,只不肯造次,所以过了回九,才想出这个法子来,如今果然好些。然后大家说话,才不至似前留神。

独是宝玉虽然病势一天好似一天,他的痴心总不能解,必要亲去哭他一场。贾母等知他病未除根,不许他胡思乱想。怎奈他郁闷难堪,病多反覆,倒是大夫看出心病,索性叫他开散了,再用药调理,倒可好得快些。宝玉听说,立刻要往潇湘馆来。贾母等只得叫人抬了竹椅子过来,扶宝玉坐上,贾母、王夫人即便先行。

到了潇湘馆内,一见黛玉灵柩,贾母已哭得泪干气噎,凤姐等再三劝住。王夫人也哭了一场,李纨便请贾母王夫人在里间歇着,犹自落泪。

宝玉一到,想起未病之先常到这里,今日屋在人亡,不禁号啕大哭。想起从前何等亲密,今日死别,怎不更加伤感。众人原恐宝玉病后过哀,都来劝解,宝玉已经哭得死去活来,大家搀扶歇息。其余随来的,如宝钗俱极痛哭。独是宝玉必要叫紫鹃来见,问明姑娘临死有何话说。紫鹃本来深恨宝玉,今见如此,心里已回过来些。又见贾母、王夫人都在这里,不敢洒落宝玉,便将林姑娘怎么复病,怎么烧毁帕子、焚化诗稿,并将临死说的话一一的都告诉了。宝玉又哭得气噎喉干。探春趁便又将黛玉临终嘱咐带柩回南的话,也说了一遍。贾母、王夫人又哭起来,多亏凤姐能言劝慰,略略止些,便请贾母等回去。宝玉那里肯舍,无奈贾母逼着,只得勉强回房。

贾母有了年纪的人,打从宝玉病起,日夜不宁。今又大痛一阵,已觉头晕身热,虽是不放心,惦着宝玉,却也支持不住,回到自己房中睡下。王夫人更加心痛难禁,也便回去,派了彩云帮着袭人照应,并说:"宝玉若再悲戚,速来告诉我们。"宝钗是知宝玉一时必不能舍,也不相劝,只用刺讽的话说他。宝玉倒恐宝钗多心,也便饮泣收心。〔索隐〕宝奶奶又换一套本领,发无不中,倾佩倾佩。歇了一夜,倒也安稳。明日一早,众人都来瞧他,但觉气虚身弱,心病倒觉去了几分。于是加意调养,渐渐的好起来。贾母幸不成病,惟是王夫人心痛未痊。那日薛姨

第九十八回　苦绛珠魂归离恨天　病神瑛泪洒相思地

妈过来探望，看见宝玉精神略好，也就放心，暂且住下。

一日，贾母特请薛姨妈过去商量，说："宝玉的命都亏姨太太救的，如今想来不妨了，独委屈了你的姑娘。如今宝玉调养百日，身体复旧，又过了娘娘的功服，正好圆房。〔**索隐**〕继后由嫔妃正位中宫，以圆房为喻，天然贴切。要求姨太太作主，另择个上好的吉日。"薛姨妈便道："老太太主意很好？何必问我。宝丫头虽生的粗笨，心里却还是极明白的。他个性情，老太太素日是知道的。但愿他们两口儿言和意顺，从此老太太也省好些心，我姐姐也安慰些，我也放了心了。老太太便定个日子。还通知亲戚不用呢？"贾母道："宝玉和你们姑娘生来第一件大事，况且费了多少周折，如今才得安逸，必要大家热闹几天。亲戚都要请的，一来酬愿，二则咱们吃杯喜酒，也不枉我老人家操了好些心。"

薛姨妈听说，自然也是喜欢的，便将要办妆奁的话也说了一番。贾母道："咱们亲上做亲，我想也不必这些。若说动用的，他屋里已经满了。必定宝丫头他心爱的要你几件，姨太太就拿了来。我看宝丫头也不是多心的人，不比我那外孙女儿的脾气，所以他不得长寿。"〔**索隐**〕折到黛玉，不令正文冷淡，此是文心静细处。说着，连薛姨妈也便落泪。恰好凤姐进来，笑道："老太太、姑妈又想着什么了？"薛姨妈道："我和老太太说起你林妹妹，所以伤心。"凤姐笑道："老太太和姑妈且别伤心，我刚才听得个笑话儿来了，意思说给老太太和姑妈听。"贾母拭了拭眼泪，微笑道："你又不知要编派谁呢！你说来，我和姨太太听听。说不笑，我们可不依。"只见那凤姐未曾开口，先用两只手比着，笑弯了腰了。未知他说出些什么来，下回分解。

〔**索隐**〕此回共分两段；自开首起，至"此是后话"为第一段。自"却说宝玉成家的那一天"起，至本回完毕，为第二段。第一段用虚罩法，第二段用倒提法。

命意已揭出于回目，无须另外推求。但就文法约略论之，如报告黛玉死信后，陡接一梦，寓实于虚，既可暗伏后文，亦疏宕文气。叙宝玉逐渐回心，虽寥寥数语，而包含无数曲折。追述黛玉之死，以当时黛玉气绝正是宝玉娶宝钗的这个时辰，一笔结住，颇有力量。其余微言奥义，时见行间，皆以正宝钗之罪而发其奸。冷隽爽辣，深可玩味。

〔**护花评**〕宝钗劝解宝玉，先说一篇大道理话，是兵家堂皇正兵，直说黛玉已故，是兵家不测奇兵。奇正相参，令人捉摸不着。

又：宝玉离魂一梦，必不可少。若无此梦，痴想何时醒悟？呆病何能痊愈？但此梦非宝钗说破黛玉已死，无由入梦。'宝钗可谓神于医心病者。

又：黛玉临终光景，写得惨淡可怜，更妙在连呼宝玉，只说得"你好"二字，便咽住气绝，真描神之笔。

又：空中音乐，妙在若有若无，不落小说俗套。

又：第九十四回至九十八回一大段，应分三小段。九十四上半回为一段，叙海棠复生为妖孽见兆，并非吉征；九十四下半回至九十五回为一段，叙元妃薨逝，宝玉疯癫，以见花妖之响应；九十六、七、八回为一段，叙钗黛二人一婚一死，了结黛玉因果，引起宝钗后事。

〔**大某评**〕黛玉气断之时，即宝钗婚成之候。新房热闹，满堂合奏笙箫；旧院凄凉，半空亦有音乐。夫笙箫者，生所同也。音乐者，死所独也。黛亦何慊乎钗？

又：此回仍是乙卯年事。

第九十九回 守官箴恶奴同破例
　　　　　　　阅邸报老舅自担惊

　　话说凤姐见贾母和薛姨妈为黛玉伤心，便说有个笑话儿说给老太太和姑妈听，未曾开口，先自笑着，因说道："老太太和姑妈打量是那里的笑话儿？就是咱们家的那二位新姑爷、新媳妇啊！"贾母道："怎么了？"凤姐拿手比着道："一个这么坐着，一个这么站着。一个这么扭过去，一个这么转过来。一个又……"说到这里，贾母已经大笑起来，〔索隐〕接连五个"一个"，比小红回话用无数"奶奶"者更觉灵妙。说道："你好生说罢，倒不是他们两口儿，你倒把人怄的受不得了！"薛姨妈也笑道："你往下直说罢，不用比了。"

　　凤姐才说道："刚才我到宝兄弟屋里，我听见好几个人笑，我只道是谁？巴着窗户眼儿一瞧，原来宝妹妹坐在炕沿上，宝兄弟站在地下，宝兄弟拉着宝妹妹袖子，口口声声只叫：'宝姐姐，你为什么不会说话了？你这么说一句话，我的病包管全好。'宝妹妹却扭着头只管躲，宝兄弟却作了一个揖，上前又拉宝妹妹的衣服，宝妹妹急得一扯，宝兄弟自然病后是脚软的，索性一扑，扑在宝妹妹身上了。宝妹妹急得红了脸，说道：'你越发比先不尊重了！'"〔索隐〕先是何时？先不尊重是何事？说到这里，贾母和薛姨妈都笑起来。凤姐又道："宝兄弟便立起身来笑道：'亏了跌了这一交，好容易才跌出你的话来了。'"薛姨妈笑道："只是宝丫头古怪，这有什么的？既作了两口儿，说说笑笑的怕什么。他没见他琏二哥和你……"

　　凤姐儿笑道："这是怎么说呢？我说个笑话给姑妈解闷儿，姑妈反倒拿我打起卦来了。"贾母也笑道："要这么着才好。夫妻固然要和气，也得有个分寸儿。我爱宝丫头就在这尊重上头。只是我愁着宝玉，还是那

· 1167 ·

《红楼梦》与顺治皇帝的爱情故事

么傻头傻脑的。这么说起来,比头里竟明白多了。你再说说,还有什么笑话儿没有?"凤姐道:"明儿宝玉圆了房,亲家太太抱了外孙子,那时候不更是笑话儿了么?"〔索隐〕这是正经话,并非笑话。如若宝玉没有圆了房,亲家太太抱了外孙子,那才是笑话呢!

贾母笑道:"猴儿,我在这里同着姨太太想你林妹妹,你来怄个笑话还罢了,怎么臊起皮来了?你不叫我们想你林妹妹,你不用太高兴了,你林妹妹恨你。将来不要独自一个到园里去,提防他拉着你不依。"凤姐笑道:"他倒不怨我,他临死咬牙切齿倒恨着宝玉呢!"贾母、薛姨妈听着,还道是玩话儿,也不理会,便道:"你别胡拉扯了,你去叫外头挑个很好的日子,给你宝兄弟圆了房儿罢。"凤姐去了。择了吉日,重新摆酒唱戏,请亲友。这不在话下。〔索隐〕宝玉圆房,照此书体例,应得有一番铺张热闹。而此独用撇笔带过,以见此次之所谓成大礼者,非正当之大礼也。

却说宝玉虽然病好复原,宝钗有时高兴,翻书观看,谈论起来,宝玉所有眼前常见的尚可记忆,若论灵机,大不似从前活变了,连他自己也不解。宝钗明知是通灵失去,所以如此。倒是袭人时常说他:"你何故把从前的灵机都忘了?那些旧毛病忘了才好,为什么你的脾气还觉照旧,在道理上更糊涂了呢?"宝玉听了并不生气,反是嘻嘻的笑。有时宝玉顺性胡闹,多亏宝钗劝说,诸事略觉收敛些。袭人倒可少费些唇舌,惟知悉心服侍。别的丫头素仰宝钗贞静和平,各人心服,无不安静。

只有宝玉到底是爱动不爱静的,时常要到园里去逛,贾母等一则怕他招受寒暑,二则恐他睹景伤情。虽黛玉之柩已寄放城外庵中,然而潇湘馆依然人亡屋在,不免勾起旧病来,所以也不使他去。况且亲戚姊妹们:薛宝琴已回到薛姨妈那边去了;史湘云因史侯回京,也接了家去了,又有了出嫁的日子,所以不大常来。只有宝玉娶亲那一日,与吃喜酒这天,来过两次,也只在贾母那边住下,为着宝玉已经娶亲的人,又想自己就要出嫁的,也不肯如从前的诙谐谈笑。就是有时过来,也只和宝钗说话,见了宝玉,不过问好而已;那邢岫烟却是因迎春出嫁之后,便随着邢夫人过去;李家姊妹也另住在外,即同着李婶娘过来,亦不过到太太们与姊妹们处请安问好,即回到李纨那里略住一两天就去了。所以园

第九十九回　守官箴恶奴同破例　阅邸报老舅自担惊

内的只有李纨、探春、惜春了。〔索隐〕俱用简单笔补叙法，吾所以决其为雪芹补本。贾母还要将李纨等搬进来，为着元妃薨后，家中事情接二连三，也无暇及此。现今天气一天热似一天，园里尚可住得，等到秋天再搬。此是后话，暂且不提。

且说贾政带了几个在京请的幕友，晓行夜宿，一日到了本省，见了上司，即到任拜印受事，便盘查各属州县粮米仓库。贾政向来作京官，只晓得郎中事务，都是一景儿的事情。就是外任，原是学差，也无关于吏治上。所以外省州县折收粮米，勒索乡愚，这些弊端，虽也听见别人讲究，〔索隐〕清世中叶，积弊最甚者为河工、漕务二项。中外传说，视为利薮。却未尝亲办其事，只有一心做好官；便与幕宾商议，出示严禁，并谕以一经查出，必定详参揭报。初到之时，果然胥吏畏惧，便百计钻营，偏遇贾政这般古执。那些家人跟了这位老爷在都中一无出息，好容易盼到主人放了外任，便在京指着在外发财的名头，向人借贷做衣裳，装体面。心里想着到了任，银钱是容易的了。不想这位老爷呆性发作，认真要查办起来，州县馈送一概不受。门房签押等人心里盘算道："我们再挨半个月，衣服也要当完了，债又逼起来，那可怎么样好呢？"眼见得白花花的银子，只是不能到手。那些长随也道："你们爷们到底还没花什么本钱来的，我们才冤，花了若干的银子，打了个门子，来了一个多月，连半个钱也没见过，想来跟这个主儿是不能捞本儿的了。〔索隐〕上自尚侍督抚，下至舆台皂隶，无不视为营业之一种。积习相沿，固不待捐例开复，始有行情市面也。读捞本儿句，为之一叹。明儿我们齐打伙儿告假去。"次日果然聚齐，都来告假。贾政不知就里，便说："要来也是你们，既嫌这里不好，就都请便。"〔索隐〕刁猾吏碰到颟顸官，乃真无可如何。

那些长随怨声载道而去。只剩下些家人，又商议道："他们可去的去了，我们去不了的，到底想个法儿才好。"内中有一个管门的叫李十儿，〔索隐〕大约系指李卫。雍正初年以察察为名，作奸犯科之事一有发觉，即以严刑绳之。然李卫、田文镜辈，貌为清正，中实贪狡，历经廷臣参劾，世宗始终任之不疑。所谓明足以察秋毫之末，而不见舆薪是也。便说："你们这些没能耐的东西，着什么忙？我见这长字号儿的在这边，不

《红楼梦》与顺治皇帝的爱情故事

犯给他出头。〔索隐〕此长字号，盖指满人言之。如今都饿跑了，瞧瞧你十太爷的本领，少不得本主儿依我。只是要你们齐心打伙儿，弄几个钱回家受用。若不随我，我也不管了，横竖拚得你们过。"众人都说："好十爷，你还主儿信得过，若你不管，我们实在是死症了。"李十儿道："不要我出了头，得了银钱，又说我得了大分儿了，窝儿里反起来，大家没意思。"众人道："你万安，没有的事。就没有多少，也强似我们腰里掏钱。"

正说着，只见粮房书办走来找周二爷。李十儿坐在椅子上，跷着一只腿，挺着腰说道："找他做什么？"书办便垂手陪着笑说道："本官到了一个多月的任，这些州县太爷见得本官的告示利害，知道不好说话，到了这时候，都没有开仓。若是过了漕，你们太爷们来做什么的？"李十儿道："你别混说，老爷是有根蒂的，说到那里，是要办到那里。这两天原要行文催兑，因我说了缓几天，才歇的。你到底找我们周二爷做什么？"书办道："原为打听催文的事，没有别的。"李十儿道："越发胡说。方才我说催文，你就信嘴胡诌。可别鬼鬼祟祟来讲什么帐，我叫本官打了你，退你。"书办道："我在这衙门内已经三代了，外头也有些体面，家里还过得，就规规矩矩伺候本官升了还能够，不像那些等米下锅的。"说着，回了一声："二太爷，我走了。"〔索隐〕写衙门差役，便俨然是差役行径，差役声口，差役伎俩。作者之才，真不可以斗石计。

李十儿便站起来堆着笑道："这么不禁玩，几句话就脸急了！"书办道："不是我脸急，若再说什么，岂不带累了二太爷的清名呢！"李十儿过来拉着书办的手道："你贵姓啊？"书办道："不敢，我姓詹，单名是个会字。"〔索隐〕其姓则詹，其名则会，当合观之。从小儿也在京里混了几年。"李十儿道："詹先生，我是久闻你的名的，我们弟兄们是一样的。有什么话，晚上到这里，咱们说一说。"书办也说："谁不知道李十太爷是能事的。把我一诈，就吓毛了。"大家笑着走开。

那晚便与书办咕唧了半夜，第二天拿话去探贾政，被贾政痛骂了一顿。隔一天拜客，里头吩咐伺候，外头答应了。停了一会子，打点已经三下了，大堂上没有人接鼓。好容易叫过人来打了鼓，贾政踱出暖阁，站班喝道的衙役只有一个，贾政也不查问，在墀下上了轿等轿夫。又等

第九十九回　守官箴恶奴同破例　阅邸报老舅自担惊

了好一回，来齐了，抬出衙门。那个炮只响得一声，吹鼓亭的鼓手只有一个打鼓，一个吹号筒。贾政便也生气，说："往常还好，怎么今儿不齐集至此！"抬头看那执事，却是搀前落后。勉强拜客回来，便传误班的要打，有的说因没有帽子误的，有的说是号衣当了误的，又有的说是三天没吃饭抬不动。贾政生气，打了一两个，也就罢了。隔一天，管厨房的上来要钱，贾政带来银两，付了。

以后便觉样样不如意，比在京的时候，倒不便宜好些。无奈，便唤李十儿问道："我跟来这些人怎么都变了？"〔索隐〕世宗遁迹在外，一时从龙之辈，类多武夫暴客，艰难困苦，以义相从。自即位以后，逐渐芟夷安插，被摈者固怀觖望，见用者亦各挟私图，似已变易初衷，非复曩时沥胆披肝一德一心之象，故不觉慨乎言之。你也管管。现在带来银两，早使没有了。藩库俸银尚早，该打发京里去取。"李十儿禀道："奴才那一天不说他们，不知道怎么样，这些人都是没精打彩的，叫奴才也没法儿。老爷说家里取银子，取多少？现在打听节度衙门这几天有生日，别的府道老爷都上千上万的送了，我们到底送多少呢？"贾政道："为什么不早说？"李十儿道："老爷最圣明的。我们新来乍到，又不与别位老爷很来往，谁肯送信？巴不得老爷不去，便好想老爷的美缺。"贾政道："胡说，我这官是皇上放的，不与节度做生日，便叫我不做不成？"李十儿笑着回道："老爷说的也不错。京里离这里很远，凡百样事都是节度奏闻，他说好便好，说不好便吃不住。到得明白，已经迟了。就是老太太、太太们，那个不愿意老爷在外头烈烈轰轰的做官呢？"

贾政听了这话，也自然心里明白，道："我正要问你，为什么不说起来？"〔索隐〕二语不连，想字句间必有舛误。李十儿回说："奴才本不敢说，老爷既问到这里，若不说，是奴才没良心。若说了，少不得老爷又生气。"贾政道："只要说得在理。"李十儿说道："那些书吏衙役，都是化了钱，买着粮道的衙门来想发财，俱要养家活口。自从老爷到了任，并没见为国家出力，倒先有了口碑载道。"贾政道："民间有什么话？"李十儿道："百姓说：'凡有新到任的老爷，告示出的愈利害，愈是想钱的法儿。州县害怕了，好多多的送银子。'收粮的时候，衙门里便说新道爷的法令，明是不敢要钱，这一留难叼登，那些乡民心里愿意化几个钱，

《红楼梦》与顺治皇帝的爱情故事

早早了事。所以那些人不说老爷好,反说不谙民情。便是本家大人,是老爷最相好的,他不多几年已巴到极顶的分儿,也只为识时达务,能够上和下睦罢了。"

贾政听到这里,说道:"胡说!我就不识时务么?若是上和下睦,叫我与他们猫鼠同眠么?"李十儿回说道:"奴才为着这些忠心儿,掩不住,才这么说。若老爷就是这样做去,到了功不成名不就的时候,老爷又说奴才没良心,有什么话不告诉老爷了。"贾政道:"依你怎么做才好?"李十儿道:"也没有别的,趁着老爷的精神年纪,里头的照应,老太太的硬朗,为顾着自己就是了。不然,到不了一年,老爷家里的钱也都贴补完了,还落了自上至下的人抱怨。都说老爷自做外任的,自然弄了钱藏着受用。倘遇着一两件为难的事,谁肯帮着老爷?那时辨也辨不清,悔也悔不及。"贾政道:"据你一说,是叫我做贪官么?送了命还不要紧,必定将祖父的功勋抹了才是。"

李十儿回禀道:"老爷极圣明的人,没看见旧年犯事的几位老爷么?这几位都与老爷相好,老爷常说是个做清官的,如今名在那里?现有几位亲戚老爷,向来说他们不好的,如今升的升,迁的迁,只在要做的好就是了。老爷要知道,民也要顾,官也要顾。若是依着老爷,不准州县得一个大钱,外头这些差使谁办?只要老爷外面还是这样清,名声原好,里头的委屈,只要奴才办去,关碍不着老爷的。奴才跟主儿一场,到底也要掏出忠心来。"〔索隐〕一再言忠心,原来所谓忠臣者,如是如是。贾政被李十儿一番言语说得心无主见,道:"我是要保性命的,你们闹出来,不与我相干。"〔索隐〕不与你相干,与谁相干?呆得可怜。说着,便跛了进去。

李十儿便自己做起威福,勾连内外一气的哄着贾政办事,反觉得事事周到,件件随心。〔索隐〕世宗初政,执严法以绳下,一时朝纲颇有貌为整饬之象。世宗私心固亦沾沾自喜,书中"内外一气的哄着贾政办事"二语,实为探幽摘隐,纲目书法。所以贾政不但不疑,反多相信。便有几处揭报,上司见贾政古朴忠厚,也不查察。惟是幕友们耳目最长,见得如此,得便用言规谏。无奈贾政不信,也有辞去的,也有与贾政相好在内维持的。〔索隐〕此指当时台谏。于是漕务事毕,尚无陨越。

第九十九回　守官箴恶奴同破例　阅邸报老舅自担惊

一日，贾政无事，在书房中看书。签押上呈进一封书子，外面官封上开着："镇守海门等处总制公文一角，飞递江西粮道衙门"。贾政拆封看时，只见上写道：

> 金陵契好，桑梓情深。昨岁供职来都，窃喜常依座右。仰蒙雅爱，计结朱陈，至今佩德勿谖。只因调任海疆，未敢造次奉求，衷怀歉仄，自叹无缘。今幸荣旌遥临，快慰平生之愿。正申燕贺，先蒙翰教。边帐光生，武夫额手。虽隔重洋，尚叨樾荫。想蒙不弃卑寒，希望葭莩之附。小儿已承青盼，淑媛素仰芳仪。如蒙践诺，即遣冰人。途路虽遥，一水可通。不敢云百辆之迎，敬备仙舟以俟。兹修寸幅，恭贺升祺，并求金允。临颖不胜待命之至。
> 　　　　　　　　　　　　　　　　　　　世弟周琼顿首。

贾政看了，心想："儿女姻缘，果然有一定的。旧年因见他就了京职，又是同乡的人，素来相好，又见那孩子长得好，在席间原提起这件事。因未说定，也没有与他们说起，后来他调了海疆，大家也不说了。不料我今升任至此，他写书来问我，看起门户却也相当，与探春倒也相配，但是我并未带家眷，只可写字与他商议。"正在踌躇，只见门上传过一角文书，是调取到省会议事件，贾政只得收拾上省，候节度派委。

一日，在公馆闲坐，见桌上堆着一堆字纸，贾政一一看去，见刑部一本："为报明事，会看得金陵籍行商薛蟠……"贾政便吃惊道："了不得，已经提本了！"遂用心看下去，是薛蟠殴伤张三身死，串嘱尸证捏供误杀一案。贾政一拍桌道："完了！"〔索隐〕薛蟠系指年羹尧，贾政系指隆科多。隆与年在世宗时同恃拥戴之功，内外联合，恣行不法。后年以跋扈过甚，言官疏列罪状，交章弹劾。世宗亦久苦二人专擅，急欲去之，遂先后受戮。当下廷臣议年氏罪状，隆以与有关系，多所徇庇，坐是削去太保，革去尚书。悬想初闻信息之际，忧惶恐惧，惴惴不安，确有如书中所写情状。只得又看底下，是据京营节度使咨称：

> 缘薛蟠籍隶金陵，行过太平县，在李家店歇宿，与店内当

· 1173 ·

《红楼梦》与顺治皇帝的爱情故事

槽张三素不相认。于某年月日薛蟠令店主备酒,邀请太平县民吴良同饮。当槽张三取酒,因酒不甘,薛蟠令换好酒,张三因称酒已沽定难换。薛蟠因伊倔强,将酒照脸泼去,不期去势甚猛,恰值张三低头拾箸,一时失手,将酒碗掷在张三囟门,皮破血出,逾时殒命。李店主趋救不及,随向张三之母告知。伊母张王氏往看,见已身死,随喊禀地保赴县呈报。前署县诣验,仵作将骨破一寸三分,及腰眼一伤,漏报填格,详府审转。看得薛蟠实系泼酒失手,掷碗误伤张三身死,将薛蟠照过失杀人,准斗杀罪收赎等因前来。臣等细阅各犯证尸亲前后供词不符,且查《斗杀律》注云:"相争为斗,相打为殴。必实无争斗情形,邂逅身死,方可以过失杀定拟。"应令该节度审明实情,妥拟具题。今据该节度疏称:薛蟠因张三不肯换酒,醉后拉着张三,右手先殴腰眼一拳。张三被殴回骂,薛蟠将碗掷出,致伤囟门深重,骨碎脑破,立时殒命。是张三之死,实由薛蟠以酒碗掷伤深重致死。自应以薛蟠拟抵,将薛蟠依《斗杀律》拟绞监候。吴良拟以杖徒。承审不实之府县州,〔索隐〕年案牵连甚多。应请……

以下注着此稿未完。

贾政因薛姨妈之托,曾托过知县。若请旨革审起来,牵连着自己,好不放心。即将下一本开看,偏又不是。只好翻来覆去,将报看完,终没有接这一本的。心中狐疑不定,更加害怕起来。正在纳闷,只见李十儿进来:"请老爷到官厅伺候去,大人衙门已经打了二鼓了。"贾政只是发怔,没有听见。李十儿又请一遍,贾政道:"这便怎么处?"〔索隐〕写惶急之状,入木三分。李十儿道:"老爷有什么心事?"贾政将看报之事说了一遍。李十儿道:"老爷放心,若是部里这么办了,还算便宜薛大爷呢。〔索隐〕世宗下诏罪年,至谓其大逆之罪五,僭逆之罪十六。而后来年案结局,仅诛及其身,遐龄免坐。一时朝议中至有嫌其轻纵者。奴才在京里时候,听见薛大爷在店里叫了好些媳妇,都吃醉了生事,直把个当槽儿的活活打死的。奴才听见,不但是托了知县,还求琏二爷去

第九十九回　守官箴恶奴同破例　阅邸报老舅自担惊

化了好些钱，各衙门打通了才提的。不知道怎么部里没有弄明白，如今就是闹破了，也是官官相护的。不过认个承审不实，革职处分罢。那里还肯认得银子听情呢？老爷不用想，等奴才再打听罢，不要误了上司的事。"贾政道："你们那里知道，只可惜那知县听了一个情，把这个官都丢了，还不知道有罪没有呢。"李十儿道："如今想他也无益，外头伺候着好半天了，请老爷就去罢。"贾政不知节度传办何事，且听下回分解。

〔索隐〕此回亦雪芹补本之一，专记雍正朝事。回目中"恶奴、老舅"四字，是其着眼处。

全回分两小段、一大段：自开首起，至"暂且不提"止，为一小段；以宝玉成婚喻世宗嗣统。于圆房之际，例必有一番铺叙，而竟寥寥数语顺笔带过，所谓成大礼者如是如是，明讥世宗嗣统之非出于正当也。其云："他倒不怨我，他临死咬牙切齿倒恨着宝玉呢"，烛影摇红，本是史册疑案，故为此立竿取影之笔，深可玩味。

自"且说贾政"起至"尚无陨越"止，为一大段。以贾政之恪守官箴，喻世宗之锐意图治。然察察为明，无关治本，卒之奸宄弄权，朝臣炀蔽，国事堕坏于冥冥之中而不可救药，为世宗惜，亦正为世宗罪也。

自"一日贾政无事"起，至本回完毕，又为一小段。带写年羹尧与隆科多因缘为奸，隆系当时国舅，故回目揭明"老舅"字样，以示后人线索之所在。不然，薛王姨表，政老于蟠为姨丈，《石头记》笔墨素称细密，不应疏忽舛误至是。

〔护花评〕写李十儿怂恿情事，描画长随家人串通书役簸弄主人伎俩，明透如镜。凡做官者，安得不堕其术中？

又：因薛蟠命案部驳，引出夏金桂勾引薛蝌，因勾引薛蝌引出妒忌香菱，因妒忌香菱，引出毒人自毒，文情层层相因。

〔大某评〕此回仍接写上回乙卯年事。

第一百回　破好事香菱结深怨
　　　　　　悲远嫁宝玉感离情

　　话说贾政去见了节度，进去了半日，不见出来，外头议论不一。李十儿在外，也打听不出什么事来，便想到报上的饥荒，实在也着急。好容易听见贾政出来，便迎上来跟着。等不得回去，在无人处便问："老爷进去这半天，有什么要紧的事？"贾政笑道："并没有事，只为镇海总制是这位大人的亲戚，有书来嘱托照应我，所以说了些好话。又说我们如今也是亲戚了。"李十儿听得心内欢喜，不免又壮了些胆子，便竭力怂恿贾政许这亲事。

　　贾政心想，薛蟠的事到底有什么挂碍？在外头信息不通，难以打点，故回到本任来便打发家人进京打听，顺便将总制求亲之事回明贾母，如若愿意，即将三姑娘接到任所。〔索隐〕因薛蟠之事而联周府之姻，且节度作媒，意近迫压。此与三桂日渐骄纵，朝廷不能制，乃委曲羁縻之，令其子应熊尚主，为和硕额驸，事颇相类。探春之嫁周府，或指此欤？家人奉命赶到京中，回明了王夫人，便在吏部打听得贾政并无处分，惟将署太平县的这位老爷革职。即写了禀帖，安慰了贾政，然后住着等信。

　　且说薛姨妈为着薛蟠这件人命官司，各衙门内不知花了多少银钱，总不中用，依旧定了个死罪，监着守候秋天大审。〔索隐〕封藩出镇，令督抚俱受节制，并得自选官吏。而滇中俸饷，岁糜至九百余万，不敢议减，优容已极，卒不能消戢其野心。此处"总不中用"四字，用得的当。薛姨妈又气又疼，日夜啼哭。宝钗虽时常过来劝解，说："是哥哥本来没造化，承受了祖父这些家业，就该安安顿顿的守着过日了。在南边已经闹得不像样，便是香菱那件事情就了不得，因为仗着亲戚们的势力，花了些银钱，这算白打死了一个公子。哥哥就该改过，做起正经人来，

第一百回　破好事香菱结深怨　悲远嫁宝玉感离情

也该奉养母亲才是。不想进了京仍是这样！〔索隐〕在先已经闹得不像样，不想到滇后更甚于先。妈妈为他不知受了多少气，哭掉了多少眼泪。给他娶了亲，原想大家安安逸逸的过日子，不想命该如此，〔索隐〕其时对于平西，苦心孤诣，设法牢笼。即此数语，已见梗概。偏偏娶的嫂子又是一个不安静的，所以哥哥躲出门的。真正俗语说的'冤家路儿狭'，不多几天，就闹出人命来了。妈妈和二哥哥也算不是不尽心的了，花了银钱不算，自己还求三拜四的谋干，无奈命里应该，也算自作自受。大凡养儿女，是为着老来有靠。便是小户人家，还要挣一碗饭养活母亲，那有将现成的闹光了，反害的老人家哭的死去活来的！不是我说哥哥的这样行为，不是儿子，竟是冤家对头。〔索隐〕初借其力以袭取天下，则其后应得如此报应。言下慨然。妈妈再不明白，明哭到夜，夜哭到明，又受嫂子的气。我呢，又不能常在这里劝解。我看见妈妈这样，那里放得下心？他虽说是傻，也不肯叫我回去。前儿老爷打发人回来说：'看见京报，吓的了不得'，所以才叫人来打点的。我想哥哥闹了事，当心的人也不少。幸亏我还是在跟前的一样，若是离乡调远，听见了这个信，只怕我想妈妈也就想杀了。我求妈妈暂且养养神，趁哥哥的活口，现在问问各处的帐目。人家该咱们的，咱们该人家的，也该请个旧伙计来算一算，看看还有几个钱没有？"

薛姨妈哭着说道："这几天为闹你哥哥的事，你来了，不是你劝我，便是我告诉你衙门的事。你还不知道，京里的官商名字已经退了，两个当铺已经给了人家，银子早拿来使完了。还有一个当铺管事的逃了，亏空了好几千两银了，也夹在里头打官司。你二哥哥天天在外头要帐，料着京里的帐已经去了几万银子，只好拿南边公分里银子，并住房折变才够。前两天还听见一个荒信，说是南边的公当铺，也因为折了本儿收了。若是这么着，你娘的命可就活不成了。"〔索隐〕三桂势盛时，各路将帅闻风响应，如云、贵、陕、甘、两粤、闽、蜀、湘南、江右与湖北之郧、均、浙江之宁、绍、金、衢、江南之祁、歙均入其手。清廷所有者仅畿辅、河南、山左右与江南财赋之区耳。其势岌岌，朝野震恐，大有不能支持之象。说着，又大哭起来。

宝钗也哭着劝道："银钱的事，妈妈操心也不中用，还有二哥哥给我

《红楼梦》与顺治皇帝的爱情故事

们料理。单可恨这些伙计们,见咱们的势头败了,各自奔各自的去也罢了,我还听见说帮着人家来挤我们的讹头。〔索隐〕三桂分遣密使四出诱煽,于是四川提督郑蛟麟、巡抚罗森、总兵谭宏、吴之茂,襄阳总兵杨来嘉,郧阳副将洪福,长沙副将黄正卿,广西将军孙延龄、都统统国安、提督马雄,陕西提督王辅臣,靖南王耿精忠,福建巡抚刘秉政、总兵曾养性,潮州总兵刘进忠、副将张星耀,温州总兵祖宏勋,高州总兵祖泽清俱叛附。又滇中总兵杨宝荫攻常德,其父原任提督杨明遇为内应,城遂破。所谓分头各散,且乘机而挤讹头也。可见我哥哥活了这么大,交的人总不过是些个酒肉兄弟,急难中是一个没有的。妈妈若是疼我,听我的话,有年纪的人,自己保重些。妈妈这一辈子,想来还不致挨冻受饿。家里这点子衣裳家伙,只好听凭嫂子去,那是没法儿的了。所有的家人婆子,瞧他们也没心在这里,该去的叫他们去。就可怜香菱苦了一辈子,只好跟着妈妈过去,实在短什么,我要是有的,还可以拿些过来,料我们那个也没有不依的。就是袭姑娘也是心术正道的,他听见我哥哥的事,他倒提起妈妈来就哭。我们那一个还道是没事的,所以不大着急,若听见了,也是要吓个半死儿的。"

薛姨妈不等说完,便说:"好姑娘,你可别告诉他。他为一个林姑娘,几乎没要了命。如今才好了些,要是他急出个缘故来,不但你添一层烦恼,我越法没了依靠了。"宝钗道:"我也是这么想,所以总没告诉他。"

正说着,只听见金桂跑来外边屋里哭喊道:"我的命是不要的了,男人呢,已经是没有活的分儿了。咱们如今,索性闹一闹,大伙儿到法场上去拚一拚。"〔索隐〕秣马厉兵,于战场上一决胜负。说着,便将头往隔壁板上乱撞,撞的披头散发。气得薛姨妈白瞪着两只眼,一句话也说不出来。还亏得宝钗,嫂子长嫂子短,好一句歹一句的劝他。金桂道:"姑奶奶,如今你是比不得头里的了,你两口儿好好的过日子。我是个单身人儿,要脸做什么?"说着,便要跑到街上回娘家去。亏得人还多,扯住了,又劝了半天方住。把个宝琴吓得再不敢见他。

若是薛蝌在家,他便抹粉施脂,描眉画鬓,奇情异致,打扮收拾起来。不时打从薛蝌住房前过,或故意咳嗽一声,或明知薛蝌在家,特问

第一百回　破好事香菱结深怨　悲远嫁宝玉感离情

房里何人。有时遇见薛蝌，他便妖妖乔乔，娇娇痴痴的，问寒问热，忽喜忽嗔。丫头们看见，都赶忙躲开。他自己也不觉得，只是一意一心要弄得薛蝌感情时，好行宝蟾之计。那薛蝌却只躲着，有时遇见，也不敢不周旋一二，只怕他撒泼放刁的意思。更加金桂一则为色迷心，越瞧越爱，越想越要，那里还看得出薛蝌真假来？只有一宗：他见薛蝌有什么东西，都是托香菱收着，衣服缝洗，也是香菱，两个人偶然说话，他来了急忙散开。一发动了一个"醋"字，欲待发作薛蝌，却是舍不得。只得将一腔隐恨，都搁在香菱身上，却又恐怕问了香菱，得罪了薛蝌，倒弄得隐忍不发。

一日，宝蟾走来，笑嘻嘻的向金桂道："奶奶看见了二爷没有？"金桂道："没有。"宝蟾笑道："我说二爷的那种假正经是信不得的。咱们前日送了酒去，他说不会吃。刚才我见他到太太那屋里去，那脸上红扑扑儿的一脸酒气。奶奶不信，回来只在咱们院门口等他，他打那边过来时，奶奶叫住他问问，看他说什么？"金桂听了，一心的怒气，便道："他那里就出来了呢？他既无情义，问他作什么？"宝蟾道："奶奶又迂了。他好说，咱们也好说，他不好说，咱们再另打主意。"金桂听得有理，因叫宝蟾瞧着他，看他出去了。宝蟾答应着出来。

金桂却去找开镜奁，又照了一照，把嘴唇儿又抹了一抹，然后拿一条洒花绢子，才要出来，又似忘了什么的，心里倒不知怎么是好了。只听宝蟾外面说道："二爷今日高兴啊，那里吃了酒来了？"金桂听了，明知是叫他出来的意思，连忙掀起帘子出来，只见薛蝌和宝蟾说道："今日是张大爷的好日子，所以被他强不过吃了半钟。到这时候，脸还发烧呢。"一句话没说完，金桂早接口道："自然人家外人的酒比咱们自己家里的酒是有趣儿的。"〔索隐〕此指赵良栋事。三桂蓄叛志已久，在滇时轻财好士，阴蓄党羽，人有一长，必罗致以为己用。知宁夏赵良栋英武善战，一再招邀，良栋不往。乃奏授良栋广罗镇总兵，复以疾辞。三桂怒，欲劾诛之，赖总兵沈应时为之巽词解免。旋闻良栋补天津总兵，恚甚，谓左右曰："良栋无礼，我的官职不就，而就清廷官职，其轻我甚矣。"此数语暗中射影，恰恰符合。薛蝌被他拿话一激，脸越红了，连忙走过来陪笑道："嫂子说那里的话？"宝蟾见他二人交谈，便躲到屋里

《红楼梦》与顺治皇帝的爱情故事

去了。

　　这金桂初时原要假意发作薛蝌两句，无奈一见他两颊微红，双眸带涩，别有一种谨愿可怜之意，早把自己那骄悍之气感化到爪洼国去了，因笑说道："这么说，你的酒是硬强着才肯吃的呢？"薛蝌道："我那里吃得来！"金桂道："不吃也好，强如像你哥哥吃出乱子来。明儿娶了你们奶奶，也像我这样守活寡，受孤单呢。"说到这里，两个眼已经乜斜了，两腮上也觉红晕了。薛蝌见这话越发邪僻了，打算着要走。金桂也看出来了，那里容得他走，早已走过来一把拉住。薛蝌急了道："嫂子，放尊重些！"说着浑身乱颤，金桂索性老着脸道："你只管进来，我和你说一句要紧的话。"

　　正闹着，忽听背后一个人叫道："奶奶，秋菱来了。"把金桂吓了一跳，回头瞧时，却是宝蟾掀着帘子看他二人的光景，一抬头见香菱从那边来了，赶忙知会金桂。金桂这一惊不小，手已松了，薛蝌得便脱身跑了。那香菱正走着，原不理会，忽听宝蟾一叫，才瞧见金桂在那里拉住薛蝌，往里死拽。香菱却吓的心头乱跳，自己连忙转身回去。这里金桂早已连吓带气，呆呆的瞅着薛蝌去了。怔了半天，恨了一声，自己扫兴归房。从此把香菱恨入骨髓。〔索隐〕尚可喜首请撤藩，诏允之。三桂不得已，亦具疏请移，下廷臣会议。有言三桂镇服苗蛮，不可移者；有言撤藩后必多拨禁旅往守，纷扰民驿，宜仍令留镇者；独户部尚书米思翰，兵部尚书明珠二人以为宜允所请。三桂奸媒遂不得逞，恨二人刺骨，所谓破好事也。那香菱本是要到宝琴那里，刚走出腰门，看见这般，吓回去了。

　　是日宝钗在贾母屋里，听得王夫人告诉老太太要聘探春一事。贾母说道："既是同乡的人很好，只是听见说那孩子到过我们家里，怎么你老爷没有提起？"王夫人道："连我们也不知道。"贾母道："好便好，但是道儿太远。虽然老爷在那里，倘或将来老爷调任，可不是我们孩子太单了么！"王夫人道："两家都是做官的，也是拿不定。或者那边还调进来。即不然，终有个落叶归根。况且老爷既在那里做官，上司已经说了，好意思不给么？想来老爷的主意定了，只是不敢做主，故遣人来回老太太的。"贾母道："你们愿意更好。只是三丫头这一去了，不知三年两年

1180

第一百回　破好事香菱结深怨　悲远嫁宝玉感离情

那边可能回家？若再迟了，恐怕我赶不上再见他一面了。"说着，掉下泪来。

王夫人道："孩子们大了，少不得总要给人家的。就是本乡本土的人，除非不做官还使得，若是做官的，谁保得住总在一处，只要孩子们有造化就好。譬如迎姑娘倒配得近呢，偏是时常听见他被女婿打闹，甚至不给饭吃。就是我们送了东西去，他也摸不着。近来听见益发不好了，也不放他回来。〔索隐〕四贞为官中养女，故于应熊尚主时独提此为喻。两口子拌起来，就说咱们使了他家的银钱，可怜这孩子总不得个出头的日子。前儿我惦记他，打发人去瞧他，迎丫头藏在耳房里，不肯出来。老婆子们必要进去，看见我们姑娘这样冷天，还穿着几件旧衣裳。他一包眼泪的，告诉婆子们说：'回去别说我这么苦，这也是命里所招。也不用送什么衣服东西来，不但摸不着，反要添一顿打，说是我告诉的。'老太太想想，这倒是近处眼见的，若不好更难受。倒亏了大太太也不理会他，大老爷也不出个头，如今迎姑娘实在比我们三等使唤的丫头还不如。我想探丫头虽不是我养的，老爷既看见过女婿，定然是好才许的，只请老太太示下。择个好日子，多派几个人送到他老爷任上。该怎么着，老爷也不肯将就。"贾母道："有他老子作主，你就料理妥当，拣个长行的日子送去，也就定了一件事。"王夫人答应着"是"。

宝钗听得明白，也不敢则声，只是心里叫苦："我们家里姑娘们就算他是个尖儿，如今又要远嫁，眼看着这里的人，一天少似一天了。见王夫人起身告辞出去，他也送了出来，一径回到自己房中，并不与宝玉说话。见袭人独自一个做活，便将听见的话说了，袭人也很不受用。

却说赵姨娘听见探春这事，反欢喜起来，心里说道："我这个丫头在家忒瞧不起我，我何曾还是个娘，比他的丫头还不济。况且洑上水护着别人，他挡在头里，连环儿也不得出头。如今老爷接了去，我倒干净。想要他孝敬我不能够了，只愿意他像迎丫头似的，我也称称愿。"一面想着，一面跑到探春那边，与他道喜说："姑娘你是要高飞的人了，到了姑爷那边，自然比家里还好，想来你也是愿意的。便是养了你一场，并没有借你的光儿，就是我有七分不好，也有三分的好。总不要一去了，把我搁在脑杓子后头。"探春听着毫无道理，只低头作活，一句也不言语。

赵姨娘见他不理，气忿忿的自己去了。

这里探春又气、又笑、又伤心，也不过自己掉泪而已。〔索隐〕探春远嫁，指额驸被诛后言之。其不满意于公主者，必有乘机嘲笑之语。此所以"又气又笑又伤心"也。坐了一回，闷闷的走到宝玉这边来。宝玉因问道："三妹妹，我听见林妹妹死的时候，你在那里来着。我还听见说林妹妹死的时候，远远的有音乐之声，或者是他有来历的也未可知。"探春笑道："那是你心里想着罢了。只是那夜却怪，不似人家鼓乐之音，你的话或者也是。"

宝玉听了，更以为实。又想前日自己神魂飘荡之时，曾见一人，说是黛玉生不同人，死不同鬼，必是那里的仙子临凡。忽又想起那年唱戏做的嫦娥，飘飘艳艳何等风致。过了一回，探春去了。因必要紫鹃过来，立刻回了贾母去叫他。

无奈紫鹃心里不愿意，虽经贾母、王夫人派了过来，也就没法。只是在宝玉跟前，不是嗳声就是叹气的。宝玉背地里拉着他，低声下气要问黛玉的话，紫鹃从没好话回答。宝钗倒背地里夸他有忠心，并不嗔怪他。那雪雁虽是宝玉娶亲这夜出过力的，宝钗见他心地不甚明白，便回了贾母、王夫人，将他配了一个小厮，各自过活去了。〔索隐〕写宝钗处，闲中着笔。王奶奶养着他，将来好送黛玉的灵柩回南。鹦哥等小丫头，仍服侍了老太太。

宝玉本想念黛玉，因此及彼，又想跟黛玉的人已经云散，更加纳闷。闷到无可如何，忽又想黛玉死得这样清楚，必是离凡返仙去了，反又欢喜。忽然听见袭人和宝钗那里讲究探春出嫁之事，宝玉听了，"阿呀"的一声，哭倒在炕上。吓得宝钗、袭人都来扶起，说："怎么了？"宝玉早哭的说不出话，定了一回子神，说道："这日子过不得了，我姊妹们都一个一个的散了。林妹妹是成了仙去了。大姐姐呢，已经死了，这也罢了，没天天在一块。二姐姐呢，碰着了一个混帐不堪的东西，〔索隐〕孙延龄当呼"冤枉"。延龄在外，实受制于其妻孔四贞。乃四贞挟贵而骄，转以一面之词肤溯宫闱，致延龄负悍暴之名，为清廷所不喜。三妹妹又要远嫁，终不得见的了。史妹妹又不知要到那里去。薛妹妹是有了人家的。这些姊姊妹妹难道一个都不留在家里？单留我做什么？"

第一百回　破好事香菱结深怨　悲远嫁宝玉感离情

袭人忙又拿话解劝，宝钗摆着手说："你不用劝他，让我来问他。"因问着宝玉道："据你的心里，要这些姊妹都在家里陪到你老了，都不要为终身的事么？若说别人，或者还有别的想头，你自己的姊姊妹妹，不用说没有远嫁的；就是有，老爷作主，你有什么法儿？打量天下独是你一个人喜姊姊妹妹呢！若是都像你，连我也不能陪你了。大凡人念书原为的是明理，怎么你益发糊涂了？这么说起来，我同袭姑娘各自一边儿去，让你把姊姊妹妹们都邀了来守着你。"〔索隐〕刁泼声口，跃然纸上。此作者深绝宝钗之处。

宝玉听了，两只手拉住宝钗、袭人道："我也知道，为什么散的这么早呢？等我化了灰的时候，再散也不迟。"袭人掩着他的嘴道："又胡说，才这两天身上好些，二奶奶才吃些饭，若是你又闹翻了，我也不管了。"宝玉慢慢的听他两个人说话都有道理，只是心上不知道怎么才好，只得强说道："我却明白，但只是心里闹得慌。"〔索隐〕将世祖一生行径，自画供招。宝钗也不理他，暗叫袭人快把定心丸给他吃了，慢慢的开导他。袭人便欲告诉探春说，临行不必来辞。宝钗道："这怕什么，等消停几日，待他心里明白，还要叫他们多说句话儿呢！况且三姑娘是极明白的人，不像那些假惺惺的人，少不得有一番箴谏，他以后便不是这样了。"

正说着，贾母那边打发鸳鸯过来说："知道宝玉旧病又发，叫袭人劝说安慰，叫他不要胡思乱想。"袭人等应了，鸳鸯坐了一会子去了。

那贾母又想起探春远行，虽不备妆奁，其一应动用之物，俱该预备，便把凤姐叫来，将老爷的主意告诉了一遍，即叫他料理去。凤姐答应，不知怎么办理，下回分解。

〔索隐〕此回亦《平西列传》之一。上半指其蓄意谋叛，为廷臣所揭破，致结深恨；下半则指称兵以后，其子应熊及孙世霖被诛。遗闻佚事，俱以隐约出之，若即若离，令会心人自得其意于言外。盖以言情之书隐寓政治，体格拘牵，鳞爪错现，自不能刻舟而求剑。有时露机锋于回目，有时发感慨于篇章，相体裁衣，了无定格。即不佞《索隐》之作，亦是以意逆志，存

《红楼梦》与顺治皇帝的爱情故事

其概略而已。

全回平分两段：自开首至"吓回去了"为一段。此下为一段。而以三姑娘事作本回起结，中间插叙金桂一事，是其命意扼要之所在。游龙夭矫，足使读者目迷五色。

〔大某评〕补写薛蟠家业消磨，周匝细密。

又：若非香菱无心走去，薛蝌既不可听从，金桂又不便声喊叫破，此时殊难摆脱，故借香菱惊散，既便薛蝌脱身，又为积怨地步。

又：开发雪雁，省费繁文，仍留紫鹃生出后文。

〔大某评〕此回仍是乙卯年已交秋时事。

第一百一回　大观园月夜感幽魂　散花寺神签占异兆

却说凤姐回至房中，见贾琏尚未回来，便分派那管办探春行李妆奁的事一干人。那天已有黄昏以后，因忽然想起探春来，要瞧瞧他去，便叫丰儿与两个丫头跟着。头里一个丫头，打着灯笼。走出门来，见月光已上，照耀如水，凤姐便命："打灯笼的回去罢！"因而走至茶房窗下，听见里面有人喊喊喳喳的，又是哭，又是笑，又似议论什么的。凤姐知道，不过是家下婆子们，又不知搬什么是非，心内大不受用，便命小红进去，装做无心的样子，细细打听着，用话套出原委来。〔索隐〕此回记豫王衰年获罪。王自睿王逝世后代掌朝政，宫内阉侍，亦受约束，此时巡视所及，自不能置之不问。小红答应着去了。

凤姐只带着丰儿来至园门前，门尚未关，只虚虚的掩着。于是主仆二人方推门进去。只见园中月色，比着外头更觉明朗，满地下重重树影，杳无人声，甚是凄凉寂静。刚欲往秋爽斋这条路来，只听"喊"的一声风过，吹的那树枝上落叶满园中"唰喇喇"的作响，枝梢上"吱喽喽"发哨，将那些寒鸦宿鸟，都惊飞起来。凤姐吃了酒，被风一吹，只觉身上发噤起来。那丰儿也把头一缩说："好冷！"凤姐也掌不住，便叫丰儿："快回去，把那件银鼠坎肩儿拿来，我在三姑娘那里等着。"丰儿巴不得一声，也要回去穿衣裳来，答应了一声，回头就跑了。

凤姐刚举步走了不远，只觉身后睒睒哧哧，似有闻嗅之声，不觉毛发森然竖了起来，由不得回头一看，只见黑油油一个东西在后面，伸着鼻子闻他呢。那两只眼睛，恰似灯光一般。凤姐吓的魂不附体，不觉失声的咳了一声，却是一只大狗。那狗回头抽身，拖着一个扫帚尾巴，一气跑上大土山上方站住了，回身犹向凤姐拱爪儿。

《红楼梦》与顺治皇帝的爱情故事

凤姐儿此时心跳神移,急急的向秋爽斋来。已将来至门口,方转过山子,只见迎面有一个人影儿一恍,凤姐心中疑惑,心里想着,必是那一房里的丫头,便问:"是谁?"问了两声,并没有人出来,已经吓得神魂飘荡。恍恍惚惚的,似乎背后有人说道:"婶娘连我也认不得了?"凤姐忙回头一看,只见这人形容俊俏,衣履风流,十分眼熟,只是想不起是那房那屋里的媳妇来。只听那人又说道:"婶娘只管享荣华受富贵的心盛,把我那年说的立万年永远之基,都付于东洋大海了。"凤姐听说,低头寻思,总想不起。那人冷笑道:"婶娘那时怎样疼我了,如今就忘在九霄云外了?"凤姐听了,此时方想起来,是贾蓉的先妻秦氏,便说道:"阿呀,你是死了的人啊,怎么跑到这里来了呢?"啐了一口,方转回身,脚下不防一块石头绊了一交,犹如梦醒一般,浑身汗如雨下。虽然毛发悚然,心中却也明白。〔索隐〕王晚年染有心疾,神志不宁。议者谓其平定江南之际,杀戮过重,致受阴谴。只见小红、丰儿影影绰绰的来了,凤姐恐怕落人的褒贬,〔索隐〕心中非不明白,只恐落人褒贬。豫王一生恃强负气,神情逼肖。连忙爬起来,说道:"你们做什么呢?去了这半天,快拿来我穿上罢!"一面丰儿走至跟前,服侍穿上。小红过来搀扶,凤姐道:"我才到那里,他们都睡了,咱们回去罢。"一面说,一面带了两个丫头,急急忙忙回到家中。贾琏已回来了,只是见他脸上神色更变,不似往常,待要问他,又知他素日性格,不敢突然相问,只得睡了。

至次日五更,贾琏就起来,要往总理内廷都检太监裘世安家来打听事务。因太早了,见桌上有昨日送来的抄报,便拿起来开看。第一件,是云南节度使王忠一本,新获了一起私带神枪火药出边事,共有十八名人犯,头一名鲍音,口称系太师镇国公贾化家人;第二件,苏州剌史李孝一本,参劾纵放家奴倚势凌辱军民,以致因奸不遂,杀死节妇一家人命三口事,凶犯姓时名福,自称系世袭三等职衔贾范家人。贾琏看见这两件,心中早又不自在起来。〔索隐〕王时威权犹盛,朝臣不敢直接攻击,乃撷拾琐事牵涉邸中者劾奏之。试检《华东录》一读,颇可与此印证。待要看第三件,又恐迟了,不能见裘世安的面,因此急急的穿了衣服,也等不得吃东西。恰好平儿端上茶来,吃了两口,便出来骑马去了。

第一百一回　大观园月夜感幽魂　散花寺神签占异兆

　　平儿在房内收拾换下的衣服。此时凤姐尚未起来，平儿因说道："今儿夜里，我听着奶奶没睡什么觉，我这会子替奶奶捶着，好生打个盹儿罢。"凤姐半日不言语，平儿料着这意思是了，便爬上炕来，坐在身边轻轻的捶着。

　　才捶了几拳，那凤姐刚有要睡之意，只听那边大姐儿哭了，凤姐又将眼睁开。平儿连向那边叫道："李妈，你到底是怎么样着？姐儿哭了，你到底拍着他些，你也忒好睡了。"那边李妈从梦中惊醒，听得平儿如此说，心中没好气，只得狠命拍了几下，口里自言自语的骂道："真真的小短命鬼儿，放着尸不挺，三更半夜号你娘的丧。"一面说，一面咬牙便向那孩子身上拧了一把，那孩子"哇"的一声，大哭起来了。

　　凤姐听见，说："了不得！你听听他该挫磨孩子了，你过去，把那黑心的养汉婆娘下死劲的打他几下子，把姐姐抱过来。"平儿笑道："奶奶别生气，他那里敢挫磨姐儿，只怕是不提防错碰了一下子也是有的。这会子打他几下子没要紧，明儿叫他们背地里嚼舌根，倒说三更半夜打人。"凤姐听了，半日不言语。〔索隐〕运衰势倒，人鬼交讦。两写半日不言语，传神阿堵。长叹一声！说道："你瞧瞧，这会子不是我七旺八旺的呢，明儿要是我死了，剩下这小孽障，还不知怎么样呢！"〔索隐〕伤心语，亦伏豫王身后被议事。平儿笑道："奶奶这怎么说，大五更的何苦来呢！"凤姐冷笑道："你那里知道，我是早已明白了。我也不久了，虽然活了二十二岁，人家没见的也见了，没吃的也吃了，也算全了。所有世上有的也都有了，气也算赌尽了，强也算争足了，就是寿字儿上头缺一点儿，也罢了。"

　　平儿听说，由不得滚下泪来。凤姐笑道："你这会子不用假慈悲，我死了你们只有欢喜的。你们一心一计，和和气气的，省得我是你们眼里的刺似的。〔索隐〕按：摄政一逝，郑亲王、端重郡王、敬谨亲王、巽亲王等，即合词奏参多尔衮、多铎罪状。足见其在生以前，即有眈眈伺于其旁者，结怨之深，当局非不自知也。只有一件，你们知好歹，只疼我那孩子就是了。"

　　平儿听说这话，越发哭的泪人似的。凤姐笑道："别扯你娘的臊了，那里就死了呢？哭的那么痛，我不死还叫你哭死了呢！"平儿听说，连忙

《红楼梦》与顺治皇帝的爱情故事

止住哭道:"奶奶说得这么伤心"一面说,一面又捶,半日不言语,凤姐又朦胧睡去。

平儿方下炕来要去,只听外面脚步响。谁知贾琏去迟了,那裘世安已经上朝去了,不遇而回,心中正没好气,进来就问平儿道:"那些人还没起来呢么?"平儿回说:"没有呢。"贾琏一路摔帘子进来,冷笑道:"好好!这会子还都不起来,安心打擂台打撒手儿。"一叠声又要吃茶,平儿忙倒了一碗茶来。原来那些丫头老婆见贾琏出了门,又复睡了,不打量这会子回来,原不曾预备。平儿便把温过的拿了来,贾琏生气,举起碗来"豁琅"一声,摔了个粉碎。

凤姐惊醒,吓了一身冷汗,"阿呀"一声,睁开眼,只见贾琏气狠狠的坐在旁边,平儿弯着腰拾碗片子呢。凤姐道:"你怎么就回来了?"问了一声,半日不答应,只得又问一声。贾琏喝道:"你不要我回来,叫我死在外头罢!"〔**索隐**〕睿王死于喀喇城,豫王死于避痘山庄,皆死在外间之证。凤姐笑道:"这又是何苦来呢!常时我见你不像今儿回来的快,问你一声,也没什么生气的。"贾琏又喝道:"又没遇见,怎么不快回来呢!"凤姐笑道:"没有遇见,少不得耐烦些,明儿再去早些儿,自然遇见了。"贾琏喝道:"我可不'吃着自己的饭,替人家赶獐子'呢。我这一大堆的事,没个动秤儿的。没来由为人家的事瞎闹了这些日子,当什么正经呢。那有事的人还在家里受用,死活不知,还听见说要锣鼓喧天的摆酒唱戏做生日呢。我可瞎跑他娘的腿子!"一面说,一面往地下啐了一口,又骂平儿。

凤姐听了,气得干咽,要和他分证,想了一想,又忍住了,勉强陪笑道:"何苦来生这么大气,大清早起,和我叫喊什么?谁叫你应了人家的事,你既应了,就得耐烦些,少不得替人家办办。也没见这个人,自己有为难的事,还有心肠唱戏摆酒的闹!"贾琏道:"你可说么,你明儿到底问问他!"凤姐诧异道:"问谁?"贾琏道:"问谁,问你哥哥!"〔**索隐**〕豫王为睿王所牵涉,背后不免出怨言,故有"问你哥哥"之说。凤姐道:"是他么?"贾琏道:"可不是他,还有谁呢!"

凤姐忙问道:"他又有什么事叫你替他跑?"贾琏道:"你还在坛子里呢!"凤姐道:"真真这就奇了,我连一个字儿也不知道。"贾琏道:

第一百一回 大观园月夜感幽魂 散花寺神签占异兆

"你怎么能知道呢?这个事连太太和姨太太都不知道呢。头一件怕太太和姨太太不放心,二则你身上又常闹不好,所以我在外头压住了,不叫里头知道的。说起来真真可人恼,你今儿不问我,我也不便告诉你。你打量你哥哥行事像个人呢,你知道外头人都叫他什么?"凤姐道:"叫他什么?"贾琏道:"叫他什么?叫他'忘仁'!"凤姐"扑嗤"的一笑:"他可不叫王仁,叫什么呢?"贾琏道:"你打量那个王仁么?是忘了仁义礼智信的那个'忘仁'!"〔索隐〕摄政当国专擅,结怨最深,宜得此种美号。凤姐道:"这是什么人,这么刻薄嘴儿糟蹋人!"贾琏道:"并不是糟蹋他。今儿索性告诉你,你也可知道知道你那哥哥的好处!你可知道,他给他二叔做生日么?"

凤姐想了一想道:"阿呀,可是啊!我还忘了问你,二叔不是冬天的生日么?我记得年年都是宝玉去。前者老爷升了,二叔那边送过戏来,我还偷偷儿的说:'二叔为人最是啬刻的,比不得大舅太爷。他们各自家里,还乌眼鸡似的。不么,昨儿大舅太爷没了,你瞧他是个兄弟,他还出了个头儿,揽了个事儿么。'所以那一天说:'赶他的生日,咱们还他一班戏,省了亲戚跟前落亏欠。'如今这么早就做生日,也不知是什么意思?"

贾琏道:"你还作梦呢,他一到京,接着大舅太爷的首尾就开了一个吊。他怕咱们知道拦他,所以没告诉咱们,弄了好几千银子。后来二舅嗔着他,说他不该一网打尽。他吃不住了,变了个法儿,就指着你们二叔的生日撒了个网,想着再弄几个钱,好打点二舅太爷不生气。也不管亲戚朋友,冬天夏天的,人家知道不知道,这么丢脸。〔索隐〕顺治八年,宣布多尔衮罪状中有云:又将皇上侍臣伊尔登、陈泰一族,及所属牛录人丁刚林、巴尔达齐二族,尽收入自己旗下;又构陷威逼,使肃亲王不得其死,遂纳其妃。且将官兵户口财产等项不行归公,俱以肥己。是睿王贪黩,不顾大体,早为人所指摘。你知道我起早为什么?这如今因海疆的事情,御史参了一本,说是大舅太爷的亏空,本员已故,应着落其弟王子胜、侄王仁赔补。爷儿两个急了,找了我给他们托人情。我见他们吓的那么个样儿,再者又关系太太和你,我才应了。想着找找总理内廷都检点老裘替他办,或者前任后任挪移挪移,偏又去晚了,他进

《红楼梦》与顺治皇帝的爱情故事

里头去了,我白起来跑了一趟。他们家里还在那里定戏摆酒,你说说叫人生气不生气?"

凤姐听了,才知王仁所行如此。但他素性要强护短,听贾琏如此说,便道:"凭他怎么样,到底是你的亲大舅儿。再者,这件事,死的大太爷、活的二叔,都感激你罢了。没什么说的,我们家的事,少不得我低三下四的求了你,省的带累别人受气,背地里骂我。"说着,眼泪早流下来,掀开被窝,一面坐起来,一面挽头发,一面披衣裳。

贾琏道:"你倒不用这么着,是你哥哥不是人,我并没说你呀!况且我出去了,你身上又不好,我都起来了,他们还睡觉,咱们老辈子有这个规矩么?你如今做好好先生不管事了,我说了一句,你就起来,明儿我要嫌这些人,难道你都替了他们么?好没意思啊!"

凤姐听了这些话,才把泪止住了,说道:"天也不早了,我也该起来了。你有什么说的,你替他们家在心的办办,那就是你的情分了。再者,也不光为我,就是太太也喜欢。"贾琏道:"是了,知道了,大萝卜还用屎浇'!"

平儿道:"奶奶这么早起来做什么?那一天奶奶不是起来有一定的时候儿的?爷也不知是那里的邪火,拿着我们出气,何苦来呢!奶奶也算替爷挣够了,那一点儿不是奶奶当头阵?不是我说,爷把现成儿的也不知吃了多少,这会子替奶奶办了一点子事,又关会着好几层儿呢,就是这么拿糖作醋的起来,也不怕人家寒心!〔索隐〕此必豫王部下为其主表功讼冤之语。平心而论,太宗薨逝,福临幼冲,若无睿、豫二王,未必能安享中原也。乃身死未几,因反对者之乘机倾陷,遽尔削爵夺封,不留余地。二王虽各有应得,而国家亲亲之义,报功之典,未免阙失,足令人心寒齿冷。况且这也不单是奶奶的事呀!我们起迟了,原该爷生气,左右到底是奴才呀!奶奶跟前,尽着身子累的成了个病包儿了,这是何苦来呢!"说着,自己的眼圈儿也红了。

那贾琏本是一肚子闷气,那里见得这一对娇妻美妾又尖利又柔情的话呢?便说道:"够了,算了罢!他一个人也够使的了,不用你帮着。左右我是外人,多早晚我死了,你们就清净了。"凤姐道:"你也别说那个话,谁知道谁怎么样呢,你不死我还死呢。早死一天早心净。"说着,又

第一百一回　大观园月夜感幽魂　散花寺神签占异兆

哭起来。平儿只得又劝了一回。那时天已大亮，日影横窗，贾琏也不便再说，站起来出去了。

这里凤姐自己起来，正在梳洗，忽见王夫人那边小丫头过来道："太太说了，叫问二奶奶，今日过大舅爷那边去不去？要去，说叫二奶奶同着宝二奶奶一路去呢。"凤姐因方才一段话，已经灰心丧气，恨娘家不给争气，又兼昨夜园中受了那一惊，也实在没精神，便说道："你先回太太去，我还有一两件事没办清，今日不能去。况且他们那又不是什么正经事，宝二奶奶要去，各自去罢。"小丫头答应着，回去回覆了。不在话下。

且说凤姐梳了头，换了衣服，想了想，虽然自己不去，也该带个信儿。再者，宝钗还是新媳妇，出门子自然要过去照应照应的。于是去见王夫人，支吾了一件事，便过来到宝玉房中。只见宝玉穿着衣服歪在炕上，两个眼睛呆呆的看宝钗梳头。凤姐站在门口，还是宝钗一回头看见了，连忙起身让坐。宝玉也爬起来，凤姐才笑嘻嘻的坐下。宝钗因说麝月道："你们瞧着二奶奶进来，也不言语声儿。"麝月笑着道："二奶奶头里进来就摆手儿，不叫言语么！"

凤姐因向宝玉道："你还不走，等什么呢？没见这么大人了，还是这么小孩子气的！〔索隐〕世祖沉湎于色，何尝有开国帝王态度！人家各自梳头，你爬在旁边看什么？成日家一块儿在屋里，还看不够，也不怕丫头们笑话！"说着，"嗤"的一笑，又觑着他咂嘴儿。宝玉虽也有些不好意思，还不理会。把个宝钗直臊的满脸通红，又不好听着，又不好说什么。只见袭人端过茶来，只得搭讪着自己递了一袋烟。凤姐儿笑着站起来接了，道："二妹妹，你别管我们的事，〔索隐〕奇谈。或别有寓意。你快穿衣服罢。"

宝玉一面也搭讪着找这个，弄那个。凤姐道："你先去罢，那里有个爷们等着奶奶们一块儿走的理呢！"宝玉道："我只是嫌我这衣裳不大好，不如前年穿着老太太给的那件雀金呢好。"凤姐因怄他道："你为什么不穿？"宝玉道："穿着太早了。"凤姐忽然想起，自悔失言。幸亏宝钗也和王家是内亲，只是那些丫头们跟前，已经不好意思了。袭人却接着说道："二奶奶还不知道呢，就是穿得，他也不穿了。"凤姐儿道：

《红楼梦》与顺治皇帝的爱情故事

"这是什么缘故?"袭人道:"告诉二奶奶,真真是我们这位爷的行事,都是天外飞来的。那一年,因二舅太爷的生日,老太太给了他这件衣裳,谁知那一天就烧了。我妈病重了,我没在家。那时候还有晴雯妹妹呢,听见说病着整给他补了一夜,第二天老太太才没瞧出来呢。去年,那一天上学天冷,我叫焙茗拿了去给他披披。谁知这位爷见了这件衣裳,想起晴雯来了,说总不穿了,叫我给他收一辈子呢。"凤姐不等说完便道:"你提晴雯,可惜了儿的。那孩子模样儿、手儿都好,就只是嘴儿利害些。偏偏儿的太太不知听了那里的谣言,活活儿的把个小命儿要了。还有一件事,那一天我瞧见厨房里柳家的女人,他女孩子叫什么五儿,那丫头长的和晴雯脱了个影儿似的。我心里要叫他进来,后来我问他妈,他妈说是很愿意。我想着宝二爷屋里的小红跟了我去,我还没还他呢,就把五儿补过来。平儿说太太那一天说了,凡像那个样儿的,都不叫派到宝二爷屋里呢,我所以也就搁下了。这如今宝二爷也成了家了,还怕什么呢?不如我就叫他进来,可不知宝二爷愿意不愿意?要想着晴雯,只瞧见这五儿就是了。"〔索隐〕一面回照晴雯,一面递入五儿,一面点明做寿时候,灵光四射,巧不可阶。

宝玉本要走,听见这些话已呆了。袭人道:"为什么不愿意,早就要弄了来的。只是因为太太的话说的结实罢了。"凤姐道:"那么着,我明日就叫他进来。太太的跟前有我呢。"宝玉听了,喜不自胜,才走到贾母那边去了。这里宝钗穿衣服,凤姐儿看他两口儿这般恩爱缠绵,想起贾琏方才那种光景,好不伤心,坐不住,便起身向宝钗笑道:"我和你到太太屋里去罢。"笑着出了房门,一同来见贾母。

宝玉正在那里回贾母,往舅舅家去。贾母点头说道:"去罢,只是少吃酒,早些回来。你身子才好些。"宝玉答应着出来,刚走到院内,又转身回来向宝钗耳边说了几句,不知什么,宝钗笑道:"是了,你快去罢。"将宝玉催着去了。

这贾母和凤姐、宝钗说了没三句话,只见秋纹进来传说:"二爷打发焙茗转来,说请二奶奶。"宝钗说道:"他又忘了什么?又叫他回来!"秋纹道:"我叫小丫头问了焙茗,说是二爷忘了一句话,二爷叫我回来告诉二奶奶:'若是去呢,快些来罢。若不去呢,别在风地里站着。'"说

第一百一回　大观园月夜感幽魂　散花寺神签占异兆

的贾母、凤姐并地下站着的众老婆子、丫头都笑了。

宝钗飞红了脸,把秋纹啐了一口,说道:"好个糊涂东西!这也值得这样慌慌张张跑了来说?"秋纹也笑着回去,叫小丫头去骂焙茗。那焙茗一面跑着,一面回头说道:"二爷把我巴巴的叫下马来,叫回来说的。我若不说,回来对出来又骂我了。这会子说了,他们又骂我。"那丫头笑着跑回来说了。贾母向宝钗道:"你去罢,省得他这么记挂。"说的宝钗站不住,〔索隐〕新婚中,应得有此点缀文字。又被凤姐怄他玩笑,正没好意思,才走了。

只见散花寺的姑子大了来了,给贾母请安。〔索隐〕寺名散花,寓落花满地之意。姑子名大了,寓"四大皆空"之意。一笔不苟,文心静细。见过了凤姐,坐着吃茶。贾母因问他:"这一向怎么不来?"大了道:"因这几日庙中作好事,有几位诰命夫人,不时在庙里起坐,所以不得空儿来。今日特来回老祖宗,明日还有一家作好事,不知老祖宗高兴不高兴?若高兴,也去随喜随喜。"贾母便问:"做什么好事?"大了道:"前月为王夫人府里不干净,〔索隐〕王夫人府里,简言之即王府里也。见神见鬼的。偏生那太太夜间又看见去世的老爷,因此昨日在我庙里告诉我,要在散花菩萨跟前许愿烧香,做四十九天的水陆道场,保佑家口安宁,亡者升天,生者获福。所以我不得空儿来请老太太的安。"

却说凤姐素日最厌恶这些事的,自从昨夜见鬼,心中总只是疑疑惑惑的。如今听了大了这些话,不觉把素日的心性改了一半,已有三分信意,便问大了道:"这散花菩萨是谁?他怎么就能避邪除鬼呢?"大了见问,便知他有些信意,便说道:"奶奶今日问我,让我告诉奶奶知道:这个散花菩萨来历根基不浅,道行非常。生在西天大树国中,父母打柴为生,养下菩萨来,头生三角,眼横四目,身长三尺,两手拖地。父母说这是妖精,便弃在冰山之后了。谁知这山上有一个得道老猢狲,出来打食,看见菩萨头顶上白气冲天,虎狼远避,知道来历非常,便抱回洞中抚养。谁知菩萨带了来的聪慧,禅也会谈,与猢狲天天谈道参禅,说的天花散漫缤纷。至一千年后飞升了,至今山上犹见谈经之处,天花散漫。所求必灵,时常显圣,救人苦厄。因此世人才盖了庙,塑了像供奉。"

凤姐道:"这有什么凭据呢?"〔索隐〕上文说得凿凿可据,一掉转

《红楼梦》与顺治皇帝的爱情故事

来便如此说。菩萨固是散花天女,大了亦可称灿花妙舌。

大了道:"奶奶又来搬驳了。一个佛爷,可有什么凭据呢?就是撒谎,也不过哄一两个人罢了,难道古往今来多少明白人多被他哄了不成?奶奶只想,惟有佛家香火,历来不绝,他到底是祝国佑民,有些灵验,人才信服。"

凤姐听了,大有道理,因说:"既这么,我明日去试试。你庙里可有签?我去求一签。我心里的事,签上知道么?批的出来,我从此就信了。"大了道:"我们的签,最是灵的,明日奶奶去求一签就知道了。"贾母道:"既这么着,索性等到后日初一,你再去求。"说着,大家吃了茶,到王夫人各房里去请了安,回去不提。

这里凤姐勉强硬挣着,到了初一清早,令人预备了车马,带着平儿并许多奴仆来至散花寺。大了带了众姑子接了进去,献茶后,便洗手至大殿上焚香。那凤姐儿也无心瞻仰圣像,一秉虔诚,叩了头,举起签筒默默的将他见鬼之事并身体不安等故,祝告了一回。才摇了三下,只听"唰"的一声,筒中撺出一枝签来。于是叩头拾起一看,只见上写:"第三十三签,上上大吉"。大了忙查签簿看时,只见上面写着:"王熙凤衣锦还乡"。〔索隐〕"衣锦还乡"四字,点明豫王之死,为本回作盘。凤姐一见这几个字,吃一大惊,惊问大了道:"古人也有叫王熙凤的么?"大了笑道:"奶奶最是通今博古的,难道汉朝的王熙凤求官的这一段事也不晓得?"周瑞家的在旁笑道:"前年李先儿还说这一回书的,我们还告诉他,看着奶奶的名字不要叫呢。"凤姐笑道:"可是呢,我倒忘了。"说着,又瞧底下的,写的是:

去国离乡二十年,于今衣锦返家园。

蜂采百花成蜜后,为谁辛苦为谁甜?

〔索隐〕讥刺豫王,其义自显。

行人至,音信迟。讼宜和,婚再议。

看完也不甚明白。大了道:"奶奶大喜!这一签巧得很。奶奶自幼在这里长大,何曾回南京去了?如今老爷放了外任,或者接家眷来顺便还家,奶奶可不是衣锦还乡了!"〔索隐〕的是姑子们解签口吻。一面说,一面抄了个签经,交与丫头。凤姐也半信半疑的。大了摆了斋来,凤姐只动

第一百一回　大观园月夜感幽魂　散花寺神签占异兆

了一刁,放下了要走,又给了看银。大了苦留不住,只得让他走了。

凤姐回至家中,见了贾母、王夫人等,问起签来,命人一解,都喜欢非常:"或者老爷果有此心,咱们去一趟也好。"凤姐儿见人人这么说,也就信了。不在话下。

却说宝玉这一日正睡午觉,醒来不见宝钗,正要问时,只见宝钗进来,宝玉问道:"那里去了,半日不见?"宝钗笑道:"我给凤姐姐瞧一回签。"宝玉听说,便问:"是怎么样的?"宝钗把签帖念了一回,又道:"家中人人都说好的,据我看这'衣锦还乡'四字里头还有缘故,后来再瞧罢了。"宝玉道:"你又多疑了,妄解圣意。'衣锦还乡'四字,从古至今都知道是好的,今儿你又偏生看出缘故来了!依你说,这'衣锦还乡'还有什么别的解说?"宝钗正要解说,只见王夫人那边打发丫头过来请二奶奶,宝钗立刻过去。未知何事,下回分解。

〔**索隐**〕此回为豫王小传之一。当其盛时,统兵南下,气吞吴越。生杀予夺,惟子所命。子女玉帛,恣我所求。固极一时之豪矣。洎乎晚年,势衰运蹇,人鬼交欺。亲党摧残于外,骨肉诟谇于内。托孤寄子,视息世间,抑何惨也!至于兔死狗烹,鸟尽弓藏,自古功臣下梢,一例尔尔。作者有慨于中,不惜尽情罄写,以留龟鉴。痛之欤?抑快之欤?全回只记一事,故首尾一气衔接,而约略可分为五步:第一步遇鬼,第二步受气,第三步骂王,第四步戏钗,第五步得兆,层层衔接,至末尾"衣锦还乡"四字,点明作意,为巨川归海,万壑朝宗。

篇中写景之工,如未遇鬼以前先遇狗,未受贾琏气以前先受奶妈子气。平儿应对之俏皮,宝玉留连之呆气,琐琐屑屑,情景逼真。惟《水浒传》具此本领,然彼并无度面可以放笔抒写,此则手挥五弦,目送飞鸿,于惨淡经营之中,仍能得心应手,极游行自在之乐。决其为《红楼梦》原作,即雪芹补本,亦不能如此玲珑剔透,细腻熨贴也。

〔**护花评**〕凤姐特来望探春,乃因见鬼惊怕,托辞他们已经都睡,急忙回家,神情酷肖。若仍至秋爽轩面见探春,不但铺叙闲谈，徒费笔墨，且神气安闲，写不出失神落胆形状。

又：云南节度、苏州刺史参本，与贾府有碍，不但衬起抄没后事，且见贾府家人在外无恶不作。

又：提起晴雯补裘，不但回顾前文，且使顺补五儿。

又：写宝玉爱怜宝钗，纯乎一团孩子气。

[**大某评**] 王子腾当称二舅，子胜当称三舅，以上有凤姐之父为大舅也。此等处失检点。

又：此回仍是乙卯年秋冬间事。

第一百二回　宁国府骨肉病灾祲　大观园符水驱妖孽

话说王夫人打发人来唤宝钗，宝钗连忙过来请了安。王夫人道："你三妹妹如今要出嫁了，只得你们作嫂子的大家开导开导他，也是你们姊妹之情。况且他也是个明白孩子，我看你们两个也很合得来。只是我听见说，宝玉听见他三妹妹要出门，哭的不得了，你也该劝劝他。如今我身子是十病九痛的，你二嫂子也是三日好两日不好的，你还心地明白些，诸事也别说，只管吞着，不肯得罪人。将来这一番家事，都是你的担子。"〔索隐〕继后正位后，孝庄一方面宜有此一番嘱咐。宝钗答应着。

王夫人又说道："还有一件事，你二嫂子昨儿带了柳家媳妇的丫头，说补在你们屋里。"宝钗道："今日平儿才带过来，说是太太和二奶奶的主意。"王夫人道："是呀，你二嫂子和我说，我想也没要紧，不便驳他的回。只是一件，我见他孩子眉眼儿上头也不是个很安顿的。起先，为宝玉房里的丫头狐狸似的，我撵了几个。那时候你也知道，不然，你怎么搬回家去了呢。如今有你，自然不比先前了。我告诉你，不过留点神儿就是了。你们屋里，就是袭人那孩子还可以使得。"〔索隐〕平日任意放纵，至此时忽欲防闲管束，适以显其糊涂。加上袭人一番夸许，与事实全然背谬，尤乏知人之明。宝钗答应了，又说了几句话，便过来了。饭后到了探春那边，自有一番殷勤劝慰之言。不必细说。

次日，探春将要起身，又来辞宝玉。宝玉自然难割难分。探春便将纲常大体的话，说的宝玉始而低头不语，后来转悲作喜，似有醒悟之意。〔索隐〕滇乱消息到京，廷议请诛应熊眷属，以绝内患。圣祖以骨肉之爱，犹豫不忍。大学士明珠剀切陈说，宪典所关，不得以亲废法。乃于某年某月，将应熊及其子世𬣙处绞，余均免议。"纲常大体""似有醒

· 1197 ·

《红楼梦》与顺治皇帝的爱情故事

悟"之说,暗指此事。若真系探春远嫁,则其所谓"纲常大体"者,颇觉难于措词,急欲一聆其说,似此笼统滑过,令我疑江郎才尽。于是探春放心,辞别众人,竟上轿登程,水舟陆车而去。

先前,众姊妹们都住在大观园中,后来贾妃薨后,也不修葺。到了宝玉娶亲,林黛玉一死,史湘云回去,宝琴在家住着,园中人少。况兼天气寒冷,李纨姊妹、探春、惜春等俱,搬回旧所。到了花朝月夕,依旧相约玩耍。如今探春一去,宝玉病后不出房门,益发没有高兴的人了,所以园中寂寞,只有几家看园的人住着。

那日,尤氏过来送探春起身,因天晚省得套车,便从前年在园里开通宁府的那个便门里走过去。觉得凄凉满目,台榭依然,女墙一带,都如种作园地一般,心中怅然如有所失。〔索隐〕人事不常,沧桑陵谷,一转瞬间,而感慨系之矣。因到家中,便有些身上发热,支持一两天,竟躺倒了。日间的发烧犹可,夜里身热异常,便谵语绵绵。贾珍连忙请了大夫看视,说感冒起的。如今传经,入了足阳明胃经,所以谵语不清,如有所见。有了大秽,即可身安。尤氏服了两剂,并不稍减,更加发起狂来。

贾珍着急,便叫贾蓉来打听外头有好医生再请几位来瞧瞧。贾蓉回道:"前日这位太医是最兴时的了,只怕我母亲的病不是药治得好的。"贾珍道:"胡说!不吃药,难道由他去么?"贾蓉道:"不是说不治,为的是前日母亲从西府去回来,是穿着园子里走来家的。一到了家,就身上发热,别是撞着邪了罢?外头有个毛半仙,是南方人,卦起的很灵,不如请他来占个卦。占的有影儿呢,就依着他。要是不中用,再请别的好大夫来。"

贾珍听了,即刻叫人请来。坐在书房内吃了茶,便说:"府上叫我,不知占什么事?"贾蓉道:"家母有病,请教一卦"毛半仙道:"既如此,取净水洗手,设下香案。让我起出一课来看就是了。"

一时下人安排定了,他便怀里掏出卦筒来,走到上头,恭恭敬敬的作了一个揖,手内摇卦筒,口里念道:"伏以太极两仪,絪缊交感,图书出而变化不穷,神圣作而诚求必应。兹有信官贾某,为因母病,虔请伏羲、文王、周公、孔子四大圣人,鉴临在上,诚感则灵,有凶报凶,有

第一百二回　宁国府骨肉病灾襟　大观园符水驱妖孽

吉报吉。先请内象三爻。"说着，将筒内的钱倒在盘内，说："有灵的，头一爻就是交。"拿起来又摇一摇，倒出来说："是单。"第三爻又是交，检起钱来，嘴里说是："内爻已示，更请外象三爻完成一卦。"起出来是单、拆、单。

那毛半仙收了卦筒和铜钱，便坐下说道："请坐请坐，让我来细细的看看。这个卦乃是未济之卦。世爻是第三爻，午火兄弟劫财，〔**索隐**〕睿王曾陷肃王，废为庶人。豫王亦因范文程之诉，被鞫得实，罚银千两，夺去十五牛录。手足之间，存心倾轧，故有兄弟劫财之喻。悔气是一定该有的。如今尊驾为母问病，用神是初爻，真是父母爻动出官鬼来。五爻上又有一层官鬼，我看令堂太夫人的病是不轻的。还好还好，如今子亥之水休囚，寅木动而生火，世爻上动出一个子孙来，倒是克鬼的。〔**索隐**〕此子孙当指世祖。况且日月生身，再隔两日子水官鬼落空，交到戌日就好了。但是父母爻上变鬼，恐怕令尊大人也有些关碍，这是本身世鬼，比劫过重，到了水旺土衰的日子，也不好。"说完了，便撅着胡子坐着。

贾蓉起先听他捣鬼，心里忍不住要笑。听他讲的卦理明白，又说生怕父亲也不好，便说道："卦是极高明的，但不知我母亲到底是什么病？"毛半仙道："据这卦上世爻午火变水相克，必是寒火凝结。若要断得清楚，揲蓍也不大明白，除非用大六壬才断得准。"贾蓉道："先生都高明的么？"毛半仙道："知道些。"贾蓉就要请教，报了一个时辰。毛先生便画了盘子，将神将排定。"算去是戌上白虎，这课叫做'魄化课'。大凡白虎，乃是凶将，乘旺象气，受制便不能为害。如今乘着死神死煞及时令凶气，则为饿虎，定是伤人。就如魄神受惊消散，故名魄化。这课象说是人身丧魄，忧患相仍，病多丧死，讼有忧惊。按象有日暮虎临，必定是傍晚得病的。象内说凡占此课，定是旧宅有伏虎作怪，或有形响。如今尊驾为大人而占，正合着虎在阳忧男，在阴忧女。此课十分凶险呢'"。

贾蓉没有听完，吓得面上失色道："先生说得很是，但与那卦又不大相合。到底有妨碍么？"毛半仙道："你不用慌，待我慢慢的再看。"低着头又咕噜了一会子，便说："好了，有救星了。算出以上有贵神救解，

《红楼梦》与顺治皇帝的爱情故事

谓之'魄化神归'。先忧后喜,是不妨事的,只要小心些就是了。"〔**索隐**〕先如何危险,后则幸有解救,江湖口吻,不差累黍。

贾蓉奉上卦金,送了出门。回禀贾珍,说是母亲的病是在旧宅傍晚得的,为撞着什么伏尸白虎。贾珍道:"你说你母亲前日从园里去回来的,可不是那里撞着的?你还记得你二婶娘到园里去,回来就病了。他虽没有见什么,后来那些丫头、老婆们,都说是山子上一个毛烘烘的东西,眼睛有灯笼大,还会说话,把他二奶奶赶了回来,吓出一场病来。"贾蓉道:"怎么不记得?我还听见宝叔家的茗烟说:'晴雯是做了园里芙蓉花的神了。林姑娘死了,半空里有音乐,必定他也是管什么花儿了。'想这许多妖怪在园里,〔**索隐**〕又云成神,又云许多妖怪,言语不伦。宗室中愚蠢无识,类皆蓉儿一流人物。还了得。头里人多阳气重,常来常往不打紧。如今冷落的时候,母亲打那里走,还不知踹了什么花儿呢。不然,就是撞着那一个。〔**索隐**〕踹着什么花儿是遇神也,撞着那一个是遇妖怪也。神何不幸,竟与妖怪等量齐观,吾为晴雯、林姑娘叫屈。那卦也还是准的。"〔**索隐**〕不曰卦极准,而曰"也还是准的",游移得可笑。贾珍道:"到底说有妨碍没有呢?"贾蓉道:"据他说到戌日就好了,〔**索隐**〕戌者,狗也。以见前之见鬼,皆为狗所欺蒙。只愿早两天好,或过两天才好。"贾珍道:"这又是什么意思?"贾蓉道:"那先生若是这样准,恐怕老爷也有些不自在。"

正说着,里头喊说奶奶要坐起,到那边园里去,丫头们都按捺不住。贾珍等进去安慰定了,只闻尤氏嘴里乱说:"穿红的来叫我,穿绿的来赶我。"地下这些人又怕又好笑。贾珍便命人买些纸钱送到园里烧化。果然那夜出了汗,便安静些。到了戌日,也就渐渐的好起来。

由是一人传十,十人传百,都说大观园中有了妖怪。吓得那些看园的人,也不修花补树,灌溉蔬果,起先晚上不敢行走,以致鸟兽逼人,甚至日里也是约伴持械而行。过了些时,果然贾珍也病,竟不请医调治,轻则到园化纸许愿,重则禳星拜斗。贾珍方好,贾蓉等相继而病。如此接连数月,闹得两府俱怕,从此风声鹤唳,草木皆妖,园中出息,一概全蠲。各房月例,重新添起,反弄得荣府中更加拮据。〔**索隐**〕由宁府纷扰,而损荣府,表明豫王实为睿王所累。

第一百二回　宁国府骨肉病灾祲　大观园符水驱妖孽

那些看园的没有了想头，个个要离此处。每每造言生事，便将花妖树怪编派起来，各要搬出，将园门封固，再无人敢到园中。以致崇楼高阁、琼馆瑶台，皆为禽兽所栖。〔索隐〕此与龚自珍《正大光明殿赋》，以长林丰草禽兽居之为韵，同一义例。

却说晴雯的表兄吴贵，〔索隐〕吴贵者，"无鬼"二字之谐声。正住在园门口，他媳妇自从晴雯死后。听见说做了花神，每日晚间便不敢出门。这一日，吴贵出门买东西，回来晚了，那媳妇儿本有些感冒着了，日间吃错了药，晚上吴贵到家，已死在炕上。外面的人因那媳妇儿不妥当，便都说妖怪爬过墙，吸了精去死的。于是老太太着急的了不得，再另派了好些人，将宝玉的住房围住，巡逻打更。这些小丫头们还说，有的看见红脸的，有的看见很俊的女人的，吵嚷不休。吓得宝玉天天害怕，亏得宝钗有把持的，听得丫头们混说，便吓着他要打，所以那些谣言略好些。无奈各房的人都是疑神疑鬼的不安静，也添了人坐更，于是更加了好些食用。

独有贾赦不大很信，说："好好园子，那里有什么鬼怪！"挑了个风清日暖的日子，带了几个家人，手内持着器械，到园中踹看动静，众人劝他不依，到了园中，果然阴气逼人，贾赦还强着前走，跟的人都探头缩脑。内中有个年轻的家人，心内已经害怕，只听"呼"的一声，回过头来，只见五色灿烂的一件东西跳过去了，吓得"阿呀"一声，腿子发软，便躺倒了。贾赦回身查问，那小子喘吁吁的回道："亲眼看见一个横脸红须绿衣青裳一个妖精，走到树林子后头山窟窿里去了。"

贾赦听了，便也有些胆怯，问道："你们都看见么？"有几个推顺水船儿的回说："怎么没瞧见？因老爷在头里，不敢惊动罢了。奴才们还撑得住。"说得贾赦害怕，也不敢再走，急急的回来，吩咐小子们："不要提及，只说看遍了，没有什么东西。"心里实也相信，〔索隐〕贾赦为荣、宁二府之长，写此一段，以见罪有所归。要到真人府里请法官驱邪。

岂知那些家人，无事还要生事，今见贾赦怕了，不但不瞒着，反添些穿凿，说得人人吐舌。贾赦没法，只得请道士到园作法事，驱邪逐妖。择吉日先在省亲正殿上铺排起坛场，上供三清圣像，旁设二十八宿并马、赵、温、周四大将，下排三十六天将图像。香花灯烛设满一堂，铙鼓法

《红楼梦》与顺治皇帝的爱情故事

器排列两边,插着五方旗号,道纪司派定四十九位道众的执事净了一天的坛。三位法官行香取水毕,然后擂起法鼓。法师们俱戴上七星冠,披上九宫八卦的仙衣,踏着登云履,手执牙笏,便拜表请圣。又念了一天的消灾邪的接福福同元经,以后便出榜召将,榜上大书:"太乙、混元、上清三境灵宝符箓演教大法师,行文敕令本境诸神到坛听用"。

那日,两府上下爷们,仗着法师擒妖,都到园中观看,都说:"好大法令,呼神遣将的闹起来,不管有多少妖怪也吓跑了。"〔索隐〕妖怪既吓跑了,后来又捉什么呢?大家都挤到坛前,只见小道士们将旗幡举起,按定五方站住,伺候法师号令。三位法师,一位手提宝剑拿着法水,一位捧着七星皂旗,一位举着桃木打妖鞭,立在坛前。只听法器一停,上头令牌三下,口中念念有词,那五方旗便团团散布。法师下坛,叫本家领着到各处楼阁殿亭,房廊屋舍,山崖水畔,洒了法水,将宝剑指画了一回,连击令牌,将七星旗祭起。众道士将旗幡一聚,接下打妖鞭,望空打了三下。本家众人,都道拿住妖怪,争着要看,及到跟前,并不见有什么影响。只见法师听众道士拿取瓶罐,将妖收入,加上封条,法师朱笔书符收禁,令人带回本观塔下镇住。一面撤坛谢将。

贾赦恭敬叩谢了法师,贾蓉等小弟兄背地都笑个不住,说:"这样的大排场,我打量拿着妖怪给我们瞧瞧,到底是些什么东西。那里知道是这样收罗,究竟妖怪拿去了没有?"贾珍听见,骂道:"糊涂东西,妖怪原是聚则成形,散则成气。如今多少神将在这时,还敢现形么?无非把这妖气收了,便不作祟,就是法力了。"〔索隐〕毕究珍哥有见识,不糊涂。众人将信将疑,且等不见响动再说。

那些小人只知妖怪被擒,疑心去了,便不大惊小怪,往后果然没人提起了。贾珍等病愈复原,都道法师神力。独有一个小子笑说道:"头里那些响动我也不知道,就是跟着大老爷进园这一日,明明是个大公野鸡飞过去了。拴儿吓昏了眼,说得活像,我们都替他圆了个谎。大老爷就认真起来,倒瞧了个很热闹的坛场"众人虽然听见,那里肯信,究无人住。

一日,贾赦无事,正想要叫几个家人搬住在园中看守旧屋,惟恐夜晚藏匿奸人。方欲传出话去,只见贾琏进来,请了安,回说:"今日到他

第一百二回　宁国府骨肉病灾襟　大观园符水驱妖孽

大舅家去,听见一个谎信,说是二叔被节度使参进来,为的是失察属员,重征粮米,请旨革职的事。"贾赦听了,吃惊道:"只怕是谣言罢,前日你二叔带书子来,说探春于某日子到了任所,择了某日吉时,送了你妹子到了海疆。路上风平浪静,合家不必挂念。还说节度认亲,倒设席贺喜,那里有做了亲戚,倒题参起来的?且不必言语,快些到吏部打听明白,就来回我。"

贾琏即刻出去,不到半日,回来说:"才到吏部打听,果然二叔被参。题本上去,亏得皇上的恩典,没有交部,便下旨意说,这失察属员重征粮米,苛虐百姓,本应革职;姑念初膺外任,不谙吏治,被属员蒙蔽,着降三级,加恩仍以工部员外上行走。并令即日回京。〔**索隐**〕豫王在江南,曾以纵兵淫掠,民怨沸腾,为廷臣所揭参,奉召还京。这信是准的。正在吏部说话的时候,来了一个江西引见知县,说起我们二叔,是感激的。俱说是个好上司,只是用人不当。那些家人在外招摇撞骗,欺陵属员,已经把好名声都弄坏了。"〔**索隐**〕王以满人初入中原,不谙情势。爪牙奔走,假王旗帜,擅作威福。以致府怨于民,为南人所切齿。其实扬州十日,嘉定三屠,种种暗无天日之举动,在王本心,决不至是。此段系持平之论,初非为王开脱罪状也。

节度大人早已知道,也说我们二叔是个好人,不知怎么样这回又参了。想是忒闹得不好,恐将来闹出大祸,所以借了一件失察的事情参的。倒是避重就轻的意思,也未可知。"

贾赦未听说完,便叫贾琏:"先去告诉你婶子知道,且不必告诉老太太就是了。"贾琏去回王夫人,未知有何话说,下回分解。

〔**索隐**〕此回记睿、豫二王晚年骨肉参商之事。箕豆相煎,家之妖孽,无端纷扰,不值局外人一哂。观于回目二语,极可体味,标明宁国府者,祸由摄政构成也。摄政负责临朝,固属忠于幼主,然淫通寡嫂,下嫁大礼,贻羞一代典章。削夺诸王,取以自肥。专权骄侈,内外侧目。是以一旦奄逝,躯骨未寒,而议罪之诏已随其后。豫王获谴,虽别有原因,祸根亦由此潜伏。篇中骨肉灾襟,事发于宁府。驱妖作怪,祸延于荣府。则

《红楼梦》与顺治皇帝的爱情故事

豫王实受睿王之累,顾豫王亦自有致罪之处,未可专责睿王。此末段急接入贾政被参,为用意之所在。折中立论,轻重分明,无愧史笔。

全回因题布置,无段落可分,其于方士起卦、法师捉妖情形,详细摹写,不嫌琐碎。亦为书中别裁。

〔护花评〕拨补五儿,只王夫人口中带说。探春临行与众人作别,不复细叙。简省无数闲笔。

又:写众人胡说谣言,及吴贵妻病死是妖怪吸精。贾赦巡查,拴儿吓倒,众人附会情状,凡造言生事者,逼真如此。是以听言当以理察,遮不为讹言摇惑。

〔大某评〕贾赦不信鬼怪,而到园先持器械,气已中馁。比闻浮光掠影,害怕缩走,旋请道士建醮,则不信者较信者为更信。

第一百三回　施毒计金桂自焚身
　　　　　　　昧真禅雨村空遇旧

　　话说贾琏到了王夫人那边，一一的说了。次日，到了部里打点停当，回来又到王夫人那边，将打点吏部之事告知。王夫人便道："打听准了么？果然这样，老爷也愿意，合家也放心。那外任是何尝做得的！若不是那样的参回来，只怕叫那些混帐东西，把老爷的性命都坑了呢！"贾琏道："太太那里知道？"王夫人道："自从你二叔放了外任，并没有一个钱拿回来，把家里的倒掏摸了好些去了。你瞧那些跟老爷去的人，他男人在外头，不多几时，那些小老婆子们并金头银面的妆扮起来了。可不是在外头瞒着老爷弄钱？〔索隐〕近人句云：'妻妾欢娱童仆饱，始知官职为他人。'不料政老连此诗亦只做得一半。你叔叔便由着他们闹去，若弄出事来，不但自己的官做不成，只怕连祖上的官也要抹掉了呢！"贾琏道："婶子说得很是。方才我听见参了，吓的了不得，直等打听明白才放心。也愿意老爷做个京官，安安逸逸的做几年，才保得住一辈子的声名。就是老太太知道了，倒也是放心的，只要太太说得宽缓些。"王夫人道："我知道，你到底再去打听打听。"

　　贾琏答应了，才要出来，只见薛姨妈家老婆子慌慌张张的走来，到王夫人里间屋内，也没说请安，便道："我们太太叫我来告诉这里的姨太太，说我们家了不得了，又闹出事来了。"王夫人听了，便问："闹出什么事来？"那婆子又说："了不得，了不得！"王夫人说道："糊涂东西！有要紧事你到底说啊！"婆子便说道："我们家二爷不在家，一个男人也没有，这件事情出来怎么办？要求太太打发几位爷们去料理料理。"

　　王夫人听着不懂，便着急道："究竟要爷们去干什么事？"婆子道："我们大奶奶死了！"王夫人听见便啐道："这种女人死了罢咧，也值得

《红楼梦》与顺治皇帝的爱情故事

大惊小怪的!"婆子道:"不是好好儿死的,是混闹死的。快求太太打发人去办办!"说着就要走。〔索隐〕三桂之叛也,奉使笔帖式王新命乘间得脱,疾驰五昼夜至京师,赴兵部告变。至则以手抱柱,目上视,气厥不能言。堂吏见状,知有异,以汤灌之,半日始苏,乃大言曰:"吴三桂反,抚臣被杀,使臣见执矣。"与此段报信情形,颇可印证。

王夫人又好气,又好笑,说:"这婆子好混帐。琏哥儿,倒不如你过去瞧瞧,别理他糊涂东西。"那婆子没听见打发人去,只听见说别理他,他便赌气跑回去了。

这里薛妈妈正在着急,再等不来,好容易见那婆子来了,便问:"姨太太打发谁来?"婆子叹说道:"人最不要有急难事,什么好亲好眷,看来也不中用。姨太太不但不肯照应我们,倒骂我糊涂。"薛姨妈听了,又气又恼道:"姨太太不管,你姑奶奶怎么说呢?"婆子道:"姨太太既不管,我们家的姑奶奶自然更不管了,没有去告诉。"薛姨妈啐道:"姨太太是外人,姑娘是我养的,怎么不管!"婆子一时省悟,道:"是啊,这么着,我还去。"〔索隐〕蹴起波澜,令文气生动,亦是急脉缓受之法。

正说着,只见贾琏来了,给薛姨妈请了安,道了恼,回说:"我婶子知道弟妇死了,问老婆子,再说不明,着急得很,打发我来问个明白,还叫我在这里料理。该怎么样,姨太太只管说了办去。"薛姨妈本来气得干哭,听见贾琏的话,便笑着说:"倒要二爷费心。我说姨太太是待我最好的,都是这老货说不清,几乎误了事。请二爷坐下,等我慢慢的告诉你。"〔索隐〕与上文急说作一对照。便说:"不为别的事,为的是媳妇不是好死的。"贾琏道:"想是为兄弟犯事,怨命死的。"薛姨妈道:"若这样倒好了。前几个月,头里他天天蓬头赤脚的疯闹。后来听见你兄弟问了死罪,他虽然哭了一场,以后倒擦脂抹粉起来。我若说他,又要闹个了不得,我总不理他。有一天,不知怎么样要香菱去作作伴。我说,你放着宝蟾,还要香菱做什么?况且香菱是你不喜的,何苦招气生。他必不依,我没法儿,便叫香菱到他屋里去。可怜这香菱不敢违我的话,带着病就去了。谁知道他待香菱很好,我倒喜欢。你大妹妹知道了,说只怕不是好心罢,我也不理会。头几天香菱病着,他倒亲手去做汤给他吃。那知香菱没福,刚端到跟前,他自己烫了手,连碗都砸了。我只说

第一百三回　施毒计金桂自焚身　昧真禅雨村空遇旧

必要迁怒在香菱身上，他倒没生气，自己还拿笤帚扫了，拿水泼净了地，仍旧两人很好。昨日晚上，又叫宝蟾去做了两碗汤来，自己说要同香菱一块儿吃。隔了一回，听见他屋里两只脚蹬响，宝蟾急的乱喊，以后香菱也喊着，扶着墙出来叫人。我忙着看去，只见媳妇鼻子眼睛里都流出血来，在地下乱滚，两手在心口乱抓，两脚乱蹬，把我就吓死了。问他也说不出来，只管直喊，闹了一回就死了。我瞧那光景，是服了毒的。宝蟾便哭着来揪香菱，说他把药药死了奶奶了。我看香菱也不是这么样的人，再者他病的起还起不来，怎么能药人呢！无奈宝蟾一口咬定，我的二爷，这叫我怎么办？只得硬着心肠，叫老婆子们把香菱捆了交给宝蟾，便把房门反扣了。我同你二妹子守了一夜，等府里的门开了，才告诉去的。二爷你是明白人，这件事怎么好？"〔索隐〕金桂之死，在俗手为之，必有牵枝带叶一大篇文字。作者偏不用正写，而就薛姨妈口中叙述，罗罗清疏，深得避实好虚之法。

贾琏道："夏家知道了没有？"薛姨妈道："也得撕掳明白了，才好报啊！"贾琏道："据我看起来，必要经官，才了得下来。我们自然疑在宝蟾身上，别人便说宝蟾为什么药死他奶奶？也是没答对的。若说在香菱身上，竟还装得上。"

正说着，只见荣府女人们进来说："我们二奶奶来了。"贾琏虽是大伯子，因从小儿见的，也不回避。宝钗进来见了母亲，又见了贾琏，便在里间屋里同宝琴坐下。薛姨妈也将前事告诉一遍，宝钗便说："若把香菱捆了，可不是我们也说是香菱药死了的么？妈妈说这汤是宝蟾做的，就该捆起宝蟾来问他呀！一面便该打发人报夏家去，一面报官的是。"〔索隐〕着语不多，而语语扼要中肯。继后当日，固以才鸣于官中也。薛姨妈听说有理，便问贾琏。贾琏道："二妹子说得很是。报官还得去托了刑部里的人，相验问口供的时候有些照应。只是要捆宝蟾，放香菱倒怕难些。"薛姨妈道："并不是我要捆香菱，我恐怕香菱病中受冤着急，一是寻死又添了一条人命，才捆了交给宝蟾，也是一个主意。"贾琏道："虽是这么说，我们倒帮了宝蟾了。若要放，都放，要扭，都捆。他们三个人是一处的。只要叫人安慰香菱就是了。"

薛姨妈便叫人开门进去，宝钗就派了带来几个女人帮着捆宝蟾。只

《红楼梦》与顺治皇帝的爱情故事

见香菱已哭得死去活来，宝蟾反得意洋洋。以后见人要捆他，便乱闹起来，那禁得荣府的人吆喝着，也就捆了。竟开着门好叫人看着，这里报夏家的人已经去了。

那夏家先前不住在京里，因近年消索，又记挂着女儿，新近搬进京来。父亲已没，只有母亲，又继了一个混帐儿子，把家业都花完了，〔索隐〕世瑶无能，不数年而遽亡其国。不时的常到薛家。那金桂原是个水性人儿，那里守得住空房？况兼天天心里想念薛蝌，便有饥不择食的光景。无奈他这个干兄弟又是个蠢货，虽也有些知觉，只是尚未入港。所以金桂时常回去，也帮贴他些银钱。

这些时正盼金桂回家，只见薛家的人来，心里就想又拿什么东西来了。不料说这里姑娘服毒死了，他便气得乱喊乱叫。金桂的母亲听见了，便哭喊起来，说："好端端的女孩儿，在他家为什么服了毒呢？"哭着喊着带了儿子，也等不得雇车，便要走来。那夏家本是买卖人家，如今没了钱，那顾什么脸面？儿子头里就走，他就跟了一个老婆子出了门，在街上啼啼哭哭的，雇了一辆破车，便赶到薛家。进门也不打话，便儿一声肉一声的要讨人命。

那时贾琏到刑部托人，家里只有薛姨妈、宝钗、宝琴，何曾见过这阵仗？都吓得不敢则声。便要与他讲理，他们也不听，只说："我女孩子在你家得过什么好处？两口朝打暮骂的，闹了几时，还不容他两口子在一处。你们商量着把女婿弄在监里，永不见面。你们娘儿们仗着好亲戚受用也罢了，还嫌他碍眼，叫人药死了他，倒说是服毒，他为什么服毒？"说着，直奔着薛姨妈来，薛姨妈只得后退，说："亲家太太，且请瞧瞧你女儿，问问宝蟾，再说歪话不迟。"那宝钗、宝琴因外面有夏家的儿子，难以出来拦护，只在里边着急。

恰好王夫人打发周瑞家的照看，一进门来，见一个老婆子指着薛姨妈的脸哭骂。周瑞家的知道必是金桂的母亲，便走上来说："这位是亲家太太？大奶奶自己服毒死的，与我们姨太太什么相干？也不犯这么糟蹋呀。"那金桂的母亲问："你是谁？"薛姨妈见有了人，胆子略壮了些，便说："这就是我亲戚贾府里的。"〔索隐〕"贾府里"三字好响亮，所谓王师也，天兵也。说见总评。金桂的母亲便说道："谁不知道你们有仗腰

第一百三回　施毒计金桂自焚身　昧真禅雨村空遇旧

子的亲戚，才能够叫姑爷坐在监里。如今我的女孩儿倒白死了不成？"说着，便拉薛姨妈说："你到底把我女儿怎样弄杀了，给我瞧瞧！"

周瑞家的一面劝说："只管瞧瞧，用不着拉拉扯扯。"便把手一推。夏家的儿子便跑进来不依道："你仗着府里的势头儿？来打我母亲么？"说着，便将椅子打去，却没有打着。里头跟宝钗的人听见外头闹起来，赶着来瞧，恐怕周瑞家的吃亏，齐打伙的上去半劝半喝。那夏家的母子，索性撒起泼来，说："知道你们荣府的势头儿，〔索隐〕一再言府里的势头，意与上同。我们家的姑娘已经死了，如今已都不要命了。"说着，仍奔薛姨妈拚命，底下的人虽多，那里挡得住？自古说道："一人拚命，万夫莫当。"正闹到危急之际，贾琏带了七八个家人进来。〔索隐〕正在相持危急之际，而各路救兵遽到。见是如此，便叫人先把夏家的儿子拉出去，便说："你们不许闹，有话好好儿的说！快将家里收拾收拾，刑部里头的老爷们就来相验了。"

金桂的母亲正在撒泼，只见来了一位老爷，几个在头里吆喝，那些人都垂手侍立。金桂的母亲见这个光景，也不知是贾府何人，又见他儿子已被众人揪住，又听见说刑部来验。他心里原想："看见了女儿尸首，先闹了一个稀烂，再去喊官去。"不承望这里先报了官，也便软了些。薛姨妈已吓糊涂了，还是周瑞家的回说："他们来了，也没有去瞧他姑娘，便作践起姨太太来了。我们为好劝他，那里跑进一个野男人，在奶奶们里头混撒村混打，这可不是没有王法了？"贾琏道："这回子不用和他讲理，等一会儿打着问他，说，男人有男人的所在，里头都是些姑娘奶奶们。况且有他母亲，还瞧不见他们姑娘么？他跑进来，不是要打抢来了么？"家人们做好做歹压服住了。

周瑞家的仗着人多，便说："夏太太你不懂事。既来了，该问个青红皂白！你们姑娘是自己服毒死了，不然，便是宝蟾药死他主子了。怎么不问明白，又不看尸首，就想讹人来了呢？我们就肯叫一个媳妇儿白死了不成！现在把宝蟾捆着，因为你们姑娘有了些病儿，所以叫香菱陪着，他也在一个屋里住，故此两个人都看守在那里。原等你们来，眼看着刑部相验，问出道理来才是咧。"

金桂的母亲此时势孤，也只得跟着周瑞家的到他女孩儿房里，只见

《红楼梦》与顺治皇帝的爱情故事

满面黑血，直挺挺的躺在炕上，便叫哭起来。宝蟾见是他家的人来，便哭喊道："我们姑娘好意待香菱，叫他在一块儿住，他倒抽空儿药死我们姑娘。"那时薛家上下人等俱在，便齐声吆喝道："胡说，昨日奶奶吃了汤才药死的，这汤可不是你做的！"宝蟾道："汤是我做的，端了来我有事走了。不知香菱起来放些什么在里头药死的。"金桂的母亲未听说完，就奔香菱，众人拦住。

薛姨妈便道："这样子是砒霜药的，家里决无此物。不管香菱、宝蟾，终有替他买的。回来刑部少不得问出来，才赖不去。如今把媳妇权放平正，好等官来相验。"众婆子上来抬放。宝钗道："都是男人进来，你们将女人动用的东西检点检点。"只见炕褥底下有一个揉成团儿的纸包儿，金桂的母亲瞧见，便拾起打开看时，并没有什么，便撂开了。宝蟾看见道："可不是有了凭据了！这个纸包儿我认得，头几天耗子闹得慌，奶奶家去与舅爷要的，拿回来搁在首饰匣内。必是香菱看见了，拿来药死奶奶的。若不信，你们看看首饰匣里有没有了？"

金桂的母亲便依宝蟾的所在，取出匣子，只有几支银簪子。薛姨妈便说："怎么好些首饰都没有了？"宝钗叫人打开箱柜，俱是空的，便道："嫂子这些东西，被谁拿去，这可要问宝蟾。"金桂的母亲心里也虚了好些，见薛姨妈查问宝蟾，便说："姑娘的东西，他那里知道？"周瑞家的道："亲家太太别这么说呢，我知道宝姑娘是天天跟着大奶奶的，怎么说不知？"

这宝蟾见问得紧，又不好胡说，只得说道："奶奶自己每每带回家去，我管得么！"众人便道："好个亲家太太！哄着拿姑娘的东西，哄完了，叫他寻死，来讹我们。好，罢了，回来相验，便是这么说。"宝钗叫人到外头告诉琏二爷，说："别放了夏家的人。"〔**索隐**〕平滇后，三桂一族几无噍类。

里面金桂的母亲忙了手脚，便骂宝蟾道："小蹄子，别嚼舌头了！姑娘几时拿东西到我家去？"宝蟾道："如今东西是小，给姑娘偿命是大。"宝琴道："有了东西，就有偿命的人了。快请琏二可问准了夏家的儿子买砒霜的话，回来好回刑部里的话。"金桂的母亲着了急道："这么说，这宝蟾必是撞见鬼了，混说起来。我们姑娘何尝买过砒霜？若这么说，

第一百三回　施毒计金桂自焚身　昧真禅雨村空遇旧

必是宝蟾药死了的。"宝蟾急的乱喊道："别人赖我也罢了，怎么你们也赖起我来？你倒不是常和姑娘说，叫他别受委屈，'闹得他们家破人亡，那时将东西卷包儿一走，再配一个好姑爷'。〔索隐〕就历史上眼光观察，三桂之称兵谋叛，初非素具野心，抱袭取嬗代之愿望，不过鉴于当时猜忌勋臣，功高震主，地处危疑，兼以移藩令下，失所根据，不得不铤而走险。意谓成败虽不可逆料，以吾之魄力威望，四出恣扰，必使彼疲于奔命，不遑宁处。至于最后结果，犹可循迹海隅，据地自主。作者借夏家一番谈吐，将其心事曲曲传出，狡狯极矣。这个话是有的没有？"

金桂的母亲还未及答言，周瑞家的便接口说道："这是你们家的人说的，还赖什么呢？"金桂的母亲恨地咬牙切齿的骂宝蟾道："我待你不错呀，为什么你倒拿话来葬送我呢，回来见了官，我就说是你药死姑娘的！"宝蟾气得瞪着眼说："请太太放了香菱罢，不犯着白害别人。我见官自有我的话。"

宝钗听出这个话头儿来了，便叫人反倒放开了宝蟾，说："你原是个爽快人，何苦白冤在里头。你有话索性说了，大家明白，岂不完了事了呢？"〔索隐〕钗之才，可畏亦可敬。宝蟾也怕见官受苦，便说："我们奶奶天天抱怨说：'我这样人，为什么碰着这个瞎眼的娘？不配给二爷，偏给了这么个混帐糊涂行子！'〔索隐〕良禽择木，贤臣择主。三桂晚年，追思引兵入关之事，盖有憾矣。要是能够同二爷过一天，死了也是愿意的。'说到那里，便恨香菱。我起初不理会，后来看见与香菱好了，我只道是香菱教他什么了，不承望昨日的汤不是好意。"金桂的母亲接说道："益发胡说了，若是要药香菱，为什么倒药了自己呢？"

宝钗便问道："香菱，昨日你吃汤来着没有？"香菱道："头几天我病得抬不起头来，奶奶叫我吃汤，我不敢说不吃。刚要撑着起来，那碗汤已经泼了，倒叫奶奶收拾了个难，我心里很过不去。昨日听见叫我吃汤，我吃不下去，没有法儿，正要吃的时候儿呢，偏又头晕起来，只见宝蟾姐姐端了去，我正喜欢，刚合上眼，奶奶自己吃着汤，叫我尝尝，我便勉强也吃了……"

宝蟾不待说完，便道："是了，我老实说罢。昨日奶奶叫我做两碗汤，说是和香菱同吃。我气不过，心里想着香菱那里配我做汤给他吃呢，

《红楼梦》与顺治皇帝的爱情故事

我故意的一碗里头多抓了一把盐，记了暗记儿，原想给香菱吃的。刚端进来，奶奶却拦着我到外头叫小子们雇车，说今日回家去，我就去说了，回来见盐多的这碗汤在奶奶跟前呢。我恐怕奶奶吃着盐又要骂我，正没法时候，奶奶往后头去动，我眼错不见，就把香菱这碗汤换了过来。也是命该如此，奶奶回来就拿了汤去，到香菱床边呷着说：'你到底尝尝。'那香菱也不觉咸，两个人都吃完了。我正笑香菱没嘴道儿，那里知道这死鬼奶奶要药香菱？必是趁我不在，将砒霜撒上了，也不知道我换碗。这可就是天理昭彰，自害自身了。"于是众人往前后一想，真正一丝不错。〔索隐〕其时舆论，必有以三桂尊荣已极，乃不谨守忠节，称兵妄动，自取覆亡，为之深惜者。便将香菱也放了，扶着他仍旧睡在床上。

不说香菱得放，且说金桂的母亲心虚事实，还想辩赖。薛姨妈等你言我语，反要他儿子偿还金桂之命。正要然吵嚷，贾琏在外头说："不用多说了，快收拾停当，刑部的老爷就到了。"

此时惟有夏家母子着忙，想来总要吃亏的，不得已反求薛姨妈道："千不是，万不是，终是我死的女孩儿不长进。这也是他自作自受，若是刑部相验，到底府上脸面不好看，求亲家太太息了这件事罢。"宝钗道："那可使不得。已经报了，怎么能歇呢？"

〔索隐〕三桂由滇入湘，声势锐盛。议者或主画江自守，暂避其锋。勒尔锦、蔡毓荣力争，谓不宜顿兵不进，致失戎机。周瑞家的等人，大家做好做歹的劝说："若要息事，除非夏亲家太太自己出去拦验，我们不提长短罢了。"贾琏在外，也将他儿子吓住。他情愿迎到刑部具结拦验，众人依允。薛姨妈命人买棺成殓。不提。

且说贾雨村升了京兆府尹，兼管税务。一日，出都勘查开垦地亩，路过知机县，到了急流津。正要渡过彼岸，因待人夫，暂且停轿。只见村旁有一座小庙，墙壁坍颓，露出几株古松，倒也苍老。雨村下轿，闲步进庙，但见庙内神像金身脱落，殿宇歪斜，旁有断碣，字迹模糊，也看不明白。〔索隐〕麦秀黍离之感。意欲行至后殿，只见一株翠柏下隐着一间茅庐，庐中有一个道士，合眼打坐。雨村走近看时，面貌甚熟，想着倒像在那里见过的，一时再想不出来。从人便欲吆喝，雨村止住，徐步向前叫一声老道，那道士双眼微启，微微的笑道："贵官何事？"雨

第一百三回　施毒计金桂自焚身　昧真禅雨村空遇旧

村便道："本府出都查勘事件，路过此地，见老道静修自得，想来道行深通，意欲冒昧请教。"那道人说："来自有地，去自有方。"雨村知是有些来历的，便长揖请问："老道从何处修来？在此结庐，此庙何名？庙中共有几人？或欲真修，岂无名山？或欲募缘，何不通衢？"那道人道："'葫芦'尚可安身，何必名山结舍？庙名久隐，断碣犹存。形影相随，何须修募？岂似那'玉在椟中求善价，钗于奁内待时飞'之辈耶？"

雨村原是个颖悟人，初听见"葫芦"两字，后闻玉、钗一对，忽然想起甄士隐的事来。重复将那道士端详，见他容貌依然。便屏退从人，问道："君家莫非甄老先生？"〔索隐〕甄老先生，当指明季宗室隐迹江湖间者。以贾属满清，以甄作故国，春秋予夺，义例森严。书中辄将甄、贾对举，亦是此意。

那道士从容笑道："什么真？什么假？要知道真即是假，假即是真。"〔索隐〕一兴一衰。目前虽若殊途，久后同归一辙。此是为故国愤慨，语似超脱，而实沉痛。

雨村听见说出"贾"字来，益发无疑，便从新施礼道："学生自蒙慨赠到都，托庇获隽公车，受任贵乡。始知老先生超悟尘凡，飘举仙境。学生虽溯洄思切，自念风尘俗吏，未由再觐仙颜。今何幸于此处相遇，求老仙翁指示愚蒙。倘荷不弃，京寓甚近，学生常得供奉，得以朝夕聆教。"那道人也站起来回礼道："我于蒲团之外，不知天地间尚有何物？〔索隐〕不知有汉，何论魏晋？适才尊官所言，贫道一概不解。"说毕，依旧坐下。

雨村复又心疑，想去若非士隐，何貌言相似若此？离别来十九载，面色如旧，必是修炼有成，未肯将前身说破。但我既遇恩公，又不可当面错过，看来不能以富贵动之，那妻女之私，更不必说了。想罢又道："仙师既不肯说破前因，弟子于心何忍？"正要下礼，只见从人进来禀说："天色将晚，快请渡河。"雨村正无主意，那道人道："请尊官速登彼岸，见面有期，迟则风浪顿起。果蒙不弃，贫道他日尚在渡头候教。"〔索隐〕后会有期。说毕，仍合眼打坐。雨村无奈，只得辞了道人出庙。正要渡过，只见一人飞奔而来。未知何事，且听下回分解。

《红楼梦》与顺治皇帝的爱情故事

〔**索隐**〕此回亦三桂小传之一。以金桂之死喻三桂之败。滇中擅盐铁之利,富甲天下,三桂又自恃生平威望,宿将知兵者,无出其右。初举师时,风发云涌,有顺流直下之势。又入湘以后,徘徊衡麓,积五年之久,不能逾湖而北。苟安奄息,卒就殄灭,所谓象有齿以焚其身也。以宝蟾之反噬,喻诸将之背降,依附三桂各人,如尚之信、耿精忠、王辅臣、郑蛟麟、祖泽清、刘秉政、曾养性、刘进忠、严自明、苗之秀、林兴珠等,先后反正。甚至心腹爱婿胡国柱,亦背周归清。其所以致此之故,或迫于时势,或出于误会。以宝蟾一人代表之,似已俱在个中。以贾府之威焰,喻王师之雄厚。当日中原初定,余威犹炽,分道将帅,声罪致讨,王师贼兵之观念,深入人心,先声夺人,滇局遂处于无形之失败。观书中报官请验,仆从吆喝之情形自见。

本回以一大段写金桂,以一小段写雨村。而一大段之中至"贾府报信"为一层,研究金桂毒死缘由为二层,夏家借尸吵闹为三层,宝蟾受逼真供为四层。合四层情事,构成一大段。详略长短,纯任自然。至其段落起讫,阅者皆能辨之,不复赘述。

〔**护花评**〕贾琏说"必须经官才了得下来",所见固是。宝钗说"汤是宝蟾做的,该捆起宝蟾",一面报官,一面通信与夏家,更为老到细密。才女见识,高出贾琏数倍。

又:宝钗叫将女人动用的东西检点收拾,才检出毒药空纸包儿。宝蟾说出因耗子作闹,向舅爷要的。然后寻着匣子箱柜,俱已空空。宝钗得机查问,宝蟾说出金桂私自带回。以金桂之母同宝蟾拌嘴,供出卖情。由浅入深,层层追出,不松不骤。有宝钗之才能,自当有才人之描写。

又:"真即是假,假即是真"二语,最有意味。慧心人当知,两个宝玉,是一是二。

又:第九十九回至第一百三回为一大段,应分三小段:九十九、一百为一段,叙贾政受家奴播弄,以致被参失察。金桂

第一百三回　施毒计金桂自焚身　昧真禅雨村空遇旧

被香菱撞破私情,因而结恨谋害;一百一、二回为一段,写大观园冷落无人,见鬼疑妖,为凤姐将亡、宁荣查抄之兆;一百三回为一段,叙毒人自毒,了结金桂公案。带叙贾雨村遇旧,为归结《石头记》地步。

〔**大某评**〕桂花夏家,讹诈人命,强横之状,谰谩之谈,悉呈露于字里行间。

又:此一回接上回,仍是乙卯年事。

第一百四回 醉金刚小鳅生大浪
痴公子余痛触前情

　　话说贾雨村刚欲过渡，见有人飞奔而来，跑到跟前，口称："老爷，方才进的那庙火起了。"雨村回头看时，只见烈焰烧天，飞灰蔽日。雨村心想："这也奇怪。我才出来，走不多远，这火从何而来？莫非士隐遭劫于此？"欲待回去，又恐误了过河。若不回去，心下又不安。想了一想，便问道："你方才可见这老道士出来了没有？"那人道："小的原随老爷出来，因腹内疼痛，略走了一走。回头看见一片火光，原来就是那庙中火起，特赶来禀知老爷，并没看见有人出来。"雨村虽则心里狐疑，究竟是名利关心的人，那肯回去看视？〔索隐〕淡淡着笔，而雨村利欲熏心、背恩负义之阴私，已诛伐不留余地。便叫那人："你在这里等火灭了，进去瞧那老道在与不在，即来回禀。"那人只得答应了，伺候雨村过河，仍自去查看。查了几处，遇公馆便自歇下。

　　明日又行一程，进了都门，众衙役接着，前呼后拥的走着。雨村坐在轿内，听见轿前开路的人吵嚷，雨村问是何事，那开路的拉了一个人过来，跪在轿前禀道："那人酒醉，不知回避，反冲突过来。小的吆喝他，他倒恃酒撒赖，躺在街心，说小的打了他了。"雨村便道："我是管理这里地方的，你们都是我的子民，知道本府经过，吃了酒不知回避，还敢撒赖！"那人道："吃酒是自己的钱，醉了躺的是皇上的地。便是大人老爷也管不得！〔索隐〕怕不是一番大道理。然自由幸福，惟共和国人民享之，决不许非共和国的人民说，亦决不许名为共和而实非共和国的人民说。"

　　雨村怒道："这么目无法纪！问他叫什么名字。"那人回道："我叫醉金刚倪二。"雨村听了生气，叫人："打这金刚！瞧他是金刚不是？"

第一百四回　醉金刚小鳅生大浪　痴公子余痛触前情

手下把倪二按倒，着实的打了几鞭。倪二负痛，酒醒求饶。雨村在轿内笑道："原来是这样个金刚么？我且不打你，叫人带进衙门，慢慢的问你。"众衙役答应，拴了倪二，拉着便走，倪二哀求也不中用。雨村进内覆旨回署，那里把这件事放在心上？

那街上看热闹的三三两两，传说倪二仗着有些力气，恃酒讹人，今儿碰在贾大人手里，只怕不轻饶的。这话已传到他妻女耳边，那夜果等倪二不见回家。他女儿便到各处赌场寻觅，那赌博的都是这么说，他女儿急得哭了。众人都道："你不用着急，那贾大人是荣府的一家，荣府里一个什么二爷和你父亲相好，你快同你母亲去找他说个情，就放出来了。"倪二的女儿听了，想了一想："果然我父亲常说间壁贾二爷和他好，为什么不找他去？"赶着回来，即与母亲说了。

娘儿两个去找贾芸，那日贾芸恰在家，见他母女两个过来，便让坐。贾芸的母亲便倒茶，倪家母女即将倪二被贾大人拿去的话说了一遍，求二爷说情放出来。贾芸一口应承道："这算不得什么，我到西府里说一声就放了。那贾大人全仗我家的西府里，才得做了这么大官。只要打发个人去，一说就完了。"倪家母女欢喜，回来便到府里告诉了倪二，叫他不用忙，已经求了贾二爷，他满口应承，讨个情便放出来的。倪二听了也欢喜。

不料贾芸自从那日给凤姐送礼不收，不好意思进来，也不常到荣府。那荣府的门上，原看着主子的行事，叫谁走动，才有些体面，一时来了，他便进去通报，若主子不大理了，不论本家亲戚，他一概不回，支了去就完事。那日贾芸到府上说："给琏二爷请安。"门上的说："二爷不在家，等回来我们替回罢。"贾芸欲要说请二奶奶的安，生恐门上厌烦，只得回家。又被倪家母女催迫着，说："二爷常说府上是不论那个衙门，说一声谁敢不依？如今还是府里的一家，又不为什么大事，这情还讨不来？白是我们二爷了！"

贾芸果脸上下不来，嘴里还说硬话："昨日我们家里有事，没打发人说去。少不得今儿说了就收，什么大不了的事！"倪家母女只得听信，岂知贾芸近日大门竟不得进去，绕到后头，要进园内找宝玉，不料园门锁着，只得垂头丧气的回来。想起那年倪二借银与我买了香料送给他，才

《红楼梦》与顺治皇帝的爱情故事

派我种树。如今我没有钱去打点,就把我拒绝。他也不是什么好的,拿着太爷留下的公中银钱,在外放加一钱,我们穷本家,要借一两也不能。他打量保得住一辈子不穷的了,那知外头的声名很不好,我不说罢了。若说起来,人命官司不知有多少呢!"〔索隐〕此写洪文襄晚年失宠,心中怨艾情形。写文襄,实代表一班二臣也。一面想着来到家中,只见倪家母女都等着,贾芸无言可支,便说道:"西府里已经打发人说了,只言贾大人不依,你还求我们家的奴才周瑞的亲戚冷子兴去,才中用。"倪家母女听了,说:"二爷这样体面爷们,还不中用,若是奴才,是更不中用了。"贾芸不好意思,心里发急道:"你不知道,如今的奴才,比主子强多着呢。"倪家母女听来无法,只得冷笑几声,说:"这倒难为二爷,白跑了这几天,等我们那一个出来,再道乏罢。"〔索隐〕两番说话,尖利无匹,强将手下无弱兵,不愧为金刚妻女。

说毕出来,另托人将倪二弄了出来,只打了几板,也没有什么罪。

倪二回家,他妻女将贾芸不肯说情的话说了一遍。倪二正吃着酒,便生气要找贾芸,说:"这小杂种,没良心的东西!头里他没有饭吃,要到府内钻谋事办,亏我倪二爷帮了他。如今我有了事他不管。好,罢咧!若是我倪二闹出来,连两府里都不干净。"

他妻女忙劝道:"咳,你又吃了黄汤,便是这样有天没日头的。前日可不是醉了闹的乱子,捱了打还没好呢,你又闹了。"倪二道:"捱了打便怕他不成?只怕拿不着由头。我在监里的时候,倒认得了好几个有义气的朋友。听见他们说起来,不独是城内姓贾的多,外省姓贾的也不少。前日监里收下了好几个贾家的家人。我倒说,这里的贾家,小一辈子并奴才们虽不好,他们老一辈的还好,怎么犯了事?我打听打听,说是和这里贾家是一家,都是在外省审明白了,解进来问罪的,〔索隐〕近畿王公,则豪强兼并,走马圈地;外省驻防,则横行市井,鱼肉良懦,久为天下所侧目。一旦爆发,势必火山崩裂,不可遏灭。作者于命意所在为预言,于贾府查抄为伏笔。我才放心。若说贾二这小子,他忘恩负义,我便和几个朋友说他家怎样倚势欺人,怎样盘剥小民,怎样强娶有夫妇女,叫他们吵嚷出来,有了风声到了都老爷耳朵里,这一闹起来,叫他们才认得倪二金刚呢!"他女人道:"你吃了酒睡去罢,他又强占谁家的

第一百四回　醉金刚小鳅生大浪　痴公子余痛触前情

女人来了？没有的事，你不用混说了。"

倪二道："你们在家里，那里知道外头的事？前年我在赌场里碰见了小张，说他女人被贾家占了，他还和我商量，我倒劝他才了事的。但不知这小张如今那里去了，这两年没见，若碰着了他，我倪二出个主意，叫贾老二死给我瞧瞧，好好的孝敬孝敬我倪二太爷才罢了，你倒不理我了！"〔索隐〕与贾府毫不相关之事，至其结果，芸儿一掀风浪于前，金刚再掀风浪于后，众怨所集，其机已兆，贾府安得不败？说着，倒身躺下，嘴里还是自言自语的说了一回，便睡去了。他妻女只当是醉话，也不理他。明日早起，倪二又往赌场中去了。不提。

且说雨村回到家中，歇息了一夜。将道上遇见甄士隐的事，告诉了他夫人一遍，他夫人便埋怨他："为什么不回去瞧一瞧？倘或烧死了，可不是咱们没良心！"说着，掉下泪来。雨村道："他是方外的人了，不肯和咱们在一处的。"正说着，外头传进话来，禀说："前日老爷吩咐，瞧火烧庙去的回来了，来回话。"雨村踱了出来，那衙役打千请了安，回说："小的奉老爷的命回去，也不等火灭，便冒火进去瞧那个道士，岂知他坐的地方都烧了。小的想着那道士必定烧死了，烧的那墙屋往后塌去，道士的影儿都没有。只有一个蒲团，一个瓢儿，还是好好的。小的各处找寻他的尸首，连骨头都没有一点儿。小的恐老爷不信，想要拿这蒲团、瓢儿回来做个证见，小的这么一拿，岂知都成了灰了。"〔索隐〕火灭烟销，余烬岂能收拾？国亡家破，往事徒付低徊。雨村听毕，心下明白，知士隐仙去。便把那衙役打发了出去。回到房中，并没提起士隐火化之言，恐他妇女不知，反生悲感，只说："并无形迹，必是他先走了。"

雨村出来独坐书房，正要细想士隐的话，忽有家人传报说："内廷传旨，交看事件。"雨村疾忙上轿进内，只听见人说："今日贾存周江西粮道被参回来，在朝内谢罪。"雨村忙到了内阁，见了各大人，将海疆办理不善的意旨，看了出来，急忙找着贾政，先说了些为他抱屈的话，后又道喜，问："一路可好？"贾政也将违别以后的话，细细的说了一遍。雨村道："谢罪的本上了去没有？"贾政道："已上去了，等膳后下来，看旨意罢。"

正说着，只听里头传出旨来叫贾政，贾政即忙进去，备大人有与贾

《红楼梦》与顺治皇帝的爱情故事

政关切的,都在里头等着。等了好一回,方见贾政出来,看见他带着一头的汗,众人迎上去。接着问有什么旨意?贾政吐舌道:"吓死人,吓死人!倒蒙各位大人关切,幸喜没有什么事。"众人道:"旨意问了些什么?"

贾政道:"旨意问的是云南私带神枪一案,本上奏明是原任太师贾化的家人,主上一时记着我们先祖的名字,便问起来。我忙着叩头,奏明先祖的名字是代化,主上便笑了,还降旨意说:'前放兵部,后降府尹的,不是也叫贾化么?'"

那时雨村也在旁边,倒吓了一跳,便问贾政道:"老先生怎么奏的?"贾政道:"我便慢慢奏道:'原任太师贾化是云南人,现任府尹贾某是浙江湖州人。'主上又问:'苏州刺史奏的贾范,是你一家了?'我又叩头奏道:'是。'主上便变色道:'纵使家奴强占良民妻女,还成事么?'我一句不敢奏。主上又问:'贾范是你什么人?'我忙奏道:'是远族。'主上'哼'了一声,降旨叫出来了,可不是诧异。"

众人道:"本来也巧,怎么一连有这两件事?"贾政道:"事倒不奇,倒都是姓贾的不好。算来我们寒族人多,年代久了,各处都有。现在虽没有事,究竟主上记着一个贾字就不好。"〔**索隐**〕满洲入关,贱视汉族,当时凌虐欺压,虽敢怒而不敢言。然使汉族心目中人人存一"满"字,即为致祸之根。借政老口中点明,俱有深意。众人说:"真是真,假是假,怕什么?"贾政道:"我心里巴不得不做官,只是不敢告老。现在我们家里两个世袭,这也无可奈何的。"雨村道:"如今老先生仍是工部,想来京官是没有事的。"贾政道:"京官虽然无事,我究竟做过两次外任,也就说不起了。"众人道:"二老爷的人品行事,我们都佩服的,就是令兄大老爷,也是个好人。只是在令侄辈身上严紧些就是了。"贾政道:"我因在家的日子少,舍侄的事情不大查考,我心里也不甚放心。诸位今日提起,都是至相好,或者听见东宅的侄儿家有什么不奉规矩的事么?"众人道:"没听见别的,只有几位侍郎心里不大和睦,内监里头也有些,想来不怕什么。只要嘱咐那边令侄,诸事留神就是了。"〔**索隐**〕不能不说,而又不敢直说。人情世态写来逼肖。众人说毕,举手而散。

贾政然后回家,众子侄等都迎接上来。贾政迎着请贾母的安,然后

第一百四回　醉金刚小鳅生大浪　痴公子余痛触前情

众子侄俱请了贾政的安。一同进府，王夫人等已到了荣禧堂迎接。贾政先到了贾母那里，拜见了，陈述些违别的话。贾母问探春消息，贾政将许嫁探春的事都禀明了，还说："儿子起身急促，难过重洋，虽没有亲见，听见那边亲家的人来说的极好。亲家老爷、太太都说请老太太的安，还说今冬明春，还可调进京来，这便好了。如今闻得海疆有事，只恐怕那时还不能调。"

贾母始则因贾政降调回来，知探春远在他乡，一无亲顾，心下不悦。后听贾政将官事说明，探春安好，也便转悲为喜，便笑着叫贾政出去。然后弟兄相见，众子侄拜见，定了明日清晨拜祠堂。

贾政回到自己屋内，王夫人等见过，宝玉、贾环、贾兰拜见。贾政见了宝玉，果然比起身之时脸面丰满，倒觉安静，并不知他心里糊涂，所以心甚喜欢，不以降调为念。心想："幸亏老太太办理的好。"又见宝钗沉厚，更胜先时。兰儿文雅俊秀，便喜形于色。独见环儿仍是先前，究不甚钟爱。歇息了半天，忽然想起："为何今日短了一人？"王夫人知是想着黛玉，前因家书未报，今日又初到家，正是喜欢，不便直告，只说是病着。

岂知宝玉的心里已如刀绞，因父亲到家，只得把持心性伺候。王夫人家筵接风，子孙敬酒。凤姐虽是侄媳，现办家事，也随了宝钗递酒。贾政便叫递了一巡酒："都歇息去罢！"命众家人："不必伺候，待明早拜过宗祠，然后进见。"

分派已定，贾政与王夫人说些别的话，余者王夫人都不敢言。倒是贾政先提起王子腾的事来，王夫人也不敢悲戚。贾政又说起蟠儿的事来，王夫人只说他是自作自受，趁便将黛玉已死的话告诉。贾政反吓了一惊，不觉掉下泪来，连声叹息。王夫人也掌不住哭了。〔索隐〕政老亦复下泪，以见贾母、王夫人之忍薄。旁边彩云等即忙拉衣，王夫人止住，重又说些喜欢的话，便安寝了。

次日一早，至宗庙行礼，众子侄都随往。贾政便在祠旁厢房坐下，叫了贾珍、贾琏过来，问起家中事务，贾珍拣可说的说了。贾政又道："我初回家，也不便来细细查问，只是听见外头说起，你家里更不比往前，诸事要谨慎才好。你年纪也不小了，孩子们该管教管教，别叫他们

《红楼梦》与顺治皇帝的爱情故事

在外头得罪人。琏儿也该听听,不是才回家便说你们,因我有所闻,所以才说的。你们更该小心些。"贾珍等脸涨通红的,也只答应个"是"字,不敢说什么,贾政也就罢了。回归西府,众家人叩头毕,仍复进内,众女仆行礼,不必多赘。

只说宝玉因昨日贾政问起黛玉,王夫人答以有病,他便暗里伤心,直待贾政命他回去,一路上已滴了好些眼泪。回到房中,见宝钗和袭人等说话,他便独坐在外纳闷。宝钗叫袭人送过茶来,知他必是怕老爷查问功课,所以如此,只得过来安慰。宝玉便借此说:"你们今夜先睡一回,我要定定神。这时更不如从前,三言可忘两语,老爷瞧了不好。你们睡罢,叫袭人陪着我。"〔索隐〕事有可疑,无怪后来麝月之讥诮。宝钗听说有理,便自己到房先睡。

宝玉轻轻的叫袭人坐着,央他:"把紫鹃叫来,有话问他。但是紫鹃见了我,脸上嘴里总是有气似的,须得你去解释开了,他来才好。"袭人道:"你说要定神,我倒喜欢。怎么又想到这上头了?有话你明日问不得?"宝玉道:"我就是今晚得闲,明日倘或老爷叫干什么,便没空儿。好姐姐,你快去叫他来。"袭人道:"他不是二奶奶叫,是不来的。"宝玉道:"我所以央你去说明白了才好。"袭人道:"叫我说什么?"宝玉道:"你还不知道我的心,也不知道他的心么?都为的是林姑娘!你说我并不是负心的,我如今叫你们弄成了一个负心人了。"说着这话,便瞧瞧里头,用手一指说:"他是我本不愿意的。都是老太太他们捉弄的。好端端的一个林妹妹弄死了。"〔索隐〕怨愤之极。董妃之因何致死,宫闱深邃不得其详,然必有种种之激刺迫之,使不得不死者。以帝王之尊,而不能庇一爱宠,无怪其遁荒削发,视弃天下如敝屣也。按张公亮作《董小宛传》曾云:"其致病之繇与久病之状,并隐微难悉。"使果终于冒氏室内,何致有此迷离惝恍之辞?就是他死,也该叫我见见,说个明白。他自己死了,也不怨我。你是听见三姑娘,他们说的,临死怨恨我。那紫鹃为他姑娘也恨得我了不得,你想我是无情的人么?晴雯到底是个丫头,也没有什么大好处。他死了,我老实告诉你罢,我还做个祭文去祭他,那时林姑娘还亲眼见的。如今林姑娘死了,莫非倒不如晴雯么?死了连祭都不能祭一祭,林姑娘死了还有知的,他想起来不要更怨我么?"

第一百四回　醉金刚小鳅生大浪　痴公子余痛触前情

袭人道："你要祭便祭去，要我们做什么？"宝玉道："我自从好了起来，就想要做一首祭文的，不知道我如今一点灵机都没有了。若祭别人，胡乱却使得，若是他，断断俗俚不得一点儿的。所以叫紫鹃来问，他姑娘这条心，他们打从那样上看出来的？我没病的头里，还想得出来，一病以后，都不记得。你说林姑娘已经好了，怎么忽然死的？他好的时候我不去，他怎么说？我病的时候他不好，他也怎么说？〔**索隐**〕颇似生前互阐禅机之语。所以他的东西被我诓了过来，你二奶奶总不叫我动，不知什么意思。"袭人道："二奶奶惟恐你伤心罢了，还有什么？"宝玉道："我不信，既是他这么念我，为什么临死都把诗稿烧了，不留给我作个记念？又听见说天上有音乐，想必是他成了神，或是登了仙去。我虽见过了棺材，到底不知道棺材里有他没有？"〔**索隐**〕为死得暧昧，更下一证。袭人道："你这话益发糊涂了，怎么一个人不死，就搁上一个空棺材当死了人呢？"宝玉道："不是呀，大凡成仙的人，或是肉身去的，或是脱胎去的。好姐姐，你到底叫了紫鹃来。"

袭人道："如今等我细细的说明了你的心，他若肯来还好，若不肯来，还得费多少话？就是来了，见你也不肯细说。据我主意，明后日等二奶奶上去了，我慢慢的问他，或者倒可仔细。遇着闲空儿，我再慢慢的告诉你。"宝玉道："你说得也是，你不知道我心里的着急。"〔**索隐**〕俗谚所谓："你急我不急。"

正说着，麝月出来说："二奶奶说，天已四更了，请二爷进去睡罢。袭人姐姐必是说高兴了，忘了时候儿了。"袭人听了道："可不是该睡了，有话明日再说罢。"宝玉无奈，只得含愁进去，又向袭人耳边道："明日不要忘了。"袭人笑说："知道了。"麝月笑道："你们两个又闹鬼了！何不和二奶奶说了，就到袭人那边睡去，由着你们说一夜我们也不管。"宝玉摆手道："不用言语。"袭人恨道："小蹄子，你又嚼舌根，看我明日撕你。"回转头来对宝玉道："这不是二爷闹的，说了四更的话，总没有说到这里。"〔**索隐**〕言下有抱憾之意。笔墨刻毒到极处，亦见作者屏弃袭人到极处。一面说，一面送宝玉进屋，各人散去。

那夜宝玉无眠，到了明日还思这事。只闻得外头传进话来说："众亲朋因老爷回来，都要送戏接风。老爷再四推辞说，唱戏不必，竟在家里

《红楼梦》与顺治皇帝的爱情故事

备了水酒,倒请亲朋过来大家谈谈。于是定了后日摆席请人,所以进来告诉。"不知所请何人,且听下回分解。

〔**索隐**〕此回平分两段:自开首起,至"举手而散"止为前段;自"贾政然后回家"起,至本回完毕为后段。并无特别事实,但为一种过渡文字。如醉金刚滋事,于本书无甚关系,所以曲折详叙之者,一系雨村后来背德之伏笔,一系贾府不久查抄之引线。至于约束子侄,盘问紫鹃,皆为后此各事闲闲引逗,有泰山出云,初肤起寸,不崇朝而遍天下之观。

〔**护花评**〕此庵不烧,贾雨村必重来寻访,或遣丁迎接,不但笔墨烦冗,且亦难于了结。付之一炬,脱化简净。

又:借醉金刚口中说起重利盘剥及张华旧事,可见人言藉藉,口碑载道,为御史风闻题参张本。

〔**大某评**〕此回仍是乙卯年事。

第一百五回　锦衣军查抄宁国府
　　　　　　　骥马使弹劾平安州

　　话说贾政在那里设宴请酒，忽见赖大急忙走上荣禧堂来，回贾政道："有锦衣府堂官赵老爷带领好几位司官，说来拜望。奴才要取职名来回，赵老爷说：'我们至好，不用的。'一面就下车来走进来了。请老爷同爷们快接去。"贾政听了，心想："赵老爷并无来往，怎么也来？现在有客，留他不便，不留又不好。"正自思想，贾琏说："叔叔快去罢，再等一回，人都进来了。"

　　正说着，只见二门上家人又报进来说："赵老爷已进二门了！"贾政等抢步接去，只见赵堂官满面笑容，〔索隐〕哭者常情，笑者不可测。并不说什么，一径走上厅来。后面跟着五六位司官，也有认得的，也有认不得的，但是总不答话。贾政等心里不得主意，只得跟了上来让坐。众亲友也有认得赵堂官的，见他仰着脸不大理人，只拉着贾政的手，笑着说了几句寒温的话。〔索隐〕借点世态炎凉之意。众人看见来头不好，也有躲进里面屋里的，也有垂手侍立的。

　　贾政正要带笑叙话，只见家人慌张报道："西平王爷到了。"贾政慌忙去接，已见王爷进来。赵堂官抢上去请了安，便说："王爷已到，随来各位老爷，就该带领府役把守前后门。"众官应了出去。贾政等知事不好，连忙跪接。西平郡王用两手扶起，笑嘻嘻的说道："无事不敢轻造，有奉旨交办事件，要赦老接旨。〔索隐〕北方"赦"与"摄"同音，此处赦老确指摄政。又按：邢夫人、王夫人、贾赦、贾政合成为行摄文王四字，此书中命名之意也。如今满堂中筵席未散，想有亲友在此未便，且请府上众位亲友各散，独留本宅的人听候。"赵堂官回说："王爷虽是恩典，但东边的这位王爷办事认真，想是早已封门。"众人知是两府干

《红楼梦》与顺治皇帝的爱情故事

系,恨不能脱身,只见王爷笑道:"众位只管就请,叫人来给我送出去。告诉锦衣府的官员,说这都是亲友,不必盘查,快快放出。"那些亲友听见,就一溜烟如飞的出去了。独有贾赦、贾政一干人,吓得面如土色,满身发颤。

不多一回,只见进来无数番役各门把守,本宅上下人等,一步不能乱走。赵堂官便转过一副脸来,回王爷道:"请爷宣旨意就好动手。"这些番役却撩衣勒臂,专等旨意。西平王慢慢的说道:"小王奉旨带领锦衣府赵全来,查看贾赦家产。"贾赦等听见,俱俯伏在地。王爷便站在上头说:"有旨意:'贾赦交通外官,依势陵弱,孤负朕恩,有忝祖德,着革去世职。钦此。'"〔索隐〕顺治八年二月,追论多尔衮罪状之诏末段云:"多尔衮逆谋果真,神人共愤。谨告天地太庙社稷,将伊母子并妻所得封典,悉行追夺。布告天下,咸使闻知。赵堂官一叠声叫:"拿下贾赦,其余皆看守。"

维时贾赦、贾政、贾琏、贾珍、贾蓉、贾蔷、贾芸、贾兰俱在。惟宝玉假说有病,在贾母那边打闹。贾环本来不大见人的,所以就将现在几人看住。

赵堂官即叫他的家人:"传齐司员,带同番役,分头按房抄查登帐。"这一言不打紧,吓得贾政上下人等面面相看,喜得番役家人摩拳擦掌,就要往各处动手。西平王道:"闻得赦老与政老同房各爨的,理应遵旨查看贾赦的家资。其余皆按房封锁,我们覆旨去,再候定夺。"

赵堂官站起来说:"回王爷,贾赦、贾政并未分家。闻得他侄儿贾琏现在承总管家,不能不尽行查抄。"西平王听了也不言语,赵堂官便说:"贾琏贾赦两处,须得奴才带领去查抄才好。"西平王便说:"不必忙,先传言后宅,且请内眷回避,再查不迟。"

一言未了,老赵家奴番役已经拉着本宅家人领路,分头查抄去了。王爷喝令:"不许罗唣,待本爵自行查看!"说着,便慢慢的站起来要走,又吩咐说:"跟我的人,一个不许动,都给我站立这里候着,回来一齐瞧着点数。"正说着,只见锦衣司官跪禀说:"在内查出御用衣裙,并多少禁用之物,不敢擅动,特来请示王爷。"一回儿又有一起人拦住王爷,就回说:"东跨房抄出两箱房地契文,一箱借票,都是违例取利

第一百五回　锦衣军查抄宁国府　骥马使弹劾平安州

的。"〔索隐〕诏书中所用仪仗音乐及卫从之人，俱僭拟至尊，所造府第，亦与宫阙无异。一切政事不奉上命，概称诏旨，此即锦衣卫第一起禀报之罪状也。诏书中将侍臣伊尔登、陈泰一族，及所属牛录人丁刚林、巴尔达齐二族，尽收入自己旗下，又构陷威逼使肃亲王不得其死，将官兵户口财产等项不行归公，俱以肥己，此即锦衣卫第二起禀报之罪状也。消纳影射，俱见苦心。老赵便说："好个重利盘剥，很该全抄。请王爷就此坐下，叫奴才去全抄来，再候定夺罢。"说着，只见王府长史来禀说："守门军传进来说：'主上特命北静王到这里宣旨，请爷接去。'"赵堂官听了，心里喜欢，说："我好悔气，碰着这个酸王。如今那位来了，我就好施威。"一面想着也迎出来。只见北静王已到大厅，就向外站着，说："有旨意，锦衣府赵全听宣。"说："奉旨意，着锦衣官惟提贾赦质审，余交西平王遵旨查办。钦此。"西平王领了，好不喜欢，便与北静王坐下，着赵堂官提取贾赦回衙。

里头那些查抄的人，听得北静王到，俱一齐出来。及闻赵堂官走了，大家没趣，只得侍立听候。北静王便拣选两个诚实司官，并十来个老年番役，余者一概逐出。

西平王便说："我正与老赵生气，幸得王爷到来降旨。不然，这里很吃大亏。"北静王说："我在朝内，听见王爷奉旨查抄贾宅，我甚放心，谅这里不致荼毒。不料老赵这么混帐！"〔索隐〕睿王之狱，发之者苏克、萨哈、詹岱、穆伦；成之者郑亲王、端重郡王、敬谨亲王、巽亲王。"这么混帐"之语，包括诸人在内。但不知现在政老及宝玉在那里，里面不知闹到怎么样了？"

众人回禀："贾政等在房下看守着，里面已抄得乱腾腾的了。"西平王便吩咐司员："快将贾政带来问话。"众人命带了上来，贾政跪了请安，不免含泪乞恩。北静王便起身拉着说："政老放心。"便将旨意说了，贾政感激涕零，望北又谢了恩，仍上来听候。王爷道："政老，方才老赵在这里的时候，番役呈禀有禁用之物，并重利欠票，我们也难掩过。这禁用之物，原办进贵妃用的，我们声明也无碍。独是借券，想个什么法儿才好。如今政老且带司员，实在将贾赦家产呈出，也就了事。切不可再有隐匿，自干罪戾。"贾政答应道："犯官再不敢，但犯官祖父遗

《红楼梦》与顺治皇帝的爱情故事

产,并未分过,惟各人所住的房屋,有的东西便为己有。"〔索隐〕睿王私产,皆当国时所封殖,豫王私产则下江南时所掳取也。遗产虽未分析,私有已足自豪。两王便说:"这也无妨,惟将赦老那一边所有的交出就是了。"又吩咐司员等依命行去,不许胡混乱动,司官领命去了。

且说贾母那边女眷也摆家宴,王夫人正在那边说:"宝玉不到那头,恐他老子生气。"凤姐带病哼哼唧唧的说:"我看宝玉也不是怕人,他见前头陪客的人也不少了,所以在这里照应,也是有的。倘或老爷想起里头少个人在那里照应,太太便把宝兄弟献出去,可不是好!"贾母笑道:"凤丫头病到这地位,这张嘴还是这么尖巧。"正说到高兴,只听见邢夫人那边的人一直声的喊进来说:"老太太、太太不好了!多多少少的穿靴戴帽的强盗来了,翻箱倒笼的来拿东西。"贾母等听着发呆,又见平儿披头散发,拉着巧姐哭啼啼的来说:"不好了,我正与姐儿吃饭,来旺被人拴着进来说:'姑娘快快传进去,请太太们回避,外面王爷就要进来查抄家产。'我听了着忙,正要进房拿要紧东西,被一伙人浑推浑赶出来的。你们这里该穿该戴的,快快收拾。"

王、邢夫人等听得俱魂飞天外,不知怎么才好。独见凤姐先前圆睁两眼听着,后来便一仰身跌倒在地下死了。〔索隐〕当太宗崩逝,继统未定,武英郡王阿济格、豫王多铎,以国基未固,须立长君,合谋拥戴多尔衮,故郑亲王等合词参奏,有:"彼时臣等,并无欲立摄政王多尔衮之议,惟伊弟豫郡王多铎,多方劝进。"豫王因此几几不免于罪,闻信时之惊惧,自较诸人为尤甚。贾母没有听完,便吓得涕泪交流,连话也说不出来。那时一屋子人,拉那个扯这个,正闹得翻天覆地,又听见一叠声喊道:"叫里面女眷们回避,王爷进来了!"

可怜宝钗、宝玉等正在没法,只见地下这些丫头婆子乱拉乱扯的时候,贾琏喘吁吁的跑进来说:"好了,好了!幸亏王爷救了我们了。"众人正要问他,贾琏见凤姐倒在地下,哭着乱叫,又见老太太吓坏了,也急得死去。还亏平儿将凤姐叫醒,令人扶着。老太太也回过气来,哭得气短神昏,躺在炕上。李纨再三宽慰,然后贾琏定神将两王恩典说明,惟恐贾母、邢夫人知道贾赦被拿,又要吓死,暂且不敢明说,只得出来照料自己屋内。一进屋门,只见箱开柜破,物件抢得半空。此时急得两

第一百五回　锦衣军查抄宁国府　骥马使弹劾平安州

眼直竖，流泪发呆，听见外头叫，只得出来。见贾政同司员登记物件，一人报说：

> 赤金首饰共一百二十三件，珠宝俱全。珍珠十二挂，淡金盘二件，金碗二对，金抢碗二个，金匙四十把，银大碗八十个，银盘二十个，三镶金象牙箸二把，镀金执壶四把，镀金折盂三对，茶托二件，银碟七十六件，银酒杯三十六个，黑狐皮十八张，青狐皮六张，貂皮三十六张，黄狐三十张，猞猁狲皮十二张，麻叶皮三张，洋灰皮六十张，灰狐腿皮四十张，酱色羊皮三十张，狐狸皮二张，黄狐腿二把，小白狐皮二十块。洋呢三十度，哔叽二十三度，姑绒十二度，香鼠筒子十件，豆鼠皮四方，天鹅绒一卷，梅鹿皮一方，云狐筒子二件，貂崽皮一卷，鸭皮七把，灰鼠一百六十张，貛子皮八张，虎皮六张，海豹皮三张，海龙十六张，灰色羊皮四十张，黑色羊皮六十三张，元狐帽沿十副，倭刀帽沿十二副，貂帽沿二副，小狐皮十六张，江獭皮二张，獭子皮二张，猫皮三十五张，倭段十二度，绸缎一百三十卷，纱绫一百八十一卷，羽线绉三十一卷，氆氇三十卷，妆蟒缎八卷，葛布三捆，各色布三捆，各色皮衣一百三十二件，棉夹单绢衣三百四十件。玉玩三十二件，带头九副，铜锡等物五百余件，钟表十八件，朝珠九挂，各色妆蟒三十四件，上用蟒缎迎手靠背三分，宫妆衣裙八套，脂玉圈带一条，黄缎十二卷，潮银五千二百两，赤金五十两，钱七千吊。〔**索隐**〕婪赃之厚，略见一斑。

一切动用家伙，攒钉登记，以及荣国赐第，俱一一开列。其房地契纸，家人文书，亦俱封裹。

贾琏在旁边窃听，只不听见报他的东西，心里正在疑惑，只闻两家王爷问贾政道："所抄家资，内有借券，实系盘剥，究是谁行的？政老据实才好。"贾政听了，跪在地下叩头说："实在犯官不理家务，这些事全不知道，问犯官侄儿贾琏才知。"贾琏忙走上跪下禀道："这一箱文书，

《红楼梦》与顺治皇帝的爱情故事

既在奴才屋内抄出来的,敢说不知道么?只求王爷开恩,奴才叔父并不知道的。"

两王道:"你父已经获罪,只可并案办理。你全认了,也是正理,如此,叫人将贾琏看守。〔索隐〕豫王认罪,亦是当时实情。余俱散收宅内。政老你须小心候旨,我们进内覆旨去了,这里有官役看守。"说着,上轿出门。贾政等就在二门跪送,北静王把手一伸,说:"请放心。"觉得脸上大有不忍之色。

此时贾政魂魄方定,犹是发怔,贾兰便说:"请爷爷进去看老太太,再想法儿打听东府里的事。"贾政即忙起身进内,只见各门上妇女乱嘈嘈的,不知要怎么样。贾政无心查问,一直到贾母房中,只见人人泪痕满面。王夫人宝玉等围住贾母,寂静无言,各各掉泪,惟有邢夫人哭作一团。因见贾政进来,都说:"好了,好了。"便告诉老太太,说:"老爷仍旧好好的进来,请老太太安心罢。"贾母奄奄一息的,微开双目,说:"我的儿,不想还见得着你。"一声未了,便号啕的哭起来了,于是满屋的人俱哭个不住。

贾政恐哭坏老母,即收泪说:"老太太放心罢,本来事情原不小,蒙皇上天恩,两位王爷的恩典,万殷轸恤。就是大老爷暂时拘质,等问明白了,皇上还有恩典。如今家里一些也不动了。"贾母见贾赦不在,又伤心起来,贾政再三安慰方止。

众人俱不敢走散,独邢夫人回至自己那边,见总门封锁,丫头、婆子亦锁在几间屋内。邢夫人无处可走,放声大哭起来。只得往凤姐那边去,见二门旁舍亦上封条,惟有屋门开着,里头呜咽不绝。邢夫人进去,见凤姐面如纸灰,合眼躺着。平儿在旁暗哭。邢夫人打量凤姐死了,又哭起来。平儿迎上来说:"太太不要哭,奶奶抬回来觉着像是死的了,幸得歇息一回苏过来,哭了几声,如今痰息气定,略安一安神。太太也请定定神罢。但不知老太太怎样了?"

邢夫人也不答言,仍走到贾母那边。见眼前俱是贾政的人,自己夫子被拘,媳妇病危,女儿受苦,现在身无所归,那里禁得住众人劝慰?李纨等令人收拾房屋,请邢夫人暂住,王夫人拨人服侍。

贾政在外,心惊肉跳、拈须搓手的等候旨意,听见外面看守军人乱

第一百五回　锦衣军查抄宁国府　骢马使弹劾平安州

喊道："你到底是那一边的？既碰在我们这里，就记在这里册上。拴着他交给里头锦衣府的爷们！"贾政出外看时，见是焦大，便说："怎么跑到这里来？"焦大见问，便号天嗷地的哭道："我天天劝这些不长进的爷们，倒拿我当作冤家，连爷还不知道焦大跟着太爷受的苦。今朝弄到这个田地，只大爷、蓉哥儿，都叫什么王爷拿了去了！里头女主儿们，都被什么府里衙役抢得披头散发，关在一处空房里！那些不成材料的狗男女，却像猪狗似的拦起来了。所有的都抄出来搁着，木器打得破烂，磁器打得粉碎。他们还要把我拴起来，我活了八九十岁，只有跟着太爷捆人的，那里倒叫人捆起来？我便说我是西府里的，就跑出来。那些人不依，押到这里，不想这里也是么着。我如今也不要命了，和那些人拚了罢！"〔索隐〕焦大盖指索尼。索尼性戆直，事睿王亦至忠谨。睿王方死，属下苏克萨哈詹岱穆伦乃至告其主。焦大一番哭骂，盖痛诋若辈。所以有"我如今也不要命了，和那些人拚了罢"之语。说着撞头。众役见他年老，又是两王吩咐，不敢发狠，便说："你老人家安静些，这是奉旨的事，你且这里歇歇，听个信儿再说。"贾政听明，虽不理他，但是心里刀绞似的，便道："完了，完了！不料我们一败涂地如此！"

正在着急听候内信，只见薛蝌气嘘嘘的跑进来说："好容易进来了！姨父在那里？"贾政道："来得好！但是外头怎么放进来的？"薛蝌道："我再三央说，又许他们钱，所以我才能够出入的。"贾政便将抄去之事告诉了他，便烦他再去打听打听："就有好亲戚，在火头上也不便送信，是你就好通信了。"薛蝌道："这里的事，我倒想不到。那边东府的事，我已听见说。完了！"贾政道："究竟犯什么事？"薛蝌道："今朝为我哥哥打听决罪的事，在衙门闻得有两位御史，〔索隐〕指郑亲王等四位。以两代四，适得半数。风闻得珍大爷引诱世家子弟赌博，这款还轻。还有一大款，是强占良民妻女为妾，〔索隐〕睿王曾占夺肃王豪格之妃，罪状中以此款为最重。何洛会初因告发豪格，为索王所信任。索王死，余人连累者皆宽免，独何洛会被诛，其故可想。因其女不从，凌逼致死。那御史恐怕不准，还将咱们家的鲍二拿去，又还拉出一个姓张的来。只怕连都察院都有不是，为的是张姓的曾告过的。"贾政尚未听完。便跺脚道："了不得！罢了，罢了！"叹了一口气，扑簌簌的掉下泪来。

《红楼梦》与顺治皇帝的爱情故事

薛蝌宽慰了几句,即便又出来打听去了。隔了半日,仍旧进来说:"事情不好!我在刑科打听,倒没有听见两王覆旨的信。但听得说李御史今朝参奏平安州奉承京官,迎合上司,虐害百姓,好几大款。"贾政慌道:"那管他人的事!到底打听我们的怎么样?"薛蝌道:"说是平安州就有我们,那参的京官就是赦老爷,说的是包揽词讼,〔**索隐**〕罪状中独专威权、妄自尊大、擅作威福、任意黜陟等语,皆包揽词讼之类也。所以火上浇油。就是同朝这些官府,俱藏躲不迭,谁肯送信?就即如才散的这些亲友,有的竟回家去了,也有远远儿的歇下打听的。可恨那些贵本家,便在路上说:'祖宗挣下的世职,弄出事来了,不知道飞在那个头上!〔**索隐**〕独重世职,为睿王削爵夺封典之注脚。大家也好施威。'"贾政没有听完,复又顿足道:"都是我们大老爷忒糊涂,东府也忒不成事体。如今老太太与琏儿媳妇是死是活还不知道呢!你再打听去,我到太太那边瞧瞧,若有信,能够早一步才好。"

正说着,听见里头乱闹出来说:"老太太不好了。"急得贾政即忙进来。未知生死如何,下回分解。

〔**索隐**〕此回专记睿王身后被议之事。睿王殁于顺治七年十二月,其被议即在顺治八年二月,饰终之优礼甫毕,夺爵之严谴忽来。虽家奴告发,亲王论劾,为此事之起源,而背负芒刺,幼主之猜忌,固已储之有素也。查抄家产,以宁府而牵及荣府,与豫王之被累于睿王情事相同,而论者或谓"宣布多尔衮罪状,在其身死以后,此则赦老犹在。"不知读书贵会其通,有宜逐字逐句体察其意味者,有宜综合前后情节,以求其概要者。如此处作者命意,盖以贾元春代表摄政。元春薨逝未几,即有查抄宁荣之举。其初之才选凤藻宫,即隐指多尔衮之践祚摄政。以百二十回言情之书,隐括清初数朝事迹,或一人代表数人,或数人代表一人,甚至一人之身,始而代表某人者,继更代表其他之一人,参互错综,各神其用,不能泥格以求之也。

全回只叙查抄一事,首尾一气,不分段落。而以薛蝌报信,访知御史奏参各款为其余波,且以见查抄之所由,于文家为倒

第一百五回　锦衣军查抄宁国府　骥马使弹劾平安州

叙法。

再，强占良民妻女，为参案中之至重大者。多尔衮当国时，此种举动如占夺肃王妃之类，事属恒有。然史家评议，谓太后一节喧传朝野，世祖寸心，实抱非常之隐痛，故于多尔衮甫死，即毅然下诏宣布罪状，意盖别有所属。作者借张华事，微露此中端倪，笔极灵活。

〔护花评〕抄没宁府情形，只在贾政听见登记件上写出，可见番役查抄时，两府内外人等，俱看守严密，消息不通。

又：于天翻地覆时，忽插入焦大噪闹。又将贾珍等平日作为及被抄情形，细说一遍。以补笔旁笔写出正文，方不是印板文字。

又：平安州被参，及贾赦犯事缘由，于薛蝌口中略略一叙，妙在不能探听详细。写薛蝌独出力探事，不但见亲情之厚、薛蝌之能，且可见其余亲友之势利，不是单写薛蝌。

〔大某评〕此回仍是乙卯年事。

第一百六回　王熙凤致祸抱羞惭
　　　　　　　史太君祷天消祸患

　　话说贾政闻知贾母危急，即忙进去看视，见贾母惊吓气逆，王夫人、鸳鸯等唤醒回来，即用疏气安神的丸药服了，渐渐的好些，只是伤心落泪。贾政在旁劝慰，总说："是儿子们不肖，招了祸来，累老太太受惊。若老太太宽慰些，儿子们尚可在外料理，若是老太太有什么不自在，儿子们的罪孽更重了。"〔**索隐**〕世祖性孝，皇父摄政王逝后，仍迎孝庄归，筑慈宁宫以居之。八年二月之狱起，孝庄固抱难言之隐痛，世祖亦有难处之家庭。此处数语，不即不离，深合当时口吻。

　　贾母道："我活了八十多岁，自作女孩儿起，到你父亲手里，都托着祖宗的福，从没有听见过那些事。如今到老了，见你们倘或受罪，叫我心里过得去么？倒不如合上眼，随你们去罢了。"说着又哭。

　　贾政此时着急异常，又听外面说："请老爷，内廷有信。"贾政急忙出来，见是北静王府长史，一见面便说："大喜。"贾政谢了，请长史坐下请问："王爷有何谕旨？"那长史道："我们王爷同西平郡王进内覆奏，将大人的惧怕的心，感激天恩之话，都代奏了。主上甚是悯恤，并念及贵妃溘逝未久，不忍加罪，着加恩仍在工部员外上行走。〔**索隐**〕豫王仍复旧职，睿王家族，亦只削爵夺封，不复深究。盖圣祖处理此狱，实含有委曲求全之意，其至"贵妃溘逝未久不忍加罪"者，指摄政言之也，意甚明显。所封家产，惟将贾赦的入官，余俱给还。并传旨令尽心供职。惟抄出借券；令我们王爷查核，如有违禁重利的，一概照例入官。其在定例生息的，同房地文书尽行给还。贾琏着革去职衔，免罪释放。"

　　贾政听毕，即起身叩谢天恩，又拜谢王爷恩典："先请长史大人代为禀谢，明晨到阙谢恩，并到府里叩头"。那长史去了。少停，传出旨来。

第一百六回　王熙凤致祸抱羞惭　史太君祷天消祸患

承办官遵旨一一查清，入官者入官，给还者给还。将贾琏放出，所有贾赦名下男妇人等造册入官。

可怜贾琏屋内东西，除将按例放出的文书发还外，其余虽未尽入官的，早被查抄的人尽行抢去，所存者，只有家伙物件。贾琏始则惧罪，后蒙释放已是大幸。及想起历年积聚的东西，并凤姐的体己，不下七八万金，一朝而尽，怎得不痛？且他父亲现禁在锦衣府，凤姐病在垂危，一时悲痛。又见贾政含泪叫他问道：“我因官事在身，不大理事，故叫你们夫妇总理家事。你父亲所为，固难劝谏。那重利盘剥，究竟是谁干的？况且非咱们这样人家所为，如今入了官，在银钱是不打紧的，这种声名出去还了得么？”

贾琏跪下说道：“侄儿办家事，并不敢存一点私心，所有出入的帐目，自有赖大、吴新登、戴良等登记，老爷只管叫他们来查问。现在这几年，库内的银子出多入少，虽没贴补在内，已在各处做了好些空头，求老爷问太太就知道了。这些放出去的帐，连侄儿也不知道那里的银子，要问周瑞、旺儿才知道。”贾政道：“据你说来，连你自己屋里的事，还不知道，那些家中上下的事，更不知道了。我这回也不来查问你，现今你无事的人，你父亲的事和你珍大哥的事，还不快去打听打听。”贾琏一心委屈，含着眼泪答应了出去。

贾政叹气连连的想道：“我祖父勤劳王事，立下功勋，得了两个世职。如今两房犯事，都革去了。我瞧这些子侄，没一个长进的！〔索隐〕睿、豫之败，皇族中合词攻讦，无人为之回护者。老天啊，老天啊，我贾家何至一败如此！我虽蒙圣恩格外垂慈，给还家产，那两处食用，自应归并一处，叫我一人那里支撑得住？方才琏儿所说，更加诧异，说不但库上无银，而且尚有亏空。这几年竟是虚名在外，只恨我自己为什么糊涂若此！倘或我珠儿在世，尚有膀臂，宝玉虽大，更是无用之物。”想到那里，不觉泪满衣襟，又想："老太太偌大年纪，儿子们并没有自能奉养一日，反累他吓得死去活来。种种罪孽，叫我委之何人？"〔索隐〕孝思不匮，实从轻发落之原因。

正在独自悲切，只见家人禀报："各亲友进来看候。"贾政一一道谢，说起："家门不幸，是我不能管教子侄，所以至此。"有的说："我久知令兄赦大老爷行事不妥,那边珍哥更加骄纵,若说因官事错误,得个不是,于心无愧。于今自己闹出的,倒带累着二老爷。"有的说:"人家闹的也多,也没见御史参奏。〔**索隐**〕指郑亲王等同族参奏。玩"也没见"三字,有深觉诧异之意。不是珍老大得罪朋友,何得如此?"有的说:"也不怪御史,我们听见说是府上的家人,同几个泥腿在外头哄嚷出来的。〔**索隐**〕指苏克萨哈、詹岱穆伦等家奴举发。御史恐参奏不实,所以诓了这里的人去,才说出来的。我想府上待下人最宽的,为什么还有这事?"有的说:"大凡奴才们,是一个养活不得的。今儿在这里都是好亲友,我才敢说。就是尊驾在外任,我保不得你是不爱钱的,那外头的风声也不好,都是奴才们闹的,你该提防些。如今虽说没有动你的家,倘或再遇着主上疑心起来,好些不便呢。"〔**索隐**〕豫王南下,敛怨已深,当时若牵连追究,必不能免于戾。

贾政听说,心下着忙,道:"众位听见我的风声怎样?"众人道:"我们虽没听见实据,只闻外面人说,你在粮道任上怎么叫门上家人要钱。"贾政听了,便说道:"我是对得起天的,从不敢起这要钱的念头。只是奴才在外招摇撞骗,闹出事来,我就吃不住了。"众人道:"如今怕也无益,只好将现在的管家们都严严的查一查,若有坑主的奴才,查出来严严的办一办。"

贾政听了点头,便见门上进来回禀说:"孙姑爷那边打发人来说:'自己有事不能来,着人来瞧瞧。'说:'大老爷该他一项银子,要在二老爷身上还的。'"贾政心内忧闷,只道:"知道了。"众人都冷笑道:"人说令亲孙绍祖混帐,真有些。如今丈人抄了家,不但不来瞧看,帮补照应,倒赶忙的来要银子,真真不在理上。"贾政道:"如今且不必说他,那头亲事原是家兄配错的。我的侄女儿的罪,已经受够了,如今又招我来。"

正说着,只见薛蝌进来说道:"我打听锦衣府赵堂官必要照御史参的办法,只怕大老爷和珍大爷吃不住。"众人都道:"二老爷,还得是你出去求求王爷,怎么挽回挽回才好。不然,这两家就完了。"贾政答应致谢,众人都散。

那时天已点灯时候,贾政进来请贾母的安,见贾母略略好些。回到

第一百六回　王熙凤致祸抱羞惭　史太君祷天消祸患

自己房中，埋怨贾琏夫妇不知好歹，如今闹出一放帐取利的事情，大家不好，方见凤姐所为，心里很不受用。凤姐现在病重，知他所有什物尽被抄抢一光，心内郁结，一时未便埋怨，暂且隐忍不言。一夜无话。

次早贾政进内谢恩，并到北静王府、西平王府两处叩谢，求两位王爷照应他哥哥、侄儿。两位应许。贾政又在同寅相好处托情。

且说贾琏打听得父兄之事不很妥，无法可施，只得回到家中。平儿守着凤姐哭泣，秋桐在耳房中抱怨凤姐。贾琏走近旁边，见凤姐奄奄一息，就有多少怨言，一时也说不出来。平儿哭道："如今事已如此，东西已去，不能复来。奶奶这样，还得再请个大夫调治才好。"贾琏啐道："我的性命还不保，我还管他么？"凤姐听见，睁眼一瞧，虽不言语，那眼泪流个不尽。见贾琏出去，便与平儿道："你别不达事务了，到了这样田地，你还顾我做什么，我巴不得今儿就死才好。只要你能够眼里有我，我死之后，你扶养大了巧儿，我在阴司里也感激你的。"平儿听了，放声大哭。

凤姐道："你也是聪明人，他们虽没有来说我，他必抱怨我。虽说事在外头闹的，我若不贪财，如今也没有我的事。不但是枉费心计，挣了一辈子的强，如今落在人后头，我只恨用人不当。恍惚听得那边珍大爷的事，说是强占良民妻子为妾，不从逼死，有个姓张的在里头。你想想还有准？'若是这件事审出来，咱们二爷是脱不了的，我那时怎样见人！我要即时就死，又耽不起吞金服毒的。你倒还要请大夫，可不是你为顾我反倒害了我了么？"〔索隐〕羞惭。正文即用凤姐口中自己说出，逞了一辈子强，到了强不起之时，而始悟往日逞强之非，则已晚矣。平儿愈听愈惨，想来实在难处，恐凤姐自寻短见，只得紧紧守着。

幸贾母不知底细，因近日身子好些，又见贾政无事，宝玉、宝钗在旁，天天不离左右，略觉放心。素来最疼凤姐，便叫鸳鸯："将我的体己东西，拿些给凤丫头，再拿些银钱交给平儿，好好的服侍好了凤丫头，我再慢慢的分派。"又命王夫人照看了邢夫人。又加了宁国府第入官，所有财产屋地等并家奴等，俱造册收尽。这里贾母命人将车接了尤氏婆媳等过来。可怜赫赫宁府，只剩得他们婆媳两个并佩凤、偕鸳二人，连一个下人没有。贾母拨出房子一所居住，就在惜春所住的间壁。又派了婆

《红楼梦》与顺治皇帝的爱情故事

子四人、丫头两个服侍。一应饭食起居,在大厨房内分送。衣裙什物,又是贾母送去。零星需用,亦在帐房内开销,俱照荣府每人月例之数。

那贾赦、贾珍、贾蓉在锦衣府使用,帐房内实在无项可支。如今凤姐一无所有,贾琏况又多债务满身。贾政不知家务,只说已经托人,自有照应。贾琏无计可施,想到那亲戚里头,薛姨妈家已败,王子腾已死,其余亲戚虽有,俱是不能照应。只得暗暗差人下屯,将地亩暂卖了数千金,作为监中使费。贾琏如此一行,那些家奴见主家势败,也便趁此弄鬼,并将东庄租税,也就指名借用些。此是后话,暂且不提。

且说贾母见祖宗世职革去,现在子孙在监质审,邢夫人、尤氏等日夜啼哭,凤姐病在垂危,虽有宝玉、宝钗在侧,只可解劝,不能分忧,所以日夜不宁。思前想后,眼泪不干。

一日傍晚,叫宝玉回去,自己强着坐起,叫鸳鸯等各处佛堂上香,又命自己院内焚起斗香,用拐拄着,出到院中。琥珀知是老太太拜佛,铺下大红短毡拜垫。贾母上香跪了,叩了好些头,念了一回佛,含泪祝告天地道:"皇天菩萨在上,我贾门史氏虔诚祷告,求菩萨慈悲。我贾门数世以来,不敢行凶霸道。我帮夫助子,虽不能为善,亦不敢作恶。必是后辈儿孙骄侈淫佚,暴殄天物,以致阖府抄检。现在儿孙监禁,自然凶多吉少,皆由我一人罪孽,不教儿孙,所以至此。我即求皇天保佑,在监的逢凶化吉,有病的早早安身。今总有阖家罪孽,情愿一人承当,只求饶恕儿孙。若皇天见怜,念我虔诚,早早赐我一死,宽免儿孙之罪。"默默说到此,不禁伤心,呜呜咽咽哭泣起来。〔**索隐**〕事后忏悔,情词可惨。然书中贾母,只是有形之苦痛。当年孝庄,乃抱无形之桎梏,其惨苦盖倍于此万万。慈宁伏处,长斋绣佛,不问外事者,历三十余年。

鸳鸯珍珠一面解劝,一面扶进房去。只见王夫人带了宝玉、宝钗,过来请晚安,见贾母悲伤,三人也大哭起来。宝钗更有一层苦楚:想哥哥现在外监,将来要处决,不知可减缓否?翁姑虽然无事,眼见家业萧条,宝玉依然疯傻,毫无志气。想到后来终身,更比贾母、王夫人哭得更痛。宝玉见宝钗如此大恸,他亦有一番悲戚:想的是老太太年老不得安逸,老爷、太太见此光景,不免悲伤。众姊妹风流云散,一日少似一日,追想在园中吟诗起社,何等热闹!自从林妹妹一死,我郁闷到今,

· 1238 ·

第一百六回　王熙凤致祸抱羞惭　史太君祷天消祸患

又有宝姐姐过来，未便时带悲切，见他忧兄思母，日夜难得笑容。今见他悲哀欲绝，心里更加不忍，竟号啕大哭。鸳鸯、彩云、莺儿、袭人见他们如此，也各有所思，便也呜咽起来。余者丫头们看得伤心，也便陪哭，竟无人劝解。〔索隐〕举家痛哭。各人有各人心事，分别写出，行文不苟如此。

满屋中哭声惊天动地，外头上夜婆子吓慌，急报于贾政知道。那贾政正在书房纳闷，听见贾母的人来报，心中着忙，飞奔进内。远远听得哭声甚众，打量老太太不好，吓得魂魄俱丧，疾忙进内。只见坐着悲啼，神魂方定，说："是老太太伤心，你们该劝解，怎么的齐打伙儿哭起来了？"众人听得贾政声气，急忙止哭，大家对面发怔。贾政上前安慰了老太太，又说了众人几句。各自心想道："我们原恐怕老太太悲伤，散来劝解，怎么忘情，大家痛哭起来？"

正自不解，〔索隐〕悲来填膺，不自知其涕泗之何从也。只见老婆子带了史侯家的两个女人进来，请了贾母的安，又向众人请安毕，便说："我们家老爷、太太、姑娘打发我来，说听见府里的事，原没有什么大事，不过一时受惊。恐怕老爷、太太烦恼，叫我们过来告诉一声，说这里二老爷是不怕的了。我们姑娘本要自己来的，因不多几日就要出阁，〔索隐〕四贞之嫁延龄，本在此后数年。文只借此归束湘云事。所以不能来了。"

贾母听了，不便道谢，说："你回去给我问好。这是我们的家运合该如此，承你老爷、太太惦记，过一日再来奉谢。你家姑娘出阁，想来你们姑爷是不用说的了，他们的家计如何？"两个女人回道："家计倒不怎么样，只是姑爷长的很好，为人又和平。我们见过好几次，看来与这里宝二爷差不多，还听得说才情学问都好的。"

贾母听了喜欢，道："咱们都是南边人，虽在这里住久了，那些大规矩还是从南方礼儿，所以新姑爷我们都没见过。我前儿还想起我娘家的人来，最疼的就是你们家姑娘。一年三百六十天，在我跟前的日子倒有二百多天。浑得这么大了，〔索隐〕四贞久养宫中。我原想给他说个好女婿，又为他叔叔不在家，我又不便作主。他如今配了个好姑爷，我也安心。月里出阁，我原想过来吃杯喜酒的，不料我家闹出这样事来，我

《红楼梦》与顺治皇帝的爱情故事

的心就像在热锅里熬的似的,那里能够再到你们家去?你回去说我问好,我们这里的人都说请安问好。你替我另告诉你家姑娘,不要将我放在心里,我是八十多岁的人了,就死也算不得没福的。只愿他过了门,两口子和顺,百年到老,我便安心了。"说着,不觉掉下泪来。那女人道:"老太太也不必伤心,姑娘过了门,等回了九,少不得同姑爷过来请老太太的安。那时老太太见了才喜欢呢。"贾母点头。

那女人出去,别人都不理论,只有宝玉听了,发了一回怔,心里想道:"如今一天一天都过不得了。为什么人家养了女儿,到大了必要出嫁,一出了嫁就改变?史妹妹这样一个人,又听他婶娘硬压着配人了。〔索隐〕奇想!婶娘硬压着配人,若不硬压,谅来便不配人了?四贞本已册封东宫妃,后以陈奏许配在先,太后乃为求孙氏子而撮合之。世祖于此,殆有不能忘情者。"母也天只,不谅人只",此句语意,盖作如是解。他将来见了我,必是又不理我了。我想一个人到了这没个人理的分儿,还活着作什么!"〔索隐〕只有出家之一法。想到那里,又是伤心。见贾母此时才安,又不敢哭泣,只是闷闷的。

一时贾政不放心,又进来瞧瞧老太太。见是好些,便出来传了赖大,叫他将阖府里管事家人的花名册子拿来,一齐点了一点。除去贾赦入官的人,尚有三十余家,其男女二百十二名。贾政叫现在府内当差的男人共二十一名进来,问起历年居家用度,共有若干进来,该用若干出去。那总管家人将近年支用簿子呈上。贾政看时,所入的不敷所出,又加连年宫里化用,帐上有在外浮借的也不少。再查东省地租,近年头交不及祖上一半,如今用度比祖上更加十倍。贾政不看则已,看了急的跺脚道:"这了不得!我打量虽是琏儿管事在家,自有把持。岂知好几年头里,已就寅年用了卯年的,还是这样装好看!竟把世职俸禄,当作不打紧的事情,为什么不败呢?我如今就要省俭起来,已是迟了!"想到那里,背着手踱来踱去,竟无方法。

众人知贾政不知理家,也是白操心着急,便劝说道:"老爷也不用焦心,这是家家这样的,若是统总算起来,连王爷家还不够。不过是装着门面,过到那里,就到那里。如今老爷到底得了主上的恩典,总有这点子家产,若是一并入了官,老爷就不用过了不成?"贾政怒道:"放屁!

第一百六回　王熙凤致祸抱羞惭　史太君祷天消祸患

你们这班奴才，最没有良心的，仗着主子好的时候，任意开销。到弄光了，走的走，跑的跑，还顾主子的死活么？如今你仍道是没有查封是好，那知道外头的名声，大本儿都保不住，还搁得住你们在外头支架子、说大话、诓人骗人？到闹出事来，望主子身上一推就完了。如今大老爷与珍大爷的事，说是咱们家人鲍二在外传播的，我看这人口册上并没有鲍二，这是怎么说？"

众人回道："这鲍二是不在档册上的。〔索隐〕满制，披甲丁奴有招旗、销档两种名目。招旗须出于皇上特赐，销档则主家可自由行之。凡未销档之人，虽贵至督抚尚侍，一入主家，则青衣执役如故。主家虽衰落，一呵叱之如奴厮，不敢抗违。先前在宁府册上，为二爷见他老实，把他们两口子叫过来了。及至他女人死了，他又回宁府去。后来老爷衙门有事，老太太们爷们往陵上去，珍大爷替理家事，带过来的，以后也就去了。老爷数年不管家事，那里知道这些事来？老爷打量册上没有名字的，就只有这个人，不知一个人手下亲戚们也有好几个，奴才还有奴才呢！"〔索隐〕仿佛衙门中之白役。"奴才还有奴才"，可豪在此，可慨亦在此。贾政道："这还了得！"想去一时不能料理，只得喝退众人，早打了主意在心里了，且听贾赦等事审得怎样再定。

一日，正在书房筹算，只见一人飞奔进来，说："请老爷快进内廷问话。"贾政听了，心下着急，只得进去。未知凶吉，下回分解。

〔索隐〕此回衔接上回，为查抄之尾声。依事铺叙，其着急只在中间一段，即回目所载"致祸抱羞惭""祷天消祸患"二语，与实事较有关系。盖睿王获谴，虽暗中由于上婚寡嫂，有伤圣心，而其表面之罪，则以僭窃谋篡构成。豫王厕身劝进，致干廷议，纵结果幸邀宽免，而清夜自思，固当且悔且惧。孝庄当此事发生之际，坐视既不忍心，干涉又难启齿，势处两难。辗转低徊，只得祷天忏悔，求消灾戾。作者虽出以寓言，吾人心维目道，可必其为当时实况也。写贾政颠顶处，亦丝丝入扣。

〔护花评〕借亲友口中，补写家人泥腿嗥闹、门上要钱诸事，隐指鲍二、倪二、李十等人，却说不出姓名，才是亲朋口吻。

王凤姐嘱托平儿扶养巧姐，自叹枉费心计及尤二姐事，只愿早死。苛毒人忽有此惨痛语，可为贪财妒刻者现身说法。

又：贾政查看家人名册及出入帐簿，只有踱来踱去，绝无方法。描写不能理家人，情形如画。

又：于哭声嘈乱时，插叙史家人来，一则好止住哭声，

一则声说湘云即旧出阁、不来探望之故，情事周匝无遗。

〔**大某评**〕此回仍是乙卯年事。

第一百七回　散余资贾母明大义
　　　　　　　复世职政老沐天恩

　　话说贾政进内，见了枢密院各位大人，又见了各位王爷，北静王道："今日我们传你来，有遵旨问你的事。"贾政即忙跪下。众大人便问道："你哥哥乃交通外官，恃强陵弱、纵儿聚赌、强占良民妻女不遂逼死的事，你都知道么？"贾政回道："犯官自从主恩钦点学政任满后，查看赈恤，于上年冬底回家。又蒙堂派工程，后又往江西作道，题参回都，仍有工部行走，日夜不敢怠惰。一应家务，并未留心伺察，实在糊涂，不能管教子侄，这就是孤负圣恩，只求主上重重治罪。"〔索隐〕会勘时认罪之口供。

　　北静王据说转奏。不多时，传出旨来，北静王便说道："主上因御史参奏贾赦，交通外官，恃强陵弱。据该御史指出平安州互相往来，贾赦包揽词讼。严鞫贾赦，据供平安州原系姻亲来往，并未干涉官事，该御史亦不能指实。惟有倚势强索石呆子古扇一款是实的，然系玩物，究非强索良民之物可比。虽石呆子自尽，亦系疯傻所致，与逼勒致死者有间。今从宽将贾赦发往台站效力赎罪。所参贾珍强占良民妻女为妾不从逼死一款，提取都察院原案，看得尤二姐实系张华指腹为婚未娶之妻，因伊贫苦，自愿退婚，尤二姐之母愿给贾珍之弟为妾，并非强占。再，尤三姐自刎掩埋，并未报官一款，查尤三姐原系贾珍妻妹，本意为伊择配，因被逼索定礼，众人扬言秽乱，以致羞忿自尽，并非贾珍逼勒致死。但身系世袭职员，罔知法纪，私埋人命，本应重治，念伊究属功臣后裔，不忍加罪，亦从宽革去世职，派往海疆效力赎罪。贾蓉年幼无干，省释。贾政实系在外任多年，居官尚属勤慎，免治伊治家不正之罪。"

　　贾政听了，感激涕零，叩首不及，又叩求王爷代奏下忱。北静王道：

《红楼梦》与顺治皇帝的爱情故事

"你该叩谢天恩,更有何奏?"贾政道:"犯官仰蒙圣恩,不加大罪,又蒙将家产给还,实在扪心惶愧。愿将祖宗遗受俸禄,积余置产,一并交官。"北静王道:"主上仁慈待下,明慎用刑,赏罚无差。如今既蒙莫大深恩,给还财产,你又何必多此一奏?"众官也说不必。贾政便谢了恩,叩谢了王爷出来。恐贾母不放心,急忙赶回。

上下男女人等,不知传进贾政是何吉凶,都在外头打听。一见贾政回家,都略略的放心,只是两个世职革去,贾赦又往台站效力,贾珍又往海疆,不免又悲伤起来。邢夫人、尤氏听见那话,更哭起来。贾政便道:"老太太放心,大哥虽则台站效力,也是为国家办事,不致受苦。只要办得妥当,就可复职。珍儿正是年轻,很该出力,若不是这样,便是祖父的余德,亦不能久享。"说了些宽慰的话。

贾母素来本不大喜欢贾赦,那边东府贾珍,究竟隔了一层。只有邢夫人、尤氏痛哭不已。邢夫人想着家产一空,丈夫年老远出,膝下虽有琏儿,又是素来顺他二叔的,如今是都靠着二叔,他两口子更是顺着那边去了。独我一人孤苦伶仃,怎么好?那尤氏本来独掌宁府的家计,除了贾珍,也算是惟他为尊,又与贾珍夫妇相和。如今犯事远出,家财抄尽,依往荣府,虽则老太太疼爱,终是依人门下,又带了偕鸾、佩凤,蓉儿夫妇又是不能兴家立业的人。又想着二妹妹,三妹妹俱是琏二叔闹的,如今他们倒安然无事,依旧夫妇完聚。只留我们几人,怎生度日?想到这里,痛哭起来。〔索隐〕写邢、尤二人心事,亦能曲折入微。

贾母不忍,便问贾政道:"你大哥和珍儿现已定案,可能回家。蓉儿既没他的事,也该放出来了。"贾政道:"若在定例,大哥是不能回来的。我已托人徇个私情,叫我们大老爷同侄儿回家,好置办行装,衙门内业已应了。想来蓉儿同着他爷爷、父亲一起出来。只请老太太放心,儿子办去。"贾母又道:"我这几年,老的不成人了,总没有问过家事。如今东府是全抄去了,房屋入官,不消说的。你大哥那边,琏儿那边,也都抄去了。咱们西府银库,东省地土,你知道到底还剩了多少?他两个起身,也得给他们几千银子才好。"

贾政正是没法,听见贾母一问,心想着:"若是说明,又恐老太太着急,若不说明,不用说将来,现在怎样办法?"定了主意,便回道:"若

第一百七回　散余资贾母明大义　复世职政老沐天恩

老太太不问，儿子也不敢说。如今老太太既问到这里，现在琏儿也在这里，昨日儿子已查了，旧库的银子早已虚空，不但用尽，外头还有亏空。现今大哥这件事，若不化银托人，虽说主上宽恩，只怕他们爷儿两个也不大好。就是这项银子，尚无打算。东省的地亩，早已寅年吃了卯年的租，儿子一时也算不转来。只好尽所有的蒙圣恩没有动的衣服首饰折变了，给大哥、珍儿作盘费罢了。过日的事，只可再打算。"

贾母听了，又急得眼泪直流，说道："怎么着咱们家到了这样田地了么？我虽没有经过，我想起我家向日比这里还强十倍，也是摆了几年虚架子，没有出这样事，已经塌下来了，不消一二年就完了。据你说起来，咱们竟一两年就不能支了？"贾政道："若是这两个世俸不动，外头还有些挪移。如今无可指称，谁肯接济？"说着，也泪流满面："想起亲戚来，用过我们的，如今都穷了；没有用过我们的，又不肯照应了。昨日儿子也没有细查，只看家下的人丁册子，别说上头的钱一无所出，那底下的人也养不起许多"。

贾母正在忧虑，只见贾赦、贾珍、贾蓉一齐进来，给贾母请安。贾母看这般光景，一只手拉着贾赦，一只手拉着贾珍，便大哭起来。他两人脸上羞惭，又见贾母哭泣，都跪在地下哭着说道："儿孙们不长进，将祖上功勋丢了，又累老太太伤心，儿孙们是死无葬身之地的了。"〔索隐〕含糊得妙。舍此更别无说法，作者下笔时，颇费一番斟酌。满屋中人看这光景，又一齐大哭起来，贾政只得劝解："倒先要打算他两个的使用，大约在家只可住得一两日，迟则人家就不依了。"

老太太含悲忍泪的说道："你两个且各自同你媳妇们说说话儿去罢。"又吩咐贾政道："这件事是不能久待，想来外面挪移恐不中用，那时误了钦限怎么好？只好我替你们打算罢了。就是家中如此乱糟糟的，也不是常法儿。"一面说着，便叫鸳鸯吩咐去了。

这里贾赦等出来，又与贾政哭泣了一会，都不免将从前任性过后恼悔如今分离的话〔索隐〕三句总括，何等力量！说了一会，各自同媳妇那边悲伤去了。贾赦年老，倒也抛的下。独有贾珍与尤氏，怎忍分离？贾琏、贾蓉两个，也只有拉着父亲啼哭，虽说是比军流减等，究竟生离死别。这也是事到如此，只得大家硬着心肠过去。

《红楼梦》与顺治皇帝的爱情故事

　　却说贾母叫邢、王二夫人同了鸳鸯等开箱倒笼,将做媳妇到如今积攒的东西都拿出来。〔索隐〕太平原评:《记》曰:"子妇无私货。"贾母做媳妇而财资多多,正凤姐承受衣钵地也。礼必有义,明大义如此!曲笔深文,夫谁觉得?按此评颇中窍要,本回"明大义"三字'标题确含讥讽。又叫贾赦、贾政、贾珍等一一的分派说,这里现有的银子交贾赦三千两:"你拿二千两去,做你的盘费使用,留一千给大太太另用。这三千给珍儿,你只许拿一千去,留下二千交你媳妇过日子。仍旧各自度日,房子是在一处,饭食各自吃罢。四丫头将来的亲事,还是我的事。只可怜凤丫头操心了一辈子,如今弄得精光。也给他三千两,叫他自己收着,不许叫琏儿用。如今他还病得神昏气丧,叫平儿来拿去。这是你祖父留下的衣服,还有我少年穿的衣服首饰,如今我用不着。男的呢,叫大老爷、珍儿、琏儿、蓉儿拿去分了;女的呢,叫大太太、珍儿媳妇、凤丫头拿了分去。这五百两银子交给琏儿,明年将林丫头的棺材送回南去。"分派定了,又叫贾政道:"你说现在还该着人的使用,这是少不得的,你就拿这金子变卖偿还,这是他们闹掉了我的。你也是我的儿子,我并不偏向。宝玉已经成了家,我剩下这些金银等物,大约还值几千两银子,这是都给宝玉的了。珠儿媳妇向来孝顺我,兰儿也好,我也分给他们些。这便是我的事情完了。"〔索隐〕顺治十年七月,谕内三院:"奉圣母面谕:'予居深宫之中,不闻外事。近知雨潦为灾,房舍倾颓,田禾淹没。兵民困苦,深可悯恻。特发官中节省银八万两,赈济满汉兵民。'朕仰承慈旨,命尔等传谕户、工二部,即将发去银两,查照被灾轻重,酌量散给。仍设法稽察,毋致侵冒蒙混,俾贫苦之人,均沾实惠,以昭圣母德意。"又,十三年八月,谕户部:"朕亲诣慈宁宫,朝见皇太后,禀知畿辅近地,连年荒歉,今岁自夏徂秋,复苦霪雨飞蝗,民生艰瘁。蒙皇太后慈谕,小民如此苦楚,深为可悯,所有官中节省银三万两,即行发出,速加赈济。钦此。"盖孝庄经已丧变,蛰居慈宁,一意忏悔,曾散私财以济贫困。作者因题布置,借查抄后分给家众为喻,此"明大义"之说所由来也。

　　贾政等见母亲如此明断分晰,俱跪下哭着说:"老太太这么大年纪,儿孙们没点孝顺,承受老祖宗这样恩典,叫儿孙们更无地自容了。"贾母

第一百七回　散余资贾母明大义　复世职政老沐天恩

道:"别瞎说！若不闹出这个乱儿,我还收着呢。只是现在家人过多,只有二老爷是当差的,留几个人就够了。你就吩咐管事的,将人叫齐了,他分派妥当。各家有人便就罢了。譬如一抄尽了,怎么样呢？我们里头的也要叫人分派,该配人的配人,赏去的赏去。如今虽说咱们这房子不入官,你到底把这园子交了才好。那些田地,原交琏儿清理,该卖的卖,该留的留,断不要支架子、做空头。我索性说了罢,江南甄家还有几两银子,二太太那里收着,该叫人就送去罢。倘或再有点事出来,可不是他们躲过了风暴又遇了雨了！"〔索隐〕于财政艰窘之会,特特提出甄家寄顿,其意可思。贾政本是不知当家立计的人,一听贾母的话,一一领命。心想:"老太太实在真真是理家的人,都是我们这些不长进的弄坏了。"

贾政见贾母劳乏,求着老太太歇歇养神。贾母又道:"我所剩的东西也有限。等我死了,做结果我的使用。余剩的,都给服侍我的丫头。"贾政等听到那里,更加伤感。大家跪下:"请老太太宽怀,只愿儿子们托老太太的福,过了些时,都邀了恩眷,那时兢兢业业的治起家来,以赎前愆,奉养老太太到一百岁的时候。"

贾母道:"但愿这样才好,我死了也好见祖宗。〔索隐〕满人重迷信,痛定思痛,必有幡然自悔其见不得祖宗者。反射语,抑何刻毒！你们别打量我是享得富贵、受不得贫穷的人。那不过这几年看看你们轰轰烈烈,我落得都不管,说说笑笑,养身子罢了。那知道家运一败,直到这样！若说外头好看里头空虚,是我早知道的了。只是'居移气,养移体',一时下不得台来。如今借此正好收敛,守住这个门头。不然,叫人笑话你。你还不知,只打量我知道穷了,便着急的要死。我心里是想着祖宗莫大的功勋,无一日不指望你们比祖宗还强,能够守住,也就罢了。谁知他们爷儿两个做些什么勾当！"

贾母正是长篇大论的说,只见丰儿慌慌张张的跑来,回王夫人道:"今早我们奶奶听见外头的事,哭了一场,如今气多接不上来。平儿叫我来回太太。"丰儿没有说完,贾母听见,便问:"到底怎么样？"王夫人便代回道:"如今说是不大好。"贾母起身道:"咳,这些冤家,竟要磨死我了！"说着,叫人扶着,要亲自看去。贾政即忙拦住劝道:"老太太伤了好一回的心,又分派了好些事,这会该歇歇。便是孙子媳妇有什么事,该叫媳妇瞧去就是了,何必老太太亲身过去呢?倘或再伤感起来,老太太身上要有一点儿不好,叫做儿子的怎么处呢?"贾母道:"你们各自出去,等一会子再进来,我还有话说。"贾政不敢多言,只得出来料理兄、侄起身的事,又叫贾琏挑人跟去。这里贾母才叫鸳鸯等,派人拿了给凤姐的东西跟着过来。

凤姐正在气厥,平儿哭得眼红,听见贾母带着王夫人、宝玉、宝钗过来,疾忙出去迎接。贾母便问:"这会子怎么样了?"平儿恐惊了贾母,便说:"这会子好些,老太太既来了,请进去瞧瞧。"他先跑进去轻轻的揭开帐子。凤姐开眼瞧着,只见贾母进来,满心惭愧。先前原打算贾母等恼他,不疼的了,是死活由他的。不料贾母亲自去瞧,心里一宽,觉那壅塞的气略松动些,便要挣着坐起。贾母叫平儿按着不要动:"你好些么?"凤姐含泪道:"我从小儿过来,老太太、太太怎么样疼我!那知我福气薄,叫神鬼支使的失魂落魄,不但不能够在老太太跟前尽点孝心,公婆前讨个好,还是这样把我当人,叫我帮着料理家务,被我闹的七颠八倒,〔索隐〕如此重大关系,只用四字轻轻闪过,凤姐到底不弱。我还有什么脸儿见老太太、太太呢!今日老太太、太太亲自过来,我更当不起了,恐怕该活三天的,又折上了两天去了"说着悲咽。

贾母道:"那些事,原是外头闹起来的,与你什么相干?就是你的东西被人拿去,这也算不了什么呀。我带了好些东西给你,任你自便。"说着,叫人拿上来给他瞧瞧。凤姐本是贪得无厌之人,如今被抄尽净,自然愁苦,又恐人埋怨,正是几不欲生的时候。今儿贾母仍旧疼他,王夫人也没嗔怪,过来安慰。他又想贾琏无事,心下安放好些,便在枕上与贾母叩头说道:"请老太太放心,若是我的病托着老太太的福好了些,我情愿自己当个粗使丫头,尽心竭力的服侍老太太、太太罢。"贾母听他说的伤心,不免掉下泪来。

宝玉是从来没有经过这大风浪的,心下只知安乐、不知忧患的人。如今碰来碰去,都是哭泣的事,所以他竟比傻子尤甚,见人哭他就哭。

凤姐看见众人忧闷,反倒勉强说几句宽慰贾母的话,求着"请老太太、太太回去,我略好些,过来叩头"。说着,将头仰起。贾母叫平儿:

第一百七回 散余资贾母明大义 复世职政老沐天恩

"好生服侍,短什么到我那里要去。"说着,带了王夫人将要回到自己房中,只听见两三处哭声,贾母实在不忍闻见,便叫王夫人散去,叫宝玉:"去见你大爷大哥,送一送就回来。"自己躺在榻上下泪。幸喜鸳鸯等,能用百样言语劝解,贾母暂且安歇。

不言贾赦等分离悲痛,那些跟去的人,谁是愿意的?不免心中抱怨,叫苦连天。正是生离果胜死别,看者比受者更加伤心。好好的一个荣国府,闹到人号鬼哭。贾政最循规矩,在伦常也讲究的,〔索隐〕此等处,皆断章取义。本书向以政老代表摄政,偏在伦常上是讲究的誉之。其有意耶?其无意耶?执手分别后,自己先骑马赶至城外,举酒送行。又叮咛了好些国家轸恤勋臣、力图报称的话。贾赦等挥泪分头而别。

贾政带了宝玉回家,未及进门,只见门上有好些人在那里乱嚷说:"今日旨意,将荣国公世职着贾政承袭。"那些人在那里要喜钱,门上人和他们分争,说是:"本来的世职,我们本家袭了,有什么喜报?"那些人说道:"那世职的荣耀,比任什么还难得。你们大老爷闹掉了,想要这个,再不能的了!如今的圣人在位,赦过宥罪,还赏给二老爷袭了!这是千载难逢的,怎么不给喜钱?"正闹着,贾政回家,门上回了,虽则喜欢,究是哥哥犯事所致,反觉感极涕零,赶着进内告诉贾母。王夫人正恐贾母伤心,过来安慰,听得世职复还,自是欢喜。又见贾政进来,贾母拉了说些勤勉报恩的话。独有邢夫人、尤氏心下悲苦,只不好露出来。

且说外面这些趋炎附势的亲戚朋友,先前贾宅有事,都远避不来。今儿贾政袭职,知圣眷尚好,大家都来贺喜。那知贾政纯厚性成,因他袭哥哥的职,心内反生烦恼,只知感激天恩。于第二日进内谢恩,到底将赏还府第园子备折奏请入官。内廷降旨不必,贾政才得放心回家。以后循分供职,但是家计萧条,入不敷出。贾政又不能在外应酬。

家人们见贾政忠厚,凤姐抱病不能理家,贾琏的亏缺一日重似一日,难免典房卖地。府内家人,几个有钱的怕贾琏缠扰,都装穷躲事,甚至告假不来,各自另寻门路。独有一个包勇,虽是新投到此,恰遇荣府坏事,他倒有些真心办事,见那些人欺瞒主子,便时常抱怨。奈他是个新来乍到的人,一句话也挨插不上,他便生气。每天吃了就睡,众人嫌他不肯随和,便在贾政前说:"终日贪杯生事,并不当差。"贾政道:"随

《红楼梦》与顺治皇帝的爱情故事

他去罢。"原是甄府荐来,不好意思。横竖家内添这一人吃饭,虽说是穷,也不在他一人身上,并不叫来驱逐。众人又在贾琏跟前,说他怎样不好,贾琏此时也不敢自作威福,只得由他。〔索隐〕当时满臣泄泄沓沓,汉人中如范文程、洪文襄一流,反为之从容论替,筹维百年大计,安心自居于功狗。而彼人心目中,满汉之见牢不可拔,终必被谗见疏而后已。明社之亡,即此攀龙附凤、绝无心肝气节之辈,已足亡之而有余。作者目击心伤,记一包勇,为无数包勇写照。而不善读书之笨伯,且谓独扬包勇以抑其余,抑何可笑!

忽一日,包勇耐不过,吃了几杯酒,在荣府街上闲逛。见有两个人闲话,那人说道:"你瞧怎么个大府,前儿抄了家,不知如今怎么样了?"那人道:"他家怎么能败?听见说里头有位娘娘是他家的姑娘,虽是死了,到底有根基的。况且,我常见他们来往的都是王公侯伯,那里没有照应?便是现在的府尹,前任的兵部,也是他们一家。难道有这些人还护庇不来么?"那人道:"你自住在这里,别人犹可,独是那个贾大人更了不得。我常见他在两府来往,前儿御史虽参了,主子还叫府尹查明实迹再办。你道他怎么样,他本沾过两府的好处,怕人说他回护一家,他便狠狠的踢了一脚,所以两府里才到底抄了。你道如今的世情还了得么!"〔索隐〕雨村负义,亦是反衬包勇。

两人无心闲话,岂知旁边有人跟着,听的明白。包勇心下暗想:"天下有这样负恩的人,但不知是我老爷的什么人。我若见了他,便打他一个死,闹出事来我承当去。"那包勇正在酒后胡思乱想,忽听那边喝道而来,包勇远远站着,听见那个人轻轻的说道:"这来的就是那个贾大人了。"包勇听了,心里怀恨。趁了酒兴,便大声的道:"没良心的男女,怎么忘了我们贾家的恩了!"〔索隐〕俨然下一"我"字,不知羞耻为何物。虽然"我朝深仁厚泽""我皇上神圣睿武",见于臣功之章奏者,固不一而足也。雨村在轿内听得一个"贾"字,便留神观看,见是一个醉汉,便不理会过去了。

那包勇醉着不知好歹,便得意洋洋回到府中。问起同伴,知是方才见的那位大人是这府里提拔起来的。"他不念旧恩。反来踢弄咱们家里。见了他,骂他了几句,他竟不敢答言"。那荣府的人本嫌包勇,只是主人

第一百七回　散余资贾母明大义　复世职政老沐天恩

不计较他。如今他又在外闯祸，不得不回。趁贾政无事，便将包勇闹事的话回了贾政。此时贾政正怕风波，听得家人回禀，便一时生气，叫进包勇，骂了几句，〔索隐〕求荣反辱，为之喟然。便派去看园，不许他在外行走。那包勇本是直爽的脾气，投了主子，他便赤心护主。岂知贾政反倒责骂他，他也不敢再辩，只得收拾行李，往园中看守浇灌去了。未知后事如何，下回分解。

〔索隐〕此回虽亦上两回之余波，然实注重写一贾太君。自下嫁摄政，重赋离鸾，孝庄一身，固已无可记之事实。三十余年中，莘莘大者，惟此散财施赈一节，故特表而出之。要看其笔锋所到，处处含有讥刺。末段折入包勇，抚时感事，一腔悲愤，勃勃欲发，楮墨淋漓，吾不知其是血是泪也。

全回亦一气到底，不必代分段落。

〔护花评〕止将逼勒石呆子古扇一案，审实坐罪，既照应前事，又可从宽完结，发往台站，且为贾化落职引线。

又：尤三姐一案，掩饰得毫无痕迹，益见柳湘莲出家之妙。

又：贾化暗伤贾府，借旁人传言说出，是文章暗补法。

又：包勇看园，本是受罚，岂知转为后来御盗得力之人。若不预伏此人，惜春必遭掳劫。事出无心，文却有意。

〔大某评〕此回仍是乙卯年事。

第一百八回　强欢笑蘅芜庆生辰
　　　　　　　死缠绵潇湘闻鬼哭

　　却说贾政先前曾将房产并大观园奏请入宫，内廷不收，又无人居住，只好封锁。因园子接通尤氏、惜春住宅，太觉旷阔无人，遂将包勇罚看荒园。此时贾政理家，又奉了贾母之命，将人口渐次减少，诸凡省俭，尚且不能支持。幸喜凤姐为贾母痛惜，王夫人等虽则不大喜欢，若说治家办事，尚能出力，所以将内事仍交凤姐办理。〔索隐〕豫王虽受嫌疑，其后仍以皇叔资格参预朝政。但近来因被抄以后，诸事运用不来，也是每形拮据。那些房头上下人等，原是宽裕惯的，如今较之往日，十去其七，怎能周到？不免怨言不绝。凤姐也不敢推辞，扶病承欢贾母。

　　过了些时，贾赦、贾珍各到当差地方，时有用度，暂且自安。写书回家，都言安逸，家中不必挂念。于是贾母放心，邢夫人尤氏也略略宽怀。

　　一日，史湘云出嫁回门，来贾母这边请安。贾母提起他女婿甚好，史湘云也将那里过日平安的话说了，请老太太放心。又提起黛玉去世，不免大家落泪。贾母又想起迎春苦楚，越觉悲伤起来。史湘云劝解一回，又到各家请安问好毕，仍到贾母房中安歇。言及"薛家这样人家，被薛大哥闹的家破人亡，今年虽是缓决人犯，明年不知可能减等？"贾母道："你还不知道呢，昨儿蟠儿媳妇死得不明白，几乎又闹出一场大事来！还幸亏老佛爷有眼，叫他带来的丫头自己供出来了，那夏奶奶才没的闹了，自家拦住相验。你姨妈自己才将裹肉的打发出去了。你说真真是六亲同运！薛家是这样了，姨太太守着薛蝌过日，为这孩子有良心，他说哥哥在监里，尚未结局，不肯娶亲。你邢妹妹在大太太那边，也就很苦。琴姑娘为他公公死了，尚未满服，梅家尚未娶去。二太太的娘家舅太爷一

第一百八回　强欢笑蘅芜庆生辰　死缠绵潇湘闻鬼哭

死，凤丫头的哥哥也不成人。那二舅太爷是个小器的，又是官项不清，也打饥荒。甄家自从抄家以后，别无信息。"〔索隐〕山河破碎，志士消沉，大好中原，从此更无恢复之望。

湘云道："三姐姐去了，曾有书字回来么？"贾母道："自从嫁了去，二老爷回来说，你三姐姐在海疆甚好，只是没有书信，我也日夜惦记。为着我们家连连的出些不好事，所以我也顾不来，如今四丫头也没有给他提亲。环儿呢，谁有工夫提起他来。如今我们家的日子，比你从前在这里的时候更苦些，只可怜你宝姐姐，自过了门，没过一天安逸日子。你二哥哥还是这样疯疯癫癫，这怎么处呢？"

湘云道："我从小儿在这里长大的，这里那些人的脾气，我都知道的。这一回来了，竟都改了样子了。我打量我隔了好些时没来，他们生疏我。我细想起来，竟不是的，就是见了，我瞧他们的意思，原要像先前一样的热闹，不知道怎么说，说就伤心起来了。我所以坐坐就到老太太这里来了。"贾母道："如今这样日子，在我也罢了。你们年轻轻儿的人还了得。我正要想个法儿，叫他们还热闹一天才好。只是打不起这个精神来。"湘云道："我想起来了，宝姐姐不是后儿的生日，叫我多住一天，给他拜过寿，大家热闹一天，不知老太太怎么样？"

贾母道："我真正气糊涂了。你不提，我竟忘了，后日可不是他的生日！我明日拿出钱来，给他办个生日，他没有定亲的时候，倒做过好几次。如今他过了门，倒没有做。宝玉这孩子，头里很伶俐，很淘气。如今为着家里的事不好，把这孩子越发弄的话都没有了。倒是珠儿媳妇还好，他有的时候，是这么着，没的时候，他也是这么着。带着兰儿，静静儿的过日子，倒难为他。"

湘云道："别人还不离，独有琏二嫂子连模样儿都改了，说道也不伶俐了，明日等我来引逗他们，看他们怎么样，但是他们嘴里不说，心里要抱怨我。说我有了……"湘云说到那里，却把脸飞红了。〔索隐〕云姑素磊落率直，而犹不免世俗之见。

贾母会意道："这怕什么，原来姊妹们都是在一处乐惯了的，说说笑笑，再别要留这些心。大凡一个人，有也罢，没也罢，总要受得富贵，耐得贫贱才好。你宝姐姐生来是个大方的人，头里他家这样好，他也一

《红楼梦》与顺治皇帝的爱情故事

点儿不骄傲,后来他家坏了事,他也是舒舒坦坦的。〔索隐〕称赞珠儿媳妇,是"他有的时候,是这么着,没的时候,也是这么着"。称赞宝钗又云:"他家这样好,他也一点儿不骄傲,他家坏了事,他也是舒舒坦坦的。"性情俨然一样,命运安得不相同?无心之识,已伏宝钗后来身世。如今在我家里,宝玉待他好,他也是那样安顿,一时待他不好,不见他有什么烦恼。我看这孩子倒是个有福气的。你林姐姐,那是个最小性儿,又多心的,所以到底不长命。凤丫头也见过些事,很不该略见些风波就改了样子。他若这样没见识,也就是小器了。后儿宝丫头的生日,我替他另拿出银子来,热热闹闹,给他做个生日,也叫他喜欢这一天。"

湘云答应道:"老太太说得很是,索性把那些姐妹们都请来了,大家叙一叙。"贾母道:"自然要请的。"一时高兴道:"叫鸳鸯拿出一百银子来交给外头。叫他明日起,预备两天的酒饭。"鸳鸯领命叫婆子交了出去。一宿无话。

次日,传话出去,打发人去接迎春,又请了薛姨妈、宝琴,叫带了香菱来,又请李婶娘。不多半日,李纹、李绮都来了。宝钗本没有知道,听见老太太的丫头来请,说:"薛姨太太来了,请二奶奶过去呢。"宝钗心里喜欢,便是随身衣服过去,要见他母亲,只见他妹子宝琴并香菱都在这里,又见李婶娘等人也都来了。心想:"那些人必是知道我们家的事情完了,所以来问候的。"便去问了李婶娘好,见了贾母,然后与他母亲说了几句话,便与李家姐妹们问好。

湘云在旁说道:"太太们请都坐下,让我们姐妹们给姐姐拜寿。"宝钗听了,倒呆了一呆,回来一想:"可不是明日是我的生日么!"〔索隐〕一味装假,句中有骨。便说:"妹妹们过来瞧老太太是该的,若说为我的生日,是断断不可的。"推让着,宝玉也来请薛姨妈,李婶娘的安,听见宝钗自己推让,他心里本早打算过宝钗生日,因家中闹得七颠八倒,也不敢在贾母处提起。〔索隐〕不敢在贾母处提起,则其在闺房内必已提起矣。为上文宝钗之假,坐实一笔,作者笔墨之深刻,大都类此。今见湘云等众人要拜寿,便喜欢道:"明日才是生日,我正要告诉老太太来。"

湘云笑道:"扯臊!老太太还等你告诉,你打量这些人为什么来?是老太太请的。"宝钗听了,心下未信,只听贾母合他母亲道:"可怜宝丫

第一百八回　强欢笑蘅芜庆生辰　死缠绵潇湘闻鬼哭

头做了一年新媳妇，家里接二连三的有事，总没有给他做过生日。〔索隐〕太平原评：一年新媳妇没做生日，今做生日，仍在一年之中，是一年有两生日矣。与始提亲回两晚饭相发明，皆千人千忽之深文曲笔也。心细可取。今日我给他做个生日，请姨太太、太太们来，大家说说话儿。

薛姨妈道："老太太这些时心里才安，他小人儿家还没有孝敬老太太，倒要老太太操心。"湘云道："老太太最疼的孙子是二哥哥，难道二嫂子就不疼了么？况且宝姐姐也配老太太给他做生日。"宝钗低头不语，宝玉心里想道："我只说史妹妹出了阁，是换了一个人了，我所以不敢亲近他，他也不来理我。如今听他的话，原是和先前一样的，为什么我们那个过了门，更觉得腼腆了，话都说不出来了呢？"

正想着，小丫头进来说："二姑奶奶回来了。"随后李纨、凤姐都进来，大家厮见一番。迎春提起他父亲出门，说："本要赶来见见，只是他拦着不许来。说是咱们家正是晦气时候，不要沾染在身上，我扭不过，没有来，直哭了两三天。"凤姐道："今儿为什么肯放你回来？"迎春道："他又说咱们家二老爷又袭了职，还可以走走不妨事的，所以才放我来。"〔索隐〕一般势利人，真有如此声口，此为孙延龄、耿精忠等反覆不常。之人写照。说着，又哭起来。贾母道："我原为气得慌，今日接你们来给孙子媳妇做生日，说说笑笑，解个闷儿，你们又提起这些烦事来，又招起我的烦恼来了！"迎春等都不敢作声了。

凤姐虽勉强说了几句有兴的话，终不似先前爽利，招人发笑。贾母心里要宝钗喜欢，故意的怄凤姐儿说话。凤姐也知贾母之意，竭力张罗，说道："今儿老太太喜欢些了，你看这些人好几时没有聚在一处，今儿齐全。"说着，回过头去，看见婆婆、尤氏不在这里，又缩住了口。〔索隐〕左拘右牵，触处荆棘，虽能者无所施其技，凡事皆然。贾母为着"齐全"二字，也想起邢夫人等，叫人请去。

邢夫人、尤氏、惜春等听见老太太叫，不敢不来，心内也十分不愿意，想着家业零散，偏又高兴给宝钗做生日，到底老太太偏心，便来了也是无精打彩的。贾母问起岫烟来，邢夫人假说病着不来，贾母会意，知薛姨妈在这里有些不便，也不提起。

一时，摆下果酒，贾母说："也不送到外头，今日只许咱们娘儿们乐

《红楼梦》与顺治皇帝的爱情故事

一乐。"宝玉虽然娶过亲的人,因贾母疼爱,仍在里头打混,但不与湘云、宝琴等同席,便在贾母身旁设着一个坐儿,他带宝钗轮流敬酒。贾母道:"如今且坐下大家吃酒,到挨晚儿再到各处行礼去。若如今行起来了,大家又闹规矩,把我的兴头打回去,就没趣了。"宝钗便依言坐下。贾母又叫人来道:"咱们今儿索性酒脱些,各留一两个人伺候。我叫鸳鸯带了彩云、莺儿、袭人、平儿等在后间去吃一钟酒。"鸳鸯等说:"我们还没有给二奶奶叩头,怎么就好吃酒去呢?"贾母道:"我说了,你们只管去,用得着你们再来。"鸳鸯等去了。

这里贾母才让薛姨妈等吃酒,见他们都不是往常的样子,贾母着急道:"你们到底是怎么着?大家高兴些才好!"湘云道:"我们又吃又喝,还要怎样?"凤姐道:"他们小的时候儿都高兴,如今都碍着脸不敢混说,所以老太太瞧着冷清了。"宝玉轻轻的告诉贾母道:"话是没有什么说的,再说就说到不好的上来了。不如老太太出个主意,叫他们行个令儿罢。"贾母侧着耳朵听了,笑道:"若是行令,又得叫鸳鸯去。"

宝玉听了,不待再说,就出席到后间去找鸳鸯,说:"老太太要行令,叫姐姐去呢。"鸳鸯道:"小爷,让我们舒舒服服的吃一杯罢。何苦来,又来搅什么!"宝玉道:"当真老太太说的,叫你去呢,与我什么相干!"鸳鸯没法,说道:"你们只管吃,我去了就来。"便到贾母那边。老太太道:"你来了?不是要行令么?"鸳鸯道:"听见宝二爷说老太太叫我,敢不来么?不知老太太要行什么令儿?"贾母道:"那文的怪闷的慌,武的又不好,你倒是想个新鲜玩意儿才好。"鸳鸯想了想道:"如今姨太太有了年纪,不肯费心,倒不如拿出令盆骰子来,大家掷个曲牌儿名,赌输赢酒罢。"贾母道:"这也使得。"便令人取骰盆放在桌上。

鸳鸯道:"如今用四个骰子掷去,掷不出名儿来的罚一杯。掷出名儿来,每人吃酒的杯数儿,掷出来再定。"众人听了道:"这是容易的,我们都随着。"鸳鸯便打点儿,众人叫鸳鸯吃了一杯,就在他身上数起,恰是薛姨妈先掷。

薛姨妈便掷了一下,却是四个幺。鸳鸯道:"这是有名的,叫做'商山四皓',有年纪的吃一杯。"于是贾母、李婶娘、邢、王两夫人都该吃。贾母举酒要吃,鸳鸯道:"这是姨太太掷的,还该姨太太说个曲牌

第一百八回　强欢笑蘅芜庆生辰　死缠绵潇湘闻鬼哭

名儿，下家儿接一句千家诗，说不出的罚一杯。"薛姨妈道："你又来算计我了，我那里说得上来！"贾母道："不说到底寂寞，还是说一句的好。下家儿就是我了，若说不出来，陪姨太太吃一钟就是了。"薛姨妈便道："我说个'临老入花丛'。"〔**索隐**〕以"商山四皓"而"临老入花丛"，是夷齐结队争下首阳之意。贾母点点头儿道："将谓偷闲学少年。"

说完，骰盆过到李纹，便掷了两个四、两个二。鸳鸯说："也有名了，这叫作'刘、阮入天台'。"李纹便接着说了个"二士入桃源"。〔**索隐**〕入桃源避秦者，仅有二士，则其不入桃源者，何可以千亿计！下手儿便是李纨，说道："寻得桃源好避秦。"大家又呷了一口。

骰盆又过到贾母跟前，便掷了两个二、两个三。贾母道："这要吃酒了。"鸳鸯道："有名儿的，这是'江燕引雏'。众人都该吃一杯。"凤姐道："雏是雏，倒飞了好些了。"众人瞧了他一眼，凤姐便不言语。贾母道："我说什么呢？'公领孙'罢。"〔**索隐**〕委贽恐后，又使其子弟为卿。下手是李绮，便说道："闲看儿童捉柳花。"众人都说好。

宝玉巴不得要说，只是令盆轮不到。正想着，恰好到了跟前，便掷了一个二、两个三、一个幺，便说道："这是什么？"鸳鸯道："这是个'臭'，先吃一杯再掷罢。"宝玉只得吃了又掷，这一掷，掷两个三、两个四，鸳鸯道："有了，这叫个'张敞画眉'。"宝玉明白打趣他，宝钗的脸也飞红了。凤姐不大懂得，还说："二兄弟快说了，再找下家儿是谁。"宝玉明知难说，自认："罚了罢，我也没下家"。

过了令盆，轮到李纨，便掷了一下儿。鸳鸯道："大奶奶的是'十二金钗，'"〔**索隐**〕借题发抒一番愤世嫉俗之论。遭时不造，故国为墟。真能顾全名节，薇蕨自甘者，不一二觏。举世滔滔，皆以委贽新朝联翩入洛为幸。否则醇酒妇人，消磨岁月。如侯、冒诸公子，已觉人中鸾凤，矫矫不群。呜呼！亡国之士大夫，心理如此，宁有冀耶？宝玉听了，赶到李纨身旁看时，只见红绿对开，便说："这一个好看得很。"忽然想起十二钗的梦来，便呆呆的退到自己座上。心里想："这十二钗，说是金陵的。怎么家里这些人，如今七大八小的就剩了这几个？"复又看看湘云、宝钗，虽说都在，只是不见了黛玉。一时按捺不住，眼泪便要下来。恐人看见，便说："身上燥的很，脱脱衣服去。"挂了筹出席去了。

1257

《红楼梦》与顺治皇帝的爱情故事

这史湘云看见宝玉这般光景，打量宝玉掷不出好的，被别人掷了去。心里不喜欢便去了；又嫌那个令儿没趣，便有些烦。只见李纨道："我不说了，席间的人也不齐，不如罚我一杯。"贾母道："这个令儿也不热闹，不如蠲了罢。让鸳鸯掷一下，看掷出个什么来。"小丫头便把令盆放在鸳鸯跟前，鸳鸯依命便掷了两个二、一个五，那一个在骰子盆中只管转，鸳鸯叫道："不要'五'。"那骰子单单转出一个"五"来。鸳鸯道："了不得，我输了！"贾母道："这是不算什么的么。"鸳鸯道："名儿倒有，只是我说不出曲牌名来。"贾母道："你说名儿，我给你诌。"鸳鸯道："这是'浪扫浮萍'。"〔索隐〕浮萍轻薄，恨不一浪打扫而空，以此为结，点醒作意。贾母道："这也不难，我替你说个'秋鱼入菱窠'。"鸳鸯下手的就是湘云，便道："白萍吟尽楚江秋。"众人都道："这句很确。"

贾母道："这令完了，咱们吃两杯吃饭罢。"回头一看，见宝玉还没进来，便问道："宝玉那里去了，还不来？"鸳鸯道："换衣服去了。"贾母道："谁跟了去的？"那莺儿便上来回道："我看见二爷出去，我叫袭人姐姐跟了去了。"贾母、王夫人才放心。

等了一回，王夫人叫人去找来，小丫头儿到了新房，只见五儿在那里插蜡，小丫头便问："宝二爷那里去了？"五儿道："在老太太那边吃酒呢。"小丫头道："我在老太太那里，太太叫我来找的，岂有在那里倒叫我来找的理？"五儿道："这就不知道了，你到别处找去罢！"小丫头没法，只得回来，遇见秋纹，便道："你见二爷那里去了？"秋纹道："我也找他，太太们等他吃饭，这会子那里去了呢？你快去回老太太去，不必说不在家，只说吃了酒不大受用，不吃饭了，略躺一躺再来，请老太太们吃饭罢。"

小丫头依言回去，告诉珍珠，珍珠依言回了贾母，贾母道："他本来吃不多，不吃也罢了，叫他歇歇罢。告诉他，今儿不必过来，有他媳妇在这里。"珍珠便向小丫头道："你听见了？"小丫头答应着，不便说明，只得在别处转了一转，说："告诉了。"众人也不理会，便吃毕饭，大家散坐说话。不提。

且说宝玉一时伤心，走了出来，正无主意，只见袭人赶来问："是怎

第一百八回 强欢笑蘅芜庆生辰 死缠绵潇湘闻鬼哭

么了?"宝玉道:"不怎么,只是心里烦得很。何不趁他们吃酒,咱们两个到珍大奶奶那里逛逛去?"袭人道:"珍大奶奶在这里,去找谁?"宝玉道:"不找谁,瞧瞧他。即在这里,住的房屋怎么样?"袭人只得跟着。一面走,一面说,走到尤氏那边,有一个小门半开半掩。宝玉也不进去,只见看园门的两个婆子坐在门槛上说话儿,宝玉问道:"这小门开着么?"婆子道:"天天是不开的。今儿有人出来说,今日预备老太太要用园里的果子,故开着门等着。"

宝玉便慢慢的走到那边,果见腰门半开,宝玉便走了进去。袭人便拉住道:"不用去,园里不干净,常没有人,不要撞见什么。"宝玉便仗着酒气说道:"我不怕那些。"袭人苦苦的拉住,不容他去。婆子们上来说道:"如今这园子安静的了,自从那日道士拿了妖去,我们摘花儿打果子,一个人常走的。二爷要去,咱们都跟着,有这些人怕什么?"宝玉喜欢,袭人也不便相强,只得跟着。

宝玉进得园来,只见满目凄凉。那些花木枯萎,更有几处亭馆,彩色久经剥落。远远望见一丛修竹,倒还茂盛。宝玉一想,说:"我自病时出园,住在后边,一连几个月不准我到这里。瞬息荒凉,你看独有那几竿翠竹青葱,这不是潇湘馆么?"〔索隐〕室迩人远,物是人非,其地即非潇湘馆,其人即非怡红公子,亦必有无穷感触。袭人道:"你几个月没来,连方向都忘了?咱们只管说话,不觉将怡红院走过了。"回过头来,用手指着道:"这才是潇湘馆呢。"宝玉顺着袭人的手一瞧,道:"可不是过了么!咱们回去瞧瞧。"袭人道:"天晚了,老太太必是等着吃饭,该回去了。"宝玉不言,找着旧路竟往前去。

你道宝玉虽离了大观园将及一载,岂遂忘了路径?只因袭人恐他见了潇湘馆想起黛玉,又要伤心,所以用言混过,岂知宝玉只望里走,天又晚了,恐招了邪气,故宝玉问他,只说已走过了,欲宝玉不走。不料宝玉的心惟在潇湘馆内,袭人见他往前急走,只得赶上。见宝玉站着,似有所见,如有所闻,便道:"你听什么?"

宝玉道:"潇湘馆倒有人住着么?"袭人道:"大约没有人罢。"宝玉道:"我明明听见有人在内啼哭,怎么没有人?"袭人道:"你是疑心,素常你到这里伤心,常听见林姑娘伤心,所以如今还是那样。"宝玉不信,还要听去,婆子们赶上说道:"二爷快回去罢,天已晚了。别处我们还敢走走,只是这里路又隐僻,又听得人说:'这里林姑娘死后常听见有哭声。'所以人都不敢走的。"〔索隐〕春蚕到死丝难尽,蜡炬成灰泪未干。鬼如有知,目不瞑矣。宝玉、袭人听了,都吃了一惊。宝玉道:"可不是。"说着便滴下泪来,说:"林妹妹,林妹妹,好好儿的是我害了你了!你别怨我,只是父母作主,并不是我负心。"愈说愈痛,便大哭起来。

袭人正在没法,只见秋纹带着些人赶来,对袭人道:"你好大胆,怎么领了二爷到这里来!老太太、太太他们打发人各处都找到了,刚才腰门上有人说,是你同二爷到这里来了。吓得老太太、太太们了不得,骂着我,叫我带人赶来。还不快回去么?"宝玉犹自痛哭,袭人也不顾他哭,两个人拉着就走,一面替他拭眼泪,告诉他老太太着急。宝玉没法,只得回来。

袭人知老太太不放心,将宝玉仍送到贾母那边。众人都等着未散,贾母便说:"袭人,我素常知你明白,才把宝玉交给你。怎么今儿带他园里去?他的病才好,倘或撞着什么,又闹起来,这便怎么处?"袭人也不敢分辩,只得低头不语。

宝钗看宝玉颜色不好,心里着实的吃惊,倒还是宝玉恐袭人受委屈,说道:"青天白日,怕什么?我因为好些时没到园里逛逛,今儿趁着酒兴走走,那里就撞着什么了呢?"

凤姐在园里吃过大亏的,听到那里,汗毛倒竖,说:"宝兄弟胆子忒大了。"湘云道:"不是胆大,倒是心实。不知是会芙蓉神去了,还是寻什么仙去了?"〔索隐〕口角生风。枕霞客别来无恙?宝玉听着,也不答言,独有王夫人急的一言不发。贾母问道:"你到那里可曾吓着么?这会不用说了,以后要逛,到底多带几个人才好。不然,大家早散了。回去好好的睡一夜,明日一早过来,我还要找补,叫你们再乐一天呢,不要为他又闹出什么原故来。"

众人听说,辞了贾母出来。薛姨妈便到王夫人那里住下,史湘云仍在贾母房中,迎春便往惜春那里去了,余者各自回去。不提。

独有宝玉回到房中,咳声叹气。宝钗明知其故,也不理他。只是怕

第一百八回　强欢笑蘅芜庆生辰　死缠绵潇湘闻鬼哭

他忧闷，勾出旧病来。便进里间叫袭人来，细问他宝玉到园怎么样的光景。未知袭人怎生回说，下回分解。

〔索隐〕接连数回中，荣、宁萧索极矣，故亟写庆寿行令，一疏其气。回顾前半部这种种热闹，作一最后结束。全回以湘云起，以湘云结。盖云姑于大观园中，最称豪兴，谈笑所及，一室生春，所谓座无车公不乐也。然强为欢笑，而卒至于不欢。即在欢笑之时，亦随处露出悲惨之象，甚矣，人力不可回天，一傅难胜众咻也。

此回亦系依事直叙，惟于行令一段，略寄感慨。故国遗老，处此红尘扰攘中，一肚皮不合时宜，有触斯发。

〔护花评〕宝钗心事难言，凤姐带病勉支，邢、尤二夫人褊浅妒忌，迎春满腔苦楚，宝玉疯傻孩气，只有史湘云一人新婚燕尔，从中助兴。一人向隅，举坐尚且不乐，何况众人向隅，一人岂能独乐？此所谓强欢笑也。

又：自凤姐席中闹事后，凡有庆贺筵席，必有失意之事。此番宝钗庆寿，为通部庆筵总结，所以贾母因此得病，即为通部不祥事之总结。

又：宝玉掷色，第一掷是"臭"，第二掷是"张敞画眉"。先臭后香，颇有意思，宜乎宝钗之红脸也。

〔大某评〕家遭耗散而庆生辰，不过破涕为笑耳。尚用银一百，从前之穷奢极欲，概行托出。

又：颦卿善哭，生前有泪而无声，死后有声而无泪。潇湘馆哭泣两星，朗然高照。

又：此回入宝钗生日，已是丙辰年事，盖宝钗生于正月二十一日也。

第一百九回 候芳魂五儿承错爱 还孽债迎女返真元

说话宝钗叫袭人问出原故，恐宝玉悲伤成疾，便将黛玉临死的话，与袭人假作闲谈，说是："人生在世，有意有情。到了死后，各自干各自的去了，并不是生前那样个人。活人虽有痴心，死的竟不知道。况且林姑娘既说仙去，他看凡人，是个不堪的浊物，那里还肯混在世上？只是人自己疑心，所以招些邪魔外祟来缠扰了。"宝钗虽是与袭人说话，原说给宝玉听的，袭人会意，也说是："没有的事。若说林姑娘的魂灵儿还在园里，我们也算好的，怎么不曾梦见了一次？"

宝玉在外间听得，细细的想道："果然也奇！我知道林妹妹死了，那一日不想几遍？怎么从没梦过？想是他到天上去了，瞧我这凡夫俗子不能交通神明，所以梦都没有一个儿。我就在外间睡着，或者我从园里回来，他知道我的实心，肯与我梦里一见，我必要问他实在那里去了，我也好时常祭奠。若是果然不理我这浊物，竟无一梦，我便不想他了。"主意已定，便说："我今夜就在外间睡了，你们也不用管我。"

宝钗也不强他，只说："你不要胡思乱想。你不想想，太太因你园里去了，急得话都说不出来。若是知道还不保养身子，倘或老太太知道了，又说我们不用心。"宝玉道："是这么说罢咧，我坐一会子就进来。你也乏了，先睡罢。"宝钗知他必进来的，假意说道："我睡了，叫袭姑娘伺候你罢。"

宝玉听了，正合机宜。候宝钗睡了，他便叫袭人、麝月另铺设下一副被褥，常叫人进来瞧二奶奶睡着了没有。宝钗故意装睡，也是一夜不宁。〔**索隐**〕彼以伪来，此亦以伪应。亲莫亲于夫妇，而以机械出之，则夫妇之道苦矣。

第一百九回　候芳魂五儿承错爱　还孽债迎女返真元

那宝玉知是宝钗睡着，便与袭人道："你们各自睡罢，我又不伤感。你若不信，你就服侍我睡了再进去，只要不惊动我就是了。"袭人果然服侍他睡了，便预备下了茶水，关好了门，进里间去照应一回，各自假寐，且候宝玉若有动静，再为出来。宝玉见袭人等进来，便将坐更的两个婆子支到外头，他轻轻的坐起来，暗暗的祝了几句，便睡下了，欲与神交。初起再睡不着，以后把心一静，便睡去了。

岂知一夜安眠，直到天亮，宝玉醒来，拭眼坐起来想了一回，并未有梦，便叹口气道："正是'悠悠生死别经年，魂魄不曾来入梦'。"宝钗一夜反没有睡着，听宝玉在外边念这两句，便接着道："这句又说莽撞了，如若林妹妹在时，又该生气了。"宝玉听了反不好意思，只得起来，搭讪着往里间走来，说："我原要进来的，不觉得一个盹儿就打着了。"宝钗道："你进来不进来，与我什么相干！"〔索隐〕夫妇好合，事极寻常。若浑然相忘于无形者，决不作此语。钗之作此等语，吾知其中热也。平情而论，宝玉出家，固为钟情不遂，遁迹忏悔。然亦宝钗情意乖漓有以致之。观书中历写宝钗处，但工钩距之术，绝无真实之性。

袭人等本没有睡，眼见他们两个说话，即忙倒上茶来。已见老太太那边打发小丫头来问："宝二爷昨夜睡得安顿么？若安顿时，早早的同二奶奶梳洗了就过去。"袭人便说："你去回老太太，说宝玉昨夜很安顿，回来就过来。"小丫头去了。

宝钗起来梳洗了，莺儿、袭人等跟着，先到贾母那里行了礼，便到王夫人那边起至凤姐都让过了，仍到贾母处，见他母亲也过来了，大家问起："宝玉晚上好么？"宝钗便说："回去就睡了，没有什么。"众人放心，又说些闲话。

只见小丫头进来，说："二姑奶奶要回去了。听见说孙姑爷那里人来，到大太太那里说了些话。大太太叫人到，四姑娘那边说：'不必留了，让他去罢。'如今二姑奶奶在大太太那边哭呢。'大约就过来辞老太太。"

贾母众人听了，心中好不自在，都说："二姑娘这样一个人，为什么命里遭着这样的人？一辈子不能出头，这便怎么好！"说着，迎春进来，泪痕满面。因为是宝钗的好日子，只得含着泪，辞了众人要回去。贾母

《红楼梦》与顺治皇帝的爱情故事

知道他的苦处,也不便强留,只说道:"你回去也罢了,但是不要悲伤。碰着了这样的人,也是没法儿的。过几天我再打发人接你去。"迎春道:"老太太始终疼我,如今也疼不来了。可怜我只是没有再来的时候了。"说着,眼泪直流。众人都劝道:"这有什么不能回来的?比不得你三妹妹隔得远,要见面就难了。"贾母等想起探春,不觉也大家落泪。只为宝钗的生日,即转悲为喜道:"这也不难,只要海疆平静,那边亲家调进京来,就见的着了。"大家说:"可不是这么着呢?"迎春只得含悲而别,众人送了出来,仍回贾母那里。从早至暮,又闹了一天。〔索隐〕上回用实写,本回用虚写,在事实上,本无可再写也。

众人见贾母劳乏,各自散了。独有薛姨妈辞了贾母,到宝钗那里,说道:"你哥哥今年是过了,直要等到皇恩大赦的时候,减了等才好赎罪。这几年叫我孤苦伶仃怎么处?我想要与你二哥哥完婚,你想想好不好?"宝钗道:"妈妈是为着大哥哥娶了亲吓怕了的了,犹豫起来,据我说很该就办。邢姑娘是妈妈知道的,如今在这里也很苦,娶了去,虽说我家穷,究竟比他傍人门户好多着呢。"薛姨妈道:"你得便的时候,就去告诉老太太,说我家没人,就要拣日子了。"宝钗道:"妈妈只管同二哥哥商量挑过好日子,过来和老太太、大太太说了娶过去,就完了一宗事。这里大太太也巴不得娶了去才好。"薛姨妈道:"今日听见史姑娘也就回去了。老太太心里要留你妹妹在这里住几天,所以他住下了。我想他也是不定多早晚就走的人了,你们姊妹们也多叙几天话儿。"宝钗道:"正是呢。"于是薛姨妈又坐了一坐,出来辞了众人,回去了。

却说宝玉晚间归房,因想:"昨夜黛玉竟不入梦。或者他已经成仙,所以不肯来见我这种浊人,也是有的。不然,就是我的性儿太急了,也未可知。"便想了一个主意,回宝钗说道:"我昨夜偶然在外间睡着,似乎比在屋里睡得安稳些。今日起来,心里也觉清净些,我的意思,还要在外间睡两夜,只怕你们又来拦我。"

宝钗听了,明知早晨他嘴里念诗是为着黛玉的事了,想来他那个呆性是不能劝的,倒好叫他睡两夜,索性自己死了心也罢了。况兼昨夜听他睡得倒也安静,便道:"好没来由!你只管睡去,我们拦你做什么!但只不要胡思乱想,招出些邪魔外祟来。"宝玉笑道:"谁想什么?"袭人

第一百九回　候芳魂五儿承错爱　还孽债迎女返真元

道："依我劝，二爷竟还是屋里睡罢，外边一时照应不到，着了风倒不好。"

宝玉未及答言，宝钗却向袭人使了个眼色，袭人会意，便道："也罢，叫个人跟着你罢，夜里好倒茶倒水的。"宝玉便笑道："这么说你就跟了我来。"袭人听了，倒没意思起来，登时飞红了脸，一声也不言语。宝钗素知袭人稳重，便说道："他是跟惯了我的，还叫他跟着我罢，叫麝月、五儿照料着也罢了。况且今日他跟着我闹了一天，也乏了，该叫他歇歇去。"〔索隐〕袭人如欲避嫌，尽可正词拒绝，何必不言语？宝钗如信袭人稳重，尽可听其往陪，何必改派？彼此纯斗机锋，好看煞人。宝玉只得笑着出来。

宝钗因命麝月、五儿给宝玉仍在外间铺设了，又嘱咐两个人醒睡些，要茶要水都留点神儿。两个答应着出来，看见宝玉端然坐在床上，闭目合掌，居然像个和尚一般。两个也不敢言语，只管瞧着他笑。宝钗又命袭人出来照应，袭人看见这般，却也好笑。便轻轻的叫道："该睡了，怎么又打起坐来了？"宝玉睁开眼看见袭人，便道："你们只管睡罢，我坐一坐就睡。"袭人道："因为你昨日那个光景，闹得二奶奶一夜没睡。你再这么着，成何事体？"宝玉料着自己不睡都不肯睡，便收拾睡下。袭人又嘱咐了麝月等几句，才进去关门睡了。这里麝月、五儿两个人也收拾了被褥，伺候宝玉睡着，各自睡了。

那知宝玉要睡越睡不着，见他两个人在那里打铺，忽然想起那年袭人不在家时，晴雯、麝月两个人服侍。夜间麝月出去，晴雯要吓他，因为没穿衣服着了凉，后来还是从这个病上死的。想到这里，一心移在晴雯身上去了，忽又想起凤姐说五儿给晴雯脱了个影儿，因又将想晴雯心肠移在五儿身上。〔索隐〕心不专一，而谓神能入梦耶？自己假装睡着，偷偷的看那五儿，越瞧越像晴雯，不觉呆性复发，听了听里间，已无声息，知是睡了。却见麝月也睡觉了，便故意叫了麝月两声，却不答应。

五儿听见宝玉唤人，便问道："二爷要什么？"宝玉道："我要漱漱口。"五儿见麝月已睡，只得起来重新剪了蜡花，倒了一钟茶来，一手托着漱盂，却因赶忙起来的，身上只穿着一件桃红绫子小袄儿，松松的挽着一个髻儿。宝玉看时，居然晴雯复生。忽又想起晴雯说的"早知担个虚名，也就打个正经主意了"，不觉呆呆的呆看，也不接茶。

那五儿自从芳官去后，也无心进来了。后来听得凤姐叫他进来服侍宝玉，竟比宝玉盼他进来的心还急。不想进来以后，见宝钗、袭人一般尊贵稳重，看着心里实在敬慕。又见宝玉疯疯傻傻，不似先前风致，又听见王夫人为女孩子们和宝玉玩笑，都撵了，所以把这件事搁在心上，倒无一毫的儿女私情了。怎奈这位呆爷今晚把他当作晴雯，只管爱惜起来。〔索隐〕本回之五儿指董年也。董妃获宠，复进其妹于宫中。当日爱情专属，承恩日浅。及妃薨逝，世祖遂移其眷妃者眷及于年。李代桃僵，月没星替。慰情聊胜，得卿亦佳。握手并肩，喁喁话旧。有秦虢同朝之乐，无尹邢斗宠之嫌，那得不分外怜惜？年与琬姊妹同根，形影自肖，特借晴雯立论，一则曰"给晴雯脱了个影儿"，再则曰"越瞧越像晴雯"，三则曰"居然晴雯复生"，将一个多情天子，旧欢新宠交注心目，不克自持情形，曲曲传出。

那五儿早已羞得两颊红潮，又不敢大声说话，只得轻轻的说道："二爷漱口啊。"宝玉笑着接了茶在手中，也不知道漱了没有，便笑嘻嘻的问道："你和晴雯姐姐好，不是啊？"五儿听了，摸不着头脑，便道："都是姊妹，也没有什么不好的。"宝玉又悄悄的问道："晴雯病重了，我看他去，不是你也去了么？"五儿微微笑着点头儿。宝玉道："你听见他说什么了没有？"五儿摇着头儿道："没有。"

宝玉已经忘神，便把五儿的手一位，五儿急得红了脸，心里乱跳，便悄悄的说道："二爷有什么话只管说，别拉拉扯扯的。"宝玉才放了手，说道："他和我说来着：'早知担了个虚名，也就打个正经主意了。'你怎么没听见么？"五儿听见这话，明明是轻薄自己的意思，又不敢怎么样，便说道："那是他自己没脸，这也是我们女孩儿家说得的么？"宝玉着急道："你怎么也是这个道学先生，我看你长的和他一模一样，我才肯和你说这个话，你怎么倒拿这些话来糟蹋他。"

此时五儿心中不知宝玉是怎么个意思，便说道："夜深了，二爷也睡罢。别尽着坐着，看凉着，刚才奶奶和袭人姐姐怎么嘱咐了？"宝玉道："我不凉。"说到这里，忽然想起五儿没穿着大衣服，就怕他也像晴雯着了凉，便说道："你为什么不穿上衣服就过来？"五儿道："爷叫的紧，

第一百九回　候芳魂五儿承错爱　还孽债迎女返真元

那里有尽着穿衣裳的空儿？要知道说这半天话儿时，我也穿上了了。"宝玉听了，连忙把自己盖的一件月白绫子棉袄儿揭起来，递给五儿，叫他披上。〔索隐〕情深、款款，较晴雯呵手情形如何？

五儿只不肯接，说："二爷盖着罢，我不凉。我凉有我的衣裳。"说着，回到自己铺边，拉了一件长袄披上，又听了听麝月睡的正浓，才慢慢过来，说："二爷今晚不是要养神呢么？"宝玉笑道："实告诉你罢，什么是养神？我倒是要遇仙的意思。"五儿听了，越发动了疑心，便问道："遇什么仙？"宝玉道："你要知道，这话长着呢。你挨着我来坐下，我告诉你。"五儿红了脸笑道："你在那里躺着，我怎么坐呢？"宝玉道："这个何妨？那一年冷天，也是你麝月姐姐和你晴雯姐姐玩，我怕冻着他，还把他揽在被里渥着呢！这有什么的？大凡一个人，总不要酸文假醋才好。"

五儿听了，句句都是宝玉调戏之意。那知这位呆爷却是实心实意的话儿，五儿此时走开不好，站着不好，坐下不好，倒没了主意了，因微微笑着道："你别混说了，看人家听见，这是什么意思？怨不得的人家说你专在女孩儿身上用工夫！你自己放着二奶奶和袭人姐姐，都是仙人儿似的，只爱和别人胡缠。〔索隐〕卿亦仙人之妹，自然与仙人一样，何必过谦？明儿说这些话，我回了二奶奶，看你什么脸见人！"

正说着，只听外面"咕咚"一声，把两个人吓了一跳。里间宝钗咳嗽了一声，宝玉听见，连忙努嘴儿。五儿也就忙忙的息了灯，悄悄的躺下了。原来宝钗、袭人因昨夜不曾睡，又兼日间劳乏了一天，所以睡去，都不曾听见他们说话。此时院中一响，早已惊醒，听了听也无动静。宝玉此时躺在床上，心里疑惑："莫非林妹妹来了？听见我和五儿说话，故意吓我们的。"翻来覆去，胡思乱想，五更以后，才蒙胧睡去。

却说五儿被宝玉鬼混了半夜，又兼宝钗咳嗽，自己怀着鬼胎，生怕宝钗听见了，也是思前想后，一夜无眠。〔索隐〕此等处，写得若有若无，不即不离，是著书人长技。次日一早起来，见宝玉尚自昏昏睡着，便轻轻儿的收拾了屋子。那时麝月已醒，便道："你怎么这么早起来了，你难道一夜没睡么？"五儿听这话，又似麝月知道了的光景，便只是讪笑，也不答言。

《红楼梦》与顺治皇帝的爱情故事

不一时,宝钗袭人也都起来,开了门,见宝玉尚睡,却也纳闷:"怎么外边两夜,睡得倒这般安稳?"及宝玉醒来,见众人都起来了,自己连忙爬起,揉着眼睛细想:"昨夜又不曾梦见,可是仙凡路隔了!"慢慢的下了床,又想昨夜五儿说的宝钗、袭人都是天仙一般,这话却也不错,便怔怔的瞧着宝钗。

宝钗见他发怔,虽知他为黛玉之事,却也定不得梦不梦,只是瞧的自己却不好意思,便道:"二爷昨夜可真遇着仙了么?"宝玉听了,只道昨晚的话宝钗听见了,笑着勉强说道:"这是那里的话?"那五儿听了这一句,越发心虚起来,又不好说的,只得且看宝钗的光景。只见宝钗又笑着问五儿道:"你听见二爷睡梦中和人说话来着么?"宝玉听了,自己坐不住,搭讪着走开了。五儿把脸飞红,只得含糊道:"前半夜倒说了几句,我也没听真,什么'担了虚名',又什么'没打正经主意',我也不懂,劝着二爷睡了,后来我也睡了,不知二爷还说来着没有。"宝钗低头一想:"这话明是为黛玉了。但尽着叫他在外头,恐怕心邪了,招出些花妖月媚来,况兼他的旧病原在姊妹上情重,只好设法将他的心意挪移过来,然后能免无事。"想到这里,不免面红耳热起来。〔索隐〕吾知宝姑娘夙具此手段,必不至此时尚面红耳热。也就讪讪的走进房梳洗去了。

且说贾母两日高兴,略吃多了些,这晚有些不受用。第二天便觉着胸口饱闷,鸳鸯等要回贾政,贾母不叫言语,说:"我这两日嘴馋些,吃多了点子,我饿一顿就好了,你们快别吵嚷。"于是鸳鸯等并没有告诉人。

这日晚间,宝玉回到自己屋里,见宝钗自贾母、王夫人处才请了晚安回来,宝玉想着早起之事,未免赧颜抱惭。宝钗看他这样,也晓得是个没意思的光景,因想着他是个痴情人,要治他的这病,少不得仍以痴情治之。想了一回,便问宝玉道:"你今夜还在外间睡去罢咧。"宝玉自觉没趣,便道:"里间外间都是一样的。"宝钗意欲再说,反觉不好意思。袭人道:"罢呀,这倒是什么道理呢?我不信睡得那么安稳。"五儿听见这话,连忙接口道:"二爷在外间睡,别的倒没什么,只是爱说梦话,叫人摸不着头脑儿,又不敢驳他的回。"袭人便道:"我今日挪到床上睡睡,看说梦话不说,你们只管把二爷的铺盖铺在里间就完了。"

第一百九回　候芳魂五儿承错爱　还孽债迎女返真元

宝钗听了，也不作声。〔索隐〕与上文之袭人"也不言语"对照。宝玉自己惭愧不来，那里还有强嘴的分儿？〔索隐〕昨夜五儿一段，亦自光明磊落。可以笔锋所及，东躲西闪，写得如许蹊跷！细心研求，知其文字外另有文字。详见总评。便依着搬进里间来。一则宝玉负愧，欲安慰宝钗之心；二则宝钗恐宝玉思郁成疾，不如假以词色，使得稍觉亲近，以为移花接木之计。于是，当晚袭人果然挪出去，宝玉因心中愧悔，宝钗欲笼络宝玉之心，自过门至今日，方才如鱼得水，恩爱缠绵，所谓二五之精妙合而凝的了。此是后话。

且说次日宝玉、宝钗同起，〔索隐〕史笔。宝玉梳洗了，先过贾母这边来。这里贾母因疼宝玉，又想宝钗孝顺，忽然想起一件东西，便叫鸳鸯开了箱子，取出祖上所遗一个汉玉块。〔索隐〕块者，决也，不祥之兆。虽不及宝玉那块玉石，挂在身上却也希罕。鸳鸯找出来递与贾母，便说道："这件东西，我好像从没见得，老太太这些年还记得这样清楚，说是那一箱什么匣子里装着，我按着老太太的话，一拿就拿出来了。老太太怎么想着？拿出来做什么？"贾母道："你那里知道，这块玉还是祖爷爷给我们老太爷，老太爷疼我，临出嫁的时候，叫了我去，亲手递给我的。还说：'这玉是汉时所佩的，东西很贵重，你拿着，就像见了我的一样。'我那时还小，拿了来也不当什么，便撂在箱子里。到了这里，我见咱们家的东西也多，这算得什么，从没带过，一撂便撂了六十多年。今儿见宝玉这样孝顺，他又丢了一块玉，故此想着拿出来给他，也像是祖上给我的意思。"

一时，宝玉请了安，贾母便喜欢道："你过来，我给你一件东西瞧瞧。"宝玉走到床前，贾母便把那块汉玉递给宝玉。宝玉接了一瞧，那玉有三寸方圆形，似甜瓜色，有红晕，甚是精致。宝玉口口称赞。贾母道："你爱么？这是我祖爷爷给我的，我传了你罢。"宝玉笑着打了个千，谢了，又拿了要给他母亲瞧，贾母道："你太太瞧了，告诉你老子，又说疼儿子不如疼孙子了，他们从没见过。"宝玉笑着去了。宝钗等又说了几句话，也辞了出来。

自此贾母两日不进饮食，胸口仍是结闷，觉得头晕目眩，咳嗽。邢、王二夫人、凤姐等请安，见贾母精神尚好，不过叫人告诉贾政，立刻来

《红楼梦》与顺治皇帝的爱情故事

请了安。贾政出来,即请大夫看脉。

不多一时,大夫来诊了脉,说是:"有年纪的人停了些饮食,感冒了些风寒,略发散些就好了。"开了方子。贾政看了,知是寻常的药品,命人煎好进服。以后贾政早晚进来请安,一连三日,不见稍减。贾政又命贾琏:"打听好大夫,快去请来瞧老太太的病。咱们家常请的几个大夫,我瞧着不怎么好,所以叫你去。"贾琏想了一想,说道:"记得那年宝兄弟病的时候,倒是请了一个不行医的来瞧好了的,如今不如找他。"贾政道:"医道却是极难的,愈是不兴时的大夫,倒有本领,你就打发人去找来罢。"贾琏即忙答应去了,回来说道:"这刘大夫新近出城教书去了,过十来天进城一次。这时等不得,又请了一位,也就来了。"贾政听了,只得等着。不提。

且说贾母病时,合宅女眷无日不来请安。一日,众人都在那里,只看见园内腰门的老婆子进来回说:"园里的栊翠庵的妙师父,知道老太太病着,特来请安。"众人道:"他不常过来,今儿特地来,你们快去请来。"凤姐走到床前回贾母。岫烟是妙玉的旧相识,先走出去接他。只见妙玉头带妙常髻,身上穿一件月白素绸袄儿,外罩一件水田青缎镶边长背心,拴着秋香色的丝绦,腰下系一条淡墨画的白绫裙,手执麈尾念珠,跟着一个侍儿,飘飘曳曳的走来。

岫烟见了问好,说是:"在园内住的日子,可以常常来瞧瞧你。近来因为园内人少,一个人轻易难出来,况且咱们这里的腰门常关着,所以这些日子不得见你,今儿幸会。"妙玉道:"头里你们是热闹场中,你们虽在外园里住,我也不便常来亲近。如今知道这里的事情也不大好,又听说是老太太病着,又惦记你,并要瞧瞧宝姑娘。我那管你们的关不关?我要来就来,我不来,你们要我来也不能啊!"〔索隐〕被劫之际,当代答曰:"我要你去,你不要去也不能啊!"岫烟笑道:"你还是那种脾气。"一面说着,已到贾母房中。众人见了,都问了好。

妙玉走到贾母床前问候,说了几句套话,贾母便道:"你是个女菩萨,你瞧瞧我的病可好得了好不了?"妙玉道:"老太太这样慈悲的人,寿数正有呢。一时感冒,吃几帖药想来也就好了。有年纪的人,要宽心些。"贾母道:"我倒不为这些,我是极爱寻快乐的。如今这病也不觉怎

第一百九回　候芳魂五儿承错爱　还孽债迎女返真元

样,只是胸膈闷饱。刚才大夫说是气恼所致,你是知道的,谁敢给我气受?这不是那大夫脉理平常么?我和琏儿说了,还是头一个大夫说感冒伤食的是,明儿仍请他来。"

说着,叫鸳鸯吩咐厨房里办一桌清净菜来,请他在这里便饭。妙玉道:"我已吃过午饭了,我是不吃东西的。"王夫人道:"不吃也罢,咱们多坐一会,说些闲话儿罢。"妙玉道:"我久已不见你们,今儿来瞧瞧。"又说了一回话,便要走,回头见惜春站着,便问道:"四姑娘,为什么这样瘦?不要只管爱画劳了心。"惜春道:"我久不画了,如今住的房屋不比园里的显亮,所以没兴画。"妙玉道:"你如今住在那一所了?"惜春道:"就是你才进来的那个门东边的屋子,你要来很近。"妙玉道:"我高兴的时候来瞧你。"惜春等说着送了出去。回身过来,听见丫头们回说:"大夫在老太太那边呢。"众人暂且散去。

那知贾母这病日重一日,延医调治不效,以后又添腹泻。贾政着急,知病难医,即命人到衙门告假,日夜同王夫人亲视汤药。

一日,见贾母略进些饮食,心里稍宽。只见老婆子在门外探头,王夫人叫彩云看住,问问是谁。彩云看了,是陪迎春到孙家去的人,便道:"你来做什么?"婆子道:"我来了半日,这里找不着一个姐姐们,我又不敢冒撞,我心里又急。"彩云道:"你急什么?又是姑爷作践姑娘不成么?"婆子道:"姑娘不好了!前儿闹了一场,姑娘哭了一夜,昨日痰堵住了,他们又不请大夫,今日更利害了。"彩云道:"老太太病着呢,别大惊小怪的!"王夫人在内已听见了,恐老太太听见不受用,忙叫彩云带他外头说去。岂知贾母病中心静,偏偏听见,便道:"迎丫头要死了么?"王夫人说道:"没有,婆子们不知轻重,说是这两日有些病,恐不能就好,到这里问大夫。"贾母道:"瞧我的大夫就好,快请了去。"王夫人便叫彩云叫这婆子去回大太太去,那婆子去了。

这里贾母便悲伤起来,说是:"我三个孙女儿,一个享尽了福死了。三丫头远嫁不得见面。迎丫头虽苦,或者熬出来,不打量他年轻轻儿的就要死了!留着我这么大年纪的人活着做什么!"王夫人鸳鸯等解劝了好半天。

那时宝钗、李氏等不在房中,凤姐近来有疾,王夫人恐贾母生悲添病，便叫人叫了他们来陪着。自己回到房中，叫彩云来，埋怨："这婆子不懂事！以后我在老太太那里，你们有事不用来回"。丫头们依命不言。

岂知那婆子刚到邢夫人那里，外头的人已传进来说："二姑奶奶死了。"邢夫人听了也便哭了一场。现今他父亲不在家中，只得叫贾琏快去瞧看。知贾母病重，众人都不敢回。可怜一位如花似月之女，结褵年余，不料被孙家揉搓，以致身亡。又值贾母病重，众人不便离开，竟容孙家草草完结。〔索隐〕孙氏之折磨迎春，以赦老欠债故。当日自成搜括京师，外戚周、田二家，受逼最酷，故一说谓书中迎春受虐，实暗指此事。

贾母病势日增，只想这些好女儿。一时想起湘云，便打发人去瞧他。回来的人悄悄的找鸳鸯，因鸳鸯在老太太身旁，王夫人等都在那里，不便上去。到了后头，找了琥珀，告诉他道："老太太想史姑娘，叫我们去打听，那里知道史姑娘哭的了不得。说是姑爷得了暴病，大夫都瞧了，说这病只怕不能好。若变了痨病，还可捱过四五年，所以史姑娘好心里着急。〔索隐〕所谓没兴一齐来。又知道老太太病，只是不能过来请安，还叫我不要在老太太面前提起。倘或老太太问起来，务必托你们变个法儿回老太太才好。"

琥珀听了，咳了一声，也就不言语了。半日说道："你去罢。"琥珀也不便回，心里打算告诉鸳鸯，叫他撒谎去，所以来到贾母床前。只见贾母神色大变，地下站着一屋子的人，喊喊的说："瞧着是不好了。"也不敢言语了。

这里贾政悄悄的叫贾琏到身旁，向耳边说了几句话，贾琏轻轻的答应出去了，便传齐了现在家的一干家人，说："老太太的事，待一出来了，你们快快分头派人办去。头一件先请出板来瞧瞧，好挂里子。快到各处将各人的衣服量了尺寸，都开明了，便叫裁缝去做孝衣。那棚杠执事，都去讲定。厨房里还该多派几个人。"

赖大等回道："二爷，这些事不用爷费心。我们早打算好了，只是这项银子在那里打算？"贾琏道："这种银子不用打算了，老太太自己早留下了。刚才老爷的主意，只要办的好，我想外面也要好看。"赖大等答应派人分头办去。

贾琏复回到自己房中，便问平儿："奶奶今儿怎么样？"平儿把嘴往

第一百九回　候芳魂五儿承错爱　还孽债迎女返真元

里一努，说："你瞧去。"贾琏进内，见凤姐正要穿衣，一时动不得，暂且靠在炕桌儿上。贾琏道："你只怕养不住了。老太太的事，今儿明儿就要出来了，你还脱得过么？快叫将屋里收拾收拾，就该挣着上去了。若有了事，你我还能回来么？"凤姐道："咱们这里还有什么收拾的。不过就是这点子东西，还怕什么？你先去罢，看老爷叫你，我换件衣裳就来。"

贾琏先回到贾母房里，向贾政悄悄的回道："诸事已处派明白了。"贾政点头。外面又报太医进来了，贾琏接入。又诊了一回，出来悄悄的告诉贾琏："老太太的脉气不好，防着些。"贾琏会意，与王夫人等说知。王夫人即忙使眼色叫鸳鸯过来，叫他把老太太的装裹衣服预备出来。鸳鸯自去料理。

贾母睁眼要茶吃，邢夫人便进了一杯参汤，贾母刚用嘴接着吃，便道："不要那个，倒一钟茶来我吃。"众人不敢违拗，即忙送上来，一口呷了，便道："我要坐起来。"贾政等道："老太太要什么？只管说，可以不必坐起来才好。"贾母道："我吃了口水，心里好些。〔索隐〕孝庄一生，渎伦败纪，应得喝水以清其心。是曲笔而非闲笔。略靠着和你们说说话。"珍珠等用手轻轻的扶起，看见贾母这回精神好些。未知生死，下回分解。

〔索隐〕本回共分三段：自开首起，至"辞了众人回去了"止为第一段。补叙庆寿余波。一部书中，欢宴热闹之局，自此终了，如三春花事之开到荼蘼矣。

以下至"此是后话"止为第二段。董年以乃姊之提挈，备位掖庭。世祖哀逝之余，移情弱妹，轻怜密爱，有逾等常。遂致见忌于继后，被猜于同辈，协力倾轧，冷语交侵。甚至以国母之尊，不惜降志辱身，为笼络君心之计。其事可丑，其心亦可哀。此一段趣史，作者不能不记，而又不便直记，故借五儿身上轻轻渡入。妙在五儿入园后，本当一露头角，以作结束。而酷肖晴雯，又系天然资料，足供发挥，故以离合伸缩之笔出之，令人自悟。

《红楼梦》与顺治皇帝的爱情故事

以下至本回完毕为第三段。当贾太君绵缀之际,将迎、探、惜三春身世顺笔带出,此数人不祥之结果,必令贾太君未逝以前亲见之而亲闻之者,盖深不满意于太君也。词微旨远,勿忽略读过。

〔**护花评**〕迎春将别,说"没有再来的时候",为下回伏线。

又:五儿自补入宝玉房中,并未与宝玉交言。借此一叙,必不可少。

又:若非外面声响,宝钗咳嗽,宝玉与五儿如何分散?文人之笔,收纵自如。

又:北静王之玉,是正衬通灵;无赖之假玉,是反衬通灵;贾母之玉块,是旁衬通灵。

又:凡人遇有丧亡祸患,与其强颜欢笑,不若放声大哭。盖放声大哭,郁气可伸;强颜欢笑,闷怀愈结。故宝玉大哭黛玉,脉气顿和;贾母勉强寻欢,停食胸闷。

又:妙玉探望贾母,却是闲文。要紧处在叙出惜春住房,为异日遇盗埋根。

〔**大某评**〕此回亦丙辰年事。

第一百十回　史太君寿终归地府　王凤姐力绌失人心

却说贾母坐起说道："我到你们家,已经六十多年了,从年轻的时候到老来,福也享尽了。自你们老爷起,儿子、孙子都算是好的了。〔**索隐**〕按孝庄薨于康熙二十六年十三月,合之来嫔太宗时代,恰有六十余年。万方玉食,深宫颐养,可谓福也享尽。圣子贤孙,绳绳继继,可谓子孙都好。就是宝玉呢,我疼了他一场。"说到那里,拿眼地下瞧着。

王夫人便推宝玉走到床前,贾母从被窝里伸出手来拉着宝玉,道:"我的儿,你要争气才好。"宝玉嘴里答应,心里一酸,那眼泪便要流下来,又不敢哭,只得站着,听贾母说道:"我想再见一个重孙子,我就安心了。我的兰儿在那里呢?"

李纨也推贾兰上去。贾母放了宝玉,拉着贾兰道:"你母亲是要孝顺的,将来你成了人,也叫你母亲风光风光。凤丫头呢?"

凤姐本来站在贾母旁边,赶忙走到跟前说:"在这里呢。"贾母道:"我的儿,你是太聪明了,将来修修福罢。我也没有修什么,不过心实吃亏。那些吃斋念佛的事,我也不大干,就是旧年叫人写了些《金刚经》送送人。〔**索隐**〕孝庄一生行乐,直至晚岁,始静处慈宁,长斋绣佛,或召番僧入谈大义,颇多了解。

不知送完了没有?"凤姐道:"没有呢。"贾母道:"早该施舍完了才好。我们大老爷和珍儿是在外头罢了,最可恶的是史丫头没良心,怎么总不来瞧我?"鸳鸯等明知其故,都不言语。

贾母又瞧了一瞧宝钗,叹了口气,只见脸上发红。贾政知是回光返照,即忙进上参汤。贾母的牙关已经紧了,合了一回眼,又睁着满屋里瞧了一瞧。王夫人、宝钗上去轻轻扶着,邢夫人、凤姐等即忙穿衣。底

《红楼梦》与顺治皇帝的爱情故事

下婆子们已经将床安没停当,铺了被褥。听见贾母喉间略一响动,脸变笑容,竟是去了,享年八十二岁。众婆子疾忙停床。

于是贾政等在外一边跪着,邢夫人等在内一边跪着,一齐举起哀来。外面家人,各样预备齐全,只听里头信儿一传出来,从荣府大门起至内宅门,扇扇大开,一色净白纸糊了,孝棚高起,大门前的牌楼立时竖起。上下人等,登时成服。

贾政报了丁忧,礼部奏闻,主上深仁厚泽,念及世代功勋,又系元妃祖母,赏银一千两,谕礼部主祭。家人们各处报丧,众亲友虽知贾政势败,今见圣恩隆重,都来探丧。择了吉时盛殓,停灵正寝。〔**索隐**〕太君为书中第一重要人,其死也亦为书中第一重要事,乃不载及死之年月日,当是史家微词。

贾赦不在家,贾政为长,宝玉、贾环、贾兰是亲孙,年纪又小,都应守灵前。贾琏虽也是亲孙,带着贾蓉尚可分派家人办事。虽请了些男女外亲来照应,内里邢、王二夫人、李纨、凤姐、宝钗等是应灵旁哭泣的。尤氏虽可照应,因贾珍外出,依住荣府,一向总不上前,且又荣府里的事,不甚谙练。贾蓉的媳妇更不必说了。惜春年小,虽在这里长的,他于家事全不知道,所以内里竟无一人支持。只有凤姐可以照管里头的事,况又贾琏在外作主,里外他二人倒也相宜。

凤姐先前仗着自己的才干,原打量老太太死了,他大有一番作用。邢、王二夫人等本知他曾办过秦氏的事,必是妥当,于是仍叫凤姐总理里头的事。凤姐本不应辞,自然应了,心想:"这里的事本是我管的,那些家人便是我手下的人,太太和珍大嫂子的人,本来难使唤些,如今他们都去了。银项虽没有了对牌,这种银子是现成的,外头的事,又是他办着。虽说我现今身子不好,想来也不致落褒贬,必是比宁府里还得办些。"〔**索隐**〕极力摇曳,反跌下文支绌情形,愈觉得势。心下已定,且待明日接了事。

后日一早,便叫周瑞家的传出话去,将花名册取上来。凤姐一一的瞧了,统共只有男仆二十一人,女仆只有十九人,余者俱是些丫头。连各房算上,也不过三十多人,难以点派差使。心里想道:"这回老太太的事,倒没有东府里的人多,又将庄上的算出几个,也不敷差遣。"

第一百十回　史太君寿终归地府　王凤姐力绌失人心

　　正在思算，只见一个小丫头过来，说："鸳鸯姐姐请奶奶。"凤姐只得过去，只见鸳鸯哭得泪人儿一般，一把拉着凤姐儿说道："二奶奶请坐，我给二奶奶叩个头。虽说服中不行礼，这个头是要叩的。"鸳鸯说着跪下，慌的凤姐赶忙拉住，说道："这是什么礼？有话好好的说。"

　　鸳鸯跪着，凤姐便拉起来。鸳鸯说道："老太太的事，一应内外都是二爷和二奶奶办。这种银子是老太太留下的，老太太这一辈子，也没有糟蹋过什么银钱。如今临了这件大事，必得求二奶奶体体面面的办一办才好。我方才听见老爷说什么'诗云子曰'，我不懂。又说什么'与其易也宁戚'，我听了不明白。我问宝二奶奶，说是：'老爷的意思，老太太的丧事只要悲切才是真孝，不必糜费图好看的念头。'〔索隐〕康熙年间，办理孝庄太皇太后之丧，虽无明文，但以意度之，孙之对于祖母，必不如儿辈属毛离里者之切挚。且梓宫停衬，直至雍正五年卜葬昭西陵，并不与太宗合葬。则叔嫂续婚，不理人口，官家英武，势必引以为耻，身后典礼，或亦不甚隆重。而礼经尚"其易也宁戚"之文，掩饰一时耳目欤？我想老太太这样一个人，怎么不该体面些？我虽是奴才丫头，敢说什么？只是老太太疼二奶奶和我这一场，临死了，还不叫他风光风光？我想二奶奶是能办大事的，故此我请二奶奶来，求作个主，我生是跟老太太的人，老太太死了，我也是跟老太太的。若是瞧不见老太太的事怎么办，将来怎么见老太太呢？"

　　凤姐听了这话来的古怪，便说："你放心，要体面是不难的。况且老爷虽说要省，那势派也错不得。〔索隐〕皇家势派，当然按照会典行事。便拿这项银子都化在老太太身上，也是该当的。"鸳鸯道："老太太的遗言，说所有剩下的东西是给我们的，二奶奶倘或用着不够，只管拿这个去折变补上。就是老爷说什么，我也不好违老太太的遗言。那日老太太分派的时候，不是老爷在这里听见的么？"凤姐道："你素来最明白的，怎么这会子那样的着急起来了。"鸳鸯道："不是我着急，为的是大太太是不管事的。老爷是怕招摇的。〔索隐〕怕招摇之事，含有曲笔。若是二奶奶心里也是老爷的想头，说抄过家的人家，丧事还是这么好，将来又要抄起来，也就不顾起老太太来，怎么处？在我呢，是个丫头，好歹碍不着，到底是这里的声名。"〔索隐〕当时争谏者，必以国母仪制为言。凤姐道:"我知道了,你只管放心,有我呢。"鸳鸯千恩万谢的托了凤姐。

那凤姐出来想道:"鸳鸯这东西好古怪,不知打了什么主意,论理,老太太身上本该体面些呀。不要管他,且按着咱们家先前的样子办去。〔索隐〕太君之丧,如何比照以前秦氏的办法?况并此而不得耶?于是叫了来旺家的来,传话出去,请二爷进来。

不多时,贾琏进来说道:"怎么找我?你在里头照应着些就是了,横竖作主是咱们二老爷,他说怎么着,咱们就怎么着。"凤姐道:"你也说起这个话来了!可不是鸳鸯说的话应验了么。"贾琏道:"什么鸳鸯的话?"

凤姐便将鸳鸯请进去的话,述了一遍。贾琏道:"他们的话算什么,刚才二老爷叫我去,说:'老太太的事,固要认真办理,但是知道的呢,说是老太太自己结果自己。不知道的,只说咱们都隐匿起来了,如今很宽裕。若老太太的这种银子用不了,谁还要么?仍旧该用在老太太身上。老太太是在南边的,坟地虽有,阴宅却没有。老太太的柩,是要归到南边去的。留这银子在祖坟上盖起房屋来,再余下的,置买几顷祭田。咱们回去也好,就是不回去,也叫这些贫穷族中住着也好,按时按节早晚上香,时常祭扫祭扫。'你想这些话,可不是正经主意?据你这个话,难道都化了罢?"

凤姐道:"银子发出来了没有?"贾琏道:"谁见过银子?我听见咱们太太听见了二老爷的话,极力的撺掇二太太和二老爷,说这是好主意。叫我怎么着?现在外头棚杠上要支几百银子,这会子还没有发出来。我要去,他们都说且先叫外头办了,回来再算。你想这些奴才们,有钱的早溜了。按着册子叫去,有的说告病,有的说下庄子去了。走不动的有几个,只有赚钱的能耐,还有赔钱的本事么?"凤姐听了,呆了半天,说道:"这还办什么?"

正说着,见来了一个丫头,说:"大太太的话,问二奶奶今日第三天了,里面还很乱,供了饭还叫亲戚们等着么?叫了半天,来了菜,短了饭。这是什么办事的道理?"〔索隐〕力绌受气之一。凤姐急忙进去吆喝人来伺侯,胡弄着将早饭打发了。

第一百十回　史太君寿终归地府　王凤姐力绌失人心

偏偏那日人来的多，里头的人都死眉瞪眼的，凤姐只得在那里照料了一会子，又惦记着派人，赶着出来叫了来旺家的，传齐了家人。女人们一一分派了，众人都答应着不动。凤姐道："什么时候，还不供饭？"众人道："传饭是容易的，只要将里头的东西发出来，我们才好照管去。"凤姐道："糊涂东西！派定了你们，少不得有的。"众人只得勉强应着。

凤姐即往上房去发应用之物，要去请示邢、王二夫人。见人多难说，看那时候已经日渐平西了，只得找了鸳鸯，说："要老太太存的这一分家伙。"鸳鸯道："你还问我呢！那一年二爷当了，赎了来了么？"凤姐道："不用银的金的，只要这一分平常使的。"鸳鸯道："大太太、珍大奶奶屋里使的是那里来的？"凤姐一想不差，转身就走。只得到王夫人那边找了玉钏、彩云，才拿了一分出来。急忙叫彩云登帐，发与众人收管。

鸳鸯见凤姐这样慌张，又不好叫他回来，心想："他头里作事，何等爽利周到，如今怎么掣肘的这个样儿？我看这两三天连一点头脑都没有，不是老太太白疼了他了么？"那里知邢夫人一听贾政的话，正合着将来家计艰难的心，巴不得留一点作个收局。况且老太太的事，原是长房作主，贾赦虽不在家，贾政又是拘泥的人，有件事便说请大太太的主意。邢夫人素知凤姐手脚大，贾琏的闹鬼，所以死拿着不放松。鸳鸯只道已将这项银两交了出去了，故见凤姐掣肘如此，便疑为不肯用心，便在贾母灵前唠唠叨叨哭个不了。

邢夫人等听了，话中有话，不想到自己不令凤姐便宜行事，反说凤丫头果然有些不用心。王夫人到了晚上，叫了凤丫头过来，说："咱们家虽说不济，外头的体面是要的。这两三日人来人往，我瞧着那些人都照应不到，想是你没有吩咐，还得你替我们操点儿心才好。"

凤姐听了，呆了一会，要将银两不凑手的话说出，但是银钱是外头管的，王夫人说的是照应不到，凤姐也不敢辞，只好不言语。邢夫人在旁说道："论理该是我们做媳妇的操心，本不是孙子媳妇的事，但是我们动不得身，所以托你的，你是打不得撒手的。"〔索隐〕力绌受气之二。

凤姐紫涨了脸，正要回说，只听外头鼓乐一奏，是烧黄昏纸的时候了，大家举起哀来，又不得说。凤姐原想回来再说，王夫人催他去料理，

《红楼梦》与顺治皇帝的爱情故事

说道:"这里有我们呢,你快快儿的去料理明儿的事罢。"

凤姐不敢再言,只得含悲忍泣的出来,又叫人传齐了众人,又吩咐了一会,说:"大娘姊子们可怜我罢,我上头受了好些话,为的是你们不齐集,叫人笑话。明儿你们豁出些辛苦来罢。"

那些人回道:"奶奶办事,不是今儿个一遭儿了,我们敢违拗么?只是这回的事,上头过于累赘。只说打发这顿饭罢,有的在这里吃,有的要在家里吃,请了那位太太,又是那位奶奶不来,诸如此类,那得齐全?还求奶奶劝劝那些姑娘们,不要挑剔就好了。"凤姐道:"头一层是老太太的丫头们,是难缠的,太太们的,也难说话。叫我说谁去呢?"众人道:"从前奶奶在东府里还是署事,要打要骂怎么这样锋利?谁敢不依?如今,这些姑娘们都压不住了?"

凤姐叹道:"东府里的事,虽说托办的,太太虽在那里,不好意思说什么。如今是自己的事情,又是公平的人人说得话。再者,外头的银钱也叫不灵,即如棚里要一件东西,传了出来,总不见拿进来,叫我什么法儿呢?"众人道:"二爷在外头倒怕不应付么?"凤姐道:"还提那个,他也是那里为难。第一件,银钱不在他手里。要一件得回一件,那里凑手?"众人道:"老太太这项银子不在二爷手里么?"凤姐道:"你们回来问管事的便知道了。"众人道:"怨不得我们听见外头男人抱怨说:'这么件大事,咱们一点摸不着,尽当苦差。'叫人怎么能齐心呢?"凤姐道:"如今不用说了,眼面前的事大家留些神罢,倘若闹的上头有了什么说的,我和你们不依的。"众人道:"奶奶要怎么样,他们敢抱怨么?只是上头一人一个主意,我们实在难周到的。"〔索隐〕凡主持大事者,无真实之力量,而惟以敷衍手段见好于众人,卑逊言词告哀于僚属,徒堕威信,决难有济。凤姐此番之举动,其殷鉴也。凤姐听了没法,只得央说道:"好大娘们,明儿且帮我一天,等我把姑娘们闹明白了,再说罢咧。"众人听命而去。

凤姐一肚子的委屈,愈想愈气,直到天亮。又得上去要把各处的人整理整理,又恐邢夫人生气。要和王夫人说,怎奈邢夫人挑唆。这些丫头们见邢夫人等不助着凤姐的威风,更加作践起他来。幸得平儿替凤姐排解,说是:"二奶奶巴不得要好,只是老爷、太太们吩咐了外头,不许

第一百十回　史太君寿终归地府　王凤姐力绌失人心

糜费,所以我们二奶奶不能应付到了。"说过几次,才得安静些。

虽说僧经道忏,上祭挂帐,络绎不绝,终是银钱吝啬,谁肯踊跃?不过草草了事。连日王妃、诰命也来得不少,凤姐也不能上去照应,只好在底下张罗。叫了那个,走了这个,发一回急,央及一回,胡弄过了一起,又打发一起。别说鸳鸯等看去不像样,连凤姐自己心里也过不去了。〔索隐〕力绌受气之三。

邢夫人虽说是冢妇,仗着"悲戚为孝"四个字,倒也都不理会。王夫人落得跟了邢夫人行事,余者更不必说了。独有李纨瞧出凤姐的苦处,也不敢替他说话,只自叹道:"俗语说的'牡丹虽好,全仗绿叶扶持',太太们不亏了凤丫头,那些人还帮着么?若是三姑娘在家还好,如今只有他几个自己的人瞎张罗,面前背后的也抱怨,说是一个钱摸不着,脸面也不能剩一点儿。老爷是一味的尽孝,世务上头不大明白,这样的一件大事,不撒散几个钱,就办的开了么!可怜凤丫头闹了几年,不想在老太太的事上,只怕保不住脸了。"

于是抽空儿叫了他的人来,吩咐道:"你们别看着人家的样儿,也糟踏起琏二奶奶来,别打量什么穿孝守灵就算了大事了,不过混过几天就是了。看见那些人张罗不开,便插个手儿,也未为不可。这也是公事,大家都该出力的。"

那些素跟李纨的人,都答应着说:"大奶奶说得很是,我们也不敢那么着。只听见鸳鸯姐姐们的口话儿,好像怪琏二奶奶的似的。"李纨道:"就是鸳鸯我也告诉过他,我说琏二奶奶并不是在老太太的事上不用心,只是银子钱都不在他手里,叫他巧媳妇还作的上没米的粥来么?如今鸳鸯也知道了,所以他不怪他了。只是鸳鸯的样子竟是不像从前了,这也奇怪,那时候有老太太疼他,倒没有作过什么威福。如今老太太死了,没有了仗腰子的了,我看他倒有些气质不大好了。我先前替他愁,这会子幸喜大老爷不在家,才躲过去了。不然,他有什么法儿!"

说着,只见贾兰走来说:"妈妈睡罢,一天到晚人来客去的,也乏了,歇歇罢。我这几天总没有摸摸书本儿,今日爷爷叫我家里睡,我喜欢的很,要理个一两本书才好。别等脱了孝,再都忘了。"李纨道:"好儿子,看书呢,自然是好的。今日且歇歇罢,等老太太送了殡再看罢。"

《红楼梦》与顺治皇帝的爱情故事

贾兰道:"妈妈要睡,我也就睡在被窝里头想想也罢了。"

众人听了都夸道:"好哥儿,怎么这点年纪得了空儿就想到书上?不像宝二爷,娶了亲的人,还是那么孩子气。这几日跟着老爷跪着,瞧他很不受用,巴不得老爷一动身就跑过来找二奶奶。不知唧唧喳喳的说些什么,甚至弄的二奶奶都不理他了。他又去找琴姑娘,琴姑娘也远避他,邢姑娘也不很同他说话。倒是咱们本家的什么喜姑娘咧,四姑娘咧,哥哥长哥哥短和他亲密。我们看那宝二爷除了和奶奶姑娘们混混,只怕他心里也没有别的事,白过费了老太太的心疼了。他这么大,那里及兰哥儿一零儿呢!大奶奶你将来是不愁的了。"〔**索隐**〕称赞兰儿,别无深意,不过引起众人一番评论。至其评论宝玉处,则具有褒贬两义:一以见君王好色,终始不移;一以见放下屠刀,立地成佛。

李纨道:"就好也还小,只怕到他大了,咱们家还不知怎么样了呢!环哥儿你们瞧着怎么样?"众人道:"这一个更不像样儿了。两个眼睛倒像个活猴儿似的,东溜溜西看看,虽在那里号丧,见了奶奶、姑娘们来了,他在孝幔子里头睁着眼儿瞧人呢。"李纨道:"他的年纪,其实也不小了。前日听见说还要给他说亲呢,如今又得等着了呀。还有一件事,咱们家这些人,我看来也是说不清的。且不必说闲话,后日送殡,各房的车辆是怎么样了?"

众人道:"琏二奶奶这几天闹的像失魂落魄的样儿了,也没见传出去。昨儿听见我的男人说:'琏二爷派了蔷二爷料理,说是咱们家的车也不够,赶车的也少,要到亲戚家去借去呢。'"李纨笑道:"车也都是借得的么?"众人道:"奶奶说笑话儿了,车怎么借不得?只是那一日所有的亲戚都用车,只怕难借,想起还是雇呢。"李纨道:"底下人的只得雇,上头的车也有雇的么?"〔**索隐**〕稻香老农,而亦有些纨袴语。甚矣,习俗之移人也!

众人道:"现在大太太、东府里的大奶奶、小蓉奶奶都没有车了。不雇那里来的呢?"李纨听了叹息道:"先前见有咱们家儿的太太奶奶们坐了雇的车来,咱们都笑话。如今轮到自己头上了。你明儿去告诉你的男人,我们的车马早早儿的预备好了,省得挤。"众人答应了出去。不提。

且说史湘云因他女婿病着,贾母死后,只来的一次。屈指算是后日

第一百十回 史太君寿终归地府 王凤姐力绌失人心

送殡，不能不去。又见他女婿的病已成痨症，暂且不妨，只得坐夜前一日过来。想起贾母素日疼他，又想到自己命苦，刚配了一个才貌双全的男人，性情又好，偏偏的得了冤孽症候，不过捱日子罢了。于是更加悲痛，直哭了半夜。鸳鸯等再三劝慰不止。宝玉瞧着也不胜悲伤，又不好上前去劝，见他淡妆素服，不敷脂粉，更比未出嫁的时候犹胜几分。转念又看宝琴等淡素装饰，自有一种天生丰韵。独有宝钗浑身孝服，那知道比寻常穿颜色时更有一番雅致。心里想道："所以千红万紫，终让梅花为魁。殊不知并非为梅花开的早，竟是'洁白清香'四字，是不可及的了。但只这时候，若有林妹妹也是这样打扮，又不知怎样的丰韵了。"想到这里，不觉得心酸起来，那泪便直滚滚的下来了。〔索隐〕此时而具此闲情，无不以宝玉之忍言害理、背恩负义为可骇可恨，然人藏其心，不可测度，若挟人人心理上之幻想而宣布之，其可骇可恨之事当不此。趁着贾母的事，不妨放声大哭。

众人正劝湘云不止，外间又添出一个哭的来了。大家只道是想着贾母疼他的好处，所以伤悲。岂知他们两个人，各自有各自的心事，这场大哭，不禁满屋的人无不下泪。还是薛姨妈、李婶娘等劝住。

明日是坐夜之期。更加热闹，凤姐这日竟支撑不住，也无方法，只得用尽心力，甚至咽喉闹破。敷衍过了半日，到下半天，人客更多了，事情也更繁了。瞻前不能顾后，正在着急，只见一个小丫头跑来，说："二奶奶在这里呢，怪不得大太太说：'里头人多，照应不过来，二奶奶是躲着受用去了。'"〔索隐〕力绌受气之四。凤姐听了这话，一口气撞上来，往下一咽，眼泪直流。只觉得眼前一黑，嗓子里一甜，便喷出鲜红的血来。身子站不住，就蹲倒在地，幸亏平儿急忙过来扶住。只见凤姐的血吐个不住。未知性命如何，下回分解。

〔**索隐**〕此回记贾母寿终，为孝庄一生结局。丧中竭蹶，在贾府查抄之后，固宜有此现状。而处处提出宁府前事，实证明此次之丧，与前此端敬皇后丧仪竭力铺张者，迥不相及。夹缝中文字，不着丝毫褒贬，自然超脱。孝庄为人，自是女中英杰，功罪贤否，当以历史的眼光观察，不能以片面的主张遽下断语。

《红楼梦》与顺治皇帝的爱情故事

　　近人陆士谔著《顺治太后外纪》，其结论一首，颇有会心。附录于后，以资考证。回中写凤姐办事支绌情形，排闼尽致。足见大势一去，土崩瓦解，虽有枭雄盖世之才，亦处处束缚，无所施其伎俩。得人心为第一，为国者尚其鉴诸！

　　附录：陆士谔《顺治太后结论》：

　　自古易姓受命之际，有命世之主震铄于外，必有命世之后翼助于内。太姒太任尚矣，汉之兴也有吕后，唐之盛也有武后，秽德彰闻不无可议，而雄才大略，济变达权，亦足推倒一时智勇矣。

　　若孝庄者，当定鼎之初、主少国疑之际，似步武、吕后矣。乃临朝称制，谦让未遑，开国规模，有非汉唐所可同年而语者。

　　或曰："其身世同于息妫，遭际等于羊后，失节之妇，何足深论！"然以德尔格勒之庸懦，远不及皇太极之英伟，择人而事，不失权宜之妙用，即其归命抒诚，要盟存祀，亦可告无罪于故夫矣。

　　至其说降洪承畴，下嫁摄政王两端，则权愈用而愈妙。当夫松山奏捷，尚未入主中夏，承畴久负重望，果能降服其心，以爵禄羁縻之，则明廷耆旧必闻风归顺。厥后经略招抚，倚畀独隆，而承畴亦力图报称，虽酬太宗直达之知，未始非感孝庄衽席之恩也。则所屈者小，而所全者大，此固不足为孝庄病。

　　至于太宗上宾，世祖尚在幼中，多尔衮又曾奉太宗遗命嗣位者也。当此危疑震撼之交，后独能不动声色，一经晏驾，即密告睿邸，谕之以情，晓之以义，使睿邸帖然就范，领袖诸王公、贝勒、贝子、文武大臣，同心翊戴。世祖得以缵承大统，措置宗社于磐石之安。迨摄政王燕京定鼎，迎驾入都，丰功骏烈，益觉巍巍。斯成效明成祖之窥窃神器，亦谁敢议其非者？而皇太后恐其出此，不惜卑躬屈节，以柔情密语笼络皇叔，使其不怀二心，克尽臣节。故世祖终身不闻有斧声烛影之疑，斯则皇太后之饼檗覆育，弭患无形。故宁玷一己之名节，而宗庙社稷弓弢不惊，其用心亦良苦矣，岂可以寻常理法绳之哉？此

第一百十回　史太君寿终归地府　王凤姐力绌失人心

更不足为孝庄疵。

不然，自睿邸薨逝，迎养慈宁宫，春秋尚盛，果如夏姬之淫荡，恐不免秽德彰闻。何以长斋绣佛，不闻再有暧昧之私？即观授意《御制内则衍义》一书，可知孝庄之不修小节，正孝庄之力顾大局也。苦心可以共白，其才智诚有大过人者。天祚有清，笃生贤后，史臣之言，岂虚誉哉？

〔**护花评**〕"心实吃亏"，是修福延寿真诀，王熙凤与此四字相反，所以无福无寿。

又：贾政说丧事宁戚，还是正理，邢夫人却是一片私心。

又：借鸳鸯求凤姐，及贾琏口中细说，不但叙得不露痕迹，又伏鸳鸯自尽口吻。

又：百忙中夹叙贾兰攻书、宝玉孩气及贾环恶状、鸳鸯气性，文心闲暇，文笔周匝，毫无手忙脚乱、顾此失彼之病。

又：李纨不知车亦可借雇，致惹人笑。借此时冷落，形容昔日之富豪，一笔之中，两面俱到。

〔**大某评**〕此回仍是丙辰年，写贾母丧事。

第一百十一回 鸳鸯女殉主登太虚
　　　　　　　狗彘奴欺天招伙盗

　　话说凤姐听了小丫头的话,又气又急又伤心,不觉吐了一口血,便昏晕过去,坐在地下。平儿才来靠着,忙叫人来搀扶着,慢慢的送到自己房中,将凤姐轻轻的安放在炕上。立刻叫小红斟一杯开水,送到凤姐唇边,凤姐咽了一口,昏迷仍睡。秋桐过来略瞧了一瞧,却便走开。平儿也不叫他,只见丰儿在旁站着,平儿叫他快快的去回明白了二奶奶吐血发晕,不能照应的话,告诉了邢、王二夫人。邢夫人打量凤姐推病藏躲,因这时女亲在内不少,也不好说别的,心里却不全信,只说:"叫他歇着去罢。"

　　众人也并无言语。只说这晚人客来往不绝,幸得几个内亲照应。家下人等见凤姐不在,也有偷闲歇力的,乱乱噪噪已闹得七颠八倒,不成事体了。〔索隐〕力绌受气之五。

　　到二更多天,远客去后,便预备辞灵。孝幕内的女眷,大家都哭了一阵,只见鸳鸯已哭的昏晕过去了,大家扶住捶闹了一阵才醒过来,便说"老太太疼我一场,我跟了去"的话。众人都打量人到悲哭,俱有这些言语,也不理会。到了辞灵之时,上上下下也有百十余人,只有鸳鸯不在。众人忙乱之时,谁去检点?到了琥珀等一干的人奠哭之时,却不见鸳鸯,想来是他哭乏了,暂在别处歇着,也不言语。

　　辞灵以后,外头贾政叫了贾琏问明送殡的事,便商量着派人看家。贾琏回说:"上人里头派了芸儿在家照应,不必送殡。下人里头,派了林之孝的一家子,照应拆棚等事。但不知里头派谁在家?"贾政道:"听见你母亲说是你媳妇病了,不能去,就叫他在家的。你珍大嫂子又说你媳妇病得利害,还叫四丫头陪着,带领了几个丫头婆子照看上屋里才好。"

第一百十一回　鸳鸯女殉主登太虚　狗彘奴欺天招伙盗

贾琏听了，心中想："珍大嫂子与四丫头两个不合，所以撺掇着不叫他去。〔**索隐**〕不察事之缓急轻重，而惟挟私意以行之，鲜有不败者。若是上头，就是他照应，也是不中用的。我们那一个又病着，也难照应。"想了一回，回贾政道："老爷且歇歇儿，等进去商量定了再回。"贾政点了点头，贾琏便进去了。

谁知此时鸳鸯哭了一场，想到："自己跟着老太太一辈子，身子也没有着落。如今大老爷虽不在家，大太太的这般行为我也瞧不上。老爷是不管事的人，以后便乱世为王起来了。我们这些人，不是要叫他们拨弄了么？谁收在屋子里？谁配小子？我是受不得这样磨折的，倒不如死了干净！但只一时怎么样的个死法呢？"一面想，一面走回老太太的套间屋里。刚跨进门，只见灯光惨淡，隐隐有个女人拿着汗巾子，好似要上吊的样子。鸳鸯也不惊怕，心里想道："这一个是谁？和我的心事一样，倒比我走在头里了。"便问道："你是谁？咱们两个人是一样的心。〔**索隐**〕天下事，惟同类者相亲。虽以帝王之可贵，而巢、由遇之则洗耳；虽以缢鬼之可怕，而鸳鸯遇之则欢然。要死一块儿死。"

那个人也不答言，鸳鸯走到跟前一看，并不是这屋子的丫头。再仔细一看，觉得冷气侵人时，就不见了。鸳鸯呆了一呆，退出在炕沿上坐下，细细一想道："哦，是了，这是东府里蓉哥的先大奶奶啊。他早死了的了，怎么到这里来？必是来叫我来了。他怎么又上吊呢？〔**索隐**〕蓉大奶奶本为董妃小影。董妃入宫见嫉，其死也传说纷纷，莫知究竟。故此处以上吊一影。想了一想道："是了，必是教给我死的法儿。"鸳鸯这么一想，邪侵入骨，便站起来。一面哭，一面开了妆匣，取出那年铰的一绺头发，揣在怀内。就在身上解下一条汗巾，按着秦氏方才立的地方拴上。自己又哭了一回，听见外头人客散去，恐有人进来，急忙关上屋门，然后端了一个脚凳，自己站上，把汗巾拴上扣儿，套在咽喉，便把脚凳蹬开。可怜咽喉气绝，香魂出发。

正无投奔，只见秦氏隐隐在前，鸳鸯的魂魄疾忙赶上，说道："蓉大奶奶，你等等我。"那个人道："我并不是什么蓉大奶奶，乃警幻之妹可卿是也。"鸳鸯道："你明明是蓉大奶奶，怎么说不是呢？"那人道："这也有个缘故，待我告诉你，你自然明白了。我在警幻宫中，原是个钟情

《红楼梦》与顺治皇帝的爱情故事

的首座,管的是风情月债。降临尘世,自当为第一情人,引这些痴情怨女,早早归入情司,所以该当悬梁自尽。因我看破凡情,超出情海,归入情天,所以太虚幻境痴情一司,竟自无人掌管。今警幻仙子已经将你补入,替我掌管此司,所以命我来引你前去的。"

鸳鸯的魂道:"我是个最无情的,怎么算我是个有情的人呢?"那人道:"你还不知道呢,世人都把那淫欲之事当作'情'字,所以作出伤风败俗的事来,还自谓风月多情,无关紧要。不知'情'之一字,喜怒哀乐未发之时,便是个性,喜怒哀乐已发,便是情了。至于你我这个情,正是未发之情,就如那花的含苞一样。欲待发泄出来,这情就不为真情了。"鸳鸯的魂听了,点头会意,便跟了秦氏可卿而去。〔索隐〕顺康之时,入关未久,满人殉葬之陋俗,未尽革除。国母既逝,近侍中受恩深重者,或有以身见主之事。一说此处鸳鸯,指小琬之妹董年追封贞妃者。妃于世祖出家后,自悲身世,一恸而绝。康熙元年谕礼部曰:"皇考大行皇帝御宇时,妃董鄂氏赋性温良,恪共内职。当皇考上宾之日,感恩遇之素深,克尽哀痛,遂尔薨逝。芳烈难泯,典礼宜崇,特进名封以昭淑德,追封为贞妃。所有应行礼仪,尔部察例具奏。"是年之身殉于诏旨,固信而有征者也。

这里琥珀辞了灵,听邢、王二夫人分派看家的人,想着去问鸳鸯明日怎样坐车的,在贾母的外间屋里找了一遍不见,便找到套间里头。刚到门口,见门儿掩着,从门缝里望里看时,只见灯光半明半灭的,影影绰绰。心里害怕,又不听见屋里有什么动静,便走回来说道:"这蹄子跑到那里去了?"劈头见了珍珠,说:"你见鸳鸯姐姐来着没有?"珍珠道:"我也找他,太太们等他说话呢。必在套间里睡着了罢?"琥珀道:"我瞧了屋里没有,那灯光没人夹蜡花儿,漆黑怪怕的,我没进去。如今咱们一块儿进去瞧,看有没有。"

琥珀等进去,正夹蜡花,珍珠道:"谁把脚凳撩在这里?几乎绊我一交。"说着,往上一瞧,吓的"阿呀"一声,身子往后一仰,可巧的栽在琥珀身上。琥珀也看见了,便大喊起来,只是两只脚挪不动。

外头的人也都听见了,跑进来一瞧,大家嚷着报与邢、王二夫人知道。王夫人、宝钗等听了,都哭着去瞧。邢夫人道:"我不料鸳鸯倒有这

第一百十一回　鸳鸯女殉主登太虚　狗彘奴欺天招伙盗

样志气，快叫人去告诉老爷。"

只有宝玉听见此信，便吓的双眼直竖，袭人等慌忙扶着说道："你要哭就哭，别忍着气。"宝玉死命的才哭出来了，心想："鸳鸯这样一个人，偏又这样死法！"又想："实在天地间的灵气，独钟在这些女子身上了，他算得了死所。我们究竟是一件浊物，还是老太太的儿孙，谁能赶得上他？"复又喜欢起来。

那时宝钗听见宝玉大哭，也出来了。及到跟前，见他又笑。袭人等忙说："不好了，又要疯了。"宝钗道："不妨事，他有他的意思。"宝玉听了，更喜欢宝钗的话："倒是他还知道我的心，别人那里知道？"正在胡思乱想，贾政等进来，着实的嗟叹着说道："好孩子，不枉老太太疼他一场。"即命贾琏出去，吩咐人连夜买棺盛殓，明日便跟着老太太的殡送出，也停在老太太棺后，全了他的心志。"〔索隐〕端敬皇后及贞妃棺木，俱祔葬孝陵。贾琏答应出去。

这里命人将鸳鸯放下，停放里间屋内。平儿也知道了，过来同袭人、莺儿等一干人，都哭的哀哀欲绝。内中紫鹃也想起自己终身一无着落，恨不跟了林姑娘去，又全了主仆的恩义，又得了死所。如今空悬在宝玉屋内，虽说宝玉仍是柔情蜜意，究竟算不得什么。〔索隐〕难道算得了什么，卿便算了么？在本书中，自觉唐突紫鹃。在实际上，随侍董妃入宫之辈，容有此种计较。于是更哭得哀切。

王夫人即传了鸳鸯的嫂子进来，叫他看着入殓，遂与邢夫人商量了，在老太太项内赏了他嫂子一百两银子。还说等闲了，将鸳鸯所有的东西俱赏他们。他嫂子叩了头出去了，反喜欢说："真真的我们姑娘是个有志气的，有造化的。又得了好名声，又得了好发送。"〔索隐〕烈士以身殉名，不仁者以身发财。以身发财，犹可言也，至借他人之身，为自己发财之具，则真不可言矣。沧海横流，滔滔皆是，岂独一鸳鸯嫂子也哉！旁边一位婆子说道："罢呀嫂子！这会子你把一个死姑娘卖了一百银子，便这么喜欢了，那时候儿给了大老爷，你还不知得多少银钱呢，你该更得意了！"一句话，戳了他嫂子的心，便红了脸走开了。刚走到二门上，见林之孝带了人抬了棺材来了，他只得也跟进去帮着盛殓，假意号哭了几声。

《红楼梦》与顺治皇帝的爱情故事

贾政因他为贾母而死,要了香来,上了三炷,作了一个揖,说:"他是殉葬的人,不可作丫头论,你们小一辈都该行个礼。"宝玉听了,喜不自胜,走上来恭恭敬敬叩了几个头。贾琏想他素日的好处,也要上来行礼,被邢夫人说道:"有了一个爷们便罢了,不要折受他不得超生。"贾琏就不便过来了。

宝钗听了,心中好不自在,便说道:"我原不该给他行礼,但是老太太去世,咱们都有未了之事,未敢胡为。他肯替咱们尽孝,咱们也该托托他,好好的替咱们服侍老太太西去,也少尽一点子心哪!"说着,扶了莺儿走到灵前,一面奠酒,那眼泪早扑簌簌流下来了。奠毕,拜了几拜,狠狠的哭了他一场。〔索隐〕即此一祭拜间,而政老之迂方,邢夫人之褊私,宝玉之呆,贾琏之贪,宝钗之感愤,各人各心,跃然纸上。

众人也有说宝玉的两口儿都是傻子,也有说他两个心肠儿好的,也有说他知礼的,贾政反倒合了意。

一面商量定了看家的,仍是凤姐惜春,余者都遣去伴灵。一夜谁敢安眠,一到五更,听见外面人齐到了。辰初发引,贾政居长,衰麻哭泣,极尽孝子之礼。灵柩出了门,便有各家的路祭,一路上的风光,不必细述。走了半日,来至铁槛寺安灵,所有孝男等,俱应在庙伴宿。不提。

且说家中林之孝带领拆了棚,将门窗上好,打扫净了院子,派了巡更的人,到晚打更上夜。只是荣府规例,一到二更,三门掩上,男人便进不去了,里头只有女人们查夜。凤姐虽隔了一夜,渐渐的神气清爽了些,只是那里动得?只有平儿同着惜春,各处走了一回,吩咐了上夜的人,也便各自归房。

却说周瑞的干儿子何三,去年贾珍管事之时,因他和鲍二打架,被贾珍打了一顿,撵在外头,终日在赌场过日,近知贾母死了,必有些事情领办,岂知探了几天的信,一些也没有想头,便唉声叹气的回到赌场中,闷闷的坐下。

那些人便说道:"老三,你怎么样?不下来捞本了么?"何三道:"倒想要捞一捞呢,就只没有钱么。"那些人道:"你到你们周大太爷那里去了几日,府里的钱你也不知弄了多少来,又来和我们装穷儿了。"何三道:"你们还说呢,他们的金银,不知有几百万,只藏着不用。明日留

第一百十一回　鸳鸯女殉主登太虚　狗彘奴欺天招伙盗

着，不是火烧了，就是贼偷了，他们才死心呢。"那些人道："你又撒谎，他家抄了家还有多少金银？"何三道："你们还不知道呢，抄去的是撩不了的。如今老太太死，还留了好些金银。他们一个也不使，都在老太太屋里搁着，等送了殡回来才分呢。"

内中有一个人听在心里，掷了几骰，便说："我输了几个钱，也不翻本儿了，睡去了。"说着便去。出来拉了何三道："老三，我和你说几句话。"何三跟他出来，那人道："你这样一个伶俐人，这样穷，为你不服这口气。"〔索隐〕借径直入，此是战国时游说士口吻，恶人亦自有恶人之才，其实只是作者一人之才，必如此然后可以著书。何三道："我命里穷，可有什么法儿呢？"那人道："你才说荣府的银子这么多，为什么不去拿些使唤使唤？"何三道："我的哥哥，他家的金银虽多，你教我白要一二钱，他们给咱们么？"那人笑道："他不给咱们，咱们就不会拿么？"

何三听了这话里有话，便问道："依你说怎么样拿呢？"那人道："我说你没有本事，若是我，早拿了回来。"何三道："你有什么本事？"那人便轻轻的说道："你若要发财，你就引个头儿，我有好些朋友都是通天的本事，不要说他们送殡去了，家里剩下几个女人，就让有多少男人也不怕。只怕你没这么大胆子罢咧。"何三道："什么敢不敢，你打量我怕那个干老子么？我自瞧着干妈的情儿上头，才认他做干老子罢咧，他又算了人了！你刚才的话，就只怕弄不来倒招了饥荒。他们那个衙门不熟？别说拿不来，倘或拿了来，也要闹出来的。"那人道："这么说，你的运气来了。我的朋友还有海边上的呢，现今都在这里看个风头，等个门路。若到了手，你我在这里也无益，不如大家下海去受用，不好么？你若撩不下你干妈，咱们索性把你干妈也带了去，大家伙儿乐一乐，好不好？"何三道："老大，你别是醉了罢？这些话混说的什么！"说着，拉了那人走到一个僻静地方，两个人商量了一回，各人分头而去。暂且不提。

且说包勇自被贾政吆喝派去看园，贾母的事出来也忙了，不曾派他差使，他也不理会，总是自做自吃，闷来睡一觉，醒来便在园里耍刀弄棍，倒也无拘无束。那日贾母一早出殡，他虽知道，因没有派他差事，他任意闲游。只见一个女尼，带了一个道婆来到园内腰门那里扣门，包

《红楼梦》与顺治皇帝的爱情故事

勇走来说道:"女师父那里去?"道婆道:"今日听得老太太的事完了,不见四姑娘送殡,想必是在家看家,想他寂寞,我们师父来瞧他一瞧。"包勇道:"主子都不在家,园门是我看的,请你们回去罢。要来呢,等主子们回来了再来。"婆子道:"你是那里来的个黑炭头?也要管起我们的走动来了!"包勇道:"我嫌你们这些人,我不叫你们来,你们有什么法儿?"婆子生了气,说道:"这都反了天的事了!连老太太在日,还不能拦我们的来往走动呢。你是那里的这么个横强盗,这样没法没天的?我偏要打这里走!"说着,便把手在门环狠狠的打了几下。

妙玉已气的不言语,正要回身就走,不料里头看二门的婆子听见有人拌嘴似的,开门一看,见是妙玉,已经回身去了,明知必是包勇得罪了走的。近日婆子们都知道,上头太太们、四姑娘都亲近得很,恐他日后说出门上不放他进来,那时如何担得住?赶忙走来说:"不知师父来,我们开门迟了,我们四姑娘在家里,还正想师父呢,快请回来。看园的小子是个新来的,他不知咱们的事。回来回了太太,打他一顿,撵出去就完了。"

妙玉虽是听见,总不理他,那经得看腰门的婆子赶上再四央求,后来才说出怕自己担不是,几乎急的跪下。妙玉无奈,只得随了那婆子过来。〔索隐〕趁势渡入妙玉,作一结束,免得另费笔墨。包勇见这般光景,自然不好拦他,气得瞪眼叹气而回。

这里妙玉带了道婆,走到惜春那里,道了恼,叙了些闲话。说起:"在家看家,只好熬个几夜。但是二奶奶病着,一个人又闷,又是害怕。能有一个人在这里,我就放心。如今里头一个男人也没有,今儿你既光降,肯伴我一宵,咱们下棋说话儿可使得么?"妙玉本自不肯,见惜春可怜,又提起下棋,一时高兴应了,打发道婆回去,取了他的茶具衣褥,命侍儿送了过来,大家坐谈一夜。

惜春欣幸异常,便命彩屏去开上年蠲的雨水,预备好茶。那妙玉自有茶具,道婆去了不多一时,又来了个侍者,带了妙玉日用之物。惜春亲自烹茶,两人言语投机,说了半天。

那时已是初更时候,彩屏放下棋枰,两人对弈。惜春连输两盘,妙玉又让了四个子儿,惜春方赢了半子。这时已到四更,天空地阔,万籁

第一百十一回　鸳鸯女殉主登太虚　狗彘奴欺天招伙盗

无声。妙玉道："我到五更，须得打坐一回。我自有人服侍，你自去歇息。"惜春犹是不舍，见妙玉要自己养神，不便缠他，正要歇去，猛听得东边上房内上夜的人一片声喊起。惜春那里的老婆子们也接着声喊道："了不得了，有了人了！"吓得惜春、彩屏等心胆俱裂。听见外头上夜的男人齐声喊起来，妙玉道："不好了，必是这里有了贼了。"

正说着，这里不敢开门，便掩了灯光，在窗户眼内往外一瞧，只见几个男人站在院内，吓得不敢作声。回身摆着手，轻轻的爬下来，说："了不得，外头有几个大汉站着。"说犹未了，又听得屋上响声不绝，便有外头上夜的人进来吆喝拿贼。一个人说道："上房里的东西都丢了，并不见人。东边有人去了，咱们到西边去。"惜春的老婆子听见有自己的人，便在外间屋里说道："这里有好些人上了屋子。"上夜的都道："你瞧这可不是么？"大家一齐喊起来，只听得屋上飞下好些瓦来，众人都不敢上前。

正在没法，只听园内腰门一声大响，打进门来，见一个梢长大汉手执木棍，众人吓得藏躲不及。听得那人喊说道："不要跑了他们一个，你们都跟我来！"这些家人听了这话，越发吓得骨软筋酥，连跑也跑不动了。只见这人站在当地，只管乱喊，家人中有一个眼尖些的看出来了，你道是谁？正是甄家荐来的包勇。〔索隐〕极力为包勇写照，即点名处亦以郑重出之。这些人便不觉胆壮起来，便颤巍巍的说道："有一个走了，有的在屋上呢。"包勇便向地下一扑，耸身上屋，追赶那贼。

这些贼人明知贾府无人，先在院内偷看惜春房内，见有个绝色女尼，便顿起淫心。又欺上房俱是女人，不足畏惧，正要踹进门去，因听外面有人进来追赶，所以贼众上屋。见人不多，还想抵挡，猛见一人上屋赶来。那些贼见是一人，越发不理论了，便用短兵抵住。那经得包勇用力一棍打去，将贼打下屋来。那些贼飞奔而逃，从园墙过去，包勇也在屋上追捕。岂知园内早藏下了几个在那里接赃，已经接过好些，见贼伙跑回，大家举械保护，见追的只有一人，明欺寡不敌众，反倒迎上来。包勇一见生气道："这些毛贼，敢来和我斗敌！"那些贼便说："我们有一个伙计，被他们打倒了，不知死活。咱们索性抢了他出来。"这里包勇闻声即打。那伙贼便轮起器械，四五个人围住包勇乱打起来。外头上夜的

《红楼梦》与顺治皇帝的爱情故事

人也都仗着胆子,只顾赶了来,众贼见斗他不过,只得跑了。

包勇还要赶时,被一个箱子一绊,立定看时,心想东西未丢,众贼远逃,也不追赶,便叫众人将灯照看地下,只有几个空箱,叫人收拾。他便欲跑回上房,因路径不熟,走到凤姐那边,见里面灯烛辉煌,便问:"这里有贼没有?"里头的平儿战战兢兢的说道:"这里也没开门,只听上房叫喊说有贼呢,你到那里去罢!"包勇正摸不着路头,遥见上夜的人过来,才跟着一齐寻到上房。见是门开户启,那些上夜的在那里啼哭。

一时,贾芸、林之孝都进来。见是失盗,大家着急,进内查点,老太太的房门大开。将灯一照,锁头拧折。进内一瞧,箱柜已开。便骂那些上夜的女人道:"你们都是死人么?贼人进来,你们不知道的么?"那些上夜的人啼哭着说道:"我们几个人轮更上夜,是管二三更的。我们都没有住脚,前后走的。他们是四更五更,我们才下班时,只听见他们喊起来,并不见一个人。赶着照看,不知什么时候把东西早已丢了。求爷们问管四五更的。"

林之孝的道:"你们个个要死!回来再说。咱们先到各处看去。"上夜的男人领着走到尤氏那边。门儿关紧,有几个接应道:"吓死我们了。"林之孝的问道:"这里可曾丢东西?"里头的人方开了门道:"这里没丢东西。"

林之孝带着人走到惜春院内,只听里面说道:"了不得!吓死了姑娘了,醒醒儿罢。"林之孝便叫人开门,问是怎样了。里头婆子开门说:"贼在这里打仗,把姑娘都吓坏了。亏得妙父和彩屏,才将姑娘救醒,东西是没失。"林之孝道:"贼人怎么打仗?"上夜的男人说:"幸亏包大爷上了屋,把贼打跑了去了,还听见打倒一个人呢。"包勇道:"在园门那里呢。"

贾芸等走到那边,果见一人躺在地上死了。细细一瞧,好像周瑞的干儿子。众人见了诧异,派一个人看守着。又派两个人瞧看前后门,俱仍旧关锁着。林之孝便叫人开了门,报了营官,立刻到来查勘。寻察贼踪是从后夹道上屋的,到了西院屋上,见那瓦破碎不堪,一直过了后园去了。众上夜的齐声说道:"这不是贼,是强盗!"营官着急道:"并非明火执杖,怎算是盗。"上夜的道:"我们赶贼,他在屋上掷瓦,我们不

1294

第一百十一回　鸳鸯女殉主登太虚　狗彘奴欺天招伙盗

能进前。幸亏我们家姓包的上屋打退，赶到园里，还有好几个人贼，竟与姓包的打仗，打不过姓包的，才都跑了。"营官道："可又来，若是强盗，倒打不过你们的人么？〔索隐〕以子之矛，攻子之盾，营官亦自有口才。不用说了，你们快查清了东西，递了失单，我们报就是了。"

贾芸等又到上房，已见凤姐扶病过来，惜春也来了。贾芸请了凤姐的安，问了惜春的好。大家查看失物，因鸳鸯已死，琥珀等又送灵去了，那些东西都是老太太的，并没见数，只用封锁，如今打从那里查去？众人都说："箱柜东西不少，如今一空。偷的时候不少。那些上夜的人管什么的？况且打死的贼是周瑞的干儿子，必是他们通同一气的。"凤姐听得气的眼睛直瞪瞪的，便说："把那些上夜的女人都捆起来，交给营里审问。"众人叫苦连天，跪地哀求。不知怎生发放，并失去的物件有无着落，下回分解。

〔索隐〕此回共分四段：

自开首起，至"便跟了秦氏可卿而去"为第一段。写殉主以前种种计画。俯仰身世，孑然孤立，有不得不死之势，惟贞妃所处为近之。掌管痴情司，系补可卿之缺，亦暗寓姊亡妹继之义，故疑其所指为贞妃。《提要》中言指柳如是之殉钱牧斋，固是一义。然细加推究，似以贞妃为更确切。

自"这里琥珀辞了灵"起，至"也便各自归房"为第二段。写殉主以后，各人所具观念种种不同，甚至骨肉之间，转凭藉之以为利，可慨矣！

自"却说周瑞的干儿子何三"起，至"不便缠他"止为第三段。盗劫之起，因生于觊觎，觊觎之主脑，乃在家奴。必先有内讧，然后足召外侮，千古一辙。

自"正要歇去"起，至本回完毕为第四段。家奴勾合群盗，而为之效忠致力者，转出于异姓之奴。上之愦愦，固不足责。若怀材不遇之士，寄食门下，腼颜忍垢。不遇疾风，安知劲草？不遇盘错，安别利器？作者盖有感而发矣。

一说何三系指吴三桂，北方何、吴同音，吴为监军高起潜养子,何亦周瑞的干儿子。白鱼跃舟,为周之瑞,起、潜二字,可以暗射。至勾盗以欺主,则引外兵以覆宗国也。妙玉之入园,则圆圆之被掳也。五更时墙下之死,则十七年衡州之毙也。包勇之棍扫群盗,则赵良栋之师平滇境也。断章取义,亦庶几焉。

〔护花评〕强聘彩霞,是来旺之子;引路上盗,是周瑞干儿。俱是凤姐信用之人,安得不招物议?

又:此时包勇进来,盗不踹门,专为保全惜春而设。

〔大某评〕妙玉回身走去,婆子若不坚求,则妙玉必不进去。不进去,则贼不见。不见贼,则不劫。不劫,则不死。飞来横祸,皆由婆子。可知凡有坚求者,必坚却之。

又:此回接上回,是一时事。

第一百十二回　活冤孽妙尼遭大劫
　　　　　　　死雠仇赵妾赴冥曹

　　话说凤姐命捆起上夜众女人，送营审问，女人跪地哀求。林之孝同贾芸道："你们求也无益，老爷派我们看家，没有事是造化。如今有了事，上下都担不是，谁救得你？若是说周瑞的干儿子，连太太起，里里外外的都不干净。"〔索隐〕只有石狮子干净。

　　凤姐喘吁吁的说道："这都是命里所招，和他们说什么？带了他们去就是了。这丢的东西，你告诉营里去，说实在是老太太的东西，问老爷们才知道。等我们报了去，请了老爷们回来，自然开了失单送来。文官衙门里，我们也是这样报。"贾芸、林之孝答应出去。

　　惜春一句话也没有，只是哭道："这些事我从来没有听见过，为什么偏偏碰在咱们两个人身上？明日老爷、太太要回来，我怎么见人？说把家里交给我们，如今闹到这个分儿，还想活着么！"凤姐道："咱们愿意么？现在有上夜的人在那里。"惜春道："你还能说，况且你又病着。我是没有说的，这都是我大嫂子害了我的！他撺掇着太太派我看家的。如今我的脸搁在那里呢！"说着，又痛哭起来。凤姐道："姑娘你快别这么想，若说没脸，大家一样的。你若这么糊涂想头，我更搁不住了。"

　　二人正说着，只听见外头院子里有人大声的说道："我说那三姑六婆是再要不得的。我们甄府里〔索隐〕重提甄府里。从来是一概不许上门的，不想这府里倒不讲究这个呢！昨儿老太太的殡才出去，那个什么庵里的尼姑，死要到咱们这里来。我吆喝着，不准他们进来，腰门上的老婆子倒骂我，死央及叫放那姑子进去。那腰门子一会儿开着，一会儿关着，不知做什么！我不放心没睡着，听到四更，这里就喊起来。我来叫门。倒不开了。我听见声儿紧了，打开了门，见西边院子里有人站着，我便赶走打死了。我今日才知道这是四姑奶奶的屋子!"〔索隐〕"四姑奶奶"四字下得奇。包勇新进,容或不甚清楚,作者不应沿其谬误,盖指外戚周奎言之。圆圆最初入京,系奎购致,欲以进之宫中者。"那个姑子就在里头,今日天没亮溜出去了。可不是那姑子引进来的贼么!"〔索隐〕外兵虽三桂所引进,而三桂所以悍然不顾利害者,实由圆圆。推原祸始,谓外兵为圆圆所引进,亦无不可。

平儿等听着都说:"这是谁这么没规矩?姑娘、奶奶都在这里,敢在外头混闹么!"凤姐道:"你听见说他甄府里,别就是甄府荐来的那个厌物罢。"〔索隐〕彼中人满、汉界限极严,包勇如此出力,到头来仍博得"厌物"二字名号。一班二臣效忠新朝者,可以已矣。

惜春听得明白,更加心里过不得。凤姐接着问惜春道:"那个人混说什么姑子,你们那里弄了个姑子住下了?"惜春便将妙玉来瞧他,留着下棋守夜的话说了。凤姐道:"是他么?他怎么肯这样?是再没有的话!但是叫这讨人嫌的东西闹出来,老爷知道了也不好。"惜春愈想愈怕,站起来要走。凤姐虽说坐不住,又怕惜春害怕,弄出事来,只得叫他:"先别走,且看着人把偷剩下的东西收起来,再派了人看着,才好走呢。"平儿道:"咱们不敢收,等衙门里来了踏看了才好收呢。咱们只好看着,但只不知老爷那里有人去了没有?"凤姐道:"你叫老婆子问去。"一回进来,说:"林之孝是走不开,家下人要伺候查验的,再有的是说不清楚的,已经芸二爷去了。"〔索隐〕看家用贾芸,报信亦用贾芸,明室之亡,不能为小洪宽其罪。贾芸事,参观前评。凤姐点头,同惜春坐下发愁。

且说那伙贼,原是何三等邀的,偷抢了好些金银财宝,接运出去。见人追赶,知道都是那些不中用的人,要往西边屋内偷去。在窗外看见里面灯光底下两个美人,一个姑娘,一个姑子。那些贼那顾性命?顿起不良,就要踹进来。因见包勇来赶,才获赃而逃,只不见了何三,大家且躲入窝家。到第二天打听动静,始知何三被他们打死,已经报了文武衙门,这里是躲不住的。便商量趁早归入海洋大盗一处去,若迟了,通辑文书一行,关津上就过不去了。内中一个人胆子极大,便说:"咱们走是走,我就只舍不得那个姑子,长的实在好看,不知是那个庵里的雏儿呢?"〔索隐〕自此以下,系指三桂率师入缅,缢杀桂王于篦子坡之事。

第一百十二回　活冤孽妙尼遭大劫　死雠仇赵妾赴冥曹

下文妙玉皆影桂王由榔。其云"不知是那个庵里的雏儿"者，以别于福王、鲁王、常王等也。一个人道："啊呀，我想起来了！必就是贾府园里的什么栊翠庵里那姑子。不是前年外头说，他和他们家什么宝二爷有原故，后来不知怎么又害起相思病来了，请大夫吃药的就是他。"那一个人听了，说："咱们今日躲一天，叫咱们大哥借钱置办些买卖行头。明日亮钟时候，陆续出关。你们在关外二十里坡等我。"〔索隐〕"关"字、"坡"字注意！三桂由腾越出边，直趋缅城。师抵旧挽坡，缅人惧，给永历出，缚送三桂营。众贼议定分赃僝散。不提。

且说贾政等送殡到了寺内安厝毕，亲友散去，贾政在外厢房伴灵。邢、王二夫人等在内，一宿无非哭泣。到了第二日，重新上祭。正摆饭时，只见贾芸进来，在老太太灵前叩了头，忙忙的跑到贾政跟前，跪下请了安，喘吁吁的将昨夜被盗，将老太太上房的东西都偷去，包勇赶贼，打死了一个，已经呈报文武衙门的话，说了一遍。贾政听了发怔，邢、王二夫人等在里头也听见了，都吓得魂不附体，并无一言，只有啼哭。贾政过了一会子，问："失单怎样开的？"贾芸回道："家里的人都不知道，还没有开单。"贾政道："还好，咱们抄过家的，若开出好的来反担罪名。快叫琏儿。"

贾琏领了宝玉等去别处上祭未回，贾政叫人赶了回来。贾琏听了，急得直跳。一见芸儿，也不顾贾政在那里，便把贾芸狠狠的骂了一顿："不配抬举的东西！我将这样重任托你押着人上夜巡更，你是死人么？亏你还有脸来告诉！"说着往贾芸脸上啐了几口。贾芸垂首站着，不敢回一言。

贾政道："你骂他也无益了。"贾琏然后跪下说："这便怎么样？"贾政道："也没法儿，只有报官缉贼。但只是一件，老太太遗下的东西，咱们都没动。你说要银子，我想老太太死得几天，谁忍得动他那一项银子？〔索隐〕至此而大明江山完全断送。原打量完了事，算了帐还人家。再有的，在这里和南边置坟产的。再有东西，也没见数儿。如今说文武衙门要失单，若将几件好的东西开上，恐有碍。若说金银若干，衣饰若干，又没有实在数目，谎开使不得，倒可笑。你如今竟换了一个人了，为什么这样的理不开！你跪在这里是怎么样呢？"

《红楼梦》与顺治皇帝的爱情故事

贾琏也不敢答言，只得站起来就走。贾政又叫道："你那里去？"贾琏又跪下道："赶回去料理清楚再来回。"贾政"哼"的一声，贾琏把头低下。贾政道："你进去回禀你母亲，叫了老太太的一两个丫头去，叫他们细细的想了开单子。"贾琏心里明知老太太的东西都是鸳鸯经管，他死了问谁？就问珍珠，他们那里记得清楚？只不敢驳回，连连的答应了。起来走到里头，邢、王二夫人又埋怨了一顿，叫贾琏快回去，问他们这些看家的，说明儿怎么见我们？贾琏也只得答应了出来。一面命人套车，预备琥珀等进城。自己骑上骡子，跟了几个小厮，如飞的回去。贾芸也不敢再回贾政，斜签着身子慢慢的溜出来，骑上了马，来赶贾琏。一路无话。

回到了家中，林之孝请了安，一直跟了进来。贾琏到了老太太上房，见了凤姐、惜春在那里，心里又恨，又说不出来。便问林之孝道："衙门里瞧了没有？"林之孝自知有罪，便跪下回道："文武衙门都瞧了，来踪去迹也看了，尸也验了。"贾琏吃惊道："又验什么尸？"林之孝又将包勇打死的伙贼似周瑞的干儿子的话回了贾琏。贾琏道："叫芸儿。"贾芸进来也跪着听话，贾琏道："你见老爷时，怎么没有回周瑞的干儿子做了贼被包勇打死的话？"贾芸说道："上夜的人说像他的，恐怕不真，所以没有回。"贾琏道："好糊涂东西！你若告诉了我，就带了周瑞来一认，可不就知道了？"林之孝回道："如今衙门里把尸首放在市口儿招认去了。"贾琏道："这又是个糊涂东西，谁家的人做了贼被人打死要偿命么？"林之孝回道："这不用人家认，奴才就认得是他。"贾琏听了，想道："是啊，我记得珍大爷那一年要打的，可不是周瑞家的么？"林之孝回说："他和鲍二打架来着，爷还见过的呢。"

贾琏听了更生气，便要打上夜的人。林之孝哀告道："请二爷息怒，那些上夜的人，派了他们还敢偷懒？只是爷府上的规矩，三门里一个男人不敢进去的。就是奴才们，里头不叫也不敢进去。奴才在外，同芸哥儿刻刻查点，见三门关得严严的，外头的门一重没有开，那贼是从后夹道子来的。"贾琏道："里头上夜的女人呢？"林之孝将分更上夜、奉奶奶的命捆着等爷审问的话回了。

贾琏又问："包勇呢？"林之孝说："又往园里去了。"贾琏便说：

第一百十二回　活冤孽妙尼遭大劫　死雠仇赵妾赴冥曹

"去叫来。"小厮们便将包勇带来，说："还亏你在家里，若没有你，只怕所有房屋里的东西都抢了去了呢！"〔索隐〕此处包勇似指李定国。包勇也不言语。惜春恐他说出那话，心下着急，凤姐也不敢言语。只见外头说琥珀姐姐等回来了。大家见了，不免又哭一场。

贾琏叫人检点偷剩下的东西，只有些衣服尺头钱箱未动，余者都没有了。贾琏心里更加着急，想着："外头的棚杠银，厨房的钱，都没有付给，明儿拿什么还呢？"便呆想了一会。只见琥珀等进去哭了一会，见箱柜开着，所有的东西怎能记忆？便胡乱想猜，虚拟了一张失单，命人即送到文武衙门。贾琏复又派人上夜，凤姐惜春各自回房。贾琏不敢在家安歇，也不及埋怨凤姐，竟自骑马赶出城外。这里凤姐又恐惜春短见，又打发了丰儿过去安慰。

天已二更。不言这里贼去关门，众人更加小心，谁敢睡觉？且说贼伙一心想着妙玉，知是孤庵女众，不难欺侮。到了三更夜静，便拿了短兵器，带了些闷香，跳上高墙。远远瞧见栊翠庵内灯光犹亮，便潜身溜下，藏在房头僻处。等到四更，见里头只有一盏海灯，妙玉一人在蒲团上打坐。歇了一会，便唉声叹气的说道："我自元墓到京，〔索隐〕明承元后，故借元字暗泄春光。原想传个名的，为这里请来，不能又栖他处。〔索隐〕遁迹边徼，原想为明社延留一线。昨日好心去瞧四姑娘，反受了这蠢人的气，夜里又受了大惊。今日回来，那蒲团再坐不稳，只觉肉跳心惊。"因素常一个打坐的，今日又不肯叫人相伴，岂知到了五更，寒颤起来。正要叫人，只听见窗外一响，思起昨晚的事，更加害怕，不免叫人，岂知那些婆子都不答应。〔索隐〕手下四散。自己坐着，觉得一股香气透入囟门，便手足麻木，不能动弹，口里也说不出话来，心中更自着急。只见一个人拿着明晃晃的刀进来，〔索隐〕以刀影帛。此时妙玉心中却是明白，只不能动。想起要杀自己，索性横了心倒也不怕。那知那个人把刀插在背后，腾出手来，将妙玉轻轻的抱起，轻薄了一会子，便拖起背在身上。此时妙玉心中只是如醉如痴，可怜一个极洁极净的女儿，被这强盗的闷香熏住？由着他摆弄了去了。〔索隐〕缅人惧吴师之进逼，乃给永历，谓李定国军已至，请出就定国军，并其太后马氏、后王氏、子慈烜及公主公女等，舁送三桂。定西将军爱星阿等议所处，三

《红楼梦》与顺治皇帝的爱情故事

桂欲骈首。爱星阿不可，将军卓罗以全其首领为言，乃命夏国相等进帛于滇城之篦子坡。

却说这贼背了妙玉，来到园后墙边，搭了软梯，爬上墙跳出去了。外边早有伙计，弄了车辆在园外等着，那人将妙玉放倒在车上，反打起官衔灯笼，叫开栅栏，急急行到城门，正是开门之时。门官只知是有公干出城的，也不及查诘。赶出城去，那伙贼加鞭赶到二十里坡，和众强徒打了照面，各自分头奔南海而去。不知妙玉被劫，或是甘受污辱，还是不屈而死。未知下落，也难妄拟。〔**索隐**〕非不知也，不忍言也。

只言栊翠庵一个跟妙玉的女尼，他本住在静室后面，睡到五更，听见前面有人声响，只道妙玉打坐不安。后来听见有男人脚步，门窗响动，欲要起来瞧看，只是身子发软，懒怠开口，又不听见妙玉言语，只睁着两眼听着。到了天亮，才觉得心里清楚，披衣起来，叫了道婆预备妙玉茶水，他便往前面来看妙玉。岂知妙玉的踪迹全无，门窗大开。心里诧异昨晚响动，甚是疑心，说："这样早他到那里去了？"走出院门一看，有一个软梯靠墙立着，地下还有一把刀鞘，一条搭膊，便道："不好了，昨晚是贼烧了闷香了！"急叫人起来查看，庵门仍是紧闭。那些婆子、女侍们都说："昨夜煤气熏着了，今早都起不起来。这么早，叫我们做什么？"那女尼道："师父不知那里去了！"众人道："在观音堂打坐呢。"女尼道："你们还做梦呢！你来瞧瞧。"众人不知，也都忙着开了庵门，满园里都找到了，想来或是到四姑娘那里去了。

众人来扣腰门，又被包勇骂了一顿，众人说道："我们妙师父昨晚不知去向，所以来找，求你老人家叫开腰门，问一问来了没来就是了。"包勇道："你们师父引了贼来偷我们，已经偷到手了，他跟了贼去受用去了！"众人道："阿弥陀佛！说这些话的，防着下割舌地狱。"包勇生气道："胡说！你们再闹，我就要打了。"众人陪笑央告道："求爷叫开门，我们瞧瞧。若没有，再不敢惊动你大爷了。"包勇道："你不信，你去找。若没有，回来问你们。"包勇说着，叫开腰门。

众人且找到惜春那里，惜春正是愁闷，恬念："妙玉清早去后，不知听见我们姓包的话没有？只怕又得罪了他，以后总不肯来，我的知己是没有了。况我现在实难见人，父母早死，嫂子嫌我，头里有老太太，到

第一百十二回　活冤孽妙尼遭大劫　死雠仇赵妾赴冥曹

底还疼我些。如今也死了，留下我孤苦伶仃，如何了局？"想到："迎春姐姐磨折死了，史姐姐守着病人，三姐姐远去，这都是命里所招，不能自由。〔**索隐**〕诸王宗室，死者死，亡者亡，靡有孑遗。独有妙玉如闲云野鹤，无拘无束，我能学他，就造化不小了。但是我是世家之女，怎能遂意？这回看家已大担不是，还有何颜在这里？又恐太太们不知我的心事，将来的后事如何呢？"想到其间，便要把自己的青丝铰去，要想出家。彩屏等听见，急忙来劝，岂知已将一半头发铰去。彩屏愈加着忙，说道："一事不了，又出一事，这可怎么好呢？"

正在吵闹，只见妙玉的道婆来找妙玉。彩屏问起来由，先吓了一跳，说是："昨日一早去了没来。"里面惜春听见，急忙问道："那里去了？"道婆们将昨夜听见的响动，被煤气熏着，今早不见妙玉，把庵内梯子刀鞘的话说了一遍。惜春惊疑不定，想起昨日包勇的话来，"必是那些强盗看见了他，昨晚抢去了，也未可知。但是他素来孤洁的很，岂肯惜命？怎么你们都没听见么？"众人道："怎么不听见？只是我们这些人都是睁着眼，连一句话也说不出，必是那贼子烧了闷香。妙姑一人，想也被贼闷住，不能言语。况且贼人必多，拿刀弄杖威逼着他，还敢声喊么？"

正说着，包勇又在腰门那里嚷说："里头快把这些混帐的婆子赶了出来罢，快关腰门！"彩屏听见，恐担不是，只得叫婆子出去，叫人关了腰门。惜春于是更加苦楚，无奈彩屏等再三以礼相劝，仍旧将一半青丝笼起，大家商议不必声张。就是妙玉被抢，也当作不知，且等老爷、太太回来再说。惜春的心里，死定下一个出家的念头。暂且不提。

且说贾琏回到铁槛寺，将到家中查点了上夜的人、开了失单报去的话回了。贾政道："怎么开的？"贾琏便将琥珀所记得的数目单子呈出，并说："这上头元妃赐的东西已经注明，还有那人家不大有的东西不便开上。等侄儿脱了孝出去，托人细细的缉访，少不得弄出来的。"贾政听了合意，就点头不言。贾琏进内见了邢、王二夫人，商量着劝老爷早些回家才好呢。不然，都是乱麻似的。邢夫人道："可不是，我们在这里也是惊心吊胆。"贾琏道："这是我们不敢说的，还是太太的主意，二老爷是依的。"邢夫人便与王夫人商议妥了。

过了一夜，贾政也不放心，打发宝玉进来说："请太太们今日回去，

《红楼梦》与顺治皇帝的爱情故事

过两三日再来。家人们已经派定了,里头请太太们派人罢。"邢夫人派了鹦哥等一干人伴灵,将周瑞家的等人派了总管,其余上下人等都回去。

一时忙乱套车备马。贾政等在贾母灵前辞别,众人又哭了一场,都起来。正要去时,只见赵姨娘还爬在地下不起,周姨娘打量他还哭,便去拉他,岂知赵姨娘满嘴白沫,眼睛直竖,把舌头吐出,反把家人吓了一大跳。贾环过来乱嚷,赵姨娘醒来说道:"我是不回去的,跟着老太太回南去。"众人道:"老太太那用你来?"赵姨娘道:"我跟了一辈子老太太,大老爷还不依,弄神弄鬼的来算计我。我想仗着马道婆要出出我的气,银子白化了好些,也没有弄死了一个。如今我回去了,又不知谁来算计我!"

众人听见,早知是鸳鸯附在他身上,邢、王二夫人都不言语瞧着。只有彩云等代他央告道:"鸳鸯姐姐,你死是自己愿意的,与赵姨娘什么相干?放了他罢!"见邢夫人在这里,也不敢说别的。赵姨娘道:"我不是鸳鸯,他早到仙界去了。我是阎王差人拿我去的,要问我为什么和马婆子用魇魔法的案件。"说着,便叫:"好琏二奶奶,你在这里老爷面前少顶一句儿罢!我有一千日的不是,还有一天的好呢。好二奶奶,亲二奶奶!并不是我要害你,我一时糊涂,听了那个老娼妇的话。"〔索隐〕三桂以十七年八月毙于衡州。初病噎,继以下痢,肤肉尽脱,呼号不绝数昼夜。说者谓其阴受天谴。以三桂之丧心病狂,卖国欺主,若犹得顺终衽席,是天道为无知,而人心终不可问。于妙玉被劫之后,接叙赵姨惨死,盖有由矣。

正闹着,贾政打发人进来叫环儿。婆子们去回说:"赵姨娘中了邪了,三爷看着呢。"贾政道:"没有的事,我们先走了。"于是爷们等先回。这里赵姨娘还是混说,一时救不过来。邢夫人恐他又说出什么来,便说:"多派几个人在这里瞧着他,咱们先走。到了城里,打发大夫出来瞧罢。"王夫人本嫌他,也打撒手儿。宝钗本是仁厚的人,虽想着他害宝玉的事,心里究竟过不去,背地里托了周姨娘在这里照应。周姨娘也是个好人,便应承了。李纨说道:"我也在这里罢。"王夫人道:"可以不必。"于是大家都要起身。贾环急忙道:"我也在这里么?"王夫人啐道:"糊涂东西!你姨娘的死活都不知,你还要走么?"贾环就不敢言语了。

第一百十二回　活冤孽妙尼遭大劫　死雠仇赵妾赴冥曹

〔索隐〕非写贾环,实痛绝赵姨也。宝玉道:"好兄弟,你是走不得的。我进了城,打发人来瞧你。"说毕,都上车回家。寺里只有周姨娘、贾环、鹦哥等人。

贾政、邢夫人等先后到家,到了上房,哭了一场。林之孝带了家下众人,请了安跪着。贾政喝道:"去罢,明日问你!"

凤姐那日发晕了几次,竟不能出接。只有惜春见了,觉得满面羞惭。邢夫人也不理他,王夫人仍是照常,李纨、宝钗拉着手说了几句话。独有尤氏说道:"姑娘你操心了,倒照应了好几天。"惜春一言不答,只紫涨了脸。宝钗将尤氏一拉,使了个眼色,尤氏等各自归房去了。贾政略略的看了一看,叹了口气,并不言语。到书房席地坐下,叫了贾琏、贾蓉、贾芸,吩咐了几句话。宝玉要在书房内陪贾政,贾政道:"不必"。兰儿仍跟他母亲。一宿无话。

次日,林之孝一早进书房跪着,贾政将前后被盗的事问了一遍,并将周瑞供了出来,又说:"衙门拿住了鲍二,身边搜出了失单上的东西,现在夹讯,要在他身上要这一伙贼呢。"贾政听了大怒道:"家奴负恩,引贼偷窃家主,真是反了!〔索隐〕点醒作意。立刻叫人到城外将周瑞捆了,送到衙门审问!"林之孝只管跪着不敢起来,贾政道:"你还跪着做什么?"林之孝道:"奴才该死,求老爷开恩。"正说着,赖大等一干办事家人上来请了安,呈上丧事帐簿。贾政道:"交给琏二爷,算明了来回。"吆喝着林之孝起来,出去了。

贾琏一腿跪着,在贾政身边说了一句话。贾政把眼一瞪道:"胡说!老太太的事,银两被贼偷去,就该罚奴才拿出来么?"〔索隐〕责偿奴才,亦是当时无策之策。政老忠厚,不欲以此更兴大狱。贾琏红了脸,不敢言语,站起来也不敢动。贾政道:"你媳妇怎么样?"贾琏跪下说:"看来是不中用了。"贾政叹口气道:"我不料家运衰败,一至如此!况且环哥儿他妈尚在庙中病着,也不知是什么症候,你们知道不知道?"贾琏也不敢言语。贾政道:"传话出去,叫人带了大夫瞧去。"贾琏即忙答应着出来,叫人带了大夫到铁槛寺去瞧赵姨娘。未知死活,下回分解。

〔索隐〕此回衔接上回而下,心眼灵活。忽借妙尼身上,渡入永历被弑。明室诸叛将，惟三桂负罪最重，篦子坡一事，尤狠毒无人理，人人切齿。作者于伙劫以后，接写赵姨伏冥诛，以示天鉴不远，孤愤冤抑之气，为之一泄。

盖本书自百回以后，本皆归束文字，无从放笔抒写。读者应看其先后联接处，以求其命意所在。

全回约分四段：自开首起，至"分赃俵散。不提"止为一段。谋劫妙尼，上回已露其端，此处偏不直接写下，固是文家停顿之法，亦暗示其所写者另系一事。以下至"谁敢睡觉"止为一段。家中家外骚扰情形，顺势补叙。以下至"暂且不提"止为一段，方入劫玉正文。以下至本回完毕为一段。描写赵姨，仍挽入劫后筹措办法。首尾一气。

〔护花评〕贾琏问包勇，包勇也不言语，最为得体，且省却无数枝节。但有功不赏，亦可见贾政不能有心腹家人。

又：第一百四回至一百十二回，一大段应分三小段：一百四、五回为一段，叙小人布散谣言，以致宁府被抄；一百六、七、八、九回为一段，写贾母祷天散财，及勉强寻欢为得病之由，又带叙贾政复职，迎春物故；一百十、十一、十二回为一段，叙贾母寿终，鸳鸯殉主，赵姨冥报，妙玉被劫，此三人公案中间，夹叙凤姐患病，惜春剪发，为将来出家之由。

〔大某评〕此回仍接前回事。

第一百十三回　忏宿冤凤姐托村妪
　　　　　　　释旧恨情婢感痴郎

　　话说赵姨娘在寺内得了暴病，见人少了，更加混说起来，吓得众人都怕。就有两个女人挽着，赵姨娘双膝跪在地下，说一回，哭一回，有时爬在地下叫饶，说："打杀我了！红胡子的老爷，我再不敢了。"〔索隐〕红胡子隐寓朱明。卖国老奴，罪大恶极，列祖列宗，实褫其魄。有一时双手合着，也是叫疼。眼睛突出，嘴里鲜血直流，头发披散，人人害怕，不敢近前。

　　那时又将天晚，赵姨娘的声音只管喑哑起来了，居然鬼号一般，无人敢在他跟前，只得叫了几个有胆量的男人进来坐着。赵姨娘一时死去，隔了些时又回过来，整整的闹了一夜。到了第二天，也不言语，只装鬼脸，自己拿手撕开衣服，露出胸膛，好像有人剥他的样子。可怜赵姨娘虽说不出来，其痛苦之状，实在难堪。〔索隐〕加倍写法，以示与众共弃之意。

　　正在危急，大夫来了，也不敢诊脉，只嘱咐："办后事罢。"说了起身就走。那送大夫的家人再三央告说："请老爷看看脉，小的好回禀家主。"那大夫用手来摸，已无脉息。贾环听见，然后大哭起来。众人只管贾环，谁料理赵姨娘？〔索隐〕三桂既死，群下因拥立世瑶事，众心不一。停殡侵官，无人过问。故自八月死后，直至十月始行发丧。只有周姨娘心里苦楚，想到："做偏房侧室的下场头，不过如此。〔索隐〕同为二臣者，目击心伤，那得不愧悔。况他还有儿子的，我将来死起来，还不知怎样呢！"于是反哭的悲切。

　　且说那人赶回家去回禀，贾政即派家人去照例料理，"陪着环儿住三天，一同回来。"那人去了，这里一人传十，十人传百，都知道赵姨娘使

《红楼梦》与顺治皇帝的爱情故事

了毒心害人,被阴司里拷打死了。又说是"琏二奶奶只怕也好不了,怎么说琏二奶奶告的呢?"这些话传到平儿耳内,甚是着急。看着凤姐的样子,实在是不能好的了。看着贾琏近日,并不是先前的恩爱,本来事也多,竟像不与他相干的。平儿在凤姐跟前只管劝慰,又想着邢、王二夫人回家几日,只打发人来问问,并不亲身来看,凤姐心里更加悲苦。贾琏回来,也没有一句贴心的话。〔索隐〕众叛亲离。

凤姐此时,只求速死。心里一想,邪魔悉至。只见尤二姐从房后走来,渐近床前,说:"姐姐,许久的不见了,做妹子的想念的很,要见不能,如今好容易见见。姐姐的心机也用尽了,咱们的二爷糊涂,也不领姐姐的情,反倒怨姐姐作事过于苛刻,把他的前程丢了,叫他如今见不得人。我替姐姐气不平。"〔索隐〕豫王劳苦功高,晚年被挤,几不免于戾。虽恣行杀戮,作孽过甚,而清廷之待勋戚亦太薄矣。托之鬼语,其实是王临死时心中计语。凤姐恍惚说道:"我如今也后悔我的心忒窄了,妹妹不念旧恶,还来瞧我。"平儿在旁听见说道:"奶奶说什么?"凤姐一时苏醒,想到尤二姐已死,必是他来索命,被平儿叫醒。心里害怕,又不肯说出,只得勉强说道:"我神魂不定,想是说梦话。给我捶捶。"

平儿上去捶着,见个小丫头进来,说是"刘老老来了。〔索隐〕三秀宠妃临终之际,自必亲承顾命。婆子们带着来请奶奶的安"。平儿急忙下来,说:"在那里呢?"小丫头儿说:"他不敢就进来,还听奶奶的示下。"平儿听了点头,想凤姐病里,必是懒待见人,便说道:"奶奶现在养神呢,暂且叫他等等。你问他来有什么事么?"小丫头儿说道:"他们问过了,没有事。说知道老太太去世了,因没有报,才来迟了。"小丫头儿说着,凤姐听见,便叫平儿:"你来!人家好心来瞧,不要冷淡人家。你去请了刘老老进来,我和他说话儿。"平儿只得出来,请刘老老这里坐。

凤姐刚要合眼,又见一个男人、一个女人走向炕前,就像要上炕似的。凤姐着忙,便叫平儿,说:"那里来了一个男人,跑到这里来了?"连叫两声,只见丰儿、小红赶来说:"奶奶要什么?"凤姐睁眼一瞧,不见有人,心里明白,不肯说出来。便问丰儿道:"平儿这东西那里去了?"丰儿道:"不是奶奶叫去请刘老老去了么?"凤姐定了一会神,也

第一百十三回　忏宿冤凤姐托村妪　释旧恨情婢感痴郎

不言语。

只见平儿同刘老老带了一个小女孩儿进来，〔索隐〕指三秀爱女珍姑。说："我们姑奶奶在那里？"平儿引到炕边，刘老老便说："请姑奶奶安！"凤姐睁眼一看，不觉一阵伤心，说："老老你好，怎么这时候才来？你瞧你外孙女儿也长的这么大了。"刘老老看着凤姐骨瘦如柴，神情恍惚，心里也就悲惨起来，说："我的奶奶，怎么这几个月不见就病到这个分儿？我糊涂的要死，怎么不早来请姑奶奶的安！"便叫青儿给姑奶奶请安，青儿只是笑。凤姐看了倒也十分喜欢，便叫小红招呼他坐。〔索隐〕独点小红，则承畴亦必奔走邸中者。

老老道："我们乡村里的人不会病的，若一病了，就要求神许愿，从不知道吃药的。我想姑奶奶的病，不要撞着什么了罢？"〔索隐〕江南数十万生灵作祟。平儿听着那话不在理，便在背地里扯他。刘老老会意，便不言语。那里知道这句话倒合了凤姐的意，〔索隐〕三秀自南中来，侍王久。王自回京后，追忆往年杀戮之惨，必有内疚于心者。三秀窥破隐微，故能一语中的。扎挣着说："老老，你是有年纪的人，说的不错。你见过的赵姨娘也死了，你知道么？"刘老老诧异道："阿弥陀佛！好端端一个人，怎么就死了？我记得他也有一个小哥儿，这便怎么样呢？"平儿道："这怕什么，他还有老爷、太太呢。"刘老老道："姑娘，你那里知道，不好死了是亲生的，隔了肚皮是不中用的。"这句话又招起凤姐的愁肠，呜呜咽咽的哭起来了。〔索隐〕言下有燃萁煮豆、同根相煎之意，故又招起王之愁绪，痛哭不已。众人都来解劝。

巧姐儿听见他母亲悲哭，他便走到炕前，用手拉着凤姐的手也哭起来。凤姐一面哭着道："你见过了老老了没有？"巧姐儿道："没有。"凤姐道："你的名字还是他起的呢，就和干娘一样，你给他请个安！"〔索隐〕孤儿伶仃，环顾无可付托。王此时情景，亦煞是可怜。巧姐儿便走到跟前，刘老老忙拉着道："阿弥陀佛！不要折杀了我！巧姑娘，我一年多不来，你还认得我么？"巧姐儿道："怎么不认得？那年在园里见的时候，我还小。前年你来，我还合你要隔年的蝈蝈儿，你也没有给我，必是忘了。"刘老老道："姑娘，我是老糊涂了。若是蝈蝈儿，我们村里多得很，只是不到我们那里去，若去了，要一车也容易。"凤姐道："不然你带了他去罢。"刘老老笑道:"姑娘这样千金贵体,绫罗裹大了的,吃的是好东西。到了我们那里,我拿什么哄他玩,拿什么给他吃呢?这倒不是坑杀我了么!"说着,自己还笑,又说:"那么着,我给姑娘做个媒罢。我们那里虽说是乡村里,也有大财主人家,几千顷地,几百牲口,银子钱也不少,只是不像这里有金的有玉的。姑奶奶是瞧不起这种人家,我们庄家人瞧着这样大财主也算是天上的人了。"凤姐道:"你说去,我愿意就给。"刘老老道:"这是玩话儿罢咧。放着姑奶奶这样大官大府的人家,只怕还不肯给,那里肯给庄家人?就是姑奶奶肯了,上头太太们也不给。"巧姐因他这话不好听,便走了,却和青儿说话。两个女孩儿倒说得上,渐渐的就熟起来了。

这里平儿恐刘老老话多搅烦了凤姐,便拉了刘老老说:"你提起太太来,你还没有过去呢!我出去叫人带了你去见见,也不枉来这一趟。"

刘老老便要走,凤姐道:"忙什么?你坐下,我问你,近来的日子还过得么?"刘老老千恩万谢的说道:"我们若不仗着姑奶奶,"说着,指着青儿说:"他的老子娘都要饿死了。如今虽说是庄家人苦,家里也挣了好几亩地,又打了一眼井,种些菜蔬瓜果,一年卖的钱也不少,尽够他们嚼吃的了。〔索隐〕刘入邸后,为婿钱沈垄营科名,置第宅;为故夫黄亮功修墓道,立祀田。戚族沾润,极安富尊荣之乐。这两年,姑奶奶还时常给些衣服布匹,在我们村里,算过得的了。阿弥陀佛!前日他老子进城,听见姑奶奶这里抄了家,我就几乎吓杀了。亏得又有人说不是这里,我才放心。后来又听见说这里老爷升了,我又喜欢,就要来道喜。为的是满地的庄家,来不得。昨日又听见说老太太没有了,我在地里打豆子,听见了这话,吓得连豆子都拿不起来了,就在地里狠狠的哭了一大场。我合女婿说:'我也顾不得你们了,不管真话谎话,我是要进城瞧瞧去的。'我女儿女婿也不是没良心的,〔索隐〕刘最萦心者,为其女与婿。听见了也哭了一回子。就赶我进城来了。今儿天没有亮,我也不认得一个人,没有地方打听,一径来到后门,见是门神都糊了,我这一吓又不小。进了门找周嫂子,再找不着,撞见一个小姑娘,说:'周嫂子他得了不是了,撵了。'我又等了好半天,遇见了熟人才得进来。不打谅姑奶奶也是那么病。"说着,又掉下泪来。

第一百十三回　忏宿冤凤姐托村妪　释旧恨情婢感痴郎

　　平儿等着急，也不等他说完，拉着就走，说："你老人家说了半天，口干了，咱们吃碗茶去罢。"拉着刘老老到下房坐着，青儿在巧姐儿那边。刘老老道："茶倒不要，好姑娘，叫人带了我去请太太的安，哭哭老太太去罢。"平儿道："你不用忙，今儿也赶不出城的了。方才我是怕你说话不防头，招的我们奶奶哭，所以催你出来的，你别思量。"刘老老道："阿弥陀佛！姑娘是你多心，我知道。倒是奶奶的病怎么好呢？"平儿道："你瞧去妨碍不妨碍？"刘老老道："说是罪过，我瞧着不好。"

　　正说着，又听凤姐叫呢。平儿及到床前，凤姐又不言语了。平儿正问丰儿，贾琏进来向炕上一瞧，也不言语，走到里间，气哼哼的坐下。只有秋桐跟了进去，倒了茶，殷勤一回，不知喊喊喳喳的说些什么。回来贾琏叫平儿来问道："奶奶不吃药么？"平儿道："不吃药怎么样呢？"贾琏道："我知道么！你拿柜子上的钥匙来罢。"平儿见贾琏有气，又不敢问，只得出来凤姐耳边说了一声。凤姐不言语，平儿便将一个匣子搁在贾琏那里就走。贾琏道："有鬼叫你么，你搁着叫谁拿呢？"平儿忍气打开，取了钥匙开了柜子，便问道："拿什么？"贾琏道："咱们有什么吗？"〔索隐〕描写家庭使气情形，刻画入微。平儿气的哭道："有话明白说，人死了也愿意。"贾琏道："还要说么？头里的事是你们闹的。如今老太太的，还短了四五千银子。老爷叫我拿公中的地帐弄银子，你说有么？外头拉的帐，不开发使得么？谁叫我应这个名儿，只好把老太太给我的东西折变去罢了，你不依么？"

　　平儿听了，一句不言语，将柜里东西搬出。只见小红过来说："平姐姐快走，奶奶不好呢！"平儿也顾不得贾琏，急忙过来，见凤姐用手空抓，平儿用手拉着哭叫。贾琏也过来一瞧，把脚一跺道："若是这样，是要我的命了！"说着，掉下泪来。丰儿进来说："外头找二爷呢。"贾琏只得出去。

　　这里凤姐愈加不好，丰儿等未免哭起来。巧姐听见赶来，刘老老也急忙走到炕前，嘴里念佛，捣了些鬼，果然凤姐好些。一时，王夫人听了丫头的信，也过来了。先见凤姐安静些，心下略放心。见了刘老老，便说："刘老老你好，什么时候来的？"刘老老便说："请太太安。"不及细说，只言凤姐的病，讲究了半天。彩云进来说："老爷请太太呢。"王

《红楼梦》与顺治皇帝的爱情故事

夫人叮嘱了平儿几句话,便过去了。

凤姐闹了一回,此时又觉清楚些,见刘老老在这里,心里信他求神祷告,便把丰儿等支开,叫刘老老坐在头边,告诉他心神不安,如见鬼怪的样。刘老老便说,我们村里什么菩萨灵,什么庙有感应。凤姐道:"求你替我祷告,要用供献的银钱我有。"便在手腕上褪下一只金镯子来交给他。刘老老道:"姑奶奶不用那个,我们村庄人家,许了愿好了,化上几百钱就是了,那用这些?就是我替姑奶奶求去,也是许愿,等姑奶奶好了,要化什么自己去化罢。"凤姐姐明知刘老老一片好心,不好勉强,只得留下,说:"老老,我的命交给你了,我的巧姐儿也是千灾百病的,也交给你了。"〔索隐〕"交"字愈写得满足,愈觉得惨淡。刘老老顺口答应,便说:"这这么着,我看天气尚早,还赶得出城去,我就去了。明日姑奶奶好了,再请还愿去。"

凤姐因被众冤魂缠绕害怕,巴不得他就去,便说:""你若肯替我用心,我能安稳睡一觉,我就感激你了。你外孙女儿,叫他在这里住下罢。"刘老老道:"庄家孩子没有见过世面,没的在这里打嘴?我带他去的好。"凤姐道:"这就是多心了,既是咱们一家,这怕什么?虽是我们穷了,这一个人吃饭也不碍什么。"刘老老见凤姐真情,落得叫青儿住几天,又省了家里的嚼吃。只怕青儿不肯,不如叫他来问问,若是他肯就留下。于是和青儿说了几句,青儿因与巧姐儿玩的熟子,巧姐也不愿他去,青儿又愿意在这里。刘老老便吩咐了几句,辞了平儿,忙忙的赶出城去。不提。

且说栊翠庵原是贾府的地址,因盖省亲园子,将那庵圈在里头,向来食用香火,并不动贾府的钱粮。今日妙玉被劫,那女尼呈报到官,一则候官府缉贼的下落,二则是妙玉基业,不便离散,依旧住下。不过回明了贾府。

那时贾府的人虽都知道,只为贾政在新丧,且又心事不宁,也不敢将这些没要紧的事回禀。只有惜春知道此事,日夜不安。渐渐传到宝玉耳边,说妙玉被贼劫去;又有的说妙玉凡心动了,跟人而走。宝玉听得十分纳闷,想来必是被强徒抢去,这个人必不肯受,一定不屈而死。但是一无下落,心下甚不放心。每日长吁短叹,还说:"这样一个人,自称

第一百十三回　忏宿冤凤姐托村妪　释旧恨情婢感痴郎

为槛外人，怎么遭此结局？"〔索隐〕以槛外人得此结局，虽槛内人不能不为之伤心。槛内、槛外者，一指乘时得运开国之主；一指势穷力蹙亡国之君。其取义至此始见。又想到："当日园中何等热闹！自从二姐姐出阁以来，死的死，嫁的嫁，我想他一尘不染，是保得住的了。岂知风波顿起，比林妹妹死的更奇！"由是一而二，二而三，追思起来。想到《庄子》上的话，虚无缥缈，人生在世，难免风流云散，不禁的大哭起来。袭人等又道是他的疯病发作，百般的温柔劝解。

宝钗初时又不知何故，也用话箴规。怎奈宝玉抑郁不解，又觉精神恍惚。宝钗想不出道理，再三打听，方知妙玉被劫，不知去向，也是伤感。只为宝玉愁烦，便用正言解释，因提起："兰儿自送殡回来，虽不上学，闻得日夜攻苦。他是老太太的重孙。老太太素来望你成人，老爷为你日夜焦心，你还闲情痴意，糟蹋自己，我们守着你，如何是个结果？"说得宝玉无言可答。过了一回，才说道："我那管人家的闲事？只可叹咱们家的运气衰颓。"宝钗道："可又来！老爷、太太原为是要你成人，接续祖宗遗绪，你只是执迷不悟，如何是好？"宝玉听来话不投机，便靠在桌上睡去。宝钗也不理他，叫麝月等伺候着，自己却去睡了。

宝玉见屋内人少，想起："紫鹃到了这里，我从没合他说句知心的话儿。冷冷清清撩着他，我心里甚不过意。他呢，又比不得麝月、秋纹，我可以安放得的。想起从前我病的时候，他在我这里伴了好些时，如今他的那一面小镜子还在我这里，他的情义却也不薄了。如今不知为什么，见我就是冷冷的。若说为我们这一个呢，他是合林妹妹最好的，我看他待紫鹃也不错。我有不在家的日子，紫鹃原与他有说有讲的，到我来了，紫鹃便走开了。想来自然是为林妹妹死了，我便成了家的原故。咳，紫鹃，紫鹃！你这样一个聪明女孩儿，难道连我这点子苦处都看不出来么？"因又一想："今晚他们睡的睡，做活的做活，不如趁着这个空儿我找他去，看他有什么话。倘或我还有得罪之处，便赔个不是，也使得。"想定了主意，轻轻的走出了房门，来找紫鹃。〔索隐〕自黛玉死后之五儿、紫鹃，皆代表董年者。

那紫鹃的下房也就在西厢里间，宝玉悄悄的走到窗下，一只见里面尚有灯光，便用舌头舔破窗纸，往里一瞧：见紫鹃独自挑灯，又不是做

《红楼梦》与顺治皇帝的爱情故事

什么,呆呆的坐着。宝玉便轻轻的叫道:"紫鹃姐姐,还没有睡么?"紫鹃听了,吓了一跳,怔怔的半日,才说:"是谁?"宝玉道:"是我。"紫鹃听着,似乎是宝玉的声音,便问:"是宝二爷么?"宝玉在外轻轻的答应了一声。紫鹃问道:"你来做什么?"宝玉道:"我有一句心里的话,要和你说说。你开了门,我到你屋里坐坐。"紫鹃停了一会儿,说道:"二爷有什么话?天晚了,请回罢,明日再说罢!"宝玉听了,寒了半截,自己想要进去,恐紫鹃未必开门;欲要回去,这一肚子的隐情越发被紫鹃这一句话勾起,无奈说道:"我也没有多余的话,只问你一句。"紫鹃道:"既是一句,就请说。"宝玉半日反不言语。紫鹃在屋里不见宝玉言语,知他素有痴病,恐怕一时实在抢白了他,勾起他的旧病,倒也不好了。因站起来细听了一听,又问道:"是走了,还是傻站着呢?有什么,又不说,尽着在这里怄人!已经怄死了一个,难道还要怄死一个么?这是何苦来呢!"说着,他从宝玉舐破之处往外一张,见宝玉在那里呆听。紫鹃不便再说,回身剪了剪烛花。

忽听宝玉叹了一声道:"紫鹃姐姐,你从来不是这样铁心石肠,怎么近来连一句好好儿的话都不和我说了?我固然是个浊物,不配你们理我,但只我有什么不是,只望姐姐说明了,那怕姐姐一辈子不理我,我死了,倒做个明白鬼呀。"

紫鹃听了,冷笑道:"二爷就是这个话呀?还有什么?若就是这个话呢,我们姑娘在时,我也跟着听熟了。若是我们有什么不好处呢,我是太太派来的,二爷倒是回太太去,左右我是丫头们,更算不得什么了。"说到这里,那声儿便哽咽起来,说着,又擤鼻涕。宝玉在外,知他伤心哭了,便急的跺脚道:"这是怎么说?我的事情,你在这里几个月,还有什么不知道的?就是别人不肯替我告诉,难道你还不叫我说?叫我憋死了不成!"〔索隐〕年当乃姊新逝,君恩未及,长门寂处,不免心存怨望。故此虽多方体贴,作孟光接案之求,而彼仍着意娇嗔,效邻女投梭之拒。看其笔锋所到,轻重得宜,中坚俱澈。为全部旖旎风光文字作一结束,可称到底不懈。说着,也呜咽起来了。

宝玉正在这里伤心,忽听背后一个人接言道:"你叫谁替你说呢?谁是谁的什么?自己得罪了人,自己央及呀。人家赏脸不赏在人家,何苦

第一百十三回　忏宿冤凤姐托村妪　释旧恨情婢感痴郎

来拿我们这些没要紧的垫喘儿呢?"这一句话,把里外两个人都吓了一大跳,你道是谁?原来却是麝月。宝玉自觉脸上没趣,只见麝月又说道:"到底是怎么着?一个赔不是,一个人又不理。你倒是快快的央及呀。咳,我们紫鹃姐姐也就太狠心了,外头这么怪冷的,人家央及了这半天,总连个活动气儿也没有。"又向宝玉道:"刚才二奶奶说了,多早晚了,打量你在那里呢?却只一个人站在这房檐底下做什么?〔索隐〕冷潮热讽。玩"打量你在那里呢"之句,言外有若干情节。众日交注,孤立无援,章皇即不出家,年亦难于久处矣。紫鹃里面接着说道:"这可是什么意思呢?早就请二爷进去,有话明日说罢,这是何苦来!"宝玉还要说话,因见麝月在那里,不好再说别的,只好一面同麝月走回,一面说道:"罢了,我今生今世,也难剖白这个心了。惟有老天知道罢了!"说到这里,那眼泪也不知从何处来的,滔滔不断了。

麝月道:"二爷,依我劝你死了心罢。白赔眼泪,也可惜了儿的。"宝玉也不答应,遂进了屋子。只见宝钗睡了,宝玉也知宝钗装睡。却是袭人说了一句:"有什么话,明日说不得?巴巴儿的跑到那里去闹,闹出……"〔索隐〕陡然截止,余味曲包,好在确是花姑娘口吻。说到这里,也就不肯说了。迟了一迟,才接着道:"身上不觉怎么样?"宝玉也不言语,只摇摇头儿。袭人一面才打发睡下,一夜无眠,自不必说。

这里紫鹃被宝玉一招,越发心里难受,直直的哭了一夜。思前想后:"宝玉的事,明知他病中不能明白,所以众人弄鬼弄神的办成了。后来宝玉明白了,旧病复发,常时哭想,并非忘情负义之徒。今日这种柔情,一发叫我难受,只可怜林姑娘,真真是无福消受他。如此看来,人生缘分都有一定。在那未到头时,大家都是痴心妄想;及至无可如何,那糊涂的也就不理会了,那情深义深的,也不过临风对月,洒泪悲啼。可怜那死的倒未必知道,那活的真真是苦恼伤心,无休无了。算来竟不如草木石头,无知无觉,也心中干净!"想到此处,倒把一片酸热之心,一时冰冷了。〔索隐〕刚说到火热,忽然归到冰冷,是故作欺人之笔。才要收拾睡时,只听东院里声喊起来。未知何事,下回分解。

〔索隐〕上半回豫王托孤,下半回章皇续旧。按之实情,皆为

《红楼梦》与顺治皇帝的爱情故事

应有文字。豫王薨于刘妃之前，一双寡妇鳏夫，正团得火热，骤然分析，环顾门祚衰薄，儿未成年，那得不执手叮咛，郑重付托？由死时之惨淡，以追想生前之威赫，不知人人心理中是怜是快。

端敬既逝，世祖爱屋及乌，将星替月，深情缱绻，有逾畴曩。年则抚今思往，百念交灰，岂甘为飘泊之余生，再效尹邢之竞宠？故此虽怡声下气，为孟光接案之求，而彼仍泪眼柔肠，作邻女投梭之拒。此情此景，事后悬想，局外推求，正可得其概略，不至置为向壁虚造也。

自开首起，至"忙忙的赶出城去。不提"止为上半回。写得阴霾凄惨。自"且说栊翠庵"起，至本回完毕为下半回。写得哀感顽艳，各极其长。

〔**护花评**〕贾母已故，凤姐病危，若赵姨不死，必生出无限风波。就此了结，既是果报不爽，又免却日后滋事。

又：上回叫捆起周瑞送官，说得一句话，并未发落。今于刘老老口中补出周瑞家有事被撵，一丝不漏。至于如何并不送官，如何逐出，必是王夫人之力。若细细叙明，于正文无甚关系，徒浪费笔墨。简略处，极有斟酌。

又：紫鹃想到不如木石无知无觉，一片酸热心肠，顿然冰冷，正是出家根由。

〔**大某评**〕紫鹃见宝玉又怨恨、又怜悯、又醒悟，无限深情，莫名其妙。至忿懑极处，以"听熟"二字驳之，超出一切言辞。

又：此回仍接前事，以下俱丙辰年事。

第一百十四回　王熙凤历劫返金陵
　　　　　　　　甄应嘉蒙恩还玉阙

　　却说宝玉、宝钗听说凤姐病的危急，赶忙起来，丫头秉烛伺候，正要出院。只见王夫人那边打发人来说："琏二奶奶不好了，还没有咽气，二爷、二奶奶且慢些过去罢。琏二奶奶病的有些古怪，从三更天起到四更时候，琏二奶奶没有住嘴，说些胡话，要船要轿的，说到金陵归入册子去。〔索隐〕明点金陵，以明罪案所在。寄语老奴，东窗事发矣。众人不懂，他只是哭哭喊喊的。琏二爷没有法儿，只得去糊了船轿，还没拿来，琏二奶奶喘着气等呢。太太叫我们过来说：'等琏二奶奶去了，再过去罢。'"

　　宝玉道："这也奇！他到金陵做什么？"袭人轻轻的合宝玉说道："你不是那年做梦，我还记得说有多少册子，不是琏二奶奶也到那里去么？"宝玉听了点头道："是啊，可惜我都记不得那上头的话。这么说起来，人都有个定数的了。但不知林妹妹又到那里去了？我如今被你一说，我有些懂得了。若再做这个梦时，我得细细的瞧一瞧，便有未卜先知的分儿了。"袭人道："你这样的人，可是不可合你说话的。偶然提了一句，你便认起真了来么！就算你能先知了，你有什么法儿呢？"宝玉道："只怕不能先知，若是能了，我也犯不着为你们瞎操心了。"〔索隐〕此语对袭人说，尤妙。

　　两人正说着，宝钗走来问道："你们说什么？"宝玉恐他盘诘，只说："我们谈论凤姐姐。"宝钗道："人要死了，你们还只管议论。旧年你还说我咒人，那个签不是应了么？"宝玉又想了一想，拍手道："是的，是的！这么说起来，你倒能够先知了。我索性问问你，你知道我将来怎么样？"〔索隐〕宝哥此时，已打定稿儿矣，故有此劈空诘问。宝钗

《红楼梦》与顺治皇帝的爱情故事

笑道:"这是又胡闹起来了。我是就他求的签上的话混解了,你就认了真了。你就和邢妹妹一样的了。你失了玉,他去求妙玉扶乩,批出来的众人不解,他还背地里合我说:'妙玉:怎么前知,怎么参禅悟道。'如今他遭此大难,他如何自己都不知道?这可是算得前知么?就是我偶然说着了二奶奶的事情,其实知道他是怎么样了?只怕我连我自己也不知道呢!这样下落,可不是虚诞的事,是信得的么?"

宝玉道:"别提他了,你只说那邢妹妹,自从我们这里连连的有事,把他这件事就忘记了。你们家这么一件大事,怎么就草草的完了?〔索隐〕我亦云然。也没请亲唤友的。"宝钗道:"你这话又是迂了。我们家的亲戚,只有咱们这里和王家最近,王家没了什么正经人了咱,们家遭了老太太的大事,所以也没请,就是琏二哥张罗了张罗。别的亲戚,虽也有一两门子,你没过去,如何知道?算起来,我们这二嫂子的命和我差不多,好好的许了我二哥哥,我妈妈原想要体体面面的给二哥哥娶这房亲事的。一则为我哥哥在监里,二哥哥也不肯大办;二则为咱们家的事;三则为我二嫂子在太太那边忒苦,又加着抄了家。大太太是苛刻一点的,他也实在难受,所以我和妈妈说了,便将将就就的娶了过去。我看二嫂子如今倒是安心乐意的,孝敬我妈妈比亲媳妇还强十倍呢。待二哥哥也是极尽妇道的,和香菱又甚好。二哥哥不在家,他两个和和气气的过日子,虽说是穷些,我妈妈近来倒安逸好些。就是想起我哥哥来,不免悲伤,况且常打发人家里来要使用,多亏二哥在外头帐头儿上讨来,应付他的。我听见说城里有几处房子已经典去,还剩了一所在那里,打算着搬去住。"

宝玉道:"为什么要搬?住在这里,你来去也便宜些。若搬远了,你去就要一天了。"宝钗道:"虽说是亲戚,到底各自韵稳便些那里有个一辈子住在亲戚家的呢?"

宝玉还要讲出不搬去的理,王夫人打发人来说:"琏二奶奶咽了气了,所有的人都过去了。请二爷二奶奶就过去。"宝玉听了,也掌不住跺脚要哭。宝钗虽也悲戚,〔索隐〕虽也悲戚,则其实不悲切可知。对于宝钗,多用此种冷酷之笔。恐宝玉伤心,便说:"有在这里哭的,不如到,那边哭去。"于是两人一直到凤姐那里,只见好些人围着哭呢。宝钗

第一百十四回　王熙凤历劫返金陵　甄应嘉蒙恩还玉阙

走到跟前，见凤姐已经停床，便大放悲声。宝玉也拉着贾琏的手大哭起来。贾琏也重新哭泣。平儿等因见无人劝解，只得含悲上来劝止了。众人都悲哀不止。

贾琏此时手足无措，叫人传了赖大来，叫他办理丧事。自己回明了贾政去，然后行事。但是手头不济，诸事拮据，又想起凤姐素日来的好处，更加悲哭不已。又见巧姐哭得死去活来，越发伤心。哭到天明，即刻打发人去请他大舅子王仁过来。

那王仁自从王子腾死后，王子胜又是无能的人，任他胡为，已闹得六亲不和。今知妹子死了，只得赶着过来哭了一场。见这里诸事将就，心下便不舒服，说："我妹妹在你家辛辛苦苦，当了好几年家，也没有什么错处，你们家该认真的发送发送才是！怎样这时候诸事还没有齐备？"
〔索隐〕索尼辈曾为豫王抱不平。

贾琏本与王仁不睦，见他说这混帐话，知他不懂的什么，也不大理他。王仁便叫了他外甥女儿巧姐过来，说："你娘在时，本来办事不周到，只知道一味的奉承老太太，把我们的人都不大看在眼里。外甥女儿，你也大了，看见我曾经沾染过你们没有？如今你娘死了，诸事要听我舅舅的话。你母亲娘家的亲戚，就是我和你二舅舅了。你父亲的为人，我也早知道的了，只有重别人。那年什么尤姨娘死了，我虽不在京，听见人说化了好些银子。如今你娘死了，你父亲倒是这样的将就办去么？〔索隐〕金子俊、洪承畴诸人，极蒙信任，一切大政方针，皆咨询而取决焉。豫王自睿案牵涉，虽仍列名辅政，而因忌见疏，权不之属。相形之下，不免以厚彼薄此，退有怨言。你也不快些劝劝你父亲？"

巧姐道："我父亲巴不得要好看，只是如今比不得从前了。现在手里没钱，所以诸事省些是有的。"王仁道："你的东西还少么？"巧姐儿道："旧年抄去，何尝还有呢？"王仁道："你也这样说，我听见老太太又给了好些东西，你该拿出来。"巧姐儿又不好说父亲用去，只推不知道。王仁便道："哦，我知道了。不过是你想留着做嫁妆罢咧。"巧姐听了，不敢回言，只气得哽噎难鸣的哭起来了。

平儿生气说道："舅老爷有话，等我们二爷进来再说。姑娘这么点年纪，他懂得什么？"王仁道："你们是巴不得二奶奶死了，你们就好为王了。〔**索隐**〕足见乘时而起者大有人在。我并不是要什么好看,也是你们的脸面。"说着,赌气坐着。

巧姐满怀的不舒服,心想:"我父亲并不是没情,我妈妈在时,舅舅不知拿了多少东西去,如今说得这样干净!"于是便不大瞧得起他舅舅了。岂知王仁心里想来,他妹妹不知积聚了多少:"虽说抄了家,那屋里的银子还怕少么?必是怕我来缠他们,所以也帮着这么说。这小东西儿,也是不中用的。"从此王仁也嫌了巧姐儿了。

贾琏并不知道,只忙着弄银钱使用。外头的大事,叫赖大办了。里头也要用好些钱,一时实在不能张罗。平儿知他着急,便叫贾琏道:"二爷也别过于伤了自己的身子。"贾琏道:"什么身子!现在日用的钱都没有,这件事怎么办?偏有个糊涂行子,又在这里蛮缠,你想有什么法儿?"平儿道:"二爷也不用着急。若说没钱使唤,我还有些东西,旧年幸亏没有抄去,在里头。二爷要,就拿去,当着使唤罢。"贾琏听了,心想:"难得这样!"便笑道:"这样更好,省得我各处张罗,等我银子弄到手了还你。"平儿道:"我的也是奶奶给的,什么还不还!只要这件事办得好看些就是了。"贾琏心里倒着实感激他,便将平儿的东西拿了去当钱使用。诸凡事情,便与平儿商量。〔**索隐**〕西人每谓:爱情之为物,非金钱所能买动。其实是自耀门面耳。试观西籍觊觎资产图谋结婚之案,层见叠出。我国则俗谚本称柴米夫妻。伉俪间之爱情,亦必以金钱联合之始能永久,亘古如此。况平之于琏,尤能施当其厄者哉!

秋桐看着,心里就有些不甘,每每口角里头便说:"平儿没有了奶奶,他要上去了。我是老爷的人,他怎么就越过我去了呢?"平儿也看出来了,只不理他。倒是贾琏一时明白,越发把秋桐嫌了,一时有些烦恼,便拿着秋桐出气。邢夫人知道,反说贾琏不好,贾琏忍气。不提。

且说凤姐停了十余日,送了殡。贾政守着老太太的孝,总在外书房。那清客相公,渐渐的都辞了去,只有个程日兴还在那里,时常陪着说说话儿。提起:"家运不好,一连人口死了好些。大老爷合珍大爷又在外头,家计一天难似一天。外头东庄田地也不知道怎么样,总不得了呀!"

程日兴道:"我在这里好几年,也知道府上的人那一个不是肥己的!一年一年都往他家里拿,那自然府上是一年不够一年了。又添了大老爷、

第一百十四回　王熙凤历劫返金陵　甄应嘉蒙恩还玉阙

珍大爷那边两处的费用，外头又有些债务，前儿又破了好些财，要想衙门里缉贼追赃是难事。老世翁若要安顿家事，除非传那些管事的来，派一个心腹的人各处清查清查，该去的去，该留的留，有了亏空，着在经手的身上赔补，这就有了数儿了。那一座大的园子，人家是不敢买的，这里头的出息也不少，又不派人管了。那年老世翁不在家，这些人就弄神弄鬼的，闹的一个人不敢到园里，这都是家人的弊。此时把下人查一查，若好的使着，不好的便撵了，这才是道理。"

贾政点头道："先生你所不知，不必说下人，便说自己的侄儿也靠不住。若要我查一查，那能一一亲见亲知？况我又在服中，不能照管这些了。我素来又兼不大理家，有的没的，我还摸不着呢。"程日兴道："老世翁最是仁德的人。若在别家的这样的家计，就穷起来，十年五载还不怕，便向这些管家的要也就够了。我听见世翁的家人还有做知县的呢。"〔索隐〕与琏儿出一口吻。其时理财之臣，所献高见不过如此。按：清初贪吏，如和珅、噶礼、王亶望等，往往纵之不问，俟其赃私累累，始降旨查抄，囊括入官。说者谓诸帝工于心计，系一种间接搜括的政策。

贾政道："一个人若要使起家人们的钱来，便了不得了，只好自己俭省些。但是册子上的产业若是实有还好，只怕有名无实了。"程日兴道："老世翁所见极是，晚生为什么说要查查呢？"贾政道："先生必有所闻。"程日兴道："我虽知道些那些管事的神通，晚生也不敢言语的。"贾政听了，便知话里有话，便叹道："我自祖父以来，都是仁厚的，从没有刻薄过下人。我看如今这些人，一日不似一日了。在我手里行出主子样儿来，又叫人笑话。"〔索隐〕政老大有平等思想，呆得可怜。

两人正说着，门上的过来回道："江南甄老爷过来了。"〔索隐〕上文极写贾府颓败，以及政老阘冗，不足为政。其下骤接江南甄老爷到来，明系以甄代贾、恢复旧物之义。虽无此事，不可不作此想，所谓过屠门而大嚼，聊快吾意也。贾政便问道："甄老爷进京为什么？"那人道："奴才也打听了，说是蒙圣恩起复了。"〔索隐〕"起复"二字注意。贾政道："不用说了，快请罢。"那人出去请了进来。

那甄老爷即是甄宝玉之父，名叫甄应嘉，表字友忠，〔索隐〕终有真应假之一日。也是金陵人氏，功勋之后。原与贾府有亲，素来走动的。

《红楼梦》与顺治皇帝的爱情故事

因前年挂误革了职，动了家产。今遇主上眷念功臣，赐还世职，行取来京陛见。〔**索隐**〕前挂误革职，动了家产。今赐还世职，行取来京，其义极显。知道贾母新丧，特备祭礼，择日到寄灵的地方拜奠，所以先来拜望。

贾政有服，不能远接，在外书房门口等着。那位甄老爷一见，便悲喜交集。〔**索隐**〕那得不悲？又那得不喜？因在制中不便行礼，便拉着了手，叙了些阔别思念的话。然后分宾主坐下，献了茶，彼此又将别后事情的话说了。

贾政问道："老亲翁几时陛见的？"甄应嘉道："前日。"贾政道："主上隆恩，必有温谕。"甄应嘉道："主上的恩典，真是比天还高，下了好些旨意。"贾政道："什么好旨意？"甄应嘉道："近来越寇猖獗，海疆一带，小民不安，派了安国公征剿贼寇。主上因我熟悉土疆，命我前往安抚。〔**索隐**〕意在恢复，故以征剿安抚喻之。但是即日就要起身。昨日知老太太仙逝，谨备瓣香至灵前拜奠，稍尽微忱。"

贾政即忙叩首拜谢，便说："老亲翁即此一行，必是上慰圣心，下安黎庶。〔**索隐**〕"圣心"二字，指列圣在天之灵。诚哉莫大之功，正在此行。但弟不克亲睹奇才，只好遥聆捷报。现在镇海统制，是弟舍亲，会时务望青照。"甄应嘉道："老亲翁与统制是什么亲戚？"贾政道："弟那年在江西粮道任时，将小女许配与统制少君，结缡已经三载。因海口案内未清，继以海寇聚奸，所以音信不通。弟深念小女，俟老亲翁安抚事竣后，拜恳便中请为一视。弟即修数行，烦尊纪带去，便感激不尽了。"

甄应嘉道："儿女之情，人所不免，我正在有奉托老亲翁的事。自蒙圣恩召取来京，因小儿年幼，家下乏人，将贱眷全带来京。我因钦限迅速，昼夜先行，贱眷缓行，到京尚需时日。弟奉旨出京，不敢久留。将来贱眷到京，少不得要到尊府，定叫小儿即来进见求教。遇有姻事可图之处，望乞留意为感。"贾政一一答应。那甄应嘉又说了几句话，就要起身，说："明日，在城外再见。"贾政见他事忙，谅难再坐，只得送出书房。

贾琏、宝玉早已伺候在那里代送，因贾政未叫，不敢擅入。甄应嘉出来，两人上去请安。应嘉一见宝玉，呆了一呆，心想："这个怎么甚像

第一百十四回　王熙凤历劫返金陵　甄应嘉蒙恩还玉阙

我家宝玉？〔**索隐**〕本是君家故物。只是浑身缟素。"因问："至亲久阔，爷们都不认得了。"贾政忙指贾琏道："这是家兄名赦之子，琏二侄儿。"又指着宝玉道："这是第二小犬，名叫宝玉。"

应嘉拍手道奇："我在家听见说老亲翁有个衔玉生的爱子，名叫宝玉，因与小儿同名，心中甚为罕异。后来想着，这个也是常有的事，不在意了。岂知今日一见，不但面貌相同，且举止一般，这更奇了。"问起年纪，比这里的哥儿略小一岁。

贾政便因提起承荐包勇，伺及令郎哥儿与小儿同名的话，述了一遍。应嘉因属意宝玉，也不暇问及那包勇的得妥，〔**索隐**〕注重只在一玉，余如所问。只连连的称道："真真罕异！"因又拉了宝玉的手，极至殷勤。又恐安国公起身甚速，急须预备长行，勉强分手徐行。贾琏、宝玉送出，一路又问了宝玉好些的话。及至登车去后，贾琏、宝玉回来，见了贾政，便将应嘉问的话回了一遍。贾政命他二人散去。贾琏又去张罗，算明凤姐丧事的帐目。

宝玉回到自己房中，告诉了宝钗，说是："常提的甄宝玉，我想一见不能，今日倒先见了他父亲了。我还听得他家说，宝玉也不日要到京了，要来拜望我老爷呢。又人人说和我一模一样的，我只不信。〔**索隐**〕推其不信之义，只是天无二日，地无二王之谬解耳。若是他后日到了咱们这里来，你们都去瞧瞧，看他果然和我像不像？"宝钗听了道："呀，你说话怎么越发不留神了？什么男人同你一样都说出来了，还叫我们瞧去么？"宝玉听了，知是失言，脸上一红，连忙的还要解说。不知何话，下回分解。

〔**索隐**〕此回承上回，结束凤姐，因其罪孽重重，解入金陵归案，故有下半回之触发，理想的而非事实的也。

上半回分三小段，俱用补叙法。自开首起，至"那里有个一辈子住在亲戚家的呢"止，借宝玉、宝钗问答中，补出邢岫烟之嫁。以下至"从此王仁也嫌了巧姐儿了"止，补出王仁以前之行径。以下至"贾琏忍气，不提"止，补出平儿、秋桐日后之结局。下半回分二段，系连环格。以贾府之颓落不振，生

《红楼梦》与顺治皇帝的爱情故事

出甄府之恢复旧业,福善祸淫,理当如此,不仅逞垂毙之笔锋,张一时之快论也。

〔大某评〕 此回合下回为一大段,乃收凤姐以全收一"假"字,归宝玉以总归一"真"字。财色并收,十二钗完矣。真假既合,《石头记》止矣。其点醒人处,总在假枉为假,所谓小人枉作小人也。故上半回宜以浅看,下半回则必深求。程日兴是大关键,书中有随便一人留为末路重用者,此等是也,乃弈家之冷着也。

按:此论真假处,有见地,可节取。

〔护花评〕 邢岫烟出阁,正值贾母新丧,不便夹杂叙入,必当设法补写。但若突然补叙,便是生砌硬插,今借凤姐病危,袭人提起梦册,宝钗提起签兆,引出岫烟求妙玉扶乩,然后从宝钗口中略叙大概,补得毫无斧凿痕迹。

又:宝玉顺口说:"再做这梦,要细细看看。"伏一百十六回之再梦。

又:写王仁向巧姐一番说话,伏后来串卖情事。

又:贾政忆女寄书,应嘉为子托亲,两相关照,又为下文探春回京、李绮姻事伏笔。

第一百十五回　惑偏私惜春矢素志
　　　　　　　证同类宝玉失相知

　　话说宝玉为自己失言，被宝钗问住，要想掩饰过去，只见秋纹进来，说："外头老爷叫二爷呢。"宝玉巴不得一声，便走了去。到贾政那里，贾政道："我叫你来不为别的，现在你穿着孝，不便到学里去。你在家里，必要将你念过的文章温习温习，我这几天倒也闲着，隔两三日要作几篇文章我瞧瞧，看你这些时进益了没有。"宝玉只得答应着。贾政又道："你环兄弟兰侄儿：我也叫他们温习去了。倘若你作的文章不好，反倒不及他们，那可就不成事了。"宝玉不敢言语，答应了个"是"，站着不动。贾政道："去罢！"

　　宝玉退了出来，正撞着赖大诸人，拿着些册子进来。宝玉一溜烟回到自己房中，宝钗问了，知道叫他作文章，倒也喜欢。惟有宝玉不愿意，也不敢怠慢，正要坐下静静心，见有两个姑子进来"〔索隐〕正欲励精图治，整理一番，而外间之魔障又至。此世祖御宇十八载，童心之难革，而为治之所以不卒也。宝玉看是地藏庵来的，和宝钗说："请二奶奶安。"宝钗待理不理的说："你们好。"因叫人来倒茶给师父们吃。

　　宝玉原要和那姑子说话，见宝钗似乎厌恶这些，也不好兜搭。那姑子知道宝钗是个冷人，也不久坐，辞了要去。宝钗道："再坐坐去罢。"那姑子道："我们因在铁槛寺做了功德，好些时没来请太太、奶奶们的安。今日来了，见过了奶奶太太们，还要看四姑娘呢。"宝钗点头，由他们去了。

　　那姑子便到惜春那里，见了彩屏，说："姑娘在那里呢？"彩屏道："不用提了！姑娘这几天饭都没吃，只是歪着。"那姑子道："为什么？"彩屏道："说也话长，你见了姑娘，只怕便和你说了。"

《红楼梦》与顺治皇帝的爱情故事

惜春早已听见，急忙坐起，说："你们两个人好啊！见我们家事差了便不来了。"那姑子道："阿弥陀佛！有也是施主，没有也是施主。别说我们是本家庵里的，受过老太太多少恩惠呢？如今老太太的事，太太、奶奶们都见了，只没有见姑娘，心里惦记，今儿是特特的来瞧姑娘来的。"

惜春便问起水月庵的姑子来，那姑子道："他们庵里闹了些事，如今门上也不肯常放进来了。"〔索隐〕结水月庵。顾水月庵龌龊事，不堪为闺秀道。看他随笔脱卸，斟酌得当，细阅节目处，一丝不苟。便问惜春道："前儿听见说栊翠庵的妙师父，怎么跟了人去了？"惜春道："那里的话！说这个话的人，提防着割舌头。人家遭了强盗抢去，怎么还说这样的坏话"〔索隐〕谣诼之徒，或以桂王为甘心降附，辞而辟之，以明大义之礼在。那姑子道："妙师父的为人怪僻，只怕是假惺惺罢？在姑娘面前，我们也不好说的。那里像我们这样粗夯人，只知道诵经念佛，给人家忏悔，也为着自己修个善果。"

惜春道："怎么就是善果呢？"那姑子道："除了咱们家这样善德人家儿不怕，若是别人家，那些诰命夫人小姐，也保不住一辈子的荣华。〔索隐〕既欲引诱，又欲恭维。殊不知别人家是靠不住，我们这样善德人家既可不怕，又何必再修善果？自相背舛，适成为此辈愚蠢人口吻。到了苦难来了，可就救不得了。只有个观世音菩萨，大慈大悲，遇见人家有苦难的，就慈心发动，设法儿救济。为什么如今都说大慈大悲、救苦救难的观世音菩萨呢。我们修了行的人，虽说比夫人小姐们苦多着呢，只是没有险难的了。虽不能成佛作祖，修修来世或者转个男身，自己也就好了。不像如今脱生了个女人胎子，什么委屈烦难都来。〔索隐〕对女人说女人的苦处，只此一语，打入惜春心坎，故为所动。姑娘你还不知道呢，要是人家姑娘们出了门子，这一辈子跟着人，是更没法儿的。若说修行，也只要修得真，那妙师父自为才能比我们强，他就嫌我们这些人俗，岂知俗的才能得善缘呢！他如今到底是遭大劫了。"

惜春被那姑子一番话说得合在机上，也顾不得丫头们在这里，便将尤氏待他怎样，前儿看家的事说了一遍，并将头发指给他瞧，道："你打量我是什么没主意，恋火坑的人么？早有这样的心，只是想不出道儿

· 1326 ·

第一百十五回　惑偏私惜春矢素志　证同类宝玉失相知

来。"〔索隐〕惜春出家，暗指圆圆入五华山修道事。三桂正室张夫人老而妒，不能容下。三桂又以据滇久，潜蓄异谋，圆圆窥其微，进讽谏不纳，乃以齿长请为女道士于五华山。意当日出家之故，必有迫而为之者。那姑子听了，假作惊慌道："姑娘再别说这个话，珍大奶奶听见，还要骂杀我们，撵出庵去呢。姑娘这样人品，这样人家，将来配个好姑爷，享一辈子的荣华富贵。"惜春不等说完，便红了脸，说："珍大奶奶撵得你，我就撵不得么？"那姑子知是真心，便索性激他一激，说道："姑娘别怪我们说错了话，太太、奶奶们那里就依得姑娘的性子呢？那时闹出没意思来，倒不好。我们倒是为姑娘的话。"惜春道："这也瞧罢咧。"彩屏等听这话头不好，便使个眼色儿给姑子叫他走。那姑子会意，本来心里也害怕，不敢挑逗，便告辞出去。惜春也不留他，便冷笑道："打量天下就是你们一个地藏庵么？"那姑子也不敢答言去了。

彩屏见事不妥，恐担不是，悄悄的去告诉了尤氏，说："四姑娘铰头发的心愿，还没有息呢。他这几天不是病，竟是怨命。奶奶提防些，别闹出事来，那会子归罪我们身上。"尤氏道："他那里是为要出家，他为的是大爷不在家，安心和我过不去，也只好由他罢了。"彩屏等没法，也只好常常劝解。岂知惜春一天一天的不吃饭，只想铰头发。彩屏等吃不住，只得到各处告诉。邢、王二夫人等也都劝了好几天，怎奈惜春执迷不解。

邢、王二夫人正要告诉贾政，只听外头传进来说："甄家的太太带了他们家的宝玉来了。"众人急忙出接，便在王夫人处坐下，众人行礼叙些寒温，不必细述。

只言王夫人提起甄宝玉与自己的宝玉无二，要请甄宝玉进来一见。传话出去，回来说道："甄少爷在外书房同老爷说话，说的投了机了，打发人来请我们二爷、三爷，还叫兰哥儿在外头吃饭，吃了饭进来。"说毕，里头也便摆饭。不提。

且说贾政见甄宝玉相貌果与宝玉一样。试探他的文才，竟是应对如流，甚是心敬，故叫宝玉等三人来警励他们。再者，到底叫宝玉来比一比。宝玉应命，穿了素服，带了兄弟、侄儿出来。见了甄宝玉，竟是旧相识一般。那甄宝玉也像那里见过的，两人行了礼，然后贾环、贾兰相

《红楼梦》与顺治皇帝的爱情故事

见。本来贾政席地而坐,要让甄宝玉在椅子上坐,甄宝玉因是晚辈,不敢上坐,就在地下铺下了褥子坐下。〔**索隐**〕席地而坐者,寓得地之义,故惟许甄宝玉据地相陪。如今宝玉等出来,又不能同。贾政一处坐着,甄宝玉又是晚一辈,又不好叫宝主等站着。贾政知是不便站着,又说了几句话,叫人摆饭,说:"我失陪,叫小儿辈陪着大家说说话儿,好叫他们领领大教。"甄宝玉逊谢道:"老伯大人请便,侄儿正欲领世兄们的教呢。"贾政回覆了几句,便自往内书房去。那甄宝玉反要送出来,贾政拦住。宝玉等先抢了一步,出了书房门槛,站立着看贾政出来,然后让甄宝玉坐下,彼此套叙了一回诸如久慕渴想的话,也不必细述。

且说贾宝玉见了甄宝玉,想到梦中之景,并且素知甄宝玉为人,必且和他同心,以为得了知己。因初次见面,不便造次,且又贾环、贾兰在坐,只有极力夸赞,说:"久仰芳名,无由亲炙,今日见面,真是谪仙一流的人物。"

那甄宝玉素来也知贾宝玉的为人,今日一见,果然不差,只是可与我共学,不可与我适道,你既和我同名同貌,也是三生石上的旧精魂了。既我略知了些道理,怎么不和他讲讲?但是初见,尚不知他的心与我同不同,只好缓缓的来,便道:"世兄的才名,弟所素知的,在世兄是数万人的里头选出来最清最雅的;在弟是庸庸碌碌一等愚人,忝附同名,殊觉玷辱了这两个字。"

贾宝玉听了,心想:这个人果然同我的心一样的,但是你我都是男人,不比那女孩儿们清洁,怎样他拿我当作女孩儿看待起来?便道:"世兄谬赞,实不敢当。弟是至愚至浊,只不过一块顽石耳。何敢比世兄品望高清,实称此两字。"甄宝玉道:"弟少时不知分量,自谓尚可琢磨,岂知家遭消索,数年来更比瓦砾犹贱。虽不敢说历尽甘苦,然世道人情,略略的领悟了好些。世兄是锦衣玉食,无不遂心的,必是文章经济高出人上。所以老伯钟爱,将为席上之珍,弟所_以才说尊名方称。"〔**索隐**〕就名字上发生一番议论,此《春秋》正名之义。贾宝玉听这话头,又近了禄蠹的旧套,想话回答。

贾环见未与他说话,心中早不自在。倒是贾兰听了这话,甚觉合意。便说道:"世叔所言,固是太谦。若论到文章经济,实在从历练中出来

第一百十五回　惑偏私惜春矢素志　证同类宝玉失相知

的，方为真才实学。在小侄年幼，虽不知文章为何物，然将读过的细味起来，那膏粱文绣，比着令闻广誉，真是不啻百倍的了。"

甄宝玉未及答言，贾宝玉听了兰儿的话，心里越发不合，想道这孩子从几时也学了这一派酸论？便说道："弟闻得世兄也诋尽流俗，性情中另有一番见解。今日弟幸会芝范，想欲领教一番超凡入圣的道理，从此可以净洗俗肠，重开眼界，不意视弟为蠢物，所以将世路的话来酬应。"〔索隐〕贾宝玉出世，则甄宝玉入世，所谓道不同不相为谋。

甄宝玉听说，心里晓得他知我少年的性情，所以疑我为假。我索性把话说明，或者与我作个知己朋友，也是好的。便说道："世兄高论，固是真切。但弟少时，也曾深恶那些旧套陈言。只是一年长似一年，家君致仕在家，懒于酬应，委弟接待。后来见过那些大人先生，尽都是显亲扬名的人。便是著书立说，无非言忠言孝，自有一番立德立言的事业，方不枉生在圣明之时，也不致负了父亲、师长养育教诲之恩。所以把少年那一派迂想痴情，渐渐的淘汰了些。〔索隐〕少时迂痴，长而改悔，期望甄氏之微意。如今尚欲访师觅友，教导愚蒙，幸会世兄，定当有以教我。适才所言，并非虚意。"

贾宝玉愈听愈不耐烦，又不好冷淡，只得将言语支吾。幸喜里头传出话来，说："若是外头爷们吃了饭，请甄少爷里头去坐呢。"宝玉听了，趁势便邀甄宝玉进去。

那甄宝玉依命前行，贾宝玉等陪着来见王夫人。贾宝玉见是甄太太上坐，便先请过了安，贾环、贾兰也见了，甄宝玉也请了王夫人的安。两母两子，互相厮认，虽是贾宝玉是娶过亲的，那甄夫人年纪已老，又是老亲，因见贾宝玉的相貌身材与他儿子一般，不禁亲热起来。王夫人更不用说，拉着甄宝玉问长问短，觉得比自己家的宝玉老成些。回看贾兰，也是清秀超群的，虽不能像两个宝玉的形象，也还随得上。只有贾环粗劣，未免有偏爱之心。

众人一见两个宝玉在这里，都来瞧看，说道："真真奇事！名字同了也罢，怎么相貌身材都是一样的？亏得是我们宝玉穿孝，或是一样的衣服穿着，一时也认不出来。"内中紫鹃一时痴意发作，因想起黛玉来，心里说道："可惜林姑娘死了，若不死时，就将那甄宝玉配了他，只怕也是

《红楼梦》与顺治皇帝的爱情故事

愿意。"〔索隐〕鹃为黛心腹婢,不应以此等思想唐突故主。盖书中之黛,固属清洁女儿,书外之琬,则属改节之妇。作者以董氏失身事房,贪荣背旧,深不满于其人。

正想着,只听得甄夫人道:"前日听得我们老爷回来说,我们宝玉年纪也大了,求这里老爷留心一门亲事。"王夫人正爱甄宝玉,顺口便说道:"我也想要与令郎作伐,我家有四个姑娘,那三个都不用说,死的死嫁的嫁了。还有我们珍大侄儿的妹子,只是年纪过小几岁,恐怕难配。倒是我们大媳妇的两个堂妹子,生得人才齐整。二姑娘呢,已经许了人家;三姑娘正好与令郎为配。过一天我给令郎做媒,但是他家里家计如今差些。"甄夫人道:"太太这话又客套了。如今我们家还有什么?只怕人家嫌我们穷罢了。"王夫人道:"现今府上复又出了差,将来不但复旧,必是比先前更要鼎盛起来。"甄夫人笑着道:"但愿依着太太的话更好。这么着,就求太太作个保山。"

甄宝玉听他们说起亲事,便告辞出来,贾宝玉等只得陪着,来到书房,见贾政已在那里,复又立谈几句。听见甄家的人来回甄宝玉道:"太太要走了,请爷回去罢。"于是甄宝玉告辞出来,贾政命宝玉、环、兰相送。不提。

且说宝玉自那日见了甄宝玉之父,知道甄宝玉回京,朝夕盼望。今日见面,原想得一知己,岂知说了半天,竟有些冰炭不投。闷闷的回到自己房中,也不言,也不笑,只管发怔。宝钗便问:"那甄宝玉果然像你么?"宝玉道:"相貌倒还是一样的。只是言谈间,看起来并不知道什么,不过也是个禄蠹!"宝钗道:"你又编派人家了,怎么见得他也是个禄蠹呢?"宝玉道:"他说了半天,并没个明心见性之谈,不过说些什么文章经济,又说什么为忠为孝,这样人,可不是个禄蠹么?只可惜他也生了这样一个相貌!我想来有了他,我竟要连我这个相貌都不要了。"

〔索隐〕既生瑜,何生亮?两雄不并立,遂生敝屣一弃之想。

宝钗见他又说呆话,便说道:"你真真说出句话来叫人发笑!这相貌怎么能不要呢?况且人家这话是正理,做了一个男人,原该要立身扬名的。谁像你一味的柔情私意?不说自己没有刚烈,倒说人家是禄蠹!"

宝玉本听了甄宝玉的话甚不耐烦,又被宝钗抢白了一场,心中更加

第一百十五回　惑偏私惜春矢素志　证同类宝玉失相知

不乐，闷闷昏昏，不觉将旧病又勾起来了，并不言语，只是傻笑。宝钗不知，只道："是我的话错了，他所以冷笑。"也不理他。岂知那日便有些发呆，袭人等怄他，也不言语。过了一夜，次日起来，只是发呆，竟有前番病的样子。

一日，王夫人因为惜春定要铰发出家，尤氏不能拦阻，看着惜春的样子，若是不依他，必要自尽。虽然昼夜着人看着，终非常事，便告诉了贾政。贾政叹气跺脚，只说："东府里不知干了什么，闹到如此地步！"叫了贾蓉来说了一顿，叫他去和他母亲说："认真劝解劝解，若是必要这样，就不是我们家的姑娘了！"岂知尤氏不劝还好，一劝了更要寻死，说："做了女孩儿，终不能在家一辈子的。若像二姐姐一样，老爷、太太们倒要烦心，况且死了。如今譬如我死了似的，放我出了家，干干净净一辈子，就是疼我了。况且我又不出门，就是栊翠庵，原是咱们的基址，我就在那里修行。我有什么，你们也照应得着。现在妙玉的当家的在那里，你们依我呢，我就算得了命了。若不依我呢，我也没法，只有死就完了。我如若遂了自己的心愿，那时哥哥回来我和他说，并不是你们逼着我的。若说我死了，未免哥哥回来倒说你们：不容我！"〔索隐〕此段极似圆圆之对延陵求去之语。五华本在滇境，《舣剩》谓延陵训练之暇，每至其处清谈，竟暮而还，是"照应得着"之说相符合也。"依我，则我得了命，遂了愿。不依我，则我死，显见。你们不容我。"是张夫人妒悍之说，又相符合也。尤氏本与惜春不合，听他的话也似乎有理，只得去回王夫人。

王夫人已到宝钗那里，见宝玉神魂失所，心下着忙，便说袭人道："你们忒不留神二爷了，病也不来回我！"袭人道："二爷的病，原来是常有的。一时好，一时不好，天天到太太那里，仍旧请安去，原是好好儿的，今儿才发糊涂些。二奶奶正要来回太太，恐怕太太说我们大惊小怪。"

宝玉听见王夫人说他们，心里一时明白，恐他们受委屈，便说道："太太放心，我没什么病，只是心里觉着有些闷闷的。"王夫人道："你是有这病根子，早说了，好请大夫瞧瞧，吃两剂药好了不好！若再闹到头里丢了玉的时候似的，就费事了。"宝玉道："太太不放心，便叫个人来瞧瞧，我就吃药。"王夫人便叫丫头传话出来，请大夫。这一个心思都在宝玉身上，便将惜春的事忘了。迟了一回，大夫看了，服药。王夫人回去。

过了几天，宝玉更糊涂了，甚至于饮食不进，大家着急起来。恰又忙着脱孝，家中无人，又叫了贾芸来照应大夫。贾琏家下无人，请了王仁来在外帮着料理。那巧姐儿是日夜哭母，也是病了。所以荣府中又闹得马仰人翻。

一日，又当脱孝来家，王夫人亲身又看宝玉，见宝玉人事不省，急得众人手足无措。一面哭着，一面告诉贾政，说："大夫回了，不肯下药，只好预备后事。"贾政叹气连连，只得亲自看视。见其光景，果然不好，便又叫贾琏办去。

贾琏不敢违拗，只得叫人料理，手头又短，正在为难。只见一个人跑进来说："二爷，不好了，又有饥荒来了！"贾琏不知何事，这一吓非同小可，瞪着眼说道："什么事？"那小厮道："门上来了一个和尚，手里拿着二爷的这块丢的玉，说要一万赏银。"贾琏照脸啐道："我打量什么事，这样慌张！前番那假的你不知道么？就是真的，现在人要死了，要这玉做什么"〔索隐〕平时以玉为命，此际则要命不要玉矣。小厮说："奴才也说了，那和尚说：'给他银子就好了。'"又听着外头喊进来，说："这和尚撒野，竟自跑进来了，众人拦他拦不住。"贾琏道："那里有这样怪事？你们还不快打出去呢！"

正闹着，贾政听见了，也没了主意。里头又哭出来，说："宝二爷不好了！"贾政益发着急，只见那和尚说道："要命拿银子来。"贾政忽然想起："头里宝玉的病是和尚治好的，这会子和尚来，或者有救星。但是这玉倘或是真，他要起银子来怎么样呢？"想了一想，姑且不管他，果真人好了再说。

贾政叫人去请，那和尚已进来了，也不施礼，也不答话，便往里就跑。贾琏拉着道："里头都是内眷。你这野东西，混跑什么？"那和尚道："迟了就不能救了！"贾琏急得一面走，一面乱喊道："里头的人不要哭了，和尚进来了！"

王夫人等只顾哭着，那里理会？贾琏走近来又喊，王夫人等回过头

第一百十五回　惑偏私惜春矢素志　证同类宝玉失相知

来见一个长大的和尚，吓了一跳，躲避不及。那和尚直走到宝玉炕前，宝钗避过一边。袭人见王夫人站着，不敢走开。只见那和尚道："施主们，我是送玉来的！"说着，把那块玉擎着道："快快把银子拿出来，我好救他！"王夫人等惊惶无措，也不管真假，便说道："若是救活了人，银子是有的。"〔索隐〕人可与玉合，人亦可与玉离。和尚能送玉来，和尚亦能送玉去。物无常主，惟有德者主之。而蚩蚩者不悟，以为有银子即可买玉，亦即可以买命。那和尚笑道："拿来！"王夫人道："你放心，横竖折变得出来。"和尚哈哈大笑，手拿着玉在宝玉耳边道："宝玉，宝玉，你的宝玉回来了。"说了这一句，王夫人等见宝玉把眼一睁，袭人说道："好了！"只见宝玉便问道："在那里呢？"那和尚把玉递给他手里，宝玉先前紧紧的攥着，后来慢慢的得过手来，放在自己眼前细细的一看，说："阿呀，久违了！"里外众人都喜欢的念佛，连宝钗也顾不得有和尚了。

贾琏也走过来一看，果见宝玉回过来了，心里一喜，疾忙躲出去了。那和尚也不言语，赶来拉着贾琏就跑，贾琏只得跟了到了前头，赶着告诉贾政。贾政听了喜欢，即找和尚施礼叩谢，和尚还了礼坐下。贾琏心下狐疑："必是要了银子才走！"贾政细看那和尚，又非前次见的，便问："宝刹何方，法师大号，这玉是那里得的，怎么小儿一见便会活过来的？"那和尚微微笑道："我也不知道，只要拿一万银子来就完了。"贾政见这和尚粗鲁，也不敢得罪，便说："有。"和尚道："有便快拿来罢，我要走了。"贾政道："略请少坐，待我进去瞧瞧。"和尚道："你去快出来才好。"

贾政果然进去，也不及告诉，便走到宝玉炕前。宝玉见是父亲来，欲要爬起，因身子虚弱起不来。王夫人接着说道："不要动！"宝玉笑着拿这玉给贾政瞧，道："宝玉来了。"〔索隐〕与上文"我要去了"句对照。玉来而人去，玉亦不能终留也。贾政略略一看，知道此事有些根源，也不细看，便和王夫人道："宝玉好过来了，这赏银怎么样？"王夫人道："尽着我所有的折，变了给他就是了。"宝玉道："只怕这和尚是不要银子的罢？"贾政点头道："我也看来古怪，但是他口口声声的要银子。"王夫人道："老爷出去先款留着他，再说。"

《红楼梦》与顺治皇帝的爱情故事

贾政出来。宝玉便闹饿了，吃了一碗粥，还说要饭。婆子们果然取了饭来，王夫人还不敢给他吃，宝玉说："不妨的，我已经好了。"便爬着吃了一碗，渐渐的神气果然好过来了，便要坐起来。麝月上去轻轻的扶起，因心里喜欢忘了情，说道："真是宝贝！才看见了，一会儿就好了，亏的当初没有砸破。"宝玉听这话，神色一变，把玉一撂，身子往后一仰。未知死活，下回分解。

〔索隐〕全书已达百有余回，各方面之关系铺陈几尽。此回所重，只在圆圆出家一事。圆圆虽晚境困厄，而能烛照几先，超然远引。及后滇难削平，平南邸中姬侍皆入禁掖，而圆圆之名氏，独不载于籍。说者至疑为元机禅化，不落凡尘，卓然女中人杰矣。甄宝玉入见，疯和尚送玉，皆本回敷佐文字。

自开首起，至"怎奈惜春执迷不解"止为一段。以下至"贾政命宝玉、环、兰相送。不提"止为一段。以下至本回完毕为一段。三段中，错互而成，是连环章法。

〔护花评〕惜春出家念头，久已立定，并非惑于地藏庵姑子之言，方才决意。作者不过借此一紧，是文章由宽入紧法。

又：宝玉一见甄宝玉，想起梦中光景，以为必是同心知己，是反跌下文。

又：贾兰是甄宝玉知己，是旁观法。

又：惜春出家，因宝玉病重，暂时搁起。若此时即办，贾政、贾琏在家，殊难安顿，是文章下坂勒马法。

〔太某评〕野东西往里头跑，此时可恶；家东西往外头跑，他时可痛。粗看只属闲文，却是草蛇灰线。

第一百十六回　得通灵幻境悟仙缘　送慈柩故乡全孝道

话说宝玉一听麝月的话，身往后仰，复又死去。急得王夫人等哭叫不止，麝月自知失言致祸。此时王夫人等也不及说他。那麝月一面哭着，一面打定主意，心想："若是宝玉一死，我便自尽，跟了他去。"

不言麝月心里的事，且言王夫人等见叫不回来，赶着叫人出来找和尚救治。岂知贾政进内出去时，那和尚已不见了。贾政正在诧异，听见里头又闹，急忙进来，见宝玉又是先前的样子：口关紧闭，脉息全无。用手在心窝中一摸，尚是温热。贾政只得急忙请医灌药救治。

那知那宝玉的魂魄早已出了窍了。你道死了不成？却原来恍恍惚惚赶到前厅，见那送玉的和尚坐着，便施了礼。那知和尚站起身来，拉着宝玉就走。宝玉跟了和尚，觉得身轻如叶，飘飘摇摇，也没出大门，不知从那里走了出来。

行了一程，到了个荒野地方，远远的望见一座牌楼，好像曾到过的。正要问那和尚时，只见恍恍惚惚来了一个女人。宝玉心里想道："这样旷野地方，那得来如此的丽人？必是神仙下界了。"宝玉想着，走近前来细细一看，却有些认得的，只是一时想不起来。见那女人合和尚打了一个照面，就不见了。宝玉一想，竟是尤三姐的样子。〔索隐〕入幻境，先以尤三姐作引。一部书皆鸳鸯簿也。此鸳鸯，彼鸳鸯，名为鸳鸯，而实不鸳鸯；实为鸳鸯，而名不鸳鸯。似此纷扰变幻之鸳鸯簿，当以鸳鸯剑挥断之。越想越闷，怎么他也在这里？又要问时，那和尚拉着宝玉过了那牌楼，只见牌上写着"真如福地"四个大字。两边一副对联，乃是：

假去真来真胜假，无原有是有非无。〔索隐〕乃说假去真来，以真代假，而真实胜于假。世人仅凭目前之有无，以为有

《红楼梦》与顺治皇帝的爱情故事

无,不知有者终归于无,无者终成为有。揭出著书本旨,大放光明。

转过牌坊,便是一座宫门。门上横书四个大字道:"福善祸淫"。又有一副对子,大书道:

过去未来,莫谓智贤能打破;

前因后果,须知亲近不相逢。〔索隐〕此与门额上"福善祸淫"四字合看,意谓:上天无亲,惟德是辅,过去未来,杳然莫测,前因后果,昭然不爽。

宝玉看了,心下想道:"原来如此!我倒要问问因果来去的事了。"这么一想,只见鸳鸯站在那边招手儿叫他。〔索隐〕第二人即用鸳鸯。宝玉想道:"我走了半日,原不曾出园子,怎么改了样子了呢?"〔索隐〕铜驼荆棘,世事何常?赶着要合鸳鸯说话,岂知一转眼,便不见了,心里不免疑惑起来。走到鸳鸯站的地方儿,乃是一溜配殿,各处都有匾额,宝玉无心去看,只向鸳鸯立的所在奔去。见那一间配殿的门半掩半开,宝玉也不敢造次进去。心里正要问那和尚一声,回过头来,和尚早已不见了。宝玉恍惚见那殿宇巍峨,绝非大观园景象,便立住脚,抬头看那匾额,上写道:"引觉情痴"。两边写的对联道:

喜笑悲哀都是假,贪求思慕总因痴。〔索隐〕种种罪恶,由假而起。怀念故国,痛痒难思,世人具此痴心,必成事实。

宝玉看了,便点头叹息。想要进去找鸳鸯,问他是什么所在。细细想来,甚是熟识。便仗着胆子推门进去,满屋一瞧,并不见鸳鸯,里头只是黑漆漆的,心下害怕。正要退出,见有十数个大橱,橱门半掩。

宝玉忽然想起:"我少时作梦,曾到过这样个地方。如今能够亲身到此,也是大幸。"恍惚间把找鸳鸯的念头忘了,便壮着胆,把上首的大橱开了橱门一瞧,见有好几本册子,心里更觉喜欢,想道:"大凡人作梦,说是假的,岂知有这梦,便有这事。我常说还要做这个梦,再不能的,不料今日被我找着了!〔索隐〕有这梦,便有这事。证实我之痴想,决非空幻。但不知那册子是那个见过的不是?"伸手在下头取了一本,册上写着"金陵十二钗正册"。宝玉拿着一想道:"我恍惚记得是那个,只恨记得不清楚。"便打开头一页看去,见上头有画,但是画迹模糊,再瞧不

第一百十六回　得通灵幻境悟仙缘　送慈柩故乡全孝道

出来。后面有几行字迹，也不清楚，尚可摹拟，便细细的看去，见有什么"玉带"，上头有个好像"林"字，心里想道："不要是说林妹妹罢？"便认真看去，底下又有"金簪雪里"四字，诧异道："怎么又像他的名字呢？"复将前后四句合起来一念道："也没有什么道理，只是暗藏着他两个名字，并不为奇。独有那'冷'字、'叹'字不好，这是怎么解？"想到那里，又自啐道："我是偷着看，若只管呆想起来，倘有人来，又看不成了。"遂往后看去。也无暇细玩那画图，只从头看去看到尾儿。有几句词，什么"相逢大梦归"一句，便恍然大悟道："是了，果然机关不爽！这必是元春姐姐了。若都是这样明白，我要抄了去细玩起来，那些姊妹们的寿夭穷通没有不知的了。我回去自不肯泄漏，只做一个未卜先知的人，也少了多少闲想！"又向各处一瞧，并没有笔砚。又恐人来，只得忙着看去。只见图上影影有个放风筝的人儿，也无心去看。急急的将那十二首诗词都看遍了，也有一看便知的，也有一想便得的，也有不大明白的，心下牢牢记着。一面叹息，一面又取那金陵的副册一看。看到"堪羡优伶有福，谁知公子无缘"，先前不懂，见上面尚有花席的影子，便大惊痛哭起来。

待要往后再看，听见有人说道："你又发呆了！林妹妹请你呢。"好似鸳鸯的声气，回头却不见人。心中正自惊疑，忽鸳鸯在门外招手。宝玉一见，喜得赶出来，但见鸳鸯在前影影绰绰的走，只是赶不上。宝玉叫道："好姐姐，等等我！"那鸳鸯并不理，只顾前走。宝玉无奈，尽力赶去。忽见别有一洞天，楼阁高耸，殿角玲珑，且有好些宫女隐约其间。宝玉贪看景致，竟将鸳鸯忘了。

宝玉顺步走入一座宫门，内有奇花异卉，都也认不明白。惟有白石花栏围着一颗青草，叶头上略有红色，〔索隐〕红为朱明，踞青之上，高下显然。昔人咏牡丹诗曰："夺朱非正色，异种亦称王。"可以移赠此草。但不知是何名草，这样矜贵。只见微风动处，那青草已摇摆不休。虽说是一枝小草，又无花朵，其妩媚之态，不禁心动神怡，魂销魄丧。宝玉只管呆呆的看着，只听见旁边有一人说道："你是那里来的蠢物？在此窥探仙草！"宝玉听了，吃了一惊，回头看时，却是一位仙女，便施礼道："我找鸳鸯姐姐，误入仙境，恕我冒昧之罪。请问神仙姐姐，这里是何地方？怎么我鸳鸯姐姐到此，还说是林妹妹叫我？望乞明示。"

那人道："谁知你的姐姐妹妹？我是看管仙草的，不许凡人在此逗留。"宝玉欲待要出来，又舍不得，只得央告道："神仙姐姐既是那管理仙草的，必然是花神姐姐了。但不知这草有何好处？"那仙女道："你要知道这草，说起来话长着呢！那草本在灵河岸上，名曰绛珠草。因那时萎败，幸得一个神瑛侍者日以甘露灌溉，得以长生。后来降凡历劫，还报了灌溉之恩。今返归真境，所以警幻仙子命我看管，不令蜂缠蝶恋。"

宝玉听了不解，一心疑定必是遇见了花神了，今日断不可当面错过，便问道："这草是神仙姐姐管了。还有无数名花，必有专管的，我也不敢烦问。只有看管芙蓉花的，是那位神仙？"那仙女道："我却不知，除是我主人方晓。"宝玉便问道："姐姐的主人是谁？"那仙女道："我主人是潇湘妃子。"宝玉听道："是了。你不知道这位妃子，就是我的表妹妹黛玉。"那仙女道："胡说！此地乃上界神女之所，虽号为潇湘妃子，并不是娥皇、女英之辈，何得与凡人有亲？你少来混说，瞧着叫力士打你出去。"

宝玉听了发怔，只觉自形秽浊，正要退出，又听见有人赶来说道："里面叫请神瑛侍者！"那人道："我奉命等了好些时，总不见有神瑛侍者过来，你叫我那里请去？"那一个笑道："才退去的不是么？"〔索隐〕不曰才走回去的，而曰"才退去的"，语有注射。那侍女慌忙赶出来，说："请神瑛侍者回来！"宝玉只道是问别人，又怕被人追赶，只得踉跄而逃。

正走时，只见一人手提宝剑，迎面拦住道："那里去？"吓得宝玉惊惶无措，仗着胆抬头一看，却不是别人，就是尤三姐。宝玉见了，略定些神，央告道："姐姐，怎么你也来逼起我来了？"那人道："你们弟兄没有一个好人！败人名节，破人婚姻。今日你到这里，是不饶你的了！"〔索隐〕一路闪闪烁烁，至此乃用正笔。淋漓痛快，畅所欲言。宝玉听了话头不好，正自着急，只听后面有人叫道："姐姐，快快拦住，不要放他走了。"尤三姐道："我奉妃子之命，等候已久，今儿见了，必要一剑斩断你的尘缘。"宝玉听了，益发着忙，又不懂这些话到底是什么意思，只得回头要跑。

第一百十六回　得通灵幻境悟仙缘　送慈柩故乡全孝道

岂知身后说话的并非别人，却是晴雯。宝玉一见，悲喜交集，便说："我一个人走迷了道儿，遇见仇人。我要逃回，却不见你们一人跟着我。如今好了，晴雯姐姐，快快的带我回家去罢！"晴雯道："侍者不必多疑，我非晴雯，我是奉妃子之命，特来请你一会，并不难为你。"宝玉满腹狐疑，只得问道："姐姐说是妃子叫我，那妃子究是何人？"晴雯道："此时不必问，到了那里，自然知道。"宝玉没法，只得跟着走。细看那人背后举动，恰是晴雯。那面目声音，是不错的了，怎么他说不是？我此时心里模糊，且别管他。到了那边见了妃子，就有不是，那时再求他。到底女人的心肠是慈悲的，必是恕我冒失。

正想着，不多时到了一个所在，只见殿宇精致，彩色辉煌。庭中一丛翠竹，户外数本苍松。廊檐下立着几个侍女，都是宫妆打扮。见了宝玉进来，便悄悄的说道："这就是神瑛侍者么？"引着宝玉的说道："就是。你快进去通报罢！"有一侍女笑着招手，宝玉便跟着进去。过了几层房舍，见一正房，珠帘高挂。那侍女说："站着候旨。"宝玉听了，也不敢做声，只得在外等着。

那侍女进去不多时，出来说："请侍者参见。"又有一人卷起珠帘，只见一女子头带花冠，身穿绣服，端坐在内。宝玉略一抬头，见是黛玉的形容，便不禁的说道："妹妹在这里？叫我好想！"那帘外的侍女悄诧道："这侍者无礼，快快出去。"说犹未了，又见一个侍儿将珠帘放下。宝玉此时，欲待进去又不敢，要走又不舍，待要问明，见那些侍女并不认得，又被驱逐，无奈出来。心想要问晴雯，回头四顾，并不见有晴雯。心下狐疑，只得怏怏出来，又无人引着，正欲找原路而去，却又找不出旧路了。

正在为难，见凤姐站在一所房檐下招手。宝玉看见喜欢道："可好了，原来回到自己家里了！〔索隐〕驱逐回老家去。家在何处？长白峨峨，鸭绿泋泋，以游以牧，以长子孙。我怎么一时迷乱如此？"急奔前来，说："姐姐在这里么？我被这些人捉弄到这个分儿，林妹妹又不肯见我，不知是何缘故！"说着，走到凤姐站的地方，细看起来，并不是凤姐，原来却是贾蓉的前妻秦氏。宝玉只得立住脚，要问："凤姐姐在那里?"那秦氏也不答言,竟是往屋里去了。

宝玉恍恍惚惚的,又不敢跟进去,只得呆呆的站着,叹道:"我今日得了什么不是,众人都不理我?"〔索隐〕时衰运退,终当有此一日。便痛哭起来。见有几个黄巾力士执鞭赶来,说:"是何处男人,敢闯入我们这天仙福地来?快走出去"〔索隐〕锦绣中原,岂容胡虏阑入?执鞭驱逐,势力一心。宝玉听得不敢言语,正要寻路出来,远远望见一群女子说笑前来。宝玉看时,又像有迎春等一干人走来,心里喜欢,叫道:"我迷住在这里,你们快来救我!"正叫着,后面力士赶来。宝玉急得往前乱跑,忽见那一群女子都变作鬼怪形像,也来追扑。宝玉正在情急,只见那送玉来的和尚,手里拿着一面镜子一照,说道:"我奉元妃娘娘旨意,特来救你!"登时鬼怪全无,仍是一片荒郊。宝玉拉着和尚说道:"我记得是你领我到这里,你一时又不见了。看见了好些亲人,只是都不理我,忽又变作鬼怪,到底是梦是真?望老师明白指示。"那和尚道:"你到这里,曾偷看什么东西没有?"宝玉一想,道:"他既能带我到天仙福地,自然也是神仙了,如何瞒得他?况且正要问个明白。"便道:"我倒见了好些册子来着。"那和尚道:"可又来!你见了册子还不解么?世上的情缘都是这些魔障,只要把历过的事情细细记着,将来我与你说明。"说着,把宝玉狠命的一推,说:"回去罢!"〔索隐〕招之来,挥之去,佛力无边。宝玉站不住脚,一交跌倒,口里喊道:"阿呀!"

王夫人等正在哭泣,听见宝玉苏来,连忙叫唤。宝玉睁眼看时,仍躺在炕上,见王夫人、宝钗等哭的眼泡红肿。定神一想,心里说道:"是了,我是死去过来的。"遂把神魂所历的事呆着细想,幸喜多还记得,便哈哈的笑道:"是了,是了。"

王夫人只道旧病复发,便好延医调治。即命丫头、婆子快去告诉贾政,说是:"宝玉回过来了。头里原是心迷住了,如今说出话来,不用备办后事了。"贾政听了,即忙进来看视,果见宝玉苏来,便道:"没的痴儿,你要吓死谁么?"说着,眼泪也不知不觉流下来了,又叹了几口气,仍出去叫人请医生,诊脉服药。

这里麝月正思自尽,见宝玉苏醒过来,也放了心。只见王夫人叫人

第一百十六回　得通灵幻境悟仙缘　送慈柩故乡全孝道

端了桂圆汤，叫他吃了几口，渐渐的定了神。王夫人等放心，也没有说麝月，只叫人仍把那玉交给宝钗给他带上。

想起那和尚来，这玉不知那里找来的？也是古怪，怎么一时要银，一时又不见了，莫非是神仙不成？宝钗道："说起那和尚来的踪迹，去的影响，那玉并不是找来的。头里丢的时候，必是那和尚取去的。"王夫人道："玉在家里，怎么能取的了去？"宝钗道："既可送来，就可取去。"〔索隐〕大彻大悟语。天下事皆如此，岂仅一玉已哉？袭人、麝月道："那年丢了玉，林大爷测了个字。后来二奶奶过了门，我还告诉过二奶奶，说测的那字是什么'赏'字，二奶奶还记得么？"宝钗想道："是了，你们说测的是当铺里找去。如今才明白了：竟是个和尚的'尚'字在上头，可不是和尚取去了的么？"

王夫人道："那和尚本来古怪。那年宝玉病的时候，那和尚来说是我们家有宝贝可解，说的就是这块玉了。他既知道，自然这块玉到底有些来历。〔索隐〕点明玉玺为传国之宝。况且你女婿养下来就嘴里含着的，古往今来，你们听见过这么第二个么？只是不知终久这块玉到底是怎么着，连咱们这一个，也还不知是怎么着。〔索隐〕着、着、着。病也是这块玉，好也是这块玉，生也是这块玉……"说到这里，忽然住了，不免又流下泪来。宝玉听了，心里却也明白，更想死去的事，愈加有因，只不言语，心里细细的记忆。

那时，惜春便说道："那年失玉，还请妙玉请过仙，说是'青埂峰下倚古松'，还有什么'入我门来一笑逢'的话。想起来，'入我门'三字，大有讲究。佛教的法门最大，只怕二哥哥不能入得去。"〔索隐〕当代答云："打量天下，就是你们一个栊翠庵么？"宝玉听了，又冷笑了几声。宝钗听了，不觉的把眉头儿皱着，发起怔来。尤氏道："偏你一说又是佛门了，你出家的念头还没有歇么？"惜春笑道："不瞒嫂子说，我早已断了荤了。"王夫人道："好孩子，阿弥陀佛，这个念头是起不得的。"

惜春听了，也不言语。宝玉想起"青灯古佛旁"的诗句，不禁连叹几声。忽又想起一床席、一枝花的诗句来，拿眼睛看着袭人，不觉又流下泪来。众人都见他忽笑忽悲，也不解是何意，只道是他的旧病。岂知

《红楼梦》与顺治皇帝的爱情故事

宝玉触处机来,竟能把偷看册上诗句俱牢牢记住了,只是不说出来,心中早有一个成见在那里了。暂且不提。

且说众人见宝玉死去复生,神气清爽,又加连日服药,一天好似一天,渐渐的复原起来。便是贾政见,宝玉已好,现在丁忧无事,想想贾赦不知几时遇赦,老太太的灵柩久停寺内,终不放心,欲要扶柩回南安葬。便叫了贾琏商议,贾琏便道:"老爷想得来极是,如今趁着丁忧,干了一件大事更好,将来老爷起了服,生恐又不能遂意了。但是我父亲不在家,侄儿呢,又不敢越。老爷的主意很好,只是这件事也得好几千银子,衙门里缉赃,那是再缉不出来的。"

贾政道:"我的主意是定了,只为大老爷不在家,叫你来商议,你说怎么个办法?你是不能出门的,现在这里没有人。我为是好几口棺材都要带回去的,一个怎么样的照应呢?想起把蓉哥儿带了去。况且有他媳妇的棺材也在里头,还有你林妹妹的,那是老太太的遗言,说跟着老太太一块儿回去的。我想,这一项银子,只好在那里挪借几千,也就够了。"贾琏道:"如今的人情过于淡薄。老爷呢,又丁忧,我们的老爷呢,又在外头。一时借是借不出来的了,只是拿房地文书出去押去。"贾政道:"住的房子是官盖的,那里动得?"贾琏道:"住房是不能动的。外头还有几所,可以出脱的,等老爷起复后再赎,也使得。将来我父亲回来了,倘能也再起用,也好赎的。只是老爷这么大年纪,辛苦这一场,侄儿们心里实在不安。"

贾政道:"老太太的事,是应该的。只要你在家谨慎些,把持定了才好。"贾琏道:"老爷这倒只管放心,侄儿虽糊涂,断不敢不认真办理的。况且老爷回南,少不得多带些人去,所留下的人,也有限了。这点子费用,还可以过得来。就是老爷路上短少些,必经过赖尚荣的地方,可也叫他出点力儿。"贾政道:"自己的老人家的事,叫人家帮什么?"贾琏答应了"是",便退出来打算银钱。贾政便告诉了王夫人,叫他管了家,自己便择了发引长行的日子,就要起身。

宝玉此时身体复元,贾环、贾兰倒认真念书,贾政都交付给贾琏,叫他管教:今年是大比的年头,环儿是有服的,不能入场。兰儿是孙子,

第一百十六回　得通灵幻境悟仙缘　送慈柩故乡全孝道

服满了也可以考的。务必叫宝玉同着侄儿考去，能够中一个举人，也好赎一赎咱们的罪名。"〔索隐〕太平原评云：此段文尤深晦。夫宝玉为孙，贾兰为曾孙，孙既可考，则曾孙服满，自不待言。今云兰儿服满可考，叫宝玉同着考去，是宝玉服尚未满，而考者则有贾兰，不与宝玉以乡魁也。

按：原评虽多牵强，此处所驳，足见其读书心细。盖宝玉因乡试而出家，必令其与兰儿同考同中者，以表衣钵相传，继托有人之意。兰儿当指圣祖。贾琏等唯唯应命。贾政又吩咐了在家的人，说了好些话，才别了宗祠，便在城外念了几天经，就发引下船，带了林之孝等而去。也没有惊动亲友，惟有自家男女送了一程回来。

宝玉因贾政命他赴考，王夫人便不时催迫查考起他的功课来。那宝钗、袭人时常劝勉，自不必说。那知宝玉病后，虽精神日长，他的念头一发更奇僻了，竟换了一种。不但厌弃功名仕进，竟把那儿女情缘也看淡了好些。只是众人不大理会，宝玉也并不说出来。

一日，恰遇紫鹃送了林黛玉的灵柩回来，闷坐自己屋里啼哭。想着：宝玉无情，见他林妹妹的灵柩回去，并不伤心落泪，见我这样痛哭，也不来劝慰，反瞧着我笑。这样负心的人，从前都是花言巧语来哄着我们，前夜亏我想得开，不然，几乎又上了他的当。只是一件叫人不解，如今我看他待袭人等，也冷冷儿的。二奶奶是本来不喜欢亲热的，麝月那些人就不抱怨他么？我想女孩子们多半是痴心，白操了那些时的心，看将来怎样结局！"〔索隐〕端敬薨后，世祖哀悼逾常，不数月而遁荒遁迹，宫花寂寞。年在当日，恩眷亦甚平常，不免心存疑悔，且自虑没有结局，故噩音一播，遂毅然以身殉之耳。

正想着，只见五儿走来瞧他，见紫鹃满面泪痕，便说："姐姐又想林姑娘了？想一个人闻名不如见面，头里听着宝二爷女孩子跟前是最好的，我母亲再三的把我弄进来，岂知我进来了，尽心竭力的服侍了几次病，如今病好了，连一句好话没有剩出来，如今索性连眼儿也都不瞧了。"紫鹃听他说的好笑，便"扑嗤"的一笑，啐道："呸，你这小蹄子！你心里要宝玉怎么个样儿待你才好？女孩儿家也不害臊！连名公正气的屋里

· 1343 ·

《红楼梦》与顺治皇帝的爱情故事

人瞧着他，还没事人一大堆呢，有功夫理你去？"〔索隐〕秋月春风等闲度，花容玉貌为谁妍？想见长门幽怨，致慨于实命不犹者，不一其人。因又笑着拿个指头往脸上抹着问道："你到底算宝玉的什么人哪？"那五儿听了，自知失言，便飞红了脸，待要解说"不是要宝玉怎样看待，说他近来不知怜下"的话。只听院门外头乱喊道："外头和尚又来要那一万银子呢！太太着急，叫琏二爷和他讲去，偏偏琏二爷又不在家！那和尚在外头说些疯话，太太叫请二奶奶过去商量。"不知怎样打发那和尚，下回分解。

〔索隐〕此回纯系空中着笔，须看其借题发挥，不脱不粘，自然超妙。作者以胜国遗民，种族国家之念，时萦心曲，而耳闻目见，类多可骇可愕之事。以为似此淫昏颠倒，逆取逆守，岂能长有兹土？天鉴不远，必有还我河山之一日。于是当文网森严之世，幻为长空诡谲之文，以假作新朝，以真予故国。春秋大义，炳若日星，为全书著作关键。此回放开手眼，直透机倪，如："假去真来真胜假""大凡人作梦，说是假的。岂知有这梦，便有这事""你们弟兄，没有一个好人！败人名节，破人婚姻。今日你到这里，是不饶你的了""何处男人，敢闯入我们这天仙福地来？快走出去"，直以为扫尽胡氛，重兴汉族，天从民欲，操券可期。作者以预言家自处，故回中有只做一个未卜先知的人一语，今日者，夙愿虽偿，预言已验，而迟迟至于二百数十年以后，则我无量数黄帝子孙之耻也。

全回分一大段两小段：自开首起，至"暂且不提"止，为上半回正文。立意在此，是以言之独详。不善读者，至疑重游幻境，复述正册、副册一遍，为无谓之笔墨，则真隔靴搔痒，辜负作者苦心矣。以下至"送了一程回来"止，为下半回下文。以下至本回完毕，为余波。

〔护花评〕王夫人说到"生也是这块玉"，下句是"死也是这块玉"。忽然止住不说，神情如画。

第一百十六回　得通灵幻境悟仙缘　送慈柩故乡全孝道

又：贾政扶柩回南，了却无数未完事件，且好叙后来一切家事。若贾政在家，便有许多掣肘处。

〔**大某评**〕五儿兴至情浓，宝玉酒阑歌罢，可怜补到，竟为蛇足。

第一百十七回　阻超凡佳人双护玉　欣聚党恶子独承家

话说王夫人打发人来叫宝钗过去商量，宝玉听见说是和尚在外头，赶忙的独自一人走到前头，嘴里乱喊道："我的师父在那里？"叫了半天，并不见有和尚，只得走到外面。见李贵将和尚拦住，不放他进来。宝玉便说道："太太叫我请师父进去。"李贵听了松了手，那和尚便摇摇摆摆的进去。〔索隐〕李贵拦住和尚，不放他进来，为紫鹃拦住宝玉不放他出去作照；和尚摇摇摆摆的进去，为宝玉偷偷掩掩的逃出作照。

宝玉看见那僧的形状，与他死去时所见的一般，心里早有些明白了，便上前施礼，连叫："师父，弟子迎候来迟。"那僧说："我不要你们接待，只要银子，拿了来我就走。"宝玉听来，又不像有道行的话，看他满头癞疮，浑身肮脏破烂，心里想道："自古说'真人不露相，露相不真人'，也不可当面错过，我且应了他谢银，并探探他的口气。"便说道："师父不必性急，现在家母料理。请师父坐下，略等片时。弟子请问师父，可是从'太虚幻境'而来？"那和尚道："什么'幻境'？"不过是来处来，去处去罢了。我是送还你的玉来的。我且问你："那玉是从那里来的？"宝玉一时对答不来。〔索隐〕此玉实从趁风打劫中得来，是以对答不出。

那僧笑道："你自己的来路还不知，便来问我！"宝玉本来颖悟，又经点化，早把红尘看破。只自己的底里未知，一闻那僧问起玉来，好像当头一棒，〔索隐〕真是当头一棒。便说道："你也不用银子了，我把那玉还你罢。"那僧笑道："也该还我了。"〔索隐〕良心发现，故有还你之说。天理循环，故有该还之笑。微有妙谛，勿忽略过。

宝玉也不答言，往里就跑，走到自己院内，见宝钗、袭人等都到王

第一百十七回　阻超凡佳人双护玉　欣聚党恶子独承家

夫人那里去了，忙向自己床边取了那玉便走出来。迎面碰见了袭人，撞了一个满怀，把袭人吓了一跳，说道："太太说，你陪着和尚坐着很好。太太在那里打算送他些银两，你又回来做什么？"宝玉道："你快去回太太说，不用张罗银两了。我把这玉还了他就是了。"〔**索隐**〕一切冤孽，皆从一还中消灭。袭人听说，即忙拉住宝玉道："这断使不得的！那玉就是你的命，若是他拿去了，你又要病着了。"宝玉道："如今不再病的了，我已经有了心了，要那玉何用？"〔**索隐**〕玩此语，知世祖敝屣天下，实亦有悔于中。传子传贤，初无成见。摔脱袭人，便要想走。

袭人急得赶着说道："你回来，我告诉你一句话！"宝玉回过头来道："没有什么说的了！袭人顾不得什么，一面赶着跑，一面喊着："上回丢了玉，几乎没有把我的命要了！刚刚儿的有了，你拿了去，你也活不成，我也活不成了。你要还他，除非是叫我死了！"说着，赶上一把拉住。宝玉急了，道："你死也要还，你不死也要还！"狠命的把袭人一推，抽身要走。无奈袭人两只手绕着宝玉的带子不放松，哭喊着坐在地下。里面的丫头听见，连忙赶来，瞧见他两个人的神情不好，只听见袭人哭道："快告诉太太去，宝二爷要把那玉去还和尚呢！"那丫头忙飞报王夫人。那宝玉更加生气，用手来撕开了袭人的手，幸亏袭人忍痛不放。

紫鹃在屋里，听见宝玉要把玉给人，这一急比别人更甚，〔**索隐**〕暗刺董年。把素日冷淡宝玉的主意，都忘在九霄云外了，连忙跑出来，帮着抱住宝玉。那宝玉虽是个男人，用力摔住，怎奈两个人死命的抱住不放，也难脱身，叹口气道："为一块玉，这样死命的不放，若是我一个人走了，又待怎么样呢？"袭人、紫鹃听到那里，不禁号啕大哭起来。

正在难分难解，王夫人、宝钗急忙赶来，见是这样形景，便哭着喊道："宝玉你又疯了么？"宝玉见王夫人来了，明知不能脱身，只得陪笑说道："这当什么，又叫太太着急！他们总是这样大惊小怪的。我说那和尚不近人情，他必要一万银子，少一个不能。我生气进来拿这玉还他，就说是假的，要这玉干什么？他见得我们不希罕那玉，便随意给他些，就过去了。"王夫人道："我打量真要还他，这也罢了。为什么不告诉明白了，叫他们哭哭喊喊的像什么？"宝钗道："这么说呢，倒还使得。要是真拿那玉给他，那和尚有些古怪，倘或一给了他，又闹到家口不宁岂

《红楼梦》与顺治皇帝的爱情故事

不是不成事了么?至于银钱呢,就把我的头面折变了,也还够了呢。"

王夫人听了道:"也罢了,且就这么办罢。"宝玉也不回答。只见宝钗走上来,在宝玉手里拿了这玉,说道:"你也不用出去,我合太太给他钱就是了。"宝玉道:"玉不还他也使得,只是我还得当面见他一见才好。"袭人等仍不肯放手,到底宝钗明决,说:"放了手,由他去就是了。"袭人只得放手。宝玉笑道:"你们这些人,原来重玉不重人的。你们既放了我,我便跟着他走了,看你们就守着那块玉怎么样?"袭人心里又着急起来,仍要拉他,只碍着王夫人和宝钗的面前,又不好太露轻薄。恰好宝玉一撒手就走了,袭人忙叫小丫头在三门口传了焙茗等:"告诉外头照应着二爷,他有些疯了。"小丫头答应了出去。

王夫人、宝钗等进来坐下,问起袭人来由,袭人便将宝玉的话细细说了。王夫人、宝钗甚是不放心,又叫人出去吩咐众人伺候,听着和尚说些什么。回来,小丫头传话进来回王夫人道:"二爷真有些疯了。外头小厮们说:里头不给他玉,他也没法,如今身子出来了,求着那和尚带了他去。"王夫人听了,说道:"这还了得!那和尚说什么来着?"小丫头回道:"和尚说,要玉不要人。"〔索隐〕家中是重玉不重人,和尚亦要玉不要人,卒之人既不留,玉亦不能终守也。宝钗道:"不要银子了么?"小丫头道:"没听见说。后来和尚合二爷两个人说着笑着,有好些话,外头小厮们都不大懂。"王夫人道:"糊涂东西!听不出来,学是自然学得来的。"便叫小丫头:"你把小厮叫进来!"

小丫头连忙出去叫进那小厮,站在廊下隔着窗户请了安。王夫人便问道:"和尚和二爷的话你们不懂,难道学也学不来么?"那小厮回道:"我们只听见说什么'大荒山',什么'青埂峰',又说什么'太虚境夕''斩断尘缘'这些话。"王夫人听了也不懂,宝钗听了,吓得两眼直瞪,半句话都没有了。

正要叫人出去拉宝玉进来,只见宝玉笑嘻嘻的进来说:"好了,好了!"宝钗仍是发怔。王夫人道:"你疯疯癫癫的说的是什么?"宝玉道:"正经的,又说我疯癫。那和尚与我原认得的,他不过也是要来见我一见,他何尝是真要银子呢?也只当化了个善缘就是了,所以说明了,他自己就飘然而去。这可不是好了么?"〔索隐〕首回云:"好便是了,

第一百十七回　阻超凡佳人双护玉　欣聚党恶子独承家

了便是好，若不了，便不好，若要好，须是了。"至此而一切皆了矣。王夫人不信，又隔着窗户问那小厮，那小厮连忙出来问了门上的人，进来回说："果然和尚走了，说'请太太们放心，我原不要银子'，只要宝二爷时常到他那里去去就是了。诸事只要随缘，自有一定的道理。"

王夫人道："原来是个好和尚！你们曾问住在那里？"门上道："奴才也问来着，他说我们二爷是知道的。"王夫人问宝玉道："他到底住在那里？"宝玉笑道："这个地方说远就远，说近就近。"宝钗不待说完，便道："你醒醒儿罢，别尽着迷在里头！现在老爷、太太就疼你一个人，老爷还盼咐叫你干功名长进呢。"宝玉道："我说的不是功名么？你们不知道，'一子出家，七祖升天'呢。"

王夫人听到那里，不觉伤心起来，说："我们的家运怎么好？一个四丫头口口声声要出家，如今又添出一个来了！我这样过日子，过他做什么？"说着，大哭起来。宝钗见王夫人伤心，只得上前苦劝。宝玉笑道："我说了这一句玩话，太太又认起真来了。"王夫人止住哭声道："这些话也是混说的么？"

正闹着，只见丫头来回说："琏二爷回来了，颜色大变，说请太太出去说话。"王夫人又吃了一惊，说道："将就些，叫他进来罢。小婶子也是旧亲，不用回避了。"贾琏进来，见了王夫人，请了安，宝钗迎着，也问了贾琏的安，回说道："刚才接了我父亲的书信，说是病重得很，叫我就去，若迟了，恐怕不能见面。"说到那里，眼泪便掉下来了。王夫人道："书上写的是什么病？"贾琏道："写的是感冒风寒起来的，如今成了痨病了，现在危急，专差一个人连日连夜赶来的。说如若再耽搁一两天，就不能见面了。故来回太太，侄儿必得就去才好。只是家里没人照管，蔷儿、芸儿虽说糊涂，到底是个男人，外头有了事来，还可传个话。侄儿家里倒没有什么事，秋桐是天天哭着喊着，不愿意在这里，侄儿叫了他娘家的人来领了去了，倒省了平儿好些气。虽是巧姐没人照应，还亏平儿的心很好，巧姐儿心里也明白，只是性气比他娘还刚硬些，求太太时常管教他。"说着，眼圈儿一红，连忙把腰里拴槟榔荷包小绢子拉下来擦眼。

王夫人道："放着他亲祖母在那里，托我做什么？"贾琏轻轻的说

《红楼梦》与顺治皇帝的爱情故事

道:"太太要说这个话,侄儿就该活活儿的打死了。没什么说的,总求太太始终疼侄儿就是了。"〔索隐〕极棘手处,看他轻轻写去,纯在个中,成如容易却艰辛。说着就跪下来了。

王夫人也眼圈儿红了,说:"你快起来,娘儿们说话儿,这是怎么说?只是一件:孩子也大了,倘或你父亲有个一差二错,又耽搁住了。或者有个门当户对的来说亲,还是等你回来,还是你太太作主?"贾琏道:"现在太太们在家,自然是太太们做主,不必等我。"王夫人道:"你要去,就写了禀帖给二老爷送个信,说家下无人,你父亲不知怎样,快请二老爷将老太太的大事早早的完结,快快回来。"贾琏答应了"是",正要走出去,复转回来说道:"咱们家的家下人,家里还够使唤,只是园里没有人,太空了,包勇又跟了他们老爷去了,姨老太太住的房子,薛二爷已搬到自己的房子内住了,园里一带房子都空着,恐没照应。还得太太叫人常查看查看。那栊翠庵原是咱们家的地基,如今妙玉不知那里去了,所有的跟随他的当家女尼,不敢自己作主,要求府里一个人管理管理。"

王夫人道:"自己的事还闹不清,还搁得住外头的事么?这句话,好歹别叫四丫头知道,若是他知道了,又要吵着出家的念头出来了。你想我们家什么样的人家,好好的姑娘出了家还了得!"贾琏道:"太太不提起,侄儿也不敢说。四妹妹到底是东府里的,又没有父母,他亲哥又在外头,他亲嫂子又不大说得上话,侄儿听见要寻死觅活了好几次。他既是心里这么着的了,若是扭着他,将来倘或认真寻了死,比出家更不好了。"王夫人听了点头道:"这件事真真叫我也难担,我也实在做不得主,由他大嫂子去就是了!"

贾琏又说了几句话,才出来叫了众家人来,交代清楚,写了书,收拾了行装。平儿等不免叮嘱了好些,只有巧姐儿惨伤的了不得。贾琏又欲托王仁照应,巧姐到底不愿意,听见外头托了芸、蔷二人,心里更不受用,嘴里却说不出来,只得送了他父亲,谨谨慎慎的随着平儿过日子。

丰儿、小红因凤姐去世,告假的告假,告病的告病。平儿一意欲接了家中一个姑娘来,一则给巧姐作伴,二则可以带着他。遍想无人,只有喜鸾四姐儿是贾母旧日钟爱的,偏偏四姐儿新近出了嫁了,喜鸾也有

第一百十七回　阻超凡佳人双护玉　欣聚党恶子独承家

了人家儿，不日就要出阁，也只得罢了。〔索隐〕借贾琏回话中收束一切，埋伏下文，八面俱到，运实于虚，此是文章化境。

且说贾芸、贾蔷送了贾琏，便进来见了邢、王二夫人。他两个倒替着在外书房住下，日间便与众人厮闹，有时找了几个朋友吃个"车箍辘会"，甚至聚赌，里头那里知道？

一日，邢大舅、王仁来，瞧见了贾芸、贾蔷住在这里，知他热闹，也就借着照看的名儿，时常在外书房设局赌钱吃酒。所有几个正经的家人，贾政带了几个去，贾琏又跟去了几个，只有那赖、林诸家的儿子侄儿。那些少年托着老子娘的福，吃喝惯了的，那知当家立计的道理？况且他们长辈都不在家，便是没笼头的马了，又有两个旁主人怂恿，无不乐为。这一闹，把个荣国府闹得没上没下，没里没外。〔索隐〕此为顺治十七年冬季事。是年八月，董妃死。九月，世祖幸昌平明陵。留京办事者，为郑亲王、巽亲王等，其时宫内无主，金壬乘势，纵恣不法，纲纪荡然，或有如书中所言者。

那贾蔷还想勾引宝玉，贾芸拦住道："宝二爷那个人，没运气的，不用惹他。那一年我给他说了一门子绝好的亲，父亲在外头做税官，家里开几个当铺，姑娘长的比仙女儿还好看。我巴巴儿的细细的写了一封书子给他，谁知他没造化。"说到这里，瞧了瞧左右无人，又说："他心里早和咱们这个二婶娘好上了。你没听见说，还有一个林姑娘呢，弄的害了相思病死的，〔索隐〕世祖荒淫无度，内宠滋多。宫廷深邃，真相难知，遂致揣测附会之谈，纷然并起。谁不知道？这也罢了，各自的姻缘罢咧。谁知他为这件事，倒恼了我了，总不大理。他打量谁必是借谁的光儿呢！"贾蔷听了点点头，才把这个心歇了。

他两个还不知道，宝玉自会那和尚以后，他是欲断尘缘，一则在王夫人跟前不敢任性，已与宝钗、袭人等皆不大款洽了。那些丫头不知道，还要逗他，宝玉那里看得到眼里？他也并不将家事放在心里。时常王夫人、宝钗劝他念书，他便假作攻书，一心想着那个和尚引他到那仙境的机关，心目中触处皆为俗人。却在家难受，闲来倒与惜春讲究，他们两个人讲得上了，那种心更加准了几分，那里还管贾环、贾兰等？那贾环为他父亲不在家，赵姨娘已死，王夫人不大理会，他便入了贾蔷一路，

《红楼梦》与顺治皇帝的爱情故事

倒是彩云时常规劝,反被贾环辱骂。玉钏儿见宝玉疯癫更甚,早和他娘说了,要求着出去。如今宝玉、贾环他哥儿两个各有一种脾气,闹得人人不理。独有贾兰跟着他母亲上紧攻书,作了文字,送到学里请教代儒。近来代儒老病在床,只得自己刻苦。李纨是素来沉静,除了请王夫人的安,会会宝钗,余者一步不走,只看着贾兰攻书。所以荣府住的人虽不少,竟是各自过各自的,谁也不肯做谁的主。〔索隐〕分崩离析,其端已兆。贾环、贾蔷等愈闹的不像事了,甚至偷典偷卖,不一而足。贾环更加宿娼滥赌,无所不为。

一日,邢大舅、王仁都在贾家外书房吃酒,一时高兴,叫了几个陪酒的来唱着曲儿劝酒。贾蔷便说:"你们闹得太俗,我要行个令儿。"众人道:"使得。"贾蔷道:"咱们'月字流觞'罢,我先说起'月'字,数到那个,便是那个吃酒,还要酒面酒底,须得依着令官,不依者罚三大杯。"众人都依了。贾蔷吃了一杯令酒,便说:"飞羽觞而醉月。"顺次数到贾环。贾蔷说:"酒面要个桂字。"贾环便说道:"'冷露无声湿桂花',酒底呢?"贾蔷便说个"香"字,贾环道:"天香云外飘。"

邢大舅说道:"没趣,没趣。你又懂得什么字了?也假斯文起来!这不是取乐,竟是怄人了,咱们都免了。倒是豁个拳,输家吃输家唱,叫做'苦中苦'。若是不会唱的,说个笑话儿也使得,只要有趣。"众人都道:"使得。"于是乱豁起来。王仁输了,吃了一杯,唱了一个,众人道好。又豁起拳来,是个陪酒的输了,唱了一个什么"小姐小姐多丰采"。以后邢大舅输了,众人要他唱曲儿,他道:"我唱不上来的,我说个笑话儿罢。"贾环道:"若说不笑,仍要罚的。"邢大舅就吃了一杯,便说道,诸位听着:"村庄上有一座元帝庙,旁边有个土地祠。那元帝老爷常叫土地来说闲话儿。一日,元帝庙里被了盗,便叫土地去查访。土地禀道:'这地方没有贼的,必是神将不小心,被外贼偷了东西去。'元帝道:'胡说!你是土地,失了盗不问你问谁去呢?你倒不去拿贼,反说我的神将不小心么?'土地禀道:'虽说是不小心,到底是神庙的风水不好。'元帝道:'你倒会看风水么?'土地道:'待小神看看。'那土地向各处瞧了一会,便回来禀道:'老爷坐的身子背后,两扇红门,就不谨慎。小神坐的背后,是砌的墙,自然东西丢不了。以后老爷的背后,亦改了墙就

第一百十七回　阻超凡佳人双护玉　欣聚党恶子独承家

好了。'元帝老爷听来有理,便叫神将派人打墙。众神将叹口气道:'如今香火一炷也没有,那里有砖灰人工来打墙?'元帝老爷没法,叫众神就作法,却都没有主意。那元帝老爷脚下的龟将军站起来道:'你们不中用,我有主意:你们将红门拆下来,到了夜里,拿我的肚子垫住这门口,难道当不得一堵墙么?'众神将都说道:'好!又不花钱,又便当结实。'于是龟将军便当这个差使,竟安静了。岂知过了几天,那庙里又丢了东西。众神将叫了土地来,说道:'你说砌了墙便不丢东西,怎么如今有了墙还要丢?',那土地道:'这墙砌得不结实。'众神将道:'你瞧去!'土地一看,果然是一堵好墙,怎么有失事?把手摸了一摸,道:'我打量是真墙,那里知道是个假墙!"〔索隐〕一部书中,文酒之会不下数十次。佳人才子韵事雅集,可称极盛。殿之以如此一宴,岂羯鼓解秽之意耶?

众人听了大笑起来。贾蔷也忍不住的笑,说道:"傻大舅,你好!我没有骂你,你为什么骂我?快拿杯来罚一大杯。"邢大舅吃了,已有醉意。

众人又吃了几杯,都醉起来。邢大舅说他姐姐不好,王仁说他妹妹不好,都说得狠狠毒毒的。贾环听了,趁着酒兴,也说凤姐不好,怎样苛刻我们,怎样踏我们的头。众人道:"大凡做个人,原要厚道些。看凤姑娘仗着老太太,这样的利害。如今焦了尾巴梢子了,只剩了一个姐儿,只怕也要现世现报呢!"〔索隐〕豫王死后,其子多尼方在幼年,不惨于王者,思逞其毒于其子。贾芸想着凤姐待他不好,又想起巧姐儿见他就哭,也信着嘴儿混说。还是贾蔷道:"吃酒罢,说人家做什么?"那两个陪酒的道:"这位姑娘多少年纪了,长得怎么样?"贾蔷道:"模样儿是好得很的,年纪也有十三四岁了。"那陪酒的说道:"可惜,这样人生在府里这样人家。若生在小户人家,父母兄弟都做了官,还发了财呢。"众人道:"怎么样?"那陪酒的说:"现今有个外藩王爷,最是有情的。要选一个妃子,若合了式,父母兄弟都跟了去,可不是好事儿么?"众人都不大理会,只有王仁心里略动了一动,仍旧吃酒。

只见外头走进赖、林两家的子弟来,说:"爷们好乐呀!"众人站起来说道:"老大、老三,怎么这时候才来?叫我们好等!"那两个人说道:"今早听见一个谣言,说是咱们家又闹出事来了。心里着急,赶到里头打

《红楼梦》与顺治皇帝的爱情故事

听去,并不是咱们。"众人道:"不是咱们就完了,为什么不就来?"那两个说道:"虽不是咱们,也有些干系,你们知道是谁?就是贾雨村老爷。我们今日进去,看见带着锁子,说要解到三法司衙门里审问去呢。〔索隐〕既云假去真来,则所有之假,自宜一败涂地,以示扫除净尽也。我们见他常在咱们家里来往,恐有什么事,便跟了去打听。"贾芸道:"到底老大用心,原该打听打听。你且坐下吃一杯再说。"两人让了一回,便坐下吃着酒道:"这位雨村老爷,人也能干,也会钻营,官也不小了。只是贪财,被人家参了个婪索属员的几款。如今的万岁爷,是最圣明最仁慈的,独听了一个'贪'字,或因糟蹋了百姓,或因恃势欺良,是极生气的,所以旨意便叫拿问。若是问出来了,只怕搁不住。若是没有的事,那参的人也不便。如今真真是好时候,只要有造化做个官儿就好。"众人道:"你的哥哥就是有造化的,现做知县,还不好么?"赖家的说道:"我哥哥虽是做了知县,他的行为,只怕也保不住怎么样呢。"众人道:"手也长么?"赖家的点点头儿,〔索隐〕入神之笔。便举起杯来吃酒。

众人又道:"里头还听见什么新闻?"两人道:"别的事没有,只听见海疆的贼寇拿住了好些,也解到法司衙门里审问,还审出好些贼寇。也有藏在城里的,打听消息,抽空儿就劫掠人家。如今知道朝里那些老爷们,都是能文能武,出力报效,所到之处,早就消灭了。"〔索隐〕看似闲文,其实因一百十四回甄应嘉奉命安抚海疆,所到之处,盗贼即行消灭。则其抬高甄氏处,言外自见。

众人道:"你听见有在城里的,不知审出咱们家失了盗一案来没有?"两人道:"倒没有听见。恍惚有人说是有个内地里的人,城里犯了事,抢了一个女人,那女人不依,被这贼寇杀了。那贼寇正要逃出关去,被官兵拿住了,就在拿获的地方正了法了。"众人道:"咱们栊翠庵的什么妙玉,不是叫人抢去,不要就是他罢?"贾环道:"必是他!"众人道:"你怎么知道?"贾环道:"妙玉这个东西,是最讨人嫌的。他每日家捏酸,见了宝玉就眉开眼笑。我若见了他,他从不拿正眼瞧我一瞧。真要是他,我才趁愿呢!"众人道:"抢的人也不少,那里就是他?"贾芸道:"有点信儿,前日听见人说他庵里的道婆做梦,说看见是妙玉叫人杀

第一百十七回　阻超凡佳人双护玉　欣聚党恶子独承家

了。"众人笑道："梦话算不得。"邢大舅道："管他梦不梦，咱们快吃饭罢，今夜做个大输赢。"众人愿意，便吃毕了饭，大赌起来。

赌到三更多天，只听见里头乱闹，说是四姑娘合珍大奶奶拌嘴，把头发都铰掉了。〔索隐〕惜春出家，必归罪于珍大奶奶者，喻圆圆不容于正室张夫人之义。北方"张""珍"同音，大奶奶则正夫人之代名词也。赶到邢夫人、王夫人那里去叩了头，说是要求容他做尼姑呢，送他一个地方，若不容他，他就死在跟前。那邢、王二位太太没主意，叫请蔷二爷、芸二爷进去。

贾芸听了，便知是那回看家的时候起的念头，想来是劝不过来的了。便合贾蔷商议道："太太叫我们进去，我们是做不得主的，况且也不好做主，只好劝去。若劝不住，只好由他们罢。咱们商量了，写封书给琏二叔，便卸了我们的干系了。"两个商量定了主意，进去见了邢、王两位太太，便假意的劝了一回。

无奈惜春立意必要出家，就不放他出去，只求一两间净屋子给他诵经拜佛。尤氏见他两个不肯作主，又怕惜春寻死，自己便硬做主张，说道："这个不是，索性我担了罢。说我做嫂子的容不下小姑子，逼他出家了就完了！"〔索隐〕归束到此，坐实"悍妒"二字，词意极为明显。若说到外头去呢，断断使不得。若在家里呢，太太们都在这里，算我的主意罢。叫蔷哥儿写封书子，给你珍大爷、琏二叔就是了。"贾蔷等答应了。不知邢、王二位夫人依与不依，下回分解。

〔索隐〕此回共分三段：自开首起，至"也是混说的么"止，为上半回正文。世祖自悼亡后，忧郁过甚，色相一空。当其敝屣尊荣、矢志远适之际，披庭眷宠，如继后董年辈，交相谏阻，情理之常。无如血溅车前，难回天步，秋来纨扇，终被捐遗，命也何如？言之痛矣。以下至"也只得罢了"止，为中间过脉。以下至本回完毕，为下半回正文。

全书回目俱斟酌妥贴，无如此回之奇特者。盖环之附入芸、蔷一路，年少无知，不足深责。而作者秉笔之际，竟以罪魁属之，意其对于继承之主，有所讽刺欤？

《红楼梦》与顺治皇帝的爱情故事

〔**护花评**〕宝玉说："还了你玉"，和尚说"也该还了"，针锋相对。须知不是还玉，是反真还原。

又：宝玉说出"一子出家"的话，是文章明点法，必不可少。随以玩话撇开，是文章纵放法。不点则眼不明，不纵则势不宽。

又：接写贾琏忽忙出门，才好叙巧姐、惜春诸事。

又：薛姨妈搬去自住，栊翠庵求人管理。一是补笔，一是伏笔。

又：写贾芸编派宝玉、宝钗、黛玉等事，真是小人口吻。即借端补明从前所寄之书，且引起下文邢舅、王仁、贾环等各人怀恨说话，为串卖巧姐之根。

又：贾雨村为一部书中起结之人，若不为是罢官，如何能归结《石头记》？趁势插入，以为了结地步。

〔**大某评**〕宝玉与凤姐、黛玉关涉，竟为芸儿说破，意者曾寄膝下，故能视于无形欤？

第一百十八回　挟微嫌舅兄欺弱女
　　　　　　　警谜语妻妾谏痴人

　　话说邢、王二夫人听尤氏一段话，明知也难挽回，王夫人只得说道："姑娘要行善，这也是前生的夙根，我们也实在拦不住。只是咱们这样人家的姑娘出了家，不成了事体。〔索隐〕堂堂平西王府，乃至第一爱幸之宠姬出家修道，传播外间，必起种种谣诼。如今你嫂子说了准你修行，也是好处。却有一句话要说：那头发可以不剃的。只要自己的心真，那在头发上头呢？你想妙玉也是带发修行的，不知他怎样凡心一动，才闹到那个分儿。姑娘执意如此，我们就把姑娘住的房子便算了姑娘的静室。〔索隐〕只在五华，不出滇境。所有服侍姑娘的人，也得叫他们来问，他若愿意跟着，就讲不得说亲配人，若不愿意跟的，另打主意。"惜春听了，收了泪，拜谢了邢、王二夫人、李纨、尤氏等。王夫人说了，便问彩屏等："谁愿跟姑娘修行？"彩屏等回道："太太们派谁就是谁。"王夫人知道不愿意，正在想人。

　　袭人立在宝玉身后，想来宝玉必要大哭，防着他的旧病。岂知宝玉叹道："真真难得！"袭人心里更自伤悲。宝钗虽不言语，遇事试探，见他执迷不醒，只得暗中落泪。

　　王夫人才要叫了众丫头来问，忽见紫鹃走上前去，在王夫人面前跪下，回道："刚才太太问跟四姑娘的姐姐，太太看着怎么样？"王夫人道："这个如何强派得人的？谁愿意，他自然说出来。"紫鹃道："姑娘要修行，自然姑娘愿意，并不是别的姐姐们的意思。我有句话回太太：我也并不是拆开姐姐们，各人有各人的心。我服侍林姑娘一场，林姑娘待我，也是太太们知道的，实在恩重如山，无可以报。他死了，我恨不得跟了他去，但是他不是这里的人，我又受主子家的恩典，难以从死。

《红楼梦》与顺治皇帝的爱情故事

如今四姑娘既要修行,我就求太太们,将我派了跟着姑娘,服侍姑娘一辈子。不知太太们准不准?若准了,就是我的造化了。"

邢、王二夫人尚未答言,只见宝玉听到那里,想起黛玉,一阵心酸,眼泪早下来了。众人才要问他时,他又哈哈的大笑,走上来道:"我原不该说的,这紫鹃蒙太太派给我屋里,我才敢说。求太太准了他罢。全了他的好心。"王夫人道:"你头里,姊妹出了嫁,还哭得死去活来。如今看见四妹妹要出家,不但不劝,倒说好事。你如今到底是怎么个意思?我索性不明白了!"

宝玉道:"四妹妹修行,是已经准的了,四妹妹也是一定主意了。若是真的,我有一句话告诉太太。若是不定的,我就不敢混说了。"惜春道:"二哥哥说话也好笑,一个人主意不定,便扭得过太太们来了?我也是像紫鹃的话:容我呢,是我的造化;不容我呢,还有一个死呢,那怕什么?二哥哥既有话,只管说。"宝玉道:"我这也不算什么泄漏了,这也是一定的。我念一首诗给你们听罢。"众人道:"人家苦得很的时候,你倒来做诗怄人!"宝玉道:"不是做诗,我到一个地方儿看了来的,你们听听罢。"众人道:"使得,你就念念,别顺着嘴儿胡诌。"宝玉也不分辩,便说道:"勘破三春景不长,〔索隐〕三春,指三桂也。三桂久蓄叛谋,圆圆知其不能成事,屡讽不纳。故曰:勘破。缁衣顿改昔年妆。〔索隐〕昔也翟茀,今也缁衣。可怜绣户侯门女,〔索隐〕"女"字当改作"妾"字。独卧青灯古佛旁。"〔索隐〕独卧对双宿言之。

李纨、宝钗听了,诧异道:"不好了,这人入迷了!"王夫人听了这话,点头叹息,便问宝玉:"你到底是那里看来的?"宝玉不便说出来,回道:"太太也不必问,我自有见的地方。"

王夫人回过味来,细细一想,便更哭起来道:"你说前儿是玩话,怎么忽然有这首诗?罢了,我知道了,你们叫我怎么样呢?我也没有法儿了,也只得由着你们去罢。但是要等我合上了眼,各自干各自的就完了。"宝钗一面劝着,这个心比刀绞更甚,也掌不住,便放声大哭起来。袭人已经哭得死去活来,幸亏秋纹扶着。宝玉也不啼哭,也不相劝,只不言语。〔索隐〕万物静观皆自得。

贾兰、贾环听到那里,各自走开。李纨竭力的解说:"总是宝兄弟见

第一百十八回　　挟微嫌舅兄欺弱女　　警谜语妻妾谏痴人

四妹妹修行，他想来是痛极了，不顾前后的疯话，这也作不得准的。独有紫鹃的事情，准不准，好叫他起来。"王夫人道："什么依不依，横竖一个人的主意定了，那也是扭不过来的。可是宝玉说的，也是一定的了。"紫鹃听了叩头，惜春又谢了王夫人。紫鹃又给宝玉、宝钗叩了头。宝玉念声："阿弥陀佛！难得难得，不料你倒先好了！"宝钗虽然有把持，也难掌住。只有袭人也顾不得王夫人在上，便痛哭不止，便说也愿意跟了四姑娘去修行。宝玉笑道："你也是好心，但是你不能享这个清福的。"袭人哭道："这么说，我是要死的了？"宝玉听到那里，倒觉伤心，只是说不出来。

因时已五更，宝玉请王夫人安歇。李纨等各自散去。彩屏等暂且服侍惜春回去，后来许配了人家。紫鹃终身服侍，毫不改初。此是后话。〔索隐〕此处紫鹃，当作别一人看，读《红楼》，不可咬屎橛。

且言贾政扶了贾母灵柩，一路南行，因遇着班师的兵将船只过境，河道拥挤，不能速行，在道实在心焦，幸喜遇见了海疆的官员，闻得镇海统制钦召回京，想来探春一定回家，略略解些烦闷。只打听不出起程的日期，心里又烦躁。想到盘费算来不敷，不得已写书一封，差人到赖尚荣任上借银五百，叫人沿途迎上来，急需应用。

那人去了数日，贾政的船才行得十数里，那家人回来，迎上船只，将赖尚荣的禀启呈上。书内告了多少苦处，备上白银五十两。贾政看了生气，即命家人立刻送还，将原书发回，叫他不必费心。那家人无奈，只得回到赖尚荣任所，赖尚荣接到原书银两，心中烦闷，知事办得不周到，又添了一百。〔索隐〕极写赖尚荣之丑，不必定有所指，只显得满奴背恩负义之流。央来人带回，帮着说些好话，岂知那人不肯带回，撂下就走了。

赖尚荣心下不安，立刻修书到家，回明他父亲，叫他设法告假赎出身来。于是赖家托了贾蔷、贾芸等，在王夫人面前乞恩放出。贾蔷明知不能，过了一日，假说王夫人不依的话，回覆了。赖家一面告假，一面差人到赖尚荣任上，叫他告病辞官。王夫人并不知道。

那贾芸听见贾蔷的假话，心里便没想头，连日在外又输了好些银钱，无所抵偿，便和贾环相商。贾环本是一个钱没有的，虽说赵姨娘积蓄些微,早被他弄光了,那能照应人家?便想起凤姐待他刻薄,要趁贾琏不在家,要摆布巧姐出气,遂把这个当叫贾芸上去。故意的埋怨贾芸道:"你们年纪比我大,放着弄银钱的事又不敢办,倒和我没钱的人相商。"贾芸道:"三叔,你这话说的倒好笑!咱们一块儿玩,一块儿闹,那里有银钱的事?"贾环道:"不是前儿有人说是外藩要买个偏房,你们何不和王大舅商量,把巧姐说给他呢?"贾芸道:"叔叔,我说句叫你生气的话,外藩化了钱买人,还想能和咱们走动么?"贾环在贾芸耳边说了些话,贾芸虽然点头,只道贾环是小孩子的话,也不当事。恰好王仁走来,说道:"你们两个人商量些什么?瞒着我么?"贾芸便将贾环的话附耳低言的说了。王仁拍手道:"这倒是一种好事,又有银子。只怕你们不能,若是你们敢办,我是亲舅舅,做得主的。只要环老三在大太太跟前那么一说,我找邢大舅再一说,太太们问起来,你们齐打伙说就是了。"

贾环等商议定了,王仁便去找邢大舅,贾芸便去回邢、王二夫人,说得锦上添花。王夫人听了,虽然入耳,只是不信。邢夫人听得邢大舅知道,心里愿意,便打发人找了邢大舅来问他。那邢大舅已经听了王仁的话,又可分肥,便在邢夫人跟前说道:"若说这位郡王,极是有体面的,若应了这门亲事,虽说是不是正配,保管一过了门,姊夫的官早复了,这里的声势又好了。"邢夫人本是没主意人,被傻大舅一番假话哄得心动,请了王仁来一问,更说得热闹。于是邢夫人倒叫人出去追着贾芸去说。王仁即刻找了人去到外藩公馆说了。那外藩不知底细,便要打发人来相看。贾芸又钻了相看的人说明:"原是瞒着合宅的,只说是王府相亲。等到成了,他祖母作主,亲舅舅的保山,是不怕的。"那相亲的人应了。贾芸便送信与邢夫人,并回了王夫人。那李纨、宝钗等不知原故,只道是件好事,也都喜欢。

那日果然来了几个女人,都是艳妆丽服,邢夫人接了进去,叙了些闲话。那来人本知是诰命,也不敢怠慢。邢夫人因事未定,也没有和巧姐说明,只说有亲戚来瞧,叫他去见。那巧姐到底是个小孩子,那管这些?便跟了奶妈过来。平儿不放心,也跟着来,只见有两个宫人打扮的,见了巧姐,便浑身上下一看,更又起身来拉着巧姐的手,又瞧了一遍,略坐了一坐就走了。〔索隐〕与三秀被掳时,满洲管家太太仔细相看作

第一百十八回　挟微嫌舅兄欺弱女　警谜语妻妾谏痴人

一对照,所谓有其母必有其女也。倒把巧姐看得羞臊,回到房中纳闷,想来并没有这门亲戚,便问平儿。平儿先看见来头,却也猜着八九:"必是相亲的。但是二爷不在家,大太太作主,到底不知是那府里的? 若说是对头亲,不该这样相看。瞧那几个人的来头,不像是本支王府,好像是外头路数。如今且不必和姑娘说明,且打听明白再说。"

平儿心下留神打听,那些丫头、婆子都是平儿使过的,平儿一问,所有听见外头的风声都告诉了。平儿便吓得没了主意,虽不和巧姐说,便赶着去告诉了李纨、宝钗,求他二人告诉王夫人。王夫人知道这事不好,便和邢夫人说知。怎奈邢夫人信了兄弟并王仁的话,反疑心王夫人不是好意,便说:"孙女儿也大了,现在琏儿不在家,这件事我还做得主。况且是他亲舅舅打听的,难道倒比别人不真么? 我横竖是愿意的。倘有什么不好,我和琏儿也抱怨不着别人!"

王夫人听了这些话,心下暗暗生气,勉强说些闲话,便走了出来,告诉了宝钗,自己落泪。宝玉劝道:"太太别烦恼,这件事我看来是不成的。这又是巧姐儿命里所招,只求太太不管就是了。"王夫人说:"你一开口,就是疯话! 人家说定了,就要接过去。若依平儿的话,你琏二哥可不抱怨我么? 别说自己的侄孙女儿,就是亲戚家的,也是要好才好。邢姑娘是我们作媒的,配了你二大舅子,如今和和顺顺的过日子,不好么? 那琴姑娘,梅家娶了去,听见说是丰衣足食的很好。就是史姑娘,是他叔叔的主意,头里原好,如今姑爷痨病死了,你史妹妹立志守寡,也就苦了。若是巧姐儿错给了人家儿,可不是我的心坏?"〔索隐〕又借巧姐身上随手收拾,从容不迫,举重若轻。

正说着,平儿过来瞧宝钗,并探听邢夫人的口气。王夫人将邢夫人的话说了一遍。平儿呆了半天,跪下求道:"巧姐儿终身全仗着太太。若信了人家的话,不但姑娘一辈子受了苦,便是琏二爷回来,怎么说呢?"王夫人道:"你是个明白人,起来听我说。巧姐儿到底是大太太孙女儿,他要作主,我能够拦他么?"宝玉劝道:"无妨碍的,只要明白就是了。"平儿生怕宝玉,疯癫闹出来,也并不言语,回了王夫人,竟自去了。

这里王夫人想到烦恼,一阵心痛,叫丫头扶着,勉强回到自己房中睡下,不叫宝玉、宝钗过来,说睡睡就好了。自己却也烦闷,听见说李

《红楼梦》与顺治皇帝的爱情故事

婶娘来了,也不及接待。只见贾兰进来请了安,回道:"今早爷爷那里打发人带了一封书子来,外头小子们传进来的。我母亲接了,正要过来,因我老娘来了,叫我先呈给太太瞧。回来我母亲亲自过来回太太,还说我老娘要过来呢。"说着,一面把书子呈上。〔**索隐**〕政老差人带书回家,理应入内叩见王夫人,必借李纨、兰儿一转者,为下文叔、侄谈文作一线索。

王夫人一面接书,一面问道:"你老娘来作什么?"贾兰道:"我也不知道。我只听我老娘说:'我三姨儿的婆婆家有什么信儿来了。'"王夫人听了,想起来还是前次给甄宝玉说了李绮,后来放定下茶。想来此时甄家要娶过门,所以李婶娘来商量这件事情,便点点头儿。一面拆开书信,见上面写着道:

近因沿途俱系海疆凯旋船只,不能迅速前行。闻探姐随翁婿来都,不知曾有信否?前接到琏侄手禀,知大老爷身体欠安,亦不知已有确信否?宝玉、兰哥场期已近,务须实心用功,不可怠惰。老太太灵柩抵家,尚需时日。我身体平善,不必挂念。此谕宝玉等知道。月日手书。蓉儿另禀。

王夫人看了,仍旧递给贾兰,说:"你拿去给你二叔叔瞧瞧,还交给你母亲罢。"

正说着,李纨同李婶娘过来,请安问好毕,王夫人让了坐。李婶娘便将甄家要娶李绮的话说了一遍。大家商议了一会子,李纨因问王夫人道:"老爷的书子,太太看过了么?"王夫人道:"看过了。"贾兰便拿着给他母亲瞧。李纨看了道:"三姑娘出门了好几年,总没有来,如今要回京了,太太也放了好些心。"王夫人道:"我本是心痛,看见探丫头要回来了,心里略好些,只是不知几时才到。"

李婶娘便问了贾政在路好。李纨因向贾兰道:"哥儿瞧见了?场期近了,你爷爷惦记得什么似的。你快拿了去给二叔叔瞧去罢。"李婶娘道:"他们爷儿两个又没进过学,怎么能下场呢?"王夫人道:"他爷爷做粮道的起身时,给他们爷儿两个捐了例监了。"李婶娘点头。贾兰一面拿着书子出来,来找宝玉。

却说宝玉送了王夫人去后,正拿着《秋水》一篇在那里细玩。宝钗

第一百十八回　挟微嫌舅兄欺弱女　警谜语妻妾谏痴人

从里间走出，见他看的得意忘言，便走过来一看，见是这个，心里着实烦闷。细想他只顾把这些出世离群的话当作一件正经事，终久不妥。看他这种光景，料劝不过来，便挨在宝玉旁边怔怔的坐着。宝玉见他这般，便道："你这又是为什么？"宝钗道："我想你我既为夫妇，你便是我终身的倚靠，却不在情欲之私。论起荣华富贵，原不过是过眼烟云，但自古圣贤，以人品根柢为重……"

宝玉也没听完，把那书本搁在旁边，微微的笑道："据你说'人品根柢'，又是什么'古圣贤'，你可知古圣贤说过，'不失其赤子之心'？那赤子有什么好处？不过是无知无识，无贪无忌。我们生来已陷溺在贪、嗔、痴、爱中，犹如污泥一般，怎么能跳出这般尘网？如今才晓得'聚散浮生'四字，古人说了，不曾提醒一个。既要讲到人品根柢，谁是到那太初一步地位的？"宝钗道："你既说赤子之心，古圣贤原以忠孝为赤子之心，并不是遁世离群、无关无系为赤子之心。尧、舜、禹、汤、周、孔，时刻以救民济世为心，所谓赤子之心，原不过是'不忍'二字。若你方才所说的，忍于抛弃天伦，还成什么道理？"

宝玉点头笑道："尧舜不强巢、许，武周不强夷、齐。"宝钗不等他说完，便道："你这个话，益发不是了。古来若都是巢、许、夷、齐，为什么如今人又把尧、舜、周、孔称为圣贤呢？况且你自比夷、齐，更不成话。伯夷、叔齐原是生在商末，世有许多难处之事，所以才有托而逃。当此圣恩，咱们世受国恩，祖父锦衣玉食。况你自有生以来，自去世的老太太以及老爷太太，视如珍宝。你方才所说，自己想一想，是与不是？"〔索隐〕以伯夷、叔齐生在末世，与锦衣玉食世受国恩相并列，此是贾宝玉、甄宝玉身世不同之点。其处此境者，既抱消极观念，则处彼境者，益当积极进行。一有所讽，一有所勖也。

宝玉听了也不答言，只有仰头微笑。宝钗因又劝道："你既理屈词穷，我劝你从此把心收一收。好好的用用功，但能博得一第，便是从此而止，也不枉天恩祖德了。"宝玉点了点头，叹了口气说道："一第呢，其实也不是什么难事。倒是你这个'从此而止''不枉天恩祖德'，却还不离其宗。"〔索隐〕反复申说，注重在"从此而止"四字。爱新觉罗氏之系统，果不再传而斩，则河山还我，汉族重光。祖宗之灵，实式凭之。

《红楼梦》与顺治皇帝的爱情故事

宝钗未及答言,袭人过来说道:"刚才二奶奶说的古圣先贤,我们也不懂。我只想着我们这些人,从小儿辛辛苦苦跟着二爷,不知赔了多少小心,论起理来,原该当的,但只二爷也该体谅体谅。况且二奶奶替二爷在老爷、太太跟前行了多少孝道!就是二爷不以夫妻为事,也不可太辜负了人心。〔索隐〕丑语。非袭人不能道。至于神仙那一层,更是谎话。谁见过有走到凡间来的神仙呢?那里来的这么个和尚,说了些混话,二爷就信了真。二爷是读书的人,难道他的话比老爷、太太还重么?"宝玉听了,低头不语。

袭人还要说时,只听外面脚步走响,隔着窗户问道:"二叔在屋里呢么?"宝玉听了,是贾兰的声音,便站起来笑道:"你进来罢。"宝钗也站起来。贾兰进来,笑容可掬的给宝玉、宝钗请了安,问了袭人的好。袭人也问了好。便把书子呈给宝玉瞧。宝玉接在手中看了,便道:"你三姑姑回来了?"贾兰道:"爷爷既如此写,自然是回来的了。"宝玉点头不语,默默如有所思。

贾兰便问:"叔叔看见爷爷后头写的叫咱们好生念书了?叔叔这一程子只怕总没作文章罢?"宝玉笑道:"我也要作几篇熟一熟手,好去诓这个功名。"贾兰道:"叔叔既这样,就拟几个题目,我跟着叔叔作作,也好进去混场。别到临时交了白卷子,惹人笑话。不但笑话我,人家连叔叔都要笑话了。"宝玉道:"你也不至如此。"说着,宝钗命贾兰坐下。宝玉仍坐在原处,贾兰侧身坐了,两个谈了一回文,不觉喜动颜色。

宝钗见他爷们两个谈得高兴,便仍进屋里去了。心中细想:宝玉此时光景,或者醒悟过来了,只是刚才说话,他把那"从此而止"四字单单的许可,这又不知是什么意思了。宝钗尚自犹豫,惟有袭人看他爱讲文章,提到下场,更又欣然。心里想道:"阿弥陀佛!好容易讲'四书'似的才讲过来了。"这里宝玉和贾兰讲文,莺儿捧过茶来,贾兰站起来接了。又说了一会子下场的规矩,并请甄宝玉在一处的话,宝玉也甚是愿意。一时贾兰回去,便将书子留给宝玉了。

那宝玉拿着书子,笑嘻嘻走进来,递给麝月收了,便出来将那本《庄子》收了,把几部向来最得意的,如《参同契》《元命苞》《五灯会元》之类,叫出麝月、秋纹、莺儿等都搬了,搁在一边。宝钗见他这番

第一百十八回　阅微嫌舅兄欺弱女　警谜语妻妾谏痴人

举动甚为罕异，因欲试探他，便笑问道："不看他倒是正经，但又何必搬开呢？"宝玉道："如今才明白过来了。这些书都算不得什么，我还要一火焚之，方为干净。"宝钗听了，更欣喜异常，只听宝玉口中微吟道："内典语中无佛性，金丹法外有仙舟。"宝钗也没很听真，只听得"无佛性""有仙舟"几个字。心中转又狐疑，且看他作何光景。宝玉便命麝月、秋纹等收拾一间静室，把那些语录名稿及应制诗之类都找出来，搁在静室中。自己却当真静静的用起功来。宝钗这才放了心。

那袭人此时真是闻所未闻，见所未见，便悄悄的笑着向宝钗道："到底奶奶说话透澈，只一路讲究，便把二爷劝明白了。就只可惜迟了一点儿，临场太近了。"宝钗点头微笑道："功名自有定数，中与不中，倒也不在用功的迟早，但愿他从此一心巴结正路，把从前那些邪魔，永不沾染，就是好了。"说到这里，见房里无人，便悄说道："这一番悔悟回来，固然很好。但只一件，怕又犯了前头的旧病，和女孩儿们打起交道来，也是不好。"〔索隐〕患得患失，鄙夫之尤！钗、袭狠狈，作者所深恶而痛绝也。

袭人道："奶奶说的也是，二爷自从信了和尚，才把这些姊妹冷淡了。如今不信和尚，真怕又要犯了前头的旧病呢。我想奶奶和我二爷原不大理会。紫鹃去了，如今只他们四个。这里头就是五儿有些儿狐媚子，听说他妈求了大奶奶和奶奶，说要讨出去给人家儿呢，但是这两天到底在这里呢。麝月、秋纹虽没别的，只是二爷那几年，也都有些顽顽皮皮的。如今算来，只有莺儿，二爷倒不大理会。况且莺儿也稳重。我想倒茶弄水，只叫莺儿带着小丫头服侍就够了。不知奶奶心里怎么样？"宝钗道："我也虑得是这些，你说的倒也罢了。"从此便派莺儿带着小丫头服侍。〔索隐〕小人嫉贤固宠，无所不至。心计虽工，到头结果不能回气数之天。即小见大，为若辈正襟说法。那宝玉却也不出房门，天天只差人去给王夫人请安。王夫人听见他这番光景，那一种欣慰之情，更不待言了。

到了八月初三，这一日正是贾母的冥寿。宝玉早晨过来叩了头，便回去仍到静室中去了。饭后，宝钗、袭人等都和姊姊们跟着邢、王二夫人，在前面屋里说闲话。宝玉自在静室，冥心危坐。忽见莺儿端了一盘

· 1365 ·

《红楼梦》与顺治皇帝的爱情故事

瓜果进来,说:"太太叫人送来给二爷吃的,这是老太太的冥供。"〔索隐〕满洲语:祭余分散谓之克什。宝玉站起来答应了,复又坐下,便道:"搁在那里罢。"莺儿一面放下瓜果,一面悄悄向宝玉道:太太那里夸二爷呢。"宝玉微笑。莺儿又道:"太太说了,二爷这一用功,明儿进场中了出来,明年再中了进士,作了官,老爷、太太可就不枉了盼二爷了。"宝玉也只点头微笑。

莺儿忽然想起那年给宝玉打络子的时候,宝玉说的话来,便道:"真要二爷中了,那可是我们姑奶奶的造化了!二爷还记得那一年在园子里,不是二爷叫我打梅花络子时说的,我们姑奶奶后来带着我,不知到那个有造化的人家去呢?如今二爷可是有造化的。"〔索隐〕提起梅花络子,为笼络君心之义。一部言情腻语,此其最后结果。

宝玉听到这里,又觉尘心一动,连忙敛神定息,微微的笑道:"据你说来,我是有造化的,你们姑娘也是有造化的,你呢?"〔索隐〕一问妙。然实是从《西厢记》中"只是我图着什么来"句化出。而用在此处,深合禅机,俯拾即是,聪明人无笨笔。莺儿把脸飞红了,勉强道:"我们不过当丫头一辈子罢咧,有什么造化呢?"宝玉笑道:"果然能够一辈子是丫头,你这个造化比我们还大呢!"莺儿听见这话,似乎又是疯话了,恐怕自己招出宝玉的病根来,打算着要走。只见宝玉笑着说道:"傻丫头,我告诉你罢。"未知宝玉又说出什么话来,且听下回分解。

〔索隐〕欺卖巧姐有二义:一谓指睿王身后事。睿王养子多尔博,本豫王子。当身没被谴之时,巽亲、敬谨、端重三王投井下石,欲致多尔博于不测。幸得信邸收养,乃免于难。事后脱归,仍是复爵。一谓指柳夫人事。柳如是归钱牧斋后,构绛云楼以居,倡随甚乐。牧斋先没,诸无赖欺公子弱,谋析其产而扰其丧。柳夫人设计局之于家,遣人走告官府,卒置诸无赖于法。以书中事相印证,义皆可通。但知其言中有物,则见仁见智,存乎其人,正不必刻舟、胶柱也。

全回分三段:自开首起,至"此是后话"止,结上回惜春事。以下至"回了王夫人,竟自去了"止,叙欺弱女,冠以挟

第一百十八回　阋微嫌舅兄欺弱女　警谜语妻妾谏痴人

嫌之说，亦不报于身必报于其子孙之意。种瓜得瓜，种豆得豆，为之长者，不得辞其罪矣。以下至本回完毕，入下半回。意其为痴而竭力谏阻之，设法笼络之。日后收局，卒与日前之计画大异。痴人之痴欤？抑仍妻妾之痴欤？

〔**护花评**〕王夫人即不问彩屏等愿跟惜春与否，紫鹃亦必跪求。但径行叙入，不但文情率直，且不显王夫人之周到处。因此一问，引出紫鹃，极有步骤。

又：宝钗说"博得一第""从此而止"，是要宝玉易于入正。俟得第之后，徐徐再劝，不想只此四字为宝玉心许，其一中便走之念，此时已决。

又：莺儿自园中打络后，未免有心，始终与宝玉并未交言，借此送瓜果时，一补此一段文字，以了前因。

〔**大某评**〕卖巧姐一节，似出情理之外。盖作者深恶熙凤为人，谓宜得此孽报。又见世间不少王仁、贾芸一流人，特地捏出几个豺狼，令人发指。

又：紫鹃、莺儿各侍其主，颉颃上下，无分优劣。惟鹃处逆境，易于见长；莺处顺境，未由著绩。犹良臣、忠臣遭际使然耳。

第一百十九回 中乡魁宝玉却尘缘 沐皇恩贾家延世泽

话说莺儿见宝玉说话摸不着头脑，正自要走，只听宝玉又说道："傻丫头，我告诉你罢。你姑娘既是有造化的，你跟着他，自然也是有造化的了。你袭人姐姐是靠不住的，只要往后你尽心服侍他就是了。日后或有好处，也不枉你跟着他熬了一场。"莺儿听了，前头像话，后头说的，又有些不像了，便道："我知道了，姑娘还等我呢。二爷要吃果子时，打发小丫头叫我就是了。"宝玉点头，莺儿才去了。一时宝钗、袭人回来，各自房中去了。不提。

且说过了几天，便是场期。别人只知盼望他爷儿两个作了好文章，便可以高中的。只有宝钗见宝玉的功课虽好，只是那有意无意之间，却别有一种冷静的光景。知他要进场了，头一件，叔、侄两个都是初次赴考，恐人马拥挤，有什么失闪；第二件，宝玉自和尚去后，总不出门，虽然见他用功喜欢，只是改的太速太好了，〔索隐〕观世祖逊荒后，所下罪己诏书，恳切沉挚，深自悔艾。知其临去前数月，必且宵衣旰食，亲理万机，力呈振作之象。反倒有些信不及，只怕又有什么变故。所以进场的头一天，一面派了袭人带了小丫头们同着素云等，给他爷儿两个收拾妥当，自己又都过了目，好好的搁起预备着；一面过来同李纨回了王夫人，拣家里的老成管事的，多派了几个，只说："怕人马拥挤碰了。"

次日，宝玉、贾兰换个半新不旧的衣服，欣然过来见了王夫人。王夫人嘱咐道："你们爷儿两个，都是初次下场，但是你们活了这么大，并不曾离开我一天，就是不在我眼前，也是丫鬟媳妇们围着，何曾自己孤身睡过一夜。今日各自进去，孤孤凄凄，举目无亲，须要自己保重。早些作完了文章出来，找着家人早些回来，也叫你母亲媳妇们放心。"王夫

第一百十九回　中乡魁宝玉却尘缘　沐皇恩贾家延世泽

人说着，不免伤心起来。贾兰听一句，答应一句。只是宝玉一声不哼，待王夫人说完了，走过来给王夫人跪下，满眼流泪，叩了三个头，说道："母亲生我一世，我也无可报答。只有这一入场，用心作了文章，好好的中个举人出来。那时太太喜欢喜欢，便是儿子一辈的事也完了，一辈子的不好也都遮过去了。"〔索隐〕遗诏有云："朕自弱龄，即遇皇考太宗皇帝上宾。教训抚养，惟圣母皇太后慈育是依。隆恩罔极，高厚莫酬，惟朝夕趋承，冀尽孝养。今不幸子道不终，诚恫未遂，是朕之罪二也"数语。与此可以参看。王夫人听了，更觉伤心起来，便道："你有这个心，自然是好的，可惜你老太太不能见你的面了。"一面说，一面拉他起来。那宝玉只管跪着，不肯起来，便说道："老太太见与不见，总是知道的，喜欢的。既能知道了，喜欢了，便不见也和见了的一样。只不过隔了形质，并非隔了神气啊！"〔索隐〕世祖生有凤根，早耽禅悦，故其所述，多明心见性之谈。

李纨见王夫人和他如此，一则怕勾起宝玉的病来，二则也觉得光景不大吉祥，连忙过来说道："太太这是大喜的事，为什么这样伤心？况且宝兄弟近来很知好歹，很孝顺，又肯用功。只要带了侄儿进去，好好的作文章，早早的回来，写出来请咱们的世交老先生们看了，等着爷儿两个都报了喜就完了。"一面叫人搀起宝玉来。宝玉却转过身来，给李纨作了个揖，说："嫂子放心，我们爷儿两个都是必中的。日后兰哥还有大出息，大嫂子还要带凤冠穿霞帔呢！"

李纨笑道："但愿应了叔叔的话，也不枉……"说到这里，恐怕又惹起王夫人的伤心来，连忙咽住了。宝玉笑道："只要有了个好儿子，能够接续祖基，〔索隐〕遗诏又云："太祖太宗，创业垂基，所关至重。元良储嗣，不可久虚。朕子玄晔，佟氏所生，今已八岁，岐嶷颖慧，克承宗祧，兹立为皇太子"数语。与此可以参看。就是大哥哥不能见，也算他的后事完了。"李纨见天色不早了，也不肯尽着和他说话，只好点点头儿。

此时宝钗听得早已呆了。这些话，不但宝玉，便是王夫人、李纨所说，句句都是不祥之兆。却又不敢认真，只得忍泪无言。那宝玉走到跟前，深深的作了一个揖。众人见他行事古怪，也摸不着是怎么，又不敢

《红楼梦》与顺治皇帝的爱情故事

笑他,只是宝钗的眼泪直流下来,众人更是纳罕。又听宝玉说道:"姐姐,我要走了。你好生跟着太太听我的喜信儿罢。"宝钗道:"是时候了,你不必说这些唠叨话了。"宝玉道:"你倒催的我紧,我自己也知道该走了。"〔索隐〕太平原评:指明此走是他所催。回头见众人都在这里,只没惜春、紫鹃,便说道:"四妹妹和紫鹃姐姐跟前,替我说一句罢,横竖是再见就完了。"

众人见他的话又像有理,又像疯话。大家只说他从没出过门,都是太太的一套话招出来的,不如早早催他去了,就完了事了。便说道:"外面有人等你呢,你再闹就误了时辰了。"宝玉仰面大笑道:"走了,走了!不用胡闹了,完了事了!"〔索隐〕继续有人,吾事已毕。众人也都笑道:"快走罢。"独有王夫人和宝钗娘儿两个,倒像生离死别的一般,那眼泪也不知从那里来的,直流下来,几乎失声哭出。但见宝玉嘻天哈地,大有疯傻之状,遂从此出门走了。正是:

　　　　走来名利无双地,打出樊笼第一关。

不言宝玉贾兰出门赴考。且说贾环见他们考去,自己又气又恨,便自大为王,说:"我可要给母亲报仇了!家里一个男人没有,上头大太太依了我,还怕谁?"想定了主意,跑到邢夫人那边请了安,说了些奉承的话。那邢夫人自然喜欢,便说道:"你这才是明理的孩子呢。像那巧姐儿的事,原该我做主的。你琏二哥糊涂,放着亲奶奶,倒托别人去!"贾环道:"人家那头儿也说了,只认得这一门子。现在定了,还要备一份大礼来送太太呢。如今太太有了这样的藩王孙女婿儿,还怕大老爷没大官做么?不是我说自己的太太:他们有了元妃姐姐,便欺压的人难受。将来巧姐儿别也是这样没良心,等我去问问他。"邢夫人道:"你也该告诉他,他才知道你的好处。只怕他父亲在家,也找不出这门子好亲事来。但只平儿那个糊涂东西,他倒说这件事不好,说是你太太也不愿意。想来恐怕我们得了意。若迟了,你二哥回家,又听人家的话,就办不成了。"贾环道:"那边都定了。只等太太出了八字,王府的规矩,三天就要来娶的。但是一件:只怕太太不愿意,那边说是不该娶犯官的孙女,只好悄悄的抬了去。等大老爷免了罪,做了官,再大家闹热起来。"〔索隐〕说得藩王如何声势,结亲后如何荣显,则"悄悄抬去一语"极难出

第一百十九回　中乡魁宝玉却尘缘　沐皇恩贾家延世泽

口。看他轻轻带过，环儿不得谓非小有才者。邢夫人道："这有什么不愿意，也是礼上应该的。"〔索隐〕自居何等？贾环道："既这么着，这帖子太太出了就是了。"邢夫人道："这孩子又糊涂了，里头都是女人，你叫芸哥儿写了一个就是了。"贾环听了，喜欢的了不得，连忙答应了出来，赶着同贾芸说了。邀着王仁到那外藩公馆，立文书、兑银子去了。

那知刚才所说的话，早被跟邢夫人的丫头听见，那丫头是求了平儿才挑上的，便抽空儿赶到平儿那里，一五一十的都告诉了。平儿早知此事不好，已和巧姐细细的说明。巧姐哭了一夜，必要等他父亲回来作主，大太太的话不能遵。今儿又听见这话，便大哭起来，要和太太讲去。平儿急忙拦住道："姑娘且慢着，大太太是你的亲祖母，他说二爷不在家，大太太做得主的。况且还有舅舅做保山，他们都是一气，姑娘一个人那里说得过呢？我到底是下人，说不上话去。如今只可想法儿，断不可冒失的。"邢夫人那边的丫头道："你们快快的想主意，不然，可就要抬去了。"说着，各自去了。

平儿回过头来，见巧姐哭作一团，连忙扶着道："姑娘，哭是不中用的，如今是二爷够不着，听见他们的话头……"这句话还没说完，只见邢夫人那边打发人来告诉："姑娘，大喜的事来了！叫平儿将姑娘所有应用的东西料理出来。若是陪送呢，原说明了，等二爷回来再办。"平儿只得答应了。回来，又见王夫人过来，巧姐儿一把抱住，哭得倒在怀里。王夫人也哭道："姐儿，不用着急。我为你吃了大太太好些话，看来是扭不过来的。我们是只好应着缓下去，即刻着个家人赶到你父亲那里去告诉。"平儿道："太太还不知道么？早起三爷在大太太跟前说了什么外藩规矩，三日就要过去的。如今大太太已叫芸哥儿写了名字年庚去了，还等得二爷么？"王夫人听说是三爷，便气得说不出话来，呆了半天，一叠声叫人找贾环。找了半天，人回："今早同蔷哥儿、王舅爷出去了。"王夫人问："芸哥呢？"众人回说不知道。巧姐屋内，人人瞪眼，一无方法。王夫人也难和邢夫人争论，只有大家抱头大哭。

有个婆子进来回道："后门上的人说，那个刘老老又来了。"王夫人道："咱们家遭着这样事，那有工夫接待人？不拘怎么回了他去罢。"平儿道："太太该叫他进来，他是姐儿的干妈，也得告诉告诉他。"王夫人

《红楼梦》与顺治皇帝的爱情故事

不言语。那婆子便带了刘老老进来,各人见了问好。刘老老见众人的眼圈都是红的,也摸不着头恼。迟了一会儿,便问:"怎么了?太太、姑娘们必是想二姑奶奶了?"巧姐儿听见提起他母亲,越发大哭起来。平儿道:"老老别说闲话,你既是姑娘的干妈,也该知道的。"便一五一十的告诉了,把个刘老老也吓怔了。等了半天,忽然哭道:"你这样一个伶俐姑娘,没听见过鼓儿词么?这上头的方法多着呢!这有什么难的?"〔索隐〕解急方法,得力在鼓儿词上,调侃刘老老不浅。

平儿赶忙问道:"老老你有什么法儿?快说罢。"刘老老道:"这有什么难的呢?一个人也不叫他们知道,扔崩一走就完了事了。"〔索隐〕扔崩一走,纯是乡老口谈。作者下笔,不苟如此。

平儿道:"这可是混说了,我们这样人家的人,走到那里去?"刘老老道:"只怕你们不走,你们要走,就到我村里去,我就把姑娘藏起来。即刻叫我女婿弄了人,叫姑娘亲笔写个字儿,赶到姑老爷那里,少不得他就来了。可不好么?"平儿道:"大太太知道呢?"刘老老道:"我来他们知道么?"平儿道:"大太太住在后头,他待人刻薄,有什么信没有送给他的。你若前门走来,就知道了。如今是后门来的,不妨事。"刘老老道:"咱们说定了,几时我叫女婿打车来接了去。"平儿道:"这还等得几时呢?你坐着罢。"

急忙进去,将刘老老的话避了旁人告诉了。王夫人想了半天不妥当。平儿道:"只有这样,为的是太太才敢说明,太太就装不知道,回来倒问大太太。我们那里就有人去,想二爷回来也快。"王夫人不言语,叹了一口气。

巧姐儿听见,便和王夫人道:"只求太太救我!横竖父亲回来,只有感激的。"平儿道:"不用说了,太太回去罢,回来只要太太派人看屋子。"王夫人道:"掩密些,你们两个人的衣服铺盖是要的。"平儿道:"要快,走了才中用呢。若是他们定了回来,就有了饥荒了。"一句话提醒了王夫人,便道:"是了,你。们快办去罢,有我呢。"

于是王夫人回去,倒过去找邢夫人说闲话儿,把邢夫人先绊住了。平儿这里便遣人料理去了,嘱咐道:"倒别避人,有人进来看见,就说是大太太吩咐的,要一辆车子,送刘老老去。"这里又买嘱了看后门的人,

第一百十九回　中乡魁宝玉却尘缘　沐皇恩贾家延世泽

雇了车来。平儿便将巧姐装做青儿模样，急急的去了。后来平儿只当送人，眼错不见，也跨上车来了。

原来，近日贾府后门虽开，只有一两个人看着，余下虽有几个家下人，因房大人少，空落落的，谁能照应？且邢夫人又是个不怜下人的，众人明知此事不好，又都感念平儿的好处，所以通同一气，放走了巧姐。

邢夫人还自和王夫人说话，那里理会？只有王夫人甚不放心，说了一回话，悄悄的走到宝钗那里坐下，心里还是惦记着。宝钗见王夫人神色恍惚，便问："太太的心里有什么事？"王夫人将这事背地里和宝钗说了，宝钗道："险得很！如今得快快儿的叫芸哥儿止住那里才妥当。"王夫人道："我找不着环儿呢。"宝钗道："太太总要装作不知，等我想个人去叫大太太知道才好。"王夫人点头，一任宝钗想人。暂且不言。

且说外藩原是要买几个使唤的女人，据媒人一面之辞，所以派人相看。相看的人回去禀明了藩王，藩王问起人家，众人不敢隐瞒，只得实说。那外藩听了，知是世代勋戚，便说："了不得！此是有干例禁的，几乎误了大事！况我朝觐已过，便要择日起程，倘有人来再说，快快打发出去。"

这日恰好贾芸、王仁等递送年庚，只见府门里头的人便说："奉王爷的命，再敢拿贾府的人来冒充民女者，要拿住究治。如今太平时候，谁敢这样大胆！"这一闹，吓得王仁等抱头鼠窜的出来，埋怨那说事的人，大家扫兴而散。〔索隐〕随起随落，省却许多浮烟涨墨。

贾环在家候信，又闻王夫人传唤，急得烦躁起来。见贾芸一人回来，赶着问道："定了么？"贾芸慌忙跺足道："了不得，了不得！不知是什么人露了风了。"还把吃亏的话说了一遍。贾环气得发怔，说："我早起在大太太跟前说得这样好，如今怎么样呢？这都是你们众人坑了我了！"

正没主意，听见里头乱喊，叫着贾环等的名字，说："大太太、二太太叫呢！"两个人只得跑进去，只见王夫人怒容满面，说："你们干的好事！如今逼死了巧姐儿了，快快的给我找还尸首来完事！"两个跪下，贾环不敢言语，贾芸低头说道："孙子不敢干什么为非的事，邢舅太爷和王舅爷说给巧妹妹作媒，我们才回太太们的。大太太愿意，才叫孙儿写帖儿去的。人家还不要呢，怎么我们逼死了妹妹呢？"王夫人道："环儿在

《红楼梦》与顺治皇帝的爱情故事

大太太那里说的,三日内便要抬了走。说亲作媒,有这样的么?我也不问,你们快把巧姐儿还了!我们等老爷回来再说。"邢夫人如今也是一句话儿说不出了,只有落泪。王夫人便骂贾环说:"赵姨娘这样混帐的东西,留的种子也是这混帐的!"说着,叫丫头扶了回到自己房中。

那贾环、贾芸、邢夫人三个人互相埋怨,说道:"如今且不用埋怨,想来死是不死的,必是平儿带了他到那什么亲戚家躲着去了。"邢夫人叫了前后的看门人来,骂着问:"巧姐和平儿知道那里去了?"岂知下人一口同音,说是:"大太太不必问我们,问当家的爷们就知道了。请大太太也不用闹,等我们太太问起来,我们有话说。要打大家打,要罚大家都罚。自从琏二爷出了门,外头闹得还了得?我们的月钱月米是不给了。赌钱吃酒,闹小旦,还接了外头的媳妇儿到宅里来,这不是爷么?"说得贾芸等顿口无言。

王夫人那边又打发人来催,说:"叫爷们快找来。"那贾环等急得恨无地缝可钻,又不敢盘问巧姐那边的人。明知众人深恨,是必藏起来了。但是这句话怎敢在王夫人面前说?只得各处亲戚家打听,毫无踪迹。里头一个邢夫人,外头环儿等,这几天闹得昼夜不宁。

看看到了出场日期,王夫人只盼着宝玉、贾兰回来。等到晌午,不见回来。王夫人、李纨、宝钗着忙,打发人去到下处打听,去了一起,又无消息,连去的人也不来了。回来又打发一起人去,又不见回来。三个人心里如热油熬煎。等到傍晚有人进来,见是贾兰,众人喜欢,问道:"宝二叔呢?"贾兰也不及请安,便哭道:"二叔丢了!"〔索隐〕措语新奇。以皇帝而走失者,历代以来,止有清世祖一个,固宜以奇笔特写之。

王夫人听了这话,便怔了半天,也不言语,便直挺挺的躺倒床上。亏得彩云等在后面扶着,下死的叫醒转来,哭着。见宝钗也是白瞪两眼,袭人等已哭得泪人一般。李纨哭着骂贾兰道:"糊涂东西了同你二叔在一处,怎么他就丢了!"贾兰道:"我和二叔在下处是一处吃,一处睡;进了场,相离也不远,刻刻在一处的。今日一早,二叔的卷子早完了,还等我呢。我们两个人一起去交了卷子,一同出来。在龙门口一挤,回头就不见了。我们家接场的人都问我。李贵还说:'看见的,相离不过数步,怎么一挤就不见了?现叫李贵等分头的找去,我也带了人各处号里

第一百十九回　中乡魁宝玉却尘缘　沐皇恩贾家延世泽

都找遍了，没有，我所以这时候才回来。"

王夫人是哭得一句话也说不出来，宝钗心里已知八九，袭人痛哭不已。贾蔷等不等吩咐，也是分头而去。可怜荣府的人，个个死多活少，空备了接场的酒饭！贾兰也忘却了辛苦，还要自己找去。〔索隐〕玄晔其时年方八岁，自无亲出访父之理。而在书中贾兰则不得不如是写，亦暗照后来屡幸五台，孝思不匮。

倒是王夫人拦住道："我的儿，你叔叔丢去，还禁得再丢了你么？好孩子，你歇歇去罢！"贾兰那里肯听，尤氏等苦劝不止。

众人中只有惜春心里却明白了，只不好说出来，便问宝钗道："二哥哥带了玉去了没有？"宝钗道："这是随身的东西，怎么不带？"惜春听了，便不言语。袭人想起那日抢玉的事来，也是料着那和尚作怪，柔肠几断，珠泪交流，呜呜咽咽哭个不住。追想当年宝玉相待的情分，有时怄他，他便恼了，也有一种令人回心的好处。那温存体贴，是不用说了。若怄急了他，便赌誓做和尚。那知道今日却应了这句话！

看看那天已觉是四更天气，并没有个信儿。李纨又怕王夫人哭坏了，极力的劝着回房。众人都跟着伺候，只有邢夫人回去。贾环躲着不敢出来。王夫人叫贾兰去了，一夜无眠。

次日天明，虽有家人回来，都说没有一处不寻到，实在没有影儿。于是薛姨妈、薛蝌、史湘云、宝琴、李婶娘等，接二连三的过来请安问信。

如此一连数日，王夫人哭得饮食不进，命在垂危。忽有家人回道："海疆来了一人，口称统制大人那里来的，说我们家的三姑奶奶明日到京了。"王夫人听说探春回京，虽不能解宝玉之愁，那个心略放了些。

到了明日，果然探春回来。众人远远接着，见探春出挑得比先前更好了，服采鲜明。见了王夫人形容枯槁，众人眼肿腮红，便也大哭起来。哭了一会儿，然后行礼。看见惜春道姑打扮，心里很不舒服，又听见宝玉心迷走失，家中多少不顺的事，大家又哭起来。还亏得探春能言，见解亦高，把话来慢慢儿的劝解了好些时，王夫人等略觉好些。

再明儿，三姑爷也来了，知有这样的事，探春住下劝解。跟探春的丫头老婆，也与众姐妹相聚，各诉别后的事。从此上上下下的人，竟是

《红楼梦》与顺治皇帝的爱情故事

无昼无夜,专等宝玉的信。

那一夜五更多天,外头几个家人进来,到二门口报喜。几个小丫头乱跑进来,也不及告诉大丫头了,进了屋子便说:"太太、奶奶们大喜!"王夫人打量宝玉找着了,便喜欢的站起身来,说:"在那里找着的?快叫他进来!"那人道:"中了第七名举人!"〔索隐〕清自肇祖以至世祖,凡七代,故以第七名举人畀之。王夫人道:"宝玉呢?"家人不言语,王夫人仍旧坐下。探春便问:"第七名举人是谁?"家人回说:"是宝二爷。"正说着,外头又嚷道:"兰哥儿中了。"那家人赶忙出去,接了报单回禀,见贾兰中了一百三十名。〔索隐〕劳心者治人,举人即治人之义。必令贾兰并叨者,明其缵承大宝也。李纨心下喜欢,因王夫人不见了宝玉,不敢喜形于色。

王夫人见贾兰中了,心下也是喜欢。只想:"若是宝玉一回来,咱们这些人不知怎样乐呢!"独有宝钗心下悲苦,又不好掉泪。众人道喜,说是"宝玉既有中的命,自然再不会丢的。况天下没有迷失了的举人"〔索隐〕天下真没有迷失了的皇帝。王夫人等想来不错,略有笑容。众人便趁势劝王夫人等多进了些饮食。

只见三门外头焙茗乱吵说:"我们二爷中了举人,是丢不了的了。"众人问道:"怎见得呢?"焙茗道:"一举成名天下闻,如今二爷走到那里,那里就知道的,〔索隐〕恭迎御驾。谁敢不送来?"里头的众人都说:"这小子虽是没规矩,这句话是不错的。"惜春道:"这样大的人,那里有走失的?只怕他看破世情,入了空门,这就难找着他了。"这句话又招得王夫人等大哭起来。李纨道:"古来成佛作祖,成神仙的,果然把爵位富贵都抛了,也多得很。"王夫人哭道:"他若抛了父母,这就是不孝,怎能成佛作祖?"探春道:"大凡一个人,不可有奇处,二哥哥生来带块玉来,都道是好事。这么说起来,都是有了这块玉的不好。〔索隐〕不入主中原,即不纳董妃,不纳董妃,即不至因悼亡遁迹。若是再有几天不见,我不是叫太太生气,就有些原故了。只好譬如没有生这位哥哥罢了。果然有来头,成了正果,也是太太几辈子的修积。"宝钗听了不言语,袭人那里忍得住?心里一疼,头上一晕,便栽倒了。王夫人见了可怜,命人扶他回去。

第一百十九回　中乡魁宝玉却尘缘　沐皇恩贾家延世泽

贾环见哥哥、侄儿中了，又为巧姐的事大不好意思，只抱怨芸、蔷二个。知道探春回来，此事不肯干休，又不敢躲开，这几天，竟是如在荆棘之中。

明日，贾兰只得先去谢恩。知道甄宝玉也中了，大家序了同年。提起贾宝玉心迷走失，甄宝玉叹息劝慰。知贡举的将考中的卷子奏闻，皇上一一的披阅，看取中的文章俱是平正通达的。见第七名贾宝玉是金陵籍贯，第一百三十名贾兰又是金陵，皇上传旨询问："两个姓贾的是金陵人氏，是否贾妃一族？"大臣领命出来，传贾宝玉、贾兰问话。贾兰将宝玉场后迷失的话，并将三代陈明。大臣代为转奏，皇上最是圣明仁德，想起贾氏功勋，命大臣查覆。大臣便细细的奏明，皇上甚是悯恤，命有司将贾赦犯罪情由查案呈奏。皇上又看到海疆靖寇班师善后事宜一本，禀的是海晏河清，万民乐业的事。皇上圣心大悦，命九卿叙功议赏，并大赦天下。〔索隐〕海疆靖寇，甄老之力，贾叨其余荫获赦，是为微意。

贾兰等朝臣散后，拜了座师。并听见朝内有大赦的信，便回了王夫人等。合家略有喜色，只盼宝玉回来。薛姨妈更加喜欢，便要打算赎罪。

一日，人报甄老爷同三姑爷来道喜，王夫人便命贾兰出去接待。不多一回，贾兰进来，笑嘻嘻的回王夫人道："太太们大喜了！甄老伯在朝内听见有旨意，说是大老爷的罪名免了。珍大爷不但免了罪，仍袭了宁国三等世职。荣国世职仍是老爷袭了。俟丁忧服满，仍升任了工部郎中。所抄家产，全行赏还。〔索隐〕睿邸子嗣，虽不久获赦，而封爵谥号，至高宗登极时始复。其复封册文，见诸《皇朝文典》。文云："阐宗勋于政府，典重睦亲；察往迹于遗闻，义彰继绝。念精白俱征信史，兼伟代以昭垂；宜平反追核爱书，焕明纶而光复。尔多尔衮，造邦翊运，作翰宣劳。入关克展壮猷，遂集勋以大定；当轴更襄硕画，爰摄政以多年。群不逞怨积于生前，莫须有反诬诸地下。值冲岁未亲几务，众因矫命以除封；讵深文竟指敛衣？久令衔冤于没世。朕恭稽《实录》，恻念纯诚。讵二王劝进之勤，誓死力全顾托；成一统廓清之业，奉迎式肇基图。勖尊亲则切诚群工，持法纪则靡私同气，贞心如揭，轶事咸存。祚以世封，聿准懿藩之旧；列之瑶牒，仍延似续之常。菁园寝而祀秩春秋，侑庙虎而位循伯仲。传以表勋，谥以褒忠，兹复封为和硕睿亲王，世袭罔替，

《红楼梦》与顺治皇帝的爱情故事

锡之册命。於戏！削除匪出于圣裁，狱久成为不白；功伐久彰于实典，忱尤耿其如丹。远昭盈箧之诬，笃裴期风百世；载锡维城之命，沉沦庶雪九原。式慰尔灵，垂休无致。"曰矫命除封，匪出圣裁，措词得体，亦可见此狱之真相，公论之所在矣。二叔的文章，皇上看了甚喜，问知元妃兄弟。北静王还奏说人品亦好，皇上传旨召见。众大臣禀称，据伊侄贾兰回称：出场时迷失，现在各处寻访。皇上降旨，着五营各衙门用心寻访。这旨意一下，请太太们放心。皇上这样圣恩，再没有找不着了。"王夫人等这才大家称贺，喜欢起来，只有贾环等心下着急，四处找寻巧姐。

那知巧姐随了刘老老带着平儿出了城，到了庄上。刘老老也不敢轻亵巧姐，便打扫上房让给巧组、平儿住下。每日供给，虽是乡村风味，倒也洁净，又有青儿陪着，暂且宽心。那庄上也有几家富户，知道老老家来了贾府姑娘，谁不来瞧？都道是天上神仙，也有送苹果的，也有送野味的，倒也热闹。内中有个极富的人家，姓周，家财巨万，良田千顷，只有一子，生得文雅清秀，年纪十四岁，他父母延师读书，新近科试入了黉门。那日他母亲看见了巧姐，心里羡慕。自想："我是庄家人家，那能配得起这样世家小姐？"呆呆的想着。刘老老知他心事，拉着他说："你的心事，我知道了。我给你们做个媒罢。"周妈妈笑道："你别哄我！他们什么人家，肯给我们庄家人么？"刘老老道："说着瞧罢。"于是两人各自走开。

刘老老惦记着贾府，叫板儿进城打听。那日恰好到宁荣街，只见有好些车轿在那里。板儿便在邻近打听，说是宁、荣两府复了官，赏还抄的家产，如今府里又要起来了。只是他们的宝玉中了举，不知走到那里去了。板儿心里喜欢，便要回去。又见好几匹马到来，在门前下马。只见门上打千儿请安，说："二爷回来了，大喜！大老爷身上安了么？"那位爷笑着道："好了。又遇恩旨，就要回来了。"还问："那些人做什么的？"门上回说："是皇上派官在这里下旨意，叫人领家产。"那位爷便喜欢进去。板儿便知是贾琏了。〔索隐〕以板儿打听，叙出贾琏回家、贾赦病愈、皇上降旨各节，删繁就简，少许胜人多许。也不用打听，赶忙回去告诉他外祖母。

第一百十九回　中乡魁宝玉却尘缘　沐皇恩贾家延世泽

刘老老听说，喜的眉开眼笑，去和巧姐儿贺喜，将板儿的话说了一遍。平儿笑说道："可不是！亏得老老这样一办，不然，姑娘也摸不着那好时候。"巧姐更自欢喜。正说着，那送了贾琏信的人也回来了，说是："姑老爷感激得很，叫我一到家，快把姑娘送回去。又赏了我好几两银子。"刘老老听了得意，"便叫人赶了两辆车，请巧姐、平儿上车。巧姐等在刘老老家住熟了，反是依依不舍，更有青儿哭着，恨不能留下。刘老老知他不忍相别，便叫青儿跟了进城，一径直奔荣府而来。

且说贾琏先前知道贾赦病重，赶到配所，父子相见，痛哭了一场，渐渐的好起。贾琏接着家书，知道家中的事，禀明贾赦。回来走到中途，听得大赦。又赶了两天，今日到家，恰遇颁赏恩旨，里面邢夫人等正愁无人接旨，虽有贾兰，终是年轻。人报琏二爷回来，大家相见，悲喜交集。此时也不及叙话，即到前厅叩见了钦命大人，问了他父亲好，说："明日到内府领赏，宁国府第发交居住。"众人起身辞别。

贾琏送出门去，见有几辆村车，家人们不许停歇，正在吵闹。贾琏早知道是巧姐来的车，便骂家人道："你们这班糊涂忘八崽子！我不在家，就欺心害主，将巧姐儿都逼走了。如今人家送来，还要拦阻，必是你和我有什么仇么？"众家人原怕回来不依，想来少时才破，岂知贾琏说得更明，心下不懂，只得站着回道："二爷出门，奴才们有病的，有告假的，都是三爷、蔷大爷、芸大爷作主，不与奴才们相干。"贾琏道："什么混帐东西！我完了事再和你们说，快把车赶进来。"

贾琏进去，见邢夫人也不言语，转身到了王夫人那里，跪下叩了个头，回道："姐儿回来了，全亏太太，环兄弟、太太也不用说他了。只是芸儿这东西，他上回看家，就闹乱儿。如今我去了几个月，便闹到这样。回太太的话：这种人，撵了他，不许往来也使得。"王夫人道："你大舅子为什么也是这样？"贾琏道："太太不用说，我自有道理。"〔索隐〕用虚笔笼住，包孕一切。

正说着，彩云等回道："巧姐儿进来了。"见了王夫人，虽然别不多时，想起这样逃难的景况，不免落下泪来，巧姐儿也便大哭。贾琏谢了刘老老，王夫人便拉他坐下，说起那日的话来。贾琏见平儿，外面不好说别的，心里感激，眼中流泪。自此贾琏心里愈敬平儿，打算等贾赦等

《红楼梦》与顺治皇帝的爱情故事

回来,要扶平儿为正,此是后话,暂且不提。

邢夫人正恐贾琏不见了巧姐,必有一番的周折,又听见贾琏在王夫人那里,心下更是着急。便叫丫头去打听,回来说:"是巧姐同着刘老老在那里说话。"邢夫人才如梦初觉,知他们的鬼,还抱怨着王夫人:"调唆我母子,不知到底是那个送信给平儿的?"正问着,只见巧姐同着刘老老带了平儿,王夫人在后头跟着进来,先把头里的话都说在贾芸、王仁身上,说:"大太太原是听见人说,为的是好事。那里知道外头的鬼?"邢夫人听了,自觉羞惭。想起王夫人主意不差,心里也服。于是邢、王二夫人,彼此心下相安。

平儿回了王夫人,带了巧姐到宝钗那里来请安,各自提各自的苦处。又说到"皇上隆恩,咱们家该兴旺起来了,想来宝二爷必回来的"。正说到这话,只见秋纹急忙来说:"袭人不好了!"不知何事,下回分解。

〔**索隐**〕情僧出家,为全部结穴。其事奇,其人奇,而洋洋洒洒一百万字之奇文以出。第一段之拜别,即微服出走也。第二段之中举,则宣布遗诏传位发表也。在世祖自赋有"我本西方一衲子,黄袍换却紫袈裟"之句。而梅村《清凉山赞佛诗四首》,如:"名山初望幸,衔命释道安。预从最高顶,洒扫七佛坛。灵境乃杳绝,扪葛劳跻攀。路尽逢一峰,杰阁围朱拦。中坐一天人,吐气如栴檀。寄语汉皇帝,何苦留人间?烟岚倏灭没,流水空潺湲。回首长安城,缁素惨不欢。房星竟未动,天降白玉棺。惜哉善财洞,未得夸迎銮。"语意明显,了无疑义。全回以此为经,以睿邸之袭封复爵为纬。至巧姐之逼走送还等,则其附加之花色,随笔收束,好整以暇。

〔**护花评**〕惜春与紫鹃已跳出樊笼,不送不辞,斟酌有意。

又:巧姐、平儿先走,引出宝玉也走。但巧姐、平儿两人是假走,宝玉一人独走是真走。一单一双,一真一假,映衬得妙。

又:刘老老遣板儿进城,探知一切,且见贾琏回家,趁势补出送信人回来一层,刘老老便可送回巧姐、平儿。既有无数

第一百十九回　中乡魁宝玉却尘缘　沐皇恩贾家延世泽

笔墨，文法亦一丝不漏。

　　又：第一百十三回至一百十九回一大段，应分四小段：一百十三、四回为一段，完结王凤姐因果，中间带叙宝玉痴情、甄府复职；一百十五回至一百十七上半回为一段，叙惜春决志出家，宝玉悟心幻境，夹叙出两宝玉相会，一甄一贾，性情各别，及贾政扶柩回南，完结各葬事；一百十七下半回、一百十八上半回为一段，写贾琏出门，贾环等乘问串卖巧姐。一百十八下半回至一百十九回为一段，叙宝玉逃禅，贾府蒙恩，一以便完结全部。

〔大某评〕贾氏四春，惟三姑娘最为锐利，而结果独好，可知懦弱人，皇天久不眷佑矣。

第一百二十回　甄士隐详说太虚情
　　　　　　　　贾雨村归结石头记

　　话说宝钗听秋纹说袭人不好，连忙进去瞧看。巧姐儿同平儿也随着走到袭人炕前。只见袭人心痛难禁，一时气厥。宝钗等用开水灌了过来，仍旧扶他睡下，一面传请大夫。巧姐儿问宝钗道："袭人姐姐怎么病到这个样？"宝钗道："大前日晚上哭伤了心了，一时发晕栽倒了。太太叫人扶他回来，他就睡倒了，因外头有事，没有请大夫瞧他，所以致此。"说着，大夫来了，宝钗等略避。大夫看了脉，说是急怒所致，〔索隐〕如此文不对题之二字，意者急不暇择，一怒而去欤？试猜作者是无心，是有心？开了一个方子，去了。

　　原来袭人模糊听见说宝玉若不回来，便要打发屋里的人都出去。一急越发不好了。到大夫瞧后，秋纹给他煎药，他独自一人躺着，神魂未定。好像宝玉在他面前，恍惚又像是见个和尚，手里拿着一本册子揭着看，还说道："你别错了主意，我是不认得你们的了。"袭人似要和他说话，秋纹走来说："药好了，姐姐吃罢。"袭人睁眼一瞧，知是个梦，也不告诉人。吃了药，便自己细细的想："宝玉也是跟了和尚去，上回他要拿玉出去，便是要脱身的样子，被我揪住，看他竟不像往常，把我混推混扯的，一点情意都没有。后来待二奶奶更生厌烦，在别的姊妹跟前，也是没有一点情意，这就是悟道的样子。但是你悟了道，抛了二奶奶怎么好！我是太太派我服侍你，虽是月钱照着那样的分例，其实我究竟没有在老爷、太太跟前回明，就算了你的屋里人。若是老爷、太太打发我出去，我若死守着，又叫人笑话。若是我出去，心想宝玉待我的情分，实在不忍。"左思右想，实在难处。〔索隐〕模糊传说，谁则闻之？和尚手里册子，谁则见之？终身大事，只须姑娘自拿主意，有何难处？想到

第一百二十回　甄士隐详说太虚情　贾雨村归结石头记

刚才的梦："好像和我无缘的话，倒不如死了干净！"〔**索隐**〕千古艰难惟一死，伤心岂独息夫人？岂知吃药以后，心痛减了好些，也难躺着，只好勉强支持。过了几日，起来服侍宝钗。宝钗想念宝玉，暗中垂泪，自叹命苦，又知他母亲打算给哥哥赎罪，很费张罗，不能不帮着打算。暂且不表。

且说贾政扶贾母灵柩，贾蓉送了秦氏、凤姐、鸳鸯的棺木，到了金陵，先安了葬。贾蓉又送黛玉的灵，也去安葬。贾政料理坟墓的事。一日，接到家书，一行一行的看到宝玉、贾兰得中，心里自是喜欢。后来看到宝玉走失，复又烦恼，只得赶忙回来。在道儿上，又闻得有恩赦的旨意，又接家书，果然赦罪复职，更是喜欢，便日夜趱行。

一日，行到毗陵驿地方，〔**索隐**〕毗陵驿，暗指龙泉关。那天乍寒下雪，泊在一个清静去处。贾政打发众人上岸投贴，辞谢朋友，总说即刻开船，都不敢劳动。船中只留一个小厮伺候，自己在船中写家书，先要打发人起早到家。写到宝玉的事，便停笔抬头，忽见船头上微微的雪影里面一个人，光着头，赤着脚，身上披着一领大红猩猩毡的斗篷，向贾政倒身下拜。贾政尚未认清，急忙出船，欲待扶住问他是谁，那人已拜了四拜，站起来打了个问讯。贾政才要还揖，迎面一看，不是别人，却是宝玉。贾政吃一大惊，忙问道："可是宝玉么？"那人只不言语，似喜似悲。贾政又问道："你若是宝玉，如何这样打扮跑到这里？"宝玉未及回言，只见船头上来了两人，一僧一道，夹住宝玉说道："俗缘已毕，还不快走？"说着，三个人飘然登岸而去。

贾政不顾地滑，即忙来赶，见那三人在前，那里赶得上？只听他们三人口中，不知是那个作歌曰："我所居兮，青埂之峰。我所游兮，鸿蒙太空。谁与我游兮，吾谁与从？渺渺茫茫兮，归彼大荒！"贾政一面听着，一面赶去。转过一小坡，倏然不见。贾政已赶得心虚气喘，惊疑不定，回过头来，一见自己的小厮也是随后赶来，贾政问道："你看见方才那三个人么？"小厮道："看见的、奴才为老爷追赶，故也赶来。后来只见老爷，不见那三个人了。"贾政还欲前走，只是白茫茫一片旷野，并无一人。〔**索隐**〕圣祖四聿五台，名为巡狩，实省觐也。每至，必屏侍从，独造高峰。第四次，则世祖已殂，有霜露之感。故赋诗云："又到清凉

《红楼梦》与顺治皇帝的爱情故事

境,巉岩卷复垂。劳心愧自省,瘦骨久鸣悲。膏雨随芳节,寒霜惜大时。文殊色相在,惟愿鬼神知。"意见言外。比段以父代子,地位天然。又,《南巡秘记》云:顺治十八年正月丁巳夜子刻,世祖崩于养心殿。遗诏既颁,天下震动,五台僧圆智奉巡抚札,作佛事荐大行皇帝。梵声铙钹,风号雷动。忽一华服少年排闼入,状貌魁梧,神采焕发。圆智大惊,问:"居士何来?"客曰:"自燕京来,参谒大师耳。"客年二十余,举动豪迈,不类常人。问其姓名,笑而不答。圆智知有异,延入密室而询之,客曰:"师毋琐琐,此来非他,求为弟子耳!从则留,不从则舍而之他。"圆智惊曰:"客何语此?"客曰:"吾弃天下如敝屣耳。"圆智益惊惶失措。客曰:"毋尔!师果弃我者,则舍而之他耳。"因附团智耳语久之。圆智曰:"客欲由色相证菩提乎?是非具大智慧者不可。恐客惯混软红尘中,不耐清净况味耳。"客曰:"吾志决矣,师不信乎?可以试之。"圆智宿客于方丈,与谈论经典,客言解脱超妙,圆智不能难,乃大叹服。即日为披剃授戒,法名曰慧真,辟精舍以处之。(中略)一日,传两宫已发京师,将抵龙泉关矣。千乘万骑,云屯雨集。五台令继晋,出迎于龙泉关外。至长城岭,山势险隘,车驾不易行,太皇太后遂中途驻跸。既而帝诣清凉寺,主僧率众跪迎山门外,帝入寺拈香毕,问:"寺中僧侣,朕尽见矣乎?"主僧唯唯。帝曰:"闻若寺有异僧,今安在?"曰:"独居高峰一精舍,往来檀越,都不相见。"帝沉吟久之,曰:"朕将谒之。"主寺者曰:"山路崎岖,骑不得上,奈何?"帝曰:"异僧牟尼再世,朕自当走谒。"于是屏侍从,惟令一小沙弥引路,小沙弥即慧安也。既至,慧安入曰:"天子至。"慧真闭目趺坐,若未闻也者。帝审视良久,至性感动,几至流涕,突然抱僧足曰:"父皇,子臣万死,今始来叩父皇安。"僧开目曰:"居士何人?今何语?山僧殊未解。"帝复呼曰:"父皇!"僧惊曰:"孰为父皇?山僧固世外人也。"帝跪地不起,曰:"子臣不肖,不足萦圣虑,独不念太皇太后乎?"僧意犹不少动,曰:"皇帝误矣,皇帝误矣!"顾僧意态甚倨,帝跪于地,孰视若勿睹。小沙弥曰:"日之夕矣,帝其归乎?"帝乃辞僧下山,戒小沙弥勿泄。与此段可以参观。

　　贾政知是古怪,只得回来。众家人回船,见贾政不在舱中,问了船

第一百二十回　甄士隐详说太虚情　贾雨村归结石头记

夫,说是:"老爷上岸追赶两个和尚一个道士去了。众人也从雪地里寻踪迎去,远远见贾政来了,迎上去接着一同回船。贾政坐下喘息方定,将见宝玉的话说了一遍。众人回禀,便要在这地方寻觅,贾政叹道:"你们不知道,这是我亲眼见的,并非鬼怪。况听得歌声,大有元妙。那宝玉生下时衔了玉来,便也古怪。我早知不祥之兆,为的是老太太疼爱,所以养育到今。便是那和尚道士,我也见了三次:头一次是那僧道来说玉的好处;第二次便是宝玉病重,他来了,将那玉持诵了一番,宝玉便好了;第三次送那玉来坐在前厅,我一转眼,就不见了。我心里便有些诧异,只道宝玉果真有造化,高僧仙道来护佑他的。岂知宝玉是下凡历劫的,竟哄了老太太十九年。〔索隐〕世祖亲政十八年。如今叫我才明白!"说到那里,掉下泪来。

众人道:"宝二爷果然是下凡的和尚,就不该中举人了,怎么中了才去?"贾政道:"你们那里知道?大凡天上星宿,山中老僧,洞里的精灵,他自具一种性情,你看宝玉何尝肯念书?他若略一经心,无有不能的。〔索隐〕圣明天纵。他那一种脾气,也是各别另样。"说着,又叹了几声,众人便拿,"兰哥得中,家道复兴"的话解了一番。贾政仍旧写家书,便把这事写上,劝谕合家不必想念了。写完封好,即着家人回去。贾政随后赶回。暂且不提。

且说薛姨妈得了赦罪的信,便命薛蝌去各处借贷,并自己凑齐了赎罪银两,刑部准了,收兑了银子,一角文书,将薛蟠放出。他们母子姊妹弟兄见面,不必细述,自然是悲喜交集了。薛蟠自己立誓说道:"若是再犯前病,必定犯杀犯剐!"薛姨妈见他这样,便要握他嘴,说:"只要自己拿定主意,必定还要妄口把舌血淋淋的起这样恶誓么?只香菱跟了你,受了多少的苦处!你媳妇已经自己治死自己了,如今虽说穷了,这碗饭还有得吃,据我的主意,我便算他是媳妇了。你心里怎么样?"薛蟠点头愿意,宝钗等也说:"很该这样。"倒把香菱急得脸胀通红,说是:"服侍大爷一样的,何必如此?"众人便称起大奶奶来,无人不服。〔索隐〕香菱本名英莲,系指三桂妾莲儿。圆圆既披缁礼佛,莲儿益被宠眷。薛蟠便要去拜谢贾家。薛姨妈、宝钗也都过来,见了众人,彼此聚首,又说了一番的话。

《红楼梦》与顺治皇帝的爱情故事

正说着,恰好那日贾政的家人回家,呈上书子,说:"老爷不日到了。"王夫人叫贾兰将书子念给听,贾兰念到贾政亲见宝玉的一段,众人听了,都痛哭起来,王夫人、宝钗、袭人等更甚。大家又将贾政书内叫家内不必悲伤,原是借胎的话解说了一番:"与其作了官,倘或命运不好,犯了事,坏家败产,那时倒不好了。宁可咱们家出一位佛爷,倒是老爷、太太的积德,所以才投到咱们家来,不是说句不顾前后的话,当初东府里太爷,倒是修炼了十几年,也没有成了仙。这佛是更难成的。太太这么一想,心里便开豁了。"

王夫人哭着和薛姨妈道:"宝玉抛了我,我还恨他呢!我叹的是媳妇的命苦,才成了一二年的亲,怎么他就硬着肠子,都撩下了走了呢?"薛姨妈听了,也甚伤心。宝钗哭得人事不知。所有爷们都在外头,王夫人便说道:"我为他担了一辈子的惊,刚刚儿的娶了亲,中了举人,又知道媳妇有了胎,我才喜欢些。不想弄到这样结局,早知这样,就不该娶亲,害了人家的姑娘。"薛姨妈道:"这是自己命定的,咱们这样人家,还有什么别的说的么?幸喜有了胎,将来生个外孙子,必定是有成立的,后来就有了结果了。你看大奶奶,如今兰哥儿中了举人,明年中了进士,可不是就做了官么?他头里的苦,也算吃尽了的。如今的甜来,也是他为人的好处。我们姑娘的心肠儿,姊姊是知道的,并非是刻薄轻佻的人,**姊姊倒不必担忧**。"

王夫人被薛姨妈一番言语,说得极有理,心想:"宝钗小时候,更是**廉静寡欲**,极爱素淡的,所以才有这个事。〔**索隐**〕事后应悔其选择之不慎矣。想人生在世,真有一个定数的。看着宝钗,虽是痛哭,他端庄样儿,一点不走,却倒来劝我,这是真真难得的!不想宝玉这样一个人,红尘中福分竟没有一点儿!"想了一回,也觉解了好些。又想到袭人身上:"若说别的丫头呢,没有什么难处的,大的配了出去,小的服侍二奶奶就是了。独有袭人可怎么处呢?"此时人多,也不好说,且等晚上和薛姨妈商量。

那日薛姨妈并未回家,因恐宝钗痛哭,所以在宝钗房中解劝。那宝钗却是极明理,思前想后:"宝玉原是一种奇异之人,夙世前因,自有一定,原无可怨天尤人。"更将大道理的话告诉了母亲。薛姨妈心里反倒安

第一百二十回　甄士隐详说太虚情　贾雨村归结石头记

了。便到王夫人那里，先把宝钗的话说了。王夫人点头叹道："若说我无德，不该有这样好媳妇了。"〔索隐〕太平原评：必把"贤"字作十成圆满，即以起袭人之贤。说着，更又伤心起来。

薛姨妈倒又劝了一会子，因又提起袭人来，说："我见袭人近来瘦的了不得，他是一心想着宝哥儿。但是正配呢，理应守的。屋里人愿守，也是有的。惟有这袭人虽说是算过屋里人，到底他和宝哥儿并没有过明路儿的。"王夫人道："我刚才想着正要等妹妹商量商量，若说放他出去，恐怕他不愿意，又要寻死觅活的。若要留着他也罢，又恐老爷不依，所以难处。"

薛姨妈道："我看姨老爷是再不肯叫守着的。再者，姨老爷并不知道袭人的事，想来不过是个丫头，那有留的理呢？只要姊姊叫他本家的人来，狠狠的吩咐他，叫他配一门正经亲事，再多多的陪送他些东西，那孩子心肠儿也好，年纪儿又轻，也不枉跟了姊姊会子，也算姊姊待他不薄了。袭人那里，还得我细细劝他，就是叫他家的人来，也不用告诉他。只等他家里果然说定了好人家儿，我们还打听打听，若果然足衣足食，女婿长得像个人儿，然后叫他出去。"王夫人听了道："这个主意很是！不然，叫老爷冒冒失失的一办，我可不是又害了一个人了么？"〔索隐〕"又"字着眼。

薛姨妈听了，点头道："可不是么！"又说了几句，便辞了王夫人，仍到宝钗房中去了。看见袭人泪痕满面，薛姨妈便劝解譬喻了一会。袭人本来老实，不是伶牙俐齿的人，薛姨妈说一句，他应一句，回来说道："我是做下人的人，姨太太瞧得起我，才和我说这些话，我是从不敢违拗太太的"薛姨妈听他的话，"好一个柔顺的孩子！"心里更加喜欢。宝钗又将大义的话说了一遍，〔索隐〕此公之所谓大义，必有可听者。笼统叙过，令我懊闷。大家各自相安。

过了几日，贾政回家，众人迎接。贾政见贾赦、贾珍已都回家，弟兄叔侄相见，大家历叙别来的景况。然后内眷们见了，不免想起宝玉来，又大家伤了一会子心。贾政喝住道："这是一定的道理！如今只要我们在外把持家事，你们在内相助，断不可仍是从前这样的散漫。别房的事，各有各家料理，也不用承总。我们本房的事，里头全归于你，都要按理而行。"王夫人便将宝钗有孕的话也告诉了,将来丫头们都放出去。贾政听了,点头无语。

次日,贾政进内请示大臣们,说是:"蒙恩感激,但未服阕,应该怎么谢恩之处,望乞大人们指教。"众朝臣说是代奏请旨。于是圣恩浩荡,即命陛见。贾政进内谢了恩,圣上又降了好些旨意,又问起宝玉的事来。贾政据实回奏,圣上称奇。旨意说宝玉的文章固是清奇,想他必是过来人,所以如此。若在朝中,可以进用他。既不敢受圣恩的爵位,便赏了一个"文妙真人"的道号。〔索隐〕恭上庙号为世祖章皇帝。贾政又叩头谢恩而出。

回到家中,贾琏、贾珍接着,贾政将朝内的话述了一遍。众人喜欢,贾珍便回说:"宁国府第收拾齐全,回明了要搬过去。栊翠庵圈在园内,给四妹妹静养。"贾政并不言语。隔了半日,却吩咐了一番仰报天恩的话。贾琏也趁便回说:"巧姐姐事,父亲、太太都愿意给周家为媳。"贾政昨晚也知巧姐的始末,便说:"大老爷、大太太作主就是了。莫说村居不好,只要人家清白,孩子肯念书,能够上进。朝里那些官儿,难道都是城里的人么?"〔索隐〕是阅历后之贾政。贾琏答应了"是",又说:"父亲有了年纪,况且又有痰症的根子,静养几年,诸事原仗二老爷为主。"贾政道:"提起村居养静,甚合我意。只是我受恩深重,尚未酬报耳。"贾政说毕进内。

贾琏打发请了刘老老来,应了这件事。刘老老见了王夫人等,便说些将来怎样升官,怎样起家,怎样子孙昌盛。正说着,丫头回道:"花自芳的女人进来请安。"王夫人问几句话,花自芳的女人将亲戚作媒,说的是城南蒋家的,现在有房有地,又有铺面。姑爷年纪略大几岁,并没有娶过的,况且人物儿长的是百里挑一的。王夫人听了愿意,说道:"你去应了,隔几日进来再接你妹子罢。"王夫人又命人打听,都说是好。王夫人便告诉了宝钗,仍请了薛姨妈细细的告诉袭人。

袭人悲伤不已,又不敢违命,心里想起宝玉那年到他家去,回来说的死也不回去的话。"如今太太硬作主张,若说我守着,又叫人说我不害臊。若是去了,实不是我的心愿"。〔索隐〕不如直截其词曰:去呢,人说我不害臊!守呢,实不是我的心愿。便哭得咽哽难言。又被薛姨妈、

第一百二十回　甄士隐详说太虚情　贾雨村归结石头记

宝钗苦劝,回过念头想道:"我若是死在这里,倒把太太的好心弄坏了,我该死在家里才是。"

于是袭人含悲叩辞了众人,那姐妹分手时,自然更有一番不忍说。袭人怀着必死的心肠上车,回去见了哥哥嫂子,也是哭泣,但只说不出来。那花自芳悉把蒋家的聘礼送给他看,又把自己所办妆奁一一指给他瞧,说:"那是太太赏的,那是置办的。"袭人此时更难开口。住了两天,细想起来,哥哥办事不错,若是死在哥哥家里,岂不又害了哥哥呢?千思万想,左右为难,真是一缕柔肠,几乎牵断,只得忍住。

那日已是迎娶吉期,袭人本不是那一种撒泼的人,委委屈屈的上轿而去,心里原想到那里再作打算,岂知过了门,见那蒋家办事极其认真,全都按着正配的规矩。一进了门,丫头仆妇都称奶奶。袭人此时正要死在这里,又恐害了人家,孤负了一番好意。那夜原是哭着,不肯俯就的,那姑爷却极柔情曲意的承顺。

到了第二天开箱,这姑爷看见一条猩红汗巾,方知是宝玉的丫头。原来当初只知是贾母的侍儿,亦想不到是袭人。此时蒋玉函念着宝玉待他的旧情,倒觉满心惶愧,更加周旋。又故意将宝玉所换那条松花的绿汗巾拿出来,袭人看了,方知这姓蒋的原来就是蒋玉函,始信姻缘前定。袭人才将心事说出,蒋玉函也深为叹息敬服,不敢勉强,并越发温柔体贴,弄得个袭人真无死所了。〔索隐〕一层一层的解释,一步一步的推卸,其实只是一死难耳。彼洪承畴、金文通辈,被俘之际,何尝不是如此设想?书中袭人,本为小琬影子,此处改嫁,兼以代表一切贰臣。作者冷眼旁观,孤愤莫泄,当全书告终之际,遂不惜借酒骂座,大放厥词。

看官听说:虽然事有前定,无可奈何。但孽子孤臣、义夫节妇,这"不得已"三字,也不是一概推委得的。〔索隐〕借宾定主,陪笔却是正笔。此袭人所以在又副册也。正是前人过那桃花庙的诗上说道:"千古艰难惟一死,伤心岂独息夫人?"

不言袭人从此又是一番天地。〔索隐〕念头一转,又是一朝新人物矣。不屑琐述,污我笔砚。且说那贾雨村犯了婪索的案件,审明定罪。今遇大赦,褫籍为民。雨村因叫家眷先行,自己带了一个小厮,一车行李,来到急流津觉迷渡口。只见一个道者,从那渡头草棚里出来,执手

《红楼梦》与顺治皇帝的爱情故事

相迎。雨村认得是甄士隐，〔索隐〕繁华一梦，转眼成空，足以点醒贾者必属之甄。也连忙打恭，士隐道："贾老先生，别来无恙？"雨村道："老仙长到底是甄老先生！何以前次相逢，觌面不认？后知火焚草亭，下鄙深为惶恐。今日幸得相逢，益叹老仙翁道德高深。奈鄙人下愚不移，致有今日。"甄士隐道："前者大人高官显爵，贫道怎敢相认？原因故交，敢赠片言，不意老大人相契之深。然而富贵穷通，亦非偶然。今日复得相逢，也是一桩奇事。这里离草庵不远，暂请膝谈，未知可否？"雨村欣然领命。两人携手而行，小厮驱车随后。到一座茅庵，士隐让进。雨村坐下，小童献上茶来。雨村便请教仙长超尘的始末。士隐笑道："一念之间，尘凡顿易。老先生从繁华境中来，岂不知温柔富贵乡中有一宝玉乎？"雨村道："怎么不知？近闻纷纷传述，说他也遁入空门。下愚当时也曾与他往来过数次，再不想此人竟有如是之决绝。"士隐道："非也！这一段奇缘，我先知之。昔年我与先生在仁清巷旧宅门口叙话之前，我已会过他一面。"雨村惊讶道："京城离贵乡甚远，何以能见？"士隐道："神交久矣。"雨村道："既然如此，现今宝玉的下落，仙长定能知之。"士隐道："宝玉，即'宝玉'也。〔索隐〕既云宝玉即宝玉，则贾宝玉当然即假宝玉。

那年荣、宁查抄之前，钗、黛分离之日，此玉早已离世。一为避祸，二为撮合。从此凤缘一了，形质归一。又复稍示神灵，高魁贵子，方显得此玉是天奇地灵锻炼之宝，非凡间可比。前经茫茫大士、渺渺真人携带下凡，如今尘缘已满，仍是此二人携归本处，这便是宝玉的下落。"

雨村听了，虽不能全然明白，却也十知四五，便点头叹道："原来如此，下愚不知。但那宝玉既有如此的来历，又何以迷情至此，复又豁悟如此？还要请教。"士隐笑道："此事说来，先生未必尽解。太虚幻境，即是真如福地。两番阅册，原始要终之道，历历生平，如何不悟？仙草归真，焉有'通灵'不复原之理呢？"

雨村听着，却不明白了。知是仙机，也不便更问，因又说道："宝玉之事既得闻命，但是敝族闺秀如此之多，何元妃以下，算来结局俱属平常？"士隐叹息道："老先生莫怪拙言！贵属之女，俱属从情天孽海而来。大凡古今女子，那'淫'字固不可犯，只这'情'字，也是沾染不

第一百二十回　甄士隐详说太虚情　贾雨村归结石头记

得的，所以崔莺、苏小，无非仙子尘心；宋玉、相如，大是文人口孽。凡是情丝缠绵的，那结果就不可问了。"

雨村听到这里，不觉拈须长叹，因又问道："请教老仙翁，那荣、宁两府，尚可如前否？"〔索隐〕如前复原等字，俱是此回筋节。士隐道："福善祸淫，古今定理。现今荣、宁两府，善者修德，恶者悔祸，将来兰桂齐芳，家道复初，也是自然的道理。"〔索隐〕天鉴不远，若能早自悔悟，则退回满蒙，犹不失为游牧部落。

雨村低了半日头，忽然笑道："是了，是了！现在他府中有一个名兰的，已中乡榜，恰好应着'兰'字。适间老仙翁说'兰桂齐芳'，又道宝玉'高魁子贵'，莫非他有遗腹之子，可以飞黄腾达的么？"士隐微微笑道："此系后事，未便预说。"

雨村还要再问，士隐不答，便命人设具盘飧，邀雨村共食。食毕，雨村还要问自己的终身，士隐便道："老先生草庵暂歇，我还有一段俗缘未了，正当今日完结。"雨村惊讶道："仙长纯修若此，不知尚有何俗缘？"士隐道："也不过是儿女私情罢了。"雨村听了，益发惊异："请问仙长，何出此言？"士隐道："老先生有所不知，小女英莲，幼遭尘劫。老先生初任之时，曾经判断。今归薛姓，产难完劫，遗一子于薛家，以承宗祧。〔索隐〕永历被戕于滇，尚有一子名慈炤者，脱逃于外，为明祀一线之延。遗民默念，窃冀其为夏少康也。此时正是尘缘脱尽之时，只好接引接引。"士隐说着，拂袖而起。雨村心中恍恍惚惚，就在这急流津觉迷渡口草庵中睡着了。

这士隐自去度脱了香菱，送到太虚幻境，交那警幻仙子对册。刚过牌坊，见那一僧一道飘渺而来，士隐接着说道："大士真人，恭喜！恭喜！情缘完结，都交割清楚了么？"那僧道说："情缘尚未全结，倒是那蠢物已经回来了。还得把他送还原所。将他的后事叙明，不枉他下世一回。"士隐听了，便拱手而别。那僧道仍携了玉，到青埂峰下，将宝玉安放在女娲炼石补天之处，各自云游而去。从此后：

天外书传天外事，两番人作一番人。

这一日空空道人又从青埂峰前经过，见那补天未用之石仍在那里，上面字迹依然如旧。又从头细细看了一遍，见后面偈文后又历叙了多少

《红楼梦》与顺治皇帝的爱情故事

收缘结果的话头,〔索隐〕此是雪芹先生揭明其修补《红楼梦》之原委。便点头叹道:"我从前见石兄这段奇文,原说可以问世传奇,所以曾经抄录。但未见返本还原,不知何时复有此一段佳话。方知石兄下凡一次,磨出光明,修成圆觉,也可谓无复遗憾了。只怕年深日久,字迹模糊,反有舛错,不如我再抄录一番,〔索隐〕又修正一次。寻个世上清闲无事的人,托他传遍,知道奇而不奇,俗而不俗,真而不真,假而不假。或者尘梦劳人,聊倩鸟呼归去;山灵好客,更从石化飞来,亦未可知。"想毕,便又抄了,仍携至那繁华昌盛的地方,遍寻了一番,不是建功立业的人,即系糊口谋衣之辈,那有闲情更去和石头饶舌?直寻到急流津觉迷渡口,草庵中睡着一个人,因想他必是闲人,便要将这抄录的《石头记》给他看看,那知那人再叫不醒。〔索隐〕尘海劳劳,梦时多而醒时少。纵自比生公说法,恐难使顽石点头。空空道人复又使劲拉他,才慢慢的开眼坐下,便接来草草一看,仍旧掷下道:"这事我已亲见尽知,你这抄录的尚无舛错,我只指与你一个人,托他传去,便可归结这一段新鲜公案了。"空空道人忙问何人,那人道:"你须待某年某月某日某时,到一个悼红轩中,有个曹雪芹先生,只说贾雨村言,托他如此如此。"说毕,仍旧睡下了。

那空空道人牢牢记着此言,又不知过了几世几劫,果然有个悼红轩,见那曹雪芹先生正在那里翻阅历来的历史。空空道人将贾雨村言了,方把这《石头记》示看。那雪芹先生笑道:"果然是'贾雨村言'了。"空空道人便问:"先生何以认得此人?便肯替他传述。"

曹雪芹先生笑道:"说你空空,原来你肚里果然空空。既是'假语村言',但无鲁鱼亥豕以及悖谬矛盾之处,乐得与二三同志,酒余饭饱,雨夕灯窗之下,同消寂寞。又不必大人先生品题传世,似你这样寻根究底,便是刻舟求剑、胶柱鼓瑟了。"〔索隐〕普告天下后世看官。

那空空道人听了,仰天大笑,掷下抄本,飘然而去。一面走着,口中说道:"果然是敷衍荒唐!不但作者不知,抄者不知,并阅者也不知!不过游戏笔墨,陶情适性而已!"〔索隐〕又弄狡狯了。后人见了这本传奇,亦曾题过四句,为作者缘起之言:

第一百二十回　甄士隐详说太虚情　贾雨村归结石头记

说到辛酸处，荒唐愈可悲。

由来同一梦，休笑世人痴！

〔索隐〕本回以安置袭人为主脑，借他人酒杯，浇自己块垒，遂将千古失节贱奴，龌龊不堪的心胸，矫揉造作的面目，一一揭现纸上。口诛笔伐，不遗余力，吾知作者隐痛深矣。至记宝玉谒父一节，因康熙耐幸五台者四，南巡者六，不惜糜财病民，以展天家孝思。煌煌巨典，未可屏而不录也。末段结束全书，于开端首尾相应，水泄不漏，尤征力量。

须知《红楼梦》者，两姓兴亡史也。处文禁森严之世，穷年累月，旁搜博采，以成此血泪凝结之文字。吾料作者胸中，千回百折，意义所托，一念惟恐人知，一念又惟恐人不知。故闪闪烁烁，模糊其辞。第一回曰："满纸荒唐言，一把辛酸泪。"末回曰："说到辛酸处，荒唐愈可悲。"呜呼！既属荒唐之言，宁有辛酸之泪？既下辛酸之泪，决非荒唐之言。而犹曰："假语村言""不过游戏笔墨，陶情适性而已"，岂非欺读者之甚！虽然，吾以是责作者，作者必应之曰："会读者读，不会读者不必读。"

〔护花评〕贾政若不于途次舟中亲见宝玉，亲听歌词，则到家之后，岂有不竭力找访，生出无限笔墨支离？必得如此见闻，方可了悟因缘，付之度外。文章固善于归结，亦可见良工苦心。

又：甄士隐说"宝玉即'宝玉'"，已将实事明明说破，读者自当领会。甄士隐说："荣、宁查抄之前，钗、黛分离之日，此玉早已离世。一为避祸，二为撮合"等语。按荣、宁查抄，系一百五回之事。则一百五回以后，所叙贾宝玉之事，俱系空中楼阁。细绎宝玉之出走，当在通灵走失、元妃薨死后。贾母将宝玉移出大观园，即为钗、黛分离之日。看来元妃薨后，贾府已有不好消息，所以宝玉即避祸出走。至所云避祸，显而易见。所云撮合，不知撮合何事？作者既讳而不言，读者姑置阙疑可也。甄士隐说"福善祸淫""兰桂齐芳"，是文后余波，劝

《红楼梦》与顺治皇帝的爱情故事

人为善之意，不必认为真事。了结香菱，简净跳脱，又是一样文法。

又，第一百二十回一大段，应分四小段：贾政回家陛见，奏明宝玉情事，赏给文妙真人道号，为一段。了结宝玉因果，即带叙薛蟠赎罪回家，香菱扶正；自宁府收拾齐全，至袭人嫁蒋玉函止，为一段。完结袭人因缘，并巧姐许字；自贾雨村遇见甄士隐，至士隐拂袖而起，为一段。说明宝玉来去原委；自雨村熟睡草庵，至末为一段。作者自述此书为游戏笔墨，扫空一切，为更进一层之意。

〔大某评〕甄士隐于草庵中一席话，奥理妙谛，吞吐隐约，结束全部大旨。末段即作自跋，与开卷一气回环。

第一百二十回　甄士隐详说太虚情　贾雨村归结石头记

附：

王梦阮、沈瓶庵的《红楼梦索隐》

郭豫适

此书出版于民国五年（公元1916年），题"悟真道人戏笔"。《红楼梦索隐》附于一百二十回本《红楼梦》上，上海中华书局印行。书分二十卷，分订十册。书前印有"清世祖五台山入定真相"（彩色），意在佐证《红楼梦》是写清世祖故事。书前有"悟真道人"所作的《序》《例言》和《红楼梦索隐提要》，其分回分段索隐，则夹写在《红楼梦》有关段落正文之下。

《红楼梦索隐》出版之后的流传及其影响，可以从一个数字看出来，即此书出版后，很短的时期之内就重版至十三版之多。可见这部书在当时是颇为轰动的。

《红楼梦索隐·序》全面地说明了这部索隐著作的基本思想和内容。开头即说："玉溪药转之什，旷世未得解人；渔洋秋柳之词，当代已多聚讼。"这里玉溪指的是玉溪生，即唐代诗人李商隐，《药转》是他所作的一首七律诗；渔洋指的是王渔洋，即清代诗人王士禛，《秋柳》是他所作的一组七律诗。他们这些诗真意都很难解，人们对其解释颇多分歧。"悟真道人"是用李商隐、王士禛这些诗作比喻，说明《红楼梦》也是真意难明、不易解释的作品。

那么，在"悟真道人"看来，《红楼梦》为什么难解呢？它所"隐"的"本事"究竟是什么呢？他说：

《红楼梦》与顺治皇帝的爱情故事

为世所传《红楼梦》一书者,其古今之杰作乎?大抵此书改作,在乾嘉之盛时,所纪篇章,多顺康之逸事。特以二三女子,亲见亲闻;两代盛衰,可歌可泣。江山敝屣,其事为古今未有之奇谈;闺阁风尘,其人亦两间难得之尤物。听其淹没,则忍俊不禁;振笔直书,则立言未敢。于是托以演义,杂以闲情,假宝、黛以况其人,因荣、宁而书其事。

但因为一则"酸辛无限,笔墨羞陈",二则"奇情骇世,尊讳难书",所以小说作者才使用"变幻离奇,烘托点染"的笔法,于是一般读者便难于辨认《红楼梦》的"正谛"了。

《红楼梦》既是这样难解,并且至今未得解人,于是"悟真道人"便立下了这样的志愿:

不佞谬参正谛,剖集遗闻。由假悟真,信《太上》以忘情为贵;即隐求事,知酸泪非作者之痴。遂洞抉藩篱,大弄笔墨。钩沉索隐,矜考据于经生;得象忘言,作功臣于说部。(《红楼梦索隐·序》)

这位自称"悟真"的评论家,对于前此的《红楼梦》评点家颇多批评。他说:"诸家评《红楼》者,有护花主人、大某山民各种""大抵不免为作者故设之假人假语所囿,落实既谬,超悟亦非,于书中所指何人何事全不领悟,真知既乏,即对于假人假语,亦不免自为好恶,妄断是非。"总之,"是书流行几二百年,而评本无一佳构"。(《红楼梦索隐·例言》)这位索隐家自称"于是书融会有年,因敢逐节批评""以注经之法注《红楼》,敢云后来居上"。(同上)看他如此否定别入的评本,如此肯定自己的研究,说明他对自己索隐所得的《红楼梦》的"正谛"是很自信的。

那么,这位《红楼梦》研究家"大弄笔墨""钩沉索隐"的结果,得出了怎样的结论呢?以下就是《红楼梦索隐》这部著作对于《红楼

第一百二十回　甄士隐详说太虚情　贾雨村归结石头记

梦》这部小说的"本事"和"正谛"的最基本的观点：

> 然则书中果记何人何事乎？请试言之。盖尝闻之京师故老云，是书全为清世祖与董鄂妃而作，兼及当时诸名王奇女也。相传世祖临宇十八年，实未崩殂，因所眷董鄂妃卒，悼伤过甚，遁迹五台不返，卒以成佛。当时讳言其事，故为发丧。世传世祖临终罪己诏，实即驾临五台诸臣劝归不返时所作。语语罪己，其忏悔之意深矣。……父老相传，言之凿凿，虽不见于诸家载记，而传者孔多，决非虚妄。情僧之说，有由来矣。（《红楼梦索隐提要》）

这位索隐派研究家的意思是说，《红楼梦》全书写的是清朝顺治皇帝（清世祖）和董鄂妃的故事。小说中的"情僧"，指的就是顺治皇帝。而那个董鄂妃又是何人呢？他说就是当年秦淮名妓董小宛。秦淮名妓董小宛怎么会变成清世祖所宠爱的董鄂妃呢？他说：

> 至于董妃，实以汉人冒满姓，因汉人无入选之例，故伪称内大臣鄂硕女，姓董鄂氏，若妃之为满人者，实则皆知秦淮名妓董小宛。小宛侍如皋辟疆冒公子襄九年，雅相爱重，适大兵下江南，辟疆举室避兵于浙之盐官。小宛艳名夙炽，为豫王所闻，意在必得，辟疆几濒于危，小宛知不免，乃以计全辟疆使归，身随王北行。后经世祖纳之宫中，宠之专房。废后立后时，意本在妃，皇太后以妃出身贱，持不可，诸王亦尼之，遂不得为后。封贵妃，颁恩赦，旷典也。妃不得志，乃怏怏死。世祖痛妃切，至落发为僧，去之五台不返。诚千古未有之奇事，史不敢书，此《红楼梦》一书所由作也。（同上）

这位红学家颇会编撰故事，你看他把事情说得有头有尾，真可谓"言之凿凿"了，但可惜这些叙述完全是杜撰的。这段故事其实是有明显的破绽的，请问既是"汉人无入选之例"，董小宛是汉族女子，而且又是一

《红楼梦》与顺治皇帝的爱情故事

个妓女，怎能入宫充当贵妃？再说，皇帝身旁后妃成群，死了一个妃子，有可能悲痛得连皇帝都不想做了吗？这位索隐家也自知所谓清世祖因伤悼董鄂妃之死而"落发为僧"的事，不但史书没有记载，并且也"不见于诸家载记"。但是，他为了立论的需要，便把史无记载，曲意说成是"史不敢书"。这样一说，意思就变成史实所有，只不过是史书未写罢了。但这里又存在着一个漏洞，官家史书或者可以说是"不敢"记载，那么私家记述总不至于那么禁忌罢，为什么并也"不见于诸家载记"呢？

说什么《红楼梦》全书为清世祖与董鄂妃而作，说什么小说中的贾宝玉就是清世祖，说什么小说中的林黛玉就是清世祖宠爱至极的董鄂妃，也就是原来的秦淮名妓董小宛（琬），这一切不过是想当然的编造罢了。

关于清世祖因所欢董鄂妃去世，感伤过甚，便去五台山落发为僧的传说，主要的根据是吴梅村的四首《清凉山赞佛诗》。我们知道，吴梅村的《清凉山赞佛诗》也是清诗中的一件疑案，诗意隐晦难明。有人猜测它所写的正是传说中的清世祖和董鄂妃的故事。"王母携双成，绿盖云中来"，是点董姓；"可怜千里草，萎落无颜色"，是指董姓女子之死，等等。吴诗究竟是否写清世祖和董鄂妃的故事，这姑且放在一旁。问题是即使吴梅村的诗确是写这个故事，又怎能以此为据，证明曹雪芹的小说也必定是写这个故事，而董鄂妃又必定是董小宛？说董鄂妃即是董小宛，其主要理由是冒辟疆《影梅庵忆语》里面没有详记董小宛的死状，颇觉可疑，说是因为董小宛被大兵俘去，最后献给朝廷！此事冒辟疆不便明白说出。这又完全是出自主观主义的猜测。

对于上述出自猜测的传说，孟心史作有《董小宛考》，加以批驳。文中指出："顺治八年辛卯正月二日，小宛死。是年小宛为二十八岁，巢民为四十一岁，而清世祖则犹十四岁之童子，盖小宛之年长以倍，谓有入宫邀宠之理乎？当是时江南军事久平，亦无由再有乱离掠夺之事。小宛死葬影梅庵，坟墓具在。越数年，陈其年偕巢民往吊有诗。迄今读清初诸家诗文集，于小宛之死，见而挽之者有吴菌次，闻而唁之者有龚芝麓，为耳目所及焉"。这里多方面说明董小宛不可能入宫成为董鄂妃，特别是考出董小宛和清世祖两人年龄相差过远，指出十四岁的童子不可能要一个年纪已经二十八岁的女子入宫为妃。孟心史对那些猜测之词的反

第一百二十回 甄士隐详说太虚情 贾雨村归结石头记

驳是很有力的。

我们再找冒辟疆的《影梅庵忆语》来看，也可以反驳那种认为董小宛即是董鄂妃的说法。

《影梅庵忆语》是冒辟疆为悼念亡妾董小宛而作的，那是一篇写得颇为真切动人的有名的传记文学作品。它记叙了他们两人相遇、相爱、同居，以及后来董小宛随冒辟疆历经变乱困苦而矢志忠贞的故事。《红楼梦索隐》说什么董小宛以计全冒辟疆使归，自己随豫王北行，这又是妄测。《影梅庵忆语》明白地说："乙酉流寓盐官"，避难出走，"卒于马鞍山遇大兵""天幸得一小舟，八口飞渡，骨肉得全，而姬之惊悸瘁瘏，至矣尽矣！"又写脱难后冒辟疆病重，小宛曲为伏侍，"越五月如一日"，冒病愈，而董则已"星厣如蜡，弱骨如柴"了。后来辟疆又再病了两次，都得到小宛的尽力看护。所以冒辟疆说："余五年危疾者三""微姬力，恐未必能坚以不死也！"这里明白记述马鞍山遇大兵后的五年中间，小宛始终是和冒辟疆在一起的，哪里是什么遇大兵俘获北上进宫？

《影梅庵忆语》明说董小宛是死于劳瘁等原因。有人说书中对小宛的死因死状毫不提及，这也是不对的。实际上《影梅庵忆语》除了写到董小宛的惊悸、劳瘁以外，对她临死时的情况也不止一次提到过，其中有一段说："姬不私铢两，不爱积蓄，不制一宝粟钗钿。死能弥留；元旦次日，必欲求见老母，始瞑目。而一身之外，金珠红紫尽却之，不以殉。洵称异人。"又有一段说，"姬临终时，自顶至踵，不用一金珠纨绮，独留跳脱不去手，以余勒书故。"这对董小宛临终时的状况，对她的性格乃至她对冒辟疆的真挚的爱情，不是正面地具体地作了叙写吗？

由上述这些情况，我们可以知道，《红楼梦索隐》以及其他红学家关于《红楼梦》是写清世祖和秦淮名妓董小宛的故事的说法，实在是没有事实根据的。

《红楼梦索隐》论述小说中某人物影射某人物的理由，使用的是牵强附会的方法。例如说林黛玉就是董小宛，"关合处尤多"。什么理由呢？他说：

小宛名白，故黛玉名黛，粉白黛绿之意也！小宛书名，每

《红楼梦》与顺治皇帝的爱情故事

去玉旁去书宛,故黛玉命名,特去宛旁专名玉,平分各半之意也!……小宛入宫已二十有七,黛玉入京,年只十三余,恰得小宛之半。……小宛爱梅,故黛玉爱竹。小宛善曲,故黛玉善琴。小宛善病,故黛玉亦善病。小宛癖月多故黛玉亦癖月。小宛善栽种,故黛玉爱葬花。小宛能烹调,故黛玉善裁剪。小宛能饮不饮,故黛玉最不能饮。……且小宛游金山时,人以为江妃踏波而上,故黛玉号潇湘妃子。……小宛姓千里草,黛玉姓双木林。……且黛玉之父名海,母名敏,海去水旁,敏去文旁,加以林之单木,均为梅字。小宛生平爱梅,庭中左右植梅殆遍,故有影梅庵之号,书中凡言梅者,皆指宛也。(《红楼梦索隐提要》)

这里的所谓"关合",看似很多,说得振振有词,其实是牵强附会,经不起辩驳的。请问,"二十七"和"十三余",相差如此之大,怎能说这是两人的"关合"?"善病"和"癖月",古代女子多得很,难道世上只有董小宛多病和喜欢月亮?怎么能拿来证明呢?梅之与竹,曲之与琴,栽种和葬花,烹调和裁剪,毕竟有所不同。至于"能饮不饮"之与"最不能饮",其实际是"能饮"与"不能饮",明明是相反的情况,怎么又能说是"关合"?而且小宛流离颠沛,黛玉只从家乡到贾府;未闻小宛善哭,黛玉却眼泪特多;小宛善能委婉迎合冒氏家中诸辈,黛玉却孤高得很;小宛出身乐籍,黛玉出身书香门第。小宛嫁冒辟疆后,依《红楼梦索隐》的说法,还曾随豫王北行,入宫为妃;而黛玉呢,她却是一心只爱宝玉,至死未有二志,她和宝玉尚且未能结合,何尝又去跟上别人?从出身、遭遇以及思想性格等各方面来看,两者都是很不相同的,怎么能说小说中的林黛玉就是董小宛呢?

至于侈谈什么"千里草""双木林"以及"梅"字跟其他几个字的关系,那简直就是在拆字猜谜了,算什么考证或评论!就说"千里草"是指"董"字,"双木林"是指"林"字,凭什么就能断定这"董""林"二字就是指董小宛和林黛玉?我们知道,曹雪芹在给小说中人物命名时,确曾用过谐音的办法。但如果把这一点绝对化,刻意求深,以

第一百二十回 甄士隐详说太虚情 贾雨村归结石头记

为这里面一定是隐中有隐，曲中有曲，碰到一个人名就疑神疑鬼地说"影射"谁，"影射"谁，那就只走上主观随意的唯心主义的歧路。曹雪芹如果给林黛玉的父母命名时，就必须查考、研究一下"林"字和"木""海""敏""梅"这些字相互之间的笔划结构关系，那未免太辛苦也太傻了，他是完全没有必要那样做的。

《红楼梦索隐》说什么《红楼梦》中的贾宝玉、林黛玉"影射"清世祖、董鄂妃（董小宛），这本来就已经纯是主观猜测之词。但这部索隐派著作在关于"影射"方法及其运用过程中，又提出了一些更教人无法捉摸的"化身"说、"分写"说、"合写"说。根据这些说法，一方面可以认为小说中好几个人共同"影射"现实中同一个人，从另一方面又可以认为小说中某一个人是"影射"现实中的几个人。

《红楼梦索隐》说："小宛事迹甚多，又为两嫁之归，断非黛玉一人所能写尽，故作者又以六人分写之。"哪六个人？他说是小说中的秦可卿、薛宝钗、薛宝琴、晴雯、袭人和妙玉。并据此说："《红楼梦》好分人为无数化身，以一个写其一事，此一例也。"这里刚刚提出"化身"说、"分写"说，认为不仅林黛玉影射董小宛，而且宝钗等另外六个人也影射董小宛；但是接着又来一个"合写"说，认为宝钗有时是写董小宛，"亦有时写陈圆圆""亦有时写刘三秀"，就是说现实生活中的人物董小宛、陈圆圆、刘三秀三个女子合写在小说中的薛宝钗一个人身上。这种混乱不堪、互相矛盾的说法，在《红楼梦索隐》中可以说是俯拾即是。

书中这类索隐法，完全是凭评论者的随意揑合，并不要有什么原则或标准。对小说中的人和事跟现实中的人和事，只要抓住两者之间一点看似相同的地方，就说这里面有"关合"，断定两者必有关系；至于两者不相同或根据相反的地方，那就闭着眼睛不看，或者强词夺理地说这是什么"合写""分写"或"反写"。反正笔在他手里，他爱怎么索隐就怎么索隐，完全是主观随意性的。本来，唯心主义、主观主义，正是索隐派红学共同的基本特点。在这方面，《红楼梦索隐》是表现得很突出、很典型的。

图书在版编目（CIP）数据

《红楼梦》与顺治皇帝的爱情故事/张国星等编. —沈阳：辽海出版社，1997.3（2019.1重印）

（《红楼梦》本事大揭秘）

ISBN 978-7-80507-400-9

Ⅰ. 红… Ⅱ. 张… Ⅲ. ①《红楼梦》研究—中国 ②顺治帝—人物研究 Ⅳ. I207.411

中国版本图书馆CIP数据核字（97）第03916号

《红楼梦》与顺治皇帝的爱情故事

责任编辑	丁 凡
责任校对	杜贞香
开 本	155mm×230mm 1/16
字 数	1350千字
印 张	88.5
版 次	2019年1月第2版
印 次	2019年1月第1次印刷
出 版	辽海出版社
印 刷	三河市京兰印务有限公司

ISBN 978-7-80507-400-9   定价：198.00元（全四册）

版权所有 侵权必究